Zu diesem Buch

Mit einem revolutionären, vom Film übernommenen Erzählverfahren hat John Dos Passos New York und den amerikanischen Kontinent zum Thema seiner großen Romane gemacht. In der USA-Trilogie entwickelte er diese Technik zu höchster Meisterschaft. Damit gelang ihm nicht nur die Darstellung individueller Schicksale, sondern das Porträt einer hoch komplexen Gesellschaft.

«Frappierend ist die Aktualität der drei Bände, und das nicht nur, was Amerika betrifft.» (DIE ZEIT)

John Dos Passos wurde am 14. Januar 1896 als Sohn eines begüterten Rechtsanwalts portugiesischer Abkunft in Chicago geboren. Nach Jugendjahren in Mexiko und Westeuropa studierte er in den Jahren 1912 bis 1916 an der Harvard University. Mit der Absicht, Architekt zu werden, ging er nach Spanien, aber der Ausbruch des Ersten Weltkriegs gab seinem Leben eine andere Wendung. Die als Sanitäter empfangenen unmittelbaren Eindrücke von den Schlachtfeldern machten ihn zum entschiedenen Pazifisten. 1919 erschien «Feuertaufe eines Mannes 1917». 1921 ein zweites, reiferes Kriegsbuch, «Drei Soldaten», das heute als der erste bedeutende amerikanische Kriegsroman der Moderne gilt. Kämpferisch gegen jegliche Unterdrückung des Individuums durch die kapitalistische Gesellschaft wirkend, trat Dos Passos 1926 der linksgerichteten Zeitschrift «New Masses» bei. 1928 besuchte er die Sowjetunion, bekannte sich aber schließlich in einer Studie ausdrücklich zur demokratischen Tradition Amerikas. So sehr seine dichterische Produktion auch von politischer Überzeugung mitbestimmt wurde, unterwarf sie sich doch nie einem ideologischen Diktat. Der bahnbrechende Stil von «Manhattan Transfer» (1925; rororo Nr. 4133) bleibt auch charakteristisch für die Romantrilogie «USA» mit den Bänden «Der 42. Breitengrad» (1930), «Neunzehnhundertneunzehn» (1932) und «Die Hochfinanz» (1936). Als ein Höhepunkt seiner Spätwerke gilt der Roman «Jahrhundertmitte» (1961). Sein Œuvre umfaßt über zwanzig Romane, dazu Reiseberichte, Essaysammlungen, Dramen und lyrische Werke. John Dos Passos starb am 28. September 1970 in Baltimore.

John Dos Passos

Der 42. Breitengrad

Roman
Deutsch von
Paul Baudisch

USA-Trilogie 1

rororo

Rowohlt

Die amerikanische Originalausgabe erschien unter dem Titel
«The 42nd Parallel» bei Houghton Mifflin Company, Boston
Vom Übersetzer durchgesehene Übertragung
Umschlagentwurf Walter Hellmann
unter Verwendung zeitgenössischer Fotos

11.–20. Tausend Januar 1996

Veröffentlicht im Rowohlt Taschenbuch Verlag GmbH,
Reinbek bei Hamburg, März 1979

Gesamtherstellung Clausen & Bosse, Leck
Printed in Germany
4500-ISBN 3 499 13731 3

Vorbemerkung

... Diese generell auftretenden Stürme sind seit jeher für die amerikanischen Meteorologen ein Forschungsobjekt von unerschöpflichem Interesse gewesen, und die verschiedenen Hypothesen bezüglich ihrer Gesetze haben sehr viel Mühe gekostet. Einige dieser Gesetze, vor allem jene, die sich auf äußerliche Merkmale und auf die allgemeine Bewegungsrichtung beziehen, können als recht gut formuliert gelten; ihre allgemeinen Phänomene sind so auffällig und von so häufigem Vorkommen gewesen, daß auch die unvollkommenste Beobachtung einige Folgerungen dieser Art ermöglichen mußte...

...drei Wege oder Bahnen von den Rocky Mountains bis zum Atlantischen Ozean, und die mittlere Trasse fällt ungefähr mit dem 42. Breitengrad zusammen; in allen bisher beobachteten Fällen bewegen sich die Phänomene mit einer Geschwindigkeit von nicht unter zwanzig Meilen die Stunde in östlicher und südlicher Richtung fort, und in der Zeit starker Westwinde oder im Winter beträgt die Geschwindigkeit für gewöhnlich dreißig bis vierzig Meilen.

KLIMATOLOGIE AMERIKAS

E. W. Hodgins, Chicago 1865

1

Weltwochenschau I

Es war dies Geschlecht, das die Freiheit gezeugt,
Und stürmte den Hügel hinan,
Die Insurrectos dort mordbereit
Im Kampfe Mann für Mann

entlaufener bär in den straßen am hydepark nachricht von nordpolfahrer peary
APPELL AN DIE ARBEITERSCHAFT INNEZUHALTEN
oscar wilde gestorben ehemals berühmter schriftsteller stirbt verarmt und vergessen in paris wüster Kampf mit mördern

DIE HAUPTSTADT AN DER WENDE DES JAHRHUNDERTS

General Miles mit seiner bunten Uniform und seinem feurigen Schlachtroß war der Mittelpunkt sämtlicher Blicke, besonders da sein Gaul außerordentlich unruhig war. Gerade als die Kapelle an dem Kommandierenden General vorübermarschierte, bäumte sein Pferd sich auf die Hinterbeine hoch und stand fast kerzengrade da. General Miles zügelte sofort das erschreckte Tier und gab ihm die Sporen, um es in die Gewalt zu bekommen, der Gaul aber, zum Entsetzen der Zuschauer, überschlug sich nach rückwärts und landete mit voller Wucht auf dem Kommandierenden General. Zur großen Freude des Publikums blieb General Miles unverletzt, aber der Gaul hatte sich die Flanke beträchtlich aufgescheuert. General Miles' Mantel war fast über und über mit Straßenstaub bedeckt und zwischen den Schultern etwa drei Zentimeter breit eingerissen. Ohne sich erst den Staub abbürsten zu lassen, bestieg General Miles wieder sein Pferd und nahm weiter die Parade ab, als ob gar nichts passiert wäre.

Der Vorfall erregte natürlich die Aufmerksamkeit der Zuschauermenge, und dadurch wurde erst richtig bekannt, daß der Kommandierende General nie eine Fahne an sich vorüberziehen läßt, ohne die Mütze abzunehmen und mit entblößtem Kopfe dazustehen

Unser tapferer Hauptmann von der zweiten Kompanie
An die vorderste Spitze trat.
Und die Kugeln, die pfiffen, doch unser Hauptmann, der stand
Als ein echter und ein rechter Soldat

Lasterhöhlen den Behörden unbekannt

gesundheitsdienst leitet wasser des chicagoflusses in abflußkanäle
MICHIGANSEE REICHT DEM VATER DER GEWÄSSER DIE HAND
beginn der singkonkurrenz für kanarienvögel veranstalter der deutsche züchterverein bryan sagt noch ist der kampf um die doppelwährung 16 zu 1 nicht verloren
BRITISCHE TRUPPEN BEI MAFEKING GESCHLAGEN

Denn so mancher ist auf Luzon gefallen

FORDERT ANNEXION DER INSELGRUPPE

Ehemaliges Kongreßmitglied Posey aus Indiana in einer Rede vor dem Hamilton-Club

LÄRM BEGRÜSST DAS NEUE JAHRHUNDERT

DIE ARBEITERSCHAFT BEGRÜSST DAS NEUE JAHRHUNDERT

DIE KIRCHEN BEGRÜSSEN DAS NEUE JAHRHUNDERT

Wenn das neue Jahr beginnt, sitzt Präsident McKinley fleißig an seinem Schreibtisch

Nation begrüsst das herandämmernde Jahrhundert

In Erwiderung eines dreimaligen Hurras für Columbia erklärte Expräsident Benjamin Harrison bei einem Bankett des Columbia-Clubs in Indianapolis, Ind., unter anderem folgendes: Ich habe weder hier noch sonst besondere Einwände gegen das Prinzip territorialer Expansion zu erheben, aber ich sehe auch nicht in territorialen Expansionen den sichersten und verlockendsten Entwicklungsweg für eine Nation. Gestützt auf unseren Reichtum an billiger Kohle und billigem Eisen, gestützt auf unseren Überschuß an Nahrungsprodukten und auf die rationellen Methoden unserer industriellen Produktion sind wir heute imstande, das älteste und mächtigste aller Kolonialreiche an der Nase herumzuführen
Empörendes Erlebnis junger Damen aus bester Gesellschaft: Ihre Tänzer entpuppen sich als Detektive

Denn so mancher ist auf Luzon gefallen und auf Mindanao

Revuegirls in New Jersey vom Pöbel mißhandelt

Auf einer dieser Lithographien sah man die erste Liebhaberin in einem Kostüm, das noch luftiger war als die modernsten Badekostüme von Atlantic City, auf einem glühendheißen Ofen sitzen, in der einen Hand ein schäumendes Glas Wein, in der anderen ein seidenes Band, an dem zwei krabbelnde Hummer hingen

Denn so mancher ist auf Luzon gefallen
und auf Mindanao
und auf Samar

In Erwiderung eines dreimaligen Hurras auf das zwanzigste Jahrhundert erklärte Senator Albert J. Beveridge unter anderem auch folgendes: Das zwanzigste Jahrhundert wird das Jahrhundert Amerikas sein. Amerikanisches Denken wird in ihm vorherrschen. Amerikanischer Fortschritt wird

ihm sein Gepräge geben und ihm die Richtung weisen. Amerikanische Taten werden es berühmt machen.
Nie mehr wird die Zivilisation Shanghai aus der Hand geben. Nie mehr wird die Zivilisation Hongkong räumen. Nie wieder werden die Tore Pekings den Methoden der modernen Menschheit verschlossen sein. Die Wiedergeburt der Welt, in physischem wie in moralischem Sinne, hat begonnen, und Revolutionen schreiten nie rückwärts

Denn so mancher brave Mann ist auf den Philippinen gefallen
Und schläft nun in seinem einsamen Grab

Das Kamera-Auge 1

Wenn du die Straße langgehst mußt du immer ganz sorgfältig auf die Pflastersteine treten damit du nicht auf die blanken ängstlichen Grashalme trittst es ist viel leichter wenn du Mutter bei der Hand nimmst und dich fest an sie anhängst so kannst du dann die Füße ordentlich heben aber wenn du schnell läufst mußt du auf zu viele Grashalme treten die armen verwundeten grünen Zünglein zucken unter deinem Fuß zurück vielleicht sind deshalb die Leute so zornig und rennen hinter uns her und schütteln die Faust sie werfen Steine erwachsene Leute werfen Steine *sie* geht sehr schnell und wir laufen *ihre* spitzen Schuhe unter den zuckenden Falten des braunen Tuchkleides stechen spitz zwischen die armen zertrampelten Gräser Engländer... ein Kieselstein klirrt übers Pflaster schnell Liebling schnell in dem Postkartenladen ist es still die zornigen Leute sind draußen und können nicht hereinkommen non nein nicht Engländer amerikanisch americain ... Hoch Amerika vive L'Amérique sie lacht mein Gott sie hatten mich richtig erschreckt ... Krieg auf dem veld ... Krüger ... Bloemfontein ... Lady Smith und Königin Victoria eine alte Dame in einer spitzen Spitzenhaube hat den Soldaten zu Weihnachten Schokolade geschickt
unter dem Ladentisch ist es dunkel und die Dame die nette holländische Dame die die Amerikaner liebt und Verwandte in Trenton hat zeigt dir Postkarten die im Dunkeln leuchten hübsche Hotels und Paläste: Oh que c'est beau ... schön ... prittie prittie ... und das Mondlicht unter der Brücke kleine Wellen krause krause Wellen und der leise Widerschein leuchtet hell im Dunkel unter dem Ladentisch und die kleinen Fenster der Hotels rings um den Hafen ... Oh que c'est beau la lune ...
und der große Mond

MAC

Wenn der Wind von den Silberhütten am anderen Ufer des Flusses her zu wehen aufhört, ist die Luft in dem grauen Holzhaus, in dem grauen Vierfamilienhaus, wo Fainy McCreary zur Welt kam, den ganzen lieben Tag lang zum Ersticken dick von dem Geruch der Transeife. An anderen Tagen wieder riecht es nach Kohl und kleinen Kindern und Mrs. McCrearys Waschkesseln. Fainy kann nie zu Hause spielen, weil Vati, ein lahmer, hohlbrüstiger Mann mit einem zerzupften, graublonden Schnurrbart, Nachtwächter ist in den Chadwicks-Werken und den ganzen Tag schläft. Erst so um fünf Uhr nachmittags siebt ein kleines, gekräuseltes Wölkchen Tabakrauch aus dem Vorderzimmer in die Küche. Das ist das Zeichen, daß der Alte auf und bei guter Laune ist und daß er bald sein Abendbrot wird haben wollen.
Dann wurde Fainy nach unten geschickt, an die eine oder andere Ecke dieser kurzen, schmutzigen Straße, in der sie wohnten, lauter Fachwerkhäuser, eines wie das andere.
Zur Rechten, einen halben Block weiter, lag Finleys Kneipe, wo er vor dem Schanktisch warten mußte, in einem Wald kotbespritzter Hosenbeine, bis alle die rohen, polternden Mäuler der Großen mit Bier und Whisky stillgemacht waren. Dann ging er nach Hause, Vorsicht, Schritt vor Schritt, und der Griff des Laugenkübels schneidet ihn in die Hand.
Zur Linken, einen halben Block weiter, lag Maginnis' Delikatessenladen, *Inl.- und Ausl.-Delikatessen.* Fainy gefiel der Reklameneger aus Pappe im Ladenfenster; und dann der Glaskasten mit den verschiedenartigen Salamistangen, die Fässer mit Kartoffeln und Gemüse, der dumpfe Geruch von Zucker, Sägespänen, Ingwer, Bückling, Schinken, Essig, Brot, Pfeffer und Schmalz.
»Einen Laib Brot, bitte, ein halbes Pfund Butter und eine Schachtel Pfeffernüsse.«

An manchen Abenden, wenn Muttchen sich schlecht fühlte, mußte Fainy noch weiter laufen: um die Ecke, an Maginnis vorbei, durch die Riverside Avenue, durch die die Straßenbahn fährt, und über die rote Brücke, über den kleinen Fluß, der im Winter schwarz zwischen eisig zerfressenen Schneeufern dahinfließt, gelb und schäumend im Frühling, wenn es taut, braun und ölig im Sommer. Am anderen Ufer des Flusses, die ganze Strecke bis an die Ecke der Riverside und Main, wo die Apotheke lag, wohnten Böhmische und Polacken. Ihre Kinder führten einen ewigen Kampf gegen die Kinder der Murphys und O'Haras und O'Flanagans, die in der Orchard Street wohnten.

Fainy ging mit zitternden Knien seines Weges, die Medizinflasche, in dem weißen Papier, fest mit der einen, der behandschuhten Hand gepackt. An der Ecke der Quince standen ein paar Jungen beisammen, und er würde an ihnen vorübermüssen. Das Vorübergehen war nicht so schlimm, erst dann, wenn er ungefähr zwanzig Schritt von ihnen weg war, summte der erste Schneeball an seinem Ohr vorbei. Da gab es kein Zurück. Wenn er zu laufen anfinge, würden sie ihm nachsetzen. Wenn er die Medizinflasche fallen ließe, würde er zu Hause Prügel bekommen. Dann klatschte ein weicher Schneeball an seinen Hinterkopf, und der Schnee begann ihm in den Hals zu tröpfeln. Sowie er die Brücke einen halben Block weit hinter sich hatte, ließ er es drauf ankommen und rannte los.

»Angsthase ... Irischer Schnorrer ... Krummbeiniger Murphy ... Läuft nach Haus, um es dem Blauen zu petzen« – schrien die polnischen und böhmischen Bengels zwischen den Schneeballsalven ihm nach. Sie begossen ihre Schneebälle mit Wasser und ließen sie über Nacht gefrieren, damit sie recht hart wurden; wenn so einer traf, kam Blut.

Der Hinterhof war der einzige Ort, wo man sich beim Spielen richtig sicher fühlte. Da gab es zusammengebrochene Zäune, verbeulte Müllkästen, alte Töpfe und Pfannen, die schon viel zu sehr durchlöchert waren, um das Flicken zu lohnen, da gab es einen leeren Hühnerpferch, an den Bodenleisten klebten noch die Federn und die Misthäufchen, im Sommer war alles voller Bärwurz, im Winter voller Dreck; aber der Stolz des Hinterhofes der McCrearys war Tony Harrimans Kaninchenstall, in dem er belgische Hasen hielt. Tony Harriman war schwindsüchtig und wohnte mit seiner Mutter im Erdgeschoß links. Er wollte noch alle möglichen anderen Tiere züchten, Waschbären, Ottern, ja sogar Silberfüchse; auf diese Weise wollte er reich werden. Als er starb, konnte man nirgends den Schlüssel zu dem großen Schloß an der Tür des Karnickelstalles finden. Fainy fütterte die Hasen ein paar Tage lang, indem er ihnen durch das doppelte Drahtgeflecht Kohl und Salatblätter hineinschob. Dann hagelte und regnete es eine Woche lang, und da konnte er nicht in den Hof gehen. An dem ersten schönen Tag, als er runterkam, um nachzuschauen, war einer der Hasen tot. Fainy wurde blaß; er versuchte sich einzureden, der Hase schlafe bloß, aber das Tier streckte alle viere von sich, ganz steif und plump, und das war kein Schlaf. Die anderen drängten sich in einer Ecke zusammen, blickten mit zuckenden Nasen um sich, ihre großen Ohren hingen ihnen schlapp über den Buckel. Fainy hätte am liebsten geweint. Er lief in seiner Mutter Küche hinauf, tauchte unter das Bügelbrett und holte den Hammer aus der Lade des Küchentisches. Bei dem ersten Versuch quetschte er sich den Finger, beim zweitenmal aber gelang es ihm, das Schloß zu sprengen. In dem Käfig war ein komischer, säuerlicher Geruch. Fainy packte den toten Hasen bei den Ohren. Der weiße, weiche Bauch war schon ein wenig aufgebläht, das eine tote Auge stand offen, erschreckend anzusehen. Plötzlich packte den Jungen ein sonderbares Gefühl, er warf den Hasen in den nächsten Müllkasten und rannte die Treppe hinauf; fröstelnd und zitternd schlich er sich auf Zehenspitzen nach dem hinteren Balkon und blickte in den Hof hinunter. Atemlos beobachtete er die anderen Hasen. Mit aller Vorsicht, mit kleinen Sprüngen rückten sie an die Tür des Käfigs heran, die in den Hof führte. Der eine war schon draußen. Er richtete sich auf den Hinterbeinen hoch, die schlappen Ohren wurden plötzlich steif. Muttchen rief: »Bring mal das Plätteisen vom Ofen.« Als er wieder auf den Balkon trat, waren die Hasen alle verschwunden.

In diesem Winter gab es bei den Chadwicks-Werken einen Streik, und Vatti verlor seine Arbeit. Rauchend und fluchend saß er den ganzen Tag im Vorderzimmer.

»Ein rüstiger Mensch, bei Gott, ob ich nicht jeden von diesen verdammten Polacken verdreschen könnte, meine Krücke, die schnall ich mir übern Buckel ... Das habe ich zu Mister Barry gesagt – ich beteilige mich an keinem Streik, Mister Barry, ein ruhiger, vernünftiger Mensch, halb invalid, der für Weib und Kind zu sorgen hat ... acht Jahre lang bin ich Nachtwächter gewesen, und jetzt setzen Sie mich auf die Straße, um ein Rudel mörderischer Pinkertons einzustellen ... Dieser dreckige, stupsnäsige Scheißkerl!«

»Wenn bloß die verdammten lausigen Ausländer nich rausgegangen wären«, sagte dann jemand, um ihn zu besänftigen.

Der Streik war in der Orchard Street nicht populär. Denn Streik bedeutete, daß Muttchen immer härter und härter zu schuften, immer größere Mengen Wäsche zu waschen hatte und daß Fainy und seine ältere Schwester Milly, wenn sie von der Schule nach Hause kamen, mithelfen mußten. Und dann wurde Muttchen eines Tages krank und mußte sich wieder ins Bett legen, statt mit dem Bügeln anzufangen, und da lag sie nun da, ihr rundes, weißes, runzliges Gesicht war weißer als das Kissen, und die vom Wasser zerfurchten Hände hielt sie unters Kinn gestemmt. Der Doktor kam, und die Ortspflegerin kam, alle drei Zimmer der Wohnung rochen nach Ärzten und Pflegerinnen und Medizin, und Fainy und Milly konnten nirgendwo sitzen als auf der Stiege. Dort saßen sie und weinten still miteinander. Dann schrumpfte Muttchens Gesicht auf dem Kissen zu einem kleinen, runzligen Knäuel zusammen wie ein zerknülltes Taschentuch, und die Leute sagten, sie sei tot, und trugen sie weg.

Das Leichenbegängnis fand von dem Bestattungsinstitut an der Riverside Avenue im Nachbarblock aus statt. Fainy kam sich sehr stolz und wichtig vor, weil alle ihn küßten und ihn auf den Kopf tätschelten und sagten, er benehme sich wie ein kleiner Mann. Er hatte jetzt auch einen neuen schwarzen Anzug an, ganz wie ein Erwachsener, Taschen und alles dabei, nur daß er kurze Hosen hatte. Alle möglichen Leute gab es in dem Leichenbestattungsinstitut, Leute, die er noch nie aus der Nähe gesehen hatte, Mr. Rossell, den Schlächter, und Vater O'Donnell und Onkel Tim O'Hara, der aus Chicago gekommen war, und es roch nach Whisky und Bier wie bei Finley. Onkel Tim war ein magerer Mann mit einem knubbligen roten Gesicht und wäßrigen blauen Augen. Er trug eine lose, schwarze Seidenkrawatte, die Fainy ärgerte, und dann, ganz plötzlich, bückte er sich von der Hüfte aus, als wollte er wie ein Taschenmesser zusammenklappen, und flüsterte mit schwerer Stimme in Fainys Ohr:

»Kümmere dich um die Kerle gar nicht erst, lauter Faulenzer und Heuchler, sind ja schon fast alle bis oben voll ... Sieh dir den Vater O'Donnell an, das fette Schwein rechnet sich die Begräbnisgebühren aus ... Aber kümmer dich nicht um sie, erinner dich, daß du von Mutters Seite her ein O'Hara bist ... *Ich* kümmer mich nicht um sie, mein Junge, und sie war meine leibliche Schwester von Geburt und Geblüt.«

Als sie nach Hause kamen, war er schrecklich schläfrig, und seine Füße waren kalt und naß. Niemand beachtete ihn. Leise wimmernd saß er im Dunkeln auf der Bettkante. In dem Vorderzimmer war ein Stimmengewirr und der Lärm von Messern und Gabeln, aber er wagte nicht hineinzugehen. Er rollte sich an der Wand zusammen und schlief ein. Licht in seinen Augen, da wachte er auf. Onkel Tim und Vatti standen an seinem Bett, beugten sich über ihn, redeten laut. Sie sahen komisch aus und waren scheinbar nicht sehr fest auf den Beinen. Onkel Tim hielt die Lampe.

»Nu, Fainy, mein Junge«, sagte Onkel Tim, und die Lampe wackelte gefährlich über Fainys Kopf. »Fenian O'Hara McCreary, setz dich auf und gib acht und sag uns, was du von unserem Vorschlag hältst, in die große und wachsende Stadt Chicago überzusiedeln. Middletown ist ein Mistloch, wenn ich ehrlich sein soll ... Nischt für ungut, John ... aber Chicago ... Jesus, mein Gott, wenn du dort hinkommst, junger Mann, wirst du glauben, du bist all die Jahre her tot gewesen und hast in 'nem zugenagelten Sarg gelegen ...«

Fainy fürchtete sich. Er zog die Knie bis ans Kinn hoch und betrachtete zitternd die zwei großen, schwankenden Männergestalten im Schein der schwankenden Lampe. Er wollte etwas sagen, aber die Worte vertrockneten ihm auf den Lippen.

»Das Kind schläft, Tim, trotz all deinem Gebabbel ... Zieh dich aus, Fainy, und kriech ins Bett und schlaf die Nacht ordentlich durch. Morgen früh rücken wir aus.«

Und spät an einem regnerischen Vormittag, ohne Frühstück, fuhren sie los; auf dem Dach der Droschke, die Fainy in Hidgesons Fuhrgeschäft hatte bestellen müssen, schaukelte in gefährlicher Balance ein großer, alter, mit Stricken verschnürter Kabinenkoffer. Milly weinte. Vatti sagte kein Wort, sondern lutschte nur an seiner erloschenen Pfeife. Onkel Tim sorgte für alles, machte unaufhörlich kleine Witze, über die niemand lachte, zog bei jeder Gelegenheit ein Bündel Banknoten aus der Tasche oder trank mit großen, gurgelnden Schlucken aus dem Fläschchen, das er in der Tasche trug. Milly weinte und weinte. Fen blickte mit großen, trockenen Augen in die vertrauten Straßen hinaus, die an der Droschke vorüberrollten und mit einemmal ganz sonderbar und schief waren; die rote Brücke, die morschgeschindelten Häuser, in denen die Polacken wohnten, die Apotheke an der Ecke, Smith & Smith ... Billy Hogan kam gerade aus der Tür, ein Päckchen Kaugummi in der Hand. Schwänzt wieder die Schule. Fainy war nahe daran, ihm etwas zuzurufen, aber es blieb ihm in der Kehle stecken ... Die Main mit ihren Ulmen und Straßenbahnwagen, Laden an Laden hinter der Kirchecke und dann die Feuerwehr. Fainy warf einen letzten Blick in das dunkle Höhlentor, wo mit verlockendem Glanz das Messing- und Kupfergestänge der Feuerspritze leuchtete, dann rutschten vorüber: die Pappfronten der Kongregations- und der Karmeliter-, der Baptisten- und der Andreas-Bischofs-Kirche, die aus Ziegeln gebaut war und in schiefem Winkel auf ihrem Grundstück stand, statt wie die anderen Kirchen mit strengem Antlitz stramm nach der Straße zu, und dann die drei gußeisernen Hirsche auf dem Rasen vor dem Verein Reisender Kaufleute und die Wohnhäuser, jedes mit seinem Rasenplatz, jedes mit seiner geschnörkelten Veranda, jedes mit seinem Hortensienstrauch. Dann wurden die Häuser kleiner, und die Rasenplätze verschwanden, die Droschke trudelte bei Simpsons *Getreide- und Futtermagazin* um die Ecke, trudelte an einer Reihe von Friseurläden, Kneipen und Frühstücksstuben vorüber, und dann stiegen sie alle vor dem Bahnhof aus.

Am Bahnhofsbüfett spendierte Onkel Tim ein Frühstück. Er trocknete Millys Tränen, schneuzte Fainys Nase in ein großes neues Taschentuch, das in der einen Ecke noch den Preiszettel trug, und bewirtete die Kinder mit Speck und Ei und Kaffee. Fainy hatte noch nie Kaffee bekommen, und es war für ihn ein wohliges Gefühl, wie ein Erwachsener dazusitzen und Kaffee zu trinken. Milly schmeckte er nicht, sie sagte, er sei bitter. Eine Zeitlang saßen sie ganz allein in dem Restaurant mit den leeren Tellern und leeren Kaffeetassen unter den stechenden Blicken einer Frau, die einen langen Hals und ein spitzes Gesicht hatte wie eine Henne und sie hinter dem Schanktisch hervor mißbilligend ansah. Dann fuhr mit einem gewaltigen, rumpelnden Getöse, scht-puff, scht ... puff, der Zug in den Bahnhof ein. Sie wurden zusammengepackt, über den Bahnsteig und dann durch einen mit Pfeifenrauch gefüllten Waggon geschleppt, und bevor sie es noch recht merkten, fuhr der Zug, und draußen ratterte die winterlich braune Landschaft Connecticuts vorbei.

Das Kamera-Auge 2

Rasch fahren wir schaukelnd wie in einem Boot in dem muffigen von Stallgeruch durchtränkten Kremserwagen *Er* sagt unaufhörlich: Was würdest du tun Lucy wenn ich einen von ihnen zu Tisch laden würde? Es sind recht reizende Leute Lucy die Farbigen und *Er* hatte Gewürznelken in einer kleinen Silberschachtel und sein Atem roch nach Kornwhisky rasch damit man die Wagen nach New York erwischt und *Sie* sagte: O du meine Güte hoffentlich kommen wir nicht zu spät Scott wartete mit den Billetts und wir mußten auf dem Bahnhof Seventh Street über den Perron laufen und immerfort fielen die kleinen Kanonen aus dem Schiff und alles bückte sich um sie aufzuheben und der Schaffner: Alles Einsteigen meine Dame schnell meine Dame

es waren kleine Messingkanonen und schimmerten hell in der Sonne auf dem Perron des Bahnhofs Seventh Street und Scott bugsierte uns alle die Stufen rauf und der Zug fing zu fahren an und die Lokomotivglocke läutete und er nahm eine kleine Handvoll winziger Messingkanonen sie waren gerade groß genug um für die Schlacht in der Manila Bay die allerkleinsten roten Schwärmer in sie hineinzustecken und Scott sagte: Das ist die Artillerie Jack

und *Er* deklamierte im Salonwagen: Jawohl Lucy wenn es für die Sache der Menschheit nötig wäre ich würde alle Tage hingehen und mich niederschießen lassen du nicht auch Jack? sie nicht auch Schaffner? – der grade Apollinaris brachte und *Er* hatte eine Flasche in dem braunen Koffer wo die Taschentücher mit den seidenen Monogrammen immer so penetrant nach Bay-Rum rochen und als wir nach Hâvre de Grace kamen sagte *Er*: Erinner dich Lucy bevor die Brücke gebaut wurde da mußten wir immer mit der Fähre über den Susquehanna fahren

und über den Gunpowder Creek auch

MAC

Rostrote Hügel, kleine Gehölze, Farmhäuser, Kühe, auf einer Weide ein rotes Füllen schlägt mit den Hinterbeinen aus, Holzzäune, Streifen sumpfigen Geländes.

»Ja, Tim, ich komme mir vor wie ein geprügelter Hund ... Solang als ich lebe, Tim, hab ich immer versucht, das Richtige zu tun«, sagte Vatti unaufhörlich mit rasselnder Stimme. »Und jetzt, was werden sie jetzt von mir sagen!«

»Jesus, mein Gott, Mann, du konntest doch gar nichts anderes machen, oder wie? Was zum Teufel kannst du denn machen, wenn du kein Geld hast und keine Arbeit hast, und ein Haufen Doktors und Leichenbestatter und Hauswirte kommen mit ihren Rechnungen gerannt, und du mit deinen zwei Kindern, die du erhalten mußt?«

»Ich bin doch aber ein stiller und anständiger Mensch gewesen, hab ein ruhiges Leben geführt und immer Pech gehabt, seit ich verheiratet war und meinen Haushalt hatte. Und was werden sie denn jetzt von mir denken, daß ich mich davonschleiche wie ein geprügelter Hund?«

»John, laß dir's gesagt sein, ich wäre der letzte, der die Tote in Verruf bringen möchte, was doch meine Schwester war, meine leibliche Schwester von Geburt und Geblüt ... Aber es ist nicht deine Schuld, und es ist nicht meine Schuld ... schuld ist die Armut, und an der Armut ist das System schuld ... Fenian, hör zu, was Tim O'Hara sagt, und Milly, du hör auch zu, denn die Frauen sollten das ebensogut wissen wie die Männer, und einmal in seinem Leben sagt Tim O'Hara die Wahrheit ... Schuld ist das System, weil keiner die Früchte seiner Arbeit bekommt ... Nur ein Gauner kann bei diesem kapitalistischen System auf seine Kosten kommen, und was ein Gauner ist, wird binnen kurzem Millionär ... Aber ein ehrlicher Arbeiter, wie John oder ich, der kann hundert Jahre lang arbeiten, und dann

bleibt ihm noch nicht genug für ein anständiges Begräbnis.«
Weißer Rauch wälzte sich vor dem Fenster, schüttelte aus seinen Falten Bäume, Telegraphenstangen, kleine, quadratische Schindelhäuser, Städte, Lastwagen, dampfende Gäule in langer Reihe vor ihren Wägelchen.
»Und wer erntet die Früchte unserer Arbeit? Die verfluchten Geschäftsleute, die Mittelsmänner, die in ihrem ganzen Leben nicht einen produktiven Handschlag getan haben.«
Fainys Blicke folgen den Telegraphendrähten, die auf und nieder sausen.
»Nu, Chicago ist kein Paradies, das kann ich dir sagen, John, aber heute doch ein besserer Markt für Muskeln und Hirn eines Arbeiters als der Osten ... Und warum, hast du gefragt, warum? ... Angebot und Nachfrage, man braucht Arbeiter in Chicago.«
»Ich sage dir, Tim, ich komme mir vor wie ein geprügelter Hund.«
»Es ist das System, John, es ist das verfluchte, lausige System.«
Fainy erwachte; in dem Wagen herrschte Lärm und Betrieb. Milly heulte schon wieder. Er wußte nicht, wo er war.
»Jetzt, meine Herrn«, sagte Onkel Tim, »jetzt kommen wir in unser liebes altes New York.«
Auf dem Bahnhof war es hell; das wunderte Fainy, denn er glaubte, es sei schon Nacht. Man ließ ihn und Milly lange Zeit auf einem Koffer im Wartesaal sitzen. Der Wartesaal war riesengroß, angefüllt mit fremd aussehenden Menschen, schaurigen Menschen wie in den Bilderbüchern. Milly heulte ununterbrochen.
»He, Milly, ich hau dir eine runter, wenn du nicht aufhörst zu heulen.«
»Warum denn?« greinte Milly und heulte nur noch mehr. Fainy stellte sich möglichst weit von ihr weg, damit die Leute nicht glaubten, er gehöre zu ihr. Als er nahe daran war, selber loszuheulen, kamen Vatti und Onkel Tim und schleppten sie samt dem Koffer ins Restaurant. In ihrem Atem war ein starker, frischer Whiskygeruch, ihre Augen

sahen recht munter drein. Sie setzten sich alle vier an einen weißgedeckten Tisch, und ein sympathischer Neger in einer weißen Jacke reichte ihnen eine große, engbedruckte Karte. »Wir wollen mal was Gutes zum Abendbrot essen«, sagte Onkel Tim, »und wenn es uns den letzten Cent kostet!«
»Hol der Teufel die Kosten«, sagte Vatti, »schuld hat bloß das System.«
»Hol der Teufel den Papst«, sagte Onkel Tim. »Wir machen noch einen Sozialdemokraten aus dir.« Sie gaben Fainy gebackene Austern und Huhn und Eiscreme und Kuchen, und als sie alle laufen mußten, um den Zug zu erwischen, hatte er ein schreckliches Stechen in der Seite. Sie kamen in einen gewöhnlichen Waggon, es roch dort nach Leuchtgas und Achselschweiß. »Wann gehen wir denn zu Bett?« begann Milly zu wimmern. – »Wir gehen nicht zu Bett«, sagte Onkel Tim fröhlich, »wir schlafen gleich hier wie kleine Mäuschen – wie kleine Mäuschen in einem Käse.« – »Ich mag keine Mäuse«, schrie Milly unter einer neuen Tränenflut, während der Zug sich in Bewegung setzte.
Fainy taten die Augen weh, in seinen Ohren war das unaufhörliche Getöse, das hüpfende Knattern über die Weichen weg, das jähe Geknurr unter den Brücken. Es war ein Tunnel, der ganze Weg bis nach Chicago war ein Tunnel. Ihm gegenüber Vattis Gesicht und Onkel Tims Gesicht, die beiden Gesichter, ganz rot und schnarchend, sie gefielen ihm gar nicht, und das Licht war verräuchert und wacklig, und draußen war immer der Tunnel, und die Augen taten ihm weh, und Räder und Schienen ratterten in seinen Ohren, da schlief er ein.
Als er aufwachte, war es eine Stadt, und der Zug fuhr mitten durch die Hauptstraße. Es war ein sonniger Morgen, er sah die Leute ihren Geschäften nachgehen, Läden, Wägelchen und Kutschen, die am Trottoir standen, Zeitungsjungen, die ihre Zeitungen verkauften, hölzerne Indianer vor den Zigarrenläden. Zuerst glaubte er zu träumen, aber dann fiel ihm ein, wo er war, und er sagte sich, das müsse Chicago sein, Vatti und Onkel Tim schliefen auf der Bank ihm gegenüber. Offene Münder, fleckige Gesichter, und sie

gefielen ihm gar nicht. Milly lag zusammengerollt in einer Ecke, ganz zugedeckt mit einem wollenen Schal. Der Zug fuhr langsamer, da war ein Bahnhof. Wenn das Chicago war, mußten sie aussteigen. In diesem Augenblick kam der Schaffner vorbei, ein alter Mann, der ein wenig so aussah wie Vater O'Donnell.

»Bitte, Herr Schaffner, ist das Chicago?« – »Bis Chicago ist es noch lange hin, mein Sohn«, sagte der Schaffner, ohne zu lächeln. »Wir sind in Syracuse.«

Alle wachten sie auf, und stundenlang, stundenlang flogen die Telegraphenstangen vorbei, und Städte, hölzerne Häuser, ziegelrote Fabriken in vielen Reihen, Reihen glitzernder Fenster, Müllhalden, Rangierbahnhöfe, gepflügte Äcker, Weideland und Kühe, und Milly wurde schlecht, und Fainy hatte das Gefühl, als wollten ihm von dem langen Sitzen die Beine abfallen; in manchen Gegenden schneite es, und in manchen Gegenden schien die Sonne, und Milly war ununterbrochen schlecht, und sie roch ganz erbärmlich nach Kotze, und es wurde finster, und alles schlief; und wieder Tageslicht, und dann begannen die Städte und die Holzhäuser und die Fabriken zusammenzurücken, blähten sich auf zu Lagerhäusern und Silos, und die Rangiergeleise breiteten sich aus, so weit das Auge reichte, und da waren sie in Chicago.

Aber es war so kalt, und der Wind wehte ihm den Staub so hart ins Gesicht, und seine Augen waren so sehr von Staub und Müdigkeit verklebt, daß er sich gar nichts ansehen konnte. Dann, nachdem sie eine ziemliche Weile umhergelungert hatten, Milly und Fainy eng zusammengekauert, ganz verloren in dieser Kälte, stiegen sie auf eine Straßenbahn und fuhren und fuhren. Aber sie waren so schläfrig, daß sie gar nicht recht merkten, wo der Zug aufhörte und die Straßenbahn anfing. Onkel Tims Stimme redete unaufhörlich, stolz, aufgeregt, Chicago, Chicago, Chicago. Vatti saß da, Krücke unter dem Kinn. »Tim, ich komme mir vor wie ein geprügelter Hund.«

Fainy lebte zehn Jahre in Chicago.

Zuerst ging er in die Schule und spielte am Sonnabendnachmittag Baseball auf leeren Bauplätzen; dann aber kam die letzte Zeugnisverteilung, und alle die Kinder sangen »O du mein Vaterland«, mit der Schule war's vorbei, und er mußte arbeiten gehen. Onkel Tim hatte zu jener Zeit seine eigene Akzidenzdruckerei in einer staubigen Nebenstraße der North Clark im Erdgeschoß eines wackligen, alten Ziegelhauses. Die ganze Werkstatt beanspruchte nur einen kleinen Winkel des Gebäudes, das zum größten Teil als Lagerschuppen verwendet wurde und berühmt war wegen seiner Ratten. Auf dem einzigen, breiten Spiegelglasfenster prangte in goldenen, altenglischen Lettern: TIMOTHY O'HARA, AKZIDENZDRUCKEREI.

»Fainy, mein Junge«, sagte Onkel Tim, »nun wirst du Gelegenheit haben, das Gewerbe von Grund auf zu lernen.« So machte er Botengänge, lieferte Pakete mit Zirkularen, Flugzetteln, Plakaten ab, hatte immer viel zu tun, um der Straßenbahn auszuweichen, um sich unter dem schäumenden Gebiß der großen Lastgäule wegzuducken, um sich eine kurze Fahrt auf einem Lieferwagen zu erbetteln. Wenn es keine Gänge zu machen gab, fegte er unter den Pressen den Boden, säuberte die Typen, leerte den Papierkorb im Büro aus, oder wenn gerade viel zu tun war, lief er um die Ecke, Kaffee und belegte Brötchen für den Setzer zu holen oder eine kleine Flasche Bourbon-Whisky für Onkel Tim.

Vatti trödelte noch ein paar Jahre lang auf seiner Krücke umher, immer Arbeit suchend. Des Abends saß er auf den Stufen an der Hintertür von Onkel Tims Haus, rauchte seine Pfeife, verfluchte sein Pech und drohte ab und zu, wieder nach Middletown zu gehen. Dann bekam er eines Tages eine Lungenentzündung und starb ganz friedlich im Herz-Jesu-Spital. Das war ungefähr um dieselbe Zeit, als Onkel Tim sich eine Setzmaschine kaufte.

Onkel Tim war so aufgeregt, daß er drei Tage lang keinen Tropfen trank. Die Fußbodenbretter waren verfault, man mußte von unten aus dem Keller herauf ein Ziegelfundament für die Linotype bauen. »Na, wenn wir dann noch eine kriegen, lassen wir das Ganze betonieren«, sagte Onkel Tim zu jedermann. Einen ganzen Tag lang wurde nicht gearbeitet.

Alles stand umher und betrachtete die große, schwarze, komplizierte Maschine, die wie eine Orgel in der Kirche dastand. Als die Maschine in Gang kam und der heiße Geruch geschmolzenen Metalls die Werkstatt erfüllte, folgten die Blicke aller dem zitternden, emsigen Arm, der über die Tasten huschte. Und als sie dann die warmen, blanken Typenklumpen von Hand zu Hand reichten, da schob der alte, deutsche Setzer, den sie alle aus irgendeinem unerfindlichen Grunde Mike titulierten, seine Brille auf die Stirn und fing zu weinen an.

»Fünfundfünfzig Jahre Drucker, und jetzt, wo ich alt bin, muß ich Mörtel schleppen, um mir mein Brot zu verdienen.«

Das erste, was Onkel Tim auf der neuen Maschine setzen ließ, waren die Worte: *Proletarier aller Länder, vereinigt euch; ihr habt nichts zu verlieren als eure Ketten.*

Als Fainy siebzehn war und gerade anfing, sich über Röcke und Knöchel und Weiberwäsche Gedanken zu machen, wenn er so am Abend von der Arbeit nach Hause ging und die Lichter der Stadt hell vor dem hellen, berauschenden, westlichen Himmel sah, brach im Chicagoer Druckereigewerbe ein Streik aus. Tim O'Hara hatte seit jeher nur gewerkschaftlich Organisierte beschäftigt und alle Aufträge der Gewerkschaft zum Selbstkostenpreis durchgeführt. Er gab sogar einen Handzettel heraus, unterzeichnet *Ein Bürger,* betitelt *Ein Ernster Protest,* den Fainy eines Abends, nachdem der Setzer nach Hause gegangen war, auf der Linotype absetzen durfte. Ein Satz blieb in Fainys Gedächtnis hängen, und er wiederholte ihn bei sich selber in dieser Nacht, nachdem er zu Bett gegangen war: *Es ist Zeit für alle ehrlichen Menschen, sich zusammenzuschließen, um sich gegen die mörderische Habgier der privilegierten Klassen zu wehren.*

Am nächsten Tag war Sonntag, und Fainy ging durch die Michigan Avenue mit einem Stoß Handzettel, die er verteilen sollte. Vorfrühlingstag. Über das zerfallende, gelbe Eis des Sees kamen kleine Windstöße, die ganz unerwarteterweise nach Blumen rochen. Die Mädchen sahen schrecklich hübsch aus, ihre Röcke flatterten im Wind, Fainy fühlte das Frühlingsblut heiß in seinen Adern pumpen, er hatte unbändige Lust, zu küssen und sich auf der Erde zu wälzen und auf die Eisschollen hinauszulaufen und von einem Telegraphenmast herunter eine Rede zu halten und über die Straßenbahnwagen zu springen; statt dessen aber verteilte er Handzettel und ärgerte sich über seine ausgefransten Hosen und wünschte sich einen schnieken Anzug und ein schniekes Mädchen zum Spazierengehen.

»He, junger Mann, wo haben Sie Ihre Erlaubnis, Zettel zu verteilen?« Die Stimme eines Schutzmanns an seinem Ohr. Fainy warf einen einzigen Blick über die Schulter nach dem Blauen, ließ die Zettel fallen und lief davon. Er duckte sich zwischen den blanken, schwarzen Wägelchen und Kutschen hindurch, lief eine Nebenstraße lang und ging dann weiter, immer weiter und sah sich nicht um, bis es ihm gelungen war, über eine Brücke hinüberzukommen, knapp bevor sie hochgezogen wurde. Der Blaue hatte ihn sowieso nicht verfolgt.

Lange Zeit stand er an der Bordschwelle, die Pfeife eines Erdnußhändlers schrillte spöttisch in sein Ohr.

An diesem Abend beim Essen fragte sein Onkel ihn nach den Handzetteln.

»Natürlich, ich hab sie alle am Seeufer verteilt ... Ein Blauer wollte mich verjagen, aber ich sagte ihm rundheraus, wo er sich hinscheren soll.« Fainy wurde puterrot, als alle, die am Tische saßen, ein höhnisches Geschrei erhoben. Er stopfte sich den Mund mit Kartoffelbrei voll und sagte kein Wort mehr. Sein Onkel und seine Tante und ihre drei Töchter lachten und lachten.

»Na, es ist gut, daß du schneller gelaufen bist als der Blaue«, sagte Onkel Tim, »sonst hätte ich dich auslösen müssen, und das hätte Geld gekostet.«

Am nächsten Morgen in aller Frühe fegte Fainy das Büro, da kam ein Mann mit einem Gesicht wie ein rohes Stück Rindfleisch die Stufen herauf; er rauchte eine dünne, schwarze Zigarre von einer Sorte, wie sie Fainy noch nie gesehen hatte. Und er klopfte an die Milchglastür.

»Ich möchte Mr. O'Hara sprechen, Mr. Timothy O'Hara.«

»Er ist noch nicht da, muß jede Minute kommen, Sir. Wollen Sie warten?«

»Ja, ich warte.« Der Mann setzte sich auf die Kante eines Stuhles und spuckte aus, zuerst aber nahm er das zerkaute Ende des Stumpens aus dem Mund und betrachtete es lange Zeit mit nachdenklichem Blick. Als Tim O'Hara kam, fiel die Bürotür knallend zu. Fainy trieb sich in der Nähe umher, nervös und ein wenig ängstlich; ob das vielleicht ein Detektiv war, der der Sache mit den Handzetteln nachging. Stimmen, die sich heben und senken, des Fremden Stimme in kurzen, ratternden Tiraden, O'Haras Stimme in langen, beschwörenden Sätzen, ab und zu erhaschte Fainy das Wort *Verfallserklärung,* bis plötzlich die Tür aufsprang und der Fremde herausstürmte, das Gesicht noch röter als zuvor. Auf der eisernen Treppe drehte er sich um, zog einen neuen Stumpen aus der Tasche, zündete ihn an dem alten an, sagte, die Worte durch den Stumpen und das blaue Rauchgepaff hervorbrummend: »Mr. O'Hara, Sie haben vierundzwanzig Stunden Bedenkzeit ... Ein Wort von Ihnen, und das Verfahren wird sofort inhibiert.« Dann entfernte er sich die Straße hinunter, ließ eine lange Fährte ranzigen Rauchs zurück.
Eine Minute später kam Onkel Tim mit leichenblassem Gesicht aus dem Büro. »Fenian, mein Junge«, sagte er, »geh dir Arbeit suchen. Ich hänge mein Geschäft an den Nagel ... Paß gut auf, ich muß mal einen Schluck trinken.« Und er war sechs Tage lang betrunken. Nach Ablauf dieser Frist kamen etliche sanftblickende Herren mit einer gerichtlichen Vorladung, und Onkel Tom mußte sich so weit ernüchtern, um vor Gericht zu erscheinen und seinen Bankrott zu erklären.
Mrs. O'Hara schimpfte und tobte: »Hab ich's nicht gesagt, Tim O'Hara, es wird nichts Gutes bei herauskommen, wenn du dich ewig mit diesen gottlosen Gewerkschaftern und Sozialdemokraten herumtreibst, lauter besoffene und faule Vagabunden wie O'Hara. Natürlich mußten sich die Druckereiunternehmer zusammentun und deine Wechsel aufkaufen und dich an die Wand quetschen, und geschieht dir auch recht, Tim O'Hara, mit deinen gottlosen sozialistischen Saufmanieren, bloß daß sie an dein armes Weib und

ihre hilflosen kleinen Kinderchens hätten denken können, und jetzt werden wir alle miteinander verhungern, wir und die Mitesser und Schmarotzer, die du uns ins Haus gebracht hast.«

»Nun hör dir das mal an«, rief Fainys Schwester Milly, »ob ich nicht um jeden Bissen Brot, wo ich in diesem Haus gegessen habe, redlich geschuftet und mir die Finger wundgerieben habe«, und sie stand vom Frühstückstisch auf und stürzte aus dem Zimmer. Fainy saß da, während der Sturm über seinem Haupt tobte; dann stand er auf und schob im Gehen eine Semmel in die Tasche. Im Korridor suchte er sich den »Stellenmarkt« aus der *Chicago Tribune* hervor, dann nahm er seine Mütze und ging in den rauhen Sonntagmorgen hinaus, Kirchenglocken läuteten ihm in die Ohren. Er bestieg eine Straßenbahn und fuhr zum Lincoln-Park. Dort saß er lange Zeit auf einer Bank, kaute an der Semmel und sah die Inseratenspalten durch, *Hilfskraft gesucht,* aber sie sahen alle nicht sehr verlockend aus. Eines war sicher, er würde nicht in eine Druckerei gehen, solange der Streik nicht beendet war. Dann fiel sein Blick auf folgende Notiz:

Aufgeweckter junger Mann gesucht mit Ehrg. u. lit. Geschm., Kenntn. i. Druck- u. Verlagsgewerbe. Kommissionsverkauf und Vertrieb. Woche 15 $. Schriftlich an P. O. Fach 1256b

Fainy wurde plötzlich sehr leicht zumute. Aufgeweckter junger Mann, das bin ich, Ehrgeiz und literarischer Geschmack ... Je, ich muß aufhören, immer nur an gestern zu denken ... und na, natürlich, ich lese doch schrecklich gern, und ich könnte auch eine Linotype bedienen oder Handsatz machen, wenn man mich läßt. Fünfzehn Eier die Woche ... recht hübsch, zehn Dollar mehr. Und er begann in seinem Kopf einen Brief zu entwerfen, in dem er sich um diesen Posten bewarb.

Geehrter Herr (Sehr geehrter Herr)
oder vielleicht *Sehr geehrte Herren!*

Indem ich mich um die Stellung bewerben möchte, die Sie in der heutigen Nummer der *Sunday Tribune* offerieren, möchte ich ersuchen (möchte ich feststellen dürfen), daß ich siebzehn Jahre alt bin, nein, neunzehn, mit mehrjähriger Erfahrung im Druck- und Verlagsgewerbe, ehrgeizig und mit ausgezeichneten Kenntnissen und Geschmack im Druck- und Verlagsgewerbe, nein, ich kann das nicht zweimal sagen ... Ich wäre sehr erfreut, die Stellung zu erhalten ... Und es wurde ihm immer muddliger im Kopf.

Er merkte plötzlich, daß er neben einem Erdnußwagen stand. Es war höllisch kalt, ein messerscharfer Wind heulte über das zerbrochene Eis und die schwarzen Wassertümpel auf dem See. Er riß die Annonce heraus und ließ den Rest der Zeitung mit dem Winde davonwirbeln. Dann kaufte er sich eine Tüte warmer Erdnüsse.

Weltwochenschau II

Come on and hear
Come on and hear
Come on and hear

In seiner Rede vor dem Staatsparlament von Michigan erklärte der eben zurücktretende Gouverneur Hazen S. Pingree unter anderem auch folgendes: Ich wage zu prophezeien, daß wir, wenn nicht die beamteten Vertreter der Nation und die, in deren Hände die Gesetzgebung gelegt ist, das momentan herrschende System der Ungleichheit ändern, daß wir dann in unserem großen Vaterland binnen einem Vierteljahrhundert eine blutige Revolution erleben werden
stirbt als märtyrer duftender blüten zwei scheintote erwachen im sterbehemd theatertrust beherrscht bevölkerungszentrum der USA in henry marrs kleefeld bei wigs indiana

KÖNIGIN VICTORIA IM STERBEN
carrie nation mit der axt gegen kneipe
KÖNIGIN IMMER NOCH AM LEBEN ABER KEINE HOFFNUNG MEHR
vielleicht doch die panama-route toter fährt in einem cab
selbstmordversuch weil arzt zweites paar zwillinge meldet

CARNEGIE SPRICHT ÜBER SEIN EPITAPH

Alexander's Ragtime Band
It's the best
It's the best

Das Frühstück, das im physikalischen Laboratorium serviert wurde, strotzte von originellen Einfällen. Ein vier

Fuß hoher Miniaturhochofen stand auf der Tafel, und rings um den Rand der Tafel lief eine vierzig Fuß lange, schmalspurige Eisenbahn. An Stelle von geschmolzenem Metall strömte aus dem Hochofen heißer Punsch in die kleinen Wägelchen der Eisenbahn. Die Eiscreme wurde in Form von Eisenbahnschwellen serviert, und das Brot hatte die Form von Lokomotiven

Mr. Carnegie betonte die Vorteile, die eine gründliche Bildung in jedem Wissenszweig gewährt, und kam schließlich zu folgendem Schluß: Manuelle Arbeit hat sich als die beste Grundlage für wirklich erstklassige Leistungen des Gehirns erwiesen

Vizepräsident plündert Bank

Come on and hear
Alexander's Ragtime Band
It's the best
It's the best

jesse james' bruder erklärt theaterstück in dem er als bandit eisenbahnräuber und verbrecher geschildert ist für demoralisierend bezirksfehde beendet laut offizieller untersuchung durch die geistlichkeit von salt lake city ist bei den mormonen die vielweiberei noch immer im schwange vereinsdamen sind platt

It's the best band in the land

sagt cirkustiere fressen nur chicagoer pferdefleisch grundstücksauktion in indiana bezeichnet das ende der weltausstellungshausse benützt fahne als lumpensack auf einer kannibaleninsel getötet wärter fällt ins wasser und wird von den seelöwen attackiert

dann kam das Boot längsseits an den halb entleerten Ballon des Luftschiffes, der Santos Dumont jeden Augenblick unter sich zu begraben drohte. Der letztere wurde alsdann über den Dollbord in das Boot gezogen

Der Fürst von Monaco ersuchte ihn dringend, an Bord der Jacht zu kommen, um sich dort zu trocknen und die Kleider zu wechseln. Santos Dumont wollte das Boot nicht verlassen, bevor nicht alles, was noch gerettet werden konnte, an Land geschafft war, und dann, naß, aber lächelnd und unbekümmert, ging er unter den frenetischen Hochrufen der Menge an Land

Das Kamera-Auge 3

O qu'il a des beaux yeux sagte die Dame auf dem Platz vis-à-vis aber *Sie* sagte das sei keine Art mit Kindern zu reden und dem kleinen Jungen war ganz heiß und klebrig zumute aber es war dunkel und die Lampe wie eine halbe Melone rückte rot heran trüb und matt und der Zug rumpelte und plötzlich habe ich geschlafen und es ist pechfinster und die blaue Quaste baumelt an dem Saum des dunklen Lampenschirms der wie eine Melone aussieht und überall sind spitze krumme Schatten (das erstemal als *Er* kam brachte *Er* eine Melone mit und die Sonne schien durch die langen Spitzenvorhänge und als wir sie zerschnitten da roch das ganze Zimmer nach Melonen. Nein iß nicht die Kerne mit Liebling du bekommst Blinddarmentzündung)
aber du blickst zum Fenster hinaus in die schwarze rumpelnde Finsternis plötzlich sind plumpe platte Schornsteine da Schornstein an Schornstein und du fürchtest dich vor dem schwarzen Rauch und den Flammenzungen die aus den plumpen platten Schornsteinröhren aufwärtslodern und verlöschen
Töpfereien Liebling sie arbeiten die ganze Nacht durch wer arbeitet dort die ganze Nacht durch? Arbeiter und solche Leute Travailleurs mexikanisches Pack du hattest Angst aber nun war die Finsternis wieder ganz finster die Lampe im Zug und der Himmel und alles hatte einen bläulichschwarzen Schatten
und *Sie* erzählte eine Geschichte von Langvorderweltausstellung Langbevordugeborenwarst und sie fuhren mit der neuen internationalen Linie in einem Privatwagen nach Mexiko und die Männer schossen vom Zug aus Antilopen und große Karnickel und nannten sie Esel und einmal eines Nachts Langvorderweltausstellung Langbevordugeborenwarst eines Nachts war Mutter so erschrocken wegen der

vielen Flintenschüsse aber es war alles in Ordnung stellte sich heraus nichts weiter als eine kleine Schießerei sie hatten nur einen Mexikaner erschossen weiter nichts
und das war in den Achtzigerjahren

DEBS

Debs war Eisenbahner,
geboren in einer Bretterhütte
in Terre Haute.

Es waren ihrer zehn Kinder.
Sein Vater war 49 mit einem Segelschiff nach Amerika gekommen,
ein Elsässer aus Colmar, kein großer Verdiener, hatte gern Musik und Bücher,
gab seinen Kindern Gelegenheit, in die Volksschule zu gehen, und das war so ziemlich alles, was er tun konnte.
Mit fünfzehn arbeitete Gene Debs bereits
als Maschinist auf der Indianapolis- und Terre-Haute-Eisenbahn.

Er fuhr als Heizer auf der Lokomotive,
stand als Kommis hinter dem Ladentisch,
schloß sich dem Ortsverband der Heizergewerkschaft an,
wurde zum Sekretär gewählt, bereiste das ganze Land
als Organisator.
Er war ein großer Kerl und schlenkerte beim Gehen, er hatte eine stürmische Rhetorik, die die Eisenbahner in ihren ungehobelten Brettersälen
begeisterte,
daß sie *die* Welt haben wollten, die *er* haben wollte,
eine Welt, die Brüdern gehört,
eine Welt, in der jeder zu gleichen Teilen mit dem anderen teilt:

Ich bin kein Arbeiterführer. Ich will nicht, daß ihr mir oder irgendeinem anderen folgt. Wenn ihr einen Moses sucht, der euch aus der kapitalistischen Wildnis hinausführt, werdet ihr nie von der Stelle kommen. Ich würde euch, auch wenn ich es könnte, niemals in dieses Land der Verheißung führen, denn wenn ich euch hineinführen könnte, würde irgendein anderer euch wieder herausführen.

So sprach er zu den Verladern und Streckenwärtern, zu den Heizern und Weichenstellern und Lokomotivführern, er sagte ihnen, daß es nicht genüge, die Eisenbahner zu organisieren, daß alle Arbeiter sich organisieren müßten, daß alle Arbeiter sich organisieren müßten
in dem genossenschaftlichen Arbeiterstaat.

Lokomotivheizer auf mancher nächtlichen Fahrt,
unter dem Rauch ein Feuer verzehrte ihn, brannte in stürmischen Worten,
die in den Brettersälen erdröhnten; er wollte seine Brüder befreien.
Dieses sah er in der Masse, die ihn vor dem Bahnhof Old-Well-Street begrüßte, als er nach dem Streik bei Pullman aus dem Gefängnis kam,
dieses waren die Männer, die im Jahre neunzehnhundertundelf 900000 Stimmen für ihn zusammenbrachten und die Gehröcke und Zylinderhüte und brillantengeschmückten Salondamen in Saratoga Springs, Bar Harbor, Lake Geneva mit dem Popanz eines sozialistischen Präsidenten erschreckten.
Wo waren Gene Debs' Brüder neunzehnhundertundachtzehn, als Woodrow Wilson ihn ins Zuchthaus von Atlanta sperren ließ, weil er gegen den Krieg geredet hatte,
wo waren die großen Kerle, die den Whisky gern haben und einander gern haben, gemütliche Leute, die am Schanktisch in den kleinen Städten des Mittelwestens weitläufige Geschichten erzählen,
stille Kerle, die ein Haus haben wollen mit einer Veranda, auf der man umherlungern kann, und ein fettes Weib, das für sie kocht, ein paar Schnäpse und Zigarren, einen Garten, um drin zu graben, gute Freundchen, mit denen man schwatzt,

und die dafür arbeiten wollen,
und daß andere dafür arbeiten sollen ...?

Wo waren die Heizer und Lokomotivführer, als sie ihn in das Zuchthaus von Atlanta schleppten?
Und sie brachten ihn nach Terre Haute zurück, daß er dort sein Leben beschließe,
in einem Schaukelstuhl auf seiner Veranda sitzend, die Zigarre im Mund,
neben ihm *American Beauty Rosen,* die seine Frau in eine Vase getan hat;
und die Leute von Terre Haute und die Leute von Indiana und die Leute aus dem Mittelwesten liebten ihn und fürchteten ihn und sahen in ihm einen alten, freundlichen Onkel, der sie gern hatte, und sie wollten bei ihm sein und sich von ihm Zuckerwerk geben lassen,
aber sie fürchteten sich vor ihm, als hätte er eine üble Krankheit bekommen, Syphilis oder Aussatz, und sie dachten, es sei doch zu schade,
aber wegen der Fahne
und wegen der guten Konjunktur,
und weil es für die Demokratie zu kämpfen galt,
hatten sie Angst, zu ihm zu kommen
oder viel an ihn zu denken, aus Furcht, sie könnten ihm Glauben schenken;
denn er sagte:

Solange es eine unterdrückte Klasse gibt, gehöre ich zu ihr, solange es eine Verbrecherklasse gibt, gehöre ich zu ihr, solange noch eine Menschenseele im Gefängnis sitzt, bin ich *nicht frei.*

Das Kamera-Auge 4

Rücklings fahrend durch den Regen in der holpernden Droschke die zwei Gesichter in dem wackligen Licht der vierräderigen Droschke und *Ihre* großen Koffer hüpfen polternd auf dem Dach und *Er* rezitiert mit seiner Advokatenstimme Othello

Ihr Vater liebte mich lud oft mich ein
Erforschte meines Lebens Lauf von Jahr
Zu Jahr die Schlachten Stürme Schicksalswechsel
So ich bestand
Ich ging es durch vom Knabenalter her
Bis auf den Augenblick wo er gefragt
So sprach ich denn von manchem harten Fall
Von schreckender Gefahr zu See und Land
Wie ich ums Haar dem drohenden Tod entrann...

Ah da ist der Schuylkill. Die Pferdehufe rattern scharf über nassen glatten Asphalt nach den Pflastersteinen. Durch die grauen Regenstreifen schimmert rötlich der Fluß im winterlichen Dreck. Als ich in deinem Alter war Jack da bin ich von dieser Brücke hier ins Wasser gesprungen. Durch das Brückengeländer können wir in das kalte regenblanke Wasser sehen. Hattest du was an?
Bloß mein Hemd

MAC

Fainy stand in der Nähe der Tür in dem vollgepfropften Hochbahnwagen an den Dicken angelehnt, der sich vor ihm an der Strippe festhielt, und immer wieder las er den Brief auf sprödem Wasserzeichenpapier:

»Der Wahrheitssucher«, Literarische Vertriebs-Ges. K.G.
Zentralbüro 1104 S. Hamlin Avenue
Chicago Ill.

14. April 1904

Herrn Fenian O'H. McCreary
466 N. Wood Street
Chicago Ill.

Sehr geehrter Herr!
Wir haben das Vergnügen, den Empfang Ihres Geschätzten vom 10. d. M. zu bestätigen.
Mit Bezug auf die vorliegende Angelegenheit sind wir der Meinung, daß durch eine persönliche Unterredung viel gewonnen wäre. Wenn Sie so gut sein wollten, am Montag, dem 16. April, um neun Uhr vormittags bei der oben angegebenen Adresse vorzusprechen, könnte man unserer Meinung nach die Frage Ihrer Eignung für den Posten, um den Sie sich beworben haben, gründlich auseinanderklabüstern.
Stets auf der Suche nach Wahrheit

Ihr ergebener
Emanuel R. *Bingham, Dr. Th.*

Fainy hatte Angst. Der Zug kam zu früh in die Station. Fainy hatte fünfzehn Minuten Zeit, um zwei Häuserblocks entlangzulaufen. Er schlenderte durch die Straße, sah sich die Schaufenster an. Da gab es in einer Naturalienhandlung einen ausgestopften Fasan, und oben an der Decke hing ein großer, flacher, grünlicher Fisch mit einem sägezähnigen Schnabel, an dem ein Zettel baumelte:

SÄGEFISCH (pristis perrotetti)
Kommt im Golf und in den Gewässern von Florida vor. Bevorzugt seichte Buchten und kleine Mündungen.

Vielleicht würde er überhaupt nicht hingehen. Im Hintergrund des Schaufensters saß ein Luchs und auf der anderen Seite eine stutzschwänzige Katze, der Luchs auf einem Ast und die Katze auf einem Ast. Plötzlich hielt er den Atem an. Er würde zu spät kommen. Er raste davon, an den Häusern entlang.
Als er die vier Treppen hinter sich hatte, war er ganz atemlos, und sein Herz pochte schneller als die ratternden Räder der Hochbahn. Er studierte die Milchglastüren auf dem Flur:

ALLGEMEINE KONTAKT-GESELLSCHAFT

F. W. PERKINS
Versicherungen

CHICAGO
Zauberartikel und Neuheiten, Ges.m.b.H.

DR. NOBLE
Spital- und Krankenbedarf

Zuletzt eine schmutzige Tür ganz hinten neben der Toilette. Das Gold von den Lettern war abgebröckelt. Aber er konnte die matten Umrisse entziffern:

ALLGEMEINE LIEFER- UND HANDELSGESELLSCHAFT

Dann sah er an der Wand neben der Tür eine Karte, und auf

der Karte die Zeichnung einer Hand, die eine Fackel hielt, und unter der Zeichnung die Worte: WAHRHEITSSUCHER K. G. Er klopfte zaghaft an das Glas. Keine Antwort. Er klopfte noch einmal.

»Herein ... Nicht klopfen!« rief eine tiefe Stimme. Fainy öffnete die Tür, trat in einen dunklen, schmalen Raum, der zur Gänze von zwei riesigen Rolladenschreibtischen erfüllt war, fing zu stottern an:

»Bitte, ich möchte zu Mr. Bingham, Sir.«

An dem zweiten Schreibtisch, vor dem einzigen Fenster, saß ein breiter Mann mit breiten Hängebacken, die ihm einigermaßen das Aussehen eines Vorstehhundes verliehen. Er hatte langes, schwarzes Haar, das über den Ohren ein wenig geringelt war, und auf seinem Hinterkopf saß ein breiter, schwarzer Filzhut. Er lehnte sich in seinen Stuhl zurück, musterte Fainy von oben bis unten.

»Guten Tag, junger Mann! Was für Bücher wünschen Sie heute vormittag zu erwerben? Was kann ich heute vormittag für Sie tun?« Dröhnende Stimme.

»Sind Sie bitte Mr. Bingham, Sir?«

»Hier vor Ihnen sitzt Doc Bingham.«

»Bitte, Sir, ich – ich komme wegen der Stellung.«

Doc Binghams Miene veränderte sich. Er verzog den Mund, als hätte er etwas Säuerliches auf die Zunge bekommen. Er drehte sich auf seinem Drehsessel herum und spuckte in einen Messingspucknapf, der in der Ecke des Zimmers stand. Dann schwang er sich wieder zurück und streckte einen fetten Finger nach Fainy aus: »Junger Mann, wie buchstabieren Sie Erfahrung?«

»E–r–f–a–r–u–n–«

»Das genügt ... Keine Bildung ... Das dachte ich mir ... Keine Kultur, nichts von jenen edleren Gefühlen, die den zivilisierten Menschen von den barbarischen Urbewohnern der Wildnis unterscheiden ... Keine Begeisterung für die Wahrheit, kein begeisterter Wille, Licht in die Finsternis zu bringen ... Wissen Sie, junger Mann, daß ich Ihnen nicht eine Stellung anbiete, sondern eine große Gelegenheit ... eine prächtige Gelegenheit, der Menschheit zu dienen und sich selber zu bilden! Ich biete Ihnen eine komplette Erziehung gratis.«

Fainy trat von einem Fuß auf den anderen. Eine Heiserkeit saß in seiner Kehle.

»Wenn es mit Druckereisachen zu tun hat, kann ich es schon machen.«

»Nun wohl, junger Mann, wenn ich jetzt eine Reihe kurzer Fragen an Sie richte, vergessen Sie nicht, daß Sie an der Schwelle Ihrer Zukunft stehen.«

Doc Bingham fummelte lange in den Fächern seines Schreibtisches umher, fand schließlich eine Zigarre, biß die Spitze ab, zündete sie an und wandte sich dann wieder zu Fainy, der mal auf dem einen, mal auf dem anderen Fuß stand.

»Nun, wenn Sie mir vielleicht Ihren Namen sagen wollen.«

»Fenian O'Hara McCreary ...«

»Hm ... Schottisch und irisch ... recht guter Stamm ... von dort komme ich auch her ... Religion?«

Fainy wand sich. »Vater war Katholik, aber ... er wurde dann ein Roter.«

Dr. Bingham lachte und rieb sich die Hände.

»O Religion, was für Verbrechen werden in deinem Namen begangen! Ich selbst bin Agnostiker – kümmere mich nicht um Klasse oder Glaubensbekenntnis, wenn ich unter Freunden bin – wenn man auch zuweilen, mein junger Freund, mit den Wölfen heulen muß ... Nein, Sir, mein Gott ist die Wahrheit, die in den Händen ehrlicher Menschen immer höher emporsteigend die Nebel der Unwissenheit und Habgier zerstreuen und der Menschheit Freiheit und Wissen bringen wird ... Sind Sie auch dieser Meinung?«

»Ich habe bei meinem Onkel gearbeitet. Er ist Sozialdemokrat.«

»Ach, hitzköpfiger Jüngling ... Können Sie kutschieren?«

»Nun, ja, Sir, ich glaube, es würde gehen.«

»Dann wüßte ich nicht, warum ich Sie nicht engagieren sollte.«

»In der Annonce in der *Tribune* stand fünfzehn Dollar die Woche.«

Doc Binghams Stimme bekam einen besonders samtenen Klang.

»Ah, Fenian, mein junger Freund, fünfzehn Dollar die Woche werden das Minimum sein, das Sie verdienen ... Haben Sie schon einmal von dem Kooperativsystem gehört? Dieses System wird Ihrer Arbeit zugrunde liegen ... Als alleiniger Eigentümer und Vertreter der Wahrheitssucher-Gesellschaft habe ich hier eine prächtige Serie kleiner Bücher und Broschüren, die jedes Gebiet menschlichen Wissens und Strebens umfassen ... Ich begebe mich jetzt unverzüglich auf eine Verkaufstour durch die ganze Umgegend, Sie werden einer meiner Vertriebsagenten sein. Die Bücher verkaufen sich mit zehn bis fünfzig Cent. Von jedem Zehncentbuch bekommen Sie einen Cent, bei den Fünfzigcentbüchern verdienen Sie fünf Cent ...«

»Und wöchentlich bekomme ich gar nichts?« stotterte Fainy.

»Willst du mit dem Pfennig klug und mit dem Taler töricht sein, junger Freund! Die herrlichste Gelegenheit eines Lebens beiseite stoßen, um dir ein ärmliches Almosen zu sichern! Nein, ich sehe an Ihrem flammenden Auge, an Ihrem Rebellennamen aus der Geschichte des alten Irlands, daß Sie ein mutiger und entschlossener junger Mann sind ... Sind wir einig? Dann wollen wir es mit einem Handschlag bekräftigen, und bei Gott, Fenian, Sie werden es nicht bereuen.«

Doc Bingham sprang auf, packte Fainys Hand und schüttelte sie.

»Kommen Sie mit, Fenian, wir haben vorher noch einen wichtigen Gang zu machen.« Doc Bingham zog seinen Hut in die Stirn, sie gingen die Stiege hinunter zur Haustür.

Doc Bingham war ein dicker Mann, und beim Gehen umschwabbelte ihn das lockere Fett. Immerhin 'ne Stellung, sagte sich Fainy im stillen.

Zuerst gingen sie in ein Schneidergeschäft, ein langnasiger Kerl mit gelber Haut – Doc Bingham redete ihn mit Lee an – kam ihnen entgegengeschlurft. In dem Schneidergeschäft roch es nach gedämpftem Tuch und Putzmitteln. Lee, der redete so, als ob er keinen Gaumen im Mund hätte.

»Ich bin recht krank, lieber Mann«, sagte er, »jetzt gebe

ich schon über tausend Dollar für die Ärzte aus, wird aber nicht besser.«

»Nun, ich werde Sie nicht im Stiche lassen, das wissen Sie, Lee.«

»Sicher, Emi, sicher, Sie sind mir bloß so viel Geld schuldig.«

Doc Emanuel Bingham sah Fainy von der Seite an.

»Ich kann Ihnen versichern, daß binnen sechzig Tagen die finanzielle Lage sich geklärt haben wird ... Jetzt aber möchte ich Sie bitten, mir zwei von Ihren großen Kartons zu leihen, diese Pappschachteln, in denen Sie die Anzüge in die Häuser schicken.«

»Was wollen Sie damit?«

»Mein junger Freund und ich haben ein kleines Projekt.«

»Machen Sie bloß keinen Unfug mit den Kartons, steht mein Name drauf.«

Doc Bingham lachte herzlich, als sie aus der Tür gingen, unter jedem Arm hatte er einen der großen, flachen Kartons, auf denen in reichverzierten Lettern geschrieben stand: *Levy & Goldstein. Erstklassige Maßarbeit.*

»Ein großer Witzbold, Fenian«, sagte er. »Aber lassen Sie sich den kläglichen Zustand dieses Mannes eine Lehre sein ... der arme Jammermensch leidet an den Folgen einer schrecklichen Krankheit, die er sich in jugendlicher Torheit zugezogen hat.«

Sie kamen wieder an der Naturalienhandlung vorbei. Da waren die Wildkatzen und der Goldfasan und der große Sägefisch ... *Bevorzugt seichte Buchten und kleine Mündungen* ... Fainy fühlte sich versucht, die Kleiderkartons fallen zu lassen und davonzurennen. Immerhin 'ne Stellung.

»Fenian«, sagte Doc Bingham vertraulich, »kennen Sie das Mohawk-House?«

»Jawoll, wir haben für die Leute gedruckt.«

»Man kennt Sie dort nicht, wie?«

»Nee, man wird mich nicht kennen ... Ich war bloß einmal dort, Briefpapier abliefern.«

»Prächtig ... Nun passen Sie gut auf, mein Zimmer hat Nr. 303. Sie warten unten und kommen nach ungefähr fünf Minuten nach. Sie sind der Bote vom Schneider, verstanden, und Sie holen ein paar Anzüge zum Reinigen ab. Dann gehen Sie in mein Zimmer hinauf und holen die Anzüge und tragen sie in mein Büro. Wenn jemand Sie fragt, wo Sie damit hinwollen, Sie gehen zu Levy & Goldstein, verstanden?«

Fainy holte tief Atem.

»Hab schon verstanden.«

Als er in das kleine Zimmer ganz oben unter dem Dach des Mohawk-House kam, ging dort Doc Bingham auf und ab.

»Levy & Goldstein, Sir«, sagte Fainy und verzog keine Miene.

»Mein junger Freund«, erwiderte Doc Bingham, »Sie werden ein fähiger Assistent werden, ich bin froh, daß meine Wahl auf Sie gefallen ist. Ich werde Ihnen einen Dollar a conto Ihrer Tantiemen geben.« Unterdessen, während er redete, holte er Kleider, Papiere, alte Bücher aus einem großen Koffer hervor, der in der Mitte des Zimmers stand. Und verpackte das alles sehr sorgsam in einen der beiden Kartons. In den anderen legte er einen pelzgefütterten Mantel. »Dieser Mantel kostet zweihundert Dollar, Fenian, ein Überbleibsel vergangenen Glanzes ... Ach, das herbstliche Laub in Vallombrosa ... Et tu in Arcadia vixisti ... Das ist Lateinisch, die Sprache der Gelehrten.«

»Mein Onkel Tim, der die Druckerei hatte, wo ich beschäftigt war, der konnte Lateinisch fein.«

»Glauben Sie, daß Sie das schleppen können, Fenian ... nicht zu schwer?«

»Geht schon, geht schon.« Fainy hätte sich gern nach dem Dollar erkundigt.

»Gut, schön, nun laufen Sie mal los ... Warten Sie auf mich im Büro.«

Im Büro fand Fainy einen jungen Mann vor, der an dem zweiten Rolladenschreibtisch saß. »Was wollen *Sie* denn da?« rief der junge Mann mit krächzender Stimme. Er hatte eine scharfe Nase, einen wächsernen Teint, straffes, schwarzes, borstig hochgekämmtes Haar. Fainy war außer Atem vom Treppensteigen; und seine Arme waren steif vom Tragen der schweren Kartons. »Das ist wohl wieder eine von Emis Narreteien. Sagen Sie ihm, er soll schauen, daß er

hier wegkommt, ich habe den zweiten Schreibtisch gemietet.«
»Aber Doktor Bingham hat mich gerade vorhin für die Wahrheitssucher Literarische Vertriebsgesellschaft eingestellt.«
»Den Teufel hat er!«
»Er wird gleich da sein.«
»Na dann setzen Sie sich hin und halten Sie den Mund, sehen Sie denn nicht, daß ich beschäftigt bin?«
Fainy setzte sich verdrossen auf den Drehsessel neben das Fenster, den einzigen Stuhl in dem ganzen Büro, der nicht mit kleinen broschierten Büchern in hohen Stößen beladen war. Vor dem Fenster sah er ein paar staubige Dächer und Rettungsleitern. Durch schmutzige Scheiben konnte er in fremde Büros schauen, auf fremde Rolladenschreibtische. Auf dem Schreibtisch vor ihm lagen Bücherpakete, in Papier gewickelt, und dazwischen eine Menge loser Broschüren. Sein Blick fiel auf einen Titel:

DIE KÖNIGIN DER WEISSEN SKLAVINNEN

Skandalöse Enthüllungen der Milly Meechan, die mit sechzehn Jahren aus ihrem Elternhaus geraubt und durch ihren schändlichen Verführer in ein Leben der Schande und Schmach gelockt wurde.

Er fing an, das Buch zu lesen. Die Zunge wurde ihm trocken, am ganzen Leib ein klebriges Gefühl.
»Hat niemand was zu Ihnen gesagt, eh?« Doc Binghams dröhnende Stimme unterbrach ihn in seiner Lektüre. Bevor er antworten konnte, knurrte die Stimme des Mannes vom anderen Tisch her: »Hören Sie mal zu, Emi, Sie müssen hier verduften ... Ich habe den Schreibtisch gemietet.«
»Schüttle nicht deine blutigen Locken nach mir, Samuel Epstein. Mein junger Freund und ich, wir rüsten soeben zu einer Expedition zu den Ureinwohnern des schwärzesten Michigan. Wir fahren noch heute abend nach Saginaw. Binnen sechzig Tagen komme ich zurück und nehme dir das Büro aus der Hand. Dieser junge Mann begleitet mich, um das Geschäft zu erlernen.«

»Geschäft, bah!« brummte der andere und tauchte wieder hinter seinen Papieren unter.
»Saumseligkeit, Fenian, stiehlt uns die Zeit.« Doc Bingham schob napoleonisch die eine fette Hand in seine zweireihige Weste. »Es gibt in allen menschlichen Dingen eine gewisse Flutwelle, die, wenn man sie an ihrem Höhepunkt erwischt ...« Und zwei Stunden lang mußte Fainy unter seinem Kommando schwitzen, Bücher in braune Pakete packen, die Pakete verschnüren und adressieren: An die Wahrheitssucher K.G., Saginaw, Mich.
Er bat um eine Stunde Urlaub, um nach Hause zu seinen Leuten zu gehen. Milly küßte ihn mit dünnen, harten Lippen auf die Stirn. Dann brach sie in Tränen aus. »Du bist glücklich, oh, wenn ich bloß ein Junge wäre!« blubberte sie und lief die Treppe hinauf. Mrs. O'Hara sagte, ein braver Junge sein und immer bei den *Christlichen Jungen Männern* wohnen, dort ist ein junger Mensch vor Versuchungen sicher, und der Onkel Tim mit seinen Saufgewohnheiten soll ihm eine Warnung sein.
Mit zusammengeschnürter Kehle ging er seinen Onkel Tim suchen. Er fand ihn im Hinterzimmer von O'Grady. Seine Augen hatten ein mattes, helles Blau, und seine Unterlippe zitterte beim Sprechen. »Trink mal ein Gläschen mit mir, mein Sohn, du stehst jetzt auf eigenen Füßen.« Fainy goß ein Bier hinunter, ohne es zu schmecken.
»Fainy, du bist ein heller Junge ... Ich wollte, ich hätte dir mehr helfen können, du bist ein O'Hara, jeder Zoll ein O'Hara. Lies Marx, lies alles, was du nur erwischen kannst, vergiß nicht, daß du von Geburt und Geblüt ein Rebell bist ... Gib nicht Leuten die Schuld, wenn Dinge dich ärgern ... Sieh dir bloß dieses schreckliche, böse Mannweib an, mit dem ich verheiratet bin, gebe ich ihr die Schuld? Nein, ich gebe die Schuld dem System. Und nie dich an diese verfluchten Hunde verkaufen, mein Sohn, die Weiber werden dich allemal dazu bringen wollen, daß du dich verkaufst. Du weißt, was ich meine. Gut, geh jetzt – geh los, sonst versäumst du deinen Zug.«
»Ich schreibe dir aus Saginaw, Onkel Tim, bestimmt.«

Onkel Tims schmächtiges, rotes Gesicht in dem leeren, verräucherten Raum, der Schanktisch und das glitzernde Messing und der Schankbursche mit den rosigen Armen, der sich auf den Schanktisch lümmelte, die Flaschen und die Spiegel und das Lincoln-Porträt, sie drehten sich ein wenig in nebligem Wirbel, und er war in der blanken, regennassen Straße unter den blanken Wolken, lief, in der Hand seinen Koffer, eilig zur Hochbahnstation.
Auf dem Illinois-Zentralbahnhof erwartete ihn Doc Bingham, umringt von einem Stapel brauner Pakete. Fainy, als er ihn sah, war innerlich ein bißchen komisch zumute – die fettigen, bleichen Backen, die zweireihige Weste, der weite, schwarze, pfäffische Mantel, der staubige, schwarze Filzhut, unter dessen breiter Krempe über den fleischigen Ohren das Haar sich plötzlich zu einer fußligen Locke drehte. Immerhin 'ne Stellung.
»Ich muß gestehen, Fenian«, begann Doc Bingham, sowie Fainy zu ihm herangekommen war, »sosehr ich auf meine Kenntnis der menschlichen Natur baue, ich hatte ein wenig Angst, Sie würden sich nicht mehr blicken lassen. Wo sagt nur der Dichter, schwierig ist der erste flatternde Flug des flügge gewordenen Vogels aus dem Nest? Schaffen Sie die Pakete in den Zug, während ich die Fahrkarten kaufen gehe, geben Sie acht, daß es Raucher ist.«
Nachdem der Zug angefahren war und der Schaffner die Billette gelocht hatte, beugte Doc Bingham sich vor und klopfte Fainy mit einem dicken Wurstfinger auf das Knie. »Mich freut, daß Sie sich sauber anziehen, junger Freund, Sie dürfen nie vergessen, wie wichtig es ist, der Welt eine schöne Fassade zu zeigen. Mag auch das Herz wie Staub und Asche sein, dennoch muß der äußere Mensch heiter sein und guten Mutes. Wir wollen uns eine Weile vorn in den Pullman-Raucher setzen, damit wir diese Bauernlümmels loswerden.«
Es regnete fest, und die Fenster des Zuges waren gegen die Dunkelheit mit schiefen, perligen Streifen gestreift. Fainy fühlte sich nicht sehr behaglich, während er, taumelnd und stolpernd, Doc Bingham durch den grünen Plüsch-Salon-

wagen zu dem kleinen, ledergepolsterten Abteil am Ende des Wagens folgte. Dort zog Doc Bingham eine große Zigarre aus der Tasche und begann eine Reihe prächtiger Rauchringe zu blasen. Fainy saß neben ihm, schob die Füße unter den Sitz, bemühte sich sehr, sowenig wie möglich Platz zu verbrauchen.
Allmählich füllte das Abteil sich mit schweigsamen Männern und krausen Rauchspiralen. Draußen schlug der Regen mit dem Geräusch kleiner Kiesel an die Fenster. Lange Zeit sagte keiner ein Wort. Ab und zu räusperte sich einer und spie einen großen Brocken Schleim oder einen Strahl Tabaksaft in den Spucknapf.
»Nu ja, Sir«, begann eine Stimme, die nirgendwo besonders herkam und an niemand besonderen sich wandte, »es war eine schöne Antrittsfeier, wenn wir auch fast dabei erfroren sind.«
»Waren Sie in Washington?«
»Jawollja, ich war in Washington.«
»Die meisten Züge kamen erst am nächsten Tag an.«
»Ich weiß, ich hatte Glück, da waren manche achtundvierzig Stunden lang eingeschneit.«
»Ein richtiger Sturm, ein richtiger Blizzard.«

»*Den ganzen Tag, mit Eis bewehrt,*
Der stürmische Nordwind die Lüfte durchfährt,
Die Sonne auf südlich tiefem Kreis
Blickt durch des Schneesturms Nebelweiß ...«

rezitierte Doc Bingham verschämt mit niedergeschlagenem Blick.
»Sie müssen ein gutes Gedächtnis haben, daß Sie Verse so gleich hintereinander aufsagen können.«
»Jawohl, ich habe ein Gedächtnis, das man, glaube ich, ohne ungebührlichen Verstoß gegen die Gesetze der Bescheidenheit als kompendiös bezeichnen könnte. Wenn es eine Naturgabe wäre, würde ich gezwungen sein, zu erröten und stumm zu schweigen, da es aber das Ergebnis eines vierzigjährigen Studiums der besten epischen, lyrischen und

dramatischen Werke der Weltliteratur ist, sage ich mir, daß ein Hinweis auf mein Gedächtnis zuweilen irgendeinen meiner Mitmenschen, der gleichfalls auf dem Wege der Erleuchtung und Selbstbildung vorwärts schreitet, ermutigen wird.« Er wandte sich plötzlich zu Fainy. »Junger Mann, würden Sie gern Othellos Rede vor dem venezianischen Senat hören?«
»Sicher«, sagte Fainy errötend.
»Na, jetzt hat Teddy endlich Gelegenheit, sein Versprechen von wegen dem Kampf gegen die Trusts wahrzumachen.« – »Ich sage Ihnen, die Stimme der rebellischen Farmer aus dem großen Nordwesten ...« – »Schrecklich, der Zusammenstoß der Washingtoner Sonderzüge ...!«
Aber Doc Bingham hatte bereits losgelegt:

»... *Ehrwürd'ger, mächtiger und erlauchter Rat,*
Sehr edle, wohlerprobte, gute Herrn!
Daß ich dem alten Mann die Tochter nahm,
Ist völlig wahr. Wahr, sie ist mir vermählt.«

»Man wird mit den Antitrustgesetzen nicht durchkommen, glauben Sie mir, es wird nicht gehen. Man kann nicht so einfach die Freiheit der individuellen Freiheit beschneiden.«
»Gerade die Freiheit des individuellen Geschäftsmannes, gerade diese Freiheit will der fortschrittliche Flügel der Republikanischen Partei schützen ...«
Aber Doc Bingham stand aufrecht da, die eine Hand in die doppelreihige Weste geschoben, während er mit der anderen Hand breite, kreisende Gebärden machte:

»... *Ich bin von rauhem Wort*
Und schlecht begabt mit milder Friedensrede.
Seit siebenjährige Kraft mein Arm gewann,
Bis vor neun Monden etwa, übt' er stets
Nur Kriegestat im Felde wie im Lager.«

»Die Farmerstimmen ...« begann der andere schrill, aber niemand hörte ihm zu. Doc Bingham beherrschte den Saal.

»Und wenig lernt' ich von dem Lauf der Welt,
Als was zum Streit gehört und Werk der Schlacht.
Drum wenig Schmuck wohl leih' ich meiner Sache,
Red' ich für mich.«

Der Zug verminderte seine Geschwindigkeit. Doc Binghams Stimme in dem gedämpften Lärm klang plötzlich seltsam laut. Fainy stieß mit dem Rücken gegen die Lehne der Bank, und dann war plötzlich Stille und das Geklingel einer Lokomotivglocke in der Ferne und Doc Binghams Stimme mit sanftem Geflüster:
»Meine Herrn, ich habe hier in Broschürenform eine vollständige und ungesäuberte Ausgabe eines der klassischen Bücher der Welt, des berühmten Dekameron von Boccaccio, der seit vier Jahrhunderten sprichwörtlich ist für gepfefferten Witz und derben Humor ...« Er holte aus einer seiner weiten Taschen einen Stoß kleiner Büchlein hervor und drehte sie zwischen den Fingern. »Aus reiner Freundschaft wäre ich bereit, mich von einigen Exemplaren zu trennen, falls einer der Herren Interesse hat ... Hier, Fenian, nehmen Sie und sehen Sie zu, ob jemand eins haben will, sie kosten zwei Dollar pro Exemplar. Mein junger Freund hier wird Sie bedienen ... Gute Nacht, meine Herrn« – und er verschwand, und der Zug hatte sich wieder in Bewegung gesetzt, und Fainy sah sich mitten in dem schaukelnden Wagen stehen, die kleinen Bücher in der Hand, während die argwöhnischen Blicke sämtlicher Raucherpassagiere ihn durchbohrten wie ebenso viele Bohrer.
»Zeigen Sie mal her«, sagte ein kleiner Mann mit abstehenden Ohren; er saß ganz in der Ecke. Dann machte er das Buch auf und fing gierig zu lesen an. Fainy stand inmitten des Wagens, ein Kribbeln in allen Gliedern. Er sah das Weiße in dem Winkel eines Auges schimmern, der kleine Kerl in der Ecke blickte durch den gekräuselten Rauch an der Kette der Zigarren entlang. Die abstehenden Ohren färbten sich rosarot.
»Gepfeffertes Zeug«, sagte der Kleine, »aber zwei Dollar sind zuviel.«

Fainy hörte sich stottern: »Ssssie ggggehören nnnicht mmmmir, Sir, ich weiß es nicht.«
»Na schön ...« Der Kleine legte zwei Dollarnoten in Fainys Hand und kehrte zu seiner Lektüre zurück. Als Fainy wieder nach dem Personenwagen unterwegs war, hatte er sechs Dollar in der Tasche und von den Büchern nur noch zwei. In der Mitte des Wagens begegnete er dem Schaffner. Das Herz stand ihm still. Der Schaffner sah ihn scharf an, sagte aber nichts.
Doc Bingham saß auf seinem Platz, den Kopf in die Hand gestützt, die Augen geschlossen, als schlummerte er. Fainy glitt auf den Platz neben ihm.
»Wieviel haben sie genommen?« fragte Doc Bingham, ohne die Augen zu öffnen, aus dem Mundwinkel hervor, mit einer sonderbar barschen Stimme, die Fainy noch nicht an ihm gehört hatte.
»Sechs Dollar im ganzen ... Puh, hat der Schaffner mich erschreckt, wie der mich angeschaut hat.«
»Den Schaffner überlassen Sie mir, und vergessen Sie nicht, daß es in den Augen der Menschlichkeit und Erleuchtung kein Verbrechen sein kann, die Werke der großen Humanisten unter die Händler und Wechsler dieses gottverlassenen Landes zu verteilen ... Langen Sie mal die Pinke rüber.«
Fainy hätte sich gern nach dem Dollar erkundigt, der ihm versprochen war, aber Doc Bingham legte schon wieder los:

»... *Und wenn auf jeden Sturm folgt solche Stille,*
Dann mag das ächzende Schiff berghohe Wogen erklimmen
Hoch wie des Olympus Stirn ...«

Sie schliefen bis spät in den Tag im Kaufmannshaus von Saginaw und aßen ein reichliches Frühstück, in dessen Verlauf Doc Bingham einen längeren Vortrag über Theorie und Praxis des Buchhandels hielt.
»Ich fürchte sehr, daß in dem Hinterland, in das wir einzudringen gedenken«, sagte er, während er drei Spiegeleier zerschnitt und sich den Mund mit Backpulverzwieback voll-

stopfte, »daß die Jockels dort immer noch Maria Monk verlangen werden.«

Fainy wußte nicht, wer Maria Monk war, aber er wollte nicht fragen. Er ging mit Doc Bingham zu Hummers Fuhrgeschäft, um dort ein Pferd und einen Wagen zu mieten. Es folgte nun ein langer Kampf zwischen der Firma Wahrheitssucher K.G. und der Leitung des Fuhrunternehmens Hummer bezüglich der Leihgebühr für ein Wägelchen und ein ältliches, scheckiges Roß, an dessen Kruppe man seinen Hut aufhängen konnte, und so wurde es später Nachmittag, bevor sie Saginaw verließen, hinter sich in dem Wägelchen die Bücherpakete, Richtung auf die große Landstraße zu.

Es war ein kühler Frühlingstag. Bauschige Wolken rückten grau verschwommen über einen bläulich silbernen Himmel. Das scheckige Pferd fiel immer wieder in Schritt, Fainy klatschte unaufhörlich die Zügel gegen seine hohlen Flanken und schnalzte mit der Zunge, bis ihm der Mund ganz trocken war. Bei dem ersten Hieb fing die Schecke zu galoppieren an, aber sogleich entartete ihr Galopp zu einem holprigen Trabe und dann zu schleppendem Schritt. Fainy fluchte und schnalzte, doch er konnte den Gaul nicht dazu bringen, den Galopp oder den Zockeltrab beizubehalten. Unterdessen saß Doc Bingham neben ihm, den breiten Hut in den Nacken geschoben, rauchte eine Zigarre und redete über die katholische und über die protestantische Religion.

»Ich will gleich bemerken, Fenian, daß es für einen Mann von aufgeklärter Denkungsweise nur eine Haltung gibt: Die Pest über eure beiden Häuser ... Ich selbst bin Pantheist – aber auch ein Pantheist muß essen, ergo Maria Monk.« Ein paar Regentropfen, eisig und stechend wie Hagel, schlugen ihnen ins Gesicht. »Auf diese Art werde ich Lungenentzündung kriegen, und das ist auch Ihre Schuld, ich dachte, Sie sagten, Sie könnten kutschieren ... Da, fahren Sie mal zu dem Farmhaus dort links. Vielleicht läßt man uns Pferd und Wagen im Schuppen unterstellen.«

Als sie über den Heckenweg auf das graue Haus mit dem großen grauen Schuppen, der ein wenig abseits von der Straße unter einigen Kiefern stand, zukutschierten, fiel die

Schecke wieder in Schritt und begann nach den hellgrünen Grasbüscheln am Rande des Grabens zu schnappen. Fainy schlug mit den Zügelenden nach dem Gaul, streckte sogar den Fuß über das Schmutzbrett und gab ihm einen Tritt, aber er rührte sich nicht.
»Verdammt noch mal, gib mir die Zügel.«
Doc Bingham riß wie ein Verrückter an den Riemen, aber das hatte nur zur Folge, daß der Gaul den Kopf wandte und sie ansah, grünlichen Schaum halb zerkauten Grases zwischen den langen, gelben Zähnen. Fainy kam es vor, als lachte er sie aus. Der Regen hatte kräftig eingesetzt. Sie schlugen die Rockkragen hoch. Bald sickerte über Fainys Rücken ein dünnes, eiskaltes Rinnsal.
»Steigen Sie aus und gehn Sie zu Fuß, verdammt noch mal und zum Teufel, führen Sie ihn am Zaum, wenn Sie nicht kutschieren können!« stieß Doc Bingham hervor. Fainy sprang vom Wagen und führte das Pferd an die Hintertür des Bauernhauses, der Regen lief ihm von der Hand, mit der er das Pferd hielt, in den Ärmel.
»Guten Abend, liebe Frau.« Doc Bingham war auf den Beinen und verbeugte sich vor einer kleinen, alten Frau, die an die Tür kam. Er stand, vor dem Regen geschützt, neben ihr auf den Stufen. »Haben Sie was dagegen, wenn ich mein Pferd und meinen Wagen für einen Augenblick in Ihrem Schuppen unterstelle? Ich habe wertvolle, leicht verderbliche Artikel auf dem Wagen und keine wasserdichte Hülle ...« Die Alte nickte mit ihrem strähnigen weißen Kopf.» Sehr, sehr freundlich von Ihnen, das muß ich sagen ... Gut, also, Fenian, führen Sie das Pferd in den Schuppen, kommen Sie dann herein und bringen Sie das kleine Paket mit, das unter dem Kutschbock liegt ... Ich sagte gerade zu meinem jungen Freund, daß ich überzeugt bin, in diesem Haus wohnt ein guter Samariter, der zwei müde Wanderer nicht davonjagen wird.«
»Kommen Sie herein, Herr ... Vielleicht möchten Sie sich an den Ofen setzen und trocknen. Kommen Sie herein, Herr – wie?«
»Doc Bingham ist mein Name ... Hochwürden Doktor

Bingham«, hörte Fainy ihn sagen. Fainy, als er selber dann ins Haus kam, ein Paket mit Büchern unter dem Arm, war völlig durchnäßt und zitterte am ganzen Leibe. Doc Bingham saß in voller Größe auf einem Schaukelstuhl vor dem Küchenherd. Neben ihm auf dem frisch gescheuerten Brettertisch standen ein Stück Pastete und eine Tasse Kaffee. In der Küche roch es warm, behaglich nach Äpfeln, Speck und Lampendocht. Die alte Frau beugte sich über den Küchentisch und hörte aufmerksam an, was Doc Bingham sagte. Eine zweite Frau, ein großes, knochiges Weib, spärliches, hellblondes Haar hoch oben auf dem Kopf zu einem kleinen Knoten geknotet, stand im Hintergrund der Küche, die rotknöchligen Hände in die Hüften gestemmt. Eine schwarz-weiße Katze mit krummem Buckel und hochgerecktem Schweif rieb sich an Doc Binghams Beinen.
»Ah, Fenian, gerade zur rechten Zeit«, sagte er mit einer Stimme, die genauso schnurrend war wie die der Katze, »ich erzählte gerade – erläuterte gerade unseren freundlichen Wirtinnen den Inhalt unserer sehr interessanten und instruktiven Bibliothek, die alle Perlen der erbaulichen und religiösen Literatur der Welt enthält. Sie haben uns bei unserem kleinen Mißgeschick mit dem Wetter so freundlich behandelt, daß ich der Meinung bin, es würde nur anständig sein, wenn wir ihnen ein paar von unseren Titeln zeigen, nicht wahr, Fenian?«
Die eine der Frauen, die große, zerknitterte ihre Schürze zwischen den Fingern. »Ich hab ein bißchen Lesen furchtbar gern«, sagte sie schüchtern, »aber ich komm nicht so leicht dazu, nicht vorm Winter.«
Mild lächelnd, band Doc Bingham die Schnur auf und entfaltete auf seinen Knien das Paket. Ein Heft fiel zu Boden. Fainy sah, daß es die *Königin der weißen Sklavinnen* war. Ein säuerlicher Ausdruck flog über Doc Binghams Gesicht. Er stellte seinen Fuß auf das hinuntergefallene Buch. »Das sind Evangeliengespräche, mein junger Freund«, sagte er. »Ich wollte *Doktor Spikenards ›Kurze Predigten für alle Lebenslagen‹* haben.« Er reichte das halb geöffnete Paket Fainy, der es rasch an sich nahm. Dann bückte er sich, zog mit einer lang-

sam ausholenden Gebärde das Heft unter seinem Fuß hervor und schob es in die Tasche. »Ich muß wohl selber suchen gehen«, fuhr er mit seiner schnurrendsten Stimme fort. Als die Küchentür sich hinter ihnen schloß, knurrte er in Fainys Ohr: »Unter dem Kutschsitz, du kleine Ratte ... Wenn du mir noch einmal einen solchen Streich spielst, zerbreche ich dir sämtliche verdammten Knochen im Leib.« Und er stieß ihn mit dem Knie so heftig in den Hintern, daß Fainys Zähne aufeinanderschlugen und er in den Regen hinausflog.

»Ich hab's nicht absichtlich gemacht, bestimmt nicht«, murmelte er, während er in den Schuppen ging. Aber Doc Bingham war bereits in das Haus zurückgekehrt, und seine Stimme brabbelte behaglich mit dem ersten Strahl des Lampenlichts in die regnerische Finsternis heraus.

Diesmal war Fainy so vorsichtig, das Paket aufzumachen, bevor er es hineintrug. Doc Bingham nahm ihm die Bücher aus der Hand, ohne ihn anzusehen, und Fainy ging hinter das Ofenrohr. Dort blieb er in dem dumpfigen Dampf seiner Kleider stehen und lauschte der dröhnenden Stimme des Doktors. Er war hungrig; niemand schien auf den Gedanken zu kommen, ihm ein Stück Pastete anzubieten.

»Ah, meine lieben Freunde, wie kann ich euch schildern, wie dankbar ein einsamer Diener am Evangelium des Lichtes dem großen Spender ist, wenn er, unter den Sorgen und Kümmernissen dieser Welt umherirrend, endlich einmal aufmerksame Zuhörer findet. Ich bin überzeugt, daß diese kleinen Büchlein für jeden, der sich die geringe Mühe nimmt, sie durchzusehen, tröstlich, interessant und anregend sein werden. Ich empfinde das so deutlich, daß ich immer ein paar Extraexemplare bei mir habe, um sie gegen eine mäßige Summe abzugeben. Es bricht mir das Herz, daß ich sie noch nicht frei und gratis verteilen kann.«

»Wieviel macht es denn?« fragte die Alte, und ihre Züge wurden plötzlich ganz scharf. Die Knochige ließ die Arme hängen und schüttelte den Kopf.

»Erinnern Sie sich noch, Fenian«, fragte Doc Bingham und lehnte sich heiter in seinen Stuhl zurück, »was diese kleinen Hefte eigentlich gekostet haben?« Fainy war böse. Er antwortete nicht. »Kommen Sie her, Fenian«, sagte Doc Bingham in honigsüßem Ton, »gestatten Sie mir, Sie an die Worte des unsterblichen Barden zu erinnern:

... Demut ist des jungen Ehrgeiz' Leiter,
Zu der der Kletterer sein Antlitz aufwärts wendet,
Doch hat er erst die letzte Sproß erklommen,
Kehrt er der Leiter seinen Rücken zu ...

Sie werden hungrig sein. Sie können meine Pastete essen.«
»Ich glaube, wir finden schon noch ein Stückchen Pastete für den jungen Mann«, sagte die Alte.
»Waren es nicht zehn Cent?« sagte Fainy und kam hinter dem Ofen hervor.
»Oh, wenn es bloß zehn Cent sind, dann möchte ich doch eins nehmen«, sagte die Alte schnell. Die Knochige wollte etwas sagen, aber es war schon zu spät.
Kaum waren die Pastete in Fainys Schlund und der blanke Nickel aus der alten Tabakschachtel im Schrank in Doc Binghams Westentasche verschwunden, als vor dem Fenster durch die regnerische Dunkelheit das Geräusch klappernden Geschirrs und der Schimmer einer Wagenlaterne kamen. Die Alte stand auf und blickte nervös nach der Tür, und die Tür ging auf. Ein stämmig untersetzter, grauhaariger Mann mit einem kleinen Ziegenbärtchen, das an einem runden, roten Gesicht saß, kam herein und schüttelte die Regentropfen von den Schößen seines Mantels. Hinter ihm kam ein knochiger junger Bursche, ungefähr im gleichen Alter wie Fainy, mit einem hervorstehenden Adamsapfel.
»Guten Abend, Sir, guten Abend, mein Sohn!« trompetete Doc Bingham durch den letzten Bissen seiner Pastete und den letzten Schluck Kaffee.
»Sie haben gefragt, ob sie ihr Pferd im Schuppen unterstellen dürfen, bis es zu regnen aufhört. Es ist doch recht so, nicht wahr, James?« sagte die Alte nervös.
»Aber ja«, sagte der ältere Mann, setzte sich schwerfällig auf den freien Stuhl. Die Alte hatte das Heft in die Schub-

lade des Küchentisches versteckt. »Reisen in Büchern, wie?« Er starrte angestrengt auf das offene Paket. »Na, wir brauchen nichts von dem dummen Zeug, aber Sie können die Nacht im Schuppen schlafen. Das ist keine Nacht, wo man einen Menschen hinausjagt.«

So schirrten sie das Pferd aus und machten sich in dem Heu über dem Kuhstall ein Lager zurecht. Bevor sie das Haus verließen, nahm ihnen der ältere Mann die Zündhölzer ab. »Wo Zündhölzer sind, da ist Feuersgefahr.« Doc Binghams Gesicht war finster wie ein Gewitter, er wickelte sich in eine Pferdedecke und murmelte irgend etwas über »beleidigendes Benehmen gegenüber einem Träger des geistlichen Gewandes«. Fainy war erregt und glücklich. Er lag auf dem Rücken, lauschte dem Geklopf des Regens auf dem Dach, dem Gurgeln in den Traufen, dem gedämpften Schnaufen und Stampfen der Rinder und des Gauls unter ihnen, in seiner Nase war der Geruch des Heus und der warme, wiesensüße Geruch der Kühe. Er war nicht schläfrig. Er hätte so gern mit einem Burschen seines Alters geplaudert. Immerhin, eine Stellung, und er war unterwegs.

Er hatte kaum die Augen zugemacht, als ein Lichtschein ihn weckte. Der Bursche, den er in der Küche gesehen hatte, stand mit einer Laterne neben ihm. Sein Schatten schwebte gigantisch über den Schläfern an den Balken des Dachs.

»He, ich möchte ein Buch kaufen.«

»Was für ein Buch?« sagte Fainy gähnend und setzte sich auf.

»Du weißt schon ... So ein Buch über Chormädels und weiße Sklavinnen.«

»Wieviel wollen Sie bezahlen, mein Sohn?« ertönte Doc Binghams Stimme unter der Pferdedecke hervor. »Wir haben eine Anzahl sehr interessanter Bücher, die die Tatsachen des Lebens offen und frei wiedergeben und die beklagenswerte Zügellosigkeit in den Großstädten schildern, von einem Dollar bis zu fünf Dollar. Die Vollständige Sexuallehre von Dr. Burnside kostet sechsfuffzig.«

»Mehr als einen Dollar kann ich nicht geben ... Und Sie wer'n mich auch nicht an den Ollen verraten«, sagte der

Bursche und drehte sich von einem zum anderen. »Seth Hardwick, der wohnt ein Stück weiter unten an der Straße, der war mal in Saginaw und hat sich dort von einem Herrn im Hotel ein Buch gekauft. Püh, das waren Sächelchen.« Er kicherte verlegen.

»Fenian, gehen Sie hinunter und geben Sie ihm die *Königin der weißen Sklavinnen* für einen Dollar«, sagte Doc Bingham und legte sich wieder zum Schlafen hin.

Fainy und der Farmerssohn stiegen die wacklige Leiter hinunter.

»Sag mal, ist es auch richtig gepfeffert? ... Püh, wenn der Olle es findet, haut er mir den Buckel voll ... Püh, du hast wohl alle die Büchers gelesen, wetten!«

»Ich?« sagte Fainy hochmütig. »Ich hab's nicht nötig, Bücher zu lesen. Ich kann mir das Leben selber ansehn, wenn ich Lust dazu habe. Da ist das Ding – handelt von gefallenen Weibern.«

»Ziemlich dünn für einen Dollar, wie? Dachte, du könntest mir was Dickeres geben für einen Dollar.«

»Das da ist ziemlich gepfeffert.«

»Na, ich will mal abschieben, bevor der Olle mich erwischt ... Gute Nacht.« Fainy kehrte zu seinem Lager im Heu zurück und schlief sofort ein. Er träumte, daß er mit seiner Schwester Milly über eine wacklige Leiter in einer Scheune hinaufsteige, und seine Schwester Milly wurde unaufhörlich größer und weißer und dicker und hatte einen großen Hut auf mit Straußenfedern rund herum, und ihr Kleid begann am Halse aufzuklaffen, immer tiefer und tiefer, und Doc Binghams Stimme sagte, das ist Maria Monk, die Königin der weißen Sklavinnen, und gerade als er sie packen wollte, öffnete ihm das Sonnenlicht die Augen. Doc Bingham stand vor ihm mit weit gespreizten Beinen, kämmte sich mit einem Taschenkamm das Haar und rezitierte:

»... *Komm, laß uns ziehn, die allgemeine Sonne*
Schenkt nicht nur einem *Lande ihr gesegnet Licht,*
Und auch der Mensch ist nicht verwurzelt wie der Baum ...

Kommen Sie, Fenian«, trompetete er, als er sah, daß Fainy erwacht war, »wir wollen den Staub dieser ungastlichen Farm von den Füßen schütteln und unsere Schuhe mit einem Fluch verschnüren wie einstmals die alten Philosophen ... Spann den Gaul an, wir frühstücken unterwegs.«
Das ging so mehrere Wochen lang, bis sie eines Abends auf ein nettes, gelbgestrichenes Haus zukutschierten, und das Haus stand in einem Wäldchen dunkler, flaumiger Lärchen. Fainy wartete im Wagen, während Doc Bingham die Bewohner des Hauses interviewte. Heute abend werde ich ihn fragen, sagte Fainy zu sich selbst, der alte Schweinehund muß endlich mit meiner Bezahlung herausrücken.
Nach einer Weile erschien Doc Bingham in der Tür, ein breites Lächeln furchte seine Wangen.
»Man wird uns hier sehr hübsch aufnehmen, Fenian, wie es sich für einen Träger des geistlichen Gewandes gehört ... Geben Sie acht, was Sie reden, ja? Führen Sie den Gaul in den Stall und spannen Sie aus.«
»Hören Sie, Mister Bingham, wie ist es denn mit meinem Geld, jetzt sind es schon drei Wochen.« Fainy sprang vom Wagen und ging nach vorn zu dem Gaul.
Ein düsterer Schatten flog über Doc Binghams Gesicht.
»O Habsucht, Habsucht ...

Betrachte gut
Die weiße Hand, sie ist ja nicht sehr sauber,
Doch hier und dort, siehst du den schmutz'gen Fleck,
Pfui, 's ist das Schandmal der Bestechung ...

Ich hatte große Pläne für ein kooperatives Unternehmen, Pläne, die Sie durch Ihre jugendliche Hast und Habgier zerstören ... aber wenn es sein muß, gebe ich Ihnen noch heute abend alles, was Ihnen zusteht, und einiges darüber. Schön, schön, spannen Sie aus und bringen Sie mir das kleine Paket mit *Maria Monk* und dem *Päpstlichen Komplott.*«
Es war ein warmer Tag. Rotkehlchen sangen rings um den

Stall. Alles roch nach Gras und Blumen. Der Stall war rot gestrichen, und im Hofe wimmelte es von weißen Leghornhühnern. Fainy, nachdem er das Wägelchen ausgespannt und den Gaul in einen leeren Stand gesteckt hatte, setzte sich auf einen hölzernen Zaun, blickte auf das silbern-grüne Haferfeld hinter dem Hause und rauchte eine Zigarette. Wenn bloß ein Mädchen dagewesen wäre, um das er seinen Arm hätte legen, oder ein Bursche, mit dem er hätte schwatzen können.

Eine Hand fiel auf seine Schulter. Doc Bingham stand neben ihm.

»Fenian, junger Freund, alles in Butter«, sagte er. »Sie ist allein im Haus, ihr Mann ist für zwei Tage mit dem Knecht in die Stadt gefahren. Es sind also nur noch ihre zwei kleinen Kinder da, süße Rangen. Vielleicht werde ich den Romeo spielen. Sie haben mich noch nie verliebt gesehen. Das ist meine edelste Rolle. Ach, eines Tages werde ich Ihnen von meiner ungestümen Jugend erzählen. Kommen Sie und begrüßen Sie das reizende Geschöpf.«

Als sie an die Küchentür kamen, war da eine kleine, fette Frau mit Grübchenwangen und einem lavendelfarbenen Häubchen auf dem Kopf, und sie begrüßte schüchtern die beiden Gäste.

»Mein junger Gehilfe, gute Frau«, sagte Doc Bingham mit einer edlen Gebärde. »Fenian, das ist Mrs. Kovach.«

»Sie müssen hungrig sein. Wir essen gleich.«

Die letzten Strahlen der Sonne beleuchteten einen Küchenherd, der mit Pfannen und Töpfen beladen war. Unter den runden, blankgeputzten Deckeln puffte in kleinen Stößen wohlriechender Dampf hervor. Während Mrs. Kovach noch redete, bückte sie sich, so daß ihr großer blauer Hinterer mit den gestärkten, zu schöner Schleife geknüpften Schürzenbändern groß in die Luft ragte, öffnete die Ofentür, zog eine große Pfanne mit Maissemmeln hervor, trug sie zu dem bereits gedeckten Eßtisch neben dem Fenster und schüttete sie dort auf einen Teller. Der warme Röstgeruch erfüllte die ganze Küche. Fainy wässerte der Mund, Doc Bingham rieb sich die Hände und rollte die Augen. Sie setzten sich hin, und die zwei blauäugigen, beschmierten Kinder wurden hingesetzt und fingen stumm zu schlingen an, und Mrs. Kovach belud ihre Teller mit geschmorten Tomaten, Kartoffelbrei, Schmorfleisch und Bohnen mit Speck. Sie schenkte ihnen Kaffee ein und sagte dann mit feuchten Augen, während sie selber sich hinsetzte:

»Ich sehe so gern Männer essen.«

Sie sah dabei aus wie ein zerquetschtes Stiefmütterchen, und Fainy mußte die Augen abwenden, weil er sich dabei ertappte, daß er sie immerfort ansah. Nach dem Abendbrot saß sie mit einer angenehm erschreckten Miene da und hörte zu, wie Doc Bingham redete und redete und ab und zu innehielt, um sich zurückzulehnen und einen Rauchring gegen die Lampe zu blasen.

»Obgleich ich selbst sozusagen kein Lutheraner bin, liebe Frau, habe ich persönlich die große Gestalt Martin Luthers seit jeher als einen der Lichtbringer der Menschheit bewundert, nein, verehrt. Ohne ihn würden wir heute noch unter dem schrecklichen Joch des römischen Papstes schmachten.«

»In dieses Land werden sie nie reinkommen, um Gottes willen, da kriege ich eine Gänsehaut, wenn ich bloß dran denke.«

»Nicht, solange noch ein Tropfen roten Blutes in den Adern freigeborener Protestanten rollt . . . aber wie bekämpft man die Finsternis, liebe Frau? Mit dem Lichte. Und das Licht kommt von der Bildung, vom Bücherlesen und vom Studium . . .«

»Um Gottes willen, bei die meisten Bücher kriege ich Kopfweh, und ich hab auch ehrlich gesagt nicht viel Zeit zum Lesen. Mein Mann, der liest die Bücher, die er vom Ackerbauministerium bekommt. Er hat mal versucht, mir eins zum Lesen zu geben, so was über Geflügelzucht, aber ich konnte nicht recht draus schlau werden. Seine Leute stammen von drüben aus der alten Heimat . . . Ich glaube, die Leute dort drüben sind ganz anders.«

»Es muß schwer sein, mit einem Ausländer verheiratet zu sein.«

»Manchmal weiß ich gar nicht, wie ich es aushalten soll, natürlich war er so hübsch, als ich ihn heiratete ... Ich hab mich nie wehren können, wenn einer hübsch ist.«
Doc Bingham lehnte sich noch tiefer über den Tisch. Seine Augen rollten, als wollten sie aus den Höhlen kullern.
»Und ich habe nie einer schönen Frau widerstehen können.«
Mrs. Kovach seufzte tief.
Fainy stand auf und ging hinaus. Er hatte versucht, ein Wörtchen über seinen Lohn in die Unterhaltung einzuschmuggeln. Draußen war es kühl, die Sterne schimmerten hell über den Dächern der Scheunen und Nebengebäude. Aus dem Hühnerstall kam ab und zu ein schläfriges Glucken oder ein Federgeraschel, wenn eine Henne auf ihrer Stange das Gleichgewicht verlor. Er ging im Stallhof auf und ab, verfluchte Doc Bingham, stieß dann und wann mit dem Fuß gegen eine Erdscholle oder einen Klumpen Dünger.
Etwas später dann blickte er in die lampenhelle Küche. Doc Bingham hatte den Arm um Mrs. Kovachs Hüften gelegt und deklamierte Verse, mit der freien Hand mächtig gestikulierend:

»... das zu hören
War Desdemona eifrig stets geneigt.«

Fainy schüttelte die Faust. »Hol dich der Teufel, ich will mein Geld haben!« sagte er laut. Dann ging er auf der Landstraße spazieren. Als er zurückkam, war er schläfrig und durchkältet. Die Küche war leer, die Lampe tief herabgeschraubt. Er wußte nicht, wo er sich schlafen legen sollte, zog einen Stuhl ans Feuer und hockte sich hin, um warm zu werden. Sein Kopf begann zu nicken, er schlief ein.
Ein schreckliches Gepolter über der Küchendecke und lautes Weibergeschrei weckten ihn auf. Sein erster Gedanke war, Doc Bingham sei im Begriff, die Frau zu berauben und zu ermorden. Doch unmittelbar darauf hörte er eine fremde Stimme in gebrochenem Englisch fluchen und brüllen. Er hatte sich noch kaum aus dem Stuhl erhoben, als Doc Bingham an ihm vorüberstürmte. Doc Bingham hatte nichts

an als seine flanellene Untergarnitur. In der einen Hand hielt er seine Schuhe, in der anderen seine Kleider. Die Hose flatterte an den Trägern hinter ihm her wie der Schweif eines Drachen.
»He, was machen wir denn jetzt?« rief Fainy ihm nach, bekam aber keine Antwort. Statt dessen sah er plötzlich einen hochgewachsenen dunklen Mann mit einem struppig schwarzen Bart vor sich stehen, und der Mann schob mit kühler Ruhe zwei Patronen in eine doppelläufige Schrotflinte.
»Rehposten! Ich erschieße den Saukerl!«
»Aber das können Sie doch nicht machen ...!« begann Fainy. Er kriegte den Kolben der Flinte vor die Brust und flog krachend in den Stuhl zurück. Der Mann schritt mit langen elastischen Schritten zur Tür hinaus, und dann knallten zwei Schüsse, deren Echo ratternd zwischen den Farmgebäuden hin und her sprang. Wieder erhob sich das schrille Weibergeschrei, ein langgezogenes hysterisches Kichern und Schluchzen.
Fainy saß auf dem Stuhl neben dem Ofen wie angeklebt.
Dann sah er auf dem Küchenboden ein Fünfzigcentstück liegen, das Doc Bingham wahrscheinlich beim Laufen aus seiner Hosentasche verloren hatte. Er packte es und hatte es gerade eingesteckt, als der große Mann mit der Schrotflinte zurückkam.
»Keine Patronen mehr«, sagte er mit schwerer Zunge. Dann setzte er sich auf den Küchentisch zwischen die schmutzigen Teller und begann wie ein Kind zu weinen. Die Tränen sickerten durch die knotigen Finger seiner breiten, dunklen Hände. Fainy schlich sich aus der Tür und ging zu dem Schuppen. »Doc Bingham, Doc Bingham!« rief er leise. Das Geschirr lag in einem Haufen zwischen den Wagendeichseln, aber von Doc Bingham oder dem scheckigen Gaul war keine Spur zu finden. Das erschreckte Glucken der aufgescheuchten Hennen in ihrem Stall vermischte sich mit dem schrillen Gekreisch, das immer noch aus dem oberen Stock des Farmhauses ertönte. Was, zum Teufel, soll ich bloß machen? fragte sich Fainy, und da sah er vor der hellen

Küchentür in scharfem Umriß eine große Gestalt und eine Flinte, die auf ihn gezielt war. Gerade als die Flinte losballerte, duckte er sich in den Schuppen und lief durch die Hintertür ins Feld. Schwerer Schrot pfiff über seinen Kopf hinweg. »Puh, er hat Patronen gefunden.« Fainy lief auf und davon, so schnell seine Beine über das Haferfeld stolpern konnten. Schließlich, ohne Atem im Leib, kletterte er über einen Holzzaun voller Dornen, die ihm Gesicht und Hände zerrissen, und warf sich flach in einen trockenen Graben, um zu rasten. Niemand verfolgte ihn.

Weltwochenschau III

»Mut gehört dazu, auf dieser Welt zu leben« letzte worte george smiths als der pöbel ihn und seinen bruder in kansas hängte marquis von queensbury gestorben feuer zerstört gewürzplantage gericht gibt zola frei
erst vor ein paar Jahren haben die Anarchisten von New Jersey, die die McKinley-Rosette und das rote Abzeichen der Anarchie in ihren Knopflöchern trugen und von den Republikanern mit Bier versorgt wurden, den Tod eines der gekrönten Häupter Europas geplant, und es ist wahrscheinlich, daß der Plan, den Präsidenten zu ermorden, zu derselben Zeit oder kurz nachher ausgeheckt worden ist

's ist Mondschein heut nacht über den Wassern des Wabash,
Von den frisch gemähten Feldern weht Heuduft heran,
Durch das Geäst der Sykomoren schimmert Kerzenlicht,
An den Ufern des Wabash, fern von hier

WILL SICH PRÄCHTIG AMÜSIEREN

In Smolensk demonstrieren sechstausend Arbeiter unter der Losung: Tod dem Mörderzaren

unruhen und straßenblockaden begleiten den beginn des kutscherstreiks

GRÖSSTE SEESCHLACHT DER WELT STEHT BEVOR

zusammenstoß in madrid zwischen polizei und fünftausend arbeitern die die schwarze fahne tragen

zuschauer schwindlig während tänzer orangen essend rekord schlägt bei dem schon mal einer verrückt geworden ist

Das Kamera-Auge 5

Und wir spielten in der Badewanne die Schlacht bei Port Arthur und das Wasser sickerte durch die Decke des Salons und es war wirklich sehr schlimm aber in Kew Gardens kam der alte Mr. Garnet der immer noch frisch und munter war wenn auch schon so furchtbar alt kam der alte Mr. Garnet zum Tee wir sahen ihn zuerst vom Fenster aus ein rotes Gesicht und ein John-Bull-Backenbart und Tantchen sagte das sei der schaukelnde Seemannsgang er trug eine Schachtel unter dem Arm und Vickie und Pompom bellten und da war Mr. Garnet zum Tee erschienen er holte aus der schwarzen Schachtel ein Grammophon hervor und setzte einen Zylinder an das Grammophon und man schob das Teegeschirr von der einen Ecke des Tisches weg aufpassen nicht fallen lassen sie kratzen ziemlich fest ach ne ganz gewöhnliche Nähnadel würde es auch tun liebe Frau aber ich habe besondere Nadeln und wir fingen zu reden an über den Admiral Togo und den indischen Feigenbaum und wie die Russischen so viel Wodka saufen und wie sie alle die armen Fischerjungs in der Nordsee getötet haben und er zog es sehr vorsichtig auf damit die Feder nicht bricht und die Nadel machte krr krr ja ich bin selber 'ne Blaujacke gewesen mien Jung seit ich 'n kleiner Knirps war nich viel größer als du hab's bis zum Bootsmannsmaat gebracht auf dem ersten britischen Panzerschiff der *Warrior* und ich kann noch heute den Hornpipe tanzen liebe Frau er hatte auf dem Handrücken einen Schifferkompaß in Rot und Blau und seine Nägel sahen ganz schwarz und dick aus während er so mit der Nadel rumfummelte und die Nadel machte krr krr und in weiter Ferne spielte eine Kapelle und aus dem knirschenden Lärm in dem kleinen schwarzen Horn kam *God save the King* und die kleinen Hunde heulten

Weltwochenschau IV

Ich traf mein Lieb in Alamo,
Als der Mond im Aufgehn war,
Sie war so schön, da verblaßte sein Glanz
Vor dem strahlenden Augenpaar

SCHARFES STEIGEN DER WEIZENPREISE

tanzender derwisch bricht drehrekord mit 2400 umdrehungen in 32 Minuten
im Laufe des Vormittags hielten Streikposten einen Wagen an, der mit fünfzig Feldstühlen zu dem Spritzenhaus an der Michigan Avenue Ecke Washington Street unterwegs war. Wie berichtet wird, waren die Stühle für den Gebrauch der zur Bekämpfung des Streiks abkommandierten Polizisten bestimmt

Heute vielleicht Seeschlacht westlich von Luzon

vor dem Diner wurden drei große Wölfe geschossen
Man plant hier einen großen Umzug, an dem Präsident Roosevelt zu Pferde teilnehmen soll, damit ihn alle Bürger sehen können. An der Spitze wird man in einem Käfig einen Bären mitführen, der vor kurzem gefangen wurde, nachdem er ein Dutzend Hunde getötet und mehrere Jäger verwundet hatte. Der Bär wird einen einstündigen Vorsprung in die Berge bekommen, dann setzt man die Hunde auf seine Fährte, und Präsident Roosevelt nimmt mit den Führern die Verfolgung auf
drei Studenten aus Columbia starten zu einer Autofahrt nach Chicago es handelt sich um eine Wette

DROHENDER GENERALSTREIK

's ist Mondschein heut nacht über den Wassern des Wa-abash

DES ÖLKÖNIGS GLÜCKLICHSTER TAG

alle fünf minuten ein cherub grundstücksmarkt in allen klassen weiterhin gesund gute nachfrage nach fabriksgrundstücken wohn- und geschäftsparzellen GERICHTLICHES VORGEHEN ZERMÜRBT ARBEITERSCHAFT

Blutiger Sonntag in Moskau

weibliche engel zerschlagen truppen bewachen ölfelder amerika ein künftiges Imperium wie in den tagen der cäsaren neue schwierigkeiten mit den arbeitern der viehhöfe fünf dollar gedicht bringt reichen ehemann weniger essen sagt edison reicher pokerspieler zieht royal flush und fällt tot um erpressungsklage in cicero

STREIK IN RUSSLAND KANN AUFSTAND BEDEUTEN

seeromantik zweier jachten arbeiterfehde endet mit totschlag michigan schlägt albion groß rote fahnen in st. petersburg
zar gibt nach
hält totes baby vierzig stunden lang mehrere familien durch rohrbruch aus ihren wohnungen vertrieben

ZAR GEWÄHRT VERFASSUNG

Von den frisch gemähten Feldern weht Heuduft heran,
Durch das Geäst der Sykomoren schimmert Kerzenlicht

Das Kamera-Auge 6

Immer los Madison immer los Madison sagte Mr. Lingwood der Oberlehrer wenn man über den Platz lief und den runden Ball vor sich her stieß Leder hieß er in Hampstead und nachher war es Zeit nach Hause zu gehen und man war stolz weil Mr. Lingwood gesagt hatte immer los Madison Taylor sagte da ist noch ein Amerikaner gekommen er hatte Zähne wie Teddy in den Zeitungen und eine Stupsnase und war angezogen wie ein Texasreiter und er sagte für wen wirst du stimmen und einer sagte weiß nicht und er warf sich in die Brust und sagte ich meine für wen sind deine Leute für Roosevelt oder Parker und einer sagte Richter Parker das Haar des anderen Amerikaners war sehr schwarz und er streckte seine Fäuste vor und stupste seine Nase noch höher in die Luft und sagte ich bin für Roosevelt will wer was? einer sagte ganz zitternd ich bin für Richter Parker aber Taylor sagte wer hat einen Fünfer für Ginger Ale und so gab es diesmal keine Rauferei

Weltwochenschau V

Wanzen vertreiben Biologen durchgebrannt und die Verfolger geknebelt durch einen Hund befreit

KAISER NIKOLAUS II. VON EINEM AUFSTAND BEDROHT SCHENKT SEINEN UNTERTANEN DIE FREIHEIT

Schlaganfall stoppt Chirurgenmesser durch einen Federstrich versinkt die letzte absolute Monarchie Europas in die Geschichte Bergmann aus dem Death Valley und Aktienschwindler von der Santa-Fé-Bahn müssen ihr Todesurteil gewärtigen ins Polizeigefängnis wegen Diebstahls eines Gipsengels

An den Ufern des Wabash, fern von hier

MAC

Am nächsten Morgen, kurz nach Tagesanbruch, humpelte Fainy aus einem schweren Regenschauer in den Bahnhof von Gaylord. Im Wartesaal brannte ein großer dickbauchiger Ofen. Das Fenster des Fahrkartenschalters war geschlossen. Niemand war zu sehen. Fainy zog zuerst den einen seiner durchnäßten Schuhe aus und dann den anderen und röstete seine Füße, bis die Socken trocken waren. An jeder Ferse hatte sich eine Blase gebildet und war geplatzt, die Socken klebten dort fest mit schmutzigem Schorf. Er zog die Schuhe wieder an und streckte sich auf die Bank hin. Sofort schlief er ein.

Jemand Blaugekleideter redete ihn an. Er versuchte den Kopf zu heben, aber er war zu schläfrig.

»He, laß dich bloß nicht von dem Stationsbeamten überraschen«, sagte eine Stimme, die er schon zuvor in seinem Schlaf gehört hatte. Fainy öffnete die Augen und setzte sich auf.

»Ssst, ich dachte, es wär ein Blauer.«

Ein breitschultriger junger Bursche in einem blauen Baumwollhemd und Overall stand vor ihm. »Ich dachte mir, es ist besser, ich wecke dich auf, verdammt grätiger Bursche, der Stationsbeamte in diesem Loch.«

»Danke.« Fainy streckte seine Beine aus. Seine Füße waren so geschwollen, daß er kaum stehen konnte. »Meine Fresse, bin ich steif.«

»Hör mal, wenn wir jeder einen Fünfundzwanziger hätten, wüßte ich ein Tschoch in der Nähe, wo wir ein prima Frühstück kriegen könnten.« – »Ich hab anderthalb Dollar«, sagte Fainy langsam. Er stand da, die Hände in den Taschen, mit dem Rücken zu dem warmen Ofen, betrachtete aufmerksam des anderen kantiges, stierwammiges Gesicht und blaue Augen.

»Wo bist du her?«
»Aus Duluth ... Auf der Walze, mehr oder weniger ... Und wo willst du hin?«
»Wenn ich das wüßte. Ich hatte bis gestern abend eine Stellung.«
»Gekündigt?«
»Hör mal, und wenn wir jetzt frühstücken gehn!«
»Fein. Hab gestern nischt gefressen ... Ich heiße George Hall ... Die Kumpels nennen mich Ike. Ich bin kein ganz richtiger Tippler, verstehst. Ich will mir die Welt ansehn.«
»Ich werde mir jetzt die Welt wohl ansehn *müssen*«, sagte Fainy. »Ich heiße McCreary. Bin aus Chi. Aber geboren wurde ich im Osten, in Middletown, Connecticut.«
Als sie die grüne Gittertür zu der Eisenbahnerkantine ein Stück weiter vorn an der Straße öffneten, schlug ihnen ein Geruch von Schinken, Kaffee und Schabenpulver entgegen. Ein blondes Weib mit verrosteter Stimme und langen Pferdezähnen stellte ihnen zwei Stühle hin.
»Wo arbeitet ihr denn? Ich kann mich nicht entsinnen, daß ich euch schon mal gesehen hätte.«
»Ich habe in der Sägemühle gearbeitet«, sagte Ike.
»Die Sägemühle hat vor zwei Wochen dichtgemacht, weil sich der Werksleiter eine Kugel durch den Kopf geschossen hat.«
»Als ob ich das nicht wüßte.«
»Vielleicht zahlt ihr lieber im voraus.«
»Ich hab Geld«, sagte Fainy und hielt ihr einen Dollarschein unter die Nase.
»Na, wenn ihr Geld habt, werdet ihr ja wohl zahlen.« Die Kellnerin fletschte lächelnd ihre langen gelben Zähne.
»Gewiß, mein Milch und Blut, wir bezahlen wie Millionäre«, sagte Ike.
Sie stopften sich mit Kaffee und Maisbrei und Schinken mit Ei und grobem, schwerem weißem Backpulverzwieback die Bäuche voll, und als sie mit dem Frühstück fertig waren, da lachten sie bereits so toll über Fainys Geschichten von Doc Binghams Leben und Lieben, daß die Kellnerin sie fragte, ob sie besoffen seien. Ike beschwatzte sie, jedem von ihnen

noch eine Tasse Kaffee zu bringen, ohne sie extra zu berechnen. Dann fischte er aus der Tasche seines Overalls zwei zerknautschte Zigaretten hervor. »Sargnagel gefällig, Mac?«
»Hier dürft ihr nicht rauchen«, sagte die Kellnerin. »Die Frau kann Rauch nicht leiden.«
»Gut, mein Helläugelein, wir hauen ab.«
»Wie weit fahrt ihr?«
»Ich will nach Duluth, dort wohnen meine Leute ...« – »Sie sind also aus Duluth, he?« – »Na, was ist denn da so Komisches dabei?« – »Nichts Komisches, es ist ein Unglück.« – »Sie glauben doch nicht, Sie können mich zum besten haben?« – »Ist mir nicht der Mühe wert, Liebling.« Kichernd räumte die Kellnerin den Tisch ab. Sie hatte große rote Hände und dicke Nägel, weiß vom Tellerwaschen.
»Habt ihr Zeitungen? Ich möchte was lesen, während ich auf den Zug warte.« – »Ich hol euch welche. Die Frau hat den *American* aus Chicago.« – »Mensch, ich hab seit drei Wochen keine Zeitung gesehn.«
»Ich möchte auch Zeitung lesen«, sagte Mac. »Ich möchte gern wissen, was in der Welt vorgeht.«
»Lauter Lügen das meiste ... Kapitalistenpresse.«
»Hearst ist für das Volk.«
»Ach, ich traue ihm ebensowenig wie den anderen.«
»Hast du mal den *Appeal to Reason* gelesen?«
»Hör mal, bist du Sozialist?«
»Na ja, ich habe bei meinem Onkel in seiner Druckerei gearbeitet, bis das Großkapital ihm sein Geschäft kaputtgemacht hat, weil er sich auf die Seite der Streikenden gestellt hatte.«
»Das ist prima – Hand her ... Ich auch ... Hör mal, Mac, das ist ein großer Tag für mich ... Ich habe noch selten einen Menschen gefunden, der so denkt wie ich.«
Sie gingen mit einem Stoß loser Zeitungsblätter hinaus und setzten sich unter eine große Kiefer, ein Stückchen außerhalb der Stadt. Warm war die Sonne hervorgekommen, große weiße, marmorne Wolken segelten über den Himmel. Sie lagen auf dem Rücken, mit dem Kopf auf einem Knorren rosaroter Wurzel, die hatte eine Rinde wie Krokodil-

leder. Obwohl es in der Nacht geregnet hatte, waren die Kiefernnadeln warm und trocken. Vor ihnen lief die eingleisige Strecke durch grünes Dickicht und Lichtungen zerstörten Waldlands, wo hier und dort das Feuerkraut seine blaßgrünen Lanzenblätter emporzurecken begann. Sie lasen der Reihe nach die Blätter der acht Tage alten Zeitung und schwatzten.

»Vielleicht geht es jetzt in Rußland los, das ist das rückständigste Land, wo das Volk am schlimmsten unterdrückt ist ... Wir hatten einen Russen in der Sägemühle, einen gebildeten Kerl, er war aus Sibirien geflohen ... Ich habe mich oft mit ihm unterhalten ... Das war so seine Ansicht. Er sagte, die soziale Revolution wird in Rußland beginnen und sich dann über die ganze Welt verbreiten. War ein prima Junge. Ich möchte wetten, daß das jemand gewesen ist.«

»Onkel Tim dachte, es würde in Deutschland anfangen.«

»Eigentlich müßte es hier in Amerika anfangen ... Wir haben schon unsere freiheitlichen Einrichtungen ... Und so bleibt uns weiter nichts zu tun, als die Kapitalisten von uns abzuwälzen.«

»Onkel Tim sagt, uns in Amerika geht es zu gut, wir wissen nicht, was Unterdrückung oder Armut ist. Er und die Onkels von meiner Mutter waren Fenier drüben in Irland, bevor sie nach Amerika kamen. Deshalb haben sie mich auch Fenian getauft ... Mein Oller, der konnte das, glaub ich, alles nicht leiden. Er hatte, glaub ich, nicht viel Courage.«

»Hast du Marx gelesen?«

»Nee ... Aber ich hätte Lust.« – »Ich auch nicht, aber ich hab Bellamys *Rückblick* gelesen, dadurch bin ich Sozialist geworden.« – »Erzähl mal davon, ich hatte es grade erst angefangen zu lesen, als ich von zu Hause wegging.« – »Es handelt von einem Mann, der schläft ein und wacht im Jahre zweitausend auf, und die ganze soziale Revolution ist schon passiert, und alles ist sozialistisch, und es gibt keine Zuchthäuser mehr und keine Armut, und niemand arbeitet für sich selber, und es ist gar nicht mehr möglich, ein reicher Aktienbesitzer oder Millionär zu werden, und das Leben ist für die arbeitende Klasse prima.« – »Das hab ich mir ja immer gedacht ... Die Arbeiter sind's, die den Reichtum machen, und sie sollten ihn auch haben, nicht so ein Haufen von Drohnen.« – »Wenn du das kapitalistische System und die großen Trusts und Wallstreet abschaffen könntest, dann wäre es so.«

»Mein Gott!«

»Man braucht weiter nichts dazu als einen Generalstreik und daß die Arbeiter sich weigern, noch länger für einen Unternehmer zu arbeiten ... Gottverdammich, wenn die Leute nur wüßten, wie schrecklich einfach das wäre. Die Kapitalisten haben die Presse für sich und lassen Wissen und Bildung nicht an den Arbeiter ran.«

»Ich kann recht gut drucken und eine Setzmaschine bedienen ... Meine Fresse, vielleicht werde ich doch eines Tages was leisten!«

Mac stand auf. Ein Prickeln war in allen seinen Gliedern. Eine Wolke hatte die Sonne zugedeckt, aber längs des Schienenstranges in den struppigen Wäldern glitzerte das goldgrüne junge Birkenlaub im Sonnenschein. Sein Blut war wie Feuer. Er stand da, die Beine gespreizt, blickte das Gleis entlang. An der Biegung in der Ferne tauchte eine Draisine auf, beladen mit einer Arbeiterrotte, ein Gewirr winziger Tupfen, braun und dunkelblau. Er sah den Karren näher kommen. An dem vorderen Rand flatterte eine rote Flagge, immer größer wurde die Draisine, tauchte zuweilen in einen Schattentümpel, wurde immer größer und deutlicher, sooft sie wieder ins Sonnenlicht kam.

»Hör zu, Mac, wir sollten uns lieber nicht blicken lassen, wenn wir den Lastzug entern wollen. Diese Bahn hat ein paar ganz gemeine Spitzel.« – »Gut.« Sie gingen ein paar hundert Meter weit in das junge Kieferngehölz. Neben einem großen grünen moosbewachsenen Stumpf blieb Mac stehen, um Wasser zu lassen. Sein Urin floß gelblich hell in der Sonne und verschwand sogleich in den porösen Filz aus verfaulten Blättern und verfaultem Holz. Mac war sehr glücklich. Er gab dem Baumstumpf einen Fußtritt. Der Stumpf war morsch. Sein Fuß fuhr ins Holz, und ein kleines

Pulverwölkchen stieg wie leiser Rauch empor, während der Stumpf mit lautem Krachen in die Erlenbüsche flog.
Ike hatte sich auf einen Baumstamm hingesetzt, stocherte mit einem kleinen Birkenzweig in den Zähnen.
»Sag, bist du mal an der Küste gewesen, Mac?«
»Nein.«
»Hättest du Lust?«
»Sicher.«
»Na, erst wollen wir uns doch bis Duluth durchschlagen ... Ich möchte mal dort vorüberschauen und der Alten guten Tag sagen. Verstehst. Ich hab sie seit drei Monaten nicht gesehn. Dann nehmen wir die Weizenernte mit und machen im Herbst nach Frisco oder Seattle. Ich hab gehört, daß es in Seattle gute unentgeltliche Abendschulen gibt. Ich möchte ein bißchen was lernen, verstehst? Ich weiß verdammt wenig.«
»Gut.«
»Bist du schon mal als blinder Passagier gefahren, Mac?«
»Eigentlich nicht.«
»Du mußt nur hinter mir her gehn und genau dasselbe tun, was ich tue. Dann wird es schon gehn.«
Aus der Ferne vom Gleis her hörten sie den Pfiff einer Lokomotive.
»Da kommt Nummer drei um die Kurve ... Gleich wenn der Zug den Bahnhof verläßt, springen wir auf. Dann sind wir heute nachmittag in Mackinaw City.«

Spät am Nachmittag, durchkältet und steif gefroren, suchten sie Zuflucht in einem kleinen Schuppen auf dem Dampfschiffpier von Mackinaw City. Ein treibender, regenzerfaserter Nebel vom See her verhüllte den Himmel, die Erde. Sie hatten sich für zehn Cent Zigaretten gekauft, also waren ihnen noch neunzig Cent geblieben. Sie stritten gerade über die Frage, wieviel sie für das Abendbrot ausgeben sollten, als der Dampfschiffagent, ein magerer Mensch mit einem grünen Augenschirm und einem Regenmantel, aus seinem Büro erschien. »Sucht ihr Arbeit, Jungens?« fragte er. »Weil grade einer da ist vom Seehotel, der ein paar ›Perlfischer‹

braucht. Der Nachweis hat ihnen nämlich nicht genug Aushilfen geschickt. Sie machen morgen auf.« – »Wieviel zahlen sie denn?« fragte Ike. – »Ich glaube nicht, daß es viel ist, aber das Essen ist recht gut.« – »Wie wär's, Mac? Wir sparen uns das Fahrgeld zusammen, und dann gondeln wir wie zwei feine Herren zu Schiff nach Duluth.«

Und so fuhren sie noch am selben Abend mit dem Dampfboot zur Mackinac-Insel hinüber. Auf der Mackinac-Insel war es ziemlich mau. Eine Menge landschaftlicher Sehenswürdigkeiten kleineren Formats, immer eine Tafel dabei mit der Aufschrift »Teufelskessel« oder »Zuckerhut« oder »Liebstensprung«, ein Haufen Weiber und Kinder mittlerer Geschäftsleute aus Detroit, Saginaw, Chicago, das war so ziemlich alles. Die Leiterin des Hotels, eine Frau mit einem grauen Gesicht, bekannt unter dem Namen DIE DIREKTION, ließ sie von sechs Uhr früh bis hübsch nach Sonnenuntergang schuften. Sie mußten nicht bloß Geschirr waschen, sie mußten auch Holz sägen, Gänge machen, Toiletten reinigen, Böden schrubben, Koffer schleppen und noch eine Menge anderer Arbeiten verrichten. Die Kellnerinnen waren lauter alte Jungfern oder Farmersfrauen, deren Männer tranken und Bankrott gemacht hatten. Der einzige Mann außer ihnen in diesem Laden war der Koch, ein hypochondrischer frankokanadischer Mischling, der darauf bestand, daß man ihn Herr Küchenchef titulierte. An den Abenden saß er in seiner kleinen Balkenhütte hinter dem Hotel, trank Opiumtinktur und brabbelte irgend etwas über den lieben Gott.

Als sie den ersten Monatslohn in der Tasche hatten, packten sie ihre spärliche Habe in ein Stück Zeitungspapier und gingen an Bord der *Juniata*, die nach Duluth fuhr. Der Fahrpreis verschlang ihr ganzes Kapital, aber sie waren sehr glücklich, als sie nun am Heck des Schiffes standen und den mit Fichten und Springkraut umkränzten Hügel von Mackinac in den See entschwinden sahen.

Duluth. Dunkel vor einem ungeheuren lachsfarbenen Sonnenuntergang ragten längs der Wasserkante das Pfahlwerk, die mit Bretterhütten bedeckten Hügel und die hohen, dünnen Schornsteine und die wirre Masse der buckligen Getreidesilos und der Rauch der Fabriken. Ike verließ nur sehr ungern das Schiff, weil ein hübsches schwarzhaariges Mädchen an Bord war, das er schon die ganze Zeit hatte ansprechen wollen. »Quatsch, sie würde dich gar nicht beachten, Ike, sie ist viel zu schnieke für dich«, sagte Mac zum hundertsten Male. – »Aber die Alte wird sich freuen, wenn sie uns sieht«, sagte Ike, während sie eilig die Laufplanke verließen. »Ich hatte halb und halb erwartet, sie wird am Schiff sein, obschon ich ihr nicht geschrieben habe, daß ich komme. Junge, was wetten wir, sie gibt uns was Pampiges zu essen.«

»Wo wohnt sie denn?«

»Nicht weit. Ich führe dich schon hin. Hör mal, frag nur ja nicht nach meinem Ollen, verstehst, es ist nicht viel mit ihm los. Er sitzt, glaub ich, im Kittchen. Die Alte hat sich ziemlich rackern müssen, um uns Bengels hochzubringen... Ich habe zwei Brüder in Buffalo ... Komm nicht gut mit ihnen aus. Sie hat eine Vorliebe für Handarbeiten und Einkochen und bäckt gern Kuchen. Früher einmal hat sie in einer Bäckerei gearbeitet, aber jetzt plagt sie das Rheuma schon zu sehr. Sie wäre ein lustiger Kerl gewesen, wenn es uns nicht immer so verteufelt schlecht gegangen wäre.«

Sie bogen in eine schmutzige Straße ein, gingen bergan. Droben stand ein kleines nettes Haus, wie eine Schule.

»Da wohnen wir ... Warum brennt denn bloß kein Licht?«

Sie gingen durch eine Tür in dem Bretterzaun. Auf dem Blumenbeet vor dem Haus blühten die Nelken. Sie rochen es, obgleich sie kaum etwas sehen konnten, so dunkel war es. Ike klopfte.

»Verdammt noch mal, was ist denn da los?« Er klopfte wieder. Dann zündete er ein Zündholz an. An der Tür hing ein Pappschild ZU VERKAUFEN und der Name eines Grundstückmaklers. »Herr Jesus, das ist komisch, sie muß ausgezogen sein. Jetzt fällt mir auch ein, daß ich schon ein paar Monate lang keinen Brief mehr bekommen habe. Hoffentlich ist sie nicht krank ... Ich will mal nebenan bei Bud Walker fragen.«

Mac setzte sich auf die hölzerne Stufe und wartete. Über ihm,

durch einen Riß in den Wolken, die noch von dem Nachglanz der Sonne zart rötlich überhaucht waren, irrte sein Blick in eine leere Finsternis voller Sterne. Der Geruch der Nelken kitzelte ihn in der Nase. Er hatte Hunger.
Ein leiser Pfiff. »Komm«, sagte Ike barsch und fing an, bergab zu laufen, den Kopf zwischen die Schultern geduckt.
»He, was ist los?«
»Nischt. Die Alte ist nach Buffalo gezogen, wohnt dort bei meinen Brüdern. Die Scheißkerle haben sie wahrscheinlich überredet, alles zu verkaufen, damit sie die Marie verfressen können.«
»So eine Schweinerei, Ike!«
Ike gab keine Antwort. Sie gingen weiter, bis sie an eine Straßenecke mit hellerleuchteten Läden und ratternden Bahnen kamen. Aus einer Kneipe wälzte sich das Geklimper eines elektrischen Klaviers. Ike drehte sich um und schlug Mac auf die Schulter. »Wir wollen eins trinken, Kollege ... Hol's der Teufel!«
Außer ihnen stand nur noch einer an der langen Theke. Das war ein ziemlich großer älterer Mensch in Holzfällerstiefeln mit einem Südwester auf dem Kopf, sehr besoffen; alle paar Augenblicke schrie er mit lauter Stimme: »Immer lustig!« und stieß seine lange dreckige Hand ins Leere. Mac und Ike tranken jeder zwei Whiskys, der Schnaps war so stark und scharf, daß er ihnen fast den Atem verschlug. Ike steckte das restliche Kleingeld von einem Dollar in die Tasche.
»Ach, machen wir, daß wir rauskommen!« In der kühlen Luft der Straße waren sie plötzlich beschwipst. »Herr Jesus, Mac, wir wollen doch noch heute nacht hier weg ... Es ist schrecklich, in eine Stadt zu kommen, wo man als Kind gelebt hat ... Ich werde all den verrückten Kerlen begegnen, die ich mal gekannt habe, und den Mädchen, in die ich verschossen war ... Ob ich denn immer den kürzeren ziehe?«
In einer Frühstücksstube unten am Güterbahnhof aßen sie Würstchen mit Kartoffeln und Butterbrot und Kaffee für fünfzehn Cent pro Mann. Nachdem sie sich ein paar Zigaretten gekauft hatten, besaßen sie immer noch acht-

fünfundsiebzig. »Mensch, wir sind reich«, sagte Mac. »Na, wo wollen wir hin?«

»Warte einen Augenblick. Ich will mal zum Güterbahnhof hinüberschauen. Ich hatte einen Bekannten, der dort gearbeitet hat.«

Mac lungerte unter einer Laterne an der Straßenecke umher, rauchte eine Zigarette und wartete. Seit der Wind sich gelegt hatte, war es wärmer geworden. Aus einem Tümpel irgendwo auf dem Güterbahnhof kam das Quaaquaa der Kröten. Auf der Anhöhe spielte jemand Ziehharmonika. Vom Bahnhof kam das dumpfe Zischen einer Lastzugslokomotive und das Klirren verschiebender Güterwaggons und das singende Rollen der Räder.

Nach einer Weile hörte er Ike auf der dunklen Straßenseite pfeifen. Er lief hinüber. »Hör zu, Mac, wir müssen uns tummeln, ich habe den Mann gefunden. Er will uns in dem Lastzug, der nach Westen geht, einen Viehwagen aufmachen. Er sagt, da kommen wir bis an die Küste, wenn wir nur drin sitzen bleiben.«

»Wie, zum Teufel, sollen wir denn essen, wenn wir in einem Viehwagen eingesperrt sind?«

»Wir werden gut essen. Überlaß das mir.«

»Aber Ike ...«

»Halt's Maul ... Willst du, daß die ganze Stadt erfährt, was wir vorhaben.«

Sie gingen auf Zehenspitzen im Finstern zwischen zwei Gleisen voller Viehwagen hindurch. Ike fand eine halb geöffnete Tür und huschte hinein. Mac folgte ihm; ganz sanft und leise schlossen sie hinter sich die Schiebetür.

»So, jetzt haben wir weiter nichts zu tun, als uns schlafen zu legen«, flüsterte Ike, die Lippen an Macs Ohr. »Der Mann sagt, es sind heute nacht keine Eisenbahnkrimis unterwegs, verstehst.«

An dem einen Ende des Wagens fanden sie ein bißchen Heu aus einem geplatzten Bündel. Der ganze Wagen roch nach Heu. »Ist das nicht prima?« flüsterte Ike.

»Prima, Ike.«

Bald darauf fuhr der Zug ab, und sie legten sich Seite an

Seite in das spärliche Heu, um zu schlafen. Der kalte Nachtwind strömte durch die Risse im Boden herein. Sie schliefen unruhig. Der Zug fuhr an und hielt und fuhr an und verschob nach vorn und rückwärts auf Nebengleise, und die Räder ratterten und rollten in ihren Ohren und klapperknallten über die Weichen. Gegen Morgen versanken sie in einen warmen Schlaf, die dünne Schicht Heu auf den Brettern war plötzlich ganz weich und ganz warm. Keiner von ihnen hatte eine Taschenuhr, und der Himmel war bewölkt, so daß sie nicht wußten, wie spät es war, als sie erwachten. Ike schob die Tür ein wenig auf, und sie spähten hinaus; der Zug fuhr durch ein breites Tal, das bis an den Rand wie mit Flutwasser mit dem grünen Gewoge hochaufgeschossenen Weizens angefüllt war. Ab und zu ragte in der Ferne ein Klumpen Waldland wie eine Insel empor. An jedem Bahnhof stand der bucklige, blinde Rumpf eines Silos. »Schau, das muß der Red River sein, aber ich möchte bloß wissen, nach welcher Richtung wir fahren.« – »Na, ich könnte eine Tasse Kaffee vertragen«, sagte Mac. – »Wir werden in Seattle prima Kaffee trinken, oder der Teufel soll mich holen, Mac.«

Sie legten sich wieder schlafen, und als sie erwachten, da waren sie durstig und steif. Der Zug stand. Nichts war zu hören. Sie lagen auf dem Rücken, rekelten sich und lauschten. »Wo zum Teufel sind wir denn?« Nach einer langen Weile hörten sie die Schlacke neben dem Gleis knirschen, und jemand probierte die Riegel und Schlösser an den Wagentüren des Zuges. Sie lagen so still, daß sie ihrer beider Herzen pochen hörten. Die Schritte auf dem Zinder knirschten immer näher heran. Die Schiebetür knallte auf, der Wagen war plötzlich voller Sonnenlicht. Sie lagen ganz still. Mac fühlte die Spitze eines Stockes auf seiner Brust und setzte sich blinzelnd auf. Eine schottische Stimme rrrollte ihr kehliges R.

»Dachte mir ja, daß ich ein paar Pullman-Passagierrre finde ... Schön, Jungs, errrgebt euch, sonst wandert ihr ins Kommissarrriat.«

»Ach zum Teufel!« sagte Ike und kroch hervor.

»Fluchen und Schimpfen wird euch nichts nützen, wenn ihr ein bißchen Zaster habt, könnt ihr nach Winnipeg weiterfahrrren und euch dorrrt nach was Besserrrm umsehen ... Wenn nicht, dann werrrdet ihr ein ganz klein bißchen auf der Strecke schaufeln und hacken, bevor ihr euch empfehlen dürrrft.«
Der Bremser war ein kleiner schwarzhaariger Mann mit einer ekelhaft stillen Art.
»Wo sind wir denn, lieber Herr?« fragte Ike, bemüht, wie ein Engländer zu sprechen.
»Gretna ... Im Dominion Kanada. Man könnte euch auch einlochen, weil ihr Ihrer Majestät Grrrenze ohne Errrlaubnis überschrrritten habt, nicht bloß wegen Landstreicherei.«
»Na, da müssen wir wohl aus unserer Schale hervorkriechen ... Wissen Sie, wir sind zwei junge Leute aus adligem Haus auf der Suche nach tollen Abenteuern, lieber Herr.«
»Es hat garrr keinen Zweck, zu fluchen und zu flunkern. Wieviel habt ihr?“
»Ein paar Dollar.«
»Mal rrrasch her damit.«
Ike zog zuerst den einen Dollar, dann den anderen aus der Tasche; und in den zweiten Dollar war ein Fünfer eingewickelt. Der Schotte riß mit einer einzigen Bewegung die drei Scheine an sich und schlug die Schiebetür zu. Sie hörten ihn den Schließhaken an der Außenseite herunterklappen. Lange Zeit saßen sie ganz still im Dunkeln da. Schließlich sagte Ike: »He, Mac, hau mir mal eins in die Fresse. Verfluchte Scheiße, was das für ein Blödsinn war ... Ich hätte es nicht in der Tasche haben dürfen, ich hätte es in den Gürtel stecken müssen, so bleiben uns noch ungefähr fünfundsiebzig Cent. Jetzt sitzen wir aber richtig in der Tinte ... Der Kerl wird wahrscheinlich telegraphieren, damit sie uns in der nächsten größeren Stadt rausholen.« – »Haben sie auch bei der Bahn berittene Polizei?« fragte Mac mit hohlem Geflüster. – »Ich weiß da nicht besser Bescheid als du.«
Wieder fuhr der Zug ab, Ike wälzte sich auf sein Gesicht und schlief verdrossen ein. Mac lag hinter ihm auf dem Rücken,

betrachtete den schmalen Sonnenstrahl, der durch die Spalte der Tür hereindrang, und fragte sich im stillen, wie ein kanadisches Gefängnis von innen wohl aussehen mochte.
In dieser Nacht, nachdem der Zug eine Zeitlang inmitten des Zischens und Klapperns eines großen Güterbahnhofes stillgestanden hatte, hörten sie, wie der Schließhaken an der Tür zurückgeklappt wurde. Nach einer Weile raffte Ike allen Mut zusammen, schob die Tür auf, und sie sprangen, steif und schrecklich hungrig, auf den Schlackenweg hinunter. Auf dem Nebengleis stand gleichfalls ein Lastzug, so daß sie nichts weiter sehen konnten als über ihren Köpfen einen hellen Sternenpfad. Sie kamen ohne Schwierigkeit aus dem Güterbahnhof hinaus und spazierten dann durch die öden Straßen einer großen, weit ausgedehnten Stadt.
»Dieses Winnipeg macht einen verdammt öden Eindruck, das muß ich schon sagen«, sagte Ike.
»Es ist sicher schon nach Mitternacht.«
Sie trotteten und trotteten dahin und fanden schließlich eine kleine Speisewirtschaft, die eben zusperren wollte, der Wirt war ein Chinese. Sie bezahlten vierzig Cent für etwas Ragout mit Kartoffeln und Kaffee. Dann fragten sie den Chinesen, ob sie nicht auf dem Fußboden hinter dem Schanktisch übernachten dürften, aber er warf sie hinaus, und abermals trotteten sie hundemüde durch die breiten, verlassenen Straßen von Winnipeg. Es war zu kalt, um sich irgendwo hinzusetzen, und sie konnten kein Lokal finden, das so aussah, als würden sie dort für fünfunddreißig Cent pennen können; sie gingen also weiter und immer weiter, und dann begann ja schon der Himmel blaß zu werden, in der langsamen Dämmerung eines nördlichen Sommertags.
Als es hellichter Tag war, gingen sie zu dem Chinesen zurück und kauften sich dort für ihre fünfunddreißig Cent Hafergrütze und Kaffee. Dann gingen sie in das Arbeitsbüro der *Canadian Pacific* und ließen sich Arbeit in einem Baulager bei Banff geben. Die paar Stunden, die sie bis zur Abfahrt des Zuges warten mußten, verbrachten sie in der Stadtbibliothek. Mac las ein bißchen in Bellamys *Rückblick,* und Ike, der keinen Band Karl Marx finden konnte, las eine Fort-

setzung von *Wenn der Schläfer erwacht* im Strandmagazin. Als sie in den Zug stiegen, waren sie voll von der kommenden sozialistischen Revolution, und sie fingen mit zwei hageren, rotbackigen Holzfällern, die ihnen gegenübersaßen, zu diskutieren an. Der eine von den beiden kaute stumm seinen Tabak, der andere aber spuckte den Priem zum Fenster hinaus und sagte: »Seid ihr bloß still, Kollegen, mit so ein Geschwätz, wenn ihr wißt, was für euch gesund ist.« – »Teufel noch mal, wir sind doch in einem freien Land, wie? Der Mensch hat doch das Recht, frei zu reden, wie?« sagte Ike. – »Der Mensch kann so lange reden, wie seine Vorgesetzten ihm nicht sagen, daß er die Schnauze halten soll.« – »Teufel noch mal, ich habe nicht die Absicht, mir was anzufangen«, sagte Ike. – »Lieber nicht«, sagte der andere und sprach kein Wort mehr.
Sie arbeiteten den ganzen Sommer lang für die CPR., und am 1. Oktober waren sie in Vancouver. Sie hatten neue Koffer und neue Anzüge. Ike besaß neunundvierzig Dollar und fünfzig Cent und Mac dreiundachtzig fünfzehn in einer funkelnagelneuen schweinsledernen Brieftasche. Mac hatte mehr, weil er nicht Poker spielte. Sie nahmen gemeinsam ein Zimmer für eineinhalb Dollar und lagen an ihrem ersten freien Vormittag wie die Fürsten im Bett. Sie waren gebräunt und abgehärtet und hatten schwielige Hände. Nach dem Gestank der ranzigen Pfeifen und ungewaschenen Füße und Wanzen in den Eisenbahnerbaracken kam ihnen das kleine Hotelzimmer mit den sauberen Bretterwänden und den sauberen Betten wie ein Palast vor.
Als Mac richtig wach war, setzte er sich auf und langte nach seiner Uhr. Elf. Das Sonnenlicht am Fenstersims war rötlich verfärbt von dem Rauch der Waldbrände längs der Küste. Er stand auf und wusch sich in dem Waschbecken mit kaltem Wasser. Gesicht und Arme mit dem Handtuch abtrocknend, ging er im Zimmer auf und ab. Es war ein angenehmes Gefühl, den Konturen seines Halses und der Höhlung zwischen den Schulterblättern und den Muskeln seiner Arme zu folgen, während er sich mit dem frischen, groben Handtuch abrieb.

»Sag mal, Ike, was meinst du denn, was sollen wir machen? Ich glaube, wir sollten wie zwei prima Passagiere mit dem Schiff nach Seattle Wash hinunterfahren. Ich möchte mich gern irgendwo festsetzen und als Drucker arbeiten, damit verdient man gutes Geld. Diesen Winter werde ich studieren, daß die Lappen fliegen. Was meinst du, Ike? Ich möchte gern diese säuerliche Gegend hinter mir haben und wieder in die liebe Heimat zurückkehren. Was meinst du, Ike?«
Ike ächzte und wälzte sich auf die Seite.
»Wach doch auf, Ike, zum Teufel noch mal. Wir wollen uns das Städtchen ansehn und dann hopp.«
Ike setzte sich im Bett auf. »Gottverdammich, ich hab einen Ständer wie ein Elefant. Ich brauch ein Weib.«
»Ich habe gehört, daß es in Seattle prima Huren gibt, wirklich, Ike.«
Ike sprang aus dem Bett und begann sich von Kopf bis Fuß mit kaltem Wasser zu bespritzen. Dann zog er sich hastig an, stand am Fenster und sah hinaus, während er sich das Wasser aus den Haaren kämmte.
»Wann geht denn das verfluchte Schiff? Mensch, gestern nacht hatte ich zwei nasse Träume, du auch?«
Mac errötete. Und nickte.
»Mensch, wir müssen uns was suchen. Nasse Träume machen einen schlapp.«
»Ich möchte nicht krank werden.«
»Teufel noch mal, ein Mann ist kein Mann, bevor er nicht mindestens dreimal seinen Tripper gehabt hat.«
»So komm doch schon, wir wollen uns die Stadt ansehen.«
»Na, warte ich nicht seit einer halben Stunde auf dich?«
Sie liefen die Treppe hinunter und auf die Straße hinaus. Sie spazierten in ganz Vancouver umher, schnupperten den weinsüßen Geruch der Sägemühlen an der Wasserkante, lungerten friedlich unter den großen Bäumen des Parks. Dann kauften sie sich im Schiffsbüro ihre Fahrkarten, und dann gingen sie in ein Geschäft für Herrenartikel und kauften dort gestreifte Krawatten, farbige Socken und seidene Hemden für vier Dollar. Sie kamen sich wie Millionäre vor, als sie mit ihren neuen Anzügen und ihren neuen Koffern

und ihren neuen Seidenhemden über die Laufplanke des Schiffs stolzierten, das nach Victoria und Seattle fuhr. Sie schlenderten auf dem Deck umher, rauchten Zigaretten, schauten nach den Frauen.

»Hoppla, da sind zwei, die sehen recht zugänglich aus ... Möchte wetten, daß das außerdem Nutten sind«, flüsterte Ike in Macs Ohr und stieß ihn mit dem Ellbogen in die Rippen, als sie an zwei Mädchen in breiten Strohhüten vorüberkamen, zwei Mädchen, die nach der anderen Richtung rund ums Deck spazierten. »Was, Scheiße, wir wollen versuchen, sie anzuquatschen.« – »Sehen sie nicht recht affektiert aus?« – »Dann trinken wir zuerst ein Glas.«

Sie tranken ein paar Biere an der Bar, kehrten an Deck zurück. Die Mädchen waren verschwunden. Mac und Ike wanderten ein Weilchen sehr betrübt umher, dann sahen sie die Mädchen im Heck des Schiffes an der Reling lehnen. Es war eine wolkige, mondhelle Nacht. Das Meer und die dunklen, mit spitz aufragenden Nadelbäumen bedeckten Inseln schimmerten hell und finster in einem fleckig silbrigen Schein. Beide Mädchen hatten gebrannte Locken und dunkle Ringe um die Augen. Mac fand, daß sie etwas zu alt aussahen, da aber Ike nun mal losgegangen war, hatte er keine Zeit mehr, um noch etwas zu sagen. Das Mädchen, mit dem er sprach, hieß Gladys. Die andere, die Olive hieß, gefiel ihm besser. Aber Ike hatte sich zuerst an sie herangemacht. Scherzend und kichernd standen sie an Deck umher, bis die Mädchen sagten, daß ihnen kalt sei, dann gingen sie in den Salon und setzten sich auf ein Sofa, und Ike ging und kaufte eine Schachtel Bonbons.

»Wir haben heute mittag Zwiebeln gegessen«, sagte Olive. »Hoffentlich macht euch das nichts aus. Gladys, ich sagte dir doch, wir hätten die Zwiebeln nicht essen sollen, gerade bevor wir aufs Schiff gehn.«

»Gib mir einen Kuß, dann will ich dir sagen, ob es mir was ausmacht oder nicht«, sagte Ike.

»Liebes Kind, nur keine Frechheiten hier auf dem Schiff«, sagte Olive schnappig, zu beiden Seiten ihres Mundes traten zwei häßliche Falten hervor. – »Wir müssen schrecklich

achtgeben, was wir hier auf dem Schiff machen«, erklärte Gladys. »Sie sind neuerdings schrecklich argwöhnisch, wenn sie zwei Mädchen allein reisen sehen. Ist das nicht eine Schweinerei?«
»Na sicher.« Ike rückte ein wenig näher an sie heran.
»Lassen Sie das sein ... Hopp, mein Süßer, und schau, daß du weiterkommst! Im Ernst.« Olive setzte sich auf die gegenüberliegende Bank. Ike folgte ihr.
»Früher einmal in der guten alten Zeit, da war es auf diesen Schiffen prima, da konnte man machen, was man wollte, aber das ist vorbei«, sagte Gladys zu Mac in leisem, vertraulichem Ton. »Ihr habt in den Konservenfabriken gearbeitet?«
»Nein, wir haben den ganzen Sommer für die CPR. gearbeitet.«
»Da müßt ihr massig Geld verdient haben.« Während sie mit ihm sprach, merkte Mac, daß sie ihrer Freundin immer wieder mit dem einen Auge zublinzelte.
»Na ja ... nicht gar so schlimm ... Ich habe auch ewig lange gespart.«
»Und jetzt fahrt ihr nach Seattle.«
»Ich will mir Arbeit als Maschinensetzer suchen.«
»In Seattle sind wir zu Haus. Olive und ich haben zusammen eine Wohnung ... Kommen Sie, gehn wir an Deck, hier drin ist es zu heiß.«
Als sie an Olive und Ike vorüberkamen, bückte sich Gladys und flüsterte Olive etwas ins Ohr. Dann wandte sie sich mit einem zerfließenden Lächeln zu Mac. Das Deck war menschenleer. Sie erlaubte ihm, den Arm um ihre Mitte zu legen. Seine Finger fühlten die Rippen eines Korsetts. Er drückte etwas fester zu. »Oh, nicht grob sein, Kindchen!« winselte sie mit einer komischen, piepsigen Stimme. Er lachte. Als er seine Hand wegnahm, streifte er ihre Brust. Beim Gehen stieß sein Bein an das ihre. Es war das erstemal, daß er mit einer Frau so eng beisammen war.
Nach einer Weile sagte sie, sie müsse zu Bett gehen. »Und wie wär's, wenn ich mit dir runtergehe?« – Sie schüttelte den Kopf. »Nicht hier auf dem Schiff. Wir sehn uns mor-

gen, vielleicht besuchen Sie uns mit Ihrem Freund in unserer Wohnung. Wir zeigen euch die Stadt.« – »Sicher«, sagte Mac. Er schritt um das Deck herum, heftig pochte sein Herz. Er fühlte das Gestampf der Maschinen und die pfeilförmige Brandung des zerspellten Wassers am Bug, und genauso war ihm zumute. Er begegnete Ike.

»Mein Mädel sagte, sie müßte zu Bett gehn.« – »Die meine auch.« – »Hast du was erreicht?« – »Wir werden sie morgen sehen. Sie haben eine Wohnung in Seattle.« – »Ich habe von meiner einen Kuß gekriegt. Sie ist furchtbar hitzig. – Ich dachte schon, sie greift mir in die Hose.« – »Na, morgen wird die Sache schon werden.« – »Na, dann wollen wir uns schlafen legen.«

Der nächste Tag war sonnenhell, der Hafen von Seattle funkelte, roch nach frisch gefälltem Holz, lärmte mit dem Geklapper der Wagen und dem Geschrei der Kutscher, während Ike und Mac das Schiff verließen. Sie gingen zu den *Christlichen Jungen Männern,* um dort ein Zimmer zu nehmen. Taglöhnern und Vagabundieren, damit war es jetzt aus. Sie würden sich saubere Arbeit suchen, anständig leben und abends zur Schule gehen.

Den ganzen Tag lang spazierten sie in der Stadt umher, und am Abend trafen sie Olive und Gladys vor dem Totempfahl auf dem Pioneer Square. Es ging alles sehr rasch.

Sie gingen in ein Restaurant, aßen ein reichliches Essen und tranken Wein dazu, und dann gingen sie in einen Biergarten, wo Musik war, und dort tranken sie Whiskysours. Als sie in die Wohnung der Mädchen gingen, nahmen sie eine kleine Flasche Whisky mit, und Mac hätte sie auf der Treppe fast hingeschmissen, und die Mädchen sagten: »Um Gottes willen, macht nicht so viel Krach, sonst jagt ihr uns die Blauen auf den Hals«, und in der Wohnung roch es nach Moschus und Puder, und auf allen Stühlen lag Weiberwäsche herum, und die Mädchen holten aus jedem von ihnen fünfzehn Dollar heraus, bevor sie anfingen sich auszuziehen. Mac war mit seinem Mädchen im Badezimmer, und sie schmierte ihm Lippenrot auf die Nase, und sie lachten und lachten, bis er ihr bei dem Versuch, das Hemd recht schnell auszuziehen, das Hemd zerriß, und da gab sie ihm eine Ohrfeige. Und nachdem sie es ein paarmal gemacht hatten, saßen sie alle beieinander um den Tisch und tranken noch einiges mehr, und Ike hatte ein paar seidene Damenstrümpfe und ein Korsett an und tanzte mit bloßen Füßen einen Salometanz. Mac lachte, es war so verflucht komisch, aber er saß auf der Erde, und als er aufstehen wollte, fiel er auf die Nase, und ganz plötzlich übergab er sich in die Badewanne, und Gladys beschimpfte ihn in der ordinärsten Weise. Sie zog ihn an, bloß die Krawatte konnte er nicht finden, und alle sagten, er sei viel zu betrunken, und schoben ihn zur Tür hinaus, und er wackelte die Straße entlang, sang mit lauter Stimme: »*Roll den Reifen, roll den Reifen, roll ihn immer an der Wand lang!*« und er fragte einen Blauen, wo das *Christliche Hospiz* sei, und der Blaue schob ihn auf dem Revier in eine Zelle und sperrte ihn ein. Als er aufwachte, war sein Kopf wie ein riesiger, zerbrochener Mühlstein. Sein Hemd war vollgekotzt, seine Hose zerrissen. Er durchsuchte seine sämtlichen Taschen und konnte die Brieftasche nicht finden. Ein Blauer öffnete die Zellentür und forderte ihn auf, zu verduften, und er schritt in die blendende Sonne hinaus, die sich wie ein Messer in seine Augen bohrte. Der Mann am Portierschalter im *Christlichen Hospiz* sah ihn etwas sonderbar an, aber er kam in sein Zimmer hinauf und fiel aufs Bett hin, ohne daß irgend jemand etwas zu ihm gesagt hätte. Ike war noch nicht zurück. Er schlummerte ein, und bis in den Schlaf hinein tat der Kopf ihm weh. Als er aufwachte, saß Ike auf dem Bett. Ikes Augen glänzten, und seine Wangen waren gerötet. Er war immer noch ein wenig betrunken. »Sag mal, Mac, haben sie dich gefleddert? Ich kann meine Brieftasche nicht finden, und ich habe versucht, noch mal hinzugehen, aber ich konnte die Wohnung nicht finden. Mein Gott, ich hätte diese verfluchten Menscher verhauen ... Was, Scheiße, ich bin immer noch besoffen wie ein Stint. Du, der Kerl da unten sagte, wir müßten von hier weg. Er kann keine Betrunkenen in seinem *Christlichen Männerheim* brauchen.« – »Aber wir haben doch für eine Woche bezahlt.« – »Er gibt uns einen Teil davon zurück ... Ach was, zum Teufel,

Mac ... Wir sind pleite, aber ich fühle mich prima ... Du, ich hab mir noch was aus deiner Kuh herausgeholt, nachdem sie dich hinausgeschmissen hatte. Ich habe sie beide richtig versohlt.«

»Ich fühle mich hundselendig.«

»Ich habe Angst, schlafen zu gehn, daß ich nicht den Moralischen kriege. Komm raus ins Freie, das wird dir guttun.«

Es war drei Uhr nachmittags. Sie gingen in ein kleines chinesisches Restaurant und tranken Kaffee. Sie hatten ihre Koffer für zwei Dollar versetzt. Der Pfandleiher wollte die seidenen Hemden nicht nehmen, weil sie dreckig waren. Draußen regnete es wie aus Scheffeln.

»Mein Gott, warum zum Teufel haben wir nicht so viel Verstand gehabt, nüchtern zu bleiben. Wir sind zwei prächtige Hornochsen, Ike.«

»Wir haben uns gut amüsiert ... Meine Güte, hast du komisch ausgesehen, die ganze Fresse mit Lippenrot beschmiert.«

»Mir ist furchtbar zumute ... Ich möchte was lernen, arbeiten für das, worauf es ankommt ... Du weißt schon, was ich meine, nicht um ein verfluchter Sklavenhalter zu werden, sondern für den Sozialismus und die Revolution und so, nicht immer nur arbeiten und dann saufen gehn und arbeiten und saufen gehn wie die verfluchten Japs an der Eisenbahn.«

»Hol's der Teufel, das nächstemal werden wir klüger sein und unser Geld an einem sicheren Ort lassen... Ei wei, jetzt wird mir auch mulmig im Leib.«

»Wenn das verfluchte Haus anfangen würde zu brennen, ich hätte nicht die Kraft, hinauszulaufen.«

Sie blieben in dem chinesischen Lokal sitzen, so lange es ging, und dann stelzten sie in den Regen hinaus und suchten sich eine Pennbude für dreißig Cent, wo sie übernachteten und sich von den Wanzen auffressen ließen.

Am nächsten Morgen sahen sie sich nach Arbeit um, Mac im Druckereigewerbe und Ike bei den Schiffsagenturen. Am Abend trafen sie einander, hatten aber kein Glück gehabt, und sie schliefen im Park, da die Nacht schön war.

Nach einiger Zeit verdingten sie sich beide in ein Holzfällerlager am Schlangenfluß. Sie wurden von der Agentur auf einem Wagen voller Schweden und Finnen hinaufexpediert. Mac und Ike waren die einzigen, die Englisch sprachen. Als sie hinkamen, fanden sie den Fraß so schlecht, die Baracken so dreckig und den Vorarbeiter so hart gesotten, daß sie sich nach ein paar Tagen auf die Strümpfe machten und wieder tippeln gingen.

In den Blue Mountains war es schon sehr kalt, sie wären verhungert, wenn sie nicht in den Küchenhäusern der Holzfällerlager längs des Weges sich ein paar Brocken hätten zusammenbetteln können. In Baker City stießen sie auf die Eisenbahn, und es gelang ihnen, sich im Güterwagen bis nach Portland durchzuschlagen. In Portland konnten sie keine Arbeit finden, weil ihre Kleider so schmutzig waren, sie tippelten also nach dem Süden zu, durch ein breites, endloses Oregon-Tal voller Obstfarmen, schliefen in Scheunen, verdienten sich ab und zu eine Mahlzeit, sägten Holz bei einem Farmer oder verrichteten irgendwelche kleinere Arbeit. In Salem entdeckte Ike, daß er einen Tripper hatte, und Mac konnte nächtelang vor Sorge und Angst nicht schlafen; vielleicht auch er? Sie versuchten in Salem einen Doktor zu erwischen. Der Doktor war ein dicker Mann mit einem runden Gesicht und einem herzlichen Lachen. Als sie sagten, sie hätten kein Geld, meinte er, es sei schon recht, und sie könnten ja als Bezahlung für seine Mühe ein bißchen im Hause was tun, doch als er hörte, daß es sich um eine Geschlechtskrankheit handle, schmiß er sie hinaus und hielt ihnen einen saftigen Vortrag über der Sünde gerechten Lohn.

Sie stolperten die Straße entlang, hungrig und mit wunden Füßen. Ike hatte Fieber, und das Gehen tat ihm weh. Keiner von ihnen sagte ein Wort. Schließlich kamen sie zu einer kleinen Obstladestation an der Hauptstrecke der Southern Pacific; dort standen einige Wassertanks. Ike sagte, er könne nicht mehr weiter, sie müßten auf einen Lastzug warten. »Herr Jesus, Gefängnis wär nicht so schlimm.«

»Wenn du in diesem schönen Land in die Tinte gerätst, dann

bist du aber auch richtig in der Tinte«, sagte Mac, und aus irgendeinem Grund lachten sie beide.
In den Büschen hinter dem Bahnhof fanden sie einen alten Landstreicher, der sich in einer Blechdose Kaffee kochte. Er gab ihnen etwas Kaffee und Brot und Speckschwarte, und sie erzählten ihm von ihren Leiden. Er sagte, er wandere nach dem Süden, um dort zu überwintern, und das beste Mittel gegen Tripper sei ein Tee aus den Kernen und Stengeln der Kirschen. »Aber wo zum Teufel soll ich denn Kirschkerne herbekommen?« Immerhin, sagte er, nur keine Sorge, es sei nicht schlimmer als ein böser Schnupfen. Er war ein fröhlicher, alter Mann mit einem Gesicht so voller Dreck, daß es aussah wie eine braune Ledermaske. Er wollte versuchen, mit einem Lastzug mitzukommen, der kurz nach Sonnenuntergang hier anhielt, um Wasser zu nehmen. Mac schlummerte ein, während Ike und der Alte miteinander plauderten.
Als er aufwachte, hörte er Ike seinen Namen rufen, und sie liefen alle hinter dem Lastzug her, der bereits abgefahren war. Im Dunkeln machte Mac einen Fehltritt und fiel platt auf die Schwellen hin. Er verrenkte sich das Knie und bekam die Nase voller Koksschlacke, und als er wieder auf den Beinen war, sah er nichts mehr als die beiden Lichter am Ende des Zuges, wie sie in den Novembernebel entschwanden.
Das war sein Abschied von Ike Hall.
Er tastete sich zur Straße zurück und humpelte weiter, bis er zu einem Ranchhaus kam. Ein Hund bellte und bellte ihn an und schnappte nach seinen Knöcheln, aber er war viel zu kaputt, um sich dran zu kehren. Schließlich kam eine dickliche Frau an die Tür und gab ihm etwas kalten Zwieback und Apfelmus und sagte, er könne in der Scheune schlafen, nur müsse er alle seine Streichhölzer hergeben. Er humpelte in die Scheune, legte sich in einen Haufen dürren Heus und schlief ein. Am nächsten Morgen kam der Rancher, ein hochgewachsener, rotbackiger Mann namens Thomas mit einer tönenden Stimme, in die Scheune herüber und bot ihm Arbeit für ein paar Tage gegen Kost und Wohnung an. Sie

waren sehr freundlich zu ihm und hatten eine hübsche Tochter namens Mona, in die er sich ein wenig verliebte. Sie war ein molliges, rotwangiges Mädel, kräftig wie ein Bursche, und sie fürchtete sich vor nichts. Sie boxte und rang mit ihm, und besonders nachdem er wieder etwas Fett angesetzt und sich ausgeruht hatte, konnte er nachts kaum schlafen, so viel mußte er an sie denken. Er lag in seinem Bett von Heu und erinnerte sich immer wieder an die Berührung ihres nackten Armes, der an seinem Arm entlanggehuscht war, wenn sie ihm das Mundstück des Zerstäubers für die Obstbäume zurückgab oder ihm half, die weggeschnittenen Zweige zum Verbrennen aufzuschichten, er erinnerte sich an ihre rundlichen Brüste und an ihren Atem, so süß wie der Atem einer Kuh in seinem Nacken, wenn sie des Abends nach dem Essen umhertollten und einander die derbsten Possen spielten. Aber die Thomas' hatten anderes mit ihrer Tochter vor und sagten Mac, daß sie ihn nicht mehr brauchten. Sehr freundlich schickten sie ihn fort mit einer Menge guter Ratschläge, etlichen alten Kleidern und einem in Zeitungspapier gewickelten kalten Frühstück, aber ohne Geld. Als er über die staubig zerfurchte Wagenstraße davonschritt, lief Mona ihm nach und gab ihm vor ihren Eltern einen Kuß. »Ich halte zu dir«, sagte sie. »Verdien mal recht viel Geld und komm wieder und heirat mich.« – »Bei Gott, das will ich tun«, sagte Mac und ging davon, mit Tränen in den Augen und einem wohligen Gefühl. Er war ganz besonders froh, daß er damals von dem Mädel in Seattle keinen Tripper erwischt hatte.

Weltwochenschau VI

ROCKEFELLER TYP DER ZUKUNFT

tod hält reiche ernte in chicago paris endlich empört
HARRIMAN ALS EISENBAHNKOLOSS
berüchtigter schwindler zur strecke gebracht
TEDDY DROHT MIT DEM GROSSEN STOCK
abhilfe gegen die überfüllung auf der untergrund gefordert

So fuhren wir
über die Mondscheinbucht,
Du hörst die Stimmen erklingen.
Es scheint, sie singen,
Du stahlst mir mein Herz,
laß mich jetzt nicht allein,
Grad als wir der
Liebe
alte
süße
Lieder
sangen
Auf der Mondscheinbucht

Nach dem Gottesdienst vom Mob gelyncht
als das Metall aus dem Schmelzofen hervorströmte, sah ich, wie die Leute davonliefen, um sich in Sicherheit zu bringen. Rechts von dem Ofen sah ich eine Gruppe von zehn Mann, alle rannten sie wie die Verrückten, und ihre Kleider waren eine Flammenmasse. Anscheinend waren einige von ihnen im Augenblick der Explosion verletzt worden, etliche rutschten aus und fielen hin. Im nächsten Augenblick floß das heiße Metall über die armen Teufel weg
plötzlich gab es eine zweite Explosion, und ich schaute

wieder nach dem Ofen hin. Eine Minute später schaute ich wieder nach rechts nach den zehn Mann, aber ich sah nichts mehr von ihnen, und ich glaube, sie sind alle zehn verbrannt. Das Metall floß gerade auf meinen Zug zu, und ich mußte den Zug abkoppeln und dem Lokomotivführer das Signal geben, loszufahren

LOBT DAS MONOPOL ALS EINE WOHLTAT FÜR DIE ALLGEMEINHEIT

verhandlungen über industriefrieden in mrs. potterpalmers haus

der Liebe
alte
süße
Lieder . . .
So fuhren wir
über die Mond–schein–bucht

Das Kamera-Auge 7

Auf dem Teich bei den Hüttenwerken der Silbergesellschaft fuhren wir Schlittschuh und da war ein komischer mulmiger Geruch von der Abfallgrube neben dem Teich das ist Walfischtranseife sagte jemand die benützt man – um die silbernen Messer Löffel und Gabeln zu putzen um sie richtig blank zu machen für den Verkauf
glitzernd blank war das Eis frühes dunkles Eis das wie das Blatt einer Säge klirrte von den ersten Schlittschuhen grade ein wenig weißgekratzt – ich konnte das Schlittschuhlaufen nicht lernen und fiel immer hin gib acht auf die Dreckspatzen sagten alle die böhmischen und polackischen Kinder stecken Steine in ihre Schneebälle schreiben dreckige Worte an die Mauern machen dreckige Sachen in den dunklen Gassen ihre Leute arbeiten in den Fabriken
wir waren saubere junge Amerikanerjungs geschickt mit dem Werkzeug Hirschtöter spielten Hockey und schnitten schöne Achten in das Eis Pfadfinder ich konnte nicht Schlittschuhlaufen lernen
und fiel immerfort hin

DER PFLANZENZAUBERER

Luther Burbank
wurde in einem ziegelroten Farmhaus in Lancaster, Mass., geboren,
ging eines Winters durch den Wald,
brach durch die blanke Kruste des Schnees,
stolperte in eine kleine Mulde, in der ein warmer Frühling war,
und fand das Gras grün und wuchernde Kräuter
und stinkende Zehrwurz, die einen kräftigen Daumen emporstieß,

ging nach Hause und setzte sich an den Ofen und las Darwin
Kampf ums Dasein, Ursprung der Arten, Natürliche Zuchtwahl,
so was lehrten sie nicht in der Kirche,
und da hörte Luther Burbank zu glauben auf, zog nach Lunenburg,
fand an einer Kartoffelpflanze eine Samenkugel,
säte den Samen und profitierte
von Herrn Darwins *Natürlicher Zuchtwahl*
von Spencer und Huxley
mit der Burbank-Kartoffel.

Junge Burschen gehen nach dem Westen,
Luther Burbank ging nach Santa Rosa,
voll seines Traums von grünem Gras im Winter von immerblühenden Blumen, immer-
fruchtenden Beeren, Luther Burbank
konnte von der *Natürlichen Zuchtwahl* profitieren, Luther Burbank
trug seinen apokalyptischen Traum von grünem Grase im Winter
und samenlosen Beeren und kernlosen Pflaumen und dornenlosen Rosen, Brombeerbüschen, Kaktuspflanzen –
die Winter waren rauh in diesem rauhen
ziegelroten Farmhaus im rauhen Massachusetts –
in das sonnige Santa Rosa,
und er war ein sonniger, alter Mann,
wo die Rosen das ganze Jahr über blühten,
immer blühend, immer fruchtend,
Hybriden.

Amerika war eine Hybride.
Amerika sollte von der *Natürlichen Zuchtwahl* profitieren.
Er war ein Ungläubiger, er glaubte an Darwin und die *Natürliche Zuchtwahl* und an den Einfluß der großen Toten
und an gutes, festes Versandobst,
das für Konserven geeignet ist.
Er war einer der großen Alten, bis die Kirchen
und die Sekten

Wind bekamen, daß er ein Ketzer sei und an
Darwin glaube.
Luther Burbank hatte sich nie was Böses gedacht,
züchtete verbesserte Kreuzungen für Amerika,
in jenen sonnigen Jahren
in Santa Rosa.
Aber jetzt stach er in ein Wespennest, weil er
Darwin und die *Natürliche Zuchtwahl* nicht preisgeben wollte,
und sie stachen ihn, und er starb
etwas verblüfft.
Sie begruben ihn unter einer Zeder.
Seine Lieblingsphotographie
war die eines kleinen Mädchens,
das neben einem Beet hybrider,
immerblühender, gefüllter Shasta-Gänseblümchen
steht und sich gar nichts Böses denkt,
und der Mount Shasta im Hintergrund war früher einmal
ein Vulkan,
aber jetzt
hat man keine Vulkane mehr.

Weltwochenschau VII

neugeborenes aus minneapolis im brutapparat bis hierher befördert

Cheyenne, Cheyenne,
Hopp, auf mein Pony

sagt jim hill geht in 939 anklagepunkten gegen den öltrust vor

GROSSER BENZINZUG IN DIE LUFT GEFLOGEN

weiber und kinder wie weggewischt gibt zu daß er auspeitschungen und sogar verstümmelungen gesehen hat aber keine besonders schrecklichen ausschreitungen

DIE WAHRHEIT ÜBER DEN KONGO-FREISTAAT

schlimmer fehler an einem dreadnought entdeckt santos dumont erzählt von einem rivalen des raubvogels weiber das hauptinteresse der eingeborenen am kongo merkwürdige briefliche ordre marine der USA abkommandiert

DIE WEISSEN IM KONGO VERLIEREN IHREN SINN FÜR MORAL

halten eine frau gefangen thaw kämpft vor dem gericht um seine existenz

ARBEITER BEDROHLICHER FAKTOR IN POLITIK

salome das letztemal in new york nutzloses heldentum einer mutter

Hier ist Platz für zwei, Schatz,
Aber nach der Hochzeit,

Zwei, Schatz, werden wie einer, Schatz,
auf meinem Pony nach Hause reiten,
Aus dem alten Cheyenne

SAGT DAS IST DAS JAHRHUNDERT IN DEM DIE BILLIONEN UND DIE GEHIRNE HERRSCHEN

klettert jeden tag auf den berg um den toten mit schnee zuzudecken strauss kämpft für salome

VERKEHRSSICHERHEIT DURCH DAS BLOCKSIGNALSYSTEM

Das Kamera-Auge 8

Du saßest auf dem Bett und schnürtest dir die Schuhe auf – he Frenchie schrie Taylor in der Tür du mußt mit dem Kid raufen – ich mag doch nicht mit ihm raufen – du mußt mit ihm raufen muß er nicht mit ihm raufen Jungs?
Freddy schob sein Gesicht durch den Türspalt und machte eine lange Nase mußt mit ihm raufen Schiedsrichter und alle die Jungs vom obersten Stock waren da wenn nicht so bist du ein Mädel in Hosen und du warst im Pyjama und sie schoben den Kid herein und der Kid versetzte dem Frenchie eins und Frenchie versetzte dem Kid eins und du hattest im Mund einen Blutgeschmack und alles schrie Los Kid außer Gummer und der schrie Schlag ihm die Fresse ein Jack und Frenchie hatte den Kid unter sich auf dem Bett und alle zerrten ihn weg und alle drängten sie Frenchie gegen die Tür und er teilte nach links und rechts seine Hiebe aus und er konnte nicht sehen wer ihn schlug und alle fingen zu schreien an Der Kid hat ihn geschlagen und Taylor und Freddy hielten ihm die Arme fest und sagten dem Kid er soll kommen und ihn hauen aber der Kid wollte nicht und der Kid weinte
der blutige schweißige kotzige Geschmack und dann läutete die Klingel Licht wird ausgelöscht und alle laufen in ihre Zimmer und du legst dich ins Bett in deinem Kopf hämmert es und du heulst da kam Gummer auf Zehenspitzen herein und sagte
du hattest ihn untergekriegt Jack so eine Affenschande jawohl das war Freddy der dich geschlagen hat
aber Hoppy schlich auf Zehenspitzen durch den Korridor und erwischte Gummer wie er versuchte auf sein Zimmer zu schleichen
und er bekam sein Teil

MAC

Zum Erntedankfest hatte sich Mac bis nach Sacramento durchgeschlagen und als Kistenträger in einem Dörrobstlagerhaus Arbeit bekommen.
Zum Neujahr hatte er sich genug erspart, um sich einen dunklen Anzug zu kaufen und mit dem Flußdampfer nach San Francisco zu fahren.
Es war gegen acht Uhr abends, als sie ankamen. Mit dem Koffer in der Hand spazierte er vom Anlegeplatz die Market Street hinauf. Die Straßen waren voller Lichter. Junge Burschen und hübsche Mädchen in hellen, bunten Kleidern eilten schnell durch einen scharfen, böigen Wind, der die Kleider und Halstücher flattern ließ, Farbe in die Wangen trieb, Staub und Papierchen durch die Luft wirbelte. Da gab es Chinesen, Italiener, Portugiesen auf den Straßen. Menschen hasteten ins Theater und ins Restaurant. Musik kam aus den Türen der Bars, Röstgeruch, Buttergeruch, Speisengeruch aus den Türen der Eßlokale, Geruch der Weinfässer und Biergeruch. Mac wäre gern ein wenig bummeln gegangen, aber er hatte nur vier Dollar, und so ging er zu den *Christlichen Jungen Männern* und nahm sich dort ein Zimmer und aß dann unten in der menschenleeren Cafeteria ein Stück speckiger Pastete mit Kaffee.
Als er in das kahle Schlafzimmer hinaufkam, es war wie in einem Spital, da machte er das Fenster auf, aber das Fenster ging nur auf einen Lichtschacht. Das Zimmer roch nach irgendeinem Desinfektionsmittel, und als er sich ins Bett legte, roch die Decke nach Formaldehyd. Er fühlte sich viel zu wohl. Er fühlte das übermütige Blut durch alle seine Adern dampfen. Er hätte gern mit jemandem geplaudert oder ein bißchen getanzt oder mit einem Bekannten etwas getrunken oder irgendwo ein Mädchen geknutscht. Die Erinnerung an das Zimmer jener Mädchen in Seattle, an den

Geruch der Schminke und des Moschuspuders kehrte zurück. Er stand auf, setzte sich auf den Rand des Bettes und schlenkerte mit den Beinen.
Dann beschloß er auszugehen, vorher aber legte er sein Geld in den Koffer und sperrte ihn ab. Einsam wie ein Gespenst spazierte er die Straßen auf und ab, bis er todmüde war. Er ging ganz schnell, blickte nicht nach rechts und nicht nach links, an den Straßenecken streifte er an geschminkten Weibern vorbei, an Schleppern, die ihm Adreßkärtchen in die Hand drücken wollten, an Besoffenen, die versuchten, mit ihm anzubinden, an Bettlern, die um ein Almosen winselten. Dann kehrte er durchkältet, ermüdet, verbittert in sein Zimmer zurück und sank ins Bett.
Am nächsten Tag ging er aus und fand Arbeit in einer kleinen Druckerei, deren Leiter und Besitzer ein kahlköpfiger Italiener namens Bonello war, der einen großen Backenbart und eine flatternde schwarze Krawatte trug. Bonello erzählte ihm, er sei bei den Rothemden Garibaldis gewesen und sei jetzt Anarchist. Ferrer war sein großer Held; er stellte Mac nur deshalb ein, weil er dachte, er könnte ihn bekehren. Den ganzen Winter arbeitete Mac bei Bonello, aß Spaghetti, trank roten Wein, schwatzte des Abends mit ihm und seinen Freunden über die Revolution und nahm des Sonntags an sozialistischen Wanderfahrten oder Freidenkerversammlungen teil. Am Sonnabendabend ging er mit einem Burschen namens Miller, den er bei den *Christlichen* kennengelernt hatte, ins Bordell. Miller wollte Zahnarzt werden.
Mac freundete sich mit einem jungen Mädchen namens Maisie Spencer an, sie war im Warenhaus in der Modeabteilung beschäftigt. Jeden Sonntag versuchte sie, ihn in die Kirche zu schleppen. Sie war ein stilles Geschöpf mit großen blauen Augen, und wenn er zu ihr über die Revolution redete, schlug sie die großen blauen Augen zu ihm auf und lächelte ungläubig. Sie hatte winzige, regelmäßige perlweiße Zähne und zog sich sehr hübsch an. Nach einiger Zeit kam es so weit, daß sie ihn nicht mehr allzusehr mit dem Kirchgehen belästigte. Sie ging jetzt gern mit ihm zum

Presidio, um die Kapelle spielen zu hören, oder in den Sutro-Park, um sich dort die Denkmäler anzuschauen.
Am Morgen des großen Erdbebens galt Macs erster Gedanke, nachdem er seinen eigenen Schreck überwunden hatte, Maisie. Als er in die Mariposa Street kam, wo ihre Leute wohnten, stand das Haus noch da, aber alles war davongelaufen. Erst am dritten Tage – drei Tage voller Rauch, krachenden Gebälks, explodierenden Dynamits, drei Tage, in denen er als Mitglied eines Feuerwehrtrupps gearbeitet hatte – fand er sie in einer Lebensmittelschlange am Eingang zum Golden Gate-Park.
Die Spencers hausten in einem Zelt neben den eingestürzten Gewächshäusern. Sie erkannte ihn nicht, denn sein Haar und seine Augenbrauen waren versengt, seine Kleider hingen in Fetzen, und er war von oben bis unten mit Ruß beschmiert. Er hatte sie noch nie geküßt, jetzt aber nahm er sie vor allen Leuten in die Arme und küßte sie. Als er sie losließ, war ihr Gesicht voller Ruß. Einige, die dort standen, lachten und klatschten in die Hände, aber die alte Frau gleich hinter ihnen, die ihr Haar zu einem schiefen Knoten verknotet hatte, aus dem das Zopfende hervorschaute, und zwei gefütterte rosaseidene Schlafröcke übereinander trug, sagte hämisch: »Jetzt müssen Sie gehn und sich das Gesicht waschen.«
Von nun an betrachteten sie sich als verlobt, aber sie konnten nicht heiraten, weil Bonellos Druckerei mit dem ganzen Block, zu dem sie gehörte, leergebrannt war und Mac keine Arbeit hatte. Maisie erlaubte ihm, sie zu küssen und sie des Abends, wenn er sie nach Hause brachte, im dunklen Haustor zu knutschen, aber er gab jeden Versuch auf, weiterzugehen.
Im Herbst bekam er Arbeit am *Bulletin.* Es war Nachtarbeit, und er sah Maisie kaum noch außer sonntags, aber sie begannen davon zu reden, daß sie nach Weihnachten heiraten würden. Wenn er nicht mit ihr beisammen war, war er die meiste Zeit etwas böse auf Maisie, aber wenn er mit ihr beisammen war, schmolz sein Ärger dahin. Er versuchte ihr sozialistische Flugschriften zu lesen zu geben, aber sie

lachte und schaute mit ihren großen, innigen blauen Augen zu ihm auf und sagte, das sei ihr zu schwer. Sie ging gern ins Theater und in Restaurants, in denen es gestärkte Tischtücher gab und die Kellner Fräcke trugen.

Ungefähr um jene Zeit hörte er eines Abends einen Vortrag von Upton Sinclair über die Schlachthöfe von Chicago. Neben ihm saß ein junger Mann in einem groben Baumwollanzug. Er hatte eine Habichtsnase, graue Augen, tiefe Furchen unter den Backenknochen und redete in langsam schleppendem Ton. Er hieß Fred Hoff. Nach dem Vortrag gingen sie miteinander ein Bier trinken und ein wenig plaudern. Fred Hoff gehörte der neuen revolutionären Organisation an, den *Industrial Workers of the World*. Bei einem zweiten Glas Bier las er Mac die Statuten vor. Er war soeben erst als Deckmaschinist auf einem Frachtschiff an Land gekommen. Das Schiffsessen und das harte Seemannsleben hatte er satt. Er hatte noch seine Löhnung in der Tasche und war fest entschlossen, das Geld nicht auf den Schädel zu hauen. Er hatte gehört, daß in Goldfield die Bergarbeiter streikten, und meinte, er würde mal hingehen und sehen, was sich dort machen ließe. Er gab Mac zu verstehen, daß er, Mac, ein recht muffiges Leben führe; er helfe Lügen gegen die arbeitende Klasse drucken. »Mein Gott, Mann, Sie sind gerade der Richtige für uns. Wir wollen in Goldfield in Nevada eine Zeitung herausbringen.« Noch an diesem selben Abend ging Mac in das Ortsbüro, füllte eine Karte aus und begab sich dann mit etwas dusligem Kopf nach Hause in seine Pension. – ›War eben dabei, mich an die verfluchten Hunde zu verkaufen.‹

Für den nächsten Sonntag hatten er und Maisie sich vorgenommen, mit der Aussichtsbahn auf den Gipfel des Mount Tamalpais zu fahren. Mac war schrecklich verschlafen, als die Weckeruhr ihn aus dem Bett holte. Sie mußten früh aufbrechen, weil er am Abend schon wieder an seiner Arbeitsstelle sein mußte. Während er zu der Fährbootlandestelle spazierte, wo er Maisie um neun Uhr treffen sollte, war immer noch das Gestampf der Pressen in seinem Kopf und der säuerliche Geruch der Druckerschwärze und des zerquetschten Papiers, und über alledem der Geruch des Korridors in jenem Haus, in dem er mit ein paar Kameraden gewesen war, der Geruch modriger Zimmer und Spüleimer, der Geruch der Achselhöhlen und des Toilettetischchens jenes kraushaarigen Mädchens, das er auf dem klebrig kalten Bett gehabt hatte, und der Geschmack des schalen Biers, das sie getrunken hatten, und die mechanisch girrende Stimme: »Gute Nacht, Süßer, komm bald wieder.« Mein Gott, ich bin ein Schwein, sagte er zu sich selber.

Diesmal war der Morgen schön, alle Farben auf der Straße funkelten wie Glasscherben. Mein Gott, er hatte das Herumhuren satt. Wenn nur Maisie ein flotter Kerl wäre, wenn nur Maisie eine Rebellin wäre, mit der man reden könnte wie mit einem Freund. Und wie, zum Teufel, sollte er ihr beibringen, daß er seine Arbeit hinzuschmeißen gedenke?

Sie wartete auf ihn an der Fähre, sah aus wie das Titelbild einer Zeitschrift mit ihrem netten matrosenblauen Kleid und ihrem Biedermeierstrohhut. Sie hatten keine Zeit, einander zu begrüßen, denn sie mußten laufen, um das Fährboot zu erwischen. Als sie dann auf dem Boot waren, reichte sie ihm den Mund zum Kuß. Ihre Lippen waren kühl, und ihre behandschuhte Hand lag ganz leicht in der seinen. In Sausalito nahmen sie die elektrische Bahn und stiegen dann um, und sie lächelte ihn unaufhörlich an, während sie schnell, schnell zu dem Aussichtswagen liefen, um gute Plätze zu kriegen. Und sie fühlten sich so einsam in der tosenden Unendlichkeit des gelben Gebirges, des blauen Himmels, des blauen Meers. Sie waren noch nie so glücklich gewesen. Den ganzen Weg bis zum Gipfel lief sie voraus. Als sie zum Observatorium kamen, waren sie beide außer Atem. Sie lehnten sich an eine Felswand, abseits von den anderen Menschen, und Maisie erlaubte ihm, sie übers ganze Gesicht zu küssen, über das ganze Gesicht und den ganzen Hals. Nebelfetzen flogen vorüber, setzten große Flecken in das Bild der Bucht, der Täler, der umschatteten Berge. Als sie an die Seeseite hinübergingen, schrillte ein eisiger Wind durch die Felsen. Eine wirbelnde Nebelmasse wogte wie eine Flutwelle vom Meer herauf. Sie packte seinen Arm.

»Oh, da fürchte ich mich, Fainy.« Dann erzählte er ihr plötzlich, daß er seine Arbeit aufgegeben habe. Sie blickte zu ihm auf, erschreckt und zitternd in dem kalten Wind und klein und hilflos; zu beiden Seiten ihrer Nase begannen die Tränen herunterzukollern. »Aber ich dachte, du liebst mich, Fenian ... Glaubst du, es war leicht für mich, die ganze Zeit auf dich zu warten, wo ich dich liebe und dich haben möchte. Oh, ich dachte, du liebst mich.« Er legte seinen Arm um sie. Er wußte nichts zu sagen. Sie gingen auf die Bergbahn zu. »Ich will nicht, daß alle die Leute sehen, daß ich geweint habe. Vorhin waren wir so glücklich. Wir wollen zu Fuß nach Muir Woods hinuntergehn.« – »Es ist ziemlich weit, Maisie.« – »Das ist mir gleich, ich möchte gehen.« – »Na, Maisie, bist ein strammer Kerl.« Sie schlugen den Fußweg ein, und alles verschwand im Nebel.

Nach ein paar Stunden machten sie halt, um zu rasten. Sie verließen den Weg und fanden inmitten eines großen Ziströschendickichts eine kleine Wiese. Ringsumher war Nebel, über ihren Köpfen aber schimmerte es hell, und sie fühlten durch den grauen Dunst die Sonnenwärme. »Autsch, ich habe mir Blasen gelaufen«, sagte sie und verzog ihr Gesicht so komisch, daß er lachen mußte. – »Es kann jetzt nicht mehr so schrecklich weit sein«, sagte er. »Wirklich, Maisie.«

Er wollte ihr die Sache mit dem Streik und den I.W.W. erklären und warum er nach Goldfield gehe, aber er konnte nicht. Er konnte nichts tun, als sie küssen und küssen. Ihr Mund hing an seinen Lippen, ihre Arme lagen fest um seinen Hals. Etwas Hartes in seiner Brust zerschmolz zu warmen Tränen. »Wirklich, es wird gar nichts daran ändern, daß wir heiraten, wirklich nicht. Maisie, ich bin verrückt nach dir ... Maisie, laß mich ... Du mußt mich lassen ... Wirklich, du weißt nicht, wie schrecklich das für mich ist, daß ich dich so liebhabe und du läßt mich nicht.«

Er stand auf und strich ihre Röcke glatt. Sie lag mit geschlossenen Augen und kreideblassem Gesicht da. Er fürchtete schon, sie sei ohnmächtig geworden. Er kniete nieder und küßte sie leise auf die Wange. Sie lächelte ein ganz klein wenig, zog seinen Kopf herunter und zauste ihm das Haar.

»Mein Männchen«, sagte sie. Nach einer Weile standen sie auf und gingen durch den Rotholzwald, ohne ihn zu sehen, zu der Straßenbahnhaltestelle. Auf der Fähre, während der Heimfahrt, beschlossen sie, noch in dieser Woche zu heiraten. Mac versprach, nicht nach Nevada zu fahren.

Am nächsten Morgen stand er mit einem Gefühl der Niedergeschlagenheit auf. War er nicht drauf und dran, sich zu verkaufen? Während er sich im Badezimmer rasierte, schaute er in den Spiegel und sagte halblaut: »Du Schwein, du verkaufst dich an die verfluchten Hunde.«

Dann ging er in sein Zimmer zurück und schrieb einen Brief an Maisie.

Liebe Maisie!

Wirklich, Du darfst keine Sekunde lang glauben, daß ich Dich nicht sehr, sehr liebe, aber ich habe versprochen, nach Goldfield zu gehen, um den Kumpels bei ihrer Zeitung zu helfen, und ich muß es machen. Ich schicke Dir meine Adresse, sobald ich dort bin, und wenn Du mich wirklich ganz dringend brauchst, wegen irgendeiner Sache, dann komme ich gleich zurück, wirklich gleich.

Viele, viele Küsse und Liebe
Fainy

Er ging in das Büro des *Bulletin,* hob seinen Lohn ab, packte dann seinen Koffer und ging zum Bahnhof, um nachzusehen, wann der nächste Zug nach Goldfield in Nevada fuhr.

Das Kamera-Auge 9

Von früh bis abend stanken die Düngerfabriken ganz schrecklich und in der Nacht war die Hütte voller Moskitos die dich fast davongetragen hätten aber es war in Crisfield an der Ostküste – wenn wir ein Motorboot hätten um sie über die Bucht zu bringen könnten wir unsere Tomaten und unseren Mais und unsere frühen Pfirsiche direkt bis nach New York verfrachten statt uns von den Kommissionshändlern in Baltimore übers Ohr hauen zu lassen dann könnten wir eine Gemüsefarm anlegen Frühgemüse verschicken bewässern düngen die vom Tabak ausgelaugte Erde des Northern Neck wieder fruchtbar machen wenn wir ein Motorboot hätten könnten wir im Winter mit ihm Austern befördern könnten Sumpfschildkröten für den Markt züchten
aber drüben auf dem Nebengleis im Güterbahnhof kam ich mit einem jungen Burschen ins Gespräch kann nicht viel älter gewesen sein als ich schlief in einem der Güterwaggons schlief da mitten in der Sonne mitten in dem Geruch der Maisstengel und dem Gestank fauliger Maifische aus den Düngerfabriken – er hatte krauses Haar und kleine Büschel Heu im Haar und durch das offene Hemd sah man daß sein Körper braun war bis an die Mitte ich glaube er war ein Taugenichts aber er hatte sich als Landstreicher von Minnesota bis zu uns durchgeschlagen er wollte nach dem Süden und als ich ihm von der Chesapeake-Bay erzählte war er gar nicht überrascht sondern sagte ich glaube 's ist zu weit zum Hinüberschwimmen
ich werde mir Arbeit auf einem Austernboot suchen

BIG BILL

Big Bill Heywood
wurde 1869 in einer Pension in Salt Lake City geboren.

Er wuchs in Utah auf, ging in Ophir zur Schule, in Ophir, dem Minenlager: Schießereien, Faro Sonnabend nachts, verschütteter Whisky auf den Pokertischen, Haufen neuer Silberdollars.
Als er elf Jahre war, verpfändete ihn seine Mutter an einen Farmer, er lief davon, weil der Farmer ihn mit der Peitsche schlug. Das war sein erster Streik.

Er verlor ein Auge, als er sich aus einer Zwergeiche eine Schleuder schnitzte.
Er arbeitete in Kramläden, hatte einen Obststand, war Platzanweiser im Salt-Lake-Theater, Botenjunge, Boy im Continental-Hotel.
Als er fünfzehn war,
ging er in die Bergwerke von Humboldt County, Nevada, seine Ausrüstung bestand aus einem Overall, einer Wolljacke, einem blauen Hemd, Bergarbeiterstiefeln, zwei paar Decken, einem Schachspiel, Boxhandschuhen und einer großen Portion Pflaumenpudding, die seine Mutter für ihn eingepackt hatte.

Nachdem er sich verheiratet hatte, zog er in das Fort McDermitt, das war in den alten Tagen gegen die Indianer errichtet worden, lag aber jetzt verlassen, da es keine Grenze mehr gab;
dort gebar ihm seine Frau das erste Kind ohne Arzt und Hebamme. Bill durchschnitt die Nabelschnur, Bill grub die Nachgeburt ein,
das Kind blieb am Leben. Bill verdiente sich sein Geld, so gut er konnte, half als Landvermesser, mähte Heu im Paradise Valley, zähmte Füllen, durchzog zu Pferde ein weites gebirgiges Land.

Eines Nachts in Thompsons Mill passierte ein seltsames Ding, er war einer unter fünf Männern, die einander durch Zufall trafen und die Nacht in der verlassenen Ranch verbrachten. Jeder von ihnen hatte ein Auge verloren, sie waren die einzigen Einäugigen im ganzen Distrikt.

Ihr Heim ging ihnen flöten, alles fiel auseinander, seine Frau war krank, er hatte Kinder zu ernähren. Da ging er als Bergarbeiter nach Silver City.

In Silver City, Idaho, schloß er sich der W. F. M. an, dort leitete er sein erstes Gewerkschaftsbüro; er war Delegierter der Bergarbeiter von Silver City auf dem Kongreß der Western Federation of Miners in Salt Lake City 1898.

Von nun an war er ein Organisator, ein Redner, ein Mahner, die Not aller Bergleute war auch seine Not, er kämpfte in Cœur D'Alenes, Telluride, Cripple Creek,
schloß sich der Sozialistischen Partei an, schrieb Artikel und sprach überall in Idaho, Utah, Nevada, Montana, Colorado zu den Bergarbeitern, die um den Achtstundentag, um eine bessere Lebenshaltung, um einen Anteil an dem Reichtum, den sie aus den Bergen holen,
streikten.

1905 wurde nach Chicago eine Konferenz einberufen, die in der Lake Street in demselben Saal zusammentrat, in dem zwanzig Jahre vorher die Anarchisten von Chicago ihre Versammlungen abgehalten hatten.

William D. Heywood führte den Vorsitz. Und diese Konferenz entwarf das Manifest, das die I. W. W. ins Leben rief.

Kaum war er in Denver, da wurde er nach Idaho verschleppt und mit Moyer und Pettibone vor Gericht gestellt, man beschuldigte sie des Mordes an dem Schafhirten Steuenberg, Exgouverneur von Idaho, in dessen Haus eine Bombe explodiert war.
Nachdem man sie in Boise freigesprochen hatte (Darrow war ihr Verteidiger), war Big Bill Heywood von einer Küste zur anderen als ein Führer der arbeitenden Klasse bekannt.

Nun war die Not aller Arbeiter auch seine Not, er war das Sprachrohr des Westens, der Cowboys und der Holzfäller und der Erntearbeiter und der Bergleute.

(Der Dampfbohrer hatte Tausende von Bergleuten ihrer Arbeit beraubt, der Dampfbohrer hatte alle Bergleute des Westens in Schrecken versetzt.)
Die W. F. M. wurde konservativ. Heywood arbeitete mit den I. W. W. »Eine neue Gesellschaft in der Hülle der alten erbauen.« Er agitierte bei der Präsidentenwahl 1908 für Eugen Debs, für die rote Sonderliste. Er war an all den großen Streiks im Osten beteiligt, im Osten, wo der revolutionäre Geist im Wachsen war, in Lawrence und in Patterson, an dem Streik der Hüttenarbeiter in Minnesota.

Sie gingen mit den Yankeetruppen über See, um Morgans Anleihen zu retten, um Wilsons Demokratie zu retten, sie standen an Napoleons Grab und träumten vom Imperium, sie tranken Champagner-Cocktails in der Ritz-Bar und schliefen mit russischen Gräfinnen am Montmartre und träumten vom Imperium, überall im Lande, an den Posten der Amerikanischen Legion und an den Frühstückstischen der Geschäftsleute war es lohnenswert, die Fahne des Ruhmes zu schwenken,
sie lynchten die Pazifisten und die Deutschenfreunde
und die Roten und die Bolschewiken.

Bill Heywood stand mit den Hundertundeinen vor Gericht
in Chicago, wo Richter Landis, der Baseballzar,
ohne alle Formalitäten wie ein Handelsgericht
seine Urteilssprüche über zwanzig Jahre Zuchthaus und seine Dreißigtausend-Dollar-Strafen verteilte.

Nach zweijährigem Aufenthalt in Leavenworth ließ man Big Bill gegen Bürgschaft frei (er war fünfzig Jahre alt, ein schwerfälliger, gebrochener Mensch), der Krieg war aus, aber sie hatten im Spiegelsaal von Versailles den Imperialismus gelernt.
Die Gerichte lehnten ein Wiederaufnahmeverfahren ab,
nun war es an Heywood, die Bürgschaft verfallen zu lassen
oder für zwanzig Jahre ins Gefängnis zurückzugehen.
Er war zuckerkrank, er hatte ein rauhes Leben hinter sich,

das Gefängnis hatte seine Gesundheit zerstört. Rußland war eine Arbeiterrepublik; er ging nach Rußland und lebte ein paar Jahre in Moskau und starb dort, und sie verbrannten seinen schweren, zermürbten Leichnam und begruben die Asche in der Kremlmauer.

Das Kamera-Auge 10

Der alte Major pflegte mich ins Kapitol mitzunehmen wenn der Senat und das Repräsentantenhaus Sitzung hatten er war ein sehr alter Mann ich konnte mir nie sein Alter merken er war Kommissar bei den Konföderierten gewesen und hatte wunderbare Manieren
die Diener verbeugten sich vor dem alten Major bis auf die Pagen die lauter kleine Jungen waren nicht viel älter als dein Bruder der war auch einmal Page im Senat und ab und zu sah ein Abgeordneter oder ein Senator ihn mit zusammengekniffenen Augen an vielleicht ist das wer und verbeugte sich oder schüttelte ihm herzlich die Hand oder nickte zum Gruß
der alte Major war sehr gut gekleidet er trug einen schwarzen Gehrock und hatte einen Kotelettenbart und wir spazierten sehr langsam durch das matte Sonnenlicht im Botanischen Garten und sahen uns die kleinen Schildchen an den Bäumen und Büschen an und die fetten Rotkehlchen und Stare die über das mattgrüne Gras hüpften und wir gingen die Stufen hinauf und durch die matte Luft der Rotunde mit den toten Statuen in verschienenen Größen und dann die Senatskammer in mattem Rot und das Ausschußzimmer und der Plenarsaal in mattem Grün und die Ausschußzimmer und der Oberste Gerichtshof ich habe vergessen was für eine Farbe der Oberste Gerichtshof hatte und die Ausschußzimmer
und dann das Geflüster hinter der Tür der Zuschauertribüne und die tote Luft und eine Stimme schnatternd unter dem gläsernen Oberlicht und knallende Pulte und die langen Korridore voll stickiger Luft und unsere Beine wurden sehr müde und ich dachte an die Stare auf dem Rasen und an die langen Straßen und meine Beine waren müde ich hatte einen Schmerz zwischen den Augen und die alten Herren

verbeugen sich mit einem schnellen Blick aus zusammengekniffenen Augen vielleicht ist das wer und große zusammengekniffene unfreundliche Münder und der staubigschwarze Filz und der Geruch der Garderoben und stickige Luft und ich möchte doch wissen woran der alte Major denkt aber ich dachte vielleicht an das große Gemälde in der Kunstgalerie *Corcoran* lauter Säulen und Stufen und Verschwörer und Caesar im Purpur matt hingestürzt es heißt *Caesar ist tot*

MAC

Kaum hatte Mac in Goldfield den Zug verlassen, als ein magerer Kerl in Hemd und Hosen von Khaki mit leinenen Armeegamaschen auf ihn zu kam. »Wollen Sie mir gefälligst sagen, was Sie in dieser Stadt zu suchen haben, lieber Freund?« – »Ich reise in Büchern.« – »Was für Bücher denn?« – »Schulbücher und so weiter für die Wahrheitssucher K. G. in Chicago.« Mac ratterte das sehr schnell herunter, und es schien auf den Mann Eindruck zu machen. »Scheint in Ordnung zu sein«, sagte er. »Gehen Sie in den *Adler?*« Mac nickte. »Plugg wird Sie mitnehmen, der Mann mit den Pferden ... Wissen Sie, wir warten auf die verdammten Agitatoren, die rote Faulenzerbande.« Vor dem Hotel zum *Goldenen Adler* standen zwei Gelbhosen Posten, wüst aussehende, abgebrühte Burschen, Hüte tief in die Augen gedrückt. Als Mac eintrat, drehten die Leute an der Bar sich um und sahen ihn an. Er sagte so barsch wie nur möglich »Guten Abend, meine Herrn!« ging dann zu dem Besitzer, um ein Zimmer zu verlangen. Dabei zerbrach er sich die ganze Zeit den Kopf, wen zum Teufel er denn fragen könnte, wo das Büro des *Nevada-Workman* sei. »Vielleicht kann ich Sie noch unterbringen. Reisender?« – »Ja«, sagte Mac. »In Büchern.«

An dem einen Ende des Raumes stand vor dem Schanktisch ein dicker Mann mit einem Walroßbart und redete mit einer betrunkenen, weinerlichen Stimme ganz schnell: »Wenn sie mich bloß hätten machen lassen, ich hätte die verdammten, beschissenen Arschlöcher sehr schnell aus der Stadt hinausgejagt. Viel zuviel verdammte Advokaten mischen sich da hinein. Rausjagen die verfluchten Hunde. Wenn sie sich wehren, niederknallen, das habe ich zu dem Gouverneur gesagt, aber da sind diese verfluchten Hunde von Advokaten, murksen alles durcheinander, mit ihren Haftbefehlen

und ihrem Habeas Corpus und ihrem langatmigen Gesabber. Sollen mich im Arsch lecken mit ihrem Habeas Corpus.«
»Richtig, Joe, gib's ihnen«, sagte der Wirt besänftigend.
Mac kaufte sich eine Zigarre und schlenderte hinaus. Als die Tür hinter ihm zufiel, hörte er den Dicken noch einmal schreien: »Ich hab ihnen gesagt, sie sollen mich im Arsch lecken mit ihrem Habeas Corpus.«
Es war fast schon finster. Ein eisiger Wind blies durch die wackligen, bretterverschlagenen Straßen. Seine Füße stolperten in dem Dreck der tiefen Radfurchen, so schritt er rings um mehrere Häuserblocks und blickte zu den dunklen Fenstern hinauf. Er wanderte durch die ganze Stadt, aber nirgends das Schild eines Zeitungsbüros. Als er zum drittenmal an derselben chinesischen Budike vorüberkam, verlangsamte er seine Schritte und blieb dann unschlüssig an der Bordschwelle stehen. Am Ende der Straße hing der große, zackige Kegel eines Berges über der Stadt. Gegenüber, vor dem unbeleuchteten Ladenfenster eines Eisenwarengeschäftes, lungerte ein junger Bursche umher, Kopf und Ohren in den Kragen eines Lodenmantels vergraben. Mac sagte sich, der Kerl sieht anständig aus, und er ging hinüber, um ihn anzureden.
»He, Kollege, wo ist das Büro des *Nevada-Workman*?« – »Wozu wollen Sie denn das wissen?« Mac und der andere sahen einander an. »Ich möchte Fred Hoff sprechen ... Ich komme aus San Fran, um drucken zu helfen.« – »Haben Sie eine rote Karte?« Mac zog seine Mitgliedskarte bei den I. W. W. hervor: »Ich hab auch meine Gewerkschaftskarte, wenn Sie die sehen wollen.«
»Nee, lassen Sie nur ... Ich glaube, das stimmt schon alles, aber wie einer neulich sagte, wenn ich nun ein Krimi gewesen wäre, säßen Sie schon im Kittchen, Kollege.«
»Ich habe ihnen erzählt, daß ich ein beschissener Bücheragent bin, bloß um in die verdammte Stadt hereinzukommen. Mußte meinen letzten Fünfundzwanziger für eine Zigarre ausgeben, um wie 'n richtiger Burschoa auszusehn.« Der andere lachte. »Gut, Kollege, ich führe Sie hin.«
»Was zum Teufel, habt ihr hier Belagerungszustand?« fragte

Mac, während er dem Mann durch ein Gäßchen zwischen zwei übergroßen Baracken folgte.
»Sämtliche Gelbhosen aus ganz Nevada sind uns auf die Pelle gerückt ... Sie können verdammt von Glück sagen, daß man Sie nicht mit dem blanken Bajonett zur Stadt hinausgejagt hat, wie einer neulich sagte.«
An dem Ende des Gäßchens stand ein kleines Haus wie eine Schuhschachtel mit hellerleuchteten Fenstern. Junge Burschen in Bergmannskleidung oder Overalls trieben sich hier in großer Zahl umher, saßen in Dreierreihen auf den wackligen Stufen. »Ist das ein Café?« fragte Mac. – »Das ist der *Nevada-Workman*. Passen Sie auf, ich heiße Ben Evans, ich werde Sie den Jungs vorstellen ... Hört mal, Jungs, das ist der Kollege McCreary ... Er kommt aus Frisco, um uns die Zeitung zu setzen.« – »Hand her, Mac«, sagte ein baumlanger Kerl, der aussah wie ein schwedischer Holzfäller, und er schüttelte Mac so kräftig die Hand, daß ihm die Knochen knackten.
Fred Hoff hatte einen grünen Schirm über den Augen und saß hinter einem Schreibtisch, der mit Setzschiffen überhäuft war. Er stand auf und gab ihm die Hand. »Hoppla, Sie kommen gerade zurecht. Bei uns ist die Hölle los. Sie haben uns unsern Setzer eingelocht, und wir *müssen* dieses Blatt herausbringen.« Mac zog seinen Mantel aus und sah sich dann die Presse an. Er beugte sich über den Setzertisch, da kam Fred Hoff zurück und zog ihn in eine Ecke.
»Hören Sie zu, Mac, ich möchte Ihnen die Lage erklären ... Eine etwas komische Situation ... Die W. F. M. fällt uns in den Rücken ... Ein verteufelter Kampf. Neulich war der Heilige hier, und der verfluchte Hund Mullany hat ihn übern Haufen geschossen, an beiden Armen verwundet, und jetzt liegt er im Spital ... Die Kerls schäumen vor Wut, weil es uns gelingt, den Arbeitern etwas revolutionäre Solidarität einzutrichtern, verstanden? Wir haben die Gasthäuser stillgelegt, und auch ein paar Angestellte aus den Bergwerken sind bei uns. Nun hat die A. F. O. L. Wind bekommen und einen ganz vernagelten Streikbruchorganisator geschickt, der mit den Bergwerksbesitzern im Montezuma-Club an

einem Tisch sitzt.« – »He, Fred, nicht so schnell, etwas nach und nach«, sagte Mac. – »Dann gab es neulich vor einem Wirtshaus eine kleine Schießerei, und der Kerl, dem die Budike gehört, wurde niedergeknallt, und jetzt haben sie dafür ein paar von unsern Leuten eingesperrt.« – »Was Sie nicht sagen.« – »Und nächste Woche kommt Big Bill Heywood, um hier zu reden ... So also sieht ungefähr die Lage aus, Mac. Ich muß rasch einen Artikel herunterfetzen ... Sie sind unser Setzermeister, und wir bezahlen Ihnen siebzehnfuffzig, das kriegen wir alle. Haben Sie schon mal selber was geschrieben?«

»Nein.«

»Das sind so die Zeiten, wo es einem leid tut, daß man in der Schule nicht fleißiger gelernt hat. Ach, wenn ich bloß anständig schreiben könnte!«

»Ich will mal einen Artikel probieren, wenn Gelegenheit dazu ist.«

»Big Bill wird uns was schreiben. Der schreibt fein.«

Sie stellten für Mac hinter der Druckerpresse eine Pritsche auf. Es dauerte eine Woche, bevor er Zeit fand, in den *Adler* zu gehen und seinen Koffer zu holen. Über dem Büro und den Pressen war eine längliche Dachkammer mit einem Ofen, und dort schliefen die meisten. Wer eine Decke hatte, wickelte sich in seine Decke ein, wer keine hatte, zog sich die Jacke über den Kopf, wer keine Jacke hatte, schlief, so gut er konnte. An dem einen Ende der Kammer hing ein großes Blatt Papier, auf dieses Blatt hatte jemand mit geschwärzten Blockbuchstaben die Statuten hingemalt. An der getünchten Wand des Büros sah man eine Zeichnung: Einen Arbeiter, unter dem stand I. W. W., wie er einem fetten Kerl mit einer Angströhre, unter dem stand BERGWERKSBESITZER, einen Tritt in den Hintern gibt. Gleich darüber hatten sie angefangen, das Wort Solidarität hinzubuchstabieren, waren aber nicht weiter gekommen als bis SOLIDA ...

Eines Abends im November sprach Big Bill Heywood in der Bergarbeitergewerkschaft. Mac und Fred Hoff gingen hin, um den Bericht für die Zeitung zu schreiben. Die Stadt machte einen ganz verödeten Eindruck wie eine alte Müllhalde in dem riesigen Tal voll schrillen Windes und treibenden Schnees. Der Saal war heiß und dunstig von dem Dunst derber Leiber und groben Tabaks und dicker Gebirglerkleidung, die den eigentümlichen Blockhausgeruch nach Öllampen, verkohltem Brennholz, fettigen Bratpfannen und scharfem Whisky hatte. Zu Beginn der Versammlung gingen die Männer unruhig umher, scharrten mit den Füßen, räusperten sich lärmend. Mac selber war recht unbehaglich zumute. In seiner Tasche steckte ein Brief von Maisie. Er kannte ihn auswendig.

Liebster Fainy!
Es ist alles grade so gekommen, wie ich gefürchtet habe. Du weißt, was ich meine, liebstes Männchen. Es sind schon zwei Monate, und ich habe solche Angst, ich kann es niemandem sagen. Mein Allerliebster, Du mußt sofort zurückkommen. Ich sterbe, wenn Du nicht kommst. Wirklich, ich sterbe, und ich bin ohnedies so einsam ohne Dich und habe solche Angst, daß es jemand merkt. Wir werden sowieso irgendwohin fahren müssen, wenn wir verheiratet sind, und nicht eher zurückkommen, als bis recht viel Zeit vergangen ist. Wenn ich wüßte, daß ich dort Arbeit kriegen kann, würde ich zu Dir nach Goldfield kommen. Ich glaube, es würde nett sein, wenn wir nach San Diego gehen. Ich habe Bekannte dort, und sie sagen, es ist reizend, und dort können wir den Leuten erzählen, daß wir schon lange verheiratet sind. Bitte, komm, mein allersüßestes Männchen. Ich bin so einsam ohne Dich, und es ist so schrecklich, das alles ganz allein durchzumachen. Die Kreuzchen sind Küsse.

Dein Dich liebendes Weib
Maisie
×××××××××××

Big Bill sprach über Solidarität und daß man gegenüber der herrschenden Klasse zusammenhalten müsse, und Mac fragte sich, was Big Bill tun würde, wenn er an so ein Mädel

geriete. Der Tag sei gekommen, eine neue Gesellschaft in der Hülle der alten zu erbauen, die Arbeiter müßten sich bereit halten, die Kontrolle über die Industrie zu übernehmen, die sie aus ihrem Schweiß und Blut geschaffen haben. Als er sagte: »Wir sind für die *eine* große Gewerkschaft«, brachen alle I. W. W. im Saale in stürmischen Beifall aus. Fred Hoff stieß Mac in die Seite, während er klatschte. »Feste klatschen, Mac.« Die Ausbeuterklassen würden gegenüber der Solidarität der gesamten Arbeiterklasse völlig hilflos sein. Die Miliz und die Gelbhosen bestünden gleichfalls aus Werktätigen. Sobald sie einmal die historische Aufgabe der Solidarität erkannt hätten, würde die herrschende Klasse sie nicht mehr zwingen können, ihre Brüder niederzuschießen. Die Arbeiter müßten einsehen, daß jeder kleinere Kampf um höhere Löhne, um Redefreiheit, um anständige Lebensbedingungen seine Bedeutung nur als Teil des großen Kampfes für die Revolution und für den Kollektivstaat habe. Mac vergaß Maisie.
Als Big Bill seine Rede beendete, waren Macs Gedanken ihm weit vorausgeeilt, so daß er schon vergessen hatte, was Big Bill eigentlich gesagt hatte, aber er glühte vor Begeisterung und schrie Beifall wie ein Verrückter. Er und Fred Hoff schrien Hoch, und der untersetzte böhmische Bergmann neben ihnen, der so schrecklich stank, klatschte, und der einäugige Pole auf der anderen Seite klatschte, und die Schar der Italiener klatschte, und der kleine Japs, Kellner im Montezuma-Club, klatschte, und der baumlange Ranchreiter, der in der Hoffnung, eine Rauferei zu sehen, hierhergekommen war, klatschte. »Ob der Hund nicht ein Redner ist!« sagte er immer wieder. »Ich sag euch, Utah, das ist der Staat, wo's noch Männer in Mannesgröße gibt. Ich bin selber aus Ogden.«
Nach der Versammlung kam Big Bill in die Redaktion, er scherzte mit allen und setzte sich hin und schrieb auf der Stelle einen Artikel für das Blatt, und dann zog er eine Flasche hervor, und jeder bekam einen Schluck, außer Fred Hoff, der Big Bills Trinken und das Trinken überhaupt nicht leiden konnte, und sie alle legten sich müde, erhitzt, fröhlich

zu Bett, während bereits die nächste Nummer unter der Presse war.
Am nächsten Morgen, als Mac aufwachte, dachte er plötzlich an Maisie; er las noch einmal ihren Brief durch, und Tränen kamen ihm in die Augen, während er so am Rand seiner Pritsche saß, noch bevor die anderen auf waren. Er steckte den Kopf in einen Kübel eisigen Pumpenwassers, das war so fest gefroren gewesen, daß er einen Kessel mit heißem Wasser vom Ofen hatte holen müssen, um es aufzutauen, aber dieses verquälte, steife Gefühl in der Stirn konnte er nicht wegbringen. Als er mit Fred Hoff in die Chinesenkneipe frühstücken ging, versuchte er ihm beizubringen, daß er nach San Francisco müsse, um zu heiraten.
»Mac, das können Sie nicht machen, wir brauchen Sie hier.« – »Aber ich komme ja zurück, wirklich, Fred.« – »Zuerst kommt die Pflicht des Menschen gegenüber der Arbeiterklasse«, sagte Fred Hoff. – »Sowie das Kind auf der Welt ist und sie wieder arbeiten gehen kann, komme ich zurück. Aber Sie wissen doch, wie das ist, Fred. Ich kann nicht von siebzehnfünfzig die Woche die Spitalskosten bezahlen.« – »Sie hätten vorsichtiger sein müssen.« – »Aber zum Teufel, Fred, ich bin ein Mensch von Fleisch und Blut wie alle andern auch. Um Gottes willen, wollen Sie denn, daß wir hölzerne Heilige sein sollen?«
»Ein Revolutionär sollte weder Frau noch Kind haben, erst nach der Revolution.«
»Ich gebe den Kampf nicht auf, Fred ... Ich will mich nicht verkaufen, das schwöre ich Ihnen, bei Gott nicht!«
Fred Hoff war sehr blaß geworden. Er biß sich auf die Lippen, stand auf und verließ das Restaurant. Mac saß lange Zeit da, ihm war finster zumute. Dann ging er wieder in das Büro des *Workman* zurück. Fred Hoff saß, eifrig schreibend, an seinem Schreibtisch. »Hören Sie zu, Fred«, sagte Mac, »ich bleibe noch einen Monat. Ich werde gleich an Maisie schreiben.« – »Ich wußte ja, daß Sie bleiben, Mac, Sie sind kein Deserteur.« – »Aber mein Gott, Mann, Sie verlangen zuviel von einem Menschen.« – »Zuviel ist noch immer viel

zuwenig«, sagte Fred Hoff. Mac ließ das Papier durch die Presse laufen.
In den nächsten paar Wochen, wenn Briefe von Maisie kamen, steckte er sie ungelesen in die Tasche. Er schrieb ihr so ermunternd wie nur möglich, er würde kommen, sobald die Leute jemand hätten, der ihn vertreten könne. Dann, am Weihnachtsabend, las er Maisies sämtliche Briefe. Sie waren alle gleich, sie rührten ihn zu Tränen. Er wollte eigentlich nicht heiraten, aber es war verteufelt schwer, den ganzen Winter lang ohne ein Mädchen hier in Nevada zu sitzen, und er hatte das Herumhuren satt. Er wollte nicht vor den Kumpels so finster dasitzen, und so ging er in die Kneipe hinunter, in der die Gastwirtsgehilfen verkehrten, um einen Schnaps zu trinken. Eine laute, brüllende Woge betrunkenen Singens quoll aus der Kneipe hervor. In der Tür traf er Ben Evans. »Hallo, Ben, wo zum Teufel willst du denn hin?« – »Ich will eins trinken, wie neulich einer sagte.« – »Na, ich auch.« – »Was ist'n los?« – »Mir ist mau zumute.« Ben Evans lachte. »Mein Gott, mir auch ... und es ist Weihnachten, wie?«
Sie tranken jeder drei Glas, aber an dem Schanktisch herrschte ein schreckliches Gedränge, und sie kamen nicht in die richtige Feststimmung; sie nahmen sich also in Ben Evans' Zimmer ein kleines Fläschchen mit hinauf – mehr konnten sie sich nicht leisten. Ben Evans war ein dunkelhäutiger, untersetzter, junger Mensch mit ganz schwarzen Brauen und Haaren. Er kam aus Louisville in Kentucky. Er hatte viel gelernt und war Automobilmechaniker. In dem Zimmer herrschte eine eisige Kälte. Sie setzten sich auf das Bett, jeder wickelte sich in eine der Decken ein. »Na, ist das nicht eine verteufelte Art, Weihnachten zu feiern«, sagte Ben. »Gut, daß Fred Hoff uns nicht erwischt hat«, sagte Mac. »Fred ist ein prima Kerl, ehrlich wie Gold, aber er will einen Menschen nicht leben lassen.« – »Ich glaube, wenn wir andern ein bißchen mehr wie Fred wären, würden wir rascher was erreichen.« – »Das würden wir ... Aber scheiß drauf ... Hör mal, Mac, mir ist bei dieser ganzen Geschichte verdammt mau zumute, die Schießereien und die Kerls von

der W. F. M., die sich in den Montezuma-Club setzen, um mit dem verdammten Streikbrecherdelegierten aus Washington zu kuhhandeln.« – »Nun, von unseren Leuten hat so was noch keiner gemacht.« – »Nein, aber wir sind zuwenig ...« – »Du brauchst noch einen kleinen Schnaps, Ben.« – »Es ist grade so wie mit diesen verfluchten Fläschchen, wie neulich einer sagte, wenn wir genug davon hätten, könnten wir uns besaufen, aber wir haben nicht genug. Wenn wir genug Leute wie Fred Hoff hätten, würden wir eine Revolution haben, aber wir haben nicht genug.«
Sie tranken jeder noch einen Schluck aus der Flasche, und dann sagte Mac: »Sag mal, Ben, hast du schon mal einem Mädchen ein Kind gemacht? Einem Mädchen, das du verteufelt gern hattest?«
»Sicher, Hunderten.«
»Und das hat dir keine Sorgen gemacht?«
»Um Gottes willen, Mac, wenn so 'n Mädchen nicht eine verfluchte Hure wär, würde sie dich dann 'ranlassen, wie?«
»Mmm, ich denke anders darüber, Ben ... Aber zum Teufel noch mal, ich weiß nicht, was ich anfangen soll ... Sie ist immerhin ein guter Kerl ...«
»Ich traue keiner ... Ich kannte mal einen Menschen, der hat so ein Mädchen geheiratet, die machte schrecklichen Radau und schrie und behauptete, er hätte ihr ein Kind gemacht. Da hat er sie nun richtig geheiratet, und sie entpuppte sich als eine gottverdammte Hure, und er bekam von ihr die Syphilis ... Laß dir's gesagt sein, Junge ... Lieben und stehenlassen, das ist das einzig Richtige für unsereinen!«
Sie tranken das Fläschchen leer. Mac kehrte in die Redaktion des *Workman* zurück und legte sich schlafen, der Whisky brannte ihn im Magen. Er träumte, daß er an einem warmen Tag mit einem Mädchen über ein Feld spazierte. Der Whisky war hitzig süß in seinem Mund, summte wie Bienengesumm in seinen Ohren. Er wußte nicht recht, ob das Mädchen Maisie oder bloß irgend so 'ne gottverfluchte Hure war, aber es war ihm sehr warm und zärtlich zumute, und sie sagte mit einer kleinen, hitzig-süßen Stimme, mach mir ein Kind, Kleiner, und als er sich über sie beugte, konnte

er durch das dünne Florkleid ihren Körper sehen, und sie girrte immerfort, mach mir ein Kind, Kleiner, mit ihrer hitzig-süßen, summenden Stimme.

»He, Mac, wollen Sie denn gar nicht mehr aufwachen?« Fred Hoff, mit einem Handtuch sein Gesicht und seinen Hals frottierend, stand neben ihm. »Ich will aufräumen lassen, bevor die Jungs ankommen.« – Mac setzte sich auf seiner Pritsche auf. »Ja–a, was ist los?« Es war ihm nicht gerade schlecht, aber er fühlte sich etwas deprimiert, das merkte er sofort. – »Sie waren ja gestern nacht stinkbesoffen.« – »Ach was, zum Teufel, Fred ... ich habe ein paar Schnäpse getrunken, aber mein Gott ...« – »Ich habe Sie hier herumstolpern hören, als Sie zu Bett gingen, Sie Saufbruder.« – »Hören Sie mal zu, Fred, verflucht noch mal, ob Sie nicht immer die Amme spielen müssen. Ich kann selber für mich sorgen.« – »Ihr braucht alle noch eine Amme ... Ihr könnt nicht einmal mit eurem Herumsaufen und Herumhuren warten, bis wir den Streik gewonnen haben.« – Mac saß auf der Bettkante, schnürte sich die Stiefel zu. »Weshalb, glauben Sie denn um Gottes willen, daß wir hier herumlungern ... Aus Gesundheitsgründen?«

»Bei den *meisten* von euch weiß ich nicht, warum ihr hier herumlungert«, sagte Fred Hoff, ging hinaus und knallte die Tür hinter sich zu.

Ein paar Tage später stellte sich heraus, daß noch ein anderer da war, der an einer Setzmaschine arbeiten konnte, und Mac verließ die Stadt. Er verkaufte seinen Koffer und seine guten Kleider für fünf Dollar und fuhr als blinder Passagier auf einem mit Erz beladenen Lastzug bis nach Ludlow. In Ludlow wusch er sich den Alkalistaub aus dem Munde, aß etwas und säuberte sich ein wenig. Er hatte es schrecklich eilig, nach Frisco zu kommen, dachte immerfort, Maisie könnte sich umbringen. Er war ganz verrückt nach ihr, sie wiederzusehen, neben ihr zu sitzen, sich sanft die Hand von ihr streicheln zu lassen, während sie nebeneinander sitzen und plaudern, so wie Maisie immer geplaudert hatte. Nach diesen öden, staubigen Monaten drunten in Goldfield brauchte er eine Frau. Der Fahrpreis nach Frisco betrug

11,15, und er hatte nur noch vier Dollar und ein paar Cents. Er versuchte, in dem Hinterzimmer einer Kneipe einen Dollar im Würfeln zu riskieren, aber er verlor den Dollar sofort, bekam kalte Füße und ging weg.

Weltwochenschau VIII

Der frühere Direktor der Modernen Schule in Barcelona, Professor Ferrer, der vor Gericht gestellt wurde unter der Beschuldigung, der Haupträdelsführer in der letzten revolutionären Bewegung gewesen zu sein, ist zum Tode verurteilt worden, und das Urteil wird, sofern kein Aufschub eintritt, am Donnerstag durch Erschießen vollstreckt werden
cook setzt immer noch vertrauen in die eskimos sagt das innere der insel luzon ist der schönste fleck auf erden

Spottet über das Geschwätz von der Erwärmung des Nordpols

Oh, begrabt mich nicht auf der einsamen Prärie,
Wo an meinem Grab die wilden Kojoten heulen,
Wo die Klapperschlange zischt und die freien Winde wehn

gipsies demonstranten erstürmen eine lasterhöhle die großen männer der nation warten auf die dampferfahrt nach eaglewood vereinsdamen beantragen moralische säuberung des theaters tausendköpfiges publikum des wanderpredigers ehrfürchtig lauschend und tief erschüttert hat $ 3,018 bei sich und wird verhaftet gipsie smiths gespenstiger demonstrationszug zieht durch das bordellviertel im süden kaiserschnitt rettet leben des kindes nach selbstmord der mutter
mit einer Tapferkeit, die den zwölf Mann, die zu seiner Erschießung abkommandiert worden waren, die Tränen in die Augen trieb, marschierte heute morgen Francisco Ferrer zu der Grube, die dazu bestimmt war, nach der tödlichen Salve seinen Leichnam aufzunehmen
auto stürzt in fluß, tod durch ertrinken

Das Kamera-Auge 11

Die Pennypackers gingen in die Presbyterianerkirche und die Pennypacker-Mädels sangen frostig schrillen Sopran im Chor und alle wurden begrüßt wenn sie in die Kirchen kamen und draußen das sommerliche Laub an den Bäumen wackelte grünblaugelb in die Fenster herein und wir alle schoben uns in den Kirchenstuhl und ich hatte Mr. Pennypacker er war Diakonus in der Kirche ich hatte ihn gefragt wer die Molly Maguires sind

ein Eichhörnchen schimpfte aus dem Geäst aber die Pennypacker-Mädels alle die jungen Damen in ihren Sonntagshüten sie singen eine Hymne wer sind die Molly Maguires? alte schaurige irische Gedanken Kugellöcher in einer alten Scheune verlassene Bergwerksschächte schwarzes Haldengerüst unkrautüberwucherte Schuttplätze

wer sind die Molly Maguires?

aber es war zu spät man kann in der Kirche nicht reden und alle die jungen Damen in ihren Sonntagshüten und ihren hübschen rosa grünen blauen gelben Kleidern und das schimpfende Eichkätzchen wer sind die Molly Maguires? und bevor ich es recht merkte war Kommunion und ich wollte sagen ich bin nicht getauft aber alle Augen schauten sofort still sowie ich zu flüstern anfing

Kommunion das war Traubensaft in kleinen Gläschen und kleine viereckige Stückchen altbackenes Brot und man mußte das Brot hinunterschlucken und das Taschentuch vor den Mund halten und heilig dreinschauen und die kleinen Gläschen machten ein komisches glucksendes Geräusch und die ganze stille Kirche mitten in dem sonnigen, hellblauen Sonntag mitten zwischen dem wackligen Eichengeäst und dem Bratengeruch aus dem weißen Haus und dem blauen stillen Sonntagsrauch aus den Schornsteinen der Küchenöfen auf denen die gebratenen Hühner brutzelten und die Pfannkuchen und das braune Fett etwas beiseite geschoben damit es heiß bleibt mitten zwischen den Eichkätzchen und Bergwerkshalden mitten in dem blauen pennsylvanischen Sommersonntag die kleinen glucksenden Gläschen damit du den letzten Tropfen der Kommunion herausbekommst

und ich hatte ein Jucken im Nacken würde mich der Blitz treffen weil ich das Brot esse weil ich die Kommunion trinke und ungläubig bin und auch nicht getauft und auch kein Presbyterianer und wer sind die Molly Maguires?

verlarvte Männer reiten des Nachts schießen Kugeln in die Scheunen des Nachts hinter wem sind sie her in der alten schaurigen irischen Nacht?

die Kirche war aus und alles strömte hinaus und wurde beim Hinausgehen begrüßt und alle hatten nach der Kommunion guten Appetit aber ich konnte nicht viel essen ein Jucken im Nacken Angst vor den verlarvten Männern reiten des Nachts

Molly Maguires

Weltwochenschau IX

WEGEN SUFF DEGRADIERT

Oh, begrabt mich nicht auf der einsamen Prärie.
Sie kümmerten sich nicht um des Sterbenden Gebet,
Sie begruben ihn dort auf der einsamen Prärie

Rektor leugnet Küsse
3 personen nach genuß von konserven gestorben bogenlampen werden das dunkelste chicago beleuchten
dann kehrte unser Mut zurück, denn wir wußten, daß die Rettung nahe war, wir riefen und schrien wieder, wußten aber nicht, ob man uns hörte. Dann wurden wir gefunden, und ich verlor das Bewußtsein. Alle die Tage und Nächte sanken zurück, und ich versank in Schlaf

UM MITTERNACHT VERDIKT ÜBER ALTMANNS SCHICKSAL

Das ist der vierte Tag, daß wir hier unten sind. Ich denke mir das so, aber unsere Uhren sind stehengeblieben. Ich habe im Dunkeln gewartet, weil wir das Wachs aus unseren Sicherheitslampen gegessen haben. Ich habe auch ein Stück Tabak gegessen, etwas Rinde und ein Stück von meinem Schuh. Ich konnte es nur kauen. Hoffentlich kannst Du das lesen. Ich habe keine Angst vor dem Sterben. O heilige Jungfrau Maria, erbarme dich meiner. Ich glaube, meine Stunde ist gekommen. Du weißt, was mein Eigentum ist. Wir haben gemeinsam dafür gearbeitet, und es gehört alles Dir. Das ist mein Testament, und Du mußt es einhalten. Du bist eine gute Ehefrau gewesen. Die heilige Jungfrau soll Dich schützen. Hoffentlich bekommst Du das irgendwann einmal und kannst es lesen. Es ist hier unten sehr still geworden, und ich möchte wissen, was aus unseren

Kameraden geworden ist. Lebe wohl, bis uns der Himmel zusammenbringt

Joe Pigati

öffentlich ausgepeitscht weil er ein mädchen belästigt hat
heldenmütiger zeitungsjunge rettet drei menschen
ALLES SCHREIT NACH STRAUSSENFEDERN

In einer kleinen Kiste, nur sechs Fuß zu drei,
Und seine Gebeine verfaulen nun auf der einsamen Prärie.

MAC

Mac ging zu den Wassertanks hinter dem Bahnhof und wartete dort auf eine Gelegenheit, einen Lastzug zu erwischen. Auf einer leeren Petroleumkanne saß ein alter Mann. Des alten Mannes Hut und seine Kleider waren aschgrau vom Staub, er saß ganz zusammengekrümmt da, den Kopf zwischen den Knien, und rührte sich nicht, bis Mac dicht neben ihm war. Mac setzte sich zu ihm. Ein ranziger Geruch nach Fieberschweiß ging von dem alten Mann aus.
»Was fehlt Ihnen denn, Väterchen?«
»Mit mir ist's aus, weiter nischt ... Bin mein ganzes Leben lang lungenkrank gewesen, und ich glaube, jetzt hat's mich endlich.« Sein Mund verzerrte sich in einem Schmerzenskrampf, er ließ den Kopf zwischen die Knie baumeln. Nach ein paar Sekunden richtete er sich wieder auf, schnappte matt und kläglich nach Luft wie ein sterbender Fisch. Als er wieder zu Atem gekommen war, sagte er: »Das ist jedesmal, wie wenn ein Rasiermesser mir die Lungen zerschneidet. Bleiben Sie bei mir, ja.«
»Gewiß«, sagte Mac.
»Hören Sie zu, junger Mann, ich möchte nach dem Westen, wo's Bäume gibt und so ... Sie müssen mir in einen Waggon helfen. Ich bin zu schwach für die Stangen ... Und lassen Sie mich bloß nicht hinlegen ... Ich fange gleich zu bluten an, wenn ich mich hinlege.« Wieder packte ihn das Ersticken.
»Ich hab ein paar Dollars, ich werde es vielleicht mit dem Bremser richten.«
»Sie reden so gar nicht wie ein Stromer.«
»Ich bin Setzer. Ich muß so schnell wie nur möglich nach San Francisco.«
»Ein Arbeiter. Da soll mich doch alles im Arsch lecken ... Seit siebzehn Jahren hab ich nicht mehr gearbeitet.«

Der Zug fuhr ein, die Lokomotive stand neben dem Wassertank.
Mac half dem alten Mann auf die Füße und pflanzte ihn dann in die Ecke eines Plattformwagens, der mit leinenverpackten Maschinenteilen beladen war. Er sah, wie der Heizer und der Lokomotivführer sie vom Führerstand aus beobachteten, aber sie sagten nichts.
Als der Zug abfuhr, wehte ein kalter Wind. Mac zog seinen Rock aus und legte ihn unter des Alten Kopf, damit des Alten Kopf bei dem Rattern des Wagens nicht so heftig hin und her schlage. Der Alte saß mit geschlossenen Augen da, den Kopf zurückgelehnt. Mac wußte nicht, ob er noch lebte. Es wurde Nacht. Mac fror ganz schrecklich und kauerte sich zitternd unter eine Falte der Teerleinwand an das andere Ende des Waggons.
Im Morgengrauen erwachte Mac mit klappernden Zähnen aus einem kurzen Schlummer. Der Zug stand auf einem Nebengleis. Seine Beine waren so taub, daß es einige Zeit dauerte, bevor er stehen konnte. Er ging nach dem alten Mann schauen, aber er wußte nicht, ob der alte Mann noch lebte. Dann wurde es ein wenig heller, und der Osten begann aufzuglühen wie die Kante einer Stange Eisen im Schmiedeofen. Mac sprang zur Erde und ging den Zug entlang ans Bremserhäuschen.
Der Bremser saß schlummernd neben seiner Laterne. Mac sagte ihm, daß auf einem der Plattformwaggons ein alter Vagabund im Sterben liege. Der Bremser hatte ein Fläschchen Whisky in seinem guten Mantel, der an einem Nagel in dem Häuschen hing. Sie gingen miteinander das Gleis entlang. Als sie zu dem Wagen kamen, war es fast schon heller Tag. Der alte Mann war auf die eine Seite hinübergesunken. Sein Gesicht sah weiß und ernst aus wie die Gesichter der Generale aus dem Bürgerkrieg auf ihren Denkmalssockeln.
Mac öffnete ihm den Rock und das schmutzige, zerrissene Hemd und das Unterleibchen und legte die Hand auf des alten Mannes Brust. Sie war kalt und leblos wie ein Brett. Als er die Hand wieder wegnahm, war etwas klebriges Blut

an ihr. »Blutsturz«, sagte der Bremser und schnalzte gedankenlos mit der Zunge.
Der Bremser sagte, sie müßten die Leiche von dem Wagen herunterschaffen. Sie legten ihn neben den Schotter in den Graben und stülpten ihm den Hut übers Gesicht. Mac fragte, ob nicht ein Spaten da sei, damit sie ihn begraben könnten, aber der Bremser sagte nein, die Streckenwärter würden ihn finden und ihn begraben. Er nahm Mac wieder in sein Häuschen mit und gab ihm was zu trinken und ließ sich genau von ihm erzählen, wie der alte Mann gestorben war.
Mac schlug sich nach San Francisco durch. Maisie war zuerst etwas kühl und bitter, aber nachdem sie ein Weilchen geplaudert hatten, sagte sie, er sehe mager und zerlumpt aus wie ein Landstreicher, brach in Tränen aus und küßte ihn. Sie gingen ihre Ersparnisse von der Bank holen und kauften Mac einen Anzug und gingen dann ins Rathaus und ließen sich trauen, ohne Maisies Leuten irgend etwas zu sagen. Sie waren beide sehr glücklich, als sie im Zuge nach San Diego saßen, und sie mieteten dort ein möbliertes Zimmer mit Küchenbenutzung und erzählten der Wirtin, sie seien seit einem Jahr verheiratet. Dann drahteten sie an Maisies Familie, sie wollten ihre Flitterwochen hier unten verbringen und würden bald wieder zurück sein.
Mac fand Arbeit in einer Akzidenzdruckerei, und sie begannen mit den Zahlungen für ein Bungalow an der Küste des Stillen Ozeans. Die Arbeit war nicht schlecht, Mac fühlte sich recht glücklich in seinem stillen Leben mit Maisie. Er hatte ja schließlich für einige Zeit genug vom Vagabundieren. Als Maisie ins Spital mußte, um das Kind zu kriegen, mußte Mac seinen Chef, Ed Balderston, um einen Vorschuß in der Höhe zweier Monatslöhne bitten. Und auch so noch mußten sie eine zweite Hypothek auf den Bungalow nehmen, um den Arzt zu bezahlen. Das Kind war ein Mädchen und hatte blaue Augen, und sie tauften es Rose.
Das Leben in San Diego war sonnig und still. Mac fuhr

frühmorgens mit der Dampfstraßenbahn zur Arbeit und kam abends mit der Dampfstraßenbahn zurück, und des Sonntags lungerte er im Haus herum oder saß auch manchmal mit Maisie und dem Kind am Badestrand. Es war jetzt zwischen ihnen gleichsam ausgemacht, daß er Maisie jeden Wunsch erfüllen müsse, weil er sie vor ihrer Heirat so ganz erbärmlich hatte leiden lassen. Im nächsten Jahr bekamen sie wieder ein Kind, und Maisie wurde krank und lag noch nachher im Spital, so daß er jetzt mit seinem Wochenlohn nichts weiter machen konnte, als die Zinsen seiner Schulden zu bezahlen, und immerfort mußte er dem Krämer und dem Milchmann und dem Bäcker gut zureden, damit sie ihm von einer Woche zur anderen anschrieben. Maisie las eine Menge Magazine und wollte immerfort neue Sachen für das Haus haben, ein Pianola oder einen neuen Eisschrank oder einen elektrischen Kochherd. Ihre Brüder verdienten mit Grundstücksgeschäften in Los Angeles viel Geld, ihre Familie kam in der Welt voran. Sooft sie von dort einen Brief erhielt, lag sie Mac in den Ohren, er solle doch seinen Chef um eine Lohnerhöhung angehen oder sich nach besserer Arbeit umsehen.

Wenn einer von den Genossen in die Stadt kam und nichts mehr zu beißen hatte oder wenn sie Geld für einen Streikfonds sammelten oder dergleichen, half er mit ein paar Dollars aus, aber er konnte immer nur sehr wenig tun, aus Furcht, Maisie würde dahinterkommen. Sooft sie den *Appeal to Reason* oder irgendein anderes radikales Blatt im Hause fand, verbrannte sie es, und dann stritten sie, trotzten und machten einander ein paar Tage lang das Leben sauer, bis Mac sich sagte, was hat es für einen Zweck, und zu ihr nie mehr von diesen Dingen sprach. Aber es blieb doch eine Kluft zwischen ihnen, fast so, als ob sie der Meinung gewesen wäre, er treibe sich mit einer anderen Frau herum.

Eines Sonnabendnachmittags hatten Mac und Maisie die Kinder bei einem Nachbarn unterbringen können und waren gerade auf dem Weg ins Varieté, als sie an der Ecke vor Marshals Drugstore eine Menschenansammlung er-

blickten. Mac drängte sich hindurch. Ein magerer, junger Mensch in einem blauen Baumwollanzug stand dicht neben dem Laternenpfahl an der Ecke, wo der Feuermelder war, und verlas die Unabhängigkeitserklärung: *Wenn im Ablauf menschlicher Ereignisse* ... Ein Polizist kam heran und forderte ihn auf weiterzugehen. – ... *unveräußerliches Recht* ... *Leben, Freiheit und das Streben nach Glück.* Jetzt waren schon zwei Blaue da. Einer von ihnen hatte den jungen Mann bei den Schultern und versuchte, ihn von dem Laternenpfahl wegzuzerren. »Komm, Fainy, wir kommen zu spät in die Vorstellung«, sagte Maisie immerfort. – »He, hol 'ne Feile, der Lausekerl hat sich an den Pfahl angeschlossen«, hörte er den einen Blauen zu dem anderen sagen. Inzwischen war es Maisie gelungen, ihn in das Vestibül des Theaters zu bugsieren. Er hatte ihr doch schließlich versprochen, mit ihr ins Varieté zu gehen, und sie war den ganzen Winter nicht ausgewesen.
Das letzte, was er noch sah, war, wie der Blaue ausholte und dem jungen Menschen einen kräftigen Kinnhaken versetzte.
Mac saß den ganzen Nachmittag in dem dunklen, stickigen Theatersaal. Er sah nicht die Akte und auch nicht die Filme zwischen den Akten. Er sprach nicht mit Maisie. Er saß da und hatte ein Ekelgefühl in der Magengrube. Die Kumpels organisierten wahrscheinlich in der Stadt einen Kampf für die Redefreiheit. Ab und zu betrachtete er in dem trüben Licht, das von der Bühne kam, Maisies Gesicht. Ihre Wangen waren ein wenig aufgeplustert, behäbig gerundet wie bei einer Katze, die am warmen Ofen sitzt, aber sie sah immer noch sehr hübsch aus. Sie hatte bereits alles vergessen, starrte nach der Bühne, restlos glücklich, mit halb geöffneten Lippen, mit glänzenden Augen, wie ein kleines Mädchen bei einer Kuchengesellschaft. »Ich glaube, ich habe mich an die verfluchten Hunde verkauft, ja ja«, sagte er unaufhörlich zu sich selber.
Die letzte Nummer des Programms war Eva Tanguay. Die nasale singende Stimme: »Ich bin Eva Tanguay, mich kümmert es nicht«, weckte Mac aus seiner finsteren

Trance. Alles kam ihm plötzlich ganz hell und klar vor, das Proszenium mit seiner schwer vergoldeten Kannelierung, die Gesichter der Menschen in den Logen, die Köpfe vor ihm, das pulvrige Gemisch von gelben und blauen Lichtern auf der Bühne, das knochige Weib, das in dem regenbogenfarbenen Ring des Scheinwerfers umherhopste.

Die Zeitungen schreiben, ich bin verrückt,
Aber – mich – kümmert – das – nicht.

Mac stand auf. »Maisie, wir treffen uns zu Hause. Schau dir die Vorstellung zu Ende an. Ich bin zu kribblig.« Noch bevor sie antworten konnte, war er an den anderen Leuten in der Reihe vorbeigeschlüpft, dann durch den Seitengang und auf die Straße hinaus. Draußen war weiter nichts zu sehen als das gewöhnliche Publikum eines Sonnabendabends. Mac spazierte in der Innenstadt umher. Er war so in der richtigen Stimmung, eine Rauferei anzufangen oder sich zu besaufen. Er wußte nicht einmal, wo das Büro der I. W. W. war. Er mußte mit jemandem reden. Aber keiner seiner Freunde paßte ihm. Als er am Hotel Brewster vorüberkam, wehte ihm ein Biergeruch in die Nase. Ein Gläschen, das war es, was er brauchte. Sonst würde er ja verrückt werden.
An der nächsten Ecke ging er in eine Kneipe und trank vier Kornwhiskies pur. An dem Bartisch standen dicht gedrängt die Menschen, tranken, spendierten Lagen, schwatzten laut über Baseball, über Boxkämpfe, über Eva Tanguay und ihren Salometanz. Neben Mac stand ein großer, dicker, rotbackiger Kerl mit einem breitrandigen Filzhut im Nacken. Als Mac nach seinem fünften Glas griff, legte dieser Mann eine Hand auf seinen Arm und sagte: »Herr Kollege, lassen Sie mich das bezahlen, wenn Sie nichts dagegen haben ... Ich feiere heute.« – »Danke, auf Ihr Wohl«, sagte Mac. – »Herr Kollege, nehmen Sie mir's nicht übel, Sie trinken, als ob Sie das ganze Faß auf einmal leertrinken und uns andern gar nichts mehr übriglassen woll-

ten .. trinken Sie was nach.« – »Gut«, sagte Mac. »Vielleicht ein Glas Bier.«

»Ich heiße McCreary«, sagte der Dicke. »Ich habe eben meine Obsternte verkauft. Ich bin aus der Gegend von San Jacinto.«

»McCreary heiße ich auch«, sagte Mac.

Sie schüttelten einander herzlich die Hand.

»Dunnerkiel, ist das ein Zufall ... Wir müssen miteinander verwandt sein oder ziemlich nahe dran ... Wo sind Sie denn her, Herr Kollege?«

»Aus Chicago, aber meine Leute waren Iren.«

»Meine sind aus dem Osten, aus Delaware – aber vom guten, alten schottisch-irischen Stamm.«

Daraufhin tranken sie noch ein paar Glas, gingen dann in eine andere Kneipe, setzten sich dort an einen Tisch in der Ecke und schwatzten. Der Dicke erzählte von seiner Ranch und seiner Aprikosenernte und daß seine Frau bettlägerig sei, seit das letzte Kind gekommen war. »Ich hab die Alte schrecklich gern, aber was soll der Mensch machen? Man kann sich nicht die Eier abschneiden, bloß um seiner Frau treu zu bleiben.« – »Mir gefällt meine Frau fein«, sagte Mac, »und ich hab feine Kinder. Rose ist vier, und sie fängt schon an zu lesen, und Ed lernt jetzt grade gehen ... Aber zum Teufel noch mal, bevor ich geheiratet habe, da dachte ich mir immer, ich könnte es doch in der Welt zu was bringen ... Ich meine nicht, daß ich mir eingebildet habe, ich wär was Besonderes ... Sie wissen ja, wie das ist.« – »Gewiß, Herr Kollege, ich hatte ganz dieselben Gedanken, als ich noch ein junger Mensch war.« – »Maisie ist auch ein feines Ding, und sie gefällt mir immer besser«, sagte Mac, und nun überflutete ihn eine warme, mitreißende Welle von Zuneigung, wie zuweilen am Sonnabendabend, wenn er Maisie geholfen hatte, die Kinder zu baden und ins Bett zu bringen, und das Zimmer noch ganz dunstig war von ihrem Bade, und seine Blicke plötzlich den Blicken Maisies begegneten, und sie nirgends mehr hinzugehen hatten, und bloß sie beide da beisammen waren. »Gottverdammich, glücklich der Mensch, der ein famoses Mädchen zur Frau hat!« Sie schüttelten einander abermals warm die Hände. Der Mann aus der Gegend von San Jacinto begann zu singen:

»Ach, meine Frau ist aufs Land gezogen,
Hurra, hurra.
Ich liebe meine Frau, aber oh, du mein Kind,
Meine Frau, die ist fortgezogen.«

»Aber verdammt noch mal«, sagte Mac, »der Mensch muß nicht nur für sich und seine Kinder arbeiten, wenn er sich anständig vorkommen will.« – »Ich bin absolut derselben Meinung, Herr Kollege, jeder für sich selber, und den letzten soll der Teufel holen.« – »Der Mensch muß ein Weltbürger sein, sonst ist er ein ganz verfluchter Schweinehund.« – »Ich bin absolut derselben Meinung, Herr Kollege ... Der Mensch kann sich nicht die Eier abschneiden, bloß weil er verheiratet ist.« – »Oh, Teufel noch mal«, sagte Mac, »ich wollte, ich wär wieder auf der Landstraße oder droben in Goldfield bei den Kumpels!«
Sie tranken und tranken und aßen ihren Freilunch und tranken noch einiges mehr, immer nur Korn mit Bier dazwischen, und der Mann aus der Gegend von San Jacinto hatte eine Telephonnummer und rief ein paar Mädchen an. und sie kauften eine Flasche Whisky und gingen in die Wohnung, und der Rancher aus der Gegend von San Jacinto saß da, ein Mädchen auf jedem Knie, und sang: »Meine Frau ist aufs Land gezogen«, Mac aber hockte rülpsend in einer Ecke und ließ elendiglich den Kopf hängen. Dann packte ihn plötzlich eine bittere Wut, er stand auf und stieß einen Tisch mit einer gläsernen Vase um. »McCreary«, sagte er, »das ist kein Aufenthalt für einen klassenbewußten Rebellen ... Hol dich der Teufel, ich bin ein Roter ... Ich gehe jetzt auch für die Redefreiheit kämpfen!« Aber der andere McCreary sang weiter und beachtete ihn nicht. Mac ging hinaus und schlug die Tür zu. Eines der Mädchen lief ihm nach, plapperte etwas über

die zerbrochene Vase, aber er stieß sie vor die Brust und ging in die stille Straße hinaus. Der Mond schien. Mac hatte die letzte Dampfstraßenbahn versäumt und mußte zu Fuß nach Hause gehen.
Als er nach Hause kam, saß Maisie in ihrem Kimono auf der Veranda und weinte. »Und ich hatte so ein hübsches Abendbrot für dich«, sagte sie immer wieder, ihre Blicke durchbohrten ihn so kalt und bitter wie damals, als er vor ihrer Hochzeit aus Goldfield zurückgekommen war.
Am nächsten Tag hatte er ein hämmerndes Kopfweh, und sein Magen war in Unordnung. Er rechnete nach, daß er fünfzehn Dollar ausgegeben hatte, eine Verschwendung, die er sich nicht leisten konnte. Maisie wollte nicht mit ihm reden. Er blieb im Bett liegen, wälzte sich von einer Seite auf die andere, fühlte sich elend, wäre am liebsten eingeschlafen und nicht mehr aufgewacht.
Maisies Bruder Bill kam zum sonntäglichen Abendbrot. Sowie er das Haus betrat, fing Maisie mit Mac zu reden an, als ob nichts geschehen wäre. Er war ärgerlich, weil er fühlte, sie tue das nur deshalb, um Bill nicht merken zu lassen, daß sie sich miteinander gezankt hatten.
Bill war ein stämmig gebauter, flachshaariger Kerl mit einem roten Hals, er fing gerade an, fett zu werden. Er setzte sich zu Tisch, aß den Topfbraten und das Maisbrot, das Maisie gebacken hatte, und redete große Töne über die Grundstückshausse in Los Angeles. Er war Lokomotivführer gewesen und bei einem Zusammenstoß verwundet worden und hatte dann mit ein paar Grundstücksoptionen, die er sich für seine Unfallgelder kaufte, Glück gehabt. Er versuchte Mac zu überreden, seine Stellung in San Diego aufzugeben und sich an seinen Geschäften zu beteiligen. »Ich nehme dich mit hinein, bloß Maisies wegen«, sagte er immer wieder. »Und in zehn Jahren bist du ein reicher Mann, bei mir dauert es gar nicht mehr so lang ... Jetzt ist der Zeitpunkt da, Maisie, jetzt müßt ihr den Sprung machen, solange ihr noch jung seid, sonst wird es zu spät sein, und Mac wird sein ganzes Leben lang ein gewöhnlicher Arbeiter bleiben.«

Maisies Augen leuchteten. Sie brachte einen Schokoladekuchen und eine Flasche Süßwein auf den Tisch. Ihre Wangen waren gerötet, sie lachte immerfort und zeigte alle ihre kleinen, perlweißen Zähne. Sie hatte seit ihrem ersten Kind nicht mehr so hübsch ausgesehen. Bills Geschwätz, Geld, Geld, Geld, machte sie betrunken.
»Wenn nun aber ein Mensch nicht reich werden will ... du weißt ja, was Gene Debs sagt: ›Ich will *mit* dem Volk aufsteigen, nicht *aus* dem Volk‹«, sagte Mac.
Maisie und Bill lachten. »Wenn einer so redet, dann ist er reif fürs Irrenhaus, laß dir das gesagt sein«, sagte Bill. Mac errötete und schwieg.
Bill schob seinen Stuhl zurück, räusperte sich ernst: »Hör mal zu, Mac ... ich gedenke ein paar Tage hier in der Stadt zu bleiben und mir die Lage genauer anzusehen, aber mir scheint, hier ist alles tot. Nun mache ich dir folgenden Vorschlag ... Du weißt, wie ich über Maisie denke ... Ich halte sie für das süßeste Mädchen von der Welt. Wenn bloß meine Frau halb das hätte, was Maisie hat ... Nun, auf jeden Fall schlage ich dir folgendes vor: Draußen an der Ocean View Avenue habe ich mehrere prächtige Bungalows im Missionsstil, die ich noch nicht losgeworden bin, acht Meter Vorderfront an einer gepflegten Wohnstraße, ungefähr dreißig Meter Tiefe. Ich habe dafür schon bis zu fünf braune Lappen bar auf den Tisch gekriegt. In ein paar Jahren wird keiner von uns mehr seine Nase dort hineinstecken können. Dort werden nur mehr Millionäre wohnen. ... Wenn du nun Lust hast, das Haus in Maisies Namen zu übernehmen, will ich dir was sagen ... Wir tauschen die beiden Grundstücke, ich bezahle alle Kosten für den Abschluß und die Überschreibung und löse die Hypotheken ab, die Hypotheken behalte *ich,* damit es in der Familie bleibt, und du hast dann im wesentlichen keine größeren Zahlungen als hier, bist aber auf dem Wege zum Erfolg.«
»Oh, Bill, mein Allerliebster«, rief Maisie. Sie lief zu ihm hin und küßte ihn auf den Kopf und setzte sich auf die Lehne seines Stuhles und schlenkerte mit den Beinen. »Puh,

das muß ich mal überschlafen«, sagte Mac, »es ist riesig anständig von dir, mir so etwas anzubieten.« – »Fainy, ich finde, du solltest etwas erkenntlicher sein«, fuhr Maisie ihn an. »Natürlich machen wir mit.«
»Nein, du hast ganz recht«, sagte Bill. »Einen solchen Vorschlag muß sich der Mensch überlegen. Aber vergiß nicht die Vorteile, die sich dir bieten, bessere Schulen für die Kinder, eine kultiviertere Umgebung, eine Stadt, die im Aufschwung ist, nicht mehr dieses tote Nest da, Gelegenheit, in der Welt vorwärtszukommen, anstatt so 'n verdammter Lohnsklave zu bleiben.«
Einen Monat später übersiedelten die McCrearys nach Los Angeles. Die Übersiedlung und die Einrichtung kosteten Mac fünfhundert Dollar, die er schuldig bleiben mußte. Dann bekam noch obendrein die kleine Rose die Masern, und die Arztrechnung fing zu wachsen an. Mac konnte bei keiner Zeitung Arbeit finden. Im Gewerkschaftsbüro, an das er sich wandte, hatten sie ohnedies schon zehn Erwerbslose vorgemerkt.
Den größten Teil seiner Zeit verbrachte er damit, daß er in der Stadt umherspazierte und sich Sorgen machte. Er war gar nicht mehr gern zu Hause. Er und Maisie konnten jetzt nicht mehr miteinander auskommen. Maisies Gedanken schienen sich nur noch auf ihres Bruders Haus zu konzentrieren, was für Kleider Mary Virginia, seine Frau, hatte, wie sie ihre Kinder erzogen, das schöne, neue Grammophon, das sie sich gekauft hatten. Mac saß auf irgendeiner Bank im Park, las den *Appeal to Reason,* den *Industrial Worker* und die Lokalblätter.
Eines Tages sah er aus der Tasche des Mannes, der neben ihm saß, den *Industrial Worker* hervorschauen. Sie hatten beide schon ziemlich lange auf dieser Bank gesessen, nun aber fühlte er sich veranlaßt, sich umzudrehen und sich den Mann genauer anzusehen. »Hören Sie mal, sind Sie nicht Ben Evans?« – »Holla, Mac, Gottverdammich ... Was ist denn los, Mann, Sie sehen ja so mager aus.« – »Ach, nichts, ich suche Arbeit, das ist alles.« – »Ja, ich bin selber unten durch.«

Sie unterhielten sich lange miteinander. Dann gingen sie auf eine Tasse Kaffee in ein mexikanisches Restaurant, in dem einige Genossen verkehrten. Dort setzte sich ein blonder, blauäugiger Bursche zu ihnen, der das Englische mit einem fremden Akzent sprach. Mac erfuhr zu seinem Erstaunen, daß das ein Mexikaner war. Alles sprach über Mexiko. Madero hatte seine Revolution begonnen. Jeden Tag wurde Diaz' Sturz erwartet. Die Peons rotteten sich zusammen und verjagten die reichen Cientificos von ihren Landgütern. Unter den städtischen Arbeitern gewann die anarchistische Propaganda an Boden.
In dem Restaurant war ein warmer Geruch nach Pfefferschoten und stark geröstetem Kaffee. An jedem Tisch negerrote, purpurne Papierblumen, ab und zu ein Aufblitzen weißer Zähne in dunkelgelben und kupferbraunen Gesichtern, leises Sprechen. Einige der anwesenden Mexikaner gehörten zu den I. W. W., die meisten aber waren Anarchisten. Wie sie so über die Revolution und über fremde Länder sprachen, da war Mac wieder ganz froh und abenteuerlich zumute, als hätte er einen Lebenszweck, ganz dasselbe Gefühl wie damals, als er mit Ike Hall auf der Landstraße gewesen war. »Hör mal, Mac, wollen wir nicht nach Mexiko gehen und schauen, ob an diesem Revolutionsgeschwätz was dran ist?« sagte Ben einige Male.
»Wenn nicht die Kinder wären ... Teufel noch mal, Fred Hoff hatte recht, als er mich auszankte und sagte, ein Revolutionär darf nicht heiraten.«
Nach einiger Zeit bekam Mac Arbeit als Maschinensetzer bei der *Times,* und die Verhältnisse zu Hause besserten sich ein wenig, aber er hatte nie einen Groschen übrig, da alles für die Bezahlung der Schulden und der Hypothekenzinsen draufging. Es war wieder Nachtarbeit, so daß er Maisie und die Kinder kaum noch zu sehen bekam. Sonntags ging Maisie zu Bruder Billy, und er und Rose machten einen Spaziergang oder einen Ausflug mit der Straßenbahn. Das war der schönste Tag der Woche. Am Sonnabendabend ging er zuweilen zu einem Vortrag oder in das Büro der I. W. W.,

um mit den Kumpels zu plaudern, aber er hatte Angst, sich zuviel in radikaler Gesellschaft blicken zu lassen, um nicht seine Arbeit zu verlieren. Die Kumpels hielten ihn für ziemlich feige, duldeten ihn aber, weil sie in ihm den alten Kameraden sahen.

Ab und zu bekam er einen Brief von Milly, in dem sie ihm mitteilte, wie es Onkel Tim ging. Sie hatte einen gewissen Cohen geheiratet, der als Buchhalter in den Büros der Schlachthöfe beschäftigt war. Onkel Tim wohnte bei ihnen. Mac hätte ihn gern zu sich nach Los Angeles geholt, aber er wußte, das würde nur einen neuen Zank mit Maisie geben. Millys Briefe waren recht deprimierend. Es komme ihr ganz komisch vor, schrieb sie, mit einem Juden verheiratet zu sein. Onkel Tim gehe es immer recht schlecht. Der Doktor sage, es sei das Trinken, aber sooft sie ihm Geld gäbe, vertrinke er es sofort. Wenn sie bloß Kinder kriegen würde. Fainy könne glücklich sein, daß er so nette Kinder habe. Sie fürchte sehr, der arme Onkel Tim würde nicht mehr lange bei ihnen sein.

An demselben Tage, da die Zeitungen von der Ermordung Maderos in Mexiko City berichteten, erhielt Mac ein Telegramm von Milly, daß Onkel Tim gestorben sei, und bitte drahtet geld für begräbnis. Mac ging zu der Sparbank, hob $ 53.75 ab, die er für den Schulbesuch der Kinder deponiert hatte, ging damit aufs Telegraphenamt und schickte fünfzig Dollar an Milly. Maisie kam lange nicht dahinter; erst als das Kind Geburtstag hatte und sie zur Bank ging, um fünf Dollar Geburtstagsgeld von Bruder Bill zu deponieren, merkte sie, was geschehen war.

An diesem Abend, als Mac sich mit dem Korridorschlüssel die Tür öffnete, sah er zu seinem Erstaunen Licht im Flur. Maisie saß halb schlafend, in eine Decke gewickelt, auf dem Flursofa und erwartete ihn. Er freute sich, sie zu sehen, und ging zu ihr hin, um ihr einen Kuß zu geben. »Was ist los, Kleines?« sagte er. Sie stieß ihn weg und sprang auf.

»Du Dieb«, kreischte sie. »Ich konnte nicht schlafen, bevor ich dir nicht gesagt habe, was ich von dir denke. Wahrscheinlich hast du es vertrunken oder für irgendein fremdes Weibsbild ausgegeben. *Deshalb* sieht man dich gar nicht mehr!«

»Maisie, beruhige dich, Mädel ... Was ist denn los, laß uns doch ruhig darüber sprechen.«

»Ich lasse mich scheiden, ja, das tue ich. Den eigenen Kindern das Geld stehlen, um es zu verbummeln ... den eigenen, armen Kleinen ...«

Mac richtete sich auf und ballte die Fäuste. Er sprach sehr ruhig, obgleich seine Lippen zitterten.

»Maisie, ich hatte durchaus das Recht, dieses Geld abzuheben. In ein paar Wochen werde ich eine noch größere Summe deponieren, das geht dich doch wirklich gar nichts an.«

»Schöne Aussicht, daß du fünfzig Dollar ersparst, du bist nicht einmal Manns genug, um für Weib und Kind einen anständigen Lebensunterhalt zu verdienen, mußt es von dem Bankkonto deiner armen, kleinen, unschuldigen Kinder nehmen.« Maisie brach in ein trockenes Schluchzen aus.

»Maisie, jetzt ist's genug ... Ich habe es satt!«

»Nein, *ich* habe es satt, dich und dein gottloses sozialistisches Geschwätz. Damit hat noch keiner was erreicht, und die schäbigen Vagabunden, mit denen du dich herumtreibst ... Wenn ich dich bloß nie geheiratet hätte! Ich hätte es auch nie getan, da kannst du ganz sicher sein, wenn es mich nicht gleich so erwischt hätte!«

»Maisie, sprich nicht so.«

Maisie ging auf ihn zu, die fiebernden Augen weit aufgerissen.

»Dieses Haus geht auf meinen Namen, vergiß das nicht.«

»Gut, ich bin fertig mit dir.«

Bevor er es selber recht wußte, hatte er die Tür hinter sich zugeschlagen und schritt an den Häusern entlang. Es fing zu regnen an. Jeder Regentropfen setzte in den Staub der Straße einen Fleck von der Größe eines Silberdollars. Unter der Bogenlampe sah es aus wie ein Theaterregen. Mac wußte nicht, wohin er gehen sollte. Völlig durchnäßt spazierte er weiter, immer weiter.

An einer Ecke standen ein paar Palmen in einem Hof und boten Schutz gegen den Regen. Lange stand er dort, zitternd am ganzen Leibe. Er weinte fast, als er an Maisies warme Sanftheit dachte, wenn er so die Decke ein wenig zurückschlägt und neben die Schlafende ins Bett schlüpft, wenn er von der Arbeit in der klirrenden, surrenden Druckerwerkstatt nach Hause kommt, ihre Brüste, die Wärzchen, die man durch das dünne Nachthemd fühlt, die Kinder in ihren kleinen Betten draußen auf der Schlafveranda, und er beugte sich über sie, um sie auf die kleinen, warmen Stirnen zu küssen. »Ha, ich bin fertig damit«, sagte er laut, als spreche er zu jemand anderem.

Schließlich ging er in Ben Evans' Pension. Es dauerte lange, bevor jemand an die Tür kam. Als er schließlich eingelassen wurde, setzte Ben im Bett sich auf und starrte ihn schlaftrunken an. »Was zum Teufel!« – »Hör mal, Ben, ich habe soeben mein häusliches Leben liquidiert ... Ich gehe nach Mexiko.« – »Ist die Polizei hinter dir her? Um Gottes willen, dann sollst du doch nicht hierherkommen.« – »Nein, es handelt sich bloß um meine Frau.« – Ben lachte. »Oh, um Himmels willen!« – »Hör mal, Ben, willst du nicht nach Mexiko mitkommen und dir die Revolution ansehen?« – »Was, zum Teufel, soll man in Mexiko machen ... Außerdem haben mich die Kumpels zum Sekretär des Ortsausschusses zweihundertfünfundsiebzig gewählt ... Ich muß hier bleiben und mir meine siebzehn fünfzig verdienen. Sag mal, du bist ja ganz durchgeweicht, zieh dich aus und zieh meine Arbeitskleider an, sie hängen hinter der Tür ... Und schlaf lieber ein bißchen. Ich rücke an die Wand.«

Mac blieb noch zwei Wochen in der Stadt, bis sie jemanden gefunden hatten, der ihn an der Linotype ersetzen konnte. Er schrieb an Maisie, daß er verreise, und er würde ihr, sowie er dazu in der Lage sei, Geld für den Unterhalt der beiden Kinder schicken. Dann bestieg er eines Morgens den

Zug, in der Tasche fünfundzwanzig Dollar und eine Fahrkarte nach Yuma in Arizona. In Yuma herrschte eine Hitze wie in der untersten Hölle. Ein Kerl in der Eisenbahnerkantine sagte ihm, wenn er versuchen wollte, hier die Grenze zu überschreiten, würde er ganz sicher verdursten, und über die Revolution wisse man ohnedies nichts.

So schlug er sich also längs der South Pacific bis nach El Paso durch. Alle Leute sagten, jenseits der Grenze sei die Hölle los. Die Banditen würden wahrscheinlich binnen kurzem in Juarez sein. Sie erschössen jeden Amerikaner auf den ersten Blick. Die Kneipen in El Paso wimmelten von Ranchern und Bergwerksbesitzern, die die guten alten Zeiten bejammerten, die guten alten Zeiten, da Porfirio noch an der Macht war und die »Weißen« in Mexiko ihr Geld verdienen konnten. Pochenden Herzens also ging Mac über die internationale Brücke in die staubigen Adobestraßen von Juarez.

Mac spazierte umher, sah sich die kleinen Straßenbahnwagen an, die Maultiere, die meerblau getünchten Häusermauern, die Peonweiber, die auf dem Marktplatz hinter ihren kleinen Obstpyramiden hockten, die altersschwachen, verschnörkelten Kirchen und die tiefen, nach der Straße zu offenen Kneipen. Alles war seltsam, die Luft saß pfeffrig in der Nase, er wußte nicht, was er nun beginnen sollte. Es war ein Apriltag, spät am Nachmittag, die Sonne schwelte heiß auf das körnige Blau und Braungelb und Weiß der getünchten Adobemauern herab. Mac schwitzte in seinem blauen Flanellhemd. Am ganzen Körper hatte er ein sandiges und juckendes Gefühl, er sehnte sich nach einem Bad. »Schon zu alt für solche Geschichten«, sagte er bei sich.

Schließlich fand er das Haus eines gewissen Ricardo Perez, an den einer der mexikanischen Anarchisten in Los Angeles ihn gewiesen hatte. Es war schwer, ihn in dem großen Hause mit dem schlampigen Hof am Saum der Stadt zu finden. Keine der Frauen, die dort ihre Wäsche aufhängten, schien ihn zu verstehen. Schließlich aber hörte er von oben her eine Stimme in sorgfältig moduliertem Englisch: »Kommen Sie herauf, wenn Sie Ricardo Perez suchen ... bitte ... ich bin Ricardo Perez.« Mac blickte auf und sah auf dem höchsten Balkon des Hofes einen großen gebräunten, grauhaarigen Mann in einem alten, gelblichen Staubmantel stehen. Er ging die eiserne Stiege hinauf. Der große Mann reichte ihm die Hand. »Kamerad McCreary ... Meine Genossen haben mir geschrieben, daß Sie kommen.« – »Der bin ich, ganz richtig ... Bin sehr froh, daß Sie Englisch verstehn.« – »Ich habe viele Jahre in Santa Fé und in Brockton in Massachusetts gelebt. Setzen Sie sich nieder – bitte – ich bin sehr glücklich, einen amerikanischen revolutionären Arbeiter begrüßen zu können ... Obgleich unsere Anschauungen wahrscheinlich nicht übereinstimmen, haben wir vieles gemeinsam. Wir sind Kameraden in dem großen Kampf.« Er klopfte Mac auf die Schulter und drückte ihn auf einen Stuhl nieder. »Bitte.« Mehrere kleine gelbhäutige Kinder in zerrissenen Hemden liefen barfüßig umher.

Ricardo Perez setzte sich und nahm das kleinste, ein kleines Mädchen mit wolligen Zöpfen und einem beschmierten Gesicht, auf den Schoß. Das Zimmer roch nach Pfefferschoten, nach heißem Olivenöl, nach Kindern, nach Wäsche. »Was gedenken Sie in Mexiko zu tun, Kamerad?« Mac errötete. »Ach, ich möchte mal ein bißchen in die Sache reinriechen, in die Revolution.«

»Die Lage ist hier sehr verwirrt ... Unsere städtischen Arbeiter organisieren sich und sind klassenbewußt, aber die Peons, die Bauern, lassen sich sehr leicht von skrupellosen Führern verführen.«

»Ich möchte Aktionen sehen, Perez ... Ich habe in Los Angeles gelebt und war auf dem besten Weg, ein ebenso verfluchter Streber zu werden wie alle die anderen. Ich kann mir wohl hier mein Brot als Drucker verdienen, wie?«

»Ich muß Sie den Genossen vorstellen ... Bitte ... Wir wollen jetzt gehen.«

Als sie hinauskamen, fegte eine blaue Dämmerung in die Straßen herab. Lichter zuckten gelb hervor. Elektrische

Klaviere klimperten in den Kneipen. In einem Torweg spielte ein kleines, verstimmtes Orchestrion. Der Marktplatz war von flackernden Lichtern erhellt, in den weißen Bretterbuden lagen alle möglichen leuchtenden, buntfarbenen Sachen zum Verkauf. An einer Ecke sangen ein alter Indianer und ein altes, breitbackiges Weib, beide blind und pockennarbig, ein schrilles, endloses Lied, umringt von einer dichten Schar kleiner, untersetzter Landleute, Weiber mit schwarzen Tüchern über den Köpfen, Männer in weißen Baumwollanzügen, die aussahen wie Pyjamas.

»Sie singen von der Ermordung Maderos ... Das ist sehr gut für die Erziehung des Volkes ... Sie können die Zeitungen nicht lesen, nicht wahr, und so bekommen sie ihre Nachrichten in Form von Liedern übermittelt ... Ihr Gesandter hat Madero ermorden lassen. Er war ein bourgeoiser Idealist, aber ein großer Mann ... Bitte ... Hier ist der Saal ... Sehen Sie, auf diesem Plakat steht: *Viva* die Revolution *revindicatore,* das Vorspiel zur sozialen Revolution. Das ist der Saal der anarchistischen Industrie- und Landarbeitergewerkschaft. Huerta hat ein paar *federales* hier, aber sie sind so schwach, daß sie nicht wagen, uns anzugreifen. *Ciudad Juarez* ist mit Herz und Seele für die Revolution. Bitte, Sie werden die Genossen mit ein paar Worten begrüßen.«

Der verräucherte Saal und die Estrade waren mit braunhäutigen Männern in blauer baumwollener Arbeitskleidung angefüllt; im Hintergrund standen ein paar weißgekleidete Peons. Viele Hände mußte Mac schütteln, schwarze Augen blickten scharf in die seinen, einige Männer umarmten ihn. Man gab ihm einen Feldstuhl in der ersten Reihe auf der Estrade. Ricardo Perez führte offenbar den Vorsitz. Nach jedem Satz seiner Rede wurde applaudiert. Das Gefühl großer Ereignisse schwebte im Saal. Als Mac aufstand, schrie jemand auf englisch: *Hoch die Solidarität.* Mac stammelte ein paar Worte, daß er zwar kein offizieller Vertreter der I. W. W. sei, daß aber trotzdem die klassenbewußten amerikanischen Arbeiter große Hoffnungen auf die mexikanische Revolution setzten, und er schloß mit dem Schlagwort der I. W. W. von der neuen Gesellschaft, die in der Hülle der alten zu erbauen sei.

Die Rede hatte, als Perez sie übersetzte, riesigen Erfolg, und Mac war recht wohl zumute.

Dann ging die Versammlung weiter und weiter, immer mehr Reden und ab und zu ein Lied. Mac ertappte sich einige Male dabei, daß er eingenickt war. Der Klang der fremden Sprache machte ihn schläfrig. Es gelang ihm kaum, so lange wach zu bleiben, bis ein kleines Orchester in der offenen Tür des Saales eine Melodie anstimmte und alles zu singen anfing und die Versammlung sich auflöste.

»Das ist *Cuatro Milpas,* das heißt *Vier Maisfelder,* ein Bauernlied, das jetzt überall gesungen wird«, sagte Perez.

»Ich bin ziemlich hungrig ... Ich möchte gern irgendwo eine Kleinigkeit essen«, sagte Mac. »Ich habe seit heute früh nichts zu mir genommen und da auch bloß eine Tasse Kaffee und einen Pfannkuchen in El Paso.«

»Wir wollen in dem Haus unseres Genossen essen«, sagte Perez. »Bitte ... hier.«

Sie traten von der jetzt dunklen und leeren Straße durch eine hohe, mit einem Perlenvorhang verhängte Tür in ein weißgetünchtes Zimmer, das von einer stark nach Karbid stinkenden Azetylenflamme hell erleuchtet war. Sie setzten sich an das Ende eines langen, mit einem schmutzigen Tuch bedeckten Tisches. Der Tisch füllte sich allmählich mit Leuten aus der Versammlung, es waren zumeist junge Männer in blauer Arbeitskleidung mit schmalen, scharfen Zügen.

An dem anderen Ende saß ein alter, dunkelhäutiger Mann mit der großen Nase und den breiten, flachen Backenknochen eines Indianers. Perez goß Mac zwei Gläser eines komisch schmeckenden, weißen Getränkes ein, das ihm sofort zu Kopfe stieg. Das Essen war sehr scharf mit Pfeffer und Chile gewürzt, und er würgte ein wenig daran. Die Mexikaner verhätschelten Mac wie ein Kind an seinem Geburtstag. Er mußte viele Glas Bier und Kognak trinken.

Perez ging früh nach Hause und übergab ihn der Obhut eines jungen Menschen namens Pablo. Pablo hatte an einem Schulterriemen eine Coltpistole hängen, auf die er sehr stolz war. Er radebrechte ein wenig Englisch, saß da, die eine Hand um Macs Hals und die andere an der Schnalle des Revolverfutterals. »*Gringo* schlecht ... Töten ihn schnell... Kamerad Arbeiter gut ... *internacional* ... hurra.«
Sie sangen mehrere Male die Internationale und dann die Marseillaise und die Carmagnole. Mac wurde in einem pfeffrigen Nebel mit fortgerissen. Er sang und trank und aß, und alle Umrisse begannen zu verschwimmen.
»Kamerad Arbeiter heiraten nettes Mädchen«, sagte Pablo. Sie standen irgendwo an einem Schanktisch. Pablo legte seine beiden Hände an die eine Wange und machte die Gebärde des Schlafens. »Komm.«
Sie gingen zu einem Tanzsaal. Am Eingang mußte jeder seine Waffe auf einen Tisch legen, den ein Soldat mit einer Schirmmütze bewachte. Mac merkte, daß die Männer und die Mädchen ihm aus dem Wege gingen. Pablo lachte. »Sie denken du *Gringo* ... Ich ihnen sagen *revolucionario internacional.* Da, sie, nettes Mädchen ... Nicht verfluchte Hure ... Nicht bezahlen ... sie nettes Arbeitermädchen ... Genossin.«
Mac wurde einem braunhäutigen, breitbackigen jungen Mädchen namens Encarnacion vorgestellt. Sie war sauber gekleidet und hatte schwarzglänzendes Haar. Sie lächelte ihm mit blitzenden Zähnen zu, er tätschelte sie auf die Wange. Sie tranken etwas Bier an der Bar und gingen dann weg. Pablo hatte auch ein Mädchen bei sich. Die anderen blieben noch in dem Tanzsaal. Pablo und sein Mädchen gingen mit ihnen in das Haus, in dem Encarnacion wohnte. Es war ein Zimmer in einem kleinen Hof. Vor dem Fenster erstreckte sich, so weit das Auge reichte, unter der Mondsichel eine unendliche Fläche hellfarbenen Wüstenlandes. In der Ferne sah man winzige Brände leuchten. Pablo zeigte auf sie mit der ganzen Hand und flüsterte: »*Revolucion.*«
An der Tür zu Encarnacions kleinem Zimmer sagten sie

einander gute Nacht, in dem Zimmer waren ein Bett, ein Bild der Jungfrau Maria und eine neue Photographie Maderos, die mit einer Nadel an der Wand befestigt war. Encarnación machte die Tür zu, schob den Riegel vor, setzte sich aufs Bett und blickte lächelnd zu Mac auf.

2

Das Kamera-Auge 12

Kaptein Keen war Schlepperkapitän und er kannte mit blinden Augen den Fluß vom Indian Head bis zu den Kaps von Virginia und der Bucht und natürlich auch das Ostufer bis nach Baltimore hinauf und er wohnte in einem roten Ziegelhaus in Alexandria in dem Lotsenhaus roch es nach hundert ausgebrannten Pfeifen
das ist die *Mayflower* die Präsidentenjacht und das da ist der *Delphin* und das ist der olle Monitor *Tippacanoe* und das da ist der Zollkutter und wir fahren jetzt gerade an dem Polizeiboot vorbei
wenn Kaptein Keen die Hand ausstreckt um die Pfeife an der Decke des Lotsenhauses zu ziehen sieht man das eintätowierte rotgrüne Armband unter den schwarzen Haaren an seinem Handgelenk
mien Seel un Treu ... de ole Kaptein Gifford dat wär mien Fründ woveel Mol harrn wi tosamm an de Ostküst Austern grepen dortomol in düsse Tog dor wärn de Austernpiroten de quetschten de Jung Kerls und leten jem den ganzen Winner lang wrukken dor kem man nich weg wenn man nich grod an de Küst swamm un dat Woter war veel to kolt un de Ol de näm de Jung dat Tüg weg dormit se nich an'n Lann kunn wenn se in'n lütten Stroom oder bi een Hüs oder so vor Anker leegen Junge dat wärn gemeine Kunnen de Austernpiroten mien Seel un Treu dor war mol'n jung Kerl den leten se wrukken bit er hinplumpste un denn smeeten se em batz över Bord
mit de Gobel Austern griepen oder mit 'n Schaarnet so wie düsse Austernpiroten dat is de gemeinste Arbeit im Winner wenn dat Spritzwoter an de Törns freert un di de Hann in Stücken riten deit un dat Net vertörnt sik alle Ogenblick un wi möt dat ranholn un mit de Hann in dat isig kole Woter klor moken mol hebbt wi een Stockfisch

ropholt ... Wat een Stockfisch is? mien Seel un Treu een Stockfisch is 'n Doden mien Jung wär noch dorto een jung Kerl spliternakt un see ut als ob man em ganz forchtbor mit 'n grooten Nogel haut harr oder womeuglich mit 'n Ruder a he wüll woll nich arbeiten oder wär krank oder sonst wat un de Ol hett em eenfach dotol dod haut so warrt west sien kann gornich anners west sien dan een Austernpirot

Weltwochenschau X

MOONS PATENT EINE PLEITE

insurgenten gewinnen bei den wahlen in kansas 8000 wollen auto fahren sagt die kleine hat für ihren mann gebeten

O du schö–ne Puppe
Du große schöne Puppe

die Welt kann nicht verstehen, was da alles mitspielt, sagt sie. Die Sache sieht sehr gewöhnlich und eigennützig aus, nach außen hin durchaus gemein und vulgär, aber das stimmt alles nicht. Er ist ein ehrlicher und aufrichtiger Mensch. Ich kenne ihn. Ich habe Seite an Seite mit ihm gekämpft. Mein Herz gehört jetzt ihm

Laß dich an mein Herze drücken,
Ach, wie groß ist mein Entzücken

nach dem urteil die hochzeit 300 000 lokomotivführer verlangen lohnerhöhung

NEUES LEBEN FÜR ROCK ISLAND

illinois ziegel leicht angezogen fast ohne bewegung hundstagsflaute im geschäft eine million pleiten

SCHWURGERICHT VOR DEN TOREN DER KONSERVENBARONE

vergleicht die liebe mit dem vesuv lichtergeschmückte straßen erwarten den zug der paladine im trachtenfestzug geflügelmarkt schwach

Laß dich an mein Herze drücken
O du schöne Puppe
Du große schöne Puppe

die vielen feiern ersticken das ganze geschäft

TAUSCHT SCHIMMEL GEGEN FUCHS

die knochen des opfers des hais sauber abgenagt streik überflutet memphis 25 häuserblocks überschwemmt maderos truppen schlagen die rebellen in offener schlacht siegt in illinois um 115000 stimmen großer redner schließt die augen chicago verlangt mehr wasser
notorische anarchisten knien nieder und küssen die fahne der USA tödlicher ausgang eines knabenspiels
die freiluftbewegung breitet sich aus reiche witwe niedergeschlagen gefesselt geknebelt bestohlen und hilflos in brennendem haus zurückgelassen

VIERTE BOMBE IM VERSAMMLUNGSKRIEG ZERSTÖRT
KNEIPE IM WESTEN

die am Donnerstag erschienene Meldung, wonach ein in einem Privatpavillon des St.-Lukas-Spitals an einem Krebsgeschwür an der Zungenwurzel operierter Patient mit General Grant identisch sei, wird sowohl von der Spitalleitung dementiert als auch von Leutn. Howze, der diese Meldung als glatt erfunden bezeichnet

Das Kamera-Auge 13

Als alle verreisten nahm uns Jeanne jeden Tag auf den Farragut Square zum Spielen mit und erzählte uns wie im Jura im Winter die Wölfe herunterkommen und in den Straßen der Dörfer heulen
und manchmal sahen wir den Präsidenten Roosevelt ganz allein auf einem braunen Pferd vorüberreiten und einmal waren wir sehr stolz denn als wir unsere Hüte zogen da waren wir sehr stolz weil er lächelte und seine Zähne zeigte wie in den Zeitungen und nach seinem Hut griff und er hatte einen Adjutanten
aber wir hatten eine Stoffente mit der spielten wir auf den Stufen bis es finster wurde und die Wölfe heulten liefen durch die Straßen der Dörfer und das Blut kleiner Kinder troff von ihren Schnauzen nur daß es Sommer war und zwischen Hund und Wolf wurden wir zu Bett gebracht und Jeanne war eine junge Französin aus dem Jura wo die Wölfe heulen durch die Straßen laufen und wenn dann alles schlafen gegangen war nahm sie mich in ihr Bett
und es war eine sehr lange gruslige Geschichte und der schlimmste der Wölfe heulen durch die Straßen im Zwielicht daß den kleinen Kindern das Blut gefriert war der Loup Garou der im Jura heult und wir fürchteten uns
und sie hatte Brüste unter dem Nachthemd und der Loup Garou war schrecklich gruslig und schwarze Haare zwischen den Beinen und dran reiben und draußen in den Straßen heulten die Wölfe und es war dort naß und sie sagte das ist nichts sie hat sich dort gerade gewaschen
aber der Loup Garou war eigentlich ein Mann halt mich recht fest chéri ein Mann der durch die Straßen heult mit einer blutigen Schnauze hat die Bäuche der Mädchen und kleinen Kinder aufgerissen Loup Garou
und es war sehr nützlich weil man nachher wußte wie die

Frauen gebaut sind und sie war sehr dumm und nahm das Versprechen ab nichts zu sagen aber du hättest sowieso nichts gesagt

JANEY

Als Janey klein war, wohnte sie in Georgetown in einem alten, schmucklosen Ziegelgebäude ein paar Häuser weit von der M-Street den Hügel hinauf. Der vordere Teil des Hauses war immer finster, weil Muttchen nie die schweren Spitzenvorhänge aufzog und immer die gelben Leinwandmarkisen mit dem Spitzeneinsatz unten ließ. Am Sonntagnachmittag mußten Janey und Joe und Ellen und Francie im Vorderzimmer sitzen und sich Bilder ansehen oder Bücher lesen. Janey und Joe lasen zusammen das Witzblatt, weil sie die ältesten waren, die anderen beiden waren noch kleine Kinder und nicht alt genug, um überhaupt zu wissen, was ein Witz ist. Sie durften nicht übermäßig laut lachen, weil Papa mit dem Rest des *Sunday Star* auf seinem Schoße dasaß und gewöhnlich nach dem Essen einschlief; seine große, blaugeäderte Hand zerknüllte den Leitartikel. Winzige Flocken Sonnenlichts, durch den Spitzeneinsatz der Markise flackernd, lagen auf seiner Glatze und auf dem einen großen roten Nasenflügel und auf der einen Hälfte des hängenden Schnurrbarts und auf seiner gesprenkelten Sonntagsweste und auf den weißen, gestärkten, über dem Ellbogen durch ein Gummiband hochgespannten Hemdsärmeln mit den blanken Manschetten. Janey und Joe saßen auf einem Stuhl, sie fühlten jeder des anderen Rippen wackeln, wenn sie über die Katzenjammer-Kinder lachten, die unter dem Stuhl des Kapitäns einen Kanonenschwärmer abbrannten. Die Kleinen sahen sie lachen und fingen auch zu lachen an. »Könnt ihr nicht still sein«, zischte ihnen Joe aus dem Winkel seines Mundes zu. »Ihr wißt ja gar nicht, worüber wir lachen.« Immer wieder einmal, wenn gar nichts von Muttchen zu hören war, die oben im Stock ihr sonntägliches Nachmittagsschläfchen hielt, oben im Hinterzimmer, in einem verschossenen lilafarbenen Sack mit lauter Rüschen dran – nachdem sie einige Zeit sich Papas langgezogenes Schnarchen mit angehört hatten, das mit einem kleinen Zischen endete, schlüpfte Joe von seinem Stuhl, und Janey folgte ihm mit angehaltenem Atem in den Flur und an die Eingangstür. Sobald sie die Tür recht vorsichtig zugemacht hatten, damit der Klopfer nicht knalle, gab ihr Joe einen Klaps, schrie »Du bist's« und lief den Hügel hinunter auf die Hauptstraße zu, und sie mußte ihm nachlaufen, pochenden Herzens, die Hände kalt vor Angst, er würde davonlaufen und sie allein lassen.

Im Winter waren die ziegelgepflasterten Trottoirs eisig glatt, und Negerweiber streuten Asche vor die Türen, wenn die Kinder morgens in die Schule gingen. Joe wollte nie mit den anderen gehen, weil es Mädchen waren, er blieb zurück, oder er lief voraus. Janey wäre gern mit ihm gegangen, aber sie konnte nicht ihre kleinen Schwestern allein lassen, die sich fest an ihre Hände hängten. Eines Winters befreundete sie sich mit einem kleinen gelbhäutigen Mädchen, das unmittelbar gegenüber an der anderen Seite der Straße wohnte und Pearl hieß; sie spazierten gemeinsam mit den Jungen auf dem Hügel umher. Am Abend dann gingen Janey und Pearl miteinander nach Hause. Pearl hatte gewöhnlich ein paar Pennys, um in einem kleinen Laden an der Wisconsin Avenue Pfefferminzkugeln oder Zuckerbananen zu kaufen, und immer gab sie Janey die Hälfte davon ab, so daß Janey sie sehr gern hatte. Eines Nachmittags holte sie Pearl ins Haus, und sie spielten im Hinterhof unter dem großen Rosenstrauch mit ihren Puppen. Nachdem Pearl weggegangen war, rief Muttchens Stimme aus der Küche: »Janey«. Muttchen hatte die Ärmel an den welken, blassen Armen hochgekrempelt, sie hatte eine karierte Schürze an und knetete den Pastetenteig fürs Abendbrot, so daß ihre Hände ganz mit Mehl bedeckt waren.

»Komm her, Janey«, sagte sie. Janey merkte an dem kalten Beben in Muttchens Stimme, daß etwas nicht in Ordnung war.

»Ja, Muttchen.« Janey stand vor ihrer Mutter und wackelte

mit dem Kopf, die zwei steifen, flachsblonden Zöpfe schlugen von einer Seite nach der anderen. »Steh doch still, Kind, um Gottes willen ... Janey, ich möchte mit dir was besprechen. Dieses kleine Negermädchen, das du heute nachmittag mitgebracht hast ...« Janey sank der Mut. Sie hatte ein unbehagliches Gefühl und merkte, daß sie errötete, sie wußte nicht warum. »Nun, mißverstehe mich nicht, ich kann die Farbigen ganz gut leiden und achte sie, und manche von ihnen sind nette Menschen, die etwas auf sich halten, dort, wo sie hingehören ... Aber du darfst dieses kleine Negermädchen nicht mehr ins Haus bringen. Farbige freundlich und mit Achtung behandeln, das gehört zu den Zeichen einer guten Kinderstube ... Du darfst nicht vergessen, daß die Familie deiner Mutter in jedem Zoll von guter Herkunft war ... Georgetown war damals noch ganz anders als heute. Wir wohnten in einem großen Haus mit einem entzückenden Rasenplatz ... aber du darfst nie mit Farbigen auf gleichem Fuß verkehren. Wenn man nun noch dazu in dieser Gegend wohnt, ist es um so wichtiger, in solchen Dingen vorsichtig zu sein ... Weder die Weißen noch die Schwarzen achten einen Menschen, der so was macht ... Das ist alles, Kleines, du verstehst mich, jetzt lauf hinaus und spiele, es wird bald Zeit sein für dein Abendbrot.« Janey versuchte etwas zu erwidern, aber sie konnte nicht. Sie stand ganz steif mitten im Hof auf dem Gitter über dem Abflußrohr und starrte den Zaun an der Hinterseite des Hauses an. »Niggermamsell«, schrie ihr Joe ins Ohr. »Niggermamsell, hup-ja-ja... Niggermamsell, Niggermamsell, hup-ja-ja.« Janey fing zu weinen an.

Joe war ein verschlossener, flachshaariger Junge, schon, als er noch ganz klein war, konnte er seinen Gegnern die niederträchtigsten Bälle hinlegen. Er lernte im Rock Creek schwimmen und tauchen und pflegte zu sagen, wenn er einmal groß wäre, wollte er Motorführer bei der Straßenbahn werden. Mehrere Jahre hindurch war sein bester Freund Alec McPherson, dessen Vater Lokomotivführer bei der B. und O. war. Von nun an wollte Joe Lokomotivführer werden. Janey lief den beiden Jungen, wenn sie es duldeten, auf Schritt und Tritt nach – zu den Straßenbahnremisen am Ende der Pennsylvania Avenue, wo sie mit einigen Schaffnern und Motorführern Freundschaft schlossen und zuweilen, wenn gerade kein Inspektor in der Nähe war, ein paar Häuserblocks weit auf der Plattform mitfahren durften – oder am Ufer des Kanals entlang oder an den Rock Creek hinauf, dort fingen sie Kröten und fielen ins Wasser und bespritzten einander mit Dreck.

An den Sommerabenden, wenn noch lange nach dem Abendbrot die Dämmerung nicht zu Ende war, spielten sie mit anderen Kindern aus der Nachbarschaft in dem langen Gras einiger leerer Bauplätze neben dem Oak Hill-Friedhof Löwe und Tiger. Manchmal grassierten die Masern oder der Scharlach, und Muttchen wollte sie dann lange Zeit nicht aus dem Hause lassen. Dann kam Alec herüber, und sie spielten im Hinterhof Verwechsel-das-Bäumchen. Das waren die Stunden, die Janey am liebsten hatte, da behandelten die Jungen sie als ihresgleichen. Schwül und voller Leuchtkäfer sank die sommerliche Dunkelheit herab. Wenn Papa bei guter Laune war, schickte er sie den Hügel hinauf in den Drugstore an der N-Street Eis holen. Da waren auf den Straßen die jungen Burschen in Hemdsärmeln und Strohhüten Seite an Seite mit den jungen Mädchen, die ein Stück morsches Holz im Haar trugen, um die Moskitos abzuhalten, da war eine faulige Schwüle und der Geruch billigen Parfums von den Negerfamilien, die zusammengedrängt vor ihren Türen hockten, lachend, leise plaudernd, ab und zu blitzten Zähne auf, ab und zu rollten weiße Augäpfel; die stickige, schweißige Nacht war recht gruslig, grollte von fernem Donner, von Maikäfern, von dem Geklapper des Verkehrs in der M-Street, die Luft der Straße war stickig und atemlos unter den dichtbelaubten Bäumen; aber wenn Alec und Joe bei ihr waren, hatte sie keine Angst, nicht einmal vor den Betrunkenen oder den großen, watschelnden Negern. Wenn sie dann zurückkamen, rauchte Papa eine Zigarre, und sie setzten sich in den Hinterhof hinaus, und die Moskitos fraßen sie auf, und Muttchen und Tante Francine und die Kinder aßen das Eis, und Papa rauchte seine Zigarre und erzählte lange Geschichten, wie er in seinen jüngeren Jahren Schlepperkapitän auf dem Chesapeake gewesen sei und wie er die Bark *Nancy L* gerettet habe, die auf den Kettlebottoms in einem Südweststurm in Seenot geriet. Dann wurde es Zeit, zu Bett zu gehen, Alec schickte man nach Hause, Janey mußte in das stickige, kleine Hinterzimmer im obersten Stock schlafen gehen, während an der gegenüberliegenden Wand ihre beiden kleinen Schwestern in den kleinen Kinderbettchen lagen. Vielleicht kam dann ein Gewitter, und sie lag wachend da, starrte frierend vor Angst die Zimmerdecke an, horchte auf das Gewimmer ihrer kleinen Schwestern, die im Schlafe wimmerten, bis sie schließlich zu ihrem Trost Muttchen durch das Haus eilen, Fenster, Türen schlagen hörte, dann das Heulen des Windes und das Prasseln des Regens und den Donner, der ganz schrecklich laut dahinrollte, dicht über dem Kopf wie tausend Bierwagen, die über eine Brücke rollen. In solchen Augenblicken kam ihr der Gedanke, in Joes Zimmer hinunterzulaufen und zu ihm ins Bett zu kriechen, aber aus irgendeinem Grunde traute sie sich nicht, wenn sie auch manchmal bis auf den Treppenflur kam. Er würde sie auslachen und sie einen Waschlappen schimpfen.

Ungefähr einmal in der Woche wurde Joe verhauen. Papa kam verärgert und übellaunig aus dem Patentbüro, in dem er arbeitete, nach Hause, und die Mädchen fürchteten sich vor ihm und gingen mäuschenstill umher, Joe aber liebte es scheinbar, ihn zu reizen, er lief pfeifend durch den hinteren Flur oder polterte die Stiegen auf und ab, machte einen schrecklichen Lärm mit seinen breiten, genagelten Stiefeln. Dann fing Papa zu schelten an, Joe stand vor ihm, ohne ein Wort zu reden, und seine blauen Augen starrten erbittert zu Boden. Wenn dann Papa die Stiegen zum Badezimmer hinaufging, Joe vor sich her stoßend, krampfte sich alles in Janey zusammen, und das Blut gefror ihr in den Adern. Sie wußte, was nun kam. Er würde den Abziehriemen hinter der Tür hervorholen, des Jungen Kopf und Schulter unter den Arm nehmen und ihn hauen und hauen und hauen. Joe würde die Zähne zusammenbeißen und rot werden und kein

Wort sagen, und wenn dann Papa das Hauen satt hatte, würden sie einander ansehen, Papa würde Joe in sein Zimmer hinaufschicken und dann die Treppe herunterkommen, zitternd am ganzen Körper, und so tun, als ob nichts passiert wäre; und Janey schlüpfte in den Hof hinaus, ballte die Fäuste, flüsterte vor sich hin: »Ich hasse ihn ... Ich hasse ihn ... Ich hasse ihn.«
Einmal an einem niesligen Sonnabendabend stand sie im Dunkeln an den Zaun gelehnt und blickte zu dem erleuchteten Fenster hinauf. Sie konnte Papas und Joes streitende Stimmen hören. Sie konnte aber nicht hören, was sie sagten. Dann war es plötzlich da, das lederne Geräusch der Hiebe und Joes rasch erstickter Seufzer. Sie war elf Jahre alt. Etwas in ihr brach sich Bahn. Sie stürmte in die Küche, das Haar ganz naß vom Regen: »Muttchen, er bringt ihn um. Tu was.« Ihre Mutter blickte mit hilflos niedergeschlagener, welker Miene von der Pfanne auf, die sie eben scheuerte. »Oh, da kann man nichts tun.« Janey lief hinauf und begann gegen die Tür des Badezimmers zu hämmern. »Aufhören, aufhören!« schrie sie ununterbrochen. Sie hatte Angst, aber etwas, was stärker war als sie, hielt sie gepackt. Die Tür ging auf; da standen Joe, der dreinschaute wie ein Schaf, und Papa, das Gesicht ganz rot, den Abziehriemen in der Hand.
»Schlag nicht ... Ich bin die Schlechte ... ich will nicht, daß du Joe totschlägst.« Sie fürchtete sich, sie wußte nicht, was sie tun sollte, Tränen brannten in ihren Augen.
Papas Stimme klang unerwartet freundlich:
»Du gehst jetzt sofort zu Bett, ohne Abendbrot, merke dir, daß du genug zu tun hast, um deine eigenen Kämpfe auszukämpfen, Janey.« Sie lief in ihr Zimmer hinauf und legte sich zitternd aufs Bett. Vielleicht würde sie sterben. Hoffentlich würde sie jetzt sterben. Als sie eingeschlafen war, weckte Joes Stimme sie jäh aus dem Schlaf.
Er stand im Nachthemd an der Tür. »Hör zu, Janey«, flüsterte er, »das darfst du nie wieder tun, weißt du. Ich kann mich schon selber wehren, weißt du. Ein Mädchen darf sich nicht so zwischen zwei Männer einmischen. Wenn ich eine Stellung habe und genug Geld verdiene, dann kaufe ich

mir einen Revolver, und wenn Papa dann versucht, mich zu verhauen, schieße ich ihn tot.«
Janey begann zu heulen.
»Was heulst du denn, das ist doch keine Überschwemmung.«
Sie hörte ihn mit bloßen Füßen auf den Zehenspitzen die Treppen hinuntertappen. Sie lag völlig angezogen im Bett, fühlte sich schrecklich allein, schämte sich erbärmlich, und sie hätte so gern Joe umarmt und Papa auch, und dabei haßte sie beide zugleich.
Auf der Mittelschule machte sie den Handelskurs mit und lernte Stenographie und Maschineschreiben. Sie war ein unscheinbares Mädchen mit einem schmalen Gesicht und flachsblondem Haar, sehr still und bei den Lehrerinnen beliebt. Ihre Finger waren flink, sie eignete sich das Tippen und das Stenographieren mühelos an. Sie las gern und holte sich Bücher aus der Bibliothek, Bücher wie *Die Neige des Bechers, Der Kampf der Starken, Wie Barbara Worth gewonnen wurde,* ihre Mutter sagte zu ihr, sie würde sich die Augen verderben, wenn sie immer so viel läse. Beim Lesen pflegte sie sich einzubilden, daß sie die Heldin sei, daß Joe der schwache Bruder sei, der auf Abwege gerät, aber im Grunde seines Herzens ein Gentleman ist und zu jedem Opfer bereit, wie Sidney Carton in den *Zwei Städten,* und daß der Held Alec sei. Sie hatte ihre eigenen Romane, die sie sich selber erzählte, wenn sie sich frühmorgens anzog oder abends zu Bett ging. Nur wenn sie mit Alec und Joe beisammen war, was selten geschah, vergaß sie diese Geschichten. Wenn sie mit ihnen beisammen war, war sie glücklich, nur quälte sie der Gedanke, daß sie bald weglaufen und sie allein lassen oder sie nach Haus schicken und ihr sagen würden, sie gingen jetzt in die Stadt, um zu würfeln, und da könnten sie kein Mädchen bei brauchen.
Sie hielt Alec für den hübschesten Burschen von ganz Georgetown und für den stärksten. Er hatte schwarzes kurzgeschorenes Haar, eine sehr weiße Haut mit ein paar Sommersprossen und eine kräftige, vierschrötige Haltung beim Gehen. Nach ihm war Joe der hübscheste und stärkste und jedenfalls der beste Baseballspieler. Alle Leute sagten,

er müßte die höhere Schule weiter besuchen, weil er ein so guter Baseballspieler sei, aber nach Ablauf des ersten Schuljahres sagte Papa, er habe drei Mädchen zu ernähren, und Joe müsse arbeiten gehen; so bekam also Joe einen Posten als Telegraphenbote bei der Western Union. Janey war zuerst recht stolz auf seine Uniform, bis die Mädchen in der Schule sie aufzuziehen begannen. Alecs Eltern hatten ihm versprochen, ihn auf die Universität zu schicken, falls er die höhere Schule gut absolviere, und so arbeitete Alec fleißig drauflos. Er war nicht roh und erzählte nicht so schmutzige Sachen wie die meisten Jungen, die Joe kannte. Er war auch immer nett zu Janey, obgleich er anscheinend keine Lust hatte, mit ihr allein zu bleiben. Sie hätte gern gewußt, ob er ihretwegen nett zu ihr sei oder nur wegen Joe. Um diese Zeit war sie sich schon recht klar darüber, daß sie in Alec schrecklich verschossen war.
Der schönste Tag ihres Lebens war jener sengendheiße Sommersonntag, als sie alle drei im Kanu zu den Great Falls hinauffuhren. Sie hatte am Abend zuvor den kalten Lunch zurechtgemacht. Am Morgen des Aufbruchs tat sie noch ein Steak hinzu, das sie im Eisschrank fand. Als sie und Joe um sieben Uhr morgens, noch bevor die anderen erwachten, aus dem Hause schlichen, hing in jeder Straße hinter den Ziegelhäusern und den dunklen sommergrünen Bäumen ein blauer Dunst. Sie trafen Alec an der Ecke vor der Haltestelle. Er stand mit gespreizten Beinen da, einen Kochtiegel in der Hand, und wartete auf sie. Sie liefen ganz schnell und erwischten noch den Wagen, der gerade nach Cabin-John's-Bridge abfuhr. Sie hatten den Wagen ganz für sich allein, als ob es ein privater Wagen gewesen wäre. Der Wagen fuhr summend die Schienen entlang, an weißgetünchten Bretterhütten und Niggerhäusern vorbei, den Kanal entlang, vorbei an den Hügelhängen, auf denen der zwei Meter hohe, wogende Mais in Reih und Glied marschierte wie Soldaten. Das Sonnenlicht schimmerte mit bläulichweißem Glanz auf den wogenden, hängenden Blättern des Maises mit den frischen Blütenquasten, greller Glanz und ein Summen und Knarren der Grashüpfer und Grillen stieg in

heißem Rauch rings um den ratternden, wackelnden Straßenbahnwagen in den blassen Himmel empor. Sie aßen süße Sommeräpfel, die Joe bei einer Negerin an der Haltestelle gekauft hatte, und tollten im Wagen umher und purzelten in den Ecken der Bänke übereinander und kicherten, bis sie ganz entkräftet waren. Dann fuhr der Wagen durch den Wald, sie sahen durch das Laub der Bäume das Balkengerüst der Berg-und-Tal-Bahn von Glen-Echo, und in Cabin-John's stolperten sie aus dem Wagen hinaus, vergnügter als ein Rudel Affen.

Sie liefen über die Brücke, blickten den Fluß hinauf und hinunter, den Fluß, der braun und dunkel in dem weißgrellen Morgen zwischen seinen laubgetränkten Ufern lag; dann suchten sie in einem Haus am Kanal das Kanu, das einem Freunde Alecs gehörte, kauften etwas Cremesoda und Starkbier und ein paar Päckchen Pfefferkuchen und fuhren los. Alec und Joe ruderten, Janey saß in der Mitte des Bootes, ihren Sweater hatte sie um die hölzerne Bank gewickelt, so daß er wie ein Kissen war. Alec ruderte vom Bug aus. Es war erstickend heiß. Das verschwitzte Hemd klebte an der Rundung seines stämmigen Rückens, der mit jedem Ruderschlag sich krümmte. Nach einer Weile entkleideten sich die Jungen bis auf die Badehosen, die sie unter den Kleidern anhatten. Janey zitterte die Kehle, als sie Alecs Rücken und die schwellenden Muskeln seiner rudernden Arme sah, sie fühlte sich glücklich und ängstlich zugleich. Sie saß da in ihrem weißen Baumwollkleid, ließ die Hand in das grünlichbraune, algige Wasser hängen. Sie hielten an, um Wasserlilien zu pflücken und die weißen Blüten des Pfeilkrauts, die wie Eis glitzerten, alles roch faulig feucht nach den schlammigen Wurzeln der Wasserlilien. Die Cremesoda wurde warm, und sie tranken sie so, und sie neckten einander hin und her, und Alec fing eine Krabbe und bespritzte Janeys Kleid mit dem grünlichschleimigen Wasser, und Janey war nicht ein bißchen böse, und sie nannten Joe Herr Kapitän, und er taute auf und sagte, er würde zur Marine gehen, und Alec sagte, er würde Ingenieur werden und ein Motorboot bauen und sie alle auf eine Spazierfahrt mitnehmen, und Janey war glücklich, weil sie sie immer mit einbezogen, wenn sie Pläne machten, gerade so, als ob sie auch ein Junge gewesen wäre. Etwas unterhalb des Wasserfalls waren einige Schleusen im Kanal, und sie mußten das Boot eine ziemliche Strecke weit bis an den Fluß hinuntertragen. Janey trug den Proviant und die Ruder und die Bratpfanne, und die Jungen fluchten und schwitzten unter dem Kanu. Dann paddelten sie an das virginische Ufer hinüber und machten in einer kleinen Mulde zwischen großen grauen, verwitterten Felsblöcken ein Feuer an. Joe briet das Steak, Janey packte die belegten Brote und die kleinen Kuchen aus, die sie selbst gemacht hatte, und betreute die Kartoffeln, die in der Asche buken. Sie rösteten auch ein paar Maiskolben, die sie von einem Feld neben dem Kanal gestohlen hatten. Alles klappte vorzüglich, nur zuwenig Butter hatte sie mitgenommen. Dann saßen sie friedlich plaudernd um die Aschenglut herum, aßen Kuchen und tranken Starkbier. Alec und Joe holten ihre Pfeifen hervor, und Janey fühlte sich sehr wohl, wie sie da an dem großen Wasserfall des Potomac saß, mit zwei Männern, die Pfeife rauchten.

»Meiner Seel', Janey, dieses Steak hat Joe fein gekocht.«

»Als wir noch klein waren, da haben wir uns im Rock Creek Frösche gefangen und sie gebraten ... Erinnerst du dich noch, Alec?«

»Na und ob, und Janey war einmal dabei, meine Güte, was du damals angegeben hast, Janey.«

»Ich kann es nicht leiden, wie ihr ihnen die Haut abzieht.«

»Wir hielten uns damals für regelrechte Wildwestjäger, wir hatten einen Heidenspaß daran.«

»Das heute gefällt mir viel besser, Alec«, sagte Janey zögernd.

»Mir auch ...« sagte Alec. »Verflucht, wenn wir bloß eine Wassermelone hätten.«

»Vielleicht finden wir eine auf dem Rückweg irgendwo am Ufer.«

»Herrje, was würde ich nicht für eine Wassermelone geben, Joe.«

»Muttchen hatte eine Wassermelone auf dem Eis«, sagte Janey, »vielleicht ist noch was da, wenn wir nach Haus kommen.«
»Ich will nie mehr nach Haus gehen«, sagte Joe plötzlich in bitterem Ernst.
»Joe, du solltest nicht so daherreden.« Sie war erschrocken und kam sich vor wie ein kleines Mädchen.
»Ich rede, wie es mir paßt, verdammt noch mal ... Himmelherrgott, wie ich dieses verfluchte schäbige Loch hasse.«
»Joe, du solltest nicht so daherreden.« Noch einen Augenblick, und Janey würde zu weinen beginnen.
»Hol's der Teufel«, sagte Alec, »es ist Zeit, daß wir abschieben. Was meinst du, Joe ... Wir springen noch einmal ins Wasser, und dann gondeln wir nach Haus.«
Als die Jungen das Schwimmen satt hatten, gingen sie alle drei flußaufwärts, um sich den Wasserfall anzuschauen, und dann fuhren sie ab.
Rasch trug die Strömung sie dahin, unter dem steilen, mit Bäumen behangenen Ufer. Der Nachmittag war sehr schwül, sie fuhren durch dampfendheiße Luftschichten. Mächtiges Gewölk ballte sich im Norden zusammen. Janey machte es gar keinen Spaß mehr, sie fürchtete, es würde regnen. Und innerlich fühlte sie sich recht schlecht, wie ausgepumpt. Sie fürchtete, ihre Periode zu bekommen. Sie hatte diesen Fluch erst ein paarmal miterlebt, und der Gedanke daran erschreckte sie und raubte ihr alle Kraft, am liebsten hätte sie sich irgendwohin verkrochen wie eine alte, kranke, räudige Katze. Sie wollte nicht, daß Joe und Alec merkten, wie ihr zumute war. Sie überlegte, wie es sein würde, wenn sie das Boot zum Kentern brächte. Die Jungen könnten ans Ufer schwimmen, und sie würde ertrinken, und man würde den Fluß nach ihrer Leiche durchsuchen, und alle würden weinen und schrecklich traurig sein.
Die Wolkenballen türmten sich höher empor, aber eine purpurgraue Finsternis war schneller als sie und überschattete ihre weißen Gipfel; alles wurde purpurn fahl und grau, die Jungen ruderten, so schnell sie nur konnten, sie

hörten schon das voraneilende Grollen des Donners. Die Brücke war bereits in Sicht, als der erste Windstoß sie traf, ein heißer Sturmwind voller Staub und dürren Laubes und Strohhalme und Spreu; das Wasser des Flusses drehte sich in jähen Wirbeln. Sie kamen noch rechtzeitig ans Ufer. »Meine Güte, das wird ein nettes Gewitter«, sagte Alec. »Janey, kriech unter das Boot.« Auf dem kiesigen Uferstrand, an der windgeschützten Seite eines großen Felsblockes, stülpten sie das Boot um, dann krochen sie drunter und kauerten sich zusammen. Janey saß in der Mitte, die Wasserlilien, die sie am Morgen gepflückt hatte, waren von ihren heißen Händen ganz verschrumpft und klebrig geworden. Die Jungen in ihren feuchten Badeanzügen lagen neben ihr. Alecs zerzaustes, schwarzes Haar berührte ihre Wange. Auf der anderen Seite lag Joe, den Kopf an der Spitze des Kanus, die hageren, braunen Füße und Beine in den aufgekrempelten Hosen unter ihrem Kleid versteckt. Der Geruch nach Schweiß und Flußwasser und der warme Jungengeruch von Alecs Haar und Schultern machte sie schwindlig. Als der Regen auf den Boden des Kanus herabgetrommelt kam und sie mit peitschend weißem Sprühwasser von der Außenwelt abschloß, schob Janey den Arm um Alecs Hals, und ihre Hand ruhte schüchtern auf seiner bloßen Schulter. Er rührte sich nicht.
Nach einer Weile hörte der Regen auf. »Puh, das ist gar nicht so schlimm geworden, als ich dachte«, sagte Alec. Sie waren ziemlich naß und erfroren, aber sie fühlten sich wohl in der frischen, vom Regen durchwaschenen Luft. Sie schoben das Kanu ins Wasser zurück und fuhren weiter bis zur Brücke. Dann trugen sie es wieder in das Haus, aus dem sie es geholt hatten, und gingen zu dem kleinen Wartehäuschen, um auf die elektrische Bahn zu warten. Sie waren müde, sonnverbrannt, durchschwitzt. Der Wagen war vollbepackt mit dem Publikum eines verregneten Sonntagnachmittags, Ausflüglern, die der Regen an den Great Falls und in Glen-Echo überrascht hatte. Janey glaubte, sie würde es nicht mehr aushalten, bis sie nach Haus käme. Ihr ganzer Bauch war in einem schmerzlichen Krampf verknotet. Als

sie nach Georgetown kamen, hatten die Jungen immer noch fünfzig Cent, und sie wollten ins Kino gehen, aber Janey lief davon und ließ sie allein. Ihr einziger Gedanke war, ins Bett zu kriechen, um dann das Gesicht in die Kissen zu vergraben und zu heulen.

Von diesem Tage an weinte Janey nicht mehr sehr oft; zwar regten die Dinge sie auf, aber ein kaltes, hartes Gefühl in der Brust verdrängte die Tränen.

Rasch verstrich die Zeit auf der höheren Schule, heiße, gewittrige Feriensommer in Washington, ab und zu dazwischen ein Picknick in Marshall Hall oder eine Gesellschaft in einem Nachbarhaus.

Joe bekam einen Posten bei der Adams Express. Janey sah ihn nicht oft, da er nicht mehr zu Haus aß. Alec hatte sich ein Motorrad gekauft, und obgleich er immer noch auf der höheren Schule war, hörte Janey nur wenig von ihm. Manchmal, des Nachts, wenn Joe nach Haus kam, setzte sie sich auf, um ein paar Worte mit ihm zu reden. Er roch nach Tabak und Schnaps, schien aber nie betrunken zu sein. Um sieben Uhr ging er an die Arbeit, und abends, nach Arbeitsschluß, trieb er sich mit seinen Kollegen in den Billardcafés der $4^1/_2$. Straße umher, oder er würfelte oder spielte Kegel. Am Sonntag spielte er Baseball. Janey blieb auf und malte sich aus, was sie zu ihm sagen würde, aber wenn er dann kam, fragte sie ihn, wie es mit seiner Arbeit vorwärtsgehe, und er sagte »Fein«, und er fragte sie, wie es bei ihr auf der Schule vorwärtsgehe, und sie sagte »Fein«, und dann gingen sie beide zu Bett. Ab und zu einmal fragte sie ihn, ob er Alec gesehen habe, und dann nickte er mit einem unmerklichen Lächeln, und sie fragte, wie es ihm gehe, und er sagte »Fein«.

Sie hatte eine Freundin, Alice Dick, ein dunkelhaariges, dickliches Mädchen mit einer Brille; Alice ging mit ihr durch sämtliche Klassen der höheren Schule. Am Sonnabendnachmittag zogen sie sich ihre besten Kleider an und machten einen Ladenbummel in die Gegend der F-Street. Sie kauften ein paar Kleinigkeiten, tranken irgendwo eine Soda, fuhren mit der Straßenbahn nach Hause und hatten

das Gefühl, einen sehr geschäftigen Nachmittag hinter sich zu haben. Alle heiligen Zeiten einmal gingen sie zu einer Nachmittagsvorstellung zu Poli, und dann brachte Janey ihre Freundin zum Abendessen nach Haus mit. Alice Dick konnte die Williams gut leiden, und die Williams konnten Alice Dick gut leiden. Sie sagte, sie fühle sich erleichtert und befreit, wenn sie ein paar Stunden bei liberal denkenden Leuten verbringen könne. Ihre Eltern waren Methodisten aus dem Süden und sehr engstirnige Leute. Ihr Vater war Büroangestellter in der Regierungsdruckerei und lebte in der ewigen Angst, sein Posten könnte unter die Zivildienstvorschrift fallen. Er war ein dicker, kurzatmiger Mann, hatte eine Vorliebe dafür, mit seiner Frau und seiner Tochter handgreifliche Späße zu machen, und litt an chronischer Verdauungsstörung.
Alice Dick und Janey nahmen sich vor, sowie sie die höhere Schule hinter sich haben würden, in Stellung zu gehen und das Elternhaus zu verlassen. Sie suchten sich schon das Haus aus, in dem sie wohnen wollten, ein Trappsteinhaus in der Nähe des Thomas-Circle, geleitet von einer gewissen Mrs. Jenks, der Witwe eines Marineoffiziers, die sehr kultiviert war und südliche Küche führte und mäßige Preise für das Essen nahm.
Eines Sonntagabends im Frühling, im letzten Semester auf der höheren Schule, saß Janey in ihrem Zimmer und zog sich gerade aus. Francie und Ellen spielten noch im Hinterhof. Durch das offene Fenster wehten ihre Stimmen mit dem würzigen Fliederduft von den Fliederbüschen aus dem Nachbarhof herbei. Sie hatte soeben ihr Haar aufgelöst, besah sich im Spiegel und versuchte sich vorzustellen, wie sie aussehen würde, wenn sie eine schöne Frau wäre und braunes Haar hätte, da klopfte es an die Tür, und von draußen kam Joes Stimme. Seine Stimme hatte einen komischen Klang.
»Herein«, rief sie. »Ich richte mir gerade die Haare.«
Sie sah sein Gesicht zuerst im Spiegel. Es war ganz weiß, die Haut über den Backenknochen und um den Mund war straff zurückgespannt.

»Was ist denn los, Joe?« Sie sprang auf und sah ihn an.
»Die Sache ist die, Janey«, sagte Joe, mühsam seine Worte hervorwürgend. »Alec ist tot. Er ist mit seinem Motorrad gestürzt. Ich komme aus dem Spital. Er ist mausetot.«
Janey glaubte, die Worte auf ein weißes Notizblatt in ihrer Seele niederzuschreiben. Sie konnte nichts sagen.
»Auf dem Nachhauseweg vom Wettspiel ist er gestürzt ... Er war hingefahren, um mich spielen zu sehen. Du hättest ihn sehen sollen, wie er zugerichtet war.«
Janey versuchte immerfort, etwas zu sagen.
»Er war dein bester ... bester ...«
»Er war der beste Junge, den ich je gekannt habe«, fuhr Joe leise fort. »Nun, das wäre das eine, Janey ... Aber ich wollte dir auch sagen, daß ich jetzt, wo Alec weg ist, keine Lust mehr habe, in diesem lausigen Nest herumzulungern. Ich melde mich zur Marine. Du wirst es den Alten sagen, verstanden ... Ich will nicht mit ihnen reden. Ja, so ist es, ich gehe zur Marine und schaue mir die Welt an.«
»Aber, Joe ...«
»Ich werde dir schreiben, Janey, wirklich ... Ich werde dir schrecklich viel schreiben. Du und ich ... Na, und nun adieu, Janey.« Er packte sie bei den Schultern und küßte sie unbeholfen auf die Nase und auf die Wange. Sie konnte nur noch flüstern: »Paß recht gut auf, Joe«, und dann vor der Kommode stehen, während durch das offene Fenster der Geruch des Flieders hereinwehte und das Geschrei der Kinder. Sie hörte Joes Schritte leicht und schnell die Treppe hinuntereilen, hörte die Haustür ins Schloß fallen.
Sie knipste das Licht aus, entkleidete sich im Dunkeln und kroch ins Bett. Sie lag da, ohne zu weinen.
Dann kamen die Reifeprüfung und die Zeugnisverteilung, und sie und Alice gingen oft miteinander aus, und einmal machten sie sogar mit einer großen Gesellschaft eine der Mondscheinfahrten auf dem Dampfer *Charles McAlister* mit, den Fluß hinunter bis zum Indian Head. Die Leute benahmen sich ungezogener, als Janey und Alice lieb war. Einige der jungen Burschen tranken recht viel, in jedem schattigen Winkel sah man küssende und knutschende Paare, aber das

Mondlicht lag in wunderbar krausen Wellen auf dem Wasser des Flusses; Janey und Alice stellten zwei Stühle nebeneinander aufs Deck und plauderten. Es gab Musik, und es wurde getanzt; sie aber tanzten nicht wegen der ungezogenen Männer, die rund um den Tanzboden standen und ihre Bemerkungen machten. Sie plauderten, und auf dem Heimweg den Fluß hinauf erzählte Janey mit ganz leiser Stimme, an die Reling gelehnt, dicht neben Alice, ihrer Freundin von Alec. Alice hatte davon in der Zeitung gelesen, ohne sich träumen zu lassen, daß Janey ihn so gut gekannt oder solche Gefühle für ihn gehabt habe. Sie begann zu weinen, und Janey tröstete sie und kam sich dabei sehr stark vor, und beide hatten das Gefühl, daß sie von jetzt an gute Freundinnen sein würden. Janey flüsterte, sie würde nie mehr einen anderen lieben können, und Alice sagte, sie glaube überhaupt nicht, daß sie je einen Mann würde lieben können, sie tränken und rauchten alle und redeten unter sich lauter schmutzige Sachen und hätten nur einen Gedanken im Kopf.
Nachdem das Schiff gelandet war, trennten sie sich von der Gesellschaft und fuhren ganz allein mit der Straßenbahn nach Georgetown, obgleich es schon sehr spät war. Auf dem Heimweg unterhielten sie sich über die Frage, was sie tun würden, um Arbeit zu bekommen. Sie hatten beide in den Handelsfächern die beste Zensur erhalten, und sie glaubten also, es würde nicht so schwer sein.
Im Juli fanden Alice und Janey Stellung in dem Stenographenbüro der Mrs. Robinson im Riggs Building; sie sollten zwei Mädchen ersetzen, die auf Urlaub gegangen waren. Mrs. Robinson war eine kleine grauhaarige, schmalbrüstige Frau mit einer kreischenden Kentuckystimme, die Janey an einen Papagei erinnerte. Sie war sehr akkurat, und in ihrem Büro ging alles aufs genaueste zu. »Miss Williams«, tschirpte sie und lehnte sich in ihren Schreibtischstuhl zurück, »dieses Manuskript von Richter Roberts muß unbedingt heute noch fertig werden ... Meine Liebe, wir haben es versprochen, und wir werden es liefern, und wenn wir bis Mitternacht hierbleiben müssen. Noblesse oblige,

meine Liebe«, und die Schreibmaschinen rollten und klingelten, und alle die Mädchenfinger zappelten wie toll, tippten Schriftsätze, Manuskripte nie gehaltener Reden irgendwelcher Couloirratten, überschüssige Materialien eines Reporters oder Wissenschaftlers, Prospekte für Grundstückhändler oder Patentspekulanten, Mahnbriefe für Zahnärzte und Doktoren.

Das Kamera-Auge 14

Mr. Garfield hatte eine sehr schöne Lesestimme am Sonntagabend gab es immer Fischklöße und gebackene Bohnen und Mr. Garfield las uns mit seiner sehr schönen Lesestimme etwas vor und alle waren so still daß man eine Nadel hätte fallen hören denn er las aus dem *Mann ohne Vaterland* und es war eine schreckliche Geschichte und Aaron Burr war ein sehr gefährlicher Mann gewesen und dieser arme junge Mann hatte gesagt hol der Teufel die Vereinigten Staaten hoffentlich höre ich nie mehr ihren Namen und es war sehr schrecklich so etwas zu sagen und der grauhaarige Richter war so freundlich und gut

und der Richter verurteilte mich und sie brachten mich auf einer Fregatte in ein fernes fremdes Land und die Offiziere waren freundlich und gut und sprachen mit einer freundlichen ernsten sehr bekümmerten Lesestimme genau wie Mr. Garfield und alles war sehr freundlich und ernst und sehr bekümmert und Fregatten und das Blaue Meer und Inseln und als ich tot war begann ich zu weinen und ich hatte Angst die anderen Jungen würden sehen daß ich Tränen in den Augen hatte

ein Amerikaner sollte nicht weinen er sollte freundlich und ernst und sehr bekümmert dreinschauen wenn sie mich in das Sternenbanner wickeln und auf einer Fregatte in die Heimat führen um mich zu begraben ich konnte mich leider nie erinnern ob sie mich nach Hause brachten oder auf hoher See begruben aber auf jeden Fall

war ich vom Ruhme der alten Zeiten umhüllt

Weltwochenschau XI

die Regierung der Vereinigten Staaten muß energisch verlangen, daß amerikanische Staatsbürger, die als Teilnehmer an der jetzigen Aufstandsbewegung sei es von der einen oder von der anderen Partei gefangengenommen werden, eine Behandlung erfahren, die den weitherzigen Grundsätzen des Völkerrechts entspricht

Militärischer Schutz für Parteitag

die titanic trat am 10. April von southampton aus ihre erste fahrt an soll gegen den willen der new yorker lebensversicherung operiert werden

Jetzt geh' ich ins Maxim,
Dort bin ich sehr intim,
Dort duz' ich alle Damen,
Nenn' sie beim Kosenamen,
Loulou, Dodo, Joujou,
Cloclo, Margot, Froufrou

Titanic größtes Schiff der Welt sinkt

ich persönlich bin nicht davon überzeugt, daß der Zwölfstundentag für die Arbeitnehmer schädlich ist, besonders wenn sie selber den Zwölfstundentag fordern, um mehr Geld zu verdienen

Mein Lied soll immerdar sein,
Näher, mein Gott, zu dir,
Näher zu dir

es war jetzt ungefähr ein Uhr nachts, eine schöne sternhelle,

mondlose Nacht. Das Meer war so ruhig wie eine Pfütze, nur ein ganz sanftes Heben und Senken, wenn das Schiff auf der Dünung ritt, eine ideale Nacht, wenn man von der bitteren Kälte absehen wollte. Aus der Ferne sah die Titanic riesig lang aus, ihr mächtiger Rumpf lag schwarz umrissen vor dem Sternenhimmel, aus jedem Bullauge und aus den Fenstern der Salonkajüten strahlten die Lichter
fordern methodisten auf dreifaltigkeit abzuschaffen

das Kleid der Braut ist von weißem Atlas mit einem chiffonberüschten Spitzenleibchen. Der Schleier weicht von der üblichen Mode ab, er ist aus Crèpe lisse, mit Point de Venise eingefaßt, und das Bukett soll aus Maiglöckchen und Gardenien bestehen

kampf um stadt torreon entscheidet schicksal der rebellen

Loulou, Dodo, Joujou,
Cloclo, Margot, Froufrou,
Jetzt geh' ich ins Maxim,
Und du kannst ...

langsam stellte sich die Titanic auf den Kopf, das Heck senkrecht nach oben, und jetzt erst erloschen die sämtlichen Lichter in den Kabinen und Salons, die, seit wir das Schiff verlassen hatten, nicht eine Sekunde lang ins Flackern gekommen waren, einmal noch blitzten sie auf und dann gingen sie endgültig aus. Unterdessen stampften die Maschinen im Bauch des Schiffes mit einem Gepolter und Geächz, das man meilenweit hören konnte. Dann, ganz still hinabgleitend ...

JANEY

»Aber es ist so interessant, Muttchen«, pflegte Janey zu sagen, wenn ihre Mutter darüber klagte, daß ihre Tochter arbeiten müsse. – »Zu meiner Zeit galt das gar nicht als damenhaft, man sah darin eine Entwürdigung.« – »Aber heute nicht mehr«, sagte Janey und wurde wütend. Dann war es ein großer Trost für sie, das muffige Haus und die muffigen baumumschatteten Straßen von Georgetown zu verlassen, Alice Dick abzuholen und in der Innenstadt ins Kino zu gehen, die Wochenschau, die Bilder aus fremden Ländern, die Menschenmengen in der F-Street und nachher, bevor man die Straßenbahn nach Georgetown bestieg, in einen Drugstore zu gehen, um eine Soda zu trinken, an der Fontäne zu sitzen und über den Film zu reden, den sie gesehen hatten, über Olive Thomas und Charlie Chaplin und John Bunny, natürlich ist es ein wenig ordinär, komische Filme zu lieben, die sind mehr für die Kinder, aber sie und Alice Dick mußten eben lachen, und die Naturaufnahmen fanden sie einfach entzückend. Janey begann täglich die Zeitung zu lesen und sich für Politik zu interessieren. Es kam ihr plötzlich zu Bewußtsein, daß sie in der Bundeshauptstadt wohnte, und da fühlte sie sich auf einmal sehr patriotisch und sehr aufgeregt. Sie fühlte, daß da draußen irgendwo eine große blutlebendige, von Bogenlampen erhellte Welt war und daß nur das Leben in Georgetown, wo alles so fade und altmodisch war und Muttchen und Papa so fade und altmodisch waren, daß nur dieses Leben sie daran hinderte, sich in der anderen Welt einen Platz zu erkämpfen. Nein, sie hatte keine Angst, abends allein nach Haus zu gehen, wenn auch die M-Street ein wüstes Viertel war.

Und vor jeder Ansichtskarte, die von Joe kam, hatte sie ein ähnliches Gefühl. Er war Matrose auf dem Schlachtschiff

Connecticut. Er schickte ein Bild der Küste von Havanna oder des Hafens von Marseille oder Villefranche oder die Photographie eines Mädchens in Bauerntracht, umrahmt von einem flimmernden Hufeisen, und dazu ein paar Zeilen, es gehe ihr hoffentlich gut und sie sei hoffentlich mit ihrer Stellung zufrieden, nie ein Wort über sich selbst. Sie schrieb ihm lange Briefe voller Fragen nach ihm und den fremden Ländern, aber er beantwortete sie nie. Trotzdem hatte sie, wenn sie diese Ansichtskarten bekam, das Gefühl eines Abenteuers. Sooft sie auf der Straße einen Matrosen oder einen Seesoldaten aus Quantico sah, dachte sie an Joe und hätte gern gewußt, wie es ihm gehe. Der Anblick jedes blauen Jungen, der, die Mütze schief auf dem Ohr, mit schaukelndem Gang dahinschlenderte, gab ihr einen komischen Stich.

Fast jeden Sonntag kam Alice nach Georgetown zu Besuch. Das Haus hatte sich jetzt sehr verändert; Joe war weg, Mutter und Vater waren älter und stiller geworden. Francie und Ellen wuchsen zu hübschen, kichernden höheren Töchtern heran, die bei den Jungen aus der Nachbarschaft sehr beliebt waren, viel in Gesellschaft gingen und sich ewig beklagten, daß sie kein Taschengeld hätten. Wenn Janey mit ihnen bei Tisch saß, wenn sie Muttchen bei der Soße half und die Kartoffeln oder den Rosenkohl für die Sonntagsmahlzeit hereinbrachte, kam sie sich sehr erwachsen vor, fast wie eine alte Jungfer. Sie stand jetzt auf der Seite ihrer Eltern gegen die Schwestern. Papa sah schon recht alt und eingeschrumpft aus. Er sprach oft vom Ruhestand und wartete auf seine Pension.

Janey fühlte sich sehr wohl, wenn sie dann gute Nacht sagen konnte, und sie und Alice gingen den Hügel hinauf und gingen ein Stückchen durch die Q-Street und schmiedeten Pläne, wie sie sehr bald ihre eigene Wohnung haben würden. Bisher hatten ihre Eltern den Gedanken, daß zwei Mädels ganz allein in einem fremden Haus wohnen sollten, kategorisch verworfen. Dann gab sie Alice einen Kuß und fragte sie, ob sie Fahrkarten habe, und brachte sie zur Bahn und lief nach Hause und in ihr Zimmer hinauf, noch bevor jemand sie anreden konnte. Sie hatte eine kleine Photographie von Alec in der Tracht eines Baseballspielers, und manchmal holte sie das Bild aus ihrer Schublade hervor und schaute es an und dachte an ihn und Joe und an den Tag, da sie alle drei in dem Gewitter unter dem Kanu gekauert hatten, und sie küßte die Photographie und warf sich aufs Bett, von einem trockenen Schluchzen geschüttelt.

Nachdem sie acht Monate bei Mrs. Robinson gewesen war, bekam sie ein Angebot von Dreyfus und Carroll, den Patentanwälten im obersten Stock des Riggs Building, für siebzehn Dollar pro Woche bei ihnen einzutreten, und das waren fünf Dollar mehr, als sie bei Mrs. Robinson bekam. Da fühlte sie sich sehr stolz. Sie merkte nun, daß sie tüchtig war und daß sie sich selber erhalten konnte, einerlei, was geschah. Auf Grund dessen ging sie mit Alice Dick zu Woodwood und Lothrops, um sich ein Kleid zu kaufen. Sie wollte ein gesticktes Seidenkleid haben, nicht mehr diese Backfischkleider. Sie war einundzwanzig Jahre alt und würde jetzt siebzehn Dollar verdienen und glaubte ein Recht auf *ein* hübsches Kleid zu haben. Alice sagte, die Farbe müsse ein bräunliches Gold sein, damit sie zu ihren Haaren passe. Sie gingen in sämtliche Geschäfte der F-Street, aber sie konnten nichts Passendes finden, das auch nicht zu teuer war, und so blieb ihnen nichts übrig, als Stoff zu kaufen und ein paar Modejournale und das alles zu Janeys Mutter zu bringen, damit nun die Mutter das Kleid mache. Es wurmte Janey, daß sie noch immer so sehr von ihrer Mutter abhängig war, aber das ließ sich nicht ändern; und so mußte Mrs. Williams Janeys neues Kleid nähen, ganz so, wie sie für ihre sämtlichen Kinder von ihrer Geburt an die Kleider genäht hatte. Janey hatte nie die Geduld besessen, nähen zu lernen. Sie kauften genügend Stoff, damit auch Alice ein Kleid bekomme, und so mußte Mrs. Williams zwei Kleider machen.

Die Arbeit bei Dreyfus und Carroll war ganz anders als die Arbeit bei Mrs. Robinson. In dem Büro saßen fast lauter Männer. Mr. Dreyfus war ein kleiner Mann mit einem schmalen Gesicht, einem kleinen schwarzen Schnurrbart und kleinen schwarzen, zwinkernden Augen, mit einem leichten

Akzent, der ihm das Air eines vornehmen fremden Diplomaten verlieh. Er trug gelbe waschlederne Handschuhe und einen gelben Spazierstock und hatte eine große Auswahl in äußerst modischen Überröcken. Er sei das Gehirn der Firma, sagte Jerry Burnham. Mr. Carroll war ein dicklicher, rotbackiger Mann, der viele Zigarren rauchte und sich sehr oft räusperte und eine sehr altmodische südstaatlerische Redeweise hatte, Gott soll mich behüten. Jerry Burnham sagte, er sei die Fassade der Firma. Jerry Burnham war ein junger Mann mit einem faltigen Gesicht und verbummelten Augen, technischer Berater der Firma. Er pflegte sehr viel zu lachen, kam immer zu spät ins Büro, fand aus irgendeinem Grund Gefallen an Janey und pflegte beim Diktieren Witze zu machen. Sie konnte ihn recht gut leiden, obgleich die blauen Ringe unter seinen Augen sie ein wenig abschreckten. Sie hätte gern wie eine Schwester mit ihm geredet und ihn dazu gebracht, nicht so wild draufloszuleben. Dann war da ein Buchhalter, Mr. Sills, ein verschrumpelter ältlicher Mensch, der in Anacostia wohnte und zu keinem Menschen ein Wort redete. Während der Mittagspause ging er nicht ins Restaurant, sondern saß an seinem Schreibtisch und aß eine belegte Stulle und einen Apfel, die in Pergamentpapier eingewickelt waren; das Papier legte er nachher sorgfältig zusammen und steckte es in die Tasche. Schließlich gab es dann noch zwei neue Botenjungen und eine kleine häßliche Tippistin namens Miss Simons, die nur zwölf pro Woche bekam. Alle möglichen Leute in allen möglichen Kleidern, abgerissen, anständig oder hochmodern, kamen während des Tages herein, standen in den vorderen Büroräumen umher und lauschten der tieftönenden Stimme Mr. Carrolls, die hinter der Milchglastür erdröhnte. Mr. Dreyfus schlüpfte wortlos aus und ein, lächelte seinen Bekannten hastig zu, war immer in einer geheimnisvollen Eile. Beim Mittagessen in dem kleinen Café oder an einer Sodafontäne erzählte dann Janey Alice von allen diesen Dingen, und Alice blickte bewundernd zu ihr auf. Alice erwartete sie immer um ein Uhr im Vestibül. Sie hatten es so eingerichtet, daß sie um ein Uhr essen gehen konnten, weil da weniger Menschen waren. Beide gaben sie nicht mehr als zwanzig Cent aus, so daß ihr Mittagessen nicht lange dauerte und sie noch Zeit hatten, einen kleinen Spaziergang rund um den Lafayette Square oder zuweilen auch um das Areal des Weißen Hauses zu machen, bevor sie wieder ins Büro mußten.

An einem Sonnabendabend mußte sie noch sehr spät an der Maschine sitzen, um die Beschreibung eines Außenbordmotors, die am Montag in aller Frühe im Patentamt liegen sollte, zu Ende zu tippen. Die anderen hatten das Büro verlassen. Sie entzifferte, so gut sie konnte, den komplizierten technischen Wortlaut, aber ihre Gedanken waren bei der Ansichtskarte, die sie am selben Tag von Joe erhalten hatte, eine Karte mit dem Christuskreuz der Anden. Es stand nichts weiter darauf als: Hol der Teufel Onkel Sams Blechschiffe. Komme bald nach Haus. – Kein Name darunter. Aber sie kannte die Handschrift. Das machte ihr Sorgen. Jerry Burnham saß an dem Telephonklappenschrank und las die geschriebenen Seiten durch, in der Reihenfolge, wie sie sie fertig hatte. Ab und zu ging er in den Waschraum hinaus; wenn er dann zurückkam, wehte jedesmal ein heißer Whiskyhauch durch das Büro. Janey war nervös. Sie tippte, bis die kleinen schwarzen Buchstaben vor ihren Augen tanzten. Sie machte sich Sorgen um Joe. Wie konnte er denn nach Haus kommen, bevor seine Dienstzeit um war? Da mußte etwas los sein. Und die Nähe Jerry Burnhams, der unruhig auf dem Sessel der Telephonistin hin und her rutschte, war ihr ungemütlich. Sie und Alice hatten darüber gesprochen, wie gefährlich es sei, mit einem solchen Mann allein im Büro zu bleiben. Zu so später Stunde, und noch dazu, wenn sie trinken, hätten die Männer nur noch einen Gedanken im Kopf.

Als sie ihm das vorletzte Blatt reichte, erhaschte sein glänzender und feuchter Blick den ihren. »Ich wette, Sie sind müde, Miss Williams«, sagte er. »Eine verfluchte Schweinerei, Sie so lange hier einzusperren, und noch dazu am Sonnabendabend.« – »Es ist schon recht, Mister Burnham«, sagte sie in eisigem Ton, und ihre Finger zwitscherten. – »Und daran ist nur diese verfluchte alte Fassade schuld. Er hat den

ganzen Tag so viel über Politik gequasselt, daß die Arbeit nicht vorwärtsging.« – »Nun, das macht jetzt nichts«, sagte Janey. – »Jetzt ist schon alles einerlei ... Fast acht Uhr. Ich mußte ein Rendezvous mit meinem liebsten Mädel, so ungefähr meinem liebsten, versäumen. Und ich möchte wetten, Sie haben auch ein Rendezvous versäumt, Miss Williams.« – »Ich sollte mich bloß mit einer Freundin treffen, weiter nichts.« – »Na, wem erzählen Sie das ...« Er lachte so ungezwungen, daß sie ebenfalls zu lachen anfing.
Als die letzte Seite fertig und im Umschlag war, stand Janey auf, um ihren Hut zu holen. »Hören Sie mal zu, Miss Williams, wir wollen das einstecken, und dann kommen Sie doch mit, und wir essen zusammen einen Bissen.«
Während sie im Aufzug hinunterfuhren, hatte Janey die Absicht, sich zu entschuldigen und nach Haus zu gehen, aber dann tat sie es doch nicht, und auf einmal saß sie neben ihm in einem französischen Restaurant in der H-Street, äußerlich sehr kühl, innerlich voller Unruhe. »Nun, wie denken Sie über die Neue Freiheit?« fragte Jerry Burnham lachend. Er reichte ihr die Karte. »Hier, die Preisliste ... Lassen Sie sich von Ihrem Gewissen leiten.« – »Nun, ich weiß nicht recht, Mister Burnham.« – »Ich bin ehrlich *dafür*. Ich halte Wilson für einen großen Mann ... Übrigens geht nichts über eine gesunde Abwechslung, das ist das Beste auf der Welt, finden Sie nicht? Bryan hat ein schreckliches Maul, aber auch er stellt was vor, und sogar Josephus Daniels, der die Marine mit Traubensaft vollpumpen will, ist ein Kerl. Ich glaube, es besteht die Möglichkeit, daß wir wieder eine Demokratie bekommen ... Vielleicht brauchen wir gar keine Revolution dazu, was meinen Sie?« Er wartete nie, bis sie seine Fragen beantwortete, er redete nur so drauflos und lachte von ganz allein.
Als Janey nachher versuchte, Alice davon zu erzählen, kamen ihr die Dinge, die Jerry Burnham gesagt hatte, gar nicht mehr so komisch und auch das Essen gar nicht mehr so gut und überhaupt alles gar nicht mehr so lustig vor. Alice äußerte sich ziemlich unfreundlich. »Oh, Janey, wie konntest du nur so spät in der Nacht mit einem betrunkenen

Menschen ausgehen und noch dazu in solch ein Lokal, und ich habe mir schreckliche Sorgen gemacht ... Du weißt, so ein Mensch hat nur einen Gedanken im Kopf ... Ich muß wirklich sagen, ich finde das herzlos und leichtsinnig ... Ich hätte nicht gedacht, daß du so etwas fertigbringst.« – »Aber, Alice, es war ja gar nicht so...« sagte Janey immer wieder, aber Alice weinte und ging eine ganze Woche lang mit einer beleidigten Miene umher, so daß von nun an Janey das Thema Jerry Burnham nicht mehr berührte. Es war ihre erste Meinungsverschiedenheit mit Alice, und sie hatte ein recht schlechtes Gefühl dabei.
Trotzdem freundete sie sich mit Jerry Burnham an. Es machte ihm anscheinend Spaß, mit ihr auszugehen und ihr was vorzuschwatzen. Auch nachdem er seine Stellung bei Dreyfus und Carroll aufgegeben hatte, rief er sie manchmal am Sonnabendnachmittag an und ging mit ihr zu Keith. Janey arrangierte eine Begegnung mit Alice im Rock-Creek-Park, aber die Sache klappte nicht recht. In der alten Steinmühle traktierte Jerry die beiden Mädchen mit Tee. Er war Mitarbeiter an einer technischen Zeitung und schrieb einen wöchentlichen Bericht für die *New York Sun*. Alice war empört, weil er Washington als ein Mistloch und langweiliges Drecknest bezeichnete, und sagte, er verfaule hier bei lebendigem Leibe, und die meisten Leute, die in Washington wohnen, seien wandelnde Leichname, wenigstens vom Hals aufwärts. Nachdem er sie in die Straßenbahn verladen hatte, die sie nach Georgetown bringen sollte, erklärte Alice mit Nachdruck, daß der junge Burnham durchaus kein Verkehr für ein anständiges Mädchen sei. Janey lehnte sich selig in den Sitz des offenen Wagens zurück, betrachtete die Bäume, die sommerlich gekleideten Mädchen, die Männer in ihren Strohhüten, die Briefkästen und Ladenfenster, die draußen vorüberglitten, und sagte: »Aber, Alice, er hat ein kluges Köpfchen ... Gott, ich hab kluge Leute gern, du nicht?« Alice sah sie an, schüttelte traurig den Kopf und sagte kein Wort.
Am Nachmittag gingen sie ins Spital von Georgetown, um Papa zu besuchen. Es war abscheulich. Muttchen und Janey

und der Arzt und die Krankenpflegerin wußten, daß er Blasenkrebs hatte und nicht mehr lange leben würde, aber sie wollten es nicht einmal sich selber eingestehen. Sie hatten ihn soeben in ein Einzelzimmer gelegt, damit er es bequemer habe. Das kostete einen Haufen Geld, und sie mußten eine zweite Hypothek auf das Haus aufnehmen. Sämtliche Ersparnisse Janeys, die sie sich für schlechte Zeiten auf ein eigenes Bankkonto zurückgelegt hatte, waren bereits verbraucht. An diesem Nachmittag mußten sie ziemlich lange warten. Als die Krankenpflegerin mit einem Uringlas unter einem Handtuch herauskam, ging Janey allein in das Zimmer. »Guten Tag, Papa«, sagte sie mit einem gezwungenen Lächeln. Ihr wurde fast schlecht von dem Lysolgeruch. Durch das offene Fenster kamen von den welken, sonnenverbrannten Bäumen ein warmer Luftzug, die schläfrigen Geräusche eines Sonntagnachmittags, das Krächzen einer Krähe, ein ferner Verkehrslärm. Papas Gesicht war eingefallen und etwas nach der Seite verzerrt. Sein großer Schnurrbart sah rührend weiß und seidig aus. Janey wußte, daß sie niemanden auf der Welt lieber habe als ihn.
Seine Stimme war schwach, aber ziemlich fest. »Janey, ich bin nur noch ein Wrack, Mädchen, und ich glaube, ich werde nie mehr ... Du weißt es ja besser als ich, die verfluchten Hunde wollen mir ja nichts sagen ... Erzähl mir doch mal von Joe, du hörst ja von ihm, nicht wahr, wenn er bloß nicht zur Marine gegangen wäre, nichts zu machen dort für einen jungen Menschen, wenn er nicht oben Protektion hat, aber ich bin froh, daß er zur See gegangen ist, schlägt nach mir... Ich bin dreimal ums Kap Hoorn gesegelt, in den alten Tagen, als ich noch nicht zwanzig war. Das war, bevor ich mich auf meinem Schlepper niedergelassen hatte, weißt du ... Aber ich habe mir so gedacht, wie ich da im Bett lag, daß Joe genau dasselbe gemacht hat, was ich gemacht habe, der Junge schlägt nach seinem Vater, und das freut mich. Ich mache mir keine Sorgen um ihn, wenn ich nur euch Mädchen schon verheiratet und vom Halse hätte. Dann wäre mir leichter. Ich traue heutzutage keinem Mädchen mehr, mit diesen kurzen Röcken und so weiter.« Papas Blicke musterten

sie von oben bis unten, seine Augen glänzten matt und frostig, und es schnürte ihr die Kehle zusammen, als sie zu sprechen versuchte. »Ich werde mich schon durchschlagen«, sagte sie. – »Du mußt jetzt auch an mich denken. Ich habe für meine Kinder getan, was ich konnte. Ihr wißt nicht, wie das Leben ist, keine von euch, immer wart ihr gut behütet, und jetzt schiebt ihr mich ins Spital ab, damit ich hier sterbe.« – »Aber, Papa, du sagtest doch selbst, es wäre am besten, du gehst ins Spital, wo du bessere Pflege hast.« – »Diese Nachtschwester kann ich nicht leiden, Janey, sie geht so grob mit mir um ... Sag das unten in der Kanzlei.«
Sie war froh, als sie gehen konnte. Sie und Alice spazierten die Straße entlang, ohne ein Wort zu reden. Schließlich sagte Janey: »Um Gottes willen, Alice, nur nicht ärgerlich sein. Wenn du nur wüßtest, wie mir das alles auch zuwider war, o lieber Gott, ich wollte ...« – »Was wolltest du, Janey.« – »Oh, ich weiß nicht.«
Der Juli war in diesem Jahr sehr heiß, im Büro surrten unablässig die elektrischen Ventilatoren, die Kragen der Männer wurden schlaff, und die Mädchen puderten sich wie toll; nur Mr. Dreyfus sah immer noch kühl und adrett aus wie aus dem Schächtelchen. Es war der Letzte des Monats. Janey saß noch eine Minute an ihrem Schreibtisch und sammelte alle Energie für den Heimweg durch die siedendheißen Straßen, da kam Jerry Burnham herein. Er hatte seine Hemdsärmel bis über die Ellbogen aufgekrempelt, hatte weiße Hosen an und trug seinen Rock über dem Arm. Er fragte sie, wie es ihrem Vater gehe, und sagte, er sei ganz aufgeregt über die Nachrichten aus Europa, und er müsse mit ihr abendessen gehen, um mit ihr zu plaudern, sie wirke so beruhigend auf ihn. »Ich habe da einen Wagen, der gehört Bugs Dolan, und ich habe zwar keinen Führerschein, aber ich glaube, wir können mal ganz schnell um die Rennbahn fahren und uns ein bißchen Kühlung verschaffen.« Sie versuchte sich zu sträuben, denn sie sollte zum Abendbrot nach Hause kommen, und Alice war immer so verdrossen, wenn sie mit Jerry ausging, aber er sah, daß sie eigentlich Lust hatte mitzukommen, und da gab er nicht nach.

Sie saßen beide vorn in dem kleinen Ford und legten ihre Mäntel auf den hinteren Sitz. Dann fuhren sie einmal um die Rennbahn, aber der Asphalt war wie ein Kuchenblech. Die Bäume und der braune, träge Fluß schmorten in der späten Abenddämmerung wie Fleisch und Gemüse im Topf. Der heiße Atem des Motors brachte sie fast zum Ersticken. Jerry, mit puterrotem Gesicht, redete unaufhörlich über den Krieg, der sich in Europa zusammenbraue, wie das das Ende der Zivilisation und ein Signal für den Aufstand der Arbeiterklasse sein würde, daß ihm gar nichts daran liege, und er würde heilfroh sein, wenn er nur irgendwie aus diesem Washington wegkäme, wo er sich um den Verstand saufe, dazu noch die Hitze und die Langeweile und die Kongreßberichte, wie satt er die Weiber habe, die nichts anderes von ihm wollten als Geld oder Vergnügungen oder einen Ehering oder irgendeinen oder den anderen verdammten Vorteil, und wie sehr es ihn beruhige, mit Janey zu reden, die so ganz anders sei. Es war zu heiß, sie verschoben das Autofahren auf später und gingen ins *Willard,* um etwas zu essen. Er wollte unbedingt ins *Willard* gehen; denn er habe, sagte er, die Taschen voller Geld und würde es sowieso ausgeben; Janey war sehr verschüchtert, weil sie noch nie in einem großen Hotel gewesen war, sie hatte das Gefühl, sie sei nicht genügend vornehm angezogen, und sie sagte zu ihm, sie habe Angst, ihn zu blamieren, und er lachte und sagte, das sei ja gar nicht möglich. Sie saßen in dem großen, langen vergoldeten Speisesaal, und Jerry sagte, das sehe hier aus wie ein Leichenschauhaus für Millionäre, der Kellner war sehr höflich, Janey konnte auf der großen Speisekarte nichts finden, was sie hätte essen wollen, und nahm einen Salat, Jerry veranlaßte sie, einen Gin-Fizz zu bestellen, weil das, wie er sagte, kühlend sei, und dann wurde ihr ganz wirr im Kopf, und sie wußte mit ihren Händen nichts anzufangen. Atemlos folgte sie seinen Worten, genauso, wie sie damals als kleines Mädchen hinter Joe und Alec zu der Straßenbahnremise getrottet war.

Nach dem Essen fuhren sie noch ein wenig spazieren. Jerry wurde ruhiger, sie aber war sehr befangen und wußte gar nicht, was sie sagen sollte. Sie fuhren ein Stück auf die Rhode Island Avenue hinaus und dann, am Veteranenheim vorbei, im Bogen wieder zurück. Nirgends konnte man Luft schnappen, die grellen Straßenlaternen, eine sah aus wie die andere, huschten zu beiden Seiten in monotoner Kette vorbei, und in ihrem Licht zuckten die Segmente schlaffer, reglos hangender Bäume hervor. Selbst draußen auf den Hügeln regte sich kein Lüftchen.

Auf den dunklen Straßen, dort, wo die Laternen aufhörten, war es besser. Janey verlor jeden Richtungssinn, sie lehnte sich zurück, ab und zu, wenn von einem Maisfeld oder einem Wäldchen her etwas Frische kam, atmete sie tief. An einer Stelle, wo eine leichte, sumpfige Feuchtigkeit fast kühl über die Straße wehte, ließ Jerry plötzlich den Wagen halten, beugte sich herüber und küßte sie. Ihr Herz begann sehr schnell zu klopfen. Sie wollte ihm sagen, bitte nicht, aber sie konnte nicht. »Ich wollte es nicht, aber ich kann mir nicht helfen«, flüsterte er. »Dieses Leben in Washington untergräbt die Willenskraft ... oder vielleicht bin ich in Sie verliebt, Janey. Ich weiß es nicht ... Wir wollen uns nach hinten setzen, dort ist es kühler.« Eine Schwäche stieg in ihr auf, von der Magengrube her. Als sie ausstieg, riß er sie in seine Arme. Sie ließ den Kopf auf seine Schulter sinken, ihre Lippen lagen an seinem Hals. Seine Arme lagen brennend heiß um ihre Schultern, sie fühlte durch sein Hemd hindurch seine Rippen. In einem Dunst von Tabak, Schnaps und Männerschweiß begann ihr Kopf sich zu drehen. Seine Beine preßten sich fester an die ihren. Sie riß sich los und stieg hinten in das Auto ein. Sie zitterte. Er war gleich wieder bei ihr. »Nein, nein«, sagte sie. Er setzte sich neben sie, den Arm um ihre Mitte. »Wir wollen eine Zigarette rauchen«, sagte er mit zittriger Stimme.

Nun hatte sie wenigstens etwas zu tun und fühlte sich nicht mehr so unterlegen. Die zwei körnigroten Enden der Zigaretten schimmerten eine neben der anderen.

»Haben Sie mich denn gern, Jerry?« – »Ich bin verrückt nach dir, Kleines.« – »Wollen Sie denn ...?« – »Dich heiraten? ... Warum zum Teufel nicht! Ich weiß nicht ...

Und wenn wir verlobt wären?« – »Sie wollen, daß ich Ihre Frau werde?« – »Wenn es Ihnen recht ist ... Aber verstehen Sie denn nicht, wie einem Menschen zumute ist – in so einer Nacht – dieser Sumpfgeruch ... Mein Gott, was würde ich darum geben, wenn ich dich haben könnte!«
Sie hatten ihre Zigaretten zu Ende geraucht. Lange Zeit saßen sie da, ohne ein Wort zu reden. Sie fühlte mit ihrem nackten Arm die Haare an seinem nackten Arm.
»Ich mache mir Sorgen um meinen Bruder Joe ... Er ist bei der Marine, Jerry, und ich habe Angst, daß er desertiert oder irgend so was ... Ich glaube, er würde Ihnen gefallen. Er ist ein wunderbarer Baseballspieler.«
»Wie kommst du auf ihn? Hast du etwa für mich ähnliche Gefühle? Liebe ist eine feine Sache, verdammt noch mal, weißt du denn nicht, daß das etwas ganz anderes ist, als was du für deinen Bruder fühlst?«
Er legte seine Hand auf ihr Knie. Sie fühlte, wie er sie im Dunkeln ansah. Dann beugte er sich zu ihr und küßte sie sehr zart. Das gefiel ihr so, seine Lippen zart an ihrem Mund. Sie küßte ihn. Sie fiel durch Jahrhunderte sumpfig schwüler Nacht. Seine heiße Brust lag auf ihren Brüsten, drückte sie hinab. Sie klammerte sich an ihn an, fallend durch Jahrhunderte sumpfig schwüler Nacht. Dann, ganz plötzlich, packte sie ein Ekelgefühl wie ein kalter Krampf, und sie rang nach Atem wie eine Ertrinkende. Seine Hand war unter ihrem Rücken, seine Hand tastete sich an ihrem Bein empor und zerrte an ihrer Unterwäsche. Sie begann sich zu wehren, sie zog das Bein hoch und stieß ihn heftig mit dem Knie in die Lende.
Er ließ sie los, stieg aus dem Auto aus. Sie hörte ihn im Dunkeln auf der Straße auf und ab gehen. Sie zitterte am ganzen Leibe, fast krank vor Schreck. Nach einer Weile stieg er ein, drehte das Licht an und fuhr los, ohne sie anzusehen. Er rauchte eine Zigarette, kleine Funken flogen von der Zigarette weg, während er fuhr.
An der Ecke M-Street unterhalb des Hauses der Williams' in Georgetown hielt er an, stieg aus und öffnete ihr die Tür. Sie stieg aus, wußte nicht, was sie sagen sollte, wagte nicht ihn anzusehen.

»Sie glauben wohl, ich sollte mich bei Ihnen entschuldigen, weil ich so ein Schwein war«, sagte er.
»Jerry, es tut mir sehr leid«, sagte sie.
»Der Schlag soll mich treffen, wenn ich mich entschuldige... Ich dachte, wir wären Freunde. Aber ich hätte ja wissen müssen, daß es in diesem Dreckloch nicht eine einzige Frau gibt, die ein bißchen was Menschliches in sich hat ... Sie glauben wohl, Sie müßten sich immer gleich nach den Hochzeitsglocken umschauen. Nur immer los. Das ist *Ihre* Angelegenheit. Ich kann mir da unten in der Straße bei jeder Negerhure holen, was ich brauche ... Gute Nacht.« Janey sagte kein Wort. Er fuhr ab.
Den ganzen August hindurch lag ihr Vater, mit Morphium vollgepumpt, sterbend im Spital von Georgetown. Die Zeitungen erschienen jeden Tag mit großen Schlagzeilen über den Krieg in Europa, Liège, Louvain, Mons. Bei Dreyfus und Carroll herrschte eine fiebrige Stimmung, große Prozesse um Munitionspatente waren im Gange. Man begann sich zuzuflüstern, daß der tadellose Mr. Dreyfus ein Agent der deutschen Regierung sei. Jerry kam eines Tages um die Mittagsstunde zu Janey und entschuldigte sich bei ihr, daß er damals in jener Nacht so roh gewesen sei; er habe jetzt eine Stellung als Kriegsberichterstatter und fahre in einer Woche an die Front. Sie aßen zusammen ein gutes Mittagessen. Er redete viel: Spione, britische Intrigen, Panslawismus, die Ermordung Jaurès' und die sozialistische Revolution, und er lachte unaufhörlich und sagte, die ganze Welt sei auf dem besten Weg zur Hölle. Sie fand ihn wunderbar und wollte ganz nebenbei erwähnen, daß sie ja miteinander verlobt seien, denn sie fühlte sich sehr zärtlich gelaunt und hatte Angst, er würde unter einer feindlichen Kugel fallen, plötzlich aber war es Zeit für sie, wieder ins Büro zu gehen, und keiner von ihnen hatte die Sache aufs Tapet gebracht. Er begleitete sie bis zum Riggs Building, sagte ihr Lebewohl, gab ihr dann vor allen Leuten einen herzhaften Kuß, versprach ihr, von New York aus zu schreiben, und lief davon. In diesem Augenblick kam Alice auf ihrem Weg zu Mrs. Robinson vorbei, und Janey erzählte

ihr plötzlich, daß sie mit Jerry Burnham verlobt sei, und er fahre als Kriegsberichterstatter nach Europa an die Front.
Als ihr Vater zu Anfang September starb, war das für alle eine große Erleichterung. Nur als sie vom Oak Hill-Friedhof zurückkamen, fielen ihr wieder alle die Wünsche ihrer Kinderjahre ein, und sie dachte an Alice, und alles kam ihr so unglückselig vor, daß sie es kaum ertragen konnte. Ihre Mutter war sehr still, hatte ganz rote Augen und sagte unaufhörlich, sie sei so froh, daß auch für sie noch ein Begräbnisplatz auf dem Oak Hill vorhanden sei. Sie hätte es ungern gesehen, wenn er auf irgendeinem anderen Friedhof wäre begraben worden. Der Oak Hill-Friedhof sei so schön, und alle wirklich feinen Leute von Georgetown lägen dort begraben.
Mit dem Gelde der Versicherung renovierte Mrs. Williams das Haus und setzte die zwei obersten Stockwerke instand, um sie an Untermieter zu vermieten. Das war die Gelegenheit, auf die Janey gewartet hatte, um sich eine eigene Wohnung anzuschaffen, und sie und Alice mieteten ein Zimmer in einem Haus an der Massachusetts Avenue in der Nähe der Carnegie-Bibliothek, ein Zimmer mit Küchenbenutzung. Sie meinten, daß es fürs erste zu teuer sein würde, bei Mrs. Jenks zu wohnen. So also, an einem Sonnabendnachmittag, telephonierte Janey von dem Drugstore aus nach einer Droschke und zog aus, neben sich auf dem Sitz ihre Reisetasche, ihren Koffer und einen Stapel gerahmter Bilder aus ihrem Zimmer. Die Bilder waren: Zwei Farbdrucke von Remington, Indianer darstellend, ein Gibson-Girl, eine Photographie des Schlachtschiffes *Connecticut* im Hafen von Villefranche, die Joe ihr geschickt hatte, und eine vergrößerte Photographie ihres Vaters, wie er in Uniform an dem Steuerrad eines imaginären Schiffes vor einem stürmischen Himmel steht; Steuerrad und Himmel hatte ein Photograph in Norfolk, Va., geliefert. Dann besaß sie noch zwei ungerahmte Farbdrucke von Maxfield Parrish, die sie erst kürzlich gekauft hatte, und ein eingerahmtes Amateurbild von Joe in der Tracht eines Baseballspielers. Das kleine Bildchen Alecs lag wohlverborgen unter ihren Sachen in der Reise-

tasche. Die Droschke roch muffig und rumpelte durch die Straßen. Es war ein rauher Herbsttag, die Rinnsteine waren voll dürren Laubes. Janey war ängstlich und aufgeregt, als sollte sie sich ganz allein auf eine lange Reise begeben.
In diesem Herbst las sie sehr viele Zeitungen und Magazine und den *Geliebten Vagabunden* von W. L. Locke. Sie begann die Deutschen zu hassen, die alles zerstörten, Kunst und Kultur, Zivilisation und Louvain. Sie wartete und wartete auf einen Brief von Jerry, aber es kam kein Brief.
Eines Nachmittags kam sie etwas später aus dem Büro, und da, im Vestibül neben dem Aufzug, stand Joe. »Hallo, Janey«, sagte er. »Hui, du siehst ja wie das Leben selber aus.« Sie war so froh, ihn wiederzusehen, daß sie kaum sprechen, daß sie nur ganz fest seinen Arm drücken konnte. »Bin eben abgelohnt worden ... Da dachte ich mir, es ist besser, ich besuche erst meine Leute, bevor ich das ganze Geld auf den Schädel haue ... Komm, ich führe dich aus und spendiere dir ein saftiges Essen, und dann gehen wir ins Theater, wenn du willst ...« Er war von der Sonne verbrannt, seine Schultern waren breiter als damals, da er fortgegangen war. Seine großen Hände und knorrigen Handgelenke ragten aus einem neuen Anzug hervor, der ihm um die Hüften zu eng war. Auch die Ärmel waren zu kurz.
»Warst du schon in Georgetown?« fragte sie.
»Ja.«
»Warst du oben auf dem Friedhof?«
»Muttchen wollte, daß ich hingehe, aber was hat denn das für einen Zweck.«
»Arme Mutter, sie ist darin so sentimental ...«
Sie gingen weiter. Joe sagte kein Wort. Es war ein heißer Tag, Staub wehte durch die Straße.
Janey sagte: »Lieber Joe, du mußt mir von deinen Abenteuern erzählen ... Du bist ja sicher in wunderbaren Gegenden gewesen. Großartig, wenn man einen Bruder bei der Marine hat.«
»Nur sachte mit der Marine, Janey, ja ... Ich will nichts mehr davon hören. Ich bin in Buenos Aires desertiert, verstehst du, und dann nach dem Fernen Osten gefahren, auf

einem Frachtdampfer, einem englischen Schiff ... Das ist auch ein Hundeleben, aber nichts kann so schlimm sein wie die Marine der USA.«

»Aber Joe.«

»Nun, die Sache ist halb so schlimm ...«

»Aber Joe, was ist denn passiert?«

»Du wirst keinem Menschen ein Wort davon sagen, ja, Janey? Siehst du, ich bin mit einem Unteroffizier aneinandergeraten, weil er mich gar zu sehr schikanieren wollte, der Hund. Ich gab ihm eins in die Fresse und richtete ihn recht übel zu, und da sah die Sache ziemlich schlimm für mich aus, so schlug ich mich einfach in die Büsche ... Das ist alles.«

»Oh, Joe, und ich hatte gehofft, du würdest Offizier werden.«

»Ein blauer Jung soll Offizier werden ... Gute Chancen.«

Sie führte ihn in das *Mabillion,* wo sie mit Jerry gewesen war. An der Tür blieb Joe stehen, warf einen kritischen Blick hinein. »Ist das das feinste Lokal, das du kennst, Janey? Ich habe einen Hunderter in der Tasche.« – »Oh, hier ist es ohnedies schrecklich teuer ... Ein französisches Restaurant. Und du sollst nicht dein ganzes Geld für mich ausgeben.« – »Für wen denn sonst, zum Teufel, soll ich es ausgeben?« Joe setzte sich an einen Tisch, und Janey ging Alice telephonieren, daß sie erst spät nach Hause kommen würde. Als sie wieder an den Tisch kam, zog Joe zwei kleine, in rot und grün gestreiftes Seidenpapier eingewickelte Paketchen aus der Tasche. »Oh, was ist denn das?« – »Mach doch mal auf, Janey ... Das gehört dir.« Sie öffnete die Paketchen. Es waren ein paar Spitzenkragen und ein gesticktes Tischtuch. »Die Spitzen sind irisch, und das andere ist aus Madeira ... Ich hatte auch eine chinesische Vase für dich, aber irgend so ein Scheiß ... Schuft hat sie mir geklaut.« – »Das ist schrecklich lieb von dir, daß du an mich gedacht hast ... Ich weiß es auch zu schätzen.« – Joe fummelte mit seinem Besteck umher. »Wir müssen uns auf die Beine machen, Janey, sonst kommen wir zu spät ins Theater ... Ich habe Karten für den *Garten Allahs.*«

Als sie aus dem *Belasco* auf den Lafayette Square hinauskamen, der kühl und still dalag mit einem Rascheln des Windes in den Bäumen, sagte Joe: »Ist ja gar nicht so viel dahinter, ich habe mal einen wirklichen Sandsturm gesehn«, und Janey hatte ein peinliches Gefühl um ihren Bruder, daß er so roh und so ungebildet war. Sie war sich bei dem Stück wie ein kleines Mädchen vorgekommen, wie das kleine Mädchen von ehemals, voll unruhiger Sehnsucht nach fremden Ländern, und ein Geruch nach Weihrauch, und schwarze Augen, und Fürsten im Frack, die eine Handvoll Geld auf den Spieltisch von Monte Carlo werfen, und Mönche, und der geheimnisvolle Osten. Wenn Joe nur ein wenig gebildeter wäre, dann hätte er alle die interessanten Häfen, in die er gekommen war, richtig würdigen können. Auf den Stufen des Hauses in der Massachusetts Avenue verließ er sie. »Wo wirst du denn wohnen, Joe?« fragte sie. – »Ich glaube, ich schiebe wieder nach New York zurück und suche mir eine Heuer ... Seit dieser Krieg im Gang ist, verdient man als Matrose recht gutes Geld.« – »Du meinst noch heute nacht?« Er nickte. »Wenn ich nur ein Bett für dich hätte, aber das geht nicht recht, wegen Alice.« – »Nee, nee, ich habe gar keine Lust, in diesem Drecknest herumzuhocken ... Bin bloß gekommen, um dir guten Tag zu sagen.«

»Nun, gute Nacht, Joe, vergiß nicht zu schreiben.«

»Gute Nacht, Janey, ich schreibe ganz bestimmt.«

Sie sah ihm nach, wie er die Straße entlanglief, bis er im Schatten der Bäume ihren Blicken entschwunden war. Es war ihr recht traurig zumute, als sie ihn so ganz allein durch die dunkle Straße gehen sah. Er hatte nicht ganz den schaukelnden Gang eines Seemannes, sondern er sah wie ein richtiger Arbeiter aus. Sie seufzte und ging ins Haus. Alice war noch wach. Sie zeigte Alice die Spitze, sie probierten die Kragen an und waren beide der Meinung, daß die Sachen sehr hübsch und ziemlich wertvoll seien.

Janey und Alice amüsierten sich in diesem Winter sehr gut. Sie fingen an, Zigaretten zu rauchen, und am Sonnabendnachmittag luden sie ihre Freunde zum Tee. Sie lasen Romane von Arnold Bennett und hielten sich für richtige Garçonnes. Sie lernten Bridge spielen und verkürzten ihre Röcke.

Zu Weihnachten bekam Janey bei Dreyfus und Carroll eine Gratifikation von hundert Dollar und eine Gehaltserhöhung auf zwanzig Dollar die Woche. Nun erklärte sie, Alice sei eine alte Hockerin, daß sie noch immer bei Mrs. Robinson bleibe. Sie für ihre Person wolle Karriere machen. Sie fürchtete sich nicht mehr vor den Männern, scherzte mit den jungen Angestellten im Lift über Dinge, bei denen sie noch vor einem Jahr errötet wäre. Wenn Johnny Edwards oder Morris Byer abends mit ihr ins Kino ging, wurde sie nicht böse, wenn er den Arm um ihre Schulter legte oder sie ein- bis zweimal küßte, während sie in ihrem Täschchen nach dem Hausschlüssel suchte. Sie verstand es sehr gut, einen Burschen, wenn er allzu intim werden wollte, beim Handgelenk zu packen und seine Hand wegzustoßen, ohne erst eine Szene zu machen. Sooft Alice warnend bemerkte, daß die Männer nur einen Gedanken im Kopfe hätten, lachte sie und sagte: »Oh, die sind gar nicht so schlau.« Sie machte die Entdeckung, daß ein paar Tropfen Wasserstoffsuperoxyd im Waschwasser ihre Haare blonder färbten und ihnen den mausgrauen Ton nahmen. Manchmal, wenn sie sich des Abends zum Ausgehen fertigmachte, nahm sie mit dem kleinen Finger etwas Rouge und verrieb es sehr sorgfältig auf den Lippen.

Das Kamera-Auge 15

In der Mündung des Schuylkill kam Mr. Pierce an Bord sechsundneunzig Jahre alt und gesund wie ein Dollar *Er* war zu der Zeit als *Er* eingezogen wurde Laufbusche in Mr. Pierces Büro gewesen und *Er* hatte die Schlacht bei Antietam versäumt weil *Er* so schlimm die Ruhr hatte und Mr. Pierces Tochter Mrs. Black nannte *Ihn* Jack und rauchte kleine braune Zigaretten wir spielten *Fra Diavolo* auf dem Grammophon und alle waren sehr lustig Mr. Pierce zupfte an seinem Backenbart und trank einen Toddy und Mrs. Black zündete sich eine Zigarette nach der anderen an und sie redeten von der guten alten Zeit und wie *Sein* Vater aus *Ihm* einen Priester machen wollte und *Seine* arme Mutter so viel Mühe hatte für ihre gefräßigen Jungen das Essen herbeizuschaffen und daß *Sein* Vater ein sehr schweigsamer Mann gewesen war und meistens portugiesisch geredet hatte und wenn ihm eine Speise nicht richtig nach seinem Geschmack gekocht war packte er sie und schmiß sie zum Fenster hinaus und *Er* wollte zur See gehen studierte Jus an der Universität und praktizierte in Mr. Pierces Kanzlei und er sang
Wenn über die Wogen das Fahrzeug schlüpft, oh, wie ihm da das Herze hüpft ...
und *Er* mischte sich einen Toddy und Mr. Pierce zupfte an seinem Backenbart und alle waren sehr lustig und sie sprachen über den Schoner *Mary Wentworth* und wie Oberst Todgeson und Vater Murphy das muntere Glas mit so scharfen Blicken betrachteten
und *Er* mischte einen Toddy und Mr. Pierce zupfte an seinem Backenbart und Mrs. Black rauchte die kleinen braunen Zigaretten eine nach der anderen und alle waren sehr lustig während das Grammophon *Fra Diavolo* spielte und der Hafengeruch und die Fährboote und der Delaware lauter silberne kleine Wellen

Dort drüben war früher alles Sumpf wir pflegten dort auf die Entenjagd zu gehen und er sang *Vittoria* zum Grammophon ...
und Vater Murphy bekam einen schrecklichen Anfall von Gicht und mußte auf einem Fensterladen weggetragen werden und Mr. Pierce sechsundneunzig Jahre alt und gesund wie ein Dollar nahm einen Schluck Toddy und zupfte an seinem Backenbart kleine silberne Wellen der Hafengeruch kam auf dem frischen Winde herbei Rauch von den Schiffswerften in Camden ein Zitronen-Korn-Zuckergeruch aus den Toddygläsern
und alle waren sehr lustig

Weltwochenschau XII

griechen flüchten vor der blauen Polizei
reisender im schlafwagen mit vorgehaltenem revolver aus dem schlaf geweckt

Lauf, mein Flüßchen, lauf,
Lauf zum Meere nieder,
Bring mir, mein heller Fluß,
Meine Liebste wieder

KÄMPFE IN TORREON

Negeraufstand auf Kuba
nach meiner letzten Wahlkampagne, schreibt Champ Clark, Missouris hervorragendes Kongreßmitglied, war ich vor Überarbeit, nervöser Anspannung, Mangel an Schlaf und Appetit und dem ewigen Sprechen fast völlig zusammengebrochen, aber drei Flaschen *Electric Bitter* brachten mich wieder auf die Beine
Roosevelt zum Führer der neuen Partei gewählt
neue lebenskraft durch *electric bitter*

Clark würgt Bryan ab unterstützt Parker

Treu, Liebste, treu,
Ich will mich sehr bemühn, dir treu zu sein,
Doch laß dir sagen,
Es ist ein sehr, sehr, sehr, sehr, sehr, sehr weiter Weg
Von den Ufern der Seine

Richardson wurde zum Tode durch den elektrischen Stuhl verurteilt, weil er seinem eigenen Geständnis zufolge seine frühere Geliebte, die neunzehnjährige Avis Linnell aus

Hyannis, Schülerin am New England-Konservatorium in Boston, ermordet hatte
Der Pfarrer wollte eine reiche Erbin aus Brookline, eine Dame der besten Gesellschaft, heiraten, und das junge Mädchen stand ihm dabei im Wege. Erstens deshalb, weil sie noch miteinander verlobt waren, und zweitens wegen der Umstände, in denen Miss Linnell sich befand
Das junge Mädchen ließ sich von Richardson ein Medikament aufschwatzen, das ihren Zustand beseitigen sollte, in Wirklichkeit aber ein tödliches Gift enthielt, und starb in ihrem Zimmer im Christlichen Jungmädchenheim

ROOSEVELT ERZÄHLT ZUM ERSTENMAL WIE DIE USA PANAMA BEKOMMEN HABEN

100000 Menschen, die keinen Einlaß mehr fanden, standen draußen und brüllten jedesmal mit, wenn drinnen
um die Mittagszeit erklärte der Gouverneur, er habe heute noch keine direkte Nachricht von Bryan. »Wenn es in diesem Tempo weitergeht«, sagte Wilson, »nachdem ich die Ergebnisse aus dem fünfzehnten Stimmbezirk gelesen habe, glaube ich, daß ich noch ungefähr 175 Stimmbezirke brauchen werde, um Sieger zu bleiben.«
Rothaariger junger Mann gesteht daß die Geschichten von leichtverdientem Geld ihn zum Verbrecher gemacht haben
das Interesse an dem Prozeß steigerte sich noch, als am 20. Dezember bekannt wurde, der frühere Pfarrer habe sich in seiner Zelle im Charles-Street-Gefängnis selbst verstümmelt

NACH ERREICHUNG DES SÜDPOLS GESTORBEN

Fünf Mann tot

DIAZ RICHTET SCHWERES GESCHÜTZ AUF DAS GESCHÄFTSVIERTEL

Es ist ein sehr, sehr, sehr, sehr, sehr, sehr weiter Weg
Von den Ufern der Seine
Für ein Mädel, diesen weiten Weg zu gehn,
Bis an die Ufer des
Saskatchewan

DER JUNGE REDNER VOM PLATTE

Es war auf dem Kongreß in Chicago im Jahre 1896,
daß der preisgekrönte junge Redner, der Pfarrerssohn,
dessen Lippen nie einen Tropfen Alkohol gekostet hatten,
seine Silberstimme ertönen ließ, so daß sie den Riesensaal erfüllte,
und erfüllte die Ohren des einfachen Volks:

Herr Vorsitzender und Sie, meine Herren aus der Versammlung:
Es wäre anmaßend von mir, mich aufzulehnen gegen
die hervorragenden Gentlemen, die Sie soeben gehört haben,
wenn es sich hier nur darum handeln würde, Fähigkeiten im Wettkampf zu messen; aber hier ist kein Kampf zwischen Personen.
Der bescheidenste Bürger im ganzen Lande,
wenn er die Rüstung einer gerechten Sache trägt,
ist er stärker als all die Heerscharen des Irrtums.
Ich spreche zu Ihnen als Verteidiger einer Sache, die so heilig ist wie die Sache der Freiheit ...

Ein jüngerer Mensch mit einem großen Mund und einer weißen Krawatte,
Schmierenkomödiant, Mahnredner, Wanderprediger,
seine Stimme bezauberte die von Hypotheken geplagten Farmer der großen Ebenen, sang durch die bretterwandigen Schulhäuser im Tal des Missouri, klang süß in die Ohren der kleinen Ladenbesitzer, die nach billigem Kredit hungerten, brachte das Herz der Menschen zum Schmelzen wie das Lied einer Drossel oder eines Spottvogels in der stillen, grauen Stunde vor Sonnenaufgang oder wie ein jähes Steigen der Preise für Winterweizen oder wie der Zapfenstreich auf dem Horn und die flatternde Fahne.
Silberzunge des einfachen Volks:

Der Mann, der gegen Lohn arbeitet, ist ebenso ein Mann der Wirtschaft
wie sein Arbeitgeber;
der kleine Advokat in einem Landstädtchen ist ebenso ein Mann der Wirtschaft
wie der Trustanwalt in einer großen Metropole;
der Krämer in einem Dorfladen ist ebensosehr ein Mann der Wirtschaft
wie der große Kaufmann in New York;
der Farmer, der des Morgens an die Arbeit geht und den ganzen Tag sich müht,
der im Frühling beginnt und sich den ganzen Sommer durch müht
und der durch die Anwendung von Muskeln und Hirn auf die Naturkräfte des Landes Reichtum schafft, ist ebensosehr ein Mann der Wirtschaft
wie der Mann, der an die Getreidebörse geht und mit den Weizenpreisen spekuliert;
die Bergleute, die dreihundert Meter tief in die
Erde steigen
oder dreihundert Meter hoch in die
Felsen klettern und aus ihrem Versteck
die kostbaren Metalle holen, daß sie in die
Kanäle des Handels fließen,
sind ebensosehr Männer der Wirtschaft
wie die paar Finanzmagnaten,
die in einem Hinterzimmer
der ganzen Welt das Geld
verteuern.

Der Angestellte und der kleine Advokat richteten sich auf und lauschten,
Das waren große Worte für den Farmer, der seine Ernte verpfändet hatte, um Dünger zu kaufen,
große Worte für den Eisenwarenhändler aus der Kleinstadt, für den Schnittwarenhändler, für den Futter- und Getreidehändler, für den Leichenbestatter und Gemüsegärtner.

Da wir hinter uns haben
die produzierenden Massen
dieses Landes und der ganzen Welt,
gestützt auf die Interessen des Handels, die Interessen der
Arbeiter und aller Werktätigen,
wollen wir
ihre Forderung
nach einer Goldwährung
damit beantworten,
daß wir ihnen sagen:
Ihr sollt nicht diese Dornenkrone auf die Stirne der Arbeit drücken,
ihr sollt nicht die Menschheit an einem goldenen Kreuz kreuzigen.

Sie brüllten sich die Kehlen wund,

Dornenkrone und goldenes Kreuz,

sie trugen ihn auf ihren Schultern durch den Saal, umarmten ihn, liebten ihn, tauften ihre Kinder nach ihm, stellten ihn als Kandidaten für die Präsidentschaft auf.
Junger Redner vom Platte,
Silberzunge des einfachen Volks.

Aber McArthur und Forrest, zwei Schotten vom *Rand,* hatten das Zyanidverfahren für die Goldgewinnung aus dem Erz erfunden, Südafrika überflutete den Goldmarkt, es war kein Bedürfnis da nach einem Propheten des Silbers.
Die Silberzunge sang weiter aus dem großen Munde, sang Pazifismus, Alkoholverbot, Orthodoxie,
knabberte Radieschen auf der Rednertribüne,
trank Traubensaft mit Wasser,
schlang im Weizengürtel die derbe Mahlzeit der Farmer hinunter; Bryan ergraute in der heißen Luft
der Versammlungszelte, unter dem Applaus, dem Händeschütteln, dem Schulterklopfen in dem Zigarrenrauch der Ausschußzimmer auf den demokratischen Kongressen, eine Silberzunge in einem großen Mund.

In Dayton träumte er davon, die Sache noch einmal zu

schmeißen, die Uhren für das einfache Volk zurückzustellen, den Darwinismus und die gottlosen Ansichten des gelehrten Stadtvolks, der bärtigen Ausländer
mit ihrer Affenmoral
brandmarkend, geißelnd und verhöhnend.

In Florida hatte er Tag für Tag um die Mittagsstunde auf einem Floß unter einem Sonnendach Reden gehalten, um Grundstücke für Coral Gables zu verkaufen ... er mußte reden, um die Stille zu fühlen, die plötzlich alle murmelnden Stimmen verstummen läßt, um das gespannte, beifällige Lauschen zu hören, den Sturm des Händeklatschens.

Warum nicht abermals der Länge und Breite nach das Land durchziehen, um das wankende Wort wiederaufzurichten für das einfache Volk, welches das einfache Wort Gottes hören will?

Dornenkrone und goldenes Kreuz.

Das einfache, prosperierende, komfortable Wort Gottes für einfache, prosperierende, komfortable Leute aus dem Mittelwesten?

Er war ein großer Esser. Es war heiß. Er starb am Schlag
Drei Tage später lieferte drunten in Florida
die Gesellschaft das elektrische Pferd,
das er bestellt hatte, um darauf zu üben,
nachdem er das elektrische Pferd gesehen hatte,
auf dem der Präsident im Weißen Haus
zu üben pflegte.

Das Kamera-Auge 16

Auf der Fahrt von Delaware City durch den Kanal war es heiß wie in einem Backofen Schildkröten die sich sonnen wollten purzelten rasch in das dicke ockergelbe Wellengekabbel das wir im Fahren hinter uns ließen *Er* war sehr lustig und *Sie* fühlte sich endlich einmal wohl und *Er* machte uns einen Punsch aus Tee Pfefferminz und ein wenig Jamaikarum es war höllisch heiß wir sahen scharlachrote Tanagras und rotgeflügelte Amseln und Königsfischer sie schnatterten zornig als die gelbe Woge unter dem weißen Bug raschelnd in das Schilfgras in die Binsen in die Farne rauschte *Er* sprach über die Justizreform was für Leute die Politiker seien wo denn die Tüchtigen Männer in diesem Lande steckten und *Er* sagte
nun ich zum Beispiel mit meiner Denkweise ich könnte nicht einmal in dem kleinen Staatsbezirk öffentlicher Notar werden
nicht für alles Gold von der Welt

J. WARD MOOREHOUSE

Er wurde am vierten Juli in Wilmington in Delaware geboren. Während die arme Mrs. Moorehouse in ihren Wehen lag, knallten und zischten draußen vor dem Krankenhaus die Schwärmer. Und als sie ein wenig zu sich kam und man ihr das Baby brachte, da fragte sie die Krankenpflegerin mit zitternder, heiser flüsternder Stimme, ob das ihrer Meinung nach eine schlechte Wirkung auf das Baby haben könnte, all dieser Lärm, Einflüsse vor der Geburt, Sie wissen ja. Die Pflegerin sagte, der kleine Knabe würde sicherlich ein sehr patriotischer Mann und wahrscheinlich sogar Präsident von Amerika werden, weil er an dem ruhmreichen Vierten Juli zur Welt gekommen war, und dann erzählte sie eine lange Geschichte von einer Frau, die einen furchtbaren Schreck erlitten hatte, weil ihr, gerade bevor das Kind zur Welt kam, ein Bettler ganz plötzlich die Hand unter die Nase hielt, und das Kind wurde dann mit sechs Fingern geboren, aber Mrs. Moorehouse war zu schwach, um zuzuhören, und schlief ein. Später dann kam Mr. Moorehouse auf dem Heimweg von seiner Arbeitsstätte, dem Bahnhof, er war Schalterbeamter, ins Krankenhaus, und sie beschlossen, das Kind John Ward zu taufen, John Ward, nach Mrs. Moorehouses Vater, der Farmer in Iowa und ziemlich wohlhabend war. Dann begab sich Mr. Moorehouse in Healys Kneipe, um sich dort vollzusaufen, weil er Vater geworden war und weil es der ruhmreiche Vierte Juli war, und Mrs. Moorehouse schlief wieder ein.

Johnny wuchs in Wilmington auf. Er hatte zwei Brüder, Ben und Ed, und drei Schwestern, Myrtle, Edith und Hazel, aber alle Leute sagten, er sei nicht nur der Älteste in der Familie, sondern auch der Klügste. Ben und Ed waren stärker und größer als er, aber er war der Murmelchampion der Volksschule, und eines Tages erwarb er sich beträchtlichen Ruhm durch einen Corner in Achatkugeln, den er gemeinsam mit einem kleinen Judenjungen namens Ike Goldberg arrangierte; dabei gelang es ihnen, an die anderen Jungen Achatkugeln zu verleihen und dafür einen Cent pro Woche und zehn Stück zu nehmen. Als der spanische Krieg kam, war in Wilmington alle Welt von kriegerischer Begeisterung erfüllt, alle Jungen quälten ihre Eltern, daß sie ihnen Texasreiterhosen kauften, und sie spielten Flibustier und Krieg gegen Pawnees und Oberst Roosevelt und *Vergiß nicht das Karibische Meer und die Weiße Flotte und die Oregon,* die durch die Magalhãesstraße dampft. Eines Abends im Sommer war Johnny unten am Pier, da sichtet eine Abteilung der Staatsmiliz das Geschwader des Admirals Comara, wie es in Schlachtgliederung zwischen den Delaware-Caps hindurchfuhr, und eröffnete alsogleich das Feuer auf einen alten Neger, der draußen auf dem Fluß Krabben fischte. Johnny lief wie ein Held nach Haus, Mrs. Moorehouse packte ihre sechs Kinder zusammen, zwei davon schob sie in einem Kinderwagen, und die anderen schleppte sie hinter sich her, und so eilte sie zum Bahnhof, um ihren Gatten zu suchen. Gerade als sie beschlossen hatten, den nächsten Zug nach Philadelphia zu besteigen, kam die Nachricht, daß das ganze Geschwader bloß aus ein paar Fischerbooten bestanden habe und daß die Milizleute wegen Volltrunkenheit in ihre Baracken eingesperrt worden seien. Nachdem der alte Neger seine letzte Krabbenschnur eingezogen hatte, ruderte er ans Ufer zurück und zeigte seinen Freundchen mehrere splitterige Kugellöcher in der Bordwand seines Kahns.

Aus der Schlußprüfung ging Johnny als Führer des Debattierzirkels und Klassenredner hervor; ferner hatte er mit einem Essay, betitelt *Roosevelt, der Mann der Stunde,* ein Preisausschreiben für englischen Aufsatz gewonnen; und da hatte nun jedermann das Gefühl, daß er eigentlich die Universität besuchen müßte. Aber sein Vater erklärte kopfschüttelnd, die finanzielle Situation der Familie sei nicht allzu glänzend, die arme Mrs. Moorehouse, die seit der Geburt ihres letzten Kindes kränkelte, lag im Krankenhaus, um sich operieren zu lassen, und würde noch einige Zeit dort bleiben müssen. Die kleineren Kinder hatten das ganze Jahr hindurch Masern, Keuchhusten, Scharlach, Ziegenpeter. Die Tilgungsrate für das Haus war fällig, und Mr. Moorehouse hatte dieses Neujahr die erwartete Gehaltserhöhung nicht bekommen. Statt also als Hilfsexpedient auf dem Güterbahnhof beschäftigt zu werden oder so wie bisher im Sommer unten bei Dover Pfirsiche zu pflücken, reiste Johnny als Agent einer Buchvertriebsfirma durch Delaware, Maryland und Pennsylvania. Im September erhielt er von seiner Firma ein Glückwunschschreiben, in dem gesagt war, er sei ihr erster Agent, der es jemals fertiggebracht habe, hundert komplette Exemplare von Bryants *Geschichte der Vereinigten Staaten* zu verkaufen. Mit diesem Zeugnis fuhr er nach Westphiladelphia und bewarb sich um ein Stipendium an der Universität. Er bekam das Stipendium, bestand die Examen und immatrikulierte sich an der naturwissenschaftlichen Fakultät. Während des ersten Semesters fuhr er von Wilmington herüber, um die Miete zu sparen. Am Sonnabend und Sonntag sammelte er Subskriptionen für *Stoddards Vorlesungen* und verdiente damit ein wenig Geld. Alles wäre recht gut gegangen, wenn nicht sein Vater an einem Januarmorgen auf der Bahnhofstreppe ausgerutscht wäre und sich den Hüftknochen gebrochen hätte; Johnny hatte gerade das dritte Semester hinter sich. Moorehouse wurde ins Krankenhaus gebracht, eine Komplikation nach der anderen trat ein. Ein kleiner Winkeladvokat, der Vater jenes selben Ike Goldberg, besuchte Moorehouse, der mit hochgehißtem und geschientem Beine dalag, und bewog ihn, auf Grund des Gesetzes über die Haftpflicht des Unternehmers die Eisenbahn auf hunderttausend Dollar zu verklagen. Die Anwälte der Eisenbahngesellschaft schafften Zeugen herbei und bewiesen, daß Moorehouse an jenem Tage betrunken gewesen sei; der Arzt, der ihn untersucht hatte, erklärte als Zeuge, man habe Moorehouse angemerkt, daß er an jenem Morgen vor dem Unfall Alkohol zu sich genommen habe; und so verließ er um die Mitte des Sommers auf Krücken humpelnd das Krankenhaus, stellungslos und ohne einen Heller Entschädigung. Damit war Johnnys Universitätsstudium zu Ende, und in seinem Herzen blieb ein ewiges Gefühl der Erbitterung gegen das Trinken und gegen seinen Vater zurück.

Mrs. Moorehouse mußte an ihren Vater schreiben und eine kleine Unterstützung von ihm verlangen, um das Haus zu retten, aber seine Antwort dauerte so lange, daß die Bank die Schuld für verfallen erklärte, bevor die Antwort kam, und sie würde ohnedies nicht viel genützt haben, denn es waren nur hundert Dollar in Zehndollarscheinen in einem eingeschriebenen Brief, ungefähr die Kosten des Umzugs in ein Vierfamilienhaus neben dem Frachtbahnhof der Pennsylvania. Ben verließ die höhere Schule und bekam einen Posten als Hilfsexpedient bei der Eisenbahn, Johnny verzichtete widerwillig auf die Hoffnung, Doktor der Naturwissenschaften zu werden, und trat in das Büro der *Grundstücksagentur Hillyard & Miller* ein. Myrtle und ihre Mutter buken des Abends Pasteten und Rosinenkuchen, die sie auf den Hausfrauenbasar schickten, und Mr. Moorehouse saß in einem Krankenstuhl im Vorderzimmer und verfluchte alle Winkeladvokaten, alle Gerichte und alle Pennsylvania-Eisenbahnen.

Das war ein schlimmes Jahr für Johnny Moorehouse. Er war zwanzig, und er rauchte und trank nicht und hielt sich rein für das reizende Mädchen, das er heiraten würde, ein Mädchen in rosarotem Musselin mit goldenen Löckchen und einem Sonnenschirm. Er saß in dem muffigen kleinen Büro von Hillyard & Miller, registrierte freie Wohnungen, möblierte Zimmer, Mietsgesuche, günstige Grundstücksangebote und dachte dabei an den Burenkrieg, an das *Tätige Leben* und an die Chancen eines Goldsuchers. Von seinem Schreibtisch aus sah er durch eine schmierige Fensterscheibe ein Stück Straße, ein Holzhaus und ein paar Ulmen. Vor dem Fenster stand im Sommer eine kegelförmige, aus Drahtnetz geflochtene Fliegenfalle, in der die gefangenen Fliegen surrten, und im Winter ein kleiner, offener Gasofen, der ein ganz eigenartiges, leises Pfeifen von sich gab. Hinter ihm, hinter einer Scheidewand aus Milchglas, die nicht bis ganz an die Decke reichte, saßen an einem Doppelschreibtisch Mr. Hillyard und Mr. Miller, rauchten Zigarren und fummelten mit ihren Papieren umher. Mr. Hillyard war ein blasser Mensch, hatte etwas zu lange schwarze Haare; er war gerade auf dem besten Wege gewesen, sich als Strafverteidiger einen Ruf zu machen, als er, zufolge irgendeines Skandals, der nie erwähnt wurde, da man in Wilmington allgemein der Meinung war, daß er durch seine Lebensweise alle Schuld wiedergutgemacht habe, von der Anwaltsliste gestrichen wurde. Mr. Miller war ein kleiner Mann mit rundlichem Gesicht, er wohnte bei seiner alten Mutter und war gezwungenermaßen Grundstücksagent geworden, da sein Vater bei seinem Tode ihm nichts anderes zum Leben hinterlassen hatte als eine Reihe von Bauplätzen in verschiedenen Teilen Wilmingtons und draußen vor Philadelphia. Johnnys Arbeit bestand darin, in dem vorderen Büroraum zu sitzen, voraussichtliche Käufer höflich zu empfangen, die Besitztitel zu registrieren, sich um die Inserate zu kümmern, die Briefe der Firma zu tippen, die Papierkörbe und die Fliegenfänger mit den toten Fliegen auszuleeren, Kunden die Wohnungen, Häuser und Bauplätze zu zeigen und sich ganz allgemein nützlich und angenehm zu machen. Erst bei dieser Tätigkeit entdeckte er, daß er zwei helle, blaue Augen und ein gewinnend knabenhaftes Lächeln hatte, das den Leuten gefiel. Alte Damen, die nach einem Hause suchten, pflegten ausdrücklich zu verlangen, daß dieser nette, junge Mann sie umherführe, und Geschäftsleute, die einen Sprung hereinmachten, um mit Mr. Hillyard oder mit Mr. Miller zu plaudern, nickten und machten ein schlaues Gesicht und sagten: Aufgeweckter Junge das. Er verdiente acht Dollar die Woche.

Neben dem *Tätigen Leben* und dem reizenden Mädchen, das sich in ihn verlieben sollte, gab es noch ein Drittes, das Johnny Moorehouses Denken beschäftigte, wenn er so an seinem Schreibtisch saß und hübsche Fünf- und Siebenzimmerhäuser registrierte, Salon, Eßzimmer, Küche und Speisekammer, drei Schlafzimmer mit Bad für die Herrschaft, Mädchenzimmer, Wasser, elektrisches Licht, Gas, gesunde Lage auf trockenem Boden in ausschließlicher

Wohngegend: Er hätte so gern Schlagerlieder komponiert. Er hatte eine hübsche Tenorstimme und konnte *Backbordwache Ahoi* oder *Ich träumte, ich wohnte in Marmorsälen* oder *Traurig wandle ich durch Freuden und Paläste* recht anständig vortragen. Sonntags nahm er Musikstunden bei Miss O'Higgins, einer verrunzelten, unverheirateten kleinen Irin von ungefähr fünfunddreißig Jahren, die ihm die Elemente des Klavierspiels beibrachte und voller Entzücken seinen Originalkompositionen lauschte, die sie für ihn auf Notenpapier niederschrieb; das Papier war immer schon fertig liniert, wenn er kam. Ein Lied, das so begann:

O zeig mir das Land, wo der Pfirsich blüht
Und das Mägdelein schön in Liebe erglüht,
O Delaware ...

hielt sie für gut genug, um es nach Philadelphia an einen Musikverlag zu schicken, aber es kam zurück, ebenso wie seine nächste Komposition, bei der Miss O'Higgins – er sagte jetzt schon Marie zu ihr, und sie erklärte, sie könne von ihm kein Geld für die Stunden nehmen, zumindest nicht eher, als bis er reich sein und sich einen Namen gemacht haben würde –, bei der Marie zu weinen anfing und sagte, das sei so schön wie von McDowell; das Lied begann so:

Durch Pfirsichblüten wälzt sich ans Meer
Des Delaware silberne Pracht,
Und machen mir Sorgen das Herze schwer,
Dann flüstr' ich, mein Lieb, gute Nacht.

Miss O'Higgins hatte ein kleines Empfangszimmer mit vergoldeten Stühlen, in diesem Zimmer gab sie ihre Musikstunden. Es war dicht verhängt mit schweren Spitzenvorhängen und mit lachsfarbenen Brokatportieren, die sie bei einer Auktion gekauft hatte. In der Mitte stand ein schwarzer Walnußtisch, hoch beladen mit abgegriffenen schwarzen Lederalben. Am Sonntagnachmittag, nach beendeter Lektion, schleppte sie Tee herbei und Kuchen und geröstetes Zimtbrot, und Johnny lümmelte sich in den Roßhaarlehnstuhl, der sommers und winters mit einer geblümten Decke zugedeckt sein mußte, weil er so abgeschabt war, und seine Augen waren so blau, er erzählte von seinen großen Plänen und Wünschen und riß Witze über Hillyard & Miller, und sie erzählte ihm Anekdoten von großen Komponisten. Ihre Wangen wurden rot, sie kam sich fast hübsch vor, und sie hatte das Gefühl, daß der Altersunterschied schließlich gar nicht so groß sei. Sie ernährte durch ihre Musikstunden eine kranke Mutter und einen Vater, der in seinen jüngeren Jahren ein bekannter Bariton und Patriot in Dublin gewesen, dann aber dem Suff und der Verzweiflung verfallen war; und sie war bis über die Ohren in Johnny Moorehouse verliebt.

Johnny Moorehouse arbeitete weiter bei Hillyard & Miller, saß in dem muffigen Büro, schäumte vor Wut, wenn er nichts zu tun hatte, manchmal glaubte er, er müsse verrückt werden und Amok laufen und jemanden umbringen, schickte Lieder an die Musikverleger, die sie ihm prompt zurückschickten, las das Magazin *Erfolg,* erfüllt von krankhaftem Zukunftssehnen: weit weg von Wilmington, weit weg von seinem brummenden und Pfeife rauchenden Vater, weit weg von dem Lärm, den seine kleinen Geschwister machten, weit weg von dem Geruch nach Kohl und Büchsenfleisch, weit weg von der verrunzelten, gebeugten Gestalt seiner Mutter und ihren abgearbeiteten Händen.

Eines Tages aber wurde er nach Ocean City in Maryland geschickt, um einige Grundstücke zu inspizieren, die bei der Firma registriert waren. Mr. Hillyard wäre selbst hingefahren, aber er hatte einen Furunkel am Hals. Er gab Johnny die Rückfahrkarte und zehn Dollar für die Reise.

Es war ein heißer Julinachmittag. Johnny lief nach Haus, um seinen Koffer zu holen und sich umzuziehen, und er erwischte gerade noch den Zug. Heiße, stickige Fahrt durch Pfirsichgärten und Kiefernheiden unter einem lodernden, schiefergrauen Himmel, dessen grelles Licht von den Sandfurchen in struppigen Maisfeldern, von den weißgetünchten Baracken und den langen Streifen Sumpfwassers grell zurückgeschleudert wurde. Johnny hatte das Jackett seines grauen Flanellanzuges neben sich auf die Bank gelegt, sauber gefaltet, damit es sich nicht verknülle, und obendrauf seinen Kragen und seine Krawatte, damit sie frisch sein würden, wenn er sie wieder anzog; und da bemerkte er plötzlich auf der anderen Seite des Ganges eine schwarzäugige junge Dame in einem rosaroten Rüschenkleid und einem breiten, weißen Florentinerhut. Sie war beträchtlich älter als er und sah aus wie eine jener elegant gekleideten Damen, die man eher in einem Salonwagen findet als in einem gewöhnlichen Waggon. Aber Johnny überlegte sich, daß dieser Zug keinen Salonwagen hatte. Sobald er wegschaute, merkte er, daß sie ihn ansah. Er zog sich den Kragen, die Krawatte und das Jackett wieder an und zermarterte sich den Kopf, auf welche Weise er mit ihr ins Gespräch kommen könnte. Er hatte das Gefühl, daß er mit ihr sprechen müsse.

Der Nachmittagshimmel bewölkte sich, es fing zu regnen an, große Tropfen, so groß wie Silberdollars, klatschten gegen die Waggonfenster. Die junge Dame in dem rosaroten Rüschenkleid bemühte sich krampfhaft, das Fenster zuzumachen. Er eilte ihr zu Hilfe. »Gestatten Sie«, sagte er. – »Danke sehr.« Sie blickte auf und lächelte ihm in die Augen: »Oh, es ist so schmutzig in diesem abscheulichen Zug.« Sie zeigte ihm ihre weißen Handschuhe, die waren von den Fensterriegeln beschmiert. Und dann setzte er sich wieder an die äußerste Kante seiner Bank. Sie wandte ihm das Gesicht zu. Es war ein unregelmäßiges, braunes Gesicht mit häßlichen Falten von der Nase zu den Mundwinkeln, aber wenn er ihre Augen ansah, wurde ihm ganz kribbelig zumute. »Finden Sie es sehr unanständig von mir, wenn ich mit Ihnen zu plaudern anfange, ja?« sagte sie. »Ich langweile mich in diesem abscheulichen Zug zu Tode, und es ist kein Salonwagen da, obgleich der Mann in New York geschworen hat, daß einer da ist.«

»Sie fahren sicher schon den ganzen Tag«, sagte Johnny und sah recht schüchtern und knabenhaft drein.

»Noch schlimmer. Ich bin gestern nacht mit dem Schiff von Newport gekommen.«

Die gleichgültige Art, mit der sie *Newport* sagte, verblüffte ihn. »Ich fahre nach Ocean City.«
»Ich auch. Ist das nicht ein abscheuliches Nest? Ich würde keine Minute lang dort bleiben, wenn es nicht wegen Pa wäre. Er behauptet, daß es ihm dort gefällt.«
»Es heißt, daß Ocean City eine große Zukunft hat ... Ich meine so in bezug auf den Grundstücksmarkt«, sagte Johnny.
Eine Pause.
»Ich bin in Wilmington zugestiegen«, sagte Johnny lächelnd.
»Ein abscheulicher Ort, dieses Wilmington ... Ich kann es nicht ertragen.«
»Ich bin in Wilmington geboren und aufgewachsen ... Wahrscheinlich gefällt es mir deshalb.«
»Oh, das soll nicht heißen, daß es nicht auch in Wilmington schrecklich nette Menschen gibt ... Entzückende alte Familien ... Kennen Sie die Rawlstons?«
»Oh, ganz richtig! ... Ich will auf keinen Fall mein Leben in Wilmington zubringen ... Gott, sehen Sie sich den Regen an.«
Es regnete so heftig, daß eine Brückenwölbung unterwaschen wurde und der Zug mit vier Stunden Verspätung nach Ocean City kam. Als sie ankamen, waren sie bereits gute Freunde geworden; es hatte gedonnert und geblitzt, und sie war so nervös gewesen, und er hatte den starken Beschützer gemimt, und dann hatte plötzlich der ganze Wagen von Moskitos gewimmelt, sie wären beide fast aufgefressen worden, und dann waren sie recht hungrig geworden. Auf dem Bahnhof herrschte tiefe Finsternis, es war kein Träger da, Johnny mußte zweimal hin- und herlaufen, um ihr Gepäck herauszuschaffen, und auch dann noch hätten sie um ein Haar ihre krokodillederne Handtasche vergessen, und er mußte ein drittes Mal in den Zug steigen, um die Tasche und seinen eigenen Koffer zu holen. Inzwischen war ein alter Neger mit einem leichten Wägelchen erschienen und sagte, er komme vom *Ocean House*.
»Ich hoffe, Sie wohnen auch dort«, sagte sie. Er bejahte, und sie stiegen ein, obgleich sie kaum Platz für ihre Füße hatten, so umfangreich war das Gepäck der jungen Dame.

Wegen des Gewitters brannte in Ocean City das Licht nicht. Die Räder des Wägelchens knirschten durch tiefen Sand; ab und zu übertönte das Getöse der Brandung dieses knirschende Geräusch und das Zungenschnalzen des Kutschers. Das einzige Licht kam vom Monde, den immer wieder die treibenden Wolken verhüllten. Der Regen hatte aufgehört, aber die Luft war von einer dumpfen Spannung erfüllt, als sollte in der nächsten Minute ein neuerlicher Guß kommen. »Wenn ich Sie nicht gehabt hätte, ich wäre bei diesem Gewitter gestorben«, sagte sie; dann reichte sie ihm plötzlich wie ein Mann die Hand: »Ich heiße Strang ... Annabelle Marie Strang ... Ist das nicht ein komischer Name?« Er nahm ihre Hand. »John Moorehouse ... Freut mich, Sie kennenzulernen, Miss Strang.« Ihre Handfläche war heiß und trocken und schien sich fest an die seine anzuschmiegen. Als er sie losließ, hatte er das Gefühl, als ob sie erwartet hätte, er würde ihre Hand länger festhalten. Sie lachte ein heiseres, leises Lachen. »Jetzt sind wir einander vorgestellt, Mr. Moorehouse, und alles ist in Ordnung ... Aber ich werde Pa ordentlich meine Meinung sagen. Was für ein Einfall, seine einzige Tochter nicht vom Bahnhof abzuholen!« In der dunklen Hotelhalle, die nur durch ein paar verräucherte Petroleumlampen erhellt wurde, sah er mit verstohlenem Blick, wie sie einen hochgewachsenen, weißhaarigen Herrn umarmte, dann aber, als er mit seiner kräftigsten Handschrift John W. Moorehouse in das Fremdenbuch hingemalt und von dem Portier seinen Zimmerschlüssel erhalten hatte, waren sie plötzlich verschwunden. Oben in dem kleinen kiefernen Schlafzimmer war es sehr heiß. Als er das Fenster hochschob, kam durch den rostigen Laden das Rauschen der Brandung, vermischt mit dem Geprassel des Regens auf dem Dach. Er wechselte den Kragen, wusch sich in dem schalen Wasser, das er aus dem rissigen Krug in die Schüssel goß, ging dann in den Speisesaal hinunter, um vielleicht noch etwas zu essen. Eine Kellnerin mit Zähnen wie eine Ziege brachte ihm gerade die Suppe, als Miss Strang mit dem hochgewachsenen Herrn hereinkam. Da die einzige Lampe im Saal auf dem Tisch stand, an dem er saß, kamen

sie an diesen Tisch heran, und er stand lächelnd auf. »Da ist er, Pa«, sagte sie, »und du bist ihm noch für den Wagen schuldig, mit dem wir vom Bahnhof hierhergefahren sind... Mr. Morris, darf ich Ihnen meinen Vater vorstellen, Dr. Strang... Der Name war doch Morris, nicht wahr?«
Johnny errötete. »Moorehouse, aber es ist schon recht... Freut mich sehr, Herr Strang.«
Sie aßen gemeinsam zu Abend. Miss Strang beklagte sich unaufhörlich über das Essen und fragte immer wieder die Kellnerin, ob sie ihnen nicht etwas Besseres bringen könnte als kalten Bohnenmais in diesen abscheulichen kleinen Vogelbadewannen, und Dr. Strang lachte und sagte zu ihr, sie sei viel zu affektiert. Johnny hielt es für das beste, den Mund zu halten, solange er noch nicht ein bißchen näher an die Leute herangekommen war. Die junge Dame sah ihn ununterbrochen an mit ihren dunklen schamlosen Augen, die sein Blut in Erregung brachten; er überlegte bereits, wie er es bewerkstelligen könnte, ein paar Tage länger hierzubleiben.
Am nächsten Morgen stand er früh auf und ging zu dem Büro der *Verschönerungs- und Immobiliengesellschaft von Ocean City,* das in einem neuen, grüngestrichenen, mit Schindeln gedeckten Bungalow an der frisch abgesteckten Straße hinter dem Strand lag. Weil noch niemand da war, machte er einen Spaziergang durch die Stadt. Es war ein feuchter, grauer Tag, die Villen, die hölzernen Läden und die ungestrichenen Baracken neben dem Schienenstrang sahen recht öde aus. Ab und zu schlug er einen Moskito an seinem Halse tot. Er hatte seinen letzten sauberen Kragen an, und er hatte schreckliche Angst, der Kragen könnte weich werden. Sooft er den aus Brettern gezimmerten Bürgersteig verließ, bekam er Sand in die Schuhe, und scharfe Strandkletten hängten sich an seine Knöchel. Endlich sah er auf den Stufen des Immobilienbüros einen dicken Mann in einem weißen Leinenanzug sitzen. »Guten Morgen, Sir«, sagte er, »spreche ich mit Oberst Wedgewood?« Der dicke Mann war zu sehr außer Atem, um antworten zu können, und nickte nur. Ein großes seidenes Taschentuch hatte er hinten in den Kragen gestopft, mit einem zweiten seidenen

Taschentuch wischte er sich das Gesicht ab. Johnny gab ihm den Brief, den er von seiner Firma mitbekommen hatte, stand da, wartete, daß der Dicke etwas sagen würde. Der Dicke las mit gerunzelten Brauen den Brief und ging dann in das Büro voran. »Dieses verfluchte Asthma«, keuchte er unter tiefen, pfeifenden Atemzügen. »Verschlägt mir 'n At'm, wenn 'ch m'ch be-eile. Freut mich sehr, junger Mann.«
Johnny erledigte die Sache mit den Grundstücken, die durch Hillyard & Miller und die Verschönerungs- und Immobiliengesellschaft von Ocean City bei gleichmäßiger Beteiligung an der Kommissionsgebühr gemeinsam verkauft werden sollten, und lungerte dann für den Rest des Vormittags bei dem alten Oberst Wedgewood umher, sah recht blauäugig und knabenhaft drein, lauschte sehr höflich den Geschichten aus dem Bürgerkrieg, vom General Lee und seinem Reitschimmel *Traveller,* von den schönen Picknicks in der guten alten Zeit, lief dann in den Laden hinüber, um eine Stange Eis für den Kühlschrank zu holen, hielt dann eine kleine Rede über die Zukunft von Ocean City als Sommerfrische – »ho, und was haben sie denn in Atlantic City oder in Cape May, was wir hier in Ocean City nicht auch hätten?« sagte der Oberst mit dröhnender Stimme –, ging mit ihm zum Mittagessen in seinen Bungalow, so daß er den Zug versäumte, mit dem er nach Wilmington hätte zurückfahren müssen, lehnte einen Pfefferminzjulep ab – er trank weder, noch rauchte er –, stand aber bewundernd daneben, während der Oberst sich gegen sein Asthma zwei tüchtige, steife Gläser mischte, umgarnte die schwarze Köchin Mamie mit seinem Lächeln, seinen blauen Augen und seinen knabenhaften Schlenkergebärden, und als es vier Uhr wurde, da lachte er über den Gouverneur von Nord-Carolina und den Gouverneur von Süd-Carolina und hatte eine Stellung bei der Verschönerungs- und Immobiliengesellschaft von Ocean City akzeptiert; Gehalt fünfzehn Dollar die Woche und dazu eine kleine möblierte Villa zu seiner freien Verfügung. Er kehrte ins Hotel zurück, schrieb an Mr. Hillyard, legte die Grundstücksurkunden und seine Spesenrechnung bei, entschuldigte sich, daß er die Firma mit so kurzem Termin ver-

lasse, erklärte aber, er sei es seiner notleidenden Familie schuldig, sich so gut zu verbessern wie nur möglich; dann schrieb er an seine Mutter, daß er in Ocean City bleibe, und sie möchte ihm doch bitte per Eilpost seine Kleider schicken; ob er an Marie schreiben sollte, wußte er nicht recht, aber er beschloß, es lieber nicht zu tun. Was vorbei ist, ist vorbei.

Nachdem er zu Abend gegessen hatte, ging er in die Portierloge und verlangte die Rechnung; er war ziemlich nervös, er hatte Angst, er würde nicht genug Geld haben, um zu zahlen. Dann, als er gerade mit zwei Fünfundzwanzigern in der Tasche und seinem Koffer in der Hand das Hotel verließ, begegnete ihm Miss Strang. Sie hatte einen recht kleinen dunkelhaarigen Mann in weißem Flanellanzug bei sich und stellte ihn vor: Monsieur de la Rochevillaine. Er war Franzose, sprach aber sehr gut englisch. »Hoffentlich verlassen Sie uns nicht«, sagte sie. – »Nein, gnädiges Fräulein, ich übersiedle nur an den Strand hinunter in eine der Villen Oberst Wedgewoods.« Die Nähe des Franzosen beunruhigte Johnny, der Mann stand ölig lächelnd wie ein Friseur neben Miss Strang. »Oh, Sie kennen unsern dicken Freund, ja? Er ist ein intimer Freund meines Vaters. Ich finde ihn einfach langweilig mit seinem Reitschimmel Traveller.« Miss Strang und der Franzose lächelten beide zugleich, als hätten sie irgendein Geheimnis miteinander. Der Franzose stand neben ihr, wippte leicht auf den Fußsohlen hin und her, als stünde er neben einem schönen Möbelstück, das ihm gehört und das er einem Freunde vorführt. Johnny hätte ihm am liebsten einen tüchtigen Haken versetzt, gerade an jene Stelle, wo unter dem weißen Flanell ein kleiner Spitzbauch sich wölbte. »Ich muß jetzt gehen«, sagte er. – »Wollen Sie nicht abends wieder herkommen, heute wird getanzt. Wir hätten Sie gern bei uns.«

»Ja, kommen Sie unbedingt zu uns«, sagte der Franzose.

»Wenn ich kann, gern«, sagte Johnny und entfernte sich, den Koffer in der Hand, ein klebrig wundes Gefühl unter dem Kragen. »Hol ihn der Teufel, diesen Franzosen«, sagte er laut. Immerhin, wie die Strang ihn ansah, ihn, John W.

Moorehouse, das war nicht so ohne. Er vermutete, daß er im Begriff sei, sich zu verlieben.
Als er zu Wedgewood kam, saß Dr. Strang da, und es stellte sich heraus, daß die Verschönerungs- und Immobiliengesellschaft von Ocean City eigentlich aus drei Personen bestand, dem Oberst, Dr. Strang und dem Ladenbesitzer Obadiah Ames, einem schwarzhaarigen Mann mit einem mehrere Tage alten Stoppelbart und dichtbehaarten Händen; Typus verarmter Weißer, sagte sich Johnny. Sie debattierten über den Druck einer Broschüre und über eine allgemeine Reklamekampagne, und sie behandelten ihn als einen Fachmann, der auf diesem Gebiet Erfahrungen hat. Nun wurde ihm wieder etwas wohler zumute, und als er in das *Ocean House* zurückkehrte, um Miss Strang zu suchen, fühlte er sich, obgleich er nicht tanzen konnte, allen Franzosen der Welt gewachsen.
Es war ein heißer August, stille Vormittage, schwüle Gewitterregen gegen Abend. Wenn nicht gerade Kunden kamen, die man auf den sonnversengten Sandplätzen und den nach Straßen abgesteckten Kiefernheiden umherführen mußte, saß Johnny allein im Büro unter dem zweiflügeligen elektrischen Ventilator, in weißen Flanellhosen, das rosarote Tennishemd bis über die Ellbogen hochgekrempelt, und entwarf die lyrische Schilderung Ocean Citys (Maryland), die den Prospekt einleiten sollte: *Die lebenspendenden Brandungswogen des weiten Atlantischen Meeres umspülen den kristallklaren Strand von Ocean City (Maryland) ... der tonisch wirkende Kiefernduft bringt Linderung für alle, die an Asthma und an Schwindsucht leiden ... ganz in der Nähe befindet sich das Paradies des Sportsmannes, die breite Mündung des Indian River, dicht bevölkert mit ...*
Am Nachmittag kam schwitzend und schnaufend der Oberst an, und Johnny las ihm vor, was er geschrieben hatte, und der Oberst sagte »Großartig, junger Mann, großartig«, und schlug vor, das Ganze noch einmal zu machen. Und Johnny suchte sich in einem mit vielen Eselsohren versehenen Lexikon einen Haufen neuer Worte zusammen und fing von vorn an.

Es wäre ein schönes Leben gewesen, nur war er verliebt. Sowie der Abend kam, mußte er ins *Ocean House*. Jedesmal, wenn er die knarrenden Stufen, an den alten Damen vorbei, die in ihren Schaukelstühlen saßen und sich mit Fächern aus Palmblättern fächelten, zu der Hotelterrasse hinaufstieg und durch die grünvergitterte Tür das Vestibül betrat, war er überzeugt, diesmal würde er Annabelle Marie allein antreffen, aber stets war der Franzose bei ihr, lächelnd und kühl wie nur je, mit seinem spitzen Bäuchlein. Sie machten beide recht viel mit Johnny her und verhätschelten ihn, als ob er ein kleiner Hund oder ein frühreifes Kind gewesen wäre; Annabelle Marie lehrte ihn Boston tanzen, und der Franzose, der, wie sich herausstellte, ein Herzog oder ein Baron oder irgend so etwas war, bot ihm ununterbrochen Schnäpse und Zigarren und parfümierte Zigaretten an. Johnny war zutiefst empört, als er entdecken mußte, daß Annabelle Marie rauchte; aber das paßte doch irgendwie zu Herzögen, zu Newport, zu Auslandsreisen und ähnlichen Dingen. Sie benützte ein moschusartiges Parfum; von diesem Parfum und dem leichten fauligen Geruch des Zigarettenrauchs in ihrem Haar wurde ihm, sooft er mit ihr tanzte, immer ganz schwindlig und fiebrig zumute. An manchen Abenden versuchte er, den Franzosen, der Billard spielte, müde werden zu lassen, aber da verschwand sie plötzlich in ihr Zimmer, und er mußte leise fluchend nach Hause gehen. Während er sich auszog, fühlte er immer noch einen leisen Moschuskitzel in seiner Nase. Er versuchte einen Song zu machen:

Das Meer liegt mondhell wie noch nie,
Und mich mahnt Sehnsucht wie noch nie
An dich – o Annabelle Marie.

Dann kam es ihm plötzlich zu dumm vor, und er spazierte im Pyjama auf seiner kleinen Veranda auf und ab; die Moskitos umschrillten seinen Kopf, in seinen Ohren war das Gepolter des Meeres und das höhnische Gezirp der Grillen und Laubheuschrecken, er verfluchte seine Jugend, seine

Armut, seinen Mangel an Bildung und schmiedete Pläne, wie er genügend Geld verdienen könnte, um jeden verdammten Franzosen auszukaufen; dann würde er der sein, den sie liebte und zu dem sie aufblickte, und es würde ihm nichts daran liegen, wenn sie ein paar verdammte Franzosen als Maskotten bei sich hätte, falls es ihr Spaß machte. Er ballte die Fäuste, schritt über die Veranda, murmelte: »Bei Gott, ich kann es schaffen.«

Dann eines Abends traf er Annabelle Marie allein an. Der Franzose war mit dem Mittagszug abgefahren. Sie schien froh über sein Kommen, aber sie hatte offenbar etwas auf dem Herzen. Sie war zu stark gepudert, ihre Augen sahen rot aus; vielleicht hatte sie geweint. Der Mond schien. Sie legte die Hand auf seinen Arm. »Moorehouse, gehen wir an den Strand«, sagte sie. »Ich kann diese alten Puten in ihren Schaukelstühlen nicht mehr sehen.« Unterwegs, der Weg führte über eine struppige Wiese an den Strand hinunter, begegnete ihnen Dr. Strang.

»Was ist denn mit Rochevillaine los, Annie?« sagte er. Er war ein hochgewachsener Mann mit einer hohen Stirn. Er preßte die Lippen zusammen und sah bekümmert drein.

»Er hat einen Brief von seiner Mutter bekommen ... Sie läßt ihn nicht.«

»Was zum Teufel, er ist doch mündig, wie?«

»Pa, du verstehst den französischen Adel nicht ... Der Familienrat erlaubt es nicht ... Sie könnten ihm seine Einkünfte sperren.«

»Hol's der Teufel, du hast genug für zwei ... Das habe ich ihm doch gesagt.«

»Oh, sei doch still, kannst du nicht still sein ...« Sie fing plötzlich zu heulen an wie ein kleines Kind, lief an Johnny vorbei ins Hotel zurück, und Johnny und Dr. Strang blieben auf dem schmalen Bretterweg stehen und sahen einander an. Dr. Strang schien Johnny jetzt erst zu bemerken. »Hm – verzeihen Sie«, sagte er, streifte an ihm vorbei und ging mit langen Schritten den Weg hinauf, während Johnny nichts anderes übrigblieb, als an den Strand zu gehen und ganz allein den Mond zu betrachten.

Aber in den folgenden Nächten ging Annabelle Marie nun doch mit ihm am Strande spazieren, und er kam allmählich zu der Überzeugung, sie habe schließlich den Franzosen gar nicht so sehr geliebt. Sie wanderten weit über die verstreuten Häuser hinaus, zündeten dann ein Feuer an, saßen Seite an Seite da und blickten in die Flammen. Zuweilen beim Gehen berührten sich ihre Hände; wenn sie aufstehen wollte, nahm er ihre beiden Hände und zog sie in die Höhe zu sich heran; und er hatte immer vor, sie an die Brust zu reißen und zu küssen; aber er fand nicht den Mut dazu. Eines Nachts war es sehr warm, und sie schlug plötzlich vor, ein Bad zu nehmen. »Aber wir haben doch keine Trikots mit.« – »Sind Sie noch nie ohne Trikot im Wasser gewesen? Das ist viel angenehmer ... Komischer Junge, ich sehe sogar im Mondlicht, wie Sie erröten.« – »Fordern Sie mich heraus?« – »Ich fordere Sie doppelt heraus.«
Er lief ein Stückchen den Strand hinauf, zog seine Kleider aus und ging dann schnell ins Wasser. Er wagte nicht, zu ihr hinzusehen, erhaschte nur mit flüchtigem, verstohlenem Blick weißschimmernde Beine und Brüste und eine weißschäumende Welle zu ihren Füßen. Während er sich wieder ankleidete, fragte er sich im stillen, ob er denn Lust hätte, ein Mädel zu heiraten, die so ganz nackt mit einem Manne schwimmen geht. Ob sie das auch mit diesem verdammten Franzosen gemacht hatte. »Sie waren wie ein marmorner Faun«, sagte sie, als er wieder ans Feuer kam; sie steckte gerade ihre schwarzen Haare auf und hatte Haarnadeln im Mund, während sie redete. »Wie ein sehr nervöser, marmorner Faun ... Meine Haare sind naß geworden.« Er hatte es nicht vorgehabt, aber er zog sie plötzlich zu sich heran und küßte sie. Sie schien durchaus nicht beleidigt, sondern machte sich ganz klein in seinen Armen und reichte ihm die Lippen zu einem zweiten Kuß. »Würdest du einen Menschen wie mich heiraten, der gar kein Geld hat?« – »Ich habe noch nicht darüber nachgedacht, Liebling, aber vielleicht.« – »Du bist ziemlich reich, wie, und ich habe keinen Cent und muß noch meinen Leuten zu Hause Geld schikken ... Aber ich habe Aussichten.« – »Was für Aussich-

ten?« Sie zog seinen Kopf zu sich herunter, zerzauste sein Haar, küßte ihn. »Ich werde was leisten bei diesem Grundstücksgeschäft! Das schwöre ich dir.« – »Wird es was leisten, das arme Baby?« – »Du bist gar nicht so viel älter als ich ... Wie alt bist du, Annabelle?« – »Vierundzwanzig will ich zugeben, aber du darfst es niemandem sagen, und auch nichts von heute nacht oder sonst etwas!« – »Wem sollte ich davon erzählen, Annabelle?« Schweigend gingen sie nach Hause. Sie schien eine Last auf der Seele zu haben, denn sie beachtete nichts, was er sagte.

In den folgenden Wochen wußte Johnny die meiste Zeit nicht, was er von Annabelle Marie denken sollte. An manchen Tagen behandelte sie ihn, als ob sie heimlich verlobt gewesen wären, ein andermal wieder schien sie ihn kaum zu kennen. Manchmal ließ sie ihm durch ihren Vater sagen, daß sie nicht wohl sei und ihr Zimmer nicht verlassen könne, und bald darauf sah er sie an dem Büro vorübergaloppieren, im Reitkleid, Schaum an den Flanken des gemieteten Gaules, an den Flanken, die sie mit ihrer Reitpeitsche bearbeitete. Er sah sehr deutlich, daß sie einen heimlichen Kummer hatte, und glaubte zu ahnen, daß dieser verdammte Franzose dahinterstecke.

Eines Abends saßen sie Zigaretten rauchend auf der Veranda seiner Villa – er rauchte jetzt ab und zu in ihrer Gesellschaft eine Zigarette –, da fragte er sie, was ihr denn so viel Kummer mache. Sie legte die Hände auf seine Schultern und schüttelte ihn sanft: »Oh, Johnny, was du für ein Dummkopf bist ... aber das gefällt mir.« – »Aber du mußt doch einen Kummer haben, Annabelle ... Damals, als wir miteinander im Zug fuhren, da hast du gar nicht so kummervoll ausgesehen.« – »Wenn ich dir erzählen wollte ... Lieber Gott, ich kann mir dein Gesicht vorstellen!« Sie lachte ihr hartes barsches Lachen, dieses Lachen, das ihm stets ein unbehagliches Gefühl bereitete. – »Ich wollte, ich könnte dich zwingen, mir alles zu erzählen ... Du solltest diesen verdammten Franzosen vergessen.« – »Oh, was bist du für eine kleine Unschuld«, sagte sie. Dann erhob sie sich und ging auf der Veranda auf und ab.

»Willst du dich nicht hinsetzen, Annabelle, hast du mich denn gar kein bißchen lieb?«
Sie fuhr ihm mit der Hand durch die Haare und über das Gesicht. »Gewiß doch, du kleines blauäugiges Dummerchen ... Aber siehst du denn nicht, daß mich alles verrückt macht ... Diese alten Ziegen im Hotel, die ewig über mich schwatzen, als ob ich das Scharlachweib aus der Bibel wäre, nur weil ich ab und zu bei mir in meinem Zimmer eine Zigarette rauche ... In England gibt es hocharistokratische Damen, die rauchen in aller Öffentlichkeit, ohne daß irgend jemand auch nur ein Wörtchen sagt ... Und dann mache ich mir Sorgen um Pa; er hat zuviel Geld in Grundbesitz gesteckt. Ich glaube, er ist nicht mehr ganz bei Trost.«
»Es sind aber alle Anzeichen vorhanden, daß hier ein großer Aufschwung kommen muß. Mit der Zeit wird das noch ein zweites Atlantic City werden!«
»Nun hör mal zu, sei ehrlich, wie viele Grundstücke hat die V. I. G. in diesem Monat verkauft?«
»Nicht besonders viel ... Aber es schweben ein paar wichtige Verkäufe ... Zum Beispiel diese Gesellschaft, die das neue Hotel bauen will!«
»Pa kann froh sein, wenn er fünfzig Cent für den Dollar wiederbekommt ... und da erzählt er mir unaufhörlich, wie unbesonnen *ich* bin! Er ist Arzt und kein Finanzgenie, das müßte er doch einsehen. Einem Menschen wie dir, der nichts zu verlieren hat und sich seinen Weg erst machen will, kann es nicht schaden, wenn er sich mit Grundstücksspekulationen abgibt ... Und dieser fette Oberst, da weiß ich nicht, ob er ein Narr ist oder ein Gauner.«
»Was für ein Arzt ist denn dein Vater?«
»Soll das heißen, daß du noch nie von Dr. Strang gehört hast? Er ist der bekannteste Nasen- und Kehlkopfspezialist in Philadelphia ... Oh, so ein schlaues Baby! ...« Sie küßte ihn auf die Wange. »... und so unwissend ...« Sie küßte ihn noch einmal. »... und so unschuldig.« – »Ich bin gar nicht so unschuldig«, sagte er schnell und blickte ihr scharf in die Augen. Sie fingen beide zu erröten an, während sie einander anschauten. Langsam ließ sie den Kopf an seine Schulter sinken.

Sein Herz klopfte. Es wurde ihm schwindlig von dem Geruch ihres Haares, von ihrem Moschusparfum. Er legte den Arm um ihre Schultern und zog sie in die Höhe. Ein wenig taumelnd, ihr Bein an seinem Bein, das steife Korsett an seinen Rippen, ihr Haar an seiner Wange, so zog er sie durch das kleine Wohnzimmer in das Schlafzimmer und sperrte die Tür hinter sich zu. Dann küßte er sie, so fest er nur konnte, so lange er nur konnte, auf die Lippen. Sie setzte sich aufs Bett und begann sich auszuziehen, ein wenig kühl, wie ihm schien, aber er war schon zu weit gegangen, um sich zurückzuziehen. Als sie das Korsett ausgezogen hatte, warf sie es in eine Ecke. »Da«, sagte sie. »Ich kann diese abscheulichen Dinger nicht leiden.« Sie stand auf, ging im Hemd auf ihn zu und tastete im Dunkeln nach seinem Gesicht. »Was ist los, Liebling«, flüsterte sie heiß. »Hast du Angst vor mir?«

Alles war viel einfacher, als Johnny erwartet hatte. Während sie sich anzogen, kicherten sie miteinander. Auf dem Heimweg zum *Ocean House* längs des Strandes dachte er unaufhörlich: Jetzt muß sie mich heiraten.

Im September, kurz nach dem Labour Day, kamen plötzlich kalte Nordoststürme, und das *Ocean House* und die Villen leerten sich im Nu. Der Oberst redete noch größere Töne über den kommenden Aufschwung und über seine Reklamekampagne und trank noch mehr als bisher. Johnny aß jetzt bei ihm, nicht mehr in Mrs. Ames' Pension. Der Prospekt war fertig und approbiert, und Johnny war mit dem Text und den Photographien ein paarmal nach Philadelphia gefahren, um Druckofferten einzuholen. Mit dem Zug so durch Wilmington zu fahren, ohne auszusteigen, das bereitete ihm immer wieder ein wohliges Gefühl der Unabhängigkeit. Dr. Strang sah immer sorgenvoller drein und sprach von der Notwendigkeit, sein investiertes Geld zu schützen. Von Johnnys Verlobung mit seiner Tochter war noch nicht die Rede gewesen, aber das schien eine ausgemachte Sache zu sein. Annabelles Launen waren unberechenbar. Sie jammerte unaufhörlich, daß sie vor Langeweile sterbe. Und unaufhörlich neckte und quälte sie ihn. Eines Nachts erwachte er plötzlich, und da stand sie neben seinem Bett. »Hab ich dich erschreckt?« fragte sie. »Ich konnte nicht schlafen ... Hör dir die Brandung an.« Der Wind fuhr kreischend um die Villa, und eine gewaltige Brandung donnerte gegen den Strand. Es war fast schon hellichter Tag, bevor er sie dazu bewegen konnte, aus dem Bett zu steigen und ins Hotel zurückzugehen. »Sie sollen mich sehn ... Mir liegt gar nichts daran«, sagte sie. Ein andermal, als sie am Strande spazierengingen, wurde ihr plötzlich übel, und er mußte auf sie warten, während sie sich hinter einer Sanddüne übergab; dann wankte sie weiß und zitternd an seinem Arm ins Hotel zurück. Er war besorgt und unruhig. Bei einer seiner Reisen nach Philadelphia ging er in die Redaktion des *Public Ledger* und erkundigte sich, ob er nicht als Reporter dort ankommen könnte.

An einem Sonnabendnachmittag saß er, Zeitung lesend, im Vestibül des *Ocean House*. Außer ihm war niemand da, die meisten Gäste waren bereits abgereist. Das Hotel wollte am Fünfzehnten zumachen. Plötzlich merkte er, daß er ein Gespräch belausche. Die beiden Hotelboys waren hereingekommen und plauderten mit leiser Stimme auf einer Bank an der Wand.

»Na, diesen Sommer hab ich mir orntlich was geleistet, verdammt noch mal, Joe.«

»Ich hätt's auch so gehabt, wenn ich nicht krank worden wäre.«

»Hab ich dir nich gesagt, du sollst nich mit der Lizzie herumschmieren. Mensch, ich glaube, mit diesem Hurstück ham sämtliche Dreckkerls aus der ganzen Stadt geschlafen, die Niggers nich ausgenommen.«

»Sag mal, hast du ihr 'n reingesteckt? ... Du weißt ja, die Schwarzäugige? Du sagtest doch, du willst.«

Johnny erstarrte zu Stein. Er hielt die Zeitung straff vor sich hin.

Der Hotelboy stieß einen leisen Pfiff aus. »Tolle Nummer«, sagte er. »Was diese feinen Damens sich alles leisten, das geht mir übern Verstand.«

»Hast du wirklich?«

»Na, nich so ganz ... Hatte Angst, ich erwisch was. Aber der Franzos, der hat ... Ja, der war die ganze Zeit bei ihr im Zimmer.«

»Das weiß ich. Ich hab ihn mal erwischt, da hatte er die Hosen unten.« Sie lachten. »Hatten vergessen, die Tür zuzusperren ... Sie lag auf dem Bett, und er saß neben ihr.«

»War sie ganz nackicht?«

»Ich glaub schon ... unterm Kimono ... er steht dir auf, kühl wie ein Fisch, und bestellt Eiswasser. Ich sag dir, bei Gott, seine Hosentür war offen.«

»Warum haste denn nich Mr. Greeley raufgeschickt?«

»Warum denn? Der Franzos war gar kein übler Kerl. Er hat mir fünf Eier geschenkt.«

»Sie kann machen, was sie will. Ihrem Ollen gehört das ganze Drecknest, sagen die Leute, ihm und dem ollen Oberst Wedgewood.«

»Ich glaub, jetzt ist der junge Kerl vons Immobilienbüro an der Reihe ... Sieht so aus, als ob er sie heiraten würde.«

»Teufel noch mal, wenn eine so viel Zaster hat, da würde ich selber keine großen Zicken machen.«

Johnny war in kalten Schweiß gebadet. Er wollte aus dem Vestibül flüchten, ohne daß jemand ihn bemerkte. Eine Klingel läutete, und einer der Boys lief davon. Er hörte, wie der andere sich auf der Bank zurechtsetzte. Vielleicht las er ein Magazin oder sonst etwas. Johnny faltete ruhig die Zeitung zusammen und ging auf die Veranda hinaus. Dann spazierte er wie ein Blinder durch die Straße. Eine Weile lang meinte er, er müßte zum Bahnhof gehen, den erstbesten Zug besteigen und die ganze Sache zum Teufel schicken, aber da war erst noch der Prospekt herauszubringen, der würde ihm, auch wenn hier alles schiefging, irgendwo bei einer Zeitung oder in der Reklamebranche zu einem Posten verhelfen, zweitens bestand die Möglichkeit, sich, falls der Aufschwung wirklich kam, an der Spekulation zu beteiligen, drittens die Beziehung zu den kapitalkräftigen Strangs: *Nur einmal klopft das Glück an des Jünglings Tür*. Er kehrte in seine Villa zurück und schloß sich in sein Schlafzimmer ein. Ein paar Sekunden lang betrachtete er sich im Kommodenspiegel. Das sauber gescheitelte hellblonde Haar, die scharfgeschnittene Nase, das wohlgeformte Kinn; dann begann das Bild zu verschwimmen. Er ertappte sich dabei, daß er zu weinen anfing, er warf sich mit dem Gesicht aufs Bett und schluchzte, schluchzte.

Als er das nächstemal nach Philadelphia fuhr, um die Korrekturen für den Prospekt: OCEAN CITY (Maryland) – HERVORRAGENDER SOMMERAUFENTHALT, zu lesen, bestellte er zugleich die Einladungskarten für die Hochzeit, in Kupferdruck:

Dr. Alonso B. Strang
gibt die Vermählung seiner Tochter
Annabelle Marie

mit Mr. *J. Ward Moorehouse*
bekannt

Die Trauung findet am fünfzehnten November des Jahres 1909 um zwölf Uhr mittags in der protestantischen Kirche St. Stevens in Germantown, Pennsylvania, statt.

Dann mußten noch an eine Reihe von Leuten Einladungen zur Hochzeitsfeier verschickt werden. Es sollte eine große Hochzeit werden, da Dr. Strang sehr viele gesellschaftliche Verpflichtungen hatte. *J. Ward Moorehouse* kam Annabelle vornehmer vor als *John W.*, und sie begann, ihn Ward zu rufen. Als sie ihn fragten, ob er seine Angehörigen einladen wolle, erwiderte er, seine Eltern seien beide krank und seine Geschwister zu klein, um Freude daran zu haben. An seine Mutter schrieb er, er sei überzeugt, sie würde ihn verstehen, aber so wie nun einmal die Dinge lägen und bei Vaters Zustand ... er sei überzeugt, sie würde ihn verstehen. Dann erzählte ihm eines Abends Annabelle, daß sie ein Kind bekomme.

»Ich dachte mir ja, daß es das sein wird.«

Ihre Augen blickten plötzlich erschreckend kalt und schwarz in die seinen. Er haßte sie in dieser Sekunde; dann lächelte

er blauäugig und knabenhaft. »Ich meine, daß du so nervös warst!« Er lachte und nahm ihre Hand. »Na, jetzt mache ich dich zu einer anständigen Frau, nich wahr?« Nun hatte er sie in der Hand. Er küßte sie.
Sie fing an zu weinen.
»Oh, Ward, wenn du bloß nicht mehr *nich wahr* sagen würdest.«
»Ich habe nur Spaß gemacht, Liebling ... Aber gibt es denn gar nichts dagegen?«
»Ich habe alles versucht ... Pa würde was wissen, aber ich traue mich nicht zu ihm. Er weiß zwar, daß ich mir ziemlich viel erlaube ... aber ...«
»Wir werden nach unserer Hochzeit ein Jahr lang wegbleiben müssen ... Dumme Geschichte. Man hat mir soeben eine Stellung am *Public Ledger* angeboten.«
»Wir fahren nach Europa ... Pa wird für unsere Flitterwochen sorgen ... Er ist froh, wenn er mich vom Halse hat, und ich habe von Mutters Seite her mein eigenes Vermögen.«
»Vielleicht ist es nur ein Irrtum?«
»Unmöglich.«
»Wie lange ist es her, seit du – seit du es gemerkt hast?«
Ihre Augen waren plötzlich ganz schwarz, blickten ihn abermals forschend an. Sie starrten einander in die Augen und haßten einander. »Recht lange schon«, sagte sie und nahm ihn beim Ohr wie ein kleines Kind und rauschte dann die Treppe hinauf, um sich umzukleiden. Der Oberst freute sich diebisch über diese Verlobung und hatte sie alle zum Essen eingeladen.
Die Hochzeit stieg in bestem Stil. J. Ward Moorehouse in einem gutsitzenden Frack, auf dem Kopf den Zylinder, war das Ziel aller Blicke. Die Leute fanden ihn sehr hübsch. Seine Mutter in Wilmington ließ ein Bügeleisen nach dem anderen kalt werden, während sie die Berichte in den Zeitungen verschlang; schließlich nahm sie die Brille ab, faltete die Zeitungen sorgfältig zusammen und legte sie auf das Bügelbrett. Sie war sehr glücklich.
Das junge Paar fuhr am nächsten Tag mit der *Teutonic* von

New York ab. Die Überfahrt war so stürmisch, daß sie nur an den letzten zwei Tagen überhaupt an Deck gehen konnten. Ward wurde seekrank und wurde von einem mitfühlenden Steward gepflegt, einer Londoner Pflanze, der Annabelle für seine Mutter hielt. Annabelle war sehr seefest, aber das Kind machte ihr schlimme Beschwerden, und sooft sie in ihren Handspiegel schaute, kam sie sich so häßlich vor, daß sie nicht aus ihrer Koje kriechen wollte. Die Stewardeß schlug Gin mit einigen Spritzern Bitterschnaps vor, und das half ihr über die letzten paar Tage der Überfahrt hinweg.

Zu der Abschiedstafel des Kapitäns erschien sie schließlich im Speisesaal in einem Abendkleid aus schwarzen Valencienner Spitzen, und alle fanden, sie sei die schönste Frau auf dem Schiff. Ward fieberte vor Angst, sie würde zuviel Champagner trinken, denn er hatte sie beim Ankleiden vier Gläschen Gin mit Bitter und einen Martini-Cocktail vertilgen sehen. Er hatte sich mit einem älteren Herrn, einem Bankier namens Jarvis Oppenheimer, und seiner Frau angefreundet – sie fanden seine blauäugig knabenhafte Art sehr rührend –, und nun fürchtete er, Annabelle würde ihnen ein wenig liederlich vorkommen. Das Abschiedsessen aber ging ohne Zwischenfall vorüber, und Annabelle und Ward fanden, daß sie sehr gut zueinander paßten. Der Kapitän, der Dr. Strang kannte, setzte sich nachher zu ihnen in den Rauchsalon und trank mit ihnen und den beiden Oppenheimers ein Glas Champagner, und sie hörten, wie die Leute einander fragten, wer denn bloß dieses reizende, prächtige, strahlende junge Paar sein könne, sicherlich jemand sehr Interessantes, und als sie dann, nachdem sie noch die Leuchttürme in der Irischen See gesehen hatten, zu Bett gingen, fühlten sie, daß alle die Leiden der Überfahrt durchaus die Mühe gelohnt hatten.

Annabelle gefiel es in London nicht. Die dunklen Straßen im ewigen Graupelregen boten ein trostloses Bild; sie blieben also nur eine Woche im *Cecil,* bevor sie nach Paris hinüberfuhren. Auf dem Schiff zwischen Folkestone und Boulogne wurde Ward abermals seekrank und verlor Annabelle aus den Augen; als das Boot schließlich zwischen den langen

Hafenmolen von Boulogne in stilles Wasser kam, fand er sie im Speisesaal, wie sie mit einem englischen Offizier Brandy-Soda trank. In einem Lande zu sein, dessen Sprache er nicht kannte, war gar nicht so schlimm, wie er anfangs befürchtet hatte, und Annabelle sprach das Französische recht gut. Sie hatten ein Abteil erster Klasse und ein Körbchen mit kaltem Huhn und belegten Broten und etwas süßem Wein. Ward trank zum erstenmal in seinem Leben Wein. Mit den Wölfen muß man heulen.
Sie waren das richtige Flitterwochenpaar auf der Reise nach Paris. Mit einer Droschke fuhren sie vom Bahnhof ins Hotel *Wagram,* sie hatten nur ihr Handgepäck bei sich, denn um alles andere kümmerte sich der Hotelportier. Sie fuhren durch Straßen, in denen das grüne Gaslicht auf dem nassen Pflaster schimmerte, die Pferdehufe klirrten scharf gegen den Asphalt, die gummibereiften Räder der Droschke rollten glatt und leicht dahin, die Straßen waren voller Menschen, obwohl es eine regnerische Winternacht war, vor den Cafés saßen Leute an kleinen Marmortischchen rund um kleine Öfen, in der Luft roch es nach Kaffee, Wein, gebräunter Butter und frisch gebackenem Brot, und Annabelles Augen fingen alle die Lichter ein, sie sah sehr hübsch aus und stieß ihn immerfort an, um ihm dies oder jenes zu zeigen, und klopfte ihm mit der einen Hand auf den Schenkel. Annabelle hatte an das Hotel geschrieben, in dem sie früher einmal mit ihrem Vater gewohnt hatte; dort warteten also auf sie ein weißes Schlafzimmer und ein Salon und ein rundbackiger Direktor, der sehr elegant war und sie mit liebenswürdigen Verbeugungen vor das flackernde Kaminfeuer geleitete. Sie tranken vor dem Zubettgehen eine Flasche Champagner und aßen etwas Pâté de foie gras. Ward kam sich wie ein König vor. Sie vertauschte ihr Reisekostüm mit einem Negligé, er zog einen Hausrock an, den sie ihm geschenkt und den er noch nicht getragen hatte, und alle bitteren Gefühle der letzten vier Wochen waren wie ausgelöscht.
Lange saßen sie da, blickten ins Feuer, rauchten Muratti-Zigaretten aus einer Blechschachtel. Sie streichelte sein Haar,

fuhr mit der Hand immer wieder über seine Schulter und über seinen Hals. »Warum bist du nicht etwas zärtlicher, Ward?« sagte sie mit ihrer leisen, barschen Stimme. »Ich gehöre zu den Frauen, die sich gern mitreißen lassen ... Gib acht ... Du könntest mich verlieren ... Hier in Frankreich verstehen es die Männer, einer Frau den Hof zu machen.« – »Ach, zum Teufel noch mal, gib mir eine Chance ... Zuallererst will ich mir einen Posten bei einer amerikanischen Firma verschaffen. Ich glaube, Oppenheimer kann mir helfen. Ich will auch gleich anfangen, französische Stunden zu nehmen. Das ist eine gute Gelegenheit für mich.« – »Komischer Junge.« – »Du glaubst doch nicht, daß ich wie ein kleiner Pudel hinter dir her laufen werde, ohne mir selber mein Geld zu verdienen ... Nee, nee, nee, liebes Kind.« Er stand auf und zog sie zu sich empor. »Wir wollen ins Bett gehn.«

Ward besuchte regelmäßig die Berlitz School, um französische Stunden zu nehmen, und gemeinsam mit den alten Oppenheimers besichtigte er Notre-Dame und Napoleons Grab und den Louvre. Annabelle erklärte, von Museen bekomme sie Kopfweh, und sie verbrachte ihre Tage mit Einkäufen und Anproben bei den Schneidern. Es gab nicht viele amerikanische Firmen in Paris, so daß Ward auch mit Hilfe Mr. Oppenheimers, der alle Welt kannte, nirgendwo anders unterkommen konnte als bei Gordon Bennetts Zeitung, der Pariser Ausgabe des *New York Herald.* Seine Arbeit bestand darin, die in Paris eintreffenden Geschäftsleute im Auge zu behalten und sie über die Schönheiten von Paris und über die internationale Lage zu interviewen. Dieser Beruf war wie geschaffen für ihn, und er hatte nun die Möglichkeit, zahlreiche *wertvolle Beziehungen* zu bekommen, wie er es nannte. Annabelle fand das alles viel zu langweilig und wollte nichts davon hören. Jeden Abend zwang sie ihn, einen Frack anzuziehen und mit ihr in die Oper oder ins Theater zu gehen. Dazu war er gern bereit, weil es seinem Französisch zugute kam.

Sie ging zu einem sehr berühmten Spezialisten für Frauenkrankheiten, der derselben Meinung war wie sie, nämlich daß sie in diesem Augenblick auf keinen Fall ein Kind bekommen dürfe. Eine sofortige Operation sei unerläßlich und würde ein wenig gefährlich sein, da die Schwangerschaft bereits recht weit vorgeschritten war. Sie sagte Ward kein Wort davon und ließ ihn erst, als alles vorüber war, vom Spital aus benachrichtigen. Es war am Weihnachtstag. Er lief sofort zu ihr und hörte sich mit kaltem Entsetzen die Details dieser ganzen Geschichte an. Er hatte sich bereits an den Gedanken gewöhnt, ein Kind zu haben, und er dachte immer, das Kind würde auf Annabelle einen festigenden Einfluß haben. Sie lag sehr blaß in den Kissen, im Privatsanatorium, er stand neben dem Bett, ballte die Fäuste, sagte kein Wort. Schließlich bedeutete ihm die Pflegerin, daß er Madame ermüde, und er ging weg.

Als Annabelle vier bis fünf Tage später aus dem Sanatorium wieder nach Haus kam, fröhlich verkündend, daß sie gesund sei wie ein Fisch und nach Südfrankreich zu fahren gedenke, sagte er nichts. Sie bereitete alles für die Reise vor und hielt es für ausgemacht, daß er mitkomme, aber an dem Tage, an dem sie mit dem Zug nach Nizza fahren wollte, erklärte er, daß er in Paris bleiben werde. Sie sah ihn hart an, sagte dann lachend: »Du gibst mich frei, wie?« – »Ich habe meine Arbeit, und du hast dein Vergnügen.« – »Gut, junger Mann, einverstanden.« Er brachte sie zum Bahnhof, setzte sie in den Zug, gab dem Schaffner fünf Francs, damit er sich um sie kümmere, und verließ dann den Bahnhof zu Fuß.

Paris war schöner als Wilmington. Aber Ward gefiel es nicht. Das viele Nichtstun und der Anblick der vielen Leute, die essend und trinkend umhersaßen, gingen ihm auf die Nerven. An dem Tage, da der Prospekt von Ocean City mit einem begeisterten Brief von Oberst Wedgewood ankam, hatte er schreckliches Heimweh. Die Dinge kämen endlich in Schwung, schrieb der Oberst, er selbst lege jeden Cent, den er zusammenscharren oder erbetteln oder pumpen könne, in Vorkaufsrechten an. Er schlug Ward sogar vor, ihm ein wenig Geld zu schicken, damit er es für ihn investiere, er, Ward, sei doch jetzt in der Lage, auf einen sicheren großen Umsatz hin einige Dollars zu riskieren; riskieren sei nicht das richtige Wort, da die ganze Lage äußerst einfach sei, man habe nichts weiter zu tun, als den Baum zu schütteln und zu warten, bis einem die reifen Früchte ins Maul fallen. Ward verließ das Büro von Morgan Harjes, wo er sich die Post abgeholt hatte, ging die paar Stufen hinunter und kam auf den Boulevard Haussmann. Der dicke Umschlag zwischen seinen Fingern fühlte sich gut an. Er steckte den Brief in die Tasche, spazierte den Boulevard entlang, in seinen Ohren war das Getute der Hupen, das Geklapper der Pferdehufe und das Getrappel zahlreicher Schritte, ab und zu las er einen Satz. Ach, er hätte fast Lust bekommen, wieder nach Ocean City (Maryland) zurückzukehren. Ein matter rötlicher Sonnenschein erwärmte das winterliche Grau der Straßen. Von irgendwoher kam der Geruch gebrannten Kaffees; Ward dachte an das weiße, knisternde Sonnenlicht winddurchfegter Tage in der Heimat, jener Tage, die den Menschen zu neuer Energie und neuer Hoffnung aufpeitschen, an das *Tätige Leben*. Er war mit Mr. Oppenheimer zum Mittagessen verabredet, in ein sehr erlesenes kleines Restaurant, irgendwo draußen in einer obskuren Gegend; das Restaurant hieß *Tour d'Argent*. Als er eine Taxameterdroschke mit roten Rädern bestieg, nannte er dem Kutscher die Adresse, und wieder tat es ihm sehr wohl, daß der Kutscher ihn verstand. Schließlich war das alles eine recht gute Schule für ihn, ein Ersatz für die versäumten Hochschulsemester. Als sie vor dem Restaurant ankamen, hatte er inzwischen die Broschüre zum drittenmal durchgelesen.

Er stieg vor dem Restaurant aus und bezahlte den Kutscher, da sah er Mr. Oppenheimer und noch einen Herrn zu Fuß den Quai entlangkommen. Mr. Oppenheimer trug einen grauen Überrock und einen grauen, steifen Hut, der dieselbe Perlenfarbe hatte wie sein Schnurrbart; sein Begleiter war ein stahlgrauer Herr mit einer schmalen Nase und einem spitzen Kinn. Als Ward die beiden sah, beschloß er, sich in Zukunft sorgfältiger anzuziehen.

Sie saßen lange beim Essen und aßen zahlreiche Gänge, obgleich der stahlgraue Herr, ein gewisser McGill, Direktor eines der Stahlwerke von Jones Laughlin in Pittsburgh, behauptete, sein Magen vertrage nichts anderes als ein Kotelett mit gerösteten Kartoffeln, und statt Wein Whisky mit Soda trank. Der alte Oppenheimer aß mit riesigem Genuß, vor jedem Gang hielt er lange Beratungen mit dem Oberkellner ab. »Meine Herrn, Sie müssen ein wenig Geduld mit mir haben ... für mich ist das heute eine große Schwelgerei. Da ich mich nicht unter der unerbittlichen Aufsicht meiner Frau befinde, kann ich mir gewisse Freiheiten mit meiner Verdauung gestatten ... Meine Frau hat die geheiligten Bezirke eines Probierkabinetts bei ihrer Corsettiere betreten und durfte nicht gestört werden ... Sie, Ward, sind noch nicht alt genug, um zu wissen, was gutes Essen bedeuten kann.« Ward sah verlegen und kindisch drein und sagte, die Ente schmecke ihm sehr gut. »Essen«, fuhr Mr. Oppenheimer fort, »ist das letzte Vergnügen des alten Mannes.« Als sie bei ihrem Napoléon-Cognac in den großen kugligen Gläsern saßen, die Zigarre im Mund, fand Ward den Mut, den Prospekt für Ocean City (Maryland) hervorzuziehen, der ihm schon während des ganzen Essens wie ein Stück glühender Kohle in der Tasche gelegen hatte. Er legte ihn bescheiden auf den Tisch. »Ich dachte, vielleicht wollen Sie sich das mal ansehen, Mr. Oppenheimer – etwas Neues auf dem Gebiet der Reklame.« Mr. Oppenheimer holte seine Brille hervor, rückte sie auf der Nase zurecht, nahm einen Schluck Cognac und las mit einem sanften Lächeln die Broschüre durch. Dann klappte er sie zu, blies den krausen, blauen Zigarrenrauch durch die Nase und sagte: »Nun, Ocean City muß ja ein wahres Paradies sein ... Haben Sie da nicht ein – äh – bißchen dick aufgetragen?« – »Aber Sie wissen doch, Herr Oppenheimer, der Mann von der Straße muß geradezu drauf versessen sein, nach Ocean City zu übersiedeln – in dem Augenblick, wo man das Ding in die Hand nimmt, muß einem irgendein Wort ins Auge stechen.« Mr. McGill, der Ward bisher noch keinen Blick gegönnt hatte, richtete zwei habichtsgraue Augen auf ihn und starrte ihn an. Mit einer plumpen roten Hand griff er nach dem

Prospekt und las ihn aufmerksam von der ersten bis zur letzten Seite durch, während Mr. Oppenheimer einen Vortrag über das Bukett des Cognacs hielt und daß man das Glas ein Weilchen in der Hand halten und dann in winzigen Schlückchen trinken, das heißt nicht so sehr trinken, als inhalieren müsse. Plötzlich schlug Mr. McGill mit der Faust auf den Tisch und lachte ein trockenes, hastiges Lachen, wobei nicht ein Muskel in seinem Gesicht sich bewegte. »Du lieber Gott, und ob das ziehen wird!« sagte er. »Ich glaube, Mark Twain hat gesagt, daß jede Minute ein Dummkopf zur Welt kommt, den man schröpfen kann ...« Er wandte sich zu Ward und sagte: »Verzeihen Sie, ich habe Ihren Namen nicht verstanden, junger Mann, wollen Sie so lieb sein, ihn noch einmal zu wiederholen?« – »Mit Vergnügen ... ich heiße Moorehouse, J. Ward Moorehouse.« – »Wo arbeiten Sie?« – »Momentan bin ich beim *Paris Herald*«, sagte Ward errötend. – »Wo wohnen Sie, wenn Sie in den Staaten sind?« – »Meine Heimat ist Wilmington, Delaware, aber ich glaube nicht, daß ich wieder nach Wilmington ziehe. Man hat mir eine Redaktionsstellung beim *Public Ledger* in Philly angeboten.« – Mr. McGill zog eine Visitenkarte hervor und schrieb eine Adresse auf. »Nun, wenn Sie mal Gelegenheit haben, nach Pittsburgh zu kommen, besuchen Sie mich.« – »Mit dem allergrößten Vergnügen.«

»Seine Frau«, warf Mr. Oppenheimer ein, »ist die Tochter Dr. Strangs, des Nasen- und Kehlkopfspezialisten aus Philadelphia ... Nebenbei, Ward, wie geht es denn dem lieben Geschöpf? Hoffentlich hat sie sich in Nizza von ihrer Mandelentzündung kuriert.« – »Ja, Sir«, sagte Ward, »sie schreibt, daß es ihr viel besser geht.« – »Sie ist ein reizendes Wesen – bezaubernd ...« sagte Mr. Oppenheimer und sog mit verdrehten Augen den letzten Schluck aus seinem Cognacglas.

Am nächsten Tage bekam Ward eine Depesche von Annabelle, sie sei nach Paris unterwegs. Er holte sie am Zuge ab. Als Ward auf sie zu kam, stellte sie ihm einen hochgewachsenen, schwarzbärtigen Franzosen vor, der ihr das Gepäck aus dem Waggon beförderte: »Monsieur Forelle, mein Reisebegleiter.« Erst als sie in der Droschke saßen, hatten sie Gelegenheit, miteinander zu sprechen. In der Droschke roch es muffig, weil sie wegen des peitschenden Regens die Fenster hatten schließen müssen. »Na, mein Schatz«, sagte Annabelle, »hast du deine schlechte Laune überwunden, in der du dich befunden hast, als ich wegfuhr? ... Hoffentlich. Denn ich habe schlechte Nachrichten für dich.« – »Was ist denn los?« – »Pa hat sich in eine schreckliche Lage hineingeritten ... Ich wußte ja, daß es so kommen wird. Er versteht von Geschäften nicht mehr als eine Kuh vom Klavierspielen ... Dein schöner Aufschwung in Ocean City ist zusammengebrochen, noch bevor er angefangen hatte. Pa bekam Angst und versuchte, seine Sandhaufen loszuwerden, und natürlich wollte niemand sie kaufen... Dann machte die Immobiliengesellschaft Bankrott, dein kostbarer Oberst verschwand, und Pa wurde auf irgendeine geheimnisvolle Weise für eine Reihe von Konzernschulden persönlich haftbar gemacht ... Und so stehen die Dinge jetzt. Ich habe ihm telegraphiert, daß wir mit dem nächsten Schiff nach Amerika kommen. Muß sehen, was ich tun kann ... Er ist in geschäftlichen Dingen so hilflos wie ein Kind.« – »Da tust du mir gar nicht weh. Ich bin ohnedies nur deinetwegen herübergefahren.« – »Du opferst dich immer für die anderen, wie?« – »Wir wollen uns nicht zanken, Annabelle.«

In den letzten Tagen begann ihm Paris zu gefallen. Sie hörten sich in der Oper *La Bohème* an und waren beide sehr aufgeregt. Nachher gingen sie in ein Café, aßen kaltes Rebhuhn und tranken Wein, und Ward erzählte Annabelle, wie er ein Liederkomponist hatte werden wollen, und er erzählte ihr von Marie O'Higgins und wie er begonnen hatte, ein Lied an sie zu komponieren; und sie hatten einander sehr lieb. Auf dem Heimweg in der Droschke küßte er sie immer wieder, und der Aufzug im Hotel kam ihnen schrecklich langsam vor.

Sie hatten noch tausend Dollar auf dem Kreditbrief, den Dr. Strang ihnen als Hochzeitsgeschenk überreicht hatte; Annabelle kaufte alle möglichen Kleider, Hüte und Parfums, und Ward ging zu einem englischen Schneider in der Nähe der Madeleine und ließ sich vier Anzüge machen. Am letzten Tage kaufte ihr Ward von seinem Gehalt beim *Paris Herald* eine Brosche in Gestalt eines Hahns; Emaille von Limoges, mit Granaten verziert. Als sie, nachdem ihr Gepäck bereits nach dem Zuge abgegangen war, zu Mittag aßen, hatten sie die zärtlichsten Gefühle für Paris und füreinander und für die Brosche. Sie fuhren auf der *Touraine* von Le Havre ab, die Überfahrt verlief vollkommen ruhig, während der ganzen Fahrt hatten sie eine graue, ölglatte Dünung, obgleich man im Februar war. Ward wurde diesmal nicht seekrank. Jeden Morgen, bevor Annabelle aufstand, spazierte er auf dem Ersterklassedeck umher, einen Feldstecher über der Achsel und dazu passend eine Kappe und einen Mantel von schottischem Tweed, und versuchte, einen Plan für die Zukunft auszuhecken. Wilmington jedenfalls lag in weiter Ferne wie ein Schiffsrumpf unter dem Horizont.

Der Dampfer, an den Flanken die schnaufenden Schlepper, bahnte sich gegen einen heulenden, eisigscharfen Nordwestwind seinen Weg durch das Gewirr der Barken und Schlepper und Wagenfähren und roten, pfeifenden Fährboote im Hafen von New York. Annabelle war brummig und sagte, sie finde das alles abscheulich, aber Ward war voller Begeisterung, als ein jüdischer Herr mit einer karierten Mütze ihm die Battery zeigte. Das Zollgebäude, das Aquarium, das Equitable Building, die Trinity Church, der Turm des Madison Square Garden und der ragende Keil des Flatiron Building. Sie fuhren vom Landungsplatz sogleich zur Fähre und aßen in dem mit roten Teppichen ausgelegten Speisesaal des Pennsylvania Bahnhofs in Jersey City. Ward aß gebackene Austern. Der freundliche, schwarze Kellner in der weißen Jacke; Ward fühlte sich wie zu Hause. »Wieder daheim im lieben Vaterland«, sagte er und beschloß, nach Wilmington zu fahren und seinen Leuten guten Tag zu sagen. Annabelle lachte ihn aus, und sie saßen, ohne ein Wort miteinander zu reden, in dem Salonwagen des Zuges, der nach Philadelphia fuhr.

Dr. Strangs Angelegenheiten befanden sich in einem üblen Zustand, und da er den ganzen Tag mit seiner Praxis zu tun hatte, nahm Annabelle sie völlig in ihre Hand. Die Geschicklichkeit, mit der sie finanzielle Dinge zu regeln wußte, überraschte sowohl Ward wie ihren Vater. Sie wohnten in Dr. Strangs großem altem Haus in der Spruce Street. Ward bekam durch einen Freund Dr. Strangs eine Stellung beim *Public Ledger* und war nur selten zu Hause. Sowie er ein bißchen freie Zeit hatte, ging er ins Drexel-Institut und hörte sich Vorlesungen über Nationalökonomie und Handelswissenschaften an. Des Abends pflegte Annabelle mit einem jungen Architekten namens Joachim Beale, der sehr reich war und ein Automobil hatte, auszugehen. Beale war ein magerer junger Mensch mit einer Vorliebe für Majolika und Bourbon-Whisky, und er nannte Annabelle *Meine Cleopatra*. Eines Nachts kam Ward nach Hause und überraschte sie beide, wie sie, sehr dürftig bekleidet und betrunken, in Annabelles Stübchen ganz oben unter dem Dach des Hauses saßen. Dr. Strang war zu einer ärztlichen Konferenz nach Kansas City gefahren. Ward stand mit verschränkten Armen auf der Schwelle, erklärte, daß er es satt habe und die Scheidung beantragen werde, verließ das Haus, schmiß die Tür hinter sich zu und schlief diese Nacht im *Christlichen Hospiz*. Am folgenden Tage, als er in die Redaktion kam, fand er dort einen Eilbrief von Annabelle vor; sie bat ihn, vorsichtig zu sein, denn jedes öffentliche Aufsehen würde ihres Vaters Praxis gefährden, und erklärte sich bereit, auf alle seine Vorschläge einzugehen. Er antwortete sofort:

Liebe Annabelle!

Ich merke jetzt, daß es schon von Anfang an Deine Absicht war, mich nur als Deckmantel für Dein schändliches und unweibliches Betragen zu benutzen. Ich verstehe jetzt, warum Du die Gesellschaft ausländischer Bohèmiens und ähnlicher Leute dem Umgang mit strebsamen jungen Amerikanern vorziehst.

Ich habe kein Interesse daran, Dir oder Deinem Vater

irgendwelche Unannehmlichkeiten oder öffentliche Scherereien zu machen, aber zuallererst mußt Du Dir versagen, den Namen Moorehouse zu entehren, solange Du ihn noch von Rechts wegen trägst, und ich fühle mich auch berechtigt, wenn einmal die Scheidungssache zu unser aller Zufriedenheit geregelt ist, eine gewisse Entschädigung für den Zeitverlust usw. und die durch Deine Schuld herbeigeführte Schädigung meiner Karriere zu fordern. Ich fahre morgen nach Pittsburgh, wo mich eine Stellung erwartet und neue Arbeit, die mir hoffentlich helfen wird, Dich und den tiefen Schmerz, den Deine Untreue mir verursacht hat, zu vergessen.

Er wußte zuerst nicht recht, wie er den Brief abschließen sollte, schrieb dann:

Mit Gruß J. W. M.

und gab ihn auf.

Die ganze Nacht lag er in einem oberen Bett im Schlafwagen nach Pittsburgh und machte kein Auge zu. Da war er nun dreiundzwanzig Jahre alt, hatte keinen Doktortitel, beherrschte keinerlei Handwerk und hatte längst die Hoffnung aufgegeben, ein Schlagerkomponist zu werden. Und er hatte so viele Hoffnungen gehabt: Grundstücksspekulationen, Ocean City, journalistische Arbeit und die Heirat mit Annabelle Marie. Verdammt noch mal, nie wieder würde er bei einer vornehmen Dame den Kammerdiener spielen. Die stickige Luft des Schlafwagens, das Kissen, das sich immer wieder unter seinem Ohr verknäuelt, einzelne Brocken aus den Verkaufstiraden für Bancroft oder Bryants amerikanische Geschichte, durch Pfirsichblüten bis ans Meer, Mr. Hillyards Stimme, die aus den Tiefen des Immobilienbüros von Wilmington zu den Geschworenen redet, »Grundbesitz, Sir, ist die sicherste, dauerhafteste, beständigste Kapitalanlage, gefeit gegen jeden Verlust durch Wasser- oder Feuersnot; der Besitzer von Grund und Boden ist durch unauflösliche Bande mit dem Wachstum seiner Stadt oder seines Landes verknüpft ... verbessern oder nicht verbessern, je nach Laune und Belieben, und dann still und

gesichert zu Hause sitzen und sich die Reichtümer in den Schoß fallen lassen, die Reichtümer, die durch den unvermeidlichen und unveräußerlichen Zuwachs an Schätzen eines mächtigen Volkes erzeugt werden ...« – für einen jungen Mann mit geeigneten Verbindungen und, wenn ich so sagen darf, angenehmen Manieren sowie einer gründlichen klassischen Bildung – sagte Mr. Oppenheimer –, dürfte das Bankwesen ein günstiges Feld für die Pflege zahlreicher Tugenden bieten, Energie, Diplomatie und vielleicht auch Fleiß ... Eine Hand zupfte an seinem Bettuch.
»Pittsburgh, Sir, in fünfundvierzig Minuten.« Die Stimme des schwarzen Schaffners. Ward zog die Hose an, stellte mit Betrübnis fest, daß die Bügelfalte im Verschwinden war, sprang von seinem Bett herunter, schlüpfte in die Schuhe, die noch klebrig waren von der minderwertigen Wichse, mit der man sie hastig geputzt hatte, und stolperte durch den Gang, vorbei an zerrauften Gestalten, die aus ihren Betten hervortauchten, in den Waschraum für Männer. Seine Augen waren verklebt, er hätte gern gebadet. Die Luft war unerträglich stickig, in dem Waschraum roch es nach Unterwäsche und nach fremder Leute Rasierseifen. Durch das Fenster sah er schwarze, mit Schnee überpulverte Hügel, ab und zu eine Kohlenhalde, Reihen grauer Baracken, eine wie die andere, ein Flußbett, zernarbt von Bergwerksschutt und Schlackenhaufen, purpurnes Spitzenwerk der Bäume längs des Hügelrandes, scharf umrissen vor der roten Sonne, dann vor den Hügeln, hell und rot wie die Sonne, eine Flammenkugel aus einer Schmelzhütte.
Ward rasierte sich und putzte sich die Zähne, wusch sich, so gut er konnte, Gesicht und Hals und scheitelte sein Haar. Sein Kinn und seine Backenknochen bekamen mit der Zeit ein breites, kantiges Aussehen, er fand das imponierend. Scharfgeschnittenes, junges Direktorengesicht, sagte er bei sich, während er den Kragen umknöpfte und die Krawatte band. Annabelle hatte ihn den Trick gelehrt, Krawatten von der Farbe seiner Augen zu tragen. Als ihm ihr Name einfiel, überwältigte ihn eine leise Erinnerung an ihre Lippen, an das moschusdumpfe Parfum, das sie verwendete. Er schob

diese Erinnerung beiseite, fing zu pfeifen an, hörte wieder auf, weil er Angst hatte, die anderen Männer, die sich da ankleideten, könnten sein Benehmen sonderbar finden, ging hinaus und stellte sich auf die Plattform. Die Sonne war jetzt richtig aufgegangen, rosig und schwarz standen die Hügel da, blau waren die Mulden, in denen der Rauch der Frühstücksfeuer sich sammelte. Überall nichts als Baracken in langer Reihe, Eisenwerke, Kohlenhalden. Ab und zu schleuderte ein Hügel eine Barackenreihe oder ein paar Hochöfen in den Himmel empor. An den Wegkreuzungen im Dreck der Straße drängten sich die Nachzügler der Fabriken, schwarzgekleidete Männer mit schwarzen Gesichtern. Rußgeschwärzte Mauern sperrten den Himmel aus. Der Zug fuhr durch Tunnels, unter kreuz und quer laufenden Brücken, durch tiefe Gräben. »Pittsburgh, Union Station!« schrie der Schaffner. Ward drückte dem Neger einen Fünfundzwanziger in die Hand, holte aus einem Haufen fremden Gepäcks seinen Koffer hervor und ging mit forschem, festem Schritt den Perron entlang, die kalte, verräucherte Luft der Bahnhofshalle atmend.

3

Das Kamera-Auge 17

Damals im Frühling als man vom Fenster des Hinterzimmers im letzten Stock hoch über den Ulmen den Halleyschen Kometen sah da sagte Mr. Greenleaf ich muß den Konfirmationsunterricht besuchen und mich dann wenn der Bischof kommt konfirmieren lassen und als wir dann das nächstemal Kanu fuhren da sagte ich zu Skinny ich würde mich nicht konfirmieren lassen denn ich glaube an das Kampieren und an das Kanufahren und an den Halleyschen Kometen und an das Weltall und an das Geräusch das der Regen auf dem Zelttuch macht
in dieser Nacht hatten wir beide den *Hund von Baskerville* gelesen und wir hängten das Stück Fleisch an einen Baum und ein Hund muß es gerochen haben weil er ewig um uns herumschlich und ganz schrecklich heulte und wir waren so ängstlich (aber ich sagte davon nichts ich weiß nicht mehr was ich sagte)
und nicht an die Kirche und Skinny sagte wenn du nie getauft worden bist kannst du auch nicht konfirmiert werden und ich ging zu Mr. Greenleaf und sagte ihm das er sah mich sehr frostig an und sagte ich soll lieber vom Konfirmationsunterricht wegbleiben und dann mußte ich sonntags in die Kirche gehen aber ich konnte mir aussuchen welche mir besser paßt so ging ich manchmal in die Kongregationskirche und manchmal in die Episkopalkirche und an dem Sonntag als der Bischof kam da war der Halleysche Komet nicht mehr zu sehen und ich schaute zu wie die anderen konfirmiert wurden und das dauerte vier Stunden weil auch eine Menge kleine Mädchen konfirmiert wurden und da war nichts weiter zu hören als ein dumpfes Rhabarberrhabarber das ist dein Kind rhabarberrhabarber das ist dein Kind und ich hätte gerne gewußt ob ich wenn das nächstemal der Halleysche Komet wieder kommt
noch am Leben sein werde

Weltwochenschau XIII

Ich stand vor dem National-Palast, als die Schießerei begann. Ich lief mit Tausenden von Menschen über die Plaza, Männern, Weibern und Kindern, die auf der Flucht zu Dutzenden niedergeknallt wurden

NEUES GEBIRGE ENTDECKT

Oh, Jim O'Shea, den warf das Meer auf eine indische Insel.
Der schwarzen Schar gefiel sein Haar
Wie ein buschiger roter Pinsel.

DAS IRRENHAUS DER MODERNEN KUNST
banditen die in der wildnis hausen

Washington hält die Wahl General Huertas zum provisorischen Präsidenten von Mexiko als Nachfolger des gestürzten Präsidenten Francisco Madero für unglücklich, unlogisch und unnatürlich

DREI PERSONEN FLÜCHTEN AUS DER STADT
FÜRCHTEN EINE FALLE

er hatte sand in den hotelzucker getan der autor erzählt er sei als politischer flüchtling nach amerika gekommen und habe nur schmutz und niedertracht gefunden
lung yu frühere kaiserin von china in der verbotenen stadt gestorben

Und Ringlein am Finger
Und Glöckchen am Zeh,
Und Elefanten zum Reiten,
Mein irisch Röslein rot,

So komm zu deinem Nabob und am nächsten Patrickstag
Bist du Rumbel Bumbel Dschumbel Dschinschibu

Frau O'Shea

daß man bei der Organisierung der Republik die unteren Klassen ignoriert hat, wird vielleicht zu neuerlichen Aufständen führen

600 Amerikaner flüchten aus der Stadt

La cucaracha la cucaracha
Ya no quiere caminar
Porque no tiene
porque no tiene
Marijuana que fumar

ELEANOR STODDARD

Als kleines Kind haßte sie *alles*. Sie haßte ihren Vater, den dicken, rothaarigen Mann, er roch nach Bart und schalem Pfeifentabak. Wenn er aus dem Büro nach Hause kam, er arbeitete in den Viehhöfen, hatte er an seinen Kleidern den Gestank der Schlachthäuser und erzählte blutrünstige Witze über geschlachtete Schafe, Tiere, Schweine und Menschen. Eleanor haßte Gerüche und den Anblick von Blut. Nachts pflegte sie zu träumen, sie wohne ganz allein mit ihrer Mutter in einem großen, sauberen weißen Haus in Oak Park, und vor den Fenstern war Schnee, und sie hatte helles, weißes Silber auf ein weißes Leinentischtuch aufgelegt, und sie stellte weiße Blumen auf den Tisch und weißes Hühnerfleisch vor ihre Mutter hin, die eine vornehme Dame in einem Kleid von weißem Brokat war, plötzlich aber erschien auf dem Tisch ein winziger roter Fleck, und der Fleck wurde immer größer und größer, und ihrer Mutter Hände flatterten hilflos umher, und sie versuchte, den Fleck wegzuwischen, aber er wurde immer größer, ein blutiger Tümpel, der sich über das ganze Tischtuch verbreitete; und dann wachte sie aus dem Alptraum auf, roch den Gestank der Viehhöfe und heulte. Als sie mit sechzehn Jahren die höhere Schule besuchte, legten sie und ein Mädchen namens Isabelle gemeinsam den Schwur ab, daß sie, falls je ein Junge sie berührte, sich umbringen würden. Aber noch im Herbst desselben Jahres bekam das Mädchen nach einem Scharlach eine Lungenentzündung und starb. Eleanor war allein wie in ihren Träumen.

Der einzige Mensch, den Eleanor noch leiden konnte, war ihre Englischlehrerin Miss Oliphant. Miss Oliphant war in England geboren. Als ein kleines zehnjähriges Mädchen war sie mit ihren Eltern nach Chicago gekommen. Sie begeisterte sich sehr für die englische Sprache, versuchte ihren Schülerinnen das breite »a« beizubringen und fühlte sich berechtigt, in Dingen der englischen Literatur einige Autorität in Anspruch zu nehmen, da sie entfernt verwandt war mit einer gewissen Oliphant, die um die Mitte des neunzehnten Jahrhunderts in der englischen Literaturwelt eine Rolle gespielt und so wunderschön über Florenz geschrieben hatte. Sie lud also hie und da ihre hoffnungsvolleren Schülerinnen, nämlich jene, deren Eltern anscheinend nettere Leute waren, zum Tee in ihre kleine Wohnung ein, in der sie ganz allein mit einer schläfrigen blauen Angorakatze und einem Gimpel hauste, und erzählte ihnen von Goldsmith, von Dr. Johnsons markigen Aussprüchen, von Keats, vom *Cor Cordium* und wie schrecklich es sei, daß er so jung hatte sterben müssen, von Tennyson und wie grob er zu den Frauen gewesen sei, und dann schilderte sie, wie die Wache in Whitehall abgelöst wird, und erzählte von dem Weingarten, den Heinrich VIII. in Hampton Hall gepflanzt hatte, und von der unglückseligen schottischen Maria. Miss Oliphants Eltern waren Katholiken gewesen und hatten die Stuarts als die rechtmäßigen Erben des britischen Thrones betrachtet; sie pflegten ihre Weingläser über den Wasserkrug zu halten, wenn sie auf des Königs Wohl tranken. Das alles fanden die Jungens und Mädchen entzückend, besonders Eleano und Isabelle; Miss Oliphant gab ihnen gute Noten für ihre schriftlichen Arbeiten und ermunterte sie zum Lesen. Eleanor liebte ihre Lehrerin und war in der Klasse sehr aufmerksam. Sie brauchte bloß Miss Oliphant einen Satz wie *Die großen Denkmäler der englischen Prosa* oder *Die kleinen Prinzen im Tower* oder *Hie der heilige Georg und unser fröhliches England* aussprechen zu hören, und ein kleiner Schauder lief ihr über den Rücken. Als Isabelle starb, war Miss Oliphant so entzückend zu ihr, lud sie ganz allein zum Tee ein und las ihr mit einer klaren, spröden Stimme den *Lycidas* vor und sagte ihr, sie sollte zu Hause den *Adonais* lesen, den könne sie ihr nicht vorlesen, denn sie wisse, sie würde dabei die Fassung verlieren. Dann erzählte sie von ihrer besten Freundin aus ihrer Mädchenzeit, das war eine kleine Irin gewesen mit rotem Haar und einer hellen, warmen, weißen Haut wie

Crown-Darby-Porzellan, liebes Kind, und wie sie nach Indien gefahren und dort am Fieber gestorben war, und wie Miss Oliphant geglaubt hatte, sie würde ihren Kummer nicht überleben, und wie das Crown-Darby erfunden worden war, und der Erfinder hatte seinen letzten Pfennig vertan, um die Formel für dieses wunderbare Porzellan zu finden, und dann brauchte er noch als letzte Zutat etwas Gold, und sie waren schon fast verhungert und hatten gar nichts mehr übrig außer dem Ehering seiner Frau, und wie sie mit ihren Stühlen und Tischen das Feuer im Schmelzofen im Gang hielten, und schließlich habe er dieses wunderbare Porzellan zustande gebracht, das die königliche Familie ausschließlich benutzt.

Und Miss Oliphant veranlaßte Eleanor, Kurse an der Kunstakademie zu besuchen. An den Wänden ihres Zimmers hatte sie Reproduktionen nach Bildern von Rossetti und Burnes Jones hängen, sie erzählte Eleanor von der präraffaelitischen Brüderschaft, sie erweckte in ihr das Gefühl, daß Kunst etwas Elfenbeinweißes, sehr Reines, Edles, Fernes und Trauriges sei, gerade so, wie Eleanor die Kunst gern haben wollte.

Als ihre Mutter an perniziöser Anämie starb, war Eleanor ein mageres, achtzehnjähriges Geschöpf; unter Tags arbeitete sie in einem Spitzengeschäft, abends studierte sie Kunstgewerbe. Nach dem Begräbnis ging sie nach Haus, packte ihre Sachen zusammen und übersiedelte ins *Moody House*. Ihren Vater besuchte sie fast gar nicht mehr. Manchmal rief er sie an, aber sie ließ sich, sooft sie nur konnte, verleugnen. Sie wollte ihn ganz vergessen. In dem Spitzengeschäft konnte man sie gut leiden, weil sie so kultiviert war und dem Laden eine undefinierbare schicke Atmosphäre verlieh (nach den Worten der alten Mrs. Lang, der Inhaberin dieses Spitzengeschäfts), aber sie bekam nur zehn Dollar die Woche, und davon gingen fünf für Miete und Essen drauf. Sie aß nicht viel, aber das Essen im Speisesaal war so schlecht, und sie saß so ungern mit den anderen Mädchen zusammen, daß sie sich manchmal noch extra eine Flasche Milch kaufen mußte, die sie dann auf ihrem Zimmer trank, und an manchem

Wochenende hatte sie plötzlich nicht mehr das Geld, um sich Bleistifte und Zeichenpapier zu kaufen; dann mußte sie zu ihrem Vater gehen und sich von ihm ein paar Dollar geben lassen. Er gab sie ihr recht gern, aber sie haßte ihn darum nur noch mehr.

Am Abend pflegte sie in ihrer kleinen, schmutzigen Bude zu sitzen, einem wahren Loch mit einer häßlichen Bettdecke und einem häßlichen Eisenbett, und las Ruskin und Pater aus der Leihbibliothek, während aus dem gemeinsamen Aufenthaltsraum ein Lärm heraufscholl wie Choralgesang. Manchmal ließ sie das Buch in den Schoß sinken und starrte den ganzen Abend lang die rötlich trübe elektrische Birne an, das einzige Beleuchtungsstück, das die Hausverwaltung erlaubte. Sooft sie eine Lohnerhöhung verlangte, sagte Mrs. Lang: »Sie werden doch bald heiraten und mich verlassen, meine Liebe, eine so stilvolle junge Dame wie Sie, mit diesem undefinierbaren Schick, kann nicht lange allein bleiben, und dann werden Sie es ja nicht mehr brauchen.«

Sonntags fuhr sie mit der Eisenbahn nach Pullman hinaus, wo die Schwester ihrer Mutter ein Häuschen hatte. Tante Betty war eine stille, hausmütterliche, kleine Frau, die alle Eigenheiten Eleanors als gewöhnliche Backfischlaunen beiseite schob und immer scharf Ausschau hielt nach einem passenden jungen Mann, der für Eleanor als Verehrer einzufangen wäre. Ihr Mann, Onkel Joe, war Vorarbeiter in einem Walzwerk. Die vielen Jahre in dem lärmenden Walzwerk hatten ihn völlig taub gemacht, aber er behauptete, daß er gerade in der Fabrik selber alles genau verstehen könne, was gesagt wird. Wenn Sommer war, verbrachte er den Sonntag mit Schaufel und Hacke in seinem kleinen Garten; er spezialisierte sich auf Salat und Astern. Im Winter oder bei schlechtem Wetter saß er im Vorderzimmer und las das Eisenbahner-Magazin. Tante Betty kochte nach den Rezepten der Hausfrauenzeitung ein kunstvolles Mittagessen, und Eleanor wurde beauftragt, die Blumen auf dem Eßtisch anzuordnen. Nach dem Essen wusch Tante Betty das Geschirr, und Eleanor trocknete ab, und während die beiden Alten ihr Schläfchen machten, saß sie im Vorderzimmer und las die Gesellschaftsnachrichten der *Chicago Tribune*. Nach dem Abendessen, wenn das Wetter gut war, begleiteten die alten Leute sie zum Bahnhof und setzten sie in den Zug, und Tante Betty sagte, es sei empörend, daß ein hübsches Mädchen wie sie ganz allein in der Großstadt lebe. Eleanor lächelte dann ein fröhliches, bitteres Lächeln und sagte, sie fürchte sich nicht.

Die stadtwärts fahrenden Wagen waren an den Sonntagabenden mit jungen Männern und jungen Mädchen überfüllt, und die jungen Männer und jungen Mädchen waren alle ganz verschwitzt und zerzaust und sonnverbrannt von ihrem Ausflug aufs Land oder in die Dünen. Eleanor haßte sie, sie haßte die italienischen Familien mit den plärrenden Bälgern, die die Luft mit Wein- und Knoblauchdunst erfüllten, sie haßte die Deutschen, deren Gesichter von dem vielen Biersaufen, den ganzen Nachmittag lang, gerötet waren, sie haßte die betrunkenen finnischen und schwedischen Arbeiter, die sie mit blauen, alkoholisierten Blicken aus hölzernen Gesichtern verfolgten. Manchmal versuchte ein Mann mit ihr etwas anzufangen, und sie mußte in einen anderen Waggon übersiedeln.

Einmal, als der Wagen besonders voll war, preßte ein kraushaariger Bursche sich vielsagend an sie an. Die Leute standen so dicht gedrängt, daß sie nicht von ihm abrücken konnte. Es wurde ihr schwer, nicht laut um Hilfe zu rufen, aber sie hatte das Gefühl, daß es doch zu vulgär wäre, Lärm zu schlagen. Als sie schließlich ihr Ziel erreicht hatte und sich durch die Menschenmenge hindurchzwängte, packte sie ein unüberwindliches Schwindelgefühl, und sie mußte auf dem Heimweg in eine Drogerie gehen, um sich ein bißchen Ammoniakgeist zu kaufen. Zitternd lief sie durch das Vestibül des *Moody House* und in ihr Zimmer hinauf. Es wurde ihr schlecht, und eines der Mädchen überraschte sie im Badezimmer, wie sie sich übergab, und die anderen Mädchen sahen sie so sonderbar an. Zu solchen Zeiten war sie sehr unglücklich und dachte an Selbstmord. Während ihrer monatlichen Periode hatte sie die schmerzhaftesten Krämpfe, und jeden Monat mußte sie wenigstens einen Tag lang im

Bett liegenbleiben. Oft fühlte sie sich eine ganze Woche lang elend.

Eines Tages im Herbst hatte sie an Mrs. Lang telephoniert, daß sie krank sei und liegenbleiben müsse. Sie ging wieder in ihr Zimmer hinauf, legte sich ins Bett und las *Romola*. Sie las sich jetzt durch die gesammelten Werke von George Eliot durch, die in der Bibliothek des *Moody House* standen. Als die alte Scheuerfrau die Tür öffnete, um das Bett zu machen, sagte sie: »Krank ... Ich werde schon sauber machen, Frau Kuntz.« Am Nachmittag wurde sie hungrig, und das Bettuch unter ihrem Rücken war ganz verknüllt, und obgleich sie sich ein wenig schämte, weil sie Mrs. Lang erzählt hatte, sie sei zu krank, um sich zu rühren, während sie jetzt das Gefühl hatte, sie könnte ohne weiteres ausgehen, glaubte sie plötzlich ersticken zu müssen, wenn sie noch eine Minute länger in ihrem Zimmer bliebe. Sie zog sich sorgfältig an und ging etwas verstohlen die Treppe hinunter. »Sie sind also gar nicht so krank«, sagte Mrs. Biggs, die Hausmutter, als sie im Vestibül an ihr vorüberkam. – »Ich hatte bloß das Gefühl, daß ich ein bißchen an die frische Luft muß.« – »Schlimme Sache mit Ihnen«, hörte sie Mrs. Biggs ganz leise vor sich hin brummen, während sie zur Tür hinausging. Mrs. Biggs mißtraute Eleanor, weil Eleanor Kunstgewerbe studierte.

Da sie sich ein wenig schwach fühlte, ging sie in einen Drugstore und ließ sich ein paar Tropfen Ammoniakgeist in Wasser geben. Das war für sie das beste Stärkungsmittel. Dann fuhr sie mit der Straßenbahn zum Grant Park. Ein schrecklicher Nordwestwind blies Sand und Papierfetzen in tollen Wirbeln am Ufer des Sees entlang. Sie ging in die Kunstakademie und in den Stickney-Saal hinauf, um sich die Whistlers anzusehen. Heute war in dem Saal außer ihr nur noch ein zweites, sehr gut angezogenes junges Mädchen in einem grauen Fuchspelz und einem kleinen grauen Federhut. Diese junge Dame betrachtete das Porträt von Manet. Eleanor interessierte sich für sie, sie tat nur so, als ob sie sich die Whistlers anschaute. Immer wieder wanderte ihr Blick zu der jungen Dame in dem grauen Pelz. Auf einmal stand

sie neben ihr und betrachtete gleichfalls das Porträt von Manet. Ihre Blicke begegneten einander. Das Mädchen hatte mattbraune, mandelförmige, etwas weit auseinanderstehende Augen. »Ich halte ihn für den besten Maler der Welt«, sagte sie in streitlustigem Ton, als wollte sie, daß ihr jemand widerspreche. – »Ich halte ihn für einen entzückenden Maler«, sagte Eleanor und gab sich Mühe, ihre Stimme zu festigen. »Dieses Bild liebe ich geradezu.« – »Sie wissen, daß es nicht von Manet selber ist, sondern von Fantin Latour«, sagte die junge Dame. – »O ja, natürlich«, sagte Eleanor.
Dann kam eine Pause. Eleanor fürchtete schon, das sei alles gewesen, aber die andere sagte: »Was für Bilder lieben Sie noch?« Eleanor betrachtete sorgfältig den Whistler; dann sagte sie langsam: »Ich liebe Whistler und Corot.« – »Ich auch, aber am liebsten habe ich Millet. Er ist so rund und warm ... Sind Sie schon einmal in Barbizon gewesen?« – »Nein, aber ich würde gern mal hingehen.« Wieder eine Pause. »Ich finde aber Millet ein wenig derb, nicht?« wagte Eleanor zu sagen. – »Sie meinen diesen Buntdruck mit dem *Angelus*. Ja, religiöse Gefühle in der Malerei sind mir einfach zuwider, ich verachte so etwas, Sie nicht?« Eleanor schüttelte den Kopf und sagte: »Ich liebe Whistler so sehr; wenn ich seine Bilder angeschaut habe, dann kann ich zum Fenster hinausschauen, und da sieht alles genauso pastellhaft aus, wissen Sie.«
»Ich habe eine Idee«, sagte die andere, nachdem sie einen Blick auf eine kleine Taschenuhr geworfen hatte, die sie aus ihrem Täschchen hervorzog. »Ich muß erst um sechs zu Hause sein. Wollen wir nicht zusammen eine Tasse Tee trinken? Ich kenne ein kleines Lokal, wo man sehr guten Tee bekommt, eine deutsche Konditorei. Ich muß erst um sechs zu Hause sein, und wir können noch sehr nett miteinander plaudern. Sie werden es nicht zu unkonventionell von mir finden, wenn ich Sie einlade, wie? Ich liebe unkonventionelle Dinge, Sie auch? Finden Sie nicht Chicago abscheulich?«
Ja, Eleanor fand Chicago abscheulich und haßte konventionelle Menschen. Sie gingen in die Konditorei und tranken

Tee, und die graugekleidete junge Dame, die Eveline Hutchins hieß, nahm ihn mit Zitrone. Eleanor redete sehr viel und brachte die andere zum Lachen. Ihr Vater, erklärte Eleanor, ohne selber recht zu wissen, wie es kam, ihr Vater sei Maler, er lebe in Florenz, und sie habe ihn seit ihrer frühesten Kindheit nicht mehr gesehen. Ihre Mutter habe sich von ihm scheiden lassen und dann wieder geheiratet, einen Geschäftsmann, der mit Armour und Co. in Beziehungen stand, jetzt sei ihre Mutter tot, und sie habe nur noch einige Verwandte in Lake Forest, sie studiere an der Kunstakademie, habe jedoch die Absicht, das Studium aufzugeben, weil ihr die Lehrkräfte nicht paßten. Sie finde das Leben in Chicago einfach abscheulich und gedenke nach dem Osten überzusiedeln.

»Warum gehen Sie nicht nach Florenz zu Ihrem Vater?« fragte Eveline Hutchins.

»Nun, das kann noch werden, wenn ich erst einmal mein Schäfchen im trockenen habe«, sagte Eleanor.

»Oh, ich werde nie reich sein«, sagte Eveline. »Mein Vater ist Geistlicher ... Wollen wir nicht zusammen nach Florenz fahren, Eleanor, und Ihren Vater besuchen. Wenn wir erst einmal da sind, kann er uns doch nicht gut hinauswerfen.«

»Ich würde riesig gern einmal hinüberfahren.«

»Jetzt muß ich aber nach Hause. Übrigens, wo wohnen Sie denn? Wir wollen uns doch morgen nachmittag treffen und uns gemeinsam die Bilder ansehn.«

»Ich fürchte sehr, ich werde morgen zu tun haben.«

»Vielleicht können Sie einmal abends bei mir essen. Ich werde Mutter fragen, wann ich Sie einladen darf. Man findet so selten eine Frau, mit der man sich unterhalten kann. Wir wohnen am Drexel Boulevard. Hier ist meine Karte. Ich schicke Ihnen eine Postkarte, und Sie versprechen mir, daß Sie bestimmt kommen, nicht wahr?«

»Ich komme sehr gern, wenn es nicht früher als um sieben ist ... Wissen Sie, ich habe eine Beschäftigung, die mich jeden Nachmittag bis sieben festhält, außer am Sonnabend und Sonntag, da fahre ich gewöhnlich zu meinen Verwandten nach ...«

»Nach Lake Forest?«
»Ja ... Wenn ich in der Stadt bin, wohne ich in einer Art christlichem Mädchenheim, Moody House heißt das Ding, es ist plebejisch, aber bequem ... Ich werde Ihnen die Adresse auf dieses Kärtchen aufschreiben.« Das Kärtchen stammte von Mrs. Lang: *Ausländische Spitzen und Handgestickte Gewebe.* Sie schrieb ihre Adresse auf das Kärtchen, strich die andere Seite durch und reichte es Eveline. »Das ist reizend«, sagte Eveline; »ich schreibe Ihnen noch heute abend eine Karte. Sie versprechen mir, daß Sie kommen, nicht wahr?«
Eleanor brachte sie zur Straßenbahn und ging dann langsam die Straße entlang. Sie hatte ihr ganzes Unwohlsein vergessen gehabt, jetzt aber, da die andere weg war, kam sie sich sehr gedrückt und schäbig und einsam vor, wie sie so ihren Weg durch das abendliche Gedränge in den winddurchfegten Straßen verfolgte.
Eleanor lernte durch Eveline Hutchins mehrere junge Mädchen kennen. Als sie das erstemal zu den Hutchins kam, war sie verlegen und sah nicht viel, später aber begann sie aufzutauen, besonders als sie merkte, daß alle sie, Eleanor, sehr interessant und kultiviert fanden. Die Familie bestand aus dem Dr. Hutchins und seiner Frau, zwei Töchtern und einem Sohn, der an der Universität studierte. Dr. Hutchins war Geistlicher unitarischen Glaubens, ein sehr liberaler Herr, Mrs. Hutchins malte Blumenstilleben mit Wasserfarben und legte dabei, wie die Leute behaupteten, großes Talent an den Tag. Die ältere Tochter Grace war im Osten, in Vassar, zur Schule gegangen und hatte sich dort angeblich in literarischen Dingen als sehr fähig erwiesen, der Sohn studierte in Harvard Griechisch, nachdem er bereits sein reguläres Studium abgeschlossen hatte, und Eveline besuchte die interessantesten Vorlesungen hier in Chicago selbst an der *Northwestern.* Dr. Hutchins war ein Mann mit einer sanften Stimme, einem großen, glatten, rosigen Gesicht und großen, glatten, weißen Händen, die so aussahen, als gehörten sie einer Leiche. Die Hutchins planten für das nächste Jahr eine Auslandreise, denn das nächste Jahr war Dr. Hutchins' Urlaubsjahr.

Eines Abends nahm Eveline sie zu Mrs. Shuster mit. »Sie dürfen bei mir zu Hause kein Wort von Mrs. Shuster erwähnen, nicht wahr?« sagte Eveline, als sie die Hochbahn verließen. »Mr. Shuster ist Kunsthändler, und mein Vater findet die beiden ein wenig zu bohemienhaft ... Bloß weil Annie Shuster einmal bei uns war und beim Essen die ganze Zeit geraucht hat ... Ich habe zu Hause gesagt, wir gehn ins *Auditorium* zum Konzert.«
Eleanor hatte sich für diesen Anlaß ein neues Kleid gemacht, ein ganz einfaches weißes Kleid mit ein wenig Grün darin, nicht gerade ein Abendkleid, sondern eines, das sie jederzeit tragen konnte, und als ihnen Annie Shuster, eine dickliche, kleine, rothaarige Frau mit einem etwas forschen Benehmen und einer ebenso forschen Sprache, in der Diele aus den Mänteln half, bemerkte sie, wie hübsch das Kleid sei. »Ja, entzückend«, sagte Eveline. »Sie sind auch wirklich heute abend besonders hübsch, Eleanor.« – »Ich möchte wetten, daß dieses Kleid nicht aus Chicago stammt ... Es sieht mir ganz nach Paris aus«, sagte Mrs. Shuster. Eleanor lächelte bittend und errötete ein wenig und sah hübscher aus denn je.
Eine Menge Menschen, in zwei kleine Zimmer gepfropft, Zigarettenrauch, Kaffeetassen und Punschduft. Mr. Shuster war ein weißhaariger, sehr blasser Mann mit einem für seinen Körper viel zu großen Kopf und matten Bewegungen. Er sprach wie ein Engländer. Mehrere junge Herrn standen um ihn herum; einen davon hatte Eleanor zufällig kennengelernt, als sie noch an der Kunstakademie studierte. Er hieß Eric Egström, und er hatte ihr schon immer gut gefallen, weil sie das Gefühl hatte, seine Haltung jungen Mädchen gegenüber sei eine andere als die der anderen Männer. Er hatte flachsblondes Haar, blaue Augen und einen kleinen blonden Schnurrbart. Und Mr. Shuster schien sehr viel von ihm zu halten. Eveline führte sie umher, machte sie mit jedermann bekannt und richtete an jedermann ihre Fragen, die zuweilen etwas verwirrend waren. Männer wie Frauen rauchten und redeten über Bilder, Bücher und Leute, von denen Eleanor niemals gehört hatte. Sie sah sich um und

sagte nicht viel, sie betrachtete die griechischen Silhouetten auf den orangefarbenen Lampenschirmen und die Bilder an den Wänden, die freilich sehr sonderbar aussahen, und die Reihen gelbrückiger französischer Bücher auf den Regalen, und sie hatte das Gefühl, daß sie hier sehr viel lernen könnte, wenn man sie bloß umherstehen und ganz still zuhören ließe. Sie gingen sehr früh weg, weil Eveline am *Auditorium* vorüber mußte, um sich das Konzertprogramm anzusehen, aus Angst, man könnte sie danach fragen; und Eric und noch ein zweiter junger Mann begleiteten sie nach Haus. Nachdem sie Eveline vor ihrem Haus verlassen hatten, fragten sie Eleanor, wo sie wohne, und sie wollte nicht das *Moody House* nennen, weil es in einer so abscheulich häßlichen Straße lag, sie ließ sich daher von den beiden Männern zu einer Hochbahnstation begleiten, lief dann schnell die Treppe hinauf und wollte sie nicht mitkommen lassen, obgleich sie Angst hatte, zu so später Stunde allein nach Haus zu gehen.

Viele der Kunden Mrs. Langs hielten Eleanor für eine Französin, wegen ihres schwarzen Haares, wegen ihres schmalen, ovalen Gesichts und wegen ihrer durchsichtigen Haut. Ja, eines Tages, als eine gewisse McCormick, von der Mrs. Lang vermutete, sie könnte zu *den* McCormicks gehören, sich nach der jungen Französin erkundigte, die sie neulich bedient hatte, kam Mrs. Lang auf einen Gedanken. Eleanor würde von jetzt an als Französin zu gelten haben; sie kaufte ihr zwanzig Abonnementsscheine für die Berlitz School und sagte ihr, sie könnte die Stunde zwischen neun und zehn Uhr morgens freibekommen, falls sie in der Berlitz School französische Stunden nähme. Den ganzen Dezember und Januar also studierte Eleanor Französisch, dreimal die Woche, bei einem alten Mann in einem muffig riechenden Wolljackett (sie begann nun ab und zu, wenn sie mit den Kundinnen sprach, so zwanglos wie möglich eine französische Phrase einzuflechten, und sooft jemand im Laden war, sagte Mrs. Lang zu ihr *Mademoiselle*). Sie arbeitete sehr fleißig und borgte sich von Shusters gelbrückige Bücher, die sie des Abends mit Hilfe eines Wörterbuches las, und binnen kurzem konnte sie besser Französisch als Eveline, die als kleines Kind eine französische Gouvernante gehabt hatte. Eines Tages entdeckte sie in der Berlitz School, daß sie einen neuen Lehrer bekommen hatte. Der alte Mann lag mit Lungenentzündung zu Bett, und an seine Stelle trat ein junger Franzose, ein magerer, junger Mensch mit einem spitzen, blaurasierten Kinn und großen braunen, langwimprigen Augen. Eleanor gefiel er sofort mit seinen schmalen aristokratischen Händen und seinem hochmütigen Benehmen. Binnen einer halben Stunde hatten sie den ganzen Unterricht vergessen und unterhielten sich auf englisch. Er sprach das Englische mit einem komischen Akzent, aber sehr fließend. Ganz besonders gefiel ihr die Art, wie er das R aussprach, tief unten in der Kehle. Das nächstemal, als sie die Treppe hinaufging, fieberte sie vor Neugier, ob sie wieder denselben jungen Mann zum Lehrer haben würde. Und er war da. Er sagte ihr, der alte Mann sei gestorben. Das hätte ihr eigentlich leid tun müssen, aber es tat ihr nicht leid. Der junge Mann merkte, wie ihr zumute war, verzog das Gesicht zu einer komischen, halb lachenden, halb weinerlichen Miene und sagte: »Vae victis.« Dann erzählte er von seinem Elternhaus in Frankreich, und wie verhaßt ihm dieses konventionelle, bourgeoise Leben gewesen sei, und er sei nach Amerika gekommen, weil es das Land der Jugend und der Zukunft und der Wolkenkratzer und der *Twentieth Century Limited* sei, und er finde Chicago wunderschön. Eleanor hatte noch nie einen Menschen so reden hören, und sie sagte ihm, er müsse ein Gaskogner sein, weil er so gut flunkern könne. Da sah er bekümmert drein und erwiderte: »Mademoiselle, c'est la pure vérité«, und sie sagte, sie glaube ihm durchaus, und wie interessant es für sie gewesen sei, ihn kennenzulernen, und daß sie ihn ihrer Freundin Eveline Hutchins vorstellen müsse. Dann fuhr er in seiner Erzählung fort, wie er in New Orleans gelebt habe, wie er als Steward auf einem französischen Dampfer herübergekommen sei, wie er als Geschirrwäscher und Aushilfskellner gearbeitet und in Kabaretts und noch schlimmeren Lokalen Klavier gespielt habe, und wie sehr er die

Neger liebe, und daß er Maler sei und sich so riesig gern ein Atelier mieten und malen würde, aber er habe noch nicht das Geld dazu ... Eleanor war ein wenig peinlich berührt, als er von Geschirrwaschen und Kabaretts und Farbigen erzählte, doch als er sagte, er interessiere sich für Kunst, da hatte sie das Gefühl, sie müsse ihn wirklich mit Eveline bekannt machen, und sie kam sich sehr kühn und unkonventionell vor, als sie ihn aufforderte, sich mit ihnen am Sonntagnachmittag in der Kunstakademie zu treffen. Falls sie sich anders entschlössen, mußten sie ja nicht hingehen. Eveline war überaus begeistert, aber sie nahmen Eric Egström mit, weil die Franzosen einen so schlechten Ruf haben. Der Franzose verspätete sich sehr, und sie fürchteten schon, er komme nicht mehr oder sie hätten ihn unter den vielen Menschen verfehlt, schließlich aber sah ihn Eleanor über die große Treppe heraufkommen. Er hieß Maurice Millet, nein, nicht mit den Malern verwandt; sie waren alle sehr empört, als er sich weigerte, sich irgendeines der Bilder in der Kunstakademie anzusehen, und erklärte, seiner Ansicht nach müßte das ganze Gebäude niedergerissen werden; er gebrauchte eine Menge Worte wie Kubismus und Futurismus, die Eleanor noch nie gehört hatte. Aber sie sah sofort, daß er bei Eveline und Eric großen Erfolg hatte, ja, sie hingen nur so an seinem Mund, und die ganze Zeit, während sie Tee tranken, kümmerte sich keiner von ihnen um Eleanor. Eveline lud Maurice zu sich nach Hause ein, und sie gingen alle nach dem Drexel Boulevard zum Abendessen; Maurice behandelte die alten Hutchins mit sehr viel Höflichkeit, und dann zogen sie weiter zu den Shusters. Gemeinsam verließen sie die Shusters, und Maurice erklärte, die Shusters seien unmöglich und hätten sehr schlechte Bilder an den Wänden hängen; »tout ça c'est affreusement pompier«, sagte er. Eleanor verstand ihn nicht, aber Eveline und Eric sagten, sie wüßten genau, was er meine, er wolle damit sagen, sie verstünden sowenig von Kunst wie eine alte Feuerspritze, und sie lachten viel. Als Eleanor nach Hause kam, war sie sehr schlecht gelaunt, weil Eveline den ganzen Abend hindurch sich nur für den Franzosen interessiert und kein einziges freundschaftlich-intimes Wort zu ihr gesagt hatte, und sie meinte, es wäre besser gewesen, ihr den Franzosen erst gar nicht vorzustellen; sie fürchtete um ihre schöne Freundschaft, obgleich sie überzeugt war, daß solch ein Mann, ein Ausländer mit so komischen Ansichten, Eveline nur *geistig* interessieren könne.

Als sie Eveline das nächstemal sah, gestand ihr Eveline, daß sie wie toll in Maurice verliebt sei, und beide weinten sehr und entschieden sich dahin, daß ihre schöne Freundschaft auch das noch ertragen könne. Das war in Evelines Zimmer am Drexel Boulevard. Auf dem Kaminsims stand ein Porträt Maurices, das Eveline aus dem Gedächtnis mit Pastellstiften zu zeichnen versuchte. Sie saßen beide Seite an Seite auf dem Bett, ganz eng beisammen, sie hielten einander umarmt und sprachen sehr feierlich von ihrer Freundschaft, und Eleanor erzählte ihr, wie sie zu Männern stehe; Evelines Gefühle waren ein wenig anderer Art, nichts aber könne jemals ihre schöne Freundschaft stören, und sie würden einander stets alles erzählen.

Um diese Zeit fand Eric Egström eine Stellung bei Marshall Field in der Abteilung für Innendekoration, die ihm fünfzehn Dollar die Woche brachte. Er mietete sich ein schönes Atelier mit Nordlicht in einem Seitengäßchen der N. Clark Street, und Maurice zog zu ihm. Die beiden Mädchen waren nun sehr oft dort, sie luden sich viele Freunde ein, tranken Tee aus Gläsern nach russischer Art und manchmal ein bißchen Virginia-Dare-Wein, so daß sie nicht mehr zu den Shusters zu gehen brauchten. Eleanor versuchte immer wieder, ein Wörtchen unter vier Augen mit Eveline zu sprechen; und der Umstand, daß Maurice Eveline nicht ebenso gern hatte, wie Eveline ihn gern hatte, machte Eveline sehr unglücklich, aber Maurice und Eric schienen restlos glücklich zu sein. Sie schliefen in einem Bett und waren immer beisammen. Eleanor wunderte sich manchmal über sie, aber es war so nett, zwei junge Männer zu kennen, die zu den Frauen *nicht* abscheulich waren. Sie gingen alle miteinander in die Oper, ins Konzert, in Kunstausstellungen – für gewöhnlich zahlten Eveline oder Eric die Karten und das

Essen im Restaurant –, und Eleanor amüsierte sich in diesen paar Monaten ausgiebiger als je zuvor in ihrem ganzen Leben. Sie fuhr jetzt nie mehr nach Pullman hinaus, und sie und Eveline sprachen davon, sich gemeinsam ein Atelier zu nehmen, sowie die Hutchins von ihrer Auslandsreise zurück sein würden. Bei dem Gedanken, daß mit jedem Tag der Juni näher kam, daß sie dann Eveline verlieren und ganz allein den abscheulichen, staubigen, stickig heißen Chicagoer Sommer würde ertragen müssen, wurde Eleanor zuweilen recht flau zumute, aber Eric versuchte ihr eine Stellung in seiner Abteilung bei Marshall Field zu verschaffen, sie und Eveline besuchten einen Abendkursus an der Universität, und so hatte sie nun wenigstens etwas, worüber sie nachdenken konnte, ein Ziel für die nächste Zukunft.

Maurice malte die entzückendsten Bilder in mattem Braun und Veilchenblau, Jünglinge mit langen Gesichtern, großen, leuchtenden Augen und langen Wimpern und Mädchen mit langen Gesichtern, die aussahen wie Jünglinge, und russische Wolfshunde mit großen, leuchtenden Augen, und immer waren im Hintergrund ein paar Gerüstbalken oder ein weißer Wolkenkratzer und ein großes aufgeblähtes weißes Gewölk, und Eveline und Eleanor fanden es schandbar, daß er immer noch an der Berlitz School unterrichten mußte. An dem Tage, bevor Eveline nach Europa fuhr, hatten sie eine kleine Abschiedsgesellschaft in Egströms Atelier. Ringsum an den Wänden hingen Maurices Bilder, und sie waren alle froh und traurig zugleich und sehr aufgeregt und kicherten recht viel. Dann kam Egström mit der Nachricht an, daß er seinem Abteilungsleiter von Eleanor erzählt habe, daß sie Französisch könne, Kunstgewerbe studiert habe und so gut aussehe und so weiter, und Mr. Spotman habe ihn aufgefordert, sie morgen mittag hinzubringen, und sie würde da, falls sie sich halten könne, mindestens fünfundzwanzig Dollar die Woche verdienen. Ferner hatte eine alte Dame Maurices Bilder besichtigt und trug sich mit dem Gedanken, eines zu kaufen; sie waren alle sehr fröhlich und tranken eine Menge Wein, so daß schließlich, als es ans

Abschiednehmen ging, Eveline diejenige war, die sich einsam fühlte, weil sie Freunde verlassen mußte, statt daß Eleanor, wie sie erwartet hatte, sich einsam fühlte, weil sie zurückbleiben mußte.
Als Eleanor wieder über den Perron ging, nachdem sie die Hutchins an den Zug gebracht hatte, an den Zug »Twentieth Century«, der nach New York fuhr, und an den Koffern die Zettel für den Ozeandampfer *Baltic,* und die Augen strahlend vor Erregung, weil es nach dem Osten geht und weil es nach dem Ausland geht, und der Geruch des Kohlenrauchs und das Geläute der Lokomotivglocken und das Getrappel eiliger Füße, da ging sie über den Perron, die Fäuste geballt, die spitzen Nägel gegen die Handflächen gepreßt, und sagte immer wieder bei sich: »Ich werde auch fahren, das ist nur eine Frage der Zeit.«

Das Kamera-Auge 18

Mrs. Pinelli war eine sehr vornehme Dame sie schwärmte für Bullterriers und hatte einen vornehmen Freund der wegen seiner Ähnlichkeit mit König Eduard berühmt war
sie war eine sehr vornehme Dame und im Flur ihres Hauses standen weiße Lilien nein meine Liebe ich kann den Geruch im Zimmer nicht ertragen und die Bullterriers bissen die Lieferanten und den kleinen Zeitungsjungen nein meine Liebe sie haben noch nie nette Leute gebissen und bei Billy und seinen Freunden sind sie ganz artig
sie fuhren alle in einer vierspännigen Kutsche aus und der Mann auf dem Hintersitz blies in ein langes Horn und dort an dieser Stelle hat Dick Wittington mit seiner Katze und den Glocken gestanden da gab es Körbe mit kaltem Imbiß und Mrs. Spinelli hatte graue Augen und war sehr freundlich zu dem kleinen Jungen ihrer Freundin sonst konnte sie die meisten Kinder nicht ausstehen einfach nicht ausstehen und ihr vornehmer Freund der wegen seiner Ähnlichkeit mit König Eduard berühmt war konnte weder Kinder noch Bullterriers ausstehen und sie fragte unaufhörlich, warum nennst du ihn so?
und du dachtest an Dick Wittington und die großen Glocken von der Kirche Mary-le-Bow dreimal Bürgermeister von London und du schautest ihr in die großen Augen und sagtest Vielleicht weil ich ihn das erstemal als ich ihn sah so genannt habe und ich konnte Mrs. Pinelli nicht ausstehn und ich konnte die Bullterriers nicht ausstehn und ich konnte den Vierspänner nicht ausstehn aber ich wünschte mir Dick Wittington dreimal Bürgermeister von London läutete die großen Glocken von Mary-le-Bow und ich wünschte mir Dick Wittington ich wünschte mir ich wäre zu Hause aber ich hatte kein Zuhause und der Mann hinten drauf
blies in ein langes Horn

ELEANOR STODDARD

Im Warenhaus von Marshall Field war die Arbeit ganz anders als bei Mrs. Lang. Bei Mrs. Lang hatte sie nur einen Chef gehabt, im Warenhaus aber schien jeder einzelne in der Abteilung ihr Vorgesetzter zu sein. Trotzdem war sie so kühl und kultiviert und hatte eine so muntere, knappe Redeweise, daß sie, obgleich sie bei den Leuten nicht sonderlich beliebt war, recht gut vorwärtskam. Selbst Mrs. Potter und Mr. Spotman, die Abteilungsleiter, hatten ein wenig Angst vor ihr. Es verbreitete sich das Gerücht, daß sie von guter Familie sei und es eigentlich gar nicht nötig habe, sich ihr Brot zu verdienen. Gegenüber den Kunden und ihren Problemen des Schmücke-dein-Heim war sie von außerordentlicher Teilnahme. Die Mrs. Potter behandelte sie mit einer bescheiden herablassenden Art, und sie bewunderte ihre Kleider, so daß nach Ablauf eines Monats Mrs. Potter zu Mr. Spotman sagte: »Ich glaube, an dieser kleinen Stoddard haben wir einen guten Fang gemacht«, und Mr. Spotman erwiderte, ohne seine weiße Klappe von Altweibermaul zu öffnen: »Das habe ich mir schon die ganze Zeit gedacht.«

Als Eleanor an einem sonnigen Nachmittag auf die Randolph hinauskam, in der Hand das Lohnkuvert für die erste Woche, war sie recht glücklich. Sie hatte ein scharfes kleines Lächeln um die schmalen Lippen, und ein paar Leute drehten sich nach ihr um, wie sie so in den böigen Wind hineinschritt, ein wenig geduckt, damit ihr der Hut nicht vom Kopf gerissen werde. Sie bog in die Michigan Avenue ein, nach dem *Auditorium* zu, betrachtete die hellen Ladenfenster und den blaßblauen Himmel und die taubengrauen, plustrigen Wolkenberge über dem See und die weißen Dampfkugeln aus den Lokomotiven. Dann ging sie in das düstere, von einem matten ambrafarbenen Licht erhellte Vestibül des Konzerthausrestaurants, setzte sich ganz allein in eine Ecke an einen geflochtenen Tisch, saß dort lange Zeit ganz allein bei einer Tasse Kaffee und butterbestrichenem Toast und kommandierte den Kellner mit einer kleinen, spröden, kultivierten und geldprotzigen Stimme umher. Dann ging sie ins *Moody House,* packte ihre Sachen zusammen und übersiedelte in den *Eleanor Club,* wo sie ein Zimmer mit Pension für siebeneinhalb Dollar mietete. Aber das Zimmer war nicht viel besser als das vorige, und alles hatte da immer noch jenen grauen Geruch einer Wohltätigkeitsanstalt, so daß sie eine Woche später abermals übersiedelte, und zwar in ein kleines Wohnhotel im Norden, wo sie ein Zimmer mit Pension für fünfzehn Dollar die Woche bekam. Da ihr auf diese Weise nicht mehr als drei Dollar fünfzig übrigblieben – es hatte sich herausgestellt, daß sie nur zwanzig Dollar verdiente, das heißt, in Wirklichkeit, nach Abzug der Versicherungsbeiträge, nur achtzehn fünfzig –, mußte sie wieder ihren Vater besuchen. Sie schilderte ihm ihre Karriere und die Aussichten auf eine Lohnerhöhung in so überzeugenden Farben, daß er ihr einen Zuschuß von wöchentlich fünf Dollar versprach, obgleich er selber nur zwanzig verdiente und sich wieder verheiraten wollte, mit einer gewissen Mrs. O'Toole, einer Witwe mit fünf Kindern, die draußen in der Gegend von Elsdon eine Pension betrieb. Eleanor weigerte sich, ihre künftige Stiefmutter zu besuchen, und ihr Vater mußte ihr versprechen, ihr das Geld wöchentlich durch die Post zuzuschicken, da er nicht von ihr erwarten könne, daß sie bis nach Elsdon fahren würde, um es sich zu holen. Als sie ihn verließ, küßte sie ihn auf die Stirn, und da war er ganz glücklich. Die ganze Zeit über sagte sie sich, daß das das allerletztemal gewesen sei.

Dann kehrte sie ins Hotel *Ivanhoe* zurück, ging in ihr Zimmer hinauf, legte sich auf das bequeme Messingbett und sah sich in dem kleinen Zimmerchen um, in dem kleinen Zimmerchen mit dem weißen Holzgetäfel und der blaßgelben, dunkelgestreiften Tapete und dem Spitzenvorhang vor dem Fenster und der schweren Portiere. In der Decke war ein Riß, und der Teppich war abgetreten, aber das Hotel hatte sehr viel Kultur, das sah man schon, lauter alte Ehepaare wohnten da, die von kleinen Renten lebten, und das Stubenmädchen war ziemlich alt und sehr höflich, und zum erstenmal in ihrem Leben fühlte Eleanor sich zu Hause.

Nachdem sie sich entkleidet und das Licht ausgedreht hatte, schien sie gar nicht einschlafen zu können; sie lag da und dachte darüber nach, ob sie ihre Lohnerhöhung von Mrs. Potter oder von Mr. Spotman bekommen würde. Auf jeden Fall konnte sie jetzt ihren Vater und ihre Mutter vergessen und auch die höhere Schule und das *Moody House* und den *Eleanor Club.*

Als Eveline Hutchins im Frühling des nächsten Jahres aus Europa zurückkam, sie trug einen breiten Hut mit einer Feder und erzählte Wunderdinge von dem Salon des Tuileries, der Rue de la Paix, von den Museen, von den Kunstausstellungen und der Oper, da sah sie, daß Eleanor ein anderer Mensch geworden war. Sie sah älter aus als ihre Jahre, zog sich sehr unauffällig und vornehm an, hatte einen neuen, etwas scharfen und verbitterten Ton in der Stimme. Sie besuchte keine Kurse mehr und ging auch nicht mehr in die Kunstakademie, sondern verbrachte einen großen Teil ihrer Zeit mit einer alten, unverheirateten Dame, die gleichfalls im *Ivanhoe* wohnte und für sehr reich und geizig galt, einer gewissen Miss Eliza Perkins. Am ersten Sonntag nach ihrer Rückkehr kam Eveline ins *Ivanhoe* zum Tee, sie saßen in der muffigen Hall und unterhielten sich in kultiviertem Flüsterton mit der alten Dame, Eveline erkundigte sich nach Eric und Maurice, und Eleanor sagte, es gehe ihnen vermutlich gut, aber sie habe sie nicht mehr oft gesehen, seit Eric seine Stellung bei Marshall Field verloren hatte. Er habe sich, sagte sie, nicht so gut entwickelt, wie sie gehofft hatte. Er und Maurice hätten zu trinken angefangen und trieben sich mit fragwürdigen Menschen umher, und Eleanor habe kaum Gelegenheit, sie zu sehen. Sie speise jeden Abend mit Miss Perkins, Miss Perkins halte sehr viel von ihr, kaufe ihr Kleider, nehme sie zu Spazierfahrten in den Park mit und manchmal auch ins Theater, wenn etwas wirklich Lohnenswertes zu sehen ist, Minnie Madern Fiske

oder Guy Bates Post in einem interessanten Stück. Miss Perkins war die Tochter eines reichen Kneipenbesitzers, und sie war in ihrer Jugend von einem jungen Advokaten betrogen worden, dem sie einiges Geld zu Spekulationszwecken anvertraut und in den sie sich verliebt hatte. Er war mit einem anderen Mädchen und einer Anzahl Barzertifikaten durchgebrannt. Eleanor hatte nicht feststellen können, wieviel Geld ihr eigentlich geblieben war, aber da sie im Theater immer die besten Plätze nahm, gern in teuren Hotels und Restaurants soupierte, einen Wagen für den halben Tag mietete, sooft sie dazu Lust hatte, vermutete Eleanor, sie müsse noch immer recht vermögend sein.
Nachdem sie Miss Perkins verlassen hatten, um zu den Hutchins essen zu gehen, sagte Eveline: »Ich muß doch sagen, ich weiß nicht, was du in dieser – dieser kleinen alten Jungfer siehst ... Und ich war doch so drauf aus, dir tausenderlei zu erzählen und dich tausenderlei zu fragen ... Ich finde das gar nicht schön von dir.«
»Sie steht mir sehr nahe, Eveline. Ich hätte gedacht, es würde dich interessieren, eine liebe Freundin von mir kennenzulernen.«
»Oh, natürlich, meine Liebe, aber mein Gott, ich werde aus dir nicht schlau.«
»Nun, du mußt ja nicht mehr mit ihr zusammenkommen, obgleich ich an ihrem Benehmen sehen konnte, daß sie dich reizend findet.«
Auf dem Weg von der Hochbahnstation zu den Hutchins fühlten sie sich wieder in die alten Zeiten zurückversetzt. Eleanor erzählte von wachsenden Zwistigkeiten zwischen Mr. Spotman und Mrs. Potter und wie sie beide um ihre Unterstützung warben, und da mußte Eveline lachen, und Eveline gestand, daß sie sich während der Rückfahrt auf der *Kroonland* in einen Mann aus Salt Lake City verliebt habe, ein wahrer Trost nach all diesen vielen Ausländern, und Eleanor neckte sie und sagte, er sei wahrscheinlich Mormone, und Eveline lachte und sagte, nein, er sei Richter, und sie mußte zugeben, daß er bereits verheiratet sei. »Siehst du«, sagte Eleanor. »Natürlich ist er Mormone.« Aber Eve-

line sagte, sie wisse genau, daß er es nicht sei, und wenn er sich von seiner Frau scheiden ließe, würde sie ihn sofort heiraten. Dann sagte Eleanor, sie sei gegen Scheidung, und wenn sie nicht schon an der Tür gewesen wären, hätten sie zu streiten begonnen.
In diesem Winter sah sie Eveline nur selten. Eveline hatte zahlreiche Verehrer und ging viel in Gesellschaft, und jeden Sonntagmorgen fand Eleanor ihren Namen unter den Nachrichten *Aus der Gesellschaft.* Sie hatte viel zu tun und war abends oft zu müde, um auch nur mit Miss Perkins ins Theater zu gehen. Der Zwist zwischen Mrs. Potter und Mr. Spotman hatte seinen Gipfel erreicht, und die Direktion hatte Mrs. Potter in eine andere Abteilung versetzt, und Mrs. Potter hatte sich auf einen alten spanischen Stuhl hingeschmissen und vor der ganzen Kundschaft zu heulen angefangen, und Eleanor hatte sie in den Ankleideraum führen und etwas Riechsalz für sie borgen und ihr dann helfen müssen, ihr mit Wasserstoff gefärbtes Haar wieder zu einer großen Tournüre aufzutürmen, und sie dann trösten müssen, daß es ihr wahrscheinlich drüben in dem anderen Gebäude ohnedies viel besser gefallen werde. Nach diesem Vorfall war Mr. Spotman mehrere Monate lang in bester Laune. Ab und zu lud er Eleanor zum Mittagessen ein, und sie hatten ihren Spaß miteinander, wenn sie sich an Mrs. Potters wackelnde Haarfrisur erinnerten, damals, als sie vor der ganzen Kundschaft zu heulen anfing. Er schickte Eleanor mit vielen kleinen Aufträgen in reiche Häuser, und sie gefiel den Kunden, weil sie so kultiviert und teilnahmsvoll war, und die anderen Angestellten der Abteilung haßten sie und gaben ihr den Spitznamen *Musterschülerin.* Mr. Spotman sagte sogar, er würde versuchen, ihr einen prozentualen Anteil an den Kommissionen zu verschaffen, und er sprach sehr oft davon, ihr jene Gehaltserhöhung auf fünfundzwanzig pro Woche zu bewilligen.
Dann kam eines Abends Eleanor etwas später nach Hause, und der alte Hotelportier berichtete ihr, Miss Perkins habe, während sie gerade beim Mittagessen Steak und Nierenpastete aß, einen Herzschlag erlitten und sei im Speisesaal

des Hotels auf der Stelle gestorben; die Leiche habe man in die Kapelle der Bestattungsanstalt *Irving* gebracht, und er fragte sie, ob sie nicht irgendwelche Verwandten der alten Dame kenne, die man benachrichtigen müßte. Eleanor wußte nur, daß ihre finanziellen Angelegenheiten von der Getreidehandelsbank besorgt wurden und daß sie in Mound City einige Nichten hatte, aber sie wußte die Namen nicht. Der Portier war sehr nervös und wollte wissen, wer die Überführung der Leiche, den Arzt und die unbezahlte Wochenrechnung bezahlen würde; alle ihre Sachen, sagte er, müßten versiegelt werden, bis eine genügend bevollmächtigte Person erschiene, um sie zu übernehmen. Er schien der Ansicht zu sein, Miss Perkins sei eigens gestorben, um der Hoteldirektion einen Streich zu spielen.

Eleanor ging in ihr Zimmer hinauf und sperrte die Tür ab. Sie warf sich aufs Bett und weinte ein wenig, denn sie hatte Miss Perkins gern gehabt. Dann kam ihr ein Gedanke in den Sinn; gesetzt den Fall, Miss Perkins hatte ihr in ihrem Testament ein Vermögen hinterlassen. Sie sah bereits die Schlagzeile vor sich: *Warenhausangestellte erbt Millionen.* Sie konnte die ganze Nacht nicht schlafen, und am nächsten Morgen ging sie zu dem Hoteldirektor und erklärte sich bereit, alles zu tun, was in ihrer Macht stehe. Sie rief Mr. Spotman an und schmeichelte ihm die Erlaubnis ab, einen Tag aus dem Geschäft wegzubleiben; sie behauptete, sie sei durch Miss Perkins' Tod völlig niedergeschmettert. Dann rief sie in der Getreidehandelsbank an und sprach mit einem gewissen Mr. Smith, der das Perkinssche Vermögen verwaltete. Er beteuerte ihr, daß die Bank alles tun werde, um die Erben und die übrigen Legatsträger zu schützen, und er sagte, daß das Testament in Miss Perkins' Schließfach liege und daß seiner Überzeugung nach alles in bester Ordnung sei.

Eleanor hatte den ganzen Tag nichts zu tun, sie holte sich Eveline zum Mittagessen heran, und nachher gingen sie miteinander zu *Keith.* Zwar hatte sie das Gefühl, daß es nicht recht anständig sei, ins Theater zu gehen, während ihre alte Freundin noch bei dem Leichenbestatter lag, aber sie war so nervös und hysterisch, daß sie irgend etwas tun mußte,

um ihre Gedanken von diesem abscheulichen Schicksalsschlag abzulenken. Eveline war voller Mitgefühl, und sie fühlten sich enger miteinander verbunden als jemals seit der Auslandsreise der Hutchins. Eleanor sprach mit keinem Wort von den Hoffnungen, die sie sich machte.
Bei dem Begräbnis waren nur Eleanor, das irische Stubenmädchen aus dem Hotel – ein altes, greinendes Weib, das sich recht oft bekreuzigte –, ferner Mr. Smith und als Vertreter der Verwandten in Mound City ein gewisser Mr. Sullivan zugegen. Eleanor war schwarz gekleidet. Der Leichenbestatter kam auf sie zu und sagte: »Verzeihen Sie, Miss, aber ich muß Ihnen wirklich sagen, daß Sie reizend aussehen, geradezu wie eine Bermudalilie.« Es war nicht so schlimm, wie sie befürchtet hatte, und als schließlich Eleanor, Mr. Smith und Mr. Sullivan, der Vertreter der Anwaltsfirma, die für die Interessen der Verwandtschaft sorgte, miteinander das Krematorium verließen, waren sie alle recht vergnügt. Es war ein strahlender Oktobertag, und alle waren der Meinung, daß der Oktober der schönste Monat im Jahr sei und daß der Geistliche den Begräbnisgottesdienst sehr gut geleitet habe, und Mr. Smith fragte Eleanor, ob sie nicht mit ihnen zu Mittag essen wolle, da sie ja doch im Testament erwähnt sei, und Eleanor stand fast das Herz still, und sie schlug die Augen nieder und sagte, mit großem Vergnügen. Sie bestiegen eine Droschke, Mr. Sullivan sagte, es sei sehr angenehm, so von dem Friedhof und allen traurigen Gedanken wegzurollen. Sie aßen bei *de Yonghe,* und Eleanor brachte die Männer zum Lachen, indem sie ihnen erzählte, wie die Leute im Hotel sich benommen hätten und was das für ein Durcheinander gewesen sei. Und als man ihr die Karte reichte, sagte sie, sie könne keinen Bissen essen, aber als sie die auf dem Brett servierte Maräne sah, erklärte sie, sie würde ein kleines bißchen davon nehmen, bloß um es auf dem Teller zu zerkrümeln. Doch es stellte sich heraus, daß die windige Oktoberluft und die lange Droschkenfahrt sie alle hungrig gemacht hatten. Eleanor schmeckte das Essen sehr gut, nach der Maräne aß sie ein wenig Waldorf-Salat und dann einen Pfirsich-Melba. Die Herren fragten,

ob sie eine Zigarre rauchen dürften, und Mr. Smith setzte eine schelmische Miene auf und fragte, ob sie vielleicht eine Zigarette haben möchte, und sie sagte, nein, sie rauche nie, und Mr. Sullivan sagte, eine Frau, die rauche, könne er nicht respektieren, und Mr. Smith sagte, in Chicago rauchten junge Damen aus bester Familie, und er für seine Person sehe nichts Schlimmes dabei, wenn sie nicht gerade wie die Schlote qualmten. Nach dem Essen gingen sie über die Straße hinüber, fuhren mit dem Lift in Mr. Sullivans Büro hinauf, setzten sich dort in große Lederstühle, Mr. Sullivan und Mr. Smith machten feierliche Mienen, Mr. Smith räusperte sich und begann das Testament zu verlesen.
Eleanor wurde zuerst nicht klug daraus, Mr. Smith mußte ihr genau erklären, daß der Hauptteil des Dreimillionenvermögens an das Florence Crittenden-Heim für gefallene Mädchen kam, daß aber die drei Nichten in Mound City je tausend Dollar erhielten und daß eine schöne Diamantbrosche in Form einer Lokomotive an Eleanor Stoddard fiel, und: »Wenn Sie morgen im Laufe des Tages in der Getreidehandelsbank vorüberschauen wollen, Miss Stoddard«, sagte Mr. Smith, »werde ich Ihnen mit Vergnügen die Brosche überreichen.«
Eleanor brach in Tränen aus.
Sie waren beide sehr teilnahmsvoll und sehr gerührt darüber, daß Miss Stoddard durch die Erinnerung an ihre alte Freundin so tief erschüttert sei. Als sie die Kanzlei mit dem Versprechen verließ, sich morgen die Brosche zu holen, sagte gerade Mr. Sullivan in allerfreundlichstem Ton: »Mister Smith, Sie werden begreifen, daß ich den Versuch machen muß, dieses Testament im Namen der Perkins in Mound City anzufechten«, und Mr. Smith sagte in allerfreundlichstem Ton: »Das nehme ich an, Mister Sullivan, aber ich glaube nicht, daß Sie viel damit erreichen werden. Es ist ein erstklassiges, sozusagen eisernes Dokument, falls ich das ungebührlicherweise sagen darf, weil ich es selber verfaßt habe.«
So war also am nächsten Tag um acht Uhr morgens Eleanor wieder zu *Marshall Field* unterwegs. Sie arbeitete dort

mehrere Jahre. Sie bekam die Gehaltserhöhung und die Prozente von den Kommissionen, und sie und Mr. Spotman wurden recht intim, aber er versuchte nie, ihr den Hof zu machen, ihre Beziehungen blieben immer ganz formell; das war für Eleanor ein gewisser Trost, denn sie hörte immer wieder von Verkaufsherren und Abteilungsleitern erzählen, die die jungen weiblichen Angestellten mit ihren Aufmerksamkeiten verfolgten; Mr. Elwood aus der Möbelabteilung war aus ebendiesem Grund entlassen worden, es stellte sich nämlich heraus, daß die kleine Lizzie Dukes ein Kind bekommen würde, aber daran war vielleicht nicht nur Mr. Elwood schuld gewesen, denn Lizzie Dukes sah nicht so aus, als ob sie ein besonders sittsames Geschöpf wäre. Jedenfalls schien es Eleanor, als würde sie den Rest ihres Lebens damit zubringen müssen, die neuen Salons und Speisezimmer fremder Leute zu möblieren, Vorhänge und Muster von Polsterungen und Tapeten aufeinander abzustimmen und empörte Kundinnen zu besänftigen, denen man einen chinesischen Porzellanhund statt eines intarsierten Teetisches aus Teakholz zugeschickt hatte oder die mit dem Muster dieses ganz bestimmten Kretons nicht einverstanden waren, obwohl sie ihn selber ausgesucht hatten.

Eines Abends, als das Warenhaus zumachte, stand Eveline Hutchins wartend vor der Tür. Eveline weinte nicht, aber sie war totenbleich. Sie sagte, sie habe seit zwei Tagen nichts gegessen, und ob nicht Eleanor drüben im *Sherman House* oder sonstwo mit ihr Tee trinken wolle. Sie gingen in das Konzerthausrestaurant, setzten sich ins Vestibül, bestellten Tee und geröstetes Zimtbrot, und dann erzählte Eveline, daß sie ihre Verlobung mit Dirk McArthur gelöst und beschlossen habe, sich nicht umzubringen, sondern arbeiten zu gehen. »Ich werde mich nie wieder in einen Mann verlieben, das ist alles, aber ich muß etwas beginnen, und du vergeudest nur deine Kräfte in diesem muffigen Warenhaus, Eleanor, du weißt, daß du nie Gelegenheit hast, richtig zu zeigen, was du kannst, du vergeudest nur deine Fähigkeiten.« Eleanor sagte, sie hasse den Laden wie die Pest, aber was sollte sie beginnen? – »Warum wollen wir nicht das versuchen, worüber wir die ganzen Jahre her geredet haben, ein Geschäft für Innendekoration aufmachen! Oh, die Menschen machen mich ganz verrückt, nie haben sie Mut, nie sind sie zu einer Sache zu haben, die Spaß macht oder interessant ist ... Ich möchte wetten, wenn wir ein Dekorationsgeschäft aufmachen, bekommen wir massenhaft Aufträge. Sally Emerson wird uns ihr neues Haus einrichten lassen, und dann werden einfach alle Leute uns haben *müssen,* um auf der Höhe zu sein ... Ich glaube nicht, daß die Leute wirklich in diesen abscheulichen, muffigen Löchern wohnen *wollen,* in denen sie wohnen, sie verstehen es bloß nicht besser.«

Eleanor hob ihre Teetasse an die Lippen und trank ein paar kleine Schlückchen. Sie betrachtete ihre kleine weiße, sorgfältig manikürte Hand mit den spitzen Nägeln, die die Tasse hielt.

»Aber wo sollen wir das Kapital hernehmen? Wir würden ein kleines Kapital brauchen, um anfangen zu können.«

»Pa wird uns, glaube ich, etwas geben können, vielleicht auch Sally Emerson, sie ist ein schrecklich braver Kerl, und dann wird unser erster Auftrag uns auf die Beine bringen ... Oh, mach doch mit, Eleanor, es wird so lustig sein.«

»Hutchins und Stoddard, Innendekoration«, sagte Eleanor und stellte ihre Tasse hin, »oder vielleicht Miss Hutchins und Miss Stoddard, ja, meine Liebe, ich finde die Idee großartig.«

»Glaubst du nicht, Eleanor Stoddard und Eveline Hutchins würde besser klingen?«

»Ach Gott, mit dem Namen hat es Zeit, bis wir ein Atelier gemietet haben und uns ins Telephonbuch setzen lassen. Warum wollen wir es nicht so machen, liebe Eveline: – Wenn du deine Freundin Mrs. Emerson bewegen kannst, uns die Einrichtung ihres neuen Hauses zu übergeben, dann legen wir los, wenn nicht, dann warten wir, bis wir einen soliden Auftrag haben, mit dem wir beginnen können.«

»Gut, ich weiß ja, daß sie es machen wird. Ich laufe jetzt gleich zu ihr.« Evelines Wangen waren gerötet, sie stand auf, beugte sich über Eleanor und küßte sie. »Oh, Eleanor, du bist ein Engel.«

»Warte noch eine Minute, wir haben unseren Tee noch nicht bezahlt«, sagte Eleanor.
Während des folgenden Monats war ihr die Arbeit unerträglich: Beschwerden der Kundinnen, jeden Morgen das *Ivanhoe* in aller Eile verlassen, zu Mr. Spotman höflich sein und kleine Scherze erfinden, um ihn zum Lachen zu bringen. Ihr Zimmer im *Ivanhoe* kam ihr klein und schmutzig vor: Und der Essengeruch, der durch das Fenster heraufkam, und der Schmierölgestank des alten Aufzugs. Einige Male telephonierte sie ins Geschäft, daß sie krank sei, und dann merkte sie, daß sie es in ihrem Zimmer nicht aushalten konnte, sie wanderte durch die Stadt, besuchte Geschäfte und Kinos, wurde dann plötzlich todmüde und mußte mit einer Droschke nach Hause fahren, obwohl sie sich das nicht leisten konnte. Sie ging sogar wieder einmal nach langer Zeit in die Kunstakademie, aber sie kannte alle die Bilder auswendig und hatte nicht mehr die Geduld, sie sich anzusehen. Dann gelang es Eveline endlich, Mrs. Philip Paine Emerson zu der Überzeugung zu bringen, daß ihr neues Haus ohne eine moderne Note im Speisezimmer nicht existieren könne, und sie machte ihr einen Voranschlag, der weit niedriger war als die Forderungen der bestehenden Firmen, und Eleanor hatte das Vergnügen, Mr. Spotmans erstaunte Miene zu sehen, als sie sich weigerte, auch bei einer Gehaltserhöhung auf vierzig Dollar die Woche zu bleiben, und erklärte, sie habe gemeinsam mit einer Freundin den Auftrag erhalten, das neue Haus der Paine Emersons in Lake Forest einzurichten. »Gut, meine Liebe«, sagte Mr. Spotman und klappte seinen vierkantigen weißen Mund zu, der in den Winkeln scharf nach unten lief wie die Schnauze eines Pekineserhündchens, »wenn Sie sich Ihre Karriere mutwillig zerstören wollen, ich werde Sie nicht daran hindern. Sie können noch in dieser Minute gehen, wenn Sie wollen. Natürlich verfällt Ihre Weihnachtsgratifikation.« Eleanors Herz klopfte schnell. Sie betrachtete das graue Licht, das durch den Laden strömte, den gelben Kasten des Kartenkataloges, die wohlgeordneten Briefe, die kleinen Stoffmuster, die aus ihnen hervorbaumelten. Ella

Bowen, die Stenotypistin im vorderen Büro, hatte zu tippen aufgehört und horchte wahrscheinlich. Eleanor zog schnüffelnd die dumpfe Luft ein, die nach Zitz und Möbelpolitur und Dampfheizung und menschlicher Ausdünstung roch, und dann sagte sie: »Gut, Mister Spotman, ich bin einverstanden.« Sie brauchte den ganzen Tag, um ihr Geld zu bekommen und die Versicherungssumme zu kassieren, auf die sie Anspruch hatte, und sie mußte sich sehr lange mit einem Kassierer wegen der Höhe des Betrages herumbalgen, so daß es ziemlich spät am Nachmittag wurde, bevor sie in das Schneetreiben der Straße hinauskam und in einen Drugstore ging, um Eveline anzuklingeln.

Eveline hatte bereits zwei Stockwerke in einem alten viktorianischen Haus dicht bei der Chicago Avenue gemietet, und den ganzen Winter hindurch hatten sie alle Hände voll zu tun, um das Büro und die Ausstellungsräume im unteren Stock und die Wohnung im Oberstock, die sie bewohnen wollten, einzurichten und gleichzeitig Sally Emersons Speisezimmer zu dekorieren. Sie nahmen sich ein schwarzes Dienstmädchen namens Amelia, die eine sehr gute Köchin war, wenn sie auch ein wenig trank; des Abends nach beendeter Arbeit rauchten sie Zigaretten, tranken Cocktails und aßen kleine Weinsoupers, sie fanden auch eine heruntergekommene französische Schneiderin, die ihnen Abendkleider machte, Abendkleider, die sie brauchten, wenn sie mit Sally Emerson und ihrem Kreis ausgingen, und sie fuhren in Droschken und lernten eine Menge wirklich interessanter Leute kennen. Als sie dann schließlich im Frühling aus Philip Paine Emerson einen Scheck auf fünfhundert Dollar herausquetschten, waren sie bereits mit tausend Dollar verschuldet, aber sie lebten jetzt ein Leben nach ihrem Geschmack. Man fand das Speisezimmer ein wenig extravagant, aber manchen Leuten gefiel es, und nun liefen noch ein paar Aufträge ein. Sie fanden viele Freunde und bummelten wieder mit Künstlern umher, mit Sonderberichterstattern der *Daily News* und des *American,* gingen mit ihnen in ausländische Restaurants, die sehr verräuchert waren, und dort schwatzten sie dann über moderne französische Malerei, über den Mittelwesten und ob man nach New York übersiedeln solle. Sie gingen in die Ausstellung für Wappenkunde und hatten über dem Schreibtisch in ihrem Büro eine photographische Reproduktion von Brancusis *Goldenem Vogel* und zwischen den Briefen der Kunden und den unbezahlten Rechnungen der Grossisten Exemplare der *Little Review* und des *Poetry*.

Eleanor ging sehr viel mit Tom Custis aus, einem älteren rotwangigen Mann, der die Musik, die Ballettratten und den Alkohol liebte, sämtlichen Klubs angehörte und jahrelang ein großer Bewunderer der Mary Garden gewesen war. Er hatte eine Loge in der Oper und einen Stevens Duryea und nichts weiter zu tun, als zum Schneider zu gehen, Spezialisten zu konsultieren und ab und zu einen Juden oder einen Neuzugewanderten hinauszuballotieren, der sich in irgendeinem der Klubs, denen er angehörte, um die Mitgliedschaft bewarb. Als er noch an der Universität seine Leichtathletik trieb, hatten die Armours seines Vaters Konserventrust aufgekauft, und seither hatte er keinen Handschlag mehr getan. Er behauptete, das gesellschaftliche Leben gründlich satt zu haben, und es machte ihm Spaß, sich für das Dekorationsgeschäft der beiden Mädchen zu interessieren. Er stand in enger Verbindung mit Wallstreet, und ab und zu übertrug er ein paar Aktien, in denen er gerade spekulierte, auf Eleanor. Wenn sie stiegen, gehörte der Gewinn ihr, wenn sie fielen, trug er den Verlust. Er hatte eine Frau in einem Privatsanatorium, und er und Eleanor beschlossen, einfach gute Freunde zu bleiben. Manchmal, wenn sie abends mit der Droschke nach Hause fuhren, war er ein bißchen zu zärtlich, aber Eleanor putzte ihn herunter, und am nächsten Tag war er sehr zerknirscht und schickte ihr große Kartons mit weißen Blumen.

Eveline hatte mehrere Verehrer, Schriftsteller, Zeichner und ähnliches Volk, die nie einen Pfennig Geld hatten und, wenn man sie zum Essen einlud, das ganze Haus leer fraßen und arm tranken. Zu ihnen gehörte Freddy Seargeant, ein Schauspieler und Regisseur, den ein unglücklicher Wind für einige Zeit nach Chicago verschlagen hatte. Er hatte Beziehungen zu Shubert, und sein großer Ehrgeiz war, eine Pantomime wie Reinhardts *Sumurun* zu inszenieren, nur sollte ihr das Milieu der Maya-Indianer zugrunde liegen. Er besaß eine Menge Photographien von Mayaruinen, und Eleanor und Eveline begannen Kostüme und Dekorationen zu entwerfen. Sie hofften, Tom Custis oder den Paine Emersons das Geld für eine Aufführung in Chicago abzuluchsen. Am meisten Schwierigkeiten machte ihnen die Musik. Ein junger Pianist, den Tom Custis nach Paris geschickt hatte, damit er dort studiere, begann die Musik zu schreiben, und eines Abends kam er und spielte sie vor. Sie luden eine ganze Gesellschaft dazu ein. Sally Emerson kam, und mit ihr eine Menge vornehmer Leute, aber Tom Custis trank zu viele Cocktails, um auch nur eine Note zu kapieren, und Amelia, die Köchin, betrank sich und verpfuschte das Essen, und Eveline sagte zu dem jungen Pianisten, seine Musik klinge wie Kinomusik, und er ging wütend weg. Als alles weg war, irrten Freddy Seargeant und die beiden Mädchen in der verwüsteten Wohnung umher, und es war ihnen recht dumm zumute. Freddy Seargeant raufte sich mit seinen langen Fingern das schwarze, leicht angegraute Haar und sagte, er würde sich umbringen, und Eleanor und Eveline stritten heftig miteinander. »Aber es hat doch wie Kinomusik geklungen, und warum soll es denn auch schließlich nicht so klingen«, wiederholte Eveline immer wieder. Dann nahm Freddy Seargeant seinen Hut und entfernte sich mit den Worten: »Ihr Weiber macht mir das Leben zur Hölle«, und Eveline fing zu heulen an und bekam einen hysterischen Anfall, und Eleanor mußte einen Arzt holen lassen.

Am nächsten Tag kratzten sie fünfzig Dollar zusammen, um Freddy wieder nach New York zu schicken; Eveline kehrte in das Haus am Drexel Boulevard zurück und überließ es Eleanor, das Dekorationsgeschäft ganz allein weiterzuführen.

Im Frühling des folgenden Jahres verkauften Eleanor und Eveline einige Kerzenleuchter, die sie für fünfundzwanzig Dollar in einem Trödelladen an der West Side aufgestöbert hatten, für fünfhundert Dollar, und sie schrieben gerade die

Schecks für die allerdringendsten Schuldner aus, als ein Telegramm kam:

SOEBEN KONTRAKT MIT SHUBERT UNTERZEICHNET INSZENIERUNG TESS VON DURBERVILLE WOLLEN SIE DEKORATIONEN KOSTÜME ÜBERNEHMEN ZWEIHUNDERTFÜNFZIG PRO WOCHE UND PERSON MÜSSEN SOFORT NEW YORK KOMMEN MUSS SOFORT DRAHTANTWORT HABEN HOTEL ARTISTES CENTRAL PARK SOUTH FREDDY

»Eleanor, das müssen wir machen!« sagte Eveline, nahm eine Zigarette aus ihrem Handtäschchen und spazierte wild paffend im Zimmer umher. – »Es wird eine furchtbare Hetzerei werden, aber wir wollen noch heute abend den ›Twentieth Century‹ nehmen ... Jetzt ist es ungefähr zwölf«, sagte Eleanor mit zitternder Stimme. Ohne zu antworten ging Eveline ans Telephon und rief das Pullman-Büro an.
An diesem Abend saßen sie in ihrem Abteil und betrachteten durch die Fensterscheibe die Stahlwerke von Indiana Harbor, die großen, gelbfarbenen, rauchspeienden Zementfabriken und Garys lodernde Hochöfen, wie sie in der rauchdurchwirbelten winterlichen Dämmerung verschwanden. Keine von ihnen wußte etwas zu sagen.

Das Kamera-Auge 19

Die Frau des Methodistenpfarrers war ein großes mageres Weib sie sang mit einer dünnen verlorenen Stimme kleine Liedchen zum Klavier sie hatte gehört daß du Bücher liebst und Blumen und Gemüse baust und interessierte sich sehr für dich denn sie hatte früher einmal der Bischofskirche angehört und schöne Dinge geliebt und selbstverfaßte Geschichten in einem Magazin veröffentlicht sie war jünger als ihr Mann der war ein wortkarger schwarzhaariger Kerl mit einem Mund wie eine Mausefalle und Tabaksaft am Kinn und sie trug dünne weiße Kleider und parfümierte sich und sprach mit einer glockenhellen Stimme daß dies oder jenes so entzückend wie eine Lilie sei der Mond hinter der großen Kiefer war hell wie eine zum Platzen volle Blase während wir am Ufer entlang nach Hause gingen und du hattest das Gefühl du müßtest den Arm um sie legen und sie küssen bloß du wolltest nicht recht und auf alle Fälle würdest du den Mut dazu nicht gehabt haben wie wir so ganz langsam durch den Sand und über die Kiefernnadeln spazierten unter dem großen Mond der bis zum Platzen angeschwollen war wie ein riesiger Quecksilbertropfen und sie erzählte schrecklich traurig von ihren enttäuschten Hoffnungen und du dachtest dir es sei doch wirklich sehr schlimm

du liebtest Bücher und Gibbons *Verfall und Sturz des Römischen Reiches* und Kapitän Marryats Romane und wolltest ins Ausland und zur See gehen und fremde Städte besuchen Carcassonne Marrakesch Isfahan und du liebtest schöne Dinge und wenn du bloß den Mut gehabt hättest Martha das farbige Mädchen zu umarmen und zu küssen sie sagten von ihr sie sei eine halbe Indianerin die Tochter der alten Emma und die kleine rothaarige Mary lehrte ich schwimmen wenn ich bloß den Mut gehabt hätte windstille Nächte wenn Vollmond war aber o Gott nur keine Lilien

4

Weltwochenschau XIV

KANONENBOOT STOPT AUSTRALIER

die Demokraten, sagte der Oberst, haben das Land ins Unglück gestürzt
nur sterbend trete ich zurück, knurrt Huerta in grimmigem Trotz, halb Mexiko wird mit mir sterben man sah keine Flammen, aber die riesige schwärzliche Rauchfahne aus dem Krater schwebte einen Kilometer hoch am Himmel und auf das dreizehn Kilometer weit abliegende Maccomber Flats fiel Asche
Eier faul? Keine Pokerchips

Drunten am Kai
Im alten Alabamy
Da sind Pappi und Mammi
Und Ephraim und Sammy

WILSON HÖRT AUF DIE RATSCHLÄGE DER GESCHÄFTSWELT

gibt zu daß er die bombe geworfen hat polizistenfrau kauft schnaps nach heftigen verlusten an der weizenbörse als einbrecher getötet amerika fliegt mit einer tonne belastung

Wenn nachts der Mond scheint,
Kannst du sie finden,
Die Banjos schluchzen
In wilden Synkopen,
Ja, was sagen sie denn da alle,
Ja, was singen sie denn da alle

als der Präsident James' Gekrakel sah, nahm er das Knallbonbon, zog die Schnur heraus, und über seinen Schreib-

tisch ergoß sich ein Strom goldgelber Gummidrops; dann warf der oberste Beamte des Landes einen Blick auf den Zettel und las: »Iß nicht zu viele davon, denn Mama sagt, es wird dir sonst schlecht.«
Es würde mich gar nicht wundern, wenn sich nach gründlicher Untersuchung herausstellen würde, daß die Dynamitbombe, die heute explodiert ist, für John D. Rockefeller bestimmt war, sagt Polizeiinspektor Max Schnittberger

Seelöwe in mexikanischen Gewässern

Sie drehn sich und wiegen sich
Und summen und biegen sich,
's ist das gute Schiff Robert E. Lee,
Das die Baumwolle holen kommt

Isidora Duncans neues Glück

einige Raufbolde von den I. W. W. überfielen heute nachmittag eine Garibaldifeier in Rosebank auf der Staateninsel, beschimpften die italienische Fahne, schlugen Mitglieder des italienischen Schützenvereins mit Fäusten und Knüppeln nieder und hätten die amerikanische Fahne in den Schmutz getreten, wenn nicht
Weiße Kartoffeln schwach
Sechs unbekleidete Badegirls verhauen Schweinigel
indische taucher suchen die leiche des ertrunkenen knaben
Zeugen sagen aus, sie hätten eine Frau unter der Menge gesehen. Sie wurde durch einen Ziegelstein getroffen. Der graugekleidete Mann duckte sich hinter ihre Röcke, um von dort hervorzuschießen. Die oberen Decks und die versteckten Winkel des Schiffes sind das Paradies der verliebten Leute, sehr oft nehmen sich die Männer gegenüber einem leicht angetrunkenen Mädchen allerlei Freiheiten heraus, und die Mütter sollten ihre Töchter nicht ohne Begleitung auf einen Vergnügungsdampfer lassen

Wie sie da im Tanze schlurfen,
Die Musik und dieses Singen,
Ist es nicht famos, mein Junge,
Dort am breiten Kai zu warten,
Auf die
Robert
E.
Lee

DerMittelwesten entscheidet überWilsonsAufstieg oderSturz

Die Ursachen der Unruhe unter der Arbeiterschaft

»Ich bin ein schweizerischer Admiral auf dem Vormarsch nach Amerika!« Der Blaue rief ein Taxi.

KAISER DES KARIBISCHEN MEERS

Als Minor C. Keith starb, brachten alle Zeitungen sein Bild: ein helläugiger Mann mit einer Hakennase und einem massiven Kinn und einem unruhigen Ausdruck um die Augen.

Minor C. Keith war der Sohn eines reichen Mannes, er stammte aus einer Familie, die den Geruch des Geldes liebte, in dieser Familie witterte man das Geld über den halben Äquator weg. Henry Meiggs, der Don Enrique der Westküste, war sein Onkel. Sein Vater hatte ein großes Holzgeschäft und handelte mit Grundstücken in Brooklyn.

Der junge Keith war ein Reis vom alten Stamme.

(Damals im 49er Jahr wurde Don Enrique durch den Goldrausch nach San Francisco gelockt. Er ging nicht als Goldsucher in die Berge, er verdurstete nicht beim Sieben des Alkalistaubes im Todestal. Er verkaufte an die Goldgräber Geräte und Werkzeug. Er blieb in San Francisco, sein Element war die Politik und Hochfinanz, bis ihm das Wasser an die Kehle stieg und er sich hastig an Bord eines Schiffes begeben mußte.

Das Schiff brachte ihn nach Chile. Er witterte Geld in Chile

Er war der *capitalista yanqui*. Er würde die Eisenbahn von Santiago nach Valparaiso bauen. Auf den Chincha-Inseln gab es Guanolager. Meiggs witterte das Geld im Guano. Er schürfte sich ein Vermögen aus dem Guano hervor, er wurde eine Macht an der Westküste, jonglierte mit Ziffern, Eisenbahnen, Armeen, mit der Politik der örtlichen Kaziken und *politicos*; sie waren alle nur Marken in einem riesigen Pokerspiel. Gestützt auf sein starkes Blatt, häufte er die Dollars auf. Er finanzierte die phantastische Andenbahn.)
Als Tomas Guardia Diktator von Costa Rica wurde, schrieb er an Don Enrique, er solle ihm eine Eisenbahn bauen; Meiggs hatte in den Anden zu tun, ein Auftrag über 75000 Dollar war ihm kaum der Mühe wert,
und so holte er seinen Neffen Minor Keith.

Sie ließen in dieser Familie das Eisen nicht kalt werden: Mit sechzehn Jahren war Minor Keith sein eigener Herr gewesen, hatte in einem Kleiderladen Kragen und Krawatten verkauft.

Dann wurde er Waldvermesser und leitete ein Holzgeschäft.

Als sein Vater die Padre-Insel vor Corpus Christi in Texas kaufte, schickte er Minor dorthin, mit dem Auftrag, Geld herauszuholen.
Minor Keith fing an, auf der Padre-Insel Vieh zu züchten und Fische mit dem Netz zu fangen,
aber Rinder und Fische brachten nicht rasch genug Geld ein,
so kaufte er Schweine und zerhackte die Stiere und kochte das Fleisch und verfütterte es an die Schweine und zerhackte die Fische und verfütterte sie an die Schweine,
aber die Schweine brachten nicht rasch genug Geld ein,
und so war er froh, als er nach Limon reisen konnte.
Limon ist eines der schlimmsten Pestlöcher am Karibischen Meer, selbst die Indianer sterben dort an Malaria, Gelbfieber und Dysenterie.

Keith fuhr auf dem Dampfer *John G. Meiggs* wieder nach

New Orleans, um Arbeiter für den Bau der Bahn zu suchen. Er bot einen Dollar pro Tag und das Essen und dang siebenhundert Mann. Einige davon waren schon einmal unten gewesen, mit William Walker in den Tagen der Flibustier.

Aus dieser ganzen Schar kamen ungefähr fünfundzwanzig mit dem Leben davon.
Die anderen ließen ihre Whiskyleichen in den Sümpfen verfaulen.
Mit der nächsten Ladung beförderte er fünfzehnhundert Mann; sie starben alle, um zu beweisen, daß nur Jamaikaneger in Limon leben können.

Minor Keith starb nicht.

1882 war die Eisenbahn auf eine Strecke von zwanzig Meilen fertig, und Keith hatte eine Million Dollar Schulden.

Die Eisenbahn hatte nichts zu befördern.

Keith ließ Bananen pflanzen, damit die Bahn etwas zu befördern habe, und um die Bananen auf den Markt zu bringen, mußte er sich im Schiffahrtsgeschäft engagieren:
Das war der Anfang des karibischen Obsthandels.
Unterdessen starben die Arbeiter an Whisky, Malaria, Gelbfieber und Dysenterie.
Minor Keiths drei Brüder starben.

Minor Keith starb nicht.

Er baute Eisenbahnen, errichtete an der ganzen Küste Kleinhandelsgeschäfte, in Bluefields, Belize, Limon, kaufte und verkaufte Gummi, Vanille, Schildpatt, Sarsaparilla; alles, was er billig kaufen konnte, kaufte er, alles, was er teuer verkaufen konnte, verkaufte er.
1898, in Gemeinschaft mit der *Obstgesellschaft von Boston,* gründete er die *Vereinigte Obstgesellschaft, United Fruit Company,* die seither einer der mächtigsten Industriekonzerne der Welt geworden ist.

1912 gründete er durch Fusion die *Internationalen Eisenbahnen von Mittelamerika:*
Das alles war auf Bananen aufgebaut.
In Europa und in den Vereinigten Staaten hatten die Menschen begonnen, Bananen zu essen,
und so schlug man in ganz Mittelamerika die Dschungel nieder, um Bananen zu pflanzen,
und baute Eisenbahnen, um die Bananen zu befördern,
und von Jahr zu Jahr dampften immer mehr
Dampfer der *Großen Weißen Flotte* nach dem Norden, beladen mit Bananen,
und das ist die Geschichte des amerikanischen Imperiums am Karibischen Meer
und des Panamakanals und des künftigen Nikaraguakanals und der Marinesoldaten und der Schlachtschiffe und Bajonette.

Warum dieser unruhige Ausdruck um die Augen Minor C. Keiths, des Obsthandelpioniers, des Eisenbahnschöpfers, auf all den Bildern, die bei seinem Tode die Zeitungen von ihm brachten?

Das Kamera-Auge 20

Als die Straßenbahner in Lawrence den Streik erklärten aus Sympathie mit weiß der Teufel wem es war ohnedies nur das übliche italienische böhmische ungarische Gesindel das sich den Hals nicht wäscht und Knoblauch frißt mit seinen plärrenden Bälgern und öligen Weibern die verdammten Dagos da erließ man einen Aufruf wer sich freiwillig melden will brave saubere junge Leute
um die Straßenbahnwagen zu bemannen und den ausländischen Agitatoren zu zeigen daß dieses Ländchen immer noch den Weißen gehört ...
na der Kerl wohnte in Matthews und er hatte schon immer Straßenbahnschaffner werden wollen ... sie sagten Grover sei Straßenbahnschaffner in Albany gewesen und er habe getrunken und sich auf der Straße mit kleinen Nutten blicken lassen ...
na der Kerl wohnte in Matthews und er ging mit seinem Stubenkameraden nach Lawrence und sie meldeten sich in Lawrence und die Leute schrien ihnen nach Streikbrecher Gelbe aber soweit das keine Wops waren war es lauter Pöbel niedriges Element sie hatten einander sehr gern dieser Kerl und sein Stubenkamerad und er stieg auf die Plattform und drehte die blanke Messingkurbel und klingelte mit der Glocke es war in der Remise sein Stubenkamerad der fummelte zwischen den Puffern herum und der Kerl der drehte die blanke Messingkurbel und der Wagen der fing zu laufen an und überfuhr seinen Stubenkameraden und der Kopf der wurde ihm zwischen den Puffern zerquetscht tötete ihn mausetot so auf der Stelle dort in der Remise und nun mußte der Kerl
zu der Familie seines Stubenkameraden gehn

J. WARD MOOREHOUSE

In Pittsburgh bekam Ward eine Stellung als Reporter an der *Times Dispatch,* und sechs Wochen lang schrieb er über italienische Hochzeiten, über Versammlungen des Ortsvereins der *Elche,* über geheimnisvolle Todesfälle, Morde und Selbstmorde unter Litauern, Albaniern, Kroaten und Polen, über die Schwierigkeiten griechischer Restaurateure mit ihren Naturalisationspapieren, über die Festmähler der Söhne Italiens. Er wohnte am unteren Ende der Highland Avenue in einem großen, gelben Fachwerkhaus mit hölzernen Verzierungen von schmutzigbrauner Farbe, bei einer Mrs. Cook, einer verhutzelten alten Frau aus Belfast, die vermieten mußte, seit ihr Mann, Vorarbeiter in einer der Homestead-Fabriken, von einer Ladung Roheisen, die der Kran ihm auf den Kopf schmiß, zerschmettert worden war. Sie kochte Ward das Frühstück und an Sonntagen auch das Mittagessen, und wenn er dann ganz allein in dem muffigen, mit Möbeln vollgepfropften Speisezimmer seine Mahlzeit verzehrte, stand sie neben ihm und erzählte ihm von ihrer Jugend im Norden von Irland, von dem Verrat der Papisten und von den Tugenden des seligen Mr. Cook. Es war eine schlimme Zeit für Ward. Er hatte keine Freunde in Pittsburgh, und den ganzen kalten, schmutzigen, schloßigen Winter hindurch litt er an Erkältungen und Halsentzündungen. Er haßte die Zeitungsredaktion, er haßte die steilen Straßen, den bewölkten Himmel, die halsbrecherischen Holztreppen, über die er ewig auf und nieder klettern mußte, er haßte den Geruch nach armen Leuten und Kohl und Kindern und Wäsche in den wackligen Zinskasernen, in denen er ewig die Mrs. Bonelli suchen mußte, deren Mann bei einer Rauferei in einer Kneipe der Locust Street umgekommen war, oder Sam Burkovich, der zum Vorsitzenden des Ukrainischen Gesangvereins gewählt worden war, oder irgendein

Weib mit von Lauge triefenden Händen, der ein moralisch verkommenes Subjekt die kleine Tochter erstochen hatte. Er kam nie vor drei oder vier Uhr morgens nach Hause, und wenn er dann gegen Mittag gefrühstückt hatte, blieb ihm keine rechte Zeit mehr, um noch etwas zu beginnen, er mußte gleich wieder die Redaktion anrufen und sich seine Aufträge holen. Als er in Pittsburgh angekommen war, hatte er Mr. McGill besucht, den er durch Jarvis Oppenheimer in Paris kennengelernt hatte. Mr. McGill erinnerte sich an ihn, notierte sich seine Adresse und forderte ihn auf, mit ihm in Verbindung zu bleiben, denn er hoffe, in dem neuen Auskunftsbüro, das die Handelskammer organisierte, eine offene Stelle für ihn zu finden, aber die Wochen gingen dahin, und er hörte nichts von Mr. McGill. Ab und zu kamen von Annabelle Marie einige dürre Zeilen, es handelte sich stets um irgendeine juristische Formalität, sie würde gegen ihn die Scheidung beantragen, wegen Verletzung der Unterhaltspflicht, böswilligen Verlassens und schlechter Behandlung. Er müsse sich bloß weigern, nach Philadelphia zu fahren, wenn ihm die Papiere vorgelegt würden. Das Parfum des blauen Briefpapiers erweckte in ihm eine leise und böse Begier nach Weibern. Aber er mußte sauber bleiben und an seine Karriere denken.

Am schlimmsten war der freie Tag in der Woche. Oft blieb er den ganzen Tag im Bett liegen, weil er viel zu deprimiert war, um in den schwarzen Schlamm der Straßen hinauszugehen. Er ließ sich journalistische und reklametechnische Unterrichtsbriefe schicken und nahm sogar einen Briefkursus über die Pflege von Obstbäumen, da er einen Augenblick lang fast entschlossen war, alles hinzuschmeißen, nach dem Westen zu fahren und auf einer Ranch Arbeit zu suchen; aber er fühlte sich zu apathisch, um die Kurse wirklich durchzuackern, und die kleinen Broschüren häuften sich von Woche zu Woche auf dem Tisch seines Zimmers. Die Lage schien völlig aussichtslos. Immer wieder ging er in Gedanken seine ganze Laufbahn durch, von dem Tage an, da er Wilmington mit der Bahn verlassen hatte, um nach Ocean City zu fahren. Er mußte irgendwo einen Fehler begangen haben, aber er sah nicht, wo. Er fing an, Patience zu legen; nicht einmal darauf konnte er seine Gedanken konzentrieren. Da vergaß er dann die Karten, saß an dem Tisch mit der lebkuchenfarbenen Plüschdecke, blickte an dem mit einer Hülle von Kreppapier und einer staubigen rosaroten Schleife von einer Pralinenschachtel geschmückten Topf staubiger künstlicher Farne vorbei auf die breite Straße hinaus, durch die, kreischend und knarrend in der Kurve, die Straßenbahn fuhr und wo die Bogenlampen über der trüben Dämmerung des frühen Abends sich ein wenig in dem schwarzen Eis der Gosse spiegelten. Er dachte sehr viel über die alten Zeiten in Wilmington nach, über Marie O'Higgins und seinen Klavierunterricht und wie er als Kind in einem alten Kahn auf dem Delaware Fische gefangen hatte; manchmal wurde er so nervös, daß er das Haus verlassen mußte, dann ging er zu der Sodafontäne an der nächsten Ecke, trank eine heiße Schokolade und besuchte dann ein billiges Kino oder Varieté. Er fing an, drei Stumpen täglich zu rauchen, einen nach jeder Mahlzeit; so hatte er wenigstens etwas, was ihn so ungefähr erwartete.

Ein- oder zweimal suchte er Mr. McGill in seinem Büro im Frick Building auf. Jedesmal war Mr. McGill in Geschäften verreist. Ward plauderte ein wenig mit der jungen Dame am Schalter, während er auf Bescheid wartete, und dann entfernte er sich zögernd mit den Worten: »Richtig, er hat ja gesagt, daß er verreisen muß«, oder: »Er hat wahrscheinlich die Verabredung vergessen«. Nur ungern verließ er das hellerleuchtete Vorzimmer des Büros, die großen, blanken Mahagonistühle mit den Löwenköpfen an den Lehnen und die Tische mit den Löwentatzen als Füßen und das Gezwitscher der Schreibmaschinen hinter den hölzernen Zwischenwänden und die klingelnden Telephone und die gut gekleideten Angestellten, die geschäftig ein und aus eilten. In der Zeitungsredaktion herrschte ein schrecklicher Lärm von den klappernden Druckpressen, es roch sauer nach Druckerschwärze und feuchten Papierrollen, schwitzende Korrektoren liefen mit grünen Augenschirmen umher. Und nie einen wirklich netten Menschen kennenlernen,

immer nur mit Arbeitern, mit Ausländern oder Verbrechern zu tun haben: es hing ihm zum Halse heraus.
Eines Tages im Frühling ging er ins *Schenley,* um einen Vortragsreisenden zu interviewen. Das tat er gern, denn er hoffte, dem Lokalredakteur ein kleines Extra abzuschmeicheln. Eben bahnte er sich seinen Weg durch das gedrängt volle Vestibül des Hotels – die Delegierten zu einem Staatskongreß der Kiwanier waren eingetroffen –, als er mit Mr. McGill zusammenstieß. »Holla, Moorehouse«, sagte Mr. McGill in einem ganz gleichgültigen Ton, als hätten sie einander erst gestern gesehen. »Freut mich, daß ich Sie erwische. Diese Dummköpfe im Büro haben Ihre Adresse verlegt. Haben Sie eine Sekunde Zeit?« – »Ja, gewiß, Mister McGill«, sagte Ward. »Ich bin mit jemandem verabredet, aber der kann warten.« – »Nie einen Menschen warten lassen, wenn man mit ihm verabredet ist«, sagte Mr. McGill. – »Es handelt sich nicht um eine *geschäftliche* Verabredung«, sagte Ward und blickte mit seinem knabenhaften, blauäugigen Lächeln in Mr. McGills Gesicht empor. »Er wird nicht böse sein, wenn er ein paar Minuten warten muß.«
Sie gingen in das Schreibzimmer und setzten sich auf ein gesticktes Sofa. Mr. McGill erklärte, er sei soeben provisorischer Generaldirektor für die Neuorganisierung der *Bessemer Metallwaren und Geräte Co.* geworden, durch deren Hände ein großer Teil der Nebenprodukte der Homestead-Werke ging. Er suche einen strebsamen und energischen jungen Mann, der die Reklame und Propaganda besorgen könnte. »Ich erinnere mich an den Prospekt, den Sie mir in Paris gezeigt haben, Moorehouse, und ich glaube, Sie sind der richtige Mann für mich.« – Ward blickte zu Boden. »Da würde ich natürlich meine jetzige Stellung aufgeben müssen.« – »Was für eine Stellung?« – »Bei einer Zeitung.« – »Oh, lassen Sie das ruhig schießen, da haben Sie ja gar keine Chancen ... Wir müssen freilich jemand anders zum nominellen Propagandachef machen, aus Gründen, auf die ich jetzt nicht eingehen will ... aber *Sie* sollen die Sache leiten. Wie denken Sie sich Ihr Gehalt?«

Ward blickte Mr. McGill in die Augen, das Pochen des Blutes in seinen Ohren verstummte, während er seine eigene Stimme ganz gleichgültig sagen hörte:
»So ungefähr einen blauen Lappen die Woche?«
Mr. McGill strich sich seinen Schnurrbart und lächelte. »Na, das werden wir später noch ausknobeln«, sagte er und stand auf. »Ich glaube, ich kann Ihnen ehrlich zuraten, Ihre jetzige Arbeit aufzugeben ... Ich werde Mr. Bateman deswegen anklingeln – damit er versteht, warum wir Sie von ihm wegnehmen ... Daß keine Mißstimmung aufkommt, Sie verstehen schon, wenn Sie so plötzlich die Arbeit niederlegen ... Mißstimmungen muß man immer vermeiden ... Kommen Sie morgen um zehn zu mir. Sie kennen ja mein Büro im Frick Building«
»Ich glaube einige wertvolle Reklameideen zu haben, Mr. McGill, gerade diese Arbeit interessiert mich am meisten«, sagte Ward. Mr. McGill schaute ihn nicht mehr an, nickte nur und entfernte sich. Ward ging hinauf, um seinen Vortragsreisenden zu interviewen, und er wagte nicht, schon jetzt eine allzu große Freude in seinem Herzen aufkommen zu lassen.
Der folgende Tag war sein letzter in der Zeitungsredaktion. Er akzeptierte ein Gehalt von fünfundsiebzig Dollar, wobei ihm eine Erhöhung zugesichert wurde, sobald der Erfolg seiner Arbeit diese Erhöhung rechtfertigen würde, nahm sich im *Schenley* ein Zimmer mit Bad und hatte im Frick Building sein eigenes Büro, wo er an einem Schreibtisch zusammen mit einem jungen Mann namens Oliver Taylor saß, der der Neffe eines Direktors war und nun langsam von Stufe zu Stufe durch die Organisation nach oben geschoben wurde. Oliver Taylor war ein erstklassiger Tennisspieler, gehörte sämtlichen Klubs an und war nur zu froh, die Arbeit auf Moorehouse abwälzen zu können. Als er merkte, daß Moorehouse im Ausland gewesen war und sich seine Anzüge in England hatte machen lassen, verschaffte er ihm Aufnahme in den *Sewikely Country Club* und nahm ihn sehr oft nach Büroschluß zu einem Gläschen mit. Allmählich lernte Moorehouse verschiedene Leute kennen und wurde

als passende Partie eingeladen. Er nahm sich einen Golflehrer und fing auf einem kleinen Platz drüben in Alleghany zu spielen an; dorthin würde sich, wie er hoffte, keiner seiner Bekannten verirren. Als er leidlich spielen konnte, übersiedelte er auf den Golfplatz des *Sewikely,* um dort sein Können auszuprobieren.

Eines Sonntagnachmittags begleitete ihn Oliver Taylor und zeigte ihm sämtliche großen leitenden Männer von den Stahlwerken, den Kohlengruben und der Ölindustrie, wie sie am Sonntagnachmittag auf dem Golfplatz versammelt waren; er machte über jeden einzelnen seine frechen Bemerkungen, Ward kicherte ein wenig, fand sie aber recht geschmacklos. Ward begann zuzunehmen und Farbe zu bekommen; er fühlte sich wie ein Mensch, den man vor dem Ertrinken gerettet hat. Es war ein sonniger Mainachmittag, und Ward roch die Akazienblüten in dem leichten Wind, der von dem fetten Erdreich an den Ufern des Ohio kam, da war das scharfe Pfeifen der Golfbälle und auf dem Rasen vor dem Klubhaus die flatternd hellen Gewänder; Fetzen hellen Gelächters und einzelne Satzbrocken aus dem tiefstimmigen Gespräch ernster Geschäftsleute wehten auf dem sonnigen Winde herbei, auf dem Winde, der immer noch ein bißchen brenzlig nach dem Rauch der Hochöfen roch. Es war schwer, die Leute, denen er vorgestellt wurde, nicht merken zu lassen, wie wohl ihm war.

In der übrigen Zeit tat er nichts als arbeiten. Von seiner Stenotypistin, Miss Rodgers, einer häßlichen, alten Jungfer, die das Metallwarengeschäft in- und auswendig kannte, da sie fünfzehn Jahre lang in den Büros von Pittsburgh gearbeitet hatte, ließ er sich Literatur über die Eisenindustrie verschaffen, die er des Abends in seinem Hotelzimmer las, so daß er die Direktoren bei den Konferenzen durch seine Kenntnis der industriellen Verfahren und Produkte in Erstaunen versetzte. In seinem Kopf wimmelte es nur so von Bohreisen, Kanthaken, Klöpfeln, Rollgewichten, Äxten, Beilen, Schraubenschlüsseln; manchmal, während der Mittagszeit, ging er in eine Eisenhandlung, unter dem Vorwand, ein paar Nägel oder Zwecken zu kaufen, und unterhielt sich mit dem Ladenbesitzer. Er las Crowds jr. und verschiedene Bücher über Psychologie, versuchte sich vorzustellen, daß er ein Eisenwarenhändler oder der Leiter von *Hammacher, Schlemmer* oder irgendeinem anderen großen Eisenwarenhaus sei, und überlegte sich dann, wie die Propagandaliteratur einer Fabrik aussehen müßte, um auf ihn Eindruck zu machen. Wenn er morgens, während das Wasser in die Badewanne lief, sich rasierte, sah er eine lange Prozession von Feuerböcken, Rosten, Ofenteilen, Pumpen, Wurstmaschinen, Bohrern, Tasterzirkeln, Ambossen, Laufrollen und Schubladenknöpfen zwischen seinem Gesicht und dem Spiegel vorbeiwandern und dachte darüber nach, wie man jedes dieser Produkte für den Einzelhandel verlockend machen könnte. Er rasierte sich mit einem Gillette, warum rasierte er sich mit einem Gillette und nicht mit einem anderen Rasierapparat? *Bessemer* ist ein guter Name, riecht nach Geld und gewaltigen Walzwerken und mächtigen Direktoren, die ihren Limousinen entsteigen. Man muß nur das Interesse des Eisenwarenkäufers wecken, ihm das Gefühl geben, daß er ein Teil einer gewaltigen und starken Organisation sei – so liefen seine Gedanken, während er sich eine Krawatte hervorsuchte. »Bessemer«, sagte er zu sich selbst, während er sein Frühstück aß. »Warum sollen *unsere* Bolzen mehr Anklang finden als irgendwelche anderen Bolzen?« fragte er sich, während er die Straßenbahn bestieg. Während er, auf der Fahrt in die Stadt, in der dichtgedrängten Menge an der Strippe hängend, hin und her gerüttelt, nach den Schlagzeilen der Zeitung starrte, ohne sie zu sehen, ratterten in seinem Kopf Kettenglieder, Anker, Eisenkupplungen, hämmerbare Bogenrohre, Stutzen, Buchsen, Nippel und Kappen. *Bessemer.*

Als er eine Gehaltserhöhung verlangte, bekam er sie, auf hundertfünfundzwanzig Dollar.

Bei einem Ball im Landklub lernte er eine blonde junge Dame kennen, die sehr gut tanzte. Er sah, daß sie an ihm Gefallen fand. Sie hieß Gertrude Staple und war die einzige Tochter des alten Horace Staple, der Aufsichtsrat in mehreren Konzernen war und angeblich einen großen Posten

Standard-Oil-Aktien besaß. Gertrude war mit Oliver Taylor verlobt, aber sooft sie beisammen waren, zankten sie sich, das teilte sie Ward im Vertrauen mit, während sie gerade einen Tanz vorbeigehen ließen. Wards Abendanzug saß sehr gut, er sah viel jünger aus als die meisten Männer auf dem Ball. Gertrude sagte, die Männer in Pittsburgh hätten keine Allüren. Ward erzählte von Paris, und sie sagte, sie langweile sich zu Tode, und sie würde lieber in Nome in Alaska leben als in Pittsburgh. Daß er Paris kannte, freute sie riesig, und er erzählte vom *Tour d'Argent* und vom Hotel *Wagram* und von der Ritz-Bar, und er war sehr ärgerlich, daß er kein Auto hatte, denn er merkte, daß er sie ohne weiteres um die Erlaubnis hätte bitten dürfen, sie nach Hause zu bringen. Am nächsten Tag aber schickte er ihr ein paar Blumen mit einem kleinen Briefchen in französischer Sprache, das sie, wie er glaubte, zum Lachen bringen würde. Am nächsten Sonnabend nach Büroschluß ging er in eine Autofahrschule, um Unterricht zu nehmen, und schlenderte dann an dem Verkaufsbüro der Stutz-Firma vorbei, um zu sehen, unter welchen Bedingungen er einen Roadster erwerben könnte.

Eines Tages kam Oliver Taylor mit einem komischen Lächeln auf den Lippen ins Büro und sagte: »Ward, Gertrude ist in Sie verschossen. Sie kann schon über nichts anderes mehr reden ... Nur immer los, mir ist das ganz einerlei. Macht mir viel zuviel Mühe, mit ihr fertig zu werden. Nach einer halben Stunde habe ich sie satt.«

»Das ist wahrscheinlich nur, weil sie mich nicht kennt«, sagte Ward und errötete ein wenig.

»Jammerschade, daß ihr Alter sie nur mit einem Millionär verheiraten will. Aber Sie könnten sich dabei ein kleines Abenteuer herausschinden.«

»Ich habe für diese Dinge keine Zeit«, sagte Ward.

»Mir wieder lassen diese Dinge keine Zeit für irgend was anderes«, sagte Taylor. »Nun, adjüs ... sorgen Sie für den Laden, ich bin mit einer famosen Braut zum Gabelfrühstück verabredet – sie ist eine süße Maus und tanzt im *Moulin Rouge,* erste Reihe, die dritte von links.« Er blinzelte Ward zu, klopfte ihm auf die Schulter und verschwand.

Das nächste Mal, als Ward in das große Haus der Staples, das etwas abseits von der Straße lag, zu Besuch kam, fuhr er in einem roten Stutz Roadster, den er zur Probe übernommen hatte. Er steuerte recht gut, nur an der Auffahrt nahm er die Kurve zu scharf und ermordete einige Tulpen auf einem Blumenbeet. Gertrude sah das vom Fenster der Bibliothek und neckte ihn damit. Er sagte, er sei ein schlechter Fahrer, das sei schon immer so gewesen und würde auch immer so bleiben. Sie bewirtete ihn mit Tee und einem Cocktail an einem kleinen Tischchen unter einem Apfelbaum hinter dem Hause, und die ganze Zeit, während er mit ihr plauderte, wußte er nicht recht, ob er ihr von seiner Scheidung erzählen sollte.

Als er dann schließlich eines Abends beim Tanz von der Scheidung erzählte und von seiner unglücklichen Ehe mit Annabelle Strang, war sie sehr teilnahmsvoll.

»Ich hatte doch gehofft, Sie wären bloß ein Abenteurer ... Vom Zeitungsjungen zum Präsidenten, Sie wissen schon!«

»Aber ich bin es ja«, sagte er, und beide lachten, und er sah, daß sie wirklich nach ihm verrückt war. Er erzählte ihr, er sei schon seit einiger Zeit geschieden, obgleich die endgültigen Dokumente noch gar nicht ausgefertigt waren, und sie spazierten an das äußere Ende des Treibhauses, wo es zwischen den Orchideen sehr dunstig war, und er küßte sie und sagte zu ihr, sie sehe aus wie eine blaßgelbe Orchidee. Von nun an schlichen sie sich, sowie Gelegenheit war, beiseite und knutschten einander ab. Sie hatte so eine Art, in seinen Armen ganz plötzlich schlapp zu werden, daß er ganz sicher war, sie müsse ihn lieben. Aber wenn er dann nach diesen Abenden nach Haus kam, war er zu nervös und aufgeregt, um schlafen zu können, er ging im Zimmer auf und ab, hätte gern eine Frau in seinem Bett gehabt und beschimpfte sich aufs heftigste. Oft nahm er ein kaltes Bad und sagte sich, er müsse ans Geschäft denken, er dürfe sich nicht mit solchen Dingen abgeben, sich durch ein Mädchen aus der Fassung bringen lassen. Die Straßen in der unteren Stadt wimmelten von Prostituierten, aber er hatte Angst, eine Krankheit zu erwischen oder Erpressern in die Hände zu geraten. Dann, eines Nachts, nach einer Gesellschaft, nahm Taylor ihn in ein Haus mit, das, wie er sagte, völlig verläßlich war, und dort schlief er mit einer hübschen, schwarzhaarigen Polin, die nicht älter sein konnte als achtzehn, aber er ging nicht oft hin, denn es kostete fünfzig Dollar, und er war immer sehr nervös, wenn er dort war, aus Angst, es könnte eine polizeiliche Razzia stattfinden, und er würde blechen müssen.

Eines Tages erzählte ihm Gertrude, daß ihre Mutter sie ausgezankt habe, weil sie sich so oft mit ihm in der Öffentlichkeit blicken lasse, ihrer Mutter sei zu Ohren gekommen, daß er eine Frau in Philadelphia habe, und sie drohe jetzt, es Mr. Staple zu sagen, und er würde Ward bei den *Bessemer Waren* hinausschmeißen lassen. Die Mitteilung von der vollzogenen Scheidung war am Tage zuvor angekommen, Ward befand sich folglich in bester Laune, erzählte ihr von dem Scheidungsdekret und bat sie um ihre Hand. Es war ein Sonntagnachmittag. Sie saßen in dem freien Orgelkonzert im *Carnegie Institute*. »Kommen Sie ins *Schenley* hinüber, und ich werde es Ihnen zeigen.« Die Musik hatte schon begonnen, Gertrude schüttelte den Kopf, aber sie nahm seine Hand, die neben ihrem Knie auf dem Plüschsessel lag, und drückte sie. In der Mitte des Stückes gingen sie hinaus. Die Musik fiel ihnen auf die Nerven. Lange Zeit standen sie im Vestibül und redeten miteinander. Gertrude sah unglücklich und verstört drein. Sie sagte, ihre Eltern würden ihr nie erlauben, einen Mann zu heiraten, der nicht ebensoviel Einkommen habe wie sie, ein Jammer, daß sie nicht eine arme Stenotypistin oder Telephonistin sei, die tun könne, was sie wolle, und sie liebe ihn sehr und würde ihn ewig lieben, und wahrscheinlich würde sie jetzt zu trinken anfangen oder Kokain nehmen oder irgend so etwas, weil das Leben einfach zu schrecklich sei.

Ward war sehr kühl, zog die Kinnbacken straff und erwiderte, sie könne ihn nicht wirklich gern haben, was ihn anlange, sei die Sache zu Ende, und wenn sie einander künftig begegnen würden, so nur noch als gute Freunde; er fuhr mit ihr in dem noch nicht bezahlten Stutz in die

Highland Avenue hinaus und zeigte ihr das Haus, in dem er gewohnt hatte, als er nach Pittsburgh kam, schwatzte davon, daß er nach dem Westen übersiedeln und dort ein eigenes Reklameunternehmen gründen wolle, und verließ sie schließlich vor dem Haus einer Freundin am Highland Park, denn sie hatte ihren Chauffeur beauftragt, sie um sechs dort abzuholen.

Ward kehrte ins *Schenley* zurück, ließ sich eine Tasse schwarzen Kaffee in sein Zimmer hinaufschicken, sehr bitterlich war ihm zumute, er setzte sich an den Schreibtisch und nahm sich den neuen Prospekt vor, an dem er gerade arbeitete, murmelte unaufhörlich leise vor sich hin: »Hol der Teufel das Saumensch!«

In den folgenden Monaten konnte er sich nicht viel um Gertrude kümmern, denn in den Homestead-Werken brach ein Streik aus, einige Streiker wurden von der Unternehmerpolizei getötet, und ein paar sentimentale Literaten aus New York und Chicago füllten die Spalten der Presse mit ihren Artikeln, in denen sie die Stahlindustrie und die »feudalen Zustände in Pittsburgh«, wie sie es nannten, zu geißeln begannen; die Fortschrittler im Kongreß erhoben ein wildes Geschrei, es ging das Gerücht um, daß gewisse Leute, die die Sache ins Politische kehren wollten, bei dem Präsidenten Roosevelt Gehör fänden und eine parlamentarische Untersuchung forderten. Mr. McGill und Ward trafen sich ganz allein im *Schenley* zum Mittagessen, um die Lage zu besprechen, und Ward sagte, notwendig sei vor allem eine völlig neue Linie in der Propaganda der Industrie. Diese Reformer, Menschheitsapostel und Agitatoren, die alles aufwühlten, nur um im trüben zu fischen, brächten es immer fertig, in die Spalten der Presse zu kommen. Nun müsse die Industrie diesen Leuten mit einer unparteiischen Darstellung der Zustände, wie sie wirklich sind, entgegentreten. Mr. McGill fand das alles sehr schön und sagte, er würde bei den verschiedenen Direktionssitzungen feststellen, wieweit es möglich sei, ein gemeinsames Nachrichtenbüro für die gesamte Industrie zu gründen. Ward meinte, er sei der geeignete Mann für die Leitung dieses Büros, denn er vergeude nur seine Zeit bei der *Bessemer Waren*; dort sei alles sehr still geworden, die Arbeit laufe von selber, so daß jeder beliebige Angestellte sie leisten könne, und er habe Lust, nach Chicago zu gehen und eine eigene Reklameagentur aufzumachen. Mr. McGill lächelte und strich sich seinen stahlgrauen Schnurrbart. »Nicht so schnell, junger Mann, bleiben Sie noch ein Weilchen hier, und auf mein Wort, Sie werden es nicht bereuen«, und Ward sagte, er sei bereit, noch ein Weilchen zu bleiben, aber nun sei er schon fünf Jahre in Pittsburgh, und was habe er denn erreicht?

Das Nachrichtenbüro wurde gegründet, Ward übernahm die Leitung der eigentlichen Arbeit mit einem Gehalt von zehntausend Dollar pro Jahr und begann mit seinem überschüssigen Geld ein wenig an der Börse zu spekulieren; über ihm aber saßen mehrere Herren, die ein größeres Gehalt bekamen als er und nichts weiter taten, als ihm im Wege zu sein, so daß er nicht zur Ruhe kam. Er hatte das Gefühl, daß er heiraten und sich einen eigenen Haushalt einrichten müßte. Er hatte vielerlei Beziehungen zu verschiedenen Zweigen der Gußeisen-, Stahl- und Petroleumindustrie, und er hatte das Gefühl, er müßte manchmal Gäste einladen. Diners im *Fort Pitt* oder im *Schenley* waren teuer und machten trotzdem keinen soliden Eindruck.

Dann, eines Morgens, als er die Zeitung öffnete, las er, daß Horace Staple am Tage zuvor im Lift des Carnegie Building an einer Angina pectoris gestorben war und daß Gertrude und ihre Mutter in ihrem palastartigen Heim in Sewikely darniederlagen. Er begab sich unverzüglich in das Schreibzimmer, obgleich er nun zu spät ins Büro kommen würde, und schrieb an Gertrude ein Briefchen:

Liebste Gertrude!

Gestatten Sie mir in diesem furchtbar traurigen Augenblick, Sie daran zu erinnern, daß ich unaufhörlich an Sie denke. Teilen Sie mir bitte sogleich mit, ob ich Ihnen auf irgendeine Weise behilflich sein kann. Im Tale der Todesschatten müssen wir erkennen, daß der große Spender, dem wir alle Liebe, allen Reichtum und alle zärtliche Neigung am fröhlichen Herde verdanken, zugleich der grimmige Mäher ist ...

Nachdem er eine Minute lang, an seinem Federstiel kauend, diese Worte betrachtet hatte, sagte er sich, daß das mit dem grimmigen Mäher ein bißchen zu schwülstig sei; er schrieb den Brief noch einmal ab, ließ den letzten Satz weg, unterzeichnete ihn *Ihr sehr ergebener Ward* und schickte ihn durch einen Eilboten nach Sewikely hinaus.
Gerade wollte er zum Mittagessen gehen, da meldete ihm der Bürojunge, eine Dame sei am Telephon. Es war Gertrude. Ihre Stimme zitterte ein wenig, aber sie schien nicht allzu verstört zu sein. Sie bat ihn, mit ihr heute abend irgendwohin essen zu gehen, wo niemand sie sehen könne, denn sie sei schon ganz kribblig von all diesen Geschichten, und wenn sie noch mehr Kondolenzbesuche empfangen müßte, würde sie verrückt werden. Er sagte ihr, sie solle ins Vestibül des *Fort Pitt* kommen, und er würde dann mit ihr in irgendein kleines, abgelegenes Lokal fahren, damit sie ungestört miteinander plaudern könnten. Er aß allein, hatte guten Appetit, endlich schien der Durchbruch gelingen zu wollen.
An diesem Abend wehte ein eisiger, peitschender Wind. Der Himmel war den ganzen Tag über mit tintenschwarzen Wolken bedeckt gewesen, die aus dem Nordwesten heranrollten. Gertrude war so in Pelze eingewickelt, daß er sie gar nicht erkannte, als sie das Vestibül betrat. Kaum war sie bei ihm, da reichte sie ihm die Hand und sagte: »Wir wollen hier weg.« Er sagte, er kenne ein kleines Wirtshaus an der Straße nach McKeesport, aber die Fahrt in dem offenen Roadster würde ihr wohl zu kalt sein. Sie sagte: »Fahren wir doch, wirklich ... Ich finde Sturm herrlich.« Als sie in das Auto stieg, sagte sie mit zitternder Stimme: »Freuen Sie sich, Ihre alte Flamme wiederzusehen, Ward?«, und er sagte: »Gott, natürlich, Gertrude, aber freut es auch Sie, mich zu sehen?« Und dann sagte sie: »Sehe ich denn nicht froh aus?« Er wollte irgend etwas über ihren Vater hermurmeln, aber sie sagte: »Bitte, davon wollen wir nicht reden.«

Den ganzen Weg durch das Monongahela-Tal heulte der Wind hinter ihnen her, ab und zu kam ein peitschendes Schneegestöber. Kohlenhalden, Bessemeröfen und hohe Schornsteine in langen Reihen ragten tintenschwarz vor einem niedrigen, wolligen Himmel, der den grellen Schein flammenden Metalls, rotglühender Schlacke, weißstrahlender Bogenlampen und der Scheinwerfer fauchender Lokomotiven auffing. An einer Schienenkreuzung wären sie fast mit einem Kohlenzug zusammengerannt. Ihre Finger umkrampften seinen Arm, als das Auto unter dem scharfen Bremsen jäh um seine Achse schlitterte.
»Um ein Haar«, sagte er mit zusammengebissenen Zähnen.
»Mir ist es egal. Mir ist heute abend alles egal«, erwiderte sie.
Er mußte aussteigen und den Motor anwerfen, den er abgewürgt hatte. »Alles in Ordnung, wenn wir nur nicht erfrieren«, sagte er. Als er in den Wagen zurückkletterte, beugte sie sich zu ihm und küßte ihn auf die Wange. »Willst du mich immer noch heiraten? Ich liebe dich, Ward.« Der Motor jagte voran, während er sich umdrehte und sie fest auf den Mund küßte, so wie er damals in der Villa in Ocean City Annabelle geküßt hatte. »Natürlich will ich, Liebling«, sagte er.
Das Wirtshaus gehörte einem französischen Ehepaar, Ward sprach mit ihnen französisch, bestellte gebratenes Huhn, Rotwein und heißen Whisky-Toddy, um ein bißchen warm zu werden, während sie auf das Essen warteten. Außer ihnen waren keine Gäste da, Ward ließ einen Tisch dicht vor den Gasofen stellen, an das äußerste Ende des rosagelben, trüb erleuchteten Speisesaales, eine lange, gespenstische Reihe leerer Tische und langer, schneeverwehter Fenster. Während des Essens erzählte er Gertrude von seinem Plan, eine eigene Agentur zu gründen, und daß er nur noch einen passenden Kompagnon finden müsse, und er sei überzeugt, daß es ihm möglich sein werde, seine Agentur zu der größten im ganzen Lande zu machen, besonders unter diesem noch völlig unerforschten Gesichtspunkt der Beziehungen zwischen Kapital und Arbeit. »Wenn wir erst ver-

heiratet sind, werde ich dir sehr viel dabei helfen können, mit Kapital und Ratschlägen und allen möglichen Dingen«, sagte sie; ihre Wangen waren gerötet, ihre Augen funkelten. »Natürlich wirst du das können, Gertrude.«

Sie trank während des Essens sehr viel und wollte nachher noch ein paar heiße Whiskys haben, und er küßte sie sehr oft, strich ihr mit der Hand am Bein hinauf und streichelte ihre Schenkel. Es schien ihr einerlei zu sein, was er tat, sie küßte ihn vor dem Wirt. Als sie hinausgingen, um nach Hause zu fahren, blies der Wind mit einer Geschwindigkeit von sechzig Meilen die Stunde, der Schnee hatte die Straße weggewischt, und Ward sagte, es wäre Selbstmord, in einer solchen Nacht nach Pittsburgh fahren zu wollen, und der Gastwirt sagte, er habe für sie ein tadelloses Zimmer, und *Monsieur et Madame* müßten wahnsinnig sein, um jetzt loszufahren, besonders da sie während der ganzen Fahrt den Wind im Gesicht haben würden. Darüber geriet Gertrude einen Augenblick in panische Angst, und sie erklärte, sie würde sich lieber umbringen als hierbleiben. Dann klappte sie plötzlich hysterisch schluchzend in Wards Armen zusammen. »Ich möchte bleiben, ich möchte bleiben. Ich liebe dich so.«

Sie riefen das Haus Staple an und sprachen mit der Nachtpflegerin; die Pflegerin sagte, Mrs. Staple habe ein Opiat erhalten und schlafe jetzt ruhiger, und Gertrude bat die Pflegerin, ihrer Mutter, wenn sie erwachte, mitzuteilen, daß sie die Nacht bei ihrer Freundin Jane English verbringe und, sowie der Sturm ihr gestattete, mit dem Auto abzufahren, nach Hause kommen würde. Dann rief sie Jane English an und sagte ihr, sie sei völlig verzweifelt vor Kummer und habe sich im *Fort Pitt* ein Zimmer genommen, um allein zu sein; und wenn ihre Mutter anriefe, sollte sie ihr sagen, daß sie schlafe. Dann telephonierte sie ins *Fort Pitt* und ließ auf ihren Namen ein Zimmer reservieren. Dann gingen sie hinauf und legten sich zu Bett. Ward war sehr glücklich und gelangte zu der Überzeugung, daß er sie innig liebe, und sie schien so etwas nicht zum erstenmal zu machen, denn das erste, was sie ihn fragte, war, ob er ein

empfängnisverhütendes Mittel bei sich habe. Er nickte errötend. Und sie lachte. »Wir wollen doch keine Zwangshochzeit haben, nicht wahr, Liebling?«
Sechs Monate später wurden sie getraut, und Ward legte seine Stellung bei dem Nachrichtenbüro nieder. Er hatte an der Börse Glück gehabt und beschloß, ein Jahr Urlaub zu nehmen, um seine Flitterwochen in Europa zu verbringen. Es stellte sich heraus, daß das gesamte Vermögen der Staples der alten Mrs. Staple zu treuen Händen hinterlassen worden war und daß Gertrude bis zum Tode ihrer Mutter nur eine jährliche Rente von fünfzehntausend Dollar erhalten würde, aber sie wollten die alte Dame in Karlsbad treffen und hofften, einiges Kapital für die neue Reklameagentur aus ihr herauszulocken. Sie fuhren auf der *Deutschland* in der Luxuskajüte nach Plymouth und hatten eine gute Überfahrt, und Ward war nur einen einzigen Tag lang seekrank.

Das Kamera-Auge 21

In jenem August gab es keinen Tropfen Regen und auch im Juli hatte es kaum geregnet und das Gemüse war in einem schrecklichen Zustand und in der ganzen nördlichen Ecke von Virginia war es ganz zwecklos Maisfutter zu brechen weil die unteren Blätter alle verwelkt und an den Rändern eingekräuselt waren nur die Tomaten gaben eine Ernte

wenn *Rattler* auf der Farm nicht gebraucht wurde durftest du ausreiten er war ein brauner dreijähriger Wallach er stolperte durch die hohen Kiefernwälder und über die sandigen von feuerrotem Trompeterwein überwucherten Straßen und durch die ausgetrockneten Sümpfe die in die Kreuz und Quer von Rissen durchfurcht waren wie eine Krokodilhaut

vorbei am Hause Morris an all den Morriskindern die alle so dürr und staubig und braun aussahen

und dann im Bogen am Flußufer entlang vorüber an *Harmony Hall* wo Sydnor ein dicker baumlanger barfüßiger Kerl mit einem langen Gesicht und einer langen Nase und einer großen Warze auf der Nase watschelnd umherschlurfte und nicht wußte was er bei dieser schrecklichen Dürre anfangen sollte und seine Frau krank und vor der Niederkunft und die Kinder mit Keuchhusten und er mit seinen Magenbeschwerden

und wieder vorbei an Sandy Point vorbei an der großen Kiefer

und Miss Emily stand neben dem Myrtenstrauch und guckte über den Zaun Miss Emily trug einen Kiepenhut und hatte immer ein paar Blumen und ein paar Hühnchen zu verkaufen und das beste Blut des Südens floß in ihren Adern Tanchefort so schreiben wir's aber wir sprechen es Tafford aus wenn bloß die Jungs nich so nichtsnutzig wären immer

saufen und sich unten am Fluß rumtreiben und Whisky aus Maryland herüberschmuggeln statt zu fischen und dann stinkbesoffen rausfahren und die Schleppnetze zerreißen oder verlieren Miss Emily trank selber ab und zu einen Tropfen aber sie wußte es immer nett zu machen wenn sie so neben dem Myrtenbusch stand über den Zaun guckte und mit den Leuten die auf der Straße vorüberkamen ein bißchen plauderte
dann wohnte unten nach Lynch's Pint zu der alte Bowie Franklin der taugte auch nicht viel sah aus wie ein Bantamhahn der alte Bowie Franklin mit seinem langen dürren Hals und seinem ruckenden Gang er konnte nicht viel arbeiten und er hatte kein Geld um sich Schnaps zu kaufen und so fütterte er bloß diese grauen Hühner die nicht viel taugten und genauso aussahen wie Bowie und dann lungerte er am Pier herum und manchmal wenn der Dampfer einlief oder ein paar Fischersleute in den Fluß kamen weil es draußen in der Bucht zu heftig wehte schob ihm jemand ein Gläschen Whisky zu und dann schlief er sich einen ganzen Tag lang seinen Rausch aus
Rattler schwitzte ganz schrecklich weil er bei dieser Hitze Mais zu fressen bekam und der alte Sattel stank und die Pferdebremsen umsummten seine Flanken und es war Zeit zum Abendbrot und da rittest du langsam nach Hause verhaßt war dir diese ausgepumpte Landschaft und die Dürre die in deinem Garten nichts wachsen ließ und dazu die Heuschrecken und Grillen mit ihrem höhnischen Geschrei unter den gespenstisch staubbedeckten jungen Gummibäumen und Dattelpflaumen neben der Straße und der sichelförmige Strand wo die Meernesseln dich brannten wenn du hinausschwimmen wolltest und die Sandflöhe und dann die Fetzen sinnloser Gespräche was denn im Haag passiert sei oder in Warschau oder Pekatone und das Telephon unten in der Villa das immer zu klingeln anfing wenn irgendeine Farmersfrau an der Leitung den Hörer abnahm um mit einer andern Farmersfrau zu sprechen und längs der ganzen Leitung hörte man die Hörer knacken wie sie alle an die Apparate liefen um mit anzuhören was da geredet wurde

und das Land zwischen den Flüssen flaches Land war längst aller Kräfte beraubt durch die Tabakpflanzen ausgepumpt seit den längst vergangenen Tagen Walter Raleighs Kapitän John Smiths und Pocahontas' aber wie war es vor dem Kriege gewesen vor dem Kriege der die Männer und Frauen ausgepumpt hatte?

und ich ritt den dreijährigen braunen Wallach *Rattler* der so oft stolperte und ich haßte die von der Sonnenglut zusammengebackene Erde und den lehmigen Untergrund und die säuselnden Kiefern und die ganz und gar überflüssigen Gummibäume und Dattelbaumsträucher und die Brombeeren

nur die Bucht hatte ich gern funkelnd lag sie am Horizont und den Südostwind der jeden Nachmittag auffrischte und die weißen

Segel der Fischerkähne

Weltwochenschau XV

Untersuchungskommission studiert von Amts wegen städtische Werke, Galerien, sittenpolizeiliche Verhältnisse usw.
home sweet home ertönt und die lichter erlöschen frau sagt die von den unternehmern gezahlten niedrigen löhne sind an der allgemeinen unruhe schuld

Wohnt ein Mädel im Herzen von Maryland
Und ihr Herz, ihr Herz gehört mir

Wollt ihr einen Weltkrieg oder nicht
der Mannequin der ein so markanter Faktor auf den Pariser Rennplätzen ist übertrifft sich selber in dem Lancieren immer neuer Neuigkeiten der Mannequin zieht sich das erstaunlichste Kostüm an und trägt es mit vollendetem sang froid Inkonsequenz ist ihre Losung
drei deutsche Stabsoffiziere die in der Nähe vorüberkamen wurden von der enthusiastischen Menge die ihnen die Hände schütteln wollte beinahe erdrückt

Junges Mädchen tritt auf Zündholz;
Zündholz brennt an;
Mädchen verbrennt.

Und in Maryland
Da verlor ich mein Herz
Als sie sagte, nimm mich hin

SCHÜSSE AN DER DONAU DAS SIGNAL ZU FRÜHEM KRIEG

Ich bin gegen die Todesstrafe wie alle vernünftigen Frauen. Der Gedanke, daß eine Frau einer Hinrichtung beiwohnen könnte, ist mir abscheulich. Ich finde es schrecklich, daß der Staat Menschen mordet.

ZAR VERLIERT DIE GEDULD MIT ÖSTERREICH

panische flucht aus karlsbad verschwinden eines majors bringt kette von meuchelmorden an den Tag dekolleté am hellichten tag unterröcke die man schon gar nicht mehr mit einem waschtrog in verbindung bringen kann was wird man morgen tragen? paris schreit chorknaben beziehen ihr lager professor will tour durch die wälder machen belgrad gefallen

DER WELTKRIEG NAHT

Abgeordneter Jaurès ermordet
krieg dürfte eisenbahnerstreik verhindern maßnahmen um die gelder zu sichern er behauptet er wird dem krieg ein ende machen
LEBT NOCH ZWEI STUNDEN NACH SEINEM TODE
als Garros den Atem aufgab habe ich einen Freund und Kameraden verloren aber ich werde wohl noch mehr Freunde in diesem Gewerbe verlieren bevor der Krieg zu Ende ist läßt die Kirchen spekulieren wie sie wollen
Schutzleute auf Motorrädern sausten Unter den Linden vorbei und verkündeten die freudige Nachricht: »Es bestärkt uns in unserem Vertrauen, daß wir die kommenden Ereignisse ruhig abwarten dürfen.«

CHICAGOER BÜRGER
DIE NACH HAUSE EILEN
FINDEN DEN ATLANTIK OFFEN

in den trägen und ruhigen Sommertagen werden Zusammenkünfte jeglicher Art unvermeidlich beiseite geschoben oder achtlos übergangen, und zufolge der momentanen herrschenden Mattigkeit gibt es unter den jüngeren Leuten eine ganze Reihe, deren gesellschaftliches Debüt um zwei oder drei Saisons hinausgeschoben ist
große Mengen Virginiatabak sollen nach England importiert werden zu besonderer Verwendung für die britischen Truppen auf dem Kontinent ...

AUCH DER NEGERPAPST GESTORBEN

Wohnt ein Mädel im Herzen von Maryland
Und ihr Herz, ihr Herz gehört mir.

FRIEDENSFÜRST

Andrew Carnegie
wurde in Dumferline in Schottland geboren,
kam auf einem Auswandererschiff nach den Staaten herüber,
arbeitete als Spuljunge in einer Textilfabrik, war Kesselheizer,
und Angestellter in einer Spulenfabrik mit 2.50 die Woche,
lief als Telegraphenbote mit Telegrammen in Philadelphia umher,
lernte den Morse Code, war Telegraphist für die Pensy Linien,
und Heerestelegraphist im Bürgerkrieg;
und
sparte immer seinen Lohn.
Sooft er einen Dollar hatte, legte er ihn an.

Andrew Carnegie
fing Adams Express und Pullman-Aktien zu kaufen an, als sie gerade gefallen waren;
er hatte Vertrauen zu Eisenbahnen,
er hatte Vertrauen zu Verkehrsmitteln,
er hatte Vertrauen zu dem Transportwesen,
er glaubte an die Macht des Eisens.

Andrew Carnegie
glaubte an die Macht des Eisens, baute Brücken, Bessemer-Werke, Hochöfen, Walzwerke;
Andrew Carnegie glaubte an die Macht des Öls,
Andrew Carnegie glaubte an die Macht des Stahls;
immer sparte er sein Geld.
Sooft er eine Million Dollar hatte, legt er sie an.

Andrew Carnegie
wurde der reichste Mann der Welt und starb.
Bessemer, Duquesne, Rankin, Pittsburgh, Bethlehem, Gary.

Andrew Carnegie
gab Millionen für den Frieden und für Bibliotheken und wissenschaftliche Institute und für Schenkungen und Sparzwecke.
Sooft er eine Milliarde Dollar verdient hatte, beschenkte er irgendein Institut, das den Weltfrieden fördern sollte,
immer den Weltfrieden fördern, außer
wenn gerade Krieg ist.

Das Kamera-Auge 22

Die ganze Woche lang hing der Nebel über dem Meer und an den Klippen
um die Mittagszeit kam gerade soviel Sonnenwärme durch den Nebel daß der gesalzene Stockfisch auf den Brettergerüsten trocknete graue Gerüste grüne See graue Häuser weißer Nebel
zur Mittagsstunde war gerade so viel Sonne da daß die Dörräpfel und wilden Birnen auf dem Moorland reiften daß die Beeren des Lorbeerbaumes und die wohlriechenden Farne warm wurden zur Essenszeit in der Kantine wartete alles auf die Radiotelegraphisten die Radiotelegraphisten konnten kaum essen
ja es war Krieg und der Einmarsch in Belgien werden wir mitmachen? Wird England mitmachen? *Verpflichtungen aus dem Vertrag von ... dem Gesandten die Pässe überreicht*
jeden Morgen legten sie die Stockfische auf das Trockengerüst und breiteten sie gleichmäßig aus in dem matten Schein der Sonne die hinter dem Nebel hing die Sirene eines Dampfers in der Ferne das Geplätscher der Wellen an den Pfählen kreischende Möwen an den mit Seegras bewachsenen Felsen Tellergeklapper in der Kantine Krieg erklärt ... *Große Schlacht in der Nordsee deutsche Flotte zerstört ...*

BRITISCHE FLOTTE ZERSTÖRT DEUTSCHES GESCHWADER VOR KAP RACE

... vaterlandstreue Neufundländer zu den Fahnen Hafensperre in St. Johns Port aux Basque
und jeden Abend brachten sie die Stockfische von den Gerüsten herein
Tellergeklapper in der Kantine und alles wartet auf die

Radiotelegraphisten Geplätscher der Wellen an den Pfählen des Piers Gekreisch der Möwen die weiß im weißen Nebel kreisen und niederstoßen die Sirene eines Dampfers in der Ferne

und jeden Morgen breiteten sie die Stockfische auf den Gerüsten aus

J. WARD MOOREHOUSE

Als Ward von seiner zweiten Hochzeitsreise zurückkehrte, war er zweiunddreißig Jahre alt, aber er sah älter aus. Er hatte das nötige Kapital und die nötigen Beziehungen, und er fühlte, daß der große Augenblick gekommen sei. In London hatte er sich einen jungen Mann namens Edgar Robbins aufgegabelt, der für die *International News* in Europa war. Edgar Robbins trank zuviel und war ein Weibernarr, aber Ward und Gertrude schleppten ihn überall hin und gestanden einander, daß sie ihn bessern wollten. Dann nahm eines Tages Robbins ihn beiseite und sagte ihm, er habe die Syphilis und müsse jetzt den schmalen Weg der Tugend wandeln. Ward dachte ein Weilchen nach und bot ihm dann eine Stellung in dem New Yorker Büro an, das er sogleich nach seiner Heimkehr eröffnen wollte. Sie sagten zu Gertrude, es sei ein Leberleiden, und sie zankte ihn aus wie ein Kind, sooft er ein Gläschen trank, und auf dem Schiff nach Amerika hatten sie beide das Gefühl, daß Gertrude ihnen restlos ergeben sei. Ward mußte von nun an keine einzige Broschüre mehr schreiben und konnte seine ganze Zeit dazu verwenden, das Unternehmen zu organisieren, an dem die alte Mrs. Staple nach vielem Zureden mit fünfzigtausend Dollar sich beteiligt hatte. Ward mietete ein Büro in der V. Avenue, Nr. 100, richtete es mit chinesischen Porzellanvasen und Aschbechern aus Vantines-Emaille ein, und in seinem Privatbüro lag als Teppich ein Tigerfell. Jeden Nachmittag ließ er nach englischem Stil den Tee servieren, und in das Telephonbuch trug er sich ein: *J. Ward Moorehouse, Industriepropaganda*. Während Robbins die literarischen Produkte entwarf, die verschickt werden sollten, fuhr Ward nach Pittsburgh, Chicago, Bethlehem und Philadelphia, um alte Beziehungen aufzufrischen.

Als er in Philadelphia das Vestibül des *Bellevue Stratford* be-

trat, begegnete ihm dort Annabelle. Sie begrüßte ihn sehr freundlich und sagte, sie habe von ihm und seinem Reklameunternehmen gehört. Sie aßen miteinander zu Abend, plauderten von alten Zeiten. »Du hast dich zweifellos gebessert«, wiederholte Annabelle. Ward sah, daß ihr die Scheidung ein wenig leid tat, aber er fühlte, daß er von sich nicht dasselbe behaupten könne. Die Falten in ihrem Gesicht waren tiefer geworden, sie beendete ihre Sätze nicht, und ihre Stimme hatte einen fiebrigen, papageienhaft kreischenden Ton. Sie war furchtbar zurechtgemacht, und er vermutete, daß sie irgendein Rauschgift nehme. Momentan war sie damit beschäftigt, sich von Beale scheiden zu lassen, der ihr, wie sie sagte, ganz plötzlich homosexuell geworden war. Ward bemerkte trocken, er habe sich wieder verheiratet und sei sehr glücklich. »Wer würde nicht glücklich sein, wenn er das Vermögen der Staples hinter sich hat?« sagte sie. Ihre Art, ihn gleichsam als ihr Eigentum zu behandeln, irritierte Ward, und gleich nach dem Essen entschuldigte er sich, er habe noch zu tun. Annabelle legte den Kopf auf die Seite, sah ihn aus halb geschlossenen Augen an, sagte: »Viel Glück, mein Freund!« und fuhr mit einem schrillen, gackernden Gelächter im Hotellift hinauf.
Am nächsten Tag fuhr er im Salonwagen mit der Pennsylvaniabahn nach Chicago. Bei ihm waren seine Sekretärin Miss Rosenthal und sein englischer Kammerdiener Morton. Er speiste in seinem Salonwagenabteil mit Miss Rosenthal, einer blassen, häßlichen, schlauen Jüdin, die seine Interessen treu verwaltete. Sie war gemeinsam mit ihm bei der *Bessemer Waren* in Pittsburgh gewesen. Nachdem das Kaffeegeschirr abgeräumt war und Morton jedem von ihnen einen Schluck Kognak eingegossen hatte, unter großem Gekicher Miss Rosenthals, die erklärte, das werde ihr zu Kopf steigen, fing er zu diktieren an. Der Zug polterte und schwankte, ab und zu roch es nach Kohlenrauch und nach den heißen, dampfig öligen Gliedern der Lokomotive, heißer blanker Stahl, der durch die nächtlichen Appalachen-Berge jagte. Er mußte sehr laut sprechen, um sich verständlich zu machen. Das Gepolter des Zuges ließ die Saiten seiner

Stimme erzittern. Über seinen eigenen Worten vergaß er alles ... Amerikas Industrie wie eine Dampfmaschine, wie eine kräftige Lokomotive vor einem großen Expreßzug, der durch die Nacht der alten individualistischen Methoden jagt ... Was braucht man zu einer Lokomotive? Kooperation, Zusammenarbeit zwischen dem Hirn des Erfinders und dem Hirn des Kapitalgebers, eine Zusammenarbeit, die die Entwicklung dieser Hochleistungsmaschinen erst ermöglicht hat ... Koordination des Kapitals, der aufgespeicherten Energie eines Volkes in Gestalt des Kredits, den es klug zu verteilen gilt ... die Arbeiterschaft, der wohlhabende, zufriedene, amerikanische Arbeiter, dem die beispiellosen Möglichkeiten des Kapitals, zusammengerafft in großen Konzernen, einen wohlgefüllten Kochtopf, ein billiges Auto, eine gute Versicherung und einen kurzen Arbeitstag beschert haben ... ein Maß von Bequemlichkeit und Wohlstand, das weder vorher noch nachher in dem tragischen Ablauf der geschriebenen Geschichte und nirgends in dem erforschten Bereich der besiedelten Erde seinesgleichen gefunden hat ...

Aber er mußte sein Diktat unterbrechen, weil er heiser geworden war. Er schickte Miss Rosenthal zu Bett und legte sich dann selber hin, aber er konnte nicht schlafen: Worte, Ideen, Pläne, Aktienkurse rollten auf endlosem Tickerband durch seinen Kopf.

Am nächsten Tag, im *La Salle,* wurde er von Richter Bowie C. Planet angerufen. Ward saß da und wartete, daß der Besucher zu ihm heraufkomme, unterdessen betrachtete er den sehr blaßblauen Himmel über dem Michigansee. In seiner Hand lag eine kleine Karteikarte, auf der geschrieben stand:

Planet, Bowie C., Richter aus Tennessee, verheiratet mit Elsie Wilson aus Denver, kleine Kupfer- und Bleiinteressen ... Anaconda? Mißglückte Petroleumspekulationen ... Partner einer kleinen Anwaltfirma, Planet und Wilson, Springfield in Illinois.

»Gut, Miss Rosenthal«, sagte er, als es an die Tür klopfte. Sie verschwand mit der Karteikarte ins Nebenzimmer.

Morton öffnete die Tür und ließ einen rundbackigen Mann

mit einem schwarzen Filzhut und einer Zigarre im Mund eintreten.
»Guten Tag, Richter«, sagte Ward, stand auf, streckte die Hand aus. »Wie geht's, wie steht's? Wollen Sie nicht Platz nehmen?«
Richter Planet schritt langsam ins Zimmer. Er hatte einen sonderbar schaukelnden Gang, als ob die Füße ihm weh täten. Sie schüttelten einander die Hände, und als Richter Planet sich hinsetzte, schien ihm das stahlhelle Licht, das durch die großen Fenster hinter Moorehouses Schreibtisch fiel, voll ins Gesicht. »Eine Tasse Tee gefällig, Sir?« fragte Morton, der mit einem Servierbrett voll glitzernden, silbernen Teegeschirrs langsam herankam. Der Richter war so überrascht, daß er die lange Asche, die er an seiner Zigarre trug, um sich selber zu beweisen, daß er nüchtern sei, auf seine gewölbte Weste fallen ließ. Sein Gesicht blieb rund und freundlich. Und er schlürfte eine Tasse lauwarmen Tees mit Milch.
»Macht einen klaren Kopf, Richter, macht einen klaren Kopf«, sagte Ward, der seine Tasse unberührt vor sich stehen hatte und sie kalt werden ließ.
Richter Planet paffte stumm an seiner Zigarre.
»Sir«, sagte er, »es freut mich sehr, Sie kennenzulernen.«
In diesem Augenblick meldete Morton Herrn Barrow, einen hageren Mann mit Glotzaugen und einem großen Adamsapfel über einer zerfaserten Krawatte. Er hatte eine nervöse Art zu reden und rauchte zuviel Zigaretten. Er sah aus, als sei er über und über mit Nikotin beschmiert, im Gesicht, an den Fingern, an den gelben Zähnen.
Auf Wards Schreibtisch lag eine zweite Karteikarte, auf der stand:
Barrow, G. H., Beziehungen zu Arbeiterkreisen, Reformertyp. Früherer Sekr. der Lokomotivführergewerkschaft; unzuverlässig.
Als er aufstand, drehte er das Kärtchen um. Und nachdem er Mr. Barrow die Hand geschüttelt, ihn mit dem Gesicht gegen das Licht placiert und ihm eine Tasse Tee angehängt hatte, begann er zu reden.
»Kapital und Arbeit«, sagte er in einem langsamen, sorg-

fältigen Ton, als ob er diktierte, »Sie haben das, meine Herren, im Verlauf Ihrer ganz verschiedenen und zweckvollen Tätigkeit sicher bemerkt, Kapital und Arbeit, diese beiden großen Kräfte unseres nationalen Lebens, von denen keine ohne die andere existieren kann, entfernen sich immer mehr voneinander, das wird Ihnen jeder noch so flüchtige Blick in die Zeitungen sagen. Ich bin nun dahintergekommen, daß einer der Gründe für diesen beklagenswerten Zustand das Fehlen einer privat geleiteten Agentur ist, die der Öffentlichkeit die wahre Lage in einer unparteiischen Weise schildern könnte. Der Mangel an richtig lancierten Nachrichten ist schuld an den meisten Mißverständnissen auf dieser Welt ... Wie Sie wahrscheinlich wissen werden, Mister Barrow, sind die großen Führer des amerikanischen Kapitals überzeugte Anhänger der Demokratie und des Fair Play und nur zu sehr gewillt, dem Arbeiter seinen Anteil an den Fortschritten der Industrie zu geben, sie müssen bloß einen gangbaren Weg dafür finden, ohne die Öffentlichkeit und den Aktionär zu schädigen. Schließlich ist ja die Öffentlichkeit der Aktionär, dem zu dienen unser aller Ziel ist.«

»Manchmal«, sagte Mr. Barrow, »aber kaum ...«

»Vielleicht nehmen die Herren einen Whisky-Soda.« Der Kammerdiener mit dem geschniegelten Haar stand zwischen ihnen, auf dem Servierbrett Whiskykaraffen, hohe, mit Eis gefüllte Gläser und ein paar geöffnete Seltersflaschen.

»Ich habe nichts dagegen«, sagte Richter Planet.

Der Kammerdiener mit dem geschniegelten Haar ging leise hinaus und ließ jedem der Besucher ein klirrendes Glas zurück. Der Himmel vor dem Fenster begann in der Abendröte ein wenig zu erglänzen. Die Luft im Zimmer war weinfarben. Die Gläser schufen eine gemütlichere Stimmung. Der Richter kaute an der Spitze einer frischen Zigarre.

»Wir wollen mal sehen, ob ich Sie richtig verstanden habe, Mister Moorehouse«, warf er ein. »Sie wollen durch Ihre Beziehungen zur Reklame und zur Großindustrie ein neues Gebiet beackern, und zwar eine Agentur, die den Zweck haben soll, Arbeitsstreitigkeiten auf eine friedliche und freundschaftliche Art zu erledigen. Wie aber wollen Sie das anpacken?«

»Ich bin überzeugt, die organisierte Arbeiterschaft würde eine derartige Bewegung unterstützen«, sagte G. H. Barrow und beugte sich von der Kante seines Stuhles vor. »Wenn sie nur die Gewißheit hätte, daß – nun, daß.«

»Daß man ihr nicht das Fell über die Ohren zieht«, sagte der Richter lachend.

»Richtig.«

»Meine Herren, ich lege meine Karten offen auf den Tisch. Das Motto, unter dem ich mein Geschäft aufgebaut habe, lautete von Anfang an: Zusammenarbeit.«

»Darin bin ich ganz Ihrer Meinung«, sagte der Richter, lachte wieder und schlug sich auf die Knie. »Die Schwierigkeit ist nur, wie führt man diesen seligen Zustand herbei.«

»Der erste Schritt ist: Beziehungen herstellen ... Gerade in diesem Augenblick sehen wir mit unseren eigenen Augen, wie eine freundliche Beziehung sich entwickelt.«

»Ich muß zugeben«, sagte G. H. Barrow mit einem unruhigen Lachen, »ich hätte nicht erwartet, daß ich noch einmal mit einem Mitglied der Firma Planet und Wilson einen Whisky trinken würde.«

Der Richter klatschte sich auf seine fetten Schenkel. »Sie meinen wegen der Geschichte in Colorado? ... Sie brauchen keine Angst zu haben. Ich werde Sie nicht fressen, Mister Barrow ... Aber ehrlich gesagt, Mister Moorehouse, das scheint mir jetzt nicht gerade der richtige Zeitpunkt zu sein, um Ihr Plänchen zu lancieren.«

»Der Krieg in Europa ...« begann G. H. Barrow.

»Ist Amerikas große Chance ... Sie kennen das Sprichwort, wenn zwei sich zanken ... Ich gebe zu, daß wir uns momentan in einer gewissen Unsicherheit und Depression befinden, aber sowie das amerikanische Geschäft sich von seinem ersten Schock erholt hat und sich wieder aufzuraffen beginnt ... Nun, meine Herren, ich komme soeben aus Europa, an dem Tage, an dem England den Krieg erklärt hat, bin ich mit meiner Frau drüben abgefahren ... Ich kann Ihnen sagen, wir sind gerade noch so durchgerutscht ...

Eines kann ich Ihnen aber mit verhältnismäßiger Gewißheit sagen, wer immer auch Sieger bleibt, Europa wird wirtschaftlich ruiniert sein. Dieser Krieg ist Amerikas große Chance. Schon die Tatsache unserer Neutralität ...«

»Ich wüßte nicht«, sagte G. H. Barrow, »wer außer den Munitionslieferanten davon profitieren sollte.«

Ward redete lange, dann sah er auf seine Taschenuhr, die vor ihm auf dem Schreibtisch lag, und stand auf. »Ich fürchte, meine Herren, Sie werden mich entschuldigen müssen. Ich habe gerade noch Zeit, mich zum Essen umzuziehen.« Morton stand bereits mit ihren Hüten neben dem Schreibtisch. Es war dunkel im Zimmer. »Licht bitte, Morton!« befahl Ward barsch.

Im Hinausgehen sagte Richter Planet: »Wir haben ein sehr angenehmes Stündchen miteinander verlebt, Mister Moorehouse, aber ich fürchte, Ihre Pläne sind ein wenig idealistisch.«

»Ich habe selten einen Geschäftsmann mit so viel Sympathie und Verständnis für die Lage der Arbeiterschaft sprechen hören«, sagte G. H. Barrow.

»Ich gebe nur den Gedanken meiner Kundschaft Ausdruck«, sagte Ward, während er sie hinauskomplimentierte.

Am nächsten Tag sprach er bei einem Frühstück des Rotary Club über Arbeitskämpfe: *Ein Ausweg.* Er saß an einer langen Tafel in dem großen Festsaal des großen Hotels, der Saal war voller Essengeruch und Zigarettenrauch und hastender Kellner, er stocherte mit der Gabel auf seinem Teller umher, antwortete, wenn er angesprochen wurde, scherzte ein wenig mit Richter Planet, der ihm gegenübersaß, und versuchte, aus dem Phrasendunst in seinem Hirn Sätze zu formulieren. Schließlich war es Zeit für ihn, sich zu erheben. Er stand an dem Ende der langen Tafel, die Zigarre in der Hand, und betrachtete die zwei Reihen feister Gesichter, die zu ihm aufblickten.

»Als ich ein kleiner Junge war, an den Ufern des Delaware ...« Er hielt inne. Durch die Schwingtür, durch die immer noch die Kellner mit ihren Servierbrettern hasteten, kam ein furchtbares Tellergeklapper. Der Mann, der an die

Tür gegangen war, um Ruhe zu schaffen, schlich sich leise wieder zurück. Man hörte seine Schuhe über den Parkettboden knarren. Männerbrüste beugten sich über den Tisch. Er fing von neuem an. Jetzt war er in Schuß, er wußte kaum, was er sagte, aber er hatte sie zum Lachen gebracht. Die Spannung ließ nach. »Die amerikanische Industrie hat viel zu lange gezögert, sich die Möglichkeiten moderner Propaganda zunutze zu machen ... Erziehung der Öffentlichkeit, der Arbeitgeber und der Arbeitnehmer, die alle in gleichem Maße Diener der Öffentlichkeit sind ... Zusammenarbeit ... Aktienbesitz, der dem Angestellten ein Interesse an dem Unternehmen gibt ... um die schweren Gefahren des Sozialismus, der Demagogie und Schlimmeres noch zu vermeiden ... In einer solchen Situation tritt der Industriepropagandist in einer ruhigen, mannhaften Art dazwischen und sagt, hört mal zu, Leute, wir wollen das mal besprechen ... Aber seine entscheidende Bedeutung hat er in Zeiten industriellen Friedens ... Wenn zwei Menschen böse sind und gerade aufeinander losgehen wollen, ist das nicht der richtige Augenblick, um den Dienst an der Öffentlichkeit in den Vordergrund zu schieben ... Der Zeitpunkt für eine erzieherische Kampagne und einen Propagandakreuzzug, der die untersten Glieder des mächtigen Kolosses der modernen Industrie Amerikas erfaßt, ist gekommen, er ist da, er ist da.«
Lautes Händeklatschen. Er setzte sich hin und suchte mit seinem blauäugigen Lächeln Richter Planets Gesicht. Richter Planets Gesicht war in finster nachdenkliche Falten gelegt.

Weltwochenschau XVI

Der Philadelphier hatte die dreizehnte Runde hinter sich und bereits zwei Meilen von der vierzehnten zurückgelegt. Seine Geschwindigkeit muß zwischen hundert und hundertzehn Meilen betragen haben. Sein Wagen schwankte eine Sekunde lang, sauste dann nach links, stieß gegen eine leichte Erhöhung und machte einen Satz. Er landete ganz oben auf einer hohen Böschung auf seinen vier Rädern. Offenbar stieß die tolle Fahrt auf keinerlei Hindernis. Wishart lenkte den Wagen von der Böschung hinunter und versuchte, wieder die Bahn zu erreichen. Die große Geschwindigkeit aber erlaubte nicht die erforderliche leichte Wendung, und der Wagen pflügte durch den Stallhof eines Farmers, der neben der Rennbahn wohnt. Einem Baum konnte er noch ausweichen, fuhr dann aber seitlings gegen einen zweiten Baum. Da seine Beine durch die Steuervorrichtung behindert waren, wurden sie ihm, während er nach vorwärts flog, glatt vom Leib gerissen.

Wir ziehn so froh
nach Mexiko,
Um unter dem Sternenbanner
die Feinde zu bekämpfen

Knipst noch rasch
begeht dann Selbstmord

Die Deutschen bombardieren Paris aus der Luft
pariser bevölkerung opfer der zensur lebende hühner im preise gestiegen käse schwach

WELTKRIEG NÄHERT SICH DEM HÖHEPUNKT

hübsche kleine tische und stühle stehen verloren auf dem trottoir denn nur wenige menschen fühlen sich reich genug um auch nur ein kleines gläschen zu nehmen

BRINGT AFFEN MIT NACH HAUSE

Klempner hat 100 Bräute

vermißter rektor gefunden ernteverluste in den USA laß die kleinen kinder nackt herumlaufen wenn du willst daß sie gesund bleiben sollen
falls dieses Geheimnis je gelöst wird sagt Revierpolizist E. B. Garfinkle wird man sehen daß hinter diesem Geheimnis eine Frau steckt

UNIVERSITÄT VERBIETET KAUGUMMI

sie schienen umherzutaumeln wie Betrunkene, die plötzlich eins über den Kopf bekommen haben, dann rannten sie auf uns zu und schrien irgendwelche ausländischen Worte, die wir nicht verstehen konnten

Und im Harem die schönen Damen,
Ja, die kannten seinen Namen,
Dort im Orient, in Bagdad, einst im Mai

ELEANOR STODDARD

Als sie in New York ankamen, mußte Eleanor, die noch nie im Osten gewesen war, sich in allen Dingen auf Eveline verlassen. Freddy holte sie vom Zug ab und fuhr mit ihnen ins *Brevoort*. Er sagte, es sei zwar von dort ein wenig weit zum Theater, aber viel interessanter als ein Hotel in der oberen Stadt, alle Künstler, alle radikalen Politiker und wirklich interessante Leute stiegen dort ab, und es sei sehr französisch. Als sie im Taxi saßen, schwatzte er von dem reizenden, prächtigen Stück und seiner großen Rolle, und was für ein Dummkopf der Direktor Ben Freelby sei, und daß einer der Geldgeber nur die Hälfte dessen gezeichnet habe, was er versprochen hatte, aber Josephine Gilchrist, die Leiterin des Unternehmens, habe jetzt die Summe so gut wie aufgebracht, und die Shuberts interessierten sich für die Sache, und sie würden heute in einem Monat außerhalb der Stadt, in Greenwich, Premiere haben. Eleanor blickte auf die V. Avenue hinaus, der kühle Frühlingswind wehte den Frauen die Röcke hoch, ein Mann lief hinter einem steifen Hut her, grüne Autobusse, Pferdedroschken, glitzernde Ladenfenster: Es war schließlich gar nicht so viel anders als in Chicago. Aber beim Mittagessen im *Brevoort* war es doch anders, Freddy schien so viele Leute zu kennen und stellte sie allen Leuten vor, als ob er sehr stolz auf sie sei. Es waren lauter Namen, von denen sie schon gehört oder in den Buchbesprechungen der *Daily News* gelesen hatte. Alle Leute waren sehr freundlich. Freddy sprach mit dem Kellner französisch, und die holländische Sauce war das Köstlichste, das sie je gegessen hatte.

Am Nachmittag, auf dem Weg zur Probe, sah Eleanor zum erstenmal den Times Square durch das Fenster einer Droschke. In dem finsteren Theater saßen die Schauspieler versammelt und warteten auf Mr. Freelby. Es war sehr geheimnisvoll, über der Bühne hing eine einsame, große elektrische Birne, die Dekorationen von einem anderen Stück standen matt und verstaubt umher. Dann erschien ein grauhaariger Mann mit einem breiten, melancholischen Gesicht und großen Ringen unter den Augen. Das war der berühmte Benjamin Freelby; er hatte ein müdes, väterliches Benehmen, und er lud Eveline und Eleanor mit Freddy zum Abendessen in seine Wohnung ein, damit sie in aller Ruhe über die Dekorationen und die Kostüme sprechen könnten. Eleanor fühlte sich sehr erleichtert, weil Mr. Freelby so freundlich und müde war, und sie meinte, daß sie und Eveline doch eigentlich viel besser angezogen seien als alle diese New Yorker Schauspielerinnen.

Mr. Freelby schlug Lärm, weil kein Licht da war; ob man von ihm erwarte, daß er im Finstern proben solle? Der Regisseur, das Manuskript in der Hand, lief umher und suchte den Beleuchter, und jemand wurde beauftragt, im Büro anzurufen. Mr. Freelby ging auf der Bühne auf und ab, tobte und schäumte und sagte: »Das ist unerhört.« Als dann der Beleuchter erschien, sich den Mund mit dem Handrücken wischend, und endlich die Saalbeleuchtung und ein paar Scheinwerfer anknipste, mußte Mr. Freelby einen Tisch und einen Stuhl und auf dem Tisch eine Lampe haben. Es schien nicht möglich, einen Stuhl von der richtigen Höhe zu finden. Schäumend rannte er auf und ab, raufte sich sein strähniges graues Haar und sagte: »Das ist unerhört.« Schließlich setzte er sich zurecht und sagte zu Mr. Stein, dem Regisseur, einem mageren Mann, der neben ihm auf einem Stuhl saß: »Wir fangen mit dem ersten Akt an, Mister Stein. Haben alle ihre Rollen?« Etliche Schauspieler stiegen auf die Bühne hinauf, standen dort umher, während die anderen sich mit leiser Stimme unterhielten. Mr. Freelby verwies sie zur Ruhe und sagte: »Bitte, liebe Kinder, wir müssen ruhiger sein«, und die Probe nahm ihren Fortgang.

Von diesem Augenblick an war alles eine schreckliche Hetzerei. Eleanor schien kaum noch ins Bett zu kommen, und der Dekorationsmaler, Mr. Bridgeman, in dessen Ateliers die Dekorationen angefertigt wurden, hatte immer etwas auszusetzen; es ergab sich ferner, daß jemand ganz anderer, ein blasser junger Mann mit einer Brille, der bei Mr. Bridgeman arbeitete, sämtliche Dekorationen nach ihren Skizzen würde zeichnen müssen und daß ihre Namen gar nicht im Programm stehen würden, außer für die Kostüme, weil sie nicht der Bühnenbildnergewerkschaft angehörten. Wenn sie sich nicht gerade in den Ateliers Mr. Bridgemans herumzankten, jagten sie mit ihren Stoff- und Materialmustern in einer Droschke durch die Straßen der Stadt. Nie kamen sie vor vier oder fünf Uhr morgens ins Bett. Alle Leute waren so temperamentvoll, und Eleanor mußte jede Woche eine richtige Belagerung durchführen, um von Miss Gilchrist einen Scheck zu bekommen. Als die Kostüme fertig waren, alles im frühviktorianischen Stil, und Eleanor, Freddy und Mr. Freelby sie bei dem Theaterschneider besichtigten, sahen sie wirklich ganz entzückend aus, aber der Theaterschneider wollte sie nicht ohne Scheck liefern, und Miss Gilchrist war nicht zu finden, und alles fuhr in Droschken umher, und schließlich, spät in der Nacht, erklärte Mr. Freelby, er würde einen Scheck auf sein eigenes Konto geben. Die Transportfirma hatte ihre Lastwagen mit den Dekorationen vor der Tür, aber sie wollte die Kulissen nicht ins Theater tragen lassen, bevor sie nicht einen Scheck bekäme. Auch Mr. Bridgeman war zugegen und sagte, sein Scheck sei zurückgekommen mit der Bezeichnung *ungedeckt,* und dann entspann sich zwischen ihm und Mr. Freelby ein lauter Wortwechsel hinter dem Kassenschalter. Schließlich erschien Josephine Gilchrist in einer Droschke mit fünf Hundertdollarscheinen zur Anzahlung für Mr. Bridgeman und für die Transportfirma. Alle lächelten, als sie die knisternden Scheine mit dem orangegelben Rücken sahen. Es war eine große Erleichterung.

Nachdem sie sich überzeugt hatten, daß die Dekorationen ins Theater befördert würden, gingen Eleanor, Eveline, Freddy Seargeant, Josephine Gilchrist und Mr. Freelby zu *Bustanoby,* um einen Happen zu essen, und Mr. Freelby spendierte ein paar Flaschen *Pol Roger*, und Josephine Gilchrist sagte, sie habe das sichere Gefühl, daß das Stück ein Erfolg werden würde, und das passiere ihr nicht oft, und Freddy sagte, es gefalle den Bühnenarbeitern, und das sei immer ein gutes Zeichen, und Mr. Freelby sagte, der Bürojunge von Shuberts, Ike Gold, habe bei der ersten Gesamtprobe dabeigesessen und die Tränen seien ihm über die Wangen gelaufen, aber niemand wußte, in welchem Theater sie nach einer Woche in Greenwich und einer Woche in Hartford die Premiere würden steigen lassen, und Mr. Freelby sagte, er würde gleich morgen früh zu J. J. gehen und mit ihm persönlich sprechen.

Freunde aus Chicago riefen an und wollten bei der Kostümprobe mit dabeisein. Eleanor kam sich sehr wichtig vor, besonders, als Sally Emerson anrief. Die Kostümprobe zog sich schrecklich in die Länge, die Hälfte der Dekorationen fehlte und die Wessexer Dörfler hatten keine Kostüme, aber alle sagten, es sei ein gutes Omen, wenn die Kostümprobe schlecht ausfällt. Am Abend der Premiere konnte Eleanor nicht einen Bissen essen und hatte nur eine halbe Stunde Zeit, um sich anzukleiden. Sie zitterte vor Aufregung an allen Gliedern. Hoffentlich würde das neue Abendkleid aus grünem Tüll, das sie bei *Tappe* auf Kredit gekauft hatte, gut aussehen, aber sie hatte keine Zeit, um sich den Kopf zu zerbrechen. Sie trank eine Tasse schwarzen Kaffee und glaubte, die Droschke würde nie hinkommen.

Als sie ankam, war das Vestibül hell erleuchtet, es wimmelte nur so von Zylindern, nackten gepuderten Rücken, Diamanten und Abendmänteln, und alle die Premierenbesucher sahen einander an und winkten ihren Freunden zu und unterhielten sich darüber, wer da sei, und marschierten bis zur Hälfte des ersten Aktes durch die Parkettgänge; Eleanor und Eveline standen steif im Hintergrund des Theaters und stießen einander an, wenn eines der Kostüme hübsch aussah, und waren beide der Meinung, daß die Schauspieler einfach schrecklich seien und Freddy Seargeant der schlimmste. In der Gesellschaft, die Sally Emerson ihnen nachher in der

Wohnung ihrer Freunde, der Careys, gab, sagten alle, die Dekorationen und Kostüme seien reizend gewesen, und sie seien überzeugt, das Stück würde ein großer Erfolg werden. Eleanor und Eveline bildeten den Mittelpunkt. Eleanor ärgerte sich, weil Eveline ein wenig zuviel trank und sich lärmend benahm. Eleanor lernte eine Menge interessanter Leute kennen und beschloß, in New York zu bleiben, was immer auch geschehen würde.
Das Stück wurde nach zwei Wochen abgesetzt, und Eleanor und Eveline bekamen nie die siebenhundertundfünfzig Dollar, die ihnen die Direktion schuldete. Eveline kehrte nach Chicago zurück, Eleanor mietete sich eine Wohnung in der 8. Street. Sally Emerson war zu der Überzeugung gelangt, daß Eleanor sehr viel Talent besitze, und hatte ihren Gatten veranlaßt, tausend Dollar für die Eröffnung eines New Yorker Dekorationsgeschäftes vorzustrecken. Eveline Hutchins' Vater war krank, aber sie schrieb aus Chicago, daß sie mitmachen würde, sobald es ihr möglich sei.
Im Sommer dieses Jahres, solange Sally Emerson in New York war, ging Eleanor viel mit ihr aus und lernte reiche Leute kennen. Dann bekam sie durch Alexander Parsons den Auftrag, das Haus, das die J. Ward Moorehouses in der Nähe von Great Neck bauten, einzurichten. Mrs. Moorehouse ging mit ihr durch das unvollendete Haus. Sie war eine verwaschene Blondine, die immerfort erklärte, sie würde die Einrichtung selber besorgen, sie habe bloß seit ihrer Operation nicht mehr die Kraft dazu. Seit der Geburt ihres zweiten Kindes habe sie fast immer gelegen, und sie erzählte Eleanor sehr ausführlich von der Operation. Eleanor haßte nichts so sehr, wie wenn ihr die Weiber von ihren Beschwerden erzählten, sie nickte kühl, von Zeit zu Zeit machte sie eine geschäftliche Bemerkung über die Möbel und Vorhänge, ab und zu kritzelte sie eine Notiz auf einen Zettel. Mrs. Moorehouse bat sie, zum Mittagessen in der kleinen Villa zu bleiben, die sie bis zur Fertigstellung des großen Hauses bewohnten. Die kleine Villa war ein mächtiges Gebäude in holländischem Kolonialstil, mit Pekineser-

hündchen, Dienstmädchen in gefältelten Schürzen und einem Butler. Als sie in das Speisezimmer gingen, hörte Eleanor in einem Nebenraum eine Männerstimme, und es roch nach Zigarrenrauch. Bei Tisch wurde sie Mr. Moorehouse und einem gewissen Mr. Perry vorgestellt. Die beiden hatten Golf gespielt und unterhielten sich über Tampico und Petroleumquellen. Mr. Moorehouse machte sich erbötig, sie nach dem Essen in die Stadt mitzunehmen, und sie war froh, daß sie von Mrs. Moorehouse wegkam. Sie hatte noch keine Gelegenheit gehabt, ihre Gedanken über die Einrichtung des neuen Hauses zu entwickeln, unterwegs aber richtete Mr. Moorehouse viele Fragen an sie, und sie lachten miteinander über die häßlichen Häuser, die die meisten Menschen sich zusammenstoppeln, und Eleanor fand es sehr interessant, daß ein Geschäftsmann sich für solche Dinge interessiere. Mr. Moorehouse bat sie, einen Kostenvoranschlag zu machen und zu ihm ins Büro zu kommen. »Ist Ihnen der Donnerstag recht?« Der Donnerstag paßte ihr ausgezeichnet, und auch er hatte für diesen Tag keine Verabredung, sie könnten also, wenn sie Lust habe, miteinander zu Mittag essen. »Die Stunden bei Tisch sind die einzigen, die ich geistigen Interessen widmen kann«, sagte er mit einem blauen Zwinkern in den Augen, und als er Eleanor an der Ecke der 8. Street und der V. Avenue aussteigen ließ, sagten sie beide noch einmal: »Donnerstag«, und Eleanor fand, daß er ganz so aussehe, als habe er Sinn für Humor, und sie fand, daß er ihr viel besser gefalle als Tom Custis.

Sowie die Arbeit in Gang kam, zeigte sich, daß Eleanor mit Ward vieles zu besprechen hatte. Sie lud ihn in ihre Wohnung in der 8. Street zum Essen ein und ließ ihre schwarze Köchin, Augustine aus Martinique, Hühnerragout mit Paprika und Tomaten kochen, sie tranken Absinth-Cocktails und eine Flasche sehr guten Burgunder, und Ward Moorehouse machte es Spaß, sich in die Sofaecke zu lehnen und zu schwatzen, und ihr machte es Spaß, ihm zuzuhören, und sie sagte zu ihm, so wie seine Leute im Büro, J. W. Von nun an waren sie gute

Freunde, ganz abgesehen von der Arbeit an dem Haus in Great Neck.
Er erzählte Eleanor von seiner Kindheit in Wilmington, Delaware, wie damals die Miliz auf den alten Neger geschossen hatte, weil sie ihn für die spanische Flotte hielt, er erzählte von seiner unglücklichen ersten Ehe, und daß seine zweite Frau krank sei, er erzählte von seiner Arbeit als Reporter und Reklamemann, und Eleanor, in einem grauen Kleid, gerade nur an der einen Schulter ein kleines bißchen was Funkelndes, war eine so diskrete und schweigsame kleine Person, daß er ihr von seiner Tätigkeit als Industriepropagandist erzählte, wie es seine Aufgabe sei, das Publikum über den Stand der Beziehungen zwischen Kapital und Arbeit zu informieren, die Propaganda der Menschheitsapostel und Reformer zurückzudämmen und amerikanische Ideen gegenüber den verrückten, aus Deutschland importierten sozialistischen Ideen und den Allheilmitteln unzufriedener kleiner Dreckfarmer aus dem Nordwesten zu verfechten. Eleanor fand seine Gedanken sehr interessant, aber sie hörte ihn viel lieber von der Börse erzählen, von der Gründung des Stahltrusts, von den Schwierigkeiten der Ölgesellschaften in Mexiko, von Hearst und den großen Vermögen. Sie fragte ihn wegen einiger kleiner Investitionen um Rat, und er blickte zu ihr auf, zwinkernd blaue Augen in einem bleichen, kantigen Gesicht, in dem bereits über dem kantigen Kinn die Rundungen des Wohlstands zu blühen begannen, und sagte: »Miss Stoddard, darf ich die Ehre haben, Ihr finanzieller Berater zu sein?«
Eleanor fand seinen leicht südlichen Akzent und seine ritterlichen Manieren alter Schule sehr reizvoll. Sie bereute nur, daß sie keine vornehmere Wohnung besaß und daß sie nicht einige der Kristalleuchter behalten hatte, statt sie zu verkaufen. Es wurde zwölf, bevor er wegging; er habe, sagte er, einen sehr angenehmen Abend verbracht, aber er müsse noch einige Ferngespräche erledigen.
Eleanor saß bei dem Schein zweier Kerzen vor dem Spiegel ihres Ankleidetisches und rieb sich das Gesicht mit Cold

Cream ein. Wenn bloß ihr Hals nicht so hager wäre, und sie überlegte, ob es nicht ratsam wäre, beim Kopfwaschen ab und zu das Haar mit Henna durchzuspülen, und einzelne Brocken aus J.W.s Unterhaltung zuckten in ihrem Kopf auf und ab wie elektrische Leuchtreklamen.

Das Kamera-Auge 23

Es regnet im historischen Quebec der Regen fällt auf das Château im historischen Quebec auf einer Lithographie der ritterliche Wolfe mit dem Dreispitz auf dem Kopf in einem Kahne und er liest seinen Leuten aus Greys *Elegie* vor der ritterliche Wolfe er klettert empor er begegnet dem ritterlichen Montcalm mit dem Dreispitz auf dem Kopf auf den Ebenen von Abraham kunstvolle Schleifen und Spitzenrüschen an den Uniformen in den hohlen Karrees und die ritterliche Tapferkeit und das Kommando *Feuer* und die Spitzenrüschen in dem Dreck auf den Ebenen von Abraham sind alle ruiniert
aber das Château ist Château Frontenac weltberühmtes Wirtshaus historisch im grauen Regen im historischen grauen Quebec und wir klettern vom Saginay River hinauf Vergnügungsdampfer Schönste Ausflugsroute der Welt der Hilfsprediger aus Chataqua und seine Frau und der Bariton aus Athen in Kentucky wo sie einen Hügel haben der heißt Akropolis genau wie in Athen in Griechenland und viel Kultur und eine Reproduktion des Parthenons genau wie in Athen in Griechenland steinerner Regen steinerne Straßen und dann auf die Plattform hinaus und der St. Lorenz-Strom Menschen mit aufgespannten Regenschirmen spazieren auf der breiten hölzernen regennassen Plattform hin und her blicken über die schieferspitzen Dächer von Quebec hinweg nach den Kohlenpiers nach den Getreidesilos und den Fährbooten und der *Empreß of Ireland* die mit gelben Schornsteinen vom anderen Ufer herandampft und jenseits des Flusses Levis und die grünen Hügel und die Insel Orleans grün vor dem grünen Hintergrund und der steinerne Regen auf den blanken grauen schieferspitzen Dächern von Quebec
aber der Hilfsprediger aus Chataqua will sein Essen haben

und streitet mit seiner Frau und macht ihr in dem historischen Speisesaal des historischen Château Frontenac eine Szene und der Oberkellner kommt und der Hilfsprediger aus Chataqua ein dicker großer kraushaariger jähzorniger Mann mit einer Stimme die es gewöhnt ist in den Zelten vor der Akropolis zu brüllen genau wie in Athen in Griechenland und das Parthenon genau wie in Athen in Griechenland und die geflügelte Nike und der Bariton ist viel zu aufmerksam zu dem kleinen Jungen der am liebsten wegmöchte und es längst bereut daß er gesagt hat er kommt auch mit und am liebsten die ganze Blase los sein möchte
aber es regnet im historischen Quebec und während sie ganz allein er und der Bariton durch die Straßen gehen schwätzt der Bariton daß es in einer solchen Stadt schlechte Weiber gibt und junge Burschen sollen nicht mit schlechten Weibern gehen und die Akropolis und der bel canto und das Parthenon und die Sangeskultur und die schönen Statuen griechischer Knaben und die geflügelte Nike und die schönen Statuen
aber ich schüttelte ihn schließlich ab und fuhr mit der Straßenbahn hinaus um mir die in Lied und Erzählung berühmten Wasserfälle von Montmorency anzuschauen und eine Kirche voller Krücken die die Kranken dort aufgehängt haben in St. Anne de Beaupré ...
und die geflügelte Nike

DER ELEKTRO-ZAUBERER

Edison wurde 1847 in Milan in Ohio geboren.
Milan war ein kleines Städtchen am Huronenfluß und eine Zeitlang der Weizenhafen für die ganze westliche Reservation; und die Eisenbahnen nahmen den Schiffen den Frachtverkehr weg, und die Familie Edison übersiedelte nach Port Huron in Michigan, um mit dem Land aufzuwachsen;
sein Vater war ein Schindelmacher, der sich mit verschiedenen kleinen Spekulationen abgab; er handelte mit Korn, Futter und Holz und baute einen dreißig Meter hohen höl-

zernen Turm; die Touristen und Ausflügler zahlten jeder einen Fünfundzwanziger, um den Turm zu besteigen und den Ausblick über den Huronensee und den St. Clair-Fluß zu genießen, und Sam Edison wurde ein solider und geachteter Bürger von Port Huron.

Thomas Edison ging nur drei Monate lang in die Schule, weil der Lehrer meinte, er sei nicht ganz bei Verstand. Seine Mutter brachte ihm zu Hause alles bei, was sie wußte, sie las mit ihm die Schriftsteller des achtzehnten Jahrhunderts, Gibbon, Hume und Newton, und erlaubte ihm, sich im Keller ein Laboratorium einzurichten.

Sooft er von irgendeiner Sache las, ging er in den Keller hinunter und probierte sie aus.
Als er zwölf Jahre alt war, brauchte er Geld, um sich Bücher und Chemikalien zu kaufen; er verschaffte sich eine Lizenz als Zeitungsjunge auf dem täglichen Zug von Detroit nach Port Huron. In Detroit gab es eine öffentliche Bibliothek, und er las ihre Bücher.
Er richtete sich auf dem Zug ein Laboratorium ein, und sooft er von irgendeiner Sache las, probierte er sie aus. Er richtete sich eine kleine Druckerei ein und druckte eine Zeitung, betitelt *Der Herold;* als der Bürgerkrieg ausbrach, organisierte er einen Nachrichtendienst und verdiente an den großen Schlachten. Dann ließ er einmal ein Stück Phosphor fallen, der Waggon fing zu brennen an, und er wurde aus dem Zug hinausgeschmissen.
Unterdessen war er als der jugendliche Herausgeber der ersten Zeitung, die je auf einem fahrenden Zug erschienen war, im ganzen Land berühmt geworden. Die *London Times* schrieb über ihn.
Er lernte telegraphieren und bekam eine Stellung als Nachttelegraphist an dem Knotenpunkt Stratford in Kanada, eines Tages aber ließ er einen Lastzug eine Weiche überfahren und mußte sich fortscheren.
(Während des Bürgerkrieges fand jeder, der telegraphieren konnte, sofort Arbeit.)

Edison reiste durch das ganze Land, nahm Arbeit an und ließ sie im Stich und zog weiter, las sämtliche Bücher, die er erwischen konnte, sooft er von einem wissenschaftlichen Experiment las, probierte er es aus, sooft er in die Nähe einer Maschine kommen konnte, bastelte er an ihr herum, sooft sie ihn in einem Telegraphenbüro allein ließen, stellte er irgendwelchen Unfug mit den Drähten an. So verlor er sehr oft seinen Posten und mußte weiterziehen.
Er wanderte als Telegraphist durch den ganzen Mittelwesten, Detroit, Cincinnati, Indianapolis, Louisville, New Orleans, immer mit leeren Taschen, die Kleider von Chemikalien beschmutzt, immer auf dem Sprung, mit den Telegraphendrähten Unfug zu treiben.
Er arbeitete in Boston für die Western Union.
In Boston entwarf er das Modell für sein erstes Patent, einen automatischen Stimmenzähler für den Kongreß, aber der Kongreß wollte keinen automatischen Stimmenzähler haben, so daß für Edison bei der ganzen Sache nicht mehr herausschaute als eine Fahrt nach Washington und einige Schulden; er erfand einen Börsenticker und eine Alarmklingel gegen Einbrecher und verbrannte sich mit Salpetersäure das ganze Gesicht.

Aber New York war bereits der große Markt für Aktien, Ideen, Gold und Banknoten.

(Diesen Teil hat Horatio Alger geschrieben:)
Als Edison nach New York kam, war er völlig pleite und hatte Schulden in Boston und Rochester. Damals wurde Gold mit einem Agio gehandelt, und Jay Gould versuchte, den Goldmarkt an sich zu reißen, Wallstreet war toll. Ein Mann namens Law hatte einen elektrischen Indikator zusammengebastelt (Callahans Erfindung), der in den Maklerbüros die Preise des Goldes anzeigte. Edison, ohne einen Pfennig in der Tasche und ohne Obdach, lungerte gerade im Hauptbüro umher und vertrieb sich die Zeit damit, daß er mit den Telegraphisten schwatzte, als plötzlich mitten in dem lebhaften Auf und Ab nervösen Geschäfts das Haupt-

relais mit einem Krach stehenblieb; alles verlor den Kopf. Edison trat vor, brachte die Apparatur in Ordnung und bekam sofort eine Stellung mit dreihundert Dollar im Monat.

1869, im Jahre des Schwarzen Freitags, gründete er mit einem Mann namens Pope eine elektrotechnische Firma.

Von nun an war er im richtigen Geleise, er erfand einen Börsenticker, und die Ware ging. Er besaß eine mechanische Werkstatt und ein Laboratorium; sooft ihm ein Einfall kam, probierte er ihn aus. Er verdiente an dem Universal-Börsenticker 40000 Dollar.

Er mietete in Newark eine Werkstatt, arbeitete an einem automatischen Telegraphen und an einer Erfindung, die ermöglichen sollte, zwei und vier Depeschen zu gleicher Zeit über ein und denselben Draht zu senden.

In Newark pfuschte er gemeinsam mit Sholes an der ersten Schreibmaschine herum, erfand den Mimeographen, den Kohlewiderstand, das Mikrotasimeter und fabrizierte als erster paraffiniertes Papier. Die ätherischen Kräfte, wie er sie nannte, machten ihm viel Kopfzerbrechen, er dachte viel über die ätherischen Kräfte nach. Aber Marconi war es, für den die Hertzschen Wellen sich bezahlt machten. Radio sollte das alte Weltall zertrümmern, Radio sollte den alten euklidischen Gott vernichten, aber Edison war nicht der Mann, sich über philosophische Konzeptionen Gedanken zu machen.

Er arbeitete Tag und Nacht mit seinen Zahnrädern, Kupferdrähten und Chemikalienfläschchen; sooft ihm ein Einfall kam, probierte er ihn aus. Er brachte gleich alles in Gang. Er war kein Mathematiker. Ich kann mir die Mathematiker kaufen, sagte er, aber die Mathematiker können mich nicht kaufen.

1876 übersiedelte er nach Menlo Park, wo er das Kohlerelais erfand, das das Telephon rentabel machte und das Mikrophon ermöglichte,

er arbeitete Tag und Nacht und schuf

den Phonographen,

die elektrische Glühbirne und ein ganzes System

der Erzeugung, Leitung, Regulierung und Messung elektrischen Stromes; Hülsen, Schalter, Isolatoren, Mannslöcher. Edison arbeitete das erste elektrische Beleuchtungssystem aus, benutzte dazu den Gleichstrom und kleine Einheitsbirnen und den mehrfachen Lichtbogen, dieses System wurde in London, Paris, New York und Sunbury, Pa., installiert;

und er erfand

das Dreileiternnetz,

den magnetischen Erzseparator,

eine elektrische Bahn.

Das Patentamt hatte alle Hände voll zu tun, um die Patente und geschützten Muster zu registrieren, die er anbrachte.

Um eine Faser für seine elektrische Birne zu finden, die brauchbar und zugleich rentabel wäre, probierte er alle möglichen Papiere und Stoffarten aus, Bindfaden, Angelschnur, Fiber, Zelluloid, Kistenholz, Kokosnußschalen, Fichtenrinde, Hickory, Lorbeer, Ahornspäne, Rosenholz, Zunder, Kork, Flachs, Bambus und die Barthaare eines rothaarigen Schotten;

sooft er einen Einfall hatte, probierte er ihn aus.

1887 übersiedelte er in die riesigen Laboratorien von West Orange.

Er erfand einen Steinbrecher und das Fluoroskop und den Rollfilm für die Filmkamera und den alkalischen Akkumulator und den langen Brennofen zum Brennen von Portlandzement und das Kinetophon, das der erste Tonfilm war, und das gegossene Betonhaus, das dem Arbeiter im Zeitalter der Elektrizität ein billiges, anständiges, gesundes Wohnen schaffen sollte.

Thomas A. Edison ist zweiundachtzig Jahre alt und arbeitet sechzehn Stunden am Tag,

und er hat sich nie mit Mathematik oder der Gesellschaftsordnung oder verallgemeinerten philosophischen Konzeptionen den Kopf zerbrochen;

in gemeinsamer Arbeit mit Henry Ford und Harvey Fire-

stone, die sich nie mit Mathematik oder der Gesellschaftsordnung oder verallgemeinerten philosophischen Konzeptionen den Kopf zerbrochen haben,
arbeitet er sechzehn Stunden am Tag und versucht, einen Ersatz für Gummi zu finden. Sooft er von einer Sache liest, probiert er sie aus, sooft er einen Einfall hat, geht er in sein Laboratorium und probiert ihn aus.

Das Kamera-Auge 24

Mrs. Andrews war eine entzückende Frau mit entzückendem blondem Haar und hatte zwei entzückende Töchter die Blonde heiratete einen Petroleummagnaten dessen Kopf so kahl war wie eine Billardkugel und sie zogen nach Sumatra die Schwarze heiratete einen Mann aus Bogota und das war eine lange Fahrt in einem Einbaumkanu den Maddelena-Fluß hinauf die Eingeborenen waren Indianer schliefen in Hängematten und hatten ganz abscheuliche Krankheiten wenn die Frau ein Kind bekam legte der Mann sich ins Bett sie gebrauchten vergiftete Pfeile und wenn man in diesem Land eine Wunde hatte heilte sie nie sondern schwärte weiß und eiterte und der Einbaum kippte so leicht um in dem warmen dampfigen Wasser voller räuberischer Fische wenn man einen Kratzer oder eine ungeheilte Wunde hatte wurden sie durch den Blutgeruch angelockt

manchmal rissen sie Menschen in Stücke acht Wochen lang fuhr man im Einbaumkanu den Maddelena-Fluß hinauf und dann kam man nach Bogota

der arme Jonas Fenimore kam als schwerkranker Mann aus Bogota zurück und man sagte es sei Elephantiasis er war ein netter Kerl und erzählte schöne Geschichten von dem dampfenden Dschungel von den Gewittern und Krokodilen von den abscheulichen Krankheiten und den räuberischen Fischen und er trank allen Whisky aus dem Büfett weg und wenn er schwimmen ging sah man daß er an den Beinen braune dicke Flecken hatte wie die faulen Stellen an einem Apfel er trank gern Whisky und sagte Kolumbien wird eines der reichsten Länder der Welt werden Petroleum seltene Furnierhölzer tropische Schmetterlinge

aber die Fahrt den Maddelena-Fluß hinauf war zu lang und zu heiß und gefährlich und er starb

sie sagten es sei der Whisky gewesen und die Elephantiasis und der Maddelena-Fluß

JANEY

Im zweiten Jahr des Weltkriegs verkaufte Mr. Carroll seinen Anteil an der Firma Dreyfus und Carroll an Mr. Dreyfus und kehrte in seine Vaterstadt Baltimore zurück, denn er hoffte, der demokratische Parteikongreß würde ihn für die Gouverneurswahl nominieren. Janey vermißte ihn in der Kanzlei, und sie verfolgte mit großem Interesse alle Berichte über die politischen Vorgänge in Maryland. Mr. Carroll wurde nicht aufgestellt, und das tat Janey recht leid. Immer mehr Ausländer trieben sich in der Kanzlei herum, was da geredet wurde, klang immer offensichtlicher deutschfreundlich, und das gefiel ihr nicht. Mr. Dreyfus behandelte seine Angestellten sehr höflich und großmütig, aber Janey mußte immerfort an den grausamen Einmarsch in Belgien und an die abscheulichen Greueltaten denken, und sie wollte nicht für einen Hunnen arbeiten; daher begann sie sich nach einer neuen Stellung umzusehen. Die Geschäfte in Washington gingen flau, sie wußte, daß es dumm von ihr sei, Mr. Dreyfus zu verlassen, aber sie konnte nicht anders; sie arbeitete also für einen Dollar weniger die Woche bei Smedley Richards, einem Grundstücksverwalter in der Connecticut Avenue. Mr. Richards war ein dicker Mann, der sehr viel von den Ehrenpflichten eines Gentleman redete und Janey den Hof machte. Zwei Wochen lang wehrte sie ihn ab, in der dritten Woche aber fing er zu trinken an, betätschelte sie mit seinen dicken, fleischigen Händen, borgte eines Tages einen Dollar von ihr und erklärte am Wochenende, er würde sie erst in ein paar Tagen bezahlen können. Da ging sie einfach gar nicht mehr hin und war nun arbeitslos.

Unheimliche Sache, arbeitslos zu sein. Sie hatte Angst, sie müsse wieder zu ihrer Mutter ziehen, mit den Untermietern und ihren lärmenden Schwestern zusammenleben. Jeden Tag las sie die Anzeigen im *Star* und in der *Post* und beantwortete alle, die für sie in Frage kamen, stets aber war ihr jemand zuvorgekommen, obgleich sie immer gleich in aller Morgenfrühe zu der angegebenen Adresse fuhr. Sie schrieb sogar in einem Vermittlungsbüro ihren Namen ein. Die Frau hinter dem Tisch war ein dickes Weib mit schlechten Zähnen und einem gemeinen Lächeln, sie ließ sich von Janey zwei Dollar Einschreibegebühr bezahlen, zeigte ihr dann ihre Liste stellungssuchender, geübter Stenotypistinnen, sagte, junge Mädchen sollten heiraten, und wenn sie versuchten, sich selber ihr Brot zu verdienen, so sei das dummes Zeug und reiner Wahnsinn, denn es lasse sich ganz einfach nicht machen. Als Janey die finsteren Mienen und die verhärmten Gesichter der Mädchen sah, die wartend auf den Bänken saßen, wurde ihr recht übel zumute. Sie setzte sich ein Weilchen auf den Lafayette Square in die Sonne und sammelte all ihren Mut, um Alice, die immer noch bei Mrs. Robinson war, einzugestehen, daß sie bisher noch keine Arbeit gefunden habe. Ein junger Mann mit rotem Gesicht setzte sich neben sie und versuchte sie anzureden, so mußte sie also weitergehen. Sie ging in einen Drugstore und ließ sich eine Schokoladenmilch geben, der Sodazapfer versuchte sie ein wenig zu necken, und da brach sie in Tränen aus. Der Sodazapfer war zu Tode erschrocken und sagte: »Pardon, Fräulein, ich wollte Sie nicht beleidigen.« Als sie Alice vor dem Riggs Building traf, waren ihre Augen noch ganz rot. Alice bestand darauf, ihr im *Braunen Teetopf* einen Lunch für fünfunddreißig Cent zu spendieren, obgleich Janey nicht einen Bissen essen konnte. Alice war sehr klug und weise, ichhabsdirdochgleichgesagt, ihre Manier brachte Janey zur Verzweiflung, und Alice sagte, es sei jetzt zu spät, sie könne nicht mehr versuchen, wieder bei Mrs. Robinson unterzukommen, denn Mrs. Robinson habe nicht einmal für die Mädchen, die bei ihr seien, genügend Arbeit. An diesem Nachmittag fühlte sich Janey viel zu mutlos, um Arbeit zu suchen, sie wanderte im Smithson-Museum umher und versuchte, sich für die Musterexemplare indianischer Perlarbeiten, für die Kriegskanus und Totempfähle zu interessieren, aber das alles machte sie nervös, und sie ging heim in ihr Zimmer und weinte sich tüchtig aus. Sie dachte an

Joe und an Jerry Burnham, warum kamen denn gar keine Briefe von den beiden?, und sie dachte an die armen Soldaten in den Schützengräben und fühlte sich sehr einsam. Als Alice nach Haus kam, hatte sie sich inzwischen das Gesicht gewaschen und Puder und Schminke aufgelegt und wirtschaftete nun munter im Zimmer umher. Sie machte Witze über die Wirtschaftskrise und sagte, wenn sie in Washington keine Stellung finden könnte, würde sie nach Baltimore oder nach New York oder nach Chicago fahren, um dort eine Stellung zu finden. Alice sagte, dieses Geschwätz mache sie krank, sie war jetzt viel netter zu Janey, und sie gingen aus und aßen ein Schinkenbrot und ein Glas Milch zu Abend, um Geld zu sparen.

Den ganzen Herbst hindurch lief Janey umher und suchte Arbeit. Es kam so weit mit ihr, daß sie des Morgens, wenn sie aufwachte, sogleich das deprimierende Gefühl hatte, sie habe nichts, gar nichts zu tun. Weihnachten verbrachte sie bei ihrer Mutter und ihren Schwestern, und sie erzählte ihnen, sie habe einen Posten in Aussicht, ab ersten Januar, fünfundzwanzig Dollar die Woche, damit sie sie ja nicht bedauerten. Diese Genugtuung wollte sie ihnen nicht gönnen. Zu Weihnachten bekam sie von Joe durch die Post ein zerrissenes Paket mit einem gestickten Kimono. Sie durchsuchte das ganze Paket und hoffte, einen Brief darin zu finden, aber es lag nichts dabei als ein kleiner Zettel, auf dem *Fröhliche Weihnachten* stand. Das Paket trug den Poststempel *St. Nazaire, Frankreich,* und die Aufschrift: VON DER ZENSUR GEÖFFNET. Mit einem Male war ihr der Krieg ganz nahe gerückt. Hoffentlich wird Joe da drüben nichts passieren.

An einem eisigen Nachmittag im Januar, sie lag gerade auf dem Bett und las die *Altweibergeschichte,* hörte sie die Wirtin Mrs. Baghot nach ihr rufen. Sie fürchtete schon, es sei wegen der Miete, die sie in diesem Monat noch nicht bezahlt hatte, aber es war Alice am Telephon. Alice sagte, sie solle sofort rüberkommen, denn es habe jemand angerufen, der für ein paar Tage eine Stenotypistin brauche, und von den Mädchen sei keines da, und Janey könnte doch wirklich rüberkommen und mal sehen, ob sie nicht die Arbeit übernehmen wolle. »Wie ist denn die Adresse, ich will mal gleich hingehen.« Alice nannte ihr die Adresse. Ihre Stimme am anderen Ende des Drahtes stotterte aufgeregt. »Ich habe *solche* Angst ... Wenn Mrs. Robinson dahinterkommt, wird sie wütend sein.« – »Mach dir nur keine Sorge, ich werde dem Mann schon alles erklären«, sagte Janey.

Der Mann wohnte im Hotel *Continental* an der Pennsylvania Avenue. Er hatte ein Schlafzimmer und einen Salon, überall lagen maschinebeschriebene Blätter und Broschüren umher. Er trug eine Hornbrille, die er immerfort abnahm und wieder aufsetzte, als wüßte er nicht recht, ob er mit ihr oder ohne sie besser sehe. Sowie Janey den Hut abgelegt und Notizblock und Bleistift aus ihrem Handtäschchen hervorgeholt hatte, fing er zu diktieren an, ohne sie auch nur anzusehen. Er sprach ruckweise, als hielte er eine Rede, und spazierte unaufhörlich auf seinen langen, dünnen Beinen auf und ab. Es war irgendein Artikel, mit dem Vermerk »Zur sofortigen Veröffentlichung«, und er handelte nur von Kapital und Arbeit, vom Achtstundentag und von der Lokomotivführergewerkschaft. Als er mit dem Diktieren fertig war, verließ er unvermittelt das Zimmer und bat sie, die Sache so schnell wie möglich abzutippen, er würde in einer Minute wieder dasein. Auf dem Tisch stand eine Remington, aber sie mußte das Farbband auswechseln, und sie tippte in großer Hast, aus Angst, er könnte zurückkommen und sie würde noch nicht fertig sein. Dann saß sie da und wartete, der Artikel und die Abschriften lagen wohlgeordnet in einem Häufchen auf dem Tisch, sahen sehr nett und frisch aus. Eine Stunde verging, er kam nicht. Janey wurde unruhig, stöberte im Zimmer umher, warf einen Blick in die Broschüren. Sie handelten alle von Arbeiterfragen und volkswirtschaftlichen Dingen, und das interessierte sie nicht. Dann schaute sie zum Fenster hinaus, verdrehte den Hals, um zu sehen, wie spät es auf der Turmuhr des Postamtes war. Aber sie konnte nicht hinsehen, so ging sie ans Telephon und fragte im Büro an, ob Mr. Barrow im Hotel sei, bitte, sie möchten ihm doch sagen, sein Manuskript sei fertig. Die Portierloge sagte, es sei fünf Uhr, Mr. Barrow sei noch nicht nach Hause gekommen, obgleich er hinterlassen habe, er würde sofort wieder zurück sein. Als sie den Hörer auflegte, warf sie unversehens einen Brief auf lavendelfarbenem Papier von dem Tischchen zur Erde. Sie hob ihn auf, und da sie ja doch nichts zu tun hatte und es schon satt hatte, mit sich selber Nullenschieben zu spielen, las sie ihn durch. Sie schämte sich zwar, aber nachdem sie einmal angefangen hatte, konnte sie nicht mehr aufhören.

Lieber G. H.
Ich tue das nicht gern, aber wirklich, Kleiner, ich bin in einer verteufelten finanziellen Klemme. Du mußt zweitausend Eier (2000) herausrücken, sonst schwöre ich Dir, ich höre auf, mich wie eine Dame zu benehmen, und schlage Krach. Ich tue das nicht gern, aber ich weiß, Du hast es, sonst würde ich Dich nicht so quälen. Diesmal meine ich's ernst.

Das kleine Mädel, das Du mal
geliebt hast,
Queenie

Janey errötete und legte den Brief genau an die Stelle zurück, an der er gelegen hatte. Ob die Männer nicht schrecklich sind, immer irgendein dunkles Geheimnis. Draußen war es finster, Janey wurde schon hungrig und unruhig, da klingelte das Telephon. Es war G. H. Barrow, er sagte, sie müsse entschuldigen, daß er sie so lange habe warten lassen, er sei im *Shoreham* in Mr. Moorehouses Appartement, und ob sie nicht rüberkommen könne, nein, nicht um das Manuskript hinzubringen, aber er hätte ihr dort gleich noch etwas zu diktieren, J. W. Moorehouse, ja, sie müsse den Namen doch kennen. Janey kannte den Namen nicht, aber der Gedanke, ins *Shoreham* zu gehen und dort ein Diktat aufzunehmen, entflammierte sie sehr, und dann dieser Brief und alles Drum und Dran. Es war eine aufregende Sache, genau wie damals, als sie mit Jerry Burnham umherlief. Sie zog Hut und Mantel an, frischte vor dem Spiegel über dem Kamin ihr Gesicht ein wenig auf und ging zu Fuß durch den schneidendkalten Januarabend an die Ecke der F und 14., wo sie auf die Straßenbahn wartete. Wenn sie bloß einen Muff gehabt hätte! Der peitschende Wind schnitt ihr in die dünnbehandschuhten Hände und in die Beine gleich über dem Stiefelrand. Wenn sie bloß eine reiche, verheiratete Frau gewesen wäre, die in Chevy Chase wohnt und nun auf ihre Limousine wartet, die sie abholen und zu ihrem Mann, zu ihren Kindern, zu dem prasselnden Kaminfeuer nach Haus bringen soll.

Die Straßenbahn kam, bevor sie es recht merkte, und sie mußte laufen, um sie zu erwischen. Sie war ganz leer. An der Ecke des *Shoreham* stieg sie aus. In der Halle war es warm. Gut gekleidete Menschen standen umher und unterhielten sich mit vornehm gedämpften Stimmen. Es roch nach Treibhausblumen. Der Portier sagte ihr, sie solle nur gleich hinaufgehen, Appartement Nr. 8 im ersten Stock. Ein Mann mit einem runzligen Gesicht unter einem platten Schädel mit glattem, schwarzem Haar öffnete ihr die Tür. Er trug einen glatten, schwarzen Anzug und hatte einen diskreten, schlitternden Gang. Sie sagte, sie sei die Stenotypistin für Mr. Barrow, und er wies sie mit einer Handbewegung ins Nebenzimmer. Dann stand sie an der Tür und wartete, daß jemand sie beachte. Am Ende des Zimmers befand sich ein großer Kamin, in dem zwei Holzscheite loderten. Vor dem Kamin ein breiter Tisch, vollgehäuft mit Magazinen, Zeitungen und maschinebeschriebenen Manuskripten. An dem einen Ende des Tisches stand ein silbernes Teeservice, an dem anderen ein Servierbrett mit Karaffen, Gläsern und einem Mixbecher. Alles sah so hübsch poliert aus, alles hatte einen silbernen Glanz, Stühle, Tische, Teegeschirr und die Uhrkette und die Zähne und das glatte, frühzeitig ergraute Haar des Mannes, der mit dem Rücken zum Feuer stand.

Als Janey ihn sah, dachte sie sich sofort, das müsse ein feiner Herr sein. G. H. Barrow und ein kleiner kahlköpfiger Mann saßen zu beiden Seiten des Kamins in tiefen Fauteuils und hörten aufmerksam zu, was er sagte.

»Es ist für die Zukunft dieses Landes von außerordentlicher

Wichtigkeit«, sagte er gerade mit einer leisen, ernsten Stimme. »Ich kann Ihnen versichern, daß die leitenden Männer und die ausschlaggebenden kapitalkräftigen Kreise in Handel, Industrie und Finanz diese Entwicklung mit tiefem Interesse verfolgen. Sagen Sie es nicht weiter, aber ich kann Ihnen im Vertrauen sagen, daß auch der Präsident ...« Sein Blick fiel auf Janey. »Ich glaube, da ist die Stenotypistin, kommen Sie nur herein, Fräulein –«

»Williams, bitte«, sagte Janey.

Seine Augen hatten das Blau der Alkoholflamme, und es war in ihnen ein knabenhaftes Flackern; das war wohl J. Ward Moorehouse, dessen Name sie hätte wissen müssen.

»Haben Sie Papier und Bleistift da? Das ist gut, setzen Sie sich gleich hier an den Tisch. Morton, tragen Sie bitte das Teegeschirr hinaus.« Morton ließ das Teegeschirr lautlos verschwinden. Janey setzte sich an das eine Ende des Tisches und holte ihren Notizblock und ihren Bleistift hervor.

»Wollen Sie nicht lieber Hut und Mantel ablegen, sonst spüren Sie sie nicht mehr, wenn Sie hinauskommen.« Es lag etwas Heimeliges in seiner Stimme, wenn er zu ihr sprach, ganz anders, als wenn er zu den Männern sprach. Sie hätte gern für ihn gearbeitet. Auf jeden Fall war sie froh, daß sie gekommen war.

»Nun, Mister Barrow, was brauchen wir? Eine beruhigende Erklärung. Wir müssen bei diesem Streit *beiden* Parteien den Wert der Zusammenarbeit begreiflich machen. Zusammenarbeit ist ein großes Wort ... Zuerst wollen wir es ins rohe schreiben ... Fertig, Miss Williams ... Zur Veröffentlichung, J. Ward Moorehouse, Industriepropaganda, Hotel Shoreham, Washington D. C., 15. Jan. 1916 ...« Dann aber war Janey viel zu sehr damit beschäftigt, das Diktat aufzunehmen, um den Sinn dessen, was gesagt wurde, zu erfassen.

Als sie an diesem Abend nach Haus kam, lag Alice bereits im Bett. Alice wollte schlafen, aber Janey schnatterte wie eine Elster über G. H. Barrow, über Arbeitskonflikte, über J. Ward Moorehouse und was für ein feiner Herr er sei, und so gütig und so freundlich, und er habe so interessante

Ideen, Zusammenarbeit zwischen Kapital und Arbeit, und er spreche so ganz vertraulich darüber, was der Präsident denkt und was Andrew Carnegie denkt und was die Rockefellergruppe oder Mr. Schick oder Senator Lafollette beabsichtigen, und er habe so hübsche, knabenhafte, blaue Augen, und er sei so nett, und das silberne Teeservice, und wie jung er trotz seiner frühzeitig ergrauten Haare aussehe, und das offene Feuer und der silberne Mixbecher und die Kristallgläser ...

»Na, Janey«, unterbrach Alice sie gähnend, »ich sage dir, du bist in ihn verschossen. Ich habe dich noch nie in meinem Leben so von einem Mann reden hören.« Janey errötete und wurde sehr böse. »Oh, Alice, du bist so dumm ... Man kann dir gar nichts erzählen.« Sie zog sich aus und löschte das Licht. Erst als sie im Bett lag, fiel ihr ein, daß sie kein Abendbrot gegessen hatte. Sie sagte aber kein Wort, weil sie überzeugt war, Alice würde irgend etwas Dummes erwidern.

Am nächsten Tag beendete sie die Arbeit für G. H. Barrow. Und am Nachmittag, nachdem sie ihr Geld bekommen hatte, spazierte sie durch die H Street am *Shoreham* vorüber. Sie redete sich ein, daß sie sich bloß die Ladenfenster ansehen wolle. Sie sah ihn nicht, aber sie sah eine große blanke, schwarze Limousine mit einem Monogramm, das sie nicht entziffern konnte, ohne stehenzubleiben, und es hätte komisch ausgesehen, wenn sie stehengeblieben wäre; sie war überzeugt, daß das sein Wagen sei.

Dann ging sie die Straße entlang bis an die Ecke gegenüber der großen Bresche, wo sie das *Arlington* niederrissen. Es war ein klarer, sonniger Nachmittag. Sie spazierte rund um den Lafayette Square und betrachtete das Denkmal Andrew Jacksons auf seinem sich bäumenden Gaul zwischen den entlaubten Bäumen.

Auf den Bänken saßen in kleinen Gruppen Kinder und Kindermädchen. Ein Mann mit einem grauen Knebelbart, unter dem Arm eine schwarze Mappe, setzte sich auf eine Bank, stand sofort wieder auf und schritt davon; ausländischer Diplomat, dachte Janey, und wie schön es sei, in der

Hauptstadt zu leben, in der es ausländische Diplomaten und Männer wie J. Ward Moorehouse gibt. Sie spazierte abermals um das Denkmal Andrew Jacksons rund herum, grün und edel war es da aufgetürmt mit dem grünen, edlen Gaul im rötlichen Sonnenlicht des Wintertages, und dann zurück zum *Shoreham,* schnellen Schrittes, als fürchte sie, zu spät zu einem Rendezvous zu kommen. Sie fragte einen Hotelboy, wo die Stenotypistin sitze, ging dann in ein Zimmer im zweiten Stock hinauf und fragte dort eine verdrießlich blickende und wild drauflostippende Frau, ob sie niemanden wisse, der eine Stenotypistin brauchte, und unterdessen hing ihr Blick an dem kleinen Ausschnitt des grünbespannten Korridors, den sie durch die halb geöffnete Tür überschauen konnte. Die verdrießlich blickende Frau starrte sie an. »Na wissen Sie, hier ist doch kein Vermittlungsbüro.« – »Ich weiß, ich dachte bloß, zufällig«, sagte Janey, und plötzlich verließen sie die Kräfte. »Gestatten Sie, wenn ich mich ein wenig niedersetze.« Die verdrießlich blickende Frau starrte sie immer noch an. »Wo habe ich Sie denn schon einmal gesehen ... Nein, erinnern Sie mich nicht ... Sie ... Sie haben bei Mrs. Robinson gearbeitet, damals, als ich hinkam, um mir die Extraarbeit abzuholen. Sehen Sie, ich erinnere mich ganz genau.« Die Frau lächelte ein scheeles Lächeln. – »Ich hätte mich an Sie erinnert«, sagte Janey, »bloß bin ich so schrecklich müde von dem ewigen Arbeitsuchen.«

»Das kenne ich!« seufzte die Frau.

»Wüßten Sie nichts für mich?«

»Ich will Ihnen was sagen ... Aus Nummer acht haben sie gerade um eine Stenotypistin telephoniert. Die verbrauchen dort die Mädels wie warme Semmeln, sie machen da irgendeinen neuen Konzern oder was Ähnliches. Nun hören Sie mal zu, meine Liebe, Sie gehen einfach hin und nehmen den Hut ab, als ob man Sie hingeschickt hätte, und fangen an, das Diktat aufzunehmen, man wird Sie schon nicht hinauswerfen, liebes Kind, selbst wenn die andere auch noch hinzukommt, sie verbrauchen dort die Typistinnen viel zu schnell.«

Noch bevor Janey wußte, was sie tat, hatte sie die verdrießlich blickende Frau auf die Wange geküßt, lief eilig durch den Korridor bis Nummer acht und wurde von dem glatthaarigen Mann eingelassen, der sie wiedererkannte und fragte: »Stenotypistin?«

»Ja«, sagte Janey, und in der nächsten Minute hatte sie ihren Notizblock hervorgeholt, Hut und Mantel abgelegt und saß an dem dunkelblanken Mahagonitisch vor dem knisternden Feuer, und der Feuerschein schimmerte auf den silbernen Karaffen, auf den Heißwasserkannen und Teetöpfen, auf den schwarzen, tadellos geputzten Schuhen und in den flammendblauen Augen J. Ward Moorehouses. Da war sie nun und schrieb nach dem Diktat J. Ward Moorehouses. Als der Nachmittag zu Ende ging, kam der glatthaarige Mann herein und sagte: »Sie müssen sich zum Abendessen umziehen, Sir«, und J. Ward Moorehouse brummte und sagte: »Teufel noch mal.« Der Glatthaarige schlitterte noch ein wenig näher über den Teppich heran. »Verzeihen Sie, Sir, Miss Rosenthal ist gestürzt und hat sich den Hüftknochen gebrochen. Sie ist vor dem Schatzamt auf dem Glatteis ausgerutscht, Sir.«

»Teufel noch mal ... Entschuldigen Sie, Miss Williams«, sagte er lächelnd. Janey blickte nachsichtig verständnisvoll zu ihm auf und lächelte gleichfalls. »Ist sie ordentlich untergebracht?«

»Mister Mulligan hat sie ins Spital geführt, Sir.«

»Gut ... Gehen Sie hinunter, Morton, und lassen Sie ihr ein paar Blumen schicken, suchen Sie ihr recht hübsche aus.«

»Ja, Sir ... Für fünf Dollar, Sir?«

»Zweifünfzig ist das Äußerste, Morton, und legen Sie meine Karte bei.«

Morton verschwand. J. Ward Moorehouse schritt eine Weile vor dem Kamin auf und ab, als wollte er zu diktieren beginnen. Janeys erhobener Bleistift schwebte über dem Notizblock. J. Ward Moorehouse hielt in seinem Auf- und Abgehen inne und blickte Janey an. »Wissen Sie nicht jemanden, Miss Williams ... Ich brauche eine nette, gescheite Frau als Stenotypistin und Sekretärin, jemanden, auf den ich mich wirklich verlassen kann ... Hol der Teufel dieses Weib, muß sie sich den Hüftknochen brechen!«

Janey wurde schwindlig. »Ich suche selber eine ähnliche Stellung.«

J. Ward Moorehouse sah sie immer noch mit einem sonderbar blauen, starren Blick an. »Würden Sie mir vielleicht sagen wollen, Miss Williams, warum Sie Ihre letzte Stellung verloren haben?«

»Gern. Ich bin von Dreyfus und Carroll weggegangen, vielleicht kennen Sie die Firma ... Mir hat es dort nicht mehr gefallen. Es wäre ja anders gewesen, wenn der alte Mister Carroll geblieben wäre, obgleich Mister Dreyfus auch sehr freundlich war.«

»Er ist ein Agent der deutschen Regierung.«

»Das meine ich ja, ich wollte nach der Proklamation des Präsidenten nicht länger mehr dort bleiben.«

»Na, hier bei uns ist alles für die Alliierten, das geht also in Ordnung. Ich glaube, Sie sind die richtige Person für mich ... Natürlich kann man das nicht vorher wissen, aber meine besten Entschlüsse sind immer die, die ich in aller Eile treffe. Wie wär's mit fünfundzwanzig pro Woche für den Anfang?«

»Gut, Mister Moorehouse, die Arbeit wird sicher sehr interessant sein.«

»Morgen um neun, bitte, und besorgen Sie folgende Telegramme, wenn Sie hinunterkommen:

Mrs. J. Ward Moorehouse

Great Neck Long Island New York

Muß vielleicht nach Mexiko entschuldige mich bei Saltworths außerstande an dem Essen teilzunehmen hoffe alles in Ordnung Gruß und Kuß Ward.

Miss Eleanor Stoddard

New York 11. Street 45 E

Schreiben Sie was ich aus Mexiko mitbringen soll stets Ihr J. W.

Reisen Sie ungern, Miss Williams?«
»Ich bin noch nie gereist, aber es würde mir sicher gefallen.«
»Es ist möglich, daß ich einiges Personal mitnehmen muß ... Ölgeschäfte. Sie bekommen in ein paar Tagen Bescheid ...

James Frunze, Frunze & J. Ward Moorehouse

New York V. Avenue 100

Sofort Nachricht Shoreham Lage A und B Barrow unruhig Erklärung veröffentlichen über Interessengemeinschaft Amerikanismus gegen ausländisches sozialistisches Gewäsch.

J. W. M.

Danke, das ist für heute alles. Wenn Sie das abgetippt und die Depeschen aufgegeben haben, können Sie nach Hause gehen.«
J. Ward Moorehouse entfernte sich durch eine Tür im Hintergrund und zog sich im Hinausgehen den Rock aus. Als Janey, nachdem sie die Artikel abgetippt hatte, aus dem Hotelvestibül hinausschlüpfte, um die Depeschen bei der *Western Union* aufzugeben, kam er an ihr vorbei, er war im Abendanzug, hatte einen grauen Filzhut auf und einen braunen Mantel über dem Arm. Er bestieg eilig ein Taxi und sah sie nicht. Es war sehr spät, als sie nach Hause kam. Ihre Wangen waren gerötet, aber sie fühlte keine Müdigkeit. Alice war noch wach, saß auf dem Bett und las. »Oh, ich habe mir solche Sorgen gemacht«, begann sie, aber Janey umarmte sie und erzählte ihr, sie habe eine Stellung als Privatsekretärin bei J. Ward Moorehouse und reise nach Mexiko. Alice fing zu weinen an, aber Janey war so glücklich, daß sie das gar nicht merkte, sondern fortfuhr, ihr diesen Nachmittag im *Shoreham* mit allen Einzelheiten zu schildern.

Weltwochenschau XVII

kurz vor Mitternacht unternahm eine Anzahl feindlicher Luftschiffe einen Angriff die Bomben wurden ohne Unterschied auf Gebäude ohne jede militärische Bedeutung abgeworfen
Eisenbahngesellschaften geben keinen Zollbreit nach
wir werden die Überfahrt unter nicht durchaus vorteilhaften Bedingungen machen müssen sagt Kapitän König von der Deutschland neunzig Meilen unterwegs passiert die Solomoninsel um 2.30 jeder vorüberfahrende Dampfer läßt zum Gruße seine Sirenen ertönen

Was ich nun bin, hast du aus mir gemacht,
O sprich, genügt es dir?
Du zogst mich tief und tiefer noch hinab,
Bis die Seele starb in mir

Heute um neun Uhr morgens wurde Sir Roger Casement im Gefängnis von Pentonville durch den Strang hingerichtet

U-Boot passiert ungehindert die Kaps

nur mit einem kimono bekleidete badende junge mädchen auf der vergnügungsmole geraten in den schnellunch statt ins luxuscafé und erregen dort allgemeine empörung schwere ernteverluste in den berichten der USA österreicher verlassen in eiliger flucht ihre heißen semmeln zur freude der italiener wasserlawine wälzt sich durch ein tal professor sagt beethoven erinnert ihn an ein saftiges beefsteak verwandelt den städtischen müll in ein goldbergwerk
Heute tritt der Mond vor den Planeten Saturn

Bruderkrieg in der Finsternis

MAC

Die Rebellen nahmen Juarez, Huerta floh, die Dampfer nach Europa waren mit *cientificos* vollgepackt, die nach Paris wollten, und Venustiano Carranza war Präsident in Mexiko City. Jemand verschaffte Mac ein Freibillett für die mexikanische Zentralbahn bis nach der Hauptstadt. Encarnacion weinte, als er abfuhr, und sämtliche Anarchisten gaben ihm bis zum Bahnhof das Geleit. Mac wollte sich Zapata anschließen. Er hatte von Encarnacion ein wenig Spanisch aufgeschnappt und eine unbestimmte Vorstellung von den politischen Hintergründen der Revolution. Der Zug fuhr fünf Tage. Fünfmal mußte er liegenbleiben, während unterdessen die Streckenarbeiter die Gleise vor ihm reparierten. Ab und zu des Nachts flogen Kugeln durch die Fenster. In der Nähe von Caballos ritt eine Reiterschar den ganzen Zug entlang, sie schwenkten ihre großen Hüte und feuerten aus dem Sattel. Die Soldaten in dem Dienstabteil wachten auf und erwiderten das Feuer, und die Reiter ritten in einer wehenden Staubwolke davon. Die Passagiere hatten sich, als das Feuer begann, unter die Bänke geduckt oder lagen flach im Zwischengang. Nachdem der Angriff abgeschlagen worden war, fing eine alte Frau zu heulen an. Ein Kind war von einer Kugel durch den Kopf getroffen worden. Die Mutter war eine dicke, schwarzhaarige Frau in einem geblümten Kleid. Sie lief durch den ganzen Zug hin und her, das winzige, blutige Körperchen in einen Schal gewickelt, fragte nach einem Arzt, aber jedermann konnte sehen, daß das Kind tot war.

Mac glaubte, die Fahrt würde nie ein Ende nehmen. Er kaufte sich auf den Bahnhöfen bei den alten Indianerinnen gepfeffertes Essen und lauwarmes Bier, versuchte Pulque zu trinken und mit seinen Reisegefährten ein Gespräch anzuknüpfen. Schließlich hatten sie Queretaro hinter sich. Der

Zug fuhr schnell die lange Steigung hinab durch die kalte, klare Bergluft. Dann begannen in der blauen Weite hinter den endlosen, kreuz und quer durchfurchten Aloefeldern die Gipfel der großen Vulkane sich schärfer abzuzeichnen, und plötzlich ratterte der Zug zwischen Gartenmauern dahin, zwischen federblättrigen Bäumen. Der Zug hielt mit klappernden Puffern: Mexiko City.

Mac kam sich ganz verloren vor, als er in der leise murmelnden Menge durch die hellen Straßen irrte, die Männer waren alle weiß gekleidet und die Weiber alle schwarz oder dunkelblau. Die Straßen waren staubig, sonnig und still. Die Geschäfte standen offen, es gab Droschken, Straßenbahnen und blankgeputzte Limousinen. Mac fühlte sich unbehaglich. Er hatte nur zwei Dollar, und er war so lange mit dem Zug gefahren, daß er, als er sein Ziel erreichte, vergessen hatte, weshalb er hierhergekommen sei. Er sehnte sich nach sauberen Kleidern und einem Bad. Nachdem er ziemlich lange umhergewandert war, entdeckte er ein Lokal mit der Aufschrift *American Bar*. Seine Beine waren müde. Er setzte sich an einen Tisch, ein Kellner kam und fragte ihn auf englisch, was er wünsche. Es wollte ihm nichts anderes einfallen, so bestellte er einen Whisky. Er trank den Whisky und stützte dann einen Augenblick den Kopf in beide Hände. An der Bar saßen eine Menge Amerikaner und ein paar Mexikaner in turmhohen Hüten, die Mexikaner würfelten um Schnäpse. Mac bestellte noch einen Whisky. Ein fleischiger Mann mit rotumränderten Augen und einem zerknitterten Khakihemd schlich unruhig in der Bar umher. Sein Blick fiel auf Mac, und er setzte sich an seinen Tisch.

»Gestatten, wenn ich mich ein Weilchen hierher setze, Herr Kollege?« sagte er. »Diese Scheißkerle machen einen so verdammten Lärm, he, Sombrero ... wo is'n der verdammte Kellner? Geben Sie mir ein Glas Bier. Na, ich habe heute die Olle und die Kinners weggeschickt ... Wann ziehen denn Sie los?«

»Ich bin gerade erst angekommen«, sagte Mac.

»Was Sie nicht sagen ... Hier kann kein Weißer mehr existieren ... Jede Minute können diese Banditen dasein ...

Es wird ganz scheußlich werden, das kann ich Ihnen sagen, kein einziger Weißer wird am Leben bleiben ... Aber ein paar von den Kerls vertilge ich noch, bevor sie mich umbringen ... Bei Gott, für fünfundzwanzig stehe ich gut, nein, vierundzwanzig.« Er zog einen Colt aus der Revolvertasche, leerte das Magazin in seine Hand und begann die Patronen zu zählen. »Acht«, dann durchsuchte er seine Taschen und legte die Patronen der Reihe nach auf den Brettertisch. Es waren nur zwanzig Stück. »Da hat mich so ein Scheißkerl bestohlen.« Ein hochgewachsener, hagerer Mann kam von der Bar herüber und legte die Hand auf die Schulter des Dicken mit den entzündeten Augen. »Eustace, tu das lieber so lange weg, bis wir's brauchen ... Sie wissen, was Sie zu tun haben, ja?« wandte er sich an Mac; »sowie das Schießen beginnt, versammeln sich alle amerikanischen Bürger in der Botschaft. Dort werden wir uns bis zum letzten Mann verteidigen.« Jemand schrie von der Bar her: »He, Langer, noch eine Lage!« und der hochgewachsene Mann kehrte an die Bar zurück.

»Ihr scheint ja schwere Zusammenstöße zu erwarten«, sagte Mac.

»Zusammenstöße, o Gott, o Gott! Sie kennen dieses Ländchen nicht. Sind gerade erst angekommen?«

»Aus Juarez, diesen Augenblick.«

»Das kann nicht stimmen. Bei Queretaro sind die Schienen aufgerissen.«

»Na, da hat man sie wahrscheinlich wieder geflickt«, sagte Mac. »Und nun sagen Sie mal, was erzählt man sich hier von Zapata?«

»O Gott, o Gott, das ist der blutdürstigste Schurke von allen ... Da war ein Vorarbeiter von einer Zuckerfabrik, drunten in Morelos, den haben sie an einem langsamen Feuer gebraten und dazu vor seinen Augen seine Frau und seine Töchter vergewaltigt ... O Gott, o Gott, Herr Kollege, Sie wissen ja nicht, was für ein Ländchen das ist. Wissen Sie, was wir tun müßten ...? Wissen Sie, was wir tun würden, wenn wir im Weißen Haus einen *Mann* sitzen hätten und nicht einen beschissenen, angstschlotternden

Reformer ...? Wir würden eine Armee von hunderttausend Mann aufstellen und die ganze Gegend hier mal gründlich säubern ... Es ist ein schönes Ländchen, aber nicht einer von diesen verdammten Mexikanern ist das Pulver und Blei wert, um ihn niederzuknallen ... Ausräuchern wie Ungeziefer, das ist *meine* Meinung ... Jeder einzelne von diesen verfluchten Hunden ist ein kleiner Zapata, innen drin.«

»Was machen Sie eigentlich?«

»Ich bin Petroleumsucher und sitze jetzt seit fuffzehn Jahren in diesem Lauseloch, ich hab's satt. Ich wäre ja schon heute mit dem Zug nach Vera Cruz abgedampft, bloß ich habe noch ein paar Bohrrechte in Ordnung zu bringen und meine Möbel zu verkaufen ... Man weiß ja nicht, wann sie den Verkehr einstellen, und dann kommen wir hier nicht mehr raus, und Präsident Wilson, der läßt uns hier verrecken wie die Ratten in der Falle ... Wenn die amerikanische Öffentlichkeit wüßte, was hier für Zustände herrschen ... O Gott, o Gott, alle anderen Völker lachen uns aus ... In welcher Branche arbeiten denn Sie, Herr Kollege?«

»Druckerei ... Maschinensetzer.«

»Suchen Sie Arbeit?«

Mac hatte einen Dollar hervorgeholt, um seine Schnäpse zu bezahlen. »Ich werde wohl müssen«, sagte er, »das ist mein vorletzter Dollar.« – »Warum gehn Sie nicht zum *Mexican Herald*? Englische Setzer werden dort immer gebraucht ... Hier bleibt ihnen doch keiner ... Kein passender Aufenthalt mehr für die Weißen, dieses Ländchen ... Halt, Herr Kollege, den Schnaps zahle ich.«

»Nun, dann wollen wir noch einen auf meine Kosten trinken.«

»Die Karre ist verfahren, Herr Kollege ... geht alles zum Teufel ... trinken wir einen Schnaps, so lange es noch nicht zu spät ist.«

Am selben Abend, nachdem sie in einem kleinen amerikanischen Restaurant ein paar Bissen gegessen hatten, spazierte Mac über die Alameda, um sich den Whisky aus dem Kopf zu vertreiben, bevor er zum *Mexican Herald* gehen würde, um nachzufragen, ob dort Arbeit zu haben sei. Das würde ja, sagte er sich, nur für ein paar Wochen sein, so lange, bis er sich ein wenig orientiert hatte. Die hohen Bäume an der Alameda, die weißen Denkmäler, die Springbrunnen, die gut gekleideten Paare, die in der Dämmerung umherschlenderten, die Droschken, die über die Pflastersteine klapperten, und die Reihen der steinern vor sich hin blickenden Indianerweiber, die am Straßenrand in ihren Bretterbuden Obst, Nüsse, rosarotes, gelbes, grünes Zuckerwerk verkauften, das alles machte einen recht friedlichen Eindruck.

Mac war überzeugt, der Mann, mit dem er in der Bar gesprochen hatte, habe ihn aufgezogen, weil er ein Neuling war.

Er bekam beim *Mexican Herald* sofort eine Stellung, dreißig mexikanische Dollar die Woche, aber dort in der Druckerei redeten die Leute genauso wie der Mann in der Bar. Am Abend brachte ihn ein alter Polnisch-Amerikaner, ein Korrektor, in ein kleines Hotel, um ihm dort ein Bett zu verschaffen, und borgte ihm bis zum Zahltag ein paar Fünfer. »Laß dir Lohn möglichst voraus geben«, sagte der alte Pole, »allernächste Zeit gibt es Revolution, dann adieu *Mexican Herald* ... wenn nicht Wilson Intervention macht, aber schnell.« – »Das wäre mir gerade recht, ich möchte die soziale Revolution miterleben«, sagte Mac. Der alte Pole legte den Finger an die Nase, schüttelte sonderbar den Kopf und ließ Mac stehen.

Als Mac am nächsten Morgen aufwachte, befand er sich in einem kleinen hellgelb getünchten Zimmer. Die Möbel waren mit blauer Farbe bemalt, vor dem Fenster hing ein roter Vorhang. Der Laden hinter dem Vorhang trug die gittrigen Streifen grell-violetten Sonnenlichts, das einen warmen Pfad über die Bettdecke warf. Irgendwo sang ein Kanarienvogel, und Mac hörte das Tappettetapp einer Frau, die Tortillas machte. Er stand auf, öffnete den Fensterladen. Wolkenlos hing der Himmel über den roten Ziegeldächern. Die Straße war leer und voller Sonnenschein. Er füllte seine

Lunge mit kühler, dünner Luft und fühlte, wie die Sonne sein Gesicht, seine Arme, seinen Hals verbrannte. Es mußte noch sehr früh sein. Er kroch ins Bett zurück und schlief wieder ein.

Als mehrere Monate später Wilson den in Mexiko ansässigen Amerikanern befahl, die Stadt zu verlassen, hauste Mac in einer kleinen Wohnung an der Plaza del Carmen mit einem Mädchen namens Concha und zwei Perserkatzen. Concha war Stenotypistin und Dolmetscherin bei einer amerikanischen Firma und dann drei Jahre lang die Geliebte eines Ölmannes gewesen, sie sprach daher recht gut Englisch. Der Ölmann hatte damals, als Huerta floh, in der allgemeinen Panik Hals über Kopf den Zug nach Vera Cruz bestiegen und Concha wohlversorgt zurückgelassen. Gleich als sie Mac zum erstenmal sah, wie er gerade aufs Postamt ging, verliebte sie sich in ihn. Sie machte ihm alles sehr behaglich, und wenn er dann von seiner Absicht sprach, sich Zapata anzuschließen, lachte sie nur und sagte, die Peons seien unwissende Barbaren und könnten nur mit der Peitsche regiert werden. Ihre Mutter, ein altes Weib, die ewig einen schwarzen Schal über dem Kopf hatte, kochte für sie, und Mac begann an dem mexikanischen Essen Geschmack zu finden, Truthahn mit dicker schokoladebrauner Sauce und Enchiladas mit Käse. Die Katzen hießen Porfirio und Venustiano und schliefen immer am Fußende ihres Betts. Concha war sehr sparsam, sie kam mit Macs Lohn viel länger aus, als er hätte auskommen können, sie beklagte sich nie, wenn er in die Stadt bummeln ging, spät nach Hause kam und vom vielen Tequilatrinken einen schweren Kopf hatte. Statt zu versuchen, mit den überfüllten Zügen nach Vera Cruz mitzukommen, nahm Mac die paar Groschen, die er sich erspart hatte, und kaufte die Büromöbel zusammen, die verstörte amerikanische Geschäftsleute für jeden Preis, den sie nur bekommen konnten, verschleuderten. Er stapelte die Möbel im Hinterhof des Hauses auf, in dem sie wohnten. Dieser Einkauf war in erster Linie Conchas Idee gewesen, und er pflegte sie mit der Frage zu necken, wie sie denn das Gerümpel je wieder loswerden wolle, aber sie nickte nur und sagte: »Warte ein Weilchen.«

Concha hatte es gern, wenn er sonntags Freunde zum Essen einlud. Sie bediente sie sehr freundlich, schickte ihren kleinen Bruder Antonio nach Bier und Kognak und hatte immer Kuchen im Haus für den Fall, daß ein zufälliger Besuch käme. Mac überlegte zuweilen, wieviel angenehmer das alles war als seinerzeit das Zusammenleben mit Maisie in San Diego, und er dachte jetzt viel seltener daran, sich Zapata anzuschließen.

Der polnische Korrektor, er hieß Korski, erwies sich als ein politischer Flüchtling, Sozialist und wohlunterrichteter Mann. Den ganzen Nachmittag saß er bei einem halben Glas Kognak und redete über die europäische Politik; seit dem Zusammenbruch der europäischen sozialistischen Parteien zu Beginn des Krieges hatte er sich an nichts mehr beteiligt; von nun an würde er nur noch Zuschauer sein. Er hatte die Theorie, daß das Menschengeschlecht an der Zivilisation und der gemischten Kost zugrunde gehe.

Dann war da Ben Stowell, ein unabhängiger Ölspekulant; er versuchte, von der Regierung Carranza einen Vertrag zu bekommen, der ihm gestatten würde, unter staatlicher Kontrolle einige Ölquellen zu bewirtschaften. Er war die meiste Zeit völlig pleite, und Mac pflegte ihm Geld zu leihen, aber er redete immer nur von Millionen. Er bezeichnete sich als einen politisch fortschrittlichen Menschen und hielt Zapata und Villa für ehrliche Leute. Bei jeder Auseinandersetzung nahm er die entgegengesetzte Stellung ein wie Korski und brachte den alten Mann durch seine antisoziale Haltung in Wut. Mac wollte ein wenig Geld verdienen, um es Maisie für die Erziehung der Kinder zu schicken. Es tat ihm wohl, wenn er ab und zu Rose eine Schachtel Spielzeug schicken konnte. Er und Ben hatten lange Gespräche miteinander, wieweit es möglich sei, in Mexiko Geld zu verdienen. Ben Stowell brachte ein paar junge radikale Politiker mit, die gern den ganzen Nachmittag sitzen blieben, über Sozialismus redeten, tranken und Englisch lernten. Mac sagte gewöhnlich nicht viel, manchmal aber wurde er böse und versetzte ihnen eine Breitseite unverfälschter I. W. W.-Doktrin. Concha machte allen Streitigkeiten dadurch ein Ende, daß sie das Abendessen auf den Tisch brachte und kopfschüttelnd sagte: »Jeder arme Mann socialista, como no?, aber wenn ihr reich werdet, rasch seid ihr alle capitalistas.«

Eines Sonntags fuhren Mac, Concha, einige mexikanische Reporter, Ben Stowell und Bens Mädchen Angustias, ein Ballettgirl aus dem *Lirico,* mit der elektrischen Bahn nach Xochimilco. Sie mieteten ein Boot mit einem Tisch darin und einem Sonnendach und einem Indianer, der sie mit der Hakenstange durch die pappelumsäumten Kanäle zwischen den üppigen Blumenbeeten und Gemüsegärten fortstieß. Sie tranken Pulque und hatten eine Flasche Whisky mit, sie kauften den Mädels Calla-Lilien und aßen scharf gepfefferte Speisen, und einer der Mexikaner spielte Gitarre und sang. Am Nachmittag brachte der Indianer das Boot wieder an die Landungsstelle zurück, und sie schlenderten paarweise in den Wald hinein. Mac hatte plötzlich großes Heimweh, er erzählte Concha von seinen Kindern in den USA und besonders von Rose, und Concha brach in Tränen aus und sagte ihm, sie liebe Kinder so sehr, aber sie habe mit siebzehn Jahren einen Abort gehabt und sei sehr krank gewesen, und alle hätten gedacht, sie müsse sterben, und jetzt könne sie keine Kinder mehr haben, nur Porfirio und Venustiano. Mac küßte sie und sagte ihr, er würde sich immer um sie kümmern.

Als sie, mit Blumen beladen, zu der Haltestelle der Bahn zurückkehrten, ließen Mac und Ben die Mädchen allein nach Hause fahren und gingen in eine *Cantina,* um ein Glas zu trinken. Ben sagte, er habe alles ziemlich satt, er möchte am liebsten sein bißchen Geld verdienen, in die Staaten zurückkehren und dort heiraten, um ein Heim und eine Familie zu haben. »Siehst du, Mac«, sagte er, »ich bin jetzt vierzig. Du lieber Gott, der Mensch kann doch nicht sein ganzes Leben lang herumvagabundieren.« – »Ich hab auch nicht mehr weit bis zum Vierziger«, sagte Mac. Sie redeten nicht viel, aber Ben begleitete Mac bis zur Redaktion des

Mexican Herald und ging dann in die Stadt hinunter zum *Iturbide,* um einige Leute aus der Ölbranche zu besuchen, die dort wohnten. »Prächtig ist das Leben, wenn man nicht schlappmacht«, sagte er, während er Mac zuwinkte und sich zum Gehen wandte. Er war ein untersetzter, stiernackiger Mann mit einem krummbeinigen Gang.

Mehrere Tage später kam Ben nach der Plaza del Carmen, Mac lag noch im Bett. »Komm mit, Mac, wir wollen heute zusammen Mittag essen«, sagte er. »Es ist da ein Kerl angekommen, dem möchte ich gern die Stadt ein bißchen zeigen. Er wird uns vielleicht nützlich sein ... Und auf jeden Fall will ich wissen, was er vorhat.« Der Mann schrieb Artikel über die Lage in Mexiko und hatte angeblich Beziehungen zu der A. F. of L. Beim Mittagessen erkundigte er sich ängstlich, ob das Wasser nicht gesundheitsschädlich sei, und fragte wiederholt, ob es nicht gefährlich sei, nach Einbruch der Dunkelheit durch die Straßen zu gehen. Ben Stowell foppte ihn ein wenig und erzählte ihm eine Geschichte von einem Revolutionsgeneral, der mit einem Sechsschüssigen in jeder Hand in eine Kneipe eingedrungen war, gegen den Fußboden geknallt, um die Gäste zum Tanzen zu bringen, und dann das Lokal als Schießstand benützt hatte. »Den *Schießstand,* so nennt man hier das Parlament«, sagte Mac. Der Mann, er hieß Barrow, erklärte, er müsse heute nachmittag zu einer Versammlung der *Union Nacional de Trabajadores,* und ob sie nicht Lust hätten, mit ihm zu kommen und ihm die Reden zu übersetzen. Mac hatte seinen freien Tag, und so sagte er: »Gut.« Mr. Barrow erklärte weiterhin, er habe den Auftrag bekommen, Beziehungen zu stabilen Arbeiterelementen in Mexiko einzuleiten, um sie möglicherweise an die Panamerikanische Arbeiterföderation anzuschließen. Wenn es möglich sei, etwas zu mobilisieren, würde Gompers selber herunterkommen. Er, Barrow, sei Angestellter einer Schiffahrtsgesellschaft und Pullmanschaffner gewesen und habe in den Büros der Eisenbahnergewerkschaft gearbeitet, jetzt aber arbeite er für die A. F. of L. Die amerikanischen Arbeiter, meinte er, müßten einen besseren Begriff von der Kunst, zu leben, bekommen. Er sei auf dem Amsterdamer Kongreß der II. Internationale gewesen, und die europäischen Arbeiter, die verstünden seiner Meinung nach die Kunst, zu leben. Als Mac ihn fragte, warum zum Teufel die II. Internationale nichts getan habe, um den Weltkrieg zu verhindern, sagte er, die Zeit sei noch nicht reif, und sprach über die Greueltaten der Deutschen. »Die Greueltaten der Deutschen sind ein wahres Kinderspiel gegen das, was jeden Tag in Mexiko geschieht«, sagte Ben.

Dann fragte Barrow, ob die Mexikaner wirklich so unmoralisch seien, wie man behaupte. Das Bier, das sie zu ihrem Mittagessen tranken, war ziemlich stark, und alle drei wurden ein wenig aufgeknöpfter. Barrow wollte wissen, ob es nicht ziemlich riskant sei, hier mit Mädchen zu gehen, wegen des hohen Prozentsatzes an Syphilis. Mac sagte ja, aber er und Ben könnten ihm einige Lokale zeigen, die ganz tipptopp seien, falls er sie mal besichtigen wolle. Barrow kicherte, sah verlegen drein und sagte, er könnte sie sich ja mal ansehen. »Der Mensch muß alles von allen Seiten kennenlernen, dann kann er die Zustände richtig beurteilen.« Ben Stowell schlug mit der Hand auf die Tischkante und erklärte, Mac sei der richtige Mann, um ihm die Kehrseite von Mexiko zu zeigen.

Sie gingen zu der Versammlung, der Saal war mit schlanken, schwarzhaarigen Männern in blauer Arbeitskleidung vollgepfropft. Zuerst konnten sie nicht hinein, so dicht standen die Massen in den Gängen und an der Rückwand des Saales, aber Mac fand einen Funktionär, den er kannte, und sie bekamen Sitze in einer Loge. In dem Saal war es sehr stickig, das Orchester spielte, es wurde gesungen, und die Reden waren sehr lang. Barrow sagte, es mache ihn schläfrig, eine fremde Sprache anzuhören, und er schlug vor, in die Stadt zu spazieren, er habe gehört, der Bezirk der Roten Laternen sei ... äh, er interessiere sich für die Zustände.

Vor dem Saal begegnete ihnen Enrique Salvador, ein Zeitungsreporter, den Ben kannte. Er hatte ein Auto mit Chauffeur bei sich, schüttelte ihnen lachend die Hand und sagte, der Wagen gehöre seinem Freund, dem Polizeichef, und ob sie nicht nach San Angel hinausfahren möchten? Sie fuhren den langen Paseo de la Reforma entlang, an Chapultepec vorbei: die Champs-Elysées von Mexiko, sagte Salvador. In der Nähe von Tacubaya zeigte ihnen Salvador die Stelle, wo eine Woche zuvor Carranzas Truppen ein Scharmützel mit den Zapatistas bestanden hatten, und den Winkel, in dem ein reicher Kleiderhändler von Banditen ermordet worden war, und Barrow fragte unaufhörlich, ob es nicht gefährlich sei, so weit ins Land hinauszufahren, und Salvador sagte: »Ich bin Reporter. Ich bin mit aller Welt befreundet.«

Draußen in San Angel tranken sie ein paar Gläschen, und als sie in die Stadt zurückkamen, fuhren sie durch den Pajaritos-Bezirk. G. H. Barrow wurde sehr still, seine Augen blickten wäßrig drein, als er die kleinen, erleuchteten Holzhäuschen sah, jedes mit einem Bett und einigen Papierblumen und einem Kruzifix, das man neben einem roten oder blauen Vorhang durch die offene Türe sehen konnte, und die schwarzhaarigen, stillen Indianermädchen, die in kurzen Hemden vor ihrer Tür standen oder auf der Schwelle saßen.

»Sehen Sie«, sagte Ben Stowell, »es ist kinderleicht ... Aber ich würde Ihnen nicht raten, hier allzu unvorsichtig zu sein ... Salvador wird uns nach dem Essen ein gutes Lokal zeigen. Er muß ja Bescheid wissen, da er mit dem Polizeichef befreundet ist, und dem gehören die meisten Bordelle.«

Aber Barrow wollte in eine dieser Hütten gehen, sie stiegen also aus und sprachen ein Mädchen an, und Salvador ließ durch den Chauffeur ein paar Flaschen Bier holen. Das Mädchen empfing sie sehr höflich, und Barrow versuchte Mac zu bewegen, daß er ein paar Fragen an sie richte, aber Mac wollte keine Fragen an sie richten und überließ das Salvador. Als G. H. Barrow die Hand auf ihre nackte Schulter legte und ihr das Hemd herunterziehen wollte und sie fragte, wieviel sie verlange, um sich ganz nackt vor ihm zu zeigen, verstand ihn das Mädchen nicht, sie riß sich von ihm los und schrie und beschimpfte ihn, und Salvador wollte ihre Worte nicht verdolmetschen. »Sehen wir zu, daß wir

mit diesem verfluchten Idioten hier wegkommen«, sagte Ben mit leiser Stimme zu Mac, »bevor wir in eine Schießerei geraten.«
Sie tranken vor dem Abendessen noch jeder eine Tequila in einer kleinen Bar, in der nichts anderes verkauft wurde als Tequila aus gefirnißten Fässern. Salvador zeigte Barrow, wie man Tequila trinken müsse; zuerst legt man ein wenig Salz in die Höhlung zwischen Daumen und Zeigefinger, dann stürzt man das kleine Gläschen Tequila hinunter, leckt das Salz auf und schluckt schließlich noch ein wenig Chilesauce; aber Barrow machte es falsch und wäre fast erstickt. Beim Abendessen waren sie schon ziemlich betrunken. G. H. Barrow behauptete unaufhörlich, die Mexikaner verstünden die Kunst, zu leben, und das war ein gefundenes Fressen für Salvador, er redete über den Genius der indianischen Rasse und über den Genius der lateinischen Rasse und sagte, Mac und Ben seien die einzigen Gringos, mit denen er auskommen könne, und er bestand darauf, daß sie ihr Essen nicht selber bezahlten. Er würde die Rechnung seinem Freund, dem Polizeichef, schicken. Dann gingen sie in eine *Cantina* neben einem Theater, dort sollte es angeblich französische Mädchen geben, aber die französischen Mädchen waren nicht da. Drei alte Männer saßen in der *Cantina*, spielten Cello, Violine und Piccoloflöte. Salvador ließ sie *La Adelita* spielen, und alle sangen mit, und dann *La Cucaracha*. Ein alter Mann mit einem breitrandigen Hut, auf dem Rücken einen riesigen, blanken Pistolenhalfter, trank, als sie hereinkamen, rasch sein Glas aus und verließ das Lokal. Salvador flüsterte Mac zu, das sei General Gonzales gewesen, er habe sich entfernt, damit man ihn nicht gemeinsam mit Gringos trinken sehe.
Ben und Barrow setzten sich in eine Ecke, steckten die Köpfe zusammen und redeten über Ölgeschäfte. Barrow sagte, es komme in den nächsten Tagen ein Mann nach Mexiko, der im Auftrag gewisser Petroleuminteressenten genauere Nachforschungen anzustellen habe; der Mann müsse wirklich in den allernächsten Tagen im *Regis* eintreffen, und Ben sagte, er wolle den Mann kennenlernen,

und Barrow legte den Arm um seine Schultern und sagte, er sei überzeugt, Ben sei gerade der richtige Mann für diesen Rechercheur, um ihm einen verläßlichen, brauchbaren Einblick in die Zustände zu vermitteln. Inzwischen tanzten Mac und Salvador mit den Mädchen den kubanischen *Dancon*. Dann erhob sich Barrow etwas unsicher und sagte, er wolle nicht auf die französischen Mädchen warten, könnte man denn nicht wieder in die Gegend gehen, wo sie schon einmal waren, und ein bißchen von dem schwarzen Fleisch kosten, aber Salvador bestand darauf, sie in das Haus der *Remedios* in der Nähe der amerikanischen Gesandtschaft zu führen. »Quelquecosa de chic«, sagte er in schlechtem Französisch. Es war ein großes Haus mit einer Marmortreppe, überall gab es Kristalleuchter, gelbe Brokatdraperien, Spitzenvorhänge und Spiegel. »Personne que les henerales vieng aqui«, sagte er, nachdem er sie der Madame vorgestellt hatte, einer schwarzäugigen, grauhaarigen, schwarzgekleideten und in einen schwarzen Schal gehüllten Dame, die eher wie eine Nonne aussah. Nur ein einziges Mädchen war frei, sie regelten also die Sache mit ihr und Barrow, vereinbarten den Preis, liehen ihm ein Präservativ und verließen ihn dann. »Puh, Gott sei Dank, daß wir ihn los sind«, sagte Ben, als sie auf die Straße kamen. Salvador hatte die drei alten Männer mit ihren Instrumenten in den Fond des Autos verladen, er sagte, ihm sei so romantisch zumute, er wolle seiner Novia eine Serenade bringen, und sie fuhren in die Richtung nach Guadalupe, rasten wie verrückt über die breite Chaussee. Mac, der Chauffeur, Ben, Salvador und die drei alten Männer sangen *La Adelita,* und die Instrumente zirpten jedes in einer anderen Tonart. Die Nacht war eisig kalt, Sterne standen am Himmel. In Guadalupe hielten sie unter einigen Platanen an der Mauer eines Hauses mit großen, vergitterten Fenstern und sangen *Cielita Lindo* und *La Adelita* und *Quatro Milpas,* und Ben und Mac sangen *Bloß, daß ihr der neblige Tau nicht schadet,* und wollten soeben anstimmen *Oh, begrabt mich nicht auf der einsamen Prärie,* als eine junge Dame ans Fenster kam und sehr lange und leise mit Salvador spanisch sprach.

Salvador sagte: »Ella dit que nous machen escandalo und müssen weggehn. Très chic.«
Unterdessen war eine Soldatenpatrouille erschienen und wollte sie alle verhaften, da kam der Offizier hinzu, erkannte das Auto und Salvador und lud sie zu einem Gläschen in sein Logis ein. Als sie dann alle zu Mac nach Hause kamen, waren sie sehr betrunken. Concha, die auf sie gewartet hatte und müde aussah, machte im Eßzimmer eine Matratze für Ben zurecht, und als sie sich niederlegten, sagte Ben: »Bei Gott, Concha, du bist ein Prachtmädel. Wenn ich mal mein bißchen Geld verdient habe, kaufe ich dir die schönsten Brillantohrringe von ganz Mexiko.« Das letzte, was sie von Salvador sahen, war, wie er seiner ganzen Größe nach auf dem Vordersitz des Wagens stand, der gerade auf zwei Rädern um die Ecke sauste, und den drei alten Männern mit großen Gebärden wie ein Kapellmeister *La Adelita* dirigierte.
Kurz vor Weihnachten kehrte Ben Stowell in bester Stimmung von einer Fahrt nach Tamaulipas zurück. Die Dinge ließen sich günstiger an. Er hatte mit einem Provinzgeneral in der Nähe von Tampico ein Arrangement getroffen und sollte eine Petroleumquelle auf der Basis fünfzig zu fünfzig exploitieren. Durch Salvador hatte er mehrere Mitglieder des Kabinetts Carranza kennengelernt und hoffte, mit einigen der großen Quellenbesitzer aus den Staaten ins Geschäft zu kommen. Er hatte massenhaft Geld in der Tasche und nahm sich ein Zimmer im *Regis*. Eines Tages erschien er in der Druckerei und bat Mac, einen Augenblick mit ihm auf die Gasse zu kommen.
»Hör mal zu, Mac«, sagte er, »ich habe ein Angebot für dich ... Du kennst den Buchladen des alten Worthington? Nun, ich war gestern nacht besoffen und habe ihm den Laden für zweitausend Pesos abgekauft ... Er sagt, er schmeißt den Dreck hin und geht nach Hause zu des Teufels Großmutter.«
»Was fällt dir ein!«
»Na, ich bin nicht böse, daß ich ihn aus dem Weg habe.«
»Du alter Hurenhengst, du bist hinter Lisa her.«

»Na, vielleicht ist *sie* auch nicht böse, daß sie ihn aus dem Weg hat.«

»Sie ist ein hübsches Ding.«

»Ich hätte dir noch eine Menge Neuigkeiten zu erzählen, aber das später ... Die Sache mit dem *Mexican Herald* wird vielleicht ungesund werden ... Ich habe einen Vorschlag für dich, Mac ... weiß Gott, ich bin dir verteufelt viel schuldig ... Du weißt ja, die Laden- und Büromöbel, die du auf dem Hinterhof stehen hast und die du damals auf Conchas Veranlassung kauftest!« Mac nickte. »Na, ich nehme dir die Möbel ab und gebe dir einen fünfzigprozentigen Anteil an dem Buchladen. Ich selber mache mir ein Büro auf. Du kennst den Buchhandel, das hast du mir selber erzählt, im ersten Jahr gehört der Profit dir, und dann teilen wir zu gleichen Teilen, verstanden. Die Sache müßte sich eigentlich rentieren. Der alte Dummkopf Worthington hat nicht schlecht dabei verdient und noch obendrein Lisa ausgehalten ... Abgemacht?«

»Mein Gott, das muß ich mir doch erst überlegen, Ben ... Und jetzt heißt es, in die Tretmühle zurück.«

So besaß Mac eines Tages einen Buchladen in der Calle Independencia, er führte außer Büchern auch noch Briefpapier und Schreibmaschinen. Und es war ihm recht angenehm, zum erstenmal in seinem Leben sein eigener Herr zu sein. Concha, die die Tochter eines Krämers war, war begeistert. Sie beaufsichtigte die Bücher und bediente die Kunden, so daß Mac nicht viel mehr zu tun hatte, als hinter dem Ladentisch zu sitzen, zu lesen und mit seinen Freunden zu plaudern. In den Weihnachtstagen veranstalteten Ben und Lisa, eine große junge Spanierin mit einer kamelienweißen Haut und ebenholzschwarzen Haaren – angeblich war sie früher einmal Tänzerin in Malaga gewesen – in ihrem Appartement mit Bad und Küche nach amerikanischem Stil, das Ben in dem neuen Viertel gegen Chapultepec zu gemietet hatte, einige Feste. An dem Tage, da die *Associacion de Publicistas* ihr jährliches Bankett abhielt, kam Ben prächtig gelaunt in den Buchladen und sagte zu Mac, er solle mit Concha nach dem Abendessen hinaufkommen, und ob Concha nicht ein paar Freundinnen mitbringen möchte, nette, manierliche Mädchen, nicht zu wählerisch. Er gebe eine Party. G. H. Barrow sei aus Vera Cruz wieder da und außer ihm noch ein großer Mann aus New York, ein Mann mit vielen Beziehungen, der irgendeine Sache vorhabe, er wisse nicht genau was. Dieser Mann aus New York habe gestern Carranza kennengelernt, und bei dem Bankett habe alles vor ihm gekatzbuckelt.

»Jesus, Mac, du hättest bei diesem Bankett dabei sein müssen, sie nahmen einen Straßenbahnwagen und setzten der ganzen Länge nach eine Tafel hinein und eine Musikkapelle und fuhren mit uns nach St. Angel hinaus und wieder zurück und dann durch die ganze Stadt.«

»Ich sah sie wegfahren«, sagte Mac, »es hat mir viel zu sehr nach einem Begräbnis ausgesehen.«

»Na, es war aber großartig. Salvador und alle waren da, und dieser Moorehouse, der große *Hombre* aus New York, je, der sah dir aus, als wüßte er nicht, ob er bleiben oder ob er gehen soll. Sah aus, als erwarte er jeden Augenblick, daß ihm eine Bombe unter dem Hintern krepiert, und das wäre für Mexiko verteufelt gut gewesen, wenn du dir's richtig überlegst. Die schlimmsten Gauner aus der ganzen Stadt waren versammelt!«

Die Gesellschaft bei Ben glückte nicht so gut. J. Ward Moorehouse kümmerte sich wenig um die Mädchen, so daß Ben sich in seinen Hoffnungen getäuscht sah. Er brachte seine Sekretärin mit, eine müde aussehende Blondine, und beide machten einen schrecklich verängstigten Eindruck. Sie aßen ein Diner nach mexikanischer Art mit Champagner und sehr viel Kognak, ein Grammophon spielte Platten von Victor Herbert und Irving Berlin, und eine kleine Wanderkapelle, herbeigelockt durch die vielen Menschen, spielte draußen auf der Straße mexikanische Lieder. Nach dem Essen wurde es drinnen ein wenig lärmend, Ben und Moorehouse stellten ihre Stühle auf den Balkon hinaus und unterhielten sich bei ihren Zigarren recht lange über die Lage im Ölgeschäft. J. Ward Moorehouse erklärte, er sei in durchaus unoffiziöser Eigenschaft nach Mexiko gekommen, wohlverstanden, nur um Beziehungen anzuknüpfen, um herauszufinden, wie die Lage sei und welche Gründe Carranza zu seiner halsstarrigen Gegnerschaft gegen das amerikanische Kapital veranlaßten; die großen Geschäftsleute in den Staaten, mit denen er in Berührung sei, wünschten weiter nichts als Fair Play, und er habe das Gefühl, wenn durch ein Nachrichtenbüro oder durch freundschaftliche Zusammenarbeit mit der mexikanischen Presse ihre Ansichten der Öffentlichkeit verständlich gemacht würden – nun, es würde das für *alle* Beteiligten von Vorteil sein.

Ben kehrte ins Eßzimmer zurück, holte Enrique Salvador und Mac heraus, und sie besprachen gemeinsam die Lage, und J. Ward Moorehouse erklärte, daß er selbst als alter Zeitungsmensch die Situation, in der die Presse sich befinde, durchaus verstehen könne, der Unterschied gegenüber Chicago oder Pittsburgh sei wahrscheinlich gar nicht sehr groß, und die Journalisten sollten ja weiter nichts tun als jedem neuen Gesichtspunkt im Geiste des Fair Play und im Geiste einer freundschaftlichen Zusammenarbeit seinen gebührenden Platz einräumen, aber er habe das Gefühl, die mexikanische Presse sei über die Ziele der amerikanischen Geschäftswelt in Mexiko falsch informiert worden, genauso wie die amerikanische Presse über die Ziele der mexikanischen Politik falsch informiert worden sei. Wenn Enrique ihn im *Regis* besuchen wollte, würde er gern mit ihm ausführlich über die Sache sprechen, ebenso mit jedem der anwesenden Herren; und falls er zufolge seiner vielen dringenden Verabredungen, in Anbetracht der kurzen Zeit, die er in der mexikanischen Hauptstadt verbringen könne, nicht anwesend wäre, würde seine Sekretärin Miss Williams gern bereit sein, jede gewünschte Aufklärung zu geben und auch einige eigens formulierte, streng vertrauliche Mitteilungen über die Haltung der großen amerikanischen Trusts machen, zu denen er in durchaus inoffiziellen Beziehungen stehe.

Dann erklärte er, es tue ihm sehr leid, aber er erwarte Telegramme ins Hotel, und Salvador brachte ihn und seine Sekretärin Miss Williams im Automobil des Polizeichefs nach Haus.

»Je, Ben, das ist dir ein aalglatter Bursche«, sagte Mac zu Ben, nachdem J. Ward Moorehouse weggegangen war.

»Mac«, sagte Ben, »der süße Junge ist mit dicken Millionen gepolstert ... Bei Gott, ich würde ganz gern einige dieser *Beziehungen* erwischen, von denen er spricht. Zum Donnerwetter, vielleicht schaff ich's noch ... Paß nur gut auf, wie dein alter Onkel das deichselt, Mac.«

Nachdem Moorehouse sich entfernt hatte, ging es in der Gesellschaft nicht mehr so zivilisiert zu. Ben holte eine Menge Kognak hervor, und die Männer fingen an, mit den Mädchen in die Schlafzimmer, in die Korridore und sogar in die Speisekammer und in die Küche zu verschwinden. G. H. Barrow hängte sich an eine Blondine namens Nadia, die eine halbe Engländerin war, und sprach mit ihr den ganzen Abend über die Kunst, zu leben. Als schon alle anderen weg waren, fand Ben sie in seinem Schlafzimmer hinter versperrter Tür.

Mac fand Gefallen an dem Leben eines Ladenbesitzers. Er stand auf, wann es ihm paßte, und spazierte dann durch die sonnigen Straßen an der Kathedrale und an der Fassade des Nationalpalastes vorbei, die Independencia entlang, dort waren die Trottoirs mit frischem Wasser besprengt, und es wehte ein frischer, mit Blumenduft und dem Geruch scharf gerösteten Kaffees gesättigter Wind. Wenn er dann wieder in den Laden kam, hatte inzwischen Conchas kleiner Bruder Antonio die Rolläden geöffnet und fegte gerade den Boden. Mac setzte sich ganz hinten hin und las, oder er stand im Laden umher und plauderte mit den Kunden in englischer und spanischer Sprache. Er verkaufte nicht viele Bücher, aber er führte sämtliche amerikanischen und europäischen Zeitungen und Magazine, und sie gingen sehr gut, besonders die *Police Gazette* und *La Vie Parisienne*. Er eröffnete ein Bankkonto und plante, sich mit einigen Schreibmaschinen-Agenturen in Verbindung zu setzen. Salvador erzählte ihm unaufhörlich, er würde ihm einen Lieferungsauftrag in Schreibpapier für irgendein Mini-

sterium verschaffen und ihn damit zu einem reichen Mann machen.
Eines Morgens sah er auf dem Platz vor dem Nationalpalast eine große Menschenmenge versammelt. Er ging in eine der *Cantinas* unter den Arkaden und bestellte ein Glas Bier. Der Kellner erzählte ihm, Carranzas Truppen hätten Torreon verloren, und Villa und Zapata rückten immer näher an den Bundesdistrikt heran. Als er in den Laden kam, lief das Gerücht durch die Straße, daß die Regierung Carranza geflohen sei und daß die Revolutionäre noch vor Anbruch der Nacht in der Stadt sein würden. Die Kaufleute begannen ihre Läden zu schließen. Concha und ihre Mutter kamen heulend herein und sagten, das würde noch schlimmer werden als damals in den schrecklichen acht Tagen nach Maderos Tod, und die Revolutionäre hätten geschworen, die Stadt zu plündern und in Brand zu stecken. Antonio kam gelaufen und meldete, die Zapatisten bombardierten Tacuba. Mac nahm sich eine Droschke und fuhr zum Parlament, um zu sehen, ob er nicht irgendeinen Bekannten finden könnte. Alle Türen nach der Straße zu standen offen, in den Gängen lagen lauter Papiere umher. Im Sitzungssaal befand sich kein Mensch außer einem alten Indianer und seiner Frau, die Hand in Hand umherspazierten und voller Ehrfurcht die vergoldete Decke, die Gemälde und die mit grünem Plüsch bespannten Tische betrachteten. Der alte Mann trug den Hut in der Hand, als ob er in der Kirche wäre.
Mac befahl dem Kutscher, in die Redaktion zu fahren, in der Salvador beschäftigt war, dort aber sagte ihm der Portier mit einem Augenzwinkern, Salvador sei mit dem Polizeichef nach Vera Cruz abgefahren. Dann fuhr er in die Gesandtschaft; er konnte mit niemandem auch nur ein Wort reden. Alle Wartezimmer wimmelten von Amerikanern, die von den Farmen und Konzessionen herbeigeströmt waren, den Präsidenten Wilson verfluchten und mit ihren Schauergeschichten einer den anderen zum Gruseln brachten. Auf dem Konsulat traf Mac einen Syrer, der sich erbot, ihm seinen Büchervorrat abzukaufen. »Nein,

nichts zu machen!« sagte Mac und ging durch die Independencia wieder nach Hause.
Als er zu seinem Laden kam, liefen bereits die Zeitungsjungen durch die Straße und schrien: *Vive la Revolucion revindicadora!* Concha und ihre Mutter waren in heller Angst und schrien, sie müßten den Zug nach Vera Cruz erwischen, sonst würden sie alle ermordet werden. Die Revolutionäre plünderten die Klöster und schlachteten die Priester und Nonnen ab. Die Alte kniete in einem Winkel des Zimmers nieder und begann ein Ave Maria zu singen.
»Ach zum Teufel noch mal«, sagte Mac, »wir wollen den Kram verkaufen und in die Staaten zurückgehn. Möchtest du in die Staaten, Concha?« Concha nickte heftig und begann unter Tränen zu lächeln. »Aber was zum Teufel machen wir mit deiner Mutter und mit Antonio?« Concha sagte, sie habe in Vera Cruz eine verheiratete Schwester. Falls sie überhaupt nach Vera Cruz kämen, könnten sie die Mutter und den Bruder dort zurücklassen.
Mac eilte schweißgebadet zum Konsulat, um den Syrer zu suchen. Sie konnten sich über den Preis nicht einigen. Mac war verzweifelt, da die Banken alle geschlossen hatten und es keinerlei Möglichkeit gab, Geld aufzutreiben. Der Syrer sagte, er stamme aus dem Libanon, er sei ein Christ und amerikanischer Bürger, und er würde Mac hundert Dollar leihen, falls Mac ihm einen Zweimonatsschuldschein über zweihundert Dollar mit einem Pfandrecht auf seinen Anteil an dem Buchladen geben wollte. Er sagte, er sei ein Christ und amerikanischer Bürger und setze sein Leben aufs Spiel, um Macs Weib und Kinder zu retten. Mac war so aufgeregt, daß er erst beim Notar merkte, daß der Syrer ihm hundert mexikanische Dollar geben wollte, während der Wechsel auf amerikanische Dollar lautete. Der Syrer rief Gott zum Zeugen an und sagte, es sei ein Irrtum, und Mac entfernte sich mit zweihundert Pesos in Gold.
Concha war bereits reisefertig. Sie hatte den Laden zugesperrt und stand mit einigen Bündeln und einem Korb, in dem die beiden Katzen hockten, vor der Tür, neben ihr Antonio und ihre Mutter, beide in Decken eingewickelt.

Als sie zum Bahnhof kamen, war alles dermaßen mit Menschen und Gepäck verstopft, daß sie nicht zur Tür hineinkonnten. Mac ging zu den Rangiergleisen und fand dort einen gewissen McGrath, den er kannte und der bei der Eisenbahn angestellt war. McGrath sagte, er könne sie unterbringen, aber sie müßten sich beeilen. Er setzte sie draußen auf dem Rangiergleis in ein Abteil zweiter Klasse und sagte, er würde die Billetts für sie besorgen, aber wahrscheinlich den doppelten Preis bezahlen müssen. Als Mac schließlich die beiden Weiber auf ihre Plätze gesetzt und den Korb mit den Katzen, die Bündel und Antonio richtig verstaut hatte, lief ihm der Schweiß in Strömen unter dem Hutband hervor. Der Zug war bereits voll, obgleich er noch gar nicht in den Bahnhof eingefahren war. Nach einigen Stunden fuhr man los, eine Kette bestaubter Soldaten trieb vom Perron aus die Menschen zurück, die den abfahrenden Zug zu erstürmen versuchten. Jeder Platz war besetzt, die Gänge waren voller Priester und Nonnen, gut gekleidete Leute hingen an den Plattformen.
Mac, der neben Concha in der stickigen Hitze in dem langsam fahrenden Zug saß, wußte nicht viel zu sagen. Concha seufzte sehr oft, ihre Mutter ächzte *Ay de mi dios,* sie knabberten an einem Hühnerflügel und aßen Mandelteig. Der Zug wurde sehr oft durch Soldatentrupps angehalten, die längs der Strecke patrouillierten. Auf den Nebengleisen standen viele mit Truppen beladene Viehwagen, aber niemand schien zu wissen, zu welcher Partei sie gehörten. Mac blickte auf die endlosen, kreuz und quer laufenden Reihen der Aloen hinaus, auf die baufälligen Kirchen und auf San Juan Teotijuacan, er sah die zwei riesigen, schneebedeckten Vulkane, den Popocatepetl und den Iztaccihuatl, am Horizont ihre Plätze tauschen, dann war abermals der braungoldene Kegel eines erloschenen Vulkans in langsamer Drehung vor dem Fenster des Zuges, und dann wuchs in der Ferne der blauweiße Gipfel des Orizaba immer höher und höher in den wolkenlosen Himmel empor.
Hinter Huamantla fuhren sie durch Wolken bergab. Die Schienen dröhnten unter dem fröhlichen Geratter der Räder

die steilen Hänge hinab in vielfacher Krümmung, durch umnebeltes Tal, durch feuchtes Waldgewächs. Sie fühlten sich etwas erleichtert. Mit jeder Wendung des Zuges wurde die Luft wärmer und feuchter, man sah schon die Orangen- und Zitronenbäume. Die Fenster standen alle offen. Auf den Bahnhöfen kamen Weiber durch den Wagen und verkauften Bier, Huhn, Tortillas.

In Orizaba schien wieder die Sonne. Der Zug hielt dort sehr lange. Mac saß ganz allein im Bahnhofsrestaurant und trank Bier. Die anderen Passagiere lachten und schwatzten, aber Mac war traurig.

Als die Abfahrtsglocke ertönte, wollte er nicht mehr zu Concha und ihrer Mutter, zu ihren Seufzern, zu ihren fettigen Fingern und ihren Hühnerflügeln zurück.

Er stieg in einen anderen Wagen ein. Die Nacht kam heran, gesättigt mit dem Geruch der Blumen und der warmen Erde. Mac war schlimmer zumute als je in seinem Leben.

Am nächsten Tag kamen sie sehr spät nach Vera Cruz. Die Stadt war voller Fahnen, große rote Tücher hingen zwischen den Häusermauern, in den orange-, zitronen- und bananenfarbenen Straßen mit ihren grünen Fensterläden und den vom Seewind gepeitschten Palmen: *Viva Obregon. Viva La Revolucion Revindicadora. Viva El Partido Laborista.* Auf dem Hauptplatz spielte eine Kapelle, die Leute tanzten. Erschreckte Dohlen flogen krächzend unter den dunklen, schirmförmigen Bäumen umher.

Mac ließ Concha und ihre Bündel und das alte Weib und Antonio auf einer Bank zurück und ging ins Büro der *Ward Line,* um sich wegen der Überfahrt nach den Staaten zu erkundigen. Alle Leute dort redeten über den Unterseebootkrieg und über die Greueltaten der Deutschen und daß Amerika in den Weltkrieg eintreten wolle, und Mac mußte feststellen, daß das nächste Schiff erst nach Tagen fuhr und daß er nicht einmal das Geld für zwei Zwischendeckplätze hatte. Er kaufte sich einen einzelnen Zwischendeckplatz. Ihm war schon seit langem der Verdacht aufgestiegen, daß er sich wie ein alter Esel benehme, und er beschloß, *ohne* Concha zu fahren.

Als er wieder zu der Bank kam, auf der sie saß, hatte sie sich inzwischen Zuckeräpfel und Mangopflaumen gekauft. Die Alte und Antonio waren mit den Bündeln losgezogen, um das Haus ihrer Schwester zu finden. Die weißen Katzen hatten den Korb verlassen und lagen nun zusammengerollt neben Concha auf der Bank. Sie blickte mit einem raschen, vertrauensvollen, schwarzäugigen Lächeln zu ihm auf und sagte, Porfirio und Venustiano seien glücklich, weil sie Fische röchen. Er reichte ihr beide Hände, um ihr aufzuhelfen. In diesem Augenblick konnte er ihr nicht sagen, daß er sich entschlossen habe, ohne sie in die Staaten zu fahren. Antonio kam gelaufen, meldete, daß sie seine Tante gefunden hätten und daß sie sie unterbringen würde und daß in Vera Cruz alles für die Revolution sei.

Als sie wieder über den Hauptplatz gingen, sagte Concha, sie sei müde und wolle etwas trinken. Sie suchten vor einem der Cafés nach einem leeren Tisch, und da erblickten sie plötzlich Salvador. Er sprang auf und umarmte Mac und rief *Viva Obregon!* und sie tranken einen Pfefferminz-Julep nach amerikanischer Art. Salvador erzählte, Carranza sei von seinen eigenen Stabsoffizieren in den Bergen ermordet worden, der einarmige Obregon sei in einem weißen Baumwollanzug wie ein Peon, auf dem Kopf den breiten Peonhut, an der Spitze seiner Yaquiindianer in Mexiko City eingezogen, es habe keinerlei Unordnung gegeben, Maderos und Juarez' Grundsätze sollten wiederhergestellt werden, und eine neue Ära dämmere herauf.

Sie tranken mehrere Pfefferminz-Juleps, und Mac erwähnte mit keinem Wort, daß er nach Amerika fahren wolle.

Er fragte Salvador, wo sein Freund, der Polizeichef, sei, aber Salvador hörte ihn nicht. Dann sagte Mac zu Concha, wie denn, wenn er ohne sie nach Amerika führe, aber sie sagte, er mache nur Spaß. Sie sagte, es gefalle ihr in Vera Cruz, und sie würde gern hier leben. Salvador sagte, jetzt kämen große Zeiten für Mexiko, und er sagte, er fahre morgen wieder in die Hauptstadt zurück. An diesem Abend aßen sie alle zusammen im Haus von Conchas Schwester. Mac lieferte den Kognak. Sie tranken auf die Arbeiterschaft,

auf die Gewerkschaften, auf die Partido Laborista, auf die soziale Revolution und die Agraristas.
Am nächsten Morgen wachte Mac sehr früh mit einem leichten Kopfschmerz auf. Er schlich sich allein aus dem Haus und spazierte auf den Wellenbrecher hinaus. Jetzt kam es ihm schon recht dumm vor, daß er seinen Buchladen so ohne weiteres im Stich lassen sollte. Er ging ins Büro der *Ward Line* und gab sein Billett zurück. An der Kasse kassierte er sein Geld und kam dann gerade noch rechtzeitig zu Conchas Schwester, um mit ihnen Schokolade und Kuchen zu frühstücken.

PROTEUS

Steinmetz war bucklig,
er war der Sohn eines buckligen Lithographen.
Er wurde 1865 in Breslau geboren und machte als Siebzehnjähriger am Breslauer Gymnasium mit Auszeichnung seine Matura, bezog dann die Universität Breslau, um Mathematik zu studieren.

Mathematik, das war für Steinmetz: Muskelkraft und lange Spaziergänge über die Hügel und der Kuß eines verliebten Mädchens und prächtige Abende, die man Bier saufend mit seinen Freunden verbringt.

Auf seinem verkrüppelten Rücken fühlte er die übermäßige Last der Gesellschaft lasten, so wie die Arbeiter sie auf ihren geraden Rücken fühlten, so wie die armen Studenten sie fühlten, er war Mitglied eines Sozialistenvereins, Redakteur der Zeitung *Volksstimme*.
Bismarck saß in Berlin wie ein großer Briefbeschwerer, um im Auftrag seiner Herrn, der Hohenzollern, das neue Deutschland niederzuhalten, das neue Deutschland feudal zu erhalten.
Steinmetz mußte vor dem Gefängnis nach Zürich flüchten, in Zürich brachte seine Mathematik sämtliche Professoren an der Technischen Hochschule auf die Beine.

Aber das Europa der Achtzigerjahre war nicht der richtige Ort für einen blutarmen deutschen Studenten, der einen Buckel hatte und einen mächtigen Schädel voller symbolischer Kalküle und voller Staunen über die Wunder der Elektrizität, der zur Kraft gewordenen Mathematik,
und der noch dazu Sozialist war.
Mit einem dänischen Freund fuhr er im Zwischendeck auf einem alten französischen Passagierdampfer *La Champagne* nach Amerika,
wohnte zuerst in Brooklyn und pendelte jeden Tag nach Yonkers, wo er für zwölf Dollar die Woche bei Rudolf Eichemeyer beschäftigt war, einem deutschen Flüchtling aus dem Jahre Achtundvierzig, einem Erfinder, Elektrotechniker und Besitzer einer Fabrik, die Hutmachermaschinen und elektrische Generatoren erzeugte.
In Yonkers arbeitete er die Theorie der dritten Harmonischen aus und das Gesetz der Hysteresie, das in einer einzigen Formel die hundertfachen Beziehungen zwischen der metallischen Wärme, Dichtigkeit und Frequenz statuiert, wenn die Pole im Kern eines Magneten unter der Wirkung eines Wechselstromes ihre Plätze tauschen.
Erst Steinmetz' Gesetz der Hysteresie macht alle die Transformatoren möglich, die an allen Hochspannungsleitungen, überall, überall, in kleinen Kästchen und an den Dachgiebeln sitzen. Die mathematischen Zeichen von Steinmetz' Gesetz liefern das Muster für sämtliche Transformatoren der ganzen Welt.

Im Jahre 1892, als Eichemeyer seine Fabrik an den Konzern verkaufte, aus dem später die *General Electric* hervorgehen sollte, wurde Steinmetz gemeinsam mit anderen wertvollen Apparaturen vertraglich übernommen. Sein ganzes Leben lang war Steinmetz ein Teil des Produktionsapparates der *General Electric*.
Zuerst befand sich sein Laboratorium in Lynn, dann wurde das Laboratorium, und der kleine Bucklige mit ihm, nach Schenectady, der Elektrizitätsstadt, verlegt.
Die *General Electric* ließ ihm seinen Willen, er durfte Sozia-

list sein, ein mit Quecksilberlicht beleuchtetes Treibhaus voller Kakteen haben, Alligatoren halten, sich Krähen und eine Gilaeidechse als Haustier zulegen, und die Propagandaabteilung machte Propaganda für den Hexenmeister, für den Medizinmann, der die geheimen Zeichen kannte, die die Tore zu Ali Babas Höhle öffnen.

Steinmetz skizzierte eine Formel auf seine Manschette, und am nächsten Morgen waren tausend neue Kraftstationen aus der Erde emporgewachsen, und die Dynamos surrten Dollars, und das Schweigen der Transformatoren war Dollars wert,
und die Propagandaabteilung träufelte jeden Sonntag ölige Geschichten in die Ohren des amerikanischen Publikums,
und Steinmetz wurde der kleine Salonzauberer,
der in seinem Laboratorium ein Spielzeuggewitter erzeugen konnte, der alle die Spielzeugeisenbahnen ganz pünktlich abgehen ließ, der das Fleisch im Eisschrank kalt erhielt, der die Lampe im Salon gemacht hatte und die großen Leuchttürme und die Scheinwerfer und die rotierenden Lichtstrahlen, die des Nachts die Aeroplane nach Chicago, New York, St. Louis, Los Angeles geleiten,
und sie ließen ihn einen Sozialisten sein, sie ließen ihn glauben, daß die menschliche Gesellschaft so zu verbessern sei, wie man einen Dynamo verbessert, und sie ließen ihn einen Sozialisten sein, weil die Wissenschaftler so unpraktische Menschen sind, und sie ließen ihn einen Deutschenfreund sein und ließen ihn einen Brief an Lenin schreiben, in dem er seine Dienste anbot, weil die Mathematiker so unpraktische Menschen sind, nach deren Formeln man zwar Kraftstationen, Fabriken, Untergrundbahnen, Licht, Wärme, Luft, Sonnenschein bauen kann, nicht aber menschliche Verhältnisse, die das Geld der Aktionäre und die Gehälter der Direktoren betreffen.

Steinmetz war ein berühmter Magier, er unterhielt sich mit Edison, Morsezeichen auf Edisons Knie klopfend,
weil Edison so taub war,

und er fuhr nach dem Westen,
um Reden zu halten, die niemand verstand,
und er sprach in einem Eisenbahnzug mit Bryan über Gott,
und alle Reporter standen rundherum, als er und Einstein
einander von Angesicht zu Angesicht begegneten,
aber sie konnten nicht verstehen, was sie sagten,
und Steinmetz war der wertvollste Teil im Produktionsapparat der *General Electric,*
bis er sich verbraucht hatte und starb.

Das Kamera-Auge 27

In jenen Frühlingsnächten kreischten die Straßenbahnräder knirschend mit dem Geklapper lockerer Achsen um die Schienenkurven am Harvard Square
Staub hängt in dem grellen pulvrigen Licht der Bogenlampen grelles Licht die ganze Nacht hindurch bis zum Morgengrauen
kann nicht schlafen habe nicht den Mut aus der Glasglocke auszubrechen
vier Jahre unter der Äthermaske: Tief atmen langsam jetzt so ist es richtig sei ein braves Kind eins zwei drei vier fünf sechs sieh zu daß du in manchen Fächern eine Eins bekommst aber sei kein Büffler interessiere dich für Literatur aber bleibe ein Gentleman laß dich nicht mit Juden oder Sozialisten blicken und die angenehmen Beziehungen werden dir im *späteren Leben* von Nutzen sein sag zu jedem der über den Hof geht freundlich Guten Tag
sitz da und blicke in das Dämmerlicht der *angenehmsten vier Jahre deines Lebens* hinaus vor lauter Kultur bist du ganz kalt wie eine Tasse Tee die man zwischen einem Weihrauchkessel und einem Band Oscar Wilde vergessen hat kalt und gar nicht stark wie ein Glas Claret-Limonade bei einem Volkskonzert im Symphoniesaal
vier Jahre lang wußte ich nicht daß man tun kann wozu man Angelo Lust hat sag
Marx
zu allen Professoren für einen kleinen Swift zerbrich alle die Greenoughs in der Schießbude aber er warf sich die ganze Frühlingsnacht mit schmerzenden Augen in seinen Kissen umher las die traurige Geschichte vom Dr. Faustus und wurde fast verrückt von dem Gekreisch der Straßenbahnräder die mit einem Geklapper lockerer Achsen um den Harvard Square knirschten und dann die Schreie der

Lokomotiven hinter den Salzsümpfen und die grollende Sirene eines Dampfers der den Pier verläßt und der Blaue Peter flattert und die Fabrikarbeiter marschieren mit roter Blechmusik durch die Straßen von Lawrence in Massachusetts

es war wie bei den Magdeburger Halbkugeln: das Vakuum innen hält dem Zug von außen stand und ich hatte nicht den Mut

aufzuspringen und zur Tür hinauszugehen und ihnen allen zu sagen sie möchten doch Rimbaud mir alle den Buckel runterrutschen

JANEY

Die Reise nach Mexiko und der private Salonwagen, den die mexikanische Regierung J. Ward Moorehouse für die Rückfahrt zur Verfügung stellte, waren entzückend, aber ein wenig ermüdend, und es staubte schrecklich, als man durch die Wüste fuhr. Janey kaufte ein paar sehr hübsche Sachen, so furchtbar billig, ein paar Schmuckstücke aus Schildpatt und rosarotem Onyx als Geschenk für Alice, für ihre Mutter und für ihre Schwestern. Auf der Fahrt in dem privaten Salonwagen hatte sie viel zu tun, J. Ward diktierte unaufhörlich, und in dem Raucherabteil oder auf der Aussichtsplattform saßen immer eine Menge Männer herum, tranken, rauchten Zigarren und lachten über zotige Geschichten. Unter diesen Männern befand sich auch Barrow, für den sie in Washington ein paar Stunden lang getippt hatte. Er blieb jetzt immer bei ihr stehen, um mit ihr zu plaudern, und sie mochte seine Blicke nicht, wenn er sich so über den Tisch beugte und mit ihr plauderte, aber er war nun freilich ein interessanter Mensch und so ganz anders, als sie sich einen Arbeiterführer vorgestellt hatte, und ihr machte der Gedanke Spaß, daß sie über Queenie Bescheid wußte, und wie erschrocken er sein würde, wenn er wüßte, daß sie wußte ... Sie neckte ihn recht oft und dachte sich, vielleicht würde er sich in sie verlieben, doch er war einer jener Männer, die zu allen Frauen so sind.

Von Laredo an hatten sie keinen privaten Wagen mehr, und da war die Fahrt auch nicht mehr so hübsch. Sie fuhren geradewegs bis nach New York. Janey schlief in einem anderen Wagen als J. Ward und seine Freunde, sie hatte dort das untere Bett, und in dem oberen Bett lag ein junger Mensch, der ihr recht gut gefiel. Er hieß Buck Saunders, kam aus dem »Pfannenstiel« von Texas und sprach mit einem schrecklich komischen schleppenden Akzent. Er hatte als Cowboy gearbeitet, war auf den Ölfeldern von Oklahoma gewesen, hatte etwas Geld zusammengespart und wollte sich jetzt Washington ansehen. Er war außer sich vor Freude, als sie ihm erzählte, sie sei aus Washington, und sie sagte ihm genau, was er sich ansehen müsse, das Capitol und das Weiße Haus und das Lincoln-Denkmal und das Washington-Denkmal, das Invalidenheim und Mt. Vernon. Er dürfe, sagte sie, auch nicht versäumen, zu den Great Falls hinaufzufahren, und sie erzählte ihm von den Kanufahrten auf dem Kanal, und wie sie einmal in der Nähe von Cabin John's Bridge in ein schreckliches Gewitter geraten war. Sie aßen einige Male miteinander im Speisewagen, und er sagte zu ihr, sie sei ein prima Mädchen, man könne sich so gut mit ihr unterhalten, und er habe mal ein Mädchen in Tulsa, Oklahoma, gehabt, aber jetzt wolle er nach Venezuela, nach Maracaibo, auf die Ölfelder, denn sie habe ihm den Laufpaß gegeben, um einen reichen Dreckbauern zu heiraten, der auf seiner Viehweide Petroleum fand. G. H. Barrow neckte Janey mit ihrem hübschen Fang, und sie sagte, was sei denn das bloß mit ihm und der rothaarigen Dame gewesen, die in St. Louis ausstieg, und da lachten sie, und Janey kam sich ganz verteufelt vor und meinte im stillen, dieser G. H. Barrow sei doch gar nicht so übel. Als Buck in Washington ausstieg, gab er ihr ein kleines Bild, auf dem er neben einem Ölturm photographiert war, und sagte, er würde ihr jeden Tag schreiben und er würde nach New York kommen, um sie zu besuchen, falls sie es gestattete, aber sie hörte nie wieder von ihm.

Auch Morton, der Londoner Kammerdiener, gefiel ihr, weil er sie immer so respektvoll behandelte. Jeden Morgen kam er zu ihr und meldete, in welcher Stimmung J. Ward sich befinde. »Sieht heute morgen recht finster drein, Miss Williams«, oder »Hat beim Rasieren vor sich hin gepfiffen. Gute Laune? Jawoll.« Als sie in New York auf dem Pennsylvaniabahnhof ankamen, mußte sie bei Morton bleiben, um dafür zu sorgen, daß die Kiste mit den Papieren nach dem Büro in der V. Avenue Nr. 100 geschickt würde und nicht nach Long Island, wo J. Wards Wohnhaus stand.

Sie begleitete Morton zu dem Pierce Arrow, der den weiten Weg von Great Neck gekommen war, um das Gepäck zu holen, und fuhr dann ganz allein in einer Droschke mit der Schreibmaschine, den Papieren und Dokumenten ins Büro.

Erschreckt und aufgeregt betrachtete sie durch das Droschkenfenster die hohen weißen Häuser, die runden Wassertanks vor dem Himmel und weiter oben die dicken Ballenwolken, die Trottoirs voller Menschen und all die Droschken, Lastwagen, all das Gedränge, das Klappern, Rattern und Glitzern. Sie wußte nicht, wo sie ein Zimmer finden würde, wo sie Freunde finden und wo sie essen würde. Es war furchtbar schaurig, so ganz allein in dieser großen Stadt zu sein, und sie wunderte sich, daß sie den Mut gehabt hatte, hierherzukommen. Sie beschloß, den Versuch zu machen und für Alice Arbeit zu finden, dann würden sie sich gemeinsam eine Wohnung nehmen können. Wohin aber sollte sie heute abend gehen?

Als sie ins Büro kam, machte dort alles einen recht natürlichen und ermutigenden Eindruck, und es war so hübsch möbliert und so blank poliert, und die Schreibmaschinen klapperten so schnell, und es war viel mehr Betrieb als in der Kanzlei von Dreyfus und Carroll; aber die Angestellten sahen alle jüdisch aus, Janey hatte Angst, sie würde ihnen nicht gefallen, sie hatte Angst, sie würde nicht imstande sein, sich in dieser Stellung zu halten.

Ein Mädchen namens Gladys Compton führte sie zu ihrem Schreibtisch, der, wie sie sagte, früher Miss Rosenthals Schreibtisch gewesen war. Er stand in einem kleinen Korridor unmittelbar vor J. Wards Privatbüro gegenüber der Tür zu Mr. Robbins' Zimmer. Gladys Compton war eine Jüdin und Mr. Robbins' Stenotypistin, und sie sagte, was für eine reizende Person Miss Rosenthal gewesen sei, und wie sehr das ganze Büro ihren Unfall bedaure, und Janey hatte das peinliche Gefühl, daß sie in die Fußstapfen einer Toten trete und schwieriges Feld würde zu beackern haben. Gladys Compton sah sie mit strafenden Blicken an, ihre Augen schielten ein wenig, wenn sie irgend etwas genauer ansehen wollte, und sie sagte, Janey würde ja hoffentlich imstande sein, die Arbeit zu bewältigen, manchmal sei die Arbeit einfach mörderisch; dann ging sie weg.

Als um fünf Uhr geschlossen wurde, kam J. Ward aus seinem Privatbüro zum Vorschein. Janey war so froh, als sie ihn an ihrem Schreibtisch stehen sah. Er habe, sagte er, mit Miss Compton gesprochen und sie gebeten, sich für den Anfang ein wenig um Janey zu kümmern, er wisse, daß es für ein junges Mädchen schwer sei, sich in einer neuen Stadt zurechtzufinden, eine passende Wohnung zu finden und so weiter, aber Miss Compton sei ein netter Mensch und würde ihr behilflich sein, er sei überzeugt, daß alles klappen würde. Er schenkte ihr ein blauäugiges Lächeln, gab ihr einige mit Notizen vollgekritzelte Zettel und sagte, ob sie so lieb sein würde, morgen früh recht zeitig ins Büro zu kommen und diese Notizen abzuschreiben, damit er sie um neun Uhr auf seinem Schreibtisch habe. Er würde in der Regel von ihr keine derartigen Arbeiten verlangen, aber die Stenotypistinnen seien alle so dumm, und während seiner Abwesenheit sei der ganze Betrieb durcheinandergeraten. Janey war überglücklich, seine Bitte erfüllen zu können; wenn er lächelte, wurde ihr ganz heiß.

Sie und Gladys Compton verließen zusammen das Büro. Gladys Compton machte ihr den Vorschlag, sie solle doch, da sie sich in der Stadt nicht auskenne, einfach zu ihr kommen. Sie wohne mit ihren Eltern in Flatbush, und es würde natürlich nicht das sein, was Miss Williams gewohnt sei, aber sie hätten ein freies Zimmer, das sie ihr vermieten könnten, bis sie sich ein wenig zurechtgefunden hätte, und das Zimmer sei wenigstens sauber, was man von soundso vielen Wohnungen nicht behaupten könne. Sie gingen am Bahnhof vorbei, um Janeys Koffer zu holen, Janey war froh, daß sie sich nicht allein in diesem schrecklichen Gedränge zurechtfinden mußte. Dann gingen sie zur Untergrund hinunter und bestiegen einen Expreßzug, der bis an die Tür mit Menschen vollgestopft war, und Janey glaubte, sie würde es nicht ertragen können, so dicht in die Menschenmasse eingekeilt zu sein. Sie dachte, sie würden nie hinkommen, und in den Tunnels machten die Züge so viel Lärm, daß sie nicht hören konnte, was die andere zu ihr sagte.

Schließlich stiegen sie in einer breiten Straße aus, durch die eine Hochbahn lief, die Häuser hatten alle nur ein oder zwei Stockwerke, die Geschäfte waren lauter Gemüseläden, Gemischtwarenhandlungen, Obstgeschäfte. Gladys Compton sagte: »Wir essen koscher, Miss Williams, wegen der alten Leute. Das macht Ihnen hoffentlich nichts aus. Benny natürlich – das ist mein Bruder –, Benny und ich, wir haben keine Vorurteile.« Janey wußte nicht, was koscher ist, aber sie sagte, natürlich habe sie nichts dagegen, und sie erzählte Gladys, wie komisch das Essen unten in Mexiko sei, so stark gepfeffert, daß man es kaum essen könne.

Sowie sie ins Haus kamen, redete Gladys Compton nicht mehr in so wohlgesetzten Worten und war sehr freundlich und aufmerksam zu Janey. Ihr Vater war ein kleiner alter Mann mit einer Brille auf der Nasenspitze, ihre Mutter eine fette, birnenförmige Frau mit einer Perücke. Untereinander redeten sie jiddisch. Sie taten alles, was sie nur konnten, um es Janey gemütlich zu machen, gaben ihr ein nettes Zimmer und sagten, sie könne für zehn Dollar die Woche das Zimmer und das ganze Essen haben, so lange sie bleiben wolle, und wenn sie dann Lust hätte, anderswo hinzuziehen, könne sie einfach weggehen, und man würde es ihr nicht übelnehmen.

Das Haus war ein gelbes Zweifamilienhaus aus hölzernem Fachwerk in einem langen Block, der aus lauter gleichen Häuschen bestand, aber es war gut geheizt, und das Bett war bequem. Der Alte war Uhrmacher und arbeitete in einem Juwelierladen in der V. Avenue. In der alten Heimat hießen sie Kompshchski, aber sie sagten, in New York könne niemand diesen Namen aussprechen. Der Alte hatte den Namen Freedman, der Befreite, annehmen wollen, aber seine Frau fand Compton vornehmer. Das Abendbrot war gut, es gab Tee in Gläsern, Suppe mit Klößen, roten Kaviar und gefüllten Fisch, und Janey dachte bei sich, es sei doch sehr nett, auch mal solche Leute kennenzulernen.

Der Sohn, Benny, besuchte noch das Gymnasium, ein magerer Bengel mit dicken Augengläsern; beim Essen beugte er sich tief über den Teller, und er hatte eine ungezogene Art, allem zu widersprechen, was irgend jemand sagte. Gladys sagte, man dürfe ihm nicht böse sein, er sei ein braver Schüler und wolle Jura studieren. Nachdem ihr erstes Befremden ein wenig überwunden war, begann Janey die Comptons liebzugewinnen, besonders den alten Compton, der sehr gutmütig war und alles, was passierte, mit einem sanften, bekümmerten Humor über sich ergehen ließ.

Die Arbeit im Büro war *so* interessant. J. Ward begann sich in vielen Dingen auf sie zu verlassen. Janey hatte das Gefühl, dieses Jahr würde gut werden.

Das Schlimmste war die allmorgendliche dreiviertelstündige Fahrt mit der Untergrundbahn zum Union Square. Janey versuchte, Zeitung zu lesen und aus dem Gedränge menschlicher Leiber möglichst in eine Ecke zu flüchten. Sie kam so gern recht frisch ins Büro, nett gekleidet, das Haar sauber frisiert, aber nach der langen holpernden Fahrt war sie ganz erschöpft und hatte das Gefühl, als müßte sie noch einmal ein Bad nehmen und sich noch einmal von vorn anziehen. Sie liebte es, durch die 14. Street, die blank und glänzend in dem besonnten Staub des Frühmorgens dalag, und dann durch die V. Avenue bis ins Büro zu spazieren.

Sie und Gladys waren immer unter den ersten, die morgens ankamen. Janey hatte Blumen auf ihrem Schreibtisch stehen, und manchmal schlich sie sich in J. Wards Arbeitszimmer und stellte ein paar Rosen in einer silbernen Vase auf den breiten Mahagonitisch. Dann sortierte sie die Post, legte die an ihn persönlich gerichteten Briefe sauber geordnet an den Rand der Schreibunterlage, die eine Art Rahmen aus rotverziertem italienischem Leder hatte, las die übrigen Briefe, sah seinen Terminkalender durch und fertigte eine kleine, maschinegeschriebene Liste an, auf der verzeichnet waren: Verabredungen, Interviews, Entwürfe, die hinausgehen sollten, Mitteilungen an die Presse. Sie legte die Liste mitten auf die Löschpapiermappe unter einen Briefbeschwerer aus Rohkupfer von der oberen Halbinsel von Michigan und versah die Posten, die sie erledigen konnte, ohne ihn zu Rate zu ziehen, mit einem Häkchen. Wenn sie dann wieder an ihrem Schreibtisch saß und in dem Entwurf, der tags zuvor aus Mr. Robbins' Büro gekommen war, die orthographischen Fehler korrigierte, regte sich in ihr ein erwartungsvolles Kribbeln; bald würde J. Ward erscheinen. Sie sagte sich, das alles sei dummes Zeug, aber sooft die äußere Bürotür ging, blickte sie erwartungsvoll auf. Sie fing an, sich Sorgen zu machen; vielleicht hatte er auf der Fahrt von Great Neck einen Autounfall gehabt. Dann aber, wenn sie es längst aufgegeben hatte, ihn noch zu erwarten, kam er hastigen Schrittes vorbeigelaufen, mit einem raschen Lächeln nach allen Seiten grüßend, und die Milchglastür seines Privatbüros schloß sich hinter ihm. Janey bemerkte jedesmal, ob er einen dunklen oder einen hellen Anzug trug, von welcher Farbe seine Krawatte war, ob er sich die Haare hatte schneiden lassen oder nicht. Eines Tages hatte er auf dem Hosenbein seines blauen Anzugs einen kleinen Dreckspritzer, und das ging ihr den ganzen Vormittag im Kopf herum, sie versuchte immer wieder einen Vorwand zu ersinnen, um zu ihm hineinzugehen und ihn auf den Schmutzfleck aufmerksam zu machen. In ganz seltenen Fällen sah er sie im Vorübergehen mit seinen blitzendblauen Augen an, oder er blieb stehen und richtete eine Frage an sie. Dann war sie begeistert.

Die Arbeit im Büro war *so* interessant. Janey fühlte sich wieder mitten im Strudel der Ereignisse, ganz wie damals, als sie bei Dreyfus und Carroll mit Jerry Burnham zu plaudern pflegte. Da war zum Beispiel das Konto der *Onondaga-Salt-Products* und eine große Literatur über Badesalze und Chemikalien, über die Baseballmannschaft und das Kaffeehaus der Angestellten und über die Alterspensionen, ferner über die *Marigold Cooper,* und wie man am besten die subversiven Tendenzen unter den Bergarbeitern bekämpft, die zum größten Teil Ausländer sind und in den Grundsätzen des Amerikanertums unterrichtet werden müssen, und dann die Kampagne der Handelskammer von Citrus Center mit dem Ziel, die kleinen Aktionäre im Norden des Landes über die soliden Entwicklungsmöglichkeiten der Obstindustrie von Florida zu informieren, und dann der Slogan, der für die *Avocado Producers Cooperative,* eine Birnenhändlergenossenschaft, lanciert werden sollte: »Auf jeden Frühstückstisch die Alligatorbirne.« Dieser Konzern schickte ab und zu eine Kiste mit Birnen, so daß sämtliche Leute aus dem Büro eine Alligatorbirne mit nach Hause nehmen konnten, nur Mr. Robbins verzichtete auf die seine und sagte, sie schmeckten nach Seife. Das größte Konto aber hatte die *Southwestern Oil* für ihre Kampagne gegen die heimtückische antiamerikanische Propaganda der britischen Ölgesellschaften in Mexiko und gegen die Versuche des Hearst-Kapitals in Washington, den Kongreß zu einer Intervention zu bewegen.

Im Juni fuhr Janey zu der Hochzeit ihrer Schwester Ellen. Es war komisch, wieder in Washington zu sein. Solange Janey im Zuge saß, versprach sie sich sehr viel von dem Wiedersehen mit Alice, aber als sie dann einander trafen, wußten sie nicht recht, was sie sagen sollten. Im Hause ihrer Mutter fühlte sie sich ganz deplaciert. Ellen heiratete einen ihrer Untermieter, der auf der Universität Georgetown Jura studierte, und das Haus wimmelte nach der Hochzeit von Universitätsstudenten und jungen Mädchen, und alles lachte und kicherte, und Mrs. Williams und Francie schien die Sache riesigen Spaß zu machen, Janey aber war froh, als sie wieder zum Bahnhof mußte, um den Zug nach New York zu besteigen. Als sie sich von Alice verabschiedete, sagte sie kein Wort davon, daß Alice nach New York kommen sollte, um mit ihr gemeinsam eine Wohnung zu nehmen.

Auf der Fahrt war ihr recht elend zumute, während sie so dasaß in dem muffigen Pullmanwagen und zum Fenster hinausblickte, nach den Städten, nach den Feldern, nach den Reklameschildern. Und als sie am nächsten Morgen wieder ins Büro kam, da fühlte sie sich so recht zu Hause.

In New York herrschte große Aufregung. Die Versenkung

der *Lusitania* hatte jedermann davon überzeugt, daß Amerikas Eintritt in den Krieg nur noch eine Frage von Monaten sei. In der V. Avenue hingen zahlreiche Fahnen aus den Fenstern. Janey dachte viel über den Krieg nach. Sie hatte aus Schottland einen Brief von Joe bekommen, daß sein Dampfer, die *Marchioness,* torpediert worden sei, zehn Stunden lang seien sie in einem offenen Kahn im Schneesturm vor dem Pentland Firth umhergeschaukelt und von der Strömung immer wieder ins offene Meer hinausgetrieben worden, dann aber hätten sie Land erreicht, es gehe ihnen glänzend, die Mannschaft habe eine Sondervergütung erhalten, und er verdiene auf alle Fälle dickes Geld. Nachdem sie den Brief gelesen hatte, ging sie mit einem Telegramm, das soeben aus Colorado gekommen war, zu J. Ward hinein und erzählte ihm, daß ihr Bruder torpediert worden sei, und J. Ward zeigte sich sehr interessiert. Er sprach von patriotischer Pflicht, von der Rettung der Zivilisation und von der historischen Schönheit der Kathedrale in Reims. Er sei, sagte er, bereit, zu gegebener Zeit seine Pflicht zu erfüllen, und seiner Ansicht nach sei Amerikas Eintritt in den Krieg nur noch eine Frage von Monaten.

Sehr oft erhielt J. Ward den Besuch einer außerordentlich elegant gekleideten Dame. Janey betrachtete neidisch ihren entzückenden Teint, ihre hübschen, gar nicht auffälligen, aber sehr schicken Kleider, ihre manikürten Nägel und zierlichen Füße. Eines Tages sprang durch einen Zufall die Tür auf, so daß sie J. Ward und die elegante Dame in vertraulichem Gespräch belauschen konnte. »Aber liebster J. W.«, sagte die Dame, »dieses Büro ist ein Greuel. So haben Anfang der achtziger Jahre die Büros in Chicago ausgesehn.« Er lachte. »Na, Eleanor, hätten Sie nicht Lust, es neu einzurichten? Ich darf bloß nicht in meiner Arbeit gestört werden. Ich kann unmöglich übersiedeln, gerade jetzt nicht, wo ich dringende und wichtige Geschäfte habe.«

Janey war entrüstet. Das Büro in seiner jetzigen Gestalt war ganz entzückend und sehr vornehm, das sagte doch jeder. Sie hätte gern gewußt, wer diese Frau sei, die J. Ward solche Gedanken in den Kopf setzte. Als sie am nächsten Tag einen

Scheck über zweihundertfünfzig Dollar für *Stoddard und Hutchins, Innendekoration,* ausstellen mußte, hätte sie ihm fast ihre Meinung gesagt, aber die Sache ging sie schließlich nichts an. Von nun an schien Miss Stoddard das Büro gar nicht mehr zu verlassen. Die Arbeit wurde nachts gemacht, so daß Janey jeden Morgen, wenn sie ankam, irgendeine Veränderung vorfand. Es wurde alles neu tapeziert und möbliert, in Schwarz und Weiß, die Vorhänge und die Polsterungen hatten eine komische Rotweinfarbe. Janey gefiel es gar nicht, aber Gladys sagte, das sei der moderne Stil, und sie finde es sehr interessant. Mr. Robbins weigerte sich, seinen privaten Fuchsbau anrühren zu lassen, und es gab fast einen Wortwechsel zwischen ihm und J. Ward, zu guter Letzt aber setzte er seinen Willen durch, und es ging das Gerücht, J. Ward habe sein Gehalt erhöhen müssen, damit er nicht zu einer anderen Agentur gehe.
Am Labor Day übersiedelte Janey. Sie ging nicht gern von den Comptons weg, aber sie hatte eine ältere Frau namens Eliza Tingley kennengelernt, die in demselben Stock, in dem J. Wards Büro lag, bei einem Rechtsanwalt beschäftigt war. Eliza Tingley stammte aus Baltimore und hatte das Doktorexamen gemacht, und Janey fand, daß sie eine Frau von Welt sei. Sie und ihr Zwillingsbruder, der Buchhalter war, hatten im Bezirk Chelsea in der West 23. Street ein ganzes Stockwerk gemietet, und sie forderten Janey auf, zu ihnen zu ziehen. Das bedeutete, daß sie die Untergrund los wurde, und sie glaubte, der kleine Spaziergang jeden Morgen bis zur V. Avenue würde ihr guttun.
Gleich das erstemal, als sie Eliza Tingley im Büfett im Erdgeschoß des Hauses sah, hatte sie sie liebgewonnen.
Bei den Tingleys ging es recht frei und gemütlich zu, und Janey fühlte sich ganz zu Hause. Manchmal tranken sie abends ein paar Gläschen. Eliza war eine gute Köchin, sie saßen immer sehr lange bei Tisch, und vor dem Zubettgehen spielten sie noch ein paar Partien Bridge zu dritt. Fast jeden Sonnabendabend gingen sie ins Theater. Eddy Tingley besorgte die Plätze zu ermäßigten Preisen in einem Theaterbüro, in dem er bekannt war. Sie abonnierten den *Literary*

Digest, The Century und das *Ladies Home Journal,* und sonntags aßen sie gebratenes Huhn oder Entenbraten und lasen die Unterhaltungsbeilage der *New York Times.* Die Tingleys hatten recht viele Freunde, sie hatten Janey gern und nahmen sie überallhin mit, und Janey fühlte, daß sie nun so recht nach ihrem Gefallen lebe. Dieser Winter aber war auch sehr aufregend mit den ewigen Kriegsgerüchten. Sie hängten an die Wand des Wohnzimmers eine große Karte von Europa und markierten mit kleinen Fähnchen die Stellungen der alliierten Armeen. Sie waren mit Leib und Seele für die Alliierten, und wenn sie einen Namen wie Verdun oder Chemin des Dames hörten, lief ihnen ein Schauder über den Rücken. Eliza wäre gern gereist, und sie ließ sich von Janey immer wieder mit allen Einzelheiten ihre Reise nach Mexiko schildern; sie planten, nach Beendigung des Krieges miteinander nach Europa zu fahren, und Janey fing an, für diese Reise zu sparen. Als Alice aus Washington schrieb, daß sie sich mit dem Gedanken trage, alles aufzugeben und nach New York zu übersiedeln, schrieb Janey zurück, es sei gerade jetzt in New York sehr schwer für eine Frau, Arbeit zu finden, und der Gedanke sei vielleicht gar nicht so gut.

Den ganzen Herbst hindurch ging J. Ward mit einem bleichen und sorgenvollen Gesicht umher. Er gewöhnte sich an, jeden Sonntagabend ins Büro zu kommen, und Janey machte es nur allzuviel Freude, nach dem Dinner hinüberzulaufen und ihm zu helfen. Sie unterhielten sich über die Vorgänge der letzten acht Tage im Büro, J. Ward diktierte ihr eine Menge persönlicher Briefe, erklärte, sie sei eine Perle, und ließ sie dann in seliger Stimmung an ihrer Schreibmaschine zurück. Auch Janey machte sich Sorgen um ihn. Obgleich die Zahl der Konti ständig wuchs, befand sich die Firma in keiner sehr guten Finanzlage. J. Ward hatte an der Börse Pech gehabt, und es fiel ihm schwer, den Laden zusammenzuhalten. Er hätte gern die große Anteilsumme zurückgezahlt, die immer noch der alten Mrs. Staple gehörte, und er sprach von Wechseln, die seiner Frau in die Hände geraten seien, und daß er die Befürchtung habe, seine Frau könnte unüberlegte Schritte tun. Janey merkte, daß seine Frau ein unangenehmes, launisches Geschöpf war, die das Geld ihrer Mutter als Mittel benutzen wollte, um J. Ward an der Kandare zu halten. Des Nachts lag sie schlaflos in ihrem behaglichen kleinen Flurschlafzimmer in der Wohnung der Tingleys und spann phantastische Träume, in denen sie stets mit einer Aktenmappe voller Wertpapiere im letzten Augenblick gerade noch zurecht kam, um J. Ward vor dem Bankrott zu retten. Nie sprach sie mit den Tingleys über J. Ward persönlich, aber sie erzählte sehr viel von seinem Geschäft, und sie waren mit ihr einer Meinung, daß die Arbeit *so* interessant sei. Sie freute sich auf die kommenden Weihnachten, weil J. Ward eine Andeutung gemacht hatte, daß er ihr Gehalt zu erhöhen gedenke.

An einem regnerischen Sonntagabend tippte sie gerade einen vertraulichen Brief an Richter Planet, ein Begleitschreiben zu dem Memorandum einer Detektivagentur, das die Tätigkeit der Arbeiteragitatoren unter den Bergarbeitern von Colorado schilderte, und J. Ward spazierte vor dem Schreibtisch auf und ab, mit gerunzelten Brauen die blankgeputzten Spitzen seiner Schuhe betrachtend, da wurde plötzlich an die Flurtür geklopft.

»Wer kann denn das bloß sein?« sagte J. Ward. Seine Stimme klang etwas verblüfft und nervös. »Vielleicht hat Mr. Robbins seinen Schlüssel vergessen«, sagte Janey. Sie ging nachsehen. Als sie die Tür aufmachte, stürzte Mrs. Moorehouse an ihr vorbei. Sie trug einen durchnäßten Regenmantel und hatte einen Schirm in der Hand. Ihr Gesicht war bleich, ihre Nasenflügel zuckten. Janey schloß leise die Tür, ging an ihren Schreibtisch und setzte sich hin. Sehr bekümmert nahm sie einen Bleistift und begann den Rand eines Blattes Maschinenschreibpapier mit runden Schnörkeln zu verzieren. Unwillkürlich mußte sie mit anhören, was in J. Wards Privatbüro vorging. Mrs. Moorehouse war wie eine Wilde hineingestürmt und hatte die Milchglastür hinter sich zugeschmissen.

»Ich kann das nicht mehr ertragen, Ward ... Ich werde das keine Minute länger ertragen«, schrie sie aus voller Kehle.

Janeys Herz begann sehr schnell zu klopfen. Sie hörte J. Wards Stimme in leisem, versöhnlichem Ton, dann wieder Mrs. Moorehouse: »Ich lasse mich nicht so behandeln, das sage ich dir ... Ich bin kein kleines Kind, daß man mich so behandelt ... Du nützt meinen Zustand aus. Meine Gesundheit läßt das nicht zu, daß man mich so behandelt.«

»Nun hör mal zu, Gertrude, ich gebe dir mein Ehrenwort«, sagte J. Ward, »es ist absolut nichts dahinter, Gertrude. Da liegst du im Bett und bildest dir alles mögliche ein, und du sollst mir hier nicht so hereinplatzen. Ich bin ein beschäftigter Mensch. Ich habe wichtige Transaktionen vor, die meine volle Aufmerksamkeit erfordern.«

»Natürlich ist das empörend«, sagte Janey zu sich selbst.

»Ohne mich säßest du immer noch in Pittsburgh bei der *Bessemer Waren,* Ward, das weißt du sehr gut ... Mich magst du ja verachten, aber Vaters Geld verachtest du bestimmt nicht ... Aber ich habe es satt, das sage ich dir. Ich leite sofort die Scheidung ein ...« – »Aber Gertrude, du weißt doch sehr gut, daß ich mit keiner anderen Frau etwas habe.« – »Und dieses Weibsbild, mit dem man dich immerfort sieht, wie heißt sie doch, Stoddard? ... Du siehst, ich weiß mehr, als du denkst ... Ich bin nicht die Frau, für die du mich hältst, Ward. *Mich* kannst du nicht zum Narren halten, verstehst du?«

Mrs. Moorehouses Stimme wuchs zu einem schrillen Kreischen an. Dann schien sie zusammenzuklappen, Janey hörte sie schluchzen. »Na, na, Gertrude«, ertönte Wards Stimme in besänftigendem Ton. »Du hast dich schrecklich aufgeregt, wegen eines Nichts ... Ich habe mit dieser Eleanor Stoddard einige geschäftliche Dinge erledigt. Sie ist eine kluge Frau, und ich finde sie sehr anregend – geistig, du verstehst mich ... Ab und zu sind wir mal miteinander essen gegangen, gewöhnlich mit gemeinsamen Freunden, und das ist wirklich ...« Dann wurde seine Stimme so leise, daß Janey nicht mehr hören konnte, was er sagte. Sie überlegte sich, ob es nicht besser wäre, sich leise davonzumachen. Sie wußte nicht, was sie tun sollte.

Und dann, als sie schon halb aufgestanden war, erhob sich abermals Mrs. Moorehouses Stimme in hysterischem Gekreisch: »Oh, du bist kalt wie ein Fisch ... Du bist ja bloß ein Fisch. Wenn es wahr wäre, wenn du wirklich ein Verhältnis mit ihr hättest, würdest du mir nicht so zuwider sein ... Aber das ist mir alles einerlei, ich lasse mich nicht als Werkzeug benutzen nur wegen Vaters Geld.« Die Tür zum Privatbüro öffnete sich, Mrs. Moorehouse kam heraus, warf Janey einen erbitterten Blick zu, als seien ihr auch Janeys Beziehungen zu J. Ward nicht geheuer, und verließ den Raum. Janey setzte sich wieder an ihren Schreibtisch und bemühte sich, gleichgültig dreinzuschauen. Hinter der verschlossenen Tür spazierte J. Ward mit schweren Schritten auf und ab. Als er nach ihr rief, klang seine Stimme recht matt.

»Miss Williams.«

Sie stand auf und ging hinein, Bleistift und Notizblock in der Hand. J. Ward begann zu diktieren, als ob nichts geschehen wäre, aber als sie gerade zur Hälfte mit einem Brief an den Vorsitzenden der *Ansonia Carbide Corporation* fertig waren, sagte er plötzlich: »Ach, zum Teufel noch mal!« und gab dem Papierkorb einen Tritt, daß er gegen die Wand flog.

»Verzeihen Sie, Miss Williams, ich bin sehr aufgeregt ... Miss Williams, ich kann mich darauf verlassen, daß Sie zu keinem Menschen ein Wort sagen ... Sie verstehen ja, meine Frau ist nicht ganz beisammen, sie war krank ... Das letzte Kind ... Sie wissen ja, bei Frauen kommt so etwas manchmal vor.«

Janey blickte zu ihm auf. Die Tränen standen ihr in den Augen. »Oh, Mr. Moorehouse, wie können Sie nur glauben, daß ich es nicht verstehen würde ... Oh, es muß für Sie schrecklich sein, und Ihre Arbeit ist doch so wichtig und *so* interessant.«

Mehr brachte sie nicht hervor. Ihre Lippen konnten die Worte nicht formen. »Miss Williams«, sagte J. Ward, »ich – äh – ich schätze Ihre ... äh ...« Dann hob er den Papierkorb auf. Janey sprang hinzu und half ihm, die zusammengeknäulten Papiere und das Abfallzeug, das über den ganzen Boden verstreut lag, zusammenzuklauben. Sein Gesicht war vom Bücken gerötet. »Schwere Verantwortung ... So ein unverantwortliches Weib kann verteufelt viel Schaden anrichten, Sie verstehen mich.« Janey nickte und nickte. »Na, wo sind wir geblieben? Wir wollen rasch Schluß machen, damit wir hier wegkommen.«

Sie stellten den Papierkorb unter den Schreibtisch und fingen wieder mit den Briefen an.

Auf dem Heimweg nach Chelsea, mit vorsichtigem Schritt durch den Kot und die Wasserpfützen der verregneten Straßen schreitend, dachte Janey darüber nach, wie sie J. Ward so gern einiges gesagt hätte, um ihm begreiflich zu machen, daß das ganze Büropersonal zu ihm halten würde, was immer auch geschähe.

Als sie nach Hause kam, sagte Eliza Tingley, ein Mann habe angerufen. »Er machte einen ziemlich ordinären Eindruck am Telephon, wollte seinen Namen nicht nennen, sagte bloß, ich soll sagen, Joe hat angerufen, und er würde noch einmal anrufen.« Janey begegnete Elizas forschendem Blick. »Das wird mein Bruder gewesen sein ... Er ist ein – er ist in der Handelsmarine.«

Einige Freunde der Tingleys kamen zu Besuch, man arrangierte zwei Bridgepartien, und der Abend war sehr vergnüglich, da klingelte wieder das Telephon, und Joe war am Apparat. Janey fühlte sich erröten, während sie mit ihm sprach. Sie konnte ihn nicht zu sich bitten, und doch hätte sie ihn gern gesehen. Die anderen riefen ihr zu, sie solle doch weiterspielen. Er sagte, er sei eben erst angekommen, und er habe einige Geschenke für sie, er sei bis draußen in Flatbush gewesen, und die Jidden dort hätten ihm gesagt, sie wohne jetzt in Chelsea, und er sei in dem Zigarrenladen an der Ecke der VIII. Avenue. Die anderen riefen ihr zu, sie solle doch weiterspielen. Und Janey sagte ins Telephon, sie sei sehr beschäftigt, sie müsse noch eine dringende Arbeit erledigen, und ob er sie nicht morgen um fünf Uhr nachmittags vor dem Bürohaus, in dem sie beschäftigt sei, abholen wolle. Sie fragte ihn abermals, wie es ihm gehe, und er sagte: »Famos«, aber man hörte die Enttäuschung in seiner Stimme. Als sie an den Bridgetisch zurückkehrte, neckte man sie mit ihrem jungen Freund, und sie lachte und errötete, innerlich aber kam sie sich recht gemein vor, weil sie ihn nicht heraufgebeten hatte.

Am nächsten Tag gegen Abend fing es zu schneien an. Als sie um fünf Uhr den vollgepfropften Aufzug verließ, sah sie sich neugierig im Vestibül um. Joe war nicht da. Sie verabschiedete sich von Gladys, und da sah sie ihn plötzlich durch die Scheibe der Tür. Er stand draußen, beide Hände in die Taschen einer blauen Matrosenjacke vergraben. Große, tropfige Schneeflocken umwirbelten sein Gesicht, sein durchfurchtes und wettergebräuntes Gesicht.

»Guten Tag, Joe«, sagte sie.

»Guten Tag, Janey.«

»Wann bist du angekommen?«

»Vor ein paar Tagen.«

»Bist du gut beisammen, Joe, wie fühlst du dich?«

»Ich hab heut einen brummigen Schädel ... War gestern abend stinkbesoffen.«

»Joe, es hat mir gestern abend so leid getan, aber es waren eine Menge Leute da, und ich wollte dich allein sehen, damit wir uns ordentlich aussprechen können.«

Joe brummte etwas in sich hinein.

»Schon gut, Janey ... Meine Güte, siehst du fein aus. Wenn uns einer von den Jungs sähe, er würde glauben, ich habe mir da was besonders Hübsches und Feines aufgegabelt.«

Janey fühlte sich nicht behaglich. Joe hatte schwere Arbeitsstiefel an, und seine Hose war mit grauer Farbe bespritzt. Unter dem Arm trug er ein in Zeitungspapier gewickeltes Paket.

»Wir wollen essen gehen ... Tut mir ja leid, daß ich nicht besser aufgetakelt bin. Aber weißt du, wir haben unser ganzes Zeug verloren, als wir torpediert wurden.«

»Wurdet ihr denn noch einmal torpediert?«

Joe lachte. »Jawohl, dicht vor Cap Race. Schön ist das Leben ... Na, das war Nummer zwei ... Nummer drei, dann ist's vorbei ... Aber ich habe dir deinen Schal mitgebracht, bei Gott, ich habe ihn mit ... Ich weiß auch, wo wir essen, wir essen bei Luchow.«

»Ist nicht die Vierzehnte Straße ein bißchen –«

»Nee, sie haben dort eine Damentoilette ... Du glaubst doch nicht, Janey, ich würde dich in eine Kneipe führen, die nicht ganz tipptopp ist?«

Als sie über den Union Square gingen, sagte ein schäbig aussehender junger Mensch in einem roten Sweater: »Hi, Joe.« Joe blieb eine Minute lang hinter Janey zurück, er und der junge Mensch steckten die Köpfe zusammen und redeten miteinander. Dann schob ihm Joe ein paar Geldscheine in die Hand, sagte »Adjüs, Tex« und lief Janey nach, die mit einem etwas unbehaglichen Gefühl an den dunklen Häusern entlangspazierte. Die 14. Street war ihr nach Einbruch der Dunkelheit nicht mehr geheuer. »Wer ist denn das, Joe?« – »Ich hab ihn mal unten in New Orleans kennengelernt ... Ich sage Tex zu ihm, weiß nicht, wie er eigentlich heißt ... Er ist ganz auf dem Hund.«

Als sie in das Restaurant kamen, musterte sie der Oberkellner mit scharfem Blick und führte sie dann zu einem Tisch in der Ecke eines kleinen Extrazimmers. Joe bestellte ein reichliches Menü und Bier dazu, aber Janey konnte Bier nicht leiden, und so mußte er ihres mittrinken. Nachdem ihm Janey alle Neuigkeiten aus der Familie mitgeteilt und ihm erzählt hatte, daß ihr ihre Stellung gefalle, daß sie zu Weihnachten eine Gehaltserhöhung erwarte und sich bei den Tingleys so glücklich fühle, weil die Tingleys so reizende Leute seien, hatten sie sich anscheinend nicht mehr viel zu sagen. Joe hatte Karten ins Hippodrom gekauft, aber bis zur Vorstellung war noch reichlich Zeit. Stumm saßen sie bei ihrem Kaffee, Joe paffte an einer Zigarre. Schließlich sagte Janey, es sei ein Jammer, daß das Wetter so erbärmlich sei, das müsse doch für die armen Soldaten in den Schützengräben ganz schrecklich sein, und sie finde, daß die Hunnen einfach ganz schreckliche Barbaren seien, und die *Lusitania*, und diese Idee von Ford mit dem Friedensschiff, wie dumm die sei. Joe lachte in seiner komischen unvermittelten Art, die er jetzt an sich hatte, und sagte: »Die armen Matrosen müssen einem leid tun, die in einer solchen Nacht auf hoher See sind.« Er stand auf, um sich noch eine Zigarre zu holen.

Janey dachte bei sich, es sei doch eine Schande, daß er sich beim Haarschneiden nicht den Hals hatte rasieren lassen; sein Hals war ganz rot und hatte kleine Runzeln, und sie dachte an das rauhe Leben, das er führte, und als er zurückkam, fragte sie ihn, warum er sich nicht eine andere Arbeit suche. »Du meinst auf einer Schiffswerft? Auf den Schiffswerften verdient man jetzt gutes Geld, aber zum Teufel noch mal, Janey, ich treibe mich lieber in der Welt herum ... Es ist alles bloß wegen der Erfahrung, wie der Mann sagte, als sie ihm den Schädel abhackten.« – »Nein, aber in meinem Büro, da sitzen junge Burschen, die sind nicht halb so klug wie du und haben ihre schöne saubere Stellung – und eine Zukunft vor sich.«

»Meine Zukunft liegt hinter mir«, sagte Joe lachend. »Ich könnte ja nach Perth Amboy gehen und in einer Munitionsfabrik arbeiten, aber ich lasse mich lieber unter freiem Himmel in die Luft sprengen, verstehst du?«

Janey fing über den Krieg zu reden an und wie sehr es ihr recht wäre, wenn wir uns beteiligen würden, um die Zivilisation und das arme, kleine, hilflose Belgien zu retten.

»Laß das dumme Zeug, Janey«, sagte Joe. Seine dicke rote Hand fuhr übers Tischtuch. »Ihr versteht das ja nicht ... Dieser ganze verfluchte Krieg ist von Anfang bis zu Ende eine reine Gaunerei. Warum torpedieren sie denn keine französischen Schiffe? Weil die Monsieurs mit den Sauerkrautfressern alles arrangiert haben, verstehst du, wenn die Deutschen ihre Schiffe in Ruhe lassen, dann belegen sie die deutschen Fabriken hinter der Front nicht mit Bomben. Wir sollten uns ruhig hinsetzen und ihnen Munition verkaufen und zusehen, wie sie sich gegenseitig massakrieren. Und diese unschuldigen Kinderchens verdienen in Bordeaux und in Toulouse und in Marseille dickes Geld, während ihr eigenes Fleisch und Blut sich an der Front Löcher in den Bauch schießt, und mit den Englishmen ist es genau dasselbe ... Ich sage dir, Janey, der ganze Krieg ist eine Gaunerei, wie alles auf dieser gottverdammten Welt.«

Janey fing zu weinen an. »Du mußt doch nicht immerfort fluchen und schimpfen.« – »Bitte um Verzeihung, Schwester«, sagte Joe sehr bescheiden, »aber ich bin eben bloß ein Vagabund, das ist es eben, und ich passe eben nicht zu einem so hübsch angezogenen Mädchen wie du.« – »Nein, so habe ich es nicht gemeint«, sagte Janey und trocknete ihre Tränen.

»Herrje, jetzt hab ich ganz vergessen, dir den Schal zu zeigen.« Er öffnete das Zeitungspaket. Zwei spanische Schals quollen über den Tisch, der eine aus schwarzer Seide, der andere aus grüner Seide, mit großen Blumen bestickt. »Oh, Joe, du solltest mir nicht alle beide schenken ... Einen solltest du deiner Freundin schenken.« – »Für die Mädchen, mit denen *ich* gehe, passen sich solche Sachen nicht ... Ich habe die Schals für dich gekauft, Janey.« Janey fand die Schals entzückend und beschloß, den einen Eliza Tingley zu schenken.

Sie gingen ins Hippodrom, aber es war nicht amüsant. Janey machte sich nicht viel aus derartigen Vorstellungen, und Joe schlief immerfort ein. Als sie das Theater verließen, war es bitter kalt. Harter, körniger Schnee fegte die VI. Avenue entlang, so daß die Hochbahn kaum zu sehen war. Joe brachte sie in einem Taxi nach Hause und verließ sie vor ihrer Tür mit einem abrupten: »Adjüs, Janey.« Sie stand einen Augenblick lang auf der Türstufe, den Hausschlüssel in der Hand, und sah ihm nach, wie er mit seinem gebückten, schaukelnden Gang in westlicher Richtung davonmarschierte, nach der 10. Street und den Werften zu.

In diesem Winter wehten jeden Tag die Fahnen in der V. Avenue. Janey las beim Frühstück eifrig die Zeitung, im Büro sprach man über deutsche Spione, deutsche Unterseeboote, deutsche Greueltaten und deutsche Propaganda. Eines Tages kam zu J. Ward eine französische Militärmission zu Besuch, hübsche, blasse Offiziere in blauem Uniformrock und roter Hose, mit Orden geschmückt. Der jüngste von ihnen ging auf Krücken. Sie waren alle an der Front schwer verwundet worden. Als sie weg waren, kam es zwischen Janey und Gladys fast zu einem Streit, weil Gladys sagte, diese Offiziere seien ja doch bloß faule Nichtstuer, und sie würde viel lieber mit einer Mission gewöhnlicher Frontsoldaten reden. Janey wußte nicht, ob sie J. Ward von Gladys' deutschfreundlicher Haltung erzählen sollte, ob das nicht ihre patriotische Pflicht wäre. Vielleicht waren die Comptons Spione, Benny war Sozialist oder noch Schlimmeres, das wußte sie; und lebten sie nicht unter einem angenommenen Namen? Sie beschloß, die Augen offenzuhalten.

An demselben Tage kam G. H. Barrow ins Büro. Janey blieb die ganze Zeit in J. Wards privatem Arbeitszimmer. Die beiden Männer redeten über den Präsidenten Wilson, über die Frage der Neutralität, über den Aktienmarkt und warum die Überreichung der Lusitania-Note sich verzögert hatte. G. H. Barrow hatte eine Unterredung mit dem Präsidenten gehabt. Er war Mitglied eines Komitees, das sich bemühte, zwischen den Eisenbahnen und den Gewerkschaften zu vermitteln, denn die Gewerkschaften drohten mit dem Streik. Janey gefiel er besser als damals im Salonwagen auf der Fahrt von Mexiko City nach der Grenze, so daß sie, als sie ihn beim Weggehen im Korridor traf, recht gern ein paar Worte mit ihm plauderte, und als er sie bat, mit ihm essen zu gehen, sagte sie zu und kam sich sehr keß vor.

Solange G. H. Barrow in New York blieb, ging er fast jeden Abend mit Janey aus, ins Restaurant, ins Theater. Janey amüsierte sich prächtig, und wenn er auf dem Nachhauseweg in der Droschke allzu intim werden wollte, konnte sie ihn immer mit seiner Queenie necken. Er wußte natürlich nicht, auf welche Weise sie davon Wind bekommen hatte, und er erzählte ihr die ganze Geschichte, und wie dieses Weib ewig hinter ihm her sei, um ihm Geld abzunehmen, aber er sagte, er sei jetzt von seiner Frau geschieden, und sie könne ihm gar nichts mehr antun. Nachdem er Janey hatte schwören lassen, daß sie es keinem Menschen weitersagen würde, gestand er ihr, daß er durch einen juristischen Kniff zu gleicher Zeit mit zwei Frauen verheiratet gewesen sei, und Queenie sei eine dieser Frauen, und jetzt habe er sich von beiden scheiden lassen, und Queenie könne ihm wirklich gar nichts mehr antun, aber die Zeitungen suchten immer nach Schmutzereien und würden einem Liberalen wie ihm, der so ganz der Arbeitersache ergeben sei, besonders gern etwas anhängen. Dann sprach er über die Kunst, zu leben, und sagte, die amerikanischen Frauen verstünden die Kunst, zu leben, nicht; zumindest solche Frauen wie Queenie nicht. Janey bedauerte ihn sehr, aber als er sie aufforderte, seine Frau zu werden, da lachte sie und sagte, sie würde vorher einen Rechtsanwalt fragen müssen, bevor sie antworten könne. Er erzählte ihr sein ganzes Leben, wie arm er als junger Mensch gewesen war, und dann erzählte er von seiner Arbeit als Stationsbeamter, als Frachtgutexpedient und Schaffner, von der Begeisterung, mit der er für die Gewerkschaft hatte zu arbeiten begonnen, und wie dann seine Enthüllungsartikel über die Zustände bei den Eisenbahnern ihm einen Namen gemacht und ihm Geld eingetragen hatten, so daß alle seine früheren Kameraden der Meinung seien, er habe sich verkauft, aber das sei, so wahr Gott ihm helfe, nicht wahr. Janey ging nach Hause und erzählte den Tingleys von diesem Heiratsantrag, nur hütete sie sich, auch nur ein Wort über Queenie oder über die Doppelehe zu sagen, und alle lachten und machten Witze; Janey schwoll der Kamm, weil ein so bedeutender Mann ihr einen Heiratsantrag gemacht hatte, sie überlegte, warum gerade immer solch interessante Männer sich in sie verliebten, und bedauerte nur, daß diese interessanten Männer stets einen so liederlichen Eindruck machten, aber sie wußte nicht, ob sie G. H. Barrow heiraten wolle oder nicht.

Am nächsten Tag im Büro schlug sie im großen Namensalmanach nach, und dort stand: *Barrow, George Henry, Schriftsteller* . . . aber sie glaubte nicht, daß sie ihn je würde lieben können. J. Ward sah in diesen Tagen recht bekümmert und krank aus, und Janey bedauerte ihn sehr und vergaß ihren G. H. Barrow. Dann wurde sie zu einer privaten Besprechung hinzugezogen, die zwischen J. Ward, Mr. Robbins und einem irischen Advokaten namens O'Grady stattfand, und man fragte sie, ob sie etwas dagegen haben würde, wenn man auf ihren Namen ein Safefach mietete, um dort gewisse Papiere zu hinterlegen, und zugleich beim *Banker's Trust* ein privates Konto für sie eröffnete. Aus geschäftlichen Gründen könnten ähnliche Schritte sich als nötig erweisen. Mr. Robbins und J. Ward würden mehr als die Hälfte der Aktien des neuen Konzerns besitzen und für ihre Arbeit ein reguläres Gehalt beziehen. Mr. Robbins sah sehr sorgenvoll und etwas betrunken aus, zündete sich unaufhörlich Zigaretten an und vergaß sie dann auf dem Rande des Schreibtisches, sagte unaufhörlich: »Sie wissen sehr gut, J. W., daß alles, was Sie tun, bei mir Eins A ist.« J. Ward erklärte Janey, sie würde dem leitenden Stab des neuen Konzerns angehören, aber natürlich in keiner Weise persönlich haftbar sein. Es stellte sich heraus, daß die alte Mrs. Staple gegen J. Ward, um eine große Summe Geldes von ihm zurückzuerhalten, einen Prozeß begonnen, daß seine Frau in Pennsylvana die Scheidung eingeleitet hatte, daß sie sich weigerte, ihn zu den Kindern ins Haus zu lassen und daß er im *McAlpin* wohnte.

»Gertrude hat den Verstand verloren«, sagte Mr. Robbins freundlich. Dann schlug er J. Ward auf die Schulter. »Sieht so aus, als ob die Sache jetzt im Rollen wäre«, schrie er mit dröhnender Stimme. »Na, ich gehe zu Mittag essen, der Mensch muß essen – und trinken – auch wenn er quasi vor der Pleite steht.« J. Ward machte eine finstere Miene und sagte kein Wort, und Janey fand es sehr geschmacklos, so daherzureden und noch dazu so laut.

Als sie an diesem Abend nach Hause kam, erzählte sie den Tingleys, daß sie einen Aufsichtsratsposten in dem neuen Konzern bekleiden würde, sie fanden es wundervoll, daß sie so schnell Karriere mache, und sie müsse jetzt wirklich eine Gehaltserhöhung verlangen, wenn auch die wirtschaftliche Krise recht bedenklich sei. Janey lächelte und sagte: »Alles zu seiner Zeit.« Auf dem Heimweg war sie in dem

Telegraphenamt in der 23. Street gewesen und hatte an G. H. Barrow, der nach Washington gefahren war, depeschiert: *Wir wollen gute Freunde sein.*
Eddy Tingley holte eine Flasche Sherry hervor, bei Tische tranken er und Eliza »Auf das neue Aufsichtsratsmitglied!«. Janey wurde puterrot und fühlte sich sehr geschmeichelt. Nachher spielten sie eine Partie Strohmann-Bridge.

Das Kamera-Auge 28

Der große Saal war überfüllt draußen vor dem *Madison Square* wimmelte es von Blauen sie forderten jeden zum Weitergehen auf und die Feuerwehr war ausgerückt
wir konnten keinen Sitzplatz bekommen so liefen wir also die Treppe bis zur letzten Galerie hinauf und blickten durch die blaue Luft auf die Gesichter hinunter die dicht nebeneinanderlagen wie Sand am Meer auf der Rednertribüne winzige Gestalten und ein Mann redete und sooft er sagte KRIEG wurde gezischt und sooft er sagte RUSSLAND ,wurde geklatscht wegen der Revolution ich wußte nicht wer sprach jemand sagte Max Eastman und jemand sagte nein ein anderer aber wir klatschten und brachten ein Hoch auf die Revolution aus und protestierten zischend gegen Morgan und den kapitalistischen Krieg neben uns stand ein Krimi und der sah uns ins Gesicht als wollte er sich unsere Gesichter merken
dann gingen wir ins *Bronx Casino* um Emma Goldman zu hören aber die Versammlung war verboten worden die Straßen in der Umgebung wimmelten von Menschen Möbelwagen fuhren durch die Menge und es hieß die Möbelwagen stecken voller Polizisten mit Maschinengewehren kleine Polizeifords mit Scheinwerfern waren da und sie attackierten die Menschenmassen mit den Fords und mit den Scheinwerfern alles redete: Maschinengewehre Revolution Bürgerrechte Redefreiheit ab und zu kam einer den Blauen in die Quere wurde verprügelt und auf einen Überfallwagen verladen und die Blauen hatten Angst und es hieß sie wollen die Feuerwehr rufen um die Massen auseinanderzutreiben und jeder sagte es ist eine Schande und wo bleiben denn Washington Jefferson und Patrick Henry?
nachher gingen wir ins *Brevoort* dort war es viel netter alles was einen Namen hatte war da versammelt Emma Gold-

man war da aß Frankfurter mit Sauerkraut und alle blickten nach Emma Goldman und alles was einen Namen hatte wurde bestaunt und alle waren für den Frieden für den Kooperativstaat und für die russische Revolution und wir sprachen über rote Fahnen Barrikaden und passende Stellungen für die Maschinengewehre

und wir tranken ein paar Gläschen aßen Käseschnitten bezahlten unsere Rechnung gingen nach Hause öffneten die Tür mit einem Hausschlüssel zogen den Pyjama an gingen zu Bett

und fühlten uns im Bett sehr behaglich

Weltwochenschau XVIII

Goodby Piccadilly, farewell Leicester Square
It's a long way to Tipperary

Ehefrau überrascht ihren Mann mit fremdem Mädchen im Hotel

einer solchen Aufgabe können wir unser Leben weihen
und unser Vermögen, alles, was wir sind,
und alles, was wir haben, mit dem Stolze jener, die wissen,
daß der Tag gekommen ist, da Amerika das stolze Vorrecht erhält,
sein Blut und seine Macht für die Grundsätze herzugeben, die ihm
Geburt und Glück und den sorgsam gehüteten Frieden beschert haben.
Gott helfe den USA, sie können nicht anders

It's a long way to Tipperary
It's a long way to go
It's a long way to Tipperary
Und zur Allerliebsten mein

Hütet euch Verräter

vier personen in evanston mit einer geldstrafe wegen tötung von singvögeln

Wilson wird die Einberufung beschleunigen

nahrungsmittelspekulanten treiben preise für konserven in die höhe fordern alkoholverbot in USA für die dauer des krieges anklageerhebung gegen personen die der nationalhymne nicht genügende beachtung schenken

JOFFRE FORDERT JETZT TRUPPEN AN

Prozeß Mooney ein Fanal

Goodby Piccadilly, farewell Leicester Square
It's a long way to Tipperary
Aber mein Herz ist bei dir

Kongreß will T. R. nicht erlauben truppen anzuwerben
eine Schar radikaler Sozialisten unter der Führung Nikolai Lenins, eines politischen Flüchtlings, der vor kurzem via Deutschland aus der Schweiz zurückgekehrt ist, wollten heute die amerikanische Gesandtschaft überfallen
Die Fahnen der Alliierten auf Washingtons Grab

ELEANOR STODDARD

Eleanor fand diesen Winter sehr aufregend. Sie und J. W. gingen recht oft miteinander aus, sahen sich alle französischen Opern und die wichtigsten Premieren an. Es gab im Osten, in der 56. Street, ein kleines französisches Restaurant, wo sie nach Hors-d'œuvre-Art soupierten. Sie besichtigten gemeinsam die französischen Gemälde in den Galerien der Madison Avenue. J. W. begann sich für Kunst zu interessieren, und Eleanor spazierte riesig gern mit ihm umher, weil er alle Dinge so romantisch zu nehmen wußte, und er pflegte zu sagen, sie sei seine beste Inspiration, immer, wenn er mit ihr gesprochen habe, kämen ihm gute Gedanken. Oft sprachen sie davon, wie dumm die Leute seien, die glaubten, zwischen Mann und Frau könne keine platonische Freundschaft bestehen. Jeden Tag schrieben sie einander kleine Briefchen in französischer Sprache. Eleanor dachte oft, es sei ein Jammer, daß J. W. eine so stupide Frau habe, die noch dazu krank war, aber sie fand die Kinder entzückend, und es war so nett, daß sie beide die entzückend blauen Augen ihres Vaters hatten.
Sie hatte jetzt ein eigenes Büro, zwei junge Mädchen arbeiteten bei ihr, um das Geschäft zu erlernen, und es gab viel zu tun. Das Büro lag in der Madison Avenue, in dem ersten Häuserblock hinter dem Madison Square, und an der Tür stand nur ihr Name, da Eveline Hutchins gar nichts mehr damit zu tun hatte; Dr. Hutchins hatte sich in den Ruhestand begeben, und die Hutchins waren sämtlich nach Santa Fé übergesiedelt. Eveline schickte ihr ab und zu eine Kiste mit indianischen Raritäten oder Töpferwaren und einigen Aquarellen, wie sie die indianischen Kinder in der Schule malen, und Eleanor fand, daß diese Dinge sich gut verkauften. Gegen Abend fuhr sie dann mit der Droschke nach Hause, blickte zu dem Turm der *Metropolitan-Lebens-*

versicherung empor, zu dem Flatiron Building und den Lichtern vor dem stählernen Himmel Manhattans, dachte dabei an Kristall und künstliche Blumen und goldene Stickerei auf indigorotem und rotweinfarbenem Brokat.
Das Dienstmädchen hatte inzwischen den Tee serviert, und oft erwarteten sie einige Freunde, junge Architekten oder Maler. Immer standen Blumen auf dem Tisch, Calla-Lilien, weiß und zart wie Eiscreme, oder eine Vase mit afrikanischen Glockenblumen. Sie plauderte ein wenig mit ihren Gästen, bevor sie davonhuschte, um sich zum Abendessen umzukleiden. Wenn J. W. anrief, daß er nicht kommen könne, war sie sehr betrübt. Falls dann von ihren Teegästen noch jemand da war, bat sie ihn, zu bleiben und mit dem vorliebzunehmen, was gerade da sei.
Sooft sie eine französische Fahne sah oder eine Kapelle das Tipperarylied spielen hörte, wurde sie ganz aufgeregt, und eines Abends, als sie ins Theater gingen, um sich zum drittenmal *The Yellow Jacket* anzusehen, trug sie einen neuen Pelzmantel, von dem sie noch nicht wußte, wie sie ihn bezahlen würde, und sie dachte an die vielen unbezahlten Rechnungen im Büro und an das Haus am Sutton Place, das sie auf eigenes Risiko frisch dekorierte, gern hätte sie J. W. nach den tausend Dollar gefragt, die er, wie er sagte, für sie angelegt hatte, und ob denn noch nichts dabei herausgekommen sei. Sie hatten sich über die Luftangriffe, über Giftgas, über die Wirkungen der Kriegsnachrichten auf die Geschäftswelt, über die Bogenschützen von Mons und die Jungfrau von Orleans unterhalten, und sie sagte, sie glaube an Wunder, und J. W. sprach in dunklen Andeutungen von irgendeinem Umschlag an der Börse, sein Gesicht sah hager und verhärmt aus, aber sie überquerten inmitten der abendlichen Menge den Times Square, die Lichtreklamen leuchteten auf und erloschen, auf dem Wrigley-Plakat turnten die kleinen zierlichen dreieckigen Männlein, und plötzlich begann eine Drehorgel die Marseillaise zu spielen, es war zu schön; Eleanor brach in Tränen aus, sie sprachen von Opfer und Hingabe, J. W. drückte ihren Arm durch den Pelzmantel hindurch und gab dem Drehorgelmann einen Dollar. Als

sie ins Theater kamen, lief Eleanor eilig in die Toilette hinunter, um zu sehen, ob nicht ihre Augen rot seien. Aber als sie in den Spiegel schaute, da waren sie gar nicht rot, ja, in ihren Augen funkelte ein herzlich tiefes Fühlen, sie machte also nur ihr Gesicht ein wenig zurecht und ging wieder ins Vestibül hinauf, wo J. W. mit den Karten auf sie wartete, und ihre grauen Augen funkelten und waren voller Tränen.

Eines Abends dann sah J. W. wirklich sehr sorgenvoll drein, und während er sie von der Oper nach Hause brachte, sie hatten *Manon* gehört, sagte er, seine Frau könne ihr Verhältnis nicht begreifen, sie mache ihm Szenen und drohe mit Scheidung. Eleanor war empört und sagte, seine Frau müsse ein sehr unvornehmer Mensch sein, um nicht zu begreifen, daß ihre Beziehung so rein sei wie frisch gefallener Schnee. Das sei richtig, sagte J. W., und er mache sich große Sorgen; der größte Teil des in seiner Agentur investierten Kapitals gehöre seiner Schwiegermutter, und sie könne ihn, wenn sie wolle, in den Konkurs treiben, was für ihn noch schlimmer wäre als eine Scheidung. Da wurde Eleanor ganz kalt und spröd zumute, sie sagte, sie würde lieber gänzlich aus seinem Leben verschwinden, als ihm sein Heim zu zerstören, und er müsse auf seine entzückenden Kinder Rücksicht nehmen. J. W. erwiderte, sie sei seine Inspiration, er könne sie in seinem Leben nicht entbehren, und als sie wieder in der 8. Street waren, gingen sie in Eleanors weißglitzerndem Salon, umschwebt von schwerem Lilienduft, auf und ab und überlegten, was zu tun sei. Sie rauchten viele Zigaretten, aber sie konnten anscheinend zu keinem Entschluß gelangen. Als J. W. fortging, sagte er seufzend: »Vielleicht steht schon ihr Detektiv unten, um mich zu beobachten«, und dann entfernte er sich sehr deprimiert.

Nachdem er weg war, ging Eleanor vor dem großen venezianischen Spiegel zwischen den beiden Fenstern auf und ab. Sie wußte nicht, was sie tun sollte. Das Dekorationsgeschäft deckte gerade nur die Unkosten. Für das Haus am Sutton Place hatte sie die Amortisationsrate zu zahlen. Die Miete für ihre Wohnung war seit zwei Monaten fällig, und dann hatte sie noch den Pelzmantel zu bezahlen. Sie hatte mit den tausend Dollar Aktien gerechnet, die J. W. ihr versprochen hatte, falls es ihm gelänge, den erwarteten Gewinn in venezolanischem Öl zu machen. Da mußte irgend etwas schiefgegangen sein, sonst wäre er schon selber auf die Sache zurückgekommen. Nachdem Eleanor sich zu Bett gelegt hatte, konnte sie nicht einschlafen. Sie fühlte sich sehr einsam und elend. Nun würde sie also wieder in die Tretmühle eines Warenhauses zurückkehren müssen. Allmählich verlor sie ihr gutes Aussehen und ihre Freunde, und wenn sie nun doch gezwungen wäre, J. W. aufzugeben, würde das ganz schrecklich sein. Sie dachte an ihr farbiges Dienstmädchen Augustine mit ihren Verehrern und ihren unglücklichen Liebschaften, von denen sie Eleanor ausführlich zu erzählen pflegte, und beneidete sie. Sie dachte an Freundinnen, die einen Mann und Kinder hatten, und an das behagliche Heim ihres Onkels und ihrer Tante in Pullman. Vielleicht war es falsch gewesen, daß sie von Anfang an alles gleich so schön und tadellos haben wollte. Sie weinte nicht, aber sie lag die ganze Nacht wach, starrte mit weitaufgerissenen, schmerzenden Augen nach dem Blumenfries an der Zimmerdecke, sie sah alles ganz deutlich in dem matten Lichtschein, der von der Straße her durch die lavendelfarbenen Tüllvorhänge hereinsickerte.

Ein paar Tage später saß sie in ihrem Büro und betrachtete gerade einige alte spanische Stühle, die ein Möbelantiquar ihr verkaufen wollte, als ein Telegramm kam: UNANGENEHME VORFÄLLE MUSS SIE SPRECHEN TELEPHON NICHT RATSAM BITTE FÜNF UHR TEE PRINCE GEORGE HOTEL. Die Unterschrift fehlte. Sie sagte dem Mann, er solle die Stühle hierlassen, und nachdem er weg war, stand sie lange da und betrachtete die Vase und die lavendelfarbenen Krokusblüten mit den gelben Stempeln, die in einem Topf auf ihrem Schreibtisch standen. Sie überlegte, ob es zweckmäßig wäre, nach Great Neck hinauszufahren und mit Gertrude Moorehouse zu sprechen. Dann rief sie Miss Lee herein, die gerade im Nebenzimmer einige Vorhänge zurechtmachte, und bat sie, sich um das Büro zu kümmern, sie würde im Laufe des Nachmittags anrufen.

Dann bestieg sie ein Taxi und fuhr zum Pennsylvaniabahnhof. Es war ein vorzeitiger Frühlingstag. Die Leute spazierten mit aufgeknöpften Überröcken durch die Straßen. Der Himmel war von einer sanften Malvenfarbe, mit zarten Wölkchen bedeckt wie mit Flocken des Löwenzahns. Mit dem Geruch der Pelze, Mäntel, Auspuffe und vermummten Menschenkörper kam ganz unerwartet ein Birkenrindenduft. Eleanor saß kerzengrade in dem Taxi, bohrte ihre scharfen Nägel in die Ballen ihrer graubehandschuhten Hände. Sie haßte diese tückischen Tage, da der Winter sich wie der Frühling gebärdet. An solchen Tagen traten die Falten in ihrem Gesicht stärker hervor, alles ringsum schien ins Wanken zu geraten, nirgends mehr konnte sie festen Fuß fassen ... Sie würde zu Gertrude Moorehouse fahren und mit ihr als Frau zur Frau reden. Ein Skandal würde alles zerstören. Wenn sie ein Weilchen mit ihr spräche, könnte sie ihr klarmachen, daß zwischen ihr und J. W. nie etwas gewesen war. Ein Scheidungsskandal würde alles zerstören. Sie würde ihre Kunden verlieren und in Konkurs gehen müssen, und dann bliebe ihr nichts mehr übrig, als nach Pullman zu ihrem Onkel und ihrer Tante zurückzukehren ... Das will ich nicht. Lieber bringe ich mich vorher um.

Sie bezahlte den Chauffeur und ging die Treppe zur Long-Island-Bahn hinunter. Die Knie zitterten ihr, und eine verzweifelte Müdigkeit packte sie, als sie sich durch die Menschenmasse an den Auskunftsschalter drängte. Nein, sie könne vor 2.13 keinen Zug nach Great Neck bekommen. Lange mußte sie um die Karte anstehen. Ein Mann trat ihr auf den Fuß. Empörend langsam schob sich die Menschenkette an dem Fahrkartenschalter vorbei. Als sie dann am Schalter stand, dauerte es mehrere Sekunden, bevor sie sich an den Namen der Station erinnern konnte, für die sie die Karte lösen wollte. Der Mann hinter dem Fenster musterte sie mit verdrießlichen Blicken. Er trug einen grünen Augenschirm, und seine Lippen waren zu rot für sein blasses Gesicht. Die Leute hinter ihr wurden ungeduldig. Ein Mann mit einem Tweedmantel und einem schweren Koffer versuchte bereits, sich an ihr vorbeizudrängen. »Great Neck, mit Rückfahrt.« Kaum hatte sie das Billett gekauft, als ihr einfiel, daß sie nicht genug Zeit haben würde, um bis fünf Uhr wieder zurück zu sein. Sie schob das Billett in ihr grauseidenes Geldtäschchen, das mit einem kleinen Jettmuster bestickt war. Jetzt dachte sie entschieden daran, sich umzubringen. Sie würde mit der Untergrund in die Stadt fahren, mit dem Aufzug im Woolworth-Building nach oben fahren und sich dann hinunterstürzen.

Statt dessen aber ging sie zu dem Autohalteplatz. Rötliches Sonnenlicht strömte durch die graue Kolonnade, flockig wie moirierte Seide stieg der blaue Rauch der Auspuffe in den Sonnenschein empor. Sie setzte sich in ein Taxi und befahl dem Chauffeur, in den Central-Park zu fahren. Manche Zweige waren rot, die langen Buchenknospen schimmerten hell, aber das Gras war immer noch bräunlich. In den Rinnsteinen lagen schmutzige Schneehäufchen. Ein frostig rauher Wind wehte über die Teiche. Der Chauffeur redete ununterbrochen auf sie ein; sie verstand nicht, was er sagte, und wurde es müde, ihm aufs Geratewohl zu antworten; er solle sie, sagte sie, vor dem Städtischen Museum absetzen. Während sie ihn bezahlte, lief ein Zeitungsjunge vorbei und schrie: »Extraausgabe.« Eleanor kaufte sich für einen Nickel eine Zeitung, und auch der Taxichauffeur kaufte sich eine Zeitung. »Da soll mich doch ...!« hörte sie den Chauffeur ausrufen, aber sie lief ganz schnell die Stufen hinauf, aus Angst, sie würde sich mit ihm unterhalten müssen. Als sie in das ruhige, silbrige Licht des Museums kam, entfaltete sie die Zeitung. Ein widerlicher Geruch von Druckerschwärze stieg ihr in die Nase, die Druckerschwärze war noch ganz klebrig und färbte auf ihre Handschuhe ab.

KRIEGSERKLÄRUNG
Nur noch eine Frage von Stunden
wie wir aus gut unterrichteten Kreisen in Washington erfahren
Deutsche Note durchaus unbefriedigend

Sie ließ die Zeitung auf einer Bank liegen und ging sich die Rodins ansehen. Nachdem sie sich die Rodins angesehen hatte, ging sie in den Chinesischen Saal. Nachdem sie sich alsdann entschlossen hatte, mit dem Autobus die V. Avenue hinunterzufahren – sie hatte das Gefühl, daß sie zuviel Geld für Taxis verschwende –, war ihr wieder etwas wohler zumute. Während der Fahrt in die Stadt dachte sie unaufhörlich an die Bronzezeit. Als sie J. W. in dem trübe rötlichen Licht des Hotelvestibüls erblickte, ging sie mit federnden Schritten auf ihn zu. Sein Kinn war gestrafft, seine blauen Augen sprühten Feuer. Er sah jünger aus als das letztemal. »So, jetzt ist es endlich da«, sagte er. »Ich habe gerade nach Washington depeschiert und der Regierung meine Dienste angeboten ... Ich möchte doch sehen, ob sie jetzt noch versuchen werden, einen Eisenbahnerstreik zu inszenieren.«

»Es ist wunderbar und auch schrecklich«, sagte Eleanor. »Ich zittere wie Espenlaub.«

Sie setzten sich an ein kleines Tischchen in eine Ecke hinter einer schweren Portiere, um Tee zu trinken. Kaum hatten sie sich hingesetzt, als das Orchester das *Sternenbanner* zu spielen begann, und da mußten sie aufstehen. In dem Hotel herrschte großer Betrieb. Die Leute liefen mit frischen Extraausgaben umher, lachten und redeten laut. Wildfremde Menschen liehen einander ihre Zeitungen, plauderten über den Krieg, zündeten einander die Zigaretten an.

»Ich habe eine Idee, J. W.«, sagte Eleanor und balancierte ein Stückchen geröstetes Zimtbrot in ihren erhobenen Fingern, »wenn ich zu Ihrer Frau hinausfahre und mit ihr als Frau zur Frau spreche, wird sie vielleicht die Lage besser begreifen. Als ich damals das Haus einrichtete, war sie sehr freundlich zu mir, wir vertrugen uns prächtig.«

»Ich habe Washington meine Dienste angeboten«, sagte J. W. »Vielleicht liegt jetzt schon das Telegramm in meinem Büro. Ich bin überzeugt, Gertrude wird einsehen, daß es ganz einfach ihre *Pflicht* ist.«

»Ich will hinüber, J. W.«, sagte Eleanor, »ich fühle, ich muß hinüber.«

»Wohin?«
»Nach Frankreich.«
»Keine übereilten Schritte, Eleanor.«
»Nein, ich fühle, ich muß hinüber ... Ich bin sicher eine sehr gute Pflegerin ... Ich fürchte mich vor nichts, das müssen Sie doch wissen, J. W.«
Das Orchester spielte abermals das *Sternenbanner*, Eleanor sang mit einer schrillen, kleinen, zittrigen Stimme einen Teil des Refrains mit. Sie waren zu aufgeregt, um lange auf einem Fleck zu sitzen, und fuhren mit einem Taxi in J. W.s Büro. Im Büro herrschte große Aufregung. Miss Williams hatte in das Mittelfenster eine Fahnenstange einbauen lassen und hißte soeben die Fahne. Eleanor ging zu ihr hin und schüttelte ihr warm die Hand. Der kalte Wind wirbelte die Papiere auf dem Schreibtisch hoch, Maschineschreibseiten flogen durch das Zimmer, aber niemand kümmerte sich darum. Durch die V. Avenue näherte sich eine Musikkapelle, ein Soldatenlied spielend. Alle Bürofenster waren hell erleuchtet, Fahnen klatschten in dem kalten Wind gegen die Stangen, Kontoristen und Stenotypistinnen beugten sich aus den Fenstern und schrien Hurra, warfen Papierschnitzel hinaus, die in dem bitterkalten, wirbelnden Wind auf und nieder tanzten.
»Es ist das Siebente Regiment«, sagte jemand, und alle klatschten und schrien Hurra. Die Kapelle schmetterte dröhnend unter dem Fenster. Man hörte den stampfenden Marschtritt der Miliz. Sämtliche Automobile in dem gestauten Verkehr ließen ihre Hupen ertönen. Menschen auf dem Verdeck der Omnibusse winkten mit kleinen Fähnchen. Miss Williams beugte sich vor und küßte Miß Eleanor auf die Wange. J. W. stand dabei, blickte über ihre Köpfe hinweg, ein stolzes Lächeln lag auf seinem Gesicht.
Nachdem die Kapelle vorüber und der Verkehr wieder in Gang gekommen war, machten sie das Fenster zu, und Miss Williams hob die lose verstreuten Papiere von der Erde auf. J. W. hatte ein Telegramm aus Washington bekommen, man akzeptierte seine Mitarbeit an dem amtlichen Nachrichtendienst, den Wilson organisierte, und er sagte, er reise

morgen ab. Er rief in Great Neck an und fragte Gertrude, ob er zum Dinner hinauskommen und jemanden mitbringen dürfe. Gertrude sagte ja, hoffentlich werde sie imstande sein, das Bett zu verlassen, um sie zu empfangen. Die Kriegsnachrichten hätten sie sehr aufgeregt, aber sie sagte, der Gedanke an all dieses Elend und schreckliche Gemetzel bereite ihr die allerschlimmsten Kopfschmerzen.

»Ich habe das Gefühl, wenn ich Sie zum Essen mitnehme, wird sich alles wieder einrenken«, sagte er zu Eleanor. »Und meine Ahnungen täuschen mich selten.«

»Oh, ich weiß, sie wird uns verstehen«, sagte Eleanor.

Als sie das Büro verließen, begegneten sie im Flur des Hauses Mr. Robbins. Er nahm den Hut nicht vom Kopf und die Zigarre nicht aus dem Mund. Er sah betrunken aus.

»Was zum Teufel soll denn das!« sagte Mr. Robbins. »Haben wir jetzt Krieg oder nicht?«

»Wenn wir ihn momentan noch nicht haben, dann sicher morgen früh«, erwiderte J. W.

»Das ist der niederträchtigste Verrat der Weltgeschichte«, sagte Mr. Robbins. »Weshalb haben wir denn Wilson gewählt und nicht den alten Vollbart, doch nur, damit er uns diese verdammte Schweinerei vom Halse hält!«

»Robbins, ich bin nicht im mindesten mit Ihnen einverstanden«, sagte J. W., »ich halte es für unsere Pflicht, die Zivilisation ...« Aber Mr. Robbins war bereits durch die Bürotür verschwunden, und eine kräftige Whiskyfahne wehte hinter ihm her. »Ich hätte ihm ordentlich meine Meinung gesagt«, sagte Eleanor, »wenn ich nicht gesehen hätte, in was für einem Zustand er ist.«

Die Fahrt in dem Pierce Arrow nach Great Neck war bezaubernd. Lange noch hing der rote Nachglanz der Sonne am Horizont. Als sie über die Brücke der 59. Street fuhren, den kalten Wind im Rücken, das war es, als flögen sie über die Lichter, über die Häuserblocks, über die purpurne Masse der Blackwell-Insel, über die Dampfer, die hohen Schornsteine und den blauen Widerschein der elektrischen Kraftwerke hinweg. Eleanor dachte an Edith Cavell, an Luftangriffe, an Fahnen und Scheinwerfer, an den Marschtritt vorrückender Armeen und an die Johanna von Orleans. Sie zog ihren Pelzmantel dicht unters Kinn und überlegte, was sie zu Gertrude Moorehouse sagen würde.

Als sie ankamen, hatte sie ein wenig Angst vor einer peinlichen Szene. Sie blieb im Vestibül stehen, um sich vor einem kleinen Spiegel, den sie in ihrem Täschchen hatte, das Gesicht herzurichten.

Gertrude Moorehouse saß in einem Rollstuhl neben einem knisternden Feuer. Eleanor sah sich in dem Zimmer um und stellte befriedigt fest, daß es ganz reizend aussah. Gertrude Moorehouse wurde sehr blaß, als sie Eleanor erblickte. »Ich wollte mit Ihnen sprechen«, sagte Eleanor. Gertrude Moorehouse streckte die Hand aus, ohne aufzustehen. »Verzeihen Sie, daß ich nicht aufstehe, Miss Stoddard. Aber diese schreckliche Nachricht hat mich ganz erschlagen.«

»Die Zivilisation verlangt ein Opfer – von uns allen«, sagte Eleanor.

»Natürlich ist es schrecklich, was die Hunnen gemacht haben, belgischen Kindern die Händchen abzuschneiden und so weiter«, sagte Gertrude Moorehouse.

»Mrs. Moorehouse«, sagte Eleanor, »ich möchte mit Ihnen über dieses unglückselige Mißverständnis sprechen, das durch meine Beziehung zu Ihrem Manne entstanden ist ... Glauben Sie, daß ich imstande wäre, hierherzukommen und Ihnen ins Gesicht zu sehen, wenn diese abscheulichen Gerüchte auch nur die mindeste Basis hätten? Unsere Beziehungen sind so rein wie frisch gefallener Schnee.«

»Bitte sprechen Sie nicht davon, Miss Stoddard, ich glaube Ihnen.«

Als J. W. hereinkam, saßen sie beide vor dem Kamin und unterhielten sich über Gertrudes Operation. Eleanor sprang auf.

»Ach, ich finde es so wundervoll von Ihnen, J. W.«

J. W. räusperte sich und blickte von der einen zur anderen. »Es ist kaum weniger als meine Pflicht«, sagte er. – »Was denn?« fragte Gertrude. – »Ich habe für die Dauer des Krieges der Regierung meine Dienste angeboten, in welcher Eigenschaft auch immer sie mich verwenden will.« – »Doch nicht an der Front!« sagte Gertrude mit erschrockener Miene.

»Ich fahre morgen nach Washington ... Natürlich werde ich mir für meine Dienste nichts bezahlen lassen.«

»Ward, das ist edelmütig von dir«, sagte Gertrude. Er ging langsam auf sie zu, bis er neben ihrem Sessel stand, dann bückte er sich und küßte sie auf die Stirn. »Wir müssen alle unser Opfer bringen ... Liebling, ich erwarte, daß du und deine Mutter ...«

»Natürlich, Ward, natürlich ... Es war ja nur ein dummes Mißverständnis.« Gertrude wurde rot. Sie stand auf. »Ich bin ein mißtrauischer Dummkopf gewesen ... Aber du darfst nicht an die Front gehen, Ward. Ich werde Mutter schon überreden ...« Sie ging zu ihm hin und legte die Hände auf seine Schultern. Eleanor trat an die Wand zurück und betrachtete die beiden. Er trug einen knappsitzenden Smoking. Gertrudes lachsfarbenes Nachmittagskleid hob sich von dem schwarzen Smoking ab. Sein helles Haar war grau wie Asche, im Lichtschein des Kristallüsters, vor den hohen, elfenbeingrauen Wänden des Zimmers. Sein Gesicht lag im Schatten und sah sehr traurig aus. Eleanor dachte bei sich, wie wenig die Menschen einen solchen Mann verstünden, wie schön das Zimmer sei, schön wie eine Tragödie, wie ein Whistler, wie Sarah Bernhardt. Rührung verschleierte ihren Blick.

»Ich trete in das Rote Kreuz ein«, sagte sie. »Ich kann es nicht erwarten, nach Frankreich zu kommen.«

Weltwochenschau XIX

Schlachtruf der City: Rettet die Nation

Die USA im Krieg

Drüben
Drüben

bei der jährlichen Generalversammlung der Aktionäre der Colt-Patent-Waffen-Werke wurde das runde Sümmchen von zweieinhalb Millionen verteilt. Das Grundkapital wurde erhöht. Die Dividenden für dieses Jahr betrugen 259 Prozent

freudige Überraschung der Briten

Die Yankees kommen
Wir kommen rü–ü–über

planen gesetz das den farbigen den zutritt zu den wohvierteln der weißen untersagt
in chicago viele millionen für golf ausgegeben die indischen agitatoren im ganzen land zu tode erschrocken
armour fordert USA auf die welt vor hungersnot zu erretten jede beschimpfung der fahne strafbar aktion der arbeiterparteilichen abgeordneten rußland in gefahr trägt stempel unehrenhaften friedens wie aus london verlautet

MILLIARDEN FÜR DIE ALLIIERTEN

Und wir gehen nicht eher nach Hause
Als bis alles da drüben zu Ende ist

Das Kamera-Auge 29

Es gab Priester und Nonnen auf der *Espagne* der Atlantische Ozean war grün wie Flaschenglas und sturmbewegt die Pfortenöffnungen waren mit hölzernen Deckeln verschalt die Decklichter trugen eine dichte Hülle und man durfte auf Deck kein Zündholz anstreichen aber die Stewards waren sehr tapfer sie sagten die Boches werden auf keinen Fall ein Schiff der *Compagnie Générale* versenken wegen der Priester und der Nonnen und der Jesuiten und weil das *Comité des Forges* versprochen hat das Bassin de la Brieye wo die großen Eisenhütten stehen nicht zu bombardieren Aktien der Gesellschaft sind im Besitz des Prince de Bourbon der Jesuiten der Priester und Nonnen

übrigens waren auch die anderen sehr tapfer außer dem Oberst Knowlton und seiner Frau vom Amerikanischen Roten Kreuz die hatten wasserdichte kältesichere unterseebootsichere Anzüge wie Eskimokostüme sie legten sie gar nicht ab saßen auf Deck umher in ihren Anzügen die mächtig aufgeblasen waren und nur ihre Gesichter waren zu sehen in den Taschen steckten Verbandpäckchen in dem Gürtel war ein wasserdichtes Behältnis mit Milchschokolade Zwieback und Malztabletten und wenn man früh morgens übers Deck spazierte war da Mr. Knowlton der Mrs. Knowlton aufblies oder Mrs. Knowlton die Mr. Knowlton aufblies

die Rooseveltjungens waren auch sehr tapfer neue amerikanische Armeemützen mit dem steifen Schirm Scharfschützenmedaillen auf dem khakigelben Kordstoff und sie sagten den ganzen Tag: Wir müssen mit rein wir müssen mit rein

als ob der Krieg ein Schwimmbassin wäre

und auch der Barmixer war tapfer und die Stewards waren tapfer sie waren alle schon mal verwundet worden und freuten sich sehr daß sie jetzt Stewards waren und nicht in den Schützengräben lagen und der Kuchen war herrlich

schließlich kam die Zone und das Schiff nahm einen Zickzackkurs wir saßen ganz still in der Bar und dann kam die Mündung der Gironde ein französisches Torpedoboot umkreiste das Schiff in dem frühen weichen perlgrauen Morgen und die Dampfer folgten dem kleinen Patrouillenboot wegen der Minenfelder die rot aufgehende Sonne über dem rötlichen Laub der Reben die Gironde voller Frachtdampfer Aeroplane in der Luft und Kriegsschiffe

rot war die Garonne es war Herbst auf den Kais vor den grauen Häusern lagen die Fässer mit neuem Wein neben den Patronenkisten und die Masten stämmiger Segelboote hingen verpackt vor der großen roteisernen Brücke

im Hotel zu den *Sieben Schwestern* ging alles in Trauer aber das Geschäft war wegen des Krieges sehr lebhaft und jeden Augenblick erwartete man die Regierung aus Paris

droben im Norden krepierten sie im Dreck der Schützengräben aber die Geschäfte in Bordeaux gingen gut und die Weinbauern die Schiffsagenten und die Munitionsfabrikanten strömten in den *Chapon Fin* aßen Ortolane Pilze Trüffeln und an der Wand hing ein großes Schild:

MÉFIEZ VOUS
les oreilles ennemies vous écoutent

roter Wein Dämmerlicht Plätze mit gelbem Kies bestreut und von Weinfässern umrandet ein Geruch nach Schokolade in den Parks graue Denkmäler und die Namen der Straßen: *Straße der Verlorenen Hoffnung Straße des Esprit des lois Straße der Vergessenen Schritte* und der Geruch brennenden Laubes und die bourbonischen Häuser aus dem achtzehnten Jahrhundert morsch und verfallen in der weinroten Dämmerung

im Hotel zu den *Sieben Schwestern* wurde man plötzlich spät in der Nacht wenn man längst im Bett lag aufgeweckt und ein Kriminalagent durchsuchte den Koffer

und betrachtete stirnrunzelnd den Paß und blätterte in den Büchern und sagte:
Monsieur, c'est la petite visite

BOB, DER KÄMPFER

Lafolette wurde im Stadtgebiet von Primrose geboren. Bis zu seinem neunzehnten Jahr arbeitete er auf einer Farm in Dane County, Wisconsin.
Dann brachte er die Universität von Wisconsin hinter sich. Er wollte Schauspieler werden, nahm Sprachunterricht, studierte Robert Ingersoll, Shakespeare und Burke (wer wird je den Einfluß Shakespeares auf das vorige Jahrhundert erklären können? ... Mark Antonius an Caesars Bahre, Othello vor dem venezianischen Senat und Polonius, überall Polonius).

Als er dann nach der Promotion in einem Wägelchen nach Hause fuhr, da war er Booth und Wilkes, der die Junius-Briefe schreibt, und Daniel Webster und Ingersoll, der Gott herausfordert, und all die togabekleideten großen Männer, ernst und unzerstörbar wie Statuen, herrlich durch die kapitolinischen Jahrhunderte deklamierend.

Er war der beste Debattenredner seines Jahrgangs
und siegte bei dem Landeswettkampf mit einer Rede über den Charakter Jagos.
Er arbeitete dann in einer Advokaturkanzlei und kandidierte für das Amt des Distriktanwalts. Seine Schulfreunde führten die Wahlkampagne, fuhren des Abends mit dem Wagen von Haus zu Haus. Er muckte gegen den Parteiapparat auf und blieb Sieger in der Wahl.
Das war die Revolte der jungen Leute gegen den Parteiapparat der republikanischen Landespartei,
und Boss Keyes, der Postmeister von Madison, der den Bezirk dirigierte, war so erstaunt, daß er fast vom Stuhl fiel.

Nun hatte Lafolette ein ausreichendes Einkommen, um heiraten zu können. Er war fünfundzwanzig Jahre alt.
Vier Jahre später kandidierte er für den Kongreß; wieder war die Universität auf seiner Seite; er war der Kandidat der Jugend. Als er gewählt wurde, war er der jüngste Abgeordnete des Hauses.
Philetus Sawyer, der Holzkönig von Wisconsin, der es gewohnt war, Politiker genauso aufzustapeln, zu kaufen und zu verkaufen, wie er Klafterholz stapelte und verkaufte, führte ihn in die politischen Kreise von Washington ein.
Er war Republikaner, und er hatte gegen den Apparat aufgemuckt. Nun glaubten sie ihn zu haben. Kein Mensch kann in Washington ehrlich bleiben.
Booth kam in diesem Winter nach Baltimore und spielte Shakespeare. Booth ging nie nach Washington wegen der bitteren Erinnerungen an seinen Bruder. Bob Lafolette und seine Frau erschienen in jeder Vorstellung.

Im Empfangszimmer des *Planketon Hotels* in Milwaukee, während der staatlichen Ausstellung, versuchte der Holzkönig Boss Sawyer ihn zu bestechen, damit er seinen Schwager beeinflusse, seinen Schwager, der bei einem Prozeß gegen den republikanischen Landesschatzmeister Vorsitzender war.
Bleich vor Wut verließ Bob Lafolette das Hotel. Von diesem Augenblick an führte er einen erbarmungslosen Kampf gegen den republikanischen Parteiapparat von Wisconsin, bis er Gouverneur wurde und den republikanischen Parteiapparat völlig zerstörte.
Das war der zehnjährige Krieg, aus dem Wisconsin als ein Musterstaat hervorging, wo die Wähler, ordnungsliebende Deutsche, Finnen und Skandinavier, stolz auf ihre eigene Meinung, das neue Hebelsystem gebrauchen, Parteiversammlungen, Volksentscheide und die votierte Amtsenthebung richtig anwenden lernten.

Lafolette besteuerte die Eisenbahnen.
Im Vestibül des *Ebbit House* in Washington sagte John

C. Payne zu einer Gruppe von Politikern: »Lafolette ist ein verdammter Narr, wenn er glaubt, er kann einer Eisenbahn, die ein Streckennetz von fünftausend Meilen hat, die Stirn bieten, er wird sich verdammt dabei schneiden ... Wir werden uns den Burschen schon vorknöpfen, wenn es soweit ist.«
Aber als es soweit war, kamen die Farmer von Wisconsin und die jungen Advokaten und Ärzte und Geschäftsleute, die soeben erst die Schule verlassen hatten,
knöpften sich ihn vor
und wählten ihn dreimal zum Gouverneur
und dann in den Senat der Vereinigten Staaten,
wo er bis zu seinem Tode wirkte, lange Reden voller statistischer Daten hielt, einen zähen Kampf führte, um das demokratische Regime zu retten, um einen Staat der Farmer und kleinen Geschäftsleute zu schaffen, einsam mit dem Rücken zur Wand im Kampf gegen die Korruption, gegen das Großkapital, gegen die Hochfinanz, gegen die Trusts, gegen die Konzerne und Konzern-Konzerne und gegen die miasmatische Lethargie von Washington.
Er gehörte zu der »kleinen Gruppe eigensinniger Leute, die keine Meinung außer ihrer eigenen vertreten«
und die gegen Woodrow Wilsons Schiffsbewaffnungsgesetz, das den Krieg mit Deutschland zur Gewißheit machte, ihre Stimme erhoben; sie nannten das Seeräuberei, aber es waren sechs mutige Männer, die sich bemühten, eine toll gewordene Dampfwalze mit ihren nackten Händen aufzuhalten.
Die Presse pumpte den Haß in ihre Leser, den Haß gegen Lafolette,
den Landesverräter;
in Illinois verbrannten sie ihn *in effigie,*
in Wheeling wollten sie ihn nicht sprechen lassen.

Mit dem Ende der fünfundsechzigsten Kongreßperiode starb das parlamentarische Regime in Amerika eines sanften Todes, sofern es je lebendig gewesen war.
1924 kandidierte Lafolette für die Präsidentschaft, ohne Geld und Parteiapparat bekam er vierundeinhalb Millionen Stimmen.

Aber er war ein kranker Mann, unermüdliche Arbeit und die verbrauchte Luft der Ausschußzimmer und Parlamentskammern
und der schmutzige Geruch der Politiker
erstickten ihn.
Und er starb,
ein Redner, feurige Reden haltend auf dem Kapitol einer verlorenen Republik, die nie existiert hat.
Aber wir wollen uns daran erinnern, wie er im März 1917, als Woodrow Wilson zum zweiten Male in sein Amt eingesetzt wurde, nicht von der Stelle wich und drei Tage lang den riesigen Apparat ins Stocken brachte. Sie wollten ihn nicht reden lassen, die Tribünen überschütteten ihn mit Haß, der Senat war eine Bande von Lynchmördern:
Ein stämmiger Mann mit gefurchtem Antlitz, das eine Bein in den Zwischengang vorgestreckt, die Arme über der Brust verschränkt, eine zerkaute Zigarre in den Mundwinkeln
und auf dem Pult eine nie gehaltene Rede:
Ein eigensinniger Mann, der keine Meinung außer seiner eigenen vertrat.

CHARLEY ANDERSON

Charley Andersons Mutter hatte in der Nähe des Bahnhofs der *Northern Pacific* in Fargo, N. D., eine Eisenbahnerpension. Es war ein hölzernes Giebelhaus, ringsherum eine Veranda, gelb gestrichen mit einem schokoladebraunen Rand, hinter dem Haus an herabsackenden Stricken, die von einem Pfosten neben der Küchentür zu einer Reihe verfallener Hühnerställe führten, hing tagaus, tagein die Wäsche zum Trocknen. Mrs. Anderson war eine stille, grauhaarige Frau mit einer Brille; die Mieter fürchteten sie, und wenn sie sich über die Betten oder über das Essen oder darüber, daß die Eier nicht frisch waren, beklagen wollten, ging sie zu der watschelnden, dickarmigen Lizzie Green aus Nordirland, das war die Dienstmagd, sie kochte und besorgte alle Arbeit im Haus. Wenn einer der Burschen betrunken nach Hause kam, erschien Lizzie in einem fadenscheinigen Männermantel über dem Nachthemd, um ihn zur Ruhe zu verweisen. Eines Nachts versuchte ein Bremser mit Lizzie anzubandeln, und da bekam er einen so kräftigen Kinnhaken, daß er kopfüber von der Veranda hinunterfiel. Lizzie wusch und säuberte den kleinen Charley, sie sorgte dafür, daß er pünklich in die Schule kam, sie rieb seine aufgeschundenen Knie mit Arnika ein und seine Frostbeulen mit Schmierseife, sie flickte die Risse in seinen Kleidern. Mrs. Anderson hatte, bevor Charley kam, bereits drei Kinder großgezogen, die als erwachsene Menschen das Haus verlassen hatten, und jetzt brachte sie es anscheinend nicht mehr fertig, ihre Gedanken auf Charley zu konzentrieren. Mr. Anderson hatte gleichfalls ungefähr um die Zeit von Charleys Geburt das Haus verlassen; er war wegen seiner schwachen Lunge nach dem Westen gezogen; könne die harten Winter nicht vertragen, so behauptete wenigstens Mrs. Anderson. Mrs. Anderson führte die Bücher, kochte, sobald es an der Zeit war, Stachelbeeren, Erbsen, Pfirsiche, Bohnen, Tomaten, Birnen, Pflaumen und Apfelkompott ein, gab Charley jeden Tag ein Kapitel aus der Bibel zu lesen und verrichtete viel Kirchenarbeit.

Charley war ein kräftiger kleiner Junge mit zerzaustem flachsblondem Haar und grauen Augen. Er war der Liebling der Mieter, das Leben machte ihm viel Spaß, nur der Sonntag nicht, denn da mußte er zweimal in die Kirche und überdies noch in die Sonntagsschule gehen, und dann, gleich nach dem Abendbrot, las seine Mutter ihm ihre Lieblingsstellen aus dem Evangelium *Matthäi* oder aus dem Buch *Esther* oder aus dem Buch *Ruth* vor und examinierte ihn aus den Kapiteln, die sie ihm als Wochenpensum zugeteilt hatte. Diese Unterrichtsstunde fand an einem rotgedeckten Tisch statt, neben einem Fenster, dessen Sims im Sommer wie im Winter mit Blumentöpfen vollgestapelt war, mit Gartenampfer, Steinbrech, Begonien und Farnen. Charley schliefen die Beine ein, das reichliche Essen hatte ihn müde gemacht, und er hatte schreckliche Angst, die Sünde gegen den Heiligen Geist zu begehen, vor der seine Mutter ihn gewarnt hatte: nämlich in der Kirche oder in der Sonntagsschule, oder wenn sie ihm aus der Bibel vorlas, nicht aufzupassen. Im Winter war es in der Küche völlig still, abgesehen von dem leisen Summen des Ofens oder von Lizzies schweren Schritten und keuchenden Atemzügen, wenn sie das Abendbrotgeschirr, das sie soeben abgewaschen hatte, in den Schrank zurückstellte. Im Sommer war es viel schlimmer. Die anderen Jungens hatten ihm erzählt, sie würden in den Red River schwimmen oder fischen gehen oder auf dem Holzplatz oder zwischen den Kohlenbehältern hinter den Lokomotivschuppen Räuber und Gendarm spielen, und die gefangenen Fliegen surrten leise an den Girlanden der Fliegenfänger, draußen hörte man die Verschiebelokomotive mit ihren Wagen über die Gleise holpern oder den Pfiff und das Glockensignal des durchgehenden Zuges nach Winnipeg, und in seinem steifen Kragen war ihm ganz klebrig und juckrig zumute, unaufhörlich sah er nach der laut tickenden Porzellanuhr an der

Wand. Wenn man oft nach der Uhr sah, verging die Zeit so langsam, er zwang sich, nicht hinzusehen, bis er glaubte, fünfzehn Minuten seien vorbei, aber wenn er dann wieder hinsah, waren es nur fünf Minuten gewesen, und er war ganz verzweifelt. Vielleicht wäre es besser, gleich auf der Stelle die Sünde gegen den Heiligen Geist zu begehen und sich ein für allemal in die richtige Verdammnis zu stürzen und mit einem Landstreicher durchzubrennen, wie das Dolphy Olsen getan hat, aber er hatte nicht den Mut dazu.

Als er dann für die Mittelschule reif war, fing er an, in der Bibel komische Dinge zu finden, Dinge, über die die Kinder redeten, wenn sie es satt hatten, in dem Loch im üppigen Unkraut hinter dem Zaun des Holzplatzes Kröten zu spielen, die Stellen über Onan, über den Leviten und seine Konkubine, und das Hohelied Salomonis, wenn er das las, wurde ihm ganz komisch zumute, sein Herz fing zu klopfen an, als hörte er Brocken aus dem Gespräch der Eisenbahner in seiner Mutter Pension, und er wußte, was Huren sind, und warum die Frauen vorne so dick werden, und das alles machte ihm viel Sorgen, und wenn er mit seiner Mutter sprach, nahm er sich sehr in acht, um sie nur ja nicht merken zu lassen, daß er über solche Dinge Bescheid wisse.

Charleys Bruder Jim hatte die Tochter eines Mietstallbesitzers in Minneapolis geheiratet. Es war im Frühling, Charley bereitete sich gerade für die erste Schlußprüfung vor, da kamen sie zu Mrs. Anderson auf Besuch. Jim rauchte im Hause Zigarren und hänselte seine Mutter, und solange er da blieb, war keine Rede vom Bibellesen. Eines Sonntags nahm er Charley auf den Cheyenne zum Fischen mit und sagte zu ihm, wenn er nach Schulschluß in die *Zwillingsstadt* kommen wolle, könne er eine Stellung als Hilfskraft haben in der Garage, die er, Jim, in einem Teil des Mietstalles seines Schwiegervaters einzurichten gedenke. Es klang sehr gut, wenn er den anderen Jungen in der Schule erzählen konnte, er habe für den Sommer eine Stellung in der Stadt. Und er war froh, von zu Hause wegzukommen, denn seine Schwester Esther war soeben aus einem Pflegerinnenkurs zurückgekehrt und belästigte ihn immerfort: Er spreche Dialekt, halte seine Kleider nicht sauber und esse zuviel Pastete.

An dem Morgen, da er ganz allein, einen von Esther geborgten Koffer in der Hand, nach Moorehead hinüberspazierte, um den Zug nach der *Zwillingsstadt* zu besteigen, war ihm ganz prächtig zumute. Auf dem Bahnhof wollte er sich ein Päckchen Zigaretten kaufen, aber der Zeitungsmann verspottete ihn und sagte, er sei zu jung. Als er von zu Hause aufgebrochen war, war es ein schöner, etwas zu heißer Frühlingstag gewesen. Die Flanken der großen Gäule vor den Mehlwagen, die in langer Kette über die Brücke zogen, glänzten vor Schweiß. Während er wartend auf dem Bahnhof saß, wurde die Luft erstickend schwül, und ein dunstiger Nebel stieg auf. Das Sonnenlicht prallte rot auf die breiten Rücken der Getreidesilos neben dem Schienenstrang. Er hörte einen Mann zum anderen sagen: »Sieht mir ganz so aus, als könnte das ein Tornado werden«, und als er im Zug saß, beugte er sich halb aus dem offenen Fenster hinaus und betrachtete die purpurnen Gewitterwolken, die sich im Nordwesten hinter dem hellgrünen, biegsamen Horizont wogenden Weizens emportürmten. Er hoffte sogar, es würde ein Tornado werden, weil er noch nie einen miterlebt hatte, doch als die Blitze wie Peitschenhiebe aus dem Gewölk hervorzuknallen begannen, wurde er ein wenig ängstlich, obgleich ihm freilich hier im Zug in Gesellschaft des Schaffners und der übrigen Passagiere die Sache etwas ungefährlicher erschien. Es war kein Tornado, sondern ein schwerer Gewitterregen, und die Weizenfelder färbten sich zinkfarben, als die großen, trappelnden, zischenden Regengüsse langsam über sie hinwegzogen, dann kam die Sonne wieder hervor, Charley öffnete das Fenster, und alles roch nach Frühling, in all den Birken, in all den dunklen Fichten rund um all die kleinen schimmernden Seen sangen die Vögel.

Jim erwartete ihn mit einem Ford-Lastauto vor dem Bahnhof. Sie fuhren dann zum Güterschuppen, und Charley mußte eine Menge schwerer Pakete mit Ersatzteilen aufladen helfen, die aus Detroit kamen und an *Vogels Garage* adressiert waren. Charley versuchte so dreinzuschauen, als hätte er sein ganzes Leben lang in einer großen Stadt gelebt, aber die klirrenden Straßenbahnen, die grobbeschlagenen Hufe der Lastgäule, die aus den Pflastersteinen Funken schlugen, die hübschen blonden Mädchen und die Läden und die großen deutschen Bierkneipen und das Gesumm der Fabriken und Werkstätten, das alles stieg ihm zu Kopf. Jim sah in seinem Overall sehr groß und mager aus, und er hatte eine ganz neue, etwas barsche Redeweise. »Junge, ich sage dir, nimm dich ein bißchen zusammen, der Alte ist ein alter Deutscher, Hedwigs Alter, ein bißchen pedantisch wie alle alten Deutschen«, sagte Jim, nachdem sie das Lastauto vollgepackt hatten und nun langsam durch den großen Verkehr der 1. Street fuhren. »Jawohl, Jim«, sagte Charley und fing an, ein wenig unruhig zu werden. Wer weiß, wie das Leben in Minneapolis sich gestalten wird. Wenn bloß Jim ein bißchen häufiger gelächelt hätte.

Der alte Vogel war ein untersetzter, rotbackiger Mann mit unordentlichen grauen Haaren und einem kleinen Spitzbart, er liebte Klöße und Schmorfleisch mit sehr viel fetter Soße dazu und Bier, und Hedwig, Jims Frau, war seine einzige Tochter. Seine Frau war tot, aber er hatte eine ältere Deutsche bei sich, die ihm den Haushalt führte und die jedermann Tante Hartmann nannte. Sie lief die ganze Zeit mit einem Wischtuch hinter den Männern her, und durch die vereinten Bemühungen der beiden Frauen, Tante Hartmanns und Hedwigs, deren blaue Augen einen grämlichen Blick hatten, weil sie im Herbst ein Kind bekommen würde, war das Haus so tadellos sauber, daß man überall auf dem Linoleum ein Spiegelei hätte essen können. Nie durften die Fenster geöffnet werden, damit kein Staub hereinkomme. Das Haus lag an der Straße, der Mietstall im Hinterhof; um in den Stall zu kommen, ging man durch ein schmales Gäßchen, an dessen anderer Seite die alte Sattlerwerkstatt lag, die soeben in eine Garage umgewandelt worden war. Als Jim und Charley angefahren kamen, standen vor der Tür die Schildermaler auf einer Leiter und brachten gerade das neue, blanke, rot-weiße Schild an: Vogels Garage. »Der alte Lump«, murmelte Jim. »Er sagte, er würde sie Vogel und Anderson nennen, aber zum Teufel noch mal!« Alles roch nach Stall, und ein Neger führte einen klapprigen, mit einer Decke zugedeckten Gaul umher.

So hatte Charley den ganzen Sommer zu tun, Wagen zu waschen, Düsen zu reinigen und Bremsen neu zu adjustieren. Er war immer schmutzig und fettig in seinem fettigen Overall, jeden Morgen um sieben mußte er erscheinen, und erst spät am Abend hatte er die Arbeit hinter sich, und dann war er viel zu müde, um noch irgend etwas zu unternehmen; wie ein Toter fiel er auf das Feldbett, das man ihm in die Bodenkammer über der Garage hingestellt hatte. Jim gab ihm pro Woche einen Dollar Taschengeld und erklärte, daß das sehr generös von ihm sei, denn es sei ja nur Charleys Vorteil, wenn er hier den Beruf erlerne. Am Sonnabendabend war er immer der letzte, der zum Baden kam, und da war gewöhnlich nur noch lauwarmes Wasser übrig, so daß er sich schrecklich plagen mußte, um sauber zu werden. Der alte Vogel war Sozialist und kein Kirchgänger, den ganzen Sonntag lang saß er mit seinen Freunden beisammen und trank Bier. Des Sonntags beim Mittagessen redeten sie alle deutsch, und Jim und Charley saßen mürrisch bei Tisch, ohne ein Wort zu sagen, aber der alte Vogel traktierte sie mit Bier und machte Witze, über die Hedwig und Tante Hartmann in ein brüllendes Gelächter ausbrachen, und nach dem Essen war Charley ganz schwindlig von dem Bier, das ihm so schrecklich bitter vorkam, bloß hatte er das Gefühl, er müsse mittrinken, und der alte Vogel veranlaßte ihn durch seine Spöttereien, eine Zigarre zu rauchen, und sagte dann, er möge doch losgehen und sich die Stadt anschauen. Er verließ das Haus, ein wenig vollgefressen und ein wenig schwindlig, fuhr mit der Straßenbahn nach St. Paul, um sich das neue Staatskapitol anzusehen, oder zum Harriet-See, oder er ging in den Big Island Park und fuhr mit der Berg-und-Tal-Bahn, oder er spazierte in der Parkallee umher, bis er glaubte, die Beine müßten ihm abfallen. Er kannte zuerst keine Jungen in seinem Alter, deshalb suchte er Zerstreuung in der Lektüre. Er kaufte jede Nummer der *Volkstümlichen Mechanik*, des *Wissenschaftlichen Amerikaners*, des *Abenteuers* und des *Weltmagazins* und auch sämtliche früheren Nummern, die er nur erwischen konnte. Er hatte sich einen genauen Plan gemacht, wie er sich nach den Skizzen im *Wissenschaftlichen Amerikaner* eine Jolle bauen und dann den Mississippi hinunter bis in den Golf von Mexiko fahren würde. Um zu leben, würde er Enten schießen und Welse fangen. Er begann seine Dollars zu sparen, um sich eine Schrotflinte zu kaufen.

Es gefiel ihm aber recht gut bei dem alten Vogel, deshalb, weil er dort nicht die Bibel lesen und auch nicht in die Kirche gehen mußte; es machte ihm Spaß, an den Motoren herumzubasteln, und er lernte das Lastauto steuern. Nach einiger Zeit machte er die Bekanntschaft zweier Brüder, Buck und Slim Jones, die ungefähr in seinem Alter waren und ein paar Häuser weiter wohnten. Er war für sie ein ziemlich großer Herr, weil er in einer Garage arbeitete. Buck verkaufte Zeitungen, er hatte ein genaues System, sich durch die Ausgangstür in die Kinos einzuschleichen, und er kannte alle guten Zäune, von denen aus man die Baseballmatchs mitansehen konnte. Nachdem Charley sich mit den beiden Jones angefreundet hatte, lief er jeden Sonntag gleich nach dem Essen zu ihnen hinüber, sie amüsierten sich königlich, fuhren mit den Getreidewaggons durch die ganze Stadt, ritten auf den hinteren Puffern der Straßenbahn, ließen sich von den Blauen jagen, spazierten auf die Floßhölzer hinaus, schwammen und kletterten dicht unter den Wasserfällen umher, und dann kam er nach Hause, verschwitzt und den guten Anzug voller Dreck, und Hedwig zankte ihn aus, weil er zum Abendessen zu spät kam. Sooft der alte Vogel die beiden Jones in der Garage fand, jagte er sie fort, aber wenn er und Jim nicht da waren, kam der schwarze Stallknecht Gus zu ihnen herüber, er roch nach Pferden, erzählte ihnen Geschichten von Pferderennen und liederlichen Weibern, vom Whiskysaufen in Louisville und von der richtigen Art, ein Mädchen zu entjungfern, und wie er und sein festes Verhältnis es die ganze

Nacht hindurch machten, ohne auch nur eine Minute lang aufzuhören.
Am Labor Day fuhr der alte Vogel mit Jim, seiner Tochter und Tante Hartmann in dem leichten Phaethon mit zwei schönen Füchsen, die er für jemanden verkaufen sollte, aufs Land hinaus, und Charley blieb in der Garage zurück für den Fall, daß jemand daherkäme, um Benzin oder Öl zu kaufen. Buck und Slim leisteten ihm Gesellschaft, und sie sagten, heute sei Labor Day, und ob das nicht eine Affenschande sei, daß sie gar nirgends hingingen. Draußen auf dem Ausstellungsgelände gab es ein Doppelmatch, und es waren auch noch eine Menge anderer Spiele angesetzt. Es fing damit an, daß Charley Buck zeigte, wie man das Lastauto steuert, dann, um es ihm besser zu zeigen, mußte er den Motor ankurbeln, dann, bevor er es selber recht merkte, sagte er zu ihnen, er würde sie einmal rund um den Häuserblock fahren. Nachdem sie rund um den Häuserblock gefahren waren, ging er zurück und sperrte die Garage zu und sie machten eine Vergnügungsfahrt nach Minnehaha. Charley sagte sich, er würde sehr vorsichtig fahren und ein paar Stunden früher zu Hause sein, bevor seine Leute zurückkamen, aber dann fuhr er plötzlich, er wußte selber nicht wie, mit voller Geschwindigkeit über einen asphaltierten Boulevard und wäre fast mit einem Ponywagen voller kleiner Mädchen zusammengerannt, der unversehens aus einer Nebenstraße einbog. Auf dem Heimweg tranken sie Sarsaparilla aus der Flasche und amüsierten sich prächtig, aber Buck sagte ganz plötzlich, ein Blauer auf einem Motorrad sei hinter ihnen her. Charley gab Gas, um dem Blauen zu entwischen, nahm eine Kurve zu scharf und fuhr mit einem Krach gegen die Telegraphenstange. Buck und Slim rannten, so schnell sie nur konnten, davon, und Charley mußte dem Blauen allein gegenübertreten.
Der Blaue war ein Schwede, er fluchte ganz schrecklich und schimpfte Charley aus und sagte, er würde ihn ins Kittchen sperren, weil er ohne Führerschein gefahren war, aber Charley holte seines Bruders Führerschein unter dem Sitz hervor und sagte, sein Bruder habe ihn beauftragt, den

Wagen in die Garage zurückzubringen, nachdem sie draußen in Minnehaha eine Fuhre Äpfel abgeliefert hätten, und der Blaue ließ ihn laufen und sagte nur, er möchte das nächstemal vorsichtiger fahren. Der Wagen lief ganz gut, nur der eine Kotflügel war eingedrückt, und das Lenkrad sah ein bißchen komisch aus. Charley fuhr so langsam nach Haus, daß der Kühler überkochte, und als er hinkam, stand bereits vor dem Haus der leichte Phaethon, Gus hielt die Füchse am Zügel fest, und die ganze Familie stieg eben aus.
Er wußte nichts zu sagen. Das erste, was sie sahen, war der eingedrückte Kotflügel. Sie stürzten sämtlich auf ihn los, Tante Hartmann schrie am lautesten, der alte Vogel war puterrot im Gesicht, sie redeten alle deutsch mit ihm, und Hedwig riß an seinem Rock und gab ihm eine Ohrfeige, und alle erklärten, Jim müsse ihm den Hintern verhauen. Charley wurde böse und sagte, niemand werde ihm den Hintern verhauen, und dann sagte Jim, es wäre wohl besser, wenn er wieder nach Fargo ginge, und Charley ging hinauf und packte seinen Koffer und verließ noch am selben Abend das Haus, ohne sich von irgend jemandem zu verabschieden, in der einen Hand den Koffer und unter dem Arm fünf alte Nummern des *Schiffsmagazins*. Sein erspartes Geld reichte gerade nur für eine Fahrkarte nach Barnesville. Von dort an mußte er mit dem Schaffner Verstecken spielen, bis er schließlich in Moorehead aus dem Zug sprang. Seine Mutter freute sich, ihn wiederzusehen, und sagte, er sei ein braver Junge, daß er noch rechtzeitig nach Haus komme, um vor Schulbeginn mit ihr ein paar Armenbesuche zu machen, und sie sprach von seiner Konfirmation. Charley erwähnte mit keinem Wort das Ford-Lastauto und beschloß in seinem Herzen, er würde sich nie in dieser verdammten Kirche konfirmieren lassen. Er verzehrte ein reichliches Frühstück, das Lizzie ihm zurechtgemacht hatte, und legte sich ins Bett. Er überlegte, ob der Wunsch, sich nicht konfirmieren zu lassen, jene bewußte Sünde gegen den Heiligen Geist sei, aber der Gedanke daran schreckte ihn gar nicht mehr so sehr wie früher einmal. Er war schläfrig, weil er die

ganze Nacht im Zuge hatte wachsitzen müssen, und schlief sofort ein.
Charley schleppte sich noch durch ein paar Jahre Mittelschule hindurch, verdiente ein wenig Geld, weil er abends in der Garage von Moorehead aushalf, aber seit er von seinem Ausflug in die *Zwillingsstadt* zurückgekehrt war, gefiel es ihm zu Hause nicht mehr. Seine Mutter wollte ihn sonntags nicht arbeiten lassen und belästigte ihn ewig mit der Konfirmation, und seine Schwester Esther belästigte ihn mit allem und jedem, und Lizzie behandelte ihn immer noch wie ein kleines Kind, nannte ihn vor allen Mietern *Mäuschen,* und er hatte die Schule so satt, so daß er im Frühling, nach Schulschluß, als er gerade siebzehn war, wieder nach Minneapolis fuhr, um sich diesmal auf eigene Faust nach Arbeit umzusehen.
Da er genügend Geld hatte, um ein paar Tage durchzuhalten, begab er sich zuallererst in den Big Island Park. Er wollte mit der Berg-und-Tal-Bahn fahren, nach der Scheibe schießen, schwimmen gehen und sich Mädchen suchen. Er hatte sie satt, diese kleinen Provinznester wie Fargo und Moorehead, in denen nie was passiert.
Als er an den See kam, war es fast schon dunkel; als der kleine Dampfer an dem Pier anlegte, hörte er durch die Bäume die Jazzkapelle und das Rattern und Klappern der Berg-und-Tal-Bahn und das laute Geschrei, wenn die Bahn in den Abgrund sauste. Da war ein Tanzpavillon, bunte Laternen hingen zwischen den Bäumen, es roch nach Parfum, nach geröstetem Mais, nach Melassezucker und nach dem Pulver aus der Schießbude, und die Ausrufer vor ihren Buden gaben sich ordentlich Mühe. Weil es ein Montagabend war, waren nicht viele Menschen da. Charley fuhr ein paarmal auf der Berg-und-Tal-Bahn und kam mit dem jungen Mann ins Gespräch, der den Betrieb leitete; ob man hier vielleicht Arbeit finden könnte. Der junge Mann sagte, er solle nur dableiben, um elf Uhr, wenn sie zusperrten, würde der Besitzer Svenson kommen, und Svenson könnte vielleicht eine neue Kraft brauchen. Der junge Mann hieß Ed Walters; er sagte, es sei nicht viel dabei zu erben, aber

Svenson sei ein recht anständiger Mensch. Er ließ Charley ein paarmal umsonst fahren, damit er sehe, wie die Bahn funktionierte, gab ihm eine Flasche Cremesoda und ermahnte ihn, nur immer hübsch ruhig zu bleiben. Er war jetzt das zweite Jahr im Vergnügungsgewerbe, hatte ein scharfes Fuchsgesicht und eine gerissene Art.

Als ein dicker, hohlwangiger Mann mit borstigem blondem Haar erschien, um die Einnahmen an der Kartenkasse abzuholen, fing Charleys Herz heftig zu pochen an. Das war Svenson. Er musterte Charley von oben bis unten, sagte, er würde es eine Woche lang mit ihm versuchen, er müsse ihn nur daran erinnern, daß das ein ruhiger Vergnügungspark für Familien sei, daß er keinerlei Lausbübereien dulde, und er solle am nächsten Morgen um zehn zur Stelle sein. Charley sagte Ed Walters adjüs und erwischte gerade noch das letzte Boot und die letzte Bahn in die Stadt. Als er aus der Bahn ausstieg, war es schon zu spät, um den Koffer aus der Bahnhofgarderobe zu holen; er wollte kein Geld für ein Zimmer ausgeben, und er wollte auch nicht zu Jim gehen, also schlief er auf einer Bank vor dem Rathaus. Es war eine warme Nacht, Charley machte es Spaß, wie ein richtiger Vagabund auf einer Bank zu schlafen. Aber das Licht der Bogenlampen kam ihm in die Augen, und er war wegen der Blauen ein wenig nervös; wäre das nicht ein verteufeltes Pech, als Vagabund eingespunnt zu werden und die Stellung im Vergnügungspark zu verlieren? Zähneklappernd erwachte er am grauen, frühen Morgen. Die Bogenlampen sprühten rosigmatt vor einem bleichen, zitronengelben Himmel, und die großen Geschäftshäuser mit ihren leeren Fenstern sahen wunderlich, grau und öde aus. Er mußte recht schnell laufen und mit den Absätzen gegen das Pflaster schlagen, um das Blut in den Adern wieder in Gang zu bringen.

An einem Stand bekam er für fünf Cent eine Tasse Kaffee und zwei Pfannkuchen, und dann fuhr er mit der ersten Straßenbahn zum Minnetonka-See hinaus. Es war ein klarer Sommertag, und es wehte ein etwas kühler Wind. Der See war sehr blau, die Birkenstämme sahen sehr weiß aus, die kleinen Blätter tanzten im Winde, grünlichgelb vor dem dunklen Nadelgrün und vor dem dunklen Blau des Himmels. Charley meinte, er habe noch nie eine so schöne Landschaft gesehen. Lange saß er wartend und dösend in der Sonne am Rande des Piers, wartete, bis das Boot zur Insel hinüberfuhr. Als er in den Vergnügungspark kam, war alles noch zu, vor den Buden hingen die geschlossenen Läden, die regungslosen, rot-blauen Wagen der Berg-und-Tal-Bahn sahen im Morgenlicht ganz verloren aus. Charley trieb sich ein Weilchen umher, aber die Augen brannten ihm, und die Beine schmerzten ihm, und sein Koffer war zu schwer, er suchte sich hinter der Wand einer Bretterbude ein windgeschütztes Plätzchen, legte sich in den warmen Sonnenschein auf die Kiefernnadeln, stellte den Koffer neben sich hin und schlief ein.

Mit einem Ruck wachte er auf. Auf seiner Uhr war es elf. Das Herz fiel ihm in die Hosen. Verflucht noch mal, wenn er dadurch, daß er zu spät kam, den Posten verlieren würde. Svenson war schon da, er saß an der Kasse vor der Berg-und-Tal-Bahn, einen Strohhut auf dem Hinterkopf. Er sagte kein Wort über die Zeit und forderte Charley auf, sich den Rock auszuziehen und dem Maschinisten Macdonald beim Schmieren des Motors behilflich zu sein.

Charley arbeitete den ganzen Sommer bei dieser Berg-und-Tal-Bahn, bis dann im September der Vergnügungspark geschlossen wurde. Er wohnte mit Ed Walters und einem italienischen Süßigkeitenverkäufer namens Spagnolo drüben in Excelsior in einer Baracke.

In der benachbarten Baracke hauste Svenson mit seinen Töchtern. Seine Frau war gestorben. Anna, die älteste, war ungefähr dreißig und arbeitete als Kassiererin im Vergnügungspark, zwei ihrer Schwestern waren Kellnerinnen im *Tonka-Bay-Hotel,* die andern besuchten die Mittelschule und arbeiteten nicht. Sie waren alle groß und blond und hatten einen hübschen Teint. Charley verliebte sich in die jüngste, Emiscah, die ungefähr in seinem Alter war.

Sie hatten ein Floß und ein Sprungbrett und badeten gemeinsam. Charley trug den ganzen Sommer hindurch das Oberteil eines Badeanzugs und dazu eine Khakihose; sein ganzer Körper war von der Sonne verbrannt. Eds Mädchen hieß Zona, und abends, nachdem der Vergnügungspark zugemacht hatte, gingen sie alle vier Boot fahren, besonders wenn es warm war und der Mond schien. Sie tranken nicht, aber sie rauchten Zigaretten, spielten Grammophon, küßten einander und kuschelten sich auf den Boden des Kanus. Wenn sie dann wieder in die Männerbaracke zurückkamen, lag Spagnolo schon im Bett, und sie neckten ihn ein wenig, steckten ihm Maikäfer unter die Decke, und er fing zu fluchen und zu schimpfen an und warf sich von einer Seite auf die andere. Emiscah war im Unfugtreiben groß, und Charley war ganz verrückt nach ihr, und sie konnte ihn anscheinend gut leiden. Sie brachte ihm den Zungenkuß bei, streichelte sein Haar, rieb sich wie eine Katze an ihm, aber sie ließ ihn nie zu weit gehen, und er hätte das sowieso nicht für richtig gehalten.

Eines Nachts fuhren sie alle vier hinaus und zündeten unter einer Kiefer in einem großen Wald auf dem Hügel hinter den Baracken ein Feuer an. Sie brieten Pilze, saßen rund um das Feuer und erzählten sich Geistergeschichten. Sie hatten Decken mit, und Ed wußte, wie man aus Tannenzweigen, die man in die Erde steckt, ein richtiges Bett zurechtmacht, und sie schliefen alle vier unter denselben Decken und kitzelten einander und balgten sich umher, und es dauerte lange, bevor sie einschliefen. Eine Zeitlang lag Charley zwischen den beiden Mädchen, sie schmiegten sich ganz dicht an ihn an, aber er war sehr aufgeregt und konnte nicht schlafen, und es kam ihm in die Hose, und er war außer sich vor Angst, die Mädchen würden den nassen Fleck auf dem Khaki bemerken.

Er lernte tanzen und Poker spielen, und als der Labor Day kam, hatte er zwar gar kein erspartes Geld, aber das Gefühl, daß er einen wunderbaren Sommer hinter sich habe.

Er und Ed nahmen sich gemeinsam ein Zimmer in St. Paul. Er bekam einen Posten als Hilfsmechaniker in den Werkstätten der *Northern Pacific* und verdiente hübsches Geld. Er lernte eine elektrische Drehbank bedienen und be-

suchte einen Kursus an der Abendschule, um sich für das Ingenieurstudium an einem höheren Polytechnikum vorzubereiten. Ed schien kein Glück zu haben, er fand keine Arbeit und verdiente nur hie und da ein paar Dollars als Kegeljunge.
Sonntags aßen sie oft bei den Svensons zu Mittag. Mr. Svenson hatte ein kleines Kino in der 4. Street, es hieß *Zum lieben Erikson,* und die Geschäfte gingen nicht gut. Er hielt es für ausgemacht, daß die Burschen mit zweien seiner Töchter verlobt seien, und freute sich nur, wenn sie zu Besuch kamen. Charley ging jeden Sonnabend mit Emiscah aus, vergeudete eine Menge Geld, kaufte ihr Zuckerwerk, führte sie ins Varieté und in ein chinesisches Restaurant, wo man nach dem Essen tanzen konnte. Zu Weihnachten schenkte er ihr seinen Siegelring, und von nun an gab sie zu, daß sie mit ihm verlobt sei. Dann saßen sie bei Svensons im Wohnzimmer auf dem Sofa, knutschten und küßten einander. Es schien ihr Spaß zu machen, ihn richtig in Rage zu bringen, dann lief sie davon, um sich das Haar zu richten oder etwas Rot aufzulegen, und blieb recht lange weg, und er hörte, wie sie oben mit ihren Schwestern kicherte. Er ging unterdessen im Salon auf und ab, unter der einsamen Glühbirne mit dem geblümten Schirm, und war nervös und gereizt. Er wußte nicht, was er tun sollte. Heiraten wollte er nicht, weil ihn das hindern würde, im Lande umherzureisen und mit seinem Ingenieurstudium voranzukommen. Die andern ledigen jungen Männer aus der Werkstatt gingen ins Bordell oder gabelten sich Straßenhuren auf, Charley aber fürchtete sich vor Krankheiten, er hatte auch keine rechte Zeit, mit der Abendschule und so weiter, und außerdem wollte er ja Emiscah haben. Nachdem er ihr einen letzten derben Kuß gegeben und ihre Zunge in seinem Mund gefühlt hatte und ihre Schenkel und ihren Bauch, wie sie sich durch die Kleider hindurch an seinen Schenkeln rieben, und in seiner Nase den Geruch ihres Haares und den Geschmack ihres Mundes in seinem Mund, so ging er nach Hause, ein Klingen in den Ohren, und er fühlte sich krank und schwach; wenn er dann ins Bett stieg, konnte er nicht schlafen, sondern

wälzte sich die ganze Nacht von einer Seite auf die andere und glaubte, er müsse verrückt werden, und Ed brummte vom andern Bettrand her, er möge doch um Gottes willen still sein.

Im Februar bekam Charley einen schlimmen Hals, und der Arzt, zu dem er ging, sagte, das sei Diphtherie, und schickte ihn ins Krankenhaus. Mehrere Tage lang, nachdem sie ihm das Antitoxin gegeben hatten, war er schrecklich krank. Als es anfing, ihm besser zu gehen, besuchten ihn Ed und Emiscah, sie saßen auf dem Bettrand, und das freute ihn sehr. Ed war fein herausgemacht, er sagte, er habe eine neue Stellung und verdiene dickes Geld, er wollte nicht sagen, was es war. Charley kam auf die Vermutung, daß Ed und Emiscah, seit er krank war, ein bißchen viel miteinander umherzögen, aber er fand nichts dabei.

Neben ihm lag ein magerer, grauhaariger Mann namens Michaelson, gleichfalls ein Rekonvaleszent, der Diphtherie gehabt hatte. Michaelson war diesen Winter in einer Eisenwarenhandlung beschäftigt gewesen, und es ging ihm sehr schlecht. Bis vor ein paar Jahren hatte er im Maisgürtel von Iowa eine Farm besessen, aber eine Reihe von Mißernten hatten ihn zugrunde gerichtet, die Bank hatte ihre Hypotheken gekündigt und die Farm beschlagnahmt und ihm vorgeschlagen, die Farm als Pächter weiterzubearbeiten, er aber hatte erwidert, der Teufel solle ihn holen, er würde nie als Pächter für andere Menschen schuften, und er hatte den ganzen Kram hingeschmissen und war in die Stadt gezogen, und da saß er nun, fünfzig Jahre alt, eine Frau und drei kleine Kinder auf dem Hals, und mußte versuchen, wieder von vorne anzufangen. Er war ein großer Bewunderer Bob Lafolettes und vertrat die Theorie, daß die Bankiers in Wallstreet sich verschworen hätten, die Regierung in die Hand zu nehmen, die Farmer auszupowern und so das Land zugrunde zu richten. Er redete den ganzen Tag mit einer dünnen, röchelnden Stimme, bis die Pflegerin ihm befahl, den Mund zu halten: Über die überparteiliche Liga, über die Farmer- und-Arbeiter-Partei, über das Schicksal des Großen Nordwestens, und daß die Arbeiter und Farmer zusammenhalten müßten, um ehrliche Männer wie Bob Lafolette zu wählen. Charley war im Herbst dieses Jahres der Ortsbranche einer A. F. of L.-Gewerkschaft beigetreten, und Michaelsons Gerede, unterbrochen durch keuchende Hustenanfälle, brachte ihn in eine sonderbare Stimmung, er wurde ganz aufgeregt und begann sich für Politik zu interessieren. Er beschloß, mehr Zeitungen zu lesen und sich über die Vorgänge in der Welt auf dem laufenden zu halten. Dieser Krieg zum Beispiel, man wußte ja gar nicht, was da alles noch passieren konnte.

Als eines Tages Michaelsons Frau und Kinder ihn besuchen kamen, stellte er sie Charley vor und sagte, neben so einem klugen, jungen Menschen zu liegen mache das Kranksein zu einem Vergnügen. Charley war sehr bedrückt, als er sah, wie erbärmlich blaß und unterernährt die Frau und die drei Kinder aussahen und was für ärmliche Kleider sie in diesem Frostwetter trugen. Er verließ das Spital früher als Michaelson, und als er sich zu ihm beugte, um seine dürre, knochige Hand zu drücken, sagte Michaelson zum Abschied: »Junger Mann, Sie müssen Henry George lesen, verstehen Sie ...? Er weiß, was diesem Lande fehlt, verdammt noch mal, und ob er's weiß!«

Als Charley wieder durch den trocken-eisig-kalten Wind die verschneite Straße entlangging und den Geruch nach Jodoform und kranken Menschen nicht mehr in der Nase hatte, war er so froh bewegt, daß er alles wieder vergaß.

Zuerst ging er zu den Svensons. Emiscah fragte ihn, wo Ed Walters sei. Charley sagte, er sei nicht zu Hause gewesen und wisse es nicht. Als er das sagte, sah sie traurig drein, und das wunderte ihn. »Weiß Zona es nicht?« fragte er. – »Nein, Zona hat einen neuen Bräutigam und denkt an nichts anderes mehr.« Dann lächelte sie und tätschelte seine Hand und schmeichelte ihm ein wenig, und sie saßen auf dem Sofa, und sie holte etwas süßes Konfekt hervor, das sie selber gemacht hatte, und sie hielten einander bei der Hand und küßten einander mit klebrigen Küssen, und Charley war glücklich. Als Anna nach Haus kam, sagte sie, wie mager er aussehe, und sie würde ihn aufpäppeln müssen, und er blieb zum Abendbrot da. Mr. Svenson sagte, er solle nur eine Zeitlang jeden Abend zum Essen kommen, bis er wieder auf den Beinen sein würde. Nach dem Abendbrot spielten sie im Vorzimmer Blindekuh und amüsierten sich königlich.

Als Charley nach Hause kam, traf er auf dem Flur seine Wirtin. Sie machte ihm eine große Szene, sein Freund, sagte sie, sei verschwunden, ohne die Miete zu bezahlen, und daß er gleich auf der Stelle mit dem Geld herausrücken müsse, sonst würde sie ihn nicht in sein Zimmer hinauflassen. Er debattierte mit ihr und sagte, er komme soeben aus dem Krankenhaus, und sie willigte schließlich ein, ihn noch eine Woche wohnen zu lassen. Sie war ein dickes, schwammiges Weib mit runzligen Wangen und einer gelben Kattunschürze voller kleiner Täschchen. Als Charley in das Flurzimmer hinaufkam, wo er den ganzen Winter mit Ed geschlafen hatte, war es dort erbärmlich kalt und öde. Er kroch ins Bett, lag zitternd zwischen den eiskalten Tüchern, er fühlte sich schwach und klein und hätte am liebsten geheult. Warum zum Teufel war denn Ed verschwunden, ohne etwas zu hinterlassen, und warum hatte Emiscah so komisch dreingesehen, als er sagte, er wisse nicht, wo Ed sei?

Am nächsten Tag ging er in die Werkstatt und bekam wieder seine alte Arbeitsstelle, obgleich er so schwach war, daß er gar nicht viel taugte. Sein Meister benahm sich recht anständig und sagte ihm, er solle sich die nächsten paar Tage nicht überanstrengen, aber er wollte ihm die Krankheitszeit nicht bezahlen, weil er noch nicht lange im Betrieb war und kein Attest des Betriebsvertrauensarztes hatte. Noch an diesem selben Abend ging er zu der Kegelbahn, in der Ed früher beschäftigt war. Der Schankbursche oben sagte ihm, Ed sei nach Chi getürmt, wegen irgendeiner albernen Geschichte mit einer gestohlenen Uhr. »Gut, daß wir ihn los sind, das ist meine Meinung«, sagte er. »Das wird mal ein ganz schwerer Junge.«

Er bekam einen Brief von Jim: Ma habe aus Fargo geschrieben, daß sie sich Sorgen mache, und Charley solle sich doch mal bei Jim blicken lassen, also ging er am nächsten Sonntag

zu den Vogels hinüber. Zuallererst, als er Jim sah, erklärte er, die Geschichte damals mit dem Ford sei ein verdammter Dummejungenstreich gewesen, und sie erledigten das mit einem kräftigen Händedruck, und Jim sagte, kein Mensch würde ein Wort darüber verlieren, und er solle doch dableiben und bei ihnen essen. Das Essen war prima, und das Bier war prima. Jims Söhnchen war ein verdammt aufgeweckter Kerl; komischer Gedanke, daß er jetzt Onkel war; sogar Hedwig kam ihm nicht mehr so griesgrämig vor wie früher. Die Garage brachte viel Geld ein, der alte Vogel wollte den Mietstall auflösen und sich zur Ruhe setzen. Als Charley sagte, er studiere an der Abendschule, begann der alte Vogel ihm mehr Beachtung zu schenken. Jemand sagte etwas über Lafolette, und Charley sagte, Lafolette sei ein großer Mann, und da sagte der alte Vogel, den Schnurrbart voller Bierschaum: »Wat hat es für einen Zweck, ein großer Mann zu sein, wenn man unrecht hat?« Er tat abermals einen Zug aus seinem Bierkrug und betrachtete Charley mit funkelndblauen Augen. »Aber dat is nur der Anfang ... Wir machen ja noch einen Sozialisten aus dich.« Charley errötete. »Na, das weiß ich noch nicht« – und Tante Hartmann belud seinen Teller mit einer neuen Portion Hasenpfeffer mit Nudeln und Kartoffelbrei.
An einem unfreundlichen Märzabend ging er mit Emiscah sich die *Geburt einer Nation* ansehen. Die Schlacht und die Musik und die Hörner machten ihnen ein ganz mulmiges Gefühl. Beiden standen die Tränen in den Augen, als die beiden Jungs einander auf dem Schlachtfeld trafen und auf dem Schlachtfeld einer in den Armen des anderen starb. Als der Ku-Klux-Klan über die Leinwand stürmte, preßte Charley sein Bein an Emiscahs Bein, und sie bohrte ihre Finger so fest in sein Knie, daß es ihm weh tat. Als sie hinauskamen, sagte Charley, zum Donnerwetter, er hätte fast Lust, nach Kanada zu fahren, sich anwerben zu lassen, rüberzugondeln und sich den Weltkrieg anzusehen. Emiscah sagte, er solle kein Dummkopf sein, und dann sah sie ihn etwas komisch an und fragte ihn, ob er englandfreundlich sei. Er sagte, das sei ihm einerlei, es würden ja doch nur die Banken

dabei profitieren, wer auch immer Sieger bliebe. Sie sagte: »Ist das nicht schrecklich? Wir wollen nicht mehr davon reden.«

Als sie zu den Svensons zurückkamen, saß Mr. Svenson in Hemdsärmeln im Wohnzimmer und las die Zeitung. Er stand auf, kam mit einer sorgenvoll mürrischen Miene auf Charley zu und wollte etwas sagen, da schüttelte Emiscah den Kopf. Svenson zuckte die Achseln und ging hinaus. Charley fragte Emiscah, was denn der Alte habe. Sie packte ihn und legte den Kopf an seine Schulter und fing zu heulen an. »Was ist los, Schatz, was ist los, Schatz?« Sie heulte nur und heulte, bis er ihre Tränen an seinen Wangen und an seinem Hals fühlte.

»Um Gottes willen, mach Schluß, Kleines, du ruinierst mir meinen Kragen.«

Sie ließ sich aufs Sofa fallen, und er sah, daß sie alle Mühe hatte, sich zusammenzunehmen. Er setzte sich neben sie hin, tätschelte ihre Hand. Plötzlich sprang sie auf und stellte sich mitten ins Zimmer. Er versuchte, den Arm um sie zu legen und sie zu streicheln, aber sie stieß ihn weg. »Charley«, sagte sie mit einer harten verkrampften Stimme, »ich muß dir was sagen ... Ich glaube, ich kriege ein Kind.«

»Du bist ja verrückt. Wir haben doch nie ...«

»Vielleicht war es ein anderer ... O Gott, ich bringe mich um.«

Charley nahm sie bei den Schultern und setzte sie auf das Sofa hin. »Jetzt nimm dich zusammen und sag mir, was denn los ist.«

»Wenn du mich bloß ordentlich verhauen würdest«, sagte Emiscah mit einem hysterischen Lachen. »Los, hau zu!«

Charley wurde ganz schlapp zumute.

»Sag mir doch, was los ist. Mein Gott, es kann doch nicht Ed gewesen sein.«

Sie blickte mit erschreckten Augen zu ihm auf, ihr Gesicht war verhärmt wie das Gesicht einer alten Frau. »Nein, nein ... Die Sache ist so. Ich bin jetzt schon einen Monat über meine Zeit, verstehst du, und ich weiß nicht genug von solchen Dingen, so habe ich Anna gefragt, und sie sagt, ich kriege sicher ein Kind, und wir müssen schnell heiraten, und sie hat es Pa erzählt, diese niederträchtige kleine Schlange, und ich konnte ihm doch nicht sagen, daß nicht du es bist ... Sie glauben, du bist es, verstehst du, und Pa sagt, es ist schon recht, so sind nun mal die jungen Menschen heutzutage, und er sagt, wir müssen eben heiraten, und ich dachte zuerst, ich werde nichts sagen, und du wirst es nie erfahren, aber siehst du, Liebling, ich mußte dir's sagen.«

»O mein Gott«, sagte Charley. Er betrachtete den geblümten rosaroten Lampenschirm mit den Fransen, der neben ihm auf dem Tisch stand, und die Tischdecke mit den Fransen und seine Schuhe und die Rosen auf dem Teppich. »Wer war es denn also?«

»Es war, während du im Spital warst, Charley. Wir hatten massenhaft Bier getrunken, und er ging mit mir in ein Hotel. Ich bin eben ganz einfach ein schlechter Mensch, das ist alles. Er warf nur so mit dem Geld um sich, und wir fuhren in einer Taxe, und ich glaube, ich war nicht ganz bei Verstand. Nein, ich bin ein durch und durch schlechter Mensch, Charley. Als du im Krankenhaus warst, bin ich jeden Abend mit ihm ausgegangen.«

»Bei Gott, es war Ed.«

Sie nickte, versteckte dann ihr Gesicht und fing wieder zu heulen an.

»Dieser kleine Schweinehund«, sagte Charley immer wieder. Sie krümmte sich auf dem Sofa zusammen, schlug die Hände vors Gesicht.

»Er ist nach Chicago gefahren ... ein richtiger schwerer Junge«, sagte Charley.

Er hatte das Gefühl, daß er an die frische Luft müsse. Er nahm Hut und Mantel und begann sich anzuziehen. Da sprang sie auf und warf sich an seine Brust. Sie preßte sich dicht an ihn an, ihre Arme lagen fest um seinen Hals. »Wirklich, Charley, ich habe dich dabei immer geliebt ... Ich habe mir vorgestellt, daß du es bist.« Sie küßte ihn auf den Mund, er stieß sie weg, aber er fühlte sich schwach und müde und dachte an die eisigen Straßen und an sein kaltes Flurzimmer und dachte, was zum Teufel liegt denn daran, und zog Hut und Mantel wieder aus. Sie küßte ihn und knutschte ihn und sperrte das Zimmer ab, und sie knutschten einander auf dem Sofa, und sie ließ ihn machen, was er wollte. Nach einer Weile dann knipste sie das Licht an, strich sich die Röcke glatt, ging zu dem Spiegel hinüber, um ihre Haare in Ordnung zu bringen, und er knüpfte die Krawatte, und sie kämmte, so gut es ging, mit den Fingern sein Haar, und sie sperrten recht vorsichtig die Tür des Wohnzimmers wieder auf, und sie ging in den Flur hinaus, um ihren Vater zu rufen. Ihr Gesicht war gerötet, und sie sah wieder sehr hübsch aus. Mr. Svenson und Anna und sämtliche Mädchen waren in der Küche, und Emiscah sagte: »Pa, Charley und ich heiraten nächsten Monat«, alles gratulierte, die Mädchen küßten Charley, Mr. Svenson brach einer Flasche Whisky den Hals, jeder trank ein Glas, und als Charley dann nach Haus ging, kam er sich vor wie ein geprügelter Hund.

In der Werkstatt arbeitete ein Mann namens Hendriks, der schien ein recht gerissener Bursche zu sein; Charley fragte ihn am nächtsen Tag in der Mittagspause, ob er nicht etwas wisse, etwas zum Einnehmen für ein Mädchen, damit sie kein Kind bekommt, und er sagte, er habe ein Rezept für irgendwelche Pillen, und am Tag darauf brachte er das Rezept mit und sagte Charley, er dürfe dem Apotheker nicht sagen, wozu er die Pillen brauche. Es war Montag, und abends, nachdem Hendriks sich gewaschen hatte, kam er in Charleys Saal herüber und fragte ihn, ob er nun auch die Pillen habe. Charley hatte die Schachtel in der Tasche, er wollte heute abend die Schule schwänzen und zu Emiscah gehen. Zuerst aber gingen er und Hendriks an die Ecke, ein Gläschen heben. Er konnte puren Whisky nicht leiden, und Hendriks sagte, er solle ihn mit Ginger Ale trinken. Das schmeckte großartig. Charley war innerlich recht elend und ärgerlich zumute, und er hatte gar keine Lust, zu Emiscah zu gehen. Sie tranken noch ein paar Gläschen, und dann schoben sie ein Weilchen Kegel. Charley schlug Hendriks vier zu eins, und Hendriks sagte, von jetzt an zahle er.

Hendriks war ein vierschrötiger, rothaariger Kerl mit einem sommersprossigen Gesicht und einer schiefen Nase, und er begann allerlei komische Dinge zu erzählen, die ihm mit Weibern passiert waren, und daß das nun mal seine starke Seite sei. Er sei schon überall gewesen, habe in New Orleans hellgelbe Mulattinnen und sealbraune Negerinnen gehabt und in Seattle, Washington, Chinesenmädels, und in Butte, Montana, eine vollblütige Indianersquaw und in Colon Französinnen und deutsche Jüdinnen und in Port of Spain ein über neunzig Jahre altes Karibenweib. Er sagte, die *Zwillingsstadt* sei ein erbärmliches Loch, und man müßte eigentlich nach dem Süden fahren und sich auf den Ölfeldern in Tampico oder in Oklahoma Arbeit verschaffen, dort könne man anständiges Geld verdienen und wie ein Weißer leben. Charley erwiderte, er würde jeden Augenblick aus St. Paul türmen, wenn er nicht seinen Kursus in der Abendschule beenden wollte, und Hendriks erwiderte, er sei ein verdammter Dummkopf, mit dem Bücherwissen komme man zu nichts, das Richtige für den Menschen sei, sich ordentlich zu amüsieren, solange man noch bei Kräften ist, und nachher solle alles der Teufel holen. Charley sagte, er würde ja auch am liebsten die ganze Welt zum Teufel schicken.
Sie gingen in mehrere Kneipen, und Charley, der es nicht gewohnt war, viel anderes zu trinken als Bier, begann ein wenig zu schwanken, aber es war dufte, so mit Hendriks von einer Kneipe in die andere zu bummeln. Hendriks sang in der einen Kneipe *Meine Mutter war auch eine Dame* und in der andern, in der ein alter rotbackiger Knabe mit einer Zigarre ihnen Schnäpse spendierte, *Der falsche König von England*. Dann versuchten sie in ein Tanzlokal hineinzukommen, aber der Mann an der Tür sagte, sie seien zu betrunken, und warf sie hinaus, und das kam ihnen ungeheuer komisch vor, und sie gingen in das Hinterzimmer eines Lokals, das Hendriks kannte, und dort waren zwei Mädchen, die Hendriks kannte, und Hendriks regelte die Sache mit je zehn Dollar für die ganze Nacht, dann tranken sie noch ein Gläschen, bevor sie in die Wohnung der Mädchen gingen, und Hendriks sang:

»Zwei Trommler saßen beim Essen eines Tages im Grand Hotel,
Sie plauderten, und sie schwatzten, sie scherzten und lachten gar hell.
Und als ein hübsches Mamsellchen die Schüsseln brachte herein,
Da sagten sie, o mein schönes Kind, und ihr Ton, der war nicht fein.«

»Der is mir eine tolle Nummer«, sagte die eine zu der andern. Aber die andere war ein wenig beschwipst und bekam das heulende Elend, während Hendriks und Charley die Köpfe zusammensteckten und sangen:

»Meine Mutter war auch eine Dame, Sie gestatten schon, mein Herr,
Und vielleicht irrt auch Ihre Schwester schutzlos in der Welt umher.
Einen lieben Bruder zu suchen, bin ich in der Großstadt hier,
Und das würden Sie alles nicht wagen, mein Herr, wäre Jack bloß, mein Bruder, bei mir.«

Sie heulte, und die andere stieß sie hin und her und sagte: »Trockne dir die Tränen, Süßes, bist besoffen«, und es war ungeheuer komisch.

Die nächsten paar Wochen fühlte Charley sich elend und unbehaglich. Von den Pillen wurde Emiscah furchtbar schlecht, schließlich aber halfen sie ihr. Charley kam nicht oft mehr hin, obgleich sie immer noch davon redeten, »wenn wir erst mal verheiratet sind«, und die Svensons Charley als ihren Schwiegersohn behandelten. Emiscah beklagte sich ein wenig über Charley, daß er so viel trinke und mit diesem Hendriks umherziehe; Charley hatte die Abendschule aufgegeben und suchte nach einer Gelegenheit, irgendwo auswärts Arbeit zu bekommen, einerlei wo. Dann machte er eines Tages eine Drehbank kaputt, und der Meister schmiß ihn hinaus. Als er das Emiscah erzählte, wurde sie böse und sagte, es dürfte wohl endlich Zeit für ihn sein, sich nicht mehr so viel herumzutreiben und sich ein wenig mehr um sie zu kümmern, und er erwiderte, es dürfte wohl Zeit für ihn sein, sich davonzuscheren, und er nahm Hut und Mantel und ging weg. Dann, als er die Straße entlangging, fiel ihm ein, daß er vergessen hatte, seinen Siegelring von ihr zurückzufordern, und er bereute das sehr, aber er wollte nicht noch einmal zurückgehen, um den Ring zu verlangen.

Am nächsten Sonntag aß er bei dem alten Vogel, aber er sagte nicht, daß er seine Arbeit verloren hatte. Es war ein plötzlicher, heißer Frühlingstag. Den ganzen Vormittag war er mit einem brummenden Schädel umherspaziert, er hatte sich am Abend zuvor mit Hendriks betrunken, jetzt schaute er sich die Krokusse und Hyazinthen in den Parks und die schwellenden Knospen in den Vorgärtchen an. Er wußte nicht, was er mit sich anfangen sollte. Mit seiner Miete war er seit einer Woche im Rückstand, er lernte nichts mehr, er hatte kein Mädchen, und am liebsten hätte er alles zum Teufel gewünscht und sich in die Miliz einschreiben lassen, um an die mexikanische Grenze zu gehen. Sein Kopf tat ihm weh, er war es müde, seine Beine in der Morgenhitze über das Pflaster zu schleppen. Gut gekleidete Männer und Frauen fuhren in Limousinen und Sedans vorbei. Ein Junge auf einem roten Motorrad sauste vorüber. Wenn er bloß das Geld gehabt hätte, um sich auch ein Motorrad zu kaufen und irgendwohin zu fahren. Gestern abend hatte er Hendriks überreden wollen, mit ihm nach dem Süden zu gehen, aber Hendriks sagte, er habe sich eine Schürze aufgegabelt, ein duftes Mädel, er habe jetzt jeden Abend seinen warmen Winkel und gedenke dabei zu bleiben. Hol der Teufel das alles, dachte Charley, ich möchte mal eine andere Gegend sehen.

Als er in die Garage kam, sah er so niedergeschlagen aus, daß Jim sagte: »Was ist denn passiert, Charley?« – »Nischt, nischt«, sagte Charley und begann ihm beim Säubern der Vergaserteile eines Lastautos, an dem Jim gerade herumbastelte, zu helfen. Der Chauffeur war ein junger Mensch mit kurzgeschnittenem, schwarzem Haar und gebräuntem Gesicht. Er gefiel Charley. Er sagte, er müsse am nächsten Tag mit einer Fuhre von Ladeneinrichtungsgegenständen nach Milwaukee fahren, und er suche jemanden, den er mitnehmen könnte. »Würden Sie mich mitnehmen?« sagte Charley. Der Chauffeur sah ihn verblüfft an. »Mein kleiner Bruder, Fred, er würde schon ganz gut sein ... Und deine

Arbeit?« Charley wurde rot. »Ach was, ich bin von dort weggegangen.« – »Nun, dann kommen Sie mal mit zu meinem Chef«, sagte der Chauffeur. »Wenn es *ihm* recht ist, soll es mir auch recht sein.«

Sie fuhren am nächsten Morgen vor Tagesanbruch ab. Charley hatte ein schlechtes Gefühl, weil er seiner Wirtin davonschleichen mußte, aber er ließ ein Briefchen auf dem Tisch zurück, daß er ihr, sobald er Arbeit habe, das Geld zur Bezahlung seiner Schuld schicken würde. Es war herrlich, die Stadt, die Fabriken und die Getreidesilos in dem grauen, frostigen Frühmorgenlicht hinter sich zu lassen. Die Straße folgte dem Fluß und den Hügeln, das Auto ratterte dahin, planschte durch Pfützen und kotige Furchen. Es war kalt, obgleich die Sonne, wenn sie nicht gerade hinter den Wolken verschwand, recht warm schien. Er und Fred mußten schreien, um sich verständlich zu machen, trotzdem erzählten sie einander allerlei Geschichten und schwatzten über dieses und jenes. Die Nacht verbrachten sie in La Crosse.

Sie kamen gerade noch in die Speisewirtschaft zurecht, um ein Beefsteak zu essen, bevor zugesperrt wurde, und Charley merkte, daß er bei der Kellnerin Erfolg hatte, sie war aus Omaha und hieß Helen. Sie war etwa dreißig Jahre alt und hatte etwas Müdes um die Augen, so daß er sich dachte, vielleicht ist sie zu haben. Er lungerte so lange herum, bis sie zusperrte, dann gingen sie spazieren, und sie spazierten den Fluß entlang, der Wind war warm und hatte einen Weingeruch von den Sägewerken, eine schmale Mondsichel hing hinter flockigen Wolken, sie setzten sich in das frische Gras hinter die Stapel frisch geschnittenen, zum Auswittern aufgestapelten Holzes, wo es ganz finster war. Sie legte den Kopf auf seine Schulter und nannte ihn Süßer.

Als er wieder zum Auto kam, lag Fred in eine Decke gewickelt schlafend auf der Persenning. Charley wickelte sich in seinen Mantel und legte sich an die andere Seite des Wagens. Es war kalt, man lag sehr unbehaglich auf den Packkisten, aber er war müde, sein Gesicht brannte von dem scharfen Wind, und er schlief bald ein. Vor Tagesanbruch fuhren sie weiter. Das erste, was Fred sagte, war: »Na, hast du sie gekriegt, Freundchen?« Charley lachte und nickte. Er fühlte sich wohl und dachte bei sich, ein verdammtes Glück, daß er die *Zwillingsstadt* und Emiscah und diesen Scheißkerl von einem Meister hinter sich hatte. Die ganze Welt lag vor ihm ausgebreitet wie eine Landkarte, das Lastauto ratterte mitten hindurch, überall warteten auf ihn die Städte, in denen er Arbeit suchen und viel Geld verdienen und hübsche Mädchen finden konnte, die nur darauf warteten, ihn ihren Süßen zu nennen.

Er blieb nicht lange in Milwaukee. In keiner der Garagen wurde eine Aushilfe gebraucht, also ging er als Geschirrwäscher in ein Restaurant. Es war eine erbärmliche, dreckige Arbeit mit langer Arbeitszeit. Um Geld zu sparen, nahm er sich kein Zimmer, sondern pennte auf einem Lastauto in einer Garage, in der ein Bekannter Jims beschäftigt war. Sowie er seinen ersten Wochenlohn in der Tasche hätte, wollte er mit dem Dampfer hinüberfahren. Unter den Kellnern, die im Restaurant arbeiteten, gab es einen I.W.W. namens Monte Davis. Auf seine Veranlassung mußten alle die Arbeit niederlegen, weil die I.W.W.s in der Stadt einen Kampf für die Redefreiheit führten, und Charley hatte nun eine ganze Woche lang gearbeitet und keinen Cent dafür bekommen und einundeinhalb Tage lang nichts gegessen, da kam Fred mit einer neuen Fuhre auf seinem Lastauto an und spendete ihm eine Mahlzeit. Sie tranken etwas Bier hinterher und hatten eine große Auseinandersetzung über den Streik. Fred sagte, diese ganze I.W.W.-Agitation sei ein verdammter Blödsinn, und seiner Ansicht nach hätte die Polizei nur recht, wenn sie sie alle bis auf den letzten Mann ins Kittchen steckte. Charley erwiderte, die Arbeiter müßten zusammenhalten, um sich anständige Lebensbedingungen zu erkämpfen, und es komme die Zeit, wo es eine große Revolution geben würde, so wie die amerikanische Revolution, nur noch größer, und nachher würde es keine Unternehmer mehr geben, und die Arbeiter würden die Industrie leiten. Fred sagte, er rede daher wie ein gottverfluchter Ausländer, und er sollte sich schämen, was ein

Weißer sei, müsse an die persönliche Freiheit glauben, und wenn er es an der einen Stelle mal schecht getroffen habe, könne er sich doch zum Teufel noch mal andere Arbeit suchen. Sie schieden in Unfrieden voneinander, aber Fred war ein gutherziger Kerl, und er lieh Charley fünf Dollar für die Überfahrt nach Chi.

Am nächsten Tag fuhr er mit dem Boot hinüber. Der See war von einem blassen, kalten Blau, ein paar gelbliche, zerfressene Eisschollen schwammen noch umher, hier und dort leuchtete eine weiße Kräuselwelle. Charley war noch nie auf einer großen Wasserfläche gewesen, es wurde ihm ein wenig übel, aber es war herrlich, die Schornsteine zu sehen und die großen Häuserblocks, die, im Sonnenlicht wie Perlmutter schimmernd, aus den trüben Schwaden des Fabrikenrauchs emporwuchsen, und die Wellenbrecher und die großen, das blaue Wasser durchpflügenden Erzschuten, und dann den Pier entlangzuschlendern, wo ihm alles so neu war, und sich in die Menge zu stürzen, und dann der Strom der Automobile und der grün-gelben Autobusse, der sich vor der Zugbrücke in der Michigan Avenue staute, und dann in dem peitschenden Wind dahinzuschlendern, die schimmernden Ladenfenster, die hübschen Mädchen, die im Winde flatternden Röcke zu betrachten.

Jim hatte ihm gesagt, er solle einen Bekannten von ihm aufsuchen, der in einem Ford-Autodienst an der Blue Island Avenue beschäftigt sei, doch der Weg war so weit, daß, als er hinkam, der Mann bereits nach Hause gegangen war. Aber der Chef war da, und er sagte zu Charley, wenn er am nächsten Morgen kommen wolle, hätte er Arbeit für ihn. Da er nirgendwohin gehen konnte und dem Chef nicht sagen wollte, daß er völlig pleite sei, ließe er seinen Koffer in der Garage zurück und spazierte die ganze Nacht umher. Ab und zu schlief er eine Viertelstunde auf einer Bank, aber wenn er dann aufwachte, war er ganz steif und völlig durchfroren, so daß er umherlaufen mußte, um wieder warm zu werden. Die Nacht schien kein Ende zu nehmen, er hatte keinen Cent, um sich eine Tasse Kaffee zu kaufen, und eine Stunde, bevor jemand erschien, um den Autodienst des

Morgens zu öffnen, war er schon da und spazierte vor der geschlossenen Tür auf und ab.
Er arbeitete nun mehrere Wochen lang in dem Ford-Autodienst, bis ihm eines Tages in der N. Clark Street Monte Davis begegnete und ihn zu einer I.W.W.-Versammlung vor der Newberry-Bibliothek mitschleifte. Die Polizei trieb die Versammlung auseinander, und Charley lief nicht schnell genug, und bevor er recht wußte, was ihm geschah, hatte man ihn mit einem Gummiknüppel über den Schädel gehauen und in das Polizeiauto geschoben. Er verbrachte die Nacht in einer Zelle mit zwei bärtigen Männern, die stinkbesoffen waren und anscheinend ohnedies kein Wort Englisch konnten. Am nächsten Tag wurde er von einem Polizeirichter verhört, und als er sagte, er sei Autoschlosser, rief ein Kriminaler den Autodienst an, um seine Angaben nachzuprüfen, der Polizeirichter ließ ihn laufen, aber als er in die Garage kam, sagte der Chef, er könne in seinem Betrieb keine verdammten Roten brauchen, und zahlte ihm seinen Lohn, und damit war die Sache erledigt.
Er verpfändete seinen Koffer und seinen Sonntagsanzug, packte ein paar Socken und ein paar Hemden zu einem kleinen Bündel zusammen, suchte dann Monte Davis auf und sagte zu ihm, er wolle als blinder Passagier nach St. Louis strolchen. Monte erwiderte, in Evansville sei ein Kampf um die Redefreiheit im Gange, und er würde mitkommen, um zu sehen, was dort los sei. Sie fuhren mit dem Zug bis Joliet. Als sie am Gefängnis vorüberkamen, sagte Monte, sooft er ein Gefängnis sehe, werde ihm ganz mau zumute, und er habe dann ein ekliges Vorgefühl. Er war auf einmal sehr deprimiert, die Unternehmer, sagte er, würden ihn bald erwischt haben, aber es wären ja noch andere da. Monte Davis war ein bleicher, hagerer junger Mensch aus Muscatine in Iowa. Er hatte eine lange, krumme Nase und stotterte, und schon als ganz kleiner Junge hatte er Zeitungen verkauft und in einer Knopffabrik gearbeitet. Er dachte an nichts als an die I.W.W. und die Revolution. Er beschimpfte Charley als einen Gelben, weil er es lächerlich finde, zweimal an einem Tag verhaftet und wieder ent-

lassen zu werden, und er sagte ihm, er müsse klassenbewußt werden und die Sache ernster nehmen.

An der Stadtgrenze von Joliet sprangen sie auf ein Lastauto, das sie bis Peoria brachte, und dort trennten sie sich, weil Charley einen Lastwagenchauffeur traf, den er in Chicago kennengelernt hatte und der sich erbötig machte, ihn bis nach St. Louis mitzunehmen. In St. Louis schien es nicht sehr rosig zu sein, er bekam Streit mit einer Hure, die er sich in der Market Street aufgegabelt hatte und die ihn fleddern wollte, und als ihm nun einer sagte, in Louisville sei massenhaft Arbeit zu bekommen, begann er nach dem Osten zu tippeln. Inzwischen, als er nach New Albany kam, wurde es höllisch heiß, er hatte kein Glück mit dem Mitgenommenwerden, seine Füße waren geschwollen und voller Blasen. Lange stand er auf der Brücke, blickte in die schnelle braune Strömung des Ohio hinunter, war zu müde, um weiterzugehen. Er haßte den Gedanken, umherwandern und Arbeit suchen zu müssen. Der Fluß hatte die Farbe von Lebkuchen; Charley dachte an den Geruch der Ingwerküchlein, die Lizzie Green in seiner Mutter Küche zu backen pflegte, und er dachte, es sei doch furchtbar dumm von ihm, so herumzuvagabundieren. Er würde nach Hause fahren und sich an die Fleischtöpfe setzen, ja, das würde er tun.

In diesem Augenblick kam ein zusammengebrochenes Ford-Lastauto auf einem geplatzten Reifen vorbeigeschlittert. »He, keine Luft im Reifen«, schrie Charley. Der Chauffeur zog mit einem Knall die Bremsen an. Er war ein dicker Kerl mit einem runden Schädel und hatte einen roten Sweater an. »Wat zum Teufel jeht denn det Sie an?« – »Na, ich dachte bloß, Sie hätten es vielleicht nicht bemerkt.« – »Ick merke allet, junger Mann ... den janzen Tach nischt als Pech jehabt. Mal 'n Stück mitfahren?« – »Gern«, sagte Charley. – »Ich kann aber nich uff die Brücke stehnbleiben ... So wat von ei'm verfluchten Pech den janzen Tach. Da steh ick zeitich in die Frühe auf, noch bevor's hell wird, und fahre raus, um die Tabakfässer zu holen, und der verfluchte Nigger hat den Lacherhausschlüssel verloren. Dunnerschlag, wenn ick ’n Schießeisen jehabt hätte, ick hätte den verfluchten Scheißkerl jekillt.« Hinter der Brücke blieb er stehen, und Charley half ihm den Reifen auswechseln. »Wo sind Sie denn her, junger Mann?« sagte er, während er sich aufrichtete und sich den Staub von den Hosen bürstete. »Von droben aus dem Nordwesten«, sagte Charley. – »’n Schwede, nich?« Charley lachte. »Nein, ich bin Autoschlosser und suche Arbeit.« – »Rin da, junger Mann, wir wollen mal mit dem ollen Wiggins reden, was mein Chef is, mal sehen, was sich tun läßt.«

Charley blieb den ganzen Sommer in Louisville, arbeitete in der *Reparaturwerkstatt Higgins*. Er wohnte mit einem Italiener namens Grassi zusammen, der nach Amerika gekommen war, um sich vom Militärdienst zu drücken. Grassi las jeden Tag die Zeitung und hatte schreckliche Angst, die USA würden in den Krieg eintreten. Dann, sagte er, würde er über die Grenze nach Mexiko türmen müssen. Er war Anarchist, ein stiller Mensch, abends saß er auf den Stufen des Miethauses, sang leise vor sich hin und spielte dazu Ziehharmonika. Er erzählte Charley von den großen Fiat-Fabriken in Torino, wo er gearbeitet hatte, lehrte ihn Spaghetti essen und roten Wein trinken und auf der Ziehharmonika *Funiculi Funicula* spielen. Sein Ehrgeiz war, Flugzeugführer zu werden. Charley machte sich an eine kleine Jüdin heran, die als Sortiererin in einem Tabakmagazin arbeitete. Sie hieß Sarah Cohen, aber er mußte sie Belle nennen. Er hatte sie recht gern, nur war er so vorsichtig, ihr klarzumachen, daß er kein Heirater sei. Sie sagte, sie sei eine Radikale und für die freie Liebe, aber auch das paßte ihm nicht recht. Er ging mit ihr ins Kino, spazierte mit ihr im Cherokesenpark umher und kaufte ihr eine Amethystbrosche, weil sie ihm erzählt hatte, daß Amethyst ihr Glücksstein sei.

Wenn er über sich selber nachdachte, war er recht unzufrieden. Da machte er nun Tag für Tag dieselbe Arbeit, ohne jede Aussicht, mehr Geld zu verdienen oder was zu lernen oder neue Gegenden zu sehen. Als der Winter kam, wurde er unruhig. Er hatte einen alten Fordwagen gerettet, den sie auf den Schrottplatz schleppen wollten, und hatte ihn mit ausrangierten Reserveteilen hergerichtet. Und er überredete Grassi, mit ihm nach New Orleans zu fahren. Sie hatten ein wenig Geld erspart; wie, wenn sie jetzt hinunterführen, sich dort Arbeit suchten und den Mardi Gras in New Orleans feierten. Seit er St. Paul verlassen hatte, fühlte er sich zum erstenmal wieder wohl, als sie an einem schloßigen Januartag aus Louisville hinausratterten, hinter sich im Wagen einen Stapel drittklassiger Ersatzreifen und den Motor mit allen vier Zylindern in vollem Gange, nach Süden zu.

Sie fuhren über Nashville, Birmingham und Mobile, aber die Straßen waren schrecklich, und sie mußten den Wagen während der Fahrt reparieren, und in der Nähe von Cuntersville wären sie in einem Blizzard fast erfroren und mußten ein paar Tage liegenbleiben, so daß, als sie dann die Bucht von St. Louis erreicht hatten und unter einem blauen Himmel die Küstenstraße entlangrollten und die warme Sonne fühlten und Palmen und Bananenbäume sahen, während Grassi vom Vesuvio, von der Bella Napoli und von seinem Mädchen in Torino, die er wegen des beschissenen Capitalista-Krieges nicht mehr gesehen hatte, erzählte – so daß ihr Geld zu Ende war. Sie kamen nach New Orleans und hatten nur noch fünf Dollar und nicht mehr als eine Tasse Benzin im Tank, aber Charley gelang es durch einen besonderen Glücksfall, den Wagen, wie er ging und stand, an einen farbigen Leichenbestatter für fünfundzwanzig Dollar zu verkaufen.

Sie mieteten in einem Haus in der Nähe des Kais ein Zimmer für drei Dollar die Woche. Ihre Wirtin war ein gelbhäutiges Weib aus Panama, auf dem Balkon vor ihrem Zimmer hauste ein Papagei, wenn sie durch die Straßen gingen, lag die Sonne warm auf ihren Schultern. Grassi war sehr glücklich. »Das ist wie in Italia«, sagte er immer wieder. Sie spazierten umher und versuchten festzustellen, ob hier Arbeit zu haben sei, aber sie konnten weiter nichts feststellen, als daß nächste Woche Mardi Gras war. Sie spazierten durch die Canal Street, die von Negern, Chinesen, hübschen, buntgekleideten Mädchen, Rennplatzhabitués und hochgewachsenen älteren Herren in rohseidenen Anzügen wimmelte. In einer Kneipe, die nach der Straße zu offen war, mit lauter Tischen auf dem Trottoir, wo alle möglichen Leute saßen und Zigarren rauchten und tranken, kehrten sie ein und tranken ein Bier. Als sie wieder herauskamen, kaufte sich Grassi eine Abendzeitung. Er wurde blaß und zeigte auf die Überschrift: DROHENDER KRIEG MIT DEUTSCHLAND. »Wenn Amerika mit Deutschland Krieg macht, arretiert Polizei alle italienische Männer und schickt nach Italia an die Front, verstanden? Mein Freund erzählt, er arbeit in Büro bei Konsul, er erzählt mir, verstanden? Ich nicht geh kämpfen in Capitalista-Krieg.« Charley versuchte ihn ein wenig aufzuziehen, aber Grassis Gesicht erstarrte zu einer traurigen, kummervollen Maske, und sowie es finster wurde, verließ er Charley und sagte, er kehre jetzt in die Bude zurück und lege sich schlafen.

Charley wanderte allein durch die Straßen. Von den Zuckerraffinerien kam ein warmer Melassegeruch, ab und zu roch es nach Gartenblumen, nach Knoblauch, nach Pfeffer und nach Ölgerichten. Überall waren Weiber zu sehen, sie saßen in den Kneipen, sie standen an den Straßenecken, sie blickten aus allen Türen und Fenstern einladend hinter den angelehnten Läden hervor; aber er hatte zwanzig Dollar bei sich und fürchtete, eine von ihnen könnte sie ihm abknöpfen, er spazierte also bloß umher, bis er müde wurde, und kehrte dann nach Hause zurück, Grassi schlief schon und hatte die Decke über den Kopf gezogen. Es war spät, als er aufwachte. Auf dem Balkon vor dem Fenster krächzte der Papagei, heißes Sonnenlicht erfüllte den Raum. Grassi war nicht da. Nachdem er sich angezogen und gekämmt hatte, kam Grassi mit aufgeregter Miene herein. Er hatte als Hilfsmaschinist auf einem nach Südamerika bestimmten Frachtdampfer Heuer genommen. »Wenn ich Buenos Aires, adieu und Schluß mit die Krieg. Wenn Argentina Krieg macht, dann wieder adieu.« Er küßte Charley auf den Mund, bestand darauf, ihm seine Ziehharmonika zu schenken, und als er wegging, um das Schiff zu erreichen, das zu Mittag abfuhr, standen ihm die Tränen in den Augen.

Charley wanderte durch die ganze Stadt und fragte in den Garagen und Werkstätten nach, ob irgendwelche Aussicht auf Arbeit bestehe. Die Straßen waren breit und staubig, umsäumt von niedrigen, dichtverschlossenen Fachwerkhäusern, und die Entfernungen waren ungeheuer groß. Er wurde müde, er war voller Staub und verschwitzt. Die Leute, die er anredete, behandelten ihn furchtbar liebenswürdig, aber niemand schien zu wissen, wo er Arbeit finden könnte. Er beschloß auf jeden Fall, über den Mardi Gras zu bleiben und dann wieder nach dem Norden zu fahren. Leute, mit denen er sprach, rieten ihm, nach Florida oder nach Birmingham in Alabama oder nach Memphis oder nach Little Rock zu gehen, aber alle waren der Meinung, daß in der Stadt, sofern er nicht als Matrose fahren wollte, keine Arbeit zu haben sei. Langsam schleppten die warmen, sonnigen Tage sich dahin, durchtränkt von dem Melassegeruch der Raffinerien. Er verbrachte einen großen Teil seiner Zeit in der Städtischen Bibliothek, oder er lümmelte auf dem Kai umher und sah den Negern zu, wie sie die Ladungen löschten. Er hatte viel zuviel Zeit zum Nachdenken, und er zerbrach sich den Kopf darüber, was er nun mit sich anfangen würde. Nachts schlief er schlecht, weil er den ganzen Tag nichts getan hatte, was ihn ermüdet hätte.

Eines Nachts hörte er aus einer Kneipe in der Chartres Street, sie hieß *Original Tripolis,* Gitarrenmusik. Er ging hinein, setzte sich an einen Tisch und bestellte was zu trinken. Der Kellner war ein Filipino. An dem finstern Ende des Raumes tanzten einige Paare in einer Art ringender Umarmung. Charley beschloß, sich ein Mädchen zu nehmen, falls eines für weniger als fünf Dollar zu haben war. Es dauerte nicht lange, und er traktierte eine junge Dame, sie sagte, sie heiße Liz, mit Speise und Trank. Sie sagte, sie habe den ganzen Tag nichts gegessen. Er fragte sie nach dem Mardi Gras, und sie sagte, das sei eine ganz trübselige Zeit, weil die Polizei alles unterbinde.

»Gestern nacht haben sie sämtliche Hafenmädchen zusammengetrieben und sie den Fluß hinaufgeschickt.« – »Was machen sie denn mit ihnen?« – »Schaffen sie bis nach Memphis und lassen sie dort laufen ... Kein Kittchen im Staat ist groß genug, um alle Nutten aus dieser Stadt zu fassen.« Sie lachten und tranken noch ein Glas, und dann tanzten sie. Charley preßte sie fest an sich. Sie war ein mageres Geschöpf mit kleinen spitzen Brüsten und dicken Hüften. »Je, Kleines, du wackelst aber ordentlich«, sagte er, nachdem sie ein Weilchen getanzt hatten. – »Ist doch mein Beruf, die Jungs zu amüsieren.« Ihm gefiel die Art, wie sie ihn ansah. – »Sag mal, Kleines, wieviel willst du haben?« – »Fünf.« – »Je, ich bin doch kein Millionär – und ich hab dir doch auch was zum Essen spendiert.« – »Na, gut, Süßer, sagen wir drei.« Sie tranken noch eins. Charley bemerkte, daß sie jedesmal eine Limonade bestellte. »Trinkst du denn gar nichts, Liz?« – »Bei diesem Geschäft kann man nicht trinken, Liebling; im Handumdrehn würde ich mich verraten.«

Ein dicker besoffener Kerl mit einem dreckigen Unterleibchen, er sah aus wie ein Schiffsheizer, torkelte durch den Raum. Er packte Liz bei der Hand und zwang sie, mit ihm zu tanzen. Sein dicker, blau und rot tätowierter Arm lag fest um ihren Leib. Charley sah, daß er beim Tanzen an ihrem Kleid zerrte und sie abknutschte. »Laß das sein, du Schweinehund«, schrie sie. Da wurde Charley böse, er sprang auf und riß den dicken Kerl von ihr weg. Der dicke Kerl drehte sich um und ging auf ihn los. Charley duckte sich und sprang in die Mitte des Zimmers, die Fäuste geballt und zum Schlagen bereit. Der dicke Kerl war stinkbesoffen, und als er abermals herumzutanzen begann, streckte Charley den Fuß aus, der dicke Kerl stolperte, fiel auf die Nase und schmiß einen Tisch und mit dem Tisch einen kleinen braunen Mann mit einem schwarzen Schnurrbart um. In der nächsten Sekunde war der braune Mann aufgesprungen und hatte eine Machete gezogen. Die Filipinos liefen umher und mauzten wie ein Schwarm verdammter Möwen. Der Wirt, ein fetter Spanier mit einer Schürze, war hinter dem Schanktisch hervorgekommen und schrie: »Hinaus mit euch allen.« Der Mann mit der Machete ging auf Charley los. Liz riß Charley rasch zur Seite, und bevor er recht wußte, was geschah, schleppte sie ihn durch die stinkenden Aborte in einen Korridor, der durch eine Hintertür auf die Straße führte. »Was bist du denn so dumm, dich wegen einer Hure zu prügeln«, flüsterte sie ihm ins Ohr.

Als sie draußen auf der Straße waren, wollte Charley zurückgehen, um seinen Hut und seinen Mantel zu holen. Das wollte Liz nicht erlauben. »Ich hol dir die Sachen morgen früh«, sagte sie. Sie gingen miteinander die Straße entlang. »Du bist ein braves Mädchen, du gefällst mir«, sagte Charley. – »Kannst du nicht zehn Dollar springen lassen, dann bleiben wir die ganze Nacht beisammen.« – »Jesus, Kleines, ich bin blank.« – »Na, dann werde ich dich hinausschmeißen und noch mal auf den Strich gehen müssen ... Es gibt nur einen auf der Welt, der's umsonst hat, und der bist nicht du.«

Sie amüsierten sich prächtig. Sie saßen plaudernd auf der Kante des Bettes. In ihrem rosaroten Hemdchen, mit geröteten Wangen, sah sie recht hübsch aus, zart und hübsch. Sie zeigte ihm eine Photographie ihres ständigen Freundes, der zweiter Maschinist auf einem Tanker war. »Ist er nicht hübsch? Wenn er in der Stadt ist, gehe ich nicht auf den Strich. Er ist so stark. Er kann mit seinem Bizeps eine Hickorynuß zerknacken.« Sie zeigte ihm an ihrem Arm die Stelle, wo ihr Freund eine Hickorynuß zerknacken konnte.

»Wo bist du her?« fragte Charley.

»Was geht denn das dich an?«

»Du bist aus dem Norden, das merkt man dir an, wenn du redest.«

»Ja. Ich bin aus Iowa, aber dort gehe ich nie wieder hin ... Ein scheußliches Leben, Süßer, das kannst du mir glauben ... Freudenmädchen, meine Güte. Dort zu Hause habe ich mir immer eingebildet, ich wär ein Klasseweib, aber eines Tages bin ich aufgewacht, und da war ich nischt weiter als eine ordinäre Hure.«

»Mal in New York gewesen?«

Sie schüttelte den Kopf. »Es ist aber gar kein so übles Leben, wenn man nicht säuft und sich die Bullen vom Leibe hält«, sagte sie nachdenklich.

»Ich glaube, ich bleibe noch, bis der Mardi Gras vorüber ist, und dann schiebe ich gleich wieder nach New York ab. Scheinbar finde ich in diesem Städtchen keinen Herrn.«

»Mit dem Mardi Gras ist nicht viel los, wenn du blank bist.«

»Na, ich bin hergekommen, um mir ihn anzusehen, und nun will ich lieber bleiben, um mir ihn anzusehen.«

Der Morgen graute, als er sie verließ.

Sie begleitete ihn die Treppe hinunter. Er küßte sie und sagte ihr, sie würde zehn Dollar bekommen, wenn sie ihm seinen Hut und seinen Mantel verschaffte, und sie erwiderte, er solle abends um sechs in ihre Wohnung kommen, aber nicht wieder ins *Tripolis,* denn dieser Mexikaner sei ein gefährlicher Bursche und würde ihm auflauern.

Die Straßen alter Stukkaturhäuser mit ihrem Spitzenwerk eiserner Balkone waren bis zum Rande mit blauem Nebel gefüllt. Mulattinnen mit bunten Kopftüchern wirtschafteten auf den Höfen umher. Auf dem Marktplatz breiteten alte Neger Obst und grünes Gemüse aus. Als er in seine Bude zurückkam, stand die Panamesin auf dem Balkon vor seinem Zimmer, streckte eine Banane aus und rief mit einer dünnen, quäkenden Stimme: »Ven Polly . . . Ven Polly.« Der Papagei saß am Rande des Ziegeldaches, sah sie mit glasigem Blick von der Seite an und kicherte leise. »Mich hier ganze Nacht«, sagte das Weib aus Panama mit einem schmerzlichen Lächeln. »Polly no quiere kommen.« Charley kletterte an dem Fensterladen hoch und versuchte, den Papagei zu fassen, aber der Papagei hüpfte seitlings bis an den Dachfirst hinauf, und das einzige, was Charley erreichte, war, daß ihm ein Ziegel auf den Kopf fiel. »No quiere kommen«, sagte das Weib aus Panama traurig. Charley grinste sie an, ging in sein Zimmer, warf sich aufs Bett und schlief ein.

Während des Mardi Gras spazierte Charley in der Stadt umher, bis seine Füße wund waren. Überall wimmelte es von Menschen, es gab massenhaft Lichter und Flöße und Umzüge und Musikkapellen und Weiber in Maskenkostümen. Er gabelte sich viele Mädchen auf, aber sobald sie entdeckten, daß er blank war, ließen sie ihn stehen. Er gab sein Geld so

langsam wie nur möglich aus. Sooft er hungrig wurde, ging er in eine Kneipe, trank ein Glas Bier und aß dazu so viel Freilunch, wie er nur wagen durfte. Am Tag nach dem Mardi Gras begannen die Menschenmassen sich zu verlaufen, und Charley hatte kein Geld mehr für Bier. Er spazierte umher, hungrig und deprimiert. Der Geruch der Melasse und der Absinthgeruch aus den Kneipen im französischen Viertel, in der dicken, feuchten Luft, bereitete ihm Übelkeit. Er wußte nicht, was er mit sich anfangen sollte. Er hatte nicht die Courage, loszumarschieren oder sich wieder von irgendwem mitnehmen zu lassen. Er ging ins Telegraphenbüro und versuchte, an Jim per Nachnahme zu telegraphieren, aber der Mann dort sagte, Depeschen um Geld würden nicht per Nachnahme befördert.
Das Weib aus Panama schmiß ihn hinaus, weil er für die zweite Woche nicht im voraus bezahlen konnte, und da spazierte er nun durch die Esplanade Avenue, unter dem einen Arm Grassis Ziehharmonika und unter dem anderen sein kleines, in Zeitungspapier gewickeltes Kleiderbündel. Er wanderte den Kai entlang, setzte sich an eine grasbewachsene Stelle in die Sonne und dachte lange nach. Entweder in den Fluß springen oder zum Militär gehen. Dann fiel ihm plötzlich die Ziehharmonika ein. Eine Ziehharmonika ist eine Menge Geld wert. Er versteckte sein Kleiderbündel unter einigen Brettern und klapperte dann sämtliche Pfandleiher ab, die er finden konnte, aber nirgends wollten sie mehr als fünfzehn Eier dafür geben. Nachdem er in sämtlichen Pfandläden und Musikgeschäften gewesen war, war es inzwischen dunkel geworden, und alle hatten zugesperrt. Er stolperte das Trottoir entlang, vor Hunger betäubt und elend. An der Ecke der Canal und Rampart blieb er stehen. Aus einer Kneipe ertönte Gesang. Da kam ihm der Gedanke, hineinzugehen und auf der Harmonika *Funiculi Funicula* zu spielen, vielleicht würde er dafür ein paar Brötchen und ein Glas Bier erhalten. Kaum hatte er zu spielen angefangen, der Rausschmeißer sprang gerade über den Schanktisch, um ihn vor die Tür zu setzen, als ein großer Mann, der an einem Tisch lümmelte, ihn zu sich heranwinkte.

»Komm mal hierher, Brüderchen, und setz dich.« Es war ein dicker Kerl mit einer langen, gebrochenen Nase und hervorstehenden Backenknochen.
»Setz dich, Brüderchen.« Der Rausschmeißer kehrte hinter den Schanktisch zurück. »Brüderchen, du kannst ebensowenig Ziehharmonika spielen wie ein Karnickel. Ich bin nur ein schäbiger Maisbauer aus Okachobee City, aber wenn ich nicht besser spielen könnte ...« Charley lachte. »Ich weiß, daß ich nicht spielen kann. Das stimmt schon.« Der Mann aus Florida zog ein dickes Bündel Banknoten hervor. »Weißt du was, Brüderchen, du wirst mir das verflixte Ding verkaufen ... Ich bin nur ein schäbiger Maisbauer, aber Herrgott noch einmal ...«
»He, Doc, besinn dich ... Du kannst doch das verflixte Ding nicht brauchen.« Seine Freunde versuchten ihn zu bewegen, das Geld wieder einzustecken.
Doc machte eine weitausholende Gebärde, die drei Gläser mit einem Krach zu Boden schmiß. »Mischt euch nicht in fremde Angelegenheiten ein, ihr Rabenäser ... Wieviel willst du für die Harmonika haben, Brüderchen?«
Der Rausschmeißer war zurückgekehrt und stand drohend über den Tisch gebeugt. »Schon gut, Ben«, sagte Doc, »macht alles dein Onkel Heinrich .. und jetzt gib uns noch eine Lage von dem guten Kornwhisky. Wieviel willst du für das Ding haben, Brüderchen?«
»Fünfzig Eier«, sagte Charley mit raschem Entschluß. Doc reichte ihm fünf Zehner. Charley goß den Schnaps hinunter, legte die Ziehharmonika auf den Tisch und entfernte sich eilig. Er hatte Angst, wenn er noch länger bliebe, würde der Maisbauer nüchtern werden und sein Geld zurückhaben wollen; außerdem mußte er was essen.
Am nächsten Tag kaufte er sich einen Zwischendeckplatz auf dem Dampfer *Momus,* der nach New York fuhr. Der Fluß liegt höher als die Stadt. Es war komisch, im Heck des Dampfers zu stehen und auf die Dächer, die Straßen und Straßenbahnen von New Orleans hinabzublicken. Als der Dampfer den Pier verließ, wurde Charley wohler zumute. Er ging zu dem Negersteward und bewog ihn, ihm eine

Koje im Deckhaus zu geben. Nachdem er sein Zeitungspaket unter das Kissen geschoben hatte, blickte er in die untere Koje hinunter. Da lag der Maisbauer aus Okachobee City in tiefem Schlaf, hübsch herausgeputzt, hellgrauer Anzug und Strohhut, eine erloschene Zigarre im Mundwinkel und neben sich die Harmonika.

Sie fuhren gerade zwischen den *Eads's Jetties* hindurch, der Meerwind wehte ihnen ins Gesicht, unter den Füßen fühlten sie die erste unruhige Dünung des Golfs, als Doc an Deck getorkelt kam. Er erkannte Charley, ging auf ihn zu und streckte ihm eine breite Hand hin. »Na, da soll mich doch der Teufel holen, wenn das nicht der Musikmacher ist ... Eine gute Ziehharmonika, Junge. Ich dachte ja, du hättest mich übers Ohr gehauen, weil ich bloß ein armer Bauersmann bin, aber der Teufel soll mich holen, wenn das Ding nicht sein Geld wert ist. Ein kleines Gläschen, wie?«

Sie gingen und setzten sich in Docs Koje, Doc öffnete eine Flasche Boccari, und sie tranken ein paar Gläschen, und Charley erzählte, wie er so völlig blank gewesen war und daß er ohne diese fünfzig Dollar immer noch auf dem Kai sitzen würde, und Doc sagte, wenn nicht diese fünfzig Dollar gewesen wären, würde er erster Klasse fahren.

Doc sagte, er fahre nach New York, um mit einer Freiwilligen-Ambulanz nach Frankreich zu gehen; man habe nicht jeden Tag Gelegenheit, sich einen großen Krieg anzuschauen, und er wolle noch rechtzeitig rankommen, bevor die ganze Geschichte platzte, trotzdem habe er gar keine Lust, einen Haufen von Weißen niederzuknallen, die ihm gar nichts getan hätten, und das sei nun wohl der beste Weg, freilich, wenn die Hunnen Nigger wären, das wäre für ihn eine andere Sache.

Charley sagte, er fahre nach New York, weil er der Meinung sei, in einer so großen Stadt gebe es eine Menge Gelegenheiten, was zu lernen, er sei Autoschlosser und möchte gern Ingenieur oder etwas Ähnliches werden, weil ein gewöhnlicher Arbeiter ohne höhere Bildung keine Zukunft habe.

Doc sagte, das sei alles Mumpitz, ein junger Mensch wie er

müßte ganz einfach als Mechaniker mit der Ambulanz nach Europa mitfahren, sie bezahlten fünfzig Dollar im Monat, vielleicht noch mehr, und das sei auf der anderen Seite des großen Teichs eine Menge Zaster, ja, er sollte sich diesen verflixten Krieg mal ansehen, bevor die ganze Geschichte platzte.

Doc hieß William H. Rogers, er stammte ursprünglich aus Michigan, sein Alter hatte in Frostproff eine Grapefruitpflanzung, und Doc hatte an ein paar guten Gemüseernten auf dem Sumpfboden Floridas eine schöne Stange Geld verdient und wollte jetzt nach Europa, sich die Mademoiselles ansehen, bevor die ganze Geschichte platzte.

Als die Nacht hereinbrach, waren sie bereits ziemlich betrunken, sie saßen im Heck des Dampfers mit einem schäbig aussehenden Mann mit einem steifen Hut, er sagte, er sei ein Este aus dem Baltikum. Nach dem Abendbrot stiegen der Este, Doc und Charley auf die kleine Brücke über dem Achterhaus hinauf. Der Wind hatte sich gelegt, es war eine sternhelle Nacht, das Schiff schlingerte leicht, und Doc sagte: »Zum Donnerwetter, das ist doch komisch mit diesem Kahn ... Bevor wir zum Essen runtergingen, war der Große Bär im Norden, und jetzt ist er bis nach Südwesten herumgewandert.«

»Vas soll man von eine kapitalistitchesky Gesellschaft erwarten?« sagte der Este. Als er sah, daß Charley eine rote Karte hatte und daß Doc dagegen war, Menschen niederzuschießen, wenn es nicht gerade Nigger waren, hielt er eine große Rede, daß in Rußland die Revolution ausgebrochen und der Zar gezwungen worden sei, abzudanken, und damit habe die Wiedergeburt der Menschheit vom Osten her begonnen. Er sagte, die Esten würden unabhängig werden, und binnen kurzem würde ganz Europa die freien sozialistitchesky Vereinigten Staaten von Europa unter der roten Fahne sein, und Doc sagte: »Was hab ich dir gesagt, Charley ... Die lausige Geschichte wird bald platzen ... Du mußt mitkommen und dir den Krieg ansehn, bevor er zu Ende geht.« Und Charley sagte, Doc habe recht, und Doc sagte: »Ich nehme dich mit, Junge, du brauchst bloß deinen Führerschein vorzeigen und ihnen sagen, du bist Student.«

Da wurde der Este böse und sagte, es sei die Pflicht jedes klassenbewußten Arbeiters, in diesem Krieg den Militärdienst zu verweigern, und Doc sagte: »Wir wollen ja nicht kämpfen, alter Estenknabe! Wir wollen bloß die Jungs davontragen, bevor man sie auszählt, verstanden? Aber es wär doch eine beschissene Enttäuschung, wenn die ganze Geschichte schon geplatzt wäre, bevor wir hinkommen, meinst du nicht, Charley?«

Dann stritten sie noch ein wenig über den Standort des Großen Bären, und Doc behauptete unaufhörlich, er sei nach Süden gewandert, und nachdem sie die zweite Flasche vertilgt hatten, sagte Doc, er sei dagegen, daß Weiße einander totschießen, bloß Nigger solle man totschießen, und er fing an, auf dem Dampfer umherzulaufen und den verflixten blankgewichsten Steward zu suchen, um ihn umzubringen, bloß um seine These zu beweisen, und der Este sang die Marseillaise, und Charley erzählte allen Leuten, er müsse sich an den Weltkrieg ranmachen, bevor die ganze Geschichte platzte. Der Este und Charley hatten große Mühe, Doc in seiner Koje festzuhalten, nachdem sie ihn zu Bett gebracht hatten. Immer wieder sprang er heraus und schrie, er wolle ein paar verfluchte Nigger umbringen.

Sie kamen in einem Schneesturm nach New York. Doc sagte, die Freiheitsstatue sehe aus, als ob sie ein weißes Nachthemd anhätte. Der Este sah sich um und summte die Marseillaise und sagte, die amerikanischen Städte seien nicht künstlerisch, weil sie keine Giebel an den Häusern hätten wie in Nordeuropa. Als sie an Land kamen, gingen Charley und Doc miteinander in das *Broadway Central Hotel*, Charley war noch nie in einem so großen Hotel gewesen, und er wollte sich eine billigere Bude suchen, aber Doc bestand darauf, daß er mit ihm mitkomme, und sagte, er habe genügend Zaster für sie beide, und es hätte ja doch keinen Zweck, mit dem Geld zu sparen, weil sehr bald die ganze Geschichte platzen würde. New York war voller Lärm, knirschende Getriebe, klappernde Straßenbahnen, das Getöse der Hochbahn, das Geschrei der Zeitungsjungen mit ihren Extrablättern. Doc lieh Charley einen guten Anzug und nahm ihn dann in das Werbebüro des Ambulanzkorps mit. Das Büro befand sich in der Kanzlei eines angesehenen Rechtsanwalts, in einem großen, blanken Bürogebäude, im Finanzdistrikt der City. Der Gentleman, der die beiden anwarb, war ein New Yorker Rechtsanwalt, er sagte, sie seien Gentlemen-Freiwillige und handelten als Gentlemen, sie machten den Alliierten und der amerikanischen Fahne alle Ehre und der großen Sache der Zivilisation, für die die tapferen französischen Soldaten so viele Jahre lang in den Schützengräben gefochten hätten. Als er sah, daß Charley Mechaniker war, trug er ihn ein, ohne erst an den Vorsteher der höheren Schule und an den Pastor der lutheranischen Kirche in Fargo zu schreiben, deren Namen Charley als Referenzen angegeben hatte. Er sagte ihnen Bescheid, wo sie sich ärztlich untersuchen und sich gegen Typhus impfen lassen müßten, und sie sollten morgen wiederkommen, um das Datum der Abfahrt zu erfahren. Als sie aus dem Lift ausstiegen, standen eine Menge Leute in dem blanken Marmorvestibül beisammen, und alle beugten die Köpfe über eine Zeitung. Die USA hatten Deutschland den Krieg erklärt. An diesem Abend schrieb Charley seiner Mutter, er ziehe in den Krieg, und bitte, sie möchte ihm fünfzig Dollar schicken. Dann ging er mit Doc sich die Stadt ansehen.

An allen Häusern hingen Fahnen. Sie marschierten an einem Geschäftsblock nach dem anderen vorbei und suchten den Times Square. Überall lasen die Menschen Zeitung. An der 14. hörten sie Trommelschlag und eine Musikkapelle, und sie warteten an der Ecke, um zu sehen, was für ein Regiment das sein würde, aber es war nur die Heilsarmee. Als sie auf den Madison Square kamen, war es inzwischen Essenszeit geworden, und die Straßen lagen verödet da. Es begann ein wenig zu nieseln, die Fahnen am Broadway und in der V. Avenue hingen schlaff von ihren Stangen. Sie gingen in den Hofbräu essen. Charley fand, daß es dort zu teuer aussah, aber Doc sagte, er lade ihn ein. Über dem Ein-

gang stand ein Mann auf einer Stehleiter und schraubte die Birnen in eine Lichtreklame, die das Sternenbanner darstellte.
Innen war das Restaurant mit amerikanischen Farben geschmückt, das Orchester spielte nach jeder Nummer das *Sternenbanner*, so daß sie immerfort aufstehen mußten. »Was soll'n das heißen, wird hier exerziert?« brummte Doc.
An einem runden Tisch in der Ecke saßen einige Leute, die nicht aufstanden, wenn die Kapelle das *Sternenbanner* spielte, sondern ruhig plaudernd und essend sitzenblieben, als ob nichts geschehen wäre. Die Leute im ganzen Restaurant begannen sie anzustarren und laute Bemerkungen zu machen. »Wetten, das sind – Hunnen – deutsche Spione – Pazifisten.« An einem Tisch neben einem Mädchen saß ein Offizier, der wurde rot im Gesicht, sooft er sie ansah. Schließlich ging ein Kellner, ein älterer Mann, ein Deutscher, zu ihnen hin und flüsterte etwas. »Nein, der Teufel soll mich holen«, kam eine Stimme von dem runden Tisch in der Ecke. Dann ging der Offizier zu ihnen hinüber und sagte etwas über die Pflicht zur Höflichkeit gegenüber unserer Nationalhymne. Als er zurückkehrte, war er noch röter im Gesicht denn je. Er war ein kleiner Kerl mit krummen Beinen, die in engen blankgeputzten Gamaschen steckten. »Dreckige Deutschenfreunde«, sprudelte er hervor, während er sich hinsetzte. Dann mußte er gleich wieder aufstehen, weil die Kapelle das *Sternenbanner* spielte. »Warum rufst du nicht die Polizei, Cyril«, sagte das Mädchen, das neben ihm saß. Jetzt rückten bereits von allen Seiten die Leute gegen den runden Tisch vor.
Doc schleppte Charley hinüber. »Sieh dir das mal an, das wird amüsant.« Ein dicker Kerl mit dem näselnden Akzent des Texaners zerrte einen der Männer vom Stuhl. »Aufstehn, oder raus mit euch!«
»Sie haben kein Recht, uns hier zu belästigen«, begann einer der Männer an dem runden Tisch. »Sie äußern durch Ihr Aufstehen Ihre Zustimmung zu dem Krieg, wir äußern unsere Mißbilligung dadurch, daß wir ...«
An dem Tische saß eine dicke Frau mit einem roten Feder-

hut, die sagte immerfort: »Sei still, sprich nicht mit ihnen.« Unterdessen hatte die Kapelle zu spielen aufgehört. Alles klatschte so kräftig wie nur möglich und schrie: »Noch einmal, so ist es recht.« Die Kellner liefen nervös umher, der Besitzer stand mitten im Saal und wischte sich seine Glatze.
Der Offizier ging zu dem Kapellmeister und sagte: »Bitte spielen Sie noch einmal unsere Nationalhymne.« Sowie der erste Takt ertönte, stand er stramm Habtacht. Die anderen stürmten den runden Tisch. Doc und der Mann mit dem englischen Akzent stießen einander an. Doc stellte sich in Positur, um loszuschlagen. »Kommen Sie hinaus, wenn Sie boxen wollen«, sagte der Mann mit dem englischen Akzent. »Laßt sie in Ruhe, Jungs«, schrie Doc. »Ich nehme sie mir draußen vor, gleich zwei auf einmal.« Der Tisch wurde umgeschmissen, und die Gesellschaft begann sich nach der Tür zurückzuziehen. Die Frau mit dem roten Hut hatte eine Schüssel Hummermayonnaise gepackt und wehrte ihre Gegner dadurch ab, daß sie ihnen Mayonnaise ins Gesicht warf. In diesem Augenblick erschienen drei Blaue und verhafteten die verdammten Pazifisten. Alles stand umher, wischte sich die Mayonnaise von den Kleidern. Die Kapelle spielte abermals das *Sternenbanner,* und alle versuchten mitzusingen, aber es war nicht sehr wirkungsvoll, weil niemand die Worte kannte.
Nachher gingen Doc und Charley in eine Bar, um einen Whisky Sour zu trinken. Doc wollte sich eine Revue anschauen und fragte den Barkeeper. Ein kleiner, fetter Mann mit einem amerikanischen Fähnchen im Knopfloch hörte ihn fragen und sagte, die beste Revue von New York sei bei Minski in der East Housten Street. Als Doc sagte, sie seien im Begriff, sich den Krieg mal anzusehen, spendierte er einige Lagen und sagte, er würde sie selber zu Minski führen. Er hieß Segal; bis zur Versenkung der *Lusitania,* sagte er, sei er Sozialist gewesen, jetzt aber sei er der Ansicht, man müsse die Deutschen schlagen und Berlin zerstören. Er war aus der Konfektion und war sehr glücklich, weil er einen großen Lieferungsauftrag für Heeresuniformen

so gut wie in der Tasche hatte. »Wir brauchen den Krieg, um wieder Männer zu werden«, sagte er und schlug sich an die Brust. Sie fuhren mit einem Taxi in die Stadt, aber als sie zu dem Varieté kamen, war es so voll, daß sie keinen Sitzplatz mehr bekamen.

»Stehparterre, nee ... Ich will Weiber haben«, sagte Doc. Mr. Segal legte den Kopf zur Seite und dachte ein Weilchen nach. »Wir wollen ins *Klein-Ungarn* gehn«, sagte er.

Charley war deprimiert. Er hatte gehofft, sie würden sich in New York amüsieren. Am liebsten wäre er zu Bett gegangen. Im *Klein-Ungarn* gab es viele deutsche, jüdische und russische Mädchen. Der Wein kam in komischen umgestülpten Flaschen, die Flasche saß in einem Gestell in der Mitte des Tisches. Mr. Segal sagte, sie seien von jetzt an seine Gäste. Das Orchester spielte ausländische Melodien. Doc wurde allmählich recht betrunken. Sie saßen an dem Tisch, eng eingepfercht zwischen andere Tische. Charley schlenderte umher und forderte ein Mädchen zum Tanzen auf, aber aus irgendeinem Grunde wollte es nicht.

Dann kam er an der Bar mit einem jungen, hohlwangigen Menschen ins Gespräch, der soeben bei einer Friedensversammlung im *Madison Square Garden* gewesen war. Charley spitzte die Ohren, als der Bursche sagte, wenn sie versuchten, dem Lande die allgemeine Wehrpflicht aufzuzwingen, würde in New York die Revolution ausbrechen. Er hieß Ben Compton und hatte an der New Yorker Universität Jura studiert. Charley setzte sich an seinen Tisch, aber dort saß noch ein anderer, der aus Minnesota stammte und Reporter am *Call* war. Charley fragte sie, ob er Aussicht hätte, die Ingenieurschule zu bewältigen. Er war schon so ziemlich entschlossen, sich von der Ambulanzgeschichte zurückzuziehen. Aber sie schienen der Ansicht zu sein, daß seine Chancen gering seien, falls er nicht für den Anfang einiges Geld erspart hatte. Der Mann aus Minnesota erklärte, New York sei nicht das richtige Pflaster für einen armen Menschen.

»Ach zum Teufel noch mal, ich gehe an die Front«, sagte Charley.

»Es ist die Pflicht jedes radikal denkenden Menschen, sich lieber einsperren zu lassen«, sagte Ben Compton. »Auf jeden Fall wird die Revolution kommen, die Arbeiterklasse wird sich das nicht mehr lange gefallen lassen.«
»Wenn Sie Geld verdienen wollen, dann müssen Sie nach Bayonne gehen und in einer Munitionsfabrik arbeiten«, sagte der Mann aus Minnesota mit müder Stimme.
»Wer das tut, ist ein Verräter an seiner Klasse«, sagte Ben Compton.
»Abscheuliche Lage für einen Arbeiter«, sagte Charley. »Verdammt noch mal, ich will nicht mein ganzes Leben lang Blechröhren flicken für fünfundsiebzig pro Monat.«
»Hat nicht Eugene V. Debs gesagt, ich will *mit* dem Volk aufsteigen, nicht *aus* dem Volk?«
»Na, Benny, studierst du nicht schließlich Tag und Nacht, um Advokat zu werden und aus der Arbeiterklasse rauszukommen?« sagte der Mann aus Minnesota.
»Nur um für den Kampf nützlich zu sein ... Ich will ein scharf geschliffenes Werkzeug sein. Wir müssen die Kapitalisten mit ihren eigenen Waffen bekämpfen.«
»Was werde ich bloß machen, wenn sie den *Call* unterdrücken.«
»Das werden sie sich nicht trauen.«
»Doch, doch, wir sind in diesen Krieg gezogen, um die Morgan-Anleihen zu verteidigen ... Sie werden ihn benutzen, um mit der Opposition zu Hause aufzuräumen, so wahr ich Johnson heiße.«
»Da wir grade davon reden, ich habe da was Interessantes gehört. Meine Schwester, wißt ihr, ist Stenotypistin ... Sie arbeitet für J. Ward Moorehouse, den Propagandaberater. Ihr wißt ja – er macht die Propaganda für die Morgans und für die Rockefellers. Nun, sie erzählt, daß er schon seit einem Jahr mit einer französischen Geheimmission arbeitet. Das Großkapital hat eine Heidenangst vor einer Revolution in Frankreich. Sie haben ihm zehntausend Dollar für seine Dienste gezahlt. Er lanciert durch ein Korrespondenzbüro kriegshetzerische Artikel. Und das nennt man ein freies Land.«
»Mich wundert gar nichts mehr«, sagte der Mann aus Minne-

sota und goß sich den Rest aus der Weinflasche ein. »Na, jeder von uns könnte in diesem Augenblick ein Regierungsagent und ein Spion sein.« Alle drei saßen sie da und sahen einander an. Charley lief es kalt über den Rücken. Ein Geiger spielte ein ungarisches Lied.

»Das wollte ich euch erzählen ... Meine Schwester, die weiß genau Bescheid, wißt ihr, weil sie bei diesem Burschen arbeitet ... Die Kapitalisten, Morgan und so weiter, haben sich verschworen, die Arbeiter in die Schützengräben zu jagen, um sie dadurch unterzukriegen. Wenn du erst einmal in der Uniform steckst, kannst du nicht mehr über Bürgerrechte oder demokratische Freiheiten schreien ... Man erschießt dich dort ohne Verfahren, verstanden?«

»Ein Skandal ... Die Leute aus dem Nordwesten werden es nicht dulden«, sagte der Mann aus Minnesota. »Sagen Sie mal, Sie sind doch erst kürzlich da gewesen, später, als ich ... Lafolette vertritt wirklich die Meinung der dortigen Bevölkerung, nicht wahr?«

»Jawohl«, sagte Charley.

»Nun, was zum Teufel noch mal?«

»Das ist mir alles zu kompliziert«, sagte Charley und bahnte sich seinen Weg durch das Gewirr der eng aneinandergerückten Tische, um Doc zu suchen. Doc war ziemlich betrunken, und Charley fürchtete, der Abend würde zu sehr ins Geld laufen, sie verabschiedeten sich also von Mr. Segal, welcher sagte, sie möchten bitte für ihn besonders ein paar Deutsche umbringen, und sie gingen hinaus und spazierten die Houston Street in westlicher Richtung entlang. Am Rinnstein standen die Wagen der Straßenhändler, und das Fackellicht in der regnerischen Dunkelheit beleuchtete mit rötlichem Schein die dichtgedrängten Gesichter.

Sie kamen an das Ende einer breiten Avenue, dort wimmelte es von Menschen, die aus einem Theater hervorströmten. Vor dem *Cosmopolitan Café* redete ein Mann von einer Seifenkiste herab. Die Menschen, die aus dem Theater kamen, blieben stehen. Doc und Charley drängten sich durch die Menge hindurch, um zu sehen, was da los sei. Sie konnten nur einzelne Brocken von dem erhaschen, was der

Mann mit einer heiser bellenden Stimme hinausschrie: »Vor ein paar Tagen saß ich im *Cooper Institut* und hörte Eugene Victor Debs reden, und was hat er gesagt?
Was bedeutet die Zivilisation, die Demokratie, für deren Rettung ihr, Arbeiter, auf Geheiß der Unternehmer euer Leben opfern sollt, was bedeutet sie für euch außer Lohnsklaverei, und was bedeutet ...?«
»He, halt das Maul ... Wenn es dir nicht paßt, geh zurück, von wo du gekommen bist«, ertönten Stimmen aus der Menge.
»Die Freiheit, zu schuften, damit die Unternehmer reich werden ... Die Chance, zu verhungern, wenn man aufs Pflaster fliegt.«
Doc und Charley wurden nach vorn gestoßen. Der Mann purzelte von seiner Kiste herunter und verschwand. Die ganze Straße war von einer wogenden Menge erfüllt. Doc boxte mit einem dicken Mann in Overalls. Ein Blauer kam dazwischen, schlug mit seinem Knüppel nach links und rechts. Doc holte aus, um dem Blauen eins zu versetzen, aber Charley packte ihn beim Arm und zerrte ihn aus dem Getümmel. »He, um Gottes willen, Doc, wir sind noch nicht an der Front«, sagte Charley. Doc war ganz rot im Gesicht. »Mir hat der Kerl nicht gefallen«, sagte er. Hinter den Blauen standen zwei Überfallautos und attackierten die Menge mit großen Scheinwerfern. Arme, Köpfe, Hüte, stoßende Schultern, niedersausende Gummiknüppel ragten schwarz vor dem Grellweiß der Scheinwerfer. Charley schob Doc gegen das Spiegelglasfenster des Cafés. »Hör doch zu, Doc, wir wollen uns doch nicht einlochen lassen und das Schiff versäumen«, flüsterte Charley ihm ins Ohr. – »Was hat denn das alles für einen Zweck!« sagte Doc. »Bevor wir hinkommen, ist die Geschichte geplatzt.«
Hinter ihnen standen ein paar junge Leute, die aufgeregt schnatterten. »Heute laufen die Arbeiter vor den Blauen davon, bald aber werden die Blauen vor den Arbeitern davonlaufen«, schrie eine Stimme. Jemand fing an, die Marseillaise zu singen. Andere fielen ein. Doc und Charley wurden mit den Schultern gegen die Spiegelscheibe gepreßt.

Hinter ihnen das Café war voller Gesichter, die in blauem, krausem Tabakrauch schwammen wie Fische in einem Aquarium. Plötzlich zerbrach die Spiegelscheibe. Die Leute im Café sprangen von den Stühlen auf. »Achtung, die Kosaken!« schrie eine Stimme.
Ein Kordon Polizisten rückte die Avenue entlang. Das leere Pflaster hinter ihnen wurde immer breiter. Von der anderen Seite her aus der Houston Street kam berittene Polizei. Auf dem freien Platz war ein Überfallwagen geparkt. Polizisten schoben Männer und Frauen auf das Auto.
Doc und Charley duckten sich an einem Berittenen vorbei, der unter lautem Getrappel am inneren Rand des Trottoirs entlanggaloppierte, und rasten um die Ecke. In der Bowery war es finster und leer. Sie spazierten in westlicher Richtung zu ihrem Hotel. »Mein Gott«, sagte Charley. »Diesmal hättest du uns fast ins Kittchen gebracht ... Ich muß jetzt um jeden Preis nach Frankreich rüber.«
Eine Woche später waren sie auf der *Chicago,* einem Schiff der *French Line*. Die *Chicago* dampfte durch die Narrows aufs Meer hinaus. Sie hatten einen Katzenjammer nach ihrer Abschiedsfeier, von dem Schiffsgeruch wurde ihnen ein wenig übel, in ihren Ohren tönte noch die Musik der Kapelle vom Pier. Eine tiefhängende, bleifarbene Wolkendecke hing über dem Tag, es sah aus, als wollte es schneien. Die Matrosen waren Franzosen, die Stewards waren Franzosen. Zu ihrer ersten Mahlzeit bekamen sie Wein serviert. Es war noch ein ganzer Tisch voller junger Burschen da, die alle mit der Ambulanz hinüberfuhren.
Nach dem Dinner ging Doc in die Kabine hinunter, um sich schlafen zu legen. Charley schlenderte auf dem Schiff umher, die Hände in den Taschen, er wußte nicht, was er mit sich anfangen sollte. Auf dem Heck nahmen sie die Leinwandhülle von dem Fünfundsiebziger-Geschütz. Er spazierte über das untere Deck, das voller Fässer und Packkisten war, stolperte über dicke Knäuel fasriger Kabel bis zum Bug. In den Bug war ein kleiner französischer Matrose mit roten Backen und einem roten Puffen an seiner Mütze als Ausguck postiert.

Gläsern lag das Meer, hier und dort ein schmutzigdunkler, wogender Fleck, Algen und Abfall. Ab und zu entfaltete eine Möwe faul die Flügel und flog schreiend davon.
Der breite Bug des Dampfers schnitt zwei glatte Wogen durch das dichte, glasiggrüne Wasser. Charley versuchte mit dem Ausguck zu plaudern. Er zeigte vorwärts. »Osten«, sagte er, »Frankreich.«
Der Ausguck beachtete ihn nicht. Charley zeigte rückwärts nach den Rauchschwaden Amerikas. »Westen«, sagte er und klopfte sich auf die Brust. »Meine Heimat Fargo in Nord-Dakota.« Aber der Ausguck schüttelte nur den Kopf und legte einen Finger an die Lippen.
»Frankreich sehr weit Osten ... Unterseeboote ... Krieg«, sagte Charley. Der Ausguck legte die Hand vor den Mund. Er gab Charley zu verstehen, daß er nicht sprechen dürfe.

Rowohlts Amerika

Paul Auster
Die New York-Trilogie *Stadt aus Glas / Schlagschatten / Hinter verschlossenen Türen*
(rororo 12548)
Jeder der drei Romane wirkt zunächst wie ein klassische Kriminalgeschichte, aber bald stimmen die vordergründig logischen Zusammenhänge nicht mehr. Schritt für Schritt wird der Leser in ein Spiel mit seinen eigenen Erwartungen verstrickt. «Eine literarische Sensation!» *Sunday Times*

Nicholson Baker
Vox *Roman*
Deutsch von Eike Schönfeld
192 Seiten. Gebunden und als rororo 13830
Zwei Menschen sprechen über Sex - am Telefon. «Vox» ist ein erotischer Roman im besten Sinne und eine kunstvolle, ebenso ungehemmte wie vorurteilsfreie Auseinandersetzung mit Sexualität heute.

William Boyd
Stars und Bars *Roman*
(rororo 12803)
Mit himmelschreiender Komik erzählt William Boyd die Geschichte von einem feinsinnigen Briten, der nach Amerika kommt und sein blaues Wunder erlebt.

Robert Olmsteadt
Jagdsaison *Roman*
Deutsch von Klaus Modick
288 Seiten. Gebunden
«Ein bemerkenswerter Roman, der die prekäre Balance zwischen spannendem Thriller und lyrischer Fabel hält.»
The New York Times Book Review

rororo Literatur

John Irving
Garp und wie er die Welt sah
Roman
(rororo 5042)
«Diese Geschichte ist so absurd, so komisch, so tränentreibend, so kühl und sachlich, so wirklich und genau, daß man das Buch nicht wieder los wird.»
Nürnberger Nachrichten

Tom Robbins
Salomes siebter Schleier
Roman
Deutsch von Pociao
540 Seiten. Gebunden
Der Altmeister des Underground-Romans, läßt die verrücktesten Typen, die schärfsten Sprüche und provokantesten Gedanken über die Seiten tanzen.

Cormac McCarthy
All die schönen Pferde
Roman
Deutsch von Hans Wolf
540 Seiten. Gebunden und als rororo 13652
1949 - zwei junge Ausreißer sind auf dem Weg nach Mexiko. Sie träumen von Abenteuern, heißblütigen Pferden und unberührter Natur...

Zu diesem Buch

Mit einem revolutionären, vom Film übernommenen Erzählverfahren hat John Dos Passos New York und den amerikanischen Kontinent zum Thema seiner großen Romane gemacht. In der USA-Trilogie entwickelte er diese Technik zu höchster Meisterschaft. Damit gelang ihm nicht nur die Darstellung individueller Schicksale, sondern das Porträt einer hoch komplexen Gesellschaft.

«Frappierend ist die Aktualität der drei Bände, und das nicht nur, was Amerika betrifft.» (DIE ZEIT)

John Dos Passos wurde am 14. Januar 1896 als Sohn eines begüterten Rechtsanwalts portugiesischer Abkunft in Chicago geboren. Nach Jugendjahren in Mexiko und Westeuropa studierte er in den Jahren 1912 bis 1916 an der Harvard University. Mit der Absicht, Architekt zu werden, ging er nach Spanien, aber der Ausbruch des Ersten Weltkriegs gab seinem Leben eine andere Wendung. Die als Sanitäter empfangenen unmittelbaren Eindrücke von den Schlachtfeldern machten ihn zum entschiedenen Pazifisten. 1919 erschien «Feuertaufe eines Mannes 1917». 1921 ein zweites, reiferes Kriegsbuch, «Drei Soldaten», das heute als der erste bedeutende amerikanische Kriegsroman der Moderne gilt. Kämpferisch gegen jegliche Unterdrückung des Individuums durch die kapitalistische Gesellschaft wirkend, trat Dos Passos 1926 der linksgerichteten Zeitschrift «New Masses» bei. 1928 besuchte er die Sowjetunion, bekannte sich aber schließlich in einer Studie ausdrücklich zur demokratischen Tradition Amerikas. So sehr seine dichterische Produktion auch von politischer Überzeugung mitbestimmt wurde, unterwarf sie sich doch nie einem ideologischen Diktat. Der bahnbrechende Stil von «Manhattan Transfer» (1925; rororo Nr. 4133) bleibt auch charakteristisch für die Romantrilogie «USA» mit den Bänden «Der 42. Breitengrad» (1930), «Neunzehnhundertneunzehn» (1932) und «Die Hochfinanz» (1936). Als ein Höhepunkt seiner Spätwerke gilt der Roman «Jahrhundertmitte» (1961). Sein Œuvre umfaßt über zwanzig Romane, dazu Reiseberichte, Essaysammlungen, Dramen und lyrische Werke. John Dos Passos starb am 28. September 1970 in Baltimore.

John Dos Passos

Neunzehnhundertneunzehn

Roman
Deutsch von
Paul Baudisch

USA-Trilogie 2

Rowohlt

Die amerikanische Originalausgabe erschien unter dem Titel
«Nineteen Nineteen» bei Houghton Mifflin Company, Boston
Vom Übersetzer durchgesehene Übertragung
Umschlagentwurf Walter Hellmann
unter Verwendung zeitgenössischer Fotos

11.–20. Tausend Januar 1996

Veröffentlicht im Rowohlt Taschenbuch Verlag GmbH,
Reinbek bei Hamburg, März 1979

Gesamtherstellung Clausen & Bosse, Leck
Printed in Germany
4500-ISBN 3 499 13731 3

1

Weltwochenschau XX

Oh, die Infantrie, die Infantrie
Mit ihren dreckigen Ohren

GRÖSSTE HEERESSCHLACHT
DER WELTGESCHICHTE VOR VERDUN

aber hier entsteht nun eine neue und sehr wichtige Frage. Die New Yorker Börse ist heute der einzige freie Effektenmarkt, den es auf der ganzen Welt gibt. Behauptet sie diese Position, dann wird sie vielleicht ganz sicher das größte Weltzentrum für den Handel mit

BRITISCHE FLOTTE DAMPFT NACH DEM
GOLDENEN HORN

Die Kavallrie und die Artillrie
Und die ganz beschißnen Pioniers,
Ja, gegen die liebe Infantrie
Ham sie allemal verloren

Tommies schlagen vor Gallipoli die Türken in die Flucht

wie soll unseren Kriegsveteranen, wenn sie in die Heimat zurückkehren, der Amerikaner gefallen, der von irgendeiner nebelhaften neuen Ordnung schwatzt und dabei im seichten Wasser plätschert? Die Männer, die das Trauerspiel überlebt haben – angesichts dieser schwächlichen Albernheit werden sie sich an das ungeheure neuentstandene Niemandsland Europa erinnern, das von Mord und Raublust dampft, umlodert von den Flammen der Revolution

STREIKENDE KELLNER APPELLIEREN AN DIE FRAUEN

Ach, die Eiche und die Esche und die Trauerweiden blühn,
Und bei uns, in Amerika, ach, da wächst das Gras so grün

eine derartige Position bedingt den Zustrom riesiger Geldsummen aus dem Auslande, soll auf dem einheimischen Markt das Gleichgewicht gesichert sein

Ach, wir pflanzen auf den Nordpol unsern flatternden Sieg,
Und dann ziehn wir wieder alle mit'm Arschloch in den Krieg

JOE WILLIAMS

Joe Williams zog den alten Anzug an, und die Uniform, in die er einen Pflasterstein eingewickelt hatte, schmiß er vom Rande des Kais in das schmutzige Hafenwasser. Es war um die Mittagszeit, niemand war in der Nähe. Als er merkte, daß er die Zigarrenkiste nicht bei sich hatte, wurde ihm mulmig zumute. Er lief in den Schuppen zurück, und sie lag noch dort, wo er sie hingelegt hatte. In dieser Kiste waren einmal Flor-de-Mayo-Zigarren gewesen, die er sich in Guantonomo gekauft hatte, als er besoffen war. Die Zigarrenkiste fest untern Arm geklemmt (in dem schlotternden Zivil kam er sich komisch vor), spazierte er langsam bis zum Leuchtturm hinaus und schaute zu, wie das Geschwader in voller Formation den Platefluß hinunterdampfte.

Er brauchte nicht erst in die Schachtel hineinzuschauen, er wußte, was drinnen war, unter dem durchbrochenen Goldpapier: Janeys Matura-Photographie, ein Bild von Alec mit seinem Motorrad und eins von ihm selber im Baseballdreß, ein Bild mit den Unterschriften des Trainers und sämtlicher Mitglieder der Schulmannschaft, die er geführt hatte, eine alte, rosarote Photographie von seines Vaters Schleppdampfer, der *Mary B. Sullivan*, aufgenommen vor den Virginia-Kaps, wie sie gerade ein vollgetakeltes Schiff im Schlepptau hat, drei Zeitungsausschnitte mit Berichten von Schülermatchs und einige herausgerissene Seiten aus einer Zeitschrift, die sich mit der Firma Dreyfus und Carroll, bei der Janey angestellt war, beschäftigten, eine Postkarte mit der Nacktaufnahme eines Mädchens namens Antoinette, mit der er in Villefranche zusammen gewesen war, einige Rasierklingen, ein kleines, blaues Heft, betitelt: »Französisch auf den ersten Blick«, ein Postkartenphoto, auf dem er selber zusammen mit zweien seiner Kameraden, Seesoldaten in weißer Uniform, vor dem Hintergrund eines maurischen Tor-

bogens in Malaga zu sehen war, ein Häuflein ausländischer Briefmarken, etliche spanische und französische Kupfermünzen, etliche kleine Bildchen nach berühmten Gemälden aus spanischen Zigarettenpackungen, ein Päckchen *Merry Widows* und zehn kleine rosarote und rote Muscheln, die er am Strande von Santiago aufgeklaubt hatte. Dumm, diesen Kram mit sich herumzuschleppen.
Der Himmel war bewölkt, die schlanken Kreuzer, dünne Rußfahnen hinter sich herziehend, fuhren in guter Ordnung davon und gruben grüne Furchen in das braune Gewässer.
Joo blieb stehen, um ihnen nachzuschauen, seine Blicke fielen auf ein verrostetes Frachtschiff, das eben in den Hafen einlief. Es hatte schwere Schlagseite nach Backbord, man sah den Rumpf unterhalb der Wasserlinie, er war grün und schleimig von Tang. Am Heck baumelte eine grauweiße griechische Flagge, und in halber Höhe am Fockmast hing ein schmutziger gelber Quarantänewimpel. Jemand stand hinter Joe und sagte etwas auf spanisch zu ihm. Es war das ein lächelnder, rotbackiger Mann in einem blauen, baumwollenen Anzug, er rauchte eine Zigarre, Joe aber bekam es aus irgendeinem Grunde mit der Angst zu tun.
»Kann nicht verstehn«, sagte Joe und ging weg. Zwischen den Lagerhäusern hindurch kam er in das Straßengewirr hinter dem Hafen. Die Häuserblocks sahen einer wie der andere aus, es dauerte lange, bis er Marias Kneipe gefunden hatte. Er erkannte sie bloß an der mechanischen Violine im Fenster wieder. Sowie er die dumpfige, nach Anis riechende Spelunke betrat, fühlte er sich geborgen. Er stand an der Theke, in der Faust ein klebriges Bierglas, und blickte auf die Straße hinaus, auf das helle Pflaster, das der Perlvorhang vor der Tür in schmale Streifen zerschnitt. Jeden Augenblick glaubte er die weiße Uniform und das gelbe Pistolenfutteral eines Marinesoldaten vorübergleiten zu sehen. Schluckweise trank er das schale Bier, ohne es zu schmecken. In dem alten Anzug, nach der Uniform, kam er sich aufgeschwemmt vor.
Hinter der Theke lehnte ein junger Mann an der Wand, er hatte eine gelbe Haut und eine krumme Nase und starrte ins

Leere. Joe faßte einen Entschluß, warf den Kopf zurück. Der junge Mann kam heran, reckte sich, auf die eine Hand gestützt, vertraulich über die Theke, und mit dem Lumpen, den er in der andern Hand hatte, wischte er die Wachsleinwand blank. Die Fliegen, die auf der Wachsleinwand gesessen hatten, auf den Ringen, die von den Biergläsern stammten, flogen auf und gesellten sich zu der summenden Schar an der Decke. »Geh und sag Maria, ich will sie sprechen«, brummte Joe, ohne den Mund aufzumachen. Der junge Mann hinter der Theke hielt zwei Finger in die Höhe. »Dos Pesos«, sagte er. – »Lächerlich, ich will sie bloß sprechen.« Hinten in der Tür stand Maria und winkte ihm zu. Ein blasses Frauenzimmer mit großen, weit auseinandergerückten, in bläuliche Säckchen gebetteten Augen. Durch das straffgespannte, rosarote, zerknüllte Kleid über den gewölbten Brüsten waren die Ringe verrunzelten Fleisches rund um die Warzen sichtbar. Sie setzten sich an einen Tisch im Hinterzimmer. »Zwei Bier!« rief Joe durch die Tür.
»Was willst du denn von mich, iho de mi alma?« fragte Maria. – »Kennst du Doc Snydor?« – »Ich kenne alle Jankis. Was ist denn, gehst nicht auf große Schiff?« – »Ich geh nicht auf große Schiff ... Hab mich mit große Schweinehund gerauft, eh?«
»Ché!« Wenn Maria lachte, wackelten ihre Brüste wie Gallert. Sie legte ihre fette Hand auf seinen Nacken und zog sein Gesicht an ihr Gesicht heran. »Armes Kleines ... Blaues Auge.«
»Ja, das Auge hat er mir blau geschlagen.« Joe riß sich von ihr los. »Ein Unteroffizier. Ich hab ihn fertiggemacht, verstehst ... Jetzt kann ich nicht mehr bei der Marine bleiben. Schluß! Nu hör mal, Doc hat mir erzählt, du kennst einen, der macht falsche Zeugnisse – Vollmatrose, verstehst? Bei mir jetzt nur noch Handelsmarine, Maria.«
Joe trank sein Bier aus. Sie schob ihm ihr Glas hin. Sie saß da, schüttelte den Kopf, sagte: »Ché ... pobrecito ... Ché.« Dann sagte sie mit umflorter Stimme: »Wieviel Dollar hast du bei dir?« – »Zwanzig«, erwiderte Joe. – »Er verlangt fünfzig.« – »Na, dann bin ich eben geliefert.«

Maria stand auf, trat hinter seinen Stuhl, legte ihren fetten Arm um seinen Hals und beugte sich mit einem leisen Schnalzen über ihn. »Wart ein Weilchen, wir müssen nachdenken ... sabes.« Das Gefühl ihrer dicken Brüste an Schulter und Hals war ihm zuwider; er ließ sich nicht gern von ihr anrühren, am hellichten Tage, wenn er so nüchtern war wie jetzt. Aber er hielt still, bis sie dann plötzlich wie ein Papagei kreischte: »Paquito ... ven acá.«
Aus einer Hintertür erschien ein schmutziger Kerl, der wie eine Birne aussah, ein Kerl mit rotem Gesicht und rotem Hals. Sie unterhielten sich auf spanisch über Joes Kopf hinweg. Schließlich tätschelte sie ihm die Wange und sagte: »Schon gut, Paquito sabe, wo er wohnt ... Vielleicht daß er zwanzig nimmt, sabes.« Joe stand auf. Paquito legte die schmierige Küchenschürze ab und zündete sich eine Zigarette an. »Du weißt, was für ein Papierchen ich brauche?« sagte Joe, trat vor den Kerl hin, der wie eine Birne aussah, und schaute ihm ins Gesicht. Der Kerl nickte: »Schon gut.« Joe umarmte Maria und kniff sie in den Schenkel. »Du bist doch eine brave Frau, Maria.« Grinsend begleitete sie ihn zur Tür. Joe blickte forschend nach links und rechts die Straße entlang. Nirgends eine Uniform. Am Ende der Straße ragte schwarz über den betongrauen Lagerhäusern ein Kran. Sie nahmen eine Tram und fuhren lange Zeit, ohne ein Wort miteinander zu reden. Joe starrte zu Boden und ließ seine Hände zwischen den Knien baumeln, bis schließlich Paquito ihm einen Rippenstoß versetzte.
Sie stiegen aus – in einer schäbigen Vorstadtgegend, zwischen lauter Betonhäusern, neuen Häusern, die schon schmutzig waren. Paquito klingelte an einer Tür, die genauso aussah wie alle andern Türen, und nach einer Weile erschien ein Mensch mit rotumränderten Augen und einem Pferdegesicht und machte auf. Er und Paquito unterhielten sich recht lange auf spanisch durch die halbgeöffnete Tür. Joe trat von einem Fuß auf den anderen. Sie schauten ihn, während sie schwatzten, von der Seite an, und da merkte er, daß sie sich einig werden wollten, wieviel aus ihm herauszupressen sei.

Er war drauf und dran, sich einzumischen, als der Kerl in der Tür ihn mit dem knarrenden Akzent eines waschechten Londoners anredete. »Gib dem Scheißkerl fünf Pesos, Kollege, und dann wollen wir die Chose unter uns erledigen, ohne den Nigger.« Joe fischte aus seiner Tasche das wenige Silber hervor, das er besaß, und Paquito ging weg.
»Dieser Schweinehund ist einer der schwärzesten Halunken in ganz Argentinien, Kollege. Ein Glück, daß ich dich aus seinen Klauen gerettet habe. Komm bloß rein, los! Wir werden schon einig werden.«
Joe folgte ihm in den Flur, dort roch es nach Kohl, nach Bratenfett und großer Wäsche. Der Engländer legte die Hand auf Joes Schulter, pustete ihm einen schalen Whiskyatem ins Gesicht und sagte: »Na, Kollege, wieviel kannst du springen lassen?« Joe wich zurück. »Zwanzig amerikanische Dollar, mehr habe ich nicht«, preßte er zwischen den Zähnen hervor. Der Engländer schüttelte den Kopf: »Bloß vier Fünfer ... Na, woll'n sehn, was sich tun läßt, es kann nicht schaden, Kollege. Zeig mal her.« Während der Engländer dastand und ihn anschaute, schnallte Joe seinen Gürtel ab, trennte mit der kleinen Klinge seines Taschenmessers einige Stiche auf und zog zwei der Länge nach gefaltete, gelbe Dollarnoten hervor. Er faltete sie sorgfältig auseinander und wollte sie schon dem anderen geben, dann besann er sich eines Bessern und steckte sie in die Tasche. »Jetzt wollen wir uns erst einmal das Papierchen ansehn«, sagte er grinsend.
Die rotumränderten Augen des Engländers sahen ganz weinerlich drein; er sagte, es müsse doch einer dem anderen helfen, und man müsse doch dankbar sein, wenn ein Mensch Hals und Kragen riskiere, um einem Mitmenschen behilflich zu sein. Dann fragte er Joe nach seinem Namen, seinem Alter und seinem Geburtsort, wie lange er zur See gefahren sei und so weiter, ging dann in ein Nebenzimmer und versperrte sorgfältig die Tür hinter sich.
Joe stand im Flur. Irgendwo tickte eine Uhr. Das Ticken wurde immer langsamer. Schließlich hörte Joe den Schlüssel im Schloß knarren, und der Engländer kam heraus, in der

einen Hand ein Papier und in der andern ein Gläschen Whisky. Seine Augen schimmerten wäßrig, er strich sich mit der Zunge über die dünnen Lippen, sein Mund sah aus wie ein Schildkrötenschnabel. »Du müßtest dir eigentlich im klaren sein, was ich für dich tue, Kollege ... Ein Schluck gefällig?« Joe schüttelte den Kopf und nahm das Papier. Mit gerunzelter Stirn las er es durch; es schien in Ordnung zu sein. »Na, mein Junge, jetzt unterschreib mal dieses Papierchen und gib mir die zwanzig Dollar, und dann kommst du mit, und ich stelle dich einem prima britischen Frachtkapitän vor, wie es auf dem ganzen Platefluß keinen zweiten gibt, er hat bei einem Unfall ein paar Leute verloren, sonst wäre da weder mit Geld noch mit guten Worten was zu machen, und dann wirst du die Schiffsartikel unterschreiben und mir bis an dein Lebensende dankbar sein, so wahr ich hier stehe!«
Das zweite Papierchen war eine Bescheinigung, durch die Tittertons Schiffsagentur ermächtigt wurde, Joes Heuer monatlich einzuziehen, bis die Summe von zehn Pfund beisammen war. »Aber hören Sie mal zu«, sagte er, »siebzig Dollar soll ich blechen!« Der Engländer erwiderte, bloß an das Risiko denken, das für ihn damit verbunden sei, und die Zeiten seien schwer, und schließlich könne er es ja bleiben lassen. Joe folgte ihm in das Zimmer, das voller Papiere war, beugte sich über den Schreibtisch und unterzeichnete mit einer Füllfeder. Der Engländer klopfte ihm auf die Schulter. »Trink doch ein Schlückchen, Kollege«, sagte er, »hast jetzt nichts weiter mehr zu tun als die Artikel zu unterschreiben.« Joe schüttelte den Kopf. »Ach, zum Teufel!« stieß er zwischen den Zähnen hervor. »Ich muß erst sehen, was für einen verfluchten Kasten ich da erwischt habe.«
Sie fuhren mit der Straßenbahn in die innere Stadt und stiegen an der Rivadavia-Straße aus. Joe folgte dem Engländer in ein kleines Büro hinter einem Lagerhaus. »Hier bringe ich Ihnen einen flotten jungen Mann, Mr. McGregor«, sagte der Engländer zu einem gallsüchtigen Schotten, der auf und ab ging und an seinen Nägeln kaute.

Joe und Mr. McGregor schauten einander an. »Amerikaner?« – »Ja.« – »Du glaubst doch wohl nicht, daß du amerikanische Heuer bekommst?«
Der Engländer ging zu ihm hin und flüsterte etwas. McGregor schaute sich den Schein an und schien zufrieden. »Gut, schreib dich in das Buch ein. Gleich unter dem letzten Namen.« Joe schrieb sich ein und gab dem Engländer die zwanzig Dollar. Jetzt war er blank. »Na, mach's gut, Kollege.« Joe zögerte einen Augenblick, bevor er dem Engländer die Hand reichte. »Adjüs«, sagte er.
»Hol dir deine Klamotten und sei in einer Stunde wieder hier«, sagte McGregor mit schnarrender Stimme. – »Ich hab kein Gepäck. Ich war ganz unten durch«, sagte Joe und wog die Zigarrenkiste auf der flachen Hand. – »Na, dann warte draußen, ich bringe dich gleich an Bord der *Argyle*.« Joe stand eine Weile in der Tür des Lagerhauses und blickte auf die Straße hinaus. Zum Teufel, er hatte von Buenos Aires genug. Er setzte sich auf eine Packkiste, die die Aufschrift trug: *Tibett & Tibbett*, *Emaille*, *Blackpool*, wartete auf McGregor und hätte gerne gewußt, ob das der Kapitän oder der Maat sei. Die Zeit wird ihm noch recht lang werden, bis er B. A. hinter sich hat.

Das Kamera-Auge 30

Als das Telegramm kam daß sie im Sterben liege (die Räder der Straßenbahn fuhren kreischend rund um die Glasglocke wie sämtliche Schieferstifte über sämtliche Schiefertafeln in sämtlichen Schulen der Welt) am Teich entlangspazieren der Geruch des Pfützenwassers Weidenkätzchen im rauhen Wind kreischende Räder der Straßenbahn rattern auf lockern Geleisen durch Bostons Vorstadtstraßen

Kummer ist keine Uniform

erst mal über die Stränge haun und im *Lenox* ein Weinsouper dann erst den Zug erwischen

Ich hab so satt die Veigelein
Ach nehmt sie alle weg

als das Telegramm kam daß sie im Sterben liege zersprang die Glasglocke mit einem Gekreisch wie tausend Schieferstifte (hast du jemals im April auch nur eine Woche lang schlafen können?) und Er empfing mich in der grauen Bahnhofshalle meine Augen schmerzten von den scharlachroten bronzebraunen chromgrünen Tinten aus den kreisenden Aprilhügeln sickerten die Farben Sein Schnurrbart war weiß müd und schlapp die Hängebacken eines alten Mannes
Sie ist dahin Jack Kummer ist keine Uniform und dann im Wohnzimmer der wächserne Lilienduft im Wohnzimmer (Er und ich wir müssen beide die Uniform des Kummers begraben)
dann der Geruch des Flusses der schimmernde Patomac begegnet den kleinen schuppigsilbernen Wellen am Indian Head Spottdrosseln waren auf dem Friedhof und die Wegränder dampften von Frühling

April mehr als die Welt vertragen kann
als die Depesche kam daß Er gestorben sei ging ich durch die Straßen Straßen voller Fünfuhrtrubel Madrileño-Trubel zerklirrende Kantengläser voll Aguardiente Rotwein gaslaternengrün sonnenuntergangrosarot ziegelrot Augen Lippen rote Wangen braune Säule des Halses
stieg auf dem Norte-Bahnhof in den Nachtzug ohne zu wissen warum

Ich hab so satt die Veigelein
Ach nehmt sie alle weg

die zertrümmerte schillernde Glasglocke die sorgfältig kopierten Büsten die architektonischen Details die Grammatik der Stile
damit war jenes Buch zu Ende und ich ließ die Oxford-Klassiker in dem kleinen lauten Zimmerchen zurück das nach schalem Olivenöl roch in der Pension Boston
Ahora jetzt maintenant viva nuova aber wir
die wir Copeys schöne Sprechstimme gehört und die schöngebundenen Bücher gelesen und tief (atme tief eins zwei drei vier) den Duft der wächsernen Lilien den künstlichen violetten Duft unter der Äthermaske geatmet und zum Frühstück in der Bibliothek unter der Büste Octavians gesessen hatten
Tote waren wir jetzt im Telegraphenamt
auf der holpernden Holzbank im Zuge der durch die Mitternacht prescht mal schnell aus dem Zwischendeck rauf um auf dem schlingernden Dampfer ein bißchen Atlantik zu atmen (die junge Schweizerin mit dem länglichen Gesicht und ihr Mann mit ihnen hatte ich mich angefreundet sie hatte leichte Glotzaugen und so 'ne etwas barsche Art *Zut alors!* zu sagen und warf uns ein kleines Lächeln zu einen Fisch für den Seelöwen ein Lächeln das uns die Dunkelheit wärmer machte) als der Einwanderungsbeamte ihren Paß holen kam konnte er sie nicht nach Ellis Island schicken la grippe espagnole sie war tot
Fenster waschen

Strafdienst
die Zündkerzen mit dem Taschenmesser säubern
Deserteur
die schönen Rosen im Hurenbett zu Staub
zerrieben (durch die neblige Nacht flammten die Proklamationen der Liga für Menschenrechte) der Mandelgeruch explodierender Geschosse die einen singenden Lärm durch den süßlich kotzigen Schwulst der faulenden Toten jagen
morgen hoff ich wird der erste Tag des ersten Monats im ersten Jahr sein

DER SCHLACHTENBUMMLER

John Reed
war der Sohn eines Gerichtsmarschalls der Vereinigten Staaten,
prominenten Bürgers von Portland in Oregon.
Er war ein vielversprechender Junge,
deshalb schickten ihn seine Leute nach dem Osten zur Schule und nach Harvard.
Harvard, das heißt: Britischer Akzent und jene Beziehungen, die im späteren Leben so nützlich sind, und gute englische Prosa ... wer in Harvard ein Lümmel bleibt, der bleibt ein Lümmel sein Leben lang ...
... *und die Lowells sprechen nur mit den Cabots,*
und die Cabots ...
und die *Oxforder Gedichtsammlung.*
Reed war ein vielversprechender Junge, er war kein Jude und kein Sozialist, er war kräftig und lebenshungrig, hatte auf alles Appetit; ein Mann muß vieles in seinem Leben lieben.
Reed war ein Mann; er liebte Männer, er liebte Frauen, er aß gerne und schrieb gerne und liebte neblige Nächte und trank gerne und liebte neblige Nächte und schwamm gerne und spielte gerne Fußball und liebte gereimte Verse und schrie gerne Hurra und hielt gerne Festreden und gründete gerne Klubs (nicht die allerbesten Klubs, das Blut in seinen Adern war nicht dünn genug für die allerbesten Klubs)
und liebte Copeys Stimme, wenn sie las: *Der Mann, der König werden wollte* ...
liebte den sterbenden Herbst, *Urnenbegräbnis*, gute englische Prosa, die Lampen, die unter den Ulmen im Dämmerlicht über den Hof her näherrücken,
undeutliche Stimmen im Hörsaal,
den sterbenden Herbst, die Ulmen, den Diskuswerfer, die

Ziegel der alten Gebäude und die erinnerungsschweren Tore und die Aufwartefrauen und die Dekane und die Instruktoren, ihre dünnen Stimmen alle im Refrain.
Refrain. Die rostige Maschinerie knarrte, die Dekane zitterten unter ihren Baretten, die Zahnräder drehten sich dem Promotionstag entgegen, und Reed war draußen in der weiten Welt:

Washington Square.
Konventionell: Ein Schimpfwort!
Villon sucht Unterkunft für die Nacht in den italienischen Zinskasernen der Sullivan Street.
Forschungen erweisen, daß R. L. S. ein großer Hurenjäger war, und die Herren der elisabethanischen Zeit,

die soll der Teufel holen.
Besteig einen Viehdampfer und schau dir die Welt an, such Abenteuer, aus denen du jeden Abend lustige Geschichten machen kannst (ein Mann muß lieben . . . rascherer Puls, das Gefühl, daß heute . . . an nebligen Abenden, Schritte, Taxis, Frauenaugen . . . viele Dinge in seinem Leben)
Europa mit Abenteuern gewürzt, Paris wie eine Auster zu schlucken;
aber hier steckt mehr dahinter als die Oxforder Gedichtsammlung; Linc Steffens spricht über den Genossenschaftsstaat, Revolution in einer Stimme, die so weich ist wie Copeys Stimme, Diogenes Steffens, Marx ist seine Laterne, durchwandert den Westen und sucht nach einem guten Menschen, Sokrates Steffens fragt unaufhörlich, warum nicht Revolution?
John Reed wollte in einem Faß wohnen und Verse schreiben, aber er begegnete unaufhörlich Landstreichern, Arbeitern, kräftigen Kerls, die ihm gefielen, die kein Glück hatten, die keine Arbeit hatten, warum nicht Revolution?
Er konnte sich nicht auf seine Arbeit konzentrieren, da ringsumher so viele Menschen unglücklich waren;
hatte er nicht in der Schule die Unabhängigkeitserklärung auswendig gelernt? Reed stammte aus dem Westen, und

wenn er was sagte, dann war es auch so gemeint; wenn er mit einem Studienkollegen an der Bar des *Harvard Clubs* stand, und er sagte was, dann war, was er sagte, auch so gemeint, dann war's ihm ernst damit, von den Sohlen seiner Füße bis zu den Locken seines struppigen Haares (sein Blut lief nicht dünn genug für den *Harvard Club* und den *Dutch Treat Club* und die dolle, aber respektable New Yorker Bohème):
›Leben, Freiheit und das Streben nach Glück‹ –
davon war in den Seidenfabriken nicht viel zu merken, als er
1913
nach Patterson ging, um den Streik zu beschreiben. Demonstrierende Textilarbeiter von der Polizei verprügelt, die Streikenden im Gefängnis; bevor er es selber recht merkte, war er ein Streiker und Demonstrant, von der Polizei verprügelt, im Gefängnis;
er wollte sich nicht durch seinen Chefredakteur gegen Bürgschaft befreien lassen, bei den Streikern im Gefängnis konnte er vieles lernen.
Er lernte genug, um im *Madison Square Garden* das Schauspiel des Patterson-Streiks in Szene zu setzen,
er lernte, eine neue Gesellschaft zu erhoffen, in der es keine Unglücklichen mehr gibt;
warum nicht Revolution?
Das *Metropolitan Magazine* schickte ihn nach Mexiko,
er sollte über Pancho Villa schreiben.
Pancho Villa lehrte ihn schreiben, Pancho Villa und die Skelettberge und die hohen Orgelkakteen und die Panzerzüge und die Musikkapellen auf den kleinen Plazas voller dunkelhäutiger Mädchen in blauen Tüchern,
und der blutbespritzte Staub und das Peng der Flintenschüsse
in der gewaltigen Wüstennacht, und die braunen, stillen Peons, die für die Freiheit hungerten, starben, töteten,
um Land, um Wasser, um Schulen.
Mexiko lehrte ihn schreiben.

Reed stammte aus dem Westen, und wenn er was sagte, war's auch so gemeint.

Der Krieg war ein Windstoß, der alle Diogenes-Laternen ausblies;
die guten Menschen begannen sich zusammenzurotten und nach Maschinengewehren zu rufen. John Reed war der Letzte aus dem großen Geschlecht der Kriegsberichterstatter, die durch die Zensur schlüpften und ihre Haut für eine Reportage riskierten.
John Reed war der beste amerikanische Schriftsteller seiner Zeit; wenn jemand den Krieg hätte kennenlernen wollen, er hätte alles aus John Reeds Artikeln erfahren können, aus seinen Artikeln:
Über die deutsche Front,
über den serbischen Rückzug,
über Saloniki.
Hinter den Schützengräben in dem wankenden Zarenreich,
der Geheimpolizei ein Schnippchen geschlagen,
Gefängnis in Cholm.

Die Gendarmen wollten ihn nicht nach Frankreich lassen, sie sagten, er habe eines Nachts in den deutschen Schützengräben, Späße machend mit den Kanonieren, ein Hunnengeschütz abgezogen, das mitten nach Frankreich hineinzielte – Schlachtenbummlerscherze, aber kommt es denn schließlich drauf an, wer die Kanonen abfeuert oder wohin sie zielen? Reed war bei den Jungs, die zusammengeschossen wurden, bei den Deutschen, bei den Franzosen, bei den Russen, bei den Bulgaren, bei den Sieben kleinen Schneidern im Getto von Saloniki,
und 1917
war er bei den Soldaten und Bauern
in Petrograd, im Oktober:
Smolny.
Zehn Tage, die die Welt erschütterten.
Kein Villa mehr, kein pittoreskes Mexiko, kein *Harvard Club* mehr, keine Schlachtenbummlerscherze, keine Pläne mehr

für Griechisches Theater, keine gereimten Verse mehr, keine schönen Berichte eines altmodischen Kriegsberichterstatters
das war jetzt kein Spaß mehr,
das war jetzt Ernst.

Delegierter,
Rückkehr in die Vereinigten Staaten, Verurteilung, der *Masses*-Prozeß, der IWW-Prozeß, Wilson füllt die Gefängnisse,
gefälschte Pässe, Reden, Geheimdokumente, als blinder Passagier durch den Sanitätskordon, in den Bunkern der Dampfschiffe verborgen.
Gefängnis in Finnland, alle Papiere gestohlen;
keine Gelegenheit mehr, Verse zu schreiben, kein freundliches Geplauder mehr mit jedem Menschen, dem man begegnet, der Universitätsstudent mit dem netten Lächeln, der so gut zu schwatzen weiß, daß der Richter ihn laufen läßt;
im *Harvard Club* gehören sie alle dem Spionagedienst an und erobern die Welt für den Morgan-Baker-Stillman-Bankentrust.
Dieser alte Vagabund, der seinen Kaffee aus einer Tomatenbüchse schlürft, ist ein Spitzel des Generalstabs.

Die Welt ist kein Spaß mehr,
nur noch Maschinengewehrfeuer und Brandstiftung,
Hunger, Läuse, Wanzen, Cholera, Typhus;
keine Scharpie für Verbände, kein Chloroform, Tausende sterben an brandigen Wunden, Cordon sanitaire und überall Spione.
Die Fenster des Smolny leuchten in Weißglut wie ein Bessemer-Ofen;
kein Schlaf im Smolny.
Smolny, das riesige Walzwerk, das vierundzwanzig Stunden täglich läuft und Menschen, Nationen, Hoffnungen, Millennien, Impulse, Ängste produziert,
Rohmaterial
für die Fundamente
einer neuen Gesellschaft.

Ein Mann muß vieles in seinem Leben tun;
Reed stammte aus dem Westen, wenn er was sagte, dann war's so gemeint.
Er warf alles, was er besaß, und sich selber in den Smolny:
Diktatur des Proletariats,
UdSSR.
Die erste Arbeiterrepublik
war begründet und stand.
Reed schrieb, übernahm Aufträge (überall waren Spione),
er arbeitete bis zum Umfallen,
bekam Typhus und starb in Moskau.

JOE WILLIAMS

Fünfundzwanzig Tage zur See, auf dem Dampfer *Argyle, Glasgow*, *Kapitän Thompson*, Rost abkratzen, rote Mennige auf Stahlplatten schmieren, glühheiße Bratroste im Sonnenschein, den Schornstein anstreichen von früh bis nachts, Schlingern und Stampfen im schweren Seegang; Wanzen auf den Pritschen im stinkenden Logis, jeden Tag fauliges Fischzeug zum Fraß, Kartoffeln voller Augen und muffige Bohnen, auf dem Eßtisch zerquetschte Schaben, aber ein Schluck Zitronensaft jeden Tag entsprechend den Vorschriften; dann eklige, regenfeuchte Hitze und Trinidad blau im Nebel über dem rötlichen Wasser.
Als sie durch die Boca fuhren, fing es zu regnen an, und unter dem Regenguß wurden die mit farnigem, dunkelgrünem Laubwerk überwucherten Inseln grau und fahl. Nachdem sie dann das Schiff in Port of Spain an den Kai bugsiert hatten, waren sie alle bis auf die Haut von Regen und Schweiß durchnäßt. McGregor stolzierte hin und her, einen Südwester auf dem Kopf, puterrot im Gesicht, er verlor vor Hitze die Stimme, und seine Befehle kamen in einem ganz gemeinen, zischenden Flüsterton von seinen Lippen. Dann hob sich der Regenvorhang, die Sonne schob sich hervor, und alles fing zu dampfen an. Jedermann war wütend, nicht bloß wegen der Hitze, sondern weil die Rede ging, sie sollten zum Pechsee, um Asphalt zu laden.
Am nächsten Tage geschah nichts. Als sie die Luken öffneten, stanken die Häute aus dem vorderen Schiffsraum herauf. Kleidungsstücke und Bettücher hingen zum Trocknen in der brennenden Sonnenglut, aber alle paar Minuten fing's zu regnen an, und sie wurden immer wieder naß, bevor man sie hereinholen konnte. Wenn es regnete, war nirgends ein trockenes Plätzchen zu finden, unaufhörlich tröpfelte es von dem Zelt über dem Deck herunter.

Am Nachmittag hatte Joes Wache frei. Obgleich es nicht viel Zweck hatte, an Land zu gehen, keiner hatte Geld bekommen, saß Joe mit einem Male unter einer Palme auf einer Bank in einer Art Park dicht in der Nähe des Hafens und starrte auf seine Füße hinunter. Es fing zu regnen an, Joe flüchtete unter eine Markise vor einer Bar. In der Bar schnurrten elektrische Ventilatoren, ein kühler Hauch von Zitronen und Rum und Whisky in eisgekühlten Drinks wehte zur offenen Tür heraus. Joe hatte Durst auf ein Bier, aber er hatte keinen roten Cent in der Tasche. Der Regen hing wie ein Schnürchenvorhang am Rand der Markise.

Neben ihm stand ein junger Herr in einem weißen Anzug mit einem Panamahut, er sah aus wie ein Amerikaner. Er schaute Joe mehrere Male an, bis Joe seinen Blick erwiderte, und sagte dann lächelnd: »Sind Sie A-A-Amerikaner?« Er stotterte ein wenig beim Sprechen. – »Ja«, sagte Joe.

Eine Pause. Dann streckte der Herr die Hand aus. »Willkommen bei uns.« Joe merkte, daß der Herr ein wenig beschwipst war, und als er ihm die Hand gab, da merkte er, daß der Herr eine weiche Hand hatte. Die Art, wie er ihm die Hand schüttelte, gefiel Joe ganz und gar nicht. »Sind Sie hier zu Hause?« Der Herr lachte. Er hatte blaue Augen und ein rundes Gesicht mit etwas aufgeworfenen Lippen, ein recht freundliches Gesicht. »Nicht die Spur . . . Ich bin bloß auf meiner Westindienreise auf ein paar Tage hier abgestiegen. Hätte mir l-l-lieber das Geld sparen und zu Hause bleiben sollen. Ich wollte nach Europa, aber das geht jetzt nicht wegen dem K-K-Krieg.« – »Ja, auf unserm gottverfluchten englischen Kasten reden sie auch immerzu bloß übern Krieg.« – »Weiß der Teufel, warum sie uns in dieses Loch gelotst haben, und jetzt ist irgendwas mit dem Schiff nicht in Ordnung, und wir müssen zwei Tage hier liegenbleiben.« – »Das ist wohl die *Monterey*.« – »Ja. Ein schreckliches Schiff, lauter Weiber an Bord. Ich bin froh, daß ich endlich einen Menschen getroffen habe, mit dem sich reden läßt. Hier scheint es ja doch bloß lauter Niggers zu geben.« – »Auf Trinidad gibt's Niggers in allen Farben.« – »Na, der

Regen hört überhaupt nicht mehr auf. Kommen Sie rein, und trinken wir ein Gläschen.«

Joe schaute ihn argwöhnisch an. »Gut«, sagte er schließlich, »aber ich will Ihnen gleich sagen, daß ich mich nicht revanchieren kann . . . Ich bin blank, und diese verfluchten Schotten geben uns keinen Vorschuß.« – »Sie sind Seemann, nicht?« fragte der Herr, als sie an der Theke standen. – »Ich arbeite auf einem Schiff.«

»Was wollen Sie haben . . . Hier gibt's einen prima Pflanzerpunsch. Haben Sie den schon mal versucht?« – »Ich nehme ein Bier . . . Ich trinke gewöhnlich Bier.« Der Barkeeper war ein breitbackiger Chinese, melancholisch lächelnd wie ein uralter Affe stellte er die Drinks vor sie hin, so behutsam, als fürchte er, die Gläser zu zerbrechen. Das Bier in dem tropfenden Glas war kalt und gut. Joe trank es aus. »Sagen Sie mal, Sie wissen auch nicht die neuesten Baseballberichte, wie? Als ich das letztemal eine Zeitung in der Hand hatte, sah es aus, als hätten die *Senators* eine Chance, den Wimpel zu gewinnen.« Der Herr nahm seinen Panamahut ab und wischte sich die Stirn mit einem Taschentuch. Er hatte krauses, schwarzes Haar. Unaufhörlich schaute er Joe an, als wollte er einen Entschluß fassen. Schließlich sagte er: »Ich heiße Wa-Wa-Wa-Warner Jones.« – »Auf der *Argyle* heiße ich Yank, bei der Marine wurde ich Slim gerufen.«

»Sie waren also bei der Marine, so? Ich habe mir gleich gedacht, Sie sehen mehr aus wie ein blauer Jung als wie einer von der Handelsmarine, Slim.«

»Wirklich?«

Der Herr, der gesagt hatte, er heiße Jones, bestellte nochmals dasselbe. Joe war etwas beunruhigt. Aber hol's der Teufel, sie können einen doch nicht auf britischem Boden als Deserteur verhaften. »Na, und Sie wissen nu nicht, wie die Meisterschaft steht? Die Serie muß doch schon im Gang sein.« – »Ich habe die Zeitungen oben im Hotel . . . Hätten Sie Lust, mal hineinzuschauen?« – »Aber sicher.«

Der Regen hörte auf. Als sie aus der Bar hinauskamen, war das Pflaster schon trocken.

»Wissen Sie, ich möchte mal eine Rundfahrt um die Insel

machen. Es soll hier wilde Affen geben und alle möglichen Sachen. Warum kommen Sie denn nicht mit. Mich langweilt es schon schrecklich, so ganz allein herumzukutschieren.«
Joe dachte einen Augenblick nach. »Ich bin doch zu schäbig angezogen . . .« – »Lächerlich, wir sind ja nicht in der Fifth Avenue. Vorwärts!« Der Herr, der gesagt hatte, er heiße Jones, winkte einen blanken, hübschen Ford heran, den ein junger Chinese fuhr. Der Chinese trug eine Brille und einen dunkelblauen Anzug und sah aus wie ein Universitätsstudent; er sprach mit einem englischen Akzent. Er sagte, er würde sie zuerst durch die Stadt und dann zum Blauen Teich hinausfahren. Als es losgehen sollte, rief der Herr, der gesagt hatte, er heiße Jones: »Einen Augenblick!« und lief in die Bar und holte eine Flasche Pflanzerpunsch.
Er schwatzte wild drauflos, während sie an den britischen Bungalows und den Amtsgebäuden aus Ziegelstein vorüberrollten, zur Stadt hinaus, die Straße entlang durch gummiblaue Wälder, die so üppig und dumpfig waren, daß Joe den Eindruck hatte, es müsse irgendwo über seinem Kopfe ein gläsernes Dach sein. Der Herr sagte, er schwärme für Abenteuer und Reisen, er würde so gerne ein freier Mensch sein, zur See gehen und herumvagabundieren und sich die Welt ansehen, und es müßte doch wunderbar sein, wenn man so wie Joe nur auf seine eigene Kraft und auf seine eigenen Muskeln angewiesen wäre. Joe sagte: »Ja?«, aber der Herr, der gesagt hatte, er heiße Jones, achtete nicht darauf und schwatzte ruhig weiter und erzählte, daß er für eine Mutter zu sorgen habe, und das sei eine schwere Verantwortung, und manchmal glaube er, er müsse verrückt werden, und er sei beim Arzt gewesen, und der Arzt habe ihm geraten, eine Reise zu machen, aber das Essen auf dem Schiff sei gar nicht gut und verursache ihm Beschwerden, und das ganze Schiff sei voller alter Weiber mit Töchtern, die sie verheiraten wollten, und es mache ihn nervös, wenn ihm die Weiber ewig nachliefen. Das schlimmste dabei sei, daß er keinen Freund habe, mit dem er sich gründlich aussprechen könne, sobald er sich einsam fühle. Er würde so gern einen netten hübschen Burschen bei sich haben, der

was mitgemacht habe und kein Waschlappen sei und das Leben kenne und ein Gefühl für Schönheit und Freundschaft habe, ja, einen Kerl wie Joe. Seine Mutter sei schrecklich eifersüchtig und könne es nicht vertragen, wenn er intime Freunde habe, und wenn sie erfahre, daß er irgendwelche Freunde habe, dann werde sie immer krank oder wolle ihm seine Rente streichen, denn sie wolle ihn immer an ihrer Schürze hängen haben, aber er habe das alles gründlich satt, und von jetzt an werde er tun, was ihm, Teufel noch mal, Spaß mache, und sie brauche ja auch gar nicht alles zu erfahren.
Er gab Joe fortwährend Zigaretten und bot dem Chinesen Zigaretten an, der Chinese sagte jedesmal: »Besten Dank, Herr, ich habe das Rauchen aufgegeben.« Sie hatten miteinander die Flasche Punsch ausgetrunken, und der Herr, der gesagt hatte, er heiße Jones, fing an, auf dem Sitz näher an Joe heranzurücken, da blieb das Auto am Ende eines schmalen Weges stehen, und der Chinese sagte: »Wenn Sie den Blauen Teich zu besichtigen wünschen, müssen Sie fast sieben Minuten weit hier hinaufgehen, mein Herr. Es ist das die größte Sehenswürdigkeit auf der Insel Trinidad.«
Joe sprang aus dem Wagen und stellte sich an einen großen Baum mit rauher roter Rinde, um Wasser zu lassen. Der Herr, der gesagt hatte, er heiße Jones, stellte sich neben ihn hin. »Zwei Seelen und ein Gedanke«, sagte er. Joe sagte: »Ja?« und ging zu dem Chinesen hin und fragte ihn, wo die Affen zu sehen seien.
»Der Blaue Teich«, sagte der Chauffeur, »ist ihr liebster Aufenthalt.« Er stieg aus, spazierte rund um das Auto und blickte gespannt mit seinen kleinen, schwarzen Äuglein in das Laubwerk über ihren Köpfen empor. Plötzlich zeigte er mit dem Finger hinauf. Hinter einem schaukelnden Laubbüschel war etwas Schwarzes zu sehen. Dann ertönte ein kreischendes Kichern, und drei Affen flüchteten mit langen Schwüngen von Ast zu Ast. Im Nu waren sie verschwunden, man sah nur noch ab und zu durch den Wald hindurch auf ihrem Weg die Äste schwanken. Der eine von ihnen hatte vorne an der Brust ein rosarotes Affenbaby hängen. Joe

war vergnügt. Er hatte noch nie richtige wilde Affen gesehen. Er ging rasch den Weg hinauf, so rasch, daß der Herr, der gesagt hatte, er heiße Jones, kaum mit ihm Schritt halten konnte. Joe wollte noch mehr Affen sehen.

Nachdem sie ein paar Minuten lang bergauf gestiegen waren, hörte er plötzlich einen Wasserfall rauschen. Er mußte an Great Falls und Rock Creek denken, und es wurde ihm ganz weich zumute. Unter einem Wasserfall lag ein Teich, umkränzt von riesigen Bäumen. »Weiß der Teufel, ich hätte Lust, mal zu baden«, sagte er. – »Ob's hier nicht Schlangen gibt, Slim?« – »Die Schlangen tun Ihnen nichts, wenn Sie ihnen nichts tun.«

Aber als sie dicht an den Teich herangekommen waren, da sahen sie, daß dort Leute lagerten, eine Picknickgesellschaft, junge Mädchen in hellen rosaroten und blauen Kleidern, zwei oder drei Männer in weißen Hosen, unter gestreiften Schirmen. Zwei indische Diener bedienten sie und schleppten Schüsseln aus einem Eßkorb herbei. Über den Teich her tönte das Gezirp kultivierter englischer Stimmen.

»Verflucht, jetzt können wir nicht schwimmen, und Affen werden auch keine da sein.«

»Vielleicht gehen wir zu ihnen hin ... Ich könnte mich vorstellen, und Sie sind mein jüngerer Bruder. Ich habe einen Empfehlungsbrief an einen Oberst Soundso, aber ich war zu schlecht gelaunt, um ihn abzugeben.« – »Was zum Teufel müssen sie bloß hier herumfurzen!« sagte Joe und machte kehrt. Kein einziger Affe ließ sich mehr blicken, und als er wieder beim Auto angelangt war, hatte es in großen Tropfen zu regnen begonnen.

»Das versaut ihnen wenigstens ihr verfluchtes Picknick«, sagte er grinsend, als der Herr, der gesagt hatte, er heiße Jones, in Schweiß gebadet ankam. – »Meine Güte, Sie können aber laufen, Slim.« Er schnaufte und klopfte Joe auf den Rücken, Joe stieg ein. »Es erwischt uns nicht.« – »Meine Herren«, sagte der Chinese, »ich fahre jetzt in die Stadt zurück, denn ich sehe, daß ein schwerer Regenguß bevorsteht.«

Als sie eine halbe Meile hinter sich hatten, regnete es schon so stark, daß der Chinese nichts mehr sehen konnte. Er steuerte das Auto in einen kleinen Schuppen am Straßenrand. Das Geprassel des Regens auf dem Blechdach über ihren Köpfen dröhnte laut, als ob ein Schiff Dampf abließe. Der Herr, der gesagt hatte, er heiße Jones, fing zu schwatzen an. Er mußte schreien, um sich verständlich zu machen. »Sie bekommen wohl recht viel komische Dinge zu sehen, Slim, bei dem Leben, das Sie führen!«

Joe stieg aus dem Auto und stellte sich an den Eingang des Schuppens hin, dicht vor den jäh herabgeschleuderten Regenvorhang; das Sprühwasser in seinem Gesicht war fast kühl. Der Herr, der gesagt hatte, er heiße Jones, schlängelte sich an ihn heran, reichte ihm eine Zigarette. »Wie hat es Ihnen denn bei der Marine gefallen?«

Joe nahm die Zigarette, zündete sie an und sagte: »Nicht besonders.« – »Ich hatte eine Menge Matrosen zu Freunden . . . Und wenn Sie Landurlaub hatten, da haben Sie sich ordentlich ausgetobt, wie?« Joe sagte, er habe für gewöhnlich nicht genug Geld gehabt, um sich auszutoben, manchmal habe er Ball gespielt, das sei gar nicht übel gewesen. – »Aber ich dachte, Slim, wenn die Matrosen in den Hafen kommen, dann ist ihnen ganz egal, was sie tun.« – »Na ja, manche Jungs gehn los und wollen bummeln, aber sie haben doch gewöhnlich nicht viel Geld und kommen nicht weit.« – »Vielleicht könnten wir beide, Slim, in Port of Spain mal ein bißchen bummeln, wie?« Joe schüttelte den Kopf. »Nein, ich muß an Bord zurück.«

Der Regen wurde stärker, bis das Blechdach so laut brüllte, daß Joe nicht mehr hören konnte, was der Herr, der gesagt hatte, er heiße Jones, eigentlich sagen wollte, dann ließ er nach und hörte völlig auf. »Na, kommen Sie wenigstens zu mir ins Hotel, Slim, wir wollen etwas trinken. Hier kennt mich niemand. Ich kann machen, was ich will.« – »Ich würde mir gern den Sportteil in der Zeitung von zu Hause anschaun, falls Sie nichts dagegen haben.«

Sie stiegen wieder ein und fuhren in die Stadt zurück, auf Straßen, die wie Kanäle voll gestauten Wassers waren. Heiß kam die Sonne hervor, und alles war in blauen Dampf gehüllt. Es war spät am Nachmittag. Die Straßen der Stadt wimmelten von Menschen, Indern mit Turbanen, Chinesen in sauberen Konfektionsanzügen, rotwangigen, weißgekleideten weißen Herren, zerlumpten Negern aller Schattierungen.

Joe fühlte sich recht ungemütlich, als er in seinen groben Baumwollhosen, klatschnaß noch dazu, durch das Vestibül des Hotels spazierte, und rasiert war er auch nicht. Der Herr, der gesagt hatte, er heiße Jones, legte, als sie die Treppe hinaufgingen, den Arm um seine Schulter. Das Zimmer war groß, hatte hohe, schmale, mit Laden versehene Fenster, und es roch nach Bayrum. »Mein Gott, bin ich naß und erhitzt!« sagte er. »Ich werde mich duschen ... Aber zuerst wollen wir uns einen Gin-Fizz kommen lassen ... Wollen Sie nicht die Kleider ausziehen und sich's bequem machen? Bei diesem Wetter kann man kaum noch die Haut vertragen!« Joe schüttelte den Kopf. »Sie stinken zu sehr«, sagte er. »Wo sind denn nun die Zeitungen?«

Der indische Diener kam mit den Drinks, während der Herr, der gesagt hatte, er heiße Jones, gerade im Badezimmer war. Joe nahm ihm das Tablett ab. Der Inder hatte einen merkwürdigen Ausdruck um seinen schmalen Mund und seine schwarzen Augen, die über Joe hinwegblickten, einen so sonderbaren Ausdruck, daß Joe ganz wütend wurde. Am liebsten hätte er diesem braunen Kerl eins in die Fresse gehauen. Der Herr, der gesagt hatte, er heiße Jones, kehrte in einem seidenen Bademantel zurück und sah recht erfrischt aus.

»Setzen Sie sich, Slim, wir wollen trinken und plaudern.« Der Mann strich sich mit den Fingern leicht über die Stirn, als ob er Kopfschmerzen hätte, fuhr sich durch das krause, schwarze Haar und setzte sich dann in einen Lehnsessel. Joe setzte sich an der anderen Seite des Zimmers auf einen gewöhnlichen Holzstuhl. »Diese Hitze würde mich umbringen, wenn ich es acht Tage hier aushalten müßte. Ich verstehe gar nicht, wie Sie diese Hitze ertragen, und Sie müssen noch dazu körperliche Arbeit leisten. Sie sind wohl recht kräftig, wie?«

Joe wollte nach den Zeitungen fragen, aber der Herr, der

gesagt hatte, er heiße Jones, schwatzte schon wieder und sagte, er möchte so gerne kräftig sein und sich die Welt anschauen, alle möglichen Menschen kennenlernen, alle möglichen Spelunken besuchen, man müsse doch viele komische Dinge zu sehen bekommen, es müsse doch komisch sein, diese vielen Männer, die wochenlang auf See miteinander schlafen, wüst durcheinander, he? und dann die Nächte an Land, krawallieren, bummeln, mehrere Kerls mit einem Mädchen. »Wenn ich so lebte, es wär mir egal, was ich mache, kein Ruf zu verlieren, keine Gefahr, daß einen jemand erpreßt, man muß bloß aufpassen, daß man nicht ins Kittchen kommt, wie? Ja, Slim, ich möchte gern mit Ihnen mitkommen und so ein Leben führen!« – »Ja?« sagte Joe.
Der Herr, der gesagt hatte, er heiße Jones, läutete nach frischen Drinks. Nachdem der indische Diener sich entfernt hatte, fragte Joe noch einmal nach den Zeitungen. »Wirklich, Slim, ich habe sie überall gesucht. Wahrscheinlich hat man sie weggeschmissen.« – »Na, ich muß jetzt wohl auf meinen verfluchten Kahn zurück.« Joe hatte die Hand auf der Klinke. Der Herr, der gesagt hatte, er heiße Jones, kam herbeigelaufen, nahm seine Hand und sagte: »Nein, Sie gehen noch nicht. Sie haben mir doch versprochen, Sie gehen mit mir aus. Sie sind ein furchtbar netter Kerl. Sie werden es nicht bereuen. Sie können doch nicht so weglaufen, jetzt wo ich mich so wohl fühle und so, wissen Sie, verliebt. Kennen Sie dieses Gefühl nicht, Slim? Ich werde mich schon revanchieren. Ich gebe Ihnen fünfzig Dollar.« Joe schüttelte den Kopf und zog seine Hand weg. »Jedenfalls danke ich für den Ausflug«, sagte er.
Er mußte ihn beiseite schieben, um die Tür aufzubekommen. Dann lief er die weiße Marmortreppe hinunter und auf die Straße hinaus.
Es war schon fast finster, Joe ging schnell. Der Schweiß floß ihm in Strömen herunter. Er fluchte leise vor sich hin. Es war ihm erbärmlich zumute, er hatte eine richtige Wut im Leib, er hätte wirklich so gerne die Zeitungen von zu Hause gesehen.
In den parkähnlichen Anlagen, in denen er am Nachmittag

gesessen hatte, strolchte er noch ein Weilchen auf und ab, dann machte er sich auf den Weg zu den Piers. Lieber gleich schlafen gehen. Der Bratengeruch aus den Eßlokalen erinnerte ihn daran, daß er hungrig war. Er wollte schon in eins hineingehen, da fiel ihm ein, daß er keinen Cent in der Tasche hatte. Er ging dem Klang eines mechanischen Klaviers nach und kam ins Bordellviertel. Vor den Türen der kleinen Hütten standen Negerhuren in allen Farben und Formen, chinesisches Mischblut und Indianerweiber, ein paar verwelkte, fette Deutsche und Französinnen. Ein kleines Mulattenmädchen, das die Hand ausstreckte, als er vorüberging, und seine Schulter berührte, war verdammt hübsch. Er blieb stehen, um mit ihr zu plaudern, aber als er sagte, daß er pleite sei, da lachte sie und sagte: »Gehn Sie nur weg von hier, Herr Ohne-Geld, für einen Herrn Ohne-Geld ist hier kein Platz.«
Als er an Bord kam, wollte er sich vom Koch was zu futtern holen, aber er konnte ihn nicht finden; er nahm also einen Priem und ließ es dabei bewenden. Im Logis war es heiß wie in einem Backofen. Er ging an Deck hinauf, nichts auf dem Leib als eine Arbeitshose, und spazierte mit der Wache auf und ab, das war ein junger Bengel aus Dover, mit einem rosigen Gesicht, alle nannten ihn Kleiner. Der Kleine sagte, er habe den Ollen und Mr. McGregor in der Kabine miteinander reden hören, sie wollten morgen früh nach St. Luce, um Zitronen zu laden, und dann nach Haus zu des Teufels Großmutter, und wie er froh sein werde, das schöne, kleine Inselchen wiederzusehen und von diesem beschissenen Kahn loszukommen, na und ob. Joe sagte, ihm werde das verteufelt wenig nützen, er sei in Washington zu Hause. »Ich möchte dieses dreckige Leben aufgeben und ordentliche Arbeit finden, die was einbringt. Jetzt glaubt jeder dreckige Tourist, der ein bißchen Pinke hat, er kann einen zu seiner Hure machen.« Joe erzählte dem Kleinen von dem Herrn, der gesagt hatte, er heiße Jones, und der Kleine lachte sich fast tot. »Fufzig Dollar. Das sind zehn Fünfer. Für zehn Fünfer hätte ich mir's vielleicht überlegt und den Kerl rangelassen.«

Die Nacht war dumpfig. Die Moskitos begannen Joes nackten Hals und nackte Arme zu attackieren. Aus dem schalen Wasser längs des Kais stieg ein süßlich heißer Dunst auf, in dem die Lichter längs der Wasserkante trüb verschwammen. Die beiden schritten einige Male auf und ab, ohne ein Wort zu reden.

»Na, und was wollte er denn eigentlich von dir, Yank?« sagte der Kleine kichernd. – »Hol ihn der Teufel!« sagte Joe. »Ich fange ein anderes Leben an. Was auch passiert, wo du auch bist, der Matrose kriegt immer das beschissene Ende vom Stecken zu fassen. Stimmt's nicht, Kleiner?«

»Na und ob ... Zehn Fünfer! Der verfluchte Schweinehund sollte sich schämen, zerstört die Moral, der Gauner! Man müßte ihm mit ein paar Kameraden auf die Bude rücken und ihn ordentlich blechen lassen. In Dover gibt's viel solche alten Gauner, die ordentlich blechen mußten, und hatten nicht halb soviel riskiert! Wenn sie Urlaub haben, kommen sie rüber und sind hinter den Jungs in der Badeanstalt her ... Erpressen würde ich ihn, Yank!«

Joe sagte nichts. Nach einer Weile sagte er: »Du meine Güte, und als Kind habe ich mir eingebildet, ich will in die Tropen.«

»Das sind ja hier keine Tropen, das ist ein beschissenes Loch, weiter nichts.«

Wieder gingen sie einige Male auf und ab. Joe trat an die Reling, lehnte sich hinüber und blickte in die fettige Finsternis hinab. Hol der Teufel diese Moskitos. Er spuckte seinen Priem aus, der leise klatschend ins Wasser schlug. Dann ging er wieder ins Logis hinunter, kroch in seine Koje, zog sich die Decke über den Kopf und lag schwitzend da. »Verflucht noch mal, ich hätte so gern die Baseballberichte gelesen.«

Am nächsten Tag nahmen sie Kohlen über, und am Tage nachher mußte Joe die Offizierskabinen anstreichen, während die *Argyle* abermals durch die Boca zwischen den schleimiggrünen, farnigen Inseln davonschwamm, und er

war wütend, weil er die Papiere eines Vollmatrosen hatte, und da behandelten sie ihn immer noch wie einen ordinären Leichtmatrosen, und er mußte jetzt nach England und wußte gar nicht, was er dort solle, und seine Schiffskameraden sagten, wahrscheinlich würden sie ihn in ein Konzentrationslager stecken, er sei doch Ausländer, und ganz ohne Paß in England zu landen, da doch Krieg sei und überall die deutschen Spione, und so weiter ...!
Aber die Brise war jetzt voller Salz, und wenn er den Kopf zur Pfortenöffnung hinaussteckte, sah er blaues Wasser statt des Pfützenwassers vor Trinidad, und die fliegenden Fische eilten zu Hunderten von der Schiffsseite weg übers Meer.
Der Hafen von St. Luce war sauber und landumschlossen, weiße Häuser mit roten Dächern unter den Kokospalmen.
Nun stellte sich heraus, daß sie Bananen laden sollten, und sie brauchten einundeinhalb Tage, um im Achterraum Zwischenwände aufzurichten und Gestelle zum Aufhängen der Bananen. Es war schon finster, als sie schließlich am Bananenkai lagen, die beiden Laufplanken und der kleine Ladebaum zum Hinabfieren der Bananen in den Laderaum waren hergerichtet. Auf dem Kai wimmelte es von Negerweibern, die lachten und kreischten und den Matrosen alles mögliche zuriefen, und kräftige Neger standen müßig umher. Das Verladen besorgten die Weiber. Nach einer Weile fingen sie an, die eine Laufplanke hinaufzumarschieren, und jede von ihnen hatte über Kopf und Schultern ein riesiges, grünes Bananenbüschel hängen. Es gab unter ihnen alte, schwarze Mammies und hübsche, junge Mulattenmädchen; ihre Gesichter glänzten schweißbedeckt im Lichte der großen Schiffslaternen. Sobald eines der Weiber oben an der Laufplanke angelangt war, hoben ihr zwei große Neger vorsichtig das Bündel von den Schultern, der Vorarbeiter gab ihr einen Zettel, und sie lief über die andere Planke wieder auf den Kai hinunter. Mit Ausnahme der Leute an dem kleinen Lademotor hatte die Deckwache nichts zu tun. Sie standen unruhig umher, betrachteten die Weiber, das Geglitzer weißer Zähne und Augäpfel, die Brüste, die unter den dünnen Kleidern ein wenig hin und her schaukelten, die

Pumpbewegungen der Schenkel; sie standen umher, betrachteten die Weiber, kratzten sich, traten von einem Fuß auf den andern. Es wurden nicht einmal sehr viele Schweinereien geredet. Die Nacht war schwarz und still, ringsumher war stickig heiß der warme Bananengeruch und der Schweißgestank der Negerweiber, ab und zu kam von einigen auf dem Kai aufgestapelten Zitronenkisten ein wenig Frische herangeweht.
Joe merkte plötzlich, daß der Kleine ihm winkte. Er folgte ihm in den Schatten. Der Kleine legte den Mund an sein Ohr: »Hier gibt's Huren, Yank, komm.« Sie gingen in den Bug und glitten an einem Seil auf den Kai hinunter. Das Seil verbrannte ihnen die Hände. Der Kleine spuckte sich in die Hände und rieb sie aneinander. Joe folgte seinem Beispiel. Dann schlichen sie sich in das Lagerhaus. Eine Ratte huschte an ihren Füßen vorbei. In dem Schuppen lagerte Guano, und es stank nach Dünger. Vor einer kleinen Tür im Hintergrund war es pechfinster, unter den Füßen war Sand. Ein matter Schimmer der Straßenlaternen traf den oberen Teil des Lagerhauses. Frauenstimmen, ein leises Lachen. Der Kleine war verschwunden. Joes Hand lag auf einer nackten Frauenschulter. »Zuerst aber mußt du mir einen Schilling geben«, sagte eine süße westindische Frauenstimme im Londoner Dialekt. Seine Stimme war heiser geworden: »Aber gewiß, Schatz, gewiß.«
Nachdem seine Augen sich an die Dunkelheit gewöhnt hatten, merkte er, daß sie nicht die einzigen waren. Ringsumher gab es ein Kichern und heiseres Atmen. Vom Schiff her kam in kurzen Intervallen das Gesurr der Winden und das wirre Stimmengelärm der Weiber, die Bananen luden. Ihm war heiß, er schwitzte, er wäre lieber an Bord gewesen. Die Frau verlangte Geld. »Los jetzt, weißer Junge, gib jetzt her, was du versprochen hast.« Der Kleine stand neben ihm und knöpfte sich die Hose zu.
»Wir sind gleich wieder da, Mädchen.«
»Ja, wir haben unser Geld an Bord vergessen.«
Sie liefen durch das Lagerhaus, die Mädchen hinter ihnen her, sie kletterten das Seil hinauf und sprangen über die Reling,

landeten atemlos auf dem Deck und krümmten sich vor Lachen. Sie schauten hinunter, da liefen auf dem Kai die Weiber hin und her, schimpfend und spuckend wie die Wildkatzen.
»Grüß Gott, meine Damen!« rief der Kleine hinunter und schwenkte die Mütze. Er packte Joe beim Arm und zog ihn das Deck entlang; sie blieben ein Weilchen neben der einen Laufplanke stehen. »Du, Kleiner, die deinige war verflucht alt, hätte deine Großmutter sein können, verflucht noch mal!« flüsterte Joe. – »Nu hör aber auf, ich hab doch die Hübsche gehabt.« – »Ja, Dreck ... Sie muß mindestens sechzig gewesen sein.« – »So ein Lügner! Ich hab doch die Hübsche gehabt«, sagte der Kleine und ging wütend weg.
Ein roter Mond war hinter den bewaldeten Hügeln hervorgeschlichen. Die Bananenbüschel, die die Weiber die Laufplanke hinaufschleppten. formten eine gewundene, grüne Schlange. Im grellen Schein der Arbeitslampen wurde Joe plötzlich die ganze Sache über, satt hatte er das Geschlurf nackter Füße, die Gerüche, er war angewidert und schläfrig. Er ging hinunter und wusch sich sorgfältig mit Wasser und Seife, bevor er in seine Koje kroch. Er schlummerte ein, im Ohr die schottischen und britischen Stimmen seiner Schiffskameraden, die sich über die Huren draußen hinter dem Lagerhaus unterhielten, wie viele sie gehabt hatten, und wie oft, und wieweit es sich mit Argentinien, mit Durban oder Singapore vergleichen lasse.
Das Verladen dauerte die ganze Nacht. Um die Mittagszeit liefen sie aus, Kurs nach Liverpool, der Obermaschinist ließ kräftig die Kessel schüren, um die Überfahrt zu beschleunigen, und alle Mann redeten von der Heimat. Bananen gab es, soviel sie nur essen wollten; jeden Tag brachte der Supercargo die überreifen Büschel herauf und hängte sie in die Kombüse. Joe war etwas besser gelaunt, weil Mr. McGregor ihn das Steuer bedienen ließ und die Mannschaft ihn nicht mehr einen beschissenen Yank schimpfte. Nach einer Weile hörte er auf, sich Sorgen zu machen, ob er von diesem verfluchten Hurenstück etwas erwischt habe, und fing an zu überlegen, was er tun werde, sobald er in England war,

und seine Gedanken kreisten um die Kaperschiffe und die Unterseeboote und den Einmarsch in das arme, kleine Belgien. Alle brummten, weil das Schiff nicht armiert sei, aber der Alte und Mr. McGregor machten sich scheinbar mehr Sorgen um die Bananen als um die Kaperschiffe. Alle Augenblicke gingen sie unter das Leinendach, das mit einem Ventilator obendran über die offene Luke getakelt worden war, und spähten in den Schiffsraum hinunter. Im Logis wurde nicht wenig über die »verfluchten Bananen« gehöhnt.
Nachdem sie den Wendekreis passiert hatten, gerieten sie in einen ekligen Nordostwind, der vier Tage lang anhielt, und nachher war das Wetter die ganze Zeit schlecht. Es verbreitete sich das Gerücht, daß vor Kap Lizard deutsche Unterseeboote kreuzten, und alle, vom Alten abwärts, wurden reizbar wie die Teufel. Die Kameraden begannen Joe zu belästigen, weil Amerika nicht am Kriege beteiligt sei, und er hatte lange Auseinandersetzungen mit dem Kleinen und einem alten Kerl aus Glasgow, den sie Haig getauft hatten. Joe sagte, er könne nicht begreifen, was zum Teufel die Staaten für ein Interesse an dem Krieg hätten, und darüber kam es fast zu einer Prügelei.
Kurz nachdem sie die Lichter auf den Scilly-Inseln gesichtet hatten, verkündete der Funker, daß sie auf einen Konvoi gestoßen seien und für die Fahrt durch die Irische See einen Zerstörer extra zu ihrem Schutze erhalten sollten, der sie nicht eher verlassen werde, als bis sie sicher im Mersey lägen. Die Briten hätten bei Mons eine große Schlacht gewonnen. Der Alte ließ Rum verteilen, und alle fühlten sich famos, bis auf Joe, der die ganze Zeit fror, weil er keine warmen Kleider hatte. Am Abend dieses selben Tages tauchte plötzlich aus dem nebligen Zwielicht ein Zerstörer auf, hoch ragend wie eine Kirche über der breiten, weißen Wasserwelle, die seinen Bug umwogte. Die auf der Brücke bekamen einen fürchterlichen Schreck, weil sie zuerst glaubten, es sei ein Hunne. Der Zerstörer hißte den Union Jack, verlangsamte seine Fahrt, um sich der Geschwindigkeit der *Argyle* anzupassen, und dampfte dicht neben ihr her. Die Mannschaft versammelte sich auf Deck und brachte drei

Hurras auf den Zerstörer aus. Einige von ihnen wollten *God save the King* singen, aber der Offizier auf der Brücke des Zerstörers begann durchs Megaphon den Alten anzubrüllen, warum er, zum Teufel noch mal, keinen Zickzackkurs steuere, und ob er nicht wisse, daß es verboten sei, in Kriegszeiten auf einem Handelsschiff irgendwelchen Lärm zu machen.

Es war acht Glas, die Wachen wechselten, und Joe und der Kleine gingen lachend übers Deck, da begegneten sie Mr. McGregor, der mit puterrotem Gesicht herangestelzt kam. Er blieb vor Joe stehen und fragte ihn, was er denn so komisch finde? Joe gab keine Antwort. Mr. McGregor starrte ihn lange an und erklärte dann mit seiner leisen, gemeinen Stimme, daß er, Joe, gar kein Amerikaner sei, sondern ein dreckiger Hunnenspion, und befahl ihm, sich bei der nächsten Schicht im Feuerungsraum zu melden. Joe erwiderte, er habe als Vollmatrose angemustert, und sie hätten kein Recht, ihn als Heizer zu beschäftigen. Mr. McGregor sagte, er habe sich in den dreißig Jahren, die er zur See fahre, noch nie an einem Menschen vergriffen, aber falls Joe noch ein einziges Wort riskierte, würde er ihn glatt niederschlagen. Joe zitterte vor Wut, aber er rührte sich nicht und ballte die Fäuste, ohne ein Wort zu sagen. Ein paar Sekunden lang starrte Mr. McGregor ihn bloß an, rot wie ein Puter. Zwei Mann von der Wache kamen das Deck entlang. »Übergebt diesen Burschen dem Bootsmann und legt ihn in Eisen. Er ist vielleicht ein Spion ... Gehen Sie ruhig mit, sonst kommt's noch schlimmer!«

Joe verbrachte diese Nacht zusammengekauert, die Füße gefesselt, in einem kleinen Kämmerchen, in dem es nach fauligem Wasser roch. Am nächsten Morgen ließ der Bootsmann ihn heraus und sagte zu ihm, er solle sich vom Koch etwas Porridge geben lassen, aber das Deck meiden. Er sagte ferner, sie würden ihn der Fremdenkontrolle übergeben, sobald sie in Liverpool anlegten.

Als er mit immer noch steifen Füßen das Deck überquerte, um in die Kombüse zu gehen, merkte er, daß sie bereits im Mersey waren. Es war ein rötlicher, sonnenheller Morgen.

Nach allen Richtungen hin lagen Schiffe vor Anker, plumpe schwarze Segelkähne, und Patrouillenboote pflügten durch das blaßgrüne, gekräuselte Wasser. Über den Köpfen die breite, braune Rauchhülle war hier und dort mit hellweißem Dampf durchschossen, der das Sonnenlicht auffing. Der Koch gab ihm etwas Porridge ohne Milch und einen Krug bitteren, lauwarmen Tee. Als er aus der Kombüse hinaustrat, waren sie schon ein Stück weiter drin im Flusse, an beiden Ufern lagen Häuser, der Himmel war völlig mit braunem Rauch und Nebel bedeckt. Die *Argyle* dampfte in langsamer Fahrt stromaufwärts. Joe ging ins Logis hinunter und verkroch sich in seine Koje. Seine Schiffskameraden sahen ihn alle an, ohne ein Wort zu reden, und als er den Kleinen ansprach, der in der Koje unter ihm lag, da bekam er keine Antwort. Das wurmte Joe mehr als alles andere. Er drehte das Gesicht zur Wand, zog sich die Decke über den Kopf und schlief ein.

Jemand rüttelte ihn wach. »Vorwärts, lieber Freund!« sagte ein hochgewachsener, englischer Schutzmann mit einem blauen Helm und einem blanklackierten Sturmriemen. – »Gut, nur einen Augenblick«, sagte Joe, »ich möchte mich gern waschen.« Der Bobby schüttelte den Kopf. »Je ruhiger und schneller Sie mitkommen, desto besser ist es für Sie.« Joe zog sich die Mütze über die Augen, holte die Zigarrenschachtel unter der Matratze hervor und folgte dem Bobby an Deck hinauf. Die *Argyle* lag bereits am Kai vertäut. Ohne sich von jemandem zu verabschieden und ohne seine Heuer zu bekommen, spazierte er die Laufplanke hinunter, der Bobby einen halben Schritt hinter ihm. Der Bobby hielt ihn mit festem Griff an den Armmuskeln gepackt. Sie spazierten über einen gepflasterten Kai und durch einige große Eisentore zu der wartenden Grünen Minna. Eine kleine Schar von Neugierigen, rote Gesichter im Nebel, schwarze, schmutzige Kleider. »Schaut euch diesen Dreckkerl an«, sagte einer. Eine Frau zischte, man hörte ein paar Schimpfworte und einen schrillen Pfiff, dann schlossen sich hinter ihm die blanken, schwarzen Türen, der Wagen rollte los, Joe fühlte, wie schnell die Fahrt durch die gepflasterten Straßen ging.

Er saß zusammengekrümmt in der Finsternis da. Er war froh, daß er allein war. Da hatte er nun Gelegenheit, sich ein wenig zu fassen. Seine Hände und Füße waren kalt. Es wurde ihm schwer, nicht zu zittern. Wenn er bloß anständige Kleider angehabt hätte. Er hatte nichts an als ein Hemd, eine mit Farbe bespritzte Hose und an den Füßen zwei schmutzige Filzpantoffeln. Plötzlich hielt der Wagen, zwei Bobbies forderten ihn auf, auszusteigen, und er wurde durch einen weißgetünchten Gang in ein kleines Zimmer geschubst, wo an einem gelbpolierten Tisch ein Polizeiinspektor saß, ein großer Engländer mit einem langen Gesicht. Der Inspektor sprang auf, ging mit geballten Fäusten auf Joe zu, als wolle er ihm eins versetzen, und sagte plötzlich etwas in einer fremden Sprache. Joe dachte bei sich, das müsse wohl Deutsch gewesen sein. Er schüttelte den Kopf, die Sache kam ihm komisch vor, und er grinste. »Keine Ahnung«, sagte er.
»Was ist in der Schachtel?« brüllte plötzlich der Inspektor, nachdem er sich wieder an den Schreibtisch gesetzt hatte, die beiden Schutzleute an. »Ihr solltet diese Schweinehunde erst durchsuchen, bevor ihr sie hier hereinführt.«
Einer der Bobbies riß Joe die Zigarrenkiste unter dem Arm weg, machte sie auf, sah erleichtert drein, als er merkte, daß sie keine Bombe enthielt, und schüttete den ganzen Inhalt auf den Schreibtisch. »Sie behaupten also, Amerikaner zu sein?« schrie der Mann Joe an. – »Natürlich bin ich Amerikaner«, sagte Joe. – »Was zum Teufel haben Sie denn in Kriegszeiten in England zu suchen?« – »Ich wollte ja gar nicht nach England . . .« – »Maul halten!« schrie der Mann.
Dann befahl er den Bobbies, sich zu entfernen, und sagte: »Schickt mir Korporal Eakins her.« – »Jawohl, Sir«, sagten die beiden Bobbies respektvoll und unisono. Als sie weg waren, ging er wieder mit geballten Fäusten auf Joe zu. »Es ist besser, Sie sagen alles, mein Junge . . . Wir sind genau informiert.«
Joe mußte die Zähne zusammenbeißen, damit sie nicht klapperten. Er hatte Angst.

»Ich war in B. A. ganz auf dem Hund, wissen Sie – mußte die erstbeste Heuer nehmen, die zu kriegen war. Sie glauben doch nicht, daß einer freiwillig auf einem Engländer anmustert, wenn er nicht muß, wie?« Er wurde wütend; es war ihm jetzt wieder ganz warm.
Der Kriminalbeamte nahm einen Bleistift und klopfte drohend auf den Schreibtisch. »Mit Frechheit werden Sie nicht viel erreichen, mein Junge ... Seien Sie lieber höflich.« Dann begann er die Photographien, die Briefmarken und Zeitungsausschnitte durchzusehen, die aus Joes Zigarrenkiste stammten. Zwei Männer in Khaki kamen herein. »Zieht ihn aus und durchsucht ihn!« sagte der Mann am Schreibtisch, ohne aufzublicken.
Joe schaute die beiden verständnislos an; sie sahen ein wenig so aus wie Spitalwärter. »Fix, fix!« sagte der eine von ihnen. »Wir möchten nicht gern Gewalt anwenden.« Joe zog sein Hemd aus. Es ärgerte ihn, daß er rot wurde, er schämte sich, weil er keine Unterwäsche anhatte. »Gut, jetzt die Hosen.« Joe stand nackt in Pantoffeln da, während die braungekleideten Männer sein Hemd und seine Hose durchsuchten. Sie fanden in einer Tasche ein Bündel sauberes Werg, eine verbeulte Prince-Albert-Dose mit einem Stück Kautabak drin und ein kleines Klappmesser mit einer zerbrochenen Klinge. Der eine von ihnen untersuchte den Gürtel und zeigte dem andern die Stelle, an der er frisch vernäht war. Er schlitzte die Naht mit einem Messer auf, und beide blickten gespannt in die Öffnung. Joe grinste. »Da drin hatte ich immer mein Geld«, sagte er. Ihre Gesichter blieben starr.
»Machen Sie den Mund auf.« Der eine von ihnen legte schwer seine Hand auf Joes Kinn. »Herr Sergeant, sollen wir ihm die Füllungen herausnehmen? Er hat hinten im Mund ein paar Füllungen.« Der Mann hinter dem Schreibtisch schüttelte den Kopf. Einer von den beiden ging zur Tür hinaus, und als er zurückkam, hatte er an der einen Hand einen geölten Gummihandschuh. »Bücken Sie sich«, sagte der andere, legte die Hand auf Joes Hals und drückte seinen Kopf nieder, während der Mann mit dem Gummi-

handschuh ihm in den After langte. »Mein Gott, da soll doch –!« stieß Joe zwischen den Zähnen hervor.
»Schon gut, lieber Freund, das wäre vorläufig alles«, sagte der Mann, der seinen Kopf festhielt, und ließ ihn los. »Sie entschuldigen schon, aber es muß sein. Vorschrift.«
Der Korporal trat vor den Schreibtisch hin und stand stramm. »Alles in Ordnung, Sir ... Der Gefangene hat nichts bei sich.«
Joe fror schrecklich. Er konnte sich nicht helfen, er klapperte unwillkürlich mit den Zähnen.
»Wollt ihr euch nicht seine Pantoffeln ansehen, he?« brummte der Inspektor. Joe gab seine Pantoffeln nicht gerne her, weil seine Füße schmutzig waren, aber da war nichts zu machen. Der Korporal schnitt sie mit seinem Taschenmesser in Stücke. Dann standen die beiden stramm und warteten, bis der Inspektor aufblickte. »Alles in Ordnung, Sir ... Nichts gefunden. Soll ich dem Häftling eine Decke holen, Sir? Er sieht ganz erfroren aus.«
Der Mann an dem Schreibtisch schüttelte den Kopf und winkte Joe heran. »Kommen Sie hierher. Wenn Sie uns jetzt ehrlich die Wahrheit sagen und uns keine Scherereien machen, wird es nicht so schlimm sein – Konzentrationslager bis Kriegsende ... Aber wenn Sie uns Schwierigkeiten machen, dann kann die Sache verdammt ernst werden. Wir stehen hier unter Ausnahmegesetz, vergessen Sie das nicht ... Wie heißen Sie?«
Nachdem Joe seinen Namen, seinen Geburtsort, den Namen von Vater und Mutter und die Namen der Schiffe, auf denen er gefahren war, hergeleiert hatte, richtete der Inspektor plötzlich auf deutsch eine Frage an ihn. Joe schüttelte den Kopf. »Na, woher soll ich denn Deutsch können?«
»Sperrt den Schweinehund ein ... Wir wissen ohnedies über ihn Bescheid.«
»Sollen wir ihm seine Sachen geben, Sir?« fragte einer der beiden Männer schüchtern.
»Er wird keine Sachen mehr brauchen, der Kerl, wenn er sich nicht in acht nimmt!«
Der Korporal holte einen Schlüsselbund und öffnete eine

schwere Holztür an der Seitenwand des Zimmers. Sie schoben Joe in eine kleine, fensterlose Zelle, in der nichts weiter war als eine Bank. Die Tür knallte hinter ihm zu, und Joe stand zitternd im Dunkeln. »Na, jetzt ist die Scheiße fertig, Joe Williams«, sagte er laut. Er türmte umher, rieb sich Arme und Beine, denn er merkte, daß ihm dadurch wärmer wurde, seine Füße aber blieben steif.
Nach einer Weile hörte er den Schlüssel im Schloß knarren; der Mann in braunem Khaki warf eine Decke herein und schmiß die Tür zu, ohne daß Joe Gelegenheit hatte, etwas zu sagen.
Joe wickelte sich in die Decke, legte sich auf die Bank und versuchte einzuschlafen.
Aus einem Alptraum schrak er auf. Es war kalt. Die Wache war herausgepfiffen worden. Er sprang von der Bank auf. Es war stockfinster. Er glaubte, er sei über Nacht blind geworden. Alles kam ihm wieder zu Bewußtsein, seine jetzige Lage, alles, was seit dem Augenblick geschehen war, da sie die Lichter auf den Scilly-Inseln gesichtet hatten, alles kam ihm wieder zu Bewußtsein, und sein Magen krampfte sich eisig zusammen. Er spazierte eine Weile von Wand zu Wand und wickelte sich dann wieder in seine Decke. Die Decke war gut und sauber und roch nach Lysol oder so was Ähnlichem. Er schlief ein.
Wieder wachte er auf, hungrig wie ein Wolf, und wollte Wasser lassen. Lang tappte er in der viereckigen Zelle umher, bis er unter der Bank einen emaillierten Eimer fand. Den benützte er, und dann fühlte er sich besser. Er war froh, daß der Eimer einen Deckel hatte. Wie sollte er sich jetzt bloß die Zeit vertreiben. Er fing an, an Georgetown zu denken, und wie schön er sich mit Alec und Janey amüsiert hatte, und dann die Kerls aus Mulvaneys Billardkneipe, und dann die Mädchen bei den Mondscheinpartien auf der *Charles McAlister*, und er ließ alle guten Baseballspieler Revue passieren, die er je gesehen oder von denen er gehört hatte, und er versuchte, sich an die Durchschnittsleistungen jedes einzelnen Spielers in den Washingtoner Mannschaften zu erinnern . . .

Er versuchte gerade, sich auf alle seine Schulmatchs zu besinnen, Schlag für Schlag, da wurde der Schlüssel ins Schloß gesteckt. Der Korporal, der ihn durchsucht hatte, öffnete die Tür und reichte ihm sein Hemd und seine Hose.
»Sie können sich waschen, wenn Sie wollen«, sagte er. »Machen Sie sich recht sauber. Wir haben Befehl, Sie Captain Cooper-Trask vorzuführen.«
»Himmel noch mal, können Sie mir nicht etwas zu essen geben oder wenigstens einen Schluck Wasser? Ich bin fast schon verhungert... Wie lange hab ich denn übrigens hier drin gesessen?« Joe blickte blinzelnd in das helle, weiße Licht, das aus dem Nebenzimmer kam. Er zog das Hemd und die Hose an.
»Kommen Sie mit«, sagte der Korporal. »Bevor Sie nicht bei Captain Cooper-Trask waren, kann ich Ihnen keine Auskunft geben.«
»Aber wie ist denn das mit meinen Pantoffeln?«
»Seien Sie bloß höflich, Mann, und beantworten Sie recht schön alle Fragen, die man an Sie stellt, das ist für Sie das beste... Los!«
Als er dem Korporal durch denselben Korridor folgte, durch den er hereingekommen war, starrten alle die englischen Tommies seine nackten Füße an. In dem Waschraum gab es einen blanken Messinghahn für kaltes Wasser und ein Stück Seife. Joe trank sich erst einmal voll. Ihn schwindelte, seine Knie zitterten. Nachdem er sich Hände, Gesicht und Füße gewaschen hatte, fühlte er sich etwas wohler. Zum Abtrocknen war nichts weiter da als ein schon recht schmutziges Rollenhandtuch. »Sie, ich müßte mich rasieren«, sagte er.
»Sie kommen jetzt mit, Mann«, sagte der Korporal streng.
»Aber ich hab doch irgendwo einen Gillette.«
Der Korporal schaute ihn wütend an. Sie gingen durch eine Tür in einen hübsch möblierten Büroraum, auf dem Fußboden lag ein dicker, rotbrauner Teppich. An einem Mahagonischreibtisch saß ein älterer Herr mit weißem Haar und einem runden Roastbeef-Gesicht und einer Unmasse von Orden auf der Brust. »Ist das –?« begann Joe, aber er

sah, daß der Korporal, nachdem er die Hacken zusammengeschlagen und salutiert hatte, wie versteinert strammstand.
Der ältere Herr hob den Kopf und schaute die beiden aus blauen Augen mit väterlichen Blicken an. »Ah ... richtig ...« sagte er. »Kommen Sie näher, Korporal, wir wollen uns den Mann einmal näher ansehen ... Macht er nicht einen recht desolaten Eindruck, Korporal? Geben Sie doch dem armen Teufel Schuhe und Strümpfe.« – »Sehr wohl, Sir«, sagte der Korporal in gehässigem Ton und stand wieder stramm. – »Rührt Euch, Korporal«, sagte der ältere Herr, setzte einen Kneifer auf und schaute einige Papiere durch, die auf seinem Schreibtisch lagen. »Das ist – äh – Zentner – behauptet amerikanischer Bürger zu sein, wie?« – »Der Name ist Williams, Sir.« – »Ah, richtig ... Joe Williams, Matrose ...« Er sah Joe vertraulich an. »Stimmt das, lieber Freund?«
»Ja, Sir.«
»Nun, wie kommt es, daß Sie ohne Paß und ohne alle Dokumente zur Kriegszeit über die englische Grenze wollen?«
Joe erzählte, daß er ein amerikanisches Matrosenzeugnis besitze und in B. A. – Buenos Aires – ganz auf dem Hund gewesen sei. »Und wieso sind Sie in Argentinien – äh – in einen solchen Zustand geraten?« – »Ja, Sir, ich war bei der Mallory-Line, und mein Schiff fuhr ohne mich ab, und ich hatte mich ein bißchen ausgetobt, Herr, und der Kapitän fuhr früher ab, als festgesetzt war, und so blieb ich auf dem Trockenen zurück.«
»Aha – eine lustige Nacht im lieben, alten Städtchen – so ungefähr, wie?« Der ältere Herr lachte; dann runzelte er plötzlich die Stirn. »Sagen Sie mal – äh – mit was für einem Dampfer von der Mallory-Line sind Sie gefahren?« – »Es war die *Patagonia*, Sir, und ich bin nicht mit ihr gefahren, ich war Bordmatrose.«
Der ältere Herr schrieb längere Zeit auf einem Blatt Papier, dann nahm er Joes Zigarrenkiste aus einer Schublade und begann die Zeitungsausschnitte und Photographien durchzusehen. Er suchte eine Photographie hervor und hielt sie

so, daß Joe sie sehen konnte: »Ein recht hübsches Mädchen ... Ist das Ihr Schatz, Williams?« Joe wurde puterrot – »Das ist meine Schwester.« – »Sieht ja ganz blendend aus ... Finden Sie nicht auch, Korporal?«
»Sehr wohl, sehr wohl, Sir«, sagte der Korporal reserviert.
»Nun, lieber Freund, falls Sie etwas über die Tätigkeit der deutschen Agenten in Südamerika wissen – es sind zu einem großen Teil Amerikaner oder Schwindler, die sich als Amerikaner maskieren –, dann ist es wirklich für Sie das beste, wenn Sie uns reinen Wein einschenken.«
»Wirklich, Sir«, sagte Joe, »ich weiß davon gar nichts. Ich war nur ein paar Tage in B. A.« – »Leben Ihre Eltern?« – »Mein Vater ist ziemlich krank. Aber ich habe eine Mutter und Schwestern in Georgetown.«
»Georgetown ... Warten Sie mal ... liegt das nicht in Britisch-Guayana?« – »Es gehört zu Washington. District of Columbia.« – »Gewiß ... Ah, Sie haben, wie ich sehe, bei der Marine gedient!« Der ältere Herr betrachtete das Bild, auf dem Joe und die beiden Jungs zu sehen waren. Joes Knie wurden so weich, daß er dachte, er müsse umfallen. »Nein, Sir, das war in der Reserve.«
Der ältere Herr legte die Sachen wieder in die Zigarrenkiste zurück. »Sie können das jetzt an sich nehmen, guter Freund ... Korporal, geben Sie ihm was zu essen, und führen Sie ihn im Hof spazieren. Er sieht ein bißchen klapprig aus.«
»Sehr wohl, Sir.« Der Korporal salutierte, und sie marschierten hinaus.
Das Frühstück bestand aus wässerigen Haferflocken, lauwarmem Tee und zwei Scheiben Brot mit Margarine. Joe war nach dem Essen hungriger als vorher. Aber es tat doch wohl, an die frische Luft zu kommen, wenn es auch nieselte und wenn auch die Steinplatten auf dem kleinen Hof, in den sie ihn führten, trotz der dünnen schwarzen Schmutzschicht wie Eis unter seinen nackten Füßen waren.
Auf dem Hof befand sich noch ein zweiter Häftling, ein kleiner, dickbackiger Mann mit einem steifen Hut und

einem braunen Mantel. Er kam sofort auf Joe zu. »Sind Sie Ameriganer?«

»Jawohl«, sagte Joe.

»Mein Name ist Zendner ... Ich handle mit Gaféhausmöbeln ... Aus Chigago ... So eine verdammte Schweinerei! Da komme ich in dieses verdammte Land, um den Gerls ihre verdammde Ware abzukaufen, um gute ameriganische Dollars auszugeben ... Vor drei Dagen erst hab ich in Sheffield eine Beschdellung über zehndausend Dollar erdeilt. Und da arredieren sie mir als Schbion! Ich mußte die ganze Nacht sitzen, und erst heude früh haben sie mir ans Gonsulat delephonieren lassen. Eine Schweinerei! Ich hab einen Paß und ein Visum, alles da! Ich werde glagen. Ich gehe damit nach Washington, und ich werde die bridische Regierung auf hundertdausend Dollar Schadenersatz verglagen wegen Schädigung meines guden Rufs. Seit vierzig Jahren bin ich ameriganischer Bürger, und mein Vater stammt gar nicht aus Deudschland, sondern aus Polen ... Na, und Sie Armer, Sie haben ja gar geine Schuhe an. Da beglagen sich die Gerls über die Grausamkeit der Deutschen – wenn das nun geine Grausamgeit ist!«

»Ja, zum Kotzen!« sagte Joe zitternd vor Kälte und lief im Trott rund um den Hof, um warm zu werden. Herr Zentner zog seinen braunen Mantel aus und gab ihn Joe.

»Da, Freundchen, ziehen Sie mal den Mandel an.« – »Aber das ist doch zu freundlich, das ist doch riesig nett von Ihnen.« – »In der Nod muß einer dem andern helfen.«

»Teufel noch mal, wenn schon der Frühling hier so ausschaut, wie muß erst der Winter sein ... Sobald ich wieder reingehe, kriegen Sie Ihren Mantel zurück. Meine Güte, sind meine Füße kalt ... Sie, hat man Sie auch durchsucht?« Herr Zentner verdrehte die Augen. »Eine Schweinerei«, sprudelte er hervor. »Eine Schamlosigkeit gegenüber einem friedlichen Geschäfdsmann aus einem neudralen, befreundeten Land! Aber wenn ich das erst dem Bodschafter alles erzähle! Ich reiche Glage ein. Ich verlange Schadenersatz.« – »Ich auch«, sagte Joe lachend.

Der Korporal erschien in der Tür und rief: »Williams.«

Joe gab den Mantel zurück und schüttelte Mr. Zentner die fette Hand. »Vergessen Sie um Gottes willen nicht, dem Konsul zu sagen, daß hier noch ein Amerikaner ist. Es war schon die Rede davon, daß sie mich für Kriegsdauer in ein Konzentrationslager stecken wollen.« – »Aber gewiß, machen Sie sich nur geine Sorgen, lieber Freund, ich griege Sie schon frei«, sagte Mr. Zentner und warf sich in die Brust.

Diesmal wurde Joe in eine reguläre Zelle geführt, in der es ein bißchen hell war und in der man umhergehen konnte. Der Korporal gab ihm ein Paar Schuhe und wollene Socken voller Löcher. Die Schuhe konnte Joe nicht anziegen, aber die Socken wärmten ihm ein wenig die Füße. Zu Mittag reichten sie ihm eine Art Schmorgericht herein, das zum größten Teil aus rotgefrorenen Kartoffeln bestand, und dazu wieder etwas Brot mit Margarine.

Joe saß zwei Tage lang in seiner Zelle und gab sich bereits verloren. Dann, am dritten Tage, als der Schließer den mittäglichen Fraß brachte, brachte er zugleich ein braunes Paket, das geöffnet worden war. Das Paket enthielt einen Anzug, ein Hemd, Flanellwäsche, Socken und sogar eine Krawatte.

»Ein Brief war auch dabei, aber das ist gegen die Vorschriften«, sagte der Schließer. »In diesen Klamotten werden Sie ja prächtig aussehen!«

Am späten Nachmittag wurde Joe durch den Schließer aufgefordert, mitzukommen; er zog den sauberen Kragen an, der für seinen Hals zu eng war, und band die Krawatte um und zog die Hosen hoch, die ihm um die Mitte viel zu weit waren, und folgte dem Schließer durch Korridore und über einen Hof voller Tommies in ein kleines Bürozimmer mit einer Wache an der Tür und einem Sergeanten am Schreibtisch. Auf einem Stuhl saß ein geschäftig aussehender junger Mann, einen Strohhut auf den Knien.

»Da ist Ihr Mann«, sagte der Sergeant, ohne Joe anzusehen, »Sie können ihn ausfragen.« Der geschäftig aussehende junge Mann stand auf und kam auf Joe zu. »Nun, mit Ihnen hatte ich ja recht viel Schwierigkeiten, aber ich habe

mir Ihren Fall genau angesehen, und mir scheint, Sie sind wirklich der, für den Sie sich ausgeben ... Wie heißt Ihr Vater?«
»Genauso wie ich, Joseph P. Williams ... Sind Sie der amerikanische Konsul?«
»Ich bin vom Konsulat. Sagen Sie mal, was fällt Ihnen bloß ein, ohne Paß an Land zu gehen? Glauben Sie denn, wir haben nichts Besseres zu tun, als uns um jeden verfluchten Dummkopf zu kümmern, der nicht weiß, wo er zu bleiben hat? Verdammt noch mal, ich wollte heute nachmittag Golf spielen, und jetzt habe ich mich hier zwei Stunden lang abplagen müssen, um Sie aus dem Loch herauszubekommen.«
»Ja, ich bin doch gar nicht an Land gegangen, sie haben mich doch vom Schiff heruntergeholt.«
»Hoffentlich wird Ihnen das eine Lehre sein ... Das nächste Mal werden Sie Ihre Papiere in Ordnung haben.«
»Ja, jawohl ... Aber sicher.«
Eine halbe Stunde später war Joe auf der Straße draußen, unter dem Arm hielt er die Zigarrenkiste und seine alten, zu einem Knäuel zusammengerollten Kleider. Es war ein sonniger Nachmittag. Rotbackige Leute in schwarzen Kleidern, Weiber mit langen Gesichtern und hübschen Hüten, die Straßen voller großer Autobusse und hoher Trambahnwagen. Alles sah schrecklich komisch aus, bis ihm einfiel, daß er in England war und noch nie zuvor in England gewesen war. Auf dem Konsulat mußte er lange in einem leeren Bürozimmer warten, während der geschäftig aussehende junge Mann eine Menge Papiere ausfertigte. Er war hungrig und dachte unaufhörlich an Beefsteak mit Bratkartoffeln. Schließlich wurde er an den Schreibtisch gerufen und bekam ein Papier, und man teilte ihm mit, daß für ihn ein Platz auf dem amerikanischen Dampfer *Tampa* aus Pensacola belegt sei, und er solle lieber gleich in die Agentur gehen und die Sache festmachen und dann an Bord gehen, und falls sie ihn noch einmal in Liverpool erwischen, würde er nichts zu lachen haben.
»Ist es denn nicht möglich, daß ich hier irgendwas zu essen bekomme, Herr Konsul?«

»Was glauben Sie denn, wo Sie sind, in einem Restaurant? . . . Nein, darauf sind wir hier nicht eingerichtet. Sie sollten uns dankbar sein für das, was wir bereits getan haben.« – »Ich habe auf der *Argyle* meine Heuer nicht bekommen und bin im Gefängnis fast verhungert.« – »Da haben Sie einen Schilling, aber mehr kann ich Ihnen wirklich nicht geben.« Joe sah sich die Münze an. »Wer ist denn das, König Georg? Na, schönen Dank, Herr Konsul.«

Er spazierte die Straße entlang, in der einen Hand die Adresse der Agentur und in der anderen den Schilling. Er war schlecht gelaunt, er fühlte sich schwach, und der Magen tat ihm weh. Dann erblickte er auf der gegenüberliegenden Straßenseite Mr. Zentner. Er lief mitten durch den dichten Verkehr hinüber und ging mit ausgestreckter Hand auf ihn zu.

»Die Kleider habe ich bekommen, Herr Zentner, riesig nett von Ihnen.« Mr. Zentner ging an der Seite eines kleinen Mannes in Offiziersuniform. Er winkte mit seiner fettigen Hand und sagte: »Es war mir ein Vergnügen, einem Landsmann gefällig zu sein«, und spazierte weiter.

Joe kehrte in einer Fischbackstube ein und kaufte sich für einen halben Schilling einen Bratfisch; den restlichen halben Schilling gab er für ein großes Glas Bier aus, in einer Kneipe, in der er gehofft hatte, einen Freilunch zu finden, an dem er sich vollfressen könnte: Aber er hatte sich leider getäuscht. Nachdem er schließlich den Weg zu der Schiffsagentur gefunden hatte, war sie schon zu, und nun streifte er durch die Straßen, durch den weißen, nebligen Abend, ohne zu wissen, wohin er sich wenden solle. Er fragte mehrere Leute am Kai, ob sie wüßten, wo die *Tampa* liege, aber keiner wußte es, und sie redeten so komisch, daß er sie ohnedies kaum verstehen konnte.

Dann, gerade als die Straßenlaternen aufflammten und Joe schon recht mutlos war, sah er sich plötzlich neben drei Amerikanern durch eine Seitengasse spazieren.

Er näherte sich ihnen und fragte sie, ob sie wüßten, wo die *Tampa* liege. Was, zum Teufel, das sollten sie nicht wissen, sie seien doch selber von der *Tampa* und wollten sich die

verfluchte Stadt anschauen, und er möchte doch gleich mitkommen. Und ob das nicht für ihn eine wahre Freude war, Jungs von zu Hause zu treffen, nachdem er zwei Monate lang auf dem englischen Kasten hatte fahren müssen und dann das Gefängnis und so weiter. Sie gingen in eine Kneipe und tranken Whisky, und er erzählte ihnen von dem Gefängnis und erzählte, wie die gottverfluchten Bobbies ihn von der *Argyle* heruntergeholt hatten und daß er sein Geld nicht bekommen habe, und sie hielten ihn frei, und einer der Jungs, er stammte aus Norfolk in Virginia und hieß Will Stirp, zog eine Fünfdollarnote aus der Tasche und sagte, Joe, nimm und gib's zurück, wann du kannst.
Solche Jungs zu treffen, das war, als ob man in die liebe Heimat käme, und sie tranken eine große Runde. Sie waren ihrer vier Amerikaner in dieser lausigen Engländerstadt, und sie spendierten jeder eine Lage, weil sie ihrer vier Amerikaner waren, bereit, es mit der ganzen Welt aufzunehmen. Olaf war Schwede, aber er hatte schon seine Papiere, deshalb zählte er auch mit, und der andere hieß Maloney. Die Kellnerin mit den scharfen Zügen wollte das Kleingeld zurückbehalten, aber sie nahmen's ihr ab, sie hatte ihnen bloß fünfzehn Schillinge statt zwanzig für das Pfund gegeben, aber sie zwangen sie, mit den fünf Schillingen herauszurücken. Dann gingen sie noch einmal in eine Fischbackstube; in diesem verfluchten Land gab es scheinbar außer gebackenen Fischen nichts zu essen, und dann tranken sie alle noch einige Gläschen, und sie waren ihrer vier Amerikaner, die sich die Stadt ansehen wollten, und ein Schlepper fischte sie auf, weil wegen des Krieges schon Polizeistunde war und kein einziges Lokal mehr offen hatte und nur ganz wenige Straßenlaternen brannten, und die Straßenlaternen hatten wegen der Zeppeline komische, kleine Hütchen auf.
Der Schlepper war ein blasser, junger Bengel mit einem Rattengesicht, er sagte, er kenne ein Haus, dort könnten sie ein Gläschen Bier bekommen und nette Mädchen, und es sei dort recht still und gemütlich. Im Flur hing eine große, mit roten Rosen bemalte Lampe, die Mädchen waren hager

und hatten hervorstehende Pferdezähne, ein paar beschissene Engländer waren da, ziemlich besoffen, und fingen an, Olaf anzupflaumen, daß er ein beschissener Hunne sei, und Olaf sagte, er sei Schwede, aber lieber wolle er ein beschissener Hunne sein als ein Engländer, und dann bekam irgendwer von irgend jemandem eins in die Fresse, und bevor Joe sich recht besinnen konnte, waren sie, ihrer vier Amerikaner, drauf und dran, die Engländer rauszuhauen, und Joe prügelte sich mit einem Kerl, der viel größer war als er, und Polizeipfiffe schrillten, und die ganze Bande wurde in die Grüne Minna verladen. Will Stirp erklärte wiederholt, sie hätten sich doch bloß still und gemütlich unterhalten, und die Bobbies hätten gar keinen Anlaß gehabt, sich einzumischen. Aber sie wurden alle vor einen Schreibtisch geschleppt und in Gewahrsam genommen und zu viert in dieselbe Zelle gesperrt, während die Engländer in eine andere Zelle kamen. Das Polizeirevier wimmelte von johlenden und singenden Besoffenen. Maloneys Nase blutete. Olaf schlief ein. Joe konnte nicht schlafen, er sagte unaufhörlich zu Will Stirp, daß er Angst habe, sie würden ihn diesmal ganz sicher auf Kriegsdauer in ein Konzentrationslager stecken, und Will Stirp sagte jedesmal, ob er denn nicht ein freigeborener, amerikanischer Bürger sei, und sie könnten ihnen einen Dreck was anhaben. Freiheit der Meere, hol's der Teufel.

Am nächsten Morgen kamen sie vor den Richter, und es war verteufelt komisch, bloß Joe hatte Angst. Es ging dabei sehr feierlich zu, wie bei einem Quäkermeeting, der Richter hatte eine kleine Perücke auf, und jeder von ihnen wurde zu dreieinhalb Schilling nebst Kosten verdonnert. Es kam ungefähr ein Dollar auf den Kopf. Ein Glück, daß sie noch etwas Pinke bei sich hatten.

Und der Richter mit der kleinen Perücke hielt ihnen eine verteufelte Rede, daß jetzt Krieg sei, und es sei nicht recht von ihnen, sich auf britischem Boden zu betrinken und zu randalieren, sie sollten vielmehr Schulter an Schulter mit ihren Brüdern kämpfen, den Engländern, die von ihrem eigenen Fleisch und Blut seien und denen die Amerikaner alles verdankten, sogar ihre Existenz als eine große Nation, um die Zivilisation und die freiheitlichen Einrichtungen zu verteidigen, um das tapfere, kleine Belgien gegen die eindringenden Hunnen zu verteidigen, die wehrlose Frauen schändeten und britische Handelsschiffe versenkten.

Als der Richter fertig war, flüsterten alle Anwesenden: »Hört, hört«, und sahen alle sehr böse und feierlich drein, und dann ließen sie die Amerikaner frei, nachdem der Polizeisergeant ihre Papiere geprüft und sie ihre Strafe bezahlt hatten. Joe mußte noch dableiben, weil seine Papiere aus dem Konsulat stammten und nicht mit dem Stempel des betreffenden Polizeireviers versehen waren, nach einer Weile aber ließen sie ihn laufen und ermahnten ihn, ja nicht wieder an Land zu kommen, es würde ihm sonst schlimm ergehen.

Nachdem Joe mit dem Kapitän gesprochen, seinen Platz belegt, sich seine Koje hergerichtet hatte und an Land gegangen war, um sein Bündel zu holen, das er bei der netten flachshaarigen Kellnerin zurückgelassen hatte, gleich in der ersten Kneipe, in der sie am gestrigen Abend gewesen waren – und als er nun an Bord eines amerikanischen Schiffes war, fühlte er sich sehr erleichtert. An den Seitenwänden des Rumpfes stand links und rechts neben einer amerikanischen Flagge in weißen Lettern der Name: *Tampa, Pensacola, Florida.* Ein Farbiger machte den Koch, sie kriegten gleich zu Anfang Maisbrei und Sirup und Kaffee statt des lausigen Tees, und das Essen schmeckte wunderbar gut. Seit Joe von zu Hause weg war, hatte er sich noch nie so wohl gefühlt. Die Kojen waren sauber, und es war ein herrliches Gefühl, als die *Tampa* unter Sirenengeheul den Kai verließ und gemächlich auf dem schieferfarbenen Wasser des Mersey zum Meere hinabzutreiben begann.

Fünfzehn Tage Fahrt zur Reede von Hampton, Tag für Tag sonniges Wetter und eine spiegelglatte See bis auf die letzten zwei Tage, und dann ein steifer Nordwestwind, der vor den

Kaps die Wellen ordentlich in die Höhe trieb. Die paar Ballen Baumwollware, die die Ladung ausmachten, wurden an der Kopfstation der Union-Bahn in Norfolk gelöscht. Es war für Joe ein festlicher Tag, als er, seine Heuer in der Tasche, an Land ging, um sich die Stadt anzusehen, begleitet von Will Stirp, der hier zu Hause war.

Sie besuchten Will Stirps Leute, schauten sich ein Match an und fuhren dann mit zwei Mädchen, die Will Stirp kannte, mit der Straßenbahn an den Strand. Eines der Mädchen hieß Della, sie war sehr brünett, und Joe war recht scharf auf sie. Als sie in der Badeanstalt ihre Badeanzüge anzogen, fragte er Will, ob sie . . .?, und Will wurde wütend und sagte: »Bist du so dumm, daß du nicht ein anständiges Mädchen von einer Nutte unterscheiden kannst?«, und Joe sagte, na, heutzutage könne man das nie wissen.

Sie gingen schwimmen, tobten im Badeanzug auf dem Strande umher, machten ein Feuer und rösteten Eibischteig, und dann brachten sie die Mädchen nach Hause. Joe durfte Della zum Abschied einen Kuß geben, und er trug sich schon mit dem Gedanken, sie zu seiner ständigen Freundin zu machen.

Als sie dann wieder in der Stadt waren, wußten sie nicht recht, was sie anfangen sollten. Sie hätten gerne was getrunken und sich ein paar Weiber aufgegabelt, aber sie hatten Angst, sich vollzusaufen und ihr ganzes Geld auszugeben. Sie gingen in ein Billardcafé, in dem Will bekannt war, spielten ein wenig Billard, und Joe spielte recht gut und besiegte alle lokalen Meister. Dann gingen sie weg, Joe spendierte ein Glas, aber die Lokale sperrten zu, und schon waren sie wieder auf der Straße draußen. Sie konnten keine Weiber finden; Will sagte, er kenne ein Haus, aber dort neppten sie einen zu sehr, und sie wollten gerade nach Hause gehen, um sich schlafen zu legen, da begegneten sie zwei Nutten, die ihnen zublinzelten. Sie gingen ihnen ein langes Stück durch die Straße nach und folgten ihnen in eine Seitengasse, in der nur wenige Lichter brannten. Es waren richtige Nutten, aber sie waren furchtsam und nervös, hatten Angst, es könnte sie jemand sehen. Sie fanden schließlich ein leeres Haus mit einer Veranda, auf der es stockfinster war, und nachher gingen sie heim und schliefen bei Will Stirps Leuten.

Die *Tampa* war zur Reparatur nach Newport News ins Trockendock gekommen, weil eine Platte sich gelockert hatte. Joe und Will Stirp wurden abgemustert, lungerten den ganzen Tag in Norfolk umher und wußten nicht, was sie mit sich anfangen sollten. Am Sonnabendnachmittag und am Sonntag spielte Joe ein wenig Baseball, er hatte sich aus den Jungs, die auf der Marinewerft beschäftigt waren, eine Mannschaft zusammengestellt, und abends ging er mit Della Matthews aus.

Sie war Stenotypistin in der First-National-Bank und pflegte zu sagen, sie würde nie einen Seemann heiraten, man könne sich auf die Seeleute nicht verlassen, und es sei das ein rauhes Leben, bei dem nichts zu erben sei. Joe sagte, sie habe recht, aber man sei nur einmal jung, und hol's der Teufel, es sei doch schließlich nicht gar so wichtig. Sie erkundigte sich oft nach seinen Leuten, und warum er nicht nach Washington fahre, um sie zu besuchen, besonders da sein Vater krank sei. Er erwiderte, seinetwegen könne der Alte krepieren, er könne ihn nun mal nicht ausstehen, und sie sagte, er sei ein schrecklicher Mensch. Diesmal spendierte er ihr nach dem Kino ein Glas Soda. Sie sah flott und mollig aus in ihrem bauschigen, rosaroten Kleidchen, und die kleinen, schwarzen Äuglein so ganz aufgeregt und blank. Joe sagte, sie wollten nicht darüber reden, es sei doch egal, aber sie sah ihn ganz böse an und sagte, sie würde ihn am liebsten bei den Ohren nehmen, und das alles sei gar nicht egal, es sei unanständig, solche Sachen zu sagen, er sei doch sonst ein ordentlicher Kerl und stamme aus einer ordentlichen Familie und sei ordentlich erzogen worden, er solle daran denken, in der Welt vorwärtszukommen, statt sich wie ein Strolch herumzutreiben. Joe wurde wütend und sagte: so? und verließ sie vor ihrem Haus, ohne ein Wort zu sagen. Nun sahen sie sich vier oder fünf Tage lang nicht.

Dann stellte er sich eines Abends vor das Büro hin, in dem

Della beschäftigt war, und wartete, bis sie herauskam. Er hatte weit mehr, als ihm lieb war, an sie und ihre Worte gedacht. Zuerst wollte sie an ihm vorbeigehen, aber er grinste sie an, und sie lächelte zurück. Er war jetzt schon recht sehr auf dem trockenen, aber er ging mit ihr hin und kaufte ihr eine Schachtel Bonbons. Sie unterhielten sich über die Hitze, und er sagte, sie wollten sich nächste Woche das Match ansehen. Die *Tampa*, erzählte er, fahre zuerst, um Holz zu laden, nach Pensacola und dann rüber.

Sie warteten auf die Straßenbahn, um an den Strand zu fahren, gingen auf und ab und kämpften mit den Moskitos. Als er sagte, er fahre mit rüber, da war sie ganz außer sich. Bevor Joe recht wußte, was er tat, versprach er, nicht wieder auf der *Tampa* zu fahren, sondern sich hier in Norfolk Arbeit zu besorgen.

In dieser Nacht war Vollmond. Sie dalberten lang auf dem Strande umher, im Badeanzug, neben einem kleinen, rußenden Feuer, das die Moskitos verscheuchen sollte. Er saß mit untergeschlagenen Beinen da, sie hatte den Kopf auf seinen Knien liegen, er streichelte unaufhörlich ihr Haar und beugte sich vor und küßte sie; sie sagte, wie komisch dein Gesicht von unten her aussieht, wenn du mich so küßt. Sie sagten, daß sie heiraten wollten, sobald er eine gute Dauerstellung gefunden habe, und sie würden zusammen schon ganz gut verdienen. Seit sie als die Beste ihrer Klasse das Abitur bewältigt habe, sei es immer ihr Bestreben gewesen, fleißig zu arbeiten und es zu etwas zu bringen. »Die Leute hier taugen nichts, Joe, wissen gar nicht recht, daß sie überhaupt leben.«

»Weißt du, Del, du erinnerst mich ein bißchen an meine Schwester Janey, wirklich. Gottverdammich, die bringt es zu was . . . Sie ist auch riesig hübsch . . .«

Della sagte, hoffentlich werde sie sie eines Tages kennenlernen, und Joe meinte, ganz sicher, und er zerrte sie in die Höhe, nahm sie fest in die Arme, drückte sie an sich und küßte sie. Es war spät, auf dem Strand war es kalt und einsam unter dem großen Mond. Della fing zu zittern an und sagte, sie müsse sich anziehen, sonst werde sie sich

zu Tode erkälten. Sie mußten laufen, um nicht den letzten Wagen zu versäumen.
Die Schienen klirrten, der Wagen schaukelte durch die mondhelle Fichtenheide, die voll schnarrender Zikaden und Heuschrecken war. Della fiel plötzlich zusammen und fing zu heulen an. Joe fragte sie fortwährend, was denn los sei, aber sie wollte nicht antworten und heulte und heulte. Es war für ihn eine gewisse Erleichterung, als er sie vor dem Haus ihrer Leute verlassen durfte, um allein durch die leeren, dumpfigen Straßen nach Hause zu spazieren, nach Hause in die Pension, in der er ein Zimmer gemietet hatte.
Die ganze nächste Woche trieb er sich in Norfolk und Portsmouth umher und suchte nach einer einigermaßen aussichtsreichen Arbeit. Er fuhr sogar nach Newport News hinüber. Als er mit der Fähre zurückfuhr, hatte er nicht mehr genug Geld, um den Fahrpreis zu bezahlen, und er mußte den Mann, der die Fahrkarten einsammelte, um Erlaubnis bitten, als Aufwischer mitzukommen. Die Wirtin verlangte schon die Miete für die nächste Woche. Wo er auch hinkam, überall sollte es nur ein erfahrener oder gelernter Arbeiter sein, oder man mußte das Abitur haben, und es gab ohnedies nicht viele freie Stellen, und daher mußte er schließlich wieder Heuer nehmen, auf einem seetüchtigen Frachtboot, das auf einen Schlepper wartete, der es mit einer Ladung Kohle ostwärts nach Rockport bugsieren sollte.
Fünf Schuten lagen im Schlepptau; es war keine üble Fahrt, er ganz allein mit einem alten Manne namens Gaskin und seinem Sohne, einem etwa fünfzehnjährigen Jungen, der gleichfalls Joe hieß. Bloß einmal hatten sie Scherereien, in einem Sturm vor Cape Cod, da riß das Schleppseil, aber der Kapitän des Schleppers war fix bei der Hand, und es gelang ihm, ihnen ein neues Tau an Bord zu schicken, noch bevor die Ankerkette abgerasselt war.
Droben in Rockport löschten sie die Kohle und wurden an einen anderen Kai vertäut, um für die Rückfahrt Granitblöcke zu laden. Eines Nachts, als Gaskin und sein Junge an Land gegangen waren und Joe die Wache hatte, kam

der zweite Maschinist des Schleppers, ein schmalwangiger Mensch namens Hart, in einem Boot unters Heck herangerudert und flüsterte zu Joe herauf, ob er Lust habe, mitzumachen. Joe lag auf dem Deckhaus ausgestreckt, rauchte eine Pfeife und dachte an Della. Der Hügel, der Hafen und die felsige Küste verdämmerten langsam in rosiges Zwielicht. Hart hatte eine nervöse, stotternde Art. Joe sträubte sich zuerst, nach einer Weile aber sagte er: »Bring sie her.«
»Hast du Karten?« fragte Hart.
»Ja, ich hab Karten.«
Joe ging hinunter, um die Kabine aufzuräumen. Er würde sie man bloß zum Narren haben, dachte er bei sich. Jetzt, da er Della heiraten wolle, dürfe er sich nicht mit Mädchen abgeben und so weiter. Er hörte das Geräusch der Ruder und ging an Deck. Eine Nebelbank wälzte sich vom Meere heran. Hart und seine zwei Mädchen waren unten am Heck. Als er ihnen über die Reling half, stolperten sie und kicherten und plumpsten ihm in die Arme. Sie hatten etwas Schnaps, einige Pfund Schabefleisch und etwas Zwieback mitgebracht. Sie waren keine Schönheiten, aber recht stramme Weiber mit dicken, festen Armen und Schultern, und sie konnten etwas vertragen. Joe hatte solche Mädchen noch nie gesehen. Ganz famose Luder. Sie hatten insgesamt einen Liter Schnaps und tranken ihn aus Wassergläsern.
Die beiden andern Schuten ließen alle zwei Minuten ihre Nebelhörner ertönen, aber Joe vergaß seines ganz. Der Nebel war weiß, als hätte man weiße Leinwand vor die Kajütenfenster genagelt. Sie spielten Poker, aber sie kamen damit nicht sehr weit. Er und Hart wechselten in dieser Nacht dreimal die Mädchen. Die Mädchen waren wie verrückt, sie konnten scheinbar nicht genug kriegen, aber gegen zwölf waren die Mädchen verteufelt anständig, kochten das Schabefleisch, tischten einen richtigen Imbiß auf und aßen dem alten Gaskin das ganze Brot und die ganze Butter weg. Dann fiel Hart unter den Tisch, und die Mädchen begannen sich Sorgen zu machen, wie sie in diesem Nebel nach Hause kommen würden. Unter brüllendem Gelächter schleppten

sie Hart an Deck hinauf und gossen einen Eimer Wasser über ihn. Das Wasser war so kalt, daß er im Nu zu sich kam, wütend war wie ein Stier und sich mit Joe prügeln wollte. Die Mädchen besänftigten ihn, schleppten ihn ins Boot, und sie fuhren in den Nebel davon, das Tipperarylied singend.

Auch Joe war etwas unsicher auf den Beinen. Er steckte den Kopf in einen Eimer Wasser, räumte die Kajüte auf, warf die Flaschen über Bord und begann das Nebelhorn regelmäßig zu bedienen. Hol's der Teufel, dachte er unaufhörlich bei sich, er wird niemandem den Gefallen tun und ein Säulenheiliger werden. Er fühlte sich famos, er hätte gerne mehr zu tun gehabt, als das dumme Nebelhorn zu bedienen.

Bei Tagesanbruch kam der alte Gaskin an Bord. Joe merkte, daß er von der Sache Wind bekommen hatte, denn von jetzt an redete er kein Wort mehr mit ihm, außer um ihm einen Befehl zu erteilen, und auch sein Sohn durfte nicht mehr mit ihm reden; nachdem sie dann in New York die Granitblöcke ausgeladen hatten, verlangte Joe sein Geld und sagte, er habe es satt. Der alte Gaskin meinte brummend, er sei froh, ihn los zu sein, und er dulde auf seinem Boot keine Saufereien und Hurereien. So spazierte nun Joe mit fünfundvierzig Dollar in der Tasche durch Red Hook und suchte eine Pension.

Nachdem er ein paar Tage lang die Anzeigen im Stellenmarkt studiert und ganz Brooklyn nach Arbeit durchstöbert hatte, wurde er krank. Ein alter Logiergast in der Pension nannte ihm einen Arzt, und er ging hin. Der Doktor, ein kleiner Jude mit einem Ziegenbart, sagte, es sei Gonorrhoe, und er müsse jeden Abend zur Behandlung kommen. Für fünfzig Dollar, die Hälfte davon im voraus zahlbar, wolle er ihn garantiert kurieren, und er rate ihm, eine Blutprobe machen zu lassen, damit man sehe, ob er auch Syphilis habe, und das würde ihn fünfzehn Dollar kosten. Joe legte die fünfundzwanzig hin, meinte aber, das mit der Blutprobe wolle er sich noch überlegen. Er wurde behandelt und ging auf die Straße hinaus. Der Doktor hatte ihm eingeschärft, möglichst wenig zu gehen, aber er konnte es nicht über sich bringen, in die stinkende Pension zurückzukehren, und wanderte ziellos durch die lärmenden Straßen von Brooklyn. Es war ein heißer Abend. Der Schweiß rann ihm in Strömen herunter. Wenn man es gleich in den ersten paar Tagen entdeckt, ist es nicht so schlimm – das murmelte er unaufhörlich in sich hinein. Er kam auf eine Brücke unter der Hochbahn; muß die Brooklyn-Brücke sein.

Auf der Brücke war es kühl. Durch das Spinngewebe der Seile waren die Schiffe und hohen Gebäude, ein schwarzes Zackenwerk, vor dem Gefunkel des Hafens zu sehen. Joe setzte sich auf eine Bank am Kai und streckte die Beine aus. Da hatte er nun zu arbeiten angefangen und gleich was erwischt. Es war ihm schrecklich zumute, und was würde er jetzt Del schreiben! Und die Miete zahlen, und Arbeit finden, und dazu noch diese verfluchte Behandlung, mein Gott, es war ihm ganz lausig zumute.

Ein Zeitungsjunge lief mit den Abendblättern vorbei. Joe kaufte sich ein *Journal*, breitete die Zeitung auf dem Schoß aus und las die Schlagzeilen. »Neue Truppentransporte an die mexikanische Grenze.« Was zum Teufel sollte er machen? Er konnte nicht einmal in die Nationalgarde eintreten und nach Mexiko gehen; sie nehmen einen nicht, wenn man krank ist, und selbst wenn sie ihn nähmen, würde es doch bloß wieder dasselbe wie bei der verfluchten Marine sein. Er saß da und las die Annoncen: Wie man in zweistündiger bequemer Arbeit, abends, im eigenen Heim, sein Einkommen vermehren könne, Wie werde ich energisch? und Fernunterricht. Was zum Teufel sollte er machen? Er blieb sitzen, bis es finster wurde. Dann fuhr er mit der Straßenbahn zur Atlantic Avenue, kletterte vier Treppen hoch in das Zimmer hinauf, in dem er dicht am Fenster eine Pritsche hatte, und legte sich schlafen.

In dieser Nacht brach ein schweres Gewitter los. Schreckliches Donnern und Blitzen ganz in der Nähe. Joe lag auf dem Rücken und beobachtete die Blitze, die so hell waren, daß sie das Geflacker der Straßenlichter an der Decke überglänzten. Sooft der Kerl auf der andern Pritsche sich im Schlaf umdrehte, knarrten die Sprungfedern. Es begann hereinzuregnen, aber Joe fühlte sich so schwach und krank, daß es lange dauerte, bevor er die Energie hatte, sich aufzusetzen und das Fenster herunterzuziehen.

Am nächsten Morgen fing die Wirtin, eine dicke, derbknochige Schwedin mit flachsblondem Haar, das ihr in lockeren Strähnen über das knochige Gesicht fiel, laut zu schimpfen an, weil das Bett naß war. »Himmelherrgott, ich kann doch nichts dafür, wenn es regnet!« brummte er und schaute ihre großen Füße an. Als er ihrem Blick begegnete, merkte er plötzlich, daß sie ihn bloß verpflaumen wollte, und beide lachten.

Sie war ein famoser Kerl, hieß Mrs. Olsen und hatte sechs Kinder großgezogen, drei Söhne, die bereits erwachsen waren und zur See fuhren, eine Tochter, die Schullehrerin in St. Paul war, und zwei sieben- oder achtjährige Mädchen, Zwillinge, mit denen sie immer ihre Sorgen hatte. »Ein Jahr noch, und dann schicke ich sie zu Olga nach Milwaukee. Ich kenne die Seeleute.« Papa Olsen hatte sich jahrelang in der Südsee herumgetrieben. »Wär er bloß dort geblieben. In Brooklyn war er immerzu eingesperrt. Jede Woche mußte ich Geld zahlen, um ihn aus dem Kittchen zu holen.«

Joe fing an, ihr im Hause beim Saubermachen behilflich zu sein, und besorgte für sie allerlei kleine Maler- und Tischlerarbeiten. Als sein Geld alle war, durfte er wohnen bleiben, und sie borgte ihm sogar fünfundzwanzig Dollar für den Arzt, als sie erfuhr, daß er krank war. Er bedankte sich bei ihr, und sie klopfte ihm auf die Schulter. »Immer, wenn ich mal einem Jungen Geld leihe, entpuppt er sich als 'n richtiger Liederjan«, sagte sie lachend. Sie war eine famose Frau.

Ekelhaftes, schloßiges Winterwetter. Am Vormittage saß Joe in der dunstigen Küche und studierte einen Kursus über Schiffahrtskunde, den er sich vom Alexander-Hamilton-Institut zuschicken ließ. Am Nachmittag saß er nervös in dem schmutzigen Wartezimmer des Arztes, das nach Karbol stank, wartete, bis die Reihe an ihm war, und blätterte in einem zerfransten Exemplar des *National-Geographic* vom Jahre 1909. Es war das eine recht mürrische Gesellschaft, die da wartend umhersaß. Keiner redete mit dem andern. Manchmal begegnete er auf der Straße einem der Patienten, mit denen er sich während der Wartezeit ein wenig unterhalten hatte, aber sie gingen immer schnurstracks an ihm vorbei, als ob sie ihn gar nicht sähen. Abends fuhr er zuweilen nach Manhattan hinüber und spielte im Seemannshause Schach oder trieb sich in den Heuerbüros umher, um zu hören, wie und wo Gelegenheit wäre, sich anmustern zu lassen, sobald ihn der Doktor erst einmal auskuriert hatte. Es war ein recht übles Faulenzerleben, aber Mrs. Olsen war verdammt gut zu ihm, und er hatte sie recht gern, seine eigene Mutter hatte er nie so gern gehabt.

Der verfluchte jüdische Pflasterkasten versuchte ihm noch einmal fünfundzwanzig Dollar abzuknöpfen, um die Kur zu vervollständigen, aber Joe sagte, hol's der Teufel, und nahm Heuer als Vollmatrose auf einem funkelnagelneuen Tankschiff der Standard Oil, der *Montana*, die leer nach Tampico fuhr und dann weiter nach dem Osten, etliche der Jungs meinten, nach Aden, andere wieder sagten, nach Bombay. Er hatte die Kälte und den Hagel satt und die schmutzigen Straßen von Brooklyn und die Logarithmentafeln in den Unterrichtsbriefen über Schiffahrtskunde, die nicht in seinen Kopf hineinwollten, und er hatte Mrs. Olsens scherzhaft kommandierende Stimme satt; sie benahm sich schon so, als wollte sie über sein Leben bestimmen. Sie war zwar eine famose Frau, aber es war jetzt höchste Zeit für ihn, sich aus dem Staube zu machen.

Die *Montana* umfuhr in einem höhnischpeitschenden Schneesturm aus Nordwest den Leuchtturm von Sandy Hook, aber drei Tage später war man im Golfstrom, südlich von Kap Hattaras, das Schiff rollte in einer breiten Dünung, auf dem Vorderdeck hingen die Hosen und Hemden der Mannschaft zum Trocknen. Es tat wohl, wieder auf blauem Wasser zu sein.

Tampico war ein scheußliches Nest. Es hieß, der Mescal mache einen verrückt, wenn man zuviel davon trinke. Riesige Tanzsäle gab's voller Mexikaner, die mit dem Hut auf dem Kopf und mit dem Revolver an der Hüfte tanzten, und in jeder Kneipe eine lärmende Kapelle oder ein mechanisches Klavier, und Prügeleien und besoffene Texaner von den Ölfeldern. Die Türen der kleinen Hütten standen offen, man konnte das Bett mit den weißen Kissen sehen und über dem Bette das Marienbild und die Lampen mit den bunten Schirmen und die farbigen Papiergirlanden; die braunen Mädchen mit den breiten Gesichtern saßen in Spitzenhemdchen vor dem Haus. Aber alles war so verflucht teuer, daß sie sofort ihr ganzes Geld los wurden und an Bord zurück mußten, bevor es recht Mitternacht war. Und die Moskitos kamen ins Logis, und gegen Morgen kamen die Sandflöhe, und es war heiß, und keiner konnte schlafen.

Sie luden die Tanks voll und fuhren in den Golf von Mexiko hinaus, gerieten in einen Nordwind, das Wasser spülte über die Decks hinweg, und die Gischt übersprühte die Kommandobrücke. Sie waren noch keine zwei Stunden unterwegs, da verloren sie einen Mann über Bord, er fiel über die Reling, und einem Schiffsjungen namens Higgins wurde der Fuß zerquetscht, als er den Steuerbordanker, der sich losgerissen hatte, festmachen wollte. Unten im Logis waren sie wütend, weil der Kapitän kein Boot aussetzen wollte, obgleich die älteren Matrosen meinten, bei einem solchen Seegange könne kein Boot sich halten. Das Schiff kreuzte in weitem Bogen um die Unglücksstelle und übernahm dwars ein paar tüchtige Seen, die fast die stählernen Decks eingedrückt hätten.

Sonst passierte nichts weiter auf dieser Fahrt, nur eines Nachts, als Joe am Steuer stand und das Schiff totenstill bis auf das unregelmäßige Geplätscher des zerspellten Wassers am Bug, der ostwärts durch die langen, flachen Seen pflügte, roch er plötzlich Rosen, oder vielleicht war es Geißblatt. Der Himmel war blau wie eine Schale mit geronnener Milch, ab und zu tauchte ein verkümmertes Stückchen Mond hervor. Es war ganz sicher Geißblatt, und gedüngte

Gartenbeete und feuchtes Blattwerk, wie wenn man im Winter an der offenen Tür eines Blumenladens vorübergeht. Es wurde ihm innerlich ganz weich und komisch zumute, als ob gleich hier auf der Brücke neben ihm ein Mädchen stünde, als ob er Del neben sich hätte, und ihr Haar duftete nach irgendeinem Parfum. Komisch, wie das Haar brünetter Mädchen duftet! Er holte das Fernglas herunter, aber am Horizont war nichts zu sehen außer den geronnenen Windwölkchen, die in dem blassen Mondlicht nach Westen trieben. Er merkte, daß er vom Kurse abwich, gut, daß sich der Maat nicht gerade diesen Augenblick ausgesucht hatte, um achtern nach dem Kielwasser zu schauen. Er brachte das Schiff wieder nach ONO zu ½O zurück. Als seine Zeit um war und er in der Koje lag, konnte er lange nicht einschlafen und dachte an Del. Du lieber Gott, wenn er bloß Geld hätte und ordentliche Arbeit und ein festes Mädchen statt dieser verfluchten Nutten in den Häfen! Er müßte nach Norfolk gehen, sich dort niederlassen und heiraten.
Am nächsten Tage gegen Mittag sichteten sie den grauen Zuckerhut von Pico mit einem weißen Wolkenband dicht unter dem Gipfel, und nach Norden zu Fayal, blau und zackig. Sie fuhren zwischen den beiden Inseln hindurch. Die See wurde tiefblau. Es roch wie auf den Feldwegen draußen bei Washington, wenn der Lorbeer blüht. Das blaugrüne, gelbgrüne Gewürfel der Felder bedeckte die steinigen Hügel wie eine altmodische Flickendecke. In dieser Nacht bekamen sie gegen Osten hin noch einige weitere Inseln zu Gesicht.
Vier Tage schwere Grundsee, und sie waren in der Straße von Gibraltar. Acht Tage stürmische See und kalter, heftiger Regen, und sie waren vor der ägyptischen Küste, an einem warmen sonnigen Morgen fuhren sie mit halber Fahrt in den Hafen von Alexandria ein, während die gelben Nebelschwaden vor dem Bug des Schiffes sich zu Masten, Piers, Gebäuden und Palmen verdichteten. Die Straßen stanken wie Mülleimer, sie tranken Arrak in britischen Kneipen und bezahlten pro Mann einen Dollar, um drei nackte, jüdisch aussehende Mädchen in einem Hinterzimmer einen Bauchtanz

tanzen zu sehen. In Alexandria sahen sie zum erstenmal getarnte Schiffe, drei wie Zebras gestreifte britische Konvoikreuzer und ein über und über mit blauen und grünen Wassermarken bemaltes Transportschiff. Als sie die Schiffe erblickten, stürzte die ganze Deckwache an die Reling, und sie lachten, daß ihnen der Bauch wackelte.

Als er einen Monat später in New York abgemustert wurde, war es ihm ein recht angenehmes Gefühl, zu Mrs. Olsen zu gehen und seine Schuld zu begleichen. Sie hatte jetzt einen anderen jungen Burschen bei sich in der Pension wohnen, einen flachshaarigen Schweden, der kein Wort Englisch konnte und sich nicht viel um Joe kümmerte. Joe lungerte ein Weilchen in der Küche umher und fragte sie, wie es ihr gehe, und erzählte ihr von den Jungs auf der *Montana*, dann ging er zum Penn-Bahnhof, um nachzusehen, wann ein Zug nach Washington ging. Die ganze Nacht saß er dösend im Raucherabteil des Tagwagens, dachte an Georgetown und an die Zeit, da er noch ein Schuljunge war, und an die Jungens aus der Billardkneipe in der 4½. Straße und an die Kahnfahrten mit Alec und Janey auf dem Fluß.

Es war ein heller, sonniger, winterlicher Morgen, als er auf der Union Station ausstieg. Er konnte sich nicht recht entschließen, nach Georgetown zu fahren und seine Leute aufzusuchen. Zum Donnerwetter, hatte er sich nicht im Guten das alles längst vom Halse geschafft! Er trieb sich auf dem Bahnhof umher, ließ sich rasieren und die Schuhe putzen, trank eine Tasse Kaffee, las die *Washington Post*, zählte sein Geld; er besaß immer noch über fünfzig Dollar, eine hübsche Stange Geld für einen Menschen wie ihn. Dann beschloß er zu warten und zuerst mit Janey zu reden, er würde vor dem Büro warten, vielleicht würde er sie erwischen, wenn sie zu Mittag herauskam. Er spazierte über die Capitol Grounds und durch die Pennsylvania Avenue zum Weißen Haus. In der Avenue stand immer noch derselbe Werbestand da, an dem er sich für die Marine hatte anwerben lassen. Es lief ihm kalt über den Rücken. Er ging weiter und setzte sich in die Wintersonne auf den Lafayette-Platz, betrachtete die kleinen, schön herausgeputzten spielenden

Kinder und die Kindermädchen und die fetten Stare, die im Grase umherhüpften, und das Denkmal Andrew Jacksons, bis er dachte, es sei jetzt Zeit, Janey abzupassen. Sein Herz pochte so heftig, daß er kaum richtig sehen konnte. Es mußte später sein, als er dachte, denn sie war nicht unter den Mädels, die aus dem Lift kamen, obgleich er ungefähr eine Stunde lang wartete; schließlich kam irgend so ein lausiger Krimi auf ihn zu und sagte, was zum Teufel er hier umherzulungern habe.

Joe mußte also doch nach Georgetown fahren, um sich Janeys Adresse zu holen. Mutter und die Schwestern waren zu Hause, und sie redeten von nichts anderem als von den zehntausend Dollar aus der Versicherung des Alten, mit denen sie das Haus neu herrichten wollten, und er solle doch auf den Oak Hill-Friedhof gehen, um sich das Grab anzuschauen; aber Joe sagte, was hätte denn das für einen Zweck, und machte sich so schnell wie nur möglich davon. Sie richteten alle möglichen Fragen an ihn, wie es mit ihm stehe, und er wußte nicht, was er ihnen erzählen solle. Sie gaben ihm Janeys Adresse, aber sie konnten ihm nicht sagen, wann sie Feierabend macht.

Er stieg am *Belasco* ab und kaufte zwei Theaterkarten und kehrte dann zum Riggs Building zurück. Grade als er dort ankam, verließ Janey den Lift. Sie war hübsch gekleidet und trug das Köpfchen auf eine neue, etwas hochmütige Art. Er war so froh, sie wiederzusehen, daß er Angst hatte, er würde zu heulen beginnen. Ihre Stimme hatte sich verändert. Sie hatte eine komische Art zu reden, so schnell und kühl, und hatte eine spöttische Art, die er nie an ihr gekannt hatte. Er ging mit ihr zu Abend essen, und dann ging er mit ihr ins Theater, und sie erzählte ihm ausführlich, wie gut es ihr bei Dreyfus & Carroll gehe und was für interessante Menschen sie kennengelernt habe. Er kam sich vor wie ein Strolch, als er so mit ihr umherspazierte.

Dann verließ er sie vor der Wohnung, die sie zusammen mit einer Freundin bewohnte, und fuhr mit der Straßenbahn zum Bahnhof zurück. Er setzte sich in das Raucherabteil des Tagwagens und rauchte eine Zigarre. Es war ihm recht melancholisch zumute. Am nächsten Tage in New York suchte er einen Bekannten auf, und sie gingen miteinander aus, tranken ein paar Gläschen und holten sich zwei Weiber, und am Tage nachher saß er auf einer Bank am Union Square mit einem brummenden Schädel und ohne einen Cent in der Tasche. Er fand die Reste der Karten für die Vorstellung im *Belasco*, die er mit Janey besucht hatte, und verstaute sie sorgfältig in die Zigarrenkiste zu dem übrigen Kram.

Das nächste Schiff, auf dem er anmusterte, war die *Nordstern*, mit dem Ziel St. Nazaire; die Ladung bestand offiziell aus Konserven, aber jeder wußte, daß es Munition war, und die Mannschaft sollte eine Extraprämie bekommen wegen der Gefahren, die eine Fahrt durch die »Zone« mit sich brachte. Die *Nordstern* war ein ganz verrückter Kasten, war früher mal im Erztransport auf den Großen Seen verwendet worden, leckte so sehr, daß sie die halbe Zeit an den Pumpen stehen mußten, aber Joe fand die Kameraden recht nett, der Fraß war verteufelt gut, und der alte Kapitän Perry war ein famoser alter Seebär, wie man sich ihn nicht besser wünschen konnte, hatte ein paar Jahre lang unten in Atlantic Highlands an Land gelebt, aber die großen Gelder hatten ihn wieder aufs Meer gelockt, er wollte ein kleines Sümmchen für seine Tochter heranschaffen. Joe hörte, wie er mit einem krächzenden Lachen zum Maat sagte: Im schlimmsten Fall kriegt sie die Versicherung. Sie hatten eine glatte Überfahrt, eine Winterfahrt, immer den Wind im Rücken, bis sie in den Golf von Biskaya kamen. Es war sehr kalt, die See lag totenstill, als sie die französische Küste sichteten, die flache und sandige Küste an der Mündung der Loire.
Sie hißten die Flagge und signalisierten den Namen des Schiffes, und der Funker machte Überstunden, und sie waren recht nervös wegen der Minen, schließlich aber kam das französische Patrouillenboot und fuhr voran durch die vielfach gewundene Fahrtrinne zwischen den Minenfeldern in den Fluß.
Als sie die Türme, die langen Reihen grauer Häuschen und

die rosigen Schornsteinkappen von St. Nazaire in dem rauchgeschwängerten Zwielicht erblickten, gingen die Jungs umher, schlugen einander auf die Schulter und meinten, heute nacht würden sie sich sicher besaufen. Aber es kam anders, sie gingen draußen im Fluß vor Anker, und erst nach zwei Tagen durften sie an Land, um sich die Mademoiselles und den Vin Rouge anzusehen. Dann mußten sie alle, als sie den Kai verließen, einem rotbackigen Mann mit einer blauen, rotbeborteten Uniform mit einem riesigen, aufgezwirbelten, schwarzen Schnurrbart die Pässe zeigen. Blacky Flannagan duckte sich hinter seinem Rücken, und einer wollte ihm grade einen Stoß in den Rücken versetzen, da schrie sie der Alte über die Straße her an: »Zum Donnerwetter, könnt ihr . . . nicht sehen, daß das ein französischer Schutzmann ist? Wollt ihr gleich auf dem Kai hoppgenommen werden?«

Joe und Flannagan wurden von den anderen getrennt und spazierten umher, um sich die Stadt anzusehen. Die Straßen waren mit Pflastersteinen gepflastert und furchtbar eng und komisch, und die alten Frauen trugen enge, weiße Spitzenhäubchen, und alles sah etwas baufällig aus. Sie landeten schließlich in einem Lokal, das sich American Bar nannte, aber gar keine Ähnlichkeit mit den Bars in den Staaten hatte. Sie kauften sich zuerst einmal eine Flasche Cognac. Flannagan meinte, die Stadt sehe aus wie Hoboken, aber Joe sagte, sie habe mehr Ähnlichkeit mit Villefranche, das er kennengelernt hatte, als er bei der Marine war. Amerikanische Dollars reichten recht lange, wenn man bloß so schlau war, sich nicht übers Ohr hauen zu lassen.

Ein dritter Amerikaner erschien in der Kneipe, sie kamen ins Gespräch, und er erzählte, er sei auf der *Oswego* dicht vor der Mündung der Loire torpediert worden. Sie schenkten ihm etwas Cognac ein, und er sagte, na, wißt ihr, es sei so gewesen, sie hätten auf das Patrouillenboot gewartet, das ihnen zeigen sollte, wo die Minen liegen, hätten ganz langsame Fahrt gehabt, da sei ganz plötzlich der Kommandoturm eines deutschen U-Bootes scharf längsseits aufgetaucht. »Ja, da hättet ihr uns springen sehen sollen!« Die

Bomben sprengten die arme alte *Oswego* glatt aus dem Wasser hoch, und als der Rauch sich verzog, da brach der Kasten entzwei, klappte zusammen wie ein Schiffermesser und ging unter, und das verfluchte U-Boot war weg. Na, und dann hatten die Franzmänner die ganze Mannschaft hinter einen Drahtzaun gesperrt, als ob es lauter verfluchte deutsche Gefangene wären. »Da riskieren wir unsern Hals, wir Esel, um ihnen Munition zu bringen, und dann behandeln sie uns so. Ich bin auf dem Bauch unter dem Drahtzaun weggekrochen, sonst hätte ich nämlich heute abend gar nicht ausgehen können, verstanden!«
Darauf tranken sie nun eine zweite Flasche Cognac, und dann führte der Mann sie in ein Haus, in dem er, wie er sagte, bekannt war, und dort trafen sie noch einige Kameraden an, die Bier tranken und mit den Mädchen tanzten.
Joe amüsierte sich prächtig, er parlewute mit einem der Mädchen – zeigte auf einen Gegenstand, und sie sagte ihm dann, wie der auf französisch heißt –, da ging irgendwo eine Prügelei los, die französischen Polizisten kamen gerannt, und die ganze Bande mußte türmen. Sie waren alle früher an Bord als die Polizisten, aber die Polizisten kamen ran und schnatterten mindestens eine halbe Stunde lang drauflos, bis ihnen schließlich der alte Kapitän Perry, der eben in einer Pferdekutsche aus der Stadt zurückgekehrt war, sagte, sie sollten sich zum Teufel scheren.
Die Rückfahrt ging langsam, aber recht gut vonstatten. Sie lagen nur eine Woche an der Reede von Hampton, nahmen eine Ladung von Stahlbarren und Granatzündern ein und liefen nach Cardiff aus. Es war eine aufregende Sache. Der Kapitän steuerte einen sehr nördlichen Kurs, und sie gerieten in Nebel. Dann, nach einer soliden Woche kalten Wetters mit einer riesigen fortlaufenden See, sichteten sie Rockall. Joe stand am Steuer. Der junge Bengel im Mastkorb rief, er habe ein Schlachtschiff gesichtet, und der alte Kapitän Perry stand lachend auf der Kommandobrücke und schaute durch sein Fernglas nach dem Felsen.
Am nächsten Morgen bekamen sie im Süden die Hebriden zu Gesicht. Kapitän Perry zeigte dem Maat gerade den Butt

of Lewis, als der Ausguck im Bug seinen Ruf ertönen ließ. Es war auch wirklich ein Unterseeboot. Zuerst sah man das Periskop eine weiße Schaumfeder hinter sich herziehen, dann kam der triefende Kommandoturm zum Vorschein. Das Unterseeboot war kaum an der Oberfläche angelangt, da fing es schon an, über den Bug der *Nordstern* hinwegzufeuern, aus einem leichten Geschütz, das die Sauerkrautfresser bemannten, während das Deck noch unter Wasser war. Joe lief nach achtern, um die Heckflagge zu hissen, obgleich mittschiffs an beide Seitenwände das Sternenbanner groß hingemalt war. Die Glocke im Maschinenraum klingelte, Kapitän Perry ließ das Schiff mit voller Geschwindigkeit rückwärts laufen.
Die Deutschen stellten das Feuer ein, und vier von ihnen kamen in einem Faltboot an Bord. Alle Mann hatten bereits ihre Rettungsgürtel um, und einige liefen nach unten, um ihre Sachen zu holen, da erklärte der Offizier, der an Bord gekommen war, in englischer Sprache, sie hätten fünf Minuten Zeit, um das Schiff zu räumen.
Kapitän Perry übergab die Schiffspapiere, die Boote wurden blitzschnell hinuntergefiert, die Blöcke waren gut geölt. Ein plötzlicher Einfall veranlaßte Joe, wieder an Deck zu laufen und mit seinem Schiffermesser die Bändsel an den Rettungsflößen durchzuschneiden, so daß er und Kapitän Perry und die Schiffskatze die letzten waren, die die *Nordstern* verließen.
Die Deutschen hatten Bomben in den Maschinenraum gelegt und ruderten schnell zu dem Unterseeboot zurück, als ob der Teufel hinter ihnen her sei. Das Boot des Kapitäns hatte kaum abgestoßen, als die Explosion sie bums an die Schläfen traf. Das Boot schlug voll Wasser, und bevor sie recht wußten, woher dieser Stoß gekommen war, lagen sie schwimmend in dem eisigen Wasser zwischen allem möglichen Bretterzeug und Gerümpel. Zwei von den Booten schwammen noch. Die alte *Nordstern* sank ganz ruhig mit wehender Flagge, und die Signalwimpel blähten sich fröhlich in der leichten Brise.
Sie mußten eine halbe oder eine ganze Stunde im Wasser ge-

legen haben. Nachdem das Schiff gesunken war, gelang es ihnen, auf die Rettungsflöße zu klettern, das Maatsboot und das Kapitänsboot nahmen sie ins Schlepptau. Kapitän Perry verlas die Namen. Nicht ein einziger fehlte. Das Unterseeboot hatte getaucht und war schon seit einiger Zeit verschwunden. Die Männer in den Booten fingen an, auf die Küste zuzurudern. Bis zum Einbruch der Nacht trug sie die starke Flut schnell auf den Pentland-Firth zu. Im letzten Dämmerlicht konnten sie schon die hohen, blassen Vorgebirge der Orkneys sehen. Aber als die Ebbe einsetzte, kamen sie nicht mehr vorwärts. Die Männer in den Booten und die Männer auf den Flößen wechselten einander immer wieder an den Rudern ab, aber sie konnten der schrecklichen Gezeit des Pentland-Firth nicht Herr werden. Einer sagte, da drinnen habe die Gezeit eine Geschwindigkeit von acht Knoten die Stunde. Es war eine recht üble Nacht. Im ersten Morgengrauen sichteten sie einen Patrouillenkreuzer, der gerade auf sie zuhielt. Das Licht des Scheinwerfers sprang ihnen jäh in die Augen, so daß es ringsumher wieder ganz finster wurde. Die Engländer nahmen sie an Bord und schickten sie in den Maschinenraum, damit sie warm würden. Ein rotbackiger Steward brachte in einem Eimer dampfenden Tee mit Rum und schenkte ihn mit einem Schöpflöffel aus. »Jungs«, sagte Blacky Flannagan, »das Torpediertwerden ist nicht mehr das, was es früher war.«
Der Patrouillenkreuzer brachte sie nach Glasgow, sie wurden von dem Wellengang in der Irischen See recht kräftig durchgerüttelt, und nun standen sie alle im Nieselregen auf dem Kai umher, während Kapitän Perry den amerikanischen Konsul suchen ging. Joe wurden vom Stillstehen die Füße steif, er versuchte, zu dem eisernen Tor gegenüber dem Kaihaus zu gehen, um einen Blick auf die Straße zu werfen, aber ein älterer, uniformierter Mann setzte ihm ein Bajonett vor den Bauch, und er blieb stehen. Joe kehrte zu seinen Kameraden zurück und erzählte ihnen, daß sie Gefangene seien, als ob sie Sauerkrautfresser wären. Na, da wurden sie aber wütend. Flannagan fing zu erzählen an, wie ihn einmal die Franzmänner hoppgenommen hatten, weil er in einer Bar in

Marseille mit einem Apfelsinenhändler in eine Prügelei geraten war, und wie sie drauf und dran gewesen waren, ihn zu erschießen, weil sie meinten, die Iren seien alle deutschfreundlich. Joe erzählte, wie die Engländer ihn in Liverpool eingelocht hatten. Sie meckerten alle, das Ganze sei eine Sauerei, da erschien Ben Tarbell, der Steuermann, mit einem alten Knaben vom Konsulat und forderte sie auf, mitzukommen.

Sie mußten durch die halbe Stadt marschieren, durch Straßen, die wegen der Fliegerbomben pechfinster waren und schlüpfrig vom Regen, und kamen schließlich zu einer großen Teerpappenbaracke hinter einem hohen Drahtzaun. Ben Tarbell sagte zu den Jungs, es tue ihm sehr leid, aber sie müßten fürs erste hier hinter dem Drahtzaun bleiben, und er bemühe sich, den Konsul zum Einschreiten zu bewegen, der Alte habe an die Schiffseigentümer gekabelt, um etwas Geld für sie anzufordern. Einige junge Damen vom Roten Kreuz brachten ihnen zu essen, Brot und Marmelade und Fleischpastete, nichts, wo man ordentlich reinbeißen konnte, und ein paar dünne Decken. Zwölf Tage lang blieben sie in diesem verfluchten Loch, spielten Poker, schwatzten und lasen alte Zeitungen. Manchmal, spätabends, schlich sich ein schmutziges, halbbetrunkenes Weib an dem wachthabenden Landsturmmann vorbei, steckte den Kopf zur Tür herein und winkte einen der Männer in die neblige Finsternis irgendwo hinter die Latrinen hinaus. Manche von den Jungs waren angeekelt und wollten nicht mitgehen. Sie waren schon so lange hier eingesperrt gewesen, daß sie, als schließlich der Maat erschien und ihnen sagte, sie führen jetzt nach Hause, nicht mehr genug Mumm in den Knochen hatten, um hurra zu schreien. Wieder trabten sie im Nebel durch die schmutzige Stadt und gingen an Bord eines neuen 6000-Tonnen-Dampfers, der *Vicksburg*, die soeben eine Ladung Baumwolle gelöscht hatte. Es war ein komisches Gefühl, Passagier zu sein und auf der Heimfahrt den ganzen Tag umherliegen zu dürfen.

An dem ersten sonnigen Tage, den sie hatten, lag Joe draußen auf dem Lukendeckel, da kam der alte Kapitän Perry zu ihm. Joe stand auf. Kapitän Perry sagte, er habe noch keine Gelegenheit gehabt, ihm seine Anerkennung auszusprechen, daß er so geistesgegenwärtig gewesen sei, die Bändsel an den Flößen zu durchschneiden, und die Hälfte der Leute auf dem Schiff verdankten ihm ihr Leben. Er sagte, Joe sei ein heller Kopf und müsse sich überlegen, wie er endlich aus dem Matrosenlogis herauskäme, die amerikanische Handelsmarine wachse infolge des Krieges von Tag zu Tag, und gerade solche junge Burschen wie ihn brauchte man zu Offizieren. »Erinnern Sie mich, lieber Freund«, sagte er, »wenn wir nach Hampton Roads kommen, ich will mal sehn, was ich auf dem nächsten Schiff, das ich bekomme, für Sie tun kann. Ein paar Wochen zur Schule, und Sie haben Ihr Patent als Dritter Steuermann.« Joe grinste und sagte, dazu hätte er freilich Lust. Während der ganzen Überfahrt war ihm das ein angenehmes Gefühl. Er konnte es schon gar nicht mehr erwarten, zu Del zu gehen und ihr zu sagen, daß er kein gewöhnlicher Matrose mehr sei. Verflucht noch mal, er hatte es satt, sich sein ganzes Leben lang wie ein Sträfling behandeln zu lassen.

Die *Vicksburg* legte in Newport News an. Die Hamptoner Reede wimmelte von Schiffen, Joe hatte so etwas noch nie gesehen. Auf den Kais sprach alles von der *Deutschland*, die soeben in Baltimore eine Ladung Farbstoffe gelöscht hatte. Nachdem Joe sein Geld bekommen hatte, wollte er nicht einmal ein Gläschen mit seinen Kameraden trinken, sondern eilte schnell zu der Landestelle, um die Fähre nach Norfolk zu erwischen. Mein Gott, wie langsam das alte Fährboot fuhr. Es war gegen fünf Uhr nachmittags an einem Sonnabend, als er nach Norfolk kam. Während er die Straße entlangging, hatte er Angst, sie werde noch nicht zu Hause sein.

Del war zu Hause und schien erfreut, ihn zu sehen. Sie sagte, sie sei für heute abend verabredet, aber er gab ihr keine Ruhe, sie solle doch absagen. Ob sie denn nicht schließlich miteinander verlobt seien? Sie gingen aus und aßen Schwedenfrüchte in einer Eiskonditorei, und sie erzählte ihm von ihrer neuen Anstellung bei den DuPonts und daß sie jetzt

wöchentlich zehn Dollar mehr bekomme und daß alle die jungen Burschen ihrer Bekanntschaft und auch mehrere Mädchen in den Munitionsfabriken arbeiteten und daß einige von ihnen fünfzehn Dollar am Tage verdienten, und sie kauften sich Autos, und der junge Mann, mit dem sie für heute abend verabredet sei, habe einen Packard. Es dauerte lange, bis Joe dazu kam, ihr zu berichten, was der alte Perry ihm gesagt hatte, und sie war ganz aufgeregt, weil er torpediert worden war, und sie sagte, warum er sich denn nicht drüben auf den Werften in Newport News Arbeit verschaffen und richtiges Geld verdienen wolle; der Gedanke, daß er jede Minute torpediert werden könne, gefalle ihr ganz und gar nicht; aber Joe sagte, er wolle nicht gerade jetzt die See verlassen, da er endlich Gelegenheit habe, vorwärtszukommen. Sie fragte ihn, wieviel er als Dritter Steuermann auf einem Frachtdampfer verdienen würde, und er sagte, hundertundfünfundzwanzig im Monat, aber außerdem noch eine Sonderprämie für die Zone, und es würden eine Menge neuer Schiffe gebaut, er halte die Aussichten für recht günstig.
Del machte ein komisches Gesicht und sagte, sie wisse nicht, ob es ihr Spaß machen würde, einen Mann zu haben, der die ganze Zeit nicht zu Hause sei, aber sie ging in eine Telephonzelle, rief den anderen an und sagte ihm ab. Dann kehrten sie in Dels Wohnung zurück, und sie richtete ihm ein kleines Abendbrot. Ihre Leute waren in Fortress Monroe bei einer Tante zu Gast. Es war für Joe ein angenehmes Gefühl, sie mit einer Schürze in der Küche umherhantieren zu sehen. Sie ließ sich ein paarmal von ihm küssen, aber als er sich hinter sie hinstellte, sie umarmte, ihren Kopf zurückbog und sie küßte, da sagte sie, er solle das nicht machen, sie komme dabei ganz außer Atem. Der dunkle Geruch ihres Haares und ihre milchweiße Haut an seinen Lippen machten ihn schwindlig, er wurde fast verrückt. Es war für ihn eine Erleichterung, als sie wieder in den scharfen Nordwestwind auf die Straße kamen. Er kaufte ihr in einer Konditorei eine Schachtel Wochenendbonbons. Dann gingen sie ins *Colonial*, um sich ein Varieté- und Kinoprogramm anzu-

schauen. Die Kriegsbilder aus Belgien waren furchtbar aufregend, und Del meinte, ob das nicht schrecklich sei, und Joe begann ihr zu erzählen, was ein Bekannter von ihm erzählt hatte, wie er ein Luftbombardement in London mitgemacht hatte, aber sie hörte nicht zu.
Und als er sie zum Abschied im Flur küßte, wurde ihm ganz heiß, er drängte sie in den Winkel neben den Kleiderständer und wollte ihr unter den Rock langen, aber sie sagte, nein, erst bis sie verheiratet wären, und er sagte, die Lippen auf ihrem Munde, wann sie denn heiraten wollten, und sie sagte, sie wollten heiraten, sobald er eine neue Stellung habe.
Gerade in diesem Augenblick hörten sie dicht neben sich den Schlüssel im Schloß knarren, und sie zog ihn ins Wohnzimmer und flüsterte ihm zu, er solle noch nichts von ihrer Verlobung sagen. Es waren Dels Alter und ihre Mutter und ihre zwei kleinen Schwestern, und der Alte schaute Joe böse an, und die kleinen Schwestern kicherten, und Joe ging in etwas konfuser Laune weg. Es war noch früh, Joe war zu erhitzt, um schlafen zu gehen, er ging daher noch ein wenig spazieren, und dann sprach er in Stirps Wohnung vor, um zu hören, ob Will in der Stadt sei. Will war in Baltimore auf Arbeitsuche, aber die alte Mrs. Stirp meinte, wenn er nirgendwo hinzugehen habe und in Wills Bett schlafen wolle, sei er herzlich willkommen, aber er konnte nicht schlafen, er mußte an Del denken, was für ein flottes Mädel sie sei, was für ein Gefühl es sei, sie in den Armen zu halten, wie der Geruch ihres Haares ihn verrückt mache und wie sehr er sie begehre.
Am Montag früh fuhr er gleich nach Newport News zu Kapitän Perry. Der Alte war verteufelt nett zu ihm, erkundigte sich nach seiner Schulbildung und seinen Leuten. Als Joe sagte, er sei der Sohn des alten Kapitän Joe Williams, konnte Kapitän Perry gar nicht genug für ihn tun. Jim und Joes Vater waren in der guten alten Zeit der Klipperschiffe zusammen auf der *Albert* und der *Mary Smith* gefahren. Er sagte, er wolle Joe als Vierten Steuermann auf der alten *Henry B. Higginbotham* unterbringen, sobald die Reparaturen beendet seien, und Joe müsse drüben in Norfolk die

Schule besuchen und sich darauf vorbereiten, vor der Prüfungskommission zu erscheinen und sich sein Patent zu holen. Die schwierigeren Fragen wolle er ihm selber einpauken. Als er wegging, sagte der Alte: »Mein lieber Junge, wenn Sie so arbeiten, wie man das von dem Sohne Ihres Vaters erwarten darf, und der Krieg noch ein Weilchen dauert, dann führen Sie in fünf Jahren garantiert Ihr eigenes Schiff.«

Joe konnte es gar nicht erwarten, Del zu erwischen und ihr alles zu erzählen. An diesem Abend ging er mit ihr ins Kino zu den »Vier Reitern«. Es war fürchterlich aufregend, sie saßen die ganze Zeit Hand in Hand da, und er drückte sein Bein an ihren molligen kleinen Schenkel. So neben ihr zu sitzen, und der Krieg, und das Geflacker auf der Leinwand, und die Musik wie in der Kirche, und ihr Haar an seiner Wange, und fest an sie angepreßt, ein wenig schwitzend in der warmen Dunkelheit, das stieg ihm zu Kopf. Als der Film aus war, da meinte er, er müsse verrückt werden, wenn er sie nicht sofort haben dürfe. Sie führte ihn sozusagen an der Nase herum, er wurde wütend und sagte, verflucht noch mal, sie müßten jetzt sofort heiraten, sonst mache er Schluß. Sie habe ihn jetzt lange genug hingehalten. Sie fing zu weinen an, blickte ihn aus tränenden Augen an und sagte, wenn er sie wirklich liebte, würde er nicht so reden, das sei keine Art, mit einer Dame zu reden, und er kam sich furchtbar schäbig vor.

Als sie wieder zu ihr nach Hause kamen, war schon alles zu Bett gegangen; sie setzten sich in die Speisekammer hinter der Küche, ohne das Licht anzudrehen, und sie ließ sich von ihm knutschen. Sie sagte, wirklich, sie liebe ihn so sehr, daß sie ihn alles würde machen lassen, sie wisse bloß, er würde sie dann nicht mehr achten. Sie sagte, sie habe ihr Zuhause satt, immerfort unter der Kontrolle der Mutter zu sein, und morgen früh wolle sie ihren Leuten sagen, daß er eine Stellung als Schiffsoffizier habe, und sie müßten heiraten, bevor er sich einschiffte, und er müsse sich sofort seine Uniform besorgen.

Als Joe das Haus verließ, um sich nach einer Schlafstelle

umzuschauen, war ihm ganz himmlisch leicht zumute. Er hatte gar nicht vorgehabt, sich so schnell zu verheiraten, zum Teufel noch mal, der Mensch muß doch sein festes Mädchen haben. Er begann zu überlegen, wie er es Janey schreiben solle, dann aber meinte er, es werde ihr nicht recht sein, und er wolle ihr lieber nicht schreiben. Wenn bloß Janey nicht so hochmütig werden wollte, aber schließlich hatte sie ja in ihrem Beruf wirklich recht gute Erfolge erzielt. Laß ihn erst mal sein eigener Kapitän sein, das wird ihr dann schon imponieren.

Diesmal blieb Joe zwei Monate an Land. Er wohnte bei den Christlichen Jungen Männern, trank keinen Tropfen, rührte kein Billardqueue an. Das Geld, das er sich von den beiden Fahrten auf der *Nordstern* erspart hatte, genügte gerade, um die Sache zu schmeißen. Alle paar Wochen fuhr er nach Newport News, um sich mit dem alten Perry zu besprechen, der ihm sagte, was für Fragen die Prüfungskommission ihm stellen werde und was für Papiere er brauche. Joe machte sich Sorgen wegen seines ursprünglichen Matrosenpapiers, aber er besaß jetzt ein neues und dazu noch die Empfehlungsbriefe der Schiffskapitäne, unter denen er gefahren war. Teufel noch mal, er war jetzt vier Jahre zur See gewesen, höchste Zeit, daß er es lernte, selber ein Schiff zu führen. Die Angst vor der Prüfung machte ihn fast krank, aber als er dann wirklich vor den alten Knaben in der Kommission stand, war es nicht so schlimm, wie er erwartet hatte. Und als er dann wirklich sein Patent als Dritter Steuermann bekam und es Del zeigte, da waren sie beide recht vergnügt.

Sobald er Vorschuß erhielt, kaufte er sich eine Uniform. Von nun an hatte er den ganzen Tag zu tun, mußte im Trockendock alle möglichen kleinen Geschäfte erledigen für den alten Perry, der seine Besatzung noch nicht beisammenhatte. Am Abend aber strich er die Wände in der Wohnung, die er für sich und Del gemietet hatte, ein kleines Schlafzimmer mit einer Kochnische und einem Bad.

Dels Leute wollten unbedingt eine kirchliche Trauung haben, und Will Stirp, der auf einer Werft in Baltimore fünfzehn Dollar am Tag verdiente, kam herüber, um den Braut-

führer zu machen. Joe kam sich bei der Hochzeit schrecklich dumm vor, und Will Stirp, dem es irgendwie gelungen war, sich mit Whisky vollzupumpen, hatte einen Atem wie ein Schnapsfaß, einige der übrigen jungen Herren waren auch betrunken, so daß Del und ihre Leute sich fürchterlich ärgerten, und Del sah während der ganzen Zeremonie so drein, als ob sie ihm eine runterhauen wollte. Als alles vorüber war, da merkte Joe, daß sein Kragen schrumplig geworden war, und Dels Oller fing an, dumme Witze zu reißen, und ihre Schwestern in den weißen Tüllkleidern kicherten so viel, daß er sie am liebsten hätte erwürgen mögen.
Sie kehrten in die Wohnung der Matthews zurück, es ging schrecklich steif zu, nur Will Stirp und seine Freunde, die brachten eine Flasche Whisky mit und machten den alten Matthews besoffen. Mrs. Matthews warf sie alle hinaus, und die alten Katzen von der Frauenhilfe verdrehten die Augen und sagten: »Ist denn so was denkbar!« und Joe und Del fuhren in einem Taxi weg, das ein Bekannter von Joe lenkte, man schmiß ihnen Reiskörner nach, und Joe entdeckte, daß man ihm an den Rockschoß eine Tafel mit der Aufschrift »Neuvermählt« genadelt hatte, und Del heulte und heulte, und sobald sie in ihre Wohnung kamen, sperrte sie sich ins Badezimmer ein und gab keine Antwort, als er nach ihr rief, und er fürchtete schon, sie sei ohnmächtig geworden.
Joe zog seinen neuen, blauen Tuchrock aus, legte Kragen und Krawatte ab, spazierte hin und her und wußte nicht, was er anfangen solle. Es war sechs Uhr abends. Um Mitternacht mußte er an Bord der *Henry B. Higginbotham* sein, weil sie bei Tagesanbruch nach Frankreich in See stechen wollten. Er wußte nicht, was er beginnen solle. Er dachte sich, vielleicht würde sie gerne etwas essen, deshalb kochte er auf dem Gasherd Rührei mit Speck. Als dann alles wieder kalt war und Joe leise vor sich hinfluchend auf und ab spazierte, kam Del aus dem Badezimmer, frisch und rosig, als ob nichts passiert wäre. Sie sagte, sie könne nichts essen, aber gehn wir doch ins Kino ... »Aber Liebling«, sagte Joe, »ich muß um zwölf weg.« Sie begann wieder zu heulen, er wurde

rot und war schrecklich verwirrt. Sie schmiegte sich an ihn an und sagte: »Wir bleiben nicht bis zum Hauptfilm. Wir sind rechtzeitig wieder zu Hause.« Er packte sie und drückte sie an sich, aber sie wehrte ihn entschlossen ab und sagte: »Später.«

Joe war so nervös, daß er sich den Film gar nicht anschauen konnte. Als sie nach Hause kamen, war es zehn. Sie ließ sich von ihm ausziehen, aber dann sprang sie ins Bett, wickelte sich in die Decken und heulte und wimmerte, sie fürchte, ein Kind zu bekommen, er müsse warten, bis sie erfahren habe, was man zu tun hat, um kein Kind zu bekommen. Er durfte sich bloß durch die Bettücher hindurch an ihr reiben, und plötzlich war es zehn vor zwölf, und er mußte schnell in die Kleider schlüpfen und zum Kai hinuntereilen. Ein alter Neger ruderte ihn zu seinem Schiff, das draußen vor Anker lag. Es war eine süßduftende, mondlose Frühlingsnacht. Er hörte über seinem Kopf ein Gekrächz und verdrehte die Augen, um die Vögel an den blassen Sternen vorüberstreichen zu sehen. »Das sind Gänse, Boss«, sagte der alte Neger mit leiser Stimme. Joe fühlte sich so elend wie noch nie in seinem Leben.

Als er an Bord kletterte, fingen sie alle an ihn zu verpflaumen und erklärten, er sehe ganz mitgenommen aus. Joe wußte nicht, was er sagen solle, daher redete er große Töne, gab ihnen ihre Foppereien zurück und log wie gedruckt.

Weltwochenschau XXI

Djüs Broadway,
Tag Frankreich,
Wir sind zehn Millionen Mann

8jähriger Junge beim Spielen erschossen

die Polizei hat uns bereits mitgeteilt, daß jede Art von Unterhaltung in Paris kurz und still zu verlaufen habe und daß jedes öffentliche Aufsehen zu vermeiden sei, und es seien eigentlich schon viel zuviel Bälle veranstaltet worden

die Kapitalinvestitionen um 104 Prozent gestiegen, während das Produktionsvolumen um 250 Prozent gewachsen ist

DIE DEUTSCHEN VERLIEREN DIE KONTROLLE ÜBER DEN HAWAIIZUCKER

Bemühungen der bolschewistischen Regierung, Verhandlungen über einen Waffenstillstand einzuleiten, um dadurch den Abmarsch der amerikanischen und alliierten Truppen aus Rußland zu erzielen, finden keine ernstliche Beachtung

BRITISCHER FLIEGER KÄMPFT GEGEN SECHZIG FEINDE

SERBEN RÜCKEN 10 KILOMETER VOR
BESETZEN 10 STÄDTE
BEDROHEN PRILEP

Guten Morgen
Herr Zip Zip Zip
Na sind Sie aber hübsch

Guten Morgen
Herr Zip Zip Zip

Sie haben ja das Haar genauso kurz
Sie haben ja das Haar genauso kurz
Sie haben ja das Haar genauso kurz
wie ich

LENIN ANGEBLICH NOCH AM LEBEN

GEBURTENRÜCKGANG ALS FOLGE DES KRIEGES

Ach, Asche zu Asche
Und Staub zu Staub
Erwischen dich nicht die Granaten
Dann erwischt dich das Schrapnell

Das Kamera-Auge 31

Die Regentropfen fallen einer nach dem andern aus dem Roßkastanienbaum über dem Garten auf den Tisch und den pfützigen Kies in dem verlassenen Biergarten und auf meinen glattgeschorenen Schädel meine Finger streicheln sanft über die flaumigen Buckel und Höhlungen

Frühling

und wir haben eben erst in der Marne geschwommen

ein Stück weiter weg hinter den fetten Wolken am Horizonte hämmern sie auf einem Blechdach im Regen im Frühling nach einem Bad in der Marne jenes Hämmern gegen Norden zu hämmert einem den Gedanken an den Tod in die Ohren der weinige Gedanke an den Tod gerinnt im Frühlingsblut das durch den sonnverbrannten Hals pulst auf und nieder durch den Bauch unter dem engen Gürtel jagt wie Cognac in die Zehenspitzen in die Ohrläppchen in die Finger die über den glattgeschorenen flaumig kurzgeschorenen Schädel streichen

schüchtern kitzelnde Finger betasten die Grenzen des harten unsterblichen Schädels unter dem Fleisch ein Skelett mit einem Totenkopf sitzt im Garten eine Brille auf der Nase unter den schimmernden Regentropfen in der neuen Khakiuniform in dem zwanzigjährigen Körper der in rot-weiß gestreifter Badehose in der Marne geschwommen hat

zu Châlons im Frühling ...

RICHARD ELLSWORTH SAVAGE

Solange Dick ein kleiner Junge war, hörte er gar nichts von seinem Vater, aber wenn er abends in seiner Dachkammer bei den Schularbeiten saß, mußte er manchmal an ihn denken; dann warf er sich aufs Bett, lag auf dem Rücken und versuchte sich zu erinnern, wie denn das alles gewesen war, mit ihm und mit Oak Park, ja, wie denn das alles gewesen war, bevor Mutter so unglücklich geworden war und sie nach dem Osten hatten übersiedeln müssen, um bei Tante Beatrice zu wohnen: Da riecht es nach Bayrum und nach Zigarrenrauch, und er sitzt auf der Rückenlehne eines Polsterdiwans neben einem dicken Manne, der hat einen Panamahut auf, und wenn er lacht, wackelt das Sofa; er klammert sich an Vaters Rücken fest und schlägt mit der Faust auf seinen Arm los, und der Muskel ist hart wie ein Stuhl oder ein Tisch, und wenn Vater lacht, fühlt man's in seinem Rücken grullern. »Dicky, tu deine schmutzigen Füße weg, du ruinierst mir meinen seidenen Anzug«, und er hockt auf Händen und Knien im Sonnenschein, der durch den Spitzenvorhang am Fenster hereinsickert, will die großen, purpurroten Rosen von dem Teppich pflücken; sie stehen alle vor einem roten Automobil, Vaters Gesicht ist rot, er riecht nach Achselschweiß, ein weißer Dampf kommt rundherum zum Vorschein, und die Leute sagen »Sicherheitsventil«; unten im Erdgeschoß sitzen Papa und Mammi bei Tisch, sie haben Gäste, es gibt Wein und einen neuen Diener, und es muß furchtbar lustig zugehen, denn sie lachen soviel, und unaufhörlich klappern die Messer und Gabeln, klick, klick; Vater erwischt ihn, wie er im Nachthemd durch die Portieren späht, kommt heraus, furchtbar lustig und aufgeregt, riecht nach Wein und verprügelt ihn, und Mutter kommt heraus und sagt: »Henry, du sollst das Kind nicht schlagen!« – und sie stehen hinter den Portieren, fauchen einander an, wegen der Gäste sind sie ganz leise, Mammi packt Dick und trägt den Weinenden nach oben, ihr Abendkleid ist voller Spitzen und Rüschen und hat große, bauschige Seidenärmel, wenn er mit Seide in Berührung kommt, werden ihm die Zähne stumpf, läuft ihm ein Schauder über den Rücken; er und Henry haben gelbe Mäntel mit Taschen genau wie die Mäntel der Erwachsenen und gelbe Mützen, und er hat den Knopf von seiner Mütze verloren; da ist's sonnig und windig. Wenn er so bemüht war, sich zurückzuerinnern, wurde er immer ganz müde, es wurde ihm flau im Magen, es packte ihn zu sehr, er konnte sich nicht mehr auf die morgige Lektion konzentrieren, deshalb zog er *Zwanzigtausend Meilen unter dem Meere* hervor, das er unter der Matratze liegen hatte, weil Mutter ihm alle Bücher wegnahm, die nicht gerade von seinen Schulaufgaben handelten, und las ein klein wenig, und dann vergaß er alles über dem Lesen und konnte am nächsten Tage seine Lektion nicht.

Trotzdem kam er in der Schule recht gut vorwärts, und die Lehrerinnen hatten ihn gern, besonders Miss Teazle, die Englischlehrerin, weil er nette Manieren hatte und kleine Bemerkungen zu machen pflegte, die nicht frech waren, aber sie zum Lachen brachten. Miss Teazle meinte, im englischen Aufsatz zeige er wirklich einiges Können. Einmal schickte er ihr zu Weihnachten ein kleines von ihm verfaßtes Gedicht über das Christkind und die Heiligen Drei Könige, und sie fand ihn begabt.

Je besser es ihm in der Schule gefiel, desto schlimmer war es zu Hause. Tante Beatrice war von früh bis Abend ein ewiges Nörgeln. Als ob er nicht gewußt hätte, daß er und Mutter ihr Brot aßen und unter ihrem Dache schliefen! Sie bezahlten doch Pension, nicht? – wenn sie auch nicht so viel bezahlten wie Major Glen und seine Frau oder Doktor Kern, und sie arbeiteten doch ohnedies genug mit, das allein hätte schon genügen müssen! Er hatte Mrs. Glen, als Dr. Atwood zu Besuch kam und Tante Beatrice nicht im Zimmer war, sagen hören, es sei eine wahre Schande, daß die arme Mrs. Savage, eine so liebe Frau und außerdem eine brave Kirchgeherin,

Tochter eines Generals, sich abrackern müsse für ihre Schwester, die doch bloß eine zerfahrene alte Jungfer sei und ganz übertriebene Preise verlange, obschon sie freilich ein ganz reizendes Haus führe und das Essen ausgezeichnet sei, man fühle sich gar nicht wie in einer Pension, sondern eher wie in einem reizenden, sehr kultivierten Heim, ein wahrer Segen, daß man in Trenton so etwas finde, in dieser Geschäftsstadt, in der es von Arbeitern und Ausländern wimmle, ein Jammer, daß die Töchter General Ellsworths drauf angewiesen seien, zahlende Gäste bei sich aufzunehmen. Dick meinte im stillen, Mrs. Glen hätte doch auch ein Wort über seine Tätigkeit verlieren können, er schleppte die Asche hinunter und schaufelte Schnee und so weiter, seiner Meinung nach sollte eigentlich ein Gymnasiast nicht genötigt sein, einen Teil seiner Zeit statt auf das Studium auf häusliche Arbeiten zu verwenden.
Dr. Atwood war Pfarrer an der Bischofskirche vom Heiligen Gabriel. Dick mußte dort jeden Sonntag bei zwei Gottesdiensten im Chor mitsingen, während Mutter und sein Bruder Henry S., der drei Jahre älter war als er, in einem Zeichenbüro in Philadelphia angestellt war und nur übers Wochenende nach Hause kam, bequem in einem Kirchenstuhl saßen. Mutter liebte die Gabrielskirche, die Gabrielskirche war so vornehm englisch, in der Gabrielskirche gab es Prozessionen und sogar Weihrauch. Dick haßte die Gabrielskirche, weil er im Chor mitsingen und sein Chorhemd sauberhalten mußte und weil er nie Taschengeld hatte, um in der Sakristei hinter der Bank mit den andern Jungens zu würfeln, und er war immer derjenige, der an der Tür stehen und flüstern mußte: »Aufhören!«, wenn jemand kam.
Eines Sonntags, kurz nach seinem dreizehnten Geburtstag, war er mit seiner Mutter und mit Henry von der Kirche nach Hause spaziert, er war hungrig und überlegte die ganze Zeit, ob es heute gebratenes Huhn geben würde. Sie gingen gerade alle drei die Türstufen hinauf, Mutter stützte sich ein wenig auf Dicks Arm, und die roten, grünen Mohnblumen auf ihrem breiten Hut schaukelten in der Oktobersonne, da sah er hinter der Glasscheibe der Haustür Tante Beatrices

mageres Gesicht, und Tante Beatrices mageres Gesicht trug eine besorgte Miene. »Leona«, sagte sie mit erregter, vorwurfsvoller Stimme, »er ist hier.« – »Wer, liebe Beatrice?« – »Das weißt du doch wohl selbst . . . Ich weiß nicht, was ich tun soll . . . Er sagt, er will mit dir sprechen. Ich habe ihn unten in den Flur gesetzt, wegen – äh – unserer Freunde.«
»O mein Gott, Beatrice, hat mich dieser Mann nicht schon genug gequält?«
Mutter ließ sich auf die Bank fallen, über der Bank im Flur hing ein Hirschgeweih als Kleiderhaken. Dick und Henry betrachteten erstaunt die blassen Gesichter der beiden Frauen. Tante Beatrice spitzte den Mund und sagte gehässig: »Macht, daß ihr weiterkommt, Jungens, geht spazieren. Das kann ich nicht brauchen, daß zwei große Bengels im Hause herumlungern. Punkt halb zwei seid ihr zum Essen da . . . Jetzt marsch!«
»Na, was hat denn die gute Tante?« sagte Dick, während sie die Straße entlangspazierten.
»Sie hat wohl ihren Rappel . . . Ich kann sie nicht ausstehn!« sagte Henry überlegen.
Dick schlug im Gehen mit den Fußspitzen gegen das Pflaster.
»Wollen wir nicht rüberlaufen und eine Soda trinken . . . Dryer hat fabelhaft gute Sodas.«
»Hast du Moneten?«
Dick schüttelte den Kopf.
»Du brauchst dir nicht einzubilden, daß ich dir was spendieren werde . . . Himmelherrgott, ist dieses Trenton ein Drecknest . . . In Philadelphia habe ich einen Drugstore gesehen mit einer Sodafontäne so lang wie ein halber Häuserblock.«
»Ach du!«
»Wetten, daß du dich nicht mehr erinnerst, wie wir in Oak Park gewohnt haben, Dick . . . Ja, Chicago ist eine schöne Stadt.«
»Ich erinner mich schon . . . Und wir beide waren im Kindergarten, und Papa war bei uns.«
»Au verflucht, ich möchte rauchen.«

»Mutter wird es riechen.«
»Soll sie's riechen, das ist mir scheißegal.«
Als sie nach Hause kamen, empfing Tante Beatrice sie mit bitterböser Miene an der Haustür und schickte sie ins Erdgeschoß. Mutter wolle mit ihnen sprechen. Auf der Hintertreppe roch es nach Sonntagsessen und Hühnerfülle. Sie humpelten möglichst langsam hinunter, wahrscheinlich handelte es sich um Henrys Raucherei. Mutter war in dem finsteren Parterreflur. Beim Schein der Gasflamme an der Wand konnte Dick nicht sehen, wer der Mann war. Mutter kam auf sie zu, und jetzt erst merkten sie, daß sie rote Augen hatte: »Kinder, das ist euer Vater«, sagte sie mit matter Stimme. Die Tränen begannen ihr über die Wangen zu laufen.
Der Mann hatte einen grauen, merkwürdig formlosen Kopf, sein Haar war kurz gestutzt, seine Augenlider waren gerötet und hatten keine Wimpern, und seine Augen waren von derselben Farbe wie sein Gesicht. Dick fürchtete sich. Diesen Mann hatte er gekannt, als er klein war; es konnte doch nicht Papa sein.
»Um Gottes willen, laß das Heulen sein, Leona«, sagte der Mann mit weinerlicher Stimme. Während er dastand und den beiden Jungen ins Gesicht starrte, wackelte er ein wenig, als sei er schwach in den Knien. »Hübsche Kerlchen, Leona ... Sie denken wohl nicht oft an ihren armen, alten Vater.«
Sie standen alle da und sagten kein Wort, standen in dem dunklen Parterreflur, in dem fetten, stickigen, sonntäglichen Essensgeruch, der aus der Küche kam. Dick hatte das Gefühl, er müsse was sagen, aber es würgte ihn in der Kehle. Er stotterte:
»B-b-b-b-ist du krank gewesen?«
Der Mann wandte sich zu Mutter: »Es ist besser, du erzählst ihnen alles, wenn ich wieder weg bin ... Nimm keine Rücksicht auf mich, man hat nie auf mich Rücksicht genommen ... Schaut mich nicht so an, als ob ich ein Gespenst wäre, Kinder, ich tu euch nichts.« Ein nervöses, zittriges Lachen schüttelte die untere Hälfte seines Gesichts. »Mein ganzes

Leben lang bin ich immer derjenige gewesen, auf dem man herumgetrampelt hat ... Na, von Oak Park bis hierher ist ein weiter Weg ... Ich wollte euch bloß einmal sehen, lebt wohl ... Ich werde über die Hintertreppe gehen, Leute wie ich gehören auf die Hintertreppe ... Um Punkt elf erwarte ich dich in der Bank, Leona, und dann werde ich nie wieder etwas von dir verlangen.«

Die Gasflamme färbte sich rot, als die Tür aufging und der Widerschein des Sonnenlichtes den Flur überflutete. Dick zitterte vor Angst, der Mann könnte ihm einen Kuß geben, aber er klopfte ihnen beiden bloß mit zitternder Hand ganz leicht auf die Schulter. Sein Anzug hing ihm schlotternd um die Glieder, es machte ihm anscheinend Mühe, seine Füße in den weichen, weiten Schuhen die fünf steinernen Stufen zur Straße hinaufzuschleppen.

Mutter warf die Tür hinter ihm zu.

»Er fährt nach Kuba«, sagte sie, »es war das letztemal, daß wir ihn gesehen haben. Hoffentlich wird ihm Gott das alles verzeihen. Aber eure arme Mutter kann ihm nicht verzeihen ... Wenigstens ist er von diesem furchtbaren Ort weg.« – »Wo war er denn, Ma?« fragte Henry mit kühler Stimme. – »In Atlanta.«

»In Atlanta, im Zuchthaus.« Dick lief davon, lief bis in den obersten Stock hinauf, lief in seine Dachkammer und warf sich schluchzend aufs Bett.

Keines von ihnen ging zum Essen hinunter, obgleich sie hungrig waren und über der Treppe der üppige Duft gebratener Hühner hing. Als Pearl das Geschirr wusch, schlich sich Dick auf Zehenspitzen in die Küche und schmeichelte ihr einen großen gehäuften Teller mit Brathuhn, Fülle und süßen Kartoffeln ab; er solle, sagte sie, in den Hinterhof laufen und dort schnell essen, denn sie habe heute ihren Ausgehtag und müsse erst noch die Teller waschen. Er setzte sich auf eine verstaubte Leiter in der Waschküche und aß. Das Hühnerfleisch konnte er kaum hinunterwürgen, seine Gurgel war so komisch steif. Als er fertig war, mußte er Pearl beim Abtrocknen helfen.

In diesem Sommer kam er als Boy nach Bay Head in ein

kleines Hotel, dieses Hotel wurde von einer Dame geführt, die der Pfarrgemeinde Dr. Atwoods angehörte. Bevor er abfuhr, gaben ihm Major Glen und seine Frau, Tante Beatrices Parademieter, einen Fünfdollarschein als Taschengeld und ein Exemplar *Der Kleine Hirt des kommenden Reichs* als Reiselektüre. Dr. Atwood ersuchte ihn an seinem letzten Sonntag, nach der Bibelstunde dazubleiben, und erzählte ihm die Parabel von dem Talent, die Dick bereits recht gut kannte, weil Dr. Atwood viermal im Jahr über diesen Text zu predigen pflegte, und zeigte ihm einen Brief des Schuldirektors von Kent, in diesem Brief wurde ihm für das nächste Jahr eine Freistelle zugebilligt, und Dr. Atwood sagte zu ihm, er müsse fleißig arbeiten, denn Gott erwarte von uns, daß ein jeder nach seinen Fähigkeiten tätig sei. Dann erzählte er ihm ein paar Sachen, die ein heranwachsender Junge wissen muß, und sagte zu ihm, er müsse allen Versuchungen aus dem Wege gehen und an Leib und Seele sauber bleiben, um Gott wohlgefällig zu sein und sich für das reizende, liebe Mädchen rein zu erhalten, das er eines Tages heiraten würde, alles andere führe nur in Wahnsinn und Siechtum. Dick hörte sich das an und ging mit heißen Wangen weg.

Im Hotel *Bayview* war es gar nicht so übel, aber die Gäste und das Personal waren lauter alte Leute; nur Skinny Murray, der zweite Boy, war ungefähr in seinem Alter, ein hoch aufgeschossener, flachsblonder Junge, der nie etwas zu sagen wußte. Er war ein paar Jahre älter als Dick. Sie schliefen auf zwei Pritschen in einem kleinen, stickigen Zimmerchen dicht unter dem Dach, das zur Schlafenszeit immer noch von der Sonne so heiß war, daß man es kaum anrühren konnte. Durch die dünne Zwischenwand hörten sie im Nebenraum die Kellnerinnen vor dem Schlafengehen rascheln und kichern. Dick haßte diese Geräusche, er haßte den Weibergeruch und den Geruch billigen Puders, der durch die Ritzen in der Wand hereinsiebte. In den allerheißesten Nächten nahmen er und Skinny das Fliegengitter aus dem Fenster und krochen längs der Dachrinne auf das flache Verandadach hinaus. Dort hatten sie zwar unter den

Moskitos zu leiden, aber es war immer noch angenehmer, als auf den Pritschen zu liegen und nicht schlafen zu können. Einmal schauten die Mädchen zum Fenster hinaus und sahen sie an der Dachrinne entlangkriechen und schlugen Krach, sie hätten spioniert, und das würden sie der Direktrice melden, und die Jungens hatten eine Todesangst und überlegten die ganze Nacht, was sie anfangen würden, wenn man sie hinausfeuerte. Sie wollten dann nach Barbegat gehen und auf den Fischerkähnen Arbeit suchen; aber am nächsten Tage sagten die Mädels kein Wort. Dick war enttäuscht, denn er hatte es schon satt, Leute zu bedienen und auf den Ruf der Klingel die Treppe rauf und runter zu laufen.

Und Skinny kam auf den Gedanken, daß sie sich eine kleine Sondereinnahme verschaffen könnten, wenn sie Konfekt verkauften, denn als Dick von seiner Mutter ein Paket Konfekt bekam, verkaufte er es für einen Vierteldollar an eine Kellnerin. Nun schickte Mrs. Savage allwöchentlich mit der Paketpost ein Päckchen frisches Konfekt, das Dick und Skinny in kleinen Schächtelchen an die Gäste verkauften. Skinny kaufte die Schachteln und besorgte die meiste Arbeit, aber Dick überzeugte ihn, daß es nicht anständig wäre, wenn er mehr als zehn Prozent von dem Gewinn für sich verlangte, weil er, Dick, und seine Mutter das ursprüngliche Kapital geliefert hätten.

Im nächsten Sommer machten sie aus ihrem Konfektverkauf schon ein richtiges Geschäft. Skinny mußte noch mehr als im Vorjahr die eigentliche Arbeit besorgen, denn Dick war auf einer Privatschule gewesen und hatte den ganzen Winter hindurch mit reichen Jungens verkehrt, deren Eltern viel Geld hatten. Glücklicherweise kam keiner von ihnen zum Sommeraufenthalt nach Bay Head. Dick erzählte Skinny von der Schule, rezitierte Balladen über den heiligen Johannes und den heiligen Christophorus, die er selbst verfaßt und in der Schulzeitung veröffentlicht hatte; er erzählte, wie er am Altar ministriert hatte und wie schön der christliche Glaube sei und wie er in der Fußballmannschaft der Junioren den Linksaußen gespielt hatte. Skinny mußte nun Dick jeden Sonntag in die kleine Bischofskapelle *Zur*

Heiligen Mutter Gottes vom Meer begleiten. Dick pflegte nach dem Gottesdienst dazubleiben und mit Mr. Thurlow, der, ein junger Mann, frisch aus dem theologischen Seminar kam, dogmatische und rituelle Fragen zu erörtern; schließlich forderte Mr. Thurlow ihn auf, er solle mit ihm mitkommen, bei ihm essen und seine Frau kennenlernen.

Die Thurlows wohnten in einem ungestrichenen, spitzgiebeligen Bungalow mitten auf einem sandigen Bauplatz in der Nähe des Bahnhofs. Mrs. Thurlow war eine dunkle Brünette mit einer schmalen Adlernase und einer Ponyfrisur, sie rauchte Zigaretten und haßte Bay Head. Sie erzählte, wie sehr sie sich langweile und wie sehr die alten Damen in ihres Mannes Pfarrgemeinde über sie empört seien, und Dick fand sie wundervoll. Sie las eifrig die modernen Modejournale und Bücher, die sie als fortschrittlich bezeichnete, und spottete über Edwins Bemühungen, das primitive Christentum wieder »zu einem gangbaren Artikel zu machen«, wie sie sich ausdrückte. Edwin Thurlow schaute sie dann mit seinen blassen Augen unter farblosen Wimpern an und flüsterte zaghaft: »Hilda, du sollst nicht so daherreden!«, dann wandte er sich sanft zu Dick und sagte: »Hunde, die bellen, beißen nicht, wissen Sie.« Sie wurden dicke Freunde, und sooft Dick sich losmachen konnte, lief er zu ihnen hinüber. Er nahm auch Skinny ein paarmal mit, aber Skinny schien die Empfindung zu haben, ihre Gespräche seien für ihn zu hoch, er blieb immer nur ganz kurz, erklärte dann, er müsse Konfekt verkaufen, und trottete davon.

Im nächsten Sommer kehrte Dick ganz gern wieder zu seiner Arbeit im *Bayview* zurück, vor allem, weil er sich auf das Wiedersehen mit den Thurlows freute; Mrs. Higgins beschäftigte ihn als Portier und erhöhte ihm wegen seiner guten Manieren den Lohn. Dick war sechzehn und hatte Stimmwechsel, er träumte von Mädchengeschichten, dachte viel über die Sünde nach und war heimlich in Spike Culbertson, den blondhaarigen Kapitän seiner Schülermannschaft, verknallt. Er haßte sein Zuhause, die Tante und die Gerüche ihrer Pension, den Gedanken an seinen Vater, die blumenbeladenen Hüte seiner Mutter, es wurmte ihn, daß er nicht genug Geld hatte, um sich anständige Kleider zu kaufen oder wie seine Schulkameraden in eine vornehme Sommerfrische zu fahren. Er geriet bei allen möglichen Gelegenheiten in eine schreckliche Aufregung, die er nur mit Mühe verbergen konnte: Das Gewackel der Hüften und Brüste der Kellnerinnen, wenn sie bei den Mahlzeiten servierten, Frauenunterwäsche in Ladenfenstern, die Gerüche der Badeanstalt, salziges Kitzeln eines nassen Badeanzugs und die gebräunte Haut der Burschen und Mädchen, die im Badeanzug in der Sonne auf dem Strande lagen ...

Er hatte den ganzen Winter hindurch an Edwin und Hilda lange Briefe geschrieben und ihnen alles mitgeteilt, was ihm einfiel, aber als er sie dann wiedersah, war ihm ganz komisch und verlegen zumute. Hilda gebrauchte ein neues Parfum, das ihn in der Nase kitzelte. Sogar bei Tisch, wenn sie kalten Schinken mit Kartoffelsalat aus dem Delikatessenladen aßen und sich über die Litaneien der Primitiven und über die Gregorianische Musik unterhielten, konnte er immer nur die beiden in Gedanken entkleiden und sich ausmalen, wie sie nackt im Bette liegen; sein Zustand war ihm ekelhaft.

Jeden Sonntagnachmittag mußte Edwin nach Elberon, um dort in einer anderen kleinen Sommerkirche den Gottesdienst abzuhalten. Hilda begleitete ihn nie und lud oft Dick zu einem Spaziergang oder zu einer Tasse Tee in ihre Wohnung ein. Mit der Zeit merkte er, daß ihm dieses Zusammensein mit Hilda in Edwins Abwesenheit immer lieber wurde. Sie schufen sich allmählich eine eigene kleine Welt, mit der Edwin nichts zu tun hatte, sie erwähnten seinen Namen nur noch, um sich über ihn lustig zu machen. Dick begann von Hilda zu träumen, wunderliche, abscheuliche Träume, Hilda begann des öfteren zu betonen, daß sie und Dick eigentlich wie Bruder und Schwester seien und daß leidenschaftslose Menschen, die nie etwas richtig begehrten, Menschen wie sie nicht begreifen könnten. Dick kam dabei nicht oft zu Wort. Sie saßen auf den Stufen der Hintertür im Schatten und rauchten ägyptische Zigaretten, bis ihnen ein wenig übel wurde. Hilda sagte dann, es sei ihr egal, ob die ekelhaften Pfarrgemeindler sie sähen oder nicht, und sie redete ohne Ende, wenn sie doch bloß etwas erleben könnte, und wie sehr sie sich nach eleganten Kleidern sehne, sie würde so gern in fremde Länder reisen und viel Geld ausgeben und sich nicht mehr mit dem Haushalt herumplagen müssen, und manchmal habe sie das Gefühl, sie könnte diesen Edwin mit seiner sanften Schafsmiene erwürgen.

Edwin kam gewöhnlich mit dem Zug zurück, der um 10.53 einlief, und da Dick den Sonntagabend frei hatte, aßen er und Hilda allein zu Abend und gingen dann am Strand spazieren. Hilda nahm seinen Arm und ging dicht neben ihm; ob sie wohl merkte, wie er jedesmal zitterte, wenn ihre Schenkel ihn berührten!

Die ganze Woche hindurch dachte er an diesen Sonntagabend. Manchmal sagte er sich, er wolle jetzt nicht mehr hingehen. Er würde zu Hause bleiben und Dumas lesen oder mit einigen Bekannten ausgehen; wenn er so mit Hilda allein gewesen war, hatte er nachher immer ein ganz abscheuliches Gefühl. Dann, eines Nachts, es war eine mondlose Nacht, sie waren den Strand entlang spaziert, über die rosig flackernden Lagerfeuer der Ausflügler hinaus, und saßen nun Seite an Seite im Sand, plauderten über die indische Liebeslyrik, aus der Hilda am Nachmittag laut vorgelesen hatte, da sprang sie plötzlich auf ihn los und zerzauste ihm das Haar und stemmte ihm die Knie gegen den Bauch, schob die Hände unter sein Hemd und begann seinen Körper abzutasten. Sie war für eine Frau recht stark, aber es gelang ihm gerade noch, sie wegzustoßen, er mußte sie bei den Schultern packen und mit aller Kraft zu Boden werfen. Beide blieben stumm, lagen schwer atmend im Sand. Schließlich flüsterte sie: »Dick, ich darf kein Kind kriegen ... Wir können es uns nicht leisten ... Deshalb will Edwin nicht mit mir schlafen. Verdammt noch mal, ich will dich haben, Dick! Siehst du denn nicht, wie schrecklich das alles ist!« Während sie das sagte, strichen ihre sengenden Hände langsam über seine Brustwarzen, über die Rundung

seines Bauches. »Nicht, Hilda, nicht.« Moskitos umschwirrten ihre Köpfe. Die mit einem langgedehnten Zischen heranplätschernde, unsichtbare Brandung berührte fast ihre Füße.
In dieser Nacht brachte es Dick nicht fertig, Edwin wie gewöhnlich an der Bahn abzuholen. Er kehrte mit zitternden Knien ins Hotel zurück, warf sich in seinem stickigen, kleinen Dachkämmerchen aufs Bett. Er dachte daran, sich umzubringen, aber er hatte Angst, in die Hölle zu kommen. Er versuchte zu beten und sich wenigstens auf das Vaterunser zu besinnen. Als er merkte, daß er sich nicht einmal auf das Vaterunser besinnen konnte, war er furchtbar erschrocken. Vielleicht war das die Sünde gegen den Heiligen Geist gewesen, die sie begangen hatten. Vielleicht hatten sie die Sünde begangen, für die die Seele der ewigen Verdammnis anheimfällt.
Der Himmel war grau, draußen zirpten schon die Vögel, bevor er einschlief. Den ganzen nächsten Tag, während er hohläugig hinter dem Pult saß, die Wünsche der Gäste nach Eiswasser und Handtüchern weitergab und Anfragen nach Zimmern und Fahrtzeiten erledigte, beschäftigte er sich in Gedanken mit einem Gedicht, das sollte von der scharlachroten Sünde handeln, von schwarzen Vögeln, die schreiend über den Brandungswellen kreisen, und von den leidenschaftlichen Seufzern verdammter Seelen. Als das Gedicht fertig war, zeigte er es den Thurlows. Edwin wollte wissen, wo er diese krankhaften Ideen herhabe, aber es freute ihn, daß am Schluß der Glaube und die Kirche triumphierten. Hilda lachte hysterisch und sagte, er sei ein komischer Kerl, aber vielleicht würde er eines Tages ein Schriftsteller werden.
Als Skinny während der vierzehntägigen Ferien ins *Bayview* kam, um einen der neuen Boys zu vertreten, der krank geworden war, redete Dick große Töne, sprach von Frauen, sprach von Sünde, und daß er eine verheiratete Frau liebe. Skinny sagte, es sei nicht recht, es liefen doch massenhaft leichte Weiber herum, bei denen man Liebe haben könne, soviel man nur wolle. Aber als Dick entdeckte, daß Skinny noch

nie mit einem Mädchen beisammen gewesen war, obgleich er zwei Jahre älter war als er, prahlte er so toll mit seinen Erfahrungen und seinen sündigen Abenteuern, daß Skinny eines Abends, als sie in den Drugstore gingen, um eine Soda zu trinken, zwei Mädchen aufgabelte, und dann spazierten sie alle vier an den Strand hinunter. Die Mädchen waren mindestens fünfunddreißig, und Dick erzählte seinem Mädchen unaufhörlich von seinem unglückseligen Liebesverhältnis, und er müsse seiner Geliebten treu bleiben, wenn sie ihm auch in diesem selben Augenblick untreu sei. Das Mädchen erwiderte, er sei noch zu jung, um das alles schon so ernst zu nehmen, und die Frau solle sich schämen, einen netten Jungen wie ihn unglücklich zu machen. »Mein Gott, ich würde einen Mann glücklich machen, wenn ich bloß Gelegenheit hätte«, sagte sie und fing zu heulen an.
Auf dem Rückweg zum Hotel machte Skinny sich Sorgen, er könne was erwischt haben, aber Dick sagte, das Körperliche sei ganz egal, Reue sei der Schlüssel zur Erlösung. Es stellte sich heraus, daß Skinny wirklich was abbekommen hatte, im Laufe des Sommers schrieb er an Dick, er müsse fünf Dollar die Woche bezahlen, um sich auskurieren zu lassen, und die ganze Sache gehe ihm schrecklich auf die Nerven. Dick und Hilda sündigten jeden Sonntagabend, während Edwin in Elberon den Gottesdienst leitete, und als Dick diesen Herbst auf die Schule zurückkehrte, fühlte er sich als ein richtiger Lebemann.
In den Weihnachtsferien fuhr er zu den Thurlows nach East Orange, Edwin war dort als Pfarrgehilfe an der Apostelkirche beschäftigt. Beim Tee im Hause des Pfarrers lernte er Hiram Halsey Cooper kennen, einen Rechtsanwalt und Politiker aus Jersey City, der sich für den englischen Protestantismus und für Erstausgaben von Huysmans interessierte und Dick zu sich einlud. Als Dick der Einladung folgte, setzte Mr. Cooper ihm ein Glas Sherry vor, zeigte ihm Erstausgaben von Beardsley, Huysmans und Austin Dobson, seufzte um seine verlorene Jugend und bot ihm eine Stellung in seinem Büro an, sobald er die Schule absolviert habe. Es stellte sich heraus, daß Mr. Coopers

verstorbene Frau eine Ellsworth und eine Kusine von Dicks Mutter gewesen war. Dick versprach, ihm alle seine Gedichte und auch die Artikel zu schicken, die er in der Schulzeitung veröffentlichte.
Die ganzen acht Tage lang, die er bei den Thurlows verbrachte, bemühte er sich, Hilda allein zu erwischen, aber sie ging ihm aus dem Weg. Er hatte erfahren, daß es Präservativs gibt, und wollte ihr das mitteilen, aber erst am letzten Tage mußte Edwin das Haus verlassen und einige seiner Pfarrkinder besuchen. Diesmal war Dick der Werbende, und Hilda versuchte ihn abzuwehren, aber sie ließ sich schließlich überreden, sich auszuziehen, und während sie beieinander lagen, lachten und kicherten sie unaufhörlich. Jetzt machte ihnen der Gedanke an die Sünde nicht mehr soviel Kopfzerbrechen, und als Edwin zum Essen nach Hause kam, fragte er sie, was denn so Lustiges passiert sei, sie schienen ja so gut aufgelegt zu sein; Dick begann eine Unmenge lächerlicher Geschichten über seine Tante Beatrice und ihre Pensionsgäste zu erzählen, und unter schallendem Gelächter nahmen sie auf dem Bahnhof voneinander Abschied.
Diesen Sommer fand in Baltimore der Landesparteitag statt. Mr. Cooper hatte ein Haus dort gemietet und empfing sehr viele Leute. Dicks Aufgabe war es, im Vorraum der Kanzlei zu sitzen, jedermann höflich zu begrüßen und die Namen der Besucher aufzuschreiben. Er trug einen blauen Anzug und machte auf jedermann einen vorzüglichen Eindruck: mit seinem welligen schwarzen Haar (Hilda hatte immer gesagt, es sei wie das Gefieder eines Raben), seinen offenen, blauen Augen, seiner rosigweißen Haut. Er wußte nicht recht, was da eigentlich vorging, aber er merkte bald, wen Mr. Cooper wirklich zu empfangen und wen er bloß hinzuhalten wünschte. Wenn dann er und Mr. Cooper allein in der Kanzlei waren, holte Mr. Cooper eine Flasche Amontillado hervor, schenkte zwei Gläser voll, setzte sich in einen großen Ledersessel, rieb sich die Stirn, als wolle er die Politik aus seinem Hirn wegreiben, und fing an, über Literatur und über die neunziger Jahre zu schwatzen; und

er möchte so gern wieder jung sein. Es galt für ausgemacht, daß er Dick das nötige Geld für seine Universitätsstudien vorschießen werde.

Kaum war Dick im nächsten Herbst als Senior auf die Schule zurückgekehrt, da bekam er ein Telegramm von seiner Mutter. *Komm sofort nach Hause, Liebling, dein armer Vater ist gestorben.* Er war nicht sehr erschüttert, aber er schämte sich, und er hatte Angst, einem der Lehrer oder einem Kollegen zu begegnen, der ihn mit Fragen belästigen würde. Dann saß er auf dem Bahnhof, und der Zug wollte ewig nicht kommen. Es war Sonnabend, einige Kollegen aus seiner Klasse waren auf dem Bahnhof. Während er auf den Zug wartete, dachte er immerfort nur daran, wie er ihnen aus dem Wege gehen könne. Steif saß er auf seiner Bank in dem leeren Waggon und blickte auf die rötlichbraunen Oktoberhügel hinaus, ganz aufgeregt vor Angst, es könnte ihn jemand ansprechen. Er atmete auf, als er den Grand-Central-Bahnhof verließ und in den menschenwimmelnden Straßen New Yorks untertauchte, wo keiner ihn kannte, wo er keinen kannte. Auf dem Fährboot war ihm froh und abenteuerlustig zumute. Er fürchtete sich nun vor dem Zuhause und versäumte mit Absicht den ersten Zug nach Trenton, setzte sich in den alten Speisesaal des Pennsylvania-Bahnhofs, aß gebackene Austern und süßen Mais und bestellte ein Glas Sherry (und fürchtete halb und halb, der Negerkellner würde ihm keinen Alkohol servieren). Lange saß er da, las die *Elegante Welt* und trank seinen Sherry, kam sich vor wie ein Mann von Welt, wie ein Globetrotter, aber bei alledem verfolgte ihn unablässig die Erinnerung: jenes Mannes zitterndes, blasses, leidendes Gesicht, und wie er damals schleppenden Schrittes die Treppenstufen hinaufgeschritten war. Das Restaurant leerte sich allmählich. Dem Kellner mußte es komisch vorkommen, daß er so lange sitzenblieb. Er bezahlte seine Zeche, und bevor er es recht wollte, saß er im Zuge nach Trenton.

In Tante Beatrices Haus hatte sich nichts verändert, und auch die Gerüche waren dieselben geblieben. Seine Mutter lag hinter geschlossenen Jalousien auf dem Bett und hatte ein mit Kölnischwasser getränktes Taschentuch auf der Stirne. Sie zeigte ihm ein Photographie, die er aus Havanna geschickt hatte: Ein verschrumpeltes Männlein, man hatte den Eindruck, der seidene Sommeranzug und der Panamahut seien ihm viel zu groß. Er hatte eine Stellung als Bürobeamter auf dem Konsulat gehabt und eine Lebensversicherung über zehntausend Dollar zugunsten seiner Frau hinterlassen. Während sie sich unterhielten, kam Henry mit sorgenvoller und böser Miene herein. Die beiden Brüder gingen in den Hinterhof hinaus und rauchten Zigaretten. Henry sagte, er wolle Mutter zu sich nach Philadelphia nehmen, um sie von der nörgelnden Tante Beatrice und dieser verdammten Pensionsatmosphäre zu befreien. Dick solle doch mitkommen und dort in Philadelphia die Universität besuchen. Dick sagte, nein, er wolle nach Harvard. Henry fragte ihn, wo er das nötige Geld dazu hernehmen wolle. Dick sagte, das wolle er schon besorgen, er brauche nichts von dieser blöden Versicherungssumme. Henry sagte, er denke nicht daran, das Geld anzurühren, es sei Mutters Geld, und sie gingen wieder in den ersten Stock hinauf, am liebsten hätten sie einander eins in die Fresse gehauen. Aber Dick war etwas wohler zumute, er konnte jetzt seinen Schulkollegen erzählen, daß sein Vater Konsul in Havanna gewesen und an einem Tropenfieber gestorben sei.

In diesem Sommer verdiente Dick bei Mr. Cooper 25 Dollar die Woche, verfaßte einen Prospekt für ein Museum, das Mr. Cooper in Jersey City gründen wollte, widmete seinem Chef eine gereimte Übersetzung von Horaz' *Ode an Mäzenas*, die er mit Hilfe einer »Eselsbrücke« angefertigt hatte, und Mr. Cooper war darüber so erfreut, daß er ihm für sein Universitätsstudium tausend Dollar schenkte, welches Geschenk der Form halber, und damit Dick sich seiner Verantwortung bewußt sei, die Gestalt eines Wechsels mit fünfjähriger Laufzeit zu vier Prozent Zinsen erhielt.

Seine zweiwöchigen Ferien verbrachte Dick bei den Thurlows in Bay Head. Er hatte es kaum erwarten können, mit dem Zug hinzueilen und sich zu vergewissern, wie es Hilda ging, aber es war nun alles ganz anders, als er es sich vorgestellt hatte. Edwin hatte nicht mehr das käseweiße Aussehen wie früher, er war als Pfarrgehilfe an eine reiche Kirche nach Long Island berufen worden, nur eines machte ihm dort Sorgen, nämlich daß ein Teil der Gemeinde gegen die englischen Kirchengebräuche war und weder Chorgesang noch Weihrauch dulden wollte, aber er tröstete sich mit dem Gedanken, daß sie ihm wenigstens Altarkerzen erlaubten. Hilda hatte sich ebenfalls verändert. Dick sah mit Kummer, daß sie und Edwin während des Essens einander bei der Hand hielten. Sie erzählte ihm dann unter vier Augen, daß sie und Edwin jetzt sehr glücklich seien, sie werde ein Kind bekommen, und man müsse alles Vergangene begraben sein lassen. Dick stelzte auf und ab, raufte sich die Haare und sprach mit dunklen Worten vom Sterben, von der Hölle auf Erden, von seinem Entschluß, sich in ein wüstes Leben zu stürzen, aber Hilda lachte bloß und sagte, er solle kein Dummkopf sein, er sei doch ein hübscher, reizender Junge und werde viele nette Mädchen finden, die sich darum reißen würden, sich in ihn zu verlieben. Bevor er abreiste, hatten sie ein langes Gespräch über religiöse Fragen, und Dick erklärte, mit einem bitteren Blick auf Hilda, daß er seinen Glauben verloren habe und nur noch an Pan und Bacchus, die alten Götter der Wollust und Trunksucht, glaube. Edwin war ganz erschrocken, aber Hilda sagte, das sei lauter dummes Zeug, reine Wachstumsschmerzen. Nachdem er abgereist war, schrieb er ein sehr dunkles Gedicht voller klassischer Anspielungen, das er *An eine gewöhnliche Prostituierte* betitelte und an Hilda schickte, mit einer Nachschrift: Er wolle sein Leben der Schönheit und der Sünde weihen.

Dick hatte eine Geometrieprüfung zu wiederholen, bei der er im Frühjahr durchgefallen war, außerdem wollte er noch eine Lateinprüfung ablegen, um sich eine besonders gute Nummer zu machen, deshalb kam er schon eine Woche vor Semesterbeginn in Cambridge an. Seine Koffer übergab er auf dem Südbahnhof dem Spediteur und fuhr dann mit der Untergrundbahn hinaus. Er trug einen neuen grauen Anzug und einen neuen grauen Filzhut und zitterte davor, den Scheck auf die Bank von Cambridge, den er in der Tasche hatte, zu verlieren. Der Zug verließ den Tunnel, fuhr unter freiem Himmel über eine Brücke, die roten Ziegelhäuser Bostons, flüchtig vorüberfliegend, und das Parlamentsgebäude mit seiner goldenen Kuppel hinter dem schieferfarbenen Charles-Fluß kamen ihm vor wie Bilder aus fremden Ländern, die er und Hilda so gern besucht hätten und über die sie sich so oft unterhalten hatten – Kendall Square . . . Central Square . . . Harvard Square. Der Zug fuhr nicht weiter; er mußte aussteigen. Als er das Schild am Ausgang sah *Zur Universität*, lief es ihm kalt über den Rücken. Er war noch keine zwei Stunden in Cambridge, da entdeckte er, daß sein Filzhut nicht grau und neu, sondern alt hätte sein müssen und daß es für einen jungen Fuchs ein schwerer Fehler gewesen war, sich ein Zimmer auf dem Universitätsgelände zu nehmen.

Vielleicht lernte er gerade deshalb, weil er in der Universität wohnte, die falschen Leute kennen, zwei jüdische Sozialisten, die im ersten Semester Rechtswissenschaften studierten, einen jungen Mann aus dem Mittelwesten, der bereits seine Studien absolviert hatte und jetzt hier seinen Doktor der Philosophie machte, einen Anhänger des Christlichen Vereins Junger Männer aus Dorchester, der jeden Morgen in die Kirche ging. Er ging mit den Füchsen rudern, aber er fand keine Mannschaft und ruderte an drei Nachmittagen der Woche ganz allein in einer Jolle. Die jungen Herren, die er im Bootshaus traf, waren recht liebenswürdig, aber die meisten von ihnen wohnten im »vornehmen Viertel«, und es kam zwischen ihnen und ihm nicht weiter als bis zu einem guten Tag und einem Adjüs. Er besuchte alle Fußballmatchs, alle Raucherkonventikel und Bierabende, aber er hatte immer einen seiner jüdischen Freunde oder einen Absolventen bei sich, deshalb lernte er dort nie jemanden kennen, der auch wirklich jemand war.
Eines Sonntagmorgens im Frühling stieß er im Literarischen

Klub auf Freddy Wigglesworth, gerade als sie beide zum Frühstück hineingehen wollten; sie setzten sich an den gleichen Tisch. Freddy, der mit Dick zusammen das Gymnasium in Kent besucht hatte, stand jetzt im vierten Semester. Er fragte Dick, was er mache und mit wem er verkehre, und schien erstaunt über das, was er zu hören bekam. »Mein lieber Freund«, sagte er, »es bleibt dir jetzt nichts weiter übrig, als auf das *Monthly* oder den *Advocate* zuzusteuern . . . Ich glaube nicht, daß das *Crime* für dich das geeignete wäre, wie?«
»Ich dachte schon daran, ein paar von meinen Sachen hinzubringen, aber ich hatte keinen rechten Mut.«
»Wenn du mich bloß vorigen Herbst aufgesucht hättest! . . . Mein Gott, wir sind es doch unserer alten Schule schuldig, dir auf den richtigen Weg zu verhelfen. Hat dir denn niemand gesagt, daß in der Universität nur die älteren Semester wohnen?« Mit einem bekümmerten Kopfschütteln trank Freddy seinen Kaffee.
Nachher gingen sie in Dicks Zimmer hinüber, und Dick las einige seiner Gedichte vor. »Ich finde sie gar nicht so schlecht«, sagte Freddy Wigglesworth, eine Zigarette paffend. »Aber ein bißchen düster, scheint mir . . . Laß ein paar von ihnen abtippen, ich gebe sie R. G. . . . Erwarte mich Montag über acht Tage um acht Uhr abends im Klub, wir gehen dann zu Copey hinüber . . . Also adjüs jetzt, ich muß gehen.« Als er weg war, spazierte Dick in seinem Zimmer auf und ab, und sein Herz klopfte heftig. Er hätte gern mit jemandem geplaudert, aber er hatte die Leute, die er in Cambridge kannte, gründlich satt, daher setzte er sich hin und schrieb an Hilda und Edwin einen langen Brief mit gereimten Einschiebseln und schilderte ihnen, wie gut er mit seinem Studium vorwärtskomme.
Endlich war der Montagabend da. Dick war bereits eine volle Stunde vor der verabredeten Zeit nach dem Klub unterwegs, und er versuchte sich gut zuzureden, daß er ja nicht enttäuscht sein dürfe, wenn Freddy Wigglesworth die Verabredung vergäße. Das dumpfe Geklapper und die Gerüche des Restaurants, die dummen Witze der Herren

Studenten an seinem Tisch und Mr. Kamrichs schwitzender Kahlkopf, der über den Blechinstrumenten der Musikkapelle hinter der Balustrade auf und nieder hüpfte – noch nie war ihm das alles so öde vorgekommen wie an diesem Abend.

In den netten Gärten von Cambridge blühten Tulpen, ab und zu wehte der Wind einen Lilienduft herbei. Dick fühlte sich unbehaglich in seinen Kleidern; mit schweren Beinen spazierte er rund um die Gruppen gelber Fachwerkhäuser, rund um die grasbewachsenen Vorhöfe, an deren Anblick er schon allzusehr gewöhnt war. Viel zu schnell und viel zu heiß pochte das Blut durch seine Adern, er konnte nicht stehenbleiben. Natürlich war Wigglesworth noch nicht da, als er Punkt acht langsam die Türstufen zum Klubhaus hinaufging. Dick stieg die Treppe hinauf in die Bibliothek und nahm ein Buch zur Hand, aber er war zu nervös, um auch nur den Titel zu lesen. Er ging wieder hinunter und lungerte im Vestibül umher. Ein Kollege, der neben ihm im Ersten Physikalischen Laboratorium arbeitete, kam auf ihn zu und knüpfte ein Gespräch an, aber Dick brachte kaum eine Antwort über die Lippen. Der junge Mann warf ihm einen erstaunten Blick zu und entfernte sich. Es war zwanzig nach acht. Natürlich kommt er nicht, hol ihn der Teufel, keine Sekunde lang hättest du dir einbilden dürfen, daß er kommen wird, ein eingebildeter Snob wie Wigglesworth wird doch nicht eine Verabredung mit einem Menschen wie dir einhalten!

Freddy Wigglesworth stand vor ihm, die Hände in den Hosentaschen. »Na, wollen wir jetzt mal 'n bißchen Copeysieren?« sagte er.

Er hatte noch jemanden bei sich, einen träum risch dreinblickenden jungen Kerl mit flaumigem, goldblondem Haar und ganz blaßblauen Augen. Dick mußte ihn immerfort anschauen, so hübsch war er. »Das ist Blake, mein jüngerer Bruder . . . ihr seid im gleichen Semester.« Blake Wigglesworth schaute Dick kaum an, während er ihm die Hand gab, aber sein Mund verzog sich zu einem schiefen Lächeln. Dann gingen sie in der frühen Sommerdämmerung über das Universitätsgelände, Studenten lehnten aus den Fenstern, riefen nach wunderlicher Sitte »Rinehart, o Rinehart«, in den Ulmen lärmten die Minos, und von der Massachusetts Avenue her kreischten die Straßenbahnräder; aber in dem niedrigen, von Kerzenschein erhellten Raum herrschte tiefe Stille, und da saß ein schäbiger, kleiner Mann und las laut eine Geschichte vor, wie sich herausstellte war es *Der Mann, der König werden wollte* von Kipling. Alle saßen auf dem Fußboden und hörten gespannt zu.

Im zweiten Jahre begannen Dick und Blake Wigglesworth dicke Freunde zu werden. Dick hatte ein Zimmer in Ridgely, und Blake war fast immer bei ihm. Mit einemmal fand Dick die Universität ganz angenehm, die Wochen vergingen ihm schnell. Der *Advocate* und das *Monthly* veröffentlichten diesen Winter je ein Gedicht von ihm, er und Ned (er hatte nämlich Blake Wigglesworth auf diesen Namen umgetauft) tranken nachmittags zusammen Tee, plauderten über Bücher und Dichter und beleuchteten das Zimmer mit Kerzen. Sie aßen fast nie mehr in der Mensa, obgleich Dick dort eingetragen war. Sobald Pension, Semestergebühren und die Miete in Ridgely bezahlt waren, hatte Dick keinen Cent mehr in der Tasche, aber Ned bezog einen recht ausgiebigen Monatswechsel. Die Wigglesworths waren wohlhabende Leute, sonntags luden sie Dick oft nach Nahant zum Mittagessen ein. Neds Vater war früher einmal Kunstkritiker gewesen und trug einen weißen Knebelbart. Im Salon prunkte ein Kamin von italienischem Marmor, über dem Kamin hing ein Gemälde mit einer Madonna, zwei Engeln und einer Lilie, das die Wigglesworths für einen Botticelli hielten, obgleich B. B., aus reiner Bosheit, wie Mr. Wigglesworth erklärte, zu behaupten pflegte, daß es ein Botticini sei.

Fast jeden Sonnabendabend gingen Dick und Ned nach Boston ins *Thordike* zu Abend essen und tranken sich in funkelndem Nebbiolo einen kleinen Schwips an. Hinterher gingen sie ins Theater oder ins Varieté.

Einmal begegneten sie Freddy und einigen anderen älteren Semestern, die gerade dabei waren, mit etlichen Ballettmädchen in den Westminster-Dachgarten soupieren zu gehen, und da sie für den Anfang schon ziemlich angesäuselt waren, forderten sie die zwei jungen Füchse auf mitzukommen. Die Mädchen gingen Ned um den Bart, weil er so hübsch war, aber er wollte nicht viel von ihnen wissen und betrank sich sehr und versuchte über einen Tisch zu springen, und der Oberkellner kam gelaufen, und Dick mußte ihn nach Hause befördern. Da er kein Geld für ein Taxi hatte, mußten sie die Straßenbahn nehmen, in der Straßenbahn aber kam Ned auf den Gedanken, er sei ein Landstreicher, nahm den Hut in die Hand und begann die Passagiere anzubetteln. Dick hatte schon Angst, es könnte jemand die Polizei rufen; wenn man verhaftet wurde und der Name kam in die Zeitungen, dann schmissen sie einen hinaus, egal, was los war. Aber Neds blondes Haar und schiefes Lächeln schienen eine sonderbare Wirkung zu üben, keiner der Passagiere wurde böse, freilich war man immer noch in Boston, und keiner ging so weit, einen Nickel in den braunen Filzhut zu werfen, auf dem kürzlich jemand gesessen hatte. Als sie in Dicks Zimmer kamen, wurde Ned redselig, rezitierte einen Haufen Gedichte von Shelley, trank eine halbe Flasche Portwein aus, die im Schrank gestanden hatte, lief mit fuchtelnden Armen im Zimmer herum, behauptete, er sei eine heimwärts eilende Taube, und fiel dann in Ohnmacht. Dick zog ihn aus, steckte ihn ins Bett und setzte sich auf den Bettrand, um sich die Schuhe auszuziehen. Lange saß er da und dachte über *Jugend* und *Freundschaft* nach. Er strich Ned das seidige Haar aus der Stirn, zog ihm die Decke bis ans Kinn hoch, setzte sich dann an seinen Schreibtisch, um ein Gedicht in sapphischen Versen über *Jugend* und *Freundschaft* zu schreiben; aber es war schrecklich kalt im Zimmer, und er konnte sich nicht besinnen, wie sapphische Verse gehen, deshalb zog er sich vollends aus, kroch zu Ned ins Bett und machte sich ganz klein, um Ned nicht zu stören. Der Wecker weckte sie auf. Sie mußten ohne Frühstück in die Neun-Uhr-Vorlesung eilen, hatten nur gerade noch Zeit, bei Billings & Stover eine Soda zu trinken. Dick kitzelte die Kohlensäure in der Nase, er mußte niesen.

Im nächsten Sommer hatte Hiram Halsey Cooper mit der Wahlkampagne für Wilson zu tun. Trotz Neds spöttischen Briefen begeisterte sich Dick für all die schönen Schlagworte: *Neue Freiheit*, *Zu stolz, um zu kämpfen*, *Strikte Neutralität*, *Wirtschaftsharmonie zwischen Kapital und Arbeit*, er schuftete zwölf Stunden täglich, tippte Rundschreiben, bearbeitete die Provinzredakteure, damit sie mehr Raum für Mr. Coopers Reden bereitstellten, in denen das Finanzkapital gebrandmarkt und alle Privilegien gegeißelt wurden. Er war recht enttäuscht, als er dann wieder zu den morschen Ulmen der Universität zurückkehren mußte, zu den Vorlesungen, in denen weder für noch gegen eine Sache plädiert wurde, zu Shelleys Gedichten und zum täglichen Fünfuhrtee. Er hatte von der philologischen Fakultät ein Stipendium erhalten und bewohnte jetzt gemeinsam mit Ned ein Zimmer in der Garden Street. Sie hatten eine Menge Freunde, die sich für Schriftstellerei, für die schönen Künste und dergleichen interessierten, die versammelten sich dann am späten Abend in ihrem Zimmer, hockten bei Kerzenschein, umnebelt von Zigarettenrauch und Weihrauch, vor einem bronzenen Buddha, den Ned einmal, als er gerade betrunken war, im Chinesenviertel gekauft hatte, tranken Tee, aßen Kuchen und schwatzten stundenlang. Ned beteiligte sich nur dann an den Gesprächen, wenn vom Saufen oder von Segelschiffen die Rede war; sobald es sich um Politik oder um den Krieg oder ähnliche Dinge handelte, machte er die Augen zu, warf den Kopf zurück und sagte papperlapapp.

Am Wahltag war Dick so aufgeregt, daß er seine sämtlichen Vorlesungen schwänzte. Nachmittags machte er mit Ned einen Spaziergang rund um das North End, sie wanderten bis ans Ende des T-Piers hinaus. Es war ein bitterkalter, grauer Tag. Sie unterhielten sich über einen Plan, den sie gemeinsam ausgeheckt hatten und über den sie nie vor anderen Leuten sprachen: Nach Beendigung ihrer Studien wollten sie eine kleine Jolle oder ein seefestes Segelboot kaufen und dann die Küste entlang nach Florida, nach den Westindischen Inseln und von dort durch den Panamakanal in den Stillen Ozean gondeln. Ned hatte sich eine Schiffahrtskunde gekauft und fing eifrig zu lernen an. Ned wurde wütend, weil Dick anscheinend so gar nicht bei der Sache war und immerzu mit lauter Stimme Vermutungen anstellte, wie in diesem und jenem Staate die Abstimmung ausfallen würde. Sie aßen mürrisch im *Venice* zu Abend, diesmal war das ganze Lokal voller kalter Skalopini und Spaghetti; die Bedienung war elend. Sowie sie ein Fiasco weißen Orvieto leergetrunken hatten, bestellte Ned eine zweite Flasche. Mit steifen und bedächtigen Schritten verließen sie das Restaurant und lehnten sich ein wenig aneinander an. Körperlose Gesichter wirbelten vor dem rötlich goldenen Dunkel der Hanover Street vorbei. Sie standen plötzlich am Saum der Menschenmenge, die das Nachrichtenbrett am Gebäude des *Boston Herald* betrachtete. »Wer wird siegen? Hau ihm! . . . Ein Hurra für unsern Mann!« schrie Ned unaufhörlich. – »Wissen Sie denn nicht, daß heute Wahlen sind?« knurrte ein Mann hinter ihnen. – »Papperlapapp«, plärrte Ned dem Mann ins Gesicht.

Dick mußte ihn schleunigst wegzerren, um eine Schlägerei zu verhindern. »Wenn du so weitermachst, wird man uns bestimmt hoppnehmen«, flüsterte Dick ihm ernst ins Ohr·

»Und ich will die Ergebnisse sehen. Vielleicht siegt Wilson.«

»Hurra . . . Komm, gehn wir zu *Frank Locke*, und trinken wir auf Wilsons Sieg.«

Dick wollte bei der Menschenmenge bleiben und auf die Wahlberichte warten; er war aufgeregt und wollte nichts mehr trinken. »Wenn Wilson siegt, gibt es keinen Krieg.« – »Lieber 'n Krieg«, sagte Ned mit schwerer Zunge, »das wär doch 'n Spaß . . . aber egal, wir woll'n mal noch 'n kleines Schnäpschen trinken!«

Der Barkeeper von *Frank Locke* wollte ihnen nichts mehr servieren, obwohl sie schon oft bei ihm gewesen waren, und sie spazierten ärgerlich die Washington Street entlang zur nächsten Kneipe, da lief ein Zeitungsjunge mit einer Extraausgabe in vier Zoll hohen Lettern vorbei: *Hughes gewählt*. »Hurra«, schrie Ned. Dick hielt ihm den Mund zu, und sie fingen mitten auf der Straße sich zu balgen an, während eine feindselig gestimmte Menschenschar einen Kreis um sie bildete. Dick hörte die dumpfen, unfreundlichen Stimmen: »Studenten . . . Studenten.« Der Hut fiel ihm vom Kopf. Ned ließ ihn los, damit er den Hut aufheben könne. Ein Polizist drängte sich durch die Menge, um zu ihnen zu gelangen. Beide richteten sich auf und entfernten sich nüchtern mit roten Gesichtern. »Lauter Papperlapapp«, flüsterte Ned leise. Sie gingen in der Richtung zum Scollay Square weiter. Dick war wütend.

Auch die Leute auf dem Scollay Square gefielen ihm nicht, und er wollte nach Hause, aber Ned begann eine Unterhaltung mit einem gefährlich aussehenden Kerl und einem Matrosen, der auf wackeligen Beinen stand. »Hör mal, Dicker, nehmen wir sie mit zu Mutter Bly«, sagte der gefährlich aussehende Kerl und versetzte dem Matrosen einen Rippenstoß. – »Nur nich so hastig, Kollege, nur nich so hastig«, murmelte der Matrose mit unsicherer Stimme vor sich hin.

»Wohin ihr wollt! Bloß weg von diesem Papperlapapp!« schrie Ned und schaukelte von einem Fuß auf den andern.

»Hör mal, Ned, du bist betrunken, wir wollen nach Hause«, jammerte ihm Dick verzweifelt ins Ohr und zog ihn am Arm, »sie wollen dich betrunken machen und dir dein Geld abnehmen.«

»Mich können sie nicht betrunken machen, ich bin schon betrunken . . . Papperlapapp«, wieherte Ned, nahm dem Matrosen die weiße Mütze weg und setzte sie sich an Stelle seines Hutes auf.

»Na, dann mach, was du willst, ich gehe.« Dick ließ plötzlich Neds Arm los und entfernte sich, so schnell er nur konnte. Er marschierte über den Beacon Hill, seine Ohren dröhnten, er hatte einen heißen Kopf, in seinem Schädel hämmerte es vor Wut. Er ging den ganzen Weg bis Cambridge zu Fuß und kam zitternd und müde in seinem Zimmer an, dem Weinen nahe. Er legte sich ins Bett, konnte aber nicht einschlafen; obwohl er sich auch noch mit dem Teppich zudeckte, lag er die ganze Nacht frierend und elend da und horchte auf jedes Geräusch von der Straße.

Frühmorgens erhob er sich mit Kopfschmerzen und einem sauren, brennenden Gefühl im ganzen Körper. Er stand gerade an der Theke im Frühstücksraum, trank Kaffee und aß ein geröstetes Brötchen, da kam Ned frisch und rosig herein, den Mund zu einem Lächeln verzogen: »Na, mein junger Politico, Professor Wilson ist gewählt, und wir müssen auf den rasselnden Säbel verzichten.« Dick brummte und aß weiter. »Ich hatte Sorgen um dich«, fuhr Ned leichtfertig fort, »du warst so plötzlich verschwunden!« – »Was soll denn gewesen sein! Ich bin nach Hause gegangen und hab mich ins Bett gelegt«, knurrte Dick. – »Dieser Barney entpuppte sich als ein sehr amüsanter Mensch, er ist Boxlehrer, wenn er nicht ein schwaches Herz hätte, könnte er Weltergewichtsmeister von Neu-England sein. Wir landeten schließlich in einem Türkischen Bad – komisch, so ein Bad.« Dick war zumute, als habe er eine Ohrfeige bekommen. »Ich muß ins Laboratorium«, sagte er heiser und verließ die Frühstücksstube.
Er kehrte erst bei Einbruch der Dunkelheit nach Ridgely zurück. Es war jemand im Zimmer. Ned. Durch die blaue Dunkelheit lief er im Zimmer auf und ab. »Dick«, murmelte er, sowie die Tür sich hinter Dick geschlossen hatte, »nie wütend sein!« Er stand mitten im Zimmer, die Hände in den Taschen, und schwankte ein wenig. »Nie wütend sein, Dick, wenn einer was anstellt, wenn er betrunken ist ... Nie wütend sein, wenn einer was anstellt! Sei nett und mach mir eine Tasse Tee.« Dick füllte den Kessel und steckte den Alkoholbrenner an. »Der Mensch muß nun mal Dummheiten machen, Dick!«
»Aber mit solchen Leuten ... Sich auf dem Scollay Square einen Matrosen aufklauben ... Verflucht riskante Geschichte«, sagte Dick mutlos.
Ned drehte sich mit einem leichten, fröhlichen Lachen zu ihm um: »Und du hast mir immer gesagt, ich sei ein ekelhafter Bostoner Snob!«
Dick gab keine Antwort. Er hatte sich auf einen Stuhl neben dem Tische fallen lassen. Er war jetzt nicht mehr wütend. Er mußte sich zusammennehmen, um nicht zu weinen. Ned

hatte sich aufs Sofa gelegt und hob zuerst das eine Bein und dann das andere über seinen Kopf. Dick saß da, starrte die blaue Spiritusflamme an und lauschte dem Geschnurr des Teekessels, bis der letzte Dämmerschein in völlige Finsternis verlosch und ein aschgraues Licht von der Straße ins Zimmer zu sickern begann.

Diesen Winter war Ned Abend für Abend betrunken. Dick schaffte das *Monthly* und *Advocate*, seine Gedichte wurden im *Literary Digest* und im *Conning Tower* nachgedruckt, er besuchte einige Tagungen des Bostoner Vereins für Dichtkunst und wurde von Amy Lowell zum Essen eingeladen. Er zankte sich viel mit Ned herum, denn er war Pazifist, und Ned sagte, hol's der Teufel, er wolle zur Marine, es sei doch alles bloß Papperlapapp. In den Osterferien, nachdem das Gesetz über die Schiffsarmierung beschlossen worden war, hatte Dick eine längere Unterredung mit Mr. Cooper, der ihm einen Posten in Washington verschaffen wollte, weil, wie er sagte, ein junger Mensch mit seinem Talent seine Karriere nicht durch den Eintritt in die Armee gefährden dürfe, und man munkle bereits von allgemeiner Wehrpflicht. Dick errötete lieblich und erwiderte, sein Gewissen verbiete ihm, auf irgendeine Weise den Krieg zu unterstützen. Sie unterhielten sich lange über die Pflichten eines Staatsbürgers, über die Rolle eines Parteiführers, über die Notwendigkeiten der Stunde, aber es kam nichts dabei heraus. Schließlich mußte er Mr. Cooper versprechen, keine übereilten Schritte zu tun und ihn immer erst um Rat zu fragen. In Cambridge exerzierten die Studenten und hörten sich militärwissenschaftliche Vorlesungen an. Dick wollte seinen vierjährigen Lehrgang in drei Jahren beenden und mußte fleißig arbeiten, aber das Studium sagte ihm gar nichts mehr. Er nahm sich genügend Zeit, um eine Serie alter Sonette frisch aufzupolieren, gab ihnen den Titel *Morituri Te Salutant* und beteiligte sich mit ihnen an einem vom *Literary Digest* veranstalteten Wettbewerb. Er bekam den Preis, aber die Redaktion schrieb ihm, sie würde es gerne sehen, wenn die letzten sechs Zeilen eine etwas hoffnungsfreudigere Note erhielten. Dick lieferte die etwas

hoffnungsfreudigere Note und schickte die hundert Dollar seiner Mutter, sie solle damit nach Atlantic City gehen. Er erfuhr, daß er seinen akademischen Grad in diesem Frühling ohne jedes Examen bekommen könne, er brauche sich nur zum Militär zu melden, und so fuhr er eines Tages nach Boston, ohne irgend jemandem ein Wort zu sagen, und meldete sich zum Freiwilligen Sanitätsdienst.
Als er das Mr. Cooper in einem Brief mitteilte, legte er die preisgekrönten Sonette mit einer vierzeiligen Widmung bei und dedizierte sie *Einem nationalgesinnten Bürger*; Mr. Cooper schickte ihm dafür einen Scheck über fünfhundert Dollar und gratulierte ihm mit begeisterten Worten zu seinem Mut und seinem Patriotismus. Er fügte hinzu, daß ohnedies sehr bald die allgemeine Wehrpflicht kommen werde, und er hoffe, binnen kurzem Dick eine Offiziersstelle verschaffen zu können.
An dem Abend, an dem er Ned mitteilte, daß er nach Frankreich fahre, betranken sie sich beide auf ihrem Zimmer mit Orvieto-Wein und schwatzten viel, daß es das Schicksal aller Jugend und Schönheit, das Schicksal aller Liebe und aller Freundschaft sei, von einem frühen Tode ausgelöscht zu werden, während sich die alten, fetten, feierlichen Dummköpfe über ihre Leichen lustig machten. In den frühen Morgenstunden gingen sie hinaus und setzten sich mit einer letzten Flasche auf einen der alten Grabsteine auf dem Friedhof an der Ecke des Harvard Square, und nach jedem Schluck Wein warfen sie die Köpfe zurück und blökten sanft unisono papperlapapp.

Als er auf der *Chicago* Anfang Juni nach Frankreich fuhr, da war ihm zumute, als habe er ein Buch beiseite legen müssen, das er noch nicht zu Ende gelesen hatte. Ned, seine Mutter, Mr. Cooper und die literarisch interessierte Dame, die beträchtlich älter war als er und mit der er mehrere Male etwas unbequem in ihrer Flurwohnung am Central Park South geschlafen hatte, seine Gedichte und seine pazifistischen Freunde, die Lichter der Esplanade mit ihren zitternden Reflexen auf dem Charles, die morschen Ulmen,

Copeys schöne Lesestimme und der Dekan Briggs, der mit bescheidener Miene seinem Englischen Seminar präsidiert – Bilder, die in seiner Erinnerung erloschen wie Fragmente eines Romans, den man halbgelesen aus der Hand legt. Er wurde ein wenig seekrank, mit etwas scheuen Augen betrachtete er das Schiff, die lärmende, saufende Mannschaft und die feierlichen Roten-Kreuz-Weiber, die einander mit grausigen Geschichten von aufgespießten belgischen Säuglingen, von gekreuzigten kanadischen Offizieren und geschändeten ältlichen Nonnen ergötzten. Dabei war ihm ganz sonderbar zumute, als hätte er ein überdrehtes Uhrwerk in der Brust, verkrampfte Spannung, Neugier: wie sieht's da drüben aus?
Bordeaux, die rote Garonne, die pastellfarbenen Straßen mit ihren alten, hohen Mansardendächern, zartblauer Schatten, zarthelles Sonnenlicht, die Namen der Bahnhöfe, die alle aus Shakespeare stammten, die gelb gehefteten Romane auf den Bücherständen, die Weinflaschen in den Buvettes – so hatte er sich das alles nicht vorgestellt. Unterwegs nach Paris: über die zart blaugrauen Felder purpurn verstreut Mohnblumen wie die ersten Zeilen eines Gedichts, und der kleine Zug schuckelte in Daktylen dahin, alles schien sich reimen zu wollen.
Als sie in Paris ankamen, war es schon zu spät, um sich im Büro zu melden. Dick ließ seinen Koffer in dem Zimmer zurück, das ihm und zwei Kameraden im Hotel *Mont Thabor* zugewiesen worden war, und dann spazierten sie durch die Straßen. Es war noch hell. Es gab fast gar keinen Verkehr, aber die Boulevards wimmelten von Menschen, die in der blauen Junidämmerung umherbummelten. Sowie es dunkler wurde, beugten sich Frauen hinter den Bäumen hervor, Mädchenhände griffen nach ihren Ärmeln, ab und zu explodierte ein schmutziges englisches Wort wie ein faules Ei, den näselnden Singsang des Französischen übertönend. Die drei Kameraden gingen Arm in Arm, ein wenig ängstlich und sehr abweisend, noch saßen ihnen jene Warnungen vor den Gefahren der Syphilis und Gonorrhoe in den Ohren, die ein Militärarzt am Abend zuvor auf dem

Schiff vor versammelter Mannschaft verkündet hatte. Sie kehrten früh ins Hotel zurück.
Ed Schuyler, der Französisch konnte, weil er in einem Internat in der Schweiz gewesen war, schüttelte den Kopf, während er sich am Waschtisch die Zähne putzte, und blubberte durch die Borsten seiner Zahnbürste: »C'est la guerre.« – »Die ersten fünf Jahre sind die schwersten«, sagte Dick lachend. Fred Summers war ein Autoschlosser aus Kansas. Er setzte sich im Bett auf, hatte ein wollenes Unterleibchen an. »Jungens«, sagte er und schaute feierlich düster von einem zum andern: »Das ist ja gar kein Krieg, das ist ein beschissenes Hurenhaus.«
Am nächsten Morgen standen sie früh auf, verzehrten hastig ihren Kaffee und ihre Brötchen und eilten heiß und kalt vor Erregung in die Rue François Premier, um sich zu melden. Man sagte ihnen, wo sie sich ihre Uniformen holen sollten, man schärfte ihnen ein, sich vor dem Wein und den Weibern in acht zu nehmen, und befahl ihnen, am Nachmittag wiederzukommen. Am Nachmittag wurde ihnen erklärt, sie müßten am nächsten Morgen wiederkommen, um sich ihre Identitätskarten zu holen. Die Identitätskarten kosteten sie abermals einen vertrödelten Tag. Während der Wartepausen fuhren sie mit einer Pferdedroschke im Bois spazieren, besichtigten Notre-Dame und die Conciergerie und die Sainte-Chapelle und fuhren mit der Straßenbahn nach Malmaison. Dick frischte sein Schulfranzösisch wieder auf, er saß im milden Sonnenschein zwischen den schäbig weißen Statuen in den Tuileriengärten und las *Les dieux ont soif* und *L'Ile des Pinguins*. Er und Ed Schuyler und Fred blieben beisammen, und allabendlich, nachdem sie sich immer von neuem ein besonders gutes Essen spendiert hatten, da sie Angst hatten, es könnte ihre letzte Mahlzeit in Paris sein, machten sie einen Spaziergang über die Boulevards durch die menschenwimmelnde himmelblaue Dämmerung; sie waren jetzt schon so weit, daß sie sich mit den Mädchen unterhielten und sie ein bißchen aufzogen. Fred Summers hatte sich eine Tripperapotheke und eine Serie obszöner Postkarten gekauft. Er sagte, in der letzten Nacht

vor dem Abmarsch wolle er losgehen. Sobald sie an der Front seien, könne er jeden Augenblick krepieren, und was dann? Dick sagte, er unterhalte sich ganz gerne mit den Mädchen, aber die Sache sei ihm zu geschäftsmäßig und widerlich. Ed Schuyler, der den Spitznamen Franzmann erhalten hatte und in seinem ganzen Benehmen ein richtiger Europäer geworden war, meinte, die Straßenmädchen seien ihm zu naiv.

Die Nacht vor ihrer Abfahrt war mondhell, deshalb kamen die deutschen Flieger angesaust. Sie saßen gerade in einem kleinen Restaurant auf dem Montmartre beim Abendbrot. Als die Sirenen zum zweitenmal ihren Klageschrei ertönen ließen, jagten die Kassiererin und der Kellner sie alle in den Keller hinunter. Dort trafen sie drei jüngere Frauen namens Suzette, Minette und Annette an. Als die kleine tutende Feuerspritze vorüberfuhr, um zu verkünden, daß der Angriff zu Ende sei, war bereits die Sperrstunde da, und sie konnten nichts mehr zu trinken bekommen, daher schleppten die Mädchen sie in ein Haus mit festverschlossenen Fenstern, dort wurden sie in einen großen Raum geführt, an dessen Wänden grünlichbraune, mit grünen Rosen verzierte Tapeten klebten. Ein alter Mann mit einer grünen Tuchschürze brachte Champagner, die Mädchen setzten sich den Männern auf die Knie und zerzausten ihnen die Haare. Summers erwischte die Hübscheste und schleppte sie schnell in den Alkoven, dort stand ein Bett, und über dem Bett war der ganzen Länge nach ein Spiegel. Dann zog er den Vorhang zu. Dick blieb mit der Dicksten und Ältesten zurück, und ihn packte der Ekel. Ihr Fleisch fühlte sich wie Gummi an. Er gab ihr zehn Francs und ging weg. Als er die finstere abschüssige Straße draußen entlangeilte, stieß er auf einige australische Offiziere, die ihm einen Schluck Whisky aus einer Flasche offerierten und ihn in ein anderes Haus führten, dort wollten sie eine Pantomime arrangiert haben, aber die Madame sagte, die Mädchen seien alle beschäftigt, und die Australier waren sowieso zu besoffen, um aufzupassen, und begannen das Lokal zu demolieren. Dick konnte sich eben noch davonmachen, bevor die

Gendarmen kamen. Er schlug von ungefähr die Richtung zum Hotel ein, da heulten abermals die Sirenen, und er befand sich plötzlich mitten in einer Schar von Belgiern, die ihn in einen Métro-Bahnhof hinunterschleppten. Dort unten sah er ein Mädchen, das sehr hübsch war, und er versuchte ihr klarzumachen, daß er Lust habe, mit ihr in ein Hotel zu gehen, aber da erschien der Mann, der mit ihr war, ein Spahi-Oberst in einem roten, mit goldenen Tressen verzierten Mantel, sein pomadisierter Schnurrbart sträubte sich vor Wut. Dick erklärte das Ganze für einen Irrtum, jedermann entschuldigte sich, alle waren sie *braves alliés*. Sie gingen durch mehrere Straßen und suchten ein Lokal, um zusammen ein Gläschen zu trinken, aber alles war schon zu, deshalb trennten sie sich mit Bedauern vor der Tür von Dicks Hotel. Er ging in prächtiger Laune auf sein Zimmer, dort saßen schon seine beiden Kameraden, schauten finster drein und schmierten sich mit Salbe ein. Dick machte aus seinen Abenteuern eine schöne, tolle Geschichte. Die beiden aber erklärten, es sei verteufelt schäbig von ihm gewesen, seine Dame sitzenzulassen und sie in ihren Gefühlen zu verletzen. »Jungens«, begann Fred Summers und schaute ihnen mit seinen runden Augen ins Gesicht, »das ist ja gar kein Krieg, das ist ein . . .« Seine Worte erstickten in ihrem Gelächter.

Weltwochenschau XXII

FÜR DAS KOMMENDE JAHR ERWARTET MAN
NEUEN AUFSCHWUNG DER EISENBAHNEN

DEBS BEKOMMT 30 JAHRE GEFÄNGNIS

's ist ein langer, langer Weg,
Der ins Land meiner Träume führt,
Wo die Nachtigallen singen
Und das weiße Mondlicht glänzt

künftige Generationen werden aufstehn und die Männer heiligsprechen, die den Mut ihrer Überzeugung haben, die den Wert des Menschenlebens im Gegensatz zu materiellem Gewinn zu würdigen wissen und die, von brüderlichem Geiste erfüllt, sich die große Gelegenheit nicht entgehen lassen

KRIEGSANLEIHE
ZEICHNET
KRIEGSANLEIHE

KUPFERWERTE DURCH DIE UNGEWISSEN
AUSSICHTEN STARK BEEINFLUSST

DIE FRAUEN WÄHLEN WIE ERFAHRENE POLITIKER

althergebrachte Fleischgerichte kommen wieder zu Ehren, zum Beispiel Ragout, Gulasch, Fleischpasteten und Leber mit Speck. Jeder deutsche Soldat hat eine kleine Kleiderbürste in der Tasche; kaum landet er in einer Gefängniszelle, holt er diese Kleiderbürste hervor und fängt an, sich seine Kleider abzubürsten

's ist eine lange, lange Nacht,
Eh meine Träume sich alle erfüllen

AGITATOREN ERHALTEN KEINE AMERIKANISCHEN PÄSSE

die zwei Männer aus dem Transvaal-Bezirk erklärten während der Fahrt, daß die britische und die amerikanische Flagge gar keinen Sinn hätten und ihretwegen glatt auf dem Meeresgrund versenkt werden könnten, und sie behaupteten, daß sie sogenannte Nationalisten seien, ein Typus, der sehr stark an unsere revolutionären Syndikalisten erinnert... »Ich habe nicht die Absicht«, rief Hearst, »mit Gouverneur Smith öffentlich, privat, auf politischem oder gesellschaftlichem Fuße zusammenzutreffen, da ich mir davon gar keinen Nutzen verspreche . . .«

SELBSTMORD AUF HOHER SEE

Jagd auf Drückeberger

Oh, der alte Onkel Sam
Er hat die Infantrie
Er hat die Kavallrie
Er hat die Artillrie
Und dann, zum Donnerwetter,
ziehn wir alle nach Dschermany –
Helf Gott dem Kaiser Bill!

Das Kamera-Auge 32

Erinnerung
an die grauen gekrümmten Finger an das dicke Blut das von der Leinwand träufelt an das blubbernde Geräusch wenn die Lungenfälle zu atmen versuchen an die dreckigen Fleischbrocken die lebend in den Ambulanzwagen geschoben und tot herausgezogen werden
wir sitzen unser drei in dem trockenen Betonbecken des Springbrunnens in dem kleinen Gärtchen zwischen rosaroten Mauern in Recicourt
nein ... es muß einen Weg geben ... sie haben es uns beigebracht ... das Land der Freiheit ... Gewissen ... Freiheit oder Tod ... ja für uns der Tod das große Lachen und Gelächter soll den Himmel aus den Fugen heben
sonniger Nachmittag durch die leichte Übelkeit die das Senfgas hinterläßt rieche ich den Buchsbaum die weißen Rosen und die weißen Flammenblumen mit dem purpurroten Auge drei braunweißgestreifte Schlangen hängen mit unendlicher Zartheit von einem Geißblattzweig über unseren Köpfen hoch oben im Blau grast schläfrig ein Fesselballon wie eine angepflockte Kuh betrunkene Wespen kleben an den überreifen Birnen die breiig zu Boden klatschen sooft das nahe Geschütz seine schweren Granaten speit die dröhnend durch den Himmel jagen
mit einem Gesurr da erinnert man sich wie man mal durch den Wald gegangen ist und eine Schnepfe aufgescheucht hat wohlhabende Landleute haben mit Sorgfalt die Mauern errichtet den kleinen Abort mit der sauber gescheuerten Bank und der Mondsichel in der Tür wie der Abort einer alten Farm in der Heimat haben mit Sorgfalt den Garten gepflanzt und das Obst gekostet und die Blumen gerochen und mit ebenso großer Sorgfalt diesen Krieg vorbereitet
Patrick Henry ehemals Demokrat neugebackener Patriot in

braunem Khaki stellt sich zur Musterung legt seinen letzten Pfennig in Kriegsanleihe an ... *oder Tod* ... hol sie der Teufel
arrivées Schrapnell seine Harfentöne aus winzigen Pulverwölkchen zupfend lädt uns zart zum ewigen Ruhm ein wir Glücklichen schauen den vorsichtigen Bewegungen der Schlangen im nachmittägigen Sonnenschein zu plaudern mit leiser Stimme
La Libre Belgique ... die Juniusbriefe ... Areopagitica ... Milton erblindete um der Redefreiheit willen ... wenn du richtig trommelst, wird die Demokratie auch die Bankiers und die Pfaffen verstehen
ich
du
wir
müssen
wenn drei Männer zusammen stehn drei Königreiche verlorengehn ...
après la guerre daß unsere Finger unser Blut unsere Lungen unser Fleisch unter dem schmutzigen Khaki Feldgrau Bleu horizon weiter wachsen süß werden bis wir vom Baum fallen reif wie die allzu reifen Birnen die arrivées sie wissen's und singende Explosionen zischende Gasgranaten
ihnen die Macht und der Ruhm
Freiheit
oder Tod ...

RANDOLPH BOURNE

Randolph Bourne
kam in diese Welt als ihr Bewohner und
hatte nicht das Vergnügen, sich seine Behausung oder seine Laufbahn wählen zu dürfen.
Er war bucklig, stammte aus einer Familie von Buckligen, Enkel eines freigemeindlichen Pfarrers, geboren im Jahre 1886 in Bloomfield in New Jersey; dort besuchte er die Elementarschule und das Gymnasium,
und im Alter von siebzehn Jahren kam er als Sekretär zu einem Geschäftsmann nach Morristown.
Werkstudent an der Columbia-Universität,
Arbeiter in einer Pianola-Plattenfabrik in Newark,
Korrektor,
Klavierstimmer,
Korrepetitor in einem Gesangsstudio in der Carnegie Hall.
An der Columbia studierte er bei John Dewey; bekam ein Reisestipendium, das ihn nach England, Paris, Rom, Berlin, Kopenhagen führte; schrieb ein Buch über die Gary-Schulen.
In Europa hörte er Musik, sehr viel Wagner und Skrjabin, und kaufte sich eine schwarze Regenpelerine.

Dieser kleine Mann, klein wie ein Sperling,
winziges, mißgestaltes Stückchen Fleisch in schwarzer Pelerine,
immer leidend und krank,
legte einen Kieselstein in seine Schlinge
und traf Goliath glatt vor die Stirn.

Krieg, schrieb er, *ist Gesundheit des Staates.*
Halb Musiker, halb Theoretiker der Pädagogik (schlechte Gesundheit, Armut, ein verkrüppelter Körper und das Zer-

würfnis mit seinen Verwandten hatten Randolph Bourne die Welt nicht verekeln können); er war ein glücklicher Mensch, er liebte die *Meistersinger* und spielte gerne Bach mit seinen langen Händen, die so leicht die Tasten umspannten, und liebte hübsche Mädchen und gutes Essen und Gespräche am Abend. Als er an Lungenentzündung zum Sterben kam, brachte ihm ein Freund einen Eierpunsch: *Schau dieses Gelb, wie schön es ist!* sagte er viele Male, während sein Leben in Delirium und Fieber verebbte. Er war ein glücklicher Mensch. Mit fieberhaftem Eifer bemächtigte er sich der Ideen, die zu jener Zeit an der Columbia-Universität im Schwange waren, aus dem schwülstigen Wirrwarr von John Deweys Lehren holte er sich rosiggefärbte Gläser hervor, durch die er klar und deutlich sah:
das leuchtende Kapitol der *Reformierten Demokratie*,
Wilsons *Neue Freiheit*.
Aber er war ein zu guter Mathematiker,
er mußte die Gleichungen aufstellen

mit dem Ergebnis:
daß er in dem verrückten Frühling des Jahres 1917 unpopulär zu werden begann, obgleich er bei der *New Republic* fett verdiente.
Für *Neue Freiheit* lies *Wehrpflicht,* für *Demokratie* lies *Krieg,*
für *Reform* lies *Schutz den Morgan-Anleihen*;
für *Fortschritt, Zivilisation, Erziehung, Wohlfahrt* lies:
Zeichnet Kriegsanleihe,
Gott strafe die Hunnen,
Sperrt die Kriegsdienstverweigerer ein.
Er schied aus der *New Republic* aus; nur noch die *Seven Arts* hatten den Mut, seine Artikel gegen den Krieg zu bringen. Die Hintermänner der *Seven Arts* bekamen ihr Geld von anderswoher. Freunde ließen sich nicht gerne mit Bourne blicken, sein Vater schrieb ihm und bat ihn, den Namen der Familie nicht zu beschmutzen. Die regenbogenfarbene Zukunft der Reformierten Demokratie platzte wie eine angestochene Seifenblase.
Die Liberalen eilten nach Washington,

einige seiner Freunde beschworen ihn, sich auf die Seite des Schulmeisters Wilson zu schlagen; einen heftigen Krieg führten die Herren in ihren Büros in Washington.
Er wurde karikiert, der Spionagedienst und die Gegenspionage beobachteten ihn; auf einem Spaziergang mit zwei Freundinnen in Wood's Hole wurde er verhaftet, in Connecticut stahl man ihm einen Koffer mit Manuskripten und Briefen. (*Gewalt bis zum Äußersten!* donnerte Schulmeister Wilson.)
Er hat den großen Zirkus des Versailler Friedens nicht mehr erlebt.
Sechs Wochen nach dem Beginn des Waffenstillstandes starb er über dem Plan eines Essays: *Die Grundlagen einer künftigen radikalen Bewegung in Amerika*. Er glaubte noch an die Neger, an die Industriearbeiter und an die wenigen Intellektuellen, die den Mut besessen hatten, sich nicht in die Kriegsbegeisterung hineinhetzen zu lassen.
Wenn es geschehen kann, daß ein Mensch als Geist zurückbleibt,
dann blieb Bournes Geist zurück,
ein kleiner verkrüppelter unerschrockener Geist in einer schwarzen Pelerine,
die schmutzigen alten Ziegel- und Sandsteinstraßen, die man im unteren New York noch findet, humpelt er entlang,
ruft mit einem schrillen, lautlosen Gekicher:
Krieg ist Gesundheit des Staates.

Weltwochenschau XXIII

Wenn du deinen guten alten Onkel Sammy nicht liebst
Wenn du die rotweißblauen Farben nicht liebst

... morgen nachmittag im Branch Brook Park, Newark, N. J. das Lächeln unseres patriotischen Essex County starten und protokolliert werden ... Während Musikkapellen Kriegslieder und Märsche spielen, wird eine riesige Menschenmenge fröhlich vorüberziehen: Mütter, die einen Sohn der Nation im Felde stehen haben, Kriegersgattinnen, manche davon mit einem Säugling im Arm, der erst zur Welt gekommen ist, als sein Vater längst an der Front war, sie alle werden im Festzug von Essex County ihren Platz finden, die Verwandten und Freunde der Helden, die die Botschaft der Freiheit in die Lande tragen, werden an einer Batterie von Kameras vorbeidefilieren, und alle werden sie den Helden ihr Lächeln senden – Rate Nr. 7 der Kampagne: *Lächelt für unsere Helden.* Das allgemeine Lächeln beginnt um zwei Uhr dreißig ...

PÖBEL PLÜNDERT STÄDTE

Reporter leitet Sturmangriff

es war jämmerlich anzusehen, wie jeden Abend bei Einbruch der Dunkelheit die gesamte Bevölkerung die Stadt räumte, um bis zum Morgengrauen auf freiem Felde zu schlafen. Alte Frauen und kleine Kinder, Krüppel in kleinen Wägelchen oder Schubkarren, alte, schwache Greise, die nicht mehr gehen können und getragen werden müssen

Süße kleine Butterblume,
Liebe kleine Butterblume,
Trockne deine Augen blau

Der Brooklyner Sittlichkeitsattentäter ein Irrer?

die Unruhen hatten ihren Ursprung in der Forderung der Schiffsarbeiter nach dem Achtstundentag

Und paßt dir unser Sternenbanner nicht,
Dann marsch zurück übers Meer.
Was willst du hier, wir brauchen dich nicht,
Wo kommst du denn eigentlich her?

Republikanischer Führer läßt sich bestechen

Und paßt dir nicht unser Rotweißblau,
Dann laß es bleiben, schau:
Man beschmutzt nicht das eigene Nest . . .

EVELINE HUTCHINS

Die kleine Eveline und Arget und Lade und Gogo wohnten im obersten Stockwerk eines gelben Ziegelhauses am North Shore Drive. Arget und Lade waren die Schwestern der kleinen Eveline, Gogo war ihr kleiner Bruder, kleiner als Eveline. Er hatte so hübsche blaue Augen, aber Miss Mathilda hatte abscheuliche blaue Augen. Ein Stockwerk tiefer lag Dr. Hutchins' Studierzimmer, dort durfte Deinvater nicht gestört werden, und daneben lag Liebmuttchens Zimmer, dort saß sie den ganzen Vormittag in einem lavendelfarbenen Kleid und malte. Im Erdgeschoß waren die gute Stube und das Eßzimmer, dort wurden die Mitglieder der Gemeinde empfangen, und kleine Kinder durften nicht mucksen, und wenn Essenszeit war, roch es nach guten Sachen, Messer und Gabeln klirrten, und gesellige Stimmen erklangen, und dann hörte man Deinvaters dröhnende, schreckliche Stimme, und wenn Deinvaters Stimme ertönte, schwiegen alle die geselligen Stimmen still. Wenn Deinvater abends neben dem Bett stand, um aufzupassen, daß kleine Mädchen ihre Gebete sagten, machte sie todängstlich die Augen zu. Erst nachdem sie ins Bett gehopst war und sich ordentlich verkrochen hatte, so daß ihr die Bettdecke bis über die Nase ging, erst dann fühlte sie sich behaglich.

George war ein lieber Kerl, wenn auch Adelaide und Margaret ihn immer neckten und von ihm sagten, er sei ihr Pfarramtsgehilfe, so wie Mr. Blessington Vaters Pfarramtsgehilfe war. George steckte sich immer zuerst an, und dann bekamen sie's alle auch. Es war famos, als sie alle auf einmal die Masern hatten und dann den Mumps. Sie blieben im Bett, man brachte ihnen Hyazinthentöpfe und Meerschweinchen, und Liebmuttchen kam rauf und las ihnen aus dem Dschungelbuch vor und malte komische Bilder, und Deinvater kam rauf und machte aus Papier komische

Vogelschnäbel, die auf und zu gingen, und erzählte Geschichten, die er sich aus dem Kopf zurechtmachte, und Liebmuttchen sagte, daß er in der Kirche für euch Kinder bete, und da kamen sie sich ganz stolz und erwachsen vor.

Als sie alle wieder auf waren und im Kinderzimmer spielten, erwischte George gleich wieder was und bekam Lungenentzündung, weil er sich die Brust erkältet hatte, und Deinvater war sehr ernst und sagte, nicht traurig sein, wenn Gott den kleinen Bruder wegholt. Aber Gott brachte den kleinen Bruder wieder, er war bloß von nun an sehr zart und mußte eine Brille tragen, und als Eveline Muttchen helfen durfte, ihn zu baden, weil Miss Mathilda auch Masern hatte, da merkte Eveline, daß er dort, wo bei ihr gar nichts war, etwas Komisches hatte. Sie fragte Liebmuttchen, ob das Mumps sei, und warum der Doktor das nicht wegkuriert habe, als er die Lungenentzündung kurierte, aber Liebmuttchen schimpfte mit ihr und sagte, sie sei ein unanständiges, kleines Geschöpf, weil sie hingeschaut hatte. »Still, Kind, frag nicht.« Eveline wurde über und über rot, Adelaide und Margaret wollten tagelang nicht mit ihr reden, weil sie ein unanständiges kleines Geschöpf war.

Im Sommer fuhren sie alle mit Miss Mathilda im Salonwagen nach Maine. George und Eveline schliefen im oberen Bett, Adelaide und Margaret im unteren Bett, Miss Mathilda wurde eisenbahnkrank und machte auf dem Sofa vis-à-vis kein Auge zu. Der Zug fuhr mit Rattern und Schnaufen dahin, Häuser liefen vorbei, die im Vordergrund ganz schnell, die weiter hinten ganz langsam, nachts heulte die Lokomotive, und die Kinder konnten nicht verstehen, warum der starke, große, nette Schaffner so nett zu Miss Mathilda war, die so dumm war und so krank. In Maine roch es nach Wald; Vater und Mutter erwarteten sie schon, sie zogen Khakiblusen an, und dann ging's mit Vater und den Führern ins Sommerlager. Eveline lernte schneller schwimmen als die anderen.

Als sie dann nach Chicago zurückfuhren, war es schon Herbst, und Muttchen liebte das schöne, herbstliche Laub, dessen Anblick Mathilda traurig stimmte, weil der Winter nahte, und Muttchen liebte den Frost auf den Gräsern hinter dem Schatten der Waggons, wenn man morgens aus dem Fenster guckte. Zu Hause scheuerte Sam die Emailleglasuren, Phoebe und Miss Mathilda machten die Vorhänge auf, und im Kinderzimmer roch es traurig nach Mottenkugeln. Dann kam ein Herbst, da fing Vater an, Abend für Abend, wenn sie alle gut eingepackt in den Betten lagen, laut aus den »Idealen der Könige« vorzulesen. Den ganzen Winter hindurch waren Adelaide und Margaret König Arthur und Königin Wenever. Eveline wollte die blonde Elaine sein, aber Adelaide sagte, das gehe doch nicht, weil ihr Haar mausgrau sei, und sie habe ein Gesicht wie eine Pastete, deshalb mußte sie die Magd Evelina sein.

Die Magd Evelina ging des öfteren in Miss Mathildas Zimmer, wenn die Miss nicht zu Hause war, und schaute lange in den Spiegel. Ihr Haar war nicht mausgrau, es war ziemlich blond, wenn man ihr bloß erlaubt hätte, Löckchen statt Zöpfe zu tragen, und wenn sie auch nicht Georges blaue Augen hatte, so waren doch kleine gelbe Flecken drin. Ihre Stirn war edel. Sie hatte die Haltung einer Prinzessin. Miss Mathilda erwischte sie eines Tages, als sie in den Spiegel starrte.

»Sprich mit dir selbst, und du sprichst mit dem Teufel«, sagte Miss Mathilda in ihrer ekelhaften, steifen, deutschen Art.

Als Eveline zwölf Jahre alt war, übersiedelten sie in ein größeres Haus am Drexel Boulevard. Adelaide und Margaret kamen nach dem Osten, nach New Hope, ins Pensionat, und Mutter mußte wegen ihrer Gesundheit den Winter bei Bekannten in Santa Fé verbringen. Es machte Spaß, jeden Morgen bloß mit Papa und George und Miss Mathilda zu frühstücken, die Miss wurde älter und kümmerte sich nur noch um den Haushalt und las den Kindern oft aus Sir Gilbert Parkers Romanen vor. Eveline ging nicht gern in die Schule, aber es machte ihr Spaß, wenn Papa ihr des Abends beim Lateinlernen half und algebraische Gleichungen für sie löste. Sie fand ihn wunderbar, wenn er so gütig und gut von der Kanzel herab predigte, und in der Bibelschule und am Sonntagnachmittag war sie stolz darauf, daß sie die Tochter des Pfarrers war. Sie dachte viel über die Vaterschaft Gottes nach, über das Weib von Samaria, über Joseph von Arimathia, über Baldur den Schönen, über die Brüderschaft der Menschen und über den Apostel, der Jesus liebte. Dieses Jahr zu Weihnachten ging sie mit milden Gaben in die Häuser der Armen. Die Armut war schrecklich, und die Armen waren so verängstigt, und sie fragte ihren Vater, warum denn der liebe Gott sich nicht um die Probleme und Übel von Chicago und überhaupt um die herrschenden Zustände kümmere. Er sagte lächelnd, sie sei noch zu jung, um sich wegen solcher Dinge den Kopf zu zerbrechen. Sie sagte jetzt »Alterchen« zu ihm, und sie waren gute Kameraden.

Zu ihrem Geburtstag schickte ihr die Mutter ein wunderschönes illustriertes Buch, die *Selige Jungfrau* von Dante Gabriel Rossetti mit bunten Illustrationen nach seinen und Burne Jones' Gemälden. Immer wieder sagte sie den Namen Dante Gabriel Rossetti vor sich hin, gleichsam traurig, so gut gefiel er ihr. Sie fing zu malen an und schrieb kleine Verschen über Engelchöre und arme kleine Kinder am Weihnachtsfest. Das erste Ölbild, das sie malte, war ein Porträt Elaines, sie schickte es ihrer Mutter als Weihnachtsgeschenk. Es sah Elaine nicht sehr ähnlich, aber alle sagten, es sei mit viel Talent gemacht. Wenn Freunde von Papa zu Tisch kamen und ihr vorgestellt wurden, sagten sie immer: »Das ist also die talentierte junge Dame, nicht wahr?«

Als Adelaide und Margaret nach Hause kamen, behandelten sie das alles sehr von oben herab. Sie sagten, die Wohnung sehe schäbig aus, und in Chicago sei alles stillos, und ob es denn nicht fürchterlich sei, die Tochter eines Pfarrers zu sein, aber Papa war ja nun freilich kein gewöhnlicher Pfarrer mit einem weißen Beffchen, sondern Unitarier, sehr liberal, und er ähnelte mehr einem hervorragenden Schriftsteller oder Gelehrten. George entwickelte sich zu einem mürrischen, kleinen Bengel mit schmutzigen Fingernägeln, der nie seine Krawatte richtig binden konnte und immerfort seine Gläser zerbrach. Eveline arbeitete an einem Porträt von ihm, sie malte ihn so, wie er früher gewesen war, ein kleiner Junge mit blauen Augen und goldblonden Locken. Sie weinte oft über ihren Farben, so lieb hatte sie ihn und die armen kleinen Kinder, die sie auf der Straße sah. Jedermann sagte, sie müsse Kunst studieren.

Adelaide lernte Sally Emerson zuerst kennen. Sie wollten Ostern in der Kirche zu wohltätigem Zweck »Aglavaine und Selizette« aufführen. Miss Rodgers, die Französischlehrerin an Dr. Grants Schule, wollte mit ihnen die Rollen einstudieren und riet ihnen, sich wegen der Kulissen und Kostüme an Mrs. Philip Payne Emerson zu wenden, die die ursprüngliche Aufführung in Europa gesehen habe. Außerdem würde es von großem Wert sein, wenn sie sich für die Sache interessierte, um sie richtig in Schwung zu bringen; wenn Sally Emerson sich für eine Sache interessiere, komme die Sache sogleich richtig in Schwung. Die Mädchen waren alle sehr aufgeregt, als Dr. Hutchins Mrs. Emerson anrief und fragte, ob Adelaide an einem der nächsten Tage mal hinkommen dürfe, um ihren Rat bezüglich der Liebhaberaufführung zu hören. Sie hatten sich schon zu Tisch gesetzt, da kam Adelaide mit leuchtenden Augen zurück. Sie wollte nicht viel erzählen, Mrs. Philip Payne Emerson sei sehr gut mit Maeterlinck bekannt und wolle zu ihnen zum Tee kommen, aber immer wieder sagte Adelaide: »Sie ist die eleganteste Frau, die ich je gesehen habe.«

»Aglavaine und Selizette« wurde nicht der Erfolg, den die Mädchen und Miss Rodgers erhofft hatten, obgleich alle sagten, die von Eveline entworfenen Kulissen und Kostüme zeugten von wirklichem Geschick, aber in der Woche nach der Aufführung erhielt Eveline eines Morgens eine Einladung von Mrs. Emerson, zum Mittagessen zu kommen, ganz allein. Adelaide und Margaret waren so wütend, daß sie kaum mit ihr sprechen wollten. Als sie sich auf den Weg machte, in den eisig kalten, staubigen, hellwindigen Tag hinein, da war ihr recht zittrig zumute. In der letzten Minute hatte ihr Adelaide einen Hut und Margaret ihre Pelzboa geliehen, damit sie ihnen, wie sie sagten, keine Schande mache. Als sie vor dem Hause der Emersons ankam, war sie völlig

durchgefroren. Sie wurde in ein kleines Boudoir geführt, in dem es alle möglichen Sachen gab, Bürsten und Kämme, silberne Dosen mit Puder und Schminke, Toilettewasser in roten, grünen und rosaroten Flaschen, und man ließ sie allein. Als sie in den großen Spiegel schaute, hätte sie fast geheult, denn sie sah so jung aus und hatte ein Gesicht wie eine Pastete, und ihr Kleid war scheußlich. Nur der Fuchspelz sah einigermaßen anständig aus, daher behielt sie ihn an; und nun spazierte sie in den großen Salon hinauf, in den Salon mit seinem dunkelgrauen, weichen Teppich und den großen Verandatüren, durch die das Sonnenlicht auf helle Farben und auf den schwarzen, polierten Flügel fiel. Auf jedem Tisch standen große Schalen mit Orchideen, lagen gelbe und rosarote deutsche und französische Bücher und Reproduktionen. Selbst Chicagos rußgeschwärzte Häuserblocks duckten sich flach in den Wind, und das kalte Sonnenlicht sah durch das große Muster des gelben Spitzenvorhangs aufregend und fremdländisch aus. In den üppigen Geruch der Orchideen mischte sich ein feiner Hauch kostbaren Zigarettenrauchs.
Sally Emerson kam herein, Zigarette im Mund, und sagte: »Entschuldigen Sie, meine Liebe«, irgendein ekelhaftes Frauenzimmer habe sie eine halbe Stunde lang am Telephon festgehalten wie einen aufgespießten Schmetterling. Sie aßen an einem kleinen Tischchen, das der alte Neger fertig gedeckt hereinbrachte, und Eveline wurde ganz wie eine Erwachsene behandelt, man schenkte ihr sogar ein Glas Sherry ein. Sie wagte nicht mehr als ein Schlückchen zu trinken, aber es schmeckte köstlich, und das Essen war sehr delikat, sehr zart, gerösteter Käse auf allerlei Sachen, und sie hätte viel gegessen, wenn sie nicht so schüchtern gewesen wäre. Sally Emerson sprach von der Geschicklichkeit, mit der Eveline die Kostüme für das Stück entworfen habe, und sagte, sie dürfe das Zeichnen nicht aufgeben, und meinte, in Chicago gebe es ebensoviel künstlerisch begabte Menschen wie sonstwo auf der Welt, es fehle doch bloß das Milieu, die Atmosphäre, meine Liebe, die Spitzen der Gesellschaft seien lauter boshafte Schwachköpfe, die paar Leute, die sich für

Kunst interessierten, müßten zusammenhalten, um das üppige, schöne Milieu zu kreieren, ohne das sie nicht leben könnten, und sie sprach von Paris und von der Mary Garden und von Debussy. Eveline ging nach Hause, der Kopf schwindelte ihr von Namen und Bildern und Bruchstücken aus Opern, in ihrer Nase war ein kitzelnder Geruch, Zigarettenrauch und gegrillter Käse. Als sie zu Hause ankam, sah alles so zusammengewürfelt und kahl und häßlich aus, daß sie zu weinen anfing und ihren Schwestern keine einzige Frage beantworten wollte.

Als sie im Juni dieses Jahres, nach Schulschluß, alle nach Santa Fé fuhren, um die Mutter zu besuchen, tat es Eveline zum erstenmal in ihrem Leben leid, daß sie Chicago verlassen mußte. Sie hatte durch Sally Emerson so interessante Leute kennengelernt, die Shusters, die Kunstkritiker waren, und einen so hübschen, jungen Mann, der Malerei studieren wollte, Eric Egström, er war blond und hatte blaue Augen wie George, und Papa fing an, sie wie eine Erwachsene zu behandeln, und ließ sie herunterrufen, wenn sonnabends oder sonntags abends nach dem Gottesdienst Fremde zu Besuch kamen. Sie war dort in Santa Fé schrecklich deprimiert, die Sonne schien so heiß, und die zerklüfteten Hügel waren so dürr und staubig, und Muttchen hatte ein so verwaschenes Aussehen bekommen und las theosophische Bücher und sprach über Gott und über die Schönheit der indianischen und mexikanischen Seele, den Kindern wurde dabei ganz mulmig. Eveline las in diesem Sommer sehr viele Bücher und ging nur ungern aus. Sie las Scott, Thackeray, W. J. Locke und Dumas, und als sie eine alte Ausgabe von »Trilby« fand, las sie es dreimal hintereinander. Von nun an sah sie die Welt nicht mehr in Rittern und Damen, sondern in Illustrationen zu du Maurier. Wenn sie nicht las, lag sie auf dem Rücken und träumte lange Romane, die von ihr und Sally Emerson handelten. Sie fühlte sich die meiste Zeit nicht wohl und verlor sich zuweilen in die abscheulichsten Gedankengänge über den menschlichen Körper, bis der Ekel sie packte. Adelaide und Margaret, die es schon seit einem Jahre hatten, sagten ihr, was sie allmonatlich gegen ihre

Beschwerden tun müsse, aber sie erzählte ihnen nicht, wie abscheulich sie sich innerlich fühlte. Sie las die Bibel und schlug in Lexiken und Wörterbüchern »Uterus« und ähnliche Wörter nach; das war also der Fluch, den Gott der Eva auferlegt hatte, und was meinte denn Papa, wenn er über die wunderschönen Gleichnisse in der Genesis predigte, wie lieblich der Menschenkörper sei, ein Tempel der Seele? Eines Nachts beschloß sie, es nicht länger zu ertragen, durchstöberte den Arzneischrank im Badezimmer, bis sie eine Flasche mit der Aufschrift »Gift« fand, in der irgendeine Laudanummixtur war. Aber sie wollte, bevor sie starb, ein Gedicht schreiben, der Gedanke an das Sterben stimmte sie so reizend melodisch traurig, aber die Reime wollten nicht richtig sitzen, und sie schlief schließlich mit dem Kopf auf dem Papier ein. Als sie erwachte, graute schon der Morgen, und sie kauerte über dem Tisch neben dem Fenster, steif und halb erfroren in ihrem dünnen Nachthemd. Zitternd kroch sie ins Bett. Doch sie gelobte sich, die Flasche zu behalten und sich umzubringen, sobald ihr die Geschichte zu schmutzig und abscheulich vorkäme. Das war ihr ein Trost.

In diesem Herbst gingen Margaret und Adelaide nach Vassar. Eveline wäre auch gerne nach dem Osten gegangen, aber alle sagten, sie sei zu jung, obwohl sie ihre Prüfungen an der höheren Schule zum größten Teil schon bestanden hatte. Sie blieb in Chicago, nahm Malunterricht, besuchte allerlei Vorlesungen und half dem Vater bei seiner karitativen Tätigkeit. Es war ein unerfreulicher Winter. Sally Emerson schien sie vergessen zu haben. Die jungen Leute aus den Kirchenkreisen waren muffig und konventionell. Eveline begann die Abende am Drexel Boulevard zu hassen, zuwider war ihr ihres Vaters dröhnende Predigerstimme, die sich in vagen emersonschen Phrasen gefiel. Am besten gefiel ihr die Arbeit im Hull House. Eric Egström erteilte dort am Abend Zeichenunterricht, manchmal sah sie ihn im hinteren Korridor eine Zigarette rauchen, er stand da, an die Wand gelehnt, und in seinem grauen, mit bunten, frischen Farbflecken beschmierten Rock machte er einen recht nordländischen Eindruck. Manchmal rauchte sie eine Zigarette mit ihm, und sie wechselten ein paar Worte über Manet und Claude Monets unzählige Heuschober, und ihr war dabei recht unbehaglich zumute, weil die Unterhaltung so wenig interessant und so wenig geistreich war und weil sie Angst hatte, es könnte jemand kommen und sie rauchen sehen. Wenn sie hinterher darüber nachdachte, fielen ihr alle möglichen Sachen ein, die sie gerne gesagt hätte, und Eric lud sie zu einem Souper in ein komisches französisches Café ein, und sie schauten sich zusammen die Museen und die alten Meister im Louvre an, und sie war gekleidet wie Sally Emerson und trug einen Smaragdring, er hätte sich für sie ruinieren wollen (ces petits pieds si adorés) und war so respektvoll und traurig und duellierte sich mit einem Grafen, der sie auf ihren Samtpantoffel getreten hatte, und verfiel dann dem Absinth und starb in einer Spelunke auf Montmartre, und sie, edel, melodisch, tragisch, in einem verblüffenden schwarzen Spitzenkleid, schwer verschleiert, die geheimnisvolle Dame, ging zu dem Begräbnis des großen Künstlers auf dem Père Lachaise. Die Lektüre Swinburnes, Peter Ibbetsons und des *Geliebten Vagabunden* stürzte sie in immer neue tragisch purpurne Tagträume, die von ihr und Eric handelten und die sie tagelang mit sich umherschleppte. Miss Mathilda sagte, es sei schlimm, wenn ein junges Mädchen so verträumt sei, und gab ihr den Rat, nähen zu lernen.

Eveline dachte in diesem Winter an nichts als an ihre Malerei, sie versuchte, Seelandschaften zu malen, welche die Farben eines Whistler hätten, aber bunt und saftig wären wie Gemälde von Millet. Eric liebte sie nicht, sonst wäre er nicht so freundlich und fremd zu ihr gewesen. Die große Liebe lag hinter ihr; jetzt war das Leben vorbei, und sie mußte sich der Kunst widmen. Sie begann das Haar in einem Knoten im Nacken zu tragen, und als ihre Schwester sagte, es stehe ihr nicht, erwiderte sie, das sei ja gerade ihre Absicht. Und im Kunstinstitut nahm auch ihre schöne Freundschaft mit Eleanor Stoddard ihren Anfang. Eveline hatte den neuen grauen Hut auf, in dem sie sich vorkam wie eine Figur auf einem Bilde von Manet, und dann entspann sich ein äußerst interessantes Gespräch. Als sie nach Hause kam, war sie so aufgeregt, daß sie sofort an George schrieb, der im Internat war: Eleanor sei der erste Mensch, bei dem sie *wirklich* das Gefühl habe, daß ihm die Kunst im *Herzen* sitze; mit ihr könne sie sich endlich einmal *richtig* unterhalten. Und Eleanor sei auch ein richtig *aktiver* Mensch, und so durchaus unabhängig, und könne so lustig erzählen. Wenn ihr schließlich die Liebe versagt bliebe, könne sie sich ein neues Leben auf dem Fundamente *schöner Freundschaft* erbauen.

Eveline gefiel es so gut in Chicago, daß sie richtig enttäuscht war, als es hieß die Europareise antreten, die Dr. Hutchins seit so vielen Jahren für sich und seine Familie plante. Aber da war New York, da kam man an Bord der *Baltic,* da mußte man die Anhängezettel für sämtliche dreiundzwanzig Gepäckstücke ausschreiben, und in den Kabinen roch es so komisch – Eveline vergaß ihren Kummer. Sie hatten schlechtes Wetter, das Schiff schlingerte mächtig, aber sie saßen am Tisch des Kapitäns, und der Kapitän war ein jovialer Engländer und erhielt sie bei guter Laune, so daß sie kaum eine einzige Mahlzeit versäumten. Sie landeten mit dreiundzwanzig Gepäckstücken in Liverpool, aber auf der Fahrt nach London verloren sie den Plaidriemen, in dem die Reiseapotheke war, und ihren ersten Vormittag mußten sie dazu verwenden, das Bündel vom Fundbüro abzuholen. In London war es sehr neblig. George und Eveline schauten sich die Marmorstatuen im Britischen Museum und den Tower an, aßen zu Mittag in ABC-Restaurants und hatten viel Spaß am Untergrundbahnfahren, Adelaide und Margaret aber waren für nichts anderes zu haben, als in Geschäfte zu laufen und im *Criterion* oder *Savoy* Tee zu trinken, während Papa immer mit irgendeinem alten Engländer in irgendeinem Klub zu Mittag aß. Mrs. Hutchins erkältete sich sehr, blieb im Bett liegen und las die Romane von Algernon Blackwood. George und Eveline konnten es nicht erwarten, auf den Kontinent zu kommen. Sie durften gemäß Dr. Hutchins' Plan nur zehn Tage dort bleiben, und diese zehn Tage vergingen zumeist mit Abstechern nach diesem oder jenem Ort, in dem eine Kathedrale zu besichtigen war.

Notre-Dame, Reims, Beauvais und Chartres mit ihrem bunten Glas und ihrem Weihrauchduft im kalten Steingewölbe und den hohen, grauen, langgesichtigen Statuen machten beinahe eine Katholikin aus Eveline. Sie hatten bis Florenz ein reserviertes Abteil erster Klasse und einen Korb mit kaltem Huhn und viele Flaschen Saint-Galmier-Wasser, und sie kochten Tee auf einem kleinen Spirituskocher.

Diesen Winter regnete es sehr oft, die Villa war kalt, die Mädchen zankten sich viel, und in Florenz gab es offenbar nichts als alte Engländerinnen. Aber Eveline zeichnete nach der Natur und las Gordon Craig. Sie hatte keinen Freund, und sie konnte die jungen Italiener mit ihren dantesken Namen nicht ausstehen, diese Herren, die Adelaide und Margaret umschwärmten, weil sie sie für zwei reiche Erbinnen hielten. Alles in allem war sie froh, daß sie mit Muttchen ein wenig früher als die anderen, die erst noch Griechenland besuchen wollten, nach Hause fahren durfte. Sie fuhren mit der *Kroonland* von Antwerpen. Eveline hatte das Gefühl, es sei der glücklichste Augenblick ihres Lebens, als der Dampfer den Anlegeplatz verließ, und das Deck unter ihren Füßen erzitterte, und in ihren Ohren das langgedehnte Dröhnen der Schiffspfeife war.

Ihre Mutter ging an dem ersten Abend der Fahrt nicht mit in den Speisesaal hinunter, Eveline mußte folglich allein zu Tisch gehen, sie war ein wenig verlegen, hatte sich schon hingesetzt und die Suppe zu essen begonnen, da merkte sie erst, daß der junge Mann gegenüber ein Amerikaner und noch dazu ein recht hübscher Amerikaner war. Er hatte blaue Augen und sprödes, zerzaustes, flachsblondes Haar. Es war fast zu schön, um wahr zu sein, als sich herausstellte, daß er aus Chicago stammte. Er hieß Dirk McArthur. Er hatte ein Jahr lang in München studiert, er sei aber, sagte er, rechtzeitig abgehauen, bevor sie ihn hinauswarfen. Er und Eveline wurden sofort gute Freunde; von jetzt an gehörte das ganze Schiff ihnen. Das Wetter war für den April recht schön. Sie spielten Shuffleboard und Decktennis, saßen oft im Bug und schauten den schlanken Wogen des Atlantik zu, wie sie unter dem Ansturm des Schiffs sich kräuselten und zerspellten.

In einer hellen Nacht, da der Mond durch rasch dahintreibende Wassernebel westwärts schaukelte, im Gleichtakt mit der *Kroonland,* die ein unruhiger Seegang auf und nieder warf, kletterten sie in den Mastkorb hinauf. Das war ein richtiges Abenteuer; Eveline wollte sich nicht anmerken lassen, wie ängstlich sie war. Wache war keine da, sie waren allein in dem gemütlichen Leinwandkorb, in dem es ein wenig nach Seemannspfeifen roch, und man konnte schwindlig werden. Als Dirk den Arm um Evelines Schulter legte, begann sich alles um sie zu drehen. Sie hätte es nicht zulassen dürfen. »Sie sind aber ein famoser Kerl, Eveline«, sagte er atemlos. »Ein hübsches Mädchen, das zugleich ein famoser Kerl ist, das findet man selten.« Ohne es recht zu wollen, wandte sie ihm ihr Gesicht zu. Wange berührte Wange, sein Mund glitt heran und küßte sie hart auf ihren Mund. Sie stieß ihn weg.

»Hoppla, Sie wollen mich doch nicht über Bord werfen!« sagte er lachend. »Hören Sie doch, Eveline, geben Sie mir einen Kuß, einen einzigen Kuß, nur um zu zeigen, daß Sie mir nicht böse sind! Heute nacht sind wir beide ganz allein auf dem großen, weiten Atlantik.«

Sie küßte ihn zaghaft aufs Kinn. »Ich habe Sie so lieb, Eveline, Sie sind ein so nettes Mädchen.«

Sie lächelte ihn an, und plötzlich drückte er sie fest an sich, seine Beine ruhten hart und kräftig an ihren Beinen, seine Hände umspreizten ihren Rücken, seine Lippen wollten ihre Lippen öffnen. Sie entzog ihm ihren Mund. »Nein, nein, bitte nicht«, hörte sie ihre heisere, kleine Stimme sagen.

»Schon gut, verzeihen Sie . . . Schluß mit diesen atavistischen Methoden, Ehrenwort! Aber Sie dürfen nicht vergessen, daß Sie das reizendste Mädchen an Bord sind – nein, das reizendste Mädchen der Welt. Sie wissen doch, wie unsereinem zumute ist.«

Er kletterte voran. Als sie sich durch die Öffnung im Boden des Mastkorbes hinunterließ, wurde sie schwindlig. Sie fiel. Seine Arme umklammerten sie.

»Schon gut, Mädchen, Sie sind ausgerutscht«, sagte er fast barsch, dicht an ihrem Ohr. »Ich halte Sie fest.«

Ihr wurde schwarz vor den Augen, sie konnte scheinbar die Arme und Beine nicht mehr bewegen; sie hörte ihre kleine, jammernde Stimme: »Lassen Sie mich nicht fallen, Dirk, lassen Sie mich nicht fallen.«
Als sie schließlich wieder unten auf dem Deck waren, lehnte sich Dirk an den Mastbaum und atmete tief aus. »Pfff . . . Sie haben mich aber erschreckt, junge Dame.«
»Seien Sie mir nur nicht böse«, sagte sie. »Es war so dumm von mir, mich plötzlich wie ein kleines Kind zu benehmen... Ich muß wohl eine Sekunde lang ohnmächtig gewesen sein.«
»Ich hätte Sie nicht raufschleppen dürfen.«
»Es war aber so schön«, sagte Eveline; dann merkte sie plötzlich, daß sie errötete, und sie eilte davon, das Hauptdeck entlang, zu dem Eingang in die erste Klasse, in ihre Kabine; dort mußte sie alsdann eine Geschichte erfinden, um ihrer Mutter zu erklären, auf welche Weise sie sich den Strumpf zerrissen habe.
Sie konnte in dieser Nacht nicht schlafen, lag wach auf ihrem Kojenbett und lauschte dem fernen Rhythmus der Maschinen, dem Ächzen des Schiffes und dem Gezisch zerquirlter Wellen, das zum offenen Bullauge hereinwehte. Sie fühlte noch die leise Berührung seiner Wange und die jäh gestrafften Muskeln seiner Arme um ihre Schultern. Sie wußte jetzt, daß sie schrecklich in Dirk verliebt war, und wünschte, er würde ihr einen Heiratsantrag machen. Aber am nächsten Vormittag fühlte sie sich ehrlich geschmeichelt, als Richter Ganch, Rechtsanwalt aus Salt Lake City, der Mormonenstadt, ein hochgewachsener, weißhaariger Mann, mit einem jugendlich roten Gesicht und einem munteren Benehmen, sich ans Fußende ihres Deckstuhls setzte und ihr stundenlang von seinen Erlebnissen als jüngerer Mensch im Wilden Westen, von seiner unglücklichen Ehe, von Politik, von Teddy Roosevelt und der Fortschrittspartei erzählte. Sie wäre lieber mit Dirk zusammen gewesen, aber es war ein aufregendes Gefühl, Dirk mit gerümpfter Nase vorbeispazieren zu sehen, während sie sich Richter Ganchs Geschichten anhörte. Wenn bloß die Fahrt kein Ende nähme!

Als sie wieder in Chicago waren, traf sie Dirk McArthur recht oft. Der alte McArthur war Präsident einer Bank und Aufsichtsrat bei der Northern Pacific. Dirk wohnte mit seiner Mutter in Lake Geneva, aber er hatte einen schweren Pierce Arrow und war eigentlich immer in Chicago. Sie war sehr verliebt in ihn. Er führte sie zu Baseballmatchs und Boxkämpfen, er ging mit ihr in deutsche Biergärten, italienische Spaghettikneipen und ungarische Weinrestaurants im Westen. Er gab viel Geld aus und kannte alle Oberkellner beim Vornamen, aber es beunruhigte Eveline, daß er so viel trank und daß er nie vom Heiraten redete. Wenn er sie nach Hause brachte, gab er ihr immer einen Kuß, und wenn er mit ihr tanzte, drückte er sie fest an sich, und manchmal nahm er sie bei der Hand und sagte ihr, was für ein nettes Mädchen sie sei, nie aber versuchte er weiterzugehen. Eveline wurde zuweilen ungeduldig, wenn er doch bloß weitergehen wollte! Sie liebte ihn so sehr, daß es ihr einerlei war, was passierte. Als sie auf einem Ball, den sie mit Dirk besuchte, Sally Emerson traf, mußte sie gestehen, daß sie das Malen aufgegeben habe, und Sally Emerson machte ein so enttäuschtes Gesicht, daß Eveline sich schämte und schnell über Gordon Craig und eine Matisse-Ausstellung, die sie in Paris gesehen hatte, zu reden anfing. Sally Emerson war im Weggehen begriffen. Ein junger Mann wartete auf Eveline, um mit ihr zu tanzen. Sally Emerson nahm sie bei der Hand und sagte: »Aber Eveline, Sie dürfen nicht vergessen, daß wir große Hoffnungen auf Sie setzen.« Und während sie tanzte, kam es ihr jählings wieder zu Bewußtsein – die Bedeutung Sally Emersons, und wie wunderbar sie die Frau gefunden hatte –, aber als sie mit Dirk nach Hause fuhr, da flogen ihr alle Gedanken weg: grelles Licht der Scheinwerfer, mächtiger Satz, mit dem der Wagen anfährt, Surren des Motors, sein Arm um ihren Rücken, die Wucht, mit der es sie an ihn andrückt, wenn sie eine Kurve nehmen.

Es war eine heiße Nacht, er fuhr in westlicher Richtung durch endlose, gleichförmige Vorstadtviertel auf die Prärie hinaus. Er wußte, daß sie eigentlich nach Hause müsse, jetzt waren sie schon alle aus Europa zurück, ihr spätes Nachhausekommen würde auffallen, aber sie sagte kein Wort. Erst als er den Wagen halten ließ, merkte sie, wie betrunken er war. Er zog ein Fläschchen hervor und bot ihr zu trinken an. Sie schüttelte den Kopf. Sie waren vor einer weißen Scheune stehengeblieben. Im Widerschein der Scheinwerfer sahen seine Hemdbrust, sein Gesicht und sein zerzaustes Haar ganz kreidebleich aus. »Du liebst mich nicht, Dirk«, sagte sie. – »Doch, ich liebe dich, hab niemand so lieb wie dich, außer mich selbst ... Das ist das Schlimmste bei mir – ich hab mich selber am liebsten.« Sie rieb ihre Fingerknöchel an seinem Haar. »Du bist eigentlich recht dumm, weißt du das?« – »Au«, sagte er. Es fing zu regnen an, er machte kehrt und fuhr nach Chicago zurück.

Eveline wußte nachher gar nicht, wo das Unglück eigentlich passiert war, sie merkte nur, daß sie unter dem Sitz hervorkroch, und daß ihr Kleid ruiniert war, und daß sie sich nichts getan hatte, aber der Regen glitt in schrägen Streifen an den Scheinwerfern der Autos vorbei, die rechts und links längs der Straße angehalten hatten. Dirk saß auf dem Kotflügel des ersten Wagens in der Reihe. »Bist du verletzt, Eveline?« rief er mit zittriger Stimme. – »Nein, bloß das Kleid«, sagte sie. Er blutete aus einer Stirnwunde und preßte den Arm an den Körper, als friere ihn. Dann war alles ein einziger Alptraum: An Papa telephonieren, Dirk ins Krankenhaus schaffen, den Reportern entwischen, Mr. McArthur anrufen, damit er nichts in die Morgenblätter gelangen lasse. Es war acht Uhr morgens an einem heißen Frühlingstag, als sie zu Hause ankam; über dem ruinierten Abendkleid trug sie einen Regenmantel, den ihr eine Krankenschwester geliehen hatte.

Die Familie saß vollzählig am Frühstückstisch. Keiner sagte ein Wort. Dann erhob sich Papa und ging mit der Serviette in der Hand auf sie zu. »Mein liebes Kind, ich will jetzt nicht von deinem Benehmen sprechen, ganz zu schweigen von all dem Kummer und der Beschämung, die wir um deinetwillen haben erdulden müssen ... Ich kann nur sagen, es wäre dir recht geschehen, wenn du dir bei einer derartigen Eskapade ernstlichen Schaden zugezogen hättest. Geh jetzt hinauf und ruhe dich aus, wenn du kannst.«

Eveline ging hinauf, versperrte zweimal die Tür und warf sich schluchzend aufs Bett.

So schnell es nur ging, fuhren ihre Mutter und ihre Schwestern mit ihr nach Santa Fé, es war dort heiß und staubig und mißfiel ihr sehr. Sie mußte immerfort an Dirk denken. Wenn er sie doch bloß heiraten würde, und übrigens würde sie auch so mit ihm leben. Sie fing an, den Leuten zu erzählen, daß sie für die freie Liebe sei, lag stundenlang in ihrem Zimmer auf dem Bett, las »Indische Liebeslyrik« von Laurence Hope und träumte, Dirk sei da. Das ging so weit, daß sie beinahe seine zudringliche Hand mit den weitgespreizten Fingern an ihrem Kreuz zu spüren glaubte und seinen Mund wie in jener Nacht im Mastkorb auf der *Kroonland*. Es war für sie eine Erleichterung, als sie Scharlach bekam und acht Wochen lang in der Isolierabteilung des Krankenhauses liegen mußte. Jedermann schickte ihr Blumen, und sie las eine Menge Bücher über Ornamentik und Innendekoration und malte Aquarelle.

Als sie im Oktober zu Adelaides Hochzeit nach Chicago fuhr, sah sie blaß und gereift aus. Eleanor küßte sie und rief: »Mein Kind, du bist eine blendende Schönheit geworden!« Eins ließ ihr keine Ruhe, sie mußte Dirk sehen und mit ihm ins reine kommen. Es dauerte mehrere Tage, bevor sie eine Zusammenkunft arrangieren konnte, denn Papa hatte ihn angerufen und ihm das Haus verboten, und sie hatten sich per Telephon gezankt. Sie trafen einander in der Halle des *Drake*. Eveline sah auf den ersten Blick, daß Dirk es seit ihrer letzten Begegnung recht toll getrieben haben mußte. Er war auch jetzt ein wenig beschwipst. Als sie seine verlegene, kindische Miene sah, hätte sie am liebsten geheult. »Wie geht's, alter Freund?« sagte sie lachend. – »Scheußlich, aber du siehst blendend aus, Eveline . . . Hör mal, die Follies 1914 gastieren in Chicago, eine große New Yorker Sensation . . . Ich habe Karten, hättest du Lust hinzugehen?« – »Ja, famos.«

Er bestellte die teuersten Sachen, die auf der Speisekarte zu

finden waren, und Champagner. Ihr schien etwas in der Kehle zu stecken, sie konnte nicht schlucken, sie mußte es sagen, bevor er allzu betrunken war.
»Dirk . . . Es klingt nicht sehr damenhaft . . . aber mir geht es jetzt schon auf die Nerven . . . aus deinem Benehmen im vorigen Frühling schließe ich, daß du mich lieb hast . . . nun, wie weit reicht deine Liebe? Ich will das wissen!«
Dirk stellte sein Glas hin und wurde rot. Dann holte er tief Atem und sagte: »Eveline, du weißt, ich bin nicht fürs Heiraten . . . Mehr fürs Lieben und Laufenlassen. Ich kann nichts dafür, so bin ich nun mal.«
»Ich meine doch nicht, daß du mich heiraten sollst.« Ihre Stimme klang schrill, unbeherrscht. Sie fing zu kichern an. »Ich meine doch nicht, daß du meine Ehre reparieren sollst. Übrigens ist das auch gar nicht nötig.« Sie lachte jetzt etwas natürlicher. »Lassen wir das . . . Ich werde dich nicht mehr quälen.«
»Du bist ein guter Kamerad, Eveline, ich wußte schon immer, daß du ein guter Kamerad bist.«
Als sie den Seitengang im Theater entlanggingen, war er so betrunken, daß sie die Hand unter seinen Ellbogen schieben mußte, um ihn zu stützen, er wäre sonst getaumelt. Die Musik, die banalen Farben, die schaukelnden Leiber des Balletts, das alles traf sie gleichsam an einer wunden Stelle in ihrem Innern, und jeder neue Eindruck tat ihr weh wie Süßigkeit auf einem empfindlichen Zahn. Dirk schwatzte unaufhörlich: »Siehst du das Mädchen dort . . . die zweite von links in der letzten Reihe, das ist Queenie Frothingham . . . Du verstehst, Eveline . . . Aber eins will ich dir sagen, ich habe noch nie ein unschuldiges Mädchen verführt . . . Das brauch ich mir nicht vorzuwerfen.« Die Platzanweiserin kam und ersuchte ihn, nicht so laut zu sprechen, er störe die übrigen Zuschauer in ihrem Vergnügen. Er gab ihr einen Dollar und sagte, er wolle mäuschenstill sein, still wie ein kleines, stummes Mäuschen, und plötzlich schlief er ein.
Nach Schluß des ersten Aktes sagte Eveline, sie müsse nach Hause, sagte, der Arzt habe ihr sehr viel Schlaf verordnet.

Er ließ sich's nicht nehmen, sie in einem Taxi bis vor ihr Haus zu bringen, dann empfahl er sich und kehrte ins Theater zu seiner Queenie zurück. Eveline lag die ganze Nacht wach und starrte die Fensterscheiben an. Am nächsten Morgen war sie die erste beim Frühstück. Als Papa herunterkam, bat sie ihn, ihr tausend Dollar zu leihen, sie wolle ein Geschäft für Innendekoration aufmachen.

Das Dekorationsgeschäft, das sie mit Eleanor in Chicago eröffnete, brachte nicht so viel ein, wie Eveline gehofft hatte, und Eleanor fiel ihr im großen und ganzen recht lästig, aber sie lernten so interessante Menschen kennen, gingen in Gesellschaften und Premieren und wohnten der Eröffnung von Kunstausstellungen bei, und Sally Emerson sorgte dafür, daß sie im gesellschaftlichen Leben von Chicago immer hübsch in der vordersten Reihe waren. Eleanor beklagte sich, daß die jungen Herren, die Eveline um sich versammelte, alle so arm seien und zweifellos mehr ein Passivum als einen Aktivposten für die Firma darstellten. Eveline glaubte felsenfest, sie würden sich alle noch einen Namen machen, und als nun Freddy Seargeant, der eine solche Last gewesen war und sie mehrmals angepumpt hatte, eine Aufführung der *Tess von D'Urberville* in New York erzielte, da war Eveline so stolz, daß sie sich fast in ihn verliebt hätte.

Freddy war sehr in sie verliebt, aber Eveline konnte auch diesmal zu keiner Entscheidung gelangen. Er war ein lieber Kerl, und sie hatte ihn recht gern, aber ihn heiraten, das war ihr ganz unvorstellbar, es wäre das ihre erste Liebesaffäre gewesen, und Freddy schien nun einmal nicht der Mann zu sein, für den sie sich begeistern konnte.

Sie saß aber gerne mit ihm plaudernd bis spät in die Nacht hinein bei Rheinwein und Selters unten in dem Café, in dem so viele interessante Leute verkehrten.

Eveline saß da, umhüllt von krausem Zigarettenrauch, schaute ihn an und fragte sich im stillen, ob sie nun wohl endlich ein Liebesabenteuer erleben dürfe. Er war groß und mager, etwa dreißig Jahre alt, sein dichtes schwarzes Haar wies einige weiße Stellen auf, und sein Gesicht war länglich und blaß. Er hatte ein vornehmes, sehr literatenhaftes Benehmen und sprach mit Bostoner Akzent, die Leute glaubten manchmal, er gehöre zu den reichen Seargeants aus Boston.

Eines Abends schmiedeten sie Pläne für ihre eigene Zukunft und für die Zukunft des amerikanischen Theaters. Wenn sie Unterstützung fänden, würden sie ein Repertoiretheater eröffnen und richtige amerikanische Stücke spielen, die den Geruch amerikanischer Erde und amerikanischen Fabrikrauchs hätten, und sie würden verblüffende Klassikeraufführungen veranstalten, kurz, sie würden etwas schaffen, das für New York ebensoviel bedeutete wie das Abbey-Theater für Dublin. Er würde der amerikanische Stanislawski sein und sie die amerikanische Lady Gregory. Das Café machte zu, und sie lud ihn ein, über die andere Treppe in ihr Zimmer hinaufzukommen. Der Gedanke, mit einem jungen Manne allein in einem Hotelzimmer zu sein, regte sie schrecklich auf; sie überlegte, wie empört Eleanor sein würde, wenn sie davon erführe. Sie rauchten Zigaretten und unterhielten sich etwas zerstreut über Theaterfragen, und schließlich nahm Freddy sie um die Taille und küßte sie und fragte, ob er die ganze Nacht dableiben dürfe. Sie ließ sich küssen, aber sie mußte immerfort an Dirk denken und sagte, bitte, nicht heute, und er war sehr zerknirscht und bat sie, mit Tränen in den Augen, ihm zu verzeihen, daß er einen schönen Augenblick zerstört habe. Sie erwiderte, so habe sie das gar nicht gemeint, und er solle morgen wiederkommen und mit ihr frühstücken.

Nachdem er weggegangen war, bereute sie halb und halb, daß sie ihn nicht dabehalten hatte. Schließlich war er doch ein Mann, ein junger Mann, und sie konnte ihn gut leiden. Es kitzelte sie am ganzen Körper, wie in jenen Augenblicken, da Dirk sie umarmt hatte, und sie hätte schrecklich gerne gewußt, wie das eigentlich sei, mit einem Mann zu schlafen. Sie nahm ein kaltes Bad und ging zu Bett. Morgen früh nach dem Aufwachen, wenn sie Freddy wiedersieht, wird sie sich darüber klarwerden, ob sie in ihn verliebt ist. Am nächsten Morgen aber erhielt sie ein Telegramm, das sie nach Hause rief. Papa war ernstlich an Diabetes erkrankt. Freddy brachte sie zum Zug. Sie hatte erwartet, daß der Abschied sie sehr mitnehmen werde, aber es war eigentlich gar nicht schlimm.

Dr. Hutchins' Befinden besserte sich, und Eveline fuhr mit ihm nach Santa Fé, dort sollte er vollends gesund werden. Ihre Mutter war gleichfalls die meiste Zeit krank, und da Margaret und Adelaide verheiratet waren und George mit der Hooverschen Hilfsaktion für Belgien nach Europa gereist war, hatte nun anscheinend sie die Pflicht, für die alten Leute zu sorgen. Ein Jahr voller Träume ging vorbei, ein unglückliches Jahr, freudlos, trotz der großartigen, skeletthaften Landschaft und der Ausflüge zu Pferd und der malerischen Art der Mexikaner und vereinzelten Indianer. Sie geisterte im Hause umher, verfaßte den Speisezettel und kümmerte sich um die Haushaltung, ärgerte sich über die Stupidität der Dienstboten, schrieb Wäschelisten aus.

Ein einziger unter all ihren Bekannten, schwindsüchtigen Malern und Literaten, die in Santa Fé und Taos lebten, José O'Riely, machte auf sie einen belebenden Eindruck. Er war trotz seines irischen Namens Spanier, ein schlanker, junger Mann mit einem mageren, tabakbraunen Gesicht und dunkelgrünen Augen; aus irgendwelchen Gründen hatte er sich mit einer dicken Mexikanerin verheiratet, die alle neun Monate einen neuen, braunen, plärrenden Säugling zur Welt brachte. Er war Maler und lebte davon, daß er allerlei Tischlerarbeiten verrichtete und ab und zu Modell stand. Er war Anarchist, konnte keinen Cent in der Tasche halten und vergaß das Regal, an dem er gerade bastelte, sobald man ihn veranlaßte, von Ferrers Tod zu erzählen oder über Kropotkin zu debattieren. Er glaubte an die Notwendigkeit der Gewalt, des roten Terrors und an die ursprüngliche Herzensgüte aller Menschen mit Ausnahme der Kapitalisten. Eines Tages, als er eben die Garagentür anstrich, kam Eveline mit ihm ins Gespräch und bat ihn, für sie Modell zu stehen. Er schaute sich das Pastell an, das sie von ihm

machte, und erklärte ihr wiederholt, es sei schlecht, so lange, bis sie die Nerven verlor und zu heulen anfing. Er entschuldigte sich in seinem steifen Englisch und sagte, sie dürfe nicht gleich die Nerven verlieren, sie besitze Talent, und er selbst wolle sie im Zeichnen unterrichten. Er nahm sie in sein Haus mit, eine unaufgeräumte, kleine Baracke im Mexikanerviertel, stellte sie seiner Frau Lola vor, die sie mit ängstlichen, argwöhnischen Blicken ansah, und zeigte ihr seine Bilder, große, auf Gips gemalte Tafeln, die an die italienischen Primitiven erinnerten. »Sie sehen, ich male Märtyrer«, sagte er, »aber keine christlichen. Ich male die Märtyrer der arbeitenden Klasse, die unter der Ausbeutung lebt. Lola versteht das nicht. Sie will von mir, ich soll reiche Damen wie Sie malen und viel Geld verdienen. Was finden Sie besser?« Eveline errötete; der Gedanke, zu den Kapitalisten gerechnet zu werden, gefiel ihr nicht. Aber die Bilder erregten ihre Bewunderung, und sie sagte, sie werde bei ihren Bekannten für ihn Reklame machen. Sie war überzeugt, daß sie ein Genie entdeckt habe.
O'Riely war ihr sehr dankbar und wollte von nun an für das Modellstehen und für seine Kritik an ihren Malereien kein Geld mehr nehmen, statt dessen borgte er sich ab und zu als Freund kleinere Summen von ihr. Noch bevor er anfing, ihr den Hof zu machen, war ihr klargeworden, daß es diesmal ein richtiges Abenteuer werden müsse. Wenn sie nicht bald was erlebte, würde sie verrückt werden.
Die Hauptschwierigkeit war die, einen Ort zu finden, an dem sie sich treffen konnten. Ihr Atelier lag gleich hinterm Haus, und es bestand jeden Augenblick die Gefahr, daß ihr Vater oder ihre Mutter oder Freunde, die zu Besuch kamen, sie überraschten. Außerdem war Santa Fé ein kleines Nest, und es fiel den Leuten bereits auf, wie oft er zu ihr ins Atelier kam.
Eines Abends, als der Chauffeur der Hutchins nicht zu Hause war, gingen sie in sein Zimmer über der Garage hinauf. Es war dort stockfinster und roch nach alter Pfeife und schmutzigen Kleidern. Eveline fühlte mit Schrecken, daß sie ihre Selbstbeherrschung verloren hatte; es war wie

eine Narkose. Ihre Unberührtheit überraschte ihn, und er war nun sehr sanft und freundlich zu ihr, fast als wolle er sie um Entschuldigung bitten. Aber sie empfand nichts von jener Ekstase, die sie erwartet hatte, wie sie da in seinen Armen auf dem Bett des Chauffeurs lag, es war fast, als hätte sie das alles schon einmal erlebt. Nachher lagen sie im Bett und unterhielten sich lange mit leiser, vertraulicher Stimme. Sein Benehmen war ein anderes geworden; er behandelte sie jetzt ernst und nachsichtig wie ein Kind. Er sagte, es sei ihm zuwider, daß das alles so heimlich und schmutzig geschehen müsse, das sei für sie beide erniedrigend. Er wolle einen Ort finden, an dem sie sich unter freiem Himmel, in Luft und Sonne, treffen könnten, nicht so wie Verbrecher. Er wolle sie zeichnen, die schöne Schlankheit ihres Körpers, sie würde ihn beim Malen inspirieren, und ihre reizenden kleinen runden Brüste. Dann schaute er sie sorgfältig an, ob nicht ihr Kleid verdrückt sei, und sagte, sie solle jetzt ins Haus hinüberlaufen und zu Bett gehen; und Vorsichtsmaßregeln treffen, falls sie kein Kind bekommen wolle, obgleich er stolz sein würde, wenn sie ein Kind von ihm bekäme, besonders da sie reich genug sei, um es ernähren zu können. Der Gedanke war ihr entsetzlich, und sie hatte das Gefühl, daß es roh und gefühllos von ihm sei, so leichtfertig über dieses Thema zu reden.

Den ganzen Winter hindurch trafen sie sich wöchentlich einige Male in einer kleinen verlassenen Hütte, die abseits des Weges in der Tiefe eines kleinen felsigen Cañons hinter der Stadt lag. Sie kam zu Pferd hin und er auf einem anderen Wege zu Fuß. Sie tauften den Platz ihr Wüsteneiland.

Dann schaute eines Tages Lola seine Mappen durch und fand Hunderte von Darstellungen eines und desselben jungen Mädchens; sie kam zitternd und schreiend, die Haare im Gesicht, zu den Hutchins gelaufen, suchte Eveline und schrie, sie wolle sie umbringen. Dr. Hutchins war wie vom Donner gerührt, Eveline aber, obgleich sie innerlich furchtbar erschrak, brachte es fertig, kühl zu bleiben und ihrem Vater zu sagen, sie habe sich zwar von O'Riely zeichnen lassen, sonst jedoch sei nichts zwischen ihnen vorgefallen, seine Frau sei eine stupide, unwissende Mexikanerin und könne sich nicht vorstellen, daß ein Mann und eine Frau in einem Atelier miteinander allein sein könnten, ohne auf schmutzige Gedanken zu kommen. Obgleich Mr. Hutchins ihr Vorwürfe machte, daß sie so unüberlegt gehandelt habe, glaubte er ihr, und es gelang ihnen, die ganze Geschichte vor Mama geheimzuhalten, aber Pepe sah sie nach diesem Vorfall nur noch ein einziges Mal wieder. Er zuckte die Achseln und sagte, was könne er denn tun, er könne doch nicht seine Frau und seine Kinder dem Verhungern preisgeben, so arm er auch sei, er müsse mit ihnen leben, der Mann brauche eine Frau, die für ihn arbeite und koche, er könne nicht von romantischen Illusionen leben, er müsse essen, und Lola sei eine brave Frau, wenn auch schmutzig und dumm, und er habe ihr versprechen müssen, Eveline nicht mehr wiederzusehen. Noch bevor er ausgeredet hatte, machte Eveline kehrt und verließ ihn. Sie war froh, daß sie ein Pferd hatte, daß sie sich in den Sattel schwingen und davonreiten konnte.

Das Kamera-Auge 33

Eine Matratze mit einem gestickten Tuch bedeckt das ist der Diwan im Atelier der Photographin wir sitzen auf dem Diwan und auf Kissen auf dem Boden und der langhalsige englische Schauspieler liest rhythmisch das *Lied der Lieder* vor

und die Photographin mit Brustschildern und in seidenen Hosen tanzt rhythmisch das *Lied der Lieder*

das kleine rosagekleidete Mädchen ist eine klassische Tänzerin zur Pansflöte aber die Photographin mit dem hennaroten Haar tanzt rhythmisch das *Lied der Lieder* mit blinkendem Nabel und klirrenden Brustschildern orientalischen Stils

Er erquicket mich mit Bluhmen und labbet
mich mit Äpffeln
Denn ich bin krank vor Liebbe
Seine Linke liegt unter meinem Hauppt und seine
Rechte behrzet mich

die halbpensionierte Schauspielerin im oberen Stock stößt einen Schrei aus und dann noch einen Schrei Einbrecher du lieber Gott sie wird überfallen wir Männer laufen die Treppe hinauf arme Frauen sie hat einen hysterischen Anfall es ist die falsche Tür auf der Treppe wimmelts von Krimis draußen fährt das Auto vor Gut die Männer auf die eine Seite die Frauen auf die andere was zum Teufel ist denn das für ein Lokal? Krimis kommen zu allen Fenstern herein Krimis kommen aus der kleinen Küche

die Photographin mit dem hennafarbenen Haar sie scheucht sie zurück in eine Portiere gehüllt schwenkt sie das Telephon Ist dort die Kanzlei Wickersham? Staatsanwaltschaft peinlicher Vorfall einige Freunde eine kleine Tanzvorführung in der brutalsten Weise prominente Schauspielerin im nächsten Stock hysterischen Anfall gut mein Herr erkundigen Sie sich bei dem Staatsanwalt er wird Ihnen sagen wer ich bin wer unsere Freunde sind

die Krimis verdrücken sich der Wagen führt klirrend in die Nebenstraße der englische Schauspieler spricht Nur mit äußerster Selbstbeherrschung habe ich mich bezähmen können diese Schweine ich bin schrecklich wenn ich in Hitze gerate schrecklich

und der türkische Konsul und seine Freundin die inkognito anwesend waren kriegführende Nation Justizministerium Spionage Jagd auf Radikale und Deutschenfreunde schlichen sich still davon und wir beide liefen die Treppe hinunter und gingen schnell nach der inneren Stadt zu und fuhren mit der Fähre nach Weehawken hinüber

es war eine mächtig neblige Nacht durch die mit plumpem Tappen die großen blinden Rümpfe der Dampfer schaukelten und Sirenen von der unteren Bucht her

im Bug des Fährboots atmeten wir den ranzigen Flußwind schwatzten laut mit schallendem Lachen

aus den stillen Straßen Weehawkens führten unglaublich steile Viadukte in den Nebel empor . . .

EVELINE HUTCHINS

Sie war halb verrückt. Nur schnell nach dem Osten! Zu ihren Eltern sagte sie, sie müsse für eine Zeitlang das Dekorationsgeschäft wiederaufnehmen, Eleanor wolle sie anstellen. George wollte seinen Urlaub in der Heimat verbringen und für einige Zeit zu ihnen kommen. In der Nacht ihrer Abreise lag sie wach im Schlafwagenbett, das Sausen der Luft und der schnelle Rhythmus der Räder auf den Schienen stimmten sie unendlich froh. Als sie in New York ankam, war sie fest überzeugt, daß sie schwanger sei.

Sie hatte schreckliche Angst. Der Grand-Central-Bahnhof schien riesengroß, ringsumher Gesichter, leere, drohende Gesichter, die sie anstarrten, während sie hinter der Rotmütze, die ihren Koffer trug, an ihnen vorüber mußte. Sie fürchtete, ohnmächtig zu werden, noch bevor sie das Taxi erreicht hatte. Während der Fahrt ins Zentrum war ihr von dem Holpern der Droschke und von dem klirrenden Getöse des Verkehrs ganz übel, ganz schwarz vor den Augen. Im *Brevoort* trank sie Kaffee. Rötlicher Sonnenschein drang durch die hohen Fenster herein, ein warmer Restaurantgeruch erfüllte den Raum; sie fühlte sich nun allmählich etwas besser. Dann ging sie ans Telephon und rief Eleanor an. Ein französisches Mädchen antwortete, Mademoiselle schlafe noch, aber sobald sie aufwache, würde sie ihr mitteilen, wer angerufen habe. Dann rief Eveline Freddy an, dessen Stimme sehr erstaunt klang, er sagte, er wolle gleich kommen, so schnell er nur von Brooklyn aus dasein könne.

Als sie Freddy sah, da war es genauso, als ob sie überhaupt nicht weggewesen wäre. Er hatte halb und halb einen Finanzier für das Maya-Ballett gefunden und war in einem neuen Singspiel beschäftigt, für das er von Eveline einige Kostüme haben wollte. Aber die Aussicht auf einen Krieg mit

Deutschland stimmte ihn recht düster, er sagte, er sei Pazifist und werde wahrscheinlich ins Gefängnis müssen, wenn nicht eine Revolution käme. Eveline erzählte ihm von ihren Unterhaltungen mit José O'Riely und schilderte ihm, was für ein großer Maler das sei, und sagte, sie wisse nicht, ob sie nicht vielleicht eine Anarchistin sei. Freddy machte eine betrübte Miene und fragte, ob sie sich nicht etwa in den Maler verliebt habe, und sie errötete und sagte, nein, und Freddy sagte, sie sehe noch hundertmal hübscher aus als im vorigen Jahr.

Sie gingen zusammen Eleanor besuchen, deren Wohnung, in einer der dreißiger Straßen im Osten, sehr elegant war und einen kostspieligen Eindruck machte. Eleanor saß im Bett und beantwortete Post. Sie war sorgfältig frisiert und hatte einen mit Spitzen und Hermelin verzierten Schlafrock von rosarotem Satin an. Sie tranken mit ihr Kaffee und aßen dazu warme Brötchen, die das Mädchen aus Martinique selber gebacken hatte. Eleanor war entzückt über das Wiedersehen mit Eveline, bewunderte ihr gutes Aussehen und behandelte ihre Geschäfte und überhaupt alles mit furchtbar viel Geheimnistuerei. Sie sagte, sie stehe dicht davor, ein Theaterunternehmen in die Hand zu bekommen, und sprach von ihrem finanziellen Berater, dies und das, bis Eveline nicht mehr wußte, was sie davon halten solle; immerhin sah man deutlich, daß es ihr recht gut ging. Eveline wollte sie fragen, was sie über Geburtenverhütung wisse, aber sie kam nicht dazu, und das war vielleicht ganz gut, denn als sie auf den Krieg zu sprechen kamen, fingen sie sogleich zu streiten an.

Am selben Nachmittag nahm Freddy sie zum Tee in das Haus einer älteren Dame mit, die im Westen in der Achten Straße wohnte und eine begeisterte Pazifistin war. Die Wohnung war voller debattierender Menschen und junger Leute, die bedeutungsvoll flüsternd die Köpfe zusammensteckten. Eveline kam mit einem hageren, helläugigen jungen Manne namens Don Stevens ins Gespräch. Freddy mußte zu einer Probe, und sie blieb da, um sich mit Don Stevens zu unterhalten. Dann merkten sie plötzlich, daß alle weggegangen und daß sie mit der Gastgeberin allein waren, einem dicken, schnaufenden, beflissenen Frauenzimmer, das Eveline schrecklich auf die Nerven fiel. Sie verabschiedete sich und ging. Kaum hatte sie die Türstufen und die Straße erreicht, da war Stevens mit seinem schlenkrigen Schritt neben ihr, den Mantel hinter sich herschleifend. »Wo essen Sie Abendbrot, Eveline Hutchins?« Eveline sagte, sie habe darüber noch nicht nachgedacht, und eh sie's recht merkte, saß sie mit ihm in einem italienischen Restaurant in der Dritten Straße. Er aß recht schnell eine Menge Spaghetti und trank eine Menge Rotwein und stellte sie dem Kellner vor, der Giovanni hieß. »Er ist, wie ich, Maximalist«, sagte er. »Diese junge Dame scheint Anarchistin zu sein, philosophische Couleur, aber wir werden ihr darüber hinweghelfen.«

Don Stevens stammte aus Süd-Dakota und schrieb seit seiner Gymnasialzeit für Provinzzeitungen. Er hatte auch in seiner Heimatgegend als Erntearbeiter mehrere IWW-Scharmützel mitgemacht. Mit ziemlichem Stolz zeigte er Eveline seine rote Karte. Er war nach New York gekommen, um am *Call* mitzuarbeiten, hatte aber soeben seinen Posten niedergelegt, weil das dort, wie er sagte, ganz verfluchte Feiglinge seien. Er schrieb auch für das *Metropolitan Magazine* und für die *Masses* und trat auf Antikriegskundgebungen als Redner auf. Er sagte, es sei eine ausgemachte Sache, daß die USA in den Krieg eintreten würden; die Deutschen siegten, in ganz Europa stehe die Arbeiterklasse dicht vor dem Aufstand, die Revolution in Rußland sei der Beginn der sozialen Weltrevolution, und die Bankiers wüßten das, und Wilson wisse es auch, die einzige Frage sei, ob die Industriearbeiter im Osten und die Farmer und Tagelöhner im Mittelwesten und Westen sich's würden gefallen lassen. Die gesamte Presse sei gekauft und geknebelt. Die Morgans müßten Krieg führen oder bankrott machen. »Es ist die größte Verschwörung der Weltgeschichte.«

Giovanni und Eveline hörten mit angehaltenem Atem zu, Giovanni schaute sich ab und zu nervös im Lokal um, ob nicht vielleicht einer der Gäste an den übrigen Tischen wie ein Kriminalpolizist aussehe. »Hol's der Teufel, Giovanni, gib uns noch eine Flasche Wein«, rief Don mitten in einer ausführlichen Analyse der ausländischen Engagements der Kuhn, Loeb und Konsorten. Dann wandte er sich plötzlich zu Eveline und füllte ihr Glas: »Wo haben Sie denn die ganze Zeit gesteckt? Ein hübsches Mädchen wie Sie hätte ich längst gebraucht! Wir wollen uns heute abend gut amüsieren, vielleicht ist das unsere letzte ordentliche Mahlzeit, in vier Wochen hat man uns vielleicht schon ins Zuchthaus gesteckt oder an die Wand gestellt, nicht wahr, Giovanni?«

Giovanni vergaß, seine übrigen Tische zu besorgen und wurde vom Wirt angepfiffen. Eveline lachte unaufhörlich. Als Don sie fragte, warum, da sagte sie, sie wisse es nicht, bloß, er sei so komisch.

»Aber es geht wirklich ums Ganze! Gottverdammich«, sagte er. Dann schüttelte er den Kopf. »Es hat keinen Zweck, noch nie hat es eine Frau gegeben, die was von Politik verstanden hätte.«

»Ich habe schon Verständnis dafür ... Ich finde es furchtbar. Ich weiß nicht, was ich tun soll.«

»Ich weiß nicht, was ich tun soll«, sagte er wütend. »Ich weiß nicht, ob ich gegen den Krieg kämpfen und ins Zuchthaus wandern oder mir einen Posten als Kriegsberichterstatter verschaffen und mir die verfluchte Schweinerei ansehen soll. Wenn man sich auf irgend jemanden verlassen könnte, daß man einen Rückhalt hätte, dann wär's etwas anderes ... Gottverdammich, gehn wir!«

Er ließ die Zeche anschreiben und bat Eveline, ihm einen halben Dollar zu leihen, Trinkgeld für Giovanni; sagte, er habe keinen Cent in der Tasche. Unversehens trank sie dann mit ihm in einem kalten, unaufgeräumten Zimmer, drei Stockwerke hoch, über einer schmutzigen Holztreppe, am Patchin Place, ein letztes Glas Wein. Er begann ihr den Hof zu machen, und als sie einwandte, sie kenne ihn doch erst seit sieben Stunden, da sagte er, das sei auch wieder so eine dumme Bourgeoisidee, die sie sich abgewöhnen müsse. Sie fragte ihn, wie das mit der Geburtenverhütung sei, und er setzte sich zu ihr hin und erzählte ihr eine halbe Stunde lang, was für eine große Frau Margaret Sänger sei, und daß die Geburtenverhütung die größte Wohltat für die Menschheit seit der Erfindung des Feuers sei. Als er wieder anfing, ihr auf eine ganz sachliche Art den Hof zu machen, ließ sie sich lachend und errötend von ihm ausziehen. Sie war in einer erregten und verzweifelten Stimmung; sie mußte Abenteuer erleben; wenn sie nicht eine große Liebe haben durfte, mußte sie dafür etwas anderes haben. Um drei Uhr morgens kehrte sie ins *Brevoort* zurück und fühlte sich matt, schuldbewußt und beschmutzt. Es war alles recht komisch gewesen, aber es war so häßlich, so sinnlos und dumm. Sie nahm eine riesige Dosis Rizinusöl und ging ins Bett. Bis Tagesanbruch lag sie wach und überlegte, was sie Freddy sagen solle; sie war mit ihm für elf Uhr nach der Probe zu einem kleinen Souper verabredet gewesen. Ihre Furcht, daß sie schwanger sei, war verschwunden wie ein Alptraum beim Erwachen.

In diesem Frühling wurden gemeinsam mit Eleanor und Freddy massenhaft Pläne für Inszenierungen und Hauseinrichtungen geschmiedet, aber es kam nichts dabei heraus, und nach einiger Zeit konnte sich Eveline gar nicht mehr mit New York abfinden. Der Krieg war erklärt, die Straßen füllten sich mit Fahnen und Uniformen, alle Menschen in ihrer Umgebung bekamen den patriotischen Wahnsinn und sahen Spione und Pazifisten unter jedem Bett.

Eleanor verschaffte sich eine Anstellung beim Roten Kreuz, Don Stevens sollte mit dem Quäkerhilfswerk nach Europa und bereitete sich durch ständiges Saufen auf die Überfahrt vor, Freddy verkündete jeden Tag einen neuen Entschluß, sagte aber schließlich, er wolle sich erst entscheiden, sobald er einberufen würde. Adelaides Mann hatte einen Posten in Washington bei der neugeschaffenen Schiffahrtsbehörde. Papa schrieb alle paar Tage, daß Wilson der größte Präsident seit Lincoln sei. Manchmal hatte sie das Gefühl, sie müsse verrückt geworden sein, so närrisch benahmen sich die Leute rings um sie. Als sie mit Eleanor darüber zu

sprechen begann, lächelte Eleanor überlegen und sagte, sie habe bereits gebeten, sie als Assistentin in ihr Büro nach Paris mitnehmen zu dürfen.
»Dein Büro in Paris, mein Schatz?« – Eleanor nickte. – »Mir ist jede Arbeit recht, ich mache alles«, sagte Eveline. Eleanor fuhr am Sonnabend auf der *Rochambeau*, und zwei Wochen später folgte ihr Eveline auf der *Touraine*.
Es war ein dunstiger Sommerabend, Adelaide, Margaret und Margarets Mann, Bill, der inzwischen Major geworden war und draußen auf Long Island die Rekruten im Scharfschießen ausbildete, hatten sie an den Landungskai gebracht, aber sie hatte auf eine fast unhöfliche Weise dem Abschiednehmen ein Ende gemacht, denn sie konnte es nicht mehr erwarten, aus diesem Amerika wegzukommen, das ihr doch zu sehr auf die Nerven fiel. Das Schiff fuhr mit zweistündiger Verspätung ab. Die Kapelle spielte unaufhörlich *Tipperary* und *Auprès de ma Blonde* und *La Madelon*. Es wimmelte von jungen Männern, welche die verschiedenartigsten Uniformen anhatten und alle ziemlich betrunken waren. Die kleinen französischen Matrosen mit ihren roten Pompons und ihren Babygesichtern wechselten laute Rufe in rollendem, näselndem Bordelais. Eveline spazierte auf dem Deck auf und ab, bis ihre Füße müde waren. Das Schiff schien überhaupt nicht mehr abfahren zu wollen. Und Freddy, der ganz spät erst aufgetaucht war, stand auf dem Kai und winkte unaufhörlich, und sie fürchtete, Don Stevens würde auch noch erscheinen, und ihr ganzes Leben in den letzten paar Jahren hing ihr zum Halse heraus. Sie ging in ihre Kabine hinunter und fing *Le Feu* von Barbusse zu lesen an, das Don ihr geschickt hatte. Sie schlief ein, und als die grauhaarige magere Dame, die mit ihr die Kabine teilte, sie durch ihr Herumrumoren aufweckte, war das erste, was sie fühlte, das zitternde Stampfen der Schiffsmaschinen. »Sie haben das Essen versäumt«, sagte die grauhaarige Dame.
Sie hieß Miss Eliza Felton und zeichnete Illustrationen für Kinderbücher. Sie fuhr nach Frankreich, um dort ein Lastauto zu lenken. Zuerst ging sie Eveline sehr auf die Nerven,

mit der Zeit aber, als die warmen, stillen Tage der Überfahrt voranrückten, fand Eveline Gefallen an ihr.
Miss Felton war in Eveline vernarrt und war oft eine rechte Plage, aber sie liebte den Wein und kannte Frankreich sehr gut, denn sie hatte dort viele Jahre gelebt. Ja, sie hatte in Fontainebleau Malerei studiert, in der guten alten Zeit der Impressionisten. Sie war gegen die Hunnen sehr erbittert, wegen Reims und Louvain und wegen der armen, kleinen belgischen Babies mit den abgeschnittenen Händen, aber sie hatte für keine Männerregierung was übrig, nannte Wilson einen Feigling, Clemenceau einen brutalen Kerl und Lloyd George einen Heuchler. Sie lachte über die Vorsichtsmaßregeln gegen U-Boot-Attacken, sie wisse, sagte sie, daß die französische Linie völlig sicher sei, weil mit ihr alle deutschen Spione reisten. Als sie in Bordeaux landeten, war sie für Eveline eine große Hilfe.
Statt mit den übrigen Leuten vom Roten Kreuz und vom Hilfswerk nach Paris weiterzufahren, blieben sie einen Tag in Bordeaux, um sich die Stadt anzusehen. Die Reihen grauer Häuser aus dem achtzehnten Jahrhundert waren doch so entzückend anzusehen in der endlosen, rosigen Sonnendämmerung, und die Blumenstände, und die höflichen Leute in den Geschäften, und die zarten Muster der Eisengitter, die Straßennamen, die rote Garonne und das schöne Essen im *Chapon Fin*.
Nur das eine war schlimm, wenn man mit Eliza Felton umherspazierte: sie verscheuchte alle Männer. Sie fuhren am nächsten Tag mit dem Tagzug nach Paris weiter, und Eveline konnte kaum die Tränen zurückhalten, so schön war die Landschaft, und die Häuser, und die Weingärten, und die hohen Pappelreihen, und die packenden Namen: Gascogne, Poitiers, Angoulême, Touraine. Auf jedem Bahnhof standen kleine Soldaten in blaßblauer Uniform, und der etwas ältliche und höfliche Schaffner sah aus wie ein Universitätsprofessor. Als schließlich der Zug geschmeidig durch den Tunnel in den Orléans-Bahnhof glitt, preßte es ihr so sehr die Kehle zusammen, daß sie kaum sprechen konnte. Es war, als wäre sie noch nie in Paris gewesen.

»Nun, wo wollen Sie hin, meine Liebe? Wie Sie sehen, müssen wir uns unser Gepäck selber tragen«, sagte Eliza Felton energisch. – »Ich sollte mich wohl beim Roten Kreuz melden.« – »Dafür ist es heute schon zu spät.« – »Ich könnte auch versuchen, Eleanor anzurufen.« – »In Kriegszeiten in Paris telephonieren wollen! Da können Sie gleich versuchen, die Toten aufzuerwecken! Am besten, meine Liebe, Sie kommen mit mir in ein kleines Hotel am Kai, das ich kenne, und melden sich morgen früh beim Roten Kreuz. Das ist das beste.« – »Ich möchte mich nicht gern zurückschicken lassen.« – »Und wenn Sie wochenlang hier sind, die erfahren es nicht. Ich kenne diese Schafsköpfe.«
Eveline wartete also neben dem Gepäck, während Eliza Felton ein kleines Wägelchen holte. Sie luden die Koffer auf und rollten sie zum Bahnhof hinaus durch die leeren Straßen im letzten blaßgelben Schimmer des Zwielichts zum Hotel. Es brannten nur wenige Laternen, und die waren blau und hatten Blechhüte auf, damit man sie von oben nicht sehen könne. Die Seine, die alten Brücken und das langgestreckte Massiv des Louvre am anderen Ufer wirkten blaß und unwirklich; es war, als spazierte man durch eine Radierung von Whistler. »Wir müssen uns beeilen, damit wir noch was zu essen kriegen, bevor alles zusperrt. Ich führe Sie zu Adrienne«, sagte Miss Felton.
Sie ließen ihre Koffer in dem Hotel am Quai Voltaire, damit sie inzwischen auf die Zimmer befördert würden, und gingen schnell durch eine Unmenge schmaler, kreuz und quer laufender, rasch sich verdunkelnder Straßen. Sie drückten sich schnell noch in die Tür des kleinen Restaurants, als man eben schon den schweren eisernen Laden herunterziehen wollte. »Tiens, c'est Mademoiselle Elise!« rief eine weibliche Stimme aus dem Hintergrund des reichlich mit Sofas versehenen, kleinen Raumes. Eine kleine Französin mit einem sehr großen Kopf und sehr großen Glotzaugen kam gelaufen und umarmte Miss Felton und küßte sie mehrere Male. »Das ist Miss Hutchins«, sagte Miss Felton mit ihrer trockenen Stimme. – »Sehrrr erfrrreut . . . So

hibsch ... Schöne Augen, hein?« Es war Eveline nicht angenehm, wie die Frau sie ansah. Dieses breite, gepuderte Gesicht, das wie ein Ei im Becher in der hochgeschlossenen, vielrüschigen Bluse saß, gefiel ihr nicht. Adrienne brachte Suppe, kaltes Kalbfleisch und Brot und entschuldigte sich vielmals, daß sie keine Butter und keinen Zucker habe, beklagte sich mit singender Stimme über die Strenge der Polizei, und daß die Kriegsgewinnler die Lebensmittel hamsterten, und daß die militärische Lage so schlecht sei. Dann verstummte sie plötzlich; die Blicke aller drei fielen in der gleichen Sekunde auf das Schild an der Wand:
»Méfiez vous les oreilles ennemies vous écoutent ...«
»Enfin, c'est la guerre«, sagte Adrienne. Sie saß neben Miss Felton und tätschelte Miss Feltons magere Hand mit ihrer dicken Hand, die über und über mit Straßringen bedeckt war. Sie hatte für sie Kaffee gekocht. Sie tranken kleine Gläschen Cointreau. Adrienne beugte sich vor und tätschelte Eveline auf den Hals. »Faut pas s'en faire, hein?« Dann warf sie den Kopf zurück und stieß ein hysterisches, schrilles Lachen aus, bei dem Eveline ganz unbehaglich wurde. Sie goß immer neue Gläschen Cointreau ein, und Miss Felton schien beschwipst zu sein. Adrienne tätschelte unaufhörlich ihre Hand. Eveline wurde schwarz vor den Augen; dieser muffige, dunkle, abgeschlossene kleine Raum! Sie stand auf und sagte, sie wolle ins Hotel, sie habe Kopfschmerzen und sei schläfrig. Sie wollten sie zum Bleiben bewegen, aber sie schlüpfte schnell unter dem Rolladen hinaus.
Die Hälfte der Straße draußen war vom Mondschein erhellt, die andere Hälfte lag in pechschwarzen Schatten. Plötzlich fiel Eveline ein, daß sie den Weg zum Hotel nicht mehr wußte, aber sie konnte doch nicht in das Restaurant zurückkehren, und sie hatte einen ordentlichen Abscheu vor diesem Weib, sie ging daher schnell weiter, blieb im Mondschein und ängstigte sich vor der Stille, vor den schattenhaften Gestalten der spärlichen Passanten, vor den alten, düsteren Mauern mit ihren breiten schwarzen Torfahrten. Endlich kam sie auf einen Boulevard, dort schlenderten

Frauen und Männer umher, Stimmen ertönten, und ab und zu glitt ein Auto mit blauen Lampen lautlos über den Asphalt. Plötzlich erhob sich in der Ferne der schaurige Schrei einer Sirene, dann noch einmal und noch einmal. Irgendwo, verloren am Himmel, war ein leises Summen wie von einer Biene, lauter, dann leiser, dann wieder lauter. Eveline schaute die Leute ringsumher an. Niemand schien beunruhigt, niemand schien seine schlendernden Schritte zu beschleunigen.

»Les avions . . . les boches . . .« hörte sie den einen oder den anderen mit ganz ruhiger Stimme sagen. Sie stand an der Bordschwelle und blickte in den milchigweißen Himmel hinauf, den immer rascher die Strahlen der Scheinwerfer durchzuckten. Neben ihr stand ein französischer Offizier von väterlichem Aussehen mit einem buschigen Schnauzbart und allen möglichen Schnüren an seinem Képi. Der Himmel über ihren Köpfen begann wie Katzensilber zu funkeln. Es war wunderschön und weit weg wie das Feuerwerk jenseits des Sees am vierten Juli. Unwillkürlich sagte sie laut: »Was ist denn das?« – »C'est le shrapnell, mademoiselle. Das sind unsere Flugzeugabwehrgeschütze«, sagte er in vorsichtigem Englisch, dann reichte er ihr den Arm und erbot sich, sie nach Hause zu führen. Sie merkte, daß er ziemlich stark nach Cognac roch, aber er war sehr nett und hatte ein väterliches Benehmen und versuchte ihr mit komischen Handbewegungen anzudeuten, daß ihnen etwas auf den Kopf fallen könne, und sagte, sie müßten Deckung suchen. Sie sagte, bitte, er möge sie zu dem Hotel am Quai Voltaire führen, sie habe sich verirrt.

»Ah, charmant, charmant«, sagte der Offizier. Während sie dagestanden und miteinander geredet hatten, war die Straße menschenleer geworden. Aus allen Gegenden hörte man jetzt knatterndes Geschützfeuer. Sie gingen wieder durch die schmalen Straßen, dicht an die Mauer gedrückt. Einmal zog er sie plötzlich in eine Torfahrt, und mit einem scharfen Knall landete etwas auf dem gegenüberliegenden Bürgersteig. »Das ist die Stücke von Schrapnells, nicht gut«, sagte er und klopfte auf den Deckel seines Képi. Er lachte,

und Eveline lachte auch, sie vertrugen sich prächtig. Jetzt waren sie am Seineufer angelangt. Unter den dichtbelaubten Bäumen schien man sicherer zu sein.
Von der Hoteltür aus zeigte er plötzlich auf den Himmel. »Sehen Sie, c'est les Fokkers, ils en fichent de nous.« Während er noch sprach, wendeten die Flieger, so daß sich das Mondlicht in ihren Flügeln fing. Sekundenlang waren sie wie sieben winzige, silberne Brummer, dann waren sie weg. Im selben Augenblick kam vom anderen Ufer her das betäubende Krachen einer Bombe. »Permettez, mademoiselle.« Sie betraten die pechfinstere Halle des Hotels und tasteten sich in den Keller hinunter. Während der Offizier Eveline über die letzte Stufe der staubigen Holztreppe half, salutierte er feierlich vor der gemischten, um zwei Kerzen versammelten Gesellschaft in Bademänteln oder Überröcken über dem Nachtgewand. Es war ein Kellner da, und der Offizier wollte etwas zu trinken bestellen, aber der Kellner sagte: »Ah, mon colonel, c'est défendu«, und der Oberst machte ein schiefes Gesicht. Eveline setzte sich an eine Art Tisch. Sie schaute die Leute an und lauschte dem fernen Krachen der Bomben und war so aufgeregt, daß sie es kaum bemerkte, als der Oberst ihr Knie ein wenig fester drückte, als nötig war. Sie hatte keine Angst, sie hatte nur das Gefühl, daß das ein prächtiges, eigens für sie arrangiertes Schauspiel sei, und die Hotelgäste sahen so komisch aus, wie sie da zwischen den zwei flackernden Kerzen hockten. Undeutlich merkte sie, daß die Hände des Obersten zu einem Problem wurden. Als die Flugzeugattacke zu Ende war, kam auf der Straße etwas Sonderbares vorbei, das ein komisches, sägendes Geräusch machte, halb wie das Quaken einer Ente, halb wie das Brüllen eines Esels. Eveline fand das so komisch, daß sie aus dem Lachen nicht herauskam, und der Oberst schien nicht zu wissen, wie das aufzufassen sei. Als sie ihm gute Nacht sagen, in ihr Zimmer hinaufgehen und sich ein bißchen schlafen legen wollte, da wollte er mitkommen. Sie wußte nicht, was sie tun solle. Er war so nett und höflich gewesen, sie wollte nicht grob werden, aber sie konnte ihm anscheinend nicht begreiflich

machen, daß sie zu Bett gehen und schlafen wolle; er erwiderte, er auch. Als sie ihm klarzumachen versuchte, daß sie eine Freundin bei sich habe, fragte er, ob die Freundin ebenso reizend sei wie Mademoiselle, in diesem Falle würde es ihn außerordentlich freuen. Evelines Französisch versagte völlig. Sie flehte den Himmel an, Miss Felton möge auftauchen, sie konnte dem Portier nicht klarmachen, daß sie den Schlüssel zu ihrem Zimmer haben wolle und daß mon colonel nicht mitkomme, und war nahe am Heulen, da tauchte aus dem Schatten ein junger Amerikaner in Zivil mit roten Backen und einer Stupsnase hervor und sagte mit einer Verbeugung in sehr schlechtem Französisch: »Monsieur, moi frère de Madmosel, sehen Sie denn nicht, daß das Mädchen fatiguée ist und bon soir sagen will?« Er nahm den Oberst unterm Arm und sagte: »Vive la France, kommen Sie mit auf mein Zimmer, wir wollen was trinken.« Der Oberst richtete sich auf und sah finster drein. Ohne abzuwarten, was geschähe, ließ sich Eveline von dem Portier ihr Zimmer zeigen, stürzte hinein und drehte zweimal den Schlüssel um.

Weltwochenschau XXIV

... man kann sich nur schwer vorstellen, welch gewaltige Summen Europa wird borgen müssen, um die durch den Krieg angerichteten Zerstörungen wiedergutzumachen

ERLEDIGT GANZ ALLEIN 28 HUNNEN

DIE FRIEDENSGERÜCHTE BEGINNEN AUF DEN SÜDLICHEN EISENMARKT EINZUWIRKEN

Es gibt ein Lächeln, das uns glücklich macht
Es gibt ein Lächeln, das uns traurig macht

wir wollen aber nun die Frage der Schiffsraten untersuchen, wir wollen annehmen, daß die gesamte Flotte der Vereinigten Staaten 3000 Fracht- und Passagierdampfer umfaßt, die zwischen den USA und ausländischen Häfen verkehren

BANDENFÜHRER
AUF OFFENER STRASSE ERMORDET

Es gibt ein Lächeln, das die Tränen verscheucht,
Wie der Sonnenstrahl den Tau,
Es gibt ein Lächeln, das hat einen zärtlichen Sinn,
Den nur das liebende Auge sieht

SOLDATENSTIMMEN GEBEN DEN AUSSCHLAG

angenommen jetzt, daß in dieses empfindliche Getriebe der wirtschaftlichen Gesetzmäßigkeiten als kontrollierender Faktor der Besitzer eines Drittels der gesamten Welttonnage eingreift, dem Profit und Verlust gleich viel bedeuten, der die Zinsen auf das investierte Kapital nicht als

Unkostenfaktor rechnet, der Schiffe baut, gleichgültig, ob ihr Betrieb profitbringend ist oder nicht, und der Preise festsetzt, die in keiner Weise mit dem Gesetz von Angebot und Nachfrage übereinstimmen, wie lange würde es dann dauern, bevor das Schiffahrtswesen der ganzen Welt völlig zusammenbräche!

DER KRONPRINZ REISST AUS

Aber das Lächeln, das mein Herz mit Sonne erfüllt

IST

DAS

LÄCHELN

DAS

DU

MIR

SCHENKST

die unaufhörlichen Friedensgerüchte wirken beunruhigend, und die Influenzaepidemie hat die Provinzkäufer von dem Besuch der größeren Zentren abgehalten

Wenn du die Herrn Generale suchst
ich weiß, wo sie sind,
Ja, ich weiß, wo sie sind
Wenn du die Herrn Generale suchst
ich weiß, wo sie sind

NEW YORKER JUNGENS
STERBEN DEN HELDENTOD

Drunten im tiefen Unterstand
dort hab ich sie gesehn, ja, dort
hab ich sie gesehn . . .

Das Kamera-Auge 34

A quatorze heures précisement täglich belegten die Boches jene Brücke mit Granaten präzise wie immer nach Ort und Zeit à quatorze heures précisement ließ Dick Norton Monokel im Auge seine Abteilung gleich neben der Brücke aufmarschieren um sie dem Amerikanischen Roten Kreuz zu übergeben
die Majore vom Roten Kreuz sahen fett und weiß aus in den neuen Uniformen mit dem blanken Wehrgehänge mit den blanken knappen Ledergamaschen so das ist nun Europa so das ist nun die Front schön schön
Dick Norton rückte sein Monokel zurecht begann eine Rede zu halten er habe die Herrn Freiwilligen angeworben und jetzt verabschiede er sich von den Herrn Freiwilligen die erste arrivée der Mandelgeruch das Sonntagsgefühl Straße ohne Verkehr kein Poilu zu sehen Dick Norton schob sein Monokel zurecht die Majore vom Roten Kreuz waren mit Dreck bespritzt in ihren Nasen der Melinitgeruch schnell vorüberwehender Gestank nach Latrinen und zusammengepferchten Soldaten
wum wum wie am vierten Juli die Granatsplitter singen die Ohren klingen
die Brücke steht und Dick Norton rückt sein Monokel zurecht und er steht und redet des langen und breiten über die Herrn Freiwilligen und über den Ambulanzdienst und über die belle France

das leere Dienstauto steht da
aber wo sind die Herrn Majore die das
Kommando übernehmen sollen
und die im Namen des Roten Kreuzes eine Rede halten sollen?
man sah gerade noch den langsamsten fettesten blassesten

der Majore auf Händen und Knien die Gamaschen voller Dreck in den Unterstand kriechen und dann sahen wir nichts mehr von den Herrn Majoren
und dann war keine Rede mehr von den
Herrn Freiwilligen ...

DER FRÖHLICHE KÄMPE

Sieben ehrbare Generationen lang hatten die Roosevelts auf der Insel Manhattan gelebt, sie besaßen ein großes Ziegelhaus in der 20. Straße, eine Besitzung draußen in Dobbs Ferry, Grundstücke in der Stadt, einen Kirchenstuhl in der Holländischen Reformierten Kirche, Zinsscheine, Aktien und Obligationen, sie hatten das Gefühl, Manhattan gehöre ihnen, sie hatten das Gefühl, Amerika gehöre ihnen.
Ihr Sohn,
Theodore, war ein kränklicher Knabe, litt an Asthma, war sehr kurzsichtig, seine Hände und Füße waren so klein, daß es ihm schwerfiel, boxen zu lernen, seine Arme waren sehr kurz.
Sein Vater war gewissermaßen Philanthrop, bewirtete arme Zeitungsjungen am Weihnachtsabend, jammerte über die Zustände, über die Elendsviertel, über die East Side.
Der junge Theodore hatte Ponies, wurde dazu angehalten, Waldmärsche zu machen und im Freien zu kampieren, lernte boxen und fechten (ein amerikanischer Gentleman muß sich zu verteidigen wissen), besuchte Bibelstunden, beteiligte sich an karitativen Werken (ein amerikanischer Gentleman muß sich nach Kräften bemühen, seinen weniger vom Glück begünstigten Mitmenschen emporzuhelfen); er war von Geburt an ein *ehrsamer* Mann.
Er hatte eine Vorliebe für Naturgeschichte, las gerne Bücher über Vögel und wilde Tiere, ging gerne auf die Jagd. Trotz seiner Brille wurde er ein guter Schütze, trotz seiner kleinen Füße und kurzen Beine wurde er ein tüchtiger Fußgänger und guter Reiter, trotz seiner kurzen Reichweite wurde er ein mutiger Schläger, und wurde ein gerissener Politiker, obgleich er aus einer der reichen holländischen New Yorker Familien stammte.
1876 ging er nach Cambridge, um in Harvard zu studieren,

ein wohlhabender, geschwätziger, launischer, junger Herr mit einem Backenbart und sehr entschiedenen Ansichten über alles und jedes unter der Sonne;
in Harvard fuhr er mit einem zweirädrigen Wägelchen umher und sammelte ausgestopfte Vögel, montierte Exemplare, die er auf seinen Jagdausflügen in den Adirondacks geschossen hatte. Obwohl er nicht trank und etwas frömmlerisch war (er hatte sonderbare Ideen: Mißbräuche abschaffen, Reformen einführen), gehörte er den Verbindungen und Klubs an, denen anzugehören sein gutes Recht war, denn er war der Sohn einer der reichen holländischen New Yorker Familien.
Er erzählte seinen Freunden, daß er gesonnen sei, sein ganzes Leben sozialer Tätigkeit zu widmen: *Ich will nicht die Lehre unwürdigen Nichtstuns verkünden, sondern die Lehre tätigen Lebens, eines Lebens voller Mühsal und Tat, voller Arbeit und Kampf . . .*

Von seinem elften Jahre an schrieb er sehr viel, füllte Tagebücher, Notizbücher, lose Blätter mit seiner großen, ungestümen Kritzelschrift, schrieb über alles, was er tat, dachte und sagte.
Natürlicherweise studierte er Rechtswissenschaft.
Er heiratete jung und fuhr nach der Schweiz, um das Matterhorn zu besteigen; der frühe Tod seiner ersten Frau schmetterte ihn völlig nieder. Er zog sich in die Felsen des westlichen Dakota zurück, um als Rancher am Kleinen Missouri zu siedeln.
Als er wieder nach Manhattan kam, war er Teddy, der Meisterschütze aus dem Wilden Westen, der Elchjäger, der Mann mit dem Cowboyhut, der Mann, der Stiere mit dem Lasso eingefangen, Brust an Brust mit einem Grizzly gekämpft und als Sheriffbeamter amtiert hatte.
Ein Roosevelt hat Pflichten gegenüber dem Vaterland; es ist die Pflicht eines Roosevelt, seinen weniger vom Glück begünstigten Mitmenschen, die erst kürzlich an unseren Küsten gelandet sind, emporzuhelfen.
Im Wilden Westen hatte der Sheriffbeamte Roosevelt die

Bürde des weißen Mannes auf seinen Schultern getragen, hatte sein Teil dazu getan, Übeltäter und Schurken zu fangen; famoser Dienst.
Unterdessen hatte er immerfort geschrieben, hatte die Illustrierten mit Berichten über seine Jagdzüge und Abenteuer angefüllt, hatte politische Versammlungen mit seinen Ansichten, seinen Anklagen, seinen Lieblingsphrasen angefüllt: *Tätiges Leben, Erfüllbare Ideale, Gerechte Regierung, wenn Männer ehrsame Arbeit fürchten oder ehrlichen Krieg fürchten, wenn Frauen ehrsame Mutterschaft fürchten, dann steuern sie dem Verhängnis entgegen, und es ist gut, daß sie vom Antlitz der Erde verschwinden, wo sie ein Gegenstand der Verachtung sind allen Männern und allen Frauen, die selber stark sind und tapfer und hochgemut ...*
T. R. heiratete eine reiche Frau und gründete ehrsam eine Familie in Sagamore Hill.
Er saß eine Wahlperiode lang im Staatsparlament von New York, Grover Cleveland übertrug ihm das unbezahlte Amt eines Kommissars für die Reform der Zivilbehörden.
War Reformer-Polizeikommissar von New York, verfolgte die Übeltäter, behauptete kühn, weiß sei weiß, schwarz sei schwarz, schrieb die Geschichte des Seekrieges von 1812, wurde Zweiter Marinesekretär,
und als die *Maine* in die Luft flog, trat er zurück, um das Kommando über die Texasreiter zu übernehmen.
Oberstleutnant.
Das war: der Rubikon, der Kampf, das ruhmreiche Sternenbanner, die Gerechte Sache. Der amerikanischen Öffentlichkeit wurde des Obersten tapferes Benehmen nicht vorenthalten: Er im Kugelregen, wie er ganz allein den Hügel von San Juan emporstürmte und umkehren mußte, um seine Leute zu holen; wie er einen fliehenden Spanier in den Hintern schoß.
Schade bloß, daß von der anderen Seite her die Regulären zuerst auf dem Hügel oben waren, Santiago fiel; es war ein erfolgreicher Feldzug. T. R. erstürmte den Hügel von San Juan und eroberte mit dieser kühnen Tat den Gouverneursposten des Staates New York;

aber nach beendetem Kampfe wollten die Freiwilligen, die Kriegsberichterstatter und die Reporter nach Hause;
es war kein Spaß, unter Leinwandzelten im tropischen Regen zu hocken oder in der Morgensonne der verbrannten kubanischen Berge zu schmoren, während Malaria und Ruhr die Menschen mähten und man immer Angst haben mußte, das Gelbe Fieber zu kriegen.
T. R. sandte eine Petition an den Präsidenten, man möge doch die Amateurkrieger, die ehrsamen Freiwilligen, nach Hause schicken, und die Dreckarbeiten den regulären Truppen überlassen,
die Gräben gruben und Sand schaufelten und gegen Malaria, Ruhr, Gelbes Fieber kämpften,
um Kuba recht gemütlich zu machen
für den Zuckertrust
und für die National City Bank.

Einer der ersten, mit dem er sich unterhielt, als er nach Hause kam, war
Lemuel Quigg, Agent des Wahlmachers Platt, der die Stimmen der Provinz New York in seiner Westentasche hatte;
er sprach auch mit Boss Platt, aber das vergaß er später ganz. Alles ging famos. Er schrieb eine Biographie über Cromwell, mit dem er, wie die Leute behaupteten, viel Ähnlichkeit hatte. Als Gouverneur fiel er Platt in den Rücken; ein ehrsamer Mann darf ein kurzes Gedächtnis haben. Boss Platt wollte ihn loswerden und ließ ihn im Jahre 1900 für das Amt des Vizepräsidenten nominieren;
Czolgocz, der Präsidentenmörder, machte ihn zum Präsidenten.

T. R. fuhr wie der Teufel in einem Bauernwagen über die schmutzigen Straßen, in strömendem Regen, von Mt. Marcy in den Adirondacks zur Bahn, um den Zug nach Buffalo zu erwischen, wo McKinley im Sterben lag.
Als Präsident
verpflanzte er Sagamore Hill, das gesunde, fröhliche, amerikanische Normalheim, ins Weiße Haus, führte ausländische

Diplomaten und fette Offiziere durch den Rock Creek Park spazieren, dort mußten sie die tollsten Tänze riskieren, durch Dorngestrüpp kriechen, über den Bach hopsen, Furten durchwaten, lehmige Ufer erklettern, und er drohte den Reichen Missetätern mit dem Großen Stock.

Alles ging famos.
Er inszenierte die Revolution in Panama, unter deren Schatten der berühmte Hokuspokus losging und die alten und neuen Kanalbau-Gesellschaften wie Jonglierbälle durcheinandertanzten, vierzig Millionen Dollar verschwanden dabei in den Taschen der internationalen Bankiers,
aber das alte Ruhmesbanner flatterte über der Kanalzone, und der Kanal wurde gebaut.
Er sprengte einige Trusts,
lud den Negerführer Booker Washington zum Lunch ins Weiße Haus
und setzte sich für den Naturschutz ein.
Er bekam den Nobel-Friedenspreis, weil er den Frieden von Portsmouth zusammengestümpert hatte, mit dem der Russisch-Japanische Krieg ein Ende fand,
und schickte die Atlantik-Flotte rund um den Erdball, um aller Welt zu zeigen, daß Amerika eine erstrangige Macht sei. Nach Ablauf seiner zweiten Amtsperiode übergab er die Präsidentschaft Taft, hinterließ dem fetten Advokaten eine Aufgabe, die ihm glänzend lag: Juristischen Balsam auf die verletzten Gefühle der Geldherren zu träufeln, und ging nach Afrika auf die Großwildjagd.
Famose Sache, die Großwildjagd.
Sooft ein Löwe oder ein Elefant unter der Wucht einer wohlgezielten Bleikugel in das Dschungelgehölz krachend niederfiel,
leuchteten in den Zeitungen die Schlagzeilen auf.
Als er sich zu Pferde mit dem Kaiser unterhielt,
wurde der Welt nicht vorenthalten, was er sagte, ebensowenig,
als er den Nationalisten in Kairo einen Vortrag hielt und ihnen sagte, daß diese Welt den Weißen gehöre.

Er ging nach Brasilien, durchzog das Matto Grosso in einem kleinen Kanu auf Gewässern, die von den winzigen Menschenfresserfischen, den Piranhas, wimmelten,
schoß Tapire,
Jaguare,
Exemplare des weißlippigen Nabelschweins.
Er bezwang die Stromschnellen des Rio Theodore, kam an die Ufer des Amazonas, krank, einen infektiösen Abszeß am Bein, lang hingestreckt in einem kleinen Kahn unter einem Sonnenzelt, einen zahmen Trompetervogel neben seinem Lager.

Als er wieder in den Staaten war, kämpfte er seinen letzten Kampf, 1912 als Kandidat des Fortschrittler-Flügels der Republikanischen Partei, Vorkämpfer für *Ehrlich Spiel*, Kreuzfahrer des *Kleinen Mannes*. Der Elchbulle entwischte der Dampfwalze Tafts und schuf die Fortschrittspartei im Namen der Ehrsamkeit, das war im Chicagoer Colosseum, und die Delegierten, die ein demokratisches Regime wiederherzustellen gedachten, wackelten weinend mit den Köpfen und sangen:
Vor-wärts-christ-lich-from-me-Käm-pen
Vor-wärts-marsch-wie-in-den – Krieg!
Vielleicht war der Rio Theodore für einen Mann seines Alters zu viel gewesen, vielleicht wollte nun alles nicht mehr recht klappen; T. R. verlor während der Drei-Parteien-Kampagne die Stimme. In Bluth schoß ihn ein Verrückter in die Brust, nur das dicke Manuskript der Rede, die er in Bluth halten wollte, rettete ihm das Leben. T. R. hielt seine Rede, in der Brust noch die Kugel, er hörte den erschrockenen Applaus, er fühlte, wie das einfache Volk für seine Genesung betete, aber der Zauber war dahin.
Die Demokraten stürmten vor; der Weltkrieg erstickte die ehrsame Stimme des Fröhlichen Kämpen mit dem Gebrüll explodierenden Melinits.
Wilson wollte T. R. keine Division geben; das sei kein Krieg für Amateure (vielleicht erinnerten sich die Regulären an die Petition von Santiago). Er konnte nichts weiter tun,

als Illustriertenartikel gegen die Hunnen schreiben und seine Söhne ins Feld schicken. Quentin fiel.
Es war nicht mehr die alte famose Welt der Amateure. Niemand wußte, daß am Tage des Waffenstillstands Theodore Roosevelt, fröhlicher Amateur mit grinsendem Gebiß und wackelndem Zeigefinger, Naturforscher, Forschungsreisender, Reporter, Sonntagsschulmeister, Viehtreiber, Moralist, Politiker, ehrsamer Massenredner mit kurzem Gedächtnis, fröhlicher Kämpe, der es liebte, Lügner anzuprangern (Ananias-Club) und seinen Kindern Polsterschlachten zu liefern,
daß Theodore Roosevelt mit entzündlichem Rheumatismus als schwerkranker Mann in das Roosevelt-Spital überführt wurde.
Es wollte nun alles nicht mehr recht klappen.
T. R. war ein ganzer Kerl,
er ertrug die Schmerzen, die Obskurität, das Gefühl, völlig vergessen zu sein,
so wie er die Kugel des Verrückten ertragen hatte und die Abenteuer in gebrechlichem Kahn auf dem Rio Theodore, die Hitze, den stinkenden Dschungelschlamm, den infizierten Abszeß am Bein,
und starb ruhig, schlummernd,
in Sagamore Hill
am 6. Januar 1919,
ließ auf den Schultern seiner Söhne
des Weißen Mannes Bürde zurück.

Das Kamera-Auge 35

11000 registrierte Straßenhuren sagt der Pressechef des Roten Kreuzes machen die Straßen von Marseille unsicher der Ford blieb in der Rue de Rivoli dreimal stecken in Fontainebleau tranken wir unseren Café au lait im Bett der Wald war so schmerzhaft rot und gelb und novemberbraun unter dem feinen Lavendelregen die Straße kletterte durch taubengraue Hügel empor die Luft roch nach Äpfeln
Nevers (Dumas nom de dieu) Athos Porthos und d'Artagnan hatten eine Fischsuppe in diesem Wirtshaus bestellt wir fuhren langsam auf gewundenen Wegen in das rote Maçon hinab hier roch es nach Weinhefe und Kelter
fais ce que voudras saute Bourgignon im Rhônetal strich das erste strohblasse Sonnenlicht mit den Schatten der Pappelgerippe über die weiße Straße an jedem Halteplatz tranken wir Wein stark wie ein Beefsteak üppig wie der Palast Franz' I. bouquet der letzten vom Hagel gepeitschten Rosen wir fuhren nicht über den Fluß nach Lyon wo Jean-Jacques als junger Mensch an Bleichsucht gelitten hatte die Landschaften der Provence stammten alle aus dem Gallischen Krieg die Städte waren Wörterbücher lateinischer Wurzeln Orange Tarascon Arles wo van Gogh sich das Ohr abgeschnitten hat die Kolonne geriet immer mehr in Unordnung wir hielten an um in den Estaminets zu würfeln Jungs wir fahren nach dem Süden um den roten Wein zu trinken den die Päpste so gern tranken um fettes Mahl mit Olivenöl und Knoblauch zu essen nach dem Süden cèpes provençales der Nordwind fuhr schrill über die Ebenen der Camargue trieb uns eilig nach Marseille wo die Elftausend sich in den trüben Spiegeln im Promenoir des Apollo kokett beäugten Austern und vin de Cassis petite fille tellement brune tête de lune qui amait le Wintärsport und zum Schluß waren es lauter Groschenautomaten nackt

wie phokäische Figurinen mit gespreizten Beinen hinpostiert rings an die schaumigen Ränder des ältesten Hafens
die Riviera war mau aber hinter San Remo stand auf jedem Hügel eine zuckerfarbene Kirche mit einem spitzen Turm Porto Maurizio blaue Sodawasserflaschen in dem cinzanofarbenen Sonnenlicht neben einem Glase VERMOUTH TORINO Savona hingebaut für den Kaufmann von Venedig von Veronese gemalt
in Ponte Decimo parkten die Sanitätsautos auf einem mondbeschienenen Hof zwischen tristen steinernen Arbeiterhäusern alles war mit Reif bedeckt in der kleinen Bar zeigte uns der *Erfolgreiche Novellist* wie man Cognac mit Maraschino trinkt halb und halb
nochngläschen
es stellte sich heraus er schrieb gar nicht das was er eigentlich gern geschrieben hätte Kann man denn den Leuten zu Hause schildern wie der Krieg ist? es stellte sich heraus er wollte gar nicht das was er schrieb er wollte Gefühle haben Cognac mit Maraschino er war nicht mehr jung (wir ärgerten uns scheußlich voller Hunger nach den Dingen die wir gerne haben wollten den Kerls sagen daß sie lügen neue Städte sehen nach Genua zu gehen war vietato defendu bei Strafe verboten hol sie der Teufel südwärts nach Genua) nochngläschen es stellte sich heraus er wäre gern ein nackter brauner Junge gewesen der im Sonnenschein an einem Hügelhang sitzt und Flöte bläst
nach Genua zu fahren war recht leicht die Straßenbahn fuhr hin Genua die neue Stadt die wir noch nie gesehen hatten voller marmorner Dogen und halsbrecherisch steiler Treppen und Löwen im Mondschein Genua ob die alte Herzogsstadt brannte? alle die Marmorpaläste und die vierkantigen Steinhäuser und die Campaniles über den Hügeln hatten die eine Wand in Flammen stehen
Freudenfeuer unter dem Mond
die Bars voller englischer Soldaten geschniegelte Zivilisten spazierten durch die Säulengänge jenseits des Hafens unter dem genuesischen Mond das Meer stand in Flammen die Herren vom Spionagedienst Seiner Majestät sagten es sei

ein amerikanisches Tankschiff ob es auf eine Mine gestoßen war? ob es torpediert worden war? warum bohrt man es nicht in den Grund?

Genua in unseren Augen loderte das Leuchten des brennenden Tankschiffs Genua was suchst du nach dem Leuchten im Blut unter dem Mond durch die mitternächtigen Straßen in den Gesichtern der jungen Burschen und Mädchen Genua Augen fragende Augen

durch die verfallenen Steinhöfe unter dem genuesischen Mond rauf und runter die halsbrecherisch steilen Treppen lodernde Augen unter dem Mond voll ins Gesicht die lodernde Glut des Freudenfeuers auf dem Meere

11000 registrierte Straßenhuren sagt der Pressechef des Roten Kreuzes machen die Straßen von Marseille unsicher . . .

JOE WILLIAMS

Es war eine lausige Fahrt. Joe sorgte sich die ganze Zeit um Del und hatte Angst, er könnte Fehler machen, und die Mannschaft war eine Bande von Meckerern. Alle paar Augenblicke versagten die Maschinen. Die *Higginbotham* war wie eine Käseschachtel gebaut und so langsam, daß sie an manchen Tagen nicht mehr als dreißig bis vierzig Meilen gegen mäßigen Gegenwind machten. Das einzig Amüsante war der Boxunterricht, den er bei dem zweiten Maschinisten, einem Kerl namens Glen Hartwick, nahm. Glen Hartwick war ein kleiner, sehniger Bursche, Weltergewicht, obgleich er schon an die Vierzig war, und ein recht guter Amateurboxer. Als sie Bordeaux erreicht hatten, war Joe schon imstande, ihn ganz ordentlich zu vermöbeln. Er war schwerer und hatte eine größere Reichweite, und Glen sagte, er habe einen natürlichen geraden Rechten, mit dem er es als Leichtgewichtler weit bringen könnte.

Der erste Hafenbeamte, der in Bordeaux an Bord kam, wollte Kapitän Perry auf beide Wangen küssen. Präsident Wilson hatte soeben Deutschland den Krieg erklärt. In der ganzen Stadt war nichts zu gut für Les Americains. Abends, wenn sie frei hatten, durchkreuzten Joe und Glen Hartwick zusammen die Stadt. Die Mädchen von Bordeaux waren verteufelt hübsch. Eines Abends lernten sie im Stadtgarten zwei Mädchen kennen, die gar keine Nutten waren. Sie waren hübsch angezogen und sahen aus, als ob sie aus guter Familie stammten; zum Teufel noch mal, es war doch Kriegszeit. Zuerst dachte Joe, jetzt, da er verheiratet war, müsse er diese Zicken lassen, aber zum Teufel noch mal, hatte nicht Del ihn hingehalten! Was dachte sie sich denn eigentlich – daß er ein Säulenheiliger sei! Sie gingen schließlich in ein kleines Hotel, das die Mädchen kannten, aßen ein Souper und tranken beaucoup Wein und Champagner und amüsierten sich prächtig. Joe hatte sich noch nie in seinem Leben mit einem Mädchen so gut amüsiert. Sein Mädchen hieß Marceline, und als sie morgens aufwachten, brachte ihnen das Stubenmädchen Kaffee und Brötchen und sie frühstückten sitzend im Bett, und Joes Französisch begann sich zu bessern, er lernte sagen C'est la guerre und On les aura und Je m'en fiche, und Marceline sagte, sie wolle immer sein Schatz sein, wenn er nach Bordeaux komme, und sie nannte ihn ihren petit lapin. Sie blieben nur die vier Tage in Bordeaux, die sie warten mußten, bis sie an der Reihe waren, an den Anlegeplatz hinaufzufahren und die Ladung zu löschen, aber sie tranken immerfort Wein und Cognac, das Essen war famos, man wollte sich fast zerreißen für sie, weil Amerika in den Krieg eingetreten war, und es waren vier ganz verteufelt schöne Tage.

Auf der Heimfahrt begann die *Higginbotham* so schlimm zu lecken, daß der Alte sich überhaupt nicht mehr um die U-Boote kümmerte. Es war fraglich, ob sie Halifax erreichen würden. Das Schiff war leicht und rollte wie ein Baumstamm, so daß trotz aller Schnüre und Klammern die Teller vom Eßtisch rutschten. Eines Nachts war's, bei schlechtem Wetter, in treibendem Nebel, irgendwo südlich von Kap Race, Joe machte mit hochgeschlagenem Kragen mittschiffs einen Rundgang auf Deck, da wurde er plötzlich umgeworfen. Sie erfuhren nie, was es gewesen sei, eine Mine oder ein Torpedo. Die Boote waren in gutem Zustand, und das Meer war glatt, sonst hätten sie sich überhaupt nicht mehr retten können. Die vier Boote wurden getrennt. Die *Higginbotham* entschwand in den Nebel, und sie sahen sie nicht untergehen, aber als sie sie das letztemal zu Gesicht bekamen, da war ihr Hauptdeck schon unter Wasser. Sie froren und waren durchnäßt. In Joes Boot sagte keiner ein Wort. Die Leute an den Rudern mußten sich ordentlich ins Zeug legen, um gegen den einsetzenden leichten Wellengang aufzukommen. Jede See, die ein wenig größer war als die andern, durchnäßte sie mit ihrem Gischt. Sie waren recht dick gekleidet und hatten Rettungsgürtel um, aber die Kälte drang ihnen dennoch bis auf die

Haut. Schließlich lichtete sich der Nebel ein wenig, und es war Tag. Joes Boot und das Boot des Kapitäns blieben beisammen, bis sie am späten Nachmittag von einem großen Fischschoner aufgefischt wurden, einem Dorschfänger, der nach Boston bestimmt war.

Als sie aufgefischt wurden, ging es dem alten Perry bereits sehr schlecht. Der Kapitän des Fischschoners tat für ihn, was er nur konnte, aber als sie vier Tage später nach Boston kamen, war er bewußtlos und starb auf dem Wege zum Spital. Die Ärzte sagten, es sei Lungenentzündung gewesen. Joe ging der Tod des alten Kapitäns Perry recht nahe, er machte sich auch Sorgen um Glen und die Kameraden in den beiden anderen Booten, von denen man noch nichts gehört hatte. Er konnte sich zu gar nichts entschließen. Er hatte kein Geld, nichts außer den Kleidern, die er anhatte, und jetzt mußte er sich von neuem nach einer Heuer umsehen. Er pumpte sich von dem Ersten Maat einen Dollar und telegraphierte an Del, er sei gesund und wohlauf. Am nächsten Morgen ging er mit dem Maat in das Büro des Agenten der Eigentümer Perkins und Ellerman, um sich zu erkundigen, wann sie und die Mannschaft ihr Geld bekommen würden.

Es war da irgendeine faule Geschichte passiert, mitten auf dem Atlantik hatte das Schiff den Besitzer gewechselt, ein Kerl namens Rosenberg hatte es aus Spekulationsgründen gekauft, und jetzt war er nicht aufzufinden, die Chase-National-Bank machte Besitzrechte geltend, und die Versicherung schlug Krach. Der Agent meinte, sie würden ganz sicher ihr Geld bekommen, Rosenberg habe Bürgschaft hinterlegt, aber es werde einige Zeit dauern. »Und was sollen wir denn inzwischen machen, Gras fressen?« Der Agent sagte, er bedauere sehr, aber sie würden sich damit direkt an Herrn Rosenberg wenden müssen. Joe und der Erste Maat standen nebeneinander am Rinnstein vor dem Büro und fluchten eine Weile vor sich hin, dann fuhr der Maat nach Boston-Süd hinüber, um dem Obermaat, der dort wohnte, die schöne Neuigkeit mitzuteilen. Es war ein warmer Juninachmittag. Joe fing an, die Schiffsbüros abzuklappern, um zu sehen, was sich machen lasse. Dann bekam er es satt, setzte sich in den Stadtpark auf eine Bank, schaute den Spatzen zu und den umherlungernden Blaujacken und den Ladenmädchen, die von der Arbeit nach Hause gingen, ihre kleinen Absätze klapperten über den Asphalt der Wege. Joe trieb sich ein paar Wochen lang ohne einen Pfennig in Boston herum. Die Heilsarmee nahm sich der Überlebenden an, traktierte sie mit Bohnen und Wassersuppe und einer Unmasse falsch gesungener Kirchenlieder, die Joe keinen Spaß machten bei der Stimmung, in der er sich gerade befand. Er wollte nur um jeden Preis genügend Geld zusammenscharren, um nach Norfolk zu Del zu fahren. Er schrieb ihr jeden Tag, aber die Briefe, die er postlagernd bekam, klangen etwas kühl. Sie mache sich Sorgen wegen der Miete und brauche neue Frühlingssachen, und sie befürchte, man würde es im Büro nicht gerne sehen, wenn man herausbekäme, daß sie verheiratet sei.

Joe sprach regelmäßig im Büro des Agenten vor, um nach Arbeit zu fragen, schließlich aber bekam er das Umherlungern satt und ging hin und nahm Heuer als Vollmatrose auf einem Schiff der United Fruit, der *Callao*. Er meinte, es werde eine kurze Fahrt sein, und wenn er dann nach einigen Wochen zurückkäme, werde er sein Geld einkassieren können.

Auf der Heimfahrt mußten sie mehrere Tage vor der Reede von Roseau auf Dominica vor Anker liegen, denn die Zitronen, die sie laden sollten, wurden erst in Kisten verpackt. Niemand sollte an Land, wegen der Quarantäne, da die *Callao* aus Maracaibo kam. Joe und Larry Johnson, auch ein Vollmatrose, spazierten auf dem Deck auf und ab; es herrschte eine höllische Hitze. Vier oder fünf große, mit Zitronen beladene Leichter lagen neben dem Schiff vertäut. Zitronengeruch hing in der schweren Luft, Sandflöhe trieben in Wolken vom Ufer heran. Joe und Larry schwitzten, sie waren wütend und hatten es satt, wie in einem Käfig an Bord sitzen zu müssen. Alle waren wütend auf die Hafenbehörden, diese verfluchten britischen Niggers, wegen der Quarantäne, und weil die Zitronen nicht fertig waren, und

weil die Leichter so lange brauchten, um vom Ufer klarzukommen. Joe und Larry begannen ein paar junge Neger anzupflaumen, die in einem Proviantboot unters Heck herangekommen waren, um der Mannschaft Obst und Schnaps zu verkaufen. Eh' sie's selber recht wußten, hatten sie den Niggers einen Dollar pro Mann offeriert, wenn sie sie an Land rudern wollten.
Sie landeten weit unten am Strand, damit die Offiziere sie nicht sähen; der junge Kerl, der ruderte, ein kohlschwarzer Nigger, der bloß ein halbes Hemd anhatte und Hosen bis zu den Knien und einen funkelnagelneuen Strohhut schief über dem einen Auge, er sagte, er heiße Christopher Burnside, fragte sie mit einem breiten Grinsen, alle seine Zähne zeigend, ob sie ein paar Berghühner haben wollten.
»Du, wahrscheinlich meint er Weiber«, flüsterte Larry. »Na, mein Jung, führ uns mal hin, und wir wollen uns deine Berghühner ansehen«, sagte er.
In den Straßen gab es kein Licht. Aus einem Gebäude, an dem sie vorüberkamen, sickerte durch die hölzernen Wände ein Lichtschein und eine komisch hüpfende Musik. »Ist es hier?« – »Nein, das ist das Tanzlokal.«
Sie fühlten sich in dieser Stadt etwas unsicher, alle Menschen auf den Straßen waren kohlschwarz und redeten eine komische Sprache, die man nicht verstehen konnte. Es roch nach Negern. Sie spazierten durch eine Reihe grasbewachsener, gepflasterter Straßen, bogen mehrmals um eine Ecke und landeten schließlich in einer großen Kneipe mit grünen Laden vor den hohen Fenstern. Eine hellfarbene Mulattin, die hinter der Theke stand, lächelte ihnen zu. Christopher sagte etwas zu ihr, das sie nicht verstehen konnten, und sie erwiderte, sie würden ein paar Minuten warten müssen, und sie setzten sich hin und tranken Whisky.
»Das muß wohl die Madame sein«, sagte Larry. »Wenn sie nicht wirklich hübsch sind, sollen sie sich zum Teufel scheren. Ich bin nicht sehr scharf auf schwarzes Fleisch.« Durch die Hintertür kam ein brotzelndes Geräusch, es roch nach Braten. »Hol's der Teufel, ich könnte was essen«, sagte Joe. Christopher saß auf der Stufe vor der Tür, die auf die

Straße führte. »He, du, sag ihr, wir wollen was essen.« – »Gleich eßt ihr Berghühner.« – »Was zum Teufel?«
Sie tranken ihre Gläser aus, und da kam das Weib wieder mit einer großen Platte, auf der irgend etwas Gebratenes in einer fetten, braunen Soße lag. »Was ist denn das?« fragte Joe. – »Das ist ein Berghuhn, Mister, so nennen wir hier bei uns die Froschschenkel, aber das sind nicht die Frösche, die ihr bei euch in den Staaten habt, ich bin in den Staaten gewesen, ich weiß Bescheid. Die würden wir hier gar nicht essen. Das hier sind saubere Frösche, so zart wie Huhn. Eßt nur, es wird euch schon schmecken.«
Sie lachten sich halb tot. »Lieber Gott, da muß man einen ausgeben!« sagte Larry. Sie tranken noch einige Whiskys und aßen eine Menge Berghuhn und waren sehr vergnügt, weil sie jetzt eine lustige Geschichte zu erzählen hatten, sobald sie wieder an Bord gingen.
Dann kamen sie auf den Gedanken, in das Tanzlokal zu gehen, aber Christopher wollte nicht mitmachen. »In Dominica Weiße mit Neger nicht mischen«, sagte er. Sie kletterten über eine Außentreppe in eine große Dachstube hinauf, die voller Menschen war; schwarze engumschlungene Pärchen bewegten sich in langsamem Tanz. Die komische, ruckende Musik hörte nicht auf. Es war zum Ersticken heiß. Keines der Mädchen wollte mit ihnen tanzen, obgleich ein paar von den Mädchen für kohlschwarze Negerinnen recht hübsch waren. Sie sahen zwei Mädchen weggehen und folgten ihnen die Treppe hinunter auf die dunkle Straße hinaus. Sie redeten sie an, die Mädchen zeigten die Zähne, wackelten mit den Hüften und kicherten. Aber jetzt kamen drei oder vier Nigger herbei, schäumend vor Wut, und begannen in dem ortsüblichen Kauderwelsch zu schnattern. »Du, Larry, wir müssen uns vorsehen«, sagte Joe mit zusammengebissenen Zähnen. »Diese Halunken haben Rasiermesser.« Christopher zupfte sie am Ärmel. »Zu spät, der Herr muß jetzt an Bord gehen.«
Sie waren von einer brüllenden Schar kräftiger Neger umringt, da hörten sie hinter sich eine Amerikanerstimme: »Seid bloß still, Jungs, ich werde das schon erledigen.«

Ein kleiner Mann in einer Khakireithose, auf dem Kopf einen Panamahut, bahnte sich einen Weg durch die Menge, unaufhörlich kreolische Worte plappernd. Er hatte ein graues, dreieckiges Gesicht und einen Ziegenbart. »Ich heiße Henderson, Debuque Henderson aus Bridgeport, Connecticut.« Er begrüßte sie beide mit einem Händedruck. »Na, was ist denn los, Jungs? Schon gut jetzt, mich kennen sie hier alle. Auf dieser Insel müßt ihr vorsichtig sein, Jungs, sie sind sehr empfindlich, die Leutchen, sehr empfindlich ... Kommt mal lieber mit mir mit, Jungs, und trinkt ein Gläschen – von meinem eigenen Rum – den mache ich mir selber – ich mache mir alles selber.« Er nahm sie beide unterm Arm und führte sie schnell die Straße entlang. »Wenn ich mir nicht alles selber machen würde, hätte ich gar nichts . . .«
Christopher lief hinter ihnen her. Der Mann mit dem Ziegenbart richtete in der Sprache der Insel ein paar Fragen an ihn. »Ihr habt also die Quarantäne verletzt. Riskante Geschichte, Jungs . . . Na, ich bin auch mal jung gewesen . . . Ich bin immer noch jung . . . Freilich, ihr mußtet euch die Insel anschauen . . . und ihr hattet auch ganz recht, die interessanteste Insel im ganzen Karibischen Meer, nur einsam . . . nie kriegt man einen Weißen zu sehen, sogar die britischen Beamten sind lauter Schwarze. Alles hier in Dominique ist schwarz, bis auf den Rum – der ist weiß . . .« Er lachte keuchend und schob sie einen steilgepflasterten Hügel hinauf zu einem Pförtchen in einer Steinmauer. Dann ließ er sie unvermittelt stehen und verschwand durch die Tür.
Larry schlug sich mit der Faust an die Stirn. »Übergeschnappt«, sagte er. Joe stieß pfeifend den Atem durch die Zähne. »Da sind wir noch gut weggekommen, Brüderchen, die Schweinehunde haben Rasiermesser.«
Sie erschraken, über ihren Köpfen flammte plötzlich ein elektrisches Licht auf. Der krächzenden Stimme des Amerikaners, die sie aufforderte, näher zu kommen, folgten sie die Stufen hinauf in ein großes Steingebäude. Im Korridor huschte eine Mulattin in einem langen, roten Nachthemd an

ihnen vorüber. Als sie in den großen, weißgetünchten Raum kamen, reichte der kleine Mann jedem von ihnen ein Gläschen Rum. »Kostet das mal, Jungs.«

Das Zimmer ging auf eine Art Terrasse, auf der es nach Vanilleblüten roch. Sie sahen die Stadt mit ihren spärlichen Lichtern, die schwarzen Hügel, den weißen Rumpf der immer noch von den Leichtern umringten *Callao* im hellen Schein der Arbeitslampen. Ab und zu wehte das Rasseln der Winden herauf und das unablässige verrückte Musikgehämmer aus dem Tanzlokal. Kaum hatten sie den Rum getrunken, da war der alte Knabe schon wieder mit einer neuen Ladung zur Hand. »Der da ist noch ein bißchen älter, kostet mal, Jungs.«

Er schwatzte ohne Aufhören. Er habe sich sein Geld mit Spinnmaschinen verdient, aber er könne es in den Staaten nicht aushalten, keine Freiheit mehr, keine Rücksicht mehr auf die Verfassung und die Bürgerrechte, zuviel Reformer, die einen nicht in Frieden lassen. Hier könne er ganz nach seinem Geschmack leben und Geld verdienen. Die Niggers hier seien so verdammt faul, daß sie nicht einmal Zitronen pflanzen oder Rum destillieren wollten, lieber kauften sie ihn bei ihm. Aber er sei schrecklich einsam; zuwenig Weiße, mit denen man sich unterhalten könne. Nehmt mal bloß diesen Krieg, ob denn nicht George Washington die Vereinigten Staaten davor gewarnt habe, Bündnisse einzugehen, die zu Verwicklungen führen könnten, und die katholische Kirche, ob sie nicht mit jedem Tag mächtiger würde, und dieses ganze ausländische Gesindel, der Abschaum von Osteuropa! »Paßt auf, was ich euch sage, Jungs, ihr werdet es noch erleben, daß der römische Papst in unserer Hauptstadt einzieht . . . Und jetzt wollen sie die allgemeine Wehrpflicht einführen. Dieser Herr Woodrow Wilson ist ein Verräter an den Grundsätzen der Demokratischen Partei . . . Wenn ich jünger wäre, Jungs, ich würde nach Washington gehen, direkt ins Weiße Haus, und ihn mit der Reitpeitsche traktieren . . . Kostet mal diesen da, Jungs, der stammt aus dem Jahre 1888, das war mein erstes Jahr in Dominique.«

Der Papagei saß auf seiner Schulter; er schritt an den Rand der Terrasse, die Landbrise, die voller Dschungelgeruch von den Bergen her aufgesprungen war, blies ihm das strähnige, weiße Haar in die Augen. Er zeigte auf die hellbeleuchtete *Callao* im Kreise der Leichter. »United Fruit ... Vereinigte Obst-Gesellschaft ... Vereinigte Diebs-Gesellschaft ... sie haben ein Monopol ... wenn du mit ihren Preisen nicht zufrieden bist, lassen sie deine Zitronen auf dem Kai verfaulen. Ein Monopol, ein Weltreich. Keine Freiheit mehr in diesem Lande ... Kostet den da, Jungs.«
Plötzlich fingen Larry und Joe zu singen an. Der Alte schwatzte und schenkte aus plumpen Rumflaschen die Gläser voll. Papageien kreischten, Mulattinnen in dünnen Nachthemden blickten aus der Finsternis. Sie waren recht schön besoffen. Joe wußte gar nicht, wie sie an Bord kamen. Er erinnerte sich noch an das finstere Logis und an das Schnarchen in den Kojen, die sich schnell im Kreise drehten, dann der Schlaf, der ihn wie ein Gummiknüppel traf, und der süße, ekelhafte Rumgeschmack im Munde.
Einige Tage später bekam Joe Fieber und schreckliche Gelenkschmerzen. Als sie ihn in St. Thomas an Land setzten, phantasierte er. Es war Denguefieber, und er mußte einige Monate lang zu Bett liegen, bevor er auch nur die Kraft hatte, an Del zu schreiben und ihr mitzuteilen, wo er sei. Der Spitalgehilfe sagte ihm, er habe fünf Tage lang phantasiert, und sie hätten ihn schon aufgegeben gehabt. Die Ärzte hätten schrecklich geschimpft, denn das hier sei ein Ortsspital, und sie dürften eigentlich keinen aufnehmen, der nicht in St. Thomas ansässig sei, aber er sei doch schließlich ein Weißer gewesen und noch dazu bewußtlos, und sie hatten ihn doch nicht gut ins Wasser schmeißen können.
Erst im Juli war Joe wieder so weit, daß er in den steilen, kleinen, mit Korallenstaub bedeckten Gassen der Stadt umherspazieren konnte. Er mußte das Spital verlassen und wäre übel dran gewesen, wenn sich nicht ein Koch aus den Marinebaracken um ihn gekümmert und ihm ein Nachtlager in einem unbenützten Teil des Gebäudes verschafft hätte. Es war heiß, keine Wolke ließ sich am Himmel blicken, und er

bekam's bald über, tagaus, tagein sich die Niggers, die kahlen Hügel und den kleinen landumschlossenen Hafen anzuschauen. Er verbrachte sehr viel Zeit damit, daß er sich draußen auf dem alten Kohlenpier in den Schatten eines Wellblechdaches setzte, durch die Ritzen zwischen den Planken in das klare, tiefe, blaugrüne Wasser blickte und den Fischschwärmen zuschaute, die nahrungsuchend die Pfosten umkreisten. Er hatte zu nichts Mumm. Er dachte jetzt recht oft an den Krieg und an die Aushebungen und überlegte, wie man sich da zu verhalten habe. Er dachte an Del und an Marceline, das junge Franzosenmädchen aus Bordeaux, und dann drehten sich die Gedanken in seinem Kopf immerfort rundum, rundum wie die kleinen silbernen, blauen und gelben Fische rund um den schaukelnden Tang an den Pfosten, und er merkte, daß er geschlafen hatte.

Als ein Frachtdampfer auf der Fahrt nach Norden in den Hafen kam, erwischte Joe einen der Offiziere auf dem Kai, erzählte ihm seine traurige Geschichte, und sie nahmen ihn nach New York mit. Sein erstes war, daß er versuchte, Janey zu erwischen; er wollte unbedingt mit ihr sprechen und hören, was sie zu all den Dingen meine. Vielleicht, wenn sie es für richtig hielte, vielleicht würde er dann dieses Hundeleben aufgeben und sich eine ständige Arbeit an Land suchen. Er rief in dem Reklamebüro J. Ward Moorhouse an, in dem sie beschäftigt war: Die Dame am Apparat teilte ihm mit, Janey sei jetzt Sekretärin des Chefs und befinde sich auf einer Geschäftsreise im Westen.

Er fuhr nach Red Hook und quartierte sich bei Mrs. Olsen ein. Man sprach dort von nichts anderem als von der Aushebung. Wen sie ohne Registrierkarte auf der Straße erwischten, den sperrten sie als Drückeberger ein. Und richtig, als Joe eines Morgens in Wall Street aus der Untergrundbahn stieg, kam ein Blauer auf ihn zu und fragte ihn nach seiner Karte. Der Eingang zur Untergrundbahn war von Polizisten umstellt, und sämtliche jungen Männer wurden kontrolliert. Joe sagte, er sei Matrose in der Handelsmarine, er sei soeben erst von einer Fahrt zurückgekehrt und habe noch keine Zeit gehabt, sich eintragen zu lassen, übrigens sei er ohnedies nicht dienstpflichtig; aber der Blaue sagte, das alles müsse er dem Richter erzählen, und schubste ihn zu den anderen hin, die man festgenommen hatte.

Dann führte man sie den Broadway hinunter zum Zollamt, während etliche besonders forsche Kerls unter den Kommis und Büroangestellten längs des Bürgersteiges schrien: »Drückeberger!« und die Mädchen zischten und höhnten. Auf dem Zollamt wurden sie in einige Kellerräume gepfercht. Es war ein heißer Augusttag. Joe bahnte sich mit den Ellbogen einen Weg durch die schwitzende, schimpfende Menge ans Fenster. Es waren meist Ausländer, unter ihnen eine Menge Hafenarbeiter oder Hafenbummler. Die meisten von ihnen hatten eine Todesangst, dachten schon, man würde sie jetzt sofort in die Armee stecken, einige waren wütend und schwatzten darüber, was sie machen würden, daß sie prozessieren oder den Blauen, der sie hoppgenommen hatte, verhauen oder, Gottverdammich, sonst was unternehmen würden. Ungefähr die Hälfte von ihnen hatte sich ordnungsgemäß registrieren lassen, hatte aber die Karte verloren oder zu Hause vergessen. Ein kleiner, blasser Jude erklärte unaufhörlich, daß er Kriegsdienstverweigerer sei, und sie könnten mit ihm machen, was sie wollten, aber sie könnten ihn nicht zwingen zu kämpfen. Joe dachte an die Marine, hielt den Mund und hörte zu.

Joe blieb den ganzen Tag da. Die Blauen wollten niemanden telephonieren lassen, und es gab nur einen einzigen Abort, und auf den Abort durfte man bloß unter Bewachung. Joe war recht schwach auf den Beinen, er hatte noch nicht ganz die Nachwirkungen des Fiebers überwunden. Er war drauf und dran, in Ohnmacht zu fallen, da sah er plötzlich ein bekanntes Gesicht. Teufel noch mal, wenn das nicht Glen Hartwick war.

Glen war von einem Engländer aufgefischt und nach Halifax gebracht worden. Er hatte sich als Zweiter Maschinist auf der *Chamang* anmustern lassen, die mit Maultieren nach Bordeaux und mit einer Stückgutfracht nach Genua fuhr. Die *Chamang* sollte ein dreizölliges Geschütz bekommen und dazu Marinekanoniere, warum denn Joe nicht mitkommen wolle, ja, sie warteten bloß, bis sie die Mannschaft beisammen hätten, um dann gleich loszufahren, fünfzig Prozent Prämie, mein Gott, der Obermaat würde toben, Glen hätte sich um zwölf an Bord melden sollen, und jetzt sei es fünf, und diese Schweinehunde wollten ihn nicht telephonieren lassen. Gottverdammich, was glauben denn die Kerls, soll der Mensch auf Schritt und Tritt seinen ganzen Lebenslauf in gestempelten Dokumenten bei sich herumtragen, der Blaue habe ihn einen Lügner genannt, als er ihm sagte, er sei Schiffsmaschinist, und er habe gerade ausgeholt, um ihm eins in die Fresse zu geben, da sei ihm ein Kerl in den Arm gefallen, ein wahres Glück, denn er habe gesehen, wie einer sich wehren wollte, und da hätten ihm die Blauen mitten auf dem Broadway die Fresse zerschlagen und ihn dann verhaftet.

»Herr Jesus, glaubst du, ich könnte mitkommen?« fragte Joe.

»Sicher, sie fiebern nur so nach Deckoffizieren, sie würden dich sogar ohne Befähigungsschein nehmen.«

Bordeaux, das klang recht hübsch, erinnerst dich noch an die Mädchen dort? Sie machten aus, daß Glen, sobald er frei sei, an Mrs. Olsen telephonieren werde, sie solle Joes Papiere bringen, die in einer Zigarrenkiste am Kopfende seines Bettes lagen. Als sie schließlich an den Schreibtisch gerufen wurden, um verhört zu werden, da durfte Glen gleich weggehen, und Joe, sagten sie, könne gehen, sobald sie seine Papiere geprüft hätten, aber sie müßten sich sofort registrieren lassen, auch wenn sie nicht dienstpflichtig seien. »Ihr dürft schließlich nicht vergessen, daß Krieg ist«, sagte der Inspektor.

»Na, das müßten wir freilich wissen«, sagte Joe.

Mrs. Olsen kam in aller Eile mit Joes Papieren an, und Joe begab sich sofort in das Schiffsbüro in New York-Ost und wurde als Bootsmann angemustert. Kapitän war Ben Tarbell, der Erster Maat auf der *Higginbotham* gewesen war. Joe wäre gern nach Norfolk gefahren, um Del zu sehen, aber Teufel noch mal, es war jetzt nicht die Zeit, an Land zu hocken. Er schickte ihr aber fünfzig Dollar, die er sich von Glen ge-

pumpt hatte. Übrigens hatte er gar keine Zeit, sich darüber den Kopf zu zerbrechen, denn sie fuhren am nächsten Tage ab, mit versiegelter Order bezüglich der Stelle, an der sie sich mit dem Konvoi vereinigen sollten.
Im Konvoi zu fahren, war recht anstrengend, aber auch ganz lustig. Die Marineoffiziere auf den Zerstörern und auf der *Salem,* dem Kommandoschiff, waren verdammt hochmütig, aber die Frachtschiffkapitäne verulkten einander mit Winksignalen. Es war ein komischer Anblick, der Atlantische Ozean voller Frachtdampfer in langen Reihen, die Schiffe schön bemalt, mit grünen und weißen Wasserlinien wie ein Maibaum bekleckst, das Werk der Tarnungskünstler. Es gab in diesem Konvoi alte Kästen, mit denen man sich in Friedenszeiten nicht einmal über den New Yorker Hafen getraut hätte, und eines der neuen, hölzernen Schiffe der Schiffahrtsbehörde, aus frischem Holz zusammengepofelt – da mußte einer Geld verdient haben –, leckte so stark, daß es mitten auf dem Meer verlassen werden mußte. Joe und Glen rauchten zusammen ihre Pfeifen in der Kajüte des Zweiten und schwatzten viel. Sie stellten fest, daß an Land doch alles Mist sei und daß sie nirgendwo anders hingehörten als aufs blaue Wasser; die Leute an Land seien durch diesen verfluchten Krieg vollends verrückt geworden. Joe bekam es mit der Zeit recht satt, die Kerls, die er da als Mannschaft hatte, den reinen Abschaum, immerfort anbrüllen zu müssen. Einmal gerieten sie in die Zone, sämtliche Schiffe begannen einen Zickzackkurs zu steuern, und es war keiner, dem nicht das Herz in die Hosen fiel. Joe kam das alles schon recht komisch vor. Er hatte noch nie in seinem Leben so viel geflucht. Alle paar Minuten gab es falschen U-Boot-Alarm – Hydroplane, die Tiefenbomben werfen, aufgeregte Geschützmannschaften, die auf alte Fässer, auf Tangbüschel, auf ein Glitzern im Wasser feuern; dann in die Gironde gedampft, nachts, unter dem Kreuz und Quer der Scheinwerfer, blinkende Signale, hin und her schusselnde Patrouillenboote – ein richtiger Zirkus.
Es war eine Erleichterung, die verfluchten, trampelnden Maultiere loszuwerden und ihren alles verpestenden Ge-

stank und das Geschrei und Gefluche der Stallknechte. Glen und Joe konnten nur für ein paar Stunden an Land gehen, sie fanden Marceline und Loulou nicht. Die Garonne sah nun schon wie der Delaware aus mit all den neuen, von Amerikanern gebauten Stahl- und Betonkais. Bei der Ausfahrt mußten sie mehrere Stunden vor Anker gehen, um eine lecke Dampfpfeife zu reparieren, und sie sahen ein Patrouillenboot vorüberfahren, das fünf bis an den Dollbord gerammelt volle Rettungsboote im Schlepptau hatte, da mußten wohl die Fritzen draußen recht flott bei der Arbeit gewesen sein.

Diesmal ging's ohne Konvoi. In einer nebligen Nacht schlichen sie sich hinaus. Als einer der Matrosen mit einer Zigarette im Mund aus dem Logis heraufkam, schlug der Maat ihn zu Boden und sagte, er werde ihn, sobald sie nach Hause kämen, als einen verfluchten deutschen Spion verhaften lassen. Bis Finisterre fuhren sie die spanische Küste entlang. Der Kapitän hatte soeben den Kurs gewechselt und mehr nach Süden gesteuert, als sie plötzlich achtern ganz deutlich ein Periskop erblickten. Der Kapitän packte selber das Steuerrad und schrie durch das Rohr in den Maschinenraum hinunter, sie sollten hergeben, was sie nur könnten, das war freilich nicht viel, und die Geschützmannschaft feuerte drauflos.

Das Periskop verschwand, aber ein paar Stunden später überholten sie einen kleinen, plumpen Zweimaster, es mußte wohl ein spanisches Fischerboot sein, das nach Vigo wollte, lenzte mit festgemachtem Untersegel vor dem halben Sturmwind, der aus Westnordwest wehte, der Küste zu. Kaum hatten sie das Kielwasser des kleinen Seglers gekreuzt, da gab's einen dumpfen Krach, der das ganze Schiff erzittern ließ, eine Wassersäule sprang hoch und durchnäßte die, die auf der Brücke standen.

Alles ging wie am Schnürchen. Die einzige Abteilung, die überflutet war, war Abteilung 1. Zum Glück hatte die gesamte Mannschaft das Logis verlassen und stand mit umgeschnallten Rettungsgürteln mittschiffs auf Deck. Die *Chamang* sackte mit dem Bug ein wenig ab, aber das war auch alles. Die Geschützmannschaft war überzeugt, daß es eine Mine gewesen sei und daß der alte, schwarze Kasten, der ihren Bug gekreuzt hatte, diese Mine gelegt habe, sie jagten den Kerls ein paar Kugeln nach, aber das Schiff rollte so heftig in dem schweren Seegang, daß die Schüsse ihr Ziel verfehlten. Der Segler war ohnedies schon hinter der Insel verschwunden, welche die Einfahrt zur Reede von Vigo blockiert. Die *Chamang* kroch weiter mit halber Fahrt dem Hafen zu.

Als sie in den Kanal gegenüber der Stadt Vigo kamen, stieg bereits das Wasser an den Pumpen in Nr. 2, und im Maschinenraum stand das Wasser einen Meter hoch. Sie mußten das Schiff bei den harten Sandbänken rechts von der Stadt auf Strand setzen.

Da waren sie nun wieder an Land, standen mit ihren Bündeln vor dem Konsulat umher und warteten, daß der Konsul ihnen eine Schlafgelegenheit verschaffte. Der Konsul war ein Spanier und sprach schlechter Englisch, als man hätte erwarten dürfen, aber er behandelte sie famos. Die Liberale Partei von Vigo lud Offiziere und Mannschaften zu einem Stierkampf ein, der am selben Nachmittag stattfinden sollte. Neue Scherereien, der Kapitän erhielt ein Telegramm, er solle das Schiff den Agenten der Firma Gomez & Co. in Bilbao übergeben, die es, wie es war, gekauft hatten und umregistrieren ließen.

Als sie in die Arena kamen, schrie die Hälfte des Publikums wie verrückt hurra und »Viva los Aliados«, und die übrigen zischten und riefen »Viva Maura«. Sie dachten schon, es würde zu einer Prügelei kommen, aber dann erschien der Stier, und alles beruhigte sich. Der Stierkampf war keine Kleinigkeit, die Burschen in den Flitterkostümen waren verdammt flink auf den Beinen, aber die Leute, die um ihn und seine Kameraden herumsaßen, gaben ihnen immerfort Wein aus kleinen, schwarzen Schläuchen zu trinken und reichten Cognacflaschen herum, so daß die Mannschaft ziemlich beschwipst wurde und Joe den größten Teil seiner Zeit darauf verwenden mußte, die Jungs im Zaum zu halten. Dann wurde von dem städtischen Verein der Ententefreunde ein

Bankett für die Offiziere veranstaltet, Kerls mit langen Schnurrbärten hielten eine Unmenge feuriger Reden, von denen keiner ein Wort verstand, und die Amerikaner schrien hurra, sangen »Die Yanks sind da«, »Laßt mir nicht den Herd erlöschen«, »Auf nach Hamburg!« und der Obermaat, ein alter Knabe namens McGillicudy, zeigte ein paar Kartenkunststücke, und es war ein hervorragend gelungener Abend.

Joe und Glen pennten zusammen im Hotel. Das Stubenmädchen war verteufelt hübsch, wollte sich aber keine Dummheiten gefallen lassen. »Na, Joe«, sagte Glen vor dem Einschlafen, »ein ganz famoser Krieg, oder wie?« – »Na, ich glaube, das war Schlag drei«, sagte Joe. – »Das war kein Schlag, das war ein Treffer«, sagte Glen. Sie lachten noch, da schliefen sie schon.

Zwei Wochen lang mußten sie in Vigo warten, während die Behörden sich nicht darüber einig werden konnten, was mit ihnen anzufangen sei, und sie bekamen es recht satt. Dann wurden sie alle in einen Zug verladen, um nach Gibraltar zu fahren, dort sollten sie von einem Schiff der Schiffahrtsbehörde übernommen werden. Drei Tage lang fuhren sie mit dem Zug und mußten auf harten Bänken schlafen. Spanien war eine einzige Kette mächtiger, staubiger Berge, einer hinter dem andern. In Madrid und in Sevilla stiegen sie um, und jedesmal tauchte einer vom Konsulat auf, um sich ihrer anzunehmen. Als sie in Sevilla anlangten, erfuhren sie, daß sie nicht nach Gib, sondern nach Algeciras sollten.

Als sie nach Algeciras kamen, stellte sich heraus, daß kein Mensch etwas von ihnen gehört hatte. Sie kampierten im Garten des Konsulats, während der Konsul in der ganzen Stadt umhertelegraphierte und schließlich zwei Lastautos charterte und sie nach Cadiz schickte. Das war ein Land, dieses Spanien, lauter Felsen und Wein und dickbusige, schwarzäugige Weiber und Olivenbäume. Als sie nach Cadiz kamen, empfing sie dort der Konsularagent mit einem Telegramm in der Hand. Das Tankschiff *Gold Shell* lag in Algeciras bereit, um sie dort an Bord zu nehmen; es hieß also wieder: Zurück, eng zusammengepfercht in dem verfluchten Lastauto, geschüttelt und gerüttelt auf harten Bänken, die Gesichter mit Staub bedeckt, den Mund voller Staub, und keiner hatte mehr einen Cent in der Tasche, um was zum Trinken zu kaufen. Als sie gegen drei Uhr morgens in einer mondhellen Nacht an Bord der *Gold Shell* kamen, waren einige von den Jungs so müde, daß sie gleich auf Deck hinfielen und einschliefen, das Bündel unterm Kopf.

Die *Gold Shell* setzte sie gegen Ende Oktober in Perth Amboy an Land. Joe ließ sich seine rückständige Heuer auszahlen und fuhr auf dem schnellsten Wege nach Norfolk. Er hatte es satt, diese Bande von Zuhältern im Logis anschnauzen zu müssen. Teufel noch mal, jetzt Schluß mit der See; er würde sich niederlassen und ein friedliches Familienleben führen.

Er fühlte sich prächtig, als er mit der Fähre von Kap Charles herüberfuhr, an den Ripraps entlang, aus der Bucht mit ihren schaumgekrönten Wellen in das glatte, braune Wasser der von Schiffen wimmelnden Hamptoner Reede: vier große Schlachtschiffe vor Anker, U-Boot-Jäger, die schnell davonjagten, und ein weißer Zollkutter, getarnte Fracht- und Kohlenschiffe, etliche rote Munitionsschaluppen abseits von den anderen. Es war ein strahlender Herbsttag. Er fühlte sich wohl, er hatte dreihundertundfünfzig Dollar in der Tasche, einen guten Anzug am Leibe, ein sonnverbranntes Gesicht und im Magen eine gute Mahlzeit. Gottverdammmich, jetzt brauchte er ein bißchen Liebe. Vielleicht werden sie sich ein Kind anschaffen.

Norfolk hatte sich sehr verändert. Alle Welt in neuen Uniformen, Zweiminutenredner an der Ecke der Main und Grandy, Kriegsanleiheplakate, Musikkapellen. Er erkannte die Stadt kaum wieder, als er von der Fähre heraufspazierte. Er hatte Del seine Ankunft mitgeteilt, aber er war schon unruhig, er hatte in der letzten Zeit keine Briefe mehr von ihr bekommen. Er hatte noch den Wohnungsschlüssel bei sich, und bevor er die Tür öffnete, klopfte er an. Es war niemand da. Er hatte sich immer ausgemalt, wie sie ihm an der Tür entgegeneilen werde. Aber es war schließlich erst vier, sie mußte wohl noch im Büro sein. Wahrscheinlich wohnt noch eine Freundin bei ihr, halten die Wohnung nicht sehr sauber ... Unterwäsche hing zum Trocknen an der Leine, auf sämtlichen Stühlen lagen Kleidungsstücke umher, auf dem Tisch stand eine Bonbonniere mit angeknabberten Pralinen ... Ja, da muß gestern abend was los gewesen sein. Ein halber Kuchen, Gläser mit Schnapsresten, ein Teller voller Zigarettenstummel und sogar ein Zigarrenstummel. Na schön, wahrscheinlich waren ein paar Freunde dagewesen. Er ging ins Badezimmer, rasierte sich und wusch sich ein bißchen. Freilich, Del war schon immer sehr beliebt gewesen, wahrscheinlich hatte sie häufig Besuch, dann wurde Karten gespielt und so weiter ... Im Badezimmer stand ein Schminktopf, Lippenstifte lagen umher, und die Wasserhähne waren mit Puder bestreut. Es war für Joe ein komisches Gefühl, sich zwischen all diesen Weibersachen rasieren zu müssen.

Er hörte sie auf der Treppe lachen und dazu eine Männerstimme; der Schlüssel knarrte im Schloß. Joe machte seinen Koffer zu und stand auf. Del hatte sich einen Bubikopf schneiden lassen. Sie eilte auf ihn zu und legte die Arme um seinen Hals. »Ja, sieh mal an, mein Männe.« Ihre Lippen schmeckten nach Schminke. »Du siehst aber mager aus, Joe. Armer Junge, du mußt ja schrecklich krank gewesen sein ... Wenn ich bloß etwas Geld gehabt hätte, ich wäre gleich auf ein Schiff gestiegen und zu dir gefahren ... Das ist Wilmer Tayloe ... Das heißt Leutnant Tayloe, er ist gerade gestern befördert worden.«

Joe zögerte einen Augenblick und streckte ihm dann die Hand hin. Der Herr Leutnant hatte rotes, kurzgestutztes Haar und ein Gesicht voller Sommersprossen, er war fein herausstaffiert, Uniform von geripptem Cord, blanker Gürtel und Gamaschen. Er hatte einen silbernen Streifen auf jeder Achsel und Sporen an den Stiefeln.

»Morgen fährt er nach Übersee. Er wollte mit mir essen gehen, o Joe, ich habe dir so viel zu erzählen, mein Schatz.«

Joe und Leutnant Tayloe standen da und sahen einander

etwas verlegen an, während Del emsig das Zimmer aufräumte und drauflosschwatzte. »Es ist schrecklich, ich komme nie dazu, etwas zu machen, ebenso Hilda nicht ... Du erinnerst dich doch noch an Hilda Thompson, Joe? Ja, sie wohnt jetzt bei mir, damit die Miete billiger kommt, aber wir sind beide jeden Abend in der Roten-Kreuz-Kantine, um dort mitzuhelfen, außerdem verkaufe ich Kriegsanleihe ... Sind dir die Hunnen auch so verhaßt, Joe? Oh, ich hasse sie, und auch Hilda haßt sie ... Sie möchte gern ihren Namen ändern, weil er deutsch ist. Ich habe ihr versprochen, sie nur noch Gloria zu nennen, aber ich vergesse es immer ... Wissen Sie, Wilmer, Joe ist zweimal torpediert worden.«

»Na, die ersten sechs Male sind wohl die schlimmsten«, stotterte Leutnant Tayloe. Joe brummte etwas in sich hinein.

Del verschwand ins Badezimmer und verriegelte die Tür. »Macht euch's bequem. Ich bin in einer Minute angezogen.«

Keiner von ihnen sagte ein Wort. Leutnant Tayloes Stiefel knarrten, wenn er von einem Fuß auf den andern trat.

Schließlich zog er ein Fläschchen aus der Hüfttasche. »Ein Schluck gefällig?« sagte er. »Nach Mitternacht geht's los, übers Meer!« – »Na, geben Sie mal her!« sagte Joe, ohne zu lächeln.

Als Della hübsch geschniegelt aus dem Badezimmer kam, sah sie wirklich sehr flott aus. Das letztemal, als Joe sie gesehen hatte, war sie bei weitem nicht so hübsch gewesen. Er überlegte die ganze Zeit, ob er hingehen und diesem verfluchten Rotzlöffel eine runterhauen solle, aber der Kerl ging schließlich weg; Del sagte zu ihm noch, er solle in die Rote-Kreuz-Kantine kommen und sie dort abholen.

Als er weg war, setzte sie sich auf Joes Knie und fragte ihn nach allem und jedem, ob er schon sein Papier als Zweiter Maat habe, ob er sie vermißt habe, und wenn er doch bloß ein bißchen mehr Geld verdienen könnte, denn sie wohne nicht gern mit einer Freundin zusammen, aber nur so könne sie die Miete bezahlen. Sie trank ein wenig von dem Whisky, den der Leutnant auf dem Tisch vergessen hatte, und zauste sein Haar und streichelte ihn. Joe fragte sie, ob Hilda früh nach Hause komme, und sie sagte, nein, Hilda sei verabredet, und sie wollten sich in der Kantine treffen. Aber Joe verriegelte auf jeden Fall die Tür, und zum erstenmal waren sie wirklich glücklich miteinander, Mund an Mund, eng umschlungen auf dem Bett.

Joe wußte nicht, was er in Norfolk mit sich anfangen sollte. Del war den ganzen Tag im Büro und den ganzen Abend in der Roten-Kreuz-Kantine. Wenn sie nach Hause kam, lag er gewöhnlich schon im Bett. Meistens brachte irgend so ein verfluchter Armeeoffizier sie nach Hause, er hörte sie dann vor der Tür schwatzen und lachen und lag im Bett und stellte sich vor, daß der Kerl sie küsse oder knutsche. Wenn sie dann hereinkam, war er drauf und dran, sie zu verprügeln, er brüllte sie an, und sie zankten sich heftig und schrien einander an, und zum Schluß sagte sie dann immer, er verstehe sie nicht, und sie finde es unpatriotisch von ihm, daß er sich in ihre Arbeit einmische, und manchmal versöhnten sie sich, und er war ganz närrisch vor Liebe. Und sie machte sich ganz klein und süß in seinen Armen und gab ihm kleine, winzige Küßchen, die ihn fast zum Weinen brachten, so glücklich machten sie ihn. Sie sah von Tag zu Tag hübscher aus und wußte sich wirklich fein anzuziehen.

Sonntags war sie zu müde, um aufzustehen, er kochte für sie das Frühstück, sie saßen nebeneinander im Bett und frühstückten, so wie er es damals in Bordeaux mit Marceline erlebt hatte. Dann sagte sie, sie sei ganz verrückt nach ihm, und was er doch für ein flotter Kerl sei, und wenn er sich doch bloß einen guten Posten hier an Land verschaffen und viel Geld verdienen wollte, damit sie nicht mehr arbeiten müßte, und daß Mr. Barnes, dessen Leute eine Million Vermögen hätten, von ihr verlangt habe, sie solle sich scheiden lassen und ihn heiraten, und Mr. Carfield im Büro bei DuPont, der seine glatten Fünfzigtausend im Jahr verdiene, habe ihr ein Perlenhalsband schenken wollen, doch sie habe es nicht angenommen, weil ihr das nicht richtig erschienen sei. Wenn Joe dieses Gerede hörte, wurde ihm immer ganz mau zumute. Manchmal fing er zu spekulieren an, was sie tun würden, wenn sie Kinder hätten, aber Del machte dann immer gleich eine komische Miene und sagte ihm, er möge nicht so daherreden.

Joe lief umher und suchte Arbeit, und beinahe hätte er in einer der Reparaturwerkstätten auf der Werft in Newport News den Posten eines Vorarbeiters erwischt, aber in der letzten Minute kam ihm ein anderer zuvor und schnappte ihm die Sache weg. Er ging ein paarmal mit Del und Hilda Thompson aus, ein paar Offiziere und ein Seekadett von einem Zerstörer waren mit dabei, aber sie behandelten ihn alle von oben herab, und Del ließ sich von jedem küssen, der nur wollte, und verschwand immer mit irgendeinem Kerl in eine Telephonzelle oder sonstwohin, und Joe hatte verdammt viel auszustehen. Er entdeckte schließlich eine Billardkneipe, in der ein paar Bekannte von ihm verkehrten, dort gab's richtigen Kornschnaps, und er fing zu saufen an. Del war schrecklich wütend, wenn sie nach Hause kam und ihn betrunken antraf, aber ihm war das jetzt schon ganz egal.

Eines Nachts nun, nachdem Joe mit einigen Freunden bei einem Boxkampf gewesen war und sich nachher vollgesoffen hatte, sah er plötzlich Del mit irgend so einem verfluchten Rotzlöffel die Straße langspazieren. Es war recht finster, und es waren nicht viel Leute in der Nähe, und sie blieben in jedem finsteren Torweg stehen, und der Rotzlöffel küßte sie und knutschte sie ab. Als Joe sie unter einer Straßenlaterne erwischte, um sicher zu sein, daß es Del sei, ging er ran und fragte sie, was zum Teufel das heißen solle. Del mußte etwas getrunken haben, denn sie fing mit einer schrillen, hohen Stimme zu kichern an, mit einer Stimme, die ihn ganz verrückt machte; er holte aus und versetzte dem Rotzlöffel einen tadellosen Linken in den Nabel. Die Sporen klirrten, und der Rotzlöffel legte sich platt auf den Rücken in das bißchen Gras unter der Straßenlaterne.

Joe kam die Sache schon ein bißchen komisch vor, aber Del war hundewütend und sagte, sie werde ihn hoppnehmen lassen wegen Beleidigung einer Militärperson und tätlicher Körperverletzung, und er sei doch weiter nichts als ein feiger, elendiger Drückeberger, und was denn das solle, daß er sich hier in der Heimat herumtreibe, während alle die Jungens an der Front seien, um gegen die Hunnen zu kämpfen. Joe wurde nüchtern, stellte den Kerl wieder auf die Füße und sagte ihnen beiden, sie sollten sich zum Teufel scheren. Dann ging er weg, bevor der Rotzlöffel, der ziemlich beschwipst zu sein schien, Zeit fand, etwas anderes zu tun als kräftig zu prusten, begab sich geradewegs nach Hause, packte seinen Koffer und schob ab.

Will Stirp war in der Stadt, Joe ging also zu ihm in die Wohnung, holte ihn aus dem Bett und sagte, er habe seinen Haushalt auffliegen lassen, ob Will ihm fünfundzwanzig Dollar leihen könne, er wolle nach New York. Will sagte, gut so, lieben und dann stehenlassen, das sei für Leute wie sie das einzig Wahre. Sie schwatzten bis zum Morgengrauen über dieses und jenes. Dann legte Joe sich schlafen und schlief bis in den Nachmittag hinein. Er stand gerade noch rechtzeitig auf, um das Schiff nach Washington zu erwischen. Er nahm sich keine Kabine, sondern lungerte die ganze Nacht auf Deck umher. Er freundete sich mit einem der Offiziere an und setzte sich in das Ruderhaus, dort roch es nach alten, vorjährigen Pfeifen, Joe hörte das Geplätscher des Wassers am Bug und sah den zuckenden, weißen Finger des Scheinwerfers Bojen und Leuchttürme pflücken. Er sagte, er wolle nach New York, um seine Schwester zu besuchen und sich bei der Schiffahrtsbehörde das Papier als Zweiter Maat zu holen. Er erzählte von seinen Abenteuern, wie er torpediert worden war, und er hatte damit großen Erfolg, denn keiner von den Leuten auf der *Dominion City* war jemals in Übersee gewesen.

Es war ein Gefühl wie in alten Zeiten, am Bug zu stehen in der scharfen Luft eines Novembermorgens, das alte, brakkige Wasser des Potomac zu riechen, an den roten Ziegelgebäuden von Alexandria und Anacostia, am Arsenal und an der Marinewerft vorüberzugleiten, das Monument rosig im frühen Licht durch den Nebeldunst emporragen zu sehen. Auf den Kais sah es so aus wie immer, die Jachten und Motorschiffe lagen auf der gegenüberliegenden Seite verankert, der Dampfer von Baltimore fuhr gerade in den

Hafen ein, und dann die wackligen Ausflugsdampfer, die Austernschalen an den Pfosten des Kais, die schwarzen Deckarbeiter, die wartend herumstanden. Dann bestieg er die Tram nach Georgetown, und nur allzubald spazierte er wieder durch die kleine Straße mit den roten Ziegelhäusern. Während er klingelte, fragte er sich im stillen, warum er denn eigentlich nach Hause gefahren sei.

Mutter sah älter aus, aber sie war recht gut beisammen, hatte für nichts Interesse als für ihre Mieter und für die Verlobung ihrer beiden Töchter. Janey, sagten sie, komme sehr gut vorwärts, aber seit sie in New York lebe, habe sie sich ziemlich verändert. Joe sagte, er fahre jetzt nach New York, um sich das Patent als Zweiter Maat zu verschaffen, und er würde Janey bestimmt aufsuchen. Als sie nach dem Kriege fragten und nach den Unterseebooten und so weiter, da wußte er nicht, was er ihnen erzählen solle, deshalb verpflaumte er sie ein bißchen. Er war froh, als es Zeit war, nach Washington zu fahren, um den Zug zu erwischen, obschon sie ja recht nett zu ihm waren und offenbar meinten, in seinem Alter Zweiter Maat zu werden, sei ein riesiger Erfolg. Er erzählte ihnen nicht, daß er verheiratet war.

Auf der Fahrt nach New York war Joe ziemlich lausig zumute, alles war ihm zuwider. Er schaute zum Fenster hinaus, betrachtete die Farmen, die Städte, die Reklametafeln, und alles, was er sah, schien ihn an Del zu erinnern und an die Umgebung von Norfolk und an die schönen Zeiten, die er als kleiner Junge erlebt hatte. Als er in New York auf dem Penn-Bahnhof ankam, gab er zuallererst seinen Koffer in die Garderobe, dann spazierte er die Achte Avenue entlang, bis er zu der Straße kam, in der Janey wohnte. Er hielt es für besser, erst mal anzurufen, und ging in einen Zigarrenladen. Ihre Stimme klang etwas kühl, sie sei, sagte sie, beschäftigt und könne ihn erst morgen sehen. Er verließ die Telephonzelle, spazierte die Straße lang, wußte nicht, wohin er gehen solle. Unter dem Arm hatte er ein Paket mit zwei spanischen Schals, die er auf seiner letzten Fahrt für sie und Del gekauft hatte. Ihm war so mau zumute, daß er am liebsten das Paket in einen Gully geschmissen hätte, aber er besann sich eines Besseren, ging wieder in die Bahnhofsgarderobe und verstaute die Schals in den Koffer. Dann setzte er sich für ein Weilchen in den Wartesaal und rauchte eine Pfeife. Himmelkreuzdonnerwetter, er mußte was trinken. Er ging zum Broadway hinüber, spazierte weiter bis zum Union Square, kehrte in jedem Lokal ein, das einigermaßen nach einer Kneipe aussah, aber sie wollten ihm nirgends was zu trinken geben. Der ganze Union Square war beleuchtet und voller Plakate, die zum Eintritt in die Marine aufforderten. An der einen Seite thronte das wuchtige Holzmodell eines Schlachtkreuzers. Eine Menge Leute standen davor, und eine junge Dame in Matrosenkleidung hielt eine patriotische Ansprache. Ein kalter Nieselregen setzte ein, die Menge zerstreute sich. Joe ging eine Straße entlang, und da war eine Destille, die nannte sich »Zur alten Farm«. Er muß wohl einem Bekannten des Schankkellners ähnlich gesehen haben, denn der Schankkellner sagte guten Tag und goß ihm ein Gläschen Korn ein.

Joe kam mit zwei Leuten aus dem Westen ins Gespräch, die Whisky und Bier tranken. Sie sagten, dieses ganze Kriegsgeschrei sei weiter nichts als Raubpropaganda, und wenn bloß die Arbeiter in den Munitionsfabriken die Arbeit einstellen und keine Granaten mehr erzeugen wollten, mit denen ihre Arbeitsbrüder auf der anderen Seite in Stücke gerissen werden, dann hätte der verfluchte Krieg gleich ein Ende. Joe sagte, Teufel noch mal, sie hätten ja recht, aber seht doch bloß, was für dickes Geld man verdient. Die zwei aus dem Westen sagten, sie hätten selber in einer Munitionsfabrik gearbeitet, aber damit sei jetzt Schluß, verdammt noch mal, und wenn sie, die Arbeiter, ein paar Dollars verdienten, dann bedeute das, daß die Kriegsgewinnler Millionen verdienen. Sie sagten, die Russen hätten den richtigen Gedanken gehabt, eine Revolution machen und die verfluchten Kriegsgewinnler erschießen, und so würde es auch hierzulande kommen, wenn sie nicht aufpaßten, verdammt gute Idee!

Der Schankkellner beugte sich über die Theke und sagte, sie sollten nicht so daherreden, man werde sie für deutsche

Spione halten. »Na, du bist doch selber ein Deutscher, George«, sagte der eine von den beiden. Der Schankkellner wurde rot und sagte: »Auf den Namen kommt es gar nicht an . . . Ich bin amerikanischer Patriot. Ich mein's bloß gut mit euch. Wenn ihr ins Kittchen kommen wollt, mir tut es ja nicht weh.« Aber er schmiß eine Lage Schnaps, und Joe hatte das Gefühl, daß er mit ihnen einverstanden sei.
Sie tranken noch eine Lage, und Joe sagte, das sei alles richtig, aber was zum Teufel solle man denn machen? Die beiden sagten, was man machen solle? Man müsse sich den IWW anschließen, eine rote Karte haben und ein klassenbewußter Arbeiter sein. Joe sagte, dieser Quatsch sei bloß für Ausländer gut, aber wenn einer eine Partei für »Weiße« gründete, zum Kampf gegen die Kriegsgewinnler und gegen die verfluchten Banken, dann würde er mitmachen. Die zwei aus Chicago sagten, die Wobblies seien ebensogut Weiße wie er, politische Parteien seien einen Dreck wert, und alle Südstaatler seien Streikbrecher. Joe wich zurück und schaute sich die beiden an und überlegte, wem er den ersten Hieb versetzen solle, da kam der Schankkellner um die Theke herum und trat dazwischen. Er war dick, aber er hatte breite Schultern und zwei gefährlich blickende, blaue Augen.
»Hört mal zu, ihr Strolche«, sagte er, »hört mal zu. Freilich, ich bin ein Deutscher, aber bin ich denn für den Kaiser? Nein, der ist ein Schweinehund. Ich bin Sozialist, und ich lebe jetzt schon seit dreißig Jahren in Union City, und ich bin ein guter Amerikaner, aber das heißt nicht, daß ich für den Bankier Morgan kämpfen werde, keine Spur. Ich kenne amerikanische Arbeiter in der Sozialistischen Partei seit dreißig Jahren, und man muß weiter nichts tun als kämpfen. Jeder Scheißkerl hält sich für besser als den andern Scheißkerl. Raus mit euch, ihr Vagabunden . . . Sperrstunde . . . Ich mache jetzt zu und geh nach Hause.«
Einer von den zweien aus Chicago fing zu lachen an: »Na, na, die Zeche zahlen wir, Oskar . . . Nach der Revolution wird es anders sein.«
Joe hätte sich immer noch gerne gehauen, aber er bezahlte

mit seinem letzten Dollarschein eine letzte Lage, und der Schankkellner, noch ganz rot im Gesicht von seiner Rede, trank ein Bier. Es blies den Schaum weg und sagte: »Wenn ich so rede, verliere ich meine Stellung.«

Sie verabschiedeten sich alle voneinander mit kräftigem Händedruck, und Joe ging in den naßkalten Nordostwind hinaus. Er war beschwipst, aber er merkte es nicht. Er spazierte wieder zum Union Square. Die Reden der Werber waren aus. Das Schlachtschiffmodell lag in Finsternis. Einige zerlumpte, junge Burschen hockten zusammengekauert an der windgeschützten Seite des Werbezelts. Joe fühlte sich miserabel. Er ging in die Untergrund hinunter und wartete auf den Zug nach Brooklyn.

Bei Mrs. Olsen war alles finster. Joe klingelte, und nach einer Weile kam sie in einem rosaroten, wattierten Schlafrock herunter und öffnete. Sie war wütend, weil er sie aufgeweckt hatte, und nannte ihn einen Säufer und beschimpfte ihn wegen seines Saufens, aber sie gab ihm ein Nachtlager, und am nächsten Morgen lieh sie ihm fünfzehn Dollar, damit er sich so lange behelfen könne, bis er auf einem Schiff der Schiffahrtsbehörde Arbeit finde. Mrs. Olsen sah müde und gealtert aus, sie sagte, sie habe Rückenschmerzen und könne mit der Arbeit gar nicht mehr fertig werden. Er machte ein paar Bretter in der Speisekammer an und schleppte ihr die Mülleimer in den Hof, dann erst ging er ins Werbebüro der Schiffahrtsbehörde, um sich für die Offiziersschule einzutragen. Der kleine Jude hinter dem Schreibtisch war nie zur See gefahren und richtete eine Unmenge blöder Fragen an ihn und sagte dann, er könne nächste Woche wieder vorbeikommen, um zu hören, welche Schritte auf Grund seines Gesuches unternommen worden seien. Joe wurde wütend, ersuchte den Kerl, ihn . . ., und zog ab.

Er ging mit Janey essen und ins Theater, aber sie schwatzte denselben Unsinn wie alle anderen und schimpfte ihn aus, weil er fluche, und er amüsierte sich nicht sonderlich. Die Schals aber gefielen ihr, und er war froh, daß sie in New York so gut vorwärtskam. Er brachte es nicht über sich, ihr von Del zu erzählen.

Nachdem er sie vor ihrer Haustür abgesetzt hatte, wußte er nicht, was zum Teufel er mit sich anfangen solle. Er hätte gerne was getrunken, aber der Abend mit Janey hatte die fünfzehn Dollar verschlungen, die Mrs. Olsen ihm geborgt hatte. Er spazierte nach dem Westen zu, suchte eine Kneipe an der Zehnten Avenue auf, die er kannte, aber das Lokal war zu: Alkoholverbot für die Dauer des Krieges. Dann ging er zum Union Square zurück, vielleicht saß noch dieser Tex dort, den er im Vorübergehen, als er mit Janey über den Platz kam, begrüßt hatte, er konnte dann ein bißchen mit ihm schwatzen. Er setzte sich auf eine Bank gegenüber dem aus Pappe errichteten Schlachtschiff und schaute sich das Ding an: Nicht schlecht gemacht. Teufel noch mal, dachte er bei sich, wenn ich bloß nie ein richtiges Kriegsschiff von innen gesehen hätte, und da kam Tex herangeschlichen, setzte sich neben ihn und legte ihm die Hand aufs Knie. Kaum hatte der Kerl ihn angerührt, da wußte Joe, daß er ihn nie hatte ausstehen können, die Augen viel zu dicht beieinander. »Was schaust du denn so vermiest drein, Joe? Du hast doch dein Patent.«

Joe nickte, beugte sich vor und spuckte sorgfältig zwischen seine Füße.

»Ein hübsches Kriegsschiff, fein, wie? Du lieber Gott, wir haben doch Glück, daß wir nicht in Europa sind, in den Schützengräben, und mit den Sauerkrautfressern kämpfen müssen!«

»Ach, ich hätte nichts dagegen«, brummte Joe, »mir wäre es ganz egal.«

»Hör mal zu, Joe, ich hab jetzt Arbeit gefunden. Ich dürfte eigentlich nicht darüber reden, aber du bist ja ein anständiger Kerl. Du wirst schon nichts weitersagen. Zwei Wochen lang hab ich mich herumgetrieben, mein Magen ist nicht in Ordnung. Mensch, ich sage dir, ich bin krank, ich kann keine schwere Arbeit mehr aushalten. Ein Mädchen, eine Bekannte von mir, hat mich durchgefüttert, weißt du. Na, ich sitze da auf einer Bank hier auf dem Platz, und da setzt sich ein ziemlich gut angezogener Herr neben mich und quatscht mich an. Ich hatte den Eindruck, das ist einer dieser schwulen

Kerls, die was suchen, verstehst du, dachte mir schon, ich werde ihm ein paar Dollars abknöpfen, was zum Teufel soll man denn machen, wenn man krank ist und nicht arbeiten kann?«
Joe lehnte sich zurück, streckte die Beine von sich, die Hände in den Hosentaschen, betrachtete angestrengt die Umrisse des Schlachtschiffes vor den Häusermauern. Tex schwatzte schnell drauflos, schob sein Gesicht dicht an Joes Gesicht heran: »Da stellt sich heraus, daß der Schweinehund ein Krimi ist. Himmelarsch, ich hab mich vor Schreck fast angeschissen. Einer von der Kriminalpolizei ... Und er ist hinter Drückebergern, Roten und deutschen Spionen her, sucht nach Kerls, die das Maul nicht halten können ... Und dann hat er mich engagiert, fünfundzwanzig Eier die Woche, wenn das kleine Hänschen brav ist. Ich brauche bloß herumzubummeln und zuzuhören, was die Leute reden, verstehst du? Wenn ich was höre, was nicht hundertprozentig ist, sag ich's dem Chef, und er läßt die Sache untersuchen. Fünfundzwanzig die Woche, und außerdem noch dem Vaterland dienen, und wenn ich mal Scherereien habe, zieht mich der Chef aus der Tinte ... Ganz hübsch, findest du nicht, Joe?«
Joe stand auf. »Ich muß jetzt wieder nach Brooklyn.« – »Bleib da ... Hör zu, du bist immer sehr anständig zu mir gewesen ... Auf dich kann man sich verlassen, das weiß ich, Joe ... Ich bring dich mit dem Kerl zusammen, wenn du willst. Er ist ein tüchtiger Spürhund, ein gebildeter Mensch und so weiter, und er weiß, wo man was zu saufen bekommt und wo es Weiber gibt, wenn man sie braucht.« – »Hol's der Teufel, ich will von dieser Scheiße nichts mehr wissen, ich fahre zur See«, sagte Joe, drehte ihm den Rücken und ging zur Untergrund.

Das Kamera-Auge 36

Seine Stimme war dreitausend Meilen weit weg die ganze Zeit wollte er aus dem Bett raus seine Wangen waren hellrosarot und der halberstickte Atem Nein Junge bleib nur liegen ruhig liegen wir wollen nicht daß du dich noch stärker erkältest deshalb haben sie mich heruntergeschickt ich soll bei dir bleiben damit du nicht aus dem Bett kriechst der faßrund gewölbte Raum riecht nach Fieber nach Tünche nach Karbol und Übelkeit kranker Italianos draußen heulen die Sirenen Bomben über der Stadt wie ein Alptraum (Mestre ist Kopfstation und der Mondschein über der Brenta und das Etappenspital und das Munitionsdepot) immerfort will er zum Bett raus Junge bleib nur ganz still liegen seine Stimme war in Minnesota aberkapiertihrdennnichtwenndermenschaufstehnmuß ich habe eine Verabredung einewichtigeverabredungmußunbedingthin die Grundstücke hätte niesolangimbettbleibendürfen ich werde meine ganzen Depositen verlieren um Gottes willen glaubt ihr ich bin nicht ohnedies schon genügend pleite? Junge du mußt ruhig liegen bleiben wir sind im Spital in Mestre du hast leichtes Fieber deshalb kommt dir alles so komisch vor könntihreinendennnichtinruhelassen? ihr steckt mit ihnen unter einer Decke dasistdieganzesache ich weiß siewollenmichauspowern sie glauben ichbineinschafskopfdersichhineinlegenläßt weilichdiesedepositen festgelegthabe ich werde es den Kerls schon zeigen ichhaudireinsindiefresse ein Schatten an dem Gewölbe breit und schwer taumelnd und schwankend in dem Licht der einen rotzischenden Kerze in dem rauhen Winterspital karbolische Nacht über dem Schatten auf der Pritsche man muß ihn an den Schultern niederdrücken der Kerl ist verflucht kräftig trotz doppelseitiger Lungenentzündung man hört jetzt die Motoren die Flugzeugabwehrbatterien legen los prächtig muß es da draußen sein im Mondschein fern von dem Gestank des Karbols der Latrinen der kranken Italianos lehn dich zurück und zünde dir an der Kerze eine Mazedonia an

er scheint zu schlafen sein Atem geht so schnell so atmet man nur wenn man Lungenentzündung hat ich höre mich selber atmen und das Wasser tickt die Ärzte und die Heilgehilfen haben sich alle in den bombensichern Unterstand verkrochen hören es nicht einmal wenn ein kranker Italiano stöhnt

du lieber Gott ob der Kerl stirbt?

sie haben die Motoren gedrosselt die kleinen Trommeln in meinen Ohren natürlich deshalb nennt man es Trommelfell (da droben in dem blauen Mondschein langt der österreichische Beobachter nach der kleinen Schnur um die Zigarre abzuwerfen) die Kerzenflamme steht still empor

diesmal nicht aber wum an die Schläfe Curley wacht auf und die Fensterscheiben klirren die Kerze flackert aber sie erlischt nicht das Gewölbe schwankt mit meinem Schatten und mit Curleys Schatten verflucht noch mal der Kerl hat Kräfte den Kopf voller Fieberschwaden

Junge du mußt im Bett bleiben (sie haben die Zigarre fein abgeschmissen) Granatsplitter hageln draußen umher Junge du mußt wieder ins Bett

aber ich habeineverabredung o duliebergottherrjesus können Sie mir nicht sagen wie ich zu meiner Truppe finden kann habdocheinherzpapaichhabsdochnichtbösegemeint sistbloßwegen wegendieser Grundstücke die Stimme sinkt zu einem Winseln herab ich decke ihn zu bis unters Kinn

zünd wieder die Kerze an rauch eine Mazedonia schau nach der Uhr es muß schon bald Tag sein es ist erst zehn erst um acht werde ich abgelöst

in der Ferne wandert eine Stimme auf und ab und fegt dann nieder wie die Sirene im Flugzeugalarm

äyäy-uUUH-TO!!

Weltwochenschau XXV

General Pershings Truppen haben heute den Bauernhof Belle Joyeuse und den Südrand des Bois des Loges besetzt. Die Amerikaner stießen nur auf ganz unbedeutende Maschinengewehrnester. Der Vormarsch hatte den Zweck, die Front auszurichten. Im übrigen blieb unsere Tätigkeit während des heutigen Tages vor allem auf Artilleriebeschießung und Bombenabwurf beschränkt. In der Nähe von Belluno sind Patrouillen unterwegs, als Vortrupp der alliierten Truppenmassen, die sich durch den Quero-Paß in den Abschnitt des Monte Grappa ergießen.

Bonjour ma chérie,
Comment allez-vous?
Bonjour ma chérie,
Wie geht es dir?
Avez-vous un fiancé, cela ne fait rien,
Voulez-vous coucher avec moi ce soir?
Wui, wui, combien?

Nach einer langen Unterredung mit dem Kriegsminister und dem Staatssekretär kehrte Präsident Wilson heute nachmittag in das Weiße Haus zurück, anscheinend in bester Stimmung, da die Ereignisse nach wie vor den von ihm vorhergesehenen Verlauf nehmen

HELFT DEN VERSORGUNGSBEHÖRDEN
MELDET KRIEGSGEWINNLER

Lord Robert, Minister des Auswärtigen und Balfours rechte Hand, fügte hinzu: »Wenn der Sieg einmal da ist, wird die Verantwortung Amerikas und Großbritanniens nicht auf den Staatsmännern, sondern auf den Völkern lasten.«

Chi va piano
Va sano
Chi va forte
Va' la morte.
Evviva la libertà!

das Aushängen roter Fahnen in unseren Gassen scheint ein Sinnbild wüster Zügellosigkeit und ein Wahrzeichen staatsfeindlicher Gesinnung und Anarchie zu sein, so wie die schwarze Fahne das Sinnbild alles Abstoßenden ist

Lenin flieht nach Finnland

Ach, die Pariser Schlacht
Hat mich zum Strolch gemacht

jetzt haben wir den dritten Oktober, und ich liege hier so gemütlich wie ein Küken in seinem Nest. Es war Sonntag, ich ging raus und bekam eine Maschinengewehrkugel ins linke Bein über dem Knie. Ich liege in einem Etappenspital, und es geht mir sehr gut. Ich schreibe mit der linken Hand, denn die Rechte hab ich unter dem Kopf

EFFEKTENMARKT FEST, ABER UMSATZ GERING

Es passiert noch mal, da erschlag ich den Hornisten,
Es passiert noch mal, da findet man ihn tot.
Ich nehm ihm seine Reveille weg
Und trample drauf herum,
Und dann –
Kriegt mich mein ganzes Leben lang
Keiner mehr ausm Bett.

EIN DON QUIXOTE AUS INDIANA

Hibben, Paxton, Journalist, Indianapolis, Ind., 5. Dez. 1880, E. Thomas Entrekin und Jeannie Merril (Ketcham) H.: Dr. phil. Princeton 1903, stud. jur. Harvard 1904.

Alle denkenden Männer im Mittleren Westen zu der Zeit, da Hibben dort aufwuchs, waren voller Besorgnis, es müsse was faul sein in der Republik Amerika, etwa der Goldstandard, die Oberen Zehntausend, das Großkapital, Wall Street? Die Reichen wurden immer reicher, die Armen wurden immer ärmer, die kleinen Farmer wurden ausgesogen, die Arbeiter arbeiteten zwölf Stunden täglich und verdienten kaum ihren Lebensunterhalt; die Profite waren für die Reichen da, das Gesetz war für die Reichen da, die Polizei war für die Reichen da;
hatten deshalb die Pilgerväter ihre Köpfe in den Sturm gebeugt und die fliehenden Indianer mit dem Bleihagel aus ihren Donnerbüchsen gespickt
und die steinigen Farmen in Neu-England gepflügt,
hatten deshalb die Pioniere die Appalachenberge überquert,
langläufige Schrotflinten quer über dem hageren Rücken,
eine Handvoll Mais in der Tasche des Lederrocks,
waren deshalb die Farmersöhne Indianas ausgezogen,
um den Süden zu schlagen und die Schwarzen zu befreien?

Paxton Hibben war ein kleiner mürrischer Junge, Abkömmling einer der besten Familien (die Hibbens hatten ein Engros-Tuchgeschäft in Indianapolis); in der Schule konnten ihn die reichen Kinder nicht leiden, weil er sich mit den armen Kindern umhertrieb, und die armen Kinder konnten ihn nicht leiden, weil seine Familie reich war,
aber er war der Musterschüler seiner Klasse,
redigierte die Zeitung, gewann alle Wettbewerbe.

In Princeton war er der junge Student, Redakteur des *Tiger*, trank eine Menge, machte kein Hehl daraus, daß er hinter den Weibern her war (zu jener Zeit galt der Universitätsstudent als Neutrum), absolvierte seine Studien mit glänzendem Erfolg und war den Gottesfürchtigen ein Dorn im Auge.
Für einen intelligenten jungen Mann seiner Klasse und seines Standes war es das gegebene, Rechtswissenschaft zu studieren, aber Hibben sehnte sich nach
Reisen und Romantik à la Byron und de Musset,
gut gepflegten Abenteuern in fremden Ländern,
deshalb,
da seine Familie eine der besten in Indiana und mit Senator Beveridge befreundet war,
bekam er einen Posten im diplomatischen Dienst.

Dritter und zweiter Botschaftssekretär bei der amerikanischen Botschaft in St. Petersburg und Mexiko 1905/6, Legationssekretär und Geschäftsträger in Bogotá, Kolumbien, 1908/9, im Haag und in Luxembourg 1909/12, in Santiago de Chile 1912 (ausgeschieden).

Puschkin statt de Musset; St. Petersburg war das romantische Erlebnis eines jungen Gecken:
Vergoldete Kirchtürme unter einem platinfarbenen Himmel, die eisgraue Newa, tief und schnellen Laufs unter den Brükken, die vom Geklingel der Schlittenglocken widerhallen;
man reitet von den Inseln nach Hause mit der Geliebten des Großherzogs, der schönen, amourösen Sängerin neapolitanischer Straßenlieder;
man spielt, man riskiert ein Häuflein Rubel in einem großen Saal, da glitzert es von Lüstern, von Monokeln, von Diamanten, die auf weiße Schultern niederträufeln,
weißer Schnee, weiße Taschentücher, weiße Laken,
kaukasischer Wein, Wodka frisch wie frischgemähtes Heu,
Kaviar aus Astrachan, Stör, finnischer Lachs, lappländisches Schneehuhn und die schönsten Frauen der Welt;
aber es war im Jahre 1905.
Eines Nachts verließ Hibben die Botschaft

und sah auf dem zertrampelten Schnee des Newski-Prospekts
ein rotes Leuchten und rote Fahnen,
Blut, festgefroren in den Räderfurchen, Blut, das in die Wagenspuren sickert;
er sah die Maschinengewehre auf den Balkonen des Winterpalastes, er sah, wie die Kosaken die unbewaffneten Massen attackierten,
die Frieden und Brot und ein wenig Freiheit verlangten,
er hörte das kehlige Dröhnen der russischen Marseillaise.
In dem alten Amerikanerblut loderte ein langverschütteter Funke zu neuer Empörung auf,
er wanderte mit den Revolutionären die ganze Nacht durch die Straßen,
fiel bei dem Botschafter in Ungnade
und wurde nach Mexiko versetzt;
dort gab es noch keine Revolution, nur Peons und Priester
und die stillen großen Vulkane.
Die Cientificos nahmen ihn in den Jockeyklub auf,
dort in dem prächtigen Gebäude aus blauen Puebla-Ziegeln
verlor er sein ganzes Geld an der Roulette und half seinen
Klubkollegen die letzten paar Kisten Champagner vertilgen,
die aus Cortez' Beute übriggeblieben waren.

Als Geschäftsträger in Kolumbien (er vergaß nie, daß er seine Karriere Beveridge verdankte, er war leidenschaftlich für Roosevelt, Rechtschaffenheit und Reformen, die Antitrustgesetze, den Großen Stock, der die reichen Gauner und Missetäter verscheuchen und dem kleinen Mann das Seine bringen sollte) half er die Revolution erschwindeln, um dem Bischof von Bogotá die Kanalzone zu stehlen; später dann nahm er in dem Beleidigungsprozeß Pulitzer für Roosevelt Partei; er war ein Fortschrittler, er glaubte an den Kanal und an T. R.
Er wurde nach dem Haag verschoben, bei den nebulosen Beratungen des Internationalen Gerichtshofes schlief er ein.
1912 trat er aus dem diplomatischen Dienst aus und kehrte in die Heimat zurück, um für Roosevelt Wahlpropaganda zu machen

kam in Chicago gerade noch zurecht, um bei der Delegiertenversammlung im Colosseum den Gesang zu hören: *Vorwärts, christliche Kämpen!*
In den dichtgedrängten Stimmen, in dem Hochgeschrei glaubte er das Getrappel der russischen Marseillaise zu hören, das düstere Schweigen der mexikanischen Peons, die kolumbischen Indianer, die auf einen Befreier warten, in dem Dröhnen der Hymne vernahm er die gemessenen Kadenzen der amerikanischen Unabhängigkeitserklärung.
Das Geschwätz von sozialer Gerechtigkeit begann zu verstummen; T. R. war ein ebenso leerer Windbeutel wie alle die anderen auch, der Elchbulle war mit den gleichen Sägespänen ausgestopft wie die »gute, alte« Republikanerpartei.
Paxton Hibben kandidierte in Indiana als Fortschrittler zum Kongreß, aber der Weltkrieg hatte bereits die Aufmerksamkeit des Publikums von den Fragen sozialer Gerechtigkeit abgelenkt.

Kriegsberichterstatter Collier's Weekly 1914/15, Vertr. der Associated Press in Europa 1915/17, Kriegsber. Leslie's Weekly für den Nahen Osten und Sekr. der russischen Komm. beim Hilfswerk für den Nahen Osten Juni–Dezember 1921.

In jenen Jahren vergaß er ganz den seidenen Bademantel des Diplomaten, die Toilettengarnitur von Elfenbein und die kleinen Tête-à-têtes mit Großherzoginnen,
er ging als Beveridges Sekretär nach Deutschland, sah die deutschen Truppen durch Brüssel marschieren,
sah Poincaré die langen todgeweihten Festungsgalerien von Verdun inspizieren, zwischen den Reihen blau uniformierter, verbitterter, halb meuterischer Soldaten,
sah die brandigen Wunden, die Cholera, den Typhus, die kleinen Kinder mit den hungergeschwollenen Bäuchen, die madigen Leichen auf dem serbischen Rückzug, trunkene Alliierten-Offiziere in den Bordellen von Saloniki jagen ekelgeschüttelte nackte Mädchen die Treppe hinauf, Soldaten plündern Geschäfte und Kirchen, französische und britische Matrosen schlagen sich in den Kneipen mit Bierflaschen –

ging mit König Konstantin während der Beschießung Athens auf der Terrasse auf und ab, duellierte sich mit einem Agenten der französischen Kommission, der den Raum verließ, als ein Deutscher sich im Speisesaal des *Grand Bretagne* zum Essen niedersetzte; Hibben hielt so lange das ganze Duell für einen Witz, bis alle seine Freunde Zylinderhüte aufsetzten, er stellte sich hin und ließ den Franzosen zweimal schießen und feuerte dann in die Erde. In Athen wie überall kam er stets in Scherereien, ein schmächtiger, streitsüchtiger Mann, der immer zu kämpfen bereit war: für seine Freunde, für unglückliche Menschen, für irgendeine Idee, allzu rücksichtslos, um sich mit Vorsicht den Boden für eine rechtschaffene Karriere zu pflastern.

Kommand. Ltnt., F. A., 27. Nov. 1917; Hauptmann 31. Mai 1919; Dienst im Kriegssammellager Grant; mit dem 332. F. A. in Frankreich; Finanzabteilung des Nachschubdienstes; Hauptquartier, Büro des Generalinspekteurs der Amerikanischen Streitkräfte; Entlassung 21. Aug. 1919; Hauptmann beim Roten Kreuz 7. Feb. 1920; reaktiviert 7. Feb. 1925.

In Europa der Krieg war blutig, dreckig und öde, aber in New York eröffnete der Krieg solch schlammige Abgründe der Gemeinheit und Heuchelei, daß keiner, der das mit angesehen hat, jemals wieder der alte sein wird.
In den Übungslagern war es anders, die Rekruten glaubten an ihre Mission, die »Welt für die Demokratie zu erobern«. Hibben glaubte an die Vierzehn Punkte, er glaubte, daß das »der Krieg sei, der allen Kriegen für immer ein Ende macht«.

Mit der Militärmission in Armenien Aug.–Dez. 1919; Berichterstatter der Chicago Tribune für Europa; Hilfswerk für den Nahen Osten 1920/22; Sekr. der Komm. d. Russischen Roten Kreuzes in Amerika 1922; Vertr. für die USA in Nansens Hilfsmission 1923; Sekr. der amerik. Komm. beim Hilfswerk für russische Kinder April 1922.

Im Hungerjahr, im Cholerajahr, im Typhusjahr ging Paxton Hibben mit einer Hilfsmission nach Moskau.
In Paris feilschten sie noch um den Blutpreis, zankten sich um Spielzeugfahnen, um die Flußgrenzen auf Reliefkarten, um das historische Geschick der Völker, während still hinter den Kulissen die tüchtigen Schachspieler, die Deterding, die Zacharoff, die Stinnes, sich der Rohstoffe bemächtigten.
In Moskau war Ordnung, in Moskau war Arbeit, in Moskau war Hoffnung.
Die Marseillaise von 1905, das *Vorwärts, christliche Kämpen* von 1912, die finstere Ergebenheit der amerikanischen Indianer, der Infanteristen, die an der Front den Tod erwarten, das alles klang mit im gewaltigen Dröhnen der marxistischen Internationale.
Hibben glaubte an die neue Welt.
Als er wieder nach Amerika kam,
erwischte jemand eine Photographie, auf der Hauptmann Paxton Hibben zu sehen war, wie er einen Kranz an John Reeds Grab niederlegt.
Sie wollten ihn aus dem Roten Kreuz hinauswerfen;
in Princeton, bei der zwanzigsten Zusammenkunft seines Studienjahrgangs, wollten seine Kollegen ihn lynchen; sie waren betrunken, und vielleicht war das Ganze nur ein Studentenulk, der um zwanzig Jahre zu spät kam, aber sie hatten schon eine Schlinge um seinen Hals, lyncht den verfluchten Roten.
Kein Raum mehr in Amerika für Veränderungen, kein Raum mehr für den alten Schlachtruf: soziale Gerechtigkeit, Fortschritt, Aufstand gegen die Unterdrückung, Demokratie. Fahrt Schlitten mit den Roten, für sie ist kein Geld da, kein Mitleid und keine Arbeit!

Mitgl. des Amerik. Schriftstellerverbandes, Kolonial-Krieger-Verein, Ver. ehem. Auslandskrieger, Amerikanische Legion, Mitglied der Royal Society und der Amerik. Geogr. Ges., Ritter des Stanislausordens (russisch), Offizier des Erlöserordens (griechisch), Orden des Heiligen Schatzes (Japan). Klubs: Princeton, Journalistenklub, Zivic (New York).

Werke: Konstantin und das griechische Volk, 1920; Die Hungersnot in Rußland, 1922; Henry Ward Beecher, ein amerikanisches Porträt, 1927.

Jene bitteren Enttäuschungen an T. R., an der Fortschrittsbewegung, an der Demokratie, an seinen Studienkollegen in Princeton, an Amerika, sie befähigten ihn, äußerst vortrefflich die Geschichte des großen amerikanischen Windbeutels, Phrasendreschers und Vortragskünstlers Henry Ward Beecher zu schreiben,
der die Kunst ehrsamer Lüge
auf den Gipfel der Vollendung gebracht hat.
Hibben war ein Mensch, der an vieles geglaubt hat,
an Amerika, an Rußland und an die neue Welt,
ungern erblickte er das neue imperialistische, snobistisch-tolle Amerika
des Hauses Morgan,
und ungern
starb er an Lungenentzündung im Alter von achtundvierzig Jahren.

Weltwochenschau XXVI

EUROPA AUF DES MESSERS SCHNEIDE

Tout le long de la Thémise nous sommes
allés tout les deux gouter l'heure exquise ...

unter diesen Umständen ist es erstaunlich, daß das Justizdepartement den Kriegsdienstverweigerern mit ausgesprochener Teilnahme, den überführten Anarchisten mit sehr viel Milde und der übergroßen Mehrzahl dieser Leute, die sich noch in Freiheit befinden oder der Deportation entgangen sind, mit einer gewissen Gleichgültigkeit gegenübersteht, viele Jahre lang nach der Gründung der U. S. Steel Corporation war Wall Street mit dem Problem beschäftigt, die Verwässerung des Kapitals gründlich nach Kubikmetern zu berechnen

La Madelon pour nous n'est pas sévère

WALZSTAHL ETWAS LEBHAFTER

Und wo soll es jetzt hin, Jungs,
Wo soll's jetzt hin?

Wildenten über Paris

BELEBUNG DER DÜNGERINDUSTRIE
DURCH DEN KRIEG

Der glückliche Ausgang des Krieges hängt ebensosehr von den Industriearbeitern ab wie von den Soldaten. Unsere wunderbare Rekordleistung, die es uns ermöglicht hat, am Tag der Unabhängigkeitsfeier hundert Schiffe vom Stapel zu lassen, zeigt, was wir alles schaffen können, wenn wir mit patriotischer Begeisterung an die Arbeit gehen

ÜBERSCHWEMMUNG IN PARIS
DAS SAMARITAINE-BAD WEGGESCHWEMMT

Was der Krieg soll, mein Schatz,
Ja, das ist noch nicht raus,
Aber wetten, mein Schatz,
Bald hab ich's raus.
Und hab bloß keine Angst,
Ich denk schon an dir,
Ich bring dir einen König
Als Souvenir.
Ich bring dir einen Türken
Und den Kaiser dazu.
Mehr kann ein einzelner
Wirklich nicht tun

FEST VERZINSLICHE WERTE GEFRAGT
KLEINER UMSATZ

DÜSTERE STILLE ÜBER DER HISTORISCHEN STADT SELBST DIE SONNTAGSGLOCKEN SIND VERSTUMMT

Und wo soll es jetzt hin, Jungs,
Wo soll's jetzt hin?

RICHARD ELLSWORTH SAVAGE

In Fontainebleau, als sie in Reih und Glied auf dem Hof vor dem Palast Franz' I. standen, bekamen sie zum erstenmal die großen grauen Fiat-Sanitätsautos zu sehen, die sie fahren sollten. Schuyler unterhielt sich mit den französischen Chauffeuren, die die Autos übergaben und vor Wut schäumten, denn sie mußten jetzt an die Front zurück; sie wollten wissen, warum zum Teufel die Amerikaner nicht zu Hause bleiben und sich um ihre eigenen Angelegenheiten kümmern, statt rüberzukommen und alle die schönen Embusqué-Posten zu belegen. An diesem Abend bezog die Abteilung in einem kleinen Städtchen in der Champagne in Teerpappe-Baracken, die nach Karbol stanken, Quartier. Es stellte sich heraus, daß heute der vierte Juli war, daher servierte ihnen der Maréchal-de-logis zum Abendessen Champagner, und ein General mit einem weißen Walroßbart hielt eine Ansprache, erklärte, daß mit Hilfe der Amérique héroique la victoire gesichert sei und schlug einen Toast auf le président Wilson vor. Der Abteilungsführer Bill Knickerbocker erhob sich ein wenig nervös und brachte einen Toast aus auf la France héroique, l'héroique Cinquième Armée und la victoire zu Weihnachten. Die Boches lieferten das Feuerwerk, sie schickten ihre Aeroplane herüber, und alles lief eilig in den bombensicheren Unterstand. Kaum waren sie unten angelangt, da erklärte Fred Summers, es rieche hier scheußlich, er müsse unbedingt was zu trinken haben, und er ging mit Dick wieder hinauf, um ein Estaminet zu suchen, sie hielten sich dicht unter den Dachtraufen der Häuser, um nicht von den Schrapnellsplittern der Flugzeugabwehrbatterien erwischt zu werden. Sie entdeckten eine kleine Kneipe, die voller Tabaksqualm war und voller französischer Poilus, die *La Madelon* sangen. Alles schrie hurra, als sie hereinkamen, und man reichte ihnen ein

Dutzend Gläser. Sie rauchten ihre erste caporal ordinaire, und alle Anwesenden traktierten sie so begeistert mit Schnaps und Wein, daß sie zur Sperrstunde, als die Hörner das französische Äquivalent des Zapfenstreichs bliesen, ein wenig wackelig durch die pechfinstern Straßen marschierten, Arm in Arm mit zwei Poilus, die ihnen versprochen hatten, sie in ihr Quartier zu bringen. Die Poilus sagten, la guerre sei une saloperie und la victoire sei une sale blague, und erkundigten sich eifrig, ob les Américains etwas über la révolution en Russie wüßten. Dick erwiderte, er sei Pazifist, alles, was dem Krieg ein Ende mache, sei ihm willkommen, sie drückten einander verständnisvoll die Hand und sprachen über la révolution mondiale. Nachdem sie sich auf ihre Feldbetten hingeschmissen hatten, richtete Fred Summers sich plötzlich kerzengerade auf, die Decke über den Schultern, und sagte in seiner feierlich komischen Art: »Jungens, das ist ja gar kein Krieg, das ist ja ein beschissenes Irrenhaus.«

In derselben Abteilung waren noch zwei junge Kerls, die gern Wein tranken und das Französische radebrechten, Steve Warner, der in Harvard studiert hatte, ohne zu graduieren, und Ripley, der an der Columbia-Universität seine beiden ersten Semester absolviert hatte. Zu fünft strolchten sie umher, stöberten in den Dörfern der Umgebung alle die Wirtshäuser auf, in denen man Omeletten und Pommes frites bekommen konnte, machten allabendlich die Runde durch die Estaminets; sie wurden als die Grenadine-Garde bekannt. Als die Abteilung an die Voie sacrée hinter Verdun übersiedelte und für drei verregnete Wochen in einem kleinen zerstörten Dorf namens Erize-la-Petite einquartiert wurde, postierten sie ihre Feldbetten nebeneinander in denselben Winkel der alten, halbeingestürzten Scheune, die sie als ihr Kantonnement zugewiesen erhielten. Es regnete den ganzen Tag; Lastautos mit Soldaten und mit Munition rasselten auf dem Wege nach Verdun durch den tiefen flüssigen Straßenlehm an der alten Scheune vorbei. Dick pflegte auf seinem Feldbett zu sitzen und durch die offene Tür die hopsenden, kotbespritzten Gesichter der jungen französischen Soldaten zu betrachten, die zum Angriff vorgingen, betrunken, verzweifelt und mit Geschrei: A bas la guerre, mort au vaches, à bas la guerre! Einmal kam Steve ganz plötzlich herein, das Gesicht leichenblaß über dem triefnassen Plaid, seine Augen blitzten, und er sagte mit leiser Stimme: »Jetzt weiß ich, wie die Henkerskarren unter der Schreckensherrschaft ausgesehen haben, ja, das sind Henkerskarren!«

Schließlich kamen sie in den Schußbereich der Geschütze, und da entdeckte Dick zu seinem Trost, daß er nicht mehr Angst hatte als die anderen auch. Als sie das erste Mal Dienst hatten, verirrten sie sich in den von Granaten zerfetzten Wäldern und wollten gerade auf einem kleinen Hügelhang, der so kahl war wie die Oberfläche des Mondes, ihren Wagen herumreißen, da sausten drei Granaten aus einer österreichischen 18er wie drei Peitschenhiebe an ihnen vorbei. Ehe sie's selber recht wußten, waren sie aus dem Auto raus und im Graben drin, als der dünne, blaue, nach Mandeln riechende Rauch sich verzogen hatte, lagen sie beide flach im Dreck. Fred verlor die Nerven, und Dick mußte den Arm um seine Schultern legen und ihm unaufhörlich ins Ohr flüstern: »Vorwärts, Junge, wir müssen es schaffen, vorwärts, Fred, wir werden ihnen schon ein Schnippchen schlagen!« Ihm kam das alles sehr komisch vor, er lachte unaufhörlich, während sie in den ruhigeren Teil des Waldes zurückkehrten, dort hatte man geschickterweise den Verbandplatz unmittelbar vor eine Batterie gelegt, so daß jedesmal, wenn ein Geschütz abgefeuert wurde, die Verwundeten durch die Erschütterung fast von den Bahren flogen. Nachdem sie ihre Ladung in der Verteilungsstelle abgeliefert hatten, kehrten sie zu der Abteilung zurück und konnten ihren Kameraden drei zackige Löcher in der Seitenwand des Autos zeigen, die Spuren einiger Granatsplitter.

Am nächsten Tage begann der Angriff, unaufhörlich Sperrfeuer und schweres Gasbombardement; die Abteilung hatte drei Tage lang vierundzwanzigstündigen Dienst, danach hatten sie alle die Ruhr und kaputte Nerven. Einer, der schon zu ängstlich gewesen war, um überhaupt Dienst zu machen, bekam einen Nervenschock und mußte nach Paris zurückgeschickt werden. Mehrere Ruhrkranke gingen in die Etappe ab. Die Grenadine-Garde überstand den Angriff recht gut, nur Steve und Ripley erwischten eines Nachts droben auf P 2 eine kleine Nasevoll Senfgas und mußten sich bei jedem Bissen übergeben.

In den Ruhepausen, sie hatten immer vierundzwanzig Stunden dienstfrei, trafen sie sich in einem kleinen Garten in Récicourt, dem Standort der Abteilung. Niemand schien von der Existenz dieses Gartens zu wissen. Er hatte mal zu einer rosaroten Villa gehört, aber die Villa war zu Staub zerfallen, als sei ein Riese auf sie draufgetreten. Der Garten war ganz unberührt, bloß ein wenig vernachlässigt, daher gab es viel Unkraut, die Rosen und die Stockrosen blühten, Schmetterlinge gab's, und an sonnigen Nachmittagen flogen summende Bienen von Blüte zu Blüte. Zuerst hielten sie die Bienen für ferne Arrivées und warfen sich, sowie sie das Brummen hörten, flach auf den Bauch. Mitten im Garten lag das betonierte Bassin eines Springbrunnens, und in diesem Bassin pflegten sie Zuflucht zu suchen, wenn die Deutschen sich's in den Kopf setzten, die Straße und die nahe Brücke mit Granaten zu belegen. Dreimal täglich ließ der Feind seine Batterien spielen, und dazwischen kam ab und zu eine verstreute Granate geflogen. Einer wurde beauftragt, sich vor dem Laden anzustellen und südfranzösische Melonen und Champagner für vier Franc fünfzig zu kaufen. Dann zogen sie, wenn die Sonne schien, die Hemden aus, um sich den Rücken und die Schultern zu wärmen, saßen in dem trockenen Brunnenbassin, aßen die Melonen und tranken den warmen Champagner, der wie Apfelwein schmeckte, und sprachen davon, daß sie nach den Staaten zurückkehren und dort eine illegale Zeitung gründen wollten, ähnlich wie *La Libre Belgique*, um dem Volk das wahre Gesicht des Krieges zu zeigen.

Am besten gefiel Dick in dem Gärtchen der kleine Abort, ein Abort wie auf einer Farm in Neu-England, mit einem sauber gescheuerten Sitz und einem Halbmond in der Tür, durch den an sonnigen Tagen die Wespen, die an der Decke ein Nest hatten, geschäftig aus und ein summten. Dort hockte er oft mit schmerzendem Bauch und lauschte den leisen Stimmen seiner Freunde, die sich in dem ausgetrockneten Brunnenbassin unterhielten. Der Klang ihrer Stimmen erfüllte ihn mit einem fröhlichen und heimischen Gefühl, während er dastand und sich mit ein paar alten vergilbten Blättern aus einem *Petit Journal* von 1914, die an einem Nagel im Abort hängen geblieben waren, den Hintern wischte. Einmal kam er zu seinen Kameraden zurück, schnallte sich den Gürtel fest und sagte: »Wißt ihr was? Ich habe gerade drüber nachgedacht, wie schön es wäre, wenn man die Zellen seines Körpers umgruppieren könnte, um ein anderes Lebewesen zu werden ... Mensch sein ist doch eine verdammt lausige Sache ... ich würde gern eine Katze sein.« Dick setzte sich auf dem warmen Beton des Brunnenbeckens zurecht. »Eine nette gemütliche Hauskatze, die neben dem Herd hockt.« – »Schöne Sache!« sagte Steve, langte nach seinem Hemd und zog es an. Die Sonne war hinter einer Wolke verschwunden, es wurde plötzlich kühl. Fern und leise dröhnten die Geschütze. Dick fühlte sich plötzlich sehr einsam. »Schöne Sache, wenn man sich seiner eigenen Rasse schämen muß! Aber ich schwöre euch, ich schäme mich, ich schwöre euch, ich schäme mich, daß ich ein Mensch bin ... es muß schon irgendeine große Welle kommen, vielleicht eine Revolution, damit ich wieder ein bißchen Achtung vor mir selbst empfinden kann ... Mein Gott, was sind wir! Eine lausige, grausame, lasterhafte, stupide Gattung schwanzloser Affen!« – »Na, wenn du dir deine Selbstachtung zurückgewinnen willst, Steve, und die Achtung deiner Mitaffen, dann lauf doch mal runter, jetzt wo sie gerade nicht schießen, und hol uns eine Flasche Champagnerwasser!« sagte Ripley.

Nach dem Angriff auf Höhe 304 kam die Division für einige Wochen en repos hinter Bar-le-Duc und dann in einen ruhigen Abschnitt der Argonnen, der den Namen Four de

Paris trug, dort spielten die Franzosen in der vordersten Linie Schach mit den Boches, und die eine Partei warnte immer die andere, bevor sie eine Mine unter dem feindlichen Schützengraben platzen ließ. Wenn sie dienstfrei hatten, konnten sie in das bewohnte und unzerstörte Städtchen Saint-Menehould gehen und frischen Kuchen, Kürbissuppe und Brathuhn essen. Als die Abteilung aufgelöst und alle nach Paris zurückgeschickt wurden, verließ Dick nur ungern den freundlichen herbstlichen Argonnerwald. Die amerikanischen Truppen sollten den der französischen Armee angeschlossenen Sanitätsdienst übernehmen. Jedermann bekam eine Abschrift des Tagesbefehls, Dick Norton hielt ihnen im Granatfeuer eine Ansprache, ohne das Monokel aus dem Auge zu nehmen, entließ sie als die »Herrn Freiwilligen«, und das war das Ende der Abteilung.

Paris war in diesem November recht still und angenehm, nur ab und zu kam ein Geschoß der Dicken Berta geflogen. Für Luftangriffe war es zu neblig. Dick und Warner nahmen sich ein billiges Zimmer hinter dem Panthéon; tagsüber lasen sie recht viel, und abends strichen sie durch die Cafés und Trinklokale. Fred Summers verschaffte sich einen Posten beim Roten Kreuz, fünfundzwanzig Dollar die Woche, und schon am zweiten Tage nach ihrer Ankunft in Paris hatte er ein festes Verhältnis. Ripley und Ed Schuyler nahmen sich eine ziemlich feine Wohnung über der Henry-Bar.

Sie aßen immer gemeinsam zu Abend und führten endlose Debatten um die Frage, was sie nun tun sollten. Steve sagte, er wolle nach Hause, er lasse sich als Kriegsdienstverweigerer eintragen, hol's der Teufel. Ripley und Schuyler meinten, es sei ihnen ganz egal, was sie machten, so lange sie bloß nicht in der amerikanischen Armee dienen müßten, und sie sprachen davon, in die Fremdenlegion oder die Lafayette-Eskadrille einzutreten. Fred Summers sagte: »Jungens, dieser Krieg ist die tollste und gemeinste Schiebung des Jahrhunderts, ich mach mit, und ein Hurra für die kreuzroten Pflegerinnen!«

Kaum war eine Woche vorüber, da hatte er schon zwei

Posten beim Roten Kreuz, verdiente fünfzig Dollar die Woche und ließ sich von einer etwas ältlichen Französin aushalten, die ein großes Haus in Neuilly besaß. Als Dicks Geld zu Ende ging, borgte Fred für ihn ein paar Franc von seiner Marraine, aber er wollte sie keinem seiner Kameraden zeigen. »Ihr sollt nicht wissen, Jungs, was ich mir eingebrockt habe«, sagte er.

Eines Tages um die Mittagsstunde kam Fred Summers angestelzt und sagte, alles sei jetzt geregelt, er habe Arbeit für sie. »Die Italiani«, sagte er, seien nach der Geschichte von Caporetto ziemlich außer Form geraten und könnten sich das Davonlaufen nicht abgewöhnen. Man habe nun die Absicht, eine Sanitätsabteilung des Amerikanischen Roten Kreuzes hinunterzuschicken, um die Moral der italienischen Truppen zu heben. Er sei vorläufig damit beauftragt worden, das Personal zu rekrutieren, und habe alle ihre Namen gleich eingetragen. Dick erklärte prompt, er spreche gut Italienisch, und er fühle sich berufen, die Moral der italienischen Truppen zu heben, daher erschienen sie alle am nächsten Morgen zu Beginn der Bürozeit im Roten Kreuz und wurden ordnungsgemäß für die Abteilung I des Amerikanischen Roten Kreuzes in Italien angeworben.

Nun mußten sie noch einige Wochen lang warten, unterdessen gabelte Fred Summers in einem Tanzlokal hinter der Place Saint-Michel eine geheimnisvolle Serbin auf, die ihm das Haschischrauchen beibringen wollte, und Dick freundete sich mit einem versoffenen Montenegriner an, der in New York Barkeeper gewesen war und jedem von ihnen einen montenegrinischen Orden versprach. Aber an dem Tage, an dem sie von König Nikolaus von Montenegro in Neuilly empfangen und dekoriert werden sollten, brach die Abteilung auf.

Die Kolonne von zwölf Fiats und acht Fords rollte auf den glatten Makadamstraßen südwärts durch den Wald von Fontainebleau, ostwärts in großen Windungen durch die weinfarbenen Hügel von Mittelfrankreich. Dick steuerte ganz allein einen Ford, er mußte immerfort emsig nachdenken, weil ihm nie einfallen wollte, was er mit seinen Füßen zu tun habe, die schöne Umgebung konnte er kaum beachten.

Am nächsten Tage fuhren sie aus den Bergen in das Rhônetal hinunter, kamen in eine üppige Weingegend voller Platanen und Zypressen, voller Weingeruch und später Herbstrosen, voller Süden. Als sie Montélimar erreicht hatten, dachten sie kaum noch an den Krieg; all ihre Sorgen um das Gefängnis, um Protest und Aufruhr waren nur noch wie ein Alptraum aus einem vergangenen Jahrhundert.

Sie aßen herrlich zu Abend in dem stillen rosigweißen Städtchen, cèpes und Knoblauch und starken roten Wein. »Jungens«, sagte Fred Summers immer wieder, »das ist ja gar kein Krieg, das ist ja einfach eine beschissene Cook-Tour.« Sie schliefen nobel in den großen, mit Brokat behangenen Hotelbetten, und als sie frühmorgens weiterfuhren, lief ein kleiner Schuljunge hinter Dicks Auto her, schrie vive l'Amérique und reichte ihm eine Schachtel Nougat, die Spezialität dieser Gegend; man war im Schlaraffenland.

An diesem Tage näherten sie sich Marseille, und jetzt ging ihnen die ganze Kolonne entzwei; alle Disziplin verschwand; vor sämtlichen Weinstuben längs der sonnigen Straße hielten die Fahrer an, um zu saufen und zu würfeln. Der Propagandachef des Roten Kreuzes und der Korrespondent der *Saturday Evening Post*, der berühmte Schriftsteller Montgomery Ellis, soffen sich einen tüchtigen Rausch an und hockten dann johlend und schreiend in ihrem Dienstauto, während der kleine dicke Leutnant an jedem Halteplatz erhitzt und keuchend, aufgeregt wie eine Henne, die ihre Küken sucht, längs der Wagenreihe hin und her rannte. Zu guter Letzt wurden sie alle wieder zusammengetrieben, und die Kolonne traf geschlossen in Marseille ein. Sie hatten gerade ihre Autos in einer Reihe auf dem Hauptplatz abgestellt, und die Jungens verzogen sich in die nächsten Kneipen und Cafés, da kam ein Mann namens Ford auf den schlauen Gedanken, mit einem Zündholz in einen Benzintank hineinzuleuchten, und das Benzin explodierte. Die städtische Feuerwehr kam nobel angesaust, und als der Wagen Nummer 8 gründlich eingeäschert war, richtete die Feuerwehr ihre Hochdruckschläuche auf die übrigen Autos. Schuyler, der von der ganzen Abteilung am besten Französisch sprach und sich eben mit der Zigarettenverkäuferin aus dem Eckcafé unterhielt, wurde gewaltsam herbeigeschleppt und mußte den Kommandanten der Feuerwehr um Himmels willen bitten, die Sache endlich sein zu lassen.

Bereichert um einen neuen Kameraden namens Shelldrake, der ein Fachmann für Volkstänze war und in der berühmten Siebenten Abteilung gedient hatte, speiste im *Bristol*, dem Stammlokal englischer Militärs und tropenbehelmter Zivilbeamter aus Britisch-Indien, die Grenadine-Garde so nobel zu Abend, daß sie ihr ganzes Geld loswurden. Nachher trafen sie zu ihrem Glück auf der Cannebière einen Kameraden aus ihrer Abteilung, den sie anpumpen konnten. Sie setzten den Abend im Promenoir des *Apollo* fort, dort wimmelte es nur so von süßen petites femmes, man kam gar nicht dazu, sich die Vorführungen anzusehen. Ein schrecklicher Trubel, und überall Weiber, in den schrillen hellen Hauptstraßen mit ihren Cafés und Cabarets und in den schwarzen schweißigen Straßenschluchten hinter dem Hafen zerknäulte Betten, Matrosen, schwarze Haut und braune Haut, wackelnde Bäuche, blauweiße Hängebrüste, reibende Schenkel. Zu später Nachtzeit saßen Steve und Dick ganz allein in einem kleinen Restaurant, aßen Speck mit Ei und tranken Kaffee. Sie waren betrunken und schläfrig und zankten sich müde um nichts und wieder nichts. Als sie bezahlen wollten, sagte die Kellnerin, eine ältere Frau, sie sollten das Trinkgeld auf die Tischkante legen, und die Jungs wären fast von den Stühlen gefallen, als das Weib bedächtig die Röcke hob und die Münzen zwischen ihren Schenkeln aufschnappte.

Sie stolperten zur Tür hinaus und wußten sich vor Lachen nicht zu fassen. »Ist das ein Jux, ist das ein Jux! Der reine Groschenautomat!« sagte Steve unaufhörlich, und die Sache kam ihnen furchtbar komisch vor, so komisch, daß sie in

eine Frühkneipe gingen und dem Mann hinter dem Schanktisch die Geschichte erzählen wollten, aber er konnte sie nicht verstehen und schrieb ihnen auf einem Zettel den Namen eines Etablissements auf, dort könne man gut faire rigajig, une maison propre, convenable et de haute moralité.
Dann stiegen sie mit einem Male taumelnd und stolpernd eine endlose Treppe hinauf. Der Wind war höllisch kalt. Sie standen vor einer kuriosen Kathedrale und blickten auf den Hafen hinab, Dampfschiffe, weite Flächen grauen Meeres, von aschgrauen Bergen umschlossen. »Donnerwetter, das ist das Mittelmeer.«
In dem kalten, stoßenden Wind, in dem weiten, metallischen Leuchten des dämmernden Tages wurden sie wieder nüchtern und kamen noch rechtzeitig im Hotel an, um ihre Kameraden aus ihrem betrunkenen Schlummer zu rütteln und die ersten beim Appell zu sein. Dick war so schläfrig, daß er nicht mehr wußte, was er mit seinen Füßen zu tun habe, sein Ford fuhr in den Vorderwagen hinein, und die Laternen gingen kaputt. Der dicke Leutnant putzte ihn kräftig herunter, nahm ihm den Wagen weg, und er mußte sich zu Shelldrake auf einen Fiat setzen, hatte den ganzen Tag nichts weiter zu tun, als mit dösigen Augen die Corniche, das Mittelmeer und die Städtchen mit ihren roten Ziegeldächern zu betrachten und die langen Ketten der Dampfer, die nach Osten fuhren, immer dicht an der Küste lang, aus Angst vor den U-Booten; ab und zu tauchte zwischen den Dampfern ein französischer Zerstörer auf, die Schornsteine alle auf dem falschen Platz.

An der italienischen Grenze wurden sie von zahlreich versammelten Schulkindern mit Palmenzweigen und Orangenkörbchen und von einem Filmphotographen empfangen. Shelldrake strich sich unaufhörlich den Bart, verbeugte sich und salutierte, umtost von lauten Rufen *Evviva gli Americani*, bis ihm plötzlich eine Orange zwischen die Augen knallte und er fast Nasenbluten bekam. Ein anderer Kamerad aus der Kolonne hätte um ein Haar ein Auge durch

einen Palmzweig verloren, den ein begeisterter Bewohner von Ventimiglia in das Auto pfefferte. Es war ein großartiger Empfang. Am selben Abend, in San Remo, liefen den Jungs auf der Straße die begeisterten Italiani nach, schüttelten ihnen die Hände und gratulierten ihnen zu ihrem Presidente Wilson; jemand stahl sämtliche Ersatzreifen aus dem Transportkarren und den Koffer, den der Pressechef des Roten Kreuzes im Dienstauto zurückgelassen hatte. In den Kneipen wurden sie überschwenglich begrüßt und betrogen. Evviva gli aleati.
Die ganze Abteilung begann auf die Italiani, auf die zähen Spaghetti und den sauren Wein zu schimpfen, nur Dick und Steve nicht, die entdeckten plötzlich ihr Herz für Italien und kauften sich eine Grammatik, um die Sprache zu erlernen. Dick wußte bereits das Italienische recht gut zu imitieren, besonders vor den Offizieren des Roten Kreuzes, er hängte nämlich an alle französischen Worte, die er kannte, ein O an. Alles andere kümmerte ihn einen Dreck. Es war sonnig, der Vermouth schmeckte großartig, die Städte und die Spielzeugkirchen auf den Hügeln, die Weingärten und die Zypressen und das blaue Meer waren wie eine Reihe von Hintergründen zu einer altmodischen Oper. Die Gebäude wirkten theatralisch und lächerlich prunkvoll: sämtliche kahlen Mauern hatten die verfluchten Italiani mit Fenstern, mit Säulengängen und Balkonen bemalt, mit dicken rothaarigen Schönheiten, die sich über den Balkon neigen, mit Wolken und ganzen Schwärmen grübchenbäuchiger Cupidos.
An diesem Abend parkte die Kolonne auf dem Hauptplatz einer gottverlassenen kleinen Vorstadt von Genua. Der dicke Leutnant, der die Vorgänge in Marseille noch nicht vergessen hatte, untersagte seinen Leuten, in die Stadt zu fahren, alle mußten in ihren Autos schlafen, um vor Dieben gesichert zu sein. Dick und Steve gingen mit Shelldrake in eine Kneipe, trafen dort den Berichterstatter der *Saturday Evening Post* und tranken mit ihm so lange, bis er beschwipst war und erklärte, er beneide sie ach so sehr um ihr gutes Aussehen, um ihr hoffnungsfrohes Jungsein, um ihren

Idealismus. Steve widersprach ihm in allen Punkten und behauptete erbittert, die Jugend sei die beschissenste Zeit des Lebens, er, der Korrespondent, könne verteufelt froh sein, daß er schon vierzig sei und über den Krieg schreiben dürfe, statt mitkämpfen zu müssen. Ellis wies gutmütig darauf hin, daß sie doch auch nicht kämpften. Und Steve schrie zum Ärger Shelldrakes: »Natürlich nicht, wir sind auch beschissene Embusqués!« Er und Steve verließen die Kneipe und liefen wie die Hasen, damit Shelldrake sie nicht mehr erwische. An der nächsten Straßenecke sahen sie eine Trambahn mit der Aufschrift Genua, und Steve sprang auf, ohne ein Wort zu sagen. Dick blieb weiter nichts übrig, als seinem Kameraden zu folgen.

Die Bahn fuhr um einen Häuserblock und kam ans Meeresufer hinaus. »Heiliger Strohsack«, sagte Steve, »das verfluchte Nest brennt!« Hinter den schwarzen Rümpfen der Kähne, die am Strande lagen, loderte eine rosige Flamme wie ein gigantisches Lampenlicht und warf ein breites Leuchten übers Wasser her. »Du lieber Gott, Steve, glaubst du, die Österreicher sind da?«

Die Tram fuhr ratternd dahin; der Schaffner, der das Fahrgeld kassieren kam, machte eine recht friedliche Miene. »Inglese?« fragte er. – »Americani«, sagte Steve. Er lächelte, klopfte ihnen auf die Schulter und sagte etwas über den Presidente Wilson, das sie nicht verstehen konnten.

Sie verließen die Tram auf einem großen, von riesigen Arkaden umgebenen Platz, durch die Arkaden wehte ein rauher, bittersüßer, sandgetränkter Wind. Fein angezogene Leute in Überröcken spazierten das saubere Mosaikpflaster auf und ab. Die ganze Stadt war aus Marmor. Alle dem Meer zugewandten Fassaden leuchteten rosig im Feuerschein. »Die Tenöre, die Baritons und die Soprane stehen schon da, gleich kann die Vorstellung beginnen«, sagte Dick, und Steve brummte: »Den Chor werden die verfluchten Österreicher liefern.«

Sie froren und gingen in eines der blitzblanken, mit viel Nickel und Spiegelglas verzierten Cafés, um einen Grog zu

trinken. Der Kellner erzählte ihnen in gebrochenem Englisch, das Feuer rühre von einem amerikanischen Tankschiff her, das auf eine Mine gestoßen sei und nun schon seit drei Tagen in Flammen stehe. Ein englischer Offizier, der recht mürrisch dreinschaute, kam vom Schanktisch zu ihnen und begann zu erzählen, daß er in geheimem Auftrag hier sei, die Sache mit dem Rückzug sei ganz beschissen, der Rückzug sei noch nicht zum Stehen gekommen, in Mailand sei man drauf und dran, bis an den Po zurückzuweichen, die Österreicher hätten nur deshalb nicht die ganze beschissene Lombardei besetzt, weil sie durch den schnellen Vormarsch völlig in Unordnung geraten seien und sich in fast ebenso schlimmer Form befänden wie die Italiener. Die verfluchten italienischen Offiziere schwatzten immer noch vom Festungsviereck, und wenn nicht hinter den italienischen Linien die französischen und britischen Truppen stünden, hätten sie längst die Waffen gestreckt. Außerdem sei auch die Moral der französischen Truppen recht mau. Dick erzählte ihm, sie brauchten bloß mal wegzuschauen, da habe man ihnen auch schon das Werkzeug aus dem Auto stibitzt. Der Engländer meinte, hierzulande werde schrecklich viel gestohlen, und damit hänge ja auch sein geheimer Auftrag zusammen, er sei dabei, einer ganzen Waggonladung Militärstiefel nachzuspüren, die zwischen Ventimiglia und Saint-Raphael verschwunden war. »Ein ganzer Waggon verwandelt sich über Nacht in blauen Dunst – toll! – Seht euch mal die Kerls da drüben an diesem Tisch an, das sind lauter österreichische Spione, jeder einzelne von ihnen ist ein österreichischer Spion – aber ich kann machen, was ich will, es ist nicht möglich, sie verhaften zu lassen – toll. Das Ganze ist eine blutige Posse, weiter nichts. Feine Sache, daß ihr Amerikaner uns zu Hilfe kommt! Ohne euch würde in dieser Stunde bereits die deutsche Fahne über Genua wehen.« Er warf plötzlich einen Blick auf seine Armbanduhr, gab ihnen den guten Rat, sich an der Theke eine Flasche Whisky zu kaufen, falls sie noch was trinken wollten, die Sperrstunde sei nämlich da, und entfernte sich eilig mit einem Adjüs.
Sie stolperten wieder in die leere Marmorstadt hinaus, stol-

perten durch finstere Gassen und durch Straßen, die steinerne Treppen waren, stets hing über ihren Köpfen der Feuerschein einer vorspringenden Häuserwand und wurde immer heller, immer rötlicher, sowie sie sich dem Hafen näherten. Alle paar Augenblicke verirrten sie sich, schließlich aber kamen sie zu den Piers, zu dem Mastengewirr über den dichtgedrängten Feluken, weißlich schimmerten die Brecher hinter den kleinen rotkammigen Wellen des Hafenwassers, weit draußen loderte die Flammenmasse des brennenden Tankschiffs. Aufgeregt und betrunken marschierten sie ohne Unterlaß durch die Straßen der Stadt. »Zum Donnerwetter, diese Städte sind älter als die Welt«, sagte Dick immer wieder.

Während sie einen marmornen Löwen betrachteten, der geduldig am Fuß einer Treppe stand – er sah aus wie ein Hund, und im Verlauf von Jahrhunderten hatten Menschenhände ihn glasglatt gescheuert –, rief ein Amerikaner sie an und wollte wissen, ob sie sich in dieser verfluchten Stadt zurechtfänden. Es war das ein junger Kerl, Matrose auf einem amerikanischen Schiff, das mit einer Ladung Maultiere herübergekommen war. Sie sagten, gewiß, sie wüßten den Weg, und spendierten ihm einen Schluck Cognac aus der großen Flasche, die sie gekauft hatten. Dann saßen sie zu dritt auf der steinernen Balustrade neben dem Löwen, der wie ein Hund aussah, lutschten Cognac aus der Flasche und schwatzten. Der Matrose zeigte ihnen ein Paar Seidenstrümpfe, die er auf dem brennenden Ölschiff erbeutet hatte, und erzählte ihnen, er habe mit einem Italienermädchen gepennt, aber sie sei eingeschlafen, da habe er's plötzlich satt bekommen und sich aus dem Staube gemacht. »Dieser Krieg ist die reine Hölle, oder nicht?« sagte er; sie fingen alle zu lachen an.

»Ihr Kerls seid scheinbar zwo recht anständige Kerls«, sagte der Matrose. Sie reichten ihm die Flasche, und er trank einen ordentlichen Schluck. »Ihr seid Prachtkerls«, fügte er schlukkend hinzu, »und ich will euch sagen, was ich mir so denke, ja ... Dieser ganze gottverfluchte Krieg ist eine einzige Schiebung, es geht hier nicht mit ehrlichen Dingen zu, man betrügt uns von hinten und vorn. Egal, wie er ausgeht, unsereiner erwischt immer das beschissene Ende vom Stecken! Na, ich sage bloß, man soll sich auf nichts verlassen, jeder soll sehen, wie er am besten verreckt . . .«

Sie tranken den Cognac aus.

Unter wildem Gesang: »Der Schlag soll sie alle treffen!« schmiß der Matrose aus voller Kraft die Flasche gegen den Kopf des steinernen Löwen. Der genuesische Löwe ließ sich nicht weiter in seiner Ruhe stören und starrte mit glasigen Hundeaugen vor sich hin.

Finster blickende Ganoven sammelten sich langsam an, wollten wissen, was hier los sei, deshalb machten sich die drei aus dem Staube, und der Matrose schwenkte im Gehen seine Seidenstrümpfe. Schließlich fanden sie sein Schiff, das am Kai vertäut lag, und schüttelten einander auf der Laufplanke endlos lang die Hände.

Nun war die Reihe an Dick und Steve, sie mußten sehen, wie sie nach Hause kommen würden, und es waren immerhin zehn Meilen bis Ponte Decimo. Frierend und schläfrig marschierten sie drauflos, bis sie wunde Füße bekamen, den Rest des Weges nahm ein italienisches Lastauto sie mit. Als sie ankamen, waren die Pflastersteine und die Autodächer mit frischem Reif bedeckt. Dick kroch ins Auto, legte sich neben den schlafenden Shelldrake auf eine Tragbahre, aber das ging nicht ganz ohne Lärm ab, und Shelldrake erwachte.

»Was ist denn da los?« sagte er.

»Halt's Maul«, erwiderte Dick, »siehst du denn nicht, daß du die Leute aufweckst?«

Am nächsten Tage kamen sie nach Mailand: riesige, winterliche Stadt mit einer gigantischen Kathedrale, die wie ein Nadelkissen aussah, mit ihrer Galleria, in der sich Menschenmassen drängten, mit ihren Restaurants, Zeitungen, Huren, mit ihrem Cinzano und ihrem Campari-Bitter. Nun hieß es wieder ein Weilchen warten, die Kameraden saßen meist bei *Cova* im Hinterzimmer und knobelten bis zur Besinnungslosigkeit; dann übersiedelten sie in einen Ort namens Dolo an einem zugefrorenen Kanal irgendwo in der venezianischen Ebene. Um zu der eleganten, mit Schnitzereien und

Fresken verzierten Villa zu gelangen, in der sie einquartiert waren, mußten sie über die Brenta. Eine Kompanie englischer Sappeure hatte die Sprengung der Brücke gründlich vorbereitet, sowie der Rückzug wieder begann sollte das Ding in die Luft gehen. Die Engländer versprachen, mit der Sprengung zu warten, bis Abteilung I über die Brücke hinüber sein würde. In Dolo gab es wenig zu tun. Es herrschte ein rauhes Winterwetter. Während die übrigen Kameraden um den Ofen hockten und einander im Poker das Geld abknöpften, fabrizierte die Grenadine-Garde auf einem Spirituskocher heißen Rumpunsch, las Boccaccio in italienischer Sprache und debattierte mit Steve über Anarchismus.

Dick überlegte die ganze Zeit, wie er es anstellen solle, um nach Venedig zu kommen. Der Zufall wollte, daß der dicke Leutnant sich Sorgen machte, die Abteilung hatte nämlich keinen Kakao mehr, und der Kommissar des Roten Kreuzes in Mailand hatte keine Frühstückskonserven geschickt. Dick gab zu bedenken, daß Venedig einer der größten Kakaomärkte der Welt sei, man solle doch jemanden, der Italienisch spricht, nach Venedig schicken, um dort Kakao einzukaufen; eines schönen Tages also, an einem frostigen Morgen, bestieg Dick, wohl versehen mit Papieren und Stempeln, das kleine Dampfboot an der Endstation der Bahn.

Auf der Lagune lag eine dünne Eishaut, die zu beiden Seiten des scharfen Buges mit einem Knirschen wie Seide zerriß, Dick stand ganz vorne im Bug, beugte sich über die Reling, seine Augen tränten in dem rauhen Winde, staunend betrachtete er die langen Pfahlreihen und die hellroten Gebäude, die unvermittelt aus dem grünen Wasser zu blassen, blasig gewölbten Kuppeln und kantig spitzen, immer schärfer in den zinkenen Himmel geätzten Türmen emporwuchsen. Die buckligen Brücken, die grün schleimigen Stufen, die Paläste und die marmornen Kais waren menschenleer. Nur auf einigen Torpedobooten, die im Canale Grande vor Anker lagen, herrschte Leben. Dick vergaß den Kakao, wanderte über die denkmalgeschmückten Plätze, durch die

schmalen Gassen, über die Kais, immer die Kanäle lang, die mit einer dünnen Eisschicht überzogen waren, wanderte durch die große, tote Stadt, die hier, zerbrechlich und leer wie eine abgeworfene Schlangenhaut, auf den Lagunen schwamm. Von Norden her kam das Getrommel der Geschütze, fünfundzwanzig Kilometer waren es bis zur Piave.
Einige Tage später übersiedelten sie nach Bassano hinter dem Monte Grappa in eine Villa aus der Zeit der Spätrenaissance, die ganze Villa war mit Amoretten, Engeln und kunstvollen Faltenwürfen bemalt. Hinter der Villa brauste Tag und Nacht die Brenta unter einer gedeckten Brücke. Hier verbrachten sie ihre Zeit damit, Leute mit erfrorenen Füßen abzutransportieren, heißen Rumpunsch in Citadella zu trinken, wo das Etappenspital und die Bordelle lagen, und beim Futtern über den zähen Spaghettis *Oh, du nebliger Tau* und *Kam der kleine schwarze Bulle aus den Bergen* zu singen. Ripley und Stevens beschlossen, Zeichnen zu lernen, und sooft sie dienstfrei hatten, zeichneten sie architektonische Details oder die gedeckte Brücke. Schuyler übte sich im Italienischen, schwatzte mit dem italienischen Leutnant über Nietzsche. Ed Summers hatte von einer Mailänderin was erwischt, sie müsse, behauptete er, aus einer der ersten Familien stammen, denn sie sei in einer Kutsche gefahren, und nicht er habe sie aufgegabelt, sondern sie habe ihn aufgegabelt, und in seiner freien Zeit mixte und braute er Hausmittel, wie zum Beispiel Kirschenstengel mit heißem Wasser überbrüht. Dick fühlte sich allgemach recht einsam und melancholisch, er hatte es satt, immer mit Menschen zusammen zu sein, und schrieb viele Briefe nach Hause. Die Antworten aber, die er bekam, stimmten ihn nur noch trauriger.
»Ihr müßt verstehen, wie das ist«, schrieb er an die Thurlows, als Antwort auf eine enthusiastische Sudelei Hildas über den »letzten Krieg«: »Ich glaube nicht mehr an das Christentum und kann daher nicht von diesem Standpunkt aus argumentieren, Ihr beide aber, oder zumindest Edwin, glaubt an die christlichen Lehren, und Edwin müßte einsehen, wenn er junge Männer dazu antreibt, in dieses wüste

Irrenhaus des Krieges zu gehen, daß er dann aus Leibeskräften bemüht ist, alle die Grundsätze und Ideale, die ihm die höchsten sind, zu untergraben. Ja, wie der junge Mensch, mit dem wir unlängst nachts in Genua ein Gespräch hatten, sagte, das geht hier nicht mit ehrlichen Dingen zu, das Ganze ist eine dreckige Schiebung, die die Regierungen und Politiker angezettelt haben, um sich selber zu bereichern, man betrügt uns von hinten und vorn. Wenn nicht die Zensur wäre, könnte ich Euch Dinge erzählen, da würde sich Euch der Magen umdrehen.«

Eines Tages im Februar las Steve in der Zeitung, daß die Kaiserin Taitu von Abessinien gestorben war. Sie hielten eine Totenwache ab, tranken ihren ganzen Rumvorrat aus und stimmten ein so lautes Klagegeschrei an, daß ihre Kameraden glaubten, sie seien verrückt geworden. Dann saßen sie in Decken gehüllt im Finstern an dem offenen mondhellen Fenster und tranken warmen Zabaglione, und plötzlich stellten einige österreichische Flieger, die brummend am Himmel kreisten, ihre Motoren ab und ließen dicht vor dem Fenster eine Ladung Bomben fallen. Schon seit längerer Zeit ballerten die Flugzeugabwehrgeschütze, und hoch oben am mondnebligen Himmel funkelten die Schrapnelle, aber sie waren zu betrunken gewesen, um das alles zu merken. Die eine Bombe fiel mit lautem Klatschen in die Brenta, die übrigen erfüllten den Raum vor dem Fenster mit einem rot aufzuckenden Leuchten, und die ganze Villa erzitterte unter einem dreifachen brüllenden Krachen. Der Mörtel fiel von der Decke. Sie hörten, wie die Dachziegel klappernd in die Tiefe kollerten.

»Himmelherrgott, das wär beinahe schiefgegangen!« sagte Summers. Steve begann zu singen: *Komm weg vom Fenster, mein süßer Schatz,* aber seine Kameraden übertönten sein Geschrei mit einem falsch intonierten *Deutschland Deutschland über alles*. Sie waren plötzlich durch die Bank sinnlos besoffen.

Ed Schuyler stand gerade auf einem Stuhl und rezitierte den *Erlkönig*, da steckte Feldmann, Sohn eines Schweizer Hotelbesitzers und Führer der Abteilung, den Kopf zur Tür herein und wollte wissen, was zum Teufel dieses Benehmen zu bedeuten habe. »Schaut lieber, daß ihr in den Unterstand kommt, ein italienischer Mechaniker ist tot, und einem Soldaten hat es auf der Straße beide Beine weggerissen ... Laßt jetzt diese Possen sein!« Sie boten ihm ein Glas Wein an, und er ging wütend weg.

Sie hatten nichts mehr zu trinken außer einer Flasche Marsala, die Shelldrake in seinem Köfferchen fand. Er forderte seine Kameraden heraus: Wer sich traue, die Flasche auf einen Zug leer zu trinken! Dick nahm die Herausforderung an und setzte die Flasche an den Mund. Er fühlte, wie der süße schwere Wein seinen Magen füllte. Ungefähr zwei Drittel waren bereits geschluckt, da fing er zu würgen an; er erstickte fast, und der Wein lief ihm über das Gesicht und am Hals entlang. Jemand riß ihm die Flasche weg. Dreimal drehten sich um ihn das finstere Zimmer und das mondhelle Fenster, dann fiel er auf seine Pritsche und verlor das Bewußtsein. Im frühen Morgengrauen stand er auf, stolperte ans Fenster, um sich zu übergeben; es regnete in Strömen, die reißenden Wasser der Brenta schimmerten schaumigweiß durch den blanken Regen.

Am nächsten Tage hatten Dick und Steve Dienst, sie mußten nach Rova. Um sechs Uhr früh fuhren sie los, der Schädel brummte ihnen, aber sie waren verflucht froh, daß sie den Skandal nicht mitanhören mußten, den es jetzt in der Abteilung setzen würde. In Rova an der Front war alles ruhig, es waren bloß ein paar Lungenentzündungen und Tripperfälle abzutransportieren und ein paar arme Teufel, die sich selber durch den Fuß geschossen hatten und unter Bewachung ins Spital gebracht werden sollten. Aber in der Offiziersmesse, wo sie zu Mittag aßen, war mächtig viel los. Tenente Sardinaglia hatte Zimmerarrest, weil er dem Colonello frech gekommen war, schon seit zwei Tagen saß er zwischen seinen vier Wänden und klimperte einen kleinen Marsch auf seiner Mandoline, den er selbst verfaßt und *Marsch der Stabsärzte* betitelt hatte. Serrati erzählte ihnen unter vielem Gekicher die ganze Geschichte, während sie am Eßtisch saßen und auf die übrigen Offiziere warteten. Es war alles bloß wegen der Kaffeemaschine. Es gab nämlich nur drei Maschinen für die ganze Messe, eine für den Oberst, eine für den Major, und die dritte machte unter den jüngeren Offizieren die Runde. Na, vorige Woche hatten sie sich mal die bella ragazza, die Nichte des Pächters, bei dem sie im Quartier lagen, vorgeknöpft. Sie wollte sich von keinem der Offiziere küssen lassen und benahm sich wie eine Verrückte, wenn man sie in den Hintern kniff, und der Oberst wurde wütend und wurde noch wütender, als Sardinaglia um fünf Lire mit ihm wettete, daß sie sich von ihm würde küssen lassen, und er flüsterte ihr etwas ins Ohr, und sie ließ sich von ihm küssen, und da wurde der Oberst ganz rot im Gesicht und befahl der Ordonnanz, dem Tenente, wenn die Reihe an ihn kam, die Maschine nicht zu geben. Und Sardinaglia haute der Ordonnanz eine runter, es gab einen schrecklichen Krach, und die Folge war, daß Sardinaglia Zimmerarrest bekam, und die Amerikaner würden gleich sehen, was das für ein Heidenspaß sei. Sie mußten schleunigst ernste Gesichter machen, weil in diesem Augenblick der Oberst, der Major und die beiden Hauptleute sporenklirrend hereinkamen.

Die Ordonnanz erschien und salutierte, sagte mit fröhlicher Stimme: *Pronto Spaghetti,* und alle setzten sich zu Tisch.

Eine Weile schlürften die Offiziere friedlich die langen, öligen, in Tomatensauce gehüllten Spaghettifäden, der Wein wurde herumgereicht, und der Oberst räusperte sich soeben, um einen seiner Witze zu erzählen, über die jedermann zu lachen hatte, da ertönte von oben das Geklimper einer Mandoline. Der Oberst bekam einen roten Kopf und schob, statt seinen Witz zu erzählen, eine Gabel voll Spaghetti in den Mund. Da es ein Sonntag war, dauerte die Mahlzeit ungewöhnlich lang; zum Dessert wurde die Kaffeemaschine Dick überreicht, als ein Höflichkeitsbeweis für gli Americani, und jemand brachte eine Flasche Strega zum Vorschein. Der Oberst befahl der Ordonnanz, die bella ragazza zu holen, er wolle mit ihr ein Glas Strega trinken; die Ordonnanz machte dazu eine recht saure Miene – wenigstens kam es Dick so vor –, entfernte sich aber und holte das Mädchen, das sich als ein hübsches, kräftiges, braunhäutiges Bauernmädchen entpuppte. Mit glühenden Wangen ging sie schüchtern auf den Oberst zu und sagte, danke schön, aber, bitte, sie trinke keine starken Getränke. Der Oberst packte sie, und sie mußte sich auf seinen Schoß setzen, und er wollte sie zwingen, sein Glas Strega auszutrinken, aber sie biß ihre hübschen elfenbeinweißen Zähne fest zusammen und wollte nicht trinken. Die Sache endete damit, daß mehrere Offiziere sie festhielten und kitzelten und der Oberst ihr den Strega über das Kinn goß. Alle brüllten vor Lachen, mit Ausnahme der Ordonnanz, die kreidebleich wurde, und mit Ausnahme Steves und Dicks, die nicht wußten, wo sie hinschauen sollten. Während die älteren Offiziere das Mädchen neckten und kitzelten und ihr mit der Hand in die Bluse fuhren, hielten die jüngeren Offiziere ihre Füße fest und strichen ihr mit der Hand an den Beinen hinauf. Schließlich beherrschte sich der Oberst so weit, daß er zu lachen aufhörte und sagte: »Basta, jetzt muß sie mir einen Kuß geben.« Aber das Mädchen riß sich los und lief aus dem Zimmer.

»Geh und bring sie zurück«, sagte der Oberst zu der Ordonnanz. Nach einer Weile kehrte die Ordonnanz zurück, stand stramm und sagte, er könne sie nicht finden. »Fein!« flüsterte Steve Dick zu. Dick merkte, daß die Beine der Ordonnanz zitterten. »Du kannst sie nicht finden, so?« schrie der Oberst und versetzte der Ordonnanz einen Stoß; einer der Leutnants stellte seinen Fuß vor, die Ordonnanz stolperte und fiel hin. Alle lachten, und der Oberst gab ihm einen Tritt; die Ordonnanz hatte sich auf Hände und Knie aufgerichtet, und da versetzte ihm der Oberst einen Tritt in den Hintern, daß er wieder platt zu Boden fiel. Die Offiziere brüllten vor Lachen, die Ordonnanz kroch zur Tür, der Oberst lief hinterdrein und versetzte ihm kleine Fußtritte zuerst in die eine Seite und dann in die andere, wie ein Fußballspieler, der den Ball vor sich hertreibt. Das brachte sie alle in gute Laune, und sie tranken jeder noch ein Gläschen Strega. Als sie hinausgingen, packte Serrati, der ebenso laut

gelacht hatte wie alle die anderen, Dick am Arm und zischte ihm ins Ohr: »Bestie ... sono tutti bestie.«
Dick und Stevens machten sich auf den Weg, um einige Feriti zu holen, die ins Spital transportiert werden sollten. Hinter dem Schuppen, in dem die Autos standen, saß die Ordonnanz auf einem Stein, den Kopf in beide Hände gestützt, Tränenspuren auf dem schmutzigen Gesicht. Steve ging zu ihm hin, klopfte ihm auf die Schulter und schenkte ihm ein Päckchen Mekka-Zigaretten, die der Christliche Verein Junger Männer unter ihnen verteilt hatte. Die Ordonnanz drückte Steve die Hand, es sah aus, als wolle der Mann ihm die Hand küssen. Er sagte, nach dem Krieg wandere er nach Amerika aus, dort seien die Leute zivilisierter und nicht solche Bestien wie hier. Dick fragte ihn, wo das Mädchen sei. »Weg«, sagte er. »Andata via.«
Als sie zu ihrer Abteilung zurückkehrten, war dort die Hölle los. Savage, Stevens, Ripley und Schuyler hatten Befehl erhalten, sich im Zentralbüro in Rom zu melden, um in die Staaten zurückgeschickt zu werden. Feldmann wollte ihnen nicht sagen, was passiert sei, und sie merkten sofort, daß die Kameraden aus ihrer Abteilung sie mit argwöhnischen Blicken musterten und nervös wurden, wenn sie sie ansprachen, bis auf Fred Summers, der erklärte, er könne es nicht begreifen, und die ganze Scheiße sei doch sowieso ein einziges Tollhaus. Shelldrake, der mit seinem Köfferchen und seinem Feldbett in ein anderes Zimmer übersiedelt war, erschien mit einer Ich-hab's-euch-doch-gleich-gesagt-Miene und sagte, er habe gehört, wie von aufrührerischen Äußerungen die Rede gewesen sei, es sei ein italienischer Nachrichtenoffizier dagewesen, um sich nach ihnen zu erkundigen. Er wünschte ihnen viel Glück und meinte, es sei doch schade. Sie verließen die Abteilung, ohne sich von jemandem zu verabschieden. Feldmann fuhr sie samt ihren Koffern und ihrem Bettzeug mit dem Gepäckauto nach Vicenza. Auf dem Bahnhof übergab er ihnen ihre Marschorder nach Rom, sagte, es sei doch schade, wünschte ihnen viel Glück und entfernte sich hastig, ohne ihnen die Hand zu geben.

»Diese Scheißkerle«, brummte Steve, »man könnte glauben, wir sind aussätzig.« Ed Schuyler las ihre Militärpässe durch, und sein Gesicht strahlte. »Brüder«, sagte er, »ich hätte Lust, eine Rede zu halten ... Das ist doch die größte Schiebung! ... Wir können uns Zeit lassen, ein ganzes Jahr, früher brauchen wir nicht in Rom zu sein.« – »Warten wir ab, bis die Revolution kommt«, schlug Dick vor. – »Marschieren wir mit den Österreichern in Rom ein«, sagte Ripley.
Ein Zug fuhr in den Bahnhof ein. Sie stürmten in ein Abteil erster Klasse; als der Schaffner kam und ihnen klarmachen wollte, daß ihre Marschorder auf die zweite Klasse laute, verstanden sie kein Wort Italienisch, deshalb ließ er sie schließlich in ihrem Abteil sitzen. In Verona stiegen sie aus, um ihr großes Gepäck nach Rom aufzugeben. Es war schon gegen Abend, sie beschlossen daher, einen Spaziergang durch die Stadt zu machen und dann in einem Hotel zu übernachten. Am nächsten Morgen besichtigten sie das antike Theater und die große pfirsichfarbene Marmorkirche von San Zeno. Dann hockten sie im Bahnhofsrestaurant umher, bis ein Zug nach Rom durchkam. Der Zug war mit lauter Offizieren in hellblauen und hellgrünen Mänteln vollgepfropft; als sie nach Bologna kamen, hatten sie es gründlich satt, im Seitengang auf dem Fußboden zu hocken, und faßten den Entschluß, sich unbedingt den schiefen Turm anzusehen. Dann fuhren sie nach Pistoja, Lucca, Pisa und kehrten in Florenz zur Hauptstrecke zurück. Wenn die Schaffner kopfschüttelnd die Marschorder betrachteten, erklärten sie, man habe ihnen falsch Bescheid gesagt, da sie die Landessprache nicht beherrschten, hätten sie sich in den falschen Zug gesetzt. In Florenz beförderte sie der Stationsvorsteher gewaltsam in den Schnellzug nach Rom, aber als der Zug sich in Bewegung setzte, stiegen sie heimlich auf der anderen Seite wieder aus und setzten sich in den Lokalzug nach Assisi. Von dort fuhren sie über San Gimignano nach Siena, und an einem schönen Frühlingsmorgen standen sie endlich in der Kathedrale zu Orvieto, übersättigt an Gemälden und Öl und Knoblauch und schöner Landschaft, und betrachteten die Fresken von Signorelli. Als sie in Rom ankamen, auf

dem Bahnhof, der neben den Bädern des Diokletian liegt, meinten sie, sie müßten jetzt ihre Pässe abgeben, und das paßte ihnen gar nicht; sie waren sehr erstaunt, als der Beamte sie bloß abstempelte und sie ihnen mit den Worten zurückgab: »Per il ritorno.«

Sie gingen in ein Hotel und wuschen sich, dann schmissen sie ihr letztes Geld zusammen und unternahmen einen feinen Bummel, erstklassiges Diner, Frascatiwein, Asti zum Dessert, Varieté und Cabaret in der Via Roma, dort lernten sie eine junge Amerikanerin kennen, die sie *Die Baronesse* tauften und die versprach, ihnen die Stadt zu zeigen. Als der Abend zu Ende war, hatte keiner mehr das Geld, um mit der Baronesse oder einer ihrer reizenden Freundinnen nach Hause zu gehen, deshalb nahmen sie mit ihren letzten zehn Lire eine Droschke, um hinauszufahren und sich das Kolosseum bei Mondschein anzuschauen. Die Ruinen, die Inschriften auf den Steinen, die Namen, die prunkvollen römischen Namen, der alte Droschkenkutscher mit seinem wachsleinenen Zylinderhut und seinem struppigen Schnurrbart, eifrig bemüht, Bordelle zu empfehlen, das mächtige Mauerwerk voller Bogen und Säulen, hoch aufgetürmtes Gestein unter dem zerbröckelnden Mond, der im letzten Viertel stand, der dröhnende Name Rom, der mit pompösen Akkorden in die Vergangenheit entschwand – verwirrt taumelten sie ins Bett, alles drehte sich in ihren Köpfen, Rom hämmerte pochend in ihren Ohren, sie konnten nicht schlafen.

Am nächsten Morgen stand Dick auf, während die anderen noch schnarchten, und ging ins Rote Kreuz; mit einem Male war er nervös und unruhig, so unruhig, daß er sein Frühstück gar nicht hinunterwürgen konnte. Als er ins Büro kam, wurde er von einem dicklichen Bostoner Major empfangen, der anscheinend ein großes Tier war, und er fragte ihn rund heraus, was zum Teufel denn passiert sei! Der Major räusperte sich verlegen, und die Unterhaltung verlief in einem recht liebenswürdigen Tone, wie sich das zwischen zwei ehemaligen Harvard-Studenten gehört. Er sprach von Unvorsichtigkeiten und von der Überempfindlichkeit der

Italiener. Dem Zensor habe nun mal der Ton gewisser Briefe nicht gepaßt, etcetera, etcetera. Dick erwiderte, er fühle sich verpflichtet, seinen Standpunkt darzulegen, und wenn das Rote Kreuz der Meinung sei, er habe seine Pflicht nicht getan, sollten sie ihn doch vor ein Kriegsgericht stellen, er sagte, seiner Meinung nach gebe es viele Leute in seiner Stellung, die pazifistische Ansichten hegten, jetzt aber, da das Land Krieg führe, durchaus bereit seien, auf irgendeine Weise mitzuhelfen, aber damit sei nicht gesagt, daß er für den Krieg sei, man müsse ihm gestatten, seinen Standpunkt darzulegen. Der Major sagte, ja, ja, schön, er könne das schon verstehen, etcetera, etcetera, aber die Jugend müsse eben einsehen, daß ein wenig Vorsicht geboten sei, etcetera, etcetera, und die ganze Sache sei nun in durchaus zufriedenstellender Weise aufgeklärt worden, es handle sich um eine Unbesonnenheit, der Zwischenfall sei faktisch beigelegt. Dick wiederholte mehrere Male, daß man ihm doch gestatten müsse, seinen Standpunkt darzulegen, und der Major erwiderte immer wieder, der Zwischenfall sei beigelegt, etcetera, etcetera, mit der Zeit kam Dick das alles etwas lächerlich vor, und er verließ das Büro. Der Major erklärte sich bereit, ihm eine Marschorder nach Paris zu geben, falls er sich mit dem dortigen Büro auseinandersetzen wolle. Dick kehrte mit einem verdatterten Gefühl zu seinen Kameraden zurück.

Die beiden anderen waren abgehauen, er und Steve spazierten durch die Stadt, schauten sich die sonnigen Straßen an, die nach brotzelndem Olivenöl, nach Wein und altem Gemäuer rochen, und die von Kuppeln gekrönten Barockkirchen und die Säulen und das Pantheon und den Tiber. Sie hatten nicht einen Cent in der Tasche, konnten daher nichts essen und nichts trinken. Sie hungerten den ganzen Vormittag, hielten ein verdrossenes Mittagsschläfchen auf dem warmen Rasen des Monte Pincio, kehrten halb verhungert und niedergeschlagen in ihr Zimmer zurück, und da saßen Schuyler und Ripley, tranken Vermouth mit Soda, waren prächtig gelaunt. Schuyler hatte einen alten Freund seines Vaters getroffen, Oberst Anderson, der beauftragt war, das Rote

Kreuz zu kontrollieren, hatte ihm sein Leid geklagt und ihn auf einige kleine Unterschlagungen im Mailänder Büro aufmerksam gemacht. Oberst Anderson hatte ihm im *Hotel de Russie* ein Essen nebst etlichen Cocktails spendiert, ihm hundert Dollar gepumpt und ihm einen Posten in der Propaganda-Abteilung verschafft. »Also, ihr Männer und Brüder, evviva Italia und die verfluchten Aleati, wir sind aus dem Wasser.« – »Und unser Strafregister?« fragte Steve brutal. – »Ach, laß sein, siamo tutti Italiani . . . Wer ist denn jetzt noch Defaitist?«
Schuyler spendierte ihnen allen ein Abendessen, fuhr mit ihnen in einem Dienstauto nach Tivoli und an den Nemi-See und brachte sie schließlich an den Zug nach Paris; ihre Fahrtorder lautete auf Hauptmannsrang.
Gleich nach ihrer Ankunft in Paris ging Steve ins Rote-Kreuz-Büro und erklärte, er wolle heimbefördert werden. Er wollte Dick nicht verraten, was er für Pläne habe, schließlich aber sagte er finster: »Hol's der Teufel, ich gehe unter die Kriegsdienstverweigerer.« Ripley erklärte, was auch geschehe, er wolle sich nicht einziehen lassen, und trat in die französische Artillerieschule in Fontainebleau ein. Dick nahm sich ein billiges Zimmer in einem kleinen Hotel auf der Ile St. Louis und begann nun systematisch die höheren Instanzen des Roten Kreuzes zu interpellieren. Er hatte von Rom aus an Hiram Halsey Cooper gekabelt und eine sehr vorsichtige Antwort erhalten, in der ihm einige Namen genannt wurden, an die er sich wenden könne. Die höheren Instanzen schickten ihn hin und her. »Junger Mann«, sagte ein kahlköpfiger Herr in einem prunkvoll eingerichteten Büro im Hotel *Crillon*, »Ihre Anschauungen verraten zwar eine unvernünftige und feige Gesinnung, spielen aber gar keine Rolle. Das amerikanische Volk ist entschlossen, sich den Kaiser zu holen. Jede Faser in uns, unsere ganze Energie ist auf dieses Ziel gerichtet. Wer immer diesem großen Apparat, den hundert Millionen Patrioten mit all ihrer Energie und Hingabe aufgebaut haben, zu dem edlen Zweck, die Zivilisation vor den Hunnen zu retten, wer immer diesem Apparat in die Quere kommt, wird wie eine Fliege zerdrückt

werden. Ich bin erstaunt, daß ein Mensch wie Sie, der die Hochschule besucht hat, so unvernünftig sein kann. Finger weg von der Kreissäge!«
Schließlich wurde er zum militärischen Nachrichtendienst geschickt, dort traf er einen jungen Menschen namens Spaulding, den er während seiner Studienzeit recht gut gekannt hatte und der ihn jetzt mit einem matten Lächeln begrüßte. »Alter Freund«, sagte Spaulding, »in einer Zeit wie dieser dürfen wir uns nicht nach unseren persönlichen Gefühlen richten, nicht wahr? Ich halte es für durchaus verbrecherisch, wenn man sich den Luxus privater Ansichten gestattet – für durchaus verbrecherisch. Krieg ist Krieg, wir alle müssen unsere Pflicht tun, und Leute wie du ermuntern die Deutschen, den Kampf weiterzuführen, Leute wie du und die Russen.« Spauldings Chef war ein Hauptmann, trug Sporen und prächtig blankgeputzte Gamaschen; er war ein strengblickender junger Mann mit einem zarten Profil. Er kam auf Dick zu, schob sein Gesicht an das seine heran und schrie: »Was würden Sie machen, wenn zwei Hunnen Ihre Schwester überfielen? Würden Sie dann zuschlagen oder nicht?« Der Hauptmann ging auf und ab und erklärte mit lauter Stimme, wer nach der Kriegserklärung des Präsidenten noch Pazifist sei, den müsse man als Verbrecher bezeichnen oder, schlimmer noch, als ein moralisch verkommenes Subjekt, und er wolle dafür sorgen, daß Dick in die Staaten zurückgeschickt werde und nie mehr Gelegenheit habe, nach Europa zu kommen, gleichgültig in welcher Eigenschaft. »In der amerikanischen Armee ist kein Platz für Miesmacher.«
Dick streckte die Waffen und ging ins Rote-Kreuz-Büro, um sich seine Transportorder zu holen; sie gaben ihm eine Order für die *Touraine,* die in vierzehn Tagen von Bordeaux abging. Seine letzten zwei Wochen in Paris verbrachte er als freiwilliger Krankenträger im Amerikanischen Spital in der Avenue du Bois de Boulogne. Es war Juni. Mit dem schönen Wetter verdoppelte sich die Tätigkeit der Dicken Berta, jede Nacht fanden Flugzeugüberfälle statt, und wenn der Wind aus der entsprechenden Richtung kam, hörte man den

Geschützdonner von der Front. Es gingen Gerüchte um, die französische Regierung werde demnächst nach Bordeaux übersiedeln. Die deutsche Offensive war in vollem Gang, die Entfernung zwischen Paris und der Front war so klein, daß die Ambulanzen ihre Verwundeten direkt in die Etappenspitäler einlieferten. Die ganze Nacht lagen die Schwerverwundeten auf ihren Tragbahren längs der breiten Bürgersteige unter den frischbelaubten Bäumen vor dem Spital; Dick half mit, sie über die Marmortreppen in den Aufnahmesaal zu tragen. Eines Nachts beorderten sie ihn vor den Operationssaal, und zwölf Stunden lang hatte er weiter nichts zu tun, als Eimer voll Blut und Gaze hinauszutragen, aus denen ab und zu ein zersplitterter Knochen oder ein Stück Arm oder ein Stück Bein hervorschaute. Nach beendetem Dienst spazierte er müde mit schmerzenden Gliedern durch die erdbeerduftende Pariser Morgenfrühe nach Hause, in seiner Erinnerung waren Gesichter und Augen, schweißdurchnäßtes Haar und verkrampfte, mit Blut und Dreck verkrustete Finger, bettelnde Stimmen, die nach Zigaretten verlangten, das blubbernde Stöhnen der Lungenschüsse.

Eines Tages sah er im Schaufenster eines Juweliers in der Rue de Rivoli einen Taschenkompaß. Er ging hinein und kaufte ihn; mit einem Male hatte er einen fertigen Plan im Kopf: Zivilkleider kaufen, die Uniform auf dem Kai von Bordeaux wegschmeißen und die spanische Grenze erreichen. Mit ein wenig Glück und mit Hilfe der alten Marschorder, die er in der Tasche hatte, glaubte er es schaffen zu können; hopp, über die Grenze, und dann, in einem Lande, das nicht unter dem Alpdruck des Krieges stöhnt, sich entscheiden, was am besten zu tun sei! Er bereitete sogar einen Brief an seine Mutter vor.

Während er sein Köfferchen mit den Büchern und dem übrigen Kram auf dem Rücken den Seine-Kai entlang zur Gare d'Orléans schleppte, gingen ihm unaufhörlich Swinburnes tönende Freiheitsverse durch den Kopf.

Donnerwetter, er muß unbedingt Verse schreiben! Die Menschen brauchen Gedichte, die sie zum Aufruhr gegen ihre kannibalischen Regierungen ermuntern! Er saß in einem Abteil zweiter Klasse, eifrig damit beschäftigt, einen Tagtraum zu spinnen: Wie er in einem sonnversengten spanischen Städtchen sitzt, Manifeste in die Welt sendet, die die Jugend zur Empörung gegen ihre Schlächter rufen, Gedichte, die in allen Ländern in Geheimdruckereien vervielfältigt werden, und so sehr war er in diesen Traum vertieft, daß er kaum die Pariser Vorstädte sah und die langsam vorübergleitenden, bläulichgrünen, sommerlichen Äcker.

Selbst das Geratter des französischen Eisenbahnzuges schien zu singen, als murmelte eine marschierende Kolonne Swinburnes Verse mit leiser Stimme in gleichem Klang.

Um die Mittagszeit wurde Dick hungrig und ging in den Speisewagen, um zum letztenmal ein nobles Diner zu verzehren. »Du lieber Himmel, Ned, bist du's wirklich?« Blake Wiggleworth warf mit einer komischen Gebärde den Kopf zurück und lachte. »Garçon«, rief er, »un verre pour le monsieur.«

»Aber wie lange warst du denn bei der Lafayette-Eskadrille?« stotterte Dick.

»Nicht lange . . . Sie wollten mich nicht behalten.«

»Und die Marine?«

»Dort haben sie mich auch rausgeschmissen, die blöden Kerls glauben, ich habe Tbc . . . Garçon, une bouteille de Champagne . . . Wo willst du hin?«

»Das werde ich dir gleich erklären.«

»Ich fahre mit der *Touraine* nach Hause.« Abermals warf Ned den Kopf zurück, lachte, und von seinen Lippen sprang ein Papperlapapp. Dick fiel auf, daß zwar sein Gesicht sehr blaß und mager war, die Haut aber unter den Augen und bis an die Schläfen hinauf gerötet, und seine Augen glänzten ein wenig zu sehr.

»Na, ich auch«, hörte er sich sagen.

»Ich bin in Schwulitäten geraten«, sagte Ned.

»Ich auch«, sagte Dick. »Gründlich.«

Sie erhoben ihre Gläser, schauten einander in die Augen und lachten. Den ganzen Nachmittag saßen sie schwatzend und trinkend im Speisewagen und kamen stinkbesoffen in Bordeaux an. Ned hatte sein ganzes Geld in Paris ausgegeben, und auch Dick war knapp bei Kasse, sie mußten deshalb ihre Decken und ihre Equipierung an ein paar amerikanische Leutnants verschachern, die gerade angekommen waren und die sie im Café de Bordeaux kennenlernten. Es war fast so wie in der guten, alten Bostoner Studentenzeit, sie wanderten von einer Kneipe zur anderen, und als die Sperrstunde kam, suchten sie ein Lokal, in dem man noch was zu trinken bekommen konnte. Den größten Teil der Nacht verbrachten sie in einer eleganten maison publique, zwischen lauter rosaroten Samtpolstern, und unterhielten sich mit der Madame, einem dürren, vertrockneten Weib, die hatte eine lange Oberlippe wie ein Lamm und trug ein mit schwarzem Flitter besetztes Abendkleid, schloß die beiden in ihr Herz, und sie mußten dableiben und mit ihr Zwiebelsuppe essen. Sie waren so eifrig ins Gespräch vertieft, daß sie gar nicht an die Mädchen dachten. Sie war während des Burenkrieges in Transvaal gewesen und sprach ein komisches Afrikaner-Englisch. »Vous comprenez, wir hatten eine sehr feine Clientèle, jeder Mann ein Offizier, sehr viel Eleganz, Dekorum. Diese Johnnies vom Veldt . . . haben ein höllisches Leben . . . scheußlich vornehm, wissen Sie. Wir hatten zwei Salons, einen Salon für englische Offiziere, einen Salon für Burenoffiziere, sehr vornehm, und im ganzen Krieg nie eine Prügelei, kein Zusammenstoß . . . Vos compatriotes, les Américains, ce n'est pas comme ça, mes amis. Beaucoup Lausejungens, besaufen sich, prügeln sich, kotzen, naturellement il y a aussi des gentils garçons comme vous, mes mignons, des véritables gentlemens«, und sie tätschelte ihnen beiden mit ihren hornigen beringten Fingern die Wange. Als sie weggingen, wollte sie ihnen einen Kuß geben und begleitete sie bis an die Tür: »Bonsoir, mes jolis petits gentlemens.«

Während der ganzen Überfahrt waren sie ab elf Uhr morgens besoffen; es herrschte ruhiges, nebliges Wetter; sie waren sehr glücklich. Eines Abends stand Dick ganz allein am Heck neben dem kleinen Geschütz und suchte in seinen

Taschen nach einer Zigarette, da geriet ihm im Futter seines Rockes etwas Hartes zwischen die Finger. Es war der kleine Kompaß, der ihm hätte helfen sollen, über die spanische Grenze zu kommen. Schuldbewußt fischte er ihn hervor und schmiß ihn über Bord.

Weltwochenschau XXVII

DER VERWUNDETE HELD EIN BETRÜGER
AUSSAGE DER EIGENEN FRAU VOR GERICHT

Und mitten im grausen Schlachtengewühl,
Die Krankenschwester, still und kühl,
Die Rose vom Niemandsland

nach den Mitteilungen der vielen Tausende, die sich versammelt hatten, um dem Stapellauf beizuwohnen, und Augenzeugen des Unglücks waren, schien das Gerüst sich einfach wie eine riesige Schildkröte umzudrehen und seine Insassen in das acht Meter tiefe Wasser zu schleudern. Das geschah genau vier Minuten vor dem Zeitpunkt, für den der Stapellauf angesetzt war

Ach, die Pariser Schlacht
Hat mich zum Strolch gemacht

BEGINN DER BRITISCHEN OPERATIONEN
AN DER AFGHANISCHEN GRENZE

die Führerrolle im Welthandel, die die Vereinigten Staaten allen Erwartungen zufolge von jetzt ab übernehmen werden, wird zu einem großen Teil davon abhängen, inwiefern es gelingt, mit Umsicht und Erfolg unsere Häfen nutzbar zu machen und auszubauen

Ich will nach Haus, ich will nach Haus,
Die Kugeln, die pfeifen, die Kugeln, die mähn,
Ich will nicht mehr in den Graben gehn,
Ach, schickt mich nach Hause, übers Meer,
Da kriegt mich der Allemand nicht mehr

man hat einen Kreuzzug gegen das Spielzeug eröffnet, aber wenn man auch alles deutsche Spielzeug beschlagnahmen und zerstören wollte, hätte der deutsche Import noch immer nicht sein Ende erreicht

IN DIESER KRITISCHEN ZEIT IN DER SOZIALE UMWÄLZUNGEN ZU BEFÜRCHTEN SIND KÖNNEN STAATSFEINDLICHE ZUSAMMENKÜNFTE NICHT GESTATTET WERDEN

Ach, mein Gott, ich bin zum Sterben zu jung
Ich will nach Haus

NANCY LÄSST SICH DURCH KEINE FLIEGERBOMBEN IN SEINEM NACHTLEBEN STÖREN

LEICHE IM KOFFER
DIE POLIZEI SUCHT NACH
DER TÄTOWIERTEN FRAU

Straßenräuber überfallen zwei Trambahnwagen

Um die Beförderung eines Reserveoffiziers zu sichern, nimmt er Bestechungsgelder es waren das anscheinend chinesische Kaufleute aus Irkutsk, Tschita und anderen Orten, sie befanden sich auf dem Heimweg nach Charbin und führten ihre Profite mit sich, um sie in neuen Werten anzulegen

Ach, die Pariser Schlacht
Hat mich zum Strolch gemacht
Toujours la femme et combien

300000 RUSSISCHE ADLIGE VON DEN BOLSCHEWIKEN ERMORDET

Amerikanische, französische und englische Bankiers treffen Maßnahmen zum Schutz der ausländischen Kapitalgeber diese drei jungen Damen kamen vor dreizehn Monaten nach Frankreich als die erste Konzerttruppe zur Unterhaltung der Frontsoldaten. An dem Tag, an dem abends der Vorstoß bei Château Thierry stattfand, veranstalteten sie für die amerikanischen Truppen drei Kilometer hinter der Schützenlinie auf dem Plattformwagen eines großen Marinegeschützes eine Vorstellung. Dann wurden sie der Urlauberstation in Aix-les-Bains zugeteilt, wo sie unter Tags in der Kantine bedienten und abends auftraten und tanzten

Hast schon mal einen Ort gesehn, wo's so wenig Männer gab
Beaucoup Rum beaucoup Jux
Mütterchen kennt ihren Sohn nicht wieder
Ach, willst du die Freiheitsstatue wiedersehn,
Dann darfst du ja nicht in die Pariser Schlacht mitgehn

Das Kamera-Auge 37

Immer saßen zwei siamesische Katzen mit blauen Augen und rußig schwarzen Schnauzen in dem Fenster des Wäscherladens gegenüber der kleinen Molkerei wo wir frühstückten auf der Montagne Ste. Geneviève eingepfercht zwischen die alten dichtgedrängten schiefergrauen Häuser des Lateinischen Viertels über steilen schmalen Straßen gemütlich im Nebel winzige Straßen bunt von vielfarbigen Kreidelichtern übersät mit winzig kleinen Kneipen Restaurants Farbenhandlungen und alten Drucken Betten Bidets schales Parfum leises Geprutzel schmorender Butter
das Geschoß der Dicken Berta explodiert mit einem knallenden Geräusch nicht lauter als ein Kanonenschwärmer in der Nähe des Hotels in dem Oscar Wilde gestorben ist wir liefen alle die Treppe hinauf um nachzusehen ob das Haus brenne aber die alte Frau deren Schmalz in Brand geraten war ärgerte sich grün und blau
alle die großen neuen Viertel in der Nähe des Arc de Triomphe waren verlassen in dem zerknüllten zerlesenen Paris der Carmagnole des Faubourg St. Antoine der Kommune sangen wir

'suis dans l'axe
  'suis dans l'axe
    'suis dans l'axe du gros canon

als die Berta in die Seine fiel gab es einen concours de pêches
in den kleinen hellgrünen Kähnen zwischen all den alten bärtigen Fischern
mit Netzen fischten sie die Elritzen aus dem Wasser
die Erschütterung hatte die Fische betäubt ...

EVELINE HUTCHINS

Eveline zog zu Eleanor in eine schöne Wohnung, die sich Eleanor auf irgendeine Weise am Quai de la Tournelle verschafft hatte. Es war das die Mansarde eines grauen, zu Richelieus Zeiten erbauten und unter Louis Quinze renovierten Hauses. Eveline wurde es nie müde, durch das zarte Ornamentwerk des schmiedeeisernen Balkons zum Fenster hinaus die Seine zu betrachten, die Spielzeugdampfer, die gegen die Strömung kämpften, im Schlepptau blaulackierte Schuten führend, die in den Fenstern ihrer grün und rot bemalten Deckhäuser Geranien und Spitzenvorhänge hatten, und dann die Insel gerade gegenüber, die Raketenbögen der hochgeschwungenen Zinnen, die die Apsis von Notre-Dame über die Baumwipfel eines kleinen Parks zu schwindelnder Höhe emporstießen. Fast jeden Abend, wenn sie aus dem Büro in der Rue de Rivoli nach Hause kamen, nachdem sie den ganzen Tag Alben mit Bildern von zerstörten französischen Bauernhöfen, verwaisten Kindern und hungernden Kriegsbabies vollgeklebt hatten, die dann, die Alben, nach den USA geschickt wurden, um bei den Sammelkampagnen des Roten Kreuzes nützliche Dienste zu leisten, tranken sie Tee an einem kleinen Tischchen am Fenster. Nach dem Tee ging sie in die Küche und schaute Yvonne beim Kochen zu.

Mit den Kolonialwaren und dem Zucker, die sie vom Roten-Kreuz-Kommissariat bezogen, schuf Yvonne ein System von Tauschgeschäften, so daß das Essen sie fast nichts kostete. Zuerst wollte Eveline ihr das untersagen, aber sie antwortete mit einer Flut von Argumenten: Ob Mademoiselle der Meinung sei, Präsident Poincaré oder die Generale oder die Kabinettsminister, ces salots de profiteurs, ces salots d'embusqués, hätten keine Brioches? Das sei das System D, ils s'en-fichent des particuliers, des pauvres

gens . . . gut, ihre Damen sollten ebensogut zu essen kriegen wie irgendein altes Kamel von General, wenn es nach ihr ginge, würde sie sämtliche Generale und mit ihnen die embusqués, Minister und Bürokraten an die Wand stellen lassen. Eleanor meinte, das viele Leid habe die alte Frau ein wenig um den Verstand gebracht, aber Jerry Burnham sagte, nein, verrückt seien die anderen.
Jerry Burnham, das war der kleine, rotbackige Kerl, der Eveline bei ihrem Rencontre mit dem französischen Oberst am Abend ihrer Ankunft aus der Patsche geholfen hatte. Später lachten sie oft darüber. Er arbeitete für die United Press, und seine Verpflichtung, über die Tätigkeit des Roten Kreuzes zu berichten, führte ihn alle paar Tage in ihr Büro. Er kannte sämtliche Pariser Restaurants, dinierte mit Eveline im *Tour d'Argent* oder aß mit ihr zu Mittag in der *Taverne Nicholas Flamel*, und nachmittags spazierten sie in den alten Straßen des Marais umher und kamen beide zu spät zur Arbeit. Sobald sie sich an einem netten Tischchen in einem Café niedergelassen hatten, etwas abseits, damit sie nicht belauscht werden konnten (alle Kellner, sagte er, seien Spitzel), trank er eine Menge Cognac und hinterher Soda und schüttete ihr sein Herz aus, wie widerwärtig ihm seine Arbeit sei, daß man als Korrespondent jetzt gar nichts mehr zu sehen bekomme, daß seine Berichte eine doppelte und dreifache Zensur passierten und daß er gezwungen sei, zurechtgemachte Sachen zu schicken, die Wort für Wort erstunken und erlogen seien, daß der Mensch die Selbstachtung verlieren müsse, wenn er diese Tätigkeit jahrelang betreibe, daß schon vor dem Kriege der Pressereporter ein ganz übles Reptil gewesen sei, daß es aber jetzt gar keinen Ausdruck mehr gebe, um ihn passend zu charakterisieren. Eveline versuchte ihn aufzuheitern und sagte, er müsse, sobald der Krieg zu Ende sei, ein Buch wie *Le Feu* schreiben und die volle Wahrheit sagen. »Aber der Krieg wird ja nie zu Ende sein . . . er ist ein viel zu gutes Geschäft, verstehen Sie mich? Bei uns zu Hause scheffeln sie Geld, die Engländer scheffeln Geld, sogar die Franzosen scheffeln Geld, schauen Sie nur nach Bordeaux und Toulouse und Marseille, und die

verfluchten Politiker haben alle ihr Bankkonto in Amsterdam oder Barcelona, diese Schweinehunde.«

Im Spätherbst dieses Jahres kam Eveline eines Abends durch Straßenschmutz und neblige Dämmerung nach Hause gestapft und sah, daß Eleanor einen Teegast hatte, einen französischen Soldaten. Das war ihr recht, denn sie beklagte sich immer, daß sie gar keine Franzosen kennenlerne, außer berufsmäßigen Fürsorgern und Roten-Kreuz-Damen, die ihr auf die Nerven fielen; aber es dauerte einige Sekunden, bevor sie merkte, daß das Maurice Millet war. Sie konnte nicht begreifen, wie sie es fertiggebracht hatte, wenn auch als kleines Mädchen, auf ihn zu fliegen, so alt sah er aus, so fade und altjüngferlich in seiner schmutzigen, blauen Uniform. Unter den großen Augen mit den mädchenhaften, langen Wimpern hatte er schwere, violette Ringe. Eleanor fand ihn offenbar immer noch wundervoll und verschlang sein Geschwätz über den élan suprême du sacrifice und die harmonie mystérieuse de la mort. Er war Krankenträger in einem Etappenspital in Nancy, war fromm geworden und hatte sein Englisch fast ganz vergessen. Als sie sich nach seiner Malerei erkundigten, zuckte er die Achseln und wollte nicht antworten. Zum Abendbrot aß er ganz wenig und trank nur Wasser. Er blieb bis in den späten Abend und erzählte ihnen von wunderbaren Bekehrungen, von der Letzten Ölung im Schützengraben, von einer Vision des jungen Jesus Christus, den er auf einem Verbandsplatz während eines Gasangriffs habe umhergehen sehen. Après la guerre wolle er ins Kloster gehen, vielleicht zu den Trappisten. Nachdem er gegangen war, sagte Eleanor, das sei der erhebendste Abend in ihrem ganzen Leben gewesen. Eveline wollte sich nicht mit ihr zanken.

Maurice kam noch einmal wieder, bevor sein Urlaub abgelaufen war, und brachte einen jungen Schriftsteller mit, der am Quai d'Orsay arbeitete, einen großgewachsenen, jungen Franzosen mit rosigen Wangen, der wie ein englischer Schuljunge aussah und Raoul Lemonnier hieß. Er schien lieber Englisch als Französisch zu sprechen. Er war zwei Jahre an der Front bei den Chasseurs Alpins gewesen und war dann zurückgestellt worden, entweder wegen seiner Lungen oder weil er einen Minister zum Onkel hatte, er wußte das selber nicht recht. Es sei, sagte er, alles recht langweilig. Tennisspielen aber machte ihm Spaß, und jeden Nachmittag ruderte er nach St. Cloud hinaus. Eleanor entdeckte, daß ihr schon den ganzen Herbst hindurch nichts anderes gefehlt habe als eine Partie Tennis. Er sagte, die Amerikanerinnen und Engländerinnen gefielen ihm, weil sie sportliebend seien. Hier in Frankreich bilde jede Frau sich ein, man wolle gleich mit ihr schlafen gehen. »Die Liebe ist sehr langweilig«, sagte er. Er stand neben Eveline am Fenster, und sie schauten zu, wie die letzten purpurnen Schleier der Dämmerung sich auf Notre-Dame und die Seine niedersenkten, während Eleanor und Maurice in dem kleinen Salon im Dunkeln saßen und sich über den heiligen Franziskus von Assisi unterhielten. Sie lud ihn zum Essen ein.

Am nächsten Morgen erklärte Eleanor, sie werde höchstwahrscheinlich katholisch werden. Auf dem Wege ins Büro mußte Eveline mit ihr in die Notre-Dame gehen, um die Messe zu hören, und beide zündeten Kerzen an vor einer Madonna gleich neben dem Haupteingang, deren Anblick Eveline sehr auf die Nerven fiel. Aber es war trotzdem eindrucksvoll, das Lamento der Priester und die Lichter und der Geruch kalten Weihrauchs. Hoffentlich, meinte sie, wird der arme Maurice nicht fallen.

Zum Diner lud sie Jerry Burnham ein, ferner Miss Felton, die aus Amiens zurückgekehrt war, und Major Appleton, der in Paris war und irgend etwas mit Tanks zu tun hatte. Es war ein schönes Diner, Ente mit Apfelsinen gebraten, obwohl Jerry, den es ärgerte, daß Eveline soviel mit Lemonnier sprach, sich betrank und ordinäre Reden führte und von dem Rückzug bis Caporetto erzählte und behauptete, die Alliierten seien schlimm dran. Major Appleton meinte, das dürfe er nicht sagen, auch wenn es wahr sei, und wurde ganz rot im Gesicht. Eleanor war ziemlich entrüstet und sagte, für derartige Behauptungen gehöre er eigentlich ins Zuchthaus, und nachdem alle gegangen waren, gab es fast einen Streit zwischen ihr und Eveline. »Was wird dieser junge

Franzose von uns denken? Du bist ein reizender Mensch, liebe Eveline, aber du hast die vulgärsten Menschen zu Freunden. Ich weiß gar nicht, wo du sie aufgabelst, und diese Felton hat vier Cocktails, eine Viertelflasche Beaujolais und drei Cognacs getrunken, ich habe aufgepaßt.« Eveline fing zu lachen an, und beide lachten. Aber Eleanor sagte, sie führten nachgerade ein viel zu bohèmehaftes Leben, und das sei nicht recht, wo doch Krieg sei und in Italien und in Rußland die Dinge so schlimm stünden, und die armen jungen Leute in den Schützengräben, und so weiter.

In diesem Winter füllte sich Paris allmählich mit uniformierten Amerikanern und Stabsautomobilen und Lebensmitteln, und die, die schon früher dagewesen waren, blickten auf die Nachzügler mit einiger Verachtung hinab. Im Zentralbüro des Roten Kreuzes folgte eine Umwälzung der anderen, aber sowohl Eveline wie Eleanor gelang es, ihre Stellung, ihr bequemes Büro und ihre mit Photographien gefüllten Zettelkästen zu behalten. Dann erschien geradewegs aus Washington Major Moorehouse, der, wie sich herausstellte, ein alter Freund Eleanors war, und übernahm die Propaganda für das Rote Kreuz. Vor seiner Ankunft sprach alles nur von ihm, denn er war vor dem Kriege einer der bekanntesten Reklamefachleute New Yorks gewesen. Es gab niemanden, der nicht schon von J. Ward Moorehouse gehört hatte. Als schließlich die Nachricht kam, daß er nun wirklich in Brest an Land gegangen sei, lief eine Welle der Erregung durch das Büro, und jeder war nervös und überlegte sorgenvoll, wen nun das Schicksal ereilen werde.

An dem Morgen seiner Ankunft war das erste, was Eveline bemerkte, daß Eleanor sich die Haare hatte ondulieren lassen. Dann wurde kurz vor zwölf die ganze Propagandaabteilung in Major Edgewoods Zimmer gerufen, um Major Moorehouse kennenzulernen. Er war ziemlich dick, hatte blaue Augen und so helle Haare, daß sie fast weiß wirkten. Seine Uniform saß gut, sein Koppelzeug und seine Gamaschen glänzten wie Glas. Eveline fand sogleich, daß er ebenso wie ihr Vater etwas Aufrichtiges und Gewinnendes habe, das ihr gefiel. Er sah auch trotz seiner dicken Backen recht jung aus und sprach mit einem leichten Südstaatlerakzent. Er hielt eine kleine Rede über die Wichtigkeit der Arbeit, die das Rote Kreuz leiste, um die Moral der Zivilisten und Soldaten zu heben, und ihre Propaganda müsse zwei Ziele verfolgen, die Gebefreudigkeit in der Heimat zu fördern und die Öffentlichkeit über die Fortschritte der Arbeit zu unterrichten. Das Übel sei nun, daß die Leute nicht wüßten, welch wertvolle Leistung die Helfer des Roten Kreuzes vollbrächten, und nur allzu geneigt seien, der Kritik der Deutschenfreunde, die unter pazifistischer Maske wirkten, und der Miesmacher und Drückeberger, die immer zum Tadeln und Kritteln aufgelegt seien, ein Ohr zu leihen; und das amerikanische Volk sowie die Öffentlichkeit in den vom Krieg arg mitgenommenen Ländern der Alliierten müßten von dem glorreichem Opfer erfahren, das die Helfer des Roten Kreuzes brächten und das in seiner Art ebenso glorreich sei wie das Opfertum unserer lieben Jungens in den Schützengräben.

»Jetzt soeben, meine lieben Freunde, stehen wir unter feindlichem Feuer, bereit, das höchste Opfer zu bringen, damit die Zivilisation auf dieser Erde nicht untergeht!« Major Edgewood lehnte sich in seinen Drehstuhl zurück, der ein so lautes Ächzen von sich gab, daß alle erschreckt aufblickten, und einige schauten zum Fenster hinaus, als erwarteten sie im nächsten Augenblick eine Granate der Dicken Berta auf ihre Köpfe herabsausen zu sehen. »Sie verstehen«, sagte Major Moorehouse, »gerade das müssen wir dem Publikum einimpfen . . . Die Zähne zusammenbeißen, sich einen Ruck geben, um die Nerven nicht zu verlieren, entschlossen sein zum Durchhalten.«

Eveline war unwillkürlich gepackt. Sie warf einen schnellen Seitenblick auf Eleanor, die kühl und wie eine Lilie aussah, nicht anders als damals, da sie Maurice von dem jungen Christus im Gasangriff hatte erzählen hören. ›Man weiß nie, was sie denkt‹, dachte Eveline bei sich.

Diesen Abend, als J. W., wie Eleanor den Major Moorehouse nannte, auf eine Tasse Tee zu ihnen kam, fühlte Eve-

line, daß sie genau beobachtet wurde, und nahm sich, so gut sie konnte, in acht. Der Finanzberater. Sie kicherte innerlich. Er sah etwas finster drein, sprach nicht viel und war sichtlich unangenehm berührt, als man ihm von den Flugzeugattacken in mondhellen Nächten erzählte und von der Gewohnheit des Präsidenten Poincaré, jeden Morgen persönlich die Trümmerstätten aufzusuchen und den Überlebenden sein Beileid auszudrücken. Er blieb nicht lange und entfernte sich in einem Dienstauto, um mit irgendeinem hohen Beamten zu konferieren. Eveline fand, daß er nervös und unruhig aussah und lieber bei ihnen geblieben wäre. Eleanor begleitete ihn auf den Hausflur hinaus und blieb längere Zeit weg. Eveline beobachtete sie genau, als sie ins Zimmer zurückkam, aber ihr Gesicht trug seinen gewohnten Ausdruck feinziselierter Ruhe. Es lag Eveline auf der Zunge, sie zu fragen, ob Major Moorehouse ihr – ihr – sei . . . aber sie konnte sich auf keine passende Formulierung besinnen.
Eleanor sagte eine Zeitlang nichts; dann schüttelte sie den Kopf und sagte: »Arme Gertrude.« – »Wer ist denn das?« – Eleanors Stimme klang ein kleines bißchen blechern. »J.W.s Frau . . . Sie hat einen Nervenzusammenbruch erlitten und ist im Sanatorium . . . Die Aufregungen, Liebling, dieser schreckliche Krieg.«
Major Moorehouse fuhr nach Italien, um dort das Propagandawesen des Amerikanischen Roten Kreuzes zu reorganisieren, und ein paar Wochen später erhielt Eleanor aus Washington den Befehl, in das Büro nach Rom zu übersiedeln. So blieb nun Eveline allein mit Yvonne in der Wohnung zurück.
Es war ein kalter, einsamer Winter, und mit all diesen Roten-Kreuz-Helfern arbeiten zu müssen, ging einem doch sehr auf die Nerven; aber Eveline verstand es, sich den Posten zu halten und sich abends manchmal mit Raoul zu amüsieren, der sie abholte und mit ihr in irgendeine petite boîte ging, die er dann immer sehr langweilig fand. Er führte sie in die *Noctambules,* dort konnte man manchmal nach der Polizeistunde noch was zu trinken bekommen, oder in ein kleines Restaurant auf der Butte de Montmartre, dort

standen sie einmal in einer klaren, kalten, mondhellen Januarnacht auf der Vortreppe von Sacré-Cœur und sahen die Zeppeline herankommen. Paris lag kalt und tot ausgestreckt da, als ob alle die Zacken der Dächer und Türme aus Schnee modelliert wären, die Schrapnelle funkelten wie Frost hoch am Himmel, und die Lichter der Scheinwerfer waren wie Fühler riesenhafter Insekten, die durch die milchige Dunkelheit krochen. In bestimmten Zwischenräumen zuckten die mächtigen, roten, schnaubenden Flammen der Brandbomben auf.
Eveline fühlte, daß Raouls Arm, der um ihre Taille gelegen hatte, höher geglitten war, und daß jetzt seine Hand ihre Brust berührte. »C'est fou tu sais . . . c'est fou tu sais«, sagte er mit singender Stimme, er schien sein Englisch vergessen zu haben. Von jetzt an sprachen sie französisch, und Eveline glaubte ihn schrecklich zu lieben. Nachdem die breloque durch die Straßen gewirbelt war, spazierten sie durch das stumme, finstere Paris. An einer Ecke trat ein Gendarm auf sie zu und verlangte Lemonniers Papiere, die er bei dem matten, blassen Licht einer Ecklaterne sorgfältig durchlas, während Eveline atemlos danebenstand und ihr Herz klopfen fühlte. Ich komme mir wie eine Straßendirne vor, die man verhaftet, dachte sie. Der Gendarm gab die Papiere zurück, salutierte, entschuldigte sich weitschweifig und verschwand. Keines von ihnen sprach darüber, aber Raoul schien es für ausgemacht zu halten, daß er bei ihr in der Wohnung schlafen werde. Sie gingen schnell durch die kalten, schwarzen Straßen nach Hause, ihre Schritte knallten scharf aufs Pflaster. Sie hing an seinem Arm; es lag etwas Gepreßtes, Elektrisierendes, Unangenehmes in der Art, wie ihre Hüften beim Gehen sich aneinanderrieben.
Ihr Haus war eines der wenigen in Paris, die keinen Concierge hatten. Sie sperrte das Tor auf, und sie stiegen zusammen zitternd die kalte Steintreppe hinauf. Sie flüsterte ihm zu, er möge keinen Lärm machen, wegen des Mädchens. »Das ist sehr langweilig«, sagte er, und seine Lippen berührten ihr Ohr. – »Hoffentlich findest du es nicht zu langweilig.«
Während er sich an ihrem Toilettentisch die Haare kämmte,

mit der Geste eines Kenners an ihren Parfumflaschen roch und sich ohne Hast und ohne Verlegenheit im Spiegel besah, sagte er: »Charmante Eveline, möchtest du meine Frau werden? Es ließe sich arrangieren, weißt du. Mein Onkel, das Oberhaupt der Familie, liebt die Amerikaner sehr. Natürlich würde es sehr langweilig sein, Ehevertrag und so weiter.« – »O nein, das wäre gar nicht nach meinem Geschmack«, flüsterte sie kichernd und zitternd vom Bett her. Raoul warf ihr einen wütenden und beleidigten Blick zu, wünschte ihr eine sehr förmliche gute Nacht und ging.

Als die Bäume vor ihrem Fenster zu knospen und die Blumenfrauen auf den Märkten Narzissen und Krokus zu verkaufen begannen, ließ das Gefühl, daß es Frühling sei, ihr die langen, einsamen, in Paris verbrachten Monate nur noch öder erscheinen. Sie schrieb oft an Eleanor und an ihre Schwestern, aber das Bewußtsein, daß alles, was sie schrieb, vom Zensor gelesen werde, nahm dem Briefschreiben jeglichen Reiz. Jerry Burnham war nach Palästina gegangen, Raoul Lemonnier hatte sich nicht mehr blicken lassen, Oberst Appleton besuchte sie, sooft er in der Stadt war, und erwies ihr die größten Aufmerksamkeiten, aber er ging ihr doch sehr auf die Nerven, Eliza Felton lenkte ein Ambulanzauto, das zu einem amerikanischen Spital in der Avenue du Bois de Boulogne gehörte, erschien an ihren dienstfreien Sonntagen bei Eveline und machte ihr das Leben sauer mit ihren Klagen, daß Eveline nicht die freie, heidnische Seele sei, für die sie sie zu Anfang gehalten habe. Sie sagte, niemand liebe sie, und sie hoffe zu Gott, die Dicke Berta werde allem bald ein Ende machen. Es wurde so schlimm, daß Eveline sonntags überhaupt nicht mehr zu Hause bleiben konnte und oft den Abend mit einem Buch von Anatole France im Büro verbrachte.

Yvonnes Mucken waren auch recht lästig, sie versuchte mit ihren einsilbigen schlauen Bemerkungen Eveline unter ihre Vormundschaft zu bringen. Als Don Stevens auf Urlaub kam, hagerer denn je, in der grauen Uniform des Quäkerdetachements, war das ein wahrer Segen, und Eveline meinte, sie habe ihn trotz allem vielleicht doch geliebt. Sie

sagte zu Yvonne, er sei ihr Cousin, sie seien wie Geschwister zusammen aufgewachsen, und steckte ihn in Eleanors Zimmer. Don war fürchterlich aufgeregt durch den Erfolg der Bolschewiki in Rußland, aß gewaltig, trank sämtlichen vorrätigen Wein aus und war voller geheimnisvoller Anspielungen auf die unterirdischen Kräfte, mit denen er in Berührung sei. Er sagte, alle Armeen fingen zu meutern an, das, was bei Caporetto passiert sei, werde jetzt an der ganzen Front passieren, die deutschen Soldaten seien auch zum Aufstand bereit, und das sei der Beginn der Weltrevolution. Er erzählte ihr von den Meutereien bei Verdun, wie er ganze lange Autozüge voller Soldaten zum Angriff habe vorrücken sehen, und die Soldaten hätten gerufen »A bas la guerre!« und im Fahren auf die Gendarmen geschossen.
»Eveline, wir stehen vor gewaltigen Ereignissen ... Die arbeitenden Klassen der Welt werden sich diesen Unfug nicht länger gefallen lassen ... Verflucht noch mal, der Krieg wird sich fast verlohnt haben, wenn er uns eine neue sozialistische Zivilisation einbringt!« Er lehnte sich über den Tisch und küßte sie vor der dünnen Nase Yvonnes, die gerade Pfannkuchen in brennendem Cognac hereinbrachte. Er drohte Yvonne mit dem Finger und hätte sie fast zum Lachen gebracht durch sein: »Après la guerre finie . . .«
In diesem Frühling und Sommer schien wirklich alles ins Wackeln zu geraten, fast so, als ob Don recht gehabt hätte. Des Nachts hörte sie die gigantische Brandung der Geschütze in unablässigem Tosen an der zerbröckelnden Front. Im Büro wimmelte es von irrsinnigen Gerüchten: Die britische fünfte Armee habe kehrtgemacht und die Flucht ergriffen, die Kanadier hätten gemeutert und Amiens besetzt, Spione machten alle amerikanischen Flugzeuge unbrauchbar, die Österreicher hätten in Italien wieder einen Durchbruch erzielt. Dreimal erhielten sie Befehl, ihre Archive zu packen und sich bereit zu halten, Paris zu räumen. Die Verwundeten wurden von der Front direkt nach Paris in die Spitäler befördert; wenn Eveline in die Avenue du Bois de Boulogne mußte, sah sie auf dem Bürgersteig reihenweise die amerikanischen Soldaten in ihren blutigen Decken auf

den Tragbahren liegen und auf einen Platz im Spital warten. Angesichts all dieser Umstände wurde es der Propagandaabteilung schwer, in ihren Verlautbarungen den gehörigen munteren Ton zu wahren, aber Tag für Tag füllte sich, tröstlicherweise, Paris mit amerikanischen Gesichtern, amerikanischen Gendarmen, Ledergürteln und Kolonialwaren, und eines Tages im Juli kam Major Moorehouse, der soeben aus den Vereinigten Staaten eingetroffen war, mit einem authentischen Bericht über Château Thierry ins Büro und erklärte, binnen sechs Monaten sei der Krieg zu Ende.
Für denselben Abend lud er Eveline zum Diner ins *Café de Paris* ein, und um die Einladung akzeptieren zu können, ließ sie Jerry Burnham aufsitzen, der aus dem Nahen Orient zurückgekehrt war und nur von der Cholera und greulichem Elend zu erzählen wußte. J. W. bestellte ein hervorragendes Menü, Eleanor, sagte er, habe ihn beauftragt, sich zu erkundigen, ob nicht Eveline eine kleine Aufheiterung nötig habe. Er sprach über die Ära gewaltiger Expansion, die nach dem Krieg für Amerika anbrechen werde, für Amerika, den guten Samariter, der die Wunden des vom Kriege verheerten Europa heile. Es war, als probe er eine Rede, als er fertig war sah er Eveline mit einem komischen, entschuldigenden Lächeln an und sagte: »Und das Lustige dabei ist, es ist wahr«, und Eveline lachte und fand plötzlich, daß sie J. W. wirklich recht gut leiden konnte.
Sie trug ein neues Kleid von Paquin (Vater hatte ihr etwas Geld zum Geburtstag geschickt), und das war nach der Uniform eine wahre Erleichterung. Bevor sie recht ins Gespräch kamen, war das Essen schon zu Ende. Eveline hätte ihn gerne dazu gebracht, daß er von sich selber erzähle, aber es war nichts aus ihm herauszubekommen.
Nach dem Essen gingen sie ins *Maxim,* aber dort wimmelte es von randalierenden, betrunkenen Fliegern, der Krach und das alles schien J. W. zu ängstigen, und Eveline schlug daher vor, in ihre Wohnung zu gehen und ein Glas Wein zu trinken. Als sie zum Quai de la Tournelle kamen und gerade aus J. W.s Dienstauto aussteigen wollten, sah sie Don Stevens die Straße entlangspazieren. Eine Sekunde lang hoffte sie,

er würde sie nicht erblicken, aber er drehte sich um und kam zurück. Er hatte einen jungen Menschen namens Johnson in der Uniform eines Feldpostlers bei sich. Sie gingen alle hinauf und saßen trübselig im Salon umher. Sie konnte mit J. W. nicht ins Gespräch kommen, die beiden anderen saßen trübsinnig auf ihren Stühlen und schauten verlegen drein, bis schließlich J. W. aufstand, zu seinem Dienstauto hinunterging und wegfuhr.

»Gottverdammich, es gibt doch nichts Widerlicheres als einen Rot-Kreuz-Major!« platzte Don los, sobald die Tür sich hinter J. W. geschlossen hatte. Eveline war wütend.

»Immer noch besser, als ein falscher Quäker zu sein«, sagte sie eisig.

»Sie müssen die Störung verzeihen, Miss Hutchins«, sagte Johnson, der wie ein blonder Schwede aussah.

»Wir wollten dich in ein Café schleppen, aber jetzt ist es schon zu spät«, sagte Don gereizt. Der andere unterbrach ihn: »Hoffentlich sind Sie uns nicht böse, Miss Hutchins, daß wir Sie gestört haben ... Ich meine, daß ich Sie gestört habe ... Ich habe Don veranlaßt, mich mitzunehmen. Er hat mir so viel von Ihnen erzählt, und ich habe seit einem Jahr keine richtige, nette junge Amerikanerin mehr gesehen.«

Er sprach in einem unterwürfigen Ton und mit einem weinerlichen Minnesota-Akzent, der Eveline anfangs zuwider war, aber als er sich dann entschuldigte und wegging, fand sie ihn ganz nett und trat für ihn ein, als Don sagte: »Ein furchtbar netter Kerl, aber er hat etwas von einem Schlappschwanz, ich fürchtete schon, er würde dir nicht gefallen.«

Don durfte nicht, entgegen seinen Erwartungen, die Nacht bei ihr verbringen und entfernte sich mit finsterer Miene.

Im Oktober kehrte Eleanor mit einem Haufen alter, italienischer Bildtafeln zurück, die sie für einen Pappenstiel gekauft hatte. Im Büro gab es mehr Leute, als für die Arbeit erforderlich waren, und Eveline machte mit Eleanor und J. W. in einem Dienstauto eine Rundfahrt zu den Roten-Kreuz-Kantinen im östlichen Frankreich. Es war eine wundervolle Fahrt, das Wetter war verblüffend schön, fast wie ein amerikanischer Oktober, sie speisten mittags und abends in den Offiziersmessen der Regiments-, Armeekorps- und Divisionsstäbe, und die jungen Offiziere waren alle so nett zu ihnen, und J. W. war so gut gelaunt und brachte sie fortwährend zum Lachen, und sie sahen Feldbatterien feuern und sahen ein Flugzeugduell und Fesselballons und hörten das Geschrei eines Sturmangriffs. Während dieser Fahrt begann Eveline zum erstenmal in Eleanors Benehmen eine gewisse Kühle zu spüren. Das tat ihr weh. Sie waren in den ersten acht Tagen nach Eleanors Rückkehr aus Rom so gute Freunde gewesen. Als sie dann wieder nach Paris kamen, wurde es plötzlich sehr aufregend, massenhaft tauchten Bekannte auf, Evelines Bruder, George, der Dolmetscher im Hauptquartier war, und ein Mr. Robbins, ein Freund J. W.s, der immer betrunken war und eine komische Art zu reden hatte, und Jerry Burnham und eine Menge Zeitungsleute und Major Appleton, der zum Obersten avanciert war. Sie veranstalteten kleine Diners und Gesellschaften, und die Hauptschwierigkeit war, die Leute nach dem Rang zu sortieren und richtig zu mischen. Zum Glück waren ihre Freunde alle Offiziere oder Korrespondenten, die Offiziersrang hatten. Nur einmal tauchte Don Stevens auf, gerade als sie Oberst Appleton und Brigadegeneral Byng zu Tisch hatten, und Eveline bat ihn, zu bleiben, und dadurch entstand eine peinliche Situation, denn der General erklärte, seiner Meinung nach seien die Quäker die schlimmsten Drückeberger, und Don brauste auf und sagte, ein Pazifist könne ein besserer Patriot sein als ein Stabsoffizier auf einem Druckposten, und im übrigen sei der Patriotismus ohnedies ein Verbrechen an der Menschheit. Es wäre noch sehr unangenehm geworden, wenn nicht Oberst Appleton, der eine Menge Cocktails getrunken hatte, durch den kleinen vergoldeten Stuhl, auf dem er saß, durchgebrochen wäre und der General gelacht und einen schlechten Witz über Zentnergewichte gemacht hätte, der sie den Streit vergessen ließ. Eleanor aber war wütend über Don, und nachdem die Gäste sich entfernt hatten, gab es einen Zank zwischen ihr und Eveline. Am nächsten Morgen versöhnten sie sich, aber Eveline sagte, sie wolle sich eine andere Wohnung suchen.

Weltwochenschau XXVIII

Oh, wie hoch die Adler fliegen
In Mobile, in Mobile

Amerikanische Soldaten durchschwimmen einen breiten Fluß, erklettern das steile Kanalufer und erstürmen mit prächtiger Tapferkeit Dünkirchen
es ist bemerkenswert, daß die Compagnie Générale Transatlantique, die meist unter dem Namen »Französische Linie« bekannt ist, während der ganzen Kriegsdauer bei ihrem regulären Passagierdienst kein einziges Fahrzeug verloren hat

IN DER OSTSEE FLATTERT DIE ROTE FAHNE

»Ich habe Ägypten durchquert, um Allenby zu erreichen«, sagte er, »ich habe mit dem Flugzeug in zwei Stunden eine Strecke zurückgelegt, zu der die Kinder Israels vierzig Jahre gebraucht haben; das sollte einen veranlassen, über den Fortschritt der modernen Wissenschaft nachzudenken.«

Ein Glück, daß nicht die Kühe fliegen,
In Mobile, in Mobile

PERSHING DRÄNGT DEN FEIND
WEITER ZURÜCK

Gesangsabend zugunsten der Verwundeten

Kein Todesurteil wegen Spionage!

Je donnerais Versailles
Paris et Saint-Denis

Le tours de Notre-Dame
Les clochers de mon pays

UNTERSTÜTZT DIE VERPFLEGUNGSBEHÖRDEN
MELDET KRIEGSGEWINNLER

DIE ROTEN ZWINGEN HANDELSSCHIFFE ZUR FLUCHT

Die Hunnen reißen aus

daß die Konferenzteilnehmer in den meisten Punkten zu einer so vollständigen Einigung gelangt sind, hat allgemeine Befriedigung und sogar einige Überraschung ausgelöst

Auprès de ma blonde
qu'il fait bon fait bon fait bon
Auprès de ma blonde
qu'il fait bon dormir

CHEZ LES SOCIALISTES LES AVEUGLES
SONT ROIS

die Deutsche Regierung ersucht den Präsidenten der Vereinigten Staaten von Amerika, Schritte zur Wiederherstellung des Friedens zu tun, dieses Ersuchen allen Kriegführenden mitzuteilen und sie aufzufordern, bevollmächtigte Delegierte zu Verhandlungszwecken zu entsenden. Die Deutsche Regierung akzeptiert als Grundlage für die Friedensverhandlungen das Programm, das der Präsident der Vereinigten Staaten in seiner Botschaft an den Kongreß vom 8. Januar 1918 und in seinen späteren Äußerungen, besonders in seiner Ansprache vom 27. September 1918, dargelegt hat. Um weiteres Blutvergießen zu vermeiden, ersucht die Deutsche Regierung den Präsidenten der Vereinigten Staaten, den sofortigen Abschluß eines allgemeinen Waffenstillstandes zu Lande, zu Wasser und in der Luft herbeizuführen

JOE WILLIAMS

Ein paar Wochen lang trieb er sich in New York und Brooklyn umher. Er borgte sich unaufhörlich Geld von Mrs. Olsen und war ewig besoffen, bis sie ihn schließlich hinauswarf.
Es war verflucht kalt, und er mußte ein paar Nächte lang in einem Hospiz übernachten. Er hatte Angst, verhaftet und eingezogen zu werden, und es hing ihm jetzt schon alles zum Halse heraus; die Sache endete damit, daß er als gewöhnlicher Matrose auf der *Appalachian,* einem großen, neuen Frachtdampfer, der nach Bordeaux und Genua fuhr, Heuer nahm. Es paßte recht gut zu seiner Stimmung, daß er sich nun wieder wie ein Sträfling behandeln lassen, Decks scheuern und Farbe abkratzen mußte. Die Mannschaft bestand zum größten Teil aus jungen Landratten, die das Meer noch nie gesehen hatten, und dann waren noch ein paar alte Strolche dabei, die erst recht nichts taugten. Vier Tage lang hatten sie stürmisches Wetter, sie übernahmen einige solide Sturzseen, die zwei von den Rettungsbooten an Steuerbord eindrückten, der ganze Konvoi wurde zersprengt, und es stellte sich heraus, daß das Deck nicht ordentlich kalfatert war und das Wasser unaufhörlich ins Logis herunterlief.
Es stellte sich ferner heraus, daß Joe der einzige an Bord war, den der Maat mit gutem Gewissen ans Ruder schicken durfte, er brauchte also keine Farbe mehr abzukratzen und hatte massenhaft Zeit, darüber nachzudenken, wie lausig alles, aber auch alles sei.
In Bordeaux hätte Joe gerne Marceline aufgesucht, aber keiner von der Mannschaft durfte an Land. Nur der Bootsmann durfte das Schiff verlassen. Der Bootsmann ging an Land und betrank sich mit etlichen Infanteristen und brachte Joe eine Flasche Cognac mit, denn er hatte Joe ins Herz geschlossen, und er brachte auch eine Menge Latrinenparolen mit, daß die Franzmänner Prügel bekämen, und die John

Bulls bekämen Prügel, und die Italianski bekämen ganz schreckliche Prügel, und wenn wir nicht gekommen wären, wäre der Kaiser schon morgen in Paris einmarschiert, und auch jetzt noch stünden die Chancen fufzig zu fufzig ... Es war höllisch kalt, Joe und der Bootsmann tranken den Cognac in der Kombüse gemeinsam mit dem Koch, der ein alter Kunde war und die Goldhausse in Klondyke mitgemacht hatte. Sie hatten das ganze Schiff für sich, denn die Offiziere waren alle an Land gegangen, um sich die Mademoiselles anzuschauen, und die andern schliefen alle. Der Bootsmann sagte, es sei das Ende der Zivilisation, und der Koch sagte, das sei ihm scheißegal, und Joe sagte, ihm sei es scheißegal, und der Bootsmann sagte, sie seien zwei verfluchte Bolschewiken, und fiel unter den Tisch.

Es war eine komische Fahrt rund um Spanien, durch die Straße von Gibraltar und längs der französischen Küste nach Genua. Den ganzen Weg entlang zog sich eine einzige Kette getarnter Frachtschiffe griechischer, britischer, norwegischer und amerikanischer Herkunft, sie hielten sich alle dicht an die Küste, die Rettungsgürtel lagen auf Deck bereit, und die Boote hingen ausgeschwungen in den Davits. Eine zweite Kette glitt in entgegengesetzter Richtung vorbei, leere Schiffe auf der Rückfahrt, Transport- und Kohlendampfer aus Italien und Saloniki, Spitalschiffe, alle möglichen alten Kästen von den sieben Meeren, alte Frachtdampfer, deren Schrauben so weit aus dem Wasser ragten, daß man sie noch ein paar Stunden lang schlagen hörte, nachdem längst der Rumpf unter dem Horizont verschwunden war. Sobald sie ins Mittelmeer kamen, waren seewärts die ganze Zeit französische und britische Schlachtschiffe und komische Zerstörer mit ihren langen Rauchfahnen zu sehen; sie riefen einen an und kamen an Bord, um die Schiffspapiere zu prüfen.

An Land sah es gar nicht nach Krieg aus. Nachdem sie Gibraltar hinter sich hatten, war sonniges Wetter. Die spanische Küste war grün, kahle, rosarote und gelbe Berge im Hintergrund, und darüber hingestreut wie Zuckerwürfel kleine, weiße Häuser, die sich hier und dort zu größeren

Siedlungen gruppierten. Sie überquerten den Golf von Lyon bei nieselndem Regen und treibendem Nebel, bei unangenehm stürmischem Seegang und hätten um ein Haar eine große, mit Weinfässern beladene Feluke überrannt und rollten in einem heulenden Nordwest die französische Riviera entlang, die Städte mit ihren roten Dächern waren so hell und blank, und dahinter die kahlen Hügel, und über ihnen scharf umrissen die schneebedeckten Berggipfel.
Nachdem sie Monte Carlo passiert hatten, wurde es wie im Zirkus, die Häuser waren alle rosarot und blau und gelb, hohe Pappeln und hohe, spitze Kirchtürme erfüllten die Täler. In dieser Nacht hielten sie nach dem großen Licht Ausschau, das auf der Karte den Hafen von Genua bezeichnete, und da erblickten sie vor dem Bug einen roten Glanz. Es ging das Gerücht, daß die Deutschen die Stadt genommen hätten und sie niederbrennten. Der Zweite Maat versuchte dem Kapitän klarzumachen, daß sie alle in Gefangenschaft geraten würden, wenn sie sich noch weiterwagten, und sie sollten lieber umkehren und nach Marseille fahren, aber der Kapitän erwiderte, das gehe ihn einen Dreck an, und er solle das Maul halten, bis man ihn um seine Meinung fragte. Das Leuchten wurde immer heller, sowie sie sich dem Hafen näherten. Es stellte sich heraus, daß das ein brennendes Tankschiff war, das vor den Wellenbrechern lag: Ein großes, neues Tankschiff der Standard Oil, am Bug ein wenig durchgesackt, das brennende Benzin entströmte seinem Innern und breitete sich über das Wasser aus. Man sah die Wellenbrecher, die Leuchttürme und dahinter am Bergeshang die Stadt, in allen Fenstern war ein rotes Leuchten, die zahlreichen Schiffe im Hafen waren alle von dem roten Leuchten überglänzt.
Nachdem sie in dem schwarzen, rotschimmernden Hafen vor Anker gegangen waren, nahm der Bootsmann Joe und ein paar Jungmatrosen in das kleine Boot mit, und sie fuhren hinüber, um nachzusehen, was an Bord des Tankschiffes zu tun sei. Das Heck stand ein wenig aus dem Wasser hervor. Soviel sie sehen konnten, war niemand an Bord. Ein paar Italiener kamen in einem Motorboot heran-

gefahren und schnatterten drauflos, aber sie taten so, als verstünden sie nicht, was die Kerls meinten. Auch ein Feuerlöschboot lag in der Nähe, aber man konnte nichts machen. »Warum, zum Teufel, versenkt man den Kasten nicht!« sagte der Bootsmann immer wieder.
Joe erblickte eine Strickleiter, die ins Wasser hing, und pullte das Boot zu ihr hin. Noch bevor die anderen ihm zurufen konnten, er solle doch dableiben, war er schon zur Hälfte oben. Als er von der Reling aufs Deck sprang, da dachte er bei sich, was, zum Teufel, habe ich denn hier zu suchen? Gottverdammich, hoffentlich fliegt das Ding in die Luft, sagte er ganz laut. Das Vorderteil des Schiffs und das Meer ringsumher brannten wie eine Lampe, es war hier oben taghell. Wahrscheinlich war das Schiff auf eine Mine gestoßen oder torpediert worden. Die Mannschaft hatte offenbar in höchster Eile die Flucht ergriffen, denn bei den Davits achtern, wo die Rettungsboote gehangen hatten, lagen alle möglichen Kleidungsstücke und auch einige Matrosenköfferchen umher. Joe fand für sich einen hübschen neuen Sweater und ging dann in die Kajüte hinunter. Auf einem Tisch stand eine Schachtel mit Havannazigarren. Er nahm eine Zigarre heraus und zündete sie an. Es war ein schönes Gefühl, so dazustehen und eine Zigarre zu rauchen, während die verfluchten Tanks ihn jeden Augenblick in die Luft zu blasen drohten. Noch dazu war es eine famose Zigarre. In Seidenpapier gewickelt lagen sieben Paar seidene Damenstrümpfe auf dem Tisch. Feine Sache für Del, war sein erster Gedanke. Dann fiel ihm ein, daß er mit Del fertig war. Er stopfte aber auf jeden Fall die Seidenstrümpfe in seine Hosentasche und ging an Deck zurück. Der Bootsmann brüllte aus dem Boot herauf, Kreuzdonnerwetter, er möge doch runterkommen, sonst würden sie ihn zurücklassen. Er hatte gerade noch Zeit, auf der Kajütentreppe eine Brieftasche aufzuheben. »Es ist ja kein Benzin, es ist ja Rohöl. Das Ding kann noch eine Woche so weiterbrennen«, rief er den Jungs im Boot zu, während er langsam die Leiter hinunterkletterte und dabei seine Zigarre paffte, und er blickte über den mit Masten und Schornsteinen und Kranen dichtübersäten

Hafen zu den großen Marmorhäusern der Stadt hinüber, zu den alten Türmen und Säulengängen am Bergeshang, die von einem roten Leuchten überglänzt waren. »Wo, zum Teufel, ist denn die Mannschaft?«

»Wahrscheinlich an Land und hübsch besoffen, und ich wollte, ich wäre mit dabei«, sagte der Bootsmann. Joe verteilte die Zigarren; die Brieftasche und die Seidenstrümpfe aber behielt er für sich.

»Dummes Zeug«, brummte einer der Jungmatrosen. »Haben sie denn keine Sprengstoffe?« – »Diese verfluchten Italiener würden ja doch nicht wissen, was sie mit ihnen anfangen sollten, wenn sie welche hätten«, sagte der Bootsmann.

Sie ruderten zu der *Appalachian* zurück und meldeten dem Kapitän, daß das Tankschiff verlassen sei, und die verfluchten Italiener sollten sich selber kümmern, wie sie es loswürden.

Den ganzen nächsten Tag lag das Tankschiff brennend vor den Wellenbrechern, gegen Abend flog wieder einer seiner Tanks in die Luft, aufzuckend wie bengalisches Licht, und das Feuer breitete sich immer weiter über das Wasser aus. Die *Appalachian* lichtete den Anker und fuhr an die Schiffslände heran.

Nachts gingen Joe und der Bootsmann an Land, um sich die Stadt anzusehen. Die Straßen waren schmal, manche hatten Stufen, und oben am Bergeshang gab es breite Avenuen mit Cafés und kleinen Tischchen unter den Kolonnaden, und das Pflaster bestand aus polierten und gemusterten Marmorplatten.

Da es recht kühl war, gingen sie in eine Bar und tranken ein rosarotes, heißes Getränk mit Rum darin; dann stießen sie auf einen Italiener namens Charley, der zwölf Jahre in Brooklyn gelebt hatte, und er führte sie in ein Lokal, wo sie eine Unmenge Spaghetti und Kalbsbraten aßen und eine Unmenge Weißwein tranken. Charley erzählte von dem Leben in der italienischen Armee, daß sie einen dort wie einen Hund behandelten, die Löhnung betrage fünf Cent täglich, und die bekomme man nicht einmal, Charley war

Feuer und Flamme für den Presidente Wilson und die vierzehn Punkte und sagte, bald würden sie einen Frieden ohne Sieger schließen und in Italia eine große rivoluzione machen und eine große Krieg gegen die Francese und die Inglese, die den Italiener wie ein Stück Dreck behandelten.
Charley holte zwei Mädchen herein, Nedda und Dora, zwei Kusinen von ihm, wie er sagte, und sie setzten sich ihnen auf die Knie, und alle tranken sie Wein, und Joe mußte sein ganzes Geld herausrücken, um die Zeche zu bezahlen. Als er mit Nedda eine Außentreppe im Hof hinaufkletterte, um ins Bett zu gehen, flammte auf den kahlen Wänden und auf den Ziegeldächern der Häuser der Feuerschein von dem brennenden Tankschiff her, das am Rande des Hafens lag. Nedda wollte sich nicht ausziehen, sondern wollte Geld von Joe haben. Joe hatte kein Geld mehr, daher zog er die Seidenstrümpfe aus der Tasche. Sie sah ärgerlich drein und schüttelte den Kopf, aber sie war verflucht hübsch und hatte große, schwarze Augen, Joe wollte sie unbedingt haben, und er rief nach Charley, und Charley kam die Treppe herauf und redete mit dem Mädchen italienisch und sagte, na, sie werde die Seidenstrümpfe schon nehmen, und ob denn nicht Amerika das herrlichste Land der Welt sei und tutti aleati und Presidente Wilson ein großer Mann in Italia.
Aber das Mädchen wollte noch immer nicht, bis sie schließlich ein altes Weib zu Hilfe riefen, das in der Küche hauste und schnaufend die Treppe heraufkam und die Strümpfe betastete und dann wohl erklärt haben muß, es seien echt seidene Strümpfe, die was wert seien, denn das Mädchen legte den Arm um Joes Hals, und Charley sagte: »Aber natürlich, Kollege, sie schlaft mit dir ganze Nacht, macht gut Liebe.«
Aber um Mitternacht, nachdem das Mädchen eingeschlafen war, hatte Joe plötzlich das Herumliegen satt. Vom Hof stanken die Aborte herauf, und ein Hahn krähte unaufhörlich unverschämt laut, als ob er im Zimmer säße. Joe stand auf, zog sich an und schlich auf Zehenspitzen hinaus. Die Seidenstrümpfe hingen über einem Stuhl. Er nahm sie und stopfte sie in die Tasche. Die Treppe knarrte verteufelt. Die Hoftür war verriegelt und verrammelt, und er mußte

sich höllisch plagen, um sie aufzukriegen. Irgendwo fing ein Hund zu bellen an, Joe lief aus Leibeskräften die Straße entlang. Er verirrte sich in einer Million kleiner, schmaler, steiniger Gäßchen, aber er meinte, wenn er bloß immerfort bergab liefe, würde er schon zum Hafen gelangen. Dann erblickte er an einigen Häusermauern einen rosigen Feuerschein, der kam von dem brennenden Tankschiff, und Joe steuerte nach diesem Signal. Auf einer steilen Treppe stieß er mit ein paar Amerikanern in khakibraunen Uniformen zusammen und fragte sie nach dem Weg; sie gaben ihm einen Schluck Cognac aus einer Flasche zu trinken und erzählten, daß sie nach der italienischen Front unterwegs seien, es habe dort einen großen Rückzug gegeben, und sie wüßten gar nicht, wo die beschissene Front eigentlich sei, und sie würden jetzt einfach hier warten, bis die beschissene Front zu ihnen komme. Er erzählte ihnen die Geschichte mit den Seidenstrümpfen, und sie fanden sie ungeheuer komisch, und dann bugsierten sie ihn zum Anlegeplatz der *Appalachian* hinunter, schüttelten ihm zwanzigmal die Hand zum Abschied und sagten, die Italiener, das seien lauter Schweine, und er sagte, sie seien Engel, daß sie ihm den Weg gezeigt hatten, und sie sagten, er sei ein Engel, und sie tranken den Cognac aus, und Joe ging an Bord und fiel taumelnd in seine Koje.

Als die *Appalachian* die Heimfahrt antrat, lag immer noch der Tanker brennend vor dem Hafen. Unterwegs bekam Joe wieder einen Tripper, und als er in Brooklyn landete, da durfte er keinen Tropfen Alkohol trinken und wurde leidlich solide. Er besuchte die Schule der Schiffahrtsbehörde im Platt-Institut, bekam seinen Befähigungsschein als Zweiter Maat und fuhr das ganze Jahr zwischen New York und St. Nazaire hin und her, auf einem neuen, in Seattle gebauten Holzschiff, das den Namen *Owanda* führte. Und sie hatten recht viel Scherereien mit dem Schiff. Er und Janey schrieben einander sehr oft. Sie war mit dem Roten Kreuz in Übersee und war eine große Patriotin. Joe dachte schon, am Ende habe sie recht. Jedenfalls, wenn man glauben wollte, was die Zeitungen schrieben, so bekamen die Deutschen furchtbare Hiebe, und für einen jungen Menschen waren die Chancen sehr groß, wenn man nicht Pech hatte und sie einen für einen Deutschenfreund oder einen Bolschewiken oder irgend so was Verfluchtes hielten. Schließlich mußte doch, wie Janey immer schrieb, die Zivilisation gerettet werden, und es lag an uns, diese Sache zu deichseln.

Am Waffenstillstandstag war Joe in St. Nazaire. Die nächtliche Stadt tobte. Alle Welt ging an Land, aus den Lagern kamen die Infanteristen, aus den Baracken die französischen Soldaten, alle Welt klopfte einen auf den Rücken, überall wurden Flaschen entkorkt, einer gab dem andern zu trinken, Champagnerpfropfen knallten, man küßte jedes hübsche Mädchen und wurde von alten Weibern und bärtigen Veteranen geküßt. Die Maate, der Kapitän, der Obermaschinist und etliche Schiffsoffiziere, die man nie zuvor gesehen hatte, wollten in einem Café eine große Fresserei veranstalten, aber sie kamen nur bis zur Suppe, weil draußen in der Küche alles tanzte und sie dem Koch so viel Wein einschenkten, daß er untern Tisch fiel, und sie saßen alle beisammen, sangen und tranken Champagner aus Wassergläsern und jubelten den Fahnen der Alliierten zu, die von jungen Mädchen durch den Saal getragen wurden.

Joe ging auf die Suche nach Jeanette, er hatte sich mit dem Mädchen angefreundet und war, sooft er nach St. Nazaire kam, mit ihr beisammen gewesen. Er wollte sie noch rechtzeitig erwischen, bevor er ganz besoffen war. Sie hatte ihm versprochen, heute abend mit ihm zu schlafen, aber da war die Sache mit dem Waffenstillstand noch nicht rausgewesen. Sie sagte, daß sie, solange die *Owanda* im Hafen liege, mit keinem anderen schlafen wolle, und er behandelte sie sehr anständig und brachte ihr beaucoup Präsente aus Amérique mit und dü sükre und dü kafä. Joe fühlte sich wohl, er hatte ordentlich Geld in der Tasche, und verdammt noch mal, amerikanisches Geld war in diesen Tagen was wert, und er hatte auch in den Taschen seines Regenmantels ein paar Pfund Zucker, das war besser als Geld bei den Mademoiselles.

Er ging hinten in ein Haus, dort war ein Cabaret, lauter

Plüsch mit vielen Spiegeln, die Kapelle spielte die amerikanische Nationalhymne, alles schrie Vive L'Amérique, als er hereinkam, und hielt ihm das gefüllte Glas unter die Nase, und dann tanzte er mit einem dicken Weibsbild, und die Musik spielte irgendeinen dreckigen Foxtrott. Er ließ das dicke Weibsbild stehen, denn er hatte Jeanette erspäht. Sie hatte sich eine amerikanische Fahne über die Schulter drapiert und tanzte mit einem baumlangen Senegalneger. Joe sah rot. Er riß sie von dem Nigger weg, es war das ein Offizier, er war von oben bis unten mit goldenen Litzen verziert, und sie sagte »Wasnlos, Süßer«, und Joe holte aus und schlug dem verfluchten Nigger mit voller Wucht ins Gesicht. Der Nigger zuckte nicht einmal zusammen. Er sah verblüfft drein und lächelte fast wie ein Mensch, der einen soeben etwas fragen wollte. Ein Kellner und ein paar französische Soldaten eilten herbei und wollten ihn wegzerren. Alles schrie und schnatterte durcheinander, Jeanette wollte sich zwischen Joe und den Kellner werfen und bekam einen Schlag gegen das Kinn, der sie glatt zu Boden streckte. Joe schlug ein paar Franzosen nieder und zog sich rücklings zur Tür zurück, da sah er im Spiegel, daß ein großer Kerl in einer Bluse mit beiden Händen den Hals einer Flasche umklammert hielt und die Flasche auf seinen Kopf niedersausen ließ. Er wollte sich schnell umdrehen, aber es war zu spät. Die Flasche zerschmetterte ihm den Schädel, und es war aus mit ihm.

Weltwochenschau XXIX

als die Neuigkeit eintraf, waren im Nu sämtliche Telephonleitungen der Stadt besetzt

Y fallait pas
  Y fallait pas
Y fallait pas-a-a-a-aller

IN HAMBURG
WIRD MIT KANONEN GESCHOSSEN

im Zollgebäude sang die Menge die amerikanische Nationalhymne unter der Leitung des Zollinspektors Byron R. Newton

MORGAN SITZT AUF DEM FENSTERBRETT
STRAMPELT MIT DEN FÜSSEN ÜBERSCHÜTTET
DIE MENGE MIT TICKER-STREIFEN

unten an der Battery ließ beim Bekanntwerden der Nachricht das Feuerschiff New York seine Sirene ertönen, und eh man Muh sagen konnte, war an der ganzen Wasserfront die Hölle los

Oh, siehst du denn nicht in der Frühdämmrung Licht
Allons enfants de la patrie
  Le jour de gloire est arrivé
It's a long way to Tipperary
  It's the wrong way to tickle Mary

William Howard Taft sagte gestern abend bei einer Siegesfeier, wir haben mit dem Teufel Krieg geführt, und es hat alle die Leiden, die wir durchmachen mußten, gelohnt

Kakakakätchen, schönes Kätchen,
Sie ist das einzige Mädchen, das mir gefällt . . .
Und wenn der Mond scheint

Unipress, N. J.

Paris dringend Brest Admiral Wilson der an Brester Zeitung Unterzeichnung Waffenstillstands bekanntgab (16.00) (4n.) erklärte später Bestätigung nicht zu erhalten inzwischen Brest in toller Begeisterung

Über dem Rinderstall
Wart ich auf dich an der Kakaküchentür

SONDERGERICHT
FÜR BOLSCHEWISTEN GEFORDERT

die Soldaten und Matrosen waren die einzigen, die der Festlichkeit etwas Farbe verliehen. Sie stürzten sich von ganzem Herzen ins Vergnügen und tranken sich satt, obschon sie in Uniform waren. Einige der Heimkehrer entfesselten fast einen Aufruhr, denn sie nahmen eine Handvoll Steine und versuchten an der Ecke Broadway und 42. Straße eine elektrische Leuchtschrift zu zertrümmern, welche lautete:

UNSERN HELDEN EIN WILLKOMMEN
IN DER HEIMAT

Oh, siehst du denn nicht in der Frühdämmrung Licht,
Was so stolz wir begrüßt in des Abends Verdämmern,
In der Bomben, Raketen rötlichem Brand –
Da wußten wir alle, daß die Fahne noch stand

Das Kamera-Auge 38

Wenn wir die Eimer leewärts über Bord leerten allabendlich nach der letzten Inspektion blieben wir einen Augenblick stehen um den Novembersturm zu atmen peitschendes Sprühwasser hinter den Ohren einen raschen Blick auf den zerspellten Schaum der hüpfenden Wellen in denen die Schiffe scheitern in denen die Menschen ersaufen (in ihrem tiefen Purpur schaukeln Treibminen sanft gleiten Unterseeboote gleichlastig in ihren Tiefen dahin) einen schnellen Blick nach dem Himmel den zerfetzte Windwolken überschleiern schnell mal die Hände von den schmierigen Henkeln der Eimer lösen die Eimer sind voller Pantsch den sie nicht essen konnten (neun Mahlzeiten neunmal der Abfall übriggebliebenen Futters neun Schimpfduelle mit dem Londoner Steward der die gedünsteten Aprikosen nicht rausrücken will Inspektion *Ha-abtacht* klack klack *Ru-uht* mit der Taschenlampe in jeden Winkel der Blechkannen geleuchtet neun Mann in einer Reihe der schaukelnde stickige Gang voller seekranker seescheuer Frontsoldaten die ihre Köfferchen in der Hand halten)
He Kamrad Soldat es heißt der Waffenstillstand ist unterzeichnet für mich ist der Krieg aus man schafft uns in die Heimat dummes Zeug Latrinenparolen na ich will dir mal was sagen
wir schleppten bereits die leeren Eimer über die eisernen Treppenleitern in den schaukelnden stinkenden Schiffsraum hinunter kletterten wieder empor mit vollen Eimern . . .

MISTER WILSON

In dem Jahre, in dem Buchanan Präsident wurde, kam
Thomas Woodrow Wilson
als der Sohn einer Pfarrerstochter zur Welt,
im Pfarrhaus von Staunton im Tal von Virginia; altes schottisch-irisches Blut; der Vater war gleichfalls protestantischer Pfarrer und lehrte Rhetorik an theologischen Seminaren;
die Wilsons lebten in einer Welt der Worte, die durch zwei Jahrhunderte calvinistischer Geistlichkeit zu einem unwiderstehlichen Firmament verkettet waren,
Gott war das Wort,
und das Wort war Gott.
Dr. Wilson, ein angesehener Mann, der sein Heim und seine Kinder und gute Bücher und seine Frau und eine korrekte Syntax liebte und der täglich bei der häuslichen Andacht sich mit Gott unterhielt,
er erzog seine Söhne
zwischen Bibel und Wörterbuch.

In den Jahren des Bürgerkrieges,
in den Jahren der Trommeln und Pfeifen, des Pelotonfeuers und der Proklamationen,
lebten die Wilsons in Augusta, Georgia; Tommy war ein zurückgebliebenes Kind, erst mit neun Jahren lernte er das Alphabet, aber als er so weit war, lesen zu lernen, war seine Lieblingslektüre Pfarrer Weems'
Das Leben Washingtons.

1870 wurde Dr. Wilson an das Theologische Seminar nach Columbia in Süd-Carolina berufen; Tommy besuchte die Davidson-Universität,
dort entwickelte er eine schöne Tenorstimme,
dann ging er nach Princeton, wurde Debattenredner und

Herausgeber des *Princetonian.* Sein erster gedruckter Artikel im *Nassau Literary Magazine* war eine Würdigung Bismarcks.

Nachher studierte er Rechtswissenschaft an der Universität Virginia; der junge Wilson wollte ein großer Mann werden, wie Blackstone und die englischen Parlamentarier des 18. Jahrhunderts; er wollte die dicht besetzten Bänke mit der Sache der Wahrheit in seinen Bann zwingen; aber die Rechtspraxis war ihm lästig; in der Bücherluft der Bibliotheken, Vorlesungssäle und Seminar-Kapellen war er mehr zu Hause, es war für ihn eine wahre Erleichterung, als er seine Rechtspraxis in Atlanta verlassen und eine Professur für Geschichte an der John-Hopkins-Universität übernehmen durfte; dort schrieb er: *Das parlamentarische Regime.*

Mit neunundzwanzig Jahren heiratete er ein junges Mädchen, das einen Hang zur Malerei hatte (während der Brautzeit brachte er ihr eine vornehme neuenglische Aussprache bei), bekam an dem Mädcheninstitut Bryn Mawr eine Professur für Geschichte und politische Ökonomie. Nachdem er an der John-Hopkins-Universität seinen Dr. phil. gemacht hatte, übernahm er eine Professur an dem berühmten Wesleyan-Institut, schrieb Artikel, machte sich an eine Geschichte der Vereinigten Staaten,
trat vom Katheder aus für Wahrheit, für Reformen, für eine verantwortliche Regierung, für die Demokratie ein, erklomm sämtliche Stufen einer glänzenden Universitätskarriere; 1901 offerierten ihm die Kuratoren der Princeton-Universität den Präsidentenposten;
er ging mit Eifer daran, die Universität zu reformieren,
machte sich hitzige Freunde und Feinde,
brachte den ganzen Betrieb durcheinander,
und die Amerikaner begegneten nun sehr oft auf der ersten Seite ihrer Zeitung
dem Namen Woodrow Wilson.

1909 hielt er Vorträge über Lincoln und Robert E. Lee,

und 1910
kamen die demokratischen Wahlmacher von New Jersey, hart bedrängt von Enthüllern und Reformern, auf den klugen Gedanken, die Kandidatur für das Gouverneursamt dem makellosen Universitätspräsidenten anzubieten, der ein so großes Publikum herbeizulocken wußte,
indem er öffentlich für das *Recht* in die Schranken trat.

Als Wilson zu der Delegiertenversammlung in Trenton sprach, die ihn als ihren Kandidaten nominierte, gestand er offen, daß er für den *kleinen Mann* sei (die Provinzbonzen und die Wahlmacher schauten einander an und kratzten sich die Köpfe); er fuhr fort, seine Stimme wurde fester:
Von seinem Urteil will ich für mein Teil mich leiten lassen, damit, wenn der Aufgaben mehr werden und wenn die Tage kommen, da alle von Verwirrung und Verzweiflung gepackt werden, wir aufblicken dürfen zu den Bergen aus diesen dunklen Tälern, allwo die Klippen des Privilegs unsern Pfad überschatten und verdüstern, aufblicken zu dem mächtigen Riß in den zerklüfteten Zinnen, durch den die Sonne hereinstrahlt,
Gottes Sonne,
die Sonne, deren Strahlen die Menschen zu neuem Leben erwecken soll,
die Sonne, die sie von ihren Leidenschaften und ihrer Verzweiflung befreien und uns zu jenen Höhen emporheben soll, welche das gelobte Land für jeden sind, der nach Freiheit und nach Taten begehrt.
Die Provinzbonzen und die Wahlschieber schauten einander an und kratzten sich die Köpfe; dann schrien sie Hoch; Wilson übertölpelte die Schlauköpfe und betrog die Bonzen, wurde mit einer ungeheuren Mehrheit gewählt;
so verließ er das nur zur Hälfte reformierte Princeton, um Gouverneur von New Jersey zu werden,
und versöhnte sich mit Bryan,
bei dem Bankett am Jackson-Gedenktag. Als Bryan bemerkte: »Ich wußte natürlich, daß Sie mit meinen Ansichten über die Währungsfrage nicht einverstanden sind«, erwiderte Mr. Wilson: »Ich kann nur sagen, Herr Bryan, daß Sie wirklich ein ganz großer Mann sind.«

Er wurde dem Obersten House vorgestellt,
diesem Amateur-Hexenmeister der Politik, der im Hotel *Gotham* seine Netze spann,
und auf der Delegiertenversammlung zu Baltimore im Juli nächsten Jahres inszenierten für die schwitzenden Delegierten
Hearst und House hinter den Kulissen
und Bryan mit dröhnender Stimme in den Wandelgängen,
ein Taschentuch über dem verschrumpelten Kragen,
ihr hübsches Puppenspiel,
mit dem Ergebnis,
daß Woodrow Wilson nominiert wurde.
Das Abschwenken der Fortschrittler in Chicago von Taft zu T. R. sicherte seine Wahl;
so verließ er den nur halbreformierten Staat New Jersey
und übersiedelte ins Weiße Haus,
unser achtundzwanzigster Präsident.
Während Woodrow Wilson neben Taft, dem dicken Butterfaß,
der als Präsident T. R.s reaktionäre Bemühungen, das Kapital unter die Kontrolle der Regierung zu bringen, munter zerstört hatte,
durch die Pennsylvania Avenue fuhr,
saß J. Pierpont Morgan Patience legend in seinem Büro in der Wall Street, rauchte zwanzig schwarze Zigarren am Tage und verwünschte die Torheiten der Demokratie.
Wilson geißelte die Kapitalisten und brandmarkte alle Privilegien, weigerte sich, Huerta anzuerkennen, und schickte die Miliz an den Rio Grande,
um eine Politik wachsamen Abwartens zu betreiben. Er veröffentlichte die »Neue Freiheit« und trug seine Botschaften an den Kongreß persönlich vor, wie ein Universitätspräsident, der zur Fakultät und Studentenschaft spricht. In Mobile sagte er:
Ich möchte bei dieser Gelegenheit erklären, daß die Vereinigten Staaten nie wieder auch nur einen Fußbreit fremden Landes gewaltsam sich aneignen werden;
und er ließ Marinetruppen in Vera Cruz landen.

Wir erleben heute die Wiedergeburt staatlichen Denkens, das Erwachen der nüchternen öffentlichen Meinung, die Neubelebung der Volkskräfte, den Beginn eines Zeitalters bedachtsamen Aufbaus ...
aber die Welt kreiste bereits um Sarajewo.
Zuerst hieß es: *Strikte Neutralität,* dann: *Zu stolz, um Krieg zu führen –*
obwohl die *Lusitania* sank, obwohl die Gefährdung der Morgan-Anleihen und die Legenden der englischen und französischen Propagandisten alle Finanzzentren des Ostens ihre Stimme für den Krieg erheben ließen;
aber der Lockruf des Trommelschlags und der Geschütze war zu stark, die ersten Kreise bezogen ihre Moden aus Paris und ihren Akzent aus London,
und dann T. R. und das Haus Morgan.
Fünf Monate nach seiner Wiederwahl unter der Losung: *Er hat uns den Krieg erspart,* peitschte Wilson im Kongreß das Gesetz über die Schiffsbewaffnung durch und erklärte, daß zwischen den Vereinigten Staaten und den Mittelmächten Kriegszustand herrsche:
Schrankenlose, hemmungslose Gewalt, Gewalt bis zum äußersten.

Wilson wurde der Staat (Krieg ist die Gesundheit des Staates), Washington sein Versailles, er bemannte die sozialistische Regierung mit ehrenamtlich amtierenden Herren aus den mächtigen Trusts und dirigierte die große Parade der Menschen, Geschosse, Konserven, Pferde und Autos nach Frankreich.
Mit jedem Sonnenuntergang standen fünf Millionen Mann vor ihren Teerpappebaracken stramm, während das *Sternenbanner* erklang.
Der Krieg brachte
den Achtstundentag, das Zwangsschlichtungswesen, hohe Löhne, hohen Zinsfuß, Spesen plus Lieferungen und das luxuriöse Vergnügen,
Mutter eines gefallenen Helden zu sein.
Wer sich weigerte, die Welt für die Spesen plus Demokratie zu erobern, wanderte mit Debs ins Gefängnis.
Fast allzu schnell war das Spiel zu Ende. Prinz Max von

Baden plädierte für die Vierzehn Punkte. Foch besetzte die Brückenköpfe am Rhein, der Kaiser lief atemlos auf dem Potsdamer Bahnsteig dem Zug nach, trug einen Zylinder und, wie manche behaupten, einen falschen Bart.
Mit Hilfe des *Allmächtigen Gottes*, mit Hilfe von *Recht, Wahrheit, Gerechtigkeit, Freiheit, Demokratie, Selbstbestimmung der Völker, ohne Entschädigungen, ohne Annexionen,*
mit Hilfe des kubanischen Zuckers, des kaukasischen Mangans, des amerikanischen Weizens und der amerikanischen Baumwolle, der britischen Blockade, General Pershings, der Autodroschken von Paris und des Fünfundsiebzigermörsers gewannen wir den Krieg.

Am 4. Dezember 1918 fuhr Woodrow Wilson, der erste Präsident, der während seiner Amtszeit das Gebiet der Vereinigten Staaten verlassen hat, an Bord der *George Washington* nach Frankreich,
der mächtigste Mann der Welt.

In Europa wußte man, wie Gas riecht,
und der süßlich eklige Gestank schlampig begrabener Leichen und die graue Hautfarbe verhungerter Kinder;
sie lasen in den Zeitungen, daß Mister Wilson für Frieden und Freiheit, für Konserven und Butter und Zucker sei.
Nach einer rauhen Überfahrt auf der *George Washington* landete er mit seinem Stab von Sachverständigen und Publizisten in Brest.
La France Héroïque war zur Stelle
mit Reden, singenden Schulkindern, Bürgermeistern in roter Schärpe (hat Mister Wilson in Brest gesehen, wie die Gendarmen die demonstrierenden Werftarbeiter auseinanderprügelten, die ihm mit roten Fahnen entgegenzogen?).
Auf dem Bahnhof in Paris verließ er den Zug, betrat den breiten, roten Teppich, der ihn zwischen zwei Reihen von Topfpalmen, Zylinderhüten, Bändchen der Ehrenlegion, dekorierten Waffenröcken und Fräcken voller Rosetten zu einem Rolls Royce geleitete. (Hat Mister Wilson die schwarzgekleideten Frauen, die Krüppel auf ihren Wägelchen, die

blassen, ängstlichen Gesichter längs der Straßen gesehen, hat er gemerkt, wie aus dem Hurra der Menge eine schreckliche Verzweiflung sprang –

während sie ihn und seine Frau eilig in das *Hôtel de Murat* beförderten, in die Räume voller Brokat, vergoldeter Uhren, verschnörkelter Kommoden und marmorner Cupidos, in die Präsidentengemächer?)

Indes die Sachverständigen das Verfahren der Friedenskonferenz organisierten, Tische mit grünem Tuch bespannten, die Protokolle arrangierten,

machten die Wilsons eine Rundreise, um sich mal umzuschauen: Am Tage nach Weihnachten wurden sie im Buckingham-Palast bewirtet, zu Neujahr besuchten sie den Papst und den kleinen italienischen König im Quirinal. (Hat Mister Wilson gewußt, daß die Bauern an der Brenta und der Piave in ihren kriegsgeschwärzten Häusern vor seinem Bilde, das sie aus den illustrierten Blättern ausgeschnitten hatten, brennende Kerzen aufstellten?) – (Hat Mister Wilson gewußt, daß in ganz Europa das Volk aus den Vierzehn Punkten einen Kampfruf gegen die Unterdrücker herauslas, so wie es Jahrhunderte zuvor aus den fünfundneunzig Thesen, die Martin Luther an die Kirchentür zu Wittenberg nagelte, einen Kampfruf gegen die Unterdrücker herausgelesen hatte?)

Am 18. Januar 1919 versammelten sich inmitten eines Gewirrs von Uniformen, Diplomatenhüten, goldenen Schnüren, Orden, Epauletten, Ehrenzeichen und Medaillen die Hohen Vertragschließenden Parteien, die alliierten und verbündeten Mächte im Salon de l'Horloge am Quai d'Orsay um den Frieden zu diktieren,

aber die Vollversammlung der Friedenskonferenz war ein zu öffentliches Forum, deshalb schufen

die Hohen Vertragschließenden Parteien

den Rat der Zehn, begaben sich in den Gobelinsaal und begannen, umgeben von Rubens' *Geschichte der Maria de' Medici*,

den Frieden zu diktieren.

Aber der Rat der Zehn war ein zu öffentliches Forum,
deshalb schufen sie den Rat der Vier.
Orlando fuhr wütend nach Hause,
und nun waren sie zu dritt:
Clemenceau,
Lloyd George,
Woodrow Wilson.
Drei alte Männer mischen die Karten,
teilen:
Rheinland, Danzig, Polnischer Korridor, Ruhrgebiet, Selbstbestimmung der kleinen Nationen, Saargebiet, Völkerbund, Mandate, Mesopotamien, Freiheit der Meere, Transjordanien, Schantung, Fiume und die Insel Yap.
Maschinengewehrfeuer und Brandstiftung,
Hungersnot, Läuse, Cholera, Typhus, Erdöl –
das waren die Trümpfe.

Woodrow Wilson glaubte an den Gott seiner Väter,
das erzählte er der Pfarrgemeinde in der kleinen Lowther Street Congregational Church in Carlisle in Schottland, wo sein Großvater gepredigt hatte, und der Tag war so kalt, daß die Berichterstatter in den alten Kirchenstühlen die Mäntel anbehalten mußten.

Am 7. April lag auf seinen Befehl die *George Washington* in Brest unter Dampf bereit, um die amerikanische Delegation nach Hause zu befördern;
aber er fuhr nicht.

Am 19. April kaperten ihn der schlauere Clemenceau und der schlauere Lloyd George für ihren kleinen gemütlichen Drei-Männer-Skat, den sie den Rat der Vier nannten.

Am 28. Juni war der Vertrag von Versailles fertig,
und Wilson mußte nach Hause fahren, um den Politikern, die inzwischen im Senat und im Weißen Haus gegen ihn intrigiert hatten, und der nüchternen öffentlichen Meinung und dem Gott seiner Väter zu erklären, wie er sich hatte

übers Ohr hauen lassen, und wie weit es ihm gelungen war, der Welt
die *Demokratie* und die *Neue Freiheit* zu sichern.
Von dem Tage an, da er in Hoboken an Land ging, kämpfte er einen letzten verzweifelten Kampf, redete und redete, um seinen Glauben an die Worte zu retten, redete und redete, um seinen Glauben an den Völkerbund zu retten, redete und redete, um seinen Glauben an sich und an den Gott seiner Väter zu retten.
Jeder Nerv in seinem Körper und in seinem Hirn war angespannt, er übte strenge Kontrolle über jedes Rädchen des Staatsapparats (wenn jemand anderer Meinung war als er, dann war er ein Gauner oder ein Roter; keine Gnade für Debs).
In Spokane die Wobblies, deren Führer im Gefängnis saßen, in Spokane die Wobblies, deren Führer gelyncht und wie die Hunde niedergeknallt worden waren, in Spokane, da standen die Wobblies vier Häuserblocks lang Spalier, als Wilson vorüberfuhr, standen stumm mit verschränkten Armen und starrten den großen liberalen Staatsmann an, wie er eilig im Auto vorüberfuhr, in seinen Mantel gehüllt, hager vor Müdigkeit, ein Zucken in der einen Hälfte des Gesichts. Die Männer im Arbeitskleide, die Proletarier ließen ihn schweigend vorüberfahren, nachdem Block um Block eine patriotische Menge ihn mit Händeklatschen und Hurra bejubelt hatte.
In Pueblo, Colorado, war er ein grauhaariger Mann, konnte kaum noch stehen, die eine Hälfte seines Gesichtes zuckte:
Jetzt, da die Nebel dieser großen Frage sich gelichtet haben, werden die Menschen, wie ich zuversichtlich glaube, die Wahrheit erkennen, Aug' in Aug' und Angesicht zu Angesicht. Eines gibt es, dem das amerikanische Volk immer entgegenstrebt, immer die Hand reicht, das ist die Wahrheit der Gerechtigkeit, der Freiheit und des Friedens. Wir haben diese Wahrheit aufgenommen, und wir wollen uns von ihr leiten lassen, und sie wird uns, und durch uns die ganze Welt, in die Gefilde der Ruhe und eines Friedens leiten, wie ihn die Welt sich noch nie erträumt hat.
Das war seine letzte Rede;

im Zuge nach Wichita traf ihn der Schlag. Er brach die Versammlungstour ab, die das Land für den Völkerbund gewinnen sollte. Von nun an war er ein zugrunde gerichteter gelähmter Mann, der kaum noch sprechen konnte;
an dem Tage, da er die Präsidentschaft an Harding übergab, beauftragte das Vereinigte Komitee des Senats und Repräsentantenhauses seinen lebenslänglichen Feind Henry Cabot Lodge, den vorgeschriebenen Besuch in der Präsidentenkanzlei im Kapitol abzustatten und die vorgeschriebene Frage vorzubringen, ob der Präsident eine Botschaft an den zu gemeinsamer Tagung versammelten Kongreß zu richten habe.
Wilson brachte es fertig aufzustehen, mühsam richtete er sich auf den zwei Armlehnen seines Sessels hoch. »Senator Lodge, ich habe keine weiteren Mitteilungen zu machen, danke . . . Guten Morgen«, sagte er.
Am 3. Februar 1924 starb er.

Weltwochenschau XXX

RIESENGESCHÜTZE ABMONTIERT?

Die langhaarigen Pfaffen, die reden nicht schlecht,
Und woll'n dir erzählen, was Unrecht ist und was Recht.
Aber wenn du von ihnen was zu essen verlangst,
Dann reden sie noch süßer und kriegen's mit der Angst

PRÄSIDENT AUF DER ÜBERFAHRT
LEICHT ERKÄLTET

Küchenchef, ein Stab von Kellnern und Küchengehilfen aus dem *Biltmore*
Aller Komfort
Konzert während der Mahlzeiten, auf dem Deck spielt während der ganzen Überfahrt bis Brest eine Matrosenkapelle

Dorten, wo die Englein fliegen,
Wirst du was zu essen kriegen

die Stadt bietet ein Bild wüster Zerstörung, besonders rings um das Hauptpostamt, das gänzlich durch Feuer vernichtet wurde, nur noch Trümmer sind übriggeblieben

Bete und ar-
bete und ar-
bete

während der Abendstunden ereignete sich in der Zünder-Abteilung einer der Zündkapselfabriken der E. I. Du Pont de Nemours Powder Company eine Knallquecksilber-Explosion, bei der elf Mann getötet und dreiundzwanzig verletzt wurden, einige davon schwer ... Mrs. Wilson läßt Brieftauben fliegen ... *und wie wunderbar war doch der Geist der Nation, welch einheitliches Zielstreben, welch unermüdlicher Eifer, welch erhabene Entschlossenheit beseelten ihre prächtigen Kraftleistungen, ihre unermüdliche Tätigkeit. Ich habe bereits erklärt, daß diejenigen unter uns, die in der Heimat bleiben mußten, um für die Organisation und den Nachschub zu sorgen, viel lieber bei den Männern gewesen wären, die wir durch unsere Tätigkeit unterstützt haben, aber wir brauchen uns nicht zu schämen* ... im Speisesaal musizierte ein Matrosenquartett

Sei erst mal tot
Dann kriegst du dein Brot
Vom lieben Gott

800 BEWAFFNETE JUBELN
DEN BOLSCHEWIKEN ZU

alles war mit großer Sorgfalt arrangiert, aber das Publikum wurde nicht allzu nahe herangelassen. Die Menschenmassen, die sich auf den Hügeln in der Nähe des Kais versammelt hatten, brachen in laute Rufe aus, als die Barkasse mit dem Präsidenten herangedampft kam. Von den Champs-Élysées aus wurde ein Umweg gewählt, um über die Alexanderbrücke an das drübere Ufer der Seine zu gelangen, und man erinnert sich nun an ein anderes historisches Schauspiel, bei dem Paris sich selbst überboten hatte, um in der Person des Zaren einem absoluten Monarchen zu huldigen

HIELT EINE ANSPRACHE
VOR 1400 BÜRGERMEISTERN

Winston Churchill erklärt:
Die britische Flotte an erster Stelle

Das Kamera-Auge 39

Alphabetisch geordnet nach Rangstufen mit zwei kalten Zeigefingern auf der Corona im Companie-Büro sauber getippt *Bewilligt Klasse A & B Vers. Pr. C & D*
Ha-abt habtacht am Kragen die Häkchen zugehakt der Adamsapfel eingepreßt das US und der Merkurstab berühren sich
Ruht
draußen exerzieren sie im purpurnen Nieseln eines Winternachmittags in Ferrières-Gâtinas Abtei die Clovis über den Skeletten dreier Schüler unseres Seigneur Jesus-Christ errichtet hat *3. Kriegsanl. Schatzamt* Altian Politian Hermatian *4. Kriegsanl. Sch. A. unter Cl E oder Ln. M. C. 38* jetzt regnet es heftig im Rinnstein gurgelt's alle die kleinen glasgrünen Wässerchen klingen Alkuin ist hier mal Prior gewesen und Mühlenräder klappern hinter den bemoosten Steinmauern und Klothilde und Klodomir liegen hier begraben
Beförderungen nur unter Eingängen zu vermerken schläfrig klappert die verrostete Corona hier im Kantonnement unseres schönen lustigen Wanderzirkus ganz allein bis auf den Leichenbestatter der auf seiner Pritsche den Soldaten mimt und dazu das trockene Räuspern des einen der Tbc hat der Militärarzt keine Sekunde lang nüchtern genug um ihn zu untersuchen

Das Jod macht dich glücklich
Das Jod macht dich gesund

vier Uhr dreißig der Passierschein zwischen den Pillen in meiner Tasche wird lebendig
der Feldwebel vom Dienst und der Herr Leutnant ziehen ihre Regenmäntel an spazieren durch das Tor des Etappenlagers in den laternhellen Regen hinaus marschieren ohne

einen Cent in der Tasche ins *Cheval Blanc* dort schnorren sie mit Hilfe ihrer Chevrons und mit vielem Parlewuen Schnäpse und omelettes avec pommes frites und verpflaumen die rotbackige Madeleine *dürfen wir mal*
in dem finstern Flur der zum Hinterzimmer führt haben die Jungens sich angestellt alle wollen zu dem schwarzgekleideten Mädchen aus der Stadt zehn Franc hinschmeißen und dann zum Sanitäter laufen *Lsg. vl. ohne L. D. vl. 41/42 nach SCM*
draußen regnet's auf das bucklige Pflaster der Stadt drinnen trinken wir vin rouge parlez-vous Froschschenkel dürfen wir coucher avec und der alte Kolonialsoldat am Nebentisch trinkt verbotenen Absinth und bemerkt Toute est bien fait dans la nature à la Votre aux Américains

Après la guerre fini
Zurück in die Staaten heidi

dans la mort il n'y a rien de terrible quant on va mourir on pense à tout mais vite
am ersten Tage des neuen Jahres nach dem Appell entlassen man spaziert mit einem Kameraden aus Philadelphia über die blauen winterlich-durchfurchten Straßen unter dem blauen Netzwerk des verstrickten Baumgeästs Krähen kreischen über unseren Köpfen so spaziert man über die rötlicheren Hügel in ein Dorf wir wollen einen weiten Weg gehen guten Wein trinken voller Merowinger-Namen Mühlräder glasgrüne Wässerchen wenn das Wasser aus alten steinernen Speiteufeln hervorgurgelt
Madeleines rote Apfelbäckchen Geruch von Buchenlaub
wir werden Wein trinken der Kamerad aus Philadelphia hat beaucoup Pinke
winterlich purpurner Wein die Sonne bricht durch das Gewölk am ersten Tag des neuen Jahres im ersten Dorf
bleiben wir plötzlich stehen
um uns eine Wachsfigurengruppe anzuschauen
der alte Mann hat das hübsche Bauernmädchen erschossen sie sieht aus wie Madeleine aber jünger sie liegt mit einer Wunde

in der linken Brust in ihrem Blut in den Radfurchen der Straße hübsch und mollig wie ein kleines Rebhuhn
dann zog der alte Mann den einen Schuh aus stemmte die Schrotflinte unters Kinn löste mit der großen Zehe den Abzug und jagte sich die Ladung in den Kopf
wir stehen da schauen den nackten Fuß an und den Fuß im Schuh und das erschossene Mädchen und den alten Mann mit dem Leinensack über dem Kopf und die schmutzige nackte Zehe mit der er den Abzug gelöst hat Faut pas toucher bis der commissaire kommt procès verbale
an diesem ersten Tage des neuen Jahres
scheint die Sonne . . .

Weltwochenschau XXXI

nachdem sie sich hastig gewaschen und angezogen hatten, kamen sie auf den brüsken Befehl der Kommissare die Treppe herunter und wurden im Kellergeschoß des Hauses in einem der hinteren Räume zusammengetrieben. Dann mußten sie sich in einem Halbkreis längs der Wand aufstellen, die jungen Großherzoginnen zitterten, so ungewöhnlich klangen die Befehle, und so finster war's. Sie ahnten nur allzu deutlich die Absicht, mit der die Kommissare erschienen waren. Jarotskij wandte sich an den Zaren, er nahm sich nicht die leiseste Mühe, rücksichtsvoll zu erscheinen, und erklärte, sie müßten jetzt alle sofort sterben. Die Revolution, erklärte er, sei in Gefahr, und der Umstand, daß sie als die Mitglieder des Herrscherhauses immer noch am Leben seien, verstärke diese Gefahr. Es sei daher die Pflicht aller russischen Patrioten, sie zu beseitigen. »Damit ist euer Leben zu Ende«, sagte er zum Schluß.

»Ich bin bereit«, lautete die schlichte Antwort des Zaren, während die Zarin, die sich an ihn anklammerte, ihn für einen Augenblick losließ, um sich zu bekreuzigen, ihrem Beispiel folgten die Großherzogin Olga und Dr. Botkin.

Der Zarewitsch stand vor Angst gelähmt neben seiner Mutter und brachte weder ein Flehen noch einen Protest über die Lippen, während seine drei Schwestern und die übrigen Herzoginnen zitternd zu Boden sanken.

Jarotskij zog seinen Revolver und feuerte den ersten Schuß ab. Dann folgte eine Salve, und die Gefangenen brachen zusammen. Soweit die Kugeln ihr Ziel verfehlten, vollendeten die Bajonette das Werk. Das vermischte Blut der Opfer bedeckte nicht nur den Boden des Zimmers, in dem die Exekution stattgefunden hatte, sondern floß in Strömen durch den Flur

TÖCHTERCHEN

Die Trents wohnten in einem Haus an der Pleasant Avenue, das war die schönste Straße in Dallas, das war die größte und am schnellsten wachsende Stadt in Texas, das war der größte Staat in der gesamten Union und hatte den fettesten Boden und die rassereinsten Amerikaner, und Amerika war das größte Land der Welt, und Töchterchen war Papas einziges, süßestes Mädelchen. Ihr wirklicher Name lautete Anne Elizabeth Trent, nach ihrer armen, lieben Mutter, die gestorben war, als Anne noch ein kleines Kind war, aber Papa und die Jungens nannten sie Töchterchen. Buddy hieß mit seinem richtigen Namen William Delaney Trent, so wie Papa, der ein prominenter Rechtsanwalt war, und Buster hieß Spencer Anderson Trent.

Im Winter gingen sie zur Schule, und im Sommer tobten sie auf der Ranch umher, die Großvater als Pionier in Besitz genommen hatte. In der ersten Zeit, als sie klein waren, gab es noch gar keine Zäune, und draußen in den ausgetrockneten Flußbetten grasten die Stierkälber, aber als Töchterchen ins Lyzeum kam, war bereits die ganze Ranch mit Zäunen eingefaßt, und sie bauten eine Makadam-Straße von Dallas zur Ranch, und Papa fuhr jetzt nur noch in seinem Ford und benützte gar nicht mehr seinen schönen Araberhengst, den ihm ein Pferdehändler auf der Mastviehausstellung in Waco übereignet hatte, denn der Pferdehändler war pleitegegangen und konnte seinem Anwalt das Honorar nicht bezahlen. Töchterchen hatte ein gelbbraunes Pony, das hieß *Kaffee* und nickte mit dem Kopf und stampfte mit dem Huf, wenn es ein Stück Zucker haben wollte, aber einige ihrer Freundinnen hatten Autos, und Töchterchen und die Jungens ließen Papa keine Ruhe, er solle doch ein Auto kaufen, ein richtiges Auto, an Stelle dieses elenden alten Klapperkastens, mit dem er auf der Ranch umherfuhr.

Als Papa im Frühling, gleich nachdem Töchterchen ihr Abitur bestanden hatte, einen Pierce-Arrow-Tourenwagen kaufte, war sie der glücklichste Mensch von der Welt. Wie sie nun morgens vor der Abiturfeier, angetan mit einem duftigen weißen Kleid, vor dem Hause am Steuer saß und auf Papa wartete, der gerade aus dem Büro gekommen war und sich umzog, dachte sie: Gern würde ich mich hier sitzen sehen, an dem nicht allzu heißen Junimorgen, in dem leuchtend blanken, schwarzen Auto, zwischen den blanken Messing- und Nickelgeräten, unter dem blanken, blaßblauen, großen Texashimmel, mitten in dem großen, flachen, reichen Texas, dessen Gebiet sich zweihundert Meilen weit nach allen Richtungen erstreckt. Sie sah ihr Gesicht zur Hälfte in dem kleinen, ovalen Spiegel auf dem Kotflügel, es sah rot aus und sonnverbrannt unter dem gelbblonden Haar. Wenn sie doch bloß rotes Haar hätte und eine Haut so weiß wie Buttermilch, wie Susan Gillespie, das war ihr Wunsch, da sah sie Joe Washburn die Straße entlangkommen, dunkelhaarig und mit ernster Miene, auf dem Kopf einen Panamahut. Sie verzog das Gesicht zu einem himmlischen Lächeln, rechtzeitig genug, um ihm eine Bemerkung zu entlocken: »Wie entzückend du aussiehst, Töchterchen, du darfst mir nicht böse sein, wenn ich das sage.« – »Ich warte gerade auf Papa und die Jungens, wir müssen zur Feier. O Joe, es ist schon spät, und ich bin so aufgeregt . . . Ich sehe bestimmt sehr häßlich aus.«
»Na, amüsier dich gut!« Er ging gemächlich weiter und schob im Gehen den Hut in den Nacken zurück. Etwas, das heißer war als der Junisonnenschein, war ihr aus Joes pechschwarzen Augen entgegengeflammt und in einem raschen Erröten über ihr Gesicht gehuscht und den Nacken hinab unter das dünne Kleid und den Busen entlang, zwischen den kleinen Brüsten hindurch, die sich eben bemerkbar zu machen begannen, obwohl sie versuchte, nie daran zu denken. Schließlich kamen Papa und die Jungens aus dem Hause, alle sahen sie blond aus und fein herausgeputzt und sonngebräunt. Sie mußte sich auf den Hintersitz setzen, neben Bud, der stocksteif dasaß.

Ein heftiger Wind hatte eingesetzt und trieb ihnen den Sand in die Gesichter. Als sie die Ziegelgebäude des Lyzeums erblickte und die versammelten Menschen und die hellen Kleider und die Buden und die große Fahne mit den zappelnden Streifen vor dem Himmel, wurde sie so aufgeregt, daß sie sich nachher an gar nichts mehr erinnern konnte. Abends, auf dem Ball, da sie zum erstenmal in ihrem Leben ein Abendkleid trug, kam sie wieder zu sich: Tüll, Puder und furchtbar viel Menschen, Jungens, steif und verängstigt in schwarzen Röcken, Mädchen, die sich im Ankleideraum drängen, um einander zu begaffen. Sie sagte beim Tanzen kein Wort, sie lächelte bloß und neigte den Kopf ein wenig zur Seite, hoffentlich wird einer was sagen! Die meiste Zeit wußte sie gar nicht, mit wem sie tanzte, bewegte sich lächelnd in einer Wolke rosigen Tülls und bunter Lichter. Jungensgesichter tauchten vor ihr auf, versuchten im Stil forscher Schwerenöter zu konversieren, oder aber sie waren schüchtern und wußten nichts zu reden, verschiedenfarbene Gesichter auf den gleichen steifen Rümpfen. Sie war ehrlich erstaunt, als Susan Gillespie auf sie zukam, sie zogen gerade ihre Mäntel an, um nach Hause zu gehen, und kichernd bemerkte: »Mein Kind, du warst die Königin des Balls.« Als Bud und Buster am nächsten Morgen dasselbe behaupteten und die alte schwarze Emma, die sie nach Mutters Tod großgezogen hatte, aus der Küche hereinkam und sagte: »Jesus mein Gott, Miss Annie, in der ganzen Stadt redet man davon, daß Sie gestern abend die Ballkönigin waren«, da errötete sie über und über vor lauter Glück. Emma sagte, sie habe es von diesem nichtsnutzigen gelben Kerl, der die Milch austrägt, erfahren, seine Tante sei bei Mrs. Washburn beschäftigt, dann stellte sie die Brötchen hin und ging hinaus mit einem Grinsen, breit wie eine Elfenbeinklaviatur. »Ja, Töchterchen«, sagte Papa mit seiner tiefen, ruhigen Stimme und tätschelte ihre Hand, »ich habe mir's auch schon gedacht, aber ich dachte, vielleicht bin ich voreingenommen.«

In den Sommermonaten kam Joe Washburn, der soeben in Austin sein juristisches Studium beendet hatte und im

Herbst in Papas Kanzlei eintreten sollte, zu Besuch und verbrachte zwei Wochen bei ihnen auf der Ranch. Töchterchen behandelte ihn ganz abscheulich, veranlaßte den alten Hildreth, ihm ein tückisches, altes, einäugiges Pony zu geben, legte ihm Hornkröten ins Bett, reichte ihm bei Tisch heiße Pfeffersauce statt Tomatenmark oder versuchte ihm Salz statt Zucker in den Kaffee zu schmuggeln. Den Jungens wurde das so zuwider, daß sie gar nicht mehr mit ihr redeten, und Papa sagte, sie entwickle sich zu einem regelrechten Wildfang, aber sie konnte offenbar mit ihren Lausbübereien nicht aufhören.

Eines Tages dann ritten sie alle zum Abendbrot an den Trinity-Fluß hinüber und schwammen bei Mondschein in dem tiefen Tümpel unterhalb der Felsenklippe. Töchterchen kam nach einer Weile auf einen ganz verrückten Einfall, lief hinauf und sagte, sie würde jetzt von der Klippe aus ins Wasser springen. Das Wasser sah so brav aus, und auf den Wellen schwamm zitternd der Mond. Alle schrien ihr zu, sie solle es sein lassen, aber sie sprang mit elegantem Schwung in die Tiefe. Etwas klappte nicht. Sie hatte sich den Kopf angestoßen – es tat schrecklich weh. Sie schluckte Wasser, sie kämpfte gegen ein schweres Gewicht an, dieses Gewicht drückte sie nieder, dieses Gewicht war Joe. Der Mondschein verrieselte in raschem Wirbel, und mit einem Male war rings umher alles schwarz, aber sie hatte die Arme um Joes Hals geschlungen, ihre Finger umkrampften die strähnigen Muskeln seines Armes. Dann kam sie zu sich, ihre Augen waren ganz dicht an seinem Gesicht, und der Mond hing wieder am Himmel, und etwas Warmes rieselte über ihre Stirn. Sie versuchte zu flüstern: »Joe, ich mag dich, Joe, ich mag dich«, aber das alles versickerte wieder in warme klebrige Schwärze, sie hörte bloß seine Stimme, tief, tief ... »... fast wär ich auch mit ertrunken ...« und Papas Stimme scharf und zornig wie vor Gericht: »Ich hab ihr doch gesagt, sie darf hier nicht tauchen.«

Im Bett kam sie wieder zu sich, der Kopf tat ihr schrecklich weh, und Doktor Winslow war da, und ihr erster Gedanke war, wo ist Joe?, und ob sie sich denn nicht wie ein kleines

dummes Mädchen benommen und ihm verraten habe, daß sie in ihn vernarrt sei? Aber es war davon mit keinem Wort die Rede, sie waren alle schrecklich nett zu ihr, bloß Papa erschien und hielt ihr mit seiner zornigen Amtsstimme einen Vortrag, sie sei unbesonnen und sei ein Wildfang, und durch sie wäre Joe um ein Haar ertrunken, so fest habe sie ihm den Hals zusammengepreßt, als man sie beide aus dem Wasser zog. Sie hatte einen Schädelbruch und mußte den ganzen Sommer im Bett liegen, und Joe war furchtbar nett, obgleich er sie, als er das erste Mal zu ihr ins Zimmer kam, mit seinen scharfen, schwarzen Augen etwas komisch ansah. Solange er auf der Ranch war, kam er jeden Tag nach dem Essen und las ihr vor. Er las ihr die ganze *Lorna Doone* und den halben *Nicholas Nickleby* vor, und sie lag im Bett, heiß und behaglich in ihrem Fieber, fühlte durch ihre Schmerzen hindurch das Gemurmel seiner tiefen Stimme und kämpfte die ganze Zeit mit sich, um nicht wie ein kleines, dummes Mädchen laut hinauszuschreien, daß sie in ihn vernarrt sei, und warum er sie denn nicht ein bißchen lieb haben wolle! Als er weg war, machte das Kranksein gar keinen Spaß mehr. Manchmal kam Papa oder Bud und las ihr etwas vor, aber die meiste Zeit las sie lieber allein. Sie las den ganzen Dickens, zweimal *Lorna Doone* und Pooles *Der Hafen* – sie bekam Lust, nach New York zu fahren.
Im Herbst brachte Papa sie nach dem Norden, nach Lancaster in Pennsylvania, sie sollte dort ein Jahr lang ein Ausbildungsinstitut für junge Damen besuchen. Die Eisenbahnfahrt machte ihr furchtbar viel Spaß und war schrecklich aufregend, aber Miss Tynge war abscheulich, und die Mädchen stammten alle aus dem Norden und waren so gemein und machten sich über ihre Kleider lustig und sprachen von nichts als von Newport und Southampton und von Matinee-Stars, die sie nie gesehen hatte; es war nicht zum Aushalten. Jeden Abend, nachdem sie zu Bett gegangen war, weinte sie und dachte darüber nach, wie verhaßt ihr die Schule sei und daß Joe Washburn sie jetzt nicht mehr würde leiden können. Als die Weihnachtsferien kamen und sie bei den beiden Miss Tynges und einigen Lehrerinnen bleiben

mußte, die auch nicht zu ihren Leuten fahren konnten, weil es zu weit war, entschloß sie sich einfach, das nicht länger mitzumachen, und eines Morgens, bevor noch jemand aufgestanden war, verließ sie das Haus, ging zum Bahnhof, kaufte sich eine Fahrkarte nach Washington und bestieg den ersten Zug, der nach dem Westen fuhr; in ihrer Handtasche hatte sie nichts als eine Zahnbürste und ein Nachthemd. Zuerst fürchtete sie sich so ganz allein im Zug, aber in Havre-de-Grace, wo sie umsteigen mußte, kam ein so netter junger Mann aus Virginia in ihr Abteil, er studierte als Kadett in West Point, und sie amüsierten sich königlich mit Lachen und Plaudern. In Washington bat er sie in der nettesten Weise um die Erlaubnis, sie begleiten zu dürfen, er führte sie in der Stadt umher, zeigte ihr das Kapitol und das Weiße Haus und das Smithsonian Institut, spendierte ihr ein Mittagessen im *New Willard* und brachte sie abends an den Zug nach St. Louis. Er hieß Paul English. Sie versprach ihm, jeden Tag zu schreiben. Sie war so aufgeregt, daß sie nicht schlafen konnte, und lag in ihrem Bett, schaute zum Fenster hinaus, betrachtete die Bäume und die kreisenden Hügel, matt leuchtete der Schnee, ab und zu huschten Lichter vorbei; sie konnte sich genau erinnern, wie er aussah, und wie sein Haar gescheitelt war, und wie er ihr beim Abschied so fest und zuversichtlich die Hand gedrückt hatte. Zuerst war sie ein wenig nervös gewesen, aber sie waren gleich von Anfang an wie alte Freunde gewesen, und er war so höflich und kavalierhaft gewesen. Er war ihre erste Eroberung.

Als sie zwei Tage später an einem sonnigen Wintermorgen ins Zimmer spazierte, wo Papa und die Jungens beim Frühstück saßen, lieber Gott, da waren sie aber verblüfft. Papa wollte sie auszanken, aber Töchterchen sah, daß er sich ebenso freute wie sie. Übrigens war es ihr einerlei, es war doch ein herrliches Gefühl, wieder zu Hause zu sein.

Nach Weihnachten gingen sie, Papa und die Jungens, eine Woche lang in die Nähe von Corpus Christi jagen, amüsierten sich königlich, und Töchterchen erlegte ihr erstes Reh. Als sie wieder nach Dallas kamen, erklärte Töchterchen, sie wolle nicht mehr in das Institut zurück, aber sie würde gerne nach New York zu Ada Washburn, die an der Columbia-Universität studierte, gehen und Vorlesungen besuchen, bei denen sie wirklich etwas lernen könne. Ada war Joe Washburns Schwester, eine alte Jungfer, aber blitzgescheit, sie arbeitete an ihrem Dr. phil. in Pädagogik. Es kostete lange Auseinandersetzungen, weil Papa sich vorgenommen hatte, Töchterchen in das Ausbildungsinstitut zu schicken, aber sie brachte ihn schließlich auf ihre Seite und reiste ab nach New York.

Unterwegs im Zug las sie *Les Misérables* und blickte auf die bräunlichgraue Winterlandschaft hinaus, die so gar nichts Lebendiges hatte, ganz anders waren in Texas die breiten, flachen Hügel gewesen, hellgrün, mit Winterweizen und Alfa-Gras bedeckt, und sie wurde immer aufgeregter, immer ängstlicher, sowie sie sich Stunde um Stunde New York näherte. In Little Rock stieg eine dickliche, mütterliche Frau zu, die ihren Mann verloren hatte, und schilderte unermüdlich die Gefahren und Fallstricke, die den Pfad eines jungen Mädchens in der Großstadt bedrohten. Töchterchen wurde von ihr so streng bewacht, daß sie gar keine Gelegenheit hatte, sich mit dem interessanten jungen, schwarzäugigen Mann zu unterhalten, der in St. Louis einstieg und immerfort in allerlei Papieren blätterte, die er aus einer braunen Aktenmappe nahm. Sie fand, daß er Joe Washburn ein wenig ähnlich sehe. Als sie dann schließlich durch New Jersey fuhren und die Fabriken und schmutzigen Industriestädte immer zahlreicher wurden, fing Töchterchens Herz so schnell zu klopfen an, daß sie nicht mehr still sitzen konnte, sondern alle paar Augenblicke in den Seitengang hinauslaufen und dort frierend in der kalten rauhen Luft auf und ab stapfen mußte. Der dicke, grauhaarige Schaffner fragte sie mit spöttischem Lachen, ob ihr Schatz sie auf dem Bahnhof erwarte, sie habe es scheinbar sehr eilig anzukommen. Sie fuhren gerade durch Newark. Nur noch eine Station. Bleifarben war der Himmel über nassen Straßen voller Automobile, und ein nieselnder Regen ätzte graue Narben in den Schnee. Dann fuhr der Zug über weite, öde

Salzsümpfe, die hier und dort von einer unregelmäßigen Gruppe roter Fabrikgebäude oder von einem schwarzen Fluß, auf dem Dampfschiffe fuhren, unterbrochen wurden. Menschen schienen hier überhaupt nicht zu wohnen; es sah so kalt aus über diesen weiten Sümpfen, daß ihr, wenn sie hinausschaute, ganz ängstlich und einsam zumute war, und sie wäre lieber zu Hause gewesen. Dann fuhr der Zug plötzlich in einen Tunnel ein, und der Negerschaffner stapelte das ganze Gepäck im vorderen Ende des Wagens auf. Sie zog ihren Pelzmantel an, den Papa ihr zu Weihnachten geschenkt hatte, streifte die Handschuhe über, ihre Hände waren ganz kalt vor lauter Aufregung, vor lauter Angst, Ada Washburn könnte vielleicht das Telegramm nicht erhalten haben oder verhindert sein, sie vom Bahnhof abzuholen.
Aber da stand sie schon auf dem Bahnsteig, mit Brille und Regenmantel, genau so altjüngferlich wie immer, und sie hatte noch ein etwas jüngeres Mädchen bei sich, das, wie sich herausstellte, aus Waco stammte und die Kunstakademie besuchte. Sie fuhren einen weiten Weg im Taxi durch Straßen voller Menschen und voller Kot, längs der Bürgersteige lagen gelblichgraue Schneehaufen. »Wenn du vor einer Woche hier gewesen wärst, Anne Elizabeth, ich sage dir, dann hättest du einen richtigen Blizzard erlebt.«
»Früher habe ich mir den Schnee immer so vorgestellt wie auf den Weihnachtskarten«, sagte Esther Wilson, sie sah interessant aus, hatte schwarze Augen, ein längliches Gesicht und eine tiefe, gewissermaßen traurige Stimme. »Aber das war wie so vieles eine Illusion.« – »In New York ist kein Platz für Illusionen«, sagte Ada scharf. – »Mir kommt das alles wie eine Illusion vor«, sagte Töchterchen und schaute zum Fenster hinaus.
Ada und Esther hatten eine entzückende große Wohnung in University Heights, das Speisezimmer hatten sie als Schlafzimmer für Töchterchen hergerichtet. New York gefiel ihr nicht, aber New York war aufregend; alles war grau und schmutzig, die Menschen schienen lauter Ausländer zu sein, und niemand kümmerte sich um einen, nur ab und zu wurde man auf der Straße von einem Mann

angesprochen oder in der Untergrundbahn zärtlich angerempelt, und das war ekelhaft. Sie immatrikulierte sich als Externistin, besuchte Vorlesungen über Volkswirtschaftslehre, englische Literatur und Kunstgeschichte und plauderte ab und zu ein wenig mit diesem oder jenem jungen Manne, der zufällig neben ihr saß, aber sie war um so viel jünger als alle die Leute, die sie kennenlernte, und sie traf anscheinend nicht den richtigen Ton, der die Leute interessiert hätte. Manchmal ging sie mit Ada in eine Matinee oder fuhr am Sonntagnachmittag mit Esther dicht vermummt auf dem Verdeck eines Autobusses zum Museum, aber die beiden waren so nüchtern und erwachsen und fanden alles, was sie sagte und tat, empörend.
Als eines Sonnabends Paul English anrief und sie einlud, mit ihm in eine Matinee zu gehen, war sie begeistert. Sie hatten ein paar Briefe gewechselt, aber einander seit Washington nicht gesehen. Den ganzen Vormittag zog sie erst das eine Kleid und dann das andere an, probierte verschiedene Frisuren und saß noch im Bade, als er sie abholen kam, so daß Ada ihn die längste Zeit unterhalten mußte. Als sie ihn erblickte, verschwand ihr ganzes Entzücken, er sah so steif und hochnäsig aus in seiner Galauniform. Ehe sie recht wußte, wie es kam, war sie fest dabei, ihn durch den Kakao zu ziehen, und während der Fahrt in der Untergrundbahn benahm sie sich so närrisch, daß er, als sie im *Astor* anlangten, wo sie zu Mittag essen wollten, eine Miene machte wie eine gekränkte Leberwurst. Sie ließ ihn am Tisch sitzen und ging auf die Damentoilette, denn sie wollte ihr Haar anders frisieren, und sie kam mit einer diamantengeschmückten, alten Jüdin ins Gespräch, die ihre Brieftasche verloren hatte, und als sie in den Speisesaal zurückkehrte, da stand das kalte Essen auf dem Tisch, und Paul English schaute unruhig auf seine Armbanduhr. Das Stück gefiel ihr nicht, und als sie dann mit dem Taxi über den Riverside Drive fuhren, versuchte er frech zu werden, obgleich es noch heller Tag war, und sie gab ihm eine Ohrfeige. Er sagte, sie sei gemein, noch nie habe er ein so gemeines Mädchen gesehen, und sie sagte, es mache ihr Spaß, gemein zu sein, und wenn

es ihm nicht passe, könne er sich zum Teufel scheren. Sie war bereits entschlossen, ihn von ihrer Liste zu streichen.
Sie ging auf ihr Zimmer und weinte und wollte kein Abendbrot essen. Paul English hatte sich also als ein richtiger Fatzke entpuppt, und das stimmte sie ganz unglücklich. Sie war einsam, hatte niemanden, der mit ihr ausging, hatte keine Gelegenheit, jemanden kennenzulernen, weil sie immer von zwei alten Jungfern begleitet wurde. Sie lag der Länge nach auf dem Fußboden, schaute sich die Möbel von unten an, so wie sie das als kleines Kind immer gemacht hatte, und dachte an Joe Washburn. Ada kam herein, und da lag sie wie ein Idiot auf dem Fußboden und reckte die Beine in die Luft; sie sprang auf, bedeckte Adas Gesicht mit Küssen, umarmte sie zärtlich und sagte, sie sei ein kleiner Dummkopf gewesen, aber das sei jetzt alles vorbei, und ob im Eisschrank noch was zum Essen da sei.
Als sie auf einer von Adas Sonntagabend-Gesellschaften, zu denen sie gewöhnlich nicht erschien, weil die Leute so steif bei ihrem Kakao und ihrem Napfkuchen saßen und sich so ernst und tiefsinnig unterhielten, Edwin Vinal kennenlernte, bekam plötzlich alles ein anderes Gesicht, und sie begann New York liebzugewinnen. Er war ein knochiger junger Mann, studierte Soziologie. Die Kakaotasse ungemütlich in der Hand balancierend, saß er auf einem harten Stuhl und schien nicht zu wissen, wo er seine Beine hintun solle. Den ganzen Abend sagte er kein Wort, aber kurz vor dem Weggehen schnappte er eine Bemerkung Adas über den »Wert« auf, begann wild draufloszuschwatzen und zitierte immerfort einen Mann namens Veblen. Töchterchen fühlte sich gewissermaßen zu ihm hingezogen und fragte, wer Veblen sei, und er begann sich mit ihr zu unterhalten. Sie konnte seinen Äußerungen nicht recht folgen, aber daß er sich so unmittelbar mit ihr unterhielt, schmeichelte ihr und tat ihr wohl. Er hatte helles Haar, schwarze Brauen und Wimpern, blasse graue Augen mit kleinen goldgelben Tupfen. Seine unbeholfenen, schlenkernden Bewegungen gefielen ihr. Am Abend darauf besuchte er sie, brachte ihr einen Band der *Theorie der besitzenden Klasse* und fragte sie, ob sie nicht mit

ihm auf der St.-Nicholas-Eisbahn Schlittschuh laufen wolle. Sie ging auf ihr Zimmer, um sich fertigzumachen, trödelte lange umher, puderte sich das Gesicht, schaute in den Spiegel. »He, Anne, um Himmels willen, wir haben doch nicht die ganze Nacht für uns!« rief er durch die Tür. Sie hatte noch nie Schlittschuhe an den Füßen gehabt, aber sie konnte Rollschuh laufen, und es gelang ihr, an Edwins Arm rund um die große Halle zu gleiten, eine Musikkapelle spielte, und über den Galerien hingen in vielfacher Reihe Gesichter und Lichter. Seit sie von zu Hause weg war, hatte sie sich nicht mehr so gut amüsiert.

Edwin Vinal war in der Wohlfahrtspflege tätig gewesen und wohnte in einem Siedlungshaus, und jetzt hatte er eine Freistelle an der Columbia-Universität, aber er sagte, die Professoren seien viel zu theoretisch und könnten anscheinend nicht begreifen, daß sie es mit wirklichen Menschen wie du und ich zu tun hätten. Töchterchen hatte zu Hause ein wenig in der kirchlichen Armenpflege mitgetan und um die Weihnachtszeit Geschenkkörbe zu armen weißen Familien gebracht, und sie sagte, gern würde sie auch hier in New York sich in der Sozialfürsorge betätigen. Während sie ihre Schlittschuhe abschnallten, fragte er sie, ob das ihr Ernst sei, und sie blickte lächelnd zu ihm auf und sagte: »Ich will sterben, wenn das nicht mein Ernst ist!«

Am nächsten Abend also fuhren sie dreiviertel Stunden lang mit der Untergrundbahn in die innere Stadt und dann noch eine tüchtige Strecke mit der Querbahn zu einem Siedlungshaus an der Grand Street, dort mußte sie warten, während er einer Schar schmutziger junger Litauer oder Polen oder ähnlichen Volks englischen Sprachunterricht erteilte. Dann spazierten sie durch die Straßen, und Edwin machte sie auf die elenden Verhältnisse aufmerksam. Man glaubte im Mexikanerviertel von San Antonio oder Houston zu sein, nur daß hier alle möglichen Rassen vertreten waren. Die Menschen sahen alle aus, als hätten sie noch nie gebadet, und die Straßen stanken nach Müll. Überall hing Wäsche aus den Fenstern, an den Häuserwänden klebten Schilder in allen möglichen komischen Sprachen. Edwin zeigte ihr einige russische und jiddische, eine armenische und zwei arabische Aufschriften. Die Straßen waren schrecklich überfüllt, an den Rinnsteinen standen Händlerkarren und an jeder Ecke Hausierer, aus den Restaurants strömten ein komischer Essensgeruch und fremdländische Grammophonmusik. Edwin machte sie auf verschiedene Typen aufmerksam: Zwei müde dreinschauende geschminkte Mädchen, Straßendirnen, wie er sagte, Betrunkene, die aus einer Kneipe heraustaumelten, ein junger Mann mit einer karierten Mütze, der, wie er sagte, Zuhälter war und Kunden für ein Bordell zusammentrommelte, einige junge Burschen, die recht finstere Blicke warfen – Banditen und Kokainschmuggler, wie Edwin sagte. Sie atmete auf, als sie nach kurzer Fahrt wieder mehr nach der Innenstadt zu aus der Untergrund hinauskamen und ein frischer Wind, gesättigt mit dem Geruch des Hudson River, durch die leeren Straßen fegte. »Na, Anne, wie hat Ihnen der Ausflug in die Unterwelt gefallen?«

»Ganz gut«, sagte sie nach einer Pause. »Aber das nächste Mal werde ich mir einen Revolver in meinem Handtäschchen mitnehmen ... Aber diese Menschen, Edwin, wie kann man denn bloß aus diesen Menschen anständige Staatsbürger machen? Wir sollten nicht zulassen, daß alle diese Ausländer herüberkommen und uns unser Land in Unordnung bringen!«

»Sie haben ganz und gar unrecht«, fuhr Edwin sie an. »Diese Menschen würden die anständigsten Menschen von der Welt sein – sie haben bloß keine Gelegenheit dazu. Und uns würde es auch nicht anders gehen, wenn wir nicht das Glück gehabt hätten, als Kinder anständiger Familien in kleinen, reichen amerikanischen Städtchen zur Welt zu kommen.«

»Oh, wie können Sie nur so dumme Sachen sagen, Edwin, das sind eben keine richtigen Weißen und werden auch nie welche sein, genau wie die Mexikaner oder die Nigger.« Sie unterbrach sich und verschluckte das letzte Wort. Dicht hinter ihr saß der farbige Liftboy schlummernd auf der Bank.

»Sie sind doch wirklich eine ganz verstockte kleine Heidin!« sagte Edwin spöttisch. »Sie wollen eine Christin sein, ja, haben Sie denn nie darüber nachgedacht, daß Christus ein Jude war?«

»Ach, ich falle um vor Müdigkeit, ich kann jetzt nicht mit Ihnen diskutieren, aber ich weiß, daß Sie unrecht haben.« Sie betrat den Aufzug, und der Liftboy stand gähnend auf und rekelte sich. In dem rasch sich verschmälernden hellen Streifen zwischen dem Boden des Lifts und der Decke des Vestibüls sah sie gerade noch, wie Edwin ihr mit der Faust drohte. Sie warf ihm eine Kußhand zu, ohne sonderliche Absicht, dann war er verschwunden.

Ada saß im Wohnzimmer und schimpfte ein wenig, weil sie so spät nach Hause kam, aber sie schützte vor, daß sie zu müde und schläfrig sei, Ada dürfe sie nicht auszanken. »Was hältst du von Edwin Vinal, Ada?« – »Ich halte ihn für einen ganz famosen Menschen, er ist vielleicht ein bißchen fahrig, aber das wird sich mit der Zeit geben... Warum denn, mein Kind?«

»Oh, ich weiß nicht«, sagte Töchterchen gähnend. »Gute Nacht, Ada, Liebes!«

Sie nahm ein heißes Bad, parfümierte sich reichlich und ging zu Bett, aber sie konnte nicht einschlafen. Die Beine taten ihr weh von dem schmierigen Pflaster, sie hatte das Gefühl, riesige Häuserwände, triefend von Laster und Schmutz, durchsättigt mit dem Gestank zahlloser Leiber, rückten immer näher an sie heran, trotz des Parfums saß ihr immer noch der faulige Müllgeruch in der Nase, ihre Augen schmerzten von dem funkelnden Gewirr der Straßenlaternen und Gesichter. Als sie einschlief, träumte sie, sie habe sich die Lippen rot geschminkt und spaziere auf und ab, auf und ab, den Revolver im Handtäschchen; Joe Washburn kam vorüber, und sie faßte mehrere Male nach seinem Arm, er solle doch stehenbleiben, aber er ging vorüber, ohne sie anzusehen, und ebenso Papa, und sie schauten auch nicht hin, als ein dicker bärtiger Jude immer näher zu ihr heranrückte, und er stank scheußlich nach der East Side, nach Knoblauch und Wasserklosett, und sie ver-

suchte den Revolver aus ihrem Täschchen zu reißen, um ihn niederzuschießen, und er umarmte sie, sein Mund war ganz nahe an ihrem Gesicht, sie konnte den Revolver nicht aus dem Täschchen bekommen, und durch das tosende Geratter der Untergrund in ihren Ohren tönte Edwin Vinals Stimme: »Sie sind eine Christin, ja? Sie haben ganz und gar unrecht . . . eine Christin, ja? Haben Sie jemals darüber nachgedacht, daß Christus genauso gewesen wäre wie diese Leute, wenn er nicht das Glück gehabt hätte, als Kind anständiger Leute . . . eine Christin, ja . . . «
Ada, die im Nachthemd neben dem Bett stand, weckte sie auf: »Was ist denn los, Kind?«–»Ich hatte einen Alptraum... Ist das nicht blöd?« sagte Töchterchen und setzte sich auf. »Habe ich um Hilfe geschrien?« – »Sicher habt ihr gebackenen Käse gegessen, deshalb bist du auch so spät nach Hause gekommen!« sagte Ada und ging lachend in ihr Zimmer zurück.
Als der Frühling kam, war Töchterchen Trainer einer Korbball-Mannschaft im Christlichen Verein Junger Mädchen in der Bronx und verlobte sich mit Edwin Vinal. Sie erklärte, sie wolle noch ein paar Jahre lang ledig bleiben, und er erwiderte, es liege ihm gar nichts an einer fleischlichen Verbindung, das Wichtigste sei, gemeinsam einen Plan für ein Leben im Dienste der Menschheit zu entwerfen. Jeden Sonntagabend, wenn das Wetter schön war, wanderten sie in den Palisades Park, brieten sich dort ein Kotelett, saßen nebeneinander im Grase und blickten durch das Geäst der Bäume nach den Lichtern, die an der mächtigen, gezahnten Felsenkante der Stadt aufflammten, und sprachen darüber, was gut und was böse sei und wie die wahre Liebe aussehen müsse. Auf der Heimfahrt standen sie Hand in Hand im Bug des Fährbootes mitten in der Menge der Pfadfinder, Wandervögel und Ausflügler, betrachteten die breite Masse erleuchteter Gebäude, die längs des North River in den rötlichen Dunst verdämmerten, und unterhielten sich über die schrecklichen Verhältnisse, die in der Großstadt herrschten. Wenn sie dann einander gute Nacht sagten, gab Edwin ihr einen Kuß auf die Stirn, und sie fuhr im Lift hinauf und

hatte das Gefühl, daß dieser Kuß ein Kuß der Weihe gewesen sei.
Ende Juni fuhr sie nach Hause, um drei Monate auf der väterlichen Ranch zu verbringen, aber sie fühlte sich in diesem Sommer dort recht unglücklich. Sie brachte es aus irgendwelchen Gründen nicht fertig, Papa ihre Verlobung mitzuteilen. Als Joe Washburn für eine Woche zu Besuch kam, ließen die Jungens ihr keine Ruhe, sie zogen sie mit ihm auf und erzählten ihr, daß er mit einem Mädchen aus Oklahoma City verlobt sei, und sie wurde so wütend, daß sie gar nicht mehr mit ihnen sprach und zu Joe kaum noch höflich war. Sie ließ sich's nicht nehmen, ein tückisches, kleines Texaspony zu reiten, das recht bockig war und sie einige Male abwarf. Eines Nachts fuhr sie mit dem Auto in ein Gattertor, so daß beide Laternen kaputtgingen. Wenn Papa ihr wegen ihres wilden Benehmens Vorwürfe machte, erklärte sie, das könne ihm ganz egal sein, sie fahre doch wieder nach dem Osten, um sich dort selber ihr Brot zu verdienen, dann sei er sie endlich los. Joe Washburn behandelte sie mit der gleichen ernsten Freundlichkeit wie immer, und manchmal, wenn sie sich wie eine Verrückte gebärdete, sah er sie mit einem komischen, verständnisvollen und etwas spöttischen Blick an, und da kam sie sich plötzlich ganz klein und lächerlich vor. Am Abend vor seiner Abreise umstellten die Jungens eine Klapperschlange auf dem Steinhaufen hinter dem Corral, und Töchterchen forderte Joe heraus, die Schlange aufzuheben und ihr den Kopf abzubeißen. Joe holte schnell einen gegabelten Stock, fing den Hals der Schlange in der Gabel des Stocks und schleuderte das Tier mit voller Kraft gegen die Wand der kleinen Räucherkammer. Als dann die Schlange zuckend mit gebrochenem Rückgrat im Grase lag, schlug ihr Bud mit einer Haue den Kopf ab. Sie hatte sechs Klappern.
»Töchterchen«, sagte Joe langsam und schaute ihr mit seinem festen, lächelnden Blick in die Augen, »manchmal, wenn man dich reden hört, könnte man glauben, du seist nicht bei Verstand.«
»Ein Feigling bist du, das ist das Ganze!« sagte sie. Sie

haßte ihn schrecklich, wenn sie einen Revolver gehabt hätte, würde sie ihn niedergeschossen haben.
»Töchterchen, du bist verrückt ... Du wirst dich bei Joe entschuldigen!« schrie Bud; er kam gelaufen, ganz rot im Gesicht, die tote Schlange in der Hand. Sie machte kehrt, ging ins Ranchhaus und warf sich auf ihr Bett. Und kam nicht eher wieder zum Vorschein, als bis Joe am nächsten Morgen abgereist war.
In der letzten Woche vor ihrer Abreise nach New York war sie brav wie ein Engel, sie versuchte sich bei ihrem Papa und bei ihren Brüdern einzuschmeicheln, buk Kuchen für sie und kümmerte sich um den Haushalt, damit wollte sie vergessen machen, daß sie sich den ganzen Sommer hindurch so gemein und verrückt aufgeführt hatte. Ada erwartete sie in Dallas, und sie nahmen gemeinsam ein Schlafwagenabteil. Sie hatte gehofft, Joe würde an den Zug kommen, um ihr adieu zu sagen, aber er war in Petroleumgeschäften nach Oklahoma City gefahren. Auf der Fahrt nach dem Norden schrieb sie ihm einen langen Brief, sie wisse gar nicht, was ihr damals mit der Klapperschlange bloß eingefallen sei, und, bitte, er möge ihr doch verzeihen.
In diesem Herbst war Töchterchen sehr fleißig. Trotz Edwins Einspruch hatte sie sich Zutritt zu dem Seminar für Zeitungswissenschaften verschafft. Wenn es nach ihm gegangen wäre, hätte sie Lehrerin oder Wohlfahrtspflegerin werden müssen, aber sie meinte, als Journalistin habe sie größere Chancen. Darüber kam es zwischen ihnen mehr oder weniger zum Bruch; obwohl sie einander noch recht oft sahen, sprachen sie nicht mehr soviel von ihrem Verlöbnis. Töchterchen freundete sich mit einem gewissen Webb Cruthers an, einem jungen Studenten, der gleichfalls das Seminar für Zeitungswissenschaften besuchte. Ada freilich erklärte, er sei ein Taugenichts, und Töchterchen durfte ihn nicht in die Wohnung mitbringen. Er war kleiner als sie, hatte dunkles Haar und sah aus wie fünfzehn, obgleich er behauptete, einundzwanzig zu sein. Er hatte eine milchweiße Haut, deshalb wurde er Baby getauft, und er hatte eine komisch zutrauliche Art, mit einem zu reden, als ob er das,

was er sagte, selber nicht ganz ernst nehme. Er sagte, er sei Anarchist, und sprach die ganze Zeit über Politik und über den Krieg. Auch er führte sie oft in die East Side, aber das machte ihr dann viel mehr Spaß als mit Edwin. Webb mußte immer in irgendein Lokal gehen, um ein Gläschen zu trinken und sich mit den Leuten zu unterhalten. Er führte sie in Kneipen, in rumänische Ratskeller, in arabische Restaurants, in alle möglichen Lokale, von denen sie sich nie etwas hatte träumen lassen. Wo sie auch hinkamen, er kannte alle Welt und schien überall Kredit zu haben, denn Bargeld hatte er fast nie, und sobald das bißchen Geld, das sie bei sich hatte, ausgegeben war, mußte Webb den Rest anschreiben lassen. Töchterchen trank nie mehr als ab und zu ein Glas Wein, und wenn er zu geräuschvoll wurde, ließ sie sich von ihm an die nächste Untergrundbahn bringen und fuhr nach Hause. Am folgenden Tage dann war er ein wenig matt und zitterig, klagte über seinen Katzenjammer und erzählte ihr komische Abenteuer, die er in seinem Schwips erlebt hatte. In seinen Taschen hatte er immer irgendwelche Broschüren über Sozialismus und Syndikalismus und Exemplare der revolutionären Zeitschrift *Masses*.
Kurz nach Weihnachten wurde Webb völlig von einem Textilarbeiterstreik in Anspruch genommen, der in einem kleinen Städtchen drüben in New Jersey ausgebrochen war. Eines Sonntags fuhren sie hinüber, um sich die Sache anzusehen. In einem schmutzigen ziegelroten Bahnhof mitten in dem verödeten Geschäftsviertel verließen sie den Zug, vor den Restaurants und vor den leeren Läden, die des Sonntags wegen geschlossen waren, standen ein paar Leute umher; es schien in der Stadt nichts los zu sein, aber das änderte sich, als sie zu den langgestreckten, niedrigen, eckigen, aus roten Ziegeln gebauten Fabrikgebäuden kamen. Auf der breiten schmutzigen Straße vor den Toren standen blauuniformierte Polizisten in großen Gruppen beisammen, und hinter dem Drahtgeflecht der Tore sah man stämmige junge Burschen in Khakiuniformen. »Das ist die Streikbrecherpolizei, Schweinebande«, stieß Webb zwischen den Zähnen hervor. Sie gingen in das Büro der Streiklei-

tung, um ein junges Mädchen zu besuchen, eine Bekannte von Webb, welche die Pressepropaganda leitete. Über eine schmutzige Treppe, auf der es von Ausländern wimmelte, Männern mit grauen Gesichtern und Frauen in verschossenen, schäbigen Kleidern, kamen sie in ein Büro voller Stimmenlärm und Schreibmaschinengeklapper. Im Flur lagen Stöße von Flugblättern, die ein müde aussehender junger Mensch in kleinen Päckchen an eine Reihe junger Burschen in zerrissenen Sweaters verteilte. Sylvia Dalhart, ein junges Mädchen mit einer Brille und einer langen Nase, saß, wild drauflostippend, vor einem Schreibtisch, der mit Zeitungen und Ausschnitten beladen war. Sie begrüßte Webb mit einer Handbewegung und sagte: »Warten Sie draußen auf mich. Ich muß ein paar Journalisten herumführen, und es wird gut sein, wenn Sie mitkommen.«
Draußen im Vorraum stießen sie auf einen Bekannten von Webb; Ben Compton war ein großer junger Mensch mit einer langen, schmalen Nase und rotumränderten Augen, er werde, sagte er, in der Versammlung sprechen, ob nicht Webb sprechen wolle. »Ach Gott, was soll ich denn diesen Leuten erzählen! Ich bin doch bloß ein verbummelter Student, genauso wie du, Ben.« – »Du sollst ihnen erzählen, daß die Arbeiter eine Welt zu gewinnen haben, daß dieser Kampf ein Teil einer großen historischen Schlacht ist. Reden schwingen ist wirklich das leichteste bei der ganzen Bewegung. Die Wahrheit ist einfach genug!« Er hatte eine explosive Art zu reden, nach jedem Satz machte er eine Pause, als ob der nächste Satz einige Zeit brauchte, um von irgendwoher aus seinem Innern an die Oberfläche zu gelangen. Töchterchen fand, alles in allem, daß er kein übler Kerl sei, obgleich er wahrscheinlich Jude war. »Na, ich will versuchen, etwas über Wirtschaftsdemokratie herzustottern«, sagte Webb.
Sylvia Dalhart schob sich bereits die Treppe hinunter. Sie hatte einen blassen jungen Mann bei sich, der junge Mann trug einen Regenmantel und einen schwarzen Filzhut und kaute an einer halbgerauchten, erloschenen Zigarre. »Kollegen, das ist Joe Biglow vom *Globe*.« Sie sprach mit dem

schnarrenden Akzent der Leute aus dem amerikanischen Westen, Töchterchen fühlte sich gleich angeheimelt. »Wir wollen ihn herumführen.«
Sie gingen durch die ganze Stadt, besuchten die Wohnungen der Streikenden; Frauen mit müden Gesichtern, in Wolljacken, die an den Ellbogen zerrissen waren, kochten ein mageres Sonntagsessen aus Büchsenfleisch und Kohl oder Schmorfleisch und Kartoffeln, und in manchen Haushalten hatten sie bloß Kohl und Brot oder gar nur Kartoffeln.
Dann gingen sie in ein Restaurant neben dem Bahnhof und aßen dort zu Mittag. Und da anscheinend keiner Geld hatte, bezahlte Töchterchen die Zeche, und nun war es Zeit, in die Versammlung zu gehen.
Die Straßenbahn war mit Streikenden und ihren Frauen und Kindern überfüllt. Die Versammlung sollte in einem benachbarten Städtchen stattfinden, weil in der Stadt, in der gestreikt wurde, alles den Unternehmern gehörte und man keinerlei Möglichkeit hatte, einen Saal zu mieten. Es hatte zu graupeln angefangen, sie bekamen nasse Füße, während sie durch den Straßenschlamm zu der schäbigen Holzbaracke wateten, in der die Versammlung vor sich gehen sollte. Als sie schließlich anlangten, war berittene Polizei vor dem Eingang. »Saal überfüllt«, sagte ihnen ein Polizist an der Straßenecke, »es darf niemand mehr hinein.«
Sie standen in dem Graupelregen umher und warteten, daß ihnen jemand Bescheid sage. Tausende von Streikenden waren versammelt, Männer und Frauen und Jugendliche, die älteren Leute unterhielten sich mit leiser Stimme in fremden Sprachen. Webb sagte immer wieder: »Himmel, das ist doch schändlich, da muß doch was geschehen.« Töchterchen hatte kalte Füße und wollte nach Hause.
Dann erschien plötzlich Ben Compton, der an dem hinteren Eingang des Saales gewesen war. Die Leute umringten ihn. »Da ist Ben . . . Da ist Compton! Unser braver Benny!« hörte Töchterchen die Leute sagen. Junge Burschen gingen durch die Menge und flüsterten: »Wir machen hier unsere Versammlung . . . Laßt euch nicht verjagen, Leute!«

Compton hing mit dem einen Arm an einem Laternenpfahl und begann zu sprechen: »Genossen, das ist eine neue Beleidigung für die Arbeiterschaft. Es sind noch keine vierzig Leute im Saal, und da schließt man die Türen und behauptet, der Saal sei überfüllt . . .« Die Masse wogte hin und her, Hüte, Schirme hüpften in dem graupeligen Regen auf und ab. Dann sah man, wie zwei Blaue Ben Compton wegschleppten, und man hörte das Gerassel des Überfallautos. »Pfui, pfui!« schrien die Leute. Sie begannen vor der Polizei zurückzuweichen, die Massen strömten von dem Versammlungsgebäude weg. Still und niedergeschlagen marschierten sie die Straße entlang zur Straßenbahnhaltestelle, und der Kordon berittener Polizei drängte sie weiter. Plötzlich flüsterte Webb Töchterchen ins Ohr. »Ich muß mich mal auf Ihre Schulter stützen«, und sprang auf einen Hydranten.

»Das ist schändlich!« schrie er. »Ihr habt die Erlaubnis zur Benützung des Saales, ihr habt ihn bezahlt, und keine Macht auf Erden hat das Recht, euch nicht hineinzulassen. Nieder mit den Kosaken!«

Zwei berittene Polizisten sprengten auf ihn zu, bahnten sich eine Gasse durch die Menge. Webb sprang von dem Hydranten herunter und packte Töchterchens Hand. »Laufen wir, schnell!« flüsterte er und rannte los, kreuz und quer durch die hastende Menge. Sie folgte ihm lachend und atemlos. Eine Straßenbahn fuhr die Hauptstraße entlang. Webb sprang im Fahren auf, Töchterchen aber konnte ihm nicht folgen und mußte auf die nächste Bahn warten. Unterdessen ritten die Polizisten langsam durch die Massen auf und ab und trieben sie auseinander.

Töchterchen taten die Füße weh, weil sie den ganzen Nachmittag im Straßenkot umhergewandert war, und sie dachte bei sich, na, jetzt mußt du schnell nach Hause, bevor du dich auf den Tod erkältest. Auf dem Bahnhof, während sie auf den Zug wartete, erblickte sie Webb. Er schien eine Todesangst zu haben. Die Mütze hatte er tief in die Stirn gedrückt und das Halstuch bis übers Kinn hinaufgezogen, und als Töchterchen auf ihn zukam, tat er, als kenne er sie

nicht. Sobald sie in dem überheizten Zug waren, schlich er durch den Seitengang herbei und setzte sich neben sie.
»Ich hatte Angst, ein Krimi könnte mich auf dem Bahnhof wiedererkennen«, flüsterte er. »Was sagen Sie nun?«
»Ich finde es schrecklich ... Die sind ja alle so feig ... Gefallen haben mir bloß die Burschen, die die Fabriken bewachen, das sind wirkliche Kerls ... Und Sie, Webb Cruthers, Sie sind wie ein Hase davongelaufen.«
»Sprechen Sie nicht so laut ... Sind Sie vielleicht der Meinung, ich hätte warten sollen und mich wie Ben verhaften lassen?«
»Mich geht ja die ganze Sache nichts an.«
»Sie verstehen die revolutionäre Taktik nicht, Anne.«
Als sie auf dem Fährboot waren, klapperten sie beide vor Kälte und hatten schrecklichen Hunger. Webb sagte, er habe den Schlüssel zu dem Zimmer eines Freundes in der Achten Straße, sie wollten doch lieber dorthin gehen, sich die Füße wärmen, einen heißen Tee trinken, bevor sie weiterfuhren. Es war ein ziemliches Stück Weg von der Landungsstelle des Fährbootes bis zu dem Hause des Freundes, mürrisch marschierten sie dahin, keiner von ihnen sagte ein Wort. Das Zimmer, das nach Terpentin roch und unaufgeräumt war, entpuppte sich als ein großes, mit einem Gasofen geheiztes Atelier. Es herrschte hier eine Eiseskälte, sie wickelten sich jedes in eine Decke, zogen Schuhe und Strümpfe aus und wärmten sich die Füße an den Gasflammen. Töchterchen zog unter der Decke den Rock aus und hängte ihn über dem Ofen auf. »Ich muß schon sagen«, sagte sie, »wenn jetzt Ihr Freund nach Hause kommt, sind wir kompromittiert.«
»Er kommt nicht«, sagte Webb, »er ist übers Wochenende nach Cold Spring gefahren.« Webb spazierte barfüßig umher, setzte Wasser zum Kochen auf und röstete Brotschnitten. »Ziehen Sie doch Ihre Hose aus, Webb! Von hier kann man sehen, wie das Wasser unten runterläuft.« Errötend zog Webb seine Hose aus und hüllte sich in die Decke wie ein römischer Senator in seine Toga.
Lange Zeit schwiegen sie beide, außer dem fernen Tosen des

Verkehrs war weiter nichts zu hören als das Zischen der Gasflammen und das ruckweise Summen des Wassers, das gerade zu kochen anfing. Dann begann Webb plötzlich zu reden, hastig und verworren: »Sie halten uns also für feige, ja? Na, vielleicht haben Sie recht, Anne ... Mir ist es ja verflucht egal ... Das heißt, wissen Sie, manchmal muß man feig sein, und manchmal muß man den tapfern Mann spielen. Seien Sie bloß einen Augenblick noch still, ich will Ihnen was sagen ... Sie gefallen mir furchtbar gut – und es war feig von mir, daß ich Ihnen das nicht schon längst gesagt habe, nicht? Ich glaube nicht an Liebe und all das dumme Zeug, bürgerlicher Quatsch; aber ich bin der Meinung, wenn zwei Menschen einander gefallen, dann bin ich der Meinung, es ist feig von ihnen, wenn sie nicht – Sie wissen schon, was ich meine.«

»Nein, ich weiß es nicht, Webb«, sagte Töchterchen nach einer Pause.

Webb schaute sie etwas verblüfft an, dann brachte er ihr eine Tasse Tee und ein geröstetes Brot mit Butter und etwas Käse. Eine Zeitlang aßen sie schweigend; es war so still, sie tranken Tee in kleinen Schlückchen, einer hörte den andern schlucken. »Ja, zum Donnerwetter, was meinen Sie denn damit?« platzte Webb plötzlich los.

Töchterchen fühlte sich recht warm und schläfrig in ihrer Decke, der heiße Tee wärmte den Magen, die trockene Glut der Gasflammen umschmeichelte ihre Sohlen. »Ach, was meint man denn schon, wenn man was sagt!« murmelte sie verträumt.

Webb stellte seine Tasse hin und begann im Zimmer auf und ab zu gehen, die Decke hinter sich herschleifend. »Scheiße«, sagte er plötzlich; er war auf einen Reißnagel getreten. Er stand auf einem Bein und betrachtete seine Sohle, die von dem schmutzigen Boden schwarz geworden war. »Aber zum Donnerwetter, Anne ... man soll doch die Liebe etwas freier und lustiger nehmen! Vorwärts, los!« Seine Wangen waren rosig, seine schwarzen Haare, die dringend die Schere nötig hatten, waren wild verstrubbelt. Er stand immer noch auf einem Bein und betrachtete seine Fußsohle.

Töchterchen begann zu lachen. »Jetzt sehen Sie aber furchtbar komisch aus, Webb.« Eine sanfte Wärme durchrieselte sie. »Geben Sie mir noch eine Tasse Tee, und rösten Sie mir noch ein paar Brotschnitten.«
Nachdem sie den Tee und den Toast verzehrt hatte, sagte sie: »Wäre es jetzt nicht an der Zeit, nach Hause zu fahren?« – »Aber zum Donnerwetter, Anne, ich mache Ihnen doch unsittliche Anträge«, sagte er schrill, halb lachend, halb weinend, »so hören Sie doch um Gottes willen zu ... Verflucht noch mal, ich werde Sie zwingen, mir zuzuhören, Sie kleines Luder!« Er ließ seine Decke fallen und lief auf sie zu. Sie sah, daß er völlig von Sinnen war. Er riß sie aus ihrem Stuhl hoch und küßte sie auf den Mund. Es kam zu einem richtigen Handgemenge, da er sehnig und kräftig war, aber es gelang ihr schließlich, den linken Unterarm unter sein Kinn zu schieben, sein Gesicht zurückzudrängen und ihm einen kräftigen Puff auf die Nase zu versetzen. Seine Nase begann zu bluten. »Machen Sie keine Dummheiten, Webb«, sagte sie schwer atmend. »Ich habe keine Lust dazu, wenigstens jetzt noch nicht ... Waschen Sie sich Ihr Gesicht.«
Er ging zur Wasserleitung und begann sein Gesicht mit Wasser zu bespritzen. Töchterchen schlüpfte hastig in ihren Rock, in ihre Schuhe und Strümpfe und ging dann zu ihm hin. »Ich habe mich gemein benommen, Webb, aber es tut mir auch leid. Ich weiß nicht, wie es kommt, aber immer bin ich gemein zu den Menschen, die ich gern habe.« Webb wollte lange nichts sagen. Seine Nase blutete immer noch. »Fahren Sie nach Hause«, sagte er, »ich bleibe hier ... Schon gut ... Meine Schuld.« Sie zog ihren triefnassen Regenmantel an und ging in die blankschimmernden abendlichen Straßen hinaus. Während der Heimfahrt im Schnellzug der Untergrundbahn dachte sie unablässig mit einem warmen und zärtlichen Gefühl an Webb, es war das gleiche Gefühl, das sie ihrem Papa und den Jungens entgegenbrachte.
Sie bekam ihn mehrere Tage nicht zu sehen, eines Abends dann rief er an und fragte sie, ob sie Lust habe, mit ihm am

nächsten Morgen Streikposten zu stehen. Als sie ihn an der Landungsstelle traf, war es noch ganz finster. Beide froren sie und waren schläfrig, und im Zuge sprachen sie nicht viel miteinander. Dann mußten sie im Laufschritt über das schlüpfrige Pflaster eilen, um noch rechtzeitig vor den Fabriken einzutreffen und die Streikposten zu erwischen. Die Gesichter sahen in dem blauen Frühlicht kalt und verkniffen aus. Die Frauen hatten Tücher um die Köpfe gewickelt, nur wenige von den Männern und Burschen besaßen einen Überrock. Die jungen Mädchen zitterten vor Kälte in ihren billigen modischen Mänteln, die nicht wärmten. Die Blauen hatten bereits angefangen, die Spitze der Streikpostenschar auseinanderzujagen. Einige der Streikenden sangen »Solidarity for ever«, andere wieder schrien: *Streikbrecher*, *Streikbrecher!* und stießen komische, langgezogene, höhnische Rufe aus. Töchterchen war ganz aufgeregt und verwirrt.
Plötzlich fing alles um sie herum zu laufen an, und sie blieb mitten in der leeren Straße vor dem Drahtzaun der Fabriken stehen. Zehn Schritt vor ihr stolperte eine junge Frau und fiel hin. Töchterchen sah den erschreckten Blick in ihren schwarzen, weit aufgerissenen Augen, Töchterchen wollte hin, um ihr aufzuhelfen, aber zwei Polizisten mit geschwungenem Knüppel kamen ihr zuvor. Töchterchen dachte, sie würden dem Mädchen aufhelfen. Eine Sekunde lang blieb sie wie angewurzelt stehen, als sie sah, wie der eine Polizist mit dem Fuße zustieß. Er versetzte dem Mädchen einen Tritt ins Gesicht. Töchterchen wußte nachher nicht genau, was geschehen war, wußte nur eines: daß sie so gern einen Revolver gehabt hätte, und daß sie mit beiden Fäusten auf das breite, rote Gesicht des Polizisten, auf die Knöpfe und das dicke, schwere Tuch seines Mantels loshämmerte. Dann traf sie von hinten her ein Hieb über den Kopf, ein Schwindel packte sie und eine Übelkeit, und sie wurde in das Polizeiauto geschoben. Vor ihr saß das junge Mädchen mit zerschlagenem, blutigem Gesicht. Weiter drin im Dunkel des Wagens hockten Männer und Frauen, fluchten und lachten. Töchterchen aber und das Mädchen schauten

einander betäubt an und sagten nichts. Dann fiel hinter ihnen die Tür zu, und sie saßen im Finstern.
Sie wurden ins Gefängnis eingeliefert, man beschuldigte sie des Aufruhrs, vorsätzlicher Gewalttätigkeit, des Widerstandes gegen die Staatsgewalt und der Aufreizung zum Ungehorsam. Im Gefängnis war es scheußlich. Die Frauenabteilung wimmelte von Streikenden, alle Zellen waren mit jungen Mädchen vollgepfropft, die lachten und schwatzten, sangen Lieder und erzählten einander, wie sie verhaftet worden waren, wie lange sie schon saßen, wie sie den Streik gewinnen würden. Töchterchen wurde in ihrer Zelle von den Mädchen umringt, und alle wollten wissen, wie sie hierhergekommen sei. Sie kam sich schon fast wie eine Heldin vor. Gegen Abend wurde sie hinausgerufen, und da standen Webb, Ada und ein Rechtsanwalt vor dem Schreibtisch des Polizeisergeanten. Ada war wütend: »Lies das, junge Dame, und dann überleg dir mal, was deine Leute dazu sagen werden«, sagte sie und hielt ihr eine Abendzeitung unter die Nase.
Junge Ballschönheit aus Texas insultiert Polizisten. So lautete die eine Schlagzeile. Dann folgte ein langer Bericht: Wie sie einen Polizisten mit einem linken Kinnhaken niedergeschlagen habe. Sie wurde gegen eine Bürgschaft von tausend Dollar entlassen; vor dem Gefängnis stand Ben Compton und unterhielt sich mit einigen Reportern. Als er sie sah, verließ er die Gruppe der Reporter und eilte auf sie zu. »Gratuliere, Miss Trent«, sagte er, »das war wirklich eine mutige Tat . . . Hat in der Presse sehr gut gewirkt.« Sylvia Dalhart war auch da, sie umarmte Töchterchen und küßte sie: »Das war wirklich eine tapfere Tat. Hören Sie zu, wir wollen eine Delegation nach Washington zum Präsidenten Wilson schicken und ihm eine Petition überreichen lassen, Sie sollen mitgehen. Der Präsident wird die Delegation nicht empfangen wollen, und da haben Sie dann Gelegenheit, vor dem Weißen Haus zu demonstrieren und sich noch einmal verhaften zu lassen.«
»Ich muß schon sagen«, meinte Ada, als sie wohlgeborgen im Zuge nach New York saßen, »du bist nicht mehr bei

Trost.« – »Du hättest genauso gehandelt, liebe Ada, wenn du mit dabeigewesen wärst ... Wenn ich Papa und den Jungens das erzähle, wird ihnen rot vor den Augen. Ich habe so etwas Schändliches noch nie gehört!« Dann brach sie in Tränen aus.

Als sie in Adas Wohnung anlangten, fanden sie dort ein Telegramm von Papa. *Komme sofort. Vor meiner Ankunft nichts aussagen.* Spätnachts kam ein zweites Telegramm mit der Unterschrift Bud. Es lautete: *Papa ernstlich erkrankt. Komm sofort nach Hause. Ada soll besten Anwalt nehmen.* Frühmorgens bestieg Töchterchen erschreckt und zitternd den ersten Zug, der nach dem Süden ging. In St. Louis erhielt sie ein Telegramm: *Keine Sorge. Zustand leidlich. Doppelseitige Lungenentzündung.* So fassungslos sie war, es tat ihr doch wohl, das weite Texasland wiederzusehen, die sprießende Frühlingssaat, ein paar blühende Glockenblumen. Buster erwartete sie auf dem Bahnhof. »Na, Töchterchen«, sagte er, nachdem er ihr den Koffer abgenommen hatte, »beinah hättest du Papa ins Grab gebracht.«

Buster war sechzehn Jahre alt und Führer der Baseballmannschaft seines Gymnasiums. Während er sie in dem neuen Stutz zum Hause fuhr, erzählte er ihr, wie die Dinge standen. Bud habe es an der Universität recht toll getrieben, er sei nahe daran, relegiert zu werden, er habe sich mit einem Mädchen aus Galveston eingelassen, das ihn jetzt erpressen wolle. Papa habe große Sorgen gehabt, weil er mit seinen Petroleumspekulationen ein bißchen zu tief in die Tinte geraten war, und als er Töchterchen durch die Zeitungen geschleift sah, weil sie einen Blauen niedergeschlagen hatte, da sei es fast mit ihm zu Ende gewesen; die alte Emma sei jetzt schon zu alt, um den Haushalt weiterzuführen, und Töchterchen müsse ihre verrückten Ideen aufgeben und zu Hause bleiben und ihnen den Haushalt führen. »Was sagst du zu dem Wagen? Fein, was? ... Ich habe ihn mir selber gekauft ... Ich habe auf eigene Rechnung ein paar Grundsstückspekulationen unternommen, aus reinem Jux, und dabei hab ich fünftausend Dollar verdient.« – »Du hast aber wirklich ein Köpfchen! Weißt du, Bud, es ist doch ein angenehmes Gefühl, wieder zu Hause zu sein. Aber wegen dieser Geschichte mit dem Polizisten, du hättest es genauso gemacht wie ich, sonst wärst du nicht mein Bruder. Ich werde dir bei Gelegenheit alles genau erzählen. Glaub mir, es tut wohl, wieder Texasgesichter zu sehn, wenn man monatelang unter diesen New Yorkern mit ihren gemeinen Wieselgesichtern gelebt hat!« Doktor Winslow erwartete sie im Hausflur. Er drückte ihr herzlich die Hand und sagte, sie sehe ganz prächtig aus, sie solle sich keine Sorgen machen, er werde Papa schon durchbringen, und wenn es ihn seine letzten Kräfte koste! Das Krankenzimmer und Papas nervöses, gerötetes Gesicht machten auf sie einen unangenehmen Eindruck, und sie sah es gar nicht gern, daß eine gelernte Pflegerin den Haushalt führte.

Als Papa wieder ein bißchen umhergehen konnte, fuhren sie beide für vierzehn Tage zu einem alten Freunde Papas nach Port Arthur, der Luftveränderung wegen. Papa sagte, sie solle doch bei ihm bleiben, er wolle ihr dann ein Auto schenken und ihr die dumme Geschichte vom Halse schaffen, die sie sich da oben im Norden eingebrockt habe.

Sie spielte wieder viel Tennis und Golf und ging auch viel in Gesellschaft. Joe Washburn hatte sich verheiratet, wohnte in Oklahoma und verdiente mit Petroleum ein Vermögen. Sie fühlte sich in Dallas viel wohler, seit er nicht mehr da war; sein Anblick brachte sie immer ein wenig aus der Fassung. Im folgenden Herbst fuhr sie nach Austen, um ihre zeitungswissenschaftlichen Studien zu beenden, vor allem aber dachte sie, ihre Anwesenheit werde Bud vor Abwegen bewahren. Jeden Freitagabend fuhren sie zusammen in ihrem Buick-Sedan übers Wochenende nach Hause. Papa hatte ein Stück weiter draußen vor der Stadt ein neues Haus im Tudorstil gekauft, und Töchterchen verwendete nun ihre ganze freie Zeit auf die Einrichtung dieses Hauses, suchte Möbel aus, brachte Vorhänge an, dekorierte die Räume. Sie hatte viele Verehrer, die immerfort mit ihr ausgehen wollten, und sie mußte sich mit der Zeit einen

Rendezvous-Kalender anlegen. Besonders nach der Kriegserklärung wurde das gesellschaftliche Leben sehr bewegt. Sie war von früh bis abends unterwegs und kam gar nicht zum Schlafen. Sämtliche jungen Herren wurden Offiziere oder reisten in ein Übungslager ab. Töchterchen widmete sich dem Roten Kreuz und organisierte eine Kantine, aber das befriedigte sie nicht, und sie bewarb sich immer wieder darum, nach Europa zu kommen. Bud übersiedelte nach San Antonio, um dort fliegen zu lernen, und Buster, der in der Miliz gewesen war, gab ein falsches Alter an, meldete sich als gemeiner Soldat und kam in das Barackenlager Jefferson. Töchterchens Leben in der Kantine war ein rechter Wirbel, allwöchentlich bekam sie zwei bis drei Heiratsanträge, aber sie erklärte stets, daß sie nicht die Absicht habe, die Frau eines Frontsoldaten zu werden.

Dann kam eines Morgens ein Telegramm vom Kriegsministerium. Papa war in Geschäften nach Austen gefahren, deshalb öffnete sie das Telegramm. Bud war abgestürzt und tödlich verunglückt. Töchterchens erster Gedanke galt Papa; ein schwerer Schlag für ihn. Das Telephon klingelte. Ein Ferngespräch aus San Antonio; das klang wie Joe Washburns Stimme. »Bist du das, Joe?« sagte sie matt. – »Töchterchen, ich möchte mit deinem Vater sprechen«, sagte er in seinem gewohnten, ernsten, etwas schleppenden Ton. – »Ich weiß ... Oh, Joe!«

»Es war sein erster selbständiger Flug. Er war ein tüchtiger Kerl. Niemand hat eine Ahnung, wie das passieren konnte. Wahrscheinlich ein Materialdefekt. Ich werde mal mit Austen telephonieren. Ich weiß, wie ich ihn erwischen kann ... Ich habe die Nummer ... Wir sehen uns bald, Töchterchen.« Joe hängte ab. Töchterchen ging in ihr Zimmer und vergrub das Gesicht in die Kissen ihres Bettes, das noch nicht gemacht war. Eine Sekunde lang versuchte sie sich einzubilden, daß sie noch nicht aufgestanden sei, daß sie nur geträumt habe: Telephon klingelt, Joes Stimme. Dann dachte sie so scharf an Bud, daß es war, als sei er eben ins Zimmer gekommen, wie er lachte, wie seine lange dünne Hand fest ihre Hände preßte, als er plötzlich nach dem Steuer griff, neulich, auf der Fahrt nach San Antonio, da der Wagen in einer Kurve zu schleudern anfing, das letzte Mal, als sie ihn nach verbrachtem Urlaub ins Lager fuhr, seine besorgte Miene, das nette, magere Gesicht über dem engen Khakikragen der Uniform. Dann hörte sie wieder Joes Stimme: Es muß ein Materialdefekt gewesen sein, und eine hastige, jubelnde Wut jagte pochend durch ihre Adern. Wer gibt ihnen das Recht, einen jungen Menschen in einem schadhaften Flugzeug loszuschicken? Einer mußte der Schuldige sein, sie würde den Kerl erwischen, um jeden Preis!

Sie lief hinunter, sprang ins Auto und versorgte sich an der Tankstation mit Benzin und Öl; der Tankwart fragte sie, wie es den Jungens beim Militär gefalle. Sie hatte jetzt keine Zeit, um ihm die Neuigkeit mitzuteilen. »Fein, es macht ihnen viel Spaß«, sagte sie mit einem Grinsen, das ihr weh tat wie eine Ohrfeige. Sie telegraphierte an Papa in die Kanzlei seines Sozius, daß sie unterwegs sei, und fuhr los. Die Straßen waren in recht üblem Zustand, es tat ihr wohl, wenn sie merkte, wie das Auto durch die kotigen Radfurchen pflügte und zu beiden Seiten das Wasser in einer breiten Welle emporwarf, wenn sie mit siebzig Kilometern durch eine Pfütze fuhr.

Sie erzielte über die ganze Strecke einen Durchschnitt von sechzig Kilometern und kam noch vor Einbruch der Dunkelheit in Austen an. Papa war bereits mit dem Zug nach San Antonio gefahren. Todmüde machte sie sich auf den Weg. Dann platzte ein Reifen, sie brauchte recht lange, um den Schaden zu beseitigen, und es war Mitternacht, als sie vor dem *Menger* vorfuhr. Bevor sie hineinging, betrachtete sie sich automatisch in ihrem Taschenspiegel. Ihr Gesicht war mit Kot bespritzt, und ihre Augen waren rot umrändert.

Im Vestibül saßen Papa und Joe Washburn Seite an Seite, die erloschene Zigarre im Mund. Ihre Gesichter sahen einander ein wenig ähnlich. Wahrscheinlich sahen sie deshalb einander ein wenig ähnlich, weil sie beide einen so fahlen, verhärmten Ausdruck hatten, Töchterchen war das noch nie aufgefallen. Sie küßte sie beide. »Papa, du solltest lieber zu Bett gehen«, sagte sie energisch. »Du siehst ganz kaputt aus.« – »Ja, ja, ich will schlafen gehen . . . Was soll man denn auch noch machen!«

»Warte auf mich, Joe, bis ich Papa versorgt habe«, sagte sie mit leiser Stimme im Vorbeigehen. Sie ging mit Papa in sein Zimmer hinauf, ließ sich das Nachbarzimmer geben, strich ihm durchs Haar, küßte ihn sanft auf die Stirn und ließ ihn dann allein.

Als sie wieder ins Vestibül kam, saß Joe immer noch an derselben Stelle, und sein Gesicht hatte denselben Ausdruck wie zuvor. Sein Anblick machte sie verrückt. Sie wunderte sich über den scharfen, energischen Klang ihrer Stimme: »Komm einen Augenblick hinaus, Joe, ich will ein bißchen spazierengehen.« Der Regen hatte die Luft gereinigt. Es war eine durchsichtige Frühsommernacht. »Hör mal zu, Joe, wer ist für den Zustand der Flugzeuge verantwortlich? Ich muß das wissen.« – »Töchterchen, was redest du so komisch . . . Du mußt dich ein bißchen schlafen legen, du bist überreizt.« – »Joe, beantworte mir meine Frage.« – »Aber Töchterchen, begreifst du denn nicht, niemand ist verantwortlich. Die Armee ist eine große Organisation. Fehler sind unvermeidlich. Dieser oder jener Lieferant verdient einen Haufen Geld. Was man auch sagen mag, die Aviatik steckt noch in den Kinderschuhen . . . Wir alle wußten, was wir riskieren, als wir uns freiwillig meldeten.«

»Wenn Bud in Frankreich gefallen wäre, hätte ich nicht dieses abscheuliche Gefühl . . . Aber hier . . . Joe, es muß jemanden geben, der für den Tod meines Bruders die unmittelbare Verantwortung trägt. Ich will zu ihm hin und will mit ihm sprechen, weiter nichts. Ich werde keine Dummheiten machen. Ich weiß, ihr haltet mich alle für verrückt, aber ich denke nur an die vielen jungen Mädchen, die auch einen Bruder haben, der fliegen lernt. Der Mann, der die Flugzeuge inspiziert, ist ein Landesverräter und gehört wie ein Hund niedergeknallt.« – »Hör mal zu, Töchterchen«, sagte Joe, während er sie ins Hotel zurückbrachte, »wir führen Krieg. Es kommt auf das einzelne Menschenleben nicht an, jetzt ist nicht die Zeit dazu, sich von seinen persönlichen Gefühlen mitreißen zu lassen oder die Behörden mit irgendwelcher Kritik zu belästigen. Wenn wir erst einmal die Hunnen verhauen haben, haben wir noch massenhaft Zeit, uns die Pfuscher und die Gauner vorzuknöpfen – das ist meine Ansicht.«

»Gute Nacht, Joe ... Gib nur gut acht auf dich. Wann beginnst du zu fliegen?«

»Oh, in etwa vierzehn Tagen.« – »Wie geht es Gladys und Bunny?« – »Ganz gut«, sagte Joe; seine Stimme klang seltsam gezwungen, und er errötete. »Sie sind in Tulsa bei Mrs. Higgins.«

Sie ging zu Bett und lag da, ohne sich zu rühren, ein stilles und kühles Gefühl der Verzweiflung hielt sie gepackt, sie war zu müde, um einzuschlafen. Als der Morgen kam, ging sie in die Garage hinüber und holte ihr Auto. Sie langte in die Seitentasche, um nachzusehen, ob ihr Handtäschchen da sei, in dem Handtäschchen hatte sie ihren kleinen Revolver mit dem Perlmuttgriff, und dann fuhr sie zum Flugplatz. Der Posten am Tor wollte sie nicht hineinlassen, deshalb schickte sie ein paar Zeilen an Oberst Morrissey, der mit Papa befreundet war: Sie müsse ihn sofort sprechen. Der Korporal war sehr nett, lud sie ein, in der kleinen Kanzlei neben dem Eingang Platz zu nehmen, und meldete einige Minuten später, daß Oberst Morrissey am Telephon sei. Sie fing mit ihm zu reden an, aber es wollte ihr nichts Rechtes einfallen. Der Schreibtisch, die Kanzlei und der Korporal begannen zu schwanken, und sie wurde ohnmächtig.

Als sie wieder zu sich kam, saß sie in einem Dienstauto neben Joe Washburn, der sie ins Hotel zurückbrachte. Er tätschelte ihre Hand und sagte: »Es ist schon gut, Töchterchen.« Sie klammerte sich an ihn an und weinte wie ein kleines Mädchen. Sie brachten sie im Hotel zu Bett, gaben ihr Brom, und sie durfte erst wieder aufstehen, als das Begräbnis vorüber war.

Von nun an stand sie in dem Rufe, ein wenig verrückt zu

sein. Sie blieb in San Antonio. Es ging überall recht munter und fiebrig zu. Tagsüber arbeitete sie in einer Kantine, und abends ging sie aus, zum Souper und zum Tanz, jeden Abend mit einem anderen Fliegeroffizier. Alle Welt hatte zu trinken begonnen. Sie fühlte sich an ihre Schulzeit erinnert, an die Bälle, die sie vom Lyzeum aus arrangiert hatten, sie schwebte durch einen hellerleuchteten Nebelschleier, Soupers, Lichter, Tanz, Champagner, Gesichter von wechselnder Farbe und steife Körper, immer dieselben Körper, Männer, die mit ihr tanzen, jetzt aber, zum Unterschiede von damals, war sie übermütig, sie ließ sich knutschen und küssen, im Taxi, in der Telephonzelle, auf dem Hinterhof.

Eines Abends begegnete sie Joe Washburn bei einer Abschiedsfeier; Ida Olson veranstaltete diese Feier für einige junge Leute, die an die Front abgehen sollten. Es war das erste Mal, daß sie Joe trinken sah. Er war nicht betrunken, aber sie merkte, daß er viel getrunken hatte. Sie gingen auf den Hof hinaus und setzten sich im Finstern nebeneinander auf die Stufen der Küchentür. Es war eine klare, heiße Nacht voller Grillengezirp, ein harter, heißer Wind raschelte in den dürren Zweigen der Bäume. Plötzlich nahm sie Joes Hand: »O Joe, es ist schrecklich.«

Joe begann zu erzählen, daß seine Ehe unglücklich sei, daß er an seinen Ölpachtungen riesige Gelder verdiene, aber das sei ihm ganz egal, und er habe das Militär gründlich satt. Sie hätten ihn zum Instrukteur gemacht und wollten ihn nicht nach Europa lassen, und er werde da draußen im Lager vor Langeweile fast verrückt. »O Joe, ich möchte auch nach Europa! Ich führe hier ein so dummes Leben.« – »Seit Bud tot ist, führst du ein recht tolles Leben, Töchterchen«, sagte Joe mit einer leisen, tiefen, schleppenden Stimme. – »O Joe, ich wollte, ich wäre tot!« sagte sie, legte den Kopf auf seine Knie und begann zu weinen. – »Nicht weinen, Töchterchen, nicht weinen«, fing er an, dann küßte er sie plötzlich. Seine Küsse waren hart und wild, und sie wurde ganz kraftlos in seinen Armen.

»Ich liebe keinen außer dir, Joe«, sagte sie plötzlich sehr

ruhig. Aber er hatte schon wieder seine Selbstbeherrschung zurückgewonnen. »Verzeih mir, Töchterchen«, sagte er ruhig und kühl, »ich weiß nicht, was mir eingefallen ist. Ich muß verrückt sein ... Das macht uns ja alle verrückt ... Gute Nacht ... Hör mal, äh, du mußt das alles gründlich vergessen, ja?«

In dieser Nacht tat sie kein Auge zu. Um sechs Uhr früh stieg sie in ihr Auto, versorgte sich mit Benzin und Öl und brach nach Dallas auf. Es war ein heller Herbstmorgen, blauer Nebel hing in den Schluchten, trockene Maisstengel raschelten auf den herbstlich bunten Hügeln. Sie kam erst spät nach Hause. Papa war noch auf, las im Pyjama und Bademantel die neuesten Heeresberichte. »Es wird jetzt nicht mehr lange dauern, Töchterchen«, sagte er. »Die Hindenburgstellung zerbröckelt langsam. Ich wußte ja, unsere Jungens werden es schaffen, wenn sie erst mal zupacken.« Papas Gesicht war zerfurchter und sein Haar weißer, als sie es in der Erinnerung hatte. Sie machte eine Suppenkonserve warm, da sie sich unterwegs nicht die Zeit genommen hatte, etwas zu essen. Dann saßen sie gemütlich beisammen zu Tisch und lasen einen komischen Brief Busters aus dem Lager von Merritt, seine Kolonne wartete auf den Marschbefehl. Als sie dann in ihrem Zimmer zu Bett ging, kam sie sich wieder wie ein kleines Mädchen vor, sie hatte das immer so gerne, wenn sich mal Gelegenheit ergab, mit Papa unter vier Augen ein Stündchen zu plaudern; kaum berührte ihr Kopf das Kissen, da schlief sie auch schon.

Sie blieb weiter in Dallas und sorgte für Papa; nur manchmal, wenn sie an Joe Washburn dachte, hatte sie das Gefühl, sie könne es keine Sekunde länger aushalten. Der falsche Waffenstillstand kam und dann der wirkliche, eine Woche lang ging es zu wie beim Fasching in New Orleans. Töchterchen beschloß, eine alte Jungfer zu werden und ihrem Vater den Haushalt zu führen. Buster kam nach Hause, sein Gesicht war schön gebräunt, er redete wüsten Soldatenjargon. Töchterchen begann Vorlesungen an der Methodisten-Universität zu besuchen, betätigte sich in der kirchlichen Armenpflege, las Bücher aus der Leihbibliothek und buk

Sandkuchen; wenn Busters kleine Freundinnen zu Besuch kamen, spielte sie die Anstandsdame. Am Danksagungstag kamen Joe Washburn und seine Frau zu Tisch. Die alte Emma war krank, deshalb briet Töchterchen selber den Truthahn. Erst als alle sich zu Tisch setzten – die gelben, flackernden Kerzen in den silbernen Leuchtern, die Salznüsse in den kleinen Silberschalen, der Tafelschmuck von rötlichem und rotem Ahornlaub –, erst dann fiel ihr Bud ein. Es packte sie plötzlich ein Ohnmachtsgefühl, und sie lief in ihr Zimmer. Mit dem Gesicht nach unten lag sie auf ihrem Bett und lauschte den ernsten Stimmen. Joe kam an die Tür, um nachzusehen, was los sei. Sie sprang lachend auf, küßte Joe auf den Mund, er war fast zu Tode erschrokken. »Alles in Ordnung, Joe«, sagte sie. »Wie geht es denn dir?«

Dann lief sie hinunter und war furchtbar lustig, und die Gäste amüsierten sich sehr. Als sie gemeinsam im Nebenzimmer ihren Kaffee tranken, teilte sie mit, daß sie sich verpflichtet habe, für sechs Monate nach Europa zu gehen, und zwar mit dem Hilfswerk für den Nahen Osten, das an der Methodisten-Universität Rekruten warb. Papa war wütend, und Buster sagte, jetzt, da der Krieg zu Ende sei, müßte sie eigentlich zu Hause bleiben, aber Töchterchen sagte, andere hätten ihr Leben geopfert, um die Welt vor den Deutschen zu retten, und sie könne doch wohl sechs Monate opfern, um sich an einem Hilfswerk zu beteiligen. Als sie das sagte, dachten alle an Bud und waren still.

Es stimmte nicht, daß sie sich bereits verpflichtet hatte, aber sie holte es am nächsten Morgen nach, und dann steckte sie sich hinter Miss Frazier, die früher mal Missionarin in China gewesen war und jetzt die ganze Sache organisierte, und wurde folglich noch in derselben Woche nach New York geschickt mit dem Befehl, sich sofort einzuschiffen, erste Etappe sei das Büro in Rom. Während sie den Paß besorgte und sich die Uniform anmessen ließ, war sie vor Aufregung ganz außer sich und beachtete kaum die finsteren Mienen ihres Vaters und ihres Bruders. In New York blieb sie nur einen Tag. Als das Schiff mit dem Heck voran unter Sirenengeheul von der Landungsstelle abstieß und dann den North River hinabzudampfen begann, stand sie auf dem Vorderdeck, ihr Haar flatterte im Winde, sie atmete die komischen Gerüche, Dampfschiff, Hafen, fernes Meer, und fühlte sich wie ein zweijähriges Kind.

Weltwochenschau XXXII

CARUSOS GOLDENE STIMME
BEGLÜCKT DIE MASSEN AUF OFFENER STRASSE
MIT EINER SIEGESHYMNE

Oh, oh, oh, was für ein hübscher Krieg
Wer wollt da nicht unter die Soldatens gehn

vom Piz Umbrail bis an den Nordrand des Stelvio folgt sie dem Kamm der Rätischen Alpen zu den Quellen der Etsch und des Eisack, überschreitet dann das Reschenscheideck und den Brenner und den Höhenzug der Ötztaler und Zillertaler Alpen, läuft dann südwärts an Toblach vorbei

Und wenn man die Reveille bläst,
Wird erst mal ruhig weitergedöst.
Daß keiner sich aus dem Bette rührt,
Bevor man uns nicht den Tee serviert!

die Gesamtverluste belaufen sich mit den heutigen 318 auf 64305. 11760 haben auf dem Schlachtfeld ihr Leben geopfert und 6193 sind schwer verwundet

Oh, oh, oh, was für ein hübscher Krieg
Wer wollt da nicht unter die Soldatens gehn
Ach, ein Lump, wo sich noch dafür bezahlen läßt

auf dem Lande in den Bauernhäusern werden die Amerikaner wie Gäste behandelt, sie wohnen in den besten Stuben, und die Hausfrauen bieten ihnen die schönsten blanken Samowars oder Teekannen an

Le chef de gare, il est cocu

in den dichtbevölkerten Distrikten erhielten die Festlichkeiten dadurch einen recht bunten Charakter, daß Gruppen von Ausländern in ihren Kostümen erschienen und ein wahrer Faschingsgeist das Ganze beherrschte

ENGLÄNDER BESEITIGEN SOWJETS

Le chef de gare, il est cocu
Qui est cocu? Le chef de gare
Sa femme, elle l'a voulu

wir haben keinen Grund, anzunehmen, daß diese Funktionäre einer seit langem bestehenden Nachrichtenorganisation, die verschiedene Zeitungen in allen Gegenden des Landes beliefert, in einem für die Bevölkerung dieses Landes höchst bedeutsamen Augenblick ihre Verantwortung nicht begriffen hätten. In einer so wichtigen Angelegenheit das Ereignis auch nur vorwegzunehmen, wäre bereits ein ernstes Vergehen, für das die Verantwortlichen zur Rechenschaft gezogen werden müßten

Hat jemand sich zu beschweren?
Beschweren? Ach nee!
Es schwimmt bloß 'n Zwiebelbrocken
In unserem Tee

MRS. WILSON ERHÄLT EINE
FRIEDENSTAUBE IN
BRILLANTEN ZUM GESCHENK

und die Wasserscheide des Predil, Podlaniska und der Idria. Von dieser Stelle aus wendet sich die Grenze nach Südosten dem Schneeberg zu und schließt das ganze Becken der Save samt ihren Nebenflüssen aus. Vom Schneeberg läuft sie an die Küste hinab, so daß Castua, Mattuglie und Volosca mit eingeschlossen sind

Das Kamera-Auge 40

Gesiegelt unterzeichnet und ausgehändigt in ganz Tours riecht man die blühenden Linden es ist heiß die Uniform klebt mir an der Haut der Waffenrock scheuert unterm Kinn

noch vor vier Tagen Deserteur auf dem Bahnhof von St. Pierre des Corps kriecht man unter die Frachtwaggons wartet in der Buvette bis der wachthabende Feldgendarm von der Türe wegschaut damit ich mit einer Zigarette im Mund mich davonschleichen kann dann in einem winzigen Hotelzimmerchen das Datum der alten Marschorder geändert

heute aber

der Entlassungsschein gesiegelt unterzeichnet und ausgehändigt sprüht Funken in meiner Tasche wie eine Leuchtkerze

ich spaziere am Hauptquartier des Traindepots vorbei (he Mann knöpfen Sie Ihren Waffenrock zu leck mich im Arsch) und die lindenumschattete Straße entlang in die Badeanstalt die einen Hof mit Blumen in der Mitte hat das heiße Wasser sprudelt grün aus messingnen Schwanenköpfen in die Blechwanne ich ziehe mich nackt aus seife mich am ganzen Körper mit der sauren rosaroten Seife ein schlüpfe in die warme tiefgrüne Wanne durch den weißen Fenstervorhang streckt die Nachmittagssonne einen langen Finger herein das Badetuch ist trocken und warm riecht nach Dampf in meinem Koffer habe ich einen Zivilanzug den ich mir von einem Kameraden geborgt habe

der Gemeine aus der zweiten Kompanie von Onkel Sams Sanitätskorps (Seriennummer . . . konnte mir nie die Nummer merken einerlei ich habe sie in die Loire geschmissen) rinnt mit Gurgeln und Zischen durchs Abflußrohr davon

nachdem ich ein reichliches Trinkgeld gegeben und von der

dicken Frau die die Badetücher einsammelt einen freundlichen Blick bekommen habe
schreite ich in den Lindengeruch eines Juninachmittags hinaus und schlendere zu dem kleinen Café an dessen kleinen Tischchen auf dem Bürgersteig nur Offiziere ihren Khakihintern hinpflanzen dürfen und bestelle ein Gläschen Cognac wie ihn die Uniformierten serviert bekommen während sie auf den Zug nach Paris warten und setzte mich fest auf einen der eisernen Stühle
ein anonymer Zivilist . . .

Weltwochenschau XXXIII

KANN SICH NICHT ERINNERN,
SEINE SCHWESTER GETÖTET ZU HABEN

Ich hab einen Jammer,
Ich hab einen Jammer,
Ich hab einen richtigen Katzenjammer

DROHENDE SEIFENKRISE

mit dem fröhlichen Sonnenschein und dem Wiederbeginn der Rennen hat Paris sein normales Leben wiederaufgenommen, Tausende von Fahnen aller Nationen hängen an Dutzenden von Seilen zwischen den Masten und erzeugen eine märchenhafte Wirkung, die wirklich erstaunlich ist

DROHBRIEFE ENTHÜLLT

Ich lieb mein Vaterland sehr,
Aber dieser Krieg, der macht mir kein Spaß
Das Kämpfen macht mir Spaß,
Aber das ist ja kein Kämpfen mehr

die Polizei entdeckte in einem Vorzimmer eine Menge geheimnisvoll aussehender Pakete, in denen man beim Öffnen lauter Flugschriften in jiddischer, russischer und englischer Sprache und Mitgliedskarten für die Industrial Workers of the World fand

WÄHREND SIE ÜBER DEN FRIEDEN REDEN
WÜTET IN DER GANZEN WELT DER KRIEG

die Agenten erklärten, daß die Verhaftungen auf Anordnung des Staatsdepartements erfolgten. Die Festnahme geschah so plötzlich, daß keiner der Leute Zeit hatte, sein Gepäck vom Schiff zu holen. Dann kam ein Beschwerdetelegramm von zwei Geschäftsleuten aus Lure; die Ladung sei angekommen, die Säcke seien geöffnet worden, und ihr Inhalt bestehe aus gewöhnlichem Gips. Das riesige Auto blieb verkehrt in den Baumästen hängen, während die Passagiere drei Meter tief in den Gießbach geschleudert wurden

O Gott, o Gott hol der Deibel den Krieg
Jetzt haben sie mir den Schnaps amputiert

AUSSCHREITUNGEN AUF KOREA

Ich hab einen richtigen Katzenjammer

Oberstaatsanwalt Palmer erklärt, das Justizdepartement sei im Begriff, gegen die Konservenfabrikanten vorzugehen
L'École du malheur nous rend optimistes
die Einheitsfront der freien Völker wird jeden ungerechten Ausgang der Pariser Friedensverhandlungen verhindern
es ist nur allzu klar, daß der Völkerbund bereits in Scherben auf dem Fußboden des Hôtel Crillon liegt, und die bescheidene Allianz, die vorteilhafterweise an seine Stelle treten könnte, ist nur ein vager Entwurf WAS SOLL MAN MIT BOLSCHEWISTEN MACHEN? ERSCHIESSEN!
Die Hamburger Bevölkerung strömt zusammen, um Ford zu sehen

GERÜCHTE ÜBER EIN GROSSES SYNDIKAT ZUR ERSCHLIESSUNG ASIENS

Als Herr Hoover uns das Essen beschnitt
Da sagt ich nicht mau und machte mit
Dann als er uns die Kohlen strich
Jetzt aber gibt's mir einen Stich

Allons-nous assister à la panique de sots?
Steine hagelten klappernd aufs Dach und flogen krachend in die Fensterscheiben und tobende Menschen brüllten durch das Schlüsselloch, während sie gewaltige Fragen zu entscheiden hatten, die um jeden Preis Ruhe und Überlegung erforderten, der Präsident sprach nicht mit den Führern der demokratischen Bewegung

LIEBKNECHT AUF DEM WEGE
INS GEFÄNGNIS ERMORDET

EVELINE HUTCHINS

Eveline mietete eine kleine Bude in der Rue de Bussy, in der immer Markt war, und Eleanor schenkte ihr, um zu zeigen, daß sie ihr nicht böse sei, einige ihrer italienischen Holzgemälde für den finsteren Salon.

Zu Anfang November begannen Gerüchte von einem Waffenstillstand zu kursieren, und dann kam plötzlich eines Nachmittags Major Wood in das Büro gelaufen, in dem Eleanor und Eveline gemeinsam hausten, zerrte sie beide von ihren Schreibtischen weg, küßte sie beide und rief: »Endlich ist er da!« Ohne recht zu wissen, wie es geschah, küßte Eveline plötzlich den Major Moorehouse mitten auf den Mund. Das Rote-Kreuz-Büro verwandelte sich in den Schlafsaal eines Internats am Abend eines Fußballsieges: Der Waffenstillstand.

Jedermann schien plötzlich eine Flasche Cognac zu haben und zu singen: *There's a long trail awinding* oder *La Madel-lon pour nous n'est pas sévère.*

Sie, Eleanor, J. W. und Major Wood saßen in einem Taxi und fuhren ins *Café de la Paix.*

Aus irgendwelchen Gründen stiegen sie immerfort aus den Taxis aus, und andere Leute stiegen ein. Sie wollten ins *Café de la Paix,* aber sooft sie in ein Taxi einstiegen, blieb es in der Menschenmenge stecken, und der Chauffeur verschwand. Aber als sie hinkamen, waren alle Tische besetzt, und Scharen von Menschen strömten singend und tanzend durch sämtliche Türen aus und ein. Da gab es Griechen, polnische Legionäre, Russen, Serben, Albaner in weißen Kitteln, einen Hochlandschotten mit einem Dudelsack und eine Menge Mädchen in Elsässertracht. Es war ärgerlich, daß man keinen Tisch finden konnte. Eleanor meinte, vielleicht sollten sie anderswohin gehen. J. W. war zerstreut und wollte unbedingt telephonieren.

Nur Major Wood schien sich zu amüsieren. Er war ein grauhaariger Mann mit einem kleinen, graugesprenkelten Schnurrbärtchen und sagte immerfort: »Ah, heute ist der Teufel los!« Er und Eveline gingen nach oben, um zu sehen, ob dort Platz sei, und stießen auf zwei Australier, die auf einem Billard saßen, umgeben von einem Dutzend Champagnerflaschen. Es dauerte nicht lange, da tranken sie alle Champagner mit den Australiern. Sie konnten nichts zu essen bekommen, obwohl Eleanor sagte, sie komme um vor Hunger, und als J. W. in die Telephonzelle einzudringen versuchte, fand er dort einen italienischen Offizier und ein Mädchen in enger Umarmung. Die Australier waren ziemlich betrunken, und der eine von ihnen sagte, wahrscheinlich sei auch der ganze Waffenstillstand wieder nur so eine beschissene, erlogene Propagandamache; Eleanor schlug daher vor, sie sollten versuchen, in ihre Wohnung zu gelangen, um dort etwas zu essen. J. W. sagte, ja, sie könnten bei der Börse halten, er müsse einige Kabel abschicken. Er müsse sich mit seinem Makler in Verbindung setzen.
Die Australier sahen es nicht gern, daß sie weggingen, und waren ziemlich unhöflich.
Dann standen sie lange Zeit vor der Oper inmitten der wirbelnden Menge. Die Straßenlaternen brannten seit Jahren zum erstenmal wieder, die grauen Umrisse der Oper waren von dem Schimmer der altmodischen Gasillumination umrandet. Sie wurden angerempelt und umhergestoßen. Es gab keine Autobusse, keine Autos; ab und zu kamen sie an einem Taxi vorüber, das in der Menschenmasse gestrandet war wie ein Stein in einem Gewässer. Endlich stießen sie in einer Nebenstraße auf ein Dienstauto des Roten Kreuzes, das leer war. Der Chauffeur, der nicht allzu nüchtern war, sagte, er wolle versuchen, den Wagen in die Garage zu bringen, und sagte, er wolle sie zuerst bis zum Quai de la Tournelle fahren.
Eveline stieg gerade ein, da hatte sie plötzlich das Gefühl, daß ihr das alles schrecklich auf die Nerven gehe und daß sie einfach nicht mehr könne. In der nächsten Minute marschierte sie Arm in Arm mit einem kleinen französischen

Matrosen in einer Gruppe von Menschen, die zum größten Teil polnische Uniform anhatten, hinter einer griechischen Fahne herzogen und die *Brabançonne* sangen.
Einige Minuten später kam ihr zu Bewußtsein, daß sie das Auto und ihre Freunde verloren hatte, und sie wurde ängstlich. Sie konnte nicht einmal die Straßen erkennen, in diesem neuen Paris voller Bogenlampen, Fahnen, Musikkapellen und Betrunkene. Sie tanzte auf dem asphaltierten Platz vor einer Kirche mit zwei Türmen mit dem kleinen Matrosen, dann mit einem französischen Kolonialoffizier in rotem Mantel, dann mit einem polnischen Legionär, der in Newark in New Jersey gelebt hatte und ein wenig Englisch sprach, und dann tanzten plötzlich einige junge französische Soldaten Hand in Hand einen Ringelreihen um sie. Man mußte nun, so ging das Spiel, einen von ihnen küssen, um den Ring zu brechen. Als sie das begriffen hatte, küßte sie einen von den Soldaten, und alle klatschten und schrien hoch und riefen vive l'Amérique. Eine zweite Schar kam an und tanzte ohne Ende um sie herum, bis sie ängstlich zu werden begann. Es drehte sich schon alles vor ihren Augen, da erblickte sie am Rand der Menge eine amerikanische Uniform. Sie durchbrach den Ring, warf dabei einen kleinen, dicken Franzosen um, fiel dem Infanteristen um den Hals und küßte ihn, und alles lachte und schrie Hoch und Nocheinmal. Er machte eine verlegene Miene; der Mann, der neben ihm stand, war Paul Johnson, Don Stevens' Freund. »Wissen Sie, ich mußte doch einen küssen«, sagte Eveline errötend. Der Infanterist lachte und schaute erfreut drein.
»Oh, Sie sind hoffentlich nicht böse, Miss Hutchins, Sie sind hoffentlich nicht böse wegen der vielen Menschen und so weiter«, sagte Paul Johnson in seiner komischen, unterwürfigen Art.
Die Leute umtanzten sie mit lautem Geschrei, und sie mußte auch noch Paul Johnson einen Kuß geben, bevor sie sie gehen ließen. Er entschuldigte sich abermals feierlich und sagte: »Ist es nicht wunderbar, jetzt in Paris zu sein, den Waffenstillstand zu erleben und das alles, Sie dürfen bloß nicht böse sein wegen der vielen Menschen ... aber wirk-

lich, Miss Hutchins, es sind furchtbar gutmütige Menschen. Nirgends eine Prügelei ... Sehen Sie mal, Don ist dort drüben in dem kleinen Café.«
Don stand hinter einem kleinen, zinkweißen Schanktisch am Eingang des Cafés und mixte Cocktails für eine große Schar kanadischer und australischer Offiziere, die alle schwer betrunken waren. »Ich kann ihn nicht loseisen«, flüsterte Paul, »er hat mehr getrunken, als ihm bekommt.«
Plötzlich fühlte Eveline sich glücklich und geborgen an der Seite dieses jungen Menschen, der so groß, so jung, so unterwürfig und so schüchtern war. Wenn er auch kein Offizier war, heute war das ganz egal. Gemeinsam schleppten sie Don hinter dem Schanktisch hervor. Keiner schien bezahlen zu wollen. In der Tür zog er seine graue Mütze und rief: »Vive les Quäker – à bas la guerre«, und alle schrien Hoch.
Sie schlenderten eine Zeitlang ziellos umher, ab und zu wurden sie aufgehalten und umringt, und die Leute tanzten im Kreis, und Don gab ihr einen Kuß. Er war lärmend betrunken, und es gefiel ihr gar nicht, daß er sie wie sein Mädchen behandelte. Als sie auf der Place de la Concorde kamen, war sie schon recht müde und schlug vor, über die Brücke zu gehen und zu versuchen, ob sie nicht nach Hause in ihre Wohnung könnten, dort habe sie etwas Kalbfleisch und Salat.
Paul sagte verlegen, er wolle vielleicht lieber nicht mitkommen, in diesem Augenblick lief Don einer Schar junger Elsässerinnen nach, die durch die Champs-Élysées tanzten. »Jetzt müssen Sie mitkommen«, sagte sie. »Damit mich nicht zu viele fremde Männer küssen.«
»Aber Miss Hutchins, Sie dürfen nicht glauben, daß das was zu bedeuten hat, daß Don so wegläuft! Er ist immer sehr aufgeregt, besonders wenn er getrunken hat.« Eveline lachte, und sie gingen stumm weiter.
Als sie zu Hause ankamen, humpelte die alte Concierge aus ihrer Loge hervor und drückte ihnen beiden die Hand. »Ah, madame, c'est la victoire«, sagte sie, »aber mein Sohn wird davon nicht wieder lebendig, wie?« Eveline gab ihr fünf

Franc, es wollte ihr nichts Besseres einfallen, und die Frau kehrte in ihre Loge zurück und murmelte mit singender Stimme: »Merci, m'sieur, madame.«
Als sie dann in Evelines kleinem Zimmerchen waren, wurde Paul anscheinend schrecklich verlegen. Sie aßen alles auf, was da war, bis auf die letzte Krume altbackenen Brotes, und unterhielten sich dann in einer etwas zerfahrenen Weise. Paul saß auf der Stuhlkante und erzählte ihr von seinen Fahrten als Depeschenbote zwischen Etappe und Front. Er sagte, es sei für ihn so wunderbar gewesen, nach Europa zu kommen und die Armee und die Städte Europas kennenzulernen, und Leute wie sie und Don Stevens kennenzulernen, und sie werde ihm hoffentlich nicht böse sein, weil er von all den Dingen, über die sie sich mit Don zu unterhalten pflege, nicht viel verstehe. »Wenn jetzt wirklich der Friede beginnt, was werden wir dann alle machen, Miss Hutchins?« – »Oh, sagen Sie doch Eveline zu mir, Paul.« – »Ich glaube wirklich, es ist der Friede, Eveline, ganz nach Wilsons Vierzehn Punkten. Ich persönlich halte Wilson für einen großen Mann. Was auch Don sagen mag, ich weiß ja, Don ist viel, viel gescheiter als ich, aber trotzdem . . . Vielleicht ist das der letzte Krieg gewesen, den es gegeben hat. Denken Sie mal an . . .« Sie hatte gehofft, er würde ihr beim Weggehen einen Kuß geben, aber er schüttelte ihr bloß unbeholfen die Hand und sagte in einem Atem: »Sie werden hoffentlich nicht böse sein, wenn ich Sie das nächste Mal, wenn ich wieder in Paris bin, wieder besuche.«

Für die Dauer der Friedenskonferenz hatte J.W. ein Appartement im *Crillon*, seine blonde Sekretärin Miss Williams saß an einem Schreibtisch in einem kleinen Vorzimmer, und sein englischer Kammerdiener Morton servierte am späten Nachmittag den Tee. Eveline konnte nie ganz herausbekommen, welcher Kommission er angehörte, aber Eleanor schilderte ihr unter vier Augen, wie wichtig und vertraulich die Arbeit sei, die er zu besorgen habe. Sie kam gern am späten Nachmittag ins *Crillon*, nachdem sie vom Büro her unter den Arkaden die Rue de Rivoli entlangspaziert war. Durch die antiquierten Korridore des Hotels schwirrten tausend Gerüchte, sie hatte dort das Gefühl, sie könne plötzlich um eine Ecke biegen und auf den zentralen Apparat stoßen, der den ganzen Rummel im Gange hielt. In J. W.s großem Salon reichte Morton mit lautlosen Gebärden den Tee, Herren in Uniform und Herren im Frack standen und saßen umher, und die verräucherte Luft war voll verschmitzter Anekdoten, die sich Eveline halb entsetzt, halb belustigt anhörte. J. W. war eine faszinierende Erscheinung: In einem grauen, schottischen Tweedanzug mit tadelloser Bügelfalte (er trug jetzt nicht mehr die Uniform eines Rot-Kreuz-Majors), in seinem Benehmen vornehm und liebenswürdig, von einer Vornehmheit, die etwas gemildert wurde durch die zerstreute Miene eines vielbeschäftigten Mannes, der immerzu ans Telephon gerufen wird, immerzu Telegramme oder Zettelchen von seiner Sekretärin erhält oder mit jemandem in eine der Fensternischen, die auf den Place de la Concorde gehen, zu einem geflüsterten Gespräch verschwindet, und doch, wenn er ihr einen Champagner-Cocktail reichte, kurz bevor sie an einem der Abende, an denen er keine offiziellen Verpflichtungen hatte, essen gingen, oder sie fragte, ob sie noch eine Tasse Tee wolle, fühlte sie sekundenlang in ihren Augen den geraden Blick zweier knabenhaft blauer Augen mit einem komischen, aufrichtigen, etwas humoristischen Ausdruck, den sie gut leiden konnte. Sie hätte ihn gern näher kennengelernt. Eleanor, das merkte sie, belauerte sie beide wie eine Katze die Maus. Schließlich, sagte Eveline immer wieder bei sich, schließlich hat sie doch dazu gar kein Recht. Es ist doch nicht so, daß zwischen ihnen wirklich etwas gewesen wäre!

Wenn J. W. zu tun hatte, gingen sie oft mit Edgar Robbins aus, der anscheinend eine Art Assistent bei J. W. war. Eleanor konnte ihn nicht leiden, sie sagte, sein Zynismus habe etwas Beleidigendes, aber Eveline hörte ihn gern reden. Er erzählte ihnen von den Unruhen in Brest bei Wilsons Ankunft und beschrieb das Gebäude, in dem die Franzosen ihn untergebracht und, wie er sich ausdrückte, unter lauter

Antiquitäten begraben hatten. Er sagte, der Friede werde noch viel grauenhafter sein als der Krieg, sagte, es sei gut, daß ihn kein Mensch um seine Meinung frage, denn wenn er seine Meinung sagte, würde er sicherlich ins Zuchthaus wandern.

Robbins' Lieblingslokal war *Freddy* oben auf Montmartre. Sie saßen dort den ganzen Abend in den kleinen, rauchigen, überfüllten Räumen, während Freddy, der einen großen weißen Bart hatte wie Walt Whitman, Gitarre spielte und sang. Manchmal war er betrunken und hielt die Gäste frei. Dann erschien seine Frau, ein brummiges Weib, das aussah wie eine Zigeunerin, aus den Hinterzimmern und beschimpfte ihn mit vielem Geschrei. Die Gäste an den Tischen pflegten manchmal aufzustehen und lange Gedichte über *La grande Route*, *La misère*, *L'assassinat* zu rezitieren oder alte französische Lieder zu singen wie *Les filles de Nantes*. Am Schluß klatschten alle gemeinsam in die Hände. Sie nannten das ein Benefiz geben.

Freddy lernte sie allmählich kennen und empfing sie stets mit großem Trara. »Ah, les belles américaines.« Robbins saß da und trank mit düsterer Miene einen Calvados nach dem anderen, ab und zu machte er eine dreckige Bemerkung über die Vorgänge des Tages auf der Friedenskonferenz. Er behauptete, das Lokal sei Mumpitz, die Calvados seien elend schlecht, und Freddy sei ein altes Mistvieh, aber aus irgendwelchen Gründen wollte er immer wieder hin.

J. W. schloß sich einige Male an, und ab und zu nahmen sie irgendein großes Tier von der Friedenskonferenz mit, auf den dann ihre Kenntnis des intimen Pariser Lebens einen ganz gewaltigen Eindruck machte. J. W. war entzückt über die alten französischen Lieder, aber er meinte, er habe in diesem Lokal ein kribbliges Gefühl, seiner Meinung nach müßten dort Flöhe sein. Eveline beobachtete ihn gern, wenn er mit halbgeschlossenen Augen und zurückgelehntem Kopf sich ein Lied anhörte. Sie hatte das Gefühl, Robbins wisse die reichen Möglichkeiten seines, J. W.s, Charakters nicht recht zu würdigen, und fuhr ihm immer über den Mund, wenn er mit seinen sarkastischen Bemerkungen

über den Herrn Chef, wie er ihn nannte, angerückt kam. Sie fand es unschön von Eleanor, über derlei Bemerkungen zu lachen, besonders da J. W. ihr anscheinend so ehrlich zugetan war.
Als Jerry Burnham aus Armenien zurückkam und erfuhr, daß Eveline die ganze Zeit mit J. Ward Moorehouse umherziehe, war er sehr empört. Er ging mit ihr zum Dejeuner ins *Medici Grill* am linken Seineufer und konnte sich gar nicht beruhigen.
»Aber wirklich, Eveline, ich habe Sie für einen Menschen gehalten, der sich nicht so leicht bluffen läßt. Der Kerl ist weiter nichts als ein ordinäres Megaphon ... Wirklich, Eveline, ich bilde mir gar nicht ein, daß Sie sich in mich verlieben werden, ich weiß ja genau, daß Ihnen verflucht wenig an mir liegt, warum denn auch! ... Aber zum Teufel noch mal, so ein ganz ordinärer Propagandamensch!«
»Na, Jerry«, sagte Eveline, den Mund voller Horsd'œuvres, »Sie wissen sehr gut, daß ich Sie gut leiden kann ... Sie gehen mir wirklich auf die Nerven, wenn Sie so dummes Zeug daherreden.«
»Sie haben mich nicht so gern, wie ich's möchte – aber hol's der Teufel ... Wein oder Bier?«
»Suchen Sie einen anständigen Burgunder aus, Jerry, damit wir ein bißchen warm werden ... Aber Sie haben doch selbst einen Artikel über J. W. geschrieben. Ich habe ihn im *Herald* gelesen.«
»Nur los, reiben Sie mir's unter die Nase ... Bei Gott, ich schwöre Ihnen, Eveline, ich gebe diesen lausigen Beruf auf und – das war doch ganz gewöhnliches, altmodisches Gekohle, ich dachte, Sie würden so viel Verstand haben, um das zu merken. Zum Donnerwetter, ist die Seezunge famos.«
»Köstlich ... Aber Jerry, gerade Sie müßten mehr Verstand haben!«
»Ich weiß nicht, ich habe mir eingebildet, Sie wären anders als die üblichen Frauenzimmer aus der sogenannten guten Gesellschaft, Sie verdienen sich Ihr Brot selber ...«
»Wir wollen uns nicht zanken, Jerry, wir wollen uns amü-

sieren. Wir sind in Paris, und der Krieg ist vorbei, und es ist ein schöner Wintertag ...«

»Der Krieg vorbei, ja!« sagte Jerry grob. Eveline fand ihn lästig, er fiel ihr auf die Nerven, sie schaute zum Fenster hinaus, betrachtete den rötlichen Schein der Wintersonne und den alten Medicibrunnen und das zarte violette Spitzenwerk der kahlen Bäume hinter dem hohen, eisernen Zaun des Luxembourg. Dann betrachtete sie Jerrys rotes Gesicht, seine eifrige Miene, seine Stupsnase, sein sprödes, krauses Jungenshaar, das hier und dort schon ein wenig grau zu werden begann. Sie beugte sich vor und tätschelte ein paarmal seine Hand.

»Ich verstehe schon, Jerry, Sie haben Dinge gesehen, von denen ich mir nichts träumen lasse ... Es ist das wohl der korrumpierende Einfluß des Roten Kreuzes!«

Er lächelte, schenkte ihr noch etwas Wein ein und sagte mit einem Seufzer:

»Hol's der Teufel, Sie sind die reizendste Frau, die ich je getroffen habe, Eveline – aber Ihnen imponiert nur die Macht, wie allen Frauen – wenn Geld die Hauptrolle spielt, dann das Geld, wenn der Ruhm, dann der Ruhm, wenn die Kunst, dann haben Sie ein glühendes Herz für die Kunst ... Mit mir ist das wahrscheinlich genauso, ich nehme mich bloß nicht so ernst.«

Eveline preßte die Lippen aufeinander und sagte kein Wort. Es war ihr plötzlich ganz ungemütlich zumute, es fröstelte sie, sie hatte Angst, sie fühlte sich schrecklich einsam, und sie wußte nichts zu sagen. Jerry goß ein Glas Wein hinunter und fing zu schwatzen an, er wolle seine Stellung hinschmeißen und nach Spanien gehen, um ein Buch zu schreiben. Er wolle nicht behaupten, daß er sehr viel Selbstachtung besitze, aber heutzutage Zeitungskorrespondent zu sein, verdammt noch mal, das sei doch zuviel. Eveline sagte, sie wolle gar nicht mehr nach Amerika zurück, sie habe das Gefühl, das Leben dort nach dem Kriege werde ihr allzusehr auf die Nerven fallen.

Nachdem sie Kaffee getrunken hatten, spazierten sie durch den Luxembourg. In der Nähe des Senatsgebäudes spielten

einige alte Herren in den letzten, rötlich matten Strahlen der Nachmittagssonne Krocket. »Oh, ich finde die Franzosen wundervoll«, sagte Eveline. – »Zweite Kindheit«, brummte Jerry.
Sie schlenderten ziellos durch die Straßen, lasen an den Zeitungskiosken blaßgrüne, gelbe und rosarote Theaterzettel, blieben vor den Schaufenstern der Antiquitätenläden stehen. »Wir müßten eigentlich beide längst im Büro sein«, sagte Jerry. – »Ich gehe nicht mehr hin«, sagte Eveline. »Ich werde anrufen und sagen, ich habe mich erkältet und bin nach Hause gegangen, um mich hinzulegen ... Und das will ich jetzt auch tun.« – »Tun Sie es nicht, wir wollen blau machen und uns amüsieren.« Sie gingen in das Café gegenüber St. Germain de Près. Als Eveline vom Telephonieren zurückkam, hatte Jerry inzwischen einen Strauß Veilchen gekauft und Cognac mit Soda bestellt. »Eveline, wir wollen feiern«, sagte er. »Ich glaube, ich werde an die Schweinebande kabeln, daß ich meinen Posten niederlege.« – »Meinen Sie wirklich, daß das ratsam ist, Jerry? Schließlich haben Sie doch jetzt eine wundervolle Gelegenheit, die Friedenskonferenz und das alles mitzuerleben.«
Einige Minuten später verließ sie ihn und ging nach Hause. Er durfte nicht mitkommen. Als sie an dem Fenster vorüberkam, hinter dem sie gesessen hatten, schaute sie hinein. Er bestellte soeben einen neuen Cognac.
Der Markt in der Rue de Bussy, im Licht der Gaslaternen, war lustig anzuschauen. Es roch überall nach frischem Gemüse, nach Butter und Käse. Sie kaufte ein paar Semmeln zum Frühstück und etwas Kuchen für den Fall, daß jemand zum Tee käme. In ihrem kleinen, rosaweißen Salon war es recht gemütlich, im Kamin brannte ein Brikettfeuer. Eveline wickelte sich in eine Reisedecke und legte sich auf das Sofa.
Sie schlief, da läutete die Klingel. Es waren Eleanor und J. W., die sich erkundigen wollten, wie es ihr gehe. J. W. hatte den Abend frei und wollte sie beide in die Oper mitnehmen, zu *Castor und Pollux*. Eveline sagte, sie fühle sich furchtbar schlecht, aber sie werde trotzdem mitkommen. Sie stellte etwas Tee auf und lief dann ins Schlafzimmer,

um sich umzuziehen. Sie war so glücklich, daß sie zu singen anfing, während sie an ihrem Toilettetischchen saß und in den Spiegel schaute. Ihre Haut sah sehr weiß aus, und ihr Gesicht hatte einen stillen, geheimnisvollen Ausdruck, den sie schön fand. Sie legte mit aller Vorsicht recht wenig Lippenrot auf und drehte das Haar zu einem tiefen Knoten. Ihr Haar ärgerte sie. Es war nicht wellig und hatte keine besondere Farbe. Einen Augenblick lang meinte sie schon, sie würde nicht mitgehen. Dann kam Eleanor mit einer Tasse Tee herein und sagte, sie müsse sich beeilen, denn sie müßten ja noch zu ihr in die Wohnung und dort warten, während sie sich umkleide, und die Oper finge früh an. Eveline hatte keinen richtigen Abendmantel, sie mußte daher über ihr Abendkleid einen alten Kaninchenpelz anziehen. Zu Hause bei Eleanor saß Robbins und wartete auf sie. Er trug einen Smoking, der etwas abgetragen aussah. J. W. war in der Uniform eines Rot-Kreuz-Majors. Eveline hatte den Eindruck, er müsse Gymnastik getrieben haben, denn seine Backen quollen nicht mehr so stark wie früher aus dem engen, hohen Kragen hervor.

Sie aßen hastig ein paar Bissen bei *Poccardi* und tranken eine Menge schlecht gemixter Martinis. Robbins und J. W. waren in guter Form, und sie kamen aus dem Lachen nicht heraus. Eveline verstand jetzt, warum sie so gut zusammenarbeiteten. Sie kamen zu spät in die Oper, es war ein wundervoller Anblick, überall glitzernde Kronleuchter und Uniformen. Miss Williams, J. W.s Sekretärin, saß bereits in der Loge. Eveline dachte bei sich, es müsse doch riesig nett sein, für ihn arbeiten zu dürfen, und einen Augenblick lang packte sie ein bitterer Neid, sie beneidete Miss Williams sogar um ihr gebleichtes Haar und ihre forsche, frostige Sprache. Miss Williams lehnte sich zurück und sagte, sie hätten was versäumt, Präsident Wilson und seine Frau seien soeben erschienen und mit einer großen Ovation empfangen worden, und Marschall Foch sei anwesend und auch, wie sie glaubte, Präsident Poincaré.

In den Pausen drängten sie sich, so gut es ging, in das überfüllte Vestibül. Eveline spazierte an Robbins' Seite auf und

ab, manchmal erspähte sie Eleanor, die neben J. W. ging, und wurde ein wenig neidisch.
»Hier draußen ist ein noch größeres Theater als drin«, sagte Robbins.
»Gefällt Ihnen die Aufführung nicht? Ich finde die Aufführung großartig.«
»Ja, vielleicht für einen Fachmann . . .«
Eveline beobachtete Eleanor. Eleanor wurde einem französischen General in roten Hosen vorgestellt, sie sah heute abend in ihrer harten, kühlen Art recht hübsch aus. Robbins versuchte sie durch die Menschenmenge zu der kleinen Bar zu bugsieren, aber sie gaben es auf, es waren zu viel Menschen da. Robbins fing ganz plötzlich über Baku und das Petroleumgeschäft zu reden an. »Es ist doch verflucht komisch«, sagte er, »während wir hier sitzen und uns unter unserem Schulmeister, Herrn Wilson, herumkabbeln, sichert sich John Bull sämtliche künftigen Petroleumvorräte der Welt. Sie haben Persien, sie haben Mesopotamien, und der Teufel soll mich holen, wenn sie nicht auch Baku schnappen wollen.« Eveline langweilte sich und dachte im stillen, Robbins habe wieder zuviel getrunken, da läutete die Klingel.
Als sie in die Loge kamen, saß dort im Hintergrund ein schmal aussehender Mann ohne Smoking und unterhielt sich flüsternd mit J. W. Eleanor beugte sich zu Eveline hinüber und flüsterte ihr ins Ohr: »Das war General Gouraud.«
Als die Lichter erloschen, vergaß sich Eveline völlig über der tieftönenden Feierlichkeit der Musik. In der nächsten Pause beugte sie sich zu J. W. vor und fragte ihn, wie es ihm gefalle. »Großartig«, sagte er, und sie sah zu ihrem Erstaunen, daß er Tränen in den Augen hatte. Es entspann sich ein Gespräch über die Musik zwischen ihr und J. W. und dem Mann ohne Smoking, der Rasmussen hieß.
In dem hohen, mit Verzierungen überladenen Vestibül war es heiß und voll. Rasmussen brachte es fertig, ein Fenster aufzumachen, und sie traten auf den Balkon hinaus, zu ihren Füßen leuchteten trüb im rötlichen Nebelglanz die Lichterketten der Avenue.

»Zu dieser Zeit hätte ich gern gelebt«, sagte J. W. träumerisch. – »Am Hof des Sonnenkönigs?« sagte Mr. Rasmussen. »Nein, in den Wintermonaten muß es zu kalt gewesen sein, und ich bin überzeugt, die Kanalisierung war schrecklich.« »Ach, es war eine herrliche Zeit«, sagte J. W., als ob er das gar nicht gehört hätte. Dann wandte er sich zu Eveline. »Werden Sie sich wirklich nicht erkälten . . . Wissen Sie, Sie müßten etwas zum Umnehmen haben.« – »Aber wie gesagt, Moorhouse«, sagte Rasmussen in verändertem Ton, »ich besitze verläßliche Nachricht, daß sie Baku ohne bedeutende Verstärkungen nicht halten können, und die können sie nur von uns bekommen.« Die Klingel läutete wieder, und sie eilten in ihre Loge.

Nach der Oper gingen sie ins *Café de la Paix,* um ein Glas Champagner zu trinken, bis auf Robbins, der Miss Williams ins Hotel brachte. Eveline und Eleanor saßen links und rechts von J. W. auf der gepolsterten Bank, und Mr. Rasmussen saß ihnen gegenüber auf einem Stuhl. Er führte fast ununterbrochen das Wort; wenn er eine Pause machte, trank er nervös einen Schluck Champagner oder strich sich mit den Fingern durch sein borstiges, schwarzes Haar. Er war Ingenieur bei der Standard Oil. Er redete immerfort über Baku und Mohammarah und Mossul, die Anglo-Persian und die Royal Dutch bekämen einen immer größeren Vorsprung vor den USA im Nahen Orient und versuchten, uns Armenien als Mandat aufzuhalsen, Armenien, das die Türken bis auf den letzten Grashalm leergeplündert hätten; es sei dort nichts zurückgeblieben als eine Unmasse halbverhungerter Menschen, die gefüttert werden müßten. »Wir werden sie wahrscheinlich ohnedies füttern müssen«, sagte J. W. – »Aber du lieber Gott, Mann, es läßt sich doch etwas machen! Wenn auch der Präsident die Interessen Amerikas so weit vergessen hat, daß er sich von den Engländern in allem und jedem übers Ohr hauen läßt – man kann doch die öffentliche Meinung mobilisieren, wir riskieren es, unsere Vormachtstellung auf dem Petroleumweltmarkt zu verlieren.« – »Na, schön, die Mandatfrage ist noch nicht erledigt. Aber was wird passieren? Die Engländer wollen die Konferenz vor

ein fait accompli stellen. Wer hat, der hat. Ja, es wäre für uns besser, wenn die Franzosen Baku bekämen.« – »Und wie ist es mit den Russen?« fragte Eveline. – »Nach dem Selbstbestimmungsrecht haben die Russen kein Anrecht auf Baku. Die Bevölkerung besteht zumeist aus Türken und Armeniern«, sagte Rasmussen. »Aber zum Teufel noch mal, lieber sollen es die Roten haben als die Engländer, ich glaube natürlich nicht, daß sie sich lange halten werden.«
»Nein, ich besitze verläßliche Informationen, daß Lenin und Trotzki sich zerstritten haben, binnen drei Monaten ist die Monarchie in Rußland wiederhergestellt.« Als sie mit der ersten Flasche Champagner fertig waren, bestellte Mr. Rasmussen eine zweite. Als das Café zumachte, klangen Eveline die Ohren. »Bummeln wir durch!« sagte Mr. Rasmussen. Sie fuhren mit einem Taxi auf den Montmartre ins *L'Abbaye,* dort wurde getanzt und gesungen, es wimmelte von Uniformen, und alles war mit den Fahnen der Alliierten behängt. J. W. bat Eveline um den ersten Tanz, und Eleanor blickte ein wenig sauer drein, als sie sich mit Mr. Rasmussen begnügen mußte, der freilich sehr schlecht tanzte. Eveline und J. W. unterhielten sich über die Musik von Rameau, und J. W. sagte abermals, er hätte gern zu den Zeiten des Versailler Hofes gelebt. Aber Eveline meinte, es könne doch gar nichts Aufregenderes geben, als gerade jetzt in Paris zu sein, da gleichsam vor ihren Augen die ganze Landkarte von Europa neu zurechtgemacht werde, und J. W. sagte, sie habe vielleicht recht. Sie waren beide der Meinung, das Orchester sei so schlecht, daß man nicht dazu tanzen könne.
Den nächsten Tanz tanzte Eveline mit Mr. Rasmussen, der ihr sagte, sie sei sehr hübsch, und ihm fehle eine brave Frau in seinem Leben, er habe sein ganzes Leben im Urwald verbracht, nach Gold gesucht oder Schieferproben geprüft, und er habe das satt, und wenn jetzt Wilson sich von den Engländern so weit einschüchtern ließe, daß er ihnen die künftigen Weltvorräte an Petroleum aushändigte, obwohl wir ihnen doch den Krieg gewonnen hätten, sei für ihn die Sache erledigt. »Aber können Sie denn nicht etwas unternehmen, können Sie denn nicht die Öffentlichkeit unterrichten, Mr.

Rasmussen?« sagte Eveline und lehnte sich ein wenig an ihn an; in ihrem Kopf drehte sich ein verrücktes Champagnerglas.

»Das ist Moorehouses Sache und nicht meine, und seit dem Krieg gibt es keine Öffentlichkeit mehr. Die Öffentlichkeit wird das tun, was man ihr sagt, und außerdem ist sie wie der liebe Gott sehr weit weg . . . Wir müßten ein paar ausschlaggebenden Leuten die Lage klarmachen. Und wenn man zu den ausschlaggebenden Leuten kommen will, ist der ausschlaggebende Mann unser Moorehouse.« – »Und wenn man an Moorehouse herankommen will, wer ist dann ausschlaggebend?« fragte Eveline ohne Überlegung. Die Musik war verstummt. »Wenn ich das bloß wüßte«, sagte Rasmussen nüchtern, mit leiser Stimme. »Sie sind es nicht, wie?« Eveline schüttelte den Kopf und lächelte mit fest aufeinandergepreßten Lippen, ganz wie Eleanor.

Nachdem sie Zwiebelsuppe und kalten Braten gegessen hatten, sagte J. W.: »Wir wollen mal raufgehn und uns von Freddy ein paar Lieder vorspielen lassen.« – »Ich dachte, es gefällt Ihnen dort nicht«, sagte Eleanor. – »Es gefällt mir auch nicht, liebes Kind«, sagte J. W. »Aber ich habe die alten französischen Lieder so gern.« Eleanor sah schläfrig und mißmutig drein. Wenn sie bloß mit Mr. Rasmussen nach Hause gehen wollte, dachte Eveline; dann könnte sie, Eveline, sich allein mit J. W. unterhalten, und dann würde J. W. so furchtbar interessant sein.

Bei Freddy war es fast leer und recht kalt. Sie bekamen keinen Champagner, und niemand trank die Liköre, die sie bestellten. Freddy sang seine Lieder, aber sie gefielen J. W. gar nicht so sehr, wie er es erhofft hatte. Mr. Rasmussen sagte, Freddy erinnere ihn an einen alten Goldsucher, den er in den Bergen von Sangre de Cristo kennengelernt habe, und begann eine lange Geschichte über das Tal des Todes zu erzählen, bei der sie sich langweilten. Als sie in dem alten, muffigen Zweizylindertaxi quer durch ganz Paris nach Hause gondelten, waren sie alle vier schläfrig, und es fröstelte sie, und sie sagten kein Wort. J. W. wollte eine Tasse Kaffee haben, aber es schien nichts mehr offen zu sein.

Am nächsten Tag rief Mr. Rasmussen Eveline im Büro an und lud sie zum Mittagessen ein, und sie mußte sich sehr anstrengen, um einen Vorwand zu finden, denn sie wollte nicht mit. Von nun an schien Mr. Rasmussen ihr auf Schritt und Tritt zu begegnen. Er schickte ihr Blumen und Theaterkarten, er kam im Automobil vorgefahren, um sie abzuholen, er schickte ihr kleine, blaue Rohrpostbriefchen mit zärtlicher Botschaft. Eleanor zog sie oft mit ihrem neuen Verehrer auf.

Dann erschien unversehens Paul Johnson in Paris, er studierte jetzt auf Staatskosten an der Sorbonne, kam fast jeden Nachmittag zu ihr in die Rue de Bussy, saß stumm und düster da und schaute sie an. Er und Mr. Rasmussen saßen da und unterhielten sich über den Weizen- und Viehmarkt, während Eveline sich umzog, um mit jemand anderem, gewöhnlich mit Eleanor und J. W., auszugehen. Eveline sah, daß J. W., wenn sie abends ausgingen, sie, Eveline, ebenso gerne mitnahm wie Eleanor: Aus dem einzigen Grunde, sagte sie bei sich, weil zu dieser Zeit gut angezogene, junge Amerikanerinnen in Paris eine rare Sache waren und weil J. W. sich gern mit gut angezogenen Amerikanerinnen zeige und weil er gern junge, gut angezogene Amerikanerinnen bei sich habe, wenn er mit einflußreichen Leuten dinieren ging. Zwischen ihr und Eleanor herrschte jetzt ein steifer, nervöser, höhnischer Ton, nur ab und zu, wenn sie miteinander allein waren, plauderten sie wie in alten Tagen und lachten über Menschen und Ereignisse. Eleanor ließ nie eine Gelegenheit vorübergehen, sie mit ihrem Verehrer aufzuziehen.

Eines Tages erschien im Büro ihr Bruder George mit den zwei silbernen Hauptmannsstreifen auf den Achseln. Seine Korduniform saß wie ein Handschuh, seine Gamaschen glänzten, und er hatte Sporen an den Stiefeln. Er war beim Nachrichtendienst gewesen, man hatte ihn den Engländern attachiert, und er kam jetzt gerade aus Deutschland, wo er als Dolmetscher beim Stabe des Generals MacAndrews gearbeitet hatte. Er wollte nach Cambridge, um dort sein Frühlingssemester zu absolvieren, hatte sich einen unerträglichen Jargon angewöhnt und erklärte, das Essen im Restaurant, in das Eveline ihn führte, sei einfach tipptopp. Nachdem er sich mit der Bemerkung entfernt hatte, Evelines Ansichten seien einfach doof, fing sie zu heulen an.

Des Nachmittags, als sie aus dem Büro kam und mißmutig an ihren Bruder George dachte, der ein ganz ekelhafter Kommißfatzke geworden war, traf sie unter den Arkaden der Rue de Rivoli Mr. Rasmussen, der einen mechanischen Kanarienvogel bei sich hatte. Es war das ein ausgestopfter Kanarienvogel, man zog ihn unterhalb des Käfigs auf, dann flatterte er mit den Flügeln und sang. Mr. Rasmussen war ganz begeistert. Sie mußte an der Ecke stehenbleiben, er ließ den Vogel singen. »Das schicke ich den Kindern nach Hause. Ich lebe nicht mit meiner Frau zusammen, wir haben uns getrennt, aber ich hänge an meinen Kindern, sie wohnen in Pasadena ... Mein Leben ist sehr unglücklich gewesen«, sagte Mr. Rasmussen und lud Eveline ein, in die *Ritz-Bar* mitzukommen und einen Cocktail zu trinken.

Robbins saß da mit einer rothaarigen Zeitungskorrespondentin aus San Francisco. Sie saßen dann alle vier an einem Korbtischchen und tranken Alexanders. Die Bar war voller Menschen. »Was nützt uns ein Völkerbund, wenn England mit seinen Kolonien ihn beherrscht!« sagte Mr. Rasmussen mürrisch. – »Aber meinen Sie nicht, daß auch der schlechteste Völkerbund besser ist als gar keiner?« sagte Eveline. – »Es kommt nicht darauf an, was für einen Namen das Ding hat, es kommt darauf an, wer dabei verdient«, sagte Robbins.

»Das ist eine recht zynische Bemerkung«, sagte die Kalifornierin. »Man soll jetzt keine zynischen Bemerkungen machen.«

»Doch, jetzt grade«, sagte Robbins. »Wenn wir keine Zyniker wären, würden wir uns eine Kugel durch den Kopf jagen.«

Im März kam Evelines zweiwöchiger Urlaub heran. Eleanor wollte nach Rom, um bei der Liquidierung des dortigen Büros mitzuhelfen, sie beschlossen daher, gemeinsam nach dem Süden zu fahren und ein paar Tage in Nizza zu bleiben.

Sie brauchten Wärme, die feuchte Kälte von Paris saß ihnen in den Knochen. Als dann alles gepackt war und sie reisefertig waren und ihre Bettkarten für den Schlafwagen und ihre Reiseorder hatten, da war Eveline schrecklich aufgeregt wie ein kleines Kind.
Mr. Rasmussen ließ sich's nicht nehmen, sie zur Bahn zu bringen, er bestellte ein opulentes Diner im Restaurant des Gare de Lyon, aber Eveline konnte vor Aufregung nichts essen: der Geruch des Kohlenrauchs und der Gedanke, morgen früh in Sonnenschein und Wärme aufzuwachen! Als sie fest beim Essen waren, erschien Paul Johnson; er sei gekommen, um ihnen mit ihrem Gepäck zu helfen. An seiner Uniform fehlte ein Knopf, und der ganze Mensch sah mürrisch und verschlampt aus. Er wolle, sagte er, nichts essen, aber er trank hastig ein paar Glas Wein. Er und Mr. Rasmussen machten finstere Gesichter, als Jerry Burnham auftauchte, stockbetrunken, in der Hand einen großen Rosenstrauß. »Heißt das nicht Eulen nach Athen tragen, Jerry«, sagte Eveline. – »Sie kennen Nizza nicht . . . Wahrscheinlich werden Sie dort unten Schlittschuh laufen können, schöne Achter.« – »Jerry«, sagte Eleanor mit ihrer kühlen Stimme, »Sie denken an St. Moritz.« – »Ihnen wird es genauso gehen, wenn Sie erst mal den kalten Wind spüren!«
Inzwischen hatten Paul und Mr. Rasmussen das Gepäck zusammengesucht. »Wir wollen uns jetzt aber wirklich auf die Beine machen«, sagte Paul und schwenkte nervös Evelines Toilettekoffer. »Gleich geht der Zug.« Sie hasteten durch den Bahnhof. Jerry Burnham hatte vergessen, eine Bahnsteigkarte zu lösen, und durfte nicht auf den Bahnsteig. Er blieb an der Sperre zurück, in heftiger Debatte mit dem Beamten, und durchsuchte seine sämtlichen Taschen nach seinem Presseausweis. Paul schaffte das Gepäck ins Abteil und reichte hastig Eleanor die Hand. Eveline begegnete seinem Blick, es war ein ernster, gekränkter Blick aus treuen Hundeaugen.
»Sie werden nicht zu lange wegbleiben, nicht? Es ist nicht mehr viel Zeit«, sagte er. Eveline hätte ihm gern einen Kuß gegeben, aber der Zug setzte sich in Bewegung. Paul klet-

terte eilig hinaus. Mr. Rasmussen konnte gerade noch ein paar Zeitungen und Jerrys Rosen durchs Fenster hereinreichen und dann vom Bahnsteig aus traurig mit dem Hut winken. Es war eine wahre Erleichterung, daß der Zug endlich fuhr. Eleanor lehnte sich laut lachend in die Kissen zurück.

»Ich muß schon sagen, Eveline, du bist zu komisch mit deinen Verehrern.«

Eveline konnte sich selber das Lachen nicht verkneifen, beugte sich vor und klopfte Eleanor auf die Schulter. »Wir wollen uns aber gut amüsieren«, sagte sie.

Am nächsten Morgen, als Eveline aufwachte und zum Fenster hinausschaute, waren sie auf dem Bahnhof in Marseille. Sie hatte ein ganz komisches Gefühl, denn sie hatte hier aussteigen und sich die Stadt ansehen wollen. Aber Eleanor hatte darauf bestanden, geradewegs nach Nizza zu fahren; sie könne, sagte sie, diese schmutzigen Seehäfen nicht ausstehen. Aber später dann, als sie im Speisewagen ihren Kaffee tranken und auf die Kiefern, die kahlen Hügel und das blaue Mittelmeer hinausblickten, war Eveline wieder ganz aufgeregt und glücklich.

Sie fanden ein gutes Zimmer in einem Hotel und spazierten in dem kühlen Sonnenschein durch die Straßen, inmitten verwundeter Soldaten und Offiziere aus sämtlichen alliierten Armeen, und schlenderten unter den grauen Palmen die Promenade des Anglais entlang, und Eveline merkte allmählich, wie ein frostiges Gefühl der Enttäuschung sie langsam überschlich. Da hatte sie nun zwei Wochen Urlaub, und diesen Urlaub wollte sie in Nizza vergeuden. Eleanor war nach wie vor frisch und munter und machte den Vorschlag, in das große Café auf dem Platz zu gehen, in dem eine Bläserkapelle spielte, und vor dem Mittagessen einen kleinen Dubonnet zu trinken. Nachdem sie eine Weile dort gesessen, die Uniformen und die Unmassen grell herausgeputzter Weiber, von denen man nichts anderes erwarten konnte, betrachtet hatten, lehnte sich Eveline in den Stuhl zurück und sagte: »Jetzt sind wir da, mein Kind, und was um Gottes willen sollen wir mit uns anfangen?«

Am nächsten Morgen erwachte Eveline sehr früh; es war ihr fast zuwider, aufzustehen, denn sie konnte sich nicht vorstellen, was sie den ganzen Tag lang machen würde, um die Zeit totzuschlagen. Während sie dalag und das streifige Sonnenlicht an der Wand betrachtete, das durch die Fensterläden hereinkam, hörte sie aus dem Nebenzimmer, in dem Eleanor schlief, eine Männerstimme. Eveline hielt den Atem an und horchte. Es war J. W.s Stimme. Als sie aufstand und sich anzog, fühlte sie ihr Herz pochen. Sie zog gerade ihr bestes Paar durchsichtiger, schwarzer Seidenstrümpfe an, da kam Eleanor herein. »Was meinst du, wer plötzlich aufgetaucht ist? J. W. Er ist mit dem Auto gekommen, um mich noch einmal zu sehen, bevor ich nach Italien fahre. Er sagt, die Atmosphäre auf der Friedenskonferenz sei ihm schon zu mulmig geworden, er muß eine Luftveränderung haben ... Komm doch herüber, liebe Eveline, und trink mit uns Kaffee.«
Sie kann sich diesen triumphierenden Ton nicht verkneifen, dachte Eveline, ob denn die Weiber nicht dumm sind. »Fein, ich komme gleich, mein Kind«, sagte sie mit ihrer melodischsten Stimme.
J. W. hatte einen hellgrauen Flanellanzug und eine hellblaue Krawatte an, und sein Gesicht war von der langen Autofahrt rosig angehaucht. Er war bei bester Laune. Er war in fünfzehn Stunden von Paris nach Nizza gefahren und hatte nur vier Stunden nach dem Abendessen in Lyon geschlafen. Sie tranken alle eine Unmenge bitteren Kaffee mit heißer Milch und verabredeten eine Autofahrt.
Es war ein schöner Tag. Der schwere Dienstwagen, ein Packard, rollte weich die Corniche entlang. Sie lunchten in Monte Carlo, schauten sich am Nachmittag das Kasino an, fuhren dann weiter und tranken Tee in einem englischen Tea-Room in Mentone. Am nächsten Tag gingen sie nach Grasse hinauf und schauten sich die Porzellanfabriken an, und vierundzwanzig Stunden später brachten sie Eleanor an den Schnellzug nach Rom. J. W. wollte gleich nachher die Heimfahrt antreten. Eleanors dünnes, weißes Gesicht im Fenster des Schlafwagens – es sieht ein wenig verloren

aus, dachte Eveline bei sich. Als der Zug abfuhr, standen Eveline und J. W. auf dem Bahnsteig in der leeren Bahnhofshalle, der Rauch wirbelte milchigweiß im Sonnenlicht unter dem Glasdach, und sie schauten einander an, beide etwas befangen. »Sie ist doch eine nette Person«, sagte J. W. – »Ich habe sie sehr gern«, sagte Eveline. Ihre Stimme klang ihr falsch in den Ohren. »Schade, daß wir nicht mitfahren konnten.«

Sie verließen den Bahnhof und gingen zum Auto. »Wohin soll ich Sie bringen, Eveline, bevor ich losfahre; ins Hotel?« Wieder klopfte Evelines Herz. »Vielleicht essen wir etwas, bevor wir abfahren. Darf ich Sie einladen?« – »Das ist sehr nett von Ihnen . . . Ja, es wird nichts schaden, ich muß ja doch irgendwo zu Mittag essen. Von hier bis Lyon gibt es kein Lokal, in dem ein anständiger Mensch essen kann.«

Sie lunchten im Kasino am Strand. Das Meer war sehr blau. Drei Segelboote mit lateinischen Segeln steuerten auf die Hafeneinfahrt zu. In der Glasveranda war es warm und gemütlich, es roch nach Wein und in Butter gebratenem Fleisch. Eveline begann es in Nizza zu gefallen.

J. W. trank mehr Wein als sonst. Er begann von seiner Jugend in Wilmington zu erzählen und summte sogar einige Takte aus einem Lied, das er dazumal geschrieben hatte. Eveline war ganz weg. Dann fing er an, von Pittsburgh zu erzählen und ihr seine Anschauungen über das Verhältnis zwischen Kapital und Arbeit darzulegen. Zum Dessert aßen sie Pfirsich flambé mit Rum. Eveline bestellte kühn eine Flasche Champagner. Sie kamen famos miteinander aus.

Dann unterhielten sie sich über Eleanor. Eveline erzählte, wie sie Eleanor in der Kunstakademie kennengelernt hatte und wie Eleanor in Chicago für sie so ziemlich alles gewesen war, der einzige Mensch, der sich wirklich aufrichtig für die Dinge interessierte, an denen sie interessiert war, und wie sehr talentiert Eleanor sei und wie geschäftstüchtig. J. W. schilderte, wieviel ihm Eleanor während der schweren Zeit mit seiner zweiten Frau Gertrude in New York bedeutet habe, und wie die Leute ihre schöne Freundschaft mißverstanden hätten, die doch immer von allem Sinnlichen und Entwürdigenden frei gewesen sei ...

»Wirklich?« sagte Eveline und schaute J. W. plötzlich in die Augen. »Ich habe immer gedacht, Sie hätten ein Verhältnis mit Eleanor.« J. W. errötete. Sekundenlang fürchtete Eveline, er sei beleidigt und schockiert. Er kniff die Augen zusammen, mit einer komischen Grimasse, wie ein kleiner Junge. »Nein, wirklich nicht ... Ich habe in meinem Leben immer viel zuviel zu tun gehabt, um diese Seite meines Wesens zu entwickeln ... Heute denkt man anders über derlei Dinge als früher.« Eveline nickte. Die tiefe Röte auf seinem Gesicht schien ihre Wangen in Brand gesteckt zu haben. »Und jetzt«, fuhr J. W. fort und schüttelte düster den Kopf, »jetzt bin ich über die Vierzig hinaus, und jetzt ist es zu spät.« – »Warum zu spät?«

Eveline schaute ihn an, mit halbgeöffneten Lippen und flammend roten Wangen. »Vielleicht mußte uns erst der Krieg zu Lebenskünstlern machen«, sagte er. »Wir haben uns viel zu sehr für Geld und materielle Güter interessiert, die Franzosen mußten uns erst beibringen, was Lebenskunst heißt. Wo können Sie in den Vereinigten Staaten eine so schöne Atmosphäre finden wie hier?« J. W.s weitausholende Gebärde umfaßte das Meer, die Tische mit den buntgekleideten Frauen und den geschniegelten Offizieren, das helle, blaue Geglitzer auf Gläsern und Messern. Der Kellner mißdeutete seine Gebärde und vertauschte schlau die leere Flasche im Eiskübel mit einer vollen.

»Aber wirklich, Eveline, Sie sind so charmant, ich habe ganz vergessen, daß es schon spät ist und daß ich nach Paris muß! Und das habe ich eben mein ganzes Leben lang entbehren müssen, bis zu dem Augenblick, wo ich dann Sie und Eleanor kennenlernte ... mit Eleanor natürlich war das mehr eine platonische Angelegenheit ... Wir wollen auf Eleanors Gesundheit trinken – auf die schöne, begabte Eleanor ... Eveline, in Ihrer Nähe fühle ich mich wieder wie ein junger Mensch ... Wenn ich jetzt zurückblicke, Eveline, die Frauen sind in meinem ganzen Leben von großer Bedeutung für mich gewesen, von den Frauen habe ich meine Inspirationen empfangen, von reizenden, bezaubernden, zarten Frauen! Viele meiner besten Ideen verdanke ich Frauen – nicht unmittelbar, Sie verstehen schon, sondern durch ein geistiges Stimulans vermittelt ... Die Leute verstehen mich nicht, Eveline, besonders die Journalisten schreiben manchmal recht böse Sachen über mich ... Na, ich bin ja selbst ein alter Journalist ... Darf ich Ihnen sagen, Eveline, daß Sie ganz entzückend aussehen, und daß ich das Gefühl habe, bei Ihnen Verständnis zu finden ... Die Krankheit meiner Frau, arme Gertrude, ich fürchte, sie wird sich nie wieder ganz erholen ... Wissen Sie, ich bin dadurch in eine recht unangenehme Lage geraten, wenn einer ihrer Angehörigen zum Vormund ernannt wird, kann das für mich bedeuten, daß die Familie Staple die nicht unbeträchtlichen Gelder, die sie in mein Geschäft investiert hat, zurückzieht ... Ich würde dann in recht üble Verlegenheiten geraten ... Außerdem mußte ich meine mexikanischen Geschäfte liquidieren ... Das Petroleumkapital dort unten brauchte unbedingt einen Menschen, der der mexikanischen Öffentlichkeit und der amerikanischen Öffentlichkeit seine Gesichtspunkte darlegt. Meine Absicht war, das Großkapital von der Notwendigkeit zu überzeugen ...«

Eveline füllte sein Glas. Ihr war ein wenig schwindlig, aber sie fühlte sich wundervoll. Sie hätte sich am liebsten über den Tisch gebeugt und ihm einen Kuß gegeben, um ihm zu zeigen, wie sehr sie ihn bewundere und verstehe. Er sprach weiter, das Weinglas in der Hand, fast so, als spräche er zu einem ganzen Klub. »... von der Notwendigkeit, das Publikum ins Vertrauen zu ziehen ... Das alles mußte ich links liegen lassen – in dem Augenblick, da ich das Gefühl hatte, daß mein Vaterland mich braucht. Meine Position in Paris ist eine recht schwierige ... Man hat den Präsidenten mit einer chinesischen Mauer umgeben ... Ich fürchte, seine Ratgeber begreifen nicht, wie wichtig Propaganda ist, wie wichtig es ist, das Publikum ins Vertrauen zu ziehen. Wir leben in einem großen historischen Moment, Amerika befindet sich an einem Scheideweg ... Ohne uns würde der Krieg mit einem Sieg der Deutschen oder mit einem Verhandlungsfrieden geendet haben. Und jetzt bemühen sich unsere Verbündeten hinter unserem Rücken, die Naturschätze der Welt zu monopolisieren. Sie erinnern sich noch an das, was Rasmussen sagte ... Nun, er hat ganz recht. Der Präsident ist von düsteren Ränken umgeben. Ja, nicht einmal die Leiter der großen Trusts begreifen, daß es jetzt an der Zeit ist, Geld mit vollen Händen auszugeben. Wenn ich bloß genügend Mittel hätte, binnen einer Woche würde ich die ganze französische Presse in der Tasche haben, ja, ich habe sogar den Eindruck, daß sich auch in England einiges machen ließe, wenn man es nur richtig anpackte. Außerdem haben wir überall das Volk hinter uns, das Volk ist des autokratischen Regimes und der Geheimdiplomatie überdrüssig, das Volk ist bereit, die amerikanische Demokratie und die amerikanischen demokratischen Geschäftsmethoden mit offenen Armen zu empfangen. Für uns gibt es nur einen Weg, um der Welt die Vorteile des Friedens zu sichern: Wir müssen die Welt beherrschen. Wilson begreift nicht die Wirksamkeit einer modernen, nach wissenschaftlichen Propagandamethoden geführten Kampagne ... Ja, drei Wochen lang habe ich mich um eine Unterredung bemüht. Und als wir noch in Washington saßen, da waren wir so intim miteinander, daß er für mich fast nur der liebe Woodrow war ... Auf seinen persönlichen Wunsch hin habe ich in New York unter persönlichen Opfern alles liegen und stehen lassen und einen großen Teil meines Büropersonals mit herübergebracht, und jetzt ... Aber Eveline, mein liebes Kind, ich fürchte, ich rede Sie tot.«

Eveline beugte sich vor und tätschelte seine Hand, die auf der Tischkante ruhte. Ihre Augen leuchteten. »Oh, es ist ganz herrlich«, sagte sie. »Ist es nicht wirklich schön, J. W. ...«

»Ach, Eveline, wenn ich bloß frei wäre und mich in Sie verlieben dürfte!«

»Sind wir denn nicht frei, J. W.? Und es ist Krieg ... Dieser konventionelle Unsinn mit dem Heiraten und so weiter geht mir eigentlich schrecklich auf die Nerven. Ihnen nicht auch?«

»Ach, Eveline, wenn ich nur frei wäre ... Wir wollen gehen und ein bißchen Luft schöpfen ... Jetzt sitzen wir schon den ganzen Nachmittag hier.«
Eveline ließ sich's nicht nehmen, die Zeche zu bezahlen, obgleich sie dafür alles Geld opfern mußte, das sie bei sich hatte. Beide taumelten ein wenig, als sie das Lokal verließen, Eveline war schwindlig, sie lehnte sich an J. W.s Schulter an. Er tätschelte immerfort ihre Hand und sagte: »Na, na, wir wollen jetzt ein bißchen Auto fahren.«
Gegen Sonnenuntergang fuhren sie um das Ende der Bucht und waren in Cannes. »Nun, wir müssen uns zusammennehmen«, sagte J. W. »Sie wollen doch nicht ganz allein hier unten bleiben, nicht wahr, Mädelchen? Wie denn, wenn Sie mit mir nach Paris fahren, wir machen einige Male Station, suchen uns ein paar malerische Dörfchen aus, machen eine richtige Vergnügungstour. Hier in dieser Gegend trifft man zu leicht Bekannte. Ich schicke das Dienstauto weg und miete einen französischen Wagen ... Wir wollen nichts riskieren.« – »Gut, dieses Nizza geht mir ohnedies auf die Nerven.«
J. W. rief dem Chauffeur zu, nach Nizza zu fahren. Er setzte sie vor ihrem Hotel ab und sagte, morgen früh um halb zehn sei er wieder da, und sie müsse sich ordentlich ausschlafen. Als er fort war, war ihr furchtbar mau zumute. Sie trank eine Tasse Tee, der ganz kalt war und nach Seife schmeckte, ging auf ihr Zimmer und legte sich schlafen. Sie lag im Bett und überlegte, daß sie sich doch eigentlich wie eine ganz üble, kleine Nutte benommen habe; aber es war jetzt schon zu spät, um zu kneifen. Sie konnte nicht einschlafen. Am ganzen Körper hatte sie ein kribbelndes, zuckendes Gefühl. Wenn das so weiterginge, würde sie morgen wie ein Gespenst aussehen; sie stand auf, durchsuchte ihr Handtäschchen und fand schließlich einige Aspirin. Sie nahm eine Menge Aspirin, legte sich wieder ins Bett und lag ganz still da, aber sie sah unaufhörlich Gesichter, die aus dem Nebel eines Halbtraums deutlich hervorwuchsen und dann wieder verblaßten, und in ihren Ohren summten lange Kadenzen sinnlosen Geschwätzes.

Manchmal war es Jerry Burnhams Gesicht, das aus dem Nebel hervorwucherte und sich langsam in das Gesicht Mr. Rasmussens oder Edgar Robbins' oder Paul Johnsons oder Freddy Seargeants verwandelte. Sie stand auf und ging lange Zeit zitternd im Zimmer auf und ab. Dann kroch sie wieder ins Bett und schlief ein und wachte erst wieder auf, als das Stubenmädchen an die Tür klopfte und sagte, ein Herr warte auf sie.

Als sie hinunterkam, schritt J. W. in der Sonne vor dem Hoteleingang auf und ab und sah etwas verdrossen drein. Ein langgestreckter, niedriggebauter, italienischer Wagen stand unter den Palmen neben dem Geranienbeet. Ohne viel zu reden, tranken sie miteinander Kaffee an einem kleinen, eisernen Tischchen vor dem Hotel. J. W. sagte, er habe ein ganz erbärmliches Zimmer gehabt, in einem Hotel, in dem die Bedienung sehr schlecht sei.

Sobald Evelines Koffer herunter war, fuhren sie mit achtzig Kilometer Geschwindigkeit los. Der Chauffeur fuhr wie der Teufel durch einen heulenden Nordwind, der immer heftiger wurde, je weiter sie die Küste entlangkamen. Sie kamen, steif und staubüberkrustet, gerade noch rechtzeitig nach Marseille, um in einem Fischrestaurant am alten Hafen einen späten Lunch zu erwischen.

Wieder drehte sich alles vor Evelines Augen, Schnelligkeit und peitschender Wind und Staub und Weinstöcke und Olivenbäume und graue Felsenberge im raschen Flug und ab und zu ein Stück schieferblauen Meeres wie mit einer Säge ausgeschnitten.

»Der Krieg war ja recht schrecklich, J. W.«, sagte Eveline, »aber es ist doch eine Lust, heute zu leben. Es passiert doch wenigstens was!« J. W. murmelte etwas zwischen den Zähnen, es klang ungefähr wie »neue Welle des Idealismus«, und aß seine Bouillabaisse weiter. Er schien heute nicht sehr gesprächig zu sein.

»Bei uns zu Hause, Eveline«, sagte er, »würden sie nicht die Gräten im Fisch lassen.«

»Nun, was glauben Sie, was aus der Petroleumgeschichte werden wird?« fing Eveline wieder an.

»Der Teufel soll mich holen, wenn ich das weiß«, sagte J.W. »Wir müssen aufbrechen, wenn wir unser Ziel noch vor Einbruch der Dunkelheit erreichen wollen.«
J. W. hatte durch den Chauffeur eine zweite Decke besorgen lassen, und sie wickelten sich fest in die Decken ein, unter dem kleinen Windschutz, im Fond des Wagens. J. W. legte den Arm um Eveline und packte sie warm ein. »Behaglich wie ein Küken im Nest«, sagte er. Sie kicherten beide vor Behagen.
Der Mistral wurde so heftig, daß die Pappeln auf der staubbedeckten Ebene sich bogen, und dann begann der Wagen die vielfach gewundene Straße nach Les Beaux hinanzuklettern. Da sie gegen den Wind ankämpfen mußten, verminderte sich ihre Geschwindigkeit. Es war schon dunkel, als sie nach Les Beaux kamen.
Sie waren die einzigen Gäste im Hotel. Es war recht kalt dort, und das knorrige Olivenholz auf dem Kaminrost spendete keine Wärme, sondern gab nur ab und zu ein graues Rauchwölkchen her, wenn ein Windstoß durch den Schornstein fuhr, aber sie aßen ausgezeichnet zu Abend und tranken gewürzten Glühwein und fühlten sich gleich viel besser. Als sie in ihr Schlafzimmer hinaufgingen, mußten sie ihre Mäntel anziehen. Während sie die Treppe hinaufstiegen, küßte J. W. sie dicht hinters Ohr und flüsterte: »Eveline, mein Mädelchen, bei dir fühle ich mich wieder wie ein junger Mensch.«
Nachdem J. W. längst eingeschlafen war, lag Eveline immer noch wach neben ihm und horchte auf den Wind, der an den Läden rüttelte, pfeifend um die Dachecken fuhr, heulend in der Tiefe über die öde Ebene fegte. Das ganze Haus roch nach trockener, staubiger Kälte. Sosehr sie sich auch an ihn anschmiegte, sie konnte nicht richtig warm werden. Wieder das knarrende Karussell der Gesichter, Pläne, Wortfetzen, dieses unablässig kreisende Karussell in ihrem Kopfe, sie kann nicht zusammenhängend denken, sie kann auch nicht einschlafen . . .
Als J. W. am nächsten Morgen entdeckte, daß er sich in einem Waschbecken waschen mußte, verzog er das Gesicht

und sagte: »Hoffentlich macht es dir nichts aus, daß das alles so unkomfortabel ist.«
Sie fuhren über die Rhône nach Nîmes, um dort zu Mittag zu essen, kamen unterwegs durch Arles und Avignon, kehrten wieder an die Rhône zurück und kamen spätabends nach Lyon. Sie ließen sich das Essen aufs Zimmer schicken, nahmen ein heißes Bad und tranken wieder Glühwein. Nachdem der Kellner das Tablett abgeholt hatte, sprang Eveline auf J. W.s Schoß und küßte ihn ab. Es dauerte lange, bevor sie ihn einschlafen ließ.
Am nächsten Morgen regnete es stark. Sie saßen ein paar Stunden wartend umher, in der Hoffnung, der Regen werde aufhören. J. W. war zerstreut und versuchte mit Paris zu telephonieren, aber er hatte kein Glück. Eveline saß in dem öden Hotelsalon und las alte Nummern der *Illustration*. Auch sie wäre gerne schon wieder in Paris gewesen. Schließlich beschlossen sie aufzubrechen.
Der Regen ließ nach, verwandelte sich in ein leichtes Nieseln, aber die Straßen waren in einem schlechten Zustand, und bei Einbruch der Dunkelheit waren sie erst in Nevers. J. W. bekam Schnupfen und fing an Chinin zu schlucken, um einer Erkältung vorzubeugen. Er nahm in dem Hotel in Nevers zwei benachbarte Zimmer mit einem Badezimmer dazwischen; diese Nacht schliefen sie in getrennten Betten. Beim Abendessen wollte ihn Eveline dazu bringen, über die Friedenskonferenz zu sprechen, aber er sagte: »Warum fachsimpeln, wir werden früh genug wieder da sein, wir wollen doch lieber über uns selber sprechen.«
Als sie sich Paris näherten, begann J. W. nervös zu werden. In Fontainebleau aßen sie sehr gut zu Mittag. J. W. fuhr von dort mit dem Zug nach Paris, der Chauffeur sollte Eveline in die Rue de Bussy bringen und nachher J. W.s Gepäck ins *Crillon* schaffen. Eveline kam sich recht verloren vor, als sie so ganz allein durch die Pariser Vorstädte fuhr. Sie erinnerte sich, wie aufregend das gewesen war, als alle sie vor ein paar Tagen auf dem Gare de Lyon an den Zug gebracht hatten, und gelangte zu der Überzeugung, daß sie eigentlich recht unglücklich sei.

Am nächsten Tag ging sie nachmittags, ungefähr um die übliche Zeit, ins *Crillon*. In J. W.s Vorzimmer war niemand außer seiner Sekretärin Miss Williams. Sie starrte Eveline mit so kalten, feindseligen Blicken an, daß Eveline sofort dachte, sie müsse etwas wissen. Sie sagte, Mr. Moorehouse sei schwer erkältet, habe Fieber und könne niemanden empfangen.

»Nun, ich werde ihm ein paar Zeilen schreiben«, sagte Eveline. »Nein, ich werde ihn später anrufen. Meinen Sie nicht, daß das das beste sein wird, Miss Williams?« Miss Williams nickte trocken. »Schön«, sagte sie.

Eveline zögerte. »Ja, wissen Sie, ich bin eben erst vom Urlaub zurückgekommen ... Ich bin ein paar Tage früher zurückgekommen, weil ich mir gern die Umgebung von Paris anschauen möchte. Ist das nicht ein elendes Wetter?«

Miss Williams runzelte nachdenklich die Stirn und machte einen Schritt auf sie zu. »Sehr ... Es ist sehr lästig, Miss Hutchins, daß Mr. Moorehouse sich gerade in diesem Augenblick eine Erkältung zugezogen hat. Es schweben gerade jetzt eine Anzahl wichtiger Angelegenheiten. Und wie das auf der Friedenskonferenz nun einmal ist, die Lage ändert sich alle paar Stunden, man muß immer auf dem Posten sein ... Wir halten gerade den jetzigen Augenblick in jeder Hinsicht für äußerst bedeutsam ... Es ist wirklich zu lästig, daß Mr. Moorehouse sich gerade jetzt hinlegen mußte. Wir sind sehr ärgerlich, alle. Er selbst ist außer sich vor Ärger.«

»Das tut mir sehr leid«, sagte Eveline. »Aber ich hoffe doch, es wird ihm morgen schon besser gehen.« – »Der Arzt sagt ja ... Aber es ist eine sehr lästige Geschichte.«

Eveline stand immer noch zögernd da. Sie wußte nicht, was sie sagen sollte. Dann fiel ihr Blick auf Miss Williams' Brosche, die mit einem kleinen, goldenen Stern geschmückt war. Eveline wollte ihre Freundschaft gewinnen. »Oh, Miss Williams«, sagte sie, »ich wußte gar nicht, daß Sie jemand Liebes verloren haben.« Miss Williams' Züge wurden noch frostiger und verkniffener denn je. Sie schien mühsam nach Worten zu ringen. »Äh ... Mein Bruder war bei der

Marine«, sagte sie, ging an ihren Arbeitstisch und fing hastig zu tippen an. Eveline blieb eine Sekunde lang regungslos stehen und schaute zu, wie Miss Williams' Finger über die Tastatur huschten. Dann sagte sie noch einmal mit matter Stimme: »Oh, es tut mir furchtbar leid«, machte kehrt und ging weg.
Als Eleanor mit einem Haufen alten italienischen Damasts in ihren Koffern nach Hause kam, wurde es noch schlimmer. Eleanor, so schien es Eveline, schlug jetzt ihr gegenüber einen ganz ungewohnt kalten, höhnischen Ton an. Als sie ins *Crillon* zum Tee kam, wollte Miss Williams kaum ein Wort mit Eveline reden, während sie sich sichtlich bemühte, zu Eleanor höflich zu sein. Sogar der Kammerdiener Morton schien den gleichen Unterschied zu machen. J. W. drückte ihr von Zeit zu Zeit heimlich die Hand, aber sie kamen nie mehr dazu, allein auszugehen. Eveline begann zu überlegen, ob es nicht besser wäre, nach Amerika zurückzukehren, aber der Gedanke, wieder nach Santa Fé zu müssen oder ein Leben zu führen, wie sie es ehemals geführt hatte, war ihr abscheulich. Sie schrieb J. W. jeden Tag lange, verstörte Briefe und schilderte ihm ihre unglückliche Stimmung, aber wenn sie einander sahen, erwähnte er diese Briefe mit keinem Wort. Als sie ihn einmal fragte, warum er ihr denn nicht auch einmal ein paar Worte schreibe, sagte er schnell: »Ich schreibe nie persönliche Briefe«, und wechselte das Thema.

Ende April tauchte Don Stevens in Paris auf. Er war in Zivil, denn er hatte den Dienst bei den Wiederaufbaukaders quittiert. Er verlangte von Eveline, sie solle ihn bei sich aufnehmen, da er völlig pleite sei. Eveline fürchtete sich vor der Concierge, und was würden bloß Eleanor und J. W. sagen, wenn sie dahinterkämen; aber sie war in einer verzweifelten und verbitterten Laune, und es war ihr so ziemlich egal, was passierte; sie sagte daher, gut, sie wolle ihn bei sich aufnehmen, aber er dürfe niemandem sagen, wo er wohnt. Don spottete über ihre bourgeoisen Anschau-

ungen, er sagte, das alles würde nach der Revolution gar keine Rolle mehr spielen, und die erste Kraftprobe solle am ersten Mai erfolgen. Er veranlaßte sie, die *Humanité* zu lesen, und führte sie in die Rue de Croissant, um ihr das kleine Restaurant zu zeigen, in dem Jaurès ermordet worden war. Eveline hatte das Rot-Kreuz-Büro von Herzen satt und blieb immer häufiger weg; sie hoffte mehr oder weniger, man werde sie hinausschmeißen und nach Amerika zurückschicken, obgleich ihr bei dem Gedanken, sich in New York oder Chicago eine Existenz schaffen zu müssen, etwas ängstlich und mau zumute wurde.
Eines Tages kam ein großer, junger Mann mit einem länglichen Gesicht ins Büro, er trug irgendeine Uniform, und es stellte sich heraus, daß es Freddy Seargeant war, der soeben eine Anstellung bei dem Hilfswerk für den Nahen Osten bekommen hatte und ganz aufgeregt war, weil es nun nach Konstantinopel ging. Eveline freute sich über das Wiedersehen, aber nachdem sie den ganzen Nachmittag mit ihm beisammengewesen war, merkte sie allmählich, daß das altgewohnte Geschwätz über Theater und Ausstattung, über Modelle und Farben und Formen sie gar nicht mehr interessierte. Freddy war begeistert: Paris und die kleinen Kinder, die auf den Teichen in den Tuilerien ihre Schiffchen segeln ließen, und die Helme der Garde Républicaine, die unters Gewehr trat, um den König und die Königin von Belgien zu grüßen, die gerade, als Freddy und Eveline vorüberkamen, die Rue de Rivoli entlangfuhren. Eveline war schlechter Laune und verspottete ihn, weil er es in der Armee nicht ausgehalten habe. Er erzählte ihr, daß ein Freund ihn unversehens in den Geheimdienst eingeschmuggelt habe, und ihm liege sowieso nichts an Politik, und bevor er noch etwas habe unternehmen können, sei der Krieg vorbei gewesen, und man habe ihn entlassen. Sie wollten Eleanor bewegen, mit ihnen dinieren zu gehen, aber Eleanor hatte eine geheimnisvolle Verabredung mit J. W. und einem Herrn vom Quai d'Orsay und konnte nicht kommen. Eveline ging mit Freddy in die Opéra-Comique, um sich *Pelléas* anzuschauen, aber sie war während der

ganzen Vorstellung schrecklich nervös, und als sie sah, daß er am Schluß weinte, hätte sie ihm am liebsten eine heruntergehauen. Nachher tranken sie im *Café Néapolitain* eine eisgekühlte Orangeade, und Freddy war ganz außer sich, weil Eveline sagte, Debussy sei veraltet; verdrossen brachte er sie in einem Taxi nach Hause. In der letzten Minute wurde sie weich und versuchte nett zu ihm zu sein; sie versprach ihm, nächsten Sonntag mit ihm nach Chartres zu fahren.

Es war noch finster, als Freddy am Sonntag früh erschien. Sie gingen hinaus und tranken schläfrig eine Tasse Kaffee bei einem alten Weib, das in dem gegenüberliegenden Torweg einen kleinen Stand hatte. Es war bis zum Abgang des Zuges noch eine Stunde Zeit, und Freddy schlug vor, Eleanor aus dem Bett zu holen. Er habe sich schon so sehr darauf gefreut, mit ihnen beiden nach Chartres zu fahren; es würde das wieder ganz so wie in den guten alten Zeiten sein, es sei doch schrecklich, wie das Leben sie alle auseinandergebracht habe. Sie nahmen also eine Droschke und fuhren zum Quai de la Tournelle. Die Frage war, wie sie ins Haus gelangen sollten, das Haustor war versperrt, und es gab keinen Portier. Freddy läutete und läutete, bis schließlich der Franzose, der in der ersten Etage wohnte, wütend im Bademantel erschien und sie einließ. Sie klopften an Eleanors Tür. Freddy schrie: »Eleanor Stoddard, stehen Sie schnell auf und kommen Sie mit uns nach Chartres.« Nach einer Weile erschien im Türspalt Eleanors Gesicht, kühl, blaß und gesammelt, über einem verblüffend blauen Negligé.

»Eleanor, wir haben gerade noch eine halbe Stunde Zeit, um den Zug nach Chartres zu erwischen, draußen steht das Taxi unter Volldampf. Wenn Sie nicht mitkommen, werden wir es alle bis an unser Lebensende bereuen.«

»Aber ich bin nicht angezogen, es ist ja noch so früh.«

»Sie sehen entzückend aus, Sie können so gehen, wie Sie sind.« Freddy drängte sich durch die Tür und nahm sie in seine Arme. »Eleanor, Sie müssen mitkommen . . . Morgen abend fahre ich nach dem Orient.«

Eveline folgte ihnen in den Salon. Als sie an der halbgeöffneten Schlafzimmertür vorüberkam, schaute sie hinein und begegnete den Blicken J. W.s. Er saß aufrecht im Bett, hatte einen hellblaugestreiften Pyjama an. Seine blauen Augen starrten durch sie hindurch. Ein jäher Einfall veranlaßte Eveline, die Tür zuzuziehen. Eleanor bemerkte es.
»Vielen Dank, mein Kind«, sagte sie kühl. »Da drinnen herrscht eine schreckliche Unordnung.«
»Oh, kommen Sie doch mit, Eleanor . . . Sie können doch nicht ganz die alten Zeiten vergessen haben!« sagte Freddy in weinerlich schmeichelndem Ton.
»Laßt mich mal nachdenken«, sagte Eleanor und klopfte sich mit dem spitzen Nagel ihres weißen Zeigefingers auf das Kinn. »Ich will euch einen Vorschlag machen, Kinder, ihr beide fahrt mit dem klapprigen, alten Zug, wie ihr das geplant habt, und ich gehe los, sobald ich angezogen bin, und rufe J. W. im *Crillon* an, ob er mich nicht mit dem Auto hinbringen will. Dann können wir gemeinsam zurückfahren. Was meint ihr dazu?«
»Reizend, Eleanor«, sagte Eveline mit singender Stimme.
»Famos, ich wußte ja, daß du mitkommen wirst . . . Nun, wir müssen gehen. Wenn wir uns verfehlen, sind wir zu Mittag vor der Kathedrale. Recht so?«
Eveline ging wie betäubt die Treppe hinunter. Auf der Fahrt nach Chartres überlegte sie unaufhörlich, ob sie denn J. W. wirklich gesehen habe oder ob das alles nur Einbildung gewesen sei. Freddy machte ihr bittere Vorwürfe, sie sei so zerstreut und habe gar nichts mehr für ihre alten Freunde übrig.
Als sie nach Chartres kamen, regnete es heftig. Sie verbrachten in dem Städtchen einen trübseligen Tag. Die bemalten Glasfenster, die man während des Krieges in Sicherheit gebracht hatte, waren noch nicht wieder eingesetzt worden. Die großen Heiligenfiguren aus dem zwölften Jahrhundert machten in dem peitschenden Regen einen nassen, schleimigen Eindruck. Freddy sagte, der Anblick der von Kerzen umringten, schwarzen Marienstatue in der Krypta entschädige einen für alle Unannehmlichkeiten der Fahrt, aber

Eveline war nicht dieser Meinung, Eleanor und J. W. erschienen nicht. »Natürlich, bei diesem Regen«, sagte Freddy. Es war für Eveline fast eine Erleichterung, als sie merkte, sie habe sich erkältet und werde sich ins Bett legen müssen, sobald sie nach Hause kamen. Freddy brachte sie in einem Taxi bis vor ihre Tür, aber sie wollte ihn nicht mit hinaufnehmen, da sie Angst hatte, Don werde da sein. Don war auch wirklich da, er zeigte sich sehr mitfühlend, steckte sie ins Bett und machte ihr eine heiße Limonade mit Cognac. Er hatte die Taschen voll Geld, denn er hatte soeben ein paar Artikel verkauft, ferner sollte er für den Londoner *Daily Herald* nach Wien gehen. Gleich nach dem ersten Mai wolle er abreisen. »Wenn nicht hier etwas passiert«, sagte er nachdrücklich. Er zog noch am selben Abend in ein Hotel und bedankte sich bei Eveline, weil sie ihn wie eine gute Kameradin bei sich aufgenommen hatte, wenn sie ihn auch nicht mehr liebte. Als er weg war, kam ihr die Wohnung ganz leer vor. Sie bereute fast, daß sie ihn nicht hierbehalten hatte. Sie lag mit einem fiebrigen Gefühl zu Bett, es war ihr elend zumute, sie hatte den Eindruck, daß sie sich in dieser Geschichte mit J. W. furchtbar dumm benommen habe. Sie liebte ihn doch gar nicht. Diesen alten Windbeutel lieben. Sie liebte niemanden. Sie schlief ein, krank, verängstigt, einsam.

Am Morgen des ersten Mai, noch bevor sie aufgestanden war, kam Paul Johnson zu ihr in die Wohnung. Er war in Zivil und sah jung, schlank, blond und hübsch aus. Er sagte, Don Stevens habe ihm ordentlich Angst gemacht, weiß der Teufel, was heute passieren könne, Generalstreik und so weiter; er sei hierhergekommen, um in der Nähe zu sein, falls Eveline nichts dagegen habe. »Ich habe mir auch gedacht, es ist besser, wenn ich nicht meine Uniform anhabe, deshalb habe ich mir bei einem Bekannten diesen Anzug geborgt«, sagte er. – »Ich glaube, ich werde heute gleichfalls streiken«, sagte sie. »Ich habe dieses Rot-Kreuz-Büro so satt, daß ich heulen könnte!«

»Das wäre aber prächtig, Eveline. Wir wollen spazierengehen und uns die Aufregung anschauen . . . Wenn Sie bei mir sind, ist schon alles gut . . . Ich meine, ich werde ruhiger sein, wenn ich weiß, wo Sie sind, falls es zu Unruhen kommt . . . Sie sind furchtbar unvorsichtig, Eveline.«
»Sie sehen aber hübsch aus in diesem Anzug, Paul . . . Ich habe Sie noch nie in Zivil gesehen.«
Paul errötete und steckte verlegen die Hände in die Taschen. »Mein Gott, ich werde froh sein, wenn ich erst mal wieder endgültig in Zivil bin«, sagte er ernst. »Obwohl das bedeutet, daß ich wieder arbeiten muß . . . Die Vorlesungen an der Sorbonne sagen mir gar nichts. Wahrscheinlich sind die Leute alle zu nervös – und ich kann es schon nicht mehr hören, was für Gauner die Boches angeblich sind, was anderes nämlich wissen einem diese französischen Professoren nicht zu erzählen.«
»Also gehen Sie raus, und nehmen Sie sich ein Buch, ich stehe auf . . . Haben Sie nicht bemerkt, ob die alte Frau vis-à-vis ihren Kaffeestand aufhat?«
»Ja, sie hat auf«, rief Paul aus dem Salon, in den er sich zurückgezogen hatte, sobald Eveline die Zehen unter der Bettdecke hervorstreckte. »Soll ich runterlaufen und welchen holen?«
»Das wäre nett von Ihnen. Ich habe Brioches und Butter hier. Nehmen Sie die emaillierte Milchkanne in der Küche.«
Eveline schaute in den Spiegel, bevor sie mit dem Ankleiden begann. Sie hatte Ringe unter den Augen, leichte Ansätze zu Krähenfüßen. Frostiger noch als das feuchte Pariser Zimmer war der Gedanke an das Altwerden. Es war das ein so abscheulich aktueller Gedanke, daß sie plötzlich in Tränen ausbrach. Das tränenüberströmte Gesicht einer alten Hexe schaute ihr bitterlich aus dem Spiegel entgegen. Sie preßte die Hände fest vor die Augen. »Oh, was führe ich für ein idiotisches Leben«, flüsterte sie laut.
Paul war schon wieder da. Sie hörte ihn verlegen im Salon umherhantieren. »Ich habe ganz vergessen, Don sagt, Anatole France will mit den mütiles de la guerre mitmarschieren . . . Der Kaffee o lä ist da, wenn Sie fertig sind.«

»Eine Sekunde noch«, rief sie vom Waschtisch her, während sie sich kaltes Wasser ins Gesicht spritzte. Sie sagte sich, daß sie Paul gut leiden könne, daß ihr sein frisches, junges Aussehen gefalle, denn er hatte ein frisches und junges Aussehen, das war wie das wollige Fell eines Füllen. »Wie alt sind Sie, Paul?« fragte sie, als sie aus dem Schlafzimmer trat, angekleidet, lächelnd, mit dem Gefühl, daß sie noch nie besser ausgesehen habe.

»Einundzwanzig, frei und mündig ... Trinken wir den Kaffee, bevor er kalt wird.« – »Sie sehen noch gar nicht so alt aus.« – »Oh, ich bin alt genug, um Bescheid zu wissen«, sagte Paul und wurde sehr rot im Gesicht. – »Ich bin fünf Jahre älter«, sagte Eveline. »Oh, es gibt nichts Scheußlicheres als das Altwerden.« – »Fünf Jahre sind doch gar nichts«, stammelte Paul.

Er war so nervös, daß er sich eine Menge Kaffee über das Hosenbein schüttete. »Verdammt, so was Dummes«, brummte er. – »Eine Sekunde, ich mache es gleich weg«, sagte Eveline und lief nach einem Handtuch.

Er mußte sich auf einen Stuhl setzen, und sie kniete vor ihm hin und rieb mit dem Handtuch die Innenseite seines Schenkels trocken. Paul saß steif und puterrot da, preßte die Lippen zusammen. Noch bevor sie recht fertig war, sprang er auf. »Gehen wir, wir wollen sehen, was passiert. Wenn ich nur genauer wüßte, was das alles soll.«

»Na, Sie könnten doch wenigstens danke schön sagen«, sagte Eveline und blickte zu ihm auf. – »Vielen Dank, es war furchtbar nett von Ihnen, Eveline.«

Draußen war es wie an einem Sonntag. In den Seitenstraßen hatten ein paar Geschäfte offen, aber die Rolläden waren halb heruntergelassen. Es war ein schöner Tag. Sie spazierten den Boulevard St. Germain entlang und begegneten vielen Menschen, die in ihren Sonntagskleidern müßig umherschlenderten. Erst als sie eine Schwadron der Garde Républicaine mit ihren blanken Helmen und dreifarbigen Federbüschen vorübertraben sahen, spürten sie, daß eine gespannte Atmosphäre herrschte. Auf dem anderen Seineufer waren noch mehr Menschen, und kleine Gruppen von

Gendarmen standen dort umher. An einer Kreuzung mehrerer Straßen sahen sie eine Schar alter Männer in Arbeitskleidung mit einer roten Fahne und einem Transparent: L'Union des Travailleurs fera la Paix du Monde.
Ein Kordon republikanischer Garde ritt mit gezogenen Säbeln auf sie los, Helme blitzten in der Sonne. Die alten Männer liefen davon oder verdrückten sich in die Haustore.
Auf den großen Boulevards sah man ganze Kompanien von Poilus in Stahlhelmen und schmutziger blauer Uniform, in ihrer Mitte die Gewehrpyramiden. Die vorüberflutende Menge auf den Straßen ließ die Soldaten hochleben, alle Welt schien lustig und gutmütig. Eveline und Paul begannen müde zu werden, sie waren jetzt schon den ganzen Vormittag unterwegs. Sie fingen an zu überlegen, wo sie etwas zu essen bekommen würden.
Vor der Börse trafen sie Don Stevens, der soeben aus dem Telegraphenamt kam. Er war wütend und müde. Er war seit fünf Uhr auf den Beinen. »Wenn sie schon Unruhen haben wollen, warum, zum Teufel, können sie sie nicht rechtzeitig arrangieren, damit man die Kabel fertigbekommt ... Na, ich habe auf der Place d'Alma mit angesehen, wie sie Anatole France davongejagt haben. Das muß eine nette Meldung geben, trotz der verfluchten Zensur. In Deutschland ist die Lage ziemlich ernst. Ich glaube, dort wird etwas passieren.«
»Ist hier in Paris etwas passiert, Don?« fragte Paul.
»Was weiß denn ich ... ein paar halbwüchsige Burschen haben die Schutzgitter an den Bäumen herausgerissen und die Flics in der Avenue Magenta bombardiert ... Burnham, er ist da drin, behauptet, auf der Place de la Bastille gibt es Barrikaden, aber ich denke nicht daran, hinzulaufen, ich muß erst was zu essen haben ... Ich glaube auch nicht, daß das wahr ist ... Ich bin so ziemlich fertig. Was habt denn ihr zwei Bourgeois an einem Tag wie heute auf der Straße zu suchen?«
»Holla, Kollege Arbeiter, nicht schießen«, sagte Paul und nahm die Hände hoch. »Warte, bis wir was zu essen be-

kommen.« Eveline lachte. Sie dachte bei sich, daß Paul ihr doch viel besser gefalle als Don.
Sie gingen durch eine Unmenge kleiner Hintergäßchen und fanden schließlich ein kleines Restaurant, Stimmengetöse und Essengeruch wehten auf die Straße heraus. Sie schlüpften unter dem eisernen Rolladen hindurch. Drinnen war es finster, der Raum war voller Taxichauffeure und Arbeiter. Sie fanden mit Mühe drei Plätze an einem der Marmortischchen, neben ihnen saßen zwei alte Männer, die Schach spielten, Evelines Bein lag fest an Pauls Bein. Sie rührte sich nicht. Nach einer Weile wurde er rot und rückte seinen Stuhl ein wenig zur Seite. »Verzeihen Sie«, sagte er.
Sie aßen Leber mit Zwiebeln, und Don knüpfte in seinem fließenden, schlechten Französisch mit den zwei alten Männern ein Gespräch an. Sie sagten, mit den jungen Leuten heutzutage sei gar nichts mehr anzufangen. Früher einmal, wenn sie auf die Straße gingen, hätten sie das Pflaster aufgerissen und die Polizisten an den Beinen gepackt und einfach von den Pferden heruntergezerrt. Heute sollte es angeblich einen Generalstreik geben, und was hätten sie denn schon geschafft? Nichts. Ein paar Bengels hätten ein paar Steine geschmissen, und in einem Café sei ein Fenster zerbrochen worden. Nicht so könne die Freiheit sich selbst und die Würde der Arbeit verteidigen. Die zwei Alten kehrten zu ihrer Schachpartie zurück, und Don spendierte ihnen eine Flasche Wein. Alle tranken sie à la votre mort aux vaches.
Eveline lehnte sich zurück, hörte mit halbem Ohr den Gesprächen zu, überlegte bei sich, ob sie am Nachmittag J. W. aufsuchen solle. Sie hatte weder ihn noch Eleanor seit jenem Sonntagmorgen gesehen; und es lag ihr auch gar nichts daran. Ob Paul sie wohl heiraten würde, wie denn das sein würde, einen Haufen kleiner Kinder zu haben, die dann, genauso wie er, ein wolliges, füllenhaftes Aussehen hätten! Ihr gefiel dieses kleine, finstere Restaurant, in dem es nach Essen roch, nach Wein und Caporal ordinaire, es machte ihr Spaß, dazusitzen und zuzuhören, wie Don dem Paul die Gesetze der Revolution erklärte. »Wenn ich erst

wieder zu Hause bin, werde ich ein bißchen auf die Wanderschaft gehen, mir Arbeit auf einer Farm suchen, oder was Ähnliches, und mal den Dingen auf den Grund gehen«, sagte Paul schließlich. »Ich weiß eigentlich gar nichts, ich weiß eigentlich nur, was ich von anderen höre.«

Nachdem sie gegessen hatten, saßen sie plaudernd bei einem Glas Wein, da hörten sie plötzlich eine amerikanische Stimme. Zwei Feldgendarmen waren ins Lokal gekommen und standen jetzt an dem zinkweißen Schanktisch. »Kein Wort Englisch«, flüsterte Paul. Sie saßen steif da und bemühten sich, möglichst wie Franzosen auszusehen, bis schließlich die zwei Khakiuniformen wieder verschwanden, und dann sagte Paul: »Hab ich aber einen Schreck bekommen! Sie hätten mich todsicher mitgenommen, wenn sie mich hier ohne Uniform entdeckt hätten, dann wäre es in die Rue St. Anne gegangen, und adieu Paris!« – »Ach, Sie armer Kerl, Sie wären bei Sonnenaufgang erschossen worden«, sagte Eveline. »Gehen Sie schnell nach Hause und ziehen Sie sich um. Ich will ohnedies für ein Weilchen ins Rote Kreuz.«

Don begleitete sie in die Rue de Rivoli. Paul verschwand in eine Nebenstraße, um nach Hause zu gehen und sich seine Uniform anzuziehen. »Ich finde Paul Johnson furchtbar nett, wo hast du denn den Jungen aufgegabelt, Don?«, sagte Eveline in gleichgültigem Ton. – »Er ist ein bißchen naiv. Ungeleckt, wie ein junges Kalb. Aber ein anständiger Kerl. Ich habe ihn kennengelernt, als die Transportabteilung, bei der er war, droben an der Marne in unserer Nähe ins Quartier kam. Dann bekam er den Druckposten bei der Post, und jetzt studiert er an der Sorbonne. Er hat es auch wirklich nötig. Keine sozialen Ideen. Paul glaubt immer noch, daß es der Storch war.«

»Er muß aus derselben Gegend stammen wie du. Ich meine, in den Staaten!«

»Ja, sein Vater hat einen Getreidesilo in irgendeinem kleinen Tankstädtchen ... Petit Bourgeois ... Mieses Milieu ... Er ist aber trotzdem kein schlechter Kerl. Jammerschade, daß er nicht Marx gelesen hat, dann hätte er festere Anschauungen.« Don machte ein komisches Gesicht. »Das gilt auch für dich, Eveline, aber dich habe ich längst als einen hoffnungslosen Fall aufgegeben. Schön, aber nicht brauchbar.« Sie blieben an der Straßenecke unter den Arkaden stehen und schwatzten weiter. »Oh, Don, deine Anschauungen gehen mir schrecklich auf die Nerven«, begann sie. Er unterbrach sie. »Na, adjüs, da kommt ein Autobus. Ich dürfte eigentlich nicht mit einem Streikbrecher fahren, aber den ganzen Weg bis zur Bastille zu Fuß zu gehen, das ist mir zu weit.« Er gab ihr einen Kuß. »Sei nicht böse auf mich.« Eveline winkte mit der Hand. – »Amüsier dich gut in Wien, Don.« Er sprang auf die Plattform des vorüberrumpelnden Autobusses. Eveline sah gerade noch, wie die Schaffnerin ihn hinunterstoßen wollte, weil der Autobus komplett war. Dann war er verschwunden.

Sie ging ins Büro und bemühte sich, den Anschein zu erwecken, als sei sie schon den ganzen Tag dagewesen. Kurz vor sechs ging sie die Straße entlang ins *Crillon* und ging zu J. W. hinauf. Es hatte sich dort nichts verändert. Miss Williams saß frostig und blond an ihrem Schreibtisch, Morton reichte lautlos den Tee und die Petit Fours, J. W. stand in ein Gespräch vertieft mit einem Herrn im Cutaway in der Fensternische, halb verborgen hinter den schweren, champagnerfarbenen Draperien, Eleanor, in einem perlgrauen Nachmittagskleid, das Eveline noch nie gesehen hatte, plauderte zwitschernd mit drei jungen Stabsoffizieren vor dem Kamin. Es war alles wie eh und je, aber Eveline hatte das Gefühl, daß sie nicht mehr dazugehöre. Sie trank eine Tasse Tee und unterhielt sich einen Augenblick lang mit Eleanor über dieses und jenes, dann sagte sie, sie sei verabredet, und ging weg.

Im Vorzimmer begegnete sie Miss Williams' Blicken, als sie an ihr vorüberwollte. Sie blieb einen Augenblick neben dem Schreibtisch stehen. »Fleißig wie immer, Miss Williams«, sagte sie. – »Es ist besser, man hat zu tun«, sagte Miss Williams. »Man kommt dann nicht auf dumme Gedanken . . . Diese Pariser scheinen mit ihrer Zeit recht verschwenderisch umzugehen. Ich hätte mir nicht träumen lassen, daß es Menschen gibt, die so viel Zeit vertrödeln.« – »Die Franzosen lieben ihre Freizeit über alles.« – »Freizeit, das ist schon ganz schön, wenn man etwas mit ihr anzufangen weiß. Aber dieses gesellschaftliche Leben kostet einen so schrecklich viel Zeit. Die Leute kommen zum Mittagessen und bleiben den ganzen Nachmittag. Ich weiß nicht, was man dagegen tun soll. Und es bringt einen in eine sehr schwierige Lage.« Miss Williams sah Eveline scharf an. »Sie haben wohl beim Roten Kreuz nicht sehr viel zu tun, Miss Hutchins?«

Eveline lächelte süß. »Nein, wir leben nur unserer Muße, wie die Franzosen.« Sie überquerte die weiten Asphaltflächen der Place de la Concorde, ohne recht zu wissen, was sie mit sich anfangen solle, und wanderte die Champs-Élysées entlang, wo die Roßkastanien eben zu blühen begannen. Der Generalstreik schien so ziemlich beendet zu sein, denn man sah in den Straßen schon einige Droschken. Sie setzte sich auf eine Bank, ein leichenblasses Individuum in einem Frack setzte sich neben sie und versuchte mit ihr anzubändeln. Sie stand auf und ging weiter, so schnell sie nur konnte. Am Rond Point mußte sie stehenbleiben, um einen Trupp berittener französischer Artilleristen und zwei Feldgeschütze vorüberzulassen, bevor sie die Straße überqueren konnte. Das leichenblasse Individuum stand neben ihr, streckte die Hand aus und legte zwei Finger an den Hutrand, als ob sie alte Freunde wären. Sie murmelte: »Das ist doch wirklich lästig«, und bestieg eine Pferdedroschke, die an der Bordschwelle stand. Sie dachte schon, das Individuum wolle auch mit einsteigen, aber er stand bloß da und schaute ihr finster nach, während die Droschke hinter den Geschützen herfuhr, als gehörte Eveline zu dem Regiment. Sowie sie nach Hause kam, kochte sie sich Kakao auf dem Gasherd und legte sich mit einem Buch ins Bett.

Am andern Tag, als sie abends in ihre Wohnung kam, wartete Paul schon auf sie; er hatte eine neue Uniform an, und die gewölbten Kappen seiner Schuhe glänzten blank. »Na, Paul, Sie sehen ja aus, als ob Sie aus der Waschmaschine kämen.« – »Ich habe einen Freund, der ist Sergeant im Equipierungsdepot. Er hat mir die neue Kluft spendiert.« – »Sie sehen zum Anbeißen aus.« – »Sie meinen wohl, Sie sehen zum Anbeißen aus.«

Sie gingen zu den Boulevards hinüber und dinierten bei *Noël Peters* auf lachsfarbenen Plüschsesseln zwischen pompejanischen Säulen zu der Begleitung schmiegsamer Violinen. Paul hatte seine Monatslöhnung und sein Verpflegungsgeld in der Tasche und fühlte sich prächtig. Sie sprachen davon, was sie tun würden, sobald sie wieder nach Amerika kämen. Paul sagte, sein Alter wolle ihn in das Büro eines Getreidespekulanten in Minneapolis stecken, er aber wolle sein Glück in New York versuchen. Seiner Ansicht nach müsse ein junger Mensch, bevor er sich endgültig niederlasse, erst Verschiedenes versuchen, um herauszubekommen, wozu er geeignet sei. Eveline sagte, sie wisse nicht, was sie anfangen wolle. Sie wolle nichts von alledem tun, was sie früher getan hatte, soviel sei ihr jetzt schon klar, vielleicht würde es ihr Spaß machen, in Paris zu leben.

»Mir hat es bisher in Paris nicht sehr gefallen«, sagte Paul, »jetzt aber, so mit Ihnen ausgehen, das gefällt mir gut.« Eveline zog ihn auf: »Oh, ich glaube nicht, daß Sie mich besonders gern haben, Sie lassen sich nichts anmerken.« – »Aber sehen Sie, Eveline, Sie wissen soviel, und Sie sind soviel herumgekommen. Es ist furchtbar nett von Ihnen, daß Sie mich überhaupt mitnehmen. Wirklich, ich werde das nie in meinem Leben vergessen.«

»Oh, wenn Sie bloß nicht so sein wollten! Ich kann unterwürfige Menschen nicht leiden«, platzte Eveline ärgerlich los.

Sie aßen schweigend weiter. Sie aßen Spargel mit gebackenem Käse. Paul trank ein paar Schluck Wein und schaute sie mit seinen gekränkten, stummen Blicken an, die sie so gar nicht ausstehen konnte. »Oh, heute abend hätte ich Lust, mich zu amüsieren«, sagte sie ein wenig später. »Ich bin den ganzen Tag so unglücklich gewesen, Paul . . . Ich werde Ihnen das einmal erzählen . . . Sie wissen schon, dieses Gefühl, wenn einem alles zwischen den Fingern

zerrinnt.« – »Gut, Eveline«, sagte Paul und schlug mit der Faust auf den Tisch. »Wir wollen lustig sein und uns amüsieren.«
Als sie Kaffee tranken, begann das Orchester eine Polka zu spielen, und die Gäste tanzten zwischen den Tischen, von dem Geiger durch laute Zurufe ermuntert: »Ah, Polka, ah!« Es war ein schöner Anblick, die nicht mehr allzu jungen Tischgäste umherwirbeln zu sehen, und die strahlenden Blicke des dicken, italienischen Kellners zu sehen, der das Gefühl zu haben schien, daß jetzt endlich La Gaîté wieder zum Leben erwacht sei. Paul und Eveline vergaßen sich und versuchten gleichfalls zu tanzen. Paul war sehr unbeholfen, aber als sie sich von seinen Armen umschlossen fühlte, war ihr mit einemmal viel wohler zumute, sie verlor das Gefühl entsetzlicher Einsamkeit.
Als die Polka etwas sanfter wurde, bezahlte Paul die dicke Rechnung, und sie gingen Arm in Arm hinaus, dicht aneinandergeschmiegt wie alle Pariser Liebespaare, um über die Boulevards zu schlendern, in den Maiabend, der nach Wein, nach frischen Brötchen und Walderdbeeren roch. Es war ihnen leichtsinnig zumute. Eveline lächelte immerfort. »Kommen Sie, wir wollen uns wunderbar amüsieren«, flüsterte Paul ab und zu, als wolle er sich Mut machen. – »Ich habe mir gerade überlegt, was meine Bekannten sagen würden, wenn sie mich hier Arm in Arm mit einem betrunkenen Infanteristen über den Boulevard spazieren sähen«, sagte Eveline. – »Nein, wirklich, ich bin nicht betrunken«, sagte Paul. »Ich vertrage viel mehr, als Sie glauben. Und wenn dieser Friedensvertrag wirklich zustande kommt, werde ich nicht mehr lange Soldat sein.« – »Oh, mir ist es egal«, sagte Eveline. »Mir ist egal, was passiert.«
Sie hörten Musik aus einem anderen Café und sahen an den Fenstern im ersten Stock die Schatten der Tanzenden vorübergleiten. »Gehn wir da hinauf!« sagte Eveline. Sie gingen in das Café, stiegen die Treppe hinauf und kamen in den Tanzsaal, dessen Wände mit lauter Spiegeln behangen waren. Dann sagte Eveline, sie wolle Rheinwein trinken. Sie studierten lange Zeit die Karte, und Eveline, mit einem

komischen Seitenblick auf Paul, schlug Liebfrauenmilch vor. Paul wurde rot. »Ich wollte, ich hätte eine liebe Frau«, sagte er. – »Sie werden schon eine haben – eine in jedem Hafen«, sagte Eveline. Er schüttelte den Kopf.
Beim nächsten Tanz drückte er sie fest an sich. Er schien nicht mehr so unbeholfen wie zuvor. »Ich fühle mich in der letzten Zeit recht einsam«, sagte Eveline, als sie sich wieder hinsetzten. – »Sie einsam ... Sie, der die ganze Friedenskonferenz nachläuft und das ganze amerikanische Korps ... Don hat mir erzählt, was für eine gefährliche Frau Sie sind.« Sie zuckte die Achseln. »Wann hat er denn das entdeckt? Vielleicht können auch Sie gefährlich sein, Paul.«
Beim nächsten Tanz legte sie die Wange an seine Wange. Als die Musik verstummte, sah es aus, als wolle er ihr einen Kuß geben. Aber er tat es nicht. »Das ist der schönste Abend, den ich je erlebt habe«, sagte er. »Ich möchte der Mann sein, mit dem Sie wirklich gern ausgehen.« – »Der könnten Sie vielleicht werden, Paul ... Sie scheinen schnell zu lernen ... Aber nein, wir benehmen uns schrecklich dumm. Ich kann dieses Kokettieren und Flirten nicht leiden ... Vielleicht wünsche ich mir den Mond ... Vielleicht möchte ich heiraten und ein Kind haben.« Paul wurde verlegen. Sie saßen stumm da und schauten den Tanzenden zu. Eveline sah, wie ein junger, französischer Soldat sich zu dem kleinen Mädchen, mit dem er tanzte, niederbeugte und es auf die Lippen küßte. Mund an Mund tanzten sie weiter. Eveline wäre gern an dieses Mädchens Stelle gewesen. »Trinken wir noch etwas Wein«, sagte sie zu Paul. »Sind Sie nicht auch dafür?« – »Haben Sie wirklich Lust? Gut, hol's der Teufel, wir wollen uns amüsieren.«
Als sie ins Taxi stiegen, war Paul schon ziemlich betrunken, lachte und drückte sie an sich. Sowie sie in dem finsteren Auto saßen, ging das Küssen los. Eveline hielt Paul einen Augenblick lang von sich ab. »Gehen wir lieber zu dir, statt zu mir«, sagte sie. »Ich habe Angst vor meiner Concierge.« – »Gut. Es ist nur furchtbar klein«, sagte Paul kichernd. Nachdem sie den bösen Blicken des alten Mannes, der in Pauls

Hotel die Schlüssel bewachte, entronnen waren, stolperten sie eine lange, kalte Wendeltreppe hinauf und kamen in ein kleines Zimmerchen, das auf den Hof ging. »Schön ist das Leben, man darf nur nicht schlappmachen«, sagte Paul und breitete die Arme aus, nachdem er die Tür versperrt und verriegelt hatte. Es hatte zu regnen begonnen, der Regen trommelte wie ein Wasserfall auf das Glasdach in der Tiefe des Hofs. Paul schmiß seine Mütze und seinen Waffenrock in eine Ecke und kam mit leuchtenden Augen auf sie zu.
Kaum lagen sie im Bett, da schlief er an ihrer Schulter ein. Sie schlüpfte aus dem Bett, um das Licht auszulöschen und das Fenster aufzumachen, und schmiegte sich dann fröstelnd an seinen Körper an, der ganz warm war und ganz schlaff wie ein Kinderkörper. Draußen strömte der Regen auf das Glasdach nieder. Irgendwo in dem Haus war ein junger Hund eingesperrt, der verzweifelt kläffte und winselte, ohne aufzuhören. Eveline konnte nicht einschlafen. Es war, als ob in ihrem Innern etwas Eingesperrtes winsle wie der junge Hund, aber an Pauls Seite fühlte sie sich beruhigt und geborgen. Durch das Fenster sah sie bereits vor dem verblassenden, purpurnen Himmel einen schwarzen Dachgiebel und dahinter einige Schornsteinhauben. Schließlich schlief sie ein.
Den nächsten Tag verbrachten sie zusammen. Eveline hatte wie gewöhnlich an das Rote Kreuz telephoniert, daß sie krank sei, und Paul hatte die Sorbonne völlig vergessen. Sie saßen den ganzen Vormittag im matten Sonnenschein vor einem Café bei der Madeleine und schmiedeten Pläne. Sie würden sich so bald wie möglich nach Hause schicken lassen, dann in New York Arbeit suchen und heiraten. Paul wollte in seiner Freizeit das Ingenieurwesen studieren. In Jersey City habe er Bekannte, Freunde seines Vaters, es sei das eine Getreide- und Futtermittelfirma, und dort könne er unterkommen. Eveline könne wieder ihr Dekorateurgeschäft ankurbeln. Paul war glücklich und voller Zuversicht und hatte seine verlegenen Manieren abgelegt. Eveline sagte sich unaufhörlich, daß Paul doch ein Kerl sei,

daß sie in Paul verliebt sei, daß aus Paul etwas zu machen sei.
Während der letzten Tage im Mai waren sie beide ein wenig leichtsinnig. Sie gaben gleich in den ersten paar Tagen ihr ganzes Geld aus, so daß sie dann in kleinen Menürestaurants essen mußten, in denen Studenten, Arbeiter und kleine Angestellte verkehrten; sie aßen dort im Abonnement und bezahlten für das Menü zweieinhalb Franc. An einem Sonntag im Juni fuhren sie nach St. Germain hinaus und gingen im Wald spazieren. Eveline wurde ab und zu schlecht, sie bekam Schwächeanfälle und mußte sich mehrmals ins Gras legen. Paul sah furchtbar bekümmert drein. Schließlich kamen sie zu einem kleinen Dorf am Ufer der Seine. Die Seine floß schnell dahin, niedrige Ufer, Reihen riesiger Pappeln im Abendsonnenschein. Sie setzten in einem kleinen Fährboot über, das von einem alten Mann gesteuert wurde, den Eveline Vater Chronos nannte. Mitten in der Fahrt sagte sie zu Paul: »Weißt du, was mit mir los ist, Paul? Ich bekomme ein Kind.«
Paul stieß einen leisen Pfiff aus. »Nun, das hatte ich nicht vorgehabt. Ich bin eigentlich ein gemeiner Kerl, daß ich dich nicht vorher geheiratet habe ... Wir wollen jetzt gleich heiraten. Ich werde mich erkundigen, was man machen muß, um im amerikanischen Korps heiraten zu können. Es ist schon gut, Eveline – aber Donnerwetter, das wirft wirklich alle meine Pläne über den Haufen.«
Sie landeten am anderen Ufer und spazierten durch Conflans zum Bahnhof hinüber, um mit dem Zug nach Paris zurückzufahren. Paul machte eine sorgenvolle Miene. »Na, und was meinst du, sind nicht auch meine Pläne jetzt zu Wasser geworden?« sagte Eveline. »Als ob man in einem Faß den Niagara runterrutscht – so kommt mir das vor!« – »Eveline«, sagte Paul ernst, Tränen in den Augen, »was soll ich nur machen, um dich zu entschädigen ... Aber wirklich, ich werde mich sehr bemühen.« Laut pfeifend kam der Zug den Bahnsteig entlang. Sie waren so sehr in ihre Gedanken vertieft, daß sie ihn kaum bemerkten. Nachdem sie in ein Abteil dritter Klasse geklettert waren,

saßen sie einander gegenüber, schweigend, aufrecht, Knie an Knie, blickten zum Fenster hinaus, ohne die Pariser Vorstädte zu sehen, sagten kein Wort. Endlich sagte Eveline mit gepreßter Stimme: »Ich will das kleine Balg haben, Paul. Ich will alles im Leben durchmachen.« Paul nickte. Man konnte sein Gesicht nicht mehr sehen. Der Zug war in einen Tunnel eingefahren.

Weltwochenschau XXXIV

IN DER GANZEN WELT
HERRSCHT MANGEL AN PLATIN

IL SERAIT CRIMINEL DE NEGLIGER LES
INTERETS FRANCAIS DANS LES BALKANS

Selbstmord in der Gefängniszelle

die diesmonatige Notierung der Vereinigten Zigarrenläden von $ 167 per Anteil bedeutet $ 501 per Anteil für die alten Anteile, auf die der gegenwärtige Besitzer 27 per Anteil nach Maßgabe des früheren Besitzes erhält. In Krieg und Frieden hat dieses Papier sich gehalten und eine immer höhere Dividende gebracht

6 EINBRECHER AUF DEM BODEN ERWISCHT

Glaubst du, die werden zu Hause bleiben, bei dir auf der Farm,
Nachdem sie Paris gesehen haben?
Glaubst du, die kriegst du noch mal vom Broadway weg?

Wenn Wall Street den Vertrag sehen wollte, daß heißt, wenn die Wirtschaftskreise des Landes mit Recht zu erfahren wünschten, bis zu welchem Grade wir in Angelegenheiten verwickelt werden, die uns nichts angehen, warum sollten sie sich dann die Mühe machen, die Krethi und Plethi zu bestechen, die Mr. Wilsons Gefolge in Paris bilden?

DIE ALLIIERTEN FORDERN DAS
MAGYARISCHE VOLK AUF
BELA KHUNS REGIERUNG ZU STÜRZEN

DAS GEHEIMNIS DES BLAUBARTS:
11 VERMISSTE FRAUEN

Enfin la France achète les stocks Américains

Immer im Jazz,
Das macht Spaß

die Boulevards boten am Nachmittag einen ungewohnten Anblick. Die Caféterrassen waren in den meisten Fällen menschenleer, die Stühle und Tische hatte man weggeräumt. In einigen Cafés wurden die Gäste einzeln eingelassen und von arbeitswilligen Kellnern bedient, die jedoch ihre Schürzen abgelegt hatten

PARIS KRITISIERT
DIE ANSPRÜCHE DES HEDSCHAS

um nicht frühzeitig Farbe bekennen zu müssen, greift man zu dem Vorwand, einige Abteilungen aufzulösen; in Wirklichkeit aber werden diese Truppen mit Sack und Pack an Koltschak übergeben

SYNDIKALISTISCHES KOMPLOTT
GEGEN WILSON

10000 Säcke verfaulte Zwiebeln gefunden

REICHER BÜRGER TÖDLICH VERUNGLÜCKT
AUF DER TREPPE GESTÜRZT

das neblige Wetter entzog das Kanonenboot, kurz nachdem es das Dock verlassen hatte, den Blicken, aber der Präsident hörte nicht auf, lächelnd mit dem Hut zu winken, während das Boot zur *George Washington* fuhr

STURZ DES SOWJETREGIMES UNAUSBLEIBLICH

DAS HAUS MORGAN

Ich befehle meine Seele in die Hände meines Erlösers, schrieb John Pierpont Morgan in seinem Testament, *in der zuversichtlichen Gewißheit, daß Er sie, reingewaschen und erlöst in seinem kostbaren Blute, untadelig vor meinen himmlischen Vater bringen wird, und ich bitte meine Kinder, um jeden Preis und unter allen Umständen, auch unter persönlichen Opfern, die heilige Lehre von der völligen Sündenvergebung durch das einmal dargebrachte Blut Jesu Christi, und durch dieses Blut allein, zu verfechten und zu verteidigen,*
und in die Hände des Hauses Morgan, das durch seinen Sohn vertreten war,
befahl er,
als er 1913 in Rom starb,
die Kontrolle über die Kapitalinteressen des Hauses Morgan in New York, Paris und London, die Kontrolle über vier Nationalbanken, drei Trustgesellschaften, drei Lebensversicherungskonzerne, zehn Eisenbahnnetze, drei Straßenbahngesellschaften, eine Transportgesellschaft, die Internationale Handelsmarine, ferner
(mit Hilfe des »Auflagersystems«, Verklammerung der Aufsichtsräte)
die Herrschaft über achtzehn weitere Eisenbahnen, über die U. S. Steel, General Electric, American Tel. and Tel., fünf große Industrien.
Die vielfach verflochtenen Taue des Morgan-Tillman-Baker-Konzerns trugen den Kredit wie eine Hängebrücke, dreizehn Prozent des gesamten Bankkapitals der Welt.

Der erste Morgan, der einen Trust organisierte, war Joseph Morgan, Hotelbesitzer in Hartford, Connecticut, er organisierte Postkutschen-Linien und kaufte die Aktien der Ätna-Versicherungsgesellschaft während eines Börsenkrachs, den

1830 einer der großen Brände in New York verursacht hatte;
sein Sohn Junius trat in seine Fußstapfen, zuerst als Schnittwarenhändler und dann als Kompagnon George Peabodys, eines Bankiers aus Massachusetts, der in London eine riesige Versicherungs- und Handelsfirma errichtet hatte und mit der Königin Victoria befreundet war;
Junius heiratete die Tochter John Pierponts, eines Bostoner Predigers, der ein exzentrischer Mann war, Poet und Gegner der Sklaverei; und ihr ältester Sohn,
John Pierpont Morgan,
kam nach New York, um dort sein Glück zu machen,
nachdem er in England erzogen worden war, die Schule in Vevey besucht und sich auf der Göttinger Universität als ein ausgezeichneter Mathematiker erwiesen hatte,
ein schmächtiger, mürrischer junger Mann von zwanzig Jahren – kam gerade zurecht zu dem Krach vom Jahre 57.
(Kriege und Börsenkrachs: Gut Wetter für das Haus Morgan.)

Als Fort Sumter seine Kanonen erdröhnen ließ, setzte der junge Morgan sogleich einiges Kapital um, indem er den Truppen der Vereinigten Staaten ausrangierte Musketen zurückverkaufte, und begann sich auf dem New Yorker Goldmarkt bemerkbar zu machen; es war einträglicher, mit Gold zu handeln, als mit Musketen zu handeln; das war der Bürgerkrieg.
Während des Deutsch-Französischen Krieges placierte Junius Morgan eine riesige Anleihe für die französische Regierung in Tours.
Zur selben Zeit kämpfte der junge Morgan mit Jay Cooke und den jüdisch-deutschen Bankiers in Frankfurt um die Fundierung der amerikanischen Kriegsschulden (Deutsche und Juden konnte er nicht leiden).
Der Krach im Jahre 75 ruinierte Jay Cooke und machte J. Pierpont Morgan zum Chefcroupier von Wall Street; er assoziierte sich mit den Drexels in Philadelphia und errichtete das Drexel-Gebäude, dort saß er dreißig Jahre lang

hinter den Glaswänden seines Büros, rotbackig und unverschämt, saß schreibend an seinem Schreibtisch, rauchte dicke schwarze Zigarren, und wenn es sich um schwerwiegende Entscheidungen handelte, legte er eine Patience; er war berühmt für seine wortkarge Art, ja und nein, er war berühmt für seine Art, einen Besucher plötzlich anzubrüllen, er war berühmt für seine eigenartige Handbewegung, die besagen sollte: *Was schaut dabei für mich heraus?*
Im Jahre 77 zog sich Junius Morgan zurück; J. Pierpont ließ sich zum Mitglied des Aufsichtsrates der New York Central Railroad ernennen, und sein erster *Korsar* ging vom Stapel. Er liebte das Segeln, er ließ sich gern von hübschen Schauspielerinnen Kommodore nennen.
Er gründete das Wöchnerinnenspital am Stuyvesant Square, er ging gern in die St.-Georgs-Kirche und sang dort ganz allein in der Abendstille einen Choral.
Während der Krise im Jahre 93
rettete Morgan,
nicht ohne beträchtlichen Profit für seine eigene Tasche,
die Finanzen der USA; das Gold versiegte, das Land war ruiniert, die Farmer schrien nach einer Silberwährung, Grover Cleveland und sein Kabinett spazierten im Blauen Zimmer im Weißen Hause auf und ab und konnten zu keinem Entschluß gelangen, im Kongreß wurden Reden gehalten, während die Goldreserven bei den Unterschatzämtern zusammenschmolzen; die Armen verhungerten; Coxeys Heer marschierte auf Washington; lange konnte Grover Cleveland es nicht über sich bringen, die Vertreter der Geldherren von Wall Street zu rufen; Morgan saß in seinem Appartement im *Arlington,* rauchte Zigarren und legte ruhig Patience, bis schließlich der Präsident ihn holen ließ;
er hatte einen fertigen Plan, der den Goldabfluß zum Stillstand brachte.

Von nun an galt, was Morgan sagte; als Carnegie verkaufte, baute er den Stahltrust auf.
J. Pierpont Morgan war ein stiernackiger, jähzorniger Mann

mit kleinen schwarzen Elsteraugen und einem Gewächs auf der Nase; er ließ seine Kompagnons sich über den täglichen Kleinkram des Bankgeschäfts zu Tode schuften, saß in seinem Privatbüro und rauchte schwarze Zigarren; wenn eine Entscheidung zu fällen war, sagte er ja oder nein oder drehte sich einfach um und kehrte zu seiner Patience zurück.

Jedes Jahr zu Weihnachten las ihm sein Bibliothekar Dickens' *Christmas Carol* aus dem Originalmanuskript vor.
Er liebte Kanarienvögel und Pekineserhündchen und nahm gern hübsche Schauspielerinnen zum Segeln mit. Jeder neue *Korsar* war noch schöner als der vorige.
Als er mit König Eduard speiste, saß er zur Rechten Seiner Majestät; er aß mit dem Kaiser im Tête-à-tête; er unterhielt sich gern mit Kardinälen oder mit dem Papst und versäumte nie eine Konferenz der episkopalischen Bischöfe.
Rom war ihm die liebste Stadt.

Er liebte eine gute Küche und alte Weine und hübsche Frauen und Segeljachten, er betrachtete gern seine Sammlungen, nahm ab und zu eine juwelengeschmückte Schnupftabaksdose zur Hand und starrte sie mit seinen Elsteräuglein an.
Er sammelte die Autogramme der französischen Herrscher, er besaß Glaskästen voller babylonischer Tontafeln, er besaß Siegel, Statuetten, Büsten,
gallisch-römische Bronzen,
merowingische Edelsteine, Miniaturen, Uhren, Wandteppiche, Porzellan, Keilschriften, Gemälde sämtlicher alten Meister, der deutschen, italienischen, flämischen, spanischen,
die Manuskripte der Evangelien und der Apokalypse,
eine Sammlung der Werke von Jean-Jacques Rousseau
und Briefe Plinius des Jüngeren.
Seine Sammler kauften alles, was teuer oder selten war oder des Imperiums Stempel trug, er ließ sich die Sachen bringen und starrte sie mit seinen Elsteräuglein an. Dann wurden sie in einen Glaskasten gelegt.
In seinem letzten Lebensjahr fuhr er auf einer Dahabijeh den

Nil hinauf und betrachtete lange die großen Säulen des Karnaktempels.
Die Krise von 1907 und dann, 1909, der Tod Harrimans, seines großen Gegners in der Finanzierung des Eisenbahnwesens, hatten ihn zum unbestrittenen Herrscher von Wall Street gemacht, zu dem mächtigsten Privatmanne der Welt.
Ein alter Mann, des Purpurs müde, von Gicht geplagt, hatte er sich herbeigelassen, nach Washington zu gehen und die Fragen des Pujo-Ausschusses anläßlich der Geldtrust-Untersuchung zu beantworten: *Ja, ich habe so gehandelt, wie es mir im Interesse des Landes am besten schien.*
So wunderbar war sein Reich gefügt, daß sein Tod im Jahre 1913 kaum die leiseste Unruhe an den Weltbörsen schuf:
Der Purpur ging auf seinen Sohn J. P. Morgan über,
den hatten die Schulen von Groton und Harvard und der Verkehr mit der britischen Oberklasse
zu einem etwas konstitutionelleren Monarchen erzogen:
J. P. Morgan schlägt vor . . .

Als das Jahr 1917 kam, hatten die Alliierten bereits durch das Haus Morgan eine Milliarde neunhundert Millionen Dollar geborgt: Wir gingen nach Europa, um für die Demokratie und für unsere Fahne zu kämpfen,
und am Ende der Friedenskonferenz hatte der Satz *J. P. Morgan schlägt vor* Gewalt über vierundsiebzig Milliarden Dollar.
J. P. Morgan ist ein schweigsamer Mann, er tritt nicht gern öffentlich hervor, aber während des großen Stahlstreiks schrieb er an Gary: *Herzliche Glückwünsche zu Ihrem Eintreten für den Open Shop, das ich, wie Sie wissen, absolut billige. Ich bin der Meinung, es handelt sich um Amerikas Freiheitsprinzipien, die den Sieg davontragen werden, wenn wir nur fest bleiben . . .*
(Kriege und Börsenkrachs,
Maschinengewehrfeuer und Hochverrat,
Hunger, Läuse, Cholera und Typhus:
Gut Wetter für das Haus Morgan.)

Weltwochenschau XXXV

der Grand Prix de la Victoire, der gestern zum fünfundzwanzigsten Male stattfand, war ein Ereignis, das lange im Gedächtnis der Teilnehmer fortleben wird, denn noch nie in der Geschichte des klassischen Rennens hat Longchamps einen so prächtigen Anblick geboten

Laßt das Feuer auf dem Herde nicht erlöschen,
Bis die Jungens wieder in der Heimat sind

DIE LEVIATHAN KANN NICHT IN SEE STECHEN

BOLSCHEWIKEN SCHAFFEN
BRIEFMARKEN AB

Während unser Herze schmachtet

BÜRGERMEISTER MIT SCHABENPULVER
VERGIFTET

Straßenunruhen und Plünderungen entwickelten sich zu dem schrecklichsten Pogrom, den es je gegeben hat. Binnen zwei oder drei Tagen war das Lemberger Getto in einen rauchenden Trümmerhaufen verwandelt. Augenzeugen schätzten die Zahl der von den polnischen Soldaten getöteten jüdischen Männer, Frauen und Kinder auf mehr als tausend

TROTZKI ERSCHIESST IM RAUSCH LENIN

Sie wissen, was ich vom Bier halte, sagt Brisbane auf der Stimmensuche

Sind die Jungs auch fern von uns,
Sehnen sie sich doch nach Hause,
Durch die dunklen Wolken leuchtet
Ewiglich ein Silberstreif

Der Präsident weckt den Mahnruf der Toten

SPUR DER BOMBENWERFER GEFUNDEN

In den ersten drei Teilen seines Interviews schilderte Emile Deen das Verhältnis zwischen der Royal Dutch und der Standard Oil Company, es handle sich um den Beginn eines Kampfes um die Kontrolle über den Weltmarkt, nur der Krieg habe diesen Kampf vorübergehend zum Stillstand gebracht. Die grundlegenden Faktoren, sagte er, seien Neid, Unzufriedenheit und Argwohn. Das außerordentliche industrielle Wachstum unseres Volkes seit dem Bürgerkrieg, die Erschließung neuer Gebiete, die Entwicklung der natürlichen Hilfsquellen, die schnelle Bevölkerungszunahme, das alles habe zu der plötzlichen Entstehung großer Vermögen geführt. Gibt es eine Mutter, einen Vater, eine Braut, einen Verwandten oder einen Freund irgendeines von den zwei Millionen kämpfenden Amerikanerjungens in der Fremde, der nicht Gott danken würde, daß Wall Street dem Roten Kreuz seinen A. P. Davidson geschenkt hat?

AKTIENDIEB ERMORDET

Kehrt fein die rote Glut nach außen,
Bis die Jungens wieder in der
Heimat sind

Das Kamera-Auge 41

Tageslicht quillt aus rötlicher Stille leise pochend schwindet in meine süße Dunkelheit schwillt rot durch das warme Blut warmsüß die Lider belastend
riesenhaft blau gelb rosarot
heute ist Paris rosiger Sonnenschein dunstig auf den Wolken vor gesprenkelten Flecken eine winzige Sirene heult schrill der Verkehr poltert schläfrig klappernd über die Pflastersteine Taxis kreischen das Gelb winkt tröstlich durchs offene Fenster der Louvre ragt mit wuchtig gelassener Architektur graurosigen Steins zwischen der Seine und dem Himmel
und die Gewißheit Paris
der blanke grünrote Schlepper ruckt gegen die Strömung schleppt drei schwarze braungefirniste Barken ihre Deckhausfenster haben grüne Läden und Spitzenvorhänge und blühende Geranientöpfe ein blaugekleideter dicker Mann muß den kleinen schwarzen Schornstein flach aufs Deck legen sonst kämen sie nicht unter der Brücke durch
Paris kommt ins Zimmer in den Augen des Stubenmädchens warm wölben sich die Brüste unter dem grauen Kleid Zichoriengeschmack im Kaffee gekochte Milch und der rissige Glanz auf den Hörnchen kleine Klümpchen sehr süßer ungesalzener Butter
in dem gelben Umschlag des Buchs hinter dem meines Freundes lächelnde Miene halb verborgen ist
Paris 1919
paris-mutuel
Roulette-Rad das rund um den Eiffelturm kreist rotes Feld weißes Feld eine Million Dollar eine Milliarde Mark eine Billion Rubel baisse du franc oder ein Auftrag für Montmartre
Cirque Médrano das Stimmen der Cellos auf dem Podium

im Salle Gaveau feierliches Hürdenrennen Oboen und ein Triangel la musique s'en fout de moi sagt die alte Marquise ihre Brillanten klirren während sie bei Strawinsky wegläuft aber das rote Füllen sprang nach hinten statt nach vorn und wir verloren unser ganzes Geld

la peinture opposite der Madeleine Cézanne Picasso Modigliani Nouvelle Athènes

la poésie der Manifeste stets frisch gefärbt an den Kiosken und Losungen mit Kreide an die Rotunden gemalt L'UNION DES TRAVAILLEURS FERA LA PAIX DU MONDE

Revolution rund um den kreisenden Eiffelturm Revolution die unsere letzten Jahre verbrennt Diagramme die Daten fliegen vom Kalender wir machen alles neu heute ist das Jahr I heute ist der sonnige Morgen des ersten Frühlingstages wir trinken schnell den Kaffee bespritzen uns mit Wasser schlüpfen in die Kleider laufen hinunter treten hellwach hinaus in den ersten Morgen des ersten Tages im ersten Jahr . . .

Weltwochenschau XXXVI

ZU FRANKREICHS EWIGEM RUHME

Ach, ein deutscher Offizier kam übern Rhein,
Parlewuh

DIE DEUTSCHEN BEI RIGA GESCHLAGEN

DANKBARE PARISER UMJUBELN FRANKREICHS MARSCHÄLLE

Ach, ein deutscher Offizier kam übern Rhein,
Er liebte die Weiber und den Wein,
Hankypanky, parlewuh

... Wilsons Ankunft in Washington erregt Unruhe. Große Streikversammlung in Paris. In den Straßen von Fiume wurde ein Kaffeehaus demoliert und Bomben wurden geworfen. Die Pariser bezahlen höhere Fleischpreise. Il serait dangereux d'augmenter les vivres. Bethmann Hollwegs Blut gerät in Wallung. Geheimnisvolle Kräfte hemmen den Vormarsch der Antibolschewisten

HUNNEN AN DEN VERSCHWÖRUNGEN BETEILIGT

Ach, Mademoiselle von Armentières,
Parlewuh,
Ach, Mademoiselle von Armentières
Parlewuh,
Schon vierzig Jahr, wenn das mal glückt,
Schon vierzig Jahr, und nie ge ...,
Hankypanky, parlewuh

... der letzte Tag in La Baule war ein Tag der Unglücksfälle. Die gewerkschaftlich organisierten Lohnempfänger ergreifen die Gelegenheit, um den Arbeitgebern zu drohen, die auf eine Veränderung nicht gefaßt sind. LEGT EINEN KRANZ AN LAFAYETTES GRAB NIEDER. Reichste Negerin gestorben

BERLIN SCHÄRFER IN DIE ZANGE GENOMMEN

Ach, dann hat er sie ins Bett geschafft,
Und dann nahm er ihr die Jungfernschaft,
Hankypanky, parlewuh

Der Friede wird keinen Preissturz bringen
erklärt man in Geschäftskreisen

MODERNER BLAUBART
OPFER DER MELANCHOLIE

... es ist niemand anderer als General Minus vom alten kaiserlich russischen Generalstab; während der Kerenski-Regierung war er Truppenkommandeur im Bezirk Minsk. Die Pariser Polizisten drohen, sich der Streikbewegung anzuschließen. Ein einziger Spekulant soll in einer Woche an die fünf Millionen Franc verdient haben

Drei Monat erst, drei Monat dann,
Da fing der Bauch zu wachsen an,
Hankypanky, parlewuh

... die großen finanziellen Hilfsmittel, die verbesserten Methoden und reichlichen Rohstoffe Amerikas müssen dem französischen Genie helfen, Frankreichs Industriemacht wiederherzustellen und zu steigern. Entzückende Landschaft, wunderbare Straßen, ausgezeichnete Hotels und gute Küche machen Lyon zu einem bezaubernden Aufenthalt. Begünstigt durch reiche Mineralquellen blickt es einer unabsehbar prächtigen Zukunft entgegen. Bürgermeister Ole

Hanson erklärt, jeder, der den Versuch macht, in die Befugnisse des Magistrats einzugreifen, wird auf der Stelle erschossen. Er selbst ist ein kleiner Mann, hat aber große Ideen, ein großes Hirn und große Hoffnungen. Wenn man ihm zum erstenmal begegnet, fällt einem seine Ähnlichkeit mit Mark Twain auf . . .

RICHARD ELLSWORTH SAVAGE

Als Dick und Ned frühmorgens das Leuchtschiff auf der Feuerinsel sichteten, war ihnen ziemlich wacklig zumute. Die Aussicht, ohne Geld im lieben Gottesländchen landen und den Rekrutierungsbehörden Rede stehen zu müssen, machte Dick wenig Spaß; und ob denn auch die Mutter zurechtkommen würde! Ned beklagte sich bloß über das Alkoholverbot, das für die Dauer des Krieges verhängt worden war. Sie waren beide ein wenig nervös, hatten während der Überfahrt zuviel Cognac getrunken. Schon fuhr das Schiff durch die schiefergrünen seichten Wasser vor Long Island; jetzt war nichts mehr daran zu ändern. Der schwere Nebel im Westen, und dann die niedrigen Schachtelhäuser, die den Eindruck machten, als müßten sie alle ersaufen, und dann der Streifen weißen Strandes der Rockaways, die Berg- und Tal-Bahnen von Coney Island, die dichtbelaubten, grünen Sommerbäume und die grauen Fachwerkhäuser mit ihrem weißen Putz auf Staten Island: Heimatlich zum Herzerweichen. Als das Einwanderungsboot neben dem Dampfer anlegte, erblickte Dick zu seinem Erstaunen Hiram Halsey Cooper, der in Khakiuniform und Ledergamaschen die Leiter heraufgeklettert kam. Dick zündete sich eine Zigarette an und versuchte nüchtern dreinzuschauen.

»Das freut mich, daß Sie wieder da sind, alter Freund ... Ihre Mutter und ich, wir waren ... Äh ...« Dick unterbrach ihn, um ihm Ned vorzustellen. Mr. Cooper, der in Majorsuniform war, nahm ihn am Ärmel und zog ihn beiseite. »Ziehen Sie doch die Uniform an, wenn Sie an Land gehen.« – »Meinetwegen, sie war mir bloß zu schmutzig.« – »Um so besser ... Na, da drüben geht es wohl recht wüst zu, wie? Die Musen schweigen, wie? ... Sie fahren heute abend gleich mit mir nach Washington. Wir haben uns große

Sorgen um Sie gemacht, aber das ist ja nun vorüber ... Ich habe jetzt gemerkt, was für ein einsamer alter Mann ich bin. Hören Sie mal zu, junger Freund, Ihre Mutter ist doch die Tochter des Generalmajors Ellsworth, stimmt's?« Dick nickte. »Natürlich, es muß ja stimmen, denn meine liebe Frau war seine Nichte ... Beeilen Sie sich, ziehen Sie die Uniform an, und vergessen Sie nicht: Lassen Sie *mich* reden!«

Während er sich umzog, überlegte Dick: Mr. Cooper sei doch plötzlich recht alt geworden, und wie es denn anzustellen sei, von Mr. Cooper die 15 Dollar zu pumpen, um die Barrechnung zu bezahlen.

New York im sommerlichen Abendsonnenschein machte einen komisch öden, leeren Eindruck; na, jetzt war er wieder zu Hause. Auf dem Grand-Central-Bahnhof standen an sämtlichen Eingängen Polizisten und Kriminalbeamte und verlangten von allen jungen Männern, die nicht in Uniform waren, die Registrierkarte. Der Zug stand abfahrtbereit; während Dick den Bahnsteig entlanglief, erblickte er in einem Winkel eine kleine Gruppe: Niedergeschlagen standen die Kerls dicht zusammengedrängt, umringt von einem Kordon schwitzender Polizisten. Als sie dann im Salonwagen saßen, wischte sich Mr. Cooper mit dem Taschentuch das Gesicht ab. »Sie verstehen jetzt, warum ich Ihnen geraten habe, Sie sollen die Uniform anziehen. Na, da drüben ist es wohl recht wüst zugegangen?«

»Manchmal war's ziemlich schlimm«, sagte Dick gleichgültig. »Aber ich bin trotzdem nicht gern nach Hause gefahren.«

»Das weiß ich, lieber Freund ... Sie haben auch nicht erwartet, Ihren alten Mentor in der Uniform eines Majors vorzufinden ... Ja, wir müssen alle mit Hand anlegen. Ich bin in der Einkaufsabteilung der Intendantur. Nun ist der Chef unseres Personalbüros General Sykes; und wie sich herausstellt, hat er gemeinsam mit Ihrem Großvater gedient. Ich habe ihm von Ihnen erzählt, daß Sie an zwei Fronten gewesen sind, daß Sie Sprachkenntnisse besitzen und – nun interessiert er sich natürlich sehr für Sie. Ich glaube,

wir werden Ihnen sofort eine Offiziersstelle verschaffen können.«
»Mr. Cooper, es ist ...« stotterte Dick, »es ist außerordentlich anständig – freundlich von Ihnen, sich so für mich zu interessieren.«
»Lieber Freund, erst als Sie weg waren, habe ich gemerkt, wie sehr Sie mir fehlten ... Unsere Gespräche über die Muse und über die Alten.« Das Rattern des Zuges übertönte Mr. Coopers Stimme. Unaufhörlich murmelte es in Dicks Kopf: Na, jetzt bin ich zu Hause.
Als der Zug auf dem West-Philadelphia-Bahnhof hielt, wurde es ganz still, und man hörte nur das leise Summen der elektrischen Ventilatoren; Mr. Cooper beugte sich vor und klopfte Dick aufs Knie. »Nur eins müssen Sie mir versprechen ... So lange wir nicht den Krieg gewonnen haben, wird nicht vom Frieden geredet! Wenn der Friede erst mal da ist, können wir ihn in unseren Gedichten besingen ... Dann wird für uns alle die Zeit gekommen sein, für einen dauernden Frieden zu wirken ... Und dieser kleine Zwischenfall in Italien, das hat weiter keine Bedeutung, Sie brauchen sich nicht weiter darum zu kümmern, die Sache ist nicht bekannt geworden.« Dick nickte; er merkte, daß er rot wurde, und das ärgerte ihn. Keiner von ihnen sagte ein Wort, bis der Kellner kam und ausrief: »Bitte Platz nehmen zum Mittagessen!«
In Washington (jetzt bist du zu Hause, murmelte es unaufhörlich in Dicks Kopf) hatte Mr. Cooper ein Zimmer im *Willard*, Dick wurde auf dem Sofa untergebracht, denn das Hotel war voll, und man konnte auch sonst nirgends ein Zimmer bekommen. Nachdem er sich in seine Decken gewickelt hatte, hörte er, wie Mr. Cooper auf Zehenspitzen herangeschlichen kam und dann schwer atmend neben dem Sofa stand. Er schlug die Augen auf und grinste. »Nun, lieber Freund«, sagte Mr. Cooper, »das ist nett, daß Sie wieder zu Hause sind ... Schlafen Sie gut.« Und er kehrte in sein Bett zurück.
Am nächsten Morgen wurde Dick General Sykes vorgestellt. »Das ist der junge Mann, der seinem Vaterland dienen

will«, sagte Mr. Cooper mit einer pompösen Gebärde, »nach dem Vorbilde seines Großvaters ... Ja, er war so ungeduldig, daß er schon die Uniform anzog, bevor noch sein Land sich am Krieg beteiligte; er trat in den freiwilligen Sanitätsdienst ein, zuerst bei den Franzosen und dann bei den Italienern.« General Sykes, ein kleiner, alter Mann, hatte helle Äuglein, eine Hakennase und war stocktaub. »Ja, Ellsworth war ein famoser Kerl, wir haben zusammen den Feldzug gegen Hieronimo mitgemacht ... Ach, der alte Westen ... Bei Gettysburg war ich erst vierzehn, hol mich der Teufel, ich glaube, dort war er gar nicht mit dabei. Nach dem Krieg haben wir in derselben Klasse West Point absolviert, der liebe, gute Ellsworth ... Sie haben also bereits Pulver gerochen, junger Freund?« Dick nickte errötend.

»Wissen Sie, Herr General«, schrie Mr. Cooper, »er möchte gern eine etwas – äh – verantwortlichere Stellung haben als beim Sanitätsdienst.«

»Ja, ja, gewiß, das ist kein Ort für einen ehrgeizigen jungen Menschen ... Sie kennen doch Andrews, Major.« Der General kritzelte etwas auf einen Notizblock. »Führen Sie ihn mit diesem Schreiben zu Oberst Andrews, er wird ihn unterbringen. Er muß über die Qualifikation entscheiden, und so weiter, Sie verstehen schon ... Viel Glück, lieber Freund.« Dick salutierte in leidlicher Haltung, und dann waren sie wieder draußen auf dem Korridor; Mr. Cooper grinste übers ganze Gesicht. »Na, das wäre erledigt. Ich muß jetzt wieder ins Büro. Füllen Sie die Formulare aus, und gehen Sie zur ärztlichen Untersuchung. Vielleicht wird das auch erst im Lager erledigt ... Auf jeden Fall kommen Sie um eins zum Essen ins *Willard*. Gehen Sie gleich in mein Zimmer hinauf.« Dick salutierte lächelnd.

Den Rest des Vormittags verbrachte er mit dem Ausfüllen von Formularen. Nach dem Essen fuhr er nach Atlantic City, um seine Mutter zu besuchen. Sie hatte sich nicht verändert. Sie lebte in einer Pension im Chelsea-Viertel und hatte große Übung im Spionieriechen. Henry diente als gemeiner Soldat bei der Infanterie und stand irgendwo in

Frankreich. Seine Mutter sagte, der Gedanke, daß der Enkel General Ellsworths als gemeiner Soldat dienen müsse, treibe ihr die Schamröte ins Gesicht, aber sie sei fest überzeugt, er werde bald avancieren. Dick hatte sie seit seinen Kindertagen nie über ihren Vater sprechen hören, und jetzt erkundigte er sich nach ihm. Als er starb, war sie noch ein kleines Mädchen gewesen; seine Angehörigen befanden sich nach seinem Tode in recht schlechten Verhältnissen, gemessen an ihrem gesellschaftlichen Rang. Sie erinnerte sich nur noch dunkel an ihn: Ein großer, blaugekleideter Mann mit einem breiten, an der Seite aufgekrempten Schlapphut und einem weißen Ziegenbart; als sie zum erstenmal eine Zeichnung von Onkel Sam sah, dachte sie, das sei ihr Vater. Er hatte immer eine kleine, silberne Bonbonniere mit Hustendrops in der Tasche; bei dem militärischen Leichenbegängnis war sie schrecklich aufgeregt gewesen, und ein netter freundlicher Offizier hatte ihr sein Taschentuch geborgt. Viele Jahre lang hatte sie die Bonbonniere aufbewahrt, dann aber war sie mit den übrigen Sachen weggekommen, als sein armer Vater – hm ...

Eine Woche später erhielt Dick einen Brief vom Kriegsministerium, der Brief war an Savage, Richard Ellsworth, Leutnant in der Intendantur, adressiert, enthielt seine Ernennung und den Befehl, binnen vierundzwanzig Stunden im Lager von Merritt, N. J., zu erscheinen. Im Lager von Merritt bekam Dick eine Überzähligen-Kompanie zugewiesen, und wenn nicht der Sergeant gewesen wäre, hätte er nicht gewußt, was er mit den Leuten anfangen solle. Sobald der Transport einmal unterwegs war, besserte sich die Sache; er hatte gemeinsam mit zwei anderen Leutnants und einem Major eine frühere I.-Klasse-Kabine. Dick war ihnen allen überlegen, denn er war an der Front gewesen. Das Schiff, mit dem sie fuhren, war die *Leviathan.* Als Sandy Hook seinen Blicken entschwand, wurde er wieder der alte; er schrieb an Ned einen langen gereimten Brief, der folgendermaßen begann:

Sein Vater war ein Sträfling, seine Mutter hatte kein Gold,
Er liebte zu sehr den Cognac und trank mehr, als er sollt',
Jetzt aber ist er ein Leutnant, und der Staat bezahlt ihn
nicht schlecht,
Seine Uniform ist prächtig und seine Haltung echt,
Und gibt es ein schrecklicheres Schicksal für einen jungen Mann,
Dessen Großpapa Generalmajor war . . .

Die beiden anderen Leutnants in der Kabine, das waren zwei unscheinbare Jünglinge aus Leland Standford, Major Thompson aber war ein Westpointer und steif wie ein Ladestock. Er war ein Mann in mittleren Jahren, hatte ein gelbliches, rundes Gesicht, dünne Lippen und trug einen Kneifer. Als er nach zweitägiger Fahrt seekrank wurde und Dick ihm durch seinen Sergeanten, der sich mit dem Steward angefreundet hatte, ein Fläschchen Whisky verschaffte, begann er ein wenig aufzutauen, und es stellte sich heraus, daß er ein leidenschaftlicher Bewunderer Kiplings war, Copeland den *Danny Deever* hatte vorlesen hören und sehr begeistert gewesen war. Außerdem war er Fachmann in Maultieren und Pferden und Verfasser einer Monographie: *Das spanische Pferd*. Dick gestand, daß er bei Copeland studiert hatte, und auf irgendeine Weise kam heraus, daß er der Enkel des seligen Generals Ellsworth war. Major Thompson begann sich für ihn zu interessieren und erkundigte sich nach den Eseln, welche die Franzosen zum Munitionstransport in die Schützengräben verwendeten, nach den italienischen Kavalleriepferden und nach Dicks Meinung über Rudyard Kiplings Werke. Am Abend vor ihrer Ankunft in Brest – alles war aufgeregt, die Decks waren ganz finster und still, denn sie fuhren jetzt durch die Minenzone – ging Dick auf die Toilette und las noch einmal den langen scherzhaften Brief durch, den er am ersten Tage nach der Abfahrt an Ned geschrieben hatte. Er zerriß ihn in kleine Schnitzel, warf die Schnitzel in die Muschel und spülte sie sorgsam hinunter: Schluß mit dem Briefeschreiben!
In Brest führte Dick drei Majore in die Stadt und bestellte ihnen im Hotel ein Essen und guten Wein. Major Thomp-

son erzählte Geschichten über die Philippinen und über den spanischen Krieg. Nach der vierten Flasche brachte Dick ihm die *Mademoiselle von Armentières* bei. Einige Tage später wurde er aus seiner Kompanie abkommandiert und nach Tours geschickt; Major Thompson wollte jemanden bei sich haben, der für ihn Französisch sprach und mit dem er sich über Kipling unterhalten konnte, und hatte ihn in sein Büro versetzen lassen. Dick war froh, daß er Brest verlassen durfte, die Leute dort waren mürrisch und verdrossen, es regnete immerfort, die Straßen waren dreckig, die Disziplin war straff, man mußte ewig salutieren und hatte ewig Angst, mit den Gendarmen in Konflikt zu geraten.

Tours war ein Gewimmel freundlich gelber Steinhäuser, die in dichten Massen blaugrünen, spätsommerlichen Laubwerks begraben waren. Dick verköstigte sich selber und wohnte bei einer netten alten Dame, die ihm jeden Morgen seinen Milchkaffee ans Bett brachte. Er lernte einen Mann aus der Personalabteilung kennen und versuchte durch ihn seinen Bruder Henry von der Infanterie wegzubekommen. Er, Major Thompson, der alte Oberst Edgecombe und noch einige andere Offiziere speisten recht oft zusammen; sie konnten mit der Zeit gar nicht mehr ohne Dick auskommen, er verstand es, ein Essen comme il faut zu bestellen, kannte die richtigen Weinjahrgänge, verstand es, mit den französischen Mädchen zu parlewuen und Schüttelreime zu verfassen. Er war der Enkel des seligen Generals Ellsworth.

Als der Eilpostdienst in eine besondere Abteilung umgewandelt wurde, nahm Oberst Edgecombe, der ihn leiten sollte, Dick von Major Thompson und seinen Pferdehändlern weg; Dick wurde einer seiner Gehilfen im Range eines Hauptmanns. Es gelang ihm nun unverzüglich, Henry nach Tours auf die Offiziersschule versetzen zu lassen. Aber es war zu spät, um ihm mehr als den Leutnantsrang zu verschaffen.

Leutnant Savage meldete sich im Büro bei Hauptmann Savage, er sah braun und hager aus und machte eine finstere Miene. Am selben Abend tranken sie zusammen eine Flasche Weißwein in Dicks Zimmer. Kaum hatte sich die Tür hinter

ihnen geschlossen, da sagte Henry: »So eine dreckige Schiebung! Ich weiß nicht, ob ich auf mein kleines Brüderchen stolz sein oder ob ich ihm eins in die Fresse hauen soll.« Dick goß ihm ein Glas voll. »Wahrscheinlich hat Muttchen das veranlaßt!« sagte er. »Ich hatte wirklich ganz vergessen, daß unser Großpapa General war.«
»Wenn du wüßtest, wie die Frontsoldaten über den Verpflegungsdienst reden.«
»Aber es muß sich doch irgend jemand um den Nachschub und um die Verpflegung kümmern.«
»Und um die Mademoisells und den Vin Blanc«, unterbrach ihn Henry.
»Natürlich, aber ich bin sehr tugendhaft gewesen ... Dein kleiner Bruder nimmt sich sehr in acht, und ich habe wirklich wie ein Pferd geschuftet.«
»Hast wahrscheinlich Liebesbriefe für die Trainoffiziere geschrieben ... Hol mich der Teufel, es ist kaum zu glauben! Immer erwischt er den besten Bissen! Übrigens bin ich froh, daß es wenigstens einen in der Familie gibt, der Karriere macht und den Namen des seligen General Ellsworth nicht verkommen läßt.«
»War es schlimm in den Argonnen?«
»Ekelhaft ... Bis sie mich dann auf die Offiziersschule schickten.«
»Im Jahre 17, beim Sanitätsdienst, ist es uns sehr gut gegangen.«
»Das glaub ich!«
Henry trank noch etwas Wein und wurde ein wenig freundlicher. Ab und zu schaute er sich in dem großen Zimmer mit den Spitzenvorhängen, dem sauber gescheuerten Ziegelboden und dem großen vierpfostigen Bett um, schnalzte mit der Zunge und murmelte: »Nicht schlecht.« Dick führte ihn aus, spendierte ihm ein feines Essen in seinem Lieblingsbistro, dann ging er hin und verkuppelte ihn mit Minette, die das hübscheste Mädchen bei Madame Patou war.
Nachdem Henry hinaufgegangen war, blieb Dick noch ein paar Minuten im Salon bei einem Mädchen sitzen, die die *schmutzige Gertie* hieß, rotgefärbte Haare und einen großen,

wabbligen, geschminkten Mund hatte, trank schlechten Cognac und war melancholisch. »Vous triste?« sagte sie und legte ihre feuchte Hand auf seine Stirn. Er nickte. »Fièvre ... Trop penser ... penser nicht gut ... moi aussi.« Dann sagte sie, sie würde sich gern umbringen, aber sie habe Angst davor, sie glaube zwar nicht an Gott, aber sie habe Angst, daß alles so still sein würde, wenn sie tot sei. Dick munterte sie auf. »Bientôt guerre finieh. Tout le monde content wieder nach Haus.« Das Mädchen fing zu weinen an, Madame Patou kam kreischend wie eine Seemöwe hereingesegelt. Das dicke Weib mit dem häßlichen Kinn packte das Mädchen bei den Haaren und begann es zu beuteln. Dick wußte nicht recht, was er beginnen solle. Er bewog die Madame, Gertie aufs Zimmer zu schicken, hinterließ etwas Geld und ging weg. Es war ihm furchtbar zumute. Als er nach Hause kam, hatte er Lust, Verse zu schreiben. Er versuchte, das heftige, schöne, pulsende Gefühl zu erhaschen, das ihn sonst immer gepackt hatte, wenn er sich hinsetzte, um zu dichten. Aber er fühlte sich elend und ging zu Bett. Die ganze Nacht hindurch, halb grübelnd, halb träumend, hatte er unaufhörlich das Gesicht der schmutzigen Gertie vor sich. Dann erinnerte er sich an die Zeiten, die er mit Hilda in Bayhead verbracht hatte, und führte dann ein langes Selbstgespräch über die Liebe: Ein verfluchter Dreck ist das alles ... Ich habe die Huren satt und das Keuschsein auch, ich will Liebschaften haben ... Er begann zu überlegen, was er nach dem Krieg beginnen werde, wahrscheinlich nach Hause fahren und sich in Jersey einen politischen Posten besorgen; üble Aussichten.

Er lag auf dem Rücken, starrte die Decke an, die sich im Dämmerlicht fahl zu verfärben begann, da hörte er Henrys Stimme unten auf der Straße seinen Namen rufen; er ging auf Zehenspitzen die kalte Ziegeltreppe hinunter und ließ ihn ein.

»Warum, zum Teufel, hast du mich mit diesem Mädchen verkuppelt, Dick? Ich komme mir ganz dreckig vor ... O mein Gott ... Willst du mir das halbe Bett einräumen, Dick, ich besorge mir noch heute ein Zimmer.« Dick suchte ihm

einen Pyjama hervor und machte sich dann auf seiner Bettseite ganz schmal. »Du bist eben ein alter Puritaner, Henry«, sagte er gähnend. »Das ist der Jammer mit dir ... Du müßtest etwas europäischer werden.«
»Na, und du? Du hast dir doch auch kein Weib genommen.«
»Ich pfeife auf die Moral, aber ich bin wählerisch, mein lieber Freund, Epikurs gelehriger Schüler«, murmelte Dick schläfrig.
»Scheiße, ich komme mir vor wie ein dreckiger Scheuerlappen«, flüsterte Henry. Dick schloß die Augen und schlief ein.
Zu Anfang Oktober wurde Dick mit einer Depeschenmappe nach Brest geschickt. Diese Depeschen, sagte der Oberst, seien so wichtig, daß man sie einem gewöhnlichen Kurier nicht anvertrauen dürfe. In Rennes mußte er zwei Stunden auf den Zug warten, er saß gerade beim Essen im Restaurant, da kam ein Infanterist auf ihn zu, den Arm in der Schlinge, und sagte: »Tag, Dick, das ist doch zum Schreien.« Es war Skinny Murray. »Na, Skinny, das freut mich aber, daß ich dich wieder mal sehe ... Fünf oder sechs Jahre sind es her ... Mein Gott, wir werden alt. Setz dich hin ... Nein, das geht ja nicht.«
»Ich hätte wohl salutieren müssen, Herr Hauptmann«, sagte Skinny steif.
»Laß das sein, Skinny, aber wir müssen uns einen Ort suchen, wo wir plaudern können ... Hast du noch Zeit, bevor dein Zug geht? Die Feldpolizisten würden mich nämlich verhaften, wenn sie mich mit einem gemeinen Soldaten essen und trinken sehen ... Wart mal draußen, bis ich fertig bin, dann gehen wir in eine Kneipe gegenüber dem Bahnhof. Was ist schon dabei!« – »Eine Stunde hab ich Zeit ... Ich fahre auf Urlaub nach Grenoble.«
»Du hast aber Schwein ... Bist du schwer verwundet worden, Skinny?« – »Ein Schrapnellsplitter in der Flosse, Herr Hauptmann«, sagte Skinny und stand stramm, weil gerade ein Feldgendarm steif durch das Restaurant stolzierte. »Wenn ich diese Kerls sehe, läuft es mir kalt übern Rücken.« Dick aß schnell seinen Lunch, bezahlte und ging über den

Platz vor dem Bahnhof. Eines der Cafés hatte ein dunkles und stilles Hinterzimmer. Sie wollten sich eben vor zwei Gläsern Bier zum Plaudern hinsetzen, da fiel Dick seine Depeschenmappe ein. Er hatte sie auf dem Tisch liegenlassen. Atemlos flüsternd, er sei gleich wieder da, lief er über den Platz ins Bahnhofrestaurant zurück. Drei französische Offiziere saßen an dem Tisch. »Pardon, Messieurs.« Die Mappe lag noch dort, wo er sie hingelegt hatte. »Wenn ich die verloren hätte, wäre mir nichts übriggeblieben, als mich zu erschießen«, sagte er zu Skinny. Sie plauderten über Trenton, über Philadelphia, über Bayhead und Dr. Atwood. Skinny war verheiratet und hatte eine gute Stellung bei einer Bank in Philadelphia. Er hatte sich freiwillig zu den Tanks gemeldet, und vor Beginn des Angriffs erwischte ihn ein Schrapnellsplitter, ein verdammtes Glück für ihn, denn seine ganze Kolonne wurde durch eine Fliegerbombe weggeputzt. Er hatte erst heute das Spital verlassen und war noch recht wackelig auf den Beinen. Dick notierte sich seine Personaldaten und sagte, er wolle ihn nach Tours versetzen lassen; gerade solche Leute brauchten sie als Kuriere. Dann mußte Skinny schnell seinem Zug nachlaufen, und Dick klemmte die Depeschenmappe fest untern Arm und machte einen kleinen Spaziergang durch die Stadt, die zierlich, bunt und bläßlich heiter in dem herbstlichen Nieselregen lag.
Als das falsche Gerücht von dem Waffenstillstand kam, ging es in Tours zu wie in einem Bienenkorb; es wurde schrecklich viel gesoffen, einer schlug dem andern auf die Schulter, Offiziere und Gemeine tanzten im Gänsemarsch in den Bürogebäuden aus und ein. Als sich herausstellte, daß es ein blinder Alarm gewesen war, hätte Dick beinahe aufgeatmet. In den folgenden Tagen gingen die Herren aus der Umgebung des Hauptquartiers mit geheimnisvollen Mienen umher, als wüßten sie etwas, das sie nicht verraten wollten. Als dann der wirkliche Waffenstillstand kam, aß Dick mit Oberst Edgecombe und einigen anderen Offizieren zu Abend; er war wie im Delirium. Nach dem Essen begegnete Dick dem Oberst auf dem Hinterhofe. Das Gesicht des Obersten war gerötet, sein Schnurrbart sträubte sich. »Na,

Savage, das ist ein großer Tag für die Rasse«, sagte er laut lachend. – »Was denn für eine Rasse?« fragte Dick schüchtern. – »Die menschliche Rasse!« brüllte der Oberst.
Dann zog er Dick beiseite: »Würde es Ihnen Spaß machen, nach Paris zu fahren, mein Junge? Anscheinend soll in Paris eine Friedenskonferenz steigen, und Präsident Wilson will persönlich daran teilnehmen ... ich kann es ja nicht recht glauben ... aber ich habe Befehl, unseren Apparat der amerikanischen Delegation zur Verfügung zu stellen, die demnächst rüberkommt, um den Frieden zu diktieren, wir sollen also den Kurierdienst der Friedenskonferenz besorgen. Wenn Sie der Meinung sind, Sie müssen unbedingt nach Hause, dann läßt sich auch das arrangieren.«
»O nein, Herr Oberst«, unterbrach Dick ihn hastig, »mir war der Gedanke schon sehr lästig, daß ich jetzt nach Hause fahren und mir Arbeit suchen soll! Die Friedenskonferenz wird amüsant sein, und wenn ich bloß Gelegenheit habe, ein bißchen in Europa herumzufahren, bin ich schon zufrieden.« Der Oberst kniff die Augen zusammen. »Ich würde das etwas anders formulieren ... Zuerst kommt der Dienst! ... Natürlich bleibt das alles streng unter uns!« – »O gewiß«, sagte Dick, aber als er zu seinen Kameraden zurückkehrte, lag ein Grinsen auf seinem Gesicht.
Wieder in Paris; diesmal in einer neuen Kammgarnuniform mit silbernen Streifen auf den Achseln und die Taschen voller Geld. Er lief sogleich in das kleine Gäßchen hinter dem Panthéon, um sich das Haus anzusehen, in dem er voriges Jahr mit Steve Warner gewohnt hatte. Die hohen, kreidiggrauen Häuser, die Läden, die kleinen Kneipen, die Kinder mit den großen Augen und den schwarzen Röckchen, die jungen Burschen, auf dem Kopf die Mütze, um den Hals das seidene Tuch, das gedehnte Pariser Argot: Das alles stimmte ihn ein wenig traurig. Was war bloß aus Steve geworden? Mit einer wahren Erleichterung kehrte er ins Büro zurück, dort schleppten gerade die Soldaten frisch importierte amerikanische Rolladenschreibtische und gelbgefirniste Registrierkästen herein.
Die Nabe dieses Paris war das *Hôtel de Crillon* an der Place

de la Concorde, seine Hauptader die Rue Royale, durch die alle paar Augenblicke ein eben eingetroffener Würdenträger, Präsident Wilson, Lloyd George, das belgische Königspaar, umringt von den flatternden Helmbüschen der Garde Républicaine, paradierte. Dick lebte jetzt in einem wahren Delirium: Nächtliche Fahrten im Eilzug nach Brüssel, Hummer, mit altem Beaune hinuntergespült, auf den roten Tischsofas bei *Larue*, Champagnercocktails in der *Ritz-Bar*, leise Gespräche bei einem Glas Bier im *Café Weber*; es war wie in den alten Tagen der Delegiertenkonferenz zu Baltimore, bloß: Alles war ihm scheißegal, alles kam ihm furchtbar komisch vor.

Eines Abends kurz nach Weihnachten ging Oberst Edgecombe mit Dick zu *Voisin* essen, in ihrer Gesellschaft befand sich ein berühmter Propagandafachmann aus New York, der angeblich Oberst House sehr nahestand. Sie blieben einen Augenblick auf dem Bürgersteig vor dem Restaurant stehen und betrachteten die plumpe Kuppel der Kirche auf der anderen Straßenseite. »Wissen Sie, Savage, der Kerl ist mit einer Verwandten von mir verheiratet, einer Staples aus Pittsburgh ... Aalglatter Bursche ... Wenigstens habe ich diesen Eindruck. Schauen Sie ihn sich einmal an. Sie sind zwar noch jung, aber Sie scheinen ein Menschenkenner zu sein.«

Mr. Moorehouse erwies sich als ein großer, stiller, blauäugiger, dickbackiger Mann, der in seiner Redeweise ab und zu an einen Senator aus den Südstaaten erinnerte. Er hatte noch zwei Personen bei sich, einen Mann namens Robbins und eine Miss Stoddard, eine schmächtige Frau mit einer sehr durchsichtigen, alabasterweißen Haut und einer scharfen, zirpenden Stimme; Dick fiel auf, daß sie erstaunlich gut gekleidet war. Das Restaurant ähnelte zu sehr einer Bischofskirche; Dick sprach wenig, war sehr höflich zu Miss Stoddard und hielt Augen und Ohren offen, während er das fürstliche Essen verzehrte und sorgfältig den milden Wein kostete, den keiner der anderen zu beachten schien. Miss Stoddard sorgte dafür, daß die Unterhaltung im Gange blieb, aber von der Friedenskonferenz war mit keinem Wort

die Rede. Miss Stoddard erzählte mit ziemlicher Bosheit von der Einrichtung des *Hôtel de Murat*, von dem farbigen Mädchen der Wilsons und von den Kleidern der Frau des Präsidenten, die sie nie anders als Mrs. Galt nannte. Als sie bei den Zigarren und bei den Likören angelangt waren, atmeten alle auf. Nach dem Essen erbot sich Oberst Edgecombe, Mr. Moorehouse ins *Crillon* zu bringen, sein Dienstauto war gekommen, um ihn abzuholen. Dick und Mr. Robbins brachten Miss Stoddard in einem Taxi vor ihre Wohnung gegenüber Notre-Dame am linken Ufer der Seine. An der Tür verließen sie sie. »Vielleicht kommen Sie mal in den nächsten Tagen zum Tee, Hauptmann Savage«, sagte sie.
Der Taxichauffeur weigerte sich, sie weiterzufahren, er sagte, es sei schon spät, er müsse nach Noisy-le-Sec nach Hause, und fuhr weg. Robbins nahm Dick unterm Arm. »Um Himmels willen, kommen Sie, trinken wir einen ordentlichen Schluck. Ich habe diese großen Herren gründlich satt!« – »Gut«, sagte Dick, »wo wollen wir hin?« Sie spazierten den dichtumnebelten Kai entlang, vorbei an der schattigen Masse von Notre-Dame, sie schwatzten zerstreut über Paris und über die Kälte. Robbins war ein kleiner, untersetzter Mann mit einem unverschämten, herrischen Ausdruck auf seinem roten Gesicht. In dem Café war es nicht viel wärmer als auf der Straße. »Dieses Klima bringt mich um«, sagte Robbins und steckte das Kinn in den Mantelkragen. – »Da hilft nur eines«, sagte Dick lachend, »wollene Unterwäsche, das habe ich beim Militär gelernt.«
Sie setzten sich auf eine Plüschbank neben den Ofen an dem einen Ende des verräucherten, goldverzierten Raumes. Robbins bestellte eine Flasche Scotch Whisky, Gläser, Zitronen, Zucker und viel heißes Wasser. Es dauerte lange, bis das heiße Wasser kam, Robbins schenkte inzwischen für jeden ein Wasserglas zu einem Viertel mit reinem Whisky voll. Nachdem er seine Portion getrunken hatte, glättete sich sein Gesicht, das ganz faltig und schlapp gewesen war, und er sah um zehn Jahre jünger aus. »Wenn man in dieser verfluchten Stadt warm haben will, muß man sich besaufen.« – »Trotzdem bin ich froh, daß ich wieder in meinem kleinen, lieben,

alten Paris bin«, sagte Dick lächelnd und streckte die Beine unter den Tisch. – »Der einzige Ort in der Welt, wo man es momentan aushalten kann«, sagte Robbins. »Paris ist die Nabe der Welt ... Wenn nicht Moskau es ist!«
Bei dem Worte Moskau blickte ein Franzose, der am Nebentisch Schach spielte, von seinem Brett auf und starrte die beiden Amerikaner an. Dick konnte den Sinn seines Blicks nicht enträtseln; er fühlte sich unbehaglich. Dann kam der Kellner mit dem heißen Wasser. Das Wasser war nicht heiß genug, Robbins machte eine Szene und schickte es zurück. Indes sie warteten, schüttete er die Wassergläser wieder zur Hälfte mit Whisky voll. »Wird der Präsident die Sowjets anerkennen?« fragte Dick plötzlich mit ganz leiser Stimme.
»Ich würde jede Wette eingehen ... Wahrscheinlich wird er eine inoffizielle Mission entsenden. Das hängt alles ein wenig vom Petroleum und vom Mangan ab ... Früher einmal war es König Kohle, heute sind's Kaiser Petroleum und Fräulein Mangan, die Prinzgemahlin des Stahls. Und ihre Residenz befindet sich in der rosaroten Republik Georgien ... Ich hoffe bald mal hinzukommen, es heißt, daß es dort die besten Weine und die schönsten Frauen der Welt gibt. Bei Gott, dort muß ich hin ... Aber das Erdöl ... Gottverdammich, das kann dieser verdammte Idealist Wilson nun einmal nicht begreifen! Während sie ihm im Buckingham-Palast schöne Dinners auftischen, besetzt die brave britische Armee Mossul, den Karunfluß, Persien ... Es gibt jetzt eine neue Latrinenparole, daß sie angeblich schon in Baku sind – in der künftigen Ölmetropole der Welt.«
»Ich dachte, die Felder von Baku versiegten.«
»Glauben Sie das ja nicht ... Ich habe mich eben erst mit einem jungen Mann unterhalten, der dort gewesen ist ... Ein komischer Kerl – Rasmussen, den müssen Sie kennenlernen.« Dick meinte, ob wir denn nicht zu Hause genug Öl hätten. Robbins schlug mit der Faust auf den Tisch.
»Man kann nie genug von einer Sache haben – das ist das erste Gesetz der Thermodynamik. Ich zum Beispiel habe nie genug Whisky ... Sie sind ein junger Mensch, haben

Sie jemals genug Zaster? Nun, weder Standard Oil noch die Royal Dutch Shell können jemals genug Rohöl haben.«
Dick errötete und lachte ein wenig gezwungen. Dieser Robbins gefiel ihm nicht. Der Kellner kehrte schließlich mit kochendem Wasser zurück, und Robbins mischte jedem von ihnen einen Toddy. Eine Zeitlang schwiegen sie beide. Die Schachspieler waren weggegangen. Plötzlich wandte sich Robbins zu Dick und schaute ihm mit seinen verschleierten, blauen Säuferaugen ins Gesicht: »Na, und wie denkt ihr Jungens über diese Geschichten? Was sagen die Jungens in den Schützengräben?«
»Wie meinen Sie das?«
»Ach zum Teufel, ich meine gar nichts. Aber wenn die Jungens der Meinung sind, daß der Krieg eine lausige Sache war, dann sollen sie nur mal warten, bis sie den Frieden richtig zu spüren kriegen ... Ach, junger Mann, warten Sie nur mal, bis Sie den Frieden richtig zu spüren kriegen.«
»Bei uns in Tours hat man sich weder um den Krieg noch um den Frieden gekümmert ... Aber ich glaube nicht, daß einer, der den Krieg mitgemacht hat, ihn für die schönste Methode zur Erledigung internationaler Schwierigkeiten halten kann ...«
»Hört euch das an! Ist noch keine fünfundzwanzig Jahre alt und redet wie ein Buch von Woodrow Wilson ... Ich bin ein Schweinehund, das weiß ich, aber wenn ich betrunken bin, rede ich, wie es mir paßt.«
»Was nützt alles Geschrei! Ein herrliches, tragisches Schauspiel ... Der Pariser Nebel riecht nach Erdbeeren ... Uns lieben die Götter nicht, aber wir werden trotzdem jung sterben ... Wer hat denn behauptet, daß ich nüchtern bin.«
Sie tranken eine Flasche leer. Dick brachte Robbins einen französischen Reim bei:

Les marionettes font font font
Trois petit tours et puis s'en vont.

Und als das Café zusperrte, gingen sie Arm in Arm weg. Robbins summte:

Kopf hoch, Napoleon, bald liegst du im Grab,
Ein kurzes und lustiges Leben . . .

und bei jeder petite femme, die sie auf dem Boul'Mich' trafen, blieb er stehen, um mit ihr zu plaudern. Dick ließ ihn schließlich vor dem Springbrunnen auf der Place St. Michel im Gespräch mit einem plumpen Weibsbild zurück, sie hatte einen Schlapphut auf und sah aus wie eine Kuh, und machte sich auf den langen Heimweg zu seinem Hotel, das gegenüber dem Gare St. Lazare lag. Die breiten Asphaltstraßen unter den rötlich leuchtenden Bogenlampen waren leer, aber hier und dort auf den Bänken längs der Kais, unter den kahlen, nassen Bäumen am Seineufer, saßen trotz der rauhen Nachtluft Pärchen eng aneinandergeschmiegt im würgenden Griff der Amour. An der Ecke des Boulevards Sébastopol schaute ihm ein blasser, junger Mann, der nach der andern Richtung ging, schnell ins Gesicht und blieb stehen. Dick verlangsamte sekundenlang seine Schritte, ging aber dann weiter, vorbei an der Kette der Marktwagen, die durch die Rue de Rivoli polterten, holte tief Atem, um den Whiskydunst aus seinem Kopf zu vertreiben. Die lange, hellbeleuchtete Avenue, die zur Oper führt, war menschenleer. Vor der Oper standen ein paar Leute, ein Mädchen mit einem entzückenden Teint am Arme eines Poilu lächelte ihm zu. Ganz in der Nähe seines Hotels stieß er mit einem Mädchen zusammen, das außerordentlich hübsch aussah, und ehe er's recht wollte, hatte er sie schon gefragt, was sie so spät noch auf den Straßen zu suchen habe. Sie lachte – sehr reizend, wie ihm schien – und sagte: Dasselbe wie er. Er ging mit ihr in ein kleines Hotel in dem Hintergäßchen neben seinem Hotel. Man führte sie in ein kaltes Zimmer, das nach Möbelpolitur roch. In dem Zimmer gab es ein großes Bett, ein Bidet und eine Fülle schwerer, roter Vorhänge. Das Mädchen war älter, als er gedacht hatte, und sehr müde, aber sie hatte ein schönes Gesicht und eine ganz weiße Haut; er stellte befriedigt fest, daß ihre Unterwäsche sauber und mit einer hübschen Spitze eingefaßt war. Sie saßen ein Weilchen auf dem Bettrand und plauderten mit leiser Stimme.

Als er sie nach ihrem Namen fragte, schüttelte sie lächelnd den Kopf: »Qu'est-ce que ça vous fait?«

»L'homme sans nom et la femme sans nom, vont faire l'amour à l'hôtel du néant«, sagte er. – »Oh, qu'il est rigolo, celui-là«, kicherte sie. »Dis, tu n'est pas malade?« Er schüttelte den Kopf. »Moi non plus«, sagte sie und begann sich an ihm zu reiben wie ein Kätzchen.

Nachdem sie das Hotel verlassen hatten, strolchten sie in den dunklen Straßen umher, bis sie eine frühmorgens geöffnete Kaffeekneipe fanden. In schläfrig vertraulichem Schweigen tranken sie Kaffee und aßen Hörnchen, dicht aneinandergelehnt standen sie vor dem Schanktisch. Dann verließ sie ihn, um in der Richtung nach Montmartre den Hügel hinaufzugehen. Er fragte sie, ob er sie nicht irgendwann einmal wiedersehen könne. Sie zuckte die Achseln. Er gab ihr dreißig Franc und küßte sie und flüsterte ihr eine Parodie auf seinen kleinen Vers ins Ohr:

Les petites marionettes font font font
Un p'tit peu d'amour et puis s'en vont.

Sie kniff ihn lachend in die Wangen, und dann hörte er nur noch ihr schroffes Kichern und: »Oh, qu'il est rigolo, celui-là.«

Selig und schläfrig kehrte er in sein Zimmer zurück und sagte bei sich: Ich müßte eine Frau haben, dann wäre das Leben viel lustiger. Er hatte gerade noch Zeit, sich zu waschen, sich zu rasieren, ein sauberes Hemd anzuziehen und dann schnell ins Büro zu laufen, um da zu sein, wenn Oberst Edgecombe, der ein ganz verteufelter Frühaufsteher war, zur Arbeit erschien. Er fand den Befehl vor, noch am selben Abend nach Rom zu fahren.

Als er in den Zug stieg, schmerzten ihn die Augen vor Müdigkeit. Für ihn und den Sergeanten, der ihn begleitete, war an dem einen Ende eines Erster-Klasse-Wagens mit der Aufschrift *Paris–Brindisi* ein Abteil reserviert. Der Zug war überfüllt; die Leute standen in den Gängen. Dick hatte seinen Rock und seinen Schulterriemen abgelegt und schnallte soeben seine Gamaschen auf, denn er wollte, noch bevor der Zug abfuhr, sich auf eine der Bänke legen und einschlafen, da erblickte er ein hageres Amerikanergesicht in der Tür des Abteils. »Verzeihen Sie, bitte, ist das Ha-Ha-Hauptmann Savage?« Dick setzte sich auf und nickte gähnend. »Hauptmann Savage, mein Name ist Barrow, G. Barrow, der amerikanischen Delegation zugeteilt ... Ich muß heute abend nach Rom, und es ist im ganzen Zug kein Platz frei. Der Transportoffizier auf dem Bahnhof war so freundlich, mir zu sagen, daß – äh – wenn es auch nicht ganz dem Reglement entspricht, würden Sie vielleicht ein Auge zudrücken und uns in Ihrem Abteil mitnehmen ... Ich habe eine reizende junge Dame bei mir, die dem Hilfswerk für den Nahen Osten angehört ...« – »Hauptmann Savage, es ist wirklich furchtbar nett von Ihnen, daß Sie uns mitnehmen wollen«, ertönte eine schleppende Texasstimme, und ein rotwangiges Mädchen in dunkelgrauer Uniform schob den Mann namens Barrow beiseite. Mr. Barrow, der eine Gestalt hatte wie eine grüne Bohne, und einen vorstehenden, zuckenden Adamsapfel hatte, und Glotzaugen hatte, begann Taschen und Koffer ins Abteil zu schmeißen. Dick war wütend und fing an, etwas steif: »Sie wissen doch wohl, daß das ganz und gar gegen meine Order ist ...«, aber kaum hörte er sich diese Worte sagen, da mußte er plötzlich grinsen und sagte: »Gut, wahrscheinlich wird man mich und Sergeant Wilson morgen früh erschießen, aber – los.« In diesem Augenblick fuhr der Zug ab.

Dick räumte widerwillig seine Sachen in eine Ecke, setzte sich zurecht und machte sofort die Augen zu. Er war viel zu schläfrig, um mit irgendwelchen verdammten Missionsdamen Konversation zu machen. Der Sergeant setzte sich in die andere Ecke. Mr. Barrow und die junge Dame nahmen die gegenüberliegende Bank ein. Dösend hörte Dick Mr. Barrows Stimme holpernd dahinrollen, ab und zu wurde sie von dem Geratter des Eilzuges übertönt. Mr. Barrow stotterte ein wenig; wenn er redete, klang es wie das Rattern eines schlecht funktionierenden Bootsmotors. Die junge Dame sagte nicht viel mehr als hie und da: »O du meine Güte« und »Wirklich!« Es handelte sich um die Lage in Europa: »Präsident Wilson sagt ... Eine neue Diplomatie ... Ein neues Europa ... Ein dauerhafter Friede ohne Annexionen und Entschädigungen. Präsident Wilson sagt ... ein neues Einverständnis zwischen Kapital und Arbeit ... Präsident Wilson appelliert an ... Wirtschaftsdemokratie ... in der ganzen Welt steht das einfache Volk hinter Wilson. Völkerbund ...«

Dick schlief, träumte von einem Mädchen, das seine Brüste an ihm rieb, schnurrend wie eine kleine Katze, träumte von einem glotzäugigen Mann, der eine Rede hielt, von William Jennings Wilson, der zu Baltimore spricht, von der Wirtschaftsdemokratie in einer Badeanstalt an der Marne in gestreiften Badehosen, von einem jungen Texaner mit rosigen Wangen, der so gern ... wie eine Schnittbohne ... mit einem zuckenden Adamsapfel ...

Er erwachte mit dem Gefühl eines Alpdrucks, als wollte ihn jemand erwürgen. Der Zug hielt. In dem Abteil herrschte eine erstickende Hitze. Der blaue Schirm an der Deckenlampe war zugezogen. Dick stieg über die Beine seiner Reisegefährten hinweg, trat auf den Gang hinaus und öffnete ein Fenster. Kalte Bergluft schnitt ihm in die Nase. Die Hügel im Mondschein waren schneebedeckt. Neben dem Geleise lehnte ein französischer Posten schläfrig auf seiner Flinte. Dick gähnte verzweifelt.

Die junge Dame vom Hilfswerk für den Nahen Osten stand neben ihm und sah ihn lächelnd an. »Wo kommen wir jetzt hin, Hauptmann Savage? ... Ist das schon Italien?« – »Ich glaube, es ist die Schweizer Grenze ... Wir werden hier ziemlich lange warten müssen ... An diesen Grenzen dauert es immer eine Ewigkeit.«

»O du lieber Gott«, sagte die junge Dame und hüpfte von einem Fuß auf den andern, »das ist das erste Mal, daß ich über eine Grenze fahre.«

Dick lachte und setzte sich wieder auf seinem Platz zurecht. Der Zug fuhr in einen öden, scheunenartigen Bahnhof ein, der nur spärlich beleuchtet war, und die Zivilpassagiere verließen in dichter Schar mit ihrem Gepäck die Waggons. Dick schickte den Sergeanten mit seinen Papieren zur Militärinspektion und lehnte sich wieder schlafend in seine Ecke.

Er schlief fest und wachte erst auf dem Mont Cenis wieder auf. Dann kam die italienische Grenze. Wieder kalte Luft, schneebedeckte Berge, in einer leeren Bahnhofsscheune steigt alles aus.

Dick erinnerte sich schläfrig sentimental an die Zeit, da er mit Shelldrake auf dem Fiatwagen nach Italien gefahren war, fröstelnd spazierte er in das Bahnhofsrestaurant, trank eine Flasche Mineralwasser und ein Glas Wein. Er nahm ein paar Flaschen Mineralwasser und einen Fiasco Chianti ins Abteil mit, und als Mr. Barrow und die junge Dame mit verdrossenen, schläfrigen Mienen von der Zoll- und Paßrevision zurückkehrten, bot er ihnen ein Gläschen an. Die junge Dame erklärte, sie dürfe keinen Wein trinken, da sie bei ihrem Eintritt in das H. f. d. N. O. sich schriftlich verpflichtet habe, weder zu trinken noch zu rauchen, aber sie trank etwas Mineralwasser und beklagte sich, daß es sie in der Nase kitzle. Dann kauerten sie sich alle wieder in ihre Winkel und versuchten noch etwas zu schlafen. Als der Zug in Rom in den Termini-Bahnhof einfuhr, da waren sie schon recht intim geworden und nannten einander nur noch bei ihren Vornamen. Die junge Dame aus Texas hieß Anne Elizabeth. Sie und Dick hatten den ganzen Tag im Seitengang gestanden und die Städte mit den gelben Dächern betrachtet und die Bauernhäuser, die hinter dem Weingerank über der Tür jedes einen blauen Streif auf dem Mörtel trugen, und die Oliven und die verkrümmten Gestalten der Reben auf ihren roten Terrassenfeldern: Blasse, hügelige, italienische Landschaft, in der die spitzen Zypressen so schwärzlich gen Himmel ragten, daß sie wie Risse in einer Leinwand wirkten. Sie hatte ihm alles erzählt: Wie sie sich seit Kriegsbeginn bemüht habe, nach Europa zu kommen, und daß ihr Bruder als Flugschüler in San Antonio ums Leben gekommen sei, und wie nett Mr. Barrow auf dem

Schiff und in Paris zu ihr gewesen sei, daß er ihr indessen immer wieder den Hof zu machen versuche und sich recht dumm benehme, und das sei ihr sehr unangenehm; Dick meinte, na, vielleicht sei das eigentlich gar nicht so dumm von ihm. Er merkte, daß es Anne Elizabeth viel Spaß machte, mit einem richtigen Offizier, der an der Front gewesen war, der Italienisch konnte und so weiter, nach Rom zu reisen.
Vom Bahnhof mußte er gleich mit seinen Depeschenmappen in die Botschaft eilen, aber er hatte eben noch Zeit, mit Miss Trent einen telephonischen Anruf im Hilfswerk für den Nahen Osten zu vereinbaren. Barrow drückte ihm auch recht herzlich die Hand und sagte, sie würden einander hoffentlich wiedersehen; er war sehr darauf aus, mit gut unterrichteten Leuten in Kontakt zu kommen.
Dick hatte an diesem Abend nur einen Wunsch: Schnell fertig werden und ins Bett gehen. Am nächsten Morgen rief er Ed Schuyler im Roten Kreuz an. Sie aßen zusammen in einem teuren Restaurant in der Nähe der Gärten des Pincio und tranken viel Wein. Ed führte ein lustiges Leben; er hatte eine Wohnung an der Spanischen Treppe und machte viele Ausflüge. Er war dick geworden. Aber jetzt saß er in der Tinte. Der Mann einer Italienerin, mit der er umhergezogen war, drohte, ihn zum Duell zu fordern, und er hatte Angst, es würde einen Skandal geben, und er würde seine Stellung beim Roten Kreuz verlieren. »Im Krieg war's ganz nett, aber der Friede geht einem an die Nieren«, sagte er. Übrigens habe er Italien und das Rote Kreuz gründlich satt und wolle nach Hause. Das einzige sei, daß es in Italien bald zu einer Revolution kommen müsse, und er würde gern hierbleiben, um sich die Sache mit anzusehen. »Na, Dick, für ein Mitglied der Grenadine-Garde scheinst du dich ja ganz schön herausgemacht zu haben.«
»Eine Kette von lauter Zufällen«, sagte Dick und rümpfte die Nase. »Komisch ist die Welt, hast du das noch nicht gemerkt?« – »Und ob ich's gemerkt habe . . . Ich möchte bloß wissen, was aus dem armen Steve geworden ist. Fred Summers ist in die polnische Legion eingetreten, das war

das letzte, was ich von ihm gehört habe.« – »Steve sitzt wahrscheinlich im Gefängnis«, sagte Dick, »wo auch wir hingehörten!« – »Aber man hat nicht jeden Tag Gelegenheit, sich einen solchen Zirkus anzuschauen.«
Es war bereits vier, als sie das Restaurant verließen. Sie gingen in Eds Zimmer, setzten sich ans Fenster, tranken Cognac, blickten auf die gelben und grünen Dächer der Stadt hinaus, auf die Barockkuppeln, die im letzten Sonnenlicht funkelten, erinnerten sich an den gewaltigen Eindruck, den Rom auf sie beide gemacht hatte, als sie das erste Mal hierherkamen, und unterhielten sich über die Zukunft, darüber, was sie jetzt beginnen würden, da der Krieg zu Ende sei. Ed Schuyler sagte, er wolle als Auslandskorrespondent nach dem Osten gehen; er könne sich nicht vorstellen, wie er in die New Yorker Provinz zurückkehren solle, er müsse Persien und Afghanistan kennenlernen. Dieses Gespräch versetzte Dick in eine miserable Laune. Er fing an, auf dem Ziegelboden hin und her zu spazieren.
Es läutete, und Schuyler ging auf den Flur hinaus. Dick hörte ein Flüstern und eine Frauenstimme, die italienisch sprach, eine dünne, zitternde Stimme. Einen Augenblick später schob Ed eine kleine, langnasige Frau mit riesigen, schwarzen Augen ins Zimmer. »Das ist Magda«, sagte er, »Signora Sculpi, darf ich Ihnen Hauptmann Savage vorstellen.« Jetzt mußten sie sich in einem Gemisch aus Französisch und Italienisch unterhalten. »Ich glaube nicht, daß es regnen wird«, sagte Dick. – »Wie wär's, wenn ich dir ein Mädchen besorge, und wir fahren spazieren und essen im Caesarenpalast zu Abend . . . Vielleicht wird es nicht zu kalt sein.«
Dick erinnerte sich an Anne Elizabeth und rief im H. f. d. N. O. an. Die Texasstimme klang recht erfreut, erklärte, die Leute vom Hilfswerk seien abscheulich, und sie habe sich mit Mr. Barrow verabredet, würde ihn aber aufsitzen lassen. Ja, wenn sie sie in einer halben Stunde abholen wollten, werde sie fertig sein. Nach vielem Geschacher zwischen Signora Sculpi und einem Droschkenkutscher mieteten sie einen zweispännigen, recht eleganten und klappriger

Landauer. Anne Elizabeth erwartete sie vor der Tür. »Diese alten Hennen gehen mir auf die Nerven«, sagte sie und sprang in den Wagen. »Er soll schnell fahren, sonst erwischt uns Mr. Barrow ... Diese alten Hennen sagen, um neun Uhr muß ich zu Hause sein. Das geht hier schlimmer zu als in einer Sonntagsschule ... Furchtbar nett von Ihnen, daß Sie mich eingeladen haben, Hauptmann Savage ... Ich hatte solche Lust, auszugehen und mir die Stadt anzusehen ... Ist sie nicht wunderbar? Wo wohnt denn eigentlich der Papst?«

Die Sonne war untergegangen, und es begann kühl zu werden. Im Palazzo dei Cesari war es kalt und leer, deshalb tranken sie dort nur einen Vermouth und kehrten zum Essen in die Stadt zurück. Nach dem Essen gingen sie ins Apollo. »Werden die mir den Kopf waschen!« sagte Anne Elizabeth. »Aber es ist mir egal. Ich will die Stadt sehen.«

Als sie ins Theater gingen, nahm sie Dicks Arm. »Wissen Sie, Dick, wenn ich die vielen Fremden sehe, fühle ich mich furchtbar einsam ... Ich bin froh, daß ich einen weißen Mann bei mir habe ... Als ich in New York studierte, fuhr ich mal nach Jersey, um mir einen Textilstreik anzusehen... Ich habe mich damals für solche Sachen interessiert. Ich war damals in derselben Stimmung wie jetzt. Aber ich möchte diese Stimmung nicht vermissen. Vielleicht packt einen diese Stimmung immer dann, wenn man etwas wirklich Interessantes erlebt.« Dick war ein wenig betrunken und sehr zärtlich. Er drückte ihren Arm und beugte sich über sie. »Die bösen Männer dürfen dem kleinen Texasmädchen nichts tun«, gurrte er. – »Sie glauben wohl, ich habe gar keinen Verstand im Kopf«, sagte Anne Elizabeth, plötzlich ihren Ton ändernd. »O du mein Gott, wie soll ich bloß mit diesen methodistischen Temperenzlern und Moralpredigern auskommen! Ich meine ja nicht, daß ich die Arbeit nicht für sehr nützlich halte ... es ist doch ein schrecklicher Gedanke, daß überall die kleinen Kinder verhungern ... Wir haben den Krieg gewonnen, jetzt müssen wir mithelfen, in Europa wieder Ordnung zu schaffen – wie Wilson sagt.« Der Vorhang ging auf, und die Italiener ringsumher begannen zu zischen. Anne Elizabeth verstummte. Als Dick ihre Hand nehmen wollte, zog sie sie weg und versetzte ihm einen leichten Klaps. »Hören Sie mal, ich dachte, Sie hätten das Gymnasium schon hinter sich«, sagte sie.

Die Vorstellung taugte nicht viel, und Anne Elizabeth, die kein Wort verstand, ließ immerfort den Kopf an Dicks Schulter sinken und schlummerte ein. In der Zwischenpause gingen sie alle in die Bar, Anne Elizabeth begnügte sich pflichtbewußt mit Limonade. Als sie dann wieder zu ihren Plätzen hinaufgingen, entstand plötzlich eine Balgerei. Ein kleiner Italiener mit einer Brille und einem Kahlkopf war schreiend auf Ed Schuyler losgestürzt: »Traditore.« Er prallte so hart gegen ihn an, daß sie beide das Gleichgewicht verloren und die mit roten Teppichen belegten Stufen hinunterkollerten, der kleine Italiener strampelte mit Händen und Füßen, und Ed hielt ihn, so gut er konnte, auf Armeslänge von sich ab. Dick und Anne Elizabeth, die sich als sehr kräftig erwies, packten den kleinen Italiener, hoben ihn auf und hielten ihm die Arme auf dem Rücken fest, während Signora Sculpi ihm schluchzend um den Hals fiel. Es war der Gatte.

Ed erhob sich inzwischen mit puterrotem Gesicht und verdutzter Miene. Als die italienische Polizei erschien, war bereits alles wieder ruhig geworden, der Varietédirektor wischte nervös den Staub von Schuylers Uniform. Anne Elizabeth suchte dem kleinen Italiener die Brille, die arg verbogen war, und er führte seine schluchzende Frau hinaus. Als er, die verbogene Brille auf der Nasenspitze, in der Tür stehenblieb, um Ed mit der Faust zu drohen, sah er so komisch aus, daß Dick unwillkürlich lachen mußte. Ed entschuldigte sich weitläufig bei dem Direktor, der seine Partei zu nehmen schien und den Polizisten in ihren blanken Hüten erklärte, daß der Gatte *pazzo* sei. Die Klingel läutete, und sie kehrten alle wieder auf ihre Plätze zurück. »Na, Anne Elizabeth, Sie sind ja eine Jiu-Jitsu-Meisterin«, flüsterte Dick, seine Lippen berührten ihr Ohr. Sie kamen ins Kichern, so daß sie der Vorstellung gar nicht mehr

folgen konnten, und mußten das Theater verlassen und in ein Café gehen.
»Jetzt werden mich wahrscheinlich alle Italiani für einen Feigling halten, wenn ich den armen kleinen Idioten nicht zum Duell fordere.« – »Bestimmt, jetzt heißt es, Zündkapselpistolen auf dreißig Schritt – oder Besenstiel auf anderthalb Meter.« Dick lachte so heftig, daß ihm die Tränen kamen. Ed begann böse zu werden. »Es ist gar nicht so komisch«, sagte er, »eine ganz blöde Geschichte... Daß man sich doch nie amüsieren kann, ohne andere Leute unglücklich zu machen... Arme Magda, für sie ist das verteufelt unangenehm... Miss Trent, Sie werden hoffentlich diese lächerliche Komödie entschuldigen.« Er stand auf und ging nach Hause.
»Was war denn da eigentlich los, Dick?« fragte Anne Elizabeth, als sie wieder auf der Straße waren und nach dem Hospiz des H. f. d. N. O. gingen. – »Wahrscheinlich war der Signore Gemahl eifersüchtig, weil Magda sich mit Ed herumtreibt... oder es handelt sich um einen hübschen kleinen Erpressungsversuch... Der arme Ed scheint ja ganz aus dem Häuschen zu sein.« – »Hier passieren Dinge, die bei uns zu Hause doch ganz unmöglich wären! Ich finde das wirklich ganz eigenartig!« – »Ach, Ed brockt sich überall was ein, er hat ein besonderes Talent dafür.« – »Ich glaube, das macht der Krieg, und dann die europäischen Sitten, die Moral leidet darunter... Ich bin ja nie prüde gewesen, aber du lieber Gott, ich war doch etwas überrascht, als Mr. Barrow mich gleich nach der Landung bat, zu ihm in sein Hotel zu kommen... Wir hatten erst drei- oder viermal auf dem Schiff miteinander gesprochen... Bei uns zu Hause hätte er das nicht gewagt. Um keinen Preis!« Dick schaute Anne Elizabeth forschend ins Gesicht. »Man muß mit den Wölfen heulen«, sagte er mit einem komischen Grinsen. Sie lachte, blickte ihm scharf in die Augen, als wolle sie erraten, was er meinte. »Na schön, das gehört nun mal zum Leben«, sagte sie. Im Schatten des Haustores wollte er sie kräftig auf den Mund küssen, aber sie gab ihm bloß einen schnellen, leichten Kuß und schüt-

telte den Kopf. Dann nahm sie seine Hand, drückte sie fest und sagte: »Wir wollen gute Freunde sein.« Dick ging nach Hause, der Kopf schwindelte ihm von dem Duft ihres blonden Haares.

Dick mußte drei bis vier Tage in Rom warten. Am dritten Januar sollte der Präsident eintreffen, und mehrere Kuriere wurden zu seiner Verfügung bereitgehalten. Inzwischen hatte er nichts zu tun, als in der Stadt umherzuspazieren, den Kapellen zuzuhören, die das *Sternenbanner* probten, und zuzuschauen, wie die Fahnen gehißt und die Gerüste errichtet wurden.

Der erste Januar war ein Feiertag; Dick, Ed, Mr. Barrow und Anne Elizabeth mieteten einen Wagen, fuhren zur Hadrians-Villa und dann weiter nach Tivoli, um dort zu Mittag zu essen. Es war ein regnerischer Tag, auf den Straßen lag viel Schmutz. Anne Elizabeth sagte, die wellige, winterlich braune Campagna erinnere sie an die Landschaft bei ihr zu Hause in Texas. Sie aßen *fritto misto* und tranken eine Menge schönen goldenen Frascatiwein im Restaurant über dem Wasserfall. Ed und Mr. Barrow waren bezüglich des Römischen Reiches einer Meinung und erklärten beide, daß die Alten die »Kunst zu leben« verstanden hätten. Anne Elizabeth, so schien es Dick, flirtete mit Mr. Barrow. Als sie kaffeetrinkend auf der Terrasse saßen und in die tiefe, bis an den Rand mit Wassernebeln angefüllte Schlucht hinunterblickten, durfte Barrow seinen Stuhl dicht an den ihren heranrücken, und Dick ärgerte sich darüber. Er saß da, trank seinen Kaffee, sagte kein Wort.

Nachdem sie ihre Tasse leergetrunken hatte, sprang Anne Elizabeth auf und sagte, sie wolle zu dem kleinen runden Tempel hinauf, der auf dem gegenüberliegenden Hange stand, wie so 'n Ding auf einem alten Stich. Ed sagte, jetzt gleich nach dem Essen sei ihm der Weg zu steil. Mr. Barrow erklärte ohne Begeisterung, er würde, äh, mitkommen. Anne Elizabeth lief schnell über die Brücke und den Pfad entlang. Dick lief stolpernd hinterher, ausgleitend in dem lockeren Kies und den vielen Pfützen. Als sie unten angelangt waren, klebte der Nebel naß und kalt an ihren

Gesichtern. Der Wasserfall war dicht über ihren Köpfen. Sein Tosen erfüllte ihre Ohren. Dick schaute sich um, ob Mr. Barrow komme.
»Er muß umgekehrt sein«, schrie er laut, um den Wasserfall zu übertönen. – »Oh, ich kann Menschen nicht leiden, die nie für etwas zu haben sind«, schrie Anne Elizabeth. Sie nahm ihn bei der Hand. »Laufen wir zum Tempel hinauf!« Atemlos kamen sie oben an. Sie sahen Ed und Mr. Barrow jenseits der Schlucht auf der Terrasse des Restaurants sitzen. Anne Elizabeth machte ihnen eine lange Nase und winkte dann mit der Hand. »Ist das nicht wunderbar?« sprudelte sie. »Oh, ich bin ganz verrückt nach Ruinen und Landschaften . . . Ich möchte gern durch ganz Italien reisen und mir alles ansehen . . . Wo können wir am Nachmittag hinfahren? Gehen wir doch gar nicht mehr zurück, die beiden sollen sich allein über das Römische Reich unterhalten.«
»Vielleicht nach Nemi! . . . Sie wissen doch, das ist der See, auf dem Caligula seine Galeeren hatte . . . aber ich glaube nicht, daß das ohne den Wagen geht.« – »Dann haben wir die beiden wieder auf dem Hals . . . nein, wir wollen zu Fuß gehen.« – »Es wird vielleicht regnen.« – »Na, und wennschon? Wir werden nicht zerrinnen.«
Sie gingen einen Weg durch die Hügel über der Stadt hinauf und gerieten sehr bald in ein Gefilde nasser Wiesen und Eichenwälder, in der Tiefe erstreckte sich die braune Campagna, und zwischen den Dächern von Tivoli ragten die schwarzen Zypressen wie Ausrufungszeichen. Es war ein regnerischer, frühlingatmender Nachmittag. Sie sahen die Regenschauer in dunklen, weißlichgrauen Schwaden über die Campagna ziehen. Unter ihren Füßen blühten kleine, purpurrote Zyklamen. Alle paar Augenblicke pflückte Anne Elizabeth eine Blume und hielt sie ihm zum Riechen unter die Nase. Ihre Wangen waren gerötet, ihr Haar zerzaust, sie konnte anscheinend vor lauter Glück nicht ruhig schreiten, sie mußte immerfort hüpfen und laufen. Ein kleiner Rieselregen durchnäßte sie ein wenig, die Haare hingen ihnen in Strähnen in die Stirn. Dann kamen sie in kühlen Sonnenschein. Sie setzten sich auf die Wurzel einer großen Buche

und blickten zu den länglichen, rötlichbraunen, spitzen Knospen empor, die vor dem Himmel glänzten. In ihren Nasen war der Geruch der kleinen Zyklamen. Dick fühlte eine feuchte Hitze in seinen Gliedern – von dem Klettern, von dem nassen Gehölz, von dem Wein, den er getrunken hatte, und von dem Geruch der kleinen Zyklamen. Er drehte sich um und schaute ihr in die Augen. »Nun«, sagte er. Sie nahm ihn bei den Ohren und küßte ihn wieder und wieder. »Sag, daß du mich liebst«, wiederholte sie mit erstickter Stimme. Er roch ihr blondes Haar und ihren warmen Körper und die Süßigkeit der kleinen Zyklamen. Er hob sie auf und drückte sie fest an sich und küßte sie auf den Mund, ihre Zungen berührten einander. Dann zerrte er sie durch einen Spalt in der Hecke auf das benachbarte Feld. Der Boden war zu naß. Jenseits des Feldes stand eine kleine Laubhütte. Sie gingen auf die Hütte zu und stolperten ein wenig, hielten einander eng umschlungen, ihre Schenkel rieben sich steif aneinander. Die Hütte war voll von getrocknetem Maisfutter. Zappelnd lagen sie in dem dürren, knisternden Maisfutter. Sie lag auf dem Rükken, die Augen geschlossen, die Lippen fest zusammengepreßt. Er hatte die eine Hand unter ihrem Kopf, und mit der andern versuchte er sie auszuziehen; etwas zerriß zwischen seinen Fingern. Sie begann ihn wegzustoßen. »Nein, nein, Dick, nicht hier ... Wir müssen zurück.« – »Liebling ... Ich muß ... Du bist so wundervoll.« Sie riß sich von ihm los und lief zur Hütte hinaus. Er setzte sich auf dem Fußboden auf, bürstete die dürren Fasern von seiner Uniform und haßte das Mädchen von Herzen.
Draußen regnete es heftig. »Gehn wir doch zurück! Dick, ich hab dich ja furchtbar gern, aber du hättest mir nicht meine Hose zerreißen dürfen ... Du gehst einem so auf die Nerven!« Sie begann zu lachen.
»Man soll nicht etwas anfangen, ohne es zu Ende zu führen«, sagte Dick. »Schrecklich sind die Weiber ... Mit Ausnahme der Prostituierten – bei ihnen weiß man, wie man dran ist.«
Sie ging zu ihm hin und küßte ihn. »Armer Kleiner ... Er ist so böse. Es tut mir ja furchtbar leid .. Ich werde mit

dir schlafen, Dick. Ich verspreche es dir. Weißt du, es ist etwas schwierig ... In Rom werden wir uns ein Zimmer besorgen.«
»Bist du noch unberührt?« Seine Stimme klang steif und gezwungen.
Sie nickte. »Komisch, wie? In Kriegszeiten ... Ihr Jungens habt euer Leben riskiert, warum soll ich nicht auch etwas riskieren.« – »Vielleicht kann Ed uns seine Wohnung pumpen, ich glaube, er fährt morgen nach Neapel.« – »Aber du liebst mich wirklich?« – »Natürlich ... Deshalb ist mir auch so schrecklich zumute ... Verliebt sein, das ist so wunderbar.« – »Vielleicht ... Oh, ich möchte am liebsten tot und begraben sein.«
Sie stapften den Hügel hinab durch einen schweren Regenguß, der allmählich nachließ und in einen kalten Rieselregen überging. Dick war erschöpft und durchnäßt; das Wasser begann ihm in den Hals zu laufen. Anne Elizabeth hatte ihren Zyklamenstrauß weggeworfen.
Als sie im Restaurant ankamen, sagte der Geschäftsführer, die beiden Herren seien zur Villa d'Este gefahren, würden aber bald wieder zurück sein. Sie tranken heißen Rum mit Wasser und versuchten sich an einem Holzkohlenbecken in der Küche zu trocknen. »Ein schönes Pärchen ertränkter Ratten!« kicherte Anne Elizabeth. Dick brummte: »Ein Pärchen köstlicher Schafsköpfe.«
Als Barrow und Ed zurückkehrten, war ihnen inzwischen warm geworden, aber in ihren Kleidern saß noch die Nässe. Es war eine wahre Erleichterung, mit Barrow diskutieren zu können; Barrow erklärte, wenn die gegenwärtig herrschende Klasse von der »Kunst zu leben« ebensoviel verstünde wie die alten Italiener, würde er nicht Sozialist sein. »Ich dachte, Sie sind gar nicht mehr Sozialist«, unterbrach ihn Anne Elizabeth. »Ich bin's bestimmt nicht mehr; man muß bloß sehen, wie die deutschen Sozialisten sich im Krieg benommen haben, und jetzt erheben sie ein jämmerliches Geschrei und behaupten, sie hätten schon die ganze Zeit den Frieden gewollt.«
»Es ist durchaus möglich – Sozialist zu sein und doch zu

gleicher Zeit für unsern Präsidenten und – äh – für die Demokratie einzutreten«, stotterte Barrow, während er dicht an ihrer Seite ging. »Wir werden uns einmal ausführlich darüber unterhalten müssen, Anne Elizabeth.«
Dick merkte, wie ihm die Augen aus den Höhlen traten, wenn er sie ansah. Ich glaube, er ist hinter ihr her, dachte er bei sich. Als sie in den Wagen stiegen, war es ihm einerlei, ob Barrow sich neben sie setzte oder nicht. Sie fuhren in strömendem Regen nach Rom zurück.
Während der nächsten drei Tage hatte er ununterbrochen mit Präsident Wilsons Besuch in Rom zu tun. Er erhielt Karten zu verschiedenen offiziellen Veranstaltungen, hörte zahlreiche Reden in italienischer, französischer und englischer Sprache, sah eine Unzahl von Zylindern und Orden, salutierte tausendmal und bekam Rückenschmerzen vom vielen Strammstehen. Auf dem Forum Romanum war er ganz in der Nähe der Gruppe, die den Präsidenten umringte, und er hörte den kleinen schwarzbärtigen Mann, der Wilson den Romulustempel zeigte, in steifem Englisch sagen: »Hier hat alles seine Beziehung zu den Ereignissen des Weltkrieges.« Stille trat ein, die Würdenträger, die etwas abseits standen, spitzten die Ohren, um zu hören, was Mr. Wilson erwidern würde.
»Das ist richtig«, erwiderte Mr. Wilson mit gemessener Stimme. »Und wir dürfen in diesen Trümmern nicht bloßes Gestein, sondern wir müssen in ihnen unsterbliche Symbole sehen.« Ein leises beifälliges Murmeln stieg aus der Gruppe auf. Das nächste Mal sprach der Italiener ein wenig lauter. Alle die Zylinderhüte neigten sich schief zur Seite, da die Würdenträger auf die Antwort des Italieners warteten. »Der Amerikaner«, sagte er mit einer leichten Verbeugung, »besitzt etwas viel Größeres, und das liegt in seinem *Herzen* verborgen.«
Mr. Wilsons Zylinderhut ragte starr und kerzengerade vor all den morschen Säulen und den endlosen Reihen aufgerichteter Steine. »Ja«, erwiderte Mr. Wilson, »es ist der größte Stolz des Amerikaners, die gewaltige Menschenliebe gezeigt zu haben, die er in seinem Herzen trägt.« Während

der Präsident sprach, konnte Dick zwischen den Hahnenfedern einiger italienischer Generale sein Gesicht erblicken. Es war ein graues, steinernes, kaltes Gesicht, zerfurcht wie die Säulen, recht länglich unter dem Zylinderhut. Das kleine Lächeln um den Mund machte den Eindruck, als sei es nachträglich hingemalt worden. Die Gruppe schritt weiter, und es war nichts mehr zu hören.
An diesem selben Nachmittag, um fünf, als er sich mit Anne Elizabeth in Eds Wohnung traf, mußte er ihr ausführlich von den offiziellen Empfängen erzählen. Er sagte, er habe weiter nichts gesehen als ein goldenes Duplikat des Wolfes, der Romulus und Remus säugte, da man auf dem Capitol den Präsidenten zum römischen Bürger machte, und nachher habe er auf dem Forum Wilsons Gesicht gesehen. »Ein erschreckendes Gesicht, ich sage dir, es ist das Gesicht eines Reptils, nicht das Gesicht eines Warmblüters, oder vielleicht das Gesicht eines der altrömischen Politiker an einem Grabmal in der Via Appia . . . Weißt du, wer wir sind, Anne Elizabeth? Wir sind die Römer des zwanzigsten Jahrhunderts.« Er fing zu lachen an. »Und ich wollte immer ein Grieche sein.«
Anne Elizabeth, die zu Wilsons Bewunderern gehörte, ärgerte sich zuerst ein wenig über seine Bemerkung. Er war nervös und aufgeregt und redete unaufhörlich weiter. Diesmal brach sie ihr Gelübde und trank mit ihm etwas heißen Rum, weil das Zimmer schrecklich kalt war. Wenn sie aus dem Fenster blickten, sahen sie im Licht der Straßenlampen an der kleinen Ecke der Spanischen Treppe das Gewirr schwarzer Menschenmassen unablässig hin und her wogen. »Bei Gott, Anne Elizabeth, es ist schrecklich, wenn man darüber nachdenkt . . . Du weißt nicht, was das Volk fühlt, das Volk, das in den Bauernhütten für ihn betet . . . Oh, wir wissen gar nichts, und wir trampeln sie alle zu Boden . . . Die Plünderung Korinths . . . sie glauben, er wird ihnen den Frieden bringen, er wird ihnen die gemütliche Vorkriegswelt wiedergeben. Wenn man die Reden mit anhören muß, wird einem übel . . . Oh, du lieber Gott, laß uns Menschen bleiben, solange wir können – gib uns

keine Reptilaugen und Steingesichter und Tinte statt Blut in die Adern ... Hol mich der Teufel, ich will kein Römer sein.«

»Ich weiß, was du meinst«, sagte Anne Elizabeth und zauste ihm das Haar. »Du bist ein Künstler, Dick, und ich liebe dich sehr ... Du bist mein Dichter, Dick.«

»Der Teufel soll sie alle holen!« sagte Dick und umarmte sie.

Als Dick sich auszog, war er trotz des heißen Rums sehr nervös. Zitternd empfing sie ihn im Bett. Es ging ganz gut, aber sie blutete stark, und sie hatten nicht viel Spaß davon. Nachher beim Abendessen wußten sie einander nichts zu sagen. Sie ging früh nach Hause, und Dick irrte melancholisch durch die Straßen inmitten der erregten Menschenmenge, der Fahnen, Freudenlichter und Uniformen. Der Corso war vollgepackt; Dick ging in ein Café und wurde dort von einigen italienischen Offizieren begrüßt, die es sich nicht nehmen ließen, ihn einzuladen. Ein junger Mann mit olivenfarbener Haut und langen schwarzen Wimpern, er hieß Carlo Hugobúoni, freundete sich besonders mit ihm an, hielt ihn frei, führte ihn von einem Tisch zum andern und stellte ihn vor als Il capitan Salvaggio Ricardo. Es gab lauter Asti Spumante und Evviva gli americani und Italia irridenta und Mr. Wilson, der die civiltà gerettet hatte und Evviva la pace, und es endete damit, daß sie Dick zu den belle ragazze schleppten. Zu seiner Erleichterung waren in dem Hause, in das sie ihn führten, sämtliche Mädchen beschäftigt, und Dick konnte sich davonschleichen und in sein Hotel gehen.

Als er am nächsten Morgen zum Kaffee hinunterkam, wartete Carlo auf ihn im Vestibül des Hotels. Carlo war sehr schläfrig; er habe erst um fünf Uhr früh eine ragazza finden können, jetzt aber stehe er seinem caro amico zur Verfügung, um ihm die Stadt zu zeigen. Den ganzen Tag über hatte Dick ihn zur Seite, obwohl er sich bemühte, ihn loszuwerden, ohne ihn zu beleidigen. Während Dick sich in der Militärmission seine Order holte, wartete Carlo auf ihn, dann ging er mit ihm und Ed Schuyler zu Mittag essen;

Ed brachte es mit Mühe und Not fertig, ihn wegzuschleifen, damit Dick in Eds Wohnung gehen konnte, um dort Anne Elizabeth zu treffen. Ed benahm sich sehr komisch, er sagte, da er Magda verloren habe, könne er dort sowieso nichts Gescheites mehr anfangen, und er sei froh, daß Dick die Wohnung zu amourösen Zwecken verwende. Dann nahm er Carlo fest unterm Arm und schleppte ihn in ein Café.

Dick und Anne Elizabeth waren sehr still und zärtlich. Es war der letzte Abend, den sie gemeinsam verbrachten. Dick mußte noch in derselben Nacht nach Paris, und Anne Elizabeth erwartete jeden Tag die Abkommandierung nach Konstantinopel. Dick versprach, sich frei zu machen und sie dort zu besuchen. Anne Elizabeth begleitete ihn zum Bahnhof. Dort wartete bereits Carlo mit einer riesigen, in Silberpapier gewickelten Salami und einer Flasche Chianti. Dicks Begleiter hatte die Depeschenmappe mitgebracht, Dick hatte also bloß noch in den Zug einzusteigen. Er wußte nichts mehr zu sagen, es fiel ihm gar nichts ein, und er atmete auf, als der Zug den Bahnhof verließ.

Kaum hatte er sich bei Oberst Edgecombe gemeldet, da wurde er schon wieder weggeschickt, diesmal nach Warschau. In Deutschland hatten alle Züge Verspätung, die Menschen sahen leichenblaß aus, und jedermann sprach von einem bolschewistischen Aufstand. Während eines endlosen Aufenthaltes auf einem ostpreußischen Bahnhof marschierte Dick auf dem verschneiten Perron auf und ab und stampfte mit den Füßen, um sich warm zu halten, da stieß er plötzlich mit Fred Summers zusammen. Fred fuhr als Wachtposten in einem Proviantwagen des Roten Kreuzes mit und lud Dick ein, ihm ein paar Stationen weit Gesellschaft zu leisten. Dick holte seine Mappe und ging mit. Fred hatte das Personenabteil mit einem Petroleumofen, einer Pritsche und einem großen Vorrat von Wein, Cognac und »Baker«-Schokolade ausgestattet. Sie blieben den ganzen Tag beisammen und plauderten, während der Zug langsam über eine endlose, graue, froststarre Ebene zockelte. »Das ist ja kein Friede«, sagte Fred Summers, »sondern eine dreckige Metzelei! Mein Gott, du müßtest einmal die Pogrome sehen.« Dick lachte und lachte. »Heiliger Bimbam, es tut mir doch wohl, dich wieder zu hören, du alter Strolch, Fred ... Ich fühle mich wie in den guten alten Zeiten der Grenadine-Garde!«

»Ja, das war ein Spaß«, sagte Fred. »Hier draußen geht es viel zu eklig zu, man kann nicht lustig sein ... Lauter Verhungerte und Verrückte!«

»Es war verdammt klug von dir, daß du nicht Offizier geworden bist ... Man muß mit allem, was man sagt und tut, so verdammt vorsichtig sein, man kann sich gar nicht mehr richtig amüsieren.«

»Daß du noch mal Hauptmann wirst, hätte ich auch nicht erwartet!«

»C'est la guerre«, sagte Dick.

Sie tranken und plauderten und plauderten und tranken so viel, daß Dick mit seiner Depeschenmappe kaum in sein Abteil zurückfand. Als sie auf dem Warschauer Bahnhof hielten, kam Fred mit einer Tafel Schokolade gelaufen. »Da hast du eine kleine Unterstützung, Dick«, sagte er. »Fein fürs coucher avec! In ganz Warschau gibt es keine Frau, die nicht für einen Riegel Schokolade die ganze Nacht mit dir coucher geht.«

Nach seiner Rückkehr nach Paris ging Dick mit Oberst Edgecombe zu Miss Stoddard zum Tee. Ihr Salon war groß und pompös, an den Wänden hingen italienische Tafelbilder und gelbe Damastbehänge; durch die schweren Spitzen vor den Fenstern sah man das purpurne Geäst der Bäume am Kai, die grüne Seine und das ragende Steingeflecht der Apsis von Notre-Dame. »Was haben Sie sich da für eine prächtige Umrahmung geschaffen, Miss Stoddard«, sagte Oberst Edgecombe, »und wenn Sie das Kompliment entschuldigen wollen, das Juwel ist seiner Fassung würdig.« – »Es sind schöne alte Räume«, sagte Miss Stoddard, »man muß diesen alten Häusern bloß Gelegenheit geben, sich richtig zur Geltung zu bringen.« Sie wandte sich zu Dick: »Junger Mann, was haben Sie mit Robbins gemacht, damals an dem Abend, als wir zusammen essen waren? Er spricht nur noch von Ihnen, was für ein kluger Mensch Sie sind.« Dick errötete. »Wir haben nachher zusammen ein Glas ungewöhnlich guten Whisky getrunken... Das wird es wohl gewesen sein.« – »Na, ich werde Sie im Auge behalten müssen. Ich traue diesen klugen, jungen Herren nicht!«

Sie saßen um den alten schmiedeeisernen Ofen und tranken Tee. Es erschienen ein dicker Major und ein hagerer Standard-Oil-Mann namens Rasmussen und etwas später noch eine Miss Hutchins, die in ihrer Rot-Kreuz-Uniform sehr schlank und elegant war. Sie unterhielten sich über Chartres und über die zerstörten Gebiete und über die Begeisterung, mit der das Volk Wilson überall begrüßte, und über die Gründe, die Clemenceau bewogen, stets graue Zwirnhandschuhe zu tragen. Miss Hutchins sagte, er trage deshalb Handschuhe, weil er keine Hände, sondern Klauen habe, und deshalb nenne man ihn den Tiger.

Miss Stoddard zog Dick in die Fensternische: »Ich höre, daß Sie soeben aus Rom kommen, Hauptmann Savage ... Ich bin seit Kriegsbeginn viel in Rom gewesen ... Erzählen Sie mir, was Sie gesehen haben, erzählen Sie mir alles ... Mir gefällt es nirgends so gut wie in Rom.« – »Gefällt Ihnen Tivoli?« – »Ja, ich glaube schon, aber es ist mehr eine Touristenstation, meinen Sie nicht?« Dick erzählte ihr von der Prügelei im Apollo, ohne Eds Namen zu erwähnen, und sie amüsierte sich sehr dabei. Sie kamen recht gut miteinander aus, standen plaudernd am Fenster, sahen unten die Straßenlampen grünlich aufglühen; Dick überlegte, wie alt sie sei, la femme de trente ans.

Als er und der Oberst weggingen, begegneten sie Mr. Moorehouse im Flur. Er schüttelte Dick herzlich die Hand, sagte, daß es ihn freue, Dick wiederzusehen, und forderte ihn auf, ihn einmal am späten Nachmittag aufzusuchen, er residiere im *Crillon*, und es seien oft recht interessante Leute bei ihm. Obgleich Dick befürchtet hatte, der Besuch bei Miss Stoddard werde recht langweilig sein, fühlte er sich jetzt sonderbarerweise äußerst wohl. Er begann zu überlegen, ob es nicht an der Zeit sei, den Dienst zu quittieren,

und auf dem Rückweg ins Büro, wo sie noch einiges zu erledigen hatten, fragte er den Oberst, welche Schritte er unternehmen müsse, um aus dem Dienst entlassen zu werden. Er glaube sich in Paris eine Stellung verschaffen zu können. »Nun, wenn das Ihre Absicht ist, dann ist dieser Moorehouse der richtige Mann für Sie ... Er soll irgendwelche Reklamegeschichten für die Standard Oil übernehmen ... Können Sie sich in die Rolle eines Propagandachefs hineindenken, Savage?« Der Oberst lachte. – »Ja, ich habe für meine Mutter zu sorgen«, sagte Dick ernst.
Im Büro fand Dick zwei Briefe vor. Der eine war von Mr. Wigglesworth und enthielt die Mitteilung, daß Blake acht Tage zuvor in Saranac an Tuberkulose gestorben war, und der andere kam von Anne Elizabeth.

Lieber Schatz!
Ich sitze an meinem Schreibtisch in diesem elenden Loch, das wie ein Käfig voller alter Katzen ist, die mir schrecklich auf die Nerven gehen. Liebling, ich liebe Dich so innig. Wir müssen uns bald wiedersehen. Was bloß Papa und Buster sagen werden, wenn ich einen hübschen Mann aus Europa mit nach Hause bringe. Zuerst werden sie wütend sein, aber ich glaube, sie werden es bald überwinden. Hol's der Fuchs, ich will nicht mehr am Schreibtisch sitzen, ich möchte durch ganz Europa reisen und mir alle Sehenswürdigkeiten ansehen. Das einzige, was mir hier Freude macht, ist ein kleiner Zyklamenstrauß auf meinem Schreibtisch. Erinnerst Du Dich noch an die süßen, kleinen, rosaroten Zyklamen? Ich habe mich arg erkältet und bin scheußlich allein. Diese methodistischen Temperenzler und Moralfritzen sind die ekelhaftesten Menschen, die ich je getroffen habe. Hast Du schon einmal Heimweh gehabt, Dick? Ich glaube nicht. Laß Dich sofort wieder nach Rom schicken. Es tut mir leid, daß ich dort oben, wo die Zyklamen blühten, ein so affiges, dummes, kleines Mädchen war. Es ist schwer, eine Frau zu sein, Dick. Laß Dir nichts abgehen, aber vergiß mich nicht. Ich liebe Dich so.

Anne Elizabeth

Dick steckte die beiden Briefe in die Innentasche seines Waffenrocks, kehrte in sein Hotelzimmer zurück, legte sich aufs Bett und starrte lange Zeit zur Decke hinauf. Kurz vor Mitternacht klopfte Henry an die Tür. Er kam gerade aus Brüssel. »Na, was ist denn los, Dick, du siehst ja ganz grau aus . . . Ist dir schlecht oder was?«

Dick stand auf und wusch sich das Gesicht im Waschbecken. »Es ist weiter nichts«, sprudelte er im Waschen hervor. »Mir hängt wahrscheinlich das Militär zum Halse heraus.«

»Du siehst aus, als ob du geweint hättest.«

»Futsch ist futsch«, sagte Dick und räusperte sich mit einem leichten Lachen.

»Hör mal zu, Dick, ich habe Scherereien, du mußt mir aus der Patsche helfen . . . Du erinnerst dich doch noch an die Olga, das war die, die mir die Teekanne nachgeschmissen hat?« Dick nickte. »Ja, sie behauptet jetzt, daß sie ein Kind bekommt und daß ich der stolze Vater bin . . . Lächerlich.«

»So etwas kommt vor«, sagte Dick mit säuerlicher Miene.

»Aber Herrgott, Mensch, ich will doch das Biest nicht heiraten – oder ihren Sprößling ernähren . . . Idiotisch. Und wenn sie ein Kind bekommt, ist es wahrscheinlich nicht von mir . . . Sie sagt, sie wird an General Pershing schreiben. Sie haben schon ein paar arme Teufel von Gemeinen wegen Vergewaltigung zu zwanzig Jahren verknackt . . . Immer dieselbe Geschichte!«

»Und zwei hat man erschossen . . . Gott sei Dank, daß ich damals nicht im Kriegsgericht war.«

»Aber du mußt bloß bedenken, wie Mutter sich aufregen wird . . . Sieh mal, du kannst besser parlewuen als ich . . . Du mußt mich begleiten und mit ihr sprechen.«

»Gut – aber ich bin todmüde und fühle mich ganz miserabel . . .« Dick zog seinen Waffenrock an. »Wie steht es denn mit deinen Finanzen, Henry? Der Franc fällt unaufhörlich. Vielleicht können wir ihr ein bißchen Geld geben, wir fahren bald nach Hause, und dann sind wir so weit weg, daß sie uns nicht mehr erpressen kann.« Henry machte eine bedrückte Miene. »Schweinerei, daß man seinem jüngeren Bruder Geständnisse machen muß«, sagte er, »aber ich

habe gestern nacht gepokert und mein ganzes Geld verloren. Ich bin restlos pleite.«
Sie gingen zu dem Lokal auf Montmartre, wo Olga als Garderobiere beschäftigt war. Es waren noch keine Gäste da, sie konnte daher mit ihnen an die Bar gehen und ein Gläschen trinken. Sie gefiel Dick recht gut. Sie hatte gebleichtes, blondes Haar, ein kleines, hartes, freches Gesicht und große, braune Augen. Dick redete ihr zu, sagte, sein Bruder könne wegen der famille keine Ausländerin heiraten, und er habe keine Stellung und würde sehr bald die Uniform ausziehen und an seinen Zeichentisch zurückkehren müssen ... ob sie denn wisse, wie wenig ein Zeichner in einem amerikanischen Architekturbüro bekomme. Gar nichts, und dann la vie chère und la chute du franc, und le dollar würde vielleicht auch bald an die Reihe kommen, und la révolution mondiale sei nicht mehr weit, und sie solle doch lieber ein braves, kleines Mädchen sein und das Kind nicht kommen lassen. Sie fing zu weinen an ... sie möchte doch so gern heiraten und Kinder kriegen, und eine Abtreibung – mais non, puis non. Sie stampfte mit den Füßen und kehrte in ihre Garderobenkammer zurück. Dick folgte ihr, tröstete sie, tätschelte ihre Wangen und sagte, que voulez-vous, so sei eben la vie, und ob ihr nicht ein Präsent von fünfhundert Franc annehmbar erscheinen würde? Sie schüttelte den Kopf, aber als er von tausend Francs sprach, besserte sich ihre Laune, und sie gab zu, daß que voulez-vous, so sei eben la vie. Dick ging weg, während Henry und das Mädchen sich mit fröhlicher Miene für nachher verabredeten, sobald das Lokal zusperrte, wollten sie miteinander nach Hause gehen. »Na, ich habe zweihundert Eier erspart, die werden nun zum Teufel gehen ... Versuch sie so lange hinzuhalten, bis wir einen guten Kurs erwischen ... Und wenn du das nächste Mal wieder pokerst, Henry, dann um Gottes willen gib acht!«
Am Tage vor der ersten Plenartagung der Friedenskonferenz ging Dick ins *Crillon*, um Mr. Moorehouse aufzusuchen, der ihm versprochen hatte, für ihn und Oberst Edgecombe Karten zu besorgen; und plötzlich erblickte er ein bekann-

tes Gesicht über einer französischen Uniform. Es war Ripley, der soeben aus der französischen Artillerieschule in Fontainebleau entlassen worden war. Er wollte, sagte er, hier im *Crillon* einen alten Freund seines Vaters treffen, um zu sehen, ob er nicht im Zusammenhang mit der Friedensdelegation einen Posten ergattern könne. Er sei pleite, und Marianne, die Dritte Republik, wolle ihn nicht mehr ernähren, sofern er nicht in die Fremdenlegion einträte, und dazu habe er nicht die mindeste Lust. Nachdem Dick dem Major telephoniert hatte, Mr. Moorehouse könne ihnen keine Karten besorgen, und sie müßten es noch einmal über ihre militärischen Verbindungen probieren, gingen sie miteinander in die *Ritz-Bar* eins trinken.

»Feine Sache«, sagte Ripley und betrachtete die ordengeschmückten Uniformen und die mit Juwelen behängten Weiber. – »*Glaubst du, die werden zu Hause bleiben, bei dir auf der Farm, nachdem sie Paris gesehen haben?*« brummte Dick. »Hol's der Teufel, wenn ich bloß schon wüßte, was ich anfangen soll, wenn ich erst mal vom Militär weg bin.« – »Frag mich etwas Leichteres ... Na, ich werde schon irgendwo Arbeit finden ... Im schlimmsten Fall muß ich auf die Columbia zurück und zu Ende studieren ... Wenn bloß die Revolution käme! Ich will nicht wieder in die Staaten ... Hol mich der Teufel, ich weiß nicht, was ich will.« – Dick wurde bei diesen Redensarten etwas ungemütlich. »Méfiez vous«, zitierte er, »les oreilles ennemies vous écoutent.« – »Und das ist noch nicht alles.«

»Sag mal, hast du was von Steve Warner gehört?« fragte Dick mit leiser Stimme. – »Ich habe einen Brief aus Boston bekommen ... Man hat ihn, glaube ich, auf ein Jahr ins Kittchen geschickt, weil er sich nicht registrieren lassen wollte ... Er hat Glück gehabt. Manche von diesen armen Teufeln haben zwanzig Jahre gekriegt.« – »Ja, das kommt davon, wenn man mit dem Feuer spielt«, sagte Dick ganz laut. Ripley kniff die Augen zusammen und sah Dick sekundenlang an; dann sprachen sie über andere Dinge.

Am selben Nachmittag ging Dick mit Miss Stoddard zum Tee zu *Rumpelmayer* und dann ins *Crillon*, um Mr. Moore-

house zu besuchen. In den Gängen des *Crillon* wimmelte es wie in einem Ameisenhaufen: Khakiuniformen, Marinesoldaten, Botenjungen, Zivilisten. Aus jeder offenen Tür tobte das Geklapper der Schreibmaschinen. Auf jedem Treppenabsatz standen Experten in Zivil gruppenweise beisammen, unterhielten sich mit leiser Stimme, wechselten Blicke mit diesem und jenem, der eilig vorbeilief, kritzelten ihre Schreibblocks mit Notizen voll. Miss Stoddard packte Dick mit ihren spitzen weißen Fingern am Arm. »Hören Sie doch ... es ist wie ein Dynamo ... Und was meinen Sie, was es bedeutet?« – »Keinesfalls Frieden«, sagte Dick.
Im Vorraum zu Mr. Moorehouses Appartement stellte sie ihn seiner Sekretärin Miss Williams vor, jener Blondine mit den scharfen Zügen und dem müden Aussehen. »Sie ist ein wahrer Schatz«, flüsterte Miss Stoddard, während sie in den Salon spazierten. »Keiner arbeitet so viel wie sie.«
In dem blauen Licht, das durch die länglichen Fenster hereinsickerte, stand eine Masse Leute umher. Ein Kellner schlängelte sich mit einem Servierbrett voller Gläser zwischen den Gruppen hindurch, und ein Mann, der wie ein Kammerdiener aussah, schlich auf Zehenspitzen mit einer Flasche Portwein umher. Einige der Anwesenden hatten Teetassen, andere wieder hatten Gläser in der Hand, aber niemand kümmerte sich viel um sie. An der Art, wie Miss Stoddard das Zimmer betrat und Mr. Moorehouse ihr ein wenig entgegenkam, merkte Dick sogleich, daß sie es gewohnt war, hier die erste Geige zu spielen. Er wurde verschiedenen Leuten vorgestellt und stand eine Weile stumm und eifrig lauschend umher. Mr. Moorehouse sprach ihn an und erinnerte sich an seinen Namen, im selben Augenblick aber wurde ihm gemeldet, daß Oberst House am Telephon sei, und Dick hatte keine Gelegenheit mehr, sich mit ihm zu unterhalten. Als er wegging, sagte Miss Williams, die Sekretärin, zu ihm: »Hauptmann Savage, entschuldigen Sie einen Augenblick ... Sie sind mit Mr. Robbins befreundet, nicht wahr?« Dick lächelte sie an und sagte: »Ich würde eher sagen, daß ich mit ihm *bekannt* bin. Er scheint ein interessanter Mensch zu sein.« – »Er ist ein sehr geistreicher

Mann«, sagte Miss Williams, »aber ich fürchte, er kommt ins Rutschen ... Ich habe den Eindruck, daß die Pariser Atmosphäre etwas Demoralisierendes hat – für einen Mann. Wie kann man hier mit seiner Arbeit fertig werden, wenn man drei Stunden fürs Mittagessen braucht und die übrige Zeit in diesen elenden Cafés verhockt?«
»Ihnen gefällt Paris nicht, Miss Williams?«
»Ganz und gar nicht.«
»Aber Robbins gefällt es«, sagte Dick boshaft. – »Viel zu gut«, sagte Miss Williams. »Ich dachte, wenn Sie mit ihm befreundet sind, könnten Sie uns helfen, ihn wieder zurechtzubiegen. Er macht uns viel Sorgen. Er ist jetzt schon zweimal nicht dagewesen, und es handelte sich um ganz wichtige Dinge, es waren ganz wichtige Beziehungen anzuknüpfen. J. W. arbeitet sich zu Tode. Ich habe solche Angst, daß er eines Tages unter der Anstrengung zusammenbrechen wird ... Und es ist unmöglich, eine verläßliche Stenographin oder Typistin zu bekommen! Ich muß neben meiner Sekretärarbeit auch noch die ganze Tipperei erledigen.« – »Ja, jetzt haben wir alle viel zu tun«, sagte Dick, »auf Wiedersehen, Miss Williams.« Sie lächelte ihm zu, während er wegging.
Ende Februar, nach seiner Rückkehr von einer langen, lästigen Reise nach Wien, fand er wieder einen Brief von Anne Elizabeth vor.

Lieber Dick!
Vielen Dank für die schönen Ansichtskarten. Ich habe immer noch Schreibtischarbeit und bin so furchtbar einsam. Versuch doch, nach Rom zu kommen, wenn es geht. Es bereitet sich etwas vor, das sowohl für Dich wie für mich eine große Wendung bringen wird. Ich mache mir schreckliche Sorgen, aber ich habe Vertrauen zu Dir. Ich weiß, daß Du ein anständiger Mensch bist, mein kleiner Dickyboy. Oh, ich muß Dich sehen. Wenn Du nicht in den nächsten Tagen kommst, schmeiße ich alles hin und fahre nach Paris.

Deine

Anne Elizabeth

Dick überlief es kalt, als er diesen Brief las – er saß gerade bei einem Glas Bier in der Brasserie *Weber* mit einem Artillerieleutnant namens Stanton Wills, der an der Sorbonne studierte. Dann las er einen Brief seiner Mutter, die sich über ihr einsames Alter beklagte, und einen Brief von Mr. Cooper, der ihm eine Stellung anbot. Wills sprach von einem Mädchen, das er im Théâtre Caumartin gesehen hatte und gerne kennenlernen wollte, und er fragte Dick in seiner Eigenschaft als Sachverständigen für derlei Dinge, wie er die Sache anpacken solle. Dick erklärte ihm, daß er seine Absicht ganz gewiß erreichen könne, wenn er dem Mädchen durch die ouvreuse ein Briefchen schickte, er bemühte sich krampfhaft, die mit Regenschirmen bewaffneten Menschen anzuschauen, die in der Rue Royale auf und ab spazierten, und die nassen Taxis und die blanken Dienstautos, innerlich aber zitterte er vor Angst; sie bekommt ein Kind, sie erwartet von mir, daß ich sie heirate, der Teufel soll mich holen, wenn ich sie heirate. Nachdem sie ihr Bier getrunken hatten, gingen sie beide zu Fuß das linke Seineufer entlang, betrachteten die alten Bücher und Stiche in den Buden der Antiquare und endeten schließlich bei Eleanor Stoddard.

»Warum schauen Sie denn so trübsinnig drein, Richard?« fragte Eleanor. Die beiden standen mit ihren Teetassen in der Fensternische. Am Tische saß Wills im Gespräch mit Eveline Hutchins und einem Reporter. Dick nahm einen Schluck Tee. »Es macht mir immer Freude, mich mit Ihnen zu unterhalten, Miss Eleanor«, sagte er.

»Dann bin also nicht ich an Ihrer trübsinnigen Miene schuld!«

»Wissen Sie – manchmal hat man das Gefühl, als ob man stagniere ... Ich glaube, ich habe die Uniform satt ... Ich möchte wieder mal ein Privatmensch sein – der Abwechslung halber.«

»Sie wollen doch nicht wieder nach Hause, wie?«

»O nein, aber ich werde wohl müssen, ich werde mich um meine Mutter kümmern müssen, das heißt, wenn nicht Henry fährt ... Oberst Edgecombe meint, er kann mir hier in Paris meine Entlassung besorgen, das heißt, wenn ich auf mein Recht verzichte, unentgeltlich nach Hause befördert zu werden. Weiß Gott, ich bin bereit, auf dieses Recht zu verzichten.«

»Bleiben Sie doch hier ... Vielleicht können wir J. W. dazu bringen, daß er etwas für Sie arrangiert ... Hätten Sie Lust, sein junger Mann zu werden?«

»Das wäre immer noch besser, als in Jersey politische Schiebergeschäfte zu machen ... Ich hätte gern eine Stellung, bei der man viel auf Reisen ist. Das klingt komisch, weil ich doch jetzt schon in einem fort auf der Eisenbahn liege, aber ich habe es noch immer nicht satt!«

Sie tätschelte seine Hand. »Das ist es ja, was mir an Ihnen gefällt, Richard, daß Sie einen so kräftigen Appetit haben... J. W. hat sich mehrmals über Sie geäußert, daß Sie einen so unternehmungslustigen Eindruck machen! ... Er ist genauso, er hat nie den Appetit verloren, deshalb wird er auch ein großer Mann werden ... Sie wissen doch, daß Oberst House ihn immerfort zu Rate zieht ... Ich aber, wissen Sie, ich habe längst allen Appetit verloren.« Sie kehrten an den Teetisch zurück.

Am nächsten Tag kam Befehl, jemanden nach Rom zu schicken; Dick stürzte sich auf diese Chance. Als er am Telephon Anne Elizabeths Stimme hörte, durchrieselte ihn wieder ein eisiges Entsetzen, aber er bemühte sich, einen recht freundlichen Ton zu finden. »Oh, wie entzückend von dir, daß du gekommen bist, Dicky«, sagte sie. Er traf sie in einem Café an der Ecke der Piazza Venezia. Sie lief auf ihn zu, umarmte und küßte ihn, und er wurde ganz verlegen. »Schon gut«, sagte sie lachend, »man wird uns ganz einfach für ein verrücktes amerikanisches Ehepaar halten ... O Dick, laß dich anschauen ... O Dickyboy, ich war so allein ohne dich!«

Dick schnürte es die Kehle zusammen. »Können wir nicht miteinander zu Abend essen«, stieß er schließlich hervor. »Ich dachte mir, daß wir vielleicht Ed Schuyler noch erwischen werden.«

Sie hatte bereits ein kleines Hotel in einem Hintergäßchen ausgesucht. Dick ließ sich von ihr hinschleppen; schließlich

war sie an diesem Tage recht hübsch, ihre Wangen waren gerötet, der Geruch ihres Haares erinnerte ihn an den Duft der kleinen Zyklamen auf dem Hügel über dem Tivoli; aber während er mit ihr im Bett lag, ging es ihm unablässig wie ein Rad im Kopf herum: Was soll ich tun, was soll ich tun, was soll ich tun?
Sie kamen erst so spät in Eds Wohnung, daß er sie schon aufgegeben hatte. Er hatte bereits seine Sachen gepackt, denn er wollte am nächsten Tage Rom verlassen und nach Paris fahren. »Das ist fein«, sagte Dick, »wir fahren mit demselben Zug.« – »Heute ist mein letzter Abend in Rom, meine Damen und Herren«, sagte Ed, »los, gehen wir nobel essen, und hol der Teufel das Rote Kreuz!«
In einem Lokal vor der Trajan-Säule aßen sie ein üppiges Souper mit erstklassigen Weinen, aber Dick konnte keinen Bissen anrühren. Seine eigene Stimme tönte ihm blechern in den Ohren. Er merkte, daß Ed sich mächtig bemühte, die Stimmung zu heben, neue Flaschen bestellte, mit dem Kellner Witze machte und lustige Geschichten über sein Pech bei römischen Damen erzählte. Anne Elizabeth trank eine Menge Wein, sagte, daß die Drachen vom H. f. d. N. O. gar nicht so schlimm seien, wie sie sie hingestellt hatte; als sie ihnen erzählte, ihr Verlobter sei für diesen einen Abend in Rom, da hätten sie ihr einen Hausschlüssel gegeben. Sie stieß immerfort Dick unter dem Tisch mit dem Knie an und wollte, daß sie *Auld-Lang-Syne* sängen. Nach dem Essen fuhren sie in einer Droschke spazieren und warfen Münzen in den Trevi-Brunnen. Sie landeten schließlich in Eds Wohnung, saßen dort auf den Gepäckkisten, tranken eine Flasche Champagner, an die Ed sich plötzlich erinnert hatte, und sangen *Auprès de ma Blonde*.
Dick war die ganze Zeit innerlich nüchtern und kalt. Er atmete auf, als Ed mit besoffener Stimme verkündete, er wolle jetzt zum letztenmal einige reizende römische Damen aus seiner Bekanntschaft besuchen und seine Wohnung für die Nacht den *promessi sposi* überlassen. Nachdem er gegangen war, schlang Anne Elizabeth die Arme um Dicks Hals: »Gib mir einen einzigen Kuß, Dickyboy, und dann mußt

du mich zu meinen Temperenzlern und Moralfatzken bringen ... Schließlich kommt es doch auf die private Moral an. Oh, ich liebe unsere private Moral!« Dick küßte sie, dann ging er ans Fenster und schaute hinaus. Es hatte wieder zu regnen begonnen. Schmale Lichtbänder einer Straßenlampe schossen über die Steinstufen an der Ecke der Spanischen Treppe, die zwischen den Häusern sichtbar war. Sie trat zu zu ihm und legte den Kopf auf seine Schulter.
»Woran denkst du, Dickyboy?«
»Hör mal, Anne Elizabeth, ich wollte mit dir darüber sprechen ... Glaubst du wirklich, daß ...?«
»Es ist jetzt schon über zwei Monate her ... Es kann nichts anderes sein, und ab und zu wird mir frühmorgens übel. Heute zum Beispiel habe ich mich ganz schrecklich gefühlt, aber weißt du, als ich dich sah, habe ich alles vergessen.«
»Du mußt begreifen – mir macht die Sache schreckliche Sorgen. Man muß doch etwas dagegen unternehmen!«
»Ich habe es mit Rizinus und Chinin versucht ... Andere Mittel kenne ich nicht ... Ich bin doch nur ein simples Landmädchen.«
»Mach doch keine Witze ... Du mußt doch was unternehmen. Es gibt genug Ärzte, zu denen man gehen kann ... Ich werde schon irgendwo das nötige Geld auftreiben. Verfluchte Geschichte, daß ich morgen wieder nach Paris muß! Wenn ich bloß schon die gottverfluchte Uniform loswäre!«
»Aber weißt du, ich hätte doch gern einen Mann und ein Baby – wenn du der Mann wärst, und das Baby wäre von dir.«
»Das geht doch nicht ... Ich kann es mir nicht leisten ... Man darf beim Militär nicht heiraten.«
»Das stimmt nicht, Dick«, sagte sie langsam.
Sie standen lange Seite an Seite, ohne einander anzuschauen, blickten in den Regen hinaus, der über die schwarzen Dächer und über die mattglänzenden Bänder der Straßen strich. Sie sagte mit zittriger Stimme: »Du willst damit sagen, daß du mich nicht mehr liebst.«
»Natürlich liebe ich dich, ich weiß nicht, was Liebe ist ... Ich liebe jedes nette Mädchen – und besonders dich, Schatz!«

Seine Stimme klang ihm fremd in den Ohren. »Wir haben uns doch gut miteinander amüsiert!« Sie bedeckte seinen Hals mit Küssen, Kuß neben Kuß über dem steifen Kragen des Waffenrocks. – »Aber mein Schatz, du mußt doch begreifen, daß ich kein Kind ernähren kann, solange ich noch keinen endgültigen Beruf habe, ich muß auch noch meine Mutter erhalten; Henry ist so unzurechnungsfähig, daß man sich in nichts auf ihn verlassen darf. Aber ich muß dich jetzt nach Hause bringen, es ist spät.«

Als sie hinunterkamen, hatte der Regen aufgehört. Alle Traufen gurgelten, in den Rinnsteinen unter den Straßenlaternen glitzerte das Wasser. Sie gab ihm plötzlich einen Klaps, rief »Du bist's« und lief die Straße entlang. Leise fluchend mußte er hinter ihr herjagen. Auf einem kleinen Platz verlor er sie aus den Augen, und er war schon entschlossen, sie stehenzulassen und nach Hause zu gehen, da sprang sie hinter einem steinernen Phönix an einem Brunnenrand hervor. Er packte sie am Arm. »Sei nicht so kindisch«, sagte er grob. »Siehst du denn nicht, daß ich mir furchtbare Sorgen mache?« Sie begann zu weinen.

Als sie zu ihrer Haustür kam, drehte sie sich plötzlich um und sagte in ernstem Ton: »Hör mal zu, Dick, vielleicht können wir das Baby loswerden . . . Ich werde es mit Reiten versuchen. Alle behaupten, daß das hilft. Ich werde dir schreiben – wirklich, ich möchte dir keinesfalls in deiner Karriere hinderlich sein . . . Und ich weiß doch, daß du für dein Dichten Zeit brauchst . . . Du hast eine große Zukunft vor dir, Dick, ich weiß das . . . Wenn wir heiraten würden, würde ich auch arbeiten.«

»Anne Elizabeth, du bist ein Prachtmädchen, wenn das Baby nicht wäre, könnten wir es vielleicht irgendwie schieben.« Er nahm sie bei den Schultern und küßte sie auf die Stirn. Plötzlich fing sie zu hüpfen an und sang dazu wie ein Kind: »Fein, fein, fein, wir werden heiraten!«

»So sei doch etwas ernster, Kind.«

»Ich bin es – bis in den Tod«, sagte sie langsam. »Hör mal zu, komm morgen nicht zu mir. Ich habe eine Menge Vorräte nachzukontrollieren. Ich schreibe dir nach Paris.«

Als er wieder in seinem Hotel war, zog er mit einem wunderlichen Gefühl seinen Pyjama an und legte sich allein in das Bett, in dem er am Nachmittag mit Anne Elizabeth gelegen hatte. Es gab Wanzen, das Zimmer stank, er verbrachte eine miserable Nacht.
Im Zuge nach Paris ließ Ed ihm keine Ruhe, er mußte immerfort trinken, und Ed sprach über die Revolution und sagte, er wisse aus guter Quelle, daß die italienischen Gewerkschaften am ersten Mai die Fabriken besetzen würden. Ungarn und Bayern seien rot geworden, jetzt komme Österreich an die Reihe, dann Italien, dann Preußen und Frankreich; die amerikanischen Truppen, die nach Archangelsk gegen die Russen entsandt wurden, hätten gemeutert. »Das ist die Weltrevolution, eine Lust, zu leben, und wir werden von Glück sagen können, wenn wir mit heiler Haut davonkommen.«
Dick erwiderte mürrisch, daß er nicht dieser Meinung sei; die Alliierten hätten die Zügel fest in der Hand. »Aber Dick, ich dachte, du seist für die Revolution, sie ist das einzige Mittel, um diesem beschissenen Krieg ein Ende zu machen.« – »Der Krieg ist jetzt vorbei, und die Revolutionen sind weiter nichts als der umgestülpte Krieg. Man kann nicht dadurch den Krieg beenden, daß man alle seine Gegner totschießt. Das heißt bloß den Krieg verlängern.« Sie wurden wütend und gerieten in eine wilde Diskussion. Dick war froh, daß sie in ihrem Abteil allein waren. »Ich habe dich immer für einen Royalisten gehalten, Ed.« – »Das bin ich auch gewesen – aber seit ich den italienischen König gesehen habe, bin ich davon abgekommen . . . Ich glaube, ich bin für einen Diktator, für den Mann auf dem weißen Pferd!«
Sie lehnten sich in die Fensterecken, um zu schlafen, betrunken und wütend und böse. Frühmorgens stolperten sie mit schmerzendem Kopf in die frische Luft einer Grenzstation hinaus und tranken dampfendheiße Schokolade, die ihnen eine rotbackige Französin in große weiße Tassen goß. Alles war mit Reif bedeckt. Scharlachrot ging die Sonne auf. Ed Schuyler sprach von der *belle*, der *douce France*, und sie vertrugen sich jetzt etwas besser als am Tage zuvor. Als

sie die *banlieue* erreicht hatten, sprachen sie davon, sich noch am selben Abend Spinelli in *Plus Ça Change* anzusehen.

Büro, allerlei Kleinigkeiten, die zu erledigen sind, der Zwang, vor den Sergeanten steif und militärisch aufzutreten: Dick atmete auf, als er das alles hinter sich hatte und am linken Seineufer entlangspazierte, wo die Knospen mit zartem Rosa und blassestem Grün zu springen begannen und die Bouquinisten in dem wachsenden lavendelfarbenen Dämmerlicht ihre Buden zumachten, und er kam zum Quai de la Tournelle, dort glaubte man sich um zwei Jahrhunderte zurückversetzt, und langsam stieg er die kalte Steintreppe zu Eleanor hinauf, und Eleanor saß in einem elfenbeinfarbenen Kleid mit großen Perlen um den Hals hinter dem Teetisch, schenkte Tee ein und verzapfte mit ihrer boshaften, sanften Stimme den neuesten Klatsch aus dem *Crillon* und aus der Friedenskonferenz. Dick hatte ein komisches Gefühl, als sie ihm beim Weggehen sagte, daß sie einander jetzt ein paar Wochen lang nicht sehen würden, da sie nach Rom müsse, um dort im Rot-Kreuz-Büro einiges zu erledigen. »Schade, daß wir nicht zur selben Zeit dort sein konnten«, sagte Dick. – »Mir wäre das auch ganz recht gewesen«, sagte sie. »A rivederci, Richard.«

Der März war für Dick ein erbärmlicher Monat. Er schien gar keine Freunde mehr zu haben, und die Leute im Depeschendienst hatte er tödlich satt. Wenn er vom Dienst kam, war sein Hotelzimmer so kalt, daß er in ein Café gehen mußte, um dort zu lesen. Er vermißte Eleanor, er vermißte die Nachmittage in ihrer gemütlichen Wohnung. Alle paar Augenblicke kam ein beunruhigender Brief von Anne Elizabeth: er konnte aus ihr nicht recht schlau werden; sie machte geheimnisvolle Anspielungen, daß sie im Roten Kreuz eine reizende Freundin von ihm kennengelernt habe, und es sei das für sie von großer Bedeutung gewesen. Außerdem war er pleite, denn er mußte Henry immerfort Geld leihen, um Olga abzufinden.

Anfang April kehrte er von einer seiner ewigen Fahrten nach Koblenz zurück und fand in seinem Hotel einen Rohrpostbrief von Eleanor vor. Sie lud ihn ein, am nächsten Sonntag mit ihr und J. W. einen Ausflug nach Chantilly zu machen.

Um elf Uhr fuhren sie in J. W.s neuem Fiat vom *Crillon* ab. Die Gesellschaft bestand aus Eleanor, die ihr graues, elegantes Kleid anhatte, einer stattlichen, nicht mehr jungen Dame namens Mrs. Wilberforce, der Frau eines Vizepräsidenten der Standard Oil, J. W., Dick und dem hageren Mr. Rasmussen. Es war ein schöner Tag, und jedermann fühlte den Frühling in der Luft. In Chantilly besichtigten sie das Château und fütterten die großen Karpfen im Burggraben. Dann aßen sie im Walde zu Mittag, auf Gummikissen sitzend. J. W. erregte allgemeine Heiterkeit mit seiner Erklärung, er hasse diese Picknicks; warum denn sogar die klügsten Frauen von Zeit zu Zeit auf den verrückten Einfall kämen, die Leute zu einem Picknick zu schleppen. Nach dem Essen fuhren sie nach Senlis, um sich die Häuser anzusehen, die die Ulanen in der Marneschlacht zerstört hatten. Während sie durch den Garten des zerstörten Château spazierten, blieben Eleanor und Dick hinter den anderen zurück. »Sie wissen nicht, wann der Friedensvertrag unterzeichnet wird, Eleanor?« fragte Dick.

»Es sieht jetzt nicht so aus, als ob ihn überhaupt jemand unterzeichnen wollte ... Die Italiener werden ihn sicher nicht unterzeichnen; haben Sie gelesen, was d'Annunzio sagt?«

»Sowie nämlich der Frieden unterzeichnet ist, ziehe ich Onkel Sams Livree aus ... Nie in meinem Leben ist mir die Zeit so lang geworden wie beim Militär.«

»Ich habe in Rom eine Freundin von Ihnen kennengelernt«, sagte Eleanor und schaute ihn von der Seite an. Dick überlief es kalt. »Wen denn?« fragte er. Er mußte sich bemühen, ruhig zu sprechen. – »Das kleine Mädchen aus Texas ... Ein gescheites kleines Ding. Sie sagte, sie sei mit Ihnen verlobt!« Eleanors Stimme war kühl und sondierend wie das Instrument eines Zahnarztes.

»Da hat sie ein wenig übertrieben«, sagte er mit einem kurzen, trockenen Lachen, »wie Mark Twain sagte, als sein

Tod gemeldet wurde.« Dick fühlte, daß er über und über rot wurde.
»Hoffentlich ... Sehen Sie, Richard – ich bin alt genug, um, sagen wir, zumindest Ihre unverheiratete Tante scin zu können. Das Mädchen ist sehr gescheit und nett – aber Sie sollten sich jetzt noch nicht verheiraten. Natürlich geht es mich nichts an ... So mancher vielversprechende junge Mann hat sich durch eine unpassende Heirat ruiniert ... Ich dürfte das aber gar nicht sagen!«
»Doch, es freut mich, daß Sie sich für mich interessieren, wirklich, ich lege großen Wert darauf ... Ich weiß genau Bescheid: Kurz gefreit, lang bereut. Ich bin überhaupt nicht besonders aufs Heiraten erpicht – aber ... ich weiß nicht ... Ach, die ganze Sache ist sehr schwierig.«
»Nie etwas Schwieriges unternehmen! ... Es verlohnt sich nie«, sagte Eleanor streng. Dick antwortete nicht. Sie beschleunigte ihre Schritte, um die anderen einzuholen. Während er neben ihr ging, betrachtete er ihr kalt ziseliertes Profil, das mit dem Geholper ihrer hohen Stöckel auf den Pflastersteinen ein wenig auf und nieder schwankte. Plötzlich wandte sie sich lachend zu ihm: »Jetzt werde ich Sie nie wieder auszanken, nie wieder.«
Ein Regenschauer rückte heran. Kaum saßen sie im Wagen, da fing es zu regnen an. Die hübschen Pariser Vorstädte sahen im Regen grau und düster aus. Als sie sich im Vestibül des *Crillon* trennten, gab J. W. Dick zu verstehen, daß er ihm in seinem Büro eine Stellung verschaffen könne, sobald er den Dienst quittierte. Dick ging frohgelaunt nach Hause und schrieb sofort an seine Mutter.

... Nicht daß nicht hier in Paris alles sehr interessant wäre, und ich habe auch Leute kennengelernt, die mit den wirklichen Vorgängen ziemlich vertraut sind, aber daß ich eine Uniform tragen muß und mich immerfort um das Reglement und um das Salutieren kümmern muß, das alles macht mich faul und entwöhnt mich der Arbeit. Solange ich nicht wieder in Zivilkleidern stecke, komme ich innerlich nicht vom Fleck. Man hat mir eine Stellung in J. Ward Moorehouses Büro hier in Paris versprochen; er ist unbezahlter Sachverständiger, aber gleich nach dem Abschluß des Friedensvertrages will er wieder sein Geschäft in Gang bringen. Er ist Propaganda- und Reklamechef bei einigen großen Trusts, zum Beispiel bei der Standard Oil. Das wäre dann die richtige Stellung für mich, die mir gestatten würde, nebenbei meine eigene Arbeit fortzusetzen. Jeder sagt mir, daß das eine Gelegenheit ist, wie sie nur einmal im Leben vorkommt . . .

Als er das nächste Mal Miss Williams sah, lächelte sie freundlich und kam sofort mit ausgestreckter Hand auf ihn zu. »Oh, ich freue mich wirklich, Hauptmann Savage, J. W. sagt, daß Sie zu uns kommen wollen . . . Ich bin überzeugt, das wird für alle Beteiligten sehr angenehm und nützlich sein.« »Wir wollen lieber noch nicht das Fell des Bären verteilen«, sagte Dick. – »Oh, der Bär ist schon erlegt«, sagte Miss Williams mit strahlender Miene.

Mitte Mai kam Dick aus Köln zurück mit einem schrecklichen Katzenjammer, da er am Abend zuvor mit einigen Fliegern und einigen deutschen Mädchen gebummelt hatte. Mit deutschen Mädchen auszugehen, war vom Hauptquartier streng verboten, und Dick war recht nervös, er hatte Angst, man habe sie vielleicht gesehen, wie sie sich in einer für Offiziere und Gentlemen durchaus unzulässigen Art und Weise benahmen. Als er auf dem Gare du Nord aus dem Zug stieg, hatte er noch den Pfirsichbowlengeschmack auf der Zunge. Im Büro empfing ihn Oberst Edgecombe mit der Bemerkung, er sehe blaß und klapprig aus, und fügte scherzhaft hinzu, es müsse wohl im besetzten Gebiet recht lustig hergehen. Dann schickte er ihn nach Hause, er solle sich ausruhen. Als Dick in sein Hotel kam, lag dort ein Rohrpostbrief von Anne Elizabeth:

Ich wohne im Continental. Ich muß Dich sofort sprechen.

Er nahm ein heißes Bad, legte sich ins Bett und schlief mehrere Stunden. Als er aufwachte, war es schon finster. Es dauerte einige Zeit, bevor ihm Anne Elizabeths Brief einfiel. Er saß auf dem Bettrand und schnallte mürrisch seine Gamaschen an, um ins *Continental* zu gehen, da klopfte es an die Tür. Es war der Liftboy; er meldete, daß unten eine Dame auf ihn warte. Kaum hatte der Liftboy das gesagt, da kam Anne Elizabeth durch den Korridor gelaufen. Sie war blaß und hatte an der einen Schläfe eine rote Schramme. In ihrer ganzen Haltung lag etwas Streitsüchtiges; Dick merkte das sofort, und es ging ihm auf die Nerven. »Ich habe unten gesagt, daß ich deine Schwester bin, und bin dann die Treppe hinaufgelaufen«, sagte sie und küßte ihn atemlos. Dick gab dem Liftboy ein paar Franc und flüsterte ihr zu: »Komm herein. Was ist denn los?« Er ließ die Zimmertür halb offen.

»Ich habe Schwierigkeiten ... Das H. f. d. N. O. schickt mich nach Hause.«

»Wie kommt denn das?«

»Wahrscheinlich habe ich zuviel geschwänzt. Aber mir ist es ganz recht, es hing mir schon zum Halse heraus.«

»Wo hast du dir denn diese Schramme geholt?«

»In Ostia vom Pferd gefallen ... Ich habe italienische Kavalleriepferde geritten, das war eine Sache – diese Biester nehmen jedes Hindernis.«

Dick musterte aufmerksam ihre Züge, er konnte aus ihr nicht schlau werden. »Na«, sagte er, »ist jetzt alles in Ordnung? ... Ich muß es wissen ... Mir liegt die Geschichte sehr im Magen.«

Sie warf sich mit dem Gesicht nach unten aufs Bett. Dick schlich auf Zehenspitzen zur Tür und machte sie leise zu. Anne Elizabeth hatte den Kopf in der Armbeuge versteckt und schluchzte. Dick setzte sich auf den Bettrand und wollte, daß sie ihn ansehe. Plötzlich stand sie auf, fing an, im Zimmer hin und her zu gehen. »Nichts will helfen ... Ich werde das Baby bekommen ... Oh, ich habe so schreckliche Angst wegen Papa. Ich fürchte, wenn er es erfährt, trifft ihn der Schlag ... Oh, du bist so gemein – du bist so gemein.«

»Aber Anne Elizabeth, sei doch vernünftig ... Können wir denn nicht weiter gute Freunde bleiben? Man hat mir soeben eine sehr schöne Stellung angeboten, wenn ich den

Dienst quittiere, aber ich kann in diesem Stadium nicht eine Frau und ein Kind mit mir herumschleppen, das mußt du doch begreifen ... Und wenn du heiraten willst, gibt es doch massenhaft junge Leute, die sich darum reißen würden, dich zur Frau zu bekommen ... Du weißt doch, wie beliebt du bist ... Ich bin übrigens gar nicht fürs Heiraten.«
Sie setzte sich auf einen Stuhl und stand gleich wieder auf. Dann lachte sie. »Wenn Papa oder mein Bruder hier wäre, würde es eine schnelle Heirat geben – ja –, aber das hätte auch nicht viel Zweck.« Ihr hysterisches Lachen ging ihm auf die Nerven; er zitterte in seinem krampfhaften Bemühen, sich zu beherrschen und vernünftig zu sprechen.
»Warum nicht G. H. Barrow? Er ist ein prominenter Mann und hat Geld ... Er ist ganz versessen auf dich, das hat er mir selber erzählt, als ich ihn neulich im *Crillon* traf ... Wir müssen doch schließlich vernünftig sein ... Ich bin nicht mehr schuld an der Geschichte als du ... Wenn du dich vorgesehen hättest ...«
Sie nahm ihren Hut ab und glättete sich vor dem Spiegel das Haar; dann goß sie etwas Wasser in das Waschbecken, wusch sich das Gesicht und strich abermals ihre Haare glatt. Dick hoffte schon, sie würde jetzt gehen, alles, was sie tat, brachte ihn zur Raserei. Als sie auf ihn zukam, standen ihr die Tränen in den Augen. »Gib mir einen Kuß, Dick ... Mach dir keine Sorgen wegen mir ... Ich werde es schon irgendwie arrangieren.«
»Es ist sicherlich noch nicht zu spät für einen Eingriff«, sagte Dick. »Ich werde dir morgen eine Adresse verschaffen und dir ein paar Zeilen ins *Continental* schicken ... Anne Elizabeth ... es ist prächtig von dir, daß du das so prächtig aufnimmst!«
Sie schüttelte den Kopf, flüsterte adieu und verließ das Zimmer.
»So, das wäre erledigt«, sagte Dick laut zu sich selbst. Anne Elizabeth tat ihm schrecklich leid. Na, ich bin nur froh, daß ich keine Frau bin, dachte er immerfort. Er hatte rasendes Kopfweh. Er verriegelte die Tür, zog sich aus und drehte das Licht aus. Als er das Fenster öffnete, kam ein Schwall

rauher, regenfeuchter Luft ins Zimmer, und ihm wurde sogleich wohler. Es ist schon so, wie Ed sagt, man kann nichts unternehmen, ohne sofort andere Menschen unglücklich zu machen. Eine recht ekelhafte Welt. Die Straßen vor dem Gare St. Lazare schimmerten wie Kanäle, die Straßenlaternen spiegelten sich in den Pfützen. Es gab noch einige Menschen auf den Bürgersteigen, jemand rief den *Intransigeant* aus, quäkend hupten die Taxis. Er dachte an Anne Elizabeth, wie sie allein in einem Taxi durch die nassen Straßen nach Hause fuhr. Es tat ihm leid, daß er nicht viele Leben hatte, damit er eines davon mit Anne Elizabeth verbringen könnte. Vielleicht ein Gedicht darüber schreiben und es ihr schicken? Und der Duft der kleinen Zyklamen. In dem Café vis-à-vis drehten die Kellner die Stühle um und stellten sie auf die Tische. Es tat ihm leid, daß er nicht viele Leben hatte, damit er ein Kellner in einem Café sein und abends die Stühle umdrehen könnte. Die eisernen Läden senkten sich rasselnd herab, und jetzt war die Stunde gekommen, da die Frauen auf die Straße gingen, sie spazierten auf und ab, sie blieben stehen, zögerten, spazierten auf und ab, und dann die jungen Rowdies mit den pilzbraunen Gesichtern. Er begann zu frösteln. Er stieg ins Bett, die Laken hatten einen klebrigfeuchten Glanz. Einerlei, in Paris darf man nicht allein zu Bett gehen, darf man nicht allein in einem hupenden Taxi nach Hause fahren, unter dem herzzerbrechenden Gehupe der Taxis. Arme Anne Elizabeth. Armer Dick. Er lag fröstelnd zwischen den feuchten Tüchern, seine Augen waren mit Sicherheitsnadeln aufgeklemmt.

Allmählich wurde ihm wärmer. Morgen. Sieben Uhr dreißig: Rasieren, Gamaschen anschnallen ... *café au lait, brioches, beurre*. Er wird Hunger haben, hat kein Abendbrot gegessen ... *deux œufs sur le plat. Bonjour m'ssieurs mesdames.* Mit klirrenden Sporen ins Büro, Sergeant Ames. Rührt euch. Der Tag schleppt sich in Khaki hin; Zwielicht-Tee bei Eleanor, sie soll mit Moorehouse sprechen, daß er gleich nach der Unterzeichnung des Friedensvertrages die Sache mit der Stellung regle, man erzählt ihr von dem seligen

General Ellsworth, dann lachen sie miteinander über diese Geschichte. So schleppen sich die Tage in Khaki dahin bis zur Unterzeichnung des Friedensvertrages. Trüb, flau, khaki. Armer Dick muß arbeiten gehen, wenn der Friedensvertrag unterzeichnet ist. Der arme Tom friert. Armer Dickyboy . . . Richard . . . Er zog seine Füße hoch, um sie zu reiben. Armer Richard hat kalte Füße. Wenn erst mal der Friedensvertrag unterzeichnet ist . . .
Als seine Füße warm geworden waren, schlief er ein.

Weltwochenschau XXXVII

Sowjetwachen beseitigt

der amerikanische Höchstkommandierende zollte den Toten und Verwundeten seinen Tribut, ermahnte die Soldaten, Gott für den Sieg zu danken, und erklärte, daß sie allesamt einen neuen Begriff von ihrer Pflicht gegenüber Gott und dem Vaterlande erhalten hätten als die Nummern gehißt wurden, zeigte sich, daß die Nummer von M. A. Aumonts *Zimzimi* fehlte. Das Fohlen hatte frühmorgens einen Hustenanfall bekommen und war daher im letzten Augenblick abgemeldet worden

DIE REPUBLIKANER
KNÖPFEN SICH WILSON VOR

CHICAGO BEANTRAGT DEN EXKAISER
VOR GERICHT ZU STELLEN

Johnny, die Knarre her,
die Knarre her,
die Knarre her,
Jetzt entwischt er uns nicht mehr

wir gehen großen Veränderungen in der sozialen Struktur dieses großen Landes entgegen, erklärte Mr. Schwab, der Mann, der der Aristokratie der Zukunft angehört, wird ihr nicht auf Grund seiner Geburt oder seines Reichtums angehören, sondern weil er für das Wohl des Landes tätig gewesen ist

UNBARMHERZIGER VERNICHTUNGSKRIEG
GEGEN DIE ROTEN

entwischt er uns nicht mehr
entwischt er uns nicht mehr

zur selben Zeit erschienen mehrere Kolonnen Soldaten und Matrosen vor dem Kanzlerpalais die Lage in Deutschland entwickelt sich allmählich zu einem Wettlauf zwischen den amerikanischen Lebensmittelsendungen und den Bolschewiken

LLOYD GEORGE ERGREIFT BEI DEN FRIEDENSDEBATTEN FÜR BEIDE SEITEN PARTEI

Die tätowierte Französenmaid
Tätowiert vom Hals bis zum Knie,
Die anzuschaun, war eine Freud

der Präsident und die Herrscher von Großbritannien und Belgien werden bei ihrem Besuch mit großen Massendemonstrationen empfangen werden, und es werden zu ihrem Vergnügen eine Reihe von Festlichkeiten stattfinden
die Ironie der Situation liegt darin, daß die Redefreiheit und Pressefreiheit, nach der die Sozialdemokraten so laut geschrien haben, sich jetzt als die hauptsächlichen Gefahrenquellen für die neue Regierung erweisen

Quer übers Kinn das Königlich
Britische Fliegerkorps,
Auf dem Rücken der flatternde Union Jack,
Na, stell dir das mal vor!

das Kriegsministerium hat heute beschlossen, in einem vorsichtigen Bulletin von der nur mit knapper Not verhüteten Meuterei amerikanischer Truppen im Sektor von Archangelsk Mitteilung zu machen, die Soldaten hatten sich geweigert, dem Befehl, an die Front abzugehen, Folge zu leisten trotz der polizeilichen Anordnungen verhältnismäßige Ruhe, aber als der Zug sich durch die verschiedenen Avenuen bewegte, Malakoff, Henri Martin, Victor Hugo und Trocadéro, und durch das aristokratische Viertel von Paris, in dem Jaurès gewohnt hatte, da hatte man das Gefühl, als seien die Straßen unterminiert, als könnte der geringste Zwischenfall zu einer Explosion führen

VERSTÄRKUNGEN ENTSANDT JEDER ANLASS ZU BEFÜRCHTUNGEN BESEITIGT

Der Länge nach vom Kopf zum Steiß
Stand die Garde stramm Habtacht,
Und um die Hüften wütete
Eine schöne Kriegsschiffschlacht

die Arbeiter Bayerns haben ihre parteimäßige Zerklüftung überwunden und sich zu einem gewaltigen Block gegen die herrschenden und ausbeutenden Klassen zusammengeschlossen; sie haben in Gestalt der Arbeiter-, Soldaten- und Bauernräte die gesamte Staatsmacht übernommen

Und über der Niere war Sydney zu sehn,
Aus der Vogelschau, schön wie nie,
Doch am schönsten war quer über die Brust
Meine Heimat Tennessee

DR. SIMONS ERKLÄRT: FÜR DEN BOLSCHEWISMUS SIND IN ERSTER LINIE DIE FRÜHEREN EASTSIDER VERANTWORTLICH

ARBEITER IN PALÄSTEN EINQUARTIERT

UKRAINER BESCHIESSEN DIE ALLIIERTE MISSION

es sieht momentan so aus, als wollte man Landru die Schuld an dem Ableben sämtlicher Frauen geben, die in ganz Frankreich nicht nur während der letzten zehn Jahre, sondern seit vielen Jahrzehnten verschwunden sind

Das Kamera-Auge 42

Ich ging durch die ganze Stadt
Generalstreik keine Autobusse keine Taxis die Eingänge der Métro gesperrt auf dem Place de Jena rote Fahnen Anatole France mit weißem Bart Transparente MUTILÉS DE LA GUERRE und die Nußknackergesichter der agents de sûreté
Mort Aux Vaches
auf der Place de la Concorde die republikanischen Garden in Weihnachtsbaum-Helmen reiten in die Menge verprügeln die Pariser mit flachem Säbel
Fetzen der Internationale
Soldaten im Stahlhelm mit mürrischer Miene schlendern mit zur Erde gekehrten Waffen die großen Boulevards entlang
Vive les Poilus
auf der Place der République à bas la guerre
MORT AUX VACHES à bas la paix des assassins sie haben die Gitter rings um die Bäume losgerissen werfen Steine und Eisenstücke nach den geschniegelten republikanischen Garden zischen pfeifen stechen mit Schirmen auf die Pferde los
Fetzen der Internationale
vor der Gare de l'Est singen sie die ganze Internationale die Gendarmerie Nationale bahnt sich langsam ihren Weg den Magenta entlang empfangen von Steinen Pfiffen Eisenstücken Internationale Mort Aux Vaches
Barrikaden wir müssen Barrikaden bauen
ein paar junge Bengels versuchen die Rolläden einer Waffenhandlung aufzubrechen Revolverschüsse
eine alte Frau an einem Fenster ist verwundet (wessen Blut ist das auf den Pflastersteinen?) wir laufen alle in eine Seitenstraße flüchten in die Höfe Concierges versuchen die Haustüren zu schließen vor der Kavallerie die in Zwölferreihen

Attacke reitet Nußknackergesichter schreckerfüllt und gemein hinter den großen Schnurrbärten unter den Weihnachtsbaumhelmen
an einer Ecke renne ich mit einem Freund zusammen der läuft auch davon gib acht sie schießen scharf und es hat heftig zu regnen begonnen gemeinsam ducken wir uns in die Tür eines kleinen Cafés unter den Rolladen gerade bevor er niedersaust drinnen ist es dunkel und still ein paar ältere Arbeiter trinken brummend ihr Glas an der Theke Ah les salops es gibt keine Zeitungen jemand sagt in Marseille und Lille habe die Revolution gesiegt Ça va taper dur wir trinken Grog américain haben nasse Füße am Nebentisch spielen zwei ältere Männer Schach bei einer Flasche Weißwein
später dann schauen wir unter dem Rolladen in den schweren Regen hinaus auf die leere Straße
nur ein zerbrochener Regenschirm und eine alte karierte Mütze nebeneinander in dem sauberen Rinnstein und ein zerrissenes Flugblatt

L'UNION DES TRAVAILLEURS FERA ...

Weltwochenschau XXXVIII

C'est la lutte finale

Groupons nous et demain
L'internationale sera le genre humain

SCHIESSEREI VOR DEM REICHSTAG

ANGESTELLTE DES CHRISTLICHEN VEREINS JUNGER MÄNNER WEGEN UNTERSCHLAGUNG FESTGENOMMEN

erklärt, daß bei einem derartigen Unternehmen nur die Weisheit des Volkes die Nation führen könne DIE USA MÜSSEN SEINER MEINUNG NACH DIE GRÖSSTE FLOTTE DER WELT BESITZEN *als ich in Italien war, ersuchten mich einige hinkende, verwundete italienische Soldaten um eine Unterredung. Ich konnte mir gar nicht denken, was sie von mir wollten, und mit denkbar größter Schlichtheit, mit einer geradezu rührenden Schlichtheit überreichten sie mir eine Bittschrift zugunsten des Völkerbundes* Soldaten rebellieren gegen deutsche Oper

BEFEHL ALLE GRIECHEN STERBEN ZU LASSEN

UNRUHEN UNTER KANADISCHEN TRUPPEN IN BRITISCHEM LAGER

Wacht auf, Verdammte dieser Erde ...
Auf zum letzten Gefecht ...

A qui la faute si le beurre est cher

RIESENGEWINNE IN WALL STREET

Ne soyons pas les dupes du travesti bolcheviste

AMERIKANISCHE TRUPPEN
DROHEN MIT MEUTEREI

in Washington herrscht die Ansicht vor, daß es zwar der amerikanischen Öffentlichkeit lästig fallen würde, Truppen nach Kleinasien schicken zu müssen, daß aber die Bevölkerung eher bereit wäre, eine Armee zur Wiederherstellung der Ordnung südlich des Rio Grande einzusetzen. Streik droht ganz New York lahmzulegen. Die Ordnung in Lahore wiederhergestellt. In Lille streiken die Leichenbestatter

RASCHES URTEIL DER KALIFORNISCHEN
GESCHWORENEN
GEGEN DIE ARBEITER VON SACRAMENTO

GEFLÜCHTETER GENERAL ERKLÄRT:
DER BOLSCHEWISMUS STEHT DICHT VOR DEM
ZUSAMMENBRUCH

Der französische Zensor erlaubt dem *Herald* nicht, mitzuteilen, was die chinesische Delegation getan hat Voici que vient le fin d'un état de malaise
aber es wäre müßig, leugnen zu wollen, daß eine ernstliche Beunruhigung vorhanden ist. Von Menschen, die jeder Gelegenheit beraubt sind, sich ihr Brot zu verdienen, deren Kinder nach Nahrung schreien, die einer unbefristeten Stilllegung der gesamten Industrie entgegensehen, die damit rechnen müssen, daß der Eisenbahnverkehr völlig aufhört und das ganze Leben der Nation in Zerrüttung gerät, kann man schwerlich erwarten, daß sie die Situation ruhig und gleichmütig betrachten

DIE ENGLÄNDER BEMÜHEN SICH SEHR
IHR VERSPRECHEN ZU HALTEN UND DEN
KAISER AN DEN GALGEN ZU BRINGEN

man behauptet, die Koreaner erwarteten zuversichtlich, daß Präsident Wilson in einem Flugzeug bei ihnen erscheine und sich ihre Meinung anhören werde. Eine auf dem Hügel von Seoul wehende weiße Fahne soll angeblich den Landungsplatz bezeichnen

TÖCHTERCHEN

Sie wurde auf der Überfahrt nicht ein bißchen seekrank und war sehr beliebt, die Überfahrt war lustig, obgleich die See bewegt war und eine bittere Kälte herrschte. Ein gewisser Mr. Barrow, der in besonderer Mission mit einem Auftrage des Präsidenten nach Europa fuhr, schenkte ihr viel Beachtung. Er war ein sehr interessanter Mann und wußte in allen Dingen Bescheid. Er war Sozialist gewesen und hatte der Arbeiterbewegung nahegestanden. Als sie ihm von ihren Erlebnissen bei dem Textilstreik drüben in Jersey erzählte, fand er das sehr interessant. Abends pflegten sie Arm in Arm rund um das Deck zu spazieren, ab und zu, wenn das Schiff besonders heftig schlingerte, fielen sie fast auf die Nase. Sie hatte es ein wenig schwer mit ihm, weil er ihr immerfort den Hof machen wollte, aber es gelang ihr, ihm das auszureden, sie sagte, gerade jetzt habe sie das dringende Bedürfnis nach einem guten Freunde, sie habe eine unglückliche Liebesaffäre hinter sich und wolle von dergleichen Sachen nichts mehr wissen. Er war so freundlich und lieb und mitfühlend und sagte, er könne das durchaus verstehen, seine Beziehungen zu Frauen seien sein ganzes Leben lang recht unbefriedigend gewesen. Er meinte, die Menschen müßten in Liebes- und Ehedingen völlige Freiheit haben und dürften nicht durch Konventionen oder Verbote gebunden sein. Er sagte, sein Glaubensbekenntnis sei *leidenschaftliche Freundschaft*. Sie sagte, das sei auch ihr Bekenntnis, aber als er sie an dem Abend ihrer Ankunft in Paris aufforderte, zu ihm auf sein Zimmer zu kommen, putzte sie ihn schrecklich herunter. Auf der Reise nach Rom indessen war er so nett zu ihr, daß sie zu überlegen begann: Vielleicht, wenn er mich um meine Hand bäte, würde ich ihn heiraten.

Im Zug fuhr ein amerikanischer Offizier mit, Hauptmann

Savage, ein hübscher und sehr unterhaltsamer Mensch, er war mit wichtigen Depeschen nach Rom unterwegs. Von dem Augenblick an, da sie Dick kennenlernte, war Europa wunderbar. Er sprach Französisch und Italienisch, machte sie auf die Schönheiten der alten, baufälligen Städte aufmerksam und verzog so komisch den Mund, wenn er lustige Anekdoten aus dem Krieg erzählte. Er erinnerte sie ein wenig an Webb, er war nur viel netter, viel selbstsicherer und hübscher. Von dem Augenblick an, da sie ihn sah, vergaß sie Joe ganz und gar, und an G. H. Barrow mochte sie nicht einmal mehr denken. Wenn Hauptmann Savage sie ansah, zerschmolz ihr das Herz; als sie in Rom ankamen, mußte sie sich eingestehen, daß sie verrückt nach ihm sei. Sie zogen miteinander los, machten einen gemeinsamen Ausflug zu den Trümmern der Hadrian-Villa und zu dem kleinen Städtchen, wo der Wasserfall war, und da stellte sie befriedigt fest, daß er getrunken hatte. Sie war jeden Augenblick bereit, sich ihm in die Arme zu werfen; die regnerische Landschaft, die schwarzhaarigen, sinnlich blickenden Menschen, die alten Namen der Städte, der Knoblauch und das Öl im Essen, die lächelnden Stimmen, der Geruch der kleinen blauen, wildwachsenden Blumen – Zyklamen hießen sie, wie er sagte –, das alles versetzte sie in eine tolle Stimmung. Als er anfing, ihr den Hof zu machen, wurde sie fast ohnmächtig. Oh, sie hatte ja so darauf gewartet, aber nein, nein, jetzt konnte sie nicht, aber am nächsten Tag trank sie Alkohol trotz des Gelübdes, das sie bei ihrem Eintritt in das Hilfswerk abgelegt hatte, und ging los. Es war nicht so widerwärtig, wie sie erwartet hatte, aber es war auch nicht so wunderbar schön; es wurde ihr furchtbar ängstlich, kalt und übel, genau wie in dem Augenblick, da sie ihm sagte, sie habe es noch nie getan. Aber am Tage darauf war er so sanft und stark, und sie fühlte sich plötzlich sehr froh. Als er wieder nach Paris mußte, und sie nun gar nichts mehr hatte als ihre Büroarbeit, einen Haufen langweiliger alter Jungfern, mit denen sie sich unterhalten mußte, war ihr reichlich elend zumute.

Als sie entdeckte, daß sie ein Kind bekommen würde, erschrak sie, aber im Grunde genommen war es ihr egal; natürlich würde er sie heiraten. Papa und Buster würden zuerst böse sein, aber er würde ihnen sicher gefallen. Er schrieb Gedichte und wollte nach seiner Entlassung aus dem Heere Schriftsteller werden; sicher würde er berühmt werden. Er schrieb nicht sehr oft, und als er auf ihren Wunsch nach Rom kam, nahm er die Neuigkeit nicht annähernd so nett auf, wie sie es erwartet hatte; aber es mußte natürlich ein ziemlicher Schock für ihn gewesen sein. Sie einigten sich dahin, daß es vielleicht besser wäre, im Augenblick das Kind nicht zu bekommen und mit der Heirat zu warten, bis der Militärdienst zu Ende sei – freilich, daß sie dann heiraten würden, schien ganz außer Zweifel zu sein. Sie probierte verschiedenes und ritt sehr viel mit Leutnant Grassi aus, der in Eton erzogen worden war, perfekt Englisch sprach, äußerst reizend zu ihr war und behauptete, sie sei die beste Reiterin, die er je gesehen habe. Weil sie so viel mit Leutnant Grassi ausritt und immer recht spät nach Hause kam, wurden die alten Weiber im Hilfswerk böse und schickten sie nach Amerika zurück.

Im Zuge nach Paris packte Töchterchen die Angst. Das Reiten hatte gar nichts genützt, und sie war am ganzen Körper grün und blau, denn eines der Kavalleriepferde Leutnant Grassis war mit ihr gestürzt, als sie mit ihm über eine Steinmauer springen wollte, und hatte sich ein Bein gebrochen. Das Pferd mußte erschossen werden, und der Leutnant hatte sich ganz abscheulich benommen. Diese Ausländer entpuppen sich doch zuletzt immer als gemeine Kerle. Sie machte sich Sorgen, die Leute könnten merken, wie sie aussah, denn sie war jetzt schon fast im vierten Monat. Dick würde sie sofort heiraten müssen, anders war es nicht zu machen. Vielleicht würde man sogar offiziell erklären müssen, sie seien in Rom von einem dicken, kleinen, alten Priester getraut worden.

In dem Augenblick, da sie ihm durch den Korridor in seinem Hotel entgegenlief und sein Gesicht sah, wußte sie, daß alles vorbei war; er liebte sie nicht im mindesten mehr. Sie ging in ihr Hotel nach Hause und achtete kaum auf den Weg, tappte wie eine Blinde durch die schlammig nassen Pariser Straßen. Sie war ganz erstaunt, als sie glücklich ankam, denn sie hatte erwartet, daß sie sich verirren würde. Ja, sie hatte fast gehofft, sie würde sich gründlich verirren. Nun ging sie in ihr Zimmer hinauf und setzte sich auf einen Stuhl, ohne ihren triefnassen Hut und ihren Mantel abzulegen. Sie mußte nachdenken. Alles war zu Ende.

Am nächsten Morgen ging sie ins Büro; man gab ihr eine Transportorder in die Heimat, nannte ihr das Schiff, mit dem sie zu fahren habe, und erklärte, in vier Tagen müsse sie abreisen. Als das erledigt war, kehrte sie ins Hotel zurück, setzte sich wieder auf einen Stuhl und versuchte nachzudenken. So konnte sie nicht nach Dallas zurückkehren. Dann kam ein Briefchen von Dick mit der Adresse eines Arztes. Verzeih mir, schrieb er, Du bist ein wunderbarer Mensch, es wird sicherlich alles wieder gut werden. Sie zerriß den dünnen, blauen Brief in winzige Schnitzel und warf sie zum Fenster hinaus. Dann legte sie sich aufs Bett und weinte, bis ihr die Augen brannten. Die Übelkeit meldete sich, sie mußte die Toilette aufsuchen. Nachdem sie sich wieder hingelegt hatte, schlief sie für ein Weilchen ein und erwachte mit hungrigem Magen.

Das Wetter hatte sich aufgehellt, Sonnenlicht strömte ins Zimmer. Sie ging zur Portierloge hinunter und rief G. H. Barrow in seinem Büro an. Er schien entzückt und sagte, wenn sie eine halbe Stunde warten wolle, würde er sie abholen und mit ihr ins Bois zu Mittag essen gehen; sie würden alles vergessen, außer daß Frühling sei und daß sie beide in ihrem Herzen wunderprächtige Heiden seien. Töchterchen machte eine saure Miene, erklärte aber recht liebenswürdig durchs Telephon, daß sie auf ihn warten wolle.

Er erschien in einem grauen Sportanzug und einem grauen, weichen Hut. In ihrer dunkelgrauen Uniform, die sie so gar nicht ausstehen konnte, kam sie sich neben ihm recht schäbig vor. »Ach, meine liebe Kleine – Sie haben mir das Leben gerettet«, sagte er. »Im Frühling habe ich immer Selbstmordgedanken, wenn ich nicht verliebt bin . . . Ich habe mich – äh – äh – schrecklich alt gefühlt und so gar nicht verliebt. Das muß anders werden.« – »Mir war ähnlich zumute.« – »Was ist denn los?« – »Na, vielleicht werde ich es Ihnen später erzählen, vielleicht auch nicht.« Fast gefielen ihr heute seine lange Nase und sein langes Kinn. »Übrigens bin ich viel zu hungrig, um zu schwatzen.« – »Das Schwatzen werde ich ganz allein besorgen!« sagte er lachend. »Schwatzen ist meine Stärke – und ich werde Ihnen jetzt das schönste Essen spendieren, das Sie je gegessen haben.«

Unterwegs in der Droschke redete er ununterbrochen in der hochtrabendsten Weise über die Friedenskonferenz und über die schrecklichen Kämpfe, die der Präsident habe führen müssen, um seine Grundsätze nicht antasten zu lassen. »Von allen möglichen finstern Intrigen umgeben, behindert durch die giftigen Gespenster der Geheimverträge, bekämpft von zwei der gerissensten und skrupellosesten Schieber unter den Staatsmännern der Alten Welt... Er kämpft weiter ... Wir alle kämpfen weiter ... Es ist der größte Kreuzzug der Weltgeschichte; wenn wir siegen, wird die Welt ein besserer Aufenthalt geworden sein, wenn wir unterliegen, wird sie eine Beute des Bolschewismus und der Verzweiflung werden ... Sie können sich vorstellen, Anne Elizabeth, wie entzückend das war, als plötzlich Ihre liebe, kleine Stimme durchs Telephon an mein Ohr schlug und mich, wenn auch nur für eine kurze Frist, von all diesen Sorgen und Verantwortungen abrief ... Ja, es geht sogar das Gerücht um, daß der Versuch unternommen wurde, den Präsidenten im *Hôtel Murat* zu vergiften ... Der Präsident ganz allein, mit ein paar Helfern, Freunden und ergebenen Anhängern, ficht für Ehrlichkeit, Fairplay und Vernunft, er als der einzige, vergessen Sie das nie ...« Er schwatzte immer weiter, als ob er eine Rede proben wolle. Töchterchen hörte ihn wie aus weiter Ferne, wie über eine schadhafte Telephonleitung. Auch der Tag – kleine Blütenpagoden an den Kastanienbäumen, die Menschenmenge, die herausgeputzten Kinder, die Fahnen vor dem blauen Himmel, die Straßen mit den hübschen Häusern hinter

Bäumen, gemeißelte Steinfassaden, eiserne Balkone, blankgeputzte Fenster, schimmernd in der Maisonne – Paris war ganz klein und hell und fern wie ein Bild, das man durch das verkehrte Ende eines Feldstechers betrachtet. Als ihr dann in dem großen, glitzernden Gartenrestaurant das Essen serviert wurde, war es genauso sonderbar, sie schmeckte nicht, was sie aß.

Sie mußte eine Menge Wein trinken, und nach einer Weile hörte sie sich reden. Noch nie hatte sie so zu einem Manne gesprochen. Er war anscheinend recht verständnisvoll und gütig. Sie erzählte ihm mit einem Male von Papa, und wie schwer es ihr gefallen war, Joe Washburn aufzugeben, und wie ihr auf der Überfahrt nach Europa plötzlich ihr ganzes Leben völlig neu erschienen war . . . »Ich muß sagen, es ist mir etwas sehr Komisches passiert. Ich habe mich immer so gut mit allen Leuten und allen Menschen vertragen, und jetzt glückt es mir gar nicht mehr. In dem Büro des Hilfswerks in Rom konnte ich mich mit den alten Weibern nicht vertragen, und dann befreundete ich mich mit einem jungen Italiener, der mich zum Reiten mitnahm, und ich konnte mich nicht mit ihm vertragen, und Sie kennen doch Hauptmann Savage, damals im Zug nach Italien, er stellte uns sein Abteil zur Verfügung, wir fuhren mit ihm nach Tivoli . . .« Die Ohren begannen ihr zu klingen, wenn sie von Dick sprach. Sie wollte Mr. Barrow alles erzählen. »Wir haben uns so gut vertragen, daß wir uns verlobten, und jetzt habe ich mich mit ihm gezankt.«

Mr. Barrows langes, buckliges Gesicht beugte sich über den Tisch zu ihr herüber. Wenn er lächelte, war eine breite Lücke zwischen seinen Vorderzähnen zu sehen. »Glauben Sie, Annie-Mädchen, daß Sie sich mit mir ein bißchen vertragen könnten?« Er streckte seine faltige, von dicken Adern durchzogene Hand über den Tisch nach ihr aus. Sie lachte und warf den Kopf zur Seite. »Wir vertragen uns doch recht gut!«

»Ich wäre glücklich, wenn Sie . . . Ich bin ja schon glücklich, wenn ich Sie nur ansehen darf . . . Seit Jahren bin ich nicht so glücklich gewesen, außer vielleicht in dem Augen-

blick, als das Statut des Völkerbundes unterzeichnet wurde.«
Sie lachte wieder. »Na, mir ist gar nicht nach Friedensvertrag zumute, die Sache ist die, daß ich in einer schrecklichen Klemme bin.«
Sie ertappte sich dabei, daß sie sorgsam sein Gesicht beobachtete. Seine Oberlippe wurde schmäler, er lächelte nicht mehr.
»Na, was ist denn los ... Wenn ich in irgendeiner Weise – äh – behilflich sein kann ... Ich wäre der glücklichste Mensch von der Welt.«
»O nein ... Aber ich verliere nicht gern meine Arbeit, es ist mir nicht recht, daß ich mit Schimpf und Schande nach Hause gejagt werde – darauf kommt es nämlich hinaus! ... Es ist freilich nur meine Schuld, ich habe mich wie eine kleine Idiotin herumgetrieben.« Sie war nahe daran, die Nerven zu verlieren und zu heulen, plötzlich aber meldete sich die Übelkeit, und sie mußte schnell auf die Damentoilette. Sie kam gerade noch zurecht. Die Toilettenfrau, ein unförmiges Weib mit einem ledernen Gesicht, war recht freundlich und teilnahmsvoll; Töchterchen merkte zu ihrem Entsetzen, daß sie sofort zu wissen schien, was mit ihr los war. Sie verstand nicht viel Französisch, aber sie hörte doch heraus, daß die Frau sie fragte, ob es Madames erstes Kind sei, wieviel Monate denn? und sie beglückwünschte. Plötzlich faßte sie den Entschluß, sich umzubringen. Als sie ins Restaurant zurückkehrte, hatte Barrow die Rechnung bezahlt und ging auf dem Kiespfad vor den Tischen auf und ab.
»Arme Kleine«, sagte er, »was ist denn nur los? Sie sind plötzlich leichenblaß geworden.«
»Nichts ... Ich werde nach Hause gehen und mich hinlegen ... Ich glaube, diese vielen Spaghetti und der Knoblauch in Italien haben mir nicht gutgetan ... Vielleicht ist es auch der Wein gewesen.«
»Aber vielleicht kann ich Ihnen in Paris Arbeit beschaffen. Können Sie maschineschreiben oder stenographieren?«
»Ich könnte es mal probieren«, sagte Töchterchen bitter.

Sie haßte Mr. Barrow. Auf dem Heimweg brachte sie kein Wort über die Lippen. Mr. Barrow schwatzte und schwatzte drauflos. Als sie wieder im Hotel war, legte sie sich ins Bett und begann an Dick zu denken.
Sie beschloß nach Hause zu fahren. Sie blieb in ihrem Zimmer, und obgleich Mr. Barrow zu wiederholten Malen anrief und mit ihr ausgehen wollte und Andeutungen machte, er könne ihr hier oder dort Arbeit verschaffen, wollte sie ihn nicht empfangen. Sie erklärte, sie habe einen Gallenanfall und müsse im Bett bleiben. An dem Abend vor ihrer Abreise bat er sie, mit ihm und einigen Freunden zu dinieren, und ohne es recht zu wollen, sagte sie zu. Er holte sie um sechs Uhr ab und ging mit ihr in die *Ritz-Bar*, um einen Cocktail mit ihr zu trinken. Sie war aus gewesen, hatte sich in den Galeries Lafayette ein Abendkleid gekauft und fühlte sich famos; während sie dasaß und den Champagnercocktail trank, sagte sie sich, wenn Dick jetzt hereinkäme, würde sie nicht mit der Wimper zucken. Mr. Barrow sprach über die Lage in Fiume, über die Schwierigkeiten, die der Präsident mit dem Kongreß hatte, er fürchte sehr, das ganze große Werk des Völkerbundes sei gefährdet – da kam Dick herein, sah recht hübsch aus in seiner Uniform, in seiner Begleitung befanden sich eine blasse, nicht mehr ganz junge, graugekleidete Dame und ein hochgewachsener, etwas dicklicher, blonder Herr – Mr. Barrow sagte, das sei J. Ward Moorehouse. Dick mußte sie gesehen haben, aber er schaute absichtlich nicht zu ihr hin. Jetzt war ihr alles egal. Sie tranken ihre Cocktails aus und verließen das Lokal. Auf dem Wege nach Montmartre ließ sie sich von Mr. Barrow auf den Mund küssen, einen langen Kuß, der ihn sehr in Stimmung brachte. Ihr war es egal; sie hatte beschlossen, sich umzubringen.
An dem Tisch in der *Hermitage*, den Mr. Barrow hatte reservieren lassen, erwarteten sie ein Zeitungskorrespondent namens Burnham und eine Miss Hutchins, die beim Roten Kreuz beschäftigt war. Sie waren in großer Aufregung wegen eines gewissen Stevens, den die Besatzungsarmee hatte verhaften lassen, anscheinend unter der Beschuldi-

gung, er habe bolschewistische Propaganda getrieben; er sei vor ein Kriegsgericht gekommen, und sie fürchteten, man würde ihn erschießen. Miss Hutchins war außer sich und sagte, Mr. Barrow müsse sofort mit dem Präsidenten sprechen, sobald Wilson wieder in Paris sei. Inzwischen müßten sie einen Aufschub der Exekution erlangen. Sie sagte, Don Stevens sei Reporter, er habe zwar radikale Ansichten, treibe jedoch keinerlei Propaganda, und es sei auf jeden Fall abscheulich, einen Menschen zu erschießen, weil er eine bessere Welt herbeiwünsche. Mr. Barrow war recht verlegen, stotterte, druckste herum und sagte, Stevens sei ein dummer junger Bengel, der viel zuviel über Dinge schwatze, von denen er nichts verstehe, aber er, Barrow, werde sich wohl bemühen müssen, ihn loszubekommen, aber schließlich habe der junge Mann wirklich keine gute Gesinnung an den Tag gelegt . . . Da wurde Miss Hutchins böse. »Aber man will ihn doch erschießen . . . ! Wenn *Ihnen* so etwas passiert wäre!« sagte sie immer wieder. »Begreifen Sie denn nicht, daß wir ihm das Leben retten müssen?«

Töchterchen wußte gar nichts zu sagen, sie wußte ja nicht, wovon die Rede war; sie saß da, betrachtete die Kellner, die Lichter, die Gäste an den anderen Tischen. An dem Tisch gegenüber saß eine Gruppe von jungen französischen Offizieren, die recht nett aussahen. Einer von ihnen, ein großer Kerl mit einer Adlernase, schaute sie an. Ihre Blicke begegneten einander, und sie mußten unwillkürlich lächeln. Diese jungen Männer schienen sich glänzend zu amüsieren. Amerikaner, aufgedonnert wie Paradegäule, gingen zwischen ihr und den Franzosen vorbei. Es waren Dick, die blasse Dame, J. Ward Moorehouse und eine dicke Frau in mittleren Jahren, mit zahlreichen rosaroten Rüschen und Smaragden geschmückt. Sie setzten sich an den Nebentisch, auf dem schon den ganzen Abend ein Schild *Reserviert* gestanden hatte. Jedermann wurde vorgestellt, sie und Dick reichten einander ganz formell die Hand, als seien sie nur flüchtig miteinander bekannt. Miss Stoddard, mit der sie in Rom so eng befreundet gewesen war, warf ihr einen

schnellen, forschenden, kalten Blick zu, Töchterchen wurde ganz scheußlich zumute.
Miss Hutchins ging sofort hinüber und fing von Don Stevens zu reden an, Mr. Moorehouse möge doch sofort Oberst House anrufen und ihn bewegen, Schritte in dieser Sache zu unternehmen. Mr. Moorehouse verhielt sich sehr ruhig und still und erwiderte, sie brauche sich seiner festen Überzeugung nach keine Sorgen zu machen, der Mann werde wahrscheinlich nur der Untersuchung halber festgehalten, und er glaube auf keinen Fall, daß das Kriegsgericht der Besatzungsarmee extreme Maßnahmen gegen einen Zivilisten und amerikanischen Bürger ergreifen werde. Miss Hutchins sagte, sie verlange weiter nichts als einen Aufschub, denn sein Vater sei mit La Folette befreundet und könne in Washington einen beträchtlichen Einfluß geltend machen. Als Mr. Moorehouse das hörte, lächelte er. »Wenn sein Leben von dem Einfluß Senator La Folettes abhinge, dann hätten Sie Grund zur Besorgnis, Eveline, aber ich glaube Ihnen versichern zu können, daß das nicht der Fall ist.« Als Miss Hutchins das hörte, machte sie ein böses Gesicht, kehrte an ihren Tisch zurück und aß mürrisch weiter. Auf jeden Fall war der Abend verpfuscht. Töchterchen konnte sich gar nicht recht denken, warum nun mit einemmal alles so steif und gezwungen war; vielleicht, dachte sie bei sich, wegen ihr und Dick? Ab und zu schaute sie ihn von der Seite an. Er sah so ganz anders aus, als sie's gewohnt war, mit spröder und hochmütiger Miene saß er da, unterhielt sich ab und zu in leisem, feierlichem Geflüster mit der dicken Dame in Rosa. Am liebsten hätte sie ihm einen Teller an den Kopf geschmissen.
Sie atmete auf, als die Kapelle Tanzmusik zu spielen begann. Mr. Barrow war kein sehr guter Tänzer, und es behagte ihr gar nicht, daß er unaufhörlich ihre Hand drückte und ihren Nacken tätschelte. Als sie das Tanzen hinter sich hatten, gingen sie in die Bar, um einen Gin-Fizz zu trinken. Es war voll in der Bar. An der Decke hing die Trikolore. Die vier französischen Offiziere waren da, Stimmen sangen

La Madelon de la Victoire, und alle die kessen kleinen Mädchen lachten und schwatzten in lautem schrillem Französisch. Mr. Barrow flüsterte ihr unaufhörlich ins Ohr: »Liebling, Sie müssen mir erlauben, Sie heute nacht nach Hause zu bringen ... Sie dürfen nicht abfahren ... Ich kann das bestimmt beim Roten Kreuz, oder wo das ist, regeln ... Mein Leben ist so unglücklich gewesen, ich glaube, ich würde mich umbringen, wenn ich Sie aufgeben müßte ... Können Sie mich nicht ein kleines bißchen liebhaben? ... Ich habe mein Leben unerreichbaren Idealen geweiht, und nun werde ich alt, ohne auch nur einen einzigen Augenblick lang wahres Glück gekannt zu haben. Sie sind die einzige Frau, die ich kenne, die wirklich in ihrem Herzen eine wunderprächtige Heidin zu sein scheint – der die Kunst zu leben kein Geheimnis ist.« Dann gab er ihr einen feuchten Kuß aufs Ohr.

»Aber George, ich kann jetzt keinen Mann lieben ... Ich hasse alle Menschen.«

»Gehen Sie zu mir in die Lehre ... Geben Sie mir eine Chance!«

»Wenn Sie wüßten, wie es mit mir steht, würden Sie mich nicht haben wollen«, sagte sie kalt. Wieder sah sie, wie ein komisch erschreckter Ausdruck über seine Züge huschte, wie seine Lippen über den weit auseinanderstehenden Zähnen schmäler wurden.

Sie kehrten an den Tisch zurück. Nervös saß sie auf ihrem Stuhl, während die anderen sich vorsichtig, unter langen Pausen, über den Friedensvertrag unterhielten, wann er unterzeichnet werden würde, ob die Deutschen unterzeichnen würden. Dann konnte sie es nicht mehr länger aushalten und ging auf die Damentoilette, um sich die Nase zu pudern. Auf dem Rückweg zu ihrem Tisch warf sie einen Blick in die Bar, um zu sehen, was dort los sei. Der französische Offizier mit der Adlernase erblickte sie, sprang auf, schlug die Hacken zusammen, salutierte, verbeugte sich und sagte in gebrochenem Englisch: »Reizende Dame, wollen Sie nicht einen Augenblick bleiben und mit Ihrem ergebenen Diener trinken?« Töchterchen ging zu dem Tisch

der Offiziere und setzte sich hin. »Ihr scheint euch ja wunderbar zu amüsieren«, sagte sie. »Ich bin mit schrecklich etepeteten Leuten beisammen, ich bin schon ganz müde.«
»Permettez, Mademoiselle«, sagte er und stellte sie seinen Freunden vor. Er war Flieger. Es waren lauter Flieger. Er hieß Pierre. Als sie ihnen erzählte, daß ihr Bruder Flieger gewesen und bei einem Unfall ums Leben gekommen war, waren sie sehr nett zu ihr. Sie konnte nicht anders als sie bei dem Glauben lassen, daß Bud an der Front gefallen sei. »Mademoiselle«, sagte Pierre feierlich, »gestatten Sie mir, mit aller gebührenden Hochachtung Ihr Bruder zu sein.« – »Hand darauf«, erwiderte sie. Sie schüttelten ihr feierlich die Hand, sie tranken kleine Gläschen Cognac, jetzt aber bestellten sie Champagner. Sie tanzte mit jedem einzelnen. Sie war sehr glücklich, es war ihr egal, was geschah. Junge, hübsche Männer, die immerfort lachten und sehr nett zu ihr waren. Sie hielten einander bei der Hand und tanzten Ringelreihen mitten in der Bar, alles ringsherum klatschte, und plötzlich sah sie in der Tür Mr. Barrows rotes, entrüstetes Gesicht. Als die Tür das nächste Mal an ihr vorüberkreiste, rief sie über die Schulter zurück: »Ich bin gleich wieder da, Herr Lehrer.« Das Gesicht verschwand. Ihr war schwindelig, aber Pierre fing sie auf und preßte sie fest an sich; er roch nach Parfum, trotzdem behagte es ihr, in seinen Armen zu sein.
Er schlug vor, anderswohin zu gehen. »Mademoiselle Schwester«, flüsterte er, »gestatten Sie uns, Ihnen die Geheimnisse von Paris zu zeigen . . . Nachher kehren wir zu Ihren Etepetetes zurück. Sie werden sich wahrscheinlich betrinken – Etepetetes betrinken sich immer.« Sie lachten. Er hatte graue Augen und blondes Haar, sagte, er stamme aus der Normandie. Sie sagte, er sei der netteste Franzose, den sie je getroffen habe. Nur mit vieler Mühe konnte sie an der Garderobe ihren Mantel bekommen, weil sie keine Marke hatte, aber sie ging einfach hinein und suchte ihn unter den anderen Mänteln heraus, während Pierre sich auf französisch mit der Garderobiere unterhielt. Sie stiegen in einen langen,

flachen, grauen Wagen; so was von schnellem Fahren hatte Töchterchen noch nie erlebt. Pierre war aber ein guter Chauffeur. Er hatte einen besonderen Trick, mit voller Geschwindigkeit auf einen Polizisten zuzufahren und dann im richtigen Augenblick gerade noch auszubiegen. Sie sagte, wie denn, wenn er einen anstieße; er zuckte die Achseln und erwiderte: »Schadet nichts . . . das sind – wie sagt man bei Ihnen? – lauter dumme Ochsen.« Sie gingen ins *Maxim*, dort war es ihnen zu still, dann fuhren sie quer durch Paris zu einem kleinen, flotten Tanzlokal. Töchterchen sah, daß Pierre überall gern gesehen und sehr beliebt war, ein König der Lüfte. Die andern Offiziere fanden Mädchen in den verschiedenen Lokalen und verschwanden nach und nach. Bevor sie es recht merkte, war sie mit Pierre allein in dem langen grauen Auto. »Erstens«, sagte er, »fahren wir zu den Hallen und essen soupe à l'oignon – und dann nehme ich Sie mit auf eine kleine tour en avion.« – »O bitte ja, ich bin noch nie geflogen. Ich möchte so gern fliegen und einen Looping mitmachen . . . Versprechen Sie mir, daß Sie einen Looping machen werden!« – »Entendu«, sagte er.

Sie saßen ein wenig schläfrig in dem kleinen leeren Eßlokal, aßen Zwiebelsuppe und tranken noch etwas Champagner. Er war nach wie vor sehr freundlich und aufmerksam, schien aber seinen englischen Wortschatz erschöpft zu haben. Ein unbestimmter Gedanke verfolgte sie: Sollte sie ins Hotel zurückkehren und den Zug erwischen, der zum Schiff fuhr? Aber sie konnte immer nur sagen: »Looping, versprechen Sie mir, daß Sie einen Looping machen werden.« Seine Augen waren ein wenig gläsern geworden. »Mit Mademoiselle Schwester«, sagte er, »mache ich nicht den Hof – mache ich Looping.«

Es war eine lange Fahrt zum Flugplatz hinaus. Ein kleines Morgengrau überschlich die Dinge. Pierre konnte nicht mehr geradeaus fahren, ein- oder zweimal mußte sie nach dem Steuer greifen, um die Richtung zu halten. Als sie mit einem Ruck vor dem Flugplatz hielten, sah sie die Reihen der Schuppen und vor den Schuppen drei Flugzeuge in tiefstem Blau und dahinter Reihen von Pappeln vor dem silbernen Saum der Ebene. Über ihren Köpfen der Himmel sackte schwer herab wie ein nasses Zelt. Töchterchen stieg zitternd aus dem Auto. Pierre taumelte ein wenig. »Vielleicht wollen Sie lieber ins Bett gehen – Bett gehen ist sehr gut«, sagte er gähnend. Sie legte den Arm um ihn. »Sie haben mir versprochen, mich mitzunehmen und einen Looping zu machen.« – »Gut«, sagte er wütend und ging auf eines der Flugzeuge zu. Er hantierte eine Weile an dem Motor herum, und sie hörte ihn auf französisch fluchen. Dann ging er in den Schuppen, um einen Mechaniker zu wecken. Töchterchen stand zitternd in dem silbrig aufdämmernden Licht. Sie wollte an nichts denken. Sie wollte im Flugzeug aufsteigen. Der Kopf tat ihr weh, aber es war ihr nicht übel. Als der Mechaniker mit Pierre aus dem Schuppen kam, merkte sie, daß er ihm Vorhaltungen machte und ihn überreden wollte, auf den Flug zu verzichten. Sie wurde sehr böse. »Pierre, Sie müssen mit mir fliegen«, schrie sie die beiden Männer an, die sich schläfrig auf französisch zankten. – »Gut, Mademoiselle Schwester.« Sie hängten ihr einen schweren Militärmantel um und schnallten sie sorgfältig auf dem Sitz des Beobachters fest. Pierre kletterte in den Pilotensitz. Es sei, sagte er, ein Blériot-Eindecker. Der Mechaniker warf den Propeller an. Der Motor sprang an. Das Rattern des Motors erfüllte den Raum. Plötzlich war sie ganz nüchtern und ängstlich, dachte an die Heimat, an Papa und Buster und an das Schiff, mit dem sie morgen hätte fahren sollen, nein, heute noch. Eine endlose Zeit schien zu verstreichen, der Motor ratterte. Das Licht wurde heller. Sie begann an den Riemen zu zerren, um sich loszuschnallen. Verrückt, jetzt fliegen zu wollen! Sie mußte das Schiff erwischen. Das Flugzeug startete. Jagte in Sprüngen über das Feld, an der Erde entlang. Sie waren immer noch an der Erde, holpernd und hüpfend ging es dahin. Vielleicht würde das Flugzeug nicht aufsteigen. Hoffentlich würde es nicht aufsteigen. In der Tiefe unter ihnen huschte eine Pappelreihe vorbei. Jetzt war das Rattern des Motors gleichmäßig geworden, sie stiegen auf. Es war heller Tag; eine kalte, silbrige Sonne schien ihr ins Gesicht. Unter ihnen lag eine dicke weiße Wolkendecke wie ein Meeresstrand. Sie fror ganz schrecklich, das Rattern des Motors betäubte sie. Der Mann mit der Schutzbrille vor ihr drehte sich um und rief ihr etwas zu. Sie hörte ihn nicht. Sie hatte vergessen, wer Pierre war. Sie streckte die Hand nach ihm aus und machte eine Tauchbewegung. Das Flugzeug stieg gelassen immer höher. Sie sah zu beiden Seiten der weißen Wolkenwand im Morgenlicht Hügel auftauchen, das mußte das Seinetal voll Nebel sein; wo liegt Paris? Sie stürzten der Sonne entgegen, nein, nein, nicht, nicht jetzt, das ist das Ende. Die weißen Wolken waren eine Decke über ihren Köpfen, die Sonne drehte sich, zuerst ganz schnell, dann langsam, dann stieg das Flugzeug wieder empor. Ihr war furchtbar schlecht, sie fürchtete ohnmächtig zu werden. So muß das Sterben sein. Vielleicht würde sie eine Fehlgeburt haben. Ihren Körper durchschüttelte das Rattern des Motors. Sie hatte kaum noch die Kraft, abermals die Hand nach ihm auszustrecken, dieselbe Bewegung zu machen wie zuvor. Abermals derselbe Vorgang. Diesmal war es nicht so schlimm. Wieder kletterten sie in den blauen Himmel empor, es mußte ein Wind aufgesprungen sein, denn das Flugzeug schlingerte ein wenig, sackte ab und zu in ein Luftloch weg, daß einem ganz übel wurde. Das Gesicht mit der Schutzbrille drehte sich um und wackelte hin und her. Sie glaubte zu merken, wie die Lippen die Worte formten: *Nicht gut.* Jetzt aber sah sie Paris wie ein gesticktes Nadelkissen mit all den Kirchtürmen, dem Eiffelturm und den Türmen des Trocadéro aus einem milchigweißen Nebel ragen. Sacré-Cœur auf Montmartre war ganz weiß und warf einen Schatten bis dicht an den Garten, der wie eine Landkarte aussah. Dann lag die Kirche hinter ihnen, und sie kreisten über grünem Gelände. Es war windig, ihr wurde wieder übel. Jetzt klang es so, als ob etwas zerreißen wolle. Ein kleiner Draht, flatternd und glitzernd vor dem Himmelblau, begann zu surren. Sie versuchte dem Mann mit der Schutzbrille etwas zuzuschreien. Er drehte sich um und sah sie winken und tauchte abermals hinab. Diesmal, nein. Paris, der Eiffelturm, Sacré-Cœur, die grünen Felder kreisten. Sie stiegen wieder empor. Töchterchen sah in einiger Entfernung den Schimmer einer Tragfläche ganz allein für sich dahinschweben. Die kreisende Sonne blendete sie, während sie stürzend in die Tiefe eilten.

Weltwochenschau XXXIX

der Anblick zerstörter Dörfer und zermarterter Erde, »Teufelswerk«, wirkte geradezu erschütternd auf Mr. Hugh C. Wallace bei seinem Besuch in den verwüsteten, von Granaten zerrissenen Gebieten

TANKS IN DER V. AVENUE WERBEN FÜR DIE KRIEGSANLEIHE

USA MOBILISIEREN IM FERNEN OSTEN GEGEN DIE JAPANISCHE DROHUNG

Rule Britannia, rule the waves
Britains never shall be slaves

JUNGES MÄDCHEN ERDROSSELT AUFGEFUNDEN

die Sozialrevolutionäre sind die Agenten Denikins, Koltschaks und der imperialistischen alliierten Truppen. Ich war einer der Organisatoren des Soldaten-, Matrosen- und Arbeiterrates in Seattle. Diese Versammlung hier ist von der gleichen Stimmung beherrscht wie unsere erste Versammlung in Seattle, an der 5000 uniformierte Soldaten teilnahmen DER EXKAISER VERBRINGT VIELE STUNDEN AM SCHREIBTISCH allgemein gesprochen, haben sie nur noch zwischen dem revolutionären Sozialismus und der Anarchie zu wählen. England ist bereits in den Sozialismus hineingeschlittert, Frankreich zögert noch, Belgien ist erledigt, Italien ist im Begriff, erledigt zu werden, während Lenins Schatten über der Konferenz immer gewaltiger wird

ZEHN SCHIFFE ZOGEN EINE BARRIERE PLÖTZLICHEN TODES VON DEN ORKNEYS BIS ZUM SKAGERRAK

KEINE KOHLE? VERSUCHT ES MIT TORF

Maximilian Harden erklärt, daß die Massen immer noch nicht wissen, wer den Krieg angezettelt hat, wie er geführt und wie er beendet wurde. Das Kriegsministerium wurde von den Demonstranten gestürmt, sie schleppten Herrn Neuringand heraus und warfen ihn in die Elbe, und als er versuchte, ans Ufer zu schwimmen, wurde er durch einen Schuß getötet.

Wilson erklärt vor dem Kongreß:

AN DEN HOHEN LEBENSMITTELPREISEN SIND VERBRECHERISCHE MANIPULATIONEN SCHULD

Das Kamera-Auge 43

Kommst du nicht mit zu dem anarchistischen Picknick es findet ein anarchistisches Picknick statt natürlich du mußt heute nachmittag zu dem anarchistischen Picknick mitkommen

es war weit draußen in Carches in einer Art Park man brauchte recht lang bis man draußen war wir kamen zu spät junge Burschen waren da und junge Mädchen mit Brillen und alte Männer mit grauen Bärten in langen weißen Mänteln und alles trug schwarze Künstlerkrawatten einige hatten ihre Schuhe und Socken ausgezogen und spazierten in dem langen Gras umher ein junger Mann mit einer schwarzen Künstlerkrawatte las ein Gedicht vor Voilà sagte eine Stimme c'est plutôt le geste prolétaire es war ein schöner Nachmittag wir saßen im Gras und schauten uns um le geste prolétaire

aber Gottverdammich sie haben alle Maschinengewehre die es auf der Welt gibt alle Druckpressen Linotypen Telegraphen Lockeneisen große Tiere Ritz und wir du ich mit bloßen Händen ein paar Lieder nicht besonders gute Lieder

plutôt le geste prolétaire

les bourgeois à la lanterne nom de dieu

et l'humanité la futurité la lutte des classes l'inépuisable angoisse des foules la misère du travailleur tu sais mon vieux sans blague

es war kühl Frühsommer schimmerte zwischen den Bäumen Rokokobäumen da zogen wir nach Hause ich saß auf der Imperiale des Dritter-Klasse-Wagens mit der Tochter des Libertaire (schließlich ist's unser Freiheitskämpfer Patrick Henry Freiheit oder Tod) ein nettes Mädchen sagte ihr Vater wolle sie nie allein ausgehen lassen nie dürfe sie junge Männer sehen als ob sie in einem Kloster lebte sie sehne sich nach Freiheit Brüderlichkeit Gleichheit und einem jungen Mann der mit ihr ausgeht das Kohlengas in den Tunnels brachte uns zum Husten und sie sehnte sich nach l'Amérique la vie le Théâtre le fif o-clock le smoking le foxtrot sie war ein nettes Mädchen wir saßen miteinander auf dem Dach des Wagens und betrachteten die banlieue de Paris eine Wüste kleiner brauner Ziegelhäuschen plattgedrückt unter dem breiten Düster des Abends sie und ich tu sais mon ami aber was ist das für eine verfluchte Regierung . . .

Weltwochenschau XL

VERBRECHER IM SCHLAFANZUG ZERSÄGT
GITTER ÜBERKLETTERT MAUERN FLIEHT

Brüder Italiens

Garibaldis Italiener haben den erschütternden Ruf Fiumes vernommen, und in Fiume ist man sehr zuversichtlich. Die Brüder in Fiume sind keine Schafe, die sich verkaufen lassen, und die heilige Stadt ist kein Gegenstand für Tauschgeschäfte
Italiener, allem zu Trotz, vergeßt nicht, daß in Fiume das Leuchtfeuer lodert und daß alle großen Reden in den Worten sich erschöpfen: Fiume oder den Tod.
Cricz au quatre vents, que je n'accepte aucune transaction. Je reste ici contre tout le monde et je prépare de très mauvais jours
der Aufruf zum Eintritt in die Armee erwähnt die günstigen Gelegenheiten, rasch zu avancieren, auf die Großwildjagd zu gehen und Wassersport zu treiben, nebst den allgemeinen Vorteilen, die das Reisen in fremden Ländern mit sich bringt

Chi va piano va sano
Chi va forte
va a la morte
Evviva la libertà

ERDBEBEN IN ITALIEN RICHTET
VERWÜSTUNGEN AN WIE DER KRIEG

die jungen Damen vom Christlichen Verein Junger Mädchen haben keine andere Reisegelegenheit als auf Truppentransportschiffen ein Teil der Flotte wird in See stechen, um Wilson zu helfen

DEMPSEY KNOCKT VILLARD IN DER DRITTEN RUNDE AUS

Ils sont sourds
Je vous embrasse
Le cœur de Fiume est à vous

JOE HILL

Ein junger Schwede namens Hillström ging zur See, holte sich schwielige Hände auf Segelschiffen und Frachtkästen, lernte Englisch im Logis der Dampfer, welche die Strecke Stockholm–Hull befahren, träumte den Traum des Schweden vom Westen;
als er nach Amerika kam, fand er Arbeit in einer Bowery-Kneipe, mußte dort die Spucknäpfe reinigen.
Er zog westwärts nach Chicago und arbeitete in einer Maschinenfabrik.
Er zog westwärts und folgte der Ernte, lungerte vor den Werbebüros umher, bezahlte so manchen Dollar für eine Arbeitsstelle in einem Baulager, wanderte manch eine Meile weit, wenn der Fraß zu schlecht war oder der Boss zu gemein oder wenn es in der Baracke zuviel Wanzen gab;
las Marx und die Leitsätze der IWW und träumte davon, das Gebäude der neuen Gesellschaft in der Hülle der alten zu formen.
Er war bei dem Southern-Pazific-Streik in Kalifornien *(Casey Jones, Zwei Lokomotiven, Casey Jones)*, spielte des Abends nach dem Essen vor der Barackentür auf der Ziehharmonika *(Langhaarige Pfaffen erscheinen des Nachts)*, hatte den Trick heraus, rebellische Worte in Töne zu setzen *(Und die Einheit macht uns stark)*.

Längs der Küste in den Kochbaracken, Nachtasylen, Dschungeln begannen die Wobblies, die Landstreicher, die Erntearbeiter Joe Hills Lieder zu singen. Sie sangen sie in den Bezirksgefängnissen von Washington, Oregon, Kalifornien, Nevada, Idaho, in den Rinderpferchen von Montana und Arizona, sangen sie in Walla Walla, San Quentin und Leavenworth, formend das Gebäude der neuen Gesellschaft in den Gefängnissen der alten.

In Bingham, Utah, organisierte Joe Hill die Arbeiter der Baugesellschaft von Utah in der großen Einheitsgewerkschaft, eroberte ihnen eine neue Lohnskala, kürzere Arbeitszeit, besseres Essen. (Der Engel Moroni hatte für Arbeiterorganisatoren ebensowenig übrig wie die Southern Pazific.)

Der Engel Moroni bewegte die Herzen der Mormonen, und sie gelangten zu der Überzeugung, daß Joe Hill es gewesen sei, der einen Kleinhändler namens Morrison erschossen hatte. Der schwedische Konsul und Präsident Wilson versuchten ein Wiederaufnahmeverfahren in Gang zu bringen, aber der Engel Moroni bewegte die Herzen des obersten Gerichtshofes von Utah, daß er den Schuldspruch bestätige. Joe Hill saß ein Jahr im Gefängnis und hörte nicht auf, zu dichten. Im November 1915 stellten sie ihn im Gefängnishof von Salt Lake City an die Wand.

»Trauert nicht um mich, organisiert euch«, das war das letzte Wort, das er den Arbeitern der IWW hinterließ.

Joe Hill stand an der Wand des Gefängnishofes, blickte in die Mündungen der Gewehre und kommandierte Feuer.

Sie steckten ihn in einen schwarzen Anzug, banden ihm einen steifen Kragen und eine schwarze Schleife um, transportierten ihn nach Chicago, um ihm ein prächtiges Leichenbegräbnis zu bereiten, und photographierten die schöne, steinerne, starr in die Zukunft blickende Totenmaske.

Am ersten Mai streuten sie seine Asche in den Wind.

BEN COMPTON

Die Geschichte aller bisherigen Gesellschaft ist die Geschichte von Klassenkämpfen . . .

Die alten Leute waren Juden, aber in der Schule behauptete Benny immer, nein, er sei kein Jude, er sei Amerikaner, weil er in Brooklyn geboren war und in Flatbush in der 25. Avenue Nr. 2531 wohnte und weil das Haus ihnen gehörte. Der Lehrer in der siebenten Abteilung sagte, er schiele, und schickte ihn mit einem Brief nach Hause, Vater nahm sich also eines Nachmittags für ein paar Stunden Urlaub aus dem Juwelierladen, wo er mit einer Lupe im Auge Taschenuhren reparierte, und ging mit Benny zu einem Optiker, der ihm etwas in die Augen träufelte und ihm winzig kleine Buchstaben auf einer weißen Karte zu lesen gab. Als der Optiker sagte, Benny müsse Gläser tragen, schien Vater geschmeichelt. »Uhrmacheraugen – schlägt seinem Alten nach«, sagte er und tätschelte ihm die Wange. Die stählerne Brille lastete schwer auf Bennys Nase und schnitt ihm hinter den Ohren ein. Er hatte ein komisches Gefühl, als er Vater zu dem Optiker sagen hörte, ein Junge mit Gläsern würde nicht ein Strolch und Baseballspieler werden wie Sam und Isidore, sondern sich seinem Studium widmen und ein Advokat und gelehrter Mann werden wie die Männer von ehedem. »Vielleicht ein Rebbe«, sagte der Optiker, aber Vater sagte, die Rebbes seien Faulenzer und nährten sich vom Blut der Armen, er und seine Alte äßen noch koscher und hielten den Sabbat wie ihre Väter, aber die Synagoge und die Rebbes – er machte mit dem Mund ein Geräusch, als wolle er ausspuken. Der Optiker lachte und sagte, er persönlich sei Freidenker, aber die Religion sei gut für das gewöhnliche Volk. Als sie nach Hause kamen, sagte Mama, die Gläser machten Benny schrecklich alt. Sam und Izzy, als sie vom

Zeitungverkaufen nach Hause kamen, schrien: »Hallo, Vierauge!«, aber am nächsten Tag in der Schule erklärten sie den anderen Jungens, man komme ins Gefängnis, wenn man einen Menschen, der eine Brille trägt, mißhandle. Sowie Benny eine Brille trug, kam er in der Schule gut vorwärts.

In der Mittelschule leitete er den Diskussionszirkel. Als er dreizehn Jahre alt war, wurde Vater krank und mußte ein Jahr lang von der Arbeit wegbleiben. Sie büßten das Haus ein, das schon fast zur Gänze bezahlt war, und übersiedelten in eine Mietwohnung an der Myrtle Avenue. Benny arbeitete abends in einem Drugstore. Sam und Izzy zogen von zu Hause weg, Sam fand Arbeit bei einem Kürschner in Newark, Izzy, der sich immerfort in Billardkneipen umhertrieb, wurde von seinem Vater hinausgeschmissen. Er war von Kind auf ein guter Sportler gewesen und war dick befreundet mit einem Iren namens Pug Riley, der ihn in den Ring bringen wollte. Mama weinte, und Vater untersagte seinen Kindern, je wieder Izzys Namen zu nennen; trotzdem wußten sie alle, daß Gladys, die Älteste, die drüben in Manhattan als Stenotypistin beschäftigt war, Izzy ab und zu einen Fünfdollarschein schickte. Benny sah viel älter aus als seine Jahre und dachte an nichts anderes als ans Geldverdienen, damit die Alten wieder ein eigenes Haus bekämen. Wenn er groß wäre, würde er Advokat werden und Geschäftsmann und schnell viel Geld verdienen, damit Gladys die Arbeit sein lassen und sich verheiraten und die Alten ein großes Haus kaufen und auf dem Lande leben könnten. Mama erzählte ihm oft, wie sie, als sie noch ein junges Mädchen in der alten Heimat gewesen, im Walde Erdbeeren und Pilze gesucht hatten und in einem Bauernhaus eingekehrt waren und warme, schaumige, frische Kuhmilch getrunken hatten. Benny würde reich werden und mit ihnen allen aufs Land fahren in einen Sommerkurort.

Als Vater wieder so weit auf den Beinen war, daß er arbeiten konnte, mietete er ein halbes Zweifamilienhaus in Flatbush, um wenigstens von dem Lärm der Hochbahn befreit zu sein. Im selben Jahre absolvierte Benny die Mittelschule und bekam einen Preis für einen Aufsatz über *Die amerikanische Staatsverfassung*. Er war mager und groß geworden und litt an schrecklichen Kopfschmerzen. Die Alten sagten, er sei über seine Kräfte gewachsen, und gingen mit ihm zu Doktor Cohen, der im selben Häuserblock wohnte, aber seine Praxis in der Innenstadt hatte. Der Arzt sagte, Benny dürfe nicht mehr nachts arbeiten und nicht so viel studieren, er brauche eine Beschäftigung, die ihn an die frische Luft bringe und seinen Körper richtig entwickle. »Zuviel Arbeit, wenig Sport, und der ganze Mensch verdorrt!« sagte er und kraulte seinen grauen Kinnbart. Benny erwiderte, er müsse in diesem Sommer etwas Geld verdienen, denn er wolle im Herbst auf die New Yorker Universität. Doktor Cohen sagte, er müsse viel Milchgerichte und viel frische Eier essen, irgendwohin fahren, wo er viel in der Sonne sein könne, und sich's den ganzen Sommer über recht bequem machen. Er berechnete zwei Dollar. Auf dem Heimweg strich sich der Alte unablässig mit der flachen Hand über die Stirn und sagte, er sei ein Wrack, dreißig Jahre lang habe er in Amerika geschuftet, und jetzt sei er ein verbrauchter, alter, kranker Mann, außerstande, für seine Kinder zu sorgen. Mama heulte. Gladys sagte, seid nicht dumm, Benny sei ein gescheiter Junge und ein guter Schüler, und was nützte ihm denn sein ganzes Buchwissen, wenn er sich nicht eine Möglichkeit ausdenken könnte, Arbeit auf dem Lande zu bekommen. Benny ging zu Bett, ohne ein Wort zu sagen.

Einige Tage später kam Izzy nach Hause. Frühmorgens, sowie der Alte zur Arbeit gegangen war, klingelte er an der Tür. »Fast wärst du dem Alten in die Arme gelaufen«, sagte Benny, der die Türe öffnete. – »Quatsch. Ich hab an der Ecke gewartet, bis ich ihn weggehen sah ... Wie geht's euch?« Izzy trug einen hellgrauen Anzug, eine grüne Krawatte und einen zu dem Anzug passenden weichen Hut. Er sagte, er müsse am Sonnabend nach Lancaster in Pennsylvania, um dort mit einem Federgewichtler von den Philippinen in den Ring zu gehen. »Nimm mich mit«, sagte

Benny. – »Du bist nicht stramm genug, Junge ... zu sehr ein Muttersöhnchen.« Schließlich aber nahm er Benny mit. Sie fuhren zur Brooklyn Bridge und spazierten dann quer durch New York zur Fähre. Sie kauften Billetts bis Elizabeth. Als der Zug auf einem Güterbahnhof hielt, schlichen sie sich nach vorne und fuhren als blinde Passagiere weiter. In West-Philadelphia sprangen sie ab und wurden von der Eisenbahnpolizei verfolgt. Ein Bierwagen nahm sie mit und brachte sie bis West-Chester. Den Rest des Weges mußten sie zu Fuß zurücklegen. Ein mennonitischer Farmer ließ sie in seiner Scheune übernachten, am nächsten Morgen aber bekamen sie nicht eher ein Frühstück von ihm, als bis sie zwei Stunden lang Holz gehackt hatten. Als sie nach Lancaster kamen, war Benny völlig matsch. Er schlief im Umkleideraum des Athletik-Klubs ein und wachte erst auf, als der Kampf vorüber war. Izzy hatte den Philippino in der dritten Runde ausgeknockt und eine Börse von fünfundzwanzig Dollar gewonnen. Er schickte Benny mit dem Neger, der den Umkleideraum besorgte, in ein Hotel und zog mit seinen Kameraden los, um sich auszutoben. Am nächsten Morgen kam er mit grünem Gesicht und blutunterlaufenen Augen nach Hause, er hatte sein ganzes Geld ausgegeben, aber er hatte für Benny Arbeit gefunden, Benny sollte als Aushilfe bei einem seiner Bekannten unterkommen, der sich ab und zu als Boxkampfarrangeur betätigte und im übrigen eine Kantine in einem Baulager bei Mauch Chaunk betrieb.
Es wurde eine Straße gebaut. Benny blieb dort zwei Monate, verdiente zehn Dollar die Woche nebst Verpflegung. Er lernte ein Gespann kutschieren und Buchführung. Der Kantinenwirt, Hiram Volle, beschwindelte die Bauarbeiter bei der Abrechnung, aber Benny stieß sich nicht weiter daran, weil es meist Italiener waren, bis er sich schließlich mit einem jungen Menschen namens Gigli befreundete, der in der Kiesgrube arbeitete. Nick wartete abends vor der Kantine, dann gingen sie miteinander spazieren, rauchten eine Zigarette und plauderten. Sonntags gingen sie mit der Sonntagszeitung weit ins Land hinaus, trödelten den ganzen

Nachmittag umher, lagen in der Sonne und unterhielten sich über die Artikel im Magazinteil. Nick stammte aus Norditalien, und seine Arbeitskollegen waren lauter Sizilianer, daher fühlte er sich recht einsam. Sein Vater und seine älteren Brüder waren Anarchisten, er war gleichfalls Anarchist; er erzählte Benny von Bakunin und Malatesta und sagte, Benny solle sich schämen, daß er ein reicher Geschäftsmann werden wolle; freilich sollte er studieren und lernen, vielleicht sollte er sich bemühen, Rechtsanwalt zu werden, aber er müsse für die Revolution und für die Arbeiterklasse tätig sein; Geschäftsmann werden, das heiße ein Gauner und Dieb werden wie dieser Schweinehund Volle. Er lehrte Benny Zigaretten drehen und erzählte ihm von den Mädchen, die in ihn verliebt waren; zum Beispiel das Mädchen da an der Kinokasse in Mauch Chaunk, er könne sie haben, wann er wolle, aber ein Revolutionär müsse sich sehr in acht nehmen, die Weiber lenkten den klassenbewußten Arbeiter von seinen Zielen ab, sie seien eines der wichtigsten Mittel, mit denen die kapitalistische Gesellschaft den Arbeiter verführe. Ben fragte ihn, was er meine, ob er, Ben, seine Arbeit bei Volle aufgeben solle, weil Volle ein übler Gauner sei, aber Nick sagte, jeder andere Kapitalist würde genauso handeln, sie könnten weiter nichts tun, als auf den Tag warten. Nick war achtzehn Jahre alt, hatte bittere, braune Augen und eine dunkle Haut fast wie ein Mulatte. Ben fand ihn fabelhaft, weil er so viel durchgemacht hatte: Er hatte Schuhe geputzt, war Matrose gewesen, Bergmann, Geschirrwäscher, hatte in Textilfabriken, Schuhfabriken und in einer Zementfabrik gearbeitet, hatte alle möglichen Weiber gehabt und hatte während des Patterson-Streiks drei Wochen im Gefängnis gesessen. Im Lager, wenn einer der Italiener Ben allein irgendwohin gehen sah, rief er ihn an: »He, Kollege, wo ist denn Nick?«

Am Freitagabend kam es vor dem Schalter, an dem die Leute ihren Lohn erhielten, zu einer heftigen Auseinandersetzung. Nachts, als Ben sich auf seiner Pritsche in einem Winkel der Baracke, in der die Kantine lag, zur Ruhe be-

geben wollte, kam Nick hereingeschlichen und flüsterte ihm ins Ohr, die Rottenführer hätten die Leute beim Akkord beschwindelt, und sie wollten morgen in den Streik treten. Ben sagte, wenn sie die Arbeit niederlegten, würde auch er die Arbeit niederlegen. Nick sagte auf italienisch, er sei ein braver Kamerad, holte aus und küßte ihn auf beide Wangen. Als am nächsten Morgen die Pfeife ertönte, traten nur wenige von den Erdarbeitern zur Arbeit an. Ben stand in der Tür des Küchenschuppens umher und wußte nicht, was er mit sich anfangen solle. Volle sah ihn dort stehen und befahl ihm, den Wagen anzuspannen und zum Bahnhof zu fahren, um eine Kiste Tabak zu holen. Ben betrachtete seine Füße und sagte, das könne er nicht, weil er streike. Volle schlug ein Gelächter an und erwiderte, er solle doch keine Witze machen, so was Komisches habe er noch nie gehört, daß ein Jud gemeinsam mit Italienern streiken wolle. Ben wurde am ganzen Körper kalt und steif. »Ich bin ebensowenig ein Jud wie du . . . Ich bin ein geborener Amerikaner – und ich stehe zu meiner Klasse, du dreckiger Gauner!« Volle wurde blaß, trat auf ihn zu, hielt ihm die Faust unter die Nase und sagte, er könne gehen, und wenn er nicht so 'n kleiner, beschissener, jiddischer Brillenaffe wäre, würde er ihm eins in die Fresse hauen, aber sein Bruder werde ihn sowieso tüchtig verdreschen, sobald er davon hörte.
Ben ging zu seiner Pritsche, packte seine Sachen zu einem Bündel zusammen und zog los, um Nick zu suchen. Nick war bei den Schlafbaracken ein Stück weiter unten an der Straße, stand mitten in einer Schar von Italienern, die alle laut schrien und mit den Armen fuchtelten. Der Aufseher und die Rottenführer erschienen mit Revolvern in schwarzen Futteralen am Gürtel. Einer von ihnen hielt eine Ansprache auf englisch und ein anderer auf sizilianisch, und sie erklärten, daß das eine goldehrliche Firma sei, die ihre Arbeiter immer anständig behandelt habe, und wenn es ihnen nicht paßte, könnten sie sich zum Teufel scheren. Die Firma habe noch nie einen Streik geduldet, und sie sei nicht gewillt, ihre Praxis zu ändern. Es steckten große Kapitalien in diesem Unternehmen, und die Firma denke

nicht daran, sich in ihrer Arbeit durch irgendwelche lächerlichen Dummheiten behindern zu lassen. Wer beim nächsten Pfiff nicht an der Arbeit sei, gelte als entlassen und könne sich fortscheren und möge nicht vergessen, daß der Staat Pennsylvania Gesetze gegen Landstreicher habe. Als die Pfeife wieder ertönte, kehrten alle außer Ben und Nick an die Arbeit zurück. Die beiden marschierten mit ihren Bündeln die Straße entlang. Nick hatte Tränen in den Augen und sagte: »Viel zu sanft, viel zu geduldig ... Wir kennen noch nicht unsere Kraft.«

An diesem Abend stießen sie auf ein eingestürztes Schulhaus, das lag abseits der Straße auf einem Hügel über einem Fluß. Sie hatten in einem Laden etwas Brot und Pflanzenbutter gekauft, setzten sich vor die Türe hin, aßen und unterhielten sich über die Zukunft. Als sie mit dem Essen fertig waren, dunkelte es bereits. Ben war noch nie so ganz allein nachts auf dem Lande gewesen. Der Wind raschelte ringsumher in den Wäldern, und der schnelle Fluß schäumte drunten im Tal. Es war eine kühle Augustnacht mit schwerem Tau. Sie hatten nichts zum Zudecken, Nick zeigte Ben, wie man es machen müsse: Den Rock ausziehen und über den Kopf legen und an die Wand gelehnt schlafen, um sich nicht auf den kahlen Brettern wundzuliegen. Kaum war er eingeschlafen, als er frierend und zitternd erwachte. Ein Fenster war zerbrochen; er sah den Rahmen und die zackigen Glassplitter vor dem umwölkten Mondlicht. Er ließ sich zurücksinken, muß wohl geträumt haben. Etwas schlug gegen das Dach, kollerte die Schindeln entlang und fiel zur Erde. »Ben, um Gottes willen, was ist denn das?« ertönte Nicks Stimme in heiserem Flüstern. Beide standen auf und starrten durch die zerbrochene Fensterscheibe hinaus.

»Die war schon zerbrochen«, sagte Nick. Er ging auf die andere Seite hinüber und öffnete die Eingangstür. Beide zitterten in dem frostigen Wind, der das Tal durchstrich und wie Regen in den Bäumen raschelte, der Fluß drunten machte ein ächzendes, knirschendes Geräusch wie eine Kolonne von Karren.

Ein Stein traf das Dach über ihren Köpfen und kollerte nieder. Der nächste sauste zwischen ihren Köpfen hindurch und traf den rissigen Mörtel der Wand hinter ihnen. Ben hörte ein Knacken, Nick hatte sein Taschenmesser aufgeklappt. Er strengte seine Augen an, bis ihm die Tränen kamen, aber er konnte nichts anderes erspähen als das wehende Laub im Winde.
»Komm mal raus aus deinem Versteck! Komm hier rauf! Sag was! Du Schweinehund!« schrie Nick.
Keine Antwort.
»Was meinst du?« flüsterte Nick über die Schulter zurück.
Ben sagte nichts. Er bemühte sich, nicht mit den Zähnen zu klappern. Nick schob ihn rücklings ins Haus und zog die Tür zu. Sie türmten die verstaubten Bänke vor der Türe auf und verbarrikadierten den unteren Teil des Fensters mit Fußbodenbrettern.
»Wenn sie eindringen, einen von ihnen bring ich auf jeden Fall um«, sagte Nick. »Du glaubst nicht an Geister?«
»Ne, kommt gar nicht in Frage«, sagte Ben. Sie setzten sich nebeneinander auf den Fußboden, mit dem Rücken gegen den rissigen Mörtel, und horchten in die Stille hinaus. Nick hatte das Messer zwischen ihnen hingelegt. Er nahm Bens Finger und ließ ihn den Schnapper an der Klinge betasten, es war ein feststehendes Messer. »Gutes Messer ... Seemannsmesser«, flüsterte er. Ben horchte angestrengt: Nur das splutternde Geräusch des Windes in den Bäumen und das stete Knirschen des Flusses. Es kamen keine Steine mehr.
Am nächsten Morgen verließen sie bei Tagesanbruch das Schulhaus. Keiner von ihnen hatte geschlafen. Ben brannten die Augen. Als die Sonne aufging, trafen sie einen Mann, der eine zerbrochene Feder an einem Lastauto reparierte. Sie halfen ihm, das Auto mit einem Holzklotz hochzuheben, und er nahm sie nach Scranton mit, dort bekamen sie Arbeit als Geschirrwäscher in einem Bulettenkeller, der einem Griechen gehörte.

... alle festen, eingerosteten Verhältnisse mit ihrem Gefolge von altehrwürdigen Vorstellungen und Anschauungen werden aufgelöst, alle neugebildeten veralten, ehe sie verknöchern können ...

Das Tellerwaschen war nicht nach Bens Geschmack, nach ein paar Wochen also, nachdem er sich den Preis einer Fahrkarte zusammengespart hatte, sagte er, er wolle wieder nach Hause, um seine Alten zu besuchen. Nick blieb, denn ein Mädchen aus einem Bonbongeschäft hatte sich in ihn verknallt. Später wollte er nach Allentown gondeln, dort arbeitete ein Bruder von ihm in einer Stahlfabrik und verdiente viel Geld. Er brachte Ben an den Zug nach New York, und seine letzten Worte waren: »Benny, lerne und studiere ... Werde ein großer Mann für die Arbeiterklasse und vergiß nicht, zu viel Mädchen schlimme Sache.«

Ben trennte sich nur ungern von Nick, aber er mußte nach Hause und für den Winter Arbeit finden, die ihm genügend Zeit lassen würde, seine Studien zu absolvieren. Er legte die Prüfung ab und immatrikulierte sich an der Städtischen Universität von New York. Der Alte borgte bei der Versicherungsgesellschaft hundert Dollar, um ihm über den Anfang hinwegzuhelfen, und Sam schickte ihm aus Newark fünfundzwanzig Dollar für Bücher. Er verdiente auch selbst ein bißchen Geld, arbeitete abends in Kahns Drugstore. Jeden Sonntagnachmittag ging er in die Bibliothek und las Marx' *Kapital*. Er trat in die Sozialistische Partei ein, und sooft er Gelegenheit hatte, besuchte er die Vorlesungen der Rand School. Er arbeitete fleißig, um ein wohlgeschärftes Werkzeug zu werden.

Im Frühling darauf erkrankte er an Scharlach und lag zehn Wochen im Spital. Als er herauskam, waren seine Augen so schlimm, daß er Kopfschmerzen bekam, wenn er auch nur eine Stunde lang las. Der Alte schuldete der Versicherungsgesellschaft weitere hundert Dollar neben den ersten hundert Dollar und den Zinsen und den Recherchiergebühren. Ben hatte bei einer Vorlesung in der Cooper Union ein junges Mädchen kennengelernt, das in einer Textilfabrik drüben in Jersey gearbeitet hatte. Sie war während des Patterson-Streiks verhaftet worden und stand auf der

Schwarzen Liste. Jetzt war sie Verkäuferin bei Wanamaker, aber ihre Leute arbeiteten noch in der Botany-Fabrik in Passaic. Sie hieß Helen Maurer, war fünf Jahre älter als Ben und sagte, die sozialistische Bewegung tauge nichts, nur die Syndikalisten hätten das richtige Programm. Nach der Vorlesung führte sie ihn in das Cosmopolitan Café an der Zweiten Avenue, um ein Glas Tee zu trinken, und stellte ihn einigen Leuten vor, echten Rebellen, wie sie sagte; als Ben seiner Schwester Gladys und seinem Alten von diesen Leuten erzählte, sagte der Alte: »Pfui ... Radikale Juden«, und machte mit seinen Lippen ein Geräusch, als wollte er ausspucken. Er sagte ferner, Benny solle diese Affereien sein lassen und sich um seine Arbeit kümmern. Er sei ein alter Mann und stecke jetzt in Schulden, und wenn er erkrankte, würde Benny ihn und die Alte erhalten müssen. Ben sagte, er arbeite ununterbrochen, aber es komme nicht auf die Familie an, er arbeite für die Arbeiterklasse. Der Alte bekam einen roten Kopf und sagte, seine Familie sei ihm heilig, und nach der Familie komme sein Volk. Mama und Gladys weinten. Der Alte stand auf, würgend und hustend reckte er die Hände zum Himmel und verfluchte Ben, und Ben verließ das Haus.
Er hatte kein Geld und war noch geschwächt vom Scharlachfieber. Er marschierte durch Brooklyn und über die Manhattan-Brücke und weiter durch die East Side, die voller rötlicher Lichter war, voller Menschen und voller Gemüsewagen, die nach Frühling rochen, marschierte zu dem Haus, in dem Helen wohnte, East 6. Straße. Die Wirtin sagte, er dürfe nicht in ihr Zimmer hinauf. Helen sagte, das gehe sie gar nichts an, aber während sie sich zankten, begannen ihm die Ohren zu klingen, und er wurde auf dem Flursofa ohnmächtig. Als er wieder zu sich kam, das Wasser lief ihm am Halse lang, führte ihn Helen die vier Treppen hinauf, und er mußte sich in ihr Bett legen. Unten schrie die Wirtin nach der Polizei, Helen rief hinunter, sie werde morgen in aller Frühe ausziehen, und keine Macht der Welt könne sie zwingen, ihr Zimmer früher zu räumen. Sie kochte Tee für Ben, und sie saßen die ganze Nacht hindurch

plaudernd auf ihrem Bett. Sie beschlossen, in freier Gemeinschaft zu leben, und verbrachten den Rest der Nacht mit Packen. Helens Habe bestand zum größten Teil aus Büchern und Broschüren.
Am nächsten Morgen gingen sie um sechs Uhr weg, um ein Zimmer zu suchen, denn um acht mußte sie bereits bei Wanamaker sein. Sie sagten der nächsten Wirtin nicht, daß sie nicht verheiratet waren, aber als sie fragte: »Braut und Bräutigam?«, nickten sie und lächelten. Zum Glück hatte Helen genug Geld in ihrer Börse, um eine Wochenmiete im voraus zahlen zu können. Dann mußte sie schnell zur Arbeit gehen. Ben hatte gar kein Geld, er konnte sich also nichts zu essen kaufen, lag auf dem Bett und las den ganzen Tag in *Fortschritt und Armut*. Als sie abends nach Hause kam, brachte sie etwas Abendbrot aus einem Delikatessenladen mit. Als sie das Schwarzbrot und die Salami aßen, waren sie recht glücklich. Sie hatte so große Brüste für ein so schlankes kleines Mädchen. Er mußte in die Apotheke laufen, um Verhütungsmittel zu kaufen, denn sie sagte, sie dürfe jetzt kein Kind bekommen, jetzt, da sie ihre ganze Kraft der Bewegung widmen müßten. Im Bett waren Wanzen, aber sie sagten zueinander, daß sie so glücklich seien, wie es unter dem kapitalistischen System nur immer möglich sei, daß sie eines Tages in einer freien Gesellschaft leben würden, in der die Arbeiter sich nicht mehr in schmutzigen verwanzten Zinshäusern zusammenpferchen lassen oder sich mit Wirtinnen herumpöbeln müßten und Kinder haben könnten, soviel sie wollten.
Einige Tage später wurde Helen bei Wanamaker entlassen, weil man dort während der flauen Sommersaison das Personal verringerte. Sie übersiedelten nach Jersey, Helen zog zu ihren Leuten, und Ben bekam Arbeit in der Versandabteilung einer Kammgarnfabrik. Sie mieteten gemeinsam ein Zimmer in Passaic. Als ein Streik ausbrach, saßen er und Helen im Komitee. Ben entwickelte sich zu einem tüchtigen Redner. Er wurde mehrmals verhaftet, ein Polizist schlug ihm mit seinem Knüppel fast den Schädel ein, und schließlich blühten ihm sechs Monate Gefängnis. Aber er hatte

etwas gemerkt: Wenn er auf eine Seifenkiste stieg, um eine Rede zu halten, hörten die Leute ihm zu, er konnte reden und seine Gedanken ausdrücken und den dichtgedrängten, emporgerichteten Gesichtern ein Lachen oder ein Bravo entlocken. Als er vor Gericht stand, um sein Urteil entgegenzunehmen, begann er eine Rede über den Mehrwert zu halten, die anwesenden Streiker im Zuschauerraum schrien bravo, und der Richter ließ den Saal räumen. Ben sah, wie die Reporter geschäftig seine Worte mitstenographierten; es machte ihm Freude, ein lebendes Beispiel für die Ungerechtigkeit und die Brutalität des kapitalistischen Systems zu sein. Der Richter verschloß ihm den Mund mit der Erklärung, wenn er nicht still sei, würde er wegen ungebührlichen Betragens vor Gericht noch mal sechs Monate bekommen, und Ben wurde in einem Automobil, umringt von Polizeibeamten, die mit Maschinenpistolen bewaffnet waren, ins Bezirksgefängnis abtransportiert. Die Zeitungen sprachen von ihm als von einem bekannten sozialistischen Agitator.

Im Gefängnis freundete sich Ben mit einem »Wobbly«, einem IWW-Mann, an, einem gewissen Bram Hicks, einem großen jungen Kerl aus Frisco mit blondem Haar und blauen Augen, der sagte ihm, wenn er die Arbeiterbewegung kennenlernen wolle, müsse er sich eine rote Karte nehmen und an die Küste gehen. Bram war von Beruf Kesselschmied, war aber der Abwechslung halber als Matrose zur See gegangen und ohne einen Pfennig in Perth Amboy gelandet. Dann hatte er in einer Textilfabrik bei der Reparaturschicht gearbeitet und war gemeinsam mit seinen Kollegen in Streik getreten. Als die Polizei die Streikposten auseinanderjagte, schlug er einem Blauen ins Gesicht und wurde wegen tätlichen Widerstandes zu sechs Monaten verdonnert. Einmal täglich auf dem Gefängnishof mit ihm zusammenzutreffen – das war es, was Ben im Gefängnis aufrechterhielt.

Beide wurden am selben Tage entlassen. Sie spazierten miteinander die Straße entlang. Der Streik war vorbei. Die Fabriken arbeiteten. Die Straßen, wo die Streikposten ge-

standen hatten, der Saal, in dem Ben geredet hatte, sahen still und gewöhnlich aus. Er nahm Bram zu Helen mit. Sie war nicht da, aber nach einer Weile kam sie mit einem kleinen, rotbackigen, stupsnasigen Engländer an, den sie vorstellte: Billy, ein englischer Genosse. Ben ahnte sofort, daß sie mit ihm schlief. Er ließ Bram im Zimmer bei dem Engländer und winkte Helen hinaus. Auf dem schmalen Treppenflur des alten Fachwerkhauses roch es nach Essen.
»Du bist mit mir fertig?« fragte er mit zittriger Stimme.
»O Ben, sei doch nicht so konventionell.«
»Du hättest warten können, bis ich aus dem Gefängnis draußen war.«
»Aber begreifst du denn nicht, wir sind doch alle Genossen. Du bist ein tapferer Kämpfer, Ben, und solltest nicht so konventionell sein . . . Billy bedeutet mir gar nichts. Er ist Steward auf einem Ozeandampfer. Er fährt bald wieder weg.«
»Dann bedeute ich dir auch nichts.« Er packte Helens Handgelenk und drückte es, so fest er nur konnte. »Wahrscheinlich habe ich unrecht, aber ich bin nun mal verrückt nach dir . . . Ich dachte, du . . .«
»Au, Ben . . . Was du da sagst, ist ja lauter dummes Zeug, du weißt, wie gern ich dich habe.« Sie gingen ins Zimmer zurück und sprachen über die Bewegung. Ben sagte, er wolle mit Bram Hicks nach dem Westen.

. . . er wird ein bloßes Zubehör der Maschine, von dem nur der einfachste, eintönigste, am leichtesten erlernbare Handgriff verlangt wird . . .
Bram wußte in allem Bescheid. Zu Fuß, als blinde Passagiere, im Viehwagen und Gepäckwagen, auf Liefer- und Lastautos von Gnaden der Chauffeure, so kamen sie nach Buffalo. Dort in einem Nachtasyl traf Bram einen Bekannten, der ihnen eine Heuer als Deckarbeiter auf einem Walfischfänger verschaffte, der leer nach Duluth zurückfuhr. In Duluth schlossen sie sich einer Kolonne an, die nach Saskatchewan befördert wurde, um dort bei der Weizen-

ernte mitzuhelfen. Zuerst fiel Ben die Arbeit recht schwer, und Bram hatte Angst, er würde schlappmachen, aber die tägliche vierzehnstündige Arbeit in Sonne und Staub, die reichliche Nahrung und der tiefe Schlaf auf dem Boden der großen Scheune begannen ihn abzuhärten. Wenn er flach hingestreckt in seinen verschwitzten Kleidern auf dem Stroh lag, fühlte er bis in den Schlaf hinein das Kitzeln der Sonne auf seinem Gesicht und Hals, die Spannung in den Muskeln, das Rascheln der Mäher und Binder am Horizont, das Rattern der Dreschmaschine, das Knirschen der Getriebe an den Lastautos, die den rötlichen Weizen zu den Silos beförderten. Er gewöhnte sich die Redeweise eines richtigen Erntearbeiters an. Nach der Ernte arbeiteten sie in einer Fruchtkonservenfabrik am Columbia-Fluß, unangenehme feuchte Arbeit in dem säuerlichen Gestank faulender Obstschalen. Dort lasen sie in der *Solidarität* von dem Streik der Schindelmacher und von dem Kampf um die Redefreiheit in Everett und beschlossen, hinzugehen und zu sehen, ob sie nicht mithelfen könnten. Am letzten Tag, bevor sie losziehen wollten, verlor Bram beim Reparieren der Schneide- und Schälmaschine den Zeigefinger der rechten Hand. Der Fabrikarzt erklärte, er könne keine Entschädigung bekommen, weil er bereits gekündigt habe und außerdem nicht kanadischer Bürger sei . . . Ein kleiner Winkeladvokat erschien in der Pension, in der Bram fiebernd mit dickbandagierter Hand im Bett lag, und wollte ihn bewegen, die Firma zu verklagen, aber Bram schrie den Advokaten an, er möge sich zum Teufel scheren. Ben sagte, das sei falsch von ihm gewesen, auch die Arbeiterklasse müsse ihre Advokaten haben.
Als die Hand ein wenig geheilt war, fuhren sie mit dem Schiff von Vancouver nach Seattle. Im Zentralbüro der IWW ging es zu wie bei einer Massenversammlung, es wimmelte dort von jungen Männern, die aus sämtlichen Gegenden der Vereinigten Staaten und Kanadas kamen. Eines Tages fuhr ein großer Trupp zu Schiff nach Everett, sie wollten versuchen, an der Ecke der Wetmore und Hewitt Avenue eine Versammlung abzuhalten. Auf dem Landungs-

pier standen massenhaft Polizisten, mit Flinten und Revolvern bewaffnet. »Die Jungens vom Kaufmannsklub erwarten uns schon«, sagte einer und kicherte nervös. Die Polizisten hatten weiße Taschentücher um den Hals. »Dort ist Sheriff McRae«, sagte jemand. Bram rückte näher an Ben heran. »Wir wollen lieber beisammenbleiben . . . Mir scheint, wir sollen was abbekommen.« Sowie die Wobblies das Schiff verließen, wurden sie verhaftet und an das Ende des Landungspiers getrieben. Die Polizisten waren fast alle betrunken, Ben roch den Whisky in dem Atem des rotnasigen Kerls, der ihn am Arm packte. »Marsch vorwärts, du Schwein . . .« Ein Flintenkolben fuhr ihm ins Kreuz. Er hörte die Knüppel auf die Schädel niederknallen. Wenn einer sich wehrte, wurde ihm das Gesicht zu Brei geschlagen. Sämtliche Wobblies mußten auf ein Lastauto klettern. Mit Dunkelwerden hatte ein kalter Regen eingesetzt. »Jungens, wir müssen ihnen zeigen, daß wir Mut haben«, sagte ein Rothaariger. Ein Polizist, der sich an der Hinterwand des Autos festhielt, wollte ihm mit seinem Knüppel eins versetzen, verlor aber das Gleichgewicht und stürzte ab. Die Wobblies lachten. Der Polizist kletterte mit puterrotem Gesicht wieder auf den Wagen. »Wartet nur, das Lachen wird euch schon noch vergehen!« schrie er.
Draußen im Wald, wo die Bezirksstraße den Schienenstrang kreuzte, wurden sie gezwungen, von den Autos hinunterzusteigen. Die Polizisten umringten sie mit angeschlagenen Pistolen, während der Sheriff, der stinkbesoffen war, mit den zwei gutgekleideten älteren Herren beriet, was nun zu tun sei. Ben hörte das Wort Spießrutenlaufen. »Hören Sie mal zu, Sheriff«, sagte jemand, »wir sind nicht hierhergekommen, um Unruhe zu stiften, wir fordern nichts weiter als unser verfassungsmäßiges Recht auf Redefreiheit.« Der Sheriff wandte sich zu ihnen und drohte ihnen mit dem Kolben seines Revolvers. »So, wirklich, ihr . . .! Na, wir sind hier im Snohomish-Bezirk, und ihr sollt das nicht so schnell vergessen . . . Wenn ihr euch noch einmal hier blicken laßt, werden ein paar von euch ins Gras beißen, sehr einfach . . . Fertig, Jungens, los!«

Die Polizisten stellten sich in zwei Reihen auf quer zu den Geleisen. Sie packten die Wobblies einen nach dem andern und verprügelten sie zuerst. Drei von ihnen packten Ben. »Bist du ein Wobbly?« – »Selbstverständlich, ihr dreckigen Feiglinge –« begann er. Der Sheriff kam auf ihn zu und holte aus, um ihm eins zu versetzen. »Achtung, er trägt eine Brille.« Eine breite Hand riß ihm die Brille von der Nase. »Das werden wir gleich haben.« Dann schlug ihm der Sheriff mit der Faust auf die Nase. »Sag, daß du kein Wobbly bist.« Ben hatte den Mund voller Blut. Er biß die Zähne zusammen. »Er ist ein Jude, gebt ihm noch eins!« – »Sag, daß du kein Wobbly bist.« Einer knallte ihm einen Flintenlauf gegen die Schienbeine, und er fiel vornüber. »Lauf!« schrien sie. Die Hiebe der Knüppel und Flintenkolben zerrissen ihm die Ohren. Er versuchte voranzugehen, ohne zu laufen. Er stolperte über eine Schiene, fiel abermals hin und riß sich den Arm an etwas Scharfem auf. Er hatte so viel Blut in den Augen, daß er nichts sehen konnte. Ein schwerer Stiefel traf ihn immer wieder in die Seite. Er war einer Ohnmacht nahe. Irgendwie stolperte er weiter. Jemand griff ihm unter die Arme, richtete ihn auf, befreite ihn aus dem stacheligen Viehzaun, der an den Geleisen stand. Ein anderer begann ihm mit einem Taschentuch das Gesicht abzuwischen. Er hörte Brams Stimme aus einiger Entfernung: »Jetzt sind wir über die Grenze weg, Jungens.« Ben hatte seine Brille eingebüßt, es regnete, es war finster, ein stechender Schmerz zuckte in seinem Rücken auf und ab, er konnte nichts mehr sehen. Hinter sich hörte er Schüsse und lautes Geschrei, einige der Jungens mußten noch Spießruten laufen. Er war der Mittelpunkt einer kleinen aufgelösten Gruppe von Wobblies, die längs der Schienenstrecke dahinstolperten. »Genossen Arbeiter«, sagte Bram mit seiner tiefen, ruhigen Stimme, »diese Nacht dürfen wir nie vergessen.«
An der Haltestelle der Überland-Tram veranstalteten sie eine Sammlung unter den zerfetzten und blutenden Kameraden, um für die am schwersten Verletzten Fahrkarten nach Seattle zu kaufen. Ben war so betäubt, und es war ihm so übel, daß er kaum die Fahrkarte festhalten konnte, die ihm

jemand in die Hand schob. Bram und die übrigen Kameraden machten sich auf, um die dreißig Meilen nach Seattle zu Fuß zurückzulegen.
Ben lag drei Wochen im Spital. Die Fußtritte in den Rücken hatten seine Nieren verletzt, und er litt schreckliche Schmerzen. Das Morphium, das sie ihm einspritzten, betäubte ihn, er wußte kaum, was geschah, als sie die Jungens ins Spital brachten, die bei der Schießerei auf dem Pier von Everett am 5. November verwundet worden waren. Als er entlassen wurde, konnte er kaum gehen. Alle seine Bekannten saßen im Gefängnis. Auf dem Postamt fand er einen Brief von Gladys vor, der fünfzig Dollar enthielt und die Aufforderung seines Vaters, er solle nach Hause kommen. Das Verteidigungskomitee riet ihm, hinzufahren; er sei der richtige Mann, um im Osten für sie Gelder zu sammeln. Man würde ungeheuer viel Geld für die Verteidigung der vierundsiebzig Wobblies brauchen, die im Gefängnis von Everett saßen und des Mordes beschuldigt wurden. Ben trieb sich ein paar Wochen lang in Seattle umher, erledigte verschiedene Kleinigkeiten für das Verteidigungskomitee und versuchte Mittel und Wege zu finden, um nach Hause zu gelangen. Ein Sympathisierender, der in einem Schiffahrtsbüro angestellt war, verschaffte ihm schließlich eine Heuer als Supercargo auf einem Frachtschiff, das durch den Panamakanal nach New York fuhr. Die Seereise und die leichte Schreibarbeit erlaubten ihm, sich wieder aufzurappeln. Aber es verging keine Nacht, ohne daß er mit einem halberstickten Schrei aus einem Alptraum erwachte und in seiner Koje auffuhr, träumend, die Polizisten kämen, um ihn Spießruten laufen zu lassen. Wenn er dann wieder einschlief, träumte er, er habe sich in dem Viehzaun verfangen, die Zacken zerrissen ihm die Arme, und schwere Stiefel träten ihn in den Rücken. Das wurde so schlimm, daß er seinen ganzen Mut zusammennehmen mußte, um sich abends in seiner Koje schlafen zu legen. Seine Kollegen auf dem Schiff hielten ihn für einen Morphinisten und gingen ihm aus dem Weg. Ein Freudentag war es, als er die hohen Gebäude New Yorks durch den braunen Morgennebel leuchten sah.

... Sind im Laufe der Entwicklung die Klassenunterschiede verschwunden und ist alle Produktion in Händen der assoziierten Individuen konzentriert, so verliert die öffentliche Gewalt ihren politischen Charakter ...

Ben wohnte in diesem Winter zu Hause, weil es billiger war. Als er seinem Vater sagte, er wolle in der Kanzlei eines radikalen Rechtsanwaltes namens Morris Stein, den er anläßlich der Sammelaktion für die Jungens von Everett kennengelernt hatte, die Rechtspraxis erlernen, war der alte Mann entzückt. »Ein gescheiter Advokat kann die Arbeiter und die armen Juden beschützen und dabei noch Geld verdienen«, sagte er händereibend. »Benny, ich habe ja immer gewußt, daß du ein braver Junge bist.« Mama nickte und lächelte. »Denn hier in Amerika ist es nicht so wie da drüben unter den Kriegsherren, jeder faule Strolch hat seine verfassungsmäßigen Rechte, deshalb haben sie ja die Verfassung gemacht.« Ben wurde bei diesem Gerede ganz übel. Er arbeitete als Kanzlist in Steins Büro am unteren Broadway, und abends sprach er in Protestversammlungen anläßlich des Blutbades von Everett. Morris Steins Schwester Fanya, eine magere, schwarzhaarige, reiche, ungefähr fünfunddreißigjährige Frau, war eine eifrige Pazifistin und gab ihm Tolstoi und Kropotkin zu lesen. Sie war fest überzeugt, Wilson werde dem Lande den Eintritt in den Krieg ersparen, und schickte Geldspenden an alle pazifistischen Frauenvereine. Sie hatte ein Auto, und zuweilen, wenn er an einem Abend mehrere Versammlungen zu besuchen hatte, fuhr sie ihn in der Stadt umher. Sein Herz fing immer heftig zu klopfen an, wenn er in den Saal kam, in dem die Versammlung stattfand, und das Gemurmel und Geraschel des Publikums hörte, das langsam hereinströmte: Konfektionsarbeiter in der East Side, Hafenarbeiter in Brooklyn, Arbeiter aus den chemischen und metallurgischen Fabriken in Newark, Salonsozialisten und Rosarote aus der Rand School oder der untern Fifth Avenue, die ungeheure anonyme Masse aller Klassen, Rassen und Berufe im Madison Square Garden. Wenn er dem Vorsitzenden und den übrigen Rednern auf dem Podium die Hand reichte, war seine Hand

kalt. Wenn er an die Reihe kam, geschah es einen Augenblick lang, daß alle die Gesichter, die zu ihm aufsahen, zu einer wirren Masse rosiger Flecken verschwammen, das Gesumme des Saales ihn betäubte und eine panische Angst ihn packte, er könnte vergessen haben, was er hatte sagen wollen. Dann ganz plötzlich hörte er seine eigene Stimme klare und feste Worte sprechen, fühlte das Echo an den Wänden und an der Decke, fühlte, wie die Zuhörer die Ohren spitzten, wie die Männer und Frauen sich auf ihren Stühlen vorneigten, sah ganz deutlich die Reihen der Gesichter und die kleinen Gruppen der Verspäteten, die keine Plätze mehr finden konnten und dichtgedrängt an den Eingängen standen. Worte wie *Massenprotest*, die *vereinigte Arbeiterklasse dieses Landes und der ganzen Welt*, *Revolution* ließen die Augen und Gesichter in der Tiefe erglänzen wie das Leuchten eines Freudenfeuers.
Nach beendeter Rede war er ganz klapprig, seine Brille war so beschlagen, daß er sie abwischen mußte, er empfand die ganze Unbeholfenheit seines langen, schlottrigen Körpers. Fanya schleppte ihn weg, so schnell sie nur konnte, sagte ihm mit leuchtenden Augen, daß er prächtig gesprochen habe, führte ihn, wenn die Versammlung in Manhattan stattgefunden hatte, zu einem kleinen Abendbrot ins *Brevoort* oder ins *Cosmopolitan Café*, bevor er mit der Untergrund nach Brooklyn fuhr. Er wußte, daß sie in ihn verliebt war, aber sie sprachen nur selten über etwas anderes als über die Bewegung.
Als im Februar die russische Revolution kam, kauften Ben und die Steins wochenlang sämtliche Zeitungen, lasen mit verzweifelter Spannung alle Berichte der Korrespondenten; das war das Dämmern des *Tages*. In der ganzen East Side und in den jüdischen Straßen von Brooklyn herrschte eine festliche Stimmung. Die alten Leute weinten, sooft davon die Rede war. »Jetzt kommt Österreich dran, dann Deutschland, dann England – und überall befreite Völker!« sagte der Alte. – »Und zuletzt Onkel Sam«, fügte Ben hinzu und biß grimmig die Zähne zusammen.
An dem Apriltag, an dem Woodrow Wilson den Krieg er-

klärte, legte sich Fanya mit einem hysterischen Weinkrampf ins Bett. Ben besuchte sie in ihrer Wohnung, die Morris Stein mit seiner Frau am Riverside Drive bewohnte. Sie war tags zuvor aus Washington zurückgekehrt, war mit einer Frauen-Friedensdelegation in Washington gewesen und hatte den Präsidenten sprechen wollen. Die Kriminalbeamten hatten sie von dem Platz vor dem Weißen Haus vertrieben, und mehrere junge Mädchen waren verhaftet worden. »Was haben Sie denn erwartet? Natürlich wollen die Kapitalisten den Krieg. Freilich werden sie die Sache mit etwas anderen Augen ansehen, wenn sie merken, daß sie sich dabei die Revolution eingebrockt haben.« Sie bat ihn, bei ihr zu bleiben, aber er ging weg, sagte, er müsse zu den Leuten im *Call*. Als er das Haus verließ, merkte er, daß er ganz so wie sein Vater mit den Lippen ein Geräusch machte, als wollte er ausspucken. Er schwor sich, hier nie mehr herzukommen.

Auf Steins Rat ließ er sich in die Aushebungslisten eintragen, schrieb aber auf die Karte *Kriegsdienstverweigerer*. Kurz danach zankte er sich mit Stein. Stein erklärte, man könne weiter nichts tun, als sich vor dem Sturm zu beugen, Ben aber sagte, er gedenke gegen den Krieg zu agitieren, bis sie ihn einsperrten. Das hieß, daß er keine Stellung mehr hatte und daß sein Rechtsstudium zu Ende war. Kahn wollte ihn nicht mehr in seinem Drugstore aufnehmen, denn er hatte Angst, die Blauen würden ihm seinen Laden demolieren, wenn sie herausbekämen, daß bei ihm ein Radikaler beschäftigt sei. Bens Bruder Sam arbeitete in einer Munitionsfabrik in Perth Amboy und verdiente viel Geld; er schrieb Ben wiederholt, Ben solle doch die Dummheiten sein lassen und sich gleichfalls dort Arbeit besorgen. Sogar Gladys sagte, es sei töricht, mit dem Kopf gegen die Wand zu rennen. Im Juli verließ er seine Eltern und zog wieder zu Helen Maurer nach Passaic. Seine Nummer war noch nicht aufgerufen worden, es war also ganz leicht für ihn, in der Versandabteilung einer der Fabriken Arbeit zu finden. Man machte Überstunden, und zufolge der Aushebungen herrschte Arbeitermangel.

Die Rand School war geschlossen, der *Call* verboten, mit jedem Tag bekehrten sich abermals etliche Freunde zu Wilsons Betrachtungsweise. Helens Verwandte und ihre Bekannten verdienten viel Geld mit Überstunden, sie lachten oder wurden böse, wenn man von Proteststreiks oder von revolutionären Aktionen sprach. Die Leute kauften Waschmaschinen, Kriegsanleihe, Staubsauger und bezahlten die erste Rate für ein Siedlungshaus. Die Mädchen kauften Pelze und Seidenstrümpfe. Helen und Ben planten, nach Chicago zu fahren, wo die Wobblies einen zähen Kampf führten. Am zweiten September kam die große Razzia der Bundesregierung nach den Funktionären der IWW. Ben und Helen waren darauf gefaßt, verhaftet zu werden, aber aus irgendeinem Grunde blieben sie verschont. Sie verbrachten einen verregneten Sonntag in ihrem feuchten Zimmer, lagen im Bett und versuchten, zu einem Entschluß zu gelangen: was tun. Alles, worein sie Vertrauen gesetzt hatten, brach zusammen. »Ich komme mir vor wie eine gefangene Ratte«, sagte Helen. Ab und zu sprang Ben aus dem Bett, spazierte auf und ab und schlug sich mit der flachen Hand vor die Stirn. »Wir müssen etwas tun, sieh doch, was sie in Rußland machen.«
Eines Tages kam ein Mann vom Kriegshilfsdienst in die Versandabteilung, jeder solle Kriegsanleihe zeichnen. Er war ein junger Mann, hatte ein freches Gesicht, trug einen gelben Regenmantel. Ben diskutierte nicht gern während der Arbeit, er schüttelte daher bloß den Kopf und kehrte zu dem Ladungsverzeichnis zurück, das er gerade auszufertigen hatte. »Sie wollen doch nicht den Rekord Ihrer Abteilung kaputt machen? Bisher sind es komplette hundert Prozent.« Ben versuchte zu lächeln. »Tut mir leid, aber es wird wohl nicht anders gehen.« Ben merkte, wie alle Anwesenden ihre Blicke auf ihn richteten. Der junge Mann in dem Regenmantel trat unruhig von einem Fuß auf den andern. »Sie wollen doch nicht, daß die Leute Sie für einen Deutschenfreund oder für einen Pazifisten halten?« – »Die Leute können über mich denken, was sie wollen, das ist mir ganz egal.« – »Zeigen Sie mir mal Ihre Registrierkarte, sicher

sind Sie ein Drückeberger.« – »Hören Sie mal gut zu«, sagte Ben und stand auf, »ich bin gegen den kapitalistischen Krieg, und ich werde, soweit es in meiner Macht steht, nichts tun, um den Krieg zu unterstützen.« Der junge Mann in dem Regenmantel kehrte ihm den Rücken. »Ach, wenn Sie sich zu diesem feigen Dreckgesindel zählen, werde ich mich überhaupt nicht mehr mit Ihnen unterhalten.« Ben ging wieder an seine Arbeit. Abends, als er die Kontrolluhr stach, trat ein Blauer auf ihn zu. »Zeigen Sie mir mal Ihre Registrierkarte, Freundchen.« Ben zog die Karte aus der Tasche. Der Polizist las sie aufmerksam durch. »Scheint in Ordnung zu sein«, sagte er zögernd. Am Ende der Woche wurde Ben entlassen; ohne Grund.

Erschrocken lief er nach Hause. Als Helen zurückkam, sagte er, er wolle nach Mexiko, wenn es so weiterginge, würden sie beide ins Gefängnis wandern, bevor sie Gelegenheit hätten, kräftig zu protestieren. »Ich habe dem Kerl gesagt, daß ich gegen den Kapitalismus kämpfen werde, und dafür können sie mich bereits wegen Spionage belangen!« Helen versuchte ihn zu beruhigen, aber er sagte, er wolle keine Nacht länger in diesem Zimmer schlafen; sie packten also ihre Sachen zusammen und fuhren mit dem Zug nach New York. Sie hatten ungefähr hundert Dollar erspart. Sie mieteten unter dem Namen Mr. und Mrs. Gold ein Zimmer in der Achten Straße. Am nächsten Morgen lasen sie in der *Times*, daß in Petrograd die Maximalisten unter der Losung *Alle Macht den Sowjets* die Regierung übernommen hatten. Sie saßen in einer kleinen Konditorei in der Zweiten Avenue und tranken ihren Morgenkaffee, Ben lief zu dem Zeitungsstand hinüber und kam mit der Neuigkeit zurück. Helen begann zu weinen. »O Lieber, das ist zu schön, um wahr zu sein. Das bedeutet: Weltrevolution . . . Jetzt werden die Arbeiter einsehen, daß die guten Zeiten nur ein Schwindel waren, daß der Krieg eigentlich gegen sie gerichtet ist. Jetzt werden die übrigen Truppen zu meutern beginnen.« Ben nahm unter dem Tisch ihre Hand und drückte sie fest. »Jetzt haben wir Arbeit . . . Lieber lasse ich mich hier einsperren, bevor ich nach Mexiko davonlaufe. Wenn du nicht gewesen

wärst, Helen, hätte ich mich wie ein feiger Hund benommen ... Ein Mann allein taugt nichts.«
Sie tranken schnell ihren Kaffee und gingen dann zu den Ferbers in die 17. Straße. Al Ferber war Arzt, ein kleiner, untersetzter Mann mit einem dicken Bauch; er wollte gerade in seine Sprechstunde gehen, kehrte mit ihnen in den Hausflur zurück und rief zu einer Frau hinauf: »Molly, komm herunter ... Kerenski ist aus Petrograd geflohen mit einem Floh im Ohr – als Frau verkleidet ist er davongelaufen.«
Dann sagte er auf jiddisch zu Ben, wenn die Genossen eine Versammlung abhalten wollten, um der Soldaten- und Bauernregierung Grüße zu senden, würde er hundert Dollar für die Unkosten beisteuern, aber sein Name dürfe nicht genannt werden, sonst verlöre er seine Praxis. Molly Ferber kam in einem gefütterten Schlafrock herunter und sagte, sie würde etwas verkaufen und noch hundert Dollar zulegen.
Ben und Helen gingen den ganzen Tag von einem Genossen zum andern, soweit sie die Adressen hatten; sie wagten nicht zu telephonieren, weil sie Angst hatten, die Gespräche würden abgehorcht.
Die Versammlung fand eine Woche später im Empire Casino in der Bronx statt. In der ersten Reihe saßen zwei Agenten der Bundesregierung mit roten, fleischigen Gesichtern und neben ihnen eine Stenotypistin, die alles mitschrieb, was gesprochen wurde. Als die ersten paar hundert Leute im Saal waren, sperrte die Polizei die Eingänge. Die Redner auf der Tribüne hörten deutlich, wie draußen die Massen mit Motorrädern auseinandergetrieben wurden. Uniformierte Soldaten und Matrosen schlichen sich einzeln und zu zweien auf die Galerie und starrten die Redner an, um sie in Verwirrung zu bringen.
Als der alte, weißhaarige Herr, der den Vorsitz führte, an die Rampe trat und sagte: »Genossen, meine Herren vom Justizdepartement, und nicht zu vergessen unsere lieben, jungen Freunde auf der Galerie, wir haben uns versammelt, um den siegreichen Arbeitern Rußlands die Grüße der unterdrückten Arbeiter Amerikas zu senden«, standen alle Anwesenden auf und riefen hoch. Die Massen, die draußen in

Bewegung waren, stimmten in die Hochrufe mit ein. Aus der Ferne hörte man die Internationale singen. Polizeipfiffe ertönten, das Geklirr eines Überfallautos. Ben erblickte Fanya Stein unter den Zuhörern; sie sah blaß aus und betrachtete ihn unaufhörlich mit starren, fiebrigen Blicken. Als er an die Reihe kam, begann er seine Rede mit der Bemerkung, daß er mit Rücksicht auf die freundlichen Sympathisierenden aus Washington, die hier zugegen seien, das nicht sagen könne, was er gerne sagen würde, daß aber jeder, der kein Verräter an seiner Klasse sei, wissen werde, was er sagen wolle ... »Die kapitalistischen Regierungen graben sich selber ihr Grab, wenn sie ihre Völker auf die Schlachtbank treiben, in einen wahnsinnigen, sinnlosen Krieg, der niemandem Nutzen bringt außer einigen Bankiers und Munitionsfabrikanten ... Die amerikanische Arbeiterklasse wird ebenso wie die Arbeiter der andern Länder ihre Lektion lernen. Die Kriegsgewinnler unterrichten uns im Gebrauch der Waffen; es wird der Tag kommen, da wir sie gebrauchen werden.«
»Genug! Los, Jungs!« schrie eine Stimme von der Galerie. Die Soldaten und Matrosen begannen die Zuhörer von den Sitzen zu drängen. Die Polizei, die die Eingänge besetzt hielt, umringte die Redner. Ben und einige andere wurden verhaftet. Sämtliche Anwesenden, die das militärpflichtige Alter hatten, mußten ihre Registrierkarten vorzeigen, bevor sie den Saal verlassen durften. Ben wurde schnell hinausgeführt und in eine geschlossene Limousine mit herabgezogenen Vorhängen befördert, er hatte gar keine Zeit mehr, mit Helen zu sprechen. Jemand hatte ihm Handschellen angelegt, er wußte gar nicht, wer das gewesen war.
Sie hielten ihn drei Tage lang in einem unbenützten Büroraum im Bundesgebäude an der Park Row fest, gaben ihm nichts zu essen und nichts zu trinken. Alle paar Stunden kam ein neuer Trupp von Kriminalbeamten hereingestapft und verhörte ihn. In seinem Kopf war ein dumpfes Pochen, er war vor Durst einer Ohnmacht nahe, so sah er sich umringt von Gesichtern, länglichen, gelben Gesichtern, fettigen,

roten Gesichtern, pickelübersäten Gesichtern, Kokaingesichtern, fühlte sich von Blicken durchbohrt. Manchmal neckten und umschmeichelten sie ihn, und manchmal bedrohten und brutalisierten sie ihn. Einer der Trupps brachte Gummischläuche mit, um ihn zu verprügeln. Er sprang auf und trat ihnen mit weitaufgerissenen Augen entgegen. Aus irgendeinem Grunde verprügelten sie ihn nicht, sondern brachten ihm statt dessen etwas Wasser und ein paar altgewordene Schinkenbrötchen. Dann durfte er ein bißchen schlafen.

Ein Agent riß ihn von seiner Bank hoch und führte ihn in eine schön ausgestattete Kanzlei, dort wurde er von einem älteren Herrn an einem Mahagonischreibtisch, auf dem in der einen Ecke ein Rosenstrauß stand, fast freundlich vernommen. Der Rosengeruch bereitete ihm Übelkeit. Der ältere Herr sagte, er dürfe mit seinem Rechtsanwalt sprechen, und Morris Stein kam herein.

»Benny«, sagte er, »überlaß nur alles mir . . . Mr. Watkins hat sich bereit erklärt, das ganze Verfahren niederzuschlagen, wenn du versprichst, dich zum Militärdienst zu melden. Anscheinend ist deine Nummer aufgerufen worden.«

»Wenn man mich freiläßt«, sagte Ben mit leiser, zitternder Stimme, »werde ich mich nach besten Kräften bemühen, gegen den kapitalistischen Krieg zu kämpfen, so lange, bis man mich wieder einsperrt.« Morris Stein und Mr. Watkins schauten einander an und schüttelten nachsichtig die Köpfe.

»Nun«, sagte Mr. Watkins, »ich kann nicht umhin, Ihren Kampfgeist zu bewundern, und bedaure nur, daß er nicht einer besseren Sache gilt.« Es endete damit, daß er gegen fünfzehntausend Dollar Bürgschaft entlassen wurde, nachdem Morris Stein versichert hatte, er werde sich bis zur Verhandlung jeder Agitation enthalten. Die Steins wollten ihm nicht sagen, wer die Bürgschaft gestellt hatte.

Morris und Edna Stein räumten ihm in ihrer Wohnung ein Zimmer ein; Fanya war die ganze Zeit da. Sie gaben ihm gut zu essen und versuchten ihn dahin zu bringen, daß er zu seinen Mahlzeiten Wein und vor dem Schlafengehen ein

Glas Milch trank. Er interessierte sich für nichts, schlief, so viel er nur konnte, las sämtliche Bücher, die in der Wohnung vorhanden waren. Wenn Morris versuchte, sich mit ihm über seinen Prozeß zu unterhalten, schnitt er ihm das Wort ab: »Das ist deine Sache, Morris ... Mach, was du willst, mir ist es egal. Ob ich im Gefängnis sitze oder hier herumliege.« – »Na, ich muß schon sagen, das ist ein Kompliment!« sagte Fanya lachend. Helen Maurer rief mehrere Male an und teilte ihm mit, wie die Dinge standen. Sie erklärte immer, sie könne ihm die Neuigkeiten telephonisch nicht mitteilen, aber er bat sie nie, ihn zu besuchen. Er entfernte sich fast gar nicht aus der Wohnung, ging bloß jeden Tag für ein Weilchen auf den Drive, setzte sich auf eine Bank und blickte über den grauen Hudson hinüber nach den Reihen der Fachwerkhäuser und den grauen Palisaden. An dem Tage, an dem sein Fall verhandelt wurde, wimmelte es in den Zeitungen von Andeutungen deutscher Siege. Es war Frühling, vor den breiten, schmutzigen Fenstern des Gerichtssaales schien die Sonne. Ben saß schläfrig in der muffigen Dunkelheit. Alles schien sehr einfach zu sein. Stein und der Richter hatten ihre kleinen Späße miteinander, und der Vertreter der Staatsanwaltschaft war entschieden liebenswürdig. Die Geschworenen sprachen ihr Schuldig, und der Richter verurteilte ihn auf Grund des Spionagegesetzes zu zwanzig Jahren Gefängnis. Morris Stein legte Berufung ein, der Richter setzte Ben gegen Bürgschaft auf freien Fuß. Ben erwachte nur einen Augenblick lang zum Leben, und zwar, als ihm gestattet wurde, vor der Urteilsfällung eine Ansprache an das Gericht zu halten. Er hielt eine kleine Rede über die revolutionäre Bewegung, die er sich in den letzten Wochen zurechtgelegt hatte. Noch während er sprach, kam sie ihm dumm und matt vor. Er hätte beinahe mittendrin aufgehört. Gegen das Ende zu wurde seine Stimme kräftiger und füllte den Saal. Sogar der Richter und die alten, schnaufenden Gerichtsdiener richteten sich auf, als er zum Schluß seiner Rede die letzten Worte des Kommunistischen Manifests zitierte:

An die Stelle der alten bürgerlichen Gesellschaft mit ihren Klassen und Klassengegensätzen tritt eine Assoziation, worin die freie Entwicklung eines jeden die Bedingung für die freie Entwicklung aller ist ...

Die Berufung wurde endlos verschleppt. Ben fing wieder an, Jura zu studieren. Er wollte in Steins Kanzlei arbeiten, um wenigstens seinen Unterhalt abzuzahlen, aber Stein sagte, das wäre riskant, er sagte, der Krieg werde bald zu Ende sein, und mit dem Krieg werde auch die Rotenhetze erlöschen, dann könne er ihn mit einer leichten Strafe losbekommen. Er brachte ihm juristische Bücher zum Lernen und versprach ihm, ihn als Sozius zu nehmen, falls er seine Prüfungen ablegte, sobald er erst einmal die Bürgerrechte zurückerhalten hatte. Edna Stein war ein dickes, hochmütiges Weib und würdigte ihn kaum eines Wortes; Fanya bemühte sich um ihn mit nervösen, liebevollen Aufmerksamkeiten, die ihm schrecklich zuwider waren. Er schlief schlecht, und seine Nieren belästigten ihn. Eines Nachts stand er auf, zog sich an und schlich, die Schuhe in der Hand, auf Zehenspitzen über den teppichbelegten Flur, da erschien Fanya mit aufgelöstem, schwarzem Haar in ihrer Tür. Sie war im Nachthemd, das ihre hagere Gestalt und ihre flachen Brüste deutlich sehen ließ. »Benny, wo wollen Sie hin?«

»Ich werde hier verrückt ... Ich muß weg.« Seine Zähne klapperten. »Ich muß wieder in die Bewegung zurück ... Sie werden mich zwar gleich erwischen und ins Gefängnis stecken – aber das wird besser sein als so.«

»Armer Junge, in dieser Verfassung!« Sie warf die Arme um seinen Hals und zog ihn in ihr Zimmer.

»Fanya, Sie müssen mich fortlassen ... Vielleicht kann ich über die mexikanische Grenze entwischen ... Das ist schon vielen gelungen!«

»Sie sind verrückt. Und die Bürgschaft?«

»Das ist mir ganz egal ... Begreifen Sie denn nicht, daß wir etwas tun müssen?«

Sie hatte ihn auf ihr Bett gezogen und streichelte ihm die Stirn. »Armer Junge ... Ich liebe dich so sehr, Benny, kannst du denn nicht ein kleines bißchen an mich denken – nur ein ganz kleines bißchen ... Ich könnte dir in der

Bewegung so gut helfen ... Morgen werden wir darüber sprechen ... Ich möchte dir helfen, Benny.« Er ließ sich von ihr ausziehen.

Der Waffenstillstand kam, die Zeitungen meldeten: Friedenskonferenz, Revolutionäre Bewegungen in ganz Europa, Trotzkis Armeen verjagen die Weißen aus Rußland. Fanya Stein erzählte allen, sie und Ben seien verheiratet, und nahm ihn zu sich in ihre Atelierwohnung in der Achten Straße, wo sie ihn durch sorgsame Pflege über eine Grippe und eine doppelseitige Lungenentzündung hinwegbrachte. An dem Tage, da der Arzt erklärte, er dürfe jetzt ausgehen, fuhr sie mit ihm in ihrem Buick-Sedan den Hudson entlang. Sie kehrten in der Frühsommerdämmerung zurück und fanden einen Eilbrief von Morris vor. Das Appellationsgericht hatte die Berufung zurückgewiesen, aber die Strafe auf zehn Jahre herabgesetzt. Am nächsten Tag zu Mittag müsse er sich melden, um von seinem Bürgen in den Gewahrsam des Bundesgerichts übergeben zu werden. Wahrscheinlich würde er nach Atlanta kommen. Kurz darauf erschien Morris persönlich. Fanya war völlig zusammengebrochen und weinte hysterisch. Morris sah blaß aus. »Ben«, sagte er, »wir sind geschlagen ... Du mußt für eine Zeitlang nach Atlanta ... Du wirst dort gute Gesellschaft finden ... Aber mach dir keine Sorgen. Wir bringen deinen Fall vor den Präsidenten. Jetzt, da der Krieg zu Ende ist, können sie der liberalen Presse nicht mehr einen Maulkorb umhängen.«

»Schon gut«, sagte Ben, »es ist besser, das Schlimmste zu wissen.«

Fanya sprang von dem Sofa auf, auf dem sie schluchzend gelegen hatte, und begann ihren Bruder anzuschreien. Die beiden zankten sich heftig, Ben verließ sie und ging spazieren. Er ertappte sich dabei, wie er aufmerksam die Häuser betrachtete, die Autodroschken, die Straßenlaternen, die Gesichter der Leute, einen komischen Hydranten, der einen Torso hatte wie eine Frau, einen Stapel von Mineralölflaschen im Fenster einer Drogerie, Nojol. Er beschloß, nach Brooklyn zu fahren, um sich von den Alten zu verab-

schieden. Vor dem Untergrundbahnhof blieb er stehen. Er hatte nicht die Kraft dazu; er würde ihnen schreiben.
Am nächsten Morgen um neun ging er mit seinem Köfferchen in Morris Steins Kanzlei. Er hatte Fanya das Versprechen abgenommen, nicht hinzukommen. Er mußte sich mehrmals sagen, daß er jetzt ins Gefängnis wandere, ihm war zumute, als solle er eine Geschäftsreise antreten. Er trug einen neuen englischen Tweedanzug, den Fanya ihm gekauft hatte.
Der untere Broadway war seiner ganzen Länge nach rotweiß-blau mit Fahnen gestreift; als er aus der U-Bahn kam, standen reihenweise auf den beiden Bürgersteigen Scharen von Kontoristen, Stenotypistinnen und Laufjungen. Polizei auf Motorrädern hielt die Straße frei. Aus der Gegend der Battery kamen die Töne einer Militärkapelle *Hütet das Feuer auf heimischem Herd*. Alle hatten rote Backen, sahen fröhlich und erregt aus. Es wurde einem schwer, nicht im Takt der Musik zu marschieren, in dem frischen Sommermorgen, der nach Hafen und nach Schiffen roch. Er mußte sich immerfort sagen: Das sind die Menschen, die Debs ins Gefängnis geschickt haben, das sind die Menschen, die Joe Hill erschossen haben, die Frank Little ermordet haben, das sind die Menschen, die uns in Everett verprügelt haben, die mich zehn Jahre lang im Kerker wollen verfaulen lassen.
Der farbige Liftboy grinste ihn an, während er ihn im Aufzug hinauffuhr. »Marschieren sie schon vorbei, Herr?« Ben schüttelte den Kopf und runzelte die Stirn. Die Kanzlei machte einen sauberen und blanken Eindruck. Die Telephonistin hatte rote Haare und trug den Goldenen Stern der Soldatenmutter. Über der Tür zu Steins Privatbüro hing eine amerikanische Flagge. Stein saß an seinem Schreibtisch und unterhielt sich mit einem jungen Mann, der einen gutbürgerlichen Eindruck machte. »Ben«, sagte Stein fröhlich, »ich stelle dir Steve Warner vor . . . Er wurde soeben aus Charlestown entlassen, hat ein Jahr sitzen müssen, weil er sich weigerte, sich in die Militärlisten einzutragen.«
»Nicht ganz ein Jahr«, sagte der junge Mann, stand auf und reichte ihm die Hand, »ich habe Bewährungsfrist.«

Ben gefiel er nicht mit seinem Tweedanzug und seiner kostbaren Krawatte; plötzlich fiel ihm ein, daß er selber einen ebensolchen Anzug trug. Dieser Gedanke machte ihn wütend. »Wie war's denn?« fragte er kühl.
»Nicht so übel, ich mußte im Gewächshaus arbeiten ... Als sie entdeckten, daß ich schon einmal an der Front gewesen war, behandelten sie mich ganz anständig.«
»An der Front?«
»Ja, im Sanitätsdienst ... Sie hielten mich für leicht verrückt ... Es war ein lehrreiches Erlebnis.«
»Die Arbeiter behandelt man anders«, sagte Ben ärgerlich.
»Und jetzt machen wir eine große Kampagne, um auch die andern Jungens freizubekommen«, sagte Stein, stand auf und rieb sich die Hände. »Mit Debs wird angefangen ... Du wirst sehen, Ben, du wirst nicht lange dort bleiben ... Die Menschen kommen schon wieder zu Vernunft.«
Vom Broadway tönte lärmende Blechmusik herauf, man hörte den steten Marschtritt der Soldaten. Sie schauten zum Fenster hinaus. Längs der grauen Straßenschlucht flatterten Fahnen, entrolltes Tickerband und Papierschnitzel glitzerten im rötlichen Sonnenschein, schlängelten sich durch die Schatten; Menschen schrien sich heiser.
»Dummes Volk!« sagte Warner. »Den Strafdienst werden die armen Teufel nicht vergessen!«
Morris Stein kehrte mit seltsam glänzenden Augen ins Zimmer zurück. »Ich habe jetzt doch das Gefühl, daß ich vielleicht was versäumt habe!«
»Na, ich muß gehen«, sagte Warner und reichte den beiden die Hand. »Sie haben es schlecht erwischt, Compton ... Aber seien Sie überzeugt, wir werden Tag und Nacht arbeiten, um Sie freizubekommen ... Die öffentliche Stimmung wird sich ändern. Wir setzen große Hoffnungen auf Präsident Wilson – schließlich war seine Vergangenheit vor dem Kriege nicht schlecht.«
»Wenn ich freikomme, dann werden es wohl die Arbeiter gewesen sein, die mich freibekommen haben«, sagte Ben.
Warner sah ihn forschend an. Ben lächelte nicht. Warner stand einen Augenblick lang unschlüssig vor ihm und griff

dann noch einmal nach seiner Hand. Ben erwiderte den Händedruck nicht. »Viel Glück«, sagte Warner und verließ die Kanzlei.
»Wer ist denn das, wieder so ein liberaler Student?« fragte Ben. Stein nickte. Er interessierte sich jetzt für etliche Papiere auf seinem Schreibtisch. »Ja ... Ein feiner Junge, dieser Steve Warner ... In der Bibliothek findest du Bücher und Zeitschriften ... Ein paar Minuten noch, dann bin ich fertig.«
Ben ging in die Bibliothek und nahm einen Band *Bürgerliches Gesetzbuch* zur Hand. Er las und las den feinen Druck. Als Stein ihn holen kam, wußte er nicht mehr, was er gelesen hatte. Sie gingen den Broadway entlang, kamen nur langsam vorwärts, Menschenmassen standen auf den Bürgersteigen, die Musikkapellen spielten, in endlosen Reihen marschierten die Soldaten in braunem Khaki, auf dem Kopf den Stahlhelm, vorbei. Als inmitten eines Trommler- und Pfeiferkorps eine Regimentsfahne vorübergetragen wurde, versetzte Stein ihm einen Rippenstoß, er solle den Hut abnehmen. Er behielt den Hut in der Hand, um ihn nicht mehr abnehmen zu müssen. Tief atmete er die staubige, sonnige Luft der Straße ein, diese Luft voller Parfumgeruch, voller Benzingeruch aus den Auspuffs der Lastautomobile, die die schweren Geschütze schleppten, voller Gelächter und Geschrei und Getrappel und Marschtritt; dann verschluckte sie der dunkle Torweg des Bundesgebäudes.
Ben fühlte sich erleichtert, als alles vorüber war, als er allein mit dem Kriminalbeamten in dem Zuge nach Atlanta saß. Der Kriminalbeamte war ein dicker, mürrischer Kerl mit bläulichen Säckchen unter den Augen. Da die Fesseln Ben ins Handgelenk schnitten, nahm er sie ihm ab; nur wenn der Zug auf einem Bahnhof hielt, wurde Ben wieder gefesselt. Ben war dreiundzwanzig Jahre alt.

Weltwochenschau XLI

in den Kreisen des britischen Kolonialamtes ist man der Ansicht, daß die Gereiztheit der Australier verschwinden wird, sobald sich die Einsicht durchsetzt, daß die Substanz wichtiger ist als der Schatten. Unter den gegebenen Umständen ist es gar nicht verwunderlich, daß der Völkerbund die Bühne beherrscht in dem großen Drama, das hier in Paris, das man mit Recht als die Hauptstadt der Welt bezeichnet, in Szene geht. Vielleicht darf man darauf hinweisen, daß die Pressevertreter, die sich beeilen, ihre Telegramme schon recht früh aufzugeben, die Leidtragenden sind, weil man ihre Telegramme in die Körbe wirft; die später einlaufenden Telegramme werden obendrauf gelegt, und schließlich erledigt man die Telegramme, die zuoberst liegen, zuerst. Aber das darf nicht als eine Beleidigung aufgefaßt werden. Graf Brockdorf-Rantzau war sehr geschwächt, und nur sein körperlicher Zustand verhinderte ihn, sich von seinem Sitz zu erheben

SOLDATEN ÜBERFALLEN
DROSCHKENKUTSCHER

Haltet die Festung, wir kommen,
Stark ist die einige Front.
Seite an Seite, wir kämpfen uns vorwärts,
Unser wird der Sieg

DIE STÄDTISCHE VEREINIGUNG VON NEW YORK ERKLÄRT, DASS DIE HEUTIGEN ABENDKLEIDER DEMORALISIEREND AUF DIE JUGEND WIRKEN

die Handelskammer dieses Landes, sagte er, die Industriekammer, die großen Industriekapitäne, der Unternehmerverband, jedermann in diesem Lande ist den Männern verpflichtet, die diesem Lande seine Sicherheit erkämpft haben.

Aufstellung der Milizreserven macht Kopfzerbrechen

Feindliche Propaganda in Paris am Werk?

Für der Freiheit Sache erheben
Wir unsre Stimmen laut.
Wir schließen die Reihen im starken Verband,
Kampf oder Tod

FRANKREICH IMMER NOCH DIE FRONT DER FREIHEIT

es werden Maßnahmen getroffen, denen zufolge das Wohlergehen und die Entwicklung rückständiger und kolonialer Gebiete als heilige Pflichten der Zivilisation betrachtet werden, deren Erfüllung der Völkerbund zu überwachen hat

PÖBEL PLÜNDERT MÜNCHEN

IN WASHINGTON VERLAUTET DASS DIE ROTEN SCHWÄCHER WERDEN

Haltet die Festung, wir kommen,
Stark ist die einige Front

Der Verband der Werftarbeiter, der gestern in den frühen Abendstunden am Park Place 26 seine Sitzung hatte, hat beschlossen, morgen um sechs Uhr früh in den Ausstand zu treten

BURLESON LÄSST ALLE TELEGRAPHISCHEN NACHRICHTEN UNTERDRÜCKEN

Seine Antwort bestand in einem Befehl an seine Anhänger, die beiden Burschen auf der Stelle aufzuhängen. Sie wurden unter den Bäumen auf Stühle gestellt, man befestigte Stricke an den Zweigen, legte die Schlingen um ihren Hals, und dann wurden sie so lange mißhandelt, bis sie selbst mit den Füßen die Stühle beiseite stießen, um ihren Qualen ein Ende zu machen

Das Kamera-Auge 44

Vier Stunden lang stapeln wir Schrotteisen auf die Plattformwagen vier Stunden lang zerren wir das Schrotteisen von den Plattformwagen und stapeln es neben den Schienen auf JUNGENS BLEIBT IN FORM FÜR ZUHAUSE
das ist die Losung des CVJM
frühmorgens zeigen die Schatten der Pappeln nach Westen und abends zeigen sie nach Osten dort liegt Persien
die zackigen alten Eisenstücke schneiden uns durch die Leinwandhandschuhe in die Hände ein Schlackenstaub verstopft uns Nasen und Ohren brennt in den Augen vier Ungarn ein paar Italiani ein Böhm Hidalgos zwei kleine schwarze Kerls mit bläulichem Kinn keiner kennt ihre Sprache
Reserveteile die keine Kolonne mehr benützen will
zerbeulte Kotflügel zersprungene Federn alte Spaten und Schaufeln Schanzgerät verbogene Spitalbetten ein Berg Schrauben und Bolzen jeglichen Formats vier Millionen Kilometer Stacheldraht Hühnerdraht Karnickelzaun ganze Quadratkilometer Wellblech ganze Quadratkilometer parkender Autos Lokomotiven in langer Parade auf den gelben Schienen der Nebengeleise JUNGENS BLEIBT IN FORM FÜR droben in der Kanzlei die brummigen Sergeanten die die Schreibarbeit machen sie wissen nicht wo das Zuhause ist wir haben alles verloren unsere Truppenteile unsere Personalakten unsere Aluminiummarken nicht sprechen englisch no entiendo comprend pas noã comprendo no capisco nje panimaju
Tag um Tag zeigen die Schatten der Pappeln nach Westnordwest Nordnordost Ost
wenn sie desertieren wenden sie sich immer nach Süden sagt der Korporal recht unangenehm, aber wenn er keine Personalakten hat wie sollen wir ihm da seinen Entlassungsschein ausschreiben JUNGS BLEIBT IN FORM wofür denn zum Teufel noch mal der Krieg ist vorbei der Friede ist vorbei . . .

Weltwochenschau XLII

es war für Seattle ein Galatag. Nicht nur daß riesige Menschenmassen die Straßen in der Marschrichtung vom Pier her füllten, sondern es wurden auch schließlich am späteren Abend Maschinengewehre in Stellung gebracht, und die Wachen ließen einen Hagel von Wurfgegenständen über sich ergehen, bis ihre Untätigkeit sie dermaßen gefährdete, daß die Offiziere Befehl zu feuern gaben. Präsident Lowell von der Harvard-Universität hat die Studenten aufgefordert, als Streikbrecher zu fungieren: »Gemäß ihren staatsbürgerlichen Traditionen wünscht die Universität in diesen Krisenzeiten die Ordnung aufrechtzuerhalten und die Gesetze des Gemeinwesens zu stützen.«

DREI ARMEEN KÄMPFEN UM KIEW

während des Trauergottesdienstes für Horace Traubel, den literarischen Testamentsvollstrecker und Biographen Walt Whitmans, brach heute nachmittag in der unitarischen Messiaskirche ein Brand aus. Zeitschriften, Schleppdampfer und Schiffswerften effektuiert. Zweitausend Passagiere wurden in Havre zurückgehalten, weil Mr. Wilson sich dort einschifft, um die pazifische Flotte zu besichtigen, aber Tausende standen dichtgedrängt zu beiden Seiten der Straße und schienen zufrieden, daß sie den Präsidenten wenigstens einen Augenblick lang sehen konnten. Als die *George Washington* durch die überfüllte untere Bucht langsam zu ihrem Anlegeplatz in Hoboken dampfte, begrüßten sämtliche auf dem Wasser befindlichen Fahrzeuge den König Albert und die Königin Elisabeth mit dem heiseren Geheul ihrer Sirenen

TIEGELGUSS-STAHL WEITERHIN FÜHREND

BROTPREIS BLEIBT HOCH

Mein Vaterland, nur dich will ich besingen,
Du Land der Freiheit

PAUL BUNYAN

Als Wesley Everest aus Europa kam und aus dem Heer entlassen wurde, kehrte er zu seiner früheren Arbeit zurück. Er war Holzfäller. Seine Leute stammten aus dem alten Pioniergeschlecht der Waldläufer und Eichhörnchenjäger von Kentucky und Tennessee, aus dem Geschlecht jener Männer, die den Pfaden gefolgt waren, welche Lewis und Clark durch die regenreichen riesigen Wälder des pazifischen Berghanges gebahnt hatten. Beim Militär war Everest Scharfschütze gewesen, hatte für seine Meisterleistungen eine Medaille bekommen.

Seit den Tagen der Siedler waren die Gründer des amerikanischen Westens und die Politiker und Schieber in Washington um die regenreichen riesigen Wälder am pazifischen Berghang bemüht gewesen, mit dem Ergebnis, daß *zehn Monopolgruppen, die lediglich eintausendachthundertundzwei Besitzer umfaßten, eintausendzweihundertundacht Milliarden achthundert Millionen* (1 208 800 000 000) *Quadratfuß Holz auf dem Stamm monopolisierten . . . eine Holzmenge . . . die über allen fabrikmäßigen Abfall hinaus genügend Bretter liefern würde, um eine zwei Fuß dicke und fünf Meilen breite schwimmende Brücke von New York nach Liverpool zu bauen;*

Holz für Gerüste, Holz für billige Vorstadthäuser und Plakatzäune, Holz für Blockhäuser und Schiffe und Barakkenstädte, Holzbrei für Boulevardblätter, gelbe Journale, Inseratenteile, Postversandkataloge, Registrierkarten, Militärpapiere, Flugzettel, Kopierpapier.

Wesley Everest war ein Holzfäller wie Paul Bunyan.

Die Holzfäller, die Schindelmacher und Sägewerksarbeiter; Paul Bunyan. Die IWW setzten Paul Bunyan den Gedanken der industriellen Demokratie in den Kopf; ihre Organisatoren behaupteten, die Wälder müßten Erbe des ganzen Volkes sein, behaupteten, Paul Bunyans Söhne müß-

ten mit richtigem Gelde bezahlt werden und nicht mit papierenen Anweisungen der Gesellschaft, müßten einen anständigen Raum zur Verfügung haben, um ihre Kleider zu trocknen, die vom Schweiß des Tagewerks bei null Grad Kälte und Schnee durchnäßt waren, und den Achtstundentag und saubere Schlafhäuser und bekömmliches Essen; als Wesley Everest aus Europa nach Hause kam, nachdem er Europa für die Demokratie der Großen Vier erobert hatte, trat er der Holzfällergewerkschaft in Centralia bei, um gemeinsam mit seinen Kollegen den Staat Washington für die Arbeiter zu erobern. Die Wobblies waren Rote. Paul Bunyan fürchtet nichts auf dieser Welt.
Im Sommer 1919 ein Roter zu sein, war schlimmer, als im Sommer 1917 ein Hunne oder ein Pazifist zu sein.

Die Waldeigentümer, die Sägewerks- und Schindelkönige waren Patrioten; sie hatten den Krieg gewonnen (in dessen Verlauf der Holzpreis von 16 Dollar für tausend Fuß auf 116 Dollar stieg; ja es gibt sogar Fälle, in denen der Staat bis zu 1200 pro Tausend für Fichtenholz bezahlt hat); sie gingen daran, die Holzfällerlager von den Roten zu säubern; die freien Einrichtungen Amerikas müssen um jeden Preis erhalten bleiben; deshalb gründeten sie den Arbeitgeberverband und die Legion arbeitsfriedlicher Holzfäller, Scharen ehemaliger Soldaten fanden lohnende Beschäftigung, Versammlungsräume der IWW zu stürmen, Organisatoren zu lynchen und zu verprügeln, umstürzlerische Literatur zu verbrennen.
Am Gedenktag 1918 überfielen die Jungens der Amerikanischen Legion in Centralia, geführt von einer Gruppe der Handelskammer, das Versammlungslokal der IWW, verprügelten alle Anwesenden, sperrten einige von ihnen ein und beförderten die anderen in einem Lastauto über die Grenze, verbrannten die Papiere und Broschüren und versteigerten die Einrichtung zugunsten des Roten Kreuzes; der Schreibtisch der Wobblies steht heute noch in der Handelskammer.

Die Holzfäller mieteten ein neues Lokal, und die Gewerkschaft setzte ihr Wachstum fort. Paul Bunyan fürchtet nichts auf dieser Welt.
Vor dem Waffenstillstandstag 1919 waren Gerüchte im Umlauf, daß an diesem Tag das Lokal gestürmt werden solle. Ein junger Mann aus guter Familie mit angenehmen Manieren, Warren O. Grimm, war Offizier bei den amerikanischen Truppen in Sibirien gewesen; das stempelte ihn zu einer Autorität in den Fragen der Arbeiterbewegung und des Bolschewismus, und er wurde von den Unternehmern als Führer der Hundertprozentigen in der Bürgerschutzwehr gewählt, um Paul Bunyan ordentlich ins Bockshorn zu jagen.
Das erste, was die braven Patrioten taten: Sie packten einen blinden Zeitungshändler, verprügelten ihn und schmissen ihn jenseits der Grenze in einen Straßengraben.
Die Holzfäller holten juristischen Rat ein und kamen zu der Überzeugung, daß sie berechtigt seien, ihr Lokal und sich selber bei einem Überfall zu verteidigen. Paul Bunyan fürchtet nichts auf dieser Welt.
Wesley Everest war ein Meisterschütze; am Waffenstillstandstag zog er seine Uniform an und füllte seine Taschen mit Patronen. Everest war kein großer Redner; bei einer Versammlung im Gewerkschaftslokal am Sonntag vor dem Überfall war von der Möglichkeit einer Lynchaktion die Rede gewesen; Everest war den Seitengang auf und ab spaziert, seinen Militärmantel über dem Arbeitsanzug, und hatte Literatur und Broschüren verteilt; als die Jungens erklärten, sie würden sich einen zweiten Überfall nicht gefallen lassen, blieb er, die Zettel unterm Arm, plötzlich stehen, drehte sich eine Packpapierzigarette und lächelte ein komisches, stilles Lächeln.

Der Waffenstillstandstag war rauh und kalt; der Nebel wälzte sich vom Puget Sund herein, träufelte von den schwarzen Fichtenästen und den blanken Geschäftsfassaden. Warren O. Grimm befehligte im Demonstrationszug die Abteilung Centralia.

Die ehemaligen Soldaten trugen ihre Uniformen.
Als der Zug an dem Gewerkschaftshaus vorübermarschierte, ohne anzuhalten, atmeten die Holzfäller erleichtert auf; auf dem Rückmarsch ertönte plötzlich ein schriller Pfiff. Eine Stimme schrie: »Los ... ran, Jungs!« Sie stürzten auf das Lokal los.
Drei Mann schlugen die Tür ein. Schüsse knallten. Warren O. Grimm und noch ein ehemaliger Soldat wurden getroffen. Der Zug löste sich in Unordnung auf, aber die mit Flinten bewaffneten Männer sammelten sich wieder und erstürmten das Lokal. Sie fanden in einem alten Eisschrank versteckt ein paar unbewaffnete Männer und oben an der Treppe einen jungen Burschen in Uniform, der die Arme über den Kopf hielt. Wesley Everest hatte das Magazin seiner Flinte leergeschossen, die Flinte weggeschmissen und die Flucht ergriffen. Laufend bahnte er sich einen Weg durch die Menschenmenge im Hintergrund des Saales, hielt sie mit einer blauen Pistole in Schach, kletterte über einen Zaun und jagte eine schmale Gasse entlang. Der Mob setzte ihm nach, die Kerls warfen die Stricke weg, mit denen sie den Sekretär Britt Smith hatten lynchen wollen. Wesley Everest lockte den Pöbel auf seine Spur und rettete damit seinem Kameraden das Leben. Zweimal blieb er stehen, um mit ein paar Schüssen den Mob zurückzuscheuchen, dann lief er zum Fluß und begann ans andere Ufer zu waten. Als ihm das Wasser bis an die Hüften ging, blieb er stehen und drehte sich um.
Wesley Everest blickte dem Mob entgegen und lächelte ein komisches, stilles Lächeln. Er hatte seinen Hut verloren, seine Haare troffen von Wasser und Schweiß. Sie wollten auf ihn losstürzen.
»Zurück«, rief er. »Wenn Polizei unter euch ist, lasse ich mich verhaften.«
Der Pöbel stürzte auf ihn los. Er schoß viermal von der Hüfte aus, dann hatte er eine Ladehemmung. Er drückte auf den Abzug, zielte kaltblütig und erschoß den vordersten seiner Gegner. Das war Dale Hubbard, auch ein ehemaliger Soldat, Neffe eines der großen Waldbesitzer von Centralia.
Dann warf Wesley Everest die Waffe weg und wehrte sich

mit den Fäusten. Der Pöbel fing ihn. Einer schlug ihm mit dem Kolben einer Schrotflinte die Zähne ein. Jemand brachte einen Strick, und sie wollten ihn hängen. Eine Frau drängte sich durch die Menge und löste den Strick von seinem Hals.
Wesley Everest sagte: »Ihr habt nicht den Mut, einen Menschen am hellichten Tag aufzuhängen.«
Sie schleppten ihn ins Gefängnis und warfen ihn in eine Zelle. Inzwischen wurden die anderen Holzfäller gefoltert.
In der Nacht erloschen plötzlich die Lichter der Stadt. Eine Menschenmenge schlug das Gefängnistor ein. »Nicht schießen, Jungens, ich bin euer Mann«, sagte der Wachtposten. Wesley Everest empfing sie stehend. »Sagt den Kameraden, ich habe mein Bestes getan«, flüsterte er den Männern in den anderen Zellen zu.
Sie fuhren mit ihm in einer Limousine zu der Brücke über den Chelahis-Fluß. Während Wesley Everest betäubt auf dem Boden des Autos lag, schnitt ihm ein Geschäftsmann aus Centralia mit einem Rasiermesser den Penis und die Hoden ab. Wesley Everest stieß einen Schmerzensschrei aus. Jemand hat sich erinnert, daß er nach einer Weile flüsterte: »Um Gottes willen, Leute, erschießt mich ... laßt mich nicht so leiden.« Dann hängten sie ihn im Schein der Autolichter am Brückengeländer auf.

Der gerichtliche Leichenbeschauer fand die Sache äußerst spaßig.
Er meldete, Wesley Everest sei aus dem Gefängnis ausgebrochen und zu der Brücke über den Chehalis-Fluß gelaufen, habe sich einen Strick um den Hals gebunden und sei dann hinuntergesprungen; da der Strick zu kurz gewesen sei, sei er wieder hinaufgeklettert und habe einen längeren Strick am Geländer befestigt, sei wieder hinuntergesprungen, habe sich das Genick gebrochen und sich den Körper mit Kugeln gespickt.
Sie verpackten das verstümmelte Wrack in eine Kiste und verscharrten sie.

Niemand weiß, wo der Leichnam Wesley Everests begraben liegt, aber die sechs Holzfäller, die sie erwischten, wurden im Gefängnishof von Walla Walla begraben.

RICHARD ELLSWORTH SAVAGE

Die Zinnen und Pfeiler der Apsis von Notre-Dame sahen in dem späten Abendsonnenschein mürb und bröckelig aus wie Zigarrenasche. »Aber Sie müssen bleiben, Richard«, sagte Eleanor, während sie im Zimmer umherging und das Teegeschirr auf einem Brett zusammenstellte, damit es das Mädchen hinaustragen könne. »Ich muß doch noch etwas für Eveline und ihren Mann tun, bevor sie abfahren ... schließlich ist sie doch eine meiner ältesten Freundinnen ... ich habe ihre sämtlichen verrückten Anbeter eingeladen.« Eine Kolonne großer Lastkarren mit Weinfässern beladen polterte draußen den Kai entlang. Dick starrte in die graue Asche des Abends hinaus. »Machen Sie doch das Fenster zu, Richard, der Staub weht herein ... natürlich weiß ich, daß Sie früh weg müssen, um zu J. W. zum Presseempfang zu gehen ... Wenn das nicht wäre, hätte er herkommen müssen, der Arme, aber Sie wissen ja, wie beschäftigt er ist.« – »Na, ich habe auch nicht gerade viel Zeit – aber ich werde bleiben und das glückliche Paar begrüßen. Beim Militär habe ich das Arbeiten verlernt.« Er stand auf und ging ins Zimmer zurück, um sich eine Zigarette anzuzünden.

»Nun, Sie brauchen deshalb nicht so melancholisch zu sein.«

»Sie scheinen aber auch nicht vor Vergnügen zu schreien!«

»Ich bin der Meinung, daß Eveline einen schweren Fehler begeht ... Wir Amerikaner sind in Heiratssachen doch wirklich zu leichtsinnig!«

Dicks Kehle war wie zusammengeschnürt. Es fiel ihm auf, wie steif er die Zigarette in den Mund steckte, den Rauch inhalierte und wieder ausatmete. Eleanors Blicke ruhten auf seinem Gesicht, kühl und forschend. Dick sagte nichts, er bemühte sich, das Gesicht nicht zu verziehen.

»Haben Sie das arme Mädchen geliebt, Richard?«
Dick errötete und schüttelte den Kopf.
»Na, Sie brauchen nicht so zu tun, als ob Sie ein harter Mensch wären ... Nur wenn man noch sehr jung ist, tut man so, als ob man ein schrecklich harter Mensch wäre.«
»Berühmte Schönheit aus Texas bei einem Flugzeugunglück getötet ... VON EINEM OFFIZIER SITZENGELASSEN ... Aber die meisten Berichterstatter kennen mich und haben sich bemüht, die Sache zu vertuschen! ... Was hätte ich denn machen sollen? Wie Hamlet ins Grab springen? Der ehrenwerte Herr Barrow hat alles Nötige besorgt. Es war eine schrecklich unangenehme Sache ... Ich möchte bloß ein so harter Mensch sein, daß mir alles egal wäre! Wenn die Geschichte über uns hinwegtrampelt, ist nicht die Zeit für kleine hübsche Gefühlchen.« Er machte ein komisches Gesicht und begann mit verkniffenem Munde zu sprechen. »Ich will nichts weiter, Schwester, als mir mit Onkel Woodrow die Welt besehen ... le beau monde sans blague tu sais.« Eleanor lachte ihr kurzes schrilles Lachen, da hörte man draußen auf dem Treppenabsatz Evelines und Paul Johnsons Stimmen.
Eleanor hatte ihnen einen Käfig mit zwei blauen Sittichen gekauft ... Sie tranken Montracher und aßen mit Orangen gebratene Ente. Mitten im Essen mußte Dick aufstehen, um ins *Crillon* zu fahren. Er atmete auf, als er in die frische Luft kam, im offenen Taxi fuhr er am Louvre entlang, der sah riesenhaft aus im späten Dämmerlicht, die Pariser Straßen schienen leer und uralt verschollen wie das römische Forum. Während der ganzen Fahrt an den Tuilerien vorbei spielte er mit dem Gedanken, dem Chauffeur zuzurufen, er möge ihn in die Oper, in den Zirkus, zu den Befestigungen fahren, irgendwohin, hol's der Teufel, und Schluß. Er setzte sein Pokergesicht auf und marschierte an dem Portier des *Crillon* vorbei.
Miss Williams lächelte erleichtert, als er in der Türe erschien. »Oh, ich hatte Angst, Sie würden zu spät kommen, Hauptmann Savage.« Dick schüttelte den Kopf und rief: »Ist schon jemand da?« – »Sie kommen in Scharen, das gibt eine Spitze

in allen Zeitungen«, flüsterte sie. Dann mußte sie ans Telephon.

Der große Raum füllte sich bereits mit Korrespondenten. Jerry Burnham drückte ihm die Hand und flüsterte: »Hören Sie mal, Dick, wenn es sich um eine getippte Erklärung handelt, dann kommen Sie hier nicht lebend weg.« – »Nur keine Angst«, sagte Dick grinsend. – »Und wo steckt denn Robbins?« – »Abgehängt«, sagte Dick trocken. »Ich glaube, er sitzt in Nizza und säuft sich um den letzten Rest seiner Leber.«

J. W. war zur andern Tür hereingekommen, schritt durch den Raum, reichte seinen Bekannten die Hand und ließ sich die Fremden vorstellen. Ein junger Kerl mit zerzausten Haaren und schiefer Krawatte schob Dick einen Zettel in die Hand. »Fragen Sie ihn doch, ob er diese Fragen beantworten will.« – »Fährt er hinüber, um für den Völkerbund zu agitieren?« flüsterte ihm jemand ins andere Ohr.

Alles saß; J. W. stützte sich auf die Lehne seines Stuhles und sagte, sie wollten ganz ungezwungen miteinander plaudern, schließlich sei er ja selber ein alter Journalist. Dann kam eine Pause. Dick warf einen Blick auf J. W.s blasses, etwas fettiges Gesicht und sah, wie seine blauen Augen aufblitzten und die Gesichter der Korrespondenten musterten. Ein älterer Mann fragte mit ernster Stimme, ob Mr. Moorehouse etwas über die Meinungsverschiedenheiten zwischen dem Präsidenten und Oberst House mitteilen wolle. Dick setzte sich auf seinem Stuhl zurecht, um sich zu langweilen. J. W. antwortete mit einem kühlen Lächeln, danach sollten sie sich lieber bei Oberst House selber erkundigen. Als jemand das Wort Petroleum aussprach, reckten alle den Hals. Ja, er könne endgültig erklären, daß zwischen bestimmten amerikanischen Ölproduzenten und vielleicht der Royal Dutch Shell ein Abkommen, eine Arbeitsgemeinschaft abgeschlossen worden sei, oh, nein, natürlich nicht, um die Preise festzusetzen, sondern als ein Exempel für die neue Ära internationaler Zusammenarbeit, die jetzt angebrochen sei und in der große Kapitalgruppen zusammenarbeiten würden für den Frieden und für die Demokratie, gegen die reaktionären Militaristen auf der einen Seite und gegen die blutigen Mächte des Bolschewismus auf der anderen Seite.

Stühle scharrten und knarrten, Bleistifte knirschten über die Notizblocks, alle waren sehr aufmerksam und fast unterwürfig. Jedermann notierte sich, daß J. W. in zwei Wochen mit der *Rochambeau* nach New York zu fahren gedenke. Nachdem die Journalisten sich entfernt hatten, um ihre Depeschen abzuschicken, gähnte J. W. und bat Dick, ihn bei Eleanor zu entschuldigen, er sei wirklich zu müde, um heute abend zu ihr in die Wohnung zu kommen. Als Dick wieder auf der Straße war, hing noch ein letzter Rest der violetten Dämmerung am Himmel. Er rief ein Taxi an, verdammt noch mal, er konnte sich jetzt ein Taxi nehmen, wann er wollte.

Bei Eleanor ging es recht steif zu, die Leute saßen im Salon umher, und in dem einen Schlafzimmer, das mit Hilfe eines spitzenumsäumten, hohen Spiegels in eine Art Boudoir verwandelt worden war, unterhielten sie sich mürrisch und stockend. Der Bräutigam sah aus, als ob er Ameisen unter dem Kragen hätte. Eveline und Eleanor standen am Fenster und sprachen mit einem hageren Manne, es stellte sich heraus, daß das Don Stevens war, den die Besatzungstruppen in Deutschland verhaftet hatten und für den Eveline alle ihre Bekannten umhergehetzt hatte. »Und sooft ich in die Klemme komme«, sagte er, »finde ich einen kleinen Juden, der mir heraushilft ... Diesmal war es ein Schneider.« – »Nun, Eveline ist kein kleiner Jude und auch kein Schneider«, sagte Eleanor eisig, »aber ich kann Ihnen verraten, daß sie sehr viel für Sie getan hat.«

Er schüttelte Dick herzlich die Hand und sagte, er habe durch Steve Warner von ihm gehört. Er sei im *Crillon* gewesen, um zu hören, was Moorehouse zu sagen habe, und sei überrascht gewesen, ihn dort zu sehen. »O ja, ich mache Propaganda beim lieben Publikum«, sagte Dick lachend. Eleanor führte Dick zum Büfett, um ihm ein Glas Champagner zu geben. »Ich bin ganz froh, daß J. W. nicht

kommt«, sagte sie mit leiser Stimme, »das ist ja hier eine richtige Sozialistenversammlung.«
Stevens kam durchs Zimmer auf Dick zu und fragte ihn, was für ein Mensch Moorehouse sei. Dick errötete. Wenn bloß Stevens nicht so laut reden wollte! »Er ist ein außerordentlich tüchtiger Mann«, stotterte er. – »Ich hatte den Eindruck, daß er nur eine ausgestopfte Puppe ist ... Ich habe auch nicht begreifen können, was diese verfluchten Schafsköpfe von der bürgerlichen Presse sich eigentlich für ihre Blätter erwarteten ... Ich war für den Londoner *Daily Herald* dort.«
»Ja, ich habe Sie gesehen«, sagte Dick.
»Nach dem, was mir Steve Warner gesagt hat, war ich der Meinung, Sie gehörten zu den Leuten, die von innen her Zersetzungsarbeit leisten!«
»Zersetzen und sich zersetzen lassen!«
Stevens beugte sich über ihn, starrte ihn an, als wolle er ihm eine runterhauen. »Na, wir werden ja sehr bald wissen, in welchem Lager jeder steht. Es dauert nicht mehr lange, dann werden wir alle unser Gesicht zeigen müssen, wie man in Rußland sagt.«
Eleanor unterbrach sie mit einer frischen, dampfenden Flasche Champagner. Stevens kehrte zum Fenster zurück, um sich mit Eveline zu unterhalten. »Ebensogern möchte ich einen Baptistenprediger im Hause haben!« kicherte Eleanor.
»Hol's der Teufel, ich kann Menschen nicht ausstehen, die sich nur dann amüsieren, wenn sie anderen das Leben sauer machen«, brummte Dick leise. Eleanor lächelte ein schnelles spitzes Lächeln und gab ihm einen Klaps auf den Arm mit ihrer schmalen weißen Hand, an deren Fingern lange, spitze, rosarote, mit einem Halbmond gezeichnete Nägel saßen.
»Ich auch nicht, Dick, ich auch nicht.«
Als Dick flüsternd bemerkte, daß er Kopfschmerzen habe und lieber nach Hause gehen und sich ins Bett legen wolle, packte sie seinen Arm und zog ihn auf den Flur. »Unterstehen Sie sich nicht, jetzt nach Hause zu gehen und mich mit diesen kalten Fröschen allein zu lassen.« Dick verzog

das Gesicht und kehrte mit ihr in den Salon zurück. Sie goß ihm ein Glas Champagner aus der Flasche ein, die sie noch in der Hand hielt. »Kopf hoch, Eveline«, flüsterte sie quarrig. Jetzt klappt sie schon zum drittenmal zusammen.
Dick stand stundenlang umher und unterhielt sich mit Mrs. Johnson über Bücher, Theaterstücke und über die Oper. Keiner von ihnen schien den Worten des andern folgen zu können. Eveline schaute unaufhörlich ihren Mann an. Er hatte ein jungenhaftes, etwas kindisches Aussehen, das Dick sympathisch war. Er stand am Büfett neben Stevens und trank sich allmählich einen Schwips an; Stevens aber machte unaufhörlich häßliche, deutlich vernehmbare Bemerkungen über gewisse Schmarotzerexistenzen und über die verwöhnten Söhnchen der Bourgeoisie. Das ging lange Zeit so weiter. Paul Johnson wurde übel, Dick mußte ihn ins Badezimmer lotsen. Nachdem er in den Salon zurückgekehrt war, kam es fast zu einer Prügelei zwischen ihm und Stevens, der nach einer Diskussion über die Friedenskonferenz mit geballten Fäusten auf ihn losging und ihn wüst beschimpfte. Die Johnsons beförderten Stevens eilig hinaus. Eleanor ging zu Dick hin, umarmte ihn und sagte, er habe sich prächtig benommen.
Paul Johnson kam noch einmal zurück, um die Papageien zu holen. Er war blaß wie eine Leinwand. Der eine kleine Vogel war gestorben und lag mit emporgereckten Klauen steif auf dem Rücken.
Gegen drei Uhr früh fuhr Dick in einem Taxi in sein Hotel nach Hause, er war verdrossen, schläfrig und tief verwirrt.

Weltwochenschau XLIII

die Transparente wurden den Radikalen aus den Händen gerissen, die Kleider wurden ihnen zerfetzt und die Augen blaugeschlagen, dann erst ließen die Militärs und ehemaligen Soldaten von ihnen ab. 34 Tote nach Genuß von Holzalkohol Einstellung des Eisenbahnverkehrs in Frankreich nicht ausgeschlossen Gerard wirft seinen Hut in den Ring

OBERSTER GERICHTSHOF ZERSTÖRT DIE LETZTEN HOFFNUNGEN DER TRINKLUSTIGEN

Ein durch Raketensignale herbeigerufenes Rettungsboot sucht vergeblich sechzehn Stunden lang
Les Gens Sages Fuient Les Reunions Politiques

WALL STREET SCHLIESST MATT: FURCHT VOR GELDVERKNAPPUNG

EIN KLEINER CARUSO ERWARTET

Seine Mutter, Mrs. W. D. McGillicudy, sagte: Mein erster Mann wurde beim Überschreiten der Geleise von dem herannahenden Zug getötet, mein zweiter Mann ist auf dieselbe Weise ums Leben gekommen, und jetzt ist es meinem Sohn genauso ergangen ...

DER MOB IN KNOXVILLE
MIT MASCHINENGEWEHREN NIEDERGEMÄHT

Flieger leben sechs Tage lang von Schellfisch

die Polizei zwang die Demonstranten, diese Fahnen einzuziehen, und befahl der Versammlung, keinerlei rote

Embleme zu zeigen außer dem Rot im Sternenbanner der Vereinigten Staaten es mag aber nicht indiskret sein, auf jeden Fall kann es seinem Ruhm nicht abträglich sein, wenn man feststellt, daß General Pershing, als die Nachricht eintraf, seekrank in seiner Kabine lag alter 89er hütet Kaugummi als kostbares Andenken konnte beim Abschluß der Völkerbunddebatte seine heitere Miene nicht mehr wahren

DER LEICHNAM EINES AMERIKANERS

Währendder Kongreßdervereinigtenstaaten durcheinengleichzeitigenbeschluß vomviertenmärz denkriegsministerermächtigthat denleichnameines Amerikanersderdenamerikanischenexpeditionstruppenineuropaangehört und währenddesweltkriegesseinlebenverlorenhatunddessenidentitätnichtfestzustellenwar nachdenvereinigtenstaatenzubringen umihn indergedächtnishalledesnationalfriedhofesvonarlingtoninvirginia beizusetzen

In der Teerpappen-Morgue in Châlons-sur-Marne, im Schwalm des Chlorkalks und der Toten, suchten sie den Fichtensarg aus, der alles enthielt, was noch übrig war von eene meene ming mang, noch viele andere Fichtensärge standen stapelweise da und enthielten, was man zusammengescharrt hatte von Richard Ping oder andern unbekannten Männern,
aber nur einer darf mit.
Wie haben sie denn gerade John Pang erwischt?
Gebt acht, daß er kein Schwarzer ist, Jungens.
Gebt acht, daß er kein Halbblut und kein Jude ist.
Woher wollt ihr wissen, daß einer ein Hundertprozentiger war, wenn ihr nichts von ihm habt als einen Leinensack voller Knochen, Bronzeknöpfe, mit dem schreienden Adler gestempelt, und ein Paar Wickelgamaschen?
. . . und das würgende Chlor und der kotzige Dreckgestank der ein Jahr alten Leichen . . .

der Tag war übrigens für jeglichen Beifall viel zu bedeutungsvoll und tragisch. Schweigen, Tränen, Gesänge und Gebete, gedämpfte Trommeln und leise Musik waren diesmal die Ausdrucksmittel nationaler Zustimmung . . .

John Pang wurde geboren (pochendes Getöse des Bluts der Liebenden,
im schaudernden Höhenflug eines Mannes und einer Frau allein,
gemeinsam taumeln in das Fürimmer,
und neun Monate kränkelnder Schlaftrunkenheit, Erwachen in ängstlicher Qual, und Schmerzen und Blut und Dreck der Geburt) John Pang wurde geboren
und wuchs heran in Brooklyn, in Memphis, am Ufer des Sees in Cleveland in Ohio, im Gestank der Schlachthöfe von Chi, auf dem Beacon Hill in einem alten Ziegelhaus, in Alexandria, in Virginia, auf dem Telegraph Hill, in einer Holzvilla (Tudor-Stil) in Portland, der Rosenstadt,
in dem Wöchnerinnenspital, das der alte Morgan am Stuyvesant Square gestiftet hat,
neben dem Eisenbahngleis, draußen in der Nähe des Landklubs, in einer Baracke, einem Blockhaus, einer Zinskaserne, einer Pension, einem vornehmen Villenvorort;
Sproß einer der besten Familien der Gesellschaft, gewann den ersten Preis bei dem Babywettbewerb in Coronado Beach, war Murmelchampion der Volksschule von Little Rock, erstklassiger Korbballspieler auf dem Gymnasium, Back in der Staatlichen Besserungsanstalt, wurde, da er den Sohn des Sheriffs vor dem Ertrinken im Kleinen Missouri gerettet hatte, nach Washington eingeladen und photographiert, wie ihm der Präsident auf den Stufen zum Weißen Haus die Hand schüttelt; –

obgleich der Anlaß ein trauriger ist, hat die Versammlung notwendigerweise einen recht bunten Anstrich. In den Logen sieht man die Galauniformen der ausländischen Diplomaten, die goldenen Tressen unserer eigenen und der ausländischen Flotten und Armeen, das konventionelle Schwarz, das der amerikanische Staatsmann am Vormittag trägt, die vielfarbigen Pelze und Straßenmäntel der Mütter und Schwestern, die zu dieser Trauerfeier erschienen sind, das Braun und Blau der Soldaten und Matrosen, das Geglitzer der Musikinstrumente und das Schwarzweiß eines eingekleideten Chors . . .

– Laufbursche, Erntearbeiter, Schweinehirt, Pfadfinder, erstklassiger Maisaushülser im westlichen Kansas, Page im *United States Hotel* in Saratoga Springs, Bürojunge, Obsthändler, Telephonist, Hafenarbeiter, Holzfäller, Spenglergehilfe, arbeitete bei einer Vertilgungsfirma in Union City, füllte die Pfeifen in einer Opiumhöhle in Trenton, N. J., Spediteur, Autochauffeur, Fordmechaniker, hausierte mit Büchern in Denver, Colorado: Gnädige Frau, würden Sie einem Werkstudenten unter die Arme greifen?

Präsident Harding schloß seine Rede in einem ehrfurchtsvollen Ton, der um so eindrucksvoller war, da es sich schließlich um den höchsten Beamten des Staates handelte:

Wir haben uns heute versammelt, um unpersönlichen Tribut zu zollen . . .
der Name des Mannes, dessen Leichnam vor uns liegt, ist mit seiner unsterblichen Seele entflohen . . .
als der typische Soldat dieser parlamentarischen Demokratie kämpfte und starb er im Glauben an die unbestreitbare Gerechtigkeit der Sache seines Vaterlandes . . .

Dann hob er die Hand und forderte die Tausende, die seine Stimme hören konnten, auf, in das Gebet mit einzustimmen:

Vater unser, der du bist im Himmel, geheiliget sei dein Name . . .

Nackt trat er in die Armee ein;
sie wogen dich, maßen dich, sie untersuchten dich auf Plattfüße, drückten deinen Penis, um zu sehen, ob du Tripper hast, schauten dir in den Hintern, um zu sehen, ob du Hämorrhoiden hast, zählten deine Zähne, ließen dich husten, horchten dein Herz und deine Lunge ab, ließen dich die Buchstaben auf der Wandkarte lesen, registrierten deinen Urin und deine Intelligenz,
legten für dich einen Dienstakt an (unsterbliche Seele),
sie gaben dir eine Erkennungsmarke, in die deine Seriennummer eingestempelt war und die du um den Hals hängen

mußtest, verabreichten dir eine reguläre Montur, eine Pfefferbüchse und eine Abschrift der Kriegsartikel.
Habt acht! Zieh den Bauch ein, du ... weg mit diesem Grinsen, rechts schaut, was glaubt ihr denn, ihr seid bei einem Kirchenfest? Vorwärts marsch!

John Pang
und Richard Ping und andere unbekannte Personen
exerzierten, ochsten das Waffenreglement, fraßen Kommißfutter, lernten salutieren, marschieren, sich auf den Latrinen herumdrücken, an Deck ist das Rauchen verboten, Wachdienst an der Front, vierzig Mann und acht Pferde, Inspektion, und das Singen der Schrapnells, und die schrillen Geschosse, die die Luft durchkämmen,
die Maschinengewehre, Schmutzkübel, Gasmasken und das Jucken.

Hör mal, Kamerad, sag mir doch, wo ich meine Abteilung finden kann.

John Pang hatte einen Kopf; etliche zwanzig Jahre lang belasteten die Nerven der Augen, der Ohren, des Gaumens, der Zunge, der Finger, der Zähne, der Achselhöhlen, die warmfühlenden Nerven unter der Haut das verknäuelte Gehirn mit Schmerz, Süß, Warm, Kalt, Mein, Mußt, Nicht, Sprichworten, Druckbuchstaben, Schlagzeilen:
Du sollst nicht, Multiplikationstafel, arithmetische Division, jetzt ist die Stunde da für den Mutigen, klopft nur einmal an des Jünglings Tür, schön ist das Leben, die ersten fünf Jahre sind's, Sicherheit das erste Gebot, angenommen, ein Hunne vergewaltigt deine, my country right or wrong, was ich nicht weiß, macht, packt sie fest an, nichts sagen, er hat es reichlich verdient, dieses Land hier gehört den Weißen, ins Gras beißen, abschieben, wenn es dir nicht paßt, kannst du, hat ihn abgemurkst

Hör mal, Kumpel, kannst du mir nicht sagen, wo ich meine Abteilung wiederfinde?

Ich kann mir nicht helfen, ich zucke zusammen, sooft so ein Ding losgeht, die Dinger machen mir Beine, meine Erkennungsmarke habe ich verloren, beim Schwimmen in der Marne, bei einer Pöbelei mit einem Kameraden, während wir auf das Entlausen warteten, im Bett bei einem Mädchen namens Jeanne (Liebesfilm, französische Postkarten, nasser Traum, beginnt mit Salpeter und Kaffee und endet auf der Rettungswache).

Hör mal, Soldat, um Gottes willen, kannst du mir nicht sagen, wo ich meine Abteilung wiederfinde?

John Pangs
Herz pumpte Blut,
lebendig pochendes Schweigen des Blutes in deinen Ohren, dort auf der Lichtung im Walde von Oregon, wo die Kürbisse kürbisfarben waren,
strömt durch die Augen und die herbstfarbenen Bäume ins Blut,
und die braunen wilden Schwäne hüpften durch das dürre Gras, winzige, gestreifte Schnecken hingen unten an den Halmen, und die Fliegen summten, die Wespen brummten, Hummeln surrten,
und die Wälder rochen nach Wein, nach Pilzen, nach Äpfeln, heimeliger Geruch des Herbstes strömt ins Blut;
und ich warf den Stahlhelm weg und den verschwitzten Tornister und lag platt auf der Erde, die Hundstagssonne leckte meinen Hals und meinen Adamsapfel und die straffe Haut über dem Brustbein.
Die Granate trug seine Nummer.
Das Blut sickerte in die Erde.
Der Personalakt fiel aus dem Registerschrank, als der Quartiermeister-Sergeant in aller Eile seinen Kram zusammenraffen und das Quartier verlassen mußte.
Die Erkennungsmarke lag auf dem Grunde der Marne.

Das Blut sickerte in die Erde, das Gehirn rann aus dem zertrümmerten Schädel und wurde von den Grabenratten

aufgeleckt, der Bauch schwoll an und züchtete eine Generation von Schmeißfliegen;
und das unverwesliche Skelett,
die Fetzen vertrockneter Eingeweide und Haut, in Khaki gehüllt,
brachten sie nach Châlons-sur-Marne,
betteten sie sauber in einen Fichtensarg,
transportierten sie auf einem Kriegsschiff heimwärts in das Gottesländchen,
begruben sie in einem Sarkophag in der Gedenkhalle auf dem Nationalfriedhof von Arlington,
breiteten die amerikanische Fahne über den Sarg,
und der Hornist blies den Zapfenstreich,
und Mr. Harding betete zu Gott, und die Diplomaten und die Generale und die Admirale und die Gendarmen und die Politiker und die schön gekleideten Damen aus der Gesellschaftsrubrik der *Washington Post* erhoben sich feierlich und dachten, wie schön traurig es sei, Ruhmesbanner, Gottesländchen, daß der Hornist den Zapfenstreich blies, die drei Salven ließen ihre Ohren klingen.

An die Stelle, wo seine Brust hätte sein müssen, nadelten sie die Kongreßmedaille, das DSC, die Medaille Militaire, das belgische Croix de Guerre, die italienische Goldene Medaille, die Virtutea Militara, welche die Königin Maria von Rumänien geschickt hatte, das tschechoslowakische Kriegskreuz, die Virtuti militari der Polen, einen Kranz, den Hamilton Fish, Junior, aus New York, gestiftet hatte, und einen kleinen Wampum, den eine Abordnung von Rothäuten aus Arizona in Kriegsbemalung und Federschmuck überreicht hatte. Und alle Washingtoner brachten Blumen.

Woodrow Wilson brachte einen Mohnblumenstrauß.

Zu diesem Buch

Mit einem revolutionären, vom Film übernommenen Erzählverfahren hat John Dos Passos New York und den amerikanischen Kontinent zum Thema seiner großen Romane gemacht. In der USA-Trilogie entwickelte er diese Technik zu höchster Meisterschaft. Damit gelang ihm nicht nur die Darstellung individueller Schicksale, sondern das Porträt einer hoch komplexen Gesellschaft.

«Frappierend ist die Aktualität der drei Bände, und das nicht nur, was Amerika betrifft.» (DIE ZEIT)

John Dos Passos wurde am 14. Januar 1896 als Sohn eines begüterten Rechtsanwalts portugiesischer Abkunft in Chicago geboren. Nach Jugendjahren in Mexiko und Westeuropa studierte er in den Jahren 1912 bis 1916 an der Harvard University. Mit der Absicht, Architekt zu werden, ging er nach Spanien, aber der Ausbruch des Ersten Weltkriegs gab seinem Leben eine andere Wendung. Die als Sanitäter empfangenen unmittelbaren Eindrücke von den Schlachtfeldern machten ihn zum entschiedenen Pazifisten. 1919 erschien «Feuertaufe eines Mannes 1917». 1921 ein zweites, reiferes Kriegsbuch, «Drei Soldaten», das heute als der erste bedeutende amerikanische Kriegsroman der Moderne gilt. Kämpferisch gegen jegliche Unterdrückung des Individuums durch die kapitalistische Gesellschaft wirkend, trat Dos Passos 1926 der linksgerichteten Zeitschrift «New Masses» bei. 1928 besuchte er die Sowjetunion, bekannte sich aber schließlich in einer Studie ausdrücklich zur demokratischen Tradition Amerikas. So sehr seine dichterische Produktion auch von politischer Überzeugung mitbestimmt wurde, unterwarf sie sich doch nie einem ideologischen Diktat. Der bahnbrechende Stil von «Manhattan Transfer» (1925; rororo Nr. 4133) bleibt auch charakteristisch für die Romantrilogie «USA» mit den Bänden «Der 42. Breitengrad» (1930), «Neunzehnhundertneunzehn» (1932) und «Die Hochfinanz» (1936). Als ein Höhepunkt seiner Spätwerke gilt der Roman «Jahrhundertmitte» (1961). Sein Œuvre umfaßt über zwanzig Romane, dazu Reiseberichte, Essaysammlungen, Dramen und lyrische Werke. John Dos Passos starb am 28. September 1970 in Baltimore.

John Dos Passos

Die Hochfinanz

Roman **USA-Trilogie 3**

Deutsch von
Paul Baudisch

rororo
Rowohlt

Die amerikanische Originalausgabe erschien unter dem Titel
«The Big Money» bei Houghton Mifflin Company, Boston
Vom Übersetzer durchgesehene Übertragung
Umschlagentwurf Walter Hellmann
unter Verwendung zeitgenössischer Fotos

11.–20. Tausend Januar 1996

Veröffentlicht im Rowohlt Taschenbuch Verlag GmbH,
Reinbek bei Hamburg, März 1979

Gesamtherstellung Clausen & Bosse, Leck
Printed in Germany
4500-ISBN 3 499 13731 3

CHARLEY ANDERSON

Charley Anderson lag in seiner Koje, in einem grellroten Gesumm. O Titine! – hol der Teufel die Töne von gestern nacht. Mit brennenden Augen lag er platt auf dem Rücken, die Zunge in seinem Munde war aus dickem, warmem, saurem Filz. Er zog die Füße unter der Decke hervor und ließ sie über den Kojenrand baumeln, große, weiße Füße mit rosa Beulen an den Zehen. Dann ließ er sie auf den roten Teppich hinabgleiten und wankte mit weichen Knien ans Bullauge. Er steckte den Kopf hinaus.

Kein Hafenkai, nur Nebel und kleine, graugrüne Wellen, die gegen den schuppigen Schiffsbord klatschten. Vor Anker. Hoch oben, im Nebel verborgen, kreischte eine Möwe. Fröstelnd zog er den Kopf zurück.

Am Waschbecken benetzte er Gesicht und Hals mit kaltem Wasser. Dort, wo das kalte Wasser die Haut traf, lief sie rot an. Es wurde ihm kalt und übel, er kroch in seine Koje zurück und zog die warme Decke ans Kinn herauf. Zu Hause. Hol der Teufel diese Melodie.

Er sprang auf. Jetzt brummten sein Kopf und sein Magen im gleichen Takt. Er zog den Nachttopf hervor und beugte sich über ihn. Er würgte. Ein bißchen grüne Galle. Nein, ich will nicht kotzen. Er zog die Unterhose und die Kordhose seiner Uniform an und seifte sich ein, um sich zu rasieren. Beim Rasieren wurde er melancholisch. Ich brauch unbedingt... Er klingelte nach dem Steward. »Bonjour, M'sieur.« – »Hör zu, Billy – bring mir einen doppelten Kognak, tuttswitt!«

Sorgfältig knöpfte er das Hemd zu und schlüpfte in den Waffenrock. Er betrachtete sich im Spiegel. Seine Augen waren rot umrandet und das Gesicht grün unter der Sonnenbräune. Plötzlich wurde ihm wieder übel. Ein saures Würgen stieg ihm aus dem Magen in der Gurgel hoch. Mein Gott, wie diese französischen Schiffe stinken! Ein Klopfen, das

Froschgrinsen des Stewards und ein »Voilà, M'sieur!« Auf dem weißen Teller schwappte dünne, gelbe Brühe aus dem Glas. »Wann legen wir an?« Der Steward zuckte die Achseln und brummte: »La brume.«
Noch immer tanzten grüne Flecken vor seinen Augen, während er die nach Linoleum riechende Kajütentreppe hinaufging. Oben an Deck preßte der Nebel sich feucht gegen sein Gesicht. Er steckte die Hände in die Taschen und beugte sich vor. Keine Menschenseele an Deck, ein paar Koffer, zusammengeklappte und aufeinandergestapelte Liegestühle. Nach Luv zu war alles triefnaß. An den messingumrandeten Fenstern sickerten Tropfen herab. Rundumher nichts als Nebel.
Bei der nächsten Runde traf er Joe Askew. Joe sah prächtig aus. Sein kleines Schnurrbärtchen saß adrett unter der schmalen Nase. Seine Augen waren klar.
»Ist das nicht eine verfluchte Sauerei, Charley? Nebel!«
»Scheußlich.«
»Kater?«
»Du siehst prima aus, Joe.«
»Ja, warum nicht? Ich bin nervös, bin seit sechs Uhr auf. Der Teufel soll den Nebel holen, es kann uns blühen, daß wir den ganzen Tag hier herumliegen.«
»Ein richtiger Nebel.«
Sie machten ein paarmal die Runde ums Deck.
»Hast du bemerkt, wie es auf diesem Schiff stinkt, Joe?«
»Weil es vor Anker liegt und der Nebel die Geruchsnerven stimuliert. Frühstück?« Charley schwieg eine Weile, dann holte er tief Atem und sagte: »Schön, versuchen wir's.«
Im Speisesaal roch es nach Zwiebeln und Messingpolitur. Die Johnsons saßen bereits zu Tisch. Mrs. Johnson sah bleich und kühl aus. Sie hatte ein graues Hütchen auf, das Charley noch nicht gesehen hatte: schon bereit, an Land zu gehen. Als Paul Charley begrüßte, lächelte er matt. Charley bemerkte, daß seine Hand zitterte, als er nach dem Glas mit dem Apfelsinensaft griff. Seine Lippen waren weiß.
»Hat jemand Ollie Taylor gesehen?« fragte Charley.
»Der Herr Major fühlt sich bestimmt nicht sehr wohl«, sagte Paul, in sich hineinlachend. »Und wie fühlen Sie sich, Charley?« fragte Mrs. Johnson in süßem Ton.

»Oh, ich... Ich fühle mich prima.«
»Lügner!« sagte Joe Askew.
»Ich kann mir nicht vorstellen«, sagte Mrs. Johnson, »warum die Herren gestern nacht so lange aufgeblieben sind.«
»Wir haben ein bißchen gesungen«, sagte Joe Askew.
»Ich kenne jemand«, sagte Mrs. Johnson, »der sich angezogen ins Bett gelegt hat.« Sie sah Charley an.
Paul wechselte das Thema: »Tja, nun sind wir wieder im lieben Vaterland.« – »Ach«, rief Mrs. Johnson, »ich kann mir gar nicht denken, wie mir Amerika vorkommen wird.«
Charley verschlang seine Waffs avec du Bejkon und den Kaffee, der nach Spülwasser schmeckte.
»Wißt ihr, worauf ich mich freue?« sagte Joe Askew. »Auf ein richtiges, amerikanisches Frühstück.«
»Grapefruit«, sagte Mrs. Johnson.
»Flocken mit Sahne«, sagte Joe.
»Warme Maisbrötchen«, sagte Mrs. Johnson.
»Frische Eier mit echtem Virginiaschinken«, sagte Joe.
»Kuchenbrot und Landwurst«, sagte Mrs. Johnson.
»Fleischpudding«, sagte Joe.
»Guter Kaffee mit echter Sahne«, sagte Mrs. Johnson lachend.
»Eins zu null für dich«, sagte Paul, verzog das Gesicht zu einem kläglichen Lächeln und verließ den Tisch.
Charley nahm einen letzten Schluck Kaffee. Dann sagte er, er wolle hinaufgehen, um nachzusehen, ob die Einwanderungsbeamten schon an Bord gekommen seien. »Ja, was ist denn mit Charley los?« Während er die Treppe hinauflief, hörte er Joe und Mrs. Johnson miteinander lachen.
An Deck stellte er fest, daß er sich nicht übergeben würde. Der Nebel hatte sich ein wenig gelichtet. Achtern von der *Niagara* waren die Schatten anderer vor Anker liegender Dampfer zu sehen und dahinter eine rundliche Silhouette, vielleicht Land. Über ihm kreisten und kreischten die Möwen. Irgendwo draußen auf dem Wasser tutete ab und zu ein Nebelhorn. Charley ging nach vorn und lehnte sich in den feuchten Nebel hinaus.
Joe Askew, eine Zigarre rauchend, trat von hinten an ihn heran und nahm ihn beim Arm. »Solltest lieber spazierengehen, Charley. Ist das nicht eine verdammte Sauerei! Es

sieht fast so aus, als hätten sie uns bei dem großen Kladderadatsch unser liebes, altes New York torpediert... Gottverdammich, ich kann nichts sehen. Du?«
»Vor einer Weile glaubte ich Land zu sehen, aber jetzt ist es weg.«
»Es müßten die Atlantic Highlands sein. Wir liegen vor dem Hook ... Gottverdammich, ich will an Land.«
»Wird deine Frau dich abholen, Joe?«
»Wahrscheinlich ... Hast du Bekannte in New York, Charley?« – Charley schüttelte den Kopf. »Ich habe einen weiten Weg vor mir, bevor ich zu Hause bin ... Und ich weiß nicht, was ich dann anfangen werde.«
»Verflucht noch mal, wir werden den ganzen Tag hier herumliegen.«
»Joe«, sagte Charley, »wollen wir noch einen heben – zum Abschied?«
»Die Scheißbar ist zu.«
Sie hatten bereits am Abend zuvor ihre Koffer gepackt. Jetzt hatten sie nichts mehr zu tun. Den ganzen Vormittag saßen sie im Rauchsalon und spielten Rommé. Niemand brachte es fertig, sich auf das Spiel zu konzentrieren. Paul ließ immer wieder die Karten fallen. Kein Mensch wußte, wer dran war. Charley vermied es geflissentlich, Mrs. Johnson anzusehen, die schmale Rundung ihres Halses, die unter dem grauen Pelzbesatz ihres Kleides verschwand. »Ich kann mir nicht vorstellen«, wiederholte sie, »worüber die Herren sich gestern nacht so lange unterhalten haben ... Als ich zu Bett ging, war ich der Meinung, wir hätten alles bequatscht, was es nur zu bequatschen gibt.« – »Oh, wir haben noch eine Menge Themen gefunden, aber sie äußerten sich meistens in gesanglicher Form«, sagte Joe Askew.
»Ich weiß, daß ich immer was versäume, wenn ich zu Bett gehe.« Charley sah, daß Paul, der neben ihm saß, sie liebevoll mit seinen blassen Augen betrachtete. »Aber«, sagte sie mit ihrem aufreizenden Lächeln, »es ist so langweilig, lang aufzubleiben.«
Paul wurde rot, er sah aus, als würde er zu weinen beginnen. Charley hätte gern gewußt, ob Paul dasselbe dachte wie er.
»Also!« sagte Joe Askew lebhaft. »Wer gibt?«

Gegen Mittag kam Major Taylor in den Rauchsalon. »Guten Morgen allerseits ... Bestimmt ist niemand mulmiger zumute als mir. Der Kapitän sagt, wir werden vielleicht erst morgen früh anlegen.« Sie legten die Karten hin, ohne die Partie zu beenden. »Das ist ja reizend«, sagte Joe Askew.
»Meinetwegen!« sagte Ollie Taylor. »Ich bin ein Wrack. Der letzte der saufenden, raufenden Taylors ist ein Wrack. Den Krieg konnten wir aushalten, aber der Friede hat uns erledigt.« Charley blickte zu Ollie Taylors grauem Gesicht auf, das schlaff herabhing im bleichen Nebellicht, das durch die Fenster des Rauchsalons drang, und er sah die weißen Strähnen in seinem Haar, in seinem Schnurrbart. Himmel Herrgott, dachte er bei sich, ich werde das Trinken aufgeben.
Irgendwie brachten sie es fertig, den Lunch zu verdrücken, dann wanderten sie in ihre Kajüten, um sich schlafen zu legen. Im Gang vor seiner Kajüte traf Charley Mrs. Johnson. »Die ersten zehn Tage werden am schwersten sein, Mrs. Johnson.«
»Warum sagen Sie nicht Eveline zu mir wie alle anderen?«
Charley wurde rot. »Es hat keinen Sinn. Wir werden uns nicht mehr wiedersehen.«
»Warum nicht?« sagte sie. Er blickte in ihre länglichen, braunen Augen, die Pupillen weiteten sich, bis das Braun ganz schwarz wurde.
»Mein Gott, mir wär es natürlich nur recht«, stotterte er. »Bitte, glauben Sie doch nicht, daß ich...«
Sie war bereits mit geschmeidigem Schritt an ihm vorbeigestreift und im Gang verschwunden. Er ging in seine Kajüte und knallte die Tür zu. Seine Koffer waren gepackt. Der Steward hatte das Bettzeug weggeräumt. Charley warf sich mit dem Gesicht nach unten auf den gestreiften, muffig riechenden Drillich der Matratze. »Der Teufel soll dieses Frauenzimmer holen!« murmelte er.
Das Rattern einer Dampfwinde weckte ihn auf, dann hörte er die Glocke im Maschinenraum läuten. Er blickte zum Bullauge hinaus und sah im matten Sonnenschein einen gelbweißen Zollkutter und dahinter etliche Fachwerkhäuser. Der Nebel lichtete sich. Sie befanden sich in den Narrows. Nachdem er sich den quälenden Schlaf aus den Augen ge-

waschen hatte und an Deck gelaufen war, pirschte die *Niagara* sich langsam durch die grüngrau schimmernde Bucht. Der rötliche Nebel hing hochgerafft wie eine Gardine am Himmel. Ein rotes Fährboot kreuzte ihren Kurs. Zur Rechten lag eine Reihe vier- und fünfmastiger Schoner vor Anker, dahinter ein Bagger und eine Gruppe plumper Transportdampfer, zum Teil noch mit Flecken und Streifen getarnt. Und gerade voraus im Nebeldunst zitternd die Konturen der Hochhäuser New Yorks.

Joe Askew gesellte sich zu ihm, er hatte seinen Trenchcoat an und den deutschen Feldstecher über der Achsel. Joes blaue Augen funkelten. »Siehst du schon die Freiheitsstatue, Charley?«

»Nein ... Doch – da ist sie. Ich habe sie größer in Erinnerung.«

»Dort ist Black Tom, wo die Explosion passiert ist.«

»Es rührt sich nicht viel, Joe.«

»Weil Sonntag ist.«

»Ausgerechnet Sonntag muß es sein.«

Jetzt waren sie in der Höhe der Battery angelangt. Hinter den bleichen Wolkenkratzern verschwammen die langgestreckten Bögen der Brücken von Brooklyn in rauchige Schatten.

»Tja, Charley, hier haben die Herrschaften ihre Gelder versteckt. Wir müssen sehen, daß wir ihnen einiges abzwakken.« Joe Askew kaute seinen Schnurrbart.

»Wenn ich nur wüßte, wie man es anpackt, Joe.«

Sie fuhren an einer langen Reihe gedeckter Hellinge entlang. Joe streckte die Hand aus. »Schreib mal eine Zeile, Charley, mein Junge, ja? Es war doch ein schöner, großer Krieg!« – »Ich werde bestimmt schreiben, Joe.«

Zwei Schlepper bugsierten die *Niagara* gegen die kräftige Ebbe in die Helling. Über dem Kaischuppen wehten amerikanische und französische Flaggen, in den dunklen Toren standen Menschenklüngel und winkten. »Dort ist meine Frau«, sagte Joe Askew plötzlich. Er drückte Charleys Hand. »Tschüs, mein Junge! Wir sind zu Haus.«

Im Handumdrehen und viel zu früh spazierte Charley den Laufsteg hinunter. Der Transportoffizier warf einen flüchtigen Blick auf seine Papiere, der Zollbeamte sagte: »Schön, wieder daheim zu sein, Herr Leutnant, was?« – und klebte seine Zettel auf den Handkoffer. Charley marschierte an dem Missionsfritzen, an den beiden Reportern und dem Vertreter des Stadtrates vorbei. Die wenigen Menschen und die verstreuten Gepäckstücke machten einen verlassenen, verlorenen Eindruck in dem gelben Halbdunkel des riesigen Schuppens. Major Taylor und die Johnsons reichten einander wie Fremde die Hand.

Dann brachte er seinen kleinen Khakikoffer zu einem Taxi. Die Johnsons hatten bereits ein Taxi erwischt und warteten auf einen fehlgeleiteten Koffer. Charley ging zu ihnen hin. Er wußte nicht, was er sagen sollte. Paul sagte, wenn er in New York bliebe, müsse er sie besuchen, aber er blieb vor der Tür des Taxis stehen, so daß Charley es schwer hatte, mit Eveline zu sprechen. Als der Träger mit dem Koffer ankam, sah Charley, wie die Muskeln in Pauls Kinn sich entspannten. »Vergessen Sie ja nicht, uns zu besuchen!« sagte Paul, stieg ein und knallte die Tür zu.

Charley kehrte zu seinem Taxi zurück mit der Erinnerung an längliche, braune Augen und ein aufreizendes Lächeln. »Wissen Sie, ob Offiziere im *McAlpin* noch immer Sonderpreise bekommen?« fragte er den Taxichauffeur.

»Sicher wird man Sie anständig behandeln, wenn Sie Offizier sind ... Sind Sie Landser, kriegen Sie einen Tritt in den Hintern«, sagte der Taxichauffeur mit schiefem Maul und schaltete brutal den Gang ein. Das Taxi bog in eine breite leere Pflasterstraße ein. Es fuhr ruhiger als die Pariser Taxis. Die großen Lagerhäuser und Markthallen waren geschlossen. Charley beugte sich vor und sagte durchs Fenster zu dem Chauffeur: »Hier scheint nicht viel los zu sein.«

»Nicht die Bohne ... Warten Sie mal ab, bis Sie anfangen, sich nach Arbeit umzusehen!«

»Aber du lieber Gott, ich kann mich nicht erinnern, daß es früher einmal so still war.«

»Warum sollte was los sein? Heute ist doch Sonntag!«

»Ach ja, ich hatte vergessen, daß heute Sonntag ist.«

»Natürlich ist heute Sonntag.«

»Jetzt erinnere ich mich – heute ist Sonntag.«

Weltwochenschau XLIV

Yankee doodle, diese Töne ...

OBERST HOUSE AUS EUROPA ZURÜCK
OFFENBAR EIN KRANKER MANN

Yankee doodle, diese Töne ...

RAUM UND MEERE ZU BESIEGEN

aber wäre es nicht an der Zeit, daß die Zeitungsverleger sich zu einer gesunden Initiative zusammenschlössen, um die Gemüter zu beruhigen? Man drucke die Nachrichten, ohne die katastrophalen Aussichten allzu sehr zu betonen ...

KEINE LÖSUNG IN SICHT KAMPF GEHT WEITER

man hat dem Stahltrust erlaubt, die demokratischen Rechte, die man so oft der Bevölkerung dieses Landes als ihr unveräußerliches Erbe zugesichert hat, mit Füßen zu treten ...

DIE SCHIFFSREEDER VERLANGEN SCHUTZ

Yankee doodle, diese Töne
Yankee doodle, diese Töne –
Aufstehn muß ich, Hurra schreien ...

die geretteten Besatzungsmitglieder des Schoners *Onato* wurden bei ihrer Ankunft in Philadelphia festgenommen

DER ZUSTAND DES PRÄSIDENTEN GEBESSERT
ARBEITET VOM KRANKENBETT AUS

Ich komme, USA
– Hurra!

EIN MAULKORB FÜR DIE PRESSE

Kein Land so groß – so grandios ...

Charles Schwab, der soeben aus Europa zurückgekehrt ist, war im Weißen Haus zum Essen eingeladen. Er erklärt, der allgemeine Wohlstand hierzulande sei bedeutend, aber nicht so bedeutend, wie es wünschenswert wäre, denn allzu viele parlamentarische Untersuchungen störten den ruhigen Geschäftsgang ...

... wie dieses Land
Von Kalifornien bis Manhattan!

CHARLEY ANDERSON

Der mausgesichtige Boy stellte die Koffer hin, kontrollierte die Hähne des Waschbeckens, öffnete das Fenster ein wenig, steckte den Schlüssel von innen ins Schloß, nahm dann eine Art Habtachtstellung ein und sagte: »Wünschen der Herr Leutnant sonst noch etwas?« Jetzt fängt das Leben an, dachte Charley und fischte einen Vierteldollar aus der Tasche. »Besten Dank, Herr Leutnant.« Der Boy trat von einem Fuß auf den andern und räusperte sich. »Es muß drüben recht toll zugegangen sein, Herr Leutnant.« Charley lachte. »Ach, es war nicht so schlimm.« – »Schade, daß ich nicht auch mit dabeisein durfte, Herr Leutnant.« Lächelnd zeigte er seine Mausezähnchen. »Es muß wunderbar sein, als Held zu leben!« sagte er und schob sich rücklings zur Tür hinaus.

Während Charley den Waffenrock aufknöpfte, blickte er zum Fenster hinaus. Das Zimmer war hoch gelegen. Durch eine Straße schmutziger eckiger Gebäude wanderte sein Blick zu den Säulen und Dächern des neuen Pennsylvania-Bahnhofs. Weiter entfernt, hinter dem Hügelgelände am anderen Ufer des Hudson, jenseits des Güterbahnhofs, ging trüb die Sonne unter. Der Himmel war rosig und purpurn verfärbt. Ein Hochbahnzug ratterte schrill durch die sonntagsleeren Straßen. Der Wind, der durch den Fensterspalt kam, roch nach Kohlenasche. Charley schloß das Fenster und wusch sich Gesicht und Hände. Das Hotelhandtuch fühlte sich weich und dick an und roch leicht nach Chlor. Er stellte sich vor den Spiegel und kämmte sich. Was jetzt?

Er ging im Zimmer auf und ab, spielte mit einer Zigarette, sah den Himmel vor dem Fenster dunkel werden – da erschreckte ihn das Klingeln des Telephons. Es war Ollie Taylors höflich-beschwipste Stimme. »Ich dachte mir, Sie würden vielleicht nicht wissen, wo man was zu trinken kriegt. Möchten Sie nicht in den Klub kommen?« – »Oh, das ist nett von Ihnen, Ollie. Ich habe mir eben den Kopf zerbrochen, was man in dieser Männerstadt anfangen könnte.« – »Ja, wissen Sie, es ist nicht mehr schön in New York«, fuhr Ollies Stimme fort. »Alkoholverbot und der ganze Zauber – schlimmer, als man es sich in seinen kühnsten Träumen vorstellen konnte. Ich hole Sie mit dem Taxi ab.« – »Fein, Ollie, ich bin in der Halle.«

Charley zog den Waffenrock an, ohne Koppel wohlgemerkt, strich noch einmal sein struppiges, aschblondes Haar glatt und ging in die Halle hinunter. Mit dem Gesicht zur Drehtür setzte er sich in einen tiefen Sessel.

Die Halle war überfüllt. Aus dem Hintergrund kam Musik. Er saß da und hörte sich die Tanzschlager an, betrachtete die Seidenstrümpfe und hohen Absätze und die Pelzmäntel und die hübschen Mädchengesichter, die der Wind ein wenig zerknautscht hatte, bevor sie von der Straße hereinkamen. Überall ein kostspieliges Klirren und Knistern. Himmel Herrgott, toll! Die Frauen, die an ihm vorübergingen, ließen einen leisen Parfumduft und einen warmen Pelzgeruch zurück. Er begann seine Barschaft nachzurechnen. Er besaß eine Anweisung auf dreihundert Dollar ersparten Sold, in der Brieftasche vier gelbe Zwanziger, die er auf dem Schiff im Poker gewonnen hatte, zwei Zehner und, laß mal sehen, wieviel Kleingeld? Munter klirrten die Münzen in der Hosentasche, während er sie zählte.

Ollie Taylors gerötetes Antlitz nickte aus dem Kragen eines dicken Kamelhaarmantels hervor. »Mein lieber Freund, New York ist kaputt ... In der Knickerbockerbar verzapft man Eiscremesodas ...« Als sie zusammen ins Taxi stiegen, blies er Charley eine kräftige Whiskyfahne ins Gesicht. »Charley, ich habe versprochen, Sie zum Essen mitzubringen ... Nat Benton – alter Freund von mir. Netter Kerl. Sie haben doch hoffentlich nichts dagegen. Die Damen möchten einen richtigen Flieger mit Orden sehen.« – »Werde ich bestimmt nicht stören?« – »Lieber Freund, kein Wort mehr!«

Im Klub schienen sie alle Ollie Taylor zu kennen. Er und Charley standen recht lange an der schwarzgetäfelten Bar in einer Gruppe weißhaariger, alter Herren mit von Kneipendunst gebräunten Gesichtern und tranken Martinis. Es hieß immerzu Major hin und Major her und Herr Leutnant jedesmal, wenn jemand Charley anredete. Charley befürchtete, Ollie würde sich einen so kräftigen Schwips antrinken, daß er nicht mehr imstande wäre, sich als Tischgast einzufinden.

Schließlich wurde es halb acht, man verließ die letzte Cocktailrunde und stieg wieder in ein Taxi. Beide kauten Gewürznelken. »Ich weiß nicht, was ich den Leuten erzählen soll«, sagte Ollie. »Ich erkläre immerzu, daß ich die schönsten zwei Jahre meines Lebens hinter mir habe, und sie machen komische Gesichter, aber was kann ich denn dafür!«

In dem Haus, wohin sie eingeladen waren, gab es eine Unmenge Marmor und grüngekleidete Portiers, und der Fahrstuhl war mit verschiedenen Holzsorten verkleidet. Während sie vor der Tür warteten, flüsterte Ollie ihm zu, Nat Benton sei Börsenmakler.

Die Damen trugen Abendkleider, die Herren Smoking; in einem rötlich dekorierten Saal wartete man auf die beiden Gäste. Offenbar waren es lauter gute Bekannte Major Taylors, sie machten viel von ihm her und waren sehr freundlich zu Charley und ließen sogleich die Cocktails aufmarschieren, und Charley kam sich wie der Hahn im Korbe vor. Unter den Anwesenden befand sich eine junge, bildhübsche Dame namens Miss Humphries. In dem Augenblick, da Charley sie sah, beschloß er, sich nur mit ihr zu unterhalten. Ihre Augen, das flauschige, hellgrüne Kleid und der Puder in der flachen Höhlung zwischen den Schulterblättern verwirrten ihn so sehr, daß er sich gar nicht traute, ihr allzu nahe zu kommen. Ollie sah die beiden beisammenstehen, kam heran und kniff Miss Humphries ins Ohr. »Doris, du bist zu einer hinreißenden Schönheit herangewachsen.« Er strahlte übers ganze Gesicht und schwankte ein wenig auf seinen kurzen Beinchen. »Hm ... Nur den Tapferen gebührt das Schöne ... Man kommt nicht alle Tage von der Front nach Haus, habe ich recht, Charley, mein Junge?«

»Ist er nicht lieb?« sagte sie, nachdem Ollie sich entfernt hatte. »Als ich ungefähr sechs war und er Student, waren wir ein Liebespaar.« Nun wollte man zu Tisch gehen, da breitete Ollie, der sich inzwischen noch zwei weitere Cocktails genehmigt hatte, die Arme aus und hielt eine Rede. »Welch ein Anblick! Reizende, kluge, temperamentvolle Amerikanerinnen... Da drüben hat es so etwas nicht gegeben – oder wie, Charley? Drei Dinge findet man nirgendwo anders in der Welt – einen guten Cocktail, ein anständiges Frühstück und ein USA-Mädel, Gott schütze sie!« – »Ach, er ist so lieb!« flüsterte Miss Humphries Charley ins Ohr.

Reihenweise standen die Silbergeräte auf der Tafel und in der Mitte eine chinesische Schale mit Rosen und vor jedem Stuhl mehrere Weingläser mit vergoldeten Stielen. Als Charley sah, daß er neben Miss Humphries zu sitzen kam, atmete er auf. Sie lächelte zu ihm empor. »Du lieber Gott«, sagte er und lächelte ihr ins Gesicht. »Ich weiß gar nicht, wie ich mich anstellen soll.« – »Ja, es ist wohl ein großer Unterschied – ich meine, gegen drüben! Aber geben Sie sich ganz natürlich. Das ist mein Rezept.«

»O nein, wenn Männer sich natürlich geben, geraten sie sofort in Schwierigkeiten.«

Sie lachte. »Vielleicht haben Sie recht ... Ach, erzählen Sie mir doch, wie es drüben aussieht ... Man erzählt mir nichts.« Sie zeigte auf die Palmen an seinem *Croix de Guerre*. »Ach, Herr Leutnant, erzählen Sie mir, wie das gekommen ist ...«

Zum Fisch gab es Weißwein und zum Fleisch Rotwein, und der Nachtisch schwamm in Schlagsahne. Charley ermahnte sich unaufhörlich, nicht zuviel zu trinken, um auch bestimmt anständig aufzutreten.

Miss Humphries hieß mit Vornamen Doris. Mrs. Benton nannte sie Doris. Sie hatte vor dem Kriege ein Jahr in einem Kloster in Paris zugebracht und fragte Charley nach Örtlichkeiten, die sie kannte, nach der *Madeleine*, nach *Rumpelmayer* und nach der Konditorei gegenüber der *Comédie Française*. Nach dem Essen gingen sie beide mit ihren Kaffeetassen in eine Fensternische hinter einer großen rosa Begonie in einem Kupferkübel, und sie fragte ihn, ob er denn nicht New York abscheulich finde. Sie setzte sich aufs Fenstersims, und er stand vor ihr, blickte an ihrer weißen Schulter

vorbei durchs Fenster auf den Straßenverkehr hinab. Es hatte zu regnen begonnen, die Lichter der Autos zeichneten lange, gewellte Striche auf das Pflaster der Park Avenue. Er erwiderte, na ja, es wäre ja doch ganz nett, wieder einmal in der Heimat zu sein. Dann fragte er sich, ob er's wagen dürfe, ihr zu sagen, wie schön ihre Schultern seien, und er war beinahe schon soweit, mit der Sprache herauszurücken, da trommelte Ollie Taylor sämtliche Anwesenden zusammen, um sie in ein Nachtlokal zu schleppen. »Ich weiß, es fällt euch schwer«, sagte Ollie, »aber ihr dürft nicht vergessen, Kinderchen, es ist mein erster Abend in New York, und ich habe eine Schwäche für Humor.«
Sie standen unter der Markise beisammen, während der Portier Taxis herbeipfiff. Doris Humphries in ihrem langen, pelzverbrämten Abendcape stand so dicht neben Charley, daß ihre Schulter seinen Arm berührte. In dem peitschenden Regenwind, der von der Straße kam, roch er ihr warmes Parfum, den Pelz, das Haar. Sie ließen die älteren Leute zuerst einsteigen. Eine Sekunde lang lag ihre Hand in der seinen, ganz schmal und kühl, während er ihr ins Taxi half. Er gab dem Portier, der mit ernster, gepflegter Lakaienstimme dem Taxichauffeur »Shanley« zugeflüstert hatte, einen halben Dollar.
Das Taxi rollte schnurrend zwischen den hohen, kantigen Gebäuden auf die Innenstadt zu. Charley wurde ein wenig schwindlig. Eine Zeitlang wagte er nicht, Doris anzuschauen, sondern betrachtete durch die Fensterscheibe die Gesichter, die Autos, die Verkehrspolizisten, die mit Regenmänteln und Regenschirmen bewaffneten Passanten, die an den Drugstorefenstern vorbeieilten.
»Erzählen Sie mir jetzt, wofür Sie die Palmen bekommen haben.«
»Ach, die Franzmänner hatten die Gewohnheit, hie und da welche zu verteilen, um uns bei guter Laune zu erhalten.«
»Wie viele Hunnen haben Sie abgeschossen?«
»Müssen wir darüber reden?«
Sie stampfte mit dem Fuß auf. »Man will mir nichts erzählen ... Ich glaube, ihr wart alle miteinander gar nicht an der Front!« Charley lachte. Die Kehle war ihm ausgetrocknet.

»Tja, ein paarmal war ich über den Gräben.«
Plötzlich sah sie ihn an. Im Halbdunkel funkelten kleine Lichter aus ihren Augen. »Ich verstehe ... Ihr Flieger seid feine Kerle ...« – »Miss Humphries, ich muß sagen, Sie sind – Eins A ... Mir wär's recht, das Taxi würde gar nicht hinfinden zu dieser Spelunke – egal, wo sie ist ...« Eine Sekunde lang lehnte sie sich an seine Schulter. Er merkte, daß er ihre Hand hielt. »Ich heiße aber doch Doris«, sagte sie mit einem leisen Kinderstimmchen.
»Doris!« sagte er. »Ich heiße Charley.«
»Tanzen Sie gern, Charley?« fragte sie im gleichen Ton.
»Sicher!« sagte Charley und drückte schnell ihre Hand. Ihre Stimme zerschmolz wie ein kleines Bonbon. »Ich auch ... Zu gern!«
Als sie hinkamen, spielte die Kapelle *Dardanella*. Charley gab seinen Trenchcoat und seinen Hut in der Garderobe ab. Die buschigen grauen Brauen des Oberkellners wölbten sich über einer schneeweißen Hemdbrust. Charley folgte Doris' schlankem Rücken, der Höhlung zwischen den Schulterblättern, wo seine Hand so gerne verweilt hätte, über den roten Teppich, zwischen den weißgedeckten Tischen, den gestärkten Hemdbrüsten, den nackten Frauenschultern, durch den prickelnden Geruch nach Sekt, nach Käseschnitten und Wärmplatten, quer über eine Ecke des Tanzparketts, vorbei an den sich wiegenden Paaren zu dem runden, weißen Tisch, an dem die anderen bereits Platz genommen hatten. Die Messer und Gabeln blinkten zwischen den steifen Falten des frischen Tischtuchs.
Mrs. Benton zog die weißen Glacéhandschuhe aus und betrachtete das blaurote Gesicht Ollie Taylors, der gerade einen Witz erzählte. »Tanzen wir!« flüsterte Charley Doris zu. »Tanzen wir immerzu!«
Charley hatte Angst, allzu keß zu tanzen, deshalb hielt er sie ein wenig von sich ab. Sie tanzte mit geschlossenen Augen. »Sie sind eine großartige Tänzerin, Doris.« Als die Musik verstummte, drehten sich ringsumher die Tische, der Zigarrenrauch, die Menschen. Doris sah von der Seite zu ihm auf. »Sicher vermissen Sie die kleinen Französinnen, Charley?«
»Schrecklich.«

Am Tisch trank man Sekt aus Kaffeetassen. Ollie hatte durch einen Boten zwei Flaschen aus dem Klub herschicken lassen. Als die Musik wieder einsetzte, mußte Charley mit Mrs. Benton tanzen und dann mit der anderen Dame, die mit Brillanten behängt war und einen Ersatzreifen um die Taille trug. Er tanzte nur noch zweimal mit Doris. Er sah, daß die anderen nach Hause wollten, weil Ollie immer beschwipster wurde. Er hatte eine Flasche Korn in der hinteren Hosentasche und winkte Charley einige Male in die Garderobe hinaus, um mit ihm einen zu kippen. Charley stopfte die Zunge in den Flaschenhals, weil er hoffte, Doris nach Hause bringen zu dürfen.
Als sie das Lokal verließen, stellte sich heraus, daß Doris im selben Häuserblock wohnte wie die Bentons. Charley umkreiste die Gruppe, während die Damen ihre Capes umnahmen, bevor sie zu den Taxis gingen, aber er konnte keinen einzigen Blick von Doris erhaschen. Es hieß nur: »Gute Nacht, Ollie! Gute Nacht, Leutnant Anderson!« und der Portier knallte die Taxitür zu. Charley wußte kaum, welche unter den Händen, die er geschüttelt hatte, ihre Hand gewesen war.

Weltwochenschau XLV

Ach, die falschen Zöpf und die Pudertöpf –
Da wär halt er, den ich lieb hab, nicht weg...

wollte man nach einer simplen Erklärung für seine Karriere suchen, würde man sie zweifellos in seinem ungewöhnlichen Entschluß finden, die bequeme Büroarbeit mit der anstrengenden Tätigkeit eines Streckenarbeiters zu vertauschen. Der junge Mensch, der schon frühzeitig soviel Verstand und Willenskraft besaß, mußte unweigerlich über den Durchschnitt hinauswachsen. Er stand mit den Bankiers auf vertraulichem Fuße...

Mit ihren Brillanten aus St. Louis das Weib –
Sie macht sich aus ihm einen Zeitvertreib...

Wenn er es satt hat, mit dem Fahrrad oder mit der Straßenbahn zu fahren, wird er sich wahrscheinlich einen Ford kaufen.

Raubüberfall am hellichten Tag

Sobald seine Frau entdeckt, daß ein Ford wie der andere aussieht und daß fast jeder Mensch einen besitzt, wird sie ihn wahrscheinlich überreden, in die nächste Sozialgruppe hinüberzuwechseln, deren auffälligster Exponent der Dodge ist.
Der nächste Schritt kommt, wenn die Tochter ihr Studium abgeschlossen hat und die Familie in ein neues Haus übersiedelt. Der Vater will sparen. Die Mutter will ihren Kindern etwas bieten, die Tochter will eine Rolle in der Gesellschaft spielen, der Sohn will reisen, liebt das Schnellfahren, will was erreichen.

VON DREI STRASSENRÄUBERN VOR DEM HOTEL »MAJESTIC« ERSCHLAGEN

Ich will die Sonn nicht untergehen sehn –
Ich will die Sonn nicht untergehen sehn –
Weil mein Süßer mich verlassen hat...

Solche Streiche mögen einen gefährlichen Grad von Prahlerei vermuten lassen, aber sie enthüllen die Eigenschaften, die einen jungen Burschen im Mittelschulalter zum anerkannten Führer einer gefürchteten Bande gemacht haben, einer wahren Landplage für die Behörden von...

DAS AMERIKANISCHE SYSTEM

Frederick Winslow Taylor (im Betriebe nannten sie ihn Taylor Hurtig) kam in Germantown in Pennsylvania zur Welt, und zwar in den Jahren, da Buchanan gewählt wurde. Sein Vater war Rechtsanwalt, die Mutter stammte aus einer New Bedforder Walfängerfamilie. Sie las mit Vorliebe Emerson, gehörte der Unitarierkirche und der Browning-Gesellschaft an. Sie war eine leidenschaftliche Gegnerin der Sklaverei und eine Anhängerin demokratischer Methoden – eine Hausfrau alter Schule, die von früh bis abends niemand zur Ruhe kommen ließ. Sie legte die Normen der Lebensführung fest:
Selbstachtung, Selbstvertrauen, Selbstbeherrschung –
und ein kühles, gutes Gedächtnis für Zahlen.
Aber sie wollte ihren Kindern auch das Verständnis für höhere Werte beibringen, deshalb bereiste sie mit ihnen drei Jahre lang den europäischen Kontinent, zeigte ihnen die Kathedralen, *La Grande Opéra*, römische Giebel, die alten Meister unter dem braunen Firnis in den großen, fleckigen Goldrahmen.
In späteren Jahren dachte Fred Taylor nur mit Ungeduld an diese vergeudeten Jahre zurück, lief aus dem Zimmer, wenn von den höheren Werten gesprochen wurde. Er war leicht gereizt, liebte handgreifliche Scherze und verstand es aus dem Effeff, Apparate und Geräte zu basteln.
In Exeter war er Klassenerster und Führer der Baseballmannschaft, der erste, der mit Hochaufschlag schlug. (Wenn die Schiedsrichter sich beklagten und darauf hinwiesen, es sei regelwidrig, erwiderte er, ja, aber wirkungsvoll.)
Als Junge träumte er schlecht; zu Bett zu gehen, war ihm ein Grauen. Er bildete sich ein, die Alpträume kämen nur dann, wenn er auf dem Rücken lag. Er fabrizierte einen Lederharnisch mit Holzpflöcken, die ihn, wenn er sich umdrehte, ins Fleisch piekten. Als Erwachsener pflegte er in

einem Sessel zu schlafen oder sitzend im Bett mit vielen Kissen im Rücken. Sein ganzes Leben lang litt er an Schlaflosigkeit. Er war ein erstklassiger Tennisspieler. 1881 gewann er zusammen mit seinem Freunde Clark die Nationalmeisterschaft im Double. (Er benutzte einen von ihm selber entworfenen löffelförmigen Schläger.)

In der Schule brach er vor Überarbeitung zusammen, die Augen versagten ihm den Dienst. Der Arzt schlug körperliche Betätigung vor. Statt also die Universität zu beziehen, verdingte er sich in die mechanische Werkstatt einer kleinen Pumpenfirma, die einem Freund der Familie gehörte, um sich dort zum Werkzeugmacher und Mechaniker auszubilden. Er lernte, mit der Drehbank umzugehen, sich wie ein Arbeiter zu kleiden und wie ein Arbeiter zu fluchen.
Fred Taylor rauchte nie, er trank weder Alkohol noch Kaffee noch Tee. Er konnte nicht begreifen, warum seine Kollegen am Samstagabend bummeln gehen, sich besaufen und randalieren wollten. Er wohnte bei seinen Eltern. Wenn er nicht mit Fachliteratur beschäftigt war, spielte er in Liebhabervorstellungen mit oder setzte sich abends ans Klavier und sang mit schöner Tenorstimme den *Kühnen Krieger* oder den *Spanischen Kavalier*.
Im ersten Jahre seiner Lehrlingszeit arbeitete er gratis, in den darauffolgenden zwei Jahren verdiente er anderthalb Dollar wöchentlich, im letzten Jahr zwei Dollar.

Pennsylvania wurde durch sein Eisen und seine Kohle reich. Mit zweiundzwanzig Jahren ließ er sich in den Eisenwerken von Midvale anstellen. Zuerst mußte er einen Büroposten übernehmen, aber das paßte ihm nicht, und er ging schaufeln. Schließlich brachte er sie dahin, ihn an eine Drehbank zu stellen. Er war ein tüchtiger Mechaniker, arbeitete zehn Stunden am Tage und besuchte am Abend einen Ingenieurkursus. Binnen sechs Jahren avancierte er vom Hilfsmechaniker zum Werkzeuglageristen, zum Vorarbeiter, zum Meistermechaniker an der Spitze der Reparaturabteilung, zum Chefzeichner und Forschungsassistenten des Chefingenieurs der Midvale-Werke.

In den ersten Jahren war er Kollege unter Kollegen, fluchte, scherzte und schuftete genau wie sie alle, und wenn sie schwänzten, schwänzte er mit. Nur dem Chef nicht mehr liefern, als sein Geld wert ist. Aber als er Vorarbeiter wurde, stellte er sich auf die Seite der Betriebsleitung, sammelte eifrig zu ihren Gunsten die ungeheure Masse überlieferter Kenntnisse, die bis dahin in den Köpfen der Arbeiter, in ihrer manuellen Geschicklichkeit und Fertigkeit aufgespeichert war. Der Anblick einer stillstehenden Drehbank, eines unbeschäftigten Menschen war ihm unerträglich. Der Produktionsprozeß stieg ihm zu Kopf und berauschte seine schlaflosen Nerven wie die anderen der Schnaps oder die Weiber am Samstagabend. Nie ging er müßig, und hol ihn der Teufel, wenn er andere feiern lassen wollte. Der Produktionsprozeß saß ihm wie ein Jucken im Fell.
Er überwarf sich mit seinen Betriebskollegen. Sie nannten ihn Sklaventreiber. Er war ein untersetzter Kerl, jähzornig und mit scharfer Zunge.
...Den Jahren nach war ich jung, aber mein Wort darauf, daß ich damals viel älter war als heute, so beschwerlich, gemein und verächtlich war mein Weg. Es ist ein scheußliches Leben, wenn man nicht wagen darf, einem Arbeiter ins Gesicht zu sehen, ohne seinem feindseligen Blick zu begegnen, wenn man das Gefühl haben muß, von lauter potentiellen Feinden umgeben zu sein...

Damit begann das »Taylorsystem wissenschaftlicher Betriebsführung«.
Er nahm sich nicht gern die Mühe, seinen Mitmenschen etwas zu erklären. Es kümmerte ihn nicht, wem er auf die Zehen trat, wenn es galt, die Gesetze herauszuschälen, die seiner Meinung nach dem Industrieprozeß zugrunde liegen. Wenn man auf irgendeinem Gebiete mit einem Experiment beginnt, soll man erst einmal alles bezweifeln, man soll die Grundlagen bezweifeln, auf denen die betreffende Fertigkeit beruht, man soll selbst die einfachsten, die selbstverständlichen, die allgemein anerkannten Fakten bezweifeln, man soll alles erst einmal ausprobieren –
– bis auf die Lebensregeln der herrschenden Yankeequäker. (Die New Bedforder Schiffskapitäne waren die schlimmsten

Sklaventreiber der Walfängermeere.) Er rühmte sich, daß er nie von einem Arbeiter etwas verlangen werde, wozu dieser nicht imstande sei.
Er konstruierte einen verbesserten Dampfhammer, er standardisierte Werkzeuge und Ausrüstungsgegenstände, er holte Universitätsstudenten in den Betrieb, die mit Stoppuhren und Diagrammen bewaffnet waren und die Arbeitsgänge katalogisierten. Es gibt eine richtige Arbeitsmethode, und es gibt eine falsche Arbeitsmethode. Die richtige bedeutet gesteigerte Produktion, niedrigere Kosten, höhere Löhne, größere Profite: Das amerikanische System.
Er zerlegte die Tätigkeit des Werkmeisters in mehrere gesonderte Arbeitsgänge, schuf Tempoinspektoren, Gruppenleiter, Zeitstudienleute, Arbeitsbeschaffungsleute.
Die gelernten Mechaniker waren ihm zu halsstarrig, er brauchte einfache Handlanger, die das tun würden, was er von ihnen verlangte. War der Mann erstklassig und lieferte er erstklassige Arbeit, bewilligte Taylor ihm einen erstklassigen Lohn. Und da bekam er Schwierigkeiten mit den Unternehmern.

Mit vierunddreißig Jahren heiratete er, verließ Midvale und versuchte, schnell reich zu werden –
– als Teilhaber einer Zellstoffabrik, die von einigen Admiralen und politischen Kumpanen Grover Clevelands in Maine gegründet worden war.
Die Krise des Jahres 93 machte das Unternehmen kaputt.
Also erfand Taylor einen neuen Beruf für sich, den eines Produktionsberaters, und begann, sich durch vorsichtige Investitionen ein Vermögen zu schaffen.
Sein erster Vortrag vor dem amerikanischen Maschineningenieurverband war alles eher als ein Erfolg, man hielt ihn für verrückt. Ich habe gefunden, schrieb er 1909, daß die Majorität jede Verbesserung nicht nur ablehnt, sondern erbittert und wütend bekämpft.
Er wurde von Betlehem Steel gerufen. Dort in Betlehem machte er seine berühmten Roheisenexperimente: er brachte einem holländischen Arbeiter namens Schmidt bei, täglich statt zwölfeinhalb Tonnen Roheisen siebenundvierzig Ton-

nen zu bewältigen, und veranlaßte ihn zuzugeben, daß er sich nach beendeter Arbeit nicht schlechter fühle als bisher.
Er war ein Schaufelnarr, für jede Arbeit mußte eine besondere Schaufel vorhanden sein, die das für diese Arbeit richtige Gewicht und Ausmaß besaß, für jede Arbeit mußte ein Mann bestimmt werden, der das für diese besondere Arbeit richtige Körpermaß und Körpergewicht besaß, aber als er anfing, seine Leute entsprechend ihrer verbesserten Arbeitsleistung zu entlohnen –
– da begannen die Eigentümer, eine Schar gieriger, geiziger Holländer, Krach zu schlagen. Als Schwab 1901 Betlehem Steel erwarb,
wurde Fred Taylor,
Erfinder der Effektivität,
der die Produktion des Hammerwerks verdoppelt hatte, indem er die Geschwindigkeit der Haupttransmissionswellen von sechsundneunzig auf zweihundertundfünfundzwanzig Umdrehungen erhöhte,
ohne weitere Umstände entlassen.

Von nun an pflegte Fred Taylor zu sagen, er könne es sich nicht leisten, bezahlte Arbeit anzunehmen.
Er fing an, Golf zu spielen (wobei er eigens konstruierte Kellen benutzte), ersann eine neue Methode, riesige Buchsbäume in den Garten seines Hauses zu verpflanzen.
In Boxley in Germantown hielt er offene Tafel für Ingenieure, Betriebsleiter, Industrielle.
Er schrieb Abhandlungen.
Hielt Vorlesungen in den Hochschulen.
Erschien vor einem Kongreßausschuß.
Überall predigte er die Vorzüge wissenschaftlicher Betriebsführung und des Barthschen Rechenschiebers, verlangte einen systematischen Kampf gegen Zeit- und Materialvergeudung, schlug vor, den gelernten Facharbeiter durch den simplen Handlanger zu ersetzen (siehe Schmidt, den Roheisenmann), der die Bewegung ausführt, welche man ihm vorschreibt,
und Stückarbeit leistet:
Produktionssteigerung.

Mehr Stahlschienen mehr Fahrräder mehr Drahtspulen mehr Schiffspanzerplatten mehr Wärmepfannen mehr Stacheldraht mehr Nadeln mehr Blitzableiter mehr Kugellager mehr Dollarscheine –
(die alten Quäkerfamilien in Germantown wurden reich, die Eisen- und Kohlenmillionäre Pennsylvanias zeugten Eisen- und Kohlenmilliärdere) –
– und jeder erstklassige Amerikaner, der gewillt ist, Stückarbeit zu leisten, nicht zu trinken, nicht zu randalieren, nicht nachzudenken, nicht kopfhängerisch an seiner Drehbank zu lungern, wird reich.
Der fleißige Schmidt, der Roheisenmann, kann sein Geld investieren und ein genauso großer Unternehmer werden wie Schwab und die übrigen gierigen, geizigen Holländer, an Bach Geschmack finden und hundertjährige Buchsbäume in Betlehem oder Germantown oder Chestnut Hill stehen haben
und den anderen ihr Benehmen vorschreiben:
Das amerikanische System.
Aber Fred Taylor war es nicht vergönnt, die Auswirkungen des amerikanischen Systems zu erleben.
1915 erlitt er einen Nervenzusammenbruch und wurde nach Philadelphia ins Krankenhaus gebracht.
Eine Lungenentzündung kam hinzu. Die Nachtschwester hörte, wie er die Taschenuhr aufzog.
Am Morgen seines neunundfünfzigsten Geburtstages, als die Schwester in sein Zimmer kam, um nach ihm zu schauen,
war er tot und hielt die Uhr in der Hand.

Weltwochenschau XLVI

das sind die Leute, für die seit der Urteilsverkündung das rabiat anarchistische, gesetzlose Element unserer Gesellschaft mit allen Kräften eintritt, und in der letzten Zeit haben sich viele brave und gesetzestreue Bürger hinzugesellt, irregeleitet durch die schlauen Argumente jener Propagandisten...

Die Zeiten sind schwer und die Löhne schlecht –
Verlaß sie, Johnny, verlaß sie –
Das Brot ist hart und versalzen das Fleisch –
Es ist Zeit, daß wir sie verlassen...

DIE BANKWELT BEGRÜSST DAS ZEITALTER DER EXPANSION

DER ALLGEMEINE WOHLSTAND SCHEINT GESICHERT ZU SEIN

Sieht in der Vorliebe der Deutschen für Kaviar eine Gefährdung der stabilen Währung

DIE EHEMALIGEN FRONTSOLDATEN RUFEN NACH ARBEIT

Niemand weiß,
Niemand schert sich drum, ob ich müde bin.
Oh, wie schnell hat man Château-Thierry vergessen...

WIR HEGEN DIE FREUNDSCHAFTLICHSTEN GEFÜHLE FÜR DIE SCHREIBMASCHINENBENUTZER NEW YORKS

ARBEITSLOSENKRAWALLE VOR DER ARBEITSVERMITTLUNG

Schiffe auf dem Ozean
Felsen im Meer
Ach, du blondes Mädel,
Gibst mich nicht her

Das Kamera-Auge 43

In der Kehle würgt es wenn der Dampfer mit dem roten Schornstein die leise wogende schieferfarbene Dünung zerwühlt und zitternd in weitem grünmarmoriertem Bogen an dem roten Leuchtschiff vorbeischwenkt
steif wird der Rücken bei dem Gedanken an die Kälte der Küstengewässer
und im Westen das Gezack der Fachwerkhäuser über dem unsichtbaren Lande und das Spinngewebe der Berg-und-Tal-Bahnen und die Kaugummitürme von Coney Island und achteraus fern die Frachter und jenseits von Sandy Hook der trübe Dunst
und der Geruch der Salzsümpfe warmklebrigsüß
unvergessene Buchten silberne Einfahrt mit Gerüsten verbaut
das morgendliche Puttputt eines Brennstoffbootes flußaufwärts
kahle Masten der Kähne vor den hohen straffen Kiefern auf dem muschelweißen Strande
der zitronenkühle Rauch eines Austernbootes im Winter
und knarrende Schaukelstühle auf der Veranda der Laubsägevilla und Onkelstimmen steinerne Gesichter Anekdoten seitlings hingespuckt aus breitem Munde (von Missouri der keine Gumminickels nehmen wollte) die Rothaut im Büffelumhang verkauft Schlangenwurz mit rotglühendem Zungenfeuerwerk erstickender Schwefelgestank und das Hakenleitergeklirr durch die Rotziegelstraße wenn die festgeklammerten Feuerwehrleute den Onkelgesichtern ihre Gummimäntel anziehen
und weiße Semmeln zwischen den Zähnen knirschend und Milchkaffee hastig hinuntergeschlungen schnell bevor der Zug geht und die Morgen im Miethaus von Zeitungen erstickt und das glatte Pudergefühl neuer Banknoten und der Schlag eines Polizeiknüppels auf den Schädel eines Bürgers

und die mit Druckerschwärze verschmierten Gesichter der Eingesperrten
das Winseln und Kreischen der Kreissäge und der berauschende Duft rohen Holzes und hingestreckt durch Schlakkenhaufen durch Feuerkraut durch verwüstetes Waldgelände die Barackenstädte
was hilft es jene alten Jahre auf dem Friedhof zu begraben neben der verfallenen Ziegelkirche an jenem Frühlingsmorgen da blaue Pfützen die sandigen Wege bedecken und die Luft aus Veilchen und Fichtennadeln besteht –
was hilft es jene verhaßten Jahre im Latrinengestank vor Brocourt unter den Leuchtgranaten zu vergraben
wenn heute der schiefmäulige Zollinspektor mit der leisen bösen Stimme mit der heiseren Stimme mit den Witzblattpossen dicker Hände mit hochgerecktem Daumen
(sie haben also französische Bücher mitgebracht so so)
mein Onkel ist...

Weltwochenschau XLVII

günstige Gelegenheit für einen jungen strebsamen Mann... gute Stellung für einen intelligenten jungen... Aufstiegsmöglichkeiten... Lehrjunge... Laufbursche... Bürodiener...

JUNGER MANN GESUCHT

O sag mir, wie lang
Ich noch warten muß

GELEGENHEIT

für einen aufgeweckten, ehrgeizigen Buchhalter in einer Bankfirma, Bauzeichner mit Erfahrung im Bau von Fabrik- und Industriegebäuden aus Ziegeln, Holz und Eisenbeton... Bronzegießer... Beschrifter... Werkzeugmacher... Autolackierer... erstklassiger Polierer... junger Mann für eine Strumpf-, Unterwäsche- und Galanteriewarenfirma... Hilfskraft in der Versandabteilung... erstklassiger Kalligraph mit Sinn für Ziffern... energischer, arbeitsamer Mann zum Einsetzen der Ziehsteine in hydraulische Pressen für Metallteile...
Abonnentenwerber... Parfumchemiker... Lastenaufzugwärter... Grundstücksverkäufer... Versicherungsagent... Fakturist... Juwelier... Schwerarbeiter... Mechaniker... Maschinenfräser... Packmeister... Packmeister... Packmeister... Schuhverkäufer... Schildermaler... Anreißer für einen Fischkleinhandel... Lehrer... Aufseher... Werkzeugmacher, Zeichner, Lagermeister, Übersetzer, Maschinenschreiber... Schaufensterarrangeur... Packer

GELEGENHEIT FÜR

Krieg ich's jetzt
Oder muß ich warten?

Junger Mann, der keine Arbeit scheut
junger Mann fürs Büro
junger Mann fürs Lager
junger Mann als Stenotypist
junger Mann als Reisender
junger Mann in die Lehre

GELEGENHEIT

Oh, sag mir, wie lang

die Leitung einer städtischen Licht-, Wasser- und Eisanlage in einer schönen, aufblühenden, gesunden Stadt auf der Hochebene Floridas... die Leitung der Unterwäscheabteilung einer großen Versandfirma... Mitarbeiter an einer Eisenbahnenquete... Aufsicht über zirka zwanzig Leute bei der Herstellung von Werkzeugen, Modeln, Lehren, Wasserwaagen... als Buchhalter in der Lagerabteilung... leichte Portiersstellung... Ingenieur... Maschinen- und Stanzenprüfer... Taxator... Elektro- und Kraftwerkingenieur...

Das Kamera-Auge 44

Der namenlose Gast
(der an dem Sattelknopf seines unbeschlagenen weißen Hengstes einen gefüllten Tornister baumeln hatte
und verlassen hatte die schwelende Asche in der Höhlung der kahlen syrischen Hügel wo die Agail kampiert hatten da die scharfschimmernde Morgendämmerung von der gewellten Wüste her die Nacht zerriß und davongeritten war zu den mistigen Dörfern und den Sesamäckern und Aprikosengärten)
rasierte in Damaskus seinen Vollbart ab
und saß vor dem Hotel in Beirut trank warmen Milchkaffee starrte die weiße Masse des Libanon an fummelte mit den Briefen die sich auf dem Tischchen häuften mit den länglichen Zeitungsausschnitten
die nicht an den Mann gerichtet waren der kein Arabisch konnte und nicht an den Mann der plump und unbeholfen auf den Kamelrücken kletterte mit wundem Steiß vom vielen Reiten
sondern an einen Mann
der
(aber an diesem Abend in dem milden Nachtklima der Levante sorgen die freundlichen Beamten für weitere Verschönerung kaum gebadet wird er für eine neue Rolle ausersehen mit einer weißen Fliege versorgt die der Vizekonsul ihm bindet in ein gestärktes Hemd gezwängt in einen viel zu engen Frack in eine viel zu weite Frackhose welche die freundliche Frau des freundlichen Beamten hinten mit Sicherheitsnadeln zusteckt die in dem Augenblick aufspringen da er sich vor der Gattin des Hochkommissars verbeugt – mangelhafte Bekleidung hindert ihn daran die Rolle des hervorragenden Forschungsreisenden zu spielen und die Lackschuhe kneifen an den Zehen er verliert sie unterm Tische während der Champagner schäumt und die Reden steigen)

an einen Mann der
wenn er nach Manhattan kommt
abermals einen für einen anderen geschneiderten Abendanzug vorfinden wird
die angebotene Stellung die sich bietende Gelegenheit den Kragenknopf der gegen den Adamsapfel drückt während ein hölzernes Standbild krächzend über die Tafel weg zu den beiden Reihen frischgebügelter Herren spricht welche schick und elegant ihre vom besten Schneider gelieferten Namen tragen
in Hemden gezwängt um kilometer- und lichtjahrlange Zeitungsausschnitte zu betiteln
meine Herren ich bitte um Entschuldigung es war die falsche Klingel es beruht auf einem Mißverständnis daß ich auf der Bühne stand als der Vorhang in die Höhe ging das Gedicht in fremder Sprache das ich rezitierte ist nicht von mir ja eigentlich war es ein anderer der auf der Bühne stand nicht ich bin's in der Uniform auf dem Schnappschuß ein bedauerlicher Irrtum eine Personenverwechslung die Dienstakten waren verlorengegangen der Herr im Drehstuhl mit der roten Nelke im Knopfloch ist ein anderer als
derjenige welcher mit angeklebtem Bart draußen auf der verregneten Straße stand und es geschafft hat sich ungesehen durch ein Kanalloch dünne zu machen
der bleichwangige Jüngling der die konfektionierte Berufschance eines anderen trägt
ist ganz entschieden nicht
der Inhaber auch nur einer einzigen jener zahlreichen Stellungen um die er bei der Arbeitsvermittlung angesucht hat...

CHARLEY ANDERSON

Der Zug kam mit dreistündiger Verspätung in St. Paul an. Eine Stunde vor der Ankunft hatte Charley bereits den Mantel an und den Koffer zugeklappt. Er saß unruhig auf seinem Platze, zog unaufhörlich seine neuen Lederhandschuhe an und aus. Hoffentlich würden sie ihn nicht alle am Bahnhof erwarten. Vielleicht würde nur Jim dasein. Vielleicht hatten sie sein Telegramm nicht erhalten.
Der Wagenschaffner kam, bürstete ihn ab und nahm sein Gepäck. Durch die Dampfschwaden und den treibenden Schnee vor dem Fenster konnte Charley nicht viel sehen. Der Zug verlangsamte seine Fahrt, hielt auf einem breiten, schneegepeitschten Güterbahnhof, fuhr wieder mit einem Ruck und einem gequälten Schnaufen der Lokomotive an. Den ganzen Zug entlang knallten die Puffer. Charleys Hände in den Handschuhen waren eiskalt. Der Schaffner steckte den Kopf herein und rief: »St. Paul.« Jetzt blieb ihm nichts übrig, als auszusteigen.
Alle waren sie versammelt. Der alte Vogel und Tante Hartmann mit ihren roten Backen und langen Nasen sahen unverändert aus, aber Jim und Hedwig waren dicker geworden. Hedwig hatte einen Nerzmantel an, und Jims Überrock machte einen verteufelt gediegenen Eindruck. Jim riß Charley das Gepäck aus der Hand, Hedwig und Tante Hartmann küßten ihn ab, der alte Vogel klopfte ihm auf die Schulter. Alle redeten wie aus einem Munde auf ihn ein und stellten alle möglichen Fragen. Als er sich nach Ma erkundigte, runzelte Jim die Stirn und sagte, sie liege im Krankenhaus, sie würden sie am Nachmittag dort besuchen. Sie schafften das Gepäck in einen neuen Ford-Sedan und zwängten sich hinterher, von Tante Hartmanns Gekicher und Quietschen begleitet. »Weißt du«, sagte Jim, »ich habe jetzt die Fordvertretung bekommen. Ehrlich gesagt, wir haben uns hier ganz schön herausgemacht.« – »Warte mal, bis du das Haus

siehst«, sagte Hedwig. »Es ist völlig renoviert worden. Tja, mein braver Jung hat den teitschen Kaiser davongejagt. Wir von der teitsch-amerikanischen Gemeinde der Zwillingsstädte, wir sind stolz auf dich!«

Ein üppiges Essen stand auf dem Tisch, Jim gab ihm einen Whisky zu trinken, der alte Vogel goß ihm immerzu Bier ein und sagte: »Erzähl uns jetzt alles!« Charley saß mit rotem Gesicht da, verzehrte das Huhn und die Klöße und trank Bier, bis er nahezu am Platzen war. Er wußte nicht, was er erzählen sollte. Wenn sie ihn etwas fragten, machte er dumme Witze. Nach dem Essen gab ihm der alte Vogel eine seiner besten Havannazigarren.

Am Nachmittag fuhr Jim mit ihm ins Krankenhaus, um Ma zu besuchen. Unterwegs berichtete Jim, sie sei wegen eines Tumors operiert worden, er befürchte, daß es Krebs sei, aber Charley hatte noch immer keinen Begriff davon, in welchem Zustand er sie antreffen würde. Ihr Gesicht lag eingefallen und gelb in den weißen Kissen. Als er sich zu ihr beugte, um ihr einen Kuß zu geben, fühlten ihre Lippen sich mager und heiß an. Das Atmen fiel ihr schwer. »Ich freue mich, daß du da bist, Charley«, sagte sie mit zittriger Stimme. »Schön wär's gewesen, wenn du früher hättest kommen können... Freilich habe ich's hier recht bequem... Jedenfalls bin ich froh, daß ich meine Jungens bei mir habe, wenn ich wieder gesund werde. Gott hat uns alle behütet, Charley, wir wollen ihn nicht vergessen.« – »Nun, Ma, wir dürfen uns nicht anstrengen und aufregen«, sagte Jim. »Wir müssen bei Kräften bleiben, um schnell wieder gesund zu werden.«

»Ach, aber unser Herrgott ist uns so gnädig gewesen.« Sie zog die Hand unter der Decke hervor, die Hand war so mager, daß sie blau war, und betupfte sich mit dem Taschentuch die Augen. »Jim, sei so lieb und gib mir meine Brille«, sagte sie mit kräftigerer Stimme. »Ich will mir den verlorenen Sohn näher ansehen.«

Als sie ihn ansah, wurde Charley nervös und trat von einem Fuß auf den anderen.

»Du bist ein richtiger Mann geworden und hast dir drüben einen Namen gemacht. Ihr beide habt euch besser entwickelt,

als ich je gehofft hätte... Charley, ich hatte Angst, du würdest genauso ein Strick werden wie dein Herr Vater.« Alle lachten. Sie wußten nicht, was sie sagen sollten.
Ma nahm die Brille ab und versuchte, sie auf den Nachttisch zu legen. Sie fiel ihr aus der Hand und zerbrach auf dem Zementboden. »Oh... Na, egal, ich brauche sie hier nur selten.« – Charley hob die Scherben auf und steckte sie sorgfältig in die Westentasche. »Ich werde sie reparieren lassen, Ma.« Die Schwester stand in der Tür und gab ihnen mit dem Kopf ein Zeichen. »Also – tschüs jetzt«, sagten sie, »bis morgen.« Draußen im Korridor merkte Charley, daß ihm die Tränen über die Wangen liefen.
»So sieht es aus«, sagte Jim. »Die meiste Zeit kriegt sie Morphium. Ich habe mir gedacht, in einem Einzelzimmer wird sie sich wohler fühlen, aber die verdammten Spitäler verstehen es, die Rechnung zu salzen.« – »Ich gebe was zu«, sagte Charley. »Ich habe ein bißchen Geld gespart.« – »Ich glaube, das ist nicht mehr als recht und billig«, sagte Jim.
Als sie auf den Portalstufen stehenblieben, atmete Charley tief die kühle Abendluft ein, aber er konnte den Äther-, Karbol- und Krankheitsgeruch nicht aus der Nase kriegen. Das Wetter war schön geworden, es wehte ein eisiger Wind. Der Schnee auf den Straßen und Dächern schimmerte rosa im Glanz der untergehenden Sonne.
»Jetzt fahren wir ins Geschäft und schauen nach, was dort los ist«, sagte Jim. »Ich habe meinem Angestellten befohlen, einige Presseleute anzurufen. Das ist eine schöne Gratisreklame, wenn sie in den Verkaufssalon kommen und dich interviewen.« Jim klopfte Charley auf die Schulter. »So eine Heimkehrergeschichte ist für sie das gefundene Fressen. Gib ihnen was zu knabbern, ja?«
Charley antwortete nicht.
Als sie wieder im Auto saßen, sagte er leise: »Du lieber Gott, Jim, ich weiß nicht, was ich ihnen erzählen soll.« Jim trat auf den Anlasser. »Was hältst du davon, Charley, in die Firma einzutreten? Ich kann dir sagen, es wird ein gutes Geschäft werden.« – »Das ist nett von dir, Jim. Ich werde es mir überlegen.«
Als sie nach Hause kamen, gingen sie nach hinten zu dem

neuen Verkaufssalon, den Jim an die Garage angebaut hatte, die früher einmal ein Mietstall gewesen war – gleich hinter dem Hause des alten Vogel. Auf einem großen Spiegelglasfenster stand mit schrägen blauen Buchstaben FORD. Hinter der Scheibe funkelte ein blankpolierter Lkw. Ferner: ein grüner Teppich, ein furnierter Mahagonitisch, ein Telephon, das auf einer ausziehbaren, vernickelten Scherenkonsole stand, und in der einen Ecke eine künstliche Palme in einer eleganten Jardiniere. »Ruh dir deine Füße aus, Charley«, sagte Jim, deutete auf den Drehstuhl und holte eine Schachtel Zigarren hervor. »Setzen wir uns und plaudern wir ein bißchen.«
Charley nahm Platz und suchte sich eine Zigarre aus. Jim lehnte sich gegen den Heizkörper, die Daumen in den Armlöchern der Weste. »Was meinst du, mein Junge? Recht schick, was?«
»Recht schick, Jim.« Sie zündeten ihre Zigarren an und scharrten ein wenig mit den Füßen. – Jim fing wieder an. »Aber es ist nicht das Richtige. Ich muß mir ein größeres Lokal in der Innenstadt besorgen. Das *war* mal eine zentrale Lage. Jetzt sagen sich hier Fuchs und Wolf gute Nacht.«
Charley brummte etwas in sich hinein und paffte an seiner Zigarre. Jim ging ein paar Schritte auf und ab, ohne Charley aus den Augen zu lassen. »Mit deinen Beziehungen zur Legion und zur Luftwaffe und was so dazu gehört wären wir fein raus. Jeder zweite Fordvertreter in diesem Bezirk hat einen deutschen Namen.«
»Jim, laß das sein. Ich kann nicht mit den Presseleuten sprechen.«
Jim wurde rot, runzelte die Brauen und setzte sich auf die Schreibtischkante. »Aber du mußt was leisten... Was glaubst du, warum ich dich mit in die Firma reinnehme? Bloß wegen der schönen blauen Augen meines Brüderleins?«
Charley stand auf. »Jim, ich mache nicht mit. Ich habe bereits einen Flugzeugkontrakt mit meinem früheren Vorgesetzten unterschrieben.«
»In fünfundzwanzig Jahren wollen wir uns wieder über Flugzeuge unterhalten. Vorläufig ist das alles noch praktisch wertlos.«

»Mein Lieber, wir haben einiges in petto... Wir landen bald auf dem Mond.«
»Darauf läuft es hinaus.« Jim stand auf. Seine Lippen wurden schmal. »Du brauchst dir nicht einzubilden, daß du den ganzen Winter in meinem Hause herumlungern darfst, nur weil du ein Held bist. Da würdest du dich gewaltig schneiden.« Charley fing zu lachen an. Jim näherte sich ihm und legte ihm bittend die Hand auf die Schulter. »Hör mal, in ein paar Minuten sind die Kerle hier. Sei nett, schlüpf in die Uniform und steck dir alle deine Medaillen an... Tu mir den Gefallen.«
Charley betrachtete eine Weile die Asche seiner Zigarre. »Warum willst du nicht mir einen Gefallen tun? Ich bin noch keine fünf Stunden im Haus, und du hackst auf mich los, genauso wie damals, als ich bei dir beschäftigt war...«
Jim begann die Selbstbeherrschung zu verlieren, er fing zu zittern an. »Du weißt, was dir freisteht!« sagte er scharf und abgehackt. Charley hatte Lust, ihm eins auf das verdammte mickrige Kinn zu versetzen. »Wenn nicht Ma wäre, brauchtest du dir *darüber* keine Sorgen zu machen«, sagte er ruhig.
Jim schwieg eine volle Minute lang. Seine Stirn legte sich in Falten. Mit ernster Miene schüttelte er den Kopf. »Du hast recht, Charley, bleib hier. Wenn es ihr Freude macht...«
Charley warf die halbgerauchte Zigarre in den Messingnapf und marschierte zur Tür hinaus, bevor ihn Jim daran hindern konnte. Er ging ins Haus, nahm Hut und Mantel und unternahm einen langen Spaziergang in dem matschigen Schnee der grauen Abendstunden.
Sie waren gerade mit dem Abendbrot fertig, da kehrte Charley zurück. Man hatte ihm seinen Teller zurechtgestellt. Niemand sagte ein Wort bis auf den alten Vogel. »Wir dachten schon, diese Luftschiffer lebten am Ende auch von Luft.« Er lachte asthmatisch. Niemand lachte mit. Jim stand auf und verließ das Zimmer. Sowie Charley sein Essen hinuntergewürgt hatte, sagte er, er sei müde, und ging zu Bett.
Charley blieb im Hause des Bruders wohnen, bis der November sich langsam dem Erntedankfest und Weihnachten näherte. Der Zustand seiner Mutter schien sich nicht bes-

sern zu wollen. Jeden Nachmittag war er fünf bis zehn Minuten bei ihr zu Besuch. Sie war immer gut gelaunt. Wenn sie von der Güte des Herrgotts sprach und daß es ihr bald besser gehen werde, wurde ihm ganz mau zumute. Er versuchte, das Gespräch auf Fargo und Lizzie und die alten Zeiten in der Pension zu bringen, aber sie konnte sich offenbar nicht mehr so recht daran erinnern, bis auf die Predigten, die sie in der Kirche gehört hatte. Wenn er wegging, fühlte er sich matt und schwindlig. Die übrige Zeit verbrachte er in der Stadtbibliothek, um Bücher über Verbrennungsmotoren zu studieren, oder er arbeitete für Jim in der Garage wie ehemals, als er noch ein kleiner Junge war.

Eines Abends nach Neujahr besuchte Charley mit einigen Bekannten einen Ball des Elchordens in Minneapolis. Der große Saal war voller Lärm und Lampions. Er wanderte umher, schlängelte sich zwischen den Paaren hindurch, die auf den nächsten Tanz warteten, und plötzlich blickte er in ein schmales Gesicht, in zwei blaue Augen, die ihm vertraut waren. Zu spät, um so zu tun, als hätte er sie nicht bemerkt.

»Hallo, Emiscah!« sagte er möglichst gleichgültig.

»Charley ... Du lieber Gott...« Eine Sekunde lang befürchtete er, sie würde ohnmächtig werden. »Tanzen wir!« sagte er.

Sie hing schlaff in seinen Armen. Sie tanzten eine Weile, ohne ein Wort zu reden. Ihre Wangen waren zu stark geschminkt, und ihr Parfum gefiel ihm nicht. Nach dem Tanz setzten sie sich in eine Ecke und plauderten miteinander. Sie war noch nicht verheiratet. Sie war in einem Warenhaus angestellt. Nein, sie wohnt nicht mehr zu Hause, sie hat eine Wohnung zusammen mit einer Freundin. Er muß sie mal besuchen. Wie in der guten alten Zeit. Er muß ihr seine Telephonnummer geben. Wahrscheinlich kommt ihm das alles sehr zahm vor – er ist doch die Französinnen gewohnt. Und wenn man bedenkt, daß er Offizier geworden ist, ja, die Andersons machen Karriere, jetzt vergessen sie wohl ihre früheren Freunde. Emiscahs Stimme war schrill geworden, und es gefiel ihm nicht, daß sie immerzu die Hand auf sein Knie legte.

Sobald es sich machen ließ, schützte er Kopfschmerzen vor

und erklärte, er müsse nach Hause gehen. Er wartete nicht auf die Kameraden, mit denen er hergekommen war. Der Abend war ihm ohnedies verdorben. Ganz allein fuhr er mit der Ferntram nach St. Paul zurück. Es war tierisch kalt. Höchste Zeit, aus diesem Nest wegzukommen! Er hatte nun wirklich rasende Kopfschmerzen und Schüttelfrost. Am nächsten Morgen lag er mit Grippe zu Bett und konnte nicht aufstehen. Er fühlte sich fast erleichtert. Hedwig brachte ihm Stöße von Kriminalromanen, Tante Hartmann tanzte um ihn herum, brachte ihm Toddies und Eierflips, er brauchte nur dazuliegen und zu lesen.

Sobald er wieder aufstehen durfte, ging er sofort ins Krankenhaus. Ma war noch einmal operiert worden und hatte es nicht sehr gut überstanden. Das Zimmer war verdunkelt, und sie konnte sich nicht mehr an seinen letzten Besuch erinnern. Sie bildete sich ein, sie sei wieder in Fargo und er sei soeben von einem Ausflug nach dem Süden zurückgekehrt. Sie hielt krampfhaft seine Hand fest und sagte immerzu: »Ich habe meinen verlorenen Sohn zurückbekommen ... Lieber Gott, ich danke dir für meinen Jungen...« Es machte ihn ganz schwach; nachdem er das Zimmer verlassen hatte, mußte er sich draußen im Korridor eine Weile in einen Korbsessel setzen.

Eine Krankenschwester kam heran, stellte sich neben ihn und fummelte mit einem Blatt Papier und einem Bleistift herum. Er blickte zu ihr auf, sie hatte rosige Wangen und hübsche, dunkle Augenwimpern. »Sie dürfen sich nicht unterkriegen lassen«, sagte sie. Er erwiderte lächelnd: »Nicht der Rede wert ... Ich bin eben erst von einer Grippe aufgestanden, das nimmt einen ordentlich mit.« – »Wie ich höre, sind Sie Flieger gewesen«, sagte sie. »Ich hatte einen Bruder bei der britischen Luftwaffe. Wir sind Kanadier.«

»Das waren prächtige Jungs«, sagte Charley. Er überlegte, ob er sich mit ihr verabreden sollte, aber dann fiel ihm Ma ein. »Bitte, sagen Sie mir ehrlich Ihre Meinung.«

»Eigentlich ist es gegen die Vorschriften – aber nach anderen Fällen zu schließen, die ich gesehen habe, sind die Aussichten nicht sehr gut.«

»Das habe ich befürchtet.«

Er stand auf. »Sie sind ein süßes Mädchen, wissen Sie das?« Ihr Gesicht wurde rot, von der gestärkten Haube bis zu dem weißen Kragen des Kittels. Sie runzelte die Stirn und ihre Stimme wurde eisig. »In solchen Fällen ist es besser, wenn es nicht zu lange dauert.« Charley würgte es in der Kehle. »Ja, ja, ich weiß.« – »Adieu, Herr Leutnant, meine Arbeit wartet.« – »Vielen Dank«, sagte Charley. Als er an die frische Luft kam, mußte er an ihr hübsches Gesicht und ihre netten Lippen denken.

An einem schlackrigen Taumorgen Anfang März war Charley gerade dabei, eine versengte Dichtung aus einem Buick zu entfernen, da kam der Garagenhelfer und sagte, er werde vom Krankenhaus aus am Telephon verlangt. Eine kalte Stimme teilte ihm mit, Mrs. Anderson liege im Sterben, und es sei ratsam, die Angehörigen zu verständigen. Charley zog den Overall aus und ging Hedwig holen. Jim war nicht da, sie nahmen einen Wagen aus der Garage. Charley hatte vergessen, sich die Hände zu waschen, sie waren schwarz von Schmieröl und Kohle. Hedwig reichte ihm einen Stoffetzen zum Abwischen. »Eines Tages, Hedwig«, sagte er, »werde ich mir saubere Arbeit in einem Zeichenbüro besorgen.«

»Jim wollte dich als Verkäufer anstellen«, sagte Hedwig schroff und verdrossen. »Wenn du jedes Angebot ablehnst, wirst du es zu nichts bringen.«

»Tja, vielleicht gibt es Angebote, die ich *nicht* ablehnen werde.« – »Ich möchte wissen, von wem du sie kriegen willst, wenn nicht von uns«, sagte sie. Charley antwortete nicht. Auf der langen Fahrt durch die Stadt sagten sie beide kein Wort. Als sie ins Krankenhaus kamen, war Ma bereits ohne Bewußtsein. Zwei Tage später starb sie.

Bei dem Begräbnis, als der Gottesdienst ungefähr zur Hälfte vorüber war, fühlte Charley die Tränen kommen. Er ging hinaus, schloß sich in die Garagentoilette ein, setzte sich auf den Sitz und heulte wie ein Kind. Als man vom Friedhof zurückkam, war er finsterer Laune, und niemand durfte ihn anreden. Als er nach dem Abendbrot Jim und Hedwig am Eßtisch sitzen und mit Bleistift und Papier die Begräbniskosten ausrechnen sah, platzte er los und sagte, er würde

alles auf Heller und Pfennig bezahlen, und sie brauchten auch nicht zu befürchten, daß er noch länger in diesem gottverdammten Haus bleiben würde. Er ging hinaus, die Tür hinter sich zuknallend, lief nach oben und warf sich aufs Bett. Lange lag er da in seiner Uniform, ohne sich auszuziehen, starrte zur Decke empor und hörte gedämpfte Stimmen murmeln – *verstorben*, *entrissen*, *im Jenseits* . . .
Am Tage nach dem Begräbnis rief Emiscah an. Sie drückte ihm ihr Beileid aus und fragte, ob er sie nicht mal abends besuchen wolle. Bevor er selber recht wußte, was er tat, hatte er zugesagt. Er war deprimiert und fühlte sich einsam und hatte das Bedürfnis, sich mit jemand anders als Jim und Hedwig zu unterhalten. Noch am selben Abend fuhr er zu ihr. Sie war allein. Ihm gefiel der billige Kram nicht, mit dem sie ihre Wohnung möbliert hatte. Er ging mit ihr ins Kino, und sie fragte, ob er sich noch erinnern könne, wie sie sich zusammen *Die Geburt einer Nation* angesehen hätten. Er sagte nein, obwohl er sich sehr gut daran erinnern konnte. Er merkte, daß sie wieder mit ihm anbändeln wollte.
Auf der Heimfahrt lehnte sie den Kopf an seine Schulter. Als er vor ihrer Haustür hielt, blickte er auf sie hinunter und sah, daß sie weinte. »Charley, willst du mir nicht einen kleinen Kuß geben – zur Erinnerung an früher...« flüsterte sie. Er küßte sie. Als sie ihn bat, mit hinaufzukommen, stotterte er, er müsse früh zu Hause sein. Sie sagte immerzu: »Komm doch mit, Charley, ich werde dich nicht auffressen«, und schließlich ging er mit hinauf, obwohl er nicht die leiseste Absicht gehabt hatte. Sie kochte auf ihrem Gaskocher Kakao und erzählte ihm, wie unglücklich sie sei, es sei so schrecklich ermüdend, den ganzen Tag hinter dem Ladentisch zu stehen, und die Käuferinnen sind so gemein, und die Aufseher kneifen einen in den Hintern und wollen, daß man mit ihnen in den Anprobekabinen knutscht. Eines Tages würde sie den Gashahn aufdrehen. Charley tat es weh, sie so reden zu hören, er mußte sie ein bißchen streicheln, damit sie zu weinen aufhörte. Dann wurde ihm heiß, und er mußte sich mit ihr hinlegen. Als er wegging, versprach er, nächste Woche anzurufen.
Am darauffolgenden Tage bekam er einen Brief, den sie

gleich nach seinem Weggehen geschrieben haben mußte und in dem es hieß, sie habe nie einen anderen Mann geliebt als ihn. Am selben Abend, nach dem Essen, versuchte er ihr zu schreiben, daß er nicht die Absicht habe zu heiraten, und am allerwenigsten sie. Er fand nicht die richtigen Formulierungen und ließ es sein. Als sie am nächsten Tage anrief, sagte er, daß er viel zu tun habe, er müsse nach North Dakota fahren, um sich ein Grundstück anzusehen, das seine Mutter hinterlassen habe. Ihm gefiel der Ton nicht, in dem sie antwortete: »Ja, gewiß, ich verstehe. Wenn du wieder da bist, rufe ich dich an, mein Guter.«
Hedwig begann zu fragen, was das für eine Frau sei, die immerzu anrief, und Jim sagte: »Nimm dich vor den Weibern in acht, Charley. Wenn sie glauben, du hast etwas, dann hängen sie sich wie die Kletten an dich.« – »Ja, Sir«, sagte der alte Vogel, »das ist nicht so wie beim Militär, wo du sagen kannst, lebwohl, mein Schatz, ich muß in den Krieg – jetzt kriegen sie deine Adresse raus.« – »Keine Angst«, brummte Charley. »Ich werde nicht stillhalten.«
An dem Tage, da sie zum Anwalt gingen, um Mas Testament zu hören, zogen Jim und Hedwig sich so fein an, daß man sie hätte abschießen mögen. Charley wurde wütend, wenn er sie nur ansah. Hedwig in einem neuen, schwarzen Schneiderkleid mit einem Spitzenkrägelchen, Jim wie ein Leichenbestatter in dem Anzug, den er sich für das Begräbnis gekauft hatte. Der Anwalt war ein kleiner, ältlicher deutscher Jude mit weißen, sorgfältig über den kahlen Scheitel gekämmten Haaren und einem goldgefaßten Kneifer auf der schmalen Nase. Als sie in die Kanzlei kamen, wurden sie bereits erwartet. Feierlich lächelnd erhob er sich hinter seinem mit blau eingebundenen Dokumenten beladenen Schreibtisch und machte eine kleine Verbeugung. Dann setzte er sich, sah sie strahlend an, stützte die Ellbogen auf den Papierwust und rieb sanft die Fingerspitzen aneinander. Eine Zeitlang sagte niemand ein Wort. Jim hüstelte hinter der vorgehaltenen Hand wie in der Kirche. »Jetzt wollen wir mal sehen!« sagte Mr. Goldberg mit sanftsüßer Stimme und einem leichten Komödiantenakzent. »Sollten es nicht mehr Personen sein?«

Jim antwortete: »Esther und Ruth können nicht kommen. Sie wohnen beide an der Küste ... Ich habe ihre Vollmachten. Ruth hat die Vollmacht auch von ihrem Mann unterschreiben lassen, für den Fall, daß Grundbesitz vorhanden sein sollte.« Mr. Goldberg schnalzte leise mit der Zunge. »Schade. Ich hätte gern alle Beteiligten hier gehabt ... Aber ich hoffe, in diesem Fall wird es keine Schwierigkeiten geben. Mr. James A. Anderson ist als einziger Testamentsvollstrecker genannt. Sie begreifen, daß es in einem solchen Fall im Interesse aller Beteiligten liegt, sich nicht an das Erbschaftsgericht zu wenden. Man spart Mühe und Geld. Und da einer der Erbberechtigten als Testamentsvollstrecker fungiert, erübrigt sich dieser Schritt ... Ich werde nun das Testament verlesen.«
Mr. Goldberg mußte es selber entworfen haben, da ihm das Vorlesen ein so sichtliches Vergnügen bereitete. Mit Ausnahme eines Legates von tausend Dollar an Lizzie Green, die Mas Pension in Fargo geführt hatte, fiel die gesamte Hinterlassenschaft, Grundbesitz und Mobiliarvermögen, die Grundstücke in Fargo, die Kriegsanleihen und Spargelder in Höhe von fünfzehnhundert Dollar, den Kindern gemeinsam zu. James A. Anderson wurde beauftragt, das Erbe zu verwalten und es sodann im Einvernehmen mit den anderen zu verteilen.
»Haben die Herrschaften irgendwelche Fragen zu stellen oder Vorschläge zu machen?« fragte Mr. Goldberg freundlich lächelnd.
Charley konnte es nicht entgehen, daß Jim höchst zufrieden war. »Es wurde die Frage aufgeworfen«, fuhr Mr. Goldbergs gleichmäßige Stimme fort, milde zwischen den Papieren zerschmelzend wie Butter auf einem heißen Röstbrot, »ob Mr. Charles Anderson, der, wie ich gehört habe, in Kürze nach dem Osten zu verreisen gedenkt, bereit wäre, eine ebensolche Vollmacht zu unterschreiben wie seine Schwestern. Das Geld soll in einer Hypothek auf die Firma Anderson Motor Sales Co. investiert werden.«
Charley überlief es kalt. Jim und Hedwig sahen ihn erwartungsvoll an. »Ich verstehe die juristischen Formulierungen nicht«, sagte er, »aber ich will so schnell wie mög-

lich meinen Anteil haben ... Ich habe ein Projekt im Auge und brauche etwas Geld.«
Jims Unterlippe begann zu zittern. »Sei nicht dumm, Charley. Ich verstehe mehr von Geschäften als du.«
»Vielleicht von deinen Geschäften, aber nicht von meinen.«
Hedwig, die Charley angestarrt hatte, als wollte sie ihn umbringen, mischte sich ein. »Schau, Charley, laß Jim machen, was er für das beste hält. Er will ja nur uns allen nützen.«
»Ach, halt den Mund!« sagte Charley.
Jim sprang auf. »Hör mal, mein Junge, in diesem Ton darfst du nicht mit meiner Frau sprechen.«
»Liebe Freunde, liebe Freunde«, gurrte der Anwalt, rieb die Finger aneinander, daß es aussah, als müßten sie zu schwelen beginnen, »wir wollen uns bei einer so ernsten Sache nicht von unseren Gefühlen hinreißen lassen, nicht wahr... Das muß still und friedlich am häuslichen Herd besprochen werden ... Im trauten Heim...«
Charley lachte höhnisch auf. »So hat schon immer mein trautes Heim ausgesehen«, sagte er halblaut, kehrte ihnen den Rücken und sah zum Fenster hinaus auf die weißen Dächer und die mit Eiszapfen behangenen Feuerleitern. Auf dem Schindeldach eines benachbarten Hauses dampfte der schmelzende Schnee in der Nachmittagssonne. Dahinter waren tief verschneite Höfe zu sehen und ein Stück sauberer Asphaltstraße mit hin und her flitzenden Autos.
»Hör mal, Charley, laß das sein!« Jims Stimme hinter seinem Rücken bekam einen bittenden, singenden Ton. »Du weißt, was Ford seinen Vertretern vorgeschlagen hat ... Für mich heißt es: friß Vogel oder stirb ... Aber als Geldanlage ist das eine einzigartige Chance ... Die Autos stehen da... Selbst wenn die Firma pleite geht, verlierst du nichts dabei.«
Charley drehte sich um. »Jim«, sagte er ruhig, »ich will mich nicht mit dir zanken ... Ich will meinen Anteil an dem Bargeld haben, das Ma hinterlassen hat – schnell –, so schnell du es mit Mr. Goldberg ordnen kannst ... Ich habe eine Sache vor – es handelt sich um Flugzeugmotoren – dagegen ist deine olle Fordagentur keine dreißig Cent wert.«
»Aber ich will Mas Geld sicher anlegen. Fordautos sind die sicherste Geldanlage der Welt, habe ich recht, Mr. Goldberg?«

»Man sieht sie überall. Vielleicht möchte der junge Herr noch ein wenig warten und sich die Sache überlegen... Ich könnte erste Schritte einleiten...«

»Keine Schritte! Ich will mein Geld haben. Wenn Sie es nicht regeln können, wende ich mich an einen anderen Anwalt.«

Charley nahm Hut und Mantel und ging weg.

Am nächsten Morgen erschien Charley wie gewöhnlich im Arbeitsanzug am Frühstückstisch. Jim erklärte, er wünsche nicht, daß Charley sich noch weiterhin in der Firma zu schaffen mache – in Anbetracht seiner Einstellung. Charley kehrte in sein Zimmer zurück und legte sich aufs Bett. Als Hedwig hereinkam, um das Bett zu machen, sagte sie: »Oh, du bist immer noch hier!« und ging weg, die Tür hinter sich zuknallend. Er hörte sie im ganzen Hause herumrumoren und mit Sachen schmeißen, während sie zusammen mit Tante Hartmann saubermachte.

Um die Mitte des Vormittags ging Charley zu seinem Bruder hinunter, der sorgenvoll an seinem Schreibtisch über den Büchern saß. »Ich möchte mit dir sprechen, Jim.« Jim nahm die Brille ab und blickte zu ihm auf. »Was hast du auf dem Herzen?« sagte er in dem abgehackten Ton, den er an sich hatte. Charley sagte, wenn Jim ihm auf der Stelle fünfhundert Dollar leihen wolle, wäre er bereit, eine Vollmacht auszustellen. Wenn sich das Flugzeugprojekt als aussichtsreich erwiese, würde er Jim eventuell beteiligen. Jim machte ein saures Gesicht. »Schön«, sagte Charley. »Sagen wir vierhundert. Ich muß aus diesem Loch raus.«

Jim erhob sich langsam. Er war so blaß, daß Charley befürchtete, es sei ihm übel. »Wenn es nicht in deinen Schädel hinein will, wie es mit mir steht – na, schön, dann hol dich der Teufel ... Wir sind miteinander fertig. Hedwig wird das Geld auf ihren Namen bei der Bank leihen müssen ... Ich stecke bis zum Hals in Schulden.«

»Ordne es, wie du willst«, sagte Charley. »Ich muß hier raus.«

Zum Glück klingelte das Telephon, sonst wären sie aneinandergeraten. Charley hob den Hörer ab. Es war Emiscah. Sie sagte, sie sei gestern in St. Paul gewesen und habe ihn auf der Straße gesehen, und er habe ihr vorgeschwindelt, daß er verreisen müsse, nur um sie abzuwimmeln, und er müsse heute abend zu ihr kommen, sonst wüßte sie nicht, was sie täte, und ob es ihm recht wäre, wenn sie sich umbringe, ja? Er wußte nicht mehr aus noch ein, der Streit mit Jim hatte ihn wirr gemacht, und zu guter Letzt versprach er zu kommen. Als er fertig war, sah er, daß Jim sich in den Verkaufssalon begeben hatte und sich, übers ganze Gesicht lächelnd, vertraulich mit einem Kunden unterhielt.

Auf der Hinfahrt in der Trambahn beschloß er, ihr zu sagen, er habe sich im Kriege mit einer Französin verheiratet, aber als er zu ihr in die Wohnung kam, wußte er nicht, was er sagen sollte, sie sah so hager und blaß aus. Er ging mit ihr in ein Tanzlokal. Es tat ihm weh, mit ansehen zu müssen, wie glücklich sie sich gebärdete, als ob alles wieder in bester Ordnung wäre. Als er wegging, verabredete er sich mit ihr für die kommende Woche.

Aber als dieser Tag herankam, war er längst nach Chicago unterwegs. Er fühlte sich erst richtig wohl, nachdem er die Stadt durchquert und den Zug nach New York bestiegen hatte. In seiner Tasche steckte ein Brief Joe Askews, in dem Joe schrieb, er würde ihn abholen. Er besaß den Rest der dreihundert Eier, die Hedwig herausgerückt hatte, nachdem sie ihm für den ganzen Winter Kost und Logis mit zehn Dollar die Woche berechnet hatte. Aber im Zuge nach New York vergaß er das alles, vergaß Emiscah und die schlimme Zeit, die er hinter sich hatte, und dachte nur noch an New York, an die Flugzeugmotoren und an Doris Humphries.

Als er frühmorgens im unteren Bett aufwachte, schob er die Rollgardine hoch und blickte hinaus. Der Zug fuhr durch die Hügel von Pennsylvania, die Felder waren frisch gepflügt, manche Bäume bereits mit einem grünen Flaum bedeckt. Auf einem Hofe unter einem blühenden Birnbaum trippelte pickend eine Schar gelber Küken umher. »Bei Gott!« sagte er laut. »Die mageren Jahre sind vorbei.«

Weltwochenschau XLVIII

der Stahlverein steht sowohl technisch wie finanziell als ein wahrer Koloß da...

In Georgia ist der letzte Schrei
Ein Tanzschritt funkelnagelneu:
Wackel mit dem Ding da

REMISENBRAND

ZIGEUNERIN WEGEN WAHRSAGEREI VERHAFTET

Mit der Reitpeitsche zum Altar gejagt

mit dem sich ständig erweiternden Aufschwung der Stahlindustrie ist die Stärke des Konzerns beinahe schon zu einem Gemeinplatz geworden, aber die wahren Ausmaße müssen von Zeit zu Zeit neu kalkuliert werden, um in die richtige Perspektive zu rücken...

VERBLÜFFT ÜBER DIE GELDFORDERUNGEN DER DEMOKRATEN IN MAINE

Wackel mit dem Ding da

SELBSTMORDVERSUCH EINER MYSTERIÖSEN FRAU IM PARKTEICH

Wackel mit dem Ding da

OLIVE THOMAS AN GIFT GESTORBEN

BRIEFLICHE DROHUNG: RAUS AUS WALL STREET

Bombenspur führt nach Jersey

Wackel mit dem Ding da

Die Ankunft des Unglückspropheten

LEICHE AN EINEM FAHRRAD FESTGEBUNDEN

SUCHE NACH DEM ZEITZÜNDER

DIE BLECH-LIZZIE

»Mr. Ford, der Automobilist«, schrieb der Feuilletonverfasser im Jahre 1900 –

» – Mr. Ford, der Automobilist, gab erst einmal seinem Rößlein drei- bis viermal einen scharfen Ruck mit Hilfe des Hebels rechts vom Sitz, das heißt, er schob den Hebel heftig auf und nieder, um, wie er sagte, Luft mit Benzin zu mischen und den Brennstoff in den Explosionszylinder zu treiben ... Mr. Ford betätigte einen kleinen elektrischen Schalter, und es gab ein Puff Puff Puff ... Das Puffen des Motors ging in eine höhere Tonart über. Die Maschine sauste mit einer Geschwindigkeit von etwa zwölf Kilometern dahin. Die Straße hatte tiefe Furchen, aber die Maschine bewegte sich mit einer traumhaften Gleichmäßigkeit. Kein Stoßen und Rütteln, wie es sogar einem Straßenbahnwagen anhaftet ... Inzwischen hatten wir den Boulevard erreicht, und der Automobilist ließ den Wagen voll anlaufen, indem er einen Hebel ein wenig nach unten verschob. Hui! Mit unerhörter Schnelligkeit steigerte sich das Tempo der Fahrt. Während wir dahinsausten, folgte uns ein lautes Rattern, die neue Stimme des Automobils...«

Zwanzig Jahre lang oder noch länger,

seit er mit sechzehn Jahren die väterliche Farm verlassen hatte und nach Detroit gegangen war, um dort in einer mechanischen Werkstatt zu arbeiten, war Henry Ford in Maschinen, Motoren und mechanische Dinge vernarrt. Zuerst waren es Uhren, dann konstruierte er einen Dampftraktor, dann baute er eine Kutsche ohne Pferde mit einem Motor, der dem Ottoschen Gasmotor nachgebildet war (er hatte davon in der *World of Science* gelesen), dann ein mechanisches Wägelchen mit einem vierphasigen Einzylindermotor, das nur vorwärts, aber nicht rückwärts fahren konnte.

Endlich, im Jahre achtundneunzig, glaubte er so weit gekommen zu sein, daß er es wagen dürfe, seine Stellung bei der Edison Company in Detroit aufzugeben, wo er sich vom Nachtheizer zum Chefingenieur hinaufgearbeitet hatte,

um seine ganze Zeit der Arbeit an einem neuen Benzinmotor zu widmen –

(Ende der achtziger Jahre hatte er bei einer Zusammenkunft von Beleuchtungselektrikern in Atlantic City Edison kennengelernt. Nachdem Edison eine Ansprache gehalten hatte, war er zu ihm hingegangen und hatte ihn gefragt, ob er Benzin für einen brauchbaren Motorbrennstoff halte. Edison hatte die Frage bejaht. Was Edison sagte, mußte stimmen. Sein Leben lang hat Henry Ford Edison bewundert);

– und den Probefahrten mit seinem mechanischen Wägelchen, wie er da am Hebel saß, flott herausstaffiert in straff geknöpftem Jackett, hohem Kragen und steifem Hut –

– hin und her über die geraden, schlechtgepflasterten Straßen von Detroit –

– daß die lauten Explosionen des Motors die mageren Traber und die glattgestriegelten Paßgänger erschreckten –

– stets auf der Ausschau nach Leuten, die verrückt wären, Geld in den Bau einer Automobilfabrik zu investieren.

Er war der älteste Sohn eines irischen Einwanderers, der während des Bürgerkrieges die Tochter eines wohlhabenden holländischen Farmers in Pennsylvania geheiratet und sich in der Nähe von Dearborn, Wayne County, in Michigan als Farmer niedergelassen hatte.

Wie so viele andere Amerikaner begann der heranwachsende junge Henry Ford das Herumstapfen im Matsch und die tausend kleinen, täglichen Pflichten zu hassen (Dünger aufgabeln und ausfahren, Petroleumlampen putzen), Mühsal, Schweiß und Einsamkeit des Landlebens.

Er war ein schlanker, lebhafter junger Mann, ein guter Schlittschuhläufer, manuell sehr geschickt. Am liebsten ließ er andere die grobe Arbeit verrichten und beschäftigte sich mit der Pflege der Maschinen. Seine Mutter hatte ihn gebeten, nicht zu trinken, nicht zu rauchen, nicht zu spielen und keine Schulden zu machen, und danach richtete er sich sein Leben lang.

Als er Anfang der Zwanzig war, schenkte ihm sein Vater vierzig Morgen Grund, um ihn aus Detroit wegzulocken, wo er als Mechaniker und Reparateur bei der Drydock Engine Company angestellt war, welche Dampfmaschinen erzeugte.

Jung Henry baute sich ein modernes, viereckiges weißes Wohnhaus mit einem falschen Mansardendach, heiratete und ließ sich auf seiner Farm nieder,

aber die landwirtschaftliche Arbeit durften seine Tagelöhner besorgen.

Er selber kaufte sich eine Kreissäge, mietete einen Standmotor und ließ die Waldbestände abholzen.

Er war ein sparsamer junger Mann, der nicht trank, nicht rauchte, nicht spielte noch seines Nächsten Weib begehrte, aber das Landleben hielt er nicht aus.

Er übersiedelte nach Detroit und bastelte jahrelang in seiner Freizeit in dem Ziegelschuppen hinterm Haus an einem mechanischen Wägelchen herum, das leicht genug wäre, die lehmigen Wagenwege des Wayne-Bezirks in Michigan befahren zu können.

Im Jahre 1900 war ein brauchbares Modell vorhanden, das er auf den Markt bringen konnte.

Er war vierzig, bevor die Ford Motor Company entstand und die Produktion in Gang kam.

Schnelligkeit war der Hauptfaktor, auf den die anfänglichen Automobilfabriken es abgesehen hatten. Wettrennen wurden veranstaltet, um für die Modelle Reklame zu machen.

Henry Ford selber stellte einige Rekorde auf – auf der Bahn in Grosse Pointe und auf dem Eis des Lake St. Clair. Mit seinem 999er legte er eine Meile in neununddreißig vier Fünftel Sekunden zurück.

Aber es war seit jeher seine Gewohnheit gewesen, anderen die Schwerarbeit zu überlassen. Die Schnelligkeit, mit der er sich beschäftigte, war die Schnelligkeit des Produktionsprozesses, seine Rekorde waren Rekorde an effektiver Leistung. Er beauftragte Barney Oldfield, einen Fahrrad-akrobaten aus Salt Lake City, die Rennen für ihn zu fahren.

Henry Ford hatte auch noch andere Ideen, die sich nicht auf die Konstruktionen von Motoren, auf Zündkerzen, Magneten, Getriebe und Zubehör, Stanzen und Model beschränkten:
Er hatte seine besonderen Absatztheorien –
– daß das Geld in rentabler Massenerzeugung liege, in schnellem Umsatz, billigen, austauschbaren, leicht zu ersetzenden, standardisierten Einzelteilen.
Erst 1909, nachdem er sich jahrelang mit seinen Teilhabern herumgezankt hatte, brachte Ford das erste Modell T heraus.

Henry Ford hatte recht.
In dieser Saison verkaufte er über zehntausend Blech-Lizzies. Zehn Jahre später verkaufte er fast eine Million pro Jahr.
Um diese Zeit brachte das Taylorsystem die Betriebsleiter und Fabrikanten in Aufruhr. Das Losungswort lautete: Effektivität. Mit demselben Scharfsinn, mit dem man die Leistung einer Maschine gesteigert hatte, konnte man die Leistung des Arbeiters steigern, der die Maschine erzeugt.
1913 wurde bei Ford das Fließband eingeführt. In dieser Saison betrugen die Profite ungefähr fünfundzwanzig Millionen Dollar, aber man hatte Schwierigkeiten, die Leute zu halten, den Mechanikern schien es bei Ford nicht zu gefallen.

Henry Ford hatte auch noch andere Ideen, die sich nicht auf den Produktionsprozeß beschränkten.
Er war der größte Automobilhersteller der Welt. Er zahlte hohe Löhne. Vielleicht würde es für die gelernten Arbeitskräfte ein Anreiz sein, den Arbeitsplatz nicht zu verlassen, wenn man ihnen einen Anteil (einen sehr geringen Anteil) an den Profiten gewährte.
Gutbezahlte Arbeiter würden vielleicht genügend Geld sparen, um eine Blech-Lizzie zu kaufen. An dem Tage, da Ford bekanntgab, daß arbeitsuchende, ordentlich verhei-

ratete, anständige amerikanische Arbeiter Gelegenheit hätten, fünf Dollar pro Tag zu verdienen (natürlich stellte sich heraus, daß das einen Haken hatte, immer hatte es einen Haken) –
– da wartete eine so ungeheure Menschenmenge vor der Fabrik in Highland Park –
– die ganze, eiskalte Januarnacht hindurch –
– daß es zu Unruhen kam, als die Tore geöffnet wurden. Polizeiknüppel sausten auf die Köpfe herab, Ziegelsteine flogen durch die Luft, Eigentum, Henry Fords Eigentum, wurde beschädigt. Die Betriebspolizei mußte die Feuerspritzen einsetzen, um die Menge abzuwehren.

Das amerikanische System. Motorisierter Wohlstand, der von oben herabträufelt. Dann stellte sich heraus, daß er einen Haken hatte.
Aber diese fünf Dollar pro Tag,
die der brave, anständige amerikanische Arbeiter verdiente,
sofern er nicht trank, nicht rauchte, nicht las und auch nicht nachdachte,
und nicht Ehebruch trieb,
und dessen Frau keine Untermieter in die Wohnung aufnahm –
– machten Amerika abermals zum Yukon der ausgebeuteten Arbeiter aller Länder –
– schufen die vielen Blech-Lizzies und das motorisierte Zeitalter und machten nebenbei
Henry Ford, den Automobilisten, den Bewunderer Edisons, den Vogelliebhaber,
zu dem großen Amerikaner seiner Zeit.

Aber Henry Ford hatte auch noch andere Ideen, die sich nicht auf das Fließband und die Lebensweise seiner Angestellten beschränkten. Er steckte voller Ideen. Siehe, ein Bauernjunge, der, statt in die Stadt zu wandern, um dort reich zu werden, dadurch reich geworden ist, daß er die Stadt zu den Bauern gebracht hat. Die Maximen, die er aus *McGuffey's Reader* bezogen hatte, die Vorurteile und

vorgefaßten Meinungen seiner Mutter lagen unbefleckt und unabgegriffen wie frisch gedruckte Banknoten in seinem Herzen bewahrt.
Er wollte der Menschheit seine Ideen zuteil werden lassen, deshalb kaufte er den *Dearborn Independent* und eröffnete eine Kampagne gegen das Zigarettenrauchen.
Als der Krieg in Europa ausbrach, hatte er auch in diesem Punkte seine besonderen Ideen. (Das Mißtrauen gegen die Militärs und gegen das Waffentragen gehörte zu den bäurischen Traditionen des Mittelwestens, genauso wie die Sparsamkeit, die Zähigkeit, die Enthaltsamkeit, die harten finanziellen Praktiken.) Jeder intelligente amerikanische Mechaniker mußte einsehen, daß, wenn die Europäer nicht eine Horde unwissender, schlechtbezahlter Ausländer gewesen wären, die da tranken, rauchten, ein unsittliches Leben führten und verschwenderischen Produktionsmethoden frönten, der Krieg nicht ausgebrochen wäre.
Als es Rosika Schwimmer gelang, die Barriere der Sekretäre und Lakaien zu durchbrechen, die Henry Ford umgaben,
und sie ihm vorschlug, dem Krieg ein Ende zu machen,
sagte er, gewiß, er würde ein Schiff chartern, hinüberfahren und noch vor Weihnachten unsere Jungs aus den Schützengräben nach Hause holen.

Er charterte einen Dampfer, die *Oscar II*, und befrachtete ihn mit Pazifisten und Soziologen,
die den Fürstlichkeiten Europas klarmachen sollten,
daß ihre Handlungsweise schlecht und dumm sei.
Es war nicht seine Schuld, daß der gesunde Menschenverstand des Armen Richard nicht länger die Welt regierte und daß die meisten seiner Pazifisten schrullige Querköpfe waren,
die sich an Schlagzeilen berauscht hatten.
Als William Jennings Bryan nach Hoboken kam, um adieu zu sagen, reichte ihm jemand einen Käfig mit einem Eichhörnchen. William Jennings Bryan hielt eine Rede – mit dem Eichhörnchen unterm Arm. Henry Ford warf American-Beauty-Rosen in die Menge. Die Kapelle spielte: *Ich hab meinen Jungen nicht zum Soldaten erzogen*... Spaßvögel

ließen eine Menge Eichhörnchen laufen. Im Schiffssalon wurde ein durchgebranntes Hochzeitspaar von einer Kompanie geistlicher Herren getraut, und Mr. Zero, der Nachtasylhumanist, der zu spät auf den Pier kam,
sprang in den North River und schwamm hinter dem Schiffe her.
Die *Oscar II* wurde als ein fliegendes Chautauqua beschrieben.
Henry Ford sagte, er käme sich vor wie in einem Dorfe des Mittelwestens, aber als sie Christiansand in Norwegen erreichten, hatten ihn die Reporter bereits so sehr gepiesackt, daß er kalte Füße bekam und sich ins Bett legte. Die Welt außerhalb von Wayne County in Michigan war ihm zu verrückt. Mrs. Ford und die Geschäftsleitung schickten einen Dechanten der Bischofskirche hinterher, der ihn schön eingepackt nach Hause mitnahm,
und die Pazifisten mußten ohne ihn ihre Reden schwingen.
Zwei Jahre später fabrizierten die Fordbetriebe Munition und Transportschiffe. Henry Ford hatte vor, Einmanntanks herzustellen und ein Einmann-U-Boot, wie man es im Revolutionskrieg ausprobiert hatte. Er teilte der Presse mit, daß er seine Kriegsgewinne dem Staat zur Verfügung stellen wolle,
aber nirgends steht geschrieben, daß er es auch wirklich getan hat.

Eines brachte er von seiner Reise mit:
›Die Protokolle der Weisen von Zion.‹
Er eröffnete im *Dearborn Independent* eine Kampagne, um die Welt aufzuklären: Die Juden seien daran schuld, daß die Welt nicht so aussehe wie Wayne County in Michigan in der guten, alten Zeit der Pferdewagen.
Die Juden hätten den Krieg auf dem Gewissen, den Bolschewismus, den Darwinismus, den Marxismus, Nietzsche, die kurzen Röcke und den Lippenstift. Sie ständen hinter Wall Street und den internationalen Banken, dem weißen Sklavenhandel, den Kinos, dem Obersten Gerichtshof der Vereinigten Staaten, dem Ragtime und dem illegalen Alkoholhandel.

Henry Ford stellte die Juden an den Pranger, kandidierte als Senator und strengte gegen die *Chicago Tribune* eine Verleumdungsklage an
und war der Hanswurst der bezahlten Großstadtpresse.
Aber als die Großstadtbanken ihm sein Unternehmen abluchsen wollten, war er hundertmal schlauer als sie.

1918 hatte er Schuldverschreibungen ausgestellt, um die Besitzer der Aktienmajorität für die geringfügige Summe von fünfundsiebzig Millionen Dollar auszukaufen.
Im Februar 1920 brauchte er Bargeld, um einige dieser Schuldverschreibungen, die fällig geworden waren, einzulösen. Angeblich soll ein großer Bankier ihn aufgesucht und ihm alle erdenklichen Angebote gemacht haben, sofern er bereit wäre, dem Vertreter des Bankiers einen Sitz im Verwaltungsrat einzuräumen. Henry Ford reichte dem Bankier seinen Hut
und machte sich daran, das Geld auf seine eigene Art aufzutreiben.
Er verfrachtete sämtliche Autos und Ersatzteile, die er auf Lager hatte, an seine Verkäufer und verlangte sofortige Barzahlung. Laß den anderen Schulden machen, das war schon immer sein Hauptprinzip gewesen. Er legte die Produktion still und annullierte seine Bestellungen bei den Lieferfirmen. Viele Händler gingen zugrunde, viele Lieferfirmen machten Bankrott, aber als er seine Betriebe wieder in Gang setzte,
gehörten sie ihm uneingeschränkt,
so wie einem Menschen seine unbelastete Farm gehört, nachdem er die Steuern bezahlt hat.
1922 begann die Reklamekampagne für den Präsidentschaftskandidaten Ford (hohe Löhne, Wasserkraft, Verteilung der Industrie auf die Kleinstädte) – ein Programm, das hinter den Szenen geschickt torpediert wurde
durch einen anderen Wald-und-Wiesen-Philosophen – Calvin Coolidge.
Aber im Jahre 1922 verkaufte Henry Ford eine Million dreihundertundzweiunddreißigtausendzweihundertundneun Blech-Lizzies. Er war der reichste Mann der Welt.

Gute Straßen hatten die schmalen Furchen abgelöst, die das Modell T in den Lehm gepflügt hatte. Die große Autokonjunktur war da. Der Arbeitsprozeß in den Fordbetrieben wurde Schritt für Schritt verbessert. Weniger Zeitverlust, mehr Aufpasser, Antreiber und Spitzel (fünfzehn Minuten Lunchpause, drei Minuten für einen Besuch auf der Toilette, überall das taylorisierte Tempo – runterlangen, Dichtung anlegen, Schraube festziehen, Bolzen einsetzen, runterlangen, Dichtung anlegen, Schraube festziehen, runterlangenanlegenfestziehenrunterlangenanlegen, bis jede Unze Lebenskraft von dem Produktionsprozeß aufgesogen ist und des Abends die Arbeiter als graue, zitternde Wracks nach Hause gehen).

Jedes Detail des Fabrikationsganges gehörte Ford, vom Erz in den Bergen bis zu dem fertigen Auto, das mit eigener Kraft das Montageband verließ, die Betriebe waren bis zu dem letzten Zehntausendstel Zoll (gemessen an der Johanssonsskala) durchrationalisiert.

1926 wurde der gesamte Fabrikationszyklus vom Erz im Bergwerk bis zu dem verkaufsfertigen Endprodukt auf einundachtzig Stunden reduziert.

Aber das Modell T war veraltet.

Die neue Wohlstandsära und das amerikanische System (es hatte einen Haken, immer hatte es einen Haken) hatten die Blech-Lizzie erwürgt.

Die Fordwerke waren nur noch einer von vielen Autobetrieben.

Als die Börsenseifenblase platzte,

sagte Mr. Ford, der Wald-und-Wiesen-Philosoph, triumphierend: »Ich habe es euch gesagt.

Geschieht euch recht, wenn ihr spekuliert und euch in Schulden stürzt.

Das Volk ist gesund.«

Aber als das Volk in zerrissenen Schuhen, in ausgefransten Hosen, mit enggeschnürten Gürteln um die leeren Bäuche, die müßigen Hände von der Kälte des kältesten Märztages 1932 aufgesprungen und rissig,

von Detroit nach Dearborn zu marschieren begann, nach

Arbeit rufend und nach dem amerikanischen System, da fiel den Leuten bei Ford nichts Besseres ein, als mit Maschinengewehren zu schießen.
Das Volk war gesund, aber die Demonstranten wurden niedergemäht.
Vier Mann wurden erschossen.

Henry Ford ist als alter Mann
ein leidenschaftlicher Antiquitätensammler geworden
(haust belagert auf der väterlichen Farm, umgeben von Tausenden millionenschweren Morgen Landes, bewacht von einer Armee getreuer Lakaien, Sekretäre, Geheimagenten, Detektive unter dem Kommando eines ehemaligen englischen Berufsboxers),
stets in Angst vor den Füßen in zerrissenen Schuhen auf den Straßen, stets befürchtend,
die Gangster würden seine Enkel entführen,
der Zeitenwandel und die Hände der Arbeitslosen würden die Tore und hohen Zäune stürmen –
von einer Privatarmee verteidigt
gegen das neue Amerika hungernder Kinder, leerer Bäuche und zerrissener Schuhe, die um einen Teller Suppe anstehen –
das neue Amerika, das die alten, blühenden Ländereien
von Wayne County in Michigan
verschlungen hat,
als wären sie nie gewesen.
Henry Ford ist als alter Mann
ein leidenschaftlicher Antiquitätensammler geworden.
Er hat das Farmhaus seines Vaters restauriert und in genau denselben Zustand versetzt, wie er es als kleiner Junge gekannt hatte. Er hat ein ganzes Dorf von Museen errichtet, für Kutschen, Schlitten, alte Pflüge, Wasserräder, veraltete Automodelle. Er durchstöbert das ganze Land nach Geigern, welche die uralten Bauerntänze beherrschen.
Sogar alte Tavernen hat er gekauft und in den ursprünglichen Stand zurückversetzt, ebenso Thomas Edisons erste Laboratorien.

Als er das Wayside Inn bei Sudbury in Massachusetts kaufte, ließ er die neue Landstraße, auf der die neumodischen Autos ratternd, schlitternd, ölig zischend vorbeisausten (die neue Stimme des Automobils),
von der Eingangstür wegverlegen
und durch die alte schlechte Straße ersetzen,
damit alles wieder so sei wie früher einmal
in der Zeit der Pferdewagen.

Weltwochenschau XLIX

Karobub, Karobub –
Hast mir die Taschen ausgeraubt –

Zeugen geheimnisvollen Kanalunglücks

MANN IN PHILADELPHIA IN SEINEM ZIMMER ERSCHLAGEN

die Männer, die, wie man den Arbeitern vor einem knappen Jahr eingeredet hatte, auf den blutgetränkten Schlachtfeldern Frankreichs für die Demokratie kämpften und die sie unterstützen sollten, indem sie ihre letzte Kraft für die Produktion hergaben – diese Männer kamen nun heranmarschiert, um ihnen demokratische Methoden beizubringen, und sie hatten ihre Mordinstrumente bei sich, ihre Schnellfeuer-, ihre Maschinengewehre, ihre Geschütze, die eine zwei Kilometer lange Straße binnen weniger Minuten räumen können, und die Stahlhelme, die die Arbeiter in Gary hergestellt hatten...

Krach, ausgerechnet Bananen,
Bananen verlangt sie von mir...

BUSNOVELLE DURCH TRAMKONZERN ABGEWÜRGT

Betrunkene Soldaten in Röcken tanzen im brennenden Haus

SELBSTMORD VOR DEN AUGEN DER FRAU DIE WAHNSINNIG WIRD

SELBSTMÖRDERIN WAR MIT OLIVE THOMAS BEFREUNDET

Bargeldmangel im Osten wird untersucht

das Geschäft besteht zum großen Teil darin, Fabrikanten und Kaufleute dadurch zu finanzieren, daß man gewisse Schulddokumente erwirbt, die aus dem Verkauf verschiedenartiger, auf normale Weise dem Markt zugeführter Produkte, wie Autos, elektrische Geräte, Motoren, entstanden sind...

CHARLEY ANDERSON

»Misser Andson Misser Andson – Telegramm für Misser Andson!« Charley streckte die Hand aus, stand in dem schaukelnden Seitengang und las die auf das Formular geklebten Buchstabenstreifen: AN GRIPPE ERKRANKT SCHREIB ADRESSE SEHEN UNS NÄCHSTE WOCHE JOE. Verdammte Sauerei, sagte er zu sich selber, während er sich den Weg zu seinem Platz bahnte, vorbei an Weibern, die ihre Koffer zumachten, vorbei an einem grauhaarigen Manne, der sich den Mantel anzog, vorbei an dem mit Gepäck beladenen Wagenschaffner. Verdammte Sauerei. Der Zug fuhr bereits mit verlangsamter Fahrt in den Grand-Central-Bahnhof ein.

Still war es auf dem grauen, unterirdischen Bahnsteig, als er aus dem stickigen Pullmanwagen ausstieg und sich vom Schaffner sein Gepäck reichen ließ, eine einsame Gestalt. Den schweren Koffer schwenkend, ging er die Rampe hinauf. Im Zug hatte er Kopfschmerzen bekommen. Der Bahnhof war so groß, daß er durchaus nicht den belebten Eindruck machte, den New York in seiner Erinnerung hinterlassen hatte. Durch das dicke Glas der riesigen Bogenfenster sah er den Regen auf die gegenüberliegenden Gebäude fallen. Er wanderte in den Hallen umher, wußte nicht, welche Richtung er einschlagen sollte, stand plötzlich vor der Tür einer Imbißstube.

Er ging hinein und nahm Platz. Die Kellnerin war klein, dunkelhaarig und mürrisch und hatte Ringe unter den Augen. Es war ein feuchter Tag, der Geruch der Abwaschseife und die fettigen Küchendünste hingen in Schwaden in der Luft. Als die Kellnerin sich über den Tisch beugte, um das Gedeck aufzulegen, roch es nach feuchter Unterwäsche, Achselhöhlen und Talkumpuder. Er blickte zu ihr auf und versuchte, ihr ein Lächeln zu entlocken. Als sie sich umdrehte, um die bestellte Tomatensuppe zu holen, betrachtete er ihren vierschrötigen Hintern, der unter dem schwarzen

Kittel hin und her wackelte. Der regnerische Küstentag hatte etwas Dumpfes und Geiles.

Er löffelte die Suppe, ohne sie zu schmecken. Bevor er fertig war, stand er auf und ging in die Telephonzelle. Er brauchte ihre Nummer nicht nachzuschlagen. Während er auf die Verbindung wartete, wurde er so nervös, daß ihm der Schweiß hinter den Ohren herablief. Als sich eine Frauenstimme meldete, erstarb ihm seine eigene Stimme tief unten im Hals. Schließlich brachte er es über die Lippen: »Bitte, ich möchte Miss Humphries sprechen... Sagen Sie ihr, es sei Charley Anderson, Leutnant Anderson.« Er versuchte noch immer, sich zu räuspern, da ertönte ihre Stimme – in einem vertraulichen, zärtlichen Singsang. Natürlich erinnere sie sich an ihn, sagte die Stimme, so lieb von ihm, anzurufen, natürlich müßten sie sich jetzt immerzu sehen, wunderbar, mit größtem Vergnügen, aber sie verreise übers Wochenende. Ob er sie denn nicht nächste Woche anrufen wolle, nein, Ende der Woche? Sie würde sich wahnsinnig freuen, ihn wiederzusehen.

Als er an den Tisch zurückkehrte, machte sich die Kellnerin dort zu schaffen. »Hat die Suppe nicht geschmeckt?« fragte sie. – »Doch... Ich mußte telephonieren.« – »Oh – telephonieren«, sagte sie spöttisch. Jetzt versuchte *sie*, ihm ein Lächeln zu entlocken. »Bringen Sie mir ein Stück Kuchen und eine Tasse Kaffee«, sagte er, den Blick auf die Speisekarte geheftet. – »Wir haben ausgezeichneten Zitronenkuchen«, sagte die Kellnerin mit einem kleinen Seufzer, der ihn zum Lachen brachte. Lachend blickte er zu ihr auf, wieder fühlte er sich heiß und drauf aus. »Schön, mein Schatz, sagen wir Zitronenkuchen.«

Nachdem er den Kuchen gegessen hatte, zahlte er und kehrte in die Telephonzelle zurück. Vor ihm war eine Frau drin gewesen und hatte einen starken Parfumduft hinterlassen. Er rief im *Century Club* an, um zu hören, ob Ollie Taylor in der Stadt sei. Man teilte ihm mit, er befinde sich in Europa. Dann rief er die Johnsons an; sie waren die einzigen, die er sonst noch kannte. Eveline Johnsons Stimme klang tief und gedämpft. Als er seinen Namen nannte, lachte sie und sagte: »Ja, natürlich möchten wir Sie gerne sehen. Kommen Sie

doch heute abend zum Essen zu uns. Wir stellen Ihnen das neue Baby vor.«
Als er am Astor Place aus der Untergrundbahn kam, war es noch nicht an der Zeit, die Johnsons aufzusuchen. Er erkundigte sich bei dem Zeitungsverkäufer nach dem Weg zur Fifth Avenue und spazierte an den stillen, roten Ziegelfassaden auf und ab. Er hatte einen muffigen Geschmack im Munde von dem Kino, in dem er den Nachmittag totgeschlagen hatte. Als er auf seine Armbanduhr sah, war es erst halb sieben. Er war für sieben eingeladen. Er war bereits dreimal vor dem Haustor vorbeispaziert, da beschloß er endlich, die Stufen hinaufzugehen. Auf einem Kärtchen über dem Klingelknopf standen beide Namen hingekritzelt: Paul Johnson – Eveline Hutchins. Er klingelte, zupfte an seiner Krawatte herum, wartete. Niemand antwortete. Er überlegte, ob er noch einmal läuten sollte, da kam Paul Johnson mit flotten Schritten von der Fifth Avenue her die Straße entlang, den Hut aus der Stirn geschoben, munter vor sich hinpfeifend. »Hallo, Anderson, wo kommen denn Sie her?« fragte er in verlegenem Ton. Er hatte mehrere Einkaufstüten bei sich, die er auf dem linken Arm auftürmen mußte, bevor er Charley die Hand reichen konnte. »Darf ich gratulieren?« sagte Charley. Paul sah ihn eine Sekunde lang verständnislos an, dann wurde er rot. »Natürlich... der Sohn und Erbe... Na, ein Bürger der Zukunft, wie es so schön heißt...«
Paul führte ihn in ein großes altmodisches Zimmer mit wallenden roten Gardinen an den Fenstern. »Setzen Sie sich einen Augenblick. Ich werde nachsehen, was Eveline treibt.« Er zeigte auf ein Roßhaarsofa und ging durch die Schiebetür in ein Hinterzimmer.
Er kam gleich wieder zurück und machte sorgfältig die Schiebetür hinter sich zu. »Das ist ja großartig. Eveline sagt, Sie werden mit uns essen. Sie sagt, Sie seien eben von dort draußen zurückgekehrt. Wie hat es Ihnen dort draußen gefallen? Ich möchte nicht mehr hin, und wenn man mir noch soviel zahlt. In New York lebt es sich großartig, man darf nur nicht schlappmachen... Kommen Sie, ich zeige Ihnen, wo Sie sich die Hände waschen können... Eveline hat einen

Haufen Leute eingeladen. Ich muß schnell mal zum Schlachter...«

Das Badezimmer war dampfig und roch nach Badesalz. Jemand hatte soeben gebadet. Über der Wanne waren Babywindeln zum Trocknen aufgehängt. Hinter der Tür hing eine rote Spüldusche und darüber ein gelbes Spitzennegligé. Charley wurde ganz komisch zumute. Nachdem er sich die Hände abgetrocknet hatte, roch er an ihnen, und der Seifenduft stieg ihm zu Kopf.

Als er aus der Tür kam, sah er Mrs. Johnson an dem weißen Kaminsims lehnen, einen gelben, französischen Roman in der Hand. Sie hatte ein langes, spitzenbesetztes Kleid mit Puffärmeln an und trug eine Schildpattlesebrille. Sie nahm die Brille ab, legte sie ins Buch und streckte die Hand aus.

»Es freut mich, daß Sie kommen konnten. Ich gehe noch nicht viel aus; wenn man mich nicht besucht, kriege ich keinen Menschen zu sehen.«

»Es war furchtbar nett von Ihnen, mich einzuladen. Ich saß ganz auf dem trockenen... Wissen Sie, es tut einem wohl, Leute wiederzusehen, die man drüben gekannt hat... Jetzt fühlt man sich wieder an Paris erinnert – und das habe ich lange nicht erlebt.«

Sie lachte. Er hatte ihr Lachen noch vom Schiff her in Erinnerung. Er hatte Lust, sie zu küssen, und das machte ihn nervös. Er zündete sich eine Zigarette an.

»Würden Sie so lieb sein, nicht zu rauchen? Seit meiner Schwangerschaft wird mir aus irgendeinem Grunde vom Tabakrauch übel, deshalb darf man in meiner Gegenwart nicht rauchen. Das ist wirklich abscheulich von mir, was?«

Errötend warf Charley die Zigarette in den Kamin. Er begann in dem hohen, schmalen Raum auf und ab zu gehen.

»Wollen wir uns nicht setzen?« sagte sie mit ihrem leichten, irritierenden Lächeln. »Was haben Sie in New York vor?«

»Arbeit suchen. Ich habe gewisse Pläne ... Sagen Sie, wie geht es dem Kind? Ich möchte es gerne sehen.«

»Gut – sobald er aufwacht, werde ich ihn vorstellen. Sie können ein guter Onkel werden. Aber jetzt muß ich mich ums Essen kümmern. Finden Sie es nicht sonderbar, daß wir alle wieder in New York sind?«

»New York ist bestimmt eine harte Nuß.«
Sie ging durch die Schiebetür ins Hinterzimmer, und nach einer Weile begann es nach brutzelnder Butter zu riechen. Charley ertappte sich dabei, wie er im Begriffe war, wieder eine Zigarette anzustecken, dann irrte er im Zimmer umher, betrachtete die altmodischen Möbel, die drei weißen Lilien in einer Vase, die Regale mit französischen Büchern, bis Paul schwitzend, mit rotem Gesicht und mit frischen Einkäufen vorbeikam und ihm versprach, einen Drink zu mixen.
Charley setzte sich auf die Couch und streckte die Beine aus. In dem hohen Raum war es sehr still. Das leise Rascheln und Klappern, mit dem die Johnsons sich hinter der Schiebetür bewegten, und die französischen Essensgerüche hatten etwas Anheimelndes. Paul kehrte mit einem Tablett voller Teller und Gläser und einer großen Flasche Wein zurück. Er legte einen Laib Weißbrot auf den Marmortisch, stellte einen Teller mit Thunfisch und Käse daneben. »Leider habe ich nichts im Haus, um Ihnen einen Cocktail anzubieten. Ich bin erst spät aus dem Büro weggekommen... Wir haben nur diesen spanischen Rotwein.«
»Macht nichts... Ich will mir's eine Weile verkneifen. Ich habe zuviel im Kopf.«
»Sind Sie auf Arbeitssuche?«
»Ich habe einen Bekannten, der will mit mir eine gemeinsame Sache starten. Erinnern Sie sich an Joe Askew, der mit uns auf dem Schiff war? Ein prächtiger Kerl! Das Schlimme ist, der Idiot hat Grippe, und jetzt bin ich so lange aufgeschmissen, bis er angetanzt kommt.«
»Es ist alles viel schwieriger, als ich erwartet hatte ... Mein Alter hat mich bei einem Getreidehändler in New Jersey untergebracht – vorübergehend, bis sich was Besseres findet. Ich habe bei Gott keine Lust, mein Leben lang an einem Schreibtisch zu hocken. Ich habe es auch nur wegen des kleinen Neulings getan.«
»Tja, ich habe eine Sache in petto, die viel wert sein wird – wenn es mir gelingt, den nötigen Zaster aufzutreiben, um sie zu entwickeln.«
Eveline öffnete die Schiebetür und kam mit einer Schüssel

Salat herein. Paul hatte soeben begonnen, von der Getreidebranche zu erzählen, aber er verstummte und wartete, daß Eveline etwas sagen würde.
»Es ist merkwürdig«, sagte sie. »Nach dem Krieg in New York ... Alle lockt es nach New York.«
Dünnes Kindergeschrei folgte ihr aus dem Hinterzimmer. »Das ist sein Tischgong«, sagte Paul. – »Wenn Sie ihn wirklich besichtigen wollen«, sagte Eveline, »kommen Sie jetzt mit – aber ich finde, es muß langweilig sein, sich fremde Babies anzuschauen.« – »Gern!« sagte Charley. »Da ich keine eigenen anzuschauen habe...« – »Wissen Sie das so genau?« fragte Eveline mit einem spöttischen Lächeln. Charley wurde rot und lachte.
Die Weingläser in der Hand, standen sie um das Kinderbett herum. Charley blickte auf ein zahnloses, rosa Gesichtchen hinab und auf zwei kleine Patschhände, die nach der Luft haschten. »Jetzt muß ich wohl konstatieren, daß er dem Papa ähnlich sieht«, sagte Charley. »Der süße Knabe sieht mehr unseren Darwinschen Voreltern ähnlich«, sagte Eveline kalt. »Als ich ihn zum erstenmal zu sehen kriegte, fing ich zu weinen an und konnte nicht mehr aufhören. Hoffentlich wächst ihm ein Kinn.« Charley ertappte sich dabei, wie er von der Seite Pauls Kinn beäugte, das auch nicht sehr ausgeprägt war. »Ein lustiges Bürschchen«, sagte er.
Eveline brachte dem Kind eine Flasche aus der kleinen Küche neben dem Badezimmer, dann gingen sie in das andere Zimmer. »Dieses Milieu macht mich neidisch«, sagte Charley. Da begegnete er Eveline Johnsons Blick. Sie zuckte die Achseln. »Ihr beide und das Kind, schön untergebracht, mit einer eigenen Wohnung, einem Glas Wein und so weiter ... Jetzt habe ich erst richtig das Gefühl, daß der Krieg vorbei ist ... Ich muß mich zusammennehmen und an die Arbeit gehen.«
»Nur keine Bange!« sagte Paul. »Es fängt früh genug an.«
»Wenn bloß unsere Gäste kämen!« sagte Eveline. »Das Essen ist fertig. Charles Edward Holden hat versprochen zu kommen. Er kommt immer zu spät.«
»Er hat uns gesagt, daß er vielleicht kommen wird«, sagte Paul. »Da ist Al. Ich kenne sein Klopfen.«

Ein schlaksiges, bleiches Geschöpf kam zur Tür herein. Paul stellte ihn als seinen Bruder Al vor. Der Mann musterte Charley mit einem mürrisch forschenden Blick seiner grauen Augen. »Leutnant Anderson ... Hören Sie – wir müssen uns schon einmal getroffen haben.«
»Waren Sie auch drüben?«
Der schlaksige junge Mann schüttelte heftig den Kopf. »Nein ... Es muß in New York gewesen sein ... Ich vergesse nie ein Gesicht.« Charley fühlte, wie ihm das Blut in die Wangen stieg.
Ein hochgewachsener, hohlwangiger Mann namens Stevens erschien mit einer kleinen, vollschlanken jungen Dame. Der Name der jungen Dame entging Charley. Sie hatte glattes, schwarzes, kurzgeschnittenes Haar. Der Mann namens Stevens kümmerte sich nur um Al Johnson. Die kleine junge Dame kümmerte sich nur um Stevens. »Na, also, Al!« sagte Stevens drohend. »Haben dich die jüngsten Ereignisse auf andere Gedanken gebracht?«
»Wir müssen langsam vorgehen, Don, wir müssen langsam vorgehen ... Wir dürfen nicht die gesunden menschlichen Instinkte beleidigen ... Wir dürfen uns nicht von der Arbeiterklasse isolieren.«
»Wenn ihr mir jetzt wieder mit der Arbeiterklasse anfangt, wollen wir lieber essen und nicht auf Holden warten«, sagte Eveline und stand auf. »Wenn Don auf nüchternen Magen diskutieren muß, wird er immer so böse.«
»Wer? Charles Edward Holden?« fragte Al Johnson in respektvollem Ton.
»Nur nicht auf ihn warten!« sagte Don Stevens. »Er ist doch bloß ein bürgerlicher Sensationsmacher.«
Charley und Paul halfen Eveline einen Tisch hereintragen, der fertig gedeckt im Schlafzimmer stand. Charley gelang es, sich neben sie zu setzen. »Fabelhaftes Essen«, sagte er immerzu. »Erinnert mich an das schöne Paris. Mein Bruder wollte mich zum Teilhaber seiner Fordagentur machen, aber wer Paris gesehen hat, will nicht mehr auf dem Lande leben.«
»Heute ist New York die Hauptstadt der Welt.« Die Art, wie sie sich beim Sprechen zu ihm beugte, wie ihre läng-

lichen Augen ihn die ganze Zeit forschend ansahen, war irritierend.
»Hoffentlich darf ich euch manchmal besuchen«, sagte er. »Es wird nicht so leicht sein, in New York herumzuschlittern – bis ich festen Boden unter den Füßen habe.«
»Ich bin immer zu Hause«, sagte sie, »und werde immer zu Hause sein, solange wir uns nicht ein zuverlässiges Mädchen für Jeremy leisten können Der arme Paul muß jeden zweiten Tag Überstunden machen ... Oh, wenn man bloß ganz schnell recht viel Geld verdienen könnte!«
Charley lächelte ingrimmig. »Geben Sie uns eine Chance. Wir sind die Uniform noch nicht richtig losgeworden.«
Er konnte dem Gespräch nicht sehr gut folgen, deshalb lehnte er sich auf dem Sofa zurück und betrachtete Eveline Johnson. Auch Paul sagte nicht viel. Nachdem er Kaffee gebracht hatte, verschwand er endgültig. Eveline und die kleine junge Dame am oberen Ende des Tisches schienen beide Don Stevens für einen wunderbaren Menschen zu halten, und Al Johnson, der neben Charley auf dem Sofa saß, beugte sich immerzu mit ausgestrecktem Zeigefinger über ihn weg, um Eveline etwas klarzumachen. Manchmal sah es so aus, als fielen Al Johnson und Stevens übereinander her. Da Charley dem Gespräch nicht recht folgen konnte (er war ja doch schließlich fremd in New York) und da er außerdem gut gegessen und gut getrunken hatte, begann er schläfrig zu werden. Schließlich mußte er aufstehen, um sich die Beine zu vertreten.
Niemand beachtete ihn, er schlenderte in die kleine Küche, dort stand Paul und wusch das Geschirr ab. »Lassen Sie mich abtrocknen«, sagte er. – »Nein, ich habe mein besonderes System«, sagte Paul. »Sehen Sie, Eveline kocht, da ist es nur gerecht, wenn ich abwasche.«
»Sagen Sie mal, werden diese Herren sich nicht die Finger verbrennen, wenn sie solche Töne reden?« Charley deutete mit dem Daumen nach dem Vorderzimmer.
»Don Stevens ist ohnedies als Roter gestempelt.«
»Wohlgemerkt, ich behaupte nicht, daß sie unrecht haben, aber, mein Gott, wir müssen doch unser Brot verdienen.«
»Al ist bei der *World*. Dort ist man ziemlich liberal.«

»Bei mir zu Hause kann man nicht den Mund aufmachen, ohne in ein Wespennest zu treten«, sagte Charley lachend. »Dort wissen sie noch nicht, daß der Krieg vorbei ist.«
Als sie mit dem Abwasch fertig waren, kehrten sie in das Vorderzimmer zurück. Don Stevens näherte sich Charley. »Eveline sagt mir, Sie seien Flieger gewesen«, sagte er stirnrunzelnd. »Wie denken die Flieger? Sind sie für die Ausbeuter oder für die Arbeiterklasse?«
»Da fragen Sie mich aber sehr viel«, sagte Charley gedehnt. »Die meisten meiner Bekannten haben keinen sehnlicheren Wunsch, als zur arbeitenden Klasse zu gehören.«
Die Türklingel läutete. Eveline blickte lächelnd auf. »Das ist wahrscheinlich Charles Edward Holden«, sagte Al. Paul öffnete. »Hallo, Dick!« sagte Eveline. »Wir haben alle geglaubt, du bist Charles Edward Holden.«
»Vielleicht bin ich's«, sagte der adrett gekleidete junge Mann mit den leicht hervorstehenden blauen Augen, der in der Tür erschien. »Ich habe mich den ganzen Tag komisch gefühlt.«
Eveline stellte den neuen Gast mit seinem militärischen Rang vor: »Hauptmann Savage – Leutnant Anderson.«
»Hm!« sagte Stevens im Hintergrunde. Charley merkte, daß Stevens und der junge Mann, der soeben hereingekommen war, einander wortlos anstarrten. Nun wurde alles sehr verworren. Eveline und die Kurzgestutzte begannen mit kühler Stimme Höflichkeitsphrasen auszutauschen. Charley hielt die Zeit für gekommen, sich zurückzuziehen. »Ich muß mich auf die Socken machen, Mrs. Johnson«, sagte er.
Al Johnson rief ihm durchs ganze Zimmer zu: »Warten Sie einen Augenblick, Anderson! Ich begleite Sie ein Stück.«
Plötzlich geschah es, daß Charley Eveline tief in die Augen sah. »Es war mir ein großes Vergnügen«, sagte er. – »Kommen Sie doch nächstens einmal zum Tee«, sagte sie. – »Gut, das will ich tun.« Er drückte fest ihre Hand. Während er sich von den anderen verabschiedete, hörte er Eveline und Hauptmann Savage miteinander kichern. »Ich wollte nur mal sehen, wie die andere Hälfte lebt«, sagte er gerade. »Eveline, du siehst heute abend *zu* schön aus!«

Als Charley in der Frühlingsnacht auf den Stufen stand, war ihm wohl zumute. Nach dem Regen lag ein kühler, sauberer Geruch in der Luft. Er überlegte, ob sie ... Tja, das weiß man nie, bevor man's versucht hat. Al Johnson kam hinter ihm her und nahm seinen Arm. »Hören Sie mal, Paul sagt, Sie kämen von zu Hause?«

»Sicher«, erwiderte Charley. »Sehen Sie nicht das Stroh in meinen Haaren?«

»Du lieber Gott, wenn Eveline zwei alte Verehrer gleichzeitig bei sich hat, wird es ungemütlich ... Und es macht ihr Spaß, Dons armes kleines Mädchen abfallen zu lassen... Sagen Sie mal, könnten wir nicht zusammen irgendwo einen Schluck Whisky trinken, um den Geschmack dieser verdammten roten Tinte loszuwerden?«

»Das wäre wunderbar«, sagte Charley.

Sie überquerten die Fifth Avenue und gingen die Straße lang, bis sie zu einer schmalen schwarzen Tür kamen. Al Johnson klingelte, und ein Mann in Hemdsärmeln ließ sie in einen Korridor ein, in dem es nach Toiletten roch. Durch den Korridor kamen sie in eine Bar. »Na, hier sieht es schon besser aus«, sagte Al Johnson. »Schließlich habe ich jede Woche nur einen Abend frei.«

»Wie in der guten alten Zeit, die es nie gegeben hat«, sagte Charley.

Sie setzten sich an einen kleinen runden Tisch gegenüber der Bar und bestellten Korn. Plötzlich streckte Al Johnson seinen langen Zeigefinger aus. »Jetzt fällt mir ein, wann wir uns getroffen haben. Es war am Tag der Kriegserklärung. Im *Little Hungary*. Wir waren alle stockbesoffen.« Charley sagte, du lieber Gott, damals habe er eine Menge Menschen getroffen. »Ja, damals ist es gewesen«, sagte Al Johnson. »Ich vergesse nie ein Gesicht.« Und er rief den Kellner, um zwei Biere zum Nachtrinken zu bestellen.

Zur Erinnerung an alte Zeiten tranken sie noch einige Whiskys mit Bier. »Tja, New York ist auch nur ein Nest«, sagte Charley. »Ein großes Dorf.« Dann tranken sie etliche Whiskys auf die schöne Zeit im *Little Hungary*. Am Tisch gefiel es ihnen nicht mehr, sie standen auf und gingen an die Bar. Dort saßen zwei bleiche Jünglinge und ein molliges

Mädchen mit strähnigem Haar in einer bestickten Bulgarenbluse. Es waren alte Bekannte Al Johnsons. »Ein alter Journalist«, sagte Al Johnson, »vergißt nie ein Gesicht – oder einen Namen.« Er wandte sich an Charley. »Oberst, darf ich Sie meinen lieben, guten Freunden vorstellen... Oberst – äh ...« Charley hatte die Hand ausgestreckt und wollte soeben seinen Namen nennen, da platzte Al Johnson dazwischen: »Charles Edward Holden – meine Künstlerfreunde...«
Charley hatte keine Gelegenheit, zu Wort zu kommen. Die beiden Jünglinge begannen das Stück zu erläutern, das sie bei den *Washington Square Players* gesehen hatten. Das Mädchen hatte eine Stupsnase und blaue Augen mit schwarzen Ringen. Während sie ihm die Hand drückte, sah sie ihn schmachtend an. »Nein, wirklich ... Ich wollte Sie schon längst einmal kennenlernen, Mr. Holden. Ich lese alle Ihre Artikel.« – »Aber ich bin doch nicht...« fing Charley an. – »Oberst«, sagte das Mädchen. »Kein richtiger Oberst.« – »Nur für eine Nacht«, sagte Al Johnson mit einer ausholenden Geste und bestellte frische Whiskys.
»Oh, Mr. Holden«, sagte die junge Dame, die ihren Whisky wie ein Dragoner vertilgte, »ist es nicht wunderbar, daß wir uns getroffen haben? Ich habe Sie mir viel älter vorgestellt und nicht so gutaussehend. Mr. Holden, jetzt müssen Sie mir über alles Bescheid sagen.«
»Mir ist es lieber, wenn Sie mich Charley nennen.«
»Ich heiße Bobbie ... Sagen Sie Bobbie zu mir, ja?« »Gemacht«, sagte Charley. Sie zog ihn ein wenig auf die Seite. »Ich habe mich schrecklich gelangweilt ... Es sind liebe Kerle, aber sie reden von nichts anderem als von Philip, der Jod getrunken hat, weil Edward ihn nicht mehr liebt. Ich hasse Intimitäten, Sie auch? Ich unterhalte mich gern, Sie auch? Oh, ich hasse Menschen, die nichts ausrichten. Ich meine, Bücher und die Weltlage und solche Probleme, Sie auch?« – »Sicher«, sagte Charley.
Sie saßen plötzlich am Ende der Bar. Al Johnson schien eine Reihe anderer lieber alter Freunde gefunden zu haben, mit denen er die Erinnerung an frühere Zeiten feierte. Das Mädchen zupfte Charley am Ärmel. »Vielleicht sollten wir

anderswohin gehen, wo es stiller ist und wo man sich unterhalten kann. Hier höre ich meine eigenen Gedanken nicht.« – »Kennen Sie ein Lokal, wo man tanzen kann?« fragte Charley. Das Mädchen nickte.

Draußen auf der Straße nahm sie seinen Arm. Der Wind hatte nach Norden hinübergewechselt und war kalt und böig. »Laufen wir, Mr. Holden«, sagte das Mädchen, »oder ist das unter Ihrer Würde?« – »Sagen Sie lieber Charley zu mir.«

Sie spazierten in östlicher Richtung weiter, durch eine Straße voller Mietskasernen und kleiner überladener italienischer Geschäfte. Das Mädchen klingelte an einer Kellertür. Während sie warteten, legte sie die Hand auf seinen Arm. »Ich habe etwas Geld... Darf ich Sie einladen?« – »Das paßt mir nicht.« – »Schön, dann sagen wir halb und halb. Ich bin für die Gleichberechtigung der Geschlechter, Sie auch?« Charley beugte sich vor und küßte sie. – »Oh, das ist für mich ein herrlicher Abend!... Sie sind die netteste Berühmtheit, die ich je getroffen habe... Die meisten sind muffig, finden Sie nicht? Keine *joie de vivre*.« – »Aber«, stotterte Charley, »ich bin nicht...«

Da wurde die Tür geöffnet. »Hallo, Jimmy«, sagte das Mädchen zu dem schicken jungen Mann in braunem Anzug, der die Tür öffnete.

»Darf ich meinen Freund vorstellen?... Mr. Grady – Mr. Holden.« Die Augen des jungen Mannes leuchteten auf. »Doch nicht Charles Edward...« Das Mädchen nickte aufgeregt, so daß ihr eine große Haarlocke über das eine Auge fiel. »Sir, es freut mich, Sie kennenzulernen... Ich gehöre zu Ihren treuesten Lesern, Sir.«

Errötend und sich verbeugend führte Jimmy sie zu einem Tisch neben dem Tanzparkett in dem stickigen kleinen Nachtlokal, in dem es sehr heiß war von den Scheinwerfern, dem Zigarettenrauch und dem Gedränge der Tanzpaare. Sie bestellten Whisky und Welsh Rabbit. Dann nahm sie Charleys Hand und zog ihn in die Höhe. Sie tanzten. Sie rieb sich fest an ihm, bis er durch die Bulgarenbluse hindurch ihre kleinen runden Brüste spürte.

»Du meine Güte – kann der junge Mann aber gut tanzen!«

flüsterte sie. »Vergessen wir alles – wer wir sind, was für ein Wochentag es ist...«

»Ich – ich hab's schon vor zwei Stunden vergessen«, sagte Charley und drückte sie fester an sich.

»Du bist ein simpler Bauernbursche, und ich bin ein Barfußmädel.«

»Das ist mehr Wahrheit als Dichtung«, sagte Charley zwischen den Zähnen.

»Dichtung... Ich liebe Gedichte, du auch?«

Sie tanzten, bis das Lokal zumachte. Als sie in die leeren schwarzen Straßen hinauskamen, taumelten sie ein wenig. Sie stolperten an Mülleimern vorbei. Katzen liefen ihnen zwischen die Beine. Bei einem Polizisten blieben sie stehen und unterhielten sich mit ihm über die freie Liebe. An jeder Ecke blieben sie stehen und küßten einander. Als sie in ihrem Täschchen nach dem Schlüssel suchte, sagte sie nachdenklich: »Männer, die was ausrichten, sind auch die besten Liebhaber, findest du nicht?«

Charley wachte zuerst auf. Durch ein vorhangloses Fenster strömte Sonnenschein herein. Das Mädchen schlief, das Gesicht ins Kissen gedrückt. Ihr Mund stand offen, und sie sah beträchtlich älter aus als am Abend zuvor. Ihre Haut war teigig und grün und das Haar strähnig.

Charley zog sich geräuschlos an. Auf einem großen, zolldick mit Staub bedeckten und mit Zeichnungen komisch aussehender Nacktmodelle beladenen Tisch fand er ein Stück Holzkohle. Auf die Rückseite eines gelben Papiers, auf dem die Hälfte eines Gedichtes geschrieben stand, schrieb er: ›Es war schön... Lebwohl... Viel Glück... Charley.‹ Erst als er unten an der knarrenden Treppe angelangt war, zog er die Schuhe an.

Draußen auf der Straße, in dem kalten, windigen Frühlingsmorgen, fühlte er sich wunderbar. Immer wieder fing er zu lachen an. Ein tolles Städtchen! An der Ecke der 8. Street ging er in eine Imbißstube und bestellte zum Frühstück Schinken mit Ei, warme Semmeln und Kaffee. Beim Essen kicherte er in sich hinein. Dann fuhr er mit der Hochbahn zur 42. Street. Schmierige Dächer, Spiegelglasscheiben, schmutzige Birnen in elektrischen Schildern, Feuerleitern,

Wassertanks, alles sah wunderbar aus in dem böigen Sonnenschein.
Die Uhr auf dem Grand-Central-Bahnhof zeigte halb zwölf. Schaffner riefen die Namen westwärts fahrender Züge aus. Er holte seinen Koffer aus der Garderobe und nahm ein Taxi zum *Chatterton House*. Joe Askew hatte ihm geschrieben, er solle dort absteigen, es sei eine bessere Adresse als das Hospiz. Der Henkel des Koffers schnitt ihm in die Hand, weil der Koffer mit Blaupausen und technischer Fachliteratur vollgepfropft war. Deshalb nahm er ein Taxi. Als der Portier hinter dem Empfangstisch Referenzen verlangte, zeigte er ihm seine Reserveoffizierspapiere.
Es gab einen Fahrstuhl, jeder der dunklen Korridore hatte an dem einen Ende ein Badezimmer und einen Duschraum, und in dem winzigen Zimmer, das man ihm anwies, hing an der Hinterseite der Tür eine umfangreiche Hausordnung. Unausgezogen warf er sich aufs Bett. Er war schläfrig. Leise in sich hineinlachend blickte er zur Decke empor. Ein tolles Städtchen!
Wie sich herausstellte, mußte er lange in diesem muffigen, grüntapezierten Zimmerchen mit den wackeligen Missionsmöbeln wohnen bleiben. In den ersten paar Tagen suchte er der Reihe nach sämtliche Flugzeugfirmen auf, die im Telephonkatalog verzeichnet standen, um sich zu erkundigen, ob er vorübergehend Arbeit finden könnte. Er traf mehrere ehemalige Kriegskameraden, aber keiner konnte ihm Arbeit versprechen; wenn er bloß zwei Monate früher gekommen wäre. Alle behaupteten, die Geschäfte gingen flau. Die Politiker hätten für die Handelsluftfahrt wenig übrig, und da hat man's, so sieht's aus. Außerdem laufen viel zu viele ehemalige Flieger herum und suchen Arbeit.
Nach Ablauf der ersten Woche kehrte er von einem Besuch bei einer Motorbaufirma in Long Island City zurück, wo man ihm halb und halb für den späteren Sommer eine Zeichnerstellung versprochen hatte, das heißt, falls sie den Kontrakt bekommen würden, hinter dem ihr Vertreter in Washington her war, da lag ein Brief von Mrs. Askew vor: Joe sei sehr krank, beiderseitige Lungenentzündung. Es würde zwei Monate dauern, bevor er nach New York kommen

könne. Joe hatte darauf bestanden, daß sie an Charley schreibe, obgleich er ihrer Meinung nach zu krank sei, um sich geschäftliche Sorgen machen zu dürfen, aber sie habe es getan, um ihn zu beruhigen. Er lasse Charley sagen, Charley möge auf keinen Fall fremden Leuten seine Konstruktionspläne zeigen, solange er kein Patent erhalten habe, er solle sich lieber eine Anstellung verschaffen, um die Zeit zu überbrücken, bis sie beide in der Lage wären, den Karren ordentlich in Gang zu bringen.
Überbrücken, Gottverdammich! dachte Charley. Er saß auf dem durchgesackten Bett und zählte sein Geld. Vier Zehner, ein Zweidollarschein, ein Dollar und dreiundfünfzig Cent in Kleingeld. Da das Zimmer acht Dollar die Woche kostete, waren die Aussichten für den Sommer nicht besonders verlockend.
Endlich erwischte er eines Tages Doris Humphries am Telephon. Sie forderte ihn auf, sie morgen nachmittag zu besuchen. Bei den Humphries ging es genauso zu wie damals bei den Bentons, als Ollie Taylor ihn hinschleppte, abgesehen davon, daß sie nicht einen Butler, sondern ein Mädchen hatten. Er fühlte sich recht unbehaglich, da nur Frauen anwesend waren. Doris' Mutter war eine hagere, aufgeputzte Person, sie musterte ihn mit einem forschenden Blick, der ihm durch und durch ging bis zur Brieftasche in der Tasche seines Jacketts.
Es gab Tee und Kuchen, und Charley wußte nicht recht, ob er rauchen sollte oder nicht. Es hieß, Ollie Taylor sei wieder nach Übersee gefahren, nach Südfrankreich, und da Ollie Taylor das einzige Thema war, über das sie sich unterhalten konnten, versiegte das Gespräch sehr rasch. In Zivilkleidung war es nicht so leicht wie in der Uniform, mit reichen Weibern zu konversieren. Aber Doris lächelte ihm zu und plauderte mit ihm in freundlichem, vertraulichem Ton, wie sehr sie dieses Gesellschaftsleben und den ganzen Wirbel satt habe, daß sie sich mit dem Gedanken trage, eine Stellung anzunehmen. Das ist nicht so einfach, dachte Charley. Sie beklagte sich, daß sie keine interessanten Männer kennenlerne. Sie sagte, Charley und Ollie Taylor – natürlich sei Ollie ein lieber, alter Kerl – seien die einzigen Männer in

ihrem Bekanntenkreis, mit denen man sich unterhalten könne. »Wahrscheinlich ist es der Krieg und der Aufenthalt im Ausland, der Sie beeinflußt hat«, sagte sie und blickte zu ihm auf. »Wenn man so viel erlebt hat wie Sie, kann man sich selber nicht mehr so ernst nehmen wie diese lächerlichen Salonhelden, mit denen ich mich abgeben muß. Die reinsten Kleiderbügel.«

Als Charley das große Appartementhaus verließ, war ihm ganz schwindlig, so daß er beim Überqueren der Straße beinahe von einem Taxi überfahren worden wäre. Er ging die breite Avenue entlang, im frühen Abenddunkel, im Lärm des dichten Verkehrs. Doris hatte ihm versprochen, nächstens mit ihm ins Theater zu gehen.

Als er dann eines Abends im Mai Doris abholen ging, um sie auszuführen, nachdem die Verabredung von Woche zu Woche verschoben worden war – sie habe so schrecklich viel zu tun, klagte sie stets am Telephon, sie würde gern mit ihm ausgehen, aber sie habe so schrecklich viel zu tun –, da hatte er nur noch zwanzig Dollar in der Brieftasche. Er mußte eine Weile allein im Salon der Humphries auf sie warten. Das Klavier, die Stühle, die Vorhänge waren mit weißen Tüchern zugedeckt, und der große, weißgestrichene Raum roch nach Mottenkugeln. Er hatte das Gefühl, er sei zu spät gekommen.

Endlich erschien Doris; in ihrem tief ausgeschnittenen Abendkleid sah sie so blaß, so seidenweich und goldig aus, daß es ihm fast den Atem verschlug. »Hallo, Charley, hoffentlich sind Sie nicht verhungert«, sagte sie in jenem intimen Ton, der in ihm das Gefühl erweckte, als seien sie schon lange miteinander bekannt. »Wissen Sie, ich kann einfach nicht pünktlich sein.«

»Doris, mein Gott, Sie sehen wunderschön aus!« Er ertappte sie dabei, wie sie seinen grauen Straßenanzug betrachtete. »Verzeihung«, sagte sie, »ich ziehe mich schnell um.« Ein kühler Ton kam in ihre Stimme und war sogleich wieder verschwunden. »Es dauert nur eine Minute.« – Er merkte, daß er rot wurde. »Ich hätte mir den Smoking anziehen sollen«, sagte er. »Aber ich hatte so viel zu tun. Ich habe auch noch nicht meine Sachen aus Minnesota bekommen.«

»Selbstverständlich! Es ist auch fast schon Sommer. Ich weiß nicht, was mir eingefallen ist. Ich war wieder einmal völlig gedankenlos.«

»Könnten Sie nicht das Kleid anbehalten? Sie sehen entzückend aus.«

»Aber es wirkt so dumm, wenn eine Frau wie ein Karussellpferd herausstaffiert ist und der Mann einen Straßenanzug trägt! Außerdem wird es netter sein... Nicht so formell, wissen Sie... Ehrenwort – nicht länger als fünf Minuten – nach der Uhr...«

Doris verschwand und kehrte nach einer halben Stunde in einem perlgrauen Straßenkleid zurück. Ein Mädchen folgte ihr mit einem Mixbecher und Gläsern auf einem Tablett. »Ich habe mir gedacht, wir könnten vor dem Weggehen einen Drink nehmen. Da wissen wir wenigstens, was wir bekommen«, sagte Doris.

Er ging mit ihr ins *McAlpin* essen; er kannte keine anderen Lokale. Es war bereits acht. Die Theaterkarten brannten ihm in der Tasche, aber sie schien es nicht eilig zu haben. Es war halb zehn, als er mit ihr ins Taxi stieg, um zum Theater zu fahren. Der leichte, berauschende Duft ihres Parfums und ihrer Haare erfüllte das Taxi. »Doris, erlauben Sie mir, eine Sekunde lang das auszusprechen, was ich so gern aussprechen möchte...« stieß er plötzlich hervor. »Ich weiß nicht, ob Sie einen anderen gern haben. Ich glaube es kaum – nach dem zu schließen, was Sie über Ihre männlichen Bekannten gesagt haben...«

»Oh, bitte, machen Sie mir keinen Antrag«, sagte sie. »Wenn Sie wüßten, wie sehr ich Heiratsanträge verabscheue – besonders in einem Taxi, das im Verkehr steckengeblieben ist.«

»Nein, so war es nicht gemeint. Sie würden mich doch nicht wollen – zumindest nicht in meiner heutigen Lage... bestimmt nicht. Ich muß erst auf die Beine kommen. Aber das wird nicht lange dauern... Sie müssen wissen, der Luftfahrt gehört die Zukunft... Heute in zehn Jahren... Wir von der Luftwaffe haben Aussicht, die ersten zu sein... Ich möchte Sie bitten, Doris, mir eine Chance zu geben, die anderen ein Weilchen hinzuhalten...«

»Zehn Jahre auf Sie warten, du lieber Gott, das ist aber ein

romantischer Gedanke... Meine Großmutter hätte es reizend gefunden.«
»Ich hätte mir gleich denken können, daß Sie mich auslachen würden. Na, da sind wir.«
Als Charley Doris aus dem Taxi half, bemühte er sich, keine saure Miene zu zeigen. Während sie sich auf ihn stützte, drückte sie eine Sekunde lang seine Hand. Sein Herz fing zu klopfen an. Als sie dem Platzanweiser in das dunkle Theater folgten, das voller Girls und Jazzmusik war, legte sie ihre schmale Hand ganz leicht auf seinen Arm. Über ihren Köpfen hing der längliche, staubige Kegel des Scheinwerfers; dort, wo er sich zu einem flitterhellen Schimmer entfaltete, tanzte ein rotlippiges Girl in einem Organdykleid. Er drückte mit dem Arm Doris' Hand fest an seine Rippen. »Schön, Sie haben mich verstanden«, flüsterte er. »Denken Sie darüber nach... Noch nie hat eine Frau so auf mich gewirkt, Doris.«
Sie nahmen ihre Plätze ein. Die Leute hinter ihnen begannen zu zischen, Charley mußte den Mund halten. Es gelang ihm nicht, sich für die Revuevorstellung zu interessieren.
»Charley, machen Sie sich keine Hoffnungen, aber ich finde Sie furchtbar nett«, sagte sie, als sie hinauskamen und in ein Taxi stiegen, halb betäubt von der Hitze, den Lichtern, den vielen Menschen. Sie ließ sich von ihm küssen, aber nach allzu kurzer Zeit hielt das Taxi vor ihrem Haustor. Am Fahrstuhl sagte er ihr gute Nacht. Als er sie fragte, ob er mit hinaufkommen dürfe, schüttelte sie lächelnd den Kopf.
Mit wankenden Knien ging er durch das Theaterschlußgetriebe der Park Avenue und der 42. Street nach Hause. Er fühlte noch ihre Lippen auf seinem Mund, den Duft ihrer hellblonden krausen Haare, ihre schmale Hand, mit der sie ihn weggestoßen hatte...
Am nächsten Morgen erwachte er spät und verkatert, als hätte er eine dreitägige Sauftour hinter sich. Er kaufte Zeitungen und nahm eine Tasse Kaffee und einen Pfannkuchen in der Kaffeebar zu sich, die nach schalem Spülicht stank. Diesmal sah er nicht unter der Rubrik »Geschäftsanzeigen« nach, sondern unter »Mechaniker und Maschinisten«. Am selben Nachmittag fand er Arbeit in einer Autoreparaturwerkstatt in der First Avenue. Es war kein schönes Gefühl,

zu den Overalls, zu der Schmiere unter den Fingernägeln und zur Stempeluhr zurückkehren zu müssen, aber es blieb ihm nichts anderes übrig. Als er nach Hause kam, fand er einen Brief von Emiscah vor, der ihm vollends die Laune verdarb.

Kaum hatte er ihn gelesen, da zerriß er ihn und warf ihn in den Papierkorb. Nichts zu machen. Schlimm genug, daß man wieder Ventile ausbohren mußte, da sollte man sich auch noch mit dieser Geschichte belasten! Er setzte sich aufs Bett, der Ärger trieb ihm die Tränen in die Augen. Es ist doch Gottverdammich zu ekelhaft, daß ihm jetzt alles verquer geht, nachdem er Offizier geworden und beim Sanitätskorps gewesen ist und nachher beim Lafayette-Geschwader und einen Mechaniker gehabt hat, der das Flugzeug pflegte und ihm die schmutzige Arbeit abnahm, Gottverdammich. So ein widerliches, beschissenes Pech! Nachdem er sich ein wenig beruhigt hatte, stand er auf und schrieb an Joe, er habe eine angebotene Stellung bei *Triangle Motors* in Long Island City abgelehnt und arbeite als Mechaniker, um die Zwischenzeit zu überbrücken, und er habe es ordentlich satt und möchte endlich mit dem *Projekt* in Gang kommen.

Nachdem er zwei Wochen in der Reparaturwerkstatt gearbeitet hatte, erfuhr er, daß der Werkmeister an jedem Zahltag in einem leerstehenden Büroraum im Hintergebäude eine Pokerpartie veranstaltete. Er beteiligte sich und spielte recht vorsichtig. In den ersten zwei Wochen verlor er die Hälfte seines Lohnes, dann aber entdeckte er, daß er kein gar so schlechter Pokerspieler war. Er verlor nie die Fassung und konnte ziemlich gut erraten, wie die Karten sitzen. Er hütete sich auch, seine Gewinne auszuposaunen, so daß er mehr Geld davonschleppte, als die Kollegen vermuteten. Der Werkmeister war ein großer, polternder Rabauke, dem es gar nicht paßte, daß Charley ihm seine Gewinnmöglichkeiten schmälerte; bisher war er es gewohnt gewesen, allein seine Opfer auszuplündern. Charley schmierte ihn ab und zu mit einem Gläschen, außerdem leistete er mehr als die anderen, sobald er sich wieder eingearbeitet hatte. Nach Feierabend pflegte er sich umzuziehen.

Er bekam Doris nicht mehr zu sehen, bevor sie den Sommer über nach York Harbor fuhr. Die einzigen Leute, die er außer ihr kannte, waren die Johnsons. Etwa zweimal in der Woche ging er zu ihnen. Er baute ihnen Bücherregale, und eines Sonntags half er ihnen den Wohnzimmerboden streichen.

An einem anderen Sonntag rief er schon frühmorgens an, um sie zu fragen, ob sie Lust hätten, nach Long Beach mitzukommen und dort zu baden. Paul lag mit Halsschmerzen im Bett, Eveline aber erklärte sich bereit mitzukommen. Na ja, wenn sie will, kann sie's haben, sagte er sich, während er durch den Schmutz der heißen Straßen spazierte. Sie kam in einem losen gelben Spitzenneglige an die Tür, man sah deutlich den Ansatz ihrer schlaffen Brüste. Bevor sie etwas sagen konnte, zog er sie an sich und küßte sie. Sie machte die Augen zu und hing schlapp in seinen Armen. Dann stieß sie ihn weg und legte den Finger an die Lippen. Er wurde rot und zündete sich eine Zigarette an. »Gestatten Sie?« fragte er mit unsicherer Stimme.

»Irgendwann einmal werde ich mich wieder an den Zigarettenrauch gewöhnen müssen«, erwiderte sie leise.

Er trat ans Fenster, um sich zusammenzureißen. Sie ging ihm nach, langte nach seiner Zigarette und nahm ein paar Züge. Dann sagte sie laut, mit kühler Stimme: »Kommen Sie nach hinten und sagen Sie Paul guten Tag.«

Paul lag blaß und verschwitzt in den Kissen. Auf einem Tischchen neben dem Bett standen eine Kaffeekanne, eine geblümte Tasse und ein Krug heiße Milch. »Sie scheinen ja einen guten Tag zu haben, Paul!« hörte Charley sich selber in herzlichem Ton sagen. – »Wenn die Männer krank sind, muß man sie ein bißchen verwöhnen«, gurrte Eveline. Charley merkte, daß sein Lachen ein wenig zu laut gewesen war. »Hoffentlich ist es nichts Ernstes, mein Lieber.« – »Nö, nö – mein Hals macht mir öfters zu schaffen. Amüsiert euch gut am Strand, Kinder. Schade, daß ich nicht mitkommen kann.«

»Ach, vielleicht wird es abscheulich sein«, sagte Eveline. »Aber wenn es uns nicht gefällt, gehen wir nach Haus.«

»Beeilt euch nicht«, sagte Paul, »ich habe massenhaft zu lesen. Mir geht es hier ausgezeichnet.«

»Du darfst zusammen mit Jeremy die Junggesellenbude hüten.«
Eveline hatte einen Eßkorb mit einigen belegten Broten und eine Thermosflasche mit Cocktails zurechtgemacht, Charley fand, daß sie sehr schick aussah, während er neben ihr durch die staubige, sonnige Straße spazierte, den Korb und die Sonntagszeitung in der Hand, sehr schick in dem kleinen, nach oben gestülpten weißen Hütchen und dem hellgelben Sommerkleid. »Wir wollen uns amüsieren«, sagte sie. »Ich habe mich schon lange nicht amüsiert.«
Als sie in Long Beach aus dem Zuge stiegen, wehte von der See her ein kräftiger blauer Wind, durch kleine, kühle Nebelschwaden verdunkelt. Neben dem Brettersteg kampierte eine Unmenge Menschen. Sie gingen immer weiter den Strand entlang. »Wäre es nicht lustig, wenn wir alle diese Menschen los sein könnten?« fragte sie. Sie spazierten weiter, ihre Füße versanken im Sand, das Donnern und Rauschen der Brandung übertönte ihre Stimmen. »Das ist herrlich«, sagte er immer wieder,
Sie gingen und gingen, Charley hatte unter den Kleidern den Badeanzug an; bevor sie eine Stelle fanden, die ihnen gefiel, war ihm heiß geworden, und der Stoff juckte ihn. Sie stellten den Korb hinter eine niedrige Düne, und Eveline zog sich aus unter dem Schutz eines großen Badetuches, das sie mitgebracht hatte. Charley wurde ein wenig verlegen, da er Hemd und Hose vor ihr ausziehen mußte, aber das schien zur Tagesordnung zu gehören.
»Sie sind aber gut gebaut«, sagte sie. Charley zupfte nervös an der Kante seiner Badehose. – »Ich glaube, ich bin recht gesund«, sagte er. Er betrachtete seine Hände, sie stachen rot und verschmutzt von der weißen Haut seiner Unterarme ab, die unter dem leichten Flaum mit Sommersprossen bedeckt waren. »Ich möchte gern eine Arbeit haben, bei der die Hände sauber bleiben.« – »Man soll den Händen eines Mannes ansehen, was für eine Arbeit er hat ... Dann sind die Hände schön«, sagte Eveline. Sie hatte sich in ihren Badeanzug gezwängt und ließ das Tuch fallen. Es war ein mattblauer, sehr eng anliegender Badeanzug aus einem Stück. »Donnerwetter, haben Sie eine

hübsche Figur. Das ist mir auf dem Schiff gleich aufgefallen.« Sie ging zu ihm hin und nahm seinen Arm. »Gehen wir ins Wasser«, sagte sie. »Ich habe Angst vor der Brandung, aber es ist furchtbar schön ... Oh, ich finde das alles so amüsant!«

Die Haut ihres Armes fühlte sich seidig an. Er fühlte ihren nackten Schenkel an seinem nackten Schenkel. Ihre Füße berührten einander, während sie von dem warmen, lokkeren Sand auf den kompakten, kühlen Sand hinauswanderten. Eine weißschäumende Meerwasserzunge kam ihnen entgegen und benetzte ihre Beine bis zu den Knien. Sie ließ seinen Arm los und nahm seine Hand.

Er war nicht sehr geübt, mit der Brandung umzugehen, und ehe er sich's versah, hatte eine Woge ihn umgeworfen. Prustend kam er hoch. Ohren und Mund voller Wasser. Sie stand aufrecht da, lachte, streckte die Hand aus, um ihm auf die Beine zu helfen. »Gehen wir weiter raus!« rief sie ihm zu. Sie duckten sich unter der nächsten Welle und schwammen hinaus. Dicht außerhalb der Linie, wo die Wellen sich brachen, traten sie Wasser, auf und nieder tauchend. »Nicht zu weit raus – wegen dem Sog...« – »Wegen was?« – »Strömungen!« rief sie, den Mund dicht an seinem Ohr.

Eine neuerliche Woge überflutete ihn, spuckend und nach Luft schnappend kam er zum Vorschein. Sie schwamm auf dem Rücken mit geschlossenen Augen und geschürzten Lippen. Er schwamm mit zwei Stößen zu ihr hin und küßte ihr nasses Gesicht. Er versuchte, sie um die Mitte zu fassen, aber eine Welle schlug über ihre Köpfe weg. Als sie prustend hochkamen, stieß sie ihn von sich. »Jetzt habe ich durch Sie meine Badehaube verloren. Sehen Sie?« – »Dort ist sie. Ich hole sie.« Er kämpfte sich durch die Brandung zurück und packte die Haube, gerade in dem Augenblick, da die Gegenströmung sie verschlucken wollte. »Das ist mir eine Brandung!« schrie er.

Sie folgte ihm und stand neben ihm in dem seichten Wellenschaum, die kurzen, nassen Haare über den Augen. Sie strich sie mit der Hand zurück. »So!« sagte sie. Charley sah sich nach allen Seiten um. Kein Mensch war in der grellen

Nachmittagssonne zu sehen. Er wollte den Arm um sie legen. Sie entzog sich ihm. »Charley – sind Sie nicht hungrig?« – »Nach Ihnen, Eveline.« – »Ich will was essen.«
Nachdem sie gegessen und die Cocktails getrunken hatten, waren sie schläfrig und ein wenig beschwipst. Sie lagen nebeneinander in der Sonne auf dem großen Badetuch. Sie ließ sich nicht von ihm anrühren. Er schloß die Augen, war aber viel zu aufgeregt, um schlafen zu können. Mit einem Male fing er zu plappern an. »Wissen Sie, Joe bearbeitet die Patentseite, er versteht es, die Anwälte und die Herren mit den gespickten Brieftaschen zu behandeln. Ich fürchte, wenn ich allein losgehe, wird sich ein fauler Fisch an mich ranmachen und mir meine Erfindung stehlen. So geht es den meisten Erfindern.«
»Sagen Ihnen die Frauen oft, daß Sie sehr attraktiv sind, Charley?«
»Drüben hatte ich keine Schwierigkeiten ... Sie wissen schon – *aviatör*, *lötenang*, *Croix de Guerre*, *kusché*, *wui*, *wui* ... Da war alles in Ordnung, aber hierzulande schauen die Frauen keinen Mann an, der nicht in Geld schwimmt... Ja, freilich – sie machen einem Appetit, bis man halb verrückt wird.« Es war dumm von ihm, aber er legte los und erzählte ihr von Doris. »Aber nicht alle sind so«, sagte sie und streichelte seinen Handrücken. »Es gibt auch ehrliche Frauen.«
Er durfte nichts machen, sich nur unter dem Tuch ein wenig an sie ankuscheln. Die Sonne begann zu sinken. Sie erhoben sich fröstelnd, sandbedeckt, der Sonnenbrand machte sich bemerkbar. Auf dem Rückwege über den Strand war er niedergeschlagen und mürrisch. Sie plauderte über den Abend und die Wellen und die Möwen und drückte seinen Arm. Sie gingen in ein Hotel am Brettersteg, um einen Bissen zu essen, und damit war sein letzter Fünfer so ziemlich futsch.
Auf der Heimfahrt im Zuge wollte ihm gar nichts mehr einfallen. Er verließ sie an der Ecke ihrer Straße, ging dann zur Hochbahnstation in der Third Avenue hinüber und nahm einen Zug ins Zentrum. Der Zug war mit jungen Menschen vollgepfropft, die von ihren Sonntagsausflügen

zurückkehrten. Er sah sich nach einem Mädchen um, das er ansprechen könnte, aber es war nichts zu machen. Als er in sein kleines, muffiges, grüntapeziertes Zimmer kam, hielt er es zwischen den vier Wänden nicht aus. Er ging weg und durchstreifte die Second und die Third Avenue. Eine Frau sprach ihn an, aber sie war ihm zu dick und zu alt. Eine ganze Weile lang spazierte er neben einem hübschen molligen Mädchen her, aber als er sie anredete, drohte sie ihm mit der Polizei, es blieb ihm also nichts übrig, als in sein Zimmer zurückzukehren, heiß und kalt zu duschen und ins Bett zu kriechen. Die ganze Nacht tat er kein Auge zu.

In den folgenden Wochen rief Eveline ihn so oft an und hinterließ so viele Mitteilungen, daß der Portier ihn beiseite nahm und ihn darauf aufmerksam machte, dieses Haus sei nur für junge Männer von untadelig christlichem Wandel bestimmt.

Er fing an, früher von der Arbeit wegzugehen, um mit Eveline zu bummeln, und gegen Ende Juli warf ihn der Werkmeister hinaus. Der Werkmeister war ohnedies böse auf ihn, weil Charley immerzu soviel Geld im Poker gewann. Charley übersiedelte aus dem *Chatterton House* in ein möbliertes Zimmer im Osten, in der 15. Street, und erklärte der Wirtin, seine Frau sei außerhalb der Stadt beschäftigt und könne ihn daher nur gelegentlich besuchen. Die Wirtin schlug zwei Dollar auf die Miete drauf und ließ es dabei bewenden. Es kam so weit, daß er den ganzen Tag nur noch auf Eveline wartete, ohne einen Finger zu rühren, und schlechten Gin trank, den er in einem italienischen Restaurant kaufte. Der Gedanke an Paul war ihm unangenehm, aber er war ja schließlich nicht mit ihm befreundet, und er sagte sich, wenn nicht er es wäre, würde ein anderer es sein. Eveline redete so viel, daß ihm schwindlig wurde, aber sie war ein schickes Stück und im Bett ganz wunderbar. Nur wenn sie davon anfing, daß sie sich scheiden lassen und Charley heiraten wolle, wurde ihm etwas mulmig zumute. Sie war ein netter Kerl. Als das Geld, das er in der Werkstatt verdient hatte, alle war, zahlte sie die Zechen, aber er konnte sich doch nicht auch die Miete von ihr zahlen lassen,

deshalb machte er sich eines Morgens im September in aller Frühe aus dem Staub und hinterlegte seinen Koffer in der Garderobe des Grand-Central-Bahnhofs. Am selben Tage fragte er im *Chatterton House* nach, ob Post für ihn gekommen sei, und fand einen Brief von Emiscah vor.
Er setzte sich auf eine Bank in dem Park hinter der Stadtbibliothek, wo auch die übrigen Pennbrüder umherlungerten, und las den Brief:

Charley, mein Junge –
– Du hattest immer ein Herz von Gold, ich weiß, wenn Du wüßtest, was für ein Pech ich hatte, würdest Du mir helfen. Zuerst habe ich meinen Arbeitsplatz verloren, und in diesem Sommer gehen die Geschäfte so flau, daß ich nirgendwo unterkommen konnte, dann war ich krank und mußte dem Arzt fünfzig Dollar zahlen, und seither bin ich gar nicht mehr so richtig wohl gewesen, und da mußte ich meine Ersparnisse angreifen, und jetzt sind sie alle.
Meine Angehörigen wollen nichts für mich tun, weil sie sich irgendwelche abscheulichen Lügengeschichten haben aufbinden lassen, die so dumm sind, daß man sie gar nicht wiederholen kann. Jetzt aber muß ich noch diese Woche zehn Dollar haben, sonst setzt mich die Wirtin auf die Straße, und ich weiß nicht, was dann aus mir werden soll. Ich weiß doch, ich habe nichts getan; womit habe ich verdient, daß ich so unglücklich bin? Wenn Du nur hier wärst, daß ich mich in Deine großen starken Arme kuscheln könnte so wie früher einmal. Du hast einmal Deine arme kleine Emiscah liebgehabt.
Um Deiner armen Mutter willen, die jetzt tot ist, schick mir sofort expreß zehn Dollar, damit es nicht zu spät ist. Manchmal glaube ich, es wäre am besten, den Gashahn aufzudrehen. Die Tränen laufen mir über die Wangen, daß ich das Papier nicht mehr sehen kann. Gott segne Dich.

Emiscah

Meine Freundin ist auch pleite. Du verdienst so viel Geld, zehn Dollar werden Dir nichts ausmachen, und ich verspreche Dir, ich werde nichts mehr von Dir verlangen. Charley, wenn es nicht geht, schick mir fünf.

Charley runzelte die Stirn, zerriß den Brief und steckte die Schnitzel in die Tasche. Der Brief hatte ihn verstimmt, aber was hatte es für einen Zweck? Er ging ins Hotel *Astor* hinüber, auf die Herrentoilette, um sich zu waschen. Er betrachtete sich in einem Spiegel. Der graue Anzug sah noch recht gut aus, der Strohhut war neu und das Hemd sauber. Der Schlips hatte eine ausgefranste Stelle, die war aber nicht zu sehen, wenn man das Jackett zugeknöpft ließ. Alles gut und schön, solange es nicht regnete. Seinen zweiten Anzug, den Trenchcoat und die Offiziersstiefel hatte er bereits verpfändet. Er besaß noch ein paar Dollar in Kleingeld und ließ sich die Schuhe putzen. Dann ging er ins Schreibzimmer hinauf und schrieb an Joe, daß er unten durch sei und ihn bitte, postlagernd fünfundzwanzig zu schicken und um Gottes willen schnell nach New York zu kommen. Er steckte den Brief in den Kasten und spazierte langsam stadtwärts, den Broadway entlang.

Er kannte nur eine Stelle, wo er eine Mahlzeit schnorren konnte, nämlich die Wohnung der Johnsons, deshalb bog er von der Fifth Avenue in ihre Straße ein. Paul kam an die Tür und reichte ihm die Hand. »Hallo, Charley«, sagte er. »Ich habe Sie seit einer Ewigkeit nicht gesehen.«

»Ich bin umgezogen«, stotterte Charley. Es war ihm saumäßig zumute. »Zuviel Wanzen in der vorigen Bude . . Ich wollte bloß mal guten Tag sagen.«

»Kommen Sie rein, ich mixe uns was zu trinken. Eveline wird gleich wieder dasein.«

Charley schüttelte den Kopf. »Nein, ich wollte nur guten Tag sagen. Wie geht es dem Kleinen? Grüßen Sie Eveline. Ich bin verabredet.«

Er ging zu einem Zeitungsstand an der Ecke der 8. Street und kaufte sämtliche Zeitungen. Dann begab er sich in eine Kneipe, die er kannte und in der es Alkohol gab, und bei einigen Gläsern Dünnbier saß er über den Stellenangeboten. Er trank das Bier Schluck für Schluck und notierte die Adressen auf einem Blatt Papier, das er im *Astor* geklaut hatte. Einer der Inserenten war ein Gebrauchtwagenhändler, und sein Geschäftsführer war mit Jim befreundet, Charley hatte ihn zu Hause kennengelernt.

Die Lichter flammten auf, und die Fenster wurden dunkel in der stickigen Spätsommernacht. Nachdem er das Bier bezahlt hatte, blieb ihm nur noch ein Vierteldollar. »Gottverdammich«, murmelte er vor sich hin, während er durch die Straßen wanderte, »Gottverdammich, das ist das letzte Mal, daß ich mich so hineinreiten lasse.« Lange Zeit saß er auf dem Washington Square und überlegte, wie er es anstellen würde, um den Geschäftsführer des Gebrauchtwagenlagers zu beschwatzen.

Es fing leicht zu regnen an. Inzwischen waren die Straßen leer geworden. Er stellte den Kragen hoch und spazierte weiter. Seine Sohlen waren löcherig, bei jedem Schritt fühlte er das kalte Wasser zwischen seinen Zehen quietschen. Unter einer Bogenlampe nahm er den Strohhut ab und betrachtete ihn. Er war bereits klebrig, und die Krempe sah verschwiemelt aus. Um Gottes willen, wie soll ich es morgen anstellen, Arbeit zu kriegen!

Er machte kehrt und ging geradewegs zum Hause der Johnsons. Von Minute zu Minute wurde der Regen heftiger. Er drückte auf die Klingel unter dem Kärtchen mit den Namen Paul Johnson – Eveline Hutchins, bis Paul im Pyjama und mit sehr verschlafener Miene an die Tür kam.

»Sagen Sie mal, Paul, darf ich auf Ihrer Couch übernachten?« – »Sie ist ziemlich hart... Kommen Sie herein... Ich weiß nicht, ob wir saubere Bettwäsche haben.« – »Das geht in Ordnung. Nur für eine Nacht... Sie müssen wissen, ich habe mein letztes Geld beim Knobeln angebaut. Morgen kriege ich welches. Ich habe mir gedacht, eine Bank wird es auch tun, aber da fängt das Scheißwetter zu regnen an. Morgen habe ich zu tun – ich darf mir nicht den Anzug ruinieren lassen, Sie verstehen...« – »Aber sicher... Sie sehen ja ganz durchnäßt aus. Ich leihe Ihnen einen Pyjama und einen Bademantel. Ziehen Sie sich aus.«

Auf der Couch der Johnsons war es trocken und bequem. Nachdem Paul sich wieder ins Bett begeben hatte, lag Charley in Pauls Bademantel da und blickte zur Decke empor. Durch das hohe Fenster sah er den Regen ins Licht der Straßenlaternen rieseln und hörte das unaufhörliche Geprassel auf dem Pflaster. Das Kind wachte auf und fing zu plärren an, im Nebenzimmer wurde es hell. Er hörte Pauls und Evelines schläfrige Stimmen und das Geraschel ihrer Schritte. Dann beruhigte sich das Baby, das Licht erlosch. Wieder war alles still rings um den prasselnden Regen. Charley schlief ein.

Das Aufstehen und das gemeinsame Frühstück waren gerade kein Honigschlecken, ebensowenig der bittere Zwang, fünfundzwanzig Dollar von Paul zu pumpen, obwohl Charley wußte, er würde sie ihm in ein paar Tagen zurückgeben können. Als Paul sich auf den Weg ins Büro machte, ging auch er weg, ohne sich um Evelines herausfordernde Seitenblicke zu kümmern. Nie wieder in so etwas reinschlittern, sagte er sich immerzu.

Zuerst ging er zu einem Schneider und setzte sich mit dem *American* hinter einen Vorhang, während sein Anzug gebügelt wurde. Dann kaufte er sich einen neuen Strohhut, ging in einen Friseurladen, ließ sich rasieren, die Haare schneiden, das Gesicht massieren, die Nägel maniküren, begab sich dann zu einem Schuster, um die Schuhe besohlen und putzen zu lassen.

Inzwischen war es beinahe zwölf geworden. Er fuhr mit der Untergrundbahn hinaus und bekam dank seiner Überredungsgabe eine Anstellung als Verkäufer in der Gebrauchtwagenfirma oberhalb des Columbus Circle, wo der Geschäftsführer ein guter Bekannter von Jim war. Als der Mann sich erkundigte, wie es den Verwandten in Minneapolis ginge, mußte Charley sich alles mögliche ausdenken. Am selben Abend holte er seine Wäsche vom Chinesen und seine übrigen Sachen vom Pfandleiher und kehrte ins *Chatterton House* zurück, diesmal in ein Zimmer, das braun tapeziert war. Er gönnte sich eine gute Mahlzeit und ging zeitig, todmüde, zu Bett.

Ein paar Tage später kam ein Brief von Joe Askew mit den fünfundzwanzig Dollar und der Mitteilung, er sei wieder auf den Beinen und würde bald nach New York kommen, um mit der Arbeit zu beginnen. Inzwischen verdiente Charley ein wenig Geld mit Provisionen, verlor oder gewann jedoch jede Nacht bis zu hundert Dollar bei einer Pokerpartie in der 63. Street, zu der einer der Verkäufer ihn mitnahm. Die Spieler waren zumeist Autoverkäufer und Reklameagenten, schmissen mit Geld um sich, und zuweilen kamen recht schöne Einsätze zustande. Charley schickte per Postanweisung die fünfundzwanzig Dollar an Paul, die er ihm schuldete, und sooft Eveline am Telephon war, sagte er, er sei furchtbar beschäftigt und würde sie bald anrufen. Keine solchen Geschichten mehr, nein, mein Herr. Wenn er gewann, zahlte er die Hälfte des Gewinns auf ein Konto, das er bei einer Sparkasse hatte. Das Bankbuch trug er in der Brusttasche mit sich herum. Es fühlte sich angenehm an. Er kam sich dann immer mächtig schlau vor.

Eveline besuchte er nicht mehr. Der Weg war ihm zu weit, und er hatte es auch nicht mehr nötig, weil einer seiner Kollegen ihm die Telephonnummer eines Appartements im Westen gegeben hatte, wo eine gewisse Mrs. Darling Zusammenkünfte mit netten jungen Frauen zu arrangieren pflegte, wenn man sie früh genug am Tag verständigte. Es kostete jedesmal fünfundzwanzig Eier, aber die Mädchen waren jung und gesund, und man hatte keinerlei Folgen zu befürchten. Daß er sich's leisten konnte, fünfundzwanzig Eier auf diese Weise rauszuschmeißen, schmeichelte ihm sehr, aber es zehrte an seinen Pokergewinnen. Nach jeder Zusammenkunft mit einer von Mrs. Darlings Telephonnummern kehrte er angewidert und verstimmt in sein Zimmer im *Chatterton House* zurück. An den Mädchen war nichts auszusetzen, aber mit Eveline und sogar mit Emiscah war es viel amüsanter gewesen. Er mußte an Doris denken und sagte sich, Teufel noch mal, höchste Zeit, sich eine richtige Frau anzuschaffen.

Mit der Zeit verkaufte er immer weniger Wagen und spielte immer mehr Poker, und als Joe Askew telegraphierte, er komme am folgenden Tage nach New York, war seine Stellung so ziemlich perdu. Man gab es ihm deutlich zu verstehen, und er wurde nur nicht entlassen, weil der Geschäftsführer mit Jim befreundet war. Dann hatte er beim Poker Pech und mußte seine sämtlichen Ersparnisse abheben. Als er auf den Bahnhof ging, um Joe abzuholen, brummte ihm der Schädel, und er besaß nur noch zehn Cents. In der vergangenen Nacht hatte man ihn regelrecht ausgeplündert.

Joe sah genauso aus wie früher, nur war er dünner und sein Schnurrbart länger geworden. »Na, wie steht's?« Während sie den Bahnsteig entlanggingen, nahm Charley ihm den zweiten Koffer ab.
»Unbeständig, schlechte Sicht, massenhaft Luftlöcher.«
»Das kann ich mir denken. Du siehst aus, als ob du reichlich gebummelt hättest, Charley. Hoffentlich bist du arbeitsfähig.«
»Bestimmt. Es kommt nur drauf an, den richtigen Vorgesetzten zu kriegen... Habe ich nicht jede Nacht meinen Abendkursus absolviert?«
»Das kann ich mir denken.«
»Wie geht es denn *dir* jetzt, Joe?«
»Ach, so einigermaßen. Ich bin vor Ungeduld fast verrückt geworden. War das ein abscheulicher Sommer... Was hast denn du getrieben, du alter Bummler?«
»Ich habe die Theorie des Royal Flush studiert. Und die Weiber... Was habe ich da nicht alles gelernt! Sag mal, wie geht es deiner Frau und den Kinderchen?«
»Gut... Du wirst sie kennenlernen. Ich werde über den Winter hier eine Wohnung mieten... Tja, mein Junge, jetzt heißt es los und feste druff. Wir tun uns mit Andy Merritt zusammen... Du wirst ihn heute mittag kennenlernen. Wo kann ich unterkommen?« – »Ich hause in einem gebenedeiten Hospiz in der 38. Street.« – »Ist mir recht...«
Als sie ins Taxi stiegen, klopfte ihm Joe aufs Knie, beugte sich vor und fragte lächelnd: »Wann bist du bereit, mit der Herstellung anzufangen?« – »Morgen früh um acht. Der alte Bigelow in Long Island City ist eben pleite gegangen. Ich habe mir seine Werkstatt angesehen. Es würde nicht viel kosten, sie instand zu setzen.«
»Wir fahren heute nachmittag hin. Vielleicht gibt er sich mit einigen Anteilen zufrieden.«
Charley schüttelte den Kopf. »Unsere Aktien werden viel Geld wert sein, Joe... Gib ihm bares Geld oder Wechsel oder was immer. Er ist ohnedies nicht ganz gescheit. Als ich das letztemal bei ihm war, wollte ich als Mechaniker unterkommen... Du lieber Gott, hoffentlich sind diese Zeiten endgültig vorüber... Das Schlimme ist, Joe, ich möchte

heiraten, und um mich so zu verheiraten, wie ich's gerne möchte, brauche ich *beaucoup* Pinkepinke... Ob du es glaubst oder nicht, ich bin verliebt.«

»Wahrscheinlich in das gesamte Ballett der *Folies*... Das ist gut... Du willst heiraten.« Joe lachte sich halb tot. Während er in sein Zimmer hinaufging, um sich zu waschen, ging Charley in den Drugstore an der Ecke, um sich ein Bromoseltzer zu holen.

Sie lunchten im *Yale Club* zusammen mit Merritt, der sich als ein blasser junger Herr mit kräftigen Kinnbacken entpuppte. Charley hatte noch immer heftige Kopfschmerzen und das dunkle Gefühl, daß er keinen besonders guten Eindruck mache. Er hielt den Mund und ließ Joe reden. Joe und Merritt unterhielten sich über Washington, das Kriegsministerium, das Marineministerium und jonglierten mit Ziffern, daß Charley das Gefühl hatte, er müsse sich selber in den Arm kneifen, um festzustellen, ob er wache oder träume.

Nach dem Essen fuhr Merritt mit ihnen in einem offenen Pierce-Arrow-Tourenwagen nach Long Island City. Als sie dann endlich durch den Betrieb spazierten, durch die langgestreckten, vollgepfropften Säle, und die Drehbänke, die elektrischen Motoren, die Stanz- und Farbstoffmaschinen besichtigten, fühlte Charley sich mehr zu Hause. Er zog ein Blatt Papier aus der Tasche und begann, Notizen zu machen. Da das auf Merritt kolossal zu wirken schien, kritzelte er emsig weiter. Nun fing auch Joe an, sich Notizen zu machen. Als Merritt ein Notizbüchlein hervorholte und gleichfalls zu schreiben begann, wußte Charley, daß er das Richtige getan hatte.

Sie aßen mit Merritt und blieben bis spät in die Nacht hinein zusammen. Es war ein heftiges Geruder. Merritt gehörte zu den Leuten, die es verstehen, einen Menschen mit einem Blick abzuschätzen, und nun versuchte er, Charley Maß zu nehmen. Sie aßen in einem teuren französischen Restaurant, in dem es Alkohol gab, und saßen nachher noch lange bei ihrem Kognak-Soda beisammen. Merritt verstand es aus dem Effeff, Dienst- und Gehaltslisten aufzustellen und auf kleinen Zetteln Worte wie Kapitalisierung, Abwertung,

Amortisation niederzuschreiben, an die sodann große Ziffern mit einer Unmenge von Nullen angehängt wurden. Es schien darauf hinauszulaufen, daß Charley Anderson vom vergangenen Montag an als technischer Leiter zweihundertfünfzig die Woche (zahlbar in Vorzugsaktien) erhalten und daß eine Verwaltungsratssitzung am morgigen Tag den Prozentsatz an Stammaktien bestimmen würde, die er und Joe für ihre Patente bekommen sollten. Charley wurde schwindlig. Seine Zunge war ein wenig schwer von dem vielen Kognak. Das einzige, was ihm einfallen wollte – und er wiederholte es immer wieder –, war: »Jungens, Jungens, es ist zum Verrücktwerden.«
Nachdem sie endlich Merritt mit seinem Pierce-Arrow im *Yale Club* abgeliefert hatten, holten sie tief Atem. »Sag mal, Joe, ist der Kerl ein Finanzgenie oder ein Narr? Er redet daher, als ob die Tausender auf den Bäumen wüchsen.«
»Ihm wachsen sie auf den Bäumen, wirklich...« Joe Askew nahm Charleys Arm und senkte die Stimme: »Er wird unsere moderne Luftfahrt auf die Beine stellen.« – »Er scheint einen Libertymotor nicht von dem Hinterteil eines Fesselballons unterscheiden zu können.« – »Aber er kennt den Innenminister, und das ist bedeutend wichtiger.«
Charley fing zu lachen an und konnte nicht mehr aufhören. Auf dem Wege zum *Chatterton House* stieß er immerzu mit Passanten zusammen, die ihnen entgegenkamen. Er lachte Tränen. Er lachte und lachte. Als sie an die Portierloge kamen, um nach Post zu fragen, und das lange, blasse Gesicht des Nachtportiers sahen, stieß er Joe an. »Das ist unsere letzte Nacht in diesem Leichenbestattungsunternehmen.«
In dem Korridor vor ihren Zimmern roch es nach alten Gummischuhen, nach Duschen und Umkleideräumen. Charley fing wieder zu lachen an. Lange saß er auf seinem Bett und kicherte in sich hinein. »Du lieber Gott, das sieht schon besser aus. Besser als das olle Paris.« Nachdem Joe sich ins Bett gelegt hatte, steckte Charley, immerzu lachend, den Kopf zur Tür herein. »Faß mich an, Joe«, rief er. »Ich bringe Glück.«
Am nächsten Morgen frühstückten sie im *Belmont.* Dann veranlaßte Joe Charley, sich, bevor sie in die Stadt fuhren,

bei Knox einen steifen Hut zu kaufen. Charleys Haar war ein wenig strähnig, deshalb saß der Hut nicht richtig, aber das Band roch vornehm nach Englischleder. In der Untergrundbahn nahm er ihn immerzu ab und roch an dem Leder. »Hör mal, Joe, am ersten Zahltag mußt du mir helfen, mich auszustaffieren. Das Mädchen liebt gutangezogene Männer.« – »Wenn es nach mir geht«, brummte Joe Askew, »wirst du sechs Monate lang Tag und Nacht den Overall nicht ausziehen, mein Junge. Wir dürfen uns aus dem Betrieb nicht wegrühren, wenn das Produkt halbwegs was taugen soll – mach dir keine Illusionen.« – »Selbstverständlich, Joe, selbstverständlich – es war nur Spaß.«

Sie trafen sich in der Kanzlei eines Anwaltes namens Lilienthal. Von dem Augenblick an, da sie der elegant gepolsterten Blondine am Empfangstisch ihre Namen nannten, hatte Charley das erregende Gefühl, große Geschäfte lägen in der Luft. Die Blondine verbeugte sich lächelnd vor dem Hörer. »Ja, gewiß... Mr. Anderson und Mr. Askew.« Ein knochiger Laufjunge führte sie sogleich in die Bibliothek, einen dunklen, langgestreckten Raum mit einer Fülle juristischer Lederfolianten. Sie hatten kaum Zeit, sich hinzusetzen, da erschien durch eine Milchglastür Mr. Lilienthal persönlich, ein schwarzhaariger, ovalförmiger Herr ohne Hals und mit munteren Allüren. »Na, da haben wir ja unsere beiden Toppflieger – pünktlich auf die Minute.« Als Joe sich und Charley vorstellte, hielt Mr. Lilienthal Charleys Hand eine Weile in der glatten, fetten Fläche seines Patschhändchens fest. »Andy Merritt hat soeben Ihr Lob gesungen, junger Mann, er sagt, Sie seien der kommende Kontaktmann.« – »Und da habe *ich* ihm eben gesagt, daß ich ihn sechs Monate lang nicht aus dem Betrieb rauslassen werde. Er hat das richtige Fingerspitzengefühl für Motoren.« – »Na, vielleicht war der Kontakt mit Motoren gemeint«, sagte Mr. Lilienthal und zog eine schmale, schwarze Braue hoch.

Der Anwalt führte sie in ein großes Bürozimmer mit einem leeren Mahagonitisch in der Mitte und einem blauen Chinateppich auf dem Fußboden. Merritt und zwei andere Herren waren bereits anwesend. Charley kamen sie wie ein Herrenjournalinserat vor, wie sie da in ihren gutgeschnittenen dunklen Anzügen, von blauem Zigarettenrauch umkreist, vor dem hellgrünen Lichtschimmer standen, der durch das Fenster hinter ihnen hereinfiel. George Hollis war ein bleicher junger Mann mit gescheiteltem Haar, der andere ein schlaksiger, brünetter irischer Anwalt namens Burke, ein alter Freund Joe Askews, der, wie Joe erklärte, für sie die Patente in Washington durchsetzen würde. Alle schienen sie Charley für einen Prachtkerl zu halten, aber er ermahnte sich im stillen, den Mund nicht aufzumachen und Joe reden zu lassen.

Den ganzen Vormittag saßen sie um den Mahagonitisch des Anwaltes herum, rauchten Zigarren und Zigaretten und verbrauchten eine Unmenge Konzeptpapier, bis der Tisch aussah wie die Bodenplatte eines schmutzigen Vogelkäfigs und die Luckies auf Charleys Zunge sauer schmeckten. Alle paar Augenblicke ließ Lilienthal seine Stenotypistin hereinrufen, ein kleines, mäuseartiges Geschöpf, das ein Diktat aufnehmen mußte und wieder weggeschickt wurde. Ab und zu klingelte das Telephon, und jedesmal antwortete er in gelangweiltem Ton: »Meine liebe junge Dame, sind Sie noch nicht auf den Gedanken gekommen, ich könnte in einer Konferenz beschäftigt sein?«

Die Firma sollte *Askew-Merritt-Company* heißen. Es wurde viel darüber geredet, in welchem Staat sie registriert werden und wie die Aktien auf den Markt gebracht werden sollten, wie das Aktienkapital zu bewerten und wie es zu verteilen sei. Als sie sich schließlich erhoben, um essen zu gehen, war es bereits zwei, und Charley brummte der Schädel. Auf dem Wege zum Fahrstuhl verschwanden einige von ihnen in die Herrentoilette. Charley gelang es, sich im Pissoir neben Joe aufzupflanzen und flüsternd zu fragen: »Sag mir um Gottes willen, Joe, sind wir oder sie die Gelackmeierten?« Joe verweigerte die Antwort. Er verzog nur das Gesicht und zuckte die Achseln.

Weltwochenschau L

Gib nur nicht bloß dem Broadway schuld

mit wenigen Ausnahmen lag und liegt die Verwaltung der Staatsgeschäfte in ehrlichen und fähigen Händen, die Finanzen sind gesund und gut geführt, die wirtschaftlichen Interessen der Nation, einschließlich der Unternehmer, Direktoren und Angestellten, entspringen ehrenhaften und patriotischen Motiven, und die gegenwärtige Wirtschaftslage gewährleistet die Fortdauer des Vertrauens und des Wohlstandes ...

Selber bist du dran schuld –
Und beschmutz mir nicht
Den Namen des lieben, alten Broadway

BERUFSFUSSBALLER IM KREUZVERHÖR DER ANKLAGE

Ein verbessertes Schmiersystem, das eine positive und beständige Ölung der gesamten Lagerflächen garantiert ...

Und tief in meinem Herzen, da sehne ich mich noch heut
Nach den alten Kameraden, die in alle Winde verstreut ...

die *Dooling Shipbuilding Company* hat weder direkt noch indirekt Bestechungsgelder irgendwelcher Art oder Beschaffenheit an Angestellte oder Vertreter der Schiffahrtsbehörden, des Marineamts oder sonstiger Regierungsstellen gezahlt noch sich bereit erklärt, solche zu zahlen, noch wird sie solche zahlen ...

REICHER MANN ERSCHLAGEN IM KELLER BEGRABEN

Wie sang es so nett, das alte Quartett –
Wie sang es Sweet Adeline ...
Für immer lebt wohl ...

Neu konstruierte Schaltungen, die nicht nur stärker und langlebiger, sondern auch geschmeidiger sind ...

Neues Getriebe – eine technische Leistung, die die
Kraftübertragung effektiver gestaltet und das
Schalten leicht und geräuschlos macht ...

Neue und größere Kugellampen liefern die vollendetste
Beleuchtung, die je für Motorenzwecke
konstruiert worden ist ...

GARY MACHT DIE ROMANTISCHE ÖFFENTLICHKEIT FÜR DEN ACHTSTUNDENTAG VERANTWORTLICH

die für die Produkte der Konservenfabriken erzielten Preise waren das Resultat rein ökonomischer Gesetze. Offizielle Ziffern beweisen, daß, wenn die Weizenpreise dem Gesetz von Angebot und Nachfrage gehorchen sollen ...

Roheisenerzeugung scharf gedrosselt

Und gehst du mit einem fremden Mädchen soupieren,
Darfst du nicht das Warnungssignal ignorieren –
Gib nur nicht bloß dem Broadway schuld ...

DER BITTERE BECHER

Veblen,
ein fahlhäutiger ungeschlachter Mann, grollend an seinem Schreibtisch hingelümmelt, die Wange in die Hand gestützt, scharfsinnig, mit leise gemurmelten und verwickelten Formulierungen dreht er den Strick, den logischen, unentrinnbaren Strick des Tatsächlichen, den Strick, an dem die Gesellschaft sich aufhängen kann –
seziert das Jahrhundert mit einem Skalpell so scharf, so komisch, so exakt, daß die Professoren und Studenten neunvon zehnmal nicht merken, daß es überhaupt vorhanden ist, und die Magnaten, die hochangesehenen Windbeutel, die gelobhudelten Großmäuler von seiner Existenz keine Ahnung haben.
Veblen
stellte allzu viele Fragen, war von Natur aus nicht imstande, ja zu sagen.
Sokrates stellte viele Fragen, leerte eines Nachts beim ersten Hahnenschrei den bitteren Becher,
aber Veblen
trank den Schierling schlückchenweise sein Leben lang, im Mief der Klassenzimmer, im Staub der Bibliotheken, in der Schalheit billiger Wohnzimmer, wie ein armer Lehrer sie sich leisten kann. Er kämpfte tapfer gegen Teufel und Popanz, Pedanterie, Schlendrian, Achselträger an Amtstischen, Kuratoren, Universitätsrektoren, die fetten Lakaien der herrschenden Geschäftemacher, alle guten Stellungen sind den Jasagern vorbehalten, nie genug Geld, jede keimende Hoffnung durchkreuzt. Tapfer leerte Veblen den bitteren Becher.

Die Veblens waren ein Bauerngeschlecht.
Die freien Bauern der engen norwegischen Täler waren ein halsstarriges, arbeitsames Volk, Bauern, Kuhpächter,

Fischer, fest verwurzelt in den steinigen Äckern ihrer Väter, in den alten Holzhäusern mit den geschnitzten Giebeln, in den Heimstätten, von denen sie ihren Namen herleiteten, in den Almwiesen, auf denen sie im Sommer ihre Herden weideten.

Zu Anfang des neunzehnten Jahrhunderts wuchsen die Städte heran. Norwegen wimmelte von landlosen Gesellen, Krämern, Polizeikommissaren, Geldverleihern, Gerichtsvollziehern, schwarzgekleideten Notaren mit steifen Krägen und Aktenmappen voller Exekutionsbefehle unterm Arm. Industrien traten ins Leben. Die Stadtleute begannen ihre Profite aus dem flachen Lande zu ziehen und die Bauern um die Freiheit ihrer schmalen Äcker zu prellen.

Die Kleinmütigen unterwarfen sich als Pächter, als Tagelöhner, aber die Starken wanderten aus –

– so wie Jahrhunderte zuvor ihre Väter das Land verlassen hatten, zu der Zeit, da Harald Schönhaar und der heilige Olav die Freiheit der nordischen Männer, deren ein jeder Herr über seinen eigenen Fjord war, in Stücke schlugen, um Christen und Sklaven aus ihnen zu machen –

nur daß in jenen vergangenen Zeiten die Norweger westwärts nach Grönland, Island und Weinland segelten: jetzt war es Amerika.

Die väterlichen wie die mütterlichen Vorfahren Thorstein Veblens hatten ihre Heimstätten und damit ihre Namen verloren, durch die sie als Freie gekennzeichnet waren.

Thomas Anderson versuchte eine Zeitlang, sein Brot als umherziehender Schreiner und Tischler zu verdienen, aber im Jahre 1847 fuhr er mit seiner Frau, Kari Thorsteinsdatter, auf einem Walfänger von Bremen übers Meer und gesellte sich zu seinen Freunden in den skandinavischen Kolonien rund um Milwaukee.

Im Jahre darauf kam sein Bruder Haldor nach.

Sie waren fleißige Leute. Nach abermals einem Jahr hatten sie genügend Geld gespart, um das Vorkaufsrecht auf 160 ungerodete Morgen Landes in Sheboygan County, Wisconsin, geltend zu machen. Nachdem sie den Boden teilweise gerodet hatten, verkauften sie ihn und übersiedelten in eine durchweg norwegische Kolonie in Manitowoc

County bei Cato, in einen Ort namens Valders. So hieß der Fjord in der alten Heimat, aus dem sie herstammten.
Dort in dem Hause, das Thomas Anderson mit seinen eigenen Werkzeugen errichtete, wurde Thorstein Veblen als das sechste von zwölf Kindern geboren.
Als Thorstein acht Jahre alt war, zog Thomas Anderson noch weiter nach Westen in die Schwarzerdeprärien von Minnesota, die erst wenige Jahre vorher von den Indianern und den Büffeln gesäubert worden waren. In dem Kaufvertrag für die neue Farm nahm Thomas Anderson wieder den alten Bauernnamen Veblen an.

Er war ein braver Landwirt, ein guter Baumeister, ein geschickter Schreiner, der erste, der Merinoschafe und eine Getreidemähmaschine importierte. Er war ein angesehener Mann unter den Norwegern, die den Rand der Prärie bewirtschafteten, ihre Dialekte beibehielten sowie die Lebensweise ihrer engen norwegischen Dörfer, ihre lutherischen Pastoren, ihre selbstgewebten Kleider, ihren Käse und ihr Brot, ihr Mißtrauen und ihre hartnäckige Abneigung gegen die Sitten der Städter.
Die Städter waren meist Yankees, die es verstanden, zwei Dollar zu ernten, wo sie einen gesät hatten, Krämer, Vermittler, Spekulanten, Geldverleiher mit einer Nase für Politik und Hypotheken. Sie verachteten die skandinavischen Kleinbauern, von denen sie lebten und deren Töchter ihren Frauen die Küchenarbeit abnahmen.
Die Norweger hielten an dem Glauben ihrer Väter fest, an der Überzeugung, daß für einen Ehrenmann nur zwei Berufe existierten, Bauer oder Prediger.

Thorstein wuchs zu einem kräftigen Burschen heran, galt als faul und gescheit. Er haßte die mühsame, einförmige Landarbeit.
Bücher machten ihn glücklich. Gern beschäftigte er sich mit Tischlerei und landwirtschaftlichen Maschinen. Die lutherischen Pastoren, die ins Haus kamen, merkten bald, daß sein lebhafter Verstand mühelos die Hürden ihrer Theologie zu nehmen wußte. Es war schwer, ihn zur Landarbeit

anzuhalten, er hatte eine scharfe Zunge und war berüchtigt für die Spitznamen, die er den Leuten anhängte. Sein Vater beschloß, ihn in den geistlichen Beruf zu stecken.
Mit siebzehn Jahren wurde er von dem Acker geholt, den er eben pflügte. Seine Koffer waren bereits gepackt, die Pferde angespannt. Er sollte an die Carleton Academy in Northfield, um sich für das Studium am Carleton College vorzubereiten.
Da es mehrere junge Veblens gab, die studieren wollten, baute ihnen ihr Vater ein eigenes Haus auf einem Grundstück in der Nähe des Schulgeländes. Das Essen und die Kleidung wurden ihnen von zu Hause zugeschickt. Bargeld bekamen sie nie zu sehen.

Thorstein sprach das Englische mit Akzent. Er war von Natur aus nicht imstande, ja zu sagen. Sein Verstand war an den nordischen Sagen geschult, an der bäuerlichen Sachlichkeit seines Vaters, an den exakten Erfordernissen des Schreinerhandwerks und der Dreschmaschinen.
Nie vermochte er sich für Theologie, Soziologie und Nationalökonomie zu interessieren –
– in den Hörsälen des Carleton College, wo man eifrig damit beschäftigt war, die zackigen Dogmen der alten, bibeltreuen Kaufherren aus New England zurechtzustutzen, um sie in geeignete Wandsprüche für die Büros der Kommissionäre zu verwandeln.
Veblens Universitätsjahre waren die Jahre, da Darwins Entstehungs- und Entwicklungslehren die festgefügte Welt der Arche Noah zertrümmerten –
– da Ibsens Frauen die Portieren viktorianischer Salons herunterrissen –
– und Marxens gewaltiger Denkapparat die ureigene Logik des Kommerzes benutzte, um den Kommerz zu zerstören.
Wenn Veblen auf die Farm kam, unterhielt er sich mit seinem Vater über diese neuen Dinge, ging hinter ihm her durch die Pflugfurchen, brach eine Diskussion vom Zaun, während sie auf eine frische Ladung für die Dreschmaschinen warteten. Thomas Anderson kannte Norwegen und Amerika. Er besaß das vierschrötige Gehirn eines Schrei-

ners und Baumeisters, einen guten Sinn für das Werkzeug und das sorgsam gehortete, umfangreiche, Jahr um Jahr geerntete Wissen eines tüchtigen Landwirtes –
– ein harter Schleifstein für den stahlscharfen Verstand des jungen Thorstein.

An der Universität galt Veblen als ein geistreicher, krankhafter Exzentriker. Niemand konnte verstehen, warum ein so begabter junger Mann sich nicht darauf beschränken wollte, den Zeichen der Zeit zu gehorchen und sich der Forderung des Tages zu widmen, nämlich mit Hilfe der einigermaßen brauchbaren Reste christlicher Ethik und veralteter Volkswirtschaftslehren des achtzehnten Jahrhunderts, wie sie in den Köpfen der Hochschulprofessoren umherspukten, das Eigentum und den Profit zu schützen und das heilige, bereits recht wackelige Gebäude mit dem neumodischen, kräftigen Wissenschaftsgebälk zu stützen, das Herbert Spencer zu Nutz und Frommen der Unternehmer zu konstruieren begann.
Die Leute beklagten sich darüber, daß man nie wissen könne, ob Veblens Äußerungen scherzhaft gemeint seien oder ernst.

Im Jahre 1880 machte Thorstein Veblen den ersten Versuch, sich als Lehrer durchzuschlagen. Ein Jahr an der Akademie in Madison, Wisconsin, verlief nicht sehr erfolgreich. Im darauffolgenden Jahr vollendeten er und sein Bruder Andrew ihre Studien an der Johns Hopkins. Die Johns Hopkins gefiel ihm nicht, aber als Hausgast in der Baltimore-Villa etlicher ruinierter vornehmer Damen aus bester Familie bekam er einen verächtlichen Einblick in eine bereits völlig von Motten zerfressene Etikette, die jedoch durch die üppige Muße der Sklavenbesitzer auf ihren Plantagen direkt aus dem Merry Old England der Gutsherren und Kavaliere bis auf den heutigen Tag vererbt worden war.
(Die Talbauern hatten seit jeher die Sitten der Außenstehenden verachtet.)
In Yale fühlte er sich mehr zu Hause, dort fand er in Noah Porter einen altamerikanisch puritanischen Granitschädel,

aus dem sein norwegischer Granit in hell erklingendem Konflikt die schönsten Funken schlagen konnte. Und dort machte er seinen Doktor der Philosophie. Aber es war immer noch fraglich, in welcher Fakultät der akademischen Welt er am leichtesten sein Brot verdienen würde.
Er las Kant und schrieb preisgekrönte Essays. Aber er konnte keine Anstellung finden. So sehr er sich auch bemühte, war er nicht imstande, das unerläßliche JA über die Lippen zu bringen.
Er kehrte nach Minnesota zurück. Er hatte von den Annehmlichkeiten einer akademischen Laufbahn gekostet, und sie waren ihm ein wenig zu Kopf gestiegen. Seinen leichten norwegischen Akzent hatte er um das breite A bereichert.

Zu Hause lungerte er umher, bastelte an neuen technischen Erfindungen, las viel und unterhielt sich mit seinem Vater über theologische und philosophische Fragen. In den skandinavischen Kolonien hatten die Weizenpreise zugleich mit dem Glauben an Gott und Sankt Olav zu sinken begonnen. Die Farmer im Nordwesten des Landes begannen ihren langen, aussichtslosen Kampf gegen die parasitären Spekulanten, die sie systematisch aussogen. Die Farmen waren mit Hypotheken belastet, Zinsen mußten gezahlt und neue Maschinen gekauft werden, um mit beschleunigter Hast in einem halben Jahrhundert den Reichtum aus dem Boden zu pumpen, den in Millionen von Jahren das Büffelgras dort abgelagert hatte. Seine Brüder beklagten sich über den sardonischen Faulenzer, der sich nicht selber sein Brot verdienen wollte.
Zu Hause begegnete er wieder seiner Studentenliebe, Ellen Rolfe. Sie war die Nichte des Rektors der Carleton-Universität, eine junge Dame, in deren Familie es Geld gab und etliche Eisenbahnmagnaten. Die Leute in Northfield waren schockiert, als sie erfuhren, daß Ellen Rolfe den faulen, pedantischen, lesehungrigen, schlecht angezogenen norwegischen Tunichtgut zu heiraten gedenke.
Ihre Angehörigen heckten einen Plan aus, ihn als Wirtschaftsberater bei der Santa-Fé-Bahn unterzubringen, aber

gerade im unrechten Augenblick büßte Ellen Rolfes Onkel die Aktienmajorität ein. Das junge Paar zog nach Stacyville, wo es sich mit allem möglichen beschäftigte, nur nicht damit, das tägliche Brot zu verdienen. Sie lasen Lateinisch und Griechisch, botanisierten in den Wäldern, an den Zäunen, im Gesträuch am Straßenrande. Sie ruderten auf dem Fluß, und Veblen begann seine Übersetzung der *Laxdaele-Saga*. Sie lasen Bellamys *Rückblick* und die Artikel von Henry George. Sie betrachteten ihre eigene Welt von außen.

Im Jahre 91 rafften die Veblens genügend Geld zusammen, um an die Cornell zu übersiedeln und dort ihre Studien fortzusetzen. Angetan mit einer Waschbärenmütze und einer grauen Kordhose, erschien er in der Kanzlei der volkswirtschaftlichen Fakultät und sagte mit seinem leisen, sarkastischen, schleppenden Tonfall: »Ich bin Thorstein Veblen.«
Aber erst mehrere Jahre später, nachdem er sich an der neuen Universität von Chicago (die neben der Weltausstellung entstanden war) habilitiert und die *Theorie der besitzenden Klasse* (durch Howells berühmte Rezension popularisiert) veröffentlicht hatte, kam der akademisch gebildeten Welt zu Bewußtsein, wer Thorstein Veblen war. Selbst als angesehener junger Nationalökonom in Chicago führte er das Leben eines Pioniers. (Die Talbauern hatten seit jeher die Sitten der Außenstehenden verachtet.) Seine Bücher bewahrte er in Packkisten auf, die mit der Seite nach unten an den Wänden standen. Seine einzigen Extravaganzen waren die russischen Zigaretten, die er bevorzugte, und die rote Schärpe, die er gelegentlich trug. Er war kein Plauderer. Wenn er seine Vorlesungen hielt, stützte er den Kopf in die Hand und murmelte seine langen Spiralsätze, die mit ihren ständigen Wiederholungen an die Diktion der *Edda* gemahnten. Seine Sprache war eine Mischung aus technischem Jargon, Wissenschaftlerlatein, Slang und Rogets *Thesaurus*. Seine Berufskollegen konnten nicht begreifen, warum sich die Studentinnen in ihn verliebten.

Er hatte so großen Erfolg bei Frauen, daß Ellen Rolfe ihn immer wieder verließ. Er fuhr ohne seine Frau ins Ausland. Es gab einen Skandal mit einer jungen Dame auf einem Ozeandampfer.
Es wurde soviel geklatscht (Veblen war ein Mensch, der seine Handlungen nie erklärte, der nie das unerläßliche JA über die Lippen bringen konnte – die Talbauern hatten seit jeher die Sitten der Außenstehenden und ihre Meinungen verachtet), daß seine Frau ihn verließ, um sich allein auf ein Waldgrundstück in Idaho zurückzuziehen, und der Rektor seinen Rücktritt forderte.
Als es Veblen gelang, an der Leland Stanford eine besser bezahlte Professur zu bekommen, fuhr er nach Idaho und überredete Ellen, ihm nach Kalifornien zu folgen, aber in Palo Alto ging es genauso zu wie in Chicago. Er litt an Weiberbeschwerden, an dem konstitutionellen Unvermögen, ja zu sagen, an dem unnatürlichen Hang, auf der Seite der Arbeiterklasse zu stehen statt auf der Seite der Profitmacher. Wieder kamen die gleichen Klagen, daß seine Vorlesungen nicht konstruktiv seien, nicht lockend genug für die reichen Spender, daß sie es seinen Studenten nicht erleichterten, Butter auf ihr Brot zu schmieren, in feine Verbindungen aufgenommen zu werden, die Rosinen aus der Hierarchie des akademischen Kuchens herauszuklauben. Seine Frau verließ ihn endgültig. Er schrieb an einen Freund: »Der Rektor mißbilligt meine häuslichen Verhältnisse. Ich auch.«
Einmal sagte er in einem Gespräch: »Was macht man, wenn die Weiber einem auf den Pelz rücken?«
Er zog sich in die Wälder von Idaho zurück.
Freunde versuchten, ihm einen Studienauftrag auf Kreta, eine Berufung an die Universität in Peking zu verschaffen, aber überall in den Universitätskuratorien regierten der Popanz, der Schlendrian, die Lakaien der Unternehmer...
Dem Wißbegierigen der Schierlingsbecher.

Sein Freund Davenport verschaffte ihm einen Lehrstuhl an der Universität von Missouri. In Columbia hauste er wie ein Eremit im Kellergeschoß von Davenports Villa, half bei der Hausarbeit mit, tischlerte eigenhändig Tische und Stühle. Er war bereits ein ältlicher, verbitterter Mann mit grauer Gesichtsfarbe, einem Gewirr feiner Runzeln, einem Vandykebart und gelben Zähnen. Nur wenige Studenten vermochten seinen Vorlesungen zu folgen. Die Hochschulbehörden waren oft erstaunt und etwas gekränkt, wenn europäische Besucher immer nur Thorstein Veblen kennenlernen wollten.

Das waren die Jahre, in denen er den größten Teil seiner Schriften produzierte. Er probierte seine Ideen an den Studenten aus. Er schrieb nachts, langsam, mit violetter Tinte, mit einer selbstkonstruierten Feder. Sooft eines seiner Bücher erschien, mußte er bei dem Verlag eine Garantiesumme hinterlegen. *Die Theorie des Unternehmertums – Der Instinkt des Arbeitsmenschen – Die Besitzinteressen und der Mann von der Straße*: In diesen Werken –

– schuf er das neuartige Diagramm einer vom Monopolkapital beherrschten Gesellschaft –

– skizzierte mit Ironie

die Sabotage der Produktion durch die Geschäftemacherei –

die Sabotage des Lebens durch die blinde Gier nach Geldgewinn –

– wies auf die Alternativen hin: eine Art Kriegswirtschaft, von der Monopolbürokratie erwürgt, durch das Gesetz des fallenden Ertrages gezwungen, immer größere Profite aus dem kleinen Manne herauszuschinden –

– oder eine neue, sachliche, vernünftige Gesellschaftsordnung, beherrscht von den Bedürfnissen der Männer und Frauen, welche die produktive Arbeit verrichten, und von den unglaublich gewaltigen Friedens- und Wohlstandsmöglichkeiten, die der technische Fortschritt bietet.

Das waren die Jahre, da Debs seine Reden hielt, die Gewerkschaften heranwuchsen, die IWW von Betriebsdemokratie sprachen: in diesen Jahren hielt Veblen noch an der Hoffnung fest, die Arbeiterklasse würde den Produktionsapparat übernehmen, bevor das Monopolkapital die Völker des Westens wieder in die Finsternis hinabgestoßen hatte.

Das alles wurde durch den Krieg ausgelöscht. Unter dem Banner der Wilsonschen Phrasen schlugen die Monopole zu. Die amerikanische Demokratie wurde zerschmettert.
Immerhin bot der Krieg Veblen eine Gelegenheit, dem stickigen Treibhaus des akademischen Lebens zu entrinnen. Man offerierte ihm einen Posten im Versorgungsministerium, er übersandte den Flottenbehörden eine neue Erfindung – U-Boote mit Schleppnetzen aus dickem Ankerkabel zu fangen. (Inzwischen fanden die Behörden seine Bücher etwas verwirrend. Das Postministerium untersagte den Versand seines Buches *Das kaiserliche Deutschland und die industrielle Revolution*, während die Propagandastellen es verbreiten ließen, um den Haß gegen die Hunnen zu schützen. Schulmänner prangerten *Die Natur des Friedens* an, während die Experten in Washington Auszüge daraus machten, um den Wilsonschen Rauchschleier zu verstärken.)
Für das Versorgungsministerium schrieb Thorstein Veblen zwei Berichte: In dem einen empfahl er, mit Rücksicht auf den Kriegszustand die Forderungen der IWW zu bewilligen und die Arbeiterklasse zu versöhnen, statt alle ihre ehrlichen Führer zu verprügeln und einzusperren – in dem zweiten wies er darauf hin, daß das Versorgungsministerium ein geschäftliches Spekulationsunternehmen und nicht dazu geeignet sei, die Produktivkräfte des Landes erfolgreich zu organisieren. Er schlug vor, im Interesse einer wirksamen Kriegsführung die Vermittler durch staatliche Stellen zu ersetzen und den Farmen direkt die erforderlichen Erzeugnisse im Austausch für die Rohstoffe zu liefern...
Aber das Privatkapital auszuschalten lag durchaus nicht im Sinne der Regierung, die ihre eigenen Vorstellungen von der Demokratie hatte, für die sie kämpfte –
deshalb mußte Veblen von seinem Posten beim Versorgungsministerium zurücktreten.
Er unterzeichnete die Proteste gegen den Prozeß der einhundertundein IWWs in Chicago.

Nach dem Waffenstillstand ging er nach New York. Trotz all der Unterdrückung in den Jahren des Krieges begannen frische Winde zu wehen. In Rußland war das große Revolutionsgewitter losgebrochen und schien sich nach dem Westen auszudehnen in den kräftigen Böen aus der neuen Welt des Ostens begannen die vom Kriege zermürbten Massen wieder die Augen aufzutun. In Versailles versuchten die Alliierten samt ihren Feinden, die Magnaten, die Generale, die politischen Lakaien die Läden zu schließen, um das Gewitter, das Neue, die Hoffnung auszusperren. Sekundenlang wurde – im grellen Licht der Blitze – plötzlich klar, was Krieg bedeute, was Frieden bedeute.

In Amerika und Europa siegten die Greise. Die Bankiers in ihren Büros atmeten auf, die brillantenbehängten alten Damen der besitzenden Klasse kehrten in die vornehme Stille der Kassengewölbe zurück, um ihre Coupons zu schneiden –

– die letzten Reste des revolutionären Ozons
erstickten im Gewisper schaler Stammtischgespräche.

Veblen schrieb für den *Dial* –

– hielt Vorlesungen an der *New School for Social Research*.

Er hoffte noch immer, die Ingenieure, die Techniker, die Profitlosen, welche die Hände am Schaltbrett haben, würden den Kampf aufnehmen, den die Arbeiterklasse verloren hatte. Er förderte die Gründung des Technikerverbandes.

Seine allerletzte Hoffnung war der englische Generalstreik.

Gab es denn keine Menschenschicht, die Mut genug hatte, den prächtigen Apparat zu übernehmen, bevor die geldgierigen Spekulanten und Jasager an den Büroschreibtischen ihn unwiederbringlich ruiniert haben würden –

– und mit ihm die Hoffnung von vier Jahrhunderten?

Niemand besuchte Veblens Vorlesungen an der *New School*. Mit jedem Artikel, den er für den *Dial* schrieb, ging die Auflage zurück.

Hardings Normalisierung – die neue Ära begann.

Sogar Veblen verdiente eine kleine Summe an der Börse.

Er war ein alter Mann und einsam.
Seine zweite Frau litt an Verfolgungswahn und kam in eine Nervenheilanstalt.
Für einen herrenlosen Menschen schien nirgends Platz zu sein.

Veblen kehrte nach Palo Alto zurück –
– hauste in seinem Häuschen in den braunen Hügeln und beobachtete von draußen die letzten gierigen Zuckungen des Profitsystems, das, wie er sich ausdrückte, die systematischen Wahnvorstellungen der Dementia Praecox aufzuweisen begann.
Dort beendete er seine Übersetzung der *Laxdaele-Saga*.

Er war ein alter Mann. Er war viel allein. Er ließ die Waldratten nach Belieben in seiner Vorratskammer hausen. Ein Stinktier, das sich in der Nähe herumtrieb, wurde so zahm, daß es sich wie eine Katze an seinen Hosenbeinen rieb.
Er erzählte einem Freunde, manchmal höre er in der Stille die Stimmen seiner Kindheit, norwegische Stimmen, so klar und deutlich wie damals auf der Farm in Minnesota, auf der er herangewachsen war. Seine Freunde fanden ihn immer wortkarger, er wollte sich für nichts mehr interessieren. Es ging mit ihm zu Ende. Die letzten Tropfen aus dem bitteren Becher.
Er starb am 3. August 1929.
Unter seinen Papieren wurde eine Bleistiftnotiz gefunden:
Ferner wünsche ich im Falle meines Ablebens, sofern es sich durchführen läßt, verbrannt zu werden, so rasch und so billig wie möglich, ohne alle Riten und Zeremonien. Ich wünsche, daß meine Asche ins Meer oder in einen größeren Strom, der ins Meer mündet, gestreut wird, daß nirgendwo und niemals ein Grabstein, ein Kreuz, ein Epitaph, eine Büste, eine Gedenktafel, eine Inschrift oder ein Monument irgendwelcher Art errichtet wird, daß keinerlei Nachrufe, Gedenkworte, Porträts oder Biographien, ebenso keinerlei von mir geschriebene oder an mich gerichtete Briefe gedruckt oder publiziert oder auf sonstige Weise vervielfältigt, kopiert oder in Umlauf gebracht werden...
Aber sein Andenken ist in die Sprache eingemeißelt:
Das scharfe, kleine Prisma seines Verstandes.

Weltwochenschau LI

Verschwunden ist der Sonnenschein aus unserem kleinen Gäßchen...

Hilfskraft gesucht: Beförderungsmöglichkeiten...

Stellungen, die wohlempfohlenen, intelligenten, geschulten, verläßlichen jungen Mädchen und Frauen gute Beförderungsmöglichkeiten bieten

Ach, seit Sally uns verließ

JUNGE MÄDCHEN JUNGE MÄDCHEN JUNGE MÄDCHEN

Inseratensammler ... Zugehfrauen ... Kassiererinnen ... Stubenmädchen ... Kellnerinnen ... Putzfrauen ... Buchhalterinnen ... Gesellschafterinnen ... Kontometerexperten ... Stenotypistinnen ... Köchinnen ... Diktaphonkräfte ... Empfangsdamen ... Multigraphbedienung ... Elliot-Fisher-Bedienung ... Fakturistinnen ... Gummiererinnen ... Handschuheinkäuferinnen ... Kindermädchen ... Friseusen ... Modelle ... gute Aussichten für elegante junge Damen ... intelligente junge Frauen ...

Ging ins Jamesspital –
Sah mein Baby dort liegen
Auf dem Marmortisch
So blaß, so kalt, so schön...

Ging zum Doktor rauf

HUNDERTE VON STELLENANGEBOTEN

wir brauchen Arbeitskräfte, wir bieten gute Löhne, Provisionen, Prämien, Preise, Verdienstmöglichkeiten, Schulung, Avancement, Krankenkasse ... Rasträume und eine Kantine, in der ein ausgezeichnetes Essen unter dem Selbstkostenpreis serviert wird

Laß sie ziehen laß sie ziehen Gott sei mit ihr –
Wo immer sie hingehen mag –
Und wandert sie durch die ganze Welt –
Einen Braven wie mich find't sie nie...

MARY FRENCH

Der arme Papa konnte sich nie gleich nach dem Abendbrot in die Kissen kuscheln, so wie er es liebte, mit der Leselampe über der linken Schulter, der Brille auf der Nase, der Zeitung in der Hand und einer frischen Zigarre im Mund, ohne daß das Telephon klingelte oder an die Hintertür geklopft wurde, und Muttchen schickt die kleine Mary öffnen, und da steht ein Bergwerkskumpel, leichenblaß, die Augenbrauen und Wimpern von Kohlenstaub geschwärzt, und sagt: »Doktor French, bittescheen – soll er nur schnell kommen...« – und der arme Papa stieg gähnend in Pyjama und Bademantel aus dem Bett, strich das zerraufte, graue Haar aus der Stirn und bat Mary, ihm die Instrumententasche aus der Praxis zu holen, und dann zog er los, sich im Gehen den Schlips bindend, und blieb oft die ganze Nacht weg.

Bei den Mahlzeiten war es noch schlimmer. Anscheinend konnten sie sich niemals zu dritt an den Tisch setzen, nein, da fing gleich das schreckliche Telephon zu klingeln an. Papa verschwand, und Mama und Mary blieben allein und aßen fertig, saßen zu Tisch, ohne ein Wort zu reden, Klein-Mary hatte die Beine um die Tischbeine geschlungen und betrachtete das Bild mit den zwei toten Enten in der Mitte der gelblichen Tapete über Mamas adretter schwarzer Frisur. Dann räumte Mama das Geschirr weg und fuhrwerkte im Hause umher und murmelte immerzu, wenn der arme Papa sich mit den zahlenden Patienten nur halb soviel Mühe geben wollte wie mit diesen miserablen Zugereisten und Grubenkumpels, würde er heute ein reicher Mann sein und sie würde sich nicht mit der Hausarbeit zu Tode rackern müssen. Mary hörte es nicht gern, wenn Mama sich so gegen Papa ausließ.

Dar arme Papa und Mama kamen nicht gut miteinander aus, Mary erinnerte sich nur an eine kurze Zeit, als sie noch sehr, sehr klein war, da war es anders gewesen. Da hatten sie in Denver in einem sonnigen Hause mit blühenden Büschen auf dem Hofe gewohnt. Das war, bevor Brüderchen gehen mußte und Papa sein investiertes Geld verlor. Wenn jemand Denver erwähnte, fiel ihr das Wort »sonnig« ein. Jetzt wohnten sie in Trinidad, wo alles schwarz wie Kohle war, wo die Hügel, kahl und hoch, das Tal verdunkelten, das Tal mit den Reihen verrußter Baracken, den Schutthalden, den Grubenarbeitern – meist waren es Mexikaner und Ungarn –, den abscheulichen Kneipen, dem erstikkenden Hüttenrauch und den kleinen schwarzen Zügen. In Denver war es sonnig, dort wohnten Weiße, richtige, saubere Amerikanerkinder wie Brüderchen, der so früh hatte gehen müssen, und Mama sagte, wenn der arme Papa sich so um sein eigenes Fleisch und Blut gekümmert hätte wie um diese miserablen Zugereisten und Grubenkumpels, wäre Brüderchens Leben zu retten gewesen. Mama hatte sie zum Leichenbestatter geschleppt, sie hatte schreckliche Angst gehabt, aber Mama hatte sie so fest bei der Hand gehalten, daß es furchtbar weh tat, aber niemand kümmerte sich darum, alle dachten, sie weine um den toten Bruder, und Mama zwang sie, sich ihn im Sarg unter der Glasscheibe anzuschauen.

Nach dem Begräbnis wurde Mama sehr krank, Tag und Nacht saß eine Pflegerin bei ihr, Mary durfte nicht zu ihr und mußte ganz allein auf dem Hofe spielen. Als Mama wieder gesund wurde, kam sie mit dem armen Papa nicht mehr gut aus, sie hatten getrennte Schlafzimmer, und Mary schlief in dem kleinen Vorraum zwischen den beiden Schlafzimmern. Der arme Papa wurde grau und sorgenvoll, jetzt war nie mehr sein Lachen im Hause zu hören, und dann kam die Geschichte mit den investierten Geldern, man übersiedelte nach Trinidad, und Mama erlaubte ihr nicht, mit den Grubenkindern zu spielen, und wenn sie aus der Schule nach Hause kam, hatte sie Nissen im Haar.

Mary mußte eine Brille tragen, sie war eine gute Schülerin und sollte mit zwölf aufs Gymnasium kommen. Wenn sie nicht mit ihren Schularbeiten zu tun hatte, las sie sämtliche im Hause vorhandenen Bücher. »Das Kind wird sich die

Augen verderben«, pflegte Mama am Frühstückstisch zu dem armen Papa zu sagen, wenn er herunterkam, die Augen verschwollen von zuwenig Schlaf, und hastig das Frühstück verzehren mußte, um rechtzeitig seine Runde anzutreten. Im Frühjahr beendete Mary die achte Klasse und bekam einen Preis in Französisch, Englisch und amerikanischer Geschichte, Miss Parsons kam eigens zu Besuch, um Mrs. French zu berichten, was für eine brave Schülerin die kleine Mary sei und was für ein Herzenstrost für die Lehrpersonen, die sich mit diesen miserablen Zugereisten abgeben mußten. »Ach, meine Liebe«, sagte Mama, »glauben Sie nicht, daß ich nicht weiß, wie das ist.« Dann sagte sie plötzlich: »Miss Parsons, sagen Sie es nicht weiter, aber im kommenden Herbst ziehen wir nach Colorado Springs.« Miss Parsons seufzte. »Na ja, Mrs. French, wir verlieren Sie nicht gern, aber für das Kind ist es sicher das beste. In den dortigen Schulen gibt es bessere Elemente.« Miss Parsons lupfte ihre Teetasse, den kleinen Finger zierlich gekrümmt, stellte sie dann wieder hin, und es klirrte die Untertasse.

Mary saß auf dem kleinen Teppichschemel neben dem Kamin und sah ihnen zu. »Ich sage es ungern«, fuhr Miss Parsons fort, »weil ich selber hier geboren und aufgewachsen bin, aber Trinidad ist nicht der richtige Ort für ein heranwachsendes süßes, braves, kleines Amerikanermädelchen.«

Großpapa Wilkins war in diesem Frühling in Denver gestorben, und seine Lebensversicherung war Mama zugefallen, deshalb saß sie jetzt auf dem hohen Roß. Der arme Papa ging nicht gern aus Trinidad weg, und wenn sie schon einmal miteinander redeten, wurde Mary in die Bibliothek geschickt, während sie sich über dem schmutzigen Geschirr in der Küche zankten. Mary saß da, einen alten, in rotes Kernleder gebundenen *Ivanhoe* in der Hand, und hörte den bitter hadernden Stimmen zu, die durch die bretterne Zwischenwand kamen. »Du hast mein Leben ruiniert, und ich werde jetzt nicht zulassen, daß du auch das Leben meines Kindes ruinierst«, schrie Mama in dem bösen Ton, der Mary durch Mark und Bein ging, und Mary saß weinend über dem Buch, bis sie wieder zu lesen anfing und nach ein paar Seiten alles vergessen hatte über den grünberockten Freisassen und den Rittern hoch zu Roß und den stolzen Burgen ... Statt in diesem Sommer im Yellowstone Park zu zelten, wie Papa es vorgehabt hatte, übersiedelte man nach Colorado Springs.

In Colorado Springs wohnten sie anfangs in einer Fremdenpension, dann, als die Möbel kamen, zogen sie in den grünen, mit Schindeln gedeckten Bungalow ein, der nun ihre Heimstätte werden sollte, ziemlich weit von dem roten Kiesweg abgerückt, auf schütterem Rasen unter hohen Pappeln.

In dem langen Grase fand Mary die abgeschabten Überbleibsel einer Krocketgarnitur. Während Papa und Mama sich mit den Möbeln beschäftigten, welche die Packer aus einem Wagen hereinschleppten, lief sie mit einem zerbrochenen Schläger umher und schlug nach den alten, rissigen Bällen, auf deren roten, grünen, gelben und blauen Streifen kaum noch etwas Farbe zurückgeblieben war. Als Papa müde und grau, mit zerrauftem Haar, aus dem Hause kam, lief sie, den Schläger schwingend, zu ihm hin und wollte mit ihm Krocket spielen. »Jetzt habe ich keine Zeit, mit dir zu spielen«, sagte er.

Mary fing zu weinen an, er hob sie auf die Schultern und trug sie zu der hinteren Veranda und zeigte ihr, wie sie es anstellen müsse, um auf das Dach des kleinen Werkzeugschuppens hinter der Küchentür zu klettern, von dort aus war die Mesa zu sehen und darüber hinaus, hinter einer zerfransten Strähne dahinjagender Nesseltuchwolken, die blaue, gezahnte Bergkette, die sich zu dem glatten Massiv rund um den Pikes Peak emportürmte. »Nächstes Mal werden wir mit der Zahnradbahn dort hinauffahren«, sagte er mit seiner warmen, tröstlichen Stimme dicht an ihrem Ohr. Die Berge sahen so fern aus, von dem Anblick der schnell dahinjagenden Wolken wurde ihr schwindlig. »Ganz unter uns – «, sagte er – »du sollst nicht weinen ... Sonst werden deine Schulkameradinnen dich aufziehen, Mary.«

Im September mußte sie aufs Gymnasium. Es war schrecklich, in eine neue Schule zu kommen, unter lauter fremde

Kinder. Die Mädchen in der ersten Klasse sahen so gut gekleidet und hochmütig aus. Wenn sie durch die Gänge ging und die anderen Mädchen von Festen reden hörte, vom Sportklub, von Tennismatchs, von Sommerhotels, von Automobilen, von ihren Freundinnen in den höheren Töchterschulen an der Ostküste, kam sich Mary mit ihrer Brille und dem Metallbügel, den ihr die Mama durch den Zahnarzt hatte anlegen lassen, um das Gebiß zu begradigen, und die schuld daran war, daß sie ein wenig lispelte, mit ihren Sommersprossen und ihren Haaren, die weder rot noch blond, sondern von einer verwaschenen Sandfarbe waren, wie eine miserable Zugereiste vor, nicht anders als die heulenden, übelriechenden Arbeiterkinder in der Grubenstadt Trinidad.

Die Jungens gefielen ihr besser. Ein rothaariger Junge lächelte ihr manchmal zu. Zumindest ließen sie sie zufrieden. Sie kam gut voran und fand die Lehrer reizend. Im Englischunterricht lasen sie *Ramona*, und eines Tages ging Mary ganz allein, voller Todesangst, auf den Friedhof, um das Grab Helen Hunt Jacksons zu besichtigen. Es war wunderschön traurig an diesem Frühlingsabend auf dem Evergreen Cementery. Sie beschloß, als erwachsener Mensch eine zweite Helen Hunt Jackson zu werden.

Sie hatten ein schwedisches Dienstmädchen namens Anna, und wenn Mary aus der Schule nach Hause kam, waren Mama und Papa meistens nicht da. Papa hatte seine Praxis in einem neuen Bürohaus der Innenstadt, und Mama war stets mit irgendwelchen kirchlichen Dingen beschäftigt, oder sie saß in der Bibliothek und sammelte Material für die Vorträge, die sie in den Frauenklubs hielt. Meistens mußte Mary allein zu Abend essen, bei einem Buch oder ihren Schularbeiten. Dann ging sie in die Küche und half Anna beim Abwaschen und versuchte alles Mögliche, um zu verhindern, daß Anna nach Hause ging und sie allein ließ. Wenn sie die Eingangstür knarren hörte, lief sie atemlos hinaus. Für gewöhnlich war es nur Mama, manchmal aber war es Papa mit seiner Zigarre und seiner müden Miene, sein Anzug roch nach Tabak, Jod und Karbol, vielleicht würde sie ihn bewegen können, sich zu ihr ans Bett zu

setzen, bevor sie einschlief, ihr von den alten Zeiten zu erzählen, von den Goldgräbern und Goldsuchern, von den Kämpfen zwischen den Schafhirten und den Siedlern.
Marys beste Freundin in der Mittelschule war Ada Cohn, deren Vater ein prominenter Anwalt aus Chicago war. Er hatte aus Gesundheitsgründen hierher übersiedeln müssen. Mama wollte um jeden Preis verhindern, daß sie mit den Cohns verkehre, und pflegte Papa Vorwürfe zu machen, nur wegen seiner Untüchtigkeit sei ihre einzige Tochter darauf angewiesen, mit Juden und mit Krethi und Plethi umzugehen, und warum er denn nicht endlich in den *Country Club* eintreten wolle, und was es denn für einen Zweck habe, daß sie sich abzappele, um durch ihre soziale Tätigkeit in der Kirchengemeinde, in den Frauenklubs, in der Kommunalfürsorge ihm bei den besseren Elementen den Boden zu ebnen, wenn er auch weiterhin den Armenarzt spiele und sich mit dem schlimmsten Abschaum in Billardsälen und vielleicht auch, weiß der Himmel, an noch schlechteren Orten blicken lasse, statt sich eine schöne Praxis aufzubauen in einer Stadt, in der es so viele reiche Patienten gab: – Ja, ob sie denn nicht eigens von Trinidad weggezogen seien, um das alles loszuwerden? ... »Aber Hilda«, sagte Papa, »sei doch vernünftig. Weil Mary mit den Cohns befreundet ist, sind sie meine Patienten geworden. Es sind sehr nette, freundliche Menschen.« Mama starrte ihn an und sagte zwischen den Zähnen: »Oh, wenn du nur ein kleines bißchen Ehrgeiz hättest.«
Mit Tränen in den Augen lief Mary vom Tische weg, warf sich mit einem Buch aufs Bett und hörte ihre Stimmen lauter werden und dann Papas schwere Schritte, und wie er die Tür zuknallt und den Motor ankurbelt, um seine Krankenbesuche zu machen. Oft lag sie mit zusammengebissenen Zähnen da und dachte, wenn Mama bloß sterben würde, dann könnte sie mit Papa allein und friedlich weiterleben. Bei dem Gedanken, wie schrecklich solche Wunschvorstellungen seien, lief es ihr kalt über den Rücken, sie fing zu lesen an, konnte zuerst vor lauter Tränen die Buchstaben nicht sehen, vergaß dann allmählich ihre Sorgen über dem Inhalt des Buches.

In einem Punkt waren Papa und Mama sich einig, nämlich darin, Mary auf eine gute Hochschule an der Ostküste zu schicken. Ein Jahr vor dem Abitur hatte Mary bereits sämtliche Aufnahmeprüfungen bestanden, nur nicht die in Stereometrie. Sie konnte es kaum erwarten.

Bis auf ein paar Ausflugstage mit Papa und einen Sommermonat, den sie damit verbrachte, sein Telephon zu bedienen, das Krankenjournal zu führen und die Rechnungen zu verschicken, war ihr die Zeit in Colorado Springs verhaßt. Ihr einziger Freund war ein junger Bursche mit einem Klumpfuß, er hieß Joe Denny und war der Sohn eines Kneipenwirtes in Colorado City. Er besuchte als Werkstudent das Colorado College. Er war ein verbitterter, wortkarger, flachsköpfiger Bursche mit scharfgeschnittenem Kinn, ein hervorragender Mathematiker. Nichts in der Welt haßte er mehr als den Schnaps und John D. Rockefeller. Mary, Joe und Ada pflegten an Ausflugssonntagen in den Garden of the Gods oder nach Austin Bluffs oder in einen der Canyons zu fahren und gemeinsam Verse zu lesen. Ihre Lieblingsgedichte waren *The Hound of Heaven* und *The City of Dreadful Night*. Eines Tages bereitete Joe den Mädchen eine große Sensation. Er stellte sich auf einen flachen Fels oberhalb des kleinen Feuerchens, an dem sie ihren Speck brieten, und rezitierte *The Man with the Hoe*. Zuerst dachten sie, er hätte es selber geschrieben.

Wenn sie dann sonngebräunt und fröhlich nach einem im Freien verbrachten Tage zurückkehrten, tat es Mary leid, daß sie nie ihre Freunde zu sich einladen durfte. Anders war es mit Ada. Die Cohns waren nett und lustig, man sollte immer zum Essen bleiben, obwohl der arme Mr. Cohn ein schwerkranker Mann war. Mary aber wagte niemand mit nach Hause zu nehmen, sie hatte Angst, Mama würde unhöflich sein, oder es würde, wie so oft, zwischen ihr und Papa zu einem peinlichen Streit kommen, daß man's durch alle Wände hörte. In dem Sommer, bevor sie nach Vassar ging, sprachen Mama und Papa überhaupt nicht mehr miteinander, nachdem sie sich ganz furchtbar gezankt hatten, da Papa eines Tages beim Abendessen erklärte, er gedenke im November für Eugene V. Debs zu stimmen.

In Vassar waren alle ihre Freundinnen besser angezogen als sie und hatten hochnäsige Pensionatsmanieren, aber zum erstenmal in ihrem Leben war sie beliebt. Die Professoren hatten sie gern, weil sie nett war und ernst und in allen Dingen geradeheraus, und die Mädchen sagten, sie sei zwar mies wie ein Spatz, aber ein lieber Kerl.
Das alles ging zum Teufel, als im darauffolgenden Jahre Ada Cohn nach Vassar kam. Ada war ihre älteste Freundin, und Mary hatte sie wirklich gern, deshalb war sie entsetzt, als sie sich bei dem frommen Wunsch ertappte, Ada wäre besser weggeblieben. Ada war so üppig geworden, so jüdisch und laut, ihre Kleider waren zu kostspielig und hatten nie den richtigen Schick. Sie wohnten zusammen, Ada kaufte Mary fast alle ihre Kleider und Bücher, weil Marys Taschengeld so winzig klein war. Nach Adas Ankunft war Mary nicht mehr so populär wie früher, und die erfolgreichsten unter den Kolleginnen wichen ihr aus. Mary und Ada studierten Soziologie und hatten vor, Sozialfürsorgerinnen zu werden.
Als Mary noch im ersten Semester war, fuhr Mama nach Reno und ließ sich von Papa scheiden. Als Scheidungsgründe machte sie Trunksucht und seelische Grausamkeit geltend. Mary hatte nie gemerkt, daß Papa ein Trinker sei. Sie weinte sich die Augen rot, als sie den rotangestrichenen Zeitungsausschnitt las, den ein anonymer guter Freund ihr aus Colorado Springs zugeschickt hatte. Sie verbrannte den Ausschnitt im Kamin, damit Ada ihn nicht zu sehen bekäme, und als Ada sie fragte, warum ihre Augen gerötet seien, sagte sie, weil sie habe weinen müssen, als sie in der Zeitung von den armen Soldaten las, die auf den Schlachtfeldern Europas starben. Daß sie Ada angelogen hatte, ging ihr schrecklich nahe, die ganze Nacht lag sie wach und machte sich Vorwürfe.
Im darauffolgenden Sommer ließen sie sich beide als Armenfürsorgerinnen im *Hull House* in Chicago anstellen. Chicago war eine Hölle, die arme Ada Cohn war der Arbeit nicht gewachsen und fuhr nach Michigan, um sich dort einen richtigen Nervenzusammenbruch zu leisten. Es war schrecklich, mit ansehen zu müssen, wie die armen

Leute lebten, die rissigen roten Knöchel der Weiber, die fremde Wäsche wuschen, die grindigen Köpfe der kleinen Kinder, der Lärm und der sandige Wind in der South Halstead Street und der Gestank der Schlachthöfe. Aber Mary fühlte sich an die Kindheitsjahre in Trinidad erinnert und an den Sommer, da sie Papa in seiner Praxis geholfen hatte.

Als sie vor Beginn des neuen Studienjahres für zwei Wochen nach Colorado Springs fuhr, traf sie ihre Mutter in einem kleinen eleganten Appartement im *Broadmoor Hotel* an. Onkel Henry, der in Denver bei einem Straßenbahnunglück umgekommen war, hatte Mama ein Paket Metallaktien vererbt, und sie verfügte nun über ein jährliches Einkommen von zwanzigtausend. Sie war eine eifrige Bridgespielerin geworden, fuhr im Lande umher und wetterte in den Frauenklubs gegen das Frauenwahlrecht. Von Papa sprach sie mit einer süßen, scharfen Stimme als von »deinem armen, lieben Vater«, und sie gab Mary den Rat, sich besser anzuziehen und die schreckliche Brille abzulegen. Mary wollte von Mama kein Geld nehmen, sie sagte, niemand habe ein Anrecht auf Gelder, die er nicht selber verdient habe, ließ sich jedoch von ihr ein Schneiderkostüm und ein einfaches Abendkleid mit Spitzenkragen und Spitzenmanschetten schenken. Sie vertrug sich jetzt besser mit ihrer Mutter, aber es herrschte stets eine kalte Spannung zwischen ihnen.

Mama sagte, sie wisse nicht, wo Papa wohne, Mary mußte ihn also in seiner Praxis aufsuchen. Die Räume waren schäbiger, als sie sie in Erinnerung hatte, und voller Patienten, meist heruntergekommene Typen, und es dauerte eine Stunde, bevor er sich frei machen konnte, um mit ihr essen zu gehen.

Sie aßen auf hohen Hockern an der Theke der kleinen Imbißstube gleich nebenan. Papas Haare waren fast weiß, sein Gesicht furchtbar faltig, unter den Augen hatte er große graue Säcke. Sooft Mary ihn ansah, schnürte es ihr die Kehle zu. »Ach, Papa, du müßtest Urlaub nehmen.« – »Ich weiß... ich müßte eine Weile aus dieser Höhenlage weg. Die alte Pumpe funktioniert nicht mehr so gut wie früher.« –

»Komm doch zu Weihnachten an die Ostküste, Papa.« – »Vielleicht – wenn ich den nötigen Zaster auftreiben kann – und wenn ich jemand finde, der für vier Wochen die Praxis übernimmt.« Seine tiefe Baßstimme gefiel ihr so sehr. »Es würde dir guttun ... Es ist lange her, daß wir zusammen gefeiert haben.«
Es wurde spät. Es war niemand mehr da bis auf die mürrische Kellnerin, die an einem der hinteren Tische ihren Lunch verzehrte. In den Pausen des trägen Gespräches tickte laut die große träge Uhr über der Kaffeemaschine.
»Ich hätte nie gedacht, daß ich mein Töchterchen vernachlässigen würde ... du weißt, wie das ist ... leider ist es wahr ... wie geht es Mama?« – »Oh, Mama ist ganz obenauf«, sagte sie mit einem Lachen, das ihr selber grell und blechern klang. Sie strengte sich an, Papa zu beruhigen, als handelte es sich um einen Fürsorgefall. Er sagte: »Na ja, das ist nun vorbei ... Ich war nie der richtige Mann für sie.«
Mary fühlte, wie ihr die Tränen in die Augen kamen. »Papa, darf ich deine Praxis übernehmen, sobald ich fertigstudiert habe? Diese schreckliche Miss Hylan ist so schlampig...« – »Ach, für dich wird sich was Besseres finden. Mich wundert es trotzdem immer wieder, daß so viele Leute ihre Rechnungen bezahlen ... Ich bezahle meine nicht.« – »Papa, ich werde mich um dich kümmern müssen.« – »Das wirst du dir nicht nehmen lassen, mein Töchterchen ... Du übst dich jetzt in der Sozialfürsorge, um nachher deinen alten Vater zu betreuen, wie?« Sie wurde rot.
Kaum hatte sie sich an seine Nähe gewöhnt, da mußte er wegstürzen, um eine Schwangere zu besuchen, die seit fünf Tagen in Wehen lag und ihr Baby noch immer nicht bekommen hatte. Sie hatte gar keine Lust, ins *Broadmoor* zurückzukehren, zu den Boys mit ihren Affenjäckchen, zu den aufgedonnerten alten Ziegen, die in der Halle umherhockten. Am Abend rief Joe Denny an, um sie zu einer Autopartie einzuladen. Mama spielte Bridge, Mary schlich sich davon, ohne ihr ein Wort zu sagen, sie trafen sich auf der Hotelveranda. Mary hatte das neue Kleid angezogen, die Brille abgelegt und ins Täschchen getan. Joes Züge

verschwammen vor ihrem Blick, aber sie konnte immerhin feststellen, daß er gut und wohlhabend aussah und einen neuen kleinen Ford-Roadster fuhr.
»Aber Mary French«, sagte er, »was soll denn das – du wirst mir ja plötzlich ein hübsches Mädchen ... Jetzt hat wohl unsereiner gar keine Chancen mehr bei dir.«
Sie fuhren ein Weilchen rund um den Park, dann hielt er an einer mondbeschienenen Stelle am Rande eines Grabens. Jenseits der kleinen Schlucht, hinter den Zitterpappeln, lief die Ebene dunkel schimmernd bis an den fernen, mondhellen Horizont. »Wie schön«, sagte sie. Er wandte ihr sein Gesicht zu, das ernste Gesicht mit dem spitzen Kinn, und sagte ein wenig stotternd: »Mary, es muß heraus ... Ich möchte mich mit dir verloben ... Ich werde an der Cornell einen Ingenieurkursus nehmen ... Als Stipendiat ... Nachher werde ich binnen zwei Jahren recht gut verdienen und eine Frau ernähren können ... Ich würde sehr glücklich sein – wenn du ja sagen würdest, vielleicht – falls bis dahin – falls kein anderer da ist ...« Seine Stimme erstarb.
Mary sah die scharfgeschnittenen Linien seines Gesichtes im Mondschein. Sie wich seinem Blick aus.
»Joe, ich dachte immer, wir wären gute Freunde – wie Ada und ich. Wenn du so sprichst, machst du alles kaputt ... Ich habe vor, Sozialfürsorgerin zu werden, und ich werde mich um meinen Vater kümmern müssen ... Bitte, nicht ... Da wird mir ganz schrecklich zumute.«
Er streckte seine derbe Hand aus, feierlich schüttelten sie einander über dem Instrumentenbrett die Hände. »Gut, mein Kind, wie du willst«, sagte er und brachte sie zum Hotel, ohne ein Wort zu sagen. Sie blieb lange auf der Veranda sitzen, betrachtete den Septembermond und kam sich elend vor.
Als sie ein paar Tage später wegfuhr, brachte Joe sie zum Bahnhof. Mama hatte eine wichtige Ausschußsitzung, und Papa mußte im Krankenhaus sein. Als sie sich mit einem Händedruck voneinander verabschiedeten, klopfte er ihr mehrere Male nervös auf die Schulter und schluckte, aber er sprach nicht mehr von der Verlobung. Mary atmete auf.
Im Zuge las sie Ernest Pooles *The Harbor* und noch einmal

Upton Sinlcairs *Jungle*, nachts in ihrem Pullmanbett war sie viel zu aufgeregt, um einschlafen zu können, sie hörte die Räder über die Schienen rattern, das Geklapper der Kreuzungen, das ferne, spukhafte Heulen der Lokomotive, sie erinnerte sich an die aufgedonnerten Weiber, die sich auf der Damentoilette großtaten und sie vom Spiegel wegschubsten, an die feisten Geschäftsleute, die in ihren Kojen schnarchten, sie dachte an die viele Arbeit, die zu leisten sein würde, um Zustände zu schaffen, wie sie sein sollten, sie dachte an die soziale Lage, die Elendsquartiere, die Baracken mit schmutzigen, baufälligen Aborten, die Kinder der Grubenarbeiter in viel zu großen schmierigen Jacken, die abgehetzten Frauen, über den Herd gebeugt, die Jugend, die in Abendkursen um eine höhere Bildung kämpft, Hunger, Erwerbslosigkeit und Suff, die Polizei, die Advokaten, die Richter, die stets darauf aus sind, den Schwachen eins auszuwischen. Wenn man nur den Leuten in den Pullmanwagen klarmachen könnte, wie die Dinge liegen. Wenn sie ihr Leben opferte, so wie Papa sich Tag und Nacht seinen Patienten widmete, würde sie vielleicht genauso viel ausrichten können wie Miss Addams in Chicago...
Sie konnte es nicht erwarten. Sie hielt es in ihrem Bett nicht aus. Sie stand auf, saß mit klingenden Ohren in dem leeren Waschraum, versuchte *The Promise of American Life* zu lesen. Sie las ein paar Seiten, aber sie konnte den Sinn der Worte nicht erfassen. Die Gedanken jagten ihr durch den Kopf wie die Wolkenfetzen, die zu Hause durch den Paß und über die dunklen Gebirge wallten. Sie begann zu frieren und zu frösteln und kehrte in ihr Bett zurück.
Auf der Fahrt durch Chicago ersuchte sie plötzlich den Chauffeur, zum *Hull House* zu fahren. Sie wollte Miss Addams berichten, was in ihr vorging. Aber als das Taxi mitten in dem wohlbekannten Elendsjammer der South Halstead Street hielt und sie zwei Bekannte erblickte, die sich unter dem Steinportal miteinander unterhielten, verlor sie den Mut und befahl dem Chauffeur, zum Bahnhof weiterzufahren.
In Vassar schien diesen Winter alles schiefzugehen. Ada hatte begonnen, sich für Musik zu erwärmen, sie lernte

Geige spielen und hatte nichts anderes im Kopf, als nach New York zu fahren und Konzerte zu hören. Sie behauptete, in Dr. Muck vom Bostoner Symphonieorchester verliebt zu sein, und wollte sich nicht mehr über den Krieg, über Sozialprobleme oder dergleichen unterhalten.
Die Vorlesung, die sie in diesem Winter am meisten faszinierte, war G. H. Barrows Vorlesung über *Die Friedensverheißung*. Er war ein hochgewachsener, hagerer Mann mit einem grauen Haarschopf, roten Wangen, einem vorstehenden Adamsapfel und leuchtenden Augen, die dazu neigten, ein wenig aus den Höhlen zu treten. Er stotterte leicht und hatte am Katheder eine warme, vertrauliche Art. Mary fand ihn so nett, daß sie sich einbildete, er müsse Arbeiter gewesen sein. Er hatte rote knorrige Hände mit langen Fingern, ging mit sehnigen langen Schritten auf und nieder, nahm unaufhörlich seine Hornbrille ab und setzte sie wieder auf. Nach der Vorlesung kam er zu Mr. Hardwick, Mrs. Hardwick servierte Limonade und Kakao und belegte Brote, die Mädchen umringten ihn und stellten tausend Fragen. Er war schüchterner als am Katheder, aber er äußerte sich in schönen Wendungen über das Vertrauen der Arbeiterklasse zu Woodrow Wilson, sagte, daß die Arbeiterklasse die Erhaltung des Friedens fordere und daß die mexikanische Revolution (er war soeben in Mexiko gewesen und hatte dort allerlei Abenteuer erlebt) nur ein Anfang sei. Überall in der Welt würde die Arbeiterklasse nun auf die Beine kommen und mit den üblen Zuständen aufräumen, welche die alte Gesellschaftsordnung geschaffen hat – nicht mit Gewalt, sondern durch friedliche Maßnahmen, Wilsonsche Methoden. Als Mary an diesem Abend zu Bett ging, fühlte sie immer noch das eifrig flehende, nervöse Zittern, das zuweilen Mr. Barrows Stimme befiel. Sie hatte das wilde Verlangen, dem stickigen Hochschulbetrieb zu entrinnen und in die weite Welt hinauszukommen. Nie war ihr die Zeit so langsam vergangen wie in diesem Winter.
An einem regnerischen Februartag kehrte sie in ihr Zimmer zurück, um die nassen Überschuhe zu wechseln, da fand sie unter der Tür ein gelbes Telegramm: KOMM EINE WEILE NACH HAUS MUTTER NICHT GANZ GESUND. Unterzeichnet:

Papa. Sie machte sich große Sorgen, freute sich jedoch über den Vorwand, die Universität zu verlassen. Sie nahm eine Menge Bücher mit, konnte aber im Zug nicht lesen. Da saß sie auf dem allzu heißen grünen Plüsch des Pullmanwagens, ein Buch auf den Knien, betrachtete die flachen, schneebedeckten, von kahlem Akaziendickicht umgebenen Felder, die Reklametafeln, die Baracken, die blinden Ziegelfassaden der Läden an den neuangelegten Betonstraßen, die Orte mit ihren rußgeschwärzten, baufälligen Fachwerkhäusern, langsam verwandelten sich die Baracken, die Scheunen, die Aborte, während der Zug durch den Mittelwesten rollte, und sie dachte an nichts.

Papa holte sie von der Bahn ab. Sein Anzug sah noch verdrückter aus als sonst, an seinem Mantel fehlte ein Knopf. Wenn er lächelte, war sein Gesicht voller neuer, kleiner, feiner Fältchen. Seine Augen waren rot umrändert, als hätte er nächtelang nicht geschlafen.

»Es ist alles in Ordnung, Mary«, sagte er. »Ich hätte nicht telegraphieren sollen... reiner Egoismus... der alte Mann fühlt sich einsam.« Er nahm dem Träger ihren Koffer ab, und während sie den Bahnhof verließen, redete er weiter. »Deiner Mutter geht es gut... Ich habe sie durchgebracht... Ein Glück, daß ich erfuhr, daß sie krank war. Noch einen Tag länger, und der verdammte Hotelarzt hätte sie umgebracht. Mit der spanischen Grippe ist nicht zu spaßen.«

»Ist es schlimm hier, Papa?«

»Sehr schlimm... Sei vorsichtig, damit du dich nicht ansteckst... Steig ein, ich fahre dich hin.« Er warf den Motor des verrosteten Tourenwagens an und deutete auf den Vordersitz. »Du weißt, wie deine arme Mama über den Alkohol denkt... Tja, ich habe sie vier Tage lang unter Alkohol gesetzt.«

Er stieg neben ihr ein, fuhr los, schwatzte unterwegs weiter. Nach dem staubig stickigen Plüschgeruch des Schlafwagens war die eisige Kälte erfrischend. »Sie war so nett wie noch nie. Bei Gott, fast hätte ich mich wieder in sie verliebt... Du mußt aufpassen, daß sie nicht zu viel tut, wenn sie aufsteht... du kennst sie ja... Bei dieser Krankheit sind es die Rückfälle, die einen umbringen.«

Mary war plötzlich froh. Das kahle Geäst der Bäume, rosa, gelb und rot, reckte sich ins Blau über den breiten, stillen Straßen. Auf den Rasenflächen lagen gefrorene Schneehäufchen. Der Himmel war unendlich hoch und von gelbem Sonnenschein erfüllt. Die Härchen in ihrer Nase erstarrten vor Kälte.
Draußen im *Broadmoor lag* Mama in ihrem Bett, in ihrem netten, sonnigen Zimmer, über dem Nachtgewand hatte sie eine rote Bettjacke an und auf dem ordentlich frisierten schwarzen Haar ein Spitzenhäubchen. Sie sah blaß aus, aber so jung und hübsch und gewissermaßen dumm, daß Mary eine Sekunde lang das Gefühl hatte, sie und Papa seien die Erwachsenen und Mama ihre Tochter. Sofort begann Mama unbeschwert über den Krieg zu reden, über die Deutschen und über den U-Bootkrieg, und was Mr. Wilson sich wohl einbilde, daß er nicht diesen Mexikanern eine gründliche Lehre erteile. Wäre Mr. Hughes gewählt worden, würde es sicherlich anders aussehen, ja, bestimmt sei er rechtmäßig gewählt worden, aber die Demokraten hätten mit Hilfe irgendwelcher Machenschaften das Wahlergebnis gefälscht. Und dieser schreckliche Bryan mache das Land zum Gespött der Menschheit. »Mein liebes Kind, ich sage dir, Bryan ist ein Verräter, man müßte ihn an die Wand stellen.« Papa sah Mary lächelnd an, zuckte die Achseln und entfernte sich mit den Worten: »Bleib nun schön im Bett, Hilda – und bitte, keine alkoholischen Exzesse.«
Als Papa gegangen war, fing Mama plötzlich zu weinen an. Und als Mary sie fragte, was los sei, wollte sie nicht mit der Sprache heraus. »Ich glaube, es ist die Influenza, daß ich so wirr im Kopf bin«, sagte sie. »Ach mein Kind, ich habe es nur unserem Herrgott zu verdanken, daß ich noch lebe.«
Mary brachte es nicht fertig, den ganzen Tag zuzuhören, wie ihre Mutter sich über die Frage der Kriegsbereitschaft ausließ, ihr wurde davon übel. Deshalb fuhr sie am nächsten Morgen in Papas Praxis, um zu sehen, ob sie ihn für einen Augenblick lang erwischen könne. Das Wartezimmer war proppenvoll. Als sie einen Blick ins Ordinationszimmer warf, sah sie sofort, daß er die ganze Nacht nicht geschlafen hatte. Es stellte sich heraus, daß Miss Hylan am Tage zuvor krank geworden war. Mary wollte sie vertreten, aber Papa

war dagegen. »Unsinn«, sagte Mary. »Am Telephon sitzen und ›Praxis‹ sagen kann ich genausogut wie diese schreckliche Miss Hylan.« Schließlich gab er ihr eine Gesichtsmaske, und sie durfte bleiben.

Nachdem sie den letzten Patienten abgefertigt hatten, gingen sie in die Imbißstube hinüber, um einen Bissen zu essen. Es war drei Uhr. »Geh jetzt zu deiner Mutter«, sagte er. »Ich muß meine Runde machen. Sie sterben mir weg wie die Fliegen. So etwas habe ich noch nicht erlebt.«

»Ich werde zuerst auf dem Schreibtisch Ordnung machen«, sagte Mary energisch.

»Wenn jemand anruft und glaubt, es sei Grippe, sag, der Kranke muß sofort ins Bett gebracht werden. Die Füße mit einer Wärmflasche warm halten. Viel Stimulansmittel geben. Es hat keinen Zweck, sich an ein Krankenhaus zu wenden, im Umkreis von hundert Meilen ist kein einziges Bett frei.«

Mary kehrte in die Praxis zurück und setzte sich an den Schreibtisch. Es schienen unheimlich viel neue Patienten hinzugekommen zu sein. Am letzten Tage waren Miss Hylan die Karteikarten ausgegangen, und sie hatte die Namen auf einem Block verzeichnet. Es waren lauter Grippefälle. Unaufhörlich klingelte das Telephon. Marys Finger wurden kalt, und sie zitterte am ganzen Leibe, wenn sie die ängstlichen Männer- und Frauenstimmen nach Dr. French fragen hörte. Es wurde fünf, bevor sie wegkam. Sie fuhr mit der Straßenbahn zum *Broadmoor*.

Es gab ihr einen Stich, als sie im Kasino die Kapelle zum Tanztee spielen hörte, als sie die bunten Lichter sah, als sie die stille Wärme des Foyers und die sauber luxuriöse Atmosphäre im Zimmer ihrer Mutter verspürte. Mama war recht verdrossen und sagte, was habe es für einen Zweck, daß ihre Tochter nach Hause käme, wenn sie sie dermaßen vernachlässige. »Ich mußte etwas für Papa besorgen« – das war alles, was Mary antwortete. Mama äußerte sich des langen und breiten über ihre Bemühungen, Frauen deutscher Abstammung aus dem Dienstaglunchkreis hinauszuekeln. Das ging während des ganzen Abendessens so weiter. Nach dem Essen spielten sie Karten, bis Mama schläfrig zu werden begann.

Am nächsten Tag erklärte Mama, sie fühle sich hervorragend, sie wolle aufstehen und im Sessel sitzen. Mary versuchte Papa telephonisch zu erreichen, um ihn zu fragen, ob er einverstanden sei, aber die Praxis antwortete nicht. Da fiel ihr ein, daß sie versprochen hatte, um neun Uhr dort zu sein, und sie fuhr schnell in die Stadt. Bevor Papa kam, wurde es elf, und das Wartezimmer war voller Patienten. Er hatte sich offenbar soeben rasieren lassen, aber er sah todmüde aus. »Ach, Papa, du hast bestimmt nicht geschlafen.« – »Doch, ich habe mich für zwei Stunden im Zimmer eines Krankenhausarztes hingelegt. Vorige Nacht sind uns einige Patienten gestorben.«
Die ganze Woche saß Mary am Schreibtisch in Papas Wartezimmer, beantwortete mit der Maske vor dem Mund die telephonischen Anrufe, sagte den ängstlichen, hochroten Männern und Frauen, die da im Zimmer umhersaßen und fühlten, wie der Rücken weh zu tun begann, der Doktor würde gleich kommen. Um fünf Uhr machte sie Feierabend, fuhr ins Hotel, um Abendbrot zu essen und ihrer Mutter zuzuhören, aber für Papa fing die Arbeit erst richtig an. Sie bemühte sich sehr, ihn jede zweite Nacht ins Bett zu jagen. »Wie soll ich das machen? McGuthrie liegt auf der Nase, ich muß auch seine Patienten behandeln... Diese verdammte Epidemie kann doch nicht ewig dauern... Sowie sie ein wenig nachläßt, fahren wir für zehn Tage an die Küste. Was meinst du?« Er hatte einen kurzen Husten und graue Striche unter den Augen, aber er beteuerte, er sei zäh und fühle sich glänzend.
Am Sonntagmorgen kam sie erst spät in die Stadt, da sie mit Mama in die Kirche hatte gehen müssen, und Papa hockte schlummernd in einem Sessel. Als sie hereinkam, sprang er mit schuldbewußter Miene auf, und sie sah, daß sein Gesicht stark gerötet war. »Ihr seid wohl in der Kirche gewesen, du und deine Mutter?« sagte er mit seltsam rauher Stimme. »Tja, ich muß mich an die Arbeit machen.« Als er, den weichen Filzhut tief in die Stirn gedrückt, zur Tür hinausging, fuhr Mary der Gedanke durch den Kopf, daß er getrunken haben mochte.
An diesem Sonntag schien es nicht sonderlich viele Anrufe

zu geben, deshalb ging sie rechtzeitig nach Hause, um am Nachmittag mit ihrer Mutter auszufahren. Mrs. French fühlte sich wohl und sprach davon, daß es nächsten Herbst für Mary an der Zeit sei, ihr Debut in der Gesellschaft zu machen. »Schließlich bist du es deinen Eltern schuldig, ihnen ihre Position zu wahren, mein Kind.« Wenn Mary solche Redensarten hörte, drehte sich ihr der Magen um. Als sie ins Hotel zurückkehrten, sagte sie, sie sei müde, ging in ihr Zimmer, legte sich aufs Bett und las *Die Theorie der besitzenden Klasse*.

Bevor sie am nächsten Morgen das Hotel verließ, schrieb sie einen Brief an Miss Addams, erzählte ihr von der Grippeepidemie und schrieb, da es in der Welt soviel Elend gebe, bringe sie es ganz einfach nicht fertig, auf die Universität zurückzukehren; ob sie ihr nicht im *Hull House* Arbeit verschaffen könne. Sie müsse das Gefühl haben, etwas Ordentliches zu leisten. Als sie mit der Straßenbahn in die Innenstadt fuhr, fühlte sie sich ausgeruht und war froh, daß sie einen Entschluß gefaßt hatte. An den Straßenenden waren die Berge zu sehen, weiß wie Zuckerhüte im hellen Wintersonnenschein. Sie hätte Lust gehabt, mit Joe Denny einen Ausflug zu machen. Als sie den Schlüssel in die Tür der Praxis steckte, stieg ihr der Karbol- und Jodgeruch in die Nase. Papas Hut und Mantel hingen an dem Kleiderständer. Komisch, sie hatte seinen Wagen draußen nicht gesehen. Die Milchglastür zu dem Konsultationszimmer war zu. Sie klopfte. »Papa!« rief sie. Keine Antwort. Sie stieß die Tür auf. Oh, er schlief. Er lag auf der Couch, die Autodecke über den Knien. Der Gedanke schoß ihr durch den Kopf, wie schrecklich es sein würde, wenn er total betrunken wäre. Auf Zehenspitzen ging sie zu ihm hin. Sein Kopf lag zwischen Kissen und Wand gezwängt. Sein Mund stand offen. Das Gesicht, mit grauen Bartstoppeln bedeckt, war verzerrt und gedunsen, die Augen waren geöffnet. Er war tot.

Mary ging ganz ruhig ans Telephon und rief im Bereitschaftskrankenhaus an, um mitzuteilen, Dr. French habe einen Zusammenbruch erlitten. Sie saß noch am Apparat, da hörte sie draußen die Glocke des Krankenwagens. Ein Hilfsarzt in weißem Kittel kam herein. Sie mußte wohl ohnmächtig geworden sein, denn nachher erinnerte sie sich nur, daß man sie mit einem großen Wagen ins *Broadmoor* gebracht hatte. Sie ging sogleich auf ihr Zimmer und sperrte sich ein. Sie legte sich aufs Bett und begann zu weinen. Irgendwann im Laufe der Nacht rief sie im Zimmer ihrer Mutter an. »Bitte, Mama, ich will niemand sehen. Ich will auch nicht beim Begräbnis mit dabeisein. Ich will sofort an die Universität zurück.«

Mama machte ein schreckliches Theater, aber Mary hörte gar nicht hin, und am nächsten Morgen gab Mama ihr hundert Dollar und ließ sie ziehen. Sie konnte sich nicht erinnern, ob sie ihrer Mutter beim Abschied einen Kuß gegeben hatte oder nicht. Sie fuhr allein zum Bahnhof und saß zwei Stunden lang im Wartesaal, weil der Zug Verspätung hatte. Sie empfand nichts. Alles erschien ihr in ungewöhnlich lebhaften Farben, der helle Wintertag, die scharfumrissenen Gesichter der Reisenden im Wartesaal, die Umschläge der Illustrierten am Zeitungsstand. Dann kam der Träger sie holen. Sie saß im Pullmanwagen und blickte auf den Schnee hinaus, auf das gelbe Gras, die roten Felsen, die Drahtzäune, die Viehhürden, die längs des Schienenstranges grau und gelblich aus dem Schnee ragten, die Wassertanks, die kleinen Bahnhöfe, die Getreidesilos, die rotbackigen Eisenbahner mit ihren Ohrenschützern und Handschuhen. Als sie frühmorgens kurz vor Chicago durch das Industrieviertel fuhren, betrachtete sie durchs Fenster die Männer, junge Männer, alte Männer, die mit ihren blechernen Stullendosen, mit geröteten Wangen und von der Morgenkälte verzerrten Gesichtern auf den überfüllten Bahnsteigen warteten, um zur Arbeit zu fahren. Sorgfältig betrachtete sie ihre Gesichter, studierte ihre Gesichter. Mit diesen Leuten würde sie bald näher bekannt werden, weil sie die Absicht hatte, in Chicago zu bleiben, statt auf die Hochschule zurückzukehren.

Das Kamera-Auge 45

Der schmale gelbe Raum strotzt von Geschwätz unter der niedrigen Decke krause Zigarettenrauchranken knüpfen blaue und blasse runde Schleifen hinter den Ohren unter den Krempen der Frauenhüte schelmische Mienen wechselndes Lippenspiel Ponies aus der Stirn geworfen und die schlauen Ich-weiß-Bescheid-Runzeln rund um die Augen alle gestriegelt gescheuert getrimmt geschrappt mit Hilfe des Lippenstifts des Wangenrots der Rasiercreme der Klingen in ein bestimmtes vielsagendes Muster gepreßt

diese Frau mit der warmen Stimme geht hin und her gurgelndes Lachen und den Kopf ein wenig zurückgeworfen und verteilt mit spöttischer Miene die Rollen in dem Fünf-Uhr-Drama

jeder Mensch sein eigenes Zettelfach

die Persönlichkeit oberhalb des Gesichtes ist sorgfältig anzupassen

um die Identifizierung zu erleichtern steckt sie jedem von uns ein Abzeichen an

vielen Dank aber warum mir? Hemmungen? Allerdings leben-Sie-wohl

der alte braune Hut treu wartend auf dem Stuhle neben der Tür schnell geschnappt

und draußen verebben die klirrenden Cocktailstimmen

selbst in diesem ziemlich alten Ziegelwohnhaus mit grüner Farbe orangeroten Kerzen zart gefärbter Tünche bohemisiert

führen die Treppen auf und ab

durch ein Foyer mit Klingelknöpfen mit Namen die unbekannte Schicksale Wirrungen heraufbeschwören

in die regnerische Straße mit zwei Fahrbahnen wo die Taxis schlittern schlackerige Schritte planschen Lichter schimmern auf der Rundung einer feuchten Wange zwei frischroten Lippen einem wettergebräunten Nacken einer knor-

rigen schmutzigen Hand in den blutunterlaufenen Augen eines Greises
Straße mit zwei Fahrbahnen zu der Ecke der tosenden Avenue wo im Rieselgesang des Regens und dem Lärm die vier Windrichtungen
(das Salzige in uns allen Ozean das Protoplasma das durch die Zellen pulst wachsend sich teilend aufsprießend in milliardenfache Vielgestalt noch nicht registriert noch nicht getauft
immer schlüpfen sie dir durch die Finger
die proteischen zahllosen Geschicke)
den Kompaß groggy schlagen...

MARY FRENCH

Mehrere Wochen lang hatte die Ankündigung eines Vortrages Mary Frenchs Blick gefesselt, sooft sie an der Anschlagtafel im *Hull House* vorüberhuschte: 15. Mai – G. H. Barrow: Europa – Wiederaufbauprobleme der Nachkriegszeit. Der Name erweckte unklare Erinnerungen, aber erst als sie ihn den Vorlesungssaal betreten sah, fiel ihr ein, daß das der nette, hagere, rotwangige Dozent war, der in jenem Winter in Vassar davon gesprochen hatte, die Arbeiterklasse würde den Eintritt in den Krieg verhindern. Es war dieselbe aufrichtige, zaudernde Stimme, die manchmal am Anfang eines Satzes ein wenig stotterte, dieselbe unformelle Art, im Saal auf und ab zu gehen und mit übereinandergeschlagenen Beinen auf dem Tisch neben dem Wasserkrug zu sitzen. Bei dem darauffolgenden Empfang ließ sie mit keinem Wort verlauten, daß sie ihm schon einmal begegnet war. Als sie einander vorgestellt wurden, konnte sie ihm einige Informationen geben; er wollte wissen, was für Aussichten demobilisierte Soldaten hatten, im Bereich der Stadt Chicago Arbeit zu finden. Am nächsten Morgen geriet Mary French ganz außer sich, da sie ans Telephon gerufen wurde und Mr. Barrows Stimme sie fragte, ob sie ihm am Nachmittag eine Stunde widmen könne. Washington habe ihn gebeten, einem bestimmten Büro gewisse inoffizielle Informationen zu beschaffen. »Sehen Sie, ich habe mir gedacht, Sie würden vielleicht in der Lage sein, mir die wirklichen Fakten zu liefern, da Sie täglich mit dem Mann auf der Straße zu tun haben.« Sie sagte, aber gewiß, mit allergrößtem Vergnügen, und er sagte, ob sie sich nicht um fünf im Foyer des Auditoriums treffen könnten.

Um vier war sie in ihrem Zimmer, kräuselte ihr Haar, überlegte, was sie anziehen solle, versuchte sich schlüssig zu werden, ob sie die Brille aufsetzen oder zu Hause lassen solle. Mr. Barrow war ein so netter Mann.

Sie hatten ein höchst interessantes Gespräch über die Lage auf dem Arbeitsmarkt, die gar nicht sehr rosig aussah, und als Mr. Barrow sie einlud, mit ihm in einem kleinen italienischen Lokal am Loop zu Abend zu essen, sagte sie ohne Zögern ja, obwohl sie, seit sie nach dem Tode ihres Vaters vor drei Jahren Colorado Springs verlassen hatte, mit keinem Manne mehr ausgewesen war. Sie hatte das Gefühl, seit Jahren mit Mr. Barrow bekannt zu sein.
Trotzdem war sie ein wenig erstaunt über das Lokal, in das er sie führte, eine recht ordinäre Budike mit Sägespänen auf dem Fußboden, und darüber, daß dort Alkohol ausgeschenkt wurde und daß er von ihr erwartete, sie würde einen Cocktail trinken. Er selbst trank mehrere Cocktails und bestellte Rotwein. Sie lehnte die Cocktails ab, trank aber einen Schluck Wein, um nicht altmodisch zu wirken. »Ich gebe zu«, sagte er, »daß ich in dem Alter bin, da ich etwas trinken muß, um mir die Arbeit aus dem Kopf zu schlagen und mich zu entspannen... Das war drüben so wunderbar – daß man zum Essen Wein bekam... Dort verstehen die Menschen zu leben.«
Nachdem sie ihre Spumoni gegessen hatten, bestellte Mr. Barrow für sich einen Kognak, sie trank den bitteren schwarzen Kaffee, und sie saßen in dem muffigen, lärmenden Restaurant, das nach Knoblauch, saurem Wein, nach Tomatensauce und Sägespänen roch, und vergaßen die Zeit und plauderten. Sie sagte, sie betätige sich nur deshalb als Fürsorgerin, um mit der Wirklichkeit Kontakt zu halten, jetzt aber fühle sie sich eingesperrt und so institutionsmäßig, daß sie sich oft frage, ob sie nicht besser daran getan hätte, sich wie so viele ihrer Altersgenossinnen der Europamission des Roten Kreuzes oder dem Wiederaufbauwerk der Quäker anzuschließen, aber der Krieg sei ihr dermaßen verhaßt, daß sie nicht einmal auf die friedlichste Weise mit dabeisein wollte. Wäre sie ein Mann gewesen, hätte sie den Kriegsdienst verweigert, davon sei sie überzeugt.
Mr. Barrow runzelte die Stirn und räusperte sich. »Natürlich nehme ich an, daß die Leute aufrichtig waren, aber sie haben einen großen Fehler begangen und ihr Los wahrscheinlich verdient.« – »Sind Sie wirklich dieser Meinung?« – »Ja,

meine liebe junge Dame, allerdings... Jetzt können wir verlangen, was wir wollen, niemand wagt uns etwas zu verweigern, bessere Löhne, den Gewerkschaftsbetrieb, den Achtstundentag. Aber es war schwer, sich mit alten Freunden zu verzanken... in gewissen Kreisen hat man meine Haltung gründlich mißverstanden...«

»Aber Sie können doch nicht mit diesen furchtbaren Gefängnisstrafen einverstanden sein.«

»Abschreckende Beispiele... Sie werden sehen, sowie die Aufregung sich gelegt hat, wird man sie freilassen... Jeden Tag wartet man auf Debs' Begnadigung.«

»Hoffentlich«, sagte Mary.

»Der arme Debs!« sagte Mr. Barrow. »Durch einen einzigen Mißgriff hat er sein Lebenswerk zerstört, aber er hat ein großes Herz, das größte Herz der Welt.« Dann erzählte er Mary, daß er selber in früheren Zeiten Eisenbahner gewesen sei, in der Frachtabteilung des Güterbahnhofs von South Chicago. Seine Gewerkschaftsabteilung hatte ihn zum Geschäftsführer ernannt, er war für den Eisenbahnerverband tätig gewesen, es war ihm schwergefallen, sich die nötigen Kenntnisse anzueignen, und plötzlich, eines schönen Tages in New York, wo er für den *Evening Globe* eine Artikelreihe schrieb, war er zu der Erkenntnis erwacht, daß es keine Frau in seinem Leben gab, daß er nichts von der Kunst des Lebens verstand, nichts von all den Dingen, die den Menschen dort drüben und heute auch den Mexikanern selbstverständlich erscheinen. Er hatte sich auf eine unkluge Weise verheiratet und eine peinliche Affäre mit einem Ballettmädchen gehabt, und fünf Jahre lang hatte eine Frau ihm das Leben zur Hölle gemacht, aber nun, da er das alles losgeworden sei, fühle er sich einsam, ein alternder Mann, der sich etwas Solideres wünsche als die kleinen, flüchtigen Bekanntschaften, die ein Mann auf seinen beruflichen Reisen nach Mexiko, Italien, Frankreich und England macht, kleine internationale Zwischenfälle nannte er sie mit einem schiefen Lächeln, im Augenblick ganz nett, aber doch nur Schall und Rauch. Natürlich halte er nichts von der bürgerlichen Moral, aber er suche bei den Frauen Verständnis und innige Freundschaft.

Wenn er sprach, wurde zuweilen in der breiten Zahnlücke des Oberkiefers seine Zungenspitze sichtbar. Sie glaubte in seinen Augen zu lesen, wie sehr er gelitten hatte. »Natürlich halte auch ich nichts von Konventionsehen«, sagte Mary. Dann legte er los, sie sei so frisch, so jung, so lebenshungrig, so reizend, so sehr gerade das, was ihm in seinem Leben fehle, seine Zunge fing an, ein wenig schwer zu werden; Mary hielt es für angebracht, ins *Hull House* zurückzukehren, weil sie sehr früh aufstehen mußte. Als er sie mit einem Taxi nach Haus brachte, drückte sie sich in den äußersten Winkel des Fonds, aber er benahm sich tadellos, obwohl er beim Gutenachtsagen ein wenig zu torkeln schien.

Nach diesem Abendessen wurde ihr die Arbeit im *Hull House* immer mehr zu einer beschwerlichen Routine, zumal George Barrow, der sich auf einer Vortragsreise befand, um die Politik des Präsidenten zu verteidigen, ihr allwöchentlich mehrere Briefe schrieb. Sie antwortete mit humoristischen Briefchen, machte sich über die alten Jungfern im *Hull House* lustig und schrieb, sie spüre es in allen Knochen, daß sie sehr bald auch von hier ihren Abgang nehmen würde, genau wie seinerzeit von Vassar. Ihre Bekannten im *Hull House* stellten fest, wie hübsch sie geworden sei, seit sie sich Locken drehte.

Ihren Urlaub im Juni hatte Mary mit den Cohns am Michigansee verbringen wollen, aber als es so weit war, beschloß sie, einen entscheidenden Schritt zu tun. Sie fuhr mit der *Northland* nach Cleveland hinüber und ließ sich in der *Eureka Cafeteria* in der Lakeside Avenue in der Nähe des Bahnhofs als Schankkellnerin anstellen.

Es war recht finster. Der Geschäftsführer war ein fetter Grieche, der die Mädchen in den Hintern kniff, wenn er an ihnen vorbeikam. Die Mädchen schminkten sich und waren gemein zu Mary, standen kichernd beisammen und unterhielten sich über ihre Kavaliere oder rissen zotige Witze mit den Aushilfskellnern. Nachts hatte sie stechende Schmerzen im Rist, weil sie den ganzen Tag auf den Füßen war, es drehte sich alles in ihrem Kopfe von den vielen Gesichtern, den fragenden Mäulern, den forschenden Augen, die in der

Hochbetriebszeit wie die Perlen einer Kette an ihr vorbeizuckten. Nachts in dem klapprigen Messingbett in dem großen, aus gelben Ziegeln gebauten Fremdenheim, das ein junges Mädchen auf dem Schiff ihr empfohlen hatte, konnte sie weder einschlafen noch den Geruch nach kaltem Fett und schmutzigem Geschirr aus der Nase wegkriegen, angstvoll und einsam lag sie da, hörte, wie hinter den Zwischenwänden die übrigen Mieter sich bewegten, ins Badezimmer stapften, die Korridortüren zuknallten.

Nachdem sie zwei Wochen in der Cafeteria gearbeitet hatte, stellte sie fest, es sei nicht mehr auszuhalten, deshalb kündigte sie und bezog ein Zimmer im Heim der *Vereinigung christlicher junger Mädchen*. Als man hörte, sie sei im *Hull House* beschäftigt gewesen, war man sehr nett zu ihr, man zeigte ihr eine Liste freier Stellen im Fürsorgewesen, um die sie sich bewerben könne, aber sie lehnte ab; sie wollte endlich einmal in der Industrie tätig sein, und sie fuhr mit der Bahn nach Pittsburgh, wo sie eine Bekannte hatte, eine Hilfsbibliothekarin am Carnegie-Institut.

An einem Sommerabend kam sie in Pittsburgh an. Als der Zug über die Brücke fuhr, sah sie den Schein der tief stehenden Sonne rosa und orangerot auf dem Gewirr metallischer Rauchschwaden blühen, über der Schornsteinwildnis rings um die riesigen Wellblech- und Stahlträgergebäude am Flußufer. Gleich darauf kam sie aus dem Waggon in das bräunliche Halbdunkel des Bahnhofes, der Griff ihres Koffers schnitt ihr in die Finger ein. Von einer schmutzigen Telephonzelle aus rief sie ihre Bekannte an. »Mary French – das ist aber nett!« sagte Lois Speyers komisch glucksende Stimme. »Ich werde Ihnen hier gleich bei Mrs. Gansemeyer ein Zimmer beschaffen, kommen Sie zum Abendessen her. Es ist eine Pension, Sie werden ja sehen... Aber ich kann mir nicht vorstellen, daß jemand auf den Gedanken kommen sollte, seinen Urlaub in Pittsburgh zu verbringen.« Mary merkte, daß sie in der Telephonzelle rot und nervös wurde. »Ich will einmal etwas anderes sehen als das Übliche, das man als Fürsorgerin zu sehen bekommt.«

»Na ja, ich freue mich schrecklich, daß ich jemand habe, mit dem ich reden kann, hoffentlich bedeutet es nicht, daß Sie

den Verstand verloren haben. Wissen Sie, bei den Hochöfen stellt man keine Akademikerinnen an.«
»Ich bin keine Akademikerin«, schrie Mary in den Hörer, und sie fühlte, wie ihr beinahe die Tränen kamen, »ich bin nicht besser als jedes beliebige Arbeitermädchen... Sie hätten mich in der Cafeteria in Cleveland sehen sollen.« – »Na schön, kommen Sie her, liebe Mary, ich werde Ihnen etwas zum Essen aufheben.« Es war eine lange Fahrt mit der Straßenbahn. Pittsburgh machte wirklich einen finsteren Eindruck.
Am nächsten Tag suchte sie die Personalbüros verschiedener Stahlfirmen auf. Wenn sie sagte, sie sei Fürsorgerin gewesen, sah man sie recht sonderbar an. Nichts zu machen, momentan würden keine Bürokräfte oder Sekretärinnen gebraucht. Tagelang studierte sie die Zeitungen und beantwortete Arbeitsmarktannoncen.
Lois Speyer lachte nicht schlecht auf ihre langnäsige, sarkastische Art, als Mary schließlich eine Stellung als Berichterstatterin annehmen mußte, die Lois ihr verschafft hatte, da Lois die junge Dame kannte, welche die Gesellschaftsnachrichten für den *Times-Sentinel* schrieb.
Als der Pittsburgher Sommer sich in den August hinschleppte, heiß und stickig vom Kohlengas und den würgenden Dünsten der Hochöfen und Walzwerke, die das verräucherte Y verstopften, dort, wo die schmalen Flußtäler zusammenstoßen, war in der Redaktion die Rede davon, rote Agitatoren seien in die Betriebe eingedrungen. Oft sah man einen gewissen Mr. Gorman, von dem es hieß, er sei einer der leitenden Männer des Shermandienstes, eine Zigarre im Zimmer des Chefredakteurs rauchen. Die Spalten des Blattes begannen sich mit Nachrichten über Unruhen in fremden Ländern, über die russischen Bolschewisten, über die Nationalisierung der Frauen, über die Niederlage Lenins und Trotzkis zu füllen.
Dann, eines Nachmittags, Anfang September, ließ Mr. Healy Mary in sein Privatbüro rufen und bat sie, Platz zu nehmen. Als er hinging und die Tür fest zumachte, dachte Mary eine Sekunde lang, er wolle ihr mit unzüchtigen Anträgen kommen, statt dessen sagte er in seiner väterlichsten,

müden Art: »Miss French, ich habe einen Auftrag für Sie, den Sie nicht übernehmen sollen, wenn Sie nicht wirklich Lust dazu haben. Ich habe selber eine Tochter, und ich hoffe, sie wird einmal zu einem netten, einfachen, guterzogenen Menschen heranwachsen, der Ihnen gleicht. Mein Ehrenwort, wenn ich den Auftrag für entwürdigend hielte, würde ich ihn Ihnen nicht anbieten – das wissen Sie. Wir sind ein Familienblatt im strengsten Sinne des Wortes – die Sensationen überlassen wir unseren Konkurrenten... Sehen Sie, nie passiert eine Notiz meinen Schreibtisch, ohne daß ich an meine Frau und an meine Tochter denke, ob es mir recht wäre, wenn sie sie zu lesen bekämen.«

Ted Healy war ein großer, rundlicher, schwarzhaariger Mann mit rollenden, grauen Augen, Dorschaugen. »Worum handelt es sich?« fragte Mary interessiert; sie bildete sich ein, es müsse mit dem weißen Sklavenhandel zu tun haben. – »Tja, diese verdammten roten Agitatoren – Sie wissen, daß die Herrschaften alles daransetzen, um einen Streik zu entfachen... Nun haben sie in der Stadt ein Propagandabüro eröffnet. Ich traue mich nicht, einen meiner Leute hinzuschicken – es könnte Unannehmlichkeiten geben, diese Gorillas sind zu allem fähig –, und ich möchte nicht gern auf der ersten Seite einen toten Reporter haben... Aber wenn ich Sie hinschicke... Sie sind ja keine richtige Journalistin, sondern Fürsorgerin, Sie möchten gern beide Parteien hören... Einem netten, unschuldig aussehenden jungen Mädchen kann nichts passieren... Ich will genau wissen, was die Herrschaften vorhaben – aus welcher Gegend Rußlands sie stammen und vor allem, wie sie nach den Staaten gekommen sind... wo das Geld herkommt... Strafakten und so weiter, Sie verstehen mich schon... Beschaffen Sie möglichst viel Material. Das gibt einen prachtvollen Sonntagsartikel.«

»Ich interessiere mich sehr für innerbetriebliche Fragen... Der Auftrag ist wunderbar... Aber, Mr. Healy, sind die Zustände in den Betrieben nicht ziemlich übel?«

Mr. Healy sprang auf und begann auf und ab zu gehen. »Darüber bin ich genau informiert... Dieses Ausländerpack verdient mehr denn je, sie kaufen sich Aktien, Waschmaschinen, Seidenstrümpfe für die Weiber, und sie schicken ihren Eltern Geld. Während unsere Söhne in den Schützengräben ihr Leben riskieren, besetzen sie sämtliche guten Stellungen, und die meisten sind noch dazu feindliche Ausländer. Das einzige, was sie nicht kaufen können, ist die Grütze im Kopf. Und da haken die Agitatoren ein. Sie sprechen ihre Sprache und setzen ihnen alle möglichen Flöhe ins Ohr: Sie brauchten nur die Arbeit einzustellen, dann könnten sie das ganze Land in Besitz nehmen, unser Land, das wir aufgebaut und zum größten Land der Welt gemacht haben... Ich sage nichts gegen die armen Teufel in den Betrieben, es sind ganz einfach unwissende Menschen. Aber diese Roten, die unsere Gastfreundschaft in Anspruch nehmen und dann herumgehen und ihre teuflische Propaganda verbreiten... Mein Gott, wenn sie es aufrichtig meinten, könnte ich ihnen verzeihen, aber sie haben es wie alle anderen nur auf das Geld abgesehen. Wir besitzen schlagende Beweise dafür, daß sie von russischen Kommunisten bezahlt werden, mit Geld und Juwelen, die man drüben gestohlen hat; und damit geben sie sich noch nicht einmal zufrieden, sie knöpfen noch außerdem diesen armen, unwissenden Kerls ihre sauer verdienten Groschen ab... Na, ich kann nur sagen, eine Kugel ist zu schade für sie.« Ted Healy war rot im Gesicht. Ein junger Bursche mit grünem Augenschirm kam mit einem großen Stoß Konzeptpapier hereingestürzt. Mary French erhob sich. »Ich gehe gleich los, Mr. Healy«, sagte sie.

Sie stieg an der falschen Ecke aus und stolperte über das holprige Trottoir einer breiten, steilen, mit Katzenköpfen gepflasterten Straße, vorbei an kleinen Galanteriewarenläden, Friseurgeschäften und italienischen Spaghettistuben. Ein böiger Wind wirbelte den Staub, wirbelte Müll und alte Zeitungen auf. Vor einem ungestrichenen Haustor standen zu dritt und zu viert fremdländisch aussehende Männer beisammen und unterhielten sich leise miteinander. Bevor sie sich entschließen konnte, die lange, schmale, steile, schmutzige Treppe hinaufzugehen, betrachtete sie eine volle Minute lang das Schaufenster eines Photoateliers, die kolorierten und vergrößerten Porträts der Babies mit allzu

rosigen Bäckchen, die Familiengruppen und die stocksteifen Brautpaare. Oben blieb sie in dem unaufgeräumten Korridor stehen. Aus den Räumen zu beiden Seiten waren Schreibmaschinen und debattierende Stimmen zu hören. Im Halbdunkel stieß sie mit einem jungen Mann zusammen.
»Hallo!« sagte er mit einer barschen Stimme, die ihr gefiel.
»Sind Sie die Dame aus New York?«
»Nein, ich komme aus Colorado.«
»Es sollte eine Dame aus New York kommen und uns helfen. Ich dachte, vielleicht sind Sie es.«
»Ich bin gekommen, um Ihnen zu helfen.«
»Treten Sie ein. Mein Name ist Moscowsky, ich bin hier nur eine Art Laufbursche.« Er öffnete eine der geschlossenen Türen und führte sie in ein kleines, staubiges, mit Papierstößen vollgepfropftes Bürozimmer, das fast völlig von einem großen, mit Zeitungsausschnitten beladenen Tisch ausgefüllt war, an dem zwei bebrillte junge Männer in Hemdsärmeln saßen. »Das sind die eigentlichen Macher.« Während sie sich mit den beiden anderen unterhielt, konnte sie den Blick nicht von ihm wenden. Er hatte kurzgestutztes blondes Haar und hellblaue Augen, und in seinem billigen, an den Ellbogen und Knien blankgescheuerten Sergeanzug sah er wie ein großer junger Bär aus. Die jungen Männer am Tische beantworteten ihre Fragen so höflich, daß sie nicht umhinkonnte, ihnen zu sagen, sie sei beauftragt, Stoff für einen Artikel im *Times-Sentinel* zu sammeln. Sie lachten sich halb tot. »Aber Mr. Healy wünscht sich ein richtiges Bild zu machen, ein gerechtes und allseitiges Bild. Er ist überzeugt, die Leute in den Betrieben seien irregeführt worden.« Nun mußte auch sie lachen. – »Gus«, sagte der ältere von den beiden, »führ die junge Dame herum, damit sie etwas zu sehen bekommt... Wer weiß, vielleicht ist Ted Healy verrückt geworden. Hier sehen Sie erst einmal, was Ted Healys Freunde mit Fanny Sellers gemacht haben.« Sie konnte das Photo nicht ansehen, das er ihr unter die Nase hielt. – »Was hatte sie denn angestellt?« – »Sie wollte die Arbeiter organisieren, und das ist das schlimmste Verbrechen, das man im Lande des Herrn begehen kann.«
Sie atmete auf, als sie auf die Straße hinauskam, sie beschleu-

nigte ihre Schritte, während Gus Moscowsky lächelnd neben ihr herstapfte. »Na, zuerst werde ich Ihnen zeigen, wie man von zweiundvierzig Cent pro Stunde lebt. Schade, daß Sie nicht Polnisch können. Ich bin Pole.« – »Aber Sie sind wohl hier geboren?« – »Sicher. Ich habe das Abitur gemacht. Wenn ich genügend Geld zusammenkratzen kann, will ich auf der technischen Hochschule Ingenieurwissenschaften studieren... Ich weiß nicht, warum ich mich mit diesen verdammten Polacken abgebe.« Dabei sah er ihr fest ins Gesicht und lächelte. Sie erwiderte sein Lächeln. »Ich weiß, warum«, sagte sie. Als sie um eine Ecke bogen und an einer Schar zerlumpter Kinder vorbeikamen, die Lehmkuchen buken, deutete er mit dem Ellbogen auf sie: blasse, schwammige, schmutzige kleine Geschöpfe mit Säcken unter den Augen. Mary blickte weg, aber sie hatte sie gesehen, genauso wie sie das Photo der Toten mit dem eingeschlagenen Schädel gesehen hatte. »Eine kleine Kostprobe aus dem Kloakenviertel des Landes mit den unbegrenzten Möglichkeiten«, sagte Gus Moscowsky tief in der Kehle.

Als sie spätabends an der nächsten Ecke bei Mrs. Gansemeyer aus der Straßenbahn stieg, zitterten ihr die Beine, und das Kreuz tat ihr weh. Sie ging sofort auf ihr Zimmer und kroch schnell ins Bett. Sie war zu müde, um zu essen oder aufzusitzen und sich Lois Speyers sarkastische Tratschgeschichten anzuhören. Sie konnte nicht einschlafen. Sie lag in dem durchgesackten Bett, lauschte auf die Stimmen der Mieter, die sich unten auf der Veranda schaukelten, auf das Geheul der Lokomotiven, das Geratter der verschiebenden Güterwaggons im tiefen Tale, wieder sah sie die formlosen, zerrissenen Schuhe vor sich, die über schmutzigen Schürzen gefalteten, abgearbeiteten Hände, den scharfen, ängstlichen Blick in den schwarzen Knopfaugen der Frauen, wieder fühlte sie unter den Füßen das Schwanken der verrückten Treppen, die im Zickzack über die Hügel laufen, Hügel so schwarz und kahl wie Schlackenhalden, wo die Stahlarbeiter in wirr durcheinandergewürfelten Baracken und langen, schwarzen Reihen rauchzerfressener Schindelhäuser hausten, in der Nase spürte sie noch den Gestank der wackeligen Aborte, der Küchen mit ihren Kohltöpfen, der kochenden Wäsche, den ungewaschenen Kindern, den zum Trocknen aufgehängten Windeln. Sie schlief unruhig, wachte immer wieder auf, und wenn sie aufwachte, hatte sie Gus Moscowskys warme, kräftige Stimme im Kopf und in den Gliedern ein Kribbeln, wenn sie ihn zu spüren glaubte, hart, flaumig, junger Bär, wenn sein Arm den ihren streifte oder er seine breite Pfote ausstreckte, um ihr über eine Stelle wegzuhelfen, wo der Brettersteig durchgebrochen war und sie Gefahr lief, in der losen Tonerde auszugleiten. Als sie dann richtig einschlief, träumte sie weiter von ihm. Sie wachte früh auf und freute sich, weil sie ihn gleich nach dem Frühstück wiedertreffen sollte.

Am Nachmittag kehrte sie in die Redaktion zurück, um ihren Artikel zu schreiben. Getreu den Anweisungen Ted Healys berichtete sie die Wahrheit über die jungen Leute, die das Propagandabüro leiteten. Keiner stammte aus einer Gegend, die Rußland näher benachbart war als Canarsie auf Long Island. Sie versuchte, beide Standpunkte zu schildern und betonte sogar, möglicherweise seien sie »irregeleitet«.

Etwa eine Minute, nachdem sie den Artikel zu dem Redakteur der Sonntagsausgabe hineingeschickt hatte, wurde sie in die Lokalredaktion beordert. Ted Healy hatte sich einen grünen Augenschirm umgeschnallt und saß über einem Berg von Bürstenabzügen. Mary sah ihr Manuskript auf einem Stoß von Papieren unter seinem Ellbogen liegen. Jemand hatte mit Rotstift quer über den oberen Rand gekritzelt: *Das mir? Warum?*... »Na ja, meine liebe junge Dame«, sagte Healy, ohne aufzublicken, »Sie haben einen erstklassigen Propagandaartikel für die *Nation* oder sonst ein salonkommunistisches Blättchen in New York geschrieben, aber was zum Teufel bilden Sie sich ein, was *wir* damit anfangen sollen. Wir sind hier in Pittsburgh.« Er stand auf und reichte ihr die Hand. »Adieu, Miss French, es tut mir leid, daß ich Sie nicht verwenden kann. Sie sind eine sehr gescheite Person – und gescheite Journalisten sind selten... Ich habe die Anweisung an die Kasse geschickt...« Bevor Mary French zu Atem kommen konnte, stand sie auf der Straße mit einem extra Wochengehalt in der Börse, und das war schließlich und endlich recht anständig von dem alten Ted Healy.

Als Mary French an diesem Abend Lois Speyer mitteilte, sie sei geflogen, sah Lois entgeistert drein, aber als Mary hinzufügte, sie sei hingegangen und habe sich als Propagandistin der Stahlarbeitergewerkschaft anstellen lassen, brach Lois in Tränen aus. »Ich habe gleich gesagt, Sie sind verrückt geworden, und ich habe recht behalten... Jetzt muß entweder ich hier wegziehen – oder Sie... Und wir können nicht mehr so miteinander verkehren wie bisher...« – »Das ist doch lächerlich, Lois.« – »Mein liebes Kind, Sie kennen Pittsburgh nicht. Mir sind diese streikenden Hungerleider Wurst, aber ich darf absolut nicht meine Stellung verlieren... Sie wissen, ich muß unbedingt Geld nach Hause schicken... Ach, jetzt fing es gerade an, lustig zu werden, und da müssen Sie hingehen und alles verderben.«

»Wenn Sie das gesehen hätten, was ich gesehen habe, würden Sie anders reden«, sagte Mary French kalt. Von jetzt an waren sie nicht mehr sehr befreundet.

Gus Moscowsky besorgte ihr ein Zimmer mit schweren Spitzengardinen vor den Fenstern im Hause eines polnischen Ladenbesitzers, der ein Vetter seines Vaters war. Wenn sie bis in den späten Abend hinein gearbeitet hatten, eskortierte er sie feierlich nach Hause, und sie arbeiteten stets bis in die Nacht hinein.

Noch nie in ihrem Leben hatte Mary French so hart geschuftet. Sie verfaßte Kommuniqués, sammelte statistische Angaben über die Tbc, unterernährte Kinder, die sanitären Zustände, die Kriminalität, fuhr mit Überlandstraßenbahnen und langsamen Lokalzügen nach Rankin, nach Braddock, Homestead und Bessemer und sogar bis Youngstown und Steubenville und Gary, stenographierte mit, wenn Foster und Fitzpatrick ihre Reden hielten, sah zu, wie Versammlungen gesprengt wurden und die Staatspolizei mit ihren grauen Uniformen in geschlossenen Reihen durch die ungepflasterten Gäßchen des Betriebsgeländes vorrückte, Männer und Frauen mit ihren Knüppeln verprügelte, Kinder mit Fußtritten aus dem Weg jagte, alte Männer von den Verandastufen vertrieb. »Und wenn man bedenkt«, sagte

Gus, »daß diese Schweinehunde meistens selber lausige Polacken sind! Sieht das nicht den Polacken ähnlich?«
Sie interviewte New Yorker Zeitungsleute, versuchte stundenlang die Vertreter der großen Nachrichtenagenturen zu beschwatzen und es dahin zu bringen, daß sie die ungeschminkten Fakten berichteten, verbesserte die Grammatik in den englischsprachigen Flugblättern. Bevor sie es recht gemerkt hatte, war der Herbst verflogen. Die Gewerkschaft konnte ihr gerade nur die notwendigen Ausgaben vergüten, ihre Garderobe befand sich in einem schrecklichen Zustand, ihr Haar war nicht mehr gelockt, nachts konnte sie nicht schlafen, weil sie sich immerzu an die furchtbaren Dinge erinnern mußte, die sie miterlebt hatte, an die Verhaftungen, die blutig geschlagenen Köpfe, die Zerstörung im Wohnzimmer einer Arbeiterfamilie, das Sofa aufgeschlitzt, die Stühle zerbrochen, der Porzellanschrank mit einer Axt in Stücke gehauen, nachdem die Staatspolizei nach »Literatur« gesucht hatte. Wenn sie sich morgens hastig anzog und ihr Gesicht in dem grüngefleckten, goldgerahmten Spiegel über dem Waschbecken betrachtete, erkannte sie sich kaum wieder. Sie sah hager und verzweifelt aus. Sie sah selber schon fast wie eine Streikende aus.
Sie erkannte sich auch dann kaum wieder, wenn Gus' Stimme ihr einen kalten Schauder über den Rücken jagte oder wenn es davon abhing, wie oft er ihr beim Sprechen zulächelte, ob sie sich an diesem Tage gut oder schlecht fühlte; es schien ihr so ganz und gar nicht ähnlich zu sehen, daß sie, sowie sie den Kopf ein wenig frei hatte, sich vorzustellen begann, wie er sich ihr näherte, die Arme um sie legte, seine Lippen, seine großen harten Hände... Wenn dieses Gefühl sie beschlich, mußte sie die Augen schließen, und es wurde ihr ganz schwindlig. Dann zwang sie sich, die Augen aufzutun und wild draufloszutippen, und nach einer Weile war ihr Kopf wieder kühl und klar.
An dem Tage, an dem Mary French sich selber zum ersten Male eingestehen mußte, daß die gut bezahlten Arbeiter nicht in den Streik treten und die schlecht bezahlten ihren Streik verlieren würden, wagte sie Gus, als er sie abholen kam, kaum ins Gesicht zu sehen. Als sie wortlos die Straße

entlanggingen, begann plötzlich in der Gegend der Hochöfen der Nebel sich rot zu färben. »Da geht es los«, sagte Gus. Der Widerschein wurde immer stärker, erst rosa, dann orangerot. Mary nickte stumm. »Was soll man machen, wenn die Kumpels nicht solidarisch sind. Jeder dieser verdammten Ausländer hält die anderen für Pack, und die geborenen Amerikaner halten alle für Pack, außer mir und Ihnen. Es ist noch nicht lange her, da haben in diesem Land nur Ausländer gelebt. Du lieber Gott, ich weiß wirklich nicht, warum ich mich mit den Kerls abgebe.«

»Gus, was machen Sie, wenn wir den Streik verlieren? Ich meine, Sie persönlich?«

»Ich stehe auf sämtlichen schwarzen Listen. Das bedeutet, daß ich in der Metallindustrie keine Arbeit mehr bekommen kann, und wenn ich der letzte Mohikaner wäre... Weiß der Teufel! Wahrscheinlich werde ich mich unter falschem Namen zur Marine melden. Es heißt, bei der Marine läßt sich was Ordentliches lernen.«

»Wir sollten gar nicht darüber reden... Ich weiß auch nicht, was ich anfangen werde.«

»Sie können überall als Journalistin unterkommen... Wenn ich bloß auch so gebildet wäre... Sicher werden Sie froh sein, dieses schmutzige Gesindel loszuwerden...«

»Das ist die Arbeiterklasse, Gus.«

»Sicher. Wenn wir nur mehr Grütze in unseren Dickschädeln hätten... Wissen Sie, ich habe einen leiblichen Bruder, der bis zum heutigen Tag Streikbrecherarbeit macht.«

»Wahrscheinlich hat er für eine Frau und eine Familie zu sorgen.«

»Ich würde ihm schon die Sorgen austreiben, wenn ich ihn zu fassen kriegte. Ein klassenbewußter Arbeiter hat nicht das Recht, sich Frau und Kinder anzuschaffen.«

»Vielleicht hat er ein Mädchen...« Die Stimme versagte ihr. Während sie auf dem holperigen Pflaster neben ihm herging, klopfte ihr das Herz so heftig, daß sie befürchtete, er würde es hören.

»Mädchen in Hülle und Fülle.« Gus lachte. »Die Polinnen sind schnell bei der Hand. Das ist das einzig Gute.«

»Wenn ich nur auch...« hörte Mary sich sagen.

»Also – gute Nacht. Schlafen Sie schön, Sie sehen ganz erschöpft aus.« Er hatte ihr einen Klaps auf die Schulter gegeben, kehrtgemacht und war mit seinen langen, schlenkernden Schritten davonspaziert. Sie stand vor ihrer Haustür. Als sie in ihr Zimmer kam, warf sie sich aufs Bett und heulte.

Mehrere Wochen später wurde Gus Moscowsky bei der Flugblattverteilung in Braddock verhaftet. Sie war mit dabei, als er vor den Friedensrichter kam, in dem schmutzigen Gerichtssaal, der von grauuniformierten Staatspolizisten wimmelte, und zu fünf Jahren verurteilt wurde. Den Arm trug er in der Schlinge, und die hellblonden Stoppeln auf seinem Hinterkopf waren mit Blut verkrustet. Sie begegnete dem Blick seiner blauen Augen, er lächelte ihr zu und winkte munter mit seiner breiten Pfote. »So steht es also!« knurrte eine Stimme neben ihr. »Na, den Schwanz wirst du lange nicht mehr zu sehen kriegen.«

Links und rechts von ihr saß ein stämmiger, graugekleideter Staatspolizist. Sie führten sie aus dem Gerichtssaal und marschierten mit ihr zu der Haltestelle der Überlandstraßenbahn. Sie sagte kein Wort, aber sie konnte die Tränen nicht zurückhalten. Sie hatte nicht gewußt, daß Männer so zu Frauen reden können. »Na, los, mach schon, wir beide sind doppelt soviel wert wie dieser Kerl ... Was bist du dumm, für einen solchen Scheißer die Beine breit zu machen.«

Endlich kam die Bahn nach Pittsburgh, sie entließen sie mit einer Warnung, sie möge sich hier nur ja nicht mehr blicken lassen, sonst würden sie sie als Straßenhure hoppnehmen. Als die Bahn losfuhr, sah sie, wie sie weggingen und einander lachend auf die Schulter klopften. Sie saß zusammengekauert auf ihrem Platz ganz hinten im Wagen, der Magen drehte sich ihr um, sie preßte die Lippen zusammen. Im Büro sagte sie nur, die Kosaken hätten sie aus dem Gerichtssaal abgeschleppt.

Als sie erfuhr, George Barrow sei mit der Untersuchungskommission des Senats in der Stadt, ging sie sogleich zu ihm hin. Sie wartete im Foyer des *Schanley* auf ihn. Der stille Winterabend war ein einziger schwarzer Eisblock. Sie fror in ihrem dünnen Mantel. Sie war todmüde. Es kam ihr vor, als hätte sie seit Wochen nicht geschlafen. In der großen Hotelhalle war es warm, durch die dünnen Papiersohlen spürte sie die dicke Wolle des Teppichs. In einem der Hotelräume mußte eine Bridgepartie stattgefunden haben, weil unaufhörlich kleine Grüppchen gutgekleideter älterer Damen, die sie an ihre Mutter erinnerten, durch die Halle spazierten. Sie sank in einen tiefen Sessel neben einem Heizkörper und begann sofort einzudösen.

»Armes, kleines Kind, ich sehe, Sie haben sich plagen müssen ... Ich kann mir denken, daß das nicht so leicht ist wie die Fürsorgearbeit.« Sie machte die Augen auf. George hatte einen pelzgefütterten Mantel an mit einem Pelzkragen, aus dem sein magerer Hals und sein längliches, knubbeliges Gesicht komisch wie der Kopf eines Marabus hervorstachen. »Oh, Mr. Barrow – George...« Er nahm ihre Hand in seine Linke und tätschelte sie sanft mit seiner Rechten. »Jetzt weiß ich, wie es in den vordersten Schützengräben aussieht«, sagte sie und mußte über seinen komischen, freundlichen Anblick lachen. – »Sie lachen über meinen Pelzmantel ... Es würde der Gewerkschaft nichts nützen, wenn ich mir eine Lungenentzündung holte, oder wie?... Warum haben Sie keinen warmen Mantel? ... Süße, kleine Mary French ... Just die Person, die ich treffen wollte... Haben Sie etwas dagegen, zu mir auf mein Zimmer zu kommen? Ich möchte nicht hier mit Ihnen reden, es hören zu viele Ohren da.«

Droben in dem viereckigen Zimmer mit den rosa Gardinen und dem rosa Lampenschirm half er ihr aus dem Mantel. Stirnrunzelnd stand er da und wog ihn in der Hand. »Sie brauchen einen warmen Mantel«, sagte er. Nachdem er bei dem Zimmerkellner Tee für Mary bestellt hatte, ließ er demonstrativ die Tür zum Korridor offenstehen. Sie setzten sich einander gegenüber an ein kleines Tischchen neben dem Fußende des Bettes, das mit Zeitungen und maschinenbeschriebenen Blättern übersät war. »Na ja, na ja, na ja«, sagte er. »Für einen einsamen alten Knacker wie mich ist das ein großes Vergnügen. Hätten Sie Lust, mit dem Herrn Senator zu speisen? ... Damit Sie sehen, wie die andere Hälfte lebt...«

Sie plauderten und plauderten. Ab und zu schmuggelte er ein paar Tropfen Whisky in ihren Tee. Er war sehr lieb, sagte, er sei überzeugt, sobald der Streik vorüber sei, würden sämtliche Verhafteten freigelassen werden, und der Streik sei so gut wie erledigt. Er sei soeben in Youngstown gewesen und habe mit Fitzpatrick gesprochen. Er glaube ihn so ziemlich davon überzeugt zu haben, daß jetzt nichts anderes übrigbleibe, als die Leute in die Betriebe zurückzuführen. Richter Gary habe ihm persönlich zugesichert, niemand würde gemaßregelt werden, und die Fachleute beschäftigten sich bereits mit dem Problem des Achtstundentages. Sowie die technischen Schwierigkeiten bewältigt seien, würde das Leben der Stahlarbeiter ein ganz anderes Gesicht bekommen und sich radikal zum Besseren wenden. Und dann machte er Mary French auf der Stelle den Vorschlag, seine bezahlte Sekretärin zu werden. Er sagte, ihre praktischen Erfahrungen, ihre Vertrautheit mit den Zuständen würden ihm eine unschätzbare Hilfe sein in seinem Bestreben, die Gesetzgebung zu beeinflussen. Wenn die gewaltige Anstrengung der schlechtbezahlten Stahlarbeiter nicht im Sande verlaufen sollte, müsse sie ihren gesetzgeberischen Niederschlag finden. Das Schwergewicht des Kampfes verlagere sich jetzt nach Washington. Er habe das Gefühl, die Zeit im Senat sei herangereift. Sie sagte, sie sei vor allem dem Streikkomitee verpflichtet. »Aber mein liebes gutes Kind«, sagte George Barrow und tätschelte sanft ihren Handrücken, »in ein paar Tagen wird es kein Streikkomitee mehr geben.«
Der Senator war ein Südstaatler mit stahlgrauem Haar und weißen Gamaschen; als er ins Zimmer kam, sah er Mary French an, als befürchte er, sie würde ihm eine Bombe unter die mächtige Wölbung seiner buttergelben Weste schieben, aber seine väterliche, respektvolle, kavaliermäßige Blumen-für-die-Damen-Manier wirkte beruhigend. Sie ließen das Essen auf Georges Zimmer kommen. Der Senator neckte George in gemächlichen, schwerfälligen Tönen mit seinen gefährlichen Beziehungen zu den Bolschewisten. Sie hatten eine Menge Whisky verdrückt, und die verräucherte Luft in Georges Zimmer roch beträchtlich

nach Alkohol. Als sie wegging, um ins Büro zu fahren, hörte sie, wie die beiden davon sprachen, sich eine Varietévorstellung anzusehen.

Die Leute im Hauptquartier des Streikkomitees sahen verdrossen und erschöpft aus. Als sie von Barrows Angebot berichtete, riet man ihr, schnell zuzugreifen. Natürlich würde es großartig sein, wenn sie in Washington für die gemeinsame Sache kämpfte, außerdem würden sie ihr von jetzt an nicht einmal ihre Ausgaben vergüten können. Sie schrieb ihr Kommuniqué fertig und sagte mürrisch gute Nacht. Diese Nacht schlief sie besser als seit Wochen, obwohl auf dem ganzen Heimweg Gus Moscowskys blaue Augen sie verfolgten und der Anblick seines blutverkrusteten blonden Kopfes und das flotte Lächeln, mit dem er im Gerichtssaal ihrem Blick begegnet war. Sie war überzeugt, um die Freunde aus dem Gefängnis zu befreien, würde es das beste sein, wenn sie mit George nach Washington ginge.

Am nächsten Morgen, gleich in aller Frühe, rief George sie im Büro an und fragte sie, ob sie die Stellung annehmen wolle. Sie sagte zu. Er fragte, ob ihr fünfzig die Woche recht wären; vielleicht könnte er das Gehalt später auf fünfundsiebzig erhöhen. Sie sagte, so viel habe sie nie in ihrem Leben verdient. Er bat sie, sofort ins *Schanley* zu kommen, sie habe etwas Wichtiges für ihn zu besorgen. Als sie hinkam, erwartete er sie in der Halle mit einem Hundertdollarschein in der Hand.

»Ihre erste Aufgabe, mein süßes Kind, besteht darin, daß Sie sich einen warmen Mantel kaufen. Hier haben Sie zwei Wochenlöhne im voraus ... Wenn Sie sich gleich am ersten Tag eine tödliche Lungenentzündung holen, werden Sie mir keine große Hilfe sein.«

Im Salonwagen auf der Fahrt nach Washington übergab er ihr zwei große viereckige schwarze Koffer voller schriftlicher Zeugenaussagen. »Bilden Sie sich ja nicht ein, daß Sie bei mir nichts zu tun haben werden«, sagte er und fischte einen dicken Umschlag nach dem anderen hervor, voller enggeschriebener Stenogramme auf hauchdünnem Papier. »Ihre bisherige Arbeit war romantischer«, sagte er, einen Bleistift spitzend, »aber das hier ist auf lange Sicht nützlicher.«

»Wer weiß«, sagte Mary.

»Meine liebe Mary, Sie sind sehr jung – und sehr süß.« Er lehnte sich in seinen grünen Plüschsessel zurück und betrachtete sie lange mit seinen hervorstehenden Augen, während draußen die mit grünen Flechten gestreiften und von kahlen Ästen schwarz umrandeten, schneebedeckten Hügel vorbeiglitten. Dann platzte er mit der Frage heraus, ob es nicht lustig wäre, wenn sie gleich nach ihrer Ankunft in Washington heirateten. Sie schüttelte den Kopf und kehrte zu dem Problem der eingesperrten Streikkämpfer zurück, aber als sie ihm sagte, sie habe im Augenblick keine Lust zu heiraten, mußte sie lächeln. Er war so nett gewesen. Sie glaubte an ihm einen wirklichen Freund zu haben.

In Washington richtete sie sich eine kleine Wohnung in einem Hause in der H-Street ein, es gehörte einer demokratischen Beamtenfamilie, die anderswohin übersiedelte, und wurde billig weitervermietet. Oft kochte sie dort für George das Abendessen. Bisher hatte sie noch nie gekocht, außer gelegentlich in einem Ausflugslager, aber George war ein richtiger Fachmann, er verstand es, italienische Spaghetti, Chiliconcarne, Austernstew und echte französische Bouillabaisse zuzubereiten. Er besorgte Wein von der rumänischen Gesandtschaft, und nach langen Bürostunden pflegten sie gemütlich miteinander zu essen. Er hörte nicht auf, von der Liebe zu reden, und wie wichtig für den Mann und auch für die Frau ein gesundes Sexualleben sei, so daß sie ihn endlich ranließ. Er war so zärtlich und rücksichtsvoll, daß sie sich eine Zeitlang einbildete, ihn wirklich zu lieben. Er wußte mit Verhütungsmitteln Bescheid und war darin sehr nett, sehr humorvoll. Mit einem Manne zu schlafen, brachte keine so große Veränderung in ihr Leben, wie sie erwartet hatte.

An dem Tage nach Hardings Amtsübernahme kamen im Foyer des kleinen Gebäudes in der G-Street, in dem Georges Büro lag, zwei schäbig aussehende Männer in grauen Mützen an sie herangeschlurft. Der eine der beiden war Gus Moscowsky. Er hatte hohle Wangen, er sah müde und

schmutzig aus. »Hallo, Miss French«, sagte er. »Das ist mein jüngerer Bruder – nicht der Streikbrecher –, der da ist in Ordnung ... Sie sehen aber gut aus.« – »Oh, Gus, hat man Sie freigelassen!« Er nickte. »Neue Verhandlung, Urteile aufgehoben ... Aber ich kann Ihnen sagen, es ist nicht lustig im Kittchen.« Sie nahm sie in Georges Büro mit. »Mr. Barrow wird sicher gern aus erster Hand hören wollen, wie es den Stahlarbeitern geht.«
Gus machte eine Gebärde, als wolle er etwas von sich wegschieben. »Wir sind keine Stahlarbeiter, wir sind Stromer... Ihre Freunde, die Herren Senatoren, haben uns schön verkauft. Jeder arme Teufel, der sich auch nur ein einziges Mal mit einem Streikenden auf der Straße hat blicken lassen, steht auf der schwarzen Liste. Mein Alter hat seinen Arbeitsplatz zurückgekriegt, mit fünfzig Cent statt ein Dollar zehn, aber vorher mußte er beim Pfaffen die Bibel küssen und versprechen, nicht der Gewerkschaft beizutreten ... Eine Menge Leute reisen in die alte Heimat zurück. Ich und mein jüngerer Bruder, wir hauten ab, fuhren nach Baltimore, um auf einem Schiff unterzukommen, aber in den Häfen sind die Seeleute in Zehnerreihen angestellt ... Da dachten wir, wir wollen uns die Amtsübernahme anschauen und mal sehen, wie es den fetten Herren geht.«
Mary wollte ihnen etwas Geld aufdrängen, aber sie schüttelten die Köpfe und sagten: »Wir brauchen keine Almosen, wir sind arbeitsfähig.« Sie wollten gerade gehen, da kam George herein. Er schien über die Begegnung nicht sehr erfreut zu sein und begann, ihnen einen Vortrag über die Frage der Gewaltanwendung zu halten. Wenn die Streikenden nicht mit Gewaltmaßnahmen gedroht und sich von einem Haufen bolschewistischer Agitatoren hätten irreleiten lassen, hätten die Männer, die von innen her über eine Beilegung verhandelten, viel bessere Bedingungen herausschlagen können. »Ich will mich nicht mit Ihnen streiten, Mr. Barrow. Wahrscheinlich halten Sie Pater Kazinski für einen roten Hund und sind überzeugt, Fanny Sellers hat einem Staatspolizisten den Schädel eingeschlagen. Und da behaupten Sie noch, daß Sie auf der Seite der Arbeiter stehen.«

Mary warf ein: »George, sogar der Senatsausschuß gibt zu, daß vor allem die Sheriffs und die Staatspolizei Gewalt angewendet haben. Schließlich habe ich es selber miterlebt.«

»Natürlich, liebe Freunde ... Ich weiß, was ihr durchzumachen habt ... Ich bin kein Wortführer des Stahltrusts ... Aber, liebe Mary, ich möchte diesen jungen Leuten klarmachen, daß in solchen Dingen oft der Arbeiter selber sein schlimmster Feind ist.«

»Wie man es auch nimmt, der Arbeiter wird beschissen«, sagte Gus, »und ich weiß nicht, wer ihn mehr bescheißt, seine Freunde oder seine Feinde ... Tja, jetzt müssen wir uns auf die Socken machen.«

»Liebe Freunde, es tut mir leid, daß ich so viele dringende Sachen zu erledigen habe. Ich hätte gern gehört, was ihr erlebt habt. Vielleicht ein andermal ...« sagte George und setzte sich an seinen Schreibtisch.

Als sie weggingen, begleitete Mary French sie zur Tür und flüsterte Gus zu: »Und was ist mit der technischen Hochschule?« Seine Augen sahen nicht mehr so blau aus wie damals, bevor er ins Gefängnis kam. »Na ja, was schon?« sagte er, ohne sie anzusehen, und machte leise die Milchglastür hinter sich zu.

Als sie an diesem Abend zu Tisch saßen, stand Mary plötzlich auf und sagte: »George, wir sind für den Verrat an den Stahlarbeitern genauso verantwortlich wie alle anderen.«

»Unsinn, Mary, schuld sind die Führer, die den unrichtigen Angenblick gewählt haben und sich dann von den Unternehmern alle möglichen verrückten Revolutionsideen andichten ließen. Sowie die organisierten Arbeiter sich in die Politik einmischen, verbrennen sie sich die Finger. Das weiß Gompers. Wir alle haben uns um sie bemüht.«

Mary French begann im Zimmer auf und ab zu gehen. Plötzlich packte sie eine bittere, unwiderstehliche Wut. »Genauso haben die Leute in Colorado Springs gesprochen. Da kann ich ebensogut zu meiner Mutter zurückkehren und mit dem Klingelbeutel herumlaufen. Das würde immer noch besser sein, als von Arbeitergroschen zu leben.«

Sie ging auf und ab. Er blieb ruhig am Tisch sitzen,

den sie so sorgfältig mit Blumen und einem weißen Tischtuch geschmückt hatte, er trank seinen Wein in kleinen Schlückchen und strich zuerst ein wenig Butter und dann ein Stückchen Roquefort auf die Kante eines Keks, biß ab, dann wieder etwas Butter und ein wenig Käse, langsam kaute er drauflos. Sie spürte, wie der Blick seiner hervorstehenden Augen über ihren Körper wanderte. »Wir sind lauter Sozialbetrüger!« schrie sie ihm ins Gesicht und lief ins Schlafzimmer.

Immer noch kauend, beugte er sich über sie und klopfte ihr auf die Schulter. »Wie kann man so boshaft sein ... Du darfst nicht hysterisch werden, mein Kind ... Das ist nicht der erste Streik, der schiefgegangen ist ... Auch diesmal hat etwas dabei herausgeschaut. Überall haben die anständigen Menschen sich über die rücksichtslose Brutalität der Stahlbarone empört. Das wird einen gewissen Einfluß auf die Gesetzgebung haben ... Steh auf und trink ein Glas Wein ... Also, Mary, warum heiraten wir nicht? Es ist doch dumm, so zu leben. Ich habe ein wenig Geld angelegt. Neulich habe ich in Georgetown ein hübsches kleines Haus gesehen, das zu verkaufen ist. Die Preise fallen, jetzt ist der richtige Zeitpunkt, ein Haus zu kaufen ... Überall werden Beamte entlassen ... Schließlich bin ich in dem Alter, da man berechtigt ist, Frau und Kinder zu haben ... Ich will nicht warten, bis es zu spät ist.«

Mary setzte sich schluchzend auf. »Ach, George, du hast noch soviel Zeit ... Ich weiß nicht, warum ich einen Abscheu vor dem Heiraten habe ... Heute finde ich alles abscheulich.« – »Armes, kleines Kind, wahrscheinlich rückt wieder deine Zeit heran«, sagte George und küßte sie auf die Stirn. Nachdem er sich in sein Hotel begeben hatte, beschloß sie, für eine Weile nach Colorado Springs zu gehen und ihre Mutter zu besuchen. Dann würde sie sich um eine journalistische Anstellung bemühen.

Bevor sie sich nach dem Westen aufmachen konnte, merkte sie, daß ein Monat vergangen war. Da packte sie die Angst, ein Kind zu kriegen. Sie wollte George nichts davon sagen, weil sie wußte, dann würde er darauf bestehen, sie zu heiraten. Sie konnte nicht warten. Und sie kannte keinen

Arzt, an den sie sich hätte wenden können. Eines Nachts ging sie in die Küche, steckte den Kopf in den Ofen und versuchte das Gas anzudrehen, aber es kam ihr so unbequem vor, und das Linoleum unter ihren Füßen war so kalt, sie ließ es sein und kehrte ins Bett zurück.
Am nächsten Tag bekam sie einen Brief von Ada Cohn, wie großartig es Ada in New York ergangen sei, wo sie eine entzückende Wohnung besitze und fleißig Violine übe und nächste Saison in der Carnegie Hall ein Konzert zu geben beabsichtige. Ohne den Brief zu Ende zu lesen, begann Mary French ihre Koffer zu packen. Sie kam rechtzeitig auf den Bahnhof, um den Zehnuhrzug nach New York zu erreichen. Vom Bahnhof aus schickte sie ein Telegramm an George: FREUNDIN ERKRANKT. MUSS NACH NEW YORK. BRIEF FOLGT.
Sie hatte an Ada telegraphiert, und Ada erwartete sie in New York auf der Pennsylvania Station. Sie sah schön und reich aus. Im Taxi sagte Mary, Ada müsse ihr das Geld für eine Abtreibung leihen. Ada fing zu weinen an, natürlich würde sie ihr das Geld leihen, aber an wen um Gottes willen solle sie sich wenden? Aufrichtig gesagt, würde sie es nicht wagen, Dr. Kirstein darum zu bitten, weil er eng mit ihren Eltern befreundet sei und sich schrecklich aufregen würde. »Ich will kein Kind haben«, murmelte Mary unaufhörlich, »ich will kein Kind haben.«
Ada hatte eine schöne Dreizimmerwohnung im hinteren Teil eines Hauses in der Madison Avenue mit einer hellen Tapete, einem riesigen Konzertflügel und massenhaft Blumen in Töpfen und Vasen. Dort aßen sie zusammen und gingen dann den ganzen Abend im Wohnzimmer auf und ab und versuchten nachzudenken. Ada setzte sich ans Klavier und spielte Bachpräludien, um, wie sie sagte, ihre Nerven zu beruhigen, aber sie war dermaßen aufgeregt, daß sie den Noten nicht folgen konnte. Schließlich schrieb Mary einen Eilbrief an George und fragte ihn um Rat. Am nächsten Abend bekam sie die Antwort. George war untröstlich, aber er legte die Adresse eines Arztes bei. Mary gab Ada den Brief zu lesen. »Ein reizender Brief. Ich kann ihm gar keine Vorwürfe machen. Er scheint ein feiner,

empfindsamer, edler Charakter zu sein.« – »Ich finde ihn abscheulich«, sagte Mary und bohrte die Nägel in die Handfläche. »Ich finde ihn abscheulich.«
Am nächsten Morgen ging sie ganz allein zu dem Arzt und ließ sich operieren. Nachher fuhr sie mit einem Taxi nach Hause und wurde von Ada zu Bett gebracht. Ada ging ihr schrecklich auf die Nerven, sie wanderte immerzu mit gerunzelter Stirn auf Zehenspitzen aus und ein. Nach ungefähr einer Woche stand Mary French auf. Sie schien wieder auf dem Posten zu sein und begann New York abzugrasen, um sich nach einer Stellung umzusehen.

Das Kamera-Auge 46

Durch die Straßen wandern und durch die Straßen wandern die Coca-Cola-Schilder fragen die Lucky-Strike-Reklamen die Preisschilder in den Ladenfenstern die belauschten Gesprächsfetzen die verstreuten Zeitungsschnitzel die gestrigen Schlagzeilen die aus den Mülleimern gucken
fragen   fragen
nach einer Ziffernreihe einer Handlungsformel einer Adresse die man nicht genau kennt und hat die Hausnummer vergessen die Straße mag in Brooklyn liegen ein Zug der irgendwohin fährt der Pfiff eines Dampfers im Ohr ein Stellenangebot mit Kreide ins Schaufenster einer Vermittlungsagentur hingekritzelt
tun   machen
es gibt noch andere Lebensweisheiten als verzweifelt durch die Straßen zu wandern beeile dich kleiner Mann
tu was   mach was
eine Rede die zu Taten spornt in dem überfüllten Saal nach dem Beifall das Schulterklopfen und Lächeln der anderen auf dem Podium das Scharren der Stühle die erwartungsvolle Stille die vereinzelten Huster während des ersten stotternden Versuches von der Leber weg zu reden schwere Sache nach einem treffenden Schlagwort angeln sie hören zu und dann klettert man mühelos von Phrase zu Phrase und zum Applaus empor (wenn nicht jemand in deinem Kopfe Lügner zu dir sagte und auf dem Union Square
damals als du auf der Kiste standest über die Gesichter gebeugt
eifrige Jugend starrsinniges Alter die Dreißigjährigen stumpf überarbeitet die Augen trübe vom Zeitungslesen versuch von der Leber weg zu reden bring sie zum Lachen
sag ihnen was sie gern hören wollen schwinge die Fahne
flüstert der Agitator in der Tiefe deines Herzens voller Gier nach Erfolg)

plötzlich stockst du beschämt wirst rot und der Schweiß bricht dir aus warum sagst du nicht diesen Menschen die im Winde mit den Füßen stampfen daß wir auf Treibsand stehen? daß der Teufel der Schleifstein des Wissens sei ist zu hart tut weh statt anzuspornen John D. Rockefeller bestreiken diesen Schweinehund wenn die Bullen dich verprügeln dient es dem Fortschritt des Menschengeschlechts während ich nach einem Gläschen und einer warmen Mahlzeit nach Haus gehe und Martials Epigramme lese (mit einiger Mühe im Bibliothekstrott) und über den Verlauf der Weltgeschichte nachdenke und durch welche Hebelkraft man die Unternehmer aus dem Sattel wuchten könnte um (auch ich Walt Whitman) unsere Märchenbuchdemokratie wieder ins Leben zu rufen

und unterdessen in meiner Tasche der Brief des Hochschulstudenten der mich ersucht ihm zu erklären warum die Radikalen obwohl sie wie er zugibt recht haben im Privatleben solche Scheißer sind

leg dich ins Bett kleiner Mann (schäle die Zwiebel des Zweifels) mit dem ungelesenen Buch in der Hand und wippe auf der Schaukel vielleicht trotz allem ein großer Mann

Geld verdienen

du verstehst was er gemeint hat der olle Knacker mit dem weißen Bart neben dem kristallenen Tintenfaß auf dem schön aufgeräumten blankpolierten Schreibtisch in dem nußholzgetäfelten Büro der olle Knacker in dessen Stimme sämtliche Pastoren deiner Kindheit dröhnen und das Hosianna falsch singender Frauenchöre schrillt

Was Sie da sagen ist richtig aber es gibt etwas das heißt Verkaufen   und ich habe Töchter   ich bin überzeugt Sie werden mit der Zeit auf andere Gedanken kommen

Geld verdienen

in New York (Lippenrot von den Lippen eines jungen Mädchens geküßt elegant gekleidet duftend um fünf Uhr nachmittags in einem Taxi das durch die Park Avenue jagt da am Ende jeder Querstraße der westliche Horizont goldgelb lodert und weißer Rauch aus den Schornsteinen der Dampfer wallt die den Hafen verlassen und der Himmel mit grünen Banknoten gefüttert ist

die Niethämmer sind verstummt die Lkws der Produzenten in die Seitenstraßen verwiesen
an jeder Ecke singen die Gewinne
knistern in der Zündung der Automotoren säuseln sanft auf Kugellagern glitzern im Lichterglanz tanzen in den Schaufenstern heulen in den Sirenen tuten in den Hupen der importierten blitzblanken Millionärautos
Dollars sind seidenweich in ihrem Haar in ihrem Kleide sprießen aus den kunstvoll hergerichteten Rosenblättern die du küssest werden beißend scharf und knastrig auf dem Silber und Porzellan stechend grell in den verbotenen Drinks der heimlichen Diele
peitschen den Lärm der Girlandenmusik stacheln das Lachen an zackig im Rhythmus der zappelnden Beine des schlurfenden Schunkelorchesters klirren hell im Gutenacht der Garderobiere)
wenn nicht . . . warum nicht? . . . durch die Straßen wandern sich auf dem Bette wälzen die Augen tränen weil du die spekulative Zwiebel des Zweifels schälst . . . wenn nicht jemand in deinem Kopfe . . . kleiner Mann? großer Mann? . . . (und auf dem Union Square)
Lügner zu dir sagen wollte . . .

ein Gottesdienst zum Gedächtnis des teuren Verblichenen, eine letzte halbe Stunde der Andacht und des Gedenkens an vollbrachte Leistungen und zerstörtes Werk, der Erinnerung an Freundschaft und Liebe, an das, was gewesen ist, und an das, was hätte sein können. Warum wollen Sie nicht diese letzte halbe Stunde richtig anwenden, warum nicht diesen letzten Gottesdienst so schön gestalten, wie das bei Frank E. Campbell in der Begräbniskapelle (unkonfessionell) zu haben ist...

Leiche im Sack aufgefischt

Chinatown, o mein Chinatown, in dem leisen Licht –
Herzen ohne Heimat
Finden die Heimat nicht

EIN SCHLAGANFALL BRINGT DAS ENDE

VOM SCHLAG GETROFFEN WÄHREND DIE FRAU IHM VORLIEST

Mrs. Harding las ihm mit leiser, beruhigender Stimme vor. Man hatte gehofft, er würde dabei einschlummern...

Ganz allein am Telephon –
Wird es endlich klingeln?

ZWEI FRAUENLEICHEN IM GEPÄCK DES MASSENMÖRDERS

ARBEITER MARSCHIEREN ZUM REICHSTAG

Verdunkelte Stadt

TAXIJAGD UM SELBSTMORD ZU VERHINDERN ENDET MIT FIASKO IM BELMONT

GENERAL PERSHING TANZT IN ARGENTINIEN TANGO

ZUG MIT HARDING KRIECHT FÜNFZIG MEILEN WEIT DURCH DAS MENSCHENWIMMELNDE CHICAGO

ARBEITSLOSES JUNGES MÄDCHEN NIMMT GIFT

Viele sehen Coolidge wenige hören ihn

Schau nur, die Susie –
Das ist die Susie –
Oh, oh, was für ein Mädel…

DIE KUNST UND ISADORA

In San Francisco, im Jahre achtzehnhundertachtundsiebzig, beschloß Mrs. Isadora O'Gorman Duncan, eine stolze Dame und interessierte Pianistin, sich von ihrem Gatten scheiden zu lassen, von dem prominenten Mr. Duncan, der sich, wie man uns zu verstehen gibt, äußerst gemein benommen hatte. Die ganze Geschichte machte sie dermaßen nervös, daß sie ihren Kindern erklärte, sie könne nichts im Magen behalten außer ein wenig Sekt und etlichen Austern. Inmitten der Bitterkeit und der Vorwürfe des Familienzwistes –

in einer Welt gasbeleuchteter Familienpensionen, die von zugrunde gerichteten Südstaatenschönheiten geführt wurden, in einer Welt der Eisenbahnmagnaten, der Drehtüren, der bärtigen Herren, die Gewürznelken kauen, um ihre Whiskyfahne zu vertuschen, in einer Welt der Messingspucknäpfe, der vierrädrigen Mietdroschken, der Schoßjacken und Turnüren und langen, berüschten Schleppkleider (in einer Welt, in der die Vortrags- und Konzertsäle unter der Herrschaft kultivierter Frauen die Zentren strebsamen Lebens waren)

gebar sie eine Tochter, die sie nach sich selber auf den Namen Isadora taufte.

Der Bruch mit Dr. Duncan und die Entlarvung seiner Doppelzüngigkeit verwandelten Mrs. Duncan in eine dogmatische Frauenrechtlerin und Atheistin, eine leidenschaftliche Anhängerin der Vorträge und Schriften Bob Ingersolls: Statt Gott lies Natur, statt Pflicht Schönheit, und nur der Mensch ist schlecht.

Mrs. Duncan mußte sich sehr plagen, um ihre Kinder in der Liebe zum Schönen und im Haß gegen Korsetts, Konventionen und die von Menschen geschaffenen Gesetze großzuziehen. Sie gab Klavierunterricht, fertigte Stickereien an, strickte Schals und Handschuhe.

Die Duncans waren stets verschuldet.
Nie war die Miete bezahlt.

Isadoras früheste Erinnerungen handelten von Schlächtern, Gemischtwarenhändlern und Hauswirten, denen man um den Bart geht, von kleinen Handarbeiten, die ihre Mutter angefertigt hat und mit denen man von Tür zu Tür hausiert –
von den Koffern, die man durch die Hinterfenster hinausreicht, wenn man die Miete nicht zahlen kann und bei Nacht und Nebel aus einer schäbig-vornehmen Pension nach der anderen (an der Peripherie von Oakland und San Francisco) türmt.
Die kleinen Duncans und ihre Mutter bildeten einen Klan: Hie die Duncans – dort die rohe, schmutzige Welt. Die Duncans waren weder Katholiken noch Quäker noch Baptisten – sie waren *Künstler*.

Als die Kinder noch ganz klein waren, brachten sie es bereits fertig, bei den Nachbarn Aufsehen zu erregen, indem sie in einer Scheune Theater spielten. Die ältere Tochter, Elizabeth, gab Tanzunterricht. Sie waren Wildwestler, die Welt eine Goldader. Sie schämten sich nicht, im Mittelpunkt der Öffentlichkeit zu stehen. Isadora hatte große Augen, rötliches Haar, einen schönen Hals und schöne Arme. Sie konnte sich keine regulären Tanzstunden leisten, deshalb machte sie sich ihre eigenen Tänze zurecht.

Man übersiedelte nach Chicago. Isadora fand eine Anstellung, für fünfzig Dollar die Woche tanzte sie zu den Klängen der *Washington Post* auf dem Dachgarten des Freimaurertempels. Sie trat in Klubs auf. Sie besuchte Augustin Daly und sagte ihm, sie habe
DEN TANZ
entdeckt – und in New York wirkte sie (zusammen mit Ada Rehan) in einer Aufführung des *Mittsommernachtstraumes* als Fee im Nesselgewande mit.
Ihre Angehörigen zogen mit ihr nach New York. Sie mieteten einen großen Raum in der Carnegie Hall, legten

Matratzen in die Ecken, hängten Draperien an die Wände und erfanden das erste Greenwich-Village-Bohèmeatelier. Immer war ihnen der Sheriff dicht auf den Fersen, immer prellten sie mit Bitten und Schmeicheleien die Geschäftsleute um ihr Geld, blieben der Wirtin die Miete schuldig, lockten reichen Philistern ein Almosen aus der Tasche.
Isadora veranstaltete zusammen mit Ethelbert Nevin Rezitationsabende,
tanzte vor den Aristokratinnen von Newport zu den Versen Omar Khayyams. Als das Hotel *Windsor* brannte, verloren sie ihr gesamtes Gepäck und die endlose, unbezahlte Rechnung und segelten mit einem Viehdampfer nach London, um dem Materialismus ihrer Heimat zu entrinnen.

In London, im British Museum,
entdeckten sie die Griechen.
DER TANZ war griechisch.
Unter den rauchigen Schornsteinkappen Londons, auf den verrußten Plätzen tanzten sie in Tuniken aus Musselin, kopierten die Posen auf griechischen Vasen, besuchten Vorträge, Kunstgalerien, Konzerte, Theatervorstellungen, sogen im Laufe eines einzigen Winters fünfzig Jahre viktorianischer Kultur in sich ein.
Zurück zu den Griechen.

Sooft sie hinausgesetzt wurden, weil sie die Miete nicht bezahlt hatten, führte Isadora sie in das beste Hotel, nahm eine Suite, machte den Kellnern Beine, sie mußten Hummer bringen und Sekt und exotische Früchte.
Nichts war zu gut für die KÜNSTLER, die Duncans, die Griechen – und ihre Unverschämtheit gefiel dem London der neunziger Jahre.
In Kensington und sogar in Mayfair
tanzte sie bei privaten Festen –
die Briten, vom Kronprinzen Edward abwärts,
waren hingerissen von ihrer präraffaelitischen Schönheit,
ihrer frischen amerikanischen Unschuld,
ihrem kalifornischen Akzent.

Nach London
das Paris der Weltausstellung
neunzehnhundert.
Sie tanzte zusammen mit Loïe Fuller. Sie war noch Jungfrau, viel zu schüchtern, um die Avancen des großen Meisters Rodin zu erwidern, völlig verdutzt von den ungewöhnlichen Manieren der halbverrückten, lesbischen Schönheiten, mit denen Loïe Fuller sich umgab. Die Duncans waren Vegetarianer, voller Mißtrauen gegen alles Vulgäre, gegen die Männer, gegen den Materialismus. Raymond fertigte für sie alle Sandalen an.
Isadora, ihre Mutter und ihr Bruder Raymond zogen mit Sandalen, Stirnbändern und griechischen Tuniken in Europa umher,
stiegen in den besten Hotels ab und führten das naturnahe Leben der Griechen in einem Wirbelwind unbezahlter Rechnungen.

In einem Theater in Budapest trat Isadora zum ersten Male allein auf.
Von nun an war sie eine Diva, hatte ein Verhältnis mit einem Hauptdarsteller. In München spannten ihr die Studenten die Pferde aus. Überall nichts als Blumen, Händeklatschen und Sektfrühstücke. In Berlin war sie die große Mode.
Mit dem Gelde, das sie auf ihrer deutschen Tournee verdient hatte, nahm sie sämtliche Duncans nach Griechenland mit. Sie kamen mit einem Fischerboot aus Ithaka an. Sie ließen sich im Parthenon photographieren, tanzten im Theater des Dionysos, brachten einer Schar von Straßenjungen den uralten Chor aus den *Bettlern* bei und bauten sich als Wohnstätte einen Tempel auf einem Hügel, der auf die Ruinen des alten Athen blickte, aber auf dem Hügel gab es kein Wasser, und das Geld ging zu Ende, bevor der Tempel fertiggebaut war –
deshalb mußten sie im *Hôtel d'Angleterre* bleiben und dort Schulden machen. Als der Kredit zu Ende ging, fuhren sie mit ihrem Chorus nach Berlin zurück und brachten die *Bettler* in altgriechischer Sprache auf die Bühne. Das Pferd der Kaiserin wurde scheu, als ihm Isadora begegnete, wie

sie in ihrem Peplos an der Spitze der mit griechischen Tuniken bekleideten, in Reih und Glied dahinschreitenden Griechenknaben durch den Tiergarten marschierte,
und die Kaiserin wurde aus dem Sattel geworfen.

Isadora war *en vogue*.
In St. Petersburg kam sie zu dem nächtlichen Leichenbegängnis der im Jahre 1905 vor dem Winterpalast erschossenen Demonstranten zurecht. Es tat ihr in der Seele weh. Sie war genauso amerikanisch wie Walt Whitman. Die mörderischen Herrscher der Welt zählte sie nicht zu den Ihren – aber die Demonstranten. Die KÜNSTLER standen nicht auf der Seite der Maschinengewehre. Sie war eine echte Amerikanerin in griechischer Tunika, sie stand auf der Seite des Volkes.
In St. Petersburg, das noch dem Bann des Rokokoballetts vom Hofe des Sonnenkönigs unterworfen war, fanden die Behörden ihren Tanzstil gefährlich.
In Deutschland gründete sie mit Hilfe ihrer Schwester Elizabeth, die das Organisatorische besorgte, eine Tanzschule und bekam ein Kind von Gordon Craig.
Im Triumph, wie sie es immer vorgehabt hatte, kehrte sie nach Amerika zurück und geißelte die heimischen Philister mit einer großen Tournee. Immerzu aber wurden ihre Anhänger verhaftet, weil sie in griechischen Tuniken umherliefen. In Amerika hatte die Kunst keine Freistatt.

Aber in Paris war sie die Krone der Schöpfung. Kunst bedeutete Isadora. Bei dem Begräbnis des Prince de Polignac lernte sie den mythischen Millionär kennen (den Nähmaschinenkönig), der ihr Mäzen werden und ihre Schule finanzieren sollte. Sie fuhr mit ihm auf seiner Jacht davon (was immer Isadora tat, war Kunst),
um für ihn allein
im Tempel von Paestum zu tanzen –
aber es fing zu regnen an, und die Musiker wurden naß. Da soffen sie sich statt dessen sternhagelvoll.
Kunst war das Millionärsleben. Kunst war, was Isadora auch immer unternahm. Als sie ihre zweite amerikanische

Tanztournee durchführte, trug sie zum großen Ärgernis der Klubdamen und der kunstliebenden alten Jungfern das Kind des Millionärs unter dem Herzen.
Sie begann viel zu trinken, trat an die Rampe vor und beschimpfte die Logenbesucher.
Isadora stand auf dem Gipfel des Ruhmes, des Skandals, der Macht und des Reichtums, ihre Schule florierte, ihr Millionär wollte ihr in Paris ein Theater errichten lassen, die Duncans waren die Priester eines Kultes (Kunst war, was immer auch Isadora unternahm) –
da blieb das Auto, mit dem ihre beiden Kinder vom anderen Ufer her nach Hause fuhren, auf einer Seinebrücke stecken. Der Chauffeur vergaß, daß die Kuppelung eingeschaltet war, stieg aus und kurbelte den Motor an. Der Wagen startete, überfuhr den Chauffeur und stürzte von der Brücke in die Seine.
Die Kinder und ihre Nurse ertranken.

Isadoras restliches Leben raste in verzweifeltem Tempo dahin –
im Geschnatter empörter Tratschmäuler, zwischen spöttischen Reportermienen, unter den Drohungen der Gerichtsvollzieher und den Ermahnungen der Hoteldirektoren, welche die längst fälligen Rechnungen präsentierten.
Isadora trank zuviel, sie konnte ihre Finger nicht von schönen jungen Männern lassen, sie färbte ihre Haare in verschiedenen hellroten Schattierungen, sie nahm sich nie die Mühe, ihr Gesicht ordentlich herzurichten, ging schlampig gekleidet, achtete nicht darauf, ihre Figur in Form zu halten, konnte nie mit Geld umgehen –
aber ein großes Gesundheitsempfinden
füllte den Saal,
wenn die Dirnengestalt mit den schönen, erhabenen Armen langsam aus dem Hintergrund der Bühne nach vorne getrottet kam.
Sie fürchtete sich vor nichts. Sie war eine große Tänzerin.

In ihrer Vaterstadt San Francisco erlaubten ihr die Politiker nicht, in dem griechischen Theater aufzutreten, das sie unter ihrem Einfluß gebaut hatten. Wo sie auch hinkam, waren die Philister beleidigt. Als der Krieg ausbrach, tanzte sie die Marseillaise, aber man fand das nicht ganz angebracht, und sie erregte abermals Ärgernis, als sie sich weigerte, Wagner preiszugeben oder auf vorgeschriebene Weise ihre Zufriedenheit mit dem Gemetzel zu bekunden.

Auf ihrer südamerikanischen Tournee
schnappte sie sich überall Männer,
einen spanischen Maler, etliche Boxer, einen Schiffsheizer,
einen brasilianischen Dichter –
schlug in den Tangosälen Krach, beschimpfte von der Rampe aus die Argentinier als Nigger, feierte in Montevideo und in Brasilien rauschende und berauschte Triumphe, aber wenn sie Geld hatte, mußte sie es auf skandalöse Weise vergeuden, an Tangotänzer, mit Trinkgeldern, mit Soupers nach der Vorstellung, die generöse Geste, nein, ich bezahle alles. Ihre Impresarios beschwindelten sie. Sie fürchtete sich vor nichts, sie schämte sich nie, im Mittelpunkt der Öffentlichkeit zu sein, fürchtete nicht das Geschnatter empörter Klatschmäuler oder die Schlagzeilen der Abendblätter.

Als der rote Oktober die Schale der alten Welt zerbrach,
erinnerte sie sich an St. Petersburg, an die Särge, die durch die stillen Straßen schwankten, an die weißen Gesichter, die geballten Fäuste in jener Nacht in St. Petersburg
und tanzte den *Marche Slave*
und schwenkte ein rotes Nesseltuch unter den Nasen der alten Bostoner Damen in der Symphony Hall –
aber als sie nach Rußland fuhr, voller Hoffnungen auf eine Schule, auf Arbeit und ein neues Leben in Freiheit, war es ihr zu enorm, war es ihr zu schwierig: Kälte, Wodka, Läuse, keine richtige Bedienung in den Hotels. Neues und Altes noch kunterbunt nebeneinandergestellt, Treibbeet und Abfallhaufen, sie besaß nicht die nötige Geduld, ihr Leben war zu leicht gewesen.
Sie angelte sich einen strohblonden Dichter
und fuhr mit ihm nach Europa zurück,
in die großen Hotels.

Bei einem Sauffest in Berlin demolierte Jessenin eine ganze Etage des *Adlon*, im *Continental* in Paris zerstörte er eine Suite. Als er nach Rußland zurückkehrte, brachte er sich um. Es war zu enorm, es war zu schwierig.

Als es unmöglich wurde, Geld für die KUNST aufzutreiben, für die Scharen, die in den Hotelappartements aßen und tranken, für die Leihgebühren der Rolls-Royces, für ihre Schüler und Jünger,
fuhr Isadora an die Riviera, um ihre Memoiren zu schreiben, um dem amerikanischen Publikum etwas Geld abzuknöpfen, dem amerikanischen Publikum, das nach dem Kriege Verständnis gezeigt hatte für die Verwerflichkeit des Materialismus, für das Griechentum, für die Skandale, für die KUNST und noch etliche Dollars übrig hatte.
Sie mietete in Nizza ein Atelier, aber sie konnte die Miete nicht zahlen. Mit ihrem Millionär hatte sie sich verzankt. Ihr Schmuck, der berühmte Smaragd, der Hermelinmantel, die Kunstwerke, die die Künstler ihr geschenkt hatten, waren längst in die Pfandleihen gewandert oder von Hoteldirektoren beschlagnahmt worden. Sie besaß nur noch die alten blauen Draperien, die ihre großen Triumphe miterlebt hatten, eine rote Ledertasche und einen alten, am Rücken geplatzten Pelzmantel.
Sie konnte nicht aufhören, zu trinken oder den Arm um den nächsten jungen Mann zu legen; sowie sie ein wenig Bargeld in die Finger bekam, lud sie Gäste ein oder verschenkte es.
Sie versuchte sich zu ertränken, aber ein englischer Marineoffizier zog sie aus dem mondhellen Mittelmeer heraus.

Eines Tages angelte sie sich in einem kleinen Restaurant in Golfe Juan einen gutaussehenden jungen Italiano, der eine Garage betrieb und einen kleinen Bugatti-Rennwagen besaß.
Durch die Behauptung, sie würde vielleicht den Wagen kaufen, veranlaßte sie ihn, sie von ihrem Atelier zu einer Spazierfahrt abzuholen.
Ihre Freunde wollten sie nicht weglassen, sagten, er sei nur

ein gewöhnlicher Mechaniker, sie ließ nicht locker, sie hatte ein paar Gläser getrunken (es gab nichts mehr auf der Welt, das ihr Spaß machte außer einigen Gläsern und einem gutaussehenden jungen Manne) –
sie stieg neben ihm ein und
schlang ihren Schal mit den schweren Fransen in charakteristischem Schwunge um den Hals und
drehte sich um und sagte
mit dem ausgeprägten kalifornischen Akzent, den ihr Französisch nie verlor:
Adieu, mes amis, je vais à la gloire.
Der Mechaniker legte den Gang ein und fuhr los.
Der schwer herabhängende Schal verfing sich in einem Rad und wickelte sich fest um die Achse. Ihr Kopf wurde zur Seite gerissen. Der Wagen hielt sofort. Ihr Genick war gebrochen, die Nase zertrümmert, Isadora war tot.

Weltwochenschau LIII

Lebewohl, Amselchen...

Sind Sie New Yorks schönste Stenotypistin?

Hier kann mich keiner verstehen und lieben –
Nur mit seinem Jammer betrüben...

GROSSBRITANNIEN BESCHLIESST, ALLEIN VORZUGEHEN

auch Sie können rasch tanzen lernen, bei sich zu Hause, ohne Musik und ohne Partner... erzielt die gleichen Resultate wie ein geschulter Masseur, nur schneller, leichter und billiger... nicht vergessen, daß nur heiratsfähige Männer im vollen Besitz ungewöhnlicher Körperkräfte als Modell-Apollos akzeptiert werden...

Licht gemacht, Bett gemacht,
Ich komm spät heut nacht...

Hausfrau in ihrem Heim als Einbrecherin erschossen

Großherzog zu Besuch

SONNENFINSTERNIS UM VIER SEKUNDEN VERSPÄTET

Sterngucker im Zentrum sehen die Corona

auffälligere Modelle, aus dicker, osmanischer Seide, schwerem Satin, Seidencrêpe oder Côte de Cheval, eventuell mit Straußenfedern verbrämt...

Tollwutalarm auf dem Penn-Bahnhof

UNGLÜCKLICHE GATTIN BEGEHT SELBSTMORD

die reich schattierte Politur, sowohl innen wie außen, kann nur der Hand eines Künstlers entspringen, der einem Ideal zustrebt. Ersetzt das entstellende Fett durch gesundes, normales Gewebe. Er beherrscht jeden Punkt in dem gesamten Bereich menschlicher Bedürfnisse. Es mag schwarz auf weiß ein wenig töricht wirken, aber er zeigt uns, wie man Gehirne züchtet. Wenn Sie unter körperlichen Beschwerden leiden, befreit er Sie von Ihren Schmerzen. Er zeigt Ihnen die Lösungen Ihrer Eheprobleme. Er ist ein Fachmann in Sexualfragen...

Amselchen, lebewohl...

Wolkenkratzer blinzeln in leere Strassen

es war eine sehr erschöpfte, sehr rosig-weiße Peggy Joyce, die uns in einem sehr rosig-weißen Boudoir die Hand reichte...

MARGO DOWLING

Als Margie groß genug war, pflegte sie an dunklen Winterabenden mit einer Laterne zum Bahnhof hinüberzugehen, um Fred abzuholen, wenn er mit dem Neunuhrvierzehnzug aus der Stadt zurückerwartet wurde. Margie war für ihr Alter sehr klein, trotzdem war ihr der rote Tuchmantel mit dem dick um die Ohren gestülpten Schaffellkragen zu eng, ihre aufgesprungenen Handgelenke froren im Abenddunkel, wenn der Hagelwind um die Ecke des Stationsgebäudes pfiff und der Griff der schweren Laterne ihr kalt in die Finger schnitt. Immer lief es ihr kalt über den Rücken, durch die Hände und durch die Füße, vor Angst, Fred würde wieder nicht bei Troste sein und torkeln und stolpern, wie das manchmal der Fall war, würde rot im Gesicht sein und schreckliche Sachen sagen. Mr. Bemis, der Stationsvorsteher mit den gebeugten Schultern, pflegte oft darüber zu scherzen, er und der dicke Joe Hines, der Streckenarbeiter, der zuweilen, wenn der Zug kam, auf dem Bahnhof umherlungerte, und Margie blieb draußen stehen, um nicht zu hören, was sie sagten. »Wetten, daß Fred Dowling heute abend wieder stinkbesoffen ankommt.« Wenn er sich in einem solchen Zustand befand, brauchte er Margie und die Laterne, weil der Brettersteg zum Hause so schmal und schlüpfrig war. Als sie noch ganz klein war, glaubte sie, er sei von der schrecklich schweren Arbeit in der Stadt erschöpft und deshalb sei sein Gang so komisch, aber als sie acht oder neun war, erzählte ihr Agnes, daß die Männer sich zu betrinken pflegten und daß das gar nicht in Ordnung sei. Nun hatte sie jeden Abend das gleiche schreckliche Gefühl, sowie sie die Lichter des Zuges über den langen Viadukt von Ozone Park herankommen sah.

Manchmal kam er gar nicht, und sie kehrte weinend nach Hause zurück. Aber an guten Tagen schwang er sich elastisch aus dem Zuge, breitschulterig in dem großen Mantel, der nach Pfeife roch, packte sie und riß sie hoch, mit Laterne und allem: »Wie geht es Vatis bravem Mädelchen?« Er küßte sie, und sie war so glücklich stolz, rittlings auf seinen Schultern, blickte von oben auf den gemeinen, alten Mr. Bemis hinab, und Freds Stimme kam aus tiefer Brust dröhnend durch den Wollschal: »Gute Nacht, Herr Vorsteher!« – die gelb erleuchteten Zugfenster setzten sich in Bewegung, die roten Raupenaugen am letzten Wagen wurden immer kleiner und rückten immer näher zusammen, während der Zug in der Kurve des Viaduktes gegen Hammels hin verschwand. Sie hüpfte auf seinen Schultern auf und ab und fühlte die Muskeln seines Armes straff werden wie Ruder, so lief er mit ihr über den Brettersteg und rief Agnes zu: »Hast du noch was zu essen für mich, Mädchen?« – und Agnes kam lächelnd an die Tür, wischte sich die Hände an der Schürze ab, und auf dem Herd dampfte der große Topf mit heißer Suppe, und in der Küche war es so gemütlich warm und nett, und Margie durfte aufbleiben, bis ihr der Kopf herabzusinken begann und Sand in die Augen kam, und zur Tür kam der Sandmann herein und hörte zu, wie Fred von Billardpartien, vom Toto, von Rennpferden und schrecklichen Schlägereien in der Stadt erzählte. Dann trug Agnes sie ins Bett, ins kalte Zimmer, Fred beugte sich pfeiferauchend über sie und erzählte ihr von den Schiffbrüchen am Fire Island, die er miterlebt hatte, als er bei der Küstenwache diente, bis die Lichtritzen an der Küchentür immer undeutlicher wurden, und obwohl Margie sich bemühte, wach zu bleiben, weil es ihr solche Freude machte, Freds rauhe Stimme zu hören, kam der Sandmann, von dem sie sich so gern hätte einbilden mögen, er habe den Zug versäumt, hinter Fred ins Zimmer, und sie schlief ein.

Als sie älter wurde und nach Rockaway Park in die Schule mußte, wurden diese Abende immer seltener. Immer häufiger kam Fred betrunken nach Hause oder blieb überhaupt weg. Dann erzählte ihr Agnes von früheren Zeiten, und wie lustig es zugegangen war, und manchmal hörte sie mitten in einer Geschichte auf, um zu weinen, sie erzählte ihr, daß Agnes und Margies Mutter eng miteinander befreundet gewesen waren, beide waren bei Siegel-Cooper in der Kunstblumenabteilung als Verkäuferinnen beschäftigt und pflegten an Sonntagen nach Manhattan Beach hinauszufahren, dort sei es viel eleganter als in Coney Island, natürlich nicht ins *Oriental Hotel*, das wäre viel zu teuer gewesen, sondern an einen kleinen, benachbarten Strand, dort war Fred als Bademeister angestellt. »Damals hättest du ihn sehen sollen, mit seinen kräftigen, gebräunten Gliedern, er war der schönste Mann weit und breit...« – »Aber er ist doch noch immer schön, Agnes?« warf Margie ängstlich ein. – »Freilich, mein Kind, aber damals hättest du ihn sehen sollen.« Und Agnes erzählte weiter, was für großes Glück er beim Rennen hatte und wie viele Menschen er vor dem Ertrinken gerettet hatte, und daß alle die Konzessionäre zusammenlegten, um ihm alljährlich eine Prämie zu überreichen, und was für eine Menge Geld er immer in der Tasche hatte, und ein so wunderbares Lachen, und er war ein so lustiger Kerl. »Das war sein Ruin«, pflegte Agnes zu sagen. »Er konnte nie nein sagen.« Und Agnes erzählte von der Hochzeit, von den Orangenblüten und der Torte, und daß Margies Mutter Margery im Wochenbett gestorben war. »Sie hat ihr Leben für deines gegeben, vergiß das nicht.« Wenn Agnes das sagte, war Margie ganz schrecklich zumute, als gehörte sie gar nicht sich selbst. Und eines Tages, als Agnes von der Arbeit kam, hatte er auf dem Bürgersteig gestanden, auf dem Kopf einen steifen Hut, ganz in Schwarz, und hatte sie um ihre Hand gebeten, weil sie Margery Ryans beste Freundin gewesen sei, und sie heirateten, aber Fred kam nie darüber weg, nie konnte er nein sagen, deshalb fing er zu trinken an und verlor seine Stellung bei dem Strandrummelbesitzer Holland, niemand wollte ihn anstellen, keine der Strandverwaltungen wollte ihn haben, weil er soviel trank und sich prügelte, deshalb zogen sie nach Broad Channel, aber mit dem Angelköder, den Ruderbooten und einem gelegentlichen Strandimbiß verdienten sie nicht genug, deshalb war Fred in Jamaika in einer Kneipe als Barmixer untergeschlüpft, weil er ein so schönes Lachen hatte und so gut aussah, und weil alle ihn gut leiden konnten. Das war erst recht sein Ruin. »Aber es gibt auf der ganzen Welt keinen feineren Menschen als Fred Dowling, wenn er seine fünf Sinne beisammen hat... Vergiß das nicht, Margie!« Und dann weinten sie beide, und Agnes fragte Margie, ob sie sie ebenso liebhabe, wie wenn sie ihre leibliche Mutter wäre, und Margie weinte und sagte: »Ja, liebe Agnes.« – »Du mußt mich immer liebhaben«, sagte Agnes, »weil Gott nicht will, daß ich selber kleine Kinder bekomme.«

Jeden Tag mußte Margie zum Zug, um nach Rockaway zur Schule zu fahren. Sie kam gut voran, konnte die Lehrerinnen gut leiden und auch die Bücher und den Gesangsunterricht; aber die anderen Kinder neckten sie, weil ihre Kleider alle zu Hause angefertigt waren und komisch aussahen, und weil sie irischer Herkunft war und katholischen Glaubens und in einem Pfahlhaus wohnte. Aber nachdem sie einmal zu Weihnachten in der Schulvorstellung Goldköpfchens Rolle gespielt hatte, wurde das alles ganz anders, und sie begann, sich in der Schule wohler zu fühlen als zu Hause.

Zu Hause war immer soviel zu tun, Agnes mußte immerzu waschen und bügeln und scheuern, weil Fred kaum noch Geld mitbrachte. Er kam hereingetorkelt, betrunken und schmutzig, roch nach schalem Bier und nach Whisky, fluchte und beklagte sich über das Essen, warum Agnes nie mehr ein schönes Kotelett für ihn habe wie früher, wenn er aus der Stadt gekommen war, und Agnes brach zusammen und blubberte: »Wo soll ich das Geld hernehmen?« Dann beschimpfte er sie, und Margie ging in ihr Schlafzimmer und knallte die Tür zu, manchmal schob sie sogar die Kommode vor, und sie kroch ins Bett und zitterte am ganzen Leibe. Manchmal, wenn Agnes für sie den Frühstückstisch deckte, stets voller Angst, Margie könnte den Zug versäumen, hatte Agnes ein blaues Auge, und ihr Gesicht war verschwollen, weil er sie geschlagen hatte, und sie machte eine klägliche Tu-mir-selber-leid-Miene, die Margie nicht ausstehen konnte. Und während Agnes den Kakao und die Kondensmilch auf dem Herd wärmte, murmelte sie immerzu vor sich hin: »Ich habe, weiß Gott, mein Bestes getan und mir die Finger für ihn wund gearbeitet ... Ihr Heiligen Gottes, so kann es nicht weitergehen.«

Margie träumte nur davon, wegzulaufen.
Im Sommer wäre es manchmal ganz lustig gewesen, wenn sie nicht immerzu hätten befürchten müssen, Fred würde über den Durst trinken. An dem ersten sonnigen Frühlingstage holte Fred die Ruderboote aus dem Bootshaus und arbeitete wie ein Wilder, teerte und malte in frischem Grün und pfiff bei der Arbeit vor sich hin, oder erstand vor Tagesanbruch auf, grub nach Muscheln oder fing mit einem Wurfnetz Köderfischchen, und es kam Geld ins Haus, auf dem Herde brutzelten große Töpfe mit Muschelragout nach Long-Island- und New-England-Art. Agnes war glücklich und sang und hatte alle Hände voll zu tun, um Strandimbisse und Sandwiches für die Angler herzurichten, und Margie fuhr manchmal mit den Sonntagsanglern hinaus, und Fred lehrte sie schwimmen in dem klaren Wasser des Kanals droben unter der Eisenbahnbrücke, barfuß durfte sie mit ihm zusammen in den schlammigen Niederungen Muscheln suchen und Meerkrebse, und die Angler in eleganten Jacken, die ein Boot leihen kamen, schenkten ihr zuweilen einen Vierteldollar. Wenn Fred seine nüchterne Periode hatte, war es im Sommer wunderschön, der warme Geruch des Sumpfgrases, die Frische der Flut, die durch die Einfahrt kam, das Jucken des Salzwassers und des Sonnenbrandes; aber wenn sie dann ein wenig Geld beisammen hatten, fing Fred zu trinken an, und Agnes' Augen waren die ganze Zeit rot, und das Geschäft ging zum Teufel. Margie konnte es nicht mit ansehen, wie Agnes' Gesicht, wenn sie weinte, rot und häßlich wurde; sie nahm sich vor, wenn sie einmal groß sein würde, nie zu weinen, was immer auch passierte.
Ab und zu in der guten Zeit sagte Fred, nun wolle er die Familie ausführen, sie zogen sich alle fein an und ließen den alten Hines das Haus hüten, Joe Hines' Vater, der ein Holzbein hatte und einen langen, buschigen weißen Bakkenbart, und fuhren mit der Bahn an den Strand hinüber und gingen über den Brettersteg in Hollands Vergnügungspark.
Es waren viel zuviel Menschen versammelt, Margie hatte Angst, sich das hübsche Kleid zu beschmutzen, die Sonne

brannte herab, Männer und Frauen mit gebräunten Beinen und Armen und zerrauftem Haar lagen sandbedeckt im grellen Sonnenschein, Fred und Agnes tollten genauso wie die anderen in ihren Badeanzügen umher. Margie fürchtete sich vor der mächtigen schäumenden Brandung, die über ihren Kopf hinwegschlug; auch wenn Fred sie in seinen Armen hielt, hatte sie Angst, und dann war es schrecklich, mit anzusehen, wie er so weit ins Meer hinausschwamm.

Nachher schlüpften sie mit juckender Haut wieder in die Kleider und spazierten den Brettersteg entlang, die Erdnußwägelchen klingelten, es roch nach Röstmais, nach Salzwasserkandis, nach warmen Würstchen, nach Senf und Bier, dazu die Brandung und das ratternde Getöse der Berg- und Talbahn und die mechanische Orgel des Karussells, und so viele gräßliche Menschen, die einen stoßen und sich vorbeidrängen und einem auf die Zehen treten. Sie war zu klein, um über sie hinwegschauen zu können. Besser war's, wenn Fred sie auf die Schultern hob, freilich war sie schon zu alt, um auf Vatis Schultern zu reiten, obwohl sie für ihr Alter so klein war, und sie zupfte immerzu an ihrem hübschen hellblauen Rock, damit er nicht über die Knie hinaufrutschte.

Was ihr an dem Strand gefiel, war das Spiel, bei dem man eine kleine Kugel über ein schmales, gefirnißtes Brett in numerierte Löcher rollen läßt, und da gab es einen Japs in einer blütenweißen gestärkten Jacke und Regale über Regale voller süßer kleiner Preise: Teekannen, Porzellanfigürchen, die mit den Köpfen nickten, Blumenvasen, Reihen der hübschesten japanischen Puppen, manche mit echten Wimpern, Krüge und Töpfe und Karaffen. Einmal gewann Margie eine kleine Teekanne, welche die Form eines Elefanten hatte und die sie jahrelang besaß. Fred und Agnes schienen nicht viel von dem kleinen Japs zu halten, der die Preise verteilte, aber Margie fand ihn reizend, sein Gesicht war so glatt, und er hatte eine so komische, dünne Stimme, und seine Lippen und Augenlider waren so sauber gezeichnet wie bei den Puppen, und er hatte gleichfalls lange schwarze Wimpern.

Margie dachte manchmal, sie würde ihn gern wie eine

Puppe zu sich ins Bett mitnehmen. Das sagte sie laut, und da fingen Agnes und Fred zu lachen an, so daß sie sich schämen mußte. Am allerbesten aber gefiel ihr das Varietétheater. Man ging hinein, und sowie die großen, gepolsterten Türen hinter einem zufielen, waren die Menschenmassen, das Gelächter und der Lärm verschwunden. Als sie hineinkamen, lief soeben ein Film. Kino hatte sie nicht gern, am allerbesten auf der Welt gefielen ihr die illustrierten Lieder, die als nächste Nummer kamen, Bilder schöner Damen und Herren in Farben, die an kolorierte Blumen erinnerten, und so entzückende Kleider und breite Hüte, und die Worte mit Vergißmeinnicht und Gänseblümchen eingerahmt, und der Herr oder die Dame singen sie vor dem verdunkelten Saal. Immer sah man Boote auf den Kräuselwellen eines Flusses, reizend gekleideten Damen wurde ans Ufer geholfen, nicht so wie in Broad Channel, wo die Sonne so grell war, wo es nichts gab als das flache Küstenland und die schleimig stinkenden Pfähle und wenn Ebbe war die Landungsbrücke im Schlamm, sondern entzückende, blau gekräuselte Gewässer mit entzückenden grünen Ufern und herabhängenden Trauerweiden. Nachher kam das Varieté, Akrobaten, dressierte Seehunde, Männer in Strohhüten, die Witze erzählten, und Tänzerinnen. Einmal war es das Lustige-Witwe-Ballett, die Girls mit ihren großen, schwarzen, an der Seite so wunderbar hochkrempigen Hüten, ihren Trikots, ihren grünen, blauen, roten und gelben Schleppen, und ein schöner junger Mann in einem Cutaway tanzte Walzer mit einer nach der anderen.

Das Schlimme bei diesen Ausflügen war, daß Fred dort am Strand Bekannte traf und alle Augenblicke durch eine Schwingtür verschwand und mit leuchtenden Augen zurückkehrte, und sein Atem roch nach Whisky und Essigzwiebeln, und mitten im Amüsement sah Margie, wie Agnes' Miene sorgenvoll und ängstlich wurde, und da wußte sie, daß es aus sei mit dem Vergnügen. Als sie das letzte Mal hinfuhren, kam ihnen Fred völlig abhanden, sie suchten ihn überall und mußten ohne ihn nach Hause fahren. Agnes schluchzte so laut, daß im Zug alle Leute sie anstarrten. Ed Otis, der Schaffner, der mit Fred befreundet war, kam zu ihr

und wollte sie bewegen, es nicht so schwer zu nehmen, aber da schluchzte sie nur noch mehr. Margie schämte sich so sehr, daß sie beschloß, gleich wenn sie nach Hause kam, wegzulaufen oder sich umzubringen, damit sie nie wieder den Leuten im Zug ins Gesicht sehen müßte.
Diesmal tauchte Fred nicht wie üblich am nächsten Tage auf. Joe Hines kam vorbei und teilte ihnen mit, ein Mann habe ihm erzählt, er habe Fred drüben in Brooklyn zechen sehen, und seiner Meinung nach würde er längere Zeit nicht nach Hause kommen. Agnes schickte Margie ins Bett, und Margie hörte die Stimmen der beiden, wie sie sich stundenlang in der Küche leise miteinander unterhielten. Margie fuhr aus dem Schlaf auf, als sie merkte, daß Agnes im Nachthemd zu ihr unter die Decke kroch. Agnes' Wangen glühten, und sie sagte: »So eine Frechheit – ein schäbiger Streckenarbeiter... Margie – dieses Leben ist nicht mehr auszuhalten – habe ich nicht recht, mein Kind?«
»Sicher ist er gekommen und wollte sich zu schaffen machen, dieser schreckliche alte Kerl!«
»So ähnlich... Oh, es ist zu schrecklich, ich kann es nicht mehr ertragen. Ich habe mir, weiß Gott, die Finger für ihn wund gearbeitet.«
Margie platzte plötzlich los: »Wenn die Katze aus dem Haus ist, tanzen die Mäuse« – und sie war erstaunt, als Agnes nicht aufhören wollte zu lachen, obwohl sie gleichzeitig weinte.
Im September, gerade als Agnes Margies Kleider für den Schulanfang zurechtmachte, kam der Hausverwalter, um die Quartalsmiete einzukassieren. Von Fred hatten sie einen einzigen Brief mit einem Fünfdollarschein erhalten. Er schrieb, er sei bei einer Schlägerei verhaftet worden und habe zwei Wochen im Gefängnis gesessen, jetzt aber habe er Arbeit und würde nach Hause kommen, sowie seine Verhältnisse sich ein wenig geklärt hätten. Aber Margie wußte, daß sie diese fünf Dollar und noch zwölf dazu für Lebensmittel schuldeten. Nachdem Agnes mit dem Kassierer gesprochen hatte, kehrte sie in die Küche zurück, das Gesicht verheult und schrecklich anzusehen, und sagte zu Margie, sie würden nun in die Stadt übersiedeln. »Ich habe Fred

schon immer gesagt, eines Tages werde ich es nicht mehr aushalten. Jetzt kann er sehen, wo er bleibt.«

Es war ein furchtbarer Tag, als sie ihre zwei Koffer und den häßlichen alten, halb vermoderten Reisekorb mit Hilfe Joe Hines', der in Freds Abwesenheit verschiedenes für Agnes zu besorgen pflegte, zum Bahnhof schafften und den Zug bestiegen, der sie nach Brooklyn brachte. Sie zogen zu Agnes' Eltern, die in der Fulton Street hinter einem kleinen Tapezierladen unter der Hochbahn wohnten. Der alte Fisher war Tapezierer und Stukkateur, das ganze Haus roch nach Kleister, Terpentin und Gips. Er war ein kleiner, grauhaariger Mann, und seine Frau sah ihm verblüffend ähnlich, nur hatte er einen herabhängenden grauen Schnurrbart, und sie hatte keinen. Sie stellten für Margie ein Notbett ins Wohnzimmer, aber sie merkte, daß sie ihnen zur Last fiel. Sie konnte sie auch nicht leiden und fand Brooklyn abscheulich.

Es war für sie eine große Erleichterung, als Agnes eines Abends vor dem Essen nach Hause kam (Margie fand, daß sie in ihren Stadtkleidern recht schick aussah) und mitteilte, sie habe eine Stellung als Köchin bei einer Familie in Brooklyn angenommen und würde Margie den Winter über zu den frommen Schwestern schicken.

Solange Margie im Kloster lebte, war sie immer ein wenig verschüchtert, von der Minute an, da sie das Grausteinvestibül betrat, in dessen Mitte eine weiße Marmorstatue stand. Margie hatte nie sehr viel Religionsunterricht bekommen, und die Nonnen sahen recht furchterregend aus in ihrer blankschwarzen Tracht, die Gesichter und Hände so bleich und immer von gestärktem, weißem Zeug umrahmt, und die große, dunkle Kirche voller Kerzen und die Katechismusstunden und die Beichte, und wie dann bei der Messe das Glöckchen klingelt, damit alle die Augen schließen, wenn der Erlöser zwischen lauter Engeln und Tauben in einem gelben Lichterglanz auf den Altar herniedersteigt. Komisch war es, nachdem Agnes sie zu Hause hatte nackt herumlaufen lassen, daß sie, wenn sie einmal in der Woche badete, in der Wanne ein Tuch umhaben und sich sogar unter dem Tuch einseifen mußte.

Der Winter war ein endloser, langsamer Aufstieg zum Weihnachtsfest, und nachdem sämtliche Mädchen soviel davon gesprochen hatten, was sie zu Weihnachten anfangen würden, war Margies Weihnachtsfest eine trübe Angelegenheit, ein tristes Mahl am späten Abend mit Agnes und den beiden Alten und nur ein oder zwei Geschenken. Agnes sah blaß aus, sie war todmüde, weil sie für ihre Herrschaften das Weihnachtsessen hatte zubereiten müssen. Freilich brachte sie einen Netzstrumpf voller Bonbons und ein hübsches blondhaariges Püppchen mit, das die Augen auf- und zumachen konnte, aber Margie war dem Weinen nahe. Nicht einmal ein Weihnachtsbaum. Schon bei Tisch dachte sie sich allerlei Märchen aus, die sie den anderen Mädchen erzählen würde.

Agnes gab ihr soeben einen Gutenachtkuß, legte ihr kleines, abgeschabtes Pelzkrägelchen um und machte sich fertig, um nach Brooklyn Heights zurückzukehren, da erschien Fred recht angeheitert und wollte sie alle ausführen. Natürlich lehnte sie ab, und er verschwand wütend, und Agnes ging weinend weg, und Margie lag die halbe Nacht auf dem Notbett, das man für sie im Wohnzimmer aufgestellt hatte, und überlegte, wie schrecklich es sei, arm zu sein und einen solchen Vater zu haben.

Es war auch sehr öde, die ganzen Ferien im Hause der Alten verbringen zu müssen. Nirgendwo konnte man spielen, und für jede kleinste Kleinigkeit wurde sie ausgescholten. Sie freute sich kolossal, als sie wieder ins Kloster kam, dort gab es einen Turnsaal, sie konnte Korbball spielen und in den Pausen mit ihren Kameradinnen kichern. Das Wintersemester begann sich hastig dem Osterfest zu nähern. Kurz vorher wurde sie konfirmiert. Agnes nähte ihr ein weißes Kleid, und sämtliche Nonnen verdrehten die Augen und sagten, wie hübsch und unschuldsvoll sie aussehe mit ihren blonden Locken und blauen Augen, wie ein Engel, und Minette Hardy, ein älteres Mädchen mit einer Stupsnase, verliebte sich in sie und steckte ihr auf dem Spielplatz kleine Pfefferminzplättchen zu, die hatte sie in Papier gewickelt und draufgekritzelt: *Meinem Goldköpfchen mit herzlichem Gruß von Minette* – und dergleichen.

Als der Schulschluß herankam, war sie todunglücklich, sie konnte ihren Kameradinnen keinerlei Sommerpläne berichten. In diesem Sommer wuchs sie schnell, wurde linkisch, und ihre Brüste begannen sich bemerkbar zu machen. Endlos schleppte sich bei den Fishers das schwüle, sandige, stickige Wetter hin. Es war schrecklich, mit den beiden alten Leuten eingesperrt zu sein. Die alte Fisher ließ sie nie vergessen, daß Margie gar nicht ihre Enkelin sei und daß sie es dumm finde von Agnes, das Kind eines nichtsnutzigen Kerls wie Fred zu ernähren. Sie versuchten, ihr möglichst viel Hausarbeit aufzubürden, um sich für das, was ihr Unterhalt kostete, schadlos zu halten, und jeden Tag gab es Schelte, Tränen und Ärger.
Wie froh war sie, als Agnes eines Tages erschien und sagte, sie habe eine neue Stellung gefunden, sie würde mit Margie nach New York ziehen. Margie hüpfte umher und rief: »Du mei, du mei... Oh, Agnes, wir werden reich werden.« – »Kaum«, sagte Agnes, »aber es ist immerhin besser, als ein Haustrampel zu sein.«
Sie übergaben ihr Gepäck einem Spediteur, fuhren mit der Hochbahn nach New York hinüber, und dann mit der Untergrundbahn in die Innenstadt. Margie kamen die Straßen im oberen Westen erstaunlich breit und sonnig vor. Sie sollten bei den Francinis wohnen, in einer kleinen Wohnung an der Ecke des Häuserblocks, in dem sich ihre Bäckerei befand. Die Bäckerei lag in der Amsterdam Avenue, und in der Bäckerei war Agnes angestellt. Für beide war nur ein kleines Zimmer verfügbar, aber in einem Käfig saß ein Kanarienvogel, am Fenster standen eine Menge Blumen, und die Francinis waren dicke, lustige Leute, zu jeder Mahlzeit gab es Torte mit Zuckerguß. Mrs. Francini war Großmama Fishers Schwester.
Margie durfte nicht mit den anderen Kindern aus dem Häuserblock spielen. Die Francinis behaupteten, die Gegend sei für kleine Mädchen gefährlich. Nur einmal in der Woche kam sie hinaus, nämlich am Sonntagabend, da mußten alle zum Drive hinüberspazieren und zu Fuß bis zu Grants Grabmal und wieder zurück wandern. Die Francinis watschelten so langsam durch die überfüllten Straßen, daß Mar-

gie die Beine weh taten. Den ganzen Sommer wünschte sie sich Rollschuhe, aber wenn sie die Francinis und die Nonnen von den Gefahren der Straße sprechen hörte, wagte sie sich nicht allein aus dem Haus. Sie wußte nicht genau, wovor sie sich fürchtete. Aber es machte ihr Spaß, Agnes und den Francinis in der Bäckerei zu helfen.
Im Herbst kehrte sie ins Kloster zurück. Eines Nachmittags, gleich nachdem sie die Weihnachtsferien hinter sich hatte, kam Agnes sie besuchen. In dem Augenblick, da Margie das Besuchszimmer betrat, sah sie, daß Agnes' Augen gerötet waren und fragte, was los sei. In der Bäckerei waren schreckliche Dinge passiert. Francini hatte bei der Arbeit der Schlag getroffen, und Mrs. Francini beabsichtigte, zu Onkel Joe Fisher aufs Land zu ziehen. »Und noch etwas«, sagte Agnes lächelnd und errötend. »Aber das kann ich dir jetzt nicht sagen. Du darfst nicht glauben, daß die arme Agnes böse und schlecht ist, aber ich konnte das Alleinsein nicht mehr ertragen.« Margie hüpfte umher. »O du mei – Fred ist wieder da.« – »Nein, mein Schatz, das ist es nicht«, sagte Agnes, gab ihr einen Kuß und ging weg.
Die Osterferien mußte Margie im Kloster verbringen. Agnes schrieb, sie habe im Augenblick keinen Platz für sie. Es waren auch noch andere Mädchen da, und es war recht lustig. Dann kam Agnes eines Tages, um sie zu einem Ausgang abzuholen, und brachte in einem Karton direkt aus dem Geschäft ein neues dunkelblaues Kleid und einen kleinen, mit rosa Blumen besetzten Strohhut mit. Wunderbar raschelte das Seidenpapier, als Agnes die Sachen auspackte. Margie lief in den Schlafsaal hinauf und zog mit klopfendem Herzen das Kleid an, es war das hübscheste und erwachsenste Kleid, das sie je besessen hatte. Sie war erst zwölf, aber nach dem wenigen zu schließen, das sie in den winzigen Spiegeln, die ihnen gestattet waren, sehen konnte, sah sie recht erwachsen aus. Sie lief die leere Grausteintreppe hinunter, stolperte und landete in den Armen der Schwester Elizabeth. »Warum so eilig?« – »Meine Mutter ist gekommen, mich abzuholen, wir sollen mit meinem Vater ausgehen, und das ist mein neues Kleid.« – »Fein«, sagte Schwester Elizabeth, »aber du darfst nicht...« Margie war bereits

auf und davon, durch den Korridor ins Besuchszimmer, sie hüpfte vor Agnes umher, umarmte und küßte sie. »Das ist das hübscheste Kleid, das ich je besessen habe.« Auf der Fahrt mit der Hochbahn sprach sie von nichts anderem als von dem neuen Kleide.

Agnes sagte, sie würden in einem Restaurant essen, in dem viele Theaterleute verkehrten. »Wunderbar! Ich habe noch nie in einem richtigen Restaurant gegessen... Er muß viel Geld verdient haben und reich geworden sein.« – »Er verdient viel Geld«, sagte Agnes auf eine komisch stotternde Art – während sie von der Hochbahnstation westwärts durch die 38. Street gingen.

An Stelle Freds erhob sich vom Tische ein hochgewachsener, dunkelhaariger Mann mit würdigen Manieren und einer langen, geraden Nase und begrüßte sie. »Margie«, sagte Agnes, »das ist Frank Mandeville.« Margie verriet mit keinem Wort, daß sie nicht von Anfang an erwartet hatte, es würde so ausgehen.

Der Schauspieler drückte ihr die Hand und verbeugte sich vor ihr wie vor einer erwachsenen Dame. »Aggie hat mir nie erzählt, daß sie eine solche Schönheit ist... Was für Augen... Was für Haare!« sagte er mit einer feierlichen Stimme. Sie aßen wunderbar zu Mittag, und nachher gingen sie ins *Keith* und hatten Orchesterplätze. Margie schnappte nach Luft, sie war schrecklich aufgeregt, weil sie mit einem richtigen Schauspieler beisammen sein durfte. Er sagte, morgen trete er mit einem Gesangs- und Klavierprogramm eine zwölfwöchige Tournee an, und Agnes würde ihn begleiten. »Dann kommen wir wieder und richten meinem Mädelchen ein Heim ein«, sagte Agnes. Margie war so aufgeregt, daß ihr erst im Bett in dem leeren Schlafsaal des Klosters einfiel, was das bedeute, nämlich daß sie den ganzen Sommer über bei den Nonnen würde bleiben müssen.

Im nächsten Herbst verließ sie endgültig das Kloster und zog zu Mr. und Mrs. Mandeville (wie sie sich nannten) in zwei Vorderzimmer, die sie einem Chiropraktiker abgemietet hatten. Es war das ein großes, altes Sandsteinhaus mit einem hohen Vorbau und steilen Stufen, gegen Westen zu in der 79. Street. Margie gefiel es dort gut, sie vertrug sich gut mit den Theaterleuten, die in den oberen Wohnungen hausten, alle waren sie so gut angezogen und sahen so städtisch aus. Agnes sagte, sie müsse darauf achten, sich nicht verwöhnen zu lassen, weil alle ihre blauen Augen und ihre Mary-Pickford-Löckchen bewunderten und ihre kesse Art, mit unbeweglicher Miene komische Sachen zu sagen.

Frank Mandeville schlief stets bis zwölf, und Agnes und Margie frühstückten allein sehr zeitig am Morgen, sie unterhielten sich flüsternd, um ihn nicht aufzuwecken, sie schauten zum Fenster hinaus, betrachteten die vorbeifahrenden Lastautos, die Taxis und Möbelwagen, und Agnes erzählte Margie von den Varietétheatern und den einmaligen Gastspielen, und wie glücklich sie sei, und was das für ein freies und bequemes Leben sei, so ganz anders als die tägliche Plackerei in Broad Channel, und daß sie Frank Mandeville kennengelernt hatte, als er ohne Geld und sehr deprimiert war und fast entschlossen, den Gashahn aufzudrehen. Er pflegte jeden Tag um zwei Uhr nachmittags, wenn die übrigen Kunden längst weg waren, in die Bäckerei zu kommen, um zu frühstücken. Er wohnte damals gleich um die Ecke in der 104. Street. Als er total pleite war, hatte Agnes ihm seine Mahlzeiten kreditiert, er hatte ihr leid getan, weil er sein Schicksal mit soviel Anstand ertrug und kein Engagement hatte, und dann bekam er eine Brustfellentzündung und lief Gefahr, tuberkulös zu werden, und sie war so einsam und unglücklich, daß sie sich nicht mehr darum kümmerte, was die Leute sagen würden, sie zog ganz einfach zu ihm, um ihn zu pflegen, und seither lebte sie mit ihm, und nun waren sie Mr. und Mrs. Mandeville, und er verdiente viel Geld mit seiner Nummer »Die musikalischen Mandevilles«. Und Margie erkundigte sich nach Frank Mandevilles Partnern, nach Florida Schwartz, einer stattlichen Dame mit harter Stimme und tizianrotem Haar – »Natürlich färbt sie es«, sagte Agnes, »mit Henna –« – und ihrem Sohn, einem abscheulichen Jüngling mit Wespentaille, der Margie überhaupt nicht beachtete. Der Chiropraktiker im Erdgeschoß, der allgemein der »Indianer« hieß, war mit Florida verwandt, deshalb waren sie alle in sein Haus gezogen. »Thea-

terleute sind sonderbare Leute«, sagte Agnes oft, »aber ich finde, sie haben Herzen von Gold.«
Am Nachmittag pflegten die »Musikalischen Mandevilles« im Vorderzimmer, in dem ein Klavier stand, zu üben. Sie spielten alle möglichen Instrumente und sangen dazu, und Mannie, dessen Bühnenname Eddy Keller war, tanzte einen exzentrischen Tanz und imitierte Hazel Dawn. Margie fand das alles wunderbar, und als Mr. Mandeville eines Abends, während sie ihr Abendbrot aßen, das man aus dem Delikatessenladen geholt hatte, plötzlich sagte, das Kind müsse Gesang- und Tanzstunden nehmen, wäre sie vor Aufregung beinahe gestorben.
»Du schmeißt dein Geld zum Fenster raus, Frank«, sagte Mannie und nagte an einem Hühnerknochen.
»Mannie, man hat dich nicht gefragt«, sagte Florida barsch.
»Ihr Vater war früher einmal ein ausgezeichneter Sänger und Tänzer«, warf Agnes ein – in ihrer atemlosen, schüchternen Art.
In New York hatte jeder Mensch seine Karriere, und Margie beschloß, gleichfalls Karriere zu machen. Tagtäglich ging sie den Broadway entlang zu ihren Unterrichtsstunden in einem Studio in demselben Gebäude, in dem das Lincoln-Square-Theater untergebracht war. Im Oktober traten die »Musikalischen Mandevilles« zwei Wochen dort auf. Fast jeden Tag holte Agnes sie nach dem Unterricht ab; sie verzehrten in einer Milchdiele ein Sandwich und ein Glas Milch und sahen sich dann die Vorstellung an. Agnes konnte sich nie damit abfinden, wie hübsch und jung Mrs. Schwartz hinter den Rampenlichtern war und wie melancholisch und würdig Frank aussah, wenn er in seinem Abendmantel auf die Bühne kam.
Im Winter nahm auch Agnes eine Stellung an. Zusammen mit einer gewissen Miss Franklyn, einer rothaarigen Dame, die Theosophin war und das Kapital beisteuerte, führte sie eine artistische Teestube in der 72. Street ganz in der Nähe des Broadways. Alle arbeiteten sie so fleißig, daß sie sich nur abends trafen, wenn Frank, Florida und Mannie schnell einen Bissen aßen, bevor sie ins Theater fuhren.
Als Margie zum ersten Male auftrat, gaben die »Musika-

lischen Mandevilles« ein Gastspiel in Newark. Sie sollte mitten in der Nummer *Everybody's Doing It* mit einem Reifen herauskommen – in einem blauen Musselinkleid, das sie nicht mochte, weil sie darin wie eine Sechsjährige aussah, und sie meinte, auf der Bühne müßte sie erwachsen aussehen –, ein paar Ragtimeschritte tanzen, dann einen Knicks machen, wie sie ihn im Kloster gelernt hatte, und mit ihrem Reifen hinauslaufen. Frank hatte es unzählige Male mit ihr geprobt. Bei den Proben brach sie oft in Tränen aus, weil Mannie so gemeine Bemerkungen machte.

Sie hatte schreckliche Angst, und ihr Herz klopfte, während sie auf ihr Stichwort wartete, aber bevor sie recht wußte, wie ihr geschah, war es vorüber. Sie war aus den schmutzigen Kulissen in den warmen, glitzernden Glanz der Bühne hinausgelaufen. Man hatte ihr geraten, nicht ins Publikum zu schauen. Nur ein einziges Mal warf sie einen hastigen Blick in die dunkle, lichtbepuderte Höhle mit den Reihen weißer Gesichter. Sie vergaß einige Zeilen und schmiß ihren Auftritt, und nachher weinte sie in ihrer Garderobe, aber Agnes kam zu ihr und sagte, sie sei reizend gewesen, und Frank lächelte zufrieden, und sogar Mannie wollte nichts Boshaftes einfallen. Als sie das nächste Mal dran kam, klopfte ihr Herz nicht mehr so heftig. Alles, was sie tat, selbst die kleinste Kleinigkeit, fand Resonanz in der trüben Gesichterhöhle. Nach Verlauf einer Woche erntete sie so viel Applaus, daß Frank beschloß, die Nummer *Everybody's Doing It* kurz vor dem Finale zu bringen.

Florida Schwartz hatte erklärt, Margery sei als Bühnenname zu vulgär, deshalb hieß sie auf dem Theaterzettel Margo.

Den ganzen Winter und den darauffolgenden Sommer waren sie auf Tournee, schliefen in Pullmanwagen und in allen möglichen Hotels, kamen nach Chicago, Milwaukee, Kansas City und so vielen anderen Städten, daß Margie sich die Namen nicht merken konnte. Agnes fuhr als Garderobiere mit, sie ordnete die Reisen und war das Mädchen für alles. Immerzu wusch und bügelte sie und wärmte Büchsensuppe auf einem Spirituskocher. Margie begann sich zu schämen, weil Agnes auf der Straße neben Florida Schwartz so schäbig

aussah. Sooft sie anderen Theaterkindern begegnete und diese sie fragten, wen sie für den populärsten Schauspieler halte, antwortete sie: Frank Mandeville.
Als der Krieg ausbrach, befanden sich die »Musikalischen Mandevilles« wieder in New York und sahen sich nach einem Engagement um. Eines Abends war Frank eben dabei, einen neuen Plan zu entwickeln – er wollte ihr Programm zu einer Operette im Westentaschenformat erweitern und damit Sensation machen –, da fingen er und die Schwartzens sich wegen des Krieges zu zanken an. Frank sagte, die Mandevilles stammten von einer langen Reihe französischer Adelsleute ab, die Deutschen seien barbarische Schweine und verstünden nichts von Kunst. Die Schwartzens brausten auf und erklärten, die Franzosen seien degeneriert und in Geldsachen unzuverlässig, und Frank habe ihnen gewisse Einnahmen unterschlagen. Sie machten solchen Krach, daß die übrigen Mieter gegen die Wand trommelten und eine Dame mit einem Kamelgesicht, in einem mit roten und blauen Mohnblumen bestickten Morgenrock, das Haar in Lockenwicklern, von unten heraufkam und sie ersuchte, sich ruhiger zu verhalten. Agnes weinte, Frank befahl den Schwartzens mit tönender Stimme, den Raum zu verlassen und sich nie wieder blicken zu lassen, und Margie bekam einen schrecklichen Lachkrampf. Je mehr Agnes sie ausschalt, desto mehr mußte sie lachen. Erst als Frank mit seinem flottgeschneiderten karierten Anzug sie in die Arme nahm und ihr über das Haar und über die Stirne strich, war sie imstande, sich zu beruhigen. Sie ging zu Bett, innerlich war ihr noch immer sehr komisch zumute, immer noch war sie ganz atemlos von dem Geruch nach Bayrum und ägyptischen Zigaretten, der ihre Nase gekitzelt hatte, als sie an Franks Brust lag.
Im Herbst kamen wieder schwere Zeiten, es war nicht leicht, ein Engagement zu kriegen, und Frank hatte keine Partner für sein Programm. Agnes kehrte in Miss Franklyns Teestube zurück, Margie mußte ihre Gesang- und Tanzstunden aufgeben. Sie zogen in ein einzelnes Zimmer mit einer verhängten Nische, in der Margie schlief.
Der Oktober war in diesem Jahr sehr warm. Margie

fühlte sich elend, weil sie den ganzen Tag zu Hause sitzen mußte, die Dampfheizung war nicht ganz abzustellen, und selbst bei offenem Fenster war es zu heiß. Sie war immerzu müde. Im Hause roch es nach Brennschere, nach Schönheitscreme und Rasierseife. Sämtliche Zimmer waren an Theaterleute vermietet, und zu keiner Tageszeit konnte man ins Badezimmer gehen, ohne auf der Treppe verschlafene Menschen in Bademänteln oder Kimonos zu treffen. In den Blicken, mit denen die Männer Margie betrachteten, wenn sie im Korridor an ihnen vorbeistrich, lag etwas Heißes und Klebriges, ihr wurde ganz komisch zumute.

Der Liebste von allen war ihr Frank. Agnes war immer verärgert, entweder hatte sie es eilig, zur Arbeit zu gehen, oder sie kam todmüde von der Arbeit zurück; Frank aber unterhielt sich immer ganz ernsthaft mit ihr wie mit einer erwachsenen jungen Dame. Bei den seltenen Gelegenheiten, wenn er zu Hause war, gab er ihr Deklamationsunterricht und erzählte ihr von der Zeit, da er mit Richard Manfield auf Tournee gewesen war. Er ließ sie kleine Rollen auswendig lernen, und wenn er nach Hause kam, mußte sie sie aufsagen. Wenn sie sie nicht gelernt hatte, wurde er sehr abweisend, ging auf und ab und sagte: »Na ja, es liegt an dir, mein liebes Kind – wenn du Karriere machen willst, mußt du dich anstrengen ... Du hast Talent, aber ohne harte Arbeit ist das schönste Talent nichts wert ... Ich nehme an, du möchtest lieber dein Leben lang so wie Agnes in einer Teestube stehen.«

Dann lief sie zu ihm hin, schlang die Arme um seinen Hals, küßte ihn und sagte: »Wirklich, Frank, ich werde furchtbar fleißig sein.« Wenn sie sich so benahm oder ihm die Haare zerraufte, wurde er nervös und sagte: »Na, na, mein Kind, keine Freiheiten!« – und dann schlug er einen Spaziergang über den Broadway vor. Manchmal, wenn er ein wenig Geld hatte, liefen sie Schlittschuh auf dem St.-Nicholas-Eislaufplatz. Wenn sie von Agnes sprachen, nannten sie sie stets die arme Agnes, als ob sie nicht ganz richtig im Kopf wäre. Sie hatte etwas Bäuerisches, die Agnes.

Aber die meiste Zeit faulenzte Margie oder las in ihrem Zimmer die Illustrierten oder lag auf dem Bett und fühlte, wie die Stunden grauenvoll träge verrannen. Sie träumte von Jungens, die mit ihr ins Theater und ins Restaurant gingen, und in was für Häusern sie wohnen würde, wenn sie erst einmal eine berühmte Schauspielerin war, und was für Schmuck sie tragen würde, oder sie erinnerte sich daran, wie der Indianer, der Chiropraktiker, ihren Rücken massierte, als sie die tolle Migräne hatte. Er war kräftig, braun und sehnig, wie er, in Hemdsärmeln, mit seinen derbknöchligen Händen ihren Rücken bearbeitete. Nur seine Augen flößten ihr ein wunderliches Gefühl ein. Solche Augen sahen sie plötzlich an, wenn sie den Broadway entlangging, dann beschleunigte sie ihre Schritte und wagte nicht sich umzuschauen und kam ganz atemlos und erschrocken nach Haus.

An einem warmen Nachmittag im Spätherbst lag Margie auf ihrem Bett und las eine Nummer von *Smart Set*, die Frank gekauft hatte; sie hatte Agnes versprechen müssen, sie nicht zu lesen. Sie hörte einen Schuh knarren, sprang auf und schob die Zeitschrift unters Kissen. Frank stand in der Tür und sah sie an. Sie brauchte nicht zweimal hinzuschauen, um zu wissen, daß er getrunken hatte. Es war seinen Augen anzusehen, und sein für gewöhnlich blasses Gesicht war gerötet. »Haha, diesmal habe ich dich erwischt, kleine Margo«, sagte er.

»Sicher glaubst du, daß ich meine Rolle nicht kann«, sagte Margie.

»Ich wollte, ich würde meine nicht können«, sagte er. »Ich habe eben den schäbigsten Vertrag meines Lebens unterschrieben ... Bald wird die Welt Frank Mandeville auf der schmutzigen Bühne eines Tingeltangels sehen.« Er setzte sich aufs Bett, ohne den Hut abzunehmen, und legte die Hand vor die Augen. »Mein Gott, bin ich müde...« Dann blickte er mit rotumränderten Augen starr zu ihr auf. »Kleine Margo, du weißt noch nicht, was es heißt, mit der Welt fertig werden zu müssen.«

Margie sagte leise kichernd, sie wisse sehr viel, setzte sich neben ihn aufs Bett, nahm ihm den Hut ab und strich ihm das verschwitzte Haar aus der Stirn. Innerlich hatte sie Angst davor, aber sie konnte es nicht lassen.

»Gehen wir Schlittschuh laufen, Frank, es ist so schrecklich, den ganzen Tag zu Hause zu sitzen.«
»Alles ist schrecklich«, sagte er. Plötzlich zog er sie an sich und küßte sie. Ihr wurde schwindlig von seinem Geruch, Haarwasser, Zigaretten, Whisky, Achselhöhlen. Sie wollte sich losreißen. »Nicht, Frank, nicht.« Er hielt sie fest. Sie fühlte, wie seine Hände zitterten, wie sein Herz unter der Weste klopfte. Er preßte sie mit einem Arm an sich und zerrte mit der anderen Hand an ihrem Kleid. Seine Stimme ähnelte gar nicht mehr Franks Stimme. »Ich werde dir nicht weh tun. Ich werde dir nicht weh tun, Kind. Denk nicht dran. Es ist nichts. Ich kann es nicht mehr aushalten.« Die Stimme hörte nicht auf, ihr das Ohr vollzuwinseln. »Bitte, bitte!«
Sie wagte nicht zu schreien, aus Angst, die Hausbewohner zu alarmieren. Sie biß die Zähne zusammen, hämmerte mit den Fäusten drauflos, zerkratzte das breite, feuchtlippige Gesicht, das ihr Gesicht ins Kissen preßte. Sie fühlte sich kraftlos wie im Traum. Mit dem Knie schob er ihre Beine auseinander.
Als alles vorbei war, weinte sie nicht. Es war ihr egal. Er ging schluchzend im Zimmer auf und ab. Sie stand auf und strich ihr Kleid zurecht.
Er kam zu ihr und rüttelte sie an den Schultern. »Wenn du es weitersagst, bringe ich dich um, du verdammtes Balg... Blutest du?« Sie schüttelte den Kopf.
Er ging zum Waschtisch und wusch sich das Gesicht.
»Ich konnte nichts dafür, ich bin kein Heiliger ... Ich stand unter einem furchtbaren Druck.«
Margie hörte Agnes kommen, ihre knarrenden Schritte auf der Treppe, hörte sie keuchend an der Klinke fummeln.
»Was um Gottes willen ist denn los?« fragte Agnes, als sie atemlos hereinkam.
»Agnes, ich habe deine Tochter abkanzeln müssen«, sagte Frank mit seiner Tragödienstimme. »Ich komme todmüde nach Haus, und da sehe ich, daß das Kind diese Schmutzzeitschrift liest ... Das dulde ich nicht... Nicht solange ihr unter meinem Schutz steht.«
»O Margie, du hast mir versprochen, das Heft nicht an-

zurühren ... Aber was ist denn mit deinem Gesicht passiert?«

Frank kam in die Mitte des Zimmers und betupfte sich das Gesicht mit dem feuchten Handtuch. »Ich muß dir etwas gestehen, Agnes. Ich habe mich in der Stadt auf einen Wortwechsel eingelassen. Es war ein qualvoller Tag. Meine Nerven sind völlig kaputt. Was wirst du von mir denken, wenn ich dir sage, daß ich mit einem Tingeltangel abgeschlossen habe?«

»Das ist fein«, sagte Agnes. »Wir können das Geld wirklich brauchen ... Wieviel wirst du verdienen?«

»Es ist schändlich ... Zwanzig pro Woche.«

»Oh, mir fällt ein Stein vom Herzen ... Ich dachte schon, es wäre etwas Schreckliches passiert ... Vielleicht kann Margie jetzt wieder Stunden nehmen.«

»Ja, wenn sie brav ist und nicht ihre Zeit mit Schundlektüre vergeudet.«

Margie zitterte innerlich wie Espenlaub. Sie fühlte, wie ihr der kalte Schweiß ausbrach. Sie lief ins Badezimmer hinauf, sperrte die Tür zweimal ab, stolperte zur Toilette und übergab sich. Dann blieb sie lange auf dem Rand der Badewanne sitzen. Ihr wollte nichts anderes einfallen, als davonzulaufen.

Aber aus dem Davonlaufen schien nichts werden zu wollen. Zu Weihnachten besorgten ihr einige Freunde Franks eine Rolle in einer Kindervorstellung. Sie verdiente fünfundzwanzig Dollar pro Vorstellung und war der Liebling aller vornehmen Damen. Sie wurde ganz pampig. Beinahe wäre sie dabei erwischt worden, wie sie es hinter einigen alten Kulissen während einer Probe, da das Theater verdunkelt war, mit dem Jungen, der den Ritter spielte, treiben wollte. Es war furchtbar, mit Frank und Agnes in einem Zimmer hausen zu müssen. Jetzt haßte sie beide. Nachts lag sie wach mit brennenden Augen in der heißen Nische und hörte zu. Sie wußte, daß sie sich bemühten, möglichst leise zu sein, daß sie es nicht hören sollte, aber sie spitzte unwillkürlich die Ohren und hielt den Atem an, wenn die Sprungfedern des klapprigen alten Eisenbettes, in dem sie lagen, leise zu knarren begannen. Nach solchen Nächten

schlief sie bis in den Tag hinein, einen furchtbar tiefen Schlaf, aus dem sie am liebsten nie mehr erwacht wäre. Sie begann Agnes frech und höhnisch zu behandeln und tat nie, was sie sagte. Es war leicht, Agnes zum Weinen zu bringen. »Hol der Kuckuck das Kind«, sagte Agnes, sich die Augen wischend. »Ich werde nicht mit ihr fertig. Das bißchen Erfolg ist ihr zu Kopf gestiegen.«
In diesem Winter stand immer, wenn sie vorüberkam, der Indianer in seiner Tür. Braun und sehnig stand er da in seinem weißen Kittel, immer wollte er mit ihr plaudern oder ihr ein Bild zeigen oder dergleichen. Er offerierte ihr sogar eine kostenlose Behandlung, aber sie sah ihm fest in seine wunderlichen, blauschwarzen Augen und hielt ihn hin. Eines Tages aber, als er gerade keine Patienten hatte, ging sie in seine Praxis und setzte sich wortlos auf seinen Schoß.
Am besten aber unter den Hausbewohnern gefiel ihr ein blutjunger Kubaner namens Tony Garrido, er begleitete auf der Gitarre zwei Südamerikaner, die in einem Broadwayvarieté den *Maxixe* tanzten. Sie begegnete ihm oft auf der Treppe und wußte genau Bescheid, und lange bevor sie auch nur ein Wort miteinander gewechselt hatten, stellte sie fest, daß sie in ihn verliebt war. Er sah so jung aus mit seinen großen, braunen Augen, seinem glatten, ovalen Gesicht, das von einem hellen Kaffeebraun war mit einer feinen Röte unter den hohen, länglichen Backenknochen. Sie war neugierig, ob er am ganzen Körper so braun sei. Er hatte ein höfliches, schüchternes Benehmen und eine tiefe Stimme wie ein Erwachsener. Als er sie zum erstenmal anredete, an einem Frühlingsabend, da sie vor der Haustür stand und sich verzweifelt überlegte, was sie anfangen könnte, um nicht hinaufgehen zu müssen, wußte sie gleich, er würde auf sie fliegen. Sie zog ihn auf und fragte ihn, was für ein Mittel er benütze, um seine Wimpern so schwarz zu färben. Er erwiderte, dasselbe Mittel, von dem ihr Haar so hübsch und goldblond geworden sei, und er lud sie zu einem Icecreamsoda ein.
Nachher gingen sie auf dem Drive spazieren. Er sprach gut Englisch mit einem leichten Akzent, den Margie sehr

distinguiert fand. Dann hörten sie bald mit den Spötteleien auf, und er erzählte ihr, daß er Heimweh nach Havanna habe und sich danach sehne, aus New York wegzukommen, und sie erzählte ihm, was für ein schreckliches Leben sie führe, und wie sämtliche Männer im Haus sie in die Schenkel kniffen und sich auf der Treppe an sie heranmachten, und sie würde ins Wasser gehen, wenn sie weiterhin mit Agnes und Frank Mandeville in einem Zimmer wohnen müßte. Und was den Indianer betreffe, von ihm würde sie sich nicht anrühren lassen, und wenn er der einzige Mann auf Gottes Erdboden wäre.

Sie gingen erst nach Hause, als es für Tony Zeit war, sich in sein Varieté zu begeben. Statt zu Abend zu essen, verzehrten sie noch zwei Icecreamsodas. Überglücklich kehrte Margie nach Haus zurück. Als sie den Drugstore verließen, hatte sie eine Frau zu einer Bekannten sagen hören: »Schau, so ein hübsches junges Paar.«

Natürlich machten Agnes und Frank ihr eine Szene. Agnes weinte, Frank steigerte sich in eine sinnlose Wut hinein und erklärte, er würde diesem verfluchten Zigeuner den Schädel einschlagen, wenn er es wagte, eine hübsche, unschuldige Amerikanerin auch nur mit dem kleinen Finger anzurühren. Margie schrie zurück, sie lasse sich nichts dreinreden, und sagte die schlimmsten Gemeinheiten, die ihr nur einfallen wollten. Sie beschloß, Tony zu heiraten und mit ihm nach Kuba durchzubrennen.

Tony schien nicht viel von diesem Plan zu halten, aber sowie Frank um die Mittagszeit aus dem Hause verschwand, lief sie in Tonys kleines Schlafzimmer hinauf, das einen direkten Eingang vom Flur aus hatte, weckte ihn auf, neckte ihn, streichelte ihn. Er wollte sich mit ihr hinlegen, aber sie sagte nein. Das erste Mal, als sie ihn abwehrte, brach er zusammen und weinte und sagte, das sei eine Beleidigung, in Kuba erlaubten die Männer den Frauen nicht, sie so zu behandeln. »Es ist das erste Mal in meinem Leben, daß eine Frau meine Liebe zurückweist.«

Margie sagte, sie habe keine Lust dazu, solange sie nicht verheiratet seien und dieses schreckliche Haus verlassen hätten. Endlich, eines Nachmittags, quälte sie ihn so lange, bis er ja und amen sagte. Sie steckte ihr Haar auf dem Scheitel hoch, zog das Kleid an, in dem sie möglichst erwachsen aussah, und sie fuhren mit der Untergrundbahn ins Heiratsbüro. Beide hatten schreckliche Angst, als sie vor dem Registrator erscheinen mußten. Tony war einundzwanzig, Margie behauptete, neunzehn zu sein, und man ließ es ihr durchgehen. Das Geld für die Lizenz hatte sie aus Agnes' Geldtäschchen gestohlen.

In den paar Wochen, die sie warten mußten, bis Tonys Vertrag zu Ende ging, wurde Margie fast verrückt. Dann, eines Tages im Mai, als sie an seine Tür klopfte, zeigte er ihr zwei Hundertdollarscheine, die er gespart hatte, und sagte: »Heute heiraten wir. Morgen segeln wir nach *La 'Avana*. Dort können wir viel Geld verdienen. Du wirst tanzen, und ich werde zur Gitarre singen.« Mit den schlanken Fingern seiner schmalen Hand mimte er die Gebärde des Gitarrespielens. Ihr Herz begann heftig zu pochen. Sie lief hinunter. Frank war bereits weggegangen. Auf das Stück Karton, das mit einem von Franks gestärkten Hemden aus der Wäscherei gekommen war, kritzelte sie ein paar Zeilen an Agnes:

Liebe Agnes, sei nicht böse. Tony und ich haben heute geheiratet, und wir fahren nach Havanna auf Kuba, wo wir uns niederlassen wollen. Sag Vater Bescheid, wenn du ihn siehst. Ich werde oft schreiben. Grüße an Frank. Deine dankbare Tochter Margery...

Dann stopfte sie ihre Kleider in einen schweinsledernen Koffer, der Frank gehörte und den er soeben erst aus der Pfandleihe geholt hatte, und lief die Treppe hinunter, drei Stufen auf einmal nehmend. Tony erwartete sie vor dem Haustor, blaß und zitternd, er hatte seinen Gitarrenkasten und seinen Koffer neben sich. »Mir liegt nichts am Geld«, sagte er. »Nehmen wir ein Taxi.«

Im Taxi drückte sie seine Hand, sie war eiskalt. Im Rathaus wurde er so konfus, daß er sein Englisch vergaß und sie sich um alles kümmern mußte. Sie borgten vom Friedensrichter einen Ring. In einer Minute war es vorbei, und sie saßen wieder im Taxi, auf dem Wege zum Vorstadthotel. Margie konnte sich nachher nicht mehr erinnern, was für ein Hotel es gewesen war, sie wußte nur, daß sie sehr nervös waren und der Portier ihnen nicht glauben wollte, daß sie verhei-

ratet seien, bis sie ihm den Trauschein zeigte, ein großes Blatt Papier, rundherum mit Vergißmeinnicht verziert. Als sie aufs Zimmer kamen, küßten sie einander hastig und wuschen sich dann, um ins Varieté zu gehen. Zuerst aber gingen sie ins *Shanley* essen. Tony bestellte teuren Sekt, beide kamen davon ins Kichern.
Er betonte immer wieder, was für eine reiche Stadt *La 'Avana* sei und wie dort die ausübenden Künstler so richtig respektiert würden, reiche Leute zahlten ihm fünfzig und hundert Dollar für einen einzigen Abend, wenn er bei ihren Empfängen spielte. »Und wenn du mit dabei bist, Margo, mein Schatz, bekommen wir zwei-, drei-, sechsmal soviel... Und wir mieten ein schönes Haus in Vedado, einem sehr exklusiven Viertel, und die Dienstboten sind dort sehr billig, und du wirst wie eine Königin leben. Du wirst sehen, ich habe dort viele Freunde, viele reiche Leute haben mich sehr gern.«
Margie lehnte sich auf ihrem Stuhl zurück, betrachtete das Restaurant, die gutgekleideten Herren und Damen, die unterwürfigen Kellner, die silbernen Schüsseln, auf denen das Essen serviert wurde, und Tonys lange Wimpern, die seine rosigen Wangen streiften, wenn er erzählte, wie warm es dort sei und wie kühl der Meerwind, und die Palmen und die Rosen und die Papageien und die Singvögel in den Käfigen, und daß jeder in *La 'Avana* mit Geld um sich schmeiße. Es schien der einzige glückliche Tag zu sein, den Margie je erlebt hatte.
Als sie sich am nächsten Tag einschifften, reichte Tonys Geld nur für die zweite Klasse. Um sich ein Taxi zu ersparen, fuhren sie mit der Hochbahn nach Brooklyn. Margie mußte beide Koffer die Stufen hinaufschleppen, weil Tony sagte, er habe Kopfschmerzen und fürchte, die Gitarre fallen zu lassen.

Weltwochenschau LIV

das Vormittagsgeschäft war in keiner Weise merkwürdig. In den ersten Stunden wurden die üblichen Käufe und Verkäufe getätigt, um vorhandene Saldi auszugleichen, aber kurz nach elf begannen die Kursschwankungen nachzulassen und zeigten allmählich eine festere Tendenz...

FRISEURKUNDEN AM TIMES SQUARE NUR HALB RASIERT

WILL DIE ERNTEN IN DEN SCHEUNEN VERFAULEN LASSEN BIS DIE PREISE SINKEN

Russische Baronin begeht in Miami Selbstmord

...ein Mädel, das man gleich vergißt,
Nur ein Spielzeug, das nachher keiner vermißt

COOLIDGE SCHILDERT DEN DURCH SEINE POLITIK GESCHAFFENEN WOHLSTAND DES LANDES

LEOPARDENJAGD IN DEN WÄLDERN VON JERSEY

Liliputanerin Mordzeugin

Es mußte geschafft werden, und ich habe es geschafft, sagte Miss Ederle

ZWEIUNDZWANZIG ANGEKLAGTE IM FLORIDA-PROZESS

Neuer Zeuge sagt aus, er habe gesehen, wie eine Frau, die Mrs. Hall ähnelte, in der Nähe der Mordstätte einen Mann und eine Frau beschimpfte mehrere hundert Zelte und sonstige leichte Unterkünfte, die von Ausflüglern auf einer Anhöhe südlich der Front Street mit dem Blick auf den Hampstead Harbor errichtet worden waren, fielen reihenweise vor dem Tornado zusammen wie Gras vor der Sichel...

Wenn der Hochzeitsmarsch erklingt,
Wirst du still beiseite stehen

3000 AMERIKANER OHNE GELD IN PARIS

Ich bin halt so arm,
Daß Gott erbarm –
Daß keiner mich mag
Bis zum heutigen Tag

ÜBERSCHWEMMUNG FORDERT NEUN MENSCHENLEBEN

SCHEICH AUF DER SCHIEFEN BAHN

Der bekannte Filmstar Rudolph Valentino ist gestern in seinem Appartement im Hotel *Ambassador* schwer erkrankt. Mehrere Stunden später wurde er im Krankenhaus...

DER ADAGIO-TÄNZER

Der neunzehnjährige Sohn eines Veterinärs in Castellaneta in Süditalien wurde wie so viele andere zügellose junge Italiener nach Amerika verfrachtet, nachdem seine Eltern die Hoffnung aufgegeben hatten, ihn zurechtstutzen zu können: dort sollte er sich auf eigene Faust durchschlagen oder zugrunde gehen, und vielleicht würde es ihm gelingen, per internationaler Postanweisung ein paar Lire nach Hause zu schicken. Die Familie war mit ihm fertig. Aber Rodolfo Guglielmi wollte sich durchsetzen.

Er bekam eine Stellung als Hilfsgärtner im Central Park, aber solche Beschäftigungen waren das letzte, das er sich gewünscht hätte. Er wollte ins Rampenlicht. Geld brannte ihm auf den Nägeln.

Er trieb sich vor den Varietés umher, leistete allerlei Handlangerdienste, fegte für die Kellner den Saal aus, wusch Autos. Er war faul, schön, gut gewachsen, gutmütig und eitel, der geborene Tangotänzer.

Liebesdurstige Frauen fanden ihn reizend. Er wurde als Tangotänzer in Ballsäle und Varietés engagiert. Zusammen mit einer Partnerin namens Jean Acker unternahm er eine Revuetournee und nannte sich Rudolph Valentino.

Als er an der Westküste strandete, ging er nach Hollywood und arbeitete dort lange Zeit als Statist für fünf Dollar am Tage. Die Regisseure merkten allmählich, daß er sich gut photographieren ließ.

In den *Vier apokalyptischen Reitern* bekam er seine erste Chance und wurde der Gigolo aller Frauenträume.

Valentino verbrachte sein Leben in dem farblosen Glanz der Scheinwerfer, in Stuckvillen voller Nippsachen, Orientteppiche, Tigerfelle, in den Brautgemächern vornehmer Hotels, in Privatautos, mit einem seidenen Bademantel angetan.

Stets war er damit beschäftigt, entweder in eine Limousine einzusteigen oder aus einer Limousine auszusteigen – oder die Kruppe schöner Pferde zu tätscheln.
Wo er ging und stand, eilten ihm die Sirenen der motorisierten Polizei voran,
Blitzlichter flammten auf.
In den Straßen drängten sich hysterische Gesichter, winkende Hände, rollende Augen. Sie hielten ihm ihre Autogrammbücher hin, rissen ihm die Knöpfe ab, schnitten ihm einen Schoß von seinem wundervoll geschneiderten Frack ab. Sie stahlen seinen Hut und zerrten an seinem Schlips. Seine Kammerdiener zogen junge Mädchen unter dem Bett hervor. Nächte hindurch beäugten ihn in den Nachtlokalen und Varietés junge Schauspielerinnen, die danach lechzten, Stars zu werden, mit Schafsblicken unter den dick getuschten Wimpern.
Er wollte sich im Strahlenglanz der Dollarmillionenlichter des *El Dorado*
durchsetzen:
Der Scheich, Sohn des Scheichs –
persönliches Auftreten...

Er heiratete seine frühere Tingeltangelpartnerin, ließ sich von ihr scheiden, heiratete die Adoptivtochter eines Millionärs, prozessierte mit den Filmproduzenten, welche die Filmkunst entwürdigten, gab auf einer Europareise eine Million Dollar aus –
er wollte sich im Rampenlicht durchsetzen.
Als die *Chicago Tribune* ihn als eine rosa Puderquaste bezeichnete
und alle den Kopf zu schütteln begannen, weil er ums Handgelenk eine Sklavenfessel trug, die, wie er behauptete, seine Frau ihm geschenkt hatte, und einen seltsamen Geschmack für schleimige Verse bekundete (er veröffentlichte ein Bändchen Gedichte unter dem Titel *Tagträume*), und als außerdem immer lauter über die Zeugenaussage in seinem Scheidungsprozeß gemunkelt wurde, daß er und seine erste Frau nie miteinander geschlafen hätten,
da brach ihm das Herz.

Er versuchte, die *Chicago Tribune* zu einem Duell herauszufordern –
er wollte sich durchsetzen
in dem mannsprotzigen, hartfäustigen, cowboyromantischen, pokerspielenden, börsennärrischen Amerika. Er war ein leidlicher Boxer und saß gut zu Pferd, er liebte wie ein echter Scheich die Wüste und war von der Sonne Palm Springs gebräunt. In seinem Appartement im Hotel *Ambassador* in New York brach er zusammen: Magengeschwür. Als die Ärzte seinen elegant geformten Körper öffneten, fanden sie eine beginnende Bauchfellentzündung. Die Bauchhöhle enthielt eine große Menge Flüssigkeit und Nahrungsreste. Die Eingeweide waren mit einer grünlichgrauen Schicht überzogen. In der vorderen Magenwand war ein rundes Loch zu sehen, einen Zentimeter im Durchmesser. Das Magengewebe in der unmittelbaren Umgebung der Perforation war bis zu eineinhalb Zentimetern brandig. Der Blinddarm war entzündet und nach dem Dünndarm hin verschoben.
Als er aus der Narkose erwachte, war sein erstes Wort: »Na, habe ich mich wie eine rosa Puderquaste benommen?«

Sein kostbar massierter Schauspielerleib kämpfte sechs Tage lang gegen die Bauchfellentzündung an.
Die Telephonzentrale des Krankenhauses wurde mit Anrufen bestürmt, die Gänge waren voller Blumen, Menschenmassen versammelten sich draußen in den Straßen, Filmstars, die behaupteten, mit ihm verlobt zu sein, nahmen den nächsten Zug nach New York.
Am späten Nachmittag fuhr eine Limousine vor dem Portal des Krankenhauses vor (wo die schmutzfingrigen Reporter und Pressephotographen gelangweilt, müde, übernächtig umherstanden, allzu viele Zigaretten rauchten, ab und zu in die nächste Schmuggelkneipe verschwanden, Witze machten, Weisheiten austauschten und darauf warteten, daß er noch vor Redaktionsschluß das Zeitliche segnen würde), und eine Frauensperson, von der es hieß, sie sei das Hausmädchen einer Tänzerin, die Valentinos erste Frau gewesen war, stieg aus. Sie übergab einem Krankenpfleger einen an

den Filmstar adressierten Briefumschlag mit dem Vermerk »Von Jean« und ein Paket. Das Paket enthielt eine weiße Bettdecke mit Spitzenbesatz und dem Namen Rudy in die vier Ecken eingestickt nebst einem dazu passenden Kissenüberzug, in dem ein blauseidenes, parfümiertes Kissen steckte.
Als Rudolph Valentino starb, war er erst einunddreißig.

Seine Agenten wollten aus dem weit und breit ausposaunten Leichenbegängnis eine große Sache machen, aber die Menschen in den Straßen wurden völlig verrückt.
Während Valentino in einem mit Goldbrokat bedeckten Sarge aufgebahrt lag, drängten sich draußen in den Straßen Zehntausende von Männern, Frauen und Kindern. Hunderte wurden niedergetrampelt, gerieten mit den Füßen unter die Hufe der Polizeipferde. In dem Nieselregen verloren die Blauen die Selbstbeherrschung. Dichte Menschenmassen flüchteten vor den Knüppeln und den sich bäumenden Gäulen. Die Begräbniskapelle wurde ausgeplündert, Männer und Weiber prügelten sich um eine Blume, ein Stück Tapete, eine Scherbe des zerbrochenen Spiegelglasfensters. Schaufenster wurden eingedrückt, geparkte Autos umgeworfen und zertrümmert. Als es der berittenen Polizei nach wiederholten Attacken endlich gelang, die Masse vom Broadway zu vertreiben, wo der Verkehr zwei Stunden lang gestockt hatte, wurden achtundzwanzig verschiedene Schuhe, eine Wagenladung Schirme, Papier, Hüte, abgerissene Ärmel zusammengekarrt. Sämtliche Ambulanzen in diesem Viertel der Stadt waren damit beschäftigt, Frauen abzutransportieren, die ohnmächtig geworden, und junge Mädchen, die unter die Hufe geraten waren. Epileptiker bekamen ihre Anfälle. Die Polizei sammelte kleine Gruppen verlassener Kinder ein. Die Faschisten schickten eine Ehrenwache, und die Antifaschisten jagten sie weg. Neue Aufläufe, noch mehr zerbeulte Schädel und zertrampelte Füße. Als der Öffentlichkeit der Zutritt zu den Räumen der Leichenbestattungsfirma untersagt wurde, verschafften sich Hunderte schlagzeilenvergifteter Weiber Einlaß, um den armen Leichnam zu besichtigen, indem sie behaupteten,

ehemalige Tanzpartnerinnen zu sein, Spielgefährtinnen, Verwandte aus der alten Heimat, Filmstars. Alle paar Minuten fiel eine junge Dame an der Bahre in Ohnmacht und wurde von den Pressevertretern gelabt, die ihren Namen und ihre Adresse und ihren Anspruch auf Publizität notierten. Frank E. Campbells Leichenträger und Bahrtuchhalter, würdig angetan mit schwarzem Tuch und Trauerflor, waren einem Nervenzusammenbruch nahe. Diesmal bekam sogar der Chef mehr Reklame, als er sich je gewünscht hatte.

Es dauerte zwei Tage, bevor die Polizei die Straße so weit gesäubert hatte, daß die Kränze aus Hollywood hineingetragen und in den Abendblättern beschrieben werden konnten.

Der Begräbnisgottesdienst glückte besser. Der Polizeipräsident ließ im Umkreis von vier Häuserblocks sämtliche Zufahrtsstraßen sperren.

Zahlreiche Notabilitäten wohnten dem Gottesdienst bei.

Amerikas Sweetheart, bitterlich weinend, auf dem Kopf einen kleinen schwarzen Strohhut mit einem schwarzen Band und einer schwarzen Schleife, in schwarzem Georgette mit einem weißen Spitzenkrägelchen und weißen Spitzenmanschetten, ging hinter dem Sarge her, der
mit einer Fülle rosaroter Rosen bedeckt war –
Abschiedsgruß einer Filmschauspielerin, die persönlich, tief verschleiert, zum Begräbnis erschienen war und in Ohnmacht fiel und in ihre Suite im Hotel *Ambassador* transportiert werden mußte, nachdem sie den Reportern eine schriftliche Mitteilung gezeigt hatte, die angeblich einer der Ärzte ihr hatte zukommen lassen und in der behauptet wurde, Rudolph Valentino habe kurz vor seinem Ende
sie
als seine künftige Braut bezeichnet.

In London beging eine junge Frau Selbstmord.

Verwandte, die aus Europa kamen, wurden mit Polizeireserven und schwarz drapierten italienischen Fahnen empfangen. Der ehemalige Schwergewichtsmeister Jim Jeffries sagte: »Na, er hat sich durchgesetzt!« Der Herr Exmeister

persönlich gestattete den Pressevertretern, seine Worte zu zitieren. Er betonte, der junge Mann habe gern geboxt und sei ein großer Verehrer des Herrn Exmeisters gewesen.
Der Zug mit dem Sarg fuhr nach Hollywood ab.
In Chicago gab es wieder etliche Verletzte unter der Menschenmenge, die den Sarg sehen wollte, aber darüber wurde nur noch im Inneren des Blattes berichtet.
Die Ankunft des Leichenzuges in Hollywood erfolgte auf Seite 23 der *New York Times*.

Weltwochenschau LV

MENSCHENMASSEN IN DEN STRASSEN

Geisteskranker sprengt Bank in die Luft

KRISHNAMURTI IN NEW YORK ERKLÄRT, DAS GLÜCK DER MENSCHHEIT ZU VERKÜNDEN

Schließt die Türen,
Sie kommen
Durch die Fenster

AMERIKANISCHE MARINETRUPPEN LANDEN IN NIKARAGUA, UM DIE AUSLÄNDER ZU SCHÜTZEN

PANGALOS ZUR STRECKE GEBRACHT – IN ATHEN GEFANGEN

Schließt die Fenster,
Sie kommen durch die Tür

Zeugin erklärt, die Liliputanerin gesehen zu haben, aber beide können sie den Angeklagten nicht identifizieren

IN NEW YORK SAMMELN SICH DIE GELDER

die Gier nach Profiten und immer größeren Profiten wuchs ständig, und die Jagd nach leicht verdientem Geld wurde nahezu allgemein. Das bedeutete, daß jedermann versuchte, sich fremden Besitz anzueignen, ohne entsprechende Gegenleistungen zu bieten...

»Arzt«, der bei Valentinos Begräbnis eine prominente Rolle gespielt hat, entpuppt sich als ehemaliger Sträfling

VÖLLIG UNBEKANNT, SAGT DER AGENT

Schließt die Türen, sie kommen durch die Fenster –
Du mein Gott, sie kommen durchs Parkett...

Das Kamera-Auge 47

Sirenen blühen im Nebel über dem Hafen ... Hupen in allen Couleurs ... Pfiffe jeglichen Formates bäumen sich aus den Wassern des Flusses und dazu das Sprudeln der Schrauben das Dröhnen der Motoren . . . Glocken
das stete, abgehackte Rauschen der vom Berg zerteilten Wellen
aus dem unsichtbaren Gewirr greifen tastend durch das Fenster zuckende Fühler
um die Feder auszulösen
noch heute geh los irgendwohin tritt bei unterschreib auf der punktierten Linie damit du einer der vielen wirst
geh und versetz den alten Regenrock der Ungewißheit (in dem du dich einsam verkriechst – aus dem umgekehrten Bild auf der Netzhaut sollst du mühsam farbenechte Worte formen helle Erinnerung und dunkle Mühe ... um das Gestern wieder aufzubauen ... um Papierfiguren auszuschneiden Wachstum zu simulieren . . . Gesichter aus Zeitungspapier zu formen sie zu glätten und zu knittern je nach den vielfältigen kaum empfundenen Geschwindigkeiten der Zeit)
heute nacht ... der dumpfe Lärm das Durcheinander des Aufbruchs füllen den Raum . . . der Entdeckungsreisende rafft das Allernötigste zusammen paukt sich selber einen Anfang ein
lieber zuerst die Straßen . . . zuerst umherspazieren . . . dem Zentrum zu der Vorstadt zu . . . an den Piers entlang unter der Hochbahn die Gesichter in den Taxis betrachten die Lastwagenchauffeure die alten Männer kauend hinter den Scheiben der Kneipen betrunkene Stromer Kotze geifernd in den finsteren Hintergäßchen was liest der Zeitungsverkäufer? was hat der grauhaarige Italiener der Kastanien feilhält der dicken Frau hinter den Gurkengläsern zugeflüstert? wo will sie hin die häßliche Kleine mit dem roten Hut die

die Treppe der U-Bahn herauf läuft? und der Blaue der über die Straße weg mit dem anderen Blauen Witze reißt? . . . und der schmatzende Kuß zweier Schatten unter dem Vorbau des Sandsteinhauses und die mürrischen Gesichter an der Straßenecke plötzliche Schreie aus schwarz aufgerissenen Mäulern . . . Knüppel sausen ein Pfiff davoneilende Schritte . . . das große Ereignis?
heute nacht
statt dessen findest du dich selber dein Ich (wenn das Ich der Bauchwehsimulant ist der dich so oft auf ziellosen Wegen begleitet) vergessen die Arbeitssuche . . . vergessen die Anschlagtafel auf der die Zukunft mit Kreide geschrieben steht
unter flinken kleinen Chinesen im *Thalia*
ohrenbetäubender Lärm fremdartiger Gongs kicherndes Rasseln das Gepfeife unbegreiflicher Flöten das Auf und Ab das Näseln unverständlicher Worte
Musik aus einer anderen Welt Possen Posen Kostüme
ein Fremdling den keiner kennt
mit unbekanntem Ziel
den Hut in die Stirn gedrückt ins . . . hat er denn eins? . . . Gesicht . . .

CHARLEY ANDERSON

Es war ein heller, metallisch glitzernder Januartag, als Charley in die Stadt fuhr, um mit Nat Benton zu lunchen. Er kam ein wenig zu früh ins Büro des Börsenmaklers, wartete in dem leeren Raum und blickte durch die breiten Stahlrahmenfenster auf den North River und die Freiheitsstatue hinaus, auf die dahinterliegende schimmernde Bucht mit ihren grünen Kräuselwellen im Nordwestwind, mit den weißen Rauchbäuschen der Schlepper (betupft), mit Gischtfetzen und dem schäumenden Kielwasser der gegen den Wind fahrenden Frachter (gestreift), mit Leichtern und Schuten, Autofähren, Prahmen und den roten, stupsnäsigen Passagierfähren (kariert). Ein Schoner mit grauen Segeln lief vor dem Winde aus. Charley saß an Nat Bentons Schreibtisch, rauchte eine Zigarette und paßte gut auf, daß die Asche in dem polierten Messingbehälter neben dem Schreibtisch landete. Das Telephon surrte. Es war die Telephonistin. »Mr. Anderson – Mr. Benton läßt sagen, er bittet Sie, ihn noch für ein paar Minuten zu entschuldigen. Er ist auf der Börse. Er wird gleich kommen.« Ein wenig später steckte Benton sein mageres blasses Gesicht auf dem langen Hühnerhals durch den Spalt der Tür herein. »Hallo, Charley – ich komme sofort.« Charley hatte Zeit, noch eine Zigarette zu rauchen, bevor Nat Benton endgültig erschien. »Sie sind sicher halb verhungert.« – »Das macht nichts – ich habe die schöne Aussicht genossen.«

»Aussicht? ... Ja, gewiß ... Ich glaube, ich werfe die ganze Woche lang keinen Blick aus dem Fenster ... Dabei hat Vanderbilt auf einer dieser ollen Fähren angefangen ... Ich glaube, wenn ich nicht immerzu meine Nase in den Ticker stecken würde, ginge es mir besser ... Los, wir wollen einen Bissen essen.« Als sie im Fahrstuhl hinunterfuhren, sagte Benton: »Sie zu erwischen, ist bei Gott ein Kunststück.«

Charley erwiderte lachend: »Das erste Mal seit einem Jahr, daß ich das Arbeitszeug loswerde.«
Als sie durch die Drehtür ins Freie kamen, fühlten sie die beißende Kälte. »Wissen Sie, Charley, in Wall Street spricht man ziemlich viel über eure Firma... *Askew-Merrit* sind gestern um fünf Punkte gestiegen. Neulich war ein Mann aus Detroit hier, ein Erdschaufelfritze – Sie kennen den Tern-Konzern –, und hat Sie überall gesucht. Wenn er nächstens wiederkommt, werden wir zusammen lunchen.«
Als sie zu der Ecke unter der Hochbahn kamen, peitschte ein eisiger Wind ihre Gesichter und trieb ihnen die Tränen in die Augen. Die Straße wimmelte von Menschen. Männer, Laufburschen, hübsche Stenotypistinnen, alle hatten die gleichen sorgenvollen Mienen und gehetzten Lippen wie Nat Benton. »Schön kalt heute.« Benton schnappte nach Luft und schlug den Kragen hoch. »Diese Dampfheizung verweichlicht.« Sie flüchteten mit geduckten Köpfen in ein Haustor und stiegen in den Warmebrötchengeruch eines Kellerlokals hinab. Als sie sich hinsetzten, um die Speisekarte zu studieren, kribbelten ihnen noch immer die Gesichter von der Kälte.
»Wissen Sie«, sagte Benton, »ich habe den Eindruck, ihr seid auf dem besten Weg, einen Batzen Geld zu verdienen.« »Es war wirklich nicht leicht, den Karren in Gang zu bringen«, sagte Charley, während er seinen Löffel in einen Teller Erbsensuppe tauchte. Er war hungrig. »Kaum schaut man weg, geht etwas schief, und der ganze Betrieb bricht zusammen. Jetzt aber habe ich einen prächtigen Werkmeister erwischt. Einen Piefke, der bei den Fokkerwerken angestellt war.«
Nat Benton aß Roastbeefbrote und trank dazu Buttermilch. »Ich habe eine ebenso schlechte Verdauung wie...« – »John D. Rockefeller«, warf Charley ein. Beide lachten.
Benton setzte das Gespräch fort. »Aber wie gesagt, ich verstehe nichts von Fabrikationsproblemen. Ich habe mir nur überlegt, das Geheimnis, in dieser Branche Geld zu verdienen, liegt darin, geeignete Leute zu finden, die für einen arbeiten. Sie arbeiten für einen, oder man arbeitet für sie. Darauf läuft es hinaus. Ihr stellt dort draußen in Long Island City die Ware her, aber wenn ihr Geld verdienen

wollt, müßt ihr zu uns in die Stadt kommen und es *hier* verdienen... Habe ich recht?«
Charley blickte von dem saftigen Beefsteak auf, das er soeben anschneiden wollte. Er fing zu lachen an. »Vermutlich«, sagte er. »Man müßte ein kompletter Idiot sein, um sein Leben lang an einem Zeichenbrett zu kleben.« Sie unterhielten sich eine Weile über Golf, dann, beim Kaffee, sagte Benton: »Charley, ich wollte Ihnen bloß einen Tip geben, weil Sie gewissermaßen mit Doris Humphries befreundet sind – verkaufen Sie ja keine Aktien! An Ihrer Stelle würde ich soviel Bargeld wie nur möglich zusammenkratzen und alles, was auf dem Markt herumschwirrt, gegen Deckung aufkaufen. Dazu werden Sie bald Gelegenheit haben.«
»Sie glauben, der Kurs wird weitersteigen?«
»Also ganz unter uns... Merritt und seine Leute sind beunruhigt. Sie wollen verkaufen, deshalb muß man mit einem Kursfall rechnen. Darauf warten die Tern-Leute in Detroit, um billig reinzukommen, verstanden? Eure kleine Firma gefällt ihnen. Euren Motor finden sie prima. Wenn es Ihnen recht ist, will ich gern aus alter Freundschaft Ihr Maklerkonto verwalten.«
Charley lachte. »Das hätte ich mir auch nicht träumen lassen, daß ich eines Tages ein Maklerkonto haben werde... Aber bei Gott, Sie könnten recht haben.«
»Ich möchte nicht gern, daß Sie eines Morgens aufwachen und auf dem Pflaster liegen, mein lieber Charley.«
Nachdem sie gegessen hatten, fragte Benton Charley, ob er schon einmal die Börse in Betrieb gesehen habe. »Wenn man sie nie gesehen hat, ist es interessant, sie anzusehen«, sagte er und führte Charley über den Broadway, wo der schneidende Wind ihre Gesichter peitschte, durch eine schmale, von hohen Gebäuden beschattete Straße in ein von Menschen wimmelndes Vestibül. »Diese Kälte beißt in die Ohren«, sagte er. – »Da müßten Sie erst mal dort sein, wo ich zu Hause bin«, sagte Charley. Sie fuhren mit einem Fahrstuhl nach oben und kamen in einen kleinen Raum, wo einige ältere, uniformierte Typen Nat Benton mit ziemlichem Respekt begrüßten. Nat schrieb sich in ein Buch ein, und sie wurden durch eine schmale Tür auf die Besucher-

galerie geführt. Dort standen sie eine Weile und blickten in eine große, grünliche Halle hinab, die an einen Bahnhof erinnerte, auf die Köpfe zahlreicher Männer, die teils uniformiert waren, teils weiße Abzeichen trugen und langsam die Kursstände umkreisten. Manchmal verdichtete sich das Gedränge an dem einen Pult, mal an dem anderen. Geräusche erfüllten die Luft und übertönten den Stimmenlärm, das Füßescharren, das leise Klicken der Apparaturen. »Es sieht nach nichts aus«, sagte Nat, »aber hier wandern die Vermögen von Hand zu Hand.« Nat zeigte Charley die Pulte, an denen verschiedene Aktienkategorien gehandelt wurden. »Luftfahrtpapiere stehen wohl nicht sehr hoch im Kurs«, sagte Charley. »Nein«, sagte Nat, »man interessiert sich nur für Stahl und Erdöl und die Automobilindustrie.« – »Wir wollen ihnen ein paar Jährchen Zeit lassen – was meinen Sie, Nat?« sagte Charley prahlerisch.

Charley fuhr mit der Hochbahn durch die Second Avenue und dann über die Queensboro Bridge. An der Queens Plaza stieg er aus und spazierte zu der Garage, in der er seinen Wagen eingestellt hatte, einen gebrauchten Stutz-Roadster. Es herrschte ein lebhafter Verkehr; bevor Charley den Betrieb erreichte, war er müde und schlechter Laune geworden. Der Himmel hatte sich bewölkt, der Wind wehte trockenen Schnee herbei. Charley bog von der Straße ab und bremste in der knirschenden Asche des Hofes vor den Büroräumen, dann nahm er seinen gepolsterten Fliegerhelm ab, blieb, nachdem er den Motor abgestellt hatte, eine Weile im Auto sitzen und lauschte den surrenden, schwirrenden, ratternden Stimmen der Fabrik. »Die Schweinehunde fangen zu trödeln an«, murmelte er vor sich hin.

Er steckte den Kopf in Joes Bürozimmer, aber Joe unterhielt sich eifrig mit einem Herrn in einem Waschbärpelz, der Herr sah aus wie ein Börsenagent. Er ging durch den Korridor in sein Zimmer, sagte: »Tag, Ella, rufen Sie Mr. Stauch«, und setzte sich an seinen Schreibtisch, der mit blauen und gelben Memoranden bedeckt war. Verfluchte Scheiße, dachte er, sein Leben lang an einen Schreibtisch gefesselt zu sein.

Stauchs ernstes, blasses, viereckiges Gesicht, von einem farb-

losen Haarschopf gekrönt, der aus einem grünen Augenschirm hervorsproß, beugte sich zu ihm. »Nehmen Sie Platz, Julius«, sagte Charley. »Wie steht's? . . . Ist die Polierkammer in Ordnung?« – »Ach ja, aber es sind uns an einem Tag zwei Pressen kaputtgegangen.« – »Was Sie nicht sagen! Wir wollen mal nachsehen.«
Als Charley in sein Zimmer zurückkehrte, saß ein Ölfleck auf seiner Nase. Er hielt noch ein öliges Mikrometer in der Hand. Es war sechs. Er rief Joe an. »Hallo, Joe, fahren wir nach Hause?« – »Ich habe nur auf dich gewartet. Was war denn los?« – »Ich bin wie gewöhnlich auf dem Bauch in der Schmiere herumgekrochen.«
Charley wusch sich auf der Toilette Gesicht und Hände und lief die gummigepolsterten Stufen hinunter. Joe erwartete ihn am Eingang. »Meine Frau hat meinen Wagen«, sagte Joe, »nimm mich mit.« – »Es wird ein bißchen zugig sein, Joe.« – »Das läßt sich ertragen.« – »Gute Nacht, Mr. Askew, gute Nacht, Mr. Anderson«, sagte der alte Nachtwächter in seiner blauen Mütze mit den Ohrenklappen, während er hinter ihnen zusperrte.
»Sag mal, Charley«, sagte Joe, als sie am Ende der Zufahrt in den Verkehrsstrom einbogen, »warum läßt du nicht Stauch die Routinearbeit besorgen? Er scheint tüchtig zu sein.« – »Er versteht bedeutend mehr als ich«, sagte Charley und starrte blinzelnd durch die frostbedeckte Windschutzscheibe. Die entgegenkommenden Scheinwerfer pflanzten große, funkelnde Lichtblumen in den treibenden Schnee. Auf der Brücke waren die Pfeiler bereits mit sauberen weißen Strichen markiert. Von dem Flusse und von der Stadt war nichts zu sehen außer einem Schattengewirr, das bald dunkler, bald heller wurde. Charley mußte sehr aufpassen, daß der Wagen nicht auf den vereisten Stellen ins Rutschen kam. »Das hast du fein gemacht, Charley«, sagte Joe, als sie langsam über die Rampe in die goldhell erleuchtete Querstraße hinabrollten.
Durch die 59. mußten sie im Schneckentempo fahren. Sie waren steif gefroren, und es wurde halb acht, bevor sie sich der Tür des Appartementhauses am Riverside Drive näherten, wo Charley schon den ganzen Winter als Gast der

Askews gewohnt hatte. Mrs. Askew und zwei strohblonde kleine Mädchen erwarteten sie an der Tür.
Grace Askew machte einen gewissermaßen ausgelaugten Eindruck, hatte mattes Haar und feine Krähenfüße an den Augen und am Halse, dadurch bekam sie ein liebenswürdig zerknittertes, leidendes Aussehen. »Ich habe mir Sorgen gemacht«, sagte sie, »weil ihr bei diesem Orkan nicht unseren Wagen hattet.«
Jean, die Älteste, hüpfte umher und sang: »Schnee Schnee Schnee – bald kriegen wir Schnee...«
»Und, Charles«, sagte Grace mit spöttischer Stimme, während sie ins Wohnzimmer gingen (in den warmen Essensgeruch, der aus der Küche kam), um sich an den Gasscheiten die Hände zu wärmen, »sie hat nicht einmal, sondern zwanzigmal angerufen. Sie bildet sich offenbar ein, daß ich Sie nicht zu ihr lassen will.«
»Wer?... Doris?«
Grace verzog den Mund und nickte. »Aber, Charles, ich rate Ihnen, mit uns zu essen. Ich habe eine wunderbare Hammelkeule mit Süßkartoffeln. Sie wissen, daß es Ihnen bei uns besser schmeckt als bei diesen hypereleganten Galadiners...«
Charley stand bereits am Telephon. »Oh, Charley«, ertönte Doris' süß lispelnde Stimme, »ich hatte Angst, du wärst auf Long Island eingeschneit. Ich habe dort angerufen, aber es meldet sich niemand... Ich habe Gäste zu Tisch, die du sicher gern wirst treffen wollen... Er war Ingenieur unter dem Zaren. Wir warten auf dich.« – »Doris, ich bin wirklich total erschöpft.« – »Die Abwechslung wird dir guttun. Mama ist nach dem Süden gefahren, und wir haben das Haus für uns. Wir warten...«
»Wieder diese lausigen Russen!« murmelte Charley, während er in sein Zimmer eilte und den Smoking anzog. – »Schaut euch mal den Salonlöwen an!« sagte Joe spöttisch. Er saß im Sessel, las die Abendzeitung und wärmte seine ausgestreckten Beine an dem Gasfeuer im Kamin. »Papa, was ist ein Salonlöwe?« fragte Jean. – »Würden Sie so freundlich sein, Grace...« Charley ging errötend auf Mrs. Askew zu, die beiden Enden des schwarzen Binders baumelten unter dem Kragen hervor.

»Das nenne ich Liebe«, sagte Grace und stand vom Stuhl auf – um den Binder knüpfen zu können, mußte sie die Zunge aus dem Mundwinkel herausstrecken –, »an einem solchen Abend!« – »Wenn du mich fragst, nenne ich es Dementia Praecox«, sagte Joe. – »Papa, was ist Dementia Praecox?« kam das Echo von Jeans Lippen, aber Charley schlüpfte bereits in den Mantel, während er in dem Kunstmarmorvestibül auf den Fahrstuhl wartete, umgeben von den Geruchsproben sämtlicher Mahlzeiten in sämtlichen Wohnungen dieser Etage.

Als er ins Auto stieg, zog er die Wollhandschuhe an. Im Park knirschte der Schnee unter den Reifen, als er an der 59. von dem Korso abbog, geriet der Wagen ins Schlittern, fing sich, schlitterte abermals. Dicht neben einem Polizisten, der an der Ecke stand und mit den Armen gegen die Brust schlug, fanden die Räder wieder festen Halt auf dem Pflaster. Der Blaue machte ein finsteres Gesicht. Charley salutierte stramm. Der Blaue lachte. »Pfui, Sie Schlimmer...!« sagte er und fuhr fort, die Arme zu schwenken.

Als die Haustür der Humphries sich öffnete, versanken Charleys Füße sogleich in den tiefen Flaum eines Belutschistanteppichs. Doris kam ihm entgegen. »O wie lieb von dir, daß du bei diesem Wetter gekommen bist«, sagte sie mit gurrender Stimme. Er küßte sie. Wenn sie nur nicht soviel fettes Lippenrot auflegen wollte. Er drückte sie an sich, sie war so schlank in dem hellgrünen Abendkleid. »Lieb bist du«, flüsterte er. Aus dem Salon kamen Stimmen, ein fremder Akzent und das Klirren der Eiswürfel in einem Mixbecher. »Schade, daß wir nicht allein sind«, sagte er heiser. – »Oh, ich weiß, Charley, aber ich mußte die Leute einladen. Vielleicht gehen sie bald weg.« Sie zupfte seinen Binder zurecht, strich ihm das Haar glatt und schob ihn vor sich her in den Salon.

Nachdem die letzten Tischgäste sich entfernt hatten, standen die beiden Aug' in Aug' in der leeren Halle. Charley holte tief Atem. Er hatte eine Menge Cocktails und Champagner getrunken. Er war verrückt nach ihr. »Du lieber Gott, Doris, das war kaum auszuhalten.« – »Nett von dir, daß du gekommen bist, Charley.« Ein bitterer schwelender Zorn

stieg in ihm hoch. »Hör mal, Doris, wir müssen miteinander reden...« – »Oh, jetzt soll es wieder ernst werden.« Sie verzog das Gesicht und ließ sich aufs Sofa fallen. – »Hör zu, Doris... Du weißt, daß ich nach dir verrückt bin...«
»Aber Charley, wir haben uns doch so gut amüsiert... Warum sollen wir alles verderben... Weißt du, die Ehe ist nicht immer so amüsant... Meine Freundinnen, die geheiratet haben, sind fast alle todunglücklich geworden.«
»Wenn du ans Geld denkst, kannst du beruhigt sein. Die Firma wird florieren... Ich lüge dich nicht an. Du kannst Nat Benton fragen. Gerade heute nachmittag hat er mir erklärt, daß ich schon jetzt anfangen könnte, mir die Taschen zu füllen.«
Doris stand auf, ging zu ihm hin und küßte ihn. »Ja, er ist ein armer kleiner Esel... Du hältst mich wohl für ein abscheuliches, käufliches Geschöpf. Ich verstehe nicht, warum du mich dann heiraten willst. Ehrenwort, Charley, ich würde nichts lieber tun als mir selber mein Brot verdienen. Ich hasse dieses Luxusdasein.« Er zog sie an sich. Sie stieß ihn weg. »Es handelt sich nicht um mich, mein Kind, sondern um das Kleid, ja, so ein Kleid kostet Geld... Sei jetzt schön brav, geh nach Haus und leg dich schlafen. Du siehst todmüde aus.«
Als er auf die Straße hinauskam, sah er, daß der Sitz verschneit war. Der Motor wollte nicht anspringen. Unmöglich, ihn in Gang zu bringen. Er rief in der Garage an, sie möchten jemand herschicken, der den Motor ankurbeln würde. Da er nun schon einmal in der Telephonzelle stand, konnte er ebensogut auch Mrs. Darling anrufen. »So eine schreckliche Nacht, mein Schatz! Na ja, wenn es Mr. Charley ist, können wir vielleicht etwas arrangieren, aber daß Sie sich so spät melden – und noch dazu am Wochenende... Also – in etwa einer Stunde.«
Charley ging im Schnee vor dem Hause auf und ab und wartete auf die Leute aus der Garage. Immer noch kochte in ihm die schwarze zornige Galle. Als sie schließlich erschienen und den Motor in Gang brachten, bat er den Mechaniker, den Wagen in die Garage mitzunehmen. Dann begab er sich zu einer Kneipe, in der er bekannt war.

Die Straßen waren menschenleer. Als er die Stufen zu der Kellertür hinunterging, wehte ihm trockener Schnee ins Gesicht. Die Bar war voller Menschen, Männlein und Weiblein, halb betrunken, schreiend und kichernd. Charley hätte ihnen am liebsten allen den Hals umgedreht. Er stürzte hintereinander vier Whiskys hinunter und ging dann zu Mrs. Darling. Im Fahrstuhl fing er an, besoffen zu werden. Er gab dem Liftboy einen Dollar und sah von der Seite das froh erstaunte Lächeln, mit dem der Schwarze den Dollarschein in die Tasche steckte. Kaum war er in der Tür, stieß er einen wilden Freudenruf aus. »Na, na, Mr. Charley«, sagte die Negerin in weiß gestärkter Schürze und Haube, die ihm die Tür geöffnet hatte, »Sie wissen, die Gnädige will nicht, daß man Lärm macht... Und Sie sind doch ein höflicher junger Herr.«

»Hallo, Süße.« Er sah das Mädchen kaum an. »Mach das Licht aus«, sagte er. »Vergiß nicht – du heißt Doris. Geh ins Badezimmer, zieh dich aus und leg viel Lippenrot auf, viel!« Er knipste das Licht aus und riß sich die Kleider vom Leibe. Im Dunkeln war es schwer, die Knöpfe aus der gestärkten Hemdbrust zu entfernen. Er packte das Hemd mit beiden Händen und zerriß die Knopflöcher. »Komm jetzt her, du verdammtes Luder. Ich liebe dich, Doris, du Schwein.« Das Mädchen begann zu zittern. Als er sie anpackte, brach sie in Tränen aus.

Er mußte etwas Alkohol bestellen, um sie zu beruhigen, und da wurde auch er wieder blau. Am nächsten Tag wachte er spät auf und fühlte sich so miserabel, daß er nicht in den Betrieb wollte, er wollte überhaupt nicht ausgehen, er wollte nur saufen, den ganzen Tag hockte er in Mrs. Darlings plüschgepolstertem Salon umher und trank Gin mit Bitter. Am Nachmittag kam Mrs. Darling zu ihm, sie spielten Baccara, sie erzählte ihm, daß ein Opernsänger ihr Leben ruiniert habe, und wollte ihn dazu bewegen, sich mit Bier nüchtern zu trinken. Am Abend veranlaßte er sie, dasselbe Mädchen herzuholen. Als die Kleine kam, versuchte er, ihr klarzumachen, daß er keineswegs verrückt sei. Er wachte allein im Bett auf, nüchtern und angeekelt.

Als er am Sonntagmorgen nach Hause kam, saßen die Askews beim Frühstück. Die Mädchen lagen auf dem Fußboden und lasen die Serien. Sämtliche Stühle waren mit Sonntagszeitungen bedeckt. Joe war im Bademantel und rauchte bei seiner letzten Tasse Kaffee eine Zigarre. »Du kommst gerade zurecht zu einer frischen Tasse Kaffee«, sagte er. – »Das muß ein tolles Fest gewesen sein«, sagte Grace kichernd. – »Ich habe gepokert«, brummte Charley. Als er sich hinsetzte, ging der Mantel auf, und die zerrissene Hemdbrust wurde sichtbar. »Das muß aber eine Pokerpartie gewesen sein!« sagte Joe. – »Es war alles zum Speien«, sagte Charley. »Ich gehe mir nur das Gesicht waschen.«

Als er in Bademantel und Pantoffeln zurückkehrte, begann er sich wohler zu fühlen. Grace brachte ihm ein Stück Landwurst und geröstetes Maisbrot. »Ich habe schon viel von den Festlichkeiten in der Park Avenue gehört, aber nie, daß eine zwei Tage gedauert hätte.« – »Ach, lassen Sie es sein, Grace.« – »Sag mal, Charley, hast du den Artikel in der Wirtschaftsbeilage der gestrigen *Evening Post* gelesen, der ein Steigen der Luftfahrtaktien voraussagt?« – »Nein, aber ich habe mit Nat Benton gesprochen, du weißt, er ist Börsenmakler, ich habe dir von ihm erzählt, ein Freund Ollie Taylors... Na ja, er sagt – «

Grace stand auf. »Wißt ihr, wenn ihr am Sonntag zu fachsimpeln anfangt, verlasse ich das Zimmer.« Joe nahm seine Frau beim Arm und drückte sie sanft auf den Stuhl nieder. »Ich will nur eines sagen, dann sind wir still... Hoffentlich gelingt es uns, fünf Jahre lang ohne die Börsenmacher auszukommen. Es tut mir leid, daß die verdammten Papiere überhaupt notiert sind. Und ich wäre froh, wenn ich mich auf Merritt und seine Leute so verlassen dürfte wie auf dich und mich.« – »Darüber müssen wir uns unterhalten«, sagte Charley. Joe reichte ihm eine Zigarre. »Schön, Grace«, sagte er. »Wie wäre es mit einem kleinen Grammophonkonzert?«

Charley hatte den ganzen Winter vorgehabt, Doris nach Washington mitzunehmen, wenn er mit einem der Flugzeugmodelle hinunterfliegen würde, um den Fachleuten im Kriegsministerium seine Patente zu zeigen, aber eine Woche vorher fuhr sie mit ihrer Mutter nach Europa. Nun hatte er an diesem Frühlingssonnabend nichts zu tun, deshalb rief er die Johnsons an. Er hatte Paul im Laufe des Winters in der Untergrundbahn getroffen, und Paul hatte ihn mit gekränkter Miene gefragt, warum er sich nie mehr blicken lasse. Charley hatte wahrheitsgetreu erwidert, er sei seit Monaten nicht aus dem Betrieb rausgekommen. Jetzt war ihm komisch zumute, als er anrief, als er das Klingeln des Telephons und dann Evelines neckische Stimme hörte, die immer etwas Höhnisches hatte: So lustig – er müsse gleich kommen und zum Essen bleiben, sagte sie, sie habe eine Menge amüsanter Leute bei sich.

Paul öffnete ihm die Tür. Pauls Gesicht sah fahl aus, noch blasser als früher. »Willkommen, Fremdling!« sagte er mit erzwungener Munterkeit und klopfte ihm einige Male auf die Schulter, während sie in das überfüllte Wohnzimmer gingen. Es waren ein paar sehr hübsche Mädchen da und einige Männer von unterschiedlichem Format, außerdem gab es Cocktailgläser, Tabletts mit kleinen Leckerbissen auf runden Keks, Zigarettenrauch. Alles schnatterte und kreischte wie eine Batterie Drehbänke in einer Drechslerei. Im Hintergrunde des Raumes saß Eveline, groß und bleich und schön, auf einem Marmortischchen neben einem kleinen Mann mit einer langen gelben Nase und Säcken unter den Augen. »Oh, Charley, wie wohlhabend Sie aussehen... Darf ich Ihnen Charles Edward Holden vorstellen?... Holdy, das ist Charley Anderson – er hat mit Flugmaschinen zu tun... Charley, Sie sehen aus, als ob Sie in Geld ersticken würden.« – »Noch nicht«, sagte Charley. Er bemühte sich, nicht zu lachen. – »Na, warum schauen Sie so vergnügt drein? Heute sind alle so furchtbar trist.«

»Ich bin nicht trist«, sagte Holden. »Bitte mir nicht einzureden, daß ich trist bin.«

»Natürlich bist du nie trist, Holdy, aber deine Bemerkungen tendieren alle zu Mord und Selbstmord.«

Alle lachten herzlich. Leute, die hören wollten, was Charles Edward Holden zu sagen habe, stießen Charley von Eveline weg. Er kam mit einer unansehnlichen jungen Dame ins Gespräch, die einen blankschimmernden, grauen Hut aufhatte und an dem Hut eine große Schnalle wie eine Topplaterne. »Sagen Sie mir, was Sie machen«, sagte sie. – »Was meinen Sie damit?« – »Oh, ich meine, fast alle, die hier sind, machen etwas, schreiben oder malen oder sonst was.« – »Ich? Nein, ich gehöre nicht zu dieser Kategorie... Ich stelle Flugzeugmotoren her.« – »Oh, ein Flieger, du meine Güte, wie aufregend... Ich bin so gern bei Eveline zu Besuch, man weiß nie, wen man da alles treffen wird... Als ich das letztemal herkam, war Houdini eben weggegangen. Sie hat ein Flair für Berühmtheiten. Aber ich finde, Paul hat es nicht leicht, finden Sie nicht?... Paul ist ein so netter Kerl. Eveline und Mr. Holden – alle Welt weiß davon. Er schreibt immerzu über sie in seinen Causerien... Natürlich bin ich sehr altmodisch. Die meisten Leute scheinen nichts dabei zu finden... Natürlich ist es schön, aufrichtig zu sein. Natürlich ist er auch eine Berühmtheit... Ich bin durchaus der Meinung, man soll in sexuellen Dingen aufrichtig sein, finden Sie nicht? Da erspart man sich alle diese schrecklichen Komplexe und ähnliche Geschichten... Aber es ist schade um Paul – ein so netter, anständiger Kerl...«

Nachdem die Gäste sich ein wenig verlaufen hatten, servierte ein französisch sprechendes Negermädchen Curryreis mit allen möglichen kleinen Sächelchen garniert. Mr. Holden und Eveline bestritten allein die Unterhaltung. Charley versuchte, dazwischenzufunken und zu erzählen, wie man ihn damals in dem Nachtlokal für Charles Edward Holden gehalten hatte, aber niemand hörte zu, und das war vielleicht ganz gut. Sie waren gerade beim Salat angelangt, da stand Holden auf und sagte: »Meine liebe Eveline, wir müssen uns beeilen. Ich habe einen einzigen moralischen Grundsatz, nämlich nie zu spät ins Theater zu kommen.« Er entfernte sich schleunigst zusammen mit Eveline und überließ es Charley und Paul, sich mit einem streitsüchtigen älteren Herrn und dessen Frau, denen Charley gar nicht vorgestellt worden war, zu unterhalten. Es hatte wenig Sinn, etwas sagen zu wollen, weil der Mann viel zu beduselt war, um zuzuhören, wenn jemand was sagte, und die Frau war in eine private Auseinandersetzung mit ihm verwickelt, von der sie sich nicht abbringen ließ. Als sie davontorkelten, blieben Charley und Paul allein zurück. Sie gingen in ein

Kino, aber der Film war so elend, daß Charley verdrossen nach Hause fuhr und ins Bett kroch.

Am nächsten Morgen in aller Frühe fuhr er Andy Merritt abholen und leistete ihm in dem großen, sehr hygienisch aussehenden Speisesaal des *Yale Clubs* beim Frühstück Gesellschaft. »Wird es wackeln?« war seine erste Frage. »Der gestrige Wetterbericht war günstig.« – »Was sagt Joe?« – »Er gibt uns den guten Rat, das Maul zu halten und die anderen reden zu lassen.«

Merritt trank in ganz kleinen Schlückchen seine letzte Tasse Kaffee. »Wissen Sie, Joe ist manchmal übertrieben vorsichtig... Er möchte eine ganz kleine Werkstatt haben, die er selber leitet und seinen Enkeln vererbt. Früher einmal war so etwas möglich – aber wenn heute eine Firma nicht wächst, ist sie erledigt.« – »Keine Bange, wir wachsen«, sagte Charley und stand auf, um Merritts breitschulterigem Tweedanzug zur Tür des Speisesaals zu folgen. »Wenn wir nicht wachsen würden, wären wir nicht mehr da.«

Während sie sich auf der Toilette die Hände wuschen, fragte Merritt Charley, was er an Kleidung mitnehme. Charley erwiderte lachend, er habe wohl irgendwo ein sauberes Hemd und eine Zahnbürste mit eingepackt. Merritt sah ihn ernst an. »Vielleicht werden wir ausgehen müssen... Ich habe für uns im *Waldman Park* ein kleines Appartement gemietet. Sie müssen wissen, in Washington fällt so etwas sehr ins Gewicht.« – »Na ja, wenn es ganz schlimm wird, kann ich mir eine Abendkluft ausleihen.«

Als der Klubdiener Merritts großen Schweinslederkoffer und die Hutschachtel auf dem Notsitz des Wagens verstaute, fragte Merritt mit besorgter Miene, ob das nicht zuviel Gewicht sei. »Aber woher denn – wir könnten zehnmal soviel mitnehmen«, sagte Charley und trat auf den Anlasser. Sie fuhren in raschem Tempo durch die leeren Straßen, über die Brücke hinaus und durch die breiten, von niedrigen, schmukken Häuschen umrahmten Avenuen in die Richtung nach Jamaica. Bill Cermak hatte die Maschine aus dem Hangar geholt und den Motor getrimmt.

Charley legte die Hand auf Bills schmierige Lederweste. »Immer auf dem Posten, Bill«, sagte er. »Das ist Mr. Merritt...

Hören Sie zu, Andy – Bill kommt mit, wenn Sie nichts dagegen haben... Wenn etwas schiefgeht, baut er uns aus alten Haarnadeln und Kaugummi einen neuen Motor.«
Bill verstaute bereits Merritts Koffer hinten im Flugzeug. Merritt zog einen dicken Ledermantel an und setzte eine Schutzbrille auf, wie Charley sie in den Schaufenstern von Abercrombie and Fitch gesehen hatte. »Glauben Sie, daß es sehr wackeln wird?« fragte er abermals. Charley beruhigte ihn. »Vielleicht wird es über Pennsylvania ein bißchen holprig werden, aber wir dürften rechtzeitig in Washington sein, um einen guten Lunch zu essen... Also, meine Herren, das ist das erste Mal, daß ich unsere Hauptstadt besuche.« – »Ich war auch noch nie dort«, sagte Bill. – »Bill ist noch nie über Brooklyn rausgekommen«, sagte Charley lachend.
Als er zu den Steuerhebeln hinaufkletterte, fühlte er sich in seinem Element. Er setzte die Brille auf und rief Merritt über die Achsel zu: »Sie sitzen auf dem Beobachterplatz, Andy.«
Der *Askew-Merritt*-Anlasser funktionierte perfekt. Der Motor surrte geschmeidig und still wie eine Nähmaschine. »Was halten Sie davon, Bill?« rief Charley immer wieder dem Mechaniker zu, der hinter ihm saß.
Die Maschine rollte sanft im Vorfrühlingssonnenschein über den weichen Rasen, machte ein paar Hopser, löste sich vom Boden und legte sich schräg, während Charley über den schiefergrauen Quadraten Brooklyns in die Startkurve ging. Der leichte Nordwest pflügte Millionen kleiner Furchen in das undurchsichtig grüne Wasser der Bucht. Dann überflogen sie die wüsten Fabrikviertel von Bayonne und Elizabeth. Jenseits der rötlichbraunen Salzsümpfe lag Jersey in großen, flachen Vierecken, manche gelb, manche rot, manche von dem Grün junger Ernten umnebelt.
Am anderen Ufer des Delaware fing sich das Sonnenlicht in langen Reihen weißer Kumuluswolken. Nun begann die Maschine zu holpern, und Charley ging auf zweitausend Meter; in dieser Höhe war es kalt und klar, und aus dem Nordwesten kam ein Achtzigkilometerwind. Als er wieder tiefer ging, war es inzwischen Mittag geworden, und in einem Wolkenriß schimmerte hell der Susquehanna. Noch

in fünfzehnhundert Meter Höhe war der warme Frühlingsdunst der gepflügten Äcker zu spüren. Als er dann im Tiefflug über die Farmen glitt, sah er den weißen Flaum blühender Obstgärten. Er geriet zu weit nach Süden, wich über dem Vorgebirge der Chesapeake Bay einer heftigen Sturmbö aus und mußte dem Potomac in nördlicher Richtung folgen, mit Kurs auf die glitzernd weiße Kuppe des Kapitols und den schimmernden Pfeiler des Washingtondenkmals. Über Washington lag keine Rauchschicht. Er flog eine halbe Stunde lang im Kreise, bevor er das Flugfeld fand. Überall war es so grün, daß alles nach Flugfeld aussah.

»Na, Andy«, sagte Charley, als sie auf dem Rasen ihre Beine ausstreckten, »wenn die Herren Fachleute unseren Anlasser sehen, werden ihnen die Augen übergehen.«

Merritt war leichenblaß und taumelte ein wenig. »Ich höre nichts«, schrie er.

Charley folgte ihm in die Garage und überließ es Bill, den Motor nachzusehen. Merritt telephonierte nach einem Taxi.

»Du lieber Himmel, bin ich hungrig!« schrie Charley. Merritt schnitt eine Grimasse. »Ich muß erst was trinken, um meinen Magen zu beruhigen.«

Als sie im Taxi saßen, die Füße auf Merritts enormem Schweinslederkoffer, sagte Merritt: »Eines will ich Ihnen sagen, Charley, für den Anlasser brauchen wir eine eigene Firma – vielleicht auch eine eigene Betriebsanlage mit allem, was dazu gehört. *Standard Airparts* wäre ein guter Börsenname.«

In dem riesigen, neuerbauten Hotel bekamen sie zwei Zimmer und einen großen Salon mit rosa Sesseln. Durch die Fenster blickte man auf das frische Grün des Rock Creek Park hinab. Merritt sah sich mit beträchtlicher Zufriedenheit um. »Ich komme gerne schon am Sonntag an«, sagte er. »Da hat man Gelegenheit, sich ein wenig einzuleben, bevor die Arbeit beginnt.« Er fügte hinzu, heute, an einem Sonntag, würde er im Speisesaal bestimmt keine Bekannten treffen, aber wie sich herausstellte, brauchten sie ziemlich lange, um an ihren Tisch zu kommen. Unterwegs wurde Charley einem Senator, einem Konzernanwalt, dem jüngsten Mitglied des Repräsentantenhauses und einem Neffen des

Marineministers vorgestellt. »Wissen Sie«, erklärte Merritt, »mein Alter ist mal Senator gewesen.«
Nach dem Essen fuhr Charley wieder zum Flugplatz hinaus, um sich die Maschine anzusehen. Bill Cermak hatte sie auf Hochglanz poliert wie das Schaufenster eines Juweliers. Charley nahm Bill ins Hotel mit, um ihm ein Gläschen zu spendieren. Im Korridor vor dem Appartement standen Kellner, Zigarrenrauch kam aus der offenen Tür und ein Babel fröhlicher Stimmen. Bill legte einen dicken Finger an die Nase und sagte, er wolle lieber verduften. Charley sagte: »Ja, es klingt wirklich nach *haute volée*. Kommen Sie, ich führe Sie in mein Schlafzimmer und bringe Ihnen was zu trinken, wenn Sie so freundlich sein wollen, ein Weilchen zu warten.« – »Mir ist es schon recht, Chef.« Charley wusch sich die Hände, schob seinen Schlips zurecht und stürzte sich kopfüber in den Salon wie einer, der in ein kaltes Schwimmbecken taucht.
Andy Merritt veranstaltete eine Cocktailparty mit Martinis, Hühnersalat, Sandwiches, einer Schüssel Kaviar, geräucherten Fischfilets, zwei alten, grauhaarigen Herren, drei allzu stark geschminkten, heiseren Südstaatenschönheiten, einem dicken Senator und einem sehr mageren Senator mit hohem Kragen, etlichen blassen Jünglingen mit Harvardakzent und einem fahlen Mann mit einem Goldzahn; der Goldzahnmann war Journalist und schrieb für eine Zeitungskette Causerien unter dem Titel *Plaudereien aus dem Kapitol*. Auch ein junger Reklamefachmann namens Savage war zugegen, den er bei Eveline kennengelernt hatte. Charley wurde rundherum vorgestellt, trat von einem Fuß auf den andern, bis er Gelegenheit fand, mit zwei halbvollen Whiskygläsern und einem Sandwichteller ins Schlafzimmer zu entwischen. »Mein Gott, ist das scheußlich da drinnen! Ich wage nicht den Mund aufzumachen, aus Angst, ins Fettnäpfchen zu treten.«
Charley und Bill setzten sich aufs Bett, aßen ihre Sandwiches und hörten sich das klirrende Gebabbel an, das aus dem Nebenzimmer kam. Nachdem Bill seinen Whisky getrunken hatte, stand er auf, wischte sich mit dem Handrücken den Mund ab und fragte Charley, wann er sich morgen früh bei ihm

melden solle. »Neun Uhr wird reichen. Wollen Sie wirklich nicht bleiben?... Ich weiß nicht, was ich mit den Herrschaften reden soll... Wir könnten Sie mit einer Südstaatenschönheit verkuppeln.« Bill erwiderte, er sei ein stiller Familienmensch, er wolle sich jetzt eine Bleibe suchen und zu Bett gehen. Als er wegging, bedeutete das, daß Charley zu der Cocktailparty zurückkehren mußte.

Als Charley in den Salon kam, fixierten ihn die schwarzen Augen des Senators zwischen den keß wackelnden Hütchen zweier hübscher junger Mädchen. Charley verabschiedete sich von ihnen. Die Braunäugige war eine Blondine, und die Blauäugige hatte kohlschwarze Haare. Sie ließen einen leichten Duft nach Parfum und Glacéhandschuhen zurück. »Na, welche ist Ihrer Meinung nach die Hübschere, junger Mann?« Der fette Senator stand neben ihm und blickte mit einem allzu vertraulichen Lächeln zu ihm auf. Charley schnürte es die Kehle zusammen, er wußte nicht, warum. »Eine schöner als die andere«, sagte er. – »Man steht da wie der Esel zwischen zwei Heubündeln«, sagte der fette Senator mit einem leisen Kichern, das ölig glatt in den Falten seines Kinns aus und ein glitt.

»Buridans Esel ist vor Gier gestorben, Herr Kollege«, sagte der magere Senator und steckte den Umschlag ein, auf dem er und Merritt irgendwelche Zahlen errechnet hatten. – »Genau wie ich, Herr Kollege«, sagte der Dicke mit wabbelnden Hängebacken und strich sich eine schwarze Haarsträhne aus der Stirn. »Ich sterbe tagtäglich... Herr Kollege, wollen Sie mit mir und den beiden jungen Leuten essen? Ich glaube, mein alter Horace macht uns ein Schildkrötenragout zurecht.« Er legte die eine kleine Patschhand auf die Schulter des mageren Senators und die andere auf Charleys Schulter. – »Sie müssen mich entschuldigen, Herr Kollege, meine Frau ißt mit einigen Freundinnen im *Chevy Club*.« – »Dann müssen leider die jungen Leute mit zwei alten Knakkern fürliebnehmen. Ich hatte gehofft, Sie würden die Kluft zwischen den Generationen überbrücken... General Hicks kommt zu mir.« Charley sah ein leises, zufriedenes Lächeln über Andy Merritts ernstes, wohlerzogenes Gesicht huschen. Der fette Senator fuhr mit seiner pompösen Gerichtssaal-

stimme fort: »Wir wollen uns auf den Weg machen... Er hat sich für sieben angesagt, und diese alten Landsknechte pflegen pünktlich zu sein.«
Lautlos hielt soeben ein großer schwarzer Lincoln vor dem Hoteleingang, als sie zu viert, Charley, Andy Merritt, Savage und der fette Senator, in die Washingtoner Nacht hinauskamen, die nach Asphaltöl, nach Auspuffgasen, nach frischem Laub und nach Wisteriablüten roch. Das Haus des Senators war eine Fortsetzung seines Autos, groß und düster, blitzblank und geräuschlos. Sie versanken in großen schwarzen Klubsesseln, und ein alter, weißhaariger Mulatte servierte Manhattans auf einem gravierten Silbertablett.
Der Senator zeigte jedem der Herren gesondert, wo man sich die Hände waschen konnte. Als Charley in ein großes, altmodisches Badezimmer mit eingebauter Badewanne geführt wurde, war es ihm gar nicht behaglich, daß der Senator ihm immerzu mit seinem kleinen Patschhändchen auf die Schulter klopfte. Als er vom Händewaschen zurückkehrte, standen die Schiebetüren zum Speisezimmer offen, und ein blühend aussehender alter Herr mit weißem Schnurrbart, leicht auf dem einen Bein hinkend, ging ungeduldig vor ihnen auf und ab. »Ich rieche schon das Ragout, Bowie«, sagte er. »Der alte Horace hat seine Künste nicht verlernt.«
Bei der Suppe und dem Sherry begann der Herr General vom oberen Tischende aus eine Rede zu halten. »Natürlich sind diese Experimente von größtem Interesse für den Fortschritt der Wissenschaften... Ich muß sagen, Bowie, Sie sind einer der letzten in dieser Stadt, bei denen man anständig ißt... vielleicht ergeben sich daraus in der Zukunft ungeheure Möglichkeiten... aber wenn ich mich als Militär äußern soll, meine Herren, dann muß ich sagen, mancher von uns ist nicht ganz überzeugt, daß sich das Flugzeug als lohnend erwiesen hat... das Schildkrötenragout ist vortrefflich, Bowie... ich meine, wir haben nicht soviel Zutrauen zu dieser neuen Waffe wie die Herrschaften im Marineministerium... ein gutes Glas Burgunder, Bowie, nichts geht mir über ein gutes Glas Burgunder... Experimente sind immer nützlich, meine Herren, und ich will nicht leugnen, daß in einer späteren Zukunft...«

»In einer späteren Zukunft!« wiederholte Savage lachend, als er Merritt und Charley aus Senator Planets Marmorportal auf die Straße hinausbegleitete. Ein Taxi erwartete ihn. »Wo darf ich Sie absetzen, meine Herren?... Das Schlimme ist, daß wir uns bereits in der späteren Zukunft befinden, ohne es zu wissen.«
»In Washington weiß man es bestimmt noch nicht«, sagte Merritt beim Einsteigen. Savage lachte in sich hinein. »Kostbare Fossilien, der Herr Senator und der Herr General... als ob man sie ausgegraben hätte... Aber machen Sie sich keine Sorgen um den General... Wenn er erst einmal weiß, mit wem er es zu tun hat... – Sie verstehen schon – präsentable Leute –, dann ist er sanft wie der Weihnachtsmann... Eine Regierung der Gentlemen über die Gentlemen für die Gentlemen – das ist *sein* Credo.«
»Sind wir nicht alle dieser Meinung?« sagte Merritt streng. Savage lachte wiehernd. »Die geborenen Gentlemen... Seit zehn Jahren suche ich sie und habe noch keinen gefunden.« Dann wandte er Charley sein Mopsgesicht und seine hervorstehenden Säuferaugen zu. »Der Senator hält Sie für den Obermacher... Er hat mich gebeten, Sie nächstens wieder mitzubringen... Sie müssen wissen, der Herr Senator ist ein sehr empfänglicher Mensch.« Wieder brach er in ein Gelächter aus.
Der Kerl muß ziemlich blau sein, dachte Charley. Er war selber ein wenig beschwipst von dem Napoléon-Cognac, den sie zum Abschluß des Essens aus bauchigen Gläsern getrunken hatten. Savage setzte sie vor dem *Waldman Park* ab und fuhr weiter. »Was ist denn das für ein Knabe, Andy?« fragte Charley. – »Ein wilder Geselle«, sagte Merritt. »Einer der hellen Köpfe aus Moorehouses Stall. Ja, er ist gescheit, aber die Geschichten, die man sich von ihm erzählt, gefallen mir nicht. Er möchte mit uns abschließen, aber wir sind noch nicht soweit. Diese Reklameleute fressen einen arm.«
Im Fahrstuhl sagte Charley gähnend: »Ich hatte gehofft, die beiden hübschen Mädchen würden zum Essen mitkommen.« – »Senator Planet hat nie Frauen zu Tisch... Er genießt einen sonderbaren Ruf... Es gibt sonderbare Menschen in dieser Stadt.« – »Das kann ich mir denken«, sagte

Charley. Er war total erschöpft und hatte sich kaum ausgezogen, da schlief er bereits.
Nach Ablauf der Woche flogen Charley und Bill nach New York zurück. Andy Merritt blieb in Washington, um mit den Fachleuten der Regierung zu verhandeln. Nachdem sie die Maschine in den Hangar gebracht hatten, schlug Charley Bill vor, ihn mit seinem Wagen nach Jamaica zu bringen. In einer Art Hofbräuhaus machten sie halt, um ein Bier zu trinken. Sie waren hungrig, und Bill meinte, seine Frau hätte bereits zu Abend gegessen. Sie aßen Nudelsuppe und Schnitzel. Charley entdeckte auf der Karte einen imitierten Rheinwein und bestellte eine Flasche. Sie tranken den Wein und bestellten noch zwei Schnitzel. Charley erzählte Bill, Andy Merritt habe erklärt, die Staatsaufträge würden klappen, und Andy Merritt behalte immer recht, und er habe betont, es sei eine vaterländische Pflicht, die Produktion auf breitester Basis zu kapitalisieren. »Bill, Gottverdammich, wir werden in Geld schwimmen. Wie wäre es mit noch einer Flasche?... Mein guter, alter Bill, der Pilot ist nichts ohne seinen Mechaniker, der Finanzier nichts ohne die Produktion... Wir beide, Bill, wir schaffen die Ware, und bei Gott, ich werde dafür sorgen, daß wir nicht zu kurz kommen. Wenn man uns schröpfen will, werden wir uns wehren, ich habe bereits Angebote aus Detroit erhalten, große Angebote... binnen fünf Jahren sind wir reich, und ich werde dafür sorgen, daß auch Sie nicht zu kurz kommen...«
Sie aßen Apfelkuchen, und dann brachte der Wirt eine Flasche Kümmel zum Vorschein. Charley kaufte die ganze Flasche. »Das kommt billiger, als wenn man Glas für Glas bezahlt, meinen Sie nicht, Bill?« – Bill fing an, darauf hinzuweisen, daß er ein Familienmensch sei und sich auf den Heimweg machen müsse. »Ich«, sagte Charley, etwas Kümmel in ein Wasserglas gießend, »habe kein Heim... Wenn sie bloß wollte, könnte sie ein Heim haben. Ich würde ihr ein wunderschönes Heim schaffen.«
Charley entdeckte, daß Bill Cermak verschwunden war und daß er das alles einer dicklichen blonden Dame von unbestimmtem Alter und mit einem starken deutschen Akzent erzählte. Er titulierte sie Tante Hartmann und versprach ihr,

sie zu seiner Haushälterin zu machen, falls er jemals ein Heim haben sollte. Sie tranken den Kümmel aus und fingen an, Bier zu trinken. Sie streichelte seinen Kopf und nannte ihn ihren Wanderburschen. Die Kapelle trug Lederhosen, ein dicker Mann sang bayrische Lieder. Charley wollte zu jodeln beginnen, aber seine Tischgefährtin drückte ihn auf den Stuhl nieder. Sie war sehr kräftig und stieß ihn mit ihren dicken, roten Armen weg, wenn er zärtlich werden wollte, aber wenn er sie in den Hintern zwickte, blickte sie kichernd ins Bierglas. Ganz wie früher zu Hause, sagte er immer wieder, nur lauter und lustiger. Es war furchtbar lustig, bis sie im Wagen saßen und sie den Kopf an seine Schulter lehnte und Schatzi zu ihm sagte und ihre langen Zöpfe sich auflösten und übers Steuer hingen. Irgendwie brachte er es fertig, zu steuern.

Am nächsten Morgen erwachte er in einem schäbigen Hotel auf Coney Island. Es war neun, er hatte schreckliche Kopfschmerzen, und Tante Hartmann saß im Bett, rosig, breit und fleischig, und verlangte Kaffee mit Schlagsahne. Er ging mit ihr in die Wiener Konditorei frühstücken. Sie aß reichlich und weinte reichlich und sagte, er dürfe sie nicht für schlecht halten, nur weil sie arm und arbeitslos sei, und er habe ihr bloß leid getan, weil er ein armer, obdachloser Mensch sei. Er sagte, wenn er sich nicht schleunigst ins Büro begäbe, würde er bald in vollem Ernst ein armer, obdachloser Mensch sein. Er gab ihr sämtliches Kleingeld, das er in der Tasche hatte, und eine falsche Adresse, ließ sie weinend bei einer dritten Tasse Kaffee in der Wiener Konditorei zurück und eilte nach Long Island City. In der Nähe von Ozone Park mußte er haltmachen, um sich am Straßenrand zu übergeben. Es gelang ihm gerade noch, mit dem letzten Tropfen Benzin den Fabrikhof zu erreichen. Er schlich sich in sein Büro. Es war zehn Minuten vor zwölf.

Auf seinem Schreibtisch lagen zahllose mit Klammern zusammengeheftete Memoranden und Briefe und blaue Zettel mit dem Vermerk: *Dringend!* Er hatte Angst, Miss Robinson oder Joe Askew würden entdecken, daß er wieder da war. Dann fiel ihm ein, daß er einen Silberflakon mit altem Bourbon in der Schreibtischlade hatte, den Doris ihm am

Abend vor ihrer Abreise geschenkt hatte, damit er sie, wie sie spöttisch sagte, schneller vergesse. Er hatte eben den Kopf zurückgelegt, um einen Schluck aus der Flasche zu nehmen, da sah er Joe Askew vor dem Schreibtisch stehen.
Joe stand mit gespreizten Beinen da und runzelte besorgt die Stirn. »Wo, um Gottes willen, hast du gesteckt? Wir haben uns die größten Sorgen gemacht... Grace hat eine volle Stunde mit dem Abendessen gewartet.«
»Warum hast du nicht im Hangar angerufen?«
»Es war niemand mehr da... Stauch ist krank. Alles geht drunter und drüber.«
»Hat Merritt nichts von sich hören lassen?«
»Doch... Aber das bedeutet nur, daß wir die gesamte Produktion umstellen müssen... Und ehrlich gesagt, Charley, du gibst den Angestellten ein schlechtes Beispiel, wenn du während der Arbeitszeit süffelst. Das letztemal hab ich das Maul gehalten, aber du lieber Gott...«
Charley ging zum Wasserbehälter und leerte einen Papierbecher. »Ich habe gestern abend die Reise nach Washington gefeiert... Schließlich und endlich, Joe, werden uns diese Verträge einen Haufen Geld einbringen. Wie wäre es mit einem kleinen Schluck?« Joe runzelte die Stirn. – »Du siehst aus, als ob du mehr als einen kleinen Schluck getrunken hättest... Und warum rasierst du dich nicht, bevor du ins Büro kommst? Wir verlangen es von unseren Angestellten, da müssen auch wir uns daran halten... Um Gottes willen, Charley, denk daran, daß der Krieg vorbei ist.«
Charley nahm abermals einen großen Schluck aus der Flasche. Er war wütend. »Das lasse ich mir nicht gefallen«, murmelte er, »weder von ihm noch von sonst jemand.« Dann klingelte das Telephon. Der Werkmeister aus der Montagehalle stand in der Tür. »Bitte, Mr. Anderson.«
Damit fing es an. Von diesem Augenblick an schien alles schiefzugehen. Um acht Uhr abends war Charley noch immer nicht dazu gekommen, sich zu rasieren. Zusammen mit den Mechanikern der Reparaturgruppe aß er neben einer kaputten Maschine ein belegtes Brot und trank Kaffee aus einem Pappbecher. Es wurde Mitternacht, und er war erledigt, bevor er nach Hause kam. Er war fest entschlossen,

Joe die Meinung zu sagen, aber weit und breit war kein Askew zu sehen.

Am nächsten Morgen zog Grace die Brauen hoch, während sie ihm seinen Kaffee eingoß.

Joe Askew räusperte sich. »Charley«, sagte er nervös, »ich hatte kein Recht, dich abzukanzeln... Ich fürchte, ich werde auf meine alten Tage ein Meckerkopf... Der Betrieb ist seit einer Woche der reine Sauhaufen.«

Die beiden kleinen Mädchen begannen zu kichern.

»Ach, nimm's leicht«, sagte Charley.

»Kinderohren, Kinderohren, Joe!« sagte Grace und klopfte auf den Tisch, um ihn zur Ordnung zu rufen. »Ich glaube, wir müßten uns alle mal ausruhen. Diesen Sommer, Joe, wirst du Urlaub machen. Ich selber brauche dringend Urlaub, besonders, um mich von Joes Schlafmützen zu erholen. Während Sie weg waren, Charley, hat er niemand gehabt, mit dem er sich unterhalten konnte, und hat mir die langweiligsten Schlafmützen ins Haus geschleppt.« – »Sie meint zwei brave Leute, denen ich Arbeit verschaffen will. Grace hält nichts von ihnen, weil sie keine Konversation zu machen verstehen – aber sie hat keine Ahnung.« – »Ich weiß, was ich weiß, ich weiß, daß das zwei Schlafmützen sind«, sagte Grace. Die kleinen Mädchen fingen wieder zu kichern an. Charley stand auf und schob den Stuhl zurück.

»Gehen wir, Joe?« sagte er. »Ich muß mich ranhalten.«

Es dauerte vierzehn Tage, bis Charley außer zur Schlafenszeit sich von der Arbeit wegrühren konnte. Nach Ablauf dieser vierzehn Tage war Stauch zurückgekehrt, mit seiner stillen, gleichsam schuldbewußten Art (er erinnerte an einen Assistenzarzt im Operationssaal eines Krankenhauses), und es begann wieder Ordnung zu herrschen. An dem Tage, da Stauch endlich in Charleys Tür erschien und erklärte: »Jetzt klappt es wieder perfekt, Mr. Anderson« – beschloß Charley, um zwölf Uhr Schluß zu machen. Er rief Nat Benton an, bat ihn, ihn zum Lunch zu erwarten, und schlich durch den Personaleingang hinaus, um nicht Joe Askew zu begegnen.

In Nats Büro tranken sie einen Schluck, bevor sie essen gingen. Nachdem sie bestellt hatten, sagte Charley: »Na, was hat der Geheimdienst zu melden?«

»Wie viele Aktien haben Sie beisammen?«
»Fünfhundert.«
»Und keine anderen Papiere, nichts, was Sie als Deckung deponieren könnten?«
»Ein bißchen Bargeld... Zwei Tausender...«
»Bargeld!« sagte Nat verächtlich. »Auf die hohe Kante legen... Dummes Zeug... Warum lassen Sie das Geld nicht arbeiten?«
»Davon spreche ich ja gerade.«
»Wie wäre es, wenn Sie erst einmal einen kleinen Posten *Auburn* kaufen würden, nur um in Übung zu kommen.«
»Und Merritt?«
»Sachte, sachte... Ich möchte Ihnen ein kleines Kapital verschaffen, damit Sie den Herrschaften gewachsen sind, wenn es einmal hart auf hart gehen sollte... Sonst wird man Sie hinausdrängen, darauf können Sie Gift nehmen.«
»Joe wäre dazu nie imstande«, sagte Charley.
»Ich kenne den Mann nicht persönlich, aber ich kenne die Menschen, und es gibt verdammt wenig Menschen, die nicht zuallererst an Nummer eins denken.«
»Und einen ausplündern, sowie sich Gelegenheit bietet...«
»So weit möchte ich nicht gehen, Charley. Es gibt auch in der Geschäftswelt prächtige, echt amerikanische Typen – Männer!«
An diesem Abend betrank Charley sich ganz allein in einer Schummerkneipe in den Fünfzigern.
Als Doris aus Europa zurückkehrte, hatte Charley zwei geglückte Spekulationen in Auburn-Aktien hinter sich und begann alle erreichbaren Askew-Merritt-Aktien aufzukaufen. Gleichzeitig entdeckte er, daß er Kredit hatte – für einen neuen Wagen, für einen Anzug bei Brooks Brothers, für eine Mahlzeit in den Whiskylokalen. Der Wagen war ein leichter Sport-Packard mit einer niedrigen, langgestreckten Spezialkarosserie und roter Lederpolsterung. Er fuhr zum Pier, um Doris und ihre Mutter abzuholen, die mit der *Leviathan* ankamen. Als er nach Hoboken kam, hatte das Schiff bereits angelegt. Er parkte seinen Wagen und eilte durch die schäbigen Gruppen vor der dritten Klasse zu dem großen Menschenwirbel im Mittelteil der Halle, wo die ele-

ganten Herrschaften plaudernd neben den Bergen schweinslederner Koffer, lacklederner Hutschachteln und großer Kabinenkoffer standen, auf denen die Zettel der vornehmen Hotels klebten. Unter dem großen H erblickte er Mrs. Humphries. Ihr Gesicht über dem dicken Pelzkragen sah aus wie eine vergilbte Ausgabe von Doris' Zügen; noch nie war ihm das so aufgefallen.

Sie erkannte ihn nicht sogleich. »Ach, Charles Anderson, wie nett!« Ohne zu lächeln, streckte sie die Hand aus. »Sehr peinlich. Doris mußte natürlich ihr Schmucketui in der Kabine vergessen... Sie wollen wohl jemand abholen.« – Charley errötete. »Ich dachte, vielleicht könnte ich Sie nach Hause fahren. Ich habe jetzt einen großen Wagen. Das Gepäck läßt sich besser unterbringen als in einem Taxi.« Mrs. Humphries beachtete ihn kaum. »Da ist sie...« Sie winkte mit der Krokodilledertasche, die sie in der Hand hielt. »Hier bin ich...«

Doris kam durch die Menge gelaufen. Ihre Wangen waren erhitzt, ihre Lippen sehr rot. Ihr kleiner Hut und ihr Pelz hatten dieselbe Farbe wie ihre Haare. »Ich habe es gefunden, Mama... Wie dumm von mir.« – »Jedesmal, wenn ich das durchmachen muß«, sagte Mrs. Humphries seufzend, »nehme ich mir vor, nie mehr ins Ausland zu reisen.«

Doris bückte sich, um irgend etwas Gelbes in einen geöffneten Handkoffer zu legen.

»Hier ist Mr. Anderson, Doris«, sagte Mrs. Humphries.

Doris fuhr herum, lief zu ihm hin, legte die Arme um seinen Hals und küßte ihn auf die Wange. »Das ist aber lieb von dir, Charley!« Dann stellte sie ihn einem rotbackigen jungen Engländer vor, der einen schottischkarierten Mantel trug und eine große Golftasche schleppte. »Ich weiß bestimmt, ihr werdet aneinander Gefallen finden.«

»Sind Sie zum erstenmal in den Staaten?« fragte Charley.

»Ganz im Gegenteil«, sagte der Engländer und zeigte lächelnd seine gelben Zähne. »Ich bin in Wyoming geboren.«

Auf dem Pier war es kühl. Mrs. Humphries setzte sich in den geheizten Wartesaal. Als der junge Mann mit den Golfschlägern sich entfernte, um nach seinem Gepäck zu sehen, sagte Doris: »Wie gefällt dir George Duquesne? Er ist hier geboren und in England aufgewachsen. Seine Mutter stammt aus einer Familie, die schon in der Magna Charta vorkommt. Ich bin bei ihnen zu Gast gewesen – in einer wunderschönen alten Abtei... Ich habe mich in England amüsiert wie noch nie. Ich finde George süß. Die Duquesnes haben große Kupferinteressen. Sie sind fast so reich wie die Guggenheims, nur daß sie natürlich keine Juden sind... Aber Charley, ich glaube fast, du bist eifersüchtig... Zu dumm... George und ich sind wie Geschwister, wirklich... Gar nicht so wie du und ich, aber er macht mir sehr viel Spaß.«

Die Familie Humphries brauchte zwei Stunden, um durch die Kontrolle zu kommen. Sie hatten eine Unmenge Koffer, und Doris mußte einige Kleider verzollen. Als Mrs. Humphries entdeckte, daß sie in einem offenen Auto mit zurückgeschlagenem Verdeck in die Stadt fahren sollte, machte sie ein finsteres Gesicht; daß es ein schicker Packard war, schien an der Sache nichts zu ändern. »Ein richtiger Aussichtswagen«, sagte Doris. »Mama, das ist lustig – Charley wird uns alle Wolkenkratzer zeigen.« Während Mrs. Humphries sich, umgeben von ihrem Handgepäck, auf dem Hintersitz niederließ, brummte sie: »Dein lieber Vater, Doris, hat es nie gern gesehen, daß eine Dame in einer offenen Kutsche fuhr, geschweige denn in einem offenen Automobil.«

Nachdem Charley die beiden abgesetzt hatte, kehrte er nicht in den Betrieb zurück. Den Rest des Tages bis Feierabend verbrachte er in Askews Wohnung und telephonierte mit Nat Bentons Büro. Seit der Notierung der *Standard Airparts* waren *Askew-Merritt* stark gefallen. Er verpfändete, was immer er verpfänden konnte, und wartete auf den Tiefstand, bevor er zu kaufen begann. Ab und zu rief er Benton an und sagte: »Was meinen Sie, Nat?«

Noch am späten Nachmittag konnte Nat ihm keinen Rat geben. Charley spielte Kopf oder Wappen, um zu einem Entschluß zu gelangen. Es wurde Kopf. Er rief im Büro an und gab Order, am nächsten Tage zum Anfangskurs mit dem Kaufen zu beginnen. Dann zog er sich um und machte sich davon, bevor Grace ihre Töchter aus der Schule nach

Hause brachte. Er wechselte kaum noch ein Wort mit den Askews. Er hatte den Betrieb satt und wußte, daß Joe ihn für einen Faulenzer hielt.
Als er seine Brieftasche aus einem Jackett in das andere tat, öffnete er sie und zählte sein Barvermögen. Er hatte vier Hunderter und ein paar Taler. Die Scheine waren spröde und neu, frisch von der Bank. Er hielt sie unter die Nase, um den süßlichen, scharfen Geruch frischer Druckerschwärze zu riechen. Bevor er recht wußte, was ihm einfiel, hatte er sie geküßt. Er lachte laut auf und steckte die Scheine in die Brieftasche. Herrgottnochmal, ihm war wohl zumute. Der neue blaue Anzug stand ihm ausgezeichnet. Seine Schuhe waren geputzt. Er hatte saubere Socken an. Sein Bauch fühlte sich straff an unter dem Gürtel. Er pfiff eine Melodie vor sich hin, während er auf den Fahrstuhl wartete.
Doris hatte George Duquesne bei sich, und George Duquesne fand die neuen Häuser in der Fifth Avenue einfach phänomenal. »Oh, Charley, du wirst staunen, wenn du Georges *Alexanders* zu kosten bekommst, sie sind einfach phänomenal«, sagte Doris. »Er hat sie nach dem Krieg in Konstanz mixen gelernt... Weißt du, er hat bei den Engländern gedient... Charley war einer unserer Spitzenflieger, George.«
Charley ging mit Doris und George ins *Plaza* essen, dann ins Theater und in ein Nachtlokal. Unaufhörlich pumpte er George mit hochprozentigem Alkohol voll, aber George wurde immer nur röter im Gesicht und immer stiller, aber er hatte von Anfang an nicht viel zu sagen gehabt. Es wurde drei, und Charley war schläfrig und selber ziemlich blau, bevor er George in seinem Hotel, im *St. Regis*, abliefern konnte. »Was machen wir jetzt?« – »Aber mein liebes Kind, ich muß nach Hause.« – »Ich habe noch kein Wort mit dir reden können... Himmel Herrgott, ich habe seit deiner Rückkehr noch nicht einmal Gelegenheit gehabt, dich richtig zu umarmen.« Es endete damit, daß sie zu *Childs* am Columbus Circle gingen und Rührei mit Schinken aßen.
Doris sagte, es müßte schöne Plätze geben, wo verliebte Leute Zuflucht finden könnten und Abgeschiedenheit und

ein Bett in schöner Umgebung. Charley sagte, ihm seien eine Menge solcher Unterkünfte bekannt, aber nicht besonders schöne. »Ich würde mitkommen, Charley, wirklich, wenn ich nicht Angst hätte, es würde schmutzig sein und alles verderben.« – Charley drückte fest ihre Hand. »Solange wir nicht verheiratet sind, Kind, habe ich nicht das Recht, so etwas von dir zu verlangen.« Als sie zu seinem geparkten Wagen gingen, lehnte sie den Kopf an seine Schulter. »Willst du mich haben, Charley?« sagte sie mit leiser, dünner Stimme. »Ich möchte dich auch haben – aber ich muß nach Haus, sonst macht mir Mama morgen früh eine Szene.«
Den nächsten Sonnabendnachmittag benutzte Charley, um nach einer möblierten Bleibe mit separatem Eingang zu suchen. Er mietete eine Einzimmerwohnung mit kleiner Küche und Bad, alles in Grau gehalten. Die Vermieterin war eine hennafarbene Künstlerin in wallenden Batikgewändern, sie sagte, sie reise nach Capri, um dort sechs Monate in ungetrübter Schönheit zu verbringen. Charley rief eine Stellenvermittlung an und engagierte einen japanischen Diener, der ihm den Haushalt führen sollte. Am nächsten Morgen beim Frühstück teilte er den Askews mit, daß er übersiedeln werde.
Joe sagte zuerst gar nichts, aber nachdem er seinen Kaffee ausgetrunken hatte, stand er stirnrunzelnd auf und marschierte einige Male durchs Wohnzimmer. Dann trat er ans Fenster und sagte in ruhigem Ton: »Komm mal, Charley, ich muß dir was zeigen.« Er legte die Hand auf Charleys Arm. »Hör zu, mein Junge – es ist doch nicht wegen mir, weil ich die ganze Zeit so schlecht gelaunt bin? Du weißt, die verdammte Firma macht mir Sorgen... Ich habe den Eindruck, sie wächst uns über den Kopf... Aber du weißt, daß Grace und ich unendlich viel von dir halten... Ich hatte nur das Gefühl, du verschwendest zuviel Zeit mit Börsenspekulationen... Freilich geht es mich nichts an... Aber wir alten Frontkameraden sollten doch zusammenhalten.«
»Sicher, Joe, sicher... Ehrenwort – daß ich mir eine Wohnung nehme, hat ganz andere Gründe... Du bist ein verheirateter Mann mit zwei Kindern, du kennst diese Sorgen

nicht... Ich habe ständig mit Weibergeschichten zu tun.«
Joe fing zu lachen an. »Dich sticht noch immer der europäische Hafer, du Lump... Es ist zum Schreien. Warum heiratest du nicht?«
»Gottverdammich, das ist es ja, was ich vorhabe.« Charley lachte, Joe stimmte mit ein.
»Na, was ist denn da so komisch?« fragte Grace, die mit der Kaffeemaschine beschäftigt war. Charley deutete mit einem Kopfnicken auf die kleinen Mädchen. »Herrenabend«, sagte er. – »Oh, was seid ihr gemein«, sagte Grace.
An einem verschneiten Nachmittag kurz vor Weihnachten, etwa zwei Wochen nachdem Charley seine neue Wohnung bezogen hatte, kehrte er früh in die Stadt zurück und traf sich mit Doris im *Biltmore*. Sie sagte: »Gehen wir irgendwohin was trinken« – und er sagte, er habe zu Hause alles vorbereitet, sie müsse mitkommen und sich die komischen kleinen Sandwiches ansehen, die Taki in allen erdenklichen Farben zubereite. Sie fragte, ob der Japs momentan in der Wohnung sei. Lächelnd schüttelte er den Kopf. Sie brauchten mit einem Taxi nur zwei Minuten, um das renovierte Sandsteinhaus zu erreichen. »Ist das aber gemütlich!« Doris war ein wenig atemlos vom Treppensteigen. Sie öffnete ihren Pelz. »Jetzt komme ich mir ganz verworfen vor.« – »Aber es ist doch nicht so, als ob es ein Kerl wäre, den du nicht kennst – oder den du nicht lieb hast.« Sie ließ sich von ihm küssen. Dann legte sie Hut und Mantel ab und setzte sich neben ihm auf die Fensterbank, die durch den Heizkörper erwärmt wurde.
»Kein Mensch kennt die Adresse«, sagte Charley, »kein Mensch kennt die Telephonnummer.« Als er den Arm um ihre schmalen Schultern legte und sie an sich zog, fügte sie sich mit einem wunderlichen, leisen Schauder und ließ sich von ihm auf seinen Schoß ziehen. Sie küßten einander lange, dann zappelte sie sich los und sagte: »Charley, mein Schatz, du hast mich zu einem Drink eingeladen.«
In der Küche hatte der japanische Hausboy die Ingredienzien für *Oldfashioneds*, Whisky, Bitter, Soda, Zucker und Eis, und eine Sandwichplatte zurechtgestellt. Charley trug die

Sachen ins Zimmer und servierte sie auf einem runden Korbtischchen. Doris biß mehrere Sandwiches an, bevor sie festgestellt hatte, welches ihr am besten schmeckte. »Dein Japs muß ein richtiger Meisterkoch sein, Charley.«
»Die Japaner sind geschickte Leute«, sagte Charley.
»Alles hier ist entzückend, Charley, nur die Beleuchtung tut mir in den Augen weh.«
Als er das Licht ausknipste, war das Fenster ein hellblaues Viereck. Die Lichter und Schatten der Taxis, die durch die beschneite Straße hin und her fuhren, und der Lichtschein der gegenüberliegenden Läden malten gleitende, orangerote Rechtecke an die Decke. »Wunderschön ist es hier«, sagte Doris. »Schau, wie altertümlich die Straße aussieht mit den Radspuren im Schnee.«
Charley goß immerzu Whisky in die Gläser. Er veranlaßte Doris, ihr Kleid auszuziehen. »Du weißt, du hast mir gesagt, Kleider kosten Geld.« – »Ach, bist du dumm!... Charley, hast du mich ein kleines bißchen lieb?« – »Wozu darüber reden... Ich bin völlig verrückt nach dir... Du weißt, ich möchte immer mit dir zusammen sein, ich möchte, daß wir heira...« – » Nicht alles verderben, es ist so entzückend, ich hätte nie gedacht, daß so etwas so schön sein kann... Charley, du wirst vorsichtig sein, ja?« – »Bestimmt«, sagte Charley mit zusammengebissenen Zähnen und ging zur Kommode, um ein Präservativ zu holen.
Um sieben Uhr zog sie sich hastig an, sagte, sie sei zum Essen verabredet und bereits furchtbar verspätet. Charley brachte sie hinunter und setzte sie in ein Taxi. »Also, mein Schatz«, sagte er, »wir wollen nicht mehr drüber reden – es wird ganz einfach gemacht.« Als er über die steile knarrende Treppe nach oben ging, hatte er noch den Geschmack ihres Mundes und ihrer Haare auf der Zunge, sein Kopf wollte von ihrem Parfum platzen. Dann packte ihn ein kaltes, bitteres Gefühl, so wie man sich fühlt, wenn man seekrank wird. »Du lieber Gott!« sagte er laut und warf sich mit dem Gesicht nach unten auf die Fensterbank.
Die Miete, Taki, der Alkohollieferant, die Autoraten und die Blumen, die er Doris tagtäglich schickte, gingen allmonatlich mehr ins Geld, als er erwartet hatte. Kaum hatte

er eine Summe auf der Bank deponiert, mußte er sie schon wieder abheben. Er besaß eine Menge Aktien, die aber noch keine Dividenden abwarfen. Zu Weihnachten mußte er von Joe Askew fünfhundert Eier pumpen, um Doris ein Geschenk kaufen zu können. Sie hatte ihm gesagt, er dürfe ihr keinen Schmuck schenken, deshalb fragte er Taki, was denn seiner Meinung nach ein passendes Präsent für eine sehr reiche und schöne junge Dame sein würde, und Taki sagte, ein Seidenkimono wäre sehr passend, da ging Charley aus und kaufte ihr ein Mandaringewand. Als Doris es zu sehen bekam, machte sie ein komisches Gesicht, aber sie gab ihm einen flüchtigen Kuß auf den Mundwinkel, weil sie bei ihrer Mama waren, und sagte in singendem Ton: »Oh, was bist du lieb!«

Mrs. Humphries hatte ihn zum Weihnachtsessen eingeladen. Das ganze Haus roch nach Flitter und Nadeln, auf den Stühlen lag eine Unmenge Seidenpapier und sonstiger Kram. Die Cocktails waren schwach, alles stand herum, Nat und Sally Benton, etliche Neffen und Nichten von Mrs. Humphries und ihre Schwester Eliza, die stocktaub war, und George Duquesne, der ein einziges Gesprächsthema hatte, Wintersport, und man wartete auf die Spätnachmittagsstunde, da das Essen beginnen sollte. Die Gäste machten einen verlegenen und mißmutigen Eindruck, bis auf Ollie Taylor, der soeben in der richtigen Weihnachtsstimmung aus Italien zurückgekehrt war. Die meiste Zeit verbrachte er in der Speisekammer, er hatte das Jackett ausgezogen und bereitete einen, wie er sich ausdrückte, traditionellen Weihnachtspunsch zu. Er war so sehr in sein Werk vertieft, daß man ihn kaum an den Tisch schleppen konnte. Charley mußte sich die ganze Zeit um ihn kümmern und konnte überhaupt kein Wort mit Doris reden. Nach dem Essen und nach dem Weihnachtspunsch mußte er Ollie in den Klub schaffen. Ollie war total besoffen, hockte fett und bleich im Taxi und babbelte immerzu: »Prima Weihnachtsfest!«

Nachdem er Ollie dem Portier übergeben hatte, war sich Charley nicht schlüssig, ob er zu den Humphries zurückkehren sollte, wo Doris und George bestimmt wieder die Köpfe zusammenstecken und sich mit irgendeinem dummen Spielchen beschäftigen würden, oder ob er, wie er es versprochen hatte, die Askews aufsuchen sollte. Bill Cermak hatte ihn nach Jamaica eingeladen, sich die dortigen Böhmacken anzusehen, hatte aber gleich hinzugefügt, es würde wohl nicht das Richtige sein. Charley sagte, er würde bestimmt kommen, nur weg von den feinen Pinkels. Von der Penn Station aus schickte er ein Weihnachtstelegramm an die Askews. Die Askews würden annehmen, daß er Weihnachten mit Doris verbringen müsse. In dem leeren Zuge nach Jamaica begann er sich Sorgen um Doris zu machen, vielleicht hätte er sie nicht mit dem Kerl allein lassen sollen.

Draußen in Jamaica fühlten sich Bill Cermak und seine Frau und ihre ältlichen Schwager und Schwägerinnen und die Freunde des Hauses durch Charleys Ankunft sehr geschmeichelt und auch ein wenig in Verlegenheit gebracht. Es war ein kleines Holzhaus mit einem grünen Ziegeldach in einer Reihe gleich aussehender Häuschen mit abwechselnd roten und grünen Dächern. Mrs. Cermak war eine dickliche Blondine, ein bißchen bekneipt von dem reichlichen Essen und von dem vielen Wein, der hellrote Flecken auf ihren Wangen hervorgezaubert hatte. Charley mußte etwas von dem Truthahn und von dem Plumpudding essen, der soeben abserviert worden war. Dann wurde Glühwein mit Nelken zubereitet, und Bill spielte auf seiner Ziehharmonika, alles tanzte, die Kinder lärmten und trommelten und liefen einem zwischen die Beine.

Als Charley sagte, nun müsse er gehen, begleitete Bill ihn zum Bahnhof. »Wissen Sie, Herr Chef, wir wissen es wirklich zu schätzen, daß Sie uns besucht haben«, fing Bill an. – »Gottverdammich, ich bin doch kein Chef«, sagte Charley. »Ich gehöre zu den Mechanikern – habe ich nicht recht, Bill? Sie und ich, Bill, die Mechaniker gegen die ganze Welt... Und wenn ich heirate, müssen Sie auf meiner Hochzeit Ziehharmonika spielen... Wohlgemerkt, Bill – es wird nicht mehr gar so lange dauern.« – Bill verzog das Gesicht und rieb sich die krumme Nase. »Weiber sind eine schöne Sache, wenn man sie erst einmal festgenagelt hat, aber solange man sie nicht festgenagelt hat, machen sie einem die Hölle heiß.« – »Ich habe sie festgenagelt, ich habe sie ordentlich festgenagelt, jetzt muß sie mich heiraten, um meine Jünglingsehre zu retten.« – »Bravo«, sagte Bill Cermak. Lachend schüttelten sie einander die Hände und warteten auf dem windigen Bahnsteig auf den Manhattanzug.

Während der Automobilausstellung rief eines Tages Nat Benton an und teilte Charley mit, Farrell, der die *Tern*-Betriebe leitete, sei in New York und wolle Charley treffen, und Charley sagte, Nat möchte am Nachmittag mit ihm auf einen Cocktail kommen. Diesmal mußte Taki zu Hause bleiben.

James Yardley Farrell war ein Mann mit einem rundlichen Gesicht, strohblondem Haar und einem runden kahlen Schädel. Als er zur Tür hereinkam, fing er an zu rufen: »Na, wo ist er? Wo ist er?« – »Hier«, sagte Nat Benton lachend. Farrell schüttelte Charley kräftig die Hand. »Das also ist der Mann, der sich auskennt! Seit Monaten versuche ich Sie zu erwischen – fragen Sie Nat, ob ich ihn nicht gepiesackt habe... Hören Sie mal zu – wollen Sie nicht nach Detroit kommen?... Long Island City ist nicht der richtige Ort für einen Menschen wie Sie... Wir in Detroit brauchen Ihre Kenntnisse... Und wenn wir etwas brauchen, sind wir bereit, dafür zu zahlen.«

Charley wurde rot. »Mir geht es hier recht gut, Mr. Farrell.«

»Wieviel verdienen Sie?«

»Für einen jungen Menschen reicht es.«

»Darüber werden wir noch sprechen... Aber vergessen Sie nicht, in einer neuen Industrie wie in der unseren ändern sich die Bedingungen sehr rasch... Man muß die Augen offenhalten, sonst ist man geliefert... Na, lassen wir es für den Augenblick sein... Aber eines kann ich Ihnen sagen, Anderson, ich werde nicht untätig zusehen, wie unsere Branche in eine Unmenge kleiner Einmannfirmen zerstückelt wird, die einander die Gurgel abschneiden. Finden Sie nicht, daß es für uns alle besser wäre, sich an einen gemeinsamen Tisch zu setzen und auf freundschaftliche Weise

– eine Hand wäscht die andere – den Kuchen aufzuteilen? Und ich kann Ihnen sagen, junger Mann, es wird ein enormer Kuchen sein.« Er senkte die Stimme zu einem Flüstern. Taki, das gelbe Gesicht zu einem dünnen, diplomatischen Lächeln verzogen, erschien mit einem Tablett voller Bacardicocktails. »Danke, nein, ich trinke nicht«, sagte Farrell. »Sind Sie Junggeselle, Mr. Anderson?«

»So ungefähr... Aber ich werde es nicht mehr lange sein.«

»Es würde Ihnen bestimmt in Detroit gefallen... Benton sagt, Sie kämen aus Minnesota.«

»Ich bin in North Dakota geboren.« Charley sagte über die Achsel zu Taki: »Taki, Mr. Benton will noch einen Cocktail.«

»Wir haben dort einen sehr netten Kreis«, sagte Farrell.

Nachdem sie gegangen waren, rief Charley Doris an und fragte sie rundheraus, ob sie Lust hätte, nach ihrer Verheiratung in Detroit zu leben. Sie stieß einen leisen Schrei aus. »So ein gräßlicher Gedanke... Wer hat denn dieses gräßliche – na, dieses gräßliche Nest erwähnt? Ich bringe den Namen gar nicht über die Lippen... Findest du nicht, daß wir uns diesen Winter in New York sehr gut amüsiert haben?« – »Aber selbstverständlich«, erwiderte Charley. »Vielleicht würde ich mich hier recht wohl fühlen, wenn alles anders wäre... Ich habe mir gedacht, dir würde vielleicht eine kleine Abwechslung recht sein, das war alles... Weißt du, ein dortiger Konzern hat mir ein Angebot gemacht.« – »Nein, Charley, du mußt mir versprechen, nie mehr so etwas Dummes zu erwähnen.« – »Selbstverständlich... wenn du morgen abend mit mir essen gehst.« – »Lieber Charley, morgen kann ich nicht.« – »Also am Sonnabend.« – »Schön, ich werde eine Verabredung absagen. Vielleicht kannst du mich nach dem Konzert aus der Carnegie Hall abholen.« – »Wenn du willst, gehe ich sogar mit in das verdammte Konzert.« – »O nein, Mama hat einen Haufen alter Weiber eingeladen.« Sie sprach sehr schnell, ihre Stimme im Hörer hatte einen näselnden Klang. »Es wird in der Loge kein Platz sein. Warte auf mich in der kleinen Teestube, in dem russischen Lokal, wo du schon einmal auf mich gewartet hast und so böse warst.« – »Schön, wie du

willst... Sag, du weißt nicht, wie sehr du mir fehlst, wenn du nicht bei mir bist.« – »Wirklich? Oh, Charley, du bist so goldig.« Sie hängte ab.
Charley legte den Hörer auf und lehnte sich in den Sessel zurück. Immer wenn er mit ihr telephonierte, fing er am ganzen Leibe zu zittern an. »He, Taki, bringen Sie mir die Flasche Scotch... Sagen Sie mal, Taki«, fuhr Charley fort, während er sich einen kräftigen Schluck einschenkte, »ist es in Ihrer Heimat auch so verdammt schwierig für einen Mann, sich zu verheiraten?« – Der Japaner verbeugte sich lächelnd. »In meiner Heimat alles viel schwieriger.«
Als Charley am nächsten Tag aus der Fabrik nach Hause kam, fand er ein Telegramm von Doris vor, in dem es hieß, Sonnabend absolut unmöglich. »Der Teufel soll das Luder holen«, sagte er laut. Den ganzen Abend rief er bei ihr an und hinterließ etwas für sie, aber sie war nie anzutreffen. Er konnte die Berührung des verdammten Hörers an seinen Lippen nicht mehr ertragen. Auch am Sonnabend war sie nicht zu erreichen. Am Sonntagmorgen kam Mrs. Humphries an den Apparat. Die alte, krächzende Altweiberstimme schrie ihm ins Ohr, Doris sei ganz plötzlich übers Wochenende nach Southampton gefahren. »Ich weiß, sie wird mit einem schrecklichen Schnupfen zurückkommen«, fügte Mrs. Humphries hinzu. »Wochenendausflüge bei diesem Wetter!« – »Na, dann auf Wiedersehen, Mrs. Humphries«, sagte Charley und legte auf. Als Taki ihm am Montagmorgen einen Brief in Doris' Handschrift brachte, ein großes, blaues Kuvert, das nach ihrem Parfum duftete, wußte er in dem Augenblick, da er ihn öffnete, noch bevor er ihn gelesen hatte, was drin stand.

Lieber Charley –
Du bist ein so lieber Kerl, und ich habe Dich so gern, und ich möchte Dich so gern zum Freund haben (unterstrichen). Du weißt, was für ein dummes Leben ich führe, momentan bin ich in einer abscheulichen Weekendgesellschaft, ich habe allen gesagt, daß ich rasende Kopfschmerzen habe, und habe mich ins Bett gelegt, um Dir zu schreiben. Aber, Charley, bitte, denk nicht mehr ans Heiraten und solche Sachen. Der bloße Gedanke daran macht mich krank. Außerdem

habe ich George versprochen, ihn im Juni zu heiraten, und die Duquesnes haben einen Publicitymann – ist das nicht idiotisch? –, aber er hat die Aufgabe, die Duquesnes in der Öffentlichkeit populär zu machen, und er hat die Presse informiert, eine große Geschichte, wie George im schottischen Moorland und in der alten mittelalterlichen Abtei um mich geworben hat, die ganze Geschichte. Deshalb beeile ich mich, Dir zu schreiben, lieber Charley, weil Du mein bester Freund bist (zweimal unterstrichen) und der einzige, der in der wirklichen Welt zu Hause ist, in Geschäften und Betrieben und unter Arbeitern, und dort möchte ich auch so gern hingehören, und Du solltest der erste sein, der es erfährt. Oh, lieber Charley, bitte, denk nicht häßliche Sachen über mich.

Deine Dich liebende Freundin (dreimal unterstrichen)

D.

Sei lieb und verbrenn diesen Brief, ja?

Die Türklingel surrte. Es war der Garagenbote mit dem Wagen. Charley nahm Hut und Mantel und ging hinunter. Er stieg ins Auto und fuhr nach Long Island City, ging die Gummistufen in sein Büro hinauf, setzte sich an den Schreibtisch, wühlte in seinen Papieren, telephonierte mit Stauch, aß mit Joe Askew in der Personalkantine, diktierte der neuen flachsblonden Stenotypistin, und plötzlich war es sechs, und er schuckelte durch den dichten Verkehr nach Hause.

Als er über die Brücke fuhr, durchzuckte ihn ein jäher Impuls, das Steuer herumzureißen und Gas zu geben, aber der verdammte Wagen würde ja doch nicht das Geländer bewältigen, es würde nur einen scheußlichen Trümmerhaufen von Pkws und Lkws geben und eine solide Verkehrsstockung.

Er wollte nicht nach Hause und auch nicht in das Lokal, in dem er den ganzen Winter wöchentlich mehrere Male mit Doris gegessen hatte, deshalb bog er in die Third Avenue ein. Vielleicht würde er bei *Julius* jemand treffen. Er stellte sich an die Bar. Er hatte ebensowenig Lust zu trinken, wie er zu sonst etwas Lust hatte. Aber nach einigen Gläschen Korn fühlte er sich wohler. Hol sie der Teufel! Es geht nichts über etliche Gläschen. Er war allein, er hatte Geld in der Tasche, er konnte tun, was ihm einfiel.

Neben ihm an der Bar standen zwei dickliche schlampige Weiber. Sie hatten einen rotwangigen Mann bei sich, der bereits ziemlich betrunken war. Die Frauen unterhielten sich über Kleider, der Mann erzählte vom Wald von Belleau. Auf der Stelle waren sie alte Kameraden, Charley und er. »Mein Name ist de Vries – Beruf: Bonvivant«, sagte der Mann und zupfte an den beiden Frauen, bis sie sich zu Charley umdrehten. Er legte schwungvoll die Arme um sie und rief: »Gestatte, daß ich dir meine Gemahlin vorstelle.« Sie tranken auf den Wald von Belleau, auf die Argonnen, auf die Schanze von St. Mihiel und auf die Schlacht um Paris. Die Frauen sagten, guter Gott, sie hätten solche Lust, nach Hoboken ins Hofbräuhaus zu gehen. Charley sagte, er würde sie mit seinem Wagen hinfahren. Sie wurden ein wenig nüchterner, und auf der Fähre waren sie recht still. In dem Restaurant in der kalten, finsteren Hobokenstraße gab es nichts als Bier. Nachdem sie gegessen hatten, sagte de Vries, er kenne ein Lokal, in dem richtiger Alkohol zu haben sei. Sie fuhren um endlose Häuserblocks herum und landeten in einer Spelunke in Union City. Nachdem sie so viel getrunken hatten, daß sie anfingen, Reigen zu tanzen, meinten die Frauen, ob es nicht großartig wäre, nach Harlem zu fahren. Diesmal wirkte die Fähre nicht sonderlich ernüchternd, da sie eine Flasche Scotch mitgenommen hatten. In Harlem wurden sie aus einem Tanzlokal hinausgeworfen und landeten schließlich in einem Nachtklub. Der Bonvivant fiel die rotbezogene Treppe hinunter, und Charley hatte alle Mühe, die Sache der Direktion gegenüber als einen Scherz abzutun. Sie aßen Brathuhn und tranken einen schrecklichen Gin, den der farbige Kellner hatte holen lassen, und dann tanzten sie. Charley mußte immerzu dran denken, was für ein großartiger Tänzer er sei. Er konnte nicht begreifen, warum es ihm nicht glückte, eine der hübschen Mulattinnen aufzugabeln.

Am nächsten Morgen wachte er in einem Hotelzimmer auf. Er sah sich um. Nein, es lag keine Frau im Bett. Abgesehen davon, daß ihm der Kopf weh tat und die Ohren brannten, fühlte er sich recht wohl. Der Magen war in Ordnung. Einen Augenblick lang bildete er sich ein, soeben aus Frank-

reich gelandet zu sein. Dann fiel ihm der Packard ein, wo zum Teufel hatte er den Packard gelassen? Er langte nach dem Telephon. »Sagen Sie mal, was ist das für ein Hotel?« Das *McAlpin*, guten Morgen. Er erinnerte sich an Joe Turbinos Nummer, rief an und fragte ihn, was das beste Mittel gegen Kater sei. Nachdem er telephoniert hatte, war ihm nicht mehr so wohl zumute. Sein Gaumen schmeckte nach dem Boden eines Hühnerstalles. Er schlief wieder ein. Das Telephon weckte ihn auf. »Ein Herr wünscht Sie zu sprechen.« Dann fiel ihm wieder die Geschichte mit Doris ein. Der Bote Joe Turbinos brachte ihm eine Flasche Scotch. Charley nahm sofort einen Schluck, trank eine Menge Eiswasser, badete und bestellte ein Frühstück. Aber es war bereits an der Zeit, lunchen zu gehen. Er steckte die Whiskyflasche in die Manteltasche und ging zu *Frank and Joe's*, um einen Cocktail zu trinken.
Abends fuhr er mit einem Taxi nach Harlem. Er wanderte von einem Lokal ins andere und tanzte mit den hübschen Mulattinnen. In einer Frühstücksstube geriet er in eine Schlägerei. Es war hellichter Tag, als er wieder in einem Taxi saß und zu Mrs. Darling fuhr. Er hatte kein Geld mehr, um das Taxi zu bezahlen, und der Chauffeur bestand darauf, mit ihm im Fahrstuhl hinaufzufahren. In der Wohnung war niemand außer dem farbigen Mädchen, sie rückte fünf Dollar heraus. Sie versuchte, Charley ins Bett zu packen, aber er wollte ihr einen Scheck ausschreiben. Seine Unterschrift brachte er noch zustande, aber er konnte sie nicht auf den Scheck placieren. Das Mädchen wollte ihn bewegen, zu baden und sich hinzulegen. Sie sagte, sein Hemd sei über und über blutig...
Er fühlte sich großartig und war frisch gewaschen, er hatte auf dem Friseurstuhl geschlummert, während der Friseur ihn rasierte und ihm einen Eisbeutel auf das blaue Auge legte, dann war er zu *Frank and Joe's* zurückgekehrt, um sich mit einem kleinen Gläschen zu erfrischen. Da tauchte Nat Benton auf. Der liebe, gute Nat Benton war besorgt, wollte wissen, wo er sich das blaue Auge geholt hatte, Charley zeigte ihm die zerschundenen Knöchel, mit denen er dem Fritzen eines versetzt hatte, aber Nat Benton sprach unauf-

hörlich von Geschäften und von *Askew-Merritt* und von *Standard Airparts* und sagte, wenn er nicht wäre, würde Charley bereits auf dem Pflaster liegen. Sie tranken einige Cocktails, aber Nat kam immer wieder auf seine Buttermilch zurück. Er wollte, Charley solle mitkommen und Farrell treffen. Farrell habe eine überaus hohe Meinung von Charley, und Farrell sei der kommende Mann in der Branche. Farrell dürfe man seinen letzten Dollar anvertrauen. Und auf einmal war Farrell da, und Charley zeigte ihm die zerschundenen Knöchel und schilderte, wie er diesen lausigen Pokerspieler verhauen hatte und wie er mit ihnen allen aufgeräumt hätte, wenn ihn nicht jemand mit einem sandgefüllten Strumpf hinters Ohr gehauen hätte. Detroit, aber sicher. Er sei jederzeit bereit, nach Detroit zu gehen oder sonstwohin. Gottverdammich, man bleibt nicht gern an einem Ort, wo man ausgeplündert worden ist. Und diese verdammte Mulattin hatte seine Brieftasche mit sämtlichen Adressen geklaut. Verträge? Sicher. Unterschreibe alles, was Sie wollen, alles, was Nat sagt. Aktien, sicher. Werden umgetauscht, alle miteinander. Was zum Teufel soll man Aktien haben in einer Firma an einem Ort, wo man in einer Ganovenkneipe gefleddert wird. Detroit, aber sicher, sofort. Nat, bestellen Sie ein Taxi, wir fahren nach Detroit.
Dann saßen sie in der Wohnung. Taki schnatterte, Nat ordnete alles, Farrell sagte: »Ich möchte nicht sehen, was der andere für ein Auge hat!« – und diesmal konnte Charley seinen Namen schreiben. Zuerst setzte er seine Unterschrift auf die Tischplatte, aber dann unterzeichnete er den Vertrag, und Nat arrangierte den Umtausch seiner *Askew-Merritt*-Anteile gegen *Tern*-Aktien, und dann sagten Nat und Farrell, Charley müsse schläfrig sein, und Taki schwatzte ihm die Ohren voll, er müsse sofort ein heißes Bad nehmen.
Am nächsten Morgen erwachte Charley nüchtern und tot wie ein Leichnam auf der Bahre des Leichenbestatters. Taki brachte ihm Orangensaft, aber er gab ihn gleich wieder von sich. Er sank in die Kissen zurück. Er hatte Taki befohlen, niemand hereinzulassen, aber da stand plötzlich Joe Askew am Fußende des Bettes. Joe sah noch blasser aus als sonst, runzelte besorgt die Stirn, genau wie im Büro, und

zupfte an seinem blonden, schütteren Schnurrbart. Er lächelte nicht. »Wie steht's?« fragte er.
»Soso«, sagte Charley.
»Du gehst also zu den Ternleuten.«
»Joe, ich halte es in New York nicht mehr aus. Ich bin mit diesem Nest fertig.«
»Und, wie mir scheint, auch mit anderen Dingen.«
»Joe, Ehrenwort, ich hätte es nicht getan, wenn ich nicht von hier weg müßte... und ich habe ebensoviel hineingesteckt wie du, manche Leute sind der Meinung, noch ein wenig mehr.«
Joe preßte die schmalen Lippen zusammen. Er wollte etwas sagen, ließ es sein und ging mit steifen Schritten aus der Tür.
»Taki«, rief Charley, »pressen Sie mir eine halbe Grapefruit aus, ja?«

Weltwochenschau LVI

sein erster Schritt war, einen schnellen Zug nach Miami zu nehmen, um nachzusehen, ob die Baufirma, die mit den von seinem Konzern finanzierten Bauten betraut war, die Arbeit möglichst beschleunigte, und um sich gleichzeitig einen allgemeinen Überblick zu verschaffen...

Ohne Sorgen früh am Morgen

LUTHERANER ERSETZEN HÖLLE DURCH HADES

Welche Freude –
Fühlst das Boot du schaukeln –
Welche Freude,
Siehst die Schwarzen laufen –
Horch die Pfeife ruft tut, tut:
Alle Mann an Bord... tut, tut

VENTILATOR VERURSACHT KRIEGSSCHIFFKATASTROPHE

Und so wahr du auf der Welt bist,
Bist du in Kentu – u – ucky...

DAMPFER IN BRAND

POLIZEI JAGT DIE LUFTPOSTBANDITEN

Dort unten im Sommersonnenschein
An der Küste von Miami
Dort wartet jemand auf mich allein,
An der Küste von Miami

SEIT GESTERN UM DIESELBE ZEIT SIND AN DIE ZWEITAUSEND RAUCHER ZU CHESTERFIELD ÜBERGEGANGEN

LEICHTBEKLEIDETE SCHÖNHEITEN AUF DER FLUCHT

Sah eine Rose im Fenster stehn –
Wo die Rosen blühn, dorthin will ich gehn –
Ade, du trauriges Herz

die drei Weißen, die er bei sich hat, scheinen einer primitiven, nordischen Rasse anzugehören. Rein physisch sind sie prächtige Geschöpfe. Sie haben feines, flachsblondes Haar, blaugrüne Augen und weiße Haut. Die Männer sind mit flaumigen Härchen bedeckt...

Laß in Carolina mich endlich Ruhe finden,
Schlaf und Schlummer und ein Kissen für mein müdes Haupt.
Wer wie ich die Welt durchwandert hat...
O Gott, wie schön das klingt,
Wenn die Maulbeerdrossel singt
In Carolina...

Das Kamera-Auge 48

Westwärts nach Havanna Puerto-Mexico Galveston (die glasglatte Mündung von Santander das Gefühl der Hügel die die feuchte Nacht umringen ab und zu ein Stern träufelt kühl aus dem Regenhimmel Lichterreihen die das vermummte Ufer versprüht) dröhnt die Zwillingsschraube endlich westwärts ahoi weg aus den Fremdenheimen weg von den alten Jungfern mit dem Aquarellgeschmack weg von den alten Männern mit den Krokodilaugen ihre blutigen Krallen verbergen sie unter adretten Zwirnhandschuhen weg aus der von Literatur zersetzten Landschaft westwärts

denn ein alter Mann ist alt
denn ein alter Mann ist grau
aber das junge Herz ist voller Liebe
weg mit dir alter Mann weg

am Mittagstisch westwärts in dem hellerleuchteten Salon die Vollbrüstigen Breithintrigen – *la bella cubana* in einem gelben tief ausgeschnittenen Kleide schelmisch mit dem spitzen rosa Nagel ihrer allerkleinsten Fingerspitzen
die kraushaarigen jungen Dandys aus Bilbao (lärmender und lustiger) in straffsitzenden eiscremefarbenen Anzügen Seidenhemden gestreiften Krawatten (westwärts nach Havanna in die Zuckerkonjunktur) der Reichste hat einen Brillantring – allzu glänzende Augen schauen zu wie ihr kleiner Finger winkt

aber das junge Herz ist voller Liebe

sie flüstert ... er kam aus ihrer Kabine als ich zum Badezimmer unterwegs war ... warum kichert sie in Nummer sechsundsechzig? ... der Reiche aus Bilbao bestellt Sekt ein Echo der Korken die wie ein Kanonensalut an dem langen Tische knallen wo der mexikanische General sitzt hochgewachsen mit ernster Miene und schwarzem Schnurrbart und fünf hochgewachsenen ernstblickenden blauwangigen Söhnen und einem fetten Hausverwalter und einer Garnitur blanker hühnerförmiger Damen die eilig in schwarzer Seide davonrascheln Taschentücher vor dem Mund sowie wir um das Kap kommen auf dem der Leuchtturm steht ... westwärts (aus dem Alten in das Neue in das zügellose Neue in das unentzifferte Neue) südliche Sommerfahrt (den Ereignissen entgegen) das Rauschen im Ohr die tiefe blaue Dünung die heiße Sonne auf dem Handrücken das Gefühl salziger Nässe auf der Reling der Geruch nach Messingpolitur und Hochdruckdampf der vielfältig flakkernde Lichterglanz

und jeden Tag zu Mittag ißt man zuviel Hors d'œuvres trinkt zuviel Wein während kichernd mit rollenden Augen *la bella* um anzudeuten wer mit wem geschlafen hat mit dem kleinsten nadelscharfen Finger winkt

la juerga

ach der junge Stutzer aus Bilbao der mit dem Brillantring erleidet mittschiffs (westwärts folgen uns in unserem Kielwasser die uralten Furien) einen Tritt von Aphrodites gefährlicher Zehe ... kriecht ins Bett ... statt im Rauchsalon trinken wir unseren Kaffee in seiner Kabine ... die Damen interessieren sich für seine Nöte

zwei Gallegos schlappmäulige froschnackige Vagabunden holt man aus dem Zwischendeck damit sie zur Gitarre singen (Vichywasser und gutturale Klänge Argyrol reimt sich auf Rusinol)

si quieres qu'el carro cante
mójele y déjele en rio
que después de buen moja'o
canta com'un silbi'o

und tausend und ein Witz Havannanächte der Tanz der Millionen ... die schönen *cubanas a elles les gustan negros*
aber da man an Deck geht um ein wenig salzige Abendluft zu schnappen ist mehr zu sehen als der rostige Frachter

schaukelnd im Indigo ... *el rubio* ... der Dandy aus Bilbao ohne Brillantring von tobenden Kubanern belagert ... *la bella* führt sie an mit wogenden Brüsten ein kleines Männchen mit grauem Backenbart wird vorangestoßen da steht er schon vor *el rubio* von hinten wird er gestoßen
escándalo
abwechselnd debattieren die Streiter mit ihren Freunden die sie zurückhalten ... reißen sich los ... fallen mit fuchtelnden Armen übereinander her ... werden wieder eingefangen auseinandergerissen
Schiffsoffiziere intervenieren
bleich und bebend werden die Helden weggeführt ... der mit dem Backenbart in den Damensalon ... *el rubio* achteraus in den Rauchsalon
dort werden die Beleidigungen durchgekaut ... was war denn eigentlich los? *No Señor no* ... *el rubio* packt ein Briefpapier der Compagnie Générale Transatlantique aber seine Finger wollen die Feder nicht festhalten ... während er sie in sein langes lockiges Haar vergräbt fälscht ein unbefugter Zuschauer der in den Streit mit hineinverwickelt worden war schnell und frech nach seinem Diktat
eine Duellforderung
und trägt sie mit starrer Miene zu dem Gegenpart im Damensalon *coño* ... dann spazieren wir mit *el rubio* im pochenden Heck auf und ab erörtern Rapiere Pistolen Fechtübung
nun erscheint nur der westwärts segelnde Zuschauer bei den Mahlzeiten
el rubio sitzt melancholisch an der Koje seines betripperten Freundes und wartet auf den Jüngsten Tag ... Duellgerüchte schwirren durchs Schiff bis *mon commandant* ein rotbackiger Bretone sämtliche Beteiligten aufsucht und ihnen klarmacht, daß derlei Dummheiten in den Vorschriften der Compagnie Générale Transatlantique ausdrücklich verboten seien und daß die musikalischen Gallegos ins Zwischendeck verschwinden müßten wo sie hingehörten ...
Verzweiflung
auf tritt mit martialischen Schritten *mi general* Experte wie er sagt in Ehrensachen *un militar* ... *coño* ... *vamos* ob er versuchen dürfe die Gegner zu versöhnen

alle in die Rauchsalons wo bereits vier Sektflaschen traulich gekühlt in ihren Neusilberkübeln warten . . . *coño* Sandwiches werden serviert
mi general klärt das Mißverständnis auf eine Bemerkung über *los negros* und *las cubanas* in der Kabine der Stutzer aus Bilbao durch den Ventilator belauscht . . . *vamos* . . . vieles bliebe besser ungesagt . . . aber auf jeden Fall ist die durch den Ventilator isolierte Ehre intakt . . . vorsichtig reichen die Kontrahenten einander die Hand . . . *coño* . . . *palmas sombreros musica* . . . *mi general* bekommt das Ohr zugesprochen
im Zwischendeck singen und zupfen die Gallegos
el rubio vertraut es mir an . . . an der Bar . . . von der *bella* mit dem rosigen Winkefinger und dem hellen Ohr an Ventilatoren habe der mit dem Brillantring es erwischt . . . auch er selber hege Befürchtungen . . . *coño una puta indecente*
Ankunft in Havanna . . . ein opulent gekleideter Gatte mit Panamahut empfängt *la bella* . . . die jungen Dandys aus Bilbao fahren ins *Sevilla-Biltmore* und ich
Tanz der Millionen oder auch nicht . . . Geldmangel üblich und unvermeidlich wie das Einreisevisum
im Wirbel der Zuckerkonjunkturpreise in der augustsengenden Sonne Ihr sehr ergebener die Stadt und die zuckrigen Nächte mit zwanzig Eiern fuffzehn achtfuffzig dahinschwindend in den Taschen der Jeans auf der Suche nach Lukrativem
und wie es möglich wäre weiterzukommen
nach Mexiko
oder sonstwohin . . .

MARGO DOWLING

Als Margo Dowling Tony heiratete, war sie sechzehn. Die Schiffsreise nach Havanna machte ihr Spaß. Es war eine stürmische Überfahrt, aber sie wurde nicht eine Minute seekrank. Er wurde ganz gelb und lag die ganze Zeit in seiner Koje, und wenn sie ihn dazu bewegen wollte, an Deck mitzukommen und Luft zu schnappen, stöhnte er nur. Die Insel kam in Sicht, bevor sie ihn aus dem Bett kriegen konnte. Er war so schwach, daß sie ihn anziehen mußte wie ein kleines Kind. Mit geschlossenen Augen und hohlen Wangen lag er in seiner Koje, während sie ihm die Schuhbänder knüpfte. Dann lief sie hinaus, um Havanna auf Kuba zu sehen. Das Meer war noch immer bewegt. Die Wogen schleuderten Gischtsäulen gegen die großen Felsen unterhalb des Leuchtturms. Der junge Dritte Steuermann mit dem schmalen Gesicht, der während der Überfahrt so nett zu ihr gewesen war, zeigte ihr die Festung Morro hinter dem Leuchtturm und die kleinen Fischerboote mit den winzigen schwarzen oder braunen Figürchen, auf und ab schaukelnd in den riesigen Brandungswellen. Die hellbraunen Häuser auf der anderen Seite sahen aus, als ragten sie aus den Brechern hervor. Sie fragte ihn, wo Verdado liege, und er deutete in den Dunst, der über der Brandung hing. »Das ist das vornehme Wohnviertel«, sagte er. Es war sonnig, große, weiße Wolken hingen am Himmel.

Inzwischen waren sie in die stillen Gewässer des Hafens gekommen, vorbei an einer Reihe großer Schoner, die an der Steilküste unter den sonnigen Forts und Festungen vor Anker lagen, und sie mußte in den muffigen Bilgengeruch ihrer Kabine hinuntergehen, um Tony aufzurütteln und die Koffer zuzumachen. Er war noch immer schwach und behauptete, schwindlig zu sein. Sie mußte ihm über den Landesteg hinunterhelfen.

Auf dem baufälligen Pier wimmelte es von schwarzäugigen,

weiß und hellbraun gekleideten Leuten, sie rannten umher und schwatzten, und alle schienen sie gekommen zu sein, um Tony abzuholen. Alte Damen mit Schals, picklig aussehende junge Männer mit Strohhüten und ein alter Herr mit einem langen, buschigen, weißen Backenbart, auf dem Kopf einen Panamahut. Kinder mit dunklen Ringen um die Augen liefen einem zwischen die Beine. Alle Menschen waren gelblich oder kaffeebraun und hatten schwarze Augen, eine einzige Negerin war mit dabei, eine grauhaarige Frau in einem rosa Kleid. Alle weinten und reckten die Arme zum Himmel und umarmten Tony und küßten ihn ab, und es dauerte lange, bis man Margo überhaupt beachtete. Dann umringten alle die alten Weiber Margo, küßten sie, begafften sie und äußerten sich auf Spanisch über ihr Haar und ihre Augen, und sie kam sich furchtbar dumm vor, weil sie kein Wort verstand, und fragte Tony immerzu, wer seine Mutter sei, aber Tony hatte sein Englisch vergessen. Als er schließlich auf eine dicke alte Dame mit Schal deutete und *la mamá* sagte, war sie froh, daß es nicht die Farbige war.

Wenn das ein vornehmes Wohnviertel ist, sagte Margo zu sich selber, während sie alle nach einer langen Fahrt durch schwirrende, von Steinhäusern begleitete Straßen voller Staub und öliger Gerüche, voller Wagen und Maultierkarren aus der Straßenbahn in die glühend heiße Sonne auf den Pflastersteinen einer schmalen Gasse strömten, dann bin ich eine Millionenerbin.

Sie kamen durch ein schmales Tor in einer räudigen, schuppigen rosa Stuckmauer mit schmalen, vergitterten Fenstern, die bis zum Boden reichten, in ein kühles, ranzig riechendes Vestibül, das mit Korbstühlen und Topfpflanzen möbliert war. Ein Papagei in einem Käfig krächzte, ein fettes, ferkelhaftes weißes Hündchen bellte Margo an, und die alte Dame, die Tony als seine *mamá* bezeichnet hatte, kam auf sie zu, legte den Arm um ihre Schulter und überfiel sie mit einem spanischen Wortschwall. Margo stand da, trat von einem Fuß auf den andern. In der Tür drängten sich die Nachbarn, um sie mit ihren Affenaugen anzustarren.

»Hör mal, Tony, du könntest mir wenigstens sagen, was sie sagt«, jammerte Margo verdrossen. – »Meine Mutter sagt, das ist dein Haus, und du bist willkommen und so weiter. Jetzt mußt du sagen *muchas gracias, mamá*.« Margo konnte gar nichts sagen. Es würgte sie in der Kehle, und sie fing zu weinen an.

Sie weinte noch mehr, als sie ihr Zimmer sah, einen großen, dunklen, mit einem zerfetzten Spitzenvorhang verhangenen Alkoven, der fast ganz durch ein breites Eisenbett ausgefüllt war. Auf dem Bett lag eine gelbe Steppdecke mit einem großen braunen Fleck. Als sie die großen, gesprungenen, mit Rosen bemalten Nachttöpfe unter dem Bett hervorschauen sah, hörte sie zu weinen auf und fing zu kichern an. Tony wurde böse. »Jetzt mußt du dich nett benehmen«, sagte er. »Meine Leute sagen, du bist sehr hübsch, aber nicht gut erzogen.«

»Ach, rutsch mir den Buckel runter«, sagte sie.

Solange sie in Havanna war, hauste sie in diesem Alkoven, mit einem Wandschirm vor der Glastür, die auf den Hof ging. Tony und seine Brüder waren immer unterwegs. Nie wurde sie mitgenommen. Ganz schlimm wurde es, als sie merkte, daß sie ein Kind bekommen würde. Tag für Tag lag sie allein auf dem Bett, starrte zu der rissigen weißen Gipsdecke empor, hörte das schrille Geplapper der Weiber auf dem Hof und im Vestibül und den Papagei und das Gekläff des kleinen weißen Hündchens, das Kiki hieß. Kakerlaken liefen an den Wänden auf und ab und zerfraßen die Kleider, die man nicht wegpackte.

Jeden Nachmittag drängte sich ein heißes Viereck Sonnenschein durch das Glasdach des Hofes, lief an der Bettkante entlang über den Ziegelboden, und in dem Alkoven wurde es unerträglich hell und dumpf.

Sie durfte nie ausgehen, ohne daß eines der alten Weiber sie begleitete, und auch dann meistens nur in die Kirche oder auf den Markt. Sie ging ungern auf den Markt, dort war es so schmutzig und übelriechend, es wimmelte von schwitzenden, schubsenden Negern und Chinesen, die mit lautem Geschrei hinter ihren Hühnerkäfigen und schleimigen Fischständen hockten. *La mamá* und *tia* Feliciana und Carná, die alte Negerin, schienen sich dort wohl zu fühlen. In der Kirche war es angenehmer, zumindest waren die

Leute dort besser gekleidet, und die Flitteraltäre waren oft mit Blumen geschmückt, deshalb ging sie regelmäßig beichten, obwohl der Priester die wenigen spanischen Worte, die sie zusammenzusetzen begann, kaum verstand und sie seine Antworten nicht verstehen konnte. Immerhin war es schöner, in der Kirche zu sein, als den ganzen Tag in der Hitze und dem Gestank des Vestibüls zu sitzen; ab und zu bemühte sie sich, mit den alten Weibern zu plaudern, die nichts taten als sich fächeln und tratschen, während das weiße Hündchen auf einem schmutzigen Kissen in einem zerbrochenen vergoldeten Stuhle schlief und gelegentlich nach einer Fliege schnappte.

Tony kümmerte sich überhaupt nicht mehr um sie. Sie konnte es ihm kaum verdenken, ihre Augen waren gerötet und ihr Gesicht von dem vielen Weinen geschwollen. Tony war stets mit einem älteren, fetten Mann beisammen, der Mann hatte ein Babygesicht, trug einen weißen Anzug, und quer über seinem Wulstbauch hing eine enorme doppelte Goldkette. Alle nannten ihn voller Respekt *el señor* Manfredo. Er war ein Zuckergroßhändler und wollte Tony in Paris Musik studieren lassen. Manchmal kam er zu Besuch und saß auf einem der Korbstühle im Vestibül, den Spazierstock mit dem goldenen Knauf zwischen den fetten Knien. Margo hatte immer das Gefühl, Señor Manfredo sei ein seltsamer Mensch, aber sie bemühte sich, ihn möglichst nett zu behandeln. Auch er kümmerte sich nicht um sie. Er wandte kein Auge von Tonys langen, schwarzen Wimpern.

Einmal wurde sie desperat und rannte ganz allein in den Zentralpark zu einem amerikanischen Drugstore, den sie eines Abends dort entdeckt hatte, als die alten Weiber mit ihr hingegangen waren, um ein Militärkonzert anzuhören. Jeder Mann, an dem sie vorüberkam, starrte sie an. In gestrecktem Galopp lief sie zu dem Drugstore und kaufte Rizinus und Chinin, soweit ihre Barschaft reichte. Auf dem Heimweg konnte sie offenbar nicht von einer Ecke zur anderen kommen, ohne daß ein Mann ihr nachging und ihren Arm nehmen wollte. »Scher dich zum Teufel«, sagte sie dann auf Englisch und beschleunigte ihre Schritte. Sie verirrte sich, wurde beinahe von einem Auto überfahren

und kam endlich atemlos zu Hause an. Die alten Weiber waren wieder da und schlugen Krach.
Als Tony nach Hause kam, erzählten sie es ihm, und er machte ihr eine Szene und wollte sie verhauen, aber sie war stärker als er und schlug ihm das Auge blau. Dann warf er sich schluchzend aufs Bett, und sie legte ihm kalte Umschläge auf das Auge, um die Schwellung wegzukriegen, und sie streichelte ihn, und zum erstenmal seit ihrer Ankunft in Havanna waren sie glücklich und froh miteinander. Das Schlimme war, daß die alten Weiber sein blaues Auge entdeckten und ihn damit aufzogen. Die ganze Straße schien Bescheid zu wissen, und alle behaupteten, Tony sei ein Weichling. *La mamá* verzieh es ihr nie und behandelte sie von nun an gemein und boshaft.
Wenn nicht das Kind unterwegs gewesen wäre, hätte Margo sich aus dem Staube gemacht. Von dem Rizinusöl bekam sie nur schwere Koliken und von dem Chinin Ohrensausen. Sie stahl aus der Küche ein scharf geschliffenes Messer und wollte sich damit umbringen, aber sie hatte nicht den Mut, es in die Brust zu stoßen. Sie dachte daran, sich mit dem Bettlaken aufzuhängen, aber das brachte sie offenbar auch nicht fertig. Sie versteckte das Messer unter der Matratze und lag den ganzen Tag auf dem Bett, träumte davon, was sie tun würde, wenn sie jemals wieder in die Staaten käme, sie dachte an Frank und Agnes und an die Tourneen und an den St.-Nicholas-Eislaufplatz. Manchmal redete sie sich ein, es sei alles nur ein langer Alptraum und sie würde im Hause des Indianers in ihrem Bett erwachen.
Jede Woche schrieb sie an Agnes, und Agnes schickte ihr manchmal im Brief ein paar Dollar. Fünfzehn Dollar hatte sie gespart, in einer Krokodilledertasche, die ihr Tony gleich bei der Ankunft in Havanna geschenkt hatte, da warf er eines Tages zufällig einen Blick hinein, nahm das Geld und ging damit bummeln. Als er nach einer in einem Rumbalokal verbrachten Nacht mit dunklen Ringen um die Augen nach Hause kam, war sie so verstört, daß sie ihn nicht einmal ausschimpfte. Um diese Zeit fühlte sie sich viel zu elend, als daß sie irgend jemanden hätte beschimpfen mögen.

Als die Schmerzen einsetzten, kam kein Mensch auf den Gedanken, sie ins Krankenhaus zu schaffen. Die alten Weiber erklärten, sie wüßten schon, was zu tun sei, und zwei Barmherzige Schwestern mit großen weißen Schmetterlingshauben begannen mit Waschschüsseln und Heißwasserkrügen aus und ein zu huschen. Es dauerte den ganzen Tag, die ganze Nacht und einen Teil des darauffolgenden Tages. Sie war überzeugt, sie müsse sterben. Schließlich schrie sie so laut nach einem Arzt, daß man hinging und einen alten Mann mit rheumaverkrümmten gelben Händen und einem tabakfleckigen Bart holte. Er sei, behaupteten sie, Arzt. Er trug an schwarzem Bande einen goldgefaßten Kneifer, der ihm immerzu von seiner langen, schiefen Nase fiel. Er untersuchte sie und sagte, alles sei in schönster Ordnung, und die alten Weiber standen lächelnd hinter ihm und nickten mit den Köpfen. Dann setzten die Schmerzen wieder ein. Es gab nichts anderes mehr als die Schmerzen.

Als alles vorbei war, fühlte sie sich so schwach, daß sie glaubte, tot und gestorben zu sein. Sie brachten es ans Bett, um es ihr zu zeigen, aber sie wollte nicht hinschauen. Als sie am nächsten Tag aufwachte, hörte sie neben sich ein leises Wimmern und konnte sich nicht vorstellen, was es sein mochte. Sie war zu elendig daran, um den Kopf zu wenden und hinzuschauen. Die alten Weiber schüttelten aus irgendeinem Grund die Köpfe, aber Margo kümmerte sich nicht darum. Auch als man ihr sagte, sie sei zu schwach, um das Kind zu nähren, und es müsse mit der Flasche aufgezogen werden, machte sie sich nichts daraus.

Zwei Tage verstrichen in schwarzer Erschöpfung. Dann war sie endlich imstande, ein wenig Orangensaft und heiße Milch zu trinken, sich auf den Ellbogen aufzurichten und das Kind zu betrachten, wenn man es ans Bett brachte. Es war furchtbar klein. Das arme kleine Gesichtchen sah verrunzelt und alt aus wie ein Affengesicht. Mit den Augen war etwas nicht in Ordnung.

Sie ließ den alten Arzt holen, er setzte sich mit ernster Miene auf die Bettkante und putzte unaufhörlich mit seinem großen, sauberen seidenen Taschentuch seine

Gläser. Er nannte sie eine arme kleine *niña* und gab ihr schließlich zu verstehen, das Kind sei blind, ihr Mann leide an einer geheimen Krankheit, und sobald es ihr besser gehe, müsse sie in die Klinik, um sich behandeln zu lassen. Sie weinte nicht, sie sagte kein Wort, sie lag nur da und starrte ihn mit heißen Augen an. Ihre Hände und Füße waren eiskalt. Er soll bloß nicht weggehen, war ihr einziger Gedanke. Sie ließ sich von ihm ausführlich über die Krankheit und die Behandlung berichten und tat so, als verstünde sie nicht sehr gut Spanisch, weniger, als sie in Wirklichkeit verstand, nur um ihn festzuhalten.
Ein paar Tage später nahmen die alten Weiber ihre besten schwarzen Seidentücher um und brachten das Kind in die Kirche, um es taufen zu lassen. Das kleine Gesichtchen sah schrecklich blau aus inmitten der vielen Spitzen, in die sie es eingewickelt hatten. Nachts wurde es fast schwarz. Am nächsten Morgen war es tot. Tony weinte, und die alten Weiber weinten, und sie gaben eine Menge Geld aus für einen kleinen weißen Sarg mit silbernen Griffen, für den Leichenwagen und ein kirchliches Begräbnis. Nachher kamen die Barmherzigen Schwestern und beteten an ihrem Bett, und auch der Pfarrer erschien und unterhielt sich mit den alten Weibern in einem wunderschönen Tragödenton, wie Frank Mandeville ihn anzuschlagen pflegte, wenn er seinen Gehrock anhatte, aber Margo lag mit geschlossenen Augen und fest zusammengepreßten Lippen im Bett und dachte, hoffentlich sterbe ich auch. Was immer man zu ihr sagte, sie antwortete nicht und machte nicht einmal die Augen auf.
Als sie soweit war, aufstehen zu können, weigerte sie sich, Tonys Beispiel zu folgen und in die Klinik zu gehen. Sie sprach weder mit ihm noch mit den alten Weibern. Sie tat so, als verstünde sie nicht, was sie sagten. *La mamá* pflegte ihr in ihrer höhnischen Art ins Gesicht zu schauen, den Kopf zu schütteln und zu murmeln: »*Loca.*« Das heißt »verrückt«.
Margo schrieb verzweifelte Briefe an Agnes: Sie müsse um Gottes willen etwas verkaufen und ihr fünfzig Dollar schicken, damit sie nach Hause fahren könne. Es würde

schon genügen, wenn sie bis Florida käme. Dort würde sie sich Arbeit verschaffen. Es sei ihr egal, was für Arbeit, wenn sie nur wieder in der geliebten Heimat wäre. Sie erklärte nur, Tony sei ein Strolch, und es gefalle ihr nicht in Havanna. Mit keinem Wort erwähnte sie das Kind oder die Krankheit.

Dann kam sie eines Tages auf einen Gedanken. Sie war doch amerikanische Staatsbürgerin, nicht wahr? Sie würde zum Konsul gehen und sich erkundigen, ob man sie nach Hause schicken könnte. Es dauerte Wochen, bis es ihr gelang, ohne die Begleitung eines der alten Weiber das Haus zu verlassen. Als sie das erste Mal, herausgeputzt mit ihrem einzigen guten Kleide, zum Konsulat kam, war es zu. Das nächste Mal ging sie frühmorgens hin, während die alten Weiber auf dem Markt waren, und sprach mit einem Beamten, einem flachsköpfigen amerikanischen Studenten. Mein Gott, tat das gut, wieder einmal Amerikanisch zu sprechen.

Sie merkte gleich, daß sie einen tollen Eindruck auf ihn machte. Auch er gefiel ihr, aber sie zeigte es nicht. Sie sagte, sie sei krank und müsse in die Staaten zurück, sie sei unter Vorspiegelung falscher Tatsachen mit dem Versprechen eines Engagements in der *Alhambra* hierhergelockt worden.

»Die *Alhambra*!« sagte der Beamte. »Sie scheinen mir nicht dieser Typ zu sein.«

»Richtig«, sagte sie.

Er hieß George. Er sagte, wenn sie mit einem Kubaner verheiratet sei, könne er nichts tun, da man die Staatsbürgerschaft verliere, wenn man einen Ausländer heirate. Sie sagte, angenommen, sie wären nicht richtig verheiratet. Er sagte, sie hätte doch gesagt, daß sie nicht dieser Typ sei. Sie begann zu blubbern und sagte, es sei ihr egal, was für ein Typ sie sei, sie wolle nach Hause. Er bat sie, am nächsten Tag wiederzukommen, er wolle sehen, was das Konsulat für sie tun könne, und ob sie nicht auf jeden Fall am Nachmittag mit ihm im *Miami* Tee trinken wollte.

Sie sagte, abgemacht, und eilte nach Hause. Seit langem hatte sie sich nicht so wohl gefühlt. Sowie sie allein im Alkoven war, holte sie den Trauschein aus ihrer Tasche,

zerriß ihn und warf die Schnitzel in das schmutzige gelbe Becken des alten Wasserklosetts hinten im Hof. Ausnahmsweise einmal funktionierte die Spülung, und die mit Vergißmeinnicht geschmückten Papierreste verschwanden spurlos in die Kanalisation.
An diesem Nachmittag kam ein Brief von Agnes mit einer Anweisung auf die National City Bank über fünfzig Dollar. Margo war so aufgeregt, daß ihr fast das Herz stillstand. Tony trieb sich irgendwo mit seinem Zuckergrossisten umher. Sie hinterließ ein paar Zeilen an ihn, es habe keinen Zweck, wenn er sie suchte, sie sei nach Amerika unterwegs, und befestigte den Zettel mit einer Nadel an der Unterseite ihres Bettkissens. Dann wartete sie, bis die alten Weiber in ihre Siesta versunken waren, und lief weg.
Sie würde nicht mehr zurückkehren. Sie besaß nichts als die Kleider, die sie am Leibe trug, und in ihrer Handtasche ein paar billige Schmuckstücke, die Tony ihr gleich zu Anfang ihrer Ehe geschenkt hatte. Sie ging ins *Miami*, bestellte ein Icecreamsoda, auf Englisch, damit alle merkten, daß sie Amerikanerin sei, und wartete auf George.
Sie hatte solche Angst, daß sie glaubte, vom Stuhl fallen zu müssen. Wie denn, wenn George sich nicht blicken ließe? Aber er kam und war sehr erfreut, als er die Geldanweisung sah. Das Konsulat, sagte er, habe für solche Fälle kein Geld. Er sagte, er würde die Anweisung morgen früh einlösen und ihr beim Kauf der Fahrkarte und auch sonst behilflich sein. Sie sagte, das sei lieb von ihm, und dann beugte sie sich plötzlich vor und legte ihre Hand mit dem weißen Glacéhandschuh auf seinen Arm und sah ihm in die Augen, die genauso blau waren wie ihre Augen, und flüsterte: »George, Sie müssen noch mehr tun. Sie müssen mir helfen, mich zu verstecken ... Ich habe solche Angst vor diesem Kubaner. Sie wissen, wie schrecklich sie sind, wenn sie eifersüchtig werden.«
George wurde rot und begann zu stottern, aber Margo erzählte ihm, was neulich in ihrer Straße passiert war, wie ein Mann, ein Offizier, nach Hause gekommen war und seine Liebste, hm, mit einem anderen Mann überrascht hatte, hm, sie wolle die Geschichte so erzählen, wie sie

sich abgespielt hatte, George würde wohl nicht allzu zimperlich sein, hm, sie lagen zusammen im Bett, und der Offizier pumpte sämtliche Schüsse aus seinem Revolver in den anderen Mann und jagte dann mit einem Tranchiermesser die Frau durch die Straße, und mitten auf dem Marktplatz versetzte er ihr fünf Messerstiche. Als Margo so weit gekommen war, fing sie zu kichern an, und George begann zu lachen. »Ich weiß, Sie finden es komisch – aber für die Arme war es gar nicht komisch. Vor aller Augen ist sie gestorben, ohne einen Faden am Leib.«

»Na ja, wir müssen sehen, was wir machen können, um Sie vor dem Tranchiermesser zu bewahren.«

Was sie machten, war, daß sie mit der elektrischen Bahn nach Matanzas fuhren und sich in einem Hotel ein Zimmer nahmen. Dort aßen sie zu Abend und tranken eine Menge Ginfizzes, und George, der gesagt hatte, er würde weggehen und morgen früh wiederkommen, um sie ans Boot zu bringen, wurde durch den Gin und den Mondschein und die bellenden Hunde und die krähenden Hähne in eine romantische Stimmung versetzt. Engumschlungen wanderten sie durch die stillen, kalkweißen, mondhellen Straßen, und er versäumte den letzten Wagen nach Havanna. Margo war alles egal, sie wollte nur nicht in diesem grusligen, weißgetünchten Hotel allein sein, noch dazu bei Mondschein. Außerdem gefiel ihr George.

Am nächsten Morgen beim Frühstück sagte er, sie müsse ihm erlauben, ihr noch fünfzig Dollar zu leihen, damit sie erster Klasse fahren könne, und sie sagte, Ehrenwort, sie würde das Geld zurückzahlen, sobald sie in New York Arbeit gefunden hatte, und er müsse ihr jeden Tag schreiben. Er fuhr mit dem ersten Wagen hinüber, weil er ins Amt mußte, und sie fuhr später nach, ganz allein, durch die grellsonnige, von schrillem Insektenlärm erfüllte Landschaft. Von der Fähre nahm sie ein Taxi direkt ans Boot. George erwartete sie dort auf dem Pier mit ihrer Schiffskarte und einem kleinen Strauß Orchideen, es waren die ersten Orchideen, die sie je bekommen hatte, und einigen Geldscheinen, die sie in ihr Täschchen legte, ohne nachzuzählen. Die Stewards schienen sich sehr darüber zu wundern, daß sie kein

Gepäck hatte, deshalb mußte George ihnen sagen, sie habe Hals über Kopf von zu Hause weg müssen, weil ihr Vater, ein sehr reicher Mann, in New York erkrankt sei. George ging gleich mit ihr in ihre Kabine hinunter, er war sehr traurig, weil sie wegfuhr, und sagte, sie sei die entzückendste Frau, die er je getroffen habe, und er würde ihr auch bestimmt jeden Tag schreiben, aber sie hörte kaum, was er sagte, sie hatte solche Angst, Tony würde ans Boot kommen und sie suchen.

Schließlich ertönte der Gong, George gab ihr einen wilden Abschiedskuß und ging an Land. Sie wagte sich nicht eher an Deck, als bis sie die Signale aus dem Maschinenraum hörte und das Zittern des Schiffes fühlte, das rückwärts aus der Helling fuhr. Durchs Bullauge sah sie, wie ein eleganter schwarzhaariger Mann in weißem Anzug, es mochte Tony sein, sich von den Polizisten losriß und laut rufend, mit den Armen fuchtelnd, an das äußerste Ende des Piers rannte.

Vielleicht machten es die Orchideen oder ihr Aussehen oder die Geschichte von dem kranken Vater, aber der Kapitän bat sie an seinen Tisch, sämtliche Offiziere machten ihr den Hof, und sie amüsierte sich wie noch nie. Der einzige Haken dabei war, daß sie erst nachmittags an Deck konnte, weil sie nur ein Kleid hatte.

Sie hatte George gebeten zu kabeln, und als sie in New York ankam, wurde sie von Agnes erwartet. Es war im Spätherbst, Margo hatte nur ein leichtes Sommerkleid an, deshalb sagte sie zu Agnes, sie wolle ein Taxi spendieren. Erst als sie im Taxi saßen, fiel ihr auf, daß Agnes Trauer trug. Als sie fragte, warum, sagte Agnes, Fred sei vor zwei Wochen in Bellevue gestorben. Betrunken und bewußtlos sei er in der 23. Street aufgelesen worden und gestorben, ohne zu sich zu kommen. »Oh, Agnes, ich habe es gewußt... Ich hatte auf dem Schiff eine Vorahnung«, sagte Margo schluchzend.

Nachdem sie ihre Tränen getrocknet hatte, sah sie Agnes an. »Nein, liebe Agnes, wie gut du aussiehst«, sagte sie. »So ein hübsches Kostüm! Hatte Frank ein Engagement?« – »O nein«, sagte Agnes. »Weißt du, Miss Franklyns Teestube geht recht gut. Sie vergrößert sich und hat mir die Leitung ihrer neuen Filiale in der 34. Street übergeben. Ich bekomme fünfundsiebzig in der Woche. Warte nur, bis du unsere neue Wohnung gleich neben dem Drive siehst... O Margie, du mußt es schwer gehabt haben.«

»Na ja«, sagte Margie, »es war ziemlich schwer. Seine Leute sind recht wohlhabend und angesehen, aber man kann sich nicht an ihre Sitten gewöhnen. Tony ist ein Strolch, ich hasse ihn wie nichts auf der Welt. Aber alles in allem war es ein interessantes Erlebnis... Ich möchte es nicht versäumt haben.«

Frank empfing sie an der Wohnungstür. Er sah dicker aus als das letzte Mal, da Margo ihn gesehen hatte, sein Haar war an beiden Schläfen angegraut, dadurch bekam er ein distinguiertes Air wie ein Geistlicher oder ein Gesandter. »Die kleine Margo... Willkommen zu Hause!... Was bist du für eine schöne Frau geworden.« Als er sie in seine Arme schloß und auf die Stirn küßte, spürte sie wieder den Bayrum- und Pomadengeruch, an den sie sich so gut erinnern konnte. »Hat Agnes dir erzählt, daß ich mit Mrs. Fiske auf Tournee gehe?... Ich bin mit der lieben Minnie Maddern zusammen aufgewachsen.«

Die Wohnung war ein wenig dunkel, aber sie hatte einen Salon, ein Eßzimmer und zwei Schlafzimmer, ein schönes, großes Badezimmer und eine Küche. »Zuallererst«, sagte Margo, »werde ich ein heißes Bad nehmen... Ich glaube, seit ich aus New York weg bin, habe ich nicht mehr warm gebadet.«

Während Agnes, die sich den Nachmittag freigenommen hatte, wegging, um etwas zum Abendbrot zu besorgen, ging Margo in ihr nettes kleines Schlafzimmer mit den Kattunvorhängen an den Wänden, zog das kühle, zerknitterte Sommerkleid aus und schlüpfte in Agnes' wattierten Morgenrock. Dann setzte sie sich in dem Lehnstuhl im Salon bequem zurecht, und als Frank sich nach ihren Erlebnissen in Havanna erkundigte, speiste sie ihn mit Redensarten ab.

Nach und nach übersiedelte er auf die Lehne ihres Sessels und sagte ihr, wie attraktiv sie geworden sei. Dann wollte er sie plötzlich packen. Sie war darauf gefaßt gewesen und

gab ihm eine schallende Ohrfeige, während sie aufsprang. Als er keuchend auf sie zukam, wurde sie hysterisch.
»Rühr mich nicht an, du alter Bock!« schrie sie. »Rühr mich nicht an, sonst erzähle ich Agnes alles, und wir schmeißen dich in hohem Bogen hinaus.« Sie wollte still sein, aber sie konnte sich nicht beherrschen. »Rühr mich nicht an. Ich habe dort unten eine Krankheit erwischt, wenn du mich anrührst, kriegst du sie auch.«
Frank war dermaßen entsetzt, daß er am ganzen Leibe zu zittern anfing. Er sank in den Lehnstuhl und fuhr sich mit den Fingern durch das glatte, silbrig schwarze Haar. Sie knallte ihre Schlafzimmertür zu und sperrte ab. Als sie dort drin ganz allein auf ihrem Bett saß, überlegte sie, daß sie Fred nie mehr wiedersehen würde. Ob es vielleicht wirklich eine Vorahnung gewesen war, als sie auf dem Boot erzählte, ihr Vater sei erkrankt? Die Tränen traten ihr in die Augen. Sicherlich war es eine Vorahnung gewesen. Die Dampfheizung zischte gemütlich. Sie legte sich aufs Bett, das so bequem war mit seinen sauberen Kissen und der Seidendecke, und weinend schlief sie ein.

Weltwochenschau LVII

vor Beginn einer Séance legte der Spiritist sämtliche Kleider ab. Seine Ausrüstung bestand aus elektrischen Taschenlampen, Glocken, großen Megaphonen, Körben, alles mit Leuchtfarben imprägniert...

Mein Bruder kommt mit Ananas –
Paß auf, der Zirkus beginnt

Ist willig, sich den Prüfern zu stellen

als an dem Hosenbein des Professors gezupft wurde, waren die Füße des Spiritisten weit von seinen Füßen entfernt. Eine Leuchtbirne an der Decke flammte auf und erlosch. Glocken klingelten. Ein teleplastischer Arm griff nach verschiedenen Gegenständen auf dem Tisch und riß Dr. B. an den Haaren. Dr. B. steckte seine Nase in den Pfannkuchen und forderte Walter auf, so kräftig wie nur möglich zu zupfen. Er wurde an der Nase gezupft.

Obschon wir sagten: Leb wohl und viel Glück,
Blieb ein Kummer in meinem Herzen zurück

Unglückliche Frau begeht Selbstmordversuch

SCHEICH UND DENTIST AUSGESÖHNT

Finanzierung das einzige Problem

Ich dachte mir, es wird schon gehn,
Jetzt merke ich, es ist gar nicht schön

Damen der besten Gesellschaft bemühen sich vergebens als Kammerzofen der Königin unterzukommen

NONNE HEIRATET MATROSEN

Mein Herz ist schwer

IHRE MAJESTÄT EHRT DEN UNBEKANNTEN SOLDATEN

Polizei schützt die Königin vor den Menschenmassen

Unter einem träumenden Chinamond
Singt die Liebe ihr trauriges Lied

PROFESSOR FOLTERT RIVALEN

Bei der Abfahrt des Zuges schlief die Königin

Soziale Auseinandersetzungen reifen heran

Als der Tag zu Ende war,
Fand ich sie im Abendschimmer

Polizei füttert Kanarienvogel mit 500 Dollar aus dem Nachlass einer reichen jungen Frau

Unter dunklem Dämmerhimmel
Sagt' ich ihr –
Ich liebe dich –
In dem schö-ö-önen Mani-i-laaa...

Ausgebooteter Apollo hofft noch immer auf die Rückkehr seiner reichen Braut

MARGO DOWLING

Agnes war reizend. Als Dr. Dennison erklärte, eine Operation sei unbedingt nötig, wenn sie nicht ernstlich Schaden an ihrer Gesundheit erleiden wollte, gelang es Agnes, das Geld durch den Morrisplan aufzutreiben, und sie pflegte sie so, wie sie sie gepflegt hatte, als Margo noch klein war und die Masern hatte. Als man Margo mitteilte, sie könne kein Kind mehr bekommen, lag ihr nicht sehr viel daran, aber Agnes weinte sich die Augen aus.

Als Margo sich zu erholen begann und nach Arbeit Ausschau hielt, hatte sie das Gefühl, sie sei nie von Agnes getrennt gewesen. Die Teestube – *Old Southern Waffle Shop* – florierte, Agnes verdiente fünfundsiebzig Dollar die Woche. Das war ein Glück, da Frank Mandeville allem Anschein nach kein Engagement mehr bekommen konnte, es sei, sagte er, seit Kriegsende kein Bedürfnis mehr nach guter Unterhaltung vorhanden. Seit er und Agnes in der *Little Church Around The Corner* geheiratet hatten, war er sehr melancholisch und respektabel geworden und verbrachte den größten Teil seiner Zeit im *Lambs Club*. Dort spielte er Bridge und erzählte von den Tagen, da er mit Richard Mansfield auf Tournee gewesen war. Als Margo wieder auf die Beine kam, trieb sie sich einen ganzen öden Winter lang in den Theateragenturen und in den Vorzimmern der Revuedirektoren herum, bevor Flo Ziegfeld sie eines Nachmittags mit einer Reihe anderer Mädchen im Warteraum sitzen sah. Ganz nebenbei lenkte sie seine Aufmerksamkeit auf sich und schnitt, als er an ihr vorüberging, eine fast unmerkliche Grimasse. Er blieb stehen und musterte sie genauer. Am nächsten Tag engagierte Mr. Herman sie für die vorderste Reihe in der neuen Revue. Die Proben waren das Anstrengendste, das sie je in ihrem Leben mitgemacht hatte.

Gleich von Anfang an erklärte Agnes, sie werde dafür sorgen, daß Margo sich nicht mit einem Rudel schäbiger

Ballettgirls verplempere. Obwohl sie jeden Morgen Punkt neun bei der Arbeit sein mußte, kam sie allabendlich nach späten Proben oder nach Schluß der Vorstellung ins Theater, um Margo abzuholen. Erst nachdem Margo Tad Whittlesea kennengelernt hatte, einen Mittelstürmer aus Yale, der, sobald die Fußballsaison vorüber war, das Wochenende in New York verbrachte, ließ Agnes hie und da einen Abend ausfallen. Wenn Tad Margo abholte, blieb Agnes zu Hause. Sie sah sich Tad genau an, lud ihn zum Essen ein und stellte fest, daß er für einen Millionärssohn recht solide sei und daß es ihm nicht schaden würde, sich für Margo verantwortlich zu fühlen.

An diesen Abenden hatte Margo es sehr eilig, ein letztes Mal die blonden Löckchen unter der blauen Samttoque zurechtzuklopfen, in den Pelzmantel zu schlüpfen, der zwar kein Silberfuchs war, aber von weitem beinahe so aussah, die staubige, muffige Garderobe und die Gerüche nach Brennscheren, Kokosfett und Achselhöhlen zu verlassen und die zugige Zementtreppe hinunterzulaufen, vorbei an dem alten, bleichwangigen Luke, der sich in seinem kleinen Glasverschlag den Mantel anzog, um auch nach Hause zu gehen. Wenn sie dann in den kalten Wind hinauskam, holte sie tief Atem. Tad durfte sie nie mit den anderen Bühnentürkavalieren vom Theater abholen. Sie liebte es, ihn in der Halle des *Astor* unter elegant gekleideten Menschen stehen zu sehen, mit leicht gespreizten Beinen, an den Füßen blankgeputzte braune Schuhe, den Waschbärmantel geöffnet, so daß die gestreifte Krawatte und das zerknitterte, weiche Hemd zu sehen waren.

Tad war ein simpler, rotbackiger Bursche, der nicht viel zu sagen wußte. Von dem Augenblick an, da er Margo ins Taxi half, um mit ihr in ein Nachtlokal zu fahren, bestritt sie die Unterhaltung. Sie brachte ihn zum Lachen mit ihren Geschichten über die anderen Ballettmädchen, die Garderobieren und die Ballettänzer. Manchmal bat er sie, ihm eine Geschichte noch einmal zu erzählen, damit er sie sich merken würde, um sie seinen Freunden auf der Universität zu erzählen. Die Geschichte, wie die Ballettänzer, die fast alle schwul waren, einen jungen Burschen, Maisie De Mars

Freund, behexten, so daß er gleichfalls schwul wurde, jagte Tad einen tödlichen Schreck ein. »Da gehen aber Dinge vor, von denen man keine Ahnung hat«, sagte er.
Margo rümpfte die Nase. »Du weißt das meiste nicht, mein Lieber.« – »Aber es ist doch nur eine Anekdote.« – »Nein, wirklich, Tad, es hat sich so abgespielt... Wir hörten sie wie gewöhnlich in ihrer Garderobe johlen und juhuhen. Sie standen im Kreis beisammen und vollführten ihre Beschwörungen. Ich sage dir, wir hatten Angst.«
In dieser Nacht gingen sie zu *Childs* am Columbus Circle und aßen Schinken mit Ei. »Nö, Margo«, sagte Tad mit vollem Munde, nachdem er sich eine zweite Portion mit Butterkuchen bestellt hatte. »Ich finde, das ist nicht das richtige Leben für dich... Du bist die gescheiteste Frau, die ich je getroffen habe, und noch außerdem so verdammt kultiviert.« – »Keine Bange, Tad, die kleine Margo wird nicht ihr Leben lang beim Ballett sein.«
Auf dem Heimweg im Taxi begann Tad Annäherungsversuche zu machen. Das wunderte Margo, weil er kein zudringlicher Typ war. Er war auch nicht betrunken, er hatte bloß eine Flasche kanadisches Ginger Ale getrunken. »Margo, du bist großartig. Du trinkst nicht, und du läßt dich auch nicht knutschen.« Sie gab ihm einen flüchtigen Kuß auf die Wange.
»Das solltest du verstehen, Tad«, sagte sie, »ich muß mich auf meine Arbeit konzentrieren.«
»Ich glaube, du hältst mich für einen Dummrian.«
»Du bist ein netter Kerl, Tad, aber am besten gefällst du mir, wenn du die Hände in den Taschen läßt.«
»Du bist wunderbar«, sagte Tad seufzend und betrachtete sie aus seiner Ecke her mit großen, runden Augen über dem hochgestellten flaumigen Kragen. – »Eine Frau, die die Männer schnell vergessen«, sagte sie.
Daß Tad am Sonntag bei ihnen aß, wurde zu einer Gewohnheit. Er kam schon früh, um Agnes den Tisch decken zu helfen, nachher zog er den Rock aus und rollte die Ärmel hoch, um mit abzuwaschen, und dann spielten sie alle Whist und tranken je ein Glas Eisenwein aus dem Drugstore. Margo verabscheute diese Sonntagnachmittage, aber Frank

und Agnes schienen Spaß daran zu haben, und Tad blieb bis zu der Minute, da er wegstürzen mußte, um seinen Vater im *Metropolitan Club* zu treffen. Er beteuerte, er habe sich noch nie in seinem Leben so gut amüsiert.

An einem verschneiten Sonntagnachmittag, nachdem Margo sich, unter dem Vorwand, sie habe Kopfschmerzen, von der Kartenpartie gedrückt und den ganzen Nachmittag auf ihrem Bett gelegen, sich das Zischen der Dampfheizung angehört und vor Unruhe und Langeweile beinahe geheult hatte, sagte Agnes, als sie mit leuchtenden Augen im Negligé hereinkam, nachdem Tad weggegangen war: »Margo, du solltest ihn heiraten. Er ist ein furchtbar netter Kerl. Er hat uns erzählt, daß er sich bei uns zum erstenmal in seinem Leben richtig zu Hause fühlt. Er ist von Dienstboten und Reitlehrern und ähnlichen Leuten erzogen worden... Ich hätte nie gedacht, daß ein Millionär so nett sein kann. Ich finde ihn einfach reizend.«

»Er ist kein Millionär«, sagte Margo und verzog den Mund.

»Sein Alter hatte einen Platz an der Börse«, rief Frank aus dem Nebenzimmer. »So was kauft man sich nicht mit Zigarettencoupons, oder wie, mein schönes Kind?«

»Na ja«, sagte Margo, gähnend und sich rekelnd, »jedenfalls würde ich keinen Verschwender heiraten.« Dann setzte sie sich auf und wackelte mit dem Zeigefinger. »Ich kann dir genau sagen, warum er am Sonntag gern herkommt. Er kriegt was zu essen, und es kostet ihn nichts.«

Jerry Herman, der kahlköpfige, verschrumpelte kleine Mann mit dem gelben Teint, der die Engagements tätigte, war bei den Ballettmädchen ungeheuer gefürchtet. Als Regina Riggs erzählte, sie habe Margo am Sonnabend zwischen zwei Vorstellungen mit ihm in Keenes Imbißstube essen sehen, hörten die Mädchen nicht mehr auf, darüber zu reden. Margo wurde böse, und es drehte sich ihr fast der Magen um, wenn sie sie in der Garderobe hinter ihrem Rücken kichern und flüstern hörte.

Regina Riggs, ein breitbackiges Mädchen aus Oklahoma, die mit ihrem richtigen Namen Queenie hieß und schon zu der Zeit, als auf dem Broadway noch die Pferdebahn verkehrte, Ziegfeldgirl gewesen war, nahm eines Tages, als sie nach einer Vormittagsprobe Seite an Seite die Treppe hinuntergingen, Margos Arm. »Hör mal zu, Kindchen«, sagte sie, »ich will dir bloß sagen, was das für ein Kerl ist, verstanden. Du kennst mich, ich habe alles durchgemacht, und sie können mir alle den Buckel runterrutschen... Aber eines will ich dir sagen. Nie hat ein Mädchen auch nur so viel dabei geerbt, daß sie sich mit dem Schwindler hingelegt hat. Viele haben es versucht. Vielleicht habe auch ich es versucht. Mit diesem Kerl wirst du nicht fertig, und ein schöner weißer Frauenkörper ist so ziemlich das Billigste, was in New York zu haben ist... Du machst mir einen etwas frechen und unschuldigen Eindruck, deshalb wollte ich dich aufklären.«

Margo riß die blauen Augen auf. »Nein, was du dir denkst!... Wie kommst du auf die Idee, daß ich...« Sie begann wie ein Schulmädchen zu kichern. – »Na schön, mein Kind, lassen wir es sein... Ich glaube, du hast es auf die Hochzeitsglocken abgesehen.« Beide lachten. Von nun an waren sie eng befreundet.

Aber nicht einmal Queenie wußte davon, daß eines Sonnabends spät nach einer langen, ermüdenden Probe (es handelte sich um eine Nummer, die am nächsten Montag drankommen sollte) Margo wie durch Zufall in Jerry Hermans Roadster stieg. Er sagte, er wolle sie nach Haus fahren, aber als sie zum Columbus Circle kamen, fragte er sie, ob sie nicht Lust hätte, mit ihm auf seine Farm in Connecticut hinauszufahren und sich richtig auszuruhen. Margo ging in einen Drugstore und rief Agnes an, sie müsse den ganzen Sonntag proben und würde in Queenie Riggs' Wohnung übernachten, von dort sei es näher zum Theater. Auf der Fahrt versuchte Jerry Margo auszufragen. »Du hast was Besonderes, meine Kleine«, sagte er. »Du erzählst bestimmt nicht alles, was du weißt... Du hast deine Geheimnisse.«

Margo erzählte von ihrer Jugend auf einer Zuckerplantage in Kuba, von dem großen Stadthaus ihres Vaters in Verdado, von kubanischer Musik und kubanischen Tänzen, und wie der Zuckertrust ihren Vater zugrunde gerichtet und sie

in England als Kinderschauspielerin in Weihnachtspantomimen die Familie ernährt habe, und von ihrer frühen, unglücklichen Ehe mit einem spanischen Edelmann, und wie das alles nun vorüber sei und sie sich nur noch für ihren Beruf interessiere. »Das wäre eine großartige Geschichte für die Presse«, lautete Jerry Hermans einziger Kommentar.
Als sie vor einem erleuchteten Farmhaus unter hohen Bäumen vorfuhren, blieb sie eine Weile im Auto sitzen und fröstelte in dem kühlen Nebel, der von einem Bach in der Nähe aufstieg. Im Dunkeln wandte er sich zu ihr und bemühte sich offenbar, ihr ins Gesicht zu sehen. »Du kennst den Spruch von den drei Affen, mein Schatz?« – »Aber sicher«, sagte Margo. »Nichts Schlimmes sehen, nichts Schlimmes hören, nichts Schlimmes sagen.« – »Richtig«, sagte er. Dann ließ sie sich von ihm küssen.
Drinnen war es ein entzückendes Bauernhaus mit einem lodernden Kaminfeuer und zwei Männern in karierten Holzfällerhemden und zwei wunderlichen Frauen in Pariser Modekleidern, sie hatten typische Park-Avenue-Stimmen und arbeiteten, wie sich herausstellte, in der Dekorationsbranche. Die beiden Männer waren Bühnenbildner. Jerry bereitete in der Küche für sämtliche Anwesenden Schinken mit Ei zu, sie tranken starken Zider und unterhielten sich ziemlich gut, obwohl Margo nicht recht wußte, wie sie sich benehmen sollte. Um etwas zu tun zu haben, nahm sie eine Gitarre, die an der Wand hing, und klimperte *Siboney* und einige andere kubanische Lieder, die Tony ihr beigebracht hatte.
Als eine der Frauen meinte, sie müßte eine kubanische Spezialität auf die Bühne bringen, stockte ihr fast der Herzschlag. Bevor sie zu Bett gingen, schimmerte bereits das blaue Dämmerlicht durch den Nebel vor den Fenstern. Kichernd und scherzend, im Morgenrock, aßen sie ein schönes Bauernfrühstück, und am Sonntagnachmittag fuhr Jerry sie in die Stadt und setzte sie am Drive in der Nähe der 79. Street ab.
Als sie nach Hause kam, waren Frank und Agnes außer sich. Tad hatte den ganzen Tag angerufen. Er war im Theater gewesen und hatte erfahren, es seien gar keine Proben an-

gesetzt gewesen. Margo erklärte boshaft, sie habe eine kleine Spezialnummer geprobt, und wenn ein junges Studentlein sich einbildete, er dürfe sich in ihre Karriere einmischen, würde sie ihn auf andere Gedanken bringen. Wenn er sie nächstes Wochenende anklingelte, würde sie sich weigern, ihn zu treffen.

Aber als sie eine Woche später am Sonntagnachmittag um zwei aus ihrem Zimmer kam, gerade zur rechten Zeit, um Agnes' großes Sonntagsessen nicht zu versäumen, saß Tad da mit gesenktem Kopf, die bäurischen Hände zwischen den Knien. Auf dem Stuhl neben ihm stand ein großer Blumenkarton, der, wie sie auf den ersten Blick feststellte, American-Beauty-Rosen enthielt. Er sprang auf. »O Margo, sei mir nicht böse... Ich kann es einfach nicht aushalten ohne dich.« – »Ich bin nicht böse, Tad«, sagte sie. »Ich will nur allen Beteiligten klarmachen, daß ich mich nicht durch mein Privatleben in meinem Beruf behindern lasse.«

»Ja, ich verstehe, was du meinst«, sagte Tad.

Agnes kam heran, sie lächelte übers ganze Gesicht und stellte die Rosen ins Wasser. »Ach, beinahe hätt ich's vergessen«, sagte Tad und holte ein rotes Lederetui aus der Tasche. Er fing zu stottern an. »Weißt du, Pa-pa-pa ha-hat m-m-mir ein paar Aktien zum Spielen gegeben, und vorige Woche habe ich einen kleinen Coup gelandet, und da habe ich dir das da gekauft, aber wir werden sie wohl nur tragen, wenn wir zusammen ausgehen, wie?« Es war eine Perlenschnur, kleine und nicht sehr gut abgestimmte Perlen, aber immerhin Perlen.

»Wer sonst sollte mit mir wohin gehen, wo ich sie tragen könnte, du Aff!« sagte Margo. Sie fühlte, daß sie rot wurde. »Und es sind doch keine künstlichen?« Tad schüttelte den Kopf. Sie legte die Arme um seinen Hals und küßte ihn.

»Wenn sie dir bloß gefallen!« sagte Tad hastig. »Und noch etwas... Papa will mir diesen Sommer für zwei Wochen die *Antoinette* leihen, sein Boot, du weißt – ich darf einladen, wen ich will. Ich möchte dich und Mrs. Mandeville einladen. Ich würde auch Mr. Mandeville einladen, aber...«

»Unsinn«, sagte Agnes. »Ich bin überzeugt, ihr braucht keine Anstandsdame... Ich würde nur seekrank werden... Mir

ging es immer ganz erbärmlich, wenn der arme Fred mit mir fischen fuhr.«
»Fred war mein Vater«, sagte Margo. »Er war gern auf dem Wasser – mit seiner Segeljacht... Wahrscheinlich vertrage ich deshalb das Segeln so gut.«
»Wunderbar«, sagte Tad.
In diesem Augenblick kehrte Frank Mandeville von seinem Sonntagsspaziergang zurück, im Gehrock, einen Spazierstock mit silbernem Knauf in der Hand, und Agnes lief in die Küche, um den gefüllten Kalbsbraten mit Gemüse und die Erdbeertorte aufzutischen, deren würzige, warme Düfte schon seit einiger Zeit durch die Räume der kleinen Wohnung gedrungen waren.
»Ach, hier gefällt es mir«, sagte Tad und lehnte sich auf seinem Stuhl zurück, nachdem sie sich zum Essen hingesetzt hatten.
In den restlichen Frühlingswochen hatte Margo alle Mühe, zu verhindern, daß Tad und Jerry einander über den Weg liefen. Im Theater wechselten sie und Jerry kaum ein Wort. Gleich zu Anfang hatte sie ihm erklärt, sie habe nicht die Absicht, sich durch ihr Privatleben in ihrem Berufe behindern zu lassen, und er hatte sie mit seinen schlauen Fischaugen angesehen und erwidert: »Hm – wenn es mehr solcher jungen Damen gäbe! Ich habe alle Hände voll zu tun, um sie mir vom Leibe zu halten.«
»Ach, du Armer«, sagte Margo. »Der Valentino aus der Direktionskanzlei.« Sie konnte Jerry Herman recht gut leiden. Er wußte tausend Dinge aus der Welt des Theaters zu erzählen. Das einzig Schlimme war, daß er sich, als ihr Verhältnis intimer wurde, die Restaurantrechnungen bezahlen ließ und ihr Bilder von seiner Frau und seinen Kindern in New Rochelle zeigte. Sie studierte fleißig kubanische Lieder, aber aus ihrer Spezialnummer wurde nichts.
Im Mai ging die Vorstellung auf Tournee. Lange Zeit konnte sie sich nicht schlüssig werden, ob sie mitkommen sollte oder nicht. Queenie Riggs sagte, absolut nicht. Für sie, Queenie, sei es allright, da sie nur noch einen Ehrgeiz habe, nämlich sich bei einem Gastspiel in irgendeinem Nest einen Handlungsreisenden aufzugabeln und sich mit ihm

zu verheiraten, bevor er nüchtern wurde; aber für Margo Dowling, die eine Karriere vor sich habe, wäre es der reine Wahnsinn. Lieber den ganzen Sommer feiern, als mit einem Ballett auf Tournee zu gehen.

Jerry Herman wurde bitterböse, als sie den Tourneevertrag nicht unterschreiben wollte. Vor dem gesamten Büropersonal und den schlangestehenden Ballettgirls brauste er auf. »Schön, ich habe es kommen sehen... Jetzt bläst sie sich auf und glaubt eine zweite Peggy Jones zu sein... Schön, ich habe es satt.«

Margo sah ihm fest in die Augen. »Sie müssen mich mit jemand anderem verwechseln, Mr. Herman. Ich habe bestimmt nichts mit Ihnen angefangen, das Sie satt haben könnten.« Als sie davonmarschierte, kicherten ihre Kolleginnen, und Jerry Herman sah ihr nach, als ob er sie erwürgen wollte. Sie würde bei keinem Theater mehr ankommen, dessen Engagements er zu tätigen hatte.

Den Sommer verbrachte sie in der heißen Stadt, saß in Agnes' Wohnung umher und hatte nichts zu tun. Und Frank lauerte immerzu auf eine Gelegenheit, sich an sie ranzumachen. Wenn sie zu Bett ging, mußte sie die Tür versperren. Den ganzen Tag lag sie in dem gräßlichen, stickigen kleinen Zimmer mit der flaumigen, grünen Tapete und dem schmutzigen Fenster, das auf rußige Hinterhöfe, zwei Ailanthusbäume und ewig zum Trocknen aufgehängte Wäsche ging. Tad war gleich zu Beginn der Ferien nach Kanada gefahren. Sie verbrachte ihre Tage damit, in Illustrierten zu blättern, an ihrer Frisur herumzubasteln, sich zu maniküren und davon zu träumen, wie sie dieses erbärmliche, schmierige Leben loswerden könnte. Schmierig war ein Wort, das sie vor kurzem aufgeschnappt hatte. Es ging ihr die ganze Zeit durch den Kopf, schmierig, schmierig. Sie stellte fest, sie sei in Tad Whittlesea verliebt.

Als der August herankam, schrieb Tad aus Newport, seine Mutter sei krank und die Bootfahrt auf den kommenden Winter verschoben. Agnes weinte, als Margo ihr den Brief zeigte. »Na ja, es gibt noch mehr Fische im Meer«, sagte Margo.

Zusammen mit Queenie, die nach einem Zusammenstoß mit dem Regisseur die Tournee abgebrochen hatte, machte sie wieder die Runde durch die verschiedenen Engagementbüros. Sie probten vier Wochen lang für eine Vorstellung, die bei der Premiere durchfiel. Dann wurden sie an die *Greenwich Village Follies* engagiert. Der Regisseur gab Margo eine Chance, in ihrer kubanischen Nummer aufzutreten. Margo ließ sich ein Kostüm nähen und bereitete auch sonst alles vor, aber kurz vor der Kostümprobe wurde ihre Nummer gestrichen, weil die Vorstellung zu lang war.

Sie wäre ganz verzweifelt gewesen, wenn nicht nach dem Erntedankfest Tad wieder aufgetaucht wäre und sie jeden Samstagabend ausgeführt hätte. Er sprach viel von der Kreuzfahrt, die in den Winterferien steigen sollte. Alles hing davon ab, wann er seine Prüfungen zu machen hatte.

Nach Weihnachten war sie wieder arbeitslos. Frank lag mit einer Nierengeschichte zu Bett, Margo sehnte sich wie verrückt danach, aus der muffigen Wohnung wegzukommen, nicht mehr den kranken Frank pflegen zu müssen, sich nicht mehr um den Haushalt kümmern zu müssen, den Agnes nicht bewältigen konnte, weil sie oft nicht vor zehn oder elf Uhr abends nach Haus kam. Frank lag zu Bett, sein Gesicht war abgezehrt und gelb verfärbt, seine Miene mürrisch, und man mußte sich unaufhörlich um ihn kümmern. Agnes beklagte sich nie, aber Margo hatte es satt, in New York herumzulungern, sie ließ sich an ein Nachtlokal in Miami engagieren, obwohl Queenie und Agnes sich schrecklich aufführten und behaupteten, damit richte sie ihre Karriere zugrunde.

Sie hatte sich noch nicht mit ihrem Agenten darüber geeinigt, wer die Reise nach dem Süden bezahlen solle, da kam eines Morgens im Februar Agnes herein, um sie zu wecken. Margo sah sogleich, daß etwas los sein müsse, weil Agnes übers ganze Gesicht strahlte. Tad war am Telephon. Er hatte Bronchitis gehabt und würde nun einen Monat Ferien machen – in Westindien – mit einem Privatlehrer auf seines Vaters Boot. Das Boot lag in Jacksonville. Bevor der Pauker sich einfände, wäre Gelegenheit zu einer kleinen Kreuzfahrt, und da könne er mitnehmen, wen er wolle. Ob Margo mitkommen möchte, und ob sie eine Freundin mitbringen könnte. Einen nicht allzu ausgelassenen Menschen. Er sagte, es wäre ihm recht, wenn Agnes mitkommen könnte, aber wenn das wegen Mr. Mandevilles Krankheit nicht möglich sei, wen könnte sie sonst mitbringen? Margo war so aufgeregt, daß es ihr den Atem verschlug. »Tad, das ist ja herrlich!« rief sie aus. »Ich wollte ohnehin diese Woche nach dem Süden. Du bist ein Gedankenleser.«

Queenie Riggs wollte es so einrichten, daß sie sie begleiten konnte, obwohl sie betonte, sie sei noch nie an Bord einer Jacht gewesen und habe Angst, sich nicht richtig zu benehmen. »Ich bin als Kind oft im Ruderboot mitgefahren... Es wird ungefähr dasselbe sein«, sagte Margo.

Als sie an der Penn Station aus dem Taxi stiegen, wurden sie dort von Tad und einem knochigen, kleinen, glattgekämmten Jüngling erwartet. Sie waren alle sehr aufgeregt, und die beiden jungen Männer rochen nach Gin. »Ihr kauft euch selber eure Fahrkarten«, sagte Tad, nahm Margo unterm Arm und schob ihr einige Geldscheine in die Tasche ihres Pelzmantels. »Die Plätze sind reserviert – ihr habt ein Abteil, und wir haben ein Abteil.«

»Das sind zwei Schlauköpfe«, flüsterte ihr Queenie ins Ohr, während sie sich am Schalter anstellten.

Der zweite junge Mann hieß Dick Rogers. Margo merkte sofort, daß Queenie ihm zu alt und nicht kultiviert genug war. Margo hatte auch Sorge wegen ihres Gepäcks. Ihre Koffer sahen recht schäbig aus neben den Schweinslederkoffern der beiden jungen Herren. Als der Zug den Bahnhof verließ, war sie ziemlich niedergeschlagen. Das wird mir nichts, dir nichts schiefgehen, dachte sie. Und Queenie warf den Kopf zurück, so daß ihr Goldzahn sichtbar wurde, und sie schrie und kreischte bereits, als ob sie auf einem Feuerwehrball wäre.

Zu viert ließen sie sich im Abteil der Mädchen an dem kleinen Fenstertisch nieder, tranken einen Schluck Gin und begannen ein wenig aufzuatmen. Als der Zug den Tunnel verließ und in der Dunkelheit vor dem Fenster Lichter vorbeizuhuschen begannen, zog Queenie die Gardine zu. »Jetzt wird es richtig gemütlich«, sagte sie.

»Jetzt muß ich mir erst einmal überlegen, wie ich euch beide aufs Boot schaffe. Wenn Papa glaubt, daß wir euch in

Jacksonville getroffen haben, wird es ihm egal sein, aber wenn er erfährt, daß wir euch aus New York geholt haben, macht er mir einen Heidenkrach.«

»Ich glaube, in Jacksonville wartet eine Anstandsdame auf uns«, sagte Jung-Rogers. »Eine Perle. Sie ist taub und blind und kann nicht Englisch.«

»Schade, daß Agnes nicht mitkommen konnte«, sagte Tad.

»Agnes ist Margos Stiefmutter. Ach, sie ist ein netter Kerl!«

»Also, meine Damen«, sagte Rogers und trank schmatzend aus der Flasche, »wann geht das Knutschen los?«

Nachdem sie im Speisewagen gegessen hatten, torkelten sie ins Abteil zurück und tranken wieder Gin, und der junge Rogers schlug vor, Auskleidepoker zu spielen, aber Margo sagte nein. »Ach geh, sei lustig«, sagte Queenie kichernd. Queenie war bereits blau. Margo zog den Mantel an. »Tad muß bald schlafen gehen«, sagte sie. »Er ist gerade erst aufgestanden.«

Sie nahm Tad bei der Hand und zog ihn in den Gang hinaus. »Komm, lassen wir die Kinder allein ... Das ist das Schlimme mit euch Studenten – kaum benimmt sich ein Mädchen etwas unkonventionell, haltet ihr sie für eine leichte Beute.« – »O Margo ...« Als sie in die kalte, klirrende Luft der Aussichtsplattform kamen, drückte er sie durch den Pelzmantel hindurch fest an sich. »Du bist großartig.«

Nachdem sie sich ausgezogen hatten, kam Rogers im Bademantel in das Abteil der Mädchen und sagte, in dem anderen Abteil wünsche jemand Margo zu sprechen. Margo schlief mit Tad im selben Abteil, aber er durfte nicht zu ihr ins Bett kriechen. »Ich habe dich wirklich sehr gern, Tad«, sagte sie und steckte den Kopf unter der Decke des Oberbetts hervor, »aber du weißt, wenn ein Mädchen wie ich sich nicht selber hilft, wird kein Gott ihr helfen ... In meiner Familie wird zuerst geheiratet und dann ins Bett gegangen, nicht umgekehrt.«

Tad seufzte und drehte sich zur Wand. »Ja, ja – ich habe schon darüber nachgedacht.« Sie knipste das Licht aus. »Aber Tad, willst du mir nicht einmal einen Gutenachtkuß geben?«

Mitten in der Nacht wurde an die Tür geklopft. Jung-

Rogers kam recht zerzaust herein. »Zeit, zu übersiedeln«, sagte er. »Ich habe Angst, der Schaffner überrascht uns.« – »Der Schaffner soll sich um seinen eigenen Kohl kümmern«, sagte Tad brummig, aber Margo war bereits aus dem Bett geschlüpft und in ihr Abteil zurückgekehrt.
Am nächsten Morgen frühstückten sie im Speisewagen, und Margo hörte nicht auf, die beiden andern wegen der dunklen Ringe um ihre Augen zu necken. Jung-Rogers bestellte eine Portion Austern, und sie wollten aus dem Gekicher nicht herauskommen. Kurz vor Jacksonville hatte Tad Margo wieder auf die Aussichtsplattform geführt und fragte sie, warum sie eigentlich nicht auf jeden Fall heiraten sollten, er sei frei, weiß und einundzwanzig, oder nicht? Margo begann zu weinen und lächelte ihm unter Tränen zu und sagte, es dürfte viele Gründe geben, warum es nicht ginge.
»Zum Donnerwetter«, sagte Tad, als sie auf dem sonnigen Bahnhof aus dem Zuge stiegen, »wir kaufen sofort einen Verlobungsring.«
Auf dem Wege zum Hotel ließen sie erst einmal das Taxi vor einem Juwelier halten. Tad kaufte Margo einen Platinring mit einem Solitär und bezahlte mit einem Scheck. »Sein Alter muß Millionär sein«, flüsterte Margo Queenie ins Ohr mit einer Stimme wie in der Kirche.
Nachdem sie bei dem Juwelier gewesen waren, fuhren die jungen Herren sie zum Hotel *Mayflower*. Margo und Queenie nahmen sich dort ein Zimmer und gingen hinauf, um sich ein wenig herzurichten. Sie wuschen ihre Unterwäsche, badeten und legten ihre Kleider auf den Betten zurecht. »Wenn du mich fragst«, sagte Queenie, während sie Margo beim Haarwaschen half, »sind diese beiden Heuhupfer bereits getürmt... Mein ganzes Leben lang habe ich mir gewünscht, auf eine Jacht zu kommen, und jetzt werden wir ebensowenig segeln gehen wie ein Karnickel... Ach, Margo, hoffentlich habe nicht ich den Spaß vermasselt.«
»Tad tut, was ich sage«, sagte Margo verdrossen.
»Abwarten!« sagte Queenie. »Aber jetzt fangen wir an, uns zu zanken, statt das Leben zu genießen... Ist das nicht das schönste Zimmer im schönsten Hotel von Jacksonville?« – Margo mußte lachen. »Na, und wem hast du es zu verdan-

ken?« – »Richtig«, sagte Queenie, stolzierte aus dem shampoondampfenden Badezimmer hinaus, in dem sie sich die Haare gewaschen hatte, und warf die Türe zu. »Du mußt das letzte Wort behalten.«
Um ein Uhr kamen die jungen Herren sie abholen, sie mußten ihre Sachen packen und sich abmelden. Mit einem Lincoln, den Tad gemietet hatte, fuhren sie zu einem Pier hinunter. Es war ein schöner, sonniger Tag. Die *Antoinette* lag im St. Johns River vor Anker, sie mußten mit einem kleinen Schnellboot hinausfahren.
Der Matrose war ein netter junger Mann ganz in Weiß. Er legte zwei Finger an den Mützenschirm und streckte den Arm aus, um den jungen Damen ins Boot zu helfen. Als Margo seinen Arm nahm, fühlte sie die harten Muskeln unter dem weißen Leinenärmel und sah, wie die Sonne auf den goldblonden Härchen seiner braunen Hand glänzte. Sie setzte sich auf das weiche, dunkelblaue Kissen und sah Tad zu, wie er dem Matrosen die Koffer reichte. Tad sah blaß aus von seiner Krankheit, und sein breites Gesicht hatte den üblichen simplen Ausdruck, aber auch er war kräftig und gut gebaut Plötzlich hätte sie ihn gern umarmt.
Tad steuerte, das Schnellboot sauste durchs Wasser, den Mädchen verschlug es den Atem, und sie hatten Angst, das gischtende Wasser würde ihre neuen Sportkleider ruinieren, die sie zum erstenmal anhatten. »Oh, was für ein schönes Schiff!« sagten sie beide mit einem Seufzer, als sie die *Antoinette* auf dem Wasser liegen sahen, hoch und weiß, mit einem Mahagonidecksalon und einem breiten gelben Schornstein. »Ich habe ja nicht gewußt, daß das eine Dampfjacht ist«, sagte Queenie gurrend. »Du lieber Gott, mit der könnte man den Ozean überqueren.« – »Sie hat einen Dieselmotor«, sagte Tad. Tad fuhr so rasch, daß er gegen die kleine Außenbordtreppe aus Mahagoni stieß, die zum Deck hinaufführte, einen Augenblick lang knarrte und knackte sie, als ob sie glatt abbrechen wollte, aber die Matrosen hielten sie fest. »Sachte, sachte!« rief Rogers lachend. – »Gottverdammich«, sagte Tad wütend. Dann gingen sie an Bord. Die Mädchen waren froh, daß sie das winzige, wacklige Schnellboot los waren und nicht mehr zu befürchten brauchten, ihre Kleider würden naß werden.

Die Jacht war mit schicken, weißuniformierten Offizieren bemannt, unter einem Sonnendach war ein Mittagstisch gedeckt, neben dem Tisch stand ein philippinischer Butler mit einem Cocktailtablett und allen möglichen kleinen, phantasievoll arrangierten Sandwiches. Hastig setzten sie sich zu Tisch, weil die jungen Herren erkärten, sie seien halb verhungert. Es gab gekochten Hummer in einer rosa Sauce, kaltes Brathuhn und Salat, und man trank dazu Champagner. Noch nie in ihrem Leben war Margo so glücklich gewesen. Während sie aßen, setzte die Jacht sich in Gang und fuhr langsam den Fluß hinunter, entfernte sich immer mehr von den baufälligen Piers und den schmutzigen, alten Dampfern und näherte sich den breiten, braunen Gewässern der Flußmündung, auf der kleine Inselchen grüner Wasserhyazinthen umherschwammen. Der Wind brachte einen sonderbaren, feuchten Sumpfgeruch aus dem Baumgewirr, hinter dem die Ufer verborgen lagen. Einmal sahen sie ein Dutzend große, weiße Vögel mit langen Hälsen auffliegen, Tad sagte, es seien Reiher. »Bestimmt sind sie teuer«, sagte Queenie. – »Sie stehen unter dem Schutz der Bundesbehörden«, sagte Jung-Rogers.

Zum Kaffee tranken sie Kognak aus kleinen Gläschen. Als sie dann vom Tisch aufstanden, waren sie alle recht schön beschwipst. Margo war zu der Überzeugung gelangt, Tad sei der netteste Junge, den sie je getroffen hatte, und sie würde ihn nicht länger hinhalten, einerlei, was dabei herauskäme.

Nach dem Lunch führte Tad sie umher. Der Speisesaal war wundervoll, sämtliche Spiegel weiß und golden gerahmt, und die Kabinen waren das Gemütlichste von der Welt. Die Kabine der beiden Mädchen sah aus wie ein altmodischer Salon. Während sie gegessen hatten, waren ihre Sachen zurechtgelegt worden.

Nach einer Weile verschwanden Jung-Rogers und Queenie, mit einem Male war Margo allein mit Tad in einer Kabine und betrachtete das Photo eines Segelbootes, mit dem sein Vater die Bermudaregatta gewonnen hatte. Dabei streifte sein Gesicht ihre Wange, und schon küßten sie einander.

»Ach, bist du wunderbar«, sagte Tad. »Ich werde mich dumm anstellen... Du weißt, ich bin unerfahren.«

Sie drückte sich an ihn. »Du hast bestimmt genug Erfahrung.« Mit seiner freien Hand schob er den Riegel vor. »Wirst du tun, was der Ring verspricht, Tad?«

Als sie nachher an Deck gingen, benahm Tad sich recht sonderbar. Er wich ihrem Blick aus und unterhielt sich immerzu mit Rogers. Queenie sah erhitzt und völlig zerzaust aus, als hätte man sie durch die Mangel getrieben, und sie torkelte ein wenig beim Gehen. Margo veranlaßte sie, sich herzurichten und zu frisieren. Sie bereute, daß sie Queenie mitgenommen hatte. Margo dagegen sah frisch aus wie eine Rose – das stellte sie selber fest, als sie sich in dem großen Spiegel im Decksalon betrachtete.

Das Boot lag still. Als Tad von seiner Konferenz mit dem Kapitän zurückkehrte, sah er finster drein wie sieben Tage Regenwetter. »Wir müssen nach Jacksonville zurück«, sagte er. »Ein Lager in der Ölpumpe ist ausgebrannt. Verfluchte Schweinerei.«

»Großartig!« sagte Jung-Rogers. »Da können wir uns das dortige Nachtleben ansehen.«

»Und ich möchte gern wissen, wo die Anstandsdame geblieben ist, die die Herren uns versprochen haben«, sagte Queenie.

»Bei Gott«, sagte Tad, »wir haben Mrs. Vinton vergessen... Sie hat bestimmt den ganzen Tag am Pier gewartet.«

»Zu spät für die Reue«, sagte Margo, und alle lachten bis auf Tad, dessen Miene immer mürrischer wurde.

Es war bereits dunkel, als sie in Jacksonville ankamen. Sie mußten wieder auspacken und sich umziehen. Während sie sich andere Kleider anzogen, sagte Queenie lauter dumme Sachen. »Hör auf mich, Margo, der Junge will dich heiraten.« – »Sprechen wir nicht davon«, sagte Margo mehrere Male. – »Du behandelst ihn wie den letzten Dreck.« – Margo hörte sich selber mit winselnder, häßlicher Stimme sagen: »Und wen geht das was an!« Queenie wurde rot und beschäftigte sich mit ihrem Koffer. Margo merkte, daß sie böse war.

Sie aßen schlecht gelaunt im Hotel. Nach dem Essen schleppte Jung-Rogers sie in eine Schnapskneipe, die er ausfindig gemacht hatte. Margo wollte nicht mitkommen und sagte, sie habe Kopfschmerzen, aber alle sagten, nun sei mal keine Spielverderberin, und sie ging mit. Es war ein ordinäres Lokal mit Wachstuch auf den Tischen und Sägespänen auf dem Fußboden. An einer Theke im Nebenraum standen einige fremdländische Typen, Italiener oder Kubaner oder dergleichen. Queenie sagte, das sei wohl nicht das richtige Lokal für zwei kleine Mädchen, was würde Mutti dazu sagen? »Keine Mutti wird uns hier sehen«, sagte Tad, noch immer recht verdrossen. – »Muß man nicht das Leben kennenlernen?« sagte Rogers und bemühte sich, die Stimmung zu heben.

Margo konnte dem Gespräch nicht mehr folgen. Sie starrte durch die Tür in den benachbarten Schankraum. Einer der Männer, die an der Theke standen, war Tony. Er sah älter aus, sein Gesicht war etwas aufgedunsen, aber kein Zweifel, er war es. Er sah schrecklich aus. Er trug einen zerknitterten, weißen, an den Hosenkanten ausgefransten Anzug und wackelte beim Sprechen wie ein Weib mit den Hüften. Margos erster Gedanke war, wieso um Gottes willen diese Vogelscheuche ihr jemals habe gefallen können. Mit einem Seitenblick sah sie Tads mürrische Miene, sein blondes, nettes, zerrauftes Haar und seine schicke Studentenart, sich zu kleiden. Jetzt hieß es schnell handeln. Sie machte gerade den Mund auf, um zu sagen, sie müsse ins Hotel zurück, wirklich, da erblickte sie Tonys große schwarze Augen und dunkle Wimpern. Mit seinem gezierten Gang kam er auf den Tisch zu und streckte beide Arme aus. »*Querida mia*... Wo kommst du her?«

Sie stellte ihn als ihren Partner aus einer kubanischen Tanznummer vor, Antonio de Garrido, aber er ließ sofort die Katze aus dem Sack, indem er sie als seine liebe Frau bezeichnete. Sie fühlte, wie Tad zusammenzuckte, als er das zu hören bekam. Dann begann Tad sich plötzlich sehr um Tony zu bemühen. Er bestellte ihm was zu trinken. Er und Rogers steckten die Köpfe zusammen, unterhielten sich flüsternd und lachend. Dann forderte Tad Tony auf, mit ihnen mitzusegeln.

Margo merkte, daß Tad sich betrunkener stellte, als er war. Sie war auf alles gefaßt, da standen die beiden jungen Herren

auf, um nach Hause zu gehen. Tads Gesicht war puterrot. »Wir müssen mit dem Kapitän über den Motorschaden sprechen«, sagte er. »Vielleicht wird Señor de Garrido so freundlich sein, die Damen ins Hotel zu begleiten... Macht mir aber keine Dummheiten.«
»Wir sehen uns morgen früh, meine Süßen«, warf Jung-Rogers ein.
Nachdem sie sich davongemacht hatten, stand Margo auf. »Es hat wenig Zweck, in dieser Butike herumzuhocken... Da hast du was Schönes angerichtet, Tony.« – Tony hatte Tränen in den Augen. »Mir geht alles schief«, sagte er. »Ich dachte mir, vielleicht hat meine kleine Margo noch nicht alles vergessen... Wir haben einander einmal doch sehr gern gehabt... Don Manfredo, du erinnerst dich an meinen Gönner, Margo, mußte Havanna ganz plötzlich verlassen. Ich hatte gehofft, er würde mit mir nach Paris fahren, aber er nahm mich nach Miami mit. Jetzt sind wir nicht mehr befreundet. Wir hatten Pech beim Roulette... Sein Geld reicht nur noch für ihn allein.«
»Warum besorgst du dir keine Arbeit?«
»In diesen Kleidern?... Ich wage mich nirgends zu zeigen... Vielleicht könnten deine Freunde – «
»Finger weg, verstanden!« sagte Margo heftig. Queenie fing zu blubbern an. »Du hättest uns Rückfahrkarten kaufen sollen. Das nächste Mal denk daran. Nie das traute Heim ohne Rückfahrkarte verlassen!«
Tony brachte sie in einem Taxi zum Hotel und bestand darauf, das Taxi zu bezahlen. Umständlich und mit großem Getue sagte er gute Nacht. »Meine kleine Margo, wenn du mich nie mehr wiedersiehst, vergiß nicht, daß ich dich geliebt habe... Ich werde mich töten...« Als sie mit dem Fahrstuhl nach oben fuhren, sahen sie ihn noch auf dem Trottoir stehen, dort, wo sie ihn verlassen hatten.
Am nächsten Morgen wurden sie durch einen Hotelboy geweckt, der auf einem silbernen Tablett einen Brief brachte. Der Brief war von Tad an Margo gerichtet. Die Schrift war ein schreckliches Gekritzel. Drin stand weiter nichts, als daß die Kreuzfahrt abgeblasen sei, der Privatlehrer sei erschienen, und sie müßten Papa in Palm Beach abholen. Fünf

Zwanziger lagen im Kuvert. »O mei, o mei«, sagte Queenie und setzte sich im Bett auf, als sie das Geld sah. »Zu Fuß wär's ein weiter Weg gewesen... Wirklich, der Junge ist ein Kavalier.« – »Ein dummer Bauer«, sagte Margo. »Fünfzig nimmst du, fünfzig behalte ich... Ein Glück, daß ich mein Engagement in Miami habe.« Sie atmete auf, als Queenie sagte, sie würde gleich mit dem nächsten Zug in ihr liebes, altes New York zurückkehren. Margo wollte die ganze Blase nie mehr wiedersehen.

Sie waren noch nicht mit dem Packen fertig, da stand Tony in der Tür. Er sah wirklich krank aus. Margo war so nervös, daß sie ihn anschrie: »Wer hat dich eingelassen?«

Tony sank auf einen Stuhl und warf mit geschlossenen Augen den Kopf zurück. Queenie machte ihren Reisekoffer zu, näherte sich ihm und sah ihn an. »Hör mal, der Kerl sieht ja halb verhungert aus. Vielleicht solltest du Kaffee bestellen und was zu essen... Warst du wirklich mit ihm verheiratet, wie er behauptet?«

Margo nickte.

»Na, du mußt etwas mit ihm anfangen. Der arme Teufel scheint ganz unten durch zu sein.«

»Schon möglich«, sagte Margo und betrachtete beide mit heißen, trockenen Augen.

An diesem Tage fuhr sie nicht nach Miami. Tony war krank und erbrach alles, was man ihm zu essen gab. Es stellte sich heraus, daß er seit einer Woche nichts gegessen und eine Menge getrunken hatte. »Wetten, daß er Rauschgift nimmt«, flüsterte Queenie Margo ins Ohr.

Beide weinten, als es für Queenie an der Zeit war, zum Zuge zu gehen. »Ich muß mich bei dir für eine wunderbare Zeit bedanken, wenn sie auch kurz war«, sagte Queenie. Nachdem Queenie weggegangen war, brachte Margo Tony zu Bett. Als der Portier protestierte, sagte sie, er sei ihr Mann. Sie mußten sich neu eintragen. Es war ihr abscheulich, Mr. und Mrs. Antonio de Garrido ins Fremdenbuch schreiben zu müssen. Als es erst einmal dastand, sah es nicht mehr so schlimm aus.

Es vergingen drei Tage, bevor Tony aufstehen konnte. Sie mußte ihm einen Arzt holen. Der Arzt gab ihm Beruhigungsmittel und heiße Milch zu trinken. Das Zimmer kostete sieben fünfzig pro Tag, die Mahlzeiten auf dem Zimmer, der Arzt und die Arzneien liefen ins Geld. Es sah fast so aus, als würde sie den Ring, den Tad ihr geschenkt hatte, versetzen müssen.

Sie hatte das Gefühl, in einem Theaterstück aufzutreten, so unwirklich war ihr das Zusammenleben mit Tony. Freilich hatte sie ihn trotz allem recht gern, aber das hatte nun bestimmt nicht in ihren Plänen gelegen. Als er sich zu erholen begann, fing er voller Zuversicht von der großartigen Nummer zu sprechen an, die sie beide auf die Beine stellen würden. Vielleicht könnten sie sie in dem Nachtlokal in Miami placieren, in dem Margo engagiert war. Schließlich und endlich war Tony ein freundlicher Mensch.

Das Schlimme war, sooft sie ausgewesen war, um sich ondulieren zu lassen oder sonst was zu besorgen, traf sie immer einen der Hotelboys, einen schmierigen, schwarzhaarigen Burschen, der auch eine Art Mexikaner war, bei Tony im Zimmer an. Als sie Tony fragte, was das zu bedeuten habe, lachte er und sagte: »Nichts. Wir sprechen Spanisch miteinander. Das ist alles. Er war sehr aufmerksam.« – »Ja, sehr«, sagte Margo. Ihr war alles so zuwider, daß sie sich ohnedies um nichts mehr scherte.

Eines Morgens, als sie aufwachte, war Tony verschwunden. Die Geldscheine aus ihrer Brieftasche waren weg und ebenso ihr Schmuck bis auf den Solitär, den sie am Finger trug. Als sie beim Portier anrief und fragte, ob er die Rechnung bezahlt habe, hieß es, er habe Auftrag gegeben, sie um zwölf zu wecken, weiter nichts. Niemand hatte ihn weggehen sehen. Auch der schwarze Hotelboy war verschwunden.

Margo besaß nur noch ihren Pelzmantel und fünfzehn Cents. Sie fragte nicht nach der Rechnung, aber sie wußte, es mußten fünfzig bis sechzig Dollar sein. Nachdenklich und sorgfältig zog sie sich an und beschloß, in einer Imbißstube eine Tasse Kaffee zu trinken. Ein besseres Frühstück konnte sie sich nicht leisten.

Draußen war ein warmer Frühlingstag. Die Sonne glitzerte auf den Dächern der geparkten Autos. Die Straßen, die

Läden, die Zeitungsstände hatten ein frisches, sonniges, luftiges Aussehen. Margo spazierte in der Hauptstraße von Jacksonville auf und ab, sie hatte ein schrecklich hohles Gefühl im Magen. Sie betrachtete die Schaufenster der Konfektionsgeschäfte, der billigen Juwelierläden, der Pfandleihen und studierte aufmerksam die Liste der kommenden Attraktionen vor den Kinopalästen. Plötzlich stand sie an einem Busbahnhof. Sie las die Fahrpreise und die Abfahrtzeiten der Busse nach Miami, New Orleans, Tallahassee, Orlando, Tampa, Atlanta, Georgia, Houston in Texas und Los Angeles in Kalifornien. Auf dem Busbahnhof gab es ein Büfett. Sie ging hinein, um ihre fünfzehn Cents auszugeben. Als sie sich an die Theke setzte und eine Tasse Kaffee und ein Sandwich bestellte, überlegte sie sich, daß sie in der Pfandleihe mehr für den Ring erzielen würde, wenn sie nicht mit leerem Magen unterhandelte.

Weltwochenschau LVIII

Und in meinen Träumen höre
Ich dich leise, leise rufen
Valencia

an und für sich typisch für das gewaltige Schauspiel, das das heutige Miami bietet. Zu der Zeit vor knapp zwanzig Jahren, da der Grund der *Bay of Biscayne Bank* der Wagenhof eines Farmers und der Sitz der *First National Bank* ein öffentlicher Picknickplatz war, wuchs hier, wo dieses ultramoderne Hotel und das Klubgebäude stehen, einsamer Urwald. Mein Vater und ich rodeten kleine Gemüsegärtchen am Waldesrand, und ich verkaufte Gemüse an das Hotel *Royal Palm*, das damals ein Prachtbau inmitten der Wildnis war. Noch vor acht Jahren züchtete ich Tomaten...

Valencia!

Suche nach der vermissten Beute

FRAU INSZENIERT STRASSENRAUB

Radiumopfer steckten Pinsel in den Mund

Monat für Monat war die Halbinsel weiß, obwohl es Monate gab, da West Florida das Prädikat »leidlich« erhielt

Evangelistinnen erwarten Christus in New York

Wenn die rote, rote Meise
Leise, leise
Tiri-tiriliert

Benutzen Sie unser Kreditsystem zu Ihrem größten Vorteil. Nur eine kleine Anzahlung und den Rest je nach Belieben in kleinen Raten

Laß die Tränen,
Laß das Sehnen

VERLANGT, DASS STREIKS ALS HOCHVERRAT BETRACHTET WERDEN

Spielt er leise, leise
Süße, alte Weise –
Wenn die rote, rote Meise

frisch und munter am frühen Morgen, ohne jede Spur von Müdigkeit und ohne die üblichen Anzeichen einer soeben beendeten, langen Reise. Nicht ein Fältchen war an seinem schönen, aus einem seidigen Stoff verfertigten Anzug zu sehen, dessen Webart, Struktur und Farbe sich so gut für tropisch heiße Sommertage eigneten. Seine Krawatte mit der Brillantnadel und sein Fingerring waren weitere Details, die restlos zu seiner untadeligen Erscheinung paßten. Obwohl er klein von Wuchs und von unaufdringlichem Benehmen war, disponierte er Bauaufträge im Werte von 20 Millionen Dollar mit so wenig Aufhebens und Getue, wie man es bei einem Fahrgast der Straßenbahn gewohnt ist, der dem Schaffner seinen Groschen reicht...

DIE ZELTBEWOHNER VON KITTY HAWK

Am siebzehnten Dezember des Jahres neunzehnhundertdrei erhielt Bischof Wright von der *Vereinigten Brüderschaft*, ehemals Herausgeber des *Religions Telescope*, in seinem Holzhaus in der Hawthorn Street in Dayton, Ohio, ein Telegramm seiner Söhne Wilbur und Orville, die es sich in den Kopf gesetzt hatten, ihre Ferien in einem kleinen Zeltlager in den Dünen von North Carolina zu verbringen und dort an einem einfachen Segelflugzeug herumbasteln, das sie selber zusammengestellt hatten. Das Telegramm lautete:
VIER ERFOLGREICHE FLÜGE DONNERSTAG FRÜH SÄMTLICH MIT DREISSIG KILOMETERN GEGENWIND START AUSSCHLIESSLICH MIT MOTORKRAFT VON EBENER ERDE AUS DURCHSCHNITTSGESCHWINDIGKEIT IN DER LUFT ACHTUNDVIERZIG KILOMETER LÄNGSTE FLUGDAUER SIEBENUNDFÜNFZIG SEKUNDEN INFORMIERT PRESSE WEIHNACHTEN ZU HAUS . . .
Die Zahlen stimmten nicht ganz, weil der Telegraphist Orvilles hastig hingekritzelte Bleistiftschrift nicht richtig entziffert hatte,
aber das Faktum blieb bestehen:
Zwei junge Fahrradmechaniker aus Dayton, Ohio,
hatten zum erstenmal in der Geschichte
ein brauchbares Flugzeug
entworfen, konstruiert und geflogen.

Nachdem ich den Motor einige Minuten lang hatte laufen lassen, um ihn zu erwärmen, machte ich das Drahtseil los, das die Maschine an die Startbahn fesselte, und die Maschine startete gegen den Wind. Wilbur lief nebenher und hielt die Tragfläche fest, damit die Maschine nicht aus dem Gleichgewicht kam. Zum Unterschied von dem Start am vierzehnten, der bei Windstille erfolgte, startete die Maschine nur sehr langsam, da ein Gegenwind von etwa vierzig Kilometern herrschte . . . Wilbur gelang es, mit der Maschine Schritt zu halten, bis sie sich nach einer Fahrt von drei-

zehn Metern in die Luft erhob. Einer der Leute von der Küstenwache löste uns die Kamera aus und nahm ein Bild auf gerade in dem Augenblick, da die Maschine das Ende der Startbahn erreicht und sich zu einer Höhe von sechzig Zentimetern erhoben hatte... Der Kurs der Maschine im Steigen und Fallen war äußerst unregelmäßig, teils infolge der ungleichmäßigen Luftbeschaffenheit, teils deshalb, weil wir noch nicht genug Erfahrungen gesammelt hatten, wie die Maschine zu manövrieren sei. Als sie etwas über vierzig Meter von dem Punkt entfernt war, an dem sie sich in die Luft erhoben hatte, endete der Flug mit einem jähen Sturz... Dieser Flug dauerte nur zwölf Sekunden, aber es war trotzdem das erste Mal in der Weltgeschichte, daß ein Flugzeug mit einem Menschen darin sich aus eigener Kraft in voller Fahrt in die Luft erhoben hatte, mit unverminderter Geschwindigkeit geradeaus geflogen und schließlich an einem vom Startplatz so weit entfernten Punkt gelandet war.

Ein wenig später am selben Tage wurde die Maschine von einem Windstoß gepackt, umgeworfen und zertrümmert; beinahe hätte es den Küstenwächtern, die sie festhalten wollten, das Leben gekostet.
Jammerschade –
aber die Brüder Wright waren so glücklich, daß sie sich nichts draus machten.
Sie hatten bewiesen, daß das verdammte Ding fliegen konnte.

Als diese Fakten endgültig festgelegt waren, packten wir sofort unsere Sachen ein und fuhren nach Hause, in der festen Überzeugung, das Zeitalter des Flugzeuges sei endlich angebrochen.

Weihnachten verbrachten sie zu Hause in Dayton, Ohio, dort waren sie in den siebziger Jahren zur Welt gekommen, Söhne einer Familie, die seit achtzehnhundertundvierzehn westlich von den Alleghenies ansässig war –
in Dayton, Ohio, dort hatten sie die Volksschule und das Gymnasium besucht, sich der Kirche ihres Vaters angeschlossen, Baseball und Hockey gespielt, sich am Reck, Barren und Trapez körperlich ertüchtigt, Zeitungen ver-

kauft, sich aus allerlei Abfällen vom Müllhaufen eine Druckpresse gebaut, Drachen steigen lassen, mit mechanischen Erfindungen gebastelt und als Jungens die Stadt durchwandert, um sich mit allerlei kleinen Handreichungen auf ehrliche Weise ein paar Groschen zu verdienen.

Die Leute behaupteten, der kleine Hubschrauber, den der Bischof nach Hause mitgebracht hatte, ein mechanisches Spielzeug, das fünfzig Cent kostete, durch elastische Bänder bewegt wurde und sich angeblich in der Luft halten sollte, habe seine beiden jüngsten Söhne mit dem Flugfimmel geimpft –

so daß sie, statt wie ihre Brüder zu heiraten, zu Hause blieben und tagaus, tagein mit ihren Werkzeugen hantierten.

Ihr Brot verdienten sie sich mit Druckaufträgen und Fahrradreparaturen.

Bis spät in die Nacht hinein saßen sie auf und studierten aerodynamische Fachliteratur.

Trotzdem waren sie brave Kirchgänger, ihre Fahrradwerkstatt florierte, man durfte sich auf ihr Wort verlassen. Sie waren in Dayton sehr beliebt.

Zu jener Zeit war das Flugzeug das Gespött sämtlicher Wald-und-Wiesen-Philosophen. Langleys und Chanutes mißglückte Versuche waren mit einem höhnischen Hab-ich's-nicht-gesagt begraben worden, das von Küste zu Küste schallte. Das große Problem für die Wrights war, eine ausreichend abgeschiedene Gegend zu finden, um dort ihre Versuche anzustellen, ohne sich dem tierischen Gelächter der Leute auszusetzen. Außerdem hatten sie kein Kapital. Sie waren Handwerker.

Wenn sie etwas brauchten, verfertigten sie es selbst.

Sie entschieden sich für Kitty Hawk

auf den großen Dünen und Sandbänken, die sich seewärts vom Arlbermarle Sound südwärts gegen Hatteras zu erstrecken,

eine riesige Strandfläche,

leer und öde bis auf eine Station der Küstenwache, einige Fischerhütten, Schwärme von Moskitos und die Zecken und Sandflöhe im Salzgras hinter den Dünen –

und zu Häupten die Möwen und dahinschießenden Meerschwalben, am Abend die Fischadler und die Kraniche, die flügelschlagend über die Salzmarschen flattern, ab und zu ein Geier –
die Brüder Wright verfolgten mit den Blicken ihren hohen Flug,
so wie Jahrhunderte zuvor Leonardo sie beobachtet hatte,
mit angespanntem Blick der scharfen Augen,
um die Gesetze des Fliegens zu erfassen.
Sieben Kilometer von den verstreuten Hütten entfernt errichteten die Brüder Wright im losen Sande ein Zeltlager und einen Schuppen für ihr Segelflugzeug. Es war ein weiter Weg, die Lebensmittel, die Werkzeuge, und was sie sonst noch brauchten, hinzuschleppen; im Sommer glühend heiß, die Moskitos unerträglich –
aber hier waren sie allein,
und sie überlegten sich, daß sie nichts Besseres finden könnten als den losen Sand, um weich zu fallen.
Dort –
mit einem Segelflugzeug, das aus zwei Tragflächen und einem Hinterteil bestand, in welchem sie flach auf dem Bauche lagen und die Schwankungen der Tragflächen durch die Bewegung ihrer Hüften regulierten – den ganzen Tag hindurch immer wieder von einer hohen Düne namens Kill Devil Hill startend –
lernten sie fliegen.

Sowie es ihnen erst einmal gelungen war, ein paar Sekunden lang in der Luft zu schweben
und mit einer aufwärtsstreichenden Luftströmung ein ganz klein wenig emporzusteigen,
hielten sie den Zeitpunkt für gekommen,
einen Motor in ihren Doppeldecker einzubauen.

In ihrer Werkstatt in Dayton, Ohio, konstruierten sie einen Lufttunnel, ihren ersten, großen Beitrag zu der Wissenschaft des Fliegens, und benutzten ihn, um Modellflugzeuge auszuprobieren.
Es gelang ihnen nicht, das Interesse eines Benzinmotor-

fabrikanten zu erwecken, deshalb mußten sie sich selber einen Motor bauen.

Es gelang. Nach jenen Weihnachtstagen des Jahres neunzehnhundertunddrei machten die Brüder Wright es nicht mehr nur zu ihrem Vergnügen. Sie gaben ihr Fahrradgeschäft auf, verschafften sich die Erlaubnis, eine große, alte Kuhweide, die einem ortsansässigen Bankier gehörte, als Übungsfeld benutzen zu dürfen, verbrachten die ganze Zeit, die sie nicht für die Arbeit an ihrer Maschine brauchten, mit Propaganda, hatten ihre liebe Mühe mit Patenten, Patentverletzungen, Spionage, mit den wiederholten Versuchen, die Behörden zu interessieren und aus den aalglatten, komplizierten Phrasen der Anwälte schlau zu werden.

Binnen zwei Jahren hatten sie eine Maschine gebaut, die in ununterbrochenem Fluge fünfundfünfzig Kilometer rund und rund um die Weide bewältigen konnte.

Die Leute in der Überlandstraßenbahn pflegten die Hälse aus den Fenstern zu recken, wenn sie am Rande des Feldes vorbeikamen, aufgescheucht durch das ratternde Puffpuff des alten Wrightmotors und den Anblick des weißen Doppeldeckers, der wie zwei übereinandermontierte Bügelbretter gute fünfzehn Meter hoch in der Luft dahinschuckelte. Die Kühe hatten sich schnell daran gewöhnt.

Sowie die Flüge länger wurden,
fanden die Brüder Wright Finanziers,
führten Prozesse,
lagen des Nachts schlaflos im Bett, umsurrt von gespenstischen Millionen, die schlimmer waren als die Moskitos auf Kitty Hawk.

Neunzehnhundertundsieben fuhren sie nach Paris,
ließen sich mit Frack und Zylinder ausstaffieren,
lernten es, den Kellnern Trinkgelder zu geben,
unterhielten sich mit den Fachleuten der Regierung, gewöhnten sich an die Goldborten, die Aufschübe, die Vandykebärte und die ausgebreiteten Handflächen der Politiker.
Zu ihrem Vergnügen
spielten sie im Tuileriengarten Diabolo.

Sie veranstalteten aufsehenerregende Flugvorführungen –
in Fort Myers, wo sie ihren ersten richtigen Unfall erlebten,
in St. Petersburg, in Paris, in Berlin –
in Pau waren sie die große Mode –
eine solche Attraktion, daß der Hoteldirektor
ihnen nichts für ihr Zimmer berechnete.
König Alfons von Spanien reichte ihnen die Hand und ließ sich, im Apparat sitzend, photographieren.
König Edward besichtigte eine ihrer Vorführungen.
Der Kronprinz bestand darauf, mitfliegen zu dürfen.
Der Ordenregen begann.

Der Zar,
der König von Italien und die Sportkoryphäen, die Snobs und der päpstliche Adel
beglückwünschten sie.
Und eine Gesellschaft zur Förderung des Weltfriedens verlieh ihnen ihre Medaille.

Der Flugsport wurde zur Mode des Tages.
Den Wrights scheinen der Prunk, die Tressen, die Goldmedaillen und die Paraden der Protzgäule nicht sehr imponiert zu haben,
sie blieben die Handwerker, die sie von Anfang an gewesen waren,
Praktiker, Mechaniker,
und bestanden darauf, alles selber zu machen,
ja, sogar eigenhändig den Benzintank zu füllen.

Neunzehnhundertundelf kehrten sie in die Dünen zurück,
nach Kitty Hawk,
mit einem neuen Segelflugzeug.
Orville hielt sich neuneinhalb Minuten in der Luft, das war auf lange Zeit hinaus der Rekord im motorlosen Flug.
Im selben Jahr starb Wilbur in Dayton an Typhus.
Über der Fülle neuer Namen: Farman, Blériot, Curtiss, Ferber, Esnault-Petrie, Delagrange –
vor dem Ansturm der Bomben, dem Heulen und Knattern

der Schrapnells, dem jähen Gestotter der Maschinengewehre bei ausgeschaltetem Motor –
und wir liegen ausgestreckt im Schlamm,
machen uns klein, drücken uns in die Ecken zerschossener Mauern –
verschwanden die Brüder Wright aus den Zeitungsspalten.
Aber keine Schlagzeile und auch nicht der bittere Hohn der Druckerschwärze oder die würgenden Rauchschleier und Gasschwaden, nicht das Geschnatter der Börsenmakler oder das Gekläff der Gespenstermillionen oder die schwülstigen Tiraden der hohen Herren, die ihre Kränze an den neu errichteten Denkmälern niederlegen,
können das Andenken
jenes kühlen Dezembertages austilgen:
Da zwei fröstelnde Fahrradmechaniker aus Dayton, Ohio,
zum ersten Male ihre selbstgebastelte Erfindung,
aus Hickorystäben geschnitzt,
mit Arnsteins Fahrradkitt zusammengeklebt,
mit Musselin bespannt, den sie auf der Nähmaschine ihrer Schwester auf dem heimischen Hinterhofe in der Hawthorn Street in Dayton, Ohio, zusammengenäht hatten,
in die Luft steigen sahen
über den Dünen und dem weiten Strande
von Kitty Hawk.

Weltwochenschau LIX

der Fremde, der zum erstenmal nach Detroit kommt, wird, wenn ihn der emsige Wirtschaftsbetrieb unserer Zeit interessiert, dort einen erstaunlichen industriellen Bienenstock vorfinden. Ist er Naturfreund, wird ihm eine Gegend gefallen, die durch die Gewässer der stolzen Durchfahrt, denen die Stadt ihren Namen verdankt, für ewige Zeiten geadelt ist. Liebt er romantische und geschichtliche Erinnerungen, wird er hier Legenden und Überlieferungen finden, die ebenso unterhaltsam und lehrreich sind wie die des Kontinents...

Ich wäre so gern in Omaha
Und hätt mein kleines Häuschen da

DETROIT MIT SEINER AUTOMOBILERZEUGUNG FÜHREND IN DER WELT

Ich säh so gern meinen Papa –
Ich säh so gern meine Mama –
Im lieben, alten Omaha

DETROIT AN ERSTER STELLE

In pharmazeutischen Produkten
  Küchenherden Öfen Heizkesseln
    Rechenmaschinen
      Farben und Lacken
        Bootsmotoren
          Arbeitszeug
Soda-und-Salz-Erzeugnissen
  Sportschuhen
    Spiralbohrern
      Schaukästen

Korsetts
Gaslampen
Lastkraftwagen

Herr Radiomann, tu er doch, was er kann
Weil ich gar so allein bin.
Sag er Mammi, daß sie nach Hause kommt,
Lieber Herr Radiomann

DAS DYNAMISCHE DETROIT AN DER SPITZE

In Hütten- und Maschinenbauerzeugnissen
In Messing und Messingwaren
In Tabak und Zigarren
In Aluminiumguß
In Eisen und Stahl
In Schmierwerkzeugen
In Schmiedeeisen
Metallplatten

Zurück in das Land,
Wo meine Wiege stand –
Das schönste Land auf Gottes weiter Erde –
Kalifornien! Du Heimat mein!

DETROIT, DIE STADT, IN DER ES SICH LOHNT ZU LEBEN

CHARLEY ANDERSON

Das erste, was Charley zu hören bekam, als er aus dem Führersitz kletterte, war Farrells dröhnende Stimme: »Charley Anderson, der Mann, der sich auskennt – willkommen im lieben, alten Detroit!« – und dann sah er das runde Gesicht Farrells, den großen Mund weit aufgerissen, über den grünen Rasen auf sich zukommen. »Ziemlich unruhig, wie?«
»Verteufelt kalt«, sagte Charley. »Nennt sich das ein Flugfeld?«
»Wir machen bereits der Handelskammer die Hölle heiß. Vielleicht können Sie ihnen auch mal die Ohren vollklönen.«
»Das war ein Gerutsche in diesem Modder... Du meine Güte, ich bin so schnell losgeflogen, daß ich nicht einmal eine Zahnbürste mitgenommen habe.«
Charley zog die Handschuhe aus, die ganz ölig waren von einem Leck, das ihm bei dem Auf und Ab über den Hügeln zu schaffen gemacht hatte. Der Rücken tat ihm weh. Ein wahrer Trost, daß Bill Cermak da war und den Kasten in einen Hangar schaffte. »Schön, gehen wir!« sagte er. »Brav!« rief Farrell und legte die Hand auf Charleys Schulter. »Wir schauen bei mir vorbei, vielleicht habe ich einen Anzug, der Ihnen paßt.«
In diesem Augenblick kam ein Taxi angerollt, und Taki stieg aus. Er hatte Charleys Koffer in der Hand. Atemlos kam er heran. »Hoffentlich haben Sie einen guten Flug gehabt, Sir.« – »Klar«, sagte Charley. »Haben Sie mir eine Bude besorgt?« – »Sehr nett, billig, mit Fahrstuhl, gegenüber vom Städtischen Museum«, sagte Taki keuchend mit seiner Quietschstimme.
»Das nenne ich prompte Bedienung«, sagte Farrell und setzte den Fuß auf den Startknopf seiner gelbbraunen Lincolnlimousine. Der Motor schnurrte weich.
Taki stellte den Koffer in den Fond, und Charley setzte sich

neben Farrell. »Taki findet uns unkultiviert«, sagte Charley lachend. Farrell winkte.
Es war ein angenehmes Gefühl, neben dem gutgekleideten Farrell hinter dem kräftigen, leise surrenden Motor zu sitzen und sich einer sanften Schläfrigkeit hinzugeben, während sie durch breite, schnurgerade Boulevards fuhren. Ab und zu kam von einem Neubau, an dem sie vorüberfuhren, ein Geruch nach neuen Ziegeln, rohen Fichtenbrettern und frischem Zement. Aus den Feldern und Hinterhöfen stiegen Vorfrühlingsdüfte, der scharfe Wind brachte kleine Schwaden sumpfiger Wärme mit.
»Da haben wir unsere Hütte«, sagte Farrell, bog in eine gekrümmte, planierte Zufahrt ein und bremste an dem einen Ende eines langgestreckten Steinhauses, das schmale Spitzbogenfenster und gotische Zinnen hatte wie eine Kathedrale. Sie stiegen aus, und Charley folgte ihm über eine Terrasse durch eine Allee von Buchsbäumen in Töpfen und durch eine Fenstertür in ein Billardzimmer mit reichgeschnitzter Decke. »Das ist mein Sportsaal«, sagte Farrell. »Irgendwo muß der Mensch sich entspannen... Hier in diesem Badezimmer können Sie sich umziehen. In zehn Minuten bin ich wieder da.«
Es war ein großes Badezimmer, ganz in Jadegrün gehalten, mit einer Couch, einem Liegestuhl, einer Stehlampe und einer Garnitur Stemmgewichte und Keulen in der einen Ecke. Charley zog sich aus, duschte warm und wechselte den Anzug. Er nahm soeben seine schönste, gestreifte Krawatte, da rief Farrell durch die Tür: »Alles okay?« – »Klar«, sagte Charley, während er das Badezimmer verließ. »Ich fühle mich wie ein Millionär.« – Farrell sah ihn seltsam an und lachte. »Warum auch nicht?« sagte er.
Das Büro lag in einem unvollendeten Bürogebäude in einem Zirkel unvollendeter Bürogebäude rund um den Grand Circus Park. »Sie haben doch nichts dagegen, wenn ich Sie zuerst durch unsere Reklameabteilung jage, Charley«, sagte Farrell. »Eddy Sawyer ist ein feiner Kerl. Dann treffen wir uns alle in meinem Zimmer und essen einen Bissen.«
»Klar«, sagte Charley.
»Hallo, Eddy, hier haben Sie den Vogelmenschen«, rief

Farrell und schob Charley in einen großen, hellen Büroraum mit orangeroten Vorhängen. »Mr. Sawyer, das ist Mr. Anderson... *der* Charley Anderson, unser neuer technischer Berater... Klingeln Sie mich an, wenn Sie ihn ordentlich verarztet haben.«
Farrell eilte davon und ließ Charley mit einem kleinen Manne allein, der einen gelben Teint hatte und einen dicken Flachskopf und die Redeweise und Manieren eines Gymnasiasten, der sich das Zigarettenrauchen angewöhnt hat. Eddy Sawyer drückte Charley mit Emphase die Hand, fragte ihn, wie ihm die neuen Büros gefielen, erklärte, daß das Orangerot den Optimismus symbolisiere, fragte ihn, ob er schon einmal luftkrank geworden sei, betonte, daß ihm selber immer schrecklich übel werde, ein verflixtes Pech, wenn man in dieser Branche tätig ist, holte unter seinem Schreibtisch eine Flasche Whisky vor. »J. Y. hat Ihnen sicher nichts zu trinken gegeben... Der Mann lebt von der Luft, ein richtiger Salamander.«
Charley sagte, er würde gern einen kleinen Schluck genehmigen, und Eddy Sawyer brachte zwei Gläser zum Vorschein, die bereits Eis enthielten, und einen Syphon. »Sagen Sie stop.« Charley nahm einen Schluck, Eddy lehnte sich, nachdem er sein Glas geleert hatte, auf seinen Drehstuhl zurück und sagte: »Nun, Mr. Anderson, wenn Sie so lieb sein wollten, uns Ihren Lebenslauf zu berichten – oder vielmehr die Kapitel, die man drucken kann... Wohlgemerkt, wir werden das Material nicht sofort verwenden, aber wir möchten es gern beisammen haben, damit wir es je nach Bedarf servieren können.«
Charley wurde rot. »Tja«, sagte er, »da gibt es nicht viel zu berichten.«
»Fein!« sagte Eddy Sawyer, füllte die Gläser und stellte die Flasche weg. »So fangen alle guten Geschichten an.« Er drückte auf einen Knopf, eine kraushaarige Stenotypistin mit einem hübschen, rosigen Puppengesicht kam herein und setzte sich mit ihrem Block an die andere Seite des Schreibtisches. Während Charley sich durch seinen Bericht hindurchtastete, flüsterte ihm unaufhörlich eine innere Stimme zu: Na, Junge, mach dich nicht gleich am ersten Tag lächer-

lich. Noch bevor sie fertig waren, steckte Farrell den Kopf zur Tür herein und forderte sie auf, mitzukommen, die anderen warteten bereits.
»Habt ihr alles geordnet?... Charley, darf ich Sie mit unserem Verkaufschef bekannt machen... Joe Stone – Charley Anderson. Mr. Frank und Mr. O'Brian, unsere juristischen Kanonen – Mr. Bledsoe, er leitet die Herstellung –, das ist Ihr Ressort, Charley.«
Charley schüttelte zahlreiche Hände. Da gab es einen glattgekämmten Schwarzkopf mit Mittelscheitel, zwei Glatzen, einen stahlgrauen Kopf mit Borstenfrisur, einen Kneifer, eine Hornbrille, einen kleinen Schnurrbart. Eddy Sawyer sagte mit einem nervösen Stottern: »Todsicher – ich weiß jetzt so viel über ihn, daß ich mich jederzeit als Erpresser zur Ruhe setzen könnte.«
»Das ist ein sehr guter Anfang gewesen, junger Mann«, sagte Cyrus Bledsoe, der Grauhaarige, in barschem Ton. »Hoffentlich haben Sie noch mehr solche Einfälle im Kopf.«
»Klar«, sagte Charley.
Alle bis auf Bledsoe, der brummend erklärte, er esse nie zu Mittag, gingen mit ihm in den *Athletic Club*, wo in einem Chambre séparée die Cocktails auf sie warteten. Als sie im Fahrstuhl hinauffuhren, sagte eine Stimme hinter ihm: »Wie geht es denn alleweil, Charley?« – und als Charley sich umdrehte, stand Andy Merritt vor ihm. Andy Merritts dunkelgrauer Anzug schien besser zu sitzen denn je. Sein säuerliches Lächeln war ungewöhnlich dünn.
»Was machen denn Sie hier?« stieß Charley hervor.
»Detroit«, sagte Andy Merritt, »ist eine Stadt, die mich schon immer sehr interessiert hat.«
»Sagen Sie mal, wie geht es Joe?« Andy Merritt schien peinlich berührt, und Charley merkte, er hätte den Mund halten sollen. – »Als ich Joe zuletzt sah, war sein Befinden ausgezeichnet«, sagte Andy. Es stellte sich heraus, daß auch Andy mit ihnen essen sollte.
Während sie sich mit dem Filet Mignon beschäftigten, stand Farrell auf und hielt eine Rede. Dieser Lunch sei der Beginn einer neuen Ära für die Branche der Erzeuger von Flugzeugbestandteilen und Motoren, es sei an der Zeit, daß das Flug-

zeug sich vom Gängelband der Automobilindustrie frei mache, da das Flugzeug die Autofabrikanten hastdunichtgesehn in eine Schar von Fahrradhändlern verwandeln werde. Eine Millionenbranche müsse auf Millionenart geführt werden... Dann wurde geklatscht und Beifall gerufen, Farrell hob die Hand und schilderte Charley Andersons Laufbahn als Kriegsflieger und Erfinder und sagte, es sei für ihn ein Freudentag, ein Tag, auf den er lange gewartet habe, da es ihm vergönnt sei, ihn im Kreise der Ternleute zu begrüßen. Dann brachte Eddy Sawyer ein Hoch auf Charley Anderson aus, Charley mußte aufstehen und betonen, wie froh er sei, hier gelandet zu sein, endlich wieder einmal in der weiten, freien Natur und in dem eigentlichen Fabrikzentrum des Landes, und wenn man sagt, Fabrikzentrum des Landes, meint man das Fabrikzentrum der ganzen, gottverdammten Welt. Eddy Sawyer brachte abermals ein Hoch aus, und dann machten sie sich alle über ihren Pfirsich Melba her.

Als sie unten ihre Hüte aus der Garderobe holten, klopfte Andy Merritt Charley auf die Schulter und sagte: »Eine sehr gute Rede... Wissen Sie, ich hatte schon seit längerem das Gefühl, daß wir zuschlagen müssen... Man kann nicht eine große Industrie mit kleinstädtischen Vorstellungen leiten... Das ist der Jammer mit Joe, der im übrigen ein Prachtkerl ist... Kleinstadtmentalität...«

Charley ging sich die Wohnung ansehen. Taki hatte alles vorzüglich arrangiert, Vasen mit Blumen und alles, was dazu gehört. »Tadellos«, sagte Charley. »Wie gefällt es Ihnen in Detroit?« – »Sehr interessant«, sagte Taki. »Mr. Ford erlaubt Besuchern, Highland Park zu besichtigen.« – »Donnerwetter, Sie verlieren aber keine Zeit... Bei Ihnen zu Hause gibt es keine Montagebänder, wie?« – Taki nickte lächelnd. »Sehr interessant«, sagte er mit gesteigertem Nachdruck.

Charley zog Rock und Schuhe aus und legte sich auf die Couch im Wohnzimmer, um ein Schläfchen zu machen, aber er glaubte gerade erst die Augen geschlossen zu haben, da stand Taki lächelnd mit einer Verbeugung in der Tür. »Verzeihung, Sir, Mr. Benton, Ferngespräch.« – »Klar«, sagte Charley.

Taki hielt die Pantoffeln bereit, damit er hineinschlüpfen konnte, und hatte diskret den Bademantel auf einem Stuhl neben der Couch zurechtgelegt. Am Apparat bemerkte Charley, daß es bereits dunkel geworden war und daß soeben die Straßenbeleuchtung einsetzte.

»Hallo, Nat.« – »He, Charley, wie geht's?« – »Fein«, sagte Charley. – »Hören Sie mal, ich rufe an, um Ihnen mitzuteilen, daß Sie und Andy Merritt auf der nächsten Generalversammlung der Ternaktionäre zu Vizepräsidenten gewählt werden.« – »Woher wissen Sie das?« – Nat lachte ins Telephon. – »Ein perfekter Nachrichtendienst«, sagte Charley. – »Na ja, dazu sind wir da«, sagte Nat. »Und was ich sagen wollte, Charley, es hat sich hier ein kleiner Pool gebildet. Ich selber gedenke etwas zu riskieren, und ich habe mir gedacht, vielleicht möchten Sie mitmachen... Ich kann Ihnen die Einzelheiten nicht am Telephon mitteilen, aber ich habe Ihnen heute nachmittag geschrieben.« – »Ich habe kein Bargeld.« – »Sie könnten Aktien für etwa zehntausend als Deckung hinterlegen. Die Papiere werden nicht lange eingefroren sein.« – »Klar«, sagte Charley. »Her mit dem Mond... Das ist mein Glücksjahr.«

Die Fabrik war toll. Charley fuhr mit einem neuen Buick-Sedan hinaus, den er sich gleich am nächsten Morgen frisch aus dem Laden weg gekauft hatte. Der Verkäufer schien genau über ihn unterrichtet zu sein und wollte nicht einmal eine Anzahlung haben. »Es ist mir ein Vergnügen, Ihnen ein Konto eröffnen zu dürfen, Mr. Anderson«, sagte er.

Der olle Bledsoe schien ihn erwartet zu haben und führte ihn umher. Die Hallen hatten Dachfenster. Nirgends im Betrieb gab es Treibriemen. Jede Maschine hatte ihren eigenen Motor. »Farrell hält mich für schwerfällig, weil ich nicht immerzu von Millionen rede, aber Gottverdammich – wenn es irgendwo in der Welt eine modernere Anlage gibt, fresse ich einen alten Dynamo.« – »Ich habe mir eingebildet, daß wir in Long Island City so ziemlich auf der Höhe seien, aber das da schlägt alle Rekorde.« – »So war es auch gedacht«, brummte Bledsoe.

Zuletzt stellte er Charley den Betriebsingenieuren vor und führte ihn in das Bürozimmer neben dem Zeichensaal, das sein Arbeitsraum werden sollte. Sie machten die Milchglastür zu und nahmen einander gegenüber in dem silbrigen Licht des Dachfensters Platz. Bledsoe zog eine dicke Zigarre aus der Tasche und bot auch Charley eine an. »Haben Sie schon einmal so etwas geraucht?«

Charley sagte, man müsse alles einmal versuchen. Sie zündeten die Zigarren an, und während Bledsoe beißenden, blauen Rauch von sich blies, fing er zu reden an. »Nun hören Sie mal zu, Anderson, hoffentlich sind Sie hierhergekommen, um zu arbeiten und nicht nur um mit ihren verdammten Aktien zu jonglieren... Ich weiß, Sie sind ein Held und ein Ausstellungsobjekt, aber mir scheint, Sie haben außerdem Grütze im Kopf... Ich will das ein für allemal gesagt haben und werde es nicht wiederholen... Wollen Sie mit uns arbeiten, dann arbeiten Sie mit uns, wenn nicht, dann scheren Sie sich in das Büro Ihres Maklers, wo Sie hingehören.«

»Aber Mr. Bledsoe«, stammelte Charley, »das ist die Chance, auf die ich gewartet habe. Zum Kuckuck, ich bin Mechaniker, weiter nichts. Das weiß ich sehr gut.«

»Hoffentlich... Wenn Sie Mechaniker sind und nicht nur ein verdammter Börsenspekulant, müssen Sie wissen, daß unsere Motoren nichts taugen und daß auch die Maschinen nichts taugen, in die wir sie einbauen. Wir sind im Flugzeugbau um zehn Jahre hinter der übrigen Welt zurück und müssen sie einholen. Wir haben einen genügend großen Produktionsapparat, um sie alle an die Wand zu drücken, wenn erst einmal die Konstruktionen da sind. Jetzt möchte ich, daß Sie nach Hause gehen und sich besaufen oder herumhuren oder was Sie eben zu tun pflegen, wenn Sie Sorgen haben – und dann denken Sie gründlich über dieses verflixte Problem nach.« – »Das Lotterleben habe ich satt«, sagte Charley. »Es hat mir in New York gereicht.«

Bledsoe erhob sich mit einem Ruck und ließ die Asche seiner dicken Zigarre auf die Alpakaweste fallen. »Dann sollten Sie heiraten.« – »Ich habe schon daran gedacht. Aber ich kann den zweiten Namen nicht finden, der auf dem Trauschein stehen muß«, sagte Charley lachend. Bledsoe lächelte. »Entwerfen Sie mir einen anständigen, leichten, zuverlässigen, luftgekühlten Sechzehnzylindermotor, und ich werde meine

Tochter veranlassen, Sie mit den hübschesten Mädchen von Detroit bekannt zu machen. Sie kennt sie alle... Und wenn Sie auf Geld aus sind – es gibt genügend reiche Partien.« Das Telephon summte. Bledsoe antwortete, murmelte etwas vor sich hin und stapfte zur Tür hinaus.
Um die Mittagszeit kehrte Farrell zurück, um mit Charley essen zu gehen. »Hat der olle Bledsoe Ihnen die Ohren vollgeklönt?« fragte er. Charley nickte. »Lassen Sie sich nur nicht von ihm einschüchtern. Es klingt schlimmer, als es ist. Er würde nicht bei uns sein, wenn er nicht der beste Betriebsleiter wäre, den man sich denken kann.«
Auf dem Ball des *Country Clubs*, zu dem Farrell und seine Frau, eine magere, ältliche Blondine, hager und mürrisch und mit Brillanten behängt, ihn mitnahmen, lernte er Anne, die Tochter des alten Bledsoe, kennen. Sie war ein breitschultriges Geschöpf in Rosa, mit einem großen Mund, einem netten Lächeln und einem festen Händedruck. Charley fand sogleich an ihr Gefallen. Sie tanzten zu der Melodie von *Ein Mädel, das man schnell vergißt*, sie erzählte ihm, daß sie eine leidenschaftliche Fliegerin sei und nur noch fünf Stunden brauche, um ihr Pilotenzeugnis zu erhalten. Charley sagte, er würde sie jederzeit gerne mitnehmen, falls sie nicht zu stolz sei, um sich in eine Curtiss-Robin zu setzen. Sie riet ihm, keine Versprechungen zu machen, falls er nicht fest entschlossen sei, sie zu halten, da sie stets das zu tun pflege, was sie angekündigt habe. Dann sprachen sie von Golf, und er verriet mit keinem Wort, daß er noch nie in seinem Leben eine Golfkelle angefaßt hatte.
Als er zum Abendbrot mit zwei Portionen Hühnersalat, die er geholt hatte, zurückkam, saß sie an einem runden Tisch unter einem japanischen Lampion zusammen mit einem blassen, jungen Mann, der sich als ihr Bruder Harry entpuppte, und einem jungen Mädchen mit wunderschönem, aschblondem Haar und einem leichten Alabamaakzent; sie hieß Gladys Wheatley. Sie schien mit Harry Bledsoe verlobt zu sein (oder so ähnlich), er hatte ein Silberflakon, goß immerzu Gin in die Obstbowle, hielt ihre Hand und sagte Glad zu ihr. Sie waren alle jünger als Charley, machten aber viel von ihm her und sagten, was Detroit für ein gottverlassenes

Nest sei. Als Charley ein wenig Gin intus hatte, begann er zum erstenmal in seinem Leben Frontanekdoten zu erzählen. Er brachte Anne nach Hause, der alte Bledsoe kam aus der Tür, eine Nummer des *Engineering Journal* in der Hand, und sagte: »Ihr habt euch also kennengelernt?« – »Ja, Papa, wir sind bereits alte Freunde«, sagte Anne. »Charley wird mir Flugunterricht geben.« – »Hm«, sagte Bledsoe und machte brummend Charley die Tür vor der Nase zu. »Machen Sie, daß Sie nach Haus kommen, und denken Sie über den neuen Motor nach.«

Diesen Sommer dachten alle, Charley und Anne seien miteinander verlobt. An stillen Nachmittagen pflegte er sich ein, zwei Stunden freizunehmen und draußen auf dem Flugfeld mit einer Maschine aufzusteigen, damit Anne Gelegenheit habe, Flugstunden zu sammeln; sonntags spielten sie Golf. Charley pflegte am Sonntag frühmorgens aufzustehen und im *Sunside Club*, wo niemand ihn kannte, bei dem dortigen Trainer Stunden zu nehmen. Am Samstagabend aßen sie oft im Hause der Bledsoex und gingen dann in den *Country Club* tanzen. Meistens kamen Gladys Wheatley und Harry mit; sie waren bei der Jugend als das Viergespann bekannt. Dem alten Bledsoe schien es recht zu sein, daß Charley sich mit seinen Kindern angefreundet hatte, und er begann ihn wie ein Familienmitglied zu behandeln. Charley war glücklich, die Arbeit machte ihm Spaß. Nach den New Yorker Jahren fühlte er sich in Detroit wie zu Hause. Zusammen mit Nat verdiente er einiges Geld an der Börse. Als Vizepräsident und technischer Berater der *Tern Company* bezog er fünfundzwanzigtausend Dollar pro Jahr.

Der alte Bledsoe beklagte sich; das sei zuviel für einen jungen Ingenieur; aber es freute ihn, daß Charley den größten Teil des Geldes in eine kleine Versuchswerkstatt investierte, in der er zusammen mit Bill Cermak einen eigenen neuen Motor ausprobierte. Bill war mit seiner Familie von Long Island weggezogen und hatte tausend technische Verbesserungspläne. Charley war dermaßen beschäftigt, daß er keine Zeit hatte, an Weiber zu denken oder mehr zu trinken als ab und zu ein Gläschen in anderer Leute Gesellschaft. Er fand Anne reizend und war gern mit ihr zusammen, aber er betrachtete sie nie als eine Frau, mit der er vielleicht eines Tages ins Bett gehen würde.

Über das Labor-Day-Wochenende luden die Farrells die jungen Bledsoes und Gladys Wheatley zu einer Bootfahrt ein. Als Charley mit eingeladen wurde, hatte er das Gefühl, nun würde es endlich flott zugehen, und er schlug vor, Taki als Barmixer und Steward mitzunehmen. Er fuhr die Bledsoes in seinem Buick zum Jachtklub. Anne konnte nicht verstehen, warum er sich so wohl fühlte. »Drei Tage nichts tun, als auf einem muffigen, alten Kahn herumzusitzen und sich von den Stechmücken beißen zu lassen«, brummte sie in dem gleichen barschen Ton wie ihr Vater. »Papa hat recht, wenn er sagt, daß er sich gern bei der Arbeit anstrengt, nicht aber, wenn er sich erholen soll.«

»Immerhin sind wir in guter Gesellschaft – auch wenn wir leiden müssen«, sagte Charley und legte einen Augenblick den Arm um Annes Schulter. Sie saßen nebeneinander auf dem Vordersitz. Harry, der hinten allein saß, gab einen Lacher von sich. »Sie brauchen sich nicht zu mokieren, mein Herr«, sagte Anne, ohne sich umzudrehen. »Was du mit Gladys vor allen Leuten aufführst, da kann einem übel werden.« – »Der starke Mann der Lüfte wird schwach«, sagte Harry. – »Klar«, sagte Charley und wurde rot. Sie hatten bereits den Jachtklub erreicht, und zwei junge Burschen in Matrosenanzügen holten ihre Koffer aus dem Fond.

Farrells Boot war ein schneller, fünfzig Fuß langer Kreuzer mit einem Decksalon und Korbsesseln und einer Unmenge frisch gefirnißtem Mahagoni und blankpoliertem Messing. Farrell trug eine Seglermütze und ging mit besorgter Miene auf dem schmalen Deck auf und ab, während das Boot in die leichte, feuchte Brise hinausglitt. Der Fluß am späten Nachmittag roch nach Kaipfosten und Sumpfgewächs. »Schöne Sache, aufs Wasser rauszukommen, habe ich recht, Charley? . . . Der einzige Ort, wo man nicht belästigt wird.«

Inzwischen entschuldigte sich Mrs. Farrell bei den Damen, daß es an Bord so eng sei. »Ich will Yardly schon längst dazu bewegen, daß er sich ein geräumigeres Boot anschafft, aber ich habe den Eindruck, jedes neue Boot, das er kauft, ist noch enger als das vorige.«

Charley hatte aus der Pantry ein leises Klirren gehört. Als Taki mit Manhattancocktails erschien, hob sich mit einem Male die Stimmung. Als Charley zusah, wie Taki mit seinem Tablett leicht schaukelnd vor Gladys stand, stellte er fest, daß sie wunderschön aussah, ganz in Weiß, das helle, üppige Haar mit einem weißen Seidentuch zusammengebunden.
Neben ihm stand lächelnd Anne, der Fahrtwind blies ihr das braune Haar in die Augen. Der Motor machte so viel Lärm und die Zwillingsschraube wirbelte so viel Wasser auf, daß er mit ihr sprechen konnte, ohne daß die anderen es hörten.
»Anne«, sagte er ganz plötzlich, »ich habe mir überlegt, daß es für mich höchste Zeit wäre, zu heiraten.«
»Aber Charley, ein junger Bursche wie du!«
Charley überlief es heiß. Plötzlich hatte er ein schreckliches Verlangen nach einer Frau. Es fiel ihm schwer, seine Stimme zu beherrschen.
»Na ja, wir sind beide alt genug, um keine Dummheiten zu machen – aber was hältst du von dem Gedanken? Was die Moneten betrifft, habe ich dieses Jahr viel Glück gehabt.«
Anne nippte an ihrem Cocktail und sah ihn lachend an, während ihr die Haare übers Gesicht wehten. »Was erwartest du von mir? Daß ich mich nach deinem Bankkonto erkundige?«
»Aber es handelt sich um dich.«
»Klar«, sagte sie.
Farrell rief ihnen zu: »Wie wäre es mit einer kleinen Partie Rommé vor dem Essen? . . . Hier draußen ist es zu windig. Setzen wir uns lieber in den Salon.«
»Zu Befehl, Käpt'n«, sagte Anne.
Vor dem Essen spielten sie Rommé und tranken Manhattans, nach dem Essen setzten die Farrells und die Bledsoes sich an den Bridgetisch. Gladys sagte, sie habe Kopfschmerzen, und Charley ging, nachdem er eine Weile zugeschaut hatte, an Deck, um die Lungen von dem Mief der Zigarre, die er geraucht hatte, zu befreien.
Das Boot lag in einer kleinen Bucht vor Anker, in der Nähe eines beleuchteten Piers, der vom Ufer aus ins Wasser ragte. Hinter einer Felsspitze, wo eine vereinzelte hohe Kiefer sich aus einem dunklen und wirren Geäst über ein Häuflein zit-

ternder Weißbirken emporreckte, ging der Halbmond unter. Am Ende des Piers stand eine Art Klubhaus, aus den großen Fenstern sickerten Lichtkaskaden. Rhythmische Tanzmusik, bald leiser, bald lauter, kam übers Wasser. Charley setzte sich in den Bug. Die Jungs, die das Boot führten, hatten sich zurückgezogen. Aus der winzigen Luke vor dem Ruderhaus waren ihre leisen Stimmen zu hören, und es roch nach Zigarettenrauch. Charley beugte sich vor, um zuzusehen, wie die kleinen, grauen Wellen gegen den Bug klatschten. »Junge, ist das ein Leben!« sagte er zu sich selber.
Als er sich umdrehte, stand Gladys neben ihm. »Ich dachte, Sie wären zu Bett gegangen, meine Dame«, sagte er.
»Und Sie wären mich endlich losgeworden?« Ihre Miene war ernst.
»Finden Sie nicht, daß das eine schöne Nacht ist, Glad?«
Er nahm ihre Hand, sie zitterte und war eiskalt. »Sie dürfen sich nicht erkälten, Glad«, sagte er. Sie bohrte ihre blanken Nägel in seine Hand. »Werden Sie Anne heiraten?«
»Vielleicht... Warum? Sie werden Harry heiraten, wie?«
»Nichts auf Gottes Erdboden könnte mich dazu bewegen, Harry zu heiraten.«
Charley legte den Arm um sie. »Armes kleines Ding, Sie frieren. Sie sollten längst im Bett liegen.« Sie legte den Kopf an seine Brust und fing zu schluchzen an. Er fühlte durchs Hemd ihre warmen Tränen. Er wußte nicht, was er sagen sollte. Er stand da und drückte sie an sich, der Geruch ihrer Haare stieg ihm in die Nase, so wie einstmals der Geruch von Doris' Haar, und wieder wurde ihm schwindlig.
»Wenn wir bloß nicht auf diesem verdammten Boot wären!« flüsterte er. Sie hob ihr Gesicht zu ihm empor, ihr rundliches weißes Gesicht. Als er ihre Lippen küßte, erwiderte sie seinen Kuß. Er drückte sie fest an sich. Nun fühlte er ihre kleinen Brüste. Eine Sekunde lang durfte er ihr die Zunge zwischen die Lippen stecken, dann schob sie ihn von sich weg.
»Charley, das ist nicht recht, was wir da machen – aber ich habe mich plötzlich so einsam gefühlt.«
Charleys Stimme klang heiser. »Nie wieder sollst du dich einsam fühlen. Nie wieder...« – »O Charley, du Lieber!«

Wieder küßte sie ihn, ganz schnell und mit Bedacht, und lief dann übers Deck davon.
Allein ging er auf und ab. Er wußte nicht, was er anfangen sollte. Jetzt war er in Gladys vernarrt. Er brachte es nicht fertig, hinunterzugehen und sich mit den anderen zu unterhalten. Er konnte auch nicht zu Bett gehen. Er schlüpfte durch die Vorderluke, durch die Küche, in welcher der weißberockte Taki saß und seelenruhig in einem dicken Buch las, in die Kabine, in der er untergebracht war, zog den Badeanzug an, lief hinauf und sprang über die Reling ins Wasser. Das Wasser war nicht so kalt, wie er befürchtet hatte. Er schwamm eine Weile im Mondschein umher. Als er sich an der Achterleiter hochzog, war ihm kalt, und er hatte eine Gänsehaut. Farrell, eine Zigarre zwischen den Zähnen, beugte sich vor, griff nach seiner Hand und half ihm an Deck.
»Ha, ha, der Kraftmeier!« sagte Farrell. »Die Damen haben uns zwei Rubber abgeknöpft und sind mit ihrem Gewinn zu Bett gegangen. Kommen Sie, ziehen Sie den Bademantel an, dann trinken wir eins und spielen noch eine halbe Stunde Ecarté oder sonst was Dummes, bevor wir uns hinlegen.« – »Klar«, sagte Charley, der auf den Planken umherhüpfte, um die Nässe abzuschütteln.
Während Charley sich unten mit einem Badetuch frottierte, hörte er die Mädchen in ihrer Kabine plaudern und kichern. Als er neben Harry saß, der ein wenig betrunken und läppisch war, wurde er so verlegen, daß er ein halbes Wasserglas Korn trank und achtzig Dollar verlor. Es freute ihn, daß Harry sie gewann. Glück im Spiel, Unglück in der Liebe, dachte er bei sich, nachdem er ins Bett gekrochen war.
Eine Woche später nahm Gladys ihn zu ihren Eltern mit, nachdem sie zusammen in seiner Wohnung Tee getrunken hatten, unter dem Ehrenschutze des lächelnden und katzbuckelnden Taki. Horton B. Wheatley war, wie Farrell sagte, ein mächtiger Mann in der *Security Trust Company*, rotwangig, mit angegrautem Haar und einem kleinen silberhellen Schnurrbart. Mrs. Wheatley war eine hinfällige Frau mit einer hübschen Alabamastimme und einem verhärmten Gesicht, das so knubbelig und verwelkt war wie ein verbrauch-

ter Luftballon. Noch bevor Gladys Charley richtig vorgestellt hatte, legte Mr. Wheatley los: »Na ja, Sir, etwas Ähnliches haben wir erwartet. Natürlich ist es für uns noch zu früh, uns eine Meinung zu bilden, aber ich wüßte nicht, warum ich Ihnen verschweigen sollte, daß ich meine Tochter lieber mit einem Menschen wie Sie verheiratet sehe, der sich aus kleinen Anfängen hinaufgearbeitet hat, obwohl ich Sie nicht näher kenne, als mit einem Harry Bledsoe, der in seiner Art ein netter Kerl ist, aber nie in seinem Leben etwas anderes getan hat als das Studium zu absolvieren, das sein Vater ihm bieten konnte. Junger Mann, wir sind sehr stolz, meine Frau und ich, daß wir Ihre Bekanntschaft gemacht haben und daß Sie und unser Töchterchen... wir haben sonst nichts auf der Welt, deshalb liegt sie uns so sehr am Herzen...«
»Ihre Eltern, Mr. Anderson, sind – sind wohl nicht mehr am Leben«, warf Mrs. Wheatley ein. Charley nickte. »Oh, das tut mir aber leid... Gladys sagte, sie hätten in St. Paul gelebt...«
Wieder ergriff Mr. Wheatley das Wort. »Mr. Anderson, Mutter, war einer unserer prominentesten Kampfflieger, er hat sich als Vaterlandsverteidiger seine Sporen verdient, Mutter, und seine ganze Laufbahn scheint mir ein Beispiel dafür zu sein – nun werde ich Sie zum Erröten bringen, junger Mann –, dafür, daß unsere amerikanische Demokratie am ehesten geeignet ist, die Klügsten und Tüchtigsten an die Spitze des Erfolges zu bringen und die Schwächlinge auszumerzen... Mr. Anderson, um eines möchte ich Sie sogleich bitten. Ich bitte Sie, kommenden Sonntag mit uns in die Kirche zu gehen und meiner Sonntagsschulklasse einen kleinen Vortrag zu halten. Sie werden sicher nichts dagegen haben, den jungen Leutchen einige anfeuernde und richtunggebende Worte zu widmen.«
Charley wurde rot und nickte. »Ach, Papa«, säuselte Gladys und legte die Arme um die beiden, »dazu solltest du ihn nicht zwingen. Der Sonntag ist der einzige Tag, an dem der Arme Golf spielen kann... Du weißt, ich habe immer gesagt, ich würde nie einen Sonntagsschullehrer heiraten.«
Mr. Wheatley lachte, Mrs. Wheatley schlug die Augen nie-

der und seufzte. »Das eine Mal wird ihm nicht schaden, habe ich recht, Charley?« – »Selbstverständlich nicht«, sagte Charley. »Es wird sehr anregend sein.«
Am nächsten Tag lunchten Charley und Mr. Wheatley allein miteinander im *University Club*. »Tja, mein Sohn, ich glaube, der Würfel ist gefallen«, sagte Mr. Wheatley, als sie sich im Vestibül trafen. »Die Damen haben einen Entschluß gefaßt, da bleibt uns nichts übrig, als uns zu fügen... Ich wünsche euch alles Gute, mein Sohn...« Beim Essen plauderte Mr. Wheatley über die Tätigkeit seiner Bank, über die *Tern*-Interessen und die Fusion mit *Askew-Merritt*, die das Grundkapital der neuen *Tern Aviation Company* auf mehr als das Doppelte erhöhen würde. »Sie wundern sich, daß ich das alles weiß, Charley... Das habe ich mir schon immer gedacht – der Junge ist ein genialer Techniker, aber er kümmert sich nicht um die finanzielle Seite – er hat keine Ahnung, was sein Anteil an diesem Konzern für ihn selber und für die Finanzwelt bedeutet.«
»Na ja, ich kenne schon ein paar tüchtige Fachleute, die mich auf dem laufenden halten«, sagte Charley.
»Alles sehr schön, alles sehr schön«, sagte Mr. Wheatley, »aber da es jetzt in der Familie bleibt, werden vielleicht meine Ratschläge, das Resultat einer zwanzigjährigen Erfahrung als Bankmensch in Birmingham und hier in dieser wunderbaren, neuen, bezaubernden Stadt...«
Mr. Wheatley sprach sodann von einem Grundstück mit Strandrecht am Seeufer von Grosse Pointe, das er den jungen Leuten als Hochzeitsgeschenk zu überschreiben gedenke; sie sollten sofort anfangen zu bauen, wenn auch vorerst nur als Kapitalsanlage in dem exklusivsten Wohnviertel der Vereinigten Staaten von Amerika. »Und wenn Sie, mein Sohn, nach dem Lunch in mein Büro kommen wollen, werde ich Ihnen die Baupläne für das hübscheste altenglische Häuschen zeigen, das Sie je gesehen haben. Ich habe die Pläne von Ordway and Ordway als Überraschung für Mutter und Gladys entwerfen lassen... Der Fachausdruck lautet Holz-Tudor mit Kalkfüllung... Ich bin der Meinung, ihr Kinder sollt es haben, da es ohnedies für Mutter und mich zu groß sein würde, jetzt wo Gladys uns verläßt. Ich steuere

das Grundstück bei, Sie bauen das Haus, dann wird das Ganze auf Gladys geschrieben, im Interesse der eventuellen Nachkommen.« Sie aßen zu Ende. Als sie aufstanden, drückte Mr. Wheatley Charley die Hand. »Ich hoffe zu Gott, daß ihr Kinder haben werdet, mein Sohn.«
Gleich nach dem Erntedankfest beschäftigten sich die Gesellschaftsnachrichten sämtlicher Detroiter Zeitungen mit einem Ballfest, das Mr. und Mrs. Horton B. Wheatley veranstaltet hatten, um die bevorstehende Verehelichung ihrer Tochter Gladys mit dem Erfinder, Kriegsflieger und Chef der Forschungsabteilung der großen *Tern*-Flugzeugwerke, Mr. Charles Anderson, bekanntzugeben.
Von dem Tage an, da die Verlobung angekündigt wurde, sprach der alte Bledsoe kein Wort mehr mit Charley, Anne jedoch kam auf dem Allerheiligenball im *Country Club* zu ihnen herüber und sagte, sie könne es durchaus verstehen und wünsche ihnen viel Glück.
Einige Tage vor der Hochzeit kündigte Taki. »Aber ich hatte gehofft, Sie würden bleiben. Ich bin überzeugt, auch meine Frau würde sich freuen. Vielleicht können wir Ihren Lohn erhöhen.« Taki verbeugte sich lächelnd. »Es ist bedauerlich«, sagte er, »daß sich Erfahrung auf Junggesellenhaushalt beschränkt... Aber ich wünsche Ihnen für die Zukunft alle Zufriedenheit.«
Am schmerzlichsten war für Charley, daß Joe Askew, als er ihm schrieb und ihn bat, Trauzeuge zu sein, ein einziges Wort telegraphierte: NEIN.
Die Hochzeit fand in der *Emmanuel Baptist Church* statt. Charley trug einen Gehrock und neue schwarze Schuhe, die ihn erbärmlich drückten. Er ermahnte sich krampfhaft, nicht an der Krawatte herumzufummeln. Nat Benton kam aus New York, um als Brautführer zu fungieren, und war ihm eine große Hilfe. Während sie in der Sakristei warteten, zog Nat eine Flasche aus der Hosentasche und wollte Charley einen Schluck zu trinken geben. »Du siehst ganz grün aus, Charley.« Charley schüttelte den Kopf und deutete mit dem Daumen in die Richtung der Orgelmusik. »Hast du auch bestimmt den Ring nicht vergessen?« Lächelnd nahm Nat selber einen Schluck aus der Flasche. Dann räusperte er sich.

»Tja, Charley, du darfst mir gratulieren, daß ich auf das richtige Pferd gesetzt habe... Wenn meine Börsentips auch so zuverlässig wären, würde ich bereits in Geld schwimmen.«
Charley stotterte vor lauter Nervosität: »Ma-ma... nur keine Bange, Nat, ich werde mich deiner annehmen.« Beide lachten und fühlten sich wohler. Schon stand ein Kirchendiener in der Tür und winkte frenetisch.
Gladys, mit ihren Satinrüschen und dem Spitzenschleier und den Orangenblüten und dem kleinen, in weiße Seide gehüllten Pagen, der ihr die Schleppe trug, kam ihm so fremd vor, als hätte er sie noch nie gesehen. Beide sagten ziemlich laut: »Ja!«, ohne einander anzusehen. Bei dem darauffolgenden Empfang wurde mit Rücksicht auf die Wheatleys alkoholfreier Punsch gereicht. Charley konnte keine Luft kriegen, der Blumen- und Pelzgeruch verschlug ihm den Atem, immerzu mußte er was sagen, Dutzenden von aufgedonnerten alten Damen wurde er vorgestellt, und alle sagten dasselbe, was für eine schöne Hochzeit. Er hatte sich soeben losgerissen, um nach oben zu gehen und sich umzuziehen, da sah er den kräftig beschwipsten Ollie Taylor in der Halle über einen Perserteppich stolpern und der Länge nach zu Füßen von Mrs. Wheatley landen, die soeben, blaß und verweint, in Lavendel und Orchideen gehüllt, aus dem Empfangssaal erschien. Charley ging unverdrossen weiter.
Obwohl kein Alkohol serviert wurde, mußten Nat und Farrell sich einen hinter die Binde gegossen haben, ihre Augen glänzten, und ihre Lippen waren feucht, als sie in das Zimmer kamen, in dem Charley soeben einen braunen Reiseanzug anzog. »Ihr Glückspilze!« sagte er. »Wo habt ihr es her? ... Aber Ollie Taylor hättet ihr nichts geben sollen.«
»Er ist weg«, sagte Nat. Sie fügten unisono hinzu: »Wir erledigen alles.«
»Mein Gott«, sagte Charley, »ich habe mir eben überlegt, wie gut es war, daß ich meinen Bruder und seine Blase in Minneapolis zu spät eingeladen habe, so daß sie nicht mehr kommen konnten. Ich sehe den alten Onkel Vogel vor mir, wie er herumläuft, die etepeteten ollen Weiber in den Hintern kneift und sie per Hoheit tituliert.«

»Schade um Ollie«, sagte Nat. »Er ist einer der gutmütigsten Menschen der Welt.«
»Armer Ollie«, sagte Charley. »Er hat den Halt verloren.«
Ein Klopfen an der Tür. Es war Gladys, das schmale Gesicht blaß und von goldenem Haar umrahmt und wunderschön in der Rundung eines riesigen Chinchillakragens.
»Charley, wir müssen gehen. Du Schlimmer, ich glaube, du hast dir noch nicht einmal die Geschenke angesehen.«
Sie führte ihn in einen Salon im oberen Stock, der mit Gläsern, Silbergeschirr, Rauchgarnituren, Toilettesachen und Mixbechern vollgepfropft war, es sah aus wie in einem Warenhaus. »Süß, was?« sagte sie. – »So was habe ich in meinem Leben nicht gesehen«, sagte Charley. Einige Gäste kamen zur anderen Tür herein, sie flüchteten in die Halle zurück. »Wie viele Detektive hat man engagiert?« fragte Charley. – »Vier«, sagte Gladys.
»Na also«, sagte Charley, »wir verduften.«
»Und für uns ist es höchste Zeit, daß wir uns zurückziehen«, sagten Farrell und Nat unisono, während sie sich vor Lachen krümmten. »Oder dürfen wir die Braut küssen?«
»Klar«, sagte Charley. »Ich lasse mich bei sämtlichen Mitwirkenden bedanken.«
Gladys wedelte mit der Hand. »Ihr seid sehr lieb... verschwindet jetzt!«
Charley wollte sie umarmen, aber sie schob ihn weg. »Papa hat unsere Koffer zur Hintertür rausgeschafft... Komm schnell... Ach, ich werde verrückt.«
Sie liefen über die Hintertreppe hinunter und stiegen mit ihrem Gepäck in ein Taxi ein. Sein Koffer war aus Schweinsleder, ihrer schwarz und glänzend. Die Koffer rochen neu und teuer. Charley sah Farrell und Nat zwischen den Säulen des großen Kolonialportals erscheinen, aber bevor sie dazu kamen, Konfetti zu werfen, hatte der Taxichauffeur Gas gegeben, und sie fuhren davon.
Auf dem Bahnhof war niemand außer den Wheatleys. Mrs. Wheatley weinte dicke Tränen in ihren weiten Nerzmantel, Mr. Wheatley hielt lange Reden und sang das Lob des amerikanischen Familienlebens, unbekümmert darum, ob man ihm zuhörte oder nicht. Als der Zug losfuhr, hatte

auch Gladys zu weinen begonnen, Charley saß ihr gegenüber, fühlte sich elend und wußte nicht, wie er es anpacken sollte.
»Wir hätten lieber fliegen sollen.«
»Du weißt, das wäre bei diesem Wetter nicht gegangen«, sagte Gladys; dann brach sie wieder in Tränen aus.
Um etwas zu tun zu haben, ließ Charley Essen aus dem Speisewagen holen und beauftragte den farbigen Schlafwagenschaffner, einen Eiskübel für den Sekt zu bringen.
»Ach, meine Nerven«, stöhnte Gladys und hielt sich mit der behandschuhten Hand die Augen zu.
»Aber mein Kind, es ist doch nicht jemand anders... Wir sind es, du und ich«, sagte Charley besänftigend.
Sie begann zu kichern. »Ja, ich glaube, ich bin sehr dumm.«
Als der Schaffner lächelnd und mit respektvoller Teilnahme die Sektflasche öffnete, befeuchtete Gladys sich gerade nur die Lippen. Charley leerte sein Glas und füllte es aufs neue. »Auf dein Wohl, Glad, jetzt fängt das Leben an.« Nachdem der Schaffner sich entfernt hatte, fragte er sie, warum sie nichts trinken wolle. »Draußen im *Country Club* pflegtest du ganz schön zu picheln, Glad.«
»Ich will auch nicht, daß *du* trinkst.«
»Warum?«
Sie wurde puterrot. »Mutter sagt, wenn die Eltern betrunken sind, werden die Kinder Idioten.«
»Ach, du Armes!« sagte Charley, und seine Augen füllten sich mit Tränen. Lange saßen sie da und sahen einander an, während der Schaum aus den gefüllten Gläsern entwich und mit dem Rütteln des Zuges der Champagner auf den Tisch schwappte. Als das Brathuhn kam, konnte Gladys keinen Bissen essen. Charley aß beide Portionen auf, trank den Champagner und kam sich wie ein Schwein vor.
Der Zug ratterte und dröhnte durch die beschneite Nacht. Nachdem der Schaffner das Geschirr weggeräumt hatte, zog Charley sein Jackett aus, setzte sich neben Gladys und wollte zärtlich werden. Aber er durfte sie nur umarmen und küssen, genauso wie vor der Hochzeit. Als er ihr Kleid aufknöpfen wollte, schob sie ihn weg. »Warte – warte.«
Sie ging in den Waschraum, um sich das Nachthemd anzu-

ziehen. Er dachte, er würde verrückt werden, weil sie so lange brauchte. Er saß im Pyjama in dem eisigen, rußigen Windzug, der durch den Fensterspalt kam, bis ihm die Zähne klapperten. Schließlich pochte er an die Tür des Waschraums. »Was ist denn los, Kind?«

Sie kam in einem flaumigen Spitzenneglige heraus. Sie hatte zuviel Rouge aufgelegt. Ihre Lippen zitterten unter der fetten Schminke. »O Charley, nicht hier im Zug – das ist so gar nicht schön.«

Plötzlich wurde er wütend. »Du bist jetzt meine Frau. Ich bin dein Mann, zum Donnerwetter!« Er knipste das Licht aus. Ihre Hände fühlten sich eiskalt an. Als er sie in die Arme nahm, spürte er, wie seine Muskeln sich kraftvoll an ihrem schlanken Rücken strafften. Es war ein angenehmes Gefühl, wie seine Finger die Spitzen und die Seide zerfetzten.

Nachher mußte er das Bett verlassen und sich mit einer Decke auf die Couch legen. Sie blutete stark. Beide machten kein Auge zu. Am nächsten Tag sah sie sehr blaß aus, die Blutung hatte nicht aufgehört, und sie befürchteten, sie würden irgendwo haltmachen müssen, um einen Arzt zu befragen. Gegen Abend wurde ihr besser, aber sie konnte noch immer nichts essen. Den ganzen Nachmittag lag sie halb schlafend auf der Couch, während Charley neben ihr saß und ihre Hand hielt, einen Stoß ungelesener Zeitschriften auf dem Schoß.

Als sie in Palm Beach ausstiegen und das grüne Gras sahen und die Palmen und die blühenden Hibiskushecken, war ihnen, als hätte man sie aus dem Gefängnis entlassen. Und als Gladys die großen Zimmer ihres Appartements im *Royal Poinciana* erblickte (auf ihren Wunsch waren sie dort abgestiegen, weil ihre Eltern dort ihre Flitterwochen verbracht hatten) – und die Blumen, die ihre Freunde geschickt hatten und die den ganzen Salon füllten –, da legte sie die Arme um Charleys Hals und küßte ihn, noch bevor der letzte Boy zur Tür hinaus war. »O Charley, du mußt mir verzeihen, daß ich so häßlich zu dir war.« Am nächsten Morgen, nachdem sie gefrühstückt hatten, lagen sie selig nebeneinander im Bett und betrachteten durchs Fenster das Meer hinter den Palmen, atmeten die Frische der Brandung und hörten die Wellen gegen den Strand donnern. »O Charley«, sagte Gladys, »so soll es immer bleiben.«

Ihr erstes Kind kam im Dezember zur Welt. Es war ein Junge. Sie tauften ihn auf den Namen Wheatley. Als Gladys das Krankenhaus verließ, kehrte sie nicht mehr in die bisherige Wohnung zurück, sondern übersiedelte in das neue Haus in Grosse Pointe, das noch nach Farbe und rohem Verputz roch. Um die Krankenhauskosten, die Möbelrechnungen und die Weihnachtsspesen bestreiten zu können, mußte Charley zwanzigtausend von der Bank leihen. Häufiger denn je telephonierte er mit Nat Bentons Büro in New York. Gladys kaufte sich eine Menge neue Kleider und hatte überall im Hause kostbare Kristallvasen mit Fresien und Narzissen stehen. Sogar auf dem Waschtisch in ihrem Badezimmer standen Blumen. Mrs. Wheatley sagte, die Liebe zu den Blumen müsse Gladys von ihrer Großmutter Randolph geerbt haben, denn die Wheatleys hätten nie eine Blume von der andern unterscheiden können. Als das nächste Kind ein Mädchen wurde, sagte Gladys im Krankenhaus – ihr Gesicht sah verquält und gelb aus in den weißen Kissen, neben sich hatte sie einen großen Strauß weißer Orchideen, die Charley hatte schicken lassen (sie kosteten fünf Dollar das Stück) –, sie würde sie so gerne Orchid nennen. Man einigte sich darauf, sie Marguerite zu nennen – nach Gladys' Großmutter Randolph.

Nach der Geburt des kleinen Mädchens erholte sich Gladys nur sehr schwer, sie mußte mehrere kleine Operationen durchmachen und konnte drei Monate lang das Bett nicht verlassen. Als sie wieder auf die Beine kam, ließ sie das große Zimmer neben der Kinderstube und dem Zimmer des Kindermädchens in Weiß und Gold umdekorieren, um es als Schlafzimmer zu benutzen. Charley war damit gar nicht einverstanden, da sein Schlafzimmer im anderen Flügel des Hauses lag. Wenn er vor dem Schlafengehen im Bademantel herüberkam und zu ihr ins Bett kriechen wollte, wehrte sie ihn mit einem kühlen Lächeln ab, und wenn er nicht lockerließ, gab sie ihm einige flüchtige Küßchen und bat ihn, keinen Lärm zu machen, sonst würden die Kinder aufwachen. Manchmal stiegen ihm vor Ärger die Tränen in die Augen.

»Herrgott, Glad, liebst du mich gar nicht mehr?« Da antwortete sie, wenn er sie wirklich liebte, wäre er damals, als sie die Smyth-Perkinses zu Tisch gehabt hatte, nach Hause gekommen, statt in der letzten Minute zu telephonieren, er habe im Büro zu tun.

»Aber Herrgott, Glad, wenn ich nicht das Geld heranschaffe – wer soll die Rechnungen bezahlen?«

»Wenn du mich lieb hättest, würdest du rücksichtsvoller sein, das ist alles«, sagte sie, und zwei krumme Falten bildeten sich in ihrem Gesicht, von den Nasenflügeln zu den Mundwinkeln, genau wie bei ihrer Mutter, und Charley gab ihr einen zärtlichen Kuß und sagte, arme Kleine, kehrte in sein Zimmer zurück und kam sich sehr schäbig vor. Ließ sie ihn dann endlich einmal ins Bett kommen, lag sie kalt und regungslos da und betonte immer wieder, daß er ihr weh tue. Wenn er nachher in sein großes Schlafzimmer mit dem Himmelbett zurückkehrte, war er so nervös und irritiert, daß er mehrere kräftige Whiskys brauchte, um wieder in Form zu sein und schlafen zu können.

Eines Abends, als er Bill Cermak, der jetzt Werkmeister in den Flintbetrieben war, in ein Gartenrestaurant an der anderen Seite von Windsor eingeladen hatte, um die Schwierigkeiten zu erörtern, die sie mit den Formgießern und Werkzeugmachern hatten, fragte er statt dessen plötzlich – nach ein paar Whiskys –, was Bill vom ehelichen Zusammenleben halte. »Sagen Sie, Bill, haben Sie niemals Schwierigkeiten mit Ihrer Frau?«

»Aber sicher, Chef«, sagte Bill lachend. »Freilich habe ich meine Sorgen! Aber die Olle ist ziemlich in Ordnung, Sie kennen sie ja, nette Kinder, gute Köchin, will mich immer in die Kirche mitschleppen.«

»Wann sind Sie auf den Gedanken gekommen Bill, mich Chef zu titulieren? Lassen Sie das doch.«

»Aber Sie sind mir zu reich.«

»Pst – trinken wir noch einen Whisky.« Charley leerte sein Glas. »Und hinterher ein Bier wie in der guten alten Zeit... Erinnern Sie sich noch an die Weihnachtsfeier in Long Island City und an die Blondine in dem Bierlokal?... Herrgott, ich habe mir eingebildet, mit Frauen umgehen zu

können... Aber meine Frau scheint nicht auf den Geschmack kommen zu wollen.«
»Sie haben ja schon zwei nette Kinder. Vielleicht sind Sie zu ambitiös?«
»Sie werden es nicht glauben... nur ein einziges Mal seit der Geburt unserer Kleinen.«
»Die meisten Frauen werden mit der Zeit hitziger... Deshalb sind die Kumpels so böse auf Ihren verdammten Rationalisierungsexperten.«
»Stauch? Stauch ist ein genialer Betriebsleiter.«
»Vielleicht – aber er gibt den Arbeitern keine Gelegenheit, sich fortzupflanzen.« Lachend wischte Bill sich den Bierschaum von den Lippen.
»Lieber, guter Bill!« sagte Charley. »Bei Gott, ich bringe Sie noch in den Aufsichtsrat.«
Bill lachte nicht mehr. »Nein, wirklich, es ist kein Spaß. Dieser verdammte Dickschädel läßt die Jungs so schwer schuften, daß sie nachts im Bett nichts mehr schaffen können; ihre Frauen schlagen Krach. Ich bin sein Stellvertreter, und mich halten sie natürlich auch für einen Lumpenhund, aber sie haben recht.«
Charley lachte. »Selber ein Dickschädel, Bill! Ich wüßte nicht, was ich dagegen tun könnte, ich bin auch nur ein Angestellter der Firma... Wir *müssen* rationalisieren, sonst werden wir an die Wand gedrückt... Auch Ford fängt an, Flugzeuge zu bauen.«
»Sie werden Ihre besten Leute verlieren... Vielleicht kann man sich in der Autoindustrie Antreibermethoden leisten, aber um Flugzeugmotoren zu bauen, braucht man qualifizierte Arbeitskräfte.«
»Ach, mein Gott, ich wollte, ich könnte noch an meinem schönen kleinen Motor herumbasteln und hätte nicht immerzu Geldsorgen... Bill, ich bin pleite... Trinken wir noch einen Whisky!«
»Sie sollten lieber was essen.«
»Na schön, bestellen wir uns ein Kotelett... oder was Ihnen am besten schmeckt... Gehen wir pinkeln! Das ist eine der wenigen Vergnügungen, für die man nicht zu zahlen braucht... Sagen Sie, Bill, finden Sie, daß ich einen Bauch

kriege?... Bankrott, verfettet, und meine Frau will nicht mit mir schlafen... Halten Sie mich für einen Säufer, Bill? Manchmal nehme ich mir vor, das Trinken ganz aufzugeben. Aber ich bin noch nie aus den Pantoffeln gekippt.«
»Nein, junger Mann, Sie sind gescheit, einer der Gescheitesten, ein Meister im Notlanden und Pokern – du lieber Himmel!«
»Was nützt das alles, wenn die Frau nicht mit einem schlafen will.«
Charley wollte nichts essen. Bill aß beide Koteletts auf. Charley trank einen Whisky nach dem andern aus einer Flasche, die er unter dem Tisch stehen hatte, und spülte mit Bier hinterher. »Aber sagen Sie mal, läßt Ihre Frau Sie ran, wann immer Sie Lust haben?... Die Arbeiter im Betrieb – ihre Frauen setzen ihnen zu, was?«
Auch Bill war ein wenig betrunken. »Meine Frau tut, was ich sage.«
Es endete damit, daß Bill Charleys neuen Packard zur Fähre fahren mußte. In Detroit schleppte er Charley in einen Drugstore und gab ihm eine Menge Sodawasser zu trinken, aber als sie ins Auto zurückkehrten, sackte Charley am Steuer zusammen. Er ließ sich von Bill nach Grosse Pointe lotsen. Charley hörte Bill mit den Straßenwächtern debattieren, alle wollten sie den betrunkenen Mr. Anderson auf dem Hintersitz sehen, bevor sie Bill passieren ließen, aber es war ihm völlig egal, ja, es kam ihm so komisch vor, daß er zu kichern anfing. Am spaßigsten war, als der Hausdiener Bill helfen mußte, ihn ins Schlafzimmer hinaufzubefördern. »Dem Chef ist ein bißchen unwohl«, sagte Bill auf jeder Stufe. Dann klopfte er sich feierlich an die Stirn. »Zuviel im Kopf.« Im Schlafzimmer kam Charley zu sich und brachte es fertig, zu nuscheln: »Bill, Sie sind eine Perle... George, bestellen Sie ein Taxi für Mr. Cermak... So ein Glückspilz – fährt zu seiner Frau nach Hause!« Dann streckte er sich auf dem Bett aus, den einen Schuh hatte er an, den anderen ausgezogen, und entschlummerte friedlich.
Als er von seiner nächsten Reise nach New York und Washington zurückkehrte, rief er Bill Cermak im Betrieb an. »Hallo, Bill, wie geht's? Tut Ihre Frau noch immer, was Sie

sagen, haha? Mir geht es erbärmlich, es war eine sehr anstrengende Geschäftsreise, verstanden? Noch nie in meinem Leben habe ich so viel gesoffen, und noch dazu mit so abgefeimten Gaunern... Übrigens machen Sie sich keine Sorgen, Bill, wenn Sie gekündigt werden, Sie sind bei mir privat angestellt, verstanden... Wir kündigen der gesamten Belegschaft... Wenn es den Kerls bei uns nicht paßt, sollen sie sehen, ob es ihnen woanders paßt... Wir leben in einem freien Land. Ich werde doch nicht jemand gegen seinen Willen festhalten... Hören Sie mal, wie lange werden Sie brauchen, um die kleine Moth-Type zu trimmen, Sie wissen schon, Nummer 16 – meine *Mosquito*, hochachtungsvoll?... Klar... Wenn wir sie rechtzeitig in Form bringen, damit man sie als Modell für die Spezifikationen verwenden könnte – Herrgott, Bill, dann sind wir gemachte Leute... Dann brauchen Sie sich nicht mehr den Kopf darüber zu zerbrechen, ob Sie Ihre Kinder studieren lassen sollen oder nicht... Gottverdammich, da können Sie selber mit Ihrer Ollen die Universität beziehen... Klar.«

Charley legte den Hörer zurück. Seine Sekretärin, Miss Finnegan, stand in der Tür. Sie hatte rote Haare und einen schönen Teint und ein paar Sommersprossen rund um die kleine spitze Nase. Sie ging schick angezogen. Mit ihren braunen, feuchten und weit aufgerissenen Augen sah sie Charley an, während er Bill die Leviten las. Charley fühlte, wie ihm die Brust schwoll. Er zog den Bauch so fest ein, wie er nur konnte. Mhm, sagte eine innere Stimme, vielleicht läßt sich Elsie Finnegan auf den Rücken legen. Jemand hatte einen Topf blaue Hyazinthen auf seinen Schreibtisch gestellt. Sie strömten einen Frühlingsduft aus, der ihn an Bar-le-Duc und an den Forellenfang am Red River erinnerte.

Und es war abermals ein Frühlingsmorgen voller Blütenduft, da Charley aus seinem Büro zum Betrieb fuhr, um die *Anderson-Mosquito* auszuprobieren. Es war ihm gelungen, Elsie Finnegan einen ersten Kuß zu geben. Als er wegging, saß sie zitternd und vernichtet an ihrem Schreibtisch. Bill Cermak hatte ihm telephonisch mitgeteilt, die kleine Maschine sei getrimmt und tadellos in Stand. Er war froh, aus dem Büro wegzukommen. Stundenlang hatte er versucht,

Nat Benton zu erreichen. Es handelte sich um ein Aktienpaket, das mit Profit verkauft werden sollte. Nachdem er Elsie Finnegan geküßt hatte, hatte er sie beauftragt, das Gespräch zum Übungsfeld umzuleiten. Es tat ihm wohl, durch die halbfertige Stadt zu fahren, durch die mit Lastkraftwagen voller Baumaterial verstopfte Avenue, seinen Wagen zwischen den Lkws durchzulotsen, mit einem Gefühl der Eleganz und Kraft, so perfekt funktionierte die Kupplung, so glatt reagierte das Getriebe. Der Schrankenwärter hatte das Gespräch für ihn entgegengenommen. Die Verbindung war einwandfrei. Nat hatte dreizehn Tausender auf Charleys Konto eingezahlt. Als er auflegte, dachte er, arme kleine Elsie, ich muß ihr was Hübsches schenken. »Ein herrlicher Tag, was, Joe?« sagte er zu dem Pförtner.
Bill erwartete ihn neben dem neuen Modell am Eingang des Hangars und wischte sich mit einem Wergbausch das Schmieröl von den Fingern. Charley klopfte ihm auf die Schulter. »Braver alter Bill... Ist das nicht ein toller Tag fürs Geschlecht?« – Bill fiel ihm drauf rein. »Was denn für'n Geschlecht?« – »Das Menschengeschlecht, Sie gottbegnadeter Mostschädel... Nu hören Sie mal zu, Bill«, fuhr er fort, während er seine Handschuhe und seinen gutsitzenden Frühlingsmantel ablegte, »ich muß Ihnen gestehen, daß ich mich heute großartig fühle... Ich habe an der gestrigen Börse dreizehn Tausender verdient... ohne einen Finger zu rühren.«
Während Charley den Overall anzog, schoben die Mechaniker die neue Maschine auf den Rasen hinaus, Bill sollte die Generalinspektion vornehmen. »Herrgott, ist sie nicht hübsch?« Draußen auf dem grünen Rasen funkelte die winzige Aluminiummaschine im Sonnenschein wie ein Schmuckstück im Schaufenster eines Juweliers. Im Grase wuchsen Klee und Löwenzahn, unter Charleys schwarzen Stiefeln wirbelte ein Schwarm kleiner weißer Schmetterlinge hoch, da kehrte Bill zu ihm zurück und blieb neben ihm stehen. Charley blinzelte Bill Cermak zu, der neben ihm stand und stumpf seine Schuhspitzen betrachtete. »Lächeln Sie gefälligst, Sie alter Griesgram«, sagte er. »Freuen Sie sich denn gar nicht über dieses herrliche Wetter?«

Bill wandte Charley sein vierkantiges Böhmackengesicht zu. »Hören Sie mal, Mr. Anderson, Sie sind immer anständig zu mir gewesen – schon damals in der Zeit auf Long Island. Sie kennen mich – arbeiten, nach Haus gehen, Maul halten.«
»Was haben Sie auf dem Herzen, Bill? Soll ich Ihnen eine Lohnerhöhung herausfetzen, Bill?«
Bill schüttelte seinen schweren dicken Kopf und rieb sich mit dem schwarzen Zeigefinger die Nase. »Die Ternbetriebe waren gute Arbeitsplätze, gute Arbeit, gut bezahlt. Sie kennen mich, Mr. Anderson, ich bin kein Bolschewik – aber ich bin auch kein Verräter.«
»Aber Gottverdammich, Bill, sagen Sie doch den Leuten, sie sollen ein wenig Geduld haben... Wir arbeiten an einem Gewinnbeteiligungsplan. Ich habe selber an der Drehbank gestanden... Ich habe jahrelang als gewöhnlicher Mechaniker gearbeitet... Ich weiß, daß die Arbeiter es schwer haben, aber ich weiß auch, daß die Leitung es schwer hat... Wir fangen erst an, wir müssen ständig neues Kapital investieren... Wir sind unseren Aktionären gegenüber verantwortlich. Was glauben Sie, wo das Geld hinwandert, das ich gestern verdient habe? Ins Geschäft natürlich... Früher einmal war so eine Werkstatt eine gemütliche Sache, man hat herumgedalbert und geraucht und sich Zoten erzählt – aber heute ist der Druck zu groß. Wenn nicht sämtliche Abteilungen wie geschmiert funktionieren, sind wir kaputt. Wollen die Leute eine Gewerkschaft haben, werden wir ihnen eine Gewerkschaft bewilligen. Berufen Sie eine Versammlung ein und sagen Sie Ihren Kollegen, wie wir darüber denken, aber sagen Sie ihnen auch, daß es nicht ohne ein bißchen Patriotismus geht. Sagen Sie ihnen, daß unsere Industrie das vorderste Bollwerk der Landesverteidigung ist. Wir werden Eddy Sawyer hinschicken, damit er eine Rede hält – ihnen unsere Probleme darlegt.«
Bill Cermak schüttelte den Kopf. »Das haben schon so viele versucht.« Charley runzelte die Stirn. »Na ja, nun wollen wir mal sehen, wie sie sich anstellt«, sagte er schroff und ungeduldig.
Das Dröhnen des Motors verhinderte jedes weitere Gespräch. Der Mechaniker verließ den Führersitz, und Char-

ley kletterte hinauf. Bill Cermak stieg hinter ihm ein. Die Maschine rollte in schnellem Tempo über das grüne Feld. Charley steuerte gegen den Wind und gab Gas. Als die Maschine sich zum erstenmal vom Boden löste, gab es einen Ruck. Als es Charley vorwärts riß, stellte er die Zündung ab.
Sie trugen ihn auf einer Bahre übers Feld. Bei jedem Schritt der Träger rieben sich in seinem Bein zwei zackige Dinge aneinander. Er wollte ihnen sagen, daß er etwas in der Seite stecken habe, aber seine Stimme war ganz dünn und heiser. Im Schatten des Hangars versuchte er, sich auf dem Ellbogen aufzurichten. »Was zum Teufel ist denn passiert? Ist Bill allright?« Die Männer schüttelten die Köpfe. Dann sackte er wieder weg wie ein Motor, dem das Benzin ausgeht.
In der Ambulanz versuchte er, sich bei dem Mann in dem weißen Kittel nach Bill Cermak zu erkundigen und sich genau zu erinnern, was geschehen war, aber das Bein beschäftigte ihn zu sehr, und er mußte sich anstrengen, um nicht zu schreien. »He, Doktor«, stieß er krächzend hervor, »können Sie mir nicht die Aluminiumsplitter wegmachen? Die verdammte Maschine muß sich auf mich draufgelegt haben. Die Tragfläche kann es nicht gewesen sein, aber es ist höchste Zeit, daß man den Motor von mir wegnimmt. He, Doktor, warum beeilt ihr euch nicht?«
Als er den ersten Spitalgeruch verspürte, tanzten eine Menge weißberockter Gestalten um ihn herum und flüsterten miteinander. Es roch stark nach Äther. Das Schlimme war, daß er nicht atmen konnte. Jemand mußte den verdammten Äther ausgeschüttet haben. Nein, nicht mir ins Gesicht. Der Motor dröhnte. Es muß eine Sinnestäuschung gewesen sein. Das Dröhnen des Motors ging in einen sanften Singsang über. Ja, die Maschine fliegt wunderbar ruhig und sicher, wie einer der großen alten Bomber. Als er aufwachte, war eine Krankenschwester ihm behilflich, sich in eine Schüssel zu übergeben.
Als er abermals aufwachte, um Gottes willen, keinen Äther mehr, nein, es waren Blumen, Gladys stand neben dem Bett, einen großen Strauß Wicken in der Hand. Ihr Gesicht sah verhärmt aus. »Hallo, Glad, wie geht es?« – »O Charley, ich

habe mir solche Sorgen gemacht. Wie fühlst du dich? O Charley, ein Mann in deiner Stellung riskiert nicht sein Leben auf einem Probeflug!... Warum überläßt du das nicht den Leuten, deren Beruf es ist – das möchte ich wirklich wissen!« Charley wollte etwas fragen. Er hatte Angst. »Sind die Kinder in Ordnung?« – »Wheatley hat sich das Knie zerschunden, und ich fürchte, das Baby hat ein wenig Fieber. Ich habe Dr. Thompson verständigt. Aber ich glaube nicht, daß es etwas Ernsthaftes ist.«

»Ist Bill Cermak allright?«

Gladys Lippen zitterten. »Ach ja«, sagte sie kurz und scharf. »Na ja, nun sind wir gezwungen, unseren Empfang abzusagen... Die Edsel Fords wollten kommen.« – »Aber warum denn? Meine Wenigkeit kann im Rollstuhl mit dabeisein. Sag mal, man hat mich in eine richtige Zwangsjacke gesteckt... Ich muß mir etliche Rippen gebrochen haben.« Gladys nickte, ihr Mund wurde ganz schmal und dünn. Dann fing sie plötzlich zu weinen an.

Die Krankenschwester kam herein und sagte vorwurfsvoll: »Aber Mrs. Anderson!« Charley war es ganz recht, als Gladys wegging und ihn mit der Schwester allein ließ. »Schwester, rufen Sie den Arzt, bitte. Sagen Sie ihm, ich fühle mich ausgezeichnet und möchte den Schaden besichtigen.« – »Mr. Anderson, Sie dürfen sich mit nichts beschäftigen.« – »Ich weiß. Sagen Sie meiner Frau, sie soll sich mit dem Büro in Verbindung setzen.« – »Heute ist Sonntag, Mr. Anderson. Es sind mehrere Herren unten gewesen, aber ich glaube nicht, daß der Arzt Besuche zuläßt.« Die Krankenschwester war ein frisches Ding mit einem ganz leichten schottischen Akzent. – »Sie sind bestimmt Kanadierin«, sagte Charley. – »Diesmal haben Sie recht«, sagte die Krankenschwester. – »Ich kannte einmal eine Krankenschwester, die Kanadierin war. Wenn ich einigermaßen vernünftig gewesen wäre, hätte ich sie geheiratet.«

Der Krankenhausarzt war ein Mann mit einem rundlichen Gesicht und einer jovialen, geschmeidigen Art, fast wie ein Oberkellner in einem großen Hotel. »Sagen Sie mal, Doktor, *muß* das Bein so weh tun?« – »Ja, wissen Sie, wir haben es noch nicht eingerichtet. Sie wollten sich die eine Lunge kaputtmachen, aber das ist Ihnen nicht ganz gelungen. Wir mußten ein paar kleine Rippensplitter entfernen.« – »Aber nicht aus der Lunge...« – »Glücklicherweise nicht.« – »Aber warum zum Teufel habt ihr nicht auch gleich das Bein eingerichtet?« – »Tja, wir warten auf Dr. Roberts aus New York. Ihre Frau hat darauf bestanden, daß wir ihn kommen lassen. Natürlich freuen wir uns, Dr. Roberts ist eine der hervorragendsten Persönlichkeiten auf seinem Gebiet... Das gibt dann noch einmal eine kleine Operation.«

Erst nachdem er das zweite Mal aus der Narkose erwacht war, teilte man ihm mit, Bill Cermak sei an einem Schädelbruch gestorben.

Charley lag drei Monate im Krankenhaus, das Bein in einem Hängegestell. Die Rippenbrüche verheilten rasch, aber er hatte noch immer Atembeschwerden. Gladys führte den Haushalt und bezahlte die Rechnungen, und jeden Nachmittag kam sie für ein paar Minuten zu Besuch. Sie hatte es immer eilig und war immer furchtbar bekümmert. Er mußte seinem Anwalt, Moe Frank, der zweimal die Woche zu ihm kam, um das Nötigste mit ihm zu besprechen, eine Vollmacht erteilen. Charley konnte nicht viel sagen, das Sprechen fiel ihm schwer, er hatte zu große Schmerzen.

Am liebsten war es ihm, wenn Gladys den kleinen Wheatley zu ihm schickte. Wheatley war jetzt drei Jahre alt und fand das Krankenhaus wunderbar. Er sah mit Vergnügen zu, wie die Krankenschwester die vielen kleinen Gewichte und Hebel des Gestells regulierte, in dem das Bein hing. »Papa wohnt in einem Flugzeug«, lautete sein Kommentar. Er hatte flachsblondes Haar, seine Nase begann nach oben zu streben, und Charley fand, daß er ihm ähnlich sei.

Marguerite war noch zu klein, um ihrem Vater viel Spaß zu machen. Das einzige Mal, da Gladys das Kindermädchen beauftragte, sie mitzunehmen, fing sie bei dem Anblick des furchteinjagenden Gestells dermaßen zu heulen an, daß man sie nach Hause bringen mußte. Sie durfte nicht mehr hinkommen. Gladys und Charley zankten sich heftig um die Frage, ob Wheatley ihn besuchen dürfe. Gladys sagte, sie sei dagegen, daß das Kind sich später einmal an den Anblick seines Vaters im Krankenhaus erinnere. »Aber Glad, er wird

reichlich Zeit haben, darüber hinwegzukommen, er wird bedeutend schneller darüber hinwegkommen als ich.« Gladys preßte die Lippen zusammen und schwieg. Als sie gegangen war, lag Charley da und haßte sie von ganzem Herzen. Und er fragte sich, wie es denn möglich sei, daß sie miteinander zwei Kinder hatten.
Gerade um die Zeit, da ihm klarwurde, daß alle erwarteten, er würde sein Leben lang ein Krüppel bleiben, begann er sich zu erholen, aber es kam der Winter, bevor er auf Krükken nach Hause gehen konnte. Immer noch litt er zuweilen an nervösen Atembeschwerden. Sonderbar kam ihm das Haus vor, als er sich durch die Zimmer schleppte. Während seiner Abwesenheit hatte Gladys sämtliche Räume umdekorieren lassen und das Personal gewechselt. Charley fühlte sich nicht mehr zu Hause. Am meisten Freude machte ihm die Massage, die er dreimal wöchentlich bekam. Den ganzen Tag spielte er mit den Kindern und plauderte mit Miss Jarvis, dem steifen und ältlichen englischen Kinderfräulein. Nachdem sie zu Bett gegangen waren, saß er in seinem Wohnzimmer, trank Whisky mit Soda, war nervös und kam sich aufgedunsen vor. Gottverdammich, ich werde zu dick. Gladys war zu dieser Zeit immer so kühl wie ein Fisch. Selbst wenn er in Raserei geriet und sie beschimpfte, stand sie gelassen da und sah ihn an, einen Ausdruck kalter Verachtung auf dem sorgfältig hergerichteten Gesicht. Sie hatte viele Gäste, gab aber dem Personal zu verstehen, Mr. Anderson sei zu leidend, um nach unten zu kommen. Er fühlte sich allmählich in seinem eigenen Hause wie ein armer Verwandter. Als einmal die Farrells zu Tisch kamen, zog er seinen Smoking an und humpelte auf Krücken ins Speisezimmer. Es war kein Gedeck für ihn aufgelegt, und alle starrten ihn an, als ob er ein Gespenst wäre.
»Brav!« rief Farrell mit seiner bellenden Stimme. »Ich hatte mir vorgenommen, nach dem Essen raufzukommen und mit Ihnen zu klönen.« Wie sich herausstellte, wollte Farrell mit ihm über die fünfhunderttausend Dollar sprechen, die Cermaks Witwe auf Veranlassung eines verdammten Winkeladvokaten als Schadenersatz von der Firma verlangte. Farrell bildete sich ein, wenn Charley sie aufsuchte, würde

er sie bewegen können, vernünftig zu sein und sich mit einer kleinen Jahresrente zu begnügen. Charley sagte, er denke nicht daran. Bei Tisch betrank er sich, warf mit der Krücke die Mokkatassen um und ging wütend zu Bett.

Was ihm außer den Kindern noch Spaß machte, waren seine Börsenspekulationen und die langen Ferngespräche mit Nat Benton. Nat betonte immer wieder, Charley sei nun im Begriff, das richtige Fingerspitzengefühl zu entwickeln. Nat warnte ihn, und er wußte selber recht gut, daß seine Stellung in der Firma immer wackeliger wurde und daß man ihn hinausdrängen würde, wenn er nicht bald etwas unternähme. Aber er fühlte sich viel zu elend, um an den Aufsichtsratsitzungen teilzunehmen. Dafür verkaufte er etwa die Hälfte seiner Anteile in kleinen Posten. Nat sagte immer wieder, wenn er sich bloß zusammennehmen wolle, könne er, bevor Andy Merritt seinen neuen Reorganisationsplan starte, die gesamte Firma in die Hand bekommen, aber er war viel zu nervös und unglücklich, um sich dazu aufzuraffen. Er konnte offenbar nur noch brummen und meckern, Stauch zu sich rufen und wegen lächerlicher Kleinigkeiten Krach schlagen. Stauch hatte Charleys Arbeit an dem neuen Eindecker übernommen und eine kleine Maschine geliefert, die mit Glanz sämtliche Proben bestanden hatte. Nachdem Charley den Hörer aufgelegt hatte, schenkte er sich einen Whisky mit Soda ein, setzte sich auf der Fenstercouch zurecht und murmelte vor sich hin: »Na, diesmal bist du geliefert.«

Eines Abends erschien Farrell, hatte ein langes Gespräch mit ihm und erklärte, Charley müsse Urlaub nehmen, angeln gehen, sonst würde er nie mehr gesund werden. Er sagte, er habe mit Dr. Thompson gesprochen, Dr. Thompsons Rezept sei drei Monate Urlaub und viel Bewegung, sofern er die Absicht habe, seine Krücken je wieder loszuwerden.

Gladys konnte nicht mitkommen, da der alte Wheatley krank war, also stieg Charley mit dem Chauffeur, der ihn fahren sollte, in seine Lincoln-Stadtlimousine, bewaffnet mit einer Unmenge Decken, um sich warm zu halten, einer Flasche Whisky und einer Thermosflasche mit heißem Kaffee, und gondelte mutterseelenallein nach Miami.

In Cincinnati fühlte er sich so elend, daß er einen ganzen Tag in einem dortigen Hotel verbrachte. Er ließ sich durch den Chauffeur aus einem Reisebüro Broschüren über Florida kommen und schickte schließlich ein Telegramm an Nat Benton, er möchte doch eine Woche mit ihm in dem Anglercamp in Key Largo verbringen. Am nächsten Morgen fuhr er wieder in aller Frühe los. Er hatte gut geschlafen, fühlte sich ausgeruht und begann an der Fahrt Gefallen zu finden. Aber er kam sich entsetzlich dumm vor, daß er wie ein altes Weib, in Decken gewickelt, hinter einem Chauffeur sitzen mußte. Außerdem fühlte er sich einsam, weil der Chauffeur kein Mensch war, mit dem man sich unterhalten konnte. Er war ein mürrischer Frankokanadier, den Gladys engagiert hatte, weil sie es für schick hielt, ihre Befehle französisch durchs Sprachrohr zu rufen. Charley war überzeugt, daß der Lümmel ihn unterwegs beim Einkauf von Benzin und Öl und auch bei den Reparaturen beschwindelte. Der verdammte Lincoln entpuppte sich als ein bodenloses Loch, in dem Benzin und Öl in rauhen Mengen verschwanden.
In Jacksonville schien die Sonne. Sowie sie vor dem Hotel vorgefahren waren, gönnte Charley sich das Vergnügen, den Chauffeur zu entlassen. Dann ging er mit einer Flasche Fusel, die der Hotelboy ihm verkaufte, ins Bett und schlief wie ein Murmeltier.
Am nächsten Morgen erwachte er spät, durstig, aber vergnügt. Nach dem Frühstück gab er sein Hotelzimmer auf und fuhr ein wenig in der Stadt umher. Es tat ihm wohl, selber den Koffer zu packen, sich ans Steuer zu setzen und zu chauffieren.
Die Stadt im Sonnenschein unter den großen, weißen Wolken und dem blauen Himmel machte einen heiteren, leicht verwahrlosten Eindruck. Vor dem Büfett neben dem Busbahnhof machte er halt, um etwas zu trinken. Er fühlte sich dermaßen wohl, daß er ohne Krücken ausstieg und über das warme Trottoir humpelte. Der Wind spielte mit den Zeitschriften und den rosa und blaßgrünen Blättern der Zeitungen vor dem Büfettfenster. Atemlos von der ungewohnten Anstrengung landete Charley auf einem

Hocker an der Theke. »Eine Zitrone, bitte, ohne Zucker«, sagte er zu dem Schankkellner mit dem Mausgesicht.
Der Kellner beachtete ihn nicht, er blickte nach der anderen Seite. Charley stieg das Blut zu Kopf. Sein erster Gedanke war, ich werde dafür sorgen, daß er fliegt. Dann folgte er dem Blick des jungen Mannes. Am anderen Ende der Theke saß eine Blondine und aß ein Sandwich. Sie war wirklich hübsch. Sie trug ein kleines schwarzes Hütchen, ein nettes, blaugraues Kostüm mit Spitzenbesatz am Halse und an den Handgelenken. Sie machte eine erstaunte Miene, als hätte sie soeben etwas äußerst Sonderbares zu hören bekommen. Ohne an sein krankes Bein zu denken, rutschte Charley um mehrere Plätze näher an sie heran. »He, junger Mann, wo bleibt meine Zitrone?« rief er vergnügt dem Schankkellner zu.
Das junge Mädchen betrachtete Charley. Ihre Augen waren von einem vollendeten Blau. Sie sprach ihn an. »Vielleicht wissen Sie, mein Herr, wie lange der Bus bis Miami braucht. Dieser junge Mann hält sich für einen Witzbold, deshalb kann ich von ihm keine ordentliche Auskunft bekommen.«
»Vielleicht probieren wir es mal«, sagte Charley.
»Komische Menschen in Florida ... Schon wieder ein Witzbold!«
»Nein, ich meine es ernst. Wenn Sie mir gestatten, Sie hinzufahren, erweisen Sie einem kranken Mann einen großen Gefallen.«
»Hoffentlich wird es nicht schlimmer als sterben.«
»Bei mir haben Sie nichts zu befürchten, meine Dame. Ich bin beinahe ein Krüppel. Meine Krücken liegen im Auto.«
»Was fehlt Ihnen denn?«
»Ich bin mit einem Flugzeug abgestürzt.«
»Sind Sie Flieger?«
Charley nickte. Sie musterte ihn von oben bis unten. »Nicht mager genug für einen Lindbergh«, sagte sie. Charley wurde rot. »Ich habe zuviel zugenommen. Weil ich durch das lausige Bein ans Zimmer gefesselt war.«
»Na, dann wollen wir es versuchen. Wenn ich zu Ihnen ins Auto steige und in Buenos Aires aufwache, habe ich eben Pech gehabt.«

Charley wollte ihren Kaffee und ihr Brot bezahlen, aber sie ließ es nicht zu. Ihre ganze Art brachte ihn zum Lachen. Als er aufstand und sie sah, daß er hinkte, verzog sie den Mund. »Ach, das ist aber traurig.« Als sie den Wagen erblickte, blieb sie wie festgewurzelt stehen. »Nein so was!« sagte sie. »Wir sind ja die reinen Millionäre.«
Lachend und kichernd fuhren sie bis Daytona Beach, dort machten sie halt und badeten in der Brandung. Charley schämte sich seines Bäuchleins, seiner bleichen Haut und seines Hinkens, während er neben ihr den Strand entlangspazierte; sie sah braun und fit aus in ihrem blauen Badeanzug. Sie hatte eine hübsche Figur, wenn auch ihre Hüften ein wenig zu breit waren. »Jedenfalls wird das eine Bein nicht kürzer bleiben als das andere. Der Arzt sagt, wenn ich fleißig Gymnastik treibe, wird es wieder ganz gesund werden.«
»Sicher sind Sie bald wieder gesund. Und dabei habe ich Sie dort im Büfett für einen ältlichen Goldonkel gehalten.«
»Sie gefallen mir prima, Madame X.«
»Geben Sie es nur nicht schriftlich, Mr. A.«
Als Charley aus dem Wasser kam, tat ihm das Bein entsetzlich weh, aber das änderte nichts daran, daß er zum erstenmal seit Monaten einen gewaltigen Appetit entwickelte. Nach einem ausgiebigen Fischessen fuhren sie weiter. Sie schlief im Auto ein, das nette Köpfchen an seine Schulter gelehnt. Obgleich er schon müde war, machte es ihm Freude, die schnurgerade, glatte Betonstraße entlangzufahren. Als sie abends in Miami ankamen, mußte er sie zu einem kleinen Hotel hinter dem Bahnhofsgelände bringen, und er durfte nicht mit ihr kommen. »Aber können wir uns denn nicht wiedersehen?«
»Sicher. Sie können mich jeden Abend im *Palms* sehen. Ich trete dort auf. Im Unterhaltungsprogramm.«
»Daß Sie unterhaltsam sind, habe ich gleich gemerkt, aber ich wußte nicht, daß es Ihr Beruf ist.«
»Mr. A., Sie haben mir wirklich einen großen Dienst erwiesen... Ich war total pleite, konnte gerade noch den Kaffee und das Sandwich bezahlen, und wenn Sie mich nicht mitgenommen hätten, hätte ich mein hiesiges Engagement verloren... Ich werde es Ihnen bei Gelegenheit erzählen.«

»Wie heißen Sie? Ich möchte Sie gern anrufen.«
»Wie heißen denn Sie?«
»Charles Anderson. Ich werde mich im *Miami-Biltmore* zu Tode langweilen.«
»Dann sind Sie also wirklich Mr. A.... Na also, gute Nacht, Mr. A., vielen, vielen Dank.« Sie lief ins Hotel. Charley war bereits in sie vernarrt. Er war so müde, daß er kaum ins Hotel fand. Er ging auf sein Zimmer, plumpste ins Bett und schlief zum erstenmal seit Monaten ein, ohne sich vorher betrunken zu haben.
Als eine Woche später Nat Benton erschien, wunderte er sich über Charleys erfreulichen Zustand. Zusammen fuhren sie nach den Keys weiter. Charley hatte Margo Dowlings Photo in der Tasche, ein Berufsphoto, auf dem sie als Spanierin kostümiert war. Jeden Abend hatte er im *Palms* gesessen, aber er hatte sie noch nie dazu bewegen können, mit ihm auszugehen. Wenn er ihr einen diesbezüglichen Vorschlag machte, schüttelte sie den Kopf, schnitt eine Grimasse und sagte: »Bei Gelegenheit werde ich Ihnen alles erzählen.« Aber am letzten Abend hatte sie ihm eine Telephonnummer gegeben, unter der sie zu erreichen sein würde.
Nat versuchte krampfhaft, von der Börse zu reden und von der großen Ummöblierung in den *Tern-* und *Askew-Merritt-*Betrieben, aber Charley schnitt ihm kurzerhand das Wort ab: »Ach was, reden wir von was anderem!« Das Camp war recht komfortabel, aber die Moskitos machten sich unangenehm bemerkbar. Sie verbrachten einen schönen Tag auf dem Riff, angelten Barracudas und Sägefische. Sie nahmen einen Krug Bacardi ins Motorboot mit, fingen Fische, tranken und aßen belegte Brote. Charley erzählte Nat von dem Absturz. »Ich bin fest überzeugt, daß es nicht meine Schuld war. Solche Dinge passieren nun mal, ohne daß man was dafür kann... Jetzt ist mir, als ob ich meinen letzten Freund auf Gottes Erdboden verloren hätte... Ich hätte weiß Gott was dafür gegeben, wenn es nicht gerade Bill hätte erwischen müssen.« – »Na«, sagte Nat, »schließlich war er doch nur ein gewöhnlicher Mechaniker.«
Als sie eines Tages vom Fischfang zurückkehrten, beschwipst und die Hände und Hosen mit Fischschuppen

bedeckt, die Gesichter von der Sonne und dem grellen Glanz verbrannt, halb betäubt von dem Lärm und Geruch des Motors und dem Schaukeln des Bootes, erwartete sie ein Telegramm aus Nat Bentons Büro.

UNBEKANNTE STOSSEN TERN AB STOP VIEREINHALB PUNKTE GEFALLEN STOP DRAHTET INSTRUKTIONEN.

»Instruktionen oder wer beißt mich!« sagte Benton und fing an, seinen Koffer zu packen. »Wir werden uns die Sache ansehen. Vielleicht können wir in Miami ein Flugzeug chartern.« – »Nehmen Sie das Flugzeug«, sagte Charley kühl. »Ich fahre mit der Bahn.«

In New York saß er tagelang im Hinterzimmer von Nat Bentons Büro, rauchte viel zuviel Zigarren, beobachtete nervös und ungeduldig den Ticker, fuhr im Taxi in der Stadt umher, ließ sich von diversen blaßgesichtigen Freundchen Nats und Moe Franks über den Lauf der Dinge informieren. Als die Woche zu Ende ging, hatte er vierhunderttausend Dollar verloren und mußte seine sämtlichen Flugzeugaktien schießenlassen.

Die ganze Zeit, während er dasaß und den großen Geschäftsmann mimte, zählte er wie früher auf der Schulbank die Minuten, bis endlich die Börse schließen würde, damit er in ein Lokal in der 52. Street fahren könne, um dort ein hennarotes Mädel namens Sally Hogan zu treffen, das er kennengelernt hatte, als er mit Nat im *Club Dover* war. Sie war die erste, die er sich in New York anlachte. Es lag ihm nicht das geringste an ihr, aber er mußte doch irgendein Mädchen haben. Sie waren im Hotel als Mr. und Mrs. Smith eingetragen.

Eines Morgens, als sie im Bett frühstückten, wurde leicht an die Tür geklopft. »Herein!« rief Charley. Er glaubte, es sei der Kellner. Zwei schäbige Typen kamen hereingestürzt, in Begleitung eines gewissen O'Higgins, eines Winkeladvokaten, den er in Detroit einige Male getroffen hatte. Sally stieß einen Schrei aus und verkroch sich in die Kissen.

»Guten Morgen, Charley«, sagte O'Higgins. »Ich bedaure sehr, aber es ist meine Pflicht. Sie leugnen nicht, daß Sie Charles Anderson sind, nicht wahr? Ich dachte, Sie würden es lieber aus meinem Munde hören, als die juristischen Flos-

keln lesen zu müssen. Ihre Frau hat in Michigan die Scheidung beantragt... Schon gut, meine Herren!«
Die zwei schäbigen Typen verbeugten sich unterwürfig und verschwanden rücklings aus dem Zimmer.
»So eine Sauerei...!«
»Ihre Frau hat Sie von dem Augenblick an beobachten lassen, da Sie ihren Chauffeur in Jacksonville entließen.«
Charley hatte schreckliche Kopfschmerzen, er war verkatert und zu schwach, um den Kopf zu heben. Es wäre gern aufgestanden und hätte diesen Lumpenkerl verprügelt, aber er konnte nur still liegen und kuschen. »Aber in ihren Briefen hat sie nie etwas erwähnt. Sie hat mir die ganze Zeit geschrieben. Wir haben uns nie gezankt.«
O'Higgins schüttelte seinen roten Krauskopf. »Schade«, sagte er. »Vielleicht läßt sich die Sache beilegen, wenn Sie mit Ihrer Frau sprechen. Wissen Sie, ich pflege in solchen Fällen meinen Klienten einen außergerichtlichen Vergleich zu empfehlen. Tut mir sehr leid, lieber Freund, daß ich Sie und Ihre reizende Freundin belästigen mußte... nichts für ungut, wie ich hoffe, lieber Charley... Ich dachte, es würde angenehmer sein, offener und anständiger, wenn ich mitkäme, wenn Sie sozusagen ein freundliches Gesicht zu sehen bekämen... Ich bin überzeugt, es läßt sich alles in aller Freundschaft regeln.« Er stand eine Weile da, nickte, rieb sich die Hände und ging dann auf Zehenspitzen zur Tür. Die eine Hand auf der Klinke, winkte er mit der anderen dicken Pfote zum Bett hin. »Servus, Sally... Wir sehen uns nachher in meiner Kanzlei.« Dann machte er leise die Tür hinter sich zu. Sally war aus dem Bett gesprungen und lief mit erschrockener Miene zur Tür. Trotz seiner rasenden Kopfschmerzen mußte Charley lachen. »Ach, mach dir nichts draus, mein Kind«, sagte er. »Geschieht mir ganz recht, wenn ich mich übers Ohr hauen lasse... Ich weiß, wir müssen alle unser Brot verdienen... Komm ins Bett zurück.«

Weltwochenschau LX

Ist Céline schuld? Für den jungen Scotty war die Ehe nur ein Spiel, ein respektables Abenteuer. Aber als sie Geld und alle möglichen extravaganten Dinge verlangte, die er sich nicht leisten konnte, ist Céline ihm da entgegengekommen? Oder wollte sie nicht begreifen, was das geheiligte Wort bedeutet: Gattin...

DER UM SEINEN BEUTEANTEIL GEPRELLTE GAUNER DECKT EIN MORDKOMPLOTT AUF

DIE BESTIMMUNGEN ÜBER GUSSEISENROHRE ZU WIDERRUFEN

In einer kleinen spanischen Stadt,
In einer Nacht wie heut

durch die freundlicheren Aussichten wurde am Anfang der Woche die Unternehmungslust gefördert. Das günstige Wetter trug viel dazu bei, die Unlustsymptome zu beseitigen, die verschiedene Handelszweige in der letzten Zeit an den Tag gelegt hatten...

Und ich bin verliebt –
Und der Frühling blüht.
Ja, ich bin verliebt –
Und der Frühling zieht
Durchs Gemüt

DAS JUCKEN ÜBER NACHT VERSCHWUNDEN

TAUSENDE GLÜCKLICHER FRAUEN BEGANNEN SOFORT DIE DOPPELTEN UND DREIFACHEN LÖHNE UND NOCH MEHR ZU VERDIENEN...

Ja, Sir, das ist Baby –
Baby süß und klein

Konferenz der Anwälte im Affenprozeß

Ein geheimnisvoller Mr. Y. tritt als Zeuge auf

eine exquisite Miniaturreproduktion eines sonnenbeschienenen französischen Landhauses an den Ufern des Rheins, kühn auf dem Kamm des Sunset Ridge errichtet, mit dem Blick auf das schönste Seengebiet New Jerseys, wo jedes Fenster den Rahmen für ein überraschend schönes Bild liefert...

Und das Liedchen, das ich summe –
Will nicht wieder durch die Gegend wandern wie ein Kind –
Will zu Hause bleiben, wieder wie ein Kind

Nachbarn protestieren gegen nächtliches Geschrei im Türkischen Bad

DIE GESAMTE STADTPOLIZEI AUF DER BANDITENJAGD

es ist bereits die sechste Woche, in der die Zahl der befrachteten Güterwaggons die Millionengrenze überschritten hat, ein Zeichen dafür, daß die Konjunktur allgemein ist und daß überall neue Rekorde aufgestellt und übertroffen werden...

Lebewohl Ost und Lebewohl West
Lebewohl Nord und der ganze Rest –
Hallo Swan-ee, hallo...

MARGO DOWLING

Als Margo nach dem Frühjahr in Miami in die Stadt zurückkehrte, betonten alle, wie schön sie sei mit ihrer gebräunten Haut, ihren blauen Augen und den von der Sonne Floridas gebleichten Haaren. Aber was die Arbeit betraf, hatte sie nichts zu lachen. Den Mandevilles ging es schlecht. Frank hatte drei Monate im Krankenhaus gelegen, man hatte ihm eine Niere wegoperiert. Als er nach Hause kam, war er noch immer so krank, daß Agnes ihre Stellung aufgab, um ihn zu pflegen. Sie und Frank hatten sich zur Christlichen Wissenschaft bekehrt und zogen keinen Arzt mehr hinzu. Sie sprachen immerzu von den »rechten Gedanken«, die einen gesund machen, und daß eine gewisse Miss Jenkins, eine Heilkünstlerin, die Agnes in ihrer Teestube kennengelernt hatte, Frank das Leben gerettet habe. Sie schuldeten fünfhundert Dollar für Arzt- und Krankenhausrechnungen und sprachen immerzu vom lieben Gott. Ein wahres Glück, daß der neue Freund, Mr. Anderson, ein reicher Mann war.

Mr. A., wie Margo ihn nannte, wollte ihr in der Park Avenue eine Wohnung einrichten, aber sie lehnte ab – nichts zu machen, wofür er sie denn halte, für eine Mätresse? Sie erlaubte ihm, ein wenig für sie an der Börse zu spekulieren, ihr Kleider und Schmuck zu kaufen und sie übers Wochenende nach Atlantic City und Long Beach mitzunehmen. Er war Flieger gewesen und im Kriege ausgezeichnet worden und hatte große Gelder in Flugzeugfabriken angelegt. Er trank mehr, als ihm guttat, war ein dicklicher, kraftstrotzender Kerl, der älter aussah als seine Jahre, sehr geschwätzig und schwer zu behandeln, wenn er getrunken hatte; aber er war freigebig, und wenn er bei guter Laune war, lachte er gern und machte Witze. Margo fand ihn recht passabel. »Immerhin, was willst du machen, wenn einer das Telephon nimmt und dir tausend Dollar umsetzt«, pflegte sie zu sagen, wenn sie Agnes aufziehen wollte. – »Liebe

Margo, so was darfst du nicht sagen«, erwiderte Agnes. »Das klingt, als ob du dich kaufen ließest.« Agnes verzapfte unheimlich viel Phrasen – »Liebe« und die »rechten Gedanken« und daß man »gut und aufrichtig« sein soll. Da hörte Margo viel lieber ihren Mr. A. mit seinen Börsengewinnen prahlen, und was für Flugzeuge er konstruiert habe, und daß er im Begriffe sei, ein Eisenbahnnetz zu organisieren, neben dem die *Pennsylvania Railroad* sich wie eine Vorstadttram ausnehmen würde.

Abend für Abend mußte sie mit ihm in den Schmuggelkneipen der Fünfziger sitzen, Whisky trinken und ihm zuhören, wie er von diesem und jenem Geschäft erzählte, von großen Aktienschiebungen in Wall Street, und daß er darauf aus sei, die Herrschaften in Detroit, die ihn aus *Standard Airparts* hinausdrängeln wollten, beim Kragen zu packen; und von seiner Scheidung und was sie ihn koste. Als er ihr eines Nachts im *Stork Club* Bilder seiner zwei Kinder zeigte, brach er zusammen und fing zu plärren an. Das Gericht hatte die Kinder soeben seiner Frau zugesprochen.

Ja, Mr. A. hatte seine Sorgen. Eine der schlimmsten war eine rothaarige Person, mit der ihn die Detektive seiner Frau in einem Hotelzimmer erwischt hatten und die ihn jetzt erpreßte. Sie drohte ihn wegen Nichterfüllung eines Eheversprechens zu verklagen und der Hearst-Presse das gesamte Material zu übergeben. »O wie furchtbar«, sagte Agnes, wenn Margo ihr zu Mittag bei einer Tasse Kaffee davon erzählte, » – wenn er bloß die *rechten Gedanken* hätte... Du mußt mit ihm sprechen und versuchen, ihm die Augen zu öffnen... Ich weiß, wenn er zur Einsicht käme, würde alles anders sein... Ein so erfolgreicher Mann müßte seine Seele mit den *rechten Gedanken* füllen.«

»Er füllt seine Seele mit Whisky – das ist *sein* Problem... Du müßtest sehen, was ich für Schwierigkeiten habe, ihn nachts nach Hause zu schaffen.« – »Du bist der einzige Mensch, den er auf Erden hat«, sagte Agnes und verdrehte die Augen zum Himmel. »Ich finde es edel von dir, daß du zu ihm hältst.«

Margo bezahlte alle verfallenen Rechnungen und hatte sich ein Sparkonto bei der *Bowery Bank* angelegt, um eine gewisse

Sicherheit zu haben. Sie glaubte sich allmählich auf der Börse auszukennen. Trotzdem kam sie sich schofel vor, weil sie nicht arbeitete, und es ging ihr auf die Nerven, an den Sommerabenden in der Wohnung herumzuhocken, während Agnes und Frank mit singender Stimme aus *Wissenschaft und Gesundheit* vorlasen; deshalb fing sie an, die Modeateliers abzuklappern, um eventuell als Mannequin unterzukommen. »Ich möchte gern etwas mehr von Kleidern verstehen – meine sehen immer aus, als wären sie aus alten Mehlsäcken fabriziert«, sagte sie erklärend zu Agnes. – »Bist du sicher, daß Mr. Anderson nichts dagegen hat?« – »Wenn es ihm nicht paßt, soll er sehen, wo er bleibt«, sagte Margo und warf den Kopf zurück.

Im Herbst wurde sie schließlich in Piquots neueröffnetem französischem Modesalon in der 57. Street angestellt. Die Arbeit war ermüdend, aber sie hatte die Abende frei. Sie sagte im Vertrauen zu Agnes, wenn sie jemals Mr. A. abends aus den Augen ließe, würde, so sicher wie das Amen im Gebet, irgendein kleines Luder ihn schnappen. »Ich habe nie für richtig gehalten, was du tust, jetzt aber habe ich das Gefühl, du kannst einen guten Einfluß auf den armen Mr. Anderson ausüben«, sagte Agnes. Wenn Margo ihnen von einer neuen Börsenspekulation erzählte, »hielten« Agnes und Frank »die Gedanken« für Mr. Anderson.

Jules Piquot war ein ältlicher Franzose mit rundem Gesicht und einem komisch watschelnden Gang, er bildete sich ein, sämtliche Mädchen seien in ihn verliebt. Er fand großen Gefallen an Margo, vielleicht weil er auf irgendeine Weise herausbekommen hatte, daß ihr »Beschützer«, wie er sich ausdrückte, Millionär sei. Er sagte, sie müsse ihren wunderbaren goldbraunen Teint behalten, und er veranlaßte sie, eine glatte Frisur zu tragen statt der Löckchen, die sie getragen hatte, seit sie ein Ziegfeldgirl gewesen war. »Was 'at es für Sweck, schöne Kleider für die Amerikanerinnen su nähen, wenn sie alle so gesund aussehen wie vom Kühemelken«, sagte er. »Was eine Kleid intressant macht, sitzt 'ier.« Er schlug sich mit seinen ringgeschmückten Patschhändchen vor die Hemdbrust. »Die Tragödie... In Amerika fragt man nur nach die perfekte sechsunddreißig.«

»Sie halten uns wohl für sehr ungeschliffen«, sagte Margo. – »Wenn ick nur einige Kapital 'ätt«, stöhnte Piquot, während er kopfschüttelnd in sein im Zwischengeschoß gelegenes Büro zurückkehrte, das ganz aus Glas war, eierschalenweiß, mit Aluminiumbeschlägen. »Ich könnte aus New York die schickste Stadt von die ganze Welt maken.«

Margo machte es Spaß, in den Pariser Modellen und in Piquots eigenen, flotten Schöpfungen über die dicken, hellbraunen Teppiche zu stolzieren. Es war bedeutend angenehmer, als im Ballett mit dem Hintern zu wackeln. Sie brauchte erst spät in den Vorführungsräumen zu erscheinen. Dort war es warm und tadellos sauber, es roch leicht bitterlich nach neuen Stoffen, nach Färbemitteln und Mottenkugeln, mit einem Beigeschmack parfümierter ägyptischer Zigaretten. Die Mannequins hatten hinten ein eigenes Zimmer, dort konnten sie sitzen und Zeitung lesen und sich, wenn keine Kundinnen da waren, über Schönheitsbehandlungen und die Fußballsaison unterhalten. Außer ihr waren noch zwei Mädchen fest angestellt, und die Kundschaft war auch nicht sehr zahlreich. Die Mädchen sagten, Piquot würde bald pleite gehen.

Als er nach Weihnachten seinen Ausverkauf veranstaltete, gab Margo Agnes den Rat, Montag früh hinzukommen. Agnes kaufte sich drei tolle Kleider für je dreißig Dollar. Margo gab Agnes zu verstehen, was sie kaufen sollte, und tat so, als kennte sie sie nicht, wenn sie herausspaziert kam, um die neuen Frühlingsmodelle vorzuführen.

Nun war nicht mehr daran zu zweifeln, daß Piquot pleite gehen würde. Die Inkassanten stürmten das kleine Büro im Zwischengeschoß, mit den Löhnen war er drei Wochen im Rückstand, und sein Mondgesicht wurde immer schlapper, immer faltiger. Margo beschloß, sich rechtzeitig nach einer anderen Stellung umzusehen, vor allem weil Mr. A.s Trinksitten immer schwerer zu bemeistern waren. Jeden Morgen studierte sie die Börsenberichte. Sie hatte nicht mehr dasselbe Vertrauen zu Mr. A.s Tips wie am Anfang, seit sie eines schönen Tages *Sinclair* gekauft hatte, die Deckung hatte nachschießen müssen und dreihundert Dollar losgeworden war.

Eines Sonnabends herrschte großer Aufruhr in Piquots

Salon. Piquot selbst kam alle Augenblicke aus seinem Büro gestürzt, fuchtelte mit den kurzen Ärmchen, zuweilen ärgerlich, zuweilen kichernd und gackernd, und trieb die Verkäuferinnen und die Mannequins vor sich her wie ein neuer Hahn im Hühnerhof. Es sollten Photos für *Vogue* aufgenommen werden. Als der Photograph schließlich erschien, war es ein hohlwangiger junger Jude mit fahlem Teint und dunklen Ringen um die Augen. Er besaß eine richtige Photographenkamera und eine Unmenge mit silbernem Krunkelzeug gefüllter Blitzlichtlampen, die Piquot immerzu in die Hand nahm und vorsichtig betastete, während er mit der Zunge schnalzte. »Ein wunderbares Erfindung... Ick 'aben nie photographieren lassen, weil ick Explosionen nickt leiden kann, und dann das Feuergefahr.«
Es war ein warmer Februartag, in den Vorführungsräumen herrschte eine erstickende Hitze. Als der junge Mann, der die Photos aufnehmen sollte, unter dem schwarzen Tuch hervorkam, war er in Schweiß gebadet. Piquot ließ ihn nicht eine Sekunde zufrieden. Er mußte Piquot in seinem Büro knipsen, Piquot am Zeichentisch, Piquot inmitten seiner Mannequins. Die Mädchen glaubten schon, sie würden nie drankommen. Der Photograph sagte immerzu: »Lassen Sie mich zufrieden, Mr. Piquot... Ich habe meine künstlerischen Intentionen.« Die Mädchen fingen zu kichern an. Schließlich verschwand Piquot und sperrte sich verärgert in sein Büro ein. Man konnte ihn durch die Glaswand an seinem Schreibtisch sitzen sehen, den Kopf in die Hände gestützt. Von diesem Augenblick an ging es ruhiger zu. Margo vertrug sich sehr gut mit dem Photographen. Er flüsterte ihr zu, sie solle versuchen, den alten Herrn möglichst in den Hintergrund zu schieben. Als er sie verließ, um in das Dachgeschoß hinaufzugehen, wo die Kleider genäht wurden, gab er ihr seine Karte und fragte sie, ob sie Lust hätte, sich einmal am Sonntag in seinem Atelier photographieren zu lassen. Für ihn wäre das sehr wichtig, und sie brauchte nichts zu zahlen. Er sei überzeugt, ein wirkliches Kunstwerk schaffen zu können. Sie nahm die Karte und versprach, morgen nachmittag hinzukommen. Auf der Karte stand: *Margolies' Photokunst.*

An diesem Sonntag ging Mr. A. mit ihr ins Hotel *Pennsylvania* lunchen, und nachher ließ er sich bewegen, sie zu Margolies' Atelier zu fahren. Sie vermutete, der kleine junge Jude würde nicht besonders reich sein, und meinte, Mr. A. könne sehr gut eine Serie Photos bezahlen. Mr. A. war böse, weil er seinen großen Wagen aus der Garage geholt hatte und mit ihr eine Fahrt an den Hudson machen wollte. Immerhin begleitete er sie. In Margolies' Atelier sah es sonderbar aus. Alles war mit schwarzem Samt verhangen, überall in dem großen, staubigen Raum unter den schmierigen Dachfenstern standen Wandschirme in verschiedenen Größen und Farben, schwarz, weiß, gelb und grün. Auch der junge Mann benahm sich sonderbar, als hätte er die beiden nicht erwartet. »Das alles ist passé«, sagte er. »Das Atelier gehört meinem Bruder Lee. Ich bediene seine Kundschaft, solange er verreist ist... Mich interessiert nur die wahre Kunst der Zukunft.« – »Nämlich?« fragte Mr. A., während er mürrisch die Spitze einer Zigarre abschnitt und sich nach einem Sitzplatz umsah. – »Film. Sehen Sie, mein Name ist Sam Margolies... Sie werden von mir hören – falls Sie noch nicht von mir gehört haben.«
Mr. A. ließ sich verdrossen unter einem staubigen Samtpodest nieder. »Beeilen Sie sich, wir wollen rausfahren.«
Sam Margolies schien es Margo übelzunehmen, daß sie nur ihre Straßenkleider mit hatte. Lange musterte er sie mit seinen frechen, grauen Augen. »Vielleicht wird es nichts werden... Wenn man mich drängt, verläßt mich die Inspiration... Ich habe Sie in einem schwarzen, spanischen Prachtkostüm vor mir gesehen.« – Margo lachte. »Das ist eigentlich nicht mein Typ.«
»Der Typ einer kleinen Infantin von Velasquez.« Wenn er ernst wurde, hatte er einen ausgesprochen fremden Akzent. – »Tja, ich war einmal mit einem Spanier verheiratet, seither habe ich bis an mein Lebensende genug von spanischen Granden und allem, was dazu gehört.« – »Geduld, Geduld«, sagte Sam Margolies, während er um sie herumspazierte. »Jetzt sehe ich Sie vor mir – zuerst in Straßenkleidern – dann...« Er lief hinaus und kehrte mit einem schwarzen Spitzenschal zurück. »Eine Infantin am altspanischen Königshof.«

»Sie haben keine Ahnung, wie das ist, mit einem Spanier verheiratet zu sein«, sagte Margo. »Und mit seinen noblen, etepeteten Verwandten unter einem Dach zu wohnen.«
Während Sam Margolies sie in ihrem Straßenkostüm posieren ließ, spazierte Mr. A. auf und ab und spielte nervös mit seiner Zigarre. Draußen mußte der Himmel sich bewölkt haben, weil die Dachfenster immer dunkler wurden. Als Margolies die Scheinwerfer anknipste, wurden die Dachfenster blau wie auf der Bühne. Als Margo sich dann ausziehen und das Höschen runterlassen mußte und nichts anhatte als den Schal oberhalb der Hüften, merkte sie, daß Mr. A. die Zigarre hatte ausgehen lassen und eifrig zusah. Seine Augen funkelten im Widerschein der Lampen.
Als der Photograph fertig war und sie die schmutzige Holztreppe hinuntergingen, sagte Mr. A.: »Der Bursche gefällt mir nicht... Er erinnert mich an einen Zuhälter.«
»O nein, er ist bloß eine Künstlernatur«, sagte Margo. »Wieviel sollen die Photos kosten?«
»Eine Menge«, sagte Mr. A.
In der dunklen Halle, in der es nach Kohl roch, packte er sie und küßte sie. Durch die Scheibe der Eingangstür sah man Schneeflocken in die Straße flattern, die leer unter den Laternen lag. »Ach, hol ihn der Teufel«, sagte er und faßte mit gespreizten Fingern ihr Kreuz. »Du bist ein tolles Mädchen, weißt du das? Herrgott, dieses Haus gefällt mir. Es erinnert mich an früher.«
Margo schüttelte blinzelnd den Kopf. »Schade um unseren Ausflug«, sagte sie. »Es schneit.« – »Hol der Teufel den Ausflug«, sagte Mr. A. »Komm, wir wollen beide so tun, als ob wir einander lieb hätten – wenn auch nur einen Abend lang... Zuerst gehen wir ins *Meadowbrook* und trinken einen kleinen Schluck... Himmel Herrgott, ich hätte dich gern kennengelernt, bevor ich reich wurde, als ich noch als armer Teufel in Wanzenbuden hauste.«
Sie ließ einen Augenblick den Kopf an seine Brust sinken. »Charley, du bist Nummer eins«, flüsterte sie.
In dieser Nacht entlockte er Margo das Versprechen, mit ihm zusammenzuziehen, sobald Agnes mit Frank, wie es geplant war, zu seiner Schwester nach New Jersey fahren

würde, um zu sehen, ob ihm die Landluft guttäte. »Wenn du wüßtest, wie ich dieses wüste Leben satt habe«, sagte er. Sie sah ihm fest in die matten, blauen Augen. »Glauben Sie, mir gefällt es, Mr. A?« In dieser Nacht hatte sie Charley Anderson gern.

In der nächsten Zeit rief Sam Margolies sie fast täglich an, in der Wohnung und bei Piquot, und schickte ihr fertig eingerahmte Photos, aber sie weigerte sich, ihn zu treffen. Sie hatte genug im Kopf, saß jetzt allein in der Wohnung (da Agnes es schließlich mit Hilfe eines Heilkünstlers und reichlicher Zitate aus *Wissenschaft und Gesundheit* fertiggebracht hatte, Frank aufs Land zu schleppen), mußte sämtliche Rechnungen bezahlen und bekam täglich Briefe von Tony, der ihre Adresse ausfindig gemacht hatte; er schrieb, er sei krank, bat um Geld und um die Erlaubnis, sie besuchen zu dürfen.

Dann kam sie an einem Montagmorgen etwas später zu Piquot, und da war die Tür versperrt, und eine Schar junger Mädchen stand jammernd auf der Straße. Der arme Piquot war in seiner Badewanne tot aufgefunden worden, er hatte sich mit Zyankali vergiftet, und nun war niemand da, der die rückständigen Löhne auszahlen würde.

Daß Piquot tot war, ging Margo auf die Nerven, sie traute sich gar nicht in die einsame Wohnung zurück. Sie ging zu *Altman* und besorgte einige Einkäufe, und gegen zwölf rief sie in Mr. A.s Büro an, um ihm von Piquots Ende zu erzählen und ihn zu fragen, ob er mit ihr essen gehen wolle. Da der arme alte Piquot nicht mehr lebte und sie ohne Arbeit war, blieb ihr nichts übrig, als Mr. A. um eine runde Summe anzupumpen. Etwa zwei Tausender würden reichen, dann konnte sie den Solitär, den Tad ihr geschenkt hatte, aus der Pfandleihe holen. Wenn sie ihm ordentlich zusetzte, würde er ihr vielleicht einen einträglichen Börsentip geben. Als sie anrief, wurde ihr mitgeteilt, Mr. Anderson würde nicht vor drei Uhr ins Büro kommen. Sie ging zu *Schrafft* und aß Hühnerpastetchen, ganz allein inmitten einer Schar schnatternder Shoppingweiber.

Sie war bereits mit Mr. A. für diesen Abend in einem französischen Lokal in der 52. Street verabredet, wo sie oft zu

essen pflegten. Als sie vom Haarwaschen und Ondulieren zurückkehrte, war es noch zu früh, um sich anzuziehen, aber sie fing trotzdem an, sich mit ihren Kleidern zu beschäftigen, weil sie nicht wußte, was sie tun sollte; in der leeren Wohnung war es so still und einsam. Sie manikürte sich sorgfältig und probierte dann ein Kleid nach dem anderen an. Auf dem Bett häuften sich die zerknitterten Fähnchen. Alle hatten sie Flecken. Sie war dem Weinen nahe, als sie zu guter Letzt ihren Pelzmantel über ein hellgelbes Abendkleid anzog – es stammte von Piquot, aber sie fühlte sich nicht ganz *comme il faut* – und mit dem schäbigen Fahrstuhl in die übelriechende Halle des Mietshauses hinunterfuhr. Der Liftboy holte ihr ein Taxi.
In dem Vestibül der in ein Restaurant umgewandelten altmodischen Herrschaftswohnung standen weiße Säulen, und die Schirmlampen verbreiteten ein warmes, rötliches, vornehmes Licht. Als sie den dicken Teppich betrat, war ihr gleich wohler zumute. Der Oberkellner führte sie katzbuckelnd an einen Tisch, und da saß sie und trank einen *Oldfashioned*, spürte, wie die Männer im Lokal sie anstarrten, und lächelte in sich hinein, wenn sie sich überlegte, wie die Mädchen bei Piquot sich über eine Dame geäußert hätten, die früher als der Kavalier zu einem Rendezvous erschiene. Wenn er sich bloß beeilen und bald erscheinen wollte, damit sie ihm die Neuigkeiten erzählen könnte und sich nicht mehr vorzustellen brauchte, wie der arme alte Piquot ausgesehen haben mochte, zusammengesackt in der Badewanne, mit Zyankali vergiftet. Es lag ihr auf der Zunge und wollte raus.
Statt Mr. A. stand plötzlich ein junger Mann von frischem Aussehen, mit flachsblonden Haaren und magerem Gesicht an ihrem Tisch... Sie richtete sich auf, um ihm einen bösen Blick zuzuwerfen, fing jedoch zu lächeln an, als er sich vorbeugte und in vertraulichem Ton mit Brooklynakzent sagte: »Miss Dowling, entschuldigen Sie bitte, ich bin Mr. Andersons Sekretär. Er mußte in wichtigen Geschäften nach Detroit fliegen. Er wußte, daß Ihnen viel daran liegt, zur Premiere in die *Music Box* zu gehen, deshalb hat er mich beauftragt, Karten zu besorgen. Hier sind sie. Ich mußte bei-

nahe handgreiflich werden, um sie zu bekommen. Der Chef meinte, vielleicht würden Sie Mrs. Mandeville mitnehmen wollen.« Er sprach schnell, als befürchte er, sie könne ihm ins Wort fallen. Dann holte er tief Atem und lächelte.

Margo nahm die zwei grünen Eintrittskarten und schlug sie leicht gegen das Tischtuch. Sie ärgerte sich. »Schändlich... Ich weiß nicht, wen ich jetzt einladen könnte, es ist schon sehr spät. Mrs. Mandeville ist auf dem Land.«

»Ach, das ist aber dumm... Ich könnte wohl nicht für den Chef einspringen?«

»So eine Frech –...« begann sie. Dann mußte sie plötzlich lachen. »Sie sind ja nicht angezogen.«

»Lassen Sie das meine Sorge sein, Miss Dowling... Essen Sie – nach dem Fisch bin ich wieder da und begleite Sie ins Theater.«

Punkt acht war er da, mit glattgekämmtem Haar, in einem etwas abgeschabten Smoking, dessen Ärmel ihm zu kurz waren. Als sie ins Taxi stiegen, fragte sie ihn, ob er einen Kellner überfallen habe, aber er legte die Hand vor den Mund und sagte: »Ganz unter uns, Miss Dowling – ich habe ihn mir ausgeliehen.«

In den Pausen machte er sie auf all die anwesenden Berühmtheiten aufmerksam, einschließlich seiner eigenen Wenigkeit. Er erzählte ihr, sein Name sei Clifton Wegman, er werde allgemein Cliff genannt, sei dreiundzwanzig Jahre alt, spiele Mandoline und sei ein Meister im Taschenbillard.

»Cliff, Sie haben Aussichten, junger Mann«, sagte sie.

»Auf Erfolg?«

»Das will ich meinen.«

»Einer der populärsten Absolventen der New Yorker Handelsakademie... wartet auf eine Chance.«

Sie amüsierten sich königlich. Nach der Vorstellung erklärte Cliff, er sei halb verhungert, weil er noch nicht zu Abend gegessen hatte, er hätte ja die Karten und den Smoking besorgen müssen, und sie ging mit ihm in den *Club Dover*, um ihn zu füttern. Er entwickelte einen prächtigen Appetit. Es war eine Freude, ihn das Beefsteak mit Pilzen vertilgen zu sehen. Sie tranken einige Gläser und lachten sich buckelig über die Darbietungen, und als er im Taxi zudringlich werden wollte, gab sie ihm eine Ohrfeige, wenn auch keine sehr feste. Der Junge verstand es, sich aus allem rauszureden.

Vor ihrem Haustor fragte er, ob er mit hinaufkommen dürfe, und bevor sie sie fassen konnte, hatte sie ja gesagt, ja, wenn er sich wie ein Gentleman benehme. Er sagte, das sei nicht so leicht angesichts einer so reizvollen jungen Dame, aber er werde sich alle Mühe geben, und sie lachten und balgten sich dermaßen vor der Wohnungstür, daß sie den Schlüssel fallen ließ. Als sich sich aufrichtete, hochrot im Gesicht von dem Kuß, den er ihr gegeben hatte, sah sie, daß der Mann, der zusammengekauert auf den Stufen neben dem Fahrstuhl saß, Tony war.

»Gute Nacht, Cliff«, sagte Margo vergnügt, »und schönen Dank dafür, daß Sie ein armes, kleines Arbeitermädchen nach Hause begleitet haben.«

Tony erhob sich und stolperte auf die offene Wohnungstür zu. Sein Gesicht war von einer grünlichen Blässe, und sein Anzug sah aus, als hätte er die ganze Nacht im Rinnstein gelegen.

»Das ist Tony«, sagte Margo. »Mein – ein Verwandter... Nicht sehr gut instand gehalten.«

Cliff blickte von einem zum anderen, stieß einen leisen Pfiff aus und ging die Treppe hinunter.

»So – und jetzt kannst du mir sagen, was das heißen soll, daß du vor meiner Tür herumlungerst... Ich hätte Lust, dich als Einbrecher hoppnehmen zu lassen.«

Tony konnte kaum sprechen. Seine Lippe war blutig und verschwollen. »Weiß nicht, wo ich hin soll«, murmelte er. »Man hat mich verhauen.« Er wankte, sie mußte ihn am Ärmel seines schmutzigen Mantels festhalten, sonst wäre er hingefallen. »Tony, Tony«, sagte sie, »du siehst schön aus. Komm rein, aber wenn du mir solche Zicken machst wie das letzte Mal... bei Gott, ich schwöre, ich breche dir sämtliche Knochen.«

Sie steckte ihn ins Bett. Am nächsten Morgen war er so klapprig, daß sie einen Arzt rufen mußte. Der Eisenbart sagte, Rauschgift und Entbehrungen seien an Tonys Zustand schuld, und er würde einen Sanatoriumsaufenthalt empfehlen. Tony lag bleich und zitternd im Bett. Er weinte viel, war aber sanft wie ein Lamm und sagte, ja, er würde alles tun, was der Doktor sage. Einmal nahm er Margos Hand und küßte sie und bat sie, ihm zu verzeihen, daß er ihr das Geld gestohlen hatte, damit er ruhig sterben könne. »Du wirst schon nicht sterben, du nicht«, sagte Margo und strich ihm mit der freien Hand das straffe, schwarze Haar aus der Stirn. »So viel Glück habe ich nicht.« Sie ging ein wenig spazieren, um zu einem Entschluß zu gelangen. Ihr war übel geworden von dem eklig-süßen, penetranten Geruch des Paraldehyds, das der Arzt Tony als Beruhigungsmittel gegeben hatte.

Als Charley Anderson am Wochenende aus Detroit zurückkehrte und sich mit Margo zum Essen in ihrem Stammlokal in der 52. Street traf, sah er bekümmert und hager aus. Sie berichtete ihm ihre Hiobspost, und er schien nicht erfreut zu sein. Er sagte, er sei knapp an Bargeld, seine Frau habe ihm alle Gelder gesperrt, er habe an der Börse schwer verloren. Er könne für sie fünfhundert Dollar aufbringen, müsse aber zu diesem Zweck einige Papiere beleihen. Dann sagte sie, es würde ihr wohl nichts übrigbleiben, als zu ihrem alten Engagement als Vokalistin im *Palms* in Miami zurückzukehren, und er sagte, fein, aber sie solle sich vorsehen, daß er nicht eines Tages erscheine, um sich von ihr ernähren zu lassen. »Ich weiß nicht, warum alle mich für einen lausigen Millionär halten. Ich möchte aus dem ganzen Mist gerade nur so viel Geld retten, daß ich mich hinsetzen und mich mit meinen Motoren beschäftigen kann. Wäre nicht diese hundselende Scheidung gewesen, hätte ich mich schon längst zurückgezogen. Diesen Winter hoffe ich mich zu sanieren und die Sache hinzuschmeißen. Ich bin ohnedies nur ein stupider Mechaniker.«

»Du willst raus, und ich will rein«, sagte Margo und sah ihm fest in die Augen. Dann lachten sie beide. »Ach komm, gehen wir zu dir, da deine Leute ohnehin weg sind. Ich habe diese lausigen Kneipen satt.« Immer noch lachend, schüttelte sie den Kopf. »Bei mir wimmelt es von spanischen Verwandten«, sagte sie. »Da können wir nicht sein.« Sie holten einen Koffer aus seinem Hotel und fuhren mit einem

Taxi in ein Hotel nach Brooklyn, wo sie als Ehepaar bekannt waren. Auf der Hinfahrt gelang es ihr, den Vorschuß auf tausend hinaufzuschrauben.
Am nächsten Tag brachte sie Tony in ein Sanatorium in den Catskills. Er war brav und gehorsam und sprach davon, sich Arbeit zu beschaffen, sobald er wieder rauskäme, er sprach von Ehre und Mannesstolz. Nach ihrer Rückkehr in die Stadt rief sie im Büro an und erfuhr, Mr. A. befinde sich wieder in Detroit, aber er habe seinen Sekretär angewiesen, ihr eine Fahrkarte und ein Abteil zu besorgen und überhaupt ihre Reise nach Miami zu ordnen. Sie sperrte die Wohnung ab, das Büro übernahm es, die Möbel einzulagern, die Sachen zu packen und auch alles Sonstige zu erledigen.
Als sie auf den Bahnhof kam, stand Cliff da mit seinem Schlaumeierlächeln, den Hut in den Nacken geschoben. »Das ist aber nett von ihm«, sagte Margo und steckte einige Maiglöckchen, die Cliff mitgebracht hatte, an ihrem Pelzmantel fest, während zwei Rotmützen herbeistürzten, um ihr die Koffer abzunehmen. »Nett von wem?« flüsterte Cliff. »Vom Chef oder von mir?«
In ihrem Abteil standen Rosen, und Cliff hatte ihr *Theatre*, *Variety*, *Zit's Weekly*, *Town Topics* und *Shadowland* gekauft. »Du mei, das ist ja toll«, sagte sie.
Er zwinkerte ihr zu. »Der Chef hat mich beauftragt, Sie mit allen gebührenden Ehrungen zu verabschieden.« Er zog eine Flasche aus dem Mantel. »Teacher Highland Cream... Also – servus!« Er verbeugte sich leicht und entfernte sich durch den Gang.
Margo ließ sich in ihrem Abteil nieder, fast tat es ihr leid, daß Cliff so schnell verschwunden war. Er hätte sich zumindest mit dem Adieusagen Zeit lassen können. Meine Güte, ist der Junge frech! Der Zug hatte sich kaum in Bewegung gesetzt, da war er schon wieder da, die Hände in den Hosentaschen, ein unsicheres Lächeln auf den Lippen und wie ein Wilder Gummi kauend. »Na«, sagte sie stirnrunzelnd, »was soll das?«
»Ich habe mir eine Fahrkarte bis Richmond gekauft... Ich reise nicht genug... Den Bürosorgen entfliehen!«

»Sie werden rausfliegen.« – »Nö... heute ist Sonntag. Montag früh bin ich wieder da, frisch und munter.«
»Aber er wird es erfahren.«
Cliff zog sein Jackett aus, legte es sorgfältig zusammen, setzte sich dann ihr gegenüber hin und machte die Tür des Abteils zu. »Nicht, wenn Sie es ihm nicht verraten.«
Sie wollte aufstehen. »Nein, das ist eine Frechheit...« – Er sagte in dem gleichen Ton wie zuvor: »Sie werden es ihm nicht verraten – und dafür werde ich ihm nicht erzählen, wer –« – »Ach, Sie Esel, das ist mein früherer Mann.« – »Na schön, dann rechne ich damit, Ihr früherer Freund zu werden... Nein, wirklich, ich weiß, ich werde Ihnen gefallen.« Er beugte sich vor und nahm ihre Hand. Ihre Hand war eiskalt. »Nein, wirklich, Margo, was ist denn das für ein Unterschied gegen das vorige Mal? Niemand wird ein Sterbenswörtchen erfahren. Verlassen Sie sich auf mich.« – Margo fing zu kichern an. »Wissen Sie, Cliff, Sie müßten ein Schild umgehängt haben.« – »Was für ein Schild?« – »Vorsicht – bissig!«
Sie setzte sich neben ihn. Im Schütteln und Rütteln des Zuges merkte sie, daß er zitterte. »Ach, was bist du für ein komischer Junge«, sagte sie. »Die ganze Zeit hast du dich gefürchtet.«

Weltwochenschau LXI

Hoch hoch hoch
Hoch in den Bergen
Seh ich die Wolken ziehn

Genie, harte Arbeit, ungeheure Ressourcen, die Kraft und der Wille, etwas Außerordentliches zu schaffen, etwas Schöneres, etwas, das dem Geschmack und dem Urteilsvermögen der gebildeteren Kreise besser entspricht als die Dinge, die das heutige Coral Gables ausmachen, etwas, das morgen vielleicht noch besser, noch größer, noch packender und schöner sein wird...

Hoch, hoch, hoch in den Bergen

RIESENLUFTSCHIFF BRICHT AUF DER FAHRT ENTZWEI

Jugend und Alter werden sich versammeln, um sich in dem frischen, belebenden Salzwasser zu tummeln oder auf den Loggias, die an das schimmernde Schwimmbassin grenzen, gemächlich zu plaudern, und nachts wird klingende Musik zum Tanz locken...

DEM HIMMEL DIE HAND SCHÜTTELN

wer rechtzeitig Kapital investiert, wird in vollem Ausmaß an der bedeutenden und raschen Wertsteigerung beteiligt sein, die sich aus einer so prägnanten Ausbautätigkeit ergeben muß...

ZEHN MILLIONEN DOLLAR FÜR EIN STADTGELÄNDE AUF DEM JUPITER

So wie Aladdin mit seiner Wunderlampe haben der Kapitalist, der Geldgeber und der Baumeister eine ehemals öde Sumpfgegend in eine wunderschöne, von einem Netzwerk schimmernder Boulevards durchzogene Stadt verwandelt...

Schlafmütze, Schlafmütze,
Mach die Augen auf.
Hör zu gähnen auf.
Schon steht die Sonn am Himmel –
Der Morgen, der Morgen ist da

GOLDGRUBEN BEI TAMPA

Wie ein prächtiger Schal aus Saphir und Jade, mit Myriaden bunter Juwelen bestickt, üben die farbigen Gewässer des unteren Atlantik ihren ewigen Zauber aus. Der Ort, wo Sie mit solcher Sicherheit in naher Zukunft Freude, Zufriedenheit und Glück finden werden, daß Sie nicht vorbeigehen dürfen, wenn Sie nicht die größte Chance Ihres Lebens versäumen wollen...

SPRINGT MIT DER FRAU AUS DEM FENSTER

IM KAMPF MIT MARKOMANNISCHEN MÖRDERN

Lulu läßt sich gerne gehn –
Was wir gar nicht gerne sehn

Eine Abteilung motorisierter Polizei fuhr an der Spitze des Zuges und machte die Straßen für die weißgekleideten Kolonnen frei. Hinter der Polizei fuhr A. P. Schneider, der Leiter des Ordnungsdienstes. Ihm folgten Mr. Sparrows Kapelle und Mitglieder des Anstreicherverbandes. Dann kamen die Filmvorführer und die Zigarettenarbeiter, die Glaser, die Musiker, die Schildermaler und der Bund der Eisenbahner in der hier erwähnten Reihenfolge. Die Stückmeister bildeten die Nachhut der ersten Abteilung.
Die zweite Abteilung bestand aus mehr als 3500 Schreinern. Die dritte Abteilung wurde von der Clownkapelle an-

geführt und setzte sich aus Elektrikern, Grobschmieden, Stukkateuren, Setzern, Druckereiarbeitern, Fahrstuhlbauern, Postbeamten, Rohrlegern und Dampfheizungsmonteuren zusammen.
Die vierte Abteilung bestand aus Eisenarbeitern, Maurern, dem Lokomotivführerverband, den Dampf- und Automechanikern, der Typographengewerkschaft, den Drehern, Dachdeckern, Walzwerkarbeitern, Schneidern und Maschinisten...

Bring mir nicht die Lulu mit –
Denn ich bring sie selber mit...

CHARLEY ANDERSON

»Passen Sie mal auf, Cliff – wir sprengen sie in die Luft wie nichts!« sagte Charley zu seinem Sekretär, als sie aus dem überfüllten Fahrstuhl in das lärmende Vestibül des Woolworth Building kamen. – »Jawoll, Sir«, sagte Cliff mit einem weisen Kopfnicken. Er hatte ein längliches Gesicht mit einer dünnen, pergamentartigen Haut, straff gespannt unter der Krempe des braunen Filzhutes, über hohen Backenknochen und einer schmalen Nase. Der lippenlose Mund öffnete sich nie sehr weit über dem mageren Kinn. Er wiederholte aus dem Mundwinkel: »Jawoll, Sir – in die Luft wie nichts.«

Sie schritten durch die Drehtür in die Fünf-Uhr-Menge hinaus, welche in der nieselnden Dunkelheit eines rauhen Februartages die Trottoirs im unteren Broadway bis zum Rinnstein füllte. Charley zog einen dicken Stoß Umschläge aus den Taschen seines englischen Regenmantels und reichte sie Cliff. »Nehmen Sie das alles ins Büro mit und sehen Sie zu, daß es in Nat Bentons persönlichen Safe kommt. Morgen früh kann man es in die Bank schaffen... Dann sind Sie frei. Rufen Sie mich um neun an, ja? Gestern war es ein bißchen spät... Bis dahin werde ich mir nicht mehr den Kopf zerbrechen.« – »Jawoll, Sir, schlafen Sie gut, Sir«, sagte Cliff und verschwand in der Menge.

Charley winkte ein vorbeifahrendes Taxi heran und sank in die Polster. Bei solchem Wetter tat ihm immer noch das Bein weh. Er unterdrückte einen Seufzer. Wie zum Teufel war die Nummer? »Fahren Sie die Park Avenue entlang«, rief er dem Chauffeur zu. Die Nummer des verdammten Lokals wollte ihm nicht einfallen. »East 52. Street. Ich zeige Ihnen das Haus.« Er lehnte sich zurück. Himmel Herrgott, bin ich müde, flüsterte er vor sich hin. Wie er so dahockte, von dem Bremsen und Anfahren des Taxis im dichten Verkehr durchgerüttelt, schnitt ihn der Gürtel ein. Er machte ihn

um ein Loch weiter, fühlte sich wohler, holte eine Zigarre aus der Brusttasche und biß die Spitze ab.
Er brauchte einige Zeit, um die Zigarre anzuzünden. Jedesmal, wenn er das Streichholz parat hatte, stoppte das Taxi oder fuhr los. Als die Zigarre dann endlich brannte, schmeckte sie ihm nicht. »Teufel noch mal, ich habe heute zuviel geraucht... Ich muß was trinken«, murmelte er laut. Das Taxi fuhr ruckartig weiter. Ab und zu sah Charley mit flüchtigem Blick graue Gestalten in anderen Taxis und Personenwagen. Sowie er eine Personengruppe erkennen konnte, wurde sie auch schon durch eine andere verdrängt. An der Lafayette Street wurde der Verkehr geringer. Der ganze Strom von Metall, Glas, Polsterung, Mänteln, Hüten, Fleisch und Blut bewegte sich in die Richtung der Außenbezirke. Autos stoppten, starteten, schalteten unisono, als würden sie durch ein einziges Signalsystem gesteuert. Charley saß zusammengekauert in der Ecke, fühlte unter dem Gürtel die Fettschicht auf seinem Bauch, fühlte den Fettwulst des Kinns über dem steifen Kragen. Warum zum Donnerwetter wollte ihm die Nummer nicht einfallen? Einen Monat lang war er jeden Abend dort gewesen. Eine Ader in seinem linken Augenlid hörte nicht auf zu pulsen.
»Bonjour, Monsieur«, sagte der zivilgekleidete Pförtner. – »Wie geht es denn so, *mon capitaine*«, sagte Freddy, der Besitzer, mit seinen Mausezähnchen und nickte mit dem schwarzen, glattrasierten Kopf. »Dinieren Monsieur heute abend mit Mademoiselle?« – Charley schüttelte den Kopf. »Ich erwarte einen Herrn um sieben.« – »*Bien, Monsieur.*« – »Bringen Sie mir einen Whisky mit Soda, während ich warte, und sehen Sie zu, daß es nicht der üble Fusel ist, den Sie mir gestern andrehen wollten.«
Freddy lächelte matt. »Das war ein Irrtum, Mr. Anderson. Wir haben echteste Ware. Sie können das Etikett sehen. Es ist noch feucht vom Salzwasser.« Brummend sank Charley in einen Lehnstuhl an der Bar.
Er trank den Whisky pur und das Sodawasser hinterher. »He, Maurice, noch einen!« rief er dem grauhaarigen, verrunzelten Schweizer Kellner zu. »Bringen Sie mir noch

einen... Sagen wir einen doppelten... in einem richtigen großen Glas. Ich bin heute sehr müde.«
Der Whisky wärmte ihm die Gedärme. Er richtete sich auf. Lächelnd sah er den Kellner an. »Na, Maurice, Sie haben mir noch nicht gesagt, was Sie von der heutigen Börse halten.« – »Ich weiß es nicht recht, Sir... Aber Mr. Anderson, Sie könnten mir Bescheid sagen, wenn Sie bloß wollten.«
Lachend streckte Charley die Beine aus. »Höher als der Adler fliegt, ja... Ach, der Teufel soll's holen, es ist ein übles Gewerbe... Ich will nicht dran denken.«
Als er Eddy Sawyer durch das Meer von Gesichtern, Straßenanzügen, Händen mit Gläsern an der Cocktailbar auf seinen Tisch zusteuern sah, hatte seine Stimmung sich inzwischen gebessert. Er stand auf. »Wie geht es, Eddy? Was tut sich in unserem lieben kleinen Detroit? Dort halten sie mich alle für einen Schubiak, wie? Raus mit der Sprache, Eddy!«
Seufzend sank Eddy in den benachbarten Fauteuil. »Das ist eine lange Geschichte, Charley.«
»Was halten Sie von einem Bacardi mit einem Schuß Absinth?... Gut, bringen Sie zwei, Maurice!«
Eddys Gesicht war gelb und verrunzelt wie ein Sommerapfel, der zu lange am Baum gehangen hat. Wenn er lächelte, vertieften sich die Falten um Mund und Augen und huschten über das ganze Gesicht. »Charley, mein Guter, ich freue mich wirklich, Sie wiederzusehen... Wissen Sie, daß man Sie das Wunderkind der Flugzeugindustrie nennt?«
»Ist das alles?« Charley klopfte mit seiner erloschenen Zigarre gegen den Messingrand der Aschenschale. »Ich habe Schlimmeres gehört.«
Nachdem sie den dritten Cocktail verkonsumiert hatten, war Charleys Redefluß nicht mehr aufzuhalten. »Na, Sie können J. Y. von mir ausrichten, daß es einen Tag gegeben hat, da hätte ich ihn glatt rausschmeißen können, aber ich habe es nicht getan. Warum habe ich es nicht getan? Weil es mir scheißegal war. Meine Aktien haben mir gehört. Die Herrschaften hatten alles verpfändet und konnten trotzdem ihren Verpflichtungen nicht nachkommen... Ich dachte mir, was zum Teufel, es sind deine Freunde. Braver, oller J. Y., Teufel noch mal, sagte ich zu Nat Benton, als er mir

riet, zuzupacken, solange es sich lohnte – es sind meine Freunde. Laß sie mitverdienen. Und jetzt tun sie sich mit Gladys gegen mich zusammen. Wissen Sie, was für Alimente Gladys herausgeschunden hat? Viertausend im Monat. Der Scheidungsrichter ist mit ihrem Alten befreundet... wahrscheinlich kriegt er Prozente. Meine Kinder hat man mir weggenommen – meinen letzten Groschen haben sie mir gesperrt... Schön, was, einem Menschen seine Kinder wegzunehmen? Na ja, Eddy, ich weiß, daß Sie nichts damit zu tun hatten, aber wenn Sie nach Detroit kommen und diese feigen Scheißkerle treffen, die sich hinter einem Weiberrock verkriechen mußten, weil sie mich anders nicht übervorteilen konnten – dann sagen Sie ihnen von mir, daß ich sie alle Mann bis aufs Hemd ausziehen werde. Ich fange gerade an, das Handwerk zu beherrschen... Die Fetzen werden nur so fliegen, was? Na, sagen Sie den Herrschaften, das ist bisher noch *gar* nischt gewesen. Man hält mich für einen armen, dummen Erfinder. Für die Herrschaften bin ich ein armer, dummer Mechaniker wie Bill Cermak... Gottverdammich, essen wir!«
Sie saßen zu Tisch, und der Kellner legte bunte Hors d'œuvres auf Charleys Teller. »Weg damit... Ich will nur ein Kotelett haben, sonst nichts.« Eddy aß eifrig. Er blickte zu Charley auf und verzog das Gesicht zu einer scherzhaften Grimasse. »Da sieht man mal wieder, daß die Frauen immer die Zeche zahlen.«
Charley lachte nicht. »Gladys hat nie in ihrem Leben für etwas gezahlt. Sie wissen genausogut wie ich, was Gladys für ein Mensch ist. Sämtliche Wheatleys sind Geizhälse. Sie gerät ihrem Alten nach... Na ja, ich habe meine Lektion bekommen... Keine reichen Hexen mehr... Die schäbigste Straßenhure würde sich nicht so benommen haben wie dieses Luder... Sagen Sie Ihren Brötchengebern Bescheid, wenn Sie wieder nach Detroit kommen... Ich weiß, warum man Sie hergeschickt hat. Sie sollen nachsehen, ob der alte Knabe noch immer soviel Alkohol verträgt... Er säuft sich zu Tode, das ist die neueste Version, oder wie? Lieber Eddy, ich kann Sie noch immer unter den Tisch trinken, habe ich recht? Sagen Sie den Herrschaften, Eddy,

daß der alte Knabe genauso auf dem Posten ist wie immer – nur bedeutend klüger... Die Herrschaften haben sich eingebildet, nach der Scheidung ist er im Arsch, wie? Na ja – sagen Sie ihnen, abwarten und Tee trinken... Und sagen Sie Gladys, wenn sie einen falschen Schritt tut – nur ein einziges Mal – sie soll sich nicht einbilden, daß ich sie nicht beobachten lasse... Sagen Sie ihr, ich bin drauf aus, die Kinder zurückzubekommen und ihr den letzten Groschen aus der Tasche zu holen... Sie soll betteln gehen, mir ist es scheißegal.«
Eddy klopfte ihm auf die Schulter. »Tja, alter Freund, jetzt muß ich laufen... Es freut mich, daß Sie noch immer obenauf sind. Voller hochfliegender Pläne, sozusagen.«
»Hochfliegend, sozusagen... Wie ein Adler... In die Luft... Haha...« rief Charley und brach in ein Gelächter aus. Eddy war verschwunden. Der alte Maurice wollte ihn bewegen, das Kotelett zu essen, das er in der Küche hatte aufwärmen lassen. Charley konnte nichts essen. »Nehmen Sie es der Frau und den Kindern mit«, sagte er zu Maurice. Im Lokal war es leer geworden, da die Theater anfingen. »Bringen Sie mir eine Flasche Champagner, Maurice, mein Freund, vielleicht kriege ich dann das Kotelett runter. So macht man es im alten Europa. Sagen Sie mir ja nicht, daß ich zuviel getrunken habe... Ich weiß es... Wenn einen die Menschen, auf die man sich verlassen hat, nach allen Regeln der Kunst hineingelegt haben, dann ist einem alles scheißegal, habe ich recht, Maurice?«
Ein Mann mit kurzgestutztem schwarzem Haar und kurzgestutztem schwarzem Schnurrbart, über ein Cocktailglas auf dem Bartisch gebeugt, sah Charley an. »Ich sage, es ist einem alles scheißegal!« rief Charley dem Manne an der Bar zu, als er seinem Blick begegnete. »Habe ich recht?«
»Nein, zum Donnerwetter – wollen Sie was von mir?« sagte der Mann und steuerte auf Charleys Tisch zu.
»Maurice, bringen Sie dem Herrn ein Glas.« Charley stand auf. Leise hin und her schwankend, verbeugte er sich höflich über die Tischplatte weg. Der Rausschmeißer, der aus einer kleinen Hintertür erschienen war und sich die roten Hände an der Schürze abgewischt hatte, zog sich wieder

zurück. »Mein Name ist Anderson... Sehr angenehm, Mr. –« – »Budkiewitz«, sagte der Schwarzhaarige, der mit finsterer Miene herankam und leise schwankend an der anderen Seite des Tisches stehen blieb.
Charley deutete auf einen Stuhl. »Ich bin betrunken... *beaucoup* Schampuswasser... Trinken Sie ein Glas?«
»Mit Vergnügen – wenn Sie mir so kommen... Ein gutes Glas ist mir allemal lieber als eine Schlägerei... Auf die alten Zeiten der Regenbogendivision!«
»Waren Sie drüben?«
»Sicher. Zum Wohl, Herr Kamerad!«
»Das waren Zeiten.«
»Da kommt man nach Haus, und da laufen lauter beschissene Gauner umher.«
»Geschäftsleute... Der Teufel soll sie holen... lauter beschissene Gauner.«
Mr. Budkiewitz erhob sich wieder mit finsterer Miene. »Auf welche Branche soll ich das beziehen, Herr –«
»Egal! Immer mit der Ruhe, Herr Kamerad.« Mr. Budkiewitz setzte sich. »Ach was, zum Teufel, Maurice, bringen Sie noch eine Flasche, ordentlich kalt. Haben Sie dieses Weinchen schon einmal in Saumur getrunken, Mr. Budkibitz?«
»Ob ich schon mal Saumur getrunken habe? Wie denn nicht? Drei Monate habe ich dort im Ausbildungslager gelegen.«
»Ich habe mir gleich gedacht: der Junge war drüben«, sagte Charley.
»Das will ich meinen.«
»Und Ihr Beruf, Mr. Buchanan?«
»Erfinder.«
»Das schlägt in mein Ressort. Haben Sie schon einmal von dem *Askew-Merritt*-Anlasser gehört?«
Er hatte noch nie von dem *Askew-Merritt*-Anlasser gehört, und Charley hatte noch nie von der *Autorinse*-Waschmaschine gehört, aber es dauerte nicht lange, da duzten sie einander, Charley und Paul. Auch Paul hatte Scherereien mit seiner Frau, er sagte, lieber lasse er sich einsperren, als ihr noch höhere Alimente zu zahlen. Charley sagte, auch er wolle sich lieber einsperren lassen.

Statt dessen wanderten sie in ein Nachtlokal, wo sie zwei reizende Mädchen kennenlernten. Charley erzählte den reizenden jungen Mädchen, daß er die Absicht habe, Paul, den lieben, guten Paul zu finanzieren, damit er sich in der Waschmaschinenbranche etablieren könne. Zusammen mit den beiden Mädchen fuhren sie im Taxi in alle möglichen Lokale unter der Hochbahn. Dann fuhren sie in ein Lokal in Greenwich Village. Charley versprach, alle die süßen, hübschen kleinen Mädchen beim Ballett unterzubringen. Er schilderte ihnen, wie er die Scheißkerle in Detroit bis aufs Hemd ausziehen würde. Er würde die Mädchen beim Ballett unterbringen, damit sie sich die Hemden ausziehen könnten. Es war sehr lustig.

Im Morgengrauen saß er ganz allein in einem Lokal mit zerschlissenen Rollgardinen. Der liebe gute Paul war verschwunden, er saß an einem Tisch, der mit Zigarettenstummeln bedeckt und mit spanischem Rotwein bekleckert war, und blinzelte in die scharfe Helligkeit, die durch die Risse der Gardinen kam. Es war kein Hotel und auch kein Bordell, sondern irgendeine üble Spelunke, die nach schalem Zigarrenrauch stank, nach den gestrigen Spaghetti, nach Tomatensauce und Rotwein. Jemand rüttelte ihn. »Wie spät ist es?« Ein fetter Italiano und ein junger glattgekämmter Italiano, beide in schmutzigen Hemdsärmeln, rüttelten ihn. »Sehr spät. Höchste Zeit, daß Sie zahlen und gehen. Hier ist die Rechnung.«

Auf einer Speisekarte stand alles mögliche aufgeschrieben. Charley mußte immer das eine Auge zukneifen, sonst konnte er nicht lesen, was da geschrieben stand. Die Endsumme betrug fünfundsiebzig Dollar. Die beiden Italianos machten drohende Gesichter.

»Sie haben gesagt, gebt den Mädchen je fünfundzwanzig a conto.«

Charley griff in die Tasche. Er hatte nur noch einen Dollar. Wo zum Teufel war die Brieftasche geblieben? Der junge Italiano spielte mit einem kleinen Lederknüppel, den er aus der hinteren Hosentasche geholt hatte. »Ein Hunderter ist nicht zuviel für Ihre Zeche – mit den Mädchen und allem Drum und Dran... Wenn Sie Zicken machen, kostet es

noch mehr... Sie haben doch eine Uhr, oder wie? Wir sind hier nicht in einer Räuberhöhle.«
»Wie spät ist es?«
»Wie spät ist es, Joe?«
»Lassen Sie mich in meinem Büro anrufen. Mein Sekretär soll herkommen.« – »Wie ist die Nummer? Wie heißt er?«
Der junge Italiano warf den Knüppel hoch und fing ihn wieder auf. »Ich werde mit ihm sprechen. Sie kommen billig davon. Wir wollen keinen Ärger haben.«
Nachdem sie im Büro angerufen und mitgeteilt hatten, Mr. Anderson sei krank, man möge sofort herkommen, gaben sie ihm etwas Kaffee mit Rum zu trinken, und davon wurde ihm noch übler. Endlich stand Cliff neben ihm, adrett und frisch rasiert. »Tja, Cliff, ich bin nicht mehr so trinkfest wie früher.«
Im Taxi wurde er ohnmächtig.
Als er die Augen aufschlug, lag er in seinem Hotelbett. »Sie müssen was in den Kaffee getan haben«, sagte er zu Cliff, der am Fenster saß und Zeitung las. – »Mr. Anderson, Sie haben uns schöne Sorgen gemacht. Ein Glück nur, daß diese Ganoven nicht wußten, wen sie geschnappt hatten. Sonst hätte es uns viele Tausender gekostet, Sie dort rauszuholen.«
»Cliff, Sie sind ein braver Junge. Von jetzt an bekommen Sie eine Gehaltszulage.«
»Das klingt mir bekannt, Mr. Anderson.«
»Weiß Benton davon?«
»Etwas mußte ich ihm erzählen. Ich habe ihm gesagt, Sie hätten verdorbenen Fisch gegessen und eine Ptomainvergiftung abgekriegt.«
»Nicht schlecht für einen jungen Menschen! Du lieber Gott, ob am Ende noch ein richtiger Säufer aus mir wird?... Was gibt es Neues in der Stadt?«
»Nichts Erfreuliches. Mr. Benton wurde gestern fast verrückt, weil er Sie nicht erreichen konnte.«
»Herrgott, mein Schädel... Sagen Sie mal, Cliff, Sie glauben doch nicht auch, daß aus mir ein Säufer wird?«
»Hier sind die Tropfen, die der Kurpfuscher dagelassen hat.«

»Was haben wir für einen Wochentag?« – »Sonnabend.« – »Du lieber Gott, ich dachte, es wäre Freitag.«
Das Telephon klingelte. Cliff ging hin und hob ab. »Der Masseur.«
»Er soll raufkommen... Ist Benton in der Stadt?«
»Selbstverständlich, Mr. Anderson. Er versucht Merritt zu erreichen, um zu sehen, ob die Katastrophe aufzuhalten ist... Merritt – «
»Ach was – ich werde es bald hören. Der Masseur soll reinkommen.«
Nach der Massage, die eine Qual war – besonders unerträglich waren die munteren Bemerkungen des dicken, kraushaarigen Schweden, der wie ein Rausschmeißer aussah, übers Wetter und die Hockeykämpfe – , fühlte sich Charley kräftig genug, um auf die Toilette zu gehen und etwas grüne Galle zu erbrechen. Dann duschte er kalt, kehrte ins Bett zurück und schrie nach Cliff, der im Salon an der Schreibmaschine saß. Cliff sollte dem Boy klingeln und etwas Eis für einen Eisbeutel bestellen.
Er sank in die Kissen zurück und begann, sich ein wenig wohler zu fühlen.
»He, Cliff, wie wäre es, ein wenig Tageslicht hereinzulassen? Wie spät haben wir's?« – »Gegen Mittag.« – »Du lieber Gott... Sagen Sie mal, Cliff, haben irgendwelche Frauen angerufen?« – Cliff schüttelte den Kopf. – »Gott sei Dank.«
»Ein Mann hat angerufen und gesagt, er sei Taxichauffeur; Sie hätten ihm eine Stellung in einer Flugzeugfabrik versprochen... Ich habe ihm gesagt, Sie seien nach Miami abgereist.«
Charley begann sich ein wenig wohler zu fühlen. Er legte sich in dem weichen, bequemen Bett auf den frisch gewaschenen Kissen zurecht und sah sich in dem großen, sauberen Hotelzimmer um. Das Zimmer lag hoch oben. Durch das breite Fenster strömte silberhelles Licht herein. Zwischen den Vorhängen sah er ein Stück Himmel hell und flaumig wie seidenweiche Wolfsmilch. Er hatte das unbestimmte Gefühl, er habe etwas Großes geleistet – wie ein Mensch, der im Begriff ist, die Strapazen einer ermüdenden Reise oder einer gefährlichen Bergbesteigung zu überwinden.

»Hören Sie mal, Cliff, wie wäre es mit einem kleinen Gin und Bitter mit einer Menge Eis drin... Ich glaube, das würde mich wieder auf die Beine bringen.« – »Mr. Anderson, der Arzt hat gesagt, Sie sollten das Trinken ganz aufgeben und etwas von dieser Medizin nehmen, wenn es Sie nach Alkohol verlangt.« – »Sooft ich das verdammte Zeug nehme, muß ich kotzen. Wofür hält er mich? Für einen Haschischfresser?« – »Schön, Mr. Anderson, Sie haben zu bestimmen«, sagte Cliff und verzog den schmalen Mund. – »Brav, mein Junge... Dann werde ich es mit einem Schluck Grapefruit versuchen, und wenn er mir nicht hochkommt, werde ich ordentlich frühstücken – und der Teufel soll die Herrschaften holen... Wo sind denn die Zeitungen?«

»Hier, Mr. Anderson... Ich habe sie alle beim Handelsteil aufgeschlagen.« Charley überflog die Börsenberichte. Sein Blick war noch immer etwas unsicher. Es ging immer noch besser, wenn er das eine Auge zukniff. Ein Abschnitt in *News and Comment* ließ ihn zusammenzucken. Er richtete sich auf.

»He, Cliff«, rief er, »haben Sie das gelesen?«

»Sicher«, sagte Cliff. »Ich habe Ihnen doch gesagt, es sieht schlimm aus.«

»Aber wenn sie so weitermachen, heißt das, daß Merritt und Farrell ihrer Vollmachten sicher sind.«

Cliff nickte weise mit leicht zur Seite geneigtem Kopf.

»Wo zum Teufel steckt Benton?« – »Er hat eben angerufen, Mr. Anderson, er ist unterwegs.« – »He, geben Sie mir meinen Gin, bevor Benton kommt – dann räumen Sie das Zeug weg und bestellen ein Frühstück.«

Hinter dem Frühstückstablett kam Nat Benton ins Zimmer. Er trug einen braunen Anzug und einen steifen Hut. Trotz der flotten Kleidung sah sein Gesicht aus wie ein altes Geschirrtuch. Charley kam ihm zuvor. »Na, Benton, hat man mich aufs Pflaster gesetzt?«

Benton zog langsam und umständlich die Handschuhe aus, legte Mantel und Hut ab und deponierte sie auf dem Mahagonitisch neben dem Fenster.

»Das Pflaster ist gut gepolstert«, sagte er.

»Schön, Cliff, bitte die Korrespondenz erledigen!« – Cliff

machte leise die Tür hinter sich zu. – »Hat Merritt uns übertölpelt?«

»Er und Farrell arbeiten Hand in Hand. Ihnen, Charley, bleibt nichts weiter übrig, als sich geschlagen zu geben und für die nächste Runde zu trainieren.«

»Aber zum Teufel noch mal, Benton...«

Benton erhob sich und ging am Fußende des Bettes auf und ab. »Es hat keinen Zweck, mich zu beschimpfen... Heute schimpfe ich... Was soll man von einem Menschen halten, der in einem so kritischen Augenblick auf eine Sauftour geht? Das nenne ich feige... Sie haben Ihr Schicksal verdient... und ich kann Ihnen sagen, ich mußte mich verteufelt anstrengen, um meinen eigenen Kopf zu retten. Ich habe immer auf Sie gesetzt, Anderson, und ich bin auch heute noch der Meinung, wenn Sie die Dummheiten sein ließen, könnten Sie binnen zehn Jahren ein reicher Mann sein. Und ich will Ihnen noch etwas sagen, junger Mann, Sie haben Ihr Frontrenommee so gut ausgenutzt, wie es nur ging – bestimmt viel besser als die meisten. Was die Erfinderei betrifft – Sie wissen genauso gut wie ich, damit ist kein Geld zu verdienen, wenn man nicht die nötige Portion Unternehmungsgeist besitzt. Sie hatten anfangs großen Erfolg, Sie galten als ein Wunderkind. Alles, was Sie sich in den Kopf setzten, gelang...«

»He, Nat, um Gottes willen, halten Sie mich für so dumm, daß ich das nicht selber weiß?... Die verfluchte Scheidung und die lange Krankheit haben mich umgeworfen – weiter nichts.«

»Alibis.«

»Was sollte ich denn Ihrer Meinung nach tun?«

»Für eine Weile aus New York verschwinden... Was ist denn mit dem Geschäft Ihres Bruders in Minnesota?« – »In den Urwald zurückkehren und Blech-Lizzies verkaufen... Eine schöne Zukunft!« – »Womit, glauben Sie, hat Henry Ford sein Geld verdient?« – »Ich weiß. Aber seine Verkäufer macht er Bankrott... Was mir fehlt? Ich muß mich körperlich erholen. In Florida pflegt es mir immer ausgezeichnet zu gehen. Ich könnte runterfahren und mich einen Monat lang in der Sonne sielen.«

»Schön – wenn Sie sich nur nicht auf Grundstücksspekulationen einlassen.«
»Bestimmt nicht, Nat, ich werde nicht einmal pokern... Ich werde mich ausruhen. Und mein Bein richtig auskurieren. Wenn ich dann zurückkomme, werden die Fetzen fliegen. Schließlich habe ich noch immer meine *Standard-Airparts*-Anteile.«
»Sie sind nicht mehr notiert.«
»Klar.«
»Na schön, Herr Optimist – meine Frau erwartet mich zum Mittagessen... Gute Reise!«
Benton ging weg. »He, Cliff«, rief Charley durch die Tür. »Man soll das verdammte Frühstück wegräumen. Es bekommt mir nicht. Und rufen Sie Parker an, er soll den Wagen in Ordnung bringen. Er soll nachsehen, ob die Reifen gut sind. Ich fahre am Montag nach Florida.«
Im Nu steckte Cliff den Kopf zur Tür herein. Sein Gesicht war rot. »Sind Sie – werden Sie mich dort unten brauchen, Sir?« – »Nein, ich brauche Sie hier. Sie müssen auf meine Leute aufpassen... Ich muß hier jemand haben, auf den ich mich verlassen kann... Aber ich will Ihnen sagen, was Sie zu tun haben... Fahren Sie nach Trenton und begleiten Sie Miss Dowling nach Norfolk. Dort hole ich sie ab. Sie ist bei ihren Leuten in Trenton zu Besuch. Ihr Vater ist, glaube ich, gestorben. Wollen Sie mir den Gefallen tun? Ein kleiner Ausflug!«
Charley beobachtete Cliffs Miene. Cliff machte einen noch schieferen Mund und verbeugte sich wie ein Butler. »Sehr wohl, Sir«, sagte er.
Charley sank wieder in die Kissen zurück. Sein Kopf dröhnte, sein Magen war immer noch verkrampft. Wenn er die Augen schloß, sah er rote Lichter tanzen. Er mußte an Jim denken und an das mütterliche Erbteil, das Jim in die Firma gesteckt und ihm nie zurückgezahlt hatte. Jedenfalls hatte Jim kein Flugzeug, keine zwei Autos, kein Appartement im *Biltmore*, keinen Sekretär, der bereit wäre, für ihn durchs Feuer zu gehen, und keine Margo. Er versuchte sich ihr Gesicht vorzustellen, ihre komische Art, erstaunt die Augen aufzureißen, wenn sie etwas Lustiges

sagen wollte. Er konnte sich an gar nichts erinnern, alles tat ihm weh, die roten Lichter tanzten vor seinen Augen. Nach einer Weile schlief er ein.

Als er sich auf die Fahrt nach dem Süden machte, war er noch immer so klapprig, daß er Parker als Chauffeur mitnahm. Finster saß er in seinem neuen Kamelhaarmantel da, die Arme zwischen den Knien, starrte gerade vor sich hin in die dröhnende Leere des Holland-Tunnels, dachte an Margo und an Bill Edwards, den Patentanwalt, den er in Washington wegen eines Prozesses sprechen mußte, erinnerte sich an die Wechsel in Cliffs Schreibtischlade und fragte sich, wo er das Geld hernehmen sollte, um seinen Patentprozeß gegen *Askew-Merritt* durchzukämpfen. Er hatte tausend Dollar in kleinen Scheinen bei sich, und das war immerhin ein angenehmes Gefühl. Himmel Herrgott, Geld ist was Schönes, sagte er sich.

Sie kamen aus dem Tunnel in einen regengrauen Morgen hinaus, in das Rattern und Klappern der Lastautos, die durch Jersey City rollten. Dann wurde der Verkehr allmählich geringer, und sie fuhren durch das flache Ackerland von New Jersey, das strohgelb und rötlich unter dem Winterhimmel lag. In Philadelphia ließ er sich in die Broad Street fahren. »Ich habe nicht die Geduld, mit dem Wagen weiterzufahren. Ich nehme den Nachmittagszug. Kommen Sie nach Ihrer Ankunft ins *Waldman Park*.«

Er nahm sich ein Abteil im Salonwagen, legte sich hin und versuchte zu schlafen. Der Zug ratterte und dröhnte so sehr, und der graue Himmel, die lavendelfarbenen Felder, die gelben Weiden, die im Vorgeschmack des Frühlings sich rot, grün und hellgelb zu färben begannen, stimmten ihn so melancholisch, so hundsmäßig melancholisch, daß er es in dem engen Abteil nicht aushielt und in den Klubwagen ging, um eine Zigarre zu rauchen.

Er saß in einem Ledersessel und fummelte nach dem Zigarrenabschneider in seiner Westentasche, da blickte der stattliche Herr im benachbarten Sessel von dem blau eingebundenen Aktenbündel auf, in dem er geblättert hatte. Charley sah die schwarzen Augen, das glatte Gesicht mit den blauen Backen, den kahlen Kopf mit der säuberlich arrangierten schwarzen Haarsträhne, die wie ein Vogelflügel aussah, und erkannte sie nicht sogleich wieder.

»Na, Charley, lieber Freund, Sie sind wohl verliebt.« – Charley richtete sich auf und streckte die Hand aus. »Guten Abend, Herr Senator«, sagte er und stotterte ein wenig, ganz wie in früheren Zeiten. »Nach der Hauptstadt unterwegs?« – »Das ist leider mein trauriges Los.« Senator Planets Blicke musterten ihn von Kopf bis Fuß. »Wie ich höre, hatten Sie einen Unfall.«

»Nicht nur einen«, sagte Charley und wurde rot. Senator Planet nickte verständnisvoll und schnalzte mit der Zunge. »Schlimm, schlimm... Na ja, Sir, es hat sich allerlei ereignet, seit Sie und der junge Herr Merritt bei mir zu Gast waren... Keiner von uns ist inzwischen jünger geworden.« Charley hatte das Gefühl, die Blicke des Senators verweilten mit ganz besonderem Genuß an den wabbligen Stellen, wo sein Hals an den Kragen stieß und sein Bauch sich unter der Weste wölbte. »Tja, keiner von uns ist jünger geworden«, wiederholte der Senator. – »Sie schon, Herr Senator. Ich möchte schwören, daß Sie jünger aussehen als damals.«

Der Senator lächelte. »Ich hoffe, Sie verzeihen mir die Bemerkung – aber das ist eine der sensationellsten Karrieren, die mir in den vielen Jahren politischer Tätigkeit zu erleben vergönnt war.«

»Na ja – eine neue Industrie. Da geht alles sehr schnell.«

»Beispiellos«, sagte der Senator. »Wir leben in einem Zeitalter beispiellosen Fortschritts... überall außer in Washington... Sie sollten uns öfter in unserem stillen Dörfchen besuchen... Sie haben bei uns viele Freunde. Ich lese in der Zeitung – wie Mr. Dooley zu sagen pflegte –, daß ihr dort in Detroit ganz ordentlich ummöbliert habt. Ihr braucht wohl eine breitere Kapitalbasis.«

»Dabei sind viele auf *ihrer* breiten Kapitalbasis gelandet«, sagte Charley. Er befürchtete, der Senator würde aus dem Lachen nicht mehr herauskommen. Mit einem großen, monogrammbestickten seidenen Taschentuch wischte er sich die Tränen ab und legte sein Patschhändchen auf Charleys Knie. »Allmächtiger Gott, darauf müssen wir einen trinken.«

Der Senator bestellte Mineralwasser und schmuggelte geheimnisvoll aus einer Flasche, die er in seiner Reisetasche mitführte, einige Tropfen guten Kornwhisky hinein. Charley begann sich wohler zu fühlen. Der Senator sagte, mit dem Ausbau der Luftfahrtlinien seien interessante Entwicklungsmöglichkeiten zu erwarten. Es würde ziemlich allgemein zugegeben, daß, wenn wir in Amerika den Vorsprung der anderen einholen wollten, staatliche Zuschüsse unvermeidlich seien. Dann würde es nur darauf ankommen, welcher der miteinander konkurrierenden Konzerne das Vertrauen der Behörden genieße. Aus dieser Flugliniensache sei mehr herauszuholen als aus den Schiffslieferungen und sonstigen Staatsaufträgen. »Es handelt sich darum, wem die Behörden ihr Vertrauen schenken, lieber Freund.« Bei dem Wort Vertrauen leuchteten Senator Planets schwarze Augen auf. »Deshalb freue ich mich, mein lieber Freund, Sie bei uns begrüßen zu dürfen. Halten Sie sich an unser kleines Dorf am Potomac, mein lieber Freund!«
»Klar«, sagte Charley.
»Wenn Sie nach Miami kommen, besuchen Sie meinen alten Freund Homer Cassidy... Er hat ein hübsches Boot... er wird mit Ihnen angeln fahren... Ich werde ihm schreiben, Charley. Wenn ich loskommen könnte, würde ich selber nächsten Monat vier Wochen in Miami verbringen. Momentan wird dort unten viel Geld verdient.«
»Danke, Herr Senator, das ist wirklich nett von Ihnen.«
Als sie in der Union Station ankamen, waren sie beide ziemlich blau. Sie unterhielten sich über Fernverbindungen und Anschlußlinien, über Flugzeughäfen und Grundstücksspekulationen. Charley wurde nicht schlau daraus, ob er Senator Planet als Kontaktmann engagiert habe oder Senator Planet ihn.
An der Taxistelle nahmen sie fast liebevoll Abschied voneinander.
Am nächsten Nachmittag fuhr er durch Virginia weiter. Es war ein schöner, sonniger Nachmittag. Auf den geschützten Hügelhängen begannen die Judasbäume rot auszuschlagen. Er hatte zwei Flaschen von dem guten Kornwhisky mit, die Senator Planet ihm ins Hotel geschickt hatte. Während er

am Steuer saß, wurde er auf den Chauffeur Parker wütend. Der Lump tut nichts weiter, als sich beim Einkauf von Reserveteilen, Benzin und Öl Prozente geben zu lassen. Im letzten Monat hat er acht neue Reifen verrechnet, was macht er denn mit den Reifen, frißt er sie auf? Als sie über die Zollbrücke nach Norfolk fuhren, kochte Charley bereits vor Zorn. Er mußte sich beherrschen, um nicht auszuholen und dem Lumpenkerl eins auf das glatte Kinn seiner Lakaienfresse zu versetzen. Vor dem Hotel platzte er.
»Parker, Sie sind entlassen. Hier ist Ihr Monatslohn und das Geld für die Rückfahrt. Wenn ich Sie morgen noch hier herumlaufen sehe, lasse ich Sie wegen Diebstahls verhaften. Sie wissen genauso gut wie ich, was ich meine. Ihr verdammten Chauffeure bildet euch ein, ihr seid so verdammt gerissen. Ich kenne den Schwindel, verstanden ... Ich muß mich für mein Geld genauso plagen wie ihr. Zum Beweis dafür werde ich von jetzt an selber fahren.« Das glatte, unbewegliche Gesicht des Mannes war ihm zuwider.
»Gut, Sir«, sagte Parker kühl. »Soll ich die Livree abliefern?«
»Sie können die Livree behalten ... Stecken Sie sie sich in den – –« Charley hielt inne. Mit rotem Gesicht stapfte er auf dem Pflaster vor dem Hotelportal auf und ab, umringt von einer Schar kichernder farbiger Hotelboys. »He, Jungs, nehmt meine Koffer und schafft den Wagen in die Garage... Also, Parker, Sie wissen, was Sie zu tun haben.«
Er marschierte ins Hotel und bestellte die größte Doppelsuite, die sie zu bieten hatten. Er trug sich mit seinem richtigen Namen ein. »Mrs. Anderson wird gleich erscheinen.« Dann rief er in den anderen Hotels an, um festzustellen, wo zum Teufel Margo stecke. »Hallo, mein Kind«, sagte er, als sich endlich ihre Stimme meldete. »Komm rüber, du bist Mrs. Anderson, und damit basta. Der Teufel soll sie alle holen. Ich lasse mir von niemand vorschreiben, was ich zu tun habe oder mit wem ich zu verkehren habe oder was ich mit meinem Geld mache. Das alles habe ich endgültig satt. Komm sofort her. Ich kann es nicht erwarten, dich zu sehen...«
Als sie ankam, mit einem Hotelboy, der ihre Koffer trug,

sah sie hübscher aus denn je. »Charley«, sagte sie, nachdem der Boy sich entfernt hatte, »das ist nun aber wirklich die crème de la crème ... Hast du Erdöl gefunden?« Nachdem sie sämtliche Räume durchstöbert hatte, kehrte sie zurück und schmiegte sich an ihn. »Sicher hast du einen tollen Börsencoup gelandet!« – »Man hat versucht, mich hineinzulegen, aber das ist nicht so leicht. Glaube mir ... Trink einen Schluck, Margo ... Komm, wir wollen uns ein bißchen andudeln, wir beide, Margo ... Du lieber Gott, ich hatte Angst, du würdest nicht kommen.«

Sie richtete sich vor dem Spiegel das Gesicht her. »Ich? Ach, ich bin so leicht zu haben«, sagte sie mit dem leisen, rauhen Ton, der ihm einen Schauder übers Rückgrat jagte.

»Sag mal, wo ist Cliff?«

»Unser hohlwangiger junger Freund, der die Güte hatte, mich zu der Begegnung mit dem Herrn und Meister zu begleiten? Er ist mit dem Sechs-Uhr-Zug abgehauen.«

»Teufel noch mal! Ich wollte ihm etwas sagen.«

»Er sagte, du hättest gesagt, er müsse Dienstag früh im Büro sein, und er würde da sein, selbst wenn er fliegen müßte. Weißt du, Charley, wenn er typisch ist für deine Angestellten, müssen sie dich geradezu vergöttern. Er hört nicht auf, mir zu erzählen, was für ein großartiger Kerl du bist.«

»Alle wissen, daß ich eigentlich zu ihnen gehöre, daß ich mich raufgearbeitet habe ... und ihre Gesichtspunkte verstehe. Es ist noch nicht gar so lange her, da habe ich selber an der Drehbank gestanden.«

Charley fühlte sich wohl. Er füllte abermals die Gläser. Margo nahm sein Glas und goß die Hälfte des Inhalts in die Flasche zurück. »Wir wollen nicht allzu blau werden, Mr. A.«, sagte sie mit ihrer leisen, zärtlichen Stimme.

Charley riß sie an sich und küßte sie hart auf den Mund. »Du mein Gott, wenn du wüßtest, wie ich mich immer danach gesehnt habe, ein richtiges Weib ganz für mich allein zu haben. Ich habe mit schrecklichen Ludern zu tun gehabt... Gladys, du lieber Himmel, was das für ein Luder war... Sie hat mich beinahe ruiniert – hat versucht, mich auszuplündern – hat sich mit meinen vermeintlichen Freunden

gegen mich zusammengetan ... Aber paß mal auf, meine Kleine! Ich werde es ihnen schon zeigen. In fünf Jahren werden sie auf den Bäuchen angekrochen kommen. Ich weiß nicht, woran es liegt, aber ich habe eine Nase für das ganz große Geld ... Nat Benton hat es mir bestätigt ... Ich weiß, daß es so ist. Ich mach's mit dem Köpfchen, verstehst du? Diese Scheißkerle haben alle mit *Geld* angefangen.«
Nachdem sie ihr Abendessen bestellt hatten und während sie inzwischen noch ein kleines Schlückchen tranken, kramte Margo einige Rechnungen aus ihrer Handtasche hervor. »Das werde ich gleich erledigen.« Ohne sie anzusehen, steckte Charley sie ein. – »Siehst du, Mr. A., wenn ich ein eigenes Bankkonto hätte, brauchte ich dich nicht mit solchen Lappalien zu belästigen.« – »Wie wäre es mit zehntausend – in der First National Bank – sobald wir nach Miami kommen?«
»Wie du meinst, Charley ... Ich verstehe nichts von Geld – wenn es mehr ist als ein Wochenlohn – , das weißt du. Wir vom Theater sind nun mal nicht anders. Ich mußte den Leuten in Trenton meine letzten paar Groschen geben. In diesem schönen Land kostet der Tod eine Menge Geld.«
Charleys Augen füllten sich mit Tränen. »War es dein Vater, Margery?«
Sie schnitt eine komische Grimasse. »O nein. Mein Alter ist abgeschoben, als ich noch ein kleines Ding mit langen Zöpfen war – er hatte zu viele Hustentropfen getrunken ... Das da war der zweite Mann meiner Stiefmutter. Ob du es glaubst oder nicht, ich habe meine Stiefmutter sehr gern. Sie ist der einzige Mensch auf der Welt, der es immer gut mit mir gemeint hat. Ich werde dir eines Tages von ihr erzählen. Es ist eine lange Geschichte.«
»Wieviel hat es gekostet? Ich übernehme die Kosten.«
Margo schüttelte den Kopf. »Es ist nicht meine Art, einem Mann meine Familie aufzuhalsen«, sagte sie.
Als der Kellner mit einem Tablett voller riesiger Silberschüsseln ankam und hinter ihm ein Kollege mit einem fertig gedeckten Rolltisch, rückte Margo von Charley weg. »Du mei, ist das ein Leben!« flüsterte sie in einem Ton, der ihn zum Lachen brachte.
Die Fahrt nach Miami war ein Erlebnis. Das Wetter war

schön. Als sie weiter nach Süden kamen, begannen die Wälder sich in den grünen Flaum des Frühlings zu kleiden. In den Kiefernlichtungen blühten Blumen. Vögel sangen. Der Wagen rollte dahin wie ein Traum. Auf den zementierten Straßen fuhr Charley im Neunzigkilometertempo, er fuhr vorsichtig, das Fahren machte ihm Spaß, die gute Vierradbremse, das gemächliche Surren des Motors unter der Haube. Margo war ein flottes Ding, sie war in ihn verliebt, sie machte immerzu Witze. Sie tranken nicht mehr, als nötig war, um in Stimmung zu kommen. Am späten Abend kamen sie in Savannah an und waren so gut gelaunt, daß sie sich betranken und der Direktor des großen alten Hotels sie hinausschmeißen wollte. Bei dieser Gelegenheit warf Margo einen Aschbecher durchs Oberlicht.

In dieser Nacht waren sie allzusehr betrunken, um im Bett richtigen Spaß zu haben, und als sie aufwachten, hatten sie einen Kupfergeschmack im Mund und grauenvolle Kopfschmerzen. Margo sah hager und grün aus, hatte, bevor sie baden ging, dicke Säcke unter den Augen. Charley machte ihr zum Frühstück eine Prärieauster, er sagte, das habe er drüben von den englischen Fliegern gelernt, und sie gab sie sofort wieder von sich, ohne das Dotter zu verletzen. Er mußte in die Toilette kommen und es sich ansehen, bevor sie an der Kette zog. Das rohe Eidotter starrte sie an, als wäre es soeben aus der Schale gerutscht. Trotz ihres Schädelbrummens mußten sie beide lachen.

Es wurde elf, bevor sie weiterfuhren. Charley fuhr recht gemächlich auf der gewundenen Straße durch die Waldgegend des südlichen Georgia mit ihren kleinen Buchten und Salzmarschen, aus denen die Kraniche aufflogen und einmal auch ein Schwarm weißer Reiher. Als sie nach Jacksonville kamen, waren sie ziemlich ausgepumpt. Beide konnten nichts essen außer einem Lammkotelett, das sie mit einem erbärmlichen Gin hinunterspülten. Für die Flasche Gin hatten sie dem farbigen Hotelboy acht Dollar bezahlt, er behauptete, es sei der beste englische Gin, in der vergangenen Nacht aus Nassau importiert. Sie tranken den Gin mit Bitter und gingen zu Bett.

Auf der Fahrt von Jax nach Miami war es richtig heiß.

Charley wollte das Verdeck zurückschlagen, um viel Luft zu bekommen, aber Margo war dagegen. Er mußte über sie lachen. »Alles kann eine Frau einem Mann opfern, nur nicht ihren Teint.« Charley hörte nicht auf, Gin zu tanken. Als sie nach Miami kamen, begaben sie sich sogleich ins alte *Palms*, wo Margo aufgetreten war, und wurden von Joe Kantor, Eddy Palermo und den Musikern mit großem Hallo begrüßt. Alle sagten, sie sähen wie zwei Hochzeitsreisende aus, und wollten aus Spaß den Trauschein sehen. »Ein zufälliger Bekannter – ich habe ihn an der Bushaltestelle in Jax aufgegabelt«, sagte Margo. Charley bestellte das beste Essen, das aufzutreiben war, und Drinks und Champagner für die ganze Schar. Trotz seines kranken Beines tanzte er den ganzen Abend. Als er absackte, trug man ihn in das Zimmer der Kantors. Als er wieder zu sich kam, saß Margo angekleidet und frisch wie eine Rose auf der Bettkante. Es war spät am Vormittag. Sie brachte ihm selber das Tablett mit dem Frühstück.

»Hör mal zu, Mr. A.«, sagte sie. »Du bist hergekommen, um dich auszuruhen. Jetzt wird eine Zeitlang nicht mehr gebummelt. Ich habe unten am Strand einen kleinen Bungalow gemietet; dich bringen wir im Hotel unter, um jeden Skandal zu vermeiden. Es wird dir gefallen. Was dir fehlt, ist der Einfluß eines richtigen Heims ... Und wir beide, Mr. A., sind von heute an Abstinenzler.«

Der Bungalow war im spanischen Missionsstil gehalten und kostete eine ganze Menge Geld, aber sie amüsierten sich in Miami Beach. Sie besuchten die Hunderennen und Spielsäle, und Charley lernte durch Senator Planets Freund Homer Cassidy, der ihn im Hotel aufsuchte – ein großer, freundlicher, kultivierter, weißhaariger Südstaatler in ausgebeultem weißem Anzug –, eine Pokerrunde kennen, welche die Nächte durch am grünen Tische saß. Nachdem man hin und her geredet hatte, rückte Cassidy damit heraus, daß er im Begriffe sei, sich Vorkaufsrechte auf das Gelände des geplanten neuen Flughafens zu verschaffen; er sei bereit, Charley mit Rücksicht auf seine guten Verbindungen an dem Geschäft zu beteiligen, aber dazu würde sofort bares Geld erforderlich sein. Charley hatte großes

Glück im Poker, er gewann immer so viel, daß er die Taschen voller Geldscheine hatte, aber sein Bankkonto sah weniger schön aus. Er begann Nat Bentons Büro in New York mit Depeschen zu bombardieren.
Margo versuchte, ihn vom Trinken abzuhalten. Nur wenn er mit Cassidy angeln fuhr, konnte er sich einen hinter die Binde gießen. Margo wollte nicht mitkommen, sie sagte, ihr gefielen die Blicke nicht, mit denen die Fische sie anstarrten, wenn sie aus dem Wasser gezogen werden. Eines Tages war er am Pier erschienen, um mit Cassidy hinauszufahren, aber es zeigte sich, daß der Nordwind, der morgens eingesetzt hatte, zu steif war. Und das war ein Heidenglück. Gerade als Charley den Pier verlassen wollte, kam ein Telegraphenbote auf seinem Fahrrad angesaust. Der Wind wurde von Minute zu Minute schärfer und wehte Charley, während er die Depesche las, kalten Staub ins Gesicht. Das Telegramm stammte von Senator Planet: REGIERUNG STELLT HAFER FÜR PEGASUS IN AUSSICHT. Sowie Charley nach Miami Beach zurückgekehrt war, meldete er ein Ferngespräch nach New York an. Als am nächsten Tag die Nachrichtenagenturen meldeten, es solle ein Gesetz eingebracht werden, das den Flugzeuggesellschaften staatliche Zuschüsse gewähre, stiegen die Kurse der Flugzeugpapiere. Charley verkaufte alles, was er hatte, zum Höchstkurs, deckte seine Verbindlichkeiten ab, und als die Abendzeitungen die Meldung dementierten, hatte er sein Schäfchen auf dem trockenen.
Eine Woche später fing er an, zu einem um zwanzig Punkte niedrigeren Kurs zurückzukaufen. Jedenfalls würde er nun genügend Bargeld haben, um seine Anleihen neu zu finanzieren und sich an Cassidys Optionen zu beteiligen. Als er Cassidy mitteilte, er sei bereit, mit einzusteigen, fuhren sie im Boot hinaus, um die Sache durchzusprechen. Ein farbiger Diener mischte ihnen Mintjuleps. Sie saßen im Heck, die Angelruten in der Hand, große Strohhüte auf den Köpfen, um die Augen vor der Sonne zu schützen, hinter sich auf einem Tisch die Juleps. Als sie den Rand des blauen Gewässers erreichten, fischten sie mit der Rollangel nach Segelfischen.

Es war ein Tag mit blauem Himmel, große weiche, rötlichweiße, an der Unterseite lavendelfarbene Wolken trieben in der Sonne dahin. Die Brise, die draußen im Golfstrom gegen die Drift wehte, war steif genug, um scharfe, zackige Wellen zu bilden, grün dort, wo sie sich überschlugen, blau und purpurrot in den Tälern. Sie folgten den langen Strähnen gelblichbrauner Algen, bekamen aber keine Segelfische zu Gesicht. Cassidy fing einen Delphin, Charley entwischte einer. Das Boot stampfte heftig, Charley mußte sich an die Juleps halten, um den Magen zu beruhigen.
Fast den ganzen Vormittag kreuzten sie vor der Mündung des Miami River. Hinter den steilen dunklen Wogen waren die stillen, sonnenbeschienenen braunen Wasser der Bucht zu sehen und am Horizont die neuen Häuser, weiß schimmernd zwischen dem roten Geflecht der Bauverstrebungen. »Wenn gebaut wird – das sehe ich gern«, sagte Homer Cassidy und zeigte auf die Stadt – mit seiner blaugeäderten Hand, an der ein großer, alter, goldener Siegelring saß. »Und es fängt erst an ... Junge, Junge, ich kann mich noch an die Zeit erinnern, wo Miami das Ende der Welt war, ein Häuflein halbverfallener Baracken zwischen der Bahn und dem Fluß; und ich kann Ihnen sagen, die Moskitos waren nicht zum Lachen. Ein paar kleine Krauter züchteten Frühtomaten und lagen die Hälfte der Zeit mit Schnupfen und Fieber im Bett ... Und wie sieht es heute aus? ... Dabei wollen einem die Herrschaften in New York einreden, daß das eine ungesunde Konjunktur ist.« – Charley nickte wortlos. Er kämpfte soeben mit einem Fisch, der angebissen hatte. Sein Gesicht war rot, seine Hand vom Kurbeln verkrampft. »Bloß 'n kleiner Bonito«, sagte Cassidy. ... »Und wie sie den Leuten einreden wollen, daß wir kein gutes Fischwasser hätten! Damit wollen sie nur für die Westküste Propaganda machen ... Junge, ich muß zugeben, ich habe es schon vor ein paar Jahren kommen sehen, schon damals, als ich noch mit dem alten Flagler zusammenarbeitete. Das war ein weitblickender Mann ... Ich saß mit ihm in dem ersten Zug, der über die Dammstrecke nach Key West fuhr ... Damals war ich als Anwalt für die Bahn tätig ... Schulkinder streuten ihm Rosen vor die Füße –

den ganzen Weg von seinem privaten Salonwagen bis zur Kutsche ... Fast tausend Menschen hatte uns der Orkan weggeschleppt, bevor die Strecke fertig war ... Und jetzt das neue Miami ... und Miami Beach – was halten Sie von unserem Strandviertel? Flaglers Traum ist Wirklichkeit geworden.«

»Tja, was *ich* gern möchte...« begann Charley und unterbrach sich, um einen kräftigen Schluck von dem frischen Julep zu nehmen, den der farbige Boy ihm soeben gereicht hatte. Jetzt, da die kleine Anwandlung von Seekrankheit vorbei war, fühlte er sich fabelhaft. Cassidys Helfer war mit Charleys Angelrute nach vorn gegangen, um den Haken zu erneuern, Charley saß untätig im Heck des Motorbootes, fühlte, wie die Sonne seinen Rücken versengte; kleine salzige Gischtflocken trockneten auf seinem Gesicht, er hatte nichts zu tun, als seinen Julep zu schlürfen, er hatte keinerlei Sorgen. »Cassidy, das ist ein Leben! ... Warum soll man nicht mit seinem Leben machen dürfen, was man will? ... Ich wollte eben sagen – was *ich* gern möchte, ist – raus aus dem ganzen Betrieb ... Schluß mit den Geldmanövern – weg mit dem ganzen Mist ... Ich möchte mich mit einem kleinen Sümmchen zurückziehen, mir ein Haus bauen und mich zur Ruhe setzen und nur zu meinem Vergnügen an Motoren, an Konstruktionsplänen und dergleichen herumbasteln... Ich habe mir immer gedacht, wenn ich eines Tages genug Geld hätte, würde ich mir einen eigenen Windkanal bauen... Sie wissen, so ein Ding, in dem man die Flugzeugmodelle ausprobiert.« – »Natürlich wird erst der Flug Miami groß machen«, sagte Cassidy. »Bedenken Sie nur – achtzehn, vierzehn, zehn Stunden von New York ... Ich brauche es Ihnen nicht zu sagen – weder Ihnen noch mir noch dem Senator –, aber mit diesem Flughafen legen wir den Grundstein zu Miamis kommender Blüte... Ja, lieber Freund, mein Leben lang habe ich darauf gewartet, einmal einen richtigen Fang zu machen ... Mein Leben lang habe ich mich für andere geplagt – als Firmenanwalt, als Richter ... Mir scheint, jetzt wäre es für mich an der Zeit, auch einmal mir selber etwas zuzuschanzen.«

»Angenommen, man entscheidet sich für einen anderen

Platz!« sagte Charley. »Dann sitzen wir schön in der Tinte. Schließlich ist so etwas schon einmal vorgekommen.«
»Junge, das *können* sie nicht machen. Die Herrschaften wissen selber, daß das die ideale Lage ist – und außerdem... ich sollte es Ihnen eigentlich nicht verraten, aber sie würden es ohnedies bald erfahren ... Na ja, Sie kennen unseren gemeinsamen Freund in Wahington, tja, er ist einer der vorausblickendsten Menschen im ganzen Land. Das Geld, das ich investiere, stammt nicht aus Homer Cassidys Tasche, weil Homer Cassidy bankrott ist. Das macht mir momentan am meisten Kopfzerbrechen. Ich bin nur sein Agent. Und in all den Jahren, in denen ich mit Senator Planet zu tun hatte, habe ich ihn, bei meiner Seele, nie auch nur einen Cent hinlegen sehen, wenn es sich nicht um eine todsichere Sache handelte...«
Charley begann zu lächeln. »Schau mal an, der alte Gauner!« Cassidy lachte. »Sie kennen die Redensart von dem blinden Esel, dem es egal ist, ob man ihm winkt oder zublinzelt! Was halten Sie von einem schönen Schinkenbrot?«
Zu den Broten wurde abermals ein Glas getrunken. Charley wurde gesprächig. Es war ein herrlicher Tag. Cassidy war ein Prachtkerl. Charley fand das Leben herrlich. »Komisch«, sagte Charley, »Miami habe ich zum erstenmal vom Meer aus gesehen. Nie hätte ich mir träumen lassen, daß ich eines Tages hier Geld scheffeln würde ... Damals gab es auch die Hochhäuser noch nicht. Ich fuhr mit einem Küstenschiff nach New York. Ich war noch sehr jung, ich war zum *Mardi Gras* in New Orleans gewesen und hatte keinen Groschen in der Tasche. Ich nahm Heuer, um nach New York zu kommen. Unterwegs freundete ich mich mit einem armen Krauter aus Florida an. Das war ein komischer Heini. Wir fuhren zusammen nach New York. Er sagte, das Richtige wäre, rüberzugehen und sich den Krieg anzusehen, und wir zwei Idioten meldeten uns freiwillig zum Sanitätsdienst. Nachher wechselte ich zur Luftwaffe über. Auf diese Weise kam ich in die Branche. Damals war mir Miami total gleichgültig.«
»Tja, mir hat Flagler auf die Beine geholfen«, sagte Cassidy. »Ich schäme mich nicht, es zuzugeben – ich fing damit an,

Wegrechte für die *Florida East Coast* aufzukaufen... Flagler hat *mir* auf die Beine geholfen, und er hat Miami auf die Beine geholfen.«

An diesem Abend, nachdem sie sonngebräunt und ein wenig beschwipst von ihrem Ausflug in den Golfstrom zurückgekehrt waren, verstauten sie ihre Vorkaufsverträge säuberlich in Richter Cassidys Safe und begaben sich ins *Palms*, um sich dort von den geschäftlichen Sorgen zu erholen. Margo hatte ihr Lamékleid an und sah wirklich bezaubernd aus. Es war eine gewisse Eileen mit dabei, ein mageres, schwarzhaariges Mädchen von irischem Aussehen, sie schien Cassidy von früher her zu kennen. Sie aßen zu viert, Cassidy wurde gründlich blau und riß das Maul weit auf, erzählte des langen und breiten von dem großen neuen Flughafen und versprach den beiden Mädchen, sie an dem Geschäft zu beteiligen. Auch Charley war betrunken, aber nicht so betrunken, daß er nicht gewußt hätte, Cassidy sollte lieber das Maul halten. Als er mit Eileen tanzte, flüsterte er ihr ins Ohr, sie solle doch ihren Freund veranlassen, das Maul zu halten, bis die zuständigen Stellen die Sache öffentlich bekanntgeben würden. Margo sah, wie sie die Köpfe zusammensteckten, wurde eifersüchtig und fing an, aus Revanche mit Cassidy anzubandeln. Als Charley sie zum Tanz holte, stellte sie sich taub und antwortete nicht auf seine Fragen.

Er ließ sie am Tisch sitzen und ging an die Bar, um etwas zu trinken. Dort zankte er sich mit einem hageren Kerl, der aussah wie ein Bauer. Eddy Palermo, ein öliges Lächeln auf seinem Gesicht, das die Form und die Farbe einer Olive hatte, kam gelaufen und stellte sich zwischen die beiden. »Sie dürfen sich nicht an diesem Herrn vergreifen, Mr. Anderson, das ist unser Distriktsanwalt ... Ich bin überzeugt, die Herren werden sich gut vertragen. Mr. Pappy – Mr. Anderson war einer unserer besten Kriegsflieger.«

Sie ließen die Arme sinken und glotzten einander an, während der kleine Italiano eifrig nickend und grinsend zwischen ihnen stand. Charley streckte die Hand aus. »Schön, hier ist meine Hand, Herr Kollege«, sagte er. Der Distriktsanwalt sah ihn böse an und steckte die Hände in die

Taschen. – »Scheißanwalt«, sagte Charley. Er taumelte und mußte sich an der Wand festhalten. Dann machte er kehrt und ging zur Tür hinaus. Draußen begegnete er Eileen, die eben aus der Toilette kam und sich vor dem Spiegel neben der Kleiderablage das glatte Haar im Nacken zurechtklopfte. Er war halb erstickt von dem Whisky, dem Zigarrenrauch, dem pochenden Rhythmus der Musik, dem Gescharr der Füße. Er mußte ins Freie. »Kommen Sie, Kleine, wir fahren spazieren, ich muß frische Luft haben.« Bevor sie den Mund aufmachen konnte, hatte er sie zu dem Parkplatz geschleppt. – »Oh, wir können doch nicht einfach die anderen sitzenlassen«, sagte sie. – »Die merken es nicht, die sind viel zu besoffen. In fünf Minuten sind wir wieder da. Ein bißchen frische Luft tut kleinen Mädchen gut, besonders kleinen Mädchen, die so hübsch sind wie du.« Die Getriebe knirschten, weil er vergessen hatte, die Kuppelung herauszunehmen. Der Wagen blieb stehen. Er ließ den Motor von neuem an und ging sofort auf höchste Touren. Der Motor klopfte eine Weile, begann aber dann anzuziehen. »Schau mal an«, sagte er, »kein schlechtes Wägelchen.« Während er drauf loskutschierte, sprach er aus dem Mundwinkel mit Eileen. »Das ist das letzte Mal, daß ich mich in diese Spelunke verirrt habe ... Solche kleinen Dorfpolitiker, frisch aus der Jauchegrube, sollen mir ja nicht frech werden. Ich kaufe sie mir wie eine Tüte Erdnüsse. Genauso wie diesen Lausekerl Farrell. Auch ihn werde ich mir noch kaufen. Du kennst ihn nicht, aber es genügt, wenn ich sage, daß er ein Gauner ist, einer der größten Gauner im Lande, und er hat sich eingebildet, die ganze verdammte Blase hat sich eingebildet, daß man mich genauso ausbooten kann wie den armen, braven Joe Askew. Aber den Mann, der sich auskennt, den Mann, der die Erfindungen macht, den wird man nicht so leicht los. Ich bin ihnen auch auf ihrem eigenen Gebiet gewachsen. Wir haben hier in Miami eine ganz große Sache vor, von der sie sich nie was hätten träumen lassen. Und die Behörden sind präpariert. Das wird eine große Sache werden, mein Kindchen, so was Tolles hast du noch nicht erlebt, und ich werde dich beteiligen. Von jetzt an sind wir aus dem Was-

ser. Und wenn du dann aus dem Wasser bist, wirst du den armen, braven Charley Anderson vergessen, den lieben Kerl, der dir den Tip gegeben hat.«
»Ach, es ist so kalt«, jammerte Eileen. »Kehren wir um. Ich friere.«
Charley beugte sich zu ihr und legte den Arm um ihre Schulter. Dabei machte der Wagen eine scharfe Wendung. Er riß ihn auf die Straße zurück. »Bitte, seien Sie vorsichtig, Mr. Anderson ... Sie fahren jetzt mit hundertunddreißig... Bitte, machen Sie mir keine Angst.«
Charley lachte. »Mein Gott, so ein süßes, kleines Ding! Schau, jetzt bin ich auf sechzig heruntergegangen, jetzt rollen wir gemächlich dahin mit sechzig Sachen. Und dann kehren wir um, es ist Zeit, daß die kleinen Häschen ins Bett gehen. Aber solange *ich* am Steuer sitze, brauchst du keine Angst zu haben. Eines kann ich – Auto fahren. Aber ich chauffiere nicht gern. Ja, wenn ich mein Privatflugzeug hier hätte! Was würdest du zu einer kleinen Flugtour sagen? Ich hätte es längst hergeholt, aber es war verpfändet – an die Reparaturwerkstatt. Mußte einen neuen Motor einsetzen lassen. Aber jetzt bin ich aus dem Wasser. Ich werde einen meiner Leute beauftragen, es mir herzufliegen. Dann werden wir uns erst richtig amüsieren. Du und ich und Margo. Die gute Margo ist ein Prachtmädchen, aber sie braust so leicht auf. Ein Prachtmädchen! Ja, eines kann ich – mir Weiber aussuchen...«
Als sie umdrehten, um nach Miami zurückzukehren, sahen sie hinter dem weiten, mit verdorrten Kiefern, halbfertigen Stuckhäusern, geschlossenen Tankstellen und Würstchenständen gespickten Ödland den langen Schweif der Morgendämmerung.
»Jetzt haben wir Rückenwind. Gleich bist du zu Haus – ehe du Piep sagen kannst.« Sie fuhren neben einem Schienenstrang her und näherten sich zwei roten Lichtern. »Ob das der New Yorker Zug ist?« Sie holten ihn ein, kamen an dem beleuchteten Aussichtswagen vorbei, an den Schlafwagen, die bis auf die Milchglasfenster der Waschräume an den Enden der Waggons dunkel waren. Sie schoben sich an den Gepäckwagen, an den Postwagen und an die Lokomotive

heran, die riesenhaft und hoch und schwarz mit einem leichten Kräuselschimmer in Charleys Scheinwerferlicht durch die Nacht rollte. Der Zug hatte den roten Dämmerstreif weggewischt. »Teufel, die haben ja kein Tempo.« Als sie am Führerstand der Lokomotive vorbeikamen, gab sie einen Pfiff von sich. »Teufel, ich bin schneller am Übergang.« Ein Stück weiter vorne funkelten bereits die Signale des Bahnüberganges und die langen Scheinwerferfahnen der Lokomotive, die den rotgelben Dämmerstreifen am Rande des Gewölks überglänzten und in die Ferne schoben. Die Bahnschranken waren herabgelassen. Charley gab Gas. Sie durchstießen die Schranke, klirrend zerbrachen die Scheinwerfer. Der Wagen ruckte zur Seite. In ihren Augen war das grelle Licht der Lokscheinwerfer, in ihrem Ohr das gellende Pfeifsignal. »Keine Angst, wir sind durch«, schrie Charley dem Mädchen zu. Der Wagen rutschte auf den Geleisen aus und blieb stehen.

Charley trat auf den Gashebel. Den Zusammenstoß merkte er kaum. Als er zu sich kam, wußte er sogleich, daß er im Krankenhaus lag. Zuerst einmal fragte er sich, ob das nur ein kräftiger Katzenjammer sei. Er konnte sich nicht rühren. Alles war finster. Aus der Tiefe eines Abgrundes sah er die Zimmerdecke. Dann sah er die Haube einer Krankenschwester und die Schwester selbst, die sich über ihn beugte. Er redete immerzu. Er konnte nicht aufhören.

»Tja, ich dachte, mit uns ist es aus. Sagen Sie mal, Schwester, wo sind wir abgestürzt? Auf dem Flugfeld? Mir wäre wohler, wenn ich mich erinnern könnte. Es war so, Schwester ... Ich war mit dem kleinen Mädchen aufgestiegen, damit sie die neue Boeingmaschine kennenlernt – Sie kennen doch die verdammte Type – *Boeing* ... Ich war auf irgend jemand wütend, schrecklich wütend, es muß meine Frau gewesen sein, die arme, gute Gladys, hat sie mich nicht schändlich behandelt? Aber sobald die Flughafensache unter Dach und Fach ist, werde ich mir die ganze Gesellschaft kaufen. Sagen Sie mal, Schwester, was ist denn passiert? War es auf dem Flugfeld?«

Das Gesicht und die Haare der Krankenschwester waren gelb unter der weißen Haube. Sie hatte ein schmales Gesicht

ohne Lippen und magere Hände, die an seinen Augen vorbeihuschten, um die Decke unter seinem Kinn glattzustreichen.
»Sie müssen versuchen zu ruhen«, sagte sie. »Sonst muß ich Ihnen noch eine Spritze geben.«
»Sagen Sie mal, Schwester, sind Sie Kanadierin? Sie sind bestimmt Kanadierin.«
»Nein, ich bin aus Tennessee ... Warum?«
»Dann habe ich mich geirrt. Sehen Sie, sooft ich im Krankenhaus lag, waren die Schwestern Kanadierinnen. Ist es hier drin nicht ziemlich dunkel? Wenn ich bloß wüßte, wie es passiert ist. Hat man in meinem Büro angerufen? Vielleicht trinke ich zuviel. Von jetzt an werde ich mich nur an meine Geschäfte halten. Ich sage Ihnen, in meiner Branche muß man auf dem Posten sein ... Sagen Sie mal, könnten Sie mir nicht einen Schluck Wasser geben?«
»Ich bin die Nachtschwester. Es ist noch nicht Tag. Versuchen Sie zu schlafen.«
»Man wird sicher im Büro angerufen haben. Stauch soll die Maschine inspizieren, bevor jemand anderes sie anrührt. Komisch, Schwester, ich habe keine großen Schmerzen, aber ich fühle mich erbärmlich.«
»Das ist die Spritze«, sagte die forsche, leise Stimme der Krankenschwester. »Ruhen Sie sich jetzt aus, und wenn Sie morgen aufwachen, werden Sie sich bereits viel besser fühlen... Hier, damit dürfen Sie nur den Mund ausspülen.«
»Klar.«
Er konnte nicht schweigen. »Sehen Sie, es war so. Ich habe mich mit irgendeinem Kerl gezankt. Hören Sie zu, Schwester? Seit man sich gegen mich verschworen hat, bin ich immer schnell beleidigt. Sehen Sie, früher einmal habe ich jeden Menschen für meinen guten Freund gehalten. Jetzt weiß ich, alle sind Gauner ... sogar Gladys. *Sie* hat sich am allerschlimmsten benommen ... Ich glaube, es ist der Kater, der mich so durstig macht.«
Die Schwester beugte sich wieder über ihn. »Ich fürchte, wir müssen Ihnen noch ein kleines Schlafmittelchen geben, lieber Freund ... Nur schön still liegen. Und an was Schönes denken. So ist es recht.«

Er spürte, wie sie seinen Arm mit einem kalten und feuchten Gegenstand betupfte. Dann fühlte er den Stich der Nadel. Das harte Bett, auf dem er wachend lag, zerfiel allmählich unter ihm. Er versank, ohne daß ihn ein süßes Schlummergefühl überkam, er versank in die Finsternis.

Diesmal war es ein dickes, gestärktes Frauenzimmer, das sich über ihn beugte. Es war Tag. Die Schatten hatten sich verändert. Sie hielt ihm einige Papiere unter die Nase. Sie hatte eine harte, vergnügte Stimme. »Guten Morgen, Mr. Anderson, kann ich etwas für Sie tun?«

Charley lag noch immer in einem tiefen Brunnen. Das Zimmer, die dicke, gestärkte Frau, die Papiere schwebten irgendwo hoch über ihm. Rund um seine Augen war es glühend heiß. »Hören Sie mal, Schwester, ich habe gar nicht das Gefühl, daß ich da bin – daß ich existiere.«

»Ich bin die Direktrice. Wenn Sie so freundlich sein wollen – es wären einige Formalitäten zu erledigen – falls Sie sich kräftig genug fühlen.«

»Hatten Sie schon mal das Gefühl, es sei alles schon mal passiert? ... Hören Sie zu – wo – ich meine, in welcher Stadt...? Egal, Sie brauchen es mir nicht zu sagen – jetzt erinnere ich mich an alles.«

»Ich bin die Direktrice. Wenn Sie so freundlich sein wollen, im Büro möchte man gern einen Scheck für die erste Woche im voraus haben – außerdem sind noch einige andere Gebühren zu begleichen.«

»Keine Bange. Ich habe Geld ... Geben Sie mir um Gottes willen was zu trinken.«

»Die Vorschriften verlangen es.«

»Irgendwo in meinem Jackett muß ein Scheckbuch sein... oder setzen Sie sich mit Cliff in Verbindung – mit meinem Sekretär, Mr. Wegman ... Er wird Ihnen einen Scheck ausstellen.«

»Zerbrechen Sie sich nicht den Kopf, Mr. Anderson. Das Büro hat einen Blankoscheck ausgestellt. Ich setze den Namen der Bank ein. Sie unterschreiben. Die Vorauszahlung beträgt hundertundfünfzig Dollar.«

»*Bankers' Trust*, New York ... Ich kann kaum meinen Namen schreiben.«

»Den Fragebogen lassen wir später durch die Schwester ausfüllen. Für das Archiv ... Auf Wiedersehen, Mr. Anderson, ich hoffe, es wird Ihnen bei uns gefallen. Und baldige Besserung ...« Das dicke, gestärkte Frauenzimmer war verschwunden.

»He, Schwester«, rief Charley. Plötzlich hatte er Angst. »Was ist das für ein Kabuff? Wo bin ich? He, Schwester, hören Sie nicht, Schwester?« Er schrie aus Leibeskräften. Der Schweiß brach ihm aus, rann ihm in die Ohren und Augen. Er konnte den Kopf und die Arme bewegen, aber seine Magengrube war weg. Er hatte kein Gefühl in den Beinen. Sein Mund war ausgetrocknet.

Eine neue, rosige Schwester beugte sich über ihn. »Was kann ich für Sie tun, Sir?« Sie wischte ihm das Gesicht ab und zeigte ihm die Klingelschnur, die dicht neben seiner Hand hing. »Schwester, ich bin furchtbar durstig«, sagte er mit matter Stimme.

»Spülen Sie sich den Mund aus. Der Herr Doktor will nicht, daß Sie etwas essen oder trinken, bevor er das Ergebnis der Untersuchung kennt.«

»Wo ist der Arzt? ... Warum ist er nicht hier? ... Warum ist er nicht längst hiergewesen? Wenn er sich nicht vorsieht, werde ich ihn wegschicken und mir einen anderen nehmen.«

»Da kommt Dr. Snyder«, sagte die Schwester in respektvollem Flüsterton.

»Na, Mr. Anderson, das wär beinahe schiefgegangen. Sie haben sich wahrscheinlich die ganze Zeit eingebildet, daß Sie nicht in einem Auto, sondern in einem Flugzeug sitzen ... Komisch, ich habe noch nie einen guten Piloten getroffen, der zugleich ein guter Chauffeur gewesen wäre. Mein Name ist Snyder. Dr. Ridgely Snyder aus New York. Dr. Booth, der hiesige Chefarzt, hat mich hinzugezogen. Möglicherweise müssen wir Sie innen ein wenig zurechtflicken. Wie ich höre, lagen Sie unter dem Auto, als man Sie fand ... Ein reines Glück, daß Sie nicht auf der Stelle weg waren ... Können Sie mich hören, ja?«

Dr. Snyder war ein stämmiger Mann mit flachen, glattrasierten Wangen und viereckigen Händen, die in viereckige Nägel ausliefen. Als Charley den Arzt neben dem Bett stehen sah, feist, vierschrötig und dickbäuchig in seinem weißen Kittel, schoß ihm ein Lied, das der alte Vogel zu singen pflegte, durch den umwölkten Kopf: Er sah aus wie Willem Kaiser, der Schlächter, aber sie kennen einander nicht ...

»Wahrscheinlich ist es das Morphium – mein Hirn funktioniert nicht richtig ... Tun Sie Ihr Bestes, Doktor ... Und schauen Sie nicht aufs Geld. Ich habe soeben ein kleines Geschäft gemacht, da werden den Herrschaften die Ohren klingen ... Hören Sie mal, Doktor, was ist mit dem kleinen Mädchen passiert – es war doch ein kleines Mädchen mit im Auto?«

»Machen Sie sich keine Sorgen, es geht ihr gut. Sie wurde hinausgeschleudert. Eine leichte Gehirnerschütterung, ein paar Prellungen, sie wird sich schnell erholen.«

»Ich hatte Angst zu fragen.«

»Wir müssen einen kleinen Eingriff vornehmen. Die Därme vernähen – ein sehr interessantes Problem. Jetzt bitte ich Sie, sich keinerlei Gedanken zu machen, Mr. Anderson... Es ist nicht weiter schlimm. Hier ein Stich – dort ein Stich... Wir werden sehen, was sich machen läßt. Ich wollte gerade Urlaub nehmen, aber ich stelle mich natürlich gern zur Verfügung, wenn es sich um einen dringenden Fall handelt.«

»Besten Dank, Doktor, besten Dank für Ihre Bemühungen... Ich sollte nicht soviel trinken... Sagen Sie, warum gibt man mir kein Wasser?... Komisch, als ich zuerst hier aufwachte, dachte ich, da biste schon wieder in 'ner Ganovenkneipe gelandet. Ach Gott, Doris hätte mich nicht gerne so reden hören, wissen Sie, grammatisch falsch, ein Benehmen, das sich nicht für einen Gentleman und Offizier gehört. Aber wissen Sie, Doktor, wenn man so weit ist, daß man sie sich kaufen kann wie eine Tüte Erdnüsse, eine Tüte ranziger Erdnüsse, dann ist es einem egal, was die Herrschaften denken. Wissen Sie, Doktor, vielleicht ist es ein Glück für mich, daß ich auf der Nase liege, da habe ich Gelegenheit, mir das Trinken abzugewöhnen und gründlich nachzudenken... Haben Sie schon einmal gründlich nachgedacht, Doktor?«

»Ja, aber momentan, Mr. Anderson, überlege ich mir nur eines: Daß Sie sich völlig still zu verhalten haben.«

»Schön, Doktor, tun Sie das Ihre... Schicken Sie mir die hübsche Schwester herein, ich will mit ihr plaudern. Ich will mit ihr über Bill Cermak plaudern... Er war der einzige anständige Kerl, den ich je getroffen habe – er und Joe Askew... Wie mag ihm zumute gewesen sein, als er sterben mußte?... Wissen Sie, das war das vorige Mal, wo ich, na, sagen wir, konstitutionell zu Schaden gekommen bin... Wir sind zusammen mit einem Flugzeug abgestürzt... mit der neuen *Mosquito*... Da steckten Millionen drin – aber die Schweinebande hat mir meine Aktien abgeknöpft... Sagen Sie mal, Doktor, Sie sind wohl noch nie gestorben wie?«
Nichts als die weiße Decke über ihm. Heller dort, wo das Licht durchs Fenster fällt. Er erinnerte sich an die Klingelschnur. Er läutete und läutete. Niemand kam. Dann riß er so heftig an der Schnur, daß er fühlte, wie sie irgendwo entzweiging. Das Gesicht der hübschen, rosigen Schwester beugte sich über ihn wie eine Großaufnahme im Film. Ihr junger, selten geküßter Mund bewegte sich. Er sah, daß sie glucksende Laute von sich gab, aber er hatte ein Geräusch in den Ohren wie das Surren einer Fernverbindung und konnte nicht hören, was sie sagte. Nur wenn er redete, verließ ihn die Angst. »Passen Sie auf, liebes Fräulein...« hörte er sich sagen. »Ich bezahle die Krankenhausrechnung, und deshalb muß alles so geschehen, wie ich es haben will... Zum Beispiel – Sie müssen hier bei mir sitzen und zuhören. Einen Augenblick – was habe ich nur zu dem guten Mann gesagt? Er mag tausendmal Arzt sein, in meinen Augen sieht er doch aus wie Willem Kaiser, der Schlächter. Sie sind noch zu jung, um das schöne Lied zu kennen.«
»Es ist Besuch da, Mr. Anderson. Soll ich Ihr Gesicht ein bißchen auffrischen?«
Charley verdrehte die Augen. Der Wandschirm war zur Seite geschoben worden. In dem grauen Viereck der Tür stand Margo. Sie trug ein gelbes Kleid. Sie sah ihn mit runden Vogelaugen an.
»Du bist doch nicht böse, Margery?«
»Mehr als böse – bekümmert.«
»Alles wird in Ordnung gehen, Margo. Ich habe einen großartigen Medizinmann aus New York. Er wird mich wieder

zusammenflicken. Bis auf den Schnurrbart sieht er aus wie Willem Kaiser, der Schlächter... Was verstehst du davon? Ich hatte den Schnurrbart ganz vergessen... Sieh mich nicht so komisch an. Schau, es geht mir ausgezeichnet. Schau, ich fühle mich wohler, wenn ich reden darf. Ich bin bestimmt der geschwätzigste Patient, der je in diesem Krankenhaus gelegen hat... Margo, du weißt, wenn ich weiter so getrunken hätte, wäre ich ein richtiger Säufer geworden. Delirium. Ganz gut, daß ich plötzlich aufhören muß.«

»Hör mal Charley, bist du kräftig genug, um einen Scheck auszustellen? Ich brauche ein wenig Geld. Du weißt, du wolltest mich an deinem Flughafengeschäft beteiligen. Und ich muß einen Anwalt nehmen. Eileens Angehörige wollen dich verklagen. Der Distriktsanwalt hat einen Haftbefehl erlassen. Ich habe dir dein Scheckbuch mitgebracht.«

»Du lieber Gott, Margo, ich habe zwar etwas Pinkepinke verdient, aber ich bin doch nicht die Bank von England.«

»Aber Charley, du hast gesagt, du wirst mir ein Konto eröffnen.«

»Laß mich erst einmal aus dem Krankenhaus raus sein.«

»Charley, du armer, unglücklicher Mr. A.... Glaubst du, es macht mir Spaß, dich in dieser Situation belästigen zu müssen?... Aber ich muß essen. Jeder Mensch muß essen. Und mit ein wenig Geld könnte ich dem Distriktsanwalt den Mund stopfen... und dafür sorgen, daß die Presse nichts darüber schreibt... du weißt, was sie damit hermachen würden... Aber da muß ich schnell etwas Geld haben.«

»Schön, stell einen Scheck auf fünftausend aus... Du kannst von Glück sagen, daß ich mir nicht den Arm gebrochen habe.«

Die hübsche, rosige Schwester war zurückgekehrt. Ihre Stimme war kalt, scharf und eisig. »Leider ist es jetzt Zeit«, sagte sie.

Margo beugte sich über ihn und küßte ihn auf die Stirn. Charley kam sich vor wie in einem Glaskasten. Da war die Berührung ihrer Lippen, da war der Geruch ihres Kleides, ihrer Haare und ihres gewohnten Parfums, aber er spürte nichts. Wie in einem Film sah er sie davongehen, die schaukelnden Hüften unter dem engsitzenden Kleide, die etwas nervöse Gebärde, mit der sie den Scheck unter dem Kinn hin und her schwenkte, damit die Tinte trockne...

»Wissen Sie, Schwester, das ist wie ein Run auf eine Bank... Ich vermute, man hält die Firma nicht mehr für ganz solvent... Also jetzt schaffe *ich* an – sagen Sie unten Bescheid – ich wünsche keine Besuche mehr zu empfangen – verstanden? Sie und ich und Dr. Kaiser Willem – das reicht vollauf.«

»Jedenfalls ist es jetzt an der Zeit für eine kleine Spazierfahrt durch den Korridor«, sagte die hübsche, rosige Schwester mit munterer Stimme, als handele es sich um eine Theatervorstellung oder ein Fußballmatch.

Ein Krankenwärter kam ins Zimmer. Das Zimmer begann zurückzuweichen, ein grauer Gang glitt vorbei, aber die Bewegung des Rollwagens jagte blinde Schmerzenskrämpfe durch seine Beine. Er versank wieder in saure, kotzbittere Finsternis. Als das Licht zurückkehrte, war es sehr weit entfernt. Die Zunge im Mund war trocken, er hatte solchen Durst. Alles war in rote Nebel gehüllt. Er hörte in weiter Ferne reden. Er fühlte, wie die Worte seinen Mund verließen, aber er hörte sie nicht. Er hörte nur den Arzt »Bauchfellentzündung« sagen, als handele es sich um das schönste Gartenfest der Welt, als ob man sagte »Fröhliche Weihnachten!« Dann waren auch noch andere Stimmen zu hören. Seine Augen standen offen, er hörte Stimmen. Offenbar hatte er zu delirieren begonnen. Jim saß am Bett, einen verdutzten, finsteren Ausdruck im Gesicht, so hatte er ihn schon als kleiner Junge an Sonntagnachmittagen dasitzen und die Geschäftsbücher durchgehen sehen.

»Bist *du* das, Jim?« Es wunderte Charley, daß man ihn hörte, seine Stimme war so weit entfernt. – »Es ist alles in bester Ordnung, Charley... Du darfst dich nicht im geringsten anstrengen. Ich werde alles erledigen.«

»Hörst du mich, Jim? Es klingt wie eine schlechte Fernverbindung.«

»Schon gut, Charley... Wir werden alles erledigen. Du sollst dich ausruhen. Hör mal, Charley, ich frage dich nur vorsichtshalber, hast du ein Testament gemacht?«

»Hör mal, hat da nicht jemand etwas von Bauchfellentzündung gesagt? Das ist eine schlimme Sache, was?«

Jims Gesicht war lang und weiß. »Nur – nur eine kleine Operation. Ich dachte, es wäre nicht schlecht, wenn du mir eine Vollmacht geben würdest – eine, die die anderen Vollmachten außer Kraft setzt, weißt du, damit du dir gar keine Gedanken mehr zu machen brauchst. Ich habe sie bereits aufsetzen lassen, Richter Grey ist als Zeuge hier, und Hedwig wird gleich kommen... Sag mal, bist du mit dieser Frau verheiratet?«
»Ich verheiratet?... Nie wieder!... Braver, guter Jim, immer soll ich was unterschreiben. Schade, daß ich mir nicht den Arm gebrochen habe. Na, was hältst du jetzt von Flugzeugen, Jim? Noch nicht praktisch anwendbar?... Was? Aber doch so praktisch, daß man viel Geld damit verdienen kann, mehr, als du je mit deinen Blech-Lizzies verdient hast... Sei nicht böse, Jim... Hör mal, Jim, sieh zu, daß du viele tüchtige Ärzte beschaffst... Ich bin sehr krank, weißt du das?... Man wird so heiser. Sag ihnen, Jim, sie sollen mir Wasser zu trinken geben... Nur nicht an den Ärzten sparen!... Ich möchte gern mit dir plaudern wie damals, weißt du, am Red River, wenn wir angeln gingen, und es gab keine Fische. Wir müssen einmal hier in Miami angeln gehen – gleich außerhalb von Miami gibt es wunderbares Fischwasser... Ich habe das Gefühl, daß ich wieder absacke. Sag dem Doktor, er soll mir etwas geben... Das war eine Spritze... Danke, Schwester, jetzt fühle ich mich großartig, bin wieder ganz klar. Ich sage dir, Jim, es schwirrt nur so durch die Luft... Postsubsidien... Flughäfen... lauter neue Fluglinien... wir sind die Grundsteinleger... Die Herrschaften hatten sich eingebildet, ich sei kaputt und im Arsch – aber ich habe sie überlistet... Ach mein Gott, Jim, wenn ich bloß aufhören könnte zu reden, wenn ich bloß einschlafen könnte. Aber dieses Absacken ist kein Schlaf, es ist – es ist nicht das Richtige – es ist ein Betrug...«
Er mußte immerzu reden, aber es hatte keinen Zweck mehr. Er war zu heiser. Seine Stimme war ein fernes Krächzen, er war so durstig. Sie konnten ihn nicht hören. Er mußte sich Gehör verschaffen. Er war zu schwach. Er fiel, im Kreise, hinabgezogen ins...

Weltwochenschau LXII

SCHLECHTES HOROSKOP FÜR COOLIDGE

Kannst du den Leuten nicht sagen,
Daß sie ein braves Ding ist –
Ja, dann sag lieber gar nichts

Der ältere Way hatte seit mehreren Jahren versucht, eine bestimmte Sorte Selleriespritzmittel auf den Markt zu bringen. Die Untersuchung der Anzeige wegen Mißhandel ergab, daß Way gewarnt und aufgefordert worden war, keine Briefe mehr zu schreiben, aber es stellte sich gleichzeitig heraus, daß die führenden Selleriezüchter ein Spritzmittel benützen, das ein tödliches Gift enthält...

Solang sie's bereu-eut,
Tut sie uns allen lei-eid

Da die Banken in Florida momentan in Schwierigkeiten sind, werden Schecks nicht so rasch kassiert, wie es wünschenswert wäre. Um jede Verzögerung zu vermeiden, bitten wir, statt girierter Schecks Expreßpostanweisungen zu schicken...

So wie ein Schmetterling, wenn ihn der Regen fängt,
Nur von den Blumen träumt
Und von der Sonne träumt

TOURISTEN PLÜNDERN TANKSTELLE

REALISATIONSVERKÄUFE REICHEN NICHT AUS, UM DAS STEIGEN DER KURSE ZU VERHINDERN

Das Klima erzeugt Optimismus; selbst der schlimmste Pessimismus wird schwerlich den hellen Sonnenschein und die würzigen Winde überleben, die vom Golf und vom Atlantik her wehen...

Oh, jetzt kommt kein Regen mehr

ORKAN RAST DURCH SÜD-FLORIDA

Süd-Florida verwüstet

1000 TOTE 38 000 OBDACHLOSE

BROADWAYSCHÖNHEIT MISSHANDELT

Der Fuchs hat einen dicken Schweif,
Der Rattenschwanz ist rauh.
Das Häschen hat überhaupt kein Schweif
Sondern nur ein bißchen Flaum

DER HILFSFONDS FÜR FLORIDA UNZULÄNGLICH

KRIEGSRECHT DROHT

Jetzt kommt kein Regen mehr

Laut Polizeibericht verbrachte die Gesellschaft den Sonnabendabend in Hillside Park, einem Vergnügungsetablissement in Belleville, und begab sich gegen Mitternacht in den Bungalow. Die jungen Damen Bagley sagten bei der Polizei aus, sie hätten sich zurückgezogen, und als die Männer ins Zimmer kamen, sprang eines der Mädchen aus dem Fenster...

Ich frage, woher die Ollen auf einmal wissen wollen,
Daß jetzt kein Regen mehr kommt

MARGO DOWLING

Agnes stieg aus dem Schlafwagen, von Kopf bis Fuß in schwarzen Crêpe gehüllt. Sie hatte zugenommen, und ihr Gesicht hatte ein graues, zerknittertes Aussehen, das Margo früher nie an ihr bemerkt hatte. Margo legte den Kopf auf Agnes' Schulter und brach mitten auf dem sonnigen, menschenwimmelnden Miamibahnhof in Tränen aus. Sie stiegen in den Buick, um an den Strand zu fahren. Agnes beachtete weder den Wagen noch den Chauffeur noch sonst etwas. Sie nahm Margos Hand, und sie blickten nach verschiedenen Seiten auf die sonnigen Straßen hinaus, durch die sich Scharen leichtgekleideter Menschen gemächlich bewegten. Margo betupfte sich die Augen mit ihrem Spitzentaschentuch. »Solltest du nicht Trauer tragen?« fragte Agnes. »Würdest du dich dann nicht besser fühlen?«

Erst als der blaue Buick vor der Tür des Strandbungalows hielt und Raymond, der Chauffeur, ein hohlwangiger Mulatte, mit einem respektvollen Lächeln ausstieg, um die Koffer entgegenzunehmen, begann Agnes sich umzusehen. Sie rief aus: »Oh, was für ein entzückender Wagen!«

Margo führte sie durch das Haus auf die gedeckte Veranda unter den Palmen, mit der Aussicht auf die purpurblaue See und das grüne Wasser an der Küste und die weißen Brecher. »Ach, das ist ja entzückend«, sagte Agnes und sank seufzend in eine Hängematte. »Ach, ich bin so müde.« Dann fing sie wieder zu weinen an. Margo ging zu dem großen Spiegel in der Halle, um sich ein wenig herzurichten. »Na«, sagte sie, als sie rosig und frischgepudert zurückkehrte, »wie gefällt dir das Haus? Eine recht nette Bude, wie?«

»Aber wir können hier ja nicht wohnen bleiben«, blubberte Agnes. »Was machen wir jetzt?... Ja, ich weiß, das ist die böse, die schlechte, die unwirkliche materielle Welt, ja... Wenn er nur die *rechten Gedanken* gehabt hätte.«

»Auf jeden Fall ist die Miete für einen weiteren Monat bezahlt«, sagte Margo.
»Aber die Unkosten!« schluchzte Agnes.
Margo betrachtete durch die Türjalousie einen großen schwarzen Dampfer am Horizont. Sie wandte den Kopf und sagte verdrossen über die Achsel: »Was hindert mich, einige Optionen zu Geld zu machen? Ich sage dir, hier unten haben wir eine tolle Hochkonjunktur. Vielleicht könnte ich ein bißchen Geld zusammenscharren. Ich kenne alle wichtigen Leute in der Stadt. Mal abwarten, Agnes!«
Eliza, das farbige Mädchen, brachte auf einem mit Spitzen bedeckten Silbertablett ein silbernes Kaffeeservice, Tassen und eine Platte mit Röstbrot herein. Agnes schlug den Schleier zurück, trank in kleinen Schlückchen ein wenig Kaffee und begann an einem Stück Toast zu knabbern. »Nimm etwas Marmelade dazu«, sagte Margo und zündete sich eine Zigarette an. »Ich wußte nicht, daß du und Frank das Trauertragen für richtig gehalten habt.«
»Ich konnte es mir nicht versagen. Es ist für mich ein Trost. Oh, Margo, hast du je daran gedacht, daß wir sie vielleicht noch beide bei uns hätten, wenn wir nicht so furchtbar *gottlos* gewesen wären?« Sie trocknete ihre Tränen und kehrte zum Kaffee und zum Röstbrot zurück. »Wann ist das Begräbnis?«
»Es findet in Minnesota statt. Seine Leute haben alles in die Hand genommen. Für sie bin ich das reine Rattengift.«
»Armer Mr. Anderson... Du mußt untröstlich sein, mein Kind.«
»Du müßtest sie sehen. Sein Bruder Jim würde einem Toten die Groschen von den Augen stehlen. Er will mich verklagen, um einige Papiere zurückzubekommen, von denen er behauptet, sie hätten Charley gehört. Na, laß ihn klagen. Mein Anwalt ist Homer Cassidy, und hier in Miami führt er das große Wort... Agnes, du mußt die Witwentrauer ablegen und dich normal benehmen. Was würde Frank sagen, wenn er dich sehen könnte.«
»Er sieht mich!« schrie Agnes, wurde total hysterisch und fing wieder zu schluchzen an. »Er beobachtet uns beide, ich weiß es genau!« Sie wischte sich die Augen ab und schnaubte

durch die Nase. »Ach, Margie, unterwegs im Zug habe ich mir gedacht, du wärst vielleicht mit Mr. Anderson heimlich verheiratet. Er muß ein enormes Vermögen hinterlassen haben.«

»Das meiste ist gesperrt ... Aber Charley war ein anständiger Kerl, er hat mich immer mit Geld versorgt.«

»Aber wenn man bedenkt, im Verlauf eines einzigen Winters passieren zwei so schreckliche Dinge.«

»Agnes«, sagte Margo und stand auf, »wenn du so daherredest, schicke ich dich gleich wieder nach New York zurück ... Ich bin genug deprimiert. Deine Nase ist ganz rot. Schrecklich ... Schau, richte dich jetzt häuslich ein. Ich muß etwas besorgen.« – »Oh, ich kann nicht allein bleiben«, sagte Agnes schluchzend. »Es ist mir zu fremd.« – »Na schön, du darfst mitkommen, wenn du diesen schrecklichen Schleier ablegst. Los, beeile dich, ich muß jemand treffen.«

Sie veranlaßte Agnes, sich zu frisieren und eine weiße Bluse anzuziehen. Das schwarze Kleid stand ihr eigentlich recht gut. Margo veranlaßte sie, ein wenig Rouge aufzulegen. »So, meine Liebe. Jetzt siehst du reizend aus«, sagte sie und gab ihr einen Kuß.

»Ist das wirklich dein Wagen?« sagte Agnes, während sie mit einem Seufzer in die Kissen des blauen Buick-Sedan sank. »Ich kann es gar nicht glauben.« – »Willst du die Autopapiere sehen?« fragte Margo. »Gut, Raymond – Sie wissen, wo das Maklerbüro liegt.« – »Selbstverständlich, Miss«, sagte Raymond und berührte das blanke Schild seiner Mütze, während der Motor unter dem makellosen Lack der Haube zu surren begann.

Im Büro des Maklers saßen auf den Bänken die üblichen gutgekleideten ältlichen Klienten umher, die Männer mit Panamahüten auf den Knien ihrer Palm-Beach-Anzüge und Leinenpumphosen, die Frauen in rosa, grünen, hellgelben und weißen raschelnden Kleidern. Margo kam es immer ein wenig wie in einer Kirche vor, das Geflüster, das unterwürfige Benehmen, die flinken und aufmerksamen jungen Männer an den mit Ziffernkolonnen bedeckten schwarzen Tafeln, das Ticken des Telegraphen, die feste Stimme, die an dem Pult ganz hinten im Saal die Kurse verlas, die der

Ticker durchgibt. Als sie hineinkamen, flüsterte Agnes mit scheuer Stimme Margo ins Ohr, ob sie sich nicht lieber ins Auto setzen und warten solle, bis Margo ihre Besorgung erledigt hätte. »Nein, bleib hier«, sagte Margo. »Siehst du, diese jungen Leute notieren den Verlauf der Börse Punkt für Punkt auf den schwarzen Tafeln ... Ich fange jetzt an, mich auszukennen.« Zwei ältere Herren mit weißen Haaren und breitflügligen, jüdischen Nasen machten ihnen auf einer Bank im Hintergrund des Raumes lächelnd Platz. Mehrere der Anwesenden drehten sich um und starrten Margo an. Sie hörte, wie eine Frau mit zischender Stimme dem neben ihr sitzenden Manne eine Bemerkung über Anderson machte. Man flüsterte, man stieß einander an. Margo war es egal, sie fühlte sich sicher in ihrer Eleganz.

»Na, liebes Fräulein«, schnurrte Richter Cassidys Stimme hinter ihr, »wird heute gekauft oder verkauft?« Margo drehte sich um. Ein Goldzahn blinkte in dem Lächeln auf dem breiten roten Gesicht unter dem silbernen Haarbusch, der die gleiche Farbe hatte wie der graue Leinenanzug, und golden funkelte auch die Uhrkette, die in doppelter Schleife über die üppige Wölbung der Weste hing. Margo schüttelte den Kopf. »Heute ist nicht viel los«, sagte sie. Richter Cassidy gab ihr ein Zeichen mit dem Kopf und steuerte auf die Tür zu. Margo stand auf und folgte ihm, Agnes hinter sich herziehend. Als sie in den luftigen Sonnenschein der kurzen Straße, die zum Badestrand führt, hinauskamen, stellte Margo ihm Agnes als ihren Schutzengel vor.

»Hoffentlich werden Sie uns heute nicht wieder so enttäuschen wie gestern, liebes Fräulein«, begann Richter Cassidy. »Vielleicht können wir auch Mrs. Mandeville – «

Margo unterbrach ihn. »Das geht leider nicht. Sehen Sie, die Arme ist zu müde. Sie ist eben erst aus New York angekommen ... Weißt du, Agnes, wir wollen uns Grundstücke ansehen. Raymond wird dich nach Hause bringen, dein Essen ist bestellt, alles ist geordnet ... Ruh dich schön aus.«

»Freilich wird es mir guttun, mich auszuruhen«, sagte Agnes errötend. Margo half ihr in den Buick, den Raymond vom Parkplatz geholt hatte, küßte sie und ging dann mit dem Richter den Häuserblock entlang zu seinem Pierce-Arrow-

Tourenwagen, der blitzblank und funkelnd in der heißen Mittagssonne stand.
Der Richter fuhr selbst. Margo saß vorne neben ihm. Sowie er den Motor angelassen hatte, fragte sie: »Na, was ist mit dem Scheck?« – »Liebes Fräulein, ich fürchte sehr – keine Deckung bedeutet keine Deckung ... Aber ich nehme an, wir können die Erben zwingen, ihn einzulösen.« – »Gerade noch rechtzeitig, um die erste Anzahlung auf einen Begräbnisplatz zu leisten.« – »Tja, so etwas dauert ... Der arme Junge scheint seine Finanzen in ziemlicher Unordnung zurückgelassen zu haben.«
»Armer Kerl«, sagte Margo und ließ ihre Blicke durch die Palmenreihe zu den braunen Gewässern der Biscayne Bay wandern. Hier und dort auf den grünen Inseln ragten Stuckneubauten roh in den Himmel wie Kulissen, die am hellichten Tag auf dem Bürgersteig stehen. »Ich habe mich wirklich bemüht, ihn zurechtzustauchen.«
»Gewiß ... Natürlich hatte er am Anfang ein recht beträchtliches Vermögen ... Es war dieses verrückte New Yorker Leben! Hier unten nehmen wir alles viel gemächlicher, wir verstehen es, die Frucht am Baume reifen zu lassen.«
»Orangen«, sagte Margo, »und Zitronen.« Sie fing zu lachen an, ohne daß der Richter mit einstimmte.
Eine Weile schwiegen sie beide. Sie hatten das Ende der Chaussee erreicht und bogen an gelben Fachwerkschuppen vorbei in den dichten Verkehr des Hafenviertels ein. Überall erhoben sich neue hohe Bauten wie Zuckergußtorten aus den Gerüsten und Schutthaufen. Als sie im Getöse der Zementmischmaschinen und im Staub der Bauplätze auf der provisorischen Holzbrücke über den Miami River fuhren, sagte Margo mit großen runden Augen und starrem Pokergesicht zu dem Richter: »Na ja, dann werde ich wohl die ollen Brillanten versetzen müssen.« – Richter Cassidy lachte und sagte: »Ich kann Ihnen versichern, daß die Bank Ihnen sehr entgegenkommen wird. Zerbrechen Sie sich, bittet nicht Ihr hübsches kleines Köpfchen. Wenn ich mich nich, irre, besitzen Sie einige recht bedeutende Grundstücksoptionen.« – »Könnten Sie mir nicht ein paar Tausender leihen, Richter Cassidy – dann wäre mir erst einmal geholfen ...«

Sie fuhren auf einer neuen, breiten Betonstraße durch dichtes, tropisches Gestrüpp. »Liebes Fräulein«, sagte Richter Cassidy mit seinem freundlichen, gedehnten Tonfall, »das darf ich *Ihretwegen* nicht machen... Man würde es falsch auslegen... es würde unnützes Gerede geben... Wir sind hier unten noch etwas altmodisch. Wir sind zwar tolerant, aber der leiseste Skandal... Ja, daß ich mit so einer charmanten Mitfahrerin durch die Straßen von Miami fahre, ist bereits eine Torheit... Aber Sie müssen begreifen, liebes Fräulein... Ein Mann in meiner Stellung kann es sich nicht leisten... Mißverstehen Sie nicht meine Motive, liebes Fräulein. Ich habe noch nie in meinem Leben Freunde im Stich gelassen... Aber meine Haltung würde falsch aufgefaßt werden... Nur der Gatte oder der – «
Sie unterbrach ihn mit einer gewissen Schärfe. »Ist das ein Heiratsantrag, Mr. Cassidy?« Ihre Augen brannten. Sie hatte alle Mühe, die Tränen zurückzuhalten.
»Nur ein guter Rat an eine liebe Klientin...« Er seufzte. »Leider habe ich Familie.«
»Wie lange wird die Konjunktur andauern?«
»Ich brauche Sie nicht daran zu erinnern, welche Menschengattung nicht ausstirbt.«
»Nein, wirklich nicht«, sagte Margo schroff.
Sie fuhren auf den Parkplatz hinter dem großen neuen, karamelfarbenen Hotel. Als Margo ausstieg, sagte sie: »Manche können es sich leisten, ihr Geld zu verlieren – aber *wir* können es uns nicht leisten, habe ich recht, Richter Cassidy?« – »Liebes Fräulein, das Wort existiert nicht in dem fröhlichen Lexikon der Jugend.« Auf seine väterliche Art führte er sie in den Speisesaal. »Ah, da haben wir die Herren!« An einem runden Tische mitten in dem überfüllten großen Speisesaal saßen zwei fettwangige junge Männer mit großen Mündern, sie trugen rosagestreifte Hemden, nilgrüne Waschkrawatten und weiße Anzüge. Kauend erhoben sie sich und schüttelten Margo die Hand, während er sie vorstellte. Es waren Zwillinge. Als sie sich wieder hinsetzten, blinzelte der eine von ihnen Margo zu und drohte ihr mit dem dicken Zeigefinger. »Wir haben Sie im *Palms* gesehen, mein Schätzchen, oh, Sie Schlimme!«

»Also, meine Herren«, sagte Richter Cassidy, »wie sieht es aus?« – »Es könnte nicht besser sein«, sagte der eine von ihnen mit vollem Munde. – »Sie müssen wissen, meine Herren«, sagte der Richter, »diese junge Dame möchte einige kleinere Summen investieren und ihr Geld schnell umsetzen...« Die Zwillinge grunzten und aßen weiter.
Nach dem Lunch fuhr der Richter sie alle zum *Venetian Pool*, dort saß William Jennings Bryan in einem Lehnstuhl auf dem Floß unter einem gestreiften Sonnendach und hielt eine Ansprache an die versammelte Menge. Von ihrem Platz aus konnten sie nicht hören, was er sagte, nur das Gelächter und Händeklatschen der Menge in den Pausen. »Wissen Sie, Richter«, sagte der eine Zwilling, während sie sich einen Weg durch den Rand der rings um das Bassin versammelten Menge bahnten, »wenn der alte Knabe seine Zeit nicht mit Politik vergeudet hätte, wäre ein glänzender Auktionator aus ihm geworden.«
Margo begann müde und schlapp zu werden. Sie folgte den Zwillingen in das Grundstücksbüro, das von schwitzenden, hemdsärmeligen Männern wimmelte. Der Richter verschaffte ihr einen Stuhl. Da saß sie nun, den Schoß voller Bauskizzen, und klopfte mit ihrem weißen Chevreauschuh auf den Ziegelboden. Die Preise waren alle so hoch. Sie fühlte sich unsicher, ihr fehlte Mr. A., er hätte gewußt, was eine sichere Anlage ist. Draußen auf dem Rasen waren die Bänke dicht besetzt. Von allen Seiten her waren laute Stimmen zu hören. Die Auktion begann. Die Zwillinge auf dem Podium fuchtelten mit den Armen und schlugen mit ihren Hämmern. Richter Cassidy stapfte hinter Margos Stuhl umher und erzählte jedem, der ihm zuzuhören bereit war, wie herrlich die Konjunktur sei. Als er eine Pause machte, um Atem zu holen, blickte sie zu ihm auf und sagte: »Richter Cassidy, können Sie mir ein Taxi besorgen?« – »Liebes Fräulein, ich fahre Sie nach Hause. Es wird mir ein Vergnügen sein.« – »Okay«, sagte Margo. – »Sehr klug von Ihnen«, flüsterte Richter Cassidy ihr ins Ohr.
Als sie am Rande der Menschenmenge entlangspazierten, verließ einer der Zwillinge, mit denen sie geluncht hatten, das Auktionarpodium und drängte sich durch die Menge

hinter ihnen her. »Miss Dowling«, sagte er, »dürfen wir Sie einmal besuchen, Al und ich?« – »Selbstverständlich«, sagte Margo lächelnd. »Ich stehe im Telephonbuch unter Dowling.« – »Wir kommen.« Und er lief zu dem Podium zurück, wo der Zwillingsbruder mit seinem Hammer drauflosknallte. Sie hatte befürchtet, auf die Zwillinge keinen Eindruck gemacht zu haben. Jetzt fühlte sie, wie die Müdigkeitsfalten in ihrem Gesicht sich glätteten.

»Na, was halten Sie von der gewaltigen Expansion in Coral Gables?« sagte der Richter, während er ihr in den Wagen half. – »Gewisse Leute dürften viel Geld daran verdienen«, sagte Margo trocken.

Als sie zu Hause ankam, legte sie den Hut ab, befahl Raymond, der am Nachmittag als Butler fungierte, Martini-Cocktails zu mixen, suchte dem Richter eine Zigarre hervor und entschuldigte sich für einen Augenblick. Droben saß Agnes in ihrem Zimmer in einem lavendelfarbenen Negligé vor dem Toilettetisch und manikürte ihre Nägel. Wortlos warf Margo sich aufs Bett und fing zu weinen an. Agnes stand auf, dick und wabbelig und freundlich, und näherte sich dem Bett. »Aber, Margie, du hast noch nie geweint...« – »Ich weiß«, schluchzte Margo, »aber es ist alles so furchtbar... Unten sitzt Richter Cassidy, geh du hinunter und sprich mit ihm...« – »Armes Mädelchen. Ja, ich gehe schon, aber er wird sich mit dir unterhalten wollen... Du hast zu viel durchmachen müssen.« – »Ich will nicht ins Ballett zurück... Ich will nicht«, sagte Margo schluchzend.

»Nein, nein, das wäre mir auch nicht recht... Aber jetzt gehe ich runter... Zum erstenmal seit Monaten fühle ich mich richtig ausgeruht«, sagte Agnes.

Als Margo allein war, hörte sie sofort zu heulen auf. »Ich bin genauso schlimm wie Agnes«, murmelte sie vor sich hin, während sie aufstand. Sie ließ Wasser in die Badewanne laufen. Als sie ihr Nachmittagskleid angezogen hatte und nach unten ging, war es inzwischen spät geworden. Richter Cassidy sah recht verdrossen drein. Er paffte an einem Zigarrenstummel und nippte an einem Cocktailglas, während Agnes ihm einen Vortrag über die Macht des Glaubens hielt.

Als er Margo die Treppe herunterkommen sah, verbesserte sich seine Laune. Sie legte eine Tanzplatte auf. »Wenn ich in Ihrem Hause bin, geht es mir wie dem berühmten griechischen Weisen im Haus der Sirenen... Ich vergesse die Familienbande, die Verpflichtungen, alles...« sagte der Richter und kam tänzelnd auf sie zu. Sie tanzten miteinander. Agnes ging wieder nach oben. Margo merkte, daß der Richter drauf und dran war, einen Annäherungsversuch zu machen. Sie überlegte sich eben, wie sie darauf reagieren solle, da wurde plötzlich Cliff Wegman hereingeführt. Der Richter warf dem jungen Manne einen erschrockenen, mißtrauischen Blick zu. Offenbar hatte er Angst, in eine Falle geraten zu sein.

»Mr. Wegman, ich wußte gar nicht, daß Sie in Miami sind.« Sie entfernte die Nadel von der Platte und stellte das Grammophon ab. »Richter Cassidy, darf ich Ihnen Mr. Wegman vorstellen?« – »Es freut mich, Sie kennenzulernen, Herr Richter. Mr. Anderson hat oft von Ihnen gesprochen. Ich war sein Privatsekretär.« Cliff sah bekümmert und nervös aus. »Ich bin gerade erst in diesem Städtchen angekommen«, sagte er. »Hoffentlich störe ich nicht.« Er lächelte Margo zu. »Ich bin jetzt für Charles Andersons Nachlaßverwalter tätig.«

»Armer Kerl«, sagte Richter Cassidy und stand auf. »Ich hatte die Ehre, mit Leutnant Anderson ziemlich befreundet zu sein...« Kopfschüttelnd ging er über den weichen pflaumenblauen Teppich zu Margo hin. »Liebes Fräulein, Sie müssen mich entschuldigen. Die Pflicht ruft. Es war mir wirklich ein Vergnügen.« Margo begleitete ihn zu seinem Wagen. Der rosige Abend entschwand in die Dunkelheit. Auf einem Pfefferbaum saß eine Spottdrossel. »Wann darf ich Ihnen die Schmucksachen bringen?« sagte Margo, sich zu ihm in den Wagen beugend. – »Kommen Sie am besten morgen mittag in mein Büro. Dann gehen wir zusammen in die Bank. Die Schätzungsgebühren gehen natürlich zu Lasten des Darlehensempfängers.« – »Okay. Hoffentlich haben Sie bis dahin eine Möglichkeit für mich ausfindig gemacht, das Geld schnell umzusetzen. Was hat man von der Hochkonjunktur, wenn man sie nicht aus-

nutzt?« Der Richter beugte sich vor, um sie zu küssen. Als sie den Kopf wegdrehte, streiften seine feuchten Lippen ihr Ohr. »Benehmen Sie sich, Herr Richter«, sagte sie.
Im Wohnzimmer ging Cliff auf und ab wie ein wildes Tier im Käfig. Er machte plötzlich halt und kam mit geballten Fäusten auf sie zu, als wolle er sie schlagen. Er hatte Kaugummi im Mund. Mit den heftig arbeitenden Kinnbacken sah er aus wie ein Schaf. »Der Chef hat recht gut für das arme kleine Waisenmädchen gesorgt.«
»Wenn das alles ist, was Sie mir zu sagen haben, können Sie sich gleich wieder in den Zug setzen und nach Hause fahren.«
»Passen Sie auf, Margo – ich bin in Geschäften hier.«
»In Geschäften?« Margo sank in einen rosa Polstersessel. »Setzen Sie sich, Cliff... Aber es war nicht nötig, daß Sie wie ein Gerichtsvollzieher hereinplatzten. Handelt es sich um Charleys Nachlaß?«
»Hol der Teufel den Nachlaß... Ich möchte Sie heiraten. Momentan sind meine Einkünfte noch recht mau, aber ich habe eine große Zukunft vor mir.«
Margo schrie auf und lehnte den Kopf an die Rückenlehne. Sie fing zu lachen an und konnte nicht mehr aufhören. »Nein, wirklich, Cliff!« sprudelte sie hervor. »Aber ich habe vorläufig gar keine Lust, mich zu verheiraten... Ach, Cliff, Sie sind ein süßer Junge. Ich könnte Sie abküssen.« Er kam heran und wollte sie umarmen. Sie stand auf und stieß ihn weg. »Und ich will mich auch nicht durch solche Geschichten in meiner Karriere behindern lassen.«
Cliff runzelte die Stirn. »Ich heirate keine Schauspielerin... Damit müßte Schluß sein.«
Wieder fing Margo zu lachen an. »Auch keine Filmschauspielerin?«
»Ach, zum Teufel, Sie können nur spötteln – und ich bin verrückt nach Ihnen.« Er setzte sich aufs Sofa und faßte sich mit beiden Händen an den Kopf. Sie setzte sich neben ihn. – »Sprechen wir nicht mehr davon, Cliff!«
Wieder sprang er auf. »Eines kann ich Ihnen sagen – wenn Sie sich mit diesem alten Geier Cassidy abgeben, wird dabei nichts für Sie herausschauen. Er ist verheiratet und außer-

dem so durch und durch krumm, daß er nicht mal gerade durch die Tür gehen kann. In der Flughafensache hat er den Chef ganz ordentlich übers Ohr gehauen. Teufel... Aber das ist Ihnen wahrscheinlich nichts Neues. Wahrscheinlich haben Sie mitgemacht und gleich Ihre Provision eingesteckt... Und dann finden Sie es furchtbar ulkig, wenn ein Mann die weite Reise in dieses gottverlassene Nest unternimmt, um Ihnen den Schutz seines Namens anzubieten. Schön, ich hab's satt. Gute Nacht.« Er ging hinaus und schmiß die Glastür so heftig zu, daß eine Scheibe zerbrach und klirrend zu Boden fiel.

Agnes kam aus dem Badezimmer gelaufen. »Oh, wie schrecklich!« sagte sie. »Ich habe zugehört. Ich dachte, der arme Mr. Anderson hätte dir vielleicht eine Rente hinterlassen.« – »Der Junge hat einen Vogel«, sagte Margo. Eine Minute später klingelte das Telephon. Es war Cliff; mit Tränen in der Stimme bat er um Verzeihung und fragte, ob er zurückkommen dürfe, um die Sache zu besprechen. »Nicht ums Verrecken«, sagte Margo und legte auf. »Tja, Agnes«, fuhr sie fort, »damit wäre dieser Punkt erledigt... Wir müssen uns überlegen, was nun geschehen soll... Was den alten Esel Cassidy betrifft, hat Cliff recht. Ich habe ohnedies nie mit ihm gerechnet.« – »Eine so würdevolle Erscheinung!« sagte Agnes und schnalzte mit der Zunge.

Raymond meldete, der Tisch sei gedeckt. Margo und Agnes aßen allein, sie saßen einander gegenüber an den beiden Enden des langen Mahagonitisches, der mit kleinen Deckchen und mit viel Silbergeschirr geschmückt war. Die Suppe war kalt und versalzen. »Ich habe diesem verdammten Frauenzimmer hundertmal gesagt, sie soll die Suppe nicht anrühren, sie bloß aus der Dose nehmen und sie aufwärmen«, sagte Margo ärgerlich. »O Agnes, bitte, übernimm du den Haushalt... Ich kann die Leute nicht dazu bringen, ihre Arbeit ordentlich zu machen.« – »Oh, so gern!« sagte Agnes. »Natürlich habe ich noch nie einen großen Haushalt geführt.« – »Das wirst du auch nicht nötig haben«, sagte Margo. »Wir müssen die Ausgaben drosseln.«

»Vielleicht wird es besser sein, wenn ich Miss Franklyn schreibe, ob sie Arbeit für mich hat.«

»Warte noch ein Weilchen«, sagte Margo. »Ein paar Monate können wir uns halten. Ich habe das Gefühl, Tony würde das hiesige Klima gut bekommen. Sollen wir ihm eine Fahrkarte schicken? Glaubst du, er verkauft sie und fängt wieder zu koksen an?« – »Er ist doch geheilt. Er hat mir selber erzählt, daß er sich zurechtgefunden hat.« Agnes begann über ihrem Teller zu heulen. »O Margo, was bist du für ein großzügiger Mensch... Genau wie deine arme Mutter... immer denkst du an andere.«

Als Tony nach Miami kam, sah er bleich aus wie ein Mehlwurm, aber nachdem er eine Weile im Sand gelegen und in der Brandung gebadet hatte, war er bald wieder in Form. Er war herzensgut, von überströmender Dankbarkeit, und half Agnes im Haushalt, nachdem man die Mädchen weggeschickt hatte; Agnes erklärte, sie könne mit ihnen nicht fertig werden und würde die Arbeit lieber selber besorgen. Wenn Bekannte zu Besuch kamen, stellte Margo ihn als einen Bekannten aus Kuba vor. Aber wenn sie Besuch hatte, ließen er und Agnes sich meistens gar nicht blicken. Tony fühlte sich furchtbar geschmeichelt, als Margo ihm vorschlug, chauffieren zu lernen. Nach kurzer Zeit hatte er's raus, und man konnte Raymond entlassen. Als er sie eines Tages zu einer Zusammenkunft mit einigen großen Grundstücksmaklern nach Cocoanut Grove fahren sollte, schlug ihm Margo spaßeshalber vor, Raymonds alte Livree anzuziehen, um zu sehen, ob sie ihm passe. Er sah gut darin aus. Als sie den Vorschlag machte, er solle sie immer beim Chauffieren anziehen, wurde er wütend und sprach von Ehre und Männlichkeit. Sie beruhigte ihn und sagte, es sei nur ein Scherz gewesen, und er sagte, na schön, wenn es nur ein Scherz sei, und behielt sie an. Margo merkte, daß ihm die Uniform Spaß machte, sie sah, wie er sich im Flur vor den großen Pfeilerspiegel stellte. Die Grundstückshausse begann abzuflauen, aber Margo gelang es, mit ihren Optionen hunderttausend Dollar zu verdienen, allerdings nur auf dem Papier. Der Jammer war, daß sie ihre Profite nicht in Bargeld umsetzen konnte.

Die Zwillinge, die sie in Coral Gables kennengelernt hatte, gaben ihr viele gute Ratschläge, aber sie war auf ihrer Hut,

und mehr als Ratschläge konnte sie aus ihnen nicht herausholen. Jeden Abend und jeden Sonntag lagen sie ihr auf der Bude, aßen alles auf, was Agnes im Kühlschrank hatte, tranken sämtliche Flaschen leer und redeten große Töne über die Geschäfte, an denen sie »euchallemiteinander« beteiligen würden. Agnes sagte, sie könne nicht den Sand aus ihren Strandpantoffeln schütteln, ohne einen der Zwillinge darin zu finden. Sie selber luden nie ein, brachten nicht einmal hie und da eine Flasche Whisky mit. Agnes ließ sich von ihnen um den Finger wickeln, weil Al ihr den Hof machte, während Ed versuchte, an Margo heranzukommen. Eines Sonntags, als sie alle am Strand in der Sonne gelegen und den ganzen Nachmittag Cocktails gesüffelt hatten, drang Ed in Margos Zimmer ein, wo sie sich, nachdem man ins Haus gegangen war, um die Badeanzüge abzulegen, gerade anzog, und fing an, ihr die Kleider vom Leibe zu reißen. Sie mußte Tony zu Hilfe rufen, er mußte den bösen Gatten spielen. Tony war leichenblaß und zitterte an allen Gliedern, aber er brachte es fertig, einen Stuhl zu packen, mit dem er Ed niederschlagen wollte, da kamen Al und Agnes herein, um nachzusehen, was der Lärm bedeute. Al hielt zu Ed, versetzte Tony einen Kinnhaken und schrie, Tony sei ein Zuhälter, und die beiden seien zwei dreckige Huren. Margo erschrak. Sie wären sie nie losgeworden, wenn nicht Agnes ans Telephon gegangen wäre und gedroht hätte, die Polizei anzurufen. Die Zwillinge sagten, das sollte sie bleiben lassen, die Polizei sei dazu da, um solche Weiber davonzujagen, aber sie zogen sich an und gingen weg und ließen sich nie wieder blicken.
Nachdem sie sich davongemacht hatten, bekam Tony einen Weinkrampf und sagte, er sei kein Zuhälter, und dieses Leben sei unmöglich, und wenn sie ihm nicht das Fahrgeld nach Havanna gäben, würde er sich umbringen. Um Tony zum Bleiben zu bewegen, mußten sie ihm versprechen, so bald wie möglich Miami zu verlassen. »Schau, Tony, du möchtest doch sicher gern nach Kalifornien«, sagte Agnes und streichelte ihn wie ein Baby. – »Die Sandflöhe am Strand werden ohnedies immer unangenehmer«, sagte Margo. Sie ging ins Wohnzimmer hinunter und mixte

ihnen allen einen Cocktail. »Die Pleite hat begonnen. Höchste Zeit, sich aus dem Staub zu machen. Ich hab's satt.«
Es war ein glühend heißer Tag, da sie ihre Sachen in den Buick packten und auf der Route U.S. 1 nordwärts fuhren. Tony saß am Steuer, aber nicht in Livree, sondern in einem neuen weißen Leinenanzug mit Wespentaille. Der Buick war dermaßen mit Koffern und Haushaltgeräten vollgestopft, daß Agnes auf dem Hintersitz kaum Platz hatte. Tonys Gitarre hing an der Decke. Margos Schrankkoffer war hinten festgeschnallt. »Du meine Güte«, sagte Agnes, als sie aus dem Rastzimmer der Tankstelle in West Palm Beach kam, wo man haltgemacht hatte, um zu tanken, »wir sehen aus wie ein Wanderzirkus.«
Gemeinsam verfügten sie über eine Barschaft von etwa hundert Dollar, die Margo Agnes gegeben hatte und die nun in Agnes' schwarzer Handtasche lagen. Am ersten Tage sprach Tony von nichts anderem als von seinen großen Erfolgschancen beim Film. »Wenn Valentino es schaffen kann, wird es für mich eine Kleinigkeit sein«, sagte er und verdrehte den Hals, um sein scharfgezeichnetes braunes Profil in dem schmalen Rückspiegel am oberen Rande der Windschutzscheibe zu bewundern.
Sie übernachteten in Touristenherbergen, schliefen zusammen in einer Unterkunftshütte und lebten von Konserven. Agnes machte es Spaß. Sie sagte, es erinnere sie an früher, an die Zeit, da sie auf Tournee gegangen und Margo ein Theaterkind gewesen sei. Margo sagte, Theaterkind, Gottverdammich, wenn sie das höre, komme sie sich wie eine alte Schachtel vor. Gegen Abend beklagte sich Tony über stechende Schmerzen in den Handgelenken, und Margo mußte das Steuer übernehmen.
An der Golfküste von Alabama, Mississippi und Louisiana waren die Straßen erbärmlich. Sie atmeten auf, als sie nach Texas kamen, obwohl es dort häufig regnete. Aber sie glaubten, sie würden nie wieder aus Texas rauskommen. Agnes sagte, sie habe nicht gewußt, daß es in der Welt so viel Präriegras gäbe. In El Paso mußten sie zwei neue Reifen kaufen und die Bremsen richten lassen. Als Agnes die Geldscheine in ihrem Täschchen zählte, machte sie ein

besorgtes Gesicht. Die letzten zwei Tage auf dem Weg durch die Wüste nach Yuma hatten sie nichts zu essen außer einer Dose Bohnen und einigen Würstchen. Es war furchtbar heiß, aber Agnes erlaubte ihnen nicht einmal, sich in den verstaubten Drugstores in den spärlich anzutreffenden kleinen Orten ein Coca-Cola zu kaufen, weil sie sagte, sie müßten mit jedem Cent sparen, wenn sie nicht total pleite in Los Angeles ankommen wollten. Als sie sich im Staube der halbfertigen Chaussee dicht vor Yuma dahinwälzten, fuhr ein blitzblanker S.P.-Expreßzug an ihnen vorbei, eine große, neue, hochnackige Lokomotive, Pullmanwagen, ein Speisewagen, ein Klubwagen mit seiner Aussichtsplattform, auf der junge Mädchen und junge Herren in leichter Sommerkleidung umhersaßen. Der Zug fuhr langsam, die farbigen Schlafwagenschaffner lehnten sich grinsend und winkend aus den Fenstern der Pullmanwagen. Margo erinnerte sich, wie sie im eigenen Abteil nach Florida gereist war, und seufzte. »Mach dir keine Sorgen, Margie«, rief Agnes. »Wir sind schon fast da.« – »Aber wo? Wo? Das möchte ich gern wissen«, sagte Margo, und die Tränen kamen ihr in die Augen. Der Wagen fuhr über eine Unebenheit, beinahe wäre die Federung zerbrochen. »Egal!« sagte Tony. »Wenn ich mich erst einmal orientiert habe, werde ich Tausende wöchentlich verdienen – dann reisen wir in einem privaten Salonwagen.«
In Yuma mußten sie in einem Hotel absteigen, weil die Herbergen überfüllt waren, und das kostete eine Stange Geld. Alle drei waren völlig erschöpft, Margo wachte nachts auf und hatte hohes Fieber von der Hitze, dem Staub und der Anstrengung. Am nächsten Morgen war das Fieber weg, aber ihre Augen waren gerötet und verschwollen, sie sah schrecklich aus. Ihre Haare waren strähnig und trocken wie eine Handvoll Werg, es wäre dringend nötig gewesen, sie zu waschen.
Als sie am darauffolgenden Tage über die hohen, duftenden Berge fuhren und in das Tal von San Bernardino kamen mit seinen zahllosen gepflegten Obstbäumen, seinen Apfelsinenhainen, die noch einige Blüten behalten hatten, waren sie viel zu müde, um den Anblick genießen zu können. In

San Bernardino erklärte Margo, sie müsse sich die Haare waschen lassen, und wenn es das Leben koste. Sie besaßen noch fünfundzwanzig Dollar, die Agnes in Miami vom Haushaltungsgeld erspart hatte und von denen die anderen bisher nichts gewußt hatten. Während Margo und Agnes in einen Schönheitssalon gingen, gaben sie Tony zwei Dollar, er solle den Wagen waschen lassen. An diesem Abend aßen sie in einem Restaurant ein regelrechtes Essen für fünfzig Cent und gingen dann ins Kino. Auf der Straße nach Pasadena übernachteten sie in einer netten, geräumigen Unterkunft, welche die Inhaberin des Schönheitssalons ihnen empfohlen hatte, und am nächsten Morgen brachen sie frühzeitig auf, noch bevor der klamme Nebel sich gelichtet hatte.

Die Straße war gut und lief meilenweit zwischen Orangenwäldchen dahin. Als sie Pasadena erreichten, war die Sonne zum Vorschein gekommen, und Agnes und Margo erklärten, das sei der entzückendste Ort, den sie in ihrem Leben je gesehen hätten. Sooft sie an einer besonders schönen Villa vorbeikamen, zeigte Tony mit dem Finger auf sie und sagte, hier würden sie wohnen, sobald er sich orientiert hätte.

Sie sahen die Schilder, die den Weg nach Hollywood zeigten, aber aus irgendeinem Grunde fuhren sie an dem Ort vorbei, ohne zu merken, wo sie sich befanden, und hielten dann vor einem kleinen Vermietungsbüro in Santa Monica. Die möblierten Bungalows, die der Mann auf seiner Liste hatte, waren alle viel zu teuer, und der Mann verlangte eine Monatsmiete im voraus, deshalb fuhren sie weiter.

Sie landeten in einem staubigen Stuckbungalow an der Peripherie von Venice; der blaue Buick und der Schrankkoffer imponierten dem Manne so sehr, daß sie nur eine Wochenmiete vorauszuzahlen hatten. Margo fand es gräßlich, aber Agnes war glänzend gelaunt. Sie sagte, Venice erinnere sie an das frühere Hollywood. »Deshalb ist es mir wohl zum Speien«, sagte Margo. Tony ging ins Haus und brach auf der Couch zusammen; die Nachbarn mußten Margo helfen, das Gepäck und den Schrankkoffer hineinzuschleppen. In diesem Bungalow hausten sie etliche

Monate, länger, als Margo sich selber damals eingestehen wollte.
Margo ließ sich bei dem Theater- und Filmagenten unter dem Namen Margo de Garrido eintragen. Sie wurde sofort als Statistin in Salonszenen verwendet, weil sie gut gekleidet war und bei Piquot gelernt hatte, ihre Kleider mit einem gewissen Schick zu tragen. Tony hockte im Wartezimmer der Agentur oder trieb sich vor den Toren sämtlicher Ateliers umher, in denen spanische oder südamerikanische Filme gedreht wurden, in knappsitzender Hose, auf dem Kopf einen breitrandigen Cordobahut, den er bei einem Kostümhändler gekauft hatte, an den Füßen ausrangierte Cowboystiefel und Sporen – aber das einzige, woran kein Mangel herrschte, waren offenbar lateinamerikanische Typen. Er wurde mürrisch und griesgrämig, fing an, mit affektierten jungen Bengeln anzubandeln und sie im Auto mitzunehmen, bis Margo dazwischenfunkte und erklärte, das Auto gehöre ihr und sonst niemand, und er solle sich auch nicht unterstehen, seine Knaben nach Hause mitzubringen. Er wurde böse und lief weg, aber Agnes, die den Haushalt führte und das Geld verwaltete, das Margo verdiente, gab ihm kein Taschengeld, solange er sich nicht entschuldigte. Tony blieb zwei Tage weg, dann kehrte er reuig und hungrig zurück.
Von nun an mußte er, wenn er Margo zum Atelier fuhr, die Chauffeurlivree anziehen. Sie wußte, er würde, nachdem er sie abgesetzt hatte, nirgendwohin gehen, sondern sofort nach Hause fahren, um sich umzuziehen; dann konnte Agnes den Autoschlüssel an sich nehmen. Wenn Margo nach einem arbeitsreichen Ateliertag nach Hause kam, mußte sie feststellen, daß er den ganzen Tag gefaulenzt, auf seiner Gitarre *Oh, jetzt kommt kein Regen mehr* geklimpert, gähnend und schnarchend auf sämtlichen Betten gelegen und überall Zigarettenasche verstreut hatte. Er behauptete, Margo habe ihm seine Karriere zerstört. Am unausstehlichsten fand sie seine Art zu gähnen.
Eines Sonntags, nachdem sie drei Jahre an der Peripherie von L. A. gehaust hatten, von einem Bungalow in den anderen übersiedelt waren, Margo ziemlich regelmäßig in den

Ateliers als Statistin beschäftigt gewesen, aber nie von einem Regisseur beachtet worden war, ein wenig Geld erübrigt hatte, um die Zinsen für die versetzten Schmuckstücke zahlen zu können, aber nie auf einmal so viel zusammenbekommen hatte, um den Schmuck aus der Bank von Miami auszulösen, waren sie am Nachmittag nach Altadena gefahren. Auf dem Rückweg hielten sie vor einer Garage, um einen geplatzten Reifen reparieren zu lassen. Vor der Garage standen einige gebrauchte Wagen, die zu verkaufen waren. Um sich die Zeit zu vertreiben, während sie warten mußten, ging Margo auf und ab und betrachtete die Autos. »Möchten Sie nicht gern einen Rolls-Royce haben, gnädige Frau?« fragte der Garagenwärter mehr im Scherz, während er den Wagenheber unter dem Auto hervorzog. Margo stieg in die große schwarze Limousine ein, die an der Tür ein rotes Wappen hatte, und probierte den Sitz aus. Man saß da wirklich sehr bequem. Sie beugte sich hinaus und fragte: »Wieviel?« – »Eintausend Dollar – geschenkt für diesen Preis.« – »Billig zum halben Preis«, sagte Margo. Agnes war aus dem Buick ausgestiegen und kam heran. »Bist du verrückt geworden, Margie?«

»Vielleicht«, sagte Margo und fragte, wieviel sie ihr anrechnen würden, wenn sie den Buick in Zahlung gäbe. Der Angestellte holte den Chef, einen jungen Mann mit einem Froschgesicht und einem Monogramm auf dem seidenen Hemd. Eine Stunde lang feilschten er und Margo um den Preis. Tony machte eine kleine Probefahrt und erklärte, der Wagen laufe zauberhaft. Der Gedanke, einen Rolls zu fahren, wenn auch ein altes Modell, begeisterte ihn. Zu guter Letzt begnügte sich der Mann mit dem Buick und fünfhundert Dollar, zahlbar in zehn Wochenraten. Sie unterschrieben sofort den Kontrakt, Margo gab Richter Cassidy und Tad Whittlesea als Referenzen an. Sie wechselten die Nummernschilder aus und fuhren in dem Rolls-Royce nach Santa Monica, wo sie damals wohnten. Als sie in Beverly Hills in den Santa Monica Boulevard einbogen, sagte Margo ganz nebenbei: »Tony, ähnelt diese gepanzerte Faust mit dem Schwert nicht dem Wappen der Grafen von Garrido?« – »Die Leute hier sind so ungebildet, sie werden

den Unterschied nicht merken«, sagte Tony. – »Wir lassen es dran«, sagte Margo. – »Sicher«, sagte Tony. »Es sieht gut aus.«
Die übrigen Statisten machten große Augen, als Tony in seiner flotten Livree am nächsten Tag mit ihr vor dem Atelier angefahren kam, aber Margo verzog keine Miene. »Das ist die alte Familienkarre«, sagte sie, als eines der Mädchen sie fragte. »Sie war versetzt.« – »Ist das Ihre Mutter?« fragte das Mädchen und deutete mit dem Daumen auf Agnes, die soeben davonfuhr, ganz in Schwarz, aufrecht und hochnäsig im Fond des riesigen schimmernden Wagens. »O nein«, sagte Margo kühl. »Das ist meine Gesellschafterin.«
Eine Menge Männer wollten mit Margo ausgehen, aber es waren zumeist Statisten oder Photographen oder Inspizienten oder Tischler, und Agnes meinte, es würde keinen Zweck haben, sich mit ihnen einzulassen. Es war ein recht einsames Dasein, nachdem sie in Miami so viele Bekannte gehabt hatte – und die Männer, die ihr nachgelaufen waren – und die Börsengeschäfte und was sonst noch dazu gehört hatte. Jetzt spielte sie fast jeden Abend mit Agnes Ecarté oder einen Dreierbridge, wenn Tony zu Hause und nicht zu schlecht aufgelegt war, um mitzumachen. Manchmal, wenn es warm genug war, ging man ins Kino oder an den Strand. Wenn in *Grauman's Chinese Theater* eine Filmpremiere stattfand, fuhren sie durch die Menschenmassen auf dem Hollywood Boulevard dahin. Der Rolls sah so elegant aus, und Margo besaß ein noch nicht allzu unmodernes Abendkleid, man hielt sie für Filmstars.
An einem staubigen Sonnabendnachmittag mitten im Winter war Margo ganz besonders verzweifelt, weil die Mode sich geändert hatte, so daß sie ihre alten Kleider nicht mehr anziehen konnte, und weil sie kein Geld hatte, sich neue zu kaufen. Sie sprang auf, warf die Patiencekarten auf den Boden und rief Agnes zu, sie müsse ein bißchen Ablenkung haben, sonst würde sie verrückt. Agnes sagte, warum nicht nach Palm Springs fahren und sich das neue Kurhotel ansehen? Sie würden dort, wenn es nicht allzuviel kostete, zu Abend essen und die Nacht in einer Touristen-

unterkunft in der Nähe von Salton Sea verbringen. Auf diese Weise hätten sie Gelegenheit, sich ein wenig von dem kalten Los-Angeles-Nebel zu erholen.
Als sie nach Palm Springs kamen, fand Agnes, daß alles einen viel zu kostspieligen Eindruck mache, und wollte gleich weiterfahren, aber Margo fühlte sich sofort in ihrem Element. Tony hatte die Livree an und mußte im Auto auf sie warten. Als Margo ihm sagte, er solle sich an einem Würstchenstand ein Abendbrot kaufen, sah er so finster drein, daß sie glaubte, er würde platzen, aber er wagte nicht zu widersprechen, weil der Portier daneben stand.
Sie waren auf der Damentoilette gewesen, um ihre Gesichter aufzufrischen, gingen unter den hohen Dattelpalmen auf und ab und sahen sich in der Menge nach Filmschauspielern um, da hörte Margo eine Stimme, die ihr bekannt vorkam. Ein schwarzhaariger, magerer Mann in weißem Serge, der sich mit einem bedeutsam aussehenden, kahlköpfigen jüdischen Herrn unterhielt, starrte sie an. Er ließ seinen Bekannten stehen und kam auf sie zu. Er hatte einen steifen Gang wie ein Offizier, der eine strammstehende Kompanie abschreitet. »Miss Dowling«, sagte er, »was für ein Glücksfall für uns beide!« Margo blickte lächelnd in das leicht zuckende bleiche Gesicht mit den dunklen Säcken unter den Augen. »Der Herr Photograph«, sagte sie.
Er sah sie hart an. »Sam Margolies«, sagte er. »Ich habe Sie in ganz Amerika und Europa gesucht... Bitte, kommen Sie morgen um zehn Uhr vormittags zu einer Probeaufnahme in mein Büro... Irwin wird Ihnen die näheren Einzelheiten mitteilen.« Er deutete mit einer gezierten Handbewegung auf den dicken Herrn. »Das ist Mr. Harris... Miss Dowling... Verzeihung, ich übernehme sonst nie die Verantwortung dafür, Leute einander vorzustellen... Aber ich möchte, daß Irwin Sie kennenlernt... Irwin, das ist eine der schönsten Frauen Amerikas.« Er ließ seine Hand etliche Zentimeter von Margos Gesicht entfernt herabgleiten und bewegte die Finger, als modelliere er eine Tonfigur. »An und für sich wäre sie unmöglich zu photographieren. Nur ich kann dieses Gesicht auf die Leinwand bringen...« Margo lief ein kalter Schauder über den

Rücken. Sie hörte, wie Agnes hinter ihr nach Luft schnappte. Langsam verzog sie die Mundwinkel zu einem spöttischen Lächeln. »Schau dir das an, Irwin«, rief Margolies und packte den dicken Mann bei der Schulter. »Der komödiantische Funke... Aber warum haben Sie mich nicht aufgesucht?« Er hatte irgendeinen starken fremdländischen Akzent. »Was habe ich Ihnen getan, daß Sie mich so vernachlässigen?«

Margo machte eine gelangweilte Miene. »Das ist Mrs. Mandeville, meine – Gesellschafterin... Wir sehen uns ein wenig in Kalifornien um.«

»Was gibt es hier außer den Filmateliers zu sehen?«

»Vielleicht könnten Sie einmal Mrs. Mandeville ein Filmatelier zeigen. Sie möchte so gern eines sehen, und ich kenne keine Menschenseele in dieser Gegend – keine Menschenseele.«

»Natürlich werde ich jemand beauftragen, Sie morgen herumzuführen. Aber es ist alles sehr langweilig und vulgär... Irwin, das ist das Gesicht, das ich für die Rolle des kleinen, blonden Mädchens gesucht habe – du erinnerst dich... Erzähl mir nichts von Agenten, von Statisten, Unsinn – ich will keine Schauspielerinnen haben... Aber wo haben Sie denn gesteckt, Miss Dowling? Ich hatte vorigen Sommer halb und halb erwartet, Sie in Baden-Baden zu treffen... Sie sind der Typ für Baden-Baden. Ein lächerlicher Ort, aber man muß ja irgendwohin fahren... Wo haben Sie gesteckt?«

»In Florida... In Havanna...«

»Und Sie haben die Bühne verlassen?«

Margo zuckte leicht die Achseln. »Meine Familie hat mir so schrecklich zugesetzt.« – »Oh, mir hat es nie gepaßt, daß sie zum Theater ging«, rief Agnes, die auf eine Gelegenheit gewartet hatte, sich einzumischen. – »Die Filmarbeit wird Ihnen gefallen«, sagte der dicke Mann beruhigend. – »Meine liebe Margo«, sagte Margolies, »es ist keine sehr große Rolle, aber sie liegt Ihnen perfekt, perfekt. Ich werde das schlummernde Geheimnis in Ihnen wachrufen... Habe ich dir nicht gesagt, Irwin, man muß aus dem Atelier raus und sich in der Welt umsehen... Das Buch des Lebens aufschlagen... In dieser lächerlichen Karawanserei finden wir *das* Gesicht, den komödiantischen Funken, das Lächeln der Mona Lisa... Das ist ein berühmtes Bild in Paris, angeblich fünf Millionen Dollar wert... Frag mich nicht, woher ich gewußt habe, daß ich sie hier finden werde... Aber ich habe es gewußt. Natürlich können wir uns erst nach den Probeaufnahmen endgültig klarwerden... Ich lege mich nie von vornherein fest...«

»Aber Mr. Margolies, ich weiß nicht, ob ich es schaffen kann«, sagte Margo pochenden Herzens. »Wir haben es eilig... Wir haben in Miami wichtige Geschäfte zu erledigen – Familienangelegenheiten, Sie verstehen.«

»Das spielt keine Rolle. Ich werde Ihnen einen Vertreter besorgen – wir werden irgend jemanden hinschicken... Details bekümmern mich nicht... Wahrscheinlich Grundstücksgeschäfte?«

Margo nickte unverbindlich.

»Vor einigen Jahren wurde das Haus, in dem wir wohnten, oh, es war so entzückend, glatt ins Meer geschwemmt«, sagte Agnes atemlos.

»Sie werden ein viel schöneres Haus bekommen – an der Malibu Beach, in Beverly Hills... Ich hasse Häuser... Aber ich bin unhöflich. Ich habe Sie aufgehalten... Aber Sie werden Miami vergessen. Hier gibt es alles, alles... Erinnern Sie sich, liebe Margo? Ich habe Ihnen damals gesagt, daß der Film eine große Zukunft hat... Ich habe Ihnen gesagt – Ihnen und – ich weiß nicht mehr, wie er heißt, der große Autokönig – ich habe euch gesagt, ihr werdet von mir hören... Ich mache selten Prophezeiungen, aber ich irre mich nie. Ich glaube nämlich an den sechsten Sinn.«

»O ja«, warf Agnes ein, »das stimmt – wenn man fest daran glaubt, daß man Erfolg haben wird, kann es nicht danebengehen, das sage ich Margie – «

»Sehr schön formuliert, meine Dame... Miss Dowling, mein Schatz, *Continental Attractions*, um zehn... Ich werde am Tor Bescheid sagen, damit Ihr Chauffeur Sie sofort zu meinem Büro fahren kann. Telephonisch bin ich nicht zu erreichen. Es wird für Sie ein großes Erlebnis sein, mich bei der Arbeit zu sehen.«

»Ja, wenn ich Zeit habe und mein Chauffeur hinfindet...«
»Sie werden schon kommen«, sagte Margolies und zerrte Irwin Harris an dem kurzen weißen Flanellärmel in den Speisesaal. Gutgekleidete Leute starrten ihnen nach, als sie an ihnen vorbeikamen. Dann starrten sie Margo und Agnes an. »Gehen wir zum Würstchenstand und sagen wir Tony Bescheid. Sie werden uns für exzentrisch halten«, flüsterte Margo Agnes ins Ohr. »Ich muß sagen, ich hätte nie gedacht, daß *er* dieser Margolies ist.«
»Oh, ist das nicht wundervoll?« sagte Agnes.
Sie waren so aufgeregt, daß sie nichts essen konnten. Noch am selben Abend fuhren sie nach Santa Monica zurück, und Margo ging sofort ins Bett, um morgen früh gut ausgeruht zu sein.
Als sie am nächsten Morgen ein Viertel vor zehn zum Ateliergelände kamen, hatte Mr. Margolies noch nicht Bescheid gesagt. Niemand wußte etwas von einer Verabredung. Sie warteten eine halbe Stunde. Agnes fiel es schwer, die Tränen zurückzuhalten. Margo lachte. »Sicher war der Kerl voller Haschisch und hat mich glatt vergessen.« Aber innerlich war ihr mulmig zumute. Tony hatte soeben den Motor angelassen, um wegzufahren, weil Margo nicht gern gesehen werden wollte, wie sie vor dem Tor wartete, da kam neben ihnen ein weißer Pierce-Arrow mit Spezialkarosserie angefahren, und auf dem hinteren Sitz thronte einsam Margolies, ganz in Weiß, mit einer weißen Baskenmütze. Er warf einen Blick in den Rolls-Royce, und sie sah, daß er erstaunt zusammenzuckte, als er sie erkannte. Er klopfte mit dem Porzellanknauf des Spazierstocks gegen die Fensterscheibe seines Wagens. Dann stieg er aus, steckte den Arm in Margos Wagen und drückte ihr die Hand. »Ich entschuldige mich prinzipiell nicht... Oft muß ich Leute warten lassen. Kommen Sie mit. Vielleicht kann Ihre Freundin Sie um fünf abholen... Ich habe Ihnen viel zu erzählen und zu zeigen.«
Sie fuhren in einem langen, kastenartigen Gebäude mit dem Fahrstuhl nach oben. Er führte sie durch mehrere Büroräume, in denen hemdsärmelige junge Männer an Zeichentischen standen, Stenotypistinnen tippten und Schauspieler

wartend auf Bänken umhersaßen. »Frieda, bitte, sofort eine Probeaufnahme von Miss Dowling!« sagte er im Vorbeigehen zu einer Sekretärin, die im letzten Zimmer an einem großen Schreibtisch saß. Dann führte er sie in sein Privatbüro, das mit chinesischen Gemälden behängt war. Gegenüber einem riesigen, gotisch geschnitzten Schreibtisch stand im grellen Licht eines kleinen Scheinwerfers ein einzelner, gotisch geschnitzter Stuhl. »Bitte, nehmen Sie hier Platz... Liebe Margo, wie soll ich Ihnen die Freude erklären, die mir der Anblick eines von keiner Kamera beschmutzten Gesichtes bereitet? Ich sehe, daß Sie ganz ungezwungen sind. Es liegt Ihnen nichts daran. Keltische Frische, gepaart mit der Unbekümmertheit des edlen Spanien... Ich sehe, daß Sie noch nie vor einer Kamera gestanden haben... Entschuldigen Sie mich.« Er versank in den tiefen Sessel hinter dem Schreibtisch und begann zu telephonieren. Ab und zu kam eine Stenotypistin herein und machte sich Notizen, die er mit leiser Stimme diktierte. Margo saß da und wartete. Sie dachte, Margolies habe sie vergessen. Im Zimmer war es warm und stickig, sie wurde schläfrig. Sie mußte sich anstrengen, die Augen offenzuhalten, da sprang Margolies auf und sagte: »Kommen Sie, mein Schatz, jetzt wollen wir runtergehen.«

Margo posierte eine Weile vor etlichen Kameras in einem nach Gips riechenden Kellerraum, dann ging Margolies mit ihr in ein überfülltes Restaurant auf dem Ateliergelände. Sie fühlte, wie sämtliche Anwesenden von ihren Tellern aufblickten, um das neue Mädchen zu betrachten, mit dem Margolies lunchen ging. Während sie aßen, fragte er sie nach ihrem Leben auf der großen Zuckerplantage auf Kuba und ihrer vornehmen Kindheit in New York. Dann sprach er von Karlsbad, von Baden-Baden und Marienbad und daß Südkalifornien seine anfängliche lächerliche Vulgarität zu überwinden beginne. »Alles, was es anderswo gibt, haben wir hier auch«, sagte er.

Nach dem Lunch gingen sie in den Vorführungsraum, um sich die Rohabzüge anzusehen. Auch Mr. Harris tauchte auf, eine Zigarre im Mund. Niemand sagte ein Wort, während sie Margos großes, grauweißes Gesicht betrachteten, wie es lächelte, sich hin und her drehte, den Mund auf- und zumachte, die Augen rollte. Margo wurde von dem Anblick ganz übel, obwohl sie sich gerne auf Stilphotos sah. Ab und zu stieß Mr. Harris ein Brummen aus, und das Ende seiner Zigarre leuchtete auf. Margo atmete auf, als der Film zu Ende war und sie wieder im Dunkel saßen. Dann wurde es hell, sie verließen im Gänsemarsch den Vorführungsraum, vorbei an einem rotwangigen Vorführer in Hemdsärmeln, der die Tür zu dem kleinen schwarzen Verschlag, in dem der Filmprojektor stand, geöffnet hatte, um einen Blick auf Margo zu werfen. Margo konnte nicht unterscheiden, ob er sie gut oder schlecht fand.

Auf dem Treppenabsatz streckte Margolies kühl die Hand aus und sagte: »Leben Sie wohl, liebste Margo... Es warten hundert Leute auf mich.« Margo dachte, es sei alles aus. Dann fuhr er fort: »Das Geschäftliche können Sie mit Irwin besprechen. Ich verstehe davon nichts... Sie werden sicherlich einen angenehmen Nachmittag verleben.«

Er kehrte in den Vorführungsraum zurück, beim Gehen den Spazierstock schwingend. Mr. Harris erklärte ihr, Mr. Margolies würde ihr Bescheid geben lassen, sobald er sie brauchte, inzwischen könnten sie den Kontrakt ausarbeiten. Ob sie einen Agenten habe? Wenn nicht, würde er vorschlagen, seinen Freund, Mr. Hardbein, zu bitten, ihre Interessen wahrzunehmen.

Als sie in das Büro kam – Mr. Harris saß ihr gegenüber hinter seinem Schreibtisch und Mr. Hardbein, ein hohlwangiger Mann mit einer schroffen, spöttischen Art, neben ihr –, wurde ihr ein Dreijahresvertrag mit dreihundert pro Woche vorgelegt. »O mein Gott«, sagte sie, »ich fürchte, nach so langer Zeit würde ich es gründlich satt haben... Haben Sie etwas dagegen, wenn ich meine Gesellschafterin, Mrs. Mandeville, herkommen lasse?... Ich bin so gar nicht mit derartigen Dingen vertraut.« Dann rief sie Agnes an, und sie saßen herum und unterhielten sich übers Wetter, bis Agnes erschien.

Agnes war großartig. Sie sprach von Verpflichtungen, von wichtigen Geschäftstransaktionen, von einem zu verwaltenden Vermögen und sagte, für eine solche Summe würde es

sich nicht lohnen, daß Miss Dowling auf ihre geplante Weltreise verzichte, nicht wahr, mein Kind? – Wenn sie überhaupt in dem Film mitwirken werde, sei es nur, um ihrem alten Freund, Mr. Margolies, einen Gefallen zu tun, und natürlich habe Miss Dowling ihrem Beruf stets Opfer gebracht, und auch sie habe Opfer gebracht und würde sich die Finger bis auf die Knochen abarbeiten, um ihr zu dem Erfolg zu verhelfen, an den sie glaube und von dem sie wisse, er werde sich einstellen, denn wenn man reinen Herzens an eine Sache glaube, werde Gott alles so lenken, wie es recht und billig ist. Agnes schwatzte immer weiter und betonte, wie furchtbar es sei, wenn der Mensch an nichts glaubt, und um fünf, gerade als das Büro geschlossen wurde, gingen sie zum Auto hinaus mit einem Dreijahresvertrag über fünfhundert pro Woche in Margos Handtasche. »Hoffentlich sind die Geschäfte noch offen«, sagte Margo, »ich muß mir etwas zum Anziehen kaufen.«
Auf dem Vordersitz neben Tony saß ein brutal aussehender, grauwangiger Mann im Reitdreß mit hellblondem Wuschelhaar. Als Margo und Agnes einstiegen, betrachteten sie finster seinen platten Hinterkopf. »*Tasker-and-Harding's* am Hollywood Boulevard – der Pariser Modesalon«, sagte Agnes. Dann flüsterte sie Margo ins Ohr: »Oh, fein – wie schön, daß du neue Kleider bekommst.«
Als Tony den fremden Mann an der Ecke Hollywood und Sunset absetzte, verbeugte er sich steif und spazierte auf dem breiten Trottoir davon. »Tony, ich weiß nicht, wie oft ich dir gesagt habe, du darfst deine Freunde nicht in meinem Auto mitnehmen«, sagte Margo. Sie und Agnes setzten ihm dermaßen zu, daß er fuchsteufelswild zu Hause ankam und erklärte, morgen ziehe er aus. »Du hast mich immer nur ausgenützt und meine Karriere zerstört. Das war Max Hirsch. Er ist ein österreichischer Graf und ein berühmter Polospieler.« Am nächsten Morgen packte er tatsächlich seine Sachen und verließ das Haus.
Die fünfhundert pro Woche reichten nicht so gut, wie Agnes und Margo sich eingebildet hatten. Zuerst einmal steckte der Agent, Mr. Hardbein, zehn Prozent ein, dann bestand Agnes darauf, fünfzig zu deponieren, um das Dar-

lehen in Miami abzuzahlen, damit Margo ihre Schmucksachen zurückbekäme. Die Übersiedlung in ein hübsches Haus im guten Viertel von Santa Monica kostete auch eine ganze Menge. Die Köchin und die Hausgehilfin mußten bezahlt werden, und jetzt, da Tony weg war, brauchten sie auch einen Chauffeur. Und dann die Kleider und ein Publicitymann und alle möglichen Almosen und Wohltätigkeitsgeschichten im Atelier, denen man sich nicht entziehen konnte. Agnes kümmerte sich um alles. Wenn irgendein finanzielles Problem auftauchte, preßte Margo ihre Finger an die Schläfen, machte die Augen zu und stöhnte: »Es ist ein Jammer, aber ich habe nun mal keinen Kopf für Geschäfte.«

Agnes hatte das neue Haus ausgesucht, eine portorikanische Villa mit süßen kleinen Balkons, vollgepfropft mit antiken spanischen Möbeln. Abends saß Margo in einem Lehnstuhl in dem großen Wohnzimmer vor dem offenen Feuer und spielte mit Agnes Ecarté. Sie wurden ab und zu von Filmschauspielern und von anderen Leuten, die Margo im Atelier kennengelernt hatte, eingeladen, aber Margo weigerte sich auszugehen, bevor sie nicht festgestellt hätte, welches die tonangebenden Kreise seien. »Auf einmal passiert es, daß man sich mit einer Horde übler Kunden abgibt, die einem mehr schaden als nützen.« – »Wie sehr hast du recht!« sagte Agnes seufzend. »Erinnere dich an die schrecklichen Zwillinge in Miami.«

Von Tony hörten sie nichts, bis er dann an einem Sonntagabend, da sie zum ersten Male den Besuch Margolies' erwarteten, um sechs Uhr betrunken erschien und erklärte, er wolle zusammen mit Max Hirsch eine Poloschule eröffnen, und er müsse sofort tausend Dollar haben. »Aber Tony«, sagte Agnes, »wo soll denn Margie das Geld hernehmen?... Du weißt genauso gut wie wir, was für große Ausgaben wir haben.« Tony machte ihnen eine Szene, tobte und weinte und sagte, Agnes und Margo hätten ihm seine Theaterlaufbahn zerstört, und jetzt wären sie darauf aus, ihm auch seine Filmchancen zu zerstören. »Ich bin viel zu geduldig gewesen«, schrie er und schlug sich vor die Brust. »Ich habe mich von Weibern ruinieren lassen.«

Margo sah immer wieder nach der Uhr auf dem Kaminsims. Es war fast schon sieben. Schließlich rückte sie mit fünfundzwanzig Dollar heraus und bat Tony, im Laufe der Woche wiederzukommen. »Er kokst wieder«, sagte sie, nachdem er sich entfernt hatte. »Eines schönen Tages wird er im Irrenhaus enden.« – »Armer Junge«, sagte Agnes seufzend. »Er ist kein schlechter Kerl, nur sehr schwach.«
»Ich habe bloß Angst, dieser Sauerkrautfresser wird ihn in die Klauen bekommen und uns Scherereien machen... Der Kerl sieht aus wie aus dem Zuchthaus entsprungen... Ich glaube, es wird das beste sein, einen Anwalt zu nehmen und auf Scheidung zu klagen...« – »Aber denk an die Presse!« jammerte Agnes. – »Egal«, sagte Margo. »Tony muß von der Bildfläche verschwinden. Ich lasse mir von diesem kubanischen Schwein nichts mehr gefallen.«
Sam Margolies kam um eine Stunde zu spät. »Wie friedlich!« sagte er. »Wie machen Sie das in unserem hektischen Hollywood?« – »Ja, Margie ist ein stiller, arbeitsamer Mensch«, sagte Agnes, nahm ihren Nähkorb und fing an, sich zu drücken. Er setzte sich in einen Sessel, ohne die weiße Baskenmütze abzunehmen, und streckte seine O-Beine vor dem Feuer aus. »Ich kann nichts Gekünsteltes ertragen.« – »Ja, nicht wahr?« sagte Agnes von der Tür her. Margo bot ihm einen Cocktail an, aber er sagte, er trinke keinen Alkohol. Als das Mädchen das Essen brachte, mit dem Agnes den ganzen Tag beschäftigt gewesen war, wollte er nichts essen außer Röstbrot und Salat. »Ich esse und trinke nie zu den Mahlzeiten. Ich komme nur, um zuzusehen und mich zu unterhalten.« – »Deshalb sind Sie so mager geworden«, sagte Margo scherzend. – »Erinnern Sie sich, wie ich früher einmal ausgesehen habe? In meiner New Yorker Periode? Sprechen wir nicht mehr davon. Ich habe kein Gedächtnis. Ich lebe nur in der Gegenwart. Jetzt denke ich an den Film, in dem Sie eine Starrolle bekommen werden. Ich gehe nie aus, aber heute abend müssen Sie mit mir zu Irwin Harris kommen. Es sind Leute dort, die Sie kennenlernen müssen. Zeigen Sie mir Ihre Kleider. Ich werde Ihnen sagen, was Sie anziehen sollen. Von jetzt an müssen Sie mich immer mitnehmen, wenn Sie Kleider kaufen

gehen.« Während er ihr über die knarrende Stiege in ihr Schlafzimmer folgte, sagte er: »Sie brauchen eine andere Umgebung. Das hier geht nicht. Viel zu vorstädtisch.«
Margo hatte ein komisches Gefühl, als sie neben Sam Margolies durch die Palmenalleen von Beverly Hills fuhr. Er hatte sie veranlaßt, das alte gelbe Abendkleid anzuziehen, das sie vor Jahren bei Piquot gekauft hatte und das Agnes vor kurzem von einer kleinen französischen Schneiderin, die sie in Los Angeles entdeckte, hatte umarbeiten und länger machen lassen. Ihre Hände waren kalt, sie hatte Angst, Margolies würde ihr Herz gegen die Rippen schlagen hören. Sie wollte sich etwas Lustiges einfallen lassen, aber was hätte das für einen Zweck gehabt? Margolies lachte nie. Sie hätte gern gewußt, was in seinem Kopfe vorging. Sie sah sein Gesicht, die schmale Stirn unter der schwarzen Ponyfrisur, die geschürzten Lippen, das Adlerprofil, dunkel vor dem Schein der Straßenlaternen, während er steif neben ihr saß, die Hände auf den Knien. Er trug noch den weißen Flanellanzug und eine weiße Halsbinde mit einer wie eine Golfkelle geformten Brillantnadel. Als der Wagen in eine Zufahrt einbog, die zwischen den Bäumen zu einer Reihe hoher, hellerleuchteter Terrassentüren führte, sagte er: »Sie befürchten, daß Sie sich langweilen werden... Sie werden sich wundern. Sie werden sehen, daß wir uns hier durchaus mit dem ausländischen und mit dem New Yorker Gesellschaftsleben messen können, an das Sie gewöhnt sind.« Als er ihr sein Gesicht zukehrte, schimmerte das Licht im Weiß seiner Augäpfel, auf den schlaffen Säcken unter den Augen, auf den feuchten breiten Lippen. Während er ihr aus dem Wagen half, drückte er ihre Hand und flüsterte: »Sie werden die eleganteste Frau des Abends sein – aber nur so, wie ein Stern heller leuchtet als die anderen Sterne.«
Als Margo an dem Butler vorbei zur Tür ging, mußte sie unwillkürlich lachen. »Wie Sie an die Sache herangehen!« sagte sie. »Sie reden wie – wie ein Genie.« – »Man behauptet immer, ich sei ein Genie«, sagte Margolies laut, schob die Achseln zurück und stand stramm, um sie durch die große Glastür in die Halle vorbeizulassen.
Das schlimmste war, in das Ankleidezimmer zu gehen und

dort die Überkleider abzulegen. Alle die Frauen, die sich dort puderten und mit einem letzten Klaps ihre Frisur zurechtklopften, drehten sich um und unterwarfen sie einer raschen Besichtigung, die bei den Sandaletten anfing, an den Strümpfen emporwanderte, jedes Häkchen ihres Kleides notierte, rund um den Hals lief, um zu sehen, ob er runzelig sei, und rauf zu den Haaren, um zu sehen, ob sie gefärbt seien. Sofort wußte sie, daß sie ein Hermelincape hätte haben müssen. Neben der Toilettentür stand zigaretterauchend eine alte Dame in einem Kleid aus lauter Eisbrocken, die hatte Röntgenaugen; Margo spürte, wie sie das Preisschild an ihrer Hemdhose las. Das farbige Hausmädchen, das Margo den Mantel abnahm, lächelte ihr freundlich mit gefletschten Zähnen zu, und da fühlte sie sich gleich wohler. Als sie hinausging, spürte sie, wie hinter ihr die Blicke sich an ihren Rücken hefteten und dort hängenblieben wie eine Blechdose an einem Hundeschweif. Kopf hoch, sie werden dich nicht auffressen, sagte sie sich, als die Tür des Ankleidezimmers hinter ihr zufiel. Sie hätte gern Agnes bei sich gehabt, um ihr zu sagen, wie entzückend die Leute seien. Margolies erwartete sie in einem Vestibül voller funkelnder Kandelaber. Eine Kapelle spielte, und in einem großen Saal wurde getanzt. Er führte sie zu dem Kamin am anderen Ende des Saales. Irwin Harris und Mr. Hardbein, die in ihren engen Smokings einander glichen wie ein Ei dem andern, näherten sich ihr und begrüßten sie. Margolies reichte jedem die Hand, ohne ihn anzusehen, und setzte sich mit dem Rücken zur Gesellschaft in einen großen, geschnitzten Sessel vor dem Kamin. Es war genauso ein Sessel, wie er ihn in seinem Büro hatte. Mr. Harris forderte sie zum Tanz auf. Nachher war es nicht anders als bei jeder beliebigen Zusammenkunft gutgekleideter Leute. Zumindest bis zu dem Augenblick, da sie mit Rodney Cathcart tanzte.
Sie erkannte ihn sogleich nach den Photos wieder, aber es war für sie verblüffend, festzustellen, daß er Farbe in den Wangen hatte und warmes Blut und Muskeln unter dem kessen Smoking. Er war ein hochgewachsener, sonngebräunter junger Mann mit goldfischblondem Haar und einer englischen Art, die Worte vor sich hinzumurmeln. Bevor

sie mit ihm tanzte, lief es ihr kalt über den Rücken. Nach dem ersten Tanz forderte er sie abermals auf. In den Pausen führte er sie zu einem Büfett am Ende des Saales und wollte ihr etwas zu trinken geben. Jedesmal hielt sie ein großes, blaues Glas mit Whisky und Soda in der Hand und nippte daran, während er zwei Scotchs pur hinunterstürzte und einen großen Teller Hühnersalat verzehrte. Er wirkte ein wenig beschwipst, wurde aber nicht beschwipster. Er sagte nichts, deshalb sagte sie auch nichts. Sie tanzte gern mit ihm.

Ab und zu, wenn sie sich beim Tanz dem Ende des Saales näherten, sah sie in dem riesigen Spiegel über dem Kamin den ganzen Raum. Einmal, als sie gerade den richtigen Winkel erwischte, glaubte sie Margolies' Gesicht aus dem hochlehnigen geschnitzten Sessel vor den lodernden Scheiten hervorgucken zu sehen. Er schien sie aufmerksam zu betrachten. Der Feuerschein, der über sein Gesicht huschte, verlieh ihm einen warmen, lebendigen Ausdruck, den sie bisher noch nicht bemerkt hatte. Sofort aber schoben sich Blondköpfe, Krausköpfe, Kahlköpfe, nackte Schultern, schwarze Schultern dazwischen, und sie verlor diesen Winkel des Saales aus den Augen.

Es mochte gegen zwölf sein, da stand er plötzlich neben dem Tisch mit den Scotchflaschen. »Hallo, Sam!« sagte Rodney Cathcart. »Wie geht's denn so?« – »Wir müssen jetzt gehen, das arme Kind ist müde von dem vielen Lärm... Rodney, jetzt mußt du Miss Dowling nach Hause gehen lassen.« – »Okay, Herr Kollege«, sagte Rodney Cathcart und drehte ihm den Rücken, um sich noch ein Glas Whisky einzugießen.

Als Margo mit ihrem Mantel zurückkehrte, wartete Mr. Hardbein im Vestibül auf sie. Er verbeugte sich und drückte ihr die Hand. »Ich muß Ihnen sagen, Miss Dowling, Sie haben Furore gemacht. Die jungen Damen fragen mich alle, was für ein Haarfärbemittel Sie benutzen.« Ein Lachen dröhnte hinter seiner breiten Weste. »Möchten Sie bei mir im Büro vorbeikommen? Wir könnten zusammen lunchen und einiges besprechen.« – Margo schauderte leicht zusammen. »Das ist sehr lieb von Ihnen, Mr. Hardbein, aber ich gehe nie in Büros... Ich verstehe nichts von Geschäften... Rufen Sie uns an, ja?«

Als sie auf die Kolonialstilveranda hinauskam, sah sie Rodney Cathcart neben Margolies in dem langen weißen Wagen sitzen. Lächelnd setzte Margo sich zwischen die beiden, so kühl, als hätte sie von Anfang an erwartet, Rodney Cathcart hier vorzufinden. Der Wagen fuhr los. Niemand sagte ein Wort. Sie wußte nicht, wohin sie fuhren, die Palmenalleen und die Straßenlaternen sahen alle gleich aus. Sie hielten vor einem großen Restaurant. »Ich dachte, es könnte nicht schaden, ein paar Bissen zu essen – Sie haben den ganzen Abend nichts gegessen«, sagte Margolies und drückte ihre Hand, während er ihr aus dem Auto half. – »Prima, prima«, sagte Rodney Cathcart, der zuerst ausgestiegen war. »Von der Tanzerei kriegt man einen Bärenhunger.«

Der Oberkellner verbeugte sich fast bis zur Erde und führte sie durch das Restaurant voller Augen zu einem Tische, der am Rande des Tanzparketts für sie reserviert worden war. Margolies aß Weizenflocken mit Milch, Rodney Cathcart ein Steak, und Margo spießte ein paar Stückchen Hummerpastete auf ihre Gabel. »Jetzt müßte der Mensch was zu trinken haben«, brummte Rodney Cathcart, nachdem er die letzten Bratkartoffeln verzehrt und den Teller von sich weggeschoben hatte. Margolies reckte zwei Finger hoch. »Hier ist es verboten... Wie dumm man in diesem Land ist... Wie dumm die Menschen sind...« Er verdrehte die Augen und sah Margo an. Sie hätte ihm beinahe zugezwinkert, beherrschte sich jedoch rechtzeitig, zuckte nur ganz leicht mit den Wimpern und lächelte das langsame, sordinierte Lächeln, mit dem er in Palm Springs so viel hergemacht hatte. Margolies stand auf. »Kommen Sie, liebe Margo... Ich will Ihnen etwas zeigen.« Als sie und Rodney Cathcart ihm über den roten Teppich zur Tür hinaus folgten, fühlte sie eine Welle der Erregung von Tisch zu Tisch wandern, genauso wie damals, als sie nach Charley Andersons Tod sich in den Lokalen Miamis hatte blicken lassen.

Margolies brachte sie zu einem großen hellgelben Appartementhaus. Sie fuhren im Fahrstuhl hinauf. Er öffnete eine Tür mit einem Schlüssel und führte sie hinein. »Dieses«,

sagte er, »ist meine kleine Junggesellenbude.« Es war ein großer dunkler Raum mit einem verhangenen Balkon an dem einen Ende. Die Wände waren mit allen möglichen Ölgemälden bedeckt, jedes einzelne von einem darüberhängenden Lämpchen beleuchtet. Auf dem Fußboden lagen übereinandergeschichtete Perserteppiche, und die Couches an den Wänden waren mit Zebra- und Löwenfellen zugedeckt. »Oh, wie schön!« sagte Margo. Margolies wandte sich lächelnd zu ihr. »Geradezu fürstlich, wie? So etwas pflegt man in den Schlössern kastilianischer Granden zu finden.« – »Sehr richtig«, sagte Margo. Rodney Cathcart legte sich der Länge nach auf eine der Couches. »Hör mal, Sam, oller Freund! Hast du noch etwas von dem guten kanadischen Ale? Mit ein bißchen Guinness drin?«
Margolies begab sich in einen Servierraum, und die Tür fiel hinter ihm zu. Margo wanderte umher, betrachtete die bunten Bilder und die Regale mit den wackelnden Porzellanfiguren. Es kam ihr gespenstisch vor. »Oh, passen Sie auf!« rief Rodney Cathcart von der Couch her. »Kommen Sie zu mir, Margo... Sie gefallen mir... Sie müssen Si zu mir sagen... Meine Freunde nennen mich Si. Es klingt amerikanischer.« – »Mir soll es recht sein«, sagte Margo und schlenderte zu ihm hin. Rodney Cathcart streckte die Hand aus. »Hier ist meine Hand!« sagte er. Als sie ihm ihre Hand reichte, packte er fest zu und versuchte, sie zu sich auf die Couch zu ziehen. »Möchtest du mir nicht einen Kuß geben, Margo?« Sein Griff war wie ein Schraubstock. Sie merkte, wie kräftig er war.
Margolies kehrte mit einem Tablett voller Flaschen und Gläser zurück und stellte es auf ein Ebenholztischchen neben der Couch. »Hier arbeite ich«, sagte er. »Das Genie ist hilflos ohne die richtige Umgebung... Nehmen Sie Platz.« Er deutete auf die Couch, auf der Cathcart lag. »Diesen Löwen habe ich selber geschossen... Entschuldigt mich einen Augenblick.« Er ging die Stufen zu dem Balkon hinauf, und droben ging ein Licht an. Dann wurde eine Tür zugemacht, das Licht verschwand. Die einzige Beleuchtung im Zimmer kam nun von den Lämpchen über den Bildern. Rodney Cathcart setzte sich auf den Rand der Couch. »Um

Gottes willen, Mädchen, trink doch was...« Margo fing zu kichern an. »Schön, Si, geben Sie mir einen Tropfen Gin«, sagte sie und setzte sich neben ihn auf die Couch.
Er war attraktiv. Sie ließ sich von ihm küssen, dann aber glitt seine Hand an ihrem Bein hoch, und sie mußte aufstehen und an die andere Seite des Zimmers gehen, um sich noch einmal die Gemälde anzusehen. »Ach, sei doch nicht dumm«, sagte er seufzend und ließ sich auf die Couch zurückfallen.
Von oben kam nicht der leiseste Laut. Margo begann kribbelig zu werden. Was mochte Margolies dort oben zu tun haben? Sie kehrte zu der Couch zurück, um noch einen Schluck Gin zu trinken, und Rodney Cathcart sprang plötzlich auf, legte von hinten die Arme um sie und biß sie ins Ohr. »Lassen Sie diese Steinzeitmanieren sein«, sagte sie, ohne sich zu wehren. Sie wollte sich nicht mit ihm herumbalgen, aus Angst, er würde ihr das Kleid zerdrücken. »So bin ich nun mal«, flüsterte er ihr ins Ohr. »Ich finde dich sehr aufregend.« Dann stand Margolies vor ihnen. Er hielt einige Papiere in der Hand. Margo wußte nicht, wie lange er schon dagestanden hatte. Rodney Cathcart sank auf die Couch zurück und machte die Augen zu. »Setzen Sie sich, liebe Margo«, sagte Margolies mit ruhiger Stimme. »Ich will Ihnen eine Geschichte erzählen. Passen Sie auf, ob Sie dabei etwas empfinden.« Margo fühlte, wie sie rot wurde. Hinter ihr atmete Rodney Cathcart in langen, schweren Zügen, als schliefe er.
»Sie haben den tollen Wirbel der europäischen Städte satt«, sagte Margolies. »Sie sind die Tochter eines alten Offiziers. Ihre Mutter ist tot. Sie gehen viel aus, auf Bälle, in Restaurants, zu geschäftlichen Veranstaltungen. Man macht Ihnen Heiratsanträge. Ihr Vater ist ein französischer oder vielleicht ein spanischer General. Sein Vaterland ruft ihn. Er soll nach Afrika geschickt werden, um gegen die barbarischen Berber zu kämpfen. Er will Sie in einem Kloster unterbringen, aber Sie bestehen darauf, ihn zu begleiten. Können Sie mir folgen?«
»O ja«, sagte Margo eifrig. »Sie würde als blinder Passagier mitkommen, nur um ihn an die Front zu begleiten.«
»Auf demselben Boot befindet sich ein junger, amerikanischer Student, der von zu Hause durchgebrannt ist, um in

die Fremdenlegion einzutreten. Die Gründe werden wir später erfahren. Das ist unser Freund Si. Ihr lernt einander kennen... Alles ist zwischen euch in schönster Ordnung. Ihr Vater wird schwer krank. Jetzt befindet ihr euch in einem Wüstenfort, das von heulenden, blutdürstigen Eingeborenen belagert wird. Si durchbricht die Blockade, um die Arznei zu holen, die erforderlich ist, um Ihrem Vater das Leben zu retten... Bei seiner Rückkehr wird er als Deserteur verhaftet. Sie eilen nach Tanger und veranlassen den amerikanischen Konsul, zu intervenieren. Das Leben Ihres Vaters wird gerettet. Sie reiten zurück und kommen gerade zurecht, um die Erschießung zu verhindern. Si ist amerikanischer Staatsbürger und wird dekoriert. Der General küßt ihn auf beide Wangen und legt ihm seine reizende Tochter in die starken Arme... Wir wollen jetzt nicht darüber reden. Lassen Sie es in Ihrem Innern heranreifen. Natürlich handelt es sich nur um eine rohe Skizze. Die Handlung ist idiotisch, aber sie bietet dem Regisseur gewisse Möglichkeiten. Ich sehe Sie vor mir, wie Sie alles aufs Spiel setzen – Ihren Ruf, ja sogar das Leben –, um den geliebten Mann zu retten. Jetzt werde ich Sie nach Hause bringen... Schauen Sie, Si ist eingeschlafen. Er ist ein Tier, eine blonde Bestie.«

Als Margolies ihr das Cape umlegte, ließ er einen Augenblick lang die Hand auf ihrer Schulter ruhen. »Und da ist noch etwas, das in der Tiefe Ihres Herzens heranreifen soll... Ich sage Herz – nicht Verstand... Antworten Sie mir jetzt nicht. Besprechen Sie es mit Ihrer reizenden Gesellschafterin. In einiger Zeit, wenn wir den Film hinter uns haben, möchte ich Sie heiraten. Ich bin ein freier Mann. Vor vielen Jahren, in einer anderen Welt, hatte ich eine Frau – so wie man eben eine Frau hat –, aber wir kamen überein, daß wir einander nicht verstehen – und gingen getrennte Wege. Jetzt werde ich zu sehr beschäftigt sein. Sie haben keine Ahnung, wie intensiv und kompliziert meine Arbeit ist. Wenn ich in einem Film Regie führe, kann ich an nichts anderes denken, aber wenn die schöpferische Arbeit vorbei ist, vielleicht in drei Monaten, werde ich Sie bitten, meine Frau zu werden... Antworten Sie jetzt nicht...«

Während er auf dem Heimweg neben ihr saß und langsam durch den dicken weißen, klammen Morgennebel nach Santa Monica fuhr, sagten sie beide kein Wort. Als der Wagen vor ihrer Tür hielt, beugte sie sich zu ihm und tätschelte seine Wange. »Sam«, sagte sie, »Sie haben mir einen entzückenden Abend geschenkt.«

Agnes war ganz aus dem Häuschen, weil Margo so lange weggeblieben war. Sie spazierte in ihrem Morgenrock umher und hatte sämtliche Lampen angeknipst. »Nachdem du gegangen warst, Margie, hatte ich ein unbestimmtes, dumpfes Gefühl. Ich rief Madame Esther an, um sie zu fragen, was sie dazu meine. Sie hatte für mich eine Botschaft von Frank. Du weißt, sie sagte das letzte Mal, daß er sich bemühe, ungünstige Einflüsse zu durchbrechen.« – »O Agnes, wie lautet die Botschaft?« – »Sie lautet – du hast den Erfolg in der Hand, halt ihn fest. Ach, Margie, du mußt ihn heiraten... Das ist es, was Frank uns mitteilen will.« – »Jesus Maria«, sagte Margo und fiel auf ihr Bett, sowie sie oben ankam, »ich bin total fertig. Sei so lieb, Agnes, und häng mir die Kleider auf.«

Margo war viel zu aufgeregt, um einschlafen zu können. Im Zimmer war es hell. Sie sah immerzu rotes Licht durch die Augenlider. Aber sie mußte versuchen, zu schlafen. Sonst würde sie am nächsten Tag schrecklich aussehen. Sie bat Agnes, ihr ein Aspirin zu bringen.

Agnes richtete sie mit der einen Hand in den Kissen hoch und gab ihr mit der anderen das Glas Wasser, mit dem sie das Aspirin hinunterspülen sollte – genauso wie früher, als sie noch klein war und Agnes ihr Medizin gab, wenn sie krank im Bett lag. Dann träumte sie plötzlich, daß sie soeben ihre Nummer in *Everybody's Doing It* beendete, und die rosige Gesichterhöhle dröhnte von Applaus, und sie lief in die Kulissen, wo Frank Mandeville in seiner schwarzen Pelerine mit weit ausgebreiteten Armen auf sie wartete, und sie warf sich in seine Arme, und der Mantel fiel über sie herab und raubte ihr den Atem, und er lag auf ihr und zerrte an ihrem Kleid, und über seine Achsel sah sie Tony lachen, Tony ganz in Weiß, mit einer Baskenmütze und einer brillantenen Golfkelle in der Halsbinde, und er hüpfte umher und klatschte in die Hände. Es mußte ihr Aufschrei gewesen sein, der Agnes herbeilockte. Nein, Agnes erzählte ihr etwas. Schaudernd setzte sie sich auf. Agnes war außer sich. »Ach, es ist schrecklich. Tony ist unten. Er will dich unbedingt sprechen. Er hat es in den Zeitungen gelesen. Weißt du, es steht in allen Zeitungen, daß du zusammen mit Rodney Cathcart in Mr. Margolies' nächstem Film spielst. Tony tobt. Er sagt, er sei dein Mann, und er müßte deine geschäftlichen Angelegenheiten verwalten. Er behauptet, dazu sei er dem Gesetz nach berechtigt.« – »Diese kleine Ratte!« sagte Margo. »Hol ihn rauf... Wie spät ist es?« Sie sprang aus dem Bett und lief zum Toilettentisch, um sich das Gesicht herzurichten. Als sie sie die Treppen heraufkommen hörte, zog sie ihr rosa Bettjäckchen an und kroch wieder unter die Decke. Sie war sehr schläfrig, als Tony hereinkam. »Was ist denn los, Tony?« sagte sie. »Ich hungere, und du verdienst dreitausend die Woche... Gestern hatten Max und ich kein Geld fürs Mittagessen. Man wird uns aus der Wohnung hinauswerfen. Von Rechts wegen gehört alles, was du verdienst, mir... Ich bin zu sanft gewesen... Ich habe mich übervorteilen lassen...« Margo gähnte. »Wir sind nicht auf Kuba, mein Schatz.« Sie setzte sich im Bett auf. »Paß auf, Tony – wir wollen in aller Freundschaft auseinandergehen. Der Vertrag ist noch nicht unterschrieben. Angenommen, es klappt – dann werden wir dich ein wenig ausstatten, damit du mit deinem Freund deine Poloschule in Havanna eröffnen kannst. Du hast ganz einfach Heimweh.«

»Das wäre doch wunderbar«, warf Agnes ein. »Kuba wäre der richtige Ort – wo so viele Touristen hinkommen.«

Tony warf sich in die Brust. »Margo, wir sind fromme Christen. Gläubige Christen. Wir wissen, daß die Kirche die Ehescheidung verbietet... Agnes versteht davon nichts.«

»Ich bin eine viel bessere Christin als du – das weißt du – du...« begann Agnes in schrillem Ton.

»Na na, Agnes, wir wollen uns nicht vor dem Frühstück über religiöse Fragen streiten.« Margo setzte sich auf und zog ihre Knie unter der Decke bis ans Kinn hoch. »Schau mal, Tony, Agnes und ich sind überzeugt, daß Mary Baker Eddy die Wahrheit gelehrt hat. Setz dich hierhin, Tony...

Du wirst zu dick, Tony, die Männer werden dich nicht mehr mögen, wenn du deine mädchenhafte Figur verlierst... Schau mal, wir haben recht schwere Zeiten miteinander durchgemacht.« Er setzte sich aufs Bett und zündete sich eine Zigarette an. Sie strich ihm das stachelige, schwarze Haar aus der Stirn. »Du wirst doch nicht dazwischenfunken, wenn ich die größte Chance meines Lebens bekommen habe.«
»Ich bin ein Schwein gewesen. Ich tauge zu nichts«, sagte Tony. »Wie wäre es mit tausend im Monat? Das ist nur ein Drittel von dem, was du verdienst. Du wirst es doch nur hinausschmeißen. Frauen brauchen kein Geld.«
»Ja, was du nicht sagst! Du weißt, in dieser Branche kostet das Geldverdienen viel Geld.«
»Schön – sagen wir fünfhundert. Ich verstehe nichts von Zahlen, das weißt du. Du weißt, ich bin ein Kind.«
»Genau wie ich. Geh mit Agnes hinunter und besprich es mit ihr, ich werde inzwischen baden und mich anziehen. Ich erwarte die Schneiderin und muß mich frisieren lassen. Heute nachmittag habe ich ungefähr hundert Verabredungen... Adieu, Tony.« Sie tätschelte seine Wange. Sanft wie ein Lamm trottete er mit Agnes davon.
Als Agnes, nachdem Margo gebadet hatte, wieder heraufkam, sagte sie verdrossen: »Margie, wir hätten uns schon längst von Tony scheiden lassen sollen. Dieser Deutsche, der sich ihn geschnappt hat, ist ein übler Bursche. Du weißt, wie Mr. Hays über öffentliche Skandale denkt.«
»Ich weiß, daß ich sehr dumm war.«
»Ich muß Frank fragen. Ich bin heute nachmittag mit Madame Esther verabredet. Vielleicht wird Frank uns einen verläßlichen Anwalt nennen.«
»Vardaman können wir nicht nehmen. Er vertritt Mr. Hardbein und auch Sam. Dumm von einer Frau, etwas schriftlich zu geben.«
Das Telephon klingelte. Es war Mr. Hardbein, er rief wegen des Vertrages an. Margo schickte Agnes zu ihm ins Büro. Den ganzen Nachmittag, während sie vor dem großen Pfeilerspiegel stand und die Schneiderin, den Mund voller Nadeln, an ihr herumfummelte, überlegte sie sich krampfhaft, was sie tun sollte. Als Sam gegen fünf erschien, um

sich die neuen Toiletten anzusehen, steckte ihr Kopf noch in der Trockenhaube. »Wie reizvoll Sie aussehen mit dem Kopf in diesem Ding«, sagte Sam, »und mit dem Spitzenneglige und dem kleinen Brüsseler Spitzendreieck zwischen den Knien... Ich werde den Anblick nicht vergessen. Ich erinnere mich immer an alles, ich vergesse nie etwas. Das ist das Geheimnis der visuellen Phantasie.«
Als Agnes sie mit dem Rolls abholen kam, hatte sie Mühe, Sam loszuwerden. Er wollte sie durchaus in seinem Wagen dort hinfahren, wo sie hinwollten. »Sie dürfen keine Geheimnisse vor mir haben, liebe Margo«, sagte er sanft, »Sie werden sehen, ich verstehe alles – alles... Ich kenne Sie besser, als Sie selber sich kennen. Deshalb weiß ich, daß ich der richtige Regisseur für Sie bin. Ich habe alle Ebenen Ihres Gesichts und Ihrer schönen Kleinmädchenseele studiert, die so voller Verlangen ist... Nichts, was Sie tun, kann mich überraschen oder schockieren.«
»Das ist fein«, sagte Margo.
Wütend ging er weg.
»O Margie, du solltest Mr. Margolies nicht so schlecht behandeln«, sagte Agnes klagend.
»Ich kann eher ohne ihn auskommen als er ohne mich«, sagte Margo. »Er braucht einen neuen Star. Es heißt, daß er ohnedies beinahe im Abrutschen ist.« – »Mr. Hardbein sagt, das liegt nur daran, daß er seinen Propagandachef entlassen hat«, sagte Agnes.
Es wurde spät, bevor sie in Gang kamen. Madame Esthers Haus lag in der Innenstadt, in einem verfallenen Viertel von Los Angeles. Sie ließen sich zwei Blocks entfernt absetzen und gingen zu Fuß durch ein schmales Gäßchen zwischen staubigen Bungalows; es waren genau solche Häuser wie die, in denen sie vor Jahren nach ihrer Ankunft an der Westküste gehaust hatten. Margo stieß Agnes an. »Erinnert es dich an etwas?« – Agnes runzelte die Stirn. »Wir dürfen uns nur an angenehme und schöne Dinge erinnern, Margie.« Madame Esthers Haus war ein großes altes Fachwerkhaus mit breiten Veranden und rissigem Schindeldach. An sämtlichen schmutzigen Fenstern waren die Jalousien herabgelassen. Agnes klopfte an eine schmale Milchglastür an der

Hinterseite des Hauses. Eine hagere, altjüngferliche Person mit grauen, kurzgestutzten Haaren öffnete sogleich. »Sie sind verspätet«, flüsterte sie. »Madame befindet sich in einem furchtbaren Zustand. Man darf die Geister nicht warten lassen. Es wird schwierig sein, die Kette zu brechen.« – »Hat sie etwas von Frank gehört?« flüsterte Agnes. – »Er ist sehr böse. Ich fürchte, er wird sich nicht mehr melden... Geben Sie mir die Hand.«

Die Frau nahm Agnes bei der Hand, Agnes nahm Margos Hand, sie gingen hintereinander durch einen dunklen Korridor, in dem nur eine kleine rote Birne brannte, und durch eine Tür in ein völlig finsteres Zimmer, das voller Menschen war. Man hörte sie atmen und mit den Füßen scharren.

»Ich dachte, es würde eine private Séance sein«, flüsterte Margo. – »Pst!« zischte Agnes ihr ins Ohr. Als ihre Augen sich an das Dunkel gewöhnt hatten, sah sie Madame Esthers breites, aufgedunsenes Gesicht hinter einem riesigen runden Tische hin und her schwanken, und rund um den Tisch die undeutlichen Umrisse anderer Gesichter. Man machte Margo und Agnes Platz, Margo setzte sich und hatte eine fremde feuchte Hand in der ihren. Auf dem Tische vor Madame Esther lagen eine Menge kleine weiße Notizblocks. Es war sehr still bis auf Agnes' heftiges Atmen dicht neben ihr.

Bevor sich etwas ereignete, schienen Stunden zu verstreichen. Dann sah Margo, daß Madame Esther die Augen geöffnet hatte, aber es war nur das Weiße zu sehen. Aus ihrem Munde kam eine tiefe Baritonstimme und sprach eine Sprache, die Margo nicht verstand. Jemand aus der Runde antwortete in derselben Sprache, offenbar stellte er Fragen. »Das ist Sidi Hassan, der Hindu«, flüsterte Agnes. »Er bekommt jetzt gute Börsentips.«

»Ruhe!« schrie Madame Esther mit einer schrillen Frauenstimme, die Margo fast um den Verstand brachte. »Frank wartet. Nein, er wurde abberufen. Er läßt sagen, alles wird in Ordnung gehen. Er läßt sagen, er wird morgen die erwünschte Mitteilung machen, und sein liebes kleines Mädchen darf unter keinen Umständen Schritte unternehmen, ohne ihre liebe Agnes zu konsultieren.«

Agnes brach in ein hysterisches Schluchzen aus, und eine

Hand klopfte Margo auf die Schulter. Dieselbe grauhaarige Frau führte sie wieder zur Hintertür. Sie hielt Agnes ein Riechfläschchen unter die Nase. Bevor sie die Milchglastür öffnete, sagte sie: »Das macht fünfzig Dollar, bitte... Fünfundzwanzig pro Person... Und Madame sagt, die schöne junge Dame darf nicht mehr herkommen, es könnte für sie gefährlich werden, wir sind von feindlichen Einflüssen umgeben. Aber Mrs. Mandeville soll die Botschaften in Empfang nehmen. Ihr kann nichts geschehen, sagt Madame, weil sie ein kindliches Gemüt hat.«

Als sie in die dunkle Gasse hinauskamen und merkten, daß es bereits Nacht geworden war und daß überall die Lichter brannten, schlug Margo den Kragen ihres Pelzmantels hoch, um nicht erkannt zu werden.

»Siehst du, Margie«, sagte Agnes, als sie sich in den tiefen Rücksitz des alten Rolls lehnten, »alles wird gut gehen, der liebe Frank paßt auf uns auf. Er meint, du sollst sofort Mr. Margolies heiraten.« – »Na ja, wahrscheinlich ist es auch nicht viel schlimmer, als einen Dreijahresvertrag zu unterschreiben«, sagte Margo. Sie befahl dem Chauffeur, schneller zu fahren, weil Sam am Abend mit ihr eine Premiere bei *Grauman* besuchen wollte.

Als sie über die Zufahrt vor der Haustür vorfuhren, sahen sie Tony und Max Hirsch auf der Marmorbank im Garten sitzen. »Ich werde mit ihnen sprechen«, sagte Agnes. Margo lief hinauf und begann sich umzuziehen. Sie saß in der Hemdhose da und betrachtete sich im Spiegel, da kam Tony hereingestürzt. In dem Lichtschein der Lampe über dem Frisiertisch sah sie, daß er ein blaues Auge hatte. »Bist du unter die Boxer gegangen, Tony?« sagte sie, ohne sich umzudrehen.

Tony rang nach Atem. »Max hat mich verprügelt, weil ich nicht mitkommen wollte. Margo, er schlägt mich tot, wenn du mir nicht tausend Dollar gibst. Wir gehen nicht eher weg, als bis du uns einen Scheck gegeben hast, und wir müssen auch etwas Bargeld haben, weil Max heute abend Gäste hat und der Schmuggler den Alkohol nur gegen Barzahlung liefert. Max sagt, du willst dich scheiden lassen. Das geht doch nicht. Die Kirche gestattet keine Scheidung. Eine

solche Sünde will ich mir nicht auf die Seele laden. Du kannst dich nicht scheiden lassen.«
Margo stand auf und drehte sich zu ihm um. »Gib mir mein Negligé, es liegt auf dem Bett... Es hat wohl wenig Sinn, daß ich mich auf den Tod erkälte... Sag mal, Tony, findest du, daß ich zu dick werde? Ich habe vorige Woche zwei Pfund zugenommen... Schau mal, Tony, dieser Quadratschädel wird dein Ruin sein. Laß ihn stehen und geh wieder in eine Anstalt. Ich möchte nicht gern, daß dich die Bullen von der Bundespolizei wegen Rauschgiftvergehen in den Knast schicken. Erst gestern haben sie in San Pedro eine große Razzia veranstaltet.«
Tony brach in Tränen aus. »Du mußt mir das Geld geben. Er zerbricht mir sämtliche Knochen im Leib.«
Margo warf einen Blick auf ihre Armbanduhr, die auf dem Frisiertisch neben der großen Puderdose lag. Acht. Jetzt konnte Sam jeden Augenblick erscheinen. »Schön«, sagte sie, »aber das nächste Mal wird dieses Haus bewacht sein... Merk dir das!« sagte sie. »Keine Zicken – sonst wandert ihr beide in den Knast. Und wenn ihr glaubt, daß Sam Margolies nicht imstande ist, der Presse den Mund zu stopfen, dann werdet ihr euch wundern. Geh runter und sag Agnes, sie soll dir einen Scheck ausstellen und dir alles Bargeld geben, das im Haus ist.« Margo kehrte zu ihrer Toilette zurück. Ein paar Minuten später kam Agnes weinend herauf. »Was soll ich tun? Ich habe ihnen den Scheck und zweihundert Dollar bar gegeben... Oh, es ist furchtbar. Warum hat Frank uns nicht gewarnt? Ich weiß, er paßt auf uns auf, aber er hätte uns sagen können, was wir mit diesem furchtbaren Menschen anfangen sollen.« – Margo ging ins Ankleidezimmer und schlüpfte in ein funkelnagelneues Abendkleid. »Zuerst einmal werden wir gleich morgen früh den Scheck sperren. Du rufst die Wach- und Schließgesellschaft an und verlangst zwei Beamte, die das Haus Tag und Nacht bewachen. Ich hab's satt, basta!«
Margo war wütend. In ihrem neuen, weißen Flitterkleid mit dem Straußfedernbesatz spazierte sie auf und ab. Dann bekam sie sich in dem großen dreiteiligen Spiegel, der zwischen den Betten stand, zu sehen. Sie betrachtete ihre

drei Spiegelbilder in dem weißen Flitterkleide. Ihre Augen funkelten blau, ihre Wangen waren gerötet. Agnes kam hinter ihr heran und brachte den Straßreif, den sie im Haar tragen sollte. »O Margie, du hast noch nie so bezaubernd ausgesehen.«
Das Mädchen kam herauf und meldete, Mr. Margolies warte unten. Margo gab Agnes einen Kuß und sagte: »Du wirst jetzt keine Angst mehr haben, Liebling – wenn das Haus bewacht ist?« Margo legte das Hermelincape, das man ihr am Nachmittag zur Ansicht zugeschickt hatte, um die Schultern und ging zum Auto hinaus. Rodney Cathcart, im Smoking, saß hingelümmelt auf dem hinteren Sitz. Er sah sie lächelnd an, sein perfektes Gebiß schimmerte in dem länglichen braunen Gesicht. Sam war ausgestiegen, um ihr in den Wagen zu helfen. »Liebe Margo, es verschlägt uns den Atem – ich wußte, das ist das richtige Kleid«, sagte er. Seine Augen funkelten noch heller als sonst. »Das ist heute ein wichtiger Tag. Die Sterne haben es verkündet. Ich werde Ihnen nachher alles erzählen. Ich habe unsere Horoskope stellen lassen.«
In dem überfüllten, lärmenden Vestibül mußten Margo und Rodney Cathcart, während sie durchs Kreuzfeuer der Lichter und Blicke zu dem Foyer unterwegs waren, vor einem Mikrophon stehenbleiben und einige Worte über ihren neuen Film und ihre Zusammenarbeit mit Sam Margolies sagen. Als der Zeremonienmeister Margolies veranlassen wollte, gleichfalls etwas zu sagen, drehte er ihm ärgerlich den Rücken und marschierte, ohne nach links oder rechts zu blicken, in den Zuschauerraum, als ob er leer wäre. Nach der Vorstellung gingen sie in ein Restaurant und saßen eine Weile an ihrem Tisch. Rodney Cathcart bestellte Lammkoteletts. »Du darst nicht zuviel essen, Si«, sagte Margolies. »Die pièce de résistance wartet in meiner Wohnung auf uns.« Als sie, nachdem das Restaurant sich zu leeren begonnen hatte, in die Wohnung zurückkehrten, war dort auch tatsächlich ein großer Tisch für drei Personen gedeckt, mit Lachs und Hummersalat; ein philippinischer Butler öffnete eine Sektflasche. Diesmal ließ Margo sich gehen und aß und trank, so viel sie nur konnte. Rodney Cathcart verdrückte

fast den gesamten Lachs und erklärte murmelnd, prima, prima; sogar Sam verzehrte einen Teller Hummersalat, obwohl er erklärte, das würde bestimmt sein Tod sein.

Margo war bereits gründlich beschwipst, als sie plötzlich merkte, daß der Philippino und Margolies verschwunden waren und daß sie neben Si auf der Couch mit dem Löwenfell saß. »Sie werden sich also mit Sam verheiraten«, sagte Si, ein Glas Sekt hinuntergießend. Sie nickte. – »Braves Kind.« Er zog den Smoking und die Weste aus und hängte sie sorgfältig über einen Stuhl. »Hasse Kleider«, sagte er. »Sie müssen mich auf meiner Ranch besuchen... Heiß.« – »Aber Sie sind immer so schön angezogen«, sagte Margo. – »Korrekt«, sagte Si.

Er packte sie und setzte sie auf seinen Schoß. »Aber Si, das geht doch nicht – noch dazu auf Sams Löwenfell.« Si drückte den Mund auf ihre Lippen und küßte sie. – »Findest du mich aufregend? Du solltest mich nackt sehen.« – »Nicht – nicht!« sagte Margo. Sie konnte sich nicht wehren, er war zu kräftig, seine Hände waren überall unter ihrem Kleide.

»Ach was, es ist mir egal«, sagte sie. Er holte ihr ein Glas Sekt. Für sich selber füllte er eine Schale, die früher zerkleinerte Eiswürfel enthalten hatte. »Und die Sache mit dem Löwen ist quatsch. Freilich hat Sam ihn geschossen, aber in einem Zoo. Auf einer Löwenfarm wurden einige alte Exemplare verhökert, und da gingen die Herrschaften hin und veranstalteten eine Jagd. Sie konnten die Biester gar nicht verfehlen. Es war der reine Mord.« Er trank den Sekt, und dann stürzte er sich plötzlich auf sie. Sie fiel auf die Couch hin, von seinen Armen fast erdrückt.

Ihr war schwindlig. Sie ging im Zimmer auf und ab und versuchte, zu Atem zu kommen. »Gute Nacht, du kleine Katze!« sagte Si, zog sorgfältig seinen Smoking und die Weste an und war verschwunden. Ihr war schwindlig.

Sam kehrte zurück und zeigte ihr ein Papier mit allerlei Kalkulationen. Als sie die Zahlen zu lesen versuchte, glotzten ihr seine funkelnden Augen ins Gesicht. Seine Hände zitterten. »Heute nacht«, sagte er, »– heute nacht kreuzen sich unsere Lebenslinien... Wir sind verheiratet, ob wir wollen oder nicht. Ich glaube nicht an den freien Willen – du, liebe Margo?«

Ihr war schwindlig. Sie brachte kein Wort über die Lippen. »Komm, liebes Kind, du bist müde.« Margolies' Stimme schnurrte ihr besänftigend ins Ohr. Sie ließ sich von ihm ins Schlafzimmer führen, sich ausziehen und zwischen die schwarzseidenen Laken des großen Himmelbetts legen.

Es war heller Tag, als Sam sie nach Hause fuhr. Als sie in die Zufahrt einbogen, legte der Wachbeamte vor der Tür zwei Finger an die Krempe seines Hutes. Es war ein angenehmes Gefühl, das breite Mopsgesicht des braven Mannes zu sehen, der ihr Heim hütete. Agnes war auf, wanderte in einem geblümten, wattierten Morgenrock im Zimmer umher und hielt eine Zeitung in der Hand. »Wo bist du gewesen?« rief sie. »O Margie, du wirst dir dein Aussehen ruinieren, wenn du so weitermachst – und gerade jetzt, wo es richtig anfängt... Schau mal! Sei ja nicht entsetzt! Vergiß nicht, es ist die beste Lösung...«

Sie reichte Margo die *Times* und zeigte mit dem manikürten, spitzen rosa Nagel ihres Zeigefingers auf eine fette Schlagzeile. »Habe ich dir nicht gesagt, Frank paßt auf uns auf?«

FILMSTATIST BEI EINEM GELAGE ERSCHLAGEN

BEKANNTER POLOSPIELER VERSCHWUNDEN
ZWEI MATROSEN ANGEHALTEN

Zwei uniformierte Matrosen vom Schlachtschiff Kenesaw, George Cook und Fred Costello, wurden von der Polizei zwecks Einvernahme angehalten, nachdem man sie in einem durch Alkohol oder Rauschgift herbeigeführten Betäubungszustand im Keller eines Miethauses in San Pedro, Higueras Drive 2234, angetroffen hatte. Die Hausbewohner erklärten, es habe die ganze Nacht im Keller ein Saufgelage stattgefunden. Neben den beiden wurde ein junger Mann aufgefunden, dem man mit einem stumpfen Gegenstand den Schädel eingeschlagen hatte. Es handelt sich um einen Kubaner namens Antonio Garrido, der früher einmal in verschiedenen großen Filmateliers zu statieren pflegte. Als die Polizei sich auf die telephonischen Beschwerden der Nachbarn hin mit Gewalt Zutritt verschaffte, atmete er noch. Der vierte Teilnehmer an dem Gelage, ein deutscher Staatsbürger namens Max Hirsch, der in manchen

Kreisen als österreichischer Adliger gilt und zusammen mit dem gutaussehenden jungen Kubaner eine Wohnung in einem vornehmen Bungalowkomplex in Mimosa bewohnte, hatte die Flucht ergriffen, bevor die Polizei auf dem Schauplatz der Tragödie erschien. In den frühen Morgenstunden hatte die Polizei ihn noch nicht ausfindig machen können...

Margo fühlte, wie das Zimmer sich in weiten Kreisen zu drehen begann. »O mein Gott!« sagte sie. Beim Hinaufgehen mußte sie sich am Geländer festhalten, um nicht hinzufallen. Sie riß sich die Kleider vom Leib, ließ das heiße Wasser laufen und lag dann zurückgelehnt mit geschlossenen Augen in der Wanne.
»O Margie«, sagte Agnes klagend aus dem Nebenzimmer, »dein reizendes Kleid ist in Fetzen.«

Margo und Sam Margolies flogen nach Tucson, um sich dort trauen zu lassen. Nur Agnes und Rodney Cathcart waren mit dabei. Nach der Zeremonie überreichte Margolies dem Friedensrichter einen neuen Hundertdollarschein. Der Rückflug war recht unruhig, über der Wüste wurden sie in der großen dreimotorigen Ford ordentlich durcheinandergerüttelt. Margolies' Gesicht unter der weißen Baskenmütze spielte in allen Farben, aber er sagte, es sei köstlich. Rodney Cathcart und Agnes übergaben sich ungeniert in ihre Papptüten. Margo fühlte, wie ihr hübsches Lächeln zu einem verzweifelten Grinsen erstarrte, aber es gelang ihr, das Hochzeitsfrühstück bei sich zu behalten. Als die Maschine endlich auf dem Flugfeld zur Ruhe kam, ließen sie die Photographen eine halbe Stunde warten, bevor sie es wagten, die Treppe hinunterzugehen, lächelnd, mit geröteten Wangen, unter einem Konfettiregen und dem Gesurr der Filmkameras. Rodney mußte fast eine halbe Flasche Scotch leeren, bevor er so weit war, daß ihn die Beine trugen. Margo lächelte über einem Strauß gelber Orchideen, die in dem Kühlschrank des Flughafens auf sie gewartet hatten, Agnes sah quietschvergnügt drein, weil Sam auch ihr lavendelfarbene Orchideen geschenkt und darauf bestanden hatte, daß sie zusammen mit ihnen auf die Kameras zumarschierte.

Nach der grellen Wüstensonne und dem Gehopse der Maschine in den Luftlöchern war es eine wahre Erleichterung, in die stille Garderobe auf dem Filmgelände zurückzukehren. Um drei Uhr waren sie schon wieder geschminkt. In einem kleinen Atelier zu ebener Erde ging Margolies sogleich wieder daran, Nahbilder von Margo und Rodney Cathcart aufzunehmen, wie sie sich vor dem Hintergrunde einer Festungsmauer umarmten. Si war bis zur Mitte nackt, trug über der Brust zwei gekreuzte Patronengürtel und auf dem Kopf das Leinenkäppi eines Fremdenlegionärs – Margo hatte ein weißes Abendkleid und Satinschuhe mit hohen Stöckeln an. Die Patronengürtel störten sie bei der Umarmung. Margolies, mit dem porzellanknaufigen Spazierstock vor sich herfuchtelnd, stapfte alle paar Augenblicke von der kleinen Kiste, auf der er hinter der Kamera stand, in den grellen Lichtkreis der Scheinwerfer, in dem Margo und Si sich umarmten, sich voneinander lösten, sich aufs neue umarmten, ein dutzendmal, bevor sich eine Stellung ergab, die ihm paßte. »Mein lieber Si«, sagte er, »das Publikum muß es *spüren*. In jedem Muskel muß deine Leidenschaft zu spüren sein. Aber du bist steif wie eine Holzpuppe. Alle lieben *sie*, ein zartes, schönes, bebendes Stück Weib, das bereit ist, dem geliebten Mann alles zu opfern... Margo, meine Liebe, du bist einer Ohnmacht nahe, du hängst willenlos in seinen Armen. Wenn seine starken Arme dich nicht auffingen, würdest du zu Boden sinken. Si, mein lieber Freund, du bist *kein* Sportlehrer, der einer jungen Dame das Schwimmen beibringt, sondern ein verzweifelter, liebender Mensch, auf den der Tod wartet... Man versetzt sich an deine Stelle, du liebst diese Frau im Namen des Publikums, im Namen der Millionen, die nach Liebe und Schönheit und Leidenschaft lechzen, aber du mußt sie vergessen, du mußt dich entspannen, mein lieber Freund, vergiß, daß ich hier stehe, vergiß die Kamera, du bist mit ihr allein, ihr wollt diesen verzweifelten Augenblick festhalten, ihr seid allein mit euren pochenden Herzen, du und die schönste Frau der Welt, der neue Liebling der Nation... Fein!... So ist es recht!... Kamera...«

aber wenige Minuten später verschwand dieses trügerische Land ebenso schnell und geheimnisvoll, wie es aufgetaucht war, und vor mir lag wieder die weite stille Meeresfläche ohne das geringste Lebenszeichen...

Die Nachtigall ruft
Und der Abend ist nah –
Ich suche – den blauen Hafen

LINDBERGH IN LEBENSGEFAHR, VON EINER WELLE AM BUG DES KREUZERS ÜBERRASCHT

In den Bergen von Tennessee
Fern von der sündigen Welt,
Dan Kellys Sohn, auf die Flinte gelehnt,
Er seufzt und sehnt
Sich nach Zeb Turneys Töchterlein

VON GEWALTIGEN MENSCHENMASSEN BEJUBELT

VON DER NOCK AUS SCHWINDELNDER HÖHE GEKNIPST

Dan war ein heißblütiger Jüngling,
Erzogen in strenger Zucht

EINE GANZE STADT BEJUBELT AUS DER TIEFE IHRES HERZENS DIE KÜHNE TAT

KUNSTSTÜCKE IN DER LUFT

In Liebe entbrannt für das schöne Kind,
Die Doppelflinte lädt er geschwind

Führende Persönlichkeiten des öffentlichen Lebens geraten beim Anblick des Flughelden in Ekstase

KONFUSION IM HOTEL

Der Flieger beinahe aus dem Auto geschleudert, das durch eine Lücke in der Menschenmasse losprescht

Über die Berge kommt er gezogen,
Mann aus Tennessee, stolzer Dan.
Feuer im Blick und die Flinte geschultert,
Auf der Suche nach Zeb Turneys Klan.

FESTPARADE IM STRÖMENDEN REGEN

Papierschnitzelorkan überflutete den Broadway

Schüsse knall'n in den Bergen,
Schüsse knallen im Wind

Lindy als Chef einer grossen Fluglinie ausersehen

Die G'schicht von Dan Kellys Mondfahrt
Kennt man weit und breit in der Welt.
Wie Dan den Klan tötet Mann für Mann
Und Zeb Turneys Tochter erringt.

ein kleiner, teilweise kahlköpfiger Mann, das starre Gesicht von höchster Spannung erfüllt, kam aus einer Gruppe von Menschen hervorgelaufen, in der er sich verborgen gehalten hatte, und kletterte hastig in die Maschine, als befürchte er, aufgehalten zu werden. Er trug gewöhnliche Kleidung und statt eines Mantels eine Lederweste. Er war barhäuptig. Er hockte sich neben Chamberlin hin und beachtete weder die Menschenmassen noch seine eigene Frau, die mit aufgerissenen Augen in einiger Entfernung neben dem Flugzeug stand. Der Motor dröhnte, die Maschine rollte die Startbahn entlang, blieb stehen, kehrte um und erhob sich dann in die Luft...

ARCHITEKT

An einem regnerischen Tag im Spätfrühling des Jahres achtzehnhundertundsiebenundachtzig kam ein hochgewachsener junger Mann von achtzehn Jahren mit schönen Augen und einer imponierend stolzen Kopfhaltung in Chicago an. In der Tasche hatte er sieben Dollar, die waren ihm geblieben, nachdem er sich in Madison seine Fahrkarte gekauft hatte. Um sich das Geld zu beschaffen, hatte er Plutarchs *Lebensläufe*, Gibsons *Verfall und Untergang des römischen Reiches* und einen alten, pelzverbrämten Mantel versetzt.

Bevor er seine Heimatstadt verließ, um seine Laufbahn bei einer Architektenfirma zu eröffnen (in Wisconsin wurde kein Architekturunterricht erteilt, der sein Gedächtnis mit schalen Beaux-Arts-Skizzen belastet hätte), hatte der junge Mann die Kuppel des neuen Staatskapitols in Madison einstürzen sehen, infolge des schlechten Mauerwerks der Pfeiler, infolge der Manipulationen diebischer Lieferanten, die mit dem Baumaterial knickerten, um den Politikern ihren Anteil zu sichern, und vielleicht auch infolge eines geringfügigen, aber verhängnisvollen Fehlers in den Bauplänen –

nie vergaß er das Getöse des einstürzenden Gemäuers, den umherfliegenden Gips, die aufsteigenden Staubwolken, die zerschmetterten Leiber und die tödlich Verletzten, die man davonschleppte, die vom Gipsstaub fahlen Gesichter.

Während er durch die Innenstadt von Chicago wanderte, hin und her über die Brücken des Chicago River, im Lärm und Geklirr des Verkehrs, im Rattern der Karren und Lastwagen, im Gestampfe der schweren Karrengäule, im Tuten der Schlepper mit ihren Schuten und im grollenden Pfiff der Seedampfer, die auf das Hochgehen der Zugbrücke warteten,

dachte er an den gewaltigen Kontinent, der sich zweitausend Meilen nach Osten, Süden und Norden und fünftausend

Kilometer westwärts erstreckt – und überall, an den Grubenschächten, an den Ufern frisch ausgebaggerter Häfen, an den Flußläufen, an den Eisenbahnkreuzungen sprießt es von Baracken, Lokomotivschuppen, Schutthalden, Getreidesilos, Läden, Lagerhäusern, Mietskasernen, stolzen Villen für die Reichen auf weitem, baumbeschattetem Rasen, kuppelgekrönten Kapitolen auf den Hügeln der Städte, Hotels, Kirchen, Opernhäusern, Konzertsälen.
Er wanderte mit eifrigen, weit ausholenden Schritten
der unbegrenzten Zukunft entgegen, die sich von allen Seiten her einem jungen Menschen eröffnete –
sofern er gewillt war, mit seinen Händen zuzupacken und mit wachem Sinn das Neue zu suchen.
Noch am selben Tage fand er Arbeit im Büro eines Architekten.

Frank Lloyd Wright war der Enkel eines walisischen Hutmachers und Predigers, der sich im Spring Valley, einem fruchtbaren Tal in Wisconsin, angesiedelt und dort eine große Familie von Farmern, Predigern und Schullehrern herangezogen hatte. Wrights Vater war gleichfalls Prediger gewesen, ein unruhiger Geist, ein widerspenstiger Puritaner, der Medizin studierte, in einer Baptistenkirche in Weymouth (Massachusetts) und darauf bei den Unitariern im Mittelwesten als Prediger tätig war, Musikunterricht erteilte, Sanskrit las und schließlich seine Familie sitzenließ. Der junge Wright kam auf der großelterlichen Farm zur Welt, ging in Weymouth und Madison zur Schule, arbeitete den Sommer über auf der Farm eines Onkels in Wisconsin. Seine Ausbildung bestand aus der Lektüre von Viollet le Duc, dem Apostel des XIII. Jahrhunderts, dem Studium der reinen, strukturellen Mathematik gotischer Steinmetzkunst und der siebenjährigen Lehrzeit unter Louis Sullivan in der Firma Adler and Sullivan in Chicago. (Louis Sullivan hat, nach Richardson, all das Neue geschaffen, das in der amerikanischen Architektur des neunzehnten Jahrhunderts neu ist.)
Als Frank Lloyd Wright sich von Sullivan trennte, hatte er bereits seinen eigenen, besonderen Stil gefunden, den

Präriestil. In Oak Park baute er breite Vorstadtvillen für die reichen Leute, die ersten Häuser, die den Einfluß jahrhundertealter Routine auf die Denkweise amerikanischer Baumeister verleugneten –

das Erbe der abgebrauchten Kapitäle, Plinthen und Giebel aus den Tagen der Akropolis, der zu Tode geschundenen traditionellen Schablonen altrömischer Steinmetzarbeit, der halb verschollenen Vorlagen eines Palladio.

Frank Lloyd Wright bahnte einen neuen Weg, der zu den schnell aufschießenden Bauten aus Glasziegeln und Stahl führte,

die heute ihre Schatten vorauswerfen.

Begeistert griff er nach den neuen Stoffen, Zugstahl, Glas, Beton, Millionen neuer Metalle und Legierungen.

Sohn und Enkel von Predigern, wurde er selber

ein Prediger, der das Evangelium der neuen Baukunst verkündete

mit dem A und O seiner Pläne und Entwürfe.

Er projizierte seine Bauten in die Zukunft Amerikas statt in die Vergangenheit Europas.

Ein Erfinder neuer Konstruktionen,

Meister künftiger Gerüstelemente,

predigt er der Jugend, die unter dem Joch dieser Zeit heranwächst, eingezwängt zwischen die Gipswände finanzieller Normen, in ihrem Leben und ihren Plänen behindert durch die parasitären Geldmächte feudaler Provenienz, welche sich jedem Fortschritt auf den Nacken setzen, um ihn den Couponschneidern dienstbar zu machen:

Der vorschriftsmäßig verbürgerlichte Bürger ist ein Makler geworden, der vor allem mit menschlichen Schwächen handelt oder mit den Ideen oder Erfindungen seiner Mitmenschen, ein Hebelzieher, einer, der auf die Knöpfe drückt, die ihm seine Muskelkraft ersetzen, ihm sein Geschick auf maschinellem Wege liefern... und über ihm, neben ihm, unter ihm, ja sogar in seinem Herzen, während er schläft, tickt das Zinstaxameter, um in irgendeiner Form den unaufhörlichen Kampf des geldgierigen Konsumenten für oder gegen mehr oder weniger barmherzige oder unbarmherzige Geldgewinne anzuspornen...

Der Jugend, die ihre Tage und Nächte damit verbringt,
Pläne für neue aus Mietzellen zusammengesetzte und auf hartem Pflaster umgestülpte Mietaggregate zu entwerfen,
predigt er
die Horizonte seiner Kindheit,
eine Zukunft, die nicht aus einer Kurssteigerung hundert ausgewählter Aktien besteht oder einem Zuwachs in der Zahl befrachteter Güterwagen oder einer Vervielfachung des Bankkreditvolumens oder einer Erhöhung des Zinsfußes für tägliches Geld,
sondern aus einer von Grund aus neuen, sauberen Bauweise,
die auf Bedürfnissen und Zwecken beruht –
mit Kurs auf die Zukunft Amerikas und nicht auf die qualbeschmutzte Vergangenheit Europas und Asiens. *Usonia* nennt er das breite, menschenreiche Band dieser neuen Nation quer über den gewaltigen Kontinent zwischen dem Atlantischen und dem Stillen Ozean. Er predigt das *Projekt Usonia*:

Es ist leicht einzusehen, daß das Durcheinander roher, rein zweckbetonter Bauten in der technischen Kindheit unseres Wachstums, genauso wie das rohe Gerüst eines edlen Bauwerks, die Landschaft verunstaltet hat... Die rohen Zwecke der Pionierzeit sind erfüllt worden. Nun darf man das Gerüst abreißen und das eigentliche Werk, die Kultur einer neuen Zivilisation, zum Vorschein kommen lassen...

Wie das Leben so vieler Prediger, Propheten und Mahnrufer ist Frank Lloyd Wrights Leben recht stürmisch verlaufen. Er hat Kinder großgezogen, sich mit seinen Frauen gezankt, die Grenzen des Erlaubten überschritten, sich mit Behörden, Scheidungsgerichten, Konkursverwaltern herumgebalgt, stets war die Meute der Journaille hinter ihm her, die Abendzeitungen verkündeten in schreienden Schlagzeilen jedes seiner Mißgeschicke: Weibergeschichten, den grauenvollen Brand seines Hauses in Wisconsin.
Durch eine seltsam ironische Fügung
war sein ureigenstes Werk, das *Imperial Hotel* in Tokio,
eines der wenigen Gebäude, die das Erdbeben im Jahre 1923 unversehrt überstanden haben (der Tag, schreibt er, an dem

ihm telegraphisch mitgeteilt wurde, das Gebäude sei unbeschädigt und habe damit Hunderte von Menschenleben gerettet, sei einer seiner glücklichsten Tage gewesen) –
und aus deutschen Referaten lernten viele Amerikaner zum erstenmal seine Arbeiten kennen.
Sein Leben wimmelt von hochtrabenden und nie vollendeten Projekten. (Wie oft hört der Prediger das hohle Echo seiner Stimme aus dem leeren Saale ertönen, wie oft sieht der Zeichner den Staub sich auf seinen sorgsam entworfenen Plänen sammeln und der Architekt die zusammengerollten Skizzen im Archivschrank vergilben und verrotten.)
Zweimal hat er das Haus in seines Großvaters Tal in Wisconsin, das Haus, in dem seine Werkstatt liegt, nach Feuersbrünsten und Katastrophen wiederaufbauen müssen – ein anderer wäre längst dabei zugrunde gegangen.
Er ist in Wisconsin tätig –
ein aufrechter, hagerer, weißhaariger Mann, seine Söhne sind Architekten, aus aller Herren Ländern kommen seine Jünger, um von ihm zu lernen und mit ihm zusammen
die neue Stadt zu entwerfen (er nennt sie *Broadacre City* – die Großraumstadt).
Nähe und Ferne sind besiegt (um sich die neue Stadt vorzustellen, muß man die ganzen eingewurzelten Gewohnheiten der Vergangenheit auslöschen und mit den neuen Werkzeugen ein Land von Grund aus errichten).
Für den Architekten gibt es nur das Verwendbare:
Die unglaubliche Akkumulation der Funktionen, die Widerstandskraft und Spannkraft der Metalle,
den Dynamo, das elektrische Kabel, das Radio, die Photozelle, den Verbrennungsmotor,
Glas,
Beton –
und die Bedürfnisse. (Sagt uns, ihr Doktoren der Philosophie, welche Bedürfnisse hat der Mensch? Zumindest hat er das Bedürfnis, nicht eingesperrt, nicht verängstigt, nicht hungrig, nicht unbekleidet, nicht ohne Liebe zu sein und nicht für eine Macht arbeiten zu müssen, die er nie gesehen hat, die sich nicht um die Verwendbarkeit und die Bedürfnisse der Männer, Frauen und Kinder kümmert.)

Ein Haus bauen heißt, das Leben der arbeitenden Menschen und der Hausbewohner bauen.
Die Gebäude bestimmen den Charakter einer Zivilisation wie die Wabenzellen die Funktionen des Bienenstocks.
Vielleicht ist der hochmütige Planschöpfer, der Betondilettant, der bohèmehafte Künstlerliebling reicher Damen, die sich mit der verblüffenden Ausgestaltung ihrer Heime einen Namen erkaufen wollen, gegen seinen Willen durch die Logik des Gebrauchs und der Bedürfnisse, durch den lebenslangen Kampf gegen die zähen Widerstände, die das Geld der toten Hand ihm in den Weg stellte, gezwungen worden, Pläne zu entwerfen, die zu ihrer Durchführung eine neue Lebensweise erfordern.
Nur in Freiheit können wir die Usoniastadt bauen.
Seine Pläne erwachen zum Leben. Seine Entwürfe – wie einst Walt Whitmans Worte – begeistern die Jugend:
Frank Lloyd Wright,
Patriarch der neuen Baukunst,
nicht ohne Ehren überall außer in seinem Vaterlande.

Weltwochenschau LXIV

SELTSAMER FISCH IM SARGASSOMEER GEFANGEN

Nachts, wenn der übrige Betrieb ruhte, arbeiteten dunkle Gestalten, häßlich anzusehen mit ihren Gasmasken, in dem langgestreckten, niedrigen Gebäude hinter dem Forschungslaboratorium...

Rumring verbindet die Völker

Rund um den Wassertank,
Um auf den Zug zu warten

FRAU ERMORDET - GATTE VERHAFTET

DIE GESCHÄFTSWELT ZITTERT NICHT VOR DEN BEVORSTEHENDEN WAHLEN

Ernste Befürchtungen beunruhigen Moskau

GEWERKSCHAFTSFÜHRER VON DER KANZEL VERWIESEN

Die Phantasie streikt angesichts der Berichte aus Moskau. Diese Mordgesellen haben sich selber aus der menschlichen Gesellschaft ausgeschlossen. Sie haben sich als tollwütige Hunde entpuppt...

VOR DEM ANSTURM DER GRATIFIKATIONEN VERSCHWINDEN DIE WEIHNACHTSSORGEN DER UNTERNEHMER IN WALL STREET

Hab mein Mädel in den Bergen stehenlassen,
Hab sie dort im Regen stehenlassen

MAN BEGRÜSST UNSERE VORMACHTSTELLUNG IN DER LUFT

Ein Land, so gebirgig, daß es Kopf steht

Bin schlimm daran und sehr in Not,
Hab geschossen, und der Sheriff ist tot

HAST DU IN DER NACHTSTILLE GEDÄMPFTE SCHRITTE HERANSCHLEICHEN HÖREN?

TROTZKI GREIFT STALIN AN

Erdrosselt auf der Straße aufgefunden

Muß ich nicht traurig sein?
Mein Süßer läßt mich allein . . .

MEGÄRE ÜBERFÄLLT DAME DER GUTEN GESELLSCHAFT

Schüttelt den Helden die Hand

MYSTERIÖSER TODESFALL AM SPRUNGBRETT

ER IST DER TYP, DER EINE FRAU WIE MICH BRAUCHT

Über Mexiko im Nebel verirrt

AUFRUHR IN RUSSLAND

Denn ich tanze mit Tränen im Blick,
Weil die Frau in meinen Armen nicht du bist . . .

600 HINRICHTUNGEN IN KANTON

PROPHEZEIT FÜR DAS KOMMENDE JAHR EINE NEUE HOCHKONJUNKTUR

Diese Kontrolle besorgen wir für Sie vermittels unserer Beratungsstelle, wir analysieren jedes einzelne Papier in Ihrem Besitz und liefern Ihnen einen unparteiischen Bericht. In periodischen Abständen informieren wir Sie das ganze Jahr hindurch über die wichtigsten Vorgänge an der Börse. Wenn plötzlich Gefahren drohen, stehen wir Ihnen sofort mit gutem Rat zur Verfügung...

Das Kamera-Auge 49

zu Fuß von Plymouth durch die rauhe Luft der Bucht von Massachusetts bei jedem Schritt ein kleiner, kalter Schwapps durch die Sohle des einen Schuhs
Blick vorbei an den grauen Fachwerkhäusern unter dem rotkehlchenroten Aprilhimmel jenseits der weißen Fischerkähne die in den flaschenklaren Untiefen hinter den gelben Sandbänken vor Anker liegen und die schiefergraue Bucht blau gekräuselt gegen Osten hin
hier sind einstmals die Einwanderer gelandet die Puritaner die Schloßplünderer die Königsmörder die ihre Unterdrücker haßten hier standen sie beisammen nachdem sie das überfüllte nach Bilgewasser stinkende Schiff verlassen hatten . . . an der Küste die niemand gehörte . . . zwischen dem Ozean der niemand gehörte und den unendlichen Wäldern die niemand gehörten die sich über die Hügel erstreckten wo die Rehe und Hirsche grasten durch die grünenden Flußtäler wo die Rothaut ihren Mais pflanzte immer weiter voran in die unvorstellbaren Fernen des Westens
dreihundert Jahre lang im Schweiße des Angesichts gen Westen
und heute
zu Fuß von Plymouth nach North Plymouth plötzlich hinter einer Biegung hinter einem kleinen Teich hinter grünbeflaumten gelbgezweigten Weiden wird die Pilgersiedlung sichtbar . . . riesige Schuppen und Gebäude Gemeinschaftshäuser alle gleich groß von der gleichen schmutziggrauen Farbe ein großer viereckiger Schornstein langgestreckte Dächer kantige Höfe die die Aussicht auf das Meer versperren . . . die Pilgersiedlung Plymouth Cordage . . . hier hat einer der Einwanderer gefront einer der die Unterdrücker haßte und eine Welt ohne Zäune ersehnte . . . als sie ihn aus der Siedlung verwiesen ging er mit Fischen hausieren . . . die Einwanderer in den schwärzlichen Fach-

werkhäusern kannten ihn . . . kauften ihm Fische ab und hörten ihm zu folgten seinem Karren von Tür zu Tür . . . frage sie nur . . . Wie sah er aus? . . . Warum scheuen sie sich von Bart zu sprechen voller Angst weil sie ihn kennen erschrockene Mienen klein und angsterfüllt . . . ein Barbier der Mann in dem kleinen Gemüseladen die Frau bei der er gewohnt hat . . . mit ängstlichen Stimmen fragen sie . . . Warum wollen sie es nicht glauben? . . . Wir haben ihn gekannt . . Wir haben ihn jeden Tag gesehen . . . Warum wollen Sie es nicht glauben . . . an dem Tag da wir die Aale kauften

nur der junge Mann hat keine Angst

Bleistiftgekritzel in meinem Notizbuch Erinnerungsbrocken halbe Sätze das Bemühen Worte mit Worten zu kreuzen Sätze an Sätze zu reihen um aus verstümmelten Erinnerungen die unerschütterliche (O Pontius Pilatus) Wahrheit zu rekonstruieren

scheu braunäugig geht der junge Mann neben mir her zum Bahnhof erzählt daß Bart ihm bei seinen Schularbeiten zu helfen pflegte . . . er möchte vorankommen . . . Warum sollte es ihm schaden daß er Bart gekannt hat? . . . er möchte die Universität in Boston beziehen . . . ein Händedruck . . . laß dich nicht einschüchtern

altgewohnt der Raucherwagen . . . altgewohnt das Dickicht der Gesichter und gemütlich heimwärts schaukeln durch die sinkende Dämmerung nach Boston . . . wie soll ich ihnen beibringen daß unsere Väter unsere Onkel welche die Unterdrücker haßten an diesen Ufern gelandet sind . . . wie soll ich ihnen sagen Laßt euch nicht einschüchtern! . . . wie soll ich dir klarmachen wer deine Unterdrücker sind Amerika erneuert die zerstörten Worte die schleimig im Maul der Advokaten der Staatsanwälte Universitätsrektoren Gerichtspräsidenten verbrauchten Worte . . . wie wollt ihr ohne die alten Worte welche die Einwanderer nach Plymouth brachten . . . sie die ihre Unterdrücker haßten . . . wie willst du wissen wer die Verräter sind Amerika

oder daß der Fischhändler der im Gefängnis von Charlestown sitzt einer deiner Gründer ist Massachusetts . . .

Weltwochenschau LXV

GEWITTER LEGT DIE U-BAHN LAHM – HOCHWASSER UND BLITZSCHLÄGE VERDUNKELN DIE STADT

Liebe, Liebe, dumme Liebe
Heimlich kommt sie über Nacht

ZUSCHAUER RUFEN HALLELUJA BEIM ANBLICK DER FRIEDENSTAUBE

ANGEBLICH 100 000 DOLLAR GETEILT

Krach erschüttert die Börse

NACHBÖRSE DURCH KURSFALL IN CHICAGO BETROFFEN

Gebt mir ein Kissen fürs arme Haupt
Und 'n Hammer in die Hand.
Denn der Schnaps hat mir's Herz und die Nieren verbrannt
Und die roten Laternen den Verstand

GLAUBT AN DIE ZUKUNFT DES GUMMIBOOTES

Aber ich werde mein Baby lieben,
bis der ganze Schnee zerschmilzt

Dieser große neue Scheinwerfer bräunt auf drei Kilometer die Haut

Bis das ganze Meer verrinnt –
Ach, ist das nicht schwer?

Dem Wortlaut der Eingabe zufolge war Smythe am 12. Juli 1924 in dem Firmenbetrieb in Okmulgee damit beschäftigt, die Viskosität gewisser Schmieröle zu prüfen. Zu seinen Aufgaben gehörte es, Benzol in eine erhitzte Kufe zu gießen, in der es verdampft, so daß man nachher den Rückstand untersuchen konnte, Tag für Tag atmete er die aus der Kufe aufsteigenden, nicht unangenehmen Dämpfe ein.

Eines Morgens, ungefähr ein Jahr später, schnitt Smythe sich beim Rasieren in die Wange und stellte fest, daß das Blut stundenlang in reichlicher Menge aus der winzigen Wunde floß. Auch seine Zähne begannen zu bluten, wenn er sie bürstete, und als nach mehreren Tagen die Blutungen noch immer nicht aufgehört hatten, ging er zum Arzt. Die Diagnose besagte, die Benzoldämpfe hätten die Wände der Blutgefäße zerstört.

Nachdem er achtzehn Monate lang bettlägerig gewesen war und in dieser ganzen Zeit nur unter dem Einfluß von Opiaten hatte schlafen können, wurden ihm Mandeln und Milz entfernt. Inzwischen griff man zu periodischen Bluttransfusionen, in dem Bestreben, die Blutzufuhr auf einem einigermaßen normalen Niveau zu halten.

Alles in allem wurden ihm über sechsunddreißig Liter Blut durch die Armvenen zugeführt, bis die Adern zerstört waren und man den Körper öffnen mußte, um andere Adern bloßzulegen. Während der ganzen Zeit bis acht Stunden vor dem Ende, heißt es in der Beschwerde, war er bei Bewußtsein und litt heftige Schmerzen...

MARY FRENCH

Die erste Stellung, die Mary French in New York fand, bekam sie durch eine Bekannte Adas. Sie mußte den ganzen Tag in einer Kunstgalerie in der 8. Street sitzen – es wurden dort Skulpturen gezeigt – und die Fragen der diversen, in wallende Batikgewänder gehüllten Damen beantworten, die am Nachmittag erschienen, um ihr Kunstverständnis vor aller Welt zu demonstrieren. Nachdem sie sich dieser Tätigkeit zwei Wochen lang hingegeben hatte, kehrte die junge Dame zurück, die sie hatte vertreten dürfen, und Mary, die sich seit jeher nach einer reellen Beschäftigung sehnte, ließ sich bei Bloomindale in der Abteilung für Damen- und Mädchenkonfektion anstellen. Als die Sommerflaute kam, wurde sie entlassen, aber sie ging nach Hause und schrieb für den *Freeman* einen Artikel über die Lage der Warenhausangestellten. Auf Grund dieses Artikels wurde sie von der einschlägigen Gewerkschaft, den International Ladies' Garment Workers, beauftragt, die Löhne, die Lebenskosten und die Spanne zwischen Engros- und Detailpreisen in der Konfektionsindustrie zu überprüfen. Es machte ihr Freude, stundenlang in Statistiken zu wühlen, sich mit den Organisatoren, den witzelnden Radikalen, den Arbeitern und Arbeiterinnen zu unterhalten, die in das überfüllte, schummrige Büro kamen, welches sie mit zwei, drei anderen Rechercheuren teilen mußte. Endlich hatte sie das Gefühl, eine reelle Beschäftigung zu haben.

Ada war zu ihrer Familie nach Michigan gefahren und hatte Mary die Wohnung in der Madison Avenue überlassen. Mary atmete auf, als Ada weg war. Sie konnte sie noch immer gut leiden, aber ihre Interessen waren so durchaus verschieden, und sie führten dumme Diskussionen über Kunst und Sozialrechte, ob das eine oder das andere wichtiger sei, nachher waren sie müde und böse, so daß sie manchmal tagelang kein Wort miteinander wechselten.

Außerdem konnte keine den Kreis der anderen vertragen. Trotzdem hatte Mary Ada gern, daran war nichts zu ändern. Sie waren jetzt schon so lange miteinander befreundet gewesen, und Ada war immer gleich bereit, Geld für die Streikkomitees, für die Rechtshilfekassen und was sonst Mary vorschlagen mochte, rauszurücken, sie war sehr freigebig, aber insofern hoffnungslos, als sie die Ansichten der reichen Leute teilte und überhaupt kein soziales Gewissen besaß. Auch die Wohnung ging Mary French auf die Nerven, mit ihren pastellfarbenen Nippsachen, dem echten Whistler, den viel zu dicken Teppichen, den viel zu weichen Bettsprungfedern und den greulichen kleinen Seidentroddeln, mit denen alles und jedes behängt war. Aber Mary verdiente so wenig, daß es für sie eine große Hilfe war, keine Miete bezahlen zu müssen.

An dem Abend, da im Madison Square Garden eine große Massenversammlung einberufen wurde zur Begrüßung der aus dem Zuchthaus von Atlanta entlassenen Klassenkämpfer, kam ihr Adas Wohnung sehr zupaß. Mary French, die man aufgefordert hatte, auf dem Podium Platz zu nehmen, hörte einige Ausschußmitglieder erwähnen, daß sie kein Logis für Ben Compton gefunden hätten. Sie suchten nach einem stillen Versteck, wo er sich ausruhen und die Spitzel abschütteln könne, die ihn seit seiner Ankunft in New York auf Schritt und Tritt verfolgten. Mary ging zu ihnen hin und schlug flüsternd ihre Wohnung vor. Nach der Versammlung also wartete sie in einem gelben Taxi an der Ecke der 29. Street und Madison, bis ein bleicher junger Mann mit karierter Mütze, die er tief in die Stirn gedrückt hatte, hastig einstieg und sich zitternd neben sie setzte. Als das Auto losfuhr, setzte er wieder seine Stahlbrille auf. »Schauen Sie nach hinten, ob ein grauer Sedan uns verfolgt«, sagte er. – »Ich sehe nichts«, sagte Mary. – »Na ja, auch wenn Sie ihn sähen, würden Sie ihn nicht erkennen«, brummte er.

Um sicherzugehen, verließen sie das Taxi an der Grand Central Station und spazierten wortlos ein Stück die Park Avenue entlang, dann westwärts durch eine Seitenstraße und dann wieder durch die Madison. Vor der Haustür

zupfte Mary ihn am Ärmel. Als sie in der Wohnung waren, bat er Mary, den Riegel vorzuschieben, und sank in einen Sessel, ohne Mantel oder Mütze abzunehmen.
Er sagte kein Wort. Seine Schultern zuckten. Mary wollte nicht hinschauen. Sie wußte nicht, was sie anfangen sollte. Sie machte sich im Wohnzimmer zu schaffen, zündete das Gasfeuer im Kamin an, rauchte eine Zigarette und ging dann in die Küche, um Kaffee zu kochen. Als sie zurückkam, hatte er Mantel und Mütze abgelegt und wärmte sich seine grobknochigen Hände an den Gasscheiten. »Sie müssen mich entschuldigen, Genossin«, sagte er mit trockener, heiserer Stimme. »Ich bin total fertig.«
»Nehmen Sie keine Rücksicht auf mich«, sagte Mary. »Möchten Sie eine Tasse Kaffee haben?«
»Keinen Kaffee... heiße Milch«, sagte er hastig. Er klapperte mit den Zähnen, als friere er. Sie brachte ihm eine Tasse heiße Milch. »Könnte ich etwas Zucker dazu haben?« sagte er und lächelte beinahe.
»Selbstverständlich«, sagte sie. »Sie haben eine großartige Rede gehalten, so beherrscht und gewissermaßen stolz... Es war das Beste an der ganzen Versammlung.« – »Fanden Sie nicht, daß ich aufgeregt war? Ich hatte Angst, ich würde die Nerven verlieren und aufhören müssen... Sind Sie sicher, daß niemand Ihre Adresse oder die Telephonnummer kennt? Sind Sie sicher, daß man uns nicht gefolgt ist?« – »Ich bin überzeugt, hier in der Madison Avenue wird man Sie nicht finden... Niemand wird Sie hier suchen.« – »Ich weiß, daß ich beobachtet werde«, sagte er mit einem leichten Schauder und sank wieder in den Sessel. Lange schwiegen sie beide. Mary hörte das Zischen des Gasfeuers und die kleinen, saugenden Schlückchen, mit denen er die warme Milch trank. Dann sagte sie:
»Es muß schrecklich gewesen sein.«
Er stand auf und schüttelte den Kopf, als wollte er nicht darüber sprechen. Er war noch jung und schlank, aber er spazierte mit einem seltsam ältlichen, schleppenden Gang vor dem Gasfeuer auf und ab. Sein Gesicht war weiß wie ein Pilz, mit bräunlichen Hautsäcken unter den Augen.

»Sehen Sie«, sagte er, »das ist so wie bei einem Menschen, der lange krank war und erst wieder gehen lernen muß... Kümmern Sie sich nicht um mich.«
Er trank einige Tassen warme Milch, dann ging er zu Bett. Sie ging in das andere Schlafzimmer, sperrte die Tür ab und legte sich mit einem Stoß Bücher und Broschüren aufs Bett. Sie mußte einige juristische Einzelheiten nachlesen.
Gerade war sie selber schläfrig geworden und unter die Decke gekrochen, da weckte sie ein Klopfen. Sie griff nach dem Bademantel, sprang auf und öffnete. Ben Compton stand zitternd in einer langen Trikothose vor der Tür. Er hatte die Brille abgelegt, sie hatte eine rote Spur auf seinem Nasenrücken zurückgelassen. Sein Haar war zerzaust, seine knubbligen Füße nackt. »Genossin«, stotterte er, »sind Sie böse, wenn... sind Sie böse, wenn ich... wenn ich neben Ihnen auf dem Bett liege? Ich kann nicht schlafen. Ich kann nicht allein sein.« – »Sie Armer... Kriechen Sie ins Bett, Sie zittern ja«, sagte sie. Sie legte sich neben ihn, behielt aber den Bademantel und die Pantoffeln an.
»Soll ich das Licht ausmachen?« Er nickte. »Möchten Sie ein Aspirin haben?« Er schüttelte den Kopf. Sie deckte ihn gut zu wie ein Kind. Er lag auf dem Rücken und starrte mit weit geöffneten, schwarzen Augen zur Decke empor. Er biß die Zähne zusammen. Sie legte die Hand auf seine Stirn, wie man es bei Kindern macht, um zu fühlen, ob sie Fieber haben. Mit einem Schauder entzog er sich ihrer Hand. »Rühren Sie mich nicht an«, sagte er.
Mary knipste das Licht aus und versuchte, neben ihm einzuschlafen. Nach einer Weile packte er ihre Hand und hielt sie fest. Seite an Seite lagen sie im Dunkel und blickten zur Decke empor. Dann fühlte sie, wie sein Griff sich zu lockern begann. Er schlief ein. Sie blieb mit wachen Augen neben ihm liegen. Sie befürchtete, die geringste Bewegung würde ihn aufwecken. Sooft sie einschlummerte, träumte sie, daß Geheimpolizisten die Tür einschlugen, und schrak schaudernd aus dem Schlafe auf.
Als sie sich am nächsten Morgen auf den Weg ins Büro machte, schlief er noch. Sie ließ ihm einen Wohnungsschlüssel zurück und ein paar Zeilen; im Kühlschrank würde

er Kaffee und etwas zu essen finden. Als sie am späten Nachmittag nach Hause kam und im Fahrstuhl hinauffuhr, fing ihr Herz hastig zu pochen an.

Nachdem sie aufgeschlossen hatte, war ihr erster Gedanke, er sei nicht mehr da. Das Schlafzimmer war leer. Dann sah sie, daß die Badezimmertür geschlossen war. Von drinnen war ein Summen zu hören. Sie klopfte. »Sind Sie das, Genosse Compton?« fragte sie.

»Ich komme gleich.« Seine Stimme klang fester, ähnelte mehr der tiefen, vollen Stimme, mit der er seine Ansprache gehalten hatte. Lächelnd kam er aus dem Badezimmer, die langen, blassen, mit schwarzen Stachelhaaren bedeckten Beine guckten sonderbar unter Marys lavendelfarbenem Bademantel hervor.

»Hallo... Ich habe warm gebadet... Zum drittenmal. Der Arzt hat gesagt, es würde mir guttun... Entspannung, Sie wissen schon...« Er zog eine rotlederne Ausgabe von Oscar Wildes *Dorian Gray* unter dem Arm hervor und hielt sie ihr unter die Nase. »Ich habe diesen Mist gelesen... Jetzt fühle ich mich wohler... Sagen Sie mal, Genossin, wem gehört denn die Wohnung?«

»Einer Freundin von mir – sie ist Geigerin... Und momentan verreist.« – »Schade, daß sie nicht hier ist, um uns etwas vorzuspielen. Ich möchte gern gute Musik hören... Sind Sie musikalisch?« Mary schüttelte den Kopf.

»Möchten Sie etwas essen? Ich habe was mitgebracht.« – »Ich will es versuchen... Nur nichts Schweres... Mein Magen funktioniert nicht mehr... Sie sind also der Meinung, daß meine Rede richtig war?« – »Ich fand sie ausgezeichnet«, sagte Mary.

»Nach dem Essen werde ich mir die Zeitungen ansehen, die Sie mitgebracht haben. Wenn nur die gekaufte Presse uns nicht jedes Wort im Mund verdrehen würde.«

Sie wärmte etwas Erbsensuppe auf, röstete Brot, machte Eier mit Speck, und er aß alles, was sie ihm vorsetzte. Während er aß, unterhielten sie sich recht gemütlich über die Bewegung. Sie erzählte ihm von ihren Erlebnissen während des großen Stahlstreiks. Sie merkte, daß er sich für sie zu interessieren begann. Kaum hatten sie fertiggegessen, wurde er kreidebleich. Er ging ins Badezimmer und übergab sich.

»Ben, Sie Armer!« sagte sie, als er hager und zitternd zurückkehrte. »Das ist ja schrecklich.«

»Komisch«, sagte er mit matter Stimme. »Als ich damals in Jersey im Bezirksgefängnis von Bergen gesessen hatte und dann rauskam, ging es mir gut... Diesmal aber hat es mich erwischt.« – »Hat man Sie schlecht behandelt?« – Er biß die Zähne zusammen, seine Kinnbacken strafften sich, aber er schüttelte den Kopf. Plötzlich griff er nach ihrer Hand, und seine Augen füllten sich mit Tränen. »Mary French, Sie sind so gut zu mir«, sagte er. Mary konnte es sich nicht versagen, ihn fest zu umarmen. »Sie ahnen nicht, was das für mich bedeutet, eine – eine liebe Genossin zu finden«, sagte er und schob sie sanft von sich weg. »Nun wollen wir mal sehen, was die Zeitungen aus meiner Rede gemacht haben.«

Nachdem Ben sich etwa eine Woche in der Wohnung versteckt gehalten hatte, stellten die beiden an einem Sonnabend fest, daß sie einander liebten. Mary war noch nie in ihrem Leben so glücklich gewesen. Den ganzen Sonntag tollten sie wie kleine Kinder umher, abends gingen sie in den Park spazieren, um der Kapelle zuzuhören. Im Badezimmer bewarfen sie sich mit Schwämmen, und beim Ausziehen foppten sie einander. Eng umschlungen schliefen sie in Marys Bett.

Obwohl sie nur nachts ausgingen, begannen Bens Wangen in den nächsten Tagen ein wenig Farbe zu bekommen, und sein Gang wurde elastischer. »Du hast es geschafft, daß ich mich wieder wie ein Mensch fühle, Mary«, sagte er ein dutzendmal am Tage. »Jetzt habe ich das Gefühl, daß ich wieder etwas ausrichten kann. Schließlich steht bei uns die revolutionäre Arbeiterbewegung erst am Beginn. Bald wird das Glück sich wenden. Mit Lenins und Trotzkis Siegen in Rußland hat es begonnen.« Mary fand etwas Rührendes in seiner Art, diese drei Worte auszusprechen: Lenin, Trotzki, Rußland.

Nach etwa zwei Wochen fing er an, sich mit radikalen Arbeiterführern zu treffen. Wenn sie von der Arbeit kam, wußte sie nie, ob sie ihn zu Hause vorfinden würde. Manchmal wurde es drei und vier Uhr morgens, bevor er müde und hager nach Hause kam. Seine Taschen waren stets mit Literatur und Flugblättern vollgestopft. Adas elegantes Wohnzimmer füllte sich allmählich mit schlecht gedruckten Zeitungen und Broschüren und hektographierten Blättern. Auf dem Kaminsims zwischen Adas musizierenden Dresdner Porzellanfiguren standen die drei Bände des *Kapitals*, stellenweise mit Bleistift angestrichen. Abends las er Mary aus einer Broschüre vor, an der er arbeitete, nach dem Muster von Lenins *Was tun?*, und fragte sie mit gerunzelten Brauen, ob er sich klar genug ausdrücke, ob einfache Arbeiter verstehen würden, was gemeint sei.

Eines Sonntags im August nahm er sie nach Coney Island mit, er hatte sich dort mit seinen Angehörigen verabredet. Er stellte sich vor, es würde einfacher sein, sich mit ihnen an einem vielbesuchten Ort zu treffen. Er wollte nicht riskieren, daß die Spitzel ihn in das Elternhaus verfolgten und dann die alten Leute oder seine Schwester, die bei einem angesehenen Geschäftsmann als Sekretärin angestellt war, schikanierten. Es dauerte einige Zeit, bevor die Comptons Mary überhaupt beachteten. Mary fiel es schwer, stillzusitzen, als sämtliche Comptons mit einemmal die Blicke auf sie richteten. Die alten Leute waren sehr höflich und zuvorkommend, aber sie merkte ihnen an, daß es ihnen lieber gewesen wäre, sie wäre nicht mitgekommen. Bens Schwester Gladys beehrte sie mit einem einzigen, harten, bösen Blick und kümmerte sich dann nicht mehr um sie. Bens Bruder Sam, ein dicker jüdischer Herr, der einen wohlhabenden Eindruck machte und, wie Ben ihr gesagt hatte, ein kleines Unternehmen, wahrscheinlich eine Schwitzbude, besaß, war höflich und salbungsvoll. Nur Izzi, der jüngere Bruder, ähnelte mehr einem gewöhnlichen Arbeiter, war aber wahrscheinlich ein kleiner Gangster. Er behandelte sie mit einer gewissen scherzhaften Vertraulichkeit, sie merkte, daß sie für ihn die »Puppe« des älteren Bruders war. Es war deutlich zu sehen, daß sie allesamt Ben bewunderten. Er war der helle Kopf, der Studierte, aber sie bedauerten seine radikale Einstellung, als ob es eine Krankheit gewesen wäre, die er sich zugezogen hatte. Aber daß sein Name in

den Zeitungen stand, der Applaus im Madison Square Garden, die Ansprachen, in denen er als ein Held der Arbeiterklasse bezeichnet wurde, imponierten ihnen sehr. Nachdem Ben und Mary die Comptons verlassen hatten und in die U-Bahn-Station hinuntergingen, flüsterte Ben ihr erbittert ins Ohr: »Na ja, da hast du die jüdische Familie... Wie findest du sie? Eine richtige Zwangsjacke... Für sie wäre es dasselbe, wenn ich jemand totgeschlagen hätte oder ein Bordell betreiben würde... Nicht einmal in der Bewegung kann man sich von ihnen frei machen.« – »Aber Ben, es hat auch seine guten Seiten... Sie würden alles für dich tun. Nimm mich und meine Mutter – wir können einander nicht ausstehen.«
Ben brauchte was zum Anziehen, Mary gleichfalls. Von Woche zu Woche behielt sie nichts von dem wenigen Geld übrig, das ihre Tätigkeit ihr einbrachte, deshalb schrieb sie zum erstenmal in ihrem Leben an ihre Mutter und bat sie um fünfhundert Dollar. Ihre Mutter schickte ihr einen Scheck mit einem recht netten Brief, in dem sie schrieb, sie sei in den Staatsausschuß der Republikanischen Partei gewählt worden und sie bewundere Marys Selbständigkeit, weil sie seit jeher der Auffassung gewesen sei, die Frauen hätten das gleiche Recht wie die Männer, sich selber ihr Brot zu verdienen, und vielleicht würden im politischen Leben die Frauen einen besseren Einfluß ausüben, als *sie* früher einmal geglaubt habe, und es sei tapfer von Mary, sich eine eigene Laufbahn zu erkämpfen, aber Mary würde hoffentlich bald einsehen, daß ihr eine genauso interessante Laufbahn bevorstünde, wenn sie nach Colorado Springs zurückkehrte und dort die gesellschaftliche Stellung einnähme, zu der die Position ihrer Mutter sie berechtigte. Als Ben den Scheck sah, war er so entzückt, daß er Mary gar nicht fragte, wozu sie das Geld erhalten habe. »Ich brauche genau fünfhundert Dollar«, sagte er. »Ich wollte es dir nicht erzählen, aber man hat mich gebeten, die Leitung eines Streiks in Bayonne zu übernehmen... Rayonarbeiter... du weißt, die früheren Munitionsfabriken, die sich auf Kunstseide umgestellt haben... Es ist eine üble Gegend, die Arbeiter sind so arm, daß sie nicht einmal ihre Gewerk-

schaftsbeiträge zahlen können. Aber sie haben eine gute, radikale Gewerkschaft. Es ist wichtig, in den neuen Industrien Fuß zu fassen... Gerade dort versagen die alten Ramschorganisationen der A. F. of L.... Fünfhundert Dollar werden für die Druckerrechnung reichen.«

»Ach Ben, du bist doch noch nicht richtig ausgeruht. Ich habe solche Angst, daß man dich wieder verhaften wird.«

Er küßte sie. »Nur keine Bange.«

»Aber Ben, ich wollte, daß du dir etwas zum Anziehen kaufst.«

»Ich habe einen guten Anzug. Was hast du gegen meinen Anzug einzuwenden? Hat nicht Onkel Sam mir diesen Anzug geschenkt?... Wenn wir dort erst einmal richtig in Gang gekommen sind, holen wir dich hin, dann kannst du für uns Propaganda machen – und deine Kenntnis der Konfektionsindustrie erweitern. O Mary, das ist großartig von dir, daß du das Geld aufgetrieben hast.«

Als Ada im Herbst zurückkehrte, zog Mary aus und mietete zwei kleine Zimmer in Greenwich Village, in der West 4. Street, damit Ben eine Bleibe habe, wenn er nach New York käme. In diesem Winter arbeitete sie wie eine Besessene, setzte ihre bisherige Arbeit fort und leitete gleichzeitig die Propaganda für die verschiedenen Streiks, die Ben in mehreren Städten in Jersey inszeniert hatte. »Wenn wir erst einmal Sowjets in Amerika haben, werden wir noch viel schlimmer schuften müssen«, sagte Ben, sooft sie ihn fragte, ob sie nicht seiner Meinung nach bessere Arbeit leisten würden, wenn sie nicht immer bemüht wären, so viele Dinge gleichzeitig zu bewältigen.

Sie wußte nie, wann Ben auftauchen würde. Manchmal war er eine Woche lang jede Nacht bei ihr, manchmal blieb er einen ganzen Monat lang weg, und sie hörte von ihm nur durch die Zeitungen, die von Streikversammlungen, verprügelten Streikposten und gerichtlichen Auseinandersetzungen berichteten. Einmal beschlossen sie, zu heiraten und sich ein Kind anzuschaffen, aber die Genossen forderten Ben auf, die Städte rings um Pasaic zu organisieren, und er sagte, es würde ihn von seiner Arbeit ablenken, sie seien jung, und nach der Revolution würde dafür noch reichlich

Zeit sein. Jetzt müsse man kämpfen. Natürlich könnte sie, wenn sie wollte, ein Kind kriegen, aber da würde sie mehrere Monate außerstande sein mitzukämpfen, und seiner Meinung nach sei jetzt nicht die richtige Zeit dafür. Sie fand ihn herzlos. Er sagte, sie müßten ihre persönlichen Gefühle der Arbeiterklasse zum Opfer bringen, und stürzte wütend aus dem Haus. Schließlich ließ sie sich das Kind abtreiben, aber um die Operation bezahlen zu können, mußte sie ihre Mutter abermals um Geld bitten.

Sie arbeitete intensiver denn je für die verschiedenen Streikkomitees. Manchmal schlief sie wochenlang nur vier bis fünf Stunden täglich. Sie wurde eine starke Raucherin. Stets lag eine Zigarette auf der Kante ihrer Schreibmaschine. Feine Asche rieselte auf die Seiten, die den Vervielfältigungsapparat verließen. Sooft man sie im Büro entbehren konnte, wanderte sie umher, knöpfte reichen Weibern Geld ab, überredete angesehene Persönlichkeiten des liberalen Lagers, sich als Streikposten verhaften zu lassen, schmeichelte Journalisten den einen oder anderen Artikel ab, reiste durchs ganze Land, um barmherzige Seelen zu finden, die bereit wären, finanzielle Bürgschaften zu leisten. Die Streikenden, die Männer, Frauen und Kinder in den Streikpostengruppen und Ausspeisereien, interviewt in den düsteren Wohnzimmern ihrer leeren Heime (die Möbel hatte man weggeschleppt, weil sie die letzte Rate nicht bezahlen konnten), die Busse voller Streikbrecher, die Bullen und die Hilfspolizei, die mit abgesägten Schrotflinten die hohen Zäune der stillen, gewaltig ausgedehnten Vierecke schwarzfenstriger Fabriksgebäude bewachten, zogen in einer Art traumhaften Nebels wie eine Bühnenvorstellung an ihr vorüber, inmitten des ständigen Trotts – Tippen, Abziehen, Briefe schreiben, Eingaben abfassen – ein ewiger Trott, der ihre Tage und Nächte ausfüllte.

Sie und Ben lebten überhaupt nicht mehr zusammen. Sie begeisterte sich für ihn genauso wie das Arbeiterpublikum in den Versammlungen, wenn er unter tobendem Trampeln und Händeklatschen das Podium bestieg und mit geröteten Wangen und leuchtenden Augen zu ihnen redete, klar und deutlich zu jedem einzelnen, Mann und Frau, sie aufmunterte, sie warnte, ihnen die wirtschaftlichen Zusammenhänge erklärte. Die Fabrikarbeiterinnen waren alle nach ihm verrückt. Mary French hatte ein unangenehmes Gefühl im Magen, wenn die Weiber ihn so anstarrten oder wenn manchmal ein großes, vollbusiges, frisches Frauenzimmer ihn auf dem Flur vor dem Büro anhielt und die Hand auf seinen Arm legte, um seine Aufmerksamkeit zu erregen. Mary, die an ihrem Schreibtisch drauflosbelferte, die Zunge bitter und den Mund ausgetrocknet vom vielen Rauchen, betrachtete dann ihre gelbverfärbten Finger, strich das unordentliche Haar aus der Stirn, kam sich schlecht gekleidet vor, verblüht und reizlos. Wenn er ihr, ihr ganz allein, einen Augenblick lang zulächelte, bevor er sie vor dem ganzen Büro abkanzelte, weil die Flugblätter nicht fertig waren, war sie den ganzen Tag froh. Meistens aber schien er vergessen zu haben, daß sie einmal ein Liebespaar gewesen waren.

Nachdem die Vertreter der A. F. of L. aus Washington mit ihren teuren Mänteln und Seidenschals, die Herren, die Fünfundzwanzigcentzigarren rauchten und im Büro auf den Fußboden spuckten, Ben den Streik aus der Hand genommen und ihn beigelegt hatten, kehrte er eines Nachts recht spät, als Mary gerade zu Bett gehen wollte, in das Zimmer in der 4. Street zurück. Seine Augen waren vom Mangel an Schlaf gerötet, seine Wangen eingesunken und grau. »O Ben«, sagte sie und brach in Tränen aus. Er war durchfroren, verbittert, desperat. Stundenlang saß er auf der Bettkante und erzählte ihr mit scharfer, monotoner Stimme von dem faulen Kompromiß, von den Kämpfen zwischen den Linken und den konservativen Sozialisten und Arbeiterführern und daß nun, da alles vorbei sei, sein Prozeß wegen Mißachtung eines Gerichtsentscheides zur Verhandlung kommen würde. »Mir ist es so unangenehm, Arbeitergroschen für meine Verteidigung ausgeben zu müssen... Lieber möchte ich mich einsperren lassen... Aber es handelt sich um den Präzedenzfall... Wir müssen jeden einzelnen Fall durchfechten, das ist unsere einzige Chance, die liberalen Anwälte, diese lausigen Falschmünzer, auszunutzen... Es kostet sehr viel, die Gewerkschaft ist pleite, und mir paßt es nicht, daß man für mich Geld ausgeben soll... Aber man behauptet, wenn wir meinen Prozeß gewinnen, werden die Prozesse gegen die anderen Genossen eingestellt...« – »Weißt du, was du jetzt brauchst?« sagte sie und strich ihm das Haar aus der Stirn. »Ein wenig Entspannung.« – »Das erzählst du mir?« sagte er und begann, die Schnürsenkel aufzuknüpfen.

Es dauerte lange, bevor sie ihn ins Bett kriegen konnte. Halb ausgezogen und zitternd saß er im Dunkeln da und sprach von den Fehlern, die während des Streiks begangen worden waren. Als er endlich die Kleider ausgezogen hatte und aufstand, um sie über einen Stuhl zu legen, sah er in dem breiten grauen Lichtstreif, den die Straßenlaterne vor dem Fenster in den Raum warf, wie ein Skelett aus. Als sie die eingesunkene Brust sah und die tiefen Höhlungen unter dem Schlüsselbein, fing sie von neuem zu weinen an. »Was ist denn los, Kleine?« sagte er barsch. »Weinst du, weil du keinen Valentino im Bett hast?« – »Unsinn, Ben, ich habe mir gerade überlegt, daß du dich ein bißchen aufpäppeln mußt... Du Armer, du arbeitest zuviel.« – »Eines Tages wirst du mit einem flotten jungen Börsenagenten abhauen – wie du sie in Colorado Springs gewohnt warst... Ich weiß, was ich zu erwarten habe... Es ist mir egal... Ich kann allein weiterkämpfen.« – »Ach, Ben, sprich nicht so... Du weißt, ich bin mit Herz und Seele – « Sie zog ihn an sich. Plötzlich küßte er sie.

Am nächsten Morgen beim Anziehen zankten sie sich erbittert um den Wert ihrer Recherchen. Sie sagte, er habe schließlich und endlich nicht mitzureden; der Streik sei kein gar so toller Erfolg gewesen. Er ging weg, ohne zu frühstücken. Wütend und außer sich vor Jammer fuhr sie in die Stadt, kündigte und begab sich einige Tage später nach Boston, um mit dem soeben gebildeten neuen Komitee den Sacco-Vanzetti-Fall zu bearbeiten.

Sie war noch nie in Boston gewesen. An diesem sonnigen Wintertage bot die Stadt mit ihren roten Ziegelhäusern einen Anblick, der sie an einen altmodischen Stahlstich erinnerte und ihr gefiel. Sie mietete ein kleines Zimmer am Rande der Elendsviertel hinter Beacon Hill und beschloß, sobald der Prozeß mit einem Freispruch geendet haben würde, einen Roman über Boston zu schreiben. In einem kleinen muffigen Papierladen kaufte sie einige Schreibhefte und begann sogleich, sich Notizen für den geplanten Roman zu machen. Der Geruch des neuen Schreibheftes mit den mattblauen Linien machte ihr Freude, sie fühlte sich frisch und wie neugeboren. Von jetzt an würde sie das Leben mit wachen Augen sehen. Nie mehr würde sie auf einen Mann hereinfallen. Ihre Mutter hatte ihr zu Weihnachten einen Scheck geschickt. Mit diesem Geld kaufte sie sich neue Kleider und einen neuen Hut, der ihr recht gut zu Gesicht stand. Sie fing wieder an, sich die Haare zu kräuseln.

Ihre Aufgabe war, mit der Presse Kontakt zu halten und günstige Notizen zu lancieren. Es war eine beschwerliche Arbeit. Obwohl die meisten Zeitungsleute, die mit dem Fall zu tun gehabt hatten, überzeugt waren, die beiden seien zu Unrecht verurteilt worden, sagten sie, es seien ja doch nur zwei italienische Anarchisten, also wozu das Geschrei? Nachdem sie im Gefängnis von Dedham gewesen war, um mit Sacco, und in Charlestown, um mit Vanzetti zu sprechen, versuchte sie dem Vertreter der UP-Agentur an einem Samstagabend, als er sie in ein italienisches Restaurant in der Hanover Street zum Essen einlud, klarzumachen, was sie von den beiden halte.

Er war der einzige unter den Journalisten, mit dem sie sich richtig anfreundete. Er war ein schrecklicher Säufer, aber er hatte vieles erlebt und hatte eine sanfte, zerstreute Art, die ihr gefiel. Aus irgendeinem Grunde mochte er sie gut leiden, obwohl er sie unbarmherzig mit ihrem, wie er sich ausdrückte, jugendlichen Fanatismus aufzog. Wenn er sie zum Essen einlud und sie zwang, eine Unmenge Rotwein zu trinken, redete sie sich ein, es sei eigentlich keine Zeitvergeudung, es sei für sie wichtig, mit den Nachrichtenagenturen Kontakt zu halten. Er hieß Jerry Burnham.

»Aber, Jerry, wie können Sie das aushalten? Wenn der Staat Massachusetts trotz der Proteste aus der ganzen Welt diese beiden unschuldigen Menschen hinrichtet, bedeutet das, daß es in Amerika nie wieder eine Gerechtigkeit geben wird.« – »Wann hat es denn je eine gegeben?« sagte er mit einem unlustigen Lachen und beugte sich vor, um ihr Glas zu füllen. »Haben Sie schon mal den Namen Tom Mooney gehört?« Das helle Kraushaar verlieh seinem aufgedunsenen roten Gesicht einen seltsam jugendlichen Ausdruck. – »Aber die beiden haben etwas so Friedliches, so Aufrichtiges an sich. Wenn man sie sieht, hat man ein Gefühl der Größe. Ehrlich gesagt, es sind zwei große Menschen.« – »Um so bemerkenswerter, daß man sie nicht schon vor Jahren hingerichtet hat.« – »Aber die arbeitenden Massen, das einfache Volk wird es nicht zulassen.« – »Gerade das einfache Volk hat am meisten Spaß an der Folterung und Hinrichtung großer Menschen... Wenn es nicht zu weit hergeholt ist, möchte ich Sie fragen, wer die Hinrichtung unseres lieben Freundes Jesus Christus gefordert hat.«

Jerry Burnham brachte ihr das Trinken bei. Er selbst lebte in einem tagtäglichen Alkoholnebel, trug seinen Schwips sorgsam und umsichtig mit sich herum, so wie ein Akrobat auf gespanntem Seil einen Tisch voller Teller auf dem Kopfe balanciert. Er war so sehr daran gewöhnt, seinen vierundzwanzigstündigen Nachrichtendienst abzuwickeln, daß er seine Telegramme und seine Büroarbeit genauso nonchalant erledigte, wie er die Rechnung in der einen Kneipe bezahlte, bevor er um die Ecke in die nächste ging. Seine Nieren waren kaputt, und er behauptete, er dürfe nur noch Wein trinken, aber wenn sie zu ihm ins Büro kam, merkte sie oft, daß sein Atem nach Whisky roch. Er war so aufreizend, daß sie sich jedesmal, wenn sie mit ihm ausgegangen war, gelobte, es sei das letzte Mal gewesen. Keine Zeit mehr vergeuden, wenn jede Minute so kostbar ist. Aber wenn er sie das nächste Mal wieder einlud, fiel sie sogleich um und sagte lächelnd ja und vergeudete abermals einen Abend, trank Wein und hörte sich seine endlosen Tiraden an. »Alles wird in Blindheit und jähem Tod enden«, sagte er eines Nachts, als er sie mit einem Taxi an ihre Straßenecke gebracht hatte. »Aber wen kümmert es? Wen zum Teufel kümmert es?... Wer auf dieser beschissenen, verlausten Erde schert sich auch nur einen kleinwinzigen, mikroskopischen Pfifferling darum?«

Als eine Berufung nach der anderen verworfen wurde und

der ranzige Bostoner Frühling in den warmen Sommer überging und der vom Gouverneur ernannte Ausschuß einen ablehnenden Bericht erstattete und nichts anderes mehr zu erhoffen war als eine Begnadigung durch den Gouverneur selbst, arbeitete Mary immer intensiver, immer verzweifelter. Sie schrieb Artikel, sprach mit Politikern und Vertretern der Geistlichkeit, diskutierte mit Redakteuren, hielt Reden in den Gewerkschaftshäusern. Sie schrieb jämmerlich unterwürfige Briefe an ihre Mutter, um unter allen möglichen Vorwänden Geld aus ihr herauszulocken. Jeden Cent, den sie zusammenkratzen konnte, steckte sie in die Ausschußarbeit. Immerzu waren Marken, Briefpapier, Telegramme und Ferngespräche zu bezahlen. Abendelang versuchte sie, Kommunisten, Sozialisten, Anarchisten und Liberale zu einer ehrlichen Zusammenarbeit zu bewegen. Während sie durch die steingepflasterten Straßen eilte, murmelte sie vor sich hin: »Sie müssen gerettet werden, sie müssen gerettet werden.« Wenn sie dann endlich zu Bett ging, waren ihre Träume von unmöglichen Aufgaben erfüllt – sie versuchte, eine zerbrochene Teekanne zu kitten, und sowie sie die eine Hälfte geleimt hatte, fiel die andere wieder in Stücke – sie versuchte einen Riß in ihrem Rock zu flicken, und sowie das untere Ende vernäht war, war das obere wieder geplatzt – sie versuchte, die Schnitzel eines zerrissenen Schreibmaschinenbogens zusammenzusetzen – das Telegramm war von größter Bedeutung, sie konnte es nicht entziffern, es verschwamm ihr vor den Augen – es war das Beweismaterial, mit dem man eine neue Verhandlung würde erzwingen können, aber ihre Augen waren zu schwach – sobald sie aus den gedunsenen, zuckenden Typen ein einzelnes Wort herausbuchstabiert hatte, war das vorige vergessen – sie kletterte einen schwankenden Berghang hinauf, zwischen schwarzen, ausgeweideten, winkelschiefen Häusern, in denen Stahlarbeiter wohnten, bei jedem Schritt rutschte sie zurück, der Hang war zu steil, sie rief nach Hilfe, sie schrie, sie rutschte zurück. Dann ertönten warme, tröstliche Stimmen, sie klangen wie die Stimme Ben Comptons in den Stunden, da er sich wohl fühlte, und die Stimmen sagten, die öffentliche Meinung werde es nicht zulassen, schließlich und endlich hätten die Amerikaner einen gesunden Sinn für Gerechtigkeit und Fairplay, die Arbeiterklasse würde sich erheben – sie sah Menschenversammlungen, Parolen, Transparente, grelle Plakate mit perspektivisch geordneten Buchstaben: *Proletarier aller Länder, vereinigt euch* – sie marschierte in Protestdemonstrationen mit. SIE SOLLEN NICHT STERBEN.

Morgens schrak sie aus dem Schlafe hoch, badete hastig, zog sich an und stürzte ins Büro, unterwegs in aller Eile ein Glas Apfelsinensaft und eine Tasse Kaffee zu sich nehmend. Sie war immer die erste bei der Arbeit. Wenn sie nur eine Sekunde lang trödelte, sah sie sofort die beiden Gesichter vor sich, das scharfgeschnittene, blasse Gesicht des Schuhmachers mit den blitzenden Augen, den philosophischen Schnurrbart des Fischhändlers und seine versonnenen, furchtlosen Augen. Hinter ihnen sah sie den elektrischen Stuhl so deutlich, als ob er vor ihrem Schreibtisch in dem muffigen, überfüllten Büroraum stünde.

Der Juli verging viel zu schnell. Der August kam heran. Eine wachsende Schar aller möglichen Typen begann durch die Ausschußräume zu wandern: alte Freunde, Anarchisten, die per Anhalter von der Westküste gekommen waren, Politikaster, die sich für die Stimmen der italienischen Wählerschaft interessierten, Rechtsanwälte, die den Verteidigern Vorschläge zu machen hatten, Schriftsteller, arbeitslose Journalisten, Querköpfe und allerhand Scharlatane, die durch die Gerüchte von einem enormen Verteidigungsfonds angelockt wurden. Eines Nachmittags kehrte sie von einer Ansprache in einem Gewerkschaftshaus zurück, da saß G. H. Barrow an ihrem Schreibtisch. Er hatte einen Stoß persönlicher Telegramme an Senatoren, Kongreßmitglieder, Geistliche und Arbeiterführer verfaßt, in denen er sie aufforderte, sich im Namen der Gerechtigkeit, der Zivilisation und der Arbeiterklasse dem Protest anzuschließen – lange Telegramme und Kabel zu Spitzentarifen. Während sie sie durchblätterte, berechnete sie die Unkosten. Sie wußte nicht, wo das Komitee das Geld hernehmen würde, reichte sie aber allesamt dem Botenjungen, der draußen wartete. Sie konnte kaum glauben, daß noch vor wenigen Wochen solche Worte ihr Herz hatten höher schlagen lassen. Erschüttert stellte sie fest, daß sie ihr jetzt genauso sinnlos vorkamen wie die kleinen Kärtchen, die man für einen Cent aus einem Wahrsageautomaten erhält. Sechs Monate lang hatte sie Tag für Tag dieselben Worte gelesen und geschrieben.

Mary hatte keine Zeit, von der Begegnung mit George Barrow peinlich berührt zu sein. Sie gingen zusammen in eine Cafeteria, um einen Teller Suppe zu essen, sie sprach von nichts als von dem Sacco-Vanzetti-Fall, als hätten sie einander nie gekannt. Man hatte wieder angefangen, vor dem Staatsparlament zu demonstrieren, und als sie das Lokal verließen, sagte Mary zu George Barrow: »Nun, George, wie wäre es, wenn du hingingest und dich festnehmen ließest... Noch ist es Zeit, in die Abendblätter zu kommen. Dein Name würde uns wieder ein paar fette Schlagzeilen verschaffen.«

Er wurde rot, blieb in dem Mittagsgetriebe vor dem Restaurant stehen, groß, nervös und glotzäugig in seinem adretten hellgrauen Anzug. »Aber mein l-l-liebes Kind – wenn ich der Meinung wäre, es würde auch nur den geringsten Nutzen bringen, dann würde ich mich verhaften oder von einem Lastauto überfahren lassen... Aber ich bin überzeugt, damit wäre ich völlig lahmgelegt – sofern ich überhaupt noch etwas ausrichten kann...«

Mary French sah ihm fest in die Augen, das Gesicht bleich vor Zorn. »Ich habe mir nicht eingebildet, daß du das Risiko eingehen würdest«, sagte sie, jedes Wort betonend. Dann spuckte sie ihm ins Gesicht, machte kehrt und lief ins Büro.

Es war eine Art Erleichterung, als sie selber verhaftet wurde. Sie hatte vorgehabt, der Polizei aus dem Wege zu gehen, weil man ihr gesagt hatte, ihre Arbeit sei zu wertvoll, man wollte sie nicht verlieren, aber sie war gezwungen gewesen, mit einem Stoß Plakate für eine neue Demonstrationsgruppe, die ohne sie abmarschiert war, den Hügel hinaufzulaufen. Es war niemand im Büro, den sie hätte hinschicken können. Sie überquerte soeben die Beacon Street, da tauchten links und rechts von ihr zwei stämmige, höfliche Polizeibeamte auf. Der eine sagte: »Verzeihung, Miss, bitte, kommen Sie ruhig mit« – und plötzlich saß sie in dem dunklen Streifenwagen. Auf der Fahrt zum Revier hatte sie ein beruhigendes Gefühl der Hilflosigkeit und Unverantwortlichkeit. Zum erstenmal seit vielen Wochen fühlte sie sich entspannt. Auf dem Revier in der Joy Street wurde sie zwar festgehalten, aber nicht eingesperrt. Sie saß gegenüber dem Fenster auf einer Bank neben zwei jüdischen Konfektionsarbeitern und einer gutangezogenen Frau in einem geblümten Sommerkleid mit einer Perlenkette um den Hals und sah zu, wie die männlichen Demonstranten in die Zellen abgeführt wurden. Die Beamten waren höflich, alle waren gut aufgelegt. Es sah aus wie ein Gesellschaftsspiel, man konnte kaum glauben, daß es sich um eine ernste Sache handle.

In einer Gruppe, die soeben draußen auf der steilen Straße vor dem Revier aus dem Polizeiauto ausgeladen worden war, erblickte sie einen hochgewachsenen Menschen, in dem sie nach den Bildern im *Daily* Donald Stevens erkannte. Zwei Bullen mit roten Gesichtern hielten ihn an beiden Armen fest. Sein Hemd war am Kragen zerrissen, und sein Schlips sah wie ein Strick aus, so, als hätte man heftig daran gezerrt. Marys erster Gedanke war – wie schön ist seine Haltung. Er hatte stahlgraues Haar, einen gebräunten Freiluftteint und leuchtend graue Augen über den hohen Backenknochen. Als er von der Schranke weggeführt wurde, folgte sie ihm mit den Blicken, bis die breiten Schultern im Zwielicht der Zellen verschwanden. Die Frau neben ihr flüsterte ihr mit ehrfürchtiger Stimme zu, er sei angehalten worden, weil er zu gewaltsamem Widerstand aufgefordert habe, statt wie die anderen friedlich umherzulungern. Fünftausend Dollar Bürgschaft. Er hatte versucht, auf der alten Gemeindewiese eine Versammlung abzuhalten.

Mary hatte etwa eine halbe Stunde auf ihrer Bank gesessen, da erschien der kleine Mr. Feinstein aus dem Büro zusammen mit einem großen, elegant gekleideten Herrn in einem Leinenanzug, der für sie die erforderliche Bürgschaft stellte. Gleichzeitig wurde auch Donald Stevens gegen Bürgschaft auf freien Fuß gesetzt. Zu viert spazierten sie den Hügel hinunter. An der Ecke sagte der Mann in dem Leinenanzug:

»Ihr seid beide zu wertvoll, wir konnten euch nicht den ganzen Tag sitzen lassen... Vielleicht sehen wir uns im *Bellevue* – Appartement D im zweiten Stock.« Er winkte mit der Hand und verließ sie. Mary brannte so sehr darauf, mit Donald Stevens zu sprechen, daß sie ganz vergaß, sich nach dem Namen des Herrn im Leinenanzug zu erkundigen. Die Ereignisse überstürzten sich, sie konnte nicht mehr mit ihnen Schritt halten.

Mary zupfte Donald Stevens am Ärmel, sie und Mr. Feinstein mußten sich beeilen, um mit seinen langen Schritten mitzukommen. »Ich heiße Mary French«, sagte sie. »Was ist noch zu tun?... Wir müssen etwas tun.« – Mit einem breiten Lächeln wandte er sich zu ihr, als hätte er sie jetzt erst erblickt. »Ich habe von Ihnen gehört«, sagte er. »Sie sind eine tapfere kleine Person... Sie haben brav gekämpft – trotz der liberalen Herrschaften in eurem Ausschuß.« – »Aber auch die haben getan, was sie konnten«, sagte Mary French.

»Wir müssen die gesamte Arbeiterschaft von Boston auf die Straße holen«, sagte Stevens mit seiner tiefen, polternden Stimme.

»Wir haben die Bekleidungsarbeiter aus den Betrieben geholt – aber das war auch alles.«

Er schlug mit der Faust gegen die flache Hand. »Und die Italiener? Und der Norden? Wo liegt euer Büro? Sie sehen doch, was wir in New York geschafft haben. Warum könnt ihr das nicht auch hier schaffen?« Mit einer fast schmeichlerischen, vertraulichen Art beugte er sich zu ihr. Sofort wich die Müdigkeit von ihr, sie fühlte sich nicht länger gehetzt, unwillkürlich legte sie die Hand auf seinen Arm. »Wir werden mit Ihrem Komitee sprechen. Dann werden wir mit dem italienischen Komitee sprechen. Dann werden wir die Gewerkschaften aufrütteln.« – »Aber lieber Don, wir haben doch nur noch dreißig Stunden zur Verfügung«, sagte Mr. Feinstein mit einer trockenen, müden Stimme. »Ich verspreche mir mehr von einer politischen Demarche bei dem Gouverneur. Sie wissen, er hat gewisse Absichten, sich als Präsidentschaftskandidat aufstellen zu lassen. Ich glaube, er wird die Urteile umändern.«

Im Büro wartete Jerry Burnham auf Mary French. »Na, meine brave Jeanne d'Arc«, sagte er, »ich wollte soeben zur Polizei gehen, um Sie auszulösen. Aber wie ich sehe, hat man Sie freigelassen.« Jerry und Donald Stevens kannten einander offenbar schon von früher. »Also, Jerry«, sagte Donald Stevens heftig, »ist nicht endlich Ihre zynische Pose ein wenig ins Wackeln geraten?«

»Ich wüßte nicht, warum. Mir ist es nichts Neues, daß Universitätsrektoren Schweine sind.«

Donald Stevens wich gegen die Wand zurück, als müsse er sich beherrschen, um Jerry nicht einen Kinnhaken zu versetzen. »Ich verstehe nicht, daß nicht jeder Mann, der noch einen Rest von Männlichkeit in sich hat, rot zu sehen beginnt – auch wenn er nur ein kleinbürgerlicher Journalist ist.«

»Mein lieber Don, inzwischen müßten Sie begriffen haben, daß wir ungefähr um die Zeit des Weltkrieges unsere Männlichkeit an die Pressehuren verhökert haben – sofern wir jemals welche besessen haben – worüber es geteilte Meinungen geben dürfte.« Donald Stevens war bereits in die inneren Räume verschwunden. Mary sah Jerrys errötendes Gesicht vor sich und wußte nichts zu sagen. »Na, Mary, sollten Sie im Laufe des Tages auf eine Erfrischung Lust haben – und ich glaube, es würde Ihnen nicht schaden –, dann finden Sie mich an der gewohnten Stelle.« – »Ich werde keine Zeit haben«, sagte Mary kalt. Sie hörte Donald Stevens' tiefe Stimme aus den inneren Räumen. Eilig ging sie ihm nach.

Die Anwälte hatten nichts erreichen können. Während man sich zankte, debattierte und darüber nachgrübelte, wie eine neue Protestaktion in letzter Minute organisiert werden könne, fühlte Mary die Stunden verrinnen, die wenigen Stunden, die diesen beiden Menschen noch vergönnt waren. Sie fühlte die Minuten dahintropfen, als tropften sie aus ihren eigenen Pulsadern. Sie fühlte sich schwach und krank. Sie konnte sich auf nichts besinnen. Sie atmete auf, als sie auf die Straße kam und neben Donald Stevens einhereilen mußte, um mit ihm Schritt zu halten. Sie machten die Runde der Komitees. Es war beinahe zwölf, und nichts war

geschehen. In der Hanover Street rief ein bleichwangiger Italiener in einem schäbigen Ford sie an. Stevens öffnete die Wagentür. »Genossin French, das ist Genosse Strozzi – er wird uns herumfahren.« – »Sind Sie amerikanischer Bürger?« fragte sie mit ängstlich gerunzelter Stirn. Strozzi schüttelte den Kopf und lächelte mit seinen dicken Lippen. »Vielleicht schenkt man mir eine Rückfahrkarte nach Italien«, sagte er.
Mary konnte sich nachher nicht mehr erinnern, wie sie den Rest des Tages verbracht hatte. Sie fuhren durch sämtliche ärmeren Viertel Bostons. Oft waren die Leute, die sie suchten, nicht zu Hause. Einen großen Teil der Zeit verbrachte sie in Telephonzellen und wurde falsch verbunden. Nichts schien ihr glücken zu wollen. Mit stumpfen, starren Augen, deren Lider wie Sandpapier waren, betrachtete sie die Männer und Frauen, die in den Büroräumen umherwimmelten. Stevens hatte seine ursprüngliche beißende und gereizte Art verloren. Er behandelte die Gewerkschaftsbeamten, die Sozialisten, die Vertreter der Geistlichkeit, die Anwälte mit kühlem Sarkasmus. »Schließlich sind es tapfere Leute. Es kommt nicht mehr darauf an, ob sie gerettet werden oder nicht, jetzt geht es darum, die Kraft der Arbeiterklasse zu retten«, sagte er. Überall herrschte die gleiche Auffassung. Demonstrationen würden zu gewaltsamen Zusammenstößen führen und die Chance zerstören, daß der Gouverneur im letzten Augenblick die Todesstrafe in eine Zuchthausstrafe umwandelte. Mary hatte keine Initiative mehr. Plötzlich war sie Donald Stevens' Sekretärin geworden. Wenn sie kleine Aufträge für ihn erledigen mußte, fühlte sie sich noch am wohlsten.
Spätnachts irrte sie durch sämtliche italienischen Lokale in der Hanover Street auf der Suche nach einem Anarchisten, den Stevens sprechen wollte. Die Lokale waren leer. Überall herrschte eine bedrückte Stille. Totenwache. Die Menschen wichen einander aus, als befürchteten sie, sich anzustecken. Hinten in einem Zimmer in einer kleinen Schnapskneipe in der oberen Etage sah sie Jerry Burnham allein an einem Tisch vor einem Glas Whisky und einer Flasche Ginger Ale sitzen. Sein Gesicht war weiß wie eine Serviette, und er schwankte sachte auf seinem Stuhl hin und her. Er starrte

sie an, ohne sie zu sehen. Der Kellner beugte sich über ihn und rüttelte ihn. Er war rettungslos betrunken.
Sie atmete auf, als sie ins Büro zurückkehren durfte, wo Donald Stevens noch immer bemüht war, einen Generalstreik zuwege zu bringen. Als sie hereinkam, sah er sie fragend an. »Wieder nichts erreicht«, sagte sie bitter. Er legte den Telephonhörer weg, stand auf, ging zu den Kleiderhaken an der schmutziggelben Wand und holte Hut und Mantel herunter. »Mary French, Sie sind hundemüde. Ich werde Sie nach Hause bringen.«
Sie mußten einen großen Umweg machen, um dem Polizeikordon auszuweichen, der das Parlamentsgebäude bewachte. »Wissen Sie, was Tauziehen ist?« sagte er. »Man zieht aus aller Kraft, aber die andern sind stärker, und man wird langsam zu ihnen hingezerrt. Man wird schneller weggezogen, als man selber ziehen kann... Lassen Sie mich keine defätistischen Reden halten. Wir sind doch keine liberalen Schafsköpfe«, sagte er und brach in ein trockenes Lachen aus. »Sind Ihnen nicht auch die Advokaten zuwider?« Sie standen vor dem gerundeten Ziegelhaus, in dem sie ein Zimmer gemietet hatte. »Gute Nacht, Don«, sagte sie. – »Gute Nacht, Mary, versuchen Sie zu schlafen.«
Der Montag war wie ein Sonntag. Sie erwachte spät. Es war eine Qual, aus dem Bett zu steigen. Es war eine unmenschliche Anstrengung, sich anzuziehen, ins Büro zu gehen und den Blicken der Besiegten zu trotzen. Die Leute, denen sie auf der Straße begegnete, schienen wegzuschauen, wenn sie an ihnen vorüberkam. Totenwache. In den Straßen war es still, sogar der Verkehr wirkte gedämpft, als ob die ganze Stadt unter dem Schrecken des nächtlichen Sterbens seufzte. Der Tag verging unter einem monotonen Gemurmel, Zeitungsspalten, Telephongesprächen. Totenwache. Am Abend erlebte sie einige aufregende Augenblicke, da sie und Don nach Charlestown fuhren, um an der Protestdemonstration teilzunehmen. Sie hatte nicht erwartet, daß so viele sich einfinden würden. Sporadischer Gesang, verstreute Takte der Internationale klangen auf und verebbten über den dichtgedrängten Köpfen zwischen den leeren Fenstern der schmutzigen Häuser. Totenwache. Auf der einen

Seite hatte sie einen bebrillten kleinen Mann, der sich als Musiklehrer vorstellte, auf der anderen eine junge Jüdin, ein Mitglied der Damenstrumpfwirkerinnengewerkschaft. Sie hakten sich unter. Don ging ein Stück weiter vorn in der ersten Reihe. Sie marschierten über die Brücke. Sie marschierten auf dem holprigen Steinpflaster unter dem Gerüst einer Hochbahn durch eine schlechtbeleuchtete Straße. Über ihren Köpfen donnerten die Züge vorbei. »Nur noch einige Blocks bis zum Gefängnis!« rief eine Stimme. Diesmal wandte die Polizei ihre Gummiknüppel an. Pferdehufe klapperten über die Pflastersteine, dumpf knallten die Schläge der Knüppel. Und aus der Ferne kam das schrille Gerassel der Überfallwagen. Mary hatte schreckliche Angst. Ein schwerer Wagen fuhr auf sie zu. Sie sprang zur Seite und flüchtete hinter einen Stützpfeiler der Hochbahn. Zwei Bullen hielten sie fest. Sie klammerte sich an den schmierigen Pfeiler. Der Bulle schlug ihr mit dem Knüppel auf den Kopf. Sie war nicht sehr verletzt, sie saß in einem Streifenwagen, sie hatte den Hut verloren, und die Haare hingen ihr in die Stirn. Sie ertappte sich bei dem Gedanken, daß sie sich die Haare würde stutzen lassen müssen, wenn sie sich öfter an solchen Abenteuern beteiligen wollte. »Weiß jemand, wo Don Stevens ist?« – Aus der Finsternis im vorderen Teil des Wagens ertönte Dons leicht zitternde Stimme: »Sind Sie das, Mary?« – »Wie geht es Ihnen, Don?« – »Gut. Wirklich. Kopf und Ohren ein wenig zerteppert.« – »Er blutet schrecklich«, sagte eine andere Männerstimme. – »Genossen, singen wir!« rief Dons Stimme. Mary vergaß alles, da ihre Stimme sich zu der seinen gesellte, zu all den Stimmen, den Stimmen der Massen, die über die Brücke zurückgetrieben wurden:

Wacht auf, Verdammte dieser Erde...

Weltwochenschau LXVI

HOLMES VERWEIGERT AUFSCHUB

Eine bessere Welt ist im Werden

WINZIGE AUS KOREA IMPORTIERTE WESPEN IN TÖDLICHEM KAMPF GEGEN EINE ASIATISCHE KÄFERART

Kleiner Junge durch einen Abflußkanal geschwemmt – lebend wieder rausgekommen

VERSAMMLUNGSVERBOT IN CHICAGO

Denn das Recht muß unser sein

WASHINGTON BEHÄLT DIE RADIKALEN IM AUGE

Wacht auf, Verdammte dieser Erde

PARIS BRÜSSEL MOSKAU GENF ERHEBEN GLEICHFALLS IHRE STIMMEN

Völker, hört die Signale –
Auf zum letzten Gefecht

Geologe sechs Tage in einer Höhle verirrt

Die Internationale

SACCO UND VANZETTI MÜSSEN STERBEN

Erkämpft das Menschenrecht

Oft habe ich an euch gedacht, als ich im Totenhaus lag – an die singenden, die lieben zarten Stimmen der Kinder auf dem Spielplatz, wo Leben war und die Freude der Freiheit –, nur einen Schritt von der Mauer entfernt, welche die begrabenen Qualen dreier begrabener Seelen umschließt. So oft hat es mich an dich und deine Schwester erinnert, und ich möchte euch gern jede Minute sehen, aber mir ist es lieber, wenn ihr nicht ins Totenhaus kommt und nicht den furchtbaren Anblick dreier Menschen ertragen müßt, die in Todesangst auf den elektrischen Stuhl warten...

Das Kamera-Auge 50

sie haben uns mit den Knüppeln von der Straße vertrieben . . . sie sind stärker . . . sie sind reich . . . sie verdingen und entlassen die Politiker die Zeitungsherausgeber die alten Gerichtspräsidenten die kleinen achtbaren Leute die Universitätsrektoren die Parteibonzen (hört zu ihr Unternehmer ihr Universitätsrektoren ihr Gerichtspräsidenten – Amerika wird die Verräter nicht vergessen) sie dingen die Bewaffneten sie mieten die Uniformen die Polizeiautos die Überfallwagen . . . gut ihr habt gesiegt . . . ihr werdet heute nacht die tapferen Männer unserer Freunde ermorden
es bleibt nichts mehr zu tun . . . wir sind geschlagen . . . wir die Geschlagenen alle beisammen in den alten schmutzigen Schulzimmern in der Salem Street . . . wir schlurfen über die sandigen, knarrenden Treppen sitzen vornübergebeugt mit gesenkten Köpfen auf den Bänken und hören die alten Worte derer welche die Unterdrücker haßten . . . Worte neu erwacht in dem Schweiß und der Todesangst dieser Nacht
unser Werk ist getan . . . die hingekritzelten Phrasen nächtelang an der Schreibmaschine Zeitungsnotizen Kommuniqués der Geruch der Druckerei der scharfe Dunst frisch gedruckter Flugblätter rasch zum Telegraphenamt Worte zu Depeschen reihen die Suche nach treffenden Worten damit du spürst wer deine Unterdrücker sind Amerika
Amerika unser Volk ist von Fremdlingen besiegt worden die unsere Sprache umgestülpt und die reinen Worte aus dem Munde unserer Väter mit Schleim und Fäulnis bedeckt haben
ihre gedungenen Handlanger sitzen zu Gericht lümmeln unter der Kuppel des Staatsparlaments die Füße auf dem Tisch sie kennen nicht unsere Überzeugungen sie haben die Dollars die Gewehre die bewaffneten Truppen die Kraftwerke

sie haben den elektrischen Stuhl konstruiert und den Henker gedungen der den Schalter bedient
gut wir sind zwei verschiedene Nationen
Amerika unser Volk ist von Fremdlingen besiegt worden welche die Gesetze gekauft und die Wiesen umzäunt und die Wälder gefällt haben um sie zu Zeitungspapier zu verarbeiten und unsere freundlichen Städte in Elendsviertel verwandelt und unserem Volk seine Reichtümer abgepreßt haben und wenn es ihnen paßt dingen sie den Henker damit er den Hebel betätigt . . . aber wissen sie denn daß die alten Worte der Einwanderer heute nacht in Blut und Todesangst zu neuem Leben erwachen daß die alte amerikanische Rede derer welche die Unterdrücker haßten heute nacht neu erklingt im Munde einer alten Frau aus Pittsburgh im Munde eines stämmigen Kesselschmiedes aus Frisco der als blinder Passagier im Güterwagen von der Westküste gekommen ist im Munde einer Sozialfürsorgerin aus Back Bay im Munde eines italienischen Druckers im Munde eines Vagabunden aus Arkansas . . . die Sprache der geschlagenen Nation ist heute nacht in unseren Ohren nicht vergessen
die Männer im Totenhaus haben bevor sie starben die alten Worte zu neuem Leben erweckt

Wäre das alles nicht gewesen, hätte ich vielleicht mein Leben damit verbracht, an Straßenecken zu verachtungsvollen Menschen zu reden, ich wäre unbekannt gestorben, unbeachtet, eine mißglückte Existenz. Das ist unsere Laufbahn und unser Triumph. Nie in unserem Leben hätten wir hoffen dürfen, der Toleranz, der Gerechtigkeit, dem Verständnis der Menschen füreinander einen so großen Dienst zu erweisen, wie es nun durch einen Zufall möglich geworden ist . . .

nun ist ihr Werk getan . . . die Einwanderer welche die Unterdrücker haßten liegen still und schwarzgekleidet in dem kleinen Leichenbestattungsbüro im Norden . . . die Stadt ist ruhig . . . die Vertreter der siegreichen Nation lassen sich nicht in den Straßen blicken . . . sie haben gesiegt warum haben sie Angst sich in den Straßen blicken zu lassen? . . . in den Straßen sieht man nur die niedergeschlagenen Mienen der Besiegten . . . die Straße gehört der besiegten Nation . . . auf dem ganzen Wege zum Friedhof wo die Leichen der Einwanderer verbrannt werden sollen stehen wir Reihe um Reihe am Straßenrand im rieselnden Regen drängen uns Schulter an Schulter auf dem nassen Bürgersteig bleich mit erschrockenen Blicken betrachten wir die Särge

wir sind geschlagen Amerika . . .

Weltwochenschau LXVII

Wenn die Verhältnisse umgestürzt werden, entsteht Chaos, sagt Mr. Ford. Arbeit tut Wunder und besiegt auch das Chaos. Sobald die russischen Massen lernen werden, mehr zu begehren, als sie besitzen, weiße Kragen, Seife, bessere Kleidung, bessere Schuhe, bessere Wohnungen, bessere Lebensbedingungen...

Ich hebe meinen Finger und sage Twitt twitt
Schuschuh
Nanu
Komm komm

FUSION DER STAHLBETRIEBE REPUBLIC TRUMBULL BESCHLOSSEN

Dort am verträumten Amazonas
Haben wir uns an den Ufern getroffen
Aber die Liebe, sie ist dahin

GEFIXTER WEIZEN SETZT NEUEN PREISREKORD

Und die Träume bleiben

Die Leute von der freiwilligen Feuerwehr öffneten erst einmal sämtliche Fenster, um den Rauch hinauszulassen. Dadurch entstand Zug, und das Feuer, unterstützt von einem kräftigen Meerwind, besorgte den Rest...

REKORDUMSATZ IN VERSICHERUNGSAKTIEN

Draußen ging es zu wie in einem Tollhaus, gutgekleidete Damen liefen händeringend auf und ab, konnten nichts tun, um ihren Schmuck zu retten, während aus den Fenstern der oberen Etagen ein Regen von Koffern, Taschen und Kleidungsstücken in wildem Durcheinander herabströmte. Schmuckstücke und Raritäten im Werte von vielen Tausenden wurden von Zuschauern aus dem Grase aufgesammelt, unter dem Mantel versteckt und weggeschleppt...

MAKLERDARLEHEN SETZTEN NEUEN REKORD

Nimmer ist dein Himmel grau,
Immer ist dein Himmel blau,
Und die Spinnweben auf dem Mond fegst du weg

BÖRSEN OPTIMISTISCH

neue Verwendungsmöglichkeiten für den Zement. Wie man eine einträgliche Zementfirma aufbaut, wie man das Material beurteilt, wie man die Zahl der erforderlichen Arbeitskräfte berechnet. Wie man den Beton armiert. Wie man Straßen, Trottoirs, Fußböden, Fundamente, Kanäle, Keller zementiert...

Und wenn auch die Holländer und die Iren behaupten,
Daß sie es trotz allem nicht glaubten –
Fünfzig Millionen Franzosen können nicht allesamt unrecht haben

STERNBANNERBANDE PLÜNDERT WÜRSTCHENSTÄNDE

MORD ENTLARVT PHANTASTISCHE PLÄNE FÜR EINEN QUÄKERSTAAT

Schürhakenmörder bejubelt

Arme kleine Rose von Hollywood
Ist so ganz allein –
Niemand weiß, wie weh das tut,
So allein zu sein

BANKTRANSAKTION UMFASST FÜNFHUNDERT MILLIONEN

Ja, ich liebe den silbernen Glanz in deinen Haaren
Und die Sorgenfalten auf deiner Stirn
Und ich küsse die lieben Finger, müde von arbeitsreichen Jahren

VEREINIGTE KOHLENSÄURE KAUFT TROCKEN-EIS A.G.

MARATHONLAUF UMS GOLDENE KALB AUF DEN BRETTERN DES BROADWAY

die umfassende publizistische Auswertung der Börsenhausse, der Ausbau der Tickeranlagen, die Ausrüstung vieler Maklerfilialen mit Tickern, die durchsichtigen, vergrößerten Translux-Kurslisten haben selbstverständlich dazu geführt, das Interesse des gesamten Volkes für das Börsengeschäft zu wecken...

ARMER KLEINER REICHER JUNGE

William Randolph Hearst war der einzige Sohn, das einzige warmgebettete Nestküken George und Phebe Hearsts.
Im Jahre achtzehnhundertundfünfzig hatte George Hearst seine Familie und die Farm in Franklin County (Missouri) verlassen und war mit einem Ochsenkarren nach Kalifornien gefahren. (Im Jahre 49 hatte der plötzliche ungeheure Goldtaumel den Westen gepackt –
die jungen Leute konnten sich nicht mehr darauf konzentrieren, die Äcker zu pflügen, die Schweine zu füttern, den Weizen zu dreschen,
da das Goldfeuer an den Ufern des Stillen Ozeans raste. Die Cholera folgte den Spuren der Ochsenwagen – rund um die Lagerfeuer, in hastig errichteten verwanzten Blockhäusern starben sie an Cholera, wurden von feindlich gesinnten Indianern abgeschossen, jagten einander im Streit die Kugeln durch den Kopf.)
George Hearst war einer der wenigen, die es schafften.
Er entpuppte sich als ein erfolgreicher und geschickter Goldwäscher.
Als Goldsucher hatte er einen sicheren Blick für goldführende Quarzadern.
Nach einem siebenjährigen Aufenthalt im El Dorado County war er Millionär, *Anaconda* war im Aufstieg, er besaß ein Sechstel der *Ophir Mine*, er war am *Comstock Lode* beteiligt.
Im Jahre einundsechzig kehrte er, die Taschen voller Goldklumpen, nach Missouri zurück, heiratete Phebe Apperson und fuhr mit ihr per Schiff über Panama nach San Francisco, der neuen, hügeligen Metropole der millionenschweren Grubenbarone, und kaufte ihr einen Herrensitz neben dem Golden Gate an der unendlichen, nebelumwallten Küste des Stillen Ozeans.
Er besaß riesige Weiden und Ranches, züchteteRinder, hatte Rennpferde laufen, ließ in Mexiko nach Gold suchen, be-

schäftigte in seinen Bergwerken und auf seinen Gütern fünftausend Personen, gewann und verlor mit seinen Grubenspekulationen große Vermögen, spielte Poker um einen Hunderter pro Chip, ging nie ohne einen Sack voller Goldmünzen aus, die er an alte, in Not geratene Freunde verteilte, und starb als Senator
in Washington,
ein ungeschliffener Diamant, ein kraftvoller, weißbärtiger, allseits beliebter alter Herr mit der großen Nase und den Falkenaugen eines Pfadfinders, mit den struppigen Brauen (unter dem schwarzen Schlapphut)
eines Wildwestpioniers.

Mrs. Hearsts Junge wurde dreiundsechzig geboren.
Nichts ist zu gut für den einzigen Sohn.
Die Hearsts vergötterten ihren Jungen.
Der große, schlaksige Jüngling wuchs ernst und eigenwillig unter Dienstboten und Tagelöhnern, Faktotums, Aufsehern, Schmarotzern, alten Pensionisten heran. Seine Großeltern verwöhnten ihn. Er durfte immer das tun, was ihm einfiel. Mrs. Hearsts Junge mußte das Beste vom Besten haben.
Kein Mangel an Goldklumpen, Zwanzigdollargoldstücken, großen Silberdollars.
Der Junge hatte nur wenige Spielgefährten. Er war zu reich, um sich mit seinen Altersgenossen in der rauhen Demokratie der zu jener Zeit in den Straßen von San Francisco heranwachsenden Jugend zu vertragen. Er war zu schüchtern und zu arrogant. Er war nicht beliebt.
Seine Mutter konnte ihm genug Spielkameraden verschaffen, die sie mit Eis, importierten Bonbons, kostbarem Spielzeug, Ponies und Feuerwerk bestach. Aber er verachtete die Käuflichen, er sehnte sich stets nach den anderen.
Er war groß in handgreiflichen Scherzen, er liebte es, den Erwachsenen Streiche zu spielen. Als das neue *Palace Hotel* mit einem Empfang für General Grant eröffnet wurde, machten er und seine Freunde sich einen Spaß daraus, Hagelkörner auf das Glasdach des Innenhofes zu werfen, zur Bestürzung der versammelten Bonzen und Würdenträger.

Wo immer sie königlich einherzogen, konnten die Hearsts sich ihren Weg erkaufen –
auf und ab an der Küste Kaliforniens, in Ranches und Grubenstädten,
in Nevada und in Mexiko,
im Palast Porfirio Diaz'.
Der alte Hearst war in der Welt umhergekommen, hatte arm und reich gekannt, hatte die Hölle der Goldsucher durchwandert und sich mit seinem Packesel einen Pfad durch jungfräuliche Wildnis gebahnt. Sein Leben lang würde Mrs. Hearsts Junge sich nach dieser Welt sehnen, die ihm durch den Nebel der Millionen verborgen war.
Der Junge hatte Verstand, gesunden Appetit, einen herrischen Willen,
aber er konnte sich nie von den vergoldeten Gängelbändern losreißen.
Seine Abenteuer suchte er in schmutzigen Hintergassen.
Er wurde nach Concord in New Hampshire in ein Internat geschickt. Seine Streiche versetzten die Schule in Aufruhr.
Er wurde hinausgeworfen.
Er bekam Privatunterricht und besuchte die Universität in Harvard,
wo er als geschäftlicher Leiter der Studentenzeitung *Lampoon* Furore machte, ein strahlender Gesellschaftsmensch.
Selbst trank er nicht viel, war wortkarg und still. Aber er machte seine Kollegen betrunken und bezahlte die Zeche,
er kaufte Feuerwerk, um Clevelands Wahl zu feiern, mietete die Blaskapellen,
kaufte die Sahnetörtchen, mit denen sie aus der Loge im *Old Howard* die Schauspieler bombardierten,
die Schwärmer, mit denen sie die Laternen der Droschken zum Erlöschen brachten,
den Sekt für die Ballettmädchen.
Er wurde von der Universität verwiesen und dann endgültig relegiert, weil er, wie die Fama berichtet, einer Reihe von Professoren je einen Nachttopf übersandt hatte, in dessen Boden das Porträt des Professors kunstgerecht eingraviert war.
Er ging nach New York. Er hatte den Zeitungsfimmel.

Stets hatte er sich in der Nähe der Bostoner Redaktionen herumgetrieben. In New York faszinierte ihn Pulitzers neumodischer Journalismus. Er wollte nicht schreiben, er wollte ein Zeitungsmensch werden. (Die Zeitungsmenschen gehörten zu der scharf umrissenen Welt, die er deutlich vor sich zu sehen wünschte – denn die wirkliche, die lebende Welt sah er verzerrt durch den Nebel der Millionen –, die ungeordnete, vulgäre Welt der amerikanischen Demokratie.)
Mrs. Hearsts Junge wollte Zeitungsmensch werden und Anhänger der Demokratischen Partei. (Zeitungsmenschen sehen, hören, saufen, ulken, raufen, verkehren mit echten Kerls, huren – das ist das wahre Leben.)
Er kehrte nach Hause zurück, ein stiller, lächelnder junger Mann mit ernsten Augen und sanften Manieren,
nach der neuesten Londoner Mode gekleidet.
Als sein Vater ihn fragte, was er mit sich anzufangen gedenke, sagte er,
er wolle die Leitung des *Examiner* übernehmen, eines dahinsiechenden Blättchens in San Francisco, das sein Vater von einem säumigen Schuldner geerbt hatte. Das war offenbar nicht viel verlangt. Der alte Herr konnte sich nicht vorstellen, warum Willie sich statt eines Bergwerks oder einer Ranch die alte Zeitung wünschte, aber Mrs. Hearsts Junge setzte stets seinen Willen durch.
Eines Tages begab sich der junge Hearst in den *Examiner* und stellte die Redaktion auf den Kopf. Er verstand es, gescheite junge Leute ausfindig zu machen und auszunutzen, er verstand es, seine eigene, kitzelnde Gier nach den Lüsten und Lastern der simplen, besitzlosen Menschen aus der Gosse auszunützen (der nächtliche Bummler sieht nur die Prostituierten, die Rauschgiftspelunken, die Nacktrevuen, und wenn er dann in sein Villenviertel zurückkehrt, behauptet er, die Arbeiterviertel zu kennen) –
den niedrigsten gemeinsamen Nenner,
Dünger für eine blühende Karriere,
Abfall der Demokratie. Aus dieser Fäulnis wucherte ein Presseimperium hervor. (Vielleicht verglich er sich gern mit dem jungen Gajus Julius, der seine Millionen vergeudet, Embleme und Traditionen in den Staub tritt, den toga-

geschmückten Privilegien, den Monopolen, den pompösen Bürokraten die Zunge herausstreckt –
Cäsars Leben war gleichfalls das Possenspiel eines Millionärs gewesen. Vielleicht hatte W. R. aus Büchern erfahren, daß schon früher einmal Republiken zugrunde gegangen waren – auch Alkibiades war ein Possenreißer gewesen.)
Der *San Francisco Examiner* steigerte seine Auflageziffer, schmeichelte den kitzelnden Gelüsten der besitzlosen Klassen –
wurde der Monarch der Tagespresse.

Als der alte Herr starb, verkaufte Mrs. Hearst ihre Anteile an der *Anaconda* für siebenundeinhalb Millionen Dollar. W. R. bekam das Geld geschenkt, um in New York einzusteigen. Er kaufte das *Morning Journal*
und begann seinen Wettlauf mit den Pulitzers –
wer am meisten an der Oho!-Laune profitieren würde.
In der Politik war er Demokrat, trat sechsundneunzig für Bryan ein; an der Westküste bekämpfte er die Southern Pacific, die Kraft- und Wasserwerke und die Eisenbahnjuristen, die den ursprünglichen Siedlern das Land Kalifornien entreißen wollten. Am Wahltage des Jahres sechsundneunzig erschienen seine drei Zeitungen in New York mit einer Auflage von einundeinhalb Millionen Exemplaren, ein Rekord,
der die *World* zwang, ihren Preis auf einen Penny herunterzusetzen.

Wenn es keine Nachrichten gibt, mußt du sie fabrizieren.
»Liefern Sie die Bilder, ich liefere den Krieg«, soll er an Remington nach Havanna gekabelt haben. Nachdem Mark Hanna McKinley ins Weiße Haus befördert und damit die innenpolitischen Konflikte beseitigt hatte, waren die Unruhen in Kuba eine Goldgrube für Hearsts Auflagenziffern. Hearst ließ durch einen seiner gescheiten jungen Leute eine schöne Revolutionärin namens Evangelina Cisneros aus dem Gefängnis befreien und ihr auf dem Madison Square einen großen Empfang bereiten.
Vergeßt nicht die Maine!

Als McKinley sich gezwungen sah, Spanien den Krieg zu erklären, hatte W. R. bereits alle Vorkehrungen getroffen, um einen britischen Dampfer zu kaufen und ihn im Suez-Kanal zu versenken,
aber die spanische Flotte nahm einen anderen Weg.
Er charterte die *Sylvia* und die *Buccaneer* und segelte persönlich mit einer transportablen Druckerei und einer Flotte von Schleppern nach Kuba –
einen Sechsschüssigen schwingend, fuhr er mit der Pinasse durch die Brandung, nahm auf dem Strand sechsundzwanzig unbewaffnete, halb ertrunkene spanische Matrosen gefangen und zwang sie, vor der Kamera niederzuknien und die amerikanische Flagge zu küssen.
Manila Bay steigerte die Auflage des *Morning Journal* auf eine Million sechshunderttausend.

Nach der Niederlage der Spanier blieben ihm nur noch die Mormonen als Zielscheibe seiner Hetzkampagnen. Vielweiberei war ein angenehmer Nervenkitzel für die Strippenhänger in den morgendlichen Straßenbahnen – und als Dessert das Sexualleben der Reichen, Federzeichnungen halbnackter Frauen, prähistorische Ungeheuer in Vierfarbendruck. Er entdeckte die Tränendrüsenspezialistinnen der Journalistik: Annie Laurie, Dorothy Dix, Beatrice Fairfax. Er kam mit den ersten komischen Serien heraus – die *Katzenjammer Kids*, *Buster Brown*, *Kraz Kat*. Reg dich auf, wenn das Publikum aufgeregt ist.
Seine Leitartikel geißelten die reichen Missetäter, die Trusts, die G.O.P., Mark Hanna und McKinley – er ging so heftig ins Zeug, daß nach McKinleys Ermordung viele Republikaner Hearst auf irgendeine Weise für seinen Tod verantwortlich machten.
Hearst parierte diesen Schlag damit, daß er das *Morning Journal* umtaufte und es *American* nannte
und ins Rampenlicht trat,
angetan mit einem schwarzen Gehrock und einem breitkrempigen Texashut,
Holz, aus dem Präsidenten geschnitzt werden,
der millionenschwere Kandidat des kleinen Mannes.

Bryan machte ihn zum Vorsitzenden des Nationalverbandes der demokratischen Wählervereine und gab ihm den Rat, in Chicago eine Zeitung zu gründen.
Nach Bryans zweiter Niederlage verbündete Hearst sich mit Charles F. Murphy in New York und wurde in den Kongreß gewählt.
Sein Hauptquartier verlegte er ins *Holland House*. In der Wahlnacht veranstaltete er im Madison Square Garden ein großes Gartenfeuerwerk. Ein Mörser explodierte, tötete und verletzte etwa hundert Personen. Das war nun mal eine Nachricht, die Hearsts Myrmidonen fabriziert hatten und die trotzdem nicht in der Hearst-Presse auf der ersten Seite groß aufgemacht wurde.
Im Repräsentantenhaus war er nicht beliebt. Es ging ihm genau wie in der Schulzeit. Der schlappe Händedruck, die dicht beieinanderstehenden Augen über der langen Nase, das leise, matte, verächtliche Lächeln paßten so gar nicht in das Milieu der jovialen Schulterklopfer von Washington. Ohne seine gedungenen Handlanger fühlte er sich nicht wohl.

Premierenlöwen und Bühnenlieblinge im *Holland House* zu bewirten, machte ihm bedeutend mehr Spaß. In jenen Jahren, da der Broadway an der 47. Street aufhörte,
trat Millicent Wilson als Tänzerin in *The Girl from Paris* auf; zusammen mit ihrer Schwester tanzte sie eine Duonummer. Sie gewann eine Popularitätskonkurrenz im *Morning Telegraph*
und die Hand
William Randolph Hearsts.

Neunzehnhundertundvier gab er viel Geld aus, um auf dem Parteikongreß in Chicago seinen Namen in elektrischer Leuchtschrift zu plakatieren und als Präsidentschaftskandidat der Demokraten aufgestellt zu werden, aber Richter Parker und die Wall Street schlugen ihn aus dem Felde.
Neunzehnhundertundfünf kandidierte er als Bürgermeister für New York – mit einem Kommunalisierungsprogramm.
Neunzehnhundertundsechs gelang es ihm fast, dem würde-

voll bärtigen Hughes den Gouverneursposten wegzuschnappen. Im ganzen Lande entstanden Klubs mit dem Motto: *Hearst ins Weiße Haus!* Unter den Klängen des Schlagers *Noch einen Walzer, Willie* – Millionen vergeudend –, bahnte er sich seinen Weg durch den politischen Dschungel. Es gelang ihm, seinen Rivalen James Gordon Bennett vor Gericht zu zitieren, mit der Beschuldigung, er habe im *New York Herald* unsittliche Anzeigen veröffentlicht. Bennett wurde zu einer Geldstrafe von 25 000 Dollar verurteilt. Hearsts Heldentat trug nicht dazu bei, seine Beliebtheit in gewissen Kreisen zu steigern.

Neunzehnhundertundacht brachte er Enthüllungen über Standard Oil, die Archbold-Briefe, aus denen hervorging, daß die Trusts gewaltige Schmiergelder unter die Politiker verteilten. Er war der Kandidat der Independence Party, die, wie seine Feinde behaupteten, fast ausschließlich aus seinen Angestellten bestand.

Seine Millionärskollegen betrachteten ihn als einen Verräter an seiner Klasse, aber als man ihm diesen Verrat zum Vorwurf machte, erwiderte er:

Man weiß, daß ich ein Anhänger des Privateigentums bin, und man weiß, welchen Standpunkt ich in Fragen des persönlichen Vermögens einnehme, aber ist es denn nicht besser, daß ich in diesem Lande die Mißvergnügten vertrete, statt es anderen zu überlassen, die vielleicht nicht die gleichen privatkapitalistischen Beziehungen haben wie ich?...

Neunzehnhundertundvierzehn befanden sich, obwohl er der größte Pressemagnat Amerikas war und Hunderte von Quadratkilometern Acker- und Grubenland in Kalifornien und Mexiko besaß,
seine Geschäfte in einem so liederlichen Zustande, daß er Schwierigkeiten hatte, eine Million Dollar zu borgen –
und für die Politiker war er das rote Tuch.

Alle die Millionen, die er verschenkte,
all die Fertigkeit, seine eigenen Gedanken in den Schädel der Leser zu projizieren,
konnten den winzig schmalen Rubikon zwischen dem politischen Amateur und dem Berufspolitiker nicht überbrücken

(vielleicht konnte er allzu leicht seine Enttäuschungen vergessen, nachdem er einen erstklassigen Autor gekauft hatte oder einen gestickten, Karl dem Großen zugeschriebenen Pantoffel oder das vergoldete Bett, in dem angeblich die Mätresse eines Königs geschlafen hatte).
Manchmal stand er hoch genug über dem Kampfgetriebe, um klar zu sehen. Die gesammelte Macht seines Zeitungskonzerns, sein gesamtes Können als Zeitungsmann widmete er dem Bestreben, im ersten Weltkriegsjahr eine vernünftige und neutrale Außenpolitik zu verfechten.
Er war dagegen, den Alliierten Anleihen zu gewähren, er unterstützte Bryan in seinem einsamen Kampfe, die Interessen der Vereinigten Staaten als Ganzes über die Interessen der Morgan-Banken und anglophilen Unternehmer im Osten zu stellen.
Zum Dank dafür wurde er als deutschfreundlich verschrien, und als die Kriegserklärung kam, schmuggelte man Detektive unter seine Butler –
Geheimagenten durchsuchten seine Privatpapiere, durchschnüffelten sein Speisezimmer am Riverside Drive, um die Gerüchte zu prüfen, man habe seltsame bunte Lichter in seinen Fenstern gesehen.
Er bekämpfte den Versailler Frieden und den Völkerbund der Sieger –
und zu guter Letzt, um zu beweisen, daß er ein genauso braver Patriot sei wie Hinz und Kunz,
trat er für die allgemeine Wehrpflicht ein,
schmückte seine Zeitungen mit rotweißblauen Rändern und kleinen amerikanischen Fähnchen an beiden Enden des Datums,
versuchte unermüdlich hinter dem Rio Grande Unfrieden zu stiften,
blies mit geblähten Backen den Yankee-Doodle-Popanz auf, die größte Flotte der Welt.

Die Einwohnerschaft New Yorks stellte sich auf seine Seite und wählte seinen Kandidaten, John Hylan, den Biedermann, zum Bürgermeister –
aber Al Smith, der damals noch der Held des kleinen Mannes

war, klopfte ihm auf die Finger, als er versuchte, wieder auf den demokratischen Lautsprecherwagen zu klettern.

Obwohl er enorme Summen für gefälschte Dokumente ausgab, gelang es ihm nicht, einen Krieg mit Mexiko zu entfesseln.
Obwohl er die Filmateliers mit Hunderttausenden von Dollars überschüttete, gelang es ihm nicht, seinen Lieblingsstar zum Liebling Amerikas zu machen.
Und immer häufiger zog sich der Pressefürst auf sein Lehen San Simeon an der Küste des Stillen Ozeans zurück, wo er einen Zoo anlegte, sein Techtelmechtel mit der Filmindustrie fortsetzte, ganze Lagerschuppen mit Gobelins, mexikanischen Sätteln, Raritäten, Porzellan, Brokat, Stickereien, alten Kommoden, Tischen und Stühlen, dem Strandgut des alten Europa füllte –
einen andalusischen Palast und eine maurische Banketthalle errichten ließ
und seine letzten Jahre unter den tröstlichen Lobhudeleien der Filmstars, Reklameleute, Drehbuchschreiber, Causeure und steinreichen Chefredakteure verbrachte,
Monarch des neuen Eldorado,
wo die aufgewärmten Träume sämtlicher Gettos
zu einem Opiumnebel verquirlt werden,
der die besitzlosen Klassen weit wirksamer blendet,
weit mehr Millionen einbringt
als all die klirrenden Haufen goldener Doppeladler,
die Hearst Senior in früheren Tagen aus dem El Dorado County zutage gefördert hatte (dank dem Trägheitsgesetz behält das Reich des gedruckten Wortes seine Macht – aber seine Macht über die Träume, über die Jugend der Welt hört nicht auf zu wachsen, giftig wie ein Krebsgeschwür) –
und ab und zu ertönt aus dem Nebel der Westküste eines alten Mannes quengelnde Stimme,
befürwortet die Umsatzsteuer,
beschimpft mit unflätiger Zunge die Männer, die für die Freiheit der arbeitenden Klassen kämpfen –
Sperrt die Roten ein!...
lobt den Komfort Baden-Badens unter dem Blut-und-Knüp-

pel-Regime des schönen Adolf (Hearsts eigene Lieblingserfindung, der niedrigste gemeinsame Nenner, aus dem Abfall der Demokratie zur Macht gelangt) –
beklagt sich über die kalifornischen Einkommensteuern,
warnt in schrillen Tönen vor den Gefahren der Gedankenfreiheit an unseren Hochschulen:
Deportiert sie, sperrt sie ein!

Bis zu seinem Todestage
werden die prächtigen, endlos rollenden Pressen gedruckte Worte für ihn ausspeien –
werden die allgegenwärtigen, surrenden Filmprojektoren Bilder für ihn auf die Leinwand werfen –
für ihn, der seine Kräfte verbraucht hat,
ein verbrauchter Cäsar,
niemals Manns genug, um den Rubikon zu überschreiten

RICHARD ELLSWORTH SAVAGE

Dick Savage ging durch die Lexington zu dem Büro im *Graybar Building*. Der Dezembermorgen war scharf wie Stahl, grelle Lichter stachen in die Augen, Reflexsplitter aus den Scheiben der Ladenfenster, aus den Brillengläsern der Passanten, aus den Chromkanten der Autoscheinwerfer. Er wußte nicht genau, ob er einen Katzenjammer hatte oder nicht. Im Schaufenster eines Juweliers sah er sein Spiegelbild vor dem schwarzsamtenen Fond, er hatte einen gedunsenen, blasigen Ausdruck unter den Augen wie der Prinz von Wales auf den Zeitungsphotos. Er fühlte sich angesäuert und mulmig im Magen, kam sich wie eine faulige Birne vor. Er ging in einen Drugstore und bestellte ein Bromoseltzer. An der Sodafontäne betrachtete er sich im Spiegel hinter dem Glasregal mit den Ginger-Ale-Flaschen. Sein neuer dunkelblauer Tuchmantel sah auf jeden Fall sehr gut aus. Die schwarzen Augen des Büfettkellners suchten seinen Blick. »Gebummelt, was?« – Dick nickte lächelnd. Der Kellner fuhr sich mit der mageren Hand, mit den roten Knöcheln über das lackblanke Haar. »Ich bin erst um halb zwei frei und brauche eine Stunde mit der U-Bahn nach Haus. Da habe ich wenig Gelegenheit...« – »Ich komme zu spät ins Büro«, sagte Dick, bezahlte und ging leicht rülpsend auf die morgendlich funkelnde Straße hinaus. Er ging rasch, atmete in tiefen Zügen. Als er dann zusammen mit etlichen dicklichen, gutgekleideten Herren Anfang der Vierzig, leitenden Angestellten, die wie er selbst zu spät ins Büro kamen, im Fahrstuhl hinauffuhr, hatte er heftige Kopfschmerzen.

Kaum hatte er die Beine unter dem Schreibtisch ausgestreckt, da knackste das Haustelephon. Es war Miss Williams' Stimme: »Guten Morgen, Mr. Savage. Wir haben auf Sie gewartet... Mr. Moorehouse läßt Sie bitten, zu ihm zu kommen, er möchte vor der Arbeitskonferenz mit Ihnen ein paar Worte sprechen.« Dick erhob sich, blieb eine Weile, leicht auf den Ballen wippend, stehen, blickte zum Fenster hinaus auf die aschfarbenen Blöcke, die sich in einer Kette von gußeisernen Formen ostwärts zu den Schornsteinen der Kraftwerke erstreckten, auf die Brücke, den Flußstreif, der stählerne Blitze in den stahlblauen Himmel warf. Niethämmer ratterten schrill auf dem riesigen Neubau, der an der Ecke der 42. Street, Balken um Balken, emporschoß. Sie schienen sich allesamt wie ein Zahnarztbohrer in seinem Kopf zu bewegen. Es überlief ihn kalt, er rülpste und begab sich eilig durch den Korridor in das große Eckbüro.

J. W. starrte zur Decke empor, sein breites Gesicht mit den Hängebacken war so ausdruckslos wie das Maul einer Kuh. Ohne zu lächeln, richtete er den Blick seiner blassen Augen auf Dick Savage. »Sind Sie sich darüber im klaren, daß es in diesem Lande fünfundsiebzig Millionen Menschen gibt, die außerstande oder nicht gewillt sind, im Krankheitsfalle einen Arzt aufzusuchen?« – Dick setzte eine lebhaft interessierte Miene auf. Er hat mit Ed Griscolm gesprochen, dachte er im stillen. – »Das sind die Menschen, denen die Binghamprodukte helfen sollen. Er hat bisher nur den äußersten Zipfel dieses gewaltigen potentiellen Marktes erfaßt.« – »Es würde seine Aufgabe sein, ihnen einzureden, daß sie bedeutend schlauer sind als die großen Tiere, die nach Battle Creek gehen«, sagte Dick. J. W. runzelte nachdenklich die Stirn.

Ed Griscolm war eingetreten. Er war ein hochgewachsener, bleicher Mann mit einem enthusiastischen Glanz in den Augen, der wie ein elektrisches Leuchtschild aufflammte und erlosch. Er hatte eine besondere Art, seine Arme so zu halten wie der Claqueleiter, der im Begriffe ist, das Hurrageschrei der Schulkameraden zu dirigieren. Dick sagte recht kühl: »Morgen...« – »Herrlicher Tag, Dick... ein wenig verbummelt, wie ich sehe... Mein herzlichstes Beileid, Herr Kollege.«

»Ich sagte soeben, Ed«, fuhr J. W. mit seiner langsamen, gleichmäßigen Stimme fort, »unsere Gesichtspunkte müssen folgende sein: erstens, daß man den potentiellen Markt von fünfundsiebzig Millionen Menschen noch nicht einmal angezapft hat, und zweitens, daß eine richtig geführte

Kampagne geeignet wäre, das Vorurteil, das viele Menschen davon abhält, Naturheilmittel anzuwenden, zu beseitigen und durch ein Gefühl des Stolzes zu ersetzen.«

»Sparsamkeit ist ein Zeichen von Klugheit – oder so ähnlich«, sagte Ed laut.

»Jeder sein eigener Arzt«, sagte Dick. »Man muß dem Publikum sagen, daß heutzutage der Büfettkellner im Drugstore mehr von Medizin versteht als vor fünfundzwanzig Jahren der Hausarzt.«

»Die Leute meinen, Patentmedizinen sind etwas für die dummen Bauern«, trompetete Ed Griscolm. »Wir müssen die Patentmedizinen salonfähig machen.« – »Naturheilmittel«, sagte J. W. vorwurfsvoll.

Dick brachte es fertig, sein Lächeln verschwinden zu lassen.

»Wir müssen die ganze Idee in ihre Bestandteile zerlegen«, sagte er.

»Richtig«, sagte J. W., nahm einen Brieföffner aus geschnitztem Elfenbein zur Hand und betrachtete ihn aus verschiedenen Blickwinkeln. In dem Bürozimmer war es so still, daß man von draußen den Verkehrslärm hörte und das Sausen des Windes zwischen den stählernen Fensterrahmen und dem Stahlfenster. Dick und Ed Griscolm hielten den Atem an. J. W. begann einen Vortrag zu halten. »Die Öffentlichkeit in Amerika ist heute viel raffinierter als früher... In meiner Jugendzeit in Pittsburgh kannten wir nur die Bildreklame – etwas fürs Auge... Jetzt, da die Menschen anspruchsvoller geworden sind, müssen wir uns andere Reizmittel ausdenken. Wir müssen die Vorurteile beseitigen... *Bingo* – ein altmodischer Name, ein unpassender Name. Wer würde sich nicht schämen, im *Metropolitan Club* zu lunchen mit einer Flasche *Bingo* auf dem Tisch... Das muß unser wichtigster Gesichtspunkt sein... Gestern schien Mr. Bingham geneigt, die Sache in Angriff zu nehmen. Er sträubt sich ein wenig gegen die hohen Kosten einer solchen Kampagne...«

»Egal«, sagte Ed Griscolm schrill, »wir werden den alten Gauner schon festnageln.«

»Ich glaube, man muß ihn auf *gelinde* Art herumkriegen – wie Sie gestern abend so richtig bemerkten, J. W.«, sagte Dick leise und liebenswürdig. »Wie ich höre, hat Halsey von Halsey O'Connor's sich mit einem Nervenzusammenbruch ins Bett gelegt, weil er den alten Bingham nicht dazu bewegen konnte, einen Entschluß zu fassen.« Ed Griscolm fing zu kichern an.

J. W. erhob sich mit einem matten Lächeln. Wenn J. W. lächelte, dann lächelte auch Dick. »Ich glaube, man wird ihn dazu bringen können, die Vorteile einzusehen, die mit dem Namen unserer Firma verknüpft sind... Solidität... fest fundierte Beziehungen...« Ohne seinen Redefluß zu hemmen, ging J. W. voraus durch den Korridor in den großen Saal mit dem ovalen Mahagonitisch in der Mitte. Das gesamte Personal war dort versammelt. J. W. kam zuerst, sein beträchtlicher Bauch wackelte beim Gehen hin und her, ein paar Schritte hinter ihm folgten Dick und Ed Griscolm, mit je einem Stoß hellblau eingebundener und maschinengeschriebener Exposés unterm Arm. Gerade als sie sich nach dem üblichen Räuspern und Schnauben zurechtgesetzt hatten und J. W. darzulegen begann, daß es fünfundsiebzig Millionen Menschen gibt, rannte Ed Griscolm hinaus und kehrte mit einem sauber gezeichneten Diagramm zurück, das mit blauen, roten und gelben Lettern und Ziffern den Verlauf des geplanten Propagandafeldzuges erkennen ließ. Dick merkte, daß Ed Griscolm ihm einen triumphierenden Blick zuwarf. Er sah J. W. von der Seite an. J. W. betrachtete mit ausdrucksloser Miene das Diagramm. Dick ging zu Ed Griscolm hin und klopfte ihm auf die Schulter. »Gut gemacht, Herr Kollege«, flüsterte er. Ed Griscolms zusammengepreßte Lippen lockerten sich zu einem Lächeln. »Nun, meine Herren, ich bitte Sie jetzt, sich kurz und bündig zu äußern«, sagte J. W. mit einem bösen Funkeln in den mattblauen Augen, das für eine Sekunde mit dem Gefunkel der kleinen Brillanten in seinen Manschettenknöpfen wetteiferte.

Während die anderen sich äußerten, starrte Dick J. W.s Hände an, die ausgebreitet auf den maschinengeschriebenen Memoranden ruhten. Altmodische, gestärkte Manschetten guckten aus den Ärmeln des perfekt sitzenden, doppelreihigen grauen Jacketts hervor, und an den Manschetten

hingen zwei patschige, seltsam bäurische, mit Leberflecken bedeckte Hände. Während die Debatte ihren Lauf nahm, starrte Dick unverwandt J. W.s Hände an, kritzelte Formulierungen auf seinen Notizblock und strich sie wieder aus. Es wollte ihm nichts einfallen. Sein Gehirn war wie gelähmt. Er drechselte mit seinem Bleistift sinnlose Phrasen. *In der Hütte und im Ritz... Binghams Tropfen wie der Blitz...*
Es war nach eins, als die Konferenz sich auflöste. Alle gratulierten Ed Griscolm zu seiner Skizze. Dick hörte sich selber sagen, das Ding sei ganz ausgezeichnet, es fehle jedoch ein kleiner Dreh. »Schön«, sagte J. W., »dann versuchen Sie übers Wochenende, diesen kleinen Dreh zu finden. Das möchte ich allen Anwesenden einprägen. Montag lunche ich mit Mr. Bingham. Ich will ihm ein perfektes Projekt vorzulegen haben.«
Dick Savage kehrte in sein Büro zurück und unterzeichnete einen Stoß Briefe, die seine Sekretärin ihm hingelegt hatte. Dann fiel ihm plötzlich ein, daß er Reggie Talbot versprochen hatte, sich mit ihm zum Lunch im »*63*« zu treffen, um seine neue Freundin kennenzulernen, er stürzte los, im Fahrstuhl den blauen Schal arrangierend. Er sah sie an einem Tische ganz hinten in dem überfüllten Sonnabendlokal sitzen und in dem krausen Zigarettenrauch die Köpfe zusammenstecken. »Hallo, Dick!« rief Reggie mit seinem freundlich sanften Lächeln, stand auf, nahm Dick bei der Hand und schleppte ihn an den Tisch. »Ich konnte nicht im Büro auf dich warten, weil ich diese junge Dame treffen mußte... Jo, das ist Mr. Savage. Der einzige Mensch in New York, dem alles egal ist... Was willst du trinken?«
Das Mädchen war wirklich ein tolles Stück. Als Dick sich neben ihr auf der rotledernen Sitzbank niederließ, gegenüber von Reggies schmalem, aschblondem Kopf und seinen großen, fragenden, hellbraunen Augen, fühlte er sich beschwipst und müde.
»Oh, Mr. Savage, was ist aus der Binghamsache geworden? Ich bin schrecklich aufgeregt. Reggie kann von nichts anderem mehr sprechen. Ich weiß, meine Frage ist indiskret.« Mit langwimprigen schwarzen Augen sah sie ihm ernst ins Gesicht. Sie waren ein hübsches Paar.

»Hat Reggie aus der Schule geplaudert?« sagte Dick, nahm einen Bissen Brot und schob ihn in den Mund.
»Aber du weißt doch, Dick, Jo und ich – wir sprechen über alles... Es bleibt unter uns... Und ehrlich gesagt, alle jüngeren Leute in der Firma finden es schändlich, daß J. W. nicht deinen Entwurf benutzt hat... Wenn Griscolm nicht aufpaßt, werden wir durch ihn den Auftrag verlieren... Es stimmt ganz einfach nicht... Ich glaube, der Alte hat Gehirnerweichung.«
»Ja, weißt du, ich habe mir in der letzten Zeit öfters gedacht, J. W. scheint nicht ganz gesund zu sein... Schade. Er ist die größte Persönlichkeit in der Reklamebranche.« Dick merkte, daß seine Stimme einen öligen Anstrich bekommen hatte, er schämte sich vor den beiden jungen Leuten und verstummte jäh. »He, Tony!« rief er dem Kellner ärgerlich zu. »Kann man keinen Cocktail bekommen? Geben Sie mir einen Bacardi mit ein paar Tropfen Absinth drin, Sie wissen schon, meine Spezialmischung... Himmel Herrgott, ich fühle mich, als ob ich hundert wäre.«
»Über die Stränge gehauen, was?« sagte Reggie.
Dick verzog das Gesicht zu einem Grinsen. »Oh, diese Stränge!« sagte er. »Die machen mir viel zu schaffen.« Alle drei erröteten. Dick lachte in sich hinein. »Wo in New York gibt es noch drei Leute, die es fertigbringen, rot zu werden?« Sie bestellten eine frische Runde Cocktails. Während sie tranken, merkte er, daß das junge Mädchen ihn ernst und nachdenklich ansah. Sie trank ihm zu. »Reggie sagt, Sie sind im Büro furchtbar nett zu ihm gewesen... Er sagt, ohne Sie wäre er geflogen.« – »Wer bringt es fertig, zu Reggie *nicht* nett zu sein? Man braucht ihn nur anzuschauen.« Reggie wurde rot wie eine Päonie. »Ja«, sagte das Mädchen. »Er ist ein hübscher Junge. Aber hat er auch etwas im Kopf?«
Nach der Zwiebelsuppe und dem dritten Cocktail begann Dick sich wohler zu fühlen. Er fing an, ihnen vorzurechnen, wie sehr er sie beneide, weil sie jung seien und heiraten würden. Er versprach, als Brautführer zu fungieren. Als sie ihn fragten, warum er selber nicht heirate, wurde er konfus, trank noch ein paar Gläser und erklärte, sein Leben sei ein Trümmerhaufen. Er verdiene fünfzehntausend im Jahr,

habe aber nie einen Groschen in der Tasche. Er kenne ein Dutzend schöne Frauen, habe aber nie ein Mädchen, wenn er eins brauche. Während er so daherplauderte, beschäftigten sich seine Gedanken immerzu mit einer Reklamenotiz – jedermann müsse es freistehen, sich selber zu kurieren, jawohl. Er konnte den Gedanken an diesen verdammten Binghamauftrag nicht loswerden.

Als sie das Lokal verließen, begann es dunkel zu werden. Mit einem Gefühl bitteren Neides setzte er die beiden jungen Leute in ein Taxi. Mit vollem Magen und dem wärmenden Alkohol im Blute fühlte er sich zärtlich gestimmt, erotisiert und aufgeputscht. Er blieb eine Weile an der Ecke der Madison Avenue stehen und betrachtete die lebhafte Vorweihnachtsmenge, die auf dem Bürgersteig an den hellerleuchteten Schaufenstern vorüberströmte, alle möglichen Gesichter, in den schrägen Lichtern des scharfen, kalten Abends sahen sie ausnahmsweise einmal frisch und gesund aus. Dann fuhr er mit einem Taxi in die 12. Street.

Das farbige Mädchen, das ihn einließ, trug eine hübsche Spitzenschürze. »Hallo, Cynthia!« – »Guten Abend, Mr. Dick.« Während er wartend auf dem alten holprigen Parkettboden auf und ab ging, fühlte er das Blut ungeduldig in seinen Schläfen pochen. Lächelnd kam Eveline aus dem Hinterzimmer. Sie hatte es zu eilig gehabt und zuviel Puder aufgetragen, dadurch traten die scharfen Falten zwischen Nase und Mund schärfer hervor, und ihre Nase sah aus wie mit Mehl bestäubt. Ihre Stimme hatte noch immer einen reizvoll melodischen Klang. »Dick, ich dachte, du hättest mich längst aufgegeben.«

»Ich habe geschuftet wie ein Tier... Mein Gehirn macht nicht mehr mit. Ich habe mir gedacht, es wird mir guttun, dich wiederzusehen.« Sie reichte ihm eine Porzellandose mit Zigaretten. Sie setzten sich nebeneinander auf ein wackeliges, altmodisches Roßhaarsofa. »Wie geht es Jeremy?« fragte Dick in munterem Ton.

Sie erwiderte tonlos: »Er ist mit Paul über Weihnachten nach dem Westen gefahren.«

»Er wird dir fehlen... Ich bin selber ein wenig enttäuscht. Ich habe das Balg sehr gern.«

»Paul und ich haben beschlossen, uns scheiden zu lassen – in aller Freundschaft.«

»Das tut mir aber leid, Eveline.«

»Warum?«

»Ich weiß nicht... Es kommt mir dumm vor... Aber ich habe Paul immer gut leiden können.«

»Es ist ganz einfach unerträglich geworden... So wird es für ihn weit besser sein.«

Es lag eine kalte Bitterkeit in ihrer Haltung, wie sie so neben ihm saß, in ihrem ein wenig allzu jugendlichen Nachmittagskleid. Ihm war, als hätte er sie eben erst kennengelernt. Er nahm ihre lange blaugeäderte Hand, legte sie auf das Tischchen, das vor ihnen stand, und tätschelte sie. »Dich hab ich viel lieber – auf jeden Fall.« Es klang ihm selber so unaufrichtig wie die Phrasen, mit denen er seine Kunden zu bedienen pflegte. Er sprang auf. »Hör mal, Eveline, ich werde Settignano anrufen und ihn bitten, etwas Gin zu schicken. Ich muß was trinken. Ich werde den Gedanken an die verdammte Büroarbeit nicht los.«

»Wenn du an den Kühlschrank gehst, wirst du einige ausgezeichnete, fertig gemixte Cocktails finden. Ich habe sie eben gemixt. Es kommen später noch Gäste zu mir.« – »Was ist später?« – »Gegen sieben... Warum?« Ihre Blicke folgten ihm spöttisch, während er durch die Glastür nach hinten ging. In der Anrichtekammer stand das farbige Mädchen und setzte gerade den Hut auf. »Cynthia, Mrs. Johnson behauptet, daß ihr Cocktails habt.« – »Ja, Mr. Dick, ich hole Ihnen gleich ein paar Gläser.« – »Ist das heute Ihr freier Abend?« – »Ja, Sir, ich gehe in die Kirche.« – »Am Samstagabend?« – »Ja, Sir, in unserer Kirche ist jeden Samstagabend Gottesdienst... viele haben neuerdings am Sonntagvormittag nicht mehr frei.« – »Bei mir ist es schon so weit, daß ich überhaupt keine freie Stunde mehr habe.« – »Das ist aber wirklich schlimm, Mr. Dick.«

Auf unsicheren Beinen kehrte er ins Vorderzimmer zurück, mit dem wackelnden Mixbecher auf einem Tablett. Die beiden Gläser klirrten. »Dick, ich werde dich vor der Trunksucht retten müssen. Deine Hände zittern wie die eines Greises.« – »Na und? Ich *bin* ein Greis. Ich mache mir die größten Sorgen, ob dieser miese Patentmedizinkönig am Montag den Vertrag unterschreiben wird.«

»Sprich nicht davon... Es klingt abscheulich. Ich habe selber sehr viel zu tun gehabt... Ich bin dabei, ein Theaterstück herauszubringen.«

»Eveline – das ist ja wunderbar! Von wem?«

»Von Charles Edward Holden... Eine großartige Sache. Ich bin Feuer und Flamme. Ich glaube genau zu wissen, wie ich es anpacken werde... Du möchtest nicht ein paar Tausender investieren, Dick?«

»Eveline, ich bin total pleite... Man hat mir mein Gehalt beschlagnahmt, und Mama muß den Stil halten, den sie gewöhnt ist, und dazu kommt Brüderlein Henrys Ranch in Arizona... Er ist schwer verschuldet... Ich habe Charles Edward Holden immer nur für einen Feuilletonisten gehalten.«

»Diese Seite seiner Begabung hat er noch nie gezeigt... Ich halte ihn für den echten Dichter des modernen New York... Abwarten!«

Dick schenkte sich noch einen Cocktail ein. »Sprechen wir doch einen Augenblick über uns... Ich fühle mich so – aufgelegt. Ach, Eveline, du weißt, was ich meine... Wir sind doch einmal recht gute Freunde gewesen.« Er durfte ihre Hand halten, aber sie erwiderte seinen Händedruck nicht. »Du weißt, wir haben immer gesagt, daß wir einander rein körperlich anziehen... Ist denn das nicht das Schönste auf der Welt?« Er rückte dicht an sie heran, küßte sie leicht auf die Wange und versuchte ihr Gesicht herumzudrehen. »Hast du diesen elenden Sünder gar nicht mehr lieb?«

»Dick ,ich kann nicht.« Sie stand auf. Ihre Lippen zuckten, und sie sah aus, als würde sie in Tränen ausbrechen. »Es gibt einen Mann, den ich sehr, sehr gern habe. Ich habe beschlossen, meinem Leben einen Sinn zu geben.«

»Wer ist es denn? Dieser verdammte Feuilletonist?«

»Egal.«

Dick schlug die Hände vors Gesicht. Als er sie wieder wegnahm, lachte er aus vollem Halse. »Na, das nennt man Pech... Bin ich nun mal pünktlich und voller Alkohol und Samstagabendromantik...«

»Aber Dick, dir wird es wohl nicht an Partnerinnen fehlen.«
»Doch – heute ja... Ich fühle mich einsam und erbärmlich. Mein Leben ist ein Trümmerhaufen.«
»Was sind das für literarische Phrasen.«
»Ich fand den Ausdruck recht gut, aber ehrlich gestanden, ich weiß nicht mehr ein noch aus... Gestern nacht ist mir etwas Sonderbares passiert. Eines Tages, wenn du mich besser leiden magst, werde ich es dir erzählen.«
»Warum gehst du nicht zu Eleanor, Dick? Sie hat einen großen Empfang zu Ehren der Bojaren.«
»Wird sie wirklich diesen abscheulichen kleinen Fürsten heiraten?« – Eveline nickte mit dem gleichen kalten, bitteren Ausdruck in den Augen. – »Wahrscheinlich ist ein Adelstitel die neueste Mode in der Dekorationsbranche... Warum schießt nicht Eleanor etwas Geld zu?« – »Ich will sie nicht darum bitten. Sie ist knauserig, obwohl sie eine gute Herbstsaison gehabt hat. Ich glaube, im Alter werden wir alle geldgierig... Was hält der arme Moorehouse von dem Fürsten?«
»Ich möchte gern wissen, was überhaupt in seinem Kopf vorgeht. Jetzt arbeite ich seit Jahren für ihn und weiß noch immer nicht, ob er ein Genie ist oder eine aufgeblasene Nulpe... Ob er bei Eleanor sein wird? Ich möchte ihn gern noch heute abend einen Augenblick sprechen... Das ist eine sehr gute Idee... Eveline, irgendwie bringst du mich immer auf gute Ideen.«
»Ruf lieber erst an... Sie ist durchaus imstande, dich nicht reinzulassen, wenn du uneingeladen erscheinst, besonders wenn die Wohnung von russischen Emigrantinnen mit Tiaren wimmelt.«
Dick ging ans Telephon und rief an. Er mußte lange warten, bevor Eleanor sich meldete. Ihre Stimme klang schrill und rauh. Zuerst fragte sie, ob er nicht nächste Woche zum Essen kommen wolle. Dick schlug einen schmeichlerischen Ton an. »Bitte, zeig mir doch deinen berühmten Fürsten, Eleanor... Und ich möchte dich etwas sehr Wichtiges fragen... Du bist schließlich schon immer mein Schutzengel gewesen, Eleanor. Wenn ich in Nöten bin und nicht zu dir kommen darf – an wen sonst soll ich mich wenden?«

Schließlich ließ sie sich erweichen und sagte, er dürfe kommen, aber nicht allzu lange bleiben. »Du kannst dich mit dem armen J. Ward unterhalten – er macht einen etwas verlorenen Eindruck.« Sie beendete das Gespräch mit einem kreischenden Gelächter, das den Hörer erschütterte und ihm in den Ohren weh tat.
Als er zum Sofa zurückkehrte, lag Eveline in den Kissen und lachte lautlos in sich hinein. »Dick«, sagte sie, »du bist ein Meister im Flunkern.« Dick schnitt eine Grimasse, küßte sie auf die Stirn und ging weg.
Eleanors Wohnung funkelte von Kandelabern und Kristall. Als sie ihn an der Tür des Salons empfing, sah ihr schmales kleines Gesichtchen glatt und zerbrechlich aus wie Porzellan, unter dem sorgfältig ondulierten Haar, über einer großen Straßbrosche, die den Verschluß eines Spitzenkragens bildete. Hinter ihr waren die dröhnenden Stimmen der Russen und das Gepiepse der Russinnen zu hören, es roch nach Tee und Holzkohle. »Da bist du ja, Richard«, sagte sie in hastig zischendem Flüsterton. »Vergiß nicht, der Großherzogin die Hand zu küssen – sie hat so viel Schreckliches mitmachen müssen. Du wirst ihr gern den kleinen Gefallen tun, nicht wahr?... Und Ward macht mir Sorgen, Richard. Er sieht so furchtbar müde aus... Hoffentlich klappt er uns nicht zusammen. Du weißt, er gehört zu den Typen, die plötzlich umfallen... Du weißt, diese massiven, stiernackigen blonden Hünen.«
Auf dem Tischchen vor dem Marmorkamin stand ein hoher, silberner Samowar, und daneben saß eine dicke ältere Frau, einen Flitterschal um die Schultern, das Haar à la Pompadour frisiert, Puderschuppen auf dem müden, fleckigen Gesicht. Sie war sehr huldreich, hatte ein spöttisches Zwinkern in den Augen, löffelte Kaviar aus einer wohlgefüllten Kristallschale auf ein Stück Schwarzbrot und lachte mit vollem Munde. Rund um sie waren Russen in allen Altersstufen und allen Stadien des Verfalls gruppiert, teils mit Blusen bekleidet, teils in billigen Straßenanzügen, einige schlampig aussehende junge Damen und zwei junge Herren mit glattgekämmtem Haar und Sängerknabengesichtern. Alle tranken Tee oder Wodka aus kleinen Gläschen und

stopften sich mit Kaviar voll. Dick wurde dem Fürsten vorgestellt, einem jungen Manne mit grünlichem Gesicht, schwarzen Brauen und einem kleinen schwarzen Spitzbart. Er trug einen schwarzen Kittel, schwarze weiche Lederstiefel und hatte eine erstaunlich schmale Taille. Sie waren alle quietschvergnügt, zirpten und grölten auf Russisch, Französisch und Englisch. Eleanor läßt sich nicht lumpen, dachte Dick unwillkürlich, während er den Löffel in einen groß- und graukörnigen Kaviarberg tunkte.

J. W., blaß und erschöpft, stand in einer Ecke des Zimmers mit dem Rücken zu einer Ikone, vor der drei Kerzen brannten. Dick konnte sich genau erinnern, daß er einige Wochen zuvor dieses Heiligenbild in Eleanors Schaufenster vor einem roten Brokattuch hatte stehen sehen. J. W. unterhielt sich mit einem Geistlichen in schwarzer, rotverbrämter Soutane, der, wie sich herausstellte, als Dick hinzukam, einen starken irischen Akzent hatte. »Darf ich Ihnen den Archimandriten O'Donnell vorstellen, Dick?« sagte J. W. »War es richtig?« – Der Archimandrit nickte lächelnd. – »Er hat mir von den Klöstern in Griechenland erzählt.« – »Sie meinen – wo man in Körben hinaufgehißt wird?« fragte Dick. Der Archimandrit verzog das lächelnde, schlaffe Gesicht rauf und runter. »Ich werde die Ehre und das Vergnügen haben, unsere liebe Eleanor in die Geheimnisse der rechtgläubigen Kirche einzuweihen. Ich habe soeben Mr. Moorehouse von meiner eigenen Bekehrung erzählt.« Unverschämte, rollende Augen musterten Dick. »Vielleicht hätten Sie Lust, Mr. Savage, einmal zu uns zu kommen und sich unseren Chor anzuhören. In der Musik löst der Unglaube sich auf wie ein Stück Zucker in einem Glase Tee.« – »Mir gefallen die russischen Chöre«, sagte J. W.

»Finden Sie nicht, daß unsere liebe Eleanor froher und jünger aussieht?« Der Archimandrit ließ seine strahlenden Blicke durch den Raum wandern. J. W. nickte zögernd. »Ach, sie ist ein reizendes, zierliches Persönchen – und sooo klug... Vielleicht möchten die Herren am Gottesdienst teilnehmen und nachher mit mir essen gehen... Ich trage mich zuweilen mit dem Gedanken, meine Erlebnisse auf dem Berge Athos in einem kleinen Büchlein zu schildern...

Wir könnten gemütlich beisammen sein.« Dick spürte zu seinem größten Erstaunen, wie der Archimandrit ihn in den Hintern zwickte, und trat hastig einen Schritt zur Seite, sah aber gerade noch, daß der Archimandrit ihm mit dem linken Auge lebhaft zuzwinkerte.

Gläserklirren und Prosits erfüllten den großen Raum, ab und zu ging ein Glas in Scherben. Eine Gruppe jüngerer Russen begann mit tiefen, dröhnenden Stimmen zu singen, so daß der Kristallüster über ihren Köpfen zu klirren anfing. Der Kaviar war weg, aber zwei Mädchen mit Schürzen und Häubchen brachten einen gedeckten Tisch herein, Hors d'œuvres mit einem großen, gekochten Lachs in der Mitte.

J. W. stieß Dick an. »Ich glaube, wir sollten anderswo hingehen, wo wir uns unterhalten können.« – »Ich bin nur Ihretwegen gekommen, J. W. Ich glaube den neuen Dreh gefunden zu haben. Ich glaube, diesmal wird es klappen.«

Es war ihnen gerade gelungen, sich durch das Gedränge einen Weg zur Tür zu bahnen, als ihnen eine junge, schwarzgekleidete Russin mit schönen, schwarzen Augen und hochgewölbten Brauen nachgelaufen kam. »Oh, Sie dürfen noch nicht gehen. Leocadia Pavlovna kann Sie so gut leiden. Ihr gefällt es hier, es ist so zwanglos – die Bohème. Das gefällt uns so gut an Leonora Ivanovna. Sie ist Bohème, und wir sind Bohème. Wir libben sie.« – »Leider haben wir eine geschäftliche Verabredung«, sagte J. W. würdevoll. Die junge Dame schnippte mit den Fingern. »Oh, Geschäfte sind ekelhaft... Ohne diese ewigen Geschäfte wäre Amerika ein *so* nettes Land.«

Als sie auf die Straße hinauskamen, seufzte J. W. auf. »Arme Eleanor, ich fürchte, sie muß sich auf etwas gefaßt machen... Diese Russen werden sie arm fressen. Glauben Sie, daß sie sich wirklich mit dem Fürsten Mingraziali verheiraten wird? Ich habe mich nach ihm erkundigt. Alles, was er von sich behauptet, stimmt. Aber du lieber Himmel!« – »Mit Brautkrone und allem Drum und Dran«, sagte Dick. »Das Datum ist bereits festgesetzt.« – »Na ja, schließlich und endlich muß Eleanor wissen, was sie tut. Wie Sie wissen, hat sie sehr viel Erfolg gehabt.«

J. W.s Wagen stand vor der Tür. Der Chauffeur stieg aus, eine Decke überm Arm, und wollte soeben die Tür hinter J. W. zumachen, da sagte Dick: »J. W., haben Sie ein paar Minuten Zeit, um die Binghamsache zu besprechen?« – »Ja, richtig, das hatte ich ganz vergessen«, sagte J. W. mit müder Stimme. »Kommen Sie zum Essen mit nach Great Neck. Ich bin allein – bis auf die Kinder.« Lächelnd stieg Dick ein, und der Chauffeur machte die Tür der großen schwarzen Limousine hinter ihm zu.

Es war ein recht düsteres Mahl, im Speisezimmer der Moorehouses mit den bemalten italienischen Paneelen, nur Dick, J. W. und Miss Simpson, das so überaus kultivierte Kinderfräulein mit dem Pferdegesicht, an der von Kerzenlicht erhellten Tafel, während der Butler und ein zweiter Diener lautlos in dem trüben Halbdunkel herumwanderten. Als sie nachher in J. W.s kleine weißgetünchte Klause gingen, um zu rauchen und sich über den Binghamauftrag zu unterhalten, dankte Dick seinen günstigen Gestirnen, da der alte Butler mit einer Flasche Scotch, Eis und Gläsern erschien. »Wo haben Sie denn den Whisky her, Thompson?« fragte J. W. – »Er liegt seit der Vorkriegszeit im Keller, Sir... Die Kisten, die Mrs. Moorehouse in Schottland gekauft hat... Ich wußte, Mr. Savage trinkt gern einen guten Tropfen.«

Dick lachte. »Das ist der Vorteil eines schlechten Rufes«, sagte er.

J. W. sagte würdevoll: »Es ist der beste Whisky, den es zu kaufen gibt, das ist mal sicher... Wissen Sie, ich habe mir nie viel aus dem Trinken gemacht, deshalb habe ich es schon vor dem Verbot aufgegeben.«

J. W. hatte sich eine Zigarre angezündet. Plötzlich warf er sie ins Feuer. »Ich werde lieber heute abend nicht mehr rauchen. Der Arzt sagt, drei Zigarren täglich werden mir nicht schaden – aber ich fühle mich schon die ganze Woche nicht wohl... Ich sollte nicht mehr an der Börse spielen. Hoffentlich lassen Sie die Finger davon, Dick.«

»Meine Gläubiger lassen mir nicht einmal die paar Groschen übrig, die eine Eintrittskarte zu einem Spielsalon kostet.«

J. W. machte ein paar Schritte durch den kleinen Raum,

dessen Wände mit den Werken der führenden Autoren in fleckenlosem Saffianleder gepolstert waren, und blieb dann, die Hände auf dem Rücken, an dem florentinischen Kamin stehen. »Mich friert immerzu. Ich glaube, mein Blutkreislauf ist nicht in Ordnung... Vielleicht war es der Besuch bei Gertrude... Die Ärzte haben jetzt endlich zugegeben, daß der Fall hoffnungslos ist. Es war für mich ein schwerer Schock.«

Dick stand auf und stellte sein Glas hin. »Das tut mir leid, J. W. Aber es kommt vor, daß geistige Störungen ganz überraschenderweise geheilt werden.«

J. W. stand da, die Lippen fest zusammengepreßt. Seine Hängebacken zitterten ein wenig. »Nicht wenn es sich um Schizophrenie handelt... In allen anderen Dingen habe ich ziemlich viel Glück gehabt... Aber ich bin ein einsamer Mensch«, sagte er. »Und wenn man bedenkt, daß ich vor langer Zeit einmal Textdichter werden wollte...« Er lächelte. Auch Dick lächelte und streckte die Hand aus. »J. W.«, sagte er, »reichen Sie der Ruine eines kleinen Poeten die Hand.«

»Jedenfalls«, sagte J. W., »werden meine Kinder alle die Vorteile genießen, die ich entbehrt habe... Finden Sie es sehr langweilig, wenn wir, bevor wir uns den Geschäften zuwenden, hinaufgehen und ihnen gute Nacht sagen? Ich möchte, daß Sie sie sehen.«

»Aber gern, ich liebe Kinder«, sagte Dick. »Eigentlich ist es mir selber noch nicht recht gelungen, ein erwachsener Mensch zu werden.«

Oben an der Treppe empfing Miss Simpson sie mit dem Finger auf den Lippen. »Die kleine Gertrude schläft.« Sie gingen auf Zehenspitzen durch den ganz in Weiß gehaltenen Korridor. Die Kinder lagen zu Bett, jedes in einem kleinen, spitalähnlichen Zimmerchen; es war kalt, weil die Fenster offenstanden. Auf jedem Kissen ruhte ein strohblonder Haarschopf. »Staple ist der älteste – er ist zwölf«, flüsterte J. W. »Dann kommt Gertrude, und dann Johnny.« Staple sagte höflich gute Nacht. Gertrude wachte nicht auf, als Licht gemacht wurde. Johnny fuhr aus einem Alptraum hoch, die hellblauen Augen weit aufgerissen, und rief mit

dünner, entsetzter Stimme: »Nein, nein!« J. W. setzte sich zu ihm aufs Bett und streichelte ihn eine Weile, bis er wieder einschlief. »Gute Nacht, Miss Simpson« – und sie schlichen die Treppe hinunter. »Was sagen Sie zu den Kleinen?« J. W. sah Dick strahlend an.
»Wirklich ein hübscher Anblick... Ich beneide Sie«, sagte Dick.
»Ich bin froh, daß ich Sie mitgenommen habe. Ohne Sie wäre ich sehr einsam gewesen... Ich muß mir öfter Gäste einladen.«
Sie lehnten sich in ihre Sessel neben dem Kaminfeuer zurück und begannen den Plan durchzugehen, welcher der Firma *Bingham Products* vorgelegt werden sollte. Als die Uhr zehn schlug, fing J. W. zu gähnen an. Dick stand auf. »J. W., soll ich Ihnen meine ehrliche Meinung sagen?«
»Los, mein Junge, Sie wissen, mir können Sie alles sagen.«
»Also!« Dick stürzte den letzten warmen und dünnen Rest seines Whiskys hinunter. »Ich finde, wir sehen den Wald vor lauter Bäumen nicht. Wir verlieren uns in einer Unmenge geringfügiger Details. Sie sagen, der alte Herr sei ziemlich eigensinnig... einer dieser Selfmademen – von der Pike auf gedient... Ich finde, die Kampagne, die Sie uns vor einem Monat skizziert haben, wird hier nicht kräftig genug durchgeführt...«
»Ehrlich gesagt, bin auch ich nicht sehr zufrieden.«
»Gibt es in diesem Haus eine Schreibmaschine?«
»Thompson oder Morton wird wohl eine auftreiben können.«
»Ich glaube, es wird mir gelingen, Ihre Grundidee besser herauszustellen. Meiner Meinung nach ist das eine der großartigsten Ideen, die die Geschäftswelt je erlebt hat.«
»Es ist das Werk der gesamten Firma.«
»Ich will versuchen, übers Wochenende den Entwurf auseinanderzupflücken und neu zusammenzusetzen. Auf jeden Fall haben wir nichts dabei zu verlieren... Wir müssen den alten Knacker glatt auf den Rücken legen, sonst schnappt Halsey ihn uns vor der Nase weg.«
»Sie sind wie ein Rudel Wölfe hinter ihm her«, sagte J. W. und erhob sich gähnend. »Also – ich verlasse mich auf Sie.«

An der Tür machte J. W. halt und drehte sich um. »In Gesellschaftskreisen sind diese russischen Aristokraten sehr *en vogue*. Deshalb ist das für Eleanor eine ganz große Sache... Trotzdem ist es mir nicht recht... Wissen Sie, Dick, Eleanor und ich haben eine sehr schöne Beziehung gehabt... Die Ratschläge und die Sympathie dieses kleinen Frauchens haben mir immer viel bedeutet... Nein, mir wäre lieber, sie würde es nicht tun... Na ja – jetzt gehe ich zu Bett.«

Dick begab sich nach oben in das große Schlafzimmer mit den englischen Jagdszenen an den Wänden. Thompson brachte ihm eine neue geräuschlose Schreibmaschine und die Whiskyflasche. Die ganze Nacht saß Dick in Pyjama und Bademantel an der Arbeit, rauchend und Whisky trinkend. Als der Tag die Fenster blau zu färben begann und zwischen den schweren Gardinen das schwarze Netzwerk regengrauer, um einen durchweichten Rasen gruppierter Bäume sichtbar wurde, war er noch immer in Fahrt. Im Munde hatte er einen sauren Geschmack von den allzu vielen Zigaretten. Er ging in das mit Delphinfresken geschmückte Badezimmer und pfiff vor sich hin, während er das warme Wasser in die Wanne laufen ließ. Er war übernächtig und halb betäubt, aber den Entwurf hatte er fertig.

Zu Mittag, als J. W. mit den Kindern aus der Kirche kam, war Dick angezogen und rasiert und spazierte in der rauhen Luft auf der Fliesenterrasse auf und ab. Dicks Augen waren hohl, der Schädel brummte ihm, aber J. W. war von seiner Arbeit entzückt. »Ja, natürlich, das sind die Worte, die ich den Leuten gleich zu Anfang vorgeschlagen habe – Selbstentscheidung, Unabhängigkeit, Individualismus. Das soll mehr werden als eine gewöhnliche Reklamekampagne... Eine Schlacht für den Amerikanismus... Nach dem Essen werde ich Miss Williams holen lassen und ihr einiges diktieren. Da steckt noch viel mehr drin, Dick!« – »Gewiß«, sagte Dick und wurde rot. »Ich habe nur Ihre ursprüngliche Konzeption wiederhergestellt, J. W.«

Beim Mittagessen saßen die Kinder mit zu Tisch, Dick unterhielt sich mit ihnen aufs beste, ließ sich allerlei von ihnen erzählen und erzählte ihnen seinerseits von den Kaninchen, die er als kleiner Junge in Jersey gezüchtet hatte. J. W. strahlte. Nach dem Essen spielte Dick mit Miss Simpson, Staple und der kleinen Gertrude in dem Billardzimmer im Keller Pingpong, während Johnny die Bälle aufhob. J. W. zog sich in seine Klause zurück, um ein Mittagsschläfchen zu halten.

Nachher machten sie den Prospekt zurecht, den Miss Williams tippen sollte. Zu dritt arbeiteten sie froh und munter vor dem Kaminfeuer, da erschien Thompson in der Tür und fragte unterwürfig, ob Mr. Moorehouse gewillt sei, einen telephonischen Anruf Mr. Griscolms entgegenzunehmen. »Schön, schalten Sie auf diesen Apparat um«, sagte er.

Dick erstarrte auf seinem Stuhl. Er hörte die Stimme am anderen Ende der Leitung aufgeregt näseln. »Machen Sie sich keine Sorgen, Ed«, sagte J. W. gedehnt. »Ruhen Sie sich gut aus, mein Junge, und seien Sie morgen frisch wie eine Rose, damit Sie den endgültigen Entwurf, an dem ich die ganze Nacht mit Miss Williams gearbeitet habe, ordentlich zerpflücken können. Mir sind nachts einige Änderungen eingefallen... Sie wissen, im Schlaf kommen einem die besten Gedanken... Sie sollten nachmittags ein bißchen Handball spielen. Ordentlich schwitzen – das tut gut... Wenn es nicht so naß wäre, würde ich selber eine Runde Golf spielen. Schön, auf Wiedersehen morgen früh, Ed.« J. W. legte den Hörer auf. »Wissen Sie, Dick«, sagte er,» meiner Meinung nach sollte Ed Griscolm ein paar Wochen ausspannen – vielleicht auf den Bahamas... Er ist nicht mehr ganz auf der Höhe... Ich glaube, ich werde ihm einen diesbezüglichen Vorschlag machen. Sie wissen, daß er mir immer eine wertvolle Hilfe gewesen ist.«

»Einer der gescheitesten Köpfe der gesamten Reklamebranche«, sagte Dick rundheraus. Dann gingen sie wieder an die Arbeit.

Am nächsten Morgen fuhr Dick mit J. W. in die Stadt, stieg jedoch an der 75. aus, um in die 76. in die Wohnung seiner Mutter zu laufen und dort das Hemd zu wechseln. Als er ins Büro kam, begrüßte ihn die Telephonistin im Vestibül mit einem breiten Lächeln. Alles drehte sich nur um die

Binghamsache. Im Vorzimmer stieß er auf die unvermeidliche Miss Williams. Ihr säuerliches, zerfurchtes Altjungferngesicht war zu einem süßen Lächeln verzerrt. »Mr. Savage – Mr. Moorehouse läßt sagen, ob Sie Lust hätten, mit ihm und Mr. Bingham um halb eins im *Plaza* zu lunchen.«
Den Vormittag verbrachte er mit Routinearbeit. Gegen elf rief Eveline Johnson an und sagte, sie wolle ihn sprechen. Er fragte, wie es am Wochenende wäre. »Aber ich bin eben im Haus«, sagte sie in beleidigtem Ton. – »Ach so, na, dann komm rauf, aber ich bin sehr beschäftigt... Du weißt, an Montagen...«
In dem hellen, harten Licht, das der bewölkte Himmel durchs Fenster warf, machte Eveline einen bekümmerten Eindruck. Sie hatte einen grauen Mantel mit einem etwas schäbig aussehenden Pelzkragen an und einen stacheligen grauen, enganliegenden Strohhut, der gewissermaßen an die vorige Saison erinnerte. Die Falten von den Nasenflügeln zu den Mundwinkeln sahen tiefer und härter aus denn je. Dick stand auf und ergriff ihre beiden Hände. »Eveline, du siehst müde aus.«
»Ich fürchte, ich kriege Grippe.« Sie sprach sehr hastig. »Ich bin nur gekommen, um ein freundliches Gesicht zu sehen. Um elf Uhr fünfzehn bin ich mit J. W. verabredet... Glaubst du, er wird was herausrücken? Wenn ich zehntausend aufbringen kann, wollen die Shuberts den Rest beisteuern. Aber es muß gleich sein, weil jemand eine Art Option besitzt, die morgen abläuft... Oh, ich habe das Nichtstun so satt... Holden hat großartige Regieeinfälle, und ich darf die Dekorationen und die Kostüme entwerfen... Wenn ein beliebiger Broadwayproduzent das Stück in die Hände bekommt, wird er es ruinieren... Dick, ich weiß, daß es ein großartiges Stück ist.«
Dick runzelte die Stirn. »Der Zeitpunkt ist nicht sehr günstig... Gerade heute sind wir alle sehr in Anspruch genommen.«
»Na ja, ich werde dich nicht länger stören.« Sie standen am Fenster. »Wie kannst du den Lärm dieser Niethämmer aushalten?«
»Eveline, diese Niethämmer sind Musik in unseren Ohren –

wenn wir sie hören, singen wir wie die Kanarienvögel bei Gewitter. Sie bringen uns neue Geschäfte... Wenn J. W. meinem Rat folgt, werden wir in das neue Haus übersiedeln.«
»Na, dann adieu!« Sie reichte ihm ihre Hand in dem abgeschabten grauen Handschuh. »Ich weiß, du wirst ein gutes Wort für mich einlegen... Du bist hier die graue Eminenz.«
Sie ging weg und ließ einen leichten, zarten, vertrauten Duft nach Kölnischwasser und Pelzwerk zurück. Dick ging mit gerunzelter Stirn vor seinem Schreibtisch auf und ab. Plötzlich war er nervös und gereizt. Er beschloß auszugehen, um Luft zu schnappen und vor dem Essen einen kleinen Schluck zu trinken. »Wenn jemand anruft«, sagte er seiner Sekretärin, »sagen Sie, man soll nach drei wieder anrufen. Ich habe eine Besorgung zu machen und bin nachher mit Mr. Moorehouse verabredet.«
Im Fahrstuhl traf er J. W., der soeben in seinem neuen Mantel mit dem dicken Pelzkragen und einem neuen grauen Filzhut nach unten fuhr. »Dick«, sagte er, »wenn Sie zu spät ins *Plaza* kommen, drehe ich Ihnen den Kragen um... Sie sind für die Rolle des blinden Bogenschützen ausersehen.«
»Um Bingham ins Herz zu treffen?« Als der Fahrstuhl nach unten fuhr, bekam Dick Ohrensausen.
J. W. nickte lächelnd. »Übrigens, im strengsten Vertrauen, was halten Sie von Mrs. Johnsons Projekt, ein Theaterstück herauszubringen?... Freilich ist sie eine entzückende Person... Sie war einmal sehr mit Eleanor befreundet... Dick, mein Junge, warum heiraten Sie nicht?«
»Wen? Eveline? Sie ist bereits verheiratet.«
»Ich habe laut gedacht – kümmern Sie sich nicht darum.« Zusammen verließen sie den Fahrstuhl und spazierten durch das mittägliche Gedränge. Die Sonne war zum Vorschein gekommen und sandte lange, schräge Flimmerstrahlen herab. »Aber was halten Sie von diesem Theaterprojekt? Sehen Sie, ich bin ziemlich stark an der Börse engagiert... Freilich könnte ich ein Bankdarlehen aufnehmen.«
»Theatersachen sind immer riskant«, sagte Dick. »Eveline ist selbstverständlich ein Prachtmensch und sehr begabt, aber

ich weiß nicht, wieviel sie von Geschäften versteht. Ein Stück herauszubringen ist eine riskante Sache.«

»Ich will alten Freunden gern behilflich sein – aber mir ist eingefallen, wenn die Shuberts sich Geld davon versprächen, würden sie das Stück selber herausbringen... Natürlich ist Mrs. Johnson eine richtige Künstlernatur.«

»Natürlich«, sagte Dick.

Um halb eins wartete er auf J. W. im Vestibül des *Plaza*, kaute Senspastillen, um den Geruch der drei Whiskys zu beseitigen, die er unterwegs bei *Tony* genehmigt hatte. Um ein Viertel vor eins sah er aus der Garderobe J. W.s massige, birnenförmige Gestalt mit den hellblauen Augen und dem glatten, strohgrauen Haar erscheinen und neben ihm einen hochgewachsenen hageren Mann mit zerrauften weißen Haaren, die sich über den Ohren zu Entenschwänzchen kräuselten. Sowie sie das Vestibül betraten, vernahm Dick aus dem Munde des hochgewachsenen Mannes ein mißtöniges und eigensinniges Geblöke.

»...nie zu den Leuten gehört, die den Mund halten, wenn das Unrecht sich auf den Märkten breitmacht. Es ist ein langer Kampf gewesen, ein Kampf, der, wie ich zugeben muß, im Hinblick auf die siebenzig Jahre, die die alten Propheten dem Menschen hienieden verheißen haben, von materiellem und geistigem Erfolge gekrönt war. Vielleicht liegt es an meiner ursprünglichen Ausbildung für den Beruf des Kanzelredners, aber ich war stets der Überzeugung – und diese Überzeugung, Mr. Moorehouse, ist gar nicht so selten unter den prominenten Geschäftsleuten dieses Landes –, daß der materielle Erfolg nicht das einzige ist, worauf es ankommt... man muß lernen, der Menschheit zu dienen. Deshalb sage ich Ihnen ganz offen, daß diese dunkle Verschwörung mich tief bekümmert und verletzt hat. Wer mir die Börse stiehlt, der stiehlt unnützen Plunder, aber wer – ...wie geht das nur gleich?... Mein Gedächtnis läßt nach... Wer mir meinen guten Namen... Ah, ja, guten Tag, Mr. Savage!«

Dick war überrascht, mit welcher Wucht der Mann ihm die Hand drückte. Vor ihm stand ein hagerer, schlaksiger Riesenkerl mit einem weißen Haarschopf und einem dicken

mongoloiden Schädel, von dem die sonngebräunte Haut in schweren Falten herabhing wie die Backen eines Hühnerhundes. Neben ihm wirkte J. W. klein und schwächlich. »Es freut mich sehr, Sie kennenzulernen, Sir«, sagte E. R. Bingham. »Ich habe oft zu meinen Töchtern gesagt, wäre ich in der heutigen Generation aufgewachsen, hätte ich bestimmt auf dem Gebiet der Reklame ein befriedigendes und nützliches Betätigungsfeld gefunden. Aber ach, zu meiner Zeit war der Pfad viel steiniger für einen jungen Menschen, der nichts ins Leben mitbrachte als die vortrefflichen Traditionen moralischen Eifers und natürlicher Religiosität, die ich, wenn ich mich so ausdrücken darf, mit der Muttermilch eingesogen habe. Damals mußten wir ordentlich in die Speichen greifen, und es waren die Speichen eines alten Ochsenkarrens und nicht die eines luxuriösen Automobils.«
E. R. Bingham folgte seiner dröhnenden Stimme in den Speisesaal. Eine Horde bleichwangiger Kellner lief zusammen, rückte Stühle zurecht, deckte den Tisch und brachte Speisekarten. »Junger Freund, es hat keinen Zweck, mir eine Speisekarte zu reichen«, sagte E. R. Bingham zu dem Oberkellner. »Ich richte mein Leben nach den Gesetzen der Natur ein. Ich esse nur einige Nüsse und etwas Gemüse und trinke dazu unabgekochte Milch... Bringen Sie mir etwas Spinat, eine Schüssel gerösteter Karotten und ein Glas unpasteurisierter Milch... Das Ergebnis ist, meine Herren, daß ein angesehener Arzt, als ich ihn vor einigen Tagen auf Wunsch einer der größten Lebensversicherungsfirmen dieser Stadt aufsuchte, völlig perplex war, nachdem er mich untersucht hatte. Er wollte kaum glauben, daß ich ihm nicht eine faustdicke Lüge erzählte, als ich behauptete, einundsiebzig zu sein. ›Mr. Bingham‹, sagte er, ›Sie haben die Konstitution eines gesunden Sportsmannes von fünfundvierzig Jahren...‹ ...Fassen Sie mal an, junger Mann.« E. R. Bingham hielt Dick den gespannten Bizeps unter die Nase. Dick berührte den Muskel mit zwei Fingern. »Ein Schmiedehammer«, sagte Dick und nickte. E. R. Bingham hatte schon wieder das Wort ergriffen: »Sie sehen, Mr. Moorehouse, ich lebe, wie ich lehre... Und ich erwarte dasselbe von anderen... Ich darf hinzufügen, daß sich auf der gesamten Liste

der von *Bingham Products* oder der *Rugged Health Corporation* kontrollierten Heilmittel und Spezialpräparate nicht ein einziges befindet, das ein Mineral, einen Giftstoff oder sonst ein schädliches Ingrediens enthielte. Immer wieder habe ich Hunderttausende von Dollars geopfert, um eine Mischung von meiner Liste zu streichen, die laut Gutachten von Dr. Gorman und der übrigen hervorragenden Fachleute in meinem Forschungslaboratorium als schädlich oder als narkotisch zu betrachten wäre. Unsere Arzneien, unsere Kuren und Diätsysteme bestehen aus Naturheilmitteln, Kräutern und wildwachsenden Substanzen, die an allen vier Ecken der Welt gesammelt werden – nach den Traditionen weiser Männer und den Ergebnissen vernünftiger medizinischer Forschung.«

»Trinken Sie jetzt gleich Kaffee, Mr. Bingham, oder später?«

»Kaffee, Sir, ist ein tödliches Gift, genauso wie Alkohol, Tee und Tabak. Wenn die kurzhaarigen Frauenzimmer und die langhaarigen Männer und die verrückten Querköpfe aus den medizinischen Fakultäten, die dem amerikanischen Volk die Freiheit absprechen wollen, sich selber den richtigen Weg zur Gesundheit und zum Wohlbefinden zu suchen – wenn, wie gesagt, diese Herrschaften ihre Tätigkeit darauf beschränken würden, diese gefährlichen Gifte zu beseitigen, die unseren jungen Männern die Manneskraft und unseren reizenden amerikanischen Frauen die Fruchtbarkeit rauben, hätte ich nichts an ihnen auszusetzen. Eines Tages werde ich mein gesamtes Vermögen einer solchen Kampagne zur Verfügung stellen. Ich weiß, daß die einfachen Menschen in diesem Lande genauso empfinden wie ich, weil ich zu ihnen gehöre – weil ich auf dem Hof einfacher, gottesfürchtiger Bauersleute geboren wurde und aufgewachsen bin. Das amerikanische Volk muß vor den Querköpfen geschützt werden.«

»Mr. Bingham«, sagte J. W., »das wird der Grundton der Kampagne sein, die wir entworfen haben.« Die Fingerschalen waren auf dem Tisch erschienen. J. W. stand auf. »Mr. Bingham, es war mir ein großes Vergnügen. Leider muß ich Sie jetzt verlassen, weil eine wichtige Aufsichtsratssitzung auf mich wartet, aber unser Mr. Savage kennt die Sache aus dem Effeff und wird Ihnen alle weiteren Fragen beantworten können. Wenn ich nicht irre, treffen wir die Herren aus Ihrer Verkaufsabteilung um fünf.«

Sowie sie allein waren, beugte E. R. Bingham sich über den Tisch und sagte zu Dick: »Junger Mann, ich brauche heute nachmittag eine kleine Entspannung. Vielleicht können Sie mich als mein Gast in irgendein Vergnügungslokal begleiten... Strengst du Hänschen stets nur an – Sie kennen das Sprichwort... Ich habe meinen ständigen Sitz in Chicago, und wenn ich nach New York komme, bin ich meistens zu sehr beschäftigt, um mich umzuschauen... Vielleicht könnten Sie mir eine Varietévorstellung oder eine Revuematinee vorschlagen... Ich bin ein Mann aus dem Volke – gehen wir dorthin, wo das Volk hingeht.« – Dick nickte verständnisvoll. – »Mal sehen – heute ist Montag. Ich werde im Büro anrufen... Es muß irgendwo ein Tingeltangel geben. Etwas anderes fällt mir momentan nicht ein.« – »Das ist das Richtige – Musik und junge Frauen... Ich habe den größten Respekt vor dem menschlichen Körper. Meine Töchter sind Gott sei Dank physische Prachtexemplare... Der Anblick schöner Frauenkörper ist beruhigend und entspannend. Kommen Sie, Sie sind mein Gast. Es wird mir meinen Entschluß in dieser Angelegenheit erleichtern... Unter uns gesagt, Mr. Moorehouse ist eine außerordentliche Persönlichkeit. Ich glaube, er wird unserer Kampagne den würdigen Anstrich verleihen, den sie erfordert... Aber wir dürfen nicht vergessen, daß wir zu dem einfachen Volke sprechen.«

»Das einfache Volk ist heute nicht mehr so einfach wie früher, Mr. Bingham«, sagte Dick. »Heute muß alles ein bißchen raffinierter serviert werden.« Er folgte dem schnell ausschreitenden E. R. Bingham in die Garderobe. E. R. Bingham sagte mit dröhnendem Baß: »Ich trage nie Hut oder Mantel – nur diesen Schal, liebes Fräulein.«

»Haben Sie auch Kinder, Mr. Savage?« fragte E. R. Bingham, als sie im Taxi saßen. – »Nein, ich bin momentan nicht verheiratet«, sagte Dick nervös und zündete sich eine Zigarette an. – »Wollen Sie einem Mann, der Ihr Vater sein könnte, gestatten, Sie auf etwas aufmerksam zu machen?«

E. R. Bingham nahm Dicks Zigarette zwischen zwei lange, knotige Finger und warf sie aus dem Fenster des Autos. »Lieber Freund, Sie vergiften sich mit einem Narkotikum und zerstören Ihre Potenz. Als ich um die Vierzig war, hatte ich wirtschaftlich schwer zu kämpfen. Mein großes Unternehmen steckte noch in den Kinderschuhen. Ich war ein physisches Wrack, ein Sklave des Alkohols und des Tabaks. Ich hatte mich von meiner ersten Frau getrennt, und wenn ich eine Frau gehabt hätte, wäre ich nicht fähig gewesen, sie – mich ihr gegenüber wie ein Mann zu verhalten. Tja, eines Tages sagte ich zu mir: ›Doktorchen‹ – damals nannten mich meine Freunde ›Doktorchen‹ –, ›wie die alten Christen wanderst du in die Stadt des Todes, und wenn du einmal nicht mehr bist, wird keiner dir eine Träne nachweinen – weder Kind noch Kegel.‹ ... Ich begann mich für Körperkultur zu interessieren. Mein Geist war, wie ich wohl sagen darf, durch frühes Studium der Klassiker und ein Gedächtnis, das viele als phänomenal bezeichnet haben, bereits ausreichend entwickelt. Das Ergebnis war – Erfolg auf der ganzen Linie... Eines Tages werden Sie meine Familie kennen lernen und sehen, wieviel Schönheit und Frische in einem gesunden amerikanischen Heim zu finden sein kann.«

E. R. Binghams Mundwerk stand auch dann noch nicht still, als sie durch den Zwischengang zu ihren Plätzen neben dem Laufsteg einer Tingeltangelmatinee spazierten. Ehe Dick sich recht besinnen konnte, zappelt vor seinen Augen eine Reihe nackter Frauenbeine, hier und dort mit Impfnarben versehen. Die Kapelle schmetterte drauflos, die Mädchen wackelten mit den Hintern und sangen und zogen sich aus, es roch nach Staub, Achselhöhlen, Puder und Schminke, grell zuckten die Strahlen des beweglichen Scheinwerfers und beleuchteten immer wieder E. R. Binghams weißes Haupt. Ganz besonders entzückt war E. R. Bingham, als eines der Mädchen sich zu ihm beugte und mit gurrender Stimme sagte: »Schau dir mal den Großpapa an!« – ihm ins Gesicht sang und mit ihrem schmalen Latz vor seiner Nase wackelte. E. R. Bingham stieß Dick an und flüsterte: »Verschaffen Sie mir ihre Telephonnummer.« Nachdem sie weitergehopst war, rief er mehrmals aus: »Ich fühle mich wieder jung.«

In der Pause gelang es Dick, Miss Williams im Büro zu erreichen und ihr zu sagen, sie solle die Teilnehmer an der Besprechung bitten, nicht zu rauchen. »Sagen Sie J. W., für den alten Knacker ist jede Zigarette ein Nagel zum Sarg.« – »Oh, Mr. Savage!« sagte Miss Williams vorwurfsvoll. Um fünf versuchte Dick ihn wegzuschleppen, aber er bestand darauf, bis zum Ende der Vorstellung zu bleiben. »Man wird auf mich warten, keine Bange!« sagte er.

Als sie im Taxi saßen, kicherte E. R. Bingham vor sich hin. »Bei Gott, eine gute Nacktrevue machte mir immer viel Spaß – der menschliche Körper, wie Gott ihn geschaffen hat... Vielleicht aber, junger Freund, sollten wir die Geschichte dieses Nachmittags für uns behalten.« Er schlug Dick mit voller Wucht aufs Knie. »Es ist wunderbar, mal die Schule zu schwänzen.«

In der Konferenz wurde der Vertrag mit *Bingham Products* unterzeichnet. Mr. Bingham war mit allem einverstanden und kümmerte sich um nichts. Mitten drin erklärte er, er sei müde und wolle zu Bett gehen, entfernte sich gähnend und überließ es Mr. Goldmark und einem Vertreter der *J. Wintrop Hudson Company*, welche die Reklame für *Bingham Products* besorgte, die Einzelheiten des Planes durchzusprechen. Dick bewunderte unwillkürlich die stille und überlegene Art, mit der J. W. die beiden behandelte. Nach der Konferenz betrank er sich und versuchte ein Mädchen, das er kannte, in einem Taxi zu nehmen, aber es kam nichts dabei heraus, und er begab sich übel gelaunt in seine leere Wohnung.

Am nächsten Morgen verschlief er. Das Telephon weckte ihn auf. Miss Williams rief aus dem Büro an, Mr. Savage möchte so freundlich sein, einen Koffer zu packen und sich bereit zu halten, Mr. Moorehouse mit dem Kongreßzug nach Washington zu begleiten. »Und entschuldigen Sie, Mr. Savage«, fügte sie hinzu, »wenn ich es sage, aber das ganze Personal ist der Meinung, wenn die Binghamsache unter Dach und Fach ist, haben wir es nur Ihnen zu verdanken. Mr. Moorehouse hat sich geäußert, Sie müßten die Herrschaften hypnotisiert haben.« – »Das ist sehr lieb von Ihnen, Miss Williams«, sagte Dick mit seiner süßesten Stimme.

Dick und J. W. nahmen ein Abteil im Zuge. Auch Miss Williams fuhr mit, und während der Fahrt wurde fleißig gearbeitet. Dick lechzte den ganzen Nachmittag nach einem Schluck Whisky, aber er wagte nicht, etwas zu trinken, obwohl er eine Flasche im Koffer hatte; bestimmt würde Miss Williams es merken, wenn er die Flasche hervorholte, und in ihrer gewohnten vagen, säuerlichen und schüchternen Art eine Bemerkung darüber machen; er wußte, daß J. W. der Meinung war, er trinke zuviel. Er war so nervös, daß er eine Zigarette nach der andern rauchte, bis sein Mund völlig ausgetrocknet war. Dann begann er Gummi zu kauen.

Dick fütterte J. W. mit immer neuen Einfällen, bis J. W. erklärte, er fühle sich etwas mau, und sich hinlegte, um ein Schläfchen zu tun. Dann ging Dick mit Miss Williams in den Speisewagen Tee trinken und erzählte ihr lauter Witze, so daß sie aus dem Wiehern nicht herauskam. Als sie die rauchigen Baltimoretunnels erreicht hatten, fühlte er sich reif für die Gummizelle. Er würde noch vor der Ankunft in Washington allen Leuten erzählt haben, er sei Napoleon, wenn er sich nicht einen ordentlichen Schluck Whisky einverleibt hätte, während Miss Williams auf der Toilette und J. W. in einen Stoß Briefe vertieft war, die E. R. Bingham ihm gegeben hatte. Es handelte sich um einen Briefwechsel zwischen *Bingham Products* und dem Kontaktmann in Washington, Oberst Judson, in der Angelegenheit des drohenden Nährmittelgesetzes.

Als Dick schließlich in sein Zimmer in dem Eckappartement, das J. W. stets im *Shoreham* zu nehmen pflegte, entkommen war, goß er sich eine schöne Portion Whisky ein, die er in aller Ruhe mit Eis und Soda zu sich zu nehmen gedachte, während er ein humoristisches Telegramm an die junge Dame entwarf, mit der er für heute abend zum Essen im *Colony Club* verabredet war. Kaum hatte er an seinem Glas genippt, da klingelte das Telephon. E. R. Binghams Sekretär rief aus dem *Willard* an, um zu fragen, ob Dick Lust habe, mit Mr. und Mrs. Bingham und den jungen Damen zu essen. »Gehen Sie bloß hin«, sagte J. W., als Dick ihn fragte, ob er ihn brauchen würde. »Wenn Sie nicht aufpassen, werde ich das Geschäft damit abschließen, daß ich Sie an eine der reizenden Töchter des Hauses Bingham verheirate.«

Die Binghammädels waren drei dralle junge Weiber namens Hygeia, Althea und Myra und Mrs. Bingham eine dicke Blondine mit einem flachen Gesicht und einer runden Stahlbrille. Die einzige in der Familie, die keine Brille trug und keine Raffzähne hatte, war Myra, die mehr ihrem Vater nachzugeraten schien. Sie redete wie ein Wasserfall. Sie war auch die jüngste, und E. R. Bingham, der in altmodischen Pantoffeln umherstapfte, das Hemd am Kragen geöffnet, so daß auf der Brust ein Zipfel des roten Flanelleibchens sichtbar wurde, stellte sie als das kunstbegabte Familienmitglied vor. Unter viel Gekicher erzählte sie, daß sie die Absicht habe, in New York Malerei zu studieren. Sie sagte Dick, er sehe aus, als habe er das Temperament eines Künstlers.

Das Essen verlief etwas stürmisch, da Mr. Bingham immerzu die servierten Gerichte zurückschickte und heftige Wutanfälle bekam, weil der Kohl zerkocht und die rohen Karotten nicht reif waren. Er beschimpfte die Kellner und ließ schließlich den Geschäftsführer holen. Sie bekamen nicht viel mehr zu essen als Kartoffelsuppe, gekochte, mit Haselnüssen bestreute Zwiebeln und Erdnußbutter auf Weizenbrot, dazu wurde Coca-Cola getrunken, und dann erschienen zwei junge Leute mit einem Mikrophon des N.B.C., um E. R. Binghams Achtuhrvortrag über Gesundheitsfragen zu senden. Plötzlich war er wieder jovial und heiter, und Mrs. Bingham kehrte aus ihrem Schlafzimmer zurück, in das sie sich weinend, die Hände an den Ohren, zurückgezogen hatte, um das wüste Geschimpfe des Alten nicht mehr mit anhören zu müssen. Ihre Augen waren gerötet, und sie hielt ein Riechfläschchen in der Hand und wurde sofort wieder davongejagt. E. R. Bingham schrie, Weiber lenkten seine Aufmerksamkeit vom Mikrophon ab, aber Dick mußte bleiben und sich seine Sendung anhören, die von Diätfragen handelte, gymnastische Ratschläge erteilte und den jährlichen Überlandmarsch von Washington nach Louisville

ankündigte, der unter dem Protektorat des Hausorgans von *Bingham Products Kerngesund!* stattfinden solle und den er die ersten drei Tage persönlich anführen werde, um, wie er sagte, der Jugend als Schrittmacher zu dienen.
Nach der Sendung erschienen Mrs. Bingham und ihre Töchter, geschminkt und gepudert, mit Brillantohrringen und Perlketten behängt und in Chinchillapelze gehüllt. Sie luden Dick und die beiden Rundfunkleute zu *Keith* ein, aber Dick erklärte, er habe noch zu tun. Bevor Mrs. Bingham wegging, mußte Dick versprechen, sie in ihrem Heim in Eureka zu besuchen. »Kommen Sie mal auf einen Monat zu uns, junger Mann«, sagte E. R. Bingham, sie mit seiner dröhnenden Baßstimme unterbrechend. »Wir werden einen Mann aus Ihnen machen. In der ersten Woche Apfelsinensaft und kräftige Spülungen, Massage, Ruhe... Nachher werden wir Sie mit Weizenbrot, viel Milch und Sahne hochpäppeln – dazu ein bißchen Boxen und Laufen und ordentliche Märsche in der Sonne ohne einen Haufen stickiger Kleider am Leibe – und Sie werden als ein ganzer Mann zurückkehren, die schönste Schöpfung der Natur, das Paragon der Tierwelt – Sie kennen die Zeilen des unsterblichen Barden... Und vergessen ist das ungesunde New Yorker Leben, das Ihren Körper durch und durch verseucht... Kommen Sie nur zu uns raus, junger Mann... Na, gute Nacht denn... Sobald ich meine Tiefatmungen hinter mir habe, ist es Zeit für mich, ins Bett zu gehen. Wenn ich in Washington bin, stehe ich jeden Morgen um sechs auf und nehme ein Winterbad im zugefrorenen Bassin... Wollen Sie nicht morgen mitkommen und schnell mal untertauchen? Die Pathé-Wochenschau wird auch dasein... Es würde sich beruflich für Sie lohnen.« – Dick entschuldigte sich hastig. »Ein andermal, Mr. Bingham.«
Als er ins *Shoreham* kam, saß J. W. noch beim Essen, zusammen mit Senator Planet und Oberst Judson, einem glatten, rosa Herrchen mit einem Froschgesicht und einschmeichelnd liebenswürdigen Manieren. Der Senator stand auf und drückte Dick herzlich die Hand. »Wir waren schon darauf gefaßt, daß Sie in einem Tigerfell erscheinen würden. Hat Ihnen der alte Knabe seinen Brustumfang demon-

striert?« – J. W. runzelte die Stirn. – »Diesmal nicht, Herr Senator«, sagte Dick rasch.

»Aber lieber Herr Senator«, sagte J. W. etwas ungeduldig, offenbar das Gespräch dort wieder aufnehmend, wo es unterbrochen worden war, »es handelt sich um die prinzipielle Seite. Wenn erst einmal durch einen Eingriff der Behörden ins Geschäftsleben ein Präzedenzfall geschaffen ist, bedeutet das das Ende der Freiheit und des privaten Unternehmertums in diesem Lande.« – »Es bedeutet den Beginn der bolschewistischen Tyrannei wie im roten Rußland«, fügte Richter Judson mit zornigem Nachdruck hinzu. Senator Planet lachte. »Sind das nicht sehr harte Worte, Joel?« – »Dieser Gesetzesvorschlag will dem amerikanischen Volke das Recht verweigern, sich selber zu kurieren. Eine Schar faulenzender Staatsbeamter und Gehaltsempfänger wird uns vorschreiben dürfen, welches Abführmittel gestattet ist und welches nicht. Wie bei allen solchen Dingen werden die Schrullenköpfe und die Wichtigtuer den Ausschlag geben. Das amerikanische Volk wird doch wohl berechtigt sein, sich selber die Waren auszusuchen, die es zu kaufen wünscht. Man beleidigt den gesunden Verstand unserer Mitbürger.« Der Senator kippte seine Mokkatasse an die Lippen, um den letzten Tropfen zu schlürfen. Dick stellte fest, daß sie aus großen Schwenkern Kognak tranken. »Na ja«, sagte der Senator langsam, »was Sie da sagen, mag stimmen, aber die Novelle ist in der Öffentlichkeit recht populär, und die Herren dürfen nicht vergessen, daß ich in meiner Handlungsfreiheit beschränkt bin. Ich muß auf die Wünsche meiner Wähler Rücksicht nehmen...« – »So wie ich die Sache sehe«, warf Richter Judson ein, »sind alle die sogenannten Sanitärvorschriften und Drogenparagraphen reine Klassengesetze zugunsten der Ärzteschaft. Natürlich wollen die Ärzte gefragt werden, bevor wir eine Zahnbürste oder ein Päckchen Lakritzpulver kaufen.« – J. W. setzte dort fort, wo er aufgehört hatte: »Die Entwicklung der wissenschaftlich kontrollierten Naturheilmittel tendiert dahin, den Laien frei und autark zu machen, ihm zu ermöglichen, kleinere Beschwerden ohne Hinzuziehung eines Arztes zu kurieren.« Der Senator leerte sein Kognakglas, ohne zu antworten.

»Bowie«, sagte Oberst Judson, »Sie wissen genausogut wie ich, daß das einfache Volk in Ihrem Wahlkreis sich nicht durch irgendwelche Schnüffler und Wichtigtuer in Washington in seiner Bewegungsfreiheit behindern lassen will... Und wir haben genügend Geld und eine genügend starke Organisation, um Sie im Wahlkampf kräftig zu unterstützen. Mr. Moorehouse ist im Begriff, eine der größten erzieherischen Kampagnen, die das Land je erlebt hat, einzuleiten, um die Menschen sowohl in den Großstädten wie in den Landbezirken über das Wesen der Naturheilmittel aufzuklären. Er wird die öffentliche Meinung zu einem gewaltigen Vorstoß mobilisieren – er wird eine Strömung schaffen, auf die der Kongreß wird Rücksicht nehmen müssen. Es wäre nicht das erstemal, daß ihm das gelingt.«
»Ausgezeichneter Kognak«, sagte der Senator. »*Fine Armagnac* war jahrelang mein Lieblingsgetränk.« Er räusperte sich, nahm eine Zigarre aus einer Schachtel, die mitten auf dem Tisch stand, und zündete sie gemächlich an. »Ich bin in letzter Zeit oft kritisiert worden, natürlich von verantwortungslosen Menschen – man hat mir, wie der Ausdruck lautet, reaktionäre Beziehungen zum Großkapital vorgeworfen. Sie kennen diese demagogischen Schlagworte.«
»Gerade in einer solchen Zeit kann ein intelligent geleiteter Apparat einem im öffentlichen Leben stehenden Manne von besonderem Nutzen sein«, sagte Oberst Judson ernst. Senator Planets schwarze Augen zwinkerten, und er strich sich mit der Hand über die stachelige Haarsträhne, die ihm in die niedrige Stirn gefallen war, eine kahle Stelle auf dem Scheitel entblößend. »Es dürfte darauf hinauslaufen, wie groß die Unterstützung ist, die man mir zukommen läßt«, sagte er und stand auf. »Das Parallelogramm der Kräfte.«
Auch die anderen standen auf. Der Senator entfernte die Asche von seiner Zigarre. »Die Macht der öffentlichen Meinung, Herr Senator«, sagte J. W. pompös, »das ist die Hilfe, die wir zu offerieren haben.« – »Mr. Moorehouse, Sie müssen mich jetzt entschuldigen, ich habe einige Reden vorzubereiten... Es war sehr angenehm... Dick, Sie müssen einmal bei mir essen, solange Sie in Washington sind. Wir

haben Sie bei unseren kleinen Symposien vermißt... Gute Nacht, Joel – bis morgen.« J. W.s Kammerdiener half dem Senator in den pelzgefütterten Mantel. »Mr. Bingham«, sagte J. W., »ist ein sehr gemeinsinniger Mann, Herr Senator, er ist bereit, eine recht beträchtliche Summe aufzuwenden.« – »Das wird auch nötig sein«, sagte der Senator.
Nachdem die Tür hinter Senator Planet zugefallen war, blieben die anderen eine Weile wortlos sitzen. Dick goß sich ein Glas Armagnac ein. »Mr. Bingham braucht sich keine Sorgen zu machen«, sagte Oberst Judson. »Aber er wird ordentlich in die Tasche greifen müssen. Bowie und seine Freunde wollen nur den Preis in die Höhe treiben. Sie müssen wissen, für mich sind diese Herrschaften ein offenes Buch. Schließlich treibe ich mich seit fünfzehn Jahren in Washington herum.«
»Es ist entwürdigend und absurd, daß legitime Geschäftsinteressen sich zu solchen Methoden erniedrigen müssen«, sagte J. W.
»Sicher, J. W., Sie nehmen mir das Wort aus dem Munde... Wenn Sie *mich* fragen – uns fehlt ein starker Mann, der alle diese Politikaster zum Teufel jagt... Glauben Sie ja nicht, daß ich sie nicht durchschaue... Aber unser kleines Abendessen ist sehr wertvoll gewesen. Sie haben einen neuen, wertvollen Faktor beigesteuert, Mr. Moorehouse – den würdigen, respektablen Anstrich –, Sie verstehen, was ich meine... Also, gute Nacht.«
J. W. stand bereits mit ausgestreckter Hand da, leichenblaß im Gesicht. »Ich muß laufen«, sagte Oberst Judson. »Sie können Ihrem Klienten versichern, daß das Gesetz nicht durchgehen wird... Schlafen Sie sich gut aus, Mr. Moorehouse... Gute Nacht, Hauptmann Savage...« Oberst Judson klopfte ihnen beiden liebevoll mit zwei Händen gleichzeitig auf die Schulter. An seiner Zigarre kauend, schob er sich zur Tür hinaus, ließ ein breites Lächeln und eine ranzige, blaue Rauchwolke zurück.
Dick sah J. W. an, der in einen roten Plüschsessel gesunken war. »Fühlen Sie sich nicht wohl, J. W.?« – »Eine kleine Magenverstimmung, weiter nichts«, sagte J. W. mit matter Stimme, das Gesicht schmerzverzerrt, mit beiden Händen

die Lehnen des Sessels umkrampfend. – »Es wird gut sein, wenn wir uns alle hinlegen«, sagte Dick. »Aber hören Sie zu, J. W., sollten Sie nicht morgen früh einen Arzt kommen und sich untersuchen lassen?« – »Wollen sehen«, sagte J. W. Er hatte die Augen geschlossen, und das Sprechen fiel ihm schwer.

Dick war eben eingeschlafen, da riß ein Klopfen ihn aus dem Schlummer. Er ging mit bloßen Füßen zur Tür. Es war Morton, J. W.s ältlicher Kammerdiener, ein gebürtiger Londoner. »Verzeihung, daß ich Sie geweckt habe, Sir«, sagte er. »Ich machte mir Sorgen um Mr. Moorehouse, Sir. Dr. Gleason ist bei ihm... Ich fürchte, es handelt sich um einen Herzanfall. Er hat schreckliche Schmerzen, Sir.« Dick zog seinen rotseidenen Bademantel an und lief in den Salon der Suite, wo er dem Arzt begegnete. »Das ist Mr. Savage, Sir«, sagte der Diener. Der Arzt war ein grauhaariger Mann mit grauem Schnurrbart und gewichtiger Haltung. Beim Sprechen blickte er Dick streng ins Auge: »Mr. Moorehouse muß einige Tage absolut still liegen. Es ist eine ganz leichte Angina pectoris – vorläufig noch nicht ernst –, aber ich würde ihm einen längeren Urlaub empfehlen. Außerdem sollte er sich gründlich untersuchen lassen... Reden Sie ihm zu. Ich nehme an, Sie sind Mr. Moorehouses Geschäftspartner, Mr. Savage?« Dick wurde rot. »Einer seiner Mitarbeiter.« – »Entlasten Sie ihn soweit wie nur möglich.« Dick nickte. Er kehrte in sein Zimmer zurück und lag bis zum nächsten Morgen auf dem Bett, ohne ein Auge zuzumachen.

Als Dick frühmorgens zu J. W. hineinging, saß J. W. im Bett, durch Kissen gestützt. Sein Gesicht war weiß verrunzelt, unter den Augen hatte er bläuliche Schatten. »Dick, ich habe mir selber einen ordentlichen Schrecken eingejagt.« J. W.s Stimme klang matt und zittrig, als Dick sie hörte, traten ihm fast die Tränen in die Augen. »Na, und was sollen wir den anderen sagen?« – »Also, Dick – ich werde Ihnen E. R. Bingham und eine Reihe sonstiger Sachen aufhalsen müssen... Und ich habe mir überlegt, daß ich vielleicht den gesamten Kapitalaufbau der Firma ändern sollte. Was würden Sie von Moorehouse, Griscolm und Savage halten?« – »Ich würde es für einen Fehler halten, den Namen zu ändern, J. W. Schließlich und endlich ist J. Ward Moorehouse eine Art nationaler Institution geworden.«

J. W.s Stimme wurde ein wenig kräftiger. Er mußte sich immerzu räuspern. »Ich glaube, Sie haben recht, Dick«, sagte er. »Ich möchte doch noch so lange durchhalten, bis ich meinen Jungs einen guten Start verschaffen kann.«

»Was wollen Sie wetten, J. W., daß Sie im Zylinder zu meinem Begräbnis erscheinen werden! Erstens einmal könnte es eine akute Magenverstimmung gewesen sein – wie Sie das anfangs vermutet hatten. Wir dürfen uns nicht auf die Meinung eines einzelnen Arztes verlassen. Was halten Sie von einem kleinen Ausflug in die Mayo Clinic? Sie müssen sich mal gründlich überholen lassen, Ventile ausbohren, Zündkerzen justieren und so weiter... Übrigens, J. W., es wäre nicht schön, wenn Mr. Bingham entdeckte, daß seine geheiligten Patentmedizinen von einem Mann betreut werden, der schäbige fünfzehntausend im Jahr verdient.«

J. W. lachte gequält. »Na ja, das wird sich ordnen lassen... Fahren Sie lieber sofort nach New York zurück und kümmern Sie sich ums Büro. Miss Williams und ich werden hier unseren Mann stehen... Sie ist zwar sauer wie saure Gurken, aber eine Perle, das kann ich Ihnen sagen.«

»Soll ich nicht bleiben, bis ein Spezialist Sie untersucht hat?«

»Dr. Gleason hat mir irgendein Mittel gegeben, so daß ich mich ziemlich wohl fühle. Ich habe meiner Schwester Hazel telegraphiert, sie ist Lehrerin in Wilmington, die einzige in meiner Verwandtschaft, die ich nach dem Tode der Eltern öfter gesehen habe... Sie kommt heute nachmittag her. Sie hat jetzt Weihnachtsferien.«

»Hat Morton Ihnen die Anfangskurse gebracht?«

»Himmelhoch... Habe so etwas noch nicht gesehen... Aber wissen Sie, Dick, ich werde alles verkaufen und mich eine Zeitlang auf die faule Haut legen... Komisch, wie ein solches Erlebnis einen entmutigt.«

»Sie und Paul Warburg«, sagte Dick.

»Vielleicht ist es das Alter«, sagte J. W. und schloß die Augen. Sein Gesicht schien einzusinken und sich in eine amorphe Masse grau-violetter Runzeln zu verwandeln.

»Nur schön still liegen, J. W.!« sagte Dick und verließ auf Zehenspitzen das Zimmer.
Er erwischte den Elf-Uhr-Zug und kam rechtzeitig ins Büro, um Ordnung zu schaffen. Er erzählte allen Leuten, J. W. habe einen leichten Grippeanfall und müsse ein paar Tage im Bett bleiben. Es hatte sich so viel Arbeit angehäuft, daß er seiner Sekretärin, Miss Hilles, einen Dollar fürs Abendessen gab und sie bat, um acht wieder dazusein. Er selber ließ sich aus einem Delikatessengeschäft einige belegte Brote und einen Pappbecher Kaffee heraufschicken. Es wurde Mitternacht, bevor er fertig war. In den leeren Gängen des matt erleuchteten Gebäudes begegnete er zwei mürrischen alten Frauen, die mit Eimer und Scheuerbürsten erschienen waren, um das Büro sauberzumachen.
Der Nachtfahrstuhlführer war alt und fahl. Es hatte geschneit, der Schnee war zu Matsch geworden, die Lexington Avenue sah finster und öde aus wie die Hauptstraße eines verlassenen Dorfes. Ein rauher Wind schlug ihm um die Ohren und peitschte sein Gesicht. Er dachte an die Wohnung in der 56. Street, die mit den Möbeln seiner Mutter vollgepfropft war, an die vergoldeten Stühle im Vorderzimmer, an alle die tristen Gegenstände, die er schon als kleiner Junge gekannt hatte, den *Hirsch vor den Hunden* und die Gravüren mit dem Forum Romanum in seinem Zimmer, die gemaserten Ahornbetten. Während er gegen den Wind ankämpfte, sah er das alles so deutlich vor sich, als ob er dort gewesen wäre.
Er nahm das erste Taxi, das ihm in den Weg kam, und fuhr ins »*63*«. Im »*63*« war es warm und gemütlich. Während die platinblonde Garderobiere ihm Mantel und Schal abnahm, setzte sie die umständliche Witzelei fort, die schon den ganzen Winter angedauert hatte, daß er doch endlich mit ihr nach Miami fahren möchte, sie wolle dort auf der Rennbahn von Hialeah ein Vermögen gewinnen. Dann blieb er ein Weilchen stehen und blickte durch die Tür in den niedrigen Raum voller schön frisierter Köpfe, Tische, Gläser, Zigarettenrauch, der in Spiralen vor den rosa Lampen hochstieg. Dann erblickte er Pat Doolittles schwarze Ponys. Sie saß mit Reggie und Jo in einem Alkoven. Der italienische Kell-

ner kam händereibend gelaufen. »Guten Abend, Mr. Savage, wir haben Sie vermißt.« – »Ich bin in Washington gewesen.« – »Ist es dort sehr kalt?« – »Oh, mittelkalt«, sagte Dick und setzte sich Pat gegenüber auf die rote Lederbank. »Schau mal an, wer da gekommen ist«, sagte sie. »Ich dachte, du wärst unter der Kuppel des Kapitols damit beschäftigt, das amerikanische Volk zu vergiften.«

»Es wäre nicht so übel, wenn wir einige dieser Herren Gesetzgeber aus dem Westen vergiften könnten«, sagte Dick. Reggie streckte die Hand aus. »Hier hast du meine Hand, Alec Borgia. Schätze, du trinkst Bourbon, nachdem du dich mit unseren Landesvätern im Senat herumgetrieben hast.«

»Ja, gern... Kinder, ich bin müde!... Ich muß was essen. Ich habe kein Abendbrot gehabt. Bin eben erst aus dem Büro weg.«

Reggie machte ebenso wie Pat einen recht beschwipsten Eindruck. Jo war offensichtlich nüchtern und böse. Das muß ich in Ordnung bringen, dachte Dick und legte den Arm um Pats Taille. »Hast du mein Telegramm gekriegt?« – »Ich habe mich halb totgelacht«, sagte Pat. »Junge, es ist doch nett, daß du wieder zu den trinkenden Klassen zurückgekehrt bist.«

»Sag mal, Dick«, sagte Reggie, »ist etwas an den Gerüchten dran, daß unser alter Wetterhahn umgekippt ist?«

»Mr. Moorehouse hatte eine akute Magenverstimmung – als ich ihn verließ, ging es ihm bereits besser«, sagte Dick mit einer Stimme, die ihm selber etwas zu feierlich klang.

»So geht es allen Leuten, die nichts trinken«, sagte Reggie. Die Mädchen lachten. Dick verzischte rasch hintereinander drei Bourbonwhiskys, ohne in bessere Stimmung zu kommen. Er war hungrig und nervös. Er reckte den Hals, um den Kellner heranzuwinken und ihn zu fragen, was zum Teufel aus seinem Filet Mignon geworden sei, da hörte er Reggie sagen: »Schließlich und endlich ist J. W. Moorehouse kein Mensch, sondern ein Name... Man kann nicht weinen, wenn ein Name krank wird.«

Dick fühlte, wie er vor Zorn rot wurde. »Er gehört zu den sechzig wichtigsten Männern in diesem Land«, sagte er »Schließlich steckst du sein Geld ein, Reggie...«

»Du lieber Himmel!« rief Reggie aus. »In Washington scheint man bigott geworden zu sein.«
»Du weißt, ich scherze genauso gern wie jeder andere... Aber wenn ein Mann wie J. W. Moorehouse erkrankt, der vielleicht mehr als irgendeiner seiner Zeitgenossen dazu beigetragen hat – egal, ob einem das, was er macht, gefällt oder nicht –, die öffentliche Meinung dieses Landes zu formen, halte ich Gymnasiastenwitze für geschmacklos.«
Reggie war betrunken. Er imitierte den Dialekt eines Südstaatlers. »Was, Brüdderleinchen, hab ja nich gewußt, daß du Herr Mohrhaus persönlich bist. Hab gedacht, du bis genauso 'n schäbiger Lohnsklave wie wir übrigen Negerlein.«
Dick hätte gern den Mund gehalten, aber er brachte es nicht fertig. »Ob es dir paßt oder nicht – die Beeinflussung der öffentlichen Meinung ist einer der wichtigsten Faktoren unserer Zeit. Ohne sie wäre unsere Wirtschaft in einer schönen Klemme... Ob uns nun die Art, wie der amerikanische Unternehmer seine Geschäfte betreibt, paßt oder nicht – es handelt sich hier um ein Faktum, das genauso feststeht wie der Himalaja. Keinerlei Spötteleien werden daran etwas ändern können. Nur durch Reklame und Publicity kann sich die Wirtschaft vor tobsüchtigen Querköpfen und Demagogen schützen, die immer auf dem Sprung sind, den Wirtschaftsapparat zu sabotieren...«
»Hört, hört!« rief Pat.
»Na, du wirst die erste sein, die Zeter und Mordio schreit, wenn man deinem alten Herren das Einkommen aus seinen Pfandbriefen kürzt«, sagte Dick in schnauzigem Ton.
»Herr Senator«, begann Reggie, nachdem er sich durch ein weiteres Gläschen gestärkt hatte, »gestatten, herzlichen Glückwunsch auszusprechen – bei meiner Seel', gestatten, herzlich zu gratulieren – zu den wertvollen Diensten, wo für unser großes Vaterland geleistet haben – Vaterland wo vom großen Atlanterischen Ozean bis zu dem großen und glorreichen Paziferischen Ozean reichen tut...«
»Halt den Mund, Reggie«, sagte Jo. »Laß ihn sein Kotelett in Ruhe essen.«
»Du bist zum Schreien, Dick«, sagte Pat, »aber ehrlich gestanden, ich glaube, du hast recht.«

»Wir müssen realistisch denken«, sagte Dick.
»Ich glaube«, sagte Pat Doolittle und warf lachend den Kopf zurück, »er hat die Gehaltserhöhung bewilligt.«
Dick mußte unwillkürlich lächeln. Er nickte. Jetzt, da er etwas gegessen hatte, fühlte er sich wohler. Er bestellte noch eine Runde und schlug vor, nach Harlem zu fahren, um in *Small's Paradise* zu tanzen. Er sagte, er könne nicht zu Bett gehen, er müsse sich ablenken. Pat Doolittle sagte, sie ginge gern nach Harlem, aber sie habe kein Geld bei sich. »Ich lade euch ein«, sagte Dick. »Ich habe eine volle Brieftasche.«
Sie fuhren los, jedes hatte eine Flasche Whisky mit, die Mädchen in ihren Handtaschen, die Männer in den hinteren Hosentaschen. Reggie und Pat sangen im Taxi die *Feuerspritze*. Dick trank auf der Fahrt eine Menge Whisky, um die anderen einzuholen. Die Treppe ins *Small* hinunterzugehen, war, als tauche man in ein warmes, durchwuchertes Schwimmbassin. Die Luft war dick von dem Moschusduft, den der Puder, die Lippenschminke, die Parfums, die Kleider der Mulattinnen verbreiteten, sie zitterte wie lebendes Fleisch unter den exakt balancierten, zuckenden Rhythmen der Musik. Dick und Pat fingen sogleich eng umschlungen zu tanzen an. Es ging wie geölt. Dick fühlte ihre Lippen an seinem Mund und küßte sie. Sie küßte ihn wieder. Als die Musik aufhörte, taumelten sie ein wenig. Mit betrunkener Würde kehrten sie an ihren Tisch zurück. Als die Musik wieder einsetzte, tanzte Dick mit Jo. Er küßte auch sie. Sie schob ihn ein wenig von sich weg. »Dick, bitte, nicht.« – »Reggie wird nichts dagegen haben. Es bleibt in der Familie...« Sie näherten sich Reggie und Pat, eingezwängt in ein undeutliches Gewirr schaukelnder Paare. Dick ließ Jos Hand los und legte seine Hand auf Reggies Schulter. »Reggie, du hast wohl nichts dagegen, wenn ich deiner künftigen Gattin ein Küßchen gebe.« – »Tun Sie sich keinen Zwang an, Herr Senator«, sagte Reggie mit schwerer Zunge. Pat hatte alle Mühe, ihn auf den Beinen zu halten. Jo warf Dick einen giftigen Blick zu und sah ihn während des ganzen Tanzes nicht mehr an. Sowie sie an den Tisch zurückkehrten, sagte sie zu Reggie, es sei nach zwei und sie müsse nach Hause, sie zum Beispiel habe morgen zu arbeiten.

Als sie allein waren und Dick anfangen wollte, mit Pat zu knutschen, sah sie ihn an und sagte: »O Dick, geh mit mir irgendwohin, wo es ganz ordinär ist... Kein Mensch will mit mir irgendwo hingehen, wo es richtig ordinär ist...« – »Ich sollte meinen, für ein Mädchen aus gutem Haus wäre dieses Lokal ordinär genug.« – »Ach, hier geht es doch gesitteter zu als am Broadway – und ich bin kein Mädchen aus gutem Haus – ich bin eine moderne Frau.« Dick fing zu lachen an. Beide lachten und tranken eins darauf und hatten einander wieder sehr lieb, und Dick fragte sie plötzlich, warum sie denn nicht für immer beisammen bleiben könnten. »Das finde ich gemein von dir«, sagte Pat. »In einem solchen Lokal macht man einer Dame keinen Heiratsantrag. Stell dir vor, wenn man sein ganzes Leben dran denken müßte, daß man sich in Harlem verlobt hat... Ich will das *Leben* kennenlernen.« – »Schön, mein Fräulein, gehen wir! Aber mach mir keine Vorwürfe, wenn es dir zu gemischt wird.« – »Ich bin kein kleines Kind«, sagte Pat ärgerlich. »Ich weiß, daß es nicht der Storch war.«
Dick bezahlte, und sie tranken eine der Flaschen aus. Draußen schneite es. Straßen, Haustorstufen und Bürgersteige glitzerten mit frisch gefallenem Schnee unter dem Licht der Laternen, weiß, unschuldsvoll, still. Dick fragte den schwarzhäutigen Portier mit den weißen Augäpfeln nach einer Spelunke, von der man ihm erzählt hatte, und der Portier gab dem Taxichauffeur die Adresse. Dick begann sich wohl zu fühlen. »Himmel Herrgott, Pat, ist das nicht herrlich!« sagte er immer wieder. »Diese kleinen Kinder vertragen nichts... Wir Erwachsenen, wir vertragen was... Weißt du, Reggie wird mir zu frech, findest du nicht?« Pat hielt seine Hand fest. Ihre Wangen waren gerötet, ihr Gesicht hatte einen gespannten Ausdruck. »Das ist schrecklich aufregend!« sagte sie. Das Taxi hielt vor einer ungestrichenen Kellertür, über der eine einzelne Glühbirne hing, von einer Schneeflockenglorie umgeben.
Es fiel ihnen nicht leicht, reinzukommen. Sie waren die einzigen Weißen. Es war ein Kesselraum, mit simplen Küchentischen und Stühlen möbliert. An den Dampfrohren unter der Decke hingen bunte Papierfähnchen. Eine dicke,

braunhäutige Frau in einem rosa Kleid, mit großen, rollenden, lose in dunklen Höhlen sitzenden Augen und zuckenden Lippen führte sie zu einem Tisch. Pat schien ihr zu gefallen. »Komm nur mal rein, Schatz«, sagte sie. »Wo hast du mein Leben lang gesteckt?«

Der Whisky war zu Ende, deshalb mußten sie Gin trinken. In Dicks Kopf begann sich alles zu drehen. Er konnte nicht von dem Thema Reggie loskommen, daß der kleine Lump ihn geärgert habe. Da hat er ihn ein Jahr lang in der Firma hochgepäppelt, und jetzt fängt er an, ihm frech zu kommen. Der kleine Rotzer.

Die Musik wurde von einem Klavier geliefert, dessen Tasten ein Neger mit schmaler Taille bearbeitete. Dick und Pat tanzten und tanzten, und er wirbelte sie herum, bis die Sealskinbraunen und die Weizengelben johlten und in die Hände klatschten. Dann stolperte Dick und ließ Pat los. Sie drehte sich wie ein Kreisel und landete an einem Tisch, an dem mehrere junge Weiber saßen. Dunkle Köpfe wurden nach hinten gerissen, rosa Lippen verzerrt, Münder aufgesperrt – Goldkronen und Elfenbeinzähne stießen ein brüllendes Gelächter aus.

Pat tanzte mit einer hübschen, hellhäutigen Mulattin in einem gelben Kleid. Dick tanzte mit einem weichhäutigen, braunen Burschen in einem engsitzenden Anzug, der die gleiche Farbe hatte wie sein Teint. Der Bursche flüsterte Dick ins Ohr, er heiße Gloria Swanson. Dick riß sich plötzlich von ihm los, ging zu Pat hin und zerrte sie von dem Mädchen weg. Dann bestellte er eine allgemeine Runde, und die finsteren Mienen wurden wieder durch ein Lächeln abgelöst. Er hatte Mühe, Pat in den Mantel zu helfen. Die dicke Frau war sehr hilfsbereit. »Aber sicher, Schatz«, sagte sie, »du wirst doch nicht die ganze Nacht durchsaufen und dir dein süßes Aussehen ruinieren.« Dick umarmte sie und gab ihr einen Zehndollarschein.

Im Taxi wurde Pat hysterisch, schlug und biß ihn, als er sie festhielt, weil sie versuchte, die Tür aufzureißen und in den Schnee hinauszuspringen. »Du verdirbst alles ... Du denkst immer nur an dich«, schrie sie. »Du hältst nie durch.« – »Aber Pat, wirklich«, sagte er bittend, »ich fand, es war höchste

Zeit, einen Punkt zu machen.« Als das Taxi in der Park Avenue vor dem großen Appartementhaus hielt, in dem sie wohnte, schluchzte sie friedlich an seiner Schulter. Er fuhr mit ihr im Fahrstuhl hoch und küßte sie lange auf dem Flur, bevor sie den Schlüssel ins Schloß stecken durfte. Torkelnd standen sie da, hielten einander fest umschlungen, rieben sich aneinander durch die Kleider hindurch, bis Dick das Surren des herauffahrenden Fahrstuhls hörte, die Tür aufmachte und sie in die Wohnung schob.

Als er aus dem Haus kam, stand noch immer das Taxi da und wartete auf ihn. Er hatte vergessen, den Chauffeur zu bezahlen. Er brachte es nicht über sich, nach Hause zu gehen. Er fühlte sich keineswegs betrunken, nur sehr unternehmungslustig, kühl und von einer unschuldsvollen Erregung gepackt. Patricia Doolittle war ihm in tiefster Seele verhaßt. »Dieses Luder!« sagte er mehrmals laut vor sich hin. Er überlegte sich, wie es sein würde, wenn er in die Spelunke zurückkehrte, um nachzusehen, was dort los sei, und da wurde er auch schon von der dicken Frau abgeküßt, sie preßte ihn an sich, wackelte mit ihren Brüsten und sagte mein süßer, lieber Junge zu ihm, und er hatte eine Flasche Gin in der Hand und schenkte allen die Gläser voll und tanzte Wange an Wange mit Gloria Swanson, der ihm ins Ohr summte: *Krieg ich's gleich oder muß ich wa – wa – warten...?*

Es war heller Morgen, Dick erklärte laut, man müsse beisammen bleiben, alle müßten zu ihm frühstücken kommen. Die meisten waren verschwunden. Zusammen mit Gloria und einem strammen Negerburschen, den Gloria als seine Freundin Florence vorstellte, stieg er in ein Taxi ein. Es fiel ihm furchtbar schwer, das Schlüsselloch zu finden. Er stolperte und fiel kopfüber in das hellblaue Dämmerlicht, das durch die Spitzengardinen seiner Mutter hereinsickerte. Ein ganz leichter Schlag traf ihn auf den Hinterkopf.

Er wachte ausgezogen in seinem eigenen Bett auf. Es war hellichter Tag. Das Telephon klingelte. Er ließ es klingeln. Er setzte sich auf. Er war etwas wirr im Kopf, aber es war ihm nicht übel. Er griff sich ans Ohr, seine Hand wurde blutig. Es mußte ein mit Sand gefüllter Strumpf gewesen sein. Er stand auf. Seine Knie zitterten, aber er konnte sich aufrecht halten. Sein Kopf begann mörderisch weh zu tun. Er langte nach der Stelle auf dem Nachttisch, wo er seine Uhr hinzulegen pflegte. Keine Uhr. Seine Kleider hingen ordentlich über einem Stuhl. Er fand seine Brieftasche dort, wo sie hingehörte, aber das Geld war verschwunden. Er setzte sich auf die Bettkante. So ein Jubelidiot! Nie, nie, nie wieder sich auf so etwas einlassen. Jetzt kannten sie seinen Namen, seine Adresse, seine Telephonnummer. Erpressung, o du lieber Gott! Wie wird das aussehen, wenn Mama aus Florida zurückkehrt und erfährt, daß ihr Sohn, der fünfzigtausend jährlich verdient, Juniorpartner von J. Ward Moorehouse, von zwei Negerhuren, zwei männlichen Prostituierten, zwei Strichjungen erpreßt wird. Du lieber Gott. Und Pat Doolittle und die Binghammädchen. Sein Leben würde ruiniert sein. Eine Sekunde lang dachte er daran, in die Küche zu gehen und den Gashahn aufzudrehen.

Er riß sich zusammen und nahm ein Bad. Dann zog er sich sorgfältig an, griff nach Mantel und Hut und ging aus. Es war erst neun. Er sah es auf der Uhr im Schaufenster eines Juweliers in der Lexington Avenue. In demselben Schaufenster hing ein Spiegel. Er betrachtete sein Gesicht. Nicht so schlimm, später wird es schlimmer werden, aber er mußte sich rasieren lassen und das verkrustete Blut hinterm Ohr wegmachen.

Er hatte zwar kein Geld, aber sein Scheckbuch. Er ging in ein türkisches Bad in der Nähe des Grand Central. Die Badewärter machten ihre Witze, schöne Schlägerei, auf die er sich eingelassen hatte. Er begann allmählich seine Angst loszuwerden und damit zu prahlen, wie er seinen Widersacher zugerichtet habe. Sie akzeptierten seinen Scheck, und er konnte sich sogar vor dem Frühstück einen kleinen Drink leisten. Als er ins Büro kam, hatte er noch immer heftige Kopfschmerzen, aber er fühlte sich gut in Form. Er durfte die Hände nicht aus den Taschen nehmen, damit Miss Hilles nicht merkte, wie sehr sie zitterten. Zum Glück hatte er an diesem Nachmittag keine Briefe zu unterschreiben.

Ed Griscolm kam herein, setzte sich auf seinen Schreibtisch und unterhielt sich mit ihm über J. W.s Gesundheitszustand und den Binghamauftrag, und Dick behandelte ihn zuckersüß. Ed Griscolm prahlte mit einem Angebot, das Halsey ihm gemacht habe, aber Dick sagte, natürlich könne er ihm keine Ratschläge aufdrängen, aber er persönlich denke nicht daran, sich von hier wegzurühren, besonders jetzt nicht, da die Aussichten glänzender seien denn je, er habe auf der Fahrt nach Washington ein langes Gespräch mit J. W. gehabt. »Ich glaube, Sie haben recht«, sagte Ed. »Ich glaube, es waren mehr die sauren Trauben.« Dick stand auf. »Im Ernst, Ed, lieber Freund, Sie dürfen sich nicht eine Sekunde lang einbilden, daß J. W. Ihre Arbeit nicht schätzt. Er hat sogar von einer eventuellen Gehaltserhöhung gesprochen.« – »Nett von Ihnen, ein gutes Wort für mich einzulegen«, sagte Ed, und sie drückten einander warm die Hand.

Als Ed wegging, drehte er sich noch einmal um und sagte: »Hören Sie mal, Dick, es wäre gut, wenn Sie den jungen Talbot ordentlich ins Gebet nehmen würden... Ich weiß, Sie sind mit ihm befreundet, deshalb tue ich's nicht gern, aber du lieber Himmel, er hat schon wieder angerufen, daß er mit Grippe im Bett liegt. Das ist in diesem Monat das dritte Mal.« Dick zog die Brauen hoch. »Ich weiß nicht, was ich mit ihm anfangen soll, Ed. Er ist ein netter Kerl, aber wenn er nicht endlich seine Arbeit ernst nehmen will – dann, fürchte ich, müssen wir ihn laufen lassen... Wir können nicht zusehen, wie die Arbeit der Firma leidet, nur weil einer ein netter Saufkumpan ist... Diese jungen Leute trinken ohnedies viel zuviel.«

Nachdem Ed sich entfernt hatte, entdeckte Dick auf seinem Schreibtisch einen großen, lavendelfarbenen Umschlag mit dem Vermerk »Persönlich«. Als er ihn öffnete, schlug ihm ein starker Parfumgeruch entgegen. Es war eine Einladung Myra Binghams, an der Einweihung ihres Ateliers im Central Park South teilzunehmen. Er war noch beim Lesen, da ertönte Miss Hilles' Stimme aus dem Haustelephon. »Mr. Henry B. Furness von der *Furness Corporation* sagt, er müsse sofort mit Mr. Moorehouse sprechen.« – »Verbinden Sie ihn mit mir, Miss Hilles. Ich werde mit ihm sprechen... und, bitte, notieren Sie auf meinem Stundenplan eine private Verabredung... fünfzehnter Januar um fünf Uhr nachmittags, Empfang bei Miss Myra Bingham, Central Park South Nummer sechsunddreißig...«

Weltwochenschau LXVIII

WALL STREET PERPLEX

Das ist nicht die Achtunddreißig, 's ist die olle Siebenundneunzig,
Müssen pünktlich in Center sein

Baisse wird bald überwunden sein

KAUFVOLUMEN SCHRUMPFT

MG-FEUER DER POLIZEI GEGEN STREIKENDE GRUBENARBEITER IN COLORADO

5 TOTE 40 VERWUNDETE

Sympathisierende kamen gerade zurecht, als Tausende von Büroangestellten in der Mittagspause aus den Gebäuden strömten. Als sie ihre Transparente zückten und unermüdlich hin und her zu marschieren begannen, wurden sie nicht nur von den Büroangestellten, sondern auch von den Arbeitern auf einem Neubau verhöhnt und ausgepfiffen...

NEUE VERKAUFSMETHODEN

RETTUNGSMANNSCHAFTEN VERSUCHEN DAS UNGLÜCKSSCHIFF AUFZURICHTEN IN ERWARTUNG DES PONTONS

Er sah sich um, sagt zu dem schwarzöligen Heizer –
Mehr Kohle rin, das wär doch schön –
Wenn wir erst über die White Oak Berge sind,
Wirst die Siebenundneunzig du rollen sehn

Ich finde Ihre Spalte sehr interessant und brauche einen guten Rat. Ich habe viertausend Dollar gespart und möchte sie investieren, um mein Einkommen zu verbessern. Würden Sie mir raten, Aktien zu kaufen?...

POLIZISTENMÖRDER WIRFT STUMMEL WEG WÄHREND ER ZITTERND ZUR HINRICHTUNG GEHT

THEATERAGENTUREN IN DEN WEISSEN SKLAVENHANDEL VERWICKELT

Liebeskranker Anwalt disqualifiziert

Ja, die Rechtssozialisten
Und Opportunisten
Stehlen den Arbeitern den Bissen
Vom Munde weg

Predigen Sozialismus
Und machen Faschismus,
Retten den Kapitalismus
Und wir sind im Dreck

OPPOSITION AUF DEM MOSKAUER KONGRESS AUSGESCHLOSSEN

's ist eine harte Strecke von Lynchburg nach Danville
Und drei Meilen weit geht's bergauf.
Da war das Durchschnittstempo weg –
Hops, ist er gehupft, paß mal auf

BETRIEBSPOLIZEI AUF DER MÖRDERJAGD

Hier haben wir ein abschreckendes Beispiel dafür, wie im entscheidenden Augenblick die bürgerliche Ideologie das Klassenbewußtsein zerstört und einen bisherigen Freund der Arbeiterklasse in einen erbärmlichen Propagandisten des Imperialismus verwandelt...

ROTE STREIKPOSTEN ZU GELDSTRAFEN VERURTEILT

Morgens gehn wir aus dem Hause,
Sagen unsern Kindern Adieu

NOCH NICHT ALLE HOFFNUNG AUFGEGEBEN

Mit neunzig die Stunde fährt er bergab,
Die Pfeife heult und der Kessel glüht.
Man fand ihn unter den Trümmern mit der Hand am Ventil,
Von dem Dampf zu Tode verbrüht

SAALSCHLACHT AUF DER EINHEITSKONFERENZ

Polizei schützt Kommunisten

DIE HANDELSKAMMER DER VEREINIGTEN STAATEN PREDIGT ZUVERSICHT

REALWERTE NICHT BETROFFEN

Wir schuften für die Unternehmer,
Unsre Kinder vor Hunger schrein.
Und kriegen wir dann unsern Lohn,
Dann ist der Lohn zu klein

DER PRÄSIDENT PROPHEZEIT EINE NEUE HOCHKONJUNKTUR

Kein Groschen bleibt für die Kleider,
Kein Groschen fürs Sparschwein

MIT DAMPFWALZEN GEGEN DIE DEMONSTRANTEN

GRUBENARBEITER GEGEN STREIKBRECHER

Aber wir können unsern Kindern nichts kaufen,
Unsere Löhne sind zu klein.
Nun hört mal zu, ihr Proleten,
Ihr Männer und ihr Fraun.
Für die Kinder wollen wir siegen,
Das kann keine Sünde sein

GLOCKENSPIEL IM SINGENDEN TURM

Der Präsident erklärte, wenn man den steigenden Wohlstand der Massen betrachte, müsse man über die Leute lachen, die noch vor kurzer Zeit die Befürchtung äußerten, unser Land würde in die Hände weniger vermögender Einzelpersonen geraten...

JUBELNDE ZUSCHAUERMASSEN

auf einer winzigen Insel, welche wie ein grünes Juwel in dem See liegt, in dem der singende Turm sich spiegelt, nahm heute der Präsident an der Einweihung einer Zufluchtsstätte für Singvögel und des dazugehörigen Glockenspiels teil und erlebte damit die Verwirklichung eines Traumes, den ein kleiner Einwanderer einmal geträumt hat...

Das Kamera-Auge 51

am Ende des Tales im dunklen Gebirge auf dem verfallenen Fußboden einer windschiefen Hütte halb liegend halb sitzend ein Mann
ein altes Weib stützt ihn
zwei junge Mädchen mit runzligen Gesichtern vielleicht sind sie noch jung
Kohlenbrocken flackern auf dem Herd und werfen Lichter in sein Gesicht das weiß ist und schlaff wie Teig . . . schwärzlich der eingesunkene Mund der gestraffte Hals der Bauch riesenhaft von der Verletzung aufgedunsen die er sich bei der Arbeit auf der Grubenhalde geholt hat
das barfüßige Mädchen bringt ihm eine Blechdose voll Wasser das Weib wischt ihm mit einem schmutzigen Baumwollärmel den strömenden Schweiß vom Gesicht . . . die Flammen glitzern in seinen Augen Fieberaugen weit aufgesperrt in den angstvollen Augen der Frauen in den bleichen Gesichtern der Fremdlinge
ohne Hilfe in dem von dunklen Streikbergen umzingelten Tal wird der Mann sterben müssen (mein Vater ist gestorben wir wissen was es heißt einen Menschen sterben sehen) die Frauen werden ihn auf die wacklige Pritsche legen die Grubenkumpels werden ihn begraben
im Gefängnis ist es hell zu heiß die Dampfheizung zischt... wir sprechen durch die grünangestrichenen Gitterstangen mit einem großen weißschnurrbärtigen alten Mann mit lächelnden Kumpels in Hemdsärmeln mit einem jungen Burschen . . . die vom Bergwerk bleichen Gesichter haben bereits die fahle Farbe der Zuchthausgesichter angenommen Fremdlinge was sollen wir den Toten sagen? . . . Fremdlinge was sollen wir den Gefangenen sagen? . . . der Vertreter der politischen Partei redet eifrig durchs Gitter kommt zu uns kommt in unsere Gewerkschaft wir schicken euch Tabak Bonbons Solidarität unsere Anwälte werden Ein-

gaben verfassen unsere Redner werden eure Namen in den Versammlungen verkünden wir werden eure Namen auf die Transparente der Demonstranten schreiben . . . die Männer im Gefängnis zucken die Achseln lächeln matt unsere Augen blicken durch das Gitter in ihre Augen was soll ich sagen? . . . (auf einem anderen Kontinent sah ich die Gesichter durch die vergitterten Kellerfenster hinter den plumpen Stiefeln der Wache blicken sah vor Tagesanbruch die geschundenen Häftlinge zwischen Bajonetten durch die Straßen humpeln . . . hörte die Salve . . . sah in jenen fernen, tieferen Tälern die Toten liegen)
was sollen wir den Gefangenen sagen?

in den Amtsräumen des Gesetzes stehen wir an der Wand das Gesetz ist ein dicker Mann mit zwei zornigen Augen in einem breiten Kürbisgesicht . . . er sitzt da und starrt uns an uns die zudringlichen Fremdlinge . . . durch die Tür gucken die Hilfspolizisten mit ihren Pistolen . . . sie halten an den Gruben Wache . . . sie blockieren die Suppenküchen der Kumpels . . . sie haben die Straße ins Tal gesperrt . . . die bewaffneten Haiducken stehen schußbereit da (sie haben uns zu Fremdlingen gemacht in dem Lande in dem wir geboren sind sie sind das siegreiche Heer das sich unbemerkt ins Land geschmuggelt hat sie haben sich heimlich unserer Berge bemächtigt sie erheben Zoll sie stehen an den Grubenschächten . . . sie stehen an den Wahlurnen . . . sie stehen dabei wenn die Gerichtsvollzieher die Möbel der exmittierten Familie aus der Zinskaserne auf die Straße schleppen sie sind mit dabei wenn die Hypothekenbank den Hof des kleinen Farmers beschlagnahmt sie liegen schußbereit im Hinterhalt um die Streikenden abzuknallen wenn sie hinter ihrer Fahne in die Förderstraße marschieren (wer den Kugeln entrinnt wird eingesperrt)
das Gesetz starrt uns aus zornigen Augen über den Schreibtisch weg an sein Gesicht ist stellenweise gerötet wie der Hals eines Truthahns strotzend von der Macht der Maschinenpistolen der abgesägten Schrotflinten der Tränen- und Brechgasbomben . . . Macht die dich füttern oder verhungern lassen kann –

sitzt gemächlich an seinem Schreibtisch hat den Rücken gedeckt fühlt sich stark fühlt hinter sich den Staatsanwalt den Herrn Richter den Unternehmer den politischen Macher den Grubenchef den Aufsichtsrat den Präsidenten der Kraftwerke den Leiter des Holdingkonzerns
er greift nach dem Telephon
die Hilfspolizisten stehen in der Tür
wir haben ihnen nichts entgegenzusetzen als Worte...

MACHT UND ÜBERMACHT

Als im Jahre achtzehnhundertundachtzig Thomas Edisons Vertreter in London das erste Telephon an die Wand hängte, annoncierte er in der Zeitung nach einem Sekretär und Stenographen. Der beflissene Themsejüngling mit den sprossenden Koteletten, der junge Mann, der sich auf die Anzeige hin meldete,
hatte vor kurzem seine Stellung als Laufbursche verloren. In seiner freien Zeit hatte er Stenographie und Buchführung gelernt, nachts das Diktat des Chefredakteurs der englischen Ausgabe von *Vanity Fair* aufgenommen und für die Tageszeitungen die Parlamentsreden mitgeschrieben. Er stammte von abstinenzlerischen Kleinkrämern ab, rannte bereits mit seinem Dickschädel gegen die harte Kastenwand, welche die Jugend seiner Klasse zu einem Leben in Lüsterröckchen, an Schreibpulten, in Unterwürfigkeit verurteilte. Eine Anstellung bei einer amerikanischen Firma zu ergattern, bedeutete, den Fuß auf die erste Sprosse einer Leiter zu setzen, die ins Blaue führte.
Er tat sein Bestes, um sich unentbehrlich zu machen. Als der Telephondienst eröffnet wurde, durfte er die erste halbe Stunde den Schaltschrank bedienen. Edison wurde auf seine öffentlichen Berichte über die Entwicklung der englischen Elektrizitätsindustrie aufmerksam, ließ ihn kommen
und machte ihn zu seinem Privatsekretär.
Samuel Insull landete an einem rauhen Märztag des Jahres einundachtzig in Amerika. Er wurde sogleich nach Menlo Park geführt, man zeigte ihm die verschiedenen Laboratorien, die Reihen der elektrischen Glühbirnen, die in Abständen das beschneite Grundstück beleuchteten und sämtlich von der ersten Kraftzentrale der Welt gespeist wurden. Edison gab ihm sofort etwas zu tun, und er wurde nicht vor Mitternacht fertig. Am nächsten Morgen erschien er um sechs zur Arbeit. Edison wollte von solchen Dummheiten

wie geregelter Arbeitszeit und Urlaub nichts wissen. Von diesem Augenblick an arbeitete Insull ohne Pause bis zu seinem siebzigsten Jahr. Keine solche Dummheiten wie geregelte Arbeitszeit und Urlaub. Durch die elektrische Kraft wurde aus der Leiter ein Fahrstuhl.
Der junge Insull machte sich Edison unentbehrlich und kümmerte sich mehr und mehr um Edisons geschäftliche Angelegenheiten. Er war unermüdlich, rücksichtslos und, wie Edison zu sagen pflegte, zuverlässig wie die Gezeiten, und fest entschlossen, Karriere zu machen.

Im Jahre zweiundneunzig überredete er Edison, ihn nach Chicago zu schicken und ihm die Leitung der *Chicago Edison Company* zu übertragen. Jetzt war er sein eigener Herr. *Mein technisches Interesse*, sagte er einmal in einer Rede, als er bereits der Zar Chicagos war und sich den Luxus leisten durfte, frei von der Leber weg zu reden, *hat sich stets auf die Technik beschränkt, möglichst viel aus jedem Dollar herauszuholen.*
Er war ein steif arroganter, rotbackiger Herr mit kurzgestutztem Schnurrbart. Er wohnte am Lake Shore Drive und erschien jeden Morgen um viertel acht im Büro. Er brauchte fünfzehn Jahre, um die fünf Elektrizitätskonzerne zu der *Commonwealth Edison Company* zu verschmelzen. *Schon sehr früh machte ich die Entdeckung, daß es hier wie bei allen sonstigen öffentlichen Versorgungsbetrieben das wichtigste sei, ein Monopol zu haben.*
Als er seine Macht auf dem Gebiete der Kraftversorgung befestigt hatte, riß er die Leuchtgasversorgung an sich und dehnte sein Bereich auf die benachbarten Städte im nördlichen Illinois aus. Wenn ihm Politiker in die Quere kamen, bestach er sie, wenn ihm Arbeiterführer in die Quere kamen, bestach er sie. Unglaublich wuchs seine Macht heran. Er verachtete die Banken; die Rechtsanwälte waren seine gedungenen Handlanger. Seinen eigenen Anwalt machte er zum Konsulenten des Konzerns, und durch ihn regierte er Chicago. Als er zu seinem Erstaunen entdeckte, daß es in Chicago Leute gab, die sich nicht bestechen ließen (sogar zwei junge Rechtsanwälte, Richberg und Ickes), hielt er es für ratsam, dem Publikum etwas vorzumachen –

Big Bill Thompson, der große Bauherr:
Einen Nasenstüber für King George –
die Jagd nach dem Baumläuferfisch –
die Oper von Chicago.
Es war zu einfach. Die Öffentlichkeit hatte Geld, jede Minute kam einer zur Welt, mit der Gründung von *Middlewest Utilities* im Jahre neunzehnhundertundzwölf begann Insull, die Gelder der Öffentlichkeit für die Erweiterung seines Herrschaftsbereiches zu verwenden. Seine Konzerne hielten öffentliche Aktionärsversammlungen ab, sie propagierten den Dienst am Publikum, der kleine Geldgeber konnte den ganzen Tag dasitzen und sich die Reden der großen Herren anhören. Es macht Spaß, sich hineinlegen zu lassen. Betriebsgewerkschaften hypnotisierten seine Angestellten. Jeder mußte Aktien kaufen, jeder mußte losziehen und Aktien verkaufen, die Laufburschen, die Monteure, die Straßenbahnschaffner. Sogar Owen D. Young zitterte vor ihm. *Meiner Erfahrung nach ist der beste Ansporn zu gesteigerter Arbeitsleistung eine lange Schlange von Wartenden vor dem Fabriktor.*

Der Krieg stopfte den Fortschrittlern den Mund (keine Dummheiten mehr, Schluß mit dem Kampf gegen die Trusts und Monopole, dummes Gerede vom öffentlichen Wohl) und führte Samuel Insull auf den Gipfel der Macht.
Er leitete den Verteidigungsausschuß des Staates Illinois. *Jetzt*, sagte er entzückt, *kann ich machen, was ich will.* Hand in Hand damit kam die ständige Publicity, der Purpurgeschmack des Zarentums. Wenn jemandem nicht paßte, was Samuel Insull tat, war er ein Landesverräter. Chicago hielt gehorsamst den Mund.
Insulls Konzerne wuchsen und verschmolzen miteinander, schalteten ihre Konkurrenten aus, bis Samuel Insull und sein Bruder Martin, der als stiller Teilhaber fungierte, durch das Hebelwerk der Holdinggesellschaften, Aufsichtsräte und Aktienminoritäten
Licht und Kraft, Kohlenbergwerke und Transportgesellschaften
in Illinois, in Michigan, in den beiden Dakotas, in Nebraska,

Arkansas, Oklahoma, Missouri, Maine, Kansas, Wisconsin, Virginia, Ohio, North Carolina, Indiana, New York, New Jersey, Texas, in Kanada, in Louisiana, in Georgia, in Florida und in Alabama beherrschte.
(Man hat berechnet, daß ein Dollar in *Middlewest Utilities* siebzehnhundertundfünfzig von der Öffentlichkeit in Tochtergesellschaften, welche den Strom produzierten, investierte Dollars kontrollierte. Mit Hilfe eines Stimmaktientrusts, der die Majorität der beiden größten Holdinggesellschaften beherrschte, kontrollierte er ein Zwölftel der Krafterzeugung von ganz Amerika.)
Samuel Insull begann sich einzubilden, das alles gehöre ihm, genauso wie einem Menschen die Geldscheine gehören, die er in der hinteren Hosentasche stecken hat.
Stets hatte er die Banken verachtet. Er besaß etliche Stück in Chicago. Aber die New Yorker Banken lagen auf der Lauer, sie betrachteten ihn als einen Gauner, setzten Gerüchte in Umlauf, seine finanziellen Grundlagen seien morsch. Es juckte sie in den Fingern, den Hebel in die Hand zu bekommen, der so geschickt und reibungslos diese gewaltige Macht über anderer Menschen Leben dirigierte – diese ÜBERMACHT, wie Insull sie gern zu bezeichnen pflegte.

Ein gewisser Cyrus S. Eaton aus Cleveland, ein ehemaliger Baptistenpfarrer, war der David, der diesen Goliath zur Strecke brachte. Ob es zutraf oder nicht, es gelang ihm, Insull einzureden, Wall Street stehe hinter ihm.
Er begann Aktien der drei Konzerne in Chicago aufzukaufen. Insull, in panischer Angst, er könnte die Kontrolle verlieren, fing seinerseits zu kaufen an. Schließlich ließ Seine Hochwürden sich auskaufen und knöpfte dem alten Herrn einen Profit von zwanzig Millionen Dollar ab.
Der Börsenkrach.
Die Papierkurse fielen. Insulls Gesellschaften waren zu einem Knäuel verstrickt, den kein Buchhalter je hatte entwirren können.
Das Gas wich aus dem durchlöcherten Ballon. Insull verleugnete seinen Cäsarenstolz und kam auf allen vieren zu den Banken gekrochen.

Nun hatten sie ihn dort, wo sie ihn haben wollten. Um das Gesicht des wackelnden Zaren zu wahren, machten sie ihn zum Konkursverwalter seiner eigenen Konzerne. Aber der alte Mann konnte sich die Illusion nicht aus dem Kopfe schlagen, daß das ganze Geld sein Eigentum sei. Als sich herausstellte, daß er die Gelder der Aktionäre benützte, um die Maklerschulden seines Bruders abzuzahlen, wurde das sogar einem Bundesrichter zu dick. Insull mußte zurücktreten.

Er gehörte fünfundachtzig Aufsichtsräten an, war in fünfundsechzig Aufsichtsräten Vorsitzender, in elf Aufsichtsräten Präsident: Er brauchte drei Stunden, um sämtliche Rücktrittserklärungen zu unterschreiben.

Als Belohnung für die Dienste, die er den Monopolinteressen erwiesen hatte, gewährten ihm seine Gesellschaften eine Jahrespension von achtzehntausend Dollar. Aber die Öffentlichkeit forderte ein gerichtliches Eingreifen. Als er keine Gelder mehr zu verteilen hatte, kehrten sich die Zeitungen und Politiker gegen ihn. Ein Aufruhr gegen die Geldspekulanten lag in der Luft. Samuel Insull roch Lunte und entwischte mit seiner Frau nach Kanada.

Ein Auslieferungsbegehren. Er flüchtete nach Paris. Als die Behörden ihm auch dort auf den Pelz zu rücken begannen, schlich er nach Italien davon, flog nach Tirana, dann nach Saloniki und fuhr mit der Bahn nach Athen. Dort verkroch sich der alte Fuchs. In Athen war der Geruch des Geldes noch genauso lieblich wie ehemals in der guten alten Chicagozeit.

Der amerikanische Gesandte versuchte, seine Auslieferung durchzusetzen. Insull engagierte einen Chorus hellenischer Advokaten und Politikaster und saß Kaffee trinkend in der Halle des *Grande Bretagne*, während sie darangingen, den Gesandten in ein Netz schikanöser Rechtsverdrehungen zu verstricken, die genauso kompliziert waren wie die Buchführung seiner Holdinggesellschaften. Die Nachfahren Demosthenes' waren begeistert. Das angestammte Jucken in so mancher hellenischen Handfläche wurde vorübergehend beseitigt. Samuel Insull ließ sich gemütlich in Athen nieder, erfreute sich an dem Anblick des Parthenon, sah die Ziegen auf den penetelischen Hängen weiden, besuchte den Areopag, bewunderte Marmorfragmente, die dem Phidias zugeschrieben werden, unterhielt sich mit den dortigen Bankiers über die Reorganisierung der öffentlichen Versorgungsbetriebe Griechenlands, setzte sich angeblich für die mazedonische Braunkohle ein. Er war der Liebling der athenischen Gesellschaft. Madame Kouryoumdjouglou, die lebhafte Frau eines Dattellieferanten aus Bagdad, widmete sich seinem Wohlbefinden. Als das erste Auslieferungsbegehren abgelehnt wurde, erklärte der alte Herr vor Gericht, sich aus der Umarmung seiner vier Anwälte befreiend: *Griechenland ist ein kleines, aber großes Land.*

Das Idyll wurde sehr gestört, als die Regierung Roosevelts das griechische Außenamt unter Druck zu setzen begann. Die Verwaltungsjuristen in Chicago begannen Wagenladungen von Beweismaterial zu sammeln und immer drastischere Anklagepunkte zu formulieren.

Schließlich, nach vielen Aufschüben (er hatte nicht nur Anwälte, sondern auch Ärzte engagiert, die bei allen Göttern beteuerten, daß es sein Tod sein würde, wenn er das freundliche Klima der attischen Ebenen verlassen müßte),
wurde er aufgefordert, als unerwünschter Ausländer Griechenland zu verlassen – zur großen Empörung der guten Balkangesellschaft und der Madame Kouryoumdjouglou.

Er charterte die *Maiotis*, einen kleinen und verrotteten griechischen Frachter, und versetzte die Nachrichtenagenturen in Panik, indem er mit unbekanntem Bestimmungsort verschwand.

Es gingen Gerüchte um, der neue Odysseus sei nach Aden unterwegs, nach den Südseeinseln – man habe ihn nach Persien eingeladen. Nach einigen Tagen tauchte er ziemlich seekrank im Bosporus auf, es hieß, er wolle nach Rumänien, Madame Kouryoumdjouglou habe ihm geraten, sich unter den Schutz ihrer Freundin La Lupescu zu stellen.

Auf Verlangen des amerikanischen Gesandten holten ihn die Türken mit größtem Vergnügen von Bord des griechischen Frachters und steckten ihn in ein nicht allzu behagliches Gefängnis. Wieder waren aus England geheimnisvolle Gelder herbeigeweht, der heilende Balsam begann zu

fließen, Anwälte wurden engagiert, Dolmetscher argumentierten, Ärzte stellten ihre Diagnosen,
aber Ankara ließ sich nichts dreinreden,
Insull wurde nach Smyrna gebracht und dem Stellvertreter des Bundesanwalts übergeben, der den weiten Weg zurückgelegt hatte, um ihn festzunehmen.
Die Türken erlaubten nicht einmal der Madame Kouryoumdjouglou, die auf dem Heimweg aus Rumänien war, wo sie entsprechende Arrangements getroffen hatte, an Land zu gehen und mit ihm zu sprechen. In einem Handgemenge mit den Beamten an Deck des Dampfers wurde die arme Dame über Bord geschubst
und mit Mühe und Not aus dem Bosporus aufgefischt.
Als der alte Mann nun endlich keinen Ausweg mehr sah, ließ er sich friedlich und zahm auf der *Exilona* in die Heimat schaffen, begann seine Memoiren zu schreiben, machte sich bei seinen Mitreisenden beliebt, wurde in Sandy Hook vom Schiff heruntergeholt und eiligst nach Chicago befördert, um sich dort vor Gericht zu verantworten.
In Chicago ließen ihn die Behörden aus reiner Bosheit zwei Nächte lang im Gefängnis brummen. Menschen, die er nie in seinem Leben gekannt hatte – so berichteten die Zeitungen –, meldeten sich, um die Bürgschaft von zweihundertundfünfzigtausend Dollar zu leisten. Er wurde in ein Krankenhaus gebracht, dem er selber Geld gespendet hatte. Solidarität. Die Wirtschaftsführer Chicagos ließen sich an seinem Bett photographieren. Auch Henry Ford besuchte ihn.
Der Prozeß war ein prächtiges Schauspiel, der öffentliche Ankläger verirrte sich in ein Labyrinth finanzieller Formalitäten. Der Richter war nicht unfreundlich eingestellt. Die Insulls spielten alle an die Wand.
Sie waren einfache Menschen, sie lächelten den Pressevertretern zu, sie fuhren mit dem Bus zur Verhandlung. Freilich mochten viele Aktionäre ihr Geld verloren haben, aber auch die Insulls, wie sie überall betonen ließen, hatten draufgezahlt. Der Kapitän war mit seinem Schiff untergegangen.
Der alte Samuel Insull hielt auf dem Zeugenstand eine liebenswürdige Rede, erzählte seine Lebensgeschichte: Vom

Laufjungen zum Kraftwerkmagnaten – seinen Kampf, sich durchzusetzen – die Liebe zum Heim und zu den Kindern. Er leugnete nicht, daß er Fehler begangen habe, wer hat keine Fehler begangen, aber es seien ehrlich gemeinte Fehler gewesen. Samuel Insull weinte. Bruder Martin weinte. Die Anwälte weinten. Mit vor Erregung stockender Stimme schilderten prominente Vertreter der Geschäftswelt als Zeugen, was Insull alles für das Wirtschaftsleben Chicagos getan habe. Auf der Geschworenenbank blieb kein Auge trocken. Als Samuel Insull schließlich durch den öffentlichen Ankläger in die Enge getrieben wurde, blubberte er los, ja, er habe sich bei der Abrechnung um etwa zehn Millionen Dollar geirrt, aber das sei ein ehrlich gemeinter Irrtum gewesen.

Urteilsspruch: Unschuldig.

Unter Tränen lächelnd und von der Menge bejubelt, gingen die Insulls zu ihrer Limousine. Tausende zugrunde gerichteter Aktionäre, welche die Ersparnisse ihres Lebens eingebüßt hatten – zumindest stand es so in der Presse –, lasen zu Hause ihre Zeitung und weinten bei dem Gedanken an die Leiden, die Mr. Insull hatte durchmachen müssen. Die Banken waren zufrieden, sie hatten das Geld eingesteckt.

Im Geruche der Heiligkeit genießt der entthronte Monarch, der Übermachtmensch, der Laufjunge, der sich durchgesetzt hat, seine letzten Lebensjahre und verzehrt die Pension von einundzwanzigtausend Dollar im Jahr, welche die Direktoren seiner früheren Konzerne ihm pflichtschuldigst bewilligt haben. *Nach fünfundzwanzigjähriger Tätigkeit*, sagte er, *habe ich meine Stellung verloren.*

MARY FRENCH

Mary French mußte lange im Büro bleiben und kam erst in den Saal, als die Versammlung beinahe aus war. Es gab keinen Sitzplatz, sie blieb hinten stehen. Es standen so viele Menschen vor ihr, daß sie Don nicht sehen konnte, sie hörte nur seine tönende, schroffe Stimme und fühlte, sooft er eine Pause machte, die gespannte Aufmerksamkeit der Zuhörer. Als dröhnender Beifall seine letzten Worte begrüßte und der Saal sich plötzlich mit Stimmen, Getrampel und Füßescharren zu füllen begann, lief sie auf die Straße hinaus und zum Hintereingang. Don kam soeben aus der schwarzen Eisenblechtür, begegnete zwei Delegierten der Grubenkumpels und sagte über die Schulter etwas zu ihnen. Er blieb einen Augenblick stehen und hielt ihnen mit seinem langen Arm die Türe auf. Auf seinen geröteten Wangen lag jenes Lächeln, in seinen Augen jener Glanz, die so oft dort zu sehen waren, wenn er eine Rede gehalten hatte; er sah, sagte sich Mary, wie ein Mann aus, der soeben mit seiner Liebsten beisammen gewesen ist. Es dauerte eine Weile, bevor Don sie in der Gruppe entdeckte, die sich um ihn in dem Gäßchen gesammelt hatte. Ohne sie anzusehen, schleppte er sie mit den Männern mit, mit denen er sich unterhielt, und ging schnellen Schrittes bis zur Straßenecke. Man blickte ihnen nach, während sie die Menge der Kürschner und Konfektionsarbeiter hinter sich ließen, die das Trottoir vor dem Eingang zu dem Saal bedeckte. Mary freute sich über den warmen, besitzstolzen Ausdruck in den Augen der Arbeiter, deren Blicke Don Stevens die Straße entlang folgten.

Erst als sie in einer kleinen Imbißstube unter der Hochbahn saßen, wandte er sich zu Mary und drückte ihr die Hand. »Müde?« Sie nickte. »Du nicht, Don?« Er lachte und sagte gedehnt: »Nein, ich bin nicht müde, nur hungrig.«

»Genossin French, ich dachte, wir hätten Sie beauftragt,

dafür zu sorgen, daß Genosse Stevens regelmäßig ißt«, sagte Rudy Goldfarb. Seine Zähne blitzten in dem dunklen levantinischen Gesicht.

»Wenn er eine Rede halten soll, will er vorher nichts essen«, sagte Mary.

»Ich hole es hinterher nach«, sagte Don. »Hör zu, Mary, hoffentlich hast du etwas Geld bei dir. Ich glaube, ich habe keinen Groschen in der Tasche.« Mary nickte lächelnd. »Mama hat wieder was geschickt«, flüsterte sie.

»Geld!« warf Steve Mestrovich ein. »Wir brauchen Geld, sonst sind wir verratzt.« – »Heute fährt das Auto los«, sagte Mary. »Deshalb bin ich so spät in die Versammlung gekommen.« Mestrovich fuhr sich mit der schmutzigen Faust über das aschgraue Gesicht. Seine scharf nach oben gestülpte Nase war mit schwärzlichen Poren besät. »Wenn ihn nicht die Kosaken schnappen.«

»Eddy Spellman ist gerissen. Er schlängelt sich durch wie ein Schatten. Ich weiß nicht, wie er es anstellt.«

»Ihr wißt nicht, was diese Kleider für die Frauen und Kinder bedeuten und... hören Sie zu, Miss French, legen Sie nichts weg, weil es zu zerrissen ist. Nichts kann so zerrissen sein wie die Lumpen, in denen unsere Kinder herumlaufen.«

»Eddy nimmt fünf Kisten Kondensmilch mit. Sobald er zurückkommt, gibt es eine neue Ladung.«

»Mary«, sagte Don plötzlich, von seinem Suppenteller aufblickend, »sollten wir nicht Sylvia anrufen? Ich habe vergessen zu fragen, wieviel gesammelt worden ist.« – Der junge Goldfarb stand auf. »Ich werde anrufen. Sie sehen müde aus, Genossin French... Hat jemand einen Nickel?«

»Hier – ich habe einen Nickel«, sagte Mestrovich. Er warf den Kopf zurück und lachte. »Urkomisch – ein Kumpel mit einem Nickel in der Tasche. Bei uns läßt Kumpel Nickel einrahmen, schickt ihn in Mister Carnegie Museum – große Seltenheit...« Laut lachend erhob er sich und setzte seine Kumpelmütze mit dem langen Schirm auf. »Gute Nacht, Genossen, ich muß nach Brooklyn wandern. Hilfskomitee um neun – stimmt's, Miss French?« Als er schweren Schrittes mit seinen schwarzen Stiefeln aus dem Lokal stapfte, klirrten die Zuckerdosen auf dem Tisch. »O mein Gott«, sagte Mary, und plötzlich traten ihr die Tränen in die Augen. »Das war sein letzter Nickel.«

Goldfarb kehrte zurück und berichtete, die Einsammlung sei nicht sehr ergiebig gewesen. Neunundachtzig Dollar und einige Zusagen. »Ihr wißt – Weihnachten naht heran. Zu Weihnachten sind sie alle pleite.« – »Henderson hat eine erbärmliche Rede gehalten«, brummte Don. »Er wird von Tag zu Tag ein schlimmerer Sozialfaschist.«

Mary saß da und fühlte die Müdigkeit in allen Knochen. Sie wartete, bis Don soweit sein würde, aufzubrechen. Sie war zu schläfrig, um dem Gespräch folgen zu können, aber ab und zu schlugen ihr Worte wie Zentralkomitee, Ausschlüsse, Opposition, Splitter ans Ohr. Dann klopfte Don ihr auf die Schulter, sie wachte auf und ging an seiner Seite durch die finsteren Straßen. »Es ist sonderbar, Don«, sagte sie, »immer wenn ihr von der Parteidisziplin sprecht, schlafe ich ein. Wahrscheinlich, weil ich nichts davon hören will.« – »Es hat keinen Zweck, sentimental zu sein«, sagte Don heftig. – »Ist es denn sentimental, wenn einem die Bergarbeitergewerkschaft mehr am Herzen liegt?« sagte sie und war plötzlich wieder hellwach. – »Ja, ja, der Meinung sind wir alle, aber wir müssen uns an die Parteilinie halten. Viele – zum Beispiel Goldfarb – und auch Ben Compton – halten die Partei für einen Diskussionsklub. Wenn sie sich nicht in acht nehmen, werden sie rausfliegen... Paß mal auf!«

Nachdem sie die fünf Treppen zu ihrer schmutzigen kleinen Wohnung hinaufgestolpert waren – Mary hatte schon seit langem Gardinen aufhängen wollen, aber nie Zeit dazu gehabt –, klappte Don plötzlich vor Übermüdung zusammen, er warf sich auf die Couch und schlief ein, ohne sich auszuziehen. Mary versuchte ihn wachzurütteln, aber sie mußte es aufgeben. Sie knöpfte ihm die Schnürsenkel auf, deckte ihn mit einer Decke zu, kroch ins Bett und versuchte zu schlafen.

Sie starrte mit wachen Augen vor sich hin, zählte Hosen, zerrissene Wolleibchen, alte Militärhemden mit abgeschnittenen Ärmeln, durchlöcherte Socken in ungleichen Paaren.

Sie sah die knochigen Kinder vor sich, mit den aufgedunsenen Bäuchen, die aus den Lumpen hervorschauen, die hageren Frauen mit ungekämmtem Haar und abgearbeiteten Händen, die jungen Burschen, deren Köpfe unter den Knüppelhieben der Kohlen-und-Eisen-Polizei bluten, das Photo eines von MG-Kugeln hingemähten Grubenarbeiters. Sie stand auf und nahm zwei oder drei Schlucke aus einer Flasche, die sie in dem Badezimmerschränkchen verwahrt hielt. Der Gin brannte ihr in der Kehle. Hustend kehrte sie ins Bett zurück und versank in einen heißen, traumlosen Schlaf.

Gegen Morgen kam Don zu ihr ins Bett gekrochen und weckte sie auf. Er küßte sie. »Mein Schatz, ich habe den Wecker auf sieben gestellt... Laß mich nicht verschlafen. Ich habe eine sehr wichtige Komiteesitzung... Aber sicher!!« Sofort schlief er wieder ein wie ein kleines Kind. Sie lag neben seinem grobknochigen, schlaksigen Körper, lauschte seinen regelmäßigen Atemzügen, fühlte sich froh und geborgen neben ihm im Bett.

Eddy Spellman gelang es abermals, sich mit seinem Lkw durchzuschlängeln, obwohl es um ein Haar schiefgegangen wäre, als die Hilfspolizei ihm bei Greensburg aufzulauern versuchte; er verteilte die Sachen an verschiedene Gewerkschaftsstellen im Pittsburgh-Distrikt. Wenn nicht ein Bekannter, ein Alkoholschmuggler, ihn gewarnt hätte, würden sie ihn geschnappt haben. Derselbe Schmuggler kam ihm zu Hilfe, als er auf der Rückfahrt auf dem steilen Hang, der nach Johnstown hinunterführt, in einer Schneewehe steckenblieb. Lachend erzählte er Mary davon, während er ihr beim Aufladen der neuen Sendung half. »Er wollte mir einige Flaschen schenken... Wissen Sie, er ist ein guter Kerl, Miss Mary... Freilich sehr hart – diese Arbeit macht einen Menschen hart... aber wenn man ihn näher kennt, ist er ein Prachtkerl... ›Nee, mein lieber Ed‹, sag ich zu ihm – er heißt auch Ed – wenn er mir eine Flasche zustecken will, › – ich trinke keinen Tropfen, bevor nicht die Revolution vorbei ist, und dann wird es mir so gut gehen, daß ich den Schnaps nicht mehr brauche.‹« – Mary lachte. »Wir sollten uns alle an Ihnen ein Beispiel nehmen, Eddy. Aber ich fühle

mich manchmal abends so müde und mutlos.« – »Sicher«, sagte Eddy und wurde ernst. »Man wird down, wenn man bedenkt, daß sie alle Waffen und alles Geld haben, und wir haben nischt.«
»Aber etwas müssen Sie haben, Genosse Spellman, bevor Sie wieder losfahren – warme Handschuhe und einen ordentlichen Mantel.«
Sein sommersprossiges Gesicht wurde bis an die Haarwurzeln rot. »Wirklich, Miss French, ich friere nicht. Ehrlich gesagt, der Motor macht die alte Schrottkiste so heiß, daß ich es auch beim kältesten Winter warm habe... Nach der nächsten Fuhre müssen wir eine neue Kupplung einbauen lassen, und das wird mehr Moneten kosten, als wir an der Milch ersparen können... Ich kann Ihnen sagen, diesen Winter sieht es in den Kohlenrevieren schlimm aus.«
»Aber die Bergarbeiter sind so mutige Leute«, sagte Mary.
»Das Schlimme ist, Miss Mary, mit leerem Magen kann man nur eine bestimmte Zeitlang mutig sein.«
An diesem Abend kam Don im Büro vorbei, um Mary zum Essen abzuholen. Er war gut gelaunt und sein hageres Jungensgesicht rosiger als sonst. »Na, Kleine, was würdest du davon halten, nach Pittsburgh zu übersiedeln? Nach dem Plenum werde ich vielleicht eine kleine Organisationstournee nach Pennsylvania und Ohio machen. Mestrovich sagt, man müsse sie dort ein wenig aufpulvern.« Eddy Spellman blickte von dem Kleiderbündel auf, das er soeben zusammenschnürte. »Bestimmt, das dürfen Sie mir glauben, Genosse Stevens!«
Mary lief es kalt über den Rücken. Don mußte die Blässe bemerkt haben, die ihr Gesicht überzog. »Wir riskieren nichts dabei«, sagte er hastig. »Die Grubenkumpels sorgen für uns, habe ich recht, Eddy?« – »Bestimmt. Dort, wo die lokale Gewerkschaft stark ist, seid ihr weniger gefährdet als hier in New York.« – »Na ja«, sagte Mary mit zusammengeschnürter und trockener Kehle, »was sein muß, muß sein.«
»Geht ihr zwei jetzt etwas essen«, sagte Eddy. »Ich mach's allein fertig... Ich werde ohnedies hier pennen. Da erspare ich mir den Preis für ein Nachtlogis... Geben Sie Miss Mary gut zu essen, Genosse Stevens. Wenn die richtigen

Parteimitglieder alle so fleißig wären wie sie, hätten wir – Teufel noch mal, dann hätten wir nächsten Frühling die allerschönste Revolution.«
Lachend gingen sie weg, spazierten durch die Bleeker Street, ließen sich vergnügt an einem Tisch in einem italienischen Restaurant nieder, bestellten das Menü für fünfundsiebzig Cent und eine Flasche Wein. »An Eddy hast du einen warmen Bewunderer«, sagte Don und lächelte ihr über den Tisch hinweg zu.
Zwei Wochen später kam Mary an einem eisigen Winterabend nach Haus, und da war Don dabei, seinen Koffer zu packen. Unwillkürlich schrie sie auf, es fiel ihr immer schwerer, ihre Nerven zu kontrollieren. »O Don, mußt du schon nach Pittsburgh?« – Don schüttelte den Kopf und packte weiter. Als er seinen Rohrkoffer zugeschlossen hatte, ging er zu ihr hin und legte den Arm um ihre Schultern. »Ich muß nach drüben mit – in einer wichtigen Parteisache.«
»O Don, ich möchte so gern mitkommen. Ich bin noch nie in Rußland gewesen... nirgends...« – »Ich bleibe nur einen Monat weg. Wir segeln um Mitternacht... Und, mein Kind, wenn jemand nach mir fragt, ich bin in Pittsburgh, verstanden?« – Mary fing zu weinen an. »Ich werde sagen müssen, daß ich nicht weiß, wo du bist. Ich kann nicht lügen.« – »Mary, mein Kind, es sind doch nur ein paar Tage... Sei jetzt nicht dumm.« – Mary lächelte unter Tränen. »Aber ich bin es – ich bin schrecklich dumm.« Er küßte sie und klopfte ihr sanft auf den Rücken. Dann nahm er seinen Koffer und verließ eilig den Raum, eine große, karierte Mütze tief in die Stirn gedrückt.
Mary ging mit zuckenden Lippen in dem schmalen Zimmer auf und ab und bemühte sich, ihr hysterisches Schluchzen zu unterdrücken. Um eine Beschäftigung zu haben, nahm sie sich vor, die Wohnung herzurichten, damit sie nicht mehr so trist aussähe, wenn Don zurückkehrte. Sie schob die Couch wie eine Fensterbank ans Fenster. Dann stellte sie den Tisch davor und gruppierte die Stühle rund um den Tisch. Sie beschloß, die Möbel weiß zu streichen und puterrote Gardinen zu kaufen.
Am nächsten Morgen war sie gerade dabei, ihren Kaffee aus

einer zersprungenen Tasse ohne Untertasse zu trinken, und fühlte sich bitterlich einsam in der leeren Wohnung, da klingelte das Telephon. Zuerst erkannte sie die Stimme nicht wieder. Sie war verwirrt und stotterte wiederholt: »Wer bitte?« – »Aber Mary«, sagte die Stimme gereizt, »du mußt doch wissen, wer ich bin. Ben Compton – B – E – N... Ben. Ich muß etwas mit dir besprechen. Wo können wir uns treffen? Nicht bei dir.« – Mary bemühte sich, keinen allzu steifen und kühlen Ton anzuschlagen. »Ich muß heute in die Stadt. Ich muß mit einer Dame lunchen, die vielleicht etwas Geld für die streikenden Bergarbeiter spenden wird. Es ist eine gräßliche Zeitvergeudung, aber ich kann es nicht ändern. Wenn ich mir nicht ihre Jeremiaden anhöre, gibt sie uns nicht einen Cent. Wollen wir uns um halb drei vor der Public Library treffen?« – »Sagen wir lieber drin... Es sind heute etwa null Grad. Ich bin eben erst von einer Influenza aufgestanden.«

Mary erkannte ihn kaum wieder, so viel älter war er geworden. Seine Haare, die unordentlich unter der Mütze hervorquollen, waren grau gesprenkelt. Er bückte sich und sah ihr durch seine dicken Gläser streitlustig ins Gesicht. Er gab ihr nicht einmal die Hand. »Damit du es gleich weißt – du wirst es ohnedies bald erfahren, wenn du es noch nicht weißt –, man hat mich aus der Partei ausgeschlossen – als Oppositionellen – als Abweichler... Lauter dummes Zeug. Na ja, es spielt keine Rolle, ich bleibe Revolutionär. Ich werde außerhalb der Partei weiterarbeiten.«

»Das tut mir leid, Ben«, war alles, was ihr einfallen wollte. »Weißt du, ich weiß davon nur, was ich im *Daily* lese. Mir kommt das alles sehr schrecklich vor.« – »Gehen wir! Der Aufseher beginnt uns zu beobachten.« Draußen begann Ben vor Kälte zu zittern. Seine Handgelenke staken rot aus dem zerfransten, grünlichen Mantel hervor, dessen Ärmel für seine langen Arme viel zu kurz waren. »Ja, wo sollen wir denn hin?« sagte Mary.

Schließlich gingen sie in ein im Keller gelegenes Automatenbüfett und unterhielten sich leise bei einer Tasse Kaffee. »Ich wollte nicht zu dir kommen, weil ich Don Stevens nicht begegnen will... Wir sind nie Freunde gewesen, das weißt du... Jetzt hält er zu der Kominterngruppe. Wenn erst mal alle Köpfe weggefegt sind, wird er ins Zentralkomitee avancieren.«

»Aber Ben, man kann anderer Meinung sein und trotzdem – «

»Eine Partei, die aus lauter Jasagern besteht – großartig... Aber Mary, ich mußte dich treffen. Ich fühle mich plötzlich so einsam – so von allem abgeschnitten... Weißt du, wenn wir nicht dumm gewesen wären, hätten wir damals das Kind kommen lassen – wir würden einander immer noch lieb haben... Mary, als ich aus dem Gefängnis kam, warst du sehr lieb zu mir... Sag mal, wo ist deine Freundin Ada, die Musikerin mit der Luxuswohnung?«

»Ach, sie ist genauso verrückt wie immer – läuft mit irgendeinem verrückten Geiger herum.«

»Ich habe Musik immer geliebt... Ich hätte dich festhalten sollen, Mary.«

»Seit damals ist viel Zeit verronnen«, sagte Mary kalt.

»Bist du mit Stevens glücklich?... Ich habe kein Recht, danach zu fragen.«

»Aber Ben, was hat es für einen Zweck, das alles wieder auszugraben?«

»Siehst du, oft denkt man sich als junger Mensch, ich werde alles opfern, und wenn man dann von dieser Seite des Lebens abgeschnitten wird, taugt man nicht mehr soviel wie vorher, verstehst du? Zum erstenmal in meinem Leben bin ich ohne Kontakt. Ich habe mir gedacht, vielleicht könntest du mich in einem der Hilfskomitees unterbringen. Dort ist die Disziplin nicht so streng.«

»Ich glaube kaum, daß man in der Arbeiterhilfe zersetzende Einflüsse dulden wird«, sagte Mary.

»Für dich bin ich also ein zersetzendes Element... Schön, am Ende wird ja doch die Arbeiterklasse zu entscheiden haben, wer von uns recht hat.«

»Sprechen wir nicht mehr darüber, Ben.«

»Ich möchte, daß du dich an Stevens wendest und ihn bittest, bei den entsprechenden Stellen vorzufühlen... Das ist doch nicht zuviel verlangt, wie?«

»Aber Don ist momentan nicht hier.« Ehe sie sich's versah, war es heraus.

Ben sah sie plötzlich scharf an.
»Er ist nicht zufälligerweise mit gewissen anderen Genossen nach Moskau abgereist?«
»Er ist in einem geheimen Parteiauftrag nach Pittsburgh gefahren – und um Gottes willen, sei still! Du hast mich nur aufgesucht, um mich auszuholen.« Mit flammend roten Wangen stand sie auf. »Adieu, Mr. Compton... Sind Sie vielleicht nicht nur ein zersetzendes Element, sondern auch ein Spitzel?«
Ben Comptons Gesicht ging plötzlich entzwei wie das eines Kindes, wenn es im nächsten Augenblick heulen wird. Er starrte sie an und rührte sinnlos mit dem Löffel in der leeren Kaffeetasse um. Sie war bereits auf halbem Wege die Treppe hinauf, da machte sie impulsiv kehrt, blieb eine Sekunde lang stehen und blickte auf sein gebeugtes Haupt hinunter. »Ben«, sagte sie in milderem Ton, »das hätte ich nicht sagen sollen... Ohne Beweise... Ich glaube es nicht.« Ben Compton hielt den Kopf gesenkt. Sie ging die Treppe hinauf, in den schneidenden Wind hinaus, eilte mit den nachmittäglichen Scharen durch die 42. Street und fuhr mit der U-Bahn zum Union Square.
Am letzten Tage des Jahres bekam Mary ein Telegramm von Ada ins Büro. BITTE SETZ DICH MIT DEINER MUTTER IN VERBINDUNG IM PLAZA REIST BALD NACH ÜBERSEE WILL DICH TREFFEN KENNT ADRESSE NICHT WAS SOLL ICH IHR SAGEN. Am Neujahrstag war im Büro nicht viel zu tun. Mary war die einzige, die sich hatte blicken lassen, deshalb rief sie im Laufe des Vormittags im *Plaza* an und fragte nach Mrs. French. Name unbekannt. Dann rief sie Ada an. Ada plapperte drauflos, Marys Mutter habe wieder geheiratet, einen gewissen Richter Blake, einen sehr prominenten Mann, der, bevor er sich zurückzog, als Bundesrichter tätig gewesen war, ein so überaus attraktiver Mann mit einem weißen Vandykebart, und Ada müsse Mary unbedingt treffen, und Mrs. Blake sei so nett zu ihr gewesen, sie hätten sie ins *Plaza* zum Essen eingeladen und sich bei ihr nach Mary erkundigt, und sie habe zugeben müssen, daß sie sie nie zu sehen bekomme, obwohl sie die besten Freundinnen seien, und sie habe gestern Silvester gefeiert und habe

solche Kopfschmerzen, daß sie nicht üben könne, sie habe für heute nachmittag einige reizende Menschen eingeladen, ob Mary nicht auch kommen wolle, die Leute würden ihr sicherlich gefallen...

Mary hätte beinahe abgehängt, so dumm fand sie Adas Geschwätz, aber sie versprach, noch einmal anzurufen, sobald sie sich mit ihrer Mutter getroffen hätte. Es endete damit, daß sie nach Hause ging, ihr bestes Kleid anzog und ins *Plaza* fuhr, um das Ehepaar Blake zu treffen. Sie versuchte einen Frisiersalon ausfindig zu machen, um sich ondulieren zu lassen, weil sie wußte, ihre Mutter würde sofort feststellen, daß sie fürchterlich aussehe, aber am Neujahrstage war alles zu.

Richter Blake und Gemahlin wollten sich gerade zu Tisch setzen in einem großen privaten Ecksalon, dessen Fenster auf die plumpen, beschneiten Parkhügel gingen, kahles Geäst, von dem rasch dahineilenden, schimmernden Verkehrsstrom durchwirkt. Marys Mutter sah nicht um einen Tag gealtert aus, sie war dunkelgrün gekleidet, sie sah wirklich bezaubernd aus, wie sie gemächlich dasaß, ein weißes Spitzenkrägelchen um den Hals, ihre Fingerringe funkelten in dem grauen Winterlicht, das durch die großen Fenster fiel. Der Herr Richter hatte eine weiche, einschmeichelnde Stimme. Er äußerte sich umständlich über die verlorene Tochter und das gemästete Kalb, bis ihre Mutter ihn unterbrach und sagte, sie seien im Begriff, eine Vergnügungsreise nach Europa anzutreten. Beide hätten sie an ein und demselben Tage an der Börse groß verdient, und sie glaubten sich ein wenig Ruhe und Entspannung schuldig zu sein. Sie erzählte außerdem, was für Sorgen sie sich gemacht habe, da sämtliche an Marys frühere Adresse gerichteten Briefe zurückgekommen seien, und daß sie mehrere Male an Ada geschrieben habe, und Ada habe stets geantwortet, Mary befinde sich in Pittsburgh oder in Fall River oder in einem ähnlichen abscheulichen Nest, um dort für die Arbeiterhilfe tätig zu sein, und sie sei der Meinung, Mary sollte endlich einmal aufhören, sich für die Armen und Unglücklichen zu opfern, und sich ein wenig mehr um ihre nächsten Anverwandten kümmern.

»Wie ich höre, sind Sie eine ganz gefährliche junge Dame, Mary, meine Gute«, sagte der Herr Richter heiter und löffelte Selleriecremesuppe in ihren Teller. »Hoffentlich haben Sie keine Bomben mitgebracht.« Beide schienen das für einen großartigen Witz zu halten und kamen aus dem Lachen nicht heraus. »Aber Scherz beiseite«, fuhr er fort, »ich weiß, soziale Rangunterschiede sind etwas Schreckliches und beflecken den guten Namen der amerikanischen Demokratie. Aber wenn wir älter werden, mein Kind, lernen wir, zu leben und leben zu lassen, und daß man das Schlechte ebenso hinnehmen muß wie das Gute.«

»Mary, warum fährst du nicht mit Ada nach drüben und ruhst dich ordentlich aus? Ich werde das Geld für die Reise auftreiben. Ich weiß, es würde dir guttun... Wie du weißt, habe ich deine Freundschaft mit Ada Cohn nie gebilligt. Zu Hause sind wir vielleicht in solchen Dingen ein wenig altmodisch. Hier scheint sie überall akzeptiert zu sein. Sie scheint alle hervorragenden Persönlichkeiten der Musikwelt zu kennen. Freilich kann ich nicht beurteilen, wie weit sie selber eine gute Musikerin ist.«

»Meine liebe Hilda«, sagte der Herr Richter, »Ada Cohn hat ein Herz von Gold. Ich finde sie ganz reizend. Ihr Vater war ein sehr angesehener Rechtsanwalt. Du weißt, wir haben beschlossen, unsere Vorurteile ein wenig beiseite zu legen – nicht wahr, mein Schatz?«

»Der gute Blake will mich erziehen«, sagte Mama mit einem schelmischen Lächeln.

Mary war so nervös, daß sie glaubte, schreien zu müssen. Das schwere, fette Essen, die aalglatte Aufmerksamkeit des Kellners und die väterliche Jovialität Richter Blakes würgten sie im Halse. »Schau, Mama«, sagte sie, »wenn du wirklich ein wenig Geld übrig hast, dann gib mir etwas für unseren Milchfonds. Schließlich sind die Kinder der Bergarbeiter an allem unschuldig.«

»Mein liebes Kind, ich habe bereits dem Roten Kreuz beträchtliche Summen gespendet... Schließlich haben wir auch in Colorado einen Bergarbeiterstreik auf dem Halse, der noch viel schlimmer ist als der in Pennsylvania... Ich war immer der Meinung, liebe Mary, wenn du dich für die

Lage der Arbeiterschaft interessierst, wäre der geeignete Ort für dich deine Heimatstadt Colorado Springs. Um solche Fragen zu studieren, brauchtest du nicht nach dem Osten zu gehen.«

»Auch die Anarchisten haben wieder ihr häßliches Haupt erhoben«, sagte der Herr Richter.

»Ich habe nichts für die Taktik der Anarchisten übrig«, sagte Mary steif.

»Hoffentlich nicht«, sagte Mama.

»Aber Mama, könntest du mir nicht ein paar hundert Dollar zukommen lassen?«

»Damit du sie diesen schrecklichen Agitatoren gibst! Vielleicht sind es keine arbeitsscheuen Anarchisten, aber sie sind genauso schlimm.«

»Ich verspreche dir, daß jeder Cent dafür verwendet wird, Kindermilch anzuschaffen.«

»Aber gerade damit liefert man die Bergarbeiter diesen elendigen russischen Hetzern aus. Natürlich – wenn sie den Kindern Milch verschaffen, machen sie sich beliebt, und dann sind sie in der Lage, die armen, unglücklichen Ausländer noch mehr irrezuführen denn je.« Richter Blake beugte sich über den Tisch und legte seine blaugeäderte Hand mit der weißgestärkten Manschette auf Mamas Hand. »Freilich haben wir Mitleid mit den Frauen und Kindern der Bergarbeiter, freilich wissen wir, was für schreckliche Zustände in der gesamten Grubenindustrie herrschen... Wir kennen sie nur allzugut, nicht wahr, Hilda? Aber...«

Mary merkte plötzlich, daß sie ihre Serviette zusammengefaltet hatte und aufgestanden war. »Ich sehe keinen Grund, dieses Gespräch fortzusetzen, das für dich, Mama, ebenso peinlich sein muß wie für mich.«

»Vielleicht darf ich vermitteln«, sagte der Herr Richter lächelnd und erhob sich, die Serviette in der Hand.

Mary hatte ein desperates Gefühl, als lege sich ein eiserner Ring um ihre Stirn. »Ich muß gehen, Mama... Ich fühle mich heute nicht sehr wohl. Gute Reise... Wir wollen uns nicht zanken.« Bevor sie sie zurückhalten konnten, war sie durch den Flur gelaufen und fuhr mit dem Fahrstuhl nach unten.

Sie war so aufgeregt, daß sie mit jemandem sprechen mußte, deshalb ging sie in eine Telephonzelle und rief Ada an. Adas Stimme war halb von Tränen erstickt, sie sagte, es sei etwas Schreckliches passiert, sie habe ihren Gästen abgesagt, und Mary müsse sofort zu ihr kommen. Noch bevor Ada die Tür ihrer Wohnung in der Madison Avenue öffnete, spürte Mary das *Forêt-Vierge*-Parfum, das Ada sich zugelegt hatte, als sie nach New York kam. Ada hatte einen Morgenrock aus geblümter, grünrosa Seide mit allen möglichen kleinen Troddeln an. Sie fiel Mary um den Hals. Ihre Augen waren rot, und sie schnuffelte beim Sprechen. »Ja, was ist denn los?« fragte Mary kühl. – »Ach, meine Liebe, ich habe mich eben schrecklich mit Hjalmar gezankt. Wir haben uns für immer getrennt... Natürlich mußte ich den Gästen absagen, ich hatte sie nur seinetwegen eingeladen.«

»Wer ist Hjalmar?«

»Ein sehr schöner Mensch... und ein abscheulicher Mensch ... Aber sprechen wir von dir, liebe Mary. Hoffentlich hast du dich mit deiner Mutter und ihrem neuen Mann ausgesöhnt.«

»Ich bin weggelaufen... Was hat es für einen Zweck, mit ihnen zu debattieren. Sie stehen auf der einen Seite der Barrikade, ich auf der anderen.«

Ada erhob sich und ging auf und ab. »Ich kann so etwas nicht hören... Ich finde es gräßlich... Zumindest mußt du was trinken... Ich muß was trinken – ich bin den ganzen Tag so nervös gewesen, daß ich nicht üben konnte.«

Mary blieb den ganzen Nachmittag bei Ada, trank mit ihr Gincocktails und aß Sandwiches und Törtchen, die in der Küche für die Gäste zurechtgemacht worden waren, und sie unterhielten sich über frühere Zeiten und über Adas unglückliche Liebesgeschichte. Ada gab Mary seine sämtlichen Briefe zu lesen, und Mary erklärte ihn für einen Erzidioten, Ada solle sich freuen, ihn los zu sein. Dann weinte Ada, und Mary sagte, sie solle sich schämen, sie wisse nicht, was wirkliches Elend sei. Ada war sehr gefügig, ging an ihren Schreibtisch und füllte mit zitternder Hand einen Hundertdollarscheck für den Milchfonds der streikenden Bergarbeiter aus. Ada ließ aus der Stadtfiliale von *Longchamps* ein Abendessen schicken und erklärte, seit Jahren habe sie keinen so frohen Abend verbracht. Mary mußte ihr versprechen, nächste Woche zu ihrem Konzert im kleinen Saal des *Aeolian* zu kommen. Als Mary wegging, drängte Ada ihr zwei Dollar für ein Taxi auf. Während sie im Flur auf den Fahrstuhl warteten, torkelten sie beide ein wenig. »Wir sind zwei alte Schnapslerinnen geworden«, sagte Ada vergnügt. Es war gut, daß Mary sich entschlossen hatte, ein Taxi zu nehmen; sie merkte, daß es ihr schwerfiel, aufrecht zu stehen.

Diesen Winter wurde die Lage der Grubenarbeiter im Pittsburgh-Distrikt immer schlimmer. Die Entlassungen setzten ein. Familien mit kleinen Kindern hausten in Zelten und verfallenen, ungeheizten Teerpappebaracken. Mary lebte wie in einem Alptraum, schrieb Briefe, vervielfältigte Aufrufe, hielt Reden in den Versammlungen der Konfektions- und Pelzindustriearbeiter, bearbeitete liberal gesinnte reiche Leute. Das Geld, das hereinkam, reichte nie. Sie ließ sich für ihre Arbeit nichts bezahlen und mußte Ada anpumpen, um die Miete bestreiten zu können. Sie wurde dünn und hager und hustete immerzu. Zu viele Zigaretten, sagte sie. Eddy Spellman und Rudy Goldfarb machten sich Sorgen um sie. Sie merkte, daß sie der Meinung waren, sie esse zuwenig, weil sie immer wieder auf ihrem Schreibtisch eine Tüte mit belegten Broten und einen Pappbecher Kaffee vorfand, die sie ihr hingelegt hatten. Einmal brachte ihr Eddy ein großes Paket Streichkäse, den seine Mutter zu Hause bei Scranton zubereitet hatte. Sie konnte ihn nicht essen. Jedesmal hatte sie ein schlechtes Gewissen, wenn sie ihn grünen Schimmel ansetzen sah in dem Eisschrank, der kein Eis enthielt, weil sie das Kochen aufgegeben hatte, seit Don nicht mehr da war.

Eines Abends kam Rudy ins Büro, sein Gesicht war ein einziges Lächeln. Eddy stand wie üblich gebückt da, um die alten Kleider für die nächste Fuhre in Bündel zu packen. Rudy versetzte ihm einen leichten Tritt in den Hintern. »He, du Trotzkist!« sagte Eddy, stürzte sich auf ihn und zog ihm den Schlips aus der Jacke. – »Sag das nicht im Ernst«, rief Rudy und hämmerte auf ihn los. Alle lachten. Mary kam

sich wie eine altjüngferliche Schulmamsell vor, die ihren Schülern zuschaut, wie sie sich vor ihrem Pult herumbalgen. »Ich rufe die Versammelten zur Ordnung!« sagte sie. – »Man hat versucht, mir was anzuhängen, aber es ging nicht«, sagte Rudy keuchend, ordnete den Schlips und das zerzauste Haar. »Aber was ich sagen wollte, Genossin French, ich glaube, es wird Sie interessieren, daß ein bestimmter Genosse morgen mit der *Aquitania* ankommt... Touristenklasse.« – »Rudy, ist das sicher?« – »Habe das Kabel gesehn.« Mary war zu früh am Hafen und mußte zwei Stunden warten. Sie versuchte die Abendblätter zu lesen, aber ihre Augen konnten den Buchstaben nicht folgen. Im Wartesaal war es zu heiß und draußen zu kalt. Sie zappelte kläglich umher, bis sie schließlich die riesenschwarze Eisenwand mit den Reihen erleuchteter Bullaugen an den Luken des Landungspiers vorbeigleiten sah. Ihre Hände und Füße waren eisig. Mit ihrem ganzen Wesen lechzte sie danach, seine Umarmung zu fühlen, seine tiefe, grollende Stimme zu hören. Immerzu aber regte sich in ihr eine dumpfe Angst, weil er seit seiner Abreise nicht ein einziges Mal geschrieben hatte.
Plötzlich kam er allein über das Fallreep herunter, den alten Rohrkoffer in der Hand. Er trug einen neuen deutschen Regenmantel mit Gürtel, aber die alte karierte Mütze. Sie stand Aug' in Aug' vor ihm. Er umarmte sie flüchtig, ohne sie zu küssen. Seine Stimme klang sonderbar. »Hallo, Mary... Ich hatte nicht erwartet, dich hier zu sehen... Du weißt, ich will nicht auffallen.« Sie fand seine Stimme gedämpft, heimlichtuerisch. Nervös nahm er seinen Koffer aus einer Hand in die andere. »Wir sehen uns in einigen Tagen... Ich werde ziemlich viel zu tun haben.« Wortlos machte sie kehrt und lief den Pier entlang, atemlos eilte sie zu der Hochbahnstation in der Ninth Avenue. Als sie ihre Wohnungstür öffnete, war das Puterrot der neuen Gardinen wie ein Peitschenhieb ins Gesicht.
Sie brachte es nicht fertig, ins Büro zurückzukehren. Sie konnte den Gedanken an die Mienen der anderen nicht ertragen, die sie kannten, die sie beide zusammen gekannt hatten. Sie rief an und sagte, sie habe eine schwere Grippe und würde einige Tage im Bett bleiben müssen. Den ganzen

Tag verbrachte sie in dem leeren Jammer ihrer engen Räume. Gegen Abend döste sie auf der Couch ein. Sie erwachte mit einem Ruck, da sie draußen Schritte zu hören glaubte. Es war nicht Don, die Schritte wanderten in die nächste Etage weiter. Von nun an machte sie kein Auge mehr zu.
Am nächsten Morgen klingelte das Telephon, gerade als sie sich im Bett zurechtlegen wollte, um ein wenig zu schlummern. Es war Sylvia Goldstein, sie bedauerte, daß Mary die Grippe habe, und ob sie etwas für sie tun könne. O nein, sie fühle sich nicht schlecht, erwiderte Mary tonlos, sie würde nur den ganzen Tag im Bett bleiben. »Na, ich glaube, du hast es längst gewußt, die Sache mit dem Genossen Stevens und der Genossin Lichtfield... Ihr seid ja immer so eng befreundet gewesen... Sie haben in Moskau geheiratet... Sie ist eine englische Genossin. Sie hat gestern abend in der großen Versammlung in der Bronx gesprochen. Sie hat einen riesigen roten Haarschopf – toll –, aber manche Frauen sind der Meinung, daß sie sich färbt. Die meisten Genossen wußten gar nicht, daß es zwischen dir und Stevens aus war... Ist es nicht traurig, daß solche Dinge in der Bewegung passieren müssen?« – »Ach, das ist so lange her... Adieu, Sylvia«, sagte Mary schroff und legte auf. Sie rief einen bekannten Alkoholschmuggler an und ersuchte ihn, ihr eine Flasche Gin zu schicken.
Am folgenden Nachmittag wurde leicht an die Tür geklopft, und als Mary sie einen Spaltbreit öffnete, stand Ada da, in einen Silberfuchs gehüllt und von einer Wolke *Forêt Vierge* umgeben. »Ach, Mary, mein Schatz, ich habe gewußt, daß etwas los ist... Weißt du, manchmal habe ich einen sechsten Sinn. Als du nicht zu meinem Konzert kamst, war ich zuerst böse, aber dann sagte ich mir, bestimmt ist die Arme krank. Deshalb bin ich gleich in dein Büro gefahren. Dort habe ich einen schönen Mann getroffen, und er mußte mir deine Adresse geben. Er sagte, du hättest Grippe, und da bin ich hergefahren. Warum liegst du nicht im Bett, mein Kind? Wie siehst du denn aus?«
»Es ist nicht weiter schlimm«, murmelte Mary dumpf und strich sich das strähnige Haar aus der Stirn. »Ich habe – mir überlegt – wie man die Hilfsarbeit besser organisieren könnte.«

»Du kommst jetzt sofort zu mir in mein Gästezimmer, ich werde dich pflegen. Ich glaube nicht, daß es Grippe ist – du bist überarbeitet. Wenn du nicht achtgibst, wirst du einen Nervenzusammenbruch bekommen.« Mary konnte kein Wort über die Lippen bringen. Sie schien keinen eigenen Willen mehr zu haben; sie tat alles, was Ada befahl. Als sie in Adas sauberem, nach Lavendel duftendem Gästebett lag, ließen sie etwas Barbital kommen, und davon schlief Mary ein. Mary blieb mehrere Tage bei Ada, aß das Essen, das Adas Mädchen ihr brachte, trank brav alle Drinks, die Ada ihr schickte, hörte sich das ununterbrochene Gefiedel der Geigenübungen an, das den ganzen Vormittag aus dem Nebenzimmer ertönte. Nachts aber konnte sie nicht schlafen, ohne Mittel zu nehmen. Sie schien keinen eigenen Willen mehr zu haben. Sie brauchte eine halbe Stunde, bevor sie sich entschloß, auf die Toilette zu gehen.

Nachdem sie eine Woche bei Ada gelebt hatte, hielt sie es für angebracht, wieder nach Hause zu gehen. Sie wurde ungeduldig, wenn Ada ihre schüchternen Bemerkungen über unglückliche Liebe und gebrochene Herzen und die Schönheit des Verzichts verzapfte, und schnauzte sie an, sowie sie damit loslegte. »Das ist gut«, sagte Ada. »Jetzt fängst du wieder an, gemein zu werden.« Eine Zeitlang hatte Ada des öfteren von einem Manne gesprochen, der seit Jahren nach Mary verrückt sei und sie für sein Leben gern wiedersehen würde. Schließlich gab Mary nach und erklärte sich bereit, zu einer Cocktailparty bei Eveline Johnson mitzukommen; Ada sagte, sie wisse, der Betreffende würde dort sein. »Eveline gibt großartige Gesellschaften. Ich weiß nicht, wie sie es anstellt, da sie nie Geld hat, aber bei ihr versammeln sich die interessantesten Leute von New York. Jedesmal. Auch Radikale, mußt du wissen. Eveline kann ohne ihre kleine Schar von Kommunisten nicht existieren.«

Mary trug eines von Adas Kleidern, das ihr nicht besonders gut paßte, und ließ sich vormittags bei *Sax* ondulieren, wo auch Ada hinzugehen pflegte. Bevor sie aufbrachen, tranken sie bei Ada einige Cocktails. In letzter Minute weigerte sich Mary mitzukommen, weil sie endlich von Ada erfahren hatte, es sei George Barrow, den sie auf der Party treffen würde. Ada flößte Mary noch einen Cocktail ein, und da war ihr mit einem Male alles egal, und sie sagte, schön, gehen wir.

An der Haustür empfing sie ein lächelndes farbiges Mädchen mit elegantem Spitzenhäubchen und dito Schürze und führte sie durch den Flur in ein Schlafzimmer voller Mäntel und Pelze, dort sollten sie ihre Überkleider ablegen. Während Ada sich vor dem Toilettentisch zurechtmachte, flüsterte Mary ihr ins Ohr: »Überlege dir nur, was unser Hilfskomitee mit dem Geld anfangen könnte, das dieses Frauenzimmer für sinnlose Empfänge ausgibt.« – »Aber sie ist reizend«, flüsterte Ada aufgeregt zurück. »Wirklich, sie wird dir gefallen.« Hinter ihnen war die Tür aufgegangen, Stimmenlärm tönte herein, Gelächter, Gläserklirren und dazu die verschiedensten Gerüche, Parfum, Röstbrot, Zigarettenrauch, Gin. »Ach, Ada!« sagte eine tönende Stimme. – »Liebe Eveline, wie reizend Sie aussehen... Das ist Mary French – Sie wissen, ich habe versprochen, sie mitzubringen ... Sie ist meine älteste Freundin.« Mary reichte einer hochgewachsenen, schlanken Frau in einem perlgrauen Kleide die Hand. Ihr Gesicht war sehr blaß, der Mund sehr rot, die großen, schrägen Augen waren durch Tusche betont. »Das ist nett, daß Sie gekommen sind«, sagte Eveline Johnson und setzte sich unvermittelt zwischen den Pelzen und Mänteln aufs Bett. – »Hier scheint es lustig herzugehen«, rief Ada aus. »Ich hasse solche Veranstaltungen«, sagte Eveline Johnson. »Ich weiß nicht, warum ich mich immer wieder darauf einlasse... Na schön, jetzt muß ich zu der Menagerie zurück... Ach, Ada, ich bin so müde.«

Mary sah die harten, desperaten Falten unter der Schminke rund um Mrs. Johnsons Mund und die gespannte Straffheit der Halssehnen. Ihr dummes Leben macht sich bemerkbar, dachte sie bei sich.

»Was ist denn mit dem Stück?« fragte Ada. »Ich war so aufgeregt, als ich davon hörte.«

»Oh, das ist schon eine alte Geschichte«, sagte Eveline Johnson scharf. »Ich beschäftige mich mit einem Plan, das Ballett herüberzuholen – etwas Amerikanisches daraus zu machen... Ich werde Ihnen mal davon erzählen.« – »Sagen Sie, Eveline, ist der Filmstar gekommen?« fragte Ada kichernd.

»Ja, ja, diese Herrschaften kommen pünktlich.« Eveline Johnson seufzte. »Sie ist sehr schön. Sie müssen sie kennenlernen.«
»Natürlich kommt jeder Mensch gern zu Ihren Gesellschaften, Eveline.«
»Ich wüßte nicht, warum... Ich finde sie alle furchtbar langweilig.« Eveline Johnson führte sie durch eine Schiebetür in einen hohen, matt erhellten und von Zigarettenrauch verdunkelten Raum, wo sie sogleich von einem wirren Gedränge gutgekleideter Menschen verschluckt wurden, welche plauderten, Grimassen schnitten und über ihren Cocktailgläsern mit den Köpfen wackelten. Nirgendwo konnte man richtig stehen, Mary setzte sich auf das eine Ende einer Couch neben ein kleines Marmortischchen. Die übrigen Leute auf der Couch unterhielten sich miteinander und beachteten sie nicht. Ada und ihre Gastgeberin waren hinter einer Mauer von Smokings und Abendkleidern verschwunden.
Mary hatte Zeit, eine ganze Zigarette zu rauchen, bevor Ada mit George Barrow zurückkehrte. Sein mageres Gesicht war gerötet, sein Adamsapfel ragte weiter denn je aus dem Kragen hervor. In jeder Hand hielt er ein Cocktailglas. »Schau, schau, schau, die kleine Mary French, nach so vielen Jahren...« sagte er mit einer gewissen forcierten Jovialität. »Wenn du wüßtest, wie schwer es war, diese beiden Gläschen durch das Gedränge zu lotsen.«
»Abend, George«, sagte Mary in gleichgültigem Ton. Sie nahm das Glas, das er ihr reichte, und leerte es auf einen Zug. Da es nicht das erste war, wurde ihr ein wenig schwindlig. George und Ada brachten es fertig, sich rechts und links von Mary auf die Couch zu zwängen. »Ich möchte wissen, wie es mit dem Kohlenstreik steht«, sagte George und runzelte die Brauen. »Schade, daß die rebellischen Lokalverbände einen Zeitpunkt gewählt haben, da ein Streik den Unternehmern gelegen kommen mußte.« – Mary wurde wütend. »Genau diese Bemerkung habe ich von deinesgleichen erwartet. Wenn man immer auf einen günstigen Augenblick warten wollte, würde es nie zum Streik kommen... Für die Arbeiter gibt es keine günstigen Augenblicke.«

»Was sind meinesgleichen für Menschen?« sagte George. Mary hielt seine Bescheidenheit für gespielt. »Das habe ich mich selber oft gefragt.« – »Ach, ich will nicht diskutieren. Ich habe die Diskussionen satt... Hol mir noch einen Cocktail, George.«
Gehorsam stand er auf und begann sich einen Weg durch die Menschenmenge zu bahnen. »Mary, zank dich nicht mit dem armen George... Er ist so nett... Weißt du, Margo Dowling ist wirklich erschienen – mit ihrem Mann und mit Rodney Cathcart. Die drei sind unzertrennlich. Sie sind nach der Riviera unterwegs«, sagte ihr Ada mit lautem Bühnengeflüster ins Ohr. – »Ich kann die Filmstars schon auf der Leinwand nicht ausstehen«, sagte Mary. »Ich will sie nicht auch noch im wirklichen Leben sehen.«
Ada war verschwunden. George kehrte mit zwei frischen Cocktails und einem Teller kaltem Lachs mit Gurke zurück. Mary wollte nichts essen. »Solltest du nicht lieber was essen, wenn du soviel trinkst?« – Sie schüttelte den Kopf. – »Na, dann esse ich es auf... Weißt du, Mary«, fuhr er fort, »in der letzten Zeit frage ich mich oft, ob ich nicht glücklicher geworden wäre, wenn ich mein ganzes Leben als Eilbote in Chicago verbracht, mich mit einem netten Arbeitermädchen verheiratet und mir eine Schar Kinder angeschafft hätte... Ja, sogar wenn ich Geschäftsmann geworden wäre, würde ich heute glücklicher sein – und reicher...« – »Na, es scheint dir nicht gerade schlecht zu gehen«, sagte Mary. – »Du weißt, es schmerzt mich, wenn ihr Kommunisten mich als Betrüger an der Arbeiterklasse angreift... Mag sein, daß ich ein Kompromißler bin, aber ich habe einige recht ausgiebige Dollar-und-Cent-Siege erkämpft... Ihr Kommunisten wollt nicht einsehen, daß eine Sache manchmal zwei Seiten haben kann.«
»Ich bin nicht Parteimitglied«, sagte Mary.
»Ich weiß... aber du arbeitest mit ihnen zusammen... Warum solltest du besser wissen, was den Bergarbeitern nützt, als ihre eigenen erprobten und ehrlichen Führer?« – »Wenn die Bergarbeiter jemals Gelegenheit hätten, in ihren Verbänden abzustimmen, würdest du sehen, wie weit sie zu euch Abtrünnigen Vertrauen haben.«

George Barrow schüttelte den Kopf. »Mary, Mary – immer die alte – eigensinnig und warmherzig.«
»Unsinn. Ich habe überhaupt keine Gefühle mehr. Ich habe gesehen, wie es an der Front zugeht... Man braucht kein gutes Herz zu haben, um zu wissen, welches Ende der Polizeipistole auf einen zielt.«
»Mary, ich bin ein sehr unglücklicher Mensch.«
»Bring mir noch einen Cocktail, George.«
Mary hatte Zeit, noch zwei Zigaretten zu rauchen, bevor George zurückkehrte. Die nickenden, schwatzenden Gesichter, die Kleider, die gestikulierenden Hände schwammen in einem rauchigen Dunst vor ihren Augen umher. Das Gedränge begann sich zu lichten, da kehrte George aufgeregt und lächelnd zurück. »Ich hatte das Vergnügen, einige Worte mit Miss Dowling zu wechseln, sie war sehr liebenswürdig... Aber weißt du, was Red Haines mir erzählt hat? Ob es wahr ist?... Sie scheint erledigt zu sein. Offenbar taugt sie nicht für den Tonfilm. Im Lautsprecher klingt ihre Stimme wie das Krächzen einer alten Krähe.« Er kicherte leicht beschwipst. »Da ist sie. Sie geht eben weg.«
Im Zimmer war es still geworden. Durch die umherwirbelnden Rauchschwaden sah Mary eine kleine Frau mit blauen Augenlidern und Zügen so ebenmäßig wie die einer Porzellanpuppe unter einem mattblonden Haarschopf sich eine Sekunde lang zu jemandem umdrehen, bevor sie durch die Schiebetür hinausging. Sie trug ein gelbes Kleid und eine Unmenge großer Saphire. Ein hochgewachsener, sonngebräunter Filmschauspieler und ein O-beiniger, bleicher kleiner Mann begleiteten sie hinaus, und Eveline, in ihrer atemlos hektischen Art drauflosplappernd, fegte hinterher.
Mary sah das alles durch einen summenden Nebelschleier, so wie man von einem verräucherten Balkon aus die Vorgänge auf der Bühne verfolgt. Ada kam heran und blieb vor ihr stehen, rollte die Augen und riß beim Sprechen den Mund recht weit auf. »Ist das nicht eine reizende Party... Ich habe sie kennengelernt. Sie hat so entzückende Manieren... Ich weiß nicht warum, ich hatte sie mir etwas ordinärer vorgestellt. Es heißt, sie ist in der Gosse aufgewachsen.«

»Durchaus nicht«, sagte George Barrow. »Sie stammt von spanischem Adel ab, der in Kuba ansässig war.«
»Ada, ich will nach Hause«, sagte Mary.
»Nur einen Augenblick noch... Ich hatte noch keine Gelegenheit, mich mit der lieben Eveline zu unterhalten... Sie macht heute einen schrecklich müden und nervösen Eindruck, die Arme.« Ein lilienbleicher junger Mann schob sich an ihnen vorbei, lachend sah er sich über die Achsel nach einer älteren Frau um, die ihm folgte, sie war in Silberlamé gehüllt, der hagere, runzlige, dicht bepuderte Hals stach aus dem Ausschnitt des Kleides hervor, zuckende Hakennase, Glotzaugen über den schlecht kaschierten Hautsäcken.
»Ada, ich will nach Hause.«
»Ich dachte, wir drei würden zusammen essen gehen.« Mary sah undeutliche Gesichter heranschweben und sich aufblähen, dann glitten sie an ihr vorbei und änderten ihre Gestalt, entschwanden ins Halbdunkel wie Fische, die in einem Aquarium die Mäuler auf- und zumachen.
»Warum nicht, Miss Cohn? Haben Sie nicht Charles Edward Holden gesehen? Er pflegt eine der Hauptattraktionen auf Evelines Parties zu sein.« Mary konnte George Barrows Miene nicht ausstehen, wenn er redete – hündisch, mit großen Augen. »Sehen Sie, das ist ein wirklich intelligenter Mensch. Ich kann mich die ganze Nacht mit ihm unterhalten.«
Ada kniff die Augen zusammen, beugte sich vor und flüsterte George Barrow mit schriller Stimme ins Ohr: »Er hat sich mit einer anderen verlobt. Eveline ist niedergeschmettert. Sie hält sich nur mit Mühe aufrecht.«
»George, wenn wir bleiben wollen«, sagte Mary, »mußt du mir noch einen Cocktail bringen.«
Eine Frau mit breiten Backenknochen und stark geschminkten Wangen – sie trug ein Flitterkleid und saß neben Mary auf der Couch – lehnte sich zu ihr und sagte mit Bühnengeflüster: »Ist das nicht schrecklich?... Wissen Sie, ich finde es undankbar von Holdy nach allem, was Eveline für ihn getan hat – ich meine, in gesellschaftlicher Beziehung –, seit sie sich seiner angenommen hat! Jetzt wird er überall

akzeptiert. Ich kenne das Frauenzimmer – ein kleines Luder, wie es im Buch steht – und noch nicht einmal reich.«
»Pst«, sagte Ada. »Da kommt Eveline... Nun, liebe Eveline, die Fürsten und Könige ziehen sich zurück. Bald sind nur noch wir, der Plebs, übrig.«
»Ich fand sie nicht sehr intelligent«, sagte Eveline und sank auf einen Stuhl. – »Ich werde dir etwas zu trinken holen, Eveline«, sagte Ada. Eveline schüttelte den Kopf. – »Wissen Sie, was Ihnen guttun würde, meine liebe Eveline?« sagte die breitbackige Frau und lehnte sich wieder über die Couch. »Eine schöne Auslandsreise. Vom Januar an ist New York unerträglich... Ich denke nicht daran, hier zu bleiben. Das würde einen Nervenzusammenbruch geben.«
»Ich hätte vielleicht Lust, mal nach Marokko zu fahren, falls ich das nötige Geld zusammenkratzen kann«, sagte Eveline.
»Versuchen Sie es mit Tunis, mein Kind. Tunis ist himmlisch.«
Nachdem Mary den Cocktail getrunken hatte, den George Barrow ihr brachte, saß sie in dem leeren, abscheulichen Nebeldunst da, sah Gesichter, hörte Stimmen. Sie mußte sehr achtgeben, um nicht auf der Kante der Couch hin und her zu wackeln. »Jetzt muß ich wirklich gehen.« Auf dem Wege durch das Zimmer stützte sie sich auf George Barrows Arm. Gehen konnte sie recht gut, nur das Sprechen fiel ihr schwer. Im Schlafzimmer half Ada ihr in den Mantel. Auch Eveline Johnson war da, mit ihren großen, nußbraunen Augen und ihrer spöttischen, singenden Stimme. »Ada, es war nett von Ihnen, daß Sie gekommen sind. Ich fürchte nur, daß Sie sich schrecklich gelangweilt haben... Oh, Miss French, ich hätte mich so gerne mit Ihnen über die Bergarbeiter unterhalten. Ich habe jetzt nie mehr Gelegenheit, mich über Dinge zu unterhalten, die mich wirklich interessieren. Wissen Sie, Ada, das war das letzte Mal... Es ist zu langweilig.« Sie legte die lange Hand an die Schläfe und strich sich langsam mit den Fingern über die Stirn. »Hoffentlich gehen sie alle bald weg. Ich habe solche Kopfschmerzen...«
»Sollten Sie nicht etwas einnehmen?«
»Ja, das werde ich tun. Ich habe ein wunderbares, schmerz-

stillendes Mittel... Laden Sie mich nächstens ein, wenn Sie Bach spielen, Ada... Das wäre mir recht. Wissen Sie, ich finde es doch idiotisch, daß man sein Leben damit verbringt, die Wohnung mit Leuten zu füllen, die nicht zueinander passen und sich gegenseitig nicht ausstehen können.« Eveline begleitete sie durch den Flur bis zur Haustür, als wollte sie sie nicht weglassen. In ihrem dünnen Kleide stand sie in dem kalten Wind, der zur offenen Tür hereinkam, während George Barrow an die Ecke ging, um ein Taxi zu holen. »Gehen Sie rein, Eveline, Sie werden sich zu Tode erkälten«, sagte Ada. – »Also, auf Wiedersehen – es war sehr nett, daß ihr gekommen seid.« Mary betrachtete Evelines schmale Schultern, während die Tür langsam hinter ihr zufiel und sie leicht zitternd durch den Flur ging.

Mary torkelte ein wenig, in der kalten Luft war sie plötzlich betrunken. Ada legte den Arm um sie, um sie zu stützen. »Ach Mary«, flüsterte sie ihr ins Ohr, »wenn nur nicht alle Menschen so unglücklich wären.«

»Weil sie alles vergeuden«, sagte Mary heftig. Plötzlich konnte sie Worte bilden. Ada und George Barrow halfen ihr ins Taxi. »Das Essen, das sie vergeuden, das Geld, das sie vergeuden – während unsere Leute in Teerpappebaracken verhungern.« – »Die Widersprüche des Kapitalismus«, sagte George Barrow mit einem vielsagenden Hohnlächeln. »Wollen wir einen Bissen essen?«

»Bringt mich erst nach Haus – nein, nicht zu Ada!« sagte Mary fast schreiend. »Ich habe dieses Schmarotzerleben satt. Morgen gehe ich wieder ins Büro... Ich muß noch heute abend anrufen und hören, ob sie mit der Fuhre Kondensmilch gut durchgekommen sind...« Plötzlich war es wieder wie früher, sie nahm Adas Hand und drückte sie warm. »Ada, du bist lieb gewesen, du hast mir das Leben gerettet, wirklich.«

»Ada ist die perfekte Arznei für solche Hysteriker wie wir«, sagte George Barrow. Das Taxi hielt neben den Müllkästen vor dem Haus, in dem Mary wohnte. »Nein, ich kann allein raufgehen«, sagte sie wieder schroff und böse. »Nur weil ich übermüdet bin, bekommt mir das Trinken nicht. Gute Nacht. Morgen hole ich meinen Koffer.« Ada und Barrow fuhren im Taxi weg, steckten lachend und plaudernd die Köpfe zusammen. Sie haben mich bereits vergessen, dachte Mary, während sie die Treppe hinaufging. Die Treppe zu bewältigen, fiel ihr nicht schwer, aber sie hatte einige Mühe, das Schlüsselloch zu finden. Als die Tür schließlich aufging, wankte sie sofort zu der Couch im Vorderzimmer, legte sich hin und versank in tiefen Schlaf.

Am nächsten Morgen fühlte sie sich so ausgeruht wie schon lange nicht. Sie stand früh auf und aß unterwegs bei *Childs* ein ausgiebiges Frühstück mit Schinken und Ei. Rudy Goldfarb war bereits im Büro, er saß an ihrem Schreibtisch.

Er stand auf und starrte sie eine Zeitlang wortlos an, seine Augen waren gerötet und blutunterlaufen, das sonst so glatte schwarze Haar hing ihm wirr in die Stirn. »Was ist denn los, Rudy?«

»Genossin French, sie haben Eddy erwischt.«

»Sie meinen, verhaftet?«

»Nicht verhaftet – erschossen.«

»Ermordet.« Mary fühlte, wie ihr übel wurde. Das Zimmer begann sich zu drehen. Sie ballte die Fäuste, und alles war wieder wie zuvor. Rudy erzählte ihr, Grubenarbeiter hätten das Lastauto im Straßengraben gefunden. Zuerst hätten sie gedacht, es sei ein Unfall, aber als sie Eddy Spellman herausholten, hatte er ein Schußloch in der Schläfe.

»Wir müssen eine Protestversammlung einberufen... Weiß die Partei davon?«

»Sicher – man versucht, Madison Square Garden zu bekommen. Aber Genossin French, er war ein furchtbar netter Kerl.« Mary zitterte am ganzen Leibe. Das Telephon klingelte. Rudy antwortete. »Genossin French, Sie sollen sofort hinüberkommen. Sie sollen das Sekretariat für den Protestausschuß übernehmen.« Mary setzte sich an ihren Schreibtisch und begann die Namen der Organisationen zu notieren, die zu verständigen sein würden. Plötzlich blickte sie auf und sah Rudy fest ins Gesicht. »Wissen Sie, was wir machen müssen?... Wir müssen den Sitz des Hilfskomitees nach Pittsburgh verlegen. Ich wußte längst, wir müßten in Pittsburgh sein.«

»Riskante Geschichte.«

»Wir hätten schon längst in Pittsburgh sein müssen«, wiederholte Mary ruhig und entschlossen.
Wieder klingelte das Telephon.
»Für Sie, Genossin French.«
Sowie der Hörer Marys Ohr berührte, plapperte Adas Stimme drauflos. Zuerst konnte Mary nicht verstehen, worum es sich handle. »Aber liebe Mary, hast du nicht die Zeitung gelesen?« – »Nein, ich sagte schon, nein. Meinst du Eddy Spellman?« – »Nein, mein Kind, es ist furchtbar, du erinnerst dich, gestern waren wir dort zu einer Cocktailparty – du mußt dich doch an Eveline Johnson erinnern, es ist furchtbar. Ich habe mir sämtliche Zeitungen holen lassen. Natürlich schreiben die Skandalblätter von einem Selbstmord.« – »Ada, ich verstehe kein Wort.« – »Aber Mary, ich will es dir die ganze Zeit sagen... Ich bin so aufgeregt, daß ich kaum sprechen kann... Sie war ein so reizender Mensch, so begabt, wirklich künstlerisch begabt... Als das Mädchen heute früh hinkam, lag sie tot im Bett – zwölf Stunden früher waren wir bei ihr gewesen. Es ist grauenhaft. In einigen Zeitungen steht etwas von einer zu großen Dosis Schlafmittel. Es kann nicht beabsichtigt gewesen sein. Wenn wir es gewußt hätten, hätten wir etwas unternehmen können, du weißt, sie klagte über Kopfschmerzen. Kannst du nicht zu mir kommen, ich halte es allein nicht aus, mir ist schrecklich zumute...« – »Ausgeschlossen, Ada. In Pennsylvania ist etwas sehr Ernstes passiert. Ich habe alle Hände voll zu tun, um eine Protestbewegung zu organisieren. Lebwohl, Ada.« Stirnrunzelnd legte sie auf.
»Hören Sie zu, Rudy, wenn Ada Cohn noch einmal anruft, sagen Sie ihr, ich bin nicht mehr im Büro... Ich habe viel zuviel zu tun, um mich an einem Tag wie heute mit hysterischen Weibern zu beschäftigen.« Sie setzte den Hut auf, raffte ihre Papiere zusammen und begab sich eiligst in die Ausschußsitzung.

VAGABUND

Der junge Mann steht wartend am Straßenrande neben dem Beton, in der einen Hand hält er ein abgeschabtes Köfferchen aus imitiertem Leder, die andere hat er beinahe zur Faust geballt, reckt den Daumen in die Höhe,
bewegt ihn ein klein wenig im Bogen, wenn ein Auto vorüberschlittert, wenn ein Lastkraftwagen dröhnt und rattert. Der Fahrtwind zerzaust sein Haar, schleudert ihm Sand ins Gesicht.
Ihm schwindelt, der Hunger verkrampft ihm den Magen, die eine Ferse hat sich in der zerrissenen Socke festgehakt, die Füße schmerzen in den rissigen Schuhen, die zerfetzte Unterhose unter dem sorgfältig mit der Hand abgebürsteten, fadenscheinigen Anzug fühlt sich verschlissen an, das Gefühl, daß man in den Kleidern geschlafen hat; in der Nase sitzt der schale Geruch mutloser Menschenleiber, zusammengepfercht in einem Übergangslager, der Karbolgestank des Gefängnisses, auf den straffen Wangen die Schamröte, hervorgelockt durch die bohrenden Blicke der Bullen und ihrer Helfer, der Bahnpolizei (sie essen dreimal täglich warm, stecken in gutsitzenden Kleidern, haben Weiber, mit denen sie schlafen, Kinder, mit denen sie nach dem Abendbrot spielen, sie arbeiten für die großen Herren, die ihre Dienste bezahlen, sie werfen sich in die Brust, denn sie haben die Macht hinter sich). Raus mit dir, hau ab! Wenn du weißt, was dir bekommt, machst du dich dünne. Frech werden, he? Glaubst du, mit dir werden wir nicht fertig?
Der Fausthieb ans Kinn, der Knüppel auf den Kopf, die Arme nach hinten gerissen, das spitze Knie in die Lende – und dann zur Stadt hinausgewandert, mit wunden Füßen, am Straßenrand stehen und warten, am Rande der zischenden, rasenden Autokette, wo der Äther-, Blei- und Benzindunst sich mit dem friedlichen Grasgeruch der Erde vermischt.

Augen, schwarz vor Entbehrung, suchen die Blicke der Fahrer, wer nimmt mich mit, hundert Kilometer die Straße lang.

Oben im Himmelsblau dröhnt ein Flugzeug. Blicke folgen der silbernen Douglasmaschine, die ein einziges Mal im Sonnenschein aufblitzt und dann mit sanftem Flug in die blaue Ferne entwischt.

(Die Überlandpassagiere sitzen bequem, große Herren mit Bankkonten, hochbezahlten Stellungen, der Portier grüßt sie, die Telephonistinnen sagen guten Morgen zu ihnen. Gestern abend haben sie nach einem guten Essen unter Freunden Newark verlassen. Dröhnend klettern die Motoren in den nächtlich schwarzen Dunst empor. Lichter versinken. Eine Stunde lang an der silberhellen Tragfläche entlang den großen, einsamen Mond betrachten, der durch brodelnden Wolkenschaum westwärts eilt. Jenseits des Ohio blinkt die Kette der Leuchtfackeln.

In Cleveland senkt sich die Maschine schräg in sanfter Spirale hinab, die Lichterketten am Seeufer drehen sich in weitem Kreise. Wieder der dröhnende Aufstieg, in den weichen Sessel hingegossen, schlummernd durch die flache mondhelle Nacht.

Chi. Ein Blick auf den großen Bären. Wieder ein Spiralensprung aus kühler Luft in heiße Luft, die dick ist vom Staub- und Brandgeruch der Prärien.

Jenseits des Mississippi kriecht durch das Dunkel die Dämmerung aus den weiten Ebenen hervor. Nebelpfühle färben sich weiß in den Bergen von Iowa, Höfe, Zäune, Silos, stählerner Glanz eines Flusses. Die zwinkernden Augen der Signalfeuer funkeln rötlich im Tageslicht. Wasserstraßen durchädern das zernagte Hügelland.

Omaha. Große Kumuluswolken, von dickgerührtem Kupferbraun zum Sahnengelb und Silberweiß, schwimmen hinter braunen Regenschwaden über die heißen Ebenen her. Rötlichgelbe Felswildnis, winzige, gehörnte Umrisse weidender Rinder.

Cheyenne. Die kühle, hohe Luft duftet nach Süßgras.

Die dichtgeballten Wolken im Westen zerbersten und verteilen sich in Fetzen über die strohgelben Hügel. Karmin-

rote Berge ragen aus dem Geröll empor. Die Maschine durchstößt eine riesige, zerbröckelnde Wolkenbank und schlittert durch holprige Luft über grüne und rote Hänge auf den blendenden Sonnenglanz des Salzsees zu.
Der Überlandpassagier denkt an Kontrakte, an Profite, an Urlaubsreisen, an den gewaltigen Kontinent zwischen dem Atlantik und dem Stillen Ozean, an Macht, an dollarsurrende Drähte, menschenwimmelnde Städte, an leeres Gebirg, an die Indianerfährte, die zum Karrenweg, zur Schotterchaussee, zum betonierten Rollfeld führt, an Eisenbahnzüge, an Flugzeuge: Geschichte, Propeller der Milliarden – und in den Luftlöchern über dem Wüstengelände gegen Las Vegas hin
wird er luftkrank und speit das pilzgarnierte Kotelett, das er in New York verzehrt hat, in die Papiertüte, egal, Silber im Portemonnaie, Banknoten in der Brieftasche, Barschecks, massenhaft Restaurants in L. A.)
Der junge Mann steht wartend am Straßenrande, das Flugzeug ist verschwunden, der Daumen beschreibt einen kleinen Bogen, sooft ein Auto vorüberzischt. Augen suchen die Blicke des Fahrers. Hundert Kilometer die Straße lang.
Ihm schwindelt, der Magen krampft sich zusammen, Entbehrung kriecht wie ein Ameisenhaufen über seine Haut:
Hat die Schule besucht, die Bücher versprachen ihm große Chancen, die Zeitungsanzeigen verkündeten: Eigenheim, übertrumpfe den Nachbarn – der Radiocharmeur wispert schöne Frauen, die Gespenster platinblonder Frauen wuchern aus der Leinwand hervor, Millionengewinne an den schwarzen Tafeln der Büros, Lohntüten für die arbeitswilligen Hände, der sauber aufgeräumte Schreibtisch des Generaldirektors mit drei Telephonapparaten –
er wartet mit schwindelndem Kopf, Hunger verkrampft die Gedärme, müßige Hände sind taub, wartend steht er neben dem vorüberfahrenden Verkehr.
Hundert Kilometer die Straße lang.

Rowohlts Amerika

Paul Auster
Die New York-Trilogie *Stadt aus Glas / Schlagschatten / Hinter verschlossenen Türen*
(rororo 12548)
Jeder der drei Romane wirkt zunächst wie ein klassische Kriminalgeschichte, aber bald stimmen die vordergründig logischen Zusammenhänge nicht mehr. Schritt für Schritt wird der Leser in ein Spiel mit seinen eigenen Erwartungen verstrickt. «Eine literarische Sensation!» *Sunday Times*

Nicholson Baker
Vox *Roman*
Deutsch von Eike Schönfeld
192 Seiten. Gebunden und als rororo 13830
Zwei Menschen sprechen über Sex - am Telefon. «Vox» ist ein erotischer Roman im besten Sinne und eine kunstvolle, ebenso ungehemmte wie vorurteilsfreie Auseinandersetzung mit Sexualität heute.

William Boyd
Stars und Bars *Roman*
(rororo 12803)
Mit himmelschreiender Komik erzählt William Boyd die Geschichte von einem feinsinnigen Briten, der nach Amerika kommt und sein blaues Wunder erlebt.

Robert Olmsteadt
Jagdsaison *Roman*
Deutsch von Klaus Modick
288 Seiten. Gebunden
«Ein bemerkenswerter Roman, der die prekäre Balance zwischen spannendem Thriller und lyrischer Fabel hält.»
The New York Times Book Review

rororo Literatur

John Irving
Garp und wie er die Welt sah
Roman
(rororo 5042)
«Diese Geschichte ist so absurd, so komisch, so tränentreibend, so kühl und sachlich, so wirklich und genau, daß man das Buch nicht wieder los wird.»
Nürnberger Nachrichten

Tom Robbins
Salomes siebter Schleier
Roman
Deutsch von Pociao
540 Seiten. Gebunden
Der Altmeister des Underground-Romans, läßt die verrücktesten Typen, die schärfsten Sprüche und provokantesten Gedanken über die Seiten tanzen.

Cormac McCarthy
All die schönen Pferde
Roman
Deutsch von Hans Wolf
540 Seiten. Gebunden und als rororo 13652
1949 - zwei junge Ausreißer sind auf dem Weg nach Mexiko. Sie träumen von Abenteuern, heißblütigen Pferden und unberührter Natur...